香山明清档案辑录

中山市档案局（馆）
中国第一历史档案馆 编

上海世纪出版股份有限公司
上海古籍出版社

图书在版编目(CIP)数据

香山明清档案辑录／中山市档案局(馆)等编. —上海：上海古籍出版社，2006.6
ISBN 7-5325-4360-9

Ⅰ.香...　Ⅱ.中...　Ⅲ.历史档案—辑录—中山市—明清时代　Ⅳ.K296.53

中国版本图书馆CIP数据核字(2006)第019041号

香山明清档案辑录

中山市档案局(馆)
中国第一历史档案馆　编

上海世纪出版股份有限公司
上海古籍出版社　出版、发行

(上海瑞金二路272号　邮政编码200020)

(1) 网址：www.guji.com.cn

(2) E-mail：gujil@guji.com.cn

(3) 易文网网址：www.ewen.cc

新华书店上海发行所发行经销　常熟市华通印刷有限公司印刷

开本787×1092　1/16　印张76.75　插页13　字数1,610,000

2006年6月第1版　2006年6月第1次印刷

印数：1—1,300

ISBN　7—5325—4360—9

K·837　定价:228.00元

如有质量问题，请与承印公司联系0512-52391383

清康熙朝绘广州府舆图之香山县图

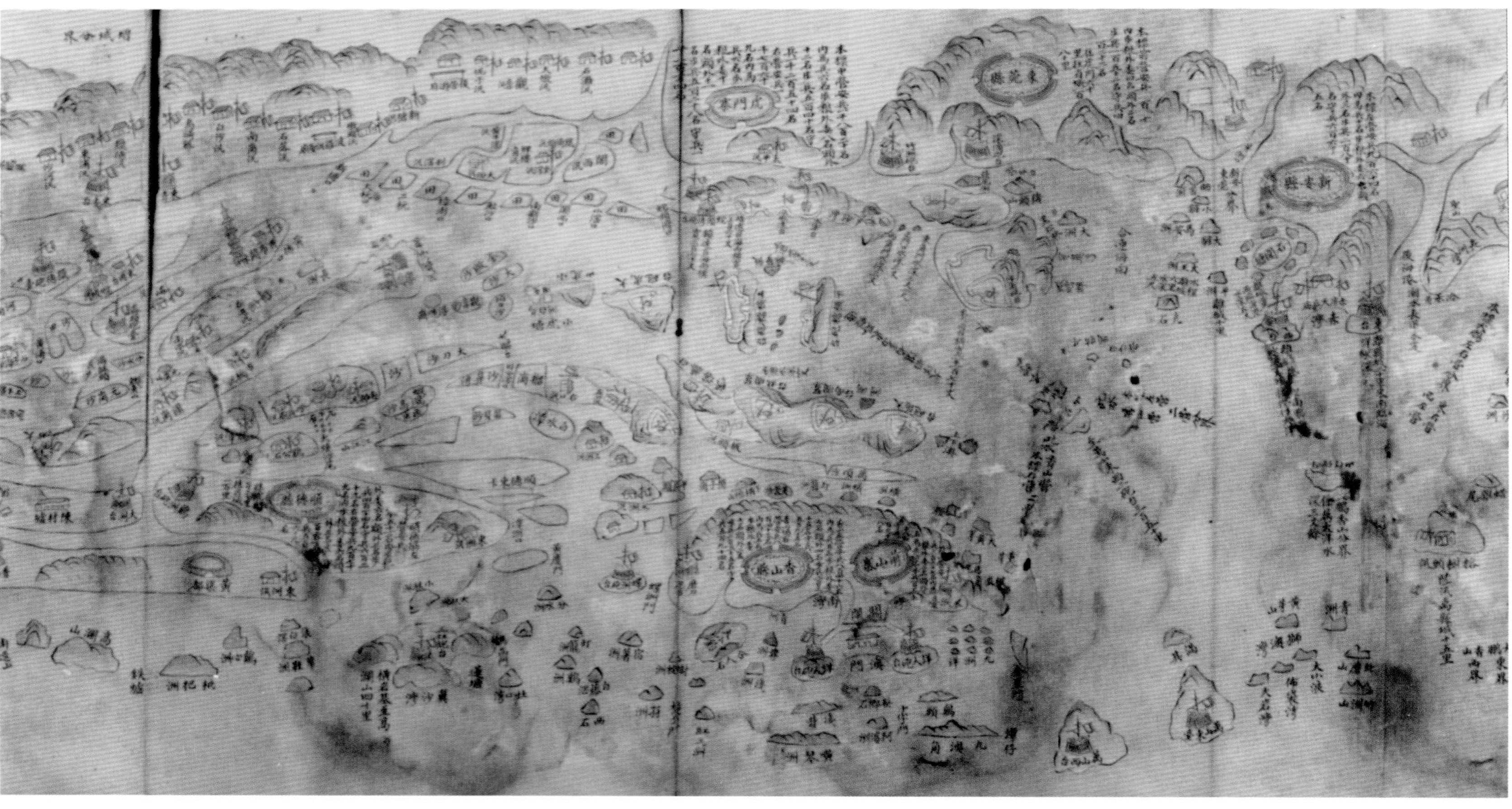

清同治六年（1867）前绘广州驻防官兵营寨图之香山部分

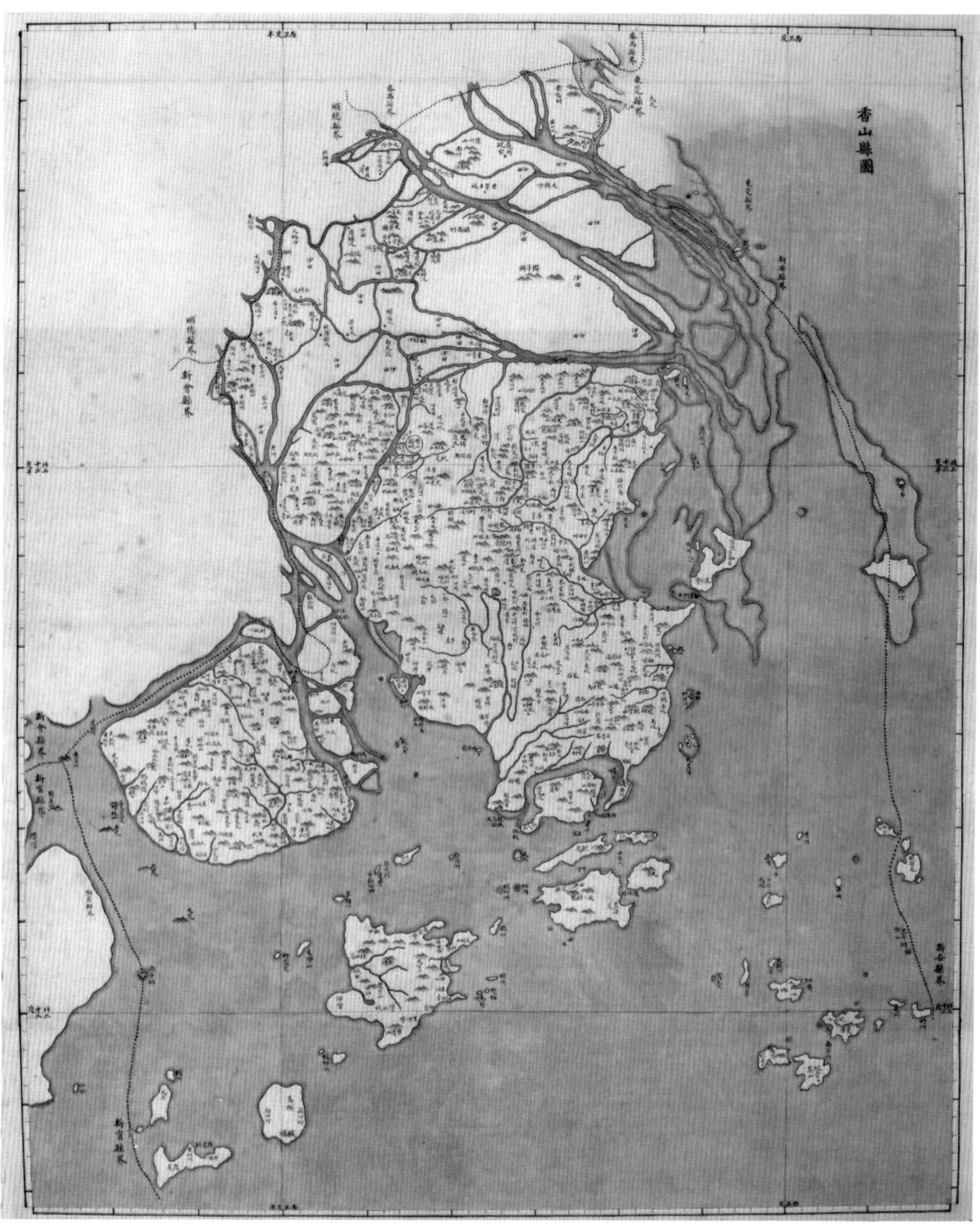

清嘉庆朝绘香山县图

清末计划修建香港铁路草图

甲字七號

八

天啓四年八月十八日行訖

六十壹

行

行

行

敕書

撰官事吏部咨請廣東巡視海道史樹德

兵部爲撰官事職方清吏司案呈奉本部送准吏部咨開

四川布政使司右參政史樹德改補廣東布政使司右參

政兼按察司僉事管理前項地方事務補吳伯與留任員

缺移咨該部照例請

敕等因到部送司案呈到部擬合就行爲此

一合具揭帖差主事 孫元化 齎赴

内府翰林院請寫

敕書施行 計開請

敕官一員巡視海道帶管市舶廣東布政使司右參政兼按察司

僉事史樹德查得本官責任駐劄東莞南頭城遇汛

駐劄新安新寧等城整搠船器操演水戰監督南頭廣

海虎門香山等寨及馭澳防倭諸務汛畢回省平時則訓

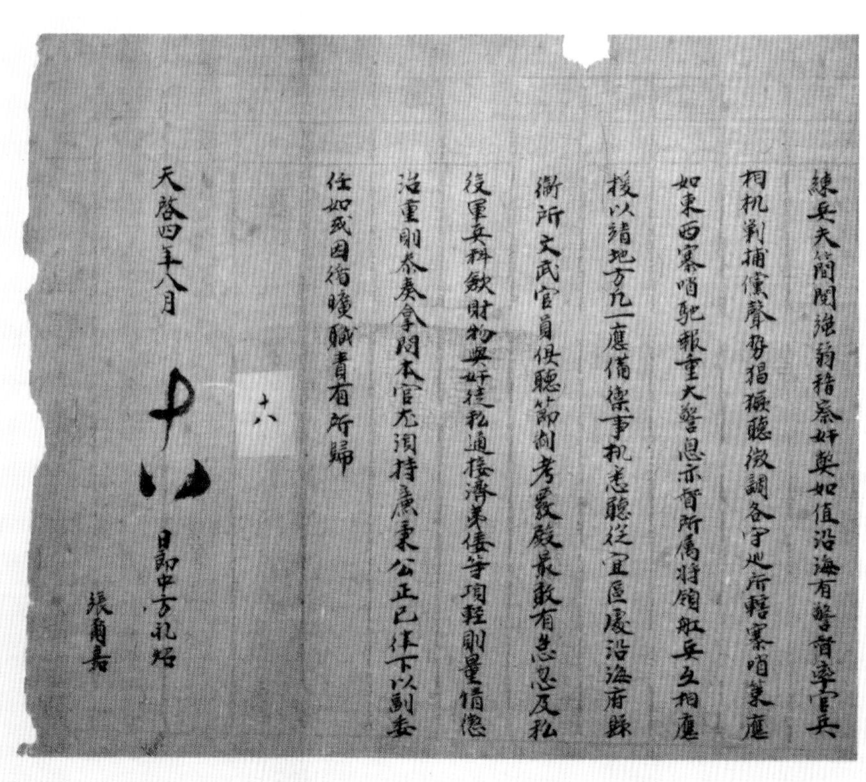

練兵夫簡閲艨艟稽察奸宄如值沿海有警督率官兵

相機剿捕傳聲勢務搗擬聽徵調各守地所轄寨哨策應

如東西寨哨馳報重大警息亦督所屬將領船兵互相應

援以靖地方凡一應備禦事机悉聽從宜區處沿海府縣

衛所文武官員俱聽節制考覈殿最敢有怠忽及私

役軍兵科斂財物與奸徒私通接濟勾倭等項輕則量情懲

治重則參奏拿問本官尤須持廉秉公正己律下以副委

任如或因循曠職責有所歸

天啓四年八月

中山

日 署中方孔炤

明天启四年（1624）八月，兵部为广东巡视海道责任为监督香山等寨及驭澳防倭事行稿

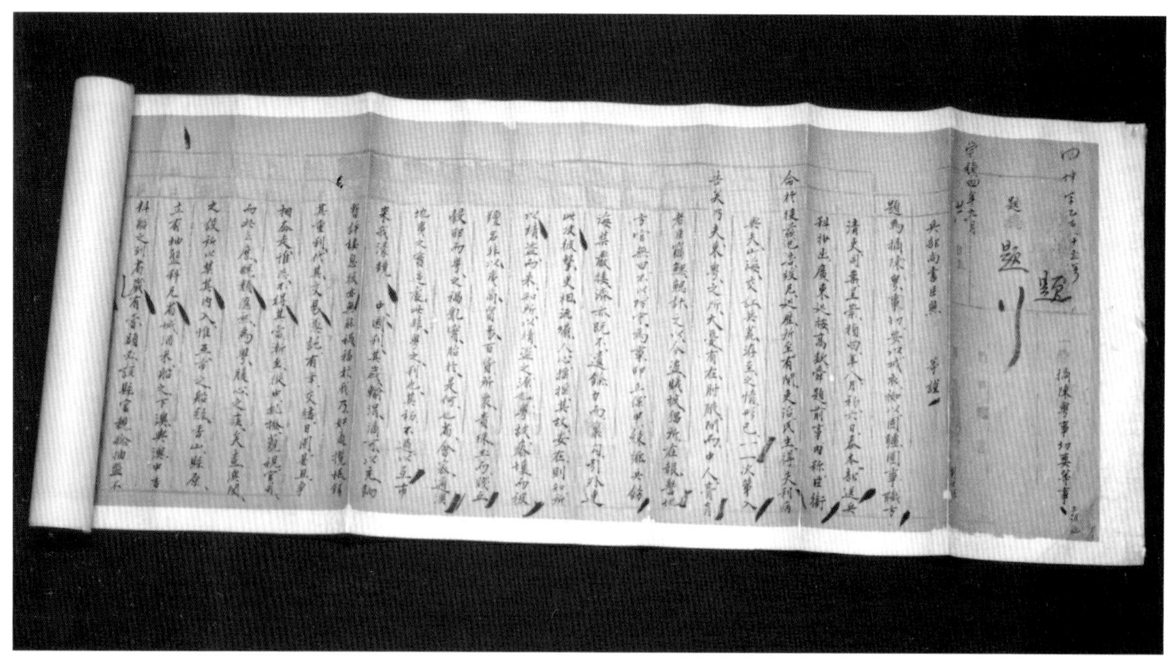

明崇祯四年（1631）八月，兵部尚书熊明遇等为澳关宜分里外之界以香山严出入之防事题行稿

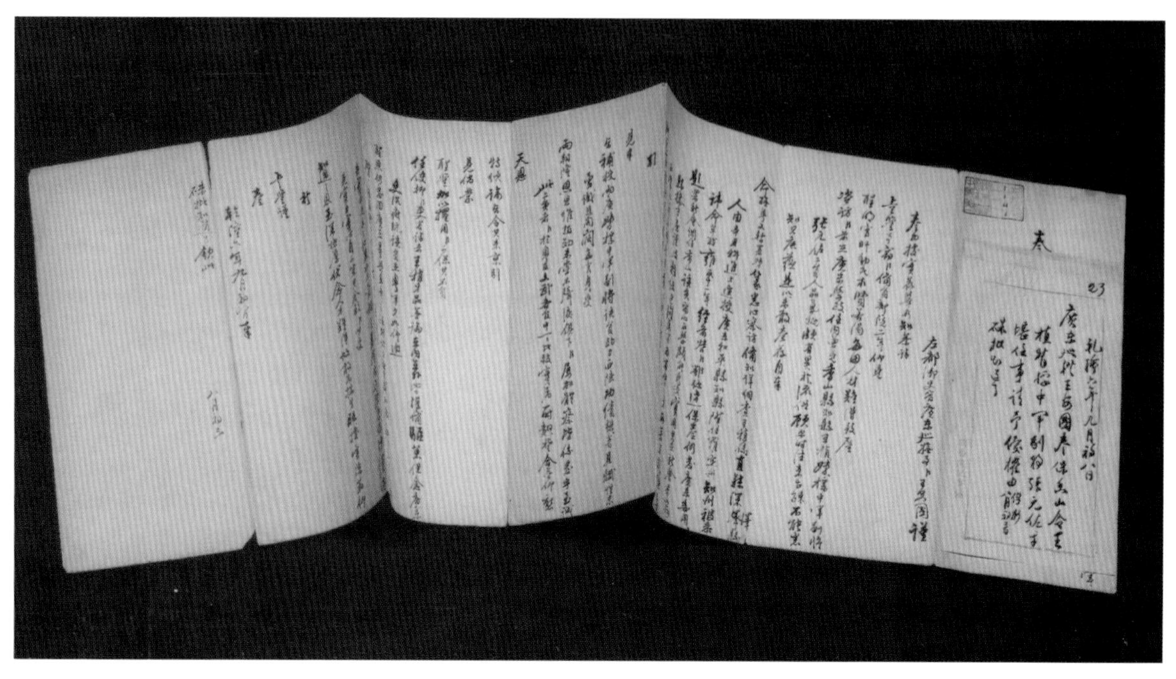

清乾隆六年（1741）八月，广东巡抚王安国奏为保举香山令王植、督标中军副将张元佐事折

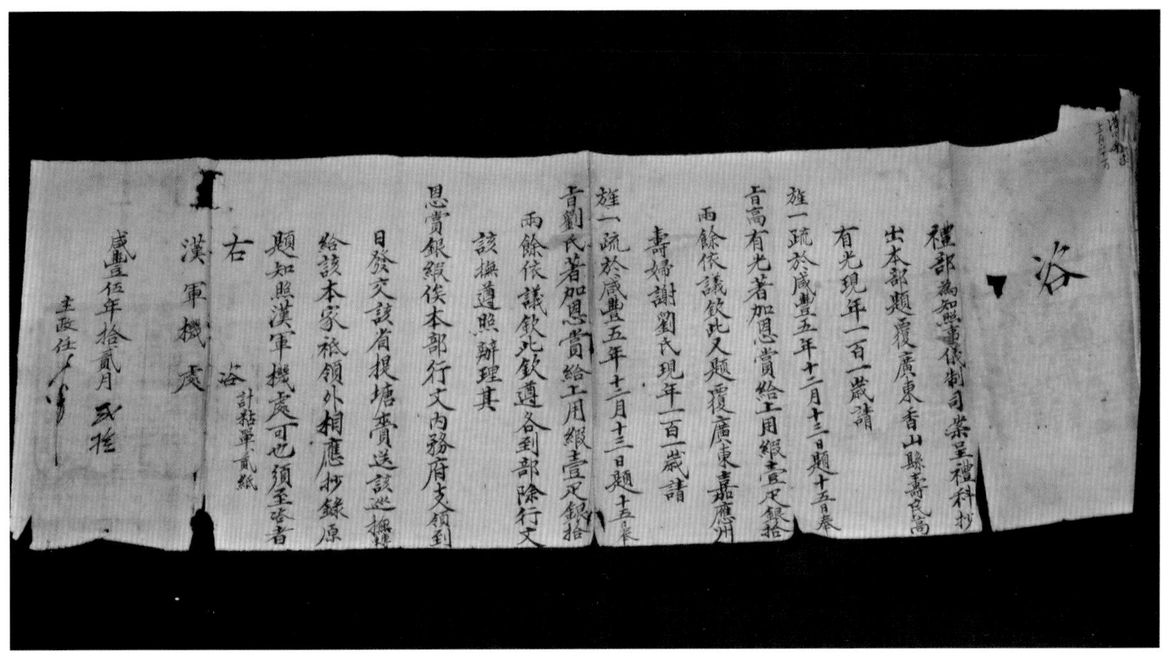
咨

禮部為知照事儀制司案呈禮科抄
出本部題覆廣東香山縣壽民高
有光現年一百一歲請
旌一疏於咸豐五年十二月十三日題十五日奉
旨高有光著加恩賞給上用緞壹疋銀拾
兩餘依議欽此又題覆廣東嘉應州
壽婦謝劉氏現年一百一歲請
旌一疏於咸豐五年十二月十三日題十五日奉
旨劉氏著加恩賞給上用緞壹疋銀拾
兩餘依議欽此欽遵各到部除行文
該撫遵照辦理其
恩賞銀緞俟本部行文內務府支領到
日發交該省提塘賫送該巡撫轉
給該本家祗領外相應抄錄原
題知照漢軍機處可也須至咨者

右 咨 計粘單貳紙

漢軍機處

咸豐伍年拾貳月 日

主政任

清咸丰五年（1855）十二月，礼部为题复香山县寿民高有光寿妇谢刘氏现年一百一岁事致军机处咨文

督帥大人鈞鑒南京城於十二日為民軍攻入制台將軍均避某國
兵艦內張勳退駐下關或稱業被民軍拘禁俟探確再詳
現民軍公推鎮江司令徐紹楨帶隊赴援武昌北軍此次攻克
漢陽因縱火之猛烈然半由湘部民軍各存意見心志不
齊加以舊部潰亡太多新募者尚未老練故也武漢總司令
黃興來滬籌款餉械昨在張園開籌餉大會來賓千餘人
程都督亦到會臨時捐集三萬餘金衆情頗為踴躍西報
載孫汶業已由美啟程來華有人詢以回國擬如何佈置
孫氏答稱須於回滬察閱情形再定籍手方法至總統一席
尤當視吾才力能否勝任臨時決定去就云云山東省亦謂獨
立尚見明文陸潤庠當電致程都督請即來寧江蘇獨立
謂將來可減輕處分等語黎元洪請與袁世凱商訂停
戰十五日以便各集各民軍領袖意見是否承認袁所擬
之條款現陸鎮冰到滬後初居英領事公館現在已往香
港矣專肅敬請
鈞安 樊葉謹稟 十月十三日

清宣统三年（1911）十月，樊叶为孙文归国组织临时政府事致督帅信函

奏

臣楊芳跪
奏為逆夷兵船欲進省河經鳳凰岡官兵擊退恭
摺馳
奏仰祈
聖鑒事竊臣等抵粵後疊將布置機宜於二月十四二
十等日兩次具
奏在案查逆夷兵船自闖過烏涌即於二沙尾大
黃滘兩路分投游奕欲進省河經臣等察看大黃
滘退後五里之鳳凰岡係扼衝要隘約可容
兵千名阻截入省河道是以
奏明添令南韶鎮總兵長春帶江西兵一千名扼
濠它坑安營駐守其餘一千名由省河北岸渡
赴南岸另派參將劉乾忠遊擊崔關泰等帶領
分段埋伏以資策應連日與廣州將軍臣阿精
阿並署督臣怡良暨原任督臣林則徐鄧廷楨
及各司道督飭署廣州府知府余保純等籌運
各種礮位趕製蔴布大袋貯沙堆塜張掛牛皮
以擋礮彈並趕紮竹筏木排攔截水道一面指
示安義鎮總兵段永福帶領貴州官兵扼定北
岸陸路於小北門外紮營復於東盛寺等處分
設伏兵一切布置甫於二月二十三日稍經就
緒果於二十四日未刻即有逆夷乘駕大兵船
二隻火輪船一隻三板船十數隻衝過大黃滘
撥營直欲闖進省河將攔河竹排疊用大礮轟
打火礮擊營壘斷樹拋囊飛砂四起總兵長春
力督參將譚恩及都守等官率兵開礮抵敵時
有礮子飛過長春右眼角擦傷右額皮破血出
其隨身之把總畢開琥被礮打死並傷斃左右
隨兵四名長春激勵士卒奮不顧身疊開大礮
百餘出先擊沉逆夷三板船一隻夷眾盡行落水
又有夷三板一隻被礮打穿入水其夷眾極力
鼓棹力挽出水我師再擊一礮人船俱沒其大
兵船木料堅厚雖未能即時打穿已將大桅一
枝擊斷逆夷均極倉皇即將各船退出查該逆
夷肆猖獗以來恃其船堅礮大於臣等未到之先
虎門內外各礮臺卡座節次失守今復攻擾鳳
凰岡營壘欲進省河被我師打沉三板船兩隻
並擊斷大船中桅致斃夷匪多名始行畏懼退
走不敢遽闖進省已可稍定民心惟該逆夷復
船尚多恐仍分路駛入以圖夾攻臣等惟有鼓勵
各鎮將弁要分投極力堵截第一時兵力尚未
甚厚仍飛檄迎催各路官兵迅馳來粵俾資調
遣又據香山縣知縣吳思樹稟報二月二十一
日逆船駛入芙蓉沙關至距縣數里之馬頭欲
圖攻城該縣會營抵禦即飛稟帶兵駐劄縣轄
前山之南韶鎮總兵馬殿甲高廉道易中孚分
帶兵勇赴援是晚該逆船始行退去臣等與怡良
商明此時首以保護省城為主該處香山前山
祇得責令原駐之鎮道督飭員弁兵勇盡力剿
堵毋失機宜除隨時具
奏外所有現在擊退逆船情形謹會同廣州將軍
臣阿精阿兼署兩廣總督廣東巡撫臣怡良合
詞恭摺由六百里馳
奏伏乞
皇上聖鑒謹
奏

逆夷自犯順以來從未受創
此次卿等調度有方擊沉
逆船二隻甚屬可嘉
另有恩旨

清道光二十一年（1841）二月，杨芳奏报英船驶人芙蓉沙等事折

法國朝日新聞駐美訪員與孫文談論

孫曰、吾敢謂斯舉當有成矣。曾徧訪在美各團體同人、其所報告中國近今消息、而知□□□□在旦夕間矣。於武漢已占有絕好地位、不啻已爲揚子江主人。由此漸進以取險要、自可得手、但必在漢口之北二百基羅邁當、大戰一次、以決雌雄、而後定□□之命運。自經此次戰後、凡見好於□□者、其意向已多變易、使下次更獲大勝、則凡有新知識者、當已盡贊同、且我有幹練敏捷之人、散處重要之地、使號令一發、即可響應。今之所言、雖未決定、然已籌之熟矣。訪員曰、而爾何以能組織國民至此耶。孫曰、吾在少年、凡遇刑戮之事、必親往觀。因與被刑之家屢次接、吾見此等家於處、皆有革命之念、且群怨政府之黑暗、官吏之舞弊、吾乃亟思除去之。然於初次舉動竟無效力、又盡力以謀者五年、至於不得不逸、而離祖國。於是有懸賞以購吾頭者。吾想今此頭顱當益增價值矣。吾以此時刻慎防之、常作歐美之游歷、而經驗與智識日進、今吾驅除韃虜之心日益迫切矣。吾故有家資、因得遍游各地、以交通集資贊助之各會、各會之中、以在美華人所組織之規則最爲精密。曩以吾主義爲過高者、今則亦多從我。吏有至貧困之人、亦將節其用以助吾事者。苟有機會、吾當返國、將來如何措施、斯時不殺可言矣。訪員又曰、君此事果有成、則他日即以此手段排外乎。孫曰、吾等同志及國中有新知識者、皆深明責任、且知文明來自西方、無論立憲主義、自由主義、皆借取於英法義美諸國。吾國民深負文明債於西方也。故目前舉動、惟對於□□而已、至一切外交、決無意外衝突。吾意擬於他日試行聯邦之中國、另設中央之上下議院、統籌全局、其於財政、決不令貪婪之吏執掌之。添設公立學堂、并國城市之改革、軍士事之改革、人民等級之改革、爲最大之結束。此次若幸有成、當暫立軍政府、然不久即許行自治、至若婦女、亦必令享有應得之權利、則家族亦大可改良矣也。苟吾革命之旂、飄颺於北京城內、則其吾族之新紀元發矣。

書記生周本培述錄

他日成功、亦爲意料中所有之事。中國人民、恐已皆隱含此意矣。其尤可必者、則縱使以大力壓制目前之革命、然將來結果必與斯時相等。蓋中國內政之腐敗、勢必用強迫之力以除驅除、愈敏捷則愈易奏效、蓋亦在不數年間也。此一結果、無人可爲之隱諱者矣。

通譯生黃樹年譯呈

周本培等为孙文与法国《朝日新闻》驻美访员谈话事致外务部译稿

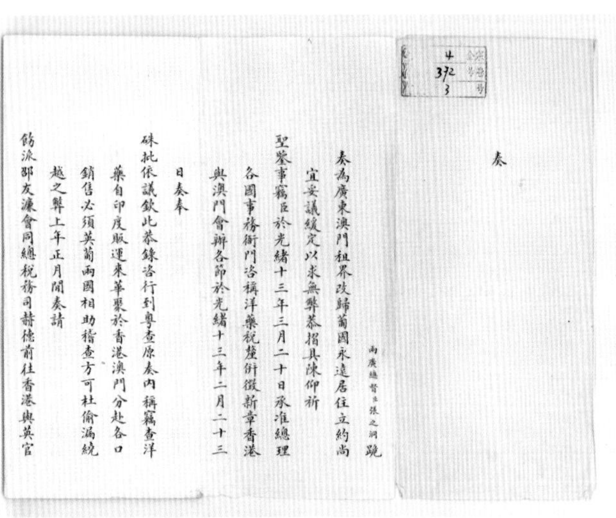

奏

兩廣總督臣張之洞跪

奏為廣東澳門租界改歸葡國永遠居住立約尚

宜妥議緩定以求無弊恭摺具陳仰祈

聖鑒事竊臣於光緒十三年三月二十日承准總理

各國事務衙門咨稱洋藥稅釐併徵新章香港

與澳門會辦各節於光緒十三年二月二十三

日奏奉

硃批依議欽此恭錄咨行到粵查原奏內稱竊查洋

藥自印度販運來華聚於香港澳門分赴各口

銷售必須英葡兩國相助稽查方可杜偷漏繞

越之弊上年正月間奏請

飭派邵友濂會同總稅務司赫德前往香港與英官

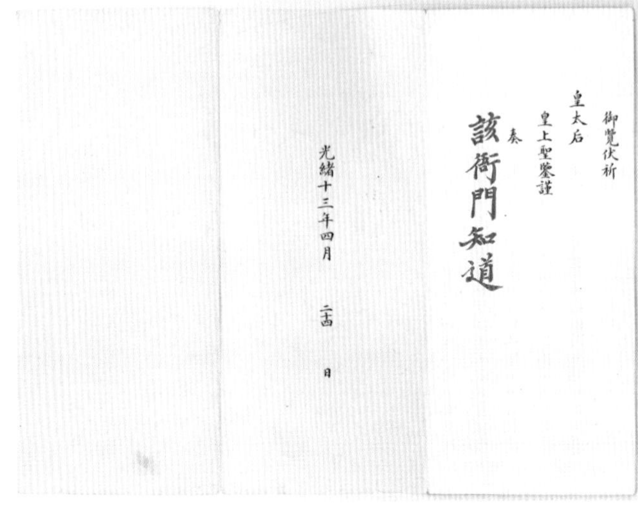

籍悉隸香山葡人逐漸越佔近又屢向界外村

民勒收田房租鈔迭據望厦村紳民聯稟赴愬

經臣先後委員會勘照會葡官查禁在案名為

租界猶得加以詰問立其限防若竟畀以管理

一切之權是此後土地人民盡歸葡屬以及水

界附島皆將視若國有是其政令既行於澳中

管轄將及於澳外界限混淆潛滋暗長可慮二

也中國濱海各省租界林立一切管轄辦案權

利章程本有公法可循條約可守雖暫無退還

之舉亦莫生覬覦之心今有澳門為例則日後

諸強國乘機伺便接踵效尤拒之則有厚薄之

嫌應之則成滋蔓之勢且此次英葡同一幫緝

英人倡議主事德色尤深葡則成效未見已有

先施英若美利能收能無厚報可慮三也粵民

僑寓澳門人數衆多良莠互異南番香順等縣

商民往來省澳者何止數萬往往兩地置產兩

地行商無從限斷至於閑民濫匪往來如織尤

無紀極西例凡生長於某國之地即可隸籍為

某國之民領取屬民票據恃為護身之符遇有

犯事地方官不能以華法治之即如光緒十一

年南海縣民何回生走私一案何回生現隸民

籍家有職官人所共知乃英領事來文以其久

居香港冒入英籍公然指為英國屬民前車可

鑒查英國稽核較嚴猶不能無冒濫給票之弊

御覽伏祈

皇太后

皇上聖鑒謹

奏

該衙門知道

光緒十三年四月　二十四　日

清光绪十三年（1887）四月，两广总督张之洞奏陈澳门租界改归葡国永居立约尚宜妥议折

奏

兩廣總督臣張之洞跪

奏為查明澳門葡人舊租之界及新占之界膠葛
太多葡人於協助洋藥稽徵並無大益請
旨飭籌妥辦以防窒礙而免枝節披瀝再陳仰祈
聖鑒事竊惟中國與葡萄牙議立新約一事臣於三
月內承准總理各國事務衙門來咨當經臣暨
撫臣吳大澂各抒所見奏請從緩定約奉
硃批該衙門知道欽此六月間疊准總署來電查詢
澳地闌閘以內華民詞訟案件是否仍歸地方
官審理旺厦村等處田糧每年實徵若干歸葡
人收租者若干等因當經密委廣州府知府孫
楫候補知府富純署香山縣知縣張文翰前署
香山縣知縣蕭丙堃候補知縣蔡國楨等分別
確查旋據查明七村訟案錢糧仍歸香山縣管
理並查明洋藥來華分運實與澳門無涉業經
據稟電覆並分別咨達函達總署商辦在案撫
臣於七月十六七八等日親赴澳門水陸一帶
履勘目擊情形旋省後與臣反覆籌商大率澳
門一帶有葡人原租之界有三十餘年久占之
界有十餘年來新占之界有近數年圖占未得
之界區別甚多實非一致現當立約之際彼必
將含混貪求若使稍不詳審則遠慮近憂處處
棘手除前奏所陳可慮七條之外敬敢縷晰再
為我
皇太后
皇上陳之查旺厦一村歲完糧銀糧米共銀三十餘
兩其餘沙岡新橋沙梨頭龍環龍田塔石等六
村依山而居並無田糧葡人先於各處强設路
燈藉收燈費漸向各村强編門牌勒收地租旺
厦村全不交納龍環塔石兩村不繳者十之六
至詞訟案件其口角錢債細故或由葡人就近
處理若人命重案仍歸香山縣控告辦理甚至
圍牆以內遇有重案往往由洋官照會香山縣
歸案審辦此皆咸豐同治光緒年間之案均有
案牘可稽是澳門一島牆內土地人民歷年並
未專歸葡人管轄牆外可知屢次紳民呈詞深
知煙台之約遲十年而後行澳門之約豈能責
我數月而遽定伏望
聖明垂察將臣前奏並此次所奏各節
敕下總理衙門妥籌詳議緩與立約免致民情梗阻
別生枝節粵省幸甚謹將澳門一帶訟案錢糧
葡人租銀人數繕列清單並繪具澳門附近水
陸詳圖照繪葡人意圖填占原綫恭呈
御覽所有瀝陳澳界膠葛太多澳約必宜緩定各緣
由理合恭摺奏陳伏祈
皇太后
皇上聖鑒謹
奏

該衙門知道單圖併發

光緒十三年七月　二十八　日

清光绪十三年（1887）七月，两广总督张之洞奏陈澳界胶葛太多新约必宜缓定折

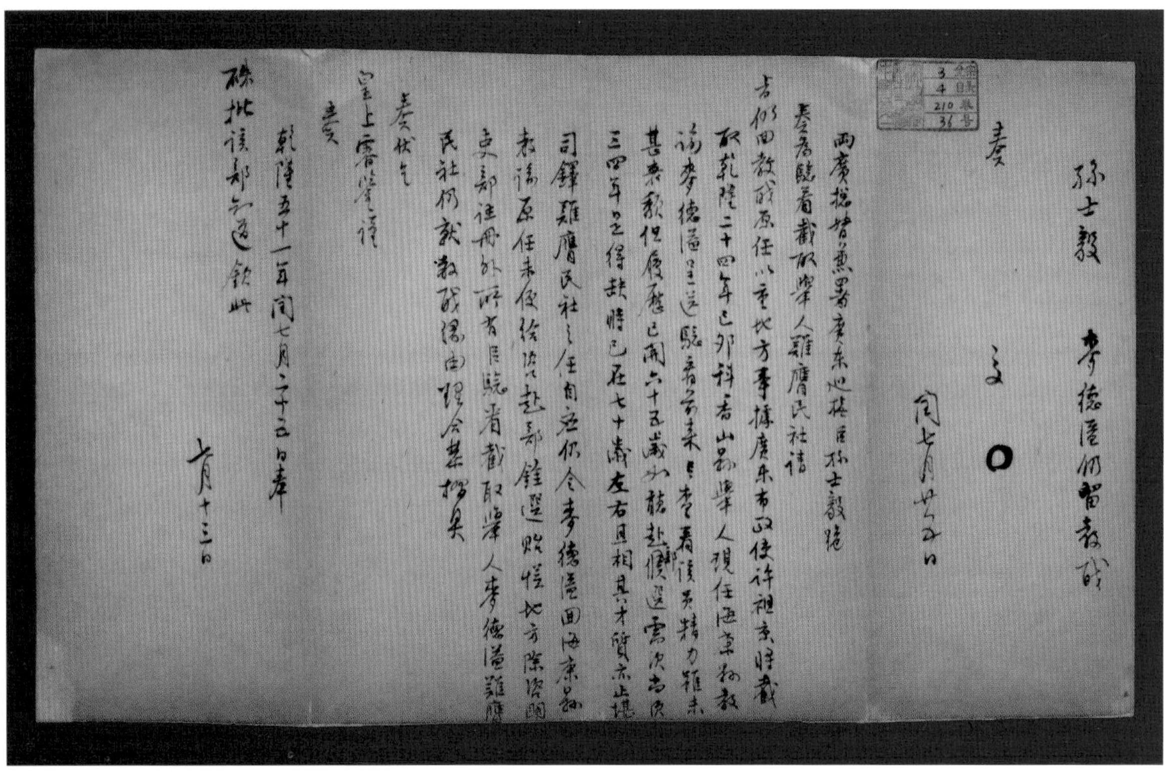

清乾隆五十一年（1786）七月，两广总督孙士毅奏请将香山县举人麦德谥仍留教职折

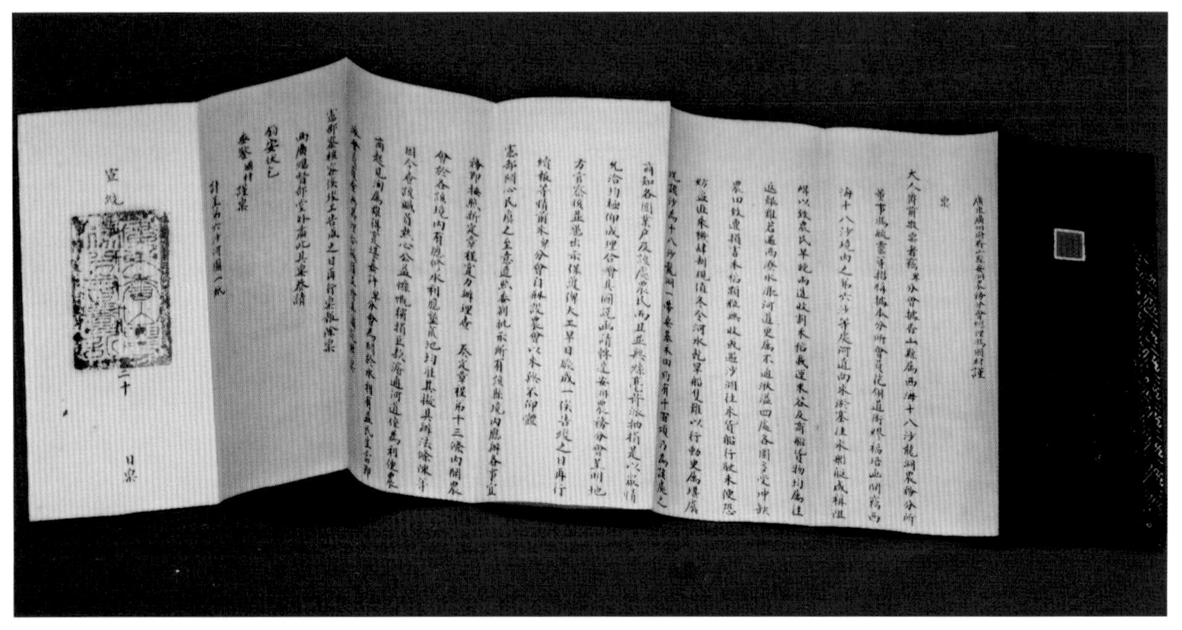

清宣统元年（1909）十一月，香山安洲农务分会总理冯国材禀为清挖河道事

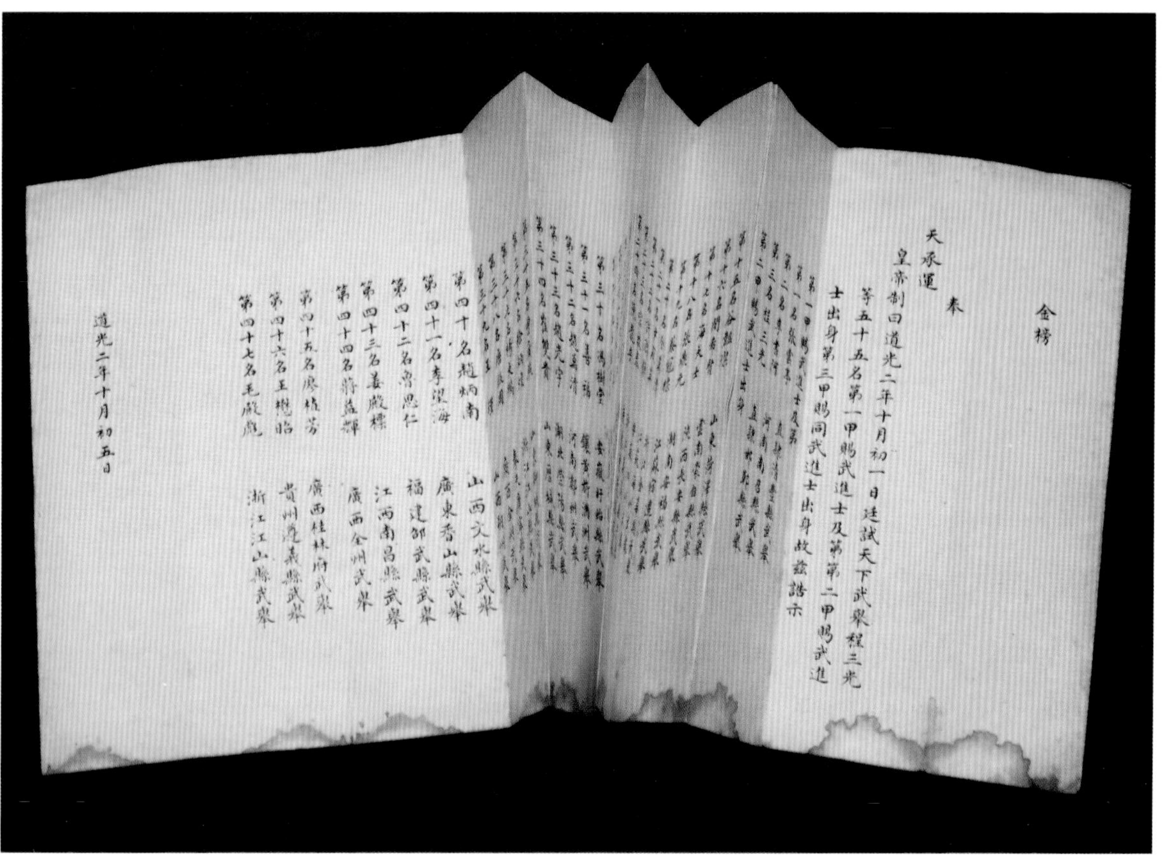

金榜

奉天承運

皇帝制曰道光二年十月初一日廷試天下武舉程三光等五十五名第一甲賜武進士及第第二甲賜武進士出身第三甲賜同武進士出身故茲誥示

第四十名趙炳南　山西文水縣武舉
第四十一名李望海　廣東香山縣武舉
第四十二名曾思仁　福建邵武縣武舉
第四十三名姜殿標　江西南昌縣武舉
第四十四名蔣益輝　廣西全州武舉
第四十五名廖植芳　廣西桂林府武舉
第四十六名王樾昭　貴州遵義縣武舉
第四十七名毛殿彪　浙江江山縣武舉

道光二年十月初五日

清道光二年（1822）武举小金榜

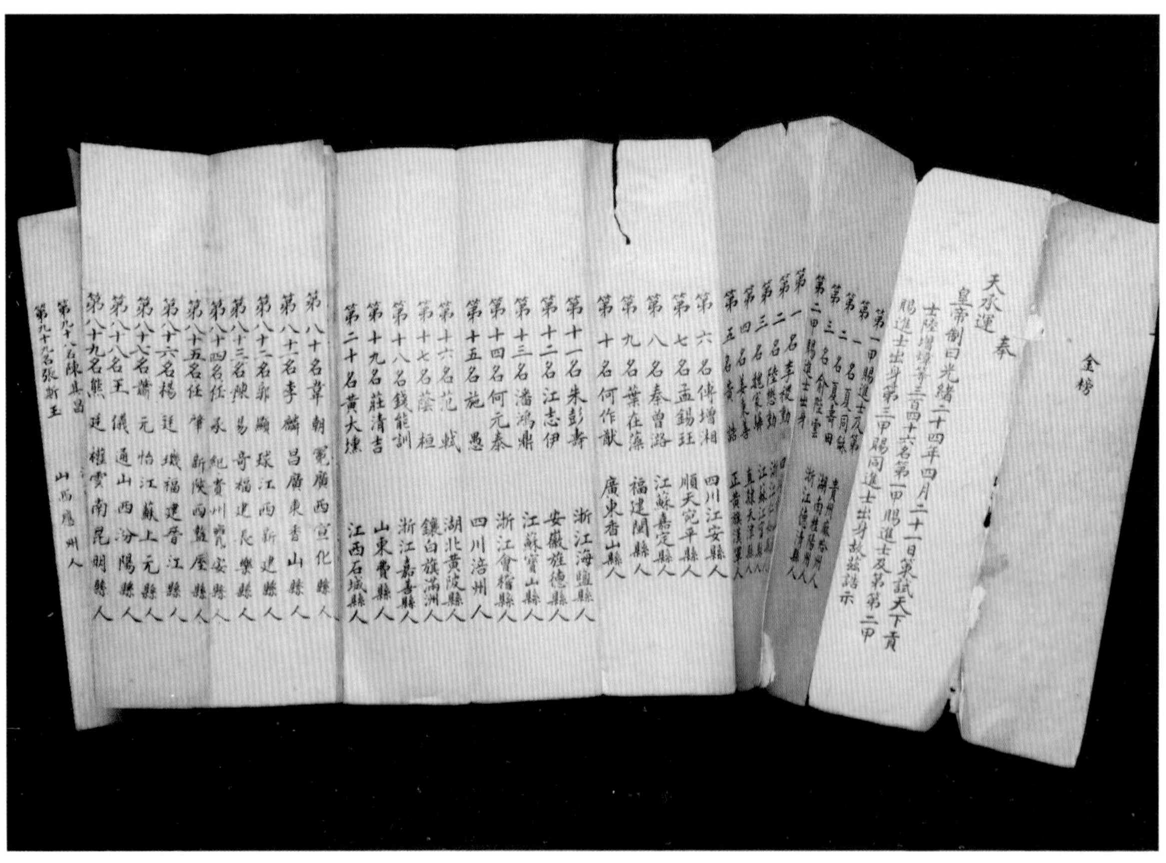

清光绪二十四年（1898）文举小金榜

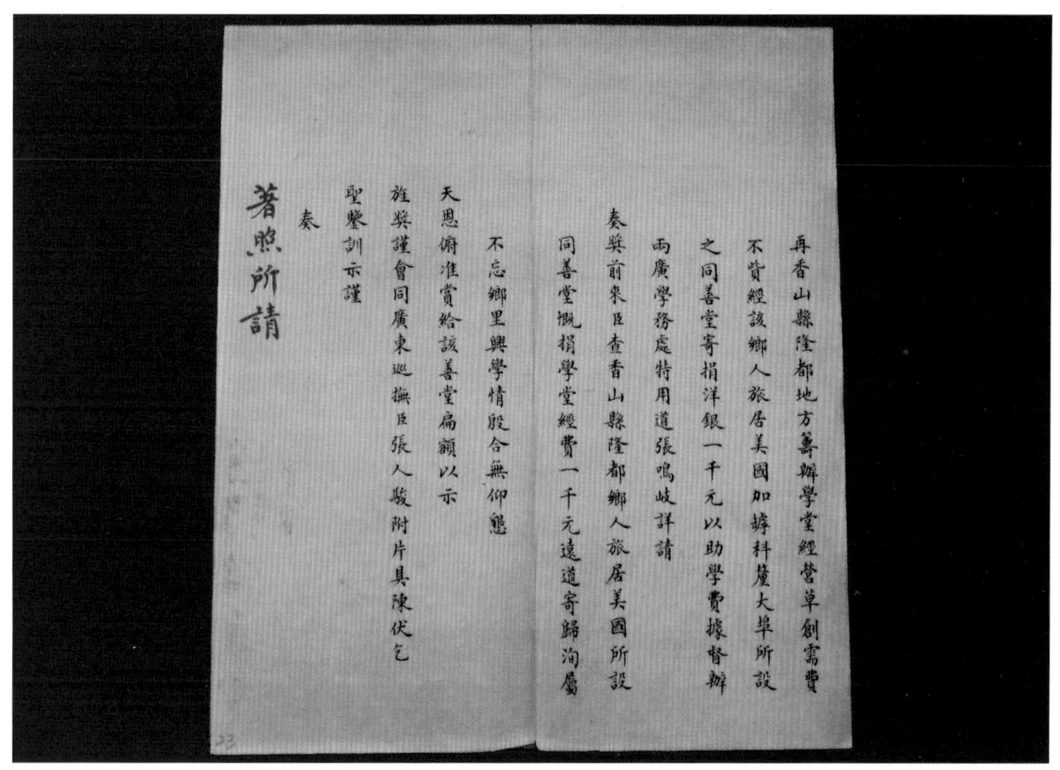

再香山縣隆都地方籌辦學堂經營草創需費不貲經該鄉人旅居美國加罅科蘆大埠所設之同善堂寄捐洋銀一千元以助學費據督辦兩廣學務處特用道張鳴岐詳請奏獎前來臣查香山縣隆都鄉人旅居美國所設同善堂慨捐學堂經費一千元遠道寄歸洵屬不忘鄉里興學情殷合無仰懇天恩俯准賞給該善堂扁額以示旌獎謹會同廣東巡撫臣張人駿附片具陳伏乞聖鑒訓示謹奏

著照所請

清光绪三十年（1904）二月，岑春煊奏为香山县乡人旅居美国所设同善堂捐款兴学请奖匾额片

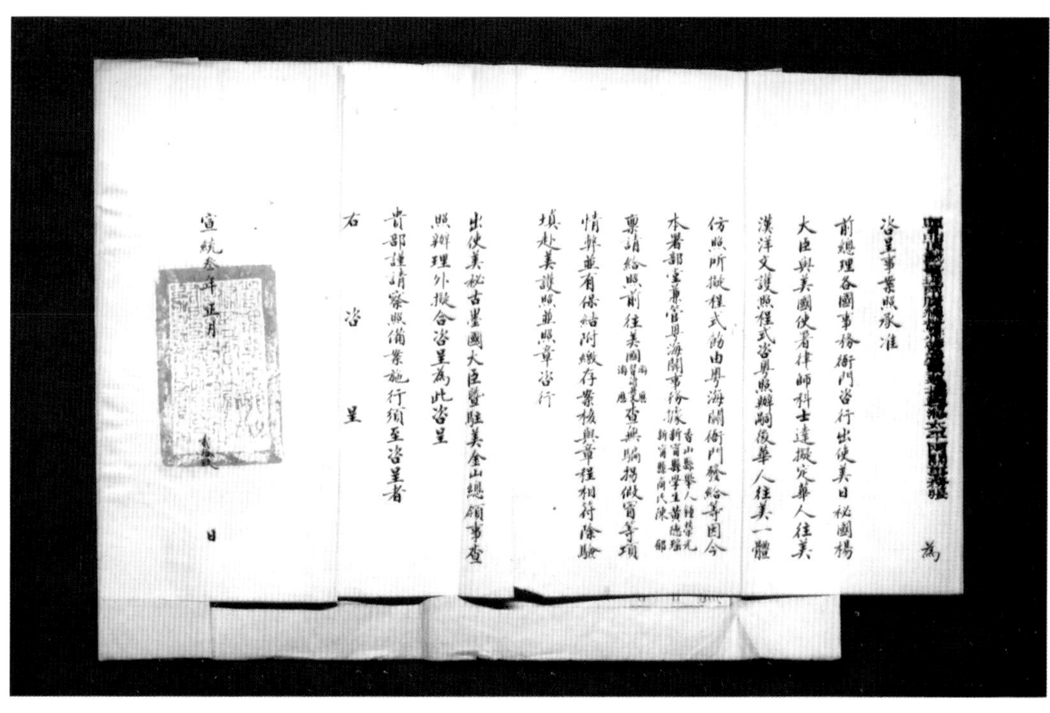

[illegible] 為

咨呈事案照承准前總理各國事務衙門咨行出使美日秘國楊大臣與美國使署律師科士達擬定華人往美漢洋文護照程式咨粵照辦嗣後華人往美一體仿照所擬程式飭由粵海關衙門發給等因今本署部堂兼管粵海關事務據香山縣舉人鍾榮光 新會縣學生黃德瑤 新寧縣商民陳郁稟請給照前往美國[illegible]查無騙拐假冒等項情弊並有保結附繳存案核與章程相符除驗填赴美護照並照章咨行出使美秘古墨國大臣暨駐美金山總領事查照辦理外擬合咨呈為此咨呈貴部謹請察照備案施行須至咨呈者

右 咨 呈

宣統叁年正月 日

清宣统三年（1911）正月，两广总督张人骏为发给香山县举人钟荣光等三人赴美护照事致外务部咨呈

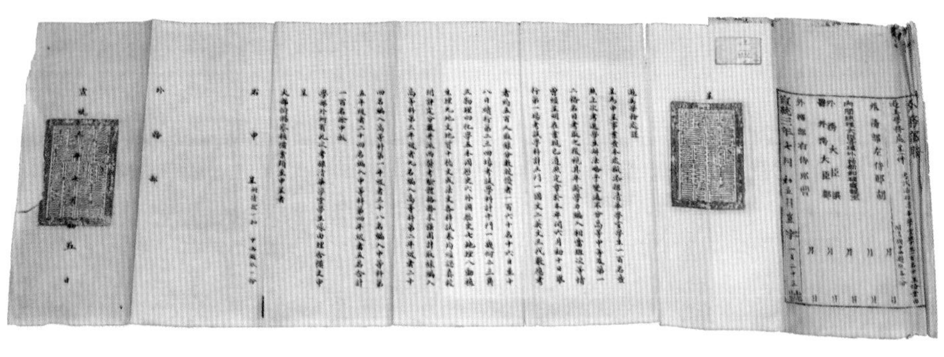

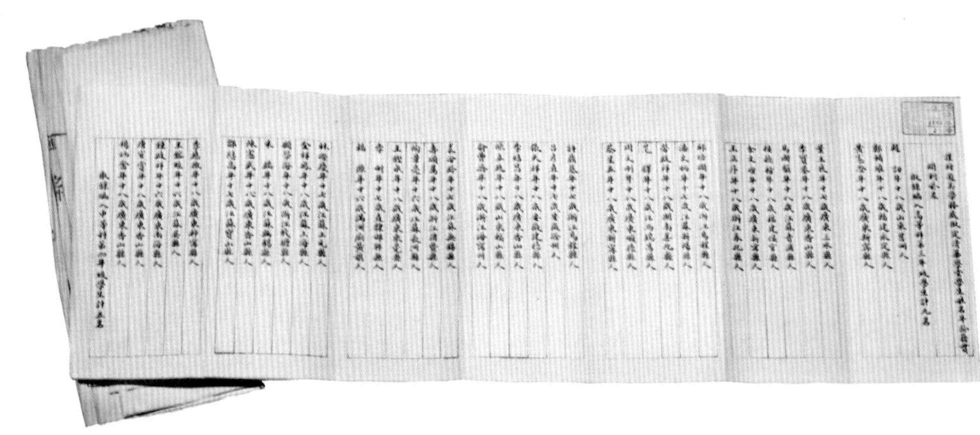

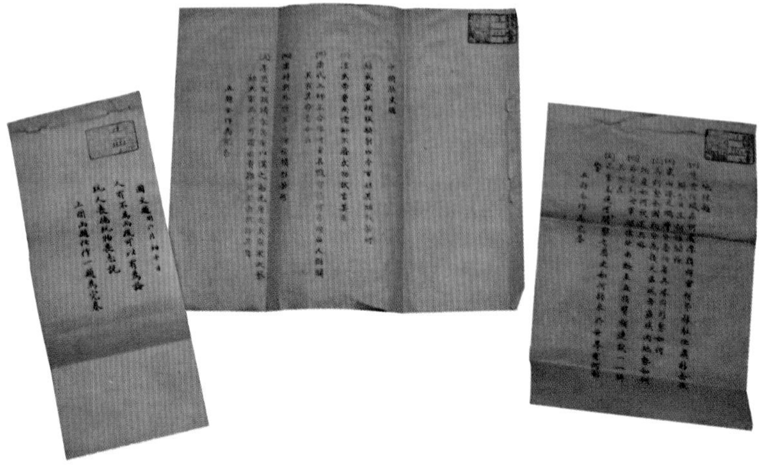

清宣统三年（1911）七月，游美学务处为添招清华学堂学生一百名事致外务部申呈（附招考试题纸）

《香山明清档案辑录》编辑委员会

序

《香山明清档案辑录》一书出版了，这是我市档案工作中的一件大事，也是我市文化建设的一件令人欣悦的事情。

中山原称香山，古称香山岛，自南宋绍兴二十二年(1152)正式设香山县以来，距今已有854年了。抹去历史的风尘，现在呈现在我们面前的是一座以经济繁荣、环境优美而著称于世的中山市。今天的中山市，不但拥有不断增长着的物质资源，而且还拥有丰富的历史人文资源，拥有深厚的历史文化积淀，而这正是今天我们建设高度发展与高度和谐的现代化中山的重要财富，是构建以人为本的社会主义社会的重要基石。探索历史前进的曲折历程，从中汲取经验、教训和珍贵的中华人文精神，应该是今天我们弘扬民族优秀文化、推动民族复兴大业的一项必不可少的工作。

历史档案是历史上各种社会活动中遗留的原始记录，是研究历史文化的第一手资料。经过千百年的兴衰起落、兵燹灾祸，记录中山各个历史时期的社会发展情况的档案大都已经消失在历史的长河中了，能够保存到今天的毕竟为数无多。这次结集出版的《香山明清档案辑录》一书，收录了明代档案4件，清代档案863件，起讫时间由明天启三年十二月(1624)至清朝宣统三年(1911)，时间跨度约二百八十多年。这八百多件档案，有清朝皇帝的朱批，有大量清朝各级政府和专门机构的题奏本章、录副奏折及相互间的咨呈批示等等，内容则涉及到军务、财经、外交、治安、文教、科举考试、出国留学等各个方面。毫无疑问，这些档案对研究中山的历史、文化，研究中山与澳门的关系，以及中国近代史的许多问题，都是非常珍贵的。档案中还包括了30余份有关辛亥革命的史料，反映了清政府勾结外国势力追捕孙中山先生及革命党人的活动，以及辛亥革命后筹组临时政府的有关史料，这是研究孙中山和辛亥革命不可多得的史料。

胡锦涛总书记曾经说过：借助档案，我们能够更好地了解过去、把握现在、预见未来。浏览这批史料，其中感受最深的是：一个国家只有国富民强，拥有强大的国力，才有能力抗御外侮，捍卫国家的主权。通过这些历史档案我们还了解到，晚清时期，葡澳当局竟屡次提出要签订将澳门改归葡国永远占有的不平等条约，又不断提出扩界和干涉中国内政的无理要求，甚至竟然要求在邻近澳门的原香山县属湾仔、银坑等地，不得升挂中国国旗等等。对于诸如此类的侵略侮辱行径，清朝当局也有过抵制和抗争，但是由于国势衰弱，最后或是被迫签署有损国权的所谓《通商条约》，或是敷衍塞责，难以收到维护国权的实效。只有在新中国成立以后，随着综合国力的增强和中国国际地位的不断提升，澳葡当局才不得不全面接受我方有关中葡纠纷的解决办法，澳门也于1999年回归祖国怀抱。与晚清相比，形成鲜明对照，不能不令人感慨系之！

历史留下的档案见证着历史，引人深思，使人受到教育。今天我们所从事的档案工作，正是为了给我们的子孙后代留下历史记录，使他们从中了解到前人在社会发展过程中所积累的宝贵经验和教训，从而更好地推动社会发展。因此，我们不能只是在口头上讲要重视档案工作，更重要的是应该脚踏实地做好档案工作，充分发挥档案工作的自身优势，积极服务于社会，服务于大众，在建设文化大省、文化强市的工作中，更好地发挥档案存史资政、借古鉴今、传承文明的作用，为建设文化中山、和谐中山做出更大的贡献。

李树之

2006年4月

序

一

“古来新学问起，大都由于新发现。”①这是上世纪初国学大师王国维先生的一句名言，至今仍然为学人所熟诵，也为近百年来不断发展的我国学术研究所证明着。在近代以来多次的文献资料大发现中，民初数量庞大的明清内阁大档的流落和最终被抢救下来，是最为人们所熟知的事情。这批皇晟珍秘，几经流离聚散，多有损坏失佚，经过许多人的努力抢救而终于得以保存下来，真正堪称奇迹。目前，内阁大档除一部分藏在台湾“中央研究院”历史语言研究所外，大部分则为北京中国第一历史档案馆（以下简称“一史馆”）所藏。毫无疑问，这批珍贵档案的幸存和公诸于世，大大有助于明清史的研究。多年来，专家学者们流连其中，披沙拣金，大有获益，孟森、商鸿逵、王钟翰、顾诚等史学先贤概莫能外。今天，国家经济腾飞，重视文化建设，以巨资重修《清史》，规模之大可谓旷古所无。可以想见，这批档案将在《清史》修纂工程中发挥巨大的作用。

最近，广东省中山市档案馆在一史馆的积极支持下，将一史馆所藏明清档案中有关原香山县的部分进行了复制，然后组织力量，一一加以释录和标点，再分门别类，整理成帙，定名为《香山明清档案辑录》，交由上海古籍出版社印行。香山毗连澳门，档案中多有与澳门历史有关者，故其中一部分内容曾被澳门基金会、中国第一历史档案馆和暨南大学古籍研究所合编的《明清时期澳门问题档案文献汇编》（以下简称《汇编》）一书所采用。而这次是以明清香山县域为中心的档案辑录工作，考虑到史料的完整性和方便学者，《辑录》对这部分档案仍予收录，并在标点时参照了《汇编》录文，又比照原稿进行了校订，补正之处不一而足。我个人有幸受中山市档案馆之邀参与其事，忝掌档案的释录、标点、分类诸事，前后历时两年多，大致上按原定计划完成了任务。

香山是岭南滨海名城，相传因五桂山多神仙花卉而得名。其建制沿革比较复杂，曾长期历

① 王国维《最近二三十年中国新发现之学问》，载《王国维先生全集》初编第五册，台湾大通书局 1979 年版，页 1987。

属番禺、东莞诸县，变迁甚多，殊难备述，至南宋高宗绍兴年间始正式置县。元明两代，因地处海隅，颇有渔盐海贸之利，但整体水平仍处于相对低下的状态。入清后，经过长时间的稳定发展，又有澳门所提供的诸多商机和便利，香山人口增殖，商业繁盛，文教日兴，遂与番禺、顺德等并列为大县，尤以侨乡名闻遐迩。清末，香山人文鼎盛，钟灵毓秀，特别由于伟大的革命先行者孙中山先生诞生于斯，更使香山草木添彩，山水增辉，为海内外华人和国际友人所仰止。为纪念孙中山先生，国民政府于民国十四年(1925)正式改香山县名为中山县，其后岁月荏苒，世事变迁，兴替交革，至1983年，国务院正式宣布撤县建市，至今已经是二十多年了。

改革开放给中山市带来巨大变化，经济突飞猛进，带动整个城市日新月异。自20世纪80年代初霍英东先生投资建设第一个现代化的温泉宾馆及相配套的高尔夫球场始，改革大潮中的中山，一直都显得生机勃勃，充满活力，中外投资者云集辐辏，公私企业鳞次栉比，市场繁荣，百业兴隆。不但人民安居乐业，百姓家给人足，而且整个城市规划合理，布局井然，环境整洁美丽，成为一座举世艳羡的滨海花园城市。中山市领导在大力促进经济发展和不断完善城市结构的同时，也非常重视本市传统人文精神的继承发扬与建设，积极保护和开发历史文化资源，借以提高城市人口的整体素质，提高这座历史名城的文化品位。整理出版香山明清档案，就是中山市的文化工程之一，从立项到最后竣事，自始至终都得到市委、市政府领导的支持和关注，应该说此项工程能够顺利完成，中山市委、市政府的高度重视是最重要的保证。

二

明清时代的香山，是指东到新安、西邻新会、北至番禺、南讫大洋的包括澳门在内的地区。那时，香山县域气候温和，土地肥腴，南部交通外洋，故兼有农、桑、渔、盐、商、税之利。此外，辖区内又有特殊的殖民城市澳门，那里“西洋夷民居之，以与中国为市”①。于是商贸繁荣，有着丰厚的工商税收，可以补助地方财政的需求；而也有猖獗的贩卖鸦片和形形色色的走私活动，中外不法之徒或栖身林莽，或漂泊海屿，他们居无定所，时隐时显，于是香山和澳门被视为不法之徒的渊薮，县情错综复杂，管理难度之大，即使在广东也是出了名的。可以说自明清之际开始，特别是到了清朝中晚期，香山县便一直处于中西政治、军事、经济、文化等方面冲突与交流的风口浪尖，一举一动皆关乎国政，事无巨细往往直达朝廷，这一客观背景造成了香山明清档案内容十分庞杂而又极具史料价值的基本特点。

香山地灵人杰，有悠远的人文传统，明清两代科甲兴盛，县人颇多以举业入仕者，涌现一些出类拔萃的人物。明代黄佐是一代儒学名臣，他学识渊博，著述宏富，大半生精力投之于兴学育人、砚田笔耕的生涯，成为明代岭南儒学的代表人物之一。清代出人更盛，以儒学宦业闻名

① 清印光任、张汝霖《澳门纪略》附姚鼐《张汝霖墓志》，赵春晨校注本，澳门文化司署1992年版，页271。

者如黄绍统、黄培芳、杨大玉、黄子高、曾望颜、何璟等，近代又有民国首任内阁总理唐绍仪、民族企业家方举赞、以“中国第一位西医”享誉的黄宽等，都是其中之代表人物。许多香山名人都很关心家乡的文教建设，而地方官员中也有在保存地方史事掌故上独具眼光者，所以香山地方文献资料比较丰富。仅以地方志而言，香山现存县志自明嘉靖邓迁《香山县志》以下，还有清康熙申良翰《香山县志》、乾隆暴煜《香山县志》、道光祝淮《新修香山县志》、同治陈澧《香山县志》、光绪田明耀《重修香山县志》、民国厉式金《香山县志续编》、中山文献委员会《中山县志初稿》、佚名氏抄本《香山县乡土志》等，加上清乾隆印光任、张汝霖等编撰的《澳门纪略》，一共有九种之多，这在广东各县中并不多见。

如此丰富的方志资料，加上相关的史部、集部著述以及外文资料等，关于明清两朝香山县的主要情况应该是相当清晰的了。然而事实并非如此。地方志受诸多因素的影响，记事往往有隐恶扬善、夸大掩饰之弊；官修正史一般都详于朝政大事，对局部的地方性的事务不可能面面俱到，而涉及到有关的某些重要人物时，也多着笔于一生功业的顶峰，而略于或不屑于前期经历，略于细节，甚而会有“为贤者讳”的做法。所以，在当代勃然兴起的澳门历史文化研究中，香山是必定要涉及到的，但学者们常感史料不足，觉得还有努力扩大史料来源的必要。这批明清香山档案的整理出版，必定能在一定程度上弥补这一缺憾，为明清香山史地的研究，为澳门史的研究，提供不少新的视角和思路，甚而会带来某些方面的突破。通过对全部档案的校读，我们已经深有此感，不妨举一个例证。

姚启圣是清康熙朝名臣，是人们耳熟能详的一位传奇式人物。姚在出仕之初曾以旗籍举人资格担任过香山县知县，对此，《清史列传》本传只有很少几个字的记载：“由康熙二年(1663)举人授广东香山知县。八年，以擅开海禁，罢任。”[①]《清史稿》本传所载稍详：“举康熙二年八旗乡试第一，授广东香山知县。前政负课数万，系狱，启圣牒大府，悉为代偿，寻以擅开海禁，被劾夺官。”[②]两传对照来看，姚任香山知县有六年之久，后因“擅开海禁”被夺官。再据两传，他二次脱颖而出是到了康熙十三年“三藩之乱”发生后，主动率长子姚仪“捐资募兵，赴军前效力”，中间隔了五年。此后，在平定三藩、收复台湾等一系列重大战事中功勋卓著，官位一直升到以兵部尚书衔领福建总督。我们关注的是姚启圣在六年之久的香山县任内到底做了什么？后来，徐元文在弹劾他的奏章中曾旧事重提，说他“自为香山县知县，秽迹彰闻，革职提问，永不叙用”[③]。亦见当日所受的处置是很重的，问题自然不小。康熙二十二年，姚在收复台湾后不久就死了。在台湾之役后的论功行赏中，姚实际上受到不公正待遇，故到了康熙四十七年，他的过继给某宗亲的第四子姚陶出任淮安知府，曾专门请北方颜李学派的代表人物之一王源(昆绳)

---

① 《清史列传》卷八《姚启圣传》，中华书局点校本，第2册，页582—583。

② 《清史稿》卷二六〇《姚启圣传》，中华书局点校本，第33册，页9857。

③ 前揭《清史列传》卷八《姚启圣传》，页584。

到淮安府中为姚启圣写传。王源深通兵学，为人慷慨傲物，长于辞章，他写的传对姚任香山知县一段经历作了如下描述：

> 公初至香山，澳门贼霍侣成弄兵，大吏不能制。公以计擒之，复叛，又率厅兵缚以归，海始靖。而督抚忌公才，顾以通海劾公，将置公死。公夜见平南王，以危语动之，王上疏白其枉，督抚皆自杀，而公罢官。①

又过了若干年，至乾隆年间，与姚陶之子为同年举人的史学家全祖望再次为姚启圣撰写了《神道第二碑铭》，对于姚在平定台湾之役中的诸多谋略与功绩更较王传为详，但香山罢官之事并没有增加任何新的内容②。所以，如果仅凭史书和碑传，姚启圣的香山罢官"永不叙用"之案便成了不解之谜。所幸者，我们在香山明清档案中找到了与此事有关的原始资料，不但使得这段迷茫不明的公案大致清晰可辨，也对我们了解清初香山、澳门的情况，对更深入地认识清初岭南政坛社情和姚启圣这位历史人物多了许多第一手资料。

目前所能搜寻到的与姚案有关明清档案一共有四件，其中《刑部残题本》两件、《刑部等衙门残题本》一件，此三件藏台湾"中央研究院"史语所，原发表于《明清史料己编》下册第六本，又被台湾所编《郑氏史料三编》所收录。另外一件是此次从中国第一历史档案馆辑出的《卢兴祖所呈香山县知县姚启圣货单贿单审答过情节册》，简称《审答过情节册》，时间为康熙六年八月二十七日。这四件档案以《审答过情节册》字数最多，通长一万七千余字。最先注意到《刑部》三件档案的是汤开建教授，他在以《康熙初年的澳门迁界及两广总督卢兴祖澳门诈贿案》为题的论文中③，详细探讨了档案所涉及的史事，得出令人信服的结论。大致，康熙元年朝廷下令澳门葡人内迁，又禁止所有中外商人的海上贸易活动，这导致澳门、香山经济陷入困境，姚启圣接任香山知县时，他的前任竟有七人因不能完纳国家税收而身陷囹圄，照当时的情况，姚不过是第八个候补入狱者而已。这种严峻形势只有"下澳通商"才有可能扭转，而这也正是已经极度窘迫的澳门葡萄牙人所渴求的。于是，在广东高官的允许下由姚启圣具体负责与澳门外国商人的贸易事务，这当然是违反朝廷禁令的行为，政治上的风险自不待说。然而，问题出在总督卢兴祖之流借澳商急于通商的心情，要姚启圣派出心腹直接向澳商索取巨额贿赂。后来事发，卢兴祖等人又将全部责任推到官职卑微的姚启圣身上，必欲置姚于死地，最后经过姚的积极申辩和多方援手，姚受到"永不叙用"的处罚，而总督卢兴祖、巡抚王来任均在狱中自杀。这样一个重大案件，在《清实录》、《清史稿》等正史中均无详细记载，姚启圣的多种传记也都闪烁其词，讳莫如深。有了档案资料，加上外文文献的比证对照，使我们清楚地了解到事件的全过程，增

① 王源《居业堂文集》卷五，丛书集成本，页 67。
② 朱铸禹《全祖望集汇校集注》卷一五，上海古籍出版社 2000 年版，上册，页 278。
③ 载汤开建《明清士大夫与澳门》，澳门基金会 1998 年版。

多了对姚启圣的认知。《审答过情节册》是一份刑部的审问笔录，可谓巨细无遗，涉及内容极其丰富，不仅是卢兴祖索贿案最重要的史料，也近乎全方位地反映出了康熙初年香山、澳门的官场世情、物产商品、市价交易、风俗行规等，而这类东西在“正史”中是很难有如此集中的载述的，所以三百年后的今天读起来恍如身临其境，一切历历在目。

总之，香山明清档案的历史学意义非常之深广，大到军国大事如战争、外交，小到诸如盗窃、抢劫等细小的社会治安事件；所涉及到的人物有李侍尧、林则徐、邓廷桢、张之洞等身份显赫的封疆大吏，也有清末“农会总理”冯国才等民间人士。时间上则始于明天启年间，迄于清宣统末年。在如此长久广宽的时空里，将香山的历史面目展现给研究者，真是非常难能可贵的。

三

据大略统计，此次所辑录到的明清香山档案共150多万字，总867件。这当然不是香山明清档案的全部，辑录工作也并没有彻底完成，还需要继续做下去。至于星散于海内外公私藏家之手的一定还有不少，这需要假以时间，做进一步的寻访搜集，或者有一天会有《辑录》的续集问世。

原一史馆明清档案依衙门分属定类，约分为宫中朱批、内阁、军机处、外务部等20余类，对我们这部地方性档案的辑录书而言，这样分类不免稍嫌细琐，翻检亦所不便。因此，我们将所有档案以时间为经，以内容为纬，重新编列划分为政务、军务、政法、外事、宗教、财贸、农务、文教八类，又在档案末尾附上原属衙门。八个类目是：

政务：此类收档案47件，内容以职官任免、奖励以及地方政务为主。其中收入了这批档案中仅有的四件明档案。

军务：此类76件，内容以海防、战事、地方营伍情形为主，有些是研究第一次鸦片战争的重要史料。

政法：此类收录档案150余件，内容大致可分为鸦片、刑事、辛亥革命三个方面。由于档案所涉年代的客观情况和档案数量有限，我们将辛亥革命的资料归入此类。

外事：凡涉及中外政府之间相互照会、立约、进贡、外籍人员效力等皆归入此类，近200件，是香山清档中价值最高的部分。

宗教：此类69件，所录主要是天主教在中国传播的资料，而其中又以中国政府对传教的管理控制为主，多为地方大员向皇帝奏报办理天主教案情况的折子。

财贸：此类凡200余件，以税务与对外贸易为主。内有澳门商人开办闱姓赌场的相关档案多件，考虑到当时闱姓对政府财政的作用及澳门赌业的经济地位，也将其列入本类。

农务：本类档案数量不很大，近50件，篇幅短小者居多。

文教：此类收入康熙至光绪年间部分小金榜、乡试题名录以及清晚期游美学生名单，总共近60份档案。这批档案从某些具体事件中反映了近代中国教育制度的转型进程，我们从中可以看到诸如侯德榜、竺可桢、胡适等文化名人。

必须要说明一下的是，虽然明清档案不存在"佶屈聱牙"的问题，但由于原件大都经历过辗转聚散的劫难，不少已有严重磨损乃至于残断不全的问题，过录所用的底本又是缩微胶卷的复印本，清晰度较差。加上有些档案是正式文本的稿本，执笔者以行楷为主的字体中往往夹杂有草字、异体字和俗体字，辨认也有不少困难，释读不免会有鲁鱼亥豕之误。另外，时代隔膜，清代文书的程式和习惯用语已不是今天所熟悉的了，有时确实很难处理，所以整个辑录文字中一定会存在不少问题。我希望有机会进一步地整理和提高，以更好地服务于学术研究，服务于中山的文化建设。恳切此情，聊以为序。

马明达

2006年4月于暨南花园说剑斋

例　言

一、全部档案依其内容厘分为政务、军务、政法、外事、宗教、财贸、农务、文教八类，每类基本按时间顺序编排，兼顾档案间内容之关联呼应。为方便检索，同属一事者尽量编在一处，附件系于相应档案之后。明代档案仅四件，统属之政务类。

二、每件档案之前标有本书所编序号。如“8.12”，即表示第8类“文教”中的第12件档案。

三、档案标题基本根据原档内容归纳概括而定，兼以第一历史档案馆提供的《中山(香山)历史档案目录》参照补正。个别照会标题中责任者在原档中没有完整姓名，尽量根据《中山(香山)历史档案目录》添补，并在其后加“*”号标明。

四、档案时间以原档所标示者为准。原档时间难以确定者，或以朱批时间替代，或据中国第一历史档案馆提供的《中山(香山)历史档案目录》及由澳门基金会、中国第一历史档案馆、暨南大学古籍研究所合编的《明清时期澳门问题档案文献汇编》补上，后者在时间后加“※”号标明。

五、原档中的疑误字，在其后圆括号内注出正字；异体字，除人、地名等专名中予以保留外，其余径改。原档中的缺字，可据前后文及相关档案补出者尽量补出，并在补字外加方括号。原档中音译的外国专名有加“口”旁者，一律照录。

六、原档中朱批或上级官员批示文字，前以“(朱批：)”等字样标明。

七、原档中残缺或模糊不辨的文字，用相同数量的“□”表示。若无法准确统计数量，且总数不超过一行，则用“□……□”表示；若超过一行，亦用“□……□”表示，并另出注说明。

八、清代文书中“等因奉此”一类程式语，有时使用很灵活，并无确定定式，故遇有相关语句时做分别处理，未统一点断。

九、档案标题右上方文字，是根据《中国档案分类法》之“清代档案分类表”的基本大类分类编号；档案末尾右下方括号内文字，表示该件档案所在中国第一历史档案馆馆藏档案全宗文种。

十、书末附有《档案号与胶片号对照表》。档案号即本书为档案所编之序号，胶片号则指中山市档案馆所藏该件档案之首个缩微胶片号。

目　录

1. 政　　务

C121：职官、吏役-选官、任官

1.1　兵部尚书赵彦等为推补广州海防参将弹压香山濠镜等处夷船事题行稿

天启三年十二月二十二日(1624年2月10日)

太子太保、兵部尚书臣赵〔彦〕等谨题，为缺官事。

职方清吏司案呈，照得分守广东广州海防参将方仪凤，近该广西巡按贾毓祥题参原任广西都司掌印不职，本部见在议复。所有员缺，合当推补，案呈到部。臣等从公推举得，广东碣石水寨把总以都指挥体统行事署指挥佥事正李相，广东广州里海把总以都指挥体统行事署指挥佥事陪陈士璇，俱各堪任。伏乞圣明于内简命一员，量升署都指挥佥事，以都司佥书职衔管分守前项地方参将事。候命下之日，本部备查原拟责任，请敕一道赍付本官钦遵任事。合用符验旗牌，照例就彼交代，具由回奏。遗下员缺，另行推补。缘系缺官事理，未敢擅便开坐，谨题請旨。

计开：拟堪分守广东广州海防参将官二员。

李相，系从化所正千户，天启元年九月推升署指挥佥事，以都指挥体统行事广东碣石水寨把总三年，该广东督按官胡应台等奏保二次，历俸二年五个月。

陈士璇，系肇庆卫武举，署所镇抚，天启元年九月推升署指挥佥事，以都指挥体统行事广东广州里海把总三年，该广东巡按周用宾奏保一次，历俸二年五个月。

天启三年十二月二十二日

郎中王继谟　廖起巘

兵部为缺官事。

该本部题，云云。等因。天启三年十二月二十三日，太子太保、本部尚书赵〔彦〕等具题。二十六日奉圣旨：是。有点的依拟用。钦此。内李相有点，抄捧送司，案呈到部，拟合就行。为此,札仰本官定限本年三月二十五日到任外。

一合具揭帖,差主事沈桀赍赴内府翰林院,请写敕书施行。计开:请敕官一员,量升署都指挥佥事以都司佥书职衔管分守广东广州海防参将事李相。查得本官责任专管广州,驻扎东莞南头地方,统领水兵三千名,教习水战。有警督兵出海,剿捕海倭贼盗,仍往来省城、波罗东洲、官窑上下,缉捕里水行劫贼船,及弹压香山、濠境等处夷船,并巡缉接济私通船只,副镇南澳;别有重大声息,尤要一体应援。凡事会同海道副使、海防佥事计议而行,仍听总督、抚镇等官节制。其广海守备,听本官节制。尤须持廉秉公,正己恤下,以副委任。如或贪黩偾事,法不轻贷。

一咨两广总督胡〔应台〕,合咨前去,烦照本部题奉钦依内事理行令本官依限到任,不许延迟。仍将到任日期同原奉本部札付并履历缘繇,呈报总督衙门,缴部查考。如过限不到,及不缴部札,定照近题事例参究施行。

一咨都察院,合咨贵院,烦为转行广东巡按御史,照依本部题奉钦依内事理,行令本官依限到任,不许延迟。如或过违,照例参究施行。

一札付李相。见任广东碣石寨把总,今量升署都指挥佥事以都司佥书职衔管分守广东广州海防参将事,合用符验旗牌,照例就彼交代,具繇回奏。

天启四年正月初七日

郎中王继谟　廖起巘

(明档兵部题行稿)

C121:职官、吏役-选官、任官

1.2　兵部为广东巡视海道责任为监督香山等寨及驭澳防倭事行稿

天启四年八月十八日(1624 年 9 月 30 日)

兵部为缺官事。

职方清吏司案呈,奉本部送,准吏部咨开:四川布政使司右参政史树德,改补广东布政使司右参政兼按察司佥事,管理前项地方事务,补吴伯与留任员缺。移咨该部,照例请敕。等因。到部送司,案呈到部,拟合就行。为此

一合具揭帖,差主事孙元化赍赴内府翰林院,请写敕书施行。

计开:请敕官一员,巡视海道带管市舶广东布政使司右参政兼按察司佥事史树德。查得本

官责任，驻扎东莞南头城，遇汛驻扎新安、新宁等城，整搠船器，操演水战，监督南头、广海、虎门、香山等寨及驭澳防倭诸务，汛毕回省。平时则训练兵夫，简阅强弱，稽察奸弊。如值沿海有警，督率官兵相机剿捕。倘声势猖獗，听征调各守巡所辖寨哨策应。如东西寨哨驰报重大警息，亦督所属将领船兵互相应援，以靖地方。凡一应备御事机，悉听从宜区处，沿海府、县、卫所文武官员，俱听节制，考核殿最，敢有怠忽及私役军兵、科敛财物、与奸徒私通、接济夷倭等项，轻则量情惩治，重则参奏拿问。本官尤须持廉秉公，正己律下，以副委任。如或因循旷职，责有所归。①

（明档兵部行稿）

C121：职官、吏役-选官、任官

1.3　兵部尚书赵彦等为推补广东香山等地方参将事题行稿

天启四年九月二十三日(1624 年 11 月 3 日)

太子太保、兵部尚书臣赵〔彦〕等谨题，为缺官事。

职方清吏司案呈，照得分守广东阳电地方参将聂一凤，近该两广总督胡〔应台〕题称病故，所有员缺，合当推补，案呈到部。臣等从公推举得，原任尤吉（游击）将军职衔管广西南太参将事听候别用署都指挥佥事正乐应祥，已推都司佥书职衔管陕西永泰城参将事署都指挥佥事〔陪〕茅国英，俱各堪任，伏乞圣明于内简命一员，俱仍以原官管分守前项地方参将事。候命下之日，本部备查原拟责任，请敕一道赍付本官钦遵任事。合用符验旗牌，照例就彼交代，具繇回奏。缘系缺官事理，未敢擅便开坐。谨题请旨。

计开：拟堪分守广东阳电地方参将官二员。

乐应祥，系豹韬卫武举，署所镇抚，历升署都指挥佥书，原任尤吉（游击）将军职衔管广西南太参将事，因员缺裁革，本官见在京营听候别用。近准协理京营戎政朱□□咨称，本官裁冗听推之官，且履任四十五日，非有他过举也。投闲可惜，相应推用。兹值前缺，相应推补。

茅国英，系永清右卫镇抚，历升署都指挥佥事。天启四年已推都司佥书职衔管陕西永泰城参将事，因员缺咨留候一位，本官听候别用。兹值前缺，相应推补。

天启四年七月二十三日

郎中方孔炤　张尔嘉

---

① 下缺。

太子太保、兵部尚书臣赵〔彦〕等谨题，为缺官事。

职方清吏司案呈，照得分守广东香山等处地方备倭参将蔡一申，近该两广总督胡〔应台〕题称患病，本部见在议复，所有员缺合当推补，案呈到部。臣等从公推举得，都司佥书职衔管蓟辽总督标下旗古(鼓)事署都指挥佥事正高应岳，应天巡抚标下中军尤吉(游击)将军署都指挥佥事陪李蒙雷，俱各堪任，伏乞圣明于内简命一员。如用高应岳，量升尤吉(游击)将军职衔管前项地方参将事，如用李蒙雷充参将，候命下之日，本部备查原拟责任，请敕一道赍付本官钦遵任事。合用符验旗牌，照例就彼交代，具由回奏。遗下员缺，另行推补。缘系云云，谨题请旨。

计开：拟堪分守广东香山等处地方备倭参将官二员。

高应岳，系三江所百户，历升署都指挥佥事。先任蓟辽总督标下其古(旗鼓)守备，天启三年四月推加都司佥书职衔照旧管事，四年该蓟镇督抚按官吴〔用先〕等奏保四次，历俸一年八个月。

李蒙雷，系南京留守右卫指挥同知，历升署都指挥佥事。先任山东边操都司佥书，天启三年四月推应天巡抚标下中军尤吉(游击)将军，四年该应天巡抚周〔起元〕奏保一次。历俸一年八个月。

天启四年九月二十三日

郎中方孔炤　张尔嘉

太子太保、兵部尚书臣赵〔彦〕等谨题，为缺官事。

职方清吏司案呈，照得守备广东钦州地方李光，近该两广总督胡〔应台〕题参不职，本部见在议复，所有员缺合当推补，案呈到部。臣等从公推举得，常德卫指挥使正陈人杰，广东二科武举官陪湛濯之，俱各堪任，伏乞圣明于内简命一员，照例以都指挥体统行事，守备前项地方。候命下之日，本部备查原拟责任，札令钦遵任事。如用湛濯之，量升署指挥佥事。缘系缺官事理，未敢擅便开坐，谨题请旨。

计开：拟堪守备广东钦州地方官二员。

陈人杰，系常德卫指挥使。天启三年该贵州抚按官李栐等奏保二次。

湛濯之，系广东二科武举官。天启三年该巡视京营科道等官彭汝楠等奏保二次。

天启四年九月二十三日

郎中方孔炤　张尔嘉

兵部为缺官事。

该本部题，云云。等因。天启四年十月二十五日太子太保、本部尚书赵〔彦〕等具题，二十八日奉圣旨：是。有点的依拟用。钦此。内刘应宠、乐应祥、高应岳、陈人杰各有点，捧(抄)捧送司，案呈到部，拟合就行。为此，除札仰刘应宠以新官交代之日为始，定限十日以里到任，乐应祥、高应岳、陈人杰俱定限次年正月初八日各到任外。

一咨两广总督何〔士晋〕、福建巡抚南〔居益〕。合咨前去，烦照本部题奉钦依事理，行令各官依限到任，不许延迟。仍将到任日期，同原奉本部札付并履历缘由，呈报总督、巡抚衙门，缴部查考。如过限不到，及不缴部札，定照近题事例参究施行。

一咨都察院。合咨贵院，烦为转行福建、广东各巡按御史，照依本部题奉钦依事理，行令各官依限到任，不许延迟。如或过违，照例参究施行。

一合具揭帖，差主事李继贞赍赴内府翰林院，请写敕书施行。

计开：请敕官三员。

仍以游击将军职衔管分守福建南路地方参将事署都指挥佥事刘应宠，拟得本官责任，驻扎泉州中左所，每遇汛期，移驻彭湖，汛毕撤回。兼管水陆军兵，无事则操练军马，修理城池，弹压地方，交相会哨；有警则亲督军兵佥名〔随处〕截杀，防御寇盗。若邻境贼势重大，亦要互相策应，仍往来铜山、黄冈、柘林、大城、南澳、辟望诸处。凡应设墩台、应修城堡，会行漳泉及该管岭西地方兵备道，呈详闽广督抚衙门议处。不许恋居内地，养寇遗患。守把各官悉听节制。本官仍听闽广督抚、巡按、总兵官节制调遣。自祥芝巡检司起，至大城所水陆官兵，并听调度。本官尤须持廉秉公，正己率下，如或贪残偾事，国典具存，法不轻贷。

游击将军职衔管分守广东阳电等处海防兼管陆路地方参将事署都指挥佥事乐应祥，拟得本官责任，常在阳江、电白二县往来驻扎，统领北津水寨兵船，无事简练士卒，操演队伍，遇汛出海防倭，遇警督兵邀杀。恩阳守备与高州、恩阳陆兵及卫所官军，俱听节制。所管信地，东自广海界起，西至白鸽界止。间有重务，与岭西守巡二道计议停当而行，仍听抚按、总兵官节制调度。尤须持廉秉公，正己率下，如或贪残偾事，国典具存，法不轻贷。

游击将军职衔管分守广东香山等处地方备倭参将事署都指挥佥事高应岳，查得本官责任，驻扎鹰儿埔营防守信地，陆则雍陌、塘基湾、澳门、前山等处，水则十字门、九洲洋、石龟潭、虎跳等处，澳内备倭官兵，俱听约束。一应堤防，须加严谨，关门启闭以时。如有内地奸徒搬运货物、夹带人口、潜入接济，澳中夷人阑出牧马游猎、扬帆驾桨、偷盗劫掠等项，并听本官擒拿解究。每遇夷商入澳，须诘问明白，方许报抽，歹舡立刻屏逐，毋容停泊。每岁同巡海道临澳查阅一次，倘或取纳倭夷窝藏奸恶，勒令尽数驱除，毋容恋住内地。如别有重大声息，尤当一体应援。凡事会同海道计议而行，仍听督抚镇巡等官节制。本官须持廉奉公，恩威驭下，安静驯夷，期于内外肃清，地方永赖，方称任使。如或生事扰害，致启衅端，国典具存，法不轻贷。

一札付刘应宠。见任游击将军职衔管福建北路参将事署都指挥佥事，今以原官调管分守福建南路地方参将事，合用符验旗牌，照例就彼交代，具由回奏。

一札付乐应祥。原任游击将军职衔管广西南太参将事署都指挥佥事，今仍以原官管分守广东阳电等处海防兼管陆路地方参将事，合用符验旗牌，照例就彼交代，具由回奏。

一札付高应岳。见任都司佥书职衔管蓟辽总督标下旗鼓事署都指挥佥事，今升游〔击〕将军〔职衔〕管分守广东香山等处地方备倭参将事，合用符验旗牌，照例就彼交代，具由回奏。

一札付陈人杰。系常德卫指挥使，今升照例以都指挥体统行事，守备广东钦州地方。①

（明档兵部题行稿）

M14：关务

1.4　兵部尚书熊明遇等为澳关宜分里外之界以香山严出入之防事题行稿

崇祯四年八月二十四日（1631 年 9 月 19 日）

兵部尚书臣熊〔明遇〕等谨题，为摘陈粤事切要，以戒衣袽，以固疆圉事。

职方清吏司案呈，崇祯四年八月初六日，奉本部送兵科抄出广东巡按高钦舜题前事内称，臣衔命于役，兹已告竣。凡巡历所至，有关吏治民生，得失利病，与夫山海交讧，兵荒洊至之情形，已一一次第入告矣。乃夫东粤之所，大忧有在肘腋间而中人膏肓者，臣窃鳃鳃计之，以今盗贼披猖，所在报警，地方官无日不以防守为事，即立保甲，练乡兵，饬海禁，严接济，亦既不遗余力，而里勾引外连，此攻彼击，更相流煽，人心摇摇，其故安在？则知所以靖盗，而未知所以靖盗之源也。粤故瘠壤，而被膻名，非以夷商贸易，百货所聚，贵珠玉而贱五谷耶？而粤之祸乱，实胎于是。何也？省会密迩澳地，夷之实逼处此，非粤之利也。其初，不过以互市来我濠镜，中国利其岁输涓滴，可以充饷，暂许栖息，彼亦无能祸福于我。乃奸商揽棍，饵其重利，代其交易，凭托有年，交结日固，甚且争相奔走，惟恐不得其当。渐至从中挑拨，藐视官司，而此幺么丑类，隐然为粤腹心之疾矣。查澳关之设，所以禁其内入，惟互市之船经香山县，原立有抽盘科，凡省城酒米船之下澳与澳中香料船之到省，岁有尝（常）额，必该县官亲验抽盘，不许夹带盐铁硝黄等项私货。立法之始，为虑良周。今甲科县官，往往避膻，不欲与身其间，而一以事权委之市舶，相沿陋规，每船出入，以船之大小为率，有免盘尝（常）例，视所报正税不啻倍蓰。其海道衙门，使费称是，而船中任其携带违禁货物，累累不可算数。更有冒名饷船，私自出入游奕，把哨甲壮人役托言拿接济而实身为接济者，又比比而是，不可致诘。总之，以输饷为名，以市舶为窟，省会之区，纵横如沸，公家一年仅得其二万金之饷，而金钱四布，徒饱积揽奸胥之腹。番哨听其冲

① 下缺。

突，夷鬼听其抢掠，地方听其蹂践，子女听其拐诱（诱），岂不亦大为失计，大为寒心者哉！今宜仍以澳关分里外之界，以香山严出入之防。省船之应出者至香山验过乃出，澳船之应入者至香山验过乃入。其有大夹板船躲泊外洋老万山、栏州、大井、大窑山等处，致番哨运货走税，责令海防官严拿，连船货没官充饷，据法正罪。其别项外海船，诡称飘风踪迹闪烁者，市司不许妄申报饷，该管衙门不许轻准放行。事关海禁，有碍封疆，万不容稍徇情面，等于儿戏也。其岁额酒米船、香料船各若干，必香山县官逐一亲自抽盘，毋容吏书上下其手，一面单报督按司道存案，一面移单市司查对报税。市司止许照货登簿收税解饷，不许更立帮饷，使用种种名目，以恣需索，延捱生事。如是，则革免盘之陋规，可溢数倍之饷额。当此三空四尽、捉襟露肘之日，亦不堪以有用之金钱，任若辈自润私囊也。至于海道自有海上机宜，时费筹度，此商贾刀锥之末，又何庸分心，以纷纭其职掌为哉。而况猾胥之积恋，市侩之交通，陋规之相沿，亦成如市之门，非建威销萌之体也。且此饷原起解布政司，而地方之事，守巡二道并有攸责。其市舶税单，应并报该司守巡，凡互市出入船数，每季各衙门循环册报督按查核。其非经抽盘、非经报税等船，不许混插往来，庶互相觉察，稍换窠旧（臼），而官此者且一洗脂腻之嫌耳。更责成附省二县，盘诘奸细，驱逐无籍，不许奸商棍揽借市易之名，盘踞招摇。有游手好闲面生可疑为保甲所不载者，人得而执之，则内地肃清，而奸宄靡自潜踪，寇贼去其内应。此弭盗安民之第一义也。臣叨皇上任使，兢兢竭蹶，攀重峦，渡炎海，到处咨询。即猺獞黎岐，靡不究所以拊驭之法。而驻省城者凡三，其关切事宜，更无逾此。谨会同总督两广军务兼巡抚广东地方兵部右侍郎兼都察院右佥都御史王业浩具题，伏乞敕下兵部，申饬施行。等因。

崇祯四年八月初四日奉圣旨：这本说夷商奸棍交构挑拨酿患可虞，督按道府有司，便当查照成规，设法禁止，何得漫无钳押。硝黄铁器不许阑出，屡谕甚严，岂容玩视？奏内分界讥防、盘验申报等事，俱著酌议具奏。该部知道。钦此钦遵。抄出到部送司，案呈到部。为照东粤设有市舶，所以通华夷之情，迁有无之货，虽曰藉输饷以减戍费，其实原使利权归上，而不容奸豪积猾内外交诇也。乃法久弊生，官司视洋船为金穴，商棍亦望海市为铜山，巧立名色，违禁征收，以至私货夹带番鬼抢掠，数年来海寇鼎沸，祸实酿北，莫可堤遏。按臣深忧远虑，欲严界限，以密讥防，复盘验而饬申报，其得杜患销萌之早计者哉。查澳关所以分内外，而香山县其出入之总途也。旧例设盘验科，即该县正官为政。自市舶专其事，免盘有例，而船货不可问，积弊遂有不堪言者，则复盘验而稽出入，不独剔厘当然也。但作奸通番，又不在酒米香料等船。若双桅夹板潜迹外洋，最易以藏匿。而海船借口飘风蒙报放行者，犹奸宄之接济，不可不力禁而法惩者也。抽盘既归县官，必以精心白意，实为通商惠民之政，然后可若犹是假手吏书，徒循申报故事，则觉察亦是虚文，而市利只饱饮河之腹耳。既经具题前来，相应复请，合候命下遵奉施行。

崇祯四年八月二十四日

尚宝司卿管司事李维贞　协赞司事员外郎华允诚　管理册库员外郎王升

兵部尚书臣熊(明遇)等谨题,为摘陈粤事切要等事。

该广东巡抚高钦舜题前事,臣部议得东粤有市舶,所以通华夷之情。自奸商揽棍作弊,以至私货夹带,莫可堤遏。则复盘验,查出入,使私税陋规尽革,而又严饬申报,不徒虚应故事,讥防既密,内外可望肃清也。谨题。

兵部为摘陈粤事等事。

该本部题云云。等因。崇祯四年八月二十八日本部尚书熊〔明遇〕等具题,九月初四日奉圣旨:澳商法禁久弛,以致市舶豪棍作奸渔利,交通酿患。依议。着香山县印官设法稽诘,凡船货出入,躬亲盘验,一切硝黄盐铁违禁等物,不许私自夹带,及诡异船只,潜伺贿放,违者处以重典。仍着道府各官弹压厘剔。如讥察无方,玩纵启衅,该抚按一并参来处治。尔部即严饬行。钦此钦遵。拟合就行。为此。

一咨两广总督,合咨前去,烦照本部复奉明旨内事理,钦遵施行。

一咨都察院,合咨贵院烦为转行广东巡按御史,遵照本部复奉明旨内事理,钦遵施行。

崇祯四年九月初六日

尚宝司卿管司事李维贞　协赞司事员外郎华允诚　管理册库员外郎王升

(明档兵部题行稿)

C121:职官、吏役-选官、任官

1.5　广东广州左翼总兵谢希贤奏为保举香山副将事折

雍正六年二月二十四日(1728年4月3日)

镇守广东广州左翼总兵官臣谢希贤谨奏。窃臣于雍正陆年贰月初伍日承准两广总督臣孔毓珣照会,内开为钦奉上谕事,雍正陆年正月拾柒日准吏部咨,雍正伍年拾贰月初柒日内阁交出。奉上谕,为治之道首重得人,朕临御以来夙夜孜孜,广为谘访,期公私识见之明昧,亦不使诸臣得以行其私也。着内外满汉文武官员遵谕行,特谕。钦此。等因到臣,臣即钦遵转行所属副将祇遵外,伏见我皇上宵旰勤劳,旁求俊乂,臣受国厚恩,何敢苟且徇私,负兹旷典。查得香山协将汤宽才猷练达,办事勤敏,持身廉谨(六年十一月内,故特旨调补香山副将,七年五月用福建总兵),而且熟谙水师,洵为有猷有为有守堪以保举之员,臣秉公据实将所知陈奏,伏乞睿鉴施行。谨具奏闻。

（朱批：）人去得，汉子好倭粗，身子好的，上中。

雍正陆年贰月贰拾肆日

镇守广东广州左翼总兵官臣谢希贤

（宫中朱批奏折）

C121：职官、吏役-选官、任官

1.6　广东巡抚王安国奏为保举香山令王植、督标中军副将张元佐事折

乾隆六年八月初三日（1741年9月12日）

左都御史、管广东巡抚事臣王安国谨奏，为据实荐举所知，恭请睿鉴事。

窃臣备员部院二年，仰见圣明宵旰勤民，求贤若渴，每因人才难得，致廑咨访。臣前在广东学政任内，曾见香山县知县王植、督标中军副将张元佐二员人品气概颇有异于流俗，顾尔时往来甚疏，不能悉知其底蕴，是以未敢奏荐。自奉命抚粤又暂署督篆，悉心察访，备知详细。查王植系直隶深泽县人，由辛丑科进士，选授广东和平县知县，升任罗定州知州，被参讳命革职。雍正十二年，经前督臣鄂弥达保奏，仍发广东委用，题署新会，调任香山。该员留心正学，颇能见远实用。其在新会、香山两县操守廉谨，政务练达，洵属有为有守之才。所著《闽潼三书》、《正蒙初义》及《韵学》等书，臣现在代为缮写、校正，俟成帙后敬呈御览。再查张元佐系陕西人，由武举出身，历任总兵官。因墨误被参，引见奉旨补授两广督标中军副将。该员效力西陲，功绩懋著；且赋性忠勇，识见开阔，每言身受两朝隆恩，思维报效，未尝不声泪俱下。臣屡加体察，皆系发乎至诚。此二员者，臣于粤东文武各官中一一比较，实属一时翘楚，合无仰恳特颁谕旨令其来京引见。倘蒙圣鉴加以擢用，臣可保其不负任使。抑臣更有请者，王植才品无论在内在外，皆堪备驱策。但念广东吏治疲玩，该员在粤年久，如仰邀圣恩，仍发回广东，量与□率之任，则地方各官咸知激励，臣亦坐收膀臂之用。至张元佐，生长西北，深晓边情，督标中军副将一职在该员实非见长之地，且水土亦不相宜，若擢用边陲，御侮沙漠，将见实力实心，自可策其全效。臣叨受知遇之恩，至深极厚。伏念人才难得，故敢不揣冒昧，据实陈荐，仰祈睿鉴。谨奏。

乾隆六年九月初一日奉朱批：知道了。钦此。

八月初三

（军机处录副奏折）

C121：职官、吏役-选官、任官

1.7 广州将军策楞等奏请移同知驻扎澳门前山寨以重海防折

乾隆八年八月初四日(1743年9月21日)

广州将军暂署两广总督印务臣策楞、左都御史管广东巡抚事臣王安国谨奏，为广州海口紧要，请移同知驻扎，以重海防事。

窃照广州一府，省会要区，东南紧接大洋，远国商贩络绎，所属香山之澳门，尤夷人聚居之地，海洋出入，防范不可不周。臣等详考形势，分设香山、虎门二协，营制似已联络。惟洋船出口进口之时，稽查盘诘，文员未有专属，即如本年六月间，英吉利国夷哨船只得以因风飘入内海，虽曰巡防疏懈，实由向无章程。

再，澳门地方原系西洋夷人赁地居住，自前明至今垂二百年，在内开设市舶，共计番夷男妇约有三千五百余名口，加以内地佣工术艺之民杂居澳境者，又不下二千余人。夷性本自难驯，更多奸民教诱，防微杜渐，不可不严，现驻县丞一员，实不足以弹压。查各省海疆，原有专设厅员之例，当即会饬两司查议去后。兹据广东布政使托庸会同按察使陈高翔议详内称，澳门之前山寨，现有城池衙署，但添设官吏，未免又增经费，似应在于通省同知、通判内酌为裁并。查肇庆府捕务，系同知、通判两员分管，应请将肇庆府同知移驻前山寨，令其专司海防，查验出口进口海船，兼管在澳民番，其所遗捕务，归并肇庆府通判兼理。惟是该同知职司防海，管理番民较诸理猺(傜)厅员其责尤重，若不优其体统，无以弹压夷人。查粤省理猺(傜)同知，例设弁兵，应请照例给与把总二员、兵丁一百名，统于香山、虎门两协内各半抽拨，并酌拨哨桨船只，以资巡缉之用。至前山寨，既设同知，所有香山县县丞应移驻澳门，专司稽查，民番一切词讼，仍详报该同知办理。再，肇庆府同知，原系部选之缺，今移驻前山寨，有防海抚夷之责，其缺甚为紧要，必得熟悉风土之员，方克胜任，并请改为题缺。又，分防同知例给关防，以昭信守，谨拟为“广州府海防同知关防”字样。至应行添修衙署、营房，另容分别办理。等情前来。

臣等覆查，省城之东为虎门寨，省城之南为澳门，凡洋船赴省，先过老万山，由澳门而抵虎门，以达黄埔。其澳门又三面环海，惟北至前山寨系属陆路，是澳门、虎门，实为省城门户，而前山寨又为澳门扼要之区。今若将肇庆府同知移驻其地专管海口，约束澳夷，实与海疆大有裨益。

臣等意见相同，谨合词奏请，倘蒙俞允，所有经管事宜及应拨兵船等项，仍容分别报部查核。合并奏明，伏乞皇上睿鉴施行。为此，缮折谨奏。

(朱批：)该部议奏。①

---

① 据军机处录副奏折，朱批时间为乾隆八年九月十三日。

乾隆八年八月初四日

（宫中朱批奏折）

C121：职官、吏役-选官、任官

1.8　署理两广总督李侍尧奏明保举堪胜总兵事折

乾隆二十三年二月初五日(1758 年 3 月 13 日)

暂署两广总督印务、署理广州将军臣李侍尧谨奏，为钦奉上谕事。乾隆二十三年正月二十九日准兵部咨，乾隆二十二年十二月十六日钦遵上谕，总兵一官云云。钦此。仰见皇上储材经武之至意，臣荷蒙圣恩暂署督篆已经数月，自应遵旨保举，恭备□□。惟是广东所辖陆路水师副将虽共有一十五员，除香山协副将黄锡中、惠州协副将佟国英、琼州协副将陈中兴业经前任督抚二臣保举，堪称总兵外，其余或历练尚浅，或才具中平，虽办理本任之事俱能劬勉，而才略品地臣未尽深知，实未敢以堪任干城，遽为轻许。惟督标中军副将许成麟，人材较优。臣到粤之后即已知其大概，及接署督篆后，见该将技艺娴熟，办事认真，颇能整顿营伍，前督臣杨应琚保举堪胜总兵，已蒙□□。但该将现丁母忧，应予回籍守制，未便保举。广西相距较远，副将中半未识面，□义□协副将郭金章于保列一等案内甫经送部□□，奉旨记名。其余亦无历练五年以上及臣真知灼见之员，至两省参游都守人员为数众多，因今来省者不过十之二三，即就臣所见之中，□□□□□□□□□者颇不易得，尤未敢冒昧保举，除咨会两省□抚□二臣钦遵谕旨办理外，所有臣未能保举缘由理合恭折具奏，伏祈皇上圣鉴。谨奏。

乾隆二十三年三月初九日奉朱批：该部知道。钦此。

二月初五日

（军机处录副奏折）

C121：职官、吏役-选官、任官

1.9　两广总督李侍尧等奏明移驻巡检缘由折

乾隆三十四年二月二十一日(1769 年 3 月 28 日)

两广总督臣李侍尧、广东巡抚臣钟言跪奏，为要地宜设专员，恭请移驻巡检以资弹压事。

窃照设官分职贵乎因地制宜，况今昔之情形不同，自应移简就繁随时调剂。臣等伏查广州府属之香山县地居沿海，直达外洋，洋商□□来□□夷□处，虽设县丞典史各一员，巡检三员，分驻巡防，但地方辽阔，港河多岐，最易藏奸聚匪。内县丞所辖之淇澳一村，丁口二千五百有奇，四面环海，更为险僻，兼以民贫地瘠，多以捕鱼捞蚬为生，习俗顽悍，往往伙窃贩私，甚或站洋为匪。虽屡经严拿重惩，宵小敛戢，但与其查缉于事后，莫若防范于事先。该县丞驻扎澳门地方相隔五十里，实有鞭长莫及之势，亟宜设立专员以资巡缉。

查有惠州府归善县之欣乐司巡检离县仅止三十里，所辖并非冲要，且该县设有县丞典史各一员、巡检六员，归并巡防足资照料。臣等会同两司悉心酌议，所有欣乐司巡检经管地方应请改归该县县丞兼辖，将欣乐司巡检裁汰；添设香山县淇澳司巡检一员驻扎淇澳，并以附近之上下栅等一十四村划归管辖，一切沿海出入船只以及奸匪私盐盗逃等事责令稽查缉捕解县审究，遇有疏防失察，照例开□应设衙署即以欣乐司□署□□移解建造，俸□役食亦照欣乐司原编额□移拨支销。如此一转移间，官役不须来设而要地得有专责，实于巡缉海□有裨。至改设淇澳司巡检，系海滨要区，应请作为调缺。如蒙俞允，窃臣等于现任巡检内拣选咨调，所裁之欣乐司巡检岳于问，虽于缉捕无误而才小敏干，即以调补所遗简缺补用，并请铸给香山县淇澳司巡检印信，以昭信守。欣乐司旧印缴销。是否有当，臣等谨合词恭折呈奏，伏乞皇上睿鉴，敕部施行。谨奏。

乾隆三十四年三月廿三日奉朱批：该部议奏。钦此。

二月廿一日

（军机处录副奏折）

C121：职官、吏役-选官、任官

1.10 两广总督舒常等奏请以香山知县吴光祖升补琼州同知事折

乾隆四十九年十二月十八日(1785年1月28日)

两广总督臣舒常、广东巡抚臣孙士毅跪奏，为要缺同知知县需员，恭恳圣恩俯准升补事。窃照琼州府同知驻扎崖州，抚驭黎岐，水土恶劣，系烟瘴要缺。二年俸满，遴选内册人员调补，又定例升调兼行毋庸计俸。兹现任同知徐学儒，乾隆四十七年十二月十五日到任，连闰计至乾隆四十九年十一月十五日，历俸二年期满，系应选员调补。臣等与藩臬二司于现任同知内逐加遴选，或现居要地，或人地未宜，并无堪以调补之员。惟查有香山县知县吴光祖，年四十六岁，福建浦城县人，由监生捐纳知县，拣发广西委用。题署思恩县知县，告病回籍，病痊引见，发往广东差遣委用。奏补□兴县知县，调补今职，乾隆四十五年十一月到任，该员年壮才优，办事明练，在粤年久，熟悉风土，能耐烟瘴，以之升补琼州府同知，实属人地相宜。所遗香山县系沿海繁疲，虽要缺亦应在外拣调。查有归善县淡水场大使李秉仁，年五十岁，江南通州人，由监生捐盐课大使签掣浙江题署黄湾场大使，丁忧服满，拣选引见。奉旨准其卓异加一级，注册回任□□。钦此。该员心地明白，办事勤干，屡署县篆，其属要□，以之升补香山县知县，实于要地相宜。臣等谨遵人地相需之例，专折奏请，合无仰恳圣恩，俯念员缺紧要，准将吴光祖升补琼州府同知，李秉仁升补香山县知县，各该员感激鸿慈，自益加奋勉，实于公事有裨。如蒙俞允，吴光祖系知县升补同知，李秉仁系盐场大使升补知县，均俟部复到日给咨送部引见。再李秉仁先于卓异案内引见，计今未满三年，应否再行送部听候部议。至所遗淡水场大使系升补遗缺，粤省现有参补大使，□俟李秉仁准升后另行选员请补。今并陈明□缮各该员参罚清单敬呈御览。臣等谨合词恭折奏请，伏乞皇上睿鉴训示。谨奏。

乾隆五十年正月二十二日奉朱批：该部议奏。钦此。

十二月十八日

（军机处录副奏折）

C121：职官、吏役-选官、任官

1.11　两广总督舒常奏请委署□永福为香山副将事折

乾隆五十年三月十六日（1785 年 4 月 24 日）

两广总督舒常跪奏，为循例奏闻事。窃照副将遇有事故员缺需员署理者，例应一面委署，一面随时奏闻。兹广东香山协副将蔡兴邦患病身故，现在恭疏题报，所遗副将印务需员援接署。查有新会营参将□永福堪以署理。除递行委署檄饬遵照外，理合循例恭折奏闻，伏乞皇上睿鉴。谨奏。

乾隆五十年四月十八日奉朱批：览。钦此。

三月十六日

（军机处录副奏折）

C121：职官、吏役-选官、任官

1.12 两广总督孙士毅奏请以彭翥调补香山令事折

乾隆五十一年十一月初二日(1786年12月22日)

两广总督臣孙士毅、广东巡抚臣图萨布跪奏，为海疆要缺拣员，奏请调补，以资治理事。窃照香山县知县李秉仁于失察杨茂□林等索诈扰害案内，准部行知降二级调用。所遗繁疲，虽海疆要缺，例应在外拣员调补。查香山县一邑控制大洋，为全粤门户，政务最属纷繁，所辖澳门地方夷商杂处，稽查弹压，在在均关紧要，非得精明强干之员不足以资治理。臣等与两司于通省俸课知县内，逐加遴选，非本任□缺即人地未宜。惟查有肇庆府属之封川县知县彭翥，四十三岁，云南蒙化厅人，由举人挑选一等引见，奉旨以知县试用签掣广东题属今职，乾隆四十七年二月十五日□文到署，五十年正月二十五日奉旨实授。该员才具明晰，办事认真，以之调补香山县知县，自能办理裕如。惟该员实受后历俸未满三年，与例稍为未符，但人地实在相需，例准专折奏请，合恭仰恳圣恩，俯念海疆要区，准以彭翥调补，于地方政务实有裨益。如蒙俞允，所遗封川县系调补遗缺，例得以试用人员署理。查有拣发试用知县方元，年四十六岁，浙江钱塘县人，由副贡考取教习中式顺天举人，教习期满引见，现奉旨以教职用。四十一年十二月分选授湖州府归安县教谕，四十二年六月十七日到任，嗣因回避，调补嘉兴府平湖县教谕，六年俸满，保题引见，奉旨发往广东差遣委用，五十年四月二十一日到省，历经委署阳春、开建各县篆务，现委署兴宁县知县，均无贻悮。该员心地明白，办事勤奋，堪以署理封川县知县，仍俟试署期满另行实授。彭翥系由现任知县调补，方元系由拣发知县请署，衔缺相当，均毋庸送部引见。再各该员历任参将，除加级纪录抵销并扣除免议及已完解银两外，俱在十案以内。臣等谨合词恭折具奏并另缮清单，恭呈御览。伏乞皇上睿鉴，敕部议覆施行。谨奏。

乾隆五十一年十二月初三日奉朱批：该部议奏。钦此。

十一月初二日

(军机处录副奏折)

C135：职官、吏役-纠参处分

1.13 大学士庆桂等奏议吴熊光未亲往驱逐英兵照溺职例革职折

嘉庆十三年十一月初三日(1808年12月19日)

大学士、管理吏部事务臣庆桂等谨奏，为遵旨严议具奏事。

内阁抄出，嘉庆十三年十月二十八日奉上谕：吴熊光奏嘆咭唎夷船尚在澳门挨延观望情形一折，吴熊光身任封圻重寄，接据禀报，早应驰赴该处，躬亲督办，乃任其登岸住守两月有余，及接奉严旨，仍不即时亲往设法驱逐，又未将派委何员及如何筹办之法详悉具奏，是吴熊光平日因循废弛，只知养尊处优，全不以海疆为重，大负委任。吴熊光著传旨严行申饬，先降为二品顶戴，拔去花翎，仍交部严加议处，用示薄惩。钦此。钦遵。于嘉庆十三年十月二十九日抄出到部。除两广总督吴熊光奉旨严行申饬，降为二品顶戴，拔去花翎，臣部恭录谕旨，行文该督遵照外。查此案，嘆咭唎夷船在澳门挨延观望，该督接据禀报，并不躬亲督办，任其登岸住守，及接奉严旨，仍不即时亲往设法驱逐，又未将如何筹办之法详悉具奏，实属因循废弛，不以海疆为重。钦奉谕旨，交部严加议处，应将两广总督降为二品顶戴之吴熊光，即照溺职例革职。

所有臣等核议缘由，理合恭折具奏，伏乞皇上睿鉴，训示施行。谨奏。

嘉庆十三年十一月初三日

大学士、管理吏部事务臣庆桂　吏部尚书臣瑚图礼　吏部尚书臣邹炳泰　署吏部左侍郎臣觉罗桂芳　吏部左侍郎臣潘世恩 吏部右侍郎臣德文　署吏部右侍郎臣戴联奎

（军机处录副奏折）

C135：职官、吏役-纠参处分

1.14　两广总督吴熊光奏闻奉旨交部议处谢恩并俟永保到任妥办善后片

嘉庆十三年十一月十六日(1809年1月1日)※

正在缮折间，臣吴熊光接准军机处字寄内开，嘉庆十三年十月二十八日奉谕旨：吴熊光覆奏嘆咭唎情形，并未设法驱逐，殊属迟缓，及接奉严旨，尚不亲往督办，又未将派委何员详晰声叙，且节次奏报，自相矛盾，大负委任。著传旨严行申饬，先降为二品顶戴，拔去花翎，仍交部严加议处，用示严惩。如永保来到之先，将夷人速行驱逐，尚可稍赎前罪。等因。钦此。

伏念，臣吴熊光历任封圻，受恩至重，乃于海疆重地，外夷擅入澳门，因拘于才识，以致办理迟缓，节奉圣明指示，仍未克迅速竣事，历次具奏之折，又声叙未明。种种错误，仰蒙皇上不加严谴，仅予薄惩，臣感激天恩，愧悔战栗，益无地可以自容。惟有俟永保到后，将一切善后事宜，虚衷商办，以冀稍赎前愆，断不敢谬执己见，贻误海疆，更滋重咎。

理合附片陈明。谨奏。

嘉庆十三年十二月初四日奉朱批：览。钦此。

（军机处录副奏折）

C135：职官、吏役-纠参处分

1.15 军机大臣董诰等奏闻讯问吴熊光驱退英兵不力各缘由缮录口供呈览片

嘉庆十四年四月三十日(1809年6月12日)

臣董诰等谨奏，臣等遵旨派员将吴熊光拘拿到部，按照百龄所奏，逐层讯问，令其据实登覆。吴熊光伏地叩头，实深惶惧，惟称办理不善，辜负天恩，只求从重治罪。

谨缮录供词，恭呈御览。谨奏。

四月三十日

1.16 附件：吴熊光口供

吴熊光供：

所有办理嘆咭唎一事，我于八月初四日始接据香山文武禀报，我因想仿照嘉庆八年办法，先派洋商及续派文武员弁前往晓谕，又居住省城方可兼顾虎门，未即亲往各缘由，前已供明在案。我于九月初四日具奏时，尚未知该国兵船私进虎门之信，师船是我于九月初四日以前即行檄调，并将香山官兵发回防守。澳内居民系闻我要封澳有散出者，彼时尚未封澳，何至澳夷乏食，地方官禀报，未免稍涉张皇，是以我批令镇静办理。我将香山官兵发回后，澳内散出之民亦遂安堵复业。我曾于九月十九日将檄调师船暨发回香山官兵各缘由附奏在案。其督抚提标及广州协官兵，亦系我先期挑备。该夷兵目与大班等带同水手人等，于九月二十三日驾坐三板艇船，由黄埔进省求见，系据洋商转禀，我因该夷目等皆系陪臣，是以照例派兵站队，并知会前抚臣孙玉庭来署同坐大堂，传伊进见。该夷目等见我坐大堂，遂不敢来见，是以我饬令回船听候，并禁止三板不准私自上省，免致省城居民惊慌。因该夷人三板有仍行来省者，我随告知碣石镇黄飞鹏，如该三板不服驱逐，即放炮轰击，该镇系照我的话办理，该兵目等见师船放炮，此后随不敢来省。十月初十日奉到谕旨，我随派员前往宣谕，并断其粮食，在澳夷兵即于十一月初二、三日全数退出，初七日扬帆回国。初八、九日，该国大班来省央求，初十日我始遵照谕旨，知会监督常显，该监督于十一日准其开舱照旧贸易，均经我会同前抚臣孙玉庭、现任抚臣韩崶先后具奏，我并自行具折请罪在案。此次嘆咭唎夷人窥伺澳门，原为牟利起见，并未敢伤一兵一民，但我受恩深重，身任总督，于此等重大边情，既未即时带兵亲往，失之软弱，又奏报迟延，且于该夷目来省求见及驱逐夷人时，曾用炮轰击等情，九月二十七日具奏折内亦未详晰声明。

这总是我病后精神照料不周，以致种种错谬，辜恩溺职，只求转奏，将我从重治罪，更有何说。

（军机处录副奏折）

C135：职官、吏役-纠参处分

1.17　两广总督百龄奏覆查明地方官禀报英兵入澳日期及核实应付防守官兵银数折

嘉庆十四年五月二十八日（1809年6月10日）

二品顶戴两广总督奴才百龄跪奏，为遵旨查明地方文武各官禀报嘆咭唎夷兵入澳日期，及核定应付官兵银两确数，汇折覆奏，仰祈圣鉴事。

窃奴才承准军机大臣字寄，嘉庆十四年四月三十日奉上谕：讯问吴熊光，据供，嘆咭唎夷兵入澳一事，于八月初四日始据地方官禀报。等语。嘆咭唎夷船来至虎门外鸡颈洋面，系在上年七月二十一、二等日，抵澳登岸系在八月初二日，已据百龄查明具奏。惟地方官禀报总督日期，百龄只称节次据地方文武各官及西洋夷目禀报，并未查明实在日期，如果地方文武于此等紧要公务禀报迟延，自有应得之咎，即当一并参奏。著百龄将地方官是否于八月初四日具禀之处，详细确查，据实奏闻。又奉谕旨：饬查吴熊光办理嘆咭唎夷船入澳时应付官兵盐菜口粮、船夫等项，共用过银三万一千七百余两，此项糜用银两，著百龄核定实用确数，再行具奏。其应赔若干，俟此间定案时，应即在吴熊光、孙玉庭二人名下分别赔缴，以示惩儆。各等因。钦此。

遵查，奴才前至澳门时接见各属文武，曾经询悉上年嘆咭唎夷兵船只，自七月二十一、二等日，陆续停泊鸡颈外洋，二十九日，香山县彭昭麟接据澳门夷目唩嚟哆具报，即行转禀督抚衙门，署广州同知熊邦翰、署香山协都司余时高亦均有禀报。奴才回省后，检查卷案，吴熊光任内仅存有八月初二日据香山县彭照麟于七月二十九日具报夷兵入境原禀一件，又书吏抄存八月初五日署香山都司余时高于八月初三日具报夷兵入澳登岸一禀，此外别无禀件存案。奴才即经提取广州同知及香山县办理此案原卷，逐细检查，其七月二十九日具报该夷兵入境一节，署同知熊邦翰、知县彭昭麟均有禀稿在卷，其八月初二、三、六等日，连次具报夷兵入澳登岸占住等情，亦均存有熊邦翰、彭昭麟会禀督抚稿件，内止有总督吴熊光批回一禀，其余皆系巡抚衙门所批。奴才因嘱抚臣韩崶检卷，查出八月初二、三、五、八等日接到该同知、知县等具报夷兵到境上澳各原禀，核与县卷相符。其所报总督衙门各禀，讯据书吏徐建悠等佥称，吴总督任内实止有八月初二日香山县一禀备案，余俱未经发出，其都司余时高八月初三日具报夷兵登岸一禀，吴总督亦并未批发，是以仅有抄禀存卷。等语。奴才查，广州同知熊邦翰、都司余时高、香山县彭昭麟等，于暎咭唎兵船到境及入澳各情形，一经西洋夷目先后禀报，即时驰禀，尚无迟延。吴熊光于八月初二日接到香山县来禀，现在原禀内所批日期可查，今所供八月初四日始据地方官禀报之词，系属错误，谨将香山县原禀一扣粘签恭呈御览，伏候敕下讯问。

再，吴熊光接奉谕旨，檄调各标官兵，仅在黄埔、澳门驻扎防守，并未攻剿，所有各县应付官兵过境所用银两，实属虚糜，诚如圣谕，应着落前督抚臣吴熊光、孙玉庭分别赔缴，以示惩儆。奴才前奏内据各属所开用银三万一千七百余两，恐有浮冒，当饬令该司道等核实具覆去后。兹据藩司衡龄，臬司陈若霖、署运司温承志禀称，本案应付银两，现据南海、番禺、清远、曲江、高要、归善、博罗、香山等县册报，共用银三万一千二百两零八分六厘，逐款确核，俱系实用，并无浮冒等情。奴才复查无异，应如何着落吴熊光、孙玉庭分别赔缴归款之处，伏候圣明训示祗遵。

再查，上年吴熊光饬调官兵时，曾据洋商卢观恒等捐助银一万两存贮司库，吴熊光未经奏明，应请将此项商捐银两留为缉捕经费，以免牵混。

所有查明地方文武各官具报暎咭唎到境入澳各月日，并核定应付官兵银数，遵旨据实覆奏，伏乞皇上睿鉴。谨奏。

嘉庆十四年六月二十日奉朱批：另有旨。钦此。

五月二十八日

（军机处录副奏折）

C135：职官、吏役-纠参处分

1.18 军机大臣等奏报吴熊光所称英兵擅入澳门未即驱逐办理种种不当情形片

嘉庆十四年四月三十日(1809年6月12日)

臣等遵旨询问吴熊光。

据吴熊光伏地碰头跪称，我由军机章京仰蒙高宗纯皇帝厚恩，令随同军机大臣行走，旋擢用直隶藩司，又蒙皇上逾格鸿施，叠任督抚，分应殚竭血诚，诸事妥协经理。上年七月二十九日，暎咭唎夷兵擅入澳门，占据西洋人防守海口炮台。我因事属创见，调查总督衙门有无成案。查得，嘉庆七年该国兵船欲占住万山及虎门外沙角山头，经前任督臣吉庆等派员前往晓谕，两月有余即行撤退返棹，未经具奏。我一时糊涂，想仿照办理，如嘆咭唎夷兵亦即撤退，即可不致上烦宵旰。迨派熟谙夷情之知府陈镇、游击祁世和严切晓谕，该夷目虽不敢在澳滋事，而意存观望，以伊国与西洋同系夷人，希冀转奏邀恩，允准居住。是以，我与抚臣孙玉庭等再四商酌，于九月初四日始行具奏，并调派水陆官兵密为预备。嗣奉到谕旨，我即遵照复令原派之陈镇等恭宣圣谕，该夷等震慑天威，于十月初三日全数下澳，初七日起碇回国。此具奏迟延之原委也。总之，我受恩深重，非寻常可比，我身任总督，夷人既擅入澳门，就是我的不是。又因虎门亦关紧要，在省可以兼顾，未即带兵亲赴澳门，且于接奉严旨申饬后，始自行请罪，种种错谬，追悔无及。皆由我病后精神照料不周，遇事过虑，因慎重而转致迟延，实属罪无可辞。乃蒙皇上仅予褫职，不加重谴，实在感激战栗，更无可说。等语。谨奏。

（军机处录副奏折）

C135：职官、吏役-纠参处分

1.19　江苏巡抚章煦奏报吴熊光赔缴银二万两已由其子如数缴纳片

嘉庆十四年十二月十四日(1810 年 1 月 18 日)

再，臣现据苏州布政使庆保详称，原任两广总督吴熊光，因上年嘆咭唎夷船擅入澳门一事办理迟延，所有应付官兵过境银两，钦奉谕旨不准开销，著吴熊光赔缴银二万两，等因。钦此。经伊子监生吴峰基如数措缴，于本年十一月十八日兑收藩库，详请奏咨。等情。

除咨户部外，理合附片奏闻，伏乞睿鉴。谨奏。

嘉庆十四年十二月十四日奉朱批：览。钦此。

（军机处录副奏折）

C133：职官、吏役-议叙、奖赏

1.20　两广总督革职留任卢坤奏谢圣恩赏还官衔及双眼花翎仍带革职留任等情折

道光十四年十月初三日(1834 年 11 月 3 日)

两广总督革职留任臣卢坤跪奏，为敬陈微臣感悚下忱，叩谢天恩，仰祈圣鉴事。

窃臣会同广州将军哈丰阿等具奏，噗咭唎兵船夷目均已押逐出口一折，于道光十四年十月初一日钦奉朱批：始虽失于防范，终能办理妥善，不失国体而免衅端，朕颇嘉悦，应降恩旨。钦此。同日奉到道光十四年九月十一日内阁奉上谕：此次噗咭唎兵船阑入海口，进至内河黄埔地方，经该督调派文武员弁兵丁，并咨调师船及内河巡船，分布前路及两岸扼要处所，水面木排横亘，枪炮如林，大小师船排列数里；陆路亦处处驻兵扎营，声势联络，军威严整。该夷目等进出无路，惶恐悔罪，恳求给牌下澳。该督等因该夷目啤唠啤既已认错乞恩，众散商节次吁求，自应宽其一线，逐令出口。即准该商等赴粤海关请领红牌，该督派委文武妥员，于八月十九日将啤唠啤押逐出口，该夷兵船二只亦于是日开行，押出虎门海口。当该夷进退两难之际，何难立行剿灭，但此等外夷，趋利若鹜，其不谙例禁之处不值与之深较。朕亦不为已甚，玩则惩之，服则舍之。该督等办理此案尚合机宜。前因该督等不能先事预防，致令该夷兵船阑入内河，劳师驱逐，是以降旨分别革职示惩。今既将该夷目等押逐出口，是该督等始虽失于防范，终能办理妥善，不失国体而免衅端，朕颇嘉悦！卢坤著加恩赏还太子少保衔，并给还双眼花翎，其前此疏防亦难辞咎，著仍带革职留任；已革水师提标中军参将高宜勇，著俟枷满一月后即行释放；其看守炮台怠玩各弁，著一并枷满释放。此系朕格外施恩，该督等惟当知感、知惧，力加振作，于营务海防随时认真训练，务将从前积习痛行湔除，俾士卒悉成劲旅，以壮声威而副委任。钦此。等因。臣跪聆恩纶，感悚无地，当即望阙叩头谢恩，一面恭录移行，钦遵办理。

伏念臣知识庸愚，毫无寸长足录，仰蒙圣主恩施，不次简任连圻，叠荷异数优加，悉属非常恩遇，即顶踵捐糜，不足上酬高厚。总督统辖两省营伍海防，皆属专责。此次噗咭唎兵船阑入内河，臣不能先事预防，以致劳师驱逐，上烦圣心，获咎实无可迁，蒙皇上天恩不加严谴，仅予斥革示惩，下忱感悚，已属寤寐难安。该夷兵船无知深入，不难顷刻剿除，因其惶恐悔罪，屡次吁求押逐出口，此皆仰仗天威远播，摄服外番。臣有过无功，方深兢惕，乃蒙温旨嘉许赏还宫衔、给还双眼花翎、仍带革职留任，沐鸿慈之宽大，更梦想所难期，衔结愈深，悚惶弥甚，感惧愧奋，不容自已，即在粤贸易诸番，传诵纶音，亦莫不同钦天地之量，益凛怀畏之诚。臣惟有恪遵圣训，整饬营伍，慎重海防，事事矢以实心，力挽玩愒积习，仰副皇上委任成全于万一。

所有微臣感悚下忱，谨缮折具奏，叩谢天恩，伏乞皇上圣鉴。谨奏。

道光十四年十一月初十日奉朱批：知道了。钦此。

十月初三日

（军机处录副奏折）

A1：政务

1.21　黎攀镠奏为查办广东地方积弊事折

道光十六年十月初三日(1836年11月11日)

湖广道监察御史臣黎攀镠奏，为事关地方积弊，请饬认真查办以肃吏治而厚民生，仰祈圣鉴事。窃惟粤东地近重洋，界连边徼，凡练兵筹海之法，诘奸戢盗之方，在在均关要务。近年以来夷情贪狡，民气嚣陵，兵弁因循，盗贼充斥，地方官并不随时整顿，诚恐日久患深，非所以仰体圣主绥靖海疆之至意。臣以庸愚蒙恩，畀居言路，深惧无可报效，计惟桑梓之邦见闻较确，谨就耳目所及，复加体访，胪列十条，敬为皇上陈之：

一、凶徒扰害良民，应严行惩治也。粤东山岭险阻，港汊纷歧，匪徒最易藏踪。向来以南雄韶州二府为尤甚，近则广州各属亦复劫杀时闻，到处十百成群。有所谓三合会、三点会、添弟会名目。大则掳人勒赎，白昼抢劫，小亦挾刀持械，包送鸦片私盐。平民畏其凶恶，情愿出钱求免，谓之打单。此等莠民必当严加惩办，庶可稍知敛戢。无如地方官务为姑息，相率效尤。即如澄海县署裁衣工人余姓在平远县良畲村被杀一案，凶犯脱逃日久，上年奉旨饬查，始据该省奏参。捕务废弛，亦可概见。臣又闻揭阳县民蔡阿店杀死丰顺县上洋村罗阿泰一案，系该犯赴揭阳县自首，诉称伊兄蔡阿宗被上洋村罗姓土匪掳去杀死，是以矢志报仇。经该县提齐尸亲罗礼长等，供俱相符。移交丰顺县究办，乃丰顺县则覆称并无此案。取具族邻甘结了事，现在不知作何办理。试思蔡阿店若非伊兄实系被杀，何肯甘心自首？而该县意存讳饰以图卸责，一任盗贼公行，致令平民无所控诉，私自报复，地方官所司何事，如此等案恐尚不知凡几。臣愚以为救时之道宽则当济之以猛。粤东素多盗贼，乾隆年间抚臣李湖因茭塘乡为贼匪巢穴，督兵围剿，痛惩以后藉以又安。嘉庆年间，按察使臣秦瀛见省会土匪日多，设立重枷置四城门，有滋事者即行枷示，一时为之敛迹。此皆以严著效，可为明证。伏乞敕下该省督抚从严从实转饬所属密连访拿，毋许稍存规避之见，倘能将巨伙缉获，准免处分，将见海隅永享升平，顽梗可期革面矣。

一、沿途营汛空虚，应亟加整饬也。粤东营务废弛，已非一日，近闻内河一带亦时有盗船藏伏，肆行剽掠，往来客舟皆有戒心。至各处营汛兵丁，类多擅离汛守。臣籍隶东莞县，该县属内麻涌乡驻水师提标后营守备一员，闻十余年来该弁并不常川在署居住，兵丁亦十不存七。一县如此，他县可知。即如上年惠来县赤澳洋面福建商船遭风案内，该水手赴炮台投报时，把总吴朝升及兵丁詹国振等十六名均不在彼，仅存兵丁四名，以致该土匪等蜂拥进前，将水手衣服抢夺，至今尚未获犯，该省营伍旷误，亦可概见。臣又闻沿河营汛不独巡防疏懈，兼且得规包庇，豢贼纵奸。如韶州府属乐昌县，与湖南交界，为泷船出入地方，该处两山夹峙，箐密林深，为盗贼逋薮，全在该管营员稽查严密，藉资保卫。乃闻该处兵丁多与贼匪通气，每于商船经过，聚集多人，始则借护送为名，行至中途，恣意搜索，每船勒取洋银十数圆至数十圆不等，究竟不知是兵是贼。上年肇庆府举人郭焕入都会试，即在该处被劫。似此纵盗殃民，殊非国家设兵之意。臣伏思弁不纵兵，兵始畏法；兵不庇盗，盗自易除。该省地处海疆，控制外夷，营务尤关紧要，应请敕下督臣责成提镇大员，严饬将弁，实力操防，湔除积习，务期一兵有一兵之用，将见营伍可以改观，环海益臻绥靖矣。

一、各属盗劫案件，应严查讳饰也。近来缉捕懈弛，每有要案，辄改重就轻，巧为脱卸，实属外省恶习，而粤东尤甚。但遇民间呈报劫案，必先授意代书，剔去凶器，删减赃单，短估价值，方准受状。否则舍强盗而专究事主，至该管营汛兵弁又群起而攻之，以故愚民隐忍吞声，非其甚者多不报案。致令盗贼结伙成群，横行乡里，莫敢忤视，实堪痛恨。本年六月内两广督臣参奏副将刘得高，于所辖洋面迭被抢劫，辄疑事主陈良心、黄才联等捏报，请摘去顶戴。又于八月内叅奏增城县知县胡端书，于临时行强盗案改劫为窃，一经饬查，具禀告休请革职示儆，均奉旨允准，在案。该督有此一番惩创，将来属员或稍知儆畏。惟粤东僻处岭外，吏治虚浮，已非朝夕。该督奏参两案均由事主上控，始行查出，此外来经报案者恐复不少。臣愚以为民即无良，其始亦知畏法，迨至以身试法而不知法之可畏，于是肆无忌惮而患有不可胜言矣。应请敕下该省督抚，明查暗访，随时随案据实严参，并于城市乡村广为出示晓谕，如有强劫重案州县营汛不代申理，准于该管上司衙门呈报究缉。庶愚民不致抱屈莫伸，而劣员亦或少知顾忌，将见民隐得以上闻，吏治日有起色矣。

一、纹银偷漏出洋，应严行禁绝也。查定例广东洋商与夷人交易，只准以货物收买，不准用银。立意至为深远，嗣因纹银出海，向无治罪明文。复奉旨敕交刑部酌定罪名，纂入则例遵行，在案。惟臣闻向来夷人尚遵功令，近则不然，盖缘通市既久，外夷之货入中国者固多，中国之货到外夷者亦不少，货物滞积，获利渐微。近年除以货易货外，其以银易货不下数百万两，加以鸦片烟一项贻害中国，伤吾民命，耗吾财源。每岁所卖又不下一千万两，内地所产岁有几何，臣思开海禁之始，原以吾岁出之货易彼岁入之财，今则以吾有用之财易彼无益之货，中国金银有日减无日增，近来钱贱银昂，商民交困，实由于此。应请敕下该省督抚暨海关监督责成该总商等，嗣后只准以货易货，若该夷商有意刁难，不遵定例及私卖违禁物件，即禀明封舱，不许互市。倘查有通同徇隐，从重参处。并严饬沿途关津营县，于出口洋船认真稽察，如有纹银偷越情弊，即将牟利之奸商、得规之兵弁一体追究严惩，将见课饷赖以转输，众币渐臻充裕矣。

一、州县滥设差役，应大加裁汰也。查经制衙役，例有定额。近闻粤东州县所用差役，小县数百名，大县千余名。每遇一案，有原役、有改役、有加役，该役等遇事生风，索规礼、索供资，少则数十千，多则数百千，威吓乡愚，无弊不作。臣籍隶东莞县，向来县役祗有三班，自嘉庆二十三年后，前邑令添设六总名目，每总头役六名，合共三十六名，每头役手下又各有散役、白役数十名。奉票下乡，动辄数十人，似虎如狼，声势赫奕。臣未通籍时所目击者，至今相沿未革。又各属图差专催钱粮，并不向的名欠户征比，惟择同户中身家殷实者，任意锁拿，供其勒索，稍不满意，或毁檄或毁衣，架名拒捕，耸动本官。每有一家欠粮，数家破产者。催科法变，闾里骚然。臣愚以为欲厚民生，必自严治胥役始，此辈本非良善之徒，惟知捺搁把持，以饱其溪壑，实与公事无裨，不解地方官何以任为爪牙。本年八月，钦奉上谕，州县及佐贰等官于额设差役外，如有滥设挂名差役，即行查明裁汰等因。钦此。钦遵，在案。应令该省督抚严饬所属，嗣后除聚众械斗及积窝巨盗人犯准酌添差役拘拿外，其余寻常案件，概行不准滥差，并请敕下该督抚即饬东莞县将六总目永远革除，所有寄名白役悉行斥逐，无稍瞻徇。至各属征收积欠，务饬令将实欠之丁按数催追，如有拖累别丁，除将差役治罪外，并将失察之地方官参处。将见民困可以少苏，蠹役无从滋扰矣。

一、差役私设班馆，应严行拆毁也。窃惟囹圄之设，所以待有罪。若寻常案犯，或暂行看守，或取保候讯，原不应任听差役滥押无辜。伏查乾隆五十三年，钦奉谕旨，着各督抚严饬问刑衙门，将监狱等项名目永行禁革。如有任听差役等私立班馆私置刑具各情事，一经发觉，不特将纵容之地方官从重治罪，并将失察之上司一并严加议处等因。钦此。又于本年七月内钦奉上谕，近来外省州县竟有设立班馆羁押人犯，甚至经年累月，随意拖延，以致胥役勒索，民冤莫伸，不可不严行查禁等因。钦此。钦遵，各在案。无如地方官曲为徇庇，阳奉阴违。臣闻粤东自道光十三年该省督抚饬属查禁后，近来该役等又复私设，现在东莞县之县前直街、横街、上水巷、横巷子各处皆有班馆；香山县则改换名目，号为新羁；其余各属恐亦不免。该役等遇案株连，藉此以为需索之地。应请敕下该省督抚饬属逐一查明，立行拆毁。倘仍复漫无觉察，任令该役等违例私设，即行据实严参。将见奸蠹稍知畏威，昏庸不敢纵庇矣。

一、沙田壅遏水道，应停止报垦也。粤东滨临大海，西之上游为梧江，北之上游为曲江，聚浔柳泷浈诸水奔腾而下。从前沙田稀少，河道疏通，历少水患。近来小民见利忘害，于沿海涨出沙地，辄报升科。地方官不审形势，率准代详，任其开垦。沙坦愈垦愈宽，水口愈侵愈狭，每遇西北两江水潦，陡发即致围基冲决，田庐淹没。自嘉庆十八年、二十二年及道光三年、九年迭次漫决，而十三、十四两年水患为尤甚。溯查乾隆三十七年，前督臣李侍尧因沙坦有遏水势，奏请禁止报垦。嗣乾隆五十年，前抚臣孙士毅复请于无碍水道之处给民承种。当时奏定章程，原以千亩为限，自奏准后历年报垦，已有三千余顷之多，而垦户之影射侵欺又不止此数，河道安得不日形壅塞。且此项沙田历来报承并非无业贫民，类皆地棍土豪与衙门胥役互相勾串，往往争阻斗殴，酿成人命。近来讼案纠纷半由于此。臣伏思浙江之西湖葑田、湖北之洞庭圩田皆以有妨水利，禁民占种。应令该省督抚察看情形，除已报垦者无庸议外，其余未垦沙坦，果系无关水道者应如何委员核勘，其切近海口者如何禁止报承，应请敕下该督等妥定章程，奏明办理。至该省上年查办各乡闸坝一节，虽现已停办，惟粤东地处低洼，沿海各乡境内之烟火万家，全仗石坝圩堤藉资保障，以视滨海沙田其形势又有不同者，应令访察舆情，务期有裨于地方，无得率行拆毁，致贻后患。将见居民永享农桑之利，江潦可无泛滥之虞矣。

一、省垣叠被火灾，应严缉奸匪也。粤东省会民居栉比，铺户鳞连，近年以来迭被火灾，每次延烧房屋自数百间至千余间不等，小民耗散产业，商贾抛弃资财，元气损伤实甚。臣闻该省每有奸徒当夜潜至人家遗放火药，暗中无从防备，及至夜半火起，借名扑救，乘机掠取财物。地方官因事起仓猝，不暇深究，该匪徒等喜其得计，动逞故智，贻害地方，不可不严为惩办。伏查雍正六年，钦奉谕旨，令各省督抚于省会及府城仿照京城之例，置备水桶水铳钩镰麻搭之类，分贮各门。令文武官弁派定人役兵丁，一遇火警迅速齐集抢救，不使蔓延。至抢火恶棍，查拿从重治罪，如官司有赴救不力，具报不实者，该上司严查参劾，其救火器具动用何项银两制备，不得派累里民等因。钦此。圣训煌煌，所以为民御灾捍患者，无微不至，允宜永远遵守。应请敕下该省将军督抚转饬，将救火器具随时修整完备，无得有短缺。至该省驻设满汉兵丁，棋布星罗，应令于外城派定兵役随时巡察，一有意外火起，责成文武员弁协力救护，无许刻延。如有怠忽从事，以致延烧，即将该兵弁从重责处，并务究起火根由。严拿藉抢匪徒，按法惩治。将见灾患之捍卫有方，宵小之觊觎永杜矣。

一、匪徒发掘坟墓，应严密查拿也。窃思小民即迫于饥寒，未免作奸犯科，何致惨酷取财，而残及枯骨。按其情罪，实属法所难宽。伏查道光十二年六月钦奉谕旨，广东濒海通洋，向多盗匪，近日贼党纵横，胆敢掘人坟墓，攫取衣物，甚至劫人尸棺，公然勒赎。各府皆有似此明目张胆，无所顾忌。地方官形同木偶，毫无见闻，所司何事？着严饬各属，实力查办，总期有犯必惩等因。钦此。乃甫奉严纶申饬，而上年顺德县龙江乡，半载以内即被掘棺至一百四十余具之多，该管官犹且讳莫如深，竟不详报。迨奉旨饬查，已据该督奏参将该县知县章鸿革职示儆，惟所称提到现获人犯，据供系由从化县人学得凶术，业已饬令究明，系何凶术，传自何人，该督自当严切根究。现在会否将传术之人访拿到案，应令务将伙犯全数缉获，无使一名漏网，以儆凶顽。再该省尚有一种恶习，系由惑于风水，误听堪与，指他人莵地为吉壤，私相挖掘，灭人尸棺，以致械斗相寻，讼狱不息。近年此等案件不一而足，愚民锢蔽日深，此风断不可长。应请敕下该督一并严行禁止，务期随时惩办，无得日久又成具文。将见奸民可期悔罪，愚昧渐知改图矣。

一、习俗踵尚奢华，应示以俭朴也。粤东素称殷庶，近来生齿日繁，惰游者众，物力凋敝，盗窃频闻，则皆侈靡之习有以致之也。盖其始由于富商巨贾以财自雄，夸耀闾里，而愚民无如，转相慕效，渐染已久，实为风俗之忧其最甚者。省会之灯棚酒馆，沿河之画舫歌楼，固无论已，乃至一丧莵也，而延宾迎吊，动辄千金；一婚娶也，而丝竹酒筵奚啻百贯。财产安得不屈，用度安得不穷。至于村落间耗费民财，尤以演戏、赛会二者为最甚。十室之邑，每岁必演戏，以乐神出会之法，则迎神出游，千百为群，金鼓旌旗绵亘数里。凡梨园之犒赏，亲戚之宴集，糜费实多。夫春祈秋报，例本不禁，然借此而务为无益之费，闾阎之蓄积几何，为民牧者似不宜置之度外。且贫民因是揭债负欠，往往致起讼端，又以演对出会之所，盗贼赌博之徒闻风踵至，以致争路，剪绺窃劫之案半酿于此，则其害又不上于耗财而已也。应请敕下该省督抚躬先倡率，随时劝导，出示剀切晓谕，俾小民共遵礼制，各惜身家。仍严饬地方官，不准胥吏借端扰累，总期去其太甚，渐挽颓风，以仰副皇上崇俭黜奢之至意。将见民气渐返敦庞，盖藏日臻充裕矣。

以上十条，皆该省利弊所关，虽在督抚诸臣有心经理，然僚属巧为蒙蔽，风土未易周知，用敢据实缕陈，新任督臣到粤未久，一切事宜无所用其回护。应请敕下该督悉心查办，并会同抚臣熟议妥筹，将如何实力整顿缘由先行分析复奏。庶封疆大吏尽一分心，即地方受一分之益矣。是否有当，伏乞皇上圣鉴。谨奏。

道光十六年十月初三日

（军机处录副奏折）

C121：职官、吏役-选官、任官

1.22　邓廷桢奏为惠昌耀胜任总兵事折

道光十九年六月二十四日(1839年8月3日)

两广总督臣邓廷桢跪奏，为遵旨再行察看水师副将可胜南澳镇总兵之任，据实恭折覆奏，仰祈圣鉴事。窃臣于本年六月十九日承准军机大臣字寄，五月二十八日奉上谕，本日据林则徐等奏，南澳镇总兵沈镇邦因循不振，已明降谕旨将沈镇邦降为都司，有粤酌补矣。南澳一带为闽粤交界洋面，现在堵截夷船，搜拿烟土，攸关紧要，自必经理得人，方于地方有裨。前据邓廷桢保奏香山协副将惠昌耀堪胜水师总兵尚未送部引见，著该督每以留心察看，该副将是否能胜南澳镇总兵之任，迅即据实具奏，毋稍迁就，将此谕令志之。钦此。仰见皇上垂廑海疆，慎重阃寄之至意。臣查南澳一镇管辖闽粤两省交界洋面，实为粤洋东路要区，责任綦重，近因中路查办鸦片吃紧，时有夹私夷如驶入南澳所辖洋面抛泊，希图勾串售私。是岸区固贵缉拿，而洋面堵截防护尤为当务之急。诚如圣谕，必自经理得人，方于地方有裨。该香山协副将惠昌耀居心朴实，办事精勤，于嘉庆十五年改用水师，阅之已三十载，水务最为熟悉，从前补题广东崖州协副将任内，适值洋盗陈加海与内匪杨就富勾结滋事，该副将随同剿办出力，议叙功加三等。道光十六年丁忧起复来粤，委署香山协副将。先是，该协所辖之金星门内洋夷船借名避风素多，驶往寄碇，恣意营私。经臣咨商水师提臣关天培设法督令驱逐。嗣该副将补提此职，仍责成严督备弁带领舟师在抚金星门随时认真守堵。抚之三年，夷船不敢驶入金星门一步，办理已有成效。是以臣前遵旨，以该副将实属水师出色人员，保章堪胜水师总兵官，蒙恩准送部引见在案。伏念用人之道，人地倘有未宜，必致□□□误，才具当可驱策，或亦易地皆然。况中路诸洋与东路南澳镇辖洋面呼吸相通，情形大同小异，今请钦差大臣奉命来粤查办海口事件，于中东西三路类皆悉以筹划饬办严明，该副将奉令惟谨，不独该营洋务遵办俱尚安详，即东路应办事宜亦获与闻方略。如以之承令南澳，虽非驾轻就熟，然较之来自外省，素昧粤洋情形者，生熟又自不同，可期得力。臣职任海疆，矢除锢弊，所赖群策群力。在在得人，庶几理而有功，得以迅臻□靖。总兵为专阃重寄，愈不敢稍涉迁就，以致上□圣主择人任使之明，而自耽贻误事机之咎。兹钦遵再行留心察看该香山协副将惠昌耀似可胜南澳镇总兵之任，□各据实陈明，恭候钦定。所有遵旨察看缘由，理合迅即具折覆奏，伏乞皇上圣鉴训示。谨奏。

道光十九年七月十九日奉朱批：钦此。

六月廿四日

（军机处录副奏折）

C121：职官、吏役-选官、任官

1.23 钦差两江总督林则徐等奏请将高廉道暂驻澳门查办夷务片

道光十九年十二月初二日（1840年1月6日）

再，臣等伏读上谕：林则徐已放两江总督，现虽专办此事，岂能常川在粤。即邓廷桢统辖两省，公务繁多，亦不能顾此失彼。仍当通盘筹画，办理结实，俾日后净绝根株，方称一劳永逸。等因。钦此。仰见圣主明示机宜，曲体臣工之至意。现已遵旨断绝 咦夷交易，由虎门起程回省，筹办善后事宜。

窃念徒法不能自行，而量材或堪器使，自当择其扼要，俾有治人。查各国夷商来粤贸易，货船俱进黄埔，而坐庄商伙多僦居澳门，探行市、清帐目固在此，而操奇赢、通诡秘亦在此，是澳门实为总汇之区。狡窟既多，汉奸因之麇集，教猱升木，靡所不为。至西洋夷人虽称恭顺，而不耕不织，专恃懋迁，罔利之谋，变幻百出，现经停止 咦夷交易，更难保其不私相串嘱，代运代销。弊窦一开，漏卮依旧，不可不大为之防。

溯查雍正八年设香山县丞一员，驻扎澳内之望厦村；乾隆八年又设澳门同知一员，驻扎距澳十五里之前山寨，专司夷务，布置本极周详。惟近日夷人变诈多端，澳务愈形吃重，当此认真厘剔之际，控驭尤贵得人，必须官职较大之员，方足以穷弊源而制骄纵。查有新授高廉道易中孚，俭约自持，能耐劳苦，办事勇敢，颇著威名，现已交卸潮州府篆，即赴高廉新任。臣等公同商酌，拟即委令该道暂行驻扎澳门，督同澳门同知等查办夷务。举凡稽察澳夷额船，断绝 咦夷冒混，缉拿汉奸接济，一切责成该员董率办理。其高廉道本任政事较简，尽可包封在澳核办。惟高、廉两郡秋审，向由该道提勘，届期前往，不过月余，即可竣事。至澳内栖止之处，旧有粤海关监督行署一所，系属空闲，可借与该道驻扎，以资办公。惟澳门华夷杂处，布惠尤贵宣威，小事修刑，大事修戎，实为事所时有，既经畀以事权，即当予以兵卫。查前山寨设有内河水师都司一员，带兵三百六十三名，向归香山协管辖，应请由该道节制，遇有缓急，听其调遣。高廉道本兼兵备，体制亦属相符。俟整顿一二年后，如果诸夷就范，鸦片肃清，再将该道撤回高廉，以重职守。

臣等愚昧之见，是否有当，谨会同抚臣怡良附片奏祈圣鉴。谨奏。

道光十九年十二月初二日奉朱批：另有旨。钦此。

（军机处录副奏折）

C133：职官、吏役-议叙、奖赏

1.24　两广总督林则徐等奏请鼓励筹办夷务出力员弁折

道光十九年十二月二十八日(1840年2月1日)

臣林则徐、臣邓廷桢跪奏，为遵旨查明筹办夷务出力员弁，恭折奏恳天恩，分别鼓励，仰祈圣鉴事。

窃臣等前奏叠次轰击夷船情形一折，钦奉上谕：提督关天培，奋勇直前，身先士卒，可嘉之至，著赏给法福灵阿巴图鲁名号，仍交部从优议叙，以示奖励。所有在事出力员弁，著查明保奏，候朕施恩。等因。钦此。仰见我皇上鼓励戎行，微劳必录，不独提臣关天培受恩深重，感极涕零，而凡在事文武员弁，无不顶感鸿慈，倍加奋跃。臣等遵奉恩谕，查明保奏，尤须确核各员劳绩，务求赏当其功，断不敢稍任冒滥。当与抚臣提臣及司道将领等逐加甄核。

计此次查办海口夷务，自十九年正月内，臣林则徐到粤会商，先截来源，当经谕令夷人将趸船所贮鸦片悉数呈缴，其时派委大小各员弁，或至夷馆往返晓谕，或在省河昼夜巡查，或赴海口分投防堵，自省城至虎门，内外水陆交严，夷情极为震慑，是以愿缴烟土，悔罪乞诚。嗣于洋次逐船验收，运入内河堆贮，一切押送看守，又需多员。自二月下旬至四月初旬，甫经收竣，正在起解赴京，钦奉上谕：即于粤省销毁。当又开池树栅，添派员弁，督视稽查。自四月下旬至五月中旬，甫经销化完竣，幸无弊混。讵暎国领事义律禀请在澳门卸货不准，因而阻挡该国货船进口种种抗违，七月间逐出澳门，断其接济。迨九龙山击败之后，于八月内禀请具结听查，而九月间则又多端反覆。我军于穿鼻洋轰逐一次，又于尖沙嘴俯攻六次，击毙暎国夷人无数，该国各船始经全行驱逐,零星散泊外洋。而水陆交防,至今未敢稍懈。

查一年以来,在事出力文武人数甚多。然职分较大之员,在文职则如藩司熊常錞、臬司乔用迁、运司陈嘉树、粮道王笃,均不敢仰邀议叙。在武职则如香山协惠昌耀,已蒙简授南澳镇总兵;署大鹏营参将赖恩爵,已蒙赏给巴图鲁并升授副将,亦俱不敢再请恩施。其劳绩稍次者,均由臣等严加删汰,自行酌奖外,兹谨将出力尤著之员弁,开列衔名,酌拟分别鼓励,另缮清单,恭呈御览。在该员弁等从公宣力,本皆分所当为,兹蒙圣主俯念微劳,温纶渥逮,臣等另单拟请之处,如荷恩俞,不特该员弁等益矢捐縻,即臣等亦获收指臂之效,感激圣慈,倍无既极。

所有遵旨查明保奏缘由,谨会同广东巡抚臣怡良、水师提督臣关天培、陆路提督臣郭继昌,合词恭折具奏,伏乞皇上圣鉴训示。谨奏。

道光二十年二月初十日奉朱批:钦此。

十二月二十八日

(军机处录副奏折)

C133:职官、吏役-议叙、奖赏

1.25 两广总督林则徐等奏请将已革游击马辰等分别开复升补片

道光十九年十二月二十八日(1840年2月1日)

再,臣林则徐前经附片奏明,酌留文武二员在粤差遣缘由,钦奉上谕:林则徐片奏,据实附陈。等语。已革湖南抚标游击马辰、湖北汉阳县县丞彭凤池,均著准其于广东交林则徐差遣委用,该部知道。钦此。

查该员彭凤池、马辰,自臣林则徐到粤以后,先遣侦探夷情,查访汉奸,皆能周详慎密,迨收缴熔化烟土二万余箱,昼夜稽查,不辞劳瘁。嗣值夷情反覆,驱逐出澳,示以兵威,彭凤池往来虎门、澳门,侦查接济,不避怨嫌;马辰周历官涌、东涌,奋力剿防,屡经获胜,臣邓廷桢与提臣关天培亦皆随时差遣,均得其力。惟该二员本非广东官弁,不便统入单内,自应另行保奏。可否仰恳天恩俯准将湖北汉阳县县丞彭凤池发回原省,以知县遇缺即补;已革湖南抚标右营游击马辰,可否开复原官,抑以都司降补归部即选之处,出自圣主鸿慈。

谨合词附片,奏恳恩施,伏祈圣鉴训示。谨奏。

道光二十年二月初十日奉朱批:钦〔此〕。

十二月二十八日

（军机处录副奏折）

C121：职官、吏役-选官、任官

1.26　琦善请将武职各员暂缓引见缘由折

道光二十一年十二月十六日(1841年2月9日)

大学士署两广总督臣琦善跪奏，为夷务尚在未定，防御犹关紧要，谨将应行引见之武职各员遵照部咨奏明展限，仰祈圣鉴事。窃照前准部咨，嗣后升补武职应行引见人员，如有承办要件，在半年以上完竣者，奏明加展。系升任本省之员，于□□□□□题准给与署札，先开该员底缺，俟事竣引见后实授等因。前广东省因防夷紧要，所有升任武职应行引见之刘大忠等五员，均经前督臣林则徐咨部展限半年，嗣缘展限届满，经前护督臣怡良咨商提督核办。兹据该提督覆请奏明加展前来。臣查夷务现尚未定，防御犹关紧要，正在需人之际，自未便纷纷给咨赴部。所有升任香山协付将之海口营参将刘大忠、升任水师提标左营游击之碣石镇右营都司麦廷章、升任碣石镇左营游击之阳江镇右营都司羊英科、升任龙门协右营都司续经题请调补吴川营都司黄琮、升任崖州协水师守备之水师提标中营右哨千总庐大□等五员，均应遵照部咨章程，奏明加请展限。除咨明兵部，并俟夷务就绪即行分别给咨送部引见外，理合恭折具奏，伏乞皇上圣鉴。谨奏。

道光二十一年正月十八日奉朱批：兵部知道。钦此。

十二月十六日

（军机处录副奏折）

C121：职官、吏役-选官、任官

1.27　祁𡎴奏请准令惠昌耀暂缓进京仍署香山协副将事片

道光二十一年四月十二日(1841年6月1日)

祁𡎴片：再前奉谕旨，着广西省挑选兵丁二千名前赴广东听候调遣，当经广西抚臣梁章钜查有因公来梧之左江镇总兵文哲珲，曾经出师，久任广东，情形熟悉，遵旨派令统领弹压，赴东调遣，恭折具奏，在案。兹文哲珲所遗左江镇业务，查有平栾协付将穆特布堪以护理。又臣接准闽浙督臣颜伯焘咨会,钦奉上谕,福建海坛镇总兵员缺,着江继芸补授。钦此。查江继芸原护南澳镇篆,现在福建水师紧要海坛镇系委尤吉暂护,江继芸既蒙简放是缺,自应迅速赴任以专职守。又查例载闽粤南澳镇总兵缺,由闽粤两省轮次遴员委署等语。此次南澳镇轮应粤省办理,咨请由粤委署,以便江继芸交卸起程等因。臣查实任南澳镇总兵惠昌耀系由香山协付将升补,先经前任督臣邓廷桢以香山协所辖洋面防夷吃紧,必须熟手经理,方不至贻误事机,奏奉谕旨准令惠昌耀暂缓进京,仍署理香山协付将印务,未能饬赴新任,今江继芸升补海坛镇总兵,应行赴任。所遗南澳镇篆务,限在老员委署,惟查有现署澄海营参将之碣石镇左营尤吉、羊英科堪以护理。其羊英科所遗署参将印务,查有连濠营守备曾授纶,堪以护理。除檄饬遵照外,所令委护各缺缘由,理合附片具奏,伏乞圣鉴。谨奏。

道光二十一年四月十二日奉朱批:知道了。钦此。

(军机处录副奏折)

C121:职官、吏役-选官、任官

1.28 祁埙奏请以曾逢年升任水师提标参将事折

道光二十二年八月十七日(1842年9月21日)

两广总督革职留任臣祁埙跪奏为水师中军参将员缺紧要,恳恩俯准拣员升署以资整饬,仰乞圣鉴事。臣接准兵部咨广东水师提标中军奏将杨海雄升署香山协副将给札赴任,所遗水师提标中军参将系外海水师题补之缺,饬用改用水师,该省现无改用饬用预保,亦无预保请册之员,行令照例于现任应题人员内拣选题补等因。查水师提标中军参将随同提臣驻扎虎门,该处为民夷商船出入海口,现在夷务尚未大定,防范稽查尤为吃紧,中军为通标诸营领袖,每遇提臣公出,一切营务均应中军参将料理,必须精明强干、熟悉海道情形之员方克胜任。臣与水师提督臣吴建勋皆于通省外海水师游击内逐加遴选,或有事故远碍或藉录奉旨或题外省准部处尚未给札或升补尚未引见,实无合例候补之员。惟查有升署阳江镇中军游击曾逢年,年三十九岁,广东惠州府□丰县人,由行伍递升都司。道光十九年四月内,总督臣邓廷桢以该员题请升补阳江镇中军游击,奉部处准乃令咨赴部引见,时因委署南澳镇右营游击,经前督邓廷桢咨请暂缓送部,二十年六月及是年十二月又经前督臣林则徐与前署督臣琦善以防夷紧要,先后奏咨展限,俟夷务□清再行给咨送部引见,二十年五月接准兵部发给升署阳江镇中军游击札付,在案。该员办事精详,熟习水务,前因省城东南□仑颈地方与黄浦毗连,逼近夷船,地当扼要，经臣会同靖逆将军奕山饬委该员管带壮勇守驻该处，教习枪炮，督率防备，并在该处建立土台以资守。案该员办理均属认真，其于海口情形，亦最熟悉。以之升补水师提标中军参将，实堪胜任。虽升署阳江镇中军游击，尚未引见实授，与例稍有未符，但水师人材难得，当此整饬海防营伍之际，尤贵将领得人，且该员系因办理夷务奏请展限，与因别项差使迟延未经引见者不同，合无仰恳圣主天恩，俯准照人地相需之例，将曾逢年升署水师提标中军参将，实于水师营务有裨。如蒙谕允，仍俟批属历侍年限，咨请实授。再查前因军务吃紧，广东水陆二职应行引见各员，业经臣奏请一律暂缓送部。所有该员应行咨赴部之处，应俟部复到日再行分别办理，其所遗阳江镇中军游击系外海水师题补之缺，俟部复开缺时查明照例办理。臣为水师要缺需人起见，该会同水师提督臣吴建勋合词恭折具奏，伏乞皇上圣鉴，敕部核覆施行。谨奏。

道光二十二年八月十七日

道光二十二年九月二十五日奉朱批：钦此。

（军机处录副奏折）

C133：职官、吏役-议叙、奖赏

1.29　靖逆将军奕山等奏请加衔奖励军务出力人员片

道光二十二年十一月十一日（1842 年 12 月 12 日）

再，查上年七月间，招募水陆壮勇三万余名，分布各路要隘三十余处，设立团练局，拣派镇道大员弹压稽察，勤劳懋著。现在军务告蒇，自应查明尤为出力之员，先行鼓励，以昭激劝。

查有南韶连镇总兵马殿甲、高廉道易中孚，自前年秋间派赴前山、澳门等处防堵出力，嗣后调回省垣，会同候补道西拉本办理练勇事宜，复周历各乡，劝谕绅耆，分成团练。该道西拉本因各勇未娴纪律，会同总〔兵〕马殿甲奔驰各隘口训练，谆谆若父兄之教子弟，而于枪炮，尤令加意讲求，务臻娴熟。复于各炮台添制滑车、绞架，以期演放得力。年余以来，辛勤备至，奴才等未便〔没〕其劳绩，马殿甲请赏加提督衔，易中孚请赏加盐运使衔，西拉本系京察一等记名，钦奉特旨留于广东以道员候补之员，请遇有广东道员缺出，由军机处提奏，请旨简放，并恳赏加盐运使衔。

可否量于鼓励之处，出自皇上天恩，谨附片具奏，伏乞圣鉴。谨奏。

道光二十二年十一月十一日奉朱批：钦此。

（军机处录副奏折）

C133：职官、吏役-议叙、奖赏

1.30 吏部为赏戴花翎人员致隆宗门汉军机处片

咸丰二年二月十八日(1852年4月7日)

附：

赏戴花翎蓝翎现任人员：

直隶

总督讷尔经额，前任署理山东按察使任内周密获传教谋逆匪犯马进忠等，详慎妥速。道光四年三月奉旨著赏戴翎。十七年九月二十三日奉上谕，前因讷尔经额于逆匪蓝正樽日久稽诛，迨予限查拿又不能迅速缉获、明正典刑，乃以被□致毙，支饬完案，当降旨交部严讲，兹据该部奏请，照弱职的革职，咎所获得，惟讷尔经额年力正盛，著赏给三等侍卫，作□□□，帮办大臣。历升今职。

按察使周启运，前在湖北□□府知府任内因崇阳县逆匪滋事，道光二十二年□月二十一日奉旨赏戴花翎。

长芦盐运使杨霈，前在□□□□□知府任内捐输河工需费，道光二十□年九月十八日奉旨著赏戴花翎。

定州直隶州知州宝琳，因河工捐资出力，咸丰元年二月十六日奉旨著赏戴蓝翎。

顺天涿州知州郭宝勋，前在直隶丰润县知县任内承定河捐资出力，道光二十五年二月十四日奉旨著赏蓝翎。

晋州知州李麟遇，因河工捐资出力，咸丰元年二月十六日奉旨赏戴蓝翎。

磁州知州恩符，因河工捐资出力，咸丰元年二月十六日奉旨赏戴蓝翎。

宣化县知县高逵，因河工捐资出力，咸丰元年二月十六日奉旨著赏戴蓝翎。

饶阳县知县乔□福，因河工捐资出力，咸丰元年二月十六日奉旨著赏戴蓝翎。

江苏

漕运总督杨殿邦，前在广东南韶连道任内土盗徭匪出力，道光十二年五月十七日奉旨赏戴花翎。

布政使联英，前在湖北□陆□知府任内捐输经费，道光二十五年十一月十八日奉旨赏戴花翎。

江宁布政使祁宿藻，剿办匪徒出力，咸丰元年十一月二十八日奉旨赏戴花翎。

常镇道姚熊飞，前在湖南桃源县知县任内军营出力，赏戴蓝翎。又因逆捻滋事，道光十二年九月十六日奉旨赏换花翎。

苏松太道吴运彰，前在江苏候补任内捐输军需，道光二十二年十一月初三日奉旨赏戴花翎。

江苏同知陈在文，前在江苏候补同知任内杀贼出力，道光二十年□月□日奉旨赏戴蓝翎。

外南岸同知娄晋，前在岭南通判任内祥符大工出力，道光二十二年二月十六日奉旨赏戴蓝翎。

里河同知于昌进，前在南河候补同知任内拿获捻匪出力。道光二十二年十二月十六日奉旨赏戴蓝翎。

海阜同知赵作宾，前在山东管粮通判任内祥符大工出力，道光二十二年二月二十六日奉旨赏戴蓝翎。

通州直隶州知州金咸，前在江苏候补直隶州知州任内捐输经费，道光二十六年十月十六日奉旨赏戴蓝翎。

东台县知县葛□元，捐输经费，道光二十三年正月二十七日奉旨赏戴蓝翎。

崇明县知县孙丰，前任嘉定县县丞任内擒获夷匪出力，道光二十一年四月十一日奉旨赏戴蓝翎。

安徽

按察使张熙宇，前任广东番禺县知县任内打仗守城出力，道光二十一年七月初五日奉旨赏戴蓝翎，又在广东劝捐出力，二十二年十月十九日奉旨赏戴花翎。

凤颍同知张瀚，同知捐输经费出力，奉旨赏戴蓝翎。

山东

河东河道总督颜以燠，由江苏□州府知府任内买队护各工出力，道光二十五年十月十九日奉旨赏戴蓝翎。

巡抚李僡，由河南巡抚任内因捐办军务，咸丰二年正月□奉旨赏戴花翎。

督粮道景霖，因捐输经费，道光二十五年三月十二日奉旨赏戴花翎。

登来青道英桂，因海防出力，道光三十年九月十三日奉旨赏戴花翎。

济南府知府李天锡，道光七年十月十七日奉旨鄂山奏查明军需□人员奏请鼓励一折，山东巨野县知县李天锡，□□□□军务□即补，先换顶戴并赏戴花翎。土货司□□□□与未完银数不符，降一级调用，奉旨□□□□□报该官，官出具考语，送都引见，再降谕旨。道光□年四月引见，奉旨改为降一级，留任治田，奉旨以知州用，十年三月题补□厦州知州，历升今职。

东昌府知府王观澄，在□□县知县任内因捐输海疆经费，道光二十二年□□月□五日奉旨赏戴蓝翎。

滕县知县加同知衔黄良楷，因捐修城垣，道光二十九年四月初六日奉旨赏戴花翎。

山西

布政使郭梦龄，由湖北黄州府同知任内因崇阳逆匪滋事，道光二十二年二月二十一日奉旨赏戴花翎。

按察使潘铎，由四川按察使任内捐输经费，道光二十五年三月二十五日奉旨赏戴花翎。

蒲州府同知塔那泰，前因□准葛尔□告□□□□□□□□□出力，道光十□年十一月初八日奉旨赏戴蓝翎。

山西赵城县知县加同知衔李祥霖，由续选布政司□□□□□□□ □□□□□□□□□□□□□□□□□□□□□□□奉旨赏戴花翎。

河南

巡抚□贵□，□□□□□□□□□□□□□□为心力，道光二十九年正月初九日奉旨赏戴花翎。

按察使沈兆云，因捐备经费咸丰二年□□月□□日奉旨赏戴花翎。

开归陈许道林扬祖，因捐备军务，咸丰二年正月二十九日奉旨赏戴蓝翎。

开封府知府瑛桂，因捐备军务经费，咸丰二年正月二十九日奉旨赏戴蓝翎。

陕州直隶州知州邱文藻，因捐备军务经费，咸丰二年正月二十九日奉旨赏戴蓝翎。

粮盐道瑞兴。

彰卫陈道长□，□□□□□□□□□，咸丰二年正月二十九日奉旨赏戴花翎。

河陕汝道恒山，

息县知县陈棠，由□□亲入□河□□出力，道光二十一年赏戴蓝翎。

归德府知府陈介□，江苏□□□□州知州任内，因拿获要犯出力，赏戴蓝翎。又因拿获海洋巨贼，道光二十□年六月初□日奉旨赏戴花翎。

陕西

陕甘总督舒兴阿，二十七年□月医药□□帮办大臣，九月初五日奉旨赏戴花翎。

巡抚张祥河，河南□□□任内，二十二年二月十六日奉旨祥符大工合龙，奉旨赏戴花翎。

甘肃

巩秦阶道周鸣鸾，湖北安□府知府任内，二十二年二月二十一日奉旨□□遵旨保举出力，著赏戴花翎。

浙江

盐运使麟桂，二十八年三月十四日奉旨前据梁宝常奏定海善后各口出力，著赏戴花翎。

温处道庆廉，二十八年八月初一日奉著缉捕勤能，著加恩赏戴花翎等因。钦此。

杭州府总捕同知知府□张玉藻，二十一年十二月十八日奉□剿省河逆夷兵船出力，著赏顶戴蓝翎。钦此。

永嘉县知县曾永禧，由广西监生投效军营剿办广瑶匪出力，保举奉旨赏戴蓝翎。

江西

吉宁赣宁道黄□之，因防堵出力，咸丰二年正月初十日奉旨赏戴花翎。

南昌府知府邓仁堃，四川富顺县知县任内因剿办四川夷匪尤为出力，赏戴蓝翎。又因督办□赈总理劝捐，咸丰六年五月二十八日奉朱批赏换花翎。

□□□□□，□□□□□□□□□□。

临川县知县马永□，□□□□□□□□□□□□□□□□□□□□□奉旨赏戴蓝翎。

福建

厦防同知来锡蕃，前在巡检任内，因追拿粤匪□□□出力，□□□□□奉旨赏戴蓝翎。

福州府同知王江，因前屈□□□九品任内搜捕逆犯，追拿粤匪，道光□□年七月十三日奉旨赏戴蓝翎。

海防同知黄开基，因惩办台湾彰化匪徒，道光二十六年九月十九日奉旨赏戴花翎。

台湾府通判杨承泽，因堵剿□匪□□多名，道光二十一年七月初五日奉旨赏戴蓝翎。

台湾县知县胡国荣，因台湾漳泉民人械斗，捐输抚恤获犯出力，道光二十七年六月二十日奉旨著以同知直隶州优先补用并赏戴花翎。

台湾县巡检冉正品，因械斗案内捐输抚恤，道光二十七年六月二十日奉旨赏戴蓝翎。

德化县典史胡益源，因台湾械斗案内捐输抚恤，道光二十七年六月二十日奉旨赏戴蓝翎。

湖北

布政使梁星源，由广东南海县知县任内，因防守堵剿□□夷匪多名，道光二十一年七月□□日奉旨赏戴蓝翎。又劝捐出力，二十二年十月十九日奉旨赏戴花翎。

按察使瑞元，由刑部郎中道光十二年随同尚书禧恩等前赴广东□南办理军务，事竣保奏，奉旨赏戴花翎。十三年补授□□□□府□补授福建督粮，道光十七年补授山西按察使。二十年补授福建布政使，是年十二月奉旨赏给副都统作为乌什办事大臣，二十三年因山西臬司任内降调来京。十二月奉旨赏给三等侍卫作为哈密办事大臣。二十四年奉旨赏给二等侍卫调补□藏帮办大臣，二十六年奉旨赏给头等侍卫调补科布多参赞大臣，二十八年奉旨赏回京当差，三十年奉旨补授科布多参赞大臣。咸丰元年二月实授今职。

安陆府知府刘芳珪，由试用同知因荡平逆匪出力，道光三十年六月二十日奉旨赏戴花翎。

荆门直隶州知州金云门，前在天门县知县任内□□逆匪滋事，道光二十二年旨赏戴蓝翎。

来凤县知县林士瑞，□□□□□□□□□□□□□□□□□，道光二十一年□月十八日奉旨赏戴蓝翎。

江夏县县丞王国桢，由□□□□□任内因崇阳逆匪滋事，道光二十二年二月二十一日奉旨赏戴蓝翎。

京山县县丞陈均远，由试用县丞因崇阳逆匪滋事，道光二十二年二月二十一日奉旨赏戴蓝翎。

兴国州吏目王葆元，因荡平逆匪出力，道光三十年六月二十日奉旨赏戴蓝翎。

江陵县知县俞昌烈，由湖北荆州府经历任内，因崇县逆匪滋事，道光二十二年二月二十一日奉旨赏戴蓝翎。

江陵县县丞钮芳津，由试用未入流因荡平逆匪出力，道光三十年六月二十日奉旨，著免补本班以府经县丞补用，并赏戴蓝翎。

湖南

永顺府知府翟诰，由□绥直隶厅同知任内□□□□□出力，道光二十八年七月三十日奉旨赏戴花翎。

长沙府同知陆咸升，由湖南试用□□□□□□□□出力，道光十二年八月十七日奉旨赏戴蓝翎。十三年五月补授永桂理瑶通判因湖北崇阳逆匪滋事，道光二十二年二月二十一日奉旨赏戴花翎。

乾州直隶厅同知俞舜钦，由道州知州任内因荡平逆匪出力，道光三十年六月二十日奉旨赏戴花翎。

永州府通判加同知衔陈炳，因荡平逆匪出力，道光三十年六月二十日奉旨赏戴花翎。

东安县知县加同知衔邵绶名，因荡平逆匪出力，道光三十年六月二十日奉旨赏戴花翎。

醴陵县知县雷绎，由试用直隶州州判因湖北崇阳逆匪滋事，道光二十二年二月二十一日奉旨赏戴蓝翎。

兴宁县知县贵德，由湖北即用知县仍带军功蓝翎。二十八年五月初四日奉旨。

长沙县县丞吴洪相，由浏阳县县丞任内军营出力，道光十二年七月十四日奉旨赏戴蓝翎。

麻阳县巡检曾德麟，因荡平逆匪出力，道光三十年六月二十日奉旨赏戴蓝翎。

四川

打箭炉同知张奉书，前在成都县知县任内，缉获首要匪犯一百余名出力，道光二十六年闰五月初九日奉旨赏戴蓝翎。二十七年十二月升补今职，二十九年七月十八日奉谕剿办野番出力，著赏换花翎。

石柱厅同知王槐龄，由候补同知剿办博富军务出力，道光十六年七月初五日奉著赏戴蓝翎。十九年十月题补今职，因承办天坛灯□木植株□三年有余，劳苦出力，二十六年八月初五日奉旨赏戴花翎。

什邡县知县濮诒孙，□□□□省□县捐输炮局经费，道光二十四年旨著赏戴蓝翎。□□年十一月捕授今职，二十七年七月二十五日奉上谕□敬奏□□缉捕匪犯出力，著赏换花翎。

广安州知州陆敏杰，因淮商捐输道光二十八年二月二十二日奉旨云南□□□□□□□□□著免其□补以知州□□四川归候补□□□□□□知府衔，赏戴蓝翎。三十年十二月题补今职。

汶川县知县胡汝开，由前□□□府经历海疆捐资出力，道光二十二年五月十六日奉旨赏戴蓝翎。

广东

两广总督徐广缙，因办理夷务，道光二十九年四月十五日奉旨赏戴双眼花翎。

广东巡抚叶名琛，因办理夷务，道光二十九年四月十五日奉旨赏戴花翎。

盐运使赵镛，因捐输经费，咸丰元年七月二十七日奉朱批赏戴花翎。

高廉道沈棣辉，前在韶州府任内，拿获广东阳山英德等县匪徒。道光二十九年九月初二日奉旨赏戴花翎，因生擒首逆，咸丰元年八月初三日奉旨赏戴花翎。

按察使崔侗，因剿办广宁一带匪徒出力，咸丰二年正月十八日奉旨赏戴花翎。

高州府知府彭舒萼，因督率兵弁绅勇剿匪出力，咸丰二年正月十八日奉旨赏戴花翎。

潮州府知府刘浔，前在拣发知府任内捐输河工经费，道光二十四年九月十八日奉旨赏戴花翎。

琼州府同知铜麟 因办理夷务出力，道光二十六年十月十六日奉旨赏戴花翎。

乳源县知县马映阶，因迭次剿办匪徒出力，咸丰元年十一月二十八日奉旨著以直隶州知州补用并赏戴花翎。

高要县知县顾骏，因剿匪出力，咸丰二年正月十八日奉旨著开缺以直隶州知州，遇缺即补，并赏戴花翎。

开平县知县冒芬，因剿办排猺出力，道光十二年闰九月十七日奉旨赏戴蓝翎。

镇平县知县张起鹍，因堵剿逆夷兵船，道光二十一年五月十八日奉旨赏戴蓝翎。

阳山县知县吴昌寿，因剿办匪徒出力，咸丰元年十一月二十八日奉旨著开缺以直隶州知州补用，并赏戴花翎。

丰顺县知县吕铨，因廉州剿匪出力，咸丰二年正月十八日奉旨赏戴蓝翎。

东莞县知县海廷琛，因迭次剿办匪徒出力，咸丰元年十一月二十八日奉旨著以直隶州知州随用，先换顶戴并赏戴花翎。

龙门县知县乔应庚，因焚剿逆夷兵船，道光二十一年五月十八日奉旨赏戴蓝翎。

广盈库大使丁贻谷，因劝捐出力，道光二十二年十月十九日奉上谕赏戴蓝翎。

西汇关批验所大使长庆，□保打仗守城出力，道光二十一年七月初五日奉上谕赏戴蓝翎。

墩白盐大使陈峻，□保打仗守城出力，道光二十一年七月初五日奉上谕赏戴蓝翎。

广州府经历殷辅，因前在巡检任内剿办排猺出力，道光十二年闰九月十七日奉旨赏戴蓝翎。

高州府经历甘槐，因廉州剿匪出力，咸丰二年正月十八日奉旨赏戴蓝翎。

香山县丞汪政，因剿办匪徒出力，咸丰元年十一月二十八日奉上谕赏戴蓝翎。

高要县丞杨有成，因剿办匪徒出力咸丰元年十月二十八日奉上谕赏戴蓝翎。

阳江县丞徐守和，因打仗守城出力，道光二十一年七月初五日奉上谕赏戴蓝翎。

阳春县巡检章锡麟，因打仗守城出力，道光二十一年七月初五日奉上谕赏戴蓝翎。

南海县巡检何庆龄，因廉州剿匪出力，咸丰二年正月十八日奉上谕赏戴蓝翎。

清远县巡检章增耀，因剿匪出力，咸丰二年正月十八日奉上谕赏戴蓝翎，著开缺以县丞用。

永安县典史孙德立，因迭次剿办匪徒出力，咸丰元年十一月十八日奉上谕赏戴蓝翎。

顺德县典史陈义，因廉州剿匪出力，咸丰二年正月十八日奉上谕赏戴蓝翎。

广西

布政使劳崇光，因前在湖北布政使任内，剿捕楚匪徒事出力，道光□□□□奉上谕赏戴花翎。

桂平梧郁道许祥光，因海疆捐资出力，道光二十二年五月十六日奉上谕赏戴花翎。

左江道杨彤如，因剿捕楚匪，道光三十年六月二十九日奉上谕赏戴花翎。

右江道张敬修，因盗贼横行守御得力，咸丰□年四月初十日奉上谕赏戴花翎。

镇安府知府黄辅相，因剿办巨匪，咸丰元年九月初八日奉旨赏戴花翎。

浔州府知府游长龄，因攻剿逆首、办理团练出力，咸丰元年七月十六日奉上谕赏戴花翎。

庆远府同知招敬常，因剿捕刘八等股匪出力，咸丰元年闰八月二十六日奉旨赏戴花翎。

河池州知州史勋，因堵剿逆匪李沅发，道光三年六月二十九日奉旨赏戴蓝翎。

全州知州宁域，因剿捕楚匪出力，道光三十年六月二十九日奉旨赏戴花翎，以同知直隶州□□□□□□□□□□□并不实力堵截革职，因剿办刘八等股匪出力，咸丰元年闰八月二十六日奉旨前恭革职并授赏花翎，著□其一并开发。

归顺州知州余思诏，因剿办楚匪出力，道光三十年六月二十九日奉旨赏戴蓝翎。

西隆州知州瑞麟，因前在□州州同任内剿捕楚匪出力，道光三十年六月□□日奉旨赏戴蓝翎。

恭城县知县王华封，因剿捕楚匪出力，道光三十年六月二十九日奉上谕赏戴蓝翎。

天保县知县刘伯埙，因攻剿金田会匪出力，咸丰元年六月初一日奉上谕赏戴蓝翎。

镇安下雷土州吏施兆樾，因剿办刘八及曾亚淳股匪出力，咸丰元年闰八月二十六日奉上谕赏戴蓝翎。

永宁县巡检徐源，因剿办会匪出力，道光二十八年二月十二日奉上谕赏六品顶戴并赏戴蓝翎。

宜山县巡检严正圻，因剿办楚匪出力，道光三十年六月二十九日奉上谕赏戴蓝翎。

藤县巡检张葆光，因攻剿金田会匪出力，咸丰元年六月初一日奉上谕赏戴蓝翎。

义宁巡检吴虎林，因节次打仗出力，咸丰二年正月三十日奉上谕赏戴蓝翎。

平南县巡检浦淳，因攻剿大黎里及新墟等处出力，咸丰二年正月三十日奉上谕赏戴蓝翎。

云南

巡抚张亮基，前在内阁中书任内祥符大工合龙，道光二十二年二月十六日奉上谕赏戴花翎。

布政使徐有□，前在广东盐运使任内捐输备粮，道光二十九年三月初五日奉上谕赏戴花翎。

开化府知府宝俊，查办匪案出力，道光二十八年十一月初十日奉上谕赏戴花翎。

两淮监掣同知谢元淮，□□□□□□□□□□□□□□，奉上谕赏戴蓝翎。□□办理运务出力，咸丰□年□□月□□日奉上谕赏戴花翎。

云南昆阳州知州瑞吕，□□□□□□□□□□□□□□□运务出力，□□□□□奉上谕赏戴蓝翎。

南安州知州周德祜，前在候选知州，因广西剿□□匪出力，奉旨赏戴蓝翎。

永平县知县沈保恒，前在景东厅经历任内军务出力，□□□□□□□□□奉上谕赏戴蓝翎。

按察司司狱颜逢贞，前在贵州试用从九品任内剿办逆匪出力，道光十九年三月□□日奉上谕赏戴蓝翎。二年正月患病。

贵州

巡抚蒋霨远，由云南云南府知府任内因捐输经费，道光二十五年□月初二日奉旨赏戴花翎。

贵东道周作楫，因剿缉楚匪出力，道光三十年九月十九日奉旨赏戴花翎。

黎平府知府胡林翼，由候补知府因苗匪聚众抢劫，将巨盗悉数拿获，道光三十年八月二十五日奉上谕赏戴花翎。

思州府知府淡树琪，因剿捕楚匪出力，道光三十年九月十八日奉旨赏戴花翎。

石阡府知府福奎，因兵部堂主事出喀什噶尔印务章京差，道光八年十一月□□兵部员外郎，因拿获勾结□□□□谋叛各犯，九年十月十九日赏戴花翎，历升今职。

黎平府古州同知郎汝琳，由□发贵州知县剿办逆匪出力，道光十九年三月初二日奉旨赏戴蓝翎。

余庆县知县陆用康，由册享州同任内因剿办逆匪出力，道光十九年三月初二日奉旨赏戴蓝翎。

开泰县朗洞县丞顾昆扬，由普安同知熬磨任内因剿办逆匪出力，道光十九年三月奉旨赏戴蓝翎。

四十八溪主簿侯云沂，因剿捕楚匪出力，道光三十年九月十八日奉旨赏戴蓝翎。

黄平县巡检王用仪，因剿捕楚匪出力，道光三十年九月十八日奉旨赏戴蓝翎。

安顺府羊场塘巡检屠述鹤,因湖南逆匪滋事,三十年九月十八日奉旨赏戴蓝翎。

赏戴花翎蓝翎候补人员:

直隶

北河补用通判龚国瑞,□□□□□□任内,道光二十五年六月十七日奉上谕捐□□□费赏戴蓝翎。

江苏

候补同知林福祥,□□□□□□出力,奉旨赏戴蓝翎。

两淮试用运判陈照,□□□出力,道光二十三年六月二十七日奉上谕赏戴蓝翎。

候补运判杜文澜,仍带湖南匪徒滋事出力,道光三十年七月二十九日奉旨赏戴蓝翎。

南河

试用同知张长春,捐输经费,道光二十八年二月二十二日奉上谕赏戴蓝翎。

试用同知陈荣,捐输经费,道光二十四年三月十二日奉上谕赏戴蓝翎。

补用同知刘咸,捐输经费,道光二十七年七月十二日奉上谕赏戴蓝翎。

试用通判曹象曾,捐输包局出力,道光二十四年三月十二日奉上谕赏戴蓝翎。二十八年十一月患病。

安徽

试用直隶州知州潘筠基,前在河南怀庆府通判任内捐输海疆军需,道光二十三年七月二十八日奉上谕赏戴蓝翎。

试用通判王鹤龄,擒斩夷匪出力,道光二十一年七月初五日奉上谕赏戴蓝翎。二十三年正月丁忧。

试用县丞王师真,前在镇海道头焚烧夷船出力,奉上谕赏戴蓝翎。

山东

候补道张凤池,因捐输经费,道光二十五年十二月十四日奉旨赏戴蓝翎。

试用同知谭伯筠,捐修炮台道光二十五年五月二十八日奉旨赏戴蓝翎。

候补通判熙春,因军营出力赏戴蓝翎。

东河

候补同知罗镶,因捐输经费,道光二十六年闰五月初二日奉旨赏戴蓝翎。

山西

试用同知印德本,因保护省城在事出力,道光二十二年二月初六日奉旨赏戴蓝翎。

河南

候补道张昀,东河下北河同知任内,因捐输经费,光二十六年正月二十六日奉旨赏戴蓝翎。

龚瑞谷,因捐输经费,道光二十六年闰五月初二日奉上谕赏戴蓝翎。

试用知县蒋立铣，因剿办排猺出力，道光十二年闰九月奉上谕赏戴蓝翎。

前任桐柏县知县朱德铗，咸丰元年闰八月二十六日奉上谕赛尚阿奏遵保，剿捕刘八及曾亚淳股匪出力，员弁官绅、士民、兵勇等分别开单请予奖励军功，六品衔前任河南桐柏知县朱德铗著免其坐补原缺以知州归部即选，并赏戴蓝翎。

陕西

补用同知直隶州知州江忠源，前浙江丽水县知县任内，剿办会匪出力，奉旨赏戴蓝翎。咸丰元年闰八月二十四日奉上谕赛尚阿奏遵保，六月至八月攻剿新墟及莫村贼匪出力，著俟服阕后免发原省归部以同知直隶州知州遇缺即选，并赏戴花翎等因。钦此。奏改外补□掣陕西。

浙江

前任布政使觉罗□与，道光二十五年四月十九日捐输，奉旨著赏戴花翎等因。钦此。二十七年六月初十日奉旨留京以三四品京堂候补。钦此。

前督粮道顾椿，道光二十八年二月十二日奉上谕郑祖□奏，遵保剿办会匪出力，著赏戴花翎等因。钦此。八月二十六日奉上谕本日召见新徙甘肃宁夏道顾椿，身体软弱，著仍以道员归原任照例选用等因。钦此。

即补通判刘铸，由捐输通判复因湖南匪徒滋事防堵出力，三十年七月三日奉旨著□□省会遇缺即补，并赏戴蓝翎。

试运副支昭箴，捐输海疆经费，道光二十四年十一月二十四日奉旨著赏戴蓝翎。

楝发知县知州衔刘江，由湖北黄安县知县任内崇阳县逆匪滋事，二十二年二月二十一日奉上谕著赏蓝翎。

江西

试用知府元善，因捐输米石，道光三十年□月初九日奉朱批赏戴蓝翎。

福建

候补知府霍明高，因遵保厦门出力，道光二十五年十二月初六日奉旨赏戴蓝翎。

试用按察司照磨徐嵚，因承办铸炮，道光二十三年七月初五日奉旨给予通判职衔并赏戴蓝翎。

湖南

候补知府魁联，因荡平逆匪出力，道光三十年六月二十日奉旨赏戴花翎。

试用直隶州知州邹道堃，因捐输，道光二十七年十一月二十六日奉旨赏戴花翎。二十九年七月丁母忧。

遇缺县丞黄杰，因荡平逆匪出力，道光三十年六月二十日奉旨赏戴蓝翎。咸丰元年十月丁父忧。

试用县丞杨恩绂，因荡平逆匪出力，道光三十年六月二十日奉旨赏戴蓝翎。

试用未入流苏策，因荡平逆匪出力，道光三十年六月二十日奉旨赏戴蓝翎。三十年二月丁母忧。

湖北

试用道林恩熙，因□□捐输，道光二十四年八月□□□奉旨赏戴蓝翎。

试用同知蔡文纲，道光二十二年八月十六日奉旨赏戴蓝翎。

广东

候补知府李敦业，因剿办广宁一带匪徒出力，咸丰二年正月十八日奉旨赏戴花翎。

吴川县知县韩凤翔，因迭次剿办匪徒，咸丰元年十一月二十八日奉旨著俟服阕后留于广东以同知补用，并赏戴花翎。

试用府经历刘式恕，因廉州剿捕楚匪出力，咸丰二年正月十八日奉旨著赏给六品顶带，并赏戴蓝翎。

县丞刘镇，因剿办匪徒出力，咸丰元年十一月二十八日奉旨著遇缺即补并赏戴蓝翎。

易昭，因剿办匪徒出力，咸丰元年□月二十八日奉旨赏戴蓝翎。

按察司经历罗才纶，因剿办匪徒出力，咸丰元年十一月二十八日奉旨著以知县补用，并赏戴蓝翎。

王惠溥，因筹办琼州洋匪出力，咸丰元年十二月二十四日奉旨服阕后以本班遇缺即补，并赏戴蓝翎。

谢效庄，因廉州被匪滋扰，督率弁兵始终不懈，咸丰二年正月十六日奉旨赏给六品顶戴并赏戴蓝翎。

陈嘉礼，因廉州被贼滋扰，督率弁兵始终不懈，咸丰二年正月十八日奉旨赏给六品顶戴并赏戴蓝翎。

从九品刘光裕，因迭次剿捕匪徒出力，咸丰元年十一月二十八日奉旨赏戴蓝翎。

朱用孚，因廉州剿匪出力，咸丰二年正月十八日奉旨赏给六品顶戴并赏戴蓝翎。

汤建英，因廉州剿匪出力，咸丰二年正月十八日奉旨赏给六品顶戴并赏戴蓝翎。

陈彬，因迭次剿办匪徒出力，咸丰元年十一月二十八日奉旨赏戴蓝翎。

涂阳麟，因迭次剿办匪徒出力，咸丰元年十一月二十八日奉旨赏戴蓝翎。

广西

候补同知直隶州知州曾绍理，因屡次打仗杀贼最为出力，咸丰元年八月二十五日奉旨赏戴花翎。

候补按察使赵长龄，因办理□务出力，□□□□□□□奉旨赏戴花翎。

广西

试用知县苏□文,因□□□□□□出力,□□□□□□□□□□□□奉旨赏戴蓝翎。

试用知县张□万,因盗贼横行守御得力,□□□□□□□□□□奉旨□□□□□补用并赏戴蓝翎。

李孟群,因剿捕楚匪出力,道光三十年六月二十九日奉旨赏戴花翎免补本班,以同知补用。

候补布政使经历吴镐,因攻剿金田会匪出力,咸丰元年六月初一日奉旨赏戴蓝翎。

试用布政司经历褚汝航,因攻剿金田会匪出力,咸丰元年六月初一日奉旨赏戴蓝翎。又因追剿逆匪及攻破古埍块夺毁贼营,二年正月三十日奉旨著免补本班以同知补用,并赏换花翎。

试用县丞任光祖,因剿捕刘八等股匪出力,咸丰元年闰八月二十六日奉旨赏戴蓝翎。

试用从九品陈瀚,因攻剿金田会匪出力,咸丰元年六月初一日奉旨著以府经历升用并赏戴蓝翎。

朱尔辅,因攻剿金田会匪出力,咸丰元年六月初一日奉旨赏戴蓝翎。

云南

候补同知礼恒谦,前在永昌府任内迭获永昌滋事要犯出力,道光二十六年二月初一日奉上谕赏戴花翎。

前贵州黎平府知府遇缺即选道员朱德□,咸丰元年七月十六日奉上谕赛尚阿奏逆首刘八一股会剿残除等语,朱德□率领有方,著加恩赏戴花翎。

贵州试用府经历唐锡龄,因剿捕楚匪出力,道光三十年九月十八日奉旨赏戴蓝翎。

胡保翼,因剿捕楚匪出力,道光三十年九月十八日奉旨赏戴蓝翎。

候补县丞秦□,因剿捕楚匪出力,道光三十年九月十八日奉旨赏戴蓝翎。

吉林委用巡检冯杞,由湖北黄安县巡检任内因崇阳逆匪□,道光二十二年二月二十一日奉旨赏戴蓝翎。

广东

候补盐运使潘仕成,因打仗守城出力,道光二十三年七月初五日奉旨赏戴花翎。

云南

广南府经历周锡桐,前在南宁县白水巡检任内□□湾□土匪出力,道光三十年十二月□□日奉旨赏戴蓝翎。

两淮

监掣同知朱启仁,因□□军营出力,咸丰二年正月三十日奉上谕赏戴花翎。

广西永康牧刘继祖,因攻剿□逆匪,咸丰元年二月三十日奉旨赏戴花翎。元年九月开缺以知府用。

侯守张其翰,因剿捕楚匪出力,道光三十年六月二十九日奉旨赏戴花翎。

陈瑞芝,因进攻新墟大股贼匪七获胜仗,咸丰元年七月二十五日奉旨赏戴花翎。

前怀远令张林,因攻剿郁林会匪出力,咸丰元年六月初一日奉旨以同知直隶州尽先升用,赏戴花翎。

广东潮州府司狱牟考祥,因迭次剿办匪徒出力,咸丰元年十一月二十八日奉旨赏戴蓝翎。

吏部为片复事。准军机处交查,前经交查各省一品至五品现任及候补人员内曾经赏过花翎各员,准吏部查明片复声明。如有续行查出,再行随时补送。所有上年八月至今及续行查出赏过花翎各员,希即查开并历年奉旨赏戴蓝翎各员一并详查复送隆宗门汉军机处等因前来,相应将各省现任候补曾经赏戴花翎、蓝翎各员一并开单片复,如有续行查出者,再行随时知照可也。须至知照者。

右咨隆宗门汉军机处。

咸丰二年二月十八日

委署主事文衡

(军机处来文)

C133:职官、吏役-议叙、奖赏

1.31 兵部奉旨开复原香山协副县长将叶常春等履历事致军机处片

咸丰四年六月十一日(1854年7月5日)

附:

叶常春,广东人,年六十三岁,由行伍历授广东香山协左营千总,道光十八年三月内掣补南澳右营守备,二十六年九月内越缺题补提标左营外海水师游击,二十八年八月内越缺奏署香山协副将,三十年五月内奉上谕补授苏松镇总兵。

陈世忠,福建人,年四十八岁,由行伍拔补把总,道光二十一年十一月内题补福建海坛左营守备,二十二年十二月内掣补闽安右营都司,二十三年六月内升署南澳左营游击,二十五年十二月内题补铜山营参将并奏署副将,三十年正月内奉上谕补授浙江黄岩镇总兵,是年二月内奉上谕山东登州镇总兵著陈世忠调补。

六月十一日,兵部为片复事。武选司案呈准军机处交查本日奉旨开复原官之已革总兵叶常春、陈世忠年岁履历并出身详细,开单。于明日卯刻复送隆宗门汉军机处,勿迟□□,此交前来,相应开写叶常春陈世忠年岁履历，开单。片复贵处查照。因用印不及，径行白片可也。须至片者。

右片行（计连单一纸）军机处。

咸丰四年六月十一日

（军机处来文）

A1：政务-奖励

1.32　礼部为题复香山县寿民高有光、寿妇谢刘氏现年一百一岁事致军机处咨文

咸丰五年十二月二十日（1856年1月27日）

前附：

议得定例，寿民年逾百岁者，给银三十两建坊旌表，并给与升平人瑞字样等语。今广东香山县寿民高有光，现年一百一岁，应请行令该巡抚转饬该地方官给银三十两，听本家自行建坊，即给与升平人瑞字样。恭俟命下，臣部遵奉施行。

议得定例，寿妇年逾百岁者，给银三十两建坊旌表，并给与贞寿之门字样等语。今广东嘉应州寿妇谢刘氏，现年一百一岁，应请行令该巡抚转饬该地方官给银三十两，听本家自行建坊，即给与贞寿之门字样。恭俟命下，臣部遵奉施行。

□□□

十二月二十一日

礼部为知照事。仪制司案呈礼科抄出本部题复广东香山县寿民高有光现年一百一岁请旌一疏，于咸丰五年十二月十三日题，十五日奉旨，高有光著加恩赏，给上用缎一匹，银十两，余依议。钦此。又题复广东嘉应州寿妇谢刘氏现年一百一岁请旌一疏，于咸丰五年十二月十三日题，十五日奉旨，刘氏著加恩赏，给上用锻一匹，银十两，余依议。钦此。钦遵各到部，除行文该抚遵照办理，其恩赏银缎，俟本部行文内务府支领，到日发交该省提塘赍送该巡抚转给该本家祗领外，相应抄录原题，知照汉军机处可也。须至咨者。

右咨（计粘单二纸）汉军机处。

咸丰五年十二月二十日

主政任□□

（军机处来文）

C133：职官、吏役-议叙、奖赏

1.33 吏部为具题各省官员大计事致军机处咨文

同治二年十二月二十日(1864 年 1 月 28 日)

附：

先经臣部等衙门具题各省官员大计，自咸丰九年十二月起扣，至同治元年十二月，已届三年。其大计卓异者，应行荐举。有干六法者，应照例通为一本恭奏等因具题。奉旨依议钦此。钦遵通行各省遵照，在案。今江西、福建、湖北、湖南、山西、四川、贵州、广东、广西、东河、热河等省，同治元年大计荐举卓异官，前任山西、河东道刘子城等八十一员，经各该督抚开列事实考语等因，具题到部。臣等会同督察院吏科、京畿道会查得同治元年分大计。据各该督抚荐举卓异官，除奏请展限之直隶、奉天、江苏、安徽、浙江、河南、山东、陕西、甘肃、云南等省，应俟各该督抚府尹具题到日再行办理外，查江西抚州府教授谌厚恩品行端方，士林畏服。龙泉县教谕余树千端严自厉，训迪有方。福建布政司经历汪思源办事勤能，留心吏治。湖北始建县县丞冯端礼勤明稳练，留心吏治。汉阳县县丞黄基精明勤干，民社堪膺。汉阳府训导李延庆才明心细，训士有方。湖南茶陵州州判平守基年壮才长，办事勤奋。麻阳县典史沈景贤才具优长，缉捕得力。邵阳县教谕姚邦彦品端学粹，通达治体。山西潞安县训道□嘉诏品端学裕，讲求吏治。按察司经历金鸿镳才具明晰，办事克勤。平陆县茅津渡县丞陆以耕才具干练，巡缉认真。四川按察司经历钟肇贵才具开展，办事勤奋。万县训导范泰衡品端学粹，斡式士林。罗江县典史寸联级朴实耐苦，仕事勤奋。定逆县典史李绥廉慎勤能，舆论翕服。贵州铜仁府经历冯昌办事实心，勤于缉捕。贵阳府训导张世鏊勤于造士，训迪有方。广东从化县典史张裕甸历练老成，奉公无懈。翁源县典史林法善居官谨慎，缉捕勤能。广西归顺州湖润寨巡检缪员吉留心民事，勤能有为。阳朔县训道今升江西弋阳县知县吴裕绅品学端方，留方吏治。东河通济桥闸闸官吴学堂朴实无华，办事勤干。以上二十三员本任历俸已满三年，任内并无事故。江西金溪县县丞张邦杰详慎精勤，特躬不苟。福建彰化县教谕邱培英品学素优，通达治体。广东琼州府教授杨康才具开展，留心吏治。香山县黄梁都司巡检翟文俊才情练达，办事实心。广西凌云县典史吴承祖持躬谨慎，缉捕勤能。以上五员本省连前任历俸已满三年任内并无事故。热河赤峰县知县觉罗景兰识精才敏，干练有为。江西南昌府知府许本镛老成练达，办事实心，素行端方，允资表率。南昌府吴城镇同知冯询朴诚稳重，巡缉有方。建昌府同知张树煊心地清明，公事勤慎。兴国县知县张慰祖年壮才明，通达治理。福建彰化县知县朱德霈才识明练，办事安详。漳平县知县洪麟绶为守兼优，舆情允洽。尤溪县知县刘树覃实心任事，悃愊无华。湖北均州知州熊登瀛端谨和平，舆情爱戴。湖南长沙府通判文泰年壮才明，办事安详。常宁县知县鲁公树朴成老练，任事实心。临湘县知县黄桂潜精明廉干，办事勤能。安乡县知县李汝庚端谨老成，办事稳练。前任山西河东道今奉旨来京引见刘子城，精明稳练，办事勤勉，整饬益务，实力实心。潞安府知府铃祥练达精详，办事勤明。汾州府通判王韶光明干有为，办事认真。解州知州叶桂芬安详谨饬，办事细心。岚县知县姚官澄才具精明，办事勤奋。阳高县知县杨立旭历练老成，办事稳实。寿阳县知县高崇基才识稳练，颇著循声。五台县知县余绍昶才具明敏，办事练达。四川越巂厅同知犹自东朴实老成，应事详慎。太和镇通判袁启骏廉慎自恃，民情爱戴。雅安县知县秦象曾敦笃有守，恺悌宜民。芦山县知县李光祖性情敦朴，办事勤能。清晰县知县周岐源才优守洁，政著循良。乐至县知县刘毓堂老成稳练，听断勤明。壁山县知县张焕祚历练老成，心地朴厚。贵州大定府知府胡超龙清俭自持，办事勤慎，洁己率属，卓然可风。广东南韶连道方浚颐整躬饬属，洁己爱民，识卓才优，有为有守。广西梧州府知府刘楚英端谨廉明，任事笃实，率属有方。泗城府知府邹峄杰才优守洁，熟悉边情，循声卓著。桂林府同知沈康保练达老成，办事勤奋。全州知州叶葆元安详精细，任事实心。以上三十四员本任历俸已满三年，任内并无事故，亦无正项钱粮未完。江西赣州府知府王德固持躬端谨，治体通明，才识俱优，表率无愧。宜黄县知县黄恩浩才优识裕，勤干廉明。东乡县知县周溯贤沉著廉明，循声夙著。德化县知县任嘉培才识优美，公事勤奋。福建福州府知府周立瀛老成练达，表率有方。台湾府海防同知叶宗元心地朴诚，办事稳练。嘉义县知县章觐文才具明敏，振作有为。湖北武昌府知府黄昌辅端正明白，历著循声。湖南攸县知县今升郴州知州翟允之老成练达，为守兼优。山西绛州知州今升平阳府知府李廷彰干练老成，洁己爱民。四川成都府知府何咸宜廉慎练达，表率有方。富顺县知县彭名湜莅政廉勤，才识练达。贵州贵阳府知府福善居心廉静，洁己奉公。广东南海县知县袁英守洁才裕，卓著循声。澄海县知县张星耀明白安详，实心任事。感恩县知县孙云才识稳练，吏治勤能。广西思恩府百色同知文廷琛杰识明通，办事勤慎。怀远县知县马联芳有为有守，悃愊无华。以上十八员本省连前任历俸已满三年，任内并无事故，亦无项钱粮未完，均与卓异定例相符。据各该督抚等开列事实，具题。核计所保员数均无逾额，广西省所保教佐三员，系署两届并举，按每届该省保荐教佐二员之例尚缺一员，亦无逾额矣。知县以上等官□□到京，引见准其卓异注册佐杂等官，俱奏。奉旨后即照例准其卓异加一级注册候升，毋庸送部引见。再查广东肇庆府知府徐嵩□清操自厉，悃愊无华。以上一员任内有正项钱粮未完，唯该员现□□□□四繁缺，本任历俸已满三年，核与情旨之例相符，可否准其来京引见之处相应声明请旨。如蒙俞允，臣部钦遵办理，至荐举人员内亲老告近人员，如有情愿赴部引见者，令该督抚等一体给咨赴部引见等因。同治二年十二月十七日奏。本日奉旨，依议。钦此。

咨吏部为知照事。考功司案呈本部，具奏前事等因。相应抄单知照可也。须至咨者。（计抄单一纸）

右咨汉军机处。

同治二年十二月二十日

主事 郑

（军机处来文）

C121：职官、吏役-选官、任官

1.34 刘坤一奏为请补刘鸿珍为香山协督司事折

光绪三年四月初八日(1877年5月20日)

头品顶戴两广总督臣刘坤一跪奏，为准补都司籍隶本府无员可调，请旨暂免查缺对调事。窃照广东香山协中军都司员缺，先经臣以升用都司崖州协水师中军守备刘鸿珍请补，经部议覆准其补授，行令给咨引见。至该员籍隶本府，应令另拣合例人员对调，以符定制等因。光绪三年正月二十三日覆奏奉旨，依议。钦此。当经咨行钦遵。兹查粤东外海水师都司十一员，除香山协中军都司系刘鸿珍、本任碣石镇右营都司谢腾瑞有盗案未结，应毋庸议，龙门协右营都司俟开缺请补有人另行办理外，所有大鹏赤溪各协中军都司，香山赤溪各协右营都司，俱驻扎广州府。奈刘鸿珍于此四抉亦籍隶本府，其余阳江镇右营都司桨禹甸、吴门营都司刘信夘、硇州营都司郑殿英、龙门协中军都司吴锡□均系广州府人。于香山协中军都司俱籍隶本府，不合调补。合无仰恳天恩，俯念现在所调之员，准予刘鸿珍补授香山协中军都司，暂免查抉对调。俟有堪调人员另行分别办理。如蒙俞允，恭候命下遵行。该员例应引见，容俟另行给咨赴部。谨会同广东水师提督臣翟国彦合词恭折具陈，伏乞皇太后、皇上圣鉴训示。谨奏。

光绪三年五月初二日军机大臣奉此旨，兵部议奏。钦此。

四月初八日

（军机处录副奏折）

C121：职官、吏役-选官、任官

1.35 刘坤一奏为请以吉瑞借补香山协副将事折

光绪三年四月二十一日(1877年6月2日)

头品顶戴两广总督刘坤一跪奏，为广东外海水师副将员缺紧要，俯准拣员借补以重海防，恭折具陈,仰祈圣鉴事。

窃照广东香山协副将缺,先经臣选,从海门营参将冯耀祖请补,准兵部奏驳:该员并非优先副将,该省现有优先副将,今以参将冯耀祖升补,应毋庸议,仍令另拣优先人员请补等因。查定例各省题调武职各缺,为因员缺紧要,人地相需,将不合例人员保奏,应于折内声明,请旨交部核覆,恭候钦定等语。兹会同广东水师提督臣翟国彦往返商酌,香山协副将一缺,系属外海水师所辖,洋面辽阔,盗匪出没靡常,必得结实可靠之员以资整顿。所有外海水师优先副将,除冯建龙已据称病故,及由陆路改用外海水师遇缺前先补用副将何耀光尚未试验期满,不合请补。此外并无保举补用升用外海水师副将人员,至外海水师参将五员内,海门营参将冯耀祖已奏请升补崖州协副将,未准部覆;海口营参将郑耀祥、澄海营参将杨镇海、准补水师提标中军参将梁栋材,均未引见实授。无俸可计;平海营参将余廷高历俸在一年以上,虽合例升补,惟察看才具,难胜此副将之任。查有留抚广东优先补用陆路副将,前拟补惠州协副将吉瑞,年五十三岁,系湖北荆州驻防京城正蓝旗满洲凤玉佐领下人,由马甲领催升补骁骑校,在湖北剿匪出力,递保花翎,以佐领优先升用奏补佐领,嗣因劝捐出力保奖,以参将选用,赴部投供择捐分发广东试用,经钦派王大臣验放,请旨照例发往。同治二年十二月十一日奉旨依议。钦此。三年六月初二日到省,试用期满,咨准部覆,留营候补抚粤省东路剿匪出力案内保奏,同治六年正月十二日奉上谕,吉瑞著免补参将,以副将留粤优先补用。钦此。七年二月拟补广东惠州协副将,尚未引见给札。八年正月二十六日在署广东抚标右营游击任内闻讣丁母忧开缺回旗守制,十年四月二十六日服阕,由荆州将军副都统给文回广东补用,是年七月二十六日到省。该员年力富强,才具明干,办事尤为认真。先经委署外海水师平海营参将。光绪二年四月委署香山协副将篆务,缉捕掺防甚为得力,迄今已阅一年,于外海水师营致及所层洋面岛屿形势极为熟习,自去冬以来,叠次破获大股洋盗多名,著有成效。以之借补香山协副将,洵称要缺得人,该员非水师出身,与例稍有未符,惟现在外海水师并无优先副将及保举补用升用副将,即实任参将亦无堪以升补之员,不得不通融借补。谨将不合例缘由,随折声明,合无仰恳天恩,俯准吉瑞借补香山协副将,以期得力而重海防,并免要缺久悬,如蒙俞允,俟部覆到日给咨送部引见,以符定制。臣谨会同广东水师提督臣翟国彦合词恭折具陈,伏乞皇太后、皇上圣鉴,敕部核覆施行。谨奏。

光绪三年五月十六日军机大臣奉旨,兵部议奏。钦此。

四月二十一日

(军机处录副奏折)

C133：职官、吏役-奖励

1.36 李鸿章奏为英船在香山县被劫事并为出力各员请奖折

光绪二十六年七月初一日(1900 年 7 月 26 日)

商务大臣大学士署理两广总督一等伯臣李鸿章、头品顶戴广东巡抚臣德寿跪奏。为缉获大伙行劫外国商轮洋盗起回原赃及被掳事并遵旨阻回助缉英轮，将出力员弁酌予优奖恭折具陈仰祈圣鉴事。窃查光绪二十五年十一月二十五日准总理各国事务衙门咨开，付奏广东盗风未戢，英使自领派兵巡护，有碍主权，请添派水师，迅速筹办一片。奉朱批，依议，钦此。抄录原奏咨行钦遵前来。经臣德寿在兼署总督任内咨行钦遵，切实办理，在案。臣鸿章到任后查得，出海兵轮仅三四号，失修已久，棹运不灵，浅水兵轮，裁废过半，又以节省之故，炮少兵单，不足制贼，遵之练饷全裁防勇尽撤，紧要隘口，测其无人，但行饬缉之文，并无承缉之实，而盗贼购用新式洋枪，异常凶悍，积久不治，愈聚愈多。此外人并域而居，所以有越俎代谋之计也。臣维捕盗必期时效，却邻不在空言，曾于大捕奉缉捕折内约略陈明，迭据报称香港英商长沙、东江两轮船于三月十二、十四等日在香山县属石歧、大缆尾等处被劫，枪毙掌水洋人杨虾一名，掠去买办华人吴义一人，并伤搭客五人。随据英领事文称经香港英督报请拿办，并饬该国水师提督以兵轮相机办理等语。又经总理各国事务衙门电饬据英使函告前情，嘱臣赶速饬缉并劝阻英轮各等因。维时臣等已飞饬已革副将王得胜率同都司吴瑞祥、守备冯玉德、外委缪孔肇等，督带浅水小轮两艘驶往该处，会同地方文武合力追缉。仍密饬该师途间遇见英国兵船设法劝阻深入。盖该将曾在德国学习兵法，艺成而归，深悉外情，前被后官指参。经直隶督臣王文韶查无实据，惟以生性粗疏，奏奉革职，经臣鸿章随带来粤以备缓急之用。该将到差后，整饬舟师、购觅眼线，又经臣咨以水师提督何长清，亲往督缉，两旬之内，获到本案首从正犯胡谷、冼亚斗等十二名，均经臣等饬讯明确，拟以正法，并察明被掳之吴义下落，立即予放，又起出原赃，一并送交港督查收。随据专函致谢。此外各文武报获别案盗犯又百数十名，已分饬研讯拿办。英国兵轮初尚游弋内河，既见我军办理认真，随即逡巡直去。现在外海内港，略见清平，臣等仍严饬各提督查匪乡严搜窝主，勿稍松劲，庶期民静人谧，以仰副圣主怀柔远人、绥靖海疆至意。维此次该将等涉历风涛搜捕海盗，并出入租界购访被掳事主吴义，克期获盗，卓英勤劳，实与海洋战功无异，自应择优褒奖，以励戎及陆隘办文武各员。所务功次，仍俟缉捕成效大展。汇案奏请奖叙外，所有尤为出力之已革直隶优先补用副将雄勇巴图鲁王得胜，合无仰恳天恩俯赐开复革职处分，仍以副将留于广东，遇缺优先补用，并免缴捐复银两；优先都司吴瑞祥以游击优先补用都司衔；新会左营守备冯德以都司优先补用；优先外委缪孔肇先拔把总，以千总优先补用出等。遵格殊施所有缉获大伙洋盗阻回英国兵轮酌保出力员弁缘由，谨会同水师提督臣何长清合词恭折奏报。

伏乞皇太后、皇上圣鉴训示,谨奏。

光绪二十六年七月初一日奉朱批,并照所请,兵部知道。钦此。

(军机处录副奏折)

R14:建筑

1.37　两广总督策楞奏为查勘广东省内城垣事宜折

乾隆十年十月二十二日(1745年11月15日)

两广总督臣策楞谨奏,为奏闻事。

窃臣承准廷寄,钦奉谕旨抄发河南巡抚硕色陈奏通省倒塌城垣酌令州县动支公费用民之力分年估修一折。臣因粤东地当边海,□□□常,城垣工程倒塌之事时有,而州县原来议给公费情形,与豫省不同。若遽定章程,分别办理,诚恐有司官吏不善奉行,或启科派累民,诿卸稽延之弊。独是金汤之固,原以捍卫民生,循照向日成规,不论工程大小,概行题报动支税羡兴修,又虑经费有常,度支不继。而揆以古制力役有征之义,亦多未符。

臣经与藩司纳敏悉心商酌,当即缮折奏明,请将通省工段,随时酌量办理,以期有裨于地方民生。钦奉朱批俞允,钦遵在案。

兹据藩司纳敏开报前来,臣查广东各府州县以及所城卫城共一百二十四座,内香山、三水、长宁、澄海、镇平、琼州并香山之前山寨、海丰县之墩(原文作左土右敢)下寨、捷胜所、澄海县之蓬州所、南洋寨、阳江县之双鱼所、潮阳县之海门所共十三处,城工俱有些小坍塌,估需工料自三四十两以至一百四五十两不等,为数无多,地方官亦力能办理。臣已饬令官为备料酌用民力,速为兴修,统于农隙之后一月内竣工。增城、花县、新安、南雄、永安、潮阳及陆丰县之甲子所、琼山县之海口所工八处,需费俱在三四百及五六百不等,为数稍多,恐州县难于支应。臣已饬司仍照向例动支税羡,已题估者统限两月完工。未具题者,亦即迅为查办。翁源县城,先已具题估报,共工料银三千余两,仍饬查照原案领项兴修。崖州之乐安所城,据报估需工料银三千一百九十余两,但所城非州县城垣之比,是否紧要,现在行司饬查。新会县及新安县之大鹏所、徐闻县并所辖之海安所城,系续报倒塌,亦经饬查估计。其余城垣,大概均属完好,间有些小倒塌,亦俱酌为估修。总之,城工一项关乎生民保障,必修葺以时而后事易兴举。臣蒙圣主简畀封疆,惟有随时酌量情形,以期一律巩固,不致虚縻(原文作"縻")帑项也。所有臣查办过东省通属城垣工程缘由,谨缮折奏闻,伏乞皇上睿鉴。为此谨奏。

(朱批:)知道了。

乾隆十年十月二十二日

（宫中朱批奏折）

R14：建筑

1.38 两广总督硕色与广东巡抚□□合奏修整城垣事折

乾隆十五年正月□十八日（1750年2月24日或1750年3月6日）

两广总督臣硕色，广东巡抚臣□□谨奏，为□□□□□□□分别酌量修葺□□一律保固事。

窃□□□城垣攸关保障粤东所属地方，在在接滨海要区，尤宜加意经理，以资捍卫。臣等荷蒙圣恩，任寄封疆，各于抵粤之后，即通查所属城垣残缺者，几十之三四，向缘赈务军需，公用浩繁，一切工程奉文暂缓兴举，是以皆未请项修葺。迨上年臣硕色奉命查验营伍，遍整各属口击城垣损坏之处，非附近海滨即地处冲要，而琼、连一带，更系接黎峝，错壤安南，尤为观瞻防范所系，均未便任其坍颓，且所塌工程，有多寡大小之不同，若不亟为酌量，分别修整，则小者愈坍愈大，大者愈坍愈广。日复一日，工费益增，无所底止，将来更难办理。随会□行司饬令确估妥议去后，今据布政使吴谦□详称，粤东各府州县以及卫所城垣，共计一百二十四座，内除海阳县之湖山腰城，久经颓废，已于乾隆十二年经前督臣策楞奏明，毋庸修复。又徐闻县之锦囊所城，女墙虽塌，城身尚固，且离海尚远，无关捍御，亦可无庸修筑。其余一百二十二座之中，计现在完固者，清远等县州城垣七十九座外，又已经题准动项修葺。现在报销者，韶州府城一座。又续题□□□□□□□□□□者，增城□□□座，又□经酌动通省各官，□□□□□□□□□□费，修剩银两修葺□□者，南海、番禺、香山、新安、新宁及新宁所辖之那扶、滨海寨城七座，又皆小塌损，已饬令地方官修葺完固者，惠州、归善、惠来、肇庆、雷州、徐闻、南□等□□县城七座。尚有原报坍损之广州府属新会县城、三水县城、龙门县城、花县城、新安县所辖之大鹏所城、南雄府属之始兴县城、惠州府属之博罗县城、归善县辖之平海所城、海丰县辖之捷胜所城、陆丰县辖之甲子碣石二所城、潮州府属之潮阳县城及潮阳县辖之海门所城、肇庆府属阳江县所辖之太平所城、高州府属之吴川县城、雷州府属徐闻县所辖之海安所城、廉州府属之灵山县城、琼州府郡城并所辖之海口所城、澄迈县城、定安县城、昌化县城、万州城、崖州所辖之乐安所城、罗定州属之东安县城及上年续被风雨倒坏之南雄府城、钦州城，共二十七座未经修整，将已估工料之处开报，请修前来。

臣等伏查前项城垣虽因年深日久，易遭损坏，然检核报案，有昔本完固，偶因风雨以致坍损者。亦有原报损坏，本属无几，因地方官不却随时修理，渐次倾圮者。今若不为分别坍损之久近工程，□……□分别工程大小，□……□。[①] 灵山、昌化、东安等十一□城垣，据估工料自八十

① 原文有七栏无法辨认。

余两二三百两不等,需费均属无多,且半系近年所坍,原例应地方官随时修葺。今臣等已照例行司饬令各州县照估兴修,为限本年完竣。毋许丝毫派累民间,其余新会、三水、大鹏、博罗、平海、甲子、碣石、潮阳、琼州、海口、乐安等处城垣□十一座坍损已久,据估工料自七八百两至一二千两、三四千两不等,共估需银一万七千余两。工费浩繁,州县力□大置,第正项钱粮有关经费定额亦未便请拨。臣等查有潮州府堤工案内经前督臣郑弥达于乾隆三年奏准借支关税银十万两给商生息,以为修堤之用。历年所收息银,除支用外,近又将原息银五万两给商人生息,以资□修,尚存息银一万二千四百余两,系属多余闲款,又通省公捐周恤□员路费银两尚有余剩银三千八百余两,亦属闲款,以上二项共银一万六千余两,与其□……□。①

而通省城工皆得一律修整,不得日坍日堪,□属事半功倍,实于海疆大有裨益。再,粤东风雨靡常,城垣坍损,款所□有此后城工若不酌立章程,则前工甫竣,续捐又至,地方官身膺民社,防护城垣,是其专责,岂容漫不经理。应请将一切原报完固及现议修整各城垣,统令各该州县加谨保固,并令知府直隶州不时查察,严禁民人登涉逾越。嗣后凡有坍塌之处,应令地方文武官立即报□,委员前往查验确估。如果实系远年工段,猝遇暴水冲坏,以及积雨淋塌,工费浩繁者,许应委各员造具估册印结,由府州加结具详,酌请动项题修外。其偶有些小坍塌,工费在一二百金以内者,应令地方官整理立即黏补完固。数至三四百金者,分限两年修竣。无许仅以一报了事。倘有以小作大,捏饰混报,希图请项卸责,应将印委各员一并参处,勒令均赔。仍责成知府直隶州于巡查所属之时,躬亲查勘城垣是否坚固,出具不致□同印结通报查考。倘该管府州通同□隐别□,查出即责令该府州分认赔修。庶上下各有责成,随塌可以随修,前工不致废弃,而金汤得以永固矣。臣等因海疆重地,城垣系要,是以分别筹酌办理,谨缮折会同,恭折奏闻。

伏祈皇上睿鉴训示。谨奏。

(朱批:)奏俱□。

乾隆十五年正月□十八日

(宫中朱批奏折)

R14:建筑

1.39　两广总督李侍尧与广东巡抚钟音合奏查勘所属城垣事宜折

乾隆三十四年正月二十日(1769年2月26日)

两广总督臣李侍尧、广东巡抚臣钟音谨奏为奏闻事。

① 原文有三栏无法辨认。

乾隆二十八年七月钦奉上谕，城垣为地方保障之资，自应一律完固，以资捍卫。第地方官吏往往视为具文，或任其坍塌不问，日久因循。或修葺有名无实，徒糜帑项，皆所不免。着各省督抚嗣后饬令该管道府将所属城垣细加查勘，如稍有坍塌，即随时修补，按例保固。仍于每年岁底，将通省城垣是否完固之处，照奏报民谷数之例，缮折汇奏一次。着于各督抚奏事之便，传谕知之。钦此。

又乾隆三十一年九月准部议覆直隶按察使裴宗锡条奏，各省保固限外城工，令地方官遵照定例，时加保护，年底将是否完固及有无坍损修补之处，造册具报。并令道府直隶州等官留心查察，据实报明。督抚分别查办，统于年底开列清单，核明具奏等因。奉旨依议。钦此。

遵办在案。

兹值乾隆三十三年岁底据布政使欧阳永裿移行各道府，将城垣逐一查明，造册具详前来。臣等查广东通省府州县暨寨所城垣共一百二十四座，内海阳县湖山腰城、徐闻县锦囊所城、阳江县太平所城、海康县海康所城、钦州防城所城五处，并无仓库监狱，无关捍卫。节经前任督抚臣奏明停修外，实在城垣一百一十九座。内顺德香山、龙川、高要、鹤山、电白、琼山七县及虎门前山二寨、大鹏海口二所城垣，各于六七两月偶被风雨，微有损坏，均经照例随时修整齐全现。现据各道府州逐细勘明，俱属完固，并无损坏。臣等复严饬该州县加意防护，并饬司移行该管道府直隶州，不时留心查察。如遇有坍损，督令随时修补，务期一律坚完巩固。倘地方官日久因循，该管之道府直隶州不亲查办，即行分别参处，着令赔修，以儆怠玩。除将各府州县寨所城垣，敬缮清单，分别注明恭呈御览外，谨遵旨恭折汇奏，伏乞皇上圣鉴。谨奏。

(朱批:)知道了。

乾隆三十四年正月二十日

(宫中朱批奏折)

R14:建筑

1.40 广东巡抚李质颖奏为查勘所属城垣事宜折

乾隆四十四年十月二十一日(1779年11月28日)

广东巡抚臣李质颖谨奏，为奏闻事。

乾隆二十八年七月钦奉上谕，城垣为地方保障之资，自应一律完固，以资捍卫。第地方官吏往往视为具文，或任其坍塌不问，日久因循。或修葺有名无实，徒糜帑项，皆所不免。着各省督抚嗣后饬令该管道府，将所属城垣细加查勘，如稍有坍塌，即随时修补，按例保固。仍于每年岁底，将通省城垣是否完固之处，照奏报民谷数之例，缮折汇奏一次。着于各督抚奏事之便，传谕知之。钦此。

又乾隆三十一年九月准部议覆直隶按察使裴宗锡条奏，各省保固限外城工，令地方官遵照定例，时加保护，年底将是否完固及有无坍损修补之处，造册具报。并令道府直隶州等官留心查察，据实报明。督抚分别查办，统于年底开列清单，核明具奏等因。奉旨依议。钦此。

遵照在案。

兹值乾隆四十四年岁底，据布政使姚成烈移行各道府直隶州，将所属各州县及寨所城垣逐一查明，造册具详前来。臣等查广东通省府州县暨寨所城垣共一百二十四座，内海阳县湖山腰城、阳江县太平所城、海康县海康所城、徐闻县锦囊所城、钦州防城所城五处，并无仓库监狱，无关捍卫。节经前任督抚臣奏明停修外，实在城垣共一百一十九座。内广州府城、香山县城、前山寨城、新安县大鹏所城、惠州府城、归善县平海所城、海丰县捷胜所城、陆丰县城、甲子所城、碣石卫城、潮阳县海门所城、澄海县城、蓬州所城、惠来县城、靖海所城、神泉所城、鹤山县城，因本年偶被风雨，微有损坏，业经照例随时修整齐全。现据各道府州逐细勘明，各属城垣俱属完固。臣复严饬各该州县加意防护，并饬司移行该管道府州，不时留心查察。遇有坍损，督令随时修补。倘地方官日久因循，该管道府州不行查办，即分别参处，着落赔修，以儆怠玩。除将各府州县寨所城垣开列清单，敬呈御览外，臣谨会同两广总督臣桂林，遵旨恭折汇奏。伏乞皇上睿鉴。谨奏。

(朱批：)知道了。

乾隆四十四年十月二十一日

(宫中朱批奏折)

R14：建筑

1.41　两广总督舒常奏为查勘广东省内城垣事宜折

乾隆四十九年十一月二十日(1784年12月31日)

两广总督暂署广东巡抚印务臣舒常跪奏，为奏闻事。

窃照城垣为地方之保障，例应时加修葺，以资护卫，每于年底将是否完固及有无坍损之处开列清单具奏。久经遵照在案。

兹值乾隆四十九年岁底，据布政使陈用敷移行各道府直隶州，将所属各州县及寨所城垣逐一查明,造册详报前来。臣查广东通省府州县暨寨所城垣共一百二十四座,内海阳县湖山腰城、阳江县太平所城、海康县海康所城、徐闻县锦囊所城、钦州防城所城,此五处,并无仓库监狱,无关捍卫,节经前任督臣抚臣奏明停修,其余城垣共一百一十九座。内广州府城、香山县城、广海寨城、澄海县城、篷州所城、阳江县城、德庆州城、恩平县城,因被本年风雨,微有损坏,业经饬令各该州县立即修整齐全。兹据各道府州逐细勘明各属城垣,现皆一律完固。臣复严饬各该州县加意防护,并饬司移行该管道府州,不时留心查察。遇有坍塌,督令随时修补。倘地方官日久因循,该管道府州不行查办,即行分别参处,着落赔修,以儆怠玩。除将各府州县寨所城垣开列清单,敬呈御览外,臣谨恭折汇奏。伏乞皇上睿鉴。谨奏。

(朱批:)知道了。

乾隆四十九年十一月二十日

(宫中朱批奏折)

R14:建筑

1.42 广东巡抚图萨布奏为查勘所属城垣事宜折

乾隆五十一年十一月初二日(1786年12月22日)

广东巡抚臣图萨布跪奏,为各属城垣一律完固恭折奏闻事。窃照城垣为地方保障,例应于年底将是否完固及有无坍损之处开列清单具奏。

兹据布政使许祖京转据各道府直隶州,将所属各州县及寨所城垣逐一查明,造册详报前来。臣查广东通省府州县暨寨所城垣共一百二十四座,内海阳县湖山腰城、阳江县太平所城、海康县海康所城、徐闻县锦囊所城、钦州防城所城,此五处,并无仓库监狱,无关捍卫。节经前任督臣、抚臣奏明停修,其余城垣共一百一十九座。内广州府城、香山县城、前山寨城、大鹏所城、碣石卫城、海门所城、黄冈所城、大城所城、南洋所城、蓬州所城、电白县城、遂溪县城、徐闻县城、海安所城、琼州县城、海口所城、澄迈县城、会同县城、儋州城、崖州城、乐安所城,本年因被风雨,微有损坏,业经饬令各该州县立即修整齐全。兹据各道府州逐细勘明各属城垣,现皆一律完固。臣复严饬各该州县加意防护,并饬司移行该管道府州,不时留心查察。遇有坍塌,督令随时修补。倘地方官日久因循,该管道府州不行查办。即据实分别参处,着落赔修,以儆怠玩。所有各府州县寨所城垣完固情形,臣谨会同两广总督臣孙士毅恭折汇奏。并开列清单,恭呈御览。伏乞皇上睿鉴。谨奏。

(朱批:)览。

乾隆五十一年十一月初二日

（宫中朱批奏折）

R14：建筑

1.43　广东巡抚郭世勋奏为查勘所属城垣事宜折

乾隆五十五年十月二十八日(1790 年 12 月 4 日)

广东巡抚臣郭世勋跪奏，为各属城垣一律完固恭折奏闻事。窃照城垣为地方保障，例应于年底将是否完固及有无坍损之处开列清单具奏。

兹据署布政使张朝缙转据各道府直隶州将所属各州县及寨所城垣逐一查明，造册详报前来。臣查广东通省府州县暨寨所城垣共一百二十四座，内海阳县湖山腰城、阳江县太平所城、海康县海康所城、徐闻县锦囊所城、钦州防城所城，此五处，并无仓库监狱，无关捍卫。节经前任督抚臣奏明停修，其余城垣共一百一十九座。内南海番禺二县、省城、香山县城、陆丰县碣石卫城、潮阳县海门所城、澄海县南洋所城、惠来县城、丰顺县、南澳城、鹤山县城，本年因被风雨，微有损坏，业经饬令各该县立即修整齐全。兹据各道府州逐细勘明各属城垣，现皆一律完固。臣复严饬各该地方官加意防护，并饬司移行该管道府州，不时留心查察。遇有坍塌，督令随时修补。倘日久因循，不行查办，即据实分别参处，着落赔修，以儆怠玩。所有各府州县寨所城垣完固情形，臣谨会同两广总督臣福康安恭折汇奏。并开列清单，敬呈御览。伏乞皇上睿鉴。谨奏。

（朱批：）知道了。

乾隆五十五年十月二十八日

（宫中朱批奏折）

R14：建筑

1.44　广东巡抚郭世勋奏为查勘所属城垣事宜折

乾隆五十六年十一月十五日(1791 年 12 月 10 日)

广东巡抚臣郭世勋跪奏，为各属城垣一律完固恭折奏闻事。窃照城垣为地方保障，例应于年底将是否完固及有无坍损之处开列清单具奏。

兹据布政使许祖京转据各道府直隶州，将所属各州县及寨所城垣逐一查明，造册详报前来。臣查广东通省府州县暨寨所城垣共一百二十四座，内海阳县湖山腰城、阳江县太平所城、海康县海康所城、徐闻县锦囊所城、钦州防城所城，此五处，并无仓库监狱，无关捍卫。节经前任督抚臣奏明停修，其余城垣共一百一十九座。内南海番禺二县、省城、香山县城、新安县城、大鹏所城、广海寨城、那扶城、保昌县城、英德县城、平海所城、海丰县城、墩（原文作左土右敢）下寨城、捷胜所城、碣石卫城、海门所城、南洋所城、蓬州所城、南澳城、海安所城、儋州城，本年因被风雨，微有损坏，业经饬令各该州县随时修整齐全。兹据各道府州逐细勘明各属城垣，现皆一律完固。臣复严饬各该地方官加意防护，并饬司移行该管道府州，不时留心查察。遇有坍塌，督令随时修补。倘日久因循，不行查办，即据实分别参处，着落赔修，以儆怠玩。所有各府州县寨所城垣完固情形，臣谨恭折汇奏。并开列清单，敬呈御览。伏乞皇上睿鉴。

再，两广总督印务系臣兼署，毋庸会衔，合并陈明，谨奏。

（朱批：）知道了。

乾隆五十六年十一月十五日

（宫中朱批奏折）

R14：建筑

1.45　广东巡抚朱珪奏为查勘所属城垣事宜折

乾隆五十九年十月十八日（1794 年 11 月 10 日）

广东巡抚臣朱珪跪奏，为各属城垣一律完固恭折奏闻事。窃照城垣为地方保障，例应于年底将是否完固及有无坍损之处开列清单具奏。

兹据布政使陈大文转据各道府直隶州，将所属各州县及寨所城垣逐一查明，造册详报前来。臣查广东通省府州县暨寨所城垣共一百二十四座，内海阳县湖山腰城、阳江县太平所城、海康县海康所城、徐闻县锦囊所城、钦州防城所城，此五处，并无仓库监狱，无关捍卫。节经前任督抚臣奏明停修，其余城垣共一百一十九座。内南海番禺二县、省城、香山县城、前山寨城、那扶城、碣石卫城、海门所城、开平县城、鹤山县城、海康县城，本年因被风雨，微有损坏，业经饬令各该县随时修整齐全。兹据各道府州逐细勘明各属城垣，现皆一律完固。臣复严饬各该地方官加意防护，并饬司移行该管道府州，不时留心查察。遇有坍损，立即督令修补完固，以昭慎重。如因循不即查办，即据实分别参处，着落赔修，俾专责成而儆怠玩。所有乾隆五十九年各府州县寨所城垣完固情形，臣谨会同两广总督臣觉罗长麟恭折具奏。并另缮清单，敬呈御览。

伏乞皇上睿鉴。谨奏。

(朱批:) 知道了。

乾隆五十九年十月十八日

(宫中朱批奏折)

R14：建筑

1.46　两广总督阮元与广东巡抚陈中孚合奏拟添建监狱事折

道光四年四月十九日(1824年5月17日)

两广总督臣阮元、广东巡抚臣陈中孚跪奏,为省垣各监窄小,人犯拥挤,时有瘐毙,拟请添建监仓分禁,以期疏通,恭折具奏,仰祈圣鉴事。

窃照粤东案狱繁多,甲于他省,通省州县解省人犯,前案甫经审定发回,后案踵至。且近年查拿逸盗会匪打单人犯,每案自数十名至一二百名不等,提省审办,均须监禁省垣,查司府两县共有四监,司监有例,应留禁立决重犯,府监则有本府属解审人犯,亦复不少。是以每年秋审,人犯因为日无几,尚可于司府县各监暂行匀禁。其外府州常川招解命盗人犯,以及拿获会盗打单各匪,俱发南审两县寄禁。人犯颇形拥挤。

恭查嘉庆九年八月内奉上谕,据刑部奏称广东省题咨监毙人犯过多,不可不亟为筹办,各省囹圄,自有定制,固不便特行增建,该督抚职任封圻,惟当设法妥商。或就府县各监地面量为展宽,或就人犯内择其案情较轻者,另行羁禁。要之,总在该督抚严饬臬司及各府州县,遇有承审案件,勒限速行审结定案核转,则囚狱自不致拥滞,而监毙者亦可渐少矣等因。钦此。

惟时督抚臣因监狱无可展宽,而省城又无隙地,以致别无办法,仅奏请设法疏通匀禁,究未能另行羁禁,大收成效。臣等现查得南海县监犯共有九百一十八名,番禺县监犯共有四百六十五名。节经严饬各该县加意查察,并专派委员二名,逐日分赴该县,会同有狱管狱各官,督饬禁役人等,实力稽查,将镣铐不时洗涤,常以解瘟之药熏烧。口粮照数给足之外,又添捐米粥散给矜恤之方,实已无微不至。乃详报患病瘐毙者,犹复时有。推原其故,非关稽察之未周,实由狴犴之地窄。

臣等查自嘉庆九年以后,两县合计监毙人犯,每岁仍有多至四五百名者。即最少之年,亦不下一二百名。在斩绞重犯一经瘐毙,转得侥逃显戮。而军流等犯及斩绞情轻,秋审缓决可以减等之犯,致令病毙囹圄,尤堪悯恻。臣等督同司道悉心商酌,欲为矜全狱囚之计,惟有添建监仓分禁，以期疏通。而该府县各监，贴近民居，碍难展宽。兹始于番禺县属榨粉街地方，筹得地基一所，可以改建监仓二十四间，并女监提牢禁卒等房。拟将通省外府州解省命盗人犯，除斩绞死罪之犯仍归两县监收禁，又除潮、高、廉、雷、琼五府属遣军流犯，由该管巡道勘转，例不解省外，其余各外府州解省遣军流犯，及广属拿获各匪徒罪止军流等犯，均归添建之监另行羁禁。

该监坐落地方与番禺河泊所大使衙署切近，该大使止有稽查省河船只之责，本任事简，应请即以该大使作为管狱官，责成就近兼管，毋虞顾此失彼，廉俸役食俱毋庸添设。并画分十二间，监禁西路之肇、韶两府，南、连、罗三州及广州府属之顺德、新会、新宁、三水、清远等县人犯，以南海县知县为有狱官；又十二间监禁东路之惠州一府、嘉应一州及广州府属之东莞、香山、新安、增城、从化、龙门、花县等县人犯，以番禺县知县为有狱官。公同督率稽查，亦能周妥。监内添设提牢二名，禁卒八名，所需工食无多，即由各该州县自行筹办支给，毋庸议增。其所建监仓，共估需工料银三千五百余两，亦由臣等筹捐应用，毋庸动支帑项，请免造册报销。并据臬司督同该府县勘明地段，会同司道，具详请奏前来。臣等再四熟商，意见相同如此。量为添建另分羁禁，仍严饬臬司督率承审各员，加紧审结，随时清厘，则人犯疏通，可期瘐毙渐少，实足以昭矜恤而全民命。

臣等谨合词恭折具奏，伏乞皇上圣鉴，训示遵行。谨奏。

（朱批：）另有旨。

道光四年四月十九日

（宫中朱批奏折）

R14：建筑-奖励

1.47 张之洞奏请从优奖叙捐修城工绅士片

光绪十五年九月二十日（1889年10月14日）※

再，前因香山县绅士在籍候选□职永康等呈请捐拓前山寨城，经臣奏请，俟工竣照民捐办民章程，免其造册报销，并请给予奖。钦奉朱批，着照所请，该部知道。钦此。

旋准户部咨，俟工竣时出具司道大员切实甘结，按照常例，加四分之一请奖，虚衔封典，并准其移奖子弟。

又准工部咨刘永康等捐修城工请给奖叙，即与动用正款无异例，应造册报销，予以保固限期各等因。咨行到粤，均经转行遵照。

去后嗣据禀报工竣，由司委员候补知州徐沄前往验收，据称会同代理广州府海防同知蔡国桢、前山营都司黎中配实验，得新拓寨城北面高一丈，东南西三面高一丈一尺。城身厚七尺，周围原报通长五百二丈，今丈量实长五百四十二丈，系因滨临海面，或紧靠山脚，审曲面势，临时加展。城脚用石厢砌，亦因地势以为高下，计高二三尺不等。城身用灰沙三合土筑成，城堞用砖加砌，计高三尺五寸，厚一尺。合计城垣连堞北面通高一丈三尺五寸，余面通高一丈四尺五寸。东南西三方照旧式开门，宽深各一丈八尺，高二丈一尺，门顶弧形穹起，用红砖盘砌门楼。起兵房一间，门扇用铁板包钉。城西北隅天生巨石，上建炮台一座，用三合土填筑，台堞用砖加砌。并修复兵房火药房制造房各一间，均系砖墙瓦盖。东南城外河濠原报一百五十丈，今丈量实长一百八十丈。因城既加展，濠亦随之。沿濠两边用木桩夹石砌成堤岸，深二三尺至四五尺不等。阔二丈六尺，间有略狭之处，亦因限于地势。以上各处通行勘验，委系工坚料实。至其新筑城基，地近海滨，均按近日最精作法，先用杉木桩打入地中作脚，以期坚实。询诸工匠暨附近居民，异口同词，均称并无虚伪。合共用银五万二十二两一钱，备列细数取具，工匠谭光等保固三十年切结。并据绅士刘永康禀，此项城工濠工自光绪十三年十二月初八日开工，至十四年十月二十日工竣，所用木石砖土等料，以及大小工作并估用田地，价值约计银五万有奇，皆由该绅独力捐办，并未领有官款，亦未捐募众赀。意在保卫乡间，不敢仰邀奖叙各等情具报前来。

查前山寨城从前旧址狭隘，该绅刘永康等不惜重赀，扩而充之，于海疆深有裨益。既经委员勘验工料坚实，照例取结保固，虽该绅自称不敢邀奖，惟前据该地方官禀请给奖，奏准有案，自应照案办理。但查前奏估计经费只需银四万余两，兹据报用银五万有奇，虽系临时加展城垣，工料增多，然究与前案不符，既须请奖，未便两歧。复经委员候补知府富纯前往覆勘，据称工程浩繁，所用银两尚无浮冒。兹将一切杂费删除二成，共尚用工料银四万一十七两六钱八分，涓滴皆属正用，委系实支实销，并无丝毫冒滥等情。据广东布政使游智开会同海防善后局司道详请具奏前来。

臣覆查前山寨城为广州府海防同知驻叙，已荷圣慈允准。而户部议令按常例加四分之一请奖，只许奖给虚衔等项，是较郑工事例加倍，犹且不得实职。而工部又令照例报销，责绅民以向未谙晓之例，似不足以示鼓励而劝将来。惟既准部咨，应即勉为造报合无。仰恳天恩敕部将该绅候选道刘永康等从优议给奖叙，出自逾格鸿施，除饬开具应奖衔名咨送户部，并造具册结另送工部核销外，谨附片具陈。伏乞圣鉴。谨奏。

（朱批：）该部覆议具奏。

（宫中朱批奏折）

2. 军　　务

D42：军事-防务

2.1　广东广州左翼总兵谢希贤奏报顺德营伍地方情形折

雍正六年二月二十四日(1728年4月3日)

镇守广东广州左翼总兵官臣谢希贤谨奏。窃臣叨蒙皇恩，补授广东左翼总兵重任，于雍正伍年玖月初柒日抵臣驻札顺德县任，即于本月贰拾伍日亲往所属水陆营汛查验官兵，阅视形势。看得新会一营兵马壮练，营伍整齐，经面加奖赏以示鼓励。次如香山协广海营亦皆整饬可观。惟春江协营伍废弛，次则虎门协营伍亦不整饬。查两协副将、都司、守备各官多经参革，现在系署事及初任之员，臣是以宽其已往，严谕各官维新振饬。其余各协营或有未尽整齐熟练之处，俱经通饬，限以四个月务逐一整顿。现今皇上仁威远被，山海敉宁，惟一二抢食之徒未能尽绝。臣于拾壹月初陆日回署后，即遣功加人员带兵配坐哨船于海汊河道轮番哨巡，兼以督察各汛弁兵勤惰。再查粤省河海相通，水道港汊错杂，宵小易于出没。臣今捐造轻快小桨船贰只，以为追捕奸艇之需，俟试验果系适用，即添造数只分发各营配驾。臣受恩深重，凡职分应为之事自当祗竭心力，不敢稍有怠弛，谨将营伍地方情形据实奏闻。并据香山协副将汤宽呈缴钦奉谕旨奏折到臣，据称遵奉御笔删正即经缮成，缘前任总兵被参，护理之官不便转奏，以致奏缴稽迟等情。合并声明，代为恭缴，伏乞睿鉴。

(朱批：)览。

雍正陆年贰月贰拾肆日　　镇守广东广州左翼总兵官臣谢希贤

(宫中朱批奏折)

D42：军事-防务

2.2　广州将军策楞为议改广州海防移驻澳门事折

乾隆八年八月初四日(1743 年 9 月 21 日)

广州将军暂署两广总督印务臣策楞、左都御史管广东巡抚事臣王安国谨奏为恭恳圣恩事。

窃照肇庆府同知李怀智员缺，于乾隆六年九月内在外开缺，前准内部将陕西甘泉县知县吴敦俭推升，嗣又准部覆以吴敦俭尚在哈密办差，现催甘肃抚臣给咨赴部引见等因，以知遵照在案。臣等伏查肇庆府同知缺官已经二载，部推之吴敦俭现在哈密办理差务，到任尚无定期，且该同知员缺，臣等已经议改，广州海防移驻澳门弹压。现在另折奏请稽查海口抚戢番民，尤须熟悉海疆夷情之员方可胜任。兹查有东莞县知县印光任，为人干练，办事有才，自雍正八年到粤，屡任要缺，颇著能声。本年六月内差委该员查办英吉利夷哨船一事，更为得体，洵属出色之员。任内虽有降俸住俸二案，俱系因公议处，可否仰邀圣恩，逾格将印光任补授肇庆府同知。其部推之吴敦俭，俟到粤之日另行题补。不特员缺不致久悬，即将来移驻海疆，更可收得人之效矣。臣等意见相同，并据藩司托庸等议详前来。谨合词缮折奏请，伏乞皇上睿鉴训示。为此谨奏。

乾隆八年九月十三日奉朱批：著照所请，行该部知道。钦此。

八月初四

(军机处录副奏折)

D42：军事-防务

2.3　策楞奏报边事竣事折

乾隆八年八月廿九日(1743 年 10 月 16 日)

广州将军暂署两广总督印务臣策楞谨奏，为奏明事，窃臣荷蒙圣恩，暂行管理督篆，于署事之后，查广西省边防疏懈，且时值安南多事。奏明严禁关隘漫无防闲，当即檄委苍梧道王河前往巡查各边，并经奏明，奉到朱批：是。应如是严我边防也。钦此。钦遵在案。兹据苍梧道王河勘明详覆前来，臣确加查核各边，严禁隘口有用假木竹篱以图粉饰者，有视为具文而仍未堵塞者，有并未拨兵防守者，亦有仅以老弱充数者。并开送沿边应行调剂各条。臣俱经飞饬布按察司，分别查议办理。统俟详覆到日，另容会同抚臣请旨遵行外，所有委员查边事竣缘由，合先奏明，伏乞圣主睿鉴。为此谨奏。

乾隆八年十月初六日奉朱批：知道了。钦此。

八月廿九

(军机处录副奏折)

D34：军事-防务

2.4 提督广东总兵官林君升奏请巡查虎门香山二协事折

乾隆九年三月十九日(1744年5月1日)

提督广东总兵官臣林君升谨跪奏，为请旨事。窃照广东往例，提臣不拘限期，次第出巡各属地方营伍。嗣据前督臣鄂弥达以粤东疆域辽阔，非数月卒年可以编及，提臣出巡，凡全省一切题调考拨兵马钞粮军务办理，恐致□□迟误，随经奏请停止在案。以臣管见，全省固难编及，可着附近之紧要地方随时巡阅似宜稍为变通。兹臣查得左翼镇属虎门一协，滨临大海，商舶洋船由斯出入，乃省会之咽喉，粤海之门户。又香山协之粤门地方，民夷杂处，最为紧要之区，臣职任封疆，理应亲身查阅，察其情形，且虎门香山二协离省颇近，又与惠州河道一苇可航。仰祈皇上恩准臣巡阅该二协地方营伍一次，俾得悉其情形，相机调度。臣未敢擅便，理合恭折奏请，伏乞皇上训示遵行。谨奏。

乾隆九年五月初三日奉朱批：是，知道了。钦此。

三月十九

(军机处录副奏折)

D31：军事-兵丁-招募、裁汰

2.5 广东巡抚德保奏请澳门同知所有兵弁毋庸裁汰事折

乾隆三十六年四月初一日(1771年5月14日)

署两广总督广东巡抚臣德保谨奏。为查明具奏事案，准兵部咨开，直省尚有道标及捕盗等厅专设标弁兵丁之处，令各督抚酌量地方情形可否裁汰改设民壮查明具奏等因，知照到粤，经督臣李侍尧移行查议去后，兹据司道等详覆前来。臣查粤东并无设立道标，惟理猺澳门二同知向有额设弁兵。理猺管辖八排周围三百余里，界连湖南西粤等处，地方素称险要。康熙四十一年猺人负险跳梁，集兵进剿平定后，移驻副将一员统兵弹压，设立同知专理猺务，隶以把总一员,兵丁一百名,每季带兵入排更番巡察,遇有猺民窃劫案件,亦由该同知遣兵缉拏。虽数十年来圣泽涵濡,猺民向化,并无桀骜顽梗情事,但猥犷之性究与人殊,若非慑以兵威,窃恐易生藐玩。澳门同知系乾隆八年前督臣策楞奏准设立,端管在澳夷民及海口番舶出入。援照理猺同知之例,于香山虎门二协内抽拨把总二员兵丁一百名,并拨哨船二只桨船四只,听该同知随宜调遣。该处直达外洋,实属海边要隘,离香山虎门各镇协远隔一百数十里,不特夷商海舶出入湾聚,必需严密稽查,且有在澳居住夷民与内地佣工贸易之人犬牙错处,更应加意防范以杜汉奸教唆勾引之弊。至校补弁兵理猺营则由三江协挑选移送督标中军副将,转送督臣考验。海防营则由左翼镇验明,咨送提臣转送督臣校补。平时训练营员俱有责成,与古州道标之仅供护卫差遣武营从未过问者情形迥不相同,所有额设弁兵应请仍循其旧以资弹压、以重海防,无庸裁汰。臣前与督臣李侍尧面议,并札商提臣黄正纲,意见相同。谨会同广东提督臣黄正纲合词恭折具奏,伏乞皇上睿鉴。再照粤西省并无专设道厅标弁,广东巡抚系臣本任,无庸会衔,合并陈明。谨奏。

(朱批:)知道了。

乾隆三十六年四月初一日

(宫中朱批奏折)

G215:中外关系-驻军

2.6　香山知县彭昭麟禀为办理英兵擅入澳门查禁事

嘉庆十三年七月二十九日(1808年9月19日)

广东广州府香山县知县彭昭麟谨禀宫保大人阁下。谨禀者,本年七月二十九日据澳门夷目唛嚟哆禀称,七月二十一二等日,有嘆咭唎国兵船三只到鸡颈洋面湾泊,系该国管理东洋兵头喥嘧唎在船。据称因咗囒哂踞占西洋,该国王迁往哑咉唎加洲暂住。嘆咭唎国与西洋世代相好,恐咗囒哂来澳滋扰,是以带兵前来协同防护,理合禀请转详等情。据此卑职接阅之下,不胜骇异。查大西洋夷人住居澳门,不过因其向化远来,暂予栖止,咗囒哂以海外小夷,虽与该国构兵,安敢违犯天朝,来澳滋扰。嘆咭唎国素来狡诈,前于嘉庆七年曾经带领兵船停泊鸡颈洋面,欲图窥伺,蒙前宪饬令洋商押令红毛大班,始行退去。此次因见西洋国式微,复行觊觎。卑职现饬该夷目唛嚟哆谕令夷兵昼夜用心守护,并多拨差役在口岸巡查,不许纵放嘆咭唎国兵丁一人登岸,并即于具禀后,以查澳为名,不动声色,会营亲往察看。伏望大人谕饬洋商,转饬该国大班,催令兵船作速开行,毋任逗遛,实为德便,除俟确探情形另行禀报外,肃此具禀。伏惟慈鉴，卑职昭麟谨禀。

批红：已据禀檄行香山协副将澳门同知遵照派拨兵役防范，及咨粤海关谕饬洋商查明，转饬该国大班作速催令开行回国，毋任逗遛矣。仰即遵照，不动声色，会营亲往，严密防范，毋稍张惶，仍将□□□□，随时恭折并候□□□□□。

批红□发

嘉庆十三年七月二十九日

（军机处录副奏折）

G215(202、561)：中外关系-驻军(澳门、英国)

2.7　两广总督吴熊光等奏报英兵借词擅入澳门业经查禁等情折

嘉庆十三年九月初四日(1808年10月23日)

两广总督臣吴熊光、广东巡抚臣孙玉庭、粤海关监督臣常显跪奏，为嘆咭唎国夷兵擅入澳门，现饬查禁，请旨暂停该国贸易，仰祈圣鉴事。

窃据洋商卢观恒等转据嘆咭唎国夷目喊嗹啊嗶嚟·喥嘚唎赴臣吴熊光衙门呈递番字夷禀一件、汉字副禀一件。据称，大西洋国地方近为咈囒哂恃强占踞，西洋国王播迁他徙。嘆咭唎因与大西洋邻封素好，特派兵前往保护，并恐澳门西洋人微弱，被咈囒哂欺侵，阻其贸易，复遣夷目带领兵船前来澳门，帮同防护。等情。翻译夷禀，词意相同。并据香山县禀有嘆咭唎兵船三只，又续到六只，带有炮械火药等物，湾泊县属鸡颈洋面，派兵三百名登岸，住居澳门之三巴寺、龙嵩庙、分守东西炮台。等语。

臣等伏查，西洋夷人在澳居住，始自前明，迄今二百余年，相安无事。该夷目所称西洋为咈囒哂占踞，并未据在澳办事之西洋人唩嚟哆禀闻，则其事之有无，难以悬揣。即使属实，该二国在海外蛮触相争。咈囒哂亦断不敢冒犯天朝疆界。况咈囒哂至澳门，必由十字门外鸡颈等洋，嘆咭唎如果敦念邻邦，为在澳西洋人保护，亦应在鸡头外洋守候截击，何得擅自登岸。该国夷人向于诸番中最为桀骜，恐因西洋式微播越，妄生觊觎。查向例，夷人不准进入省城。臣等当即会商饬令洋商前往澳门传询西洋夷目唩嚟哆，并谕该国大班转饬该夷目，速即带同兵梢回帆归国。该夷目坚称，实因嘆咭唎国王素与大西洋相好，是以遣令前来相帮，并无别意。西洋夷目唩嚟哆惟称，该国现在式微，不敢与之争竞。臣等复又遴委在粤年久晓悉夷情之候补知府陈镇、抚标游击祁世和前往剀切晓谕，该夷目等总以保护西洋为词，迁延不去。

卷查，乾隆五十八年，因暎咭唎国使臣向军械大臣呈禀欲于直隶天津、浙江宁波等处海口贸易，并恳赏给附近珠山海岛一处及附近广东省城地方一处居住，奉高宗纯皇帝发给敕谕，逐条指驳，并饬沿海各省一体防范，用杜狡谋。伏读圣训，剀切详明，所以杜渐防微者至深且远。又嘉庆七年，暎咭唎有兵船数只停泊鸡颈洋面，欲在万山居住，经前督臣吉庆与前抚臣瑚图礼等驱逐，并饬引水等毋许代为买办食物，始行退去，是其图占牟利之心已非一日。从前尚在鸡颈外洋，此次竟敢带兵登岸，虽现在居住澳中尚无滋事，况该国远隔重洋，久涵圣化，谅不敢妄生衅隙，且此举未必出自该国王之意，或该夷目等希图垄断，而西洋夷目为其煽惑，降心相从，亦未可定。

查澳门不产米谷，日用所需，全凭内地运往。臣等现在查照成案，除其余各国照旧开舱发货外，惟将暎咭唎货船暂行停止开舱，如再不遵，则停止买办。该夷人等口食缺乏，复又无利可图，自必不能久住，俟其带兵回棹之日，仍准起货贸易，于税务亦不致关碍。臣等惟有不动声色，相机妥办，断不敢任其久留，亦不至张皇惊扰。是否有当，伏乞训示祇遵。

再，省城内外，地方宁谧，民情安堵。合并陈明。

所有办理缘由，臣等谨合词恭折具奏，并将原禀及译出夷禀钞录进呈，伏乞皇上睿鉴。

再，该夷目禀内所称恳请剿盗効力之处，臣吴熊光已驳饬未准，合并陈明。谨奏。

2.8　附件：译出英兵船头目喊嗹啊嗅嚟・喥喀唎禀文

嘉庆十三年七月二十九日(1808 年 9 月 19 日)

禀呈广东总督大人：

喊嗹啊嗅嚟・喥喀唎奉本处将军命，发此兵船来天朝地方，今禀知大人。因咈囒哂占了大西洋国都地方，该国王所有合家大小人口俱系我们保护，搬迁往咪唎喹嘿喇哂唎西洋地面居住，我国王发了许多船只前往帮扶他。咈囒哂搅乱了各祖家地方，又要发兵船往取咪唎喹嘿喇哂唎西洋地面，我国王亦发兵船时常留心保护咪唎喹西洋地面，不许咈囒哂占取。今咈囒哂有无数人占据西洋国都地方居住，咈囒哂尚无厌足，他已得了许多国分，尚要各处侵占，十分奸毒，各国都被他搅乱。因暎咭唎与西洋系旧日亲友相好，是以多发船只保护各港脚以及澳门。因暎咭唎及西洋皆与中华贸易，往来不断，以免咈囒哂占住澳门，暎咭唎及西洋就不能与中华贸易，现在海面咈囒哂兵船日积日多，又在小吕宋地方装造多船，我国王发许多兵船往各处港脚搜擒咈囒哂船只，拦截咈囒哂兵船不许到澳。今我国王发此战船来澳，为帮扶澳门西洋人。今禀知总督大人，本国兵船湾泊澳门，防备咈囒哂来澳，以备御敌。因澳门西洋人微弱，故此著些夷兵上岸，好帮扶西洋人，兼且各人在船日久，亦得抖搜(擞)精神，其兵船仍往外洋巡缉咗𠯿哂兵船。今此夷兵在澳，并非想夺西洋贸易，实系来防护西洋，恐西洋如有粮食往来，免被咗𠯿哂抢劫。我等谨遵天朝制度，不敢违犯，断不敢生事。因嗌吖喇将军闻得近来洋匪滋事，情愿将此兵船代天朝效力，保佑我国与中华永远两相和好。

特此禀明，如蒙赏见，就十分欢喜。

恭请总督大人金安。

嘉庆十三年七月二十九日

（军机处录副奏折）

G13(561、565、712)：中外关系-外国内部事务（英国、法国、美国）

2.9 两广总督吴熊光等奏报英兵船到澳门有与法国为难之意等情片

嘉庆十三年九月初四日（1808年10月23日）※

再，臣等访询大西洋地方为咗𠯿哂占踞，该国王播迁，现在相近暎咭唎之咪唎喹喱喇哂唎西洋地方居住，其暎咭唎兵船亦为咗𠯿哂打败，所有暎咭唎附近吕宋国马头并被咗𠯿哂占去。近年咗𠯿哂货物久不到粤，吕宋船只到口亦甚寥寥，皆缘暎咭唎截抢垄断之故。今该夷兵为咗𠯿哂所败，而其兵船反来至澳门，似系把截要路，与咗𠯿哂、吕宋为难，蛮触相争，无非为谋利起见。但海外传闻难于得实，容臣等密细访查，再行具奏。

合先附片奏闻，伏乞睿鉴。谨奏。

嘉庆十三年九月二十六日奉朱批：另有旨。钦此。

（军机处录副奏折）

G215(202、561)：中外关系-驻军（澳门、英国）

2.10 两广总督吴熊光等奏报英兵希图占住澳门已勒令退出片

嘉庆十三年九月初四日（1808年10月23日）

臣吴熊光等跪奏，查大西洋自前明嘉靖年间准其居住澳门，岁纳租银五百两，该夷运货至澳,向不纳税,止报船料,为数无多。前明办理本属错悮,迨入本朝,因其恭顺,且住居将近百年,所有夷人已造房屋免甚拆毁,而定例夷房止准修理,不准增添,船只亦不准过二十五只之数,是于体恤之中仍有限制。乃暎咭唎见西洋不纳货税,独得便宜,垂涎已久,今适值西洋微弱,即阳借保护之名阴图占踞,而西洋畏其强盛,遂尔容留,此时暎咭唎佯为附合,久必尽逐西洋人,将澳地独占。夷情贪诈,已属显然,无论暎咭唎桀骜难驯,断未便容留内地。即就关税而言,向来暎咭唎赴省投行,船货进出,皆应纳税,岁约数十万两,若任其占住澳门,则该夷货船只须到澳,令内地商人就彼转贩,该夷亦必援照西洋之例,不肯自纳税银,于国课定多短绌。

查,澳门止三里有余之地,该夷欲图占踞,既为牟利起见,所重专在贸易,其呢羽、哔叽等件,皆非中国日用必需,而中国茶叶、磁器,实彼国赖以资生。现在封舱不准起货,该夷人已形惶恐,乃犹不肯退出者,在该夷愚昧之见,以该国与大西洋国为外藩,澳门地方均可租住,意欲臣等转奏,希冀皇上施恩,因此迟延观望。惟有仰恳圣恩,明发谕旨,再行申明定例。臣等现仍严切晓谕,俟夷兵退出澳门,方准通商起货,以绝其冀幸之私,俾该夷凛遵王章,不敢任意逗留。如谕旨未到之先,该夷人尚敢藉词延挨,臣等拟即封禁进澳水路,绝其粮食,彼复何恃,势不能作久留之计。

所有该夷实在情形,理合附片密陈。谨奏。

嘉庆十三年九月二十六日奉朱批:所办甚是。钦此。

九月初四日

(军机处录副奏折)

G215(202、561):中外关系-驻军(澳门、英国)

2.11　两广总督吴熊光等奏覆英兵擅入澳门不退已挑派兵弁扼守要口折

嘉庆十三年十月十三日(1808年11月30日)

两广总督吴熊光、广东巡抚臣孙玉庭跪奏,为接奉谕旨,恭折覆奏,仰祈圣鉴事。

窃臣等于本月十一日接准兵部五百里火票递到军机大臣字寄,嘉庆十三年九月二十六日奉上谕:吴熊光等奏,暎咭唎国夷兵擅入澳门一事。暎咭唎国夷人藉称大西洋国地方被咈囒哂占踞,该国因与大西洋邻好,恐西洋之人在澳门者被咈囒哂欺阻贸易,辄派夷目带领兵船前来帮护,所言全不可信,而且断无此理。现在先后到船九只,皆带有炮械火药等物,竟敢湾泊香山县属鸡颈洋面。等因。钦此。仰见皇上圣照如神,于夷情边务,万里之外洞烛靡遗,周详训示。

臣等跪读之下,感悚实深。

伏查,暎咭唎国夷兵擅入澳门,经臣等严饬查禁,并将访讯该夷人入澳及各师船留省修理预为防范缘由,于九月二十日恭折驰奏在案。臣等连日密饬委员详查,现在暎咭唎夷兵及被捉来充数之黑夷共七百余名,仍在澳内居住,或驾小艇往来船上,并未增添,其余各船,俱湾泊鸡颈洋面,屡次遣人赴臣吴熊光暨监督臣常显衙门具禀,恳求开船贸易,而在澳夷兵则仍以保护西洋人为词,迁延不去。经臣等以大西洋国为哒囒哂占踞播迁,并未据该国在澳办事喊嚟哆禀闻,则其事之有无,既难凭信,即使属实,该二国在海外相争,哒囒哂亦断不敢冒犯天朝疆界。设该国因大西洋住居澳门,心生窥伺,自有天朝官兵剿办,何必尔国派兵前来代为防护。况哒囒哂至澳,必由十字门外鸡颈等洋,若尔国敦念邻封,为在澳西洋人保护,亦应在鸡颈外洋守候截击,何得擅自登岸。当今大皇帝德威远播,怙冒如天,视中外为一家,因尔国前曾纳赆输诚,准尔往来贸易,鸿慈何等高厚。尔国既列在藩服,天朝法度森严,岂容违犯,著即带同兵梢迅速回帆归国,尚可从宽准尔照旧贸易,若有一兵存留澳门,则断断不准开舱起货。等语。严行批饬。该夷人等虽形惶急,未敢滋事,而利欲薰心,犹自挨延观望。

臣等以此辈狼子野心,恐难驯伏,且其货船向例驶进黄埔河面,距省止数十里,以便查验。此次先有三十余号驻泊该处,均各照常带有炮械,是以前将留省修理师船内之香山、虎门两处兵丁抽拨回营,就近防范,其无需修理师船,尚有二十余号,载名(兵)二千余名,并雇觅江单船数十号,一并交碣石镇黄飞鹏管带,在附近省河一带湾泊,原因预备调用起见。并于督抚提镇各标挑备官兵二千四百名,炮械火药等项,亦经早为筹办(朱批:所办太缓,尚如此措词耶),现已派督标参将张绍绪、抚标游击祁世和、提标参将实兴等统领,分驻附近澳门、虎门一带扼要港口。至满营官兵,经将军阳春、都统成德告知,亦已挑备五百名,臣等嘱其且勿轻动。该夷人所恃船只坚固,习熟波涛,一经登岸,则毫无伎俩。第恐其铤而走险,窜入沿海地方掠食滋扰,复又密饬沿海地方文武选派官兵,在于所属各口岸严加防范,以备不虞。察看该夷人情形,尚未未(衍字)敢遽肆鸱张。兹臣等遵旨派员前往澳门,剀切宣示,词严义正,该夷人怀德畏威,自当畏惧凛遵,谅不敢再有违玩。倘仍前观望,则是该夷人自外圣威,断不容稍涉宽纵,即当统兵剿办,以伸国法,而靖海疆。

臣等前折内未将筹备缘由详晰声叙,以致上廑圣怀,奉到谕旨,蒙行申饬,实属惶悚无地。臣等于边务夷情,惟有悉心筹画,妥协办理,断不敢稍有畏葸姑息,自干重咎。

所有接奉谕旨缘由,合先遵旨由五百里缮折具奏。伏乞皇上睿鉴。谨奏。

嘉庆十三年十月二十八日奏朱批:另有旨。钦此。

十月十三日

（军机处录副奏折）

G215(202、561)：中外关系-驻军(澳门、英国)

2.12　两广总督吴熊光奏报视英人撤兵情形再准开舱贸易否则封禁进澳水路片

嘉庆十三年十月十三日(1808年11月30日)※

再，此次臣等遵奉谕旨先行晓谕，再慑以兵威，该夷人如尽撤夷兵，仍然贸易，臣等当再申明定例，俾该夷永远凛遵，察其真心悔过，方准开舱。倘竟仍前观望，臣等现令封禁进澳水路，绝其粮食，彼计穷食尽，亦必退出澳门，扬帆归国，似不致待兵攻剿。若必须用兵，亦不敢稍存姑息。臣等总在临时勘看情形，相机妥办。

理合附片奏闻。谨奏。

嘉庆十三年十月二十八日奉朱批：若早如此办理，何致如此张皇。钦此。

(军机处录副奏折)

G215(202、561)：中外关系-驻军(澳门、英国)

2.13　通政使温汝适奏请严禁英兵混入内地以靖海疆折

嘉庆十三年十月二十五日(1808年12月12日)

通政使臣温汝适跪奏，为请严禁红毛番混入内地，以靖海疆事。

臣窃查，广东澳门距香山县城仅百余里，自前明嘉靖间，以其地与暹罗诸国来粤贸易者居住，议者已嫌其逼处非便，其后佛朗机混入，诸国咸避之，遂为所据。我朝初年，洋禁甚严，独西洋人居之，今则西洋人建寺聚处，亦间租与各国，定例只住客人，不得住兵，尚属相安。兹闻红毛番即𠸄咭唎带领兵船七八号来到澳门，要搬上澳住，西洋人以其住兵违禁，拒而不纳，红毛番竟拨兵数百，连炮火上岸，占据东、西望洋两炮台。西洋人素弱，畏之不敢争。督臣闻报，即委员带同洋商前往查讯，红毛番外为恭顺，说西洋国被佛囒西所败，闻要来夺澳门，故西洋国主约我带兵来为之守护，又吓制西洋人照他所说遂扶(随附)同禀，覆核其情节，实有可疑。臣闻红毛番素号强横，专伺劫诸国货物，是以近年诸国货船少到，今观其举动，实意在澳门。盖彼既截劫诸国货船不使来粤，若更得杂处澳门，来者日众，则诸国必避之，彼将独来互市，别国欲买中国货者，均须到彼国交易，既遂垄断之计，将恐桀骜难驯。臣查明史所载红毛番，自前明已横行海上滋生事端，然所恃者大炮巨舰耳，实不谙接战，故当时制之者，或募善泅者凿其船，或绝其薪米以困之，皆足以制胜。至明季抚驭非人，因循了事，遂致渐不可制。今国家诘戎奋武，纪律严明，包蘖虽微，当防其渐。臣请敕下督臣，责其擅入澳门不先行具禀之罪，如肯俯首认罪，尚可照旧准其贸易，即申明禁约，令嗣后来船只许在虎门停泊，毋得上岸居住，毋得混入澳门。其到省城贸易者，人有常数，禁挟兵器，责令关口严密稽查。

再，红毛番种类最繁，如有伺劫诸国情弊，并严查分明惩办，庶稍知敛迹，而诸国亦得相安。倘执迷不悟，则厚集兵力，以计逐之，彼将闻风窜遁，海疆可以敉宁矣。

臣籍隶广东，得自乡人传述。理合密奏，伏乞皇上睿鉴。谨奏。

嘉庆十三年十月二十五日

（军机处录副奏折）

D42：军事-防务

2.14 广东巡抚永保奏报抵达广东后将协同总督整饬边防以靖海疆片

嘉庆十三年十月二十八日(1808年12月15日)※

再，同日承准军机处字寄，十月十二日奉上谕内开：先据吴熊光等奏称，嘆咭唎国夷船九只擅入澳门，驶至鸡颈洋面，计有夷兵三百名，登岸居住，占据东、西炮台。又据奏称，该国夷船又续到四只，夷兵连前共有七百余人，一任逗遛观望，并未严行驱逐，竟不调兵防备，所办错谬已极，迭经降旨严饬。惟据该国夷人禀称，系因哒嘣哂占据西洋，该国与西洋邻好，派兵前来帮助，殊不可信。永保系属满洲大臣，曾经从事戎行，到粤后，如该国夷兵尚未退去，即应示以军威，俾知震慑，惟当酌量情形，熟筹妥办，以致绥靖海疆。至该抚职任封圻，一切地方事务，固应实心整饬，而缉捕洋匪，尤为该省要务，所有水陆营伍，并着协〔同〕总督认真整顿，用副委任。特此由五百〔里〕谕令知之。钦此。

奴才详加恭阅，据督臣吴熊光奏称，嘆咭唎船九只、三百夷兵擅入澳门，竟公然登岸，占据东、西炮台。该处自有武弁看守，该夷兵何以竟敢如此强占，该处员弁又何无一语。问及续又来船四只，连前夷兵共有七百余人逗遛观望。据该国夷人禀称，因哒嘣哂占据西洋，该国系派兵前来帮助等语。既称帮助西洋，即应径赴西洋，何以来至粤东边界并不前进。诚如圣谕，该夷所禀殊不足信。若谓托词竟系潜来内地边界滋事，亦应猝然前来，又何以先来三百人，明目张胆占据炮台，续又来船四只，一同逗遛，岂不怕内地得以预作准备，致有吃亏。嘆咭唎向称狡诈，又似乎愚不至此。但粤东省，奴才未经亲历，其海外各国之名，惟大概知悉，而其方向远近，不能深知。况计发寄谕旨之日，至奴才行抵粤东，又逾两月有余，彼时情形或又不同，奴才现亦不敢妄为揣度。奴才惟有交卸后赶赴粤东，查明实在情形，遵旨协同督臣熟筹妥办，以期绥靖海疆。至边防督抚，向来边务营制系总督主政，地方民事为巡抚之专责，但奴才满洲世仆，世受国恩，今蒙皇上弃瑕录用，凡遇公事，断不敢稍存拘执，即如到滇以来，一切边防事宜，无不协同督臣会办会奏，并未敢稍分畛域，久在圣明洞鉴之中。今蒙皇上天恩，特调粤东巡抚，并特加训饬，一切地方事务，固应实心整饬，而缉捕洋匪，尤为该省要务。所有水陆营伍，并着协同总督认真整饬，奴才更何敢稍存观望推诿之见，致昧天良。

奴才到粤后，惟有恪遵谕旨，协同督臣和衷商办，整饬边防水陆营伍，以期仰副我皇上造就生成，谆谆告诫之至意。为此，谨奏。伏乞睿鉴。

嘉庆十三年十一月二十一日奉朱批：览。钦此。

（军机处录副奏折）

G215(202、561)：中外关系-驻军(澳门、英国)

2.15　两广总督吴熊光等奏报英兵退出澳门住澳西洋人等安谧情形折

嘉庆十三年十一月初五日(1808年12月21日)

两广总督臣吴熊光、调任贵州巡抚臣孙玉庭、护理广东巡抚臣韩崶跪奏，为嘆咭唎夷兵全数退出澳门，恭折奏闻，仰祈圣鉴事。

窃臣等前奉谕旨，谨将夷兵尚未退出，遵旨用兵驱逐，未即攻剿缘由，于十月二十七日，臣吴熊光、臣孙玉庭会衔具折，由五百里覆奏在案。臣等先于水陆两途严密布置官兵，示以克期进剿，并封禁进澳水路，绝其买办柴米日用。察看该夷情形，已震慑天威，自知冒昧登岸之罪。旋据香山县彭昭麟禀报，所有进澳夷兵，于十月二十七、八等日，携带帐房炮械等物，用三板小艇陆续载往十字门外，搬入大船，于十一月初三日全数退出，现在澳门已无夷兵存留。惟连日因风色不顺，夷船尚在澳外洋面湾泊(朱批：尚不可信)，一俟风顺，即行起碇驶回。

至西洋夷人，臣等业经派员剀切晓谕：前因尔等兵单，以致嘆咭唎夷兵擅自登岸，今酌派陆路官兵进驻澳内帮同防守，不必惊疑。西洋夷人欢欣感激，安堵如故。

查，嘆咭唎夷兵擅入澳门，原为牟利起见，本不敢与中国交兵，兹见圣谕严明，兵威壮盛，业已不敢抗违。惟是夷情叵测，须俟其实心悔悟，知惧知感，庶可为一劳永逸之计。臣等公同商酌，该夷兵虽全数出澳，必须该夷悔悟哀恳方准仍通贸易，但查该商船归国向有定期，若风汛一过，即不能开行，臣等俟接到夷禀恳求切实，当即遵照前奉谕旨，知会监督臣常显准其开舱起卸货物（朱批：汝竟不知大体，只图小利，有玷封疆重任矣），俾夷船不致迟留难返。至水陆官兵仍严行防备，侦探该夷兵船实已去远，无须驻兵，再行撤回。所有一切善后事宜，俟新任抚臣永保抵粤，臣吴熊光当与熟商妥办，随时具奏请旨。

所有嘆咭唎夷兵全数退出澳门缘由，臣等谨合词恭折具奏，伏乞皇上睿鉴。

再，臣孙玉庭于拜折后，即行起程前赴贵州新任。合并陈明。谨奏。

嘉庆十三年十一月二十一日奉朱批：另有旨。钦此。

十一月初五日

（军机处录副奏折）

D42：军事-防务

2.16　广州将军阳春等奏覆挑备满兵未经具奏缘由折

嘉庆十三年十一月二十八日（1809年1月13日）

奴才阳春等跪奏，为遵旨明白回奏事。

嘉庆十三年十一月二十六日奉准兵部火票递到军机大臣字寄，钦奉上谕：前据吴熊光等奏，嘆咭唎夷船擅入澳门，占据东、西炮台，迁延不去，经将军阳春等告知，已挑备满营官兵五百名等语。将军职居总督之前，该省澳门地方既有夷船擅入，挑派满兵预备之事，该将军自应一面挑备，一面具折驰奏，乃并无一字奏及，所司何事。阳春著传旨申饬，仍著明白回奏。将此由本日报便谕令知之。钦此。遵旨寄信前来。奴才阳春跪读之下，实深惶悚。

窃查，澳门为西洋贸易处所，该夷人原设有炮台。前闻嘆咭唎夷人有擅入澳门，占据西洋夷人炮台之事，奴才阳春、奴才成德当即挑选满兵五百名，预备调用。与督臣吴熊光面商，因抚标、广协官兵俱已调拨，省城更为紧要，满营官兵未便轻动，所派绿营官兵足敷应用，若再需兵力，即行调拨，经督臣吴熊光声叙入奏，是以所挑满兵备而未用。嘆咭唎夷人经总督吴熊光断其粮食柴薪之后，该夷等甚为穷蹶，复示以兵威，该夷等恐惧恳求，予限收拾数日，扬帆退去。伏思，奴才于挑备满兵之时，即应一面备兵，一面具折驰奏，奴才一时糊涂，因见满兵未动，事已将完，并未专折具奏，今蒙皇上圣明训示，奴才如梦方醒，实属糊塗拘泥。仰蒙皇上格外施恩，不加谴责，惟传旨申饬谕令明白回奏，奴才等自知错谬，惶悚愧悔，无地自容，惟有叩恳天恩，将奴才阳春、奴才成德交部议处。嗣后，奴才等惟有殚竭愚诚，倍加谨慎，断不敢如前糊涂拘泥，自取重咎，以期仰副圣主高厚矜全之至意。

所有奴才等挑备满兵，未经具奏缘由，谨缮折据实遵旨明白回奏，伏乞圣主睿鉴。谨奏。

嘉庆十三年十一月二十八日

奴才阳春　奴才成德

（军机处录副奏折）

D31：军事-兵丁-招募、裁汰

2.17　两广总督百龄奏报张保等人尚属安静英国撤换在粤办事大班等情片

嘉庆十六年正月二十三日（1811 年 2 月 16 日）

百龄跪奏。奴才正在封折拜发间，适差弁赍回朱批各折，于奴才漏写折尾半字恳请议处，折内奉到批谕：此等细事不必交议，但汝成功之后，当思受宠若惊，切忌自满，反招物议也。勉之。慎之。钦此。又于据情代副将沈烜等谢恩折内，奉到批谕：手书一乘，汝密看，先行缴上，从容慎重办理。钦此。

另奉朱笔谕旨：百龄知道此张保仔、东海坝二人，在省因汝宠待过优，行为骄纵，百姓曾遭其焚劫，积怨方深，今见寇仇得志，莫可如何，未免心含悲愤，此亦人情之常，不可以王法惩治也。此二人系匪帮盗首，拥赀既厚，旧党当多，又自恃熟悉海洋情形，纵之日益不驯，绳之又虞激变，积久终不能相安，恐又生枝节矣。著各调往他省，勿露形迹，消患于未萌，息事于未起，民情大定，而二人亦不致又犯刑章，岂非两得乎。再，此二帮余匪，除被掳胁从者已回籍安业，其余党伙当不下数千人，虽交州县官分投安插，此等皆游手好闲之徒，所给赏需随手辄尽，此外别无生计，无生产者有恒心哉。闻已即乘间逃逸，或仍窜海洋者，若辗转勾连，必蹈故辙，岂非前功尽弃乎。何如择其年力少壮者，分拨各营伍当差，其老弱者，散给各衙门充役，文武员弁严加约束，有犯必惩，既得养赡，以全其余生，且便稽查，以防其滋事。其已经逃窜者，搜缉务获，加倍治罪，切勿姑息。汝勉力毋忽。特谕。钦此。奴才跪阅之下，扶疾碰头，不胜感惧畏服。

窃奴才自秋间由高、雷回省，因病后精神恍惚，以致奏折重件漏写半字，惭悚方深，乃蒙皇上天恩，既免交议，复邀训诫满盈，以杜物议，矜全策励，覆载恩深。奴才闻命惊心，涕沾衾第。伏念，奴才上荷主恩再造，重任封圻，本无可录之微劳，渥霈逾懋赏，奴才既日恐不克承受，未敢稍存一毫满假之心，即在省城实属普沐隆施，奴才于接旨时，无不交相劝勉，俾令知感知惧，何见有迹涉高兴者，辄即严为裁饬。兹复蒙温谕，谆谆提撕警觉，奴才亦惟有守此愚悃，当懔恩重，上以期仰副圣慈，下以冀保全末路。奴才现在将篆务交卸，虽尚复卧床，从此便可清心调养，如果病势略觉减退，于地方事务仍当随时留心考察，断不致视同局外，竟置不问。

所有现在粤省情形，业于折内详悉具奏，其被剿投出之盗首东海坝即吴知青，自蒙恩旨赦免戍罪之后，即押令回雷州府遂溪县原籍，并未居住省城，人所共知。该匪年已五十九岁，闻其回籍甚属安分，倘将来访有骄横情事，即遣赴本省不近海之州县地方安插，离其乡井，更易钤制。至张保仔投诚后，力图报效，奴才因其在粤洋诸寇中素称强悍，年甫二十七岁，是以少假词色，随时驾驭，以安其反侧，以迨伊擒贼立功，得膺上奏，故可加以鼓励，令将备等教演弓马，讲习营伍，以坚其向上之志，然只籍资施策，从未假以事权，密加访察，尚无骄纵劣迹。惟是粤民之受张保帮伙蹂躏者正复不少，诚如圣谕，见寇仇得志，未免心怀悲愤，难保日久不别生枝节。奴才亦时刻防范，前于张保题补平海营守备迹内，声明俟接准部覆，即验咨送部引见，原拟于张保赴京时，密请圣训指示办理，兹奉密谕，调往他省，可以消患于未萌，息事于未起。天心默运炳烛，几先洵为，计出万全，至当之睿矣。奴才现经因病吁恳赏假，如蒙允准回京调理，于接奉批谕后，拟将张保随带赴部，俟引见时，奴才就近奏请调发闽浙水师补用，或改发西北省分营伍学习，在张保既得远离众怨，又复上进有阶，感荷天恩之垂恤，益觉成育于无形。

此外，如把总郭景显、外委萧闻进、樊立勋等，虽皆以投诚立功擢用，其平时于居民怨仇尚浅，且伊等亦远逊于张保之强，近日亦均知巴结当差，似可相安无事。至若安插各属首民，于投诚后，间有一二勾结土匪，复在内河村岸抢窃者，亦已拿获，先后加倍惩治。其余或在本澳捕鱼，或充商船水手，节据该地方官具报各谋生理，实不闻聚而滋事。内尚有拨入营伍差操，及饬令各衙门挑充杂役者，业经奏明办理。

奴才前于粤洋肃清后，即筹议奏定東中西三路舟师一百四十号，分段梭巡，声势极为联络威严，即使首民等有偷窜海洋者，船只不能成帮，炮械不足济用，料难觅迹捡(擒)，似亦弗虞其勾党滋患。奴才窃以为，防海当防于无事之时，弭盗当弭于甫兴之候。如果兵不疏防，盗必期获，常存不可姑息、不肯怠懈之心，自能永靖瀛堧，上纾圣廑。

再，从前海寇充斥，不特内地奸匪乘机依附勾通，毫无忌惮，即外番各商船，每岁来往，见内洋贼氛未息，亦渐起轻视放肆之心，如前年嘆咭唎兵头嘟噜喱带兵突占澳门，其心叵测，即其明验。今年秋有嘆咭唎国另遣大班夷商啵哴来粤司事，将旧时大班夷商喇咈撤回。探据各洋行通事禀称，啵哴言，该国王于上年夷船回帆之时，始知喇咈私约嘟噜喱带兵到粤，违犯天朝功令，感激大皇帝宽恩，未即断其贸易，已将嘟噜喱惩治，并撤喇咈回国，一并治罪。等语。察其所述，虽未足深信，但今年该国夷船到粤，一应番梢人等，实属感畏安静，皆以海面肃清，从此往来无阻为乐，益深庆天威远播，渐被无涯矣。

谨将接奉批谕缘由，据实附片密奏，并遵旨恭缴朱笔密谕一道，伏祈睿鉴。

奴才力疾亲具奏稿，因手颤不能亲书，督令常随在署办事之幕友张尚栋在卧室内敬谨缮写，合并陈明。谨奏。

嘉庆十六年正月二十三日奉朱批：另有旨。钦此。

正月　日

（军机处录副奏折）

G1：外交关系　D42：军事-防务

2.18　两广总督阮元奏陈预防英兵入侵事宜折

嘉庆二十二年十二月二十三日(1818 年 1 月 29 日)

两广总督臣阮元跪奏，为密陈预防暎咭唎事宜，仰祈圣训事。

窃臣蒙恩简畀海疆，以控制外夷为最要之事。到粤后，即随时查察暎咭唎情形，此次经过澳门，亲历中路内外洋面，复随处遍加询访，该夷恃强桀骜，与诸夷不同，实则不过孳孳贪利，以目前情形而论，似须多镇以威，未便全绥以德，否则贪求无厌，得进一步将又占一步，而事端反从此启。上年，皇上恩威并用，故彼悔惧，不敢妄事干求。今年在粤贸易亦尚照常安静，来年夏秋洋船到时，仰赖圣主洪福，自可一切俱循其旧，即别有陈请，亦当遵旨奏闻候旨，再为行文驳诘。惟万一如十三年猝然占踞澳门炮台，或彼国兵船擅入内洋，则不得不随机应变，加之惩创，以尊国体而示国威。盖粤东距京较远，驿递往还，至速亦须两旬以外，若候批回再办，未免缓不济急。臣愚昧之见，设如届时骤然有事，即当相机与巡抚、监督诸臣商酌，一面办理，一面奏闻。

所云惩创之法，大约有三，一则封舱停止贸易(朱批：是)；二则断食用买办(朱批：是)；三则或开炮或火攻，毁其擅入内洋之兵船(朱批：此一节应慎重，不可启彼之心，我兵未必甚壮也，因循固不可，孟浪亦致误事)。总视其不恭情节之轻重，以为声罪挞伐之轻重，仍先明白开导晓谕，使事前无所观望，事后无所藉口。其攻击须俟其入内洋者，缘该国护货兵船例准留于外洋停泊，若在外洋而加以攻击，则彼反得有词，而船炮坚大，汪洋大海之中师船与之对敌，亦恐有损威重。惟违例竟入内洋，则曲直之势既分，主客之形亦判，以逸待劳，以有继待无继，自可得势得力。查夷船进入内洋，惟横档等处深水可以行走，横档炮台与镇远炮台相对，中泓宽三百六十余丈，臣亲登两处炮台试放数千斤大炮，炮子能及对岸山脚，船入中泓，两处皆可夹击。现在又添大虎炮台为第二重门户，猎德、大黄窖炮台为第三重门户，似此处处钤束，形势已属扼要。臣惟当严饬各炮台备弁督率兵丁，不动声色，暗加严备。彼国伎俩，惟恃船炮坚大，一经上岸，则无拳无勇，与东倭不同，或谓加以攻击，恐生事端，此似是而非之论也。该夷惧强欺弱，是其故智，一味柔克，反生其慢，我皇上德威所及，薄海内外，无不慑伏，岂容蕞尔岛夷恣肆于门户之间。即以关税而论，天朝富有四海，粤海贸易。不过一隅中之一隅，非如彼国祖家、港脚，几以倾国之赀来此图利。国体为重，税课为轻，自应权置所轻，先急所重，且封舱半载，彼货物断不能全载而回，其税课终归中国，而茶叶为彼国之所必需，若加封禁，尤必情急哀恳，是断绝贸易，固已足加缚制(朱批：此是善策，若果不驯，先用此策)。其攻击之举，亦必不得已而后用也(朱批：不必存此念)。

以上皆臣过虑之事，必不至于如此，但有备无患，谨将先事绸缪之处，预为密折奏请圣训，无致有劳宸廑。谨奏。

(朱批：)总须德威相济，不可妄动。慎之。

嘉庆二十二年十二月二十三日

(宫中朱批奏折)

D42：军事-防务

2.19 两广总督阮元密奏预防英吉利事宜折

嘉庆二十三年四月初六日(1818年5月10日)

两广总督臣阮元跪奏，为凛遵圣训，再行密陈英吉利情形，仰祈睿鉴事。

窃臣前次密奏预防英吉利事宜一折，钦奉朱批：总须德威相济，不可妄动，慎之。钦此。

又于“攻击之举必不得已而后用”句，奉朱笔旁批：不必存此念。钦此。

臣跪诵之下，仰见我皇上怙冒为怀，睿虑深远，不胜悚服之至。伏念该夷在粤贸易，久受天朝厚恩，且彼国所藉以图利者，惟此往来营运。以情事而论，该夷若不安静守分，是自绝其谋生之路。彼虽至愚，似不出此。即或小有不驯，臣遵旨先停其开舱，次断其买办及茶叶，彼畏威怀德，亦必自行敛戢退避。臣前奏所虑者，原恐万一如十三年猝然占踞澳门等事，则不得不预为筹计，谨将夷船进口事例及由外洋至省城经由道里情形再为圣主陈之。

查广东省城切近海口，距澳门外洋水程三百余里，距虎门沙角水程一百余里。沙角以外为外洋，虎门以内为内洋。自虎门至黄埔皆系深水，自黄埔至省城渐入浅水。其间以沙角炮台为第一重门户，镇远横档炮台为第二重门户，大虎炮台为第三重门户，省东之猎德，省西之大黄炮台为第四重门户，再进为省城外东西炮台，系附郭之地，西门外十三洋行即洋商与夷人交易处所。定例夷人护货兵船不准进入内洋，即货船由外洋而来，非由洋商报明监督，监督批准，令引水人引入，亦不准擅自进口，来至黄埔，是天朝界限，极为严肃。向建各处炮台，正为预防偷越擅渡之用，若该夷兵船擅入第一二重炮台，即是有心故犯禁令，其不驯情形，人所共见。且入内洋后，不足一日，即达省城，除东西炮台外，更无扼要拦截之处。省城商贾辐辏，士民稠密，不待该夷近岸，已自内外惶惑。臣前奏所谓万一者，正系谓此。

查得十三年该夷占踞澳门，夷兵大船直至黄埔，黄埔以上水浅，彼又用小船数十只载夷人，欲径入城西十三行内驻札。不但黄埔民人戒严迁避，即城外商民，无不惊徙。吴熊光办理迟弱，直待小船入省之时，始派官在东炮台放炮，毁其一船，毙一人，伤三人，该夷始不敢复入。先在十三行者，亦退出黄埔。以上情形，曾经前督臣百龄于十四年四月内奏陈圣鉴。是该夷畏惧开炮，已有明证。倘任其扬帆直入，如入无人之境。无论国体攸系，不能听该夷出入自由，即臣职专守土，亦何敢坐视不办。至圣谕"我兵未必甚壮"一节，臣深知南方柔软，诚须慎重，不可启彼之心。惟随地询访，佥称嘆夷惧强欺弱，长于水，短于陆，强于外洋，弱于内洋。汪洋巨海之中，船坚炮大，横行无忌。内地船炮固不敌，即敌亦不值与之相角，惟违禁进入炮台之内，则以石台之炮攻木板之船，足使彼望而生怯。若再进至浅水，又再进登陆地，其势如鱼困辙，一步窘于一步，内地一人之力，足以制彼数人。然臣所拟炮台开炮，犹不待其深入而预扼之者，非但为进口有违禁令近岸，惊骇听闻之故，亦恐近岸一经接击，夷人必多伤损，虽该夷孽由自作，而臣仰体圣意，终不敢有失天朝柔远之恩，故拟以开炮恐吓之，开炮之意，专在击船，不在击人，船若有损，人自退散。势强理足，正所以及早惩创，及早保全，不使彼陷于不能自救之地。盖势强则彼不敢轻犯，理足则彼不敢藉口。各国夷商皆知彼犯违我禁，非我轻启彼衅。

臣前折于所拟攻击之处，未能将内外洋地面声叙明晰，至烦圣廑，奉有"不必存此心"之谕，实切惶悚。但臣既奉圣训，若彼时仍行开炮，则是有违批谕，臣万万不敢。若恃有原奉朱批，自为站脚，即不随时相机办理，臣更不复稍有人心。臣再四思维，惶悚益切，故敢密折再请恩训。以上系万不至如此之事，臣所言亦系必不得已之计。将来夷船次第抵粤，臣惟有钦遵谕旨，仰体柔怀德意，妥为镇抚。如小有不遵约束，即先剀切宣谕，使彼憬然于天朝宽大之量，慑然于皇上德威之全，令彼一切觊觎之心废然自返，期与沿海商贾百姓永享太平无事之福。总之，不至十分逼切，断不敢轻举妄动，孟浪误事。

臣谨密折具奏，并具图说，分别内外洋地面，敬呈御览。

伏乞皇上睿鉴。谨奏。

(朱批:)另有旨

嘉庆二十三年四月初六日

(宫中朱批奏折)

D42：军事-防务

2.20　伦忠等奏为英船闯入河内会商拨兵防堵情形折

道光十四年八月十二日(1834年9月14日)

满洲副都统奴才伦忠、广州将军奴才哈丰阿、汉军副都统奴才左廷桐跪奏，为暎咭唎夷人不遵法度，兵船擅敢闯入内河，会商拨兵防堵情形，恭折由驿具奏，仰祈圣鉴事。道光十四年八月初一日，准两广督臣卢坤咨开暎咭唎夷人啤唠啤自称夷目，来粤查理贸易事宜，不领红照，擅自来省，并不向商人告知，率行呈递书函。督臣卢坤因外夷私通书信有违定制，且啤唠啤是商是官亦无从查悉，未便接阅书函。当饬广州协副将谕知不准投递，并饬洋商详细传谕，嗣据该商等以啤唠啤不遵传谕，欲与内地文武衙门文移往来，不守天朝法度，禀请停其买卖等语。复经督臣卢坤札委广州府知府、广州协副将随带通事前往夷馆，面加查询。旋据禀称，该夷目不肯令通事传话，又经督臣卢坤以省会重地，岂容夷日居住办事，妄自尊大，历次晓谕，若罔闻知，如此谬妄，自应照例封舱，停其买卖。谕饬洋商伍敦元等，将夷馆买办及雇用人等一概撤出，并出示晓谕，该夷三板船只，准出口不准复行进省等。因咨会前来，奴才哈丰阿等，伏思夷人来粤贸易事，属督臣与粤海关监督臣经理，奴才等不应干预。但该夷目不遵法度，恐有滋扰情事，且不知该夷因何事而来，当即札饬奥门委员与林大关委员章世型详细查明，作连禀报。去后随据两委员禀称，八月初五日有夷人巡船二只，乘风闯入内河，该处炮台放炮攻击拦截，该夷船胆敢抗拒，施放连环大炮回击等语。奴才等闻报之下，不胜骇异，随饬旗营协领等不动声色，妥为备兵，听候调用。旋于八月初九日复准督臣卢坤咨会暎咭利夷人，兵船不遵法度擅闯入口，需兵防范。又与奴才面商，旗营水师兵船亦须拨派防堵等。因查该夷目前此傲慢无知，既经督臣卢坤传谕，封舱停其贸易，自应悔悟，恭顺俯首认罪，庶可量为宽容，竟敢回炮攻击，实属藐玩胆大已极。奴才等会晤面商，兹奴才左廷桐统带左司协领海明、杨承震二员，水师旗英佐领二员，骁骑校四员，兵三百五十名，于八月初十日配驾大小师船六只，前往猎德隘口，会同绿营将弁，实力防堵。奴才等仍密派旗营官兵，妥为预备。如实需兵力。奴才哈丰阿一面缮折驰奏，立即管带前往。所有奴才等现拨兵防堵情形，谨恭折由驿四百里具奏。伏祈皇上圣鉴训示。谨奏。

(朱批：)另有旨。

道光十四年八月十二日

(宫中朱批奏折)

D42：军事-防务

2.21 两广总督卢坤等奏报英国兵船闯入内河筹办防堵并请严处疏防各将弁等情折

道光十四年八月十三日(1834 年 9 月 15 日)

两广总督臣卢坤、广东巡抚臣祁𡊅跪奏，为噗咭唎兵船闯驶入口，停泊内河，现在水陆防堵，一面檄调各镇舟师驱逐，恭折由驿驰奏，并将防御疏玩之水师参将请旨先行革职，并请将疏防之水师提督，同微臣一并交部严加议处，以肃海防，仰祈圣鉴事。

窃噗咭唎夷目啤唠啤，不遵法度，臣等商议照例封舱，因该夷有兵船二只寄泊外洋，迭次咨会水师提督，遴派大员带领师船，在于虎门一带防范，并饬弁兵在各炮台整备炮火，昼夜了探，毋任夷船进口，业将办理情形附片奏闻在案。嗣于八月初六日戌刻，据水师参将高宜勇禀报，噗咭唎兵船二只，于初五日乘潮水涨发，顺潮闯进海口，经各炮台弁兵开炮轰击，该夷船放炮回拒，随拒随行，越过虎门、镇远、沙角、横档各炮台，驶入内河蛇头湾停泊。臣卢坤查，虎门、横档等处炮台最为扼要，已被夷船闯越，蛇头湾以下只有大虎山炮台，恐难得力，即连夜派委游击佘清带领师船赶往协同堵御。旋据东莞县禀报，该夷船于初七日未刻，佘清未到之先，乘南风大作，顺朝驶风，闯过大虎炮台。该将弁督兵用大炮轰击，夷船放炮抵拒，拚命闯入，于初九日驶至离省六十里之黄埔河南停泊。等情。

查黄浦地方，向为各国夷商货船湾泊之所，其护货兵船不准驶入，今噗咭唎兵船辄敢闯入内河，并于各炮台轰击时放炮回拒，不法已极。黄埔以内虽属浅水，惟探得该夷船将船内重物搬起，船身吃水不重。夷目啤唠啤居住省城外夷馆，恐兵船驶入省河，或将夷兵分驾小船进省，自应先遏其前进之路。查离省二十余里之猎德台附近，有中流沙河面可以堵截，先经饬令员弁筹办，诚恐不能妥速。适陆路提臣曾胜因公在省，臣卢坤商经提臣，亲往相度形势，督率调度。用大船十二只，每只用大石块十万斤，横沈水内，用粗大锚缆击碇。复用木排在水面阻塞，堵其入省水路。并调集提标大师船二只、军标大小师船六只及新会、顺德各营县内河巡船二十余只，配足弁兵，整备军械，在该处河面巡防。并派运司李振翥总理前路防守事宜，崖州知州诸镇随同料理支应。并调拨督标兵丁三百名、抚标兵丁三百名、提标兵丁七百名、府县壮丁三百名，均听提臣调用，整备枪炮，在两岸陆路防备，水陆声势极为联络。并查有大黄滘支河，亦系黄浦进省之路，该处设有炮台，先经派委参将卢必沅带领巡船二十余只在彼拦堵。该处至省绕道较远，而河面宽阔，现用大木排堵塞河面，又于对河建设木闸，添委都司洪发科率领督标精锐兵丁五百名、督标水师兵一百名，运带抬炮及劈山威远大炮，以一百五十名防守炮台，三百五十名在木闸之内扎营策应，似此分路层层防堵，不特该夷兵船无从闯驶，即三板小船亦不能驶入省河。

其省河东西及海珠等处炮台，亦经臣祁𡎴整备，所有省城内外，饬令城守营遴派兵弁巡防弹压，勿使烂匪乘机抢劫生事，闾阎甚为安静。

该夷船至黄浦以后，即拢近该国商船之中湾泊，不敢往内行驶，亦无夷兵登岸。其番梢共三百数十名，人数无多，一经登陆，毫无能为，惟踞守船内，恃大炮为护符，又用三板船四围保护，昼夜防备，其不敢妄思跳梁已可概见。第儆备不可不严，且近省内河亦断不容外夷兵船久泊。臣现在预备大柴船二十余只、草船百余只，并檄调碣石镇师船八只、阳江广海师船四只，并添调督、提二标陆营锐卒，一俟外海师船驶到数只，即当与提臣曾胜密筹，督率弁兵水陆并进，严行驱逐。如其施放炮火，即仿照古人悬帘之法，将棉絮被褥浸湿，用木棍悬钉船外，以柔克刚，该夷人亦无所施其伎俩，断不任其日久停留。臣祁𡎴现在入闱监临，一切随时札商办理，不敢稍有疏忽。除俟驱逐后再行驰奏外，谨将现办情形，先行奏闻，伏乞圣明训示。

至此次暎咭唎兵船停泊外洋，臣卢坤于六月间即咨会水师提督，并檄行提标将弁，督饬炮台严密防范。迨该国封舱以后，又经咨行防堵，勿任夷船进口，前后札檄频仍，并派香山协副将秦裕昌前往各炮台谆谆告诫，复饬东莞县赏犒弁兵米石，以示激励。乃参将高宜勇经提臣派往海口防堵，辄任该夷兵船闯进内河，据称因夷船乘潮驶风，阻挡不及，即系实情，已属疏玩，更难保无掩饰情弊，事关海防，必应从严惩究，相应请旨，将水师提标中军参将高宜勇先行革职，枷号海口示众，以为将弁不用命者戒。仍查明，如有玩纵掩饰，再行严参治罪，所有守台怠玩各弁，现在派人接替，先行枷号各炮台示儆。水师提督臣李增阶虽已因病咨明请假，第尚未卸事，且其未经请假之先，经臣节次咨会防范，乃不遴委妥员，致夷船闯入，实属办理不善。臣卢坤总督水陆营伍，疏防之咎，亦无可辞，请旨将水师提督臣李增阶同臣卢坤一并交部，严加议处。现在海防紧要，并请旨将广东水师提督臣李增阶先行开缺，迅赐简员补放，以重海疆。臣卢坤现派委守备赖恩爵赴大虎，守备江连元赴横档，守备伦世光赴镇远，各炮台实力堵御。委署提篆之碣石镇总兵谭安现出洋巡〔缉〕，已飞催速赴署任接印，亲往海口督率，勿使夷船再有闯入。所有暎咭唎兵船闯入内河缘由，臣等谨会同陆路提督臣曾胜、粤海关监督臣中祥合词恭折由驿驰奏，伏乞皇上圣鉴。

再，澳门地方紧要，臣卢坤因恐澳夷、西洋人为暎夷所惑，饬委副将秦裕昌会同文员晓谕布置。兹据禀覆，西洋夷人极为恭顺感激，情愿自行防守，断不肯任暎夷估踞，自失世守之业。该员弁仍一体防范，不致疏虞，合并陈明。谨奏。

（朱批：）看来各炮台俱系虚设，两只夷船不能击退，可笑！可恨武备废弛，一至如是！无怪外夷轻视也。另有旨。[①]

---

① 据考证，朱批时间为道光十四年九月初三日。

道光十四年八月十三日

（宫中朱批奏折）

D42：军事-防务

2.22　两广总督卢坤密奏筹办澳门水陆防守各情形片

道光十四年八月二十八日(1834年9月30日)

再，㖊咭唎夷人向来最为狡诡，从前曾有占踞澳门及觊觎大屿山之事。该夷人数万里远涉，种种受制于中华，断无能为，而其贪狡性成，不知审势量力，每思不逞。此次啤唠啤不遵法度，臣等本拟示以兵威，驱逐出省，因思犬羊之性，急则反噬，区区数十夷人，安能抗拒。惟夷馆逼处省外，市廛稠密，又值乡试，士子云集，广东人心浮动，一用兵力，未免惊扰士民。且该夷目尚无不法别情，办理亦不宜过当。彼此熟商，夷人所重在利，该夷目屡次违抗，众商已怀怨怼，不如仍使夷商驱之。是以照例封舱，并将事与散商无干，只须啤唠啤遵守制度即准奏请开舱情由，明白示谕。该夷商等封舱守候，逐日耗费甚重，势不能不群嗾夷目，使其及早改悔。现又禁止该国人船不准进口，使其内外消息不通。啤唠啤内则见逼于同类，外则莫逞其阴谋，自不能久居夷馆。仍责成洋商伍敦元等，向各散商晓以利害。该夷商等急于开舱，必不致久延时日。如其悔悟恭顺，即准照常生理。

第该国不派大班而令夷目前来，其意必有所在。传闻该国因公司局散，欲向各夷船抽分税银，随后尚有兵船来粤，或系为挟制夷商起见，亦未可定。虽传言不足深信，即使该国再有兵船到来，亦总不能为患，而夷情叵测，不可不预为筹备。

查澳门为粤东紧要门户，在彼居住之西洋夷人贫弱无能，近年被㖊夷胁之以威、诱之以利，已为所愚，自应设法防范。臣业经密饬香山协副将秦裕昌，与澳门同知妥为预备，并饬该协帮助西洋夷人防守澳门炮台，以为牵制之计。现值水师提臣患病请假，另折具奏委署之碣石镇谭安尚未到任。查阳江镇所辖海面安静无事，已饬该镇何岳钟率领舟师赴澳门附近洋面巡察，并遴派臣标精壮兵丁三百名，委都司洪发科管带赴澳门添防，其大屿山炮台亦派员前往防守，逐处密为布置，不动声色，俟察看夷情安静即行撤回。如其蓄有诡谋，亦不致临时呼应不及，总之国体断不可失，而边衅亦不敢启。臣仍随时酌量办理奏闻。

所有现在筹备情形，谨再会同广东巡抚臣祁𡎴附片密奏，伏乞圣鉴训示。谨奏。

(朱批：)另有旨。

（宫中朱批奏折）

D42：军事-防务

2.23　钦差礼部尚书升寅等奏报访查英国兵船夷目均逐出口并夷目在澳门病故等情折

道光十四年十月初三日(1834年11月3日)

臣升寅、臣赛尚阿跪奏，为遵旨确查，据实奏闻事。

窃臣等于九月二十五日接奉上谕：前据卢坤等奏，唤咭唎国夷目啤唠啤，于本年六月内坐载兵船，携眷来粤，至省外夷馆居住，妄递信函。续据驰奏，该夷船于八月初五日乘船闯入内河，初九日驶至离省六十里之黄浦河面停泊。等语。当降旨谕令斟酌办理，毋贻后患。连日未据将办理情形奏报，朕心甚为悬系。该国百数十年贸易旧章，何以此次不遵，且不说明原委，该洋商岂无传闻确见？该夷即犬羊成性，岂能无故反噬？六月间，该夷兵船在外洋停泊，如有心闯入内河，为时尚隔两月，该省岂无防备？该夷船岂能偷越海口，绝无信息？海口以内俱有炮台，何至任其乘潮驶进，各炮台弁兵曾否开炮轰击？该夷船如何放炮，随拒随行？及越过大虎炮台时，该将弁等是否用大炮轰击，抑或全行躲避，致令该夷船如入无人之境？至其于入省水路及大黄滘支河河面，并后路长洲岗地方购石堵塞，用大小船只预备火攻，该督等是否悉心调拨，布置得宜，抑系先事疏防，临时筹备？著升寅等暗察边情，明访舆论，将该督等于办理此案节次情形，如何措手及现在夷船停泊内河，如何办理情形详细查明，据实具奏。将此由四百里谕令知之。钦此。嗣于二十九日又奉到回折，片奏朱批：已有旨密饬查访矣。钦此。

臣等一面督饬司员刑部郎中阳金城审办前案，一面派委司员刑部主事白让卿潜赴澳门附近一带地方，密加查访。询据该处商民人等告称，此次啤唠啤先于六月内乘坐兵船一只，载有番梢一百九十名，并携眷五口在澳门外停泊，称系管理贸易事务，该夷目即换船至省外夷馆居住。维时督臣卢坤因夷商贸易向设有总管公司，道光十三年期满，曾经谕令该国另派大班来粤总理。至本年该督因公司局散，事无专责，正在会议间，适闻有该夷兵船来泊，不胜骇异，当经咨会水师提督派拨舟师巡逻海口，密饬各炮台弁严加防守，不许擅离部曲。该夷目旋以信函投递该督，即与抚臣祁𡎴等议以夷人未谙例禁，饬商传谕不准投递信函，而该夷目竟敢声称伊系夷官监督，应与总督平行，复经该督批饬洋商等再行晓谕，该夷目桀骜如前。旋据水师呈报，唤咭唎又来兵船一只，番梢亦系一百九十名，同在虎门外洋面停泊。该督恐有不虞，复咨行水师提督及香山协一体加紧了防，并札饬沿海各县，严禁一切小艇，毋许拢近夷船接济。另委同知潘尚楫会同广州协前往夷馆，面询以兵船因何而来及何日开行回国原委。该夷目既未肯说明，且擅出告白，令各散商不必以断绝贸易为虑，显系有心抗衡。经该督会同将军、副都统及海关监督熟商善策，照例将伊货船暂行封舱，并将啤唠啤历次违抗少加惩抑之故出示晓谕，声明与各散商无涉，此外各国照常买卖。等情。

原冀该夷翻然悔悟，庶有以折服其心，讵该夷船于八月初五日乘潮水涨发辄驶风闯进海口，各炮台弁兵拦阻不住，开炮轰击，该夷船即施放连环大炮，致损坏炮台，随拒随行，直越过虎门，于初九日驶入内河，距省六十里黄浦河面停泊。此时若徘徊观望，岂能保其必不跳梁，然使轻率举行，又恐激之生变。边衅一开，海隅为之骚动。该督等即相度形势，因距省二十里之猎德炮台地方，有中流沙河可以遏其前进之路，密派东莞县购备大石块，装入大船十二只，横沉水内，用粗大锚缆系碇，兼用木筏竹排全行堵塞。另派师船装载大石前往长洲岗地方，塞其后路。又调拨弁兵建设木闸，守护炮台，豫备大小船百数十只，藏放硝磺柴草，购遣水摸百余名驾驶，暗作火攻之计。该督等又以内地大黄、茶叶、磁器、丝筋为该国必需之物，前于嘉庆十三年及道光九年因该夷滋事封舱，旋经吁请复开，是该国不能不与中华交易之明证。且侦知各散商载货远来，急于销售，趁秋冬北风驶船回归，断不肯轻掷资本，守候误时。自封舱以后，各向该夷怨怼，现复禁止该国人船只进口，消息不通，啤唠啤内则见逼于同类，外则受制于官兵，情同阱兽釜鱼，进退失据。该督乘机饬令洋商晓以利害，并责其投书、擅进兵船、放炮回拒，如再执拗，即行扫荡，示以必烧、必剿之势。旋据洋商伍秉鉴、卢文锦等禀称，该散商加律治等代为吁恳，啤唠啤不敢轻视中华，知悔知惧，即自将误闯入口，适因官兵放炮，伊等害怕，亦放炮自护，情愿修复炮台，来粤亦并无他图。等情。供吐明晰，请牌下澳。该商等复联名公具保结，该督始准给牌，仍谕啤唠啤守候，奏奉谕旨，再行饬遵回国。随于八月十九日派拨弁兵，将该夷目押逐出口，二十四日到澳门守候，至九月初九日啤唠啤病故，现葬在三巴门外白鸽巢夷行后园。伊所乘坐嘆咭唎唉巡船一只，于九月十四日扬帆远去；其嗼叻嗝巡船一只，于九月二十三日由钢鼓洋面起碇，驾驶移至九洲沙沥洋面，皆抵外洋之境矣。现在舆论佥同，边情尽悉。

所有臣等访查缘由，谨恭折亦由四百里驰奏，以慰圣心悬系，伏乞皇上圣鉴。谨奏。

(朱批：) 知道了。①

道光十四年十月初三日

(宫中朱批奏折)

① 据军机处录副奏折，朱批时间为道光十四年十月二十二日。

D42：军事-防务

2.24　两广总督卢坤奏报将派赴澳门防范弁兵撤回仍饬水陆各员弁实力巡防等情片

道光十四年十一月初十日(1834年12月10日)

再，该夷目啤唠啤自押逐出口以后，寄居澳门，兵船停泊外洋。兹据澳门同知等禀报，啤唠啤于九月初九日因病身故，所有载送啤唠啤来粤之兵船一只，已于十四日开行回国，其嗼咖哂兵船一只，尚在外洋停泊。查该夷护货兵船向来与货船同回，此时该国商船次第回帆，该兵船自必不久开行。现在地方极为安静，臣已将派赴澳门防范弁兵撤回，仍咨行署水师提督及各炮台员弁实力巡防，不得以夷船已去，稍涉懈弛。臣拟于本月望间出省阅兵，亲往虎门一带各炮台逐一查勘，如有应行更定事宜即行筹议，俟新任提督到粤，会同商办。

至暎咭唎与内地通市，诚如圣谕，必须有统摄之人专理其事，而经理又必须经纪中人，如从前之大班等类方可与内地洋商交易。臣已饬洋商伍敦元等传谕该国散商寄信回国，另派大班来粤管理贸易事宜，以符旧制，不得仍令夷目前来，致如啤唠啤之徒生事端，有碍贸易。现复恭录谕旨，饬商传谕。钦遵。

其粤海关稽查章程，亦经臣检查历次旧章及应须添设事宜，咨行监督两司会督广州府查议。现任监督彭年持躬端谨，心地真诚，毫无虚浮习气。臣与之议论公事，深知政体一切，当会同商酌，力除积弊以资整顿。

除俟诸务议定章程，会同抚臣、监督具奏外，合并附片奏闻。谨奏。

(朱批：)知道了。

(宫中朱批奏折)

D42：军事-防务

2.25　两广总督卢坤奏报停泊外洋之英国嗼吻哂兵船一只开行回国片

道光十四年十一月二十四日(1834年12月24日)

再，暎咭唎兵船二只，夷目啤唠啤病故后，其原坐兵船一只，先于九月十四日开行回国，尚有嗼吻哂兵船停泊外洋，业经附片奏闻在案。

兹据澳门同知等禀报，嗼叻咕兵船一只，于十月初六日开行回国，合并附片具奏，伏乞圣鉴。谨奏。

（朱批：）海洋寥阔，夷船虽报归帆，仍当加意查探，勿再生事故，不可坐受欺诳也。慎之！

（宫中朱批奏折）

D42：军事-防务

2.26　两广总督卢坤等奏报英国并无续来兵船仍严饬水陆弁兵加意防范等情片

道光十四年十一月（1834年）※

臣卢坤、臣祁𡎴跪奏。再，𠸄夷在粤贸易商人大班历在澳门向西洋人赁屋居住，本年啤唠啤来粤，先在澳门安顿女眷，自行进省。臣卢坤因该国有兵船二只停泊外洋，传闻随后尚有兵船前来，恐该夷人怀蓄诡谋，当经密饬文武，在澳门内外及附近洋面布置巡逻，并晓谕西洋人勿为所惑。今据海口探报，𠸄咭唎并无续来兵船，其现在兵船二只仅止番梢三四百名，所称专为保护货船，似属可信。惟夷情反覆靡定，现仍严饬水陆船兵加意防范，并将督标兵五百名暂行留省，以备调遣。

该国商梢不下数千人，载货远来，耽耽逐利，总以贸易为重。臣等前于封舱时，将事与散商无涉并怜各商航海远来之意明白晓示，众散商皆以夷目不遵旧章，以致停止贸易，无不归咎于啤唠啤一人。该夷孤立无助，穷蹙求去，是不遵旧制者止夷目一人耳。此时各商货船久泊咸潮之中，耗费已属不少，急于求售，断不任啤唠啤自逞意见，致绝贸易。惟该公司既散，并未复派大班，所来管理之夷目又不晓事，省会重地未便任由夷官居住。虽现在未据该夷商禀请开舱，而买卖势不能断，诸事必须另择统摄之人。𠸄咭唎与内地向来不通文移，似应仍饬洋商令该散商等寄信回国，另派大班前来管理，方可相安。

至关口进出稽查，全在粤海关监督廉以饬躬，严以驭下，方能慑服诸番。近年旧章渐形废弛，亦应乘此厘剔弊端，挽回积习。现在新任监督臣彭年已经到任，当会同商酌厘定章程，具奏请旨遵行。至水师营伍，人材甚少，不能得力，提督李增阶人极勇敢，惟营伍不见整饬，昨接其来信，病势甚重，业经请旨另行简放，俟亲任提臣到粤，将一切营务海防从长商办，加意整饬。臣卢坤因上年兼理巡抚，未及出省阅兵，本年夏间正往校阅，又值办理水灾，未经阅验，拟俟要件料理稍清，即亲往虎门一带查勘各处炮台情形，有无应行更定事宜，酌量办理奏闻，谨附片具奏，伏乞圣鉴。谨奏。

（朱批：）另有旨。

（宫中朱批奏折）

D42：军事-防务

2.27 广州将军德克金布等奏报筹办堵逐英国巡船现在候风开行折

道光十八年六月二十六日（1838 年 8 月 15 日）

广州将军臣德克金布、两广总督臣邓廷桢、广东巡抚臣怡良跪奏，为唤咭唎国巡船驶泊外洋，图以夷目稽查商务，更变旧章，业已密为防范，谕逐回国，现在候风开行缘由，恭折奏祈圣鉴事。

窃照广东省准与外夷各国通商贸易垂二百年，道光十四年间因唤咭唎公司散局，大班不来，散商漫无约束，经前督臣卢坤饬令洋商传谕该国夷商信知该国王仍派大班前来，以资经理。嗣臣邓廷桢到任，于十六年十二月据该国遣令夷人义律到粤领事，当经查明，奏奉谕旨，允准在案，至今将及两年。该领事义律有事则来省禀办，无事则下澳居住，尚能循分办事，不敢妄为。兹于本年五月二十四日据澳门同知胡承光及各营县禀报，五月二十一日有唤咭唎国咉噠巡船一只并护行啯呀吐巡船一只驶至铜鼓外洋抛泊。当查咉噠船载有该国夷目吗咃咙一名，称系来粤稽查贸易事务，带有番妇、女婢共三口，番梢五百名，啯呀吐船带有番梢人十名。各等情。并准水师提督臣关天培咨同前由。臣邓廷桢以该国既有领事义律在粤经管贸易，何以该夷目吗咃咙复来查办，情殊叵测。当即分别咨行严饬各炮台舟师认真戒备巡防，一面催令作速开行回国，勿任逗遛。随又先后接据文武禀报，该夷目吗咃咙于是月二十七日率领番妇、女婢驾坐三板船只前往澳门该领事义律夷馆居住。六月初四日，又独自转回铜鼓洋面原船，眷口仍留在澳，义律亦已由澳进省，臣邓廷桢即饬洋行原商伍敦元、卢文蔚往向义律查询缘由。据义律声称，吗咃咙系属该国官目，来粤稽查贸易，令伊进省代其呈递事件，恳求免写禀字，并称以后有事必须官往传谕，不令洋商经手，诘其代呈何事，并不明言。义律随于初九日遣令夷人在城门外投递封面并无禀字之夷信一封，因其有违定制，当将原封掷还。

臣邓廷桢伏思，中外之防首重体制，定例贸易事件均由洋商转禀，不准投递书函，亦从无派官传谕之事。该领事忽求免用禀字，有事又欲派宫传谕，诘其为吗咃咙代呈何事，一味含糊，竟赴城外投递封无禀字信函，谬妄已极。在臣一字之更何关轻重，惟若任平行于疆吏，即居然敌体于天朝,体制攸存,岂容迁就。随又遣该原商伍敦元等向义律谕以中外限制綦严,不得擅图更易。吗吔㖞既系夷官,尤不得久留粤海,该领事应即传谕回帆,毋稍观望,义律遂于十一日下船而去。

旋准水师提臣函称,㖽夷咲嗟等船二只抛泊铜鼓洋面,今又有从前来粤送信于闰四月内已去之㖽咭唎㖿叻巡船一只,仍带原验之番梢一百二十名,复行转回,驶拢咲嗟等船,一同寄碇。该三船于十三日戌刻自铜鼓向北开行,驶至穿鼻洋面停泊测水。提臣当派署水师提标参将事副将李贤、署水师提标守备周国英带兵驰赴威远、横档各炮台,协同原派弁兵安排堵截,并即亲赴海口督办。等因。臣等以该夷船既未退回转向内驶,㖽夷啤唠啤前车可鉴,难保其不意图入口,必应从严堵逐。查虎门各炮台前经增修巩固,分安八千斤及七千斤以下新旧各炮共二百四十六位,内威远、横档、镇远三台共安大、中各炮一百二十位,对峙水滨,势成犄角,尤为扼要。提臣现复派员协防并亲往督办,足资捍卫。所有虎门以内进省水路,如扼要之黄埔、中流、沙乌涌、大黄滘以及两岸陆路各要隘,经臣德克金布、臣邓廷桢先事筹备,适臣怡良到任,复会同悉心熟商,密派员弁带兵分投布置,镇静防范。其路通省河港汊各处派拨巡船昼夜梭巡稽察,以防奸夷附载三板小船偷越入省。至澳门为西洋夷世守重地,且吗吔㖞眷口留居其间,亦札派香山协县驰往协同澳门同知并力驻守,并密谕西洋夷毋为㖽夷所惑,一体加意防护,以期有备无患。

至十五日吗吔㖞遣夷人三名,径赴海口水师提督臣坐船,声称该夷目令义律在省投递书信,总督未收,求提臣代为呈达。提臣当以吗吔㖞不遵体制,妄冀与天朝疆吏平行,大属狂悖。况夷官又岂能越至内地稽查事务?方今舟师云集,务即赶紧回国,免于严逐。等语。将该夷等拒绝转回,并恐传语错误,复委副将李贤、署守备卢大钺同赴该夷船,以前言向吗吔㖞严切开谕,晓以利害。始据吗吔㖞回称,远人未谙天朝定例,是以冒昧有求。今既蒙明白指示,前信已可不投,便当取眷驶去,惟刻下风色不顺,尚须候风开行。等语。该三船随于十七日开出铜鼓外洋抛泊。二十日吗吔㖞仍坐三板小船只身赴澳,与其眷口同住,意尚安静。准水师提臣节次函会并据各文武先后禀报前来。

查吗吔㖞以一外夷官目,敢于传书抗礼,图变旧章,桀骜殊甚。迨经臣邓廷桢与水师提臣关天培叠以严词论逐,口内外戒备维严,该夷目无所施其伎俩,始称候风驶回,将船开泊铜鼓洋面,伊仍往澳居住。查通商各国俱系西南外夷,其船来须南风,去须北风,向本如此。现在甫交秋令,南风犹盛,据称尚须守候顺风开行,似非支饰。惟迹其犬羊之性,究未可以恒情测之。该夷目是否实系居澳候风,携眷回船返国,抑竟别有诡谋,臣等未敢稍涉大意,现仍飞咨水师提臣一体严饬在事文武时刻加意巡防,切勿松劲,致有疏虞,以昭慎重。一俟北风迅发,催令即日驶回,倘敢抗违,更肆鸱张,即当由驿具奏,照例停止该国买卖,认真严行驱逐,用昭惩创而戢蛮顽。

除随时相机妥办外，所有筹办堵逐夷船，现俟得风回帆缘由，谨会同副都统臣宗室奕湘、臣宗室英隆、水师提督臣关天培、粤海关监督臣豫堃合词恭折具奏，伏乞皇上圣鉴训示。

再，此次密为布置，绝未张皇，故诸夷贸易如常，闾阎极为安贴，堪以仰纾宸廑，合并陈明。谨奏。

（朱批：）所见是。另有旨。①

道光十八年六月二十六日

（宫中朱批奏折）

G16(202、561)：中外关系-在华外籍人员事务(澳门、英国) D42：军事-防务

2.28 两广总督邓廷桢等奏报英夷巡船已得风驶去仍饬水师各将备严督舟师加意防范片

道光十八年九月二十四日(1838 年 11 月 10 日)

再，臣等承准军机大臣字寄，道光十八年七月二十七日奉上谕：据邓廷桢等奏暎咭唎国巡船驶泊外洋，现在密为防范，谕逐回国，候风开行一折。所见是，但该夷等犬羊性成，难以恒情测度。据称守候风信，届期开行回国，此数十日内羁留内地，仍当不时侦察，毋得疏懈。时届北风，即饬令迅回本国，不可任其北驶。总宜外示镇静内谨修防，以戢夷匪而靖闾阎。等因。钦此。

臣等遵查，此次暎夷吗哋咘驾坐咲嗹巡船来粤抛泊铜鼓洋面，寄眷澳门，希图干预商务。经臣邓廷桢与水师提臣关天培叠以严词谕逐，一面于各炮台及口内各要隘密为布置防范，以昭慎重。嗣该夷吗哋咘遵谕赴澳接眷，适与其妻一同患病，迨其妻物故葬澳后，即挈其女婢回船。经提臣派署守备卢大钺催据，该夷拍心指天，以得风即去回覆，情形甚为恭顺，续经臣等附片奏闻在案。先是提臣亲赴海口驻扎，督率防维，嗣此每值风色稍顺，提臣即相机派弁向催，或用计反激。该夷吗哋咘叠称：实因来船过于笨重，非大风决难行驶，并非有心逗留，察其在船亦极安静。兹于八月十五日以后，连日北风迅发，旋准提臣咨称：本月十七日寅刻，暎夷咲嗹船及护行之啪呀吐船均乘风起碇开行。当经香山协副将惠昌耀饬据把总苏起凤管驾快艇跟踪尾探，该二船已向万山外洋之南扬帆远去，杳无踪影。等因。并据该副将惠昌耀暨各该管文武禀同前由严查无异。臣等伏思，夷情叵测，该夷吗哋咘虽已回帆，是否去不复来，殊难臆度。

① 据军机处录副奏折，朱批时间为道光十八年七月二十七日。

除仍檄行水师各将备严督巡洋舟师始终加意防范，毋稍疏懈，凡遇各国并非贸易货船驶来，即行禀报，认真驱逐，不准停留外洋，以免事端而重海防外，所有暎夷巡船现已得风驶去缘由，臣等谨会同广州将军臣德克金布、水师提督臣关天培、粤海关监督臣豫堃合词附片奏乞圣鉴。谨奏。

道光十八年九月二十四日奉朱批：知道了。钦此。

（军机处录副奏折）

G249(202、561)：中外关系-其他侵华战争

2.29　钦差两江总督林则徐等奏报英夷船只向师船开炮师船奋勇抵御大挫其锋义律请托西洋夷目代为转圜情形折

道光十九年八月十一日(1839年9月18日)

臣林则徐、臣邓廷桢、臣关天培跪奏，为暎夷义律于出澳后，率领该国夷船，以索食为名，突向师船开炮，经参将赖恩爵等奋勇抵御，大挫其锋，该夷旋向澳门同知投递恳求说帖，并托西洋夷目代为转圜，臣等仍当相度机宜，酌筹剿抚，先将现办情形，恭折奏祈圣鉴事。

窃照暎咭唎国领事义律，前因求在澳门装货不准，辄将该国新来货船阻留尖沙嘴洋面，图卖鸦片，并主令奸夷空趸任意逗留，又命案抗不交凶，给谕亦不接受，是以臣等断其接济，并勒兵分路严防，义律与住澳各暎夷悉行迁避出澳，经臣等于七月二十四日会折具奏在案。嗣知被逐奸夷，多住尖沙嘴船上，臣林则徐、臣邓廷桢当即移住虎门，就近调度。臣关天培自七月以来，常在沙角洋次，督领本标师船与调到之阳江、碣石两镇舟师，排日分合操练，以振军威，并加派弁兵，协防排练，添雇水勇，装配火船，以备随时调遣。旋据探报：义律将该国货船中挑出船身较大之嘚唿喇吐等船两只，及屡逐未去之空趸数只，一并凑集炮械，假扮兵船。又有自夷埠新来之兵船一只，番梢炮械较多，抛泊各夷船之前，特为保护。臣等于各路水陆要口，虽已严密布置，不使一处空虚，仍谆谕领兵各员，不得轻举肇衅。原冀义律早知悔悟，果能交凶缴土，将货船陆续进关，即可撤去兵防，照常贸易。

讵七月二十九日接据大鹏营参将赖恩爵禀称，该将带领师船三只，在九龙山口岸查禁接济，防护炮台，该处距尖沙嘴约二十余里。七月二十七日午刻，义律忽带大小夷船五只赴彼，先遣一只拢上师船，递禀求为买食。该将正遣弁兵传谕开导间，夷人出其不意，将五船炮火一齐点放。有记名外委之兵丁欧仕乾，弯身料理军械，猝不及防，被炮子打穿胁下殒命。该将赖恩爵见其来势凶猛，亟挥令各船及炮台弁兵，施放大炮对敌，击翻双桅夷船一只，在旋涡中滚转，

夷人纷纷落水,各船始退(朱批:可嘉之至)。少顷,该夷来船更倍于前,复有大船拦截鲤鱼门,炮弹蜂集,我兵用网纱等物设法闪避,一面奋力对击。了见该夷兵船驶来帮助,该将弁等忿激之下,奋不顾身,连放大炮,轰毙夷人多名,一时看不清楚,但见夷人急放三板,下海捞救。时有兵丁陈瑞龙一名,手举鸟枪,毙一夷人,被回炮打伤阵亡(朱批:可惜)。迨至戌刻,夷船始遁回尖沙嘴。计是日接仗五时之久,我兵伤毙者二名,其受伤重者二名,轻者四名,皆可医治。师船间有渗漏,桅篷亦有损伤,均即赶修完整。嗣据新安县知县梁星源等禀报,查夷人捞起尸首就近掩埋者,已有十七具。又渔舟叠见夷尸,随潮漂淌,捞获夷帽数顶,并查知假扮兵船之船主嘚唿喇吐手腕被炮打断,此外夷人受伤者,尤不胜计。

自此次对仗以后,巡洋舟师均恨奸夷先来寻衅,巡缉愈严。八月初五日寅刻,守备黄琮等率领兵勇,在潭仔洋面侦见虾笱小艇靠拢夷船一只,带同引水,认明系屡逐未去之吩咁哪趸船,知又潜卖鸦片,当即上前查拿。该趸船水手数人即先跳入小艇,飞桨逃窜,其在船之人正欲开炮,经黄琮等先掷火斗火罐,船中火发,众夷始行走出。除凫水登岸外,获解伙长工人二名,现饬审究。该吩咁哪趸船亦即被火烧毁,并无伤人。各据禀报前来。臣等查暎夷欺弱畏强,是其本性,向来师船未与接仗,只系不欲衅自我开,而彼转轻视舟师,以为力不能敌。此次乘人不觉,胆敢先行开炮,伤害官兵,一经奋力交攻,我以少胜多,足使奸夷胆落。即空趸屡驱不去,故智复萌,一炬成灰,亦可惩一儆百。

正在察看该夷动静,以筹操纵机宜,兹八月初九日接据署澳门同知蒋立昂等禀称,初七日义律潜至澳门,该同知等闻信,正欲驱逐,旋据西洋夷目代递义律说帖一纸,内写:暎咭唎国领事义律敬字上澳门军民府大老爷清鉴,义律在粤有年,每奉大宪札行办事,无不认真办理,而此次岂有别心乎!盖义律所求者,惟欲承平,各相温和而已,谨此奉知。等语。并据西洋夷目以义律恳求伊等代为转圜,欲请该同知订期与该夷目面商会议,明定章程,义律仍已回船,不敢留澳。等情。臣等核其帖内,虽无狂悖语句,第自谓认真办事,而竟潜卖鸦片,庇匿凶夷,自谓岂有别心,而以索食为名,先行开炮,是其言又安可遽信!然既经此番摧挫,其懔畏之状亦已情见乎词。在臣等所责其遵令而行者,亦不过缴土交凶、货船进口等事,并非苛以所难,究竟西洋夷目所请代为禀商之处,是否即能将此数事遵照办理,抑或另有干求,臣等已批饬署澳门同知蒋立昂,于会议后缕晰禀陈,以凭核办。此后义律果能恪循法度,不越范围,自当宣布皇仁,宽其既往;若万不得已,仍须制以兵威(朱批:既有此番举动,若再示以柔弱,则大不可。朕不虑卿等孟浪,但诫卿等不可畏葸,先威后德,控制之良法也。相机悉心筹度。勉之!慎之)。臣等亦已密定机宜,蓄养精锐,于山海形胜逐一详细讲求,且察看水陆官兵,似亦皆能用命,总期上足以崇国体,下足以慑夷情,不敢稍畏一日之难,致贻百年之患,以仰副圣主恩威并济、中外兼绥之至意。

除俟筹议覆到,核明准驳,再行具奏外,所有现办情形,谨合词恭折具奏,伏祈皇上圣鉴。

再，广东沿海间阎仍俱十分静谧，各国货船照常进口，计自本年五月至今，已进二十五只，合并声明。谨奏。

道光十九年九月初五日奉朱批：另有旨。钦此。

道光十九年八月十一日

（军机处录副奏折）

G249(202、561)：中外关系-其他侵华战争

2.30　钦差两江总督林则徐等奏报叠次击退阻挠该国货船具结进口并各处滋扰之英国兵船折

道光十九年十月十六日(1839 年 11 月 21 日)

臣林则徐、臣邓廷桢跪奏，为暎国货船正在具结进口，被该国兵船二只拦阻滋扰，即经舟师击逐，逃回尖沙嘴，窥伺陆路营盘，复经我兵据险俯攻，叠次轰击，将尖沙嘴夷船尽行逐出，不使占为巢穴，现只散泊外洋，不敢近岸。臣等仍饬严行堵御，一面绥抚良夷，以示恩威而安贸易，恭折奏祈圣鉴事。

窃照暎夷领事义律，前因抗违法度，当经示以兵威。旋据悔罪求诚，已将趸船奸夷尽驱回国，其甘结亦经议具，惟命案尚未交凶。臣等以夷情反覆靡常，虽已具禀乞恩，仍将夷埠兵船暗招来粤，名为护货，恐有奸谋，业于前折奏明，静则严防，动则进剿，不敢稍示柔弱。旋于九月二十八日由驿递到回折，伏读朱批：朕不虑卿等孟浪，但诫卿等不可畏葸，先威后德，控制之良法也，相机悉心筹度。勉之！慎之！等因。钦此。又钦奉上谕：当此得势之后，断不可稍形畏葸，示以柔弱。虽据该夷领事义律浼西洋夷目恳求转圜，但该夷等诡诈性成，外示恐惧，内存叵测，不可不防。著林则徐等相度机宜，悉心筹画，如果该夷等畏罪输诚，不妨先威后德，倘仍形桀骜，或佯为畏惧而暗布戈矛，是该夷自外生成，有心寻衅，既已大张挞伐，何难再示兵威！林则徐等经朕谆谕，谅必计出万全，一劳永逸，断不敢轻率偾事，亦不致畏葸无能也。等因。钦此。臣等跪诵之下，仰见我皇上先几洞烛，训示严明，数万里外夷情，毫发难逃圣鉴，臣等服膺铭佩，遵守弥虔。其特蒙恩赏呼尔察图巴图鲁名号并照例赏戴花翎、以副将即升先换顶带之参将赖恩爵等，感激天恩，益图报效。凡在将弁士卒，亦皆感奋倍常。

提臣关天培督率舟师，数月以来，常驻虎门二十里外之沙角炮台，巡防弹压，间赴三十里外之穿鼻洋面，来往稽查。近日各国货船络绎具结，经验明带进黄埔。暎国货船中首先遵结者曰噹喇，亦已进埔贸易，其次遵结者曰噹啷，于九月二十八日正报入口，讵有该国兵船二只，于午

刻驶至穿鼻洋，其一即七月内向九龙滋扰之吐嚓，其一则近来新到之哗呛，硬将已具结之喑唧货船追令折回，不得进口。提臣关天培闻而诧异，正在查究间，吐嚓一船辄先开放大炮，前来攻击，关天培亟令本船弁兵开炮回击，并挥令后船协力进攻。该提督亲身挺立桅前，自拔腰刀，执持督阵，厉声喝称：敢退后者立斩（朱批：可嘉之至）。适有夷船炮子飞过桅边，剥落桅木一片，由该提督手面擦过，皮破见红，关天培奋不顾身，仍复持刀屹立。又取银锭先置案上，有击中夷船一炮者，立刻赏银两锭。其本船所载三千斤铜炮最称得力，首先打中吐嚓船头。查夷船制度与内地不同，其为全船主宰者，转不在船尾而在船头，粤人呼为头鼻，船身转动，得此乃灵。其风帆节节加高，帆索纷如蛛网，皆紧结于头鼻之上。是日吐嚓船头拨鼻拉索者，约有数十夷人，关天培督令弁兵对准连轰数炮，将其头鼻打断，船头之人纷纷滚跌入海。又奏升水师提标左营游击麦廷章，督率弁兵连轰两炮，击破该船后楼，夷人亦随炮落海，左右舱口间有打穿。哗呛船不甚向前，未致受创。接仗约有一时之久，吐嚓船上帆斜旗落，且御且逃，哗呛亦随同遁去。我军本欲追蹑，无如师船下旁灰路多被夷炮击开，内有三船渐见进水，势难远驶。而夷船受伤只在舱面，其船旁、船底皆整株番木所为，且全用铜包，虽炮击亦不能遽透，是以不值追剿。收军之后，经附近渔艇捞获夷帽二十一顶，内两顶据通事认系夷官所戴，并获夷履等件，其随潮漂淌者尚不可以数计。我师员弁虽有受伤，并无阵亡。惟各船兵丁除中炮致毙九名外，有提标左营二号米艇，适被炮火落在火药舱内，登时燃起，烧毙兵丁六名，继已扑灭。又有烧伤之额外黄凤腾，与受伤各弁兵，俱饬妥为医治。

此次吐嚓等前来寻衅，固因前在九龙被击，意图报复，而实则由于义律与图卖鸦片之奸夷暗中指使。臣等访知，义律于该国烟土卖出一箱，有抽分洋银数十圆，私邀夷埠兵船前来，以张声势，每次送给劳金数至巨万，到粤后，全船伙食皆从各货船凑银供给，无非恃其船坚炮利以悍济贪。臣等并力坚持，总不受其恫喝。所定具结之令，虽据义律勉强遵依，但不肯缮写人即正法字样。而九月间复有该国富商数人至澳门集议，又谓义律但虑人之正法，而各商尤虑货之没官，反覆刁难，迄无定议。所喜该国犹有良夷如噔喇、喑唧二船，屡谕之余，颇知感悟，甫与他国夷商一体遵式具结，臣等加意优奖，冀为众夷之倡。而义律与该国奸夷，恐此结具后，鸦片绝不能来，遂痛恨该二船之首先遵具，怂恿吐嚓等兵船与之寻衅生事。因噔喇已进口内，无可如何，探知喑唧入口之时，赶来追捉，适我师船在口外弹压，辄敢开炮来攻，是滋扰虽系夷兵，而播弄实由义律，诚如圣谕：佯为畏惧，暗布戈矛，自私生成，不得不大张挞伐。经提臣关天培统师攻击，虽已逃窜不遑，究以师船木料不坚，未便穷追远蹑，则仍须扼其要害，务使可守可攻。

查该夷船所泊之尖沙嘴洋面，群山环抱，浪静风恬，奸夷久聚其间，不惟藏垢纳污，且等负嵎纵壑，若任其踞为巢穴，贻患曷可胜言。臣等自严断接济以来，已于尖沙嘴一带择要扎营，时加防范，本意只欲其畏威奉法，仍听贸易如常，原不忍遽行轰击。而乃抗不具结，匿不交凶，迨兵船由穿鼻被创逃回，仍在该处停椗修理，实难容其负固，又奚恤其覆巢。节据派防各文武禀称，尖沙嘴迤北有山梁一座，名曰官涌，恰当夷船脊背之上，俯攻最为得力。当即饬令固垒深沟，相机剿办。夷船见山上动作，不能安居，乃纠众屡放三板，持械上坡窥探，即经驻扎该处之增城营参将陈连升、护理水师提标后营游击之守备伍通标等派兵截拿，打伤夷人二名，夺枪一杆，余众滚崖逃走，遗落夷帽数顶。九月二十九日，夷船排列海面，齐向官涌营盘开炮，仰攻数次，我军扎营得势，炮子不能横穿，仅从高处坠下，计拾获大炮子十余个，重七八斤至十二斤不等。官兵放炮回击，即闻夷船齐声喊叫，究竟轰毙几人，因黑夜未能查数。十月初三日，该夷大船在正面开炮，而小船抄赴旁面，乘潮扑岸，有百余人抢上山冈，齐放鸟枪，仅伤两兵手足，被增城右营把总刘明辉等率兵迎截，砍伤、打伤数十名，刀棍上均沾血迹，夷人披靡而散，帽履刀鞘遗落无数，次日望见沙滩地上掩埋夷尸多具。初四日，夷船又至官涌稍东之胡椒角，开炮探试，经驻守之陆路提标后营游击德连将大炮、抬炮一齐回击，受伤而走。

臣等节据禀报，知该处叠被滋扰，势难歇手，当又添调官兵二百名，派原任游击马辰，暨署守备周国英、把总黄者华带往会剿。复思该处既占地利，必须添安大炮数位，方可致远攻坚，复与提臣挑拨得力大炮六门，委弁解往，以资轰击。并派熟悉情形之候补知府、南雄直隶州知州余保纯，带同候补县丞张起鹍驰往，会同新安县知县梁星源，相度山梁形势，妥为布置。复札驻守九龙之参将赖恩爵、都司洪名香，驻守宋王台之参将张斌，亦皆就近督带兵械移至官涌，并力来击。兹据会禀，十月初六日，该文武等均在官涌营盘会同商定，诸将领各认山梁，安设炮位，分为五路进攻：陈连升、伍通标、张斌各为一路，赖恩爵及马辰、周国英、黄者华为一路，德连、洪名香为一路，该县梁星源管带乡勇前后策应。晡时，夷人在该船桅上窥见营盘安炮，即各赶装炮弹，至起更时，连放数炮打来，我军五路大炮重叠发击，遥闻撞破船舱之声不绝于耳。该夷初犹开炮抵拒，迨一两时后，只听咿哑叫喊，竟无回击之暇，各船灯火一齐灭息，弃碇潜逃。初七日天明了望，约已逃去其半，有双桅三板一只在洋面半沉半浮，余船十余只退远停泊，所有篷扇桅墙绳索杠具，大都狼藉不堪。该文武等因夷船尚未全去，正在查探间，即据引水等报称，查有原扮兵船在九龙被炮打断手腕之嘚唿喇吐，及访明林维喜命案系伊水手逞凶之哆唎两船，尚欲潜图报复。该将领等因相密约，故作虚寐之状，待其前来窥伺，正可痛剿。果于初八日晡时，哆唎并嘚唿喇吐两船潜移向内，渐近官涌，后船十余只相随行驶。我军一经了见，仍分起赶赴五路山梁，约计炮力可到，即齐放大炮，注定头船攻击，恰有两炮连打哆唎船舱，击倒数人，且多落海漂去者，其在旁探水之夷划一只亦被击翻。后船惊见，即先折退，而哆唎一船尤极仓皇遁去，无暇回炮。

计官涌一处，旬日之内大小接仗六次，俱系全胜。惟初八日晚间，有大鹏营一千斤大炮放至第四出，铁热火猛，偶一炸裂，致毙顺德协兵丁二名。除与穿鼻洋面阵亡兵丁，及受伤兵内如有续故者，一体咨部请恤外，现据新安县营禀据引水探报：吐嘧、哔唥兵船，义律三板暨暎夷未进口大小各船，自尖沙嘴逃出后，各于龙波、筲洲、赤沥角、长沙湾等处外洋四散寄泊。查粤省中路各洋，为汉夷通商总道，虽皆可许泊舟，亦须察看形势，随时制驭。即如道光十四、五年间，夷船藉称避风，辄泊金星门，该处地属内洋，不得任其逼处，经臣邓廷桢严行驱逐，至今不敢进窥。年来改泊尖沙嘴，只于入口之先、出口之后暂作停留，尚无防碍。今岁占泊日久，俨有负固之形，始则抗违，继且猖獗，是驱逐由其自取，并非衅自我开。此次剿办之余，于澳门既不能陆居，于尖沙又不能水处，苟知悔悟，尽许回头（朱批：不应如此，恐失体制）。若义律与吐嘧等尚以报复为心，则坚垒固军，静以待之，亦自确有把握，不敢轻率畏葸，致失机宜（朱批：虽有把握，究非经久之谋）。

至贸易一事，该国之国计民生皆系于此，断不肯决然舍去。若果暎夷惮于具结，竟皆歇业不来，正咪唎㗋等国之人所祷祠而求，冀得多此利者。与其开门揖盗，何如去莠安良，而良莠之所以分，即以生死甘结为断。臣等现又传谕诸夷，以天朝法纪森严，奉法者来之，抗法者去之，实至公无私之义（朱批：所见甚是，而所办未免自相矛盾矣）。凡外夷来粤者，无不以此为衡，并非独为暎咭唎而设。此时他国货船遵式具结者，固许进埔，即暎国货船，亦不因其违抗于前，而并阻其自新于后。又如暎国噂喇之船，已在口内，闻有穿鼻、官涌之役，难免自疑。臣等谕令地方印委各员，谆切开导，以伊独知遵式具结，查明并无鸦片，洵属良夷，不惟保护安全，且必倍加优待。复经海关监督臣豫堃亲至黄埔验货，特传噂喇面加慰谕，该夷感激涕零。惟噹啷一船，被吐嘧吓唬之后，尚未知避往何处，臣等饬属查明下落，护带进埔。倘吐嘧兵船复敢阻挡，仍须示以兵威（朱批：恭顺抗拒，情虽不同，究系一国之人，不应若是办理），总期悉就范围，仰副圣主绥靖华夷之至意。现在沿海闾阎照常安贴，堪以上慰宸怀。

所有现办情形，谨会同广东巡抚臣怡良、水师提督臣关天培、粤海关监督臣豫堃，恭折具奏，伏乞皇上圣鉴。谨奏。

道光十九年十一月初八日奉朱批：钦此。

十月十六日

（军机处录副奏折）

D42：军事-防务

2.31 林则徐等奏为察看广东水师情形事折

道光二十年三月二十六日（1840年4月27日）

两广总督臣林则徐、广东巡抚怡良跪奏，为察看广东水师情形，大鹏营现居紧要，筹议改设副将并添拨官兵船只等项，以资守御而重海防，恭折奏祈圣鉴事。窃照广东虎门海口为中路扼要之区，于嘉庆十五年设立水师提督驻扎其地，西则香山，东则大鹏，形成两翼。查香山协向驻副将，管辖两营，设弁兵一千七百零九名，兵力较厚。大鹏原止一营，额设参将一员，管辖洋面四百余里，其中有孤悬之大屿山，广袤一百六十余里。是以道光十年已将大鹏分为两营，而所设弁兵只九百九十八员，较之香山营制已有轩轾。且所辖尖沙嘴洋面近年更为夷船聚泊之区，该处山高水深，风浪恬静，夷船倚为负隅之固。上年调集官兵痛加剿击，始行全数退出。恐兵撤之后，仍复联樯而来，占为巢穴。当又相度形势，在于尖沙嘴及官涌两处添建炮台二座，现在工程将竣，已于另折缕析奏报在案。臣等伏查尖沙嘴官涌两处既经建设炮台，必须调兵防守，但大鹏左营额设参将一员、守备一员、千总二员、把总三员、外委五员、额外外委二员，步守兵四百九十七名；右营额设守备一员、千总一员、把总三员、外委五员、额外外委二员。步守兵四百七十五名，除分班出洋外，尚不足以敷巡守，据该营县会议请添。经臣等与水师提督臣关天培再四筹商，应将大鹏改营为协，拨驻付将大员统带督率，与香山协声势相埒拱制，方为得力。但官兵俸饷尚需支应，国家经费有常，未敢遽议增添，惟有就通省各营设法抽拨，并于水师各缺酌量改抵，以归简易。饬据司道核议会详，并咨催陆路提督臣郭继昌核复前来。臣等查外海水师付将共有四缺，内除香山协应与大鹏分归两翼，毋庸更改外，其龙门一协地处边陲，与越南夷地紧口；崖州一协系烟瘴之区，且外临大海，内积黎人。均为边疆要地，未便改抵。惟澄海一协虽与闽省接壤，而上接南澳，下联潮州，有水陆两镇为邻，尚属足资声援。应将澄海协付将改为大鹏协付将，移驻大鹏所辖扼要之九龙山地方，居中调度。其澄海协之都司，除为大鹏协付将中军都司兼管本营事务，驻扎大鹏所城，并于大鹏左营添设把总二员、外委二员、额外二员，步战守兵连新添外委额外名额共二百九十一名。大鹏右营添设千总一员、把总一员、外委二员、额外二员，步战守兵连新添外委额外名额共二百零九名。以把总一员、兵七十五名专防各营官口炮台；以把总一员驻防九龙炮台，将原驻九龙炮台之千总一员移防左营尖沙嘴炮台，并带新设额外外委一员、兵丁一百三十名；又以外委一员、兵丁十五名防守前经裁撤今应设回与尖沙嘴对峙之左营红香炉汛。又大鹏额设大小米艇六只，捞缯船三只，分拨配巡不敷派遣，应添大中米艇四只，左右营各半，以千总一员、把总一员、外委二员、兵丁二百零四名配驾。又添快船二只，以额外二员、兵丁五十六名配驾。其余外委一员、额外一员、兵丁十二名随防九龙，听候副将调遣。所添员弁船只，先尽水师各营移拨。应请在阳江镇右营抽拨千总一员，海门营抽拨把总一员、外委一员，龙门协左营抽拨外委一员龙门协右营抽拨外委一员，阳江镇右营抽拨大米艇一只，海安营抽拨大米艇一只，龙门协左营抽拨中米艇一只，海门营抽拨中米艇一只。又在龙门协右营抽拨捞缯船一只，归入海安营配缉。所需配船弁兵舵工口粮，随船移拨支给。然议抽兵丁五百名，水陆匀拨，水师应抽兵丁二百五十名。现在外海内河防赌巡缉，在在需人，若概于额设步守兵内抽拨，未免顾此失彼。应在水师提镇协营酌量抽拨步兵三十七名、守兵九十四名。酌裁马兵改补步兵二十名，连拨外委本身步粮三名，共得步兵五十名，守兵九十四名，尚需添补步兵二十五名、守兵八十一名，在水师各营马粮较多营分，将马粮三十三名改为守兵；步粮较多营分，将步粮一百六十四名改为守兵，酌均各归还原营，兵额同马兵所改步兵一十名，递年节存马步粮料等项银两候补增添步守兵丁一百零六名，□需经费之用，此外仍需把总二员、外委一员、步兵连外委本身粮号七十五名，守兵一百七十五名。应于督标各营及永清营酌抽把总二员，陆路提标各营酌抽外委一员，其原食马粮一分毋庸随拨，并于陆路各营匀拨步兵七十五名，守兵一百七十五名，共兵二百五十名匀归大鹏入额。其外委仍食本身步粮，并在大鹏步兵营内添设额外外委四员。仍支本身名粮，以资差遣。至澄海地方应将澄海协改为澄海营，即将大鹏参将移驻，作为澄海营参将。澄海原有守备二员，分为左右二营，左营守备驻扎篷州府城，右营守备驻扎梓林府城，均未便移改。将大鹏左营守备改为澄海左营中军守备，驻扎县城，经管两营钱粮。其澄海左营守备改为左营左军分防守备，仍驻篷州右营，仍循其旧以资防守。所有现改大鹏协副将都司及澄海营参将左营中军守备左营左军分防守备，俱照旧定为外海水师题补之缺，其水路各营抽拨兵丁所需粮饷公费红白等项，以及一切军装器械，俱由各营拨出随带，毋须另添。澄海协改驻参将守备有原设副将都司衙署，可以栖息办公。大鹏府城改设都司，亦有守备原署可住，其防守炮台弁兵即住炮台，均毋须另建衙署。惟大鹏添设大快船二只，各营无可抽拨，应另行制造，计每只需用装造工料银四百三十二两，二船共银八百六十四两。□需弁兵口粮燂洗以及修费事项约须银一千四百余两。又九龙地方改驻付将、红香炉添设汛防，应建衙署兵房，以及大鹏新兵应制号衣器械等项所需经费均须预筹。查有前山营生息一项，从前系由洋商捐出本银十万两，发交□商生息，以作添设前山营兵饷之用。除无率支用外，截至道光十九年五月底□，实存银五万三千八百余两。除另折奏请动支添建尖沙嘴、官涌两炮台工料，共银三万一千九百余两外，所有此次添造快船及建造衙署、制给新兵号衣器械等项用费，均请于此项息银内动支，毋庸请动帑项。如此改调添设，因地制宜，似于海疆控制大有裨益。如蒙俞允，所有添造快船、应建衙署兵房、制给新添步守兵丁军械等项，臣等即饬令地方文武会同确估办理。其改设付将等官应行铸换关防并一切营制抽拨细数及未尽事宜，统容另行咨部核办。再前山营生息本银系由洋商捐出，与正杂银粮不同，每年止将收支实存数目报部查核，今请动支此项息银以□添造快船衙署制给军械经费，应俟动用后将支用总数于册内开列造报，恳惠备造工料细册报销，合并陈明。臣等谨会同广东水师提督臣关天培、陆路提督臣郭继昌合词恭折具奏，伏乞皇上圣鉴训示。谨奏。

道光二十年十月二十五日奉朱批：该部议奏。钦此。

三月二十六日

（军机处录副奏折）

D42：军事-防务

2.32　两广总督林则徐等奏报英夷续来兵船及粤省布置防范情形片

道光二十年五月二十五日(1840年6月24日)※

再，嘆咭唎夷船逗留外洋，臣等叠饬各将弁带领兵勇火船设法焚剿，于五月初九日乘夜纵火烧毁夷船三只，业经会折奏闻在案。

查该夷自贸易断后，每扬言兵船多只即日到粤，臣等不为所动，而仍密为之防。除上年所到之吐嘧、哔吣两船，与近时续到之嘟噜噎、哆吧吐两船在外洋游奕情形，已查明具奏外，兹据澳门文武禀据引水探报，五月二十二日望见九洲外洋来有兵船二只，一系大船，有炮三层，约七八十门，其一较小，有炮一层。二十三日，陆续又来兵船七只，均不甚大，炮位亦只一层。又先后来有车轮船三只，以火焰激动机轴，驾驶较捷，此项夷船前曾到过粤洋，专为巡风送信。兹与各兵船或泊九洲，或赴磨刀，或赴三角外洋，东停西窜，皆未敢驶近口门。臣等查中路要口，以虎门为最，次即澳门，又次即尖沙嘴一带，其余外海内洋相通之处，虽不可胜数，然多系浅水暗礁，只足以行内地之船，该夷无船不能飞越。所有虎门各炮台，先已添建增修，与海面所设两层排链相为表里。犹恐各台旧安炮位未尽得力，复设法密购西洋大铜炮，及他夷精制之生铁大炮，自五千斤至八九千斤不等，务使利于远攻。现在该处各炮台，计有大炮三百余位，其在船在岸兵勇随时分拨，共有三千余名。

至澳门地方，自奏委高廉道易中孚与奏留升任之香山协惠昌耀会同防范，先后派驻兵勇亦有一千三百余名。又尖沙嘴一带，新建炮台两座，业已赶办完工，并设法购办大炮五十六位，分别安设。其附近山梁，驻兵共有八百余名，此外各小口及内河水陆要隘，亦皆添兵多名，协同防堵，声势已皆联络，布置并不张皇。现在该夷兵船亦只飘泊外洋，别无动静，即便此后渐图窥伺，而处之皆有准备，不致疏虞。

此时商旅居民极为安谧，即他国在澳夷人亦皆各自贸易，安静如常，而臣等密察周防，总不容一刻稍懈，且随处侦拿接济，严断汉奸，务令尽绝勾通，俾其坐困。第恐在粤无可乘之隙，该夷船趁此南风盛发，辄由深水外洋扬帆窜越，臣等现已飞咨闽浙、江苏、山东、直隶各省，饬属严查海口，协力筹防，以冀仰纾宸念。

谨合词缮片附陈，伏乞圣鉴。谨奏。

道光二十年七月初四日奉朱批：随时加意严防，不可稍懈。钦此。

(军机处录副奏折)

D42：军事-防务

2.33 两广总督林则徐等奏报续筹剿堵英夷情形折

道光二十年七月十九日(1840年8月6日)

两广总督臣林则徐、广东巡抚臣怡良跪奏，为暎逆在粤兵船虽未敢滋事，而渐有掳船寻衅情形，现又续添兵勇，酌筹水陆剿堵，以期早靖夷氛，恭折奏祈圣鉴事。

窃照暎咭唎兵船陆续到粤，去住靡常，截至本年六月下旬尚存七只，业将往来船数并周密防堵情形，随时奏闻在案。该暎夷自上年断其贸易以来，日播浮言，或称即有多船踵至，或称拦截内地行舟，无非挟制通商，图销鸦片。臣等恪遵叠奉批谕，不事张皇，而各口防兵倍加严整。彼见拒之甚力，无隙可乘，故来者既随到随开，即存者亦旋停旋驶。是先前犹未寻衅，尚可使之自困，不值海上交锋，今则已在浙洋妄肆鸱张，罪大恶极，自知上干天朝震怒，难望仍准通商，在粤夷船遂亦渐形猖獗，竟将海运盐船先后掳去十四只，甚至枪毙民船舵工盛全幅一名，并伤水手杜亚发一名。华民愤切同仇，指引弁兵，在洋拿获白夷吐啪吨一名、黑夷嘶唎及吃吐两名，解官究办。该暎夷又信托在澳西夷代求释放，并称如不允准，即欲进澳滋扰，藉端恫喝，情实难容。虽现在暎夷兵船七只内，又向老万山外驶去一船，其火轮船去而复回者亦止一只，惟该国尚有载货带烟各船约二十余只，同泊在洋，其船亦有炮械，难保不串谋生事，亟应痛予剿除。前经陆续调集各营大号米艇二十只，并雇募红单船二十只、拖风船二十六只，于选配兵丁之外，复募挑壮勇千余名，制配炮火器械，遴委将备管带，先于内洋逐日督操，以备战攻之用。又前后购备火船二十余只，均交水师提臣关天培，分派各将备随带应用。臣林则徐拟于本月二十日带印登舟，赴离省八十里之狮子洋，将所练各兵勇亲加校阅，如技艺均已精熟，即择日整队，令其全出大洋，并力剿办。臣林则徐亦赴虎门驻扎，与提臣就近筹商，随时调度。臣怡良现值文闱期近，仍驻省城，支应一切。署广州将军臣奕湘、副都统臣英隆，先于五月间闻有暎夷兵船来粤，即经预选满营水陆精兵一千名，咨会臣等随时调遣。当因省垣重地，防守尤为紧要，仍令按段稽察，以备策应，而壮声威。惟查师船在大洋接仗，全恃占住上风，仍须相度机宜，于风潮顺利之时，始令进发，不敢轻率偾事，亦不敢迁延失时。如能迅获胜仗，拟即由驿奏闻，仰纾圣廑。

至澳门地方，久为暎夷所觊觎，而西洋中奸良不一，亦难保无暗与勾结之人。即如此次所获暎夷，与西夷本无干涉，乃代为禀求释放，并以进澳滋扰之言虚张挟制。虽所获暎夷无足轻重，然此时若徇所请，则损威示弱，转无以戢叵测之心，臣等不得不严行批驳。惟西夷既称兵单力薄，各有戒心，自应振我军威，于代为保护之中，即寓钤制防维之道。查澳门先调兵勇千余名，在关闸一带巡防，兵力尚未甚厚，臣等现又添调督抚两标官兵，连前共合二千名，派委督标参将波启善、署肇庆协副将多隆武、署抚标守备程步韩等，带入澳内，与升任香山协副将惠昌耀等会合防堵，仍责成奏委驻澳之高廉道易中孚悉心筹策，务协机宜，不得稍涉优柔，致贻后患。先晓谕西洋夷众，以澳门系天朝疆土，伊等累世受廛，渥荷深恩豢养，今恐暎夷进澳滋扰，该西夷力不能敌，是以特遣重兵来澳，与为保护，不使他族得以占居。如西洋中竟有昧良之人，潜与暎夷勾结，即须献出惩治。倘竟被其愚弄，转而阻挠官兵，是大昧于顺逆存亡之理，必至玉石俱焚，后悔何及。且澳内一无出产，日食所需，悉资内地，即使暎夷占澳，一经断其接济，彼亦无以自存，第不忍使西夷并受其害，惟专心内向，则外侮自不敢欺凌。如此明白开导，谅西夷亦不至为暎夷所愚，而澳门得此重兵，当亦可期静谧。总使恩威并济，操纵咸宜，以冀仰副圣主绥靖华夷之至意。

所有续筹剿堵情形，臣等谨会同署广州将军臣宗室公奕湘、副都统臣宗室英隆、水师提督臣关天培、陆路提督臣郭继昌，合词恭折具奏，伏乞皇上圣鉴。谨奏。

道光二十年八月二十三日奉朱批：钦此。

七月十九日

（军机处录副奏折）

G241(202、561)：中外关系-第一次鸦片战争(澳门、英国)

2.34　署理两江总督裕谦奏报侦探布置设法严拿英夷义律并严防夷船侵入片

道光二十年八月十八日(1840年9月13日)※

臣裕谦跪奏。

再，臣前获夷船所递字帖，文理虽属不通，而察其情词，大抵伸诉该夷领事义律呈缴趸船鸦片烟土，及禁绝柴米，驱逐出澳之事。

惟查呈缴烟土系在道光十九年二三月间，禁绝其柴米，则在是年六月。现在所递字帖内有道光十九年正月十八日由英国兰墩京城付字样，是该国缮发此帖之日，义律既尚未呈缴烟土，即钦差大臣林则徐亦未行抵粤省。该国距粤尚有数万里，何由预知？

臣闻义律系暎咭唎人，最为狡诈，十余岁时前来澳门，经已故之伪军师吗哩啯教以汉夷言语文字、管理贸易、带兵等事，为该国领事头目，告示文书悉出其手。该国兵船向泊离粤二万余里之嗌呷喇、万打喇沙等处，专为贩烟而设，皆听义律调遣。该国王仅知收税，不理军务，则令之勾结谋逆、窃据定海、造言挟制，皆系义律所为，而非该国王所遣，已可概见。臣愚以为，义律不诛，兵端不息，必得擒获义律，则蛊惑无人，各酋自皆解散，破之不啻摧枯拉朽矣。江苏地方虽非该逆必到之地，而臣誓不与同天日。现在悬立重赏，侦探布置，务期诛此逆夷，以快人心而伸天讨。

除飞咨钦差大臣并沿海将军各督抚臣一体设法严拿外，理合附片具奏，伏乞皇上圣鉴。

再，该夷船现仍忽隐忽见，或多或少，出没无常，游奕不定，情形深为可恶。臣惟有坚持定见，镇静防堵，如敢乘潮驶入内洋，近岸侵犯，自当会同提镇督率官兵并力攻击，歼此丑类。合并陈明。谨奏。

（朱批：）览。

（宫中朱批奏折）

G241(561)：中外关系-第一次鸦片战争(英国)

2.35　直隶总督琦善奏报英夷各船已全行起椗南旋折

道光二十年八月二十一日(1840年9月16日)

大学士、直隶总督臣琦善跪奏，为续经遵旨晓谕暎夷暨该夷现已全行起碇南旋缘由，恭折由驿驰奏，仰祈圣鉴事。

窃臣自前次续奉谕旨：著再向暎夷明白晓谕。当经臣将该夷船又复他往，并山海关洋面望见有夷船踪迹，恭折奏闻，钦奉上谕：如该夷船复行驶至，仍遵前旨，明白宣谕，倘敢进口登岸，肆行强横，即开枪炮痛剿，随机应变，妥为办理。钦此。

因思该夷船坚炮利，长于水战，故不肯轻易上岸，自蹈危机，业经臣前奏陈明。现在天津、宁河等处海口，先已调拨重兵，安设多炮，又经设有木筏，下系铁链重锚，以杜冲越。复于新旧炮台处所存备鱼网、棉被等项，先行浸湿，悬挂遮护，原不难于痛剿。无如该夷总不进口，而近时山东洋面叠次望见夷船，或自南来，或由北往，均在直隶各船之外，是该夷行踪叵测，必系往来通信，延之日久，势必南北滋扰。天津拱卫神京，已属扼要之区，且近接盛京，尤为根本重地。

欲求处处决胜，时时常胜，臣实不免隐存意外之虞。即如江浙等省，所恃为外卫者，原止长江大海。今海道已被该夷随处游弈，长江又所在可通，是险要已为该夷所据，水师转不能入海穷追。且本年即经击退，明岁仍可复来，边衅一开，兵结莫释，我皇上日理万机，更不值加以此等小丑跳梁，时殷宸廑。而频年防守，亦不免费饷劳师。故臣鳃鳃过虑，甚欲就此开导，俾该夷安心回粤，听候办理，或可冀图安靖。惟其强悍自负，情理难通。然节经专弁往探，略与奖词即深欣感，是其喜为夸张，即可以好言相诱。现在懿律之船于本月十七日仍行驶回天津，经千总白含章探据该夷托词因闻山海关地方向多古迹，是以前往观看，并称该处止有弓箭，并未见有炮位。等语。答以此系密防，岂能令尔望见？该夷亦不复置词。

臣查该夷所恃者大炮，其所畏者亦惟大炮。山海关一带本无存炮，现饬委员等在于报部废弃炮位内检得数尊，尚系前明之物，业已蒸洗备用。当复飞行永平各委员，并饬径禀山海关副都统，于各城楼一体派员详细检查，有无存留大炮，以备守御。一面恪遵谕旨，示以烟土本系违禁之物，既经烧毁，在大皇帝断无准令偿价之理。

复因该夷曾向委员有只求可以覆命之说，故臣仰体密谕，作为出自臣意，以经钦差大臣秉公查办后，总必使该夷有以登覆该国王。另给公文隐约其词，并又将利害得失反覆开导，于十八日仍派千总白含章持往。兹于二十日取到该夷回文，并据该千总面禀：此次该夷接阅公文，其始颇似不遂所欲，迨经开导，据该夷声称：烟价一节，原非敢向大皇帝求索，只求可以登覆国王，并称定海之兵，亦可先行撤回一半。及至次早，备具回文，则又更易前说。复经该千总向彼诘询，令其改写回文，据称业已缮就，不及另书，即以所言为定，俟到粤再行商议。惟称所求各条未奉允准明文，既须俟回粤听候查办，则定海各处兵船未能即撤。该夷一面称说，一面即行起碇。据称先赴定海，耽延数日，即回粤东。当经白含章告知：此时岂可先赴定海？据称：如沿海各处不开枪炮，该夷亦不滋生事端。倘被攻击，势难已于回手。此去粤东，仍在澳门自盖房屋居住。等语。

现在天津各夷船已据该千总目击，全数起碇开行。惟夷情反覆无常，往往有称说之间颇似驯顺，而其所备文书词意又复强横。自该夷到津以后，臣虽竭力驾驭，终莫测其底蕴，即如所请沿海地方弗先轰击，又安知非弛我防闲，或定海冀图缓攻？故此间各处弁兵亦尚不敢遽撤。

除飞咨盛京将军、奉天府尹，饬查有无夷船在彼游弈，并咨明山东抚臣派员瞭望，曾否见有夷船连樯南驶外，所有夷船现已起碇南旋缘由，理合恭折由五百里驰奏，并将臣此次发给该夷照会底稿两件暨取到该夷回文一件，一并进呈御览，伏乞皇上圣鉴。谨奏。

（朱批：）即有旨。

道光二十年八月二十一日

（宫中朱批奏折）

D42：军事-防务

2.36　琦善奏报探询英夷情形折

道光二十年八月二十五日(1840年9月20日)

大学士、直隶总督臣琦善跪奏，为英夷遵旨起□□□□奉旨派臣前往广东查办事件，谨将探询该夷情形先行恭折奏祈圣鉴事。

窃查英夷素属化外，久著横名。故凡海外诸邦莫不为其所困。前于本年七月间该夷胆敢驾驶兵船多只□(来)至天津。仰蒙圣恩逾格指示先机，臣得藉资领悟，随查有督标左营千总白含□,心地伶俐,胆力壮强,节经派令前往夷船接递公文等事,藉便察探。该员并无寸刃,只身来往其间,该夷亦颇以其□于前行,甚为契重,酬以刀枪等物,均各却辞不受。而其于应接之间,或刚或柔,颇能随机应变,甚至故与该夷通事跟役之流佯为戏谑,以便任意诱询,到处搜翻,俾得查其隐踪。该夷船身甚固,非七八千斤大炮不能穿其板片。其仓内住人之处均在两旁□□□□以备交战时浸湿清□□拦枪炮。至于船身,则又讯系该国产□之油木所造,其性坚实而其资绵软,和杉木等类之比,炮攻未能深入。而该夷船所带均系铜炮,检阅炮子有重至二十六斤者。转□我军之未有。溯查向来破夷之法,有攻其船下层者,今则该船出水处所亦经设有炮位,是意在回击也。又有团练水勇穿其船底者,今则白含□亲见其操演水兵,能与水深五六丈处持械投入海中,逾时则又纵跃登舟,至□顶,是意在抵御也。又有纵火焚烧者,今则该夷船各自相离数里,不肯衔尾寄碇,其风帆系白布所为,□□□离,约长不过数尺,中则横贯漆杆藉以蝉联,非如蓬篾之易于引火,是意在却避延烧也。凡此皆我师从前之长策,而该夷所曾经被创者兹悉见机筹备,是泥恒言以图之,执成法以御之,或反中其诡计,未必足以法胜。

且据其跟役声称,闽粤等省击破之船皆该夷之所设划子船,长不满三丈,除水手十余人外仅只容纳数人,虽经叠次被击,从未见起获器械。盖缘本非兵船,是以并无兵器。又称该懿律等本年之来意在乞恩求请各款,初非欲图滋扰,而其后据言海上缘先被轰击始行回击,迨见□□□散因即蜂拥入城,其在各□游弈亦只图窥探形势熟识河线。如蒙大皇帝恩准所请,该夷则仍感戴如前,否则将于明岁天津猖狂。本年所来兵船仅四十只,现在测量水势,知有□□河者,火船不能驶人,复欲改造小号师船。该千总答以兵船已来四十只之多,岂复尚有加增。据称,该夷以一国之大,频年往来洋面,且附远尚有属国皆可调拨,所有兵船何止此数各等语。□该千总向臣告知。

臣思该国既有国王,宜必以理法自绳,何以不卑求贸易乃□□系求索,随复乘送给食物之便令该千总复向该夷跟役询查。初犹嗫嚅不吐,迨反复相诱,始据该跟役潜向告知,该国王已物故四年,并无子嗣,仅存一女,年未及笄,即为今之国王。该国有大□二十余家,皆其国之权臣,议事另有公所,只须伊等自行商権,不受约束。揣其词意,或前此粤省烧缴之烟,其中即有各该权臣之物。又询以此女何不适人。据称,向来该国女子许嫁均系自行选择,并亦认其自主。并称,此女当有胞妹一人,待其许字之后,其国或让与伊妹,抑或让与他人,亦复,任其自便。是固蛮夷之国,犬羊之性,初未知礼义廉耻,又安知君臣上下。且系年轻弱女当□□□则国非其□,竟本不在保□疆土,而其国权奸之属只知谋取私利,更不暇计公家,纵以横恣之故□□倾国之灾,亦复罔知顾恤。概此等权臣逞凶,何事不为。故求索不专在通市。

又询以该夷何不选在广东滋闹乃复远游各省。彼称,粤海商民因被查办,急切已甚,若果其不改激成事端者,实属大皇帝如天之福。该处虎门地方我军设有炮台,澳门为西洋夷人住居之所,彼夷亦设炮台防御,而自未便改乖和好,推测其意似不肯伤其同类,或以广东商民与该夷通气者多,固不欲肆意扰害,未必尽畏该省之防范也。是该夷之凶顽梗化习之性成,虽天威远被四表，无不可协服之人，而□□□师究恐未能迅速□事，故臣反覆思□粤东即告计于前，致令有所藉口，定海复失守于后，□□□□此时欲□□□实属万分棘手，况臣机宜未昧，尤觉悚惶，惟有赶紧料理，即遵旨迅速入都，跪聆圣训，俾使有所案。谨将探询英夷情形先行具奏，伏乞皇上圣鉴。谨奏。

道光二十年八月二十七日奉朱批，探询详明可嘉之至，另有旨。钦此。

八月二十五日

（军机处录副奏折）

G201(561)：中外关系-第一次鸦片战争(英国)

2.37　两广总督林则徐奏报出洋进剿英夷并现在布置防范情形片

道光二十年十月十七日(1840年11月10日)

再，臣承准五百里廷寄，道光二十年八月二十二日钦奉上谕：本日已降旨，派琦善作为钦差大臣，驰驿前赴广东查办事件。该大臣到粤后，自能办理妥协，但恐沿海各督抚不知现在情形，特此由五百里飞示一体遵照，各守要隘，认真防范。如有该夷船只经过，或停泊外洋，不必开放枪炮，但以守御为重，勿以攻击为先。其应布置严密之处，仍不可稍形松懈，是为至要。等因。钦此。臣懔遵之下，谨即恭录移行水陆各提镇暨防守要隘各文武，一体钦遵，认真防范。如见有夷船，不必开放枪炮去后。旋又承准廷寄，八月二十三日奉上谕：据林则徐等奏，因在粤夷船渐形猖獗，择日出洋剿办。等语。夷人习熟水战，该督折内既称不值与海上交锋，何以此次又欲出洋剿办？前后自相矛盾。显因夷兵滋扰福建、浙江，又北驶至天津，恐以粤东办理不善归咎于该督，故作此举，先占地步，所谓欲盖弥彰，可称愤兵也。且即欲举动，亦应由驿驰奏，听候谕旨，乃折差直至本日方行递到，殊属不晓事体。著传旨严行申饬，现在如已出兵攻剿，著即将接仗情形迅速驰奏，该督仍当持以慎重，毋涉轻躁。至海口防御，不可不加严密，并著密饬在澳各员，不动声色，加意防范，是为至要。等因。钦此。臣跪诵再三，懔惧悚惶，倍难名状。

伏查粤洋自上年以来，水陆官兵与暎夷接获胜仗已有数次，如上年七月之九龙洋面，九月之穿鼻洋面，十月之尖沙嘴洋面，皆因该夷先经开炮，我师始行回攻，所有节次详细情形，叠经臣等奏蒙圣鉴在案。嗣钦奉谕旨断绝暎夷贸易，而暎船仍在外洋观望，违臣以师船若远出驱逐，恐外洋或有疏虞，不如以守为战，以逸待劳，为计之得。且彼时该夷不过迁延未去，尚无猖獗情形，因而奏请不与海上交锋，欲令穷而自返。迨七月间，始闻该夷有攻占定海县城之事，是则逆情显著，凡有血气，靡不愤切同仇。维时臣所添雇之拖风、红单等船，炮械军火适已备齐，而所团练之水勇，技艺亦渐熟于前，冀足以助舟师声势。此臣于七月内赴狮子洋校阅，即往虎门酌遣兵勇出洋剿办之情形也。

嗣在虎门接据防澳各文武禀报：七月二十二日，暎夷哔呛等船由九洲驶近关闸开炮，我军水陆夹击，将夷船前后桅柁打伤，并击沉三板数只，炮毙夷目夷兵多名。正在查核具奏间，复据禀报：师船在伶仃之北及礬石、赤湾一带洋面，击败喋呖等，夷船随潮南窜，即经捞获夷帽、夷鞋并夷船杠椇等物。又查出夷人在磨刀山根瘗埋夷尸十余具，业经据实具奏。此出兵以后接仗之情形也。惟因两次水陆攻击，只系小挫其锋，尚未大获胜仗，未敢由驿驰奏。兹蒙圣明训饬，实不胜愧悔惶悚之至。现在各要隘均仍严密布置，澳门一带亦皆静谧如常。

谨将钦遵防范缘由，附片覆奏，伏祈圣鉴。谨奏。

道光二十年十月十七日奉朱批：览。钦此。

（军机处录副奏折）

G201(561)：中外关系-第一次鸦片战争(英国)

2.38　暂护两广总督怡良奏报师船撤防归营被夺饬令加意严防等情折

道光二十年十月二十二日(1840年11月15日)

暂护两广总督、广东巡抚臣怡良跪奏，为撤防师船归营，猝被暎夷在洋轰击，夺去米艇一只、在船兵丁多名，并近日又有掳船寻衅之案，恭折奏祈圣鉴事。

窃臣于九月十八日接奉军机大臣由五百里字寄，道光二十年九月初四日奉上谕：据托浑布奏，暎夷船只前由东省外洋北赴天津。等因。钦此。臣因前督臣林则徐前次接奉谕旨，即已陆续议减。臣接护督篆后，复与提臣熟商，将次要各隘递相减撤。其虎门内外并各炮台，扼据要冲，仍前加意防守，当经附片陈奏。实以暎夷狡狯异常，变机百出，贪罔成性，阴险万端，不得不慎之又慎，以防其乘虚直捣之谋。惟遵旨不与之接战，则前调各营师船即须逐渐撤归各原营，以节糜费，节经函商提臣，饬令分起行走在案。

十月二十日接到提臣函开，撤回阳江中米艇三只，于十六日夜乘退潮开行，由龙穴之西直赴横门。不料阳右六号中米艇行遇浅滩，适潮水将次退尽，不能行动。其阳左四号、硇洲三号两船，业已趁风远去。该弁兵不得已，守候潮长船浮，再行前进。距候至十七日黎明，即有有桅夷船三板七八只，海船约有五六十人，蜂拥赶来。该弁兵等见其来意不善，即声言：此系奉撤回营师船，有令不开枪炮，尔等不可滋事。该夷船驶至将近，对船开炮轰击，夷众即纷纷上船，将弁兵追赶落水，船内各兵尚在争持之际，适值潮涨，该夷等即连船掳劫。提标中军参将李贤远闻炮声，登山瞭望真切，即督率各师船开帆起碇，赶往援救。迎潮行近龙穴洋面，了见伶仃、礬石原泊夷兵船三只，已经乘潮赶来，同各三板将阳右六号师船拖带向南直驶。该参将因奉文行不敢追出外洋接仗，只得仍将各船收回，禀候核办。等由。臣接阅之下，不胜骇异。该夷在粤肆扰业近年余，既逞狼贪之性，复肆豕突之凶，不自知其过恶之多端，转以诪张为得计，仰蒙圣明烛照天地为怀，特派钦差大臣来粤办理，饬令该夷南旋，听候查办各情。

伏思皇上抚有华夷，并无畛域，招携怀远，怙冒同深。该夷宜何如感激，方足仰戴生成。乃于师船撤防归营，误遇沙浅之际，辄敢驶拢多船，开炮生事，经弁兵声说情由，置之不理，一味逞强肆横，纷纷上船，该兵船复又围截并船拖去，实出情理之外，殊堪发指。查该夷自前次关闸滋事后，两月来尚无动止。昨据澳门同知等禀报，本月十三日，有暎夷中巡船一只来至大洲洋面抛泊，经引水等认系七月初十日驶出老万山东去之船，复来寄碇。并该夷于天津情形在前，回泊之火轮船已为传说，至此更当晓然，于受恩之重，翻然自悔，其前此之为，则尚有人心，犹可附于负气含生之属。乃吐嘧夷巡船于十六日在挂碇洋面截去福建艚船一只，驶出石栏门，向东南驾驶。据澳门同知饬引水跟探，尚未禀报。复据盐运司转据商人呈报，盐船在洋被暎夷先后截去八只，近据水手逃回报知，如此情形又复渐形猖獗。兹于十七日又掳去阳江右营六号米艇一只，除落水凫归之外委何卓然并兵二十一名外，尚有兵丁三十名不知下落。现饬沿海访寻，再行核办。

臣思暎夷顽梗居心，勾结内地居民，阴刺时事，所作所为往往不遵法度。年来更形傲慢，其于事理有不可行者，则托为言语不通，文饰其罪，甚至称兵犯顺，夺据地方。现蒙皇上俯鉴其衷，大公至正，亦可稍循冠履之分。而行同犬彘，狠甚豺狼，狎侮尚托诸空言，跋扈竟见诸实事。臣虽与之无怨，而国体所关，臣亦同立覆载之内，此心实非常愤懑，惟叠奉谕旨，不敢轻遽率尔，静俟钦差大臣到粤后，相机办理。若该夷等凶心未已，敢来窥伺生事，开炮滋扰，势不能任其蹂躏，亦惟有尽力轰击，以固口隘。

现(除)已飞咨水师提督暨沿海各镇及各府州县加意严防，并咨明钦差大臣外，谨将师船奉撤归营被夺，及暎夷又有掳船寻衅情形，会同水师提督关天培恭折由驿具奏，伏祈皇上圣鉴。

再，广东巡抚系臣本任，合并声明。谨奏。

道光二十年十一月十二日奉朱批：另有旨。钦此。

十月二十二日

（军机处录副奏折）

G201(561)：中外关系-第一次鸦片战争(英国)

2.39 掌陕西道监察御史曹履泰奏请确探舟山夷信真伪以备查办折

道光二十年十月二十八日(1840 年 11 月 21 日)

掌陕西道监察御史臣曹履泰跪奏，为粤东澳门传有舟山夷人私信，该夷似有不能久占定海之势，请旨饬下该大臣等确探情形，以备查办，仰祈圣鉴事。

窃唤夷此次突来，攻陷定海，原为抢夺马头起见，其意亦以一得定海，即可开市通商。今如夷信所言，乃知城内居民不愿与之同住，渔船等亦不肯将食物卖与该夷等，看此情势，已属心灰，兼以水土不服，患病甚众，现在俱有欲回澳门之意，是该夷之不能久占定海，实属显然。其不即撤兵者，不过因粤议未定，欲借此为要求之计。臣以为粤议之易定与不易定，当以夷情为断；而夷情之果去与不果去，可以此信为凭。如此信果系出自舟山夷人，该夷窘蹙之状，舍却广东别无他想，在我固不难相机制伏。即不偿烟价，不许住澳，止须准令通商，亦不患其不就我范围。惟此信系由家乡寄到，而家乡之人系由在澳门贸易钞得，其为真伪，臣亦不敢遽信。而其所言情节似非无因，且内有姓名月日，亦似不难探访，应请饬下琦善、伊里布各派干员妥密查探，如得确情，于查办事宜较有把握。

所有舟山夷人原信，谨录呈御览，伏乞皇上圣裁。谨奏。

道光二十年十月二十八日

(军机处录副奏折)

G201(561)：中外关系-第一次鸦片战争(英国)

2.40 浙江巡抚刘韵珂奏报探访定海夷情可疑请饬筹办折

道光二十年十一月初二日(1840 年 11 月 25 日)

浙江巡抚臣刘韵珂跪奏，为探访定海夷情尚有可疑，请旨饬令广东、浙江各钦差大臣斟酌妥善办理，恭折奏祈圣鉴事。

窃臣仰蒙天恩擢授浙江巡抚，自川省起程，沿途访询，不得唤夷实情，深为焦急。嗣行抵安徽之凤阳县临淮关，获晤广东钦差大臣琦善，亦只将天津夷情向臣告述，其定海夷情伊亦未能深悉。臣抵任后，本拟先赴宁波府探询底蕴，会同筹议，缘各前任俱因在军营防堵不能兼顾，署中一切案牍奏咨展限，数月以来，不无积压，不得不先为清厘。并因各属应试武生纷纷来省，守候已久，又不得不赶办武闱，业经奏明于十一月初四日开考，是以一时不能前往。

前准浙江钦差大臣咨会，业经出示定邑士民，如果夷人并不向定民扰累，定民亦不得复行查拿。现又准咨会，暎夷船只定于十月十九日分艅起碇，赴粤听候查办。所有外省官兵全行撤退，本省官兵酌量裁撤，各属所雇乡勇一并撤去，沿海商渔船只开港放行。并接来函云：暎夷近来颇为驯顺，夷船前去六只，兹接夷书，已于十月十九日起碇十四只。各等因到臣。是该夷之果否并不扰累，是否如期赴粤，及是否输诚驯顺？钦差大臣伊里布专司其事，固知之甚悉。而臣虽身羁省垣，其夷情若何，民困若何，若不密加探访，梦寐时觉难安。当即差人密往定海查探，现据回称：该夷在定海城外筑有炮台，在道头地方亦修有马头，复开有河道通达城内，设有铺面售卖洋货，阖城民房实已蹂躏不堪。臣又闻该夷初到定海，尚不骚扰，现在不甚安静，已将定海所属之岑港、沈家门等处民房占据，抢夺奸淫，虽定海奸民现亦间有为其役使者，而各嶴居民均志切同仇，不肯趋附。并闻该夷有设立伪官，示谕定民，令其接济情事。

至其起碇船只，有云赴粤者，有云未尽赴粤者，有云时来时去者，只数多寡亦传说互异。复据象山县禀报，十月二十二日有夷船六只在洋游奕。各等情。查夷船既未尽赴粤省，其在象洋游奕之船或即系在定洋停泊之船，亦未可定。其夷船赴粤之多寡，自应以钦差大臣函称数目为准，亦未便以探闻之词为据。

惟该夷既蒙圣恩，准其赴粤听候查办，何以仍在定海有修筑炮台等事？是否修筑在甫陷定城之时，抑或修筑在蒙准赴粤之后；及抢夺奸占是否在钦差大臣示禁定民之先，抑或在示禁定民之后，臣尚不能确知。如果修筑等事在后，是广东筹议尚在未定之时，而定海夷情已显露藏祸之迹；如果抢夺等情在后，是我虽以诚相与，而彼终以诈相应。且如果真心赴粤，又何以设立伪官，示谕定民，种种情节均属可疑，诚恐该夷有欲在(定)海互市之意。

缘定海为海洋适中扼要之所，南近福建、广东，北达江苏、山东、直隶，皆可扬帆分驶。倘在此通商，其船只忽南忽北，较从前更为便捷，若任其来往，则沿海贫民以及失利渔艇并土盗船只竟难保不被其勾结。设各省口岸处处防堵，严加稽察，是又不得任其自如，亦未必能相安无事。且定海居民既被蹂躏不堪，犹不附和从夷，将来筹办善后，自应加意抚恤。该夷在此通商，则文武之稽查弹压轻重两难，在在均属棘手。况浙江省为东南财赋之区，而宁波府实为浙江精华之地，迹其欲住定海之心，难保无觊覦宁波之意。否则烧烟在广东，受挫在粤闽，何以不敢豕突澳门、厦门，而反豕突定海耶？

溯查乾隆二十一年间，宁波崎头洋有夷船一只停泊，恭奉上谕：向来洋船进口俱由广东之澳门等处，其至浙江之宁波者甚少，间有遭风漂泊之船，自不得不为经理。近年乃多有专为贸易而至者，将来熟悉此路，进口船只不免日增，是又成一市集之所。海滨要地殊非防微杜渐之道，不可不预为留意。又乾隆二十二年奉上谕：宁波向非洋船聚集之所，将来只许在广东收泊，不准收入浙江海口。各等因。钦此。今我皇上亦只许该夷赴粤叩关,仰见先圣后圣慎重海疆,若合符节。

现经钦差大臣琦善奉命赴粤查办,自必筹度万全,断不仅为目前之计。即钦差大臣伊里布驻扎镇海,亦必能洞察夷奸,妥为经理,原无俟臣之鳃鳃过虑。第臣渥受殊恩,探知夷情既有可疑,若专候广东查办,窃恐广东不知定海近时夷情,又恐赴粤夷人甘语伪求,致被朦混。臣思患预防,即不敢不据实入告,相应请旨饬令广东钦差大臣琦善,将臣探访情形查核,斟酌办理。仍请饬浙江钦差大臣伊里布就近确查夷情,随时密咨广东,以期筹画妥善。臣俟武闱事竣,将署中公牍分别赶办,即当驰往镇海亲历察看,再行具奏。

所有臣现在探访定海夷情可疑并请饬筹办缘由,谨缮折奏闻,伏乞皇上圣鉴训示。谨奏。

十一月十九日奉朱批:另有旨。钦此。

十一月初二日

(军机处录副奏折)

G241(561):中外关系-第一次鸦片战争(英国)

2.41 钦差两江总督伊里布奏陈先事熟筹制敌机宜片

道光二十年十一月十六日(1840年12月9日)※

再,奴才细思,该夷前在天津,一经琦善遵旨晓谕,即行起碇南旋,其情极为恭顺。及旋浙之后,虽曾逗留多日,然亦并无桀骜情形。此次赴粤听候查办,琦善仰遵圣训,结以恩信,示以声威,自能化顽梗,为驯柔,使其不敢妄生希冀。况该夷以海外小夷,弄兵于数万里之外,劳人伤财,经历数月,实已难堪。今既仰沐恩施,准予查办,当亦不敢妄有所求。度势揆情,粤省必能办理结局。

惟是该夷性极贪婪,情更奸诈,不知信义,惟事诪张。现在粤省撤防师船,于十月十七日被该夷在洋轰击,掳去米艇一只,此外又有掳船寻衅之事,业经护两广督臣怡良专折奏报。是该夷之贪戾性成,背约构衅,已有明证。该夷在天津吁求之事,不止通市一端,势不能事事悉如所愿,且即以通市而论,该夷之所注意者,在于澳门设立马头。奴才闻澳门乃西洋市易之场,该夷与各国皆向西洋赁屋居住。今若准该夷在彼分地筑房,势必有费调停。设或西洋不肯让地,则该夷必欲在定海创立马头。查定海为洋面扼要之处,不宜令外夷在此通市,抚臣刘韵珂所论切中事机。而以奴才管蠡窥测,则更有进于是者。何也?盖该夷以攻陷定海为通市之计，而我即准其在定海为通市之区，所关系于国体者，殊非浅鲜，似更不宜允许。但该夷既不能在澳门分地，又不能在定海通商，则铤而走险，势所必至，所以备之之策必宜预为筹及。查该夷船坚炮烈，若在海洋接仗，制胜綦难，即航海登陆攻击，亦恐其备我甚严，不能下手，并恐其中途拦截，难以前进。奴才细加筹画，惟有守之一策足以杜其奸谋，而折其骄气。

查该夷劳兵于外，业已半载有余，已老之师，锐气当衰，我但坚守口岸，不与相争，其势难以再逞。且严禁接济，则其食易尽；时出疑兵，则其众易惊。大约久则半年，少则数月，该夷必困敝难支，心有转计，然后相机设法，急为收抚，即但允于粤通市，不予马头，亦可蒇事。虽相持之际，我亦需费甚繁，各省沿海地方亦恐不免有震惊之虞，防守之累，然经费可以筹备，尚属易于转输。至各省果能戒备谨严，不致即为所扰，较之定海通商，贻患将来且有亏国体者，似为妥善。虽夷人失市而来者，必应得市而退，在粤自不难于完结。倘或不了，先防以耐之，而终归于抚。奴才所见原属万有一然之虑，惟粤事尚未定局，则制敌机宜不敢不先事熟筹。并不敢在正折内遽行宣露，谨特密议上陈，伏候采择。

至现在定海夷众，奴才屡次探访，实已较前敛戢。近有该县绅士钟勋等，因送前县姚怀祥棺柩来镇，奴才逐细面询，均与所访相同，似属可信。惟该夷尚未全退，其前次又曾抢掠滋扰，民间共深愤懑，惟望出师剿击，以为复仇之举。今见按兵不动，众议日滋，并有赴奴才福建提臣、浙江抚臣处投递呈词，吁请转奏，以期圣主赫然震怒，许为剿办者。

奴才伏思，民艰固有所当恤，而舆论亦不能曲徇，我皇上此次俯允该夷所请，准予查办，原系为斯民谋久远之安，而不止为旦夕之计。此时夷目业已赴粤，自应俟粤省如何措置，得有确信，再行分别筹办，断无浮言所摇，复议攻剿之理(朱批：所论甚是)。且奴才细揆事势，该夷前之骚扰闾阎，正其愚昧失策之处。设其于到浙以后，始终以美言小数要结民心，一面约束夷兵，秋毫不犯，则迄今已及数月，蚩蚩之氓难免不为所诱，该夷更将在定海通商，粤省查办愈形掣肘。今该夷计不出此，倚众逞强，以致民心怨恨，坚不服从，其久踞定海之心，必将稍息，似于大局不为无裨。惟此意不便向民间晓谕，奴才惟有善为抚慰，告以粤省必能竣事，夷船不久离浙，以示镇定。

谨一并附片密陈，伏乞圣鉴。谨奏。

(朱批)：另有旨。[1]

(宫中朱批奏折)

---

① 据军机处录副奏折，朱批时间为道光二十年十一月二十六日。

G201(561)：中外关系-第一次鸦片战争(英国)

2.42 署理两广总督琦善奏陈奉旨查明粤省夷务实在情形折

道光二十年十一月二十一日(1840年12月14日)

大学士、署理两广总督奴才琦善跪奏，为谨将粤省夷务实在情形暨节次奉旨饬查事件，逐条恭折陈奏，仰祈圣鉴事。

窃照夷务一节，叠经御史条奏，大率谓该夷志在通商，别无能为，但得准其贸易，似可空言解散。良因责任言官，用情亦苦以周，若果能如其所言，岂不甚善？然情形究未目睹，其言难以起行。奴才仰蒙恩命，来粤查办，凡所耳闻而目击者，不敢不达之天听。又节次奉饬查议各情，并于前督臣林则徐片奏内钦奉批谕点出者，俱当据实查明具奏。钦此。除广州将军阿精阿等具奏团练水勇，前督臣林则徐奏请鼓励负弁各等情，俟夷务定后，再行查议具奏外，谨将奴才遵旨查明各缘由，据实胪列，为我皇上陈之。

一、谓夷人索偿烟价，起于洋商私许。奴才前亦窃有所疑，迨自到粤后，查得洋商之尚属小康者仅二三家，其号称殷实者实止伍绍荣一家。且各洋商中尚该夷人欠帐数百万两，故即今而论，犹且乐于打仗，冀图赖欠，岂有私许给价之事。随细加访查，缘前督臣林则徐示令缴烟时，节次论文批文内，均有奏请赏犒、奏请奖励等字样，而其所赏何物，计值若干，均未指出。夷人惟利是图，其时颇存奢望，迨后每烟一箱，仅给茶叶五斤，共二万余箱之烟土，据前督臣林则徐节次陈奏，约须资本银一千数百万两，该夷所得不及百分之一，而又欲勒具以后再贩鸦片，船货入官，人即正法之甘结，迄未遵依，此衅之所由起也。

至奉朱笔点出前督臣林则徐片奏内，趸船二万余箱之缴，系哄夷领事义律自行递禀求收。等语。查上年呈缴鸦片，原有义律夷禀，然其递禀之期即前督臣林则徐自奏缴烟折内亦据陈明，距撤退买办业已五日，似可见其窘迫而然，并非甚出情愿。维时义律仅止孤身在粤，以视目前之率领兵船枪炮满载得以逞志负嵎者，形势迥然不同，犹且不肯一奉示谕，即行遵缴，必待撤其买办，封其船货，断其往来，始据不得已而勉从。其敢于抗官之情可见，其不甘舍利之情亦可见。设彼时或有党援，恐尚未必降心俯首。而谓当此负强恃众，大肆鸱张之顷，遽可空言解散。奴才自顾无能，惟有仰求洞察，谨将从前义律节次原禀及前督臣批谕各卷恭呈御览。

一、奉朱谕：本年夏间，朕风闻有嘆咭唎国王给林则徐文书之事，伊业经销毁，一并查明覆奏。等因。钦此。奴才前此在京在途，亦窃闻有此传言，嗣到粤后，访无其事。惟查上年前督臣林则徐具奏烧毁吗哘哪趸船，拿获伙长二名案内，讯据该伙长等，供系吕宋国人。所烧之船业经吕宋国船户咪吧喑呶向哄夷承买，因船价尚未交清，是以未换旗号。并据吕宋国夷人嗬哪嚀节次禀递求请赔偿，均经前督臣林则徐驳斥。旋又有吕宋国王差派该国总兵前来投递夷书之事，经前督臣林则徐札委高廉道易中孚将该夷官传案译讯，取具亲供结案，将前获伙长等交其带回。奴才伏查，该逞船既已缴清烟土，本可无庸再烧，即因其屡逐不去，仍卖鸦片，亦须人烟并获，方可折服其心。现在该夷官虽据画供回国，而词意颇觉含混，将来有无异说，亦正未可逆料。所有谕查暎咭唎国王给林则徐文书之事，或即因吕宋国王曾给林则徐文书，以致误有传闻。惟查卷内只有录叙夷书，而前督臣林则徐患病，奴才未与晤面，随行文向该前督臣，将吕宋国原信取回。兹谨将本案内各夷书、夷禀暨节次批谕原卷，并现由该前督臣移覆奴才公文黏单，一并恭呈御览。

一、奉朱笔点出前督臣林则徐片奏内称：夷信回粤，已言定海阴湿之气，病死甚多。等语。奴才以事之真伪，耳闻不如目击，若就粤省查询，仍不过传述之词，安见前说不足凭而迩言遽可尽信？惟钦差两江总督臣伊里布在浙江办理此事，身历其境，灼见真知，奴才随备文咨询。兹据查得，该夷谷米尚充，牲畜亦频频购买，不至乏绝。前因疫疠，大凡病毙数百余人，多系兵丁舵水，头目死者不过数人，现已安然无恙，并未穷蹙。该夷招贩鸦片，其价虽属轻减，然亦并不过贱，且无前往贩买之人。各等因咨覆前来。奴才正在覆奏间，于十一月十四日续准廷寄上谕：御史曹履泰奏，粤东澳门传有夷人私信，著琦善派员妥密查探，原折原信均著钞给阅看。等因。钦此。奴才伏查，该御史具奏情形，与前督臣林则徐片奏大略相同。盖缘从前夷书只系商人寓目多言贸易之事，官员向不过问。自前督臣林则徐到粤，欲悉夷情，多方购求，即有渔利之徒从而造凡传播，以致真伪互见。此时若纷纷查探，窃恐以讹传讹，适致坠其术中。所奏请毋庸议。理合将伊里布咨覆奴才原文一件，恭呈御览。

一、奉上谕：林则徐片奏，他夷在澳门者因暎夷阻其贸易，均各不平，如咪唎㗆、佛兰西等国，其力皆足颉颃，佥谓暎船若不早回伊国，亦必遣船前来，与之讲理。等语。著琦善抵粤后，访探明确，林则徐所奏是否实情，如系谎言，即传旨取具亲供，据实参奏。等因。钦此。又奉朱笔：于前督臣林则徐另片内点出所奏各国夷商之在粤者，贸易为暎夷所阻，亦各气愤不平。等数语。奴才自抵粤后，遵即详加访探，佥称各夷商曾有此说，并非林则徐谎言。然迄今未见兵船前来。且本年因暎夷阻挠，商船均未内渡，惟前有咪唎㗆夷船二只，乘暎夷不备之时，得以进口，其货早已卸尽。缘恐暎夷截击，至今未敢驶出口门。似此情状，虽谓该夷现止二船，众寡异形，而畏葸既已如斯，且夷与夷通纵其力，果足颉颃，恐亦未肯伤其同类。

一、奉朱笔点出前督臣林则徐片奏内所称：虎门毁化烟土，维时来观之夷人撰发夷文数千言以纪其事。等语。奴才自抵粤后，面询同城司道，咸称不知其说。迨访之首府，据谓事诚有之，但其词中含讥刺，并非心服，因时尚欲查拿布造之人，故即不敢传诵，今已无复存留。奴才伏查，既非倾心显扬之词，业经销毁，似即难以根究。

一、奉朱批点出前督臣林则徐所奏：自结之后，查验他国来船，皆已绝无鸦片。等语。奴才伏查，此事如指上年而定，则事属已往，船货无凭，其原验委官已复无可查讯，即讯之，亦不足为确实。若指本年而言，来船均未进口，尚未盘查，既不能知其有，亦安能信其无？

以上各条,谨遵旨查明,据实恭折具奏,伏乞皇上圣鉴。并将原奉廷寄内有朱谕者二件暨奉朱笔批发前督臣林则徐片一件,一并恭缴。

再,此次应进夷人文禀及誊据等项,篇牍较繁,除择要恭进御前外,余俱封送军机处预备呈览,合并陈明。谨奏。

道光二十年十二月初七日奉朱批:即有旨。钦此。

十一月二十一日

(军机处录副奏折)

G241(561):中外关系-第一次鸦片战争(英国)

2.43 钦差两江总督伊里布奏报历次探悉夷情折

道光二十年十一月二十六日(1840年12月19日)

钦差大臣、协办大学士、两江总督奴才伊里布跪奏,为奴才历次探悉夷情,并细揣该夷底蕴,恭折具奏,仰祈圣鉴事。

窃奴才于道光二十年十一月初九日承准军机大臣字寄,十一月初一日奉上谕:御史曹履泰奏,粤东澳门传有舟山夷人私信,请饬确探一折。如果此信属实,是该夷于占据定海之后,既无居民同住,又无食物可买,且水土不服,患病甚多,势必不能久住。惟系贸易私信,未可凭信。著伊里布派员确探,是否有此情形,相机筹办。原折、原信均钞给阅看。将此附报便谕令知之。钦此。正在缮折覆奏间,复准浙江抚臣刘韵珂钞折咨会,以探闻夷情种种可疑,请旨饬令琦善及奴才妥为筹办。

奴才逐细查核,该御史所呈夷人私信,事多确实,惟所载只系六七月间之事,其八月以后情形未经赅载。信内各夷亦非该夷中著名之人,无从探问。至抚臣所探夷人修筑炮台、设立伪官及抢夺奸淫各情,亦尚有不实不尽之处。奴才查,该夷于六月初七日夜攻陷定海,其时城内及附廓居民先已纷纷四散,所留者不过数十余人。该夷当即设立伪定海知县,出示诱民回城同住,并于城内开设店铺,招人往贩鸦片洋货,民间志切同仇,并不归附,亦不入城与该夷交易。其时正值溽暑,夷众不服水土,疠疫大作,患病人多,病毙者亦复不少。至八月以后,天气凉爽,病夷渐多痊愈。现在又因寒冷,复有病死之人,然不似夏间之众。该夷入城之始,头目人等或居衙署庙宇,或居高大民房,其所带夷兵则在校场口岸等处支搭帐篷,分头住守。

迨八九月间,夷兵亦逐渐移入民房,城内及附近之岑港、沈家门等处房屋,多为所占。该夷将门壁拆毁更易,又将居民所遗财物据为己有,搬入船中。并因其船只停泊道头地方,在岸上添盖草房数间，派人住宿。其城外炮台，则自攻陷定海以后即行建筑，且所建不止一处。又于炮台之外挖掘地道，插值竹签，阻我进兵之路。高阜之上，复竖立木棚一架，令人在上瞭望，以探我兵之是否进剿。其所设伪知县，自六月以来，业已三易其人，先系布尔利，继系郭士立，现在又系加音。前于七月间，伪知县张贴告示，论民输纳粮赋，后又令民接济，民间并不允从，该夷亦未向其迫胁。至该夷所带粮米现尚充足，其牛羊鸡鸭等物则时往各嶴购买，间亦恃众抢夺，然多系夷兵所为，非由夷目主使。

该夷兵等又有与嶴民互殴致毙民命，民人亦有将夷兵殴死之事。盖缘该夷素无纪律，以致夷兵倚众肆扰。奴才前次探闻其事，即经谕令懿律严加约束。现在夷众丛已敛戢，不复四出骚扰，此乃奴才抵浙后历次访悉情形，为御史曹履泰奏呈夷信内所未及，并为抚臣刘韵珂探闻所未尽者也。

奴才伏查，该夷犬羊之性，狡猾异常，其底蕴最难窥测。今该御史以该夷不能久居定海，系凭钞获之私信而言。查此信系七月间所发，迄今四月有余，该夷犹未全数退去，则信内所称断不想在舟山久住之说，不过夷众之私议，其主持此事之头目，未必即有此意。至抚臣以该夷修筑炮台、设立伪官，谓其欲在定海互市，系据该夷在定情形而论，亦尚未深悉夷情。奴才细加揣度，此次该夷称兵犯浙，原系图得马头，而其所欲为马头之处，不在澳门，即在定海。如果准其在澳门开市贸易，自不致再有觊觎定海之心。倘澳门或有阻格，不令通商，则定海乃该夷已得之区，恐未必即肯舍去。虽不敢久据城池，而欲求在此设立马头，势所难免。现在懿律已赴广东，此时该省正当查办之际，奴才惟有镇静防守，俟得有粤信，体察情形，相机妥办，随时奏请圣裁，以免贻误而副委任。

所有奴才历次访悉各情及细揣该夷底蕴，除咨署两广督臣琦善查照外，理合由驿恭折具奏，伏乞皇上圣鉴。谨奏。

(朱批：)另有旨。①

道光二十年十一月十六日

(宫中朱批奏折)

G241(561)：中外关系-第一次鸦片战争(英国)

2.44　钦差两江总督伊里布奏陈英夷贪狡情形并加强浙省防范片

道光二十年十一月三十日(1840 年 12 月 23 日)※

再，奴才伏思，该夷贪诈居心，虚矫成性，其前次在直、在浙虽无桀骜情形，而到粤听候

① 据军机处录副奏折，朱批时间为道光二十年十一月二十六日。

查办，则必不肯仍前恭顺。盖其意惟恐一味驯柔，必将为我所制，难以悉遂所求，故必先示强横，一面在浙虚作声势，以期免我之勒措。即其欲立马头之地，在于澳门、定海两处，然当会议之始，该夷必先以定海为言。盖恐言及澳门，则定海必难觊觎，并恐澳门亦难必得故也。

至懿律为该国统帅，既经亲赴粤省，自必在彼主持一切，不特断无回国之理，亦未必舍粤旋浙，自居闲地，而置通商要务于不问。今该夷托词回国，难保不仍在粤省潜匿，故令义律出头，以为迁延要挟之计。奴才细加揣测，该夷之种种狡狯，皆属势所必至，粤省如仍与善议，似可渐次就绪。惟该夷情形既异于前，浙省防范不可不严。奴才现已会督提镇，密加守御，仍不敢轻动肇衅，致碍互市之议，以期纾宸虑。

所有奴才愚昧之见，是否有当，理合附片奏陈，伏乞圣鉴。谨奏。

（朱批：）另有旨。

（宫中朱批奏折）

D42：军事-防务

2.45 琦善密奏筹办英夷情形折

道光二十年十二月初四日（1840年12月27日）

大学士、署理两广总督奴才琦善跪奏，为谨将现在照覆英夷缘由并准浙江抚臣咨会探询定海情形恭折由五百里密奏，仰祈圣鉴事。窃照英夷需求过甚，情词日迫，经奴才叠次具奏，前折内虽声请拨给贸易马头两处，而惟恐该夷贪得无厌，一经照覆或又别生枝节，是以奴才故事磨难，先不告（此处朱批，好）知，仅备文令其听候另行详晰照覆，藉此延以时日。一面又探得咪唎坚领事夷官与该夷素称莫逆，因□人嘱其前往劝导，而该夷坚执不从，总注意在浙江之定海、江苏之上海求准其往来贸易，且其词气甚属傲慢，以打仗肆其恫喝。奴才（此处朱批，甚有识见，可嘉），遂酌调肇庆协兵五百名，令其驰赴虎门，并派委潮州镇总兵李挺钰带弁前往帮办，又酌调督标兵五百名，顺德□兵三百名，增城营兵二百名，水师提标□营兵二百名，水师提标协营兵一百五十名，永靖营兵一百名，拨赴距省六十里之总路口大濠头沙尾猎德一带分别密防，并于大濠头水口镇石沉船藉以虚张声势，俾该夷知我有备。一面又备文向其详加开导。虽奴才以该夷列条陈请业已有允为奏办之处，而其始终狡执意欲何为正在反覆疑虑间。适准浙江抚臣刘□珂咨会，具奏探得该夷在定海筑台建炮，浚河开市，似欲久居等情。是该夷之求请江浙通商，其意已觑定定海，直欲奴才准为代奏，彼藉得常此往来舟山，既得舟山则上海、宁波亦即可因之窥伺。可见御史条陈及前督臣林则徐具奏夷书回粤，声言该夷在定海势甚穷蹙，情甚不愿之处，其新闻纸皆属假语诱人，传言甚难轻信。至就此间情形而论，船炮不坚，兵心不固，久在圣明洞鉴之中，其自虎门至省城一百八十里，而所筑之土□有仅止□兵十余人或数十人，安炮数位者，设遇逆夷来势凶猛，众寡既不相抵，难保不望而却退，且其建设处所非扼要之地，甚至有水道中央间遇山麓沙滩之处亦皆建筑炮台势处，应恳四面□敌。即前督臣邓廷桢、林则徐所奏铁链一经大船碰撞亦即断折，未足抵御，盖缘历任率皆文臣，□下虽佳，武备未谙（此句朱笔圈点），现在水陆将士中又绝少有经战阵之人，即水师提督臣关天培亦情面太软，未足称为骁将。而奴才才识尤劣，到此未及一月，不但经费无出，且所置造器械、训练技艺、遴选人才处处棘手，缓不济急。现在该夷兵船环聚虎门附近，且昨据阳江镇□报，该处洋面亦有夷船游□，如或与之接仗，胜负两难。盖我师克胜彼则退据定海且于沿海蔓延滋扰，设再被其□□猖獗，更不堪设想。至如断其水米之说，查粤海所在皆岛，随处可以取水，而澳门洋面周围一百余里，除在船夷人，不外该处□民万余家，西洋夷人数千家，通计不下二万烟户，若将米粮断绝，糊口无资，前寇未息内患又起，势必有所不能，既不断绝，则该处□夷即皆私相授受，故从前所称断其水米□□不过□诸其言，即叠获胜仗亦均不免粉饰。奴才以即在方将鼓励士气之时，故前经附片密陈声请从缓再奏。他如该夷志即通商而代买代卖颇不乏人，况现在又于定海开市，并风闻有闽浙奸商私载茶叶由外洋径赴英夷马头、新嘉坡地方售卖者，是茶叶即未断绝不至制其死命，而其此次带兵之来亦不专为求通贸易矣。奴才因该夷义律屡于接见委员时将急欲打仗之说诿之弁兵，并称奴才为其查办是以从中拦阻等语，虽明知其诡诈之词，而奴才即藉此以示羁縻，故屡次照覆，文内□多托词，并有佯许□□恭顺之语，实则该夷狡黠情形，及奴才办理缘由，虽□□悉亦均据实奏明，盖缘兵不厌诈，不过诱其就□范围并可无失体统。而此次回文窃恐发与迅速，转似我情急切，遂致益肆要挟，故甫于本月初三日发往。现在之所期者，以业经允□□给洋银并准其代为奏恳圣恩俟□□定海另给贸易马头一处，如该夷再系恭顺则（此处朱批，恰与朕意□合）所允亦全归乌有，或□于得失利害间稍知审。除俟该夷回奏到日再行据实具奏外，谨将现在情形先行由五百里恭折驰奏，伏乞皇上圣鉴。再福建厦门于广东接壤，由粤省□□厦门经过，难保其不偷漏□……□。谨奏。

道光二十年十二月十日奉朱批，即有旨。钦此。

十二月初四日

（军机处录副奏折）

D42：军事-防务

2.46　琦善奏为查明粤省夷实在情形折

道光二十年十二月初七日(1840 年 12 月 30 日)※

奏为英夷业已回粤,先将现在大概情形恭折由驿驰奏,仰祈圣鉴事。

窃奴才奉旨颁给钦差关防,来粤查办夷务,署理两广总督,于十一月十一日接印任事,业经另折专差奏报在案。奴才先于十月二十八日行次接准钦差两江总督臣伊来咨,知已给咨夷目懿律自浙江起碇。复于十一月初三日由澳门同知送到懿律等赍投咨文,知该夷业经抵粤。奴才以广东省城汉奸充斥,举凡一言一动,罔不潜相窥伺,为夷人私通消息,故未到省之先,即派委直隶守备张殿元、白含章,暨由山东带来通晓夷语之八品衔鲍鹏等三人,前往探询夷人情形。讵该委员等于十一月初六日行抵虎门以外,即见有该夷兵船多只连樯内驶,声言欲击虎门。诘其事所由起,据称:该夷自浙回粤,于十月二十八日差□□船□□□□前赴虎门,欲行投递由浙带回咨文。据该处守口弁兵开炮攻击,并称白旗船只系该国承平所用,前在浙江闻知大皇帝既有恩旨戢兵查办,何以又行开炮,是以前来报复等语。该委员等询知懿律等督兵在后,随一面用言暂先止住兵船,一面迎见懿律等,详加辩论。该夷大肆鸱张,迨经反复开导,始据声称须令协镇登舟服礼,并给与印文,以后凡白旗船只,均不得到开炮轰击。据该委员等回省面禀前来。奴才伏查夷情本多诡诈,且此番浙旋回后,察其词气,似缘探知虚实,较前更加傲慢。无论协镇登舟服礼,国礼攸关,断难允从,即所称白旗船只系伊国承平所用,如或信以为实,设被遍船张挂,别怀诡计,诚恐坠其术中。然该夷现既尊旨回粤,听候查办,自应先以理喻,不得徒事攻击,否则此间沿海口岸,所在可通,若令到处滋扰,非惟防不胜防,抑且事无底止。

奴才随以水师提标中军参将出名,代为撰具发给夷人文稿,声明:未询原委擅先开炮,系由兵丁错误,现即严查惩处。寄由提臣交该中军钤印转发,以安该夷之心,并与约定,嗣后夷船止应在伶仃洋停泊,如有文书,即乘三板船径赴澳门同知衙门投递。奴才并即札饬该同知,遵照接收、禀送暨分别咨行沿海文武,此后如遇夷船游奕,须先询明来由,若其意不在滋扰,我兵毋得率先施放枪炮,贪功误事。一面仍以夷情叵测,虎门系近省要隘,未便漫无堤防,随饬委署广州府知府余保纯、副将庆宇、游击多隆武等,不动声色,前往该处,妥为密防。

迨至初十日,又据懿律等呈到初七日所发夷书,并未言及他事,仅称懿律因病即日回国,以后均归义律管理等语。奴才复查询委员等,据称初六日接见懿律时,虽其面色稍黄,并无病容,然则何致一日之间遽尔病遽欲回,且曾据鲍碰面禀,前与义律谈次间,该夷似欲请于广东之外再于宁波设一马头,缴还定海。今懿律猝然而行,或就此间别做隐谋,或其意见与义律另有参差,抑或竟而折回浙江,欲图占据,均难逆料,似亦不可不防。然其说仅属传闻,奴才并未得有实据，未便遽用公牍，故即由六百里密函飞致钦差两江总督臣伊，嘱其留意，一面复饬守备张殿元等三人，持文照复义律，亦先不与言他事，但将以后夷船应泊伶仃洋面暨由澳门同知接递文书之处，向其告知，仍密谕委员等随机诱探，且视其言之如何，再为酌量妥办。盖夷人素性好为猜疑，若与言之过急，转致其恃固而骄。除俟委员等回日再将所有各情另行奏报外。奴才惟恐上殿宸谨，将现在大概情形，先行由驿驰奏，并将夷书一件暨奴才照覆该夷及札饬澳门同知□为提标中军代为撰文稿，一并照录，进呈御览，伏乞皇上圣鉴。谨奏。

奏为夷情日渐迫切，谨将现在筹办缘由，先□五百里恭奏，仰祈圣鉴事。

窃奴才到省后，业将英夷义律所造文书暨奴才照覆底稿奏呈御览。声明俟委员回日，再行具奏在案。兹据委员守备张殿元、白含章暨通晓夷语之八品衔鲍鹏等取到该夷回书，其文内只总言前请各款，欲求照会办理，并无多言。惟该夷兵船日益增添，并陆续驶进虎门，内有打央鬼船二只，访系该夷路兵丁名色，此系前此所无，今则并此载来，其设心已可想见。当据委员等向其面论，该夷先请给予兵饷，该委员等答以此系伊等自取虚糜，我军增兵防守，亦曾多费饷银，又将从何取索。该夷又言及洋商欠项，并请偿还两年来所损船只什物，委员等答以欠项乃商人自行交涉之事，官员向不过问，至于所损船物，并无确数证据，无凭偿给。该夷又言及烟价，其始称需银二千万，迨及反复辩诘，降至一千六百万，又降至一千一百万，据谓断难再少，又言所占定海，无难缴还，但必需于广东、福建、浙江等省沿海地方，另行酌给一处，以便退缴定海。该委员答以天朝准令外夷前来贸易，原属大皇帝格外施恩，岂有予以地方之理。该夷随声言，如不准另给，只得占踞定海，谓恐将来再有如林总督者，俾得去此适彼。委员等答以但经说定奏奉大皇帝谕旨，后之来者，孰敢不钦遵办理，何庸伊等过虑。该夷又言及文移平行一节。委员等答以书写禀帖谕帖等字样，原属旧规，今既据称来系职官，不难量存体面。该夷并称俟此大者说定，尚有小事数件，欲与奴才一并商议。一谓洋商向多勒措减其物价，以后请不由洋商经管，准该夷自行开行，并求准其于澳门卸货。一谓洋商尚有积弊，欲求为其整顿，未据指明何事。一谓该夷此后如被屈抑，准其前赴天津呈诉各等语。委员等因奴才未经指授答复之词，但答以此时诸尚未定，应先无庸置议。而该夷于前请各款一一坚执不回。该委员等以其过于狡黠，随责以此事原因该夷前往天津时情词恭顺，方为代奏，今奴才奉旨前来，该夷自应感怀从命，何以转使奴才为难。该夷遂声言，非其人之无良，实缘现在又接到该国王之信，必欲悉如所请，并又添兵前来，该夷武职又多喜事贪功，乐于打仗，非其人之故。据传到各武员令其自言，纷纷藉藉，大肆鸱张，该委员等几有口众我寡之势。鲍鹏因能作番语，又向义律密谈，据称该夷兵多饷重，每兵每日约需洋钱一圆，而员弁兵丁又无人无日不欲急于见长，咸谓其徒事空言，耽延时日，虚糜粮饷，故如不能作速蒇事，伊亦难与弹压，只得任令接仗，即使彼军败绩，亦足以明其并非坐失机宜，可以对其国王，或再增兵添饷，倘或稍能得志，在彼固不负所使，并据为奴才计，亦足以见身历艰难等语，据该委员等回省面禀前来。

奴才随再四思维，并向鲍鹏等详询情形，据称察看义律虽属狡强，亦颇自觉为难。奴才伏查该夷兵势既众，而此间船炮技艺久在洞鉴之中，此时若与交仗，纵幸赖圣主鸿福，而其事终于未了。因思夷人惟利是趋，其烟价一节，求索本非无因，断难空言解释，而所给数目，前经鲍鹏察其势不能已，作为己词私询以三百万之数，旋复加至四百万，该夷均置之不论。奴才查夷人素用洋币，先允以五百万圆，该夷能否允从，再行与之辩论。惟其银仍须出自洋商，而洋商近甚疲乏，一时亦力有未逮，故仍约以十余年为期，俾得陆续带还。至于禀谕一节，原以其牵涉贸易，官商之体制攸关，以后官员不与商事，彼亦自无公牍前来。惟请给地方之说，若仰沐圣恩，假以偏隅尺土，势恐其结党成群，建台设炮，久之渐成占踞，贻患将来，不得不先为之虑。且其地方亦甚难择，无论江浙等处，均属腹地，断难容留夷人。即福建之厦门一带，亦与台湾壤地相连。奴才并访之前闽浙总督臣邓某某，据云该处势甚散漫，无要可扼，防守尤难，以是奴才仍再晓以理义，缮给照会，并密受机宜，令委员等再行前往，一俟该委员等回日，即行据实具奏。奴才惟有殚竭血诚，不惜颖脱唇焦，与之多方磨折，但求可已则已，断不敢稍存易于结事之心，或致轻为然诺。理合将探寻情形及现在筹办缘由，先行由五百里奏闻，并将夷书及奴才照覆底稿一并恭呈御览，伏乞皇上圣鉴。再奴才以事关夷务，并有筹及价值地方各情，是以恭折密奏，合并陈明。谨奏。

（军机处录副奏折）

附件：琦善为抄折事致两江阁督咨文

钦差大臣、文渊阁大学士、兵部尚书、署理两广总督、世袭一等侯琦，为抄折咨会事。

窃照本大臣爵阁部堂于十一月十四、二十一等日各具奏夷务情形一折，除俟奉到朱批另行恭录咨会外，合先抄折咨会。为此合咨贵大臣，请烦查照施行。（计粘抄折二纸）

右咨钦差大臣两江阁督部堂

道光二十年十一月二十二日

G201(561)：中外关系-第一次鸦片战争(英国)

2.47 钦差两江总督伊里布奏报探悉定海近日夷情并接到粤书相机筹办折

道光二十年十二月十二日(1841年1月4日)

伊里布跪奏，为奴才探悉近日夷情，并接到广东来信，相机筹备缘由，恭折驰奏，仰祈圣鉴事。

窃查夷目懿律于十月十九日分船赴粤，迄今一月有余。奴才因该夷船只便捷，由粤至浙极为迅速，粤省如何查办，留浙夷人必先得信，是以屡经遣弁赴定海密探，以觇其有无去志。该夷自懿律等赴粤之后，防守渐形疏懈，任听弁兵人等在城内出入，并未盘诘阻止。其原在道头一带安设之炮位枪械，皆纷纷搬运下船，已有去浙之意。至十一月二十日，忽有夷船两只自粤回定，该夷复将船内炮械运至岸上，排列操演兵技，制造军器，并在城内各处严行防守，又出示谕禁定民，不得容留内地兵役。数日之间，情形互异。奴才正深焦虑，兹又接准广东钦差大臣署两广督臣琦善来函，据称该大臣于十一月初六日至广州，懿律等已先于十月二十八日抵粤，当即遣弁前往探询。该夷词渐强横，不如在直时之驯顺。初七日，又接该夷来文，声言懿律因病起碇回国，公事全交义律，而义律又欲在宁波贸易。察其诡计，恐义律复回浙江，藉图占据，嘱令留意。等语。核与奴才在浙所探情形，虽各有不同，而形迹之间，适相吻合。

伏思懿律等前在天津，其情本属恭顺，即其回浙以后，亦并无桀骜情形，今既听寄训谕，分船赴粤，自应俯首帖耳，听候查办，何以一有差弁接晤，即形倔强？而懿律又托言回国，并不静候会议，夷情反复，殊费揣度。现在懿律是否在粤潜匿，抑已折回定海，该夷形踪诡秘，无从探听。惟十一月二十日曾有夷船自粤旋回，难保懿律不在其内。今夷众既已在定海操兵制器，而义律在粤又有在宁波通商之意，其居心实为叵测。该夷现未蠢动，固不便遽议攻剿，而守御必宜暗加谨严。奴才现将前拟撤退尚未起程各兵，仍行留住，以壮军威。一面会同闽浙两提臣，督饬镇将，严密防范，并选弁时赴定海，觇探该夷动静，以便将攻守招抚机宜密为措置，俾免贻误。

所有奴才探悉近日夷情，及接到粤书，相机筹办缘由，除咨覆广东钦差大臣暨知会沿海各省一体密防外，理合恭折由驿驰奏，伏乞皇上圣鉴训示。谨奏。

道光二十年十二月十二日奉朱批：另有旨。钦此。

（军机处副录档案）

G201(561)：中外关系-第一次鸦片战争(英国)

2.48　署理两江总督裕谦奏陈收复定海之战守机宜折

道光二十年十二月十九日(1841 年 1 月 11 日)

裕谦奏，为敬陈战守机宜，恭折覆奏，仰祈圣鉴事。

窃臣承准军机大臣字寄，钦奉上谕：据御史石景芬奏，云云。钦此。臣查西洋诸国，惟利是视，但知贸易，无他技能。嘆咭唎本系西洋微贱之国，为各国所役使，迨至国初，始渐强富。恃其诈力，将各国贸易马头逐渐占据，抽收各国货税以养兵卒。然其为治，仍以资本之多寡、营运之善否、技艺之巧拙，以为进身之阶、升迁之途，并无礼乐刑政，亦不争城略地。自在广东通商以来，因见欧罗巴等国有澳门马头，凡有货物皆运贮澳门，俟内地行商前往交易，其往来关税皆行商完纳，与欧罗巴等国无涉。若该国货船，则停泊黄埔，自行纳税。既羡欧罗巴等国之得免关税，又耻出欧罗巴等国之下。垂涎澳门、定海、厦门等处，欲图效尤，已非一日，请在内地设立马头，亦非一次。今则藉口于断其贸易，乘我不备，占据定海，以遂其初志。倘不早为收复，则该夷贪诈性成，得步进步，又将顾而之他，是以臣前有承此天时地利人和、浙江必应速战收复定海之议。今该御史所请合力攻剿，洵为破敌之论，而所称修造战船，买雇民船，与之水战，臣窃以为尚非万全之策。

盖彼之船，宽有三、四、五丈不等，长有二、三、四十丈不等，厚有尺余，较我兵船及闽广大号商船均大至倍蓰，此不可恃者一也。彼之船布篷铁锚，机关便利，在大洋之中行止甚速，随处可以寄泊。我之船箬篷木碇，在大洋必须择地而泊，此不可恃者二也。若欲另造船只，不特旷日持久，缓不济急，且无此等木料、此等机巧，即使船能造成，而乏驾驶此等大船之人，此不可恃者三也。该夷终年在船，与海相习，其占据定海又逾半年，附近之形势、沙礁，皆已熟悉。我之兵船向皆画地而巡，即商民船只亦俱各有一定贸易口岸，迁地弗良，此不可恃者四也。彼之炮安于船内，兵亦藏于船内，我施枪炮，彼有遮护。我之炮设于船头，兵皆立于船上，彼施枪炮，我无遮护，此不可恃者五也。有此五不可恃，不得不筹舍水转陆之策，以我之可恃攻彼之不可恃。如臣前奏所云：四无可虑，六不可缓者是也。迨定海既复，沿海各省再用御史蔡家玕所陈克制之法以制之，该夷进退失据，水米无资，未有不穷蹙乞命者。

至该御史所指海口内如象山、观海、乍浦、海门、蒲门等处，皆系浙江口岸，是否亦可进兵，应由浙江钦差大臣伊里布相机办理。其陈钱山虽为江浙门户，而孤悬外洋，四无援应，止可为巡哨之所，不可为驻兵之地。崇明为江苏至险所在，苏松镇属水师三千余名，全标驻扎。该处仅能自固其圉，是以前此督臣伊里布奏派苏松镇总兵田松林带兵前赴浙江，钦奉谕旨，饬令田松林回守崇明，即预备赴浙之水师二千亦未调遣，皆因江苏洋面平衍散漫，水师额数不多，只堪自守，不敷会剿。早在圣明洞鉴之中，毋庸赘述。

总之，定海不可不早为收复，而收复之法非潜师暗渡，守据险要，出奇捣击，别无善策。沿海各省舍坚守口岸，多用小船，预备火攻，断其接济，亦无良谋。臣业已飞饬各营，挑选精兵三千余名，又会商将军布勒亨，挑选八旗劲兵一千名，勤加操练，以备调遣。一面咨商浙江钦差大臣伊里布，一面前赴苏州省城，等候伊里布回文至日，即调集官兵，选派将备，由臣亲自带领，驰赴上海宝山，会同提臣陈化成相机办理，以仰副圣主□安海寓之至意。

臣谨恭折覆奏，伏乞皇上圣鉴训示。

再,臣于拜折后,即起程前赴苏州,所有署中日行事件,循照旧章,委江宁藩司成世瑄代拆代行,其紧要事件,包封递寄途次核办。

至江宁省城,有将军臣布勒亨督率满汉官兵镇守,足资捍卫,合并陈明。谨奏。

道光二十一年正月初三日奉朱批:另有旨。钦此。

十二月十九日

(军机处录副奏折)

G241(201、561):中外关系-第一次鸦片战争(香港、英国)

2.49 钦差两江总督伊里布奏报粤省夷务查办完竣现饬缴还定海折

道光二十一年正月十六日(1841年2月7日)

钦差大臣、协办大学士、两江总督奴才伊里布跪奏,为粤省夷务业经查办完竣,奴才现饬缴还定海,恭折由驿驰奏,仰祈圣鉴事。

窃奴才于道光二十一年正月十六日,准广东钦差大臣署两广督臣琦善六百里来咨、以暎夷已遵照缴还定海及该省之沙角,该督允为代恳天恩,准其仍前来粤通商,并请仿照西洋夷人寄居澳门之例,将广东外洋之香港地方给与泊舟寄住,业已据情代奏,嘱即收回定海,一面拨兵前往弹压。等情。并据取到夷目义律呈递奴才来文一件,又该夷目给与留浙头目胞祖等夷信三件。奴才拆阅义律呈递之文,亦称愿将定海献还。

查本年正月初三日以后,叠接琦善来咨,知该夷在粤鸱张。正将攻剿事宜逐加筹备,兹该夷自知悔悟,畏罪输诚,情愿撤兵纳土,自可无事劳师。奴才现将粤省送到义律所给胞祖等信件专弁赍交,催令速将行装什物搬运下船,择期起碇,一面派委镇将带兵前往县城,弹压防范,以备不虞。其前获之夷俘晏士咑喇打厘等,除已病毙四名外,其余遵前奉谕旨概予释放,俟夷船起碇之时,押至船内交收。

至义律文内声称:该国商人将货物带至定海行销,恳令宁波商民收买,俾免亏折。等语。虽系该夷贪图小利,第辗转交易,有稽时日,且恐启该夷妄冀在浙通商之意,未便准行(朱批:此说差强人意)。奴才现已给与义律覆文,并谕知胞祖,严为拒绝,以免衅端。

除俟收回定海再行另折奏报暨将前请饬调之皖、楚等省官兵截回外,所有接准粤信后办理缘由,理合恭折由驿驰奏,伏乞皇上圣鉴。谨奏。

(朱批:)即有旨。

道光二十一年正月十六日

（宫中朱批奏折）

G201(561)：中外关系-第一次鸦片战争(英国)

2.50　署理两广总督琦善奏报遵旨筹备水陆防堵折

道光二十一年正月二十三日(1841年2月14日)

大学士、署理两广总督奴才琦善跪奏，为奉调各省官兵现尚未到，奴才谨将遵旨先行筹备，俟汇集攻剿缘由，恭折奏祈圣鉴事。

窃奴才前将察看虎门形势，及接见暎夷义律，据求酌定章程等情，恭折驰奏后，奴才随酌拟章程四条发给阅看，未据遵依，亦未存留。奴才以业经奉旨饬令剿洗，并闻该夷有在香港地方张贴伪告示，诱令民人往见之事，亟需加意备剿，窃恐虎门一带布置尚有未周，奴才复亲往查勘。讵该夷义律闻信又来舟次求见，奴才以大兵未集，只得暂先羁縻，免其疑虑，遂与晤见(朱批：与逆夷翻如莫逆)。当谕以香港原系天朝地土，前此代为具奏，亦只恳恩给予寄寓一所，并非全岛，且未奉谕旨，亦尚未敢裁给。至于该处居民，尤属天朝百姓，岂准暎国主治？该夷何得遽行前往张贴伪告示，徒致摇惑民心？该夷自觉理屈，据请照澳门之例，仍归州县管理，惟地方则坚求全岛，并欲自行贸易。其濒行时据称，再行备文呈请。等语。

奴才查，该夷狡执不从，且现在先后奉到谕旨，将奴才交部严加议处，并钦派奕山、隆文、杨芳等前来剿办，则此后该夷再来投文，自应遵旨拒绝(朱批：太迟矣！日者因何丧心病狂)。所有备剿事宜，亟须加紧筹办。现查广东全省兵丁，除沿海水陆各营均须自为防守，未便调动，暨其余内河水师及陆路弁兵酌量留防本境外，余俱先已调赴虎门、澳门等处协防。今又于虎门添拨督标陆路及内河水师兵丁一千二百五十名，并饬据南海、番禺、东莞等县，共雇得壮勇五千八百名，分拨虎门各炮台山后，协同防守。其进省经由之水路乌涌、猎德、二沙尾、大黄窖、白泥涌及旱路燕塘等处，除先行筹备外，现亦会同将军抚臣加谨防守。所有虎门各炮台应需水米、柴薪、火药、铅子、铁子等项，均已宽为预备。沿海州县亦通饬一体密防，凡有通海河道，亦饬设法筹堵。惟现在奉调各省官兵，均尚未到，奕山等亦约须三月间方可抵粤，距今尚有两月，而该夷豕突性成，既未蒙恩允准所求，势必先肆滋扰。奴才惟有会同竭尽血诚，以期仰酬高厚。

所有现在筹防缘由，及奴才酌拟底稿，谨恭折由六百里奏呈御览，伏乞皇上圣鉴。

再，昨奉垂询，广东炮台前据邓廷桢等安设，排链阻截夷船，此次攻破之大角、沙角炮台，是否即系其处，著琦善一并查明，据实具奏。等因。钦此。伏查前设排链，系在虎门以内，此次所攻大角、沙角炮台，均在虎门以外，合并陈明。谨奏。

道光二十一年二月初十日奉朱批：即有旨谕靖逆将军奕山等。钦此。

正月二十三日

（军机处录副奏折）

D42：军事-防务

2.51　杨芳奏报英船驶入芙蓉沙等事折

道光二十一年二月二十五日(1841年3月17日)※

奴才杨芳跪奏，为逆夷兵船欲进省河，经凤凰岗，官兵击退，恭折驰奏，仰祈圣鉴事。

窃奴才抵粤后，垒将布置机宜，于二月十四、二十等日，两次具奏在案。查逆夷兵船，自闯过乌涌，即于二沙尾、大黄滘两路，分投游奕，欲进省河。经奴才查看大黄滘退后五里之凤凰冈，系属顶冲要隘，约可容兵千名阻截入省河道，事以奏明。派令南赣镇总兵长春，带江西兵一千名，掘濠挖坑，安营驻守，其余一千名，由省河北岸渡赴南岸，令派参将刘乾忠、游击崔开泰等带领，分段埋伏，以资策应。连日与广州将军臣阿精阿，并署督臣怡良，暨原任督臣林则徐、邓廷桢，及各司道督饬，署广州知府余保纯等筹运各种炮位，赶制麻布大袋贮沙、堆垛，张挂牛皮，以挡炮弹，并赶扎竹筏、木排，拦截水道。一面指示安义镇总兵段永福带领贵州官兵扼定北岸陆路，与小北门外扎营，复于东盛寺等处，分设伏兵。一切布置甫于二月二十三日稍经就绪，果于二十四日未刻，即有逆夷来驾大兵船二只、火轮船一只、三板船十数只，冲过大黄滘废营，直欲闯进省河，将拦河竹排，垒用大炮轰打，更炮击营垒，断树掀囊，飞砂四起。总兵长春力督，参将谭恩，及都守等官，率兵开炮抵敌时，有炮子飞过长春右眼角，擦伤右颧，皮破血出。其随身之把总毕开珑，被炮打死，并伤毙左右随兵四名。长春激励士卒，奋不顾身，垒开大炮百余出，先击沉逆夷三板船一只，夷众尽行落水，又有夷三板船一只，被炮打穿入水，其夷众极力鼓棹，力挽出水，我师再击一炮，人船俱没，其大兵船，木料坚厚，虽未能及时打穿，已将大桅一枝击断，逆夷均极仓皇，即将各船退出。查该逆大肆猖獗以来，恃其船坚炮大，于奴才未到之先，虎门内外各炮台、卡座节次失守，今复攻扑凤凰岗营垒，欲进省河，被我师打沉三板船两只，并击断大船中桅，致毙夷匪多名(此处有旁批“约略查明数目”)，始行畏惧退走，不敢遽闯进省已，可稍定民心。惟该逆夷后船尚多，恐仍分路驶入，以图夹攻。奴才惟有鼓励各镇将，扼要分投，极力堵截，第一时兵力尚未甚厚，仍飞檄迎催各路官兵(此处有旁批“何以所调之兵不能源源抵粤，焦急之至”)，迅驰来粤，俾资调遣。又据香山县知县吴思树禀报：二月二十一日，逆船驶入芙蓉沙，闯至距县数里之马头，欲图攻城。该县会营抵御，即飞禀带兵驻扎县辖前山之南韶镇总兵马殿甲、高廉道、易中孚分带兵勇赴援。是晚，该逆船始行退去。奴才与怡良商明，此时首以保护省城为亟(此处有旁批“极是”),该处香山前山,只得责令原驻之镇道督饬员弁兵勇,尽力剿堵,毋失机宜,除随时具奏外,所有现在击退逆船情形,谨会同广州将军臣阿精阿,兼署两广总督、广东巡抚臣怡良合词恭折,由六百里驰奏,伏乞皇上圣鉴。谨奏。

(朱批:)逆夷自犯顺以来,从未受创,此次卿等调度有方,击沉逆船二只,毙贼多名,可嘉之至,即有恩旨。

(宫中朱批奏折)

D42:军事-防务

2.52 姚庆元奏陈备论广州形势及设防事折

道光二十一年三月初三日(1841年3月25日)

候补内阁学士臣姚庆元跪奏,为敬陈管见备论广州形势事。

臣昨见抄报,广东虎门炮台已失。虎门天险,沙线深浅不常,夷匪之船焉能过此,是必汉奸为之导引。既入虎门,必趋黄埔,黄埔距城四十里,虽有猎德等炮台,恐不能御省城,无险可扼,势必甚危。

窃惟广州省会南临海,东界东莞,西界三水,北靠白云山。以今日之事而论,有宜预为之防者,有宜乘机而战者,谨分别陈之。其宜预为之防也,三水之西北为清远,清远之西北为英德,英德属韶州府,三水正西为肇庆府,是三水乃全省之门户,万一省城有意外之变,奸人黠者导夷匪驰扼三水,则塞我之咽喉,入广之兵无由进矣。似宜调精兵屯集于此,陆续将省城库贮火药银两运至三水营内,无论该夷意在通商,并无窥伺省城之意,即有汉奸怂恿,竟起觊觎之心,闻省城之意无利可图,易生怠玩。又在省城小北门外二十里白云山上,相度形势,安置大炮,若自北而攻南者,该夷闻之,即不肯退出虎门,亦不过据守黄埔,在四十里之交,不敢入四十里之内,是宜预为之防者在西北也。其宜乘机战也,黄埔在广州东南四十里,自黄埔而东为东莞县,界连惠州府之博罗县,不特惠潮之兵可令齐集于东莞,即江西之兵,可由赣州府逾筠门岭而至广东潮州府。福建漳州府诏安县,界连广东潮州之饶平县,福建之兵亦可自潮至惠,由惠至东莞,合两省两府之兵击黄埔之西,虎门归路已断,广州另调劲旅击黄埔之东,则该夷所泊小船,经前后之夹攻,不难一鼓而歼矣。省城正南东南西南三方固应严为之备,即属县西南如顺德、新会,正南如香山,皆当预伏奇兵,防该夷余匪由大洋窜入境内,是宜乘机而战者在东南也。又肇庆属之阳江香山之骐澳,其居民习惯备盗,多于水底坏其船,盗船避不敢近骐澳尤锐。虎门以内不能容大船,夷匪大船必留虎门之外,可招集骐澳之人,令其设法攻击,许以除枪炮火药兵器缴官外,余一切财物悉为所有。重利所在,必争先抢命而图,使其片帆不返,即该夷匪后有来者,亦必闻风而遁矣。臣愚昧之见,是否有当,伏乞皇上圣鉴。谨奏。

道光二十一年三月初三日

（军机处录副奏折）

G201(561)：中外关系-第一次鸦片战争(英国)

2.53　掌江南道监察御史骆秉章奏陈筹办粤省急务管见折

道光二十一年三月初四日(1841年3月26日)

掌江南道监察御史臣骆秉章跪奏,为敬陈管见,仰祈圣鉴事。

窃以逆夷滋扰,罪不容诛,近复在粤攻陷虎门,闯入内地。刻日大兵齐集,天戈所指,自可聚而歼旃。臣谨就粤省情形闻见所及而为今日之急务者,敬为我皇上陈之。

一、大炮宜添铸也。内地炮式腹大口小,重五六千筋者,用铅子不过二十余筋,击远不过二十余里。夷炮则首尾相等,形似竹管,其五六千筋铜炮,铅子可用四十筋,击远及三十余里。彼此相悬,何以抵御!况逆夷炮不虚发,先以千里镜测视,继以指南针定准,故屡伤我将弁。且粤省大炮多在虎门,今既失守,恐为逆夷所得。今宜添铸七八千筋或万筋铜炮,分置要隘,庶足为攻守之备。

一、火药宜精制也。制药之法,须多加硝磺,杵舂万余,始能在掌上烧验。内地积习相沿,偷减工料,除烧验外,俱不如式,药力不济,是以不能及远。逆夷制造硝磺固精,而用炭尤美,闻以米及藤为炭,故药力较猛。澳夷造药,内地多有明习之者,能如法认真监造,不许偷减,则药力可敌逆夷。

一、炮台宜土筑也。炮能攻坚,而不利于柔。内地炮台俱用砖石,逆夷大炮无坚不破,遇石则其势益大。土性柔,炮遇土则其力弱,可以藏纳铅子。其法以竹箩柳筐等物装载碎沙湿土,垒成炮台,如雉堞形,实处藏人,空处安炮,敌来施放,自能洞中。且闻夷人遇攻险要之处,多用西瓜炮,其炮以大包小,从半空散作数十,以轰击弁官,延烧房舍。故炮台屯兵,宜斜张牛皮作帐,盖另用软网等物以为赞卫。牛皮性软,炮落无力,其散飞者不能伤人,而逆炮无所恃。

一、炮位宜常演也。太平日久,兵不习战,每岁演放炮位,俱循行故事,仓卒临阵,非从容可比。每放一炮,烟气蒸腾,手法不熟,必至忙乱。今宜时常放发,务使习练精熟,自能施放有准,既足以壮军威,逆夷闻之亦不敢轻视。

一、火具宜豫备也。夷船停泊外洋,海面辽阔,火攻难以得力,今既驶入内河,用火较易。宜多备草船,内储引火之物,远近分布,或因水便,或因风顺,或因雾暗,出其不意,草船当先,师船在后接应，火箭、火筒、火球、火罐之具四面环攻，必能歼除逆类。

一、埋伏宜暗设也。夷人来攻，专注炮台，必于炮台左右险僻之地暗伏精兵，安放大炮十数门，俟其来近，觑准而发。又必分布数处，或虚或实，使之不测，如此炮台可以固守，自能制胜。

一、接济宜严禁也。兵兴以来，澳门百货云集，硝磺粮食公然接济。逆夷掳掠定海子女货物，到澳售卖，地方官恐致生事，佯为不知，而汉奸代买硝磺，修制船只，肆行无忌。宜设法查拿，使奸宄无所容而逆夷自困。

一、文报宜严密也。自来谕旨文报到粤，外人不及闻，逆夷早已知觉，故能悉内地举动，此必各衙署跟役书吏为彼所用。请饬令严密防范，勿致泄漏消息，以杜逆夷侦探。

一、悬赏宜从重也。凡官弁立功，国家固逾格升擢。其余兵丁水勇能破逆获船者，宜从重酌赏，擒夷酋、夷兵者亦如之；得夷人器械银物，概以给与。若汉奸能杀逆来归者，免罪收用，则人思敌忾，兵力更奋。

一、兵粮宜优给也。粤省调防各兵，闻日给口粮一钱三分，自去冬减至一钱；而佐杂委员在军营差委者，日给一两六钱。文武悬殊，多寡不均，殊非鼓励之道。请于弁兵口粮照旧支发，或酌加优给，以固兵心。

一、水勇宜民练也。粤地滨海，若番禺、顺德、香山、东莞、新会、新安等县，口岸林立，水师难以分布，必须团练水勇，始足以资捍卫。但官练不如民练，盖民自保其身家，其心愈坚，其力愈勇。宜饬地方官择各县明干绅士董率之，官与民相为联属，则防堵益严。从前嘉庆年间，海盗张保猖獗，沿海乡村添设水勇，盗不敢犯。团练既多，则汉奸自少，而可收水勇实效。

一、匪徒宜严缉也。粤省会匪处处有之，烟禁既严，私贩窑口之徒聚而为盗。迩来即附近省垣，抢劫及虏人勒赎之案，层见叠出，盖缘地方官专办夷务，不暇兼顾，且恃逆夷为逋逃之薮。宜饬令地方文武认真巡缉，加意防范，毋使在内地滋事，致生意外之虞。

臣愚昧之见，是否有当，伏乞皇上圣鉴。谨奏。

道光二十一年三月初四日

（军机处录副奏折）

D42：军事-防务

2.54 杨芳奏为谢恩并陈逆船情形事折

道光二十一年三月二十二日（1841年4月12日）

奴才杨芳跪奏，为恭折叩谢天恩，仰祈圣鉴事。

窃奴才于三月二十日承准军机大臣字寄，道光二十一年三月初六日奉上谕，杨芳奏布置攻守云云。钦此。又于附片辗转游奕句旁奉朱批：钦此。于暂为羁縻句旁奉朱批：钦此。又奉朱批：二十日云云。钦此。又奉朱批：官兵不满三千人云云。钦此。奴才跪读之下，感激涕零，弥增恐悚，此皆皇上天威所震，故逆夷敛藏，不敢嚣张，是广东省城护保无虞。仰赖上天助顺，更荷圣德维持，文武同心，非奴才一己犬马之力所能据守海区。鸿慈褒嘉，奴才扪心自问，汗泪交并，惟有推诚合众，严益加严，密益加密，谨慎防范。现在汉奸渐次解散，逆船亦退出省河，除黄大滘湾泊逆船大小十数只外，据虎门、香山、澳门等处禀报：沙角泊有三枝桅大兵船一只，两枝桅大三板一只，横榜泊有三枝桅大兵船一只，永安泊有三枝桅大兵船三只，麻涌泊有三枝桅大兵船一只，六蚝头泊有三枝桅大兵船一只，黄埔尾泊有三枝桅大兵船二只，深井泊有三枝桅大兵船一只各等因。该逆分泊无常，辗转迟留，无非希冀与米利坚各国一例邀恩，于急切待命之余，尚存游移窥伺之心。奴才仍恐危城甫经镇定，民心未息忧疑，因先刻发告示，晓谕居民照常生理。一面严饬沿海各州县营汛实力防堵，使该夷知我有备，非无控制之法，先寒其胆。所有堵剿事宜，随机妥当办理。奴才现虽腿疮复发，然不敢因此稍存诿卸。俟奕山、隆文到省，务与协力同心，弹厥血诚，知无不言，言无不尽，总期剿放全局处分无虞，仰副皇上绥边安民至意。所有奴才感激谢忱，谨具折叩谢天恩，伏乞皇上圣鉴。谨奏。

道光二十一年闰三月初八日奉朱批：即有旨。钦此。

三月二十二日。

（军机处录副奏折）

D5：军事

2.55　杨芳奏为谢恩事折

道光二十一年三月二十二日(1841年4月13日)※

奴才杨芳跪奏，为恭折叩谢天恩，仰祈圣鉴事。

窃奴才于三月二十日承准军机大臣字寄，道光二十一年三月初六日，奉上谕，杨芳奏布置攻守机宜一折，办理妥协周密，可嘉之至，朕心甚为欣悦，已明降谕旨，将杨芳先行交部从优议叙矣。粤东省城军民杂处，经此一番布置，人心大定，可期众志成城。计日，奕山、隆文等抵粤，大兵云集，必可分兵进剿，抄前袭后，使该夷首尾不能相顾。即令奕山等抵粤稍迟，所调各路官兵陆续赶到，谅杨芳必能出其不意，突出奇兵，争先制胜。朕日夜盼望捷音，以纾廑念，等因。钦此。

又于附片辗转游弈句旁，奉朱批此处，卿必有道理。钦此。

于暂为羁縻句旁，奉朱批，如能设法羁縻，不令遁去，方合机宜，未知能否？卿其善筹之。钦此。

又奉朱批二十日拜折后，必有续到之兵，如能相机攻剿，先行痛杀方好。朕日夜引领东南，企盼捷音之至，即有旨。钦此。

又奉朱批，客兵不满三千，危城立保无虞，若非朕之参赞大臣果敢侯杨芳，其孰能之？可嘉之处，笔难宣述，功成之日，伫膺懋墒，此卿之第一功也。厥后尤当奋勉，等因。钦此。

奴才跪读之下，感激涕零，弥增慭悚，此皆皇上威所震故。逆夷敛戢，不敢鸱张，且广东省城获保无虞，仰赖上天助顺，更荷圣德维持，文武同心，非奴才一己犬马之力所能据守。渥邀鸿慈褒嘉奴才，扪心自问，汗泪交并，惟有推诚和众严，益加严密，益加密谨慎防范。现在汉奸渐次解散，逆船亦退出省河，除大黄滘湾泊逆船大小十数只外，据虎门、香山、澳门等处禀报：沙角泊有三枝桅大兵船一只、两枝桅大三板一只；横档泊有三枝桅大兵船一只；永安泊有三枝桅大兵船三只；麻涌两枝桅兵船一只；大蚝头泊有三枝桅大兵船一只；黄浦泊有三枝桅大兵船二只；深井泊有三枝桅大兵船一只，各等因。该逆分泊无常，逆转迟留非常翼，与咪唎嘡各国一例邀恩于急切，待命之余，尚存游移窥伺之迹。奴才仍恐危城甫经镇定，民心未息，忧疑因先，刻发告示，晓谕居民，照常生理，一面严饬沿海各州县营汛，实力防堵，使该夷知我有备，非无控制之法，先寒其胆，所有堵剿事宜，随机妥当办理。奴才现虽腿伤复发，断不敢因此稍存诿卸，俟奕山、隆文到省，务与协力同心，殚厥血诚，知无不言，言无不尽。总期剿防全局，万分无虞，仰副皇上妥边安民至意所有，奴才感激微忱。谨具折叩谢天恩。伏乞皇上圣鉴。谨奏。

（宫中朱批奏折）

D5：军事

2.56 礼部尚书奎照等奏为赐恤阵亡官兵事折

道光二十一年闰三月初十日（1841年4月30日）

礼部尚书臣奎照等谨奏，为赐恤事。

准兵部咨称，遵旨议奏阵亡广东水师提督关天培等照例分别给与恤荫等因。于道光二十一年三月初五日奏，本日奉上谕，昨因广东虎门炮台失守，提督阵亡，降旨令兵部议恤。兹据该部议奏，原任广东水师提督关天培照例赏给银两，准予世职外，着该督抚查明伊子孙几人均于服关后送部引见，候朕施恩。原任广东海口营参将奏补香山协副将，刘大忠着加恩照副将例赐恤，原任广东碣石镇标右营都司奏署水副将与左营游击麦廷章着加□□□□例赐恤，该二员□得恤典，该部另行议奏，□□湖南镇草镇总兵祥福，左营襄门游击沉占鳌，□□中军守备洪达科均照该部所议赐恤，该六员先领士卒，为国捐躯，均堪悯恻，着该督抚于事竣后，即在遇害地方建立专祠，以慰忠魂而彰节义余依议。钦此。又准咨称，内阁抄出三月初七日奉上谕，怡良等奏：前奏阵亡之香山协副将刘大忠一员，续行查得该副将于落海后，凫水遇救得生等语。所有刘大忠恤典着即撤销，该部知道。钦此。又准咨称，于三月十三日奏请将原任都司奏署游击麦廷章照游击阵亡，例恤银四百两，应得祭葬，银两移咨礼工二部办理等因。奉旨，依议。钦此。钦遵移咨到部。

臣等查定例内开，文武官员阵亡者，先由兵部议给与恤银，得旨后移文过部题请给与祭葬银两，一品官一次致祭银二十五两，全葬银五百两，遗官读文致祭，应否予谥请旨定夺；凡予谥者内阁撰拟谥号，工部给碑价银三百五十两，本家自行建立祭文碑文交翰林院撰拟，不予谥者，祭文交内阁撰拟；二品官一次致祭银两二十两，全葬银四百两，遣官读文致祭文由内阁撰拟，无庸请旨予谥；三品官一次致祭银两十六两，全葬银三百两；五品官一次致祭银十两，全葬银一百两，□□查籍贯事迹交翰林院立传，入祀各本藉府城昭忠祠，其武职二品以上入祀京师，昭忠祠由工部制造，牌位工竣日，知照过恤札钦天鉴择吉太常寺官恭送入祠仍入祀原籍府城昭忠祠，八旗官员仍入祀阵亡地方府城昭忠祠各等语。

今阵亡广东水师提督关天培等业经兵部钦遵谕旨，照例分别议给恤荫，应由臣部奏请给与祭葬银两。除香山协副将刘大忠一员遇救得生，奉旨撤销，并关天培等五员，应钦遵谕旨，着该督抚于事竣后即在遇害地方建立专祠外，应请将阵亡提督关天培一员照例给与全葬银五百两，一次致祭银二十五两；其阵亡原任湖南镇草镇总兵祥福一员照例给与全葬银四百两，一次致祭银二十两；均请遣官读文致祭，祭文交该衙门撰拟，照例入祀京师昭忠祠。关天培仍入祀原籍府城昭忠祠，祥福仍入祀阵亡地方府城昭忠祠。又阵亡游击沈占鳌一员，并钦奉谕旨照游击例赐恤之，都司麦廷章一员均照例给与全葬银各三百两，一次致祭银各十六两；阵亡中军守备洪达科照例给与全葬银一百两，一次致祭银十两，均入祀原籍府城昭忠祠。以上阵亡提督关天培等五员均行查籍贯事迹造册送部交翰林院立传，其关天培应否与谥之处，照例请旨，伏候钦定，恭候命下，行文各该衙门遵照办理，为此谨奏请旨，照例与谥。

道光二十一年闰三月初十日

（朱批：）照例与谥。

（宫中朱批奏折）

D5：军事

2.57　奕山等奏为雇觅香山等处水勇剿夷事折

道光二十一年闰三月二十日(1841年5月10日)※

奴才奕山、隆文、杨芳、祁𡊮跪奏，为广州西北两河山水盛涨，省河港汊漫滩，官兵不能克期分剿，据实具奏，仰祈圣鉴事。

窃奴才等于闰三月初六日。拜发守御省垣情形折，后于十四日承准军机大臣寄道光二十一年三月二十九日奉上谕，奕山、隆文奏接奉谕旨，并筹办情形一折，览奏均悉。据奏，暂候祁𡊮到韶州，面商一切，并须制造器具，兼催趱各路官兵等语。该将军等相机而行，极为妥协，现在祁𡊮想已赶到，各路官兵计应陆续抵粤，炮火及各项器具，亦不日可成。该将军等谅早驰赴省城会合一处，抄袭该夷前后路径，并力攻剿，不使逃遁。昨，杨芳、怡良奏请，准与港脚船只通商，朕因其怠慢军心，已降旨交部严议。奕山、隆文，经朕面授机宜，且屡次寄谕饬令，一鼓作气，殄灭丑类。该将军、参赞等务，当激发忠良，协力同心，以扬国威而伸天讨。切勿为浮言所动，是为至要，将此由六百里加紧谕令知之。钦此。

钦遵寄信前来，奴才等跪聆之下，无任悚惶，奴才奕山、隆文、臣祁𡊮出都时，荷蒙皇上面授机宜，又屡经申谕，天恩高厚，时切同仇。到粤之后，与参赞杨芳、抚臣怡良、将军阿精阿协力筹度，催调韶州、广西两路木排、炮位，并明定赏格，分遣精细差弁赴东莞、顺德、香山一带，招觅水勇，派委干员，设局专司其事，预备火器，购买船只，选定各营奋勇精锐兵弁五千余名，定于闰三月二十日后，月黑顺潮，水陆夹击，内外扼隘夷船，以便收复各处炮台。讵意自初七日后，大雨滂沱，昼夜不止，西北两河同时盛涨，山逼溜急，浩瀚异常，加以风飓时作，后到湖北绿营兵船，被浪击碎，幸近岸得全。所运木排多被冲散。直至十六七两日，广西木排始放到佛山，韶州木排尚未敢过峡，近省内外河水深四五丈、五六丈不等。夷船自二月十二、十六日闯进省河之后，大王滘、二沙尾，近省南北二要隘，早经该逆据守，自黄浦、乌浦，直至虎门，沿路炮台皆为分占。又自外河探水至佛山南之五汊河花地口外，白鹅潭亦有逆船停泊。盖缘佛山为粮运聚会之所，而编扎木排，铸造炮位，皆在其地，恐其断截运道。前派总兵文哲珲带广西兵二千名，在彼防守。而花地为佛山入省之咽喉，更为可虑。奴才等恐河道梗塞，连日城外附近，购求屋材，另为赶造，以备急用。逆夷骄悍已极，既虑其猝攻，又恐其远遁，各路所觅水勇，到者不满千人，其香山一路，又需绕出外河，以为抄截大王滘夷船之用。据报：所觅尤未足额。奴才等前在途次，移咨闽浙总督招募水勇一千名，亦未到粤。而广州附城，俱系波塘，陆兵依山下营，暂为驻扎，因河汊阻隔，陆路又恐不能联络声势，未便调拨远出，况攻夷船只仗火攻，而火攻非顺风、顺潮、天气晴燥，不能得力，目下柴草淋湿，器勇未备，攻不可恃。奴才等十分焦灼，惟有严守城垣，安辑居民，厚赏勇敢之士，改装四出，潜入其巢，谋斩渠酋，以寒逆胆。俟阴雨开霁，即行内外进剿，仰慰圣廑。奴才等受恩深重，具有天良，断不敢惑于浮言，坐失机宜，亦不敢稍涉轻忽，上负委任。惟有小心谨慎，计出万全，克复虎门炮台，收还香港，誓不令逆夷幸逃显戮也。至发交候补内阁学士姚元之、给事中朱成烈、御史骆秉章原奏三件，奴才等详加批阅，有奴才等早经备者，有缓不济急者，有窒碍难行者，容奴才等分别酌量办理，所有河水盛涨，不能克期分剿情形，合先恭折具奏，伏乞皇上圣鉴。谨奏。

（朱批：）即有旨。

（宫中朱批奏折）

D5：军事

2.58　奕山奏复查明焚烧英船事折

道光二十一年五月初四日（1841年6月22日）※

奴才奕山、隆文、杨芳跪奏，为沥陈官牟、兵勇，打仗奋勇出力，遵旨酌保吁恳恩施鼓励，仰祈圣鉴事。

窃奴才等于五月初一日，钦奉上谕，所有在事出力文武员弁，著该将军等查明核实保奏，候朕施恩，等因。钦此。

仰见我皇上鼓励戎行，微老必录至意，奴才等不胜钦感钦服。伏查暎夷称兵内犯，自攻破虎门之后，无险可扼，以致逆夷兵船，长驱直入，盘踞省河，无非希冀邀恩。前经奴才杨芳伪许代奏通商，羁縻多日，迨奴才奕山、隆文等抵粤后，未敢遽许覆奏。该逆未免心生疑惧，亦即暗调兵船，多方准备，雇觅汉奸一万余名，煽惑土匪，表里为奸，意在决一死战。奴才等力催赶扎木排，火船攻具，尚隔八十余里，河道梗阻，未能放下。所招香山、惠、潮水勇，及发给旗帜，预备断截夷匪后路，水陆壮勇，共有一万数千余名。因器械间有未齐，所调福建水勇一千名，维时亦未赶到。逆夷知通商难，必欲图先发制胜。奴才等探知确信因，急选弁兵、水勇一千七百余名，并于城南北各岸各马头、要隘分派官兵，设炮严防，于初一日夜间出其不意，饬令愿告水战文武员弁带领，四处焚烧，官兵趁势用炮轰击逆夷，溺水者不计其数。在该逆受此惩创，原可一鼓歼除，奈汉奸异心外向，到处为之导引接济。即如初一日开仗之后，该逆又复添调兵船数十只，排列省河，于初四至初六等日昼夜攻击，炮声、火焰连络不绝，汉奸乘隙登岸，窃伏城外及城北一带，用火箭射烧城南民居，昏夜如昼，使我兵腹背受敌，我兵尤能奋不顾身，尽力抵御，同心效力，众目所睹。逆夷受伤被淹身死者甚多，而我兵弁伤亡二十余员名，受伤者一千二十余名，水勇阵亡者七十余名，受伤害者九十余名，统俟查明再行咨部分别办理。

伏思此次军务，屡奉上谕严饬，何敢妄作权益，自速罪戾。惟要隘既失，河道梗塞，省河所泊大小船只，又为其所扼，不能连络而下，以致办理诸难，措手维时。不战，则逆焰愈张；战，则民心不固。奴才等体察情形，不得不暂作权宜之举，以期徐图后效，固我藩篱。在奴才等办理错谬，罪无可辞。惟念夷匪自内犯以来，官军望风而靡，莫之敢当。此次兵勇焚毁船只，开炮对击河岸，东西各炮台力敌两昼夜，凡有登岸之贼，无不处处杀退。而总兵官张青云，手自点放八十斤大炮，接连轰击，挥兵抵抗，尤为奋勇，及撤归添守新旧城垣，又复启门冲杀，虽至饥疲，无一不奋往直前。各处乡兵，亦能急公报效，协同官兵，奋勇杀贼。而文员中，或筹备工具，或管带水勇，并经理文案要件，均各着有微劳，不敢壅于上闻。现在钦奉谕旨，饬令奴才等查明核实，保奏所有初一、初二等日在事文武员弁，谨择其尤为出力者，分别开单恭呈御览，仰肯恩施，格外量予鼓励，以昭激劝，为此恭折具奏，伏乞圣鉴。谨奏。

（宫中朱批奏折）

R51－42：建筑-城垣、城工-营造

2.59 靖逆将军奕山等奏报英夷在裙带路修路盖屋饬令筹计防堵断其接济片

道光二十一年五月十二日（1841年6月30日）※

再，暎夷停泊裙带路，修筑石路，建盖寮篷，前已附片陈明。

奴才等思，裙带路虽在外洋，离虎门二百余里。逆夷诡云候旨，实欲仿照澳门之例，为卸货之地。惟天朝疆土，岂容外夷占据。是以飞檄水师及澳门、香山、新安各处，查明裙带路修盖房间共有若干，有无勒查民户之事，所用砖石木料何处透漏；该处是否系入虎门要路，能否垄断各国商税，内地商人出海往来有无阻碍；自外洋入澳门是否必由此路，抑另有可通之径。饬以不动声色，详明密禀。

兹据各营禀称：该夷在毗连香港之裙带路筑马头一条，系二三月动工，长八九丈、宽六七丈、高七八尺，筑房一连三间，只有墙基，此外并无添造。四月间，有夷人至香港查问户口，耆老乡民不听传唤，夷人即去，未经再来。所有裙带路砖瓦，系黑夜来自外洋载入，不由内地，无从堵截，现在停工未运。至各国夷商及内地商船往来裙带路，并非出入虎门必由之路。由外洋入粤，口门有二：其一为担竿洋，在新安县之东南，系新安所属。其一为老万山，在新安县之西，系新安、香山两县分属。夷船每于夏秋间则多由老万山而入，春冬间则多由担竿洋而入，俱可不由裙带路而至虎门。澳门尤在虎门之西，去裙带路更远，洋面四通八达，在在可通，逆夷更不能垄断。等语。

奴才等揣逆夷之意，深惧不准贸易，欲倚外洋销货，声言系前督臣琦善允准居住，说明以此用换定海，藉为狡赖。目下内河水大，未能即刻拦堵，虎门无险可据，若急图收复，而无船无炮，窃恐进退无据，未易得手。且裙带路该逆亦未必终能久居。咦夷向来租居澳门大西洋房间而抽税其货，今欲自修马头，不但大西洋失所凭依，即各国亦有窒碍，夷与夷互相猜忌，必至外哄。而该夷此番闯入内地，肆意焚掠，粤中之士民无不切齿。

奴才等分乡晓谕各村，联络团练丁壮，到处截杀，防其登岸。各港断其水米，奸商绝其透漏。该逆私货既不能消外，内又须防备，广集兵船，守一外洋空岛，则不攻而自败矣。我备既修，乘其衅而蹙之，绝其贸易，不难制其死命，而兵端可以永靖，海疆可以奠安。

奴才等审时度势，通盘计较，愚昧之见，是否有当，谨附片奏闻，伏乞皇上圣鉴。谨奏。

(朱批：) 即有旨。①

(宫中朱批奏折)

G201(201、561)：中外关系-第一次鸦片战争(香港、英国)

2.60 靖逆将军奕山等奏报遵旨晓谕英夷准其通商并筹堵塞省河添铸炮位等情形折

道光二十一年五月二十六日(1841年7月14日)

奴才奕山、齐慎、臣祁𡊵跪奏，为遵旨晓谕咦夷，准其凛遵前定章程，一体通商，并筹备堵塞省河、添铸炮位及夷人现在情形，恭折具奏，仰祈圣鉴事。

窃奴才等于五月十二日接奉批回四月十五日奏折，并承准军机大臣字寄，四月二十九日奉上谕：奕山等奏，咦夷船只攻击省城，督兵保护无虞，请权宜办理一折。览奏均悉。咦夷自我兵两次击退之后，计穷势蹙，并力进攻，该夷性等犬羊，不值与之计较。况既经惩创，已示兵威，现经城内居民纷纷递禀，又据奏称：该夷免冠作礼，吁求转奏乞恩，朕谅汝等不得已之苦衷，准令通商。该将军等惟当严谕该夷目，立即将各兵船退出外洋，缴还炮台，仍须凛遵前定条例，只准照常贸易，不准夹带违禁烟土，倘敢故违，断不宽恕。并着将军等会同该督抚悉心筹议，妥定章

① 据军机处录副奏折，朱批时间为道光二十一年五月二十六日。

程。夷性叵测，仍当严密防范，不得稍有疏懈。俟夷船退后，迅将各炮台及防守要隘等处赶紧修筑坚固。如暎夷露有桀骜情形，仍当督兵剿灭，不得因已施恩，遂诸事任其需索。另片奏，城外居民房屋多被焚烧，著祁𡎴、怡良即派委妥员查明，妥为抚恤。所有借拨库贮银二百八十万两，著即著落该商分年归补，不得延宕。余著照所拟办理。将此由六百里加紧各谕令知之。钦此。钦遵。寄信前来。

奴才等跪读之下，感激流涕，仰见我皇上仁育义正，戢兵安民，覆帱之恩，覃敷中外。奴才等当即刊刻告示，宣布德威，剀切晓谕。粤省百姓商人奔走相贺，从前歇业者纷纷归肆，数日之间，货物骈集，皆复其旧。向来恭顺夷商货船，闻风入港，告请验船，无不鼓舞。又饬委广州府知府余保纯差派洋商，传谕暎夷，令其凛遵前定章程，安分贸易，大皇帝体恤尔等，曲赐矜全，复感大皇帝恩施格外，毋滋事端。前往明白开导，夷目等额庆欢忭，免冠感伏，声言永不敢在广东滋事。等语。

惟大兵未退，该国货船尚泊澳门近洋，未敢遽入。前所修裙带路寮房、石路，未始不作销货之想。而内商断不肯前，各夷又不从此入口，该夷即不驯服，而伎俩亦无所施。况嗜利本其天性，既蒙皇上予以自新，现闻该夷等国货船在澳门，较从前极为安静，其不敢在粤更肆桀骜，亦可概见。况该夷新来兵货各船，水土不服，瘟疫大作。据提督吴建勋报称，自夷目嘶啾吐在省河受伤，逃出病故之后，各船受伤及被吓病亡相继不绝，而寮内居住者传染时疾，亦有数百。自四月下旬起至五月中旬止，除黑白夷埋山遍及焚化者八九十名，内有夷目十名。等语。是退出后，该夷虽幸逃显戮，亦终受冥诛，人心为之一快。

省河要隘，已于十八日动工，度量地势拦塞，而本年粤中雨水过多，西水大涨，急切不能得手。内河炮台除改作外，尚须添补炮墙数处，已购办灰石，俟天气稍霁，即筑基起办。大黄滘炮台孤悬水中，四面受敌，必须添造石坝，接通后路，方可据守。其炮位新铸八千斤铁炮四十尊，江西委员铸造三千斤铜炮三十尊，余铜添入委员捐造又十三尊，此外尚有在籍刑部郎中潘任成捐铸五千斤、三千斤、二千斤炮四十尊，尚未铸成。通计一百二十余尊，仅足省河各台原设数目，而虎门各台尚复赶紧另造。唯铸炮须先立炮胎，炮胎用土作成，非二十余日不能干透，广东阴雨潮湿，非仓促所能赶办。只有详定章程，力求实效，由内而外，逐渐保固。盖夷情多诈，而复多疑，驾驭在权，防御宜慎，措置缓急，经权并用，奴才等断不敢因恩准通商，稍涉大意。惟有外示宽大，上崇国体，而内务严密，潜消反侧，以仰副我皇上柔远安边之至意。

所有晓谕通商及现在情形，合行恭折驰奏，伏乞皇上圣览。

再，参赞大臣杨芳现在患病，是以未经列衔，合并声明。谨奏。

（朱批：）另有旨。①

① 据军机处录副奏折，朱批时间为道光二十一年六月十一日。

道光二十一年五月二十六日

（宫中朱批奏折）

D65：军事-军械制造

2.61　靖逆将军奕山等奏覆遵旨查明英人并未在粤造车载炮等情折

道光二十一年五月二十六日(1841年7月14日)

奴才奕山、齐慎、臣祁埙跪奏，为遵旨查明，据实覆奏，仰祈圣鉴事。

窃奴才等于四月十八日奉到批回，承准军机大臣字寄，道光二十一年四月初七日奉上谕：据御史骆秉章奏，逆夷在粤造车载炮，扬言复至天津。等语。著该将军等确切侦探，据实具奏。又另片奏，湖南官兵到粤，闻有骚扰情事。亦著该将军等申明纪律，严加约束，以期兵民相安。将此由六百里加紧谕令知之。钦此。钦遵。

奴才等伏查，嘆夷向来租居香山县属之澳门，本年二月间，又在新安县属之裙带路抛泊，如果该逆有造作炮车之事，亦必在此二处，即夷情诡秘，而密加查访，自必可得端倪，况奴才等甫经到粤之初，即闻该夷有赴嗌咖喇借用陆兵马炮，并欲赴浙江滋扰，当已飞咨钦差大臣裕谦严密防范，并未闻有欲赴天津之说。兹奉旨饬查，当即密饬香山、新安知县，澳门同知及署虎门水师提督等，确切查访去后。兹据各该员禀称：遵查该逆夷所用大小炮架，均配车轮，轮用铁叶包裹，期于运用便捷，如遇陆路打仗，数百斤及千余斤之炮，均能挽移接战，惟数千斤不能牵曳。至夷人炮架车轮有时损坏，重加修整，或者因此讹传，亦未可定。若有另行造车载炮之事，断难掩人耳目。现在密访并无其事，仍不时留心访查，如有见闻，即行飞禀。等语。惟夷船退出虎门之后，奴才等在省风闻，该夷有欲赴浙江定海，报复剥皮掘尸之恨谣言。连日细加察访，半属汉奸煽惑，而夷性犬羊，亦难必其不妄生事端。应请旨饬下直隶、山东、浙江、福建督抚，严饬沿海各营汛，不时侦探，以防夷船北驶。

至所奏湖南官兵到粤滋扰一节。奴才等查，有乾州协千总黄再忠奉调来粤，行至江西吴城舟次，因勒折夫价，众兵不服，经带兵副将马贵等棍责插箭，摘去翎顶，禀明原省督臣、提臣，押解回营办理在案。又札饬番禺、南海两县，就近密访，有无另有不法情事，据实具报。兹据南海县禀，三月间有参赞大臣杨芳发下余丁黄宏元与民人口角，饬令递籍管束，旋即病故。又有辰沅道标瞿守备移送革兵包顺忠酒醉不守营规，革除名粮，递解原籍，嗣据伊父包万春保领。据南海县禀称，乾州协千总移送革兵舒守训与兵丁孙忠恩口角争殴，解审前来。舒守训交役看守后患病，保释回营就医，各在案。此外再三搜查，并无另有湖南兵与民人滋闹骚扰情事。等语。

该管总兵官琦忠、副将马贵禀亦相同,是湖南兵并无另有不法情事,似堪凭信。奴才等仍严饬各带兵官随处稽查,申明纪律,稍有不安本分者,即按法惩治,以肃戒行,仰副皇上兵以卫民之至意。

所有奴才等遵旨查明各缘由,理合恭折覆奏,伏乞圣鉴。谨奏。

(朱批:)览奏俱悉。①

道光二十一年五月二十六日

(宫中朱批奏折)

D5:军事

2.62 两广总督臣祁𡎴等奏覆遵旨详查大炮炸裂并琦善与义律讲话事折

道光二十一年五月二十八日(1841年7月16日)※

两广总督臣祁𡎴、广东巡抚臣怡良跪奏,为遵旨饬查防夷案内各款,会同逐一详细查讯,恭折由驿覆奏,仰祈圣鉴事。

臣等于道光二十一年五月初九日,承准军机大臣字寄,四月二十四日奉上谕旨。有人奏:本年二月内,广东夷匪滋事,该处镇远炮台有九十斤大炮炸裂,伤毙守兵五百余名。其余兵丁,一哄而散,至今未闻奏办等语。着祁𡎴、怡良查明,据实具奏。

又现据琦善供称:在夷船与义律讲话时,有直隶随带武弁、广东巡捕,及亲随兵丁多人在旁听闻,等语。琦善在莲花岗等处,屡次与义律讲话,是否果有员弁多人在旁,抑或有时屏去从人,私和谈论,或止鲍鹏、白含章等与闻,其广东巡捕等员概不知悉。并着该督等就近查讯随往员弁,详悉覆奏,毋许徇隐。

至香港地方,经琦善擅许逆夷在彼贸易,究竟给与全岛,抑止给与一隅,现在该夷是否退出,或仍然占据,亦着祁𡎴等查明,据实具奏。

再前据御使高人鉴奏:鲍鹏前在广东缘事,经地方官查拿蹿逸,等语。鲍鹏即鲍聪,原犯何事,该地方官因何查拿,有无案据,着一并查明具奏,并将案据,解交刑部,以凭查办,将此谕令知之。钦此。

臣等当即钦遵,会同严密逐一确切查讯。所有奉旨饬查镇远炮台九十斤大炮炸裂,伤毙守

① 据军机处录副奏折,朱批时间为道光二十一年六月十一日。

兵五百余名，至今未闻奏办一节。臣等遵即将防守镇远炮台之将弁，传到讯问。据供：本年二月间，与暎夷打仗，镇远炮台并无炸裂炮位。惟闻威远炮台有炮位炸裂打伤兵丁之事。随飞饬原防威远炮台之守备卢大钺，带同各炮兵星速来省，臣等亲行讯问。据供：该台当时实曾炸炮二位，一系第十六位，一系第十八位，俱重八千斤，并非九千斤。因夷船开炮攻击，弁兵接连开炮回攻，炮身烧热，以致炸裂。有记委钟朝安、吴绍镛二名，又炮兵陈荣升、苏胜安、许英、张胜安四名，均被飞铁打伤，并无毙命，亦无五百余名之多。另有兵丁向大高等八名，系被夷炮打伤身死。又弁兵二十六名，被夷炮打伤未死，并非被炸炮所打。至防台各兵，系因被夷炮围击，炮台破损，不能抵御，并非因炮炸走散等语。复向各炮兵余鸿等，及当时协防之兵丁黄庆保等究问，所供亦无异词。检查档册，威远炮台共安大炮四十位，自九百斤至八千斤不等，并无九千斤炮位。当时，原防及添防弁兵，计共三百二十七名，另有壮勇九十一名，亦不敷五百名之数，是卢大钺等所供前情，尚无捏饰。至各炮台失陷，弁兵受伤、阵亡之实在名数，前经奕山等钦奉谕旨，移咨一并确查，先已饬司委员驰赴各营确切查覆。嗣据陆续册报，缘各营内尚有不知存亡下落兵丁，未能造齐详送，现复屡次札催，容俟一律查明，仍由奕山等会同臣等即行另案具奏。

又奉旨饬查前署督臣琦善，屡次与义律讲话，是否果有员弁多人在旁，抑或有时屏去从人，私相谈论一节。查此案先经奕山等钦奉谕旨会同臣祁埙查讯，臣等即饬署广州知府余保纯等禀覆，并据武巡捕高殿甲等递具亲供，均称琦善两次接见义律，如何商议事件，伊等或先已回船，或并未随往，或在船头站立，惟有鲍鹏一人在舱传话，所谈何事，伊等均未听闻，等语。当经会同据实恭折覆奏，并声明鲍鹏业已解京，其随侍琦善之家丁胡姓、赵姓、谢姓，亦已随琦善赴京，无从质讯等因在案。兹复奉谕旨查询，臣等依据琦善供有广东巡捕，及兵丁多人在旁听闻，恐前次各禀供，尚有未确，必须覆加研讯，以昭核实。复传到署广州知府余保纯，及武巡捕高殿甲等隔别，面向询问。据余保纯禀称：前任总督琦善，正月初三日，在莲花城会晤义律一次。接谈移时，伊与洋商、通事人等，先已各回己船，概未听闻。后于十九日，又在蛇头湾接晤义律一次，伊并未随往，无从得悉。又据高殿甲等禀称，伊等先后随同琦善往莲花城、蛇头湾，两次接见义律，当议事时，均经琦善谕令站立船头，是以未及听闻。彼时，即白含章，亦不在船内，并据佥称，当日实止鲍鹏一人在舱内传话，余人概不与闻，如当日实在船内战例，有所闻见，断不敢捏词推诿，各等语。臣等因署广州副将赵永德，及番禺县知县张熙宇，当时亦随同前往。复传赵永德、张熙宇讯问，据各自具供，亦与余保纯等所供相符，臣等察其情词，似无诿饰。

又奉旨饬查前署督臣琦善擅许暎夷香港，究竟给予全岛，抑止给与一隅，现在该夷是否退出，抑仍然占据一节。查毗连香港之裙带路地方，自上年冬间被暎夷占据，后在该处砌筑码头，起造房屋、基址，业经奕山等会同臣祁埙，将一切情形，两次具奏。兹奉谕旨饬查，臣等谨查，香港全岛东西绵亘起伏，共一百四十余里，统名香港。就中分析，则香港地方在岛之西南。由香港而西、而北、而稍东为裙带路，再东为红香炉。由香港而东，为赤柱。地名虽分，其实诸峰均相钩连。香港全岛之北，过海面而西约三十里，为尖沙嘴，往东约五十里，为九龙山，均属新安县地界。现据署大鹏协副将赖恩爵禀称：该夷前求香港与之寄居，意不重在香港，而重在裙带路与红香炉，名则借求香港，实则欲占全岛。所开之路，系由裙带路开起，察其情形，似欲开至香港，复由香港开至赤柱。又据署新安县知县彭邦晦禀称：该夷船陆续驶入裙带路抛泊，声称系奉前任总督琦善允准，给与居住，至尖沙嘴与裙带路相对，为夷船聚泊之所。十九年间，经前任总督林则徐，奏请设立两台，一在尖沙嘴，台名惩膺；一在尖沙嘴附近之官涌，台名临冲，派拨兵炮，以资控制。嗣因琦善以该二台海外孤悬，不足御侮，而新安地方紧要，饬令将兵炮撤回县城防守，旋即被嘆夷潜据，现将临冲台内兵房拆卸，台基轰裂，其惩膺炮，仍复占据，各等语。又据署水师提臣何兵钟、署大鹏协副将赖恩爵节次咨禀：嘆夷先后在裙带路、赤柱各处张贴伪示，并有伪知县名目。其伪示以缉盗禁赌为名，阳为约束，阴为招徕，无非欲内地商民前往该处，与之贸易。而内地安分商民，均以其非我族类，不愿与之来往。惟愍不畏法之汉奸，间与勾通，希图获利。现已札饬严密查拿，其余情形，经臣等严加查访，均与禀报相符。至前署督臣祁山，是否给与全岛，抑或给与一隅，并无明文。惟检查案卷，内有副将赖恩爵禀报一件，内称嘆夷遣夷目呈送书帖，并称香港等处，已蒙钦差大臣准伊等驻扎，请将各汛弁兵撤回，等语。又查琦善任内所出示文，有该夷既准贸易，复求寄居，既准寄居，复求全岛之语。臣等愚昧之见，窃意琦善原只许以一隅，俾得寄居，而夷情无厌，遂藉此要求全岛，似系实在情形。再查嘆夷自退至香港后，瘟疫大作，夷人因受伤及染病身死者极多，现在患病者，仍复不少。且正经商人，均不肯出洋与之贸易，有谓此地水土恶劣，夷人断不能久居者。然该夷现仍禀请即在香港与内地商民贸易。经臣等共同商酌，未经允准，饬令署广州知府余保纯，向该夷晓谕，该夷亦不敢再行陈请。惟夷情诡诈多端，行踪叵测。臣等现又风闻，该夷有欲仍赴浙江一带之说。据署大鹏协副将赖恩爵禀报，亦风闻此语，虽皆得自传闻，尚无确据，要必须预为之防，业经一面飞咨福建、浙江、江苏、山东、直隶、盛京、山海关各督抚、将军、都统，转饬沿海各地方文武，严为防范；一面将本省各海口，随时严加经理，以固疆圉。

又奉旨饬查鲍鹏即鲍聪，原犯何事，因何查拿，有无案据一节。臣等遵查案卷，鲍亚聪与鲍人琼，系十九年五月间，经前钦差大臣林则徐因饬问该犯等贩卖烟土，札饬查拿，原札内开，该犯等系在十三行夷馆管账，及充当买办，等语。时该犯鲍亚聪，在逃未获。拿获鲍人琼，讯系鲍亚聪族叔。据鲍人琼供称：伊兄鲍人琯，曾充夷人噸吔等买办。十八年六月内，因鲍人琯患病回家，鲍亚聪受雇代办。至七月间，鲍亚聪又因母病回家，伊又代为办理，鲍亚聪又曾充过花旗夷人啲嚟买办，并未与夷人管账，鲍亚聪逃往何处，伊不能知，等语。检查臣等两衙门案卷，均属相符。又查现解赴京之鲍鹏，前督臣琦善任内，曾有谕令雇觅乡勇文稿一件，称系职员，究系何年月日报捐，所捐何职，亦无案卷可稽。查鹏与聪字音相近，或因犯案被拿，潜匿本名，该捐职员，希图效用，抑或先以鲍鹏之名，报捐职员，另以鲍亚聪名字，充当夷人买办，均未可知，自应向该犯究讯。至鲍人琼，先于讯明杖责后，递籍报束，现在饬提覆讯，惟该犯鲍人琼，住居香山县乡间，离县城百余里，距省三百余例，往返需时，尚未提到，容俟提到，讯明是否与原供情节相符，有无续犯不法别案，另行分别咨部。除先将臣等两衙门所存鲍鹏一案卷宗、钤印解送刑部查照办理外，所有遵旨饬查各情节，谨会同确切查询，合词恭折，由驿覆奏。伏乞皇上圣鉴训示。谨奏。

（朱批：）另有旨。

道光二十一年五月二十八日

（宫中朱批奏折）

D42：军事-防务

2.63　寄谕靖逆将军奕山等夷船出洋北使著筹招练勇预备炮械扼要防守

道光二十一年七月二十一日（1841年9月6日）

军机大臣密寄钦命靖逆将军奕〔山〕、参赞大臣齐〔慎〕、两广总督祁〔埙〕、广东巡抚怡〔良〕。道光二十一年七月二十一日奉上谕：

奕山等奏，夷船出洋北驶及晓谕情形一折，据称新来㕮夷领事噗嘣喳开船出洋北驶，留副领事吗啉在澳门守候回文。该夷请讨马头之心，念念不忘，现已谕以贸易处所向在粤东黄埔，其他处港口并无洋商通事，亦无海关经理，断不能令外夷四路营贩。等语。

该夷贪得无厌，诡诈百出，现在噗嘣喳出洋北驶，无论其果否系义律嫁祸，抑系藉端寻衅，总当加意守卫，以备不虞。省垣留存征兵万余，不为单薄，该将军等仍当于沿海州县村庄，团练义勇、水勇，设法广为招募，俾绅士等群相鼓舞，激励将心，遇有紧急，自能得力。炮火器械尤当预为筹备，扼要防守，毋稍疏虞。

至粤东为海疆要地，各夷通商，相沿已久，俱有一定口岸，岂容㕮夷妄求马头，别滋流弊。倘该夷递呈乞恩，妄生希冀，该将军等断不准允为代奏。

所有粤省绅商捐资输纳，惟当谕以：尔等既知急公报效，莫若团练乡勇，保护地方，为国家出力。如果同心敌忾，奋勇擒渠，必当加以官职，从重赏赍，不在区区输纳为也。将此由六百里加紧谕令知之。钦此。遵旨寄信前来。

（军机处录副奏折）

G201(561)：中外关系-第一次鸦片战争(英国)

2.64 福建巡抚刘鸿翱奏请饬直隶等省督抚严密防范以杜英人北上片

道光二十一年七月二十八日(1841年9月13日)

再,正在具奏间,臣刘鸿翱接靖逆将军臣奕山等咨会。六月二十七日,据广州府知府禀呈,暎咭唎国夷人新到领事噗㖊喳呈送夷书二件。一系知照叹啴已革领事回国,伊即接办领事;一系要善定章程,照去年七月在天津呈诉各条办理,如广东不能承当,即分船北上,再求宰相商议。等语。并有七月初一、二即行起碇之信,已委派知府余保纯前赴澳门,晓谕开导。而夷性犬羊,难保听从不往,飞咨转饬防范。等因。伏查该逆夷桀骜非常,现已攻陷厦门,难保不分船北上。

除臣已飞咨沿海各督、抚外,应请旨敕下直隶、山东、江苏、浙江各督抚臣一体严密防范,谨合词由驿附奏,伏乞圣鉴。谨奏。

道光二十一年七月二十八日奉朱批:另有旨。钦此。

(军机处录副奏折)

D5:军事

2.65 修造米艇清单

谨将道光二十年准各营先后具报攻夷打仗被炮火烧毁击烂应行修造米艇,开列简明清单,恭呈御览。

一香山协副将惠昌耀禀报:左营配驾碣石镇标中营第一号大米艇一只,于二十年七月二十二日在关闸攻退暎夷船只,被炮击坏船身杠椇等项,应行修换。

以上大米艇一只由香山协左营修理。

一,署大鹏协副将赖恩爵禀报:阳江镇右营第六号中米艇一只,于二十年十月二十六日在横门海面攻夷,被炮击烂,应行补造。

一,署水师提标中军参将李贤禀报:本标中营第四号大米艇一只,左营第一、第二号大米艇二只,第五号中米艇一只,右营第四号中米艇一只,大鹏协右营第一号大米艇一只,阳江镇左营第一号大米艇一只,共船七只,均于二十年十二月十五日在沙角等处与暎夷打仗被炮火烧毁击烂,应行补造。

以上大中米艇共船八只被炮火烧毁击烂,均应由广州府厂补造。

(朱批:)览。

(军机处录副奏折)

G214(201、561):中外关系-租界(香港、英国)

2.66　靖逆将军奕山等奏报遵旨查明广东洋面逆船往来并香港情形折

道光二十二年四月二十七日(1842年6月5日)

奴才奕山、臣祁𡎴、梁宝常跪奏,为广东洋面现在逆夷来往各船只并香港情形,遵旨查明具奏,仰祈圣鉴事。

窃奴才等接据扬威将军来咨,逆船退出宁郡,恐其分扰海疆,咨照一体防范。并准浙江抚臣刘韵珂咨称,宁波夷船全数退赴镇海,其镇海夷船大半开往定海,咨行防堵前来。奴才等因思,该逆船既经退往定海,保无由浙驶回粤洋。当即一面严谕沿海各处实力防范,一面飞饬该管文武员弁,将现在逆船情形确探禀报。正在缮折具奏间,兹派(奉)军机大臣字寄,道光二十二年四月初二日奉上谕:据刘韵珂奏,夷船全数退赴镇海,云云。钦此。钦遵。寄信前来。

奴才等窃思,夷情诡谲异常,其来往船只经过粤洋亦属靡定。自上年五月以后,有由该国驶来船只,仅在粤洋游奕,未经东驶者;有甫来粤洋湾泊,旋出老万山洋面,驶往闽浙者;又有前往合浙之船去而复返,仍泊粤东洋面者。是以奴才等于本月十六日奏报夷情折内,当将该逆新到兵船四只、火轮船三只奏明在案。现复查得,该逆湾泊九洲巡船六只,僤(潭)仔巡船一只,黄埔夷船一只,尖沙嘴巡船二只、兵船二只、八号火轮船一只,以上共十六只,均系本年二月以前来到之船,分泊各洋面不定,未经东驶。其自三月以后,有由该国新到十四号火轮船一只,泊于三角,而尖沙嘴地方在香港对面所泊夷船为最多。三月杪,素泊夷目吐密曾驾中巡船一只、四月初来泊十号火轮船一只、四月十八日由该国新到三桅兵船四只,每船夷兵约二三百名不等。四月二十二日,又由该国新到三桅兵船四只,每船约夷兵二百余名,约各载马四五十匹不等。又新到中小巡船二只。以上新到尖沙嘴兵船、巡船十只,虽探闻有欲行驶往闽浙之信,尚未开行,此现泊粤东洋面未经东驶之逆船也。

又探有六号、九号、十一号火轮船各一只,唎咐巡船一只,吻咇中巡船一只,装兵中巡船一只,自该国驶来尖沙嘴,均于四月十六日以前陆续起碇,已出老万山东驶,似系驶往闽浙。又有十二号、十三号火轮船各一只，三桅兵船六只，中巡船一只，系于四月初旬甫来尖沙嘴，即于十八、十九等日起碇，由校树洲西驶，探报似亦系驶往浙江。此外另有兵船一只，哗呛巡船一只，系自上年秋冬间驶出老万山东去，今复于四月中旬驶回，仍泊尖沙嘴，探系由闽浙甫经驶回。此又现在探得由粤洋驶往闽浙，以及前往闽浙复行驶回，仍泊粤洋之逆船也。

以上逆船来往俱系据澳门同知并新安、香山各县及大鹏、香山各协营随时禀报、该文武员弁亦系据该引水之水（员）在洋瞭望，究之大海茫茫，其或赴闽浙亦不能确质揭实。即如该逆由浙驶回船只如仍在粤洋湾泊，尚可探悉，倘竟由外洋驶回本国，亦无从而知。惟现在尖沙嘴地方既有由该国新到以及自浙驶回之三桅兵船，巡船较往时实为加多，且该逆火轮船直到距省四十里之黄埔窥伺，夷情尤为叵测。奴才等自当随时激励兵勇严加防范，以固省垣而免疏失。

至逆夷在香港情形，叠据水师提臣转据大鹏协禀报，尖沙嘴之惩膺台、官涌之临冲台被该逆拆毁，复于裙带路，赤柱之上湾、中湾、下湾地方随时修建营盘、兵房、鬼楼、马头等工，亦时有拆毁，并有时被火焚烧复修者。又于裙带路、灯笼州两处修建炮台，安设铜铁大炮三十四位，均有夷目带领夷兵驻守，侦逻甚严。复有汉奸在该处修造草棚铺房，交通买卖。其对面之尖沙嘴，更有兵巡各船连泊，是该逆竟以香港为巢穴，而汉奸亦藉以为逋逃〔之〕薮。奴才等现虽防守刻刻不敢忘战，俟有可乘之隙，再当相机妥为办理。

至奉旨饬查该逆国中有无事故一节。查本年二月间，传闻夷商在澳门谈及咦夷所属出产棉花之嗌叮喇地方，向有咦夷兵目带领黑白夷兵各数百兵驻守，因黑夷出兵在外多有伤亡，仅剩白夷兵不敷驻守。该处逆夷兵目于去冬勒派该处黑夷商民充当兵役，因而嫌怨群起，刺杀夷目，并将白夷兵数百名焚毙殆尽。各等情。奴才等因系风闻，无据之词未敢冒昧入奏。近日又据香港探报，逆夷所恃者，因前占有嗌叮喇之埠头，藉产鸦片厚利得充兵饷，今被嗌叮喇嚤咑嗯恩子将叭□之夷杀死，夺回鸦片埠，以致兵饷不继。揆其情形，似难耐守。等语。前后印证，虽属有因，究无确据。

奴才等再当密为侦探，并随时确查该夷来往船只迅速奏报外，所有现在查明逆船往来并香港情形，理合恭折具奏，伏祈皇上圣鉴。谨奏。

道光二十二年五月十四日奉朱批：另有旨。钦此。

四月廿七日

（军机处录副奏折）

D42：军事-防务

2.67　靖逆将军奕山等奏报查探广东洋面停泊英船各情形折

道光二十二年五月十四日(1842年6月22日)

奕山、祁𡊭、梁宝常跪奏，为广东洋面停泊㖠逆船只陆续东驶，并该夷目管驾火轮船随后驶往，谨将现在查探情形，恭折奏闻，仰祈圣鉴事。

窃奴才等前奉谕旨：㖠逆来往船只必由闽粤各洋经过，有无逆船自粤赴浙，抑或有逆船由浙南驶，经过该二省洋面之处，著即探明，随时由驿迅速奏报。各等因。钦此。当经奴才等于四月二十七、三十等日，将查探逆船来往情形，叠次奏报在案。

查前次奏报泊在粤洋逆船，除驶往闽浙十三只外，截至四月二十五止，尚有四十只。嗣据该管营县陆续禀报，四月二十七日新到装兵船四只、中巡船二只，二十八日新到装兵船二只，二十九日又新到装兵船四只，均泊尖沙嘴。另有二号火轮船一只，系上年八月内赴浙，亦于四月二十八日驶回尖沙嘴。并查出上年十月内复回三角洋面中巡船一只，理合补报。等语。奴才等查得该逆船续到十四只，合之四月十五日以前所泊四十只，共计五十四只。是否由粤东驶，飞饬该管文武员弁，逐细查明禀报去后。

兹据各该处续报，除前报驶往闽浙逆船十三只不计外，其自四月二十四起至五月初四日止，又有大巡船一只、中巡船六只、小巡船三只、装兵船二十二只、十号火轮船一只，均于四月二十四、二十九及五月初二、初三、初四等日，自尖沙嘴起碇，驶出老万山东驶。又有由浙驶回尖沙嘴之二号火轮船一只，经夷目吥嘆嘣、吗唎唦二名管驾该船，于五月初六日出老万山东驶。以上巡船、装兵船、火轮船共三十四只，陆续出老万山东驶，探系前往闽浙。另有夷目吐嚧一名，管驾嚽啐咍喱巡船一只，先据新安县禀报，该船于五月初四日自校树洲两驶，探系驶回本国。接据澳门同知禀报，该夷目管驾该巡船系于五月初六日出老万山东驶，即与夷吥嘆嘣、吗唎唦二名同赴浙洋。各等情。

奴才等伏查，本年四月十六日以前，逆船由粤东驶行者仅止六只；乃自四月十八日哗哙巡船自浙驶回以后，旋于四月十九、二十一、二十四等日出老万山东驶者八只；自四月二十八日二号火轮船自浙驶回以后，旋于四月二十九、五月初二、初三、初四、初六等日先后出老万山东驶者三十三只。统计该逆兵船、巡船、火轮船，除夷目管驾巡船一只，是否驶回本国，抑系驶赴浙洋，另行确切查明外，其自四月至五月初六日止，先后共出老万山东驶者四十七只。且有夷目吥嘆嘣即嚛嗃喳及吗哩唦二名，即随二号火轮船跟踪驶往。并探得新到大巡船内载有番妇番孩一百余名，安置裙带路楼居住。其装兵船内约载去马二百匹及炮车等项。揣度该夷情形，或因在浙与大兵接仗，是以哗哙巡船及二号火轮船驶回粤洋报信，旋将四月内新到兵、巡、火轮各船开驶赴浙，肆其豕突，亦未可定。但夷情叵测，或径驶往浙省宁波、乍浦等处，抑或分驶厦门、上海、天津一带各海口肆行滋扰,难以逆料。且风闻该逆船亦有驶往台湾之信,均应加意防堵,以备不虞。

除飞咨扬威将军并沿海将军督抚一体严加防范外,查现在粤东洋面自二月以前到泊各船,截至五月初六日止,共计逆船六十七只。除已起碇东驶者四十八只,计尚存逆船十九只。其二月以前来泊逆船十六只,仍泊于九洲、三角、潭仔、内零丁、尖沙嘴各洋面。其哗咃巡船一只、十四号火轮船一只、及四月二十二日新到装兵船一只,据报向咖嗯囒及校树洲等处驾驶,尚未驶出老万山。诚恐该大帮逆船不久仍由各处驶回粤洋。奴才等随时激励兵勇,严密防堵,如有可乘之隙,自当相度机宜,妥速办理,仰舒宸廑。

再,查逆夷巡船有大中小三等,专为接仗而设,大巡船载炮七十余门,中巡船载炮四十余门,小巡船载炮二十余门,其装兵船则仅有炮十门、八门及四门、两门不等,系为夷兵居住及装载火食之用,合并陈明。

所有现在查探逆船情形并夷目随后驶往缘由,理合恭折奏闻,伏乞皇上圣鉴。谨奏。

道光二十二年六月初一日奉朱批:另有旨。钦此。

五月十四日

(军机处录副奏折)

[G214(201、561):中外关系-租界(香港、英国)]

2.68 靖逆将军奕山等奏报查明现在香港汉奸名目并筹办各情形折

道光二十二年六月二十八日(1842年8月4日)

奴才奕山、臣祁𡎴、梁宝常跪奏,为遵旨查明香港地方汉奸名目及现在筹画办理情形,据实覆奏,仰祈圣鉴事。

窃准军机大臣字寄,道光二十二年五月二十四日奉上谕:有人奏,逆夷掳掠赀财,云云。钦此。又于六月初一日奉上谕:逆夷于香港裙带地方,云云。钦此。钦遵。寄信前来。伏查该逆自上年二月占据香港之后,即于毗连之裙带路修筑石路,搭盖篷寮,复于该处上湾、中湾、下湾地方随时修建营盘、兵房、鬼楼、马头、篷寮等工,亦间有拆毁,并有时被火焚烧复修者。又于裙带路、灯笼州两处修筑炮台,架设钢铁大炮,派有夷目,带领夷兵驻守,均经叠次奏明在案。其住居香港伪知县孙名坚,又有囋嗹即赞逊,呢喱时即乜哩时,均系夷商,现闻逆夷令充兵头,吗咊𠼝即马履逊,啡唥即匪伦,俱系该夷头目,能通晓汉字、汉语,并非幕客。吗咊𠼝父子同名,其父故后,现在之吗咊𠼝名字之上添一秧字,缘夷人谓小为秧,故名秧吗咊𠼝。

上年冬间，曾有贸易商船在九洲、九龙及大屿山、佛堂门各洋面经过，被该逆将商船拉往香港二十七只，据船户郭开明、赵寿益、冯平安、金生利等来省控告有案。本年正月内，该夷目吥嘆喇即噗喃喳，与吗吰咝赴澳门商议，恐结怨于商民，查所拉商船，除变卖赎回外，仍存十一只，即将该船尽行释放，以后并无续拉船只及纳献陋规情事。至香港汉奸，其著名头目卢亚景即卢景，又有邓亚苏、何亚苏、石玉胜等为之勾引煽惑，立有联义堂、忠心堂各名目，均在香港，约计十余处。曾经奴才等于上年招回石玉胜、黎进福等一千余人妥为安置，奏明在案。因卢亚景一名犬为首恶，设法招附，当即密派眼线，给以翎顶，卢亚景旋亦允许，愿为内应扛旗举事，此逆夷占据香港，汉奸各立名目之情形也。

奴才等窃思，助逆之汉奸既有姓名、堂名，原不难按名缉拿，无如该汉奸盘踞香港，逆夷为之包庇，查拿愈紧，则趋赴香港者愈多，是以出示招致，如其洗心革面反正来悔者概赦不问，果能杀贼立功，更当格外加赏。倘竟怙恶弗悛，一经拿获，罪在不赦。如此剀切晓谕，既足间其党与，且可收为我用。现又购线招得朱泗水一名，系逆夷噴嘸之慕客，亦愿悔罪立功。奴才等访闻朱泗水与卢亚景各分党与，势不两立，现在香港汉奸渐已陆续聚众互门，夷人亦不能相安。近日复有东莞、新安等县绅士来省呈请团练、义勇，捍卫乡间，听候调遣。奴才等悉心访查，从前并无新安士民，因见有通商告示不敢报复之事，亦无汉奸替逆夷抢掠乡村之事。惟在省绅民纷纷献策，欲图杀贼，但人类不齐，未必尽属可靠，而所谋又无通盘筹画者。果有谋勇出众之材，激于义愤及看汉奸中实心悔正可用反间者，奴才等自当随时相机妥办，会其乘间剿袭，既不致贻误机宜，亦不致卤莽偾事。

至现在逆船情形自上次奏报之后，续来粤洋住泊者又有十六、十七号火轮船二只，其在外洋瞭望，由西南驶往东北洋夷船计四只，由东北驶回西南洋夷船计四只。昨据各该营县报称，本月十三日，突有三桅中巡船一只、两桅小巡船二只驶进沙角海口，当令引水诘问，据称系查看各国货船在虎门以内共有几号，又称听闻现修虎门炮台，故来看望。等语。该逆驶进横档，往来游奕，于十八日仍复驶回尖沙嘴、三角各洋面分泊。另有八号、十六号火轮船二只亦于十四日驶至距城四十里之黄浦游奕。奴才等随传谕各炮台，如逆船竟敢驶至石坝窥探，即以开炮轰击，该逆船亦即于十五日驶回香港。逆夷种种诡谲情形可恨之至，奴才等惟有简练兵勇，严密防范，仰纾宸廑。

再，闻逆夷由浙江驶回船只内装载铜钱散作夷兵食用，不知确数。又闻驶回各船内装载伤毙、病毙夷人尸首不少，或谓有千余具，或谓有四百余具，并闻刻下香港汉奸尚已不敢受雇赴浙。

所有遵旨查明香港汉奸各情形及现在筹办缘由，理合恭折具奏，伏乞皇上圣鉴训示。谨奏。

道光二十二年七月十五日奉朱批：钦此。

六月二十八日

（军机处录副奏折）

D42：军事-防务

2.69 程矞采奏为粤省防守事宜折

道光二十三年三月二十三日(1843年4月22日)

三品顶戴广东巡抚臣程矞采跪奏，为粤省防守事宜现已次第修举，并将造言生事之游棍严行究办缘由，恭折奏祈圣鉴事。

窃惟粤省地处海疆，民夷错处，现当军务甫定，一切控驭防维固宜加意讲求，尤当固结民心，无使浮言煽惑，庶足以资捍卫而靖地方。臣前抵粤东省城，察看附近炮台，有照旧修复者，有扼要添筑者，均已缮修完备，一律整齐。其虎门一带炮台，闻亦陆续兴修，工程报有分数，又于城北三十余里之石井及江村，建设升平公所、升平社学二处，并城东十余里之燕塘及沙梨园，添建东平公所、东平社学，均由绅士团练乡勇，自备器械，约有三万余人，无事归农，有警则一呼立至，声气极为联络。臣到任后，该公所、社学各绅士均来接见，询知大概情形，当即优加奖励，并谕令妥为约束，以期互相捍卫，毋致滋生事端。各绅士均知感奋，似已声息相通，防范甚为周密。至于内河西北路之南海地方，及三水、清远两县，东路之东莞、新安、归善、博罗各县，南路之香山、顺德、新会各县。去年冬底到春初，抢劫之案较多，皆缘从前招募壮勇，类多无业游民，裁撤后不免流而为匪。经督臣祁𡊮设立缉捕所，添制三路巡船，遴委文武大员，会督地方官严行搜捕，所获案犯不下三百余名，均经随时惩办。臣复严札各属认真缉拿，现有著名首犯萧大旺一名，党与甚多，经四路围拿，始行弋获，并获伙犯多人，实为地方除一大害。内河一带盗风可期稍息。

惟是省会五方杂处，外来游匪因前冀幸军功未遂所欲，往往造言生衅，藉称义士义民，煽惑人心，并于明伦堂大张揭贴，按户抽丁，欲与㖞夷为难，美其名则称为同仇义举，究其实则意在构衅营私。臣与督臣祁𡊮均有风闻，并经督臣祁𡊮向告，上年十月内即有假托明伦堂名目刊贴告白，欲与㖞夷报复。而询之在城素有名望之绅士，佥称并无此事，系属假借，彼时因未究出何人所为，是以先行出示晓谕禁止，随有夷楼抢火之事，当即将情形一并奏明，嗣后并未再有匪徒造言生事，以为自谕禁之后，当知悔悟，是以姑勿追究。现既又有所闻，应再严行申禁，即会商出示，严行禁止，一面晓谕良民如集乡约，以保村庄，即系急公好义，倘张贴公启，捏造谬妄言词，与匿名揭帖何异。应即饬县访拿。讵本月十八日忽有手持浙西钱江名贴直入臣衙门，自称浙江监生，明伦堂揭贴即伊为首，倡义闻拿特来投到。臣诘以团练之法寓兵于农，乃本省绅民善举，明伦堂为广州学校重地，该生籍隶浙江，何庸搀越滋事。据称与本省乡绅会议，当令开出名单，多系各省流寓，询之在城公正绅士，佥称并不知情。适是日升平及东平各公所、社学众绅来见臣，面询明伦堂议事系属何人，均称异籍游民造言簧鼓，本地奉行团练均系量力捐资，自相保卫，揭贴所云按户抽丁之说，伊等皆未预闻。臣委员到明伦堂密查，并无本籍乡绅在内聚集，亦无多人。是此事皆由钱江一人煽惑人心，藉端生衅，胆敢于示禁之后，公然挺身入署，承认标帖，意在建言挟制，实为刁健之尤，更难保无党与潜藏暗中附和，若不严行查究，何以定民志而息浮言。当即将钱江押发臬司严审，外间舆论顿觉翕然，除俟讯明按律惩办外，臣窃以民为邦本，众志即可成城，如事果不便于民，断不能稍从迁就，致拂舆情。其实心为公共谋保护地方者，必宜多方奖励，若假公济私，名为义举，而实图敛钱滋事，适足以启夷人借口之端，不得不严加惩创，总期民心永固，边患潜消，以仰慰圣主绥靖海疆至意。所有现在办理地方情形，谨会同督臣祁𡎴恭折奏闻，伏乞皇上圣鉴训示，谨奏。

(朱批:)另有旨。

道光二十三年三月二十三日

(宫中朱批奏折)

D232：军事-职官-稽察

2.70　两广总督革职留任祁𡎴奏覆遵旨查明波启善在关闸与夷人接仗受伤各情形折

道光二十三年八月二十四日(1843年10月17日)

两广总督革职留任臣祁𡎴跪奏，为遵旨查明前任督标前营参将、已升副将波启善，从前在澳门关闸与夷人打仗受伤情形，恭折覆奏，仰祈圣鉴事。

道光二十三年闰七月十四日，臣承准军机大臣字寄，奉上谕：本日召见云南副将波启善，据奏道光二十年七月在广东参将任内，经林则徐派往澳门，与暎咭唎接仗，杀毙一百余人，其额上被飞炮打伤。等语。已有旨将该员发往广东，以副将即补矣。所奏打仗情节是否实有其事，著祁𡎴确切查明，遇便覆奏。将此谕令知之。钦此。等因。

臣当即检查档案，有前督臣林则徐奏稿一件，内称二十年七月，据派防澳门高廉道易中孚等禀报：是月二十二日，官兵壮勇在澳门关闸地方，与暎夷哗吣等船接仗，开炮迎击，自未至戌，历三四时辰之久。甫经交锋之顷，夷船被炮者无多，迨闸内闸外官兵一齐赶到，水陆夹击，将夷船前后桅柁打场，并击沉三板数只，炮毙夷人落水者不计其数。复有夷船赶来帮助，经我兵连轰数炮，击毙领兵夷目一人及夷兵十余名。事后捞获夷炮弹子大小二百余个，重十余斤至三十斤不等。查点我兵，阵亡者六人，壮勇亦伤毙三人，其带兵营员内，参将波启善与水师守备陈宏光头面受伤。等因。臣又详查当日澳门各文武先后禀报打仗杀毙夷匪情形，均与林则徐奏内声叙符合。

臣因原署澳门同知、现在捐升知府蒋立昂及臣标右营守备王子如、后营千总黄通理、中营外委伍佐邦等，均查系当日在事之人，复先后饬传该员弁等隔别查询。据蒋立昂禀称：是日嘆夷巡船攻击关闸，该员随同高廉道易中孚，督带壮勇，在关闸外向洋迎敌。参将波启善带同守备王子如等，在关闸内向洋迎敌。中隔里许，波启善打仗受伤，并未目击。迨夷船退出大洋，见波启善头面受伤，用布包裹，血透布外，并曾经高廉道易中孚、原署香山协副将惠昌耀验明，迎面两额及鼻左并左手受伤数处，系被大炮铁砂击伤。至伤毙嘆夷若干，当时关闸内外数处迎敌，彼此枪炮如雨，不能数计。

又据守备王平如禀称，该守备等奉派带兵随同参将波启善前赴关闸地方防守，七月二十二日未刻与嘆夷接仗，该守备等均在前迎敌，波启善在后督阵。约击毙登岸夷匪十余名，其船上夷匪伤毙多寡，因该夷兵船离岸颇远，水陆相隔，实在难以确查。迨夷船退出后，闻得波启善头面受伤，各官兵回营后，看见波启善头面受伤流血，用布包裹，靠在椅上。此次兵勇除阵亡外尚有受伤兵三十余名，均已蒙咨部优恤。等语。询之千总黄通理、外委伍佐邦，所禀情形亦大略相同。

复访之香山县兵民人等，均言二十年七月澳门关闸接仗，波启善受伤系实有其事。因关闸地方系由香山县之前山营赴澳门海中旱路一条，路之中心高而左右皆低，我兵系在甬路西边低处藏身，乘间点炮轰击，故受伤者较少。各等语。

查该员波启善在粤时，臣不时接见，察其才具虽不甚开展，而讲求营务，必性亦尚真诚。其仰蒙召见时所奏杀毙嘆夷一百余人之语，今查无实在数目，详询当时在事官兵，亦均不能指实，似系该员臆度之词。而击毙上岸夷人十余人，及该员打仗受伤情形，则毫无虚饰。

除俟该员到粤时遵旨以副将即行补用外，所有遵旨确切查覆缘由，理合恭折具奏，伏乞皇上圣鉴训示。谨奏。

（朱批：）另有旨。①

道光二十三年八月二十四日

（宫中朱批奏折）

---

① 据军机处录副奏折，朱批时间为道光二十三年九月二十七日。

D42：军事-防务

2.71　两广总督徐广缙等奏报遵旨覆奏蒋文庆条陈夷务折

道光三十年十月二十四日(1850年11月27日)

两广总督臣徐广缙、广东巡抚臣叶名琛跪奏，为遵旨覆奏事。

窃臣等承准军机大臣字寄，道光三十年七月初一日奉上谕：安徽布政使蒋文庆奏，夷务仍宜修备。等语。海疆防范，不容稍疏。如该藩司所奏，无事之时，沿海各营将备兵，于海洋必亲习风涛，于炮火必亲习点放，于船支、器械、火药必力求坚致精利，日日训练讲求，而其最要，尤在沿海各郡守牧令平时与绅民讲求联络，力行团练之法。并称各省巡道似可仿照台湾定制，凡海疆道府皆得与闻兵事，以期缓急易于措手。等语。著各该督抚按照该藩司原奏，各就地方情形，悉心体察，认真筹办，总期海防严密，民气奋兴，无事则相安，有事则〔相〕卫，先声可夺，众志成城，方为克尽职守，其各该省如何酌核妥办，并道府与闻兵事果否可行之处，著一并筹议具奏。原片均抄给阅看。将此各谕令知之。钦此。

臣等窃思，驭夷之道，其因应也无方，其操纵也有主，要总不外于固民心。卫民之方，原在于强兵力，而顺民之情，尤在于肃吏治。上下之志同，彼此之理得。即未有不知安内而知捍外者，亦未有不能处常而能御变者。查广东水师一提四镇，于洋面则分为三路：提督驻扎虎门为中路，阳江、琼州两镇为西路，碣石、南澳两镇为东路，所属各协营亦即附近分驻其间。举凡诸夷聚处以及夷船出入停泊皆在中路，且距省城为最近，故为扼要之所。碣石、南澳直达闽浙，亦为往来必经之路。惟阳江、琼州两处，多系越南、暹罗诸国商贩所通，而暎、咪、咈等国夷船到此者较少。其洋面情形，原在各营将备弁兵时加侦探，互相梭巡，风涛耐于惯习，炮火熟于点放，船支长于驾驭，器械火药在在极于精良。训练讲求，本营伍当尽之职，皆循分应办之事。有事赖以防夷，无事正可期于捕盗，仍由臣等分别劝惩，自当渐收得人之效。

至于省城，为华夷杂处之地，全在控驭得宜，使无可藉口，亦在声色不动，使之无从生心。此外如番禺之黄埔、东莞之虎门、香山之澳门、新安之香港，各该地方官果能深知大体，廉隅自饬，又能实心任事，该夷不独无戏侮之心，并且有悦服之意。臣等早有所闻，明察暗诇，亦复如是。即上年，暎夷复有进城之请，未及一月，城厢内外聚有十万之众，其附近各县乡村亦无不勃兴义愤，切齿同仇，是团练具有成规，历久可循。正所谓无事则相安，有事则相卫也。查福建台湾道远隔重洋，距省甚远，遇有缓急，实恐鞭长莫及，是以定制与各省巡道迥不相同。至于广东州县，凡值下乡办案，无论缉凶捕盗，皆须请兵而行，营中习以为常，随时皆可立应，并非仅止道府与闻兵事。若关涉夷务重大，一切筹调机宜本非道府得以擅专，且逼近省垣，自应仍由臣等相时行事，又非可先诿之于道府牧令经司其事。总之，办理夷务本非共有辙迹可按，因时因地，神而明之，存乎其人。先守一定不易之见，常求随在可恃之图，庶先声可夺，而后患自弥矣。

所有遵旨覆奏缘由，谨合词恭折具奏，伏祈皇上圣鉴训示。谨奏。

道光三十年十一月二十八日奉朱批：知道了。钦此。

十月二十四日

（军机处录副奏折）

H111：镇压人民斗争活动-太平天国起义

2.72 两广总督徐广缙等奏报遵旨饬查澳夷情形折

道光三十年十一月二十九日(1851年1月1日)

两广总督臣徐广缙、广东巡抚臣叶名琛跪奏，为遵旨密奏，仰祈圣鉴事。

窃臣等于十一月十八日承准军机大臣字寄，道光三十年十月二十九日奉上谕：徐广缙、叶名琛奏剿办匪徒及澳夷情形一折，据称英德一带匪徒经两次歼毙之后，旋又分股窜入翁源县之六里墟、新冈墟两处，经文武员弁分带兵勇及附近乡民合力围捕，杀贼一百余名，受伤后死者一百余名，捕获奸细贼匪十余名，并生擒头目邱亚四一名。等语。广东各路追剿渐次得手，其余游匪尚多，急（亟）宜乘势追捕，一鼓歼除。著徐广缙、叶名琛督饬在事文武分路进剿，务将首要各犯迅获，胁从解散，两省交界处所尤应严防，勿任勾结。至所称澳夷兵头潜至香港，向哄酋吱嗡唆播一节，仍著徐广缙加意防范，随时侦探，据实密奏，不得以现在无事，稍涉大意，是为至要。将此谕令知之。钦此。

查剿办匪徒在翁源、佛冈、英德连获胜仗，及界连西省各处，一体严防，以免勾结，并确探夷情各情形，均于十一月初一、十六、二十二等日先后具奏在案。

查澳夷疲敝已甚，并无大兵船，九月烧毁之船系辗转托词向他国借来者，今全被毁，既无力赔偿，而澳内夷兵本不过三百余名，又复烧毙殆尽，穷蹙情状，更甚于前。该夷素尚恭顺，惟有夷目啭嚷一人，生长澳门，粗通中国语言文字，最为狡黠，频年种种作耗，皆其所为，现在澳内各夷惹事招非，致干天谴，一切公事不令与闻，所以顿觉安静。吱酋既蒙该国王称其知机晓事，得有名号，自应安分保守之不遑一时，谅不至受人唆播。第犬羊之性，反覆无常，臣等惟有恪遵训谕，加意防范，随时侦探，断不敢因目前无事，稍涉大意。

所有遵旨饬查缘由，理合据实由驿密奏，伏乞皇上圣鉴训示。谨奏。

道光三十年十二月十八日奉朱批：知道了。钦此。

十一月二十九日

(军机处录副奏折)

E21：政法-治安、巡捕(镇压非政治性骚乱)

2.73 两江总督陆建瀛奏报密饬苏松太道等外示镇静内严防范坚守成约随机筹办片

咸丰元年七月十三日(1851年8月9日)※

再，臣等前因咈囒哂兵船驶至上海，要求给还松江府城内天主堂地基，业已严词拒绝，当将办理缘由据实奏明在案。

嗣据委员探报，该夷闻臣等揭破其奸，无可藉口，即于七月初一日将兵船开驶出口，待风放洋。臣陆建瀛因科场在迩，上下江士子已陆续至省，署中积压事件亦急须清厘，即于初三日由扬州回省。孰知另有公易行夷商托暎咭唎夷目麦华陀私租民地，围筑篱笆，与正月间开挖道路之处切近，闽人疑其复图开路，关碍坟墓，因而聚众不依，于七月初三日遍贴告白，痛詈各夷，牵及索还松江府城天主堂地基一事，有鸣鼓而攻之势。各该夷情甚惊惶，咈囒哂夷目敏体呢即将兵船调回，停泊其寓屋之前，阳为狼状，实则保护夷馆。适委署苏松太道吴健彰已行抵上海，即会同本任苏松太道麟桂，督饬厅县传谕闽广会馆董事，各自约束其乡人，并出示晓谕，不许滋生事端。查明公易行夷商私租民地，虽有其说，并未立契交价，谕令不准私租，并向各该夷领事谕以祸福，嘱其不可再犯众怒。各该夷佥称现不开挖道路，惟求好为保护，查拿匿名揭帖之人，照例惩办，情词甚为恭顺感激。该道吴健彰因咈囒哂夷人专以行教为事，并无贸易，今其兵船前来，必非无故。向各国夷人密探，据称咈囒哂国王为其下所逐，现在只有头目一人、副头目十二人来沪之兵船。上年九月已泊广东之澳门香港等处，本年五月始由香港开来，一俟风顺即当开行。尚有二号兵船一只、火轮船一只仍在香港，此船各处游奕并不滋事。至松江府城天主堂地基，系敏体呢欲争为礼拜之所，藉以诱人入教，已奉揭破，敏体呢亦无可置喙。等语。

臣等查，暎夷之开挖道路，与咈夷之索还天主堂地基本系各国各事，绝不相侔，因公易行之私租民地，与咈夷之借端要求会逢其适，闽人所贴告白遂连类而及之。该夷等各怀疑惧，颇有戒心，江苏民气柔弱，久为该夷所玩视(朱批：尚好)，今得闽人此举，洵足褫该夷之魄，而鼓江苏绅民勇敢之气。现在各该夷惟求地方官保护其贸易，闽广民人亦听地方官指挥，不致另生枝节。惟夷性诡谲，促之过急则奇货可居，处之以平即庆然而返。臣等业已密饬该道等，外示镇静，内严防范，坚守成约，随机筹办。一俟该兵船出口，再行具奏。

所有现办情形，理合附片陈明，并将告白照录，恭呈御览，伏乞皇上圣鉴。谨奏。

咸丰元年七月三十日奉朱批：知道了。钦此。

（军机处录副奏折）

D42：军事-防务

2.74 黄宗汉奏报赴广东沿途见闻折

咸丰八年二月十四日(1858年3月28日)

两广总督臣黄宗汉跪奏，为恭折奏闻仰祈圣鉴事。窃臣蒙恩总制两广，兼拜钦差大臣之命，诣阙叩谢天恩，迭蒙召见十一次，教诲成全有加无已，跪聆之下感钦莫名。年前二十八日陛□后即于新正初二日出都，十一日在泰安府接准军机大臣密寄，正月初九日钦奉上谕一道，并抄给阅看柏贵等原奏折，乃初二日密寄骆秉章、罗□□等谕旨二道祗领事。是十七日在□城县境接到军机处咨交总督巡盐关防二颗，敬谨封存，□赴广东开用，均经咨覆军机处在案。

二十二日自清江放丹南下□□行走，将渡江，阻风三日，□闻召夷人直入苏州投文之说，臣即改坐江船乘风驶入丹徒，所有随员仆从行李仍令俟风□平顺过江。二十九日在常州接准江苏抚臣赵治辙来函，抄录嘆咪□哦罗□各夷酋照会，大学士裕诚各件及各该督抚臣奏稿送臣□核筹办，并嘱臣从容行走，俟批折回后方出苏境。缘该夷到苏后该省人心不免稍有□□，有谓即不赴沪就见，或当在苏与之理说，素以为有臣在此□当该夷便不至与苏为难。臣当与督臣何桂清再三商议，上海非总办夷务之地。臣虽系专办夷务之人，而非途办事务之时，若未到粤省，一切情形不知，但据一面之词，何从筹议。且现在既有柏贵署理，不知如何与之议论，如何具奏。设或在在沪在苏接见该夷诛求，稍有不遂，□动多挟制，不惟苏省骚动，于大局尤有关紧，万无在途筹办之理。且该夷此次照会系十二月二十七日所发，意在上报叶名琛，请另换钦差大臣□□粤省，尚未钦奉谕旨将叶名琛革职，派柏贵署理，今已奉到□二月十七日，来沪之愿未必果行，即使如愿而来，唯有将臣已星驰赴粤，与之委婉开导，令其回粤，该夷倘有不遵，亦不过上天津为藉口。上海关务固为江南军饷吃紧之地，亦为各外国贸易精华所聚，现比粤东热闹，料该夷断不肯在此构难。且诛该夷之心系痛恨叶名琛将其照会所请压于上□□抄录并进。尚有□□□来邀□之处，刻下未必途敢截留漕粮，似无庸先自过□，与何桂清反复谈论三日，即解缆赴苏见赵□辙，亦以前说告之该督抚臣，意见相同。二月初四日臣始有苏而下，初五日在□江丹次接到赵□辙来函并恭录□□该督抚上谕一道，大学士裕诚咨覆苏省，今又照复各该夷酋等一件。臣恭阅之下仰见圣明洞烛一□，俯如所□，令其赴粤聆候查办，该督抚臣即遵旨照复去后。十一日臣在浙江接得江苏藩司王有□初九日来□，以在沪夷目接到照会，因夷酋未到，尚无动静，现闻宁波港口到有火轮船，是否即该夷公使将赴上海，亦未得确信，溯臣于渡江后将赴□州。

二十七日在丹□□次接准军机大臣密寄，正月二十日奉上谕一道，并将骆秉章所呈信函抄给阅看。谕旨，广东近日情形该署督及将军既并受挟制，在官□无可用之兵，即绅士乡团无官兵为之援，亦恐独力难支，著臣迅速驰往，豫筹妥办，□遇地方如查有可带之兵，一面奏明一面酌带到粤后择地驻扎安营，不可轻入省城等因。钦此。圣虑至为深远，臣当钦遵筹办，惟现在江南军情大兵悉数围站金陵，西北两面虽经围住并开挖长濠防贼窜越，而秣陵关为南路咽喉，该道并力死守，必须此关攻破，由南而西四面合围，断其接济，方能告厥成功。然贼势至为披猖，过常州时闻何桂清所设，已虑其兵力不敷围攻，而宁国之黄池湾沚忽为芜湖贼匪窜踞，又不得不抽调赴援。臣察其情形甚为焦急，殊难与议调兵，况唉咪□各该夷酋果否于二月中旬来沪妄肆要求尚未可知，更不便以调兵助粤使之藉为口实。浙江则宁国、衢州两防均为紧急，而衢州一带关系□□自抚建倾巢为□，贼匪数万现正围攻江西之广□县，该县与浙省衢州毗连，抚臣晏端□已令该□道幕兵数千赴援，并防守□山，又飞咨福□张芾各调大兵合战，三衢为全浙门户，亟当保力攻占，俾贼众不至犯浙方为至计，此江浙各兵一时难调赴粤之实情也。臣现已飞咨闽浙督臣王懿□如漳泉一带有可调之兵先行调齐，俟臣遇彼即一面带往一面奏闻，否则唯有钦遵谕旨，俟入粤境沿途调募惠、潮、嘉水兵勇先行择地驻扎，并召集各处团练密筹攻占以维持大局。

至骆秉章所呈粤信，系十二月初九日所发，历叙十一月间事，该夷等既蓄谋而来劫我大臣，占我城池，则其迫胁将军巡抚等势有必至者。面其勒令收缴军器，出示安民，以及与巡抚同住一□，搬入将军衙门住宿，皆□藉地方官以为护符，时刻虑民杀害，此则该夷胆怯，□其势凶也。一切情形悉系未经奉到谕旨以前之事，必须探访正月间柏贵□任以后该夷如何迫胁要求方可知其意之所□，乃臣在苏接阅王有□抄来在沪粤商家信及随蕃司员□□昭等抄来各信不下二十余封，皆与骆秉章所呈之信相似，故无庸赘呈。惟候补知府杨从龙，嘉应州人，在江南大营差委先□□□广东提饷在省守□经年，并于年前十二月二十八日自香港搭船，正月初八日到苏，所递夷务略节□叙尚属清□，并由沪□来粤商二信系十二月初旬以后所发，与各信有小异者，谨另缮折片恭呈御览，并附呈告示一纸，该夷之党及雇工解散可以见矣。杨从龙与扬州府知府郭志耿皆精明粹练熟悉情形，郭志耿曾在本藉清远县集团剿匪出力，甫经服阙到□，即蒙简放，正在赴任时，何桂清知臣将到留该二员以备差遣。臣即委杨从龙驰赴上海再行确探有无续到信息。

兹据回浙□称，正月二十六日到省火轮船一只，其人俱有澳门香港等处而来，非由省城□□者。传闻正月初九日已将叶名琛坐船驶出香港口外，又闻九十六□及各□有□正月十六日进攻省□(城)之说者,船即系十八日开行,果否进攻未及悉知,各国夷船尚无开仓交易之信等语。当即檄委杨从龙等随同赴粤另片奏闻。

至近年以来粤东办理夷务之□□及文武官员之贤否尤当□□□□以资治理,臣稔知有告病回藉之□任广州府知府张百揆,萧山县人,实为结实可靠之员,本随带前往追札调来杭接见,□次察其病躯实难跋涉,询以粤事,言之颇详。频年以来凡有可以防夷之策,叶名琛固已费尽心力经费想法筹办,究难以制其死命。即如骆秉章所奏香山、东莞、新安三属武气□强□为布置许以□□令其密探香港巢穴使该夷回顾不遑等情,叶名琛亦曾用过此荣,徒觉有损于新安,无能为害于该夷,则以该夷之防守至□也。所可惜者前年冬该夷已攻破外城而入,被我兵勇一鼓作气,骤然击退,稍觉□寒,省河兵船亦渐退出,□时绅士任崇曜请于叶名琛秉此会仅略示安抚数□便可□□通商,叶名琛仍坚然不允,此则□能无恨□□□□□□。现在大局已形□裂,该夷亦习见官绅之激励,民团半属虚张声势,故办理比前尤为棘手,然舍此亦更无良策。臣惟有迅速□征,俟到粤后步步为营,飞调当中数员□前来襄助,官民一心□办理以如仰副圣主委任之重。所有沿途经过地方探访情形抄呈京信缘由谨密折由驿五万里驰奏,伏乞皇上圣鉴。再臣此折系借用浙江巡抚关防□发后,即日由浙起程,合并声明。谨奏。

咸丰八年二月二十三日奉朱批。钦此。

二月十四日

(军机处录副奏折)

D42:军事-防务

2.75 黄宗汉抄奏为候补知府杨从龙呈递广东夷务大略事折

咸丰八年八月二十三日(1858年9月29日)※

候补知府杨从龙呈递广东夷务大略。道光二十二三年间,夷务事定,议立和约,以十四年为期,七年后方进广东省城。至二十九年春间,该夷复申入城之请,当时督抚系徐叶,奖劝绅士,犒赏壮勇,于是百姓众志成城,坚不准入,暎夷闻风罢议。奏奉谕旨,优奖官绅,立四牌坊于四城隅,以纪其事。

咸丰四年,红头艇匪水陆并起,剿办逾年始获蒇事,穷治土匪,搜戮四万七千有奇,其中不无冤狱。愚民无知,纷纷遁入香港澳门各夷船上佣工,为藏身之计,至六年秋搜捕犹未已也。九月十三日,番禺县差头张顺在夷人船内搜捕土匪十六人,交局审办,暎夷叠来照会六七次,讨取此人,叶中堂不允,二十四日闻其要攻城,始委南海县丞许文深将此所获之匪送到夷船,该夷不收,仍带回番禺管押。二十五日至二十八日夺我东西各炮台,二十九三十连日纵火烧靖海门外铺户九千余家，又轰击省垣督署，当时叶中堂兼署抚纂，遂移入抚署，连来照会十余次，俱置之不理，十月初七日林勇夺回东炮台，旋又复失，将炮台拆平水面，十月以后连日轰击，或数十炮或数炮，至多亦不过一百内外，故无甚要紧。十二月初七八日，洋行被我兵勇烧毁，该夷复用火箭烧我卖麻街，及至年底水师兵船齐集，该夷之船始退至凤凰岗。

七年五月，黄浦陈村两处烧我水师兵船十分之八，以后不再补造，水面兵勇亦从此全撤矣，即陆路壮勇一万有余亦裁撤十分之八，所存者林勇七百，东勇八百，潮勇数百，统计不及二千。当起事之初，粤绅伍崇曜与该夷说明在长寿寺设立夷馆，华夷有事在此相见，中堂不允，三四月间及七八月间伍崇曜屡次请先通商，开各国交易，暎夷则俟事定后方准交易，中堂亦不准行，于是法兰西藉端起衅，突来照会，谓我天朝有不知姓名人，杀其说书之老人向中堂要犯，三日不交出即要攻城等语，会同暎夷于十月二十七日两国突来火轮兵船十余只，上挂白旗，书“免战”二字来照会三件，讨要五事：一入城、二要河南地面、三要改章程、四要补其兵费、五要通商，限十四日回复，有一不依，立即攻城，至冬月十一日复展限二十四个时辰，中堂所回照会：通商可行，余皆不准。司道及两县俱请添勇抵御，中堂云：水面难敌，兵勇虽多无益，陆路该夷断不敢上来，我敢出击，如有谁要添募勇，令其自行捐办，不准开销等语。亦不令各营及旗兵防备，并不令各街绅民防备，前因派捐绅士亦颇涣散，嗣因惜赏，各街团练壮勇均不愿出力，而且下令不准擅杀夷人，水师陆路毫无准备。讵料暎法两国暗招土匪数百人藏匿船内，于十三日卯刻开炮，声如雷子如雨，中间夹以火箭烧只门底，直至大南门烧大新街三分二，至十三夜四更该夷已登岸，在东教场扎营，总局虽议添勇已来不及，至十四辰刻约计子母炮子进城者七八千，百姓纷纷望西城逃出，兵勇官绅均无斗志，至巳刻，该夷由东城隅云梯登城，初进不过数十人，因无阻拦，遂大队直入，占据观音山即粤秀山及各城。十五以后，虽经伍、潘各商绅议和，该夷竟不听说，至二十一日忽到潘署将库银二十二万七千搬运至夷船，又到抚署将军都统署将督抚将军抬至观音山，二十三日将中堂抬至火船，将军放回，中丞挟至抚署，会同办事，大堂二堂鬼子扎营，三堂四堂柏中丞住，各官亦能进见。十二月初二日虽经各绅民倡议集勇攻城为收复之计，柏中丞传谕谓：有敢藉名起义兵者，即依军法从事，于是其议遂寝。该夷定于腊月二十七日通商，望后九十六乡绅士标贴长红要攻城，该夷亦即改期。现省河花地以外，尚属安静，城外俱系夷船，民间大船尚不敢近。自冬月二十一日以后，江藩司行馆在十七铺旧豆栏，周臬司在西关长寿寺，运司粮道在佛山石路口，候补知府沉保颐在佛山团练，藩司亦常至佛山会议，粤海关在十八铺广府。吴守先期八月底赴清远剿贼，学院已出棚巡试南韶连广东带勇能员，惟候选知府林福盛为最。惜乎秋间裁撤殆尽耳。此腊月半以前在省垣耳闻目见之大略也。谨呈。

（军机处录副奏折）

3. 政　　法

E325：政法-官员违法案件

3.1　卢兴祖所呈香山县知县姚启圣货单赃单审答过情节册

康熙六年八月二十七日(1667 年 10 月 14 日)

总督两广文武事务、兼理粮饷、兵部右侍郎兼都察院右副都御史臣卢兴祖，为县官事败投到等事。谨将查过广东广州府香山县姚启圣货单赃单审答过情节备缮进呈。

计开。

一件原开，为大逆欺君叛国，阻挠朝贡，交通外洋，赃真罪确，亟恳立赐题参，以肃法纪，以弭边患事。大逆闽商王位中现娶交阯国女为妻，又买通暹罗国王，其进贡船肆只，内叁只系暹罗的，位中货装其半，又新贡船壹只竟系位中买林风子之船，假扮贡船往来外国，私行贸易，数年累赃巨万，犹不知足，乘哆等贡船到澳，差侄毕官口称，一照暹罗国事例，每只要银伍千两调停通贡贸易，否则发兵剿拿。切哆等漂泊拾数万里，经年九死一生，慕化进贡焉，有伍陆万金使费。况进贡虽系暹罗之名，船货俱属位中之物，万耳万目，久而自败。哆等初来通贡，若再效尤，诚恐玉石俱焚，彼时难办。朝贡岂容大逆阻挠，外国岂容大逆私通，事关阖澳万人性命，与暹罗航海飘来无住址者不同，不得不冒死按陈，伏乞钦命大老爷立赐题参，正法肃纪，以弭边患，以救澳命，外黏本赃单一并缴切上告。行濠镜澳议事亭彝目喽嚟哆。前件问知县姚启圣，亲笔供，这呈子稿儿卑职在澳里鬼子抄来的。但众鬼子俱恨王位中，问彝目并贡使，到省便知的实。

一件原开，昨所恳事想亲台自能力主，必得批放更妙，其霍巡衙内毛姑头作谢礼，其孕妇原配家人为媳，立候好音，免彼挂念。在翁姚大老爷台览。眷弟徐文奎拜上。前件问知县姚启圣，亲笔供，红纸都白了，年已久了，卑职记不得了。况卑职草号熙止，刻在缙绅上，这写是在翁，料不是写与卑职的。

一件原开，守道填注大计册高荐老爷贤声，考语英锐之气，遇事有为。前件问知县姚启圣，亲笔供，这想是本衙门投单，讨赏的递单就去，卑职不识其人。

一件原开，官货已分头料理，但弟私事一毫未妥，目下稍暇，乞将台帑之物尽发来手以便成交，若有子女万不敢自私也。立候立候，姚老爷青，小弟之凤拜。前件问知县姚启圣，亲笔供，卑职回县去催李之凤问鬼子要官货，这是李之凤回卑职的字。

一件原开，送徐二爷银贰拾两，修痒壹钱，赏壹钱贰分，巡道肆拾两，使用陆钱，赏封捌钱肆分。前件问知县姚启圣，亲笔供，这想是巡道寿诞要送礼，后来没银子不曾送得，这两项都是虚开的空账。

一件原开，黄连肆玖渡渡夫梁兴福禀为乞给米饭事。福等前蒙在澳给发米石已经日久，米饭无依，只得赴老爷台前，伏乞给发沾恩，谨禀。计开，伍月拾捌日发米贰石贰斗捌升，贰拾壹日发米壹石，贰拾叁日发银壹两玖钱，叁拾日发米伍斗。前件问知县姚启圣，亲笔供，渡夫装官货来省，因澳发的米不够，所以又在省来要，卑职又找足，捱日子补他完足。

一件原开，重承年翁倾盖之雅，复蒙厚惠，旅中生色多矣，感铭无似。晤抚台自当专致高谊，不敢忘也。肃此附谢，曷胜驰溯，弟名单具冲□家。眷弟刘余瓒拜。前件问知县姚启圣，亲笔供，刘余瓒先来拜，卑职收他画扇一柄，卑职送他米猪下程，他写字与卑职，他是原任户部郎中，字中缘，故卑职不知就里，问刘余瓒便知。

一件原开，顷有要事急等相商，千望速回，幸毋迟留，至嘱至嘱。其珠珊贰事如有同熙老便中即觅来，如果难寻亦不必因此耽搁也。柒月贰拾玖日具。前件问知县姚启圣，亲笔供，这不知是谁写与谁的，卑职通不记得这个人。

一件原开，恭值荣莅，咫尺河汉，怅未遂观光，昨一行申贺想荷青照矣。兹获院宪回文壹角候领，无人敢托羽附上，幸赐电入临颖，不尽翘切，贱名具单，左玉恭候台祉，有寸启，广州府香山县典史张云程拜。前件问知县姚启圣，亲笔供，典史与卑职具禀帖，与县丞是官衔贴。这是张典史与李县丞的书，闻李县丞有违限缴印结文书到院，这角文书想是这印结文书。

一件原开，昨者老爷贵临经澳时，弟因染风寒弗克赴迎，罪罪，闻老爷即有省行，无非为澳也，全靠拯拔，罔不沾恩。兹启贰船事今奉没货，所费之赀竟成虚事。倘老爷入省，乞恩转达李相公，前带去之物，今事不成，希将原物带回还于原主。此物李相公甚明，不是堂内之物，万乞带回，庶免原主时刻到堂追讨。弟则感激无涯矣。速中草草，余情马谷自当口述，宥宥不庄，伏惟崇照上姚老爷台前。恕具。前件问知县姚启圣，亲笔供，李相公即李之凤，卑职查船到澳，回县，三巴寺写字与卑职，恳卑职到省，问李之凤要还原物，其原物是三巴寺不知何时付与李之凤的，卑职不知道。

一件原开，一票差陈欧著里长郑文鸷、李景秀办香山场中伙。一票差陈兴著里长马见图、萧玖明、陈暮成办涌口中伙。一票差萧燕著里长萧玖明、马见图办张家边中伙。一票仰兵房派催大人程仪伍百陆拾两并催各项。一票仰工房取公馆贰间并家伙什物，初捌日。一票差缪元找催前票，各差照前票取备各物。一票差萧燕催卓□远取吹手贰副。一票差陈欧催卓□远马见图取本县大轿夫捌名，小轿陆乘，挑夫拾贰名。一票差萧标持火牌回县。一票差程弘谦、冯辉、孙进与取猪羊、生鸡肆、生鸭肆、肉贰拾斤、鱼拾尾、白米壹石、柴拾束，掾房鸡肆、鸭肆、肉拾斤、鱼拾尾、米捌斗、柴捌束，差官鸡肆、鸭肆、肉拾斤、鱼拾尾、米捌斗、柴捌，承差鸡贰、鸭贰、肉陆斤、鱼肆尾、米伍斗、柴肆束，跟役鸭贰、肉肆斤、鱼肆尾、米肆斗、柴肆束，门子鸡贰、鸭贰、肉伍、鱼肆、米伍、柴贰，轿伞夫肉陆斤、鱼肆尾、米伍斗、柴肆束，听事肉贰斤、米叁斗、柴贰束。一签差李伦修路。前件问知县姚启圣，亲笔供，这是房科开来的，卑职因此事赴肇，不知此票二衙巡司出不曾出。

一件原开，广刑厅书办黎伦、李京谨禀叩贺恭捷太爷高□[①]，考语：材猷骏发，敏干有为，守平才长，政勤。前件问知县姚启圣，亲笔供，这是广刑厅衙役报卑职的考语。

一件原开，前以计典，聊具一芹，未蒙哂存，但高厚无穷，图报难尽，昨具极菲之仪，今特备缴，万乞叱置，使受恩下吏感激益深也。再买物一事，敢求领借壹千两以便广为买市，或可稍效微劳以报高厚万一耳，外具借领壹纸幸即发下，卑职临禀不胜望光待命之至。为借领事，今领到本司库银壹千两整，借出给发兵饷，限玖月终一并缴还，不致迟久，所领是实。前件问知县姚启圣，亲笔供，这是卑职欠布政司兵饷，要在捌月全完，卑职无银完纳，只得写印领求。计册报完以完考成，这买东西虽具领子去，实无银子与卑职，东西左布政司原说毡子佛头如无就罢了，珊瑚佛头。

一件原开，弟又仰亲台素抱荆州，诺言慷侠，即如徐舍亲一事，以见其如云如雪之度矣。兹者发来香秤短少陆拾玖斤及售价不足叁百，□……□命另券呈上，乞找完贰数所赐高色足征云谊感佩之私，宁独舍亲已耶，外朱舍亲磁器，[②]想不能行，连朝趋候，公冗未晤，专此走渎，并附舍亲文券，统希鉴照下，宣名画单左□。前件问知县姚启圣，亲笔供，这是冯泰岳替镇□县徐知县的书票，已还他，未曾补借。朱卑职不曾见面，问冯泰岳便知。

一件原开，圣到新会，蒙老爷高厚之恩，感激至今不忘，今先奉还银贰百两，余俟巡边到县补足。再有恳者，澳彝奉旨不迁，他日用锡碗俱无，今求发些须锡碗到澳。王督抚提督俱已开恩，但未禀明老爷，不敢遽行，恳乞转回正堂，老爷开恩施行。未尽之言，来人口禀，专乞鼎力，立候好音。前件问知县姚启圣，亲笔供，这是写的稿儿，因内中稿儿写的胡说故不曾写真誊清，这不过是打的草稿，实未举行，写与巡察满洲的，原借右相公肆百两，因要完贰百，无银中止，禀贴不曾写去。

一件原开，昨走候欲请教一言，弟无帖，适贵寓正尔热闹，阍人又未便为我传，故止。今弟有都司赵处一字，烦叱确使一甘之诺，衷俟后晤以悉也，此上在翁老姐夫台下，眷弟沈斌元拜

① 疑为"升"。
② 原文不清。

上。前件问知县姚启圣，亲笔供，沈斌元系海丰县巡检，他有一字带与赵都司，在翁是卑职侄儿，他要侄儿带去。

一件原开，王利壹千贰百两，额饷叁百捌拾两，连加头在内衙门埠差单房埋头节礼壹百两，司道节礼叁百两，引艇贰只，水手贰拾名，工食叁百两，里排辛劳叁百两，县叁百两，应卯柒拾两，连派堂在内省公馆壹百两，埠中黄连甘竹饮食贰百两，管埠辛劳。前件问知县姚启圣，亲笔供，这是增城盐埠开他埠上使用账。

一件原开，院肆百，道贰百肆拾，司贰百，院房道房拾两肆两，司房贰两肆两，行写肆两，司押贰两，拆引叁拾，道贰百叁拾伍两贰钱，给帖司拾贰两，道贰拾肆两，门子贰两，额饷壹百柒拾肆两贰钱柒分，加头公费拾两，缴引壹封，公堂陆两，送县礼贰拾肆两，书房贰两，开埠置家伙斗等项壹百，引艇连统共玖个略计壹百，县起文壹拾两。前件问知县姚启圣，亲笔供，这也增城埠账，句坏的都是不曾用，因卑职与增城埠伍年内陆股，内有壹股，故开账来看，今陆年已不做了。

一件原开，连欲趋晤和年翁，公冗不敢过□起居，前见委事，昨敝友有字到，弟复函中已详致之矣。一二日间入署晤别，当再为谆嘱也。□此奉闻不一，弟名单具冲年家眷，弟刘余瓒拜。前件问知县姚启圣，亲笔供，刘余瓒他是安庆人，芜湖同知，刘沛引与卑职相与，卑职顺他带去此字，想是这个回字。

一件原开，舍侄讳国卿综裁缺场官，弟日前渎恳于海道处讨一小差，蒙谕以无例示覆，但查结一差旧有此例，弟于昨日面恳转达盐司沈君令，备有手本情节送上，万祈推分缓颊为望，在老兄自不敢责报，而舍侄必然叩谢万分也，手本伏乞，非面自致之，即祈专人致之，勿致公冗匆匆，径致遗失，更祷熙老长兄览。弟徐云章拜冲。前件问知县姚启圣，亲笔供，这是同乡秀才白来说情，这等来求卑职的字也多得尽，卑职那里理他，原禀写字送还与他了。

一件原开，找胡寅翁借银盘，位娘货下船，程其老看人完，刘海门银货，朱三哥兑票赴京。前件问知县姚启圣，亲笔供，前任香山胡知县问卑职借银贰拾两，卑职已送他拾贰两，他又来要，卑职没奈何，思量找足他。王位中他与卑职不睦，闻他有货下船，卑职要盘查，他原有这个主意，故写在账上。程其文说有一厨子只身约卑职去看。卑职欠刘海门银子要还，他恐□了故开账。朱三哥在京，卑职要兑银贰百两往京，故记账。

一件原开，前者抚台岳降之辰，弟过珠江，满拟获晤寅台，祗聆教益，岂期驾不东指，令人鄙吝复生矣。兹小价归称大驾临省，想非无事而空来，大获称心可知也，欣慕欣慕。来月柒日又逢督台千秋，寅翁料必奉祝，弟当扫舍恭候台临以图剧谈耳。外启者，弟欲得象牙一根，寅翁经理番物，寻觅尤易，烦为弟购之，议定价值示知，以便奉偿，千祈必有为祷鸿便附候近履，并希鉴照不一，弟名另具左玉六十二爷上账可至，黄连要象牙壹担，带至肇庆。前件问知县姚启圣，亲笔供，同寅书札来往甚多，失去名帖，不知是哪一县的。

一件原开，司详文书房贰两，道房陆两，批允盐司给帖拾贰两，天平道给帖贰拾肆两，天平司房埋头肆两，道房埋头叁分，应各肆两，道司贰差管押共贰两，行写埋头肆两，除给帖叁拾陆两，天平其余行等。前件问知县姚启圣，亲笔供，这是李盐商与卑职说承，壹个埠要道司各费肆两伍两不等。埋头是埠商承埠头一次叫做埋头。

一件原开，姚欠李账，一欠沈利银叁百伍拾陆两，一代谭本源送道银贰百肆拾两，一代发徐利银柒拾伍两，一付贰拾两，共陆百玖拾一两。李欠姚账，一顺德付现银贰百两，一收盐捌百两，不计利，一欠盐银贰百两，一欠盐银伍百玖拾叁两柒钱伍分，共银壹千柒百玖拾叁两柒钱伍分，内除用李银陆百玖拾壹两，李少姚银壹千壹百零贰两柒钱伍分，止算玖伍色折，谭该纹银壹千零肆拾柒两陆钱外，姚欠赖银壹千肆百两，今除壹千零肆拾柒两陆钱，尚少叁百伍拾贰两肆钱，自伍月初玖日起，利伍分，算姚还银叁百伍拾贰两肆钱，利在外，李退还姚借赖贰千两，印数至柒月初玖止，共两个月该利叁拾伍两，共该本利叁百捌拾柒两肆钱。前件问知县姚启圣，亲笔供，这是卑职与李盐商的借银还银账，卑职借沈盐司壹千两，每月利银叁拾两，借他拾壹个月零，该他利银叁百伍拾余两，谭本源是杭州人，还他银子完了，不欠他的了，徐是卑职同乡卖圆眼客人。

一件原开，原广州府南海县县丞，今升陕西巩昌府伏羌县知县张元台谨呈，今开程仪肆百两，康熙陆年柒月日呈。原南海县县丞张元台谨呈，今开程仪肆百两，照前数，康熙陆年柒月日呈。前件问知县姚启圣，亲笔供，这是张元台的手本，不知他送那一个的，问张元台便知道。因张元台与卑职紧住隔壁，故张元台有禀帖忘在卑职寓所。

一件原开，抚院封筒壹个，康熙陆年贰月初伍日辰时发，内一件，姚知县禀帖壹扣。广州府香山县沐恩知县姚启圣谨禀恩主大老爷台下，卑职是肆日叩见，蒙谕即回，次早见王爷，又蒙吩咐带闽商王位中去候，两日不见到船，卑职惟恐迟误，只得星夜回香至澳，适逢督院不发封条，关门不开，卑职不敢擅进，只得传齐彝人至关晓谕，其环聚哀号之状真令鬼泣神愁。今彝人只望大老爷王爷开恩救拔，情愿出银贰拾万两。一切等船到澳，俱是大老爷王爷买卖，他人不得干预，督院既不发银不做生意，则叩谢督院出疏另谢，不在贰拾万两之内。此事万乞大老爷□力主持。闻王爷又到南华，若等回来恐误大事，乞大老爷发书遣官往催，务求即行，方可救万人性命也。其银总系卑职壹人担认，分毫不错。再陈胜事蒙大老爷恩典已料理驳回再议。因先次免议启奏，适逢巴都公为圈地事大怒驳下，不得不行查耳。今将两次本稿呈电，另当亲赴宪台面谢。顺德埠事乞大老爷吩咐盐司一言，令其速速回详，免使大蠹李麒弄巧欺骗恩主，又已霸占陆年春季一季矣。先此具禀，须至禀者，康熙陆年正月日禀。前件问知县姚启圣，亲笔供，这是正月禀帖，因抚院不肯行，故将禀帖发回，这本至今不曾题至，大老爷原毫无干涉，卑职焉敢昧心妄说。

一件原开，程其文先用银壹千两，磁器肆千两，白锡肆百担，计银壹千陆百两。汤二哥先银贰千。王先用银伍百两，香伍百两，又现银肆百两，磁器贰千两。前件问知县姚启圣，亲笔供，这是程其文叁人用银账，是他说有这些银子买东西，如今他们买的磁器大老爷俱已现获，卑职不必再辩。

一件原开，维康熙陆年柒月朔癸卯念柒日庚午姚启圣、彭襄、连国柱、鲁杰敢告于关圣帝君之前而言曰，启圣肆人连为手足，升沉济患，谊同骨肉，有逾此盟，诛殛其速，惟我明神朗鉴洞烛。谨告。姚启圣号熙止，浙江会稽人，丙寅年玖月拾伍日寅时。彭襄号退庵，四川中江人，丁卯年拾月初捌日子时。连国柱号恕庵，辽东广宁人，戊寅年肆月贰拾日子时。鲁杰号岂凡，辽东沈阳人，庚辰年肆月拾捌日寅时。前件问知县姚启圣，亲笔供，卑职肆人原要结拜，故做这个稿儿，因贰拾柒不得闲，不曾结拜，故将此文未烧。

一件原开，康熙伍年玖月初玖日收回姚老爷本银壹千两。前件问知县姚启圣，亲笔供，卑职借何牛录银壹千两，卑职完了他银子，他说原票寻不著，故写这收票与卑职。

一件原开，昨初伍日耳闻黄连有哨船阻挠，弟在省中探访未得实信，故特遣价趋来探实虚果否，倘有所警，乞为示知，但上面事仍仗台台决断指挥以便行事，千祈筹画停当赐示，至望至望，外有初肆日李四爷取去金叁两，皆遵台台之命也，故为禀知，谨上姚老爷，弟仁拜。前件问知县姚启圣，亲笔供，这是谭守仁差家人送与卑职的字。

一件原开，收回珊瑚朱拾挂，共重叁拾肆两，外伯鸣用叁挂，重柒两陆钱，自留壹串，重贰两叁钱肆分。珊瑚佛头贰副，重贰两壹钱，外大陆个，送缴讫，计重贰两肆钱。猩猩褂贰匹，青红毕机缎共贰匹，猩猩毡贰匹，约价壹千贰百两。珊瑚珠大小重肆拾两，约价伍百陆拾两。李三挂自壹挂，珊瑚佛头四副拾肆个，约价贰佰两。大陆颗缴讫。毕机缎贰匹，上细约价壹百伍拾两，付回讫。香山玖月猩猩毡壹正丈，长柒丈捌尺，每尺价银捌两，算共银陆百贰拾陆两。又壹零毡长伍丈贰尺，每尺捌两，算共作价银肆百壹拾陆两。珊瑚珠大小拾肆串，重肆拾肆两，作拾肆换共作银陆百零陆两。珊瑚佛头拾肆颗，重肆两伍钱，作伍拾换共银贰百贰拾伍两。猩猩红毕机缎壹匹，长伍丈，每尺壹两捌钱，作银玖拾两。青细毕机缎壹匹，长陆丈，每尺壹两贰钱，算共银柒拾贰两。以上陆宗共作价银贰千零叁拾伍两，止实算贰千两。前件问知县姚启圣，亲笔供，这是李之凤的收鬼子的单，他方才说已还了鬼子，就是此账。

一件原开，谨具瑚珠成佩、猩毡成件，奉申贺敬眷。小弟李之凤顿首拜。前件问知县姚启圣，亲笔供，李之凤的书帖长有在卑职处，这是他送人的帖子。

一件原开，大红猩毡贰匹，共长拾陆丈，每尺陆两，算作银玖百陆拾两。青毡柒丈壹尺，每尺伍两，算作银叁百伍拾伍两。黄毡伍丈叁尺，每尺叁两，作银壹百陆拾伍两。瑚树伍枝，重拾壹两，价银叁百伍拾两。瑚珠未穿拾捌串半，重伍拾壹两，已穿大珠叁串，连佛头共重贰拾捌两，内除佛头玖两外，净重柒拾两，贰宗作价壹千零伍拾两，佛头作价叁拾陆两，通共银贰千玖百壹拾陆两正。已收过壹千零玖拾两玖钱正。长鸣处壹千捌百贰拾肆两壹钱正。前件问知县姚启圣，亲笔供，这是李之凤的。

一件原开，货物已运到县，昨已具禀报命，今复宪谕，知荣行期促然，入口艰难，卑职敬于贰拾捌日亲带至口，不误行期。至卑职素荷老大人格外栽培，未能图报，但卑职身处界外孤岛，抚民戢贼，费尽苦心，目击穷黎，分毫不取，此皆贵内司所目击而深知者，如此苦情敢祈老大人于抚宪前并各司道大人前春风嘘植，俾下吏一种为民实意并甘贫洁已之操得以上闻，则感激高厚永矢弗谖。前件问知县姚启圣，亲笔供，这是卑职求右布政司杨青目书。

一件原开，服色壹百，王礼陆拾，巡道肆拾，布政司陆拾，徐叁拾伍两，徐贰拾两，王子乔贰拾两，张虎拾壹两，水手玖两，戏子陆两，报房拾两，买缎贰拾捌两，帖壹两，做衣服伍拾两，赏肆拾两，谭孟安伍拾两，胡尔斐拾贰两，刘峡石陆拾两，刘肆拾两，又陆两，毛郑杨肆两，按家贰两，刑厅人贰两，刑厅贰两，守道人叁两，布政司叁两，程其文叁百伍拾，又壹百，付馆叁两，帽纬捌钱，买纱贰两，付姚进明贰两，刘忠陆钱捌分，苏忠肆两，王生贰两捌钱。前件问知县姚启圣，亲笔供，这是家下孩子糊写乱写得账，故此一样有肆伍张。

一件原开，康熙伍年装正贡新船系王位中新买林风子白艚船壹只，扮做贡船。朽烂改造之船内装载磁器叁千柒百伍拾连，卖银柒千伍百余拾两，送国王香榻叁只，围屏壹副，大缎拾肆匹，藤椅捌只，砀石屏肆对，珍珠灯贰对，天青大饶礶拾个，玉榻壹只，茶贰担，金纱肆拾匹。护贡船阿铅贰百担，卖银贰千两，磁器贰千伍百连，卖银伍千余百两。探贡船磁器贰千捌百连，卖银伍千捌百余两，阿铅叁百担，铜器叁拾伍担。押货仆萧焕、来捷、转仔、刘对、燃仔。陈尾今回来，在省用银买做通事，改名陈日增。装来暹货。正贡船胡椒壹百伍拾担，槟榔伍百担，象牙伍拾担，檀香陆拾担。护贡银贰箱，重贰千肆百两，海藻贰拾担，犀角贰包，白燕窝壹担。象船槟榔叁百担，西洋布壹捆，绒毡壹捆。押货来燃仔已回，在省萧焕等肆人俱住暹罗未回，国王令大库来书壹封，今被伍大店包揽，肆船货物每店被爪牙陆人把守。大贡船贮福益店，掌事王我庭、王毕官，系位中侄。接贡船贮广全店，掌事许周、王长。护贡船贮广利、福全贰店，掌事张赞娘、王珦、王彝。象船贮打铜街，掌事陈启。总理伍店货事王位中。见证揭通事兄弟揭奇雄。燃仔王位娘漂洋入货账去买林风子白艚船壹只假充来船朽烂，位娘另换新船扮充贡船自行贸易，装磁器细缎等货共贰千余担，共卖银陆万余两，人名陈日新在暹罗买做新通事已回，萧焕哥未回，来捷未回，张五娘押货回，转仔未回，燃仔押货回，装回货在大贡船上，胡椒壹百肆拾担，槟榔伍百担，黑铅叁百担，象牙伍拾担，檀香伍拾担，海藻贰拾担，乳香捌担，犀角叁担，白燕窝拾担，西洋布陆拾匹，大毯贰张。副贡船上现银贰千肆百两，犀角贰担，燕窝叁头，冰□壹担，翠毛叁千，见证揭通事的兄弟揭奇雄。前件问知县姚启圣，亲笔供，这是鬼子底稿，鬼子恨这个人，故鬼子抄有这单，明日贡官到省他自有状控告，彼时便知端的。

一件原开，单开新货加叁抽得壹百柒拾伍担陆拾捌斤，加壹抽贰百壹拾柒担柒拾柒斤，旧货抽得壹百陆拾贰担贰拾壹斤，新旧通共抽得伍百伍拾伍担陆拾陆斤，伍月日单。前件问知县姚启圣，亲笔供，这是抽的没官货物单。

一件原开，久违台驾，日切怀想，图一面晤，殊不可得，怅甚怅甚。适接解舍亲字，极道老亲台推爱，厚谊感谢不尽。并云应向市舶司报税请单等事。但前承亲台周庇，来物已去叁分之贰，所余者共数拾余担耳，若将亲台前给之票相向司报数恐有漏税之嫌，且无货而空纳税矣。愚意将亲台原给之票送还亲台，乞照今所在货数另给壹票，仍标前票月日，使解舍亲持赴市司报数请单为妥，仰恃亲台笃谊敢尔，自如幸，惟裁给为荷。余不既名单具冲，眷弟郑玉、屈大法拜前。闻台驾抵省，即欲溯迎以伸阔衷，因鄙冗不遑，可胜翘注，杨国栋等回，备述此事艰难，极承老亲台左庇无虞，莫不感诵，想此事岂微亲台之力不易致，非亲台之笃厚婉谊更不易致也。壹丝壹粒皆出大□谢何言，既台旌何日回县，弟当邀诸途而九顿也，不尽名单具冲，眷弟屈大法拜。前件问知县姚启圣，亲笔供，这是屈大法、郑玉的书。

一件原开，大珠子、珊瑚大枝子、玻璃盘盏、鹦鹉、猫、公狗、珊瑚大佛头、巧细糖果、蜜梨、葡萄酒、大西洋布，抚院。前件问知县姚启圣，亲笔供，要买去送礼，故开这单。这账开久了买不出来，止买得糖果送了，故勾了。没有买的不曾勾。

一件原开，造报抚院按察司理刑厅抽盘运到哎呛闲纳等贰船货物估变数目册，广州府香山县为请旨遵行事。今将造报运到哎呛闲纳等贰船货物逐一分别估变备开造报施行。计开，一哎呛闲纳船货西洋幔布叁百捆计陆万匹，依时价估变银。木香白芷叁拾伍包重壹千柒百伍斤，依时价估变银。乳香伍拾桶重肆千斤，依时价估变银。乌丁坭拾伍桶重壹千贰百伍拾斤，依时价估变银。一喀哆哖吹得噜船货乌木贰拾贰担，依时价估变银。黄蜡贰拾伍担，依时价估变银。牛角捌拾叁担，依时价估变银。黑铅柒拾肆担，依时价估变银。硫磺伍拾贰担，依时价估变银。黄白藤柒拾叁担，依时价估变银。

康熙陆年柒月日又一本造报抚院按察司理刑厅抽盘运到喽嚟哆等伍船货物估变数目册。广州府香山县为请旨遵行事。今将造报运到喽嚟哆等伍船货物逐一分别估变备开造报施行。计开，马加撒船货。檀香香枝贰百贰拾担，依时价每担壹百斤估变银。胡椒皮叁百伍拾担，依时价每担壹百斤估变银。黑铅壹百担，依时价每担壹百斤估变银。棕毛贰百担，依时价每担壹百斤估变银。甘波蔗船货。胡椒皮陆拾担，依时价每担壹百斤估变银。乌木贰百担，依时价每担壹百斤估变银。牛角壹百叁拾担，依时价每担壹百斤估变银。降香肆拾担，依时价每担壹百斤估变银。黑铅拾担，依时价每担壹百斤估变银。烟叶陆担，依时价每担壹百斤估变银。马勒甲船货。木香肆拾伍担，依时价每担壹百斤估变银。乳香拾伍担，依时价每担壹百斤估变银。硫磺壹百伍拾担，依时价每担壹百斤估变银。儿茶贰拾担，依时价每担壹百斤估变银。西洋酒拾桶，依时价每桶估变银。西洋幔布贰拾捆，依时价每捆估变银。西核桃捌担，依时价每担壹百斤估变银。藤贰拾伍担，依时价每担壹百斤估变银。嗻哇嚟船货。胡椒皮陆拾担，依时价每担壹百斤估变银。乳香伍拾担，依时价每担壹百斤估变银。黑铅贰百担，依时价每担壹百斤估变银。木香陆拾担，依时价每担壹百斤估变银。阿魏壹担，依时价每担壹百斤估变银。小马加撒船货。檀香香枝贰百担，依时价每担一百斤估变银。胡椒椒皮贰百伍拾担，依时价每担壹百斤估变银。又檀香伍拾壹担半，依时价每担壹百斤估变银。又胡椒贰拾叁担半，依时价每担壹百斤估变银。檀香叁拾担，依时价每担壹百斤估变银。又胡椒贰拾壹担，依时价每担壹百斤估变银。儿茶拾玖担，依时价每担壹百斤估变银。木香拾柒担，依时价每担壹百斤估变银。乳香拾壹担，依时价每担壹百斤估变银。乌木伍拾担，依时价每担壹百斤估变银。牛角贰拾担，依时价每担壹百斤估变银。降香拾捌担，依时价每担壹百斤估变银。黑铅拾担，依时价每担壹百斤估变银。硫磺陆担，依时价每担壹百斤估变银。胡椒玖拾贰担，依时价每担壹百斤估变银。乳香拾伍担，依时价每担壹百斤估变银。木香拾担，依时价每担壹百斤估变银。康熙陆年柒月日。前件查系造报入官柒船货物底册贰本。

一件原开，沐恩市司商人陈尧德雇得渡船壹只，今将姓名开列于后，计开船户林梁福。前件问知县姚启圣，亲笔供，这是市司商人陈尧德的报单，这是去年伍月内的，陈尧德于去年拾月内已经死了，凡商人都写市司名下，还是旧市司刘。

一件原开，濠镜澳议事亭彝目唛嚟哆等为结报事。本年陆月拾柒日到来本国西洋正贡使船壹只，贡使名玛诺撒而达惹，特奉本国王差上北京朝贡，经具呈报明外，续奉行查印文凭据俱经呈验并叩恳早赐申详题请外，今奉行查并示谕切朝贡事。诚印文经验，乞蚤裁夺，所结是实。康熙陆年柒月日结。一样共玖张，又空彝呈肆张，鬼子字一张，濠镜澳议事亭彝目唛嚟哆等为遵依回报事，依奉结得旧年陆续共到洋船壹拾贰只，于本年贰月内奉行驱逐，已经遵依回去，实因风信阻逆，遵旨不敢停留，只得冒艰前去，进寸退尺，打转大洋，栖泊无依，与死为邻，于玖月内大风暴发，船被触坏，性命须臾，号泣呼天，乘风飘泛返到外洋，凭涯劄住，幸众命保全，不敢复入。但船触坏难移，势著葺补裂漏，以凭远去，业已恳明，各船稍葺，当即开行，不敢少延，今蒙驱逐，所结是实，康熙伍年拾月日结。

又濠镜澳议事亭彝目唛嚟哆等诉为哨船酷法横加彝人，守法无奈叩天撤去，赖苏全澳事。哆等衔沐天恩，素守法度，罔敢违越，地方安堵，众贺无事。今被哨船紧围，往来小艇身□毛，察其洋船水稍所有赡口粮米固绝，舱内发烂，略起升斗，即被执拿，称解称杀，云集雷呼，声震大地，动以百计，霜刃交加，如此世界白日黑天，切思澳内之人尚能吞忍，诚恐黑奴初到之人未堪窘辱，稍与嗔角，大祸立见。且今西洋国王来朝船只应无违禁之虞，概被窘围毫厘日给之物不容，澳众惶惶，实恐祸生旦夕，只得具诉老爷台前，伏乞悯念彝艰，将哨船撤去，阖澳赖苏上诉。康熙陆年柒月日。

香山县濠镜澳议事亭彝目唛嚟哆等暨阖澳男妇呈为屡奉督迁事关万命叩天作主申详题明以广皇恩以彰柔远事。哆等居澳百有余年，奉法输诚已非一日，兹奉爷台宪示到澳，谕彝等定期收拾迁入内地，阖澳惊惶，仰遵恐后，业将彝情屡控，叩乞俯察回天，切哆等数千蚁命，弹丸一土，岂敢违越，以负朝廷美意。奈哆等事出万难，生斯育斯，习与性宜，情同鱼兽。忖汉人奉迁，自有乡戚可依，耕织可作。哆等一旦内迁，风土殊异，音语不通，亲戚无倚，耕织不谙，度活无计，如鱼游鼎釜，势必立毙。且澳始因彝而设，彝今非澳莫苏，即岩居穴处乃彝性所宜。澳地虽画界外，实与关寨相连，仅邻数武，窃惟万方一统，宁以尺地非土。近闻红毛蒙题已沐天恩准其贸易，又暹罗入贡如常况。哆等向化先于诸国，而防御输诚倍于红毛，伏乞垂怜，申详题名乞准仍旧住澳，愿效暹罗纳款，或比红毛通贡。倘俱不蒙恩，乞放哆等生还本国，俾各类均知天朝怀柔德泽而阖澳蚁命赖苏矣。激切呈赴老爷台前，伏乞作主施行。康熙陆年肆月日。前件问知县姚启圣，亲笔供，鬼子呈子写不及，故先写得叁张，带空纸肆张叫书办照他呈子写玖张，是报贡船到的结状。

一件原开，濠镜澳议事亭喽嚟哆呈。计开，白银伍千两。康熙陆年陆月日。前件问知县姚启圣，亲笔供，这是李之凤带来使用的。

一件原开，抚肆千肆百两，又贰百伍拾两，系伍年捌月借完顺德县库银，叁分起息。谭孟庵陆百两，叁分行利，利叁百两，会银叁百两。香山乡绅共欠伍百两，又新借陆百两，俱叁分行利。代胡知县认库银贰千两，无利。公壹千两系京债，无利。黄隆伍百两，叁分行利。香库约借用壹千伍百两，无利。学道壹千两，无利。徐大爷伍百两，利贰百两。按察司伍百两，叁分行利。李林池伍百两，叁分行利。前件问知县姚启圣，亲笔供，卑职穷得异常，一宗也不曾还，口供。

一件原开，承命张贵遣递来米石业已领入，感恩万叠，而斯米之临胜若天雨珠也。弟即时分派各家均恩共泽，颗粒无余在弟家也，贵遣目击。但示中所云贰百担，而到澳止得壹百玖拾陆包，澳称捌拾捌担。其瑚珠之托曷敢辞劳，奈珠主与弟罕相往来，及今时卖物俱系急迫，赊贷最难，且弟手中又无分文，只得百计寻当，按出此珠，稍效微劳，不致有方台命。但珠主托人说定，限以拾天要银交结，过期要超利息，而弟安敢以此冒渎，若昨米果得贰百即可以即时料理明白，不容再说矣。今珠现交，张贵遣手带上，祈照入是幸，其澳事谅在老爷台鉴，悉不致多赘，惟关门一项，千祈早救，以安众心为望，及弟亦惟首缺米粮一项，敢祈老爷留爱勿忘，千生父母也。外昨有亦姓王者同贵遣来有米数包，油数埕，俱放在青洲，弟求之弗与，竟卖别人，并□闻上姚老爷台前知命宥具。前件问知县姚启圣，亲笔供，这是卑职去年从关上挑进赈济阖澳是真，还有告示挂在关上，问曹副将再守关把守黄镇邦便知。

一件原开，广州府香山县为请旨遵行事，今将造报运到喽嚟哆等伍船货物逐一分别估变，备开造报施行至册者。计开，马加撒船货。檀香香枝贰百贰拾担，依时价每担壹百斤估变银。胡椒椒皮叁百伍拾担，依时价每担壹百斤估变银。黑铅壹百担，依时价每担壹百斤估变银。棕毛贰百担，依时价每担壹百斤估变银。甘波蔗船货。胡椒椒皮陆拾担，依时价每担壹百斤估变银。乌木贰百担，依时价每担壹百斤估变银。牛角壹百叁拾担，依时价每担壹百斤估变银。降香肆拾担，依时价每担壹百斤估变银。黑铅拾担，依时价每担壹百斤估变银。烟叶陆担，依时价每担壹百斤估变银。马勒甲船货。木香肆拾伍担，依时价每担壹百斤估变银。乳香拾伍担，依时价每担壹百斤估变银。硫磺壹百伍拾担，依时价每担壹百斤估变银。儿茶贰拾担，依时价每担壹百斤估变银。西洋酒拾桶，依时价每桶估变银。西洋幔布贰拾捆，依时价每捆估变银。西核桃捌担，依时价每担壹百斤估变银。藤贰拾伍担，依时价每担壹百斤估变银。嗻哇嚟船货胡椒椒皮陆拾担，依时价每担壹百斤估变银。乳香伍拾担，依时价每担壹百斤估变银。黑铅贰百担，依时价每担壹百斤估变银。木香陆拾担，依时价每担壹百斤估变银。阿魏壹担，依时价每担壹百斤估变银。小马加撒船货。檀香香枝贰百担，依时价每担壹百斤估变银。胡椒椒皮贰百伍拾担，依时价每担壹百斤估变银。又檀香伍拾壹担半，依时价每担壹百斤估变银。又胡椒贰拾叁担半，依时价每担壹百斤估变银。又檀香叁拾担，每担壹百斤估变银。又胡椒贰拾壹担，依时价每担壹百斤估变银。儿茶拾玖担，依时价每担壹百斤估变银。木香拾柒担，依时价每担壹百斤估变银。乳香拾壹担，依时价每担壹百斤估变银。乌木伍拾担，依时价每担壹百斤估变银。牛角贰拾担，依时价每担壹百斤估变银。降香拾捌担，依时价每担壹百斤估变银。黑铅拾担，依时价每担壹百斤估变银。硫磺陆担，依时价每担壹百斤估变银。胡椒玖拾贰担，依时价每担壹百斤估变银。乳香拾伍担，依时价每担壹百斤估变银。木香拾担，依时价每担壹百斤估变银。康熙陆年柒月日，知县姚启圣。前件估变印册壹样叁本。

一件原开，字达四大的嗱喇哈咾唆嘶前曾具一言想见矣，顷因知部文到，奉旨不迁，准照旧住澳，此乃朝廷大恩。弟虽在广，其心实在未相离，有喜不得不贺，有事不得不说也，但细探此事但天意要留，吗喏并不曾有用分文，恐那人必来借端说话，须要酌量，你今穷矣苦矣，我若不说则非相爱，但听不听疑不疑则又在诸位也。尚有许多奇事不便细言，已嘱来人面陈，其贡船之托自然从俭省料理，决不比那人虚冒多派，费后又坏也。但事非小可，慢慢乃得成功，可对上差贡官唆嘶致意。弟虽未会已尽知你国威大，他是呷哏哟嗜嘟，我但对各家衙门预先说明也。笔不尽意，望在心照。金贰筒，希查收。余容再报。外嘱，若有细软身上可藏者，千乞付舍亲带来，以便代送他人，其大佛头、迦南香、牛黄、各样宝石戒指更要紧。鹦鸟恐彰声不便带，千万多多留下，我自另托人来取。看过即付火中。恳恳。上诸位达的同览，知名心照，默搦加具。前件问知县姚启圣，亲笔供，这是鬼子与卑职看的，说是王位中与他字。

一件原开，前驾往信安，原拟即返仙城，昨闻台旌有澳门之行矣。一水盈盈，神驰怅望，兹启。舍亲徐容庵荷叨栽培之爱，如同涸辙之苏，舍亲既佩其德，弟亦深感其情，谢匪言罄，目今惟望老亲台始终玉成，付足约内之数，以全所请，俾舍亲蚤得前行，永志明德不朽矣。再恳者，弟托舍亲朱调国买得磁器数千两载在广省，因弟行期亦迫，一时不能尽发，特著舍亲趋叩崇阶，请烦台台为弟兑换货物带回外省，倘获其息，不啻老亲台之亲惠也。如蒙俞允，乞与舍亲议妥，仍祈差贵役同来，将省中宝货并磁器□同估值时价，两交可也。专此渎恳，统祈鉴照，临池曷胜待命之至，眷弟冯自成拜。回书云，磁器已嘱李伯老与朱令亲面商入省兑换，其余寅翁事俟弟入省再为尽力，弟已即刻登册相堂甚近，故不多复也云云。前件问知县姚启圣，亲笔供，姓朱的卑职从未见面，不过是冯泰岳书上是这样写入，实不曾见，问冯泰岳便知姓朱的端的。

一件原开，布政郭老爷收货数，檀香计重叁千零拾肆斤。又相公管家去檀香计重壹百陆拾伍斤。贰共檀香叁千壹百柒拾玖斤。胡椒伍拾柒包，除皮灰讫计净椒叁千贰百贰拾斤，乌木陆段，计重捌百叁拾斤。紫檀伍枝系伯鸣的，计重陆百壹拾斤，每石价算该银柒拾玖两叁钱。前件问知县姚启圣，亲笔供，这是郭布政司在省城要买此货，后来没去朝觐，这货未从拿去。

一件原开，海盐道叁千，靳辕门壹千叁百，王象先叁百叁拾壹两，李林池伍百。前件问知县姚启圣，亲笔供，这是卑职思量要与人借，如借到手即誊在大单上，借不曾到手，故止开在草单上。

一件原开，原南海县县丞张元台，原市舶司吏目谷秉德，今于与结为请旨行事。依奉结得吹哙闲纳等贰船货原封澳地贮顿彝寮，今奉没官，起运查变，并无擅动隐漏将旧换新情弊，中间不扶，所结是实。康熙陆年陆月日。前件查系张元台谷秉德结到没官彝货并无将就换新请弊贰纸同文。

一件原开，左藩贰百肆拾，臬司贰百肆拾，右藩壹百贰拾两，守道壹百两，巡道贰百两，粮道壹百又肆拾两，寿本府贰百两，刑厅叁百两，拾柒日去贰百，拾捌日付陈德贰封各壹百，即日又带还，拾玖日缴守道礼壹百两，付石国宝去，贰拾日付陈德缴巡道礼贰百两，臬司贰百肆拾两，使用壹两贰钱，贰拾壹日陈德缴粮道礼壹百，又寿礼肆拾两。前件问知县姚启圣，亲笔供，这是长久不用的单，红已变白了，卑职那里记得。

一件原开，汪永福伍千伍百两，谭孟庵贰千贰百两，海盐道叁千两，靳□元壹千叁百两，盐埠伍百两，李林池伍百两，郭右藩壹千贰百两，以上共银壹万肆千贰百两。海防贰百陆拾两，朝觐贰拾两，借与胡冲之叁百两，解驿传贰百柒拾两，更夫贰拾肆两，送蒋并十二官伍拾，七哥捌拾陆两，定货伍百两，买丫头与海道贰拾捌两，付瀛仙肆百两，付谭孟开盐课银贰百两，补解顺德并借送壹千伍百贰拾两，付李伯老取珊瑚壹千壹百两，大计司道府厅壹千柒百陆拾两，抚台伍百两，刑厅伍百两，沈盐司贰千，共壹万叁千伍百陆拾捌两。前件问知县姚启圣，亲笔供，这是卑职要借要还的单，因借不到手故不曾还人用去，这不过是草单，并无实用。

一件原开，位磁伍千少肆千，海盐叁千壹百陆拾，其磁肆千少贰千，靳壹千叁百，丑磁贰千少壹千，李捌百，又伍百，伯磁贰千完，象肆百拾伍，其锡捌百少壹百，连伍百，位缎药捌百少柒百，马叁百叁拾，孟锡捌百全少，汤物叁千全少。前件问知县姚启圣，亲笔供，这是方才那单又誊出来的，都是借银未曾到手，故计一账。

一件原开，伍月叁拾日报前山寨刘，香字一号梁福兴装货贰百担零柒拾贰斤，檀香伍拾担，胡椒壹百壹拾担零伍拾捌斤，乌木贰拾叁担，木香柒担零玖斤，乳香拾担零伍斤。香字贰号郑黄盛装货壹百玖拾担，檀香贰拾玖担肆拾贰斤，胡椒壹百壹拾壹担叁拾捌斤，乌木拾贰担贰拾斤，木香拾捌担，乳香拾担，儿茶玖担。香字叁号郑刘和装货壹百捌拾担，檀香肆拾担，胡椒伍拾伍担贰拾捌斤，乳香陆担，铅柒拾捌担柒拾贰斤。香字肆号谢善装货贰百贰拾担，檀香叁拾担，胡椒壹百壹拾肆担，铅柒拾陆担。香字伍号崔携装货贰百贰拾担，檀香壹百陆拾担零陆拾斤，胡椒贰拾陆担陆拾斤，木香拾担零叁拾斤，乳香肆担零伍拾斤，降香拾捌担。香字陆号何承恩装货贰百担，檀香陆拾担，胡椒玖拾肆担，乌木贰拾担，木香拾担，牛角拾伍担，儿茶壹担。香字柒号何启昌装货贰百壹拾担，檀香肆拾担零肆拾捌斤，胡椒壹百担零壹拾陆斤，降香拾壹担，乌木肆担叁拾斤，乳香贰担肆拾伍斤，木香贰担陆拾壹斤，牛角叁担，铅肆拾陆担。香字捌号刘胜装货玖拾担，檀香玖担伍拾斤，胡椒肆拾担，木香壹担，乌木陆担伍拾斤，牛角贰担，降香捌担，乳香□担，铅贰拾担。香字玖号李承恩装货玖拾担，檀香拾担，胡椒肆拾□担，藤拾伍担，木香壹担，乌木肆担，乳香肆担，降香拾担。香字拾号刘德装货壹百担，檀香柒担，胡椒肆拾贰担，乌木叁拾担，铅拾捌担，降香叁担。同日报水师提标张，香字壹号梁福兴装货贰百担零柒拾贰斤。香字贰号郑黄盛装货壹百玖拾担。香字叁号郑刘和装货壹百捌拾担。香字肆号谢善装货贰百贰拾担。香字伍号崔携装货贰百贰拾担。香字陆号何承恩装货贰百担。香字柒号何启昌装货贰百壹拾担。香字捌号刘胜装货玖拾担。香字玖号李承恩装货玖拾担。香字拾号刘德装货壹百担。共计壹千柒百担零柒拾贰斤。陆月初叁日开付周郡阮，香字壹号梁福兴装官货贰百担零柒拾贰斤。香字贰号郑黄盛装官货壹百玖拾担。香字叁号郑刘和装官货壹百捌拾担。香字肆号谢善装官货贰百贰拾担。香字伍号崔携装官货贰百贰拾担。香字陆号何承恩装官货贰百担。香字柒号何启昌装官货贰百壹拾担。香字捌号刘胜装官货玖拾担。香字玖号李承恩装官货玖拾担。香字拾号刘德装官货壹百担。同日呈报按察司，计开，檀香香枝肆百叁拾柒担，胡椒椒皮柒百肆拾担，黑铅贰百叁拾捌担零柒拾贰斤，乌木壹百担，木香伍拾担，乳香肆拾担，降香伍拾担，儿茶拾担，牛角贰拾担，藤壹拾伍担，共计壹千柒百担零柒拾贰斤。前件问知县姚启圣，亲笔供，伍月叁拾日过前山寨，同日报香山县刘参将水师提标张周郡阮共贰纸。

一件原开，按察司佟老爷本月贰拾贰日诞寿仪肆拾两，巡道竹老爷本月贰拾玖日诞寿仪　[①]两，平南王捌月初一日诞寿仪　[②]两。前件问知县姚启圣，亲笔供，这是柬房开来送礼单，卑职无银不曾送。

一件原开，抚台万两，臬贰千两，部费陆千两，变价壹万伍千两。前件问知县姚启圣，亲笔供，这是开的虚账，原不曾有。

康熙陆年捌月贰拾柒日

总督两广文武事务兼理粮饷、兵部右侍郎兼都察院右副都御史臣卢兴祖

（内阁杂册）

---

①② 此处为一空格。

E329：政法-其它案件

3.2　广东提督董象纬奏报澳门洋人醉酒伤人业已平复结案折

雍正三年(1725年)

广东提督臣董象纬谨奏，为奏闻事。

雍正三年三月二十四日，据香山协副将汤宽禀，据拨防澳门把总刘发报称，本月十七日晚，有南湾口税馆差役食饭，适黑鬼一名入屋索酒，差役见其已醉，推出门口，遇着番兵，两相打骂，差役奔报内司，内司着人往看，行至大庙，又遇番兵数名，缠至税馆，随拥番兵数十名，将门扇打烂，打伤厨子一名，又将翟内司家人一名捉到彝屋捆打。该把总闻信，登即驰往解散，其捉去之人旋即放回。次日，澳中铺户俱不开铺。等情到臣。臣随差人前往澳门密访起衅缘由，并饬该协会同文员劝谕各铺面开张去后。续据副将汤宽禀称，十九日，差千总钟应选前往晓谕，于二十日到澳，同香山县亲行劝谕，各铺户俱已开张，照常贸易。又臣所差人自澳回禀，与前副将所禀无异。续准左翼总兵官蓝凤咨称，据香山协副将汤宽禀，据西洋理事官唛嚟哆呈称，伊等屡荷皇仁，涓埃莫报，冤[①]因黑人酒醉，不识理性，擅入公馆，二家角口生忿，致蒙抚院行查，心甚股栗，恳请恩怜无知，转详抚院销免。已经该协亲身到澳查明，果系黑鬼酒醉起衅。今被伤之人平复，各铺开张如旧，已据呈转，请抚臣姑免深究。等因。嗣而臣闻抚臣俯准该理事官所恳，完结矣。理合奏闻。

(宫中朱批奏折)

E329：政法-其它案件

3.3　广东提督张溥奏请仍令外来洋船照旧于澳门内拉青角湾泊折

乾隆元年八月二十九日(1736年10月3日)

广东提督臣张溥谨奏，为奏闻事。

乾隆元年，粤海关入口夷商洋船陆续有十余只，俱湾泊内河黄埔地方。臣闻得，本年八月十三日，有啵嘯嚏、吔哩哑呧貳夷大班、船主并头目等，自省来黄埔上船看舱。十四日早，该船

① 冤，意同缘。

主鬼子并请各船鬼子等，乘坐鬼子三板二只回省，午刻至岑头村上岸行走，有啵嘞嚧船夷人将鸟枪打伤乡民莫伦志腮傍(膀)，酉刻身故。续准巡抚杨永斌咨移，并据广州协副将李桂芳禀报前来，与臣所闻无异。臣查，洋船抵粤，每年或八九只、十余只不等，每船装载四五百人，人各有鸟枪一杆，其火炮多至三十余位，兼之赋性强悍，蛮野无知，实非善类。向来鬼子洋船停泊黄埔，每夜施放枪炮，声震数里，附近居民，已属不安。今又持枪伤死乡民，强悍已极，民人甚为畏怯。黄埔离省仅二十里，乃腹裹内地，外夷聚集多人，往来省城，伍陸成群，身带器械，登岸伤人，甚非所以绥靖地方也。

又查，虎门之外墺门地方，原为夷商洋船马头，商货出入要道，外来洋船俱就墺门内拉青角湾泊。嗣于康熙二十五年，户部议覆海税监督宜尔格图疏称，洋船湾泊黄埔，以便交易，奉准遵行。但相沿日久，化外夷人往往顽梗滋事，似宜因时变通。仰恳天恩，仍令外来洋船照旧于墺门内拉青角湾泊，则内地民安，外夷无生事之端矣。

再，墺门拉青角原设立过监督公署，合并声明。

臣识见浅陋，冒昧陈奏，伏乞皇上睿鉴施行。谨此具奏。

(朱批:)交与鄂弥达，听其议奏。

乾隆元年八月二十九日

广东提督臣张溥

(宫中朱批奏折)

E329：政法-其它案件

3.4 两广总督鄂弥达奏覆莫伦志案查系误伤不便因此不准洋船湾泊黄埔折

乾隆二年二月十六日(1737年3月16日)

两广总督臣鄂弥达谨奏，为遵旨议奏事。

窃臣于乾隆元年十二月初十日，接准原任广东提督张溥抄送折奏一件，因上年八月内有啵嘞嚧彝人在岑头村将鸟枪打伤乡民莫伦志身故，以彝人强悍，不令湾泊黄埔内地，请仍照旧于墨门内拉青角湾泊。等因。钦奉朱批：交与鄂弥达，听其议奏。钦此。臣查，广州府属香山县之墨门地方，自前明嘉靖年间，西洋彝人见墨内之拉青角依山面海，水势宽深，可以避风湾泊，上纳税银赁居其地，所有往来洋船，皆泊于此。后因红毛法嘞西诸国之船在墨赁屋贸易，与墨彝角口，彼此结仇，至今不解。于是红毛诸国洋船，俱改泊于黄埔地方，惟风势不顺，暂收入由墺往南十余里之十字门寄椗停泊。该处海面甚窄,若多船同泊,则风起水涌,不免冲击之虞。是以,数十年来,墺门之拉青角,止泊西洋彝船,而黄埔则为红毛诸国来广贸易湾泊之所,俱各相安无异。

查,黄埔离省二十余里,外有虎门协左右两营,星罗控制,洋船必由横档、南山二炮台出口,以达狮子外洋,其大小虎门、鹿步、新造、四沙等要隘,俱有营汛兵船,把守严密。我朝柔远德意遍及遐方,航海而来者共霑圣主恩膏,中外一体,彝商进口,俱安分交易,甚为恭顺,自来无敢滋生事端。但红毛各国之船,与墺门彝商,以夙怨而结为世仇,至今凡遇他国洋船避风暂收入十字门者,墺彝必严加防范。又每岁冬至节后,必糊一纸人遍迎墺境,然后焚毁,名曰烧红毛,其积恨久而不忘。如此,若黄埔不容湾泊,强令同泊于墺门之拉青角,势必彼此争仇构衅,无以相安,而地方由此多事,似非仰体皇上四海一家,乂安中外之至意。应将张溥所请照旧湾泊拉青角之处无庸议。

至啵嘣嚏彝人于上年八月在岑头村将鸟枪伤死民人一案,查系彝人泊船上岸买菜,乡民群聚观看,彝人哆咦持枪下船,蹦板滑跌,鸟枪原装火药,枪门消息有自来火,因触机误发,飞出砂子,不但打伤乡民莫伦志,即其同伴彝人嘮咤吔呧亦重伤死去,彝人照伊本等治法疗治,虽(遂)得复生。彼时,亦将莫伦志扶载上船,医治不愈,以致身死。当经番禺县知县逯英验讯明确,实系误伤,通报在案。并非彝人敢于无故逞凶,伤及百姓。似不便因此不容湾泊黄埔,致有纷更也。理合据实查明覆奏,是否有当,伏候皇上批示遵行。为此。谨奏。

(朱批:)知道了。

乾隆二年二月十六日

(宫中朱批奏折)

E322:政法-斗殴案件

3.5　广州将军策楞等奏报办理晏些卢扎伤商人陈辉千致死案缘由折

乾隆九年正月十五日(1744年2月27日)

广州将军、暂署两广总督印务臣策楞,护理广东巡抚印务、布政使臣托庸谨奏,为奏明事。

窃查香山县澳门地方,系民番杂处之地。乾隆八年十月十八日,有在澳贸易民人陈辉千酒醉之后,途遇夷人晏些卢角口打架,以致陈辉千被晏些卢用小刀戳伤身死。据县验伤取供填格通报,并密禀西洋夷人犯罪,向不出澳赴审,是以凶犯于讯供之后,夷目自行收管,至今抗不交出。臣策楞同前抚臣王安国，诚恐该地方官失之宽纵，当即严批照例审拟招解。嗣经该县叠催，随禀据夷目禀称，番人附居澳境，凡有干犯法纪，俱在澳地处治，百年以来从不交犯收禁。今晏些卢伤毙陈辉千，自应仰遵天朝法度，拟罪抵偿，但一经交出收监，违犯本国禁令，阖澳夷目均干重辟。恳请仍照向例，按法处治，候示发落。等词具禀。

臣等伏查，澳门一区，夷人寄居市舶，起自前明中叶，迄今垂二百年，中间聚集番男妇女不下三四千人，均系该国夷王分派夷目管束。番人有罪，夷目俱照夷法处治，重则悬于高竿之上，用大炮打入海中，轻则提入三巴寺内，罚跪神前忏悔完结。惟民番交涉事件，罪在番人者，地方官每因其系属教门，不肯交人出澳，事难题达，类皆不禀不详，即或通报上司，亦必移易情节，改重作轻，如斗杀作为过失，冀幸外结省事，以故历查案卷，从无澳夷杀死民人抵偿之案。今若径行搜拿，追出监禁，恐致夷情疑惧，别滋事端。倘听其收管，无论院司不能亲审，碍难定案承招，并虑旷日迟久，潜匿逃亡，致夷人益生玩视法纪之心。天朝政体攸系，臣等公同酌核，此等事件，似应俯顺夷情，速结为便。惟照夷法，炮火轰死，未免失之过惨，随饬司檄委该府，督同该县前往妥办去后。兹据按察使陈高翔详据广州府知府金允彝详称，遵即宣布圣主德威，严切晓谕，并将凶犯应行绞抵之处明白示知，各夷目遂自行限日，眼同尸亲将凶犯晏些卢于本月初三日用绳勒毙，阖澳番人靡不畏而生感。等情前来。臣等查核原供，衅起于撞跌角殴，杀非有心，晏些卢律应拟绞，既据该夷目已将凶犯处治，一命一抵，情罪相符。

除批饬立案外，所有臣等办理缘由，理合奏明。抑臣等更有请者，化外之人有犯，原与内地不同，澳夷均属教门，一切起居服食，更与各种夷人有间，照例解勘成招，夷情实有不愿，且凶犯不肯交出，地方官应有处分，若不明定条例，诚恐顾惜考成，易启姑息养奸之弊。可否仰邀圣明，特降谕旨，嗣后澳夷杀人罪应斩绞，而夷人情愿即为抵偿者，该县于相验之时，讯明确切，由司核明，详报督抚再加覆核，一面批饬地方官同夷目将犯人依法办理，一面据实奏明，并抄供报部查核。庶上申国法，下顺夷情，重案不致稽延，而澳夷桀骜不驯之性，亦可渐次悛改矣。

臣等愚昧之见，谨一并奏请皇上训示。为此，谨奏。

(朱批：)该部议奏。①

乾隆九年正月十五日

(宫中朱批奏折)

---

① 据军机处录副奏折，朱批时间为乾隆九年二月二十日。

E15：政法-荒政（蠲免）

3.6　两广总督策楞等奏请蠲免住澳葡人丁卯年应完地租银折

乾隆十一年八月初二日（1764 年 9 月 16 日）

两广总督臣策楞、广东巡抚臣准泰谨奏，为密奏请旨事。

钦惟我皇上念切民依，德洋恩溥，前奉谕旨将丙寅年直省应征钱粮通行蠲免，随经廷议，各省地丁钱粮分作三年全免一周，粤东省应于丁卯年蠲免，恩旨遥颁，凡在海澨山陬，莫不均沾大泽，感庆靡涯。兹查广州府属香山县澳门地方，自前明嘉靖年间西洋人来中国贸易船泊澳门后，遂认地建房，携眷居住，每年纳地租银五百两，由香山县征解。因向来造册奏销时，惟于地丁省总内开有香山县澳地租银一款，而不列于香山县地丁项下，是以不便入于蠲免通省地丁之内。伏念我皇上恩周六合，德教覃敷，海隅日出之乡，靡不向风慕义，梯航重译而来。今天下各省地丁钱粮既荷殊恩通免一次，所有澳门夷人丁卯年应完地租银五百两，租出于地，原与地粮无异，可否仰恳圣主一视同仁，免其输纳，以彰天朝宽大之恩，则不特兆姓之蒙庥，欢声雷动，而远夷之戴德，亦喜气云蒸矣。

臣等谨合词密折恭奏，如蒙俞允，伏乞皇上特降谕旨，以便钦遵奉行。谨奏。

（朱批：）此可不必。钦此。①

乾隆十一年八月初二日

（宫中朱批奏折）

E322：政法-斗殴案件

3.7　广东巡抚岳浚奏闻哑吗呍等殴毙民人李廷富等依法办理情形折

乾隆十三年八月二十九日（1748 年 10 月 21 日）

署理两广总督印务、广东巡抚臣岳浚谨奏，为奏明事。

窃照粤东广州府属之香山县地方，有澳门一区，滨临大海，向为西洋人寄居，自前明中叶至今垂二百年，生聚夷番男妇不下三四千人，内地民人亦往来出入，相与贸易，地方最为紧

---

① 据军机处录副奏折，朱批时间为乾隆十一年九月初四日。

要。该处设有澳门同知一员、县丞一员驻扎弹压，该国夷王亦分派夷目在澳管束，由来已久。如夷人有犯，查拿讯究，仍遵照乾隆九年督臣策楞奏明晏些卢问罪一案之例，饬照该夷法度处治，一面将办理缘由据实奏明，并录供招报部存案，于以崇国体而制外夷，民番俱各遵奉在案。

今乾隆十三年四月初九夜二更时分，有寓歇柳允才家之剃头匠李廷富、泥水匠简亚二两人，乘间黉夜出街，潜入夷人若瑟吧奴家内，被哑吗咘、嘤哆呢起身捉获，虽查未失去物件，但夜入人家，潜身货屋，其为行窃无疑，当将李廷富、简亚二拴缚屋柱，原欲等候天明送官究治，讵廷富、亚二求脱未得，詈骂不休，遂被哑吗咘将简亚二连殴毙命，嘤哆呢亦将李廷富殴伤致死，二夷复又同谋定计，将两尸乘夜扛弃入海，似此凶蛮，法难轻纵。先据该同知禀报，臣与督臣策楞随饬严查，务获正凶缚送究拟，该夷目夷兵等始犹抵赖不承，迨后臣与督臣复又严檄饬行，谆切晓谕，宣布皇恩，示以国法，又令该同知张汝霖亲往挨查，该夷目不能狡饰，随将哑吗咘、嘤哆呢及事主、邻证、凶器，并简亚二遗下布鞋一双，一并送出。该同知逐加严究，供出行窃被获殴死弃尸各实情，悉无遁讳，其追出遗鞋，亦经尸亲、店主认明无错。兹据该同知审明前情，由府司核拟具详到臣，臣复细核，供招已无疑义。

查律载：夜无故入人家，已就拘执而擅杀者，杖一百、徒三年。又弃尸水中者，杖一百、流三千里等语。今李廷富、简亚二于二更时分潜入夷人家内，计图行窃，已就拘执，复因骂詈，擅行殴毙，而又同谋弃尸海中，夷性凶残，理应严加惩治。但按其情罪，法止杖流，哑吗咘、嘤哆呢除拘执擅杀杖徒轻罪不议外，均应照弃尸水中例，各杖一百、流三千里。案内干连笞杖各犯，照例分别发落。但夷人例无遣配之条，随查据夷目唛嚟哆等称，该国免死罪犯，向系安插地满受罪终身，其地满地方岚蒸气瘴，水土恶毒。等语。似与内地军流相等。今哑吗咘、嘤哆呢既经律拟应流，仍照向来处治夷人问罪之法，俯顺夷情，依法办理，令其发往地满永远安插，不许复回澳门。其趁船起解月日及到地满收到回文，俱谕令该夷目呈报备案，起解之时，令该同知验明放行。现在该夷目将哑吗咘、嘤哆呢牢固羁禁，候发地满，阖澳番夷，俱各畏法宁静。

除照例备叙供招咨部存案外，所有臣依法办理缘由，理合恭折陈奏，伏乞皇上睿鉴，敕部查照施行。臣谨奏。

（朱批：）该部知道。

乾隆十三年八月二十九日

（宫中朱批奏折）

E322：政法-斗殴案件

3.8　广东巡抚岳浚奏报哑吗呐等殴毙民人已搭船出洋请参处失职官员折

乾隆十四年二月初一日(1749年3月18日)

广东巡抚臣岳浚谨奏，为钦奉上谕事。

乾隆十三年十一月十二日，承准大学士、伯张廷玉，协办大学士、尚书傅恒字寄广东巡抚岳浚，乾隆十三年十月初三日奉上谕：岳浚所奏办理澳门夷人哑吗呐等致死李廷富、简亚二二命，问拟杖流，请照夷法安插地满一折，李廷富、简亚二既死无可证，所据仅夷犯一面之辞，观其始初狡赖情形，必另有致死根由。且夷人来至内地，理宜小心恭顺，益知守法，乃连毙内地民人，已为强横，又复弃尸入海，希图灭迹，尤为凶狡，自应一命一抵。若仅照内地律例，拟以杖流，则夷人骛戾之性，将来益无忌惮，办理殊为错误。况发回夷地，照彼国之法安插，其是否如此办理，何由得知。设彼国竟置之不问，则李廷富、简亚二两命，不几视同草菅乎。此案已传谕该部饬驳，另行究拟。如该犯尚未发回，着遵驳办理，倘已趁船起解，着一面声明缘由报部，一面晓谕夷人，以示警戒。嗣后，如遇民夷重案，务按律定拟，庶使夷人共知畏罪奉法，不致恣横滋事，地方得以宁谧。岳浚着传旨申饬。钦此。遵旨寄信到臣。

又，于乾隆十四年正月十三日，广州将军臣锡特库陛见回粤，传奉皇上面谕：广东澳夷殴杀内地民人一案，办理错误。澳夷系在内地居处，即使民人夜入其家，只应拿送到官，听候办理，仍竟自擅杀，而岳浚仅引内地条例，将夷犯定议流罪完结具奏，况系仍交伊处自行流遣，其果否流遣之处，何由得知，此风断不可长。伊伤一民人，即应令伊人抵偿才是。岳浚办理甚是软了，看来伊办事偏软之习尚未能改，若策楞在广，伊断不如是办理。钦此。臣望阙叩头，祗聆训诲，跪领之余，惶悚靡宁，惭感无地。

伏念，臣仰蒙皇上天恩，畀以海疆重寄，于此等夷人事件，未能妥协办理，筹画周详，以致上费圣心，两领训饬，臣虽愚昧，敢不益加奋励，以报皇上教导洪恩。臣于先奉谕旨之日，随即钦遵密札澳门同知张汝霖，令其传谕该澳夷目，速将原交羁禁之哑吗呐、嘤哆呢二犯，即日提解，听候部行再行确审。续于十一月十六日，接准刑部驳审咨文，又经转行遵照，并催令提犯具报，遵旨确审，另行妥拟，叠次行催，再三切谕，务必详慎办理，勿使骛戾夷人再有违犯去后。旋据该同知禀称，已令该夷目押带夷犯到案，逐加研审，按拟具详，由司核转，其夷犯遵照奏明成例发交夷目收管，候旨等情。臣正在行司令其遵照部驳确核详拟具题间，讵该同知忽又报称，澳夷一案业经覆审拟详，自应候题发落，乃该夷目以外洋番船须趁北风开行，不便久待，请将哑吗㕷、嘍哆呢二犯就便附搭洋船押发地满。等语。同知随行文拦阻，而夷目已于十二月十六日，将二犯附搭第十五号万威利瓜路洋船发往地满，现在勒限严追，相应据实禀报。等情前来。臣闻不胜骇异，除一面饬司查取疏纵职名请参，并行令责成夷目勒追番船回澳提犯具报外。窃查，此案先奉谕旨，嗣准部咨，俱经严谕该同知，转谕夷目敬谨凛遵，乃该夷目不候具题部覆，竟自擅行发遣，殊属不合。至该同知张汝霖系承办此案之员，任听夷人发遣，玩忽疏脱，更难宽恕，惟是臣身任海疆，处此民夷交涉之事，虽兢业自持，期于慎重，而措置不善，屡见周章，惶悚自惭，咎无可诿。伏恳皇上天恩，将臣一并交部议处，以为办理不善之戒。

再，督臣硕色已于十二月二十六日到任，此案文卷俱经照例随印移交，应听督臣查办议拟题覆，并将该夷目及该同知参处，请旨遵行外，所有微臣凛奉恩谕申饬缘由，理合据实缮折陈奏，伏乞皇上训示。臣谨奏。

（朱批：）该部察议具奏。

乾隆十四年二月初一日

（宫中朱批奏折）

E322：政法-斗殴案件

3.9 两广总督硕色奏报哑吗㕷等已搭船回国请准照夷例完结折

乾隆十四年二月初三日（1749年3月20日）

两广总督臣硕色谨奏，为奏闻事。

窃照广州府香山县属澳门番夷哑吗㕷等打死民人李廷富、简亚二弃尸一案，先据澳门同知张汝霖审，系李廷富等潜入夷室行窃，被殴致死，弃尸海中，将哑吗㕷、嘍哆呢依弃尸律拟流，请照夷法发往夷境地满瘴毒之区永远安插，经署督臣岳浚覆核具奏，并抄供报部。嗣准部咨，以行窃未确，引拟宽纵，驳令再加严审妥拟。行据按察使吴谦志等详据同知张汝霖详称，遵驳覆讯，据哑吗㕷、嘍哆呢供称，是夜贼甫入室，当经惊觉查看，将李廷富等获往，彼时尚未窃物，是以无赃可获。但时已二更，简亚二从货房走出被拿，李廷富亦于货房柜后搜获，非行窃而何，况夷人住居与汉人界址各别，李廷富等与犯夷素不相识，黑夜入室，拿获之后，现有邻佑噢哔哆等眼见，倘因别故在他处打死，岂无汉人知觉。等语。质之尸亲简亚胜，亦称细访伊兄系因行窃被夷人殴死，别无他故。律载：夜无故入人家，原不论其是否行窃，及图窃之曾否得赃。今李廷富等既系黄夜入人家，被事主哑吗呐等拘执擅杀，律止杖徒，因其弃尸水中，故又从重拟流，情罪相符，应请仍照原拟。等情。详覆前署督臣岳浚。正在核题间，旋据该同知申报，夷目唛嚟哆，因乾隆十三年十二月十六日，有第十五号万威利瓜路洋船开往地满贸易，已将哑吗呐、嘤哆呢押发该船附搭解往地满。随经署督臣岳浚以此案尚未具题，何得擅行发遣，檄行按察司飞饬督同夷目上紧追回，羁禁报参。

臣于上年十二月二十六日抵任之后，查知此事，复行司饬令该同知，将天朝恩威法纪明切晓谕夷目人等，务令星速追回具报去后。今据按察使吴谦志等详称，催据该同知张汝霖详，据夷目唛嚟哆呈称，万威利瓜路洋船开行已有数日，洋面风顺，久已扬帆速去，实属追赶不及。查，地满远处夷境，重洋遥隔，非内地兵役所能前往查拿，今虽现在严饬夷目追捕，但外洋风信向有常期，每年必秋冬北风始可扬帆前往，待至次年南风竞起方可返棹，往返一次，必须两年，断非刻期所能提到，未便将部驳案件久悬，请照前详，先行题覆前来。除一面严切行文晓谕番夷务遵天朝纪律，将哑吗呐等追回，恭候谕旨遵行，一面将覆审供情，臣会同抚臣岳浚具疏题覆，并将不行防范阻止，擅听夷目发遣之同知张汝霖附疏题参，听候部议外。臣伏查，夷人寄居内地，擅敢戕杀民人，且连毙二命，弃尸海中，今复不候具题部覆，擅行发遣，自应勒限追回，从重改拟正法，以示惩创。惟是此案哑吗呐等，实因简亚二等潜入夷室行窃，以致殴打身死，已据尸亲供明，访无别故，其弃尸海中，亦系畏罪灭迹，并无别情。且查澳夷皆大西洋博尔都噶尔国人，自前明中叶住居澳地，迄今二百余年，番众不下数千，然平素惟以航海贸易为生，尚称安静。其该国夷王若望，曾于雍正五年遣使进贡，远涉波涛，输诚向化，亦颇为恭顺。今若以番夷殴死窃贼细故而必绳以重法，诚恐番众疑惧不安。且地满远隔重洋，往回难必，设或久延不到，则天朝体统所关，更势难中止。臣身任封疆，非敢因循示弱，但事有重轻，不得不据实陈明。

再，地满系大西洋所辖瘴疠之区，该国夷法，罪不至死者，发往受罪终身。上年十二月十六日，现有十五号船开往地满贸易，亦并非捏饰虚应故事，可否仰邀皇上天恩，俟部臣议覆之日，特沛恩纶，著照夷例完结，免其追拿。臣仍行文该国王严饬夷目，约束番夷，毋许擅与民人争斗滋事。倘再有干犯，定行从重治罪，并令将擅行发遣之夷目唛嚟哆议处惩治，则夷案可以早结，阖澳番众相安，感沐皇仁于靡既矣。

臣谨缮折密奏，伏祈皇上睿鉴。谨奏。

(朱批：)览奏，另有旨谕。

乾隆十四年二月初三日

(宫中朱批奏折)

G16(202、552)：中外关系-在华外籍人员事务(澳门、葡萄牙)

3.10 两广总督硕色奏报葡萄牙住澳门兵头安哆呢若些哊喇已被审明定罪折

乾隆十四年十二月十九日(1750年1月26日)

两广总督臣硕色、广东巡抚臣岳浚谨奏，为奏闻事。

窃照广东澳门地方所住西洋夷人，向有该国差来夷官，名曰兵头。其兵头安哆呢若些哊喇纵容番众逞顽，以致上年有夷犯哑吗呏等殴死民人李廷富、简亚二两命一案，该兵头复不候部覆，擅将哑吗呏等发往地满安插，并有纵容夷人偷拆税馆栅栏之事，经臣等会饬澳门同知张汝霖，前赴该地将天朝恩威法纪严切晓谕。嗣经商番传播至洋，该国王另差新兵头央万威地猫炉前来更换，并差夷官晏哆呢吪唎哪地私嘀哗到澳，审讯旧兵头纵容夷人逞顽等事，当经臣等于七月十八日会折奏闻在案。今据澳门同知禀报，旧兵头安哆呢若些哊喇擅将夷犯哑吗呏等发遣及纵容夷人偷拆税馆栅栏等事，已据差来夷官晏哆呢吪唎哪地私嘀哗审明，将安哆呢若些哊喇按照夷法，拟以抄家充发之罪，定于本年十二月初二日押带回国，听该国王覆核处治。等情。

再，查哑吗呏等一案，前奉恩旨免其提缉，臣硕色当将天恩浩荡，格外从宽，嗣后各宜感激输诚，恪尽恭顺，倘再玩法滋事，则定行严加惩创。等因。备文照会该国王，即交该差官赍领去后。今亦据澳门同知申报，差官晏哆呢吪唎哪地私嘀哗于照会发到时，敬谨出迎，摘帽向北叩谢圣恩，已将照会接领赍捧回国。各等情前来。

缘干夷情完结事理，臣等谨再会折奏闻，伏祈皇上睿鉴。谨奏。

(朱批：) 知道了。

乾隆十四年十二月十九日

(宫中朱批奏折)

E325：政法-官员违法案件

3.11 钦差大臣新柱等奏报审明英商洪任辉状告澳门等关口勒索陋规定拟缘由折

乾隆二十四年八月十九日(1759年10月9日)

臣新柱、朝铨、李侍尧等谨奏，为遵旨审明，定拟具奏事。

窃臣等钦奉谕旨会审暎咭唎番商洪任辉投递呈词一案，业将臣新柱、朝铨前后到粤日期及集犯会讯，请将监督李永标革职究审缘由，于七月二十二日具奏在案。

兹会同按款逐一研讯，如洪任辉呈称，关口勒索陋规，每船放关，总巡口索礼十两、黄埔口索礼十两、东炮台口索礼五两；充每船卖办，总巡口索礼五十两，黄埔口索礼一百两；充每船通事，总巡口索礼五十两、黄埔口索礼三十两；每船验货，总巡口索匹费一百两；每日家人验货，索轿金七钱，俱通事、买办经手。又一船除货税外，先缴银三千三四百两不等。等因一款。审讯得：夷船进口同出口，向有各项归公规礼银两，每船原缴番银一千九百五十两，折实纹银一千七百余两不等；又有梁头正银一项，每船征银一千一百七八十两至一千三四百两不等。两项合算，原有三千一百余两，但无三千三四百两之数，俱系则例开载应征之项，并非李永标额外加征。其勒索放关陋规一项，讯据总巡、黄埔、东炮台三口书办、家人、巡役、水手潘富等同供，番船回国放关出口，从前总巡、黄埔二口，每船原有陋规花钱十三员(圆)，东炮台原有花钱六员(圆)半，以为饭食、灯油等项费用，向俱在口家人、书役、水手分得，皆系通事经手。总巡口书办潘富供得过十四员(圆)，家人七十三即王管供共得过二百余员(圆)，陈其策供得过八十余员(圆)，巡役陈元凤供得过三员(圆)，水手刘朝显等十三人，各分得番银七钱七分五厘零。黄埔口书办朱鼎供得过十八员(圆)，家人三什哈、高洪各得过三十六员(圆)，天吉得过三员(圆)，巡役谢得茂得过十八员(圆)，水手何盛等十一人，各分得花钱四员(圆)零五钱二分三厘。东炮台口书办余礼供得过一员(圆)半，范昌供得过十八员(圆)，家人吴顺供得过一员(圆)，巡役廖文进得过十二员(圆)，李洪发得过一员(圆)，水手李德高等八人，各分得花钱四员(圆)半。俱各供认不讳。又验货匹费一项，讯据行商蔡国辉等同供，此项规礼皆系伊等所给，只花钱一百员(圆)，有匹头紬缎下船方给，若没有下船即便不给，无论船只多寡，只给一百员(圆)。缘番人性情躁急，放关即要开行，不过要总巡口查验爽快之意。其来已久，并非勒索。质讯家人七十三供认约得过七百员(圆)，陈其策供认约分过一百二三十员(圆)是实。其验货轿银七钱，讯据家人、书办七十三等佥供，验货之日或遇天雨，通事代雇轿子，每顶轿子用银一钱二分，共用银六七钱是有的。等语。至呈称每船买办索礼五十两及一百两，通事索礼五十两、三十两之处，讯据买办张宏超供称，当过暎咭唎国买办五年，两年得过银五十两，有三年没有得；陈新供充当买办四年，前两年鬼子谢银一百两、八十两不等，近年止谢三四十两，俱是给伊等做工食的，出口时才给，没有分与别人。又讯据通事林成供称，放关陋规是伊经手，每船鬼子谢花边钱一百员(圆)，原算工食，皆伊自己收用，并非陋规。等语。此款除买办、通事所收讯非陋规外，其余均已供认明确。李永标到任以来，毫不实力查察，以致家人、书役恣意滥索，咎实难辞。

又呈称，关宪不循旧例俯准夷商禀见，致家人、吏役勒索之苦，使下情不能上达。等情一款。审讯得：每年夷船进口，李永标亲往黄埔丈量，一年内或三四次、五六次不等，夷人皆在船上相见，又会同总督传见及独见亦有数次，并无吝惜一见之事。且夷商例禁入城，兼之语言不通，有应禀之事自当令保商、通事代为转递。此款似无屈抑，无庸置议。

又据呈称，资元行故商黎光华拖欠公班衙货本银五万余两，伊子黎兆魁藉父身故，兜吞措偿，赴禀关宪不恤，赴禀督宪不怜，仍出示不许再渎等情一款。查：夷商赴粤贸易，与内地行铺交易多年，难免无货账未清之事，向来俱系自行清理。资元行商黎光华在粤开张洋行年久，夷商信服，向与嘆咭唎各商交易往来，彼此交好，货账未清拖欠亦非一日，光华生前并不控追。缘上年咈囒哂夷商吡唌呍有胡椒等货寄贮黎光华行内，于该商病故后发卖，吡唌呍索价无偿，于九月内控追到臣李侍尧，因查吡唌呍系寄贮之货，于黎光华故后发卖，明系该故商子弟私行盗卖，非欠项可比，是以批准追给。迨本年三月内，嘆咭唎商人六嚐、洪任辉等籍词禀追旧欠，臣李侍尧因其所控银两俱系黎光华生前欠项，从前既未控追，而故商财产业因欠帑变抵，因批令向黎光华子弟自行清理，悬牌论知，并未出示不许再渎，该夷商等亦未赴监督李永标衙门具禀。讯据洪任辉供称，原不曾在监督处控告，系牵连写在呈上。等语。臣新柱、朝铨等吊（调）查案卷，黎光华虽经身故，欠银属实，伊子黎兆魁因病已回福建晋江县原籍，传讯黎光华之堂弟黎启及幼子黎捷，同供在粤房屋俱已变卖完官，无力清还。臣等恐原籍尚有资产藏匿，现已飞咨福建督抚转饬地方官，查明黎兆魁家产确数，俟移覆到日，再照黎光华生前所欠各夷商银数，按股匀还，以示平允。

又据呈称，随带日用酒食、器物，苛刻征税之苦，一来一回逐一盘验征税，使各船不敢多备粮食。等因一款。审讯得：夷商食物余剩仍带出口，如洋酒、面头干、牛奶油、番蜜饯等物，查系则例开载皆应征税，至于米麦杂粮、牛羊猪鹅鸡鸭、各项蔬果，向都宽免。其呈称不敢多备粮食一语，实属虚妄。讯据洪任辉供称，出口食物亦知例应征收，不过希图宽免的意思。是此款，在李永标实系循例办理，并无苛刻重征之弊，应无庸议。

又据呈称，夷商往来墨门勒索陋规，批手本，关吏索银四两、总巡口索银五两四钱、西炮台口索银四两四钱、紫泥口索银二两二钱、香山索银二两五钱二分、防厅书吏索银二两二钱、关闸口索银一两五钱、墨门口索银三两二钱四分。等因一款。审讯得：书办王晓供称，夷船往来墨门，原有批手本的花钱几员（圆），自总督会同本官严禁以来，如有给的也收下，没有给的就不敢要，该书〔办〕实得过花钱二十八员（圆）是实。复讯之总巡口家人七十三供认得过六十员（圆），家人陈其策供认得过三十员（圆）；西炮台口书办朱德供认得过六员（圆），家人吴柱，巡役雷成三、陈尧芳各得过三员（圆），水手石胜凤等八人各分得花钱二员（圆）零一钱八分；紫泥口长随周省木供认得过七员（圆），巡役卢替京得过四员（圆），水手王安等六人各分得番银八钱四分；关闸口巡役王伟功坚供并未得受，巡役汤明德得过花钱七两，水手杨保等五人各分得番银七钱；墨门口家人孙信供未得收，家人刘辅臣得过五员（圆），巡役张文鉴、傅元魁、杜远各得过二员（圆），邓孔光得过三员（圆），水手容天生等五人各分得番银二钱八分八厘，又水手张亚惠等五人各分得花钱一员（圆）；墨防厅书办区荣、差役伍连各得过四员（圆）；香山县书办邓智得过八员(圆),梁魁得过四员(圆),差役高朋得过二员(圆),现已病故,差役毛昌并未收受。查此款及放关一款内,得受陋规之书办、家人、巡役、水手所供收受银数,臣等恐尚有不实不尽之处,再四驳诘加以吓问,矢口不移,似无隐饰。惟家人七十三在总巡口办理税务,婪取各项陋规,恐另有需索情事,复加刑讯,供有向泰和、义丰、达丰三行赊买绒缎、哔吱等物,共短发价银五百四十五两五钱六厘,所买各物陆续带京;又李永标生日,七十三打造金杯二只,并漳绒四匹,呈送不收,私行藏匿寄京。种种行私,实属不法。李永标既不能约束于事前,又不能惩究于事后,不独昏愦,显系纵容,罪无可逭。

又据呈称,勒补平头,从前兑饷惟照库平,迩年兑饷,每百两加平三两,名曰解京补平,额外加增,剥削远夷。等因一款。臣等查得:粤海关税饷,从前每百两收平余三钱,年远无案可稽。乾隆九年,经原任督臣策楞管关任内奏明,请将关税零封并兑平余银两,与罚料截旷一体备充公用,年满如有余剩,另立一条报解。经部覆准,遂于大关税银内,每百两又另收充公平余三钱,其余各口多寡无定,收支数目节年奏销在案。乾隆十年,因部颁海关法马(砝码)较藩库新法(砝)轻重不符,策楞行司另制,缴关备用,每百两关法(砝)较司法(砝)实加五钱,又照向例收银三钱,共成八钱,一总装入正税原封,年满解部。又乾隆十五年,原任监督唐英任内奉准部文,解部添平,必须备带足数,不准挂批,复于大关税银内加收平余五钱五分,以为带京添平之用。以上共添平一两六钱五分。查李永标到任后,均系循照办理,惟乾隆二十一年起解二十年盈余银两到部,兑少二千五百六十两,挂批回粤,行令补解。彼时,乾隆二十一年分钱粮尚未奏销,李永标遂约计所短平余之数,于二十一年起大关税银内,每百两加收平余八钱,其余各口止加收补平四钱,合之在前各款平余之数,实只二两四钱五分,并无三两。讯之行商、库吏,供吐如一。臣等会同将未经起解乾隆二十三年贮库盈余银两抽兑十封,照海关法马(砝码)每封实系多有八钱。所有乾隆二十一、二十二两年加收平余,均已解部添平。臣等查其批回并存案印簿数目,悉属相符。是此款,李永标并无侵收入己情弊,但事关钱粮,未经奏明,亦属不合。

又据呈称,自设保商,受累多端,入口货饷统归保商输纳,保商任意挪移,将伊货银转填关饷;又关宪取用物件短价,千发无百,百发无十,保商赔办不前,即延搁该船迟误风信。等因一款。查:外洋夷船到粤贸易,言语不通,凡天朝禁令体制及行市课税均未谙晓,向设行商代为管理,由来已久。后因行商内有资本微薄纳课不前者,乾隆十年经原任督臣策楞管关任内,于各行商内选择殷实之人作为保商,以专责成,亦属慎重钱粮之意,未便因该夷商一面之词遽易成规。惟是行商共有二十余家,保商现只五家,一切货物各行商俱得分领售卖,及至完纳课银,各行商观望耽延,势不得不令保商代为先垫,暂挪番商货银情或有之,臣李侍尧现在详筹办理,以除积弊。至所称监督取用物件短价,千发无百,百发无十之处,讯据李永标供称,采办官用品物,实照定价给发,其余买用物件,都照价现给,并无丝毫短少。等语。质之行商蔡国辉等,并经手承买之书吏黄栋等，同供洋货物件从前关部俱有定价，惟新异的物件照时估计给发，李监督取办官用物件，实照价发给，并无短少，随时具有领状可据。等供。随吊（调）取报销底册并行商领状核对，价值均属吻合。查夷商洋货卖与行铺转售，于官于夷商本无干涉，所控实属凭空无据之词。

至呈称移浅放关迟误风信之处，虽讯据行商蔡国辉等同供，夷船出口，必须验明有无私货，方始放行。但李永标不能随时体察，究系办理不善，亦难辞咎。

以上各款，臣等公同推鞫，反覆究诘，似无遁情。查例载：衙役犯赃，本官知情故纵者，革职；又律载：监临官吏求索借贷所部内财物，计赃准不枉法论；又律载：监临官吏家人于所部内求索借贷财物，依不枉法，本官知情与同罪；又例载：文武职官索取土官、外国猺獞财物，犯该徒三年以上者，俱发边卫充军；又律载：无禄人不枉法赃一百二十两以上，罪止杖一百、流三千里，各主者通算折半科罪。各等语。今监督李永标虽讯无违例滥征、加平入己、短发价值诸情弊，但身任监督，自应实力稽察，剔除积弊，抚恤夷商，以肃榷政。乃家人、书役得受陋规，赊欠客货，赃私累累，李永标到任日久，岂竟毫无闻见，未便诿为不知，除纵役犯赃各轻罪不议外，合依监临官吏家人于所部内求索财物，依不枉法，本官知情者同罪律问拟。查家人七十三，赃逾一百二十两以上，李永标知情同罪，应照不枉法赃杖一百、流三千里，系旗人照例折枷六十日、鞭一百，解部发落。七十三即王管在关口验放船只，收受陋规花钱一千余员（圆），核实纹银七百余两，赃逾一百二十两以上，除隐匿众家人礼物及买货短发价值各轻罪不议外，合依监临官吏家人于所部内求索财物，依不枉法赃一百二十两以上，杖一百、流三千里。但事涉夷商，兼之扰累行铺，婪受多赃，实属不法，合比依文武职官索取土官、外国财物，犯该徒三年以上发边卫充军例，应发边卫充军，系旗奴照例鞭一百，改发边远省分，给驻防兵丁为奴。陈其策供认收受放关匹费及批手本各项陋规共花钱二百四十员（圆），折实纹银一百六十二两四钱三分二厘，系各主者通算折半科罪，合依不枉法赃八十两，杖九十、徒二年半，无禄人减一等律，杖八十、徒二年，系旗奴折枷号三十日，满日折责三十板。黄埔口家人三什哈、高洪，各得受放关陋规花钱三十六员（圆），折实纹银二十四两三钱六分四厘八毫，清书王晓得受批手本陋规花钱二十八员（圆），折实纹银一十八两九钱五分零四毫；黄埔口书办朱鼎、巡役谢得茂、东炮台口书办范昌，各得受放关陋规花钱一十八员（圆），折实纹银一十二两一钱八分二厘四毫；总巡口书办潘富得受放关陋规花钱一十四员（圆），折实纹银九两四钱七分五厘二毫；东炮台口巡役廖文进得受放关陋规花钱一十二员（圆），折实纹银八两一钱二分一厘六毫；关闸口巡役汤明德得受批手本陋规花边银七两，折实纹银六两五钱八分；香山县书办邓智得受验船陋规花钱八员（圆），折实纹银五两四钱一分四厘四毫；紫泥口家人周省木得受批手本陋规花钱七员（圆），折实纹银四两七钱三分七厘六毫；西炮台口书办朱德得受批手本陋规花钱六员（圆），折实纹银四两六分八毫；墺门大马头家人刘辅臣得受批手本陋规花钱五员(圆),折实纹银三两三钱八分四厘;黄埔口水手何盛、陈胜、何德成、吕升、王佐、王楚、王举、文超、钟玉、杨贵、王二连,各得过放关并洋船出口陋规花钱四员(圆)零五钱二分三厘六毫零,折实纹银三两一钱九分九厘四毫零;东炮台水手李德高、李和、陈文、杨明、陈昌进、黄起全、陈广连、黄升,各得过放关陋规花钱四员(圆)半,折实纹银三两四分五厘六毫;海防厅书办区荣、差役伍连,香山县书办梁魁,紫泥口巡役卢賛京,各得过出口船只陋规花钱四员(圆),折实纹银二两七钱零七厘二毫;黄埔口家人天吉得受放关陋规花钱三员(圆),折实纹银二两零三分零四毫;西炮台口家人吴柱、巡役雷成三、陈尧芳,墨门口大马头巡役邓孔光,各得受批手本陋规花钱三员(圆),各折实纹银二两三分零四毫,均合依不枉法赃折半科罪,一两以上至一十两杖七十,无禄人减一等律杖六十,各折责二十板。王晓等系书吏,仍加一等杖七十,各折责二十五板。西炮台水手石胜凤、吴广雄、梁亚二、周能高、黄信廷、梁松、张阿养、冯兴,各得过批照陋规花钱二员(圆)零一钱八分,折实纹银一两五钱二分二厘八毫;总巡口巡役陈元凤得受放关陋规花钱二员(圆);墨门口巡役傅元魁、张文鉴,墨门口大马头巡役杜远,各得受批手本陋规花钱二员(圆),各折实纹银一两三钱五分三厘六毫;东炮台口书办余礼得受放关陋规花钱一员(圆)半,折实纹银一两零一分五厘二毫;东炮台口家人吴顺、巡役李洪发各得受放关花钱一员(圆),折实纹银六钱七分六厘八毫;总巡口水手刘朝显、陈进、陈聚、杨贵明、陈亚泰、张文、陈永茂、何德、温荣、林惠宗、梁亚乔、卢明贤、郭社,各得放关陋规花钱银七钱七分五厘三毫,折实纹银七钱二分八厘八毫零;紫泥口水手王安、王胜、苏瑞际、陈爵民、伍允禄、谭彦,各得过放关陋规花钱银八钱四分,折实纹银七钱八分九厘六毫;大马头水手张亚惠、韦亚华、郭忠、邓亚三、王胜全,各得过批手本陋规花钱一员(圆),折实纹银六钱七分六厘八毫;关闸口水手杨保、黄受、梁俊、连成茂、韦亚珍,各得过放船陋规花钱银七钱,折实纹银六钱五分八厘;墨门口水手容天生、韦裕、黄亚社、刘德、李华,各得过批手本陋规花钱银二钱八分八厘,折实纹银二钱七分七毫,均合依不枉法赃折半科罪,一两以下杖六十律,无禄人减一等,笞五十,折责二十板。余礼系书吏,仍加一等,杖六十,折责二十板。各书吏、清书、巡役人等,均仍行革役。各犯所得赃银,均照追入官,家人七十三等赃银,如勒追不完,仍于监督李永标名下追缴。香山县差役高朋已经病故,毋庸议,所得赃银照律勿征。通事林成经手过交放关银两,查系相沿之陋规,与因事行贿有间,应与致送匹费之商人蔡国辉等均毋庸议。番商洪任辉所控各款,虽未尽实,均属有因,并免置议。讯未得赃之香山县差役毛昌、关闸口巡役王伟功、墨门口家人孙信及海关书吏黄栋、袁坦,在署家人七十四,买办张宏超、陈新,资元行故商黎光华之子黎捷,弟黎启,概行省释。七十三所欠泰和各行货价银两,应于七十三名下照追给。领验货轿金系通事林成情愿备办,毋庸追给。关口陋规,饬行永禁,夷商出口,毋许延搁。笞杖人犯,照例先行分别发落。所有失察书役犯赃之大关委员镶黄旗防御李英茂、墨门口委员镶黄旗防御李德昌、前任广州府病故海防同知魏绾、前任香山县知县今升云南罗平州知州彭科、前署香山县事花县知县王鐾，例有处分，相应开报，统候部议。

再，臣李侍尧奉命兼管关务，于监督李永标家人及各书役婪收陋规未能察出，负咎实深，仰恳圣恩，将臣一并交部严加议处。

臣等谨将审明定拟缘由，缮折具奏，并另缮供单恭呈御览，伏乞皇上圣鉴。谨奏。

（朱批：）该部核拟具奏，余著察议。

乾隆二十四年八月十九日

（宫中朱批奏折）

E4：政法

3.12 李侍尧奏为遵旨办理刘亚匾洪任辉事折

乾隆二十四年十月十九日（1759 年 12 月 8 日）

两广总督臣李侍尧谨奏，为遵旨办理复奏事。窃臣于乾隆二十四年十月十六日申刻承准廷寄，乾隆二十四年十月初三日奉上谕新柱等奏。查处暎咭唎商人具足讦控云云。钦此。遵旨寄经到臣，随于十七日提出刘亚匾，并传集在广洋商及保商人等面审，传洪任辉到案，将钦奉谕旨教谕宣传。洪任辉始闻刘亚匾即行正法，甚属恐惧，鹜□□□虽有罪尚不至死，从宽在澳门圈禁三年逐回本国，即变为喜，感激天恩，俯首服罪。即各夷商既闻圣明睿勘执法等情，亦靡不畏威怀德。宣毕，随将刘亚匾服同洋商人等正法示众。一面饬委□同知赵廷宾，署广州协都司陈大钺，立将洪任辉押赴圈禁。查澳门同知系专管海防夷务之员，向驻前山塞，距澳门数里，该处向有城垣，并有都司分驻，在于该处圈禁，庶易稽查。臣即将洪任辉饬发署澳门同知县饬令□□□□署旁另室圈禁，小心看管，并饬营员派拨弁兵防护毋□虞外。所有遵旨办理缘由，理合恭折覆奏。再查给事中朝铨已于九月二十六日起程赴京，追赶回旨不及，前折奏明。至汪圣仪尚未解到，一俟到粤，臣即当钦遵谕旨，悉心查审，定拟具奏，合并陈明，伏乞皇上睿鉴。谨奏。

乾隆二十四年十一月初七日奉朱批：览。钦此。

十月十九日

（军机处录副奏折）

M14：财政-关务

3.13　两广总督苏昌等奏报英商带到该国公班衙文请求释放洪任辉等情折

乾隆二十六年十月十一日(1761年11月7日)

两广总督臣苏昌、广东巡抚臣托恩多、粤海关监督奴才尤拔世谨奏，为酌办夷情，会折奏闻事。

窃照本年八月内，有暎咭唎国嗎吋夷船来广贸易，至九月初一日呈投该国夷官公班衙番文一件，当交通事译出汉文，系恳求释放夷犯洪任辉及请免归公规例等。臣等案查，洪任辉系暎咭唎国夷商，往来内地年久，通晓汉语，乾隆二十四年希往浙江宁波府开港贸易，勾结奸民刘亚匾砌款，前赴天津呈控。经钦差臣新柱等会同前督臣李侍尧审明具奏，奉旨将刘亚匾正法，其洪任辉荷蒙皇上念系远夷，著令圈禁澳门三年，俟满日释放逐回本国。钦遵在案。

伏思我皇上抚驭万邦，怀柔体恤，无不备至，虽议狱无分中外，而法行自近，故将内地奸民刘亚匾正法示警，本应重治其罪之洪任辉，以系异域夷人，仰荷圣恩从宽圈禁，已属法外之仁。况粤省自开洋以来，各国番夷俱梯航来广，全在纪律严肃，恩威并行，庶远夷震慑，知所凛遵，自未便因该夷禀请遽行渎陈，应仍俟明年限满之日，奏明请旨释逐。至其禀内恳免规例银一千九百五十两。查海关则例，夷船进口，每船应纳番银一千九百五十两，计折实纹银一千七百余两，系定例应征之项。又二分头一宗，即系前年洪任辉所控案内开有每百两加平三两一条，业经查明每百两原有添平等项银共一两六钱五分，前任监督李永标因不敷解部，曾于乾隆二十年加收银八钱，嗣已奏明奉旨，将加收之八钱免征，现止仍照旧例每百两收添平银一两六钱五分，合算番银市平每两计收银二分，亦系定例应征之款。又六分头一宗，内有五分四厘系该夷船出口时所收分头银，亦系历久载入则例应征之项，均难宽免。且来粤夷船甚众，现在各国夷商莫不各照则例输纳，毫无异言，尤未便准其所请，致使各国效尤。以上规例、添平、分头三项银两，均应照旧征收。惟所禀六分头内，除分头银五分四厘外，尚有银六厘，查系夷人帮贴行商为搬运货物之辛工，并非官征之项，向缘行商汇同分头银一总向夷人收银六分，致该夷视非官收公项，混请求免。嗣后应饬令行商，凡夷船货物挑运脚费，听该夷自行出钱雇募，禁止行商收银代办，以杜藉口。又据禀，课税免交保商经手，其意不过虑及保商私自挪移，但夷人不谙内地章程，素赖行商经理，而行商中或有资本微薄纳课不前者，故又选择殷实之人承充保商，以专责成，原为慎重钱粮起见，未便据一面之词更易成规。如虑挪移别用致回棹稽迟，业经臣等严饬行保各商，毋许擅挪货税，俾夷船及早回国，如违查出革究。至所禀夷商有事求面见监督一节，查夷人语言不通，即或面见，亦难通达，自应令保商、通事代为转禀，或监督亲往黄埔量船之时，原可邀同通事面禀。

以上各条，皆系洪任辉列控案内审明之款，兹复据该夷官摭拾呈禀，实属狡黠多事，臣等拟俟该夷船回国之日，给发回文传知遵照外，缘关酌办夷情事理，臣等谨会折奏闻。

所有译出汉文及拟给回文稿，一并钞录附呈，伏祈睿鉴训示遵行。谨奏。

乾隆二十六年十一月十六日奉朱批：所办甚得正理。知道了。钦此。

十月十一日

3.14 附件：两广总督苏昌等拟给英人回文稿

两广总督、广东巡抚衙门，为给发回文，饬行遵照事。

案据暎咭唎夷商嗝吶带投该国公班衙文禀，恳将夷犯洪任辉释放回国，并请免规例、火耗、补平等银情由到本部院。据此，为查广东口岸，准听外夷往来贸易，系天朝怀柔远人至意。暎咭唎国夷犯洪任辉不安分守法，妄希别通海口，勾结内地奸民刘亚匾捏词砌款，于乾隆二十四年擅敢前赴天津地方具呈，业经钦差审明具奏。荷蒙我皇上恩恤远夷，法行自近，止将内地奸民刘亚匾正法示众，其洪任辉一犯，仅令于澳门圈禁三年，俟满日逐回本国。该夷人等应各感戴皇恩，凛遵法纪，静俟限满释逐。

今据禀，先年欲往宁波贸易，系公班衙之约，非洪任辉一人主意，恳求将洪任辉今年放回，我们来广贸易与天朝有益。等语。查宁波口岸，并未奉旨开洋，岂外夷所可擅冀。我天朝富有四海，物产丰饶，岂籍夷商来广有所利益，惟尔夷人将夷货载至内地卖银，复贩买内地货物而回，实大有利于夷人，此乃我皇上胞与为怀，不迸遐荒至意。洪任辉违禁犯法，本应与刘亚匾一体治罪，圣恩浩荡，俯念异域远夷，姑从宽圈禁，已属法外之仁。天朝法律森严，明岁限满，自邀释回，所请今年即先释回之处，未便上渎圣聪。至据禀，规例银一千九百五十两不在丈量船钞数内，恳乞奏明恩免。等语。查洪任辉从前控案已载有此条，业经查明。夷船进口出口，向有各项归公规礼，每船缴花银一千九百五十两，折实纹银一千七百余两，并非额外加征。又据禀，有六分头及补平火耗二分头两项，起初到广并无此宗费用，亦求宽免。等语。查二分头一宗，即前年洪任辉控案内所开每百两补平三两一条，业经查明每百两原有添平等项银共一两六钱五分，前任海关李监督因不敷解部，曾于乾隆二十年又加收银八钱，嗣已奉旨将加收之八钱免征，现止仍照旧例每百两收添平银一两六钱五分，合计番银市平每两收银二分，亦系定例应征之项。又六分头一宗，内有五分四厘系夷船出口时所收分头银，均系历久载入则例应征之项，何云起初到广并无此宗费用，亦未便代为入告。以上各款俱仍应照旧征收外，惟所禀六分头内，除出口分头银五分四厘外，尚有银六厘，查系该夷帮贴行商为搬运货物之辛工脚费，原非官收之项，已饬行商嗣后听该夷自出运费雇募，禁止行商，不许一并收银代办，以杜行商多收之弊。又据禀，该国买卖货税乞准夷自行输纳，如交保商经手，或有那(挪)移别用，至(致)船迟回，多费火食、工钱。等语。查外洋夷人语言不通，服饰器用，与内地迥别，若非行商、通事传译代理，则举凡天朝之禁令体制，与夫市价课税章程，该夷人何由谙晓、何所管束？是以设立行商代为经理。又恐行商中或有本微力薄，致累夷商，是以乾隆十年又于行商内选择殷实之人充为保商，以专责成，亦经于洪任辉控案内查明奏覆在案。天朝立法定制，皆曲体人情，防微杜渐，设立保商、行商，正所以绥柔远人。该夷所请自行输税之处，不便准行。惟据称保商或有那(挪)移，致船迟回，多费火食之语，情或有之，已严饬行保各商，毋许稍有那(挪)移担(耽)搁，务使及早回国，如有擅自那(挪)移别用，致误回棹之期，许夷商禀明，按例严追究革。又据禀，闻得前年夷等有事要告诉海关不能进门，有下情难诉，今乞有事，准夷等求见。等语。查，夷人语言不通，即或遇事禀见，亦难通达，自应令保商、通事代为转禀。况每年夷船进口，海关监督例应亲往黄埔丈量，一年或五六次不等，斯时保商、通事随同在船，设有应禀之事，何难即时禀办？且夷人例禁入城，如果有必须应禀事件，亦准令具禀，交保商、通事代投，何致有下情难诉？其所禀有事准夷等求见之处，亦毋庸再为置议。合行饬遵。

为此，牌仰该司官吏文到，即便转饬该地方官，于该夷船回国之日，照会该国公班衙遵照，并饬令行商、通事人等传谕示知，毋违。

(军机处录副奏折)

M14：财政-关务

3.15　两广总督苏昌等奏报洪任辉已释押回国及荷兰船哨互殴致死委员眼同行刑折

乾隆二十七年十二月十五日(1763年1月28日)

两广总督臣苏昌、署广东抚臣明山谨奏，为夷犯释押回国，恭折奏闻事。

窃照暎咭唎国夷犯洪任辉奉旨圈禁三年，扣至本年九月十七日限满，经臣苏昌奏明，俟届期释逐回国，于本年八月二十六日钦奉朱批：览。钦此。随行司委令澳门同知图尔兵阿，于九月十七日将洪任辉押交夷船收管，一面派委文武员弁在夷船处所看管巡防。今有暎咭唎夷商吗吖船只开行，臣等复饬令各委员眼同管押出口去后。今据图尔兵阿等禀称，亲至吗吖船内目击洪任辉在彼船上，押令该船于十一月二十四日起碇开行，洪任辉尚知感畏，在船行礼叩谢，由虎门出口放洋而去，取有吗吖夷笔收领。等情，呈送前来。所有夷犯洪任辉释押回国缘由，理合会折奏闻。

再，今岁各国夷人在粤，俱安静守法，并无与民人交涉争竞之事。惟本年十一月初三日，有嗹𠸄国番梢唤与番梢哆呋彼此顽唤角口，唤持刀戳伤哆呋身死。臣等当即饬令交出凶番究拟间，旋据该国夷商大班吩哩以该船回帆在即，禀请照乾隆二十五年嗹𠸄水梢喊咻吣吐戳死咕哊哪，即在本船处死之例，请委员监视正法。臣等查系夷人自相戕杀，似应俯顺夷情完结，俾得早日回棹。随于十一月十五日派委两标中军会同文员前往该船，眼同众夷将凶番唤用索系上桅杆勒死，弃尸海中，众夷念经叩谢，即于次早十六日扬帆回国讫。合并附折奏闻，伏祈皇上睿鉴。谨奏。

乾隆二十八年正月十五日奉朱批：览。钦此。

十二月十五日

（军机处录副奏折）

E322：政法-斗殴案件

3.16 署两广总督杨廷璋等奏报水手啤哋呢掷伤民人郑亚彩致死已在澳门勒死折

乾隆三十一年十一月初四日（1766年12月5日）

署两广总督臣杨廷璋、广东巡抚臣王检谨奏，为奏闻事。

窃照香山县属澳门地方，滨临大海，向为西洋夷人寄居，民番杂处。乾隆三十一年九月初二日，有香山县民郑亚彩至澳门探望表亲黄亚养，即在黄亚养铺内歇宿。初六日晚定更时分，郑亚彩就近往三层楼海边路上出恭，适澳夷水手啤哋呢回船支更，路过海边，嫌其污秽，拾石掷去，致伤郑亚彩左后肋，倒地喊救，经黄亚养工人詹亚享闻声趋出问知情由，见啤哋呢在岸站立，当即喊拿，啤哋呢惊慌赴水，被詹亚享拾石掷伤脑后右侧，啤哋呢随经逃匿。讵郑亚彩伤重，移时殒命，地保报县验明尸伤，饬令夷目唛嚟哆拿获啤哋呢到案，讯据供认不讳，将啤哋呢拟绞，照例交夷目收管。詹亚享石掷啤哋呢，系殴伤罪人，请免置议。等情具详。

臣等伏查，澳门夷人均属教门犯罪，向不出澳赴审。乾隆八年，夷人哕哋𠯿戳伤民人陈辉千身死一案，经前督臣策楞奏准，嗣后在澳民番，有交涉谋故斗殴等案，若夷人罪应斩绞者，该县于相验时讯明确切，通报督抚详加覆核，如果案情允当，即批饬地方官同该夷目将该犯依法办理，免其交禁解勘，仍一面据实奏明，并将供招报部存案。等因。今澳门夷人啤哋呢掷伤民人郑亚彩身死，据讯供认明确，拟以绞抵，情罪相符，应即依法办理。随批司饬委广州府知府顾光督同香山县知县杨楚枝前往澳门，饬令夷目提出凶夷啤哋呢，于本年十月初九日照例用绳勒死，以彰国法，阖澳夷人靡不俯首允服。据按察使费元龙备叙供招具详前来。

除将供招咨部外，所有臣等办理缘由，谨合词具奏，伏乞皇上睿鉴，敕部查照施行。谨奏。

乾隆三十一年十二月初四日奉朱批：该部知道。钦此。

十一月初四日

（军机处录副奏折）

E322：政法-斗殴案件

3.17 署两广总督杨廷璋与广东巡抚王检合奏办理澳门夷人伤人身死案折

乾隆三十一年十一月初四日（1766年12月5日）

署两广总督臣杨廷璋、广东巡抚臣王检谨奏，为奏闻事。

窃照香山县属澳门地方，滨临大海，向为西洋夷人寄居，民番杂处。乾隆三十一年九月初二日有香山县民郑亚彩至澳门探望表亲黄亚养，即在黄亚养铺内歇宿。初六日晚定更时分，郑亚彩就近往三层楼海边路上出恭，适澳夷水手吚哔呢回船支更，路过海边，嫌其污秽，拾石掷去，致伤郑亚彩左后肋，倒地喊救。经黄亚养工人詹亚亨闻声趋出，问知情由，见吚哔呢在岸站立，当即喊拿。吚哔呢惊慌赴水，被詹亚亨拾石掷伤脑后右侧。吚哔呢随经逃匿。讵郑亚彩伤重，移时殒命。地保报县验明尸伤，饬令夷目喽嚟哆拿获吚哔呢到案，讯据供认不讳，将吚哔呢拟绞，照例交夷目收管。詹亚亨石掷吚哔呢，系殴伤罪人，请免置议等情具详。

臣等伏查澳门夷人均属教门，犯罪向不出澳赴审。乾隆八年夷人晏哔咘戳伤民人陈辉千身死一案，经前署督臣策楞奏准。嗣后在澳民番有交涉谋故斗殴等案，若夷人罪应斩绞者，该县于相验时讯明确切，通报督抚，详加覆核，如果案情允当，即批饬地方官同该夷目将该犯依法办理，免其交禁解勘。仍一面据实奏明，并将供招报部存案等。

因今澳门夷人吚哔呢掷伤民人郑亚彩身死，据讯供认明确，拟以绞抵，情罪相符，应即依法办理。随批司饬委广州府知府顾光督同香山县知县杨楚枝前往澳门，饬令夷目提出凶夷吚哔呢，于本年十月初九日照例用绳勒死，以彰国法。阖澳夷人，靡不俯首允服。

据按察使费元龙脩叙供招具详前来，除将供招咨部外，所有臣等办理缘由，谨合词具奏。伏乞皇上睿鉴。敕部查照施行。谨奏。

（朱批：）该部知道。

乾隆三十一年十一月初四日

（宫中朱批奏折）

E322：政法-斗殴案件

3.18 两广总督李侍尧等奏报咹哆呢吔殴死民人方亚贵按律拟绞折

乾隆三十三年四月二十五日(1768年6月9日)

两广总督臣李侍尧、广东巡抚臣钟音跪奏，为奏闻事。

窃照广东香山县属澳门地方，滨临大海，向为西洋夷人寄居，民番杂处。缘有民人方亚贵，向在澳门肩挑度日，寓居曾鸣皋药铺。乾隆三十三年三月初一日，方亚贵睡至半夜，因肚腹不好起身，往敲邻铺江广合店门讨火，江广合以夜深火息回答。方亚贵转身回铺，适遇巡夜夷兵咹哆呢吔指为犯夜，方亚贵剖辩，因彼此语音不通，咹哆呢吔即将方亚贵扭住。方亚贵用手拨开，转身欲走，咹哆呢吔赶上扭其衣领，连打方亚贵左太阳、左耳根，方亚贵挣脱回打，同行夷兵啧咈嘛哂吐咕从后抱住，咹哆呢吔用绳缚其两手牵行，啧咈嘛哂吐咕在后亦用藤条连打方亚贵右腿，拉至兵头家交付看守而散。维时，江广合听闻开门出看，方亚贵已被拉去。次早，江广合报知曾鸣皋，寻觅通事同往兵头家，说明方亚贵并非犯夜情由，兵头正欲释放，讵方亚贵伤重，旋即殒命。地保报县验明尸伤，饬令夷目唩嚟哆拿获咹哆呢吔等到案，讯据供认前情不讳。查方亚贵前赴邻铺取火，并非犯夜，夷人咹哆呢吔等并不查明，殴伤致毙，情同斗杀，啧咈嘛哂吐咕所殴右腿系不致命轻伤，应以殴伤致命左太阳、左耳根之咹哆呢吔拟抵，将咹哆呢吔拟绞，啧咈嘛哂吐咕拟杖一百，照例交夷目收管。等情具详。

臣等伏查，乾隆八年夷人嘍呰哞戳伤民人陈辉千身死一案，经前署督臣策楞奏准，嗣后在澳民番有交涉谋故斗殴等案，若夷人罪应斩绞者，该县于相验时讯明确切，通报督抚详加覆核，如果案情允当，即批饬地方官同该夷目将该犯依法办理，免其交禁解勘，仍一面据实奏明，并将供招报部存案。等因。今澳门夷人咹哆呢吔等共殴民人方亚贵身死，据讯供认明确，拟以绞抵杖责，情罪相符。随批司饬委广州府知府顾光前往澳门，饬令夷目提出凶夷咹哆呢吔，于本年四月二十日照例用绳勒毙，啧咈嘛哂吐咕折责发落，以彰国法。据按察使富勒浑备叙供招具详前来。

除将供招咨部外，所有臣等办理缘由，谨合词具奏，伏乞皇上睿鉴，敕部查照施行。谨奏。

乾隆三十三年五月二十八日奉朱批：该部知道。钦此。

四月二十五日

（军机处录副奏折）

E322：政法-斗殴案件

3.19　两广总督李侍尧与广东巡抚钟音合奏办理澳门夷人殴伤华民致死案折

乾隆三十三年四月二十五日（1768年6月9日）

两广总督臣李侍尧、广东巡抚臣钟音跪奏，为奏闻事。

窃照广东香山县属澳门地方，滨临大海，向为西洋夷人寄居，民番杂处，缘有民人方亚贵向在澳门肩挑度日，寓居会鸣皋药铺。乾隆三十三年三月初一日方亚贵睡至半夜，因肚腹不好，起身往敲邻铺江广合店门讨火，江广合以夜深火息回答。方亚贵转身回铺，适遇巡夜夷兵晻哆呢吔指为犯夜，方亚贵剖辩，因彼此语音不通，晻哆呢吔即将方亚贵扭住，方亚贵用手拨开，转身欲走，晻哆呢吔赶上扭其衣领，连打方亚贵左太阳左耳根，方亚贵挣脱回打，同行夷兵嘖咈咄哂吐咕从后抱住，晻哆呢吔用绳缚其双手牵行，嘖咈咄哂吐咕在后亦用藤条连打方亚贵右腿，拉至兵头家交付看守而散。维时江广合听闻，开门出看，方亚贵已被拉去。次早江广合报知会鸣皋，寻觅通事同往兵头家，说明方亚贵并非犯夜情由。兵头正欲释放，讵方亚贵伤重，旋即殒命。地保报县验明尸伤，饬令夷目嘍嚟哆拿获晻哆呢吔等到案，讯据供认前情不讳。查方亚贵前赴邻铺取火，并非犯夜，夷人晻哆呢吔等并不查明，殴伤致毙，情同斗杀，嘖咈咄哂吐咕所殴右腿，系不致命轻伤，应以殴伤致命左太阳左耳根之晻哆呢吔拟抵，将晻哆呢吔拟绞，嘖咈咄哂吐咕拟杖一百，照例交夷目收管等情具详。

臣等伏查乾隆八年夷人嘤嗤哰戳伤民人陈辉千身死一案，经前署督臣策楞奏准。嗣后在澳民番有交涉谋故斗殴等案，若夷人罪应斩绞者，该县于相验时讯明确切，通报督抚，详加覆核，如果案情允当，即批饬地方官同该夷目将该犯依法办理，免其交禁解勘。仍一面据实奏明，并将供招报部存案等。

因今澳门夷人晻哆呢吔等共殴民人方亚贵身死，据讯供认明确，拟以绞抵杖责，情罪相符。随批司饬委广州府知府顾光前往澳门，饬令夷目提出凶夷晻哆呢吔，于本年四月二十日照例用绳勒毙，嘖咈咄哂吐咕折责发落，以彰国法。

据按察使富勒浑脩叙供招具详前来，除将供招咨部外，所有臣等办理缘由，谨合词具奏。伏乞皇上睿鉴。敕部查照施行。谨奏。

(朱批:)该部知道。

乾隆三十三年四月二十五日

(宫中朱批奏折)

E322:政法-斗殴案件

3.20 两广总督李侍尧等奏报吡呢咕刀伤民人杜亚明等致死拟绞折

乾隆三十四年九月十一日(1769年10月10日)

两广总督、昭信伯臣李侍尧,广东巡抚臣钟音跪奏,为奏闻事。

窃照广东香山县属澳门地方,滨临大海,向为西洋夷人寄居,民番杂处。缘有南海县民杜亚明同兄杜亚带向在澳门割草营生,杜亚明曾在澳夷洋船帮做水手,因懒于工作,被该船夷人吡呢咕殴逐上岸。乾隆三十四年七月二十日晚,吡呢咕在澳门地方三层楼街上经过,杜亚明撞见触起前嫌,拳殴吡呢咕腰眼,吡呢咕拔身佩小刀抵戳,致伤杜亚明左肋。杜亚明转身回走,唤令胞兄杜亚带帮殴,吡呢咕又戳伤杜亚明右后臂膊、脊背左边,杜亚明倒地,旋即殒命。杜亚带赶上,将吡呢咕推倒在地,骑压身上。吡呢咕情急,随用小刀戳伤杜亚带左肋、右手臂。杜亚带夺刀划伤左手掌心,吡呢咕右手指亦被刀伤。时有黄亚贵看见赶救,将小刀夺下,杜亚带伤重,是夜殒命。地保报县验明尸伤,饬令夷目唛嚟哆拿获吡呢咕到案,讯据供认前情不讳。查杜亚明邀同伊兄杜亚带谋殴泄忿,被夷人吡呢咕用刀抵戳致伤,先后身死,事属斗殴,将吡呢咕拟绞立决,照例交夷目收管。等情具详。

臣等伏查,乾隆八年夷人嘍嘡哱戳伤民人陈辉千身死一案,经前署督臣策楞奏准,嗣后在澳民番有交涉谋故斗殴等案,若夷人罪应斩绞者,该县于相验时讯明确切,通报督抚详加覆核,如果案情允当,即批饬地方官同该夷目将该犯依法办理,免其交禁解勘,仍一面据实奏明,并将供招报部存案。等因。今澳门夷人吡呢咕戳伤民人杜亚明、杜亚带兄弟身死,据讯供认明确,依殴死一家二命例,拟以绞决。情罪相符,随批司饬委广州府知府顾光前往澳门,饬令夷目提出凶夷吡呢咕,于本年九月初三日即行绞决,以彰国法。据署按察使秦镄备叙供招具详前来。

除将供招咨部外,所有臣等办理缘由,谨合词具奏,伏乞皇上睿鉴,敕部查照施行。谨奏。

(朱批:)该部知道。

乾隆三十四年九月十一日

(宫中朱批奏折)

E322：政法-斗殴案件

3.21　两广总督李侍尧奏报咈啲哂吐咕噶吔殴毙民人照例勒毙折

乾隆三十八年二月二十九日(1773年3月21日)

两广总督臣李侍尧跪奏,为奏闻事。

窃照广东香山县属澳门地方,滨临大海,向为西洋夷船湾泊,民番杂处。乾隆三十七年八月,有向在澳门喏唥吆咧嗱夷船充当舵工之红毛国夷人咈啲哂吐咕噶吔,雇倩民人刘亚来在澳佣工,每月番银一圆,已历四月,给过番银二圆,当欠二圆。十一月二十日,刘亚来辞归,咈啲哂吐咕噶吔因乏人使唤,二十一日上灯时候,亲赴刘亚来家唤令至寓交银,行抵中途,该夷斥责刘亚来辞回之非,彼此角口,时有民人黄亚三经见。刘亚来不肯同往夷寓,咈啲哂吐咕噶吔强欲拉回,刘亚来转身举拳欲殴,咈啲哂吐咕噶吔拔出佩刀,砍伤刘亚来囟门,刘亚来扑扭该夷手腕,复被踢伤小腹,跌折手腕,旋即殒命。该夷即雇谭亚匡渔船,夤夜逃回本船躲匿,该船夷众因见裤有血迹,曾相询问,该夷当将血裤脱换丢弃海中。尸母投保报县验明尸伤,饬令夷目喽嚓哆拘出咈啲哂吐咕噶吔研讯,该夷初犹狡赖,迨传并黄亚三、谭亚匡质证,始据供认前情不讳,将咈啲哂吐咕噶吔拟绞,照例交夷目收管。等情具详。

臣查,乾隆八年夷人嘤哔呏戳伤民人陈辉千身死一案,经前署督臣策楞奏准,嗣后民番有谋故斗殴等案,若夷人罪应斩绞者,该县于相验时讯明确切,通报督抚详加覆核,如果情罪允当,即批饬地方官同该夷目,将该犯依法办理,免其交禁解勘,仍一面据实奏明,并将供招报部存案。等因在案。今夷人咈啲哂吐咕噶吔砍殴刘亚来身死,据讯供认明确,并无助殴之人,拟以绞决,情罪相符,随批司饬委广州府陈淮前往澳门,督同署香山县富森布,饬令夷目提出凶夷咈啲哂吐咕噶吔,于本年二月初三日照例勒毙。据按察使阿扬阿具详前来。

除将供招咨部外,所有办理缘由,臣谨恭折具奏,伏乞皇上睿鉴,敕部查照施行。谨奏。

(朱批:)该部知道。①

乾隆三十八年二月二十九日

(宫中朱批奏折)

① 据军机处录副奏折,朱批时间为乾隆三十八年闰三月初一日。

E329：政法-其他案件

3.22 粤海关监督穆腾额奏报英船放炮误毙水手并请毋庸添设西洋人在省城常住折

乾隆四十九年十月十九日(1784年12月1日)

奴才穆腾额跪奏，为奏明事。

本年十月十三日，据黄埔税口书吏家人禀称，有暎咭唎国哈嗹船因送嗹国洋船开行，从舱眼放炮，旁船未及躲开，轰伤扁艇船上水手三名。嗣据续报，吴亚科、王运发二名于十四、十六等日先后身死。

伏查，夷船开停及接送邻船，以放炮为恭敬，向来任其沿袭外洋风俗，原所不禁，但不小心知会旁船，轰毙二命，自应审明惩治。奴才一面移咨抚臣孙士毅照例办理，一面饬令洋商传谕该哈嗹船头目，勒令将该犯交出，由抚臣审拟具奏。

再，管理洋人寄信之哆啰暗令洋人四名改装赴西安传教，抚臣孙士毅业经传旨将哆啰革退，发交澳门，令回该国惩治，其京里京外洋人书信往来，均由提塘及地方官彼此寄交，历来并无贻误，请循其旧，毋庸添设洋人常住省城，以致勾引民人暗中滋事。现经孙士毅与奴才面商，意见相符，即由孙士毅具奏请旨。

再，奴才缮折后，谨交孙士毅附本日由驿之便驰递。合并声明，伏祈皇上睿鉴。谨奏。

乾隆四十九年十一月十一日奉朱批：已有旨了。钦此。

十月十九日

(军机处录副奏折)

E322：政法-斗殴案件

3.23 广东巡抚孙士毅奏报行至新淦县奉旨回粤查办英船放炮伤人等案折

乾隆四十九年十一月十九日(1784年12月30日)

广东巡抚臣孙士毅跪奏，为钦奉谕旨，遵即驰回粤东妥速查办，仰祈睿鉴事。

本年十一月十九日丑刻，臣行至江西新淦县城外，接准协办大学士、尚书和珅字寄，乾隆四十九年十一月十一日奉上谕：据孙士毅奏，西洋人书信往来，既有行商经手，即可随时寄交，无庸另设专管西洋人久住省城，以致滋生事端。等语。西洋人在粤贸易及进京行艺，向所不禁，其在省城居住由来已久，但当严密稽查，勿使内地民人与之往来勾结。若因此次查办即不准西洋人居住省城，岂非转示以疑怯，殊失抚驭外夷之道。况嶴门距省不远，西洋人在省与在嶴门有何分别。现据毕沅查，有呢吗方济各在渭南潜住，并据供有西洋人十名往直隶、山西各省传教，此等西洋人皆由广东私赴各省，可见该省地方官平日毫无稽察，乃该抚徒欲禁止西洋人在省居住，岂知其是否滋事全不在此也。又据奏，嘆咭唎国哙嗹船因送洋船出口，在舱眼放炮，轰伤内地民船水手吴亚科、王运发身死，随派员将该国大班吐嚒锁拿进城，据供出炮手啲嘘哗系无心毙命，可否发还该国自行惩治。等语。所办甚属错谬，寻常斗殴毙命案犯尚应拟抵，此案啲嘘哗放炮致毙二命，况现在正当查办西洋人传教之时，尤当法在必惩，示以严肃。且该国大班吐嚒未必果系委员锁拿进城，啲嘘哗亦未必果系应抵正凶，即据吐嚒供出，即应传集该国人众，将该犯勒毙正法，俾共知惩儆，何得仍请发还该国。试思，发还后该国办与不办，孙士毅何由而知乎。孙士毅于本年封篆以前，应来京预备入千叟宴，此时谅已起程，今粤省现有此案，正关紧要，舒常病躯孱弱，恐精神照料不周，或致办理未协别生事端，更属不成事体。著传谕孙士毅，不拘行至何处，接奉此旨即驰驿兼程回粤。此事该抚办理错误，不准其来京入宴，正所以示罚，仍著传旨申饬。至穆腾额奏无庸添设洋人在省常住一折，与孙士毅所奏相同，穆腾额系粤关监督，税课是其专司，所有此案查办一切，原属责成督抚，朕断不问及穆腾额，该监督惟当以征收税课、约束胥役为事，此案伊竟无庸管理。而舒常又系病躯，现在查办西洋人弹压搜缉，交孙士毅一人妥办，以盖前愆，若致稍有疏虞未当，朕必加倍将伊治罪，恐孙士毅不能当其咎也。将此由六百里速行传谕知之。钦此。臣跪读之下，惶悚战栗，不能自已。

查，西洋人在粤贸易及进京行艺，向例原所不禁，今臣因此次内地民人与之勾结延引，即不令管理书信之洋人常住省城，实属错谬，自应饬令嶴门大班更换诚实洋人来省常住，管理往来书信，恪遵谕旨，照旧办理。

至嘆咭唎国哙嗹船因送洋船出口放炮伤人一案，钦奉谕旨，现当查办西洋人传教之时，尤当以严肃，传集该国人众，将该犯勒毙正法，何得因无心毙命，请旨发还该国。臣办理种种舛误，实属罪无可逭，仰蒙皇上恩施逾格，不即罢斥治罪，仅传旨申饬不准赴京入宴，令即兼程回粤妥办，以盖前愆。臣跪捧恩纶，惟余感泣，一面即于新淦县由驿覆奏，一面驰回粤东。倘再不悉心办理，致有疏虞未当，不独自蹈重罪，将何以上报恩施。

至该国大班吐嚒实系臣派出中军参将王林、右营游击张朝龙，会同署广州府知府张道源等前赴十三行，将吐嚒锁拿进城，经各国大班联名具禀，并亲赴臣辕吁求释放，吐嚒情愿交出炮手，旋据将啲嘘哗交出解省。臣恐该犯在监或有自戕情事，将啲嘘哗随身搜检有无凶器，当即搜出洋字一封，令洋商传通事人等译出，系该船头目寄信吐嚒，据称啲嘘哗系穷苦夷人，放炮毙命实出无心，现已交出，恳吐嚱酌助喲呰哗盘费，俾得使用。等语。其原信现在粤东可据，是喲呰哗系毙命正凶似无疑义。臣办理此案，已属错误，若再稍存讳饰，岂复具有人心。

所有臣感激圣恩，自愧自恨，并遵即于途次迅速回粤查办缘由，谨用新淦县印篆由驿五百里覆奏，伏祈皇上睿鉴。臣无任感悔悚惕之至。谨奏。

（朱批：）一切勉为之，知过贵改。[①]

乾隆四十九年十一月十九日

（宫中朱批奏折）

E322：政法-斗殴案件

3.24 广东巡抚郭世勋奏报啶哆哖戳毙民命遵例审办缘由折

乾隆五十六年十一月十五日（1791 年 12 月 10 日）

署理两广总督印务、广东巡抚臣郭世勋跪奏，为澳门夷人戳毙民命，审办奏闻事。

窃照广东香山县澳门地方，向有西洋人寄居，民番杂处。兹据香山县知县许敦元详报，乾隆五十六年九月初十日午后，有夷人啶哆哖饮酒沉醉，在三层地方经过，见有幼孩罗亚合在彼摆卖柿果，取食三枚，该钱九文，啶哆哖因身未带钱，无可给还，罗亚合拉住索讨，啶哆哖用手殴其脊背两下，罗亚合哭喊。时有铺民夏得名并赵有光即吴有光见而不服，向前斥骂，啶哆哖不懂内地语言，转身欲走，夏得名将啶哆哖扭住举拳欲殴，啶哆哖情急即拔身带短刀戳伤夏得名左胁，赵有光上前夺刀，啶哆哖复用刀向戳，致伤赵有光肚腹左边倒地，经吴亚华趋救不及，讵夏得名伤重旋即身死，赵有光亦于十三日殒命。尸亲投保报县，验明尸伤，饬令夷目唛嚟哆拘出凶夷，讯据供认前情不讳，将啶哆哖依斗杀律拟绞，饬交夷目牢固羁管。具详前来。

臣查澳门地方民番谋故斗殴等案，若夷人罪应斩绞，定例由该县验讯明确，通报督抚详加覆核，即饬地方官眼同该夷目将该犯依法办理，免其交禁解勘，仍一面据实奏明，并将供招报部，历久遵行在案。今夷人啶哆哖戳伤夏得名、赵有光先后身死，讯认明确，照例拟绞，情罪相符，随行司饬委广州府知府张道源前往澳门，会同署香山协副将林起凤，率同署澳门同知许永、

① 据军机处录副奏折，朱批时间为乾隆四十九年十一月二十七日。

香山县知县许敦元，饬令夷目提出凶夷哳哆呐，于本年十月三十日照例绞决，用彰国宪。由按察使张朝缙具详前来。

除将供招咨部外，臣谨恭折具奏，伏乞皇上睿鉴。谨奏。

（朱批：）所奏太不明。①

乾隆五十六年十一月十五日

（宫中朱批奏折）

E322：政法-斗殴案件

3.25　广东巡抚郭世勋奏报哳哆呐案援例不当奉旨训示感愧情形折

乾隆五十七年二月十六日（1792年3月8日）

署理两广总督印务、广东巡抚臣郭世勋跪奏，为钦奉圣训，恭折叩谢天恩事。

窃臣于乾隆五十七年二月初十日承准廷寄，钦奉上谕：郭世勋奏澳门夷人哳哆呐戳毙民命，审明办理一折，此案哳哆呐因斗殴连毙二命，自应按例即行绞决，乃折内又称，澳门地方民番谋故斗殴等案，若夷人罪应斩绞，验讯明确即饬地方官依法办理。等语。所奏太不明晰，哳哆呐既经按例绞决，是应绞之犯，何以又将夷人罪应斩绞之例牵引声叙，该抚于此等审拟案件何漫不经心，牵混若是耶。郭世勋著传旨申饬。钦此。臣跪读圣谕，不胜惶悚。

伏查，夷人哳哆呐戳毙民命，既应按例绞决，自毋庸复将夷人罪应斩绞之例牵引声叙。臣前奏未能明晰，致烦圣明训示，更蒙皇上天恩，不加议处，仅传旨申饬，仰荷圣慈宽宥，益觉愧惧交加。此后惟有凛遵谕旨，随事留心，不敢稍有疏忽，以冀仰酬圣主训诲生成于万一。

所有臣感愧微忱，理合恭折叩谢天恩，伏乞皇上睿鉴。谨奏。

（朱批：）览。

乾隆五十七年二月十六日

（宫中朱批奏折）

---

① 据军机处录副奏折，朱批时间为乾隆五十六年十二月二十四日。

E322：政法-斗殴案件

3.26　广东巡抚郭世勋奏报嘛喊哩哑嘶戳毙民命遵例审办缘由折

乾隆五十七年十二月二十二日(1793年2月2日)

署理两广总督印务、广东巡抚臣郭世勋跪奏，为澳门夷人致毙民命，审办奏闻事。

窃照广东香山县澳门地方，向有西洋夷人寄居，民番杂处。兹据香山县知县许敦元详报，乾隆五十七年十一月初七日申刻，有夷人嘛喊哩哑嘶饮酒沉醉，在下环街经过，适有该街铺民汤亚珍自外回归，走至该处，因街口路窄，与嘛喊哩哑嘶相碰，嘛喊哩哑嘶气忿，手批汤亚珍左腮肤(颊)，汤亚珍不依，将嘛喊哩哑嘶扭住举拳欲殴，嘛喊哩哑嘶情急，即拔身带短刀吓戳，致伤汤亚珍肚腹左边倒地，时有民人吴亚迪经见，趋救不及，讵汤亚珍伤重，即于初八日早殒命。尸亲投保报县，经该县验明尸伤，饬令夷目嗖嚟哆拘出凶夷，讯据供认前情不讳，将嘛喊哩哑嘶依斗杀律拟绞，饬交夷目牢固羁管。具详前来。

臣查，夷人嘛喊哩哑嘶戳伤汤亚珍身死，讯认明确，按律拟绞，情罪相符，随行司饬委澳门同知韦协中，会同署香山协副将林起凤，率同知县许敦元，照例饬令夷目提出该凶夷嘛喊哩哑嘶，于本年十二月十四日绞决(朱批：)当如此，用彰国宪。由按察使张朝缙具详前来。

除将供招咨部外，臣谨恭折奏闻，伏乞皇上睿鉴。谨奏。

(朱批：)览。

乾隆五十七年十二月二十二日

(宫中朱批奏折)

E6：政法

3.27　福州将军魁伦奏为汛弁遇盗退缩并澳民捕杀巨盗分别办理事折

乾隆六十年六月初八日(1795年7月23日)

福州将军兼署闽浙总督奴才魁伦跪奏，为汛弁遇盗退缩被劫炮位并澳民捕杀巨盗首伙及获解伙犯审明，分别定拟办理缘由，恭折具奏事。

窃照闽省洋盗充斥，皆由地方文武缉捕废弛。本年入春以来，洋面滋扰尤甚，经奴才奏明在案。嗣奴才恭奉恩命，兼署福建巡抚，查移交案内，有闽安协属罗湖汛外委林钜南，于闰二月初十日，架坐哨船，□兵出洋巡捕，在西洋山澳泊，遇群盗驾船图劫鱼寮衣物。该弁领兵携带枪炮上岸，抵敌不过，弃炮上船驶逃，被盗劫去炮位，经前督抚臣委勘饬缉未获一案，奴才正在饬委员弁提解审办间。旋据护理海坛镇左营游击李汉升转据南日汛外委江清禀报：本年四月三十日，有积年在外盗首邱通，身穿红衣，率同匪伙在南日澳上岸取水，掳掠妇女，被村民喊同兵役围拿。经民人洪珍、洪岩将盗首邱通殴毙，民兵等殴毙盗伙共七名，又捡获伙盗吴发、王领、梁贡、吕送及盗属邱允五名，并割取邱通头颅，及该犯原穿红哔叽马褂一件，同伙盗吴发等一并解送到省。奴才查邱通系浙江石板店放火烧寮案内盗首，并在闽浙两省洋面肆劫多案，积年在逃要犯，当经委员审讯。据盗伙吴发供出，前在西洋山随同邱通抢劫渔寮，遇官兵据敌，抢得铁炮一位、百字炮二门，彼时因铁炮分量沉重，丢弃海边等语。当即委员押带吴发到彼，会同该营弁兵在于海滩捞获原失闽安协口营第八号铁炮一位，秤重一百五十斤，验明字号斤两相符。奴才一面饬发兼办按察使事署盐法道墙见美督同福州府知府邓廷辑归案审办，一面饬委因公在省之延平府知府袁秉直查明。

四月三十日，盗首邱通与伙盗吴发等，并盗属邱允一十二人赴南日澳取水，抢澳民王从之妻周氏。经附近澳民洪珍、洪岩，激于公忿，喊同洪廷、洪接、洪恭、周成等及兵役人等赶上，将周氏夺下，洪珍、洪岩殴伤邱通胸膛额颅，倒地身死。其时，洪廷殴死伙盗二名，洪岩、洪接、洪恭、周成各殴死盗伙盗一名，洪珍等又协同汛兵余常山等，擒获伙盗吴发、王领、梁贡、吕送，并盗属邱允五名，属实。当将洪珍、洪岩赏银五十两，洪廷等亦逐一分别给赏，以示奖励等情。禀复并带同洪珍、洪岩及王从到省催提弁兵等，一并饬发该司，等审明定拟详解前来。

奴才即率同司道，亲加研鞫。缘林钜南籍隶永定县，由烽火营兵丁援捕闽安右营外委，乾隆六十年二月间派防罗湖水汛，闰二月初九日，该外委林钜南带领兵丁杨克定、韩朝伟、刘佛祈、许得福、王国灿、陈良春、何桂茂、董士煌、高登捷、任兆兴、阮恒耀、魏得贵、朱得福、张得和、林忠、吴国良、杨得铨、萧光荣、翁大升、张升魁等二十名，驾坐澜字三号哨船出洋巡哨，是晚收泊西洋山澳。初十日，有已获伤毙之盗首邱通即肥通，与现获伙盗吴发，并伤毙伙盗陈鸣鸡、阿爱、肥雪、陈舵、黄锦、大列，及在逃之新来等三十余人，同另船盗首剃头兄即葛敦、邱镇，一共三船驶至西洋山澳，图劫渔户寮内衣物。该外委林钜南因见贼伙众多，在船难以抵敌，随将哨船驾至澳口，留杨得铨、萧光荣、翁大升在船看守舵碇，督同杨克定等十七名，将船内闽右第八号铁炮一位，十二、十三等号百字炮二门，并鸟枪器械，搬运山上，排列澳口，施放抵御。该处渔民亦呐喊秴助，盗船莫能拢岸。迨至午后，见有红衣盗首领同各盗绕至山后登岸，渔民惊惶逃散。该外委督兵分头堵御，兵丁魏得贵、朱得福、张得和、林忠、吴国良、张升魁被盗贼攒殴，均各受伤。林钜南见众寡不敌，心怀畏怯，即同各兵携带鸟枪等械，仍下哨船，退出澳外躲避，将炮位丢弃山上，被盗劫去。时有在洋分巡把总王正义并换防外委沙国泰闻信驾船赴援，各盗均已扬帆逃逸。该盗犯邱通盗得炮位，因第八号铁炮沉重，丢弃海边，将百子炮二门搬入船内，随与剃头兄即葛敦等船各自分散行劫。至四月三十日邱通与陈鸣鸡、阿爱、肥雪、陈舵、黄锦、大列、吴发、王领、梁贡、吕送并盗属邱允十二人驾坐杉板小船，前赴南日山澳上岸取水时，有澳民王从携妻周氏经过，邱通见周氏少艾，欲行掳上盗船，令陈鸣鸡强将周氏拉走。王从情急喊救，经附近澳民洪珍、洪岩听闻，愤怒，喊同乡里洪建、洪恭、洪接、周成、洪定、洪发、黄石、周柯、林赐及该处澳保兵役，先后追上，将周氏夺下。邱通首先拒捕，洪珍奋勇上前拳伤邱通胸膛，洪岩用铁尺打伤邱通额颅倒地，伙盗陈鸣鸡、阿爱、肥雪、陈舵、黄锦、大列亦被洪岩、洪建、洪恭、洪接、周成等殴伤，均各身死，其吴发、王领、梁贡、吕送并盗属邱允五名，经汛兵余常山等协同洪岩、洪定、洪发、黄石等当时擒获解省，并究出吴发于六十年二月间经在逃之新来纠上邱通盗船，在罗湖洋面伙劫晋江县客船上棉花一次。闰二月二十日，邱通在南日海边劫占空商船一只，另纠已获正法之蔡育、林泽、蔡云、陈月、苏启、蔡水、王企、蔡进、蔡文、王玉、陈吉、曾聪、陈约、林诰并不识姓名共二十余人入伙，邱通自坐新劫之船分帮行劫，将本船派交新来管驾。该犯吴发于闰二月底听从新来等在大凿洋面行劫客船油粮番银一次。三月初间新来又添纠现获之王领、梁贡、吕送入伙，初十日在真山洋面伙劫客船上白布食米一次，十九日又在霞浦吕山洋面伙劫黄万春商船衣物钱米一次，二十七日又在浮屿洋面伙劫柴船一次。四月初五日邱通因蔡育等船只冲礁击破，仍回本船，二十五日该犯等又听从邱通伙劫晋江水头洋面客船上番银一次，均未拒捕伤人，反复究诘，据吴发坚供实止听从邱通劫炮一次，伙劫七次，其邱通从前及另船在洋行劫，该犯委不知情，王领等亦无另有窝伙抢劫别案。质之林钜南，据称是日盗匪多人蜂拥登岸，因众寡不敌畏惧退缩致被劫失炮位，并无盗卖情事，加以刑讯，矢口不移。其盗属邱允系邱通堂弟，于本年二月间邱通胁令跟上盗船，并未伙劫分赃，似无遁情。查已死盗首邱通首级，经委兼办臬司墙见美亲诣验明额颅有铁器伤痕一处，皮破骨裂，查核年貌，实与浙省咨缉文内开载相符。又有伙盗吴发指证确凿，捞获原失炮位，复提在晋江县监禁跟拘之邱六质认，佥称解到首级委系邱通正身不敢捏混等语，是此案炮位委系邱通等盗船劫掠无疑。

查例载，江洋行劫大盗立斩枭示。又律载，官军临阵先退者斩监候各等语。除盗首邱通并伙盗陈鸣鸡、阿爱、肥雪、陈舵、黄锦、大列七名已被村民殴伤身死不议外，吴发、王领、梁贡、吕送四犯均合依江洋行劫大盗斩枭例拟斩立决。该犯等或拒劫军火或在洋肆劫，均属罪大恶极，未便稍稽显戮。奴才于审明后恭请王命饬委兼办按察使事墙见美会同署中军副将曹贵将吴发、王领、梁贡、吕送四犯绑赴市曹，即行正法，仍同邱通首级传至犯事地方示众，以昭炯戒。查外委林钜南奉派巡洋，捕盗是其专责，乃见盗船图劫渔寮衣物，既未能设法擒拿，又不能奋身抵御，辄敢带仝兵丁驾船退避以致被劫炮位，实与临阵先退无异。闽省营务废弛，洋盗肆横，若非严予惩创，实不足以励戎行而重海防，林钜南应请革去外委，比照官军临阵先退斩监候律，拟斩监候。兵丁杨克定、韩朝伟、刘佛祈、许得福、王国灿、陈良春、何桂茂、董士煌、高登捷、任兆兴、阮恒耀等十一犯听从退避亦属藐法，均请于林钜南斩罪上减一等，杖一百，流三千里，从重发往新疆给种地兵丁为奴。兵丁杨得铨、萧光荣、翁大升讯系在船看守船碇，魏得贵、朱得福、张得和、林忠、吴国良、张升魁均系被盗殴伤，虽随同退缩，但较之杨克定等无故逃避者有间，应于杨克定等遣罪上酌减一等，各杖一百，徒三年，到配折责安置。委巡把总王正义并换防外委沙国泰均有巡防捕盗之责，时候未能实力追拿，以致盗艘远飏，炮位未获，亦属玩忽，王正义应革去把总，沙国泰应革去外委，亦请于遣罪上减一等，杖一百，徒三年。盗属邱允年止十三，虽讯无伙劫分赃情事，但既在船随从，未便轻纵，邱允应比照情有可原。伙盗内年十五岁以下，审明实是系被人诱胁随行上盗者，无论分赃与不分赃，具问拟满流，不准收赎，例应杖一百，流三千里，不准收赎，仍暂行监禁，俟及岁再行定地发配。邱六禁锢多年，邱通在洋肆劫，该犯并不知情，应免置议，仍遣回原籍晋江县取保管束。原劫第八号铁炮一位，已经捞获，所失百子炮二门，责令该官营员照式赔造配用。各盗讯无父兄，应毋庸议。失察□甲饬拘，照例发落。澳民洪珍、洪岩先经从优给赏，即令于罗湖汛入伍食粮，以期奋勇捕盗，其余协拿村民洪建等，亦俱分别给赏，并王从之妻周氏均免提质以省拖累，无干者释。现获杉板小船变价充公，盗衣贮库备照，仍查明有无盗产，分别办理。各逸盗仝劫失炮位，严饬沿海文武各官协同委缉将备，悬赏购线勒限缉拿，务期必获，解究至该营。署守备事千总蔡子爱，署右营都司事左营守备谢庆安失于防察，咎亦难辞，并请革职，以肃军纪，护理闽粤水师副将事南澳镇标左营游击柯扬镳，不能先事防范，请旨交部严加议处，除备录全案供招咨部外，所有审明分别正法定拟缘由，谨恭折具奏，伏乞皇上睿鉴，敕部核复施行。谨奏。

乾隆六十年六月二十三日奉旨：军机大臣会同该部拟议速奏。钦此。

六月初八日。

（军机处录副奏折）

G16(202、552)：中外关系-在华外籍人员事务(澳门、葡萄牙)

3.28　军机处奏闻传到各堂西洋人究询托带信函事件德天赐交刑部研审片

嘉庆十年正月十八日(1805年2月17日)

连日，臣等传到秦承恩所奏陈若望供出托带汉字书信赴澳门之赵若望、蒋怀仁、张明德三人逐一询问。据供，均系内地人，在西洋堂内办事佣工，从前俱曾到过广东贸易，与杨姓、金姓相好，缘陈若望于乾隆五十八九年间跟西洋人窦云山进京，是以彼此认识。上年九月间，陈若望又由广东至京，到北堂投信，与张明德相见，因将各信托他带回广东分致。等语。臣等复令赵若望等将所寄各信内情自行覆述，均与原信相符，尚无别项违碍之处。又传到各堂西洋人贺清泰、南弥德、德天赐、李拱宸等，将西洋字各信令其认识。据李拱宸称，我系博尔多亚国人，上年九月间接到澳门管事所雇陈若望送到的信，说现有西洋人色拉巴想要进京当差，并询问六年间同我到澳后，经患病之毕学源进京后是否病已全(痊)愈。等话。我随即写了回信，并写寄我父亲、叔父及问候朋友各信。又有各堂托带问候信函内，索德超亦有三件，俱交陈若望带去，曾给他盘费银十三两、洋钱一个。等语。并据各堂寄信之索德超等各自承认，均称系通候信札是实。

查，在京天主堂之西洋人，俱系奏明来京习艺，其往来书信，例应官为收发咨送，不许私行托寄。今索德超、李拱宸等因陈若望回粤便捷托带书信，均属不合，应俟陈若望解到质讯明确，归案办理。惟内有路程图样之信，据德天赐承认系伊所寄，并据称，我是意达里亚国人，在西堂当家，此图内所开地方，俱有民人在我们各堂习教，因各堂规矩不同，恐到京时争论，所以分别标记。其有在西堂习意达里亚国教者，以一点为记；有在南堂习博尔多噶里亚国教者，以十字为记；有习吉斯帕尼亚国教者，以尖圈为记；其黑方圈系向有习教的人，此时已没有了。我要寄图与传教正管，使他知道某处住有某堂习教的人，以便来京的人到堂，不至争论。等语。臣等传到在京学书之俄罗斯人四贴班伊完译出图内上方西洋字，均系各该国标记，与德天赐所供无异。至诘以此图从何处得来，据德天赐称，系西堂旧有，我于当家后在旧字匣内检得的。复诘以你既系检得，何由懂得图内标记，且自登州府至广平一路既有习教之人，究由何人传授，是否止此一路，抑或尚有别处，德天赐俱不确凿供吐。并传到前在西洋堂当家之阎诗谟，询以该堂果否旧有此图，又称从前并无此项图样。复询之各堂西洋人，亦称均未见过。反覆究讯，总属支离。前经臣等奏奉谕旨，将德天赐交提督衙门暂行看管，复经提讯，坚供如前。

查，德天赐在京当差，前曾蒙恩赏给六品顶戴，乃不安本分，私自寄信澳门，已属违例，且熟悉汉话，而所供写寄地图情节，始终含糊，难保别无隐情，应请旨将德天赐革去顶戴，交刑部详细研审，得实定拟具奏，伏候训示。谨奏。

嘉庆十年正月十八日奉旨：依议。钦此。

（军机处录副奏折）

E21：政法-治安、巡捕

3.29 两广总督百龄奏报英兵船到鸡颈洋面湾泊汲取淡水后开行回国片

嘉庆十四年七月初十日(1809年8月20日)

奴才百龄跪奏，再，本年五月十九日，据香山县彭昭麟禀称，十五日，有暎咭唎国兵船二只，带同花旗船一只，到鸡颈洋面湾泊，并无该国货船同来。当查该兵船，一系番目噎咕咁，船内有大炮四十四门、水手二百五十名；一系番目啊哸，船内有大炮四十五门、水手二百六十名。其花旗船，载有喷嘛夷人，因该夷兵船在外洋游巡，带至附近澳门海面，汲取淡水，略停数日，一并回国。等情。

奴才查暎咭唎兵船护送该国祖家货船来澳，原属每年常有之事，但现无货船到境，而兵船突如其来，踪迹殊属诡秘。上年该国兵船擅入澳门，既经震慑天威，始行退去。此次若敢稍涉觊觎观望，自当遵奉前旨，调兵剿逐。如果仅为汲取淡水，暂向外洋寄碇，似未便遽行临以兵威。因即派委署澳门同知朱庭桂、墩白场大使陆受丰、云骑尉李攀龙，会同香山县彭昭麟驰往澳门，严谕在澳之该国夷商头目立时驱逐，一面确查速禀核办，并谕令西洋夷目妥为备防，毋许该兵船驶近澳岸。等因去后。兹据该员等禀复，查问暎咭唎兵目等回称，该兵船于本年二月由嗌嘆埠头派往各处游巡，因正值货船来往，恐有哒啷哂夷兵拦阻，是以巡查到鸡颈洋面，缘船内缺乏淡水，暂时汲取，即行开帆，不敢久延。至花旗夷船一只，询系咪嚟唑夷人嘿喂，载有喷嘛夷货，往日本国售卖，因在小吕宋洋面遇见暎咭唎兵船，将其拦截带来，这船身渗漏，暂停修整。各等语。现在该兵船与花旗船均于五月二十七日开行回国，在澳夷情均极安静，并无别故。并据西洋夷差唨嚈等、夷目喽嚟哆等呈具禀结前来。

奴才查，暎咭唎夷人在诸番中固属强悍，而于天朝地界并不敢少有干犯，现查其情形，实已感服。但夷性狡犷，自应随时驾驭防范，诚如圣谕，从前失之于宽，嗣后当济之以猛。奴才惟有严饬各该地方文武官弁及澳夷人等，严加稽查防御，如将来该国祖家货船到时，递有哀恳禀词，先令停泊虎门以外，一面具奏请旨遵办，俾此后番夷等咸遵天朝禁令，不敢稍萌轻视之心，庶于海疆永臻宁谧。

所有此次暎咭唎兵船到境暂泊及驱令退回缘由，理合附片奏闻，伏乞睿鉴。谨奏。

嘉庆十四年七月初十日奉朱批：览。钦此。

（军机处录副奏折）

E21：政法-治安、巡捕

3.30　两广总督百龄等奏报住澳门西洋夷目派船跟同剿贼情形片

嘉庆十四年十月二十九日（1809 年 12 月 6 日）

奴才百龄、奴才衡龄奏。再，贼首张保仔、郑一嫂匪帮，因从前劫有西洋夷人大白底船二只驾驶，益为凶横，屡在外洋伺抢夷人货船，该夷人等深为愤恨。此次郑一嫂等即带前项夷舟藏匿在新安赤沥角海港之内，香山县彭昭麟雇带罾船前往袭剿时，西洋夷目闻知，因赤沥角外洋距澳门数十里，可以朝发夕至，情愿带护货巡船五只，就近随往攻击泄忿，并冀夺回被抢白底大船，甚属急公奋勇。及至提臣孙金谋师船赶到围捕，该夷巡船仍复在彼遥相轰击，毙贼多名。据该县禀报前来。

奴才等伏查，嘉庆九年，噗咭唎国夷人禀请备兵船二只，随同舟师常川剿贼，曾经奏明停止。兹西洋夷人居住澳门二百余年，素极恭谦，似与噗咭唎夷人有间，且因被该匪等劫其大船，欲仰仗天朝兵威泄忿，虽现在师船壮盛，原无藉区区夷兵之力，但该夷目等既志切同仇，自愿出力，奴才等当即捐赀酌加犒赏，以示鼓励。

合将西洋夷船跟同剿贼缘由，谨据实附片具奏，伏乞睿鉴。谨奏。

嘉庆十四年十一月十九日奉朱批：览。钦此。

十月二十九日

（军机处录副奏折）

E6：政法

3.31 蒋攸铦奏为香山县人李怀远交结外国事折

嘉庆十九年九月十六日(1814 年 10 月 28 日)

两广总督臣蒋攸铦，广督巡抚臣董教憎跪奏，为审明遵例□捐职衔并究出私与夷人交□借用银两情弊斥革定拟，恭折奏闻仰祈圣鉴事。

窃照粤东省会濒临海洋，向召夷商贸易，臣等诚恐内地民人交结滋事，随时密饬查拿。兹据广州府杨健、南海孙龚鲲、香山县马德滋访得报捐职员李怀远时与夷人往来，显召情弊，拘获到案，审拟□解前来。

臣等督同司道细加研询，缘李怀远原名李耀，籍隶南海，谙晓夷语。嘉庆九年九月内，李耀受雇在噗咭利国夷商喱咟噸夷馆服役，及喱咟噸回国，李耀旋在通事林广馆内帮□办事，与噗咭利国夷人嗌咙咟熟识。十五年十月内李耀更名李怀远，报捐从九品职衔。十八年五月内加捐中□科中□职衔领召执照。维时嗌咙咟来粤置货，该国需用茶叶，视他物□较多，虑及买贵受亏，托李怀远代为估看茶叶高低，评定价值。李怀远应允，即乘机向嗌咙咟借用银两，每次自数十两至一二百两不等，先后共得过嗌咙咟银九百两。旋经访办获参饬审查封，询悉前情，验明尚无交通勾结不法字迹。

臣等以李怀远先为夷人喱哐㘃服役，□复与嗌咙哐交好，看货借银，恐尚召代买违禁货物及串通走私漏税别情，更恐各行商通事人等均有连同舞弊之事。提□□澄再四究鞫，据李怀远坚供，只因茶叶一项夷商收买最多，我与嗌咙哐认识有□，是以托我看货酌价，我一时□小，乘机向其借银，陆续□……□洋商通事人等串通舞弊，□夷船出入有海关各口层层盘诘，如何能有丝毫走漏，亦从没有代买违禁货物的事。质之行商伍敦元等暨通事林广等，佥称委无别项情弊，矢口不移，似多遁饰。

查律载，隐匿公私□名以图选用未除授者发附近充军，又交结外国买卖借贷诓骗财物者发边远充军各等语。又粤东查明防范夷船规条内开，凡向夷人借贷勾结，照结交外国诓骗财物例问拟，历次审办各案均照诓骗财物发边远充军例改发伊犁等处当经咨在案。今李怀远曾受雇为夷人服役，既属下贱之徒，辄敢报捐职衔冒滥名□，与隐匿公私□名无异，复向夷商交结代看货物，诓借银两，情殊不法。李怀远即李耀应革去职□，除违例报捐例只附近充军轻罪不议外，合依交结外国买卖借贷诓骗财物者发边远充军例，仍照向办章程发往伊犁充当苦差，以示□儆。行商伍敦元等、通事林广等讯无知情串弊，均毋庸议。李怀远捐衔□执照追缴咨销，查封房屋衣物一并估变入官，造册报部查核。所有审明定拟缘由谨会同粤海关监督臣祥绍合词恭折具奏，并缮李怀远供单敬呈御览，伏乞皇上睿鉴训示。谨奏。

嘉庆十九年十月二十九日奉朱批：另有旨。钦此。

九月十六日

（军机处录副奏折）

E6：政法

3.32　李怀远供单(李怀远私向英人借银事)

嘉庆十九年十月二十五日(1814年12月6日)※

据李怀远即李耀供：我系南海县人，年三十一岁，父母俱故，有妻舒氏，一个儿子。我向日通晓夷语，嘉庆九年九月内受雇在㖊咭唎国夷商喱哐㘃夷馆帮工服役。后因喱哐吨回国，我在通事林广馆内帮办事务，与㖊咭唎国夷人嗌咙哐熟识相好。十五年十月内我用李怀远名字报捐从九品职衔，十八年五月内我又进京加捐中书科中书职衔，奉给执照回籍。因㖊咭唎国每年要用内地茶叶甚多，价高货重，嗌咙哐恐买贵吃亏，托我代看茶叶高低，酌定价钱。我应允看估，乘机向借银两，每次自数十两至一二百两不等，约计向嗌咙哐借过银九百两，不想就被访拿。的实因夷商收买茶叶最多，恐怕洋商欺骗，故此托我代看货物，酌定价钱，我乘机向借银两花用，洋商通事们并没有通同舞弊，那夷船出入有海关层层盘查，丝毫不能走漏，也没有串同夷商收买过违禁货物是实。

（军机处录副奏折）

E328：政法-违禁案件

3.33 两广总督蒋攸铦等奏报查获贩卖鸦片烟人犯朱作宁等审明定拟情形折

嘉庆二十年二月二十一日(1815年3月31日)

两广总督蒋攸铦、广东巡抚臣董教增跪奏，为查获贩卖鸦片烟人犯，审明定拟，恭折奏请圣鉴事。

窃照前奉谕旨，严拿鸦片烟私贩究办。臣等因粤东地濒洋海，番舶云集，难保无奸商牟利兴贩情事，节经会同海关监督臣祥绍严檄沿海地方文武及守口员弁慎密查拿。旋据香山县知县马德滋访有奸商朱梅官等贩卖鸦片烟坭等情具禀，臣等立即委员驰往会同该管各文武并守口员弁，拿获朱梅官等十二犯，解省审办。兹据委员应州府知府杨健等审明，由按察使和舜武定拟招解前来。臣等督同司道，提齐各犯细加研鞫，缘现获之朱梅官即朱作宁，籍隶顺德，与同县现获之朱哲堂及籍隶香山现获之郑怀魁、籍隶潮阳现获之陈荣禧、籍隶新会现获之许鸣乔，先后至香山县属澳门地方开店贸易。朱梅官即朱作宁、朱哲堂、郑怀魁各由监生捐纳州同职衔，陈荣禧、许鸣乔各捐监生，向俱安分生理。嘉庆十九年三月十八及七月二十五、八月初四等日，该犯朱梅官、朱哲堂、陈荣禧、许鸣乔各贩茶叶、布匹赴澳门售卖，有西洋人唛哆唎等以胡椒、海参等货，与该犯朱梅宫等兑换茶布，以货抵兑外，唛哆唎尚应找朱梅官番银三千四百八十圆、朱哲堂番银二千三百圆、陈荣禧番银一千二百二十圆、许鸣乔番银三千四百圆。又郑怀魁与未获之徐举业即徐秀官，于嘉庆十九年七月十五日合运冰糖等货至澳，亦经夷人唛哆唎向买，赊欠货价番银一千二百圆，屡讨无还。唛哆唎于是年九月底载运各货回国，船泊香山县属外洋，该犯朱梅官等闻信赶至唛哆唎船内，逼索欠银。适有西洋不识姓名夷船驶到，唛哆唎当向借银还欠，旋据覆称，并无现银，只有鸦片烟坭，如可抵欠，情愿向借鸦片烟坭作银抵清欠项。朱梅官等因唛哆唎即须回国，虑及欠项无着，当各应允。唛哆唎随给朱梅官鸦片烟坭一百二十一个，每个约重二斤七八两，给朱哲堂六十个，给陈荣禧四十个，给郑怀魁、徐秀官共四十个，给许鸣乔八十个，抵清前欠。朱梅官等因内地查拿严禁，不敢载入口岸，各在洋面将鸦片烟坭陆续卖给不识姓名过往船户，朱梅官共得价银三千八百四十圆，朱哲堂共得价银二千五百六十圆，陈荣禧共得价银一千三百六十圆，郑怀魁、徐秀官共得价银一千三百二十圆，许鸣乔共得价银三千五百圆各散。即经香山县访闻，禀经臣等暨海关监督臣祥绍立饬委员会同该各管文武及守口员弁拿获各犯到案，讯悉前情，并究明现获之蔡亚宽、戴亚宽、刘亚翼、周亚保、林亚有，受雇在寄住澳门未获之许宁官、卓开官、王丙官、纪申官各店佣工，许宁官等亦曾在外洋售卖鸦片烟坭，伊等均属知情，并非同伙贩卖，亦不知鸦片来历及贩卖次数，卖与何人。又现获之徐亚权系曾卖鸦片未获徐秀官之胞弟，又现获籍隶潮阳之李亚吕系与曾卖鸦片未获之纪开凤同乡认识，暂时借寓纪开凤店内，均不知贩卖情事，各等情。

臣等以鸦片烟一项，流入内地，深为风俗人心之害，屡经遵旨严拿查禁，远未尽绝根株。该犯等既经贩卖，恐即系大伙私贩，且所贩亦必不止此数。其所供卖与不识姓名过往水户，显有狡饰回护。其夷人咹哆唎是否已回本国，亦当严饬根究。覆提朱梅官等主犯连日熬讯，据供实因夷人咹哆唎掩欠货账未归，即行回国，伊等赶至外洋问索，仍无现银，只有鸦片烟坭准抵，如不允抵，货本即无著落，是以不得不准其作抵。伊等均系有本经纪，怎肯凭空贩卖鸦片，做此不法的事。追在洋面，将鸦片烟坭零星卖给往来船户，并未问询姓名，实在不能供指。至夷人咹哆唎实系久已回国。现已身犯重罪，屡蒙严讯，何敢再有徇隐。研鞫再四，矢口不移，案无遁饰。

查例载，兴贩鸦片烟，照收买违禁货物例，枷号一个月，发近边充军。等语。今该犯朱梅官等因夷人咹哆唎掩欠货价，以鸦片烟坭作抵。该犯等业已收受转售获利，即与兴贩无异。朱梅官即朱作宁、朱哲堂、郑怀魁、陈荣禧、许鸣乔应各革去职员、监生，均合依兴贩鸦片烟枷号一个月、发近边充军例，枷号一个月，发近边充军。现在钦奉谕旨严〔加〕查禁，该犯等胆敢收受鸦片烟贩卖图利，殊属愍不畏法，应请发往新疆充当苦差，仍先于犯事地方各枷号一个月，满日发遣，以示惩儆。朱梅官、朱哲堂、郑怀魁各供亲老丁单，系贩卖鸦片烟情节较重，不准留养，各犯所卖鸦片银两照追充公。蔡亚宽、戴亚宽、刘亚翼、周亚保、林亚有据供受雇在曾经售卖鸦片之许宁发等店内佣工，并非同伙。现在许宁发等在逃未获，恐有避就，应暂行监候，严缉许宁发等获日，质明另办。徐亚权系逸犯徐秀官胞弟，应发县押候勒交，伊兄徐秀官到案，讯明分别究释。李亚吕讯止借寓纪开凤店内，不知贩卖情事，应递籍保释。朱梅官等各捐，照追缴咨销。逸犯许宁官等，饬缉务获究结。本案甫经贩卖，即经香山县访闻，会同该管各文武暨委员及守口员弁拿获解究，失察职名免其查开。夷人咹哆唎现已回国，无凭提讯，惟该夷人擅以违禁鸦片烟坭准折货价，实属有违天朝禁令，应饬住澳西洋番差传知该国王，就近自行查办，不许该夷人复来内地贸易，并责成在粤贸易各国大班、番差，嗣后如有夷商携带鸦片烟坭至内地售卖者，立即呈首，定行酌予奖赏。倘敢挟同牟利，一经查出，即将挟同之人一并驱逐回国，以仰副圣主中外一视同仁，彰瘅悉本大公之至意。

除全案供招咨部外，所有审办缘由，臣谨恭折具奏，伏乞皇上睿鉴，敕部核覆施行。谨奏。

嘉庆二十年三月二十三日奉朱批：刑部议奏。钦此。

二月二十一日

（军机处录副奏折）

T23(202、552、561、712)：商业-对外贸易-洋商(澳门、葡萄牙、英国、美国)

3.34 两广总督阮元奏请将经理不善之洋商摘去顶戴责令严禁杜绝鸦片以观后效折

道光元年十月十四日(1821年11月8日)

两广总督臣阮元跪奏，为申明严禁鸦片事例，请旨将经理不善之洋商摘去顶戴，责令严禁杜绝，以观后效，奏祈圣鉴事。

窃照鸦片一项来自外洋，流毒内地，最为人心风俗之害。节经前督臣蒋攸铦暨臣会同历任监督臣严切查禁，无如奸民鬼蜮多端，百计偷越。推其原故，由一切防杜之法多行于鸦片已入内地以后，不能行于鸦片未入内地以前，是以向来查办鸦片之案，不过就现获之犯加以惩治，其于最先贩卖之人尚无从究诘得实。至于此外盈千累百、分散外洋者，更无从凭空海捕。臣到任至今，会同海关监督破获鸦片之案与夫解官烧毁之鸦片时时而有，但不塞其源，其流终不能止息。

臣访得鸦片来路大端有三：一系大西洋，一系㖞咭唎，一系咪唎㗅。大西洋住居澳门，每于赴本国置货及赴别国贸易之时，回帆夹带鸦片，回粤偷销。㖞咭唎鸦片访系水梢人等私置，其公司船主尚不敢自带。独咪唎㗅国因少国王钤束，竟系船主自带鸦片来粤。嘉庆二十年钦奉上谕：如一船带有鸦片，即将此一船货物全行驳回，不准贸易。若各船皆带有鸦片，亦必将各船货物全行驳回，俱不准其贸易，原船即逐回本国。等因。此诚正本清源之办法。

惟向来臣与监督衙府传谕各国大班事件，俱发交洋行商人照缮夷字，转为传谕，全藉该商等钦遵办理，敬布天朝法度，使知畏惧，不宜但以奉文转行了事。盖洋商与夷人最为切近，夷船私带鸦片即能瞒臣等之耳目，断不能瞒该商等之耳目。如果该商等不徇情面，遇有夷船夹带即禀明，遵旨驳回船货，不与贸易，且于鸦片未来之前先期告诫，晓以利害，夷人数万里而来，岂敢因夹带违禁物件，自断茶叶等项正经买卖。如此官商同心，合力办理，纵不能一时全行断绝，而远夷闻风忌惮，再历数年，竟可冀此风渐息。乃频年以来，从未见洋商禀办一船，其为只图见好于夷人，不顾内地之受害，显而易见。洋商内伍敦元系总商居首之人，责任尤专，各国夷情亦为最熟，今与众商通同徇隐，殊为可恶。

除现在会同监督臣达三恭引嘉庆二十年谕旨，严切传谕各国大班，并密访内地接引奸民，尽法处治外，相应请旨将伍敦元所得议叙三品顶戴摘去，责令率同众洋商力为遵旨杜绝。如一二年内经理得宜，鸦片来粤绝少，当奏请施恩赏还顶戴。如仍前与众商相率疲玩，甚或通同舞弊，即当分别从重治罪，以为洋商不实力稽察杜绝者戒。臣谨缮折具奏，伏乞皇上圣鉴施行。谨奏。

道光元年十一月十九日奉朱批：钦此。

十月十四日

（军机处录副奏折）

E322：政法-斗殴案件

3.35　两广总督阮元奏报英国护货兵船伤毙民人畏罪潜逃饬令交凶折

道光二年正月二十八日（1822 年 2 月 19 日）

两广总督臣阮元跪奏，为嘆咭唎国护货巡船伤毙内地民人，畏罪潜逃，现在饬令该国大班交出凶夷究办，恭折奏闻事。

案据澳门同知顾远承禀称，嘆咭唎国兵船停泊外洋伶仃山，道光元年十一月二十一日，兵船内夷人上岸取水，并带羊只赴山牧放。民人地内种有蕃薯，被夷人摘食，羊只亦践食薯苗，又误将民人酒坛踢翻。民人追夺索赔，互争斗殴，被夷人伤毙民人。并据洋商呈递该国兵官吼咖𠾑禀称：派三板艇往山取水，村人下来打伤英国人十四名，各等语。

臣查督署旧卷，向无与该国兵官通行文檄之案。随饬洋商传谕该国寓粤之大班等，著交凶夷，并委员前往，会同新安县查验伤毙民夷，分别究办。旋据洋商等禀称：该大班喊咟等以伊系管理买卖事务，兵船与民人相殴，伊不能经管。并据该兵官亦称，此系官事，洋商大班系贸易之人，不能经管，等情，彼此诿延。凶夷既未交出，即受伤夷人亦不送官请验。仅据新安县知县温恭验明民人黄亦明、池大河两名因伤身死，并黄刘氏、黄亦锦、黄亦赞、黄亦昌四人均被殴伤，先后详报前来。

臣查该国兵船，系为保护货船之用。既是因买卖事务而来，该大班何得将买卖、兵船分为两事？况历来夷人与民人交涉之事，俱系谕饬洋商，传谕该大班办理。该大班既在粤省承管该国事务，该国兵船伤毙民人，岂能藉词推诿！向例该国夷人如敢抗违天朝禁令，即将货船封舱，禁止贸易。臣即查照旧章，饬令洋商传谕该大班，将该国在粤货船一律封舱，毋许上下货物，内有已经满载之哑吔哂等三船,准给红牌,令其乘风开行回国。其余十船,须俟交出凶夷后,方准开舱下货。十数日后,忽据洋商具禀,大班等因不能著令兵官交出凶夷,自行退回船上,留禀交该洋商转递,请给红牌,率同各货船放空回国。臣以封舱之事,原令大班著交凶夷,如该国早将凶夷交出,即可早日开舱,不必疑虑;若延不交凶,即货船放空回国,天朝亦断不留阻。令洋商明晰开谕去后,即据洋商面呈该大班等禀称,业已遵谕问过兵船总官,伶仃致伤死人兵丁如何办理。据总官对云:伶仃之事,果为紧要,我不能作主,回国时必奏本国国主,照例办理等言。为此,谨禀。等情。臣谕以兵船内夷人既在内地致毙民命,其杀人正凶现在该兵官船内。天朝定例:应由犯事地方提审究办。该兵官既知此事果为紧要,自应即将凶夷交出,不能以回奏该国为词,藉图延宕。令传谕该大班等,再向兵官告知,迅速交凶,毋以空言渎禀。该大班等在船观望,不敢仍回夷馆,亦不率众开行,复以兵船内受伤夷人未经验视,嘱洋商赴司禀求。经藩司程国仁、署臬司费丙章酌委卸任番禺县知县汪云任及东莞县知县仲振履,与水师将备带同洋商人等前往查验。该兵官�啲噝率领夷兵免冠摆队迎接,甚为恭顺。验得夷兵啮吻哈哇哈,面色痿黄,睡卧在床,小腹有伤,用药敷盖,未便揭验。据通事传据该夷兵供称,被民人推跌,震伤脏腑,并伤小腹,现在腹内十分疼痛。又验得夷兵喊咻吐咗等五名,伤已结痂。据该兵官指称,尚有夷兵喊咻吐□等八人,伤已平复。至船内夷兵致死、致伤民人,现在彼此互推,尚未查出。当日实系民人先伤夷人,以致夷兵伤毙民人,并据该委员等询据洋商声称,兵官不肯交出凶夷,其意以为民人先伤夷兵,因而夷兵致死民人,彼国事例可以不用抵偿。该委员等当以天朝律例,仅有罪人拒捕,格杀勿论。其余斗殴致死人命,无论先后动手,均应拟抵。夷兵在内地犯事,即系化外人有犯,应遵内地法律办理,将律例内斗杀、格杀及化外人有犯各条签出指示,并令通事翻译阅看。据洋商复称,已告知明白。等语。该委员等仍饬查出凶夷,刻日交案,以便提同民人质讯究详。

比委员等回省后,即据洋商转据该大班等禀报,该兵船扬帆驶逸,由委员等转禀到臣。查伤毙民人之凶夷,现在该兵官船内,岂有不能查出之理?其言本属支饰。据称该国先被殴伤后下手致死者无须抵偿之语是否真确,无从而知。且该兵官系属武员,于该国所办文案恐亦未必谙悉,所言原不足信。然该兵官先则不交凶夷,继因委员等译出内地律文,向其开导,无可置辩,即匆促潜逃,或竟系狃于该国事例,胶执己见,不肯遽令抵偿,亦未可定。但该大班等系承办该国事务之人,仍应著落交凶。复又严饬洋商,谆切传谕。兹据两司禀据广州府及委员等,转据洋商伍敦元等呈送该大班喊咂等禀称,伊等系属商身,实难管理兵船事务。且兵船已经开行,伊等实在无可如何,只得将此事本末写书寄与伊国公班衙知道,官为奏办。且兵官吡啲噝前亦禀明,回国时必将此事奏知国主,照例究办。至兵船滋事,实与伊等贸易之人无涉,倘蒙准令伊等回馆,照常开舱贸易,伊等与众夷商感戴不尽。等情。臣查该兵船既已驶逃,凶夷自必随往,该大班等现在无从著交,所禀自系实情。现饬洋商传谕该大班等,准令各船开舱下货，仍饬大班等告知该国王，查出凶夷，附搭货船押解来粤，按名交出，听候究办。至该国护货兵船，向来或一只，或二只，到粤后只许在外洋停泊，派给买办，一切买物取水，应由买办承管。今船内夷兵自行赴山汲取淡水，致肇衅端。臣并谕饬洋商，传谕该大班等告知该国王，现在粤洋无盗，以后无庸再派兵船赴粤。如果货船必须保护，亦应严谕领兵官，恪遵内地法度，弹压船内夷兵，一切俱由大班管束经理，庶兵船不敢恃蛮滋事，大班亦不能藉词诿卸。

所有夷人伤毙民人，现在著落交凶及谕饬办理缘由，臣谨会同广东巡抚臣嵩孚恭折具奏，伏乞皇上圣鉴。谨奏。

（朱批：）另有旨，片留览。

道光二年正月二十八日

（宫中朱批奏折）

E16：政法-查禁

3.36　粤海关监督达三奏报实无丝毫征收鸦片重税之事并严饬查拿等情片

道光二年十一月二十三日（1823年1月4日）

再，奴才本年二月间面奉圣谕：鸦片烟为风俗之害，务宜严禁。嗣又接奉谕旨：御使黄中模条奏内有纹银偷漏出口，并粤海关利其鸦片重税，隐忍不发，饬令详查。等因。奴才跪读之下，不胜悚惶。

伏思纹银出洋，其干例禁。奴才回任后，即饬洋商伍敦元等，凡夷商贸易，惟准以货换货，不得夹带纹银，并会同督臣饬令守口员弁，于各夷船出口时加意防范，不使稍有偷漏。其鸦片一项，贻害尤巨，奴才回任后即密派丁役严拿。旋据黄埔西炮台墺（澳）门、佛山等口拿获私贩烟坭大小共计五起，当经连人带烟咨会督抚，饬交地方官照例惩办在案。

查粤海关征收税课，均有户部颁发，商人亲填簿册，年终送部察核，并广东督抚亦每月造具货色清册，密行咨部核对，断难私将鸦片税银混入清册之内。惟近年以来，海关税额丰盈，窃恐不知者疑有私收重税情事。奴才详细访求，实自嘉庆十五年间，仁宗睿皇帝圣德神威，肃清海面，外洋舟楫通行无阻。嘆咭唎公司船及咪唎唑港脚等夷，比之数年前，来广船只较多，钱粮丰旺，职此之由，实无丝毫征收鸦片重税之事。奴才世受皇恩，稍知大义，断不敢止以税务为重，而置风俗人心于度外。现在查拿严紧，奸徒自知敛迹，诚恐日久玩生，复有透漏，更或守口丁役私自得规口放,奴才仍不时严密访查,遇犯必惩,务期根株澌净,以仰副我皇上卫民生而挽颓风之至意。

所有奉旨查办情形,理合附片陈奏,伏乞圣明慈鉴。谨奏。

道光二年十一月二十三日奉朱批:所奏均悉,随时密行查拿,不可日久生懈也。凛之!钦此。

(军机处录副奏折)

E16:政法-查禁

3.37 两广总督阮元等奏报查禁鸦片偷运入口情形折

道光三年二月初七日(1823年3月19日)

两广总督臣阮元、粤海关监督臣达三跪奏,为严切查禁鸦片偷运入口并节次拿获惩办情形,恭折覆奏,仰祈圣鉴事。

窃臣等接准廷寄,道光二年十二月初八日奉上谕:御史尹佩棻奏请,云云。钦此。仰见皇上整饬民风,察除奸弊之至意,曷胜悚服。

臣等伏查,鸦片流行内地,滋为民害,实堪痛恨。严查巡守弁兵及关口人等卖放包揽之弊,诚为目前紧要办法。臣阮元到任以来,节于营伍内严查惩办。如龙门协兵丁吴李茂等盘获梁胜和船内鸦片,私卖分赃;署副将谢廷可、署守备夏秀芳等讳匿不报;又水师提标把总詹兴有拿获鸦片,商同兵丁陈有光等得赃纵放,詹兴有畏法服毒身死;香山协记委孙朝安包送李阿蚬鸦片船被获;碣石镇千总黄成凤盘获不识姓名船户鸦片,商同署守备曾振高讳匿变卖分肥等案。均经臣阮元先后分别奏参咨革严审,将署副将谢廷可拟发军台,署守备夏秀芳、曾振高,千总黄成凤均拟发新疆,记委孙朝安发近边充军,分案奏咨办理。臣达三严饬各口稽查。据西炮台口拿获徐亚潮烟膏一起,又拿获陈亚桂鸦片一起;黄埔口拿获林绍修鸦片一起;佛山口拿获许时兴鸦片一起;澳门口拿获鸦片一起,此起有八百余斤之多。均经一面发县,一面咨交地方官转饬究办,将徐亚潮等拟罪咨结,并经臣阮元提烟当堂销毁在案。

又臣阮元于道光元年以洋商伍敦元等频年未据查出夷船鸦片,显有徇隐,奏请谕旨将居首总商伍敦元议叙三品顶戴摘去,以后俱责成该商等于各国货船到口时,先同轮保商人严查,果无鸦片,取具各结,方准进口,开舱起货。如有夹带,即钦遵嘉庆二十年谕旨,将该船货物全行驳回,押逐开行。如此严切稽查,节次惩办,现在内港及黄埔、澳门、虎门各海口尚无偷透。至鸦片价值并无数换之多,亦无减价卖与兵丁及奸民包揽渔船上税之事,惟外海地方潜行贩卖越入各省,不能保其必无。臣等惟有严饬各该巡守员弁及关口委员等各矢清勤，实力稽察，并随时选派诚干妥员密加查访，总期有犯必惩，以清积弊而免流毒，断不敢日久仍归具文，上廑宸衷，自取咎戾。

为此，恭折覆奏，伏乞皇上圣鉴。谨奏。

道光三年三月十五日奉朱批：总要日久无懈，认真察查，勿被属员商人蒙混，方为至善。详勉而行。所奏知道了。钦此。

二月初七日

（军机处录副奏折）

E322：政法-斗殴案件

3.38　两广总督阮元等奏报遵例审办致毙民命之夷人绞决折

道光六年二月十三日（1826年3月21日）

两广总督臣阮元、广东巡抚臣成格跪奏，为澳门夷人致毙民命，遵例审办奏闻事。

窃照广东香山县澳门地方，向有西洋夷人寄居，民番杂处。兹据香山县知县蔡梦麟详报，道光六年正月初五日，有澳内民人严亚照至素识之西洋吔喇国夷人吡咾咽家探望，值吡咾咽患病，该夷雇工吗嗱啞哊即款留严亚照在家饮酒致醉，同往东望洋边顽耍，严亚照误踩吗嗱啞哊脚面，吗嗱啞哊斥骂瞎眼，致相争闹，严亚照掌批吗嗱啞哊左腮肤跑走，吗嗱啞哊拔出身带夷刀赶上，用刀划伤严亚左后肋，带伤左手背。严亚照转身夺刀，又被划伤额颅左太阳，带伤右乳。严亚照复向扑殴，吗嗱啞哊又用刀砍伤严亚照左手腕、左腿倒地，严亚照伤重，移时殒命。吗嗱啞哊畏罪将凶刀丢弃洋内，逃往沿海山僻躲匿。当经该县访闻，并据尸母严徐氏投保报县，验明尸伤，饬令夷目喽嚟哆拘出凶夷。讯据供认前情不讳，将吗嗱啞哊依斗杀律拟绞，饬交夷目牢固羁管，具详前来。

臣等伏查，澳门地方民番斗殴等案，若夷人罪应斩绞，定例由该县验讯明确，通报督抚，详加覆核，即饬地方官眼同该夷目将该犯依法办理，免其交禁解勘，仍一面据实奏明，并将供招报部，历久遵行在案。今夷人吗嗱啞哊致伤民人严亚照身死，讯认明确，照例拟绞，情罪相符。随行司饬委广州府知府高廷瑶前往澳门，会同署香山协副将曹耀清、署前山营游击马成玉，率同代理澳门同知冯晋恩、香山县知县蔡梦麟，饬令夷目提出该凶夷吗嗱啞哊审明，于本年二月初五日照例绞决，用彰国宪，由兼署按察使翟锦观具详前来。

除将供招咨部外，臣等谨会折具奏，伏乞皇上圣鉴。谨奏。

道光六年三月十九日奉朱批：刑部知道。钦此。

二月十三日

（军机处录副奏折）

E322：政法-斗殴案件

3.39 两广总督阮元等奏请查究惩办藉端滋诈之民妇及唆事之人片

道光六年三月十九日(1826 年 4 月 25 日)

再，此案尸母严徐氏，先于正月二十八日赴臬司衙门，呈控伊子严亚照系被夷兵总吡㗂咀杀伤身死，并非吗嗲呢咕致毙，有吡㗂咀之妻亲向伊告知。等语。

当经臬司即饬广州府知府高廷瑶前往督同同知、知县及署副将、游击等，查照控词，公同饬令各夷目提出凶夷吗嗲呢咕，并向兵总吡㗂咀查讯，均称严亚照实被吗嗲呢咕杀死，吡㗂咀之妻吁啡嚩，已于道光五年正月二十一日身死，现在并无妻室，并据西洋理事官出具切结前来。复又诘讯凶夷吗嗲呢咕，据将争殴致伤严亚照身死情形，将手比试，与原报无异。迨处决时，又将现须抵偿处绞之处，向该凶夷手比示知，该凶夷亦点头自指，承认不讳，复自行登架就刑，毫无冤色。该凶夷乃黄白色之真西洋夷人，并非下贱黑夷，且吡㗂咀乃夷中小武员，该国文武各员及番僧、番差等，断不至皆为之弊混。是日，夷兵、夷民观者如堵，豪(毫)无间言，是吗嗲呢咕之为正凶毫无疑义。乃严徐氏率以吡㗂咀为凶首混控，称系该夷妇告知，此外豪(毫)无证见。查吡㗂咀之妻，久经物故。复诘严徐氏，无可登答，显有藉命图诈，听唆滋煽情事。查夷人殴毙民人，该夷目即将凶夷交出正法，尚知天朝法度，甚为恭顺，而民人藉端滋诈，不可不严加查究。

除饬该府县查拿唆事之人惩办外，臣等合并附片陈明。谨奏。

道光六年三月十九日奉朱批：知道了。钦此。

（军机处录副奏折）

E324：政法-偷盗抢劫案件

3.40 两广总督李鸿宾等奏报审办匪徒藉案打毁夷人房屋乘机抢夺等情折

道光六年九月十六日(1826 年 10 月 16 日)

两广总督臣李鸿宾、广东巡抚臣成格跪奏，为匪徒藉案打毁夷人房屋，乘机抢夺，首犯被格伤毙，现将拿获余犯一并审明定拟，恭折具奏事。

窃照广东香山县澳门夷人吗嗱呃咻致伤民人严亚照身死一案，经前督臣阮元会同臣成格照例审办具奏，并将尸母严徐氏赴臬司呈控伊子严亚照系被夷兵总吡啶啁杀伤身死，并非吗嗱呃咻致毙各情，审明属虚，显系听唆滋事，饬拿主唆之人惩办，附片陈明在案。

旋据香山县详报，道光六年二月初五日，将该凶夷吗嗱呃咻照例绞决。距是日午候，有民人邓亚飑等，怂恿尸母严徐氏，向夷兵总吡啶啁索取埋葬银两，吵闹将夷屋门窗打毁，乘机抢夺，邓亚飑被夷兵啰呢嘆格伤身死。经该县讯验，拿获抢夺匪徒陈亚九、陈亚有、简亚平、黄亚九、周亚保、张亚保、吴亚赞七名，讯详缉审。据报，案犯黄亚九于取供后在保病故。兹据将现犯陈亚九等审拟，由府司招解前来。臣等提犯覆讯，缘邓亚飑等籍隶三水、东莞、香山等县，向在澳门地方佣工度活。道光六年正月初五日，香山县民严亚照被西洋夷兵总吡啶啁雇工吗嗱呃咻杀伤身死，经该县验明尸伤，谕饬夷目交出凶夷吗嗱呃咻，讯供通详。邓亚飑因与尸母严徐氏熟识，即以凶夷吗嗱呃咻受雇夷兵总吡啶啁家，恐系工主致毙，诿罪雇工，遂主唆该氏越控。严徐氏因痛子情切，心亦怀疑，随以伊子严亚照系被吡啶啁杀伤身死，并非吗嗱呃咻致毙，有吡啶啁之妻向伊告知事情，赴臬司呈控。饬委前广州府高廷瑶驰往会同澳门同知及香山县协，提出凶夷吗嗱呃咻并兵总吡啶啁查讯，佥称严亚照实被吗嗱呃咻杀伤身死，并非吡啶啁致毙，吡啶啁之妻叼啡嚹久已身故，现在并无妻室。质之尸母严徐氏，不能登答。当于二月初五日将凶夷吗嗱呃咻照例绞决。

是日，邓亚飑与附近民人走至观看，迨官兵散后，邓亚飑复怂恿严徐氏向吡啶啁索取埋葬银两，并称如不给银，帮同将夷屋打毁。严徐氏随走至吡啶啁门首，索取银两，吡啶啁不允斥骂，邓亚飑帮同炒(吵)闹，并喊同在场观看现获之陈亚九、陈亚有、简亚平、周亚保、张亚保、吴亚赞，并已获病故之黄亚九，未获之戴亚宽、沈亚尚、杨亚进、梁亚龙，及不识姓名四人随声附和，各执石块乱掷，致将吡啶啁并附近夷人嗷嚏咯吡等房屋七间门窗打毁，邓亚飑见吡啶啁屋内放有铜片等物，起意乘机抢夺，即喊令陈亚九等帮同抢夺。时有夷兵啰呢嘆赶至拦阻，陈亚九等携赃跑走，邓亚飑顺取吡啶啁屋内尖刀，划伤啰呢嘆左额角，啰呢嘆用刀回砍，致伤邓亚飑偏左倒地。该前县蔡梦麟闻信，会同澳门同知、香山协等亲赴查拿，陈亚九等先已逃逸，邓亚飑伤重，即于二月初六日身死。经该县传集讯验，邓亚飑委系被格身死。先后获犯陈亚九等，起获原赃，讯认前情不讳。严诘实系一时听从打毁，乘机抢夺，并未预谋纠约，赃主认正犯无疑。

查例载：刁悍之徒藉命打抢者，照抢夺例拟罪。又律载：白昼抢夺人财物者，杖一百，徒三年，为从减一等。又例载：抢夺伤人未死，如刃伤者，首犯拟斩监候，又同案抢夺，不知拒捕情事者，仍各照抢夺本律首从论。又律载：罪人持仗拒捕，其捕者格杀之勿论。各等语。本案邓亚飑始则主唆尸母严徐氏妄控，继复怂恿索取埋葬银两，不遵辄敢打毁门窗，乘机抢夺，用刀拒伤夷兵啰呢嘆，自应照例定拟。邓亚飑除主唆妄告打毁各轻罪不议外，合依抢夺伤人未死，如刃伤者斩监候律，拟斩监候，已被夷兵啰呢嗼格伤身死，应毋庸议。陈亚九、陈亚有、简亚平、黄亚九、周亚保、张亚保、吴亚赞听从打抢，携赃先走，不知拒捕情事，合依抢夺为从减一等律，各杖九十，徒二年半，照例刺字。黄亚九已于取供后病故，应毋庸议。吴亚赞据供父老丁单，照例取结办理。尸母严徐氏听唆妄告，讯因痛子怀疑，其听从向吣咜咽索取埋葬银两，致滋事端，虽未随同毁抢，究属不合，严徐氏应照不应重律，杖八十，系妇人，照律收赎。夷兵啰呢嗼被邓亚飏拒伤，用刀回格，致伤邓亚飏身死，合依罪人持仗拒捕，其捕者格杀之勿论律，予以省释。各犯讯无另有犯案窝伙，已起之赃给领，未起各赃并所毁夷入门窗，分别追赔。逸犯戴亚宽等饬缉务获，照例办理。

除备录全案供招咨部外，臣等谨合词恭折具奏，伏乞皇上圣鉴，敕部核覆施行。谨奏。

道光六年十月二十二日奉朱批：刑部议奏。钦此。

九月十六日

（军机处录副奏折）

E324：政法-偷盗抢劫案件

3.41 两广总督李鸿宾等奏报夷人搭坐闽船被害严饬缉捕并咨会闽省合拿片

道光八年七月十三日(1828年8月23日)※

再，近年粤东海面安静，不独分汛管辖之内外各洋并无本地匪徒敢于纠结大伙出洋为盗，即夷洋亦未闻有被劫之事。

兹据署广东澳门同知鹿亢宗、香山县刘开域禀报，有咈囒哂国夷人十四名，并福建客民十二名，同搭福建厦门绿头船，自越南开行放洋，于本年六月二十三日驶至老万山外洋寄碇，福建客民转雇渔船先到澳门。该绿头船舵工水手于二十四日夜，将船上夷人杀死一十二名，另有二名凫水逃走，一名被水淹毙，一名遇救得生，逃至澳门，经夷目唆嚟哆报知。等情。

臣等以该船舵水杀毙夷人多名，显系谋财害命，当即札饬香山协副将暨该县知县，驰往确查拿办，一面通饬沿海各文武截拿。因粤闽洋面毗连，该船籍隶福建，并即飞咨闽省督抚提臣等，一体饬属严密侦捕。随据澳门同知具禀，查获搭船之福建客民李生等十二名，解交香山县，由县会同副将，带同通事、难夷及该客民等，前往被害处所，勘明系在涌崖南边黑水夷洋，四无边际，离老万山数十里。讯据遇救得生之难夷呿喥哂吐咕供称，系咈囒哂国人，充当水手，与船主吡哆啰嘣等连舵水一共十四人，装载洋酒、丝发、银两等项，前往小吕宋国贸易，被风漂至越南国地方，因船只坏烂，另雇福建厦门绿头船，将货银各物装载。六月初七日在越南国开行，二十三日驶至老万山南凝门外涌崖南边黑水深洋寄碇。二十四日夜，被船户人等乘夷人熟睡，用刀杀死十二人，将尸身丢弃落水。该夷人哒嘃哂吐咕与水手噫嗼惊醒，跳水逃走，该夷人遇渔船捞救进澳，噫嗼落水淹毙，该绿头船当即乘风远驶。至福建客民十二人，先期雇船赴澳，其时并不在场，并据客民李生等佥供，该绿头船船主名刘亚五，现住厦门，并不在船，其船上代管人名吴捆，舵水林亚享等约五十余人，该船尾刊刻源荣二字。等情。

臣等查，该夷人被害处所现据勘明在黑水夷洋，距老万山尚有数十里，并非滨海县营所辖，且系外省洋船舵水人等中途谋害，亦非素有盗踪，实属防范所不及。惟既有此谋毙重情，现据客民等供出商稍姓名及船尾书写字样，该船虽乘风迅驶，亦应不出粤闽两省海洋地面，自可按照盘诘截拿，但恐该凶匪闻拿紧急，或弃船逃窜。

除通饬水陆各县营及巡洋舟师，并再行飞咨闽省督抚提臣等一体加紧严缉，一俟弋获，即审明按律严办，再行具奏外，所有夷人雇坐闽船，在夷洋被害，现在严饬缉捕，并咨会闽省合拿缘由，谨附片具奏，伏乞圣鉴。谨奏。

（朱批：）另有旨。①

（宫中朱批奏折）

E324：政法-偷盗抢劫案件

3.42　两广总督李鸿宾奏报咨商闽省督抚将现获凶犯解粤质审按律拟办片

道光八年九月二十一日（1829年10月29日）

再，咈囒哂国夷人于本年六月二十四日夜，在粤省老万山外黑水夷洋，被闽省绿头船舵水手谋财杀毙多命一案，前将飞咨闽省饬缉，并严檄粤省沿海县营查拿情形，附片奏明在案。臣等以该夷人十四名同船被害，仅哒嘃哂吐咕一名遇救得生，情殊可悯，当经饬令香山县知县酌给银两，妥为抚恤，交夷目唛嚟哆收领安置，俟获到凶犯，审明正法，俾泄重愤。其先期赴澳，并未在场之闽省客民李生等十二名，亦令留住县城，待获犯质明，再行分别遣回。

兹据福建兴泉永道倪琇、厦门同知许原清禀报，该船于谋命后驶回闽省东碇外洋，遭风击破，经该同知等先后拿获凶匪傅拱、林志中、陈迎、刘旦、黄妈光（洸）即阿光、吴旺、张夏、尤对

① 据军机处录副奏折，朱批时间为道光八年八月十八日。

司、施误、李意、林响等十一名，讯认谋财害命属实，又续获杜爱、许益、童任、龚习、黄笃厚等五名，因甫经获案，未得确供。等情。臣等查，该船既驶回闽省，则未获各犯自系一同潜回，无难跟踪就获。臣等当即批饬该道率属严缉，又恐彼拿此窜，仍逃入毗连粤界地方，一面督令粤省县营，上紧访拿，务期全获并究，并以难夷呿喍哂吐咕现住澳门，飘泊余生，只身远寄，必应体恤有加，未便再令远赴闽中就质，已咨商闽省督抚臣将现获凶犯解粤质审，按律拟办，以彰国宪而服夷情，合再附片奏闻，伏乞皇上圣鉴。谨奏。

（朱批：）是。[①]

（宫中朱批奏折）

E324：政法-偷盗抢劫案件

3.43 闽浙总督孙尔准等奏报拿获在洋谋害夷人多命之匪犯现饬解省严审查办折

道光八年八月十八日（1828年9月26日）

闽浙总督臣孙尔准、福建巡抚臣韩克均跪奏，为拿获在洋谋害夷人多命之首从凶匪，现饬解省，严审查办，先将大概情形恭折奏闻事。

窃臣等接据福建泉州府厦门同知许原清，会同卸署同知黄宅中禀称，有商船户刘自盛，船名贺安澜，又名源荣，由厦门贩货，前往外番土名实力地方贸易，刘自盛并不在船，系合伙置货之吴滚、李意管驾出洋。兹署同知黄宅中访闻，该船舵水等，有在洋杀害夷人、谋取财物之事。正在查拿间，适值卸事，随即会同接任同知许原清，并营县委员及道府差役分路缉拿，陆续获到李意、傅拱、林志中、陈迎、刘旦、黄妈洸、吴旺、张夏、尤对司、施误、林响等十一犯。讯据供称，该船原雇及添雇舵水一共五十四名，本系置货前往实力夷港生理，在洋风□□帆不顺，飘收越南国地方停泊。有咈嘣哂夷船一只，亦被风飘至该处，船只损坏，将货物顿起山坡，夷船舵水共十四人。经越南国通事说合，连人带货雇伊等船只，载至广东澳门交卸。又有在越南贸易之福建客民十二人，一同搭载回内。道光八年六月初七日乘风放洋，驶至中途，夷人憎嫌伊等把舵转篷不如其意，时常叫骂，并比示手势，指点港道，伊等照依驾驶，险致冲礁失事，因此连日争闹。二十三日，将至老万山外洋，福建搭客十二人先雇渔船载赴澳门，伊等船只即在该处洋面寄碇。是日夜间，船主吴滚起意杀害夷人，谋取货物，与舵水傅拱、林志中、陈迎、刘旦、张猜、林

---

① 据军机处录副奏折，朱批时间为道光八年九月二十一日。

蛇哥、张雨宙、吴寅、林旋、洪怀、林沙、庄吝、童任、庄汶溥、柯聪、林赞成、许疏秦、林响、刘水、吴通商允。李意等再三劝阻不听，俱各畏惧躲避舱底。吴滚即于四更时分，令傅拱等分执刀斧、木棍，乘夷人睡卧，各行下手，夷人内有惊醒者，开放自来火鸟枪，打伤许疏秦身死，童任亦被枪伤右手腕。傅拱等乱砍乱殴，共杀毙夷人十二命，其余二人一人受伤落海，一人跳水逃走。吴滚等将各尸身撩弃入海。查点赃物，共番银三千三百余圆，又洋酒、番豆、洋镜、纸牌、男女番帽、番石方棹并零星洋布、杂物及番布衣裤等件。吴滚主意，通船舵水每人各分番银一二十圆或三四十圆，并洋布、番衣裤一二件不等，其余赃物，声言载往江南浙江等省变卖再分。二十九日，驶至东碇洋面，船只击破，其时有渔船驶拢，乘危捞抢物件，该犯等藉以得生，今被拿获，实不知吴滚等下落。等情。通报前来。

臣等查，该匪吴滚等图财害命，杀毙夷人十三命之多，实属凶残已极，惟据供内有夷人一名跳水逃走，曾否赴粤省，地方官呈控有案。当即飞咨广东督抚臣查明移覆，一面严饬厦防同知，并通行沿海府县营员及巡洋缉匪舟师，水陆一体会拿，如有吴滚等窜逃踪迹，立即擒获解办。续据该同知许原清、黄宅中，会同同安县知县顾潾同，安营参将杨定泰，水师提标署参将吴朝祥，游击谢得彰，护游击陈国荣，都司许远生，守备李飞熊、林瑞凤，委员成祥、尹均、吕照、王鼎成、胡维敬，千把总张然、林淇等，先后拿获首从各犯吴滚、龚习、童任、杜爰、黄笃厚、张猜、林沙、许益、林蛇哥、庄汶溥、洪怀、柯岁、黄乌、庄赛、黄树、庄吝、柯聪、吴寅、巫来十九名。又据署马家巷通判杜观澜，署南安县知县魏廷谟，金门县丞张秀景，会营拿获张雨宙、杨聪、王愈三名。又据委员胡维敬等，会同广东差弁周弼、刘盛亮等及香山县丁役，拿获林旋、叶三洸二名。又据叶知、李三益二犯闻拿自行投首，经该同知等隔别研鞫，均与先获之犯供情吻合，起有原赃洋布、番衣裤等件，禀报到省。并准两广督臣于未接闽省咨查之先，据广东香山县禀称，查有咈囒哂国夷人十四名，并福建客民十二名，同搭福建厦门绿头船，自越南国开行放洋，于本年六月二十三日驶至老万山外洋寄碇，福建客民转雇渔船，先到澳门。该绿头船舵工水手，于二十四日夜，将船上夷人杀死一十二名，另有二名凫水逃走，一名被水淹毙，一名遇救得生，逃至澳门，经夷目喽嚟哆报知，随即查获搭船之福建客民李生等十二名，带同通事、难夷等诣勘被害处所，系在涌崖南边黑水夷洋，四无边际，离老万山数十里。讯据遇救得生之难夷哒哴哂吐咕供称，系咈囒哂国人，充当水手，与船主呫哆啰嘣等连舵水一共十四名，装载洋酒、丝发、银两等项，前往小吕宋国贸易，被风漂至越南国地方。因船只损坏，另雇福建厦门绿头船，将货银各物装载，六月初七日，在越南国开行，二十三日驶至老万山南凝门外涌崖南边黑水深洋寄碇。二十四日夜，被船户人等乘夷人熟睡，用刀杀死十二人，将尸身丢弃落水。该夷人哒哴哂吐咕与水手噫噢惊醒，跳水逃走，哒哴哂吐咕遇渔船捞救到澳，噫噢落水淹毙，该绿头船当即乘风远驶。其福建客民十二人，先期雇船赴澳，当时并不在场。咨会闽省一体严捕。等因。

臣等查，此案据该同知等节次研讯，与粤省来咨情节大略相同，惟下手杀害日期系六月二十三日夜间，而粤咨系二十四日夜间，彼此不符。现计与吴滚同谋图财害命者共二十一人，除许疏秦一名伤毙外，已获首伙十七名，又获事后分赃之李意等二十名，其预谋加功之犯是否止有此数，各犯所供终系一面之词，有无不实不尽，均须提同原告难夷，详细质对，方足以成信谳。若解往广东，不特人数众多道远，虑有疏虞，兼恐与该难夷质讯之下，究出别情，如有应拿之犯，往返行提，多延时日，自应即在闽省严审办理。臣等现即行提吴滚等各犯来省，并飞咨广东督抚臣委员带同通事，将难夷呿喥哂吐呫迅速护送至闽(朱批：外夷之人，迥非内地可比，且系被劫之人，焉有长途往返递解之理？太不晓事矣)，以备指质，一俟审明，立即照例严行惩办。一面檄催各属，缉拿逸犯林赞成等，按名务获，并将吴滚等各犯家产严密查封。据供船只在东碇洋面击碎，赃物被渔船捞抢之处，果否属实，饬委水陆文武确查会勘，分别办理外，所有获犯查办大概情形，臣等谨先恭折具奏，伏乞皇上圣鉴。谨奏。

(朱批：)另有旨。[1]

道光八年八月十八日

(宫中朱批奏折)

E324：政法-偷盗抢劫案件

3.44 两广总督李鸿宾奏报遵旨审明谋杀夷人多命之凶匪分别办理折

道光九年正月十六日(1829 年 2 月 19 日)

两广总督兼署广东巡抚臣李鸿宾跪奏，为遵旨审明谋杀夷人多命之闽省凶匪，分别办理，恭折奏祈圣鉴事。

窃照咈囒哂国夷人，在粤省老万山外黑水夷洋，被闽省绿头船舵水人等图财谋杀十三命，夷人呿喥哂吐呫一名遇救得生一案，先经臣飞咨闽省，并严檄粤省沿海县营一体查拿，会同前抚臣成格两次附片奏明在案。

嗣据闽省文武委员及粤省差弁丁役陆续拿获首伙吴滚等各犯，并据李三益、叶知二名闻拿投首，经闽浙督臣孙尔准、福建抚臣韩克均将大概情形恭折具奏，钦奉上谕：着(著)孙尔准等迅将现获各犯解赴广东，交李鸿宾等严审，按律定拟具奏。等因。钦此。孙尔准等钦遵谕旨，将先后获犯连起获赃物，分起委员押解来粤。随行据香山县等，将难夷呿喥哂吐呫一名，及留粤

① 据军机处录副奏折，朱批时间为道光八年九月二十六日。

待质之福建客民李生等十二名解送至省，饬司派委署广州府知府胡方朔等提同质讯。兹据委员等审明录供，由署臬司耿维祜覆审议拟招解前来。臣督同司道亲提研鞫，缘吴滚籍隶福建同安县，该犯与现到之刘五即刘自盛、病故之李意合伙共置绿头船一只，船名刘源荣，贩运磁器等物，往外夷实力地方售卖。雇现获之林志中、傅拱、庄汶溥、刘旦、林蛇哥、张雨宙、吴寅、洪怀、庄吝、林赞成、张猜、林旋、林沙、柯聪、童任、叶杉板五、陈迎、林响、吴通、黄乌、柯岁、庄赛、施误、杜爱、龚什、叶团、陈佳种、萧愿、黄笃厚、许益、王愈、尤对司、吴旺、杨聪、王求、黄妈洸、李闹、叶三洸、巫来、黄树、李牛、龚习、张夏，并被夷人枪毙之许疏秦，投首之李三益、叶知，未获之吴蒉、林斋、蔡堆、刘水、刘浅、陈达做舵工水手，刘五即刘自盛因有事不能出海，未经在船。

吴滚、李意同舵水林志中等共五十四人，于道光八年二月初六日开船由厦门出口，三月初间，因风汛不顺，飘收越南国洋面停泊。适有咈囒哂国夷船一只亦被风漂至该处，船只损坏，将货物起顿山坡，夷船舵水共十四人。经越南国通事说合，雇吴滚等船只，连人并货载至广东澳门交卸，该夷人等均在后舱舵楼居住。又有在越南国贸易之福建客民李生、邱求、庄德发、邱教、杨雀、林办、李渊、邱仁、李庆、邱此、杨沛、杨娥十二人，一同搭船赴澳，另有闽省蔡拱照一人搭船回籍。六月初七日乘风放洋，驶至中途，夷人嫌舵水把舵转篷不如其意，时常嗔闹，吴滚等与夷人言语不通，互相指骂。是月二十三日，船至老万山外黑水夷洋寄碇。搭客李生等十二人，转雇渔船，先赴澳门。是日夜间，船主吴滚忆及夷人货箱沉重，料有多银，起意杀死夷人，掠取银物。与舵水商谋，林志中、傅拱、庄汶传、刘旦、林蛇哥、张雨宙、吴寅、洪怀、庄吝、林赞成、张猜、林旋、林沙、柯聪、童任、叶杉板五、许疏秦、吴箦、陈迎、林响、吴通、刘水二十二人允从，黄乌、柯岁、庄赛、施误、杜爱、龚什、叶团、陈佳种、萧愿、黄笃厚、许益、王愈、尤对司、吴旺、杨聪、王求、黄妈洸、李闹、叶三洸、巫来、黄树、李牛、李三益、林斋、蔡堆、刘浅、陈达、李意、龚习、张夏、叶知俱不允从，李意、张夏、叶知并向吴滚劝阻不听，黄乌等俱各归舱避歇。时搭客蔡拱照独在船头舱底睡宿，并不知商谋情事。吴滚即于四更时分，乘夷人睡熟，令林志中等各执器械，齐至舵楼下手。陈迎、林响、吴通、刘水四人临时畏惧，不敢前进，俱躲入舱底。吴滚等十九人一齐上前，夷人醒觉抵御，许疏秦、童任用木棍、竹篙致伤夷人，当被夷人放枪将许疏秦伤毙，童任亦被枪伤右手腕；林志中用木棍打死夷人二命并另伤一夷人；傅拱、庄汶溥、刘旦、林蛇哥、张雨宙、吴寅、洪怀、庄吝、林赞成、吴蒉十人或用铁斧，或用木棍、竹篙各打死夷人一命；张猜用竹篙打伤一夷人，落水淹死；林旋、林沙、柯聪、叶杉板五在旁加功，戳伤夷人，均不记先后致伤部位。惟夷人哒喥哂吐咕一名，跳海凫水逃走。吴滚等将各尸身撩弃落海，查点赃物，共得番银三千三百圆，并各货物。吴滚于赃银内先提番银一千八百圆通船俵分，除许疏秦被伤身死外，吴滚恐蔡拱照泄漏，分给赃银六圆，蔡拱照推托不受，其余五十三人将银派作七十二股俵分。吴滚起意为首得三股；林志中、傅拱、庄汶溥、刘旦、林蛇哥、张雨宙、吴寅、洪怀、庄吝、林赞成、张猜、林旋、林沙、柯聪、童任、叶杉板五、吴蒉十七人下手伤人，各得两股；陈迎等三十五人不行，各得单股，每股分银二十五圆。其余银物，吴滚声言载往江南浙江等省变卖再分。即令陈迎等帮同驾船驶逃。

比凫水夷人哒嚷哂吐咕撞遇渔船捞救得生，赴澳门报知夷目喽嚟哆，转报澳门同知暨香山营县会勘，禀报咨行查拿。吴滚等船只，于是月二十九日驶至福建东碇洋面，被风击坏，有不识姓名渔船驶至捞救，船内赃物多有漂失，并被渔船捞取。吴滚等携带余赃，各自搭船逃逸。经厦门同知访闻，会同营委各员，先后缉获吴滚等各犯，起出赃物并李三益、叶知二名闻拿投首。经闽省督抚臣将讯供大概情形奏奉谕旨，将各犯解粤审办，屡审据吴滚等供认前情不讳。并提集难夷哒嚷哂吐咕及客民李生等，与该犯等逐一质讯，供俱吻合。查与闽省原奏情节大略相同，惟同谋加功之人间有参差，而下手杀害日期，该难夷原报系六月二十四日夜，亦属不符。复向吴滚等严加诘讯，佥供当日同谋加功，实止林志中等十八人，前在福建被获时因心慌混供，致有舛错，今蒙质讯，据实详细供明。质之哒嚷哂吐咕，供亦靡异，又称被害委系六月二十三日夜，因时已四更，故前以二十四日具报。究鞫各犯，此外并无另有犯案，矢口不移，案无遁饰。

查例载：图财害命，得财而杀死人命者，首犯与从而加功者，俱拟斩立决；不行而分赃者，实发云贵极边烟瘴充军；又苗人有图财害命之案，均照强盗杀人斩决枭示例办理；又台湾等处商船图财害命之案，均照苗人图财害命例，拟斩立决枭示。又律载：杀一家非死罪三人者凌迟处死，财产断付死者之家，为从加功者斩。又例载：杀一家非死罪三四命以上者，凶犯依律凌迟处死，凶犯之子实无同谋加功者，年在十五岁以下，与凶犯之妻女俱改发附近充军；又杀一家三命以上凶犯审明后依律定罪，一面奏闻，一面恭请王命，先行正法。又名例载：闻拿投首之犯，于本罪上减一等。各等语。

除图财谋杀下手加功罪应斩枭之许疏秦，当时枪毙不议外，本案吴滚在洋图财，起意谋杀夷人十三命，该夷人等同坐一船，即与一家无异，吴滚合依杀一家非死罪三四命以上者，凶犯依律凌迟处死例，凌迟处死。林志中等听从下手加功，杀死夷人，该犯等系福建商船，在洋图财害命，应照例定拟，林志中、傅拱、庄汶傅、刘旦、林蛇哥、张雨宙、吴寅、洪怀、庄吝、林赞成、张猜、林旋、林沙、柯聪、童任、叶杉板五共十六犯，均合依台湾等处商船图财害命之案，照苗人图财害命拟斩立决枭示例，拟斩立决枭示。该犯等在外洋杀毙夷人多命，掠取财物，情罪重大，未便稍稽显戮。臣于审明后恭请王命，饬委署按察使耿维祜、督标中军副将恒安，将吴滚并林志中、傅拱、庄汶溥、刘旦、林蛇哥、张雨宙、吴寅、洪怀、庄吝、林赞成、张猜、林旋、林沙、柯聪、童任、叶杉板五共十七犯，绑赴市曹，分别凌迟、斩决，传同难夷哒嚷哂吐咕及在省馆暂住之各夷商环视行刑，无不共钦皇威国宪，俯首倾服（朱批：所办是）。当即传首澳门地方悬竿示众，以昭炯戒。吴滚妻、子例应缘坐，财产应照律断付死者之家，移咨福建省查明办理。陈迎、林响、吴通三犯，虽讯明实系临时畏惧不行，惟当吴滚商谋之时，曾经应允事后分受赃银，帮同驾船驶逃，情节较重，事关在洋谋财，杀毙多命，如仅照图财害命不行而分赃本例发极边烟瘴充军，尚觉情重法轻，应加等发新疆给官兵为奴。黄乌、柯岁、庄赛、施误、杜爱、龚什、叶团、陈佳种、萧愿、黄笃厚、许益、王愈、尤对司、吴旺、杨聪、王求、黄妈洸、李闹、叶三洸、巫来、黄树、李牛、李三益、李意、龚习、张夏、叶知二十七犯，于吴滚向商谋命之时，该犯等俱不允从，惟后经分赃并为驾船驶逸，均应照图财害命不行而分赃者发云贵极边烟瘴充军例，发云贵极边烟瘴充军。李意、龚习、张夏、叶知曾经劝阻，尚知畏法，应量减一等，杖一百、从三年，李意业于讯供后在闽省福州府监病故，应毋庸议。叶知又与李三益闻拿投首，叶知应再减一等，杖九十、徒二年半；李三益应照例减一等，杖一百、徒三年，遣军徒各犯至配，各折责安置，照例分别刺字免刺。陈迎、尤对司、王求据供孀妇独子，杨聪、叶三洸、黄树据供亲老丁单，均毋庸取结查办。搭客蔡拱照并无知情同谋，事后分给赃银亦未收受，第于抵岸后并未首告，应照知同伴人谋害他人不首告者杖一百律，杖一百。刘五即刘自盛与吴滚、李意合伙置船出海贸易，虽吴滚等在洋谋财戕命，刘五并未在船，委不知情，惟合伙不慎，致滋事端，应照不应重律，杖八十，年逾七十照律收赎。该犯等事犯到官，在道光八年十一月初九日钦奉恩诏以前，陈迎等系图财谋杀多命案内，不行分赃，所拟遣军、徒各罪及吴滚缘坐妻、子均不准其援减，蔡拱照、刘五即刘自盛所拟杖罪应予宽免并免收赎。搭船客民李生等十二名先期赴澳，不知谋害情事，均毋庸议，概予省释回籍。难夷哒喱哂吐咕业已妥为抚恤，应饬夷目遇有便船，令其附搭回国，解粤赃物给予领回，未解各赃移咨闽省追解。逸犯吴赉等饬缉获日另结，本案系在黑水夷洋谋杀，并非内洋地面，且预谋首伙各犯业已拿获，现只同谋害命一名不行，而事后分赃五名未获，获犯过半，兼获首犯，文武疏防各职名均应免查参。至本案凶犯众多，缉获迅速，所有出力人员应移咨闽省查明奏咨办理。

除备录供招咨部外，臣谨恭折具奏，伏乞皇上圣鉴，敕部核覆施行。再，广东巡抚系臣兼署，毋庸会衔，合并陈明。谨奏。

（朱批：）刑部议奏。①

道光九年正月十六日

（宫中朱批奏折）

E16：政法-查禁

3.45　两广总督李鸿宾奏陈仍随时设法认真查禁私运烟银以除蠹害片

道光九年十二月初五日（1829 年 12 月 30 日）

再，粤海关定额正税银四万两，盈余银八十五万余两，共八十九万余两。近十数年来溢收

① 据军机处录副奏折，朱批时间为道光九年二月二十五日。

至一百数十万两，内土货税约十之一二，夷船货税约十之八九。而夷船中嘆咭唎国船货等税居其过半，每年约纳税银六七十万两不等，是以该国夷商恃以输税独多，往往意存挟制，故作刁难。在该夷以为奇货可居，而不知自天朝视之则无关于毫末。况该夷船私带鸦片烟泥入口，偷买内地官银出洋，一则以外夷之腐秽巧获重赏，一则使内地之精华潜归远耗。每年钞税不过数十万两，而被其弋取者或至倍蓰，是得者少而失者多，明似有益而暗实多损，其为害不可胜言。历任督抚臣无不严督文武实力查禁，乃该夷船每当未进口之先，停泊外洋，兼乘雨夜，潜用快艇分途偷运，纵沿海巡查员弁棋布星罗，断不敢稍有疏懈，而港汊纷歧，实有难以周察之势，夷烟仍不免蔓延，官银则恒虞卮漏。本应绝其往来，毋许贸易，然圣朝仁覆万邦，该夷等航海远来历年已久，未便无端禁阻。若遽加斥逐，转非怀柔体恤之道。所以嘉庆十三年因该夷踞澳滋事，曾停开舱，次年即经前督臣百龄据该夷投禀恳求，奏准仍前交易。迨至于今，该夷赚利愈多，恃强渐甚，欲图控制之法，驯顺则准令往还，狡黠则严行驱逐，即有一二年少此一国货税，而夷烟不入，官银不出，所全实多。待其叩关虔请，而后许以通商，庶足以折桀骜之气而溃贪诈之谋，亦于整肃国威，绥来遐服之义，两得甚宜。仍随时设法认真查禁私运烟银，以除蠹害。

臣与抚臣卢坤筹商如是，是否可以，谨再附片密陈，伏乞训示。谨奏。

道光九年十二月初五日奉朱批：所奏是。另有旨。钦此。

（军机处录副奏折）

E16：政法-查禁

3.46 闽浙总督程祖洛奏报察究夷船游奕并查办两省洋盗情形片

道光十四年二月二十一日(1834 年 3 月 30 日)※

臣程祖洛跪奏。

再，道光十二年三四月间，有嘆咭唎国夷船漂泊闽省洋面，不遵驱逐，并将不经夷书送给渔船，经前兼署督臣魏元烺分别参奏。臣于是年六月间，承准军机大臣字寄，奉上谕：著程祖洛到闽后，悉心查访，务得确情，如实有内地奸民勾引接济，贪图获利，即行严加惩办。等因。钦此。并钦遵面奉谕旨，赴军机处领出魏元烺所呈夷书，携带来闽。访知闽省夷船驶入内洋，时来时去，事所常有，惟此次夷情凶横，不遵驱逐，并有送给内地民人夷书之事，时值台匪不靖，无暇跟求，当经附片陈明。所有应行覆奏事件，俟臣内渡后，再行陆续查办。

是年十二月，臣在厦门时，查有私造草乌等船匪徒出洋伺劫，最为民害。适据金门县丞会同营员拿获盗匪林后等一起，臣即提审，将斩枭各犯，恭请王命，先行正法，其发遣人犯，咨交抚臣魏元烺办理，又经附片奏明，并面商水师提臣陈化成，谕饬兴泉永道周凯随时查拿。上年臣在台湾时，又将访出积匪姓名，密致文武踊缉，并饬金门镇总兵窦振彪内渡后会商，实力拿办。旋据该提镇道咨禀，会同围焚匪庄，搜获匪犯私船，复经臣据情附片奏蒙圣鉴。各在案。

臣于八月内渡回省，一面查传接收夷书之渔民，一面详加访察，始知夷船之所以来，与草乌等项船只私造之由，是二而一。其初本系表里为奸，各图渔利；后即贪得无厌，罔知忌惮。夷船愈肆凶横，而私船遂并行盗劫。缘夷船诡名不一，大率俱从西洋而来，阳以求市为名，实则图贩鸦片。从前烟禁颇弛，即有内地奸民私驾小船接济，彼此各获重利，夷船来者愈多，而奸民既以接贩起家，遂各私造船只，以便勾通接贩。甚有奸民之贸易广东者，习学番语，即在澳门交接夷人，勾引来闽。地方文武但图一时安静，不知认真查察，驯致夷船往来，仅以一报了事，其弊由来已久。该夷船既得所欲，故亦不肆凶横。后又有一种匪徒，窥知匪船通夷私贩之利，遂亦各置私船，涸迹洋面，伺其贩得烟土，乘间肆劫，因而私贩者咸有戒心。若辈本系习惯流匪，无所事事，既不能如常私贩，遂即流而为盗。有夷船则仍通夷贩烟，并私藏火器刀械以防抢劫烟土之船；如夷船未来，即在洋面伺劫商船，并以防劫之器械，为行劫拒捕之用。近数年来，夷船获利既逊于前，又值地方文武因节奉谕旨，严禁鸦片，较前查拿甚紧。该夷船不能获利，又素闻奸民通信，以内地官员但言驱逐，不肯用火器轰击，遂更心存藐玩，致有十二年三、四月间不遵驱逐之事，并有内地营员驾船驱逐，不敢用炮轰击，而夷船一见官船，转敢遥放枪炮之事，此历来夷船与内地匪船之实在情形也。

计自十二年四月，咦咭唎夷船从闽安洋面开行以后，是年五、六、七、十、十一、十二等月，及十三年正、三、五、七、十二等月，夷船之阑入闽洋者凡十一次，或有两只联艅游奕，或止一只乘风漂泊。一经舟师驱逐，则恃其船大篷灵，驶向深水外洋，杳不知其所之，追之不及，押之不能，此隐彼见，来去靡常。追其踪迹，皆系自南而北，情形虽极诡秘，其意不过窥伺草乌匪徒前往勾接，尚不敢抗拒生事。至草乌匪船，节经臣严饬查拿，已据先后报获匪犯三百十一名，匪船一百五只，现在尚有陆续报解者。

臣因访悉内地私船与夷船交通之弊，每于获盗解省时，即严饬审案委员，追究通夷贩烟二事。据盗犯林样供出，曾经听从逸犯张尚赴广东洋面，向夷船买贩鸦片烟土三次，严诘尚无勾引夷船来闽游奕情事，已归于洋盗案内办结。臣因将访出通夷匪犯，密饬泉州府县查拿。

顷据晋江县知县卢凤棽访获奸民王略，行提来省，讯无盗劫别案。惟据供认，在广东澳门生理。常与夷人交易，能通夷语，谂知夷情，凡夷船之带有鸦片烟土者，必先寄泊广东外洋，勾接私船发卖尽净，再收内洋报税开舱。后因搜查严紧，私船不能偷越，伊等能解夷语之人，即勾引夷船向该国大班言明，悬挂往北木牌，驶往所熟洋面，乘间发卖，藉图渔利。上年十二月，有苏禄国、噶喇吧国夷船二只驶入闽洋，惟噶喇吧国夷船系伊勾引，来闽售私，伊先回家探信，即被拿获,其苏禄国一船,不知何人勾引。等情。并据金门镇总兵窦振彪禀,有夷船二只在大坠、围头等处洋面往来游奕,旋即开行。该镇曾任广东澳门参将,于夷船式样略知大概,现在大坠等处游奕之船,似是红毛夷船,而非苏禄等国之船。是王略之勾引夷船虽无疑义,惟究系何国夷船,从何处勾接,是否专为贩卖鸦片而来,供词尚不足据。该犯情状奸猾,现系一面之词,其不实不尽之处无从质究,尚须设法将其供出伙犯追拿一、二名到案,质证明确,方可定谳。即前奉谕旨,饬议防堵夷船章程,亦必须究明该夷船实在所以屡来游奕之故,因事制宜,庶不致空言无补。尚有十二年接受暎咭唎国夷书之杨妹妹等,臣亦查提到案。与王略质认,彼此皆不相识,杨妹妹等亦仍坚供,夷船向其以米换鱼并给与书本,尚不承认勾接别情。现在此事既已查有端倪,从此跟求,似亦不难得其实在,统俟拿获王略同伙,三面质定,再行分别覆奏。

臣仍随时严饬水陆文武,如有夷船在外洋游奕,水师即驾坐兵船,在于该管洋面往来巡哨,毋许阑入内洋,陆路营将与地方文员严查口岸,不准一人一船行驶出口,拢傍夷船,接济贩买,倘敢稍有疏纵,官则奏请枷号海滨,兵役及本犯则当场枭示,如此先行自固疆圉,方可徐议堵逐之法,此现在查办闽省洋面之情形也。至浙江洋面之防范巡拿,本较闽省稍易,夷船之游奕浙洋,自亦必有奸徒接济贩私,幸尚不若闽省之多。自上年春间,经代理定海镇标右营游击蔡长谋于夷船游奕之时,拿获装载鸦片烟土小船户王赞等八名之后,未据报有夷船阑入浙洋之案。其盗劫一事,水师营员缉获各犯,往往不能人赃并获,犯既恃无质证,藉口狡辩,官亦因其案涉疑,似不敢深求,文员狃于积习,所审十有九虚,武员则以有获无审,藉口懈捕,业经臣与抚臣富呢扬阿随案严批澈究。计自上年至今,先后报获匪犯已二百二十一名。营员自奉旨将前温州镇李恩元革职留缉之后,颇知愧奋,惟所获各犯尚无一案审结具详。臣现咨会浙江抚臣富呢扬阿,督饬浙江臬司,将现获盗犯各案严行审究,从重拟办,不准任其藉词开脱。倘承审官有心宽纵,与臬司督办不力,臣当据实参奏,以期力挽颓风,绥靖洋面。

谨将现在察究夷船游奕,与查办两省洋盗情形,先行附片陈奏大概,伏乞皇上圣鉴。谨奏。

(朱批:)另有旨。

(宫中朱批奏折)

E324:政法-偷盗抢劫案件

3.47 两广总督卢坤等奏为审明劫抢凶匪四侯幅满等事折

道光十四年三月十八日(1834年4月26日)

两广总督臣卢坤跪奏,为审明迭次杀人、行劫、抢掳、打单凶匪分别定拟恭折奏祈圣鉴事。

窃照广东番禺、香山、顺德等县沿河滨海每有匪徒结党滋扰，或杀人行劫，或掳抢吓诈凶殴拒捕，种种为害地方皆由积恶巨魁号召纠结。经臣访闻饬行各营县，并遴委文武干员悬赏购线分路踩缉，节次拿获著名巨盗香山四侯幅满黎世受及伙党多名，将香山四侯幅满等先后审明具奏，声明黎世受、陈亚二、王亚稿、陈亚南、何亚受五名解省委审另办在案。查黎世受穷凶极恶，党众案多，伙匪梁亚胜等亦经拿获，随饬令一并解省行提人证详查确审去后。兹据广州府知府金兰原会同委员候补同知杨德埙署广粮通判朱枟督，同前任番禺县知县徐应照将凶犯黎世受等首伙共二十九名审明议拟，声明案犯陈亚南、温亚生、卢闰荣、周代洪、梁亚添、周亚赐、何亚书、周缌绳、周亚江、何细有、罗亚平、周亚阳、杨亚笼十三名于取供后带病进监及取保病故等情，由前署臬司许乃济将现犯覆审招解前来。

臣提犯研鞫，缘黎世受籍隶番禺县，先因抢夺拟流脱逃改军。恭逢嘉庆二十五年八月二十七日恩诏释回，道光三年因迭次打单，拟军发配述回，复犯抢夺，经该县民人郭达业作线指引兵役拿获，解县审拟充军。陈亚二先因抢夺拟徒发配。何亚受、梁亚胜均先因抢窃拟流脱逃，加等充军。翁亚倡因抢拟流在配脱逃，先后潜回原籍。周亚和先因犯窃责刺。均属匪类联络交好。十三年三月初四日，黎世受闻知郭达业复欲充线引缉触及前被引拿之嫌，且恐复被拿获，起意致死。探知郭达业出外趁墟必由该县属土名龙湾峡口河边经过，该处地方偏僻，商同梁亚吉、梁亚胜、何亚受及未获之何万彩、火灰三中途截杀。梁亚吉等应允，黎世受、梁亚胜各带小刀，余俱徒手，一共六人坐驾何万彩艇只驶至该处河边停泊窥伺，是日巳刻，郭达业独自走至，黎世受、梁亚吉、梁亚胜登岸，将郭达业扭捉回艇。梁亚吉将其按倒舱内，黎世受拔出身带小刀，将郭达业两眼睛剜出，复用刀戳伤其肚腹，登时殒命。适郭达业胞兄郭达积亦从墟转回，由河边经过，撞见查问，黎世受恐被告发，复起意商允梁亚吉等一并杀毙。黎世受与梁亚胜各带刀登岸，赶至郭达积身边，黎世受用刀戳伤郭达积右臂脯，郭达积跑走，黎世受赶上用刀戳伤郭达积脊膂倒地，复用刀戳伤其左右太阳，登时身死。何亚受、何万彩、火灰三并未加功。黎世受商同梁亚吉、梁亚胜，将各尸抬弃河内，各散。并究出该犯黎世受先于道光十三年二月二十九日纠同陈亚二及未获之马亚泳、潘亚有在顺德县打单讹诈，适有谢本洸在该处打单，彼此争殴，黎世受忿恨起意致死，纠同陈亚二等中途截杀。比谢本洸走至，陈亚二用刀割伤谢本洸右手腕，黎世受用刀划伤谢本洸右肋倒地，复连戳其心坎、肚腹，登时身死。马亚泳、潘亚有并未加功。黎世受商同陈亚二将尸抬弃河内，各散。又该犯梁亚吉于道光十三年六月十六日夜，听从现获另办之韩亚佑起意伙同现获另办之韩亚沾等在南海县属行劫事主何亚二船只。该犯在本艇接赃一次。此黎世受等杀人行劫之犯案也。

又该犯黎世受先于道光十二年四月初四、二十一等日，听从前办之吴亚容伙同现获病故之何细有等制造戳记，先后在番禺县属向黎亚六、黎亚逸各打单一次。十月初六、十五等日，纠同现获之梁亚吉、陈亚二、何亚受、梁亚胜、王亚稿、何万胜、李信周、梁亚新、麦潮青及病故之何亚书等，另办之韩萌、牙超等先后在香山县属向梁开扬打单，及掳捉李单眼茂各一次。十三年正月初四、十六等日，纠同现获之卢亚吉、翁亚倡，病故之梁亚添，另办之周信中先后在顺德县属向区亚成、麦维新各打单一次。二月初三日，纠同现获之周呈厚，病故之周代洪，及周信中等在顺德县属向吴闰开打单一次。是月初六日，纠同现获之周亚酬、病故之周缌绳等及周信中等在顺德县属向陈作新打单一次。是月十二、十四等日，纠同病故之周亚江，及周信中等在顺德县属向梁亚伦、胡亚昭各打单一次。是月二十八日纠同现获之梁亚吉、陈亚二、梁亚胜、何亚受、王亚稿、何万胜、麦潮青、李信周、梁亚信、周呈厚、周亚酬、周亚和，及病故之何亚书等，另办之韩萌、牙超等，在顺德县属向陈亚美打单一次，得赃自番银二圆至二十圆不等。又十二年闰九月初二日，该犯黎世受听从另办之马亚锦，伙同梁亚新等抢夺顺德县事主罗李氏银物计赃二百五十二两零。十三年正月二十二日，该犯黎世受又与现获之卢亚吉、李亚操、翁亚倡、周呈厚、周亚酬、周亚和，及周缌绳、周信中等听从未获之陈亚得，纠殴顺德县更练郭伟章。李亚操用铁嘴竹枪戳伤郭伟章左腿二下平复，黎世受等乘机抢夺银物计赃二十一两零。又十三年二月初九日，该犯黎世受与顺德县民周亚根争殴，黎世受用刀划伤周亚根左胳肘左手腕平复。是月初十日该犯黎世受纠同周亚酬、周信中、周缌绳等掳捉顺德县属何姓蛋妇关禁勒索，旋因县拿释放。是月十六日该犯黎世受与卢亚吉、李亚操、翁亚倡、周呈厚、周亚酬、周亚和等在周信中寮内因营兵围拿，黎世受点放竹铳，致伤兵丁卢良弼、吴逢贵右手腕，吕祥光左额角平复。卢亚吉等并未助殴。三月十一日黎世受潜至番禺县地方县役□捕，黎世受用刀拒伤县差何荣偏右、陈桂右胳膊右手腕平复。又该犯翁亚倡于十三年正月初三日听从周信中伙同卢亚吉等在顺德县属抢夺梁周氏物件，计赃三两零。又该犯梁亚吉于十三年七月初一、初六、十三等日，听从另办之韩亚佑伙同周信中等先后在番禺、顺德各县属掳捉黄亚二、利亚三、严亚新关禁勒索，因被掳之人自行逃回或经官访拿，均未得赃。是月二十二日夜，梁亚吉听从另办之李亚炽伙同韩亚佑等行窃顺德县属黎汉修家，李亚炽临时起意行强。该犯梁亚吉先行逃回，不知强情。又该犯李亚操于十三年二月初五、初七等日听从周信中先后在顺德县属向陈亚维、何亚顺各打单一次，诈得番银二三圆不等。又该犯周亚和于十三年三月初四日听从周信中起意伙同周呈厚等在顺德县属抢夺事主李郑氏衣物，计赃五两零。此各犯打单掳抢及凶殴拒捕之劣迹也。

以上各案先经各该县访拿，令提研究，据各供认前情不讳。查例载杀一家非死罪二人者，拟斩立决，枭示。酌断财产一半给被杀二命之家养赡。又律载谋杀人从而加功者绞监。后又例载广东匪徒捏造图记纸单作为打单名色伙众吓诈商民实系情凶势恶者，不计赃数，为从一次者，杖一百，徒三年，为从二次者及二次以上者，亦照棍徒扰害例拟军又充军。常犯至配脱逃附近充军者三次枷号三个月，调发极边烟瘴各等语。此案黎世受于遇赦释回后复犯打单，拟军迭次在配逃回结党扰害，先后打单讹诈掳人勒赎凶殴拒抢共十七次，复谋杀谢本洸一命，实为恶棍之尤。该犯又挟仇谋杀郭达业郭达积二命，弃尸灭迹。查郭达积、郭达业同胞兄弟，系属一家，自应从重问。拟黎世受一犯除造意谋杀谢本洸及拒伤兵差打单掳捉殴抢伤人各轻罪不议外，合依杀一家非死罪二人者拟斩立决枭示例，拟斩立决，枭示。照例先行刺字，仍酌断财产一半给付被杀二命之家养赡，惟被杀之郭达业等并无家属，应查明有无姻戚，分别断给收领以资葬祭。

梁亚胜因流配脱逃，加等充军，复在配逃回，与梁亚吉听从黎世受谋杀郭达积等二命。陈亚二因抢拟徒脱逃听从黎世受谋杀谢本洸，均下手加功，该犯梁亚胜、陈亚二另犯听从掳人勒赎一次，听从打单讹诈二次。该犯梁亚吉另犯听从行劫，在本艇接赃一次，听从掳人勒赎四次，听从打单讹诈二次，听从行窃一次，自应从重问。拟梁亚胜、陈亚二、梁亚吉三犯，除听从行劫，在本艇接赃一次，罪止拟斩，情有可原。及打单掳窃各轻罪不议外，均合依谋杀人从而加功者绞监候律拟绞监候秋后应处决，照例先行刺字。

何亚受于行窃勒赎，拟流后在配脱逃改发附近充军，复因迭次脱逃，递加边远，今在军配三次脱逃，听从黎世受谋杀郭达积等二命并未加功，又另犯听从打单讹诈二次，听从掳人勒赎一次，自应从重问。拟何亚受一犯除听从打单掳捉及谋杀为从，并未加功，各轻罪不议外，合依充军常犯至配脱逃附近充军者三次枷号三个月，调发极边烟瘴例调发极边烟瘴充军，仍照名例，以极边足四千里为限。该犯事犯发配虽在道光十一年正月十二日，钦奉恩旨以前惟原犯行窃勒赎系照强盗窝主拟流，在不准援减之列，应不准免其逃罪。

王亚稿、何万胜、李信周、麦潮青听从打单讹诈二次，听从掳人勒赎一次，梁亚新听从打单讹诈二次，听从掳人勒赎一次，听从抢夺逾贯一次。翁亚倡自犯抢拟流两次在配脱逃后，复与卢亚吉、周呈厚各听从打单讹诈二次，听纠谋殴，乘机抢夺一次，听从抢夺一次。周亚酬听从打单讹诈二次，听纠谋殴，乘机抢夺一次，听从掳人勒赎一次。李亚操听从打单讹诈二次，听纠谋殴，乘机抢夺一次，查打单为从二次，与犯抢拟流在逃复抢一次，均罪应极边充军。二罪相等，应从一科断。王亚稿、何万胜、李信周、麦潮青、梁亚新、卢亚吉、翁亚倡、周呈厚、周亚酬、李亚操十犯除听从掳人殴抢及目击拒捕各轻罪不议外，均合依打单为从二次者照棍徒扰害拟军例发极边足四千里，充军至配所杖一百，各折责四十板。周亚和自犯窃责刺后听从打单讹诈一次，听纠谋殴乘机抢夺一次，又听从抢夺一次。周亚和一犯除殴抢计赃及目击拒捕各轻罪不议外，合依打单为从一次例杖一百，徒三年，至配折责发落。以上各犯，均照例刺字。陈亚南等各打单一二三次，罪应军徒，业经病故，均毋庸议。梁亚胜、周亚和据供亲老丁单，惟梁亚胜系谋命加功，周亚和系迭次打单殴抢，情节较重，均毋庸查办。各犯讯无另有犯案窝伙与同居亲属知情，分赃逃后亦无行凶为匪及知情容留之人，或住处畸零向无牌头甲保，或在外犯案及发配潜回尚未抵家，原籍保邻亲属无从查案。郭伟章等伤经平复，该犯陈亚南等在监在保病故，禁卒保人讯无凌虐情事，均无庸议。各犯在配脱逃，配所看役讯无贿纵，应由配所议结。图记纸单凶刀竹铳据供丢弃，毋凭查起。各赃除温亚生等已死勿征外，余于现犯名下照追分别给主入官。逸犯何万彩等饬缉获日另结。

本案匪犯业经各该县访开会营拿获究办。郭达业等被杀一案,凶犯六名已于初参限内拿获,首从四名谢本洸被杀一案凶犯四名已于初参限内拿获,首从二名该犯陈亚南等或带病进监病故或取保病故,管狱官均例无处分,所有文武失察承缉管狱各职名均请免开。事主罗李氏等被匪抢劫各案有无应参之员及获犯应叙职名饬查另办。除备录供招咨部外,臣谨恭折具奏,伏乞皇上圣鉴敕部核覆施行。再本案核与杀一家非死罪二人死系服属期亲应奏之例相符。又广东巡抚系臣兼署毋庸会衔,合并陈明。谨奏。

(朱批:)刑部速议具奏。

道光十四年三月十八日

(宫中朱批奏折)

E324:政法-偷盗抢劫案件

3.48 两广总督卢坤等奏为审办在洋劫杀盗匪周亚连等事折

道光十四年六月二十日(1834年7月26日)

两广总督臣卢坤、广东巡抚臣祁𡎴跪奏,为拿获在洋行行劫杀人盗匪,审明分别办理,恭折奏祈圣鉴事。

窃据署广东省香山县知县田溥详报,县民张贵利船只于道光十三年十月初十夜在三角洋面被贼行劫,拒伤工人黄茂明、梁翕纯身死,并伤工人陈就怀等平复一案当经批行严缉。旋据该署县会营督率兵役协同营委各员及东莞、香山各县丁役先后缉获盗犯周亚连、周蚬得、周就满、黄亚掌、高发行、周蚬胜、梁歌胜、黄敬由八名。起出原赃布被等物,查传事主认领,将犯禀解来省委员审办。案犯周亚连、高发行在南海县监毙。兹据委员南海县知县黄定宜将现犯审,拟由广州府知府金兰原审解,臬司李恩绎覆审招解前来。

臣等督同司道亲提研讯,缘周蚬得等与病故之周亚连均籍隶番禺县,周蚬得系周蚬胜胞弟。道光十三年十月初十日早,周蚬得、周就满、黄亚掌、梁歌胜与病故之高发行,未获之陈亚根、陈广才、梁万彩先后至周亚连农艇闲坐,共谈贫苦。周亚连起意纠伙出洋行劫。周蚬得等应允。陈亚根转纠得未获之不识姓名之三人,坐驾周亚连艇只是午驶至香山县属海边,见周蚬胜、黄敬由与未获之黄亚蒂、黄右开、周亚蕴在彼捕鱼。周亚连因同伙人少,即诡称买鱼,将周蚬胜等诱至艇内,邀令入伙。周蚬胜等不允,周亚连等吓称如不允从,即行杀害,周蚬胜等畏惧勉从。一共十七人。周亚连携带铁嘴竹枪,陈亚根携带竹铳装就火药,由僻港偷越出口,是夜二更时候驶至该县三角外洋。适有张贵利船只湾泊洋面，各犯将艇驶拢船边，周亚连逼胁周蚬胜、黄敬由、黄亚蒂、黄右开、周亚蕴同不识姓名二人在本艇板船接赃，自与陈亚根、周蚬得、周就满、黄亚掌、梁歌胜、高发行、陈广才、梁万彩并不识姓名一人正欲过船行劫，事主工人梁翕纯赶出船头大声喊捕，并用竹篙抵戳。周亚连喝令陈亚根点放竹铳，砂子致伤梁翕纯右耳上穿透脑后跌倒船舱内。周亚连等乘势过船。事主工人黄茂明、陈就怀、黄有利赶向捉拿，周亚连用铁嘴竹枪拒戳，致伤黄茂明左眼胞、陈就怀右腿、黄有利右腿、左膁胁。周蚬得等在旁助势。事主张贵利等畏惧躲避，周亚连等搜劫银钱衣物递交周蚬胜等接收，一同回艇，驶到僻处，照明赃物变卖俵分各散。黄茂明、梁翕纯伤重，均移时殒命。陈就怀等伤痕旋即平复。

周亚连等先后被获，屡审供认不讳，诘无另有犯案窝伙，矢口不移案无遁饰，赃经主认正盗无疑。查例载江洋行劫大盗立斩枭示，又强盗杀人斩决枭示，又杀一家非死罪二人者，拟斩立决，枭示，酌断财产一半给被杀二命之家养赡，倘本犯监故财产仍行断给，又洋盗案内被胁接递财物，并无助势搜赃情事者，改发新疆给官兵为奴。各等语。次案周亚连起意纠同周蚬得等在洋行劫事主张贵利银物，该犯周亚连拒伤事主工人黄茂明身死，并伤陈就怀等平复，复喝令伙犯陈亚根点放竹铳，致伤事主工人梁翕纯毙命。周蚬得等助势搜赃，自应照例问拟。查黄茂明、梁翕纯均系事主雇工，同船共爨，即与一家无异。该犯周亚连纠伙在洋行劫与行盗而杀一家二命，均罪应斩枭，应从一科断。该犯周蚬得系周蚬胜胞弟，一家共犯，惟行劫侵损应以凡人首从论。周亚连、周蚬得、周就满、黄亚掌、梁歌胜、高发行均合依江洋行劫例斩决枭示。周亚连、高发行业已监毙，周蚬得等情罪重大，未便稽诛，臣等于审明后恭请王命饬委按察使李恩绎督标中军副将恒安将周蚬得、周就满、黄亚掌、梁歌胜押赴市曹斩决枭首，并将周亚连、高发行戮尸，一并传首犯事地方悬竿示众，以昭炯戒，仍照例将周亚连财产一半断给被杀之黄茂明等家养赡。周蚬胜、黄敬由被胁在本艇接赃一次，均合依洋盗案内被胁接递财物，例发新疆给官兵为奴，照例先刺字。各犯讯无另有犯案窝伙与同居亲属知情分赃，逃后亦无行凶为匪及知情容留之人，或住处畸零向无牌头甲保，或在外行劫原籍父兄及牌保人等无从禁约。查察该犯等由僻港偷越出洋，并未经由营汛口岸，守口员弁兵役并无得规故纵情事。陈就怀等伤经平复，周亚连等在监病故，禁卒人等并无凌虐情弊，均毋庸议。买赃人据供不识姓名，该犯等上盗艇只系内河农艇，向不编烙给照，业经凿沉，盗械丢弃，均无凭提讯查起。已起之赃给主认领，未起各赃于现犯名下追赔。逸犯饬缉获日另结。本案共伙十七人，已获首伙八人，获犯尚未及半，所有疏防及失察竹铳职名饬行查明补参，此案监毙盗犯二名，管狱官例无处分，职名应请免开，获盗应叙职名饬查，另行咨部核议。除备录供招咨部外，臣等谨恭折具奏，伏乞皇上圣鉴敕部核覆施行。再此案核与部议洋盗问拟斩枭应奏条欵相符，合并陈明。谨奏。

（朱批:）刑部议奏。

道光十四年六月二十日

（宫中朱批奏折）

E16：政法-查禁

3.49 两广总督卢坤等奏报查明番舶贩卖鸦片并查办情形折

道光十四年九月初十日（1834年10月12日）

两广总督臣卢坤、广东巡抚臣祁𡎴跪奏，为遵旨查明番舶贩卖鸦片及查办情形，恭折奏祈圣鉴事。

窃臣等于道光十四年六月十三日承准军机大臣字寄、道光十四年五月二十二日奉上谕：有人奏，近闻暎咭唎国大舶，终岁在零丁洋及大屿山等处停泊，名曰趸船。凡贩鸦片烟者一入老万山，先以三板艇剥赴趸船，然后入口，省城包买户谓之窑口，议定价值，同至夷馆，兑价给单，即雇快艇至趸船，凭单交土。其快艇名快蟹，亦名扒龙，炮械毕具，每艇壮丁百数十人，行驶如飞，兵船追拿不及。各洋呢羽等货税课较重，亦多由趸船私行售卖。等语。海防例禁綦严，岂容夷船逗留，售私漏税，且鸦片烟流毒内地，叠经降旨，严行饬禁，自应实力查拿，务使根株净尽。若如所奏趸船之盘踞不归，快蟹之飞行递送，灌输内地，愈禁愈多，各项货物恃有趸船售私，纹银之出洋，关税之透漏，未必不由于此。著该督等督饬所属，即将趸船设法驱逐，快蟹严密查拿，勿任仍前停泊，致启售私漏税等弊。该夷船如或驱此泊彼，巧为避匿，即责成巡哨水师认真巡缉，从严惩办，毋得稍有讳饰，并著将查办情形先行据实具奏。将此谕知卢坤、祁𡎴并传谕中祥知之。又先准军机大臣字寄、道光十四年三月二十七日奉上谕：本日据程祖洛奏称，闽省奸民之贸易广东者，习学番语，即在澳门交接夷人，勾引来闽。并据现获之王略供认，在澳门生理，常与夷人交易，稔知夷情。凡夷船之带有鸦片烟土者，必先寄泊广东外洋，勾接私船，发卖净尽，再收内洋报税开舱。等语。现在严禁鸦片，较前查拿甚紧，该夷船不能获利，又素闻内地奸民通信，以官兵驱逐夷船不肯用火器轰击，遂致心存藐玩，于闽省洋面有不遵驱逐之事，转敢施放枪炮，肆行拒捕。向来营员驱逐夷船，曾经降旨不准用炮轰击，原期于示威之中仍寓怀柔之义，乃该夷船一遇官船驱逐，胆敢施放枪炮。且该夷人船只较大，外洋本所熟悉，官兵驾驶小船，洋面未能偏识，又复不敢擅用火器，其应如何防范之处，该督抚等务当随时体察情形，斟酌妥善，以靖洋面而杜私贩。将此谕知卢坤、祁𡎴并传谕中祥知之。钦此。先后遵旨寄信前来。遵即传谕前任粤海关监督中祥，一体钦遵。

伏查外洋鸦片流入中华，由来已久。其初本以药材贩运入关，完税行销，沿海商民沾染外夷习气，煎膏吸食。迨嘉庆四年，前督臣以鸦片有害民生，禁止入口，贩运者不得入关，而吸食者传染日广，夷人随私带鸦片烟土在外洋寄泊销卖。臣卢坤前奉谕旨，饬令查明鸦片烟延入内地之由。为拔本塞源一劳永逸之计，到任以后查访，近年鸦片行销日盛，皆由土棍驾驶快艇透漏。节经咨行舟师，将在洋停泊夷船随时催令开行，并严禁民船、蛋艇与夷船交易接济，并严拿走私土棍，先后经各员弁在洋用枪炮击沉快艇不少。复据香山协秦裕昌等，迭次拿获与夷船交易民人，及走私快蟹艇只，本年又将向夷船贩买烟土之李亚祖等人船并获，起获烟土，究出开设窑口之土棍姚九、欧宽出本兴贩。当即从严查抄拿究，业将办理情形并历次拿获快艇缘由，奏蒙圣鉴在案。钦奉前因，遵复与臣祁顷及新任海关监督彭年会同详查，咦咭唎番舶贩卖鸦片烟土，实为内地民生财用之蠹。呢羽等货虽现在访查尚无偷漏实迹，查核粤海关税银，丙申年征银一百六十六万九千两零，比较历年收数有增无减，第恐匪徒走私日久，渐生偷税之弊，亦不可不防其渐。臣等身任封疆，此等地方应办之事上烦宸廑已属寤寐难安，复何敢稍存讳饰，自取重戾。惟鸦片来自外夷，其发源既无从查禁，夷船来粤多在零丁外洋及磨刀洋面寄泊。各该处均为贸易商船进口出口必由之地，寄泊夷船少则四五只，多则二三十只，历据巡洋员弁随时禀报批饬催逐，有即时开行者，亦有称因探听货物行市及守风修杠延逗者。该处远在外洋，离省数百里，何船趸载鸦片，巡洋兵船亦不能搜查确实，未便于众船聚泊之时遽用炮火轰击，致失天朝怀柔之义。其趸船一项，常年在洋，当众船聚集之时，溷杂其中，难分玉石，惟有于各国商船回帆以后查明，如有在洋趸私船只，即调集水师，大加兵威，严行驱逐。第鸦片虽系夷船载来，若无内地匪徒勾串贩运，该夷人即有私货，亦从何行销。近年历次严拿快艇，该夷船即不能获利，更可见夷人全藉土贩，表里为奸，则严拿走私尤为扼要。现在饬令香山协派拨巡船二只，在于夷船湾泊洋面常川巡查，一切买卖食物民蛋艇只均不许拢近夷船，私相交易，以杜接济。遇有土棍驾驶快艇，向夷船兴贩鸦片及私买呢羽等货，即时查拿解究，从重分别治罪。并责成内河营县派拨巡船，在于各海口及一切通海港汊分定段落，昼夜轮流巡缉，遇有奸贩偷越进出即行拿解，各关口一体实力严查。无论外海内河，有能拿获走私漏税人赃，即照拿获鸦片烟之例分别奏请议叙；即不能人赃并获，但能拿获私艇者，官弁量予鼓励，兵役酌给奖赏。如员弁疏于查缉，或兵役得规故纵，除兵役照例治罪外，将该管官从严参办。仍饬地方官访拿开设窑口土棍，照姚九等一例查抄严办，免其从前失察之咎。如视为具文，别经发觉，从重参办。并饬洋商传谕咦咭唎夷商互相查察，如有一船偷漏税货，即将众船一概不准贸易，使其彼此自相稽察，防闲更为周密，仰副圣主慎重海防至意。

所有办理情形，谨会同粤海关监督臣彭年据实具奏，伏乞皇上圣鉴训示。谨奏。

(朱批：)另有旨。

道光十四年九月初十日

（宫中朱批奏折）

E324：政法-偷盗抢劫案件

3.50 两广总督卢坤等奏为审办在洋劫杀盗匪郭亚幅等事折

道光十五年闰六月二十日（1835年8月14日）

两广总督革职留任臣卢坤、广东巡抚臣祁埙跪奏，为拿获在洋行行劫盗犯，审明办理，恭折奏祈圣鉴事。

窃据署新安县盛润具禀访闻县属茅洲河大王洲各洋面有盗匪驾艇行劫商渔船只，当即会同大鹏营守备吴占督带兵役前往查拿。适香山营县兵役亦巡缉到彼，于道光十五年二月二十五日，在伶仃洋面将盗犯郭亚幅、陈应梅、林敬有、许自成、万亚贵、陈亚田、王亚牛、王亚吉、詹亚泷及在船摇橹之邓银有十名拿获，并获贼艇一只，刀械十一件，起出原赃银钱衣饰等物，饬传事主认领，将犯禀解来省饬委署广州府知府潘尚楫审办。兹据该委员审，拟由署臬司李振翥覆审招解前来。

臣等督同司道亲提研讯，缘郭亚幅等均籍隶新安、东莞等县，该犯郭亚幅向在新安县属西乡地方卖鱼腌贩度日。陈应梅驾船贩卖鲜鱼，令雇工邓银有在船摇橹服役。道光十五年二月二十二日，该犯郭亚幅与未获之樊和平、黄亚桃先后在西乡地方卖鱼，该犯郭亚幅与樊和平等至陈应梅船上探望时，有现获之林敬有、许自成、万亚贵、陈亚田先后在陈应梅船只内闲坐。郭亚幅谈及贫苦，起意商同坐驾陈应梅船只出洋行劫，得赃分用。陈应梅与樊和平、黄亚桃允从。林敬有、许自成、万亚贵、陈亚田不允，邓银有亦不肯摇橹。郭亚幅等吓称如不听从，即行杀害。林敬有等与邓银有畏凶勉从。是日午牌时候驶至新安县属大王洲内洋，有姜海耀咸鱼船驶至，郭亚幅喝令将船摇拢，邓银有畏惧不敢，郭亚幅与陈应梅自用橹篙将船拢近。郭亚幅派陈应梅、林敬有、许自成、万亚贵、陈亚田在船接赃，郭亚幅与樊和平、黄亚桃三人持械过船劫得银钱衣物，陆续递交陈应梅等接收回船。邓银有并未上盗接赃。陈应梅令邓银有摇至僻处查点，共劫得咸鱼二十余担，番银一圆，铜钱一千文，衣服五件，尚未分赃，林敬有、许自成、万亚贵、陈亚田畏罪上岸跑走。二十四日该犯郭亚幅复商同樊和平、黄亚桃、陈应梅出洋行劫，因林敬有等已经跑走，人数不敷，见现获之王亚牛、王亚吉、詹亚泷在岸钓鱼，该犯郭亚幅与樊和平、黄亚桃将王亚牛、王亚吉、詹亚泷掳捉下船，吓逼入伙。王亚牛等亦即允从。是日未牌时候驶至香山县属竹洲外洋，适有罗有利钓艇在彼湾泊，郭亚幅看见将船拢近，派陈应梅、王亚牛、王亚吉、詹亚泷各在本船接赃，郭亚幅与樊和平、黄亚桃三人持械过船，劫得银钱衣物，陆续递交陈应梅等接收回船，驶到僻处查点，劫得番银一圆，铜钱四千文，衣服九件，尚未俵分。经该新安县会营访闻，与香山县营兵役巡见追捕。各犯将咸鱼等物丢弃海内，樊和平、黄亚桃凫水逃逸。该犯郭亚幅等被兵役先后拿获，起获原赃衣物、盗船器械解省，屡审供认前情不讳，诘无另有犯案窝伙,矢口不移,案无遁饰。赃经主认正盗无疑。

查例载江洋行劫大盗照响马强盗例立斩枭示,又洋盗案内如系被胁在船止为盗匪服役,注云摇橹等项并未随行上盗,被拿获者杖一百,徒三年,其虽经上盗,仅止在外瞭望接递财物,并无助势搜赃情事者,改发新疆给官兵为奴各等语。此案郭亚幅起意纠同陈应梅等在洋行劫事主姜海耀、罗有利各艇银物,郭亚幅起意为首,陈亚梅在本船接赃瞭望已至二次,俱应照例问拟。郭亚幅与陈应梅俱合依江洋行劫大盗照响马强盗立斩枭示例立斩枭示,该犯等情罪重大,未便稽诛,臣等审明后恭请王命饬委署按察使李振翥、署督标中军副将福智将该犯郭亚幅、陈应梅押赴市曹先行斩决,传首犯事地方悬竿示众,以昭炯戒。林敬有、许自成、万亚贵、陈亚田、王亚牛、王亚吉、詹亚泷七犯,被胁在本船接赃一次,均合依洋盗案内被胁接递财物,例发新疆给官兵为奴,照例先行刺字。邓银有本系陈应梅雇工,在船摇橹服役,郭亚幅等出洋行劫,该犯被胁摇橹,迨行劫时系郭亚幅等自行将船拢近,该犯邓银有并未上盗接赃,自应照服役例问拟。邓银有一犯合依洋盗案内被胁服役,被获者杖一百徒三年例,杖一百,徒三年。各犯讯无另有犯案窝伙与同居亲属知情分赃,逃后亦无行凶为匪及知情容留之人。住处畸零向无牌头甲保,或在外行劫原籍父兄及牌保人等无从禁约。查察该犯等系由僻港偷越出洋,并未经由营汛口岸,守口员弁兵役并无得规故纵。起获盗船器械分别变价充赏移营备用,已起之赃给主认领,未起各赃于现犯名下追赔。逸犯樊和平等饬缉获日另结。各案均于疏防限内获犯过半,兼获盗首,所有文武疏防职名应请免参。除录供咨部外,臣等谨恭折具奏,伏乞皇上圣鉴,敕部核覆施行。再此案核与部议洋盗问拟斩枭应奏条款相符,合并陈明。谨奏。

(朱批:)刑部议奏。

道光十五年闰六月二十日

(宫中朱批奏折)

E324:政法-偷盗抢劫案件

3.51　广东巡抚祁𡎴奏为审拟劫抢匪犯潘亚有等事折

道光十五年十一月初十日(1835年12月29日)

广东巡抚臣祁𡎴跪奏,为拿获迭次劫抢掳人打单各匪犯,审明分别办理,恭折具奏,仰祈圣鉴事。

窃照广州府之南海、番禺、顺德、香山、东莞、新安等县所属各地方濒临大海,港汊纷歧,商贾辐凑,因而匪徒纠伙结党在于水陆各处或肆行劫抢,或掳人勒赎打单索诈,大为民害。前于道光十四年三月曾经严饬该文武员弁拿获巨盗黎世受等审拟奏办，地方稍微安静。近复据各该县详报时有劫抢掳人打单之案，总由该匪徒等相习成风，愍不畏法，旧匪甫经查办，而新匪又复效尤，亟应随时查拿办理，以靖地方。本年夏秋间臣与前督臣卢坤风闻顺德县一带有潘亚有，香山县一带有梁万彩，均系著名巨匪，伙党最多，当即密委惠州府同知易长华，前署顺德协副将降补守备卢必沅前往各该县会督各营县员弁分路严密踩缉，旋据将潘亚有、梁万彩等拿获，并获随同劫抢打单掳人勒赎滋事匪犯共一百七十五名，讯供通禀将犯解省。缘人犯众多，头绪纷繁，当即饬委署广州府潘尚楫会同委员易长华及南雄知州吴毓钧□署广粮通判朱枟逐一究审，将与本案不相牵涉应行另□□，拟各犯一百二十六名□回各□□，分别查案办理。其潘亚有、梁万彩及□□伙□何亚□等四十九名□省□□。兹据该府□□犯□□由臬司王青□覆审解勘声明案犯卢亚鲤等十二名带病进监病故等情。

臣督同司道提犯研讯，缘潘亚有等籍隶顺德、番禺、香山、新安、花□等县，道光十一年六月二十六日夜，潘亚有听从前办之周亚□起意共伙九人驾艇行窃顺德县渡夫周济川船内银物，临时行强，该犯在本艇板船接赃。又是年十二月二十三日夜潘亚有听从前办之马亚枝起意共伙六人行窃顺德县事主何昌泰砖窑银物，临时行强，该犯在外接赃瞭望。又十四年十一月初七日夜，潘亚有起意纠伙十一人行劫香山县事主陈均耕寮，现获之韩亚漳、张亚计、梁勤与未获之何亚柏、张英周、梁亚海、郑亚同在外接赃瞭望。潘亚有与未获之马亚泳、罗亚竹、罗亚细入寮□劫银钱衣物，走出寮外见有渔船一只湾泊河边，潘亚有又起意商同韩亚漳等将船内蜑妇何郭氏、何亚四及幼女三口捉回关禁勒赎，得番银二十圆，均分，将何郭氏等放回，并无凌虐奸污。潘亚有又先于十二年十月初六日听从前办之黎世受，起意纠同前办之梁亚吉等，与韩亚漳及现获之梁万彩先因打单拟徒，在犯脱逃之袁秋胜并马亚泳等共伙二十七人，在香山县大都沙河旁向蜑户梁开杨打单，吓诈得铜钱五千文，均分。又是年十月十五日，潘亚有听从黎世受起意纠同原伙二十七人在香山县大都沙河旁掳捉李单眼茂关禁勒赎得番银二十圆，均分，并无拷打凌虐。又是年十二月二十六日，潘亚有听从马亚泳起意纠同韩亚漳、张亚计及未获之梁亚帼等共伙十三人在香山县荔枝园掳捉不识名之李姓关禁勒赎得番银八十圆，均分，将李姓释放，并无拷打凌虐。又十三年二月二十八日，潘亚有听从黎世受起意纠同梁亚吉等及梁万彩、韩亚漳、袁秋胜并马亚泳等共伙三十六人，在顺德县水藤河面向蜑户陈亚美打单吓诈，得番银四圆，均分。又是月二十九日，潘亚有听从黎世受，纠同前办之陈亚二及马亚泳共伙四人在顺德县大洲河旁向蜑户打单吓诈，适有谢本洸亦在该处打单，彼此争殴，黎世受忿恨起意商同将谢本洸杀死弃尸落河，该犯并未加功。又十四年三月十二日，潘亚有听从已获另办之李亚禾起意伙同梁万彩、韩亚漳及马亚泳等共伙八人在番禺县古坝地方掳捉简开人关禁勒赎，尚未得赃，因被访拿，将简开人释放，并无拷打凌虐。又是年八月初六日，潘亚有起意纠同现获之胡亚秋，现获病故之黎洸灰、温志绳、周浩一，未获之胡秉参共伙六人向顺德县事主李亚三渔船打单，吓诈得番银四圆，均分。又是月初十日，潘亚有起意仍同原伙胡亚便等并□纠现获之陈亚漳、朱亚庭、梁亚庭，未获之关亚权共伙十六人，在顺德县属向陈亚得渔船打单，吓诈得番银三两二钱，均分。又是年十月十三日，潘亚有起意纠同袁秋胜及现获之陈亚二、李亚得、关亚遂、未获之陈亚满等共伙十六人，在香山县向李矮仔七□寮打单吓诈得番银四圆，均分。又是年十二月初九日，潘亚有起意伙同韩亚漳，与现获之梁亚伟、郭亚帼，及温志绳并马亚泳等共伙七人，各持刀械，在番禺县晒缯荒园边抢夺黎三如耕寮银钱衣物走出，梁亚伟落后，被事主工人陈秉科扭住发辫，梁亚伟情急图脱，用刀欲割发辫，致误伤陈秉科顶心旁。将赃分别变卖俵分估值纹银二十二两零。又梁万彩先因抢夺，拟图脱逃复迭次打单被获，拟军在配，脱逃。于道光十三年四月十五日夜听从前办之韩亚佑起意共伙七人，行窃东莞县事主邱美贞住寮，临时行强。该犯入寮搜赃。又是年六月十六日夜，梁万彩听从韩亚佑起意共伙十二人驾艇在南海县沙河口河面行劫事主何亚二船只，该犯过船搜赃。又是年十月初十日夜，梁万彩听从前办之周亚连起意共伙十七驾艇在香山县三角洋面行劫张贵利船只，拒伤事主工人黄茂名、梁会纯身死，该犯过船搜赃在旁助势。又先于十二年十二月二十八日，梁万彩听从前办之周亚平起意在香山县黄角村掳捉蜑户李亚三，关禁勒赎得番银二元均分，将李亚三释放，并无拷打凌虐。又十三年三月初四日，梁万彩听从黎世受起意共伙六人在番禺县龙湾峡口河边截杀线人郭达业、郭达积弟兄二人，该犯并未加功。又十四年八月二十五日，梁万彩起意纠同现获之何亚振、钟受仔、姚闯秀，未获之马松裔等共伙十八人在东莞县向事主黄亚浩打单吓诈得番银二十圆，均分。又是年九月初二日，梁万彩起意纠同钟受仔、姚闯秀，与现获之郭亚秩、梁亚住，现获病故之张亚申、黄维仲，未获之吴亚必等共伙十六人在香山县向不识姓事主贵□□□船打单，吓诈得番银六圆，均分。又何亚振于道光十四年九月二十八日夜起意纠同未获之陈亚锡共伙二人行窃顺德县事主梁廷结家临时行强搜劫银物，分别变卖俵分。又十五年二月二十四日夜，何亚振起意纠伙五人行窃顺德县同姓不宗之事主何艳麟家临时行强，未获之李启新、何奏工在外接赃。何亚振与现获之王亚历，并先□犯案越狱脱逃被获拟绞□军中途复逃之陈闰科入室搜劫银物，分别变卖俵分。又是年四月初四日夜，何亚振起意纠伙五人行窃顺德县事主冯仇氏家，临时行强。李启新、陈亚锡在外接赃，何亚振与何奏工，并未获之李金潮入室搜劫银物，分别变卖俵分。又先于十三年三月二十日，何亚振起意纠同韩亚漳与现获之苏亚根，未获之赵亚得等共伙五人在顺德县抢夺事主冼景宇家银物，分别变卖俵分，估值纹银一百二十三两零。又十四年六月初二日，何亚振起意纠同现获之苏松与及赵亚得等共伙八人驾艇前往顺德县三桂河面抢夺渡夫邓胜余银物分别变卖俵分，估值纹银三百七十五两零。又十五年正月初十日，何亚振起意纠同陈亚锡等共伙三人驾艇前往顺德县碧江乡外河面抢夺事主韩林氏船内银物，分别变卖俵分，估值纹银一十一两零。又是年四月十六日，何亚振听从现获另办之韩溃信起意纠同现获另办之韩厥修，未获之韩蒂陇等共伙六人在番禺县古坝河面抢夺事主黄宏善船内银物，韩厥修将黄宏善殴伤，将赃分别变卖俵分，估值纹银一百一十六两零。又韩亚漳于十四年八月二十四日夜起意纠伙十人驾艇前往番禺县韦涌河面行劫，潘和波、赵亚得、何奏工与未获之余亚法、梁亚洸、何配坤在本艇板船接赃，韩亚漳与何亚振及陈亚锡，并未获之张亚略、冯亚方过船行劫。何亚振并用刀将水手黄协名等三人拒伤，搜劫银钱衣物分别变卖俵分。又十五年五月初九日夜，韩亚漳起意纠伙十四人在顺德县乌洲村行劫梁李氏家。梁勤与与现获之黎鸟株、桂元、亚金、李二弟及现获病故之卢亚鲤并何奏工、赵亚得、陈亚锡，未获之不识姓名一人在外接赃瞭望。韩亚漳与何亚振并张亚略、李启新、冯亚方入室搜劫银物跑走。邻人梁欢乐、梁亚缉追拿，韩亚漳用刀将梁欢乐拒伤，张亚略点放竹铳将梁亚缉致伤。将赃分别变卖俵分。又先于十四年八月二十二日，韩亚漳纠同梁勤与、黎鸟株、桂元、亚金、李二弟、张亚计、苏亚根及卢亚鲤并冯亚方共伙九人向顺德县蜑户罗亚三打单吓诈得番银八圆均分。又陈亚二先因迭窃，拟军在配脱逃，后于十四年二月二十四日夜听从前办之杨广作起意共伙九人行窃南海县属事主甘韦良家银物，临时行强，该犯入室搜赃。又李亚得先因犯案拟徒，在配脱逃，后于十五年二月初八日夜，听从未获之程亚海起意纠伙六人驾艇在香山县属斗门涌口河面行劫新会县渡夫陈典严等渡船，未获之李仲山、李连山、梁亚胜在本艇板船接赃。程亚海与李亚得，并未获之陈金满过船搜劫银物。陈金满用铁嘴竹枪将水手黄占怡拒伤，程亚海用刀将陈明耀拒伤，将赃分别变卖俵分。又究出王亚历先于十四年十二月二十四日起意纠同陈闰科与未获之林亚溃等共伙五人，在番禺县属塘步地方徒手抢夺陈应占银物，分别变卖俵分，估值纹银三十九两零。又究出梁勤与先于十一年正月十四日，听从前办之黄二九起意共伙二十三人在番禺县属清流沙河面向不识姓之大眼打单吓诈得番银四圆均分。又是年二月初五日，梁勤与听从黄二九起意共伙十三人在顺德县老鸦冈口河面抢夺客人朱祥光船内银物，分别变卖俵分。又十五年正月十三日，梁勤与起意纠同张亚计、郭亚帼及温志绳、黎洸灰，未获之黎亚漳等共伙八人，徒手抢夺顺德县事主胡天柱等船内银物，分别变卖俵分，估值纹银五十三两零。又张亚计先于道光十四年九月二十八日，起意纠同潘亚有、韩亚漳、郭亚帼与未获之梁亚海等共伙九人在顺德县掳捉苏永霞关禁勒赎，尚未得赃，经差查获将苏永霞放回，并无拷打凌虐。又现获病故之何亚日于十四年四月二十六日起意纠同未获之陈金满等共伙四人在香山县草塘沙地方掳捉刘亚开关禁勒赎得番银五圆均分，将刘亚开放回，并无拷打凌虐。又是年九月初三日何亚日起意纠同现获之郑亚秩、傅茂恩、孙亚广与黄维仲，并现获病故之刘亚六及未获之何老得等共伙九人在香山县向事主欧运明围寮打单吓诈得番银三两二钱均分。又是月十八日何亚日起意仍同原伙郑亚秩等并添纠苏松与一人共伙十人，在香山县向事主李长才耕寮打单，吓诈得番银四圆均分。又崔九龄先因殴伤甘胜意身死，拟绞减流在配脱逃，后于十四年八月十一日起意纠同未获之胡亚盛等共伙三人在香山县小沥尾地方掳捉刘镇邦工人邬亚连关禁勒赎，得番银四圆均分，将邬亚连放回，并无拷打凌虐。又是年十月初二日，崔九龄起意纠同现获先因犯抢拟流在配脱逃之孙壁畛与姚亚胜及张亚申并胡亚盛等共伙七人，在香山县向事主黄嵩云耕寮打单吓诈得番银三两均分。又是年十二月二十一日，崔九龄起意仍同原伙孙壁畛等并添纠现获之廖亚权共伙八人在香山县向事主梁老何围寮打单吓诈得番银三两二钱均分。又梁亚伟先因犯抢拟流，在配脱逃后于道光十五年二月十三日起意纠同未获之冯大眼余等共伙六人，在番禺县向事主冯亚北打单吓诈得番银十二圆均分。又吴亚喜先因犯窃拟徒，在配脱逃后于道光十四年十一月初六日，起意纠同未获之张亚满等共伙八人，在香山县向事主何兆祥打单吓诈得番银一两均分。又何亚谦先因犯抢拟徒，遇赦减杖后于道光十四年十二月初五日起意纠同现获先因犯抢并打单拟军在配脱逃之邓亚明及陈亚漳、周亚润，现获病故之陈亚才，未获之邓亚壁等共伙八人，在顺德县向蜑户周亚得打单吓诈得番银三圆均分。又十五年正月初八日，何亚谦起意仍同原伙陈亚漳等并添纠未获之梁亚恩一人，共伙九人在顺德县向事主李亚在渔船打单吓诈得番银三圆均分。又朱亚庭于十五年三月十二日听从未获之吴恒泰起意纠同潘亚有、陈亚二共伙四人在顺德县向不识姓事主长修打单吓诈得铜钱三千文均分。又梁亚庭于道光十四年十月初十日听从现获病故之梁亚满起意纠同未获之梁亚恩共伙三人在顺德县向事主吴亚五鸭船打单吓诈得番银二圆均分。又钟受仔、姚闯秀于道光十四年十月二十日听从未获之钟东□起意伙同现获病故之蔡世陆共伙四人在新安县茅洲河面掳捉蜑妇林李氏关禁勒赎得番银二十圆均分，将林李氏释放，并无凌虐奸污。又现获病故之杨大口科于道光十五年二月初九独自起意在顺德县属向同姓不宗事主杨俭祥鸭船打单吓诈得铜钱六百文。

各事主报案，经该文武员弁拿获潘亚有、梁万彩、何亚振、韩亚漳、陈亚二、李亚得、陈亚历、陈闰科、梁勤与、张亚计、黎鸟株、卢亚鲤、元亚金、李二弟、何亚日、崔九龄、梁亚伟、邓亚明、郭亚帼、蔡世陆、何亚谦、吴亚喜、孙壁畛、袁秋胜、姚亚胜、朱亚庭、胡亚使、梁亚庭、周亚润、傅茂恩、孙亚广、郑亚秩、陈亚漳、钟受仔、姚闯秀、苏松与、苏亚根、关亚遂、廖亚权、梁亚住、刘亚六、陈亚才、周浩一、黄维仲、张亚申、杨大口科、梁亚满、黎洸灰、温志绳等四十九犯，内卢亚鲤等十二犯于讯供后在监病故。提讯潘亚有等据各供认前情不讳，究鞫不移，并核与各原案相符案无遁饰。查例载粤东□劫之案行劫三次以上各犯，应行斩决者，加以枭示，恭请王命先行正法。又盗劫之案严行究审，将法所难宥及情有可原者分晰声明。又行劫已至二次，不得以情有可原声请。又抢夺聚至十人以上或虽不满十人，但经执持器械倚强肆掠、凶暴众著者照粮船水手例，分别首从定拟。又粮船水手伙众十人以上执持器械抢夺，为首照强盗律治罪，为从减一等。又抢夺赃一百二十两以上，照窃盗满贯律，拟绞监候。又抢夺伤人未死及伤，为首如系被事主扭获，情急图脱用刀自割发辫以致误伤事主者，于死罪上减一等，应斩候者改发云贵极边烟瘴充军到配，加枷号三个月。又烟瘴少轻人犯在配脱逃被获者，枷号一个月，改发极边烟瘴充军。又广东省匪徒捏造图记纸单作为打单名色，伙众吓诈商民，实系情凶势恶者，为首不计赃数，照凶恶棍徒生事行凶无故扰害良人例，发极边足四千里充军。为从一次者，杖一百，徒三年。为从至二次及二次以上者，亦照棍徒扰害例，拟军。又律载强盗已行，而但得财者不分首从，皆斩。又共谋为窃，临时行强，以临时主意及共为强盗者不分首从论。又白昼抢夺人财物者，杖一百徒三年为奴，减一等。又道光十四年，准刑部咨嗣后广东掳人勒赎，审无凌虐重情止图获利关禁勒赎，为首发遣新疆给官兵为奴，为从之犯俱发极边足四千里充军各等语。此案潘亚有听从强劫二次，起意行劫一次，听从掳勒四次，听从谋杀并未加功一次，起意打单三次，听从打单三次。梁万彩犯案拟军脱逃后，复听从强劫二次，听从外洋行劫一次，听从掳勒三次，听从谋杀一家二命并未加功一次，起意打单二次，听从打单二次。何亚振起意强劫三次，听从行劫二次，起意抢夺三次，听从抢夺一次，听从打单一次。韩亚漳起意行劫二次，听从行劫一次，听从抢夺二次，听从掳勒五次，起意打单一次，听从打单二次，均应从重问。拟潘亚有、梁万彩、何亚振、韩亚漳除逃军加等，及抢掳打单谋杀并未加功，各轻罪不议外，均合依粤东盗劫之案行劫三次以上应行斩者，加以枭示例，斩决枭示。臣于审明后恭请王命饬委按察使王青莲、抚标中军参将韩肇庆将该犯潘亚有、梁万彩、何亚振、韩亚漳绑赴市曹，先行正法。仍传首犯事地方悬竿示众，以昭炯戒。陈亚二犯案拟军，在配逃回后复听从强劫，入室搜赃一次，听从打单二次。李亚得犯案拟徒，在配脱逃后复听从行劫，过船搜赃一次，听从打单一次。王亚历听从强劫入室搜赃一次，起意抢夺一次。陈闰科犯案，拟绞，遇赦减军中途脱逃后复听从强劫入室搜赃一次，听从抢夺一次。梁勤与听从行劫在外接赃瞭望二次，听从勒赎一次，听从打单二次，起意抢夺一次，听从抢夺一次。张亚计听从行劫在外接赃一次，起意勒赎一次，听从勒赎二次，听从打单一次，听从抢夺一次。黎鸟、株桂、卢亚鲤、李二弟听从行劫在外瞭望接赃一次，听从打单一次。均应从重问拟。陈亚二、李亚得、王亚历、陈闰科、梁勤与、张亚计、黎鸟、株桂、卢亚鲤、元亚金、李二弟除逃军逃徒及抢掳打单各轻罪不议外，均合依强盗已行但得财者不分首从皆斩律，拟斩立决，照例先行刺字。陈亚二、李亚得、王亚历、陈闰科均入室搜赃，梁勤与行劫已至二次，俱属法所难宥。张亚计、黎鸟、株桂、卢亚鲤、元亚金、李二弟均讯止在外瞭望接赃，并无凶恶情状，且行劫仅止一次，俱属情有可原。何亚日起意掳勒一次，起意打单二次。崔九龄犯案拟绞减流，在配脱逃后复起意掳勒一次，起意打单二次，亦应从重问拟。何亚日、崔九龄除在配脱逃及打单轻罪不议外，均合依掳人勒赎审无凌虐重情止图获利，关禁勒赎为首发遣新疆给官兵为奴例，发遣新疆给官兵为奴。梁亚伟犯案拟流，在配脱逃后复听从抢夺被追图脱，用刀自割发辫以致刀尖误伤事主工人平复一次，起意打单一次，除逃流加等及打单轻罪不议外，合依抢夺伤人未死及伤为首如系被事主扭获，情急图脱用刀自割发辫以致误伤事主，于死罪上量减一等，应斩候者改发云贵极边烟瘴充军到配加枷号三个月例，改发云贵极边烟瘴充军到配加枷号三个月。邓亚明原犯打单问拟极边充军，在配脱逃后复听从打单二次，除听从打单轻罪不议外，合依烟瘴少轻人犯在配脱逃者枷号一个月改发极边烟瘴充军例，枷号一个月，改发极边烟瘴充军，仍以极边足四千里为限。郭亚帼听从勒赎一次，听从抢夺二次内持械一次。蔡世录听从勒赎一次。吴亚喜犯案拟徒，在配脱逃后复起意打单一次。何亚谦犯案拟徒，遇赦减杖后复起意打单二次。孙壁畛犯案拟流，在配脱逃后复听从打单二次。袁秋胜犯案拟徒，在配脱逃后复听从打单三次，听从勒赎一次。姚亚胜、朱亚庭、周亚润、傅茂恩、孙亚广、刘亚六、陈亚才、周浩一各听从打单二次。郑亚秩、陈亚漳、黄维仲、张亚申各听从打单三次。钟受仔、姚闯秀各听从打单二次，听从勒赎一次。杨大口科、梁亚满各起意打单一次。黎洸灰听从打单二次，听从抢夺一次。温志绳听从打单二次，听从抢夺二次，内持械一次。均应从重问拟。郭亚帼除抢夺轻罪不议外，应与蔡世陆均合依掳人勒赎、无凌虐重情、止图获利关禁勒赎为从之犯，发极边足四千里充军例，发极边足四千里充军。吴亚喜、何亚谦、孙壁畛、袁秋胜、姚亚胜、朱亚庭、胡亚便、梁亚庭、周亚润、傅茂恩、孙亚广、郑亚秩、陈亚漳、钟受仔、姚闯秀、刘亚六、陈亚才、周浩一、黄维仲、张亚申、杨大口科、梁亚满、黎洸灰、温志绳除逃流逃徒及听从抢夺各轻罪不议外，均合依匪徒打单为首一次、为从至二次及二次以上者，照棍徒扰害例，发极边足四千里充军。苏松与、苏亚根均听从抢夺计赃逾贯一次，听从打单一次，除听从打单轻罪不议外，均合依抢夺赃一百二十两以上，拟绞监候例，为从减一等，杖一百，流三千里。关亚遂、廖亚权、梁亚住听从打单一次，均合依匪徒为从打单一次例，杖一百，徒三年。卢亚鲤、何亚日、蔡世陆、刘亚六、陈亚才、周浩一、黄维仲、孙亚申、杨大口科、梁亚满、黎洸灰、温志绳十二犯均已病故，应毋庸议。其余军流徙各犯至配所各责安置，均照例刺字。各犯内有据供亲老丁单或孀妇独子，惟系行劫盗犯及掳捉打单匪徒均不准其留养，毋庸取结查办。各犯父兄饬□查拘，照例发落。各犯讯无另有犯案窝伙、与同居亲属知情分赃，逃后亦无行凶为匪及知情容留之人，或住处畸零向无牌头甲保，或在隔属犯案发配潜回尚未抵家即被拿获，原籍牌保亲属无从查察。水手黄占怡等伤轻平复。卢亚鲤等在监病故，禁卒人等讯无凌虐情弊，均毋庸议。

各贼除已死各犯勿征外，余于现犯名下照追分别给主入官买赃之人，据供不识姓名，盗械丢弃，盗艇系内河小艇，向不编烙给照，业经凿沉均无凭提讯查起。各案逸犯仍众，饬缉获另结此案。盗匪均经各该县营兵役协同拿获究办。卢亚鲤等俱系带病进监病故，管狱官例无处分。所有失察及管狱各职名均请免开，劫掳抢夺各案是否获犯过半兼获首犯应否开参与失察竹铳各职名及犯故图结饬行查取分别另文送部办理。除备录供招咨部外，所有获犯审明分别办理缘由臣谨恭折具奏，并缮具现犯四十九名拟罪清单敬呈御览，伏乞皇上圣鉴，敕部核覆施行。再除现犯外余犯一百二十六名内审明应拟斩、绞、遣军流徒人犯共九十一名，核与本案不相牵涉，应行另案定拟，分别题咨办理，合并声明。又本案核与部议应奏条款相符。又两广总督系臣兼署毋庸会衔，合并声明。谨奏。

(朱批:)刑部速议具奏，单并发。

道光十五年十一月初十日

（宫中朱批奏折）

E324：政法-偷盗抢劫案件

3.52 署理两广总督祁𡊮奏报审拟纠抢拒伤在洋遭风贸易夷船夷人之犯折

道光十五年十一月十四日(1836年1月2日)

署理两广总督印务、广东巡抚臣祁𡊮跪奏，为来粤贸易夷船在洋遭风，被雇倩引带之渔船纠抢拒伤，先后获犯多名，审明分别定拟具奏，仰祈圣鉴事。

窃照本年六月内海洋飓风大作，商民船只多有遭风损坏，经前督臣卢坤会同臣派员沿海查察，风闻有暎咭唎货船来粤，在外洋遭风，被渔匪乘机抢掠之事，当即咨行水师提镇并饬地方文武官严密查办。旋据洋商伍绍荣等禀报，接据在澳之夷商吶哎信称，有暎咭唎货船一只来粤贸易，船主名啪咥，六月初七日在洋面遭风，将船打坏，招雇渔船十余号，引带赴澳，许给谢资二百七十圆。十一日带至新宁县界东矾石洋面，啪咥因渔船等不善引带，欲另行雇觅，止谢给每船洋银十圆。各渔船嫌少，索增未允，即纠约人船执持刀械过船抢去银二十一箱，内装洋银七万五千圆，又零星洋银及时辰表等物，并将船主、火长、水手拒伤。等语。臣等以夷人如果桀骜不遵天朝法度，应示之以威，令知儆惧；若被内地匪徒纠抢受害，则应严行究办，追赃给领，以靖奸宄而示体恤。当即一面严饬沿海州县会营迅速密访严拿，一面委候补知府周寿龄、知县文晟前往失事地方查勘。旋据阳江、顺德、香山、新会各营县文武官会同委员及该管营县督带弁兵、差役先后访获要犯黄利六、黄富灿、吴茂彩、吴大汉保及黎胜鳌等共三十五名，渔船十一只，在各该匪住屋及船内并各海岸沙土内搜获原赃新洋钱三万二十五圆零六钱四分，另小洋钱七圆、金壳洋表等物。录供连原赃银物陆续禀解来省，声明吴大汉保一犯已在阳江县监病故，查验案犯吴亚二左腿受有铳伤。等情。经前督臣卢坤并臣先后饬发臬司王青莲会同藩司，发委署广州府知府潘尚楫等审办，时被抢之夷船已乘风进泊澳内金星门。委员候补知府周寿龄等会同署澳门同知郭际清、署香山县知县叶承基、署香山协中军都司罗晓风等诣船查勘，饬令通事询译船主名啪咥，据称失事地方在阳江县属南澎外洋附近矾石处所，系新宁县所辖。并验得啪咥右胯、脊背、右后肋各有刃伤；火长啤哩右眉、右手心各有铁器伤；火头咖啦吐哩左额角、唇吻、左肩甲、胸膛、右肋、右臂膊、右手腕、左手背、左右胯、左后肋各有刃伤；水手唽啰吖右腿、右手背各有刃伤。据称被贼匪拒伤，分别填单饬医。详讯啪咥等，各供与洋商所禀情形相同。嗣据洋商伍绍荣等转据夷商禀称，此案夷闻查办甚严，已起赃银，恳求给领。至船主与火长等各伤均已医痊，今闻获犯多名，恳乞审讯，分别办理，如系为首，本当治罪；如系胁从，非出本心，亦求恩恤宽办。等情。该委员等察看啪咥等情词甚属驯顺，当将起获原赃三万二十五圆零饬发洋商转交，先行收领，俾得买置货物，起获时辰表等件一并给领。

此外盗赃因海洋辽阔，港汊纷歧，一时尚难全获，而已获人犯未便久羁，节经催饬审办。嗣案犯吴茂荣、黄亚六、冼亚长、廖亚照、黄富灿、吴茂胜、赵亚生亦带病进南海、番禺等县监，先后病故。兹据藩臬两司转据委员署广州府知府潘尚楫、惠州府同知易长华、南雄州知州吴毓钧、候补通判朱枟等将犯审拟，由司转解前来。臣亲提各犯，督同两司逐加研讯。缘现获之黄利六雇现获之林亚受、冯亚四、刘亚更、萧亚狗仔为水手，罗亚杠为火工；黎生合令现获之伊子黎进辉，并雇未获之李亚掌、梁亚生为水手；黎胜鳌雇现获之梁亚带、邓亚芋、杨亚生、梁大富为水手，陈得业为火工；黎正幅雇现获之黎亚权，未获之张亚六、张亚三为水手；黄宏业雇现获之彭华胜，未获之黄宏胜，不识姓之溃合、亚盛为水手，现获之李亚胜为火工；吴亚十雇现获之张亚遂，未获之邓蔡兴，不识姓之全胜、亚幅为水手；吴茂彩令现获之伊子吴亚二，并雇现获病故之吴茂荣、廖亚照为水手；黎得全雇现获之刘亚养、马亚六与伊兄黎得有为水手；黄富灿雇未获之陈朝选、陈亚方、谢亚蒲、陈亚胜，不识姓之玉秀为水手，现获病故之赵亚生为火工；吴大汉保雇未获之邓带保、谭亚成、容德、周花盛，不识姓之亚宽为水手；吴茂胜雇现获病故之黄亚六、冼亚长，未获之叶展华，不识姓之灶喜及伊子吴人安为水手，各驾渔船计十一只，于道光十五年六月初七日在阳江县属南澎外洋捕鱼。另有未获之不识姓名小渔户驾船八只，每船船主一人，水手一、二、三人不等，亦在该处捕鱼，共船十九只，计各船内共八十余人。时嘆咭唎国夷人啪哐货船在该处遭风打坏船桅，不能行走。因船身重大，须雇觅渔船引带赴澳，随唤黄利六等十九船引带，许给谢赀银二百七十圆，黄利六等允从。十一日中午，带至新宁县属东矾石洋面停泊。啪哐因该渔船等引带迟慢，欲另行雇觅，止谢给每船洋银十圆。黄利六等嫌少索增，啪哐不允。黄利六因捕鱼贫苦，见啪哐开箱取银时洋钱甚多，起意商同持械抢夺，得赃分用，黎生合等与各渔船内不识姓名人俱各应允。黄利六、吴茂彩、黄富灿三船先行拢近，捏称夷船载运违禁货物，欲过船盘查。夷人不依争闹，夷人嘤放铳致伤吴茂彩之子吴亚二左腿，前跌入舱内，吴大汉保、黎生合、黎胜鳌、黄宏业、黎正幅、吴亚十、吴茂胜、黎得全八船及不识姓名小渔船八只亦陆续赶拢，黄利六、吴茂彩、黄富灿、吴大汉保各持船内刀械，与黎生合、黎胜鳌、黄宏业、黎正幅、吴亚十、吴茂胜、黎得全、林亚受、冯亚四、梁亚带、邓亚芋、黎亚权、刘亚养、吴茂荣、廖亚照、黄亚六、冼亚长、李亚掌、张亚六、黄宏胜、邓蔡兴、吴人安、陈朝选、陈亚方、谢亚浦、邓带保、谭亚成及各渔船内不识姓名十二人，共四十三人，陆续过船用械恐吓，分投搬抢。夷人喊捕，黄利六用小刀戳伤啪哐右胯、脊背、右后肋，吴茂彩用小刀划伤火头咖啦吐哩左额角、唇吻、左肩甲、胸膛、右肋并右臂膊、右手腕、左手背、左右胯、左后肋，黄富灿用小刀划伤水手哳啰吖右腿、右手背，吴大汉保用铁叉殴伤火长啤哩右眉、右手心，黎生合等各在场助势，并未动手伤人。黄利六等抢得银物，先后递回各船，交刘亚更、萧亚狗仔、黎进辉、杨亚生、梁大富、彭华胜、张亚遂、马亚六、黎得有、梁亚生、张亚三、叶展华、陈亚胜、容德、周花盛，不识姓溃合、亚盛、全胜、亚幅、灶喜、玉秀、亚宽二十二人接收。罗亚杠、赵亚生、陈得业、李亚胜及未获之不识姓名十二人，各在本船舱内照看。并经黄利六等向刘亚更等告知拒捕情由，同至僻处，将赃查点，共抢得洋银二十一箱，每箱三四千圆不等，共银七万五千圆。又另箱内洋银二百九十圆、金壳时辰表三个、银壳时辰表一个。金钱三十五个，每个约重二钱。玻璃罐二个、铜镜一包、半截洋枪一枝、罗镜两个、罗镜盆一个、量天尺一把。黄利六、黎胜鳌船一对，分银一万圆；吴茂彩、吴茂胜船一对，分银一万圆；黄富灿、黄宏业船一对，分银九千圆；吴大汉保、吴亚十船一对，分银九千圆；黎生合、黎正幅船一对，分银九千圆；黎得全船一只，分银四千圆；不识姓名渔户船八只，每只分银三千圆。黄利六又捡取洋表、玻璃罐、铜镜、洋枪并另箱内洋银二百九十圆，黄富灿捡取金钱，吴大汉保捡取罗镜、罗镜盆、量天尺。各散。屡审据黄利六等供认前情不讳。臣以赃至数万，恐盗匪不止此数，且不识姓名小渔船黄利六既经邀其同抢，何以不知姓名？屡经隔别研鞫各犯，佥称同伙实止八十余人，此外并无伙党。至小渔船八只，伊等素不认识，因当日同带夷船，临时仓猝纠邀同抢，事后分赃即散，实不识其姓名，无从供指。等语。究诘不移，案无遁饰。

查例载：抢夺财物，聚至十人以上，执持器械倚强肆掠，果有凶暴众著情事，均照粮船水手之例分别首从定拟。粮船水手伙众十人以上，执持器械抢夺，为首照强盗律斩决，为从减一等；又白昼抢夺，伤人未死，如刃伤首犯仍照本律拟斩监候，为从改发边远充军；伤非金刃，伤轻平复之首犯，改发极边烟瘴允军；年在五十以上，仍照原例问发。又抢夺财物计赃一百二十两以上，照窃盗满贯律拟绞监候。又海洋出哨弁兵如遇商船遭风著浅，不为救护，反抢取财物，拆毁船只，照江洋大盗例，不分首从斩决枭示；伤人未致毙命，如刃伤及折伤以上斩监候；伤非金刃，伤轻平复，改发极边烟瘴充军。又边海居民以及采捕各船户如有乘危抢夺，但经得财并未伤人者，均照抢夺本律加一等，杖一百、流二千里；若抢取货物拆毁船只，致商民淹毙或伤人未致毙命，俱照前例分别治罪。各等语。

此案黄利六等系边海采捕渔户，因受雇引带夷船，短给雇资，索添不遂，起意纠同黎生合等八十余人抢夺夷船银物，与江洋行劫大盗不同。其抢夺时并未拆毁船只，亦未致毙人命，惟该犯等伙众持械，过船恐吓，实属倚强肆掠、凶暴众著。若照乘危抢夺、伤人未致毙命例拟斩监候，实属情浮于法，自应照抢夺财物，聚至十人以上，执持器械倚强肆掠，依粮船水手例分别首从定拟。黄利六除抢夺刃伤事主，罪止斩候，得赃逾贯，罪止绞候，各轻罪不议外，合依抢夺财物，聚至十人以上，执持器械倚强肆掠，照粮船水手伙众十人以上，执持器械抢夺，为首照强盗律治罪例，强盗已行得财者斩，律拟斩立决。该犯纠伙八十余人，在外洋抢夺夷船，赃多情重，非寻常聚众持械抢夺可比。臣于审明后恭请王命，饬委按察使王青莲、署督标中军副将福智，将黄利六绑赴市曹即行斩决，并传首犯事地方，悬竿示众，以昭炯戒。吴茂彩、黄富灿虽系听从抢夺，惟各自起意拒捕，刃伤火头咖啦吐哩、水手唽啰们等平复。吴茂彩、黄富灿除抢夺为从满流轻罪不议外，均合依抢夺伤人未死，如刃伤首犯仍照本律拟斩监候例，拟暂监候，秋候处决，照例先行刺字。吴大汉保用铁叉殴伤火长啤哩平复，除抢夺为从满流轻罪不议外，合依抢夺伤人，伤非金刃，伤轻平复之首犯，改发极边烟瘴充军例，发极边烟瘴充军。黄富灿、吴大汉保在监病故，应毋庸议。黎生合与黎正幅、黎亚权、黎进辉系属弟兄父子，吴茂彩与吴亚二系属父子，吴茂彩与吴茂胜并黎得有与黎得全系属同胞弟兄，吴亚十系吴大汉保之子，均属一家共犯，惟侵损于人，应以凡人首从论。黎生合等听从过船抢夺，当黄利六等拒捕刃伤事主之时在场助势，即属为从，均应照例问拟。黎生合年五十八岁，应照抢夺伤人年在五十以上，刃伤为从，发近边充军例，发近边充军。黎胜鳌、黄宏业、黎正幅、吴亚十、吴茂胜、黎得全、林亚受、冯亚四、梁亚带、邓亚芋、黎亚权、刘亚养、吴茂荣、廖亚照、黄亚六、冼亚长十六犯，均应照抢夺伤人、刃伤为从，改发边远充军例，发边远充军，至配所杖一百，折责四十板，照例刺字。吴茂胜，吴茂荣、廖亚照、黄亚六、冼亚长均已在监病故，应毋庸议。刘亚更等听从抢夺，并未过船，不知拒捕情事，其听从持械抢夺及听从抢夺逾贯，均罪应满流，应从一科断。刘亚更、萧亚狗仔、黎进辉、杨亚生、梁大富、彭华胜、张亚遂、马亚六、黎得有、罗亚杠、赵亚生、陈得业、李亚胜、吴亚二等十四犯，均合依粮船水手伙众十人以上，执持器械抢夺为从减一等例，于首犯黄利六斩罪上减一等，杖一百、流三千里，至配所各折责四十板，均照例刺字。赵亚生业已病故，应毋庸议。邓亚芋虽称母老丁单，惟伙抢夷船情节较重，应不准留养。各犯讯无另有犯案，窝伙逃后亦无行凶为匪及知情容留之人，各犯父兄分别查拘，照例发落。该犯等在外行抢，原籍牌保无从查察，吴大汉保等病故，禁役人等讯无凌虐情弊。事主啪咺等及吴亚二伤俱平复，均毋庸议。已起赃银三万二十五圆零，另小洋钱七圆及时辰表等物给主认领，未起赃银俟获犯查追并所获船只分别变赔。逸犯李亚掌等及不识姓名小渔船八只仍严饬文武员弁迅速访拿，获日另结。本案同伙八十余人，疏防限内仅获首伙三十五名，未获伙犯四十七名，获犯尚未及半，仍应按限查参。吴大汉保等系带病进监病故，管狱官例无处分，职名应请免开。其获犯各职名，饬行查明，照例办理。

除备叙供册咨部外，所有臣审明定拟缘由，谨恭折具奏，伏乞皇上圣鉴，敕部核覆施行。再，广东巡抚系臣本任，毋庸会衔，合并陈明。谨奏。

(朱批：)刑部议奏。①

道光十五年十一月十四日

(宫中朱批奏折)

① 据军机处录副奏折，朱批时间为道光十五年十二月十七日。

E328：政法-违禁案件

3.53 两广总督邓廷桢等奏报委员查获夷书及刻字工匠并查传雇匠刊书已故夷人之子讯取供词分别按拟折

道光十六年二月十九日(1836年4月4日)

两广总督臣邓廷桢、广东巡抚臣祁𡎴跪奏，为委员查获夷书及刻字工匠，并查传雇匠刊书已故夷人之子，讯取供词，分别按拟，恭折奏祈圣鉴事。

窃照前督臣卢坤暨臣祁𡎴，于道光十五年五月二十七日钦奉上谕：乐善等会奏，嘆咭唎夷船阑入闽省洋面，经该将军等严行驱逐出洋，并据呈所递夷书确系内地刊刻之本，著卢坤等于广东各属严饬稽查有无此项夷书，查出代刊夷书铺户，严拿究办。钦此。旋又承准军机大臣字寄，六月二十一日奉上谕：嘆咭唎夷人所递夷书首页标明道光甲午年夏镌字样，书中引用经书语句，必有内地奸民通同勾引，刊刻传播，殊属可恶。且此书刻自上年，何以今春即由该国传至闽省？著卢坤等访获代刊夷书之铺户，究明系何人编造送交刊刻，确切指明查办。将此谕知卢坤、祁𡎴并传谕彭年知之，夷书二本发给阅看。钦此。遵即知会粤海关监督臣彭年一体遵照，并飞檄沿海文武严密稽查。

据各属先后禀覆，查无在闽滋事之喋嗟喹、爱敦夷船及散布夷书之人。阅看夷书，劝人崇信教主耶稣，似即系历次查办之天主教。因西洋人多在澳门居住，派委候补知府周寿龄改装前往访查，并将钦遵访拿缘由先行会同附片覆奏，钦奉朱批：务要访获代刊之人，不准松懈。钦此。嗣卢坤因病出缺，臣祁𡎴兼署督篆，复经切札严催，旋经前署广州知府潘尚楫暨委员周寿龄督同南海、番禺、香山等县，协同营弁，在于澳门访拿刻字匠屈亚熙一名，并于澳门夷楼查起夷书八种，禀呈前来。查阅各书内《救世主耶稣基督行论之要略》、《传正道之论》二种，均与奉发闽省进呈夷书文字板片相同。又《赎罪之道传》一种，前列厦门人郭实猎序，书内称有林翰林曾为主考学政，与僚友赞扬天主、耶稣。等语。又《诚崇拜类函》一种，系将原籍福建寓居海边獭窟港之刘幸命在外夷贸易，寄与亲属各信汇为一书，均题爱汉者纂。又《赌博明论略讲》一种，题博爱者纂。又《救世主坐山教训》、《圣书日课》、《圣书袖珍》三种，均无撰人名氏，其标写刊刻年分，不出壬辰、癸巳、甲午三年。详核各书，或割裂经传，文义不通；或近似鼓词，语言鄙陋，其大旨类皆劝人崇信耶稣。至如《赌博明论》则止系教人戒赌，均无违悖字句。因书内有关涉闽省之处，经臣祁𡎴移咨福建访查，并以粤省既获有刻字匠屈亚熙，则其书显系内地奸民通同勾引，刊刻传布，当饬广州府严讯。

据供，伊随父屈亚昂学习刻字，不通文义，现蒙查获各书，系道光十二、三、四等年嘆咭唎国住澳夷人吗哳嗜雇倩伊父同伙梁亚发到澳刊刻,伊亦随父帮刻两次。其底本不知来历,刻成后即交吗哳嗜收去,不知如何分散。伊并无勾串夷人刊刻传教之事。吗哳嗜于十四年六月病故,伊仍在澳觅工,致被访获。伊父及梁亚发闻拿避匿,不知逃往何处。吗哳嗜有子映吗哳嗜可以提质。等语。

正在饬拿屈亚昂等并谕洋商确查吗哳嗜是否实已病故,饬提伊子映吗哳嗜来省质讯间,适准山东抚臣钟祥咨开,该省洋面有唊咭唎夷商麦发达船阑入,饬派文武拦截,不准进口。据麦发达回称,该国崇信耶稣,叙述事迹,刊书布施,劝人行好,并无别意。该员弁等取其夷书呈阅,经钟祥督令舟师驱逐,咨行粤省查照。续又接准移咨,该夷船于八月初八日驱逐南行,逾时远驶,请饬沿海舟师严防。等因。并准江浙等省移咨,麦发达夷船于八月内先后到各该省游奕,江苏省因其欲散夷书,对众抛入海中,均各驱逐出境,知照前来。臣祁𡎴节饬沿海舟师稽查防探,据覆并无爱敦、麦发达各夷船入粤。等情。臣邓廷桢到任,复会同臣祁𡎴严饬水师员弁遍查内外洋面,实无爱敦、麦发达等夷船来粤停泊。随札两司饬拿在逃工匠屈亚昂等无获,催据广州府知府珠尔杭阿谕饬洋商伍绍荣等,将前获夷书确询在粤夷商来历。

据该洋商转据夷商喇吐呢嗹等信覆,此项夷书由来已久,因天竺、唊咭唎、咪唎㗌等国有人通晓汉文,能刊汉字,但不能工致,故携书至澳,交吗哳嗜刊板刷印,带回本国,在澳夷商亦多喜买看,并非内地编造。等语。该府诘以外国编造何以镌刻天朝年号?且甲午年夏镌,何以乙未年春间即由该国传至闽省?复据该夷商等覆称,因书系汉文,且近年重镌,是以刊刻道光年号,系恭敬天朝之意。至由外洋驶风,瞬息千里,十四年夏间所镌之书至十五年春间将及一年,尽可乘风驶往闽省。等语。并据洋商查明,澳夷吗哳嗜实于道光十四年六月二十六日病故,取具各结呈送。并经该府传到故夷之子映吗哳嗜,讯据供系唊咭唎国夷人,先与其父吗哳嗜至澳门居住,夷书由来已久,不知起自何年,亦不知何人编造。因系崇信天主劝人为善之书,各本国之人要看者甚多,从前仅有钞本,后虽刊刻,不能工致,是以伊父于道光十二、三、四等年在省托相识之刻工梁亚发,雇倩屈亚昂与其子屈亚熙前往澳门夷楼刊书几次,每次约有数月,不能确记日期,每月每人工银四元,共刻过《救世主耶稣基督行论之要略传》及《诚崇拜类函》等书八种。刻毕,屈亚昂等即行辞出,伊父亦于十四年六月二十六日在省病故,地保洋商都可查问。伊在省、在澳止管买卖,并未经手夷书。至唊咭唎爱敦、麦发达夷船越驶他处,欲散夷书,我在粤并不知情。梁亚发、屈亚昂现不知其去向。等语。质之屈亚熙,供亦相同。

并准闽浙督臣程祖洛会同福建抚臣魏元烺咨覆,前准咨查,即经密委候补同知顾教忠驰往各处妥确细查。复遣亲信丁属假扮客商购买夷书,未见一部。及查《泉州郡志》暨同安、厦门等处志书,自入版图,并无林姓曾为主考、学政等官。厦门左近非山即海,亦无长松梅萼胜地。吊查洋艘出入汛口号簿,止有商船贩洋挂往实力,所招水手有郭选一名,于道光十五年回厦病故。并访有西乡及上乡郭赛、郭文略两人,讯问曾往咖喇吧、吕宋等处,一年一往返,并无入教情事。

又至惠安县辖之獭窟乡，沿港遍查，俱系陈，庄、朱、吕、李等杂姓，并无刘姓其人，细访自嘉庆年间至今，并无有刘幸命乘船贩洋之事。等因，咨覆核办。臣等覆核闽省委员访查甚细，既无郭实猎、刘幸命其人，显系编造之人托名内地官宦亦复崇信其教，以冀煽惑愚民。现在粤省刻书之夷人已故，无从根追严鞫。屈亚照、映吗唎嗜俱各矢供不移，似无遁饰。查麦发达、爱敦各夷船越驶福建、山东、江浙各省游奕，欲散夷书，是否吗唎嗜勾串驶往布散，希图诱惑内地民人传习？现在各该夷船经各省驱逐出境，复经粤省屡查，并无前项夷船至粤寄泊，无凭究追，自应即行议结。兹据广州府珠尔杭阿录供详由，臬司王青莲会同在省司道覆讯按拟，详解请奏前来，臣等会同覆讯无异。

伏查粤省前办天主教成案，缘乾隆四十九年间有西洋夷人罗吗当家，住广东省城夷馆，与素习天主教、在逃之福建人蔡鸣皋即蔡伯多禄相识，辗转接引夷人，改装剃发，学习汉语，潜赴各省传教。先由湖广督臣转据地方官盘获解省审讯，奏奉谕旨查拿解京审办。经前督臣舒常、抚臣孙士毅提讯，罗吗当家供因罔知禁令误犯。并查获习教传教之艾球三、白矜观等，起出经本、图像，连犯解京。嗣奉上谕：西洋人传教惑众，最为风俗人心之害。现在各省有神甫名目，尤当严禁。内地民人有称神甫者，即与受其官职无异，本应重治其罪，姑念愚民被惑，利其佽助，审明后拟发伊犁给额鲁特为奴；曾受番银者，家产查钞入官；接引传教之人，亦应发伊犁为奴。至父祖相传持戒，自当勒令悛改，将呈出经卷销毁，毋庸深究。等因。钦此。旋经前督抚臣将在粤拿获各犯情重者解京，余俱钦遵，分别定拟奏结，并将起出《圣教日课》等书封送军机处查核。又查嘉庆二十年粤省肇庆府有习教之倪若兰等，接引西洋人兰月旺改装潜往湖北传教，转至湖南耒阳县，经地方官盘获解省，奏奉谕旨，以兰月旺潜至内地，远历数省，收徒传教，煽惑多人，饬将该犯拟绞，为从发遣为奴。钦此。时河南、四川等省均有拿获传习天主教案犯，分别首从定拟。其闻拿投省自愿出教者，即予省释，通行各省一体遵办在案。是天主教之在外国原听自安其俗，而内地传教习教则必应严禁。至于被惑愚民悔过出教，悉予宽免，所以崇正黜邪、严鬼蜮之潜通而宽蚩氓之误犯也。

臣等查天主教自乾隆、嘉庆年间查办后，历今十余年，西洋人无敢在内地传教。今因事隔年久，复有该国夷人刊刻书本，越赴福建、山东等省，妄希布散夷书，藉通贸易，诚如圣谕，殊属可恶。今该夷船先经各省严禁驱逐，乘风驶回。兹又经臣等查获夷书并获刻字匠屈亚熙，传到雇匠刻书故夷吗唎嗜之子映吗唎嗜，反覆研讯，诘无内地勾通编造传习情事，尚属可信。惟天主教内地奉禁多年，该犯吗唎嗜在澳雇匠刊印夷书，即与在内地犯禁无异，殊属不法，应照乾隆、嘉庆年间为首传教拟绞成案，量减一等，发遣伊犁给额鲁特为奴，业已病故，应毋庸议。屈亚熙听从其父屈亚昂并梁亚发受雇代刊夷书，若照一家共犯律免罪，不足示惩，应请照违制律杖一百，加枷号两个月。惟梁亚发及伊父屈亚昂均在逃未获，所供并未习教传布，究系一面之词，难以深信，应请暂行监禁，俟勒缉屈亚昂等到案审明，如实无习教传教，再行照拟发落。所得工资不能记忆确数，免其追缴。梁亚发、屈亚昂严饬获日另结。澳夷映吗㕭㖐讯未随同其父刊书寄回及散给夷人，且于其父律得容隐，应予免议，饬将其父刊存违禁书本板片尽行呈缴销毁。至内地民人书铺，由臣等大张晓谕，如有收存天主教夷书，限半年自行首缴免议，如再有收存，查出从重治罪，以正风俗而绝异端。其失察夷人在内地雇匠刻书之地方营县，已据自行查获缴办，应请免议。奉发夷书同查获各种夷书，咨送军机处分别查核销毁。

除供招同取到吗㕭㖐病故洋商保甲印甘各结咨部备查外，谨会同粤海关监督臣彭年合词恭折具奏，伏乞皇上圣鉴，敕部议覆施行。谨奏。

（朱批：）刑部知道。

道光十六年二月十九日

（宫中朱批奏折）

E324：政法-偷盗抢劫案件

3.54　两广总督邓廷桢等奏为拿获行劫在逃盗匪马亚泳事折

道光十六年九月二十六日（1836年11月4日）

两广总督臣邓廷桢，广东巡抚臣祁𡎴跪奏，为拿获屡次行劫在逃多年盗犯，审明照例办理，恭折具奏，仰祈圣鉴事。

窃查南海县属事主许益闻等船只被窃行强拒伤及香山县属事主陈均耕寮被劫各案，先经缉获盗犯陆亚流、潘亚有等审办，因尚有逸犯马亚泳等未获，经臣等屡檄该管文武密速侦拿，旋据顺德县营协同香山、南海、番禺各县兵役缉获盗犯马亚泳一名，讯供通禀批行提省饬发广州府审办。兹据该府将犯审拟由臬司王青莲覆审解勘前来。

臣等督同司道提犯研讯，缘马亚泳籍隶顺德县，道光十二年七月十八日夜，听从前办之陆亚流起意共伙十二人在南海县属行窃事主许益闻等船只，临时行强。前办之陆亚如、陆诸盛、陆亚社、陆亚巧、黄亚赞、霍亚同、卢亚迪，未获之陆亚就扳船接赃。该犯马亚泳与陆亚流及前办之罗三雄，迟未获之陆亚棉过船，陆亚流拒伤事主，随搜劫银钱衣物，分别变卖俵分。又十四年十一月初七日夜，听从前办之潘亚有起意共伙十一人在香山县属行劫事主陈均耕寮，前办之韩亚漳、张亚计、梁勤与未获之何亚柏、张英周、梁亚海、郑亚同在外瞭望接赃，该犯马亚泳与潘亚有及未获之罗亚竹、罗亚细入寮搜劫银物，走出见有蜑妇何李氏等，捉回勒赎，得银均分。各事主报县，先经缉获盗犯陆亚流、潘亚有等审办。兹据续获马亚泳，解勘提审据供前情不讳，核与各原案相符，正盗无疑。该犯尚有另犯迭次抢掳勒赎打单吓诈及听从谋杀，并未加功，各案均并止遣军流徙，系在轻罪不议之列。除于供招内详晰声叙咨部查核外，查例载粤东内河盗劫之案脱逃二三年后就获应行斩决者加以枭示，恭请王命先行正法。又律载强盗已行而但得财者不分首从皆斩。又共谋为窃临时行强以临时主意及共为强盗者不分首从论各等语。此案马亚泳听从行窃事主许益闻等船，临时行强过船搜赃，罪应斩决。该犯于道光十二年七月十八日行劫至十六年四月十六日就获，计在逃已逾三年，自应照例问拟，马亚泳除另犯听从行劫入室搜赃一次，罪止斩决轻罪不议外，合依粤东内河盗劫之案脱逃二三年后就获应行斩决者加以枭示例，拟斩立决枭示。臣等于审明后恭请王命饬委按察使王青莲署抚标中军参将英敏将该犯马亚泳绑赴市曹先行正法，仍传首犯事地方枭示，以昭炯戒。该犯讯无另有犯案窝伙与同居亲属知情分赃，逃后亦无知情容留之人，应毋庸议。逸犯缉获日另结各案是否获犯过半兼获首犯有无应参之员暨获盗应叙职名饬行查明，分别咨部核办。所有获盗审明照例办理缘由臣等谨恭折具奏，伏乞皇上圣鉴，敕部查照施行。再此案核与部议应奏条款相符，合并声明。谨奏。

(朱批：)刑部知道了。

道光十六年九月二十六日

(宫中朱批奏折)

E325：政法-官员违法案件

3.55 朱士彦等奏为遵旨审明香山县知县叶承基被参各款事折

道光十六年十二月二十日(1837年1月26日)

臣朱士彦、臣苏勒芳阿跪奏，为遵旨会同审明香山县知县叶承基被参各款恭折奏闻仰祈圣鉴事。

窃臣朱士彦等于道光十六年六月二十五日承准军机大臣字寄，本日奉上谕，现已有旨派朱士彦、耆英驰赴广东查办时间矣。本日据恩铭等奏，称查明广东香山县知县叶承基于该县城外设有云停馆以备差员居住，伊子叶祖勋挟妓饮酒，门丁张贵等得受规费奸宿娼寮属实，是该县被参各款难保必无其事，恩铭等讯供辞显有不实不尽，已有旨令恩铭、赵盛奎即行回京。该尚书等行抵广东，务将叶承基被参一案再行确切查究，毋稍徇隐等因。钦此。嗣准恩铭等移交道光十六年四月二十九日奉上谕，有人奏广东现署香山县知县叶承基行止卑污，声名狼藉，前在高要县任内亏空五六万两之多。该员到香山县任后纵容官亲家人二百余人散居县城，内外招摇,向旧从衙役朦捐监生曾经犯案拟徒之林昌绪即林居三借住房屋勾串交结吸食鸦片,挟娼饮闹,并将林居三之屋改名寅宾馆,又添盖停云馆一所,极具宏敞,且招引娼妇大姑、二姑、亚清、亚满、咸水三妹进署。亲携亚清到省避债。该员之子叶老六,门丁张贵、吕德把持公事。张贵等并为娼妇亚满、咸水三妹赎身。该县盗贼纵横,置之不理,任听书差勒索规银,以致盗风愈炽,现在亏空累累,不知其数。是以民间有霜降遭风,天下难容。老叶元宵遇雨,万物皆怨初春之联,种种劣迹,请饬查办等语。着恩铭、赵盛奎严密访察,如果属实,着即从严参办,以警官邪,毋得稍有不实不尽,将此谕令知之。钦此。嗣奉谕旨,广东应查各案著臣朱士彦会同臣苏勒芳阿秉公查办。

臣朱士彦行抵广东,已据将叶承基等提到,并据林昌绪投到前来。臣等督同随带司员悉心研讯如原参叶承基在高要县任内亏空五六万两之多,又现在亏空累累,不计其数一节,讯据叶承基供,伊于道光十五年正月由高要县调署香山县,本年五月卸香山县事,所有经手高要、香山两县仓库各款并无亏空,均经后任结报有案等语。查叶承基高要县任内经手仓库业经恩铭等饬据藩司阿勒清阿禀覆,已据接署知县张泉出具无亏印结,其香山县交代现据藩司禀覆亦经接署知县许炳会同委员盘收结报委无亏缺。又原参该员到香山县任后纵容官亲家人二百与人散居县城,内外招摇,向旧充衙役朦捐监生曾经犯案拟徒之林昌绪即林居三借住房屋勾串交结吸食鸦片挟娼饮闹,并将林居三之屋改名寅宾馆,又筹盖停云馆一所,极其宏敞,且招引娼妇大姑、二姑、亚清、亚满、咸水三妹进署,亲携亚清赴省逼债,该员之子叶老六门丁张贵、吕德把持公事,张贵等并为亚满、咸水三妹赎身一节。讯据叶承基供,伊初到香山时,亲友家丁投去者约有百十人,后经巡抚饬逐,随即遣去,止留亲友四人,家丁四十二人,实无二百余人散居署外招摇,亦无招引娼妇大姑等进署之事。上年六月据南海县蜑妇黄氏赴县遣报呈告黄梁氏即财进婆强霸伊女亚清为娼,当即差查黄氏因负欠黄梁氏帐目,将亚清押在黄梁氏处,嗣向接回不允涉讼,亚清自愿同黄梁氏赴省向母取钱还欠。随饬差卓开押令黄梁氏带同亚清赴南海地方交黄氏具领,取有指摹领字销差,并非伊带赴省中逼债。质之黄梁氏、亚清,差役卓开,供俱相同。调查县卷黄氏控经该县饬差押回亚清属实,复提该员之子叶老六即叶祖勋及家丁等严讯坚供,实未把持公事。据叶祖勋供认,乘伊父公出私至娼妇勤劳寮内令妓女月桂、梅子饮酒二次,家丁吕德供认曾至妓女咸水三妹寮内奸宿,并未为其赎身。张贵供认曾至娼妇梁氏寮内与妓女素梅奸宿,并因梁氏有女亚清不愿为娼,伊向梁氏商允买娶为妾属实,均无招引入署,伊主亦不知情。质之咸水三妹,即何三妹等供亦相符。并据大姑即罗张氏、二姑即陈氏供,县属官亲家人并未至伊处饮闹,亦无进署之事。又卷查林昌绪即林琚又名林居三先于道光元年犯事拟徒,限满释回,因租赁龙王庙旁地基建造房屋,被绅士李从吾等以强占庙基具控,经叶承基讯明,并未侵占,惟林昌绪系曾经犯罪之人,既被绅士讦控未便仍令居住,断将房屋入官,酌给林昌绪造屋工料银两,又筹款添盖头门历座,作为差使往来公馆。所垫银两分年摊捐,通详上司批准有案。臣等以原参将林居三屋改名寅宾馆，添盖停云馆究竟是一是二饬县勘覆。兹据署香山县许炳勘明该屋离县署二里，前后共四进，统名云停馆，并无另有寅宾馆，绘图禀覆。讯据叶承基供屋既入官，冠盖临莅，岂容挟娼饮酒。据林昌绪供，伊并无与县署勾串交结之事，亦未充役捐监。据藩司查明，监生册并无其名，检查该犯拟徒，原案亦非衙役。又原参该县盗贼纵横，置之不理，任听书差勒索规银，以致盗风愈炽一节，讯据叶承基供，伊香山任内据报抢窃各案共十七起，已获十四起，未获三起。本年三月经督臣奏各县拿获盗匪之案内香山县拿获行劫抢窃勒赎打单各犯郑亚微等五十一名，均属有案可稽，并非置之不理，据臬司查案开单禀覆无异。查恩铭等奏称该县书役门丁于结案后各得受事主人等规费。兵书陈光、刑书陆相每案得受洋银一二圆，共得过银十余圆三十余圆不等。差役蔡光、周祥、卓开每案得受制钱一二百文，共得过钱十余千。门丁张贵、吕德每案得受洋银一二圆，共得过银十余圆。该县均不知情。臣等恐所得规费不止此数，且恐叶承基有纵令勒索情事，复加严究，坚供不移。查原参叶承基行止卑污，声名狼藉，并民间编有联句，诚恐各供尚有不实不尽。复密加访察，委无贪纵实迹，传讯绅士李子辰等亦佥供未闻有联句诋毁之事。案无遁饰，应即拟结。

查律载官吏宿娼者杖六十，注云挟妓饮酒亦坐此律。例载蠹役诈赃一两以下杖一百，一两至五两杖一百加枷号一个月。又长随得财照蠹役治罪。又律载官吏受财计赃科断无禄人减一等，不枉法赃各主者通算折半科罪一两之上至一十两，杖七十。又例载军民相奸者奸夫奸妇各枷号一个月，杖一百各等语。此案捐纳布政司经历叶祖勋即叶老六在伊父叶承基任所办理家务，讯未把持公事，惟以职官挟妓饮酒应与宿娼同坐。叶祖勋应照官吏宿娼杖六十，行止有亏，应即斥革，不准纳赎。书吏陈光、陆相得受结案规费洋银十余圆、三十余圆不等，于法尚无所枉。按各主通算折半科罪计赃均在一两以上，陈光、陆相均应照不枉法赃一两以上至一十两，杖七十，无禄人减一等律，拟杖六十，折责革役。门丁张贵、吕德每案得受规费洋银一二圆，应以一主为重，计赃一两以上，罪应枷杖。其与咸水三妹等通奸亦罪止枷杖。二罪相等从一科断，张贵、吕德应照长随得财照蠹役治罪，蠹役诈赃一两至五两杖一百加枷号一个月例，杖一百枷号一个月，枷满折责发落。差役蔡光、周祥、卓开每案得受规费钱一二百文，以一主为重计，赃一两以下应照蠹役诈赃一两以下杖一百例，杖一百，折责革役。与张贵、吕德均照例刺字。各犯所得银钱讯已花用，应免着追。咸水三妹、素梅与张贵等通奸应各照军民相奸例，枷号一个月，杖一百。咸水三妹杖决枷赎，素梅饬拘照拟发落。余属无干，概行省释。前署香山县事高要县知县叶承基讯无亏空仓库，玩视盗案，与林昌绪勾串交结及纵令子弟家人招摇把持，并携妓逼债各情，民间亦无编造联句诋毁之事，惟于伊子叶祖勋，门丁张贵等挟妓宿娼并门丁书役得受规费均失于觉察，应请旨交部议处。该县书差门丁随案规费仍照例禁革除。全案供招咨部外，所有会同审拟缘由理合恭折具奏，伏乞皇上圣鉴，敕部核覆施行。谨奏。

（朱批：）刑部议奏。

道光十六年十二月二十日

（宫中朱批奏折）

E16：政法-查禁

3.56　两广总督邓廷桢等奏报遵旨查明住澳夷人并无毁坟抗殴等情片

道光十六年十二月二十日（1837年1月26日）

再，照给事中许球原奏内称，奸民贩卖鸦片，说合则有行商，收银、给单、取土则有坐地夷人，其坐地夷人一名喳顿、一名呀吩吐、一名噸哋、一名吡啉哈、一名嗎嗗哈、一名吖吖嘿、一名噶唔、一名吃吆、一名啤嗱。等语。臣等遵经密访，并谕饬洋商查覆去后。

旋据洋商伍绍荣等禀称，商等充当洋行，凡夷船入黄埔关口，始归商等经理。遵照章程取具该船并无夹带鸦片字据，保商甘结，方准开舱，商等断不敢以身试法，代人说合，私买鸦片。但外洋四通八达，或沿海奸民勾串与贩，在所不免，商等实无从查确。至保顺夷馆，并无住有嗎嗗哈其人，惟喳顿、噸哋、啤嗱、吃吆均系港脚人，呀吩吐系咪咭唎人，俱已来粤十年或六七年。又吡啉哈、吖吖嘿均系港脚人，噶唔系咪唎㗎国人。吡啉哈于上年来粤，吖吖嘿、噶唔均于本年来粤，分住省城各夷馆。询据各该夷等信称，伊等向俱安分贸易，并无夹带纹银，串卖鸦片，收银给单情事，查出情甘坐罪。但货船多寡不同，交易迟速亦异。伊吃吆请于本年年底回帆，吡啉哈于明年正月、噶唔于明年三月俱可归结回国。呀吩吐于本年底、吖吖嘿于明年正月俱可下澳暂居，以便清理。惟伊喳顿、噸哋、啤嗱现在值来船络绎，必须留省照料，恐明年三四月尚难完毕，恳俟彼时赴澳赶办，期于迅速归国。等情。由该商等转禀前来。

臣等查，现在鸦片充斥，纹银翔贵，其为奸徒勾结偷漏，事所必有。据禀该商等并无说合贩私，该夷商等亦无收银给单，殊难凭信，惟未经查有作奸确据，自未便凭空吹求，徒形滋扰。至外夷通商以来，惟咪咭唎生理最大，近因公私散局，大班不来，各夷商均应自行经理。喳顿等货船既多，现值各令交易之时，如即遂令启行，似非所以示体恤。查前各督臣节次奏定章程，夷商间因货物未销，骤难随船出口，准往澳门暂住清厘，次年附船归国，历经遵办在案。

兹除径请归国之吃吆、吡啉哈、噶唔三商应均如禀准于本年底及明年正月、三月分别依期回帆，并请下澳暂居之呀吩吐、吖吖嘿二商，亦准于本年底及明年正月即行外，所有喳顿、噸哋、啤嗱三商多年住省，断难再任迁延，臣等已勒限明年二月俱令赴澳暂居，赶紧料理返国，不许稍涉逾违，并取具该夷商等限状及洋商等如敢容留，逾限情甘治罪切结缴案。臣等仍加意查访，如到期盘踞不行，或竟有勾售鸦片情弊，立即从严究办，以彰法纪而杜漏卮。

至许球原另片内开，洋夷居住澳门，闻近日多乘内地大轿，用内地民人扛抬，并雇内地妇女奸宿，名为打番一节。臣等当饬委新安县知县李绳先驰赴澳门，会同署澳门同知马士龙、署香山县知县许炳查据禀称，西洋夷人向有自置眠轿、大轿两种。眠轿则方长如柜，从顶盖上出入，入则仍以顶板盖之；大轿则四围均用板帘，无绸纱玻璃等物，俱与华制迥殊。自雇夷奴二人扛抬，黑奴藉此生资，不许华民搀越。惟前有暂寓之他国夷商间雇内地街轿者，经各前任同知及香山县叠次出示严禁，近已无敢受雇。随传到轿夫黄亚英、李亚结、李亚乙、李亚永，讯据同供从前新到夷商间向雇轿，伊等贪利扛抬是有的，自前官严禁以后，即遵奉不敢受雇。等语。当各予枷号，以示惩儆。至澳门地方，华夷杂处已二百余年。内地民人多有租赁夷楼开张铺面，而楼上仍归洋夷居住者。又有内地贫民妇女与夷妇交相往来者，详查档卷，从无控告奸情之案。兹复细加查访，华夷妇女如常往来则有之，并无雇请奸宿情事，实属无从拘究。等情。臣等查，内地民人为外夷雇令抬轿，虽据查近无其事，且将该轿夫等枷号示惩，但小民趋利若鹜，难保不日久玩生，仍蹈前辙。奸情事涉暧昧，华夷之辨宜严，如妇女一任过从，疑似易现。已严饬地方官时申厉禁，嗣后澳门轿夫倘有甘心下贱，受雇扛抬夷商；贫民妇女仍与夷妇往来，或竟雇与奸宿者，即拘拿重治其罪。若地方官失于查察，甚至讳不上闻，一经发觉，据实从严参办，庶中外有必谨之防，而愚贱无失身之耻。

又货船向例不准私运澳门，近则应行易货载回之船方向黄埔停泊，其余俱不入口。禀报轻细货物，则用蟹艇运赴金星门等处私行售卖；粗重货物则用划艇直运澳门关口验明征税，到省仍赴大关覆验，然后发卖。此项住澳洋夷例来贸易之章程也。其余各国夷船例应收入黄埔，禀请开舱，归洋商保办起货，上省报验输税投行以货易货，例不准其收入澳门。此又各国夷商贸易旧章也。夷船既经入口，层层查验，无虑走私。惟未经入口之先，海面汪洋实为弊薮，是以臣邓廷桢节经咨会水师提督，严督巡洋舟师及沿海营汛，于查拿鸦片纹银而外一律认真防缉。复飞咨确查，总期有私必获，纵即严惩，以重税饷。至金星门系属内洋，不惟夷船寄泊，从前偶有因风避入者，节经遂时驱逐，现已全出伶仃。臣等仍严饬该管文武及舟师引水人等实力阻截，来年南风将旺之时，仍当剀切晓谕，不准驶入，以绝弊源。

又澳门水坑尾门外民冢累累，本年二月间夷人开天路，坟基尽平，该管同知禀请委勘，该夷并不服罪，官为差人修治，复率夷奴将差役民人殴打，嗣经通事劝谕，始行和息一节。查本年三月内，据前署澳门同知郭际清、前署香山县叶承基等会禀，以西洋夷人向东望洋炮台山后开通沟路，该处旷野山冈旧葬民坟多冢，恐有锄毁，并已禁阻停工，难保不续行开掘，禀请委员勘禁。经臣等饬委佛冈同知潘尚楫驰往查得，该夷因图于东望洋炮台脚开通沟路，以便绕至咖嗯兰炮台较为捷近，并无别故。随勘明新沟路一条长约二百余步、宽约六尺，路旁有民人坟冢数十堆，尚未损动，当谕县丞金天泽督带民夫将沟路立时填平，绘图禀覆在案。兹饬该委员李绳先会同一并查办去后。旋据该员等禀称，查得已填沟路平坦如常，路旁坟冢均无损动形迹。传讯坟主陆达明等及当日填路民人黄亚立等，佥称洋夷所开沟路系在山脚，原无侵损坟冢，后经潘委员督令填复，洋夷并无违抗及率殴私和情事。现蒙查看，各坟无损，伊等如果曾被殴打，何肯代为隐瞒，愿具甘结，并提前次押填差役汤光等查讯，供亦靡异。除取具各供结附奏外，据实禀覆。等情。

臣等查，西洋夷人住澳有年，素称恭顺，近来日形贫弱，常虞各国侵凌，全仰天朝覆载，必不敢稍涉桀骜，自绝生成。今开路一案，据该委员等查无毁坟抗殴各情，尚属可信，惟控驭务得其宜，道在恩威并济。自应申明旧制，严立禁防，以坚其詟服之心，而泯其轻视之隐。至各国夷情诡谲，汉奸必须力图杜绝，臣等现经悉心筹办，另折陈明。

所有遵旨查议缘由，谨合词附片密奏，伏乞圣鉴训示。谨奏。

道光十六年十二月二十日奉朱批：所奏俱悉。钦此。

（军机处录副奏折）

E328：政法-违禁案件

3.57　姚庆元奏请饬缉拿香山贩鸦片之人片

道光十七年七月十八日(1837年8月18日)※

再，查纹银出洋贩贸嘆咭唎鸦片烟泥，其总汇处所，实只广东一省，至他省海口不过奸商夹带转贩而已。广东省城包揽贩私之处名曰窑口，皆系积猾匪棍亡命之徒，踪迹诡秘，不惜重贿勾结兵差为之羽翼，有非官府耳目之所能及者。臣留心访察，风闻有赤沙广一名姓徐，番禺县沙湾司人，年五十左右，高颧，无须，先曾私铸小钱犯案，现住居省城韭菜栏兴隆街尾，暗开窑口。又王振高一名，亦系沙湾司人，走私起家，曾捐都司职衔，投香山营效力，缘事告退，道光十五年冬间，与久惯走私之苏魁大等伙开窑口一座，在省城永清门外向北，店名宝记。又关清即信良一名，系南海县九江人，曾犯盗案，自首后挂名广州府差役，与莫姓伙开窑口一座，在靖海门外城根利顺行后楼，店名仁记。又梁忠一名，广州府佛山人，曾充南海县差役，告退，现住海珠炮台左侧紫洞艇，专管窑口走私帐目。以上四名皆系多年走私起家巨万之犯，因恃有兵差通同一气，久未破案。应请皇上敕下两广总督密派明干文员严缉究办，总期安分商民不虞波累，而积猾巨蠹，无所逋诛，亦除莠安良之一端也。为此附片陈明。谨奏。

（军机处录副奏折）

E328：政法-违禁案件

3.58 两广总督邓廷桢等奏报拿获开设窑口贩卖鸦片匪犯审明定拟折

道光十七年十二月二十三日(1838年1月18日)

两广总督臣邓廷桢、广东巡抚臣祁𡎴跪奏，为拿获开设窑口、贩卖鸦片匪犯，审明定拟，恭折具奏，仰祈圣鉴事。

窃臣等兹准水师提督臣关天培，饬据提标参将余清，督带备弁，会同海丰县营，在于鲘门洋面拿获闽省艚船鸦片匪犯郭康等，并舵水人等共二十六名，连起获烟泥一百七十斤。另解案委员究出在逃之船户郭安、郭浅，先后请托在澳门开设窑口之郭亚平邀同夷人，引至伶仃外洋，向夷船贩买鸦片。等情。当经臣等密派员弁驰赴澳门，会同该管文武将郭亚平即辛帼平并工人陈亚玉围拿就获，起出数簿、烟杆、铜锅各物，禀解来辕讯究，业将大概情形附片具奏，并将各犯饬发臬司委员审办去后。兹据委员广州府知府珠尔杭阿审明，由广东按察使王青莲审拟详解前来。臣等亲提悉心研讯。

缘郭亚平即辛帼平，籍隶澄海县，先年在澳门地方福建客民林恭货铺内佣工。嗣林恭身死，家属回籍，遗存店铺，经郭亚平经手开张，与住澳之贺兰国夷人呗咕、咥喽素相熟识。道光十三年内，郭亚平因生意淡薄，开铺处所地方荒僻，起意勾通夷人呗咕等，向其购买烟泥，开窑囤积，贩卖图利，各处小贩匪徒均零星向其转贩。每年囤贩烟泥自八九百斤至一二千斤不等，铺内亦煎熬烟膏诱人买食。因历年资本无多，随时囤积烟泥不过数十斤，遇有福建及本省潮州府属素识船户驾船至澳，向贩烟泥，为数较多，郭亚平不能应付，即充为鸦片经纪，串令夷人呗咕等，带同该船户备银驾艇，引至伶仃等处洋面，向夷船私买运回。各船户每买烟泥一担，郭亚平抽取经纪番银四元。其工人陈亚玉于十六年内受雇在铺佣工，亦知情容隐。十七年九月内有福建漳浦县船户与郭亚平素识，同姓不亲未获之郭安、郭浅各由籍贩货，赴澳门发卖。郭安带同堂弟现获之郭康、郭希在船照料，并雇现获之李得管理帐目，雇现获之陈太元、王酬、王玉、陈项、郭荣、郭亚溁及未获之邓永浩、金成、金声、王容、陈久共十一人充当舵水。郭浅雇现获之刘武在船管帐，雇现获之杨房、王元庆、钟兴瀸、王梨、林灶、郑任、陈树、赵叶、彭全、刘务、林讲、王卓、郭务、王标、黄枝、杨畅十六人充当舵水。

十月各该船驶抵澳门，将货卖完。郭安起意商同郭康、郭希兴贩鸦片烟泥，带回转卖，许俟得利分给，郭康应允。时郭浅亦起意乘便兴贩鸦片，先后经托该犯郭亚平邀得夷人呗咕等驾艇出洋，引赴夷船。郭安用番银一千七百余元买获烟泥二百八十余斤，郭浅用番银一千九百余元买获烟土三百一十余斤，各运载回船开行。李得、刘武知情不阻，舵水陈太元、杨房等均不知有私贩情事。是月二十九日，船至海丰县属鲘门洋面，经文武员弁侦至，追及向拿，郭安、郭浅瞥见，各将烟泥丢弃落海，与舵水邓永浩等凫水逃避。该员弁等当即过船将郭康等拿获，并搜获剩存烟泥，解经究出郭亚平即辛幅平在澳开窑引贩各情，饬据〔委〕员会同该管文武拿获该犯并工人陈亚玉，连起获数簿等物，解省审办。兹据委员广州府审明，由司审拟详解，经臣等提犯严加研鞫，据前情不讳。查验起出数簿，系道光十三年以后每月囤积烟泥及零星转卖之数目，逐加核算，该犯年囤贩烟泥自八九百斤至一二千斤不等，核与该犯供〔数〕相符。

臣等以该犯郭亚平既积年囤贩鸦片，非尚有同伙开窑之人，且恐该犯勾结外夷，别有通信走私不实不尽情事，均应澈底根究，以期水落石出。即各转向贩卖之匪徒，及赴铺卖（买）食烟膏之人，并引赴夷船兴贩之船户，亦应详晰讯明，并拿究治。复向郭亚平严加究诘，据称伊开窑囤贩事甚秘密，深惧人知，是以开设多年，并无伙党。至伊勾通夷人呗咕等，冀其引贩图利，并无走漏地方公事及偷运纹银禁物出口情弊。各处零星小贩之徒尽属无业游民，行踪无定，伊仅知其姓名，不能详其居址。其赴铺〔买〕食烟膏之人均系闻风向卖，随来随去，阅时已久，姓名实不能记忆。至历年常引赴夷船兴贩鸦片之人，仅有潮府属及闽省两处船户，内有多人尚能知其名，其余俱不能记忆。等语。并据该犯将该二处兴贩船户李廷思、亚闰、李标官、陈洽源、陈周、陈忠兴、成旧、李瑞漳、温哥、高哥十人籍贯年貌逐一供称，列单附卷。讯之该犯雇工陈亚玉，坚称伊仅止知情容隐，并无合伙囤贩。该船户亲属郭康、郭希亦仅听从郭安起意兴贩烟泥一次，委无另犯别项劣迹。李得、刘武实止知情未阻，陈太元、杨房等佥称受雇充当各船舵水。郭安等各系商同郭亚平向夷船私卖（买）鸦片，伊等与未获之舵水邓永浩等委系均不知情，加以刑吓，各供矢口不移，案无遁饰。

查例载：兴贩鸦片烟泥照收买违禁货物例，枷号一个月，发近边充军，为从杖一百，徒三年。又正犯在逃未获之犯称逃者为首，如现获多于逸犯，供证确凿，即依律先决，从罪毋庸监候待质。各等语。

此案郭亚平即辛亚平积年勾通在澳夷人，开设窑口，并囤贩鸦片烟泥，致各处小贩匪徒转向购买。且有兴贩数多之船户，该犯不能应付，即代作经纪，私与夷人引赴外洋夷船贩卖，从中取利，并于铺内煎熬烟膏，诱人买食。核其情节，实与私开鸦片烟馆无〔异〕自应照例问拟。郭亚平即辛亚平合依私开鸦片烟馆，引诱良家子弟者，比照邪教惑众律拟绞监候例，拟绞监候。该犯胆敢于海疆重地勾结外夷开窑引贩，历时已阅五年，实属情罪重大。澳门为各国夷人聚居之所，且现当力除锢弊之时，未便仅照寻常按（案）例办理，应请旨将该犯郭亚平解回澳门地方，即行处绞正法，以昭炯戒。

其工人陈亚玉，讯无合伙开窑情事，惟明知郭亚平囤贩鸦片，受雇佣工，容隐不首，罢与私开鸦片烟馆知情之邻佑无异，自应比例问拟。陈亚玉应比照私开鸦片烟馆，邻佑人等杖一百、徒三年例，杖一百，徒三年，至配所折责四十板。

郭康、郭安希随同其堂兄郭安，驾船至粤贸易，听从郭安起意兴贩鸦片烟泥，藉图分利，实属兴贩为从，郭安、郭希均合依兴贩鸦片烟泥为从杖一百、徒三年例，杖一百，徒三年。该犯等虽在逃之郭安起意为首，惟现获多于逸犯，且经供证明确，将来拿获郭安到案，可无延其狡展，应请先决从罪，毋庸监候待质。该二犯系福建客民，甫经来粤即行犯案，应请解回福建省定地充徒，至配所折责安置。

李德、刘武各受船户郭安等请雇，得知各船户兴贩鸦片烟泥，不行劝阻，亦有不合，应各照不应重律杖八十，折责三十板，递回原籍漳浦县折责保释。郭安船内水手陈太元、王酬、王玉、陈项、郭荣、郭亚荣六名，郭浅船内舵水杨房、王元发、钟兴瀣、王梨、林灶、郑任、陈树、赵叶、彭全、刘务、林讲、王卓、郭务、王标、黄枝、陈畅十六名均不知各船户兴贩烟泥，应无庸议。该犯郭亚平引贩烟泥，历系由僻港私越出洋，守口弁兵无从查察。开窑处所地属偏僻，并地保均无庸议。该犯得过引贩银两并无确数，请免查追，起获烟土等物饬经销毁。呗咕、啹喽既勾串内地民人引贩烟泥，未便仍留居澳，应饬洋商传谕该国，即将呗咕等驱逐回国。逸犯郭安等及积年兴贩烟泥之船户李建司等，饬各营县严拿，仍咨闽浙督抚臣一体饬缉，获日另结。本案匪徒均经该管厅县会营拿获，文武失察职名应请免开。

除拱招咨部外，所有获犯审拟原由，臣等谨合词恭折具奏，伏祈皇上圣鉴，敕部核覆施行。谨奏。

道光十八年正月二十九日奉朱批：所办甚好。刑部速议具奏。钦此。

道光十七年十二月二十三日

（军机处录副奏折）

E16：政法-查禁

3.59 吏科给事中陶士霖奏请敕将囤贩吸食鸦片之犯议加重典以除积弊而保民生折

道光十八年四月二十二日（1838年5月15日）

吏科给事中臣陶士霖跪奏，为军民私食鸦片，风气过炽，请旨敕下议加重典，定限施行，以除积痼而葆民生，仰祈圣鉴事。

窃以鸦片之为物，伤人耗财，其害不可胜数，屡奉严旨敕禁，自应实力遵行。乃军民等毫不知悛，始而沿海地方沾染此习，今则素称淳朴之奉天、山西、陕甘等省吞吸者在在皆然。凡各署胥吏、各营弁兵沉溺其中，十有八九，虽据年终出结详报，实皆视为具文。甚至男妇不分乡愚，亦因此废业。即就京师而论，臣奉命巡城，每于深夜出巡，偶遇犯夜可疑之人，辄从伊身搜出烟管、烟锅等具。此外缘案起获惩办者，尤属纷纷，相习成风，殊堪痛恨。

臣夙闻烟土来自外夷，如广东澳门各口岸，岁销烟土银约三四千万两，福建厦门、江苏上海、直隶天津各口岸，岁销烟土银约共四五千万两。向来夷船装货多用洋钱押底，以御潮湿，近年均用烟土押船。查洋钱收买纹银例有明禁，然独以银易银，至洋烟装贩，直以土易银耳。现在纹银每两已值制钱一千五六百文之多，而洋钱每块向值纹银七钱，今且增值纹银八钱有零，此其明验矣。该洋面设有舟师卡口，设立守吏，原令严密搜拿，无奈重贿勾通，阳为巡查，实阴为包庇，立法周而逃法巧，利之所逐，非例禁之能为功也。将来年复一年，出洋之银日多，内地之银日少，市价愈增愈贵，于小民生计关系匪轻。臣愚以为，欲竭其流，必杜其源；欲疗其疾，必峻其药。

查刑部例载：兴贩鸦片，发近边充军，为从杖一百，徒三年。吸食者如不招出贩卖之人，照为从问拟。等语。奸民避重就轻，遇有破案，每令案内无甚紧要者一人认罪，向请众人倾助钱文，以俟年满开释而已，是以敢于怙过，了无畏心。处今之时，非议以重刑不能挽此积重之习。但行之太骤，迫民于机不及转，又恐或失于苛，惟宽以约法之期，予以自新之路，若犹听之藐藐，终蹈前非，是其自外生成，无怨乎国宪之重也。相应请旨敕下刑部，将囤贩、吸食鸦片各条例从重议加罪名，并于加罪之后行知各省，以奉到部文之日为始，严切晓谕，约限半年，其限内犯者照旧示惩，限外犯者即依新定重律办理，如此则惩一儆百，民各凛然。食者日稀，销售之地势必不旺，纹银出洋之患藉此渐除，既可以救民，兼可以裕国矣。再，巡洋守卡各官役，如有隐纵等情，亦请于现行之例加等议罪，庶该员弁等不敢徇私，朝廷之禁令益见严肃。

臣愚昧之见是否有当，伏乞皇上圣鉴。谨奏。

道光十八年四月廿三日奉朱批：刑部妥议具奏。钦此。

四月廿二日

（军机处录副奏折）

E328：政法-违禁案件

3.60　护理湖北巡抚张岳崧奏为严防英人贩卖鸦片事折

道光十八年五月十九日(1838年7月10日)

□……□(此处残缺数列)者因无可畏之威而□奏者更无可继之法，有不能不虑及者，良以慎刑明罚，必审其轻重之宜，彰信兆民，当究其推行之道。查吸食鸦片之例罪止杖徒，开馆售卖者罪始论绞。原以吸食者害仅其身，开馆者害延与众，例意极为明允。今如重吸食之罪，至于论辟，则兴贩开馆者罪无可加。至一年之限原冀其畏法知戒，然戒者什之八九尚属可行，倘戒者什仅二三，彼冥顽之徒未必不苟延观望，至一年限满，如法则诛不胜诛，不如法则令反其令，于治体似觉有妨，而中外无以示信。臣悉以为国家因时制宜，原有穷变通久之道，但如或变而窒碍，似宜酌而守中。或原系法轻易犯不足示儆，可否将罪名酌情加重。

查鸦片之害与邪教惑人事异而情同，请将吸食者比照各教会名目收藏经卷例，拟边远充军。兴贩者比照□师传徒例拟发乌鲁木齐。开馆者仍照邪教惑众律拟绞候。巡弁兵役贿纵者从重□情实文武有得赃者严罪。□□失察者褫职议处。如此庶轻重有伦，咸知儆畏。

其禁戒之方臣尝拟论四条，中有逐日递（减）之法，既不费财亦不至因瘾伤生，试之多有效验，似尚简便易行。至于修内禁者当以严吸食者为先，御外来者仍以严海口为要。原奏以鸦片利重，弁兵差役趋利若鹜，查察为难。然兵役由官严束，如法令先不能行，即吸食亦难查拿。或谓海口分歧，巡查未易，然盘踞必有其地，接送必有其人，如果实力□行，自不致因循一齐，历年且先查禁□□□□□者随地异，宜因俗设禁，不能强同。臣谨就广东售卖最盛之地陈之，既广东一省，今昔异势，内外殊形，难以拘执，臣仅就现在外洋形势之要陈之。查广东十余年来盘踞售卖鸦片者为吵喥嘶咃二夷，□送夷馆给与夷单谓之□□，总办转售者谓之窑口，现在情形亦复无异。此虽近在省垣，但人烟稠密，踪迹诡藏，反难查拿。至于外洋虽宽，必有进口处所。往年多售于澳门，自前督臣阮元拿获□户叶恒□严办后，乃移售黄埔。迩来查拿加严后移于新安县境之零丁洋。该洋由澳门远望可见，凡夷船之带鸦片者脚港为多，咪唧唎则什之二三。其船来粤，过老万山后至零丁洋。每用另船剥载，名曰鸦片趸，剥载后夷船始行入口以避盘查，并有将凡重税货物剥却偷漏者。至鸦片趸终年停泊，而内地匪徒为之发送者曰快蟹船，亦名扒龙，其船中水手众至数十人，往来如飞，兼备炮械，又有为趸船接济米粮牛羊等物，俾可久泊者为内地之渔船。臣以为查获之要尤在于此，应请旨严饬督抚及海关监督，凡夷船到粤即催促进口，毋许在外洋停留剥载，以杜偷越。远者不准开仓售货，亦不准置货归国。彼必畏惧。至鸦片趸每有数船终年泊零丁洋者，严查所带何货，因何久泊，驱逐开行。倘藉辞风色不顺仍复逗留者，尤当设法查禁。查𢈢门为水师米艇停泊之所，距零丁洋不远。米艇本有巡洋之例，请旨饬查督抚及水师提督察看夷趸多寡，每趸拨米艇二三号，慎选参游以上大员之公正稳练者分船管驾，并派同通以上贤员一同巡查，不时抽换，在于夷趸左近犄角联络以牵制之，彼开亦开，彼泊亦泊。米艇各带小船或即捕获之快蟹船，拨精兵驾驶，于趸船之前后左右昼夜梭巡，遇有快蟹及渔船来往即四面兜捕，如敢抗拒准开炮轰击。获犯交地方官严办，捕获多者奏明将官弁兵役优叙厚赏，不能捕获及贿纵者从严科罪。如此信赏必罚，严绝发送接济，彼夷趸不能售其奸，久将自去。如已远飏，仍防复至。前年曾有夷船游弈闽浙江南各省洋面者，即是此船，故应严为设防，毋令窜入。至快蟹船并无别用，徒为盗资，当严拿禁。其渔船应行编号稽查，出入均查禁。

所宜亟讲者，臣查前督臣卢坤选派副将秦裕昌等拿获梁显业贩卖船，起出鸦片土万余斤，格杀生擒者数十人，并按治窑口姚九欧宽等籍产入官，此风稍戢。诚能常如此认真办理，查于停泊之夷趸，则洋面有扼要之方，严于接获之内匪，则奸夷无串通之路，鸦片既止，其他偷漏均可胥绝而关税益充，海口既严，不但□币不患漏卮，即洋氛永靖，禁吸食者递增，罪名不滋流弊。严巡逻者坚明约束，毋托空言，内外交修，本末兼备，或于国计民生稍有裨益。臣谨就桑梓情形采访筹议，愚昧之见是否有当，伏乞皇上圣鉴训示。敕议施行。谨奏。

道光十八年六月初六日奉朱批，（疑此处有缺）钦此。

五月十九日

（军机处录副奏折）

E328：政法-违禁案件

3.61　两广总督邓廷桢奏报续获开设窑口贩卖鸦片在逃数年之首犯审明定拟折

道光十八年六月初六日（1838年7月26日）

两广总督兼署广东巡抚臣邓廷桢跪奏，为续获开设窑口，贩卖鸦片，在逃数年之首犯，审明定拟，恭折奏祈圣鉴事。

窃查前督臣卢坤饬据水师员弁缉获匪犯李亚组等，并起获鸦片烟土、夷字书信并艇只、刀械，解经究出逸犯姚九、区宽各自开设窑口，出本兴贩鸦片烟土，李亚组等听从贩运。等情。当将姚九、区宽家产查分入官，逐一抄验，并无违禁书信物件。随经前署督臣祁𡎴以姚九、区宽开窑贩烟，出银至三万余两并煎熬诱人买食，与开馆引诱无异，将来拿获到案均应照例拟绞，将李亚组等分别审拟军徒，奏准部覆在案。嗣臣到任，因姚九、区宽均系开窑首犯，必须设法弋获，俾正其罪，以彰法纪，叠经檄饬文武严密踩拿去后。

兹据广州协左营外委吴第购线侦知，该犯区宽潜回探信，督带兵丁协同广州府及南海、番禺、顺德各县差役并前任南海县刘开域家丁，将该犯拿获禀解前来。经臣提犯至署讯悉大概情形，恐有不实不尽，发司另委广州府澈审详办。旋据广州府知府珠尔杭阿提犯审明定拟，由署臬司陈嘉树、署藩司王青莲招解前来。臣复督同该司等亲提研鞫，缘区宽籍隶顺德县，于道光九年以欧阳镇之名捐纳州同职衔，给有执照。十三年内，因广、肇二府属被水冲决围基，曾捐银二千两赈恤贫民，经前督臣卢坤汇同奏请鼓励，奉文给予加二级。

该犯区宽与未获之姚九向在香山县澳门地方贩卖杂货生理，彼此交好。十三年秋间，姚九与区宽谈及生意淡薄，探闻伶丁外洋寄泊夷船，带有鸦片烟土，价值便宜，各自起意贩买，开窑囤积，销售获利。一同至省，在新沙及火巷口荒僻地方各置铺屋一所，并先后各出银两雇坐不识姓名人小艇，由僻港潜赴伶丁洋面，亲向夷船购买鸦片烟土自一二斤至数十斤不等，均用箱装贮，伪为行李，陆续私运回省，起贮铺内。各处小贩匪徒均向其零星转贩，并于铺内煎熬烟膏，诱人买食。该二犯因节次买烟，与寄泊伶丁外洋之㖊夷船熟识交结，谙习夷语夷字，间通书信，查询烟价。

十四年三月初十日，姚九探闻伶丁外洋㖊夷船又带有鸦片烟土，当与该犯区宽商定各出资本购买，欲贩往潮州一带售卖获利。托前办素好之李亚炟、冯亚明携银往贩，许俟获利均分，并邀其在窑口管理帐务，李亚炟等应允。区宽与姚九各出番银一万八千两，共三万六千两，姚九随令素好未获之冯亚林写备夷字书信一纸，信内叙述买烟情由，将银两、书信一并交给李亚炟、冯亚明，雇前办之船户郑亚旦快艇一只装载，郑亚旦雇前办之袁亚保、胡亚喜、郑亚桃、周亚苏、戴亚遂、杨亚志，未获之梁亚桥、简亚有、梁亚蒂、陈亚同、郑亚法、吴亚景、梁亚全、李亚二，不识姓之亚初、亚兴、亚色、亚南、亚成、亚三共二十人在船充当水手，艇内置有刀械防夜。是晚，从僻港私越出洋，驶至伶丁洋面，拢近㖊夷船，李亚炟、冯亚明将银信交与夷人，买得烟土十六箱，搬过艇内，驶往海边寄碇，等候海船，载往潮州一带售销。十三日，经员弁兵役驾船巡至，驶拢查捕，李亚炟等惊慌将烟土纷纷抛弃落海，被兵役过船擒拿，冯亚明、郑亚旦等凫水逃逸，将李亚炟、袁亚保、胡亚喜拿获，并起获夷字书信及余烟艇械。又续获郑亚旦、郑亚桃、周亚苏、戴亚遂、杨亚志五名，先后解审奏办。该犯区宽事发远飏，比因日久，潜回探信，即被获案发审，由司招解。经臣提讯，据供认前情不讳，核与原案相符。

臣以该犯区宽既开窑囤贩鸦片，必多同伙代贩之人，并恐该犯勾结外夷别有通信走私情事，且恐该犯开窑已久，不仅始于道光十三年秋间，现破案在逃，难保不仍向夷人贩卖，均应澈底根究，以期水落石出。其各处转向贩卖匪徒及赴铺买食烟膏人等是何姓名、住址，亦应详晰讯明，并拿究治。复向区宽严加究诘，据称伊开窑兴贩事甚秘密，必须平时深信之人方敢托其贩运，前因未得其人，均系自行贩回铺内发卖。至十四年三月内，令李亚炟等出洋贩卖烟土，俱系与姚九商定，委无另有伙党，伊实因前在澳门贩卖杂货，其后节次买烟致与㖊夷船熟识，谙习夷语夷字，间通书信，委仅查询烟价，并无不轨语句。伊开窑委系始于道光十三年秋间，迨破案之后伊已畏罪逃避，何敢再行兴贩。伊勾通夷人止图买烟获利，并无走漏地方公事及偷运纹银禁物出口情弊，各处到铺转贩及买食烟膏人等均系无业游民，随来随去，实不知其住址，阅时已久，亦不记其姓名。等语。严鞫不移，案无遁饰。

查例载：私开鸦片烟馆，引诱良家子弟者，照邪教惑众律拟绞监候。等语。此案区宽与在逃之姚九各出资本，开设窑口，囤贮鸦片烟土，始则零星售卖，继复出银至三万余两之多，雇请李亚炟等出洋贩运，且于铺内煎熬烟膏，诱人买食，殊属藐法，自应照例问拟。区宽即欧阳镇，应革去州同职衔，合依私开鸦片烟馆，引诱良家子弟者照邪教惑众律拟绞监候例，拟绞监候，秋后处决。据供亲老丁单,惟情节较重,应不准其留养,毋庸取结。查办捐照,据供因前逃避匆忙,业经遗失,是否属实,饬县查明,分别办理。该犯逃后,讯无行凶为匪及知情容留之人,其历次装运烟土回省,均系由僻港私越,并未经由营汛口岸,守口弁兵无从查察,应毋庸议。开窑铺屋先经查封,毋庸再议。逸犯姚九等饬缉务获另结。

除备造供册咨部外,合将审明定拟缘由,恭折具奏,伏乞皇上圣鉴,敕部核覆施行。

再,广州协左营外委吴第以微末营弁,于该犯区宽甫经潜回即能督兵协役驰往拿获,免致要犯漏网,当属勤奋。臣已将其记名,随时奖拔,俾示鼓励,合并陈明。谨奏。

道光十八年七月初九日奉朱批:刑部议奏。钦此。

六月初六日

(军机处录副奏折)

E16:政法-查禁

3.62　协理京畿道监察御史黄乐之奏请饬查英国兵船擅闯内河及有无汉奸走私串弊等情折

道光十八年八月初五日(1838年9月23日)

协理京畿道监察御史臣黄乐之跪奏,为夷人玩法积弊,驾驶兵船辄入海疆内地,请旨饬查,以杜衅端,仰祈圣鉴事。

窃惟粤省洋商贸易历久相安,各国向化输诚,夷情恭顺,到处关津海口实力稽查,不致走私漏税,亦未闻有夷人兵船入港。乃日久官兵弛懈,法玩弊生。嘉庆十七年,汉奸李亚耀曾犯勾通夷人把持舞弊之案,并闻有附近香山南澳乡愚贪图厚贿,将妇女卖与夷人私带出洋回国;又有通晓夷音之土人受雇各夷服役,名为沙蚊,使其招引汉奸;更有稍通文理无志上进之人图其重利,用汉文编造耶苏教等夷书传至省城,业已毁禁,而澳门以下仍恐尚有相传。似此外夷土匪朋比为奸,致有道光十一年嘆咭唎夷人携带妇女居住省城,潜坐大轿,私设炮位,结伴入城,并在省城河岸侵占官地,私筑石坝马头;十四年嘆咭唎之噜啤啤悍夷挟藏器械,驾驶兵船直入虎门内地之事。

近年以来,鸦片烟流毒愈甚,纹银出洋愈多,快蟹船之走私漏税势将积重难返矣。但鸦片烟之查禁业已钦奉上谕,饬下各直省督抚各抒所见,自能严定杜绝章程,不患再滋流弊。惟臣闻本年六月间,有嘆咭唎兵船突来零丁洋面,停泊虎门港口,径称夷国官兵到粤,差人投文,移会两广督臣。经督臣将原书发还,而该夷兵船仍未回国,闻其来意系欲盘踞零丁洋之大屿山,堵截外洋入粤夷船，向其纳税，屯聚售货走私，居心实为险恶。

伏查虎门港口设有炮台防御，并有大洋水师官兵巡查，且虎门港外一带沙水淤渍无常，若非土人领导，该夷船不能入港。况夷人贩货必须先抵澳门，易船载至黄圃（埔），再由小船到省，准其在洋行居住，例不准与入城。沿途节节稽查，其差人投递两广督臣文书，岂有官兵、洋商毫无觉察？情弊显然，应请旨敕下广东督、抚，粤海关监督责成本省洋商传谕天朝法度，严饬大洋官兵将该夷兵船即行驱逐回国，无许滋生衅端。随时查拿土匪汉奸，勿令走私串弊，并由地方官晓示严禁，不准外夷贩买内地人口出洋及私雇良民服役。如有汉奸代其包揽，偷漏银货，关津胥吏得贿放行，一经出港，倘附近军民人等查拿得实或指名到官首告，除将夷人汉奸及失察包庇之官员、兵弁严惩外，即将所获赃私一半充公，一半赏给查拿告发之人，以昭激劝，似亦除奸杜弊之一法也。

臣为剔除积弊，绥靖海疆起见，是否有当，伏乞圣鉴训示。谨奏。

道光十八年八月初五日

（军机处录副奏折）

E16：政法-查禁

3.63 两广总督邓廷桢奏为筹调师船备事宜折

道光十八年十一月十六日（1838年1月1日）

两广总督臣邓廷桢跪奏，为筹调师船将备联帮驻泊洋面堵截民夷售私并水陆交严以除锢弊恭折奏祈圣鉴事。

窃照粤东通省商以来，番船络绎，久之奸夷违法，驯至鸦片之毒流遍海域。是华民嗜食成癖，由于土匪之贩运，而贩运实来自夷船，从流溯源，非于夷船寄泊之所严加堵截，杜其勾串，势难起而有功。臣受事几及三年，办理毫无成效，以致上劳宸廑，叠蒙指授机宜。兹又于臣奏请陛见一折奉领朱批：“一切认真办理，吸食与贩鸦片者尤当勇敢惩治，暂缓前来下属奏请。钦此。”臣跪诵之余，感悚无地。现计所获私开窑口及与贩鸦片匪徒，除节次专折奏办外，续经弋获一百四十一起，人犯三百四十五人，有民间遵示依方戒食亦据首缴烟枪一万一百五十八支，业经开单恭折奏报。群情似稍□动，但弊源未除，犹之设防断流，终虞溃决之患。臣受恩深重，敢不竭尽心力通计熟筹冀图报效。查各国货船抵粤，皆循例报验入口开舱起货交易，其日久寄碇伶仃外洋者即属营私夷船。外间以趸船（自云）。盖伶仃与老关山以外夷洋毗连，是以逐去复来，难期绝迹，嗣且假避风之名，连樯驶入，然仍寄泊伶仃洋，或十余只或二十余只，觇风势顺逆，于伶仃附近之九州鸡颈泽仔尖沙嘴等处洋面徙泊靡常，该处巡防虽密，而各洋浩瀚无际，顾此失彼，内匪即从而偷贩，此鸦片之所由滋蔓也。

臣反复筹度，谨拟派员驻洋守堵之法，如该夷船现泊何洋，即于该洋河源必经之路，将师船联帮堵截。无论内地大小何项船只，一经驶近夷船，即行并力追拿，无许栖装鸦片。倘敢逞凶拒捕，开枪炮轰击，格杀勿论。庶奸民不能勾通购买而虿船亦无厚利可图，持之既坚，当亦废然思返。查伶仃等洋乃水师提标左营香山协大鹏营所辖之地，应请调集水师提标船二只，香山协师船两只，大鹏营师船二只，备随带哨船二只，均配足弁兵炮械。第一月派水师提标左营游击管领，以香山协大鹏营守备各一员副之。第二月派香山营协副将管领，以水师提标左营大鹏营守备一员副之。第三月派大鹏营参将管领，以香山营协水师提标前营守备各一员副之，轮流照议堵拿，周而复始，仍严饬各该将备等，各当实力奉行，设有堵截不力及徇纵情弊，即从严参处。然水师提督统辖全洋，弥盗缉私皆其专责，驻扎虎门地方滨临海口，与伶仃各洋声息相通，所有守堵事宜，或稽查各官勤惰或调度时有变通，著即由提臣关天培就近认真督办，俾归妥协。又伶仃各洋以来惠潮一带洋面，从前时有夷船藉称遭风漂往，屡经驱逐回帆。今当查办吃紧之时，在夷情诡谲，既难保其不择地图迁，亟应早为防范。而惠潮二府属澳海，若各口岸奸民开设窑口屯贩烟泥，尤应一体严饬购捕，以免烟贩勾结夷船往泊，致遂其凭穴为害之私。臣现在会同广东巡抚臣怡良等议水陆交严章程，檄令南澳褐石二镇乘坐师船亲督属营将备巡洋舟师，并给带通事引水驰赴该二镇所辖交界洋面驻泊，遇有夷船驶至，立加谕逐，毋许片刻逗留。如有匪艇拢向勾结，亦即奋迅兜拿，格杀勿论。其陆路各岸，人烟稠密，良莠杂处，以潮州府澄海县属之汕头，潮阳县属之达濠为最。现饬潮州镇惠潮嘉道暨潮州府会同并于各物通中之地，轮流驻扎督拿，并督阖郡文武各于辖境口岸分核严密踊缉。有私务破，遇匪即擒。各港口旧设卡，遇凡渔船蜑(疍)艇出入，责令确加查验，惠州府属口岸由该府即于郡城会同陆路提督严饬各营□查照一律办理，似此文武各尽其力，水陆分任其劳，守伶仃以清其源，堵惠潮以竟其委。倘有意存推诿、贻误事机，臣即当随时指名奏参，以为玩不同命者戒。伏念臣才识短浅，具有人心，遇事不敢邀功，未尝不思尽力，况责无旁贷，弊在必除，惟与抚臣率同在城司道，日夕勤求方略，期于国计民生稍有裨益，以冀仰副圣主杜塞漏卮、用康兆民之至意，除仍剀切示谕吸食鸦片之人作速遵方断瘾，首缴烟枪，俾得及早自新外，所有筹办防堵并水陆交严缘由、是否有当，谨会同广东巡抚臣怡良、水师提督臣关天培、陆路提督臣郭继昌合词恭折具奏，伏乞皇上圣鉴训示。谨奏。

道光十八年十一月十六日

道光十八年十二月十六日奉朱批：另有旨。钦此。

（军机处录副奏折）

E16：政法-查禁

3.64 两广总督邓廷桢奏为堵逐鸦片船只事折

道光十九年正月十二日(1839年2月25日)

两广提督臣邓廷桢跪奏，为外洋鸦片趸船现已开行二只，并乘机加劲堵逐情形，恭折奏祈圣鉴事。

窃臣前以鸦片烟土贩自外夷趸船，必清其源，然后其流可绝，是以严拿窑口烟馆并贩卖吸食匪徒。而外仍筹议轮派水师将备按月驻洋守堵之法，调集舟师在于趸船抛泊之伶仃各洋面联帮堵截查捕。无论内地何项船只，毋许摆近趸船，以冀断其销售、接济之路，庶奸夷无利可图，或当废然思返。一面翻译夷文刊成谕帖，散给各国夷人，晓以利害祸福，饬将趸船尽数遣还，各安贸易正业，并促令住省年久之港脚夷喳噸于上年十二月附船回国，均经恭折奏闻在案。

查驻洋守堵，以去腊为第一月，经臣檄饬轮派之将备将堵截情形趸船作何动静，五日禀报一次，以凭核办。本年正月轮值香山协副将惠昌耀管带备弁舟师赴堵。兹据该副将暨署澳门同知蒋立昂先后禀称，伶仃各洋分泊趸船处所因堵拿严紧，并无民船在彼游奕窥伺。趸船内有港脚嗹船及噂吐船各一只，于上年十二月二十八日午刻由鸡颈洋面一同起碇，向老万山外夷洋张帆驶去，跟踪望无形影，实已远飏。其奕尖沙嘴洋面，查尚泊船十六只，伶仃、九洲、三角、潭仔等洋共泊船六只，综计尚有二十二只。内港脚吔噸船一只，亦经整理桅帆，似有开行之意，现在乘机堵逐，不散松劲等情，并准水师提督臣关天培、粤海关监督臣豫堃查明咨会无异。伏查粤洋趸船经臣前于十七年八月驱去喃嘛国叻嗲咥船一只，尚存二十四只。是年奏办趸船折内，业已据实声明。今仰秉圣使竭驽查办，或惕以严谕，俾副怀柔，或慑以兵威，用除勾串，得于该夷喳噸回国之后又复驶去二船，且有整帆欲遁者，虽夷情叵测，难保存者不无观望、去者希冀复来。而大局实已警动，当此办理差为得手之时，其机断不可失，亟应妥速防维，且谕且逐，绝其徘徊之念，坚其悔祸之心，使得衔尾开行，肃清洋面。冀以仰副圣主绥靖海疆，湔除锢弊之至意。除飞饬守堵各备用将备遵照奋迅图功，仍不得卤莽致开别衅，并由提臣就近相机督办外，臣谨会同广东巡抚臣怡良、水师提督臣关天培、粤海关监督臣豫堃合词恭折具奏，伏乞皇上圣鉴训示。谨奏。

道光十九年二月十六日奉朱批：钦此。

正月十二日

（军机处录副奏折）

E16：政法-查禁

3.65　两广总督邓廷桢奏为堵逐鸦片船只事折

道光十九年正月二十四日(1839年3月9日)

两广总督臣邓廷桢跪奏，为粤洋堵逐趸船续经开动多只，恭折奏祈圣鉴事。

窃照夷鸦片趸船寄碇粤洋中路为患。自道光十七年驱除一只外，余船二十四只，日久迁延观望，徙泊靡常。经臣钦遵谕旨，源流并治，轮派将备管带舟师联帮驻洋守堵，遂于上半年腊底驶去港脚基船及噂吐船共二只，随时尚有整帆待发之船，业经恭折奏闻。一面复饬该班之香山协副将惠昌耀等乘机上紧谕逐，并飞咨水师臣提督关天培认真督办，以□迅就□请，在案。

兹据该副将惠昌耀会同留班之署水师提督所示□宣向各趸船谕以天威震叠，法在必行，况奸贩□经截拿，该夷等更原无所希冀大皇帝重德怀柔，既往不咎，□各仰体，作速回帆，万勿自□生成以取轰击实祸。随召港脚嘁咟及吔嚹等船、咪唎㗆国架哩啱及吐咖等船、哒国者吐船、小吕宋船共十四只，于正月二十日由尖沙嘴洋面相率起碇开行。又尖沙嘴泊旧之港脚赞唯等船、咪唎㗆国嘛叻等船共四只，俟于二十一日一同起碇，与前船俱南向校椅海驶去。惟九海等处洋面现尚泊船四只等情，并提准臣咨会。前由臣以各该船先后齐向南驶，是否悔过回国，抑系暂游他所，更图鬼蜮，尚有待咨为饬确探去后。旋于二十四日据该副将惠昌耀等禀称，该副将等于嘁咟等船十八只开行后，即经亲督舟师跟随尾探，各该船均于二十一日先后驶至新安县属之笱县东洋面，抛泊该处。附近老万山县夷保为夷船回帆必经之路，现在联帮防范堵逐，不敢仍任逗留等语。臣查东海面既与夷洋附近，各该船如果回国，即应张帆驶出前山，何故徘徊，更向东海抛泊，虽二十一日以后，是否业已驶出前山，现尚未报到，而夷情诡谲，殊恐惟以地近夷洋，急则驶去甚便，缓则仍可行私。故此各船开动之时，设使驱除稍涉松劲，致易令地久延，终非了局。臣随飞咨提臣，多派得力干弁，一面檄饬该管之大鹏营参将赖恩寿督带员弁舟师，一体驰赴东海，协同该副将惠昌耀等，并力严加谕逐，催令各该船即日开行，断不容其仍前观望日久踞泊，以致再留余党蘖。仍俟钦差大臣抵粤，察看情形，相机会商妥办，务使全洋□靖痼疾恶蠲，以冀仰纾宸廑于万一。所有趸船开动多只，现在加劲驱除缘由，谨会同广东巡抚臣怡良、水师提督臣关天培合词恭折具奏，伏乞皇上圣鉴。谨奏。

道光十九年二月廿二日奉朱批：和衷妥办，万勿畏难，及其成功一也。慓之勉之。钦此。

正月廿四日

(军机处录副奏折)

E16：政法-查禁

3.66 钦差两江总督林则徐奏报喳噸实已回国现在查明伙党一并驱逐片

道光十九年三月二十一日(1839年5月4日)※

臣林则徐跪奏。

再，臣承准军机大臣字寄，道光十九年正月廿七日奉上谕：本日据邓廷桢、怡良奏称，谕逐港脚夷商喳噸，现在下澳附船回国等语。该夷喳噸，来粤贸易多年，所有趸船鸦片多半系其经营，实为奸夷渠魁，现因稽查严密，恐惧图归。虽据该督等奏称该夷请牌下澳，于腊月底定可开行，但该夷盘踞既久，党羽必多，现在各趸船尚未回帆，其所存烟泥岂肯即行抛弃，难保不别肆诡谋。著林则徐严密访查，该夷喳噸是否实已下澳开行，约于何日起碇，如尚在逗留，即著严行驱逐，据实覆奏，务使奸夷尽去，痼弊悉除，方为不负委任。将此谕令知之。钦此。

臣查该夷喳噸于上年十二月十二日请牌下澳，附搭港脚咉船回国，业经臣于奏报到粤折内查明声叙在案。兹复钦奉谕旨，著臣严密访查。当即钦遵，密咨粤海关监督臣豫堃，谕饬洋商伍绍荣等确切查禀，并札澳门同知转谕在澳之西洋夷目唩嚟哆，查明喳噸实系何日自省到澳、附搭何船、于何日由澳开行回国，据实禀覆。一面暗遣妥人，改装前赴澳门密加访问去后。嗣准豫堃咨，据署澳门同知蒋立昂转据唩嚟哆禀覆，喳噸于上年十二月十三日由省到澳，即于十六日由澳附搭港脚咉船开行回国。又据洋商伍绍荣等禀同前情，与臣遣人赴澳密查均属相符。是喳噸实已于上年十二月间搭船回国，并未在省在澳逗留，毫无疑义。

惟该夷贩卖鸦片来粤多年，诚如圣谕：盘踞既久，党羽必多，所存烟泥岂肯即行抛弃。臣先经访得现住省城义和行之咉噸，即系喳噸之弟，又咉呀吔�、𠮩呀吔�，皆喳噸之外甥，并有代伊管帐之呀吔啥，亦在该行居住，是该夷虽去，而买卖帐目仍有人代为经理。此次义律禀缴鸦片虽系笼统开报，并未分析某夷名下若干，而趸船船户佥称喳噸居其大股，是该夷存积之烟，不致另有囤贮。臣与督臣邓廷桢面商，喳噸既已逃回，务当使之永不敢来，方为善策。此时烟土虽已收缴，其伙党亦必驱除，如咉噸、咉呀吔�、𠮩呀吔�、呀吔啥之类，现皆给谕洋商，令与向卖鸦片著名之夷人噘吔等一并驱逐回国，庶可杜绝奸夷踪迹，免致勾结盘踞，诱惑内地良民，复贻地方之害。

所有遵查喳噸实已回国，现在查明伙党一并驱逐缘由，谨附片覆奏，伏乞圣鉴。谨奏。

道光十九年四月十五日奉朱批：钦此。

(军机处录副奏折)

E328：政法-违禁案件

3.67　两广总督邓廷桢等奏报审拟广州万益号李四代买烟土事折

道光十九年三月二十四日(1839年5月7日)

两广总督臣邓廷桢、广东巡抚臣怡良跪奏，为遵旨拿获代买烟土人犯，审明按例定拟，恭折具奏仰祈圣鉴事。

窃臣等于道光十八年十月十二日承准军机大臣字寄，钦奉上谕，据琦善奏现经天津镇道等在大沽一带□广兴洋船上拿获烟土六十二口袋，计重十三万一千五百余两，讯据奸商邓然即邓□、水手郭吞等供称，邓然与佘晖、崔四、郭有观即郭壬酉，各出资本，在广州城外万益号有李四经手向夷船代买烟土等语，著该督抚等密速派员将李四立即拿获，严究伙党惩办，不得稍有疏□等因。钦此。并准直隶总督臣琦善飞咨前来。

臣等当即密饬署广州协副将事督标前□参将祺寿、广州府知府珠尔杭河、南海县知县刘师□、番禺县知县张锡蕃等密速查拿。先据传到福潮行户林致和、陈文耀等，讯据供指，向代洋船买卖货物之东源行内司事李亚彦，排行第四，其人素不端正，饬拿到案。经臣等讯出该犯代买烟土大概供情，并饬将供开伙党莫亚三即莫仕梁拿获，恭折具奏。一面将犯饬司委员提并东源行主潘翰典质审，旋奉朱批，严行讯究。钦此。遵即饬行严究去后，兹据委员广州府知府珠尔杭阿会同候补知府余保纯、佛冈同知刘开域、潮州府黄冈同知张钧、督同南海县知县刘师□、番禺知县张锡蕃提集各犯审，拟由广东按察使乔用迁会同广东布政使熊常□审解前来。

臣等亲提严加研鞫，缘莫亚三即莫仕梁，籍隶香山县，向在南海县属开□□洋货铺生理。李亚彦即李四，籍隶南海县，于道光十二年间用李彦忠名字在藩库捐纳监生，受雇在潘翰典所开东源行内充当司事，与莫亚三素相熟识，林致和、陈文耀系承办福潮船行户。如遇各路洋船在粤买卖货物，均系福潮行与之交易，赴关投税事宜即由行户代行投纳，名为保家，金广兴及金德喜洋船俱系林致和作保投税。十八年闰四月间，莫亚三因与在省夷管居住之夷人噫吮吱交好，探知噫吮吱有鸦片烟土发卖，起意充作鸦片经纪代人购买，从中抽取规银，李亚彦亦私立万亿字号起意代买烟土，图得□资。随有金德喜船主刘占船伙姚亚受及该船商人高亚应□买烟土转贩，托李亚彦代为购觅，李亚彦托莫亚三转向噫吮吱说合。刘占、姚亚受共用番银五千九百圆议买烟土三十担，经噫吮吱写立字据交给刘占、姚亚受、高亚应收执。令其船赴外洋就近自白夷船喋喇兑运烟土，刘占、姚亚受、高亚应即在省河将货物装运完毕，关税亦交林致和代纳清楚，将船驾驶出洋而去。迨至五月内，又有金广兴船主郭有观即郭壬酉□与该船商人邓然即邓缮、佘晖、崔四等合买烟土转贩，托李亚彦代为购觅。李亚彦后托莫亚三转向噫吮吱索得字据交郭有观，将船驶出外洋，用番银四万八千九百七十圆向哰喇船上买得烟土八十三担，□船开行。刘占等各先给□莫亚三规银及李亚彦□银每担三四圆不等。行户林致和因金德喜、金广兴各船先在省时仅止贩买货物，并不知其驶出外洋□有贩烟土情事，仍赴粤海关代为照货投税验放。□金广兴船只驶至直隶天津地方，即经天津镇道等搜获烟土，究出李四经手代买等情。经直隶督臣□奉谕旨饬拿究办，□道派委文武员弁先后缉获李亚彦即李四并莫亚三，讯明□发审解。

兹据臣等提犯严加研鞫，据各供认前情不讳。臣等伏查该犯莫亚三等或充经纪或私立字号代买烟土至数十担之多，恐另有伙党，所买亦不止此数，次东源行主潘翰典尤难保非知情串通，金德喜船只现在驶往何省，莫亚三等自必知悉。复向该犯等逐一研究，据供实无另有同伙，此外亦无代人购买情事。潘翰典因买烟系在外洋地方委不知情，金德喜船只驾驶无定，现往何省不能悬知，如果另有同伙及潘翰典知情串通并明知金德喜船只踪迹，伊莫亚三等现已被获问罪，何肯代为隐瞒等语。加以刑吓，矢口不移，案无遁饰。查例载，交结外国互相买卖诓骗财物□发边远充军，又兴贩鸦片烟□收买违禁货物例枷号一个月发近边充军，为从杖一百徒三年各等语。此案莫亚三因与售卖鸦片之夷人噫吭啵交好辄起意充作经纪代刘占等向买烟土抽取规银，即与交结外国互相买卖诓骗财物无异，自应照例问，拟莫亚三即莫仕梁合依交结外国互相买卖诓骗财物□发边远充军例发边远充军。惟现奉谕旨严拿鸦片之际，该犯胆敢充为经纪代买至数十担之多以致浸灌他省，实属藐法，应请从重发遣新疆给官兵为奴，以示惩儆。李亚彦代刘占等托莫亚三买取烟土得受□资，核与兴贩为从无异，惟该犯私立万亿字号代买多担，未便仅照为从拟徒致滋轻□。李亚彦即李四应革去监生，即依兴贩鸦片烟□收买违禁货物枷号一个月发近边充军例，枷号一个月发近边充军，到□杖一百折责安置。林致和虽讯不知情，委系福潮行户于所保金德喜各船不能慎之于始，究属不合，应与仅止失察之东源行主潘翰典均请照不应重律杖八十。潘翰典系捐职从九品，照例纳赎。林致和折责严□。陈文耀并未保□金德喜各船，应毋庸议。莫亚三、李亚彦得受规银□银□□入官。金德喜船只移咨沿海各省督抚暨奉天府尹一体饬属密查拿办。逸犯佘晖等严缉，获日另结。夷人噫吭啵等饬令驱逐回国。李亚彦监照返出缴销。刘占等烟土系在外洋买取，并未经由营汛口岸，守口员弁无从查察，失察职名应请免开。除全案供召咨部外，所有审明定拟缘由臣等谨合词恭折具奏，伏乞皇上圣鉴，敕部核覆施行。谨奏。

道光十九年四月二十九日奉朱批：刑部议奏。钦此。

三月二十四日

（军机处录副奏折）

E16：政法-查禁

3.68　钦差两江总督林则徐等奏报外夷货船往来互市情形并回空趸船开行只数折

道光十九年五月二十五日(1839 年 7 月 5 日)

臣林则徐、臣邓廷桢、臣怡良跪奏，为汇报外夷货船往来互市情形，并回空趸船开行只数，恭折奏祈圣鉴事。

窃臣等前奏收缴夷船鸦片，钦奉谕旨：各国夷商业经遵缴烟土，自应加恩准予照常互市，以示怀柔。等因。钦此。臣等当即恭录咨会粤海关监督臣豫堃，一体钦遵办理。惟因外国新来货船开行在数月之前，恐尚未知严禁，仍带烟土。且查向来积弊，夷商所带之土皆于到后卸在伶丁等洋之趸船，然后进口，是未进口以前应先设法稽查，以杜私卸。臣等会饬署澳门同知蒋立昂暨香山协副将惠昌耀等，查照粮船勾水之法，将新到各货船吃水尺寸，先用丈杆自水面量至舱面，注明印单，粘于夷船船舱，以为记认。仍造册报明，以俟进口时覆验水迹有无浮高，即可辨其有无私卸。复咨会海关监督亲至黄埔，将货船逐一盘验，如有夹带，自必不能藏掩。

随有咪唎 国之吻架喇船、嗛吰船、 船、唤喇船、边吰船、 吰船、 船、 顿船、 啫船共九只，贩运洋米、棉花、洋布、黑铝等货，均于量明水志之后，进口查验，俱无夹带鸦片，并有带来买货洋银十五万数千圆。据通事等称，夷船携带洋银，近年颇为罕见，尤可为不卖鸦片之明证。此外有咪唎 国之 咧一船，唤咭唎所属港脚之啵 一船，于勾水之后不敢进口，旋即驶向老万山外，径行回国，其为带有鸦片无从觅售，又恐覆验水痕不能卸载，是以潜逃回去，情事显然。但既未流毒中华，即不便穷追肇衅。此新来货船之情形也。其原泊黄埔夷船，满载内地货物出口者，计港脚则有咙 呻等十五船，咪唎 国则有唤 等八船，共船二十三只，亦皆先后乘风驶出老万山。此又内地货物照常通往外国之情形也。

至已经缴清烟土之趸船，自应驱逐回国，臣等于收土后，传谕领事义律，早为遣回。兹查港脚之喊唎船、 咂船、 喇船、 啡 船、 船，咪唎 之啊吧船，小吕宋之 船，共七只，已先后驶出老万山回国。其余有候修船者；有候带货压载者；并有其船业已破烂，不能冲风破浪，难以回国，拟拆卖与人者。臣等分别覆查，尚皆实情也。

除仍分饬师船严加防范，并不时查催驱逐外，现在洋面澳门均属安静。所有货船往来互市情形及趸船回国只数，臣等谨会同粤海关监督臣豫堃，合词恭折具奏，伏祈皇上圣鉴。谨奏。

道光十九年六月十八日奉朱批：知道了。钦此。

五月二十五日

(军机处录副奏折)

E16：政法-查禁

3.69 钦差两江总督林则徐等奏请将新颁夷人治罪专条酌易字样片

道光十九年六月二十四日(1839年8月3日)※

再,臣等准刑部咨：通行夷人治罪专条,内开：一、夷人带有鸦片烟入口图卖者,为首照开设窑口例斩立决,为从同谋者绞立决。等语。在衡情定议之意,以入口二字为关键。原因海洋辽阔,口以外直连夷洋,口以内始为内地,划清界址,本极分明。惟核诸粤省贸易章程,尚有不得不防其影射之处。

缘广东中路通商,向以船进虎门乃为入口。番舶初到之时,先于虎门口外寄碇,如担杆山、铜鼓洋、大屿山、伶仃洋、尖沙嘴、仰船洲、琵琶洲、上下磨刀、沙湾、石笋、九洲、沙沥、潭仔、鸡颈等洋,皆向准夷船寄泊之所。此等洋面虽皆在老万山以内,而老万山并无口门,无从稽察。是以定例,夷船必雇引水小船,报明引入虎门口内,停泊黄埔,始得开舱验货,按则纳税,投行至市。其在虎门以外寄泊中路各洋者,皆未入口之船也。而私售鸦片之弊,正在于此。盖由中路而东而北,则历潮州、南澳以达闽、浙北洋,凡宁波、上海、山东、天津、奉天之商船皆所通行。由中路而西,则本省之高、廉、雷、琼,船只往来亦络绎不绝。所有各路与贩鸦片,多在洋面舟次,与夷人交易,盘运过船。即或在口内议买,亦须赴口外运货,此内地快蟹、拖风等艇所以乘间出没,而夷人囤贮鸦片之趸船常泊伶仃等洋,职是故也。

口内夹带鸦片者,无非民船,向来拿获之案历历可据。若夷船夹带入口,虽亦难保必无,然经总散各洋商逐层保结,又于入口之后即行开舱起货,立见底蕴,故夷人所带鸦片,每先卸于口外趸船,然后入口。今若以是为界,彼正得以藉口趋避,难保不于虎门口外再设趸船,恐办理又形棘手。且唤国领事义律于缴烟完竣之后,曾据具禀恳求在澳门装货,臣等以其显遵定例,批驳不准。该领事尚怀观望,是以近日他国之船进黄埔者已有十四只,而唤咭唎所属港脚之船尚停虎门口外之尖沙嘴一带,支饰迁延。臣等惟饬师船严密防范,一面示谕各夷船,如无鸦片即应入口报验,有鸦片而首缴净尽者亦准入口,若自揣不敢报验,即日扬帆回国,亦尚可免穷追,倘敢透漏私售,万难曲宥。此时该夷正在惮于入口,故口外之弊比之口内尤当严防。可否仰恳圣裁,将新例入口字样酌易为来内地等字,稍示浑涵,俾无可以藉口之处,恭候命下祇遵。

臣等为夷情狡狯,加意周防起见,不揣冒昧,合词附片渎陈,伏祈圣鉴训示。谨奏。

道光十九年七月十九日奉朱批：钦此。

(军机处录副奏折)

E16：政法-查禁

3.70　钦差两江总督林则徐等奏报已将义律等英夷驱逐出澳并严断接济等情折

道光十九年七月二十四日(1839 年 9 月 1 日)

臣林则徐、邓廷桢跪奏，为暎咭唎国领事义律因求在澳门装货不准，辄将该国货船阻留口外，图卖新来鸦片，适有夷人殴毙华民命案，抗不交凶，照例断其接济，并勒兵分堵海口，该夷与奉逐各奸夷均已畏惧出澳，寄住货船，臣等往来香山、虎门，相机督办，先将大概情形恭折奏闻，仰祈圣鉴事。

窃臣林则徐奉命来粤，与臣邓廷桢等宣示天威，夷人咸知震慑。前经收缴趸船鸦片二万余箱，维时暎咭唎国领事义律，在省城夷馆自行查数报缴，前后连具十余禀，情词均甚恭顺。臣等于批谕之中时加称奖，该领事亦自以为荣，颇形踊跃，计缴清烟土，较原禀溢出尚多。论者以为，暎夷平日桀骜性成，今乃倒箧倾筐，帖然驯伏，是千万之重赀尽掷，即百年之痼疾可除。而臣等熟计深筹，尤以本年来船夹带为虑。盖该国远在数万里外，当其开船之日，尚未知天朝新例如此森严。既已潜带而来，必思顾其成本，而中国力除巨患，正当于得手之际，拔尽根株，岂得将新船转予放松，致使前功尽弃？是以臣等请定治罪专条，并立限期首缴，仰荷圣明俞允，饬定新例颁行。其新例未到之先，各国货船即已陆续到粤，当令洋商通事谕知现办章程：船内无鸦片者进口报验；有鸦片而自首全行呈缴者，准予奏请免罪，并许验明进口。若自揣不敢报验，即日扬帆回国，亦免穷追，使各国夷商得以早定主见。迨颁到新例，又复传谕周知。截至七月初八日，进口报验夷船共一十七只，经粤海关监督臣豫堃验明，均无鸦片，准其开舱贸易。不进口而回国者亦有三只，其中即有鸦片，当不至毒流内地。

惟暎咭唎所属港脚货船，到时本亦即拟进口，旋被义律阻止，停泊虎门口外之尖沙嘴一带。缘义律为该国领事，该国主给与权柄，得以约束众夷，先前缴土之时，能号召南澳、福建等处之船，悉行驶回虎门，一体呈缴。迨缴完后，义律禀辞下澳，尚据递具一禀云：违禁犯卖一弊，误及正经贸易，贻累人之家业，其害甚重，极须设法早除此弊于常久。如准委员来澳，会同妥议章程，其违禁犯卖之弊，可冀常远除绝。等语。臣等以为真心除弊，大加批奖，并会委佛山同知刘开域赴澳，与之核议，且将奏准颁赏之茶叶一千六百四十箱发往给赏，以便空趸迅速回帆。

讵刘开域未到之先，义律于四月二十四日续递一禀云：本国船只进埔，须候奉到国主批谕，方可明白转饬。或蒙格外施恩，令在澳门装货，感戴靡既。等语。臣等接阅之下，均相诧异，始知前禀章程一语，乃系别蓄诡谋。盖澳门孤峙海隅，实可周通内地，向惟西洋夷人准设贸易额船二十五只，起卸货物，不纳关税，自明代而已然。然暎夷惟利是图，久深艳羡，故于缴土之后，希图破例效尤。此端一开,则粤海关几同虚设。且溯查嘉庆年间,鸦片之浸淫流毒,缘由澳门囤聚发贩,年盛一年。道光二年叶恒澍犯案,始将澳门囤所撤散,其后变为趸船。今趸船之积土甫除,若澳门之囤所又起,何异驱虎进狼,故不得不决绝批驳。且货船皆从该国给予牌照,令赴内地经商,岂有已经到粤始候该国王批谕之理? 亦于禀内指破其谎。义律诡计不行,闇然消阻,委员刘开域到澳,伊遂不理。问其定何章程,据称:不准在澳装货,例无章程可议。即传领茶叶,亦不敢领。臣等以此项奏准给赏,原系出于格外,既无福承受,即不值给发。此后凡有批谕,伊皆不肯接收。在犬羊之性无常,原不必与之计较,然有不可听其观望者,如缴清烟土之空趸尚有一半未行,奉旨驱逐之奸夷亦有数名未去,不能因其不接谕帖,转任逗留。故仍委员赴澳严催,并饬令西洋夷目协同撵逐。

至该国货船陆续来粤,计至此时已有三十二只之多。该夷商满载而来,将本求利,无不早图进口,开舱贸易,乃被义律一人把持阻挠,俱在沙嘴一带聚泊。广东天气炎热,各船中如洋米、洋布、棉花等货,难免潮湿霉烂,业已怨怼同声。臣等令洋商通事赍谕分赴各船,剀切开导,催令进口。咸称义律系伊国领事,不得不惟令是从。而其中潜带鸦片之奸夷,既不甘呈缴,又不愿空回,则正乐于迁延,冀以私售禁物。现因各口查缉严紧,整箱烟土不能运入内洋,而蛋艇渔舟与番舶每相贴近,乘间买其零土以图转售获利者,节经文武拿获,已据确切供明。且查夷人私放三板,装载鸦片,潜赴偏僻口门,以木片为招帖,写明鸦片一个洋银几圆字样,随潮流入口内,以贱价诱人售买。是义律之勒令夷船聚泊口外,仍为图卖新来鸦片,恐被进口搜查起见。夷情诡谲,如见肺肝,即无别滋事端,亦不得容其于附近口门占为巢穴。

况夷人酗酒打降,习以为常。五月二十七日,尖沙村中有民人林维喜,被夷人酒醉行凶,棍殴毙命。经新安县梁星源验明,顶心及左乳下各受木棍重伤。讯据见证乡邻,佥称系哄咭唎国船上夷人所殴,众供甚为确凿。谕令义律交出凶夷,照例办理。将及两月,延不肯交,臣等给与谕函,亦竟始终不接。窃思人命至重,若因哄夷而废法律,则不但无以驭他国,更何以治华民。义律肆意抗违,断非该国王令其如此,安可听其狂悖而置命案于不办,任奸宄以营私,坏法养痈,臣等实所不敢。

恭查嘉庆十三年,哄国兵头嘟路喱等在澳门违犯禁令,钦奉谕旨:即实力禁绝柴米,不准买办食物。等因。钦此。此时义律与各奸夷均住澳门,前以装货为词,显有占踞之意,今更种种顽抗,自应遵照嘉庆十三年之例,禁绝哄夷柴米食物,撤其买办工人。臣等于七月初八日驻扎香山县城,勒兵分布各处要口,俾知儆畏。仍晓谕在澳华民及西洋各国夷人,以此举专为哄夷违犯,不得不制以威,与别国均无干涉,毋庸惊扰。且查例载:夷商销货后,不得在澳逗留。等语。今该夷既不进口贸易,是不销货,即不当住澳,应与奉逐各奸夷均照例不准羁留。臣等谕饬之后,澳内西洋夷目亦即遵谕一同驱逐。自七月初九至十九日,一旬之内,义律率其家眷暨奉逐未去之奸夷映𠽌等,并散住澳内哄夷共五十七家,悉行迁避出澳,寄住尖沙嘴货船及潭仔空趸船上。据署澳门同知蒋立昂、香山协副将惠昌耀等禀称，该夷穷蹙仓皇，已觉十分兢惧。等语。臣等察其平日饮食居处，华靡相夸，今寄住各船，显有抑郁难堪之状。又经禁卖食物，虽其内糗粮不乏，而所嗜之肥脓燔炙日久必缺于供。且洋面不得淡水，须于山涧汲泉，若汲道俱断，此一端足以制其命。彼贸易断不肯歇手，众夷正不得齐心，要令就我范围，似已确有把握。惟倔强之性未尝稍受折磨，此番控驭周防，尚不免稍需时日，而欲永杜鸦片之害，实以此为吃紧机关，未便稍涉游移，复贻后患。

查潭仔与澳门相近，而尖沙嘴则与虎门相近，臣等酌商调度，拟往来于香山、虎门之间，或合或分，自当随时妥办，既不敢冒昧以偾事，亦不敢示弱以长骄。必俟交出凶夷，扫净烟土，货船进埔报验，空趸悉数开行，一切恪遵法度，然后给还买办工人，仍准住行住澳。凡在粤东士庶，既知夷人习为虚骄，并知臣等慎密修防，沿海闾阎现俱十分安谧，堪以仰慰圣怀。

谨将办理大概情形，会同广东巡抚臣怡良、水师提督臣关天培、粤海关监督臣豫堃，合词恭折具奏，伏乞皇上圣鉴。谨奏。

道光十九年八月十七日奉朱批：钦此。

七月二十四日

（军机处录副奏折）

E16：政法-查禁

3.71　钦差两广总督林则徐奏报查明广东夷船出口间有私带华民但非收买幼孩等情折

道光十九年七月二十四日（1839 年 9 月 1 日）

臣林则徐跪奏，为遵旨查明广东夷船出口，间有私带华民，但非收买幼孩，且无左道戕生之事，据实覆奏，仰祈圣鉴事。

窃臣于本年六月初十日承准军机大臣字寄，钦奉上谕：有人奏，闽广两省海口停泊夷船，往往收买内地年未及岁之幼孩，少者数十、数百不等，多者竟至千余，其中男少女多，实堪骇异。夫米粟金银皆禁止出口，况以无知之赤子投诸嗜欲不通之绝域，地方官有父母斯民之责，岂宜置若罔闻！且该夷收买幼孩，断非因人口缺乏藉为生聚之计，设或作为奇技淫巧，致以左道戕其生命，尤堪悯恻，不可不严加禁绝。著林则徐、吴文熔分查广东、福建两省，如果有其事，并著查明该夷收买幼孩回国是否只供驱使，抑有别项情弊，据实详细奏闻。将此谕令知之。钦此。仰见我皇上保赤诚求诘奸禁武虎之至意，曷胜钦服。

臣查广东华夷互市起自前明，历今三百余年之久，华民多与夷人熟识，弊窦因以潜滋。臣到粤之初即加意访拿汉奸，杜绝勾结，维时闻有买猪崽之土语，诧为怪异，以为必系贩卖人口，故隐其词，究竟是男是女，或壮或幼，尚未访明。三月间，在虎门海口收缴夷人烟土，遥见趸船上有十余岁童子两人，壮貌颇不似英夷，当遣委员候补知县寿祺、方玉达赴船察看，试以汉语，究其来历。旋据面禀，该两童发不甚卷，面目亦秀，而臂皆印花纹，却是夷俗，广东土语能说几句，官一问之，即不肯道。随令通事以夷语诘其来历，坚称系港脚人，即是两家船户之子。时以缴烟为要务，未便盘诘多端，致生枝节，然窃意其为蜾蠃螟蛉也。五月间，闻南海县知县刘师陆访获省城鬼子栏杆作坊内，有拐骗幼孩逼勒做工之事，先后查起幼孩将及百人，民皆称快。臣回省后当向该令询问，缘粤人呼夷人为鬼子，夷人有一种衣绦，合金银线织之，遂名鬼子栏杆，近日各省盛行，故广东省省城仿其织法。因工人难觅，遂骗幼孩至其坊内，勒令印织十丈，不放回家。该令刘师陆已获案内拐犯张亚盛等五名，审拟详办。是此案虽有幼孩多人，又有鬼子名目，却与外夷无涉，谅不至于传讹。

迨六月间钦奉谕旨，饬查夷人收买幼孩，臣当以澳门为众夷聚集之区，密札署澳门同知蒋立昂切实查禀。又因县丞杨昭曾署香山县丞，住澳有年，地方熟悉，亦令改装至澳查访。据蒋立昂等先后禀覆，每岁冬间夷船回国，间有无业贫民私相推引，受雇出洋，但必择年力强壮之人，其稚弱者概不雇用。议定每人先付洋银六七元置衣物，带至该国则令开山种树，或做粗重活计，每年口食之外仍给洋银十余圆，三年后任其他往。又查，另有一二夷船惯搭穷民出洋谋生，不要船饭钱文，俟带到各夷埠，有人雇用，则一年雇资俱听该船主取去，满一年后乃按月给予本人工资。当其在船之时，皆以木盆盛饭，呼此等搭船华民一同就食，其呼声与内地呼猪相似，故人曰此船为买猪崽，其实只系受雇，并非卖身。十余年前连值荒年，去者曾以千百计，近年则甚为稀少。至年未及岁之幼孩，若私卖一二作为子女，或供驱使，亦难〔保〕其必无，而断无收买多人，更无戕其生命之事。并据传到出洋仍回内地之人，讯供禀送前来。

臣恭绎谕旨，系恐无知赤子被夷人以左道戕生，尤堪悯恻，必须查明有无似此情弊，务得确实证据。当又〔查〕《海录》一书，系嘉庆二十五年在粤刊刻，所载外国事颇为精审，其暎咭唎条下云：周围数千里，人民稀少，虽娼妓奸生子，必长育之，无敢残害。等语。因复参考众论，佥谓外国地旷人稀，本不能如中华之繁庶，故以人为贵，且夷俗女重于男，更不肯戕其生命。至于雇工活计亦有易于伤人者，如种胡椒数年则成瞽，吹玻璃日久则成痨，闻此等多雇内地人为之，雇资较厚，然皆出于情愿，且亦听其去留，均非左道戕生之比。因思左道莫甚于鸦片，或疑须人膏血为之。以臣所闻，则系宰割乌鸦与罂粟之液同渍一池，遂成鸦片。窃想夷人死即弃尸，一任鸟鸢啄肉，是以夷书所载外国之鸦有高至数尺者。如果宰鸦为用，亦与人之膏血无异，自不必戕人之生。虽此言未必有征，而其理尚属可信。且粤省华夷交接，声息自通，果有幼孩在口外戕生，断无日久不知之理。今访查实无此事，似可仰慰圣怀。

再，潮州、南澳一带海口，亦有夷船偷越到彼，其有无私带人口出洋，臣亦檄行道府确查，尚未覆到，容俟到时，察核如别有情节，亦不敢壅于上闻。

所有现在查明缘由，谨缮折据实覆奏，伏乞皇上圣鉴。谨奏。

道光十九年八月十七日奉朱批：知道了。钦此。

七月二十四日

（军机处录副奏折）

M14：财政-关务

3.72　钦差两江总督林则徐等奏报巡阅澳门抽查华夷户口等情折

道光十九年八月十一日（1839年9月18日）

臣林则徐、臣邓廷桢跪奏，为会同巡阅澳门，抽查华夷户口，传见西洋夷目，宣示德威，恭折具奏，仰祈圣鉴事。

窃照广东澳门一区，在广州府香山县之东南，距县治一百三十余里，东西南三面环海，惟北面陆路可达县城。自县城南行一百二十里曰前山寨，设有海防同知暨前山营都司驻扎。再迤南十五里，建有关闸一座，驻兵防守，为扼吭拊背要区，出关即入澳境。溯自前明许西洋夷人寄住，岁输地租银五百两，由香山县征收。澳内营造夷楼，栋宇相望，并建炮台六座，以防他夷。其房屋除西夷自住外，余皆赁给别国夷人居住，而以暎咭唎国为较多。西夷携眷而居，历今三百余年，践土食毛，几与华民无异，虽素称恭顺，不敢妄为，而既与各岛夷朝夕往来，即难保无牟利营私，售卖鸦片情事。

本年臣林则徐奉命来粤，与臣邓廷桢悉意酌商，以趸船虽在外洋，而澳门实为夷商聚集之所，且其间华夷杂处，汉奸勾串尤多，若不从澳门清源，则内外线索潜通，仍恐渐成弊薮。是以于四月间，檄委署佛山同知刘开域、署澳门同知蒋立昂、香山县知县三福、署香山县县丞彭邦晦，仿照编查保甲之法，将通澳华民一体按户编查，毋许遗漏，并督同该夷目搜查夷楼，有无屯贮鸦片。旋据该员等查明户口，造册呈送，计华民一千七百七十二户，男女七千零三十三丁口；西洋夷人七百二十户；男女五千六百一十二丁口；暎咭唎国僦居夷人五十七户。并查明虎门收烟之时，有暎夷咽叹吐将趸船烟土偷运八箱入澳，被西洋夷目查获，将原土押交英国副领事嗲𠺌，一体呈缴。又据禀：该夷目自行拿获夷人哑嗯吋零烟，在马头焚烧，将哑嗯吋收监，按照夷法问罪，出具此外并无存贮烟土甘结，禀请亲临查办前来。

臣等因驱逐𠸄国住澳奸夷，由省城移驻香山，遂于七月二十五日自香山起程，二十六日清晨统领将备管带弁兵，整队出关。该夷目𠿙嚧吗𠽌哆率领夷兵一百名迎于关下，兵总四人，戎服佩刀，夷兵肩鸟枪，排列道左，队内番乐齐作，俟臣等舆卫行过，兵总导领夷兵番乐随行。至新庙，夷目𠿙嚧吗𠽌哆具手版禀谒，命之进见，该夷免冠曲身，意甚恭谨。臣等宣布恩威，申明禁令，谕以安分守法，不许屯贮禁物，不许徇庇奸夷，上负大皇帝抚绥怀柔至意，该夷点头领会。据向通事声称：夷人仰沐天朝豢养二百余年，长保子孙，共安乐利，中心感激，出于至诚，何敢自外生成，有干法纪。现在随同官宪驱逐卖烟奸夷，亦属分内当为之事。等语。以手抚额者三，敬谨退出。臣等当即赏以绢扇茶糖，并颁赏夷兵牛豕面腊数十事，番银四百圆，再辞乃受。臣等即入三巴门，经三巴寺、关前街、娘妈阁，至南湾，督牵（率）随员抽查夷楼民屋，均与册造相符。其赁给𠸄夷房间，自各夷离澳后，现俱关闭。覆加访察，自春间查办以后，该西洋夷楼实无存贮烟土情事。随由南湾仍回前山，所有经过三巴、妈阁、南湾各炮台俱发一十九炮。询之澳人，称系该国大礼，以示尊敬，不轻举行。兵总率领夷兵，送至关闸，始行撤退。臣等沿途察看，不但华民扶老携幼，夹道欢呼，即夷人亦皆叠背摩肩，奔趋恐后，恬熙景象，帱载同深。此臣等巡视澳门之实在情形也。

臣等伏思，夷人心性反覆靡常，挟诈怀私，事所时有。如果始终驯服，固当抚之以恩。若使微露矜张，即当绳之以法。此次因查办鸦片，执法綦严，澳夷震慑天威，是以倍形逊顺。惟该处华夷丛杂，最易因缘为奸，应请于每年秋间，查照现在编查之法，檄饬澳门同知督同香山驻澳县丞，编查一次，造册通详，再由督抚两司分年轮替前往抽查。如有澳夷囤贩禁烟及庇匿别国卖烟奸夷等弊，即行随时惩办，以清弊薮而靖夷情，似于边徼防维不无裨益。

是否有当，谨合词恭折具奏，伏乞皇上圣鉴训示。谨奏。

道光十九年九月初五日奉朱批：另有旨。钦此。

八月十一日

（军机处录副奏折）

M14：财政-关务

3.73　钦差两江总督林则徐等奏报谕令英船听候搜查并办理审明命案凶夷各情形折

道光十九年八月二十九日（1839 年 10 月 6 日）

臣林则徐、臣邓廷桢跪奏，为𠸄夷领事义律请将现泊粤洋夷船听官搜查，出具实无鸦片切结，其命案凶夷亦愿悬赏察究，并奸夷空趸均请勒限逐回，谨将臣等谕办情形，恭折奏祈圣鉴事。

窃臣等前因暎夷种种违玩，照例断其接济，不许住澳，该夷旋向九龙师船觅食，先行开炮，我军奋力回击，大挫夷锋。复将逗留卖烟之趸船烧毁一只，该夷领事义律急向澳门同知递字恳求，并托西洋夷目代为转圜。臣等当将相机剿抚缘由，于八月十一日恭折奏闻在案。臣等复思，义律所递之字似知悔罪输诚，然仅托诸空言，尚未见于实事，保非暂作缓兵之计，别生谲诈之谋，益当整肃军威，严防静镇。一面仍给谕帖，责令呈缴新烟，勒交凶手，并将缴清烟土之空趸、奉旨驱逐之奸夷速饬全行回国。即令署澳门同知蒋立昂传谕去后。兹叠据蒋立昂禀覆，八月十五日义律送给回信，内称：接到军民府来文，转发大人传谕条款，领事极欲钦呈圣旨，将违禁之鸦片全行绝除，自应即赴澳门叙论，以凭贵宪禀覆。等语。十七日义律至澳门，与西洋夷目同见蒋立昂。复经该署同知将臣等谕内各条严切面谕。据通事传译，义律口称：前因冒犯严威，叠奉谕饬，业已悔悟，欲求转乞宪恩，情词极为恭谨。诘以奉谕条款如何遵办，义律答称：未敢自行禀覆，仍具说帖，求为转禀。随将说帖呈出，已据逐条登覆。蒋立昂因见所覆尚有未协，面为驳饬。复据义律添写一纸，统求蒋立昂先行请示。蒋立昂即将原件禀送，并请核示前来。臣等查阅所覆各条，文义不甚通畅，而核其大意，尚属遵谕奉法，不敢抗违。如谕缴鸦片一节，据其登覆，意以该国有带鸦片之船，先已令其回去。现泊尖沙嘴各船，俱请官宪搜查，若有鸦片，即将货物尽行没官，嗣后在粤贸易夷人与随时来到之船，不论船主商人、雇工伙计，俱令逐名出结，由义律加具印结，方准贸易。未出结者，不准开舱，永远照此办理。如不认真，必致自取咎戾。等情。

臣等查暎夷货船聚泊尖沙嘴，不即进口，原为图卖新烟起见，且节次拿获卖烟奸民，已据供认在夷船零买，确有明证，是其所称并无烟土之说实不可信。若不切实查办，何能尽绝根株？臣等忿激之余，已先与水师提臣密为布置，将柴草火药装配多船，拟将带烟不缴之船尽予烧毁，以除其害。然究以未分皂白，不忍玉石俱焚。继又再四熟商，计惟临以重兵，逐船搜检，庶可分良莠而示劝惩。今该夷自愿请搜，察其情词，似极切实。臣等复又多方访察，盖该夷因见臣等坚持数月，料已无可希图，遂将新到之烟陆续带回夷埠，是以前有夷船三只先后驶回，近日复有三板夷划纷纷开去。且拿获出海买烟奸民彭亚开等，讯据供称：伊于八月初旬带银前往向买，即据夷船回覆现无鸦片，伊即放空回来。等语。是现在夷船已无烟土，似非虚诳。惟已去之土固可不必穷追，而现泊之船必须逐号搜查，以昭核实。臣等现又谕令义律，将尖沙嘴所泊暎国货船，按其到粤先后，挨次亲验，其货物尽行盘至剥船，逐件搜查，果无夹带鸦片，即先押送入口，本船搬空之后，再行备细查明。如此则耳目昭彰，自无影射掩藏之弊。并恐载烟回去夷船利心不死，或竟潜赴东西两路冀图分销，臣等现又飞饬沿海各营，准备师船，严密防范，并由中路抽拨兵勇，跟踪踩缉，如有此等夷船驶至，即行开炮夹击，务使遗孽肃清。

至出结一节，若论寻常吏事，原恐习为具文，而臣等体察夷情，最重信字，是以臣林则徐初次谕令该夷呈缴烟土，即先揭出此一层。迨义律禀缴二万二百八十三箱，或疑其言未必能践，而深悉夷情者咸决其必无失信。嗣果缴清烟土，有赢无绌，是其不肯食言已有明验。今其所拟逐名出结，分写汉文夷字，由该领事加具印结，即系遵照臣等原谕办理，自应准其所请。惟查核所拟出结语句，与现行新例尚不尽符。臣等现又写具结式，谕令遵照缮写，若不如式具结，永不准其贸易，以此杜外来之鸦片，实足以昭信守，于夷情明有范围，暗有把握，非具文所可同日而语也。

至林维喜命案，据义律称：审得五人酗酒，皆无凶杀之罪。又称：当日上岸滋事，亦有咪唎㗧人，请再细访。等语。当经蒋立昂以此案供证确凿，凶手实系暎夷之言向其驳诘，义律无可置辩，遂添写说帖一纸，声明悬赏洋银二千圆，报知何人殴毙凭据，倘能发觉，即会官宪代禀。等情。臣等复查，义律船内现在实有拘押夷犯五名，其非有意匿凶尚属可信，而实情不能审出，原亦无怪其然。至咪唎㗧人，于群殴林维喜时并不在场，不独该国夷人禀辩甚明，即岸上各见证供亦如一。且暎夷独托汉奸罗亚三等与尸亲说和，其为并无咪唎㗧人在场，更无疑义。臣等谕知义律，以所拘五人中如不能审定正凶，何妨送请天朝官员代为审明，只当办一应抵之人，其余仍皆发回，断不连累。如仍自审，则再限十日，亦必可以审明，毋得再图延纵。

此外，如空趸回国，请候北风开行，被逐奸夷请留两名在粤，皆经蒋立昂面加驳饬。随又代求回澳理清事件，六日内如数扬帆而去。臣等以所请尚在情理，为日亦属无多，当将此一层传谕允准，仍派委文武在澳稽查催逐，不任逾限，并谕西洋夷目一体查催。

以上各事宜，除俟逐一清厘再行分列核奏外，所有现在谕办情形，谨会同水师提督臣关天培合词恭折具奏，并缮录义律原递说帖，恭呈御览，伏乞皇上圣鉴训示。谨奏。

道光十九年九月二十三日奉朱批：钦此。

八月二十九日

（军机处录副奏折）

3.74 附件：英国领事义律面递澳门同知说帖清折

道光十九年八月十七日（1839年9月24日）

钞录夷帖清折

谨将暎咭唎国领事义律面递澳门同知说帖钞录清折，恭呈御览：

义律接到军民府大老爷本月十三日转发大宪传谕条款一本，为此恭敬真实陈覆也。

一、速将鸦片全数呈缴等谕。领事惟得谨报实情，早经严行诫谕，本国船只如有载带鸦片者，令其立即开行。则现泊尖沙嘴洋之船只，自不应有一两鸦片。而官宪每时有疑，要往查验㖊国船有无装载。或验各船，或查某只，领事自当派令属官同行搜检。倘若查得实有，即将货物尽行没官，领事亦不敢辩驳相阻。盖大皇帝所禁之货，㖊咭唎官断不保护也。且若㖊咭唎商人自有之船，或商友托为代办船只载有鸦片，而该商人卖之获利，并不禀明领事，以俾咨知官宪，即将该商等各伙驱逐，领事绝不照应。夫领事愿著明义理，分别正经贸易，尽绝违禁私卖者。故此陈请条例，嗣后在粤买卖之㖊咭唎商人，务当各行伙计逐一签名，共行出结：实心定意，不肯与贩买鸦片稍有相干，并不肯准雇佣者夹带，不敢知其有而纵容之。倘毫(若)失信，一经官宪及领事明白访出，自知严例，随即驱逐。等意。此结呈送领事盖印连签，转呈大宪察核。如未结者，不应准其驻粤贸易也。又嗣后每遇㖊船来到，应须即日由该船主及经纪商人出结明言：并未夹带鸦片，现时亦无装载，将来正在内海之际，又不肯载有。等意。分写汉字㖊语，合呈领事封印立凭为实，转送官宪察看，方准该船开舱贸易。如未出结，则不应准其开舱也。窃想所求，惟钦遵大皇帝之圣旨。如蒙上宪信依领事，照此条例办理，则不难分开正项与违禁贸易者，各不相混。且远职如不认真办事，必致自取咎戾，未免玷辱已极，故必求实人出结，才肯接收加印也。

一、交出殴毙林维喜之凶手等谕。领事只得再三陈说诚言，曾经秉公严审，只据得五人酗酒乱作，皆无凶杀之罪，此人已见严拟其罪。而其凶犯，倘经查觉，自当一体按照本国律例审办，即如在本国杀毙㖊国人民一然，定以死罪。乃思当日上岸滋事者多也，不独有㖊人，而亦有咪唎唑人，混同乱作，致使凶手未得发觉。今维伏请大宪再行细访，自可知之。领事为㖊国官员，不敢玩视，或以实情假饰之。且经在粤历年办事，常存真心，为本省上宪所明知，敢请上宪自证也。至此次之案，领事自当仍为综核省察殴毙者实为何人，若能查出果系㖊人，领事既奉国主特派公办事务，不敢背命，定必认真照本国律例审办，恭请官宪在场看视也。且万望大宪洞明细查，俯念难情，公议立法，嗣后互为查察案件，俾得天朝法例及本国章程各得相全。则以后每遇似此之案，即可循照定例办理，而得永远承平，极为善妥矣。

一、趸船与见逐商人均应扬帆回去等谕。领事应遵上宪之谕，一俟数日之后，北风幸吹，就可令其开行。但其商人十六名之中，有𠮶呀吔㕭一人，现年几轻，止有十数岁者，并有㖌嚹喱一名，两人皆未贩卖鸦片，望可姑容留居，以照天朝秉公之至意也。

窃思㖊咭唎国与天朝通交历有二百年来，无不承平相安，万望大宪使其常远相和不绝。在领事奉派远来，供职诚意，仰慕大皇帝之恩，无不恭敬上宪，遵奉法度。如蒙实全信依，断不敢丝毫失信也。

请贵员无庸怀疑，远职自必仍然勉力察究殴毙林维喜之凶手实系何人。一俟回至尖沙嘴洋面之日，即当示知各人等，如能报知何人殴伤致毙，实有凭据，果系暎国人民，即将二千大圆赏给报情之人。倘能发觉，即当咨会官宪代禀也。至见逐之商人，望大宪示谕，准予回澳，致能办理事件清楚，则到澳后六日内，不难令其驾驶趸船，如数扬帆而去也。

敬字陈情奉知，上澳门军民府大老爷清鉴。

道光十九年八月十七日

（朱批：）览。

（宫中朱批奏折）

E16：政法-查禁

3.75 钦差两江总督林则徐等奏报英国趸船奸夷现已驱逐并饬取切结等情折

道光十九年九月二十八日（1839年11月3日）

臣林则徐、臣邓廷桢跪奏，为暎国趸船奸夷现已尽行驱逐，其具结进口货船，查明实无鸦片，未进口者饬取切结，听候查验，方准贸易，命案凶手仍须勒兵催交，恭折奏祈圣鉴事。

窃臣等前因暎夷义律阻挡该国货船，庇匿致命凶手，并逗留空趸奸夷，当经示以兵威，断其接济，该夷计穷力绌，随即悔罪求诚，所有节次传谕情形，历经奏闻在案。嗣于九月初九日承准军机大臣字寄，钦奉上谕：著林则徐等趁此警动之际，力除弊窦，所有该国大小船只游奕洋面、迹有可疑者，均著驱逐出境。等因。钦此。

臣等遵查暎国夷船应行驱逐出境者，莫先于趸船。自四月间烟土缴清，即经严催回国，虽当时已开七只，而其余尚在迁延，总因该船前泊伶仃，囤贮鸦片，比之揽载他货获利倍蓰，是以观望徘徊，冀俟烟禁或有稍弛之时，复还故业。迨八月间，巡洋舟师将吚喱哪趸船烧毁之后，该夷始觉惊慌，不敢再图久泊，除喊咟、唎喂二船卖与咪唎嘡夷人改装货物，又吐啐、咈囒吐二船查已破烂零星拆卖外，计驶出老万山回国空船共二十三只。复查本年春间，臣邓廷桢奏明伶仃洋面趸船本系二十二只，今逐回并烧毁拆卖之船，合而计之，转多于前奏之数，盖因收缴烟土时，曾经义律将窜往南澳、福建各洋船只陆续招回，此等载烟夷船亦应与趸船一同驱逐故也。至应逐奸夷，先经臣邓廷桢奏明者有嚏哋、吪啉啮、吖吖啵三名；嗣臣林则徐于严驱喳顿案内奏明，尚有伊弟映嚹及其外甥映呀哋咟、吂呀哋咟、管帐呀哋啠四名，均应驱逐。又臣等会同密访，复有应逐之咽叹吐、噫吃啵等，连前统共一十六名，饬令一并驱逐。节据引水人等按日按名查报，其夷附搭某船，于某月某日开行，某日出老万山外回国，上下衙门均有报案，现在实已全去。此趸船与奸夷均经驱逐净尽之情形也。

至唤夷货船来粤，先被义律阻留，不令进口，妄思以此挟制，再卖新烟。迨见各口查拿紧严，难以图卖，每于夜间张帆起碇，潜出老万山。经臣等查知，大船已去六只，小船约十余只，其为将烟载回夷埠，确凿无疑。是以近日情愿搜查，明因烟已离船，得以放心无恐。惟思夷洋之新奇坡、新埠等处，距粤不过半月海程，安知狡狯奸夷不将鸦片暂行寄顿，俟此次搜查毕后，再图偷运而回。所恃以怵其贪利之心者，惟赖有钦颁新例，定以斩绞罪名，自奉部文，遍行宣示，众夷咸有戒心。

臣等先于收缴烟土之时，即经饬取生死甘结，该夷坚不肯具，盖以缴烟系一时之事，尚可藉以求生，而具结乃长远之事，适恐自陷于死也。然彼所畏惮者在此，则我所以制驭之者亦在此。故臣等不敢藉词中止，亦不敢畏难苟安。相持数月以来，直至逐出澳门，断其接济，且值炮击火烧之后，该夷始肯具结。惟结内但云：如有鸦片，将货物尽行没官，而于人即正法字样仍不肯写。所以臣等前折奏明，另颁结式，饬令遵照缮缴，当饬印委各员率同洋商通事传谕去后。不但义律多方退缩，而且各船船主货主并为一谈，以为性命攸关，倘有水手私带些微，恐遭连累，抑或兵役栽赃诬指，难以辩冤。臣等复谕以水手等系夷商应管之人，本宜先自查搜，岂能容其私带？至查船有官作主，兵役焉敢栽赃？万一意外遭诬，定予讯明反坐，何庸过虑？总之，不带鸦片，则虽具结不至加刑；若带鸦片，即不具结亦必处死。多方开导，近日始有该国之噂喇、嗹唧等船陆续遵式具结，经文武各员于虎门、黄埔两处分别查验，实无夹带鸦片情弊，当即妥为带引，许其开舱照常贸易。现在统计各国已进黄埔之船，共有四十一只。且经粤海关监督臣豫堃验明各夷船于货物之外，另带洋钱来粤买货，现有一百一十二万六千余圆，日后更不止此，似可为不卖鸦片之明证。此后遵式具结者，悉许进口验货贸易，如抗不具结，或结不如式之船，即可毋庸查验，驱令速回。似此一律饬遵，先使该夷常怀畏死之心，乃足夺其贪利之念，而又严之以查验，密之以侦拿，正经贸易者加以优待，倘有带烟发觉，立正刑诛，总惟一意坚持，不因其恫喝刁难，稍为摇动，庶可永除巨患。

至殴毙林维喜之凶夷，虽据义律禀称囚禁五人在船，而既不能审出正凶，又不肯送出听审，日来并欲解回该国，照依夷例办理，已饬委员等谕令断不准行。大抵该夷于一切事宜，紧一分则就绪一分，松一步则越畔一步。且其居心叵测，反覆靡常，即如近日虽已具禀求诚，而尚有哗咜兵船一只来自夷埠，名为护货，实亦不可不防。臣等仍与提臣关天培鼓励水陆官兵，静则严防，动则进剿，总不稍示柔弱，务俾悉就范围，以冀弊绝害除，仰纾宸廑。

臣等谨会同广东巡抚臣怡良、水师提督臣关天培、粤海关监督臣豫堃，合词恭折具奏，伏祈皇上圣鉴。谨奏。

道光十九年十月二十二日奉朱批：钦此。

九月二十八日

（军机处录副奏折）

E16：政法-查禁

3.76 钦差两江总督林则徐等奏报查看英夷反覆情形遵旨停止交易折

道光十九年十一月初九日(1839年12月14日)

臣林则徐、臣邓廷桢跪奏，为察看暎夷反覆情形，仍为图卖鸦片起见，遵旨不准交易，俾知儆惧，并以折服各国夷情，恭折奏祈圣鉴事。

窃照暎咭唎国货船于九月底正在具结进口，旋被该国兵船二只拦阻滋扰，我兵水陆叠击，将该兵船及尖沙嘴各夷船尽行逐出外洋，经臣等于十月十六日恭折具奏在案。嗣承准军机大臣字寄，九月二十三日奉上谕：前后驶回各船，难保不潜赴东西两路，冀图私销，著即派员跟踪侦察，严饬沿海各营认真防范。至所出切结，如果可靠，自必渐就肃清。倘该夷迫于势蹙，暂作缓兵之计，日后再有反覆，即当示以兵威，断绝大黄、茶叶，永远不准交易，俾冥顽之徒知所儆惧。等因。钦此。臣等跪读之下，仰见我皇上料夷情之反覆，示儆惧于冥顽，训谕周详，弥深钦服。

查臣等先于收缴烟土事竣，当以此后不许夷人再卖鸦片，理应取具遵依，是以饬缮甘结，声明如有夹带鸦片，人即正法，货物没官字样。义律先本抗违，迨数月相持，屡经折挫，八月内始据禀称：情愿具结，惟所写字样尚与新例不符。臣等念其畏罪输诚，冀可再加开导，是以将其原递澳门同知说帖缮录奏闻。讵该夷阳奉阴违，早不出圣明所料。至九月间，义律复招夷商数人在澳门集议，彼此推卸刁难，此即反覆之始也。该国有噹喇、噹唧二船，均遵式具结，噹喇先进黄埔，而噹唧船正在入口，被义律潜约吐嚓兵船将其挡回，以致与师船互相炮击。其为反覆，莫甚于此。且前递说帖内云，殴毙林维喜命案凶手已悬赏二千圆，令人报知。至九月底，乃将囚禁在船之夷人五名，均欲解回该国，照夷例办理。是其反覆之形，不一而足。而究其所以反覆之故，实因惯卖鸦片奸夷利心不死，前虽已将新烟带回夷埠，而往来伙党尚多，仍思乘机偷运。伊恐甘结一具，性命难逃，而义律利其抽分，与之朋比，忽恭忽踞，皆有谲谋。臣等前已传谕诸夷：奉法者来之，抗法者去之。暎夷既不遵约束，与其开门而揖盗，何如去莠以安良。兹蒙训谕严明，尤当恪遵办理。当商粤海关监督臣豫堃，会同出示晓谕。自十一月初一日起，停止暎咭唎国贸易。除未经停止以前，暎夷有将货物转卖与别国夷商者，既据遵式具结，查无鸦片，即系正经贸易，业已移步换形，尚可不追既往，当与噹唧等一体准令进口外，其余责成洋商，认明暎国来船，一概停其交易。所有大黄、茶叶二物,查大黄每年出口奉属有限,不过附搭药材项下,暎夷所销尤少。惟茶叶在所必需,然有绿茶、黑茶之分,暎夷所销多系黑茶,现在严密稽察,不使影射偷漏。

查向来夷船到粤,以暎咭唎为最多,自严办鸦片以来,各夷埠均有传闻,以鸦片出自暎国,此后该国买卖可减,别国买卖可增,如咗国、嘣国及单鹰、基啵啦等国,历年不过偶来一二船,本年来者特多,是他夷皆有欣欣向荣之象。而咪唎㗎国之船现来四十五只,则比往届全年之数已有浮多,尤见天朝声教覃敷,并不少此暎咭唎一国。而义律之勾结吐嘧等,虚张矫饰,玩法营私。该国以七万里之遥,其主若臣未必周知情状。今他国通商如旧,而暎国独停,若该国查察情由,系因图卖鸦片,抗违天朝新例,则内而自知理曲,外而颜面何存,彼亦不肯容义律等之诡计奸谋,以自坏其二百年来之生计也。

伏思,断绝鸦片首贵杜其来源,而杜源总在夷船,无他谬巧。譬之防守河工,鸦片之来如黄水,然惟有严堤防以御之;纹银之出如清水,然惟有闭闸坝以束之。本年以来,收缴已化之烟土值银千余万两,人所共知,而新来之鸦片半途闻信折回,及到粤畏拿运回者,访闻亦复称是。故本年暎夷来船本较往年为少,今既发令断绝该国贸易,所有洋商行铺均不敢与之私售。惟当视其有无悔惧真情,再行核办。至他国遵照具结进口,查无鸦片者已有船六十二只,并据查报带来洋钱将及二百万圆。臣等仍当时刻稽查,防其潜代暎夷走私偷卖,不敢因他夷之遵式出结,即遽信为无他。其先已具结之噹啷一船,虽系暎夷人,而早知遵循法度,现被义律等扣留口外,日后若求入口,仍当带进黄埔,不宜与观望营私之他船一例办理,以示区别。至前后驶回各船,诚难保不潜赴东西两路希冀私销,臣等仍遵谕旨,密派文武跟踪侦察,并严饬沿海各营,认真防范。总期该夷鸦片无处可售,庶使海面肃清,以仰副圣主除患保民之至意。

所有现断暎夷贸易缘由,谨全同广东巡抚臣怡良、水师提督臣关天培、粤海关监督臣豫堃,合词恭折具奏,伏乞皇上圣鉴训示。谨奏。

道光十九年十二月初二日奉朱批:钦此。

十一月初九日

(军机处录副奏折)

E325:政法-官员违法案件

3.77　两广总督林则徐奏报革役谭升等起意兴贩鸦片得银纵放审明定拟折

道光十九年十二月初四日(1840年1月8日)

臣林则徐跪奏,为审明定拟,恭折奏祈圣鉴事。

窃臣奉命来粤查办海口事件，仰蒙发下太仆寺少卿杨殿邦，给事中黄禾之，御史袁玉麟、周春祺条奏广东鸦片等事原折四件，饬带到粤分别查办。臣谨将各折悉心查阅，如所陈驱逐趸船奸夷、访缉通夷汉奸、严究包庇兵弁，皆系应办之事，当经会同督抚臣次第办理，随时奏蒙圣鉴在案。惟袁玉麟折内指称，澳门县丞衙门弓役谭升即谭第发，本姓林，冒名樊昌，设立琪华馆，为奸匪囤贩鸦片之地；又勾串妈阁税口书吏谢安即何真、兵丁卢意即郭平及土棍马老六等，各设长龙、三扒、快蟹等船，以办案缉私催输为名，盘运烟土归澳，得受窑口月规三五圆至十圆八圆不等。又鸦片一箱在妈阁报税十余圆，私喂大关委员银二圆，附近合各衙门使费每三月三四千圆。每年烟土到澳，悉经谭升等分派窑口，所卖银钞夷人得六，土人得四。有一种华艇，送给规银，大者百圆，小者三四十圆。赌馆娼寮及河下蛋户，名为咸水妹，皆有规银，名曰妓花票。等语。臣行抵粤省，正在访查间，据臬司乔用迁开报，现审烟案人犯册内已有谭升、谢安两名，当即吊案查核。

谭升系在澳门充当眼钱，于十八年十二月间经督抚臣访闻该犯从前曾卖鸦片，饬拿解省。谢安系在娘妈阁充当巡役，十九年正月初间，经粤海关监督臣豫堃访有私弊，军役发司究办，均未定案。臣当即摘录原折所叙该犯等款迹作为访闻，交臬司乔用迁确切审办，并勒拿卢意即郭平及马老六一并解究去后。节据乔用迁将查讯情节录供禀送，经臣反覆推究，务期核实。且查原折，以谭升先充澳门县丞衙门弓役，卯（冒）名樊昌，道光六年有陈朝堂控樊昌勒诈陈亚五银两，将陈亚五私行押毙一案。又道光十年曾大经控樊昌包私勒赌一案，又勒诈郑玉餬被控一案，樊昌遂捏报病故，更名谭升充役。等情。臣思谭升如果即系樊昌，捏故更名，则从前控案数起均应重行澈究。惟谭升与樊昌是一是二，非提原告当面质对，不足征信。除道光六年之原告陈朝堂已故外，当将十年之原告生员曾大经查提到案，与谭升质认。据曾大经供称，已故之樊昌另是一人，并非现在对簿之谭升，所具亲笔供结存卷。是原折所叙樊昌已结控案，核与谭升无干。惟所指郑玉餬控案，查道光十六年有香山郑玉胡（餬）等与陈宝开互控驾船工资一案，牵控谭升藉端勒索。经委员会同前署澳门同知马士龙讯明，谭升尚无索诈，惟以应给陈宝开回船银两之言随口答覆，郑玉胡（餬）疑为偏护，将谭升酌拟杖革完案。又据该司乔用迁转据署澳门同知蒋立昂等查覆，澳门地方先有杨贻标所开琪华字号钱铺一所，后因杨贻标改开赌馆，于道光八年被获拟徒，将铺封闭，此外别无琪华馆名目。并据开出谭升充当澳门线目，陆续指获烟匪郭亚平等犯二十六名，核对案据，虽属相符，而其充线之前，革役之后，曾经卖过鸦片，访查属实。谢安即何真，在娘妈阁税口充当巡役，亦实有得规私纵情事。兹因逸犯卢意、马老六弋获无期，据臬司乔用迁先将现犯按拟解勘前来。

臣即亲提研鞫，缘谭升即谭第发，并非姓林，原籍新安县，寄居澳门，道光十四年充当香山县丞衙门弓役，十六年革役之后仍在澳门闲住。十七年四月间，该犯路遇素识未获之新安县人章亚华闲谈，该犯因章亚华晓习夷语，起意商同合伙兴贩鸦片烟获利。章亚华应允各出本银一百圆，章亚华赴夷楼收买烟土。自十七年四月起至十月止，共买过烟土十余次，每次十个八个不等，每个价银十二三圆，陆续卖与不识姓名过往客船，每个得银十四五圆，均分花用。旋闻查拿严紧，该犯畏惧中止，与章亚华分伙各散，未经败露。嗣县丞衙门奉文饬拿烟案人犯承票各役，因该犯缉捕熟悉，雇作眼线，随据先后拿获烟犯郭亚平等二十六名解县审办。十八年十二月间，督臣邓廷桢、抚臣怡良访闻该犯曾卖鸦片，会札委弁驰赴澳门查缉，经署县丞彭邦晦拿获解省发司饬委广州府审究。又谢安即何真本名，何真元(原)出继母舅谢映芝为嗣，遂以谢安之名充当粤海关差役。道光十七年十一月派赴澳门娘妈阁税口，该处向无书吏，只有差役巡查。十八年四月间，该犯带同巡船水手卢意即郭平，查出赴关报验之香山郑亚二生果船内有白烟土四包，欲行解究。郑亚二密向央求，送给洋银三圆释放。五月初五日，又同卢意查出李亚养猪船内有烟土三个，得银二圆。五月初十日，查出莫亚兴果船内有烟土六个，得银四圆，均经放行。此外陆续查出不识姓名客船烟土四五次，烟土多少不等，每次约得银二三圆至八圆不等，随时卖放，计共得银二千余两。该犯分六成，卢意分四成花用。卢意旋因患病辞退，另雇水手著充。至十二月内经粤海关监督臣豫堃察有情弊，勒令换班，十九年正月初八日回省。豫堃面加究诘，该犯言语支吾，未据供吐，随即斥革，送交臬司转发广州府审办。以上情节均据该犯等供认不讳。惟谭升与谢安仅称彼此相识，不认勾串情事，其未获之卢意即郭平、马老六二犯，谭升坚称素不认识，即谢安亦只供在澳门大马头曾与马老六识面，并未与之同伙，亦未闻马老六当过长随，卢意即郭平，实止充当水手，并未当兵。诘以开设琪华馆及长龙、三扒、快蟹等船盘运烟土，得受窑口、华艇、赌馆、娼寮、花票各项规银，包报妈阁烟税，并给文武衙门使费委员规礼等弊，该犯等坚供并无其事，当又严加推究。据谭升供称，伊与章亚华迭次贩烟均系零买零卖，得利即售，不使估搁本钱，无须馆屋囤宿。若置有各项载烟船只，自不能不靠岸湾泊，何无一人看见，且伊革役已久，谁肯给予规报，更无将各项税规使费交伊包揽之理。况得规之罪比贩烟为轻，伊既承认兴贩鸦片，何必转赖轻罪，实无受规收税办费买赃等弊。又诘据谢安供称，税银系国课正项，征收若干，逐日具报，无论如何胆大之人，断不敢将鸦片公然报税，伊因充投巡查，乘间卖放，正恐关口委员与附近文武衙门查知，那敢明目张胆馈送使费。水手卢意患病辞退之后，实不知其踪迹。马老六仅一认识，并非同伙。如果一同作弊，伊已自行认罪，可肯代人隐瞒。各等语。其谭升兴贩次数、同伙姓名及谢安贿纵银数，均经再三究诘，加以刑讯，矢口不移。并提讯关口委员旗营防御徐怀懋，据供奉派在关照料，得领薪水，足敷食用，何敢丧心昧良，营私干咎，并具亲供呈送，核与查访相符，似无遁饰。

查旧例载：兴贩鸦片烟，照收买违禁货物例，枷号一个月，发近边充军；兵役藉端需索，计赃照枉法律治罪。等语。此案已革弓役谭升，起意兴贩鸦片，虽久经歇业，未便稍为宽贷。已革巡役谢安，在关查出鸦片得银纵放，即与兴贩无异。该犯等事犯到官，虽在未奉新例以前，惟现当查办鸦片吃紧之时，若仅照例拟军，尚觉轻纵。谭升、谢安均应于兴贩鸦片烟发近边充军例上，从重发遣新疆给兵丁为奴。谭升虽供亲老丁单，情节较重，应不准其留养，得受银两照追入官，琪华赌馆早经查封。关口委员徐怀懋讯无得受馈送，应与业经病故之澳门县丞弓役樊昌及用赌办结之杨贻标，俱毋庸议。

澳门为华夷杂处之区，现虽查无窑口及长龙、三扒、快蟹等艇运送鸦片，其分赃买赃受规收税商办使费各款虽亦查无确据，仍不可不杜渐防微。臣现会同督臣抚臣移咨粤海关监督，并责成澳门同知督同香山县及澳门县丞随时严密访查，如有前项弊端，立即认真拘拿，据实惩办。其有娼寮赌馆及窝藏匪类之华艇，并即分别封折拿究，以靖地方。马老六虽非同伙，然曾在澳门溷迹居住，于鸦片必有所犯，应与逸犯卢意即郭平等一并严缉务获，另行究办。此项〔罪〕犯由该管官拿解，应请免其察处。

除录供咨部外，所有审明定拟缘由，谨缮折具奏，伏乞皇上圣鉴，敕部核覆施行。谨奏。

道光十九年十二月二十六日奉朱批：该部议奏。钦此。

十二月初四日

（军机处录副奏折）

E328：政法-违禁案件

3.78 两广总督林则徐等奏报拿获出洋潜买鸦片烟土运物接济夷船奸徒审明定拟折

道光十九年十二月初四日（1840年1月8日）

臣林则徐、臣邓廷桢、臣怡良跪奏，为拿获沿海奸徒出洋潜买烟土，运物接济夷船，照例分别定拟，恭折具奏，仰祈圣鉴事。

窃照广东沿海奸徒，往往私出外洋，或向夷船购买鸦片，分运售销；或私充夷船买办，听其指使；或于严断接济之时运给夷船食物。种种牟利营私，以致夷人恣意贩烟，流传内地。故欲绝鸦片，必须整顿海口，欲制夷人，必先拿办汉奸，节经臣等督饬沿海文武及巡洋舟师严密侦拿。臣林则徐、邓廷桢驻扎虎门时，据文武拿获积惯接挤、代销烟土及向夷船买烟之黄添化、彭亚开、邓三娣三名，照例斩决枭示，伙犯欧亚猪等，问拟绞遣有差，业经具奏在案。嗣据护理广海寨游击布万和等拿获匪犯钟亚二及艇户吴亚益、叶亚姚，水手郭亚麟、梁亚吉、黄亚满、曾亚茂、黄亚秋、林亚二、卢亚好、高亚鳙、陈亚海等十二名，起获艇一只，解至虎门。经臣林则徐、邓廷桢督同随带委员南雄直隶州候补知府余保纯、署佛山同知刘开域、候补通判龚耿光，审明办理。又香山县澳门同知等拿获匪犯彭亚舍、吴亚平二名;新安县营先后拿获陈亚成、蓝亚惠、李亚四、张有虔、邓召详、赖亚三、黄亚稳七名,起获烟土二个,重九十二两;归善县营拿获曾黄娇、陈连生二名,起获艚船一只,并猪只、鸡鸭、蛋、盐、白糖等物。均陆续解省,先后饬发委员候补知府余保纯等,会同广州府珠尔杭阿、准补潮州府同知张钧,督同候补县令良钰等确审。旋据各委员先后审拟,分别由臬司乔用迁招解前来。

臣等逐案查讯,缘钟亚二即钟亚溃,籍隶香山县,向在澳门找换银钱度日,与各国夷人多有认识,通晓夷语。道光十七年十一月内,钟亚二探知素识西洋夷楼有黑奴偷卖鸦片烟土,价值便宜,起意贩卖获利,随陆续用番银一二十圆,买得烟土二三十斤,携回家内,零星转卖与不识姓名人,不记次数。十九年八月,钟亚二知澳门查拿严紧,夷楼不敢贮烟,闻有阿达夷船潜带鸦片越赴新定县白石角洋面,钟亚二欲往买取,并纠允素识未获在澳贸易之阳江县人梁帼帜,各带番银,同雇现获之船户吴亚益、叶亚姚艇只,捏称梁帼帜有病,请钟亚二送回阳江原籍,议定往返艇价银十两。八月十九日由澳门开行,二十日驶至阳江之东平洋面湾泊。钟亚二另雇不识姓名人小艇,诡称欲送梁帼帜登岸坐轿回家,即与梁帼帜坐艇驶至新定县白石角洋面。适阿达夷船抛泊该处,钟亚二带同梁帼帜上至夷船,向该夷阿达买取烟土,言明公土每个价银十一圆,钟亚二用番银四十四圆买得公土四个,梁帼帜用番银一百一十圆买得公土十个,各用席袋包裹,假作行李,搬过小艇驶回。梁帼帜即由小艇上岸,先携烟土回家,钟亚二仍回吴亚益等艇内。时水手郭亚鳞等赴墟买物,留吴亚益、叶亚姚二人在艇看守。吴亚益等因见钟亚二所带席包形迹可疑,欲行开看,钟亚二不能隐瞒,当将夹带烟土据实告知,并许加艇银五圆,嘱勿声张。吴亚益等素知鸦片获利甚厚,复各自起意用银十五圆,各向钟亚二买取烟土一个,希图转卖,钟亚二随卖给吴亚益、叶亚姚烟土各一个,其余照旧包好,密藏舱底,水手郭亚鳞等均不知情。二十五日船至青山洋面,适舟师追逐夷船,访知有人买烟,声言查拿,钟亚二等情虚畏惧,将烟土丢弃落海,随将钟亚二连船户吴亚益、叶亚姚、水手郭亚鳞一并拿获,讯供相符。此钟亚二积惯贩烟,并出洋潜赴夷船购买,及艇户吴亚益等各自起意向钟亚二买土,希图转买之实情也。

又彭亚舍籍隶番禺县,向在澳门佣工度日,略晓夷语。道光十九年三月十四日,有素识未获之赵亚溃欲贩烟土,托彭亚舍代为购买,许给谢资,彭亚舍贪利应允。赵亚溃随将番银一百四十圆交给彭亚舍,往向住澳之嘆咭唎夷人吐嘽咈买得烟土四百两,交赵亚溃接收,得受谢银十五圆。五月初五日,彭亚舍又代素好未获之梁亚法,用番银三十六圆向夷人噁船买得公土三个,交梁亚法接收,得受谢银八圆。经该县营访闻拿获。

又陈亚成、蓝亚惠、李亚四,均籍隶归善县。陈亚成向在新安驾艇捕鱼,道光十九年五月初三日,有素识未获之吴亚五、李亚晚至艇闲坐,谈及生计艰难,陈亚成探知尖沙嘴洋面有夷船湾泊,起意商同合伙买备食物,驾艇前往接济,并向兑换烟土,转卖获利。吴亚五等应允各出本钱二千五百文，买备咸鱼鸡鸭等物载往尖沙嘴。陈亚成因不谙夷语，转托在逃之林亚有向不识姓名人夷船换得鸦片烟土半斤，载回新安县之长洲环肚地方，先后卖与蓝亚惠、李亚四及未获之卢亚全，得银九圆均分。蓝亚惠、李亚四各买烟土二两，转卖与不识姓名人，各得银三圆。旋经该县营访闻拿获。

又张有虔、邓召详、赖亚三、黄亚稳，均籍隶新安县，小贩营生。道光十九年十月十四、五、六等日，张有虔等探知素识未获之赖亚长在外洋夷船买有烟土，各自起意向买转卖获利，随各用番银一二十圆买得烟土一二个，转卖与不识姓名人，得银花用。张有虔、赖亚三各存留烟土一个未卖，即经该管文武访闻，督率兵役，将张有虔、邓召详、赖亚三、黄亚稳四名，连烟土一并拿获。

又曾黄娇、陈连生，均籍隶归善县，先后在未获之张亚四艚船充当火工水手，每月工钱各一千文。张亚四先因其母舅曾江头二交与猪五只，令赴省城售卖，将钱置物，转售获利均分。道光十九年七月十四日，张亚四与未获之水手陈亚帜、柯亚南及伊子张畛奀，驾船至新安县之三门洋面，张亚四将猪只卖与不识姓名夷船，得番银七十圆。该夷人另给张亚四番银一百二十圆，嘱再买物接济，恐其拐银不回，将张畛奀留于夷船为质。张亚四将船驶回归善，与曾黄娇、陈连生、陈亚帜、柯亚南分赴偏僻村乡，买得猪七只，鸡鸭一百五十六只，盐十二包，并鸡蛋、白糖等物，于二十五日下船开行，即被访拿。张亚四等凫水脱逃，将曾黄娇、陈连生拿获，并起出船只、猪鸡各物。

又吴亚平，籍隶香山县，向在澳门居住，略晓夷语。道光十八年八月内，受雇与夷人吐嗶咈私充买办，每月工银五圆，常代吐嗶咈购买食用各物，坐驾夷人三板送给趸船收受，不记次数。十九年七月间，嘆夷被逐出澳，正在严禁接济，吐嗶咈给吴亚平番银八圆，嘱买鸡鸭等物，于初七日载赴啤叻哈等夷船交给转回，即经澳门文武拿获。此又彭亚舍等出洋代买鸦片及易换烟土并违禁济夷之各实情也。

以上先后拿获人犯共二十三名，除水手郭亚鳞等九名讯不知情，先予省释外，其余各犯均据供认前情不讳，诘无载运纹银出洋，亦无另犯别项不法及此外另有同伙隐匿避就情事，案无遁饰。

查新例载：沿海奸徒勾通外夷，潜买鸦片烟土入口囤积，发卖图利，一经审实，首犯拟斩立决，恭请王命先行正法，仍传首海口地方，悬竿示众，房屋船只入官。又，收买鸦片烟土尚未售卖贻害者，为首发极边烟瘴充军。又，兴贩鸦片烟仅止一二次，并为数不及五百两，为首发新疆给官兵为奴。又，旧例载：兴贩鸦片烟枷号一个月，发近边充军。又，交结外国，互相买卖，诓骗财物，发边远充军。又，民人无票私出口外者，杖一百，流二千里。各等语。广东省系于道光十九年五月二十六日奉到新例，现办鸦片案犯，各按犯事日，分别新例前后援引问拟。

此案钟亚二即钟亚溃，先在澳门西洋夷楼零买鸦片转卖多次，已属藐法，复因查拿严紧，辄敢纠伙出赴白石角洋面，勾通阿达夷船潜买鸦片，即在艇上转卖获利，核其犯事日期在奉到新例以后，应照新例问拟。钟亚二即钟亚溃，合依沿海奸徒勾通外夷，潜买鸦片入口发卖图利者，首犯拟斩立决。即于审明后，恭请王命，饬委南雄直隶州知州、候补知府余保纯，提标署右营游击王鹏年，将该犯钟亚二即钟亚溃，在虎门海口正法，传首沿海地方，县竿示众，以昭炯戒。船户吴亚益、叶亚姚，于钟亚二向夷船潜买烟土虽未知情，惟钟亚二带烟到船，该犯等各自起意出银向其买取，希图转卖，应各以收买为首论。吴亚益、叶亚姚均合依收买鸦片烟土尚未售卖贻害者，为首发极边烟瘴充军例，发极边烟瘴充军。彭亚舍代赵亚溃等先后向夷人购买烟土，陈亚成贩运食物出洋济夷、换烟转卖，虽犯事均在本省奉到新例以前，按之旧例只应拟军，惟现当严禁鸦片之际，似应从严惩创。彭亚舍、陈亚成均从重发遣新疆给官兵为奴。蓝亚惠、李亚四向陈亚成买烟转卖，事犯在新例以前，应照兴贩旧例问拟。蓝亚惠、李亚四均合依兴贩鸦片烟枷号一个月发近边充军例，各枷号一个月，发近边充军。蓝亚惠业经病故，应毋庸议。张有虔、邓召详、赖亚三、黄亚稳，因探知赖亚长在夷船买有烟土，各自起意向买转卖，应各以为首论。张有虔、邓召详、赖亚三、黄亚稳，均合依兴贩鸦片烟仅止一二次，为数不及五百两，发新疆给官兵为奴例，发新疆给官兵为奴。曾黄娇、陈连生充当张亚四船内火工水手，于张亚四运猪出洋卖与夷船，该犯等辄敢听从驾运，嗣复分赴村乡代为购买食物，驶往接济，现当严逐夷人之时，未便稍涉宽纵，自应照例酌加问拟。曾黄娇、陈连生应照交结外国，互相买卖诓骗财物，发边远充军例，为从杖一百，徒三年，罪上加一等，杖一百，流二千里。吴亚平受雇与夷人吐嘽咈私充买办，得受工银，并听从载运食物私越出洋，即与无票私出口外无〔异〕，自应比例问拟。吴亚平应比照民人无票私出口外者，杖一百、流二千里例，杖一百，流二千里。以上军流各犯，至配均各杖责安置。该犯等贩烟处所系属荒僻，并无保邻，其由僻港偷越出洋，并未经由营汛口岸，兵役无从得规故纵，均无毋庸议。钟亚二有无房产，饬行查封，分别估变，并起出运烟船只，追出各犯所得卖烟接济及佣工银钱，一并入官，起获猪鸡等物充赏，烟土候饬烧毁。各逸犯饬行严拿务获。另办本案人犯，均系该管文武，访拿失察职名应请免开。

除全录供招咨部外，所有访获各犯审明办理缘由，臣等谨合词恭折具奏，伏乞皇上圣鉴，敕部核覆施行。谨奏。

道光十九年十二月二十六日奉朱批：刑部议奏。钦此。

十二月初四日

（军机处录副奏折）

E16：政法-查禁

3.79　顺天府尹曾望颜奏请议定对澳门贸易章程并保结不夹带鸦片片

道光十九年十二月初十日(1840年1月14日)※

再，查寄居香山县属澳门之西洋夷人已二百余年，世受天朝抚绥，该夷止以贸易为生，别无产业。若因禁绝㖊咭唎等国互市，并不准其通商，诚恐该夷无以为生，非所以示体恤。若漫无限制，又难保该夷之不私为㖊咭唎等奸夷贩运。应请自今以后所有澳夷互市货物，亦定以限制，不准逾额。如查该夷现有与各外夷私运接济情弊，立将澳门商民撤退，概不准其互市。

臣再思将来善后事宜，㖊咭唎等国夷人果其悔罪输诚，并责令该澳夷为之保结，倘仍有夹带鸦片而来者，除将奸夷照例治罪不准互市外，并将该澳夷禁绝贸易，驱逐回国。如此严定章程，该澳夷室家妻子久居内地，未有不自顾惜而敢于违抗者也。

可否请旨敕下两广督臣，妥议章程，著为定例，伏候圣裁。谨附片具奏。

(军机处录副奏折)

E16：政法-查禁

3.80　两广总督林则徐奏报仍坚断英夷贸易严海防以杜流弊片

道光十九年十二月二十四日(1840年1月28日)※

再，臣正在缮折间，承准军机大臣字寄，十二月初二日奉上谕：本日据林则徐等奏察看㖊夷反覆情形一折，览奏均悉。该夷反覆无常，早已洞见，现当严禁鸦片，岂容该奸夷阳奉阴违，希图影射。著林则徐仍遵前旨，凡系㖊咭唎夷船，一概驱逐出境，不准逗留。惟各国恭顺，照常通商，难保该夷不潜行偷漏，混入他国，私带烟土，妄冀销售。即大黄、茶叶亦恐他国加倍购买，转相付给，是名为禁止㖊国贸易，而流弊滋多，殊非核实办理之道。著林则徐即将种种弊窦，筹画堵塞。其噹啷一船，毋须招令入口，以归画一。林则徐现已简调两广总督，责无旁贷。务当趁此警动之机，为一劳永逸之策，至于区区关税之盈绌，朕所不计也。等〔因〕。钦此。仰见圣主训诲严明、核实杜弊之至意，并以臣荷蒙简调两广总督，责无旁贷，臣跪诵之下，感懔弥深。现在调任部文尚未到粤，容俟准到部行钦奉谕旨，即当咨会臣邓廷桢移交督篆，各具另折恭谢天恩，专差赍递。

至粤省通商事务，他国仍系照常，诚难保嘆夷不将私带烟土混入各国，亦难保各国不将大黄、茶叶付给嘆夷。臣于十一月封港之后，即与邓廷桢、豫堃严饬洋商暨各国夷商，先后进口之船，系属何国何名，货物是否原装，有何辨认之处，逐层诘报，务得确凭，再行盘查核验。其出口货，则按梁头丈尺，应载若干，不许逾额多载，如有弊混，即将船货没官。惟驶赴夷洋以后，势难穷其所往，正切踌躇。兹蒙训谕谆谆，更当趁此警动之机，务将种种弊窦筹画堵塞，不敢稍任影射。现据澳门文武探报，嘆咭唎国王另遣夷官叹吐噔吨来粤，系因该国领事义律所为不合，是以换人经理。等情。臣查该国距内地七万里，来船到粤，总在半年以上，当该国王另遣夷官前来之时，尚不知内地断其贸易。现既钦遵谕旨，不准通商，即使另换夷官，亦惟坚为拒绝。凡水陆险要之地，皆当倍整军威，而口门出入之船，更必严行稽察，务使该夷悉绝逗留之念，潜消叵测之情，庶几弊去害除，仰付鸿慈委任。

再，臣接受督篆之后，理应即将恩颁钦差大臣关防敬谨封缴，惟现值防夷吃紧之际，臣未敢遽请亲赍进京，应否先委大员敬代赍缴之处，伏候训示祇遵。谨先附片叩谢天恩，伏祈圣鉴。谨奏。

道光二十年正月十八日奉朱批：钦此。

（军机处录副奏折）

E16：政法-查禁

3.81　闽浙总督桂良等奏报审拟林和国贿送烟土案事折

道光二十年正月二十六日(1840 年 2 月 28 日)

闽浙总督臣桂良、福建巡按吴文籍跪奏，为拿获迭次通夷国贩鸦片之奸民，并受贿庇护之营弁审明□别拟办，恭折奏祈圣鉴事。

窃照前粤督臣魏元烺于道光十九年二十日会同臣吴文籍，水师提督臣陈化成奏参运送鸦片之巡洋把总□□□拿问并请将延□□□之尢云守备解往严审□奉上谕□□。福建金门镇协右营把总林和国□驾哨船巡洋，代奸民林干等运送烟土，经该处民人见向喧嚷，被哨船兵丁开枪打伤，已据受伤民人朱及时等供指确凿。该奸民林干等系积惯贩烟饬拿未获之犯，该把总不为截拿，转为代运，难保无□□通夷情弊，分巡洋面之金门镇标左营署守备事水师提督右营千总黄□秀□……□游击旋得粤右营守备事烽火门千总游硕坊□□□系又复具□……□断不可稍事纵容，林和国缉拿黄□秀游硕坊均□……□。前粤督臣魏元烺未及审办，卸事臣等钦遵行并严饬该□府□□会同委员先后拿获奸民林牙美、林赤、林久三名，提同革弁林和国同一干犯证押解来省，委员严审。兹据藩司吴荣光、臬司常恒昌督□委员福州府知府戴嘉□等审拟详解前来。

臣等随亲提研鞫，缘林牙美、林赤、林久均籍隶晋江县，与去逃之林因、林干、林梨春即林丽春俱同族。□贩林和国系金门镇标右营把总，道光四年间，林因起意囤贩鸦片，纠林牙美及林干、林梨春入伙，合出本银七千余元，赴广东澳门买得烟土十八箱，运回转卖，以后每年贩运不记次数。又道光八年起，林因另雇能通番语在逃之蔡能等先后赴澳门勾引夷船来闽贩运鸦片，每年获利约计银一万余元，作为三十股，分派该犯，林牙美分得五分之一。十三年九月间，林因复令林牙美等携银前赴澳门，托已获办□之王□同赴噶喇吧夷船上议定烟价，先交定银将夷船勾驶来闽，买得烟土三十箱，计价万余一万余元，散卖得利均分。十三年二月间，已获□结之王□用价二百元向该犯等买出十□，其余买烟人姓名不能记忆。时经晋江县访闻查拿，林牙美随与林国等散伙逃逸。十九年正月间林牙美独自起意囤烟贩卖，私置金益源商船一只，雇素识在逃之蔡□等□驾□□贩买烟土，囤积售卖。十九年二月初二日，雇不知情已获提□之黄□等为水手，船内暗藏烟土□图赴台湾贩卖，驶至石湖海边即经晋江县营兵役查拿，林牙美与蔡□等各自凫水逃逸，当获黄□等三名，起获烟土，讯明究诘。六月初间，林牙美稔知粤省鸦片□□，起意勾引夷船运土来闽，以便囤积并诱人兴贩，从中抽利，因去逃素识之晋江县人林□能同该雇共赴粤省伶丁外洋勾引夷船一只，于七月初间因林□来闽，驶至惠安县辖按□外洋寄泊。林牙美□营兵堵拿难以运土上□，林赤曾充线民，□□庇护□□□□□贩得利均分，林赤贪利，先从林牙美，又邀林久与林□赴夷船搬运烟土，是月十三日，林牙美□备番银二千元，令林赤、林久、林□驾船赴夷船买得烟土六千□分装十二箱，夷船另拨□板小船二只载运，是日下午驶至(楼破)礁洋面，维时该□犯林和国经金门镇派令巡洋，雇□□勇林访、林寡并之林□、林□□□□□扮作客商分驾哨船去□巡□□瞥见囤拿，搜土烟箱搬过哨船，林赤因曾充林和国线民，素日熟识。即至林和国船内恳其庇护，许送番银七十元，林和国应允，即令小夷船驶回，转令乡勇驶船护送。该乡勇林访等不敢违拗，驶船赴□，适有□江船户□□□□，驾船驶至，并□民朱及时、林目，及妇林蔡氏等在河滩捡□瞥见喊□，林□虑彼返拿，即取哨船所带鸟枪装点吓放，致砂子飞伤朱及时左胳肘，林目胸膛，林蔡氏左手腕，乡勇林访、林寡等畏惧避入舱内。经澳甲林士圆查知，就近□知江额外张□高前往查拿，林和国已将烟土交与林赤、林久等搬回林牙美家内。告知前情，林牙美随将番银七十元交林赤转送林和国收受。林牙美将烟土散卖，共得利银五百元，给林久工资银十二元，余与林赤等作为大小股□分。张□高查拿未获，即经金门镇抚兵□□阅风闻，饬传林和国查询，林和国捏以查拿鸦片彼□拒捕等情回复。当经臣营□总与前督臣魏元烺风向密行委员访悉前情，由县差查受伤之林蔡氏，□□□后饬传具□之澳甲林士圆，并受伤民人朱及时、林目验伤讯供□报奏，奉谕旨严审。

兹经臣等亲提严鞫，据各供认前情不讳，再三究诘，矢口不移，案无遁饰。此案林牙美逆

□□□□送犯林因勾引夷船迭次伙贩鸦片，迭经□□，不知悔改，复独自起意勾结夷船纠伙囤贩鸦片到六千两之多，自应即照新例问拟，林牙美一犯合依沿海奸徒闽没□口勾通外夷，潜买鸦片入口囤积售卖图利，为首拟斩立决例，拟斩立决。臣等于审解后即照例恭请王命饬委臬司常恒昌督校中军刘□富□□□将该犯刘林牙美□赴市□先行正法。仍将□□事□□□□□□□□□□。林赤听从林牙美通夷伙贩烟土，贿□革弁林和国庇护，□□民人朱及时等喊嚷，□放鸟枪致伤朱及时等三人，平□殊属藐法，林久、林牙美同赴夷船运土即系为从，林赤、林久均合依为从接引护送之犯拟绞监候例，拟收监候。革弁林和国迫获通夷烟犯不即解办，后敢得贿护送，应照海口员弁收受窑口财物，无论赃之多寡拟绞立决例，拟绞立决。林访、林寡俱□林和国船内乡勇，应听林和国约束，林和国护送烟土，势难违拗，林赤放枪之时，该犯畏惧躲入舱内，尚知畏法，应照不应重律，杖八十加枷号两个月，□□折则严办。林和国所受贿银及林牙美等所获贩运鸦片利息及私置商船分利查返入官。逃犯林因等饬缉务获另结。至解任分巡洋面金门镇标右营守备事水师提标右营千总黄□□□该□洋面有奸员勾通夷船贩运鸦片，营弁受贿护送，事前既无□□觉察，事后又延不禀报，虽讯无瞻徇故纵情事，实属□□，应请旨即行革职。金门镇总兵□□□责任专□□，所辖洋面有奸民勾结夷船贩运鸦片，既毫无觉察，所属不肖，□弁复，不先行斥革，实非寻常失察可比。右营游击旋得□署右营守备事，烽火门千总游硕坊于林和国受贿运送鸦片，虽在左营洋面，并非所辖，惟林和国本系右营把总，该营员有考核之责，乃平时失于训饬，以致□法婪赃，亦难辞咎，现当严查鸦片整饬水师之际，未便稍事姑容，均请交部严加议处。除全案供招咨部外，所有审明拟办缘由臣等谨合词恭折具奏，伏乞皇上圣鉴，敕部议□施行。谨奏。

道光二十年正月二十六日奉朱批：刑部速议具奏。钦此。

（军机处录副奏折）

E16：政法-查禁

3.82　两广总督林则徐奏报饬令水陆严防英夷并严审贩运烟土各犯片

道光二十年二月二十六日（1840年3月29日）※

再，此次嘆咭唎夷船逗留外洋，常惧火船潜往焚烧，夷情实形惊慑。近日复据澳门文武禀据引水探报，嘆夷吐咭一船、喊哩咁一船，均因被逐，已出老万山回国。惟又有哓吐一船、咔喱咁一船，先经驶赴老万山之黄茅洋，本欲回国，乃寄碇一日，旋又折至九洲洋游奕。传闻该国有大号兵船将次到粤。等情。

臣等思此等传闻，无论虚实，总当于粤洋各要口加意严防，该夷即有多船，谅亦无所施其伎俩。第各处添防之水陆兵弁，恐或日久懈生，臣等惟有严切檄行，并密遣妥实员弁，分往稽查。如防兵有敢怠惰偷安，立即严惩示儆。

至各口岸近日所获鸦片，得自渔船蛋艇者尤多，内有余阿盛等一起，烟土二千七百三十余两，曾亚八等一起，烟土七千六百八十余两，更为通夷售私之大伙。现在严行审究，尽法惩办。

合并附片奏闻，伏祈圣鉴。谨奏。

道光二十年三月二十七日奉朱批：无论虚实，总当不事张皇，严密防范，以逸待劳，主客之势自判，彼何能为也。勉之！钦此。

（军机处录副奏折）

E328：政法-违禁案件

3.83　闽浙总督邓廷桢等奏报拿获通夷运销鸦片人犯审明定拟折

道光二十年三月十三日（1840年4月14日）

闽浙总督臣邓廷桢、福建巡抚臣吴文镕跪奏，为拿获通夷运销鸦片人犯，审明定拟，恭折具奏，仰祈圣鉴事。

窃照道光十九年五月间，前督臣钟祥出省阅伍，亲赴经过各海口督查防逐夷船，拿获通夷粤奸卢月得等多名，提省讯办，当经附片奏闻。因各犯供情狡展，致未定谳。臣邓廷桢到任后，会同臣吴文镕严催委员赶紧讯究，兹据兼署福建臬司常大淳会同署藩司常恒昌，督同署福州府知府胡兴仁审拟详解前来。

臣等亲提研鞫，缘卢月得、杨阿幅、崔阿洪、何清石，分隶广东顺德、香山、番禺等县，与已获监毙之香山县人谢阿伟素识。谢阿伟常携青果赴澳门夷船售卖，日久熟习，能通夷语。道光十八年八月间，有吕宋夷船停泊澳门外洋，将次回国，谢阿伟探知该夷船主吪哩、伙长吪啉哈欲私雇汉人帮管帐目，当向卢月得告知，一同潜往夷船作伙。该夷船水手约共五十余人，并无汉人在内。该夷人吪哩即向谢阿伟商谋，下次载运鸦片来内地销售，可以加倍获利，央谢阿伟、卢月得代销，每年各送番银七十二圆，该犯等允从。

该夷船即于是年九月初六日由澳门放洋，十月初五日驶回吕宋。起卸货物，另装糖米檀香等货不记担数。并在附近夷埠收得鸦片烟土一百二十箱，每箱四十个，装入船内，于十九年正月初四日开船，往沿海一带销售。

该夷人又欲雇人烧饭，适该犯杨阿幅、崔阿洪、何清石在不识地名海边捕鱼，谢阿伟遇见闲谈，邀允同至夷船，代为烧饭。杨阿幅等因不通夷语，言明俟该夷船回国，即各回家，每月各得工资番银三元。随有不识姓名人驾驶小舟陆续向夷船买取烟土，均经卢月得收银记帐，谢阿伟发货，每土一个，该犯等另索谢钱数十文。杨阿幅等代为搬运，亦索得酒资十余文不等。

是年二月十七日，该夷船驶至闽省诏安县辖之社洲门外洋寄碇。时有在逃素贩鸦片之李日舵，谂知该夷船带有烟土，即于二十二日封银三十两零并开写字条，雇现获之渔船户郑山、郑闩、郑园代赴夷船买土四个，又给铜钱二百五十文，令郑山等转送夷船看银之人。郑山、郑闩、郑园向系在洋同船采捕，先于是年正月间听从李日舵向夹板夷船代买烟土二个，得受工钱二百文，是以彼此见信。随于是日驾船前往，将银钱字条付交卢月得接收。卢月得秤估银水约短二两，因原封拆动，郑山等又无银垫付，当向问明买主姓名住址，商同谢阿伟携带烟土跳下渔船，欲令郑山等将伊等载往，自向李日舵补银付货。杨阿幅等各欲上岸买物，亦即一同过船，许俟载回夷船，另给工资。卢月得等又虑该船户到岸后不肯转回，即将其鱼网留在夷船为质，该夷人并给卢月得等双合刀二把防身。郑山等随将渔船解放，驶近五都山西澳口岸。适漳州府知府现署福州府胡兴仁奉委巡查海口，访知会督营县兵役捕拿，卢月得等将烟土抛弃海内，当经兵役将该犯等拿获，并在卢月得身上搜出李日舵买土字条及双合刀等物。该府县提讯，犯供狡展，经前督臣钟祥奏明提省审办。兹经臣等亲提研鞫，据供前情不讳，再三究诘，矢口不移，案无遁饰。

查旧例内载：兴贩鸦片烟照收买违禁货物例枷号一个月，发近边充军，为从杖一百，徒三年。等语。此案该犯卢月得与谢阿伟受雇夷船，代销鸦片，实属不法。查该犯等事犯到官在未定新例以前，应照旧例问拟。第该犯等以内地民人为夷人作伙，代销鸦片，贻害中华，甚为可恶，若仅照例拟军，殊觉情浮于法。除谢阿伟业经监毙应毋庸议外，卢月得一犯应请旨从重发往新疆，给官兵为奴，遇赦不赦，仍先于海口用重枷枷号一个月再行发配，以照炯戒。杨阿幅、崔阿洪、何清石在夷船烧饭，并听从搬运烟土，得受酒钱；渔船户郑山、郑闩、郑园为逸犯李日舵代买烟土，均属为从。惟卢月得等已加等问遣，该犯杨阿幅等如照为从减等拟徒，亦觉轻纵。杨阿幅、崔阿洪、何清石、郑山、郑闩、郑园六犯，应于满徒上加一等，拟杖一百，流二千里，到配折责安置。起获银钱货物及郑山等渔船，分别入官充公。逸犯李日舵严缉务获另结。

除全案供招咨部外，所有审明定拟缘由，臣等谨合词恭折具奏，伏乞皇上圣鉴，敕部核覆施行。谨奏。

（朱批：）刑部议奏。①

---

① 据军机处录副奏折，朱批时间为道光二十年四月二十一日。

道光二十年三月十三日

（宫中朱批奏折）

E16：政法-查禁

3.84 两广总督林则徐等奏覆曾望颜条陈封关禁海事宜折

道光二十年三月二十六日（1840年4月27日）

臣林则徐、臣怡良、臣关天培、臣郭继昌、臣豫堃跪奏，为遵旨悉心筹议，恭折覆奏，仰祈圣鉴事。

窃臣等承准军机大臣字寄，道光十九年十二月十一日奉上谕：本日据曾望颜奏，夷情反覆，请封关禁海，设法剿办，以清弊源一折，又另片奏澳夷互市货物，亦请定以限制。等语。著林则徐等悉心妥议具奏，原折片著钞给阅看，将此谕知林则徐、怡良、关天培、郭继昌并传谕豫堃知之。钦此。臣林则徐、臣怡良谨将钞发原折细加阅看，并传知臣豫堃一体领阅。因关各国夷人事务，只宜慎密面商，未便遽事宣扬。复经函约臣关天培、臣郭继昌于查阅营伍之便，过省面商。兹已询谋佥同，谨将察看筹议情形，为我皇上敬陈之。

查原奏以制夷要策首在封关，无论何国夷船概不准其互市，而禁绝茶叶、大黄有以制伏其命，封关之后海禁宜严，应饬舟师将海盗剿捕尽绝。又禁大小船概不准其出海，复募善泅之人，使驾火船乘风纵放，而以舟师继之，能擒夷船即将货物全数给赏。该夷未有不畏惧求我者，察其果能诚心悔罪，再行奏恳天恩，准其互市，仍将大黄、茶叶毋许逾额多运，以为箝制之法。所论甚切，所筹亦甚周。臣等查粤东二百年来，准令诸夷互市，原系推恩外服，普示怀柔，并非内地赖其食用之资，更非关榷利其抽分之税。况自上冬断绝暎夷贸易以来，叠奉谕旨：区区税银，何足计论！大哉谟训，中外同钦。臣等有所秉承，更可遵循办理，绝无所用其瞻顾，即将各外国在粤贸易一律停止，亦并不难，惟是细察情形，有尚须从长计议者。

窃以封关禁海之策，一以绝诸夷之生计，一以杜鸦片之来源。虽若确有把握，然专断一国贸易，与概断各国贸易，揆理度势，迥不相同。盖鸦片出产之地，皆在暎咭唎国所辖地方，从前例禁宽时，原不止暎夷贩烟来粤，即别国夷船亦多以此为利。而自上年缴清趸船烟土以后，业经奏奉恩旨，概免治罪，即未便追究前非。此后别国货船莫不遵具切结，层层查验，并无夹带鸦片，乃准进口开舱。惟暎咭唎货船，聚泊尖沙嘴，不遵法度，是以将其驱逐，不准通商。今若忽立新章，将现未犯法之各国夷船与暎咭唎一同拒绝，是抗违者摈之，恭顺者亦摈之，未免不分良莠，事出无名，设诸夷禀问何辜，臣等碍难批示。且查暎咭唎在外国最称强悍，诸夷中惟咪唎㗖及佛兰西尚足与之抗衡，然亦忌且惮之，其他若荷兰、大小吕宋、嗹国、暎国、单鹰、双鹰、啿啵啦等国到粤贸易者，多仰暎夷鼻息。自暎夷贸易断后，他国颇皆欣欣向荣，盖逐利者喜彼绌而此赢，怀忿者谓此荣而彼辱，此中控驭之法，似可以夷治夷，使其相间相睽，以彼此之离心，各输忱而内向。若概与之绝，则觖望之后，转易联成一气，勾结图私。《左传》有云：彼则惧而协以谋我，故难间也。我天朝之驭诸夷，固非其比，要亦罚不及众，仍宜示以大公。

且封关云者，为断鸦片也。若鸦片果因封关而断，亦何惮而不为。惟是大海茫茫，四通八达，鸦片断与不断，转不在乎关之封与不封。即如上冬以来，已不准暎夷贸易，而臣等今春查访外洋信息，知其将货物载回夷埠，转将烟土换至粤洋。并闻奸夷口出狂言，谓关以内法度虽严，关以外汪洋无际，通商则受管束而不能违禁，不通商则不〔受〕管束而正好卖烟。此种贪狡之心，实堪令人发指。是以臣等近日更不得不于各海口倍加严拿，有一日而船烟并获数起者。可见暎夷货去烟来之言，转非虚捏，不然以外洋风浪之恶，而暎船仍不肯尽行开去，果何所图？

若如原奏所云，大小民船概不准其出海，则又不能。缘广东民人，以海面为生者，尤倍于陆地。故有"渔七耕三"之说，又有"三山六海"之谣。若一概不准出洋，其势即不可以终日。至谓捕鱼者止许在附近海内，此说虽亦近情，然既许出洋，则远近几难自定，又孰能于洋面而阻之？即使责令水师查禁，而昼伏夜动，东拿西逃，亦莫可如何之事。臣林则徐上年刊立章程，责令口岸澳甲，编列船号，责以五船互保，又令于风帆两面及船身两旁，悉用大字书写姓名以及里居牌保，惟船数至于无算，至今尚未编完。继又通行沿海县营，如有夷船窜至该辖，无论内洋外洋，均将附近各船暂禁出口，必俟夷船远遁，始许口内开船。其平时出入渔舟，逐一验查，只许带一日之粮，不得多携食物，若银两洋钱，尤不许随带出口，庶少接济购买之弊。至大黄、茶叶二物，固属外夷要需。惟臣等历查向来大黄出口，多者不过一千担，缘每人所用无几，随身皆可收藏，且尚非必不可无之物，不值为之厉禁。惟茶叶历年所销，自三十余万担至五十余万担不等，现在议立公所，酌中定制，不许各夷逾额多运，即为箝制之方。然第一要义，尤在沿海各口查拿偷漏，若中路封关，操之過蹙，而东西各路得以偷贩出洋，则正税徒亏而漏卮依然莫塞。是以制驭之道，惟贵平允不偏，始不至转生他弊。若谓他国买回之后，难保不转卖暎夷，此即内地行铺互售，尚难家至日见，而况其在域外乎？要知暎夷平日广收厚积，本有长袖善舞之名，其分卖他夷独牟余利，乃该夷之惯技。今断绝贸易之后，即使从他夷转售一二，亦已忍垢蒙耻，多吃暗亏，譬如大贾殷商一旦仅开子店，寄人篱下已觉难堪。惟操纵有方，备防无懈，则原奏所谓夷当畏惧而求我者，将于是乎在矣。

至于备火船、练乡勇、募善泅之人等事，则臣等自上年至今，皆经筹商办理，惟待相机而动。即各山淡水，上年本已派弁守之，始则夷船以布帆兜接雨水，几于不能救渴，继而觅诸山麓，随处汲取不穷，则已守不胜守，似毋庸议。

总之，驭夷宜刚柔互用，不必视之太重，亦未便视之太轻，与其泾渭不分，转致无所忌惮，曷若薰莸有别，俾皆就我范围。而且用诸国以并拒噗夷，则有如踣鹿，若因噗夷而并绝诸国，则不啻殴鱼。此际机宜，不敢不慎。况所杜绝者惟在鸦片，即原奏亦云，凡有夹带鸦片夷船，无论何国，不准通商，则不带鸦片者仍皆准予通商，亦已明甚。彼各国夷人，原难保其始终不带，若果查出夹带，应即治以新例，不但绝其经商，如其无之，自不在峻拒之列也。

又另片请将澳门西洋贸易定以限制。查上年臣林则徐先已会同前督臣邓廷桢暨臣豫堃，节次商议及之，嗣经核定章程，谕令澳门同知转饬西洋夷目遵照。即如茶叶一项，每岁连箱准给五十万斤，仍以三年通融并计，以示酌中之道。其他分条列款，该夷均已遵行。本年正月，澳内容留噗夷，即暂停西洋贸易，迨其将噗夷驱出，仍即准令开关，亦与原奏请议章程不谋而合。至所请责令澳夷代噗夷保结一节，现既不准噗夷贸易，自可毋庸置议。

臣等彼此商酌，意见相同，谨合词恭折覆奏，伏乞皇上圣鉴训示。

再，此折系臣林则徐主稿，内有密陈夷情之处，谨请毋庸发钞，合并声明。谨奏。

道光二十年四月二十五日奉朱批：钦此。

三月二十六日

（军机处录副奏折）

E16：政法-查禁

3.85　兵部尚书祁寯藻等奏报闽省海口烟贩情形并筹办水陆巡防事宜折

道光二十年三月二十七日（1840年4月28日）

臣祁寯藻、臣黄爵滋、臣邓廷桢跪奏，为确查闽省海口烟贩情形首在严办汉奸，并现在筹办水陆巡防事宜，恭折奏闻，仰祈圣鉴事。

窃臣等查阅御史杜彦士原奏内称：鸦片之流毒最甚广东，而次莫如福建。夷船停泊在广东则藉口通商，在福建则无辞可解。况广东夷船所贩卖者尚有钟表、呢羽等件，鸦片系其夹带之货；福建夷船所携带者并无他货，只带鸦片一物，其情更为可恶。今当广东查办吃紧之日，若福建沿海地方不能协力同心，一体办理，致夷船得任意寄泊，是为渊驱鱼，为丛驱爵，凡广东所不容者将转趋于福建，福建之夷船日多，则鸦片仍不能断绝，纹银仍不能不出洋。且由福建而上如浙江、江南、山东、天津各处海口，皆夷船可到之处，防备尤恐其不周。而臣更不能无虑者，漳泉沿海奸民平日勾通夷船者，今多在船同事，习其教法，依其装饰。彼盖以为在商船则官得以稽查，在夷船则官不便严究。奸商与夷人合伙，更复何所顾忌！伏祈饬下该省督抚提镇，一面查拿各海口奸民,从重惩办,一面向夷船严加盘诘。奸民逃匿船上者,交出治罪,所载鸦片烟土准其自首呈缴,即日开船出洋。并令该夷出具甘结,嗣后不敢偷越闽省海口,倘有携带禁物违例复来者,货尽入官,人即正法。其沿海地方应如何添设弁兵、严密巡防之处,妥议章程,认真办理,总期夷船不得阑入,汉奸无从勾串。等语。

臣等伏思,察弊贵审其原,防奸当扼其要。查闽省各属具报夹板夷船在闽洋游弈飘泊者,自嘉庆十九年为始。其初,每年或仅止一二次或数次,或全年竟无夷船游弈者。迨近年以来,或十数次,或二三十次以及数十次不等。其游弈寄泊地方,始则南澳、铜山、厦门、台湾等处洋面,继则闽安、海坛、福宁、烽火等处洋面,今则多在铜山营辖之布袋澳、悬钟及金门营辖之梅林、深沪、衙口、大坠、围头等处洋面,均经各该营舟师随时禀报驱逐。而该夷船此逐彼窜,去而复来,总不离梅林等处。夷船所以飘泊无忌者,盖由沿海奸民,其初系自用小船径赴澳门夷船贩买烟土,转运隔省,作奸事本周折,且常有匪徒在洋伺劫,更属利害相牵,故尚不致十分充斥。迨后泉郡奸民串同诏安奸民,勾结夹板夷船,专载烟土,直入闽洋。奸民以夷船为狡窟,无盗贼抢劫之虞;夷船以奸民为地主,有水米接济之利。于是夷船日多,烟贩愈炽。自道光十二年后,通夷奸贩拿获惩办者仅止王略、施猴等数案。水师员弁不能实力巡缉,又且为之包庇,如该御史所指收受夷船陋规,包送鸦片,现经正法之把总林和国是其明证。其实林和国之银非得之于夷船,乃得之于汉奸也(朱批:极是。知之匪艰,必得不除不已)。汉奸一日不除,则夷船一日不绝,是严办汉奸实为此时第一要著。

臣等查海口各处地面,除该御史所指衙口施姓、深沪陈姓、陈埭丁姓外,如晋江县之东垵、狮头、西岑、西边、溪边、水头、莲埭、岑兜、永凝、高厝等乡,惠安县之獭窟、埕边、下垵、芸头、白埼等乡,均属大姓,多以通夷贩烟为生业。其奸首之最著者,除该御史所指逸犯施叔宝、施金外,臣邓廷桢昨自漳泉一带来省留心访闻,人数甚多(朱批:有误国家,贻患后任,历来大小文武深堪愤恨也),到省后与抚臣吴文镕互相密证,或旧案逸犯,或现今访拿,多系晋江惠安所属。施姓则衙口之施猫墙、施小番、施民、施砷、施潜、施树猴、施赤、施喜、施贵、施肯、施交、施蛲,卢塘之施炮、施猫,五官柄之施寻、施宰,沙冈之施述良;陈姓则深沪之陈希、陈光营、陈小什、陈有意、陈妹;丁姓则陈埭之丁珠、丁和。此外则东垵之吴妈、吴秋香、吴柏、吴栽题、吴猫柏、吴宜、吴号王,乌猪狮头之蔡为、蔡华,西边之林水、林梨春、林福来、林投,水头之王盐、王酒豆、王炒来,莲埭之林干,永凝之高虎豹、高和、陈信女、董烦,高厝之高领兴、高打九、高渥、高回、高蔑,沙堤之龚驾、龚两、龚什、龚烧,青阳市之庄马元、庄烈,蚶江之纪营王投、王跳、王焙,新店之李麻春,埕边之骆胎、骆雷,下洋之骆来者、骆对、骆和司、骆皮,白埼之郭赛等。又南安县监生黄砌、黄为美,武生黄大谟,差役黄敏、黄赌等。又诏安县沈田老、沈文雅,文生沈律,监生沈待生,武生陈六秀等。或坐庄销售,或出洋包运。现饬一体设法严拿,期于必获,即可从此根究。水师员弁如何收受陋规,如何代为交易,澈底惩办。漳州诏安向有绿头尖船赴粤买货,夹带烟土,径由大海扬帆转运沿海各省售卖。其在本处内港陆路贩运者，则由广东饶平县之柘林、黄冈及澄海县之汕头，此三处均系韶安接壤，为水陆马头，即鸦片囤聚之所。诏安奸民辗转运贩透入省城，惟龙溪之石码并海澄城乡各处，因离厦门较近而与诏安较远，其烟土多系买自厦门，不在诏邑。泉州、晋惠二县本有商渔船只在沿海各省贸易，多系挂验出口后自向夷船贩买，扬帆径去。其由本处入口运送各处销售者，如该御史所指，或由惠安、洛阳、陈三坝、晋江、河市等处送至仙游地面发卖，或由南安、埔头、小罗溪等处送至永春、尤溪交界地面，再由大船载至延建地方销卖。建溪船户多系南安人，搬运既便，兴贩尤多，系属实在情形。

且查上游各府如浦城之枫岭营，福鼎之分水关，寿宁之西溪，南洋托溪、杨梅衕等处，直通浙江崇安之分水、岑阳两关。光泽之杉关，长汀之古城隘、王祝岭、观音岭、鸡笼隘、大乾隘，宁化之上寨等处直通江西，为烟贩往来必由之路，水陆营弁多由本地兵丁拔补，囤户贩徒与之熟习，非亲即友，平时徇怀庇护，得利分肥，种种弊端皆由于此。加以地方书差勾结关津，丁役串通，以伙党营私之人，为发奸摘伏之举，无怪奸民有所恃而不恐查拿，破案者百无一二（朱批：可恨之至）。应由督抚提镇会同察看，查明千总、把总、外委各弁有在本地当差者，量为调拨，仍随时严密察访；并严饬各属州县，查有营弁差役勾通情弊，立即禀究，无许徇隐。其关津丁役人等系福州将军专管，应由该将军严密稽查，认真究办，仍由臬司定案时查明案犯经过地方、关津有无贿纵，切实根究，以清弊源。

其该御史所称沿海一带地方应如何添设弁兵之处。臣等查，海防专汛责在陆路，固应添拨弁兵以重巡防，其洋面机宜责在水师，尤应添派兵船以资剿捕。现据陆路提督臣余步云咨称：海口紧要各处业经拨派弁兵分驻添防，查造花名清册，转送道府察办。如有怠惰偷安及徇私故纵等弊，该文武委员据实揭报。该管将备每按十日前赴各该汛稽查一次，如有弊端，立将该汛弁兵拿送道府，从严究办。该提督仍随时明查密访，倘该管上司知情徇隐，一并参处治罪。又据署水师提督臣程恩高咨请添派兵船分作二帮，一由金门镇总兵管带，在北洋、崇武、獭窟、大坠一带梭巡堵御，一由该署提督管带，在南洋、梅林、衙口、深沪等处拦截。往来巡探，或分或合，随时相机办理。所议均尚周妥。

至夷船本不应来闽，与粤省例得通商者情形正自不同。若如该御史所称，责令呈缴烟土，出具甘结，便是许其停泊，即令该夷船遵谕缴土具结，岂能听其载货，违例来闽？至向夷船盘诘奸民，令其交出治罪。奸民既习其教法，依其装饰，逃匿夷船，其姓名又何不可假捏？无论不能指名盘诘，即使访察明确，夷船赖其接济，岂肯容易交出？且转使夷匪藉口迁延，是欲驱之而反招之也（朱批：是）。为今之计，惟有一见夷船窜至，水师各兵船则奋力攻击（朱批：果敢正办），陆路弁兵则严谨把守口岸，禁绝奸民出海踪迹。水陆交严，坚持不懈。

臣邓廷桢现经会同抚臣吴文镕分别移咨各提镇，并饬该委办各道府，一经得信，即董率舟师环击，如其逼近岸边，督令炮台协力夹攻，不许再以驱逐为辞，空言延宕。总之，夷船由汉奸勾引而来，夷船逸而汉奸未必甘心，汉奸除则夷船自应绝望。治人必先治己，内密然后外严。此臣等再四筹度，于查办夷船吃紧之时，思一永杜夷船来闽之策，必以严办汉奸为首务也。

除该御史所指各案饬查未齐，容俟另行具奏外，所有臣等确查情形及现在筹办事宜，谨缮折先行具奏，伏乞皇上圣鉴训示遵行。并闽省海口图一幅恭呈御览。谨奏。

道光二十四年四月十五日奉朱批：钦此。

三月二十七日

（军机处录副奏折）

E329：政法-其他案件

3.86　钦差伊里布奏为查明浙省前获汉奸黑夷供多未确及等事折

道光二十年九月初二日（1840 年 9 月 27 日）

钦差大臣、协办大学士、两江总督奏为遵旨查明浙省前获汉奸黑夷供多未确及，定海难民业已安抚得所缘由，恭折由驿覆奏，仰祈圣鉴事。

窃奴才于本年八月二十四日承军机大臣字寄，八月十五日奉上谕：本日据宋其沅奏，乌尔恭额移交拿获汉奸闻吉祥、布定邦及黑夷等，并安插难民等语。汉奸黑夷系何人何处盘获，其被获之时系何情形，该犯等深入内地营谋何事，何以束手待缚，其所吐供词大致若何，俱未据。该获抚详晰奏明，着伊里布查明，据实具奏。至该夷占据定海之后，虽未妄行诛戮，现在逃入内地者究有若干民人，定海城内外仍有若干户口，既据该获抚奏称，被难民人纷纷逃入内地，是定海城内情景逃民必能一一详述。着伊里布一面与该获抚筹商安插清查户口，酌给抚衅口粮，俾无所失；一面即向该逃民探询定海城内民人着落，详晰奏闻。现在该夷船有驶至天津海口者，呈词恭顺，并无桀骜情形。已派令琦善妥为办理，将此由四百里，谕令知之。钦此。遵查浙省于本年六七月间，先后缉获汉奸闻吉祥、布定邦等二名，又另获黑夷六名。内闻吉祥一犯系鄞县差役，在宁波府城内见其形迹可疑，拿获解县，该犯供系江南海州人，向在广东生理，投入夷船同至暎咭唎国，本年又偕各夷来浙，今因入内探听消息，致被拿获等。迨提覆讯，该犯顿翻前供，坚称实系良民，并非奸细，前供系畏刑妄承，以后叠此研鞫，该犯均抵口呼冤，坚不承认。又布定邦及黑夷六名，系在定海各岙购买牲畜、砍割柴草及孤身行走，被巡缉弁兵及岙中居民陆续获解讯，据布定邦供认，该犯系广东香山人，经地方官给予牌照，与西洋各国贸易，上年被差役诬以私通外夷，将伊亲属拿去监禁，伊闻拿逃避。本年经暎咭唎人嘐哐雇伊至船充当厨役，六月初六日嘤咟船只在粤开行，该犯当时不知其开往何处，及驶至定海，始知暎夷已将县城攻破，该犯即在岸上居住，二十五日至岙购买牛羊，致被拿获。该犯并未随同攻城，亦不知暎夷因何来浙滋事等语。黑夷六名，一名马默、一名加海、一名金码、一名马拉南、一名故林、一名温咁，俱系明呀喇国人，受雇在夷船服役，并非兵丁，亦不知暎夷来浙情由。

及奴才抵浙，当提闻吉祥、布定邦及黑夷审讯，布定邦与黑夷供仍如前，闻吉祥亦坚不承认。奴才查闻吉祥到案之初，虽供系汉奸，而后历讯并不承认，是该犯果否系属奸细殊未可定。至布定邦既籍隶粤省，乃竟投入夷船，难保无沟通接引情事，据供被诬逃避受雇，在嘤咟船上充当厨役，于六月初六日甫偕嘤咟自粤开船来浙，并未随同攻城，亦不知夷人因何至浙滋事等词，均属不足凭信。各黑夷所供仅止在船服役之处，亦不无狡饰，必应严加根究，以期水落石出。惟浙省并无质证之人，当饬府县严行监禁，俟分别咨查原籍，并续能拿获汉奸，审明实情，再行分别奏办。

该犯等均系单身就获，故当时并无抗拒情形，其潜入各岙，亦无别有营谋，惟前护抚臣宋其沅原奏所称布定邦为暎夷得用之人，曾悬重赏购求等语，系得自传闻，奴才屡遣弁兵前往侦探，并无其事。至定海城内及近城居民于城陷之日，四散逃避，城内遗民不过数十人，其各岙户口因距城较远，按堵如故，逃避之人有当时即至郡城者，亦有先在各岙潜匿，续又至郡者。业经宁波府知府邓廷彩、鄞县知县恭受等议定章程，确查该难民等如果携有资财及有可依亲友，即令在郡居住，俟克复之日饬令回籍；其余贫苦无依之人，询明如愿往邻郡，佣趁贸易，即按其道路之远近资遣前往；此外不能他往之老弱人等，均于各庙内妥为安插，每日散给钱文俾资糊口。计自六月间至今，除依亲傍友，并自出己，资在郡寄寓之人不计外，其给资遣赴邻郡者共二千八百余名，在郡安插收养者共二千一百五十余名。现在尚有来郡之人亦均照章查办，并无失所。各难民仰沐皇仁，无不同深感戴。将来克城之日应否再行抚恤，奴才当察看情形妥协办理，用副圣主子惠元元至意。至该难民等于定海失守之际，即行分头四散于城内，夷情未能知悉，无从询问。缘奉饬查，理合据实恭折由驿覆奏，伏乞皇上圣鉴，谨奏。

(朱批：)另有旨。

道光二十年九月初二日

(宫中朱批奏折)

E329：政法-其他案件

3.87 睿亲王仁寿奏为审拟鲍鹏私充夷人买办事折

道光二十一年七月二十六日(1841年9月11日)※

和硕睿亲王臣仁寿谨奏，为会同审拟具奏事。

道光二十一年四月十一日，据广东巡抚委员将鲍鹏解京，奉旨鲍鹏解文交刑部，派睿亲王、庄亲王、惠亲王、定郡王、大学士、军机大臣、六部尚书会同刑部审讯等因。钦此。臣等讯据鲍鹏供称：伊自广东来至山东贸易，经同乡潍县知县招子庸将伊荐与山东巡抚托浑布，令往夷船传话。嗣被琦善带往广东，在夷船递送公文等情。臣等取具鲍鹏供词奏，蒙饬下山东巡抚将潍县知县招子庸解京质讯，旋据该抚派员将招子庸解送刑部。臣等督饬章京司员等复提鲍鹏及招子庸，隔别严加审问。缘鲍鹏籍隶广东香山县，自幼学习夷语。山东潍县知县招子庸系南海县人，幼从鲍鹏亲戚举人赵允菁读书，鲍鹏时向赵允菁探望，因与招子庸认识。道光九年间，鲍鹏充当花旗夷人咧嚟馆内买办，嗣因咧嚟回国，旋即歇业。十六年间，鲍鹏族叔鲍人琯用鲍汉记名字，赴澳门同知衙门，请领腰牌，在夷人噸地馆内充当买办。后鲍人琯患病回家，鲍鹏即私自代充。先后充当买办，时代夷人购买牛羊鸡鸭各项食物。每年除工价洋银六十圆外，约赚银二三百圆不等。十七年八月内，鲍鹏素识之通事何辉托鲍鹏代买鸦片烟膏，鲍鹏应允，向香山县人莫权买得烟膏六两，每两价银一两二钱。鲍鹏将银交付莫权，烟膏给与何辉收受。十八年内，鲍鹏又代福建客人王姓向驾快艇生理之香山县人黄文灿买得烟土一包，给与价银十三圆半，烟土亦由鲍鹏过付。是年十二月内，有夷馆通事何同向鲍鹏借银一万圆，鲍鹏以何同前欠伊洋银八十圆未还，不允再借。再三说合，何同乃欲借银七千圆，并称：如不照数付与，即欲控告鲍鹏贩卖鸦片。鲍鹏无银借给，又因前与何辉等代买烟土、烟膏，恐被何同查知控告，致受拖累，即于十九年二月间潜逃至山东潍县，与招子庸见面。招子庸向其查问，鲍鹏将被何同讹诈，远出逃避等情据实告知，并恳其留住。招子庸即将鲍鹏暂留署内。二十年春间，鲍鹏接得家信，知何同并未控告，惟伊叔被前任钦查大臣林则徐访拿究问，并无犯案实据，旋即释放，饬拿鲍鹏即鲍亚聪，未获。鲍鹏闻伊叔业经释放，料访拿案内别无重情，正欲搭帮回籍，适值夷船来至山东，招子庸举荐鲍鹏能通夷语，经山东巡抚托浑布令鲍鹏向夷船开导而去。嗣已革大学士琦善奉派查办广东夷务，即信致托浑布索要鲍鹏带往粤东，向夷船传递公文，不记次数。旋奉旨将鲍鹏解京严审，并提到招子庸质讯，究出鲍鹏惧诈潜逃情由，复据两广总督将访拿鲍鹏原案卷宗送部。

臣等严诘，鲍鹏坚供，在籍时实止私充夷人买办，图赚银钱，并代人买过烟土、烟膏，并无另有不法别案，屡加刑责，矢口不移，应即拟结。查例载：交结外国，互相买卖，诓骗财物者，发边充军等语。此案鲍鹏即鲍亚聪私充夷人买办，代买食物，每年赚银二三百圆不等，即系交结外国诓骗财物。该犯被何同讹诈，欲控伊贩卖鸦片，即畏罪潜逃，现虽狡供避就，情弊已属显然。惟事在十九年以前，照贩烟旧例办理，罪止近边充军，自应照例从重问拟。鲍鹏合依交结外国，互相买卖，诓骗财物者，发边充军例，应发边充远军。该犯迭次代人买烟，与积惯烟匪无异，现在查办严紧之际，未便轻纵，应加等发往新疆给官兵为奴，遇赦不赦。潍县知县招子庸查知鲍鹏慎诈潜逃，明系不安本分之人，乃不加拒绝，仍然留在署内，并举荐传话，实属不合，应请旨交部议处，饬令回山东听候部议。其借端讹诈之何同及买卖烟土、烟膏之何辉、莫权等，虽据该犯供称或已病故或已犯案被获，殊难凭信，相应移咨广东巡抚，查明究办。所有臣等会同审拟缘由，理合恭折具奏，请旨。

（军机处录副奏折）

E329：政法-其他案件

3.88 两广总督革职留任祁𡊮等奏报访获诈称差遣密访夷情诓骗夷人银物各犯审明定拟折

道光二十三年四月二十五日(1843年5月24日)

两广总督革职留任臣祁𡊮、三品顶带、广东巡抚臣程矞采跪奏，为访获诈称差遣密访夷情，诓骗夷人银物各匪犯，审明定拟，恭折奏祈圣鉴事。

窃臣等访有匪徒涂燮等捏称巡抚差遣，向澳门夷人撞骗之事。正在饬查间，即据该香山县营访闻踩缉涂燮、黄春、张升三名送案。经臣程矞采提讯，据涂燮供认伙同黄春等及在逃之叶声向夷人撞骗不讳，并据续获叶声一名，饬委广州府等审拟，由臬司解勘前来，臣等亲提研讯。

缘涂燮、叶声、黄春均籍隶江西新建、大庾等县，流寓广东省城，张升籍隶南海县，亦在省城居住，彼此熟识。道光二十三年二月二十七日，叶声、黄春、张升先后至涂燮寓内闲坐，共谈贫苦。涂燮稔知香山县属澳门咈囒西夷人多有蓄积，易于欺骗，闻臣程矞采将到，起意商同假称巡抚差遣密访夷情，并将旧存磁器二桶带往送给，可图诓骗，得银分用，嘱令黄春等跟往，许俟事后酬谢，叶声等应允。

是月二十九日，一同雇坐不识姓名人艇只开行，三月初一日到澳。涂燮因与夷人素不认识，不晓夷语，探知吴辉充当夷人通事，忆及同乡曹桂曾与吴辉交好，可以捏写曹桂信函，托吴辉照应。复因假称密访夷情，必须伪造访查禀稿，先使夷人得知，方可哄动，当与叶声商明，并向黄春等告知。因见不识姓名人摊上摆有金顶出卖，涂燮称须买戴以壮观瞻，与叶声、黄春各自将金顶买戴，张升并无顶戴。涂燮随嘱叶声拟就禀稿一纸，禀内皆称赞夷人之语，收存身边。又写就曹桂书信一封，交黄春送与吴辉收阅，吴辉信以为真，即传知咈囒西国兵头嗔嗑叹及头人唱吐咟接见。嗔嗑叹询其是何官衔，涂燮、叶声俱随口答系军功顶戴，嗔嗑叹等俱信以为实，即留涂燮等在夷楼居住。涂燮当将奉差查访缘由，向嗔嗑叹等告知，取出禀稿，向该夷讲解，并送给磁器二桶，该夷亦送洋布二匹、洋银二十四圆，交涂燮收受。涂燮复向该夷索取火钻及七日表并洋剑，该夷以火钻、洋剑无从购得，仅许随后再送七日表一个。至初八日，涂燮因居住日久，恐被看破，称欲回省，与叶声等一同辞出，将洋布买(卖)与不识姓名人，得番银四圆，分给黄春、张升各番银二圆，其余洋银与叶声两股均分。等情。各供不讳。

臣等以该犯等既系假冒顶戴，必系假官图骗，所供恐有不实。复向究诘，据涂燮等坚供伊等以访事为由，仅欲冒为亲信之人，初无诈为官司之意，临时买顶戴上，止图好看，易于哄骗，随口称为军功顶戴。捏写禀稿，内俱系含糊声叙，并未列有官衔，亦并未写有军功字样，委非预谋假官图骗，亦无造有军功牌照及诈取别项赃物。等语。臣等密饬香山县向夷人嗔嗞叹等详加查询，亦无异词，案无遁饰。

查例载：交结外国，诓骗财物者，发边远充军。又诈充各衙门差役，假以差遣体访事情为由，吓取财物，犯该徒罪以上者，枷号一个月，发近边充军。各等语。此案涂燮起意商同叶声假称差遣，诓骗夷人得财，其临时买取顶戴，止图好看，因被夷人诘询是何官衔，亦止称系军功顶戴，并未指充官职，与立意商谋假官图骗者不同。惟涂燮起意捏称巡抚差遣密访夷情，叶声又随同捏作禀稿，欺哄外夷，非寻常诓骗内地民人可比。该二犯合谋分利，狼狈为奸，罪无差等。若比照诈充衙门差役，假以差遣为由吓取财物，罪止近边充军，即照交结外国诓骗财物例，亦止发边远充军，不足示惩。涂燮、叶声均请从重发往新疆，酌拨种地当差，以为图骗夷人者戒。涂燮据供亲老丁单，情节较重，毋庸查办。黄春与张升知情随同前往，得受谢资，均属为从，黄春、张升均应于涂燮等遣罪上减一等，杖一百，徒三年，至配所折责四十板。黄春解回原籍江西大庾县定地充徒。张升据供亲老丁单，是否属实，饬查照例办理。各犯讯无另犯别案，此外亦无知情同伙之人，应毋庸议。吴辉、曹桂不知诈骗情事，应与卖顶、买布及受雇之不识姓名人均免查拘，以省拖累。伪禀、伪顶均已毁弃，无凭查起，分受银两，照追给还夷人。该犯等甫经诓骗，即经该县营访获究办，文武失察职名应请免开。

再，臣等以咈囒西夷人向尚恭顺，于此案审明后，即饬知香山县及该县之驻澳县丞传知该夷，以涂燮等系假称差遣，以体访事情为由，希图诓骗财物，现已将涂燮等从重问罪各情，向该夷明白晓谕，并令嗣后如有似此图骗之人，断不可与之接见，轻信其言，该夷人亦均知感激。

除全案供招咨部外，所有审拟缘由，谨合词恭折具奏，伏乞皇上圣鉴，敕部核覆施行。谨奏。

道光二十三年五月二十七日奉朱批：□钦此。

四月二十五日

（军机处录副奏折）

E329：政法-其他案件

3.89　两广总督祁𡎴与广东巡抚程矞采合奏办理华民诓骗澳门夷人银物案折

道光二十三年四月二十五日（1843年5月24日）

两广总督革职留任臣祁𡎴、三品顶带广东巡抚臣程矞采跪奏，为访获诈称差遣密访夷情，诓骗夷人银物各匪犯，审明定拟，恭折奏祈圣鉴事。

窃臣等访有匪徒涂燮等捏称巡抚差遣，向澳门夷人撞骗之事，正在饬查间，即据该香山县营访闻踩缉涂燮、黄春、张升三名送案，经臣程矞采提讯，据涂燮供认，伙同黄春等及在逃之叶声向夷人撞骗不讳，并据续获叶声一名，饬委广州府等审拟，由臬司解勘前来。臣等亲提研讯，缘涂燮、叶声、黄春均籍隶江西新建大庾等县，流寓广东省城，张升籍隶南海县，亦在省城居住，彼此熟识。道光二十三年二月二十七日，叶声、黄春、张升先后至涂燮寓内闲坐，共谈贫苦，涂燮稔知香山县属澳门咈兰西夷人多有蓄积，易于欺骗，闻臣程矞采将到，起意商同假称巡抚差遣，密访夷情，并将旧存瓷器二桶带往送给，可图诓骗，得银分用，嘱令黄春等跟往，许俟事后酬谢，叶声等应允。是月二十九日一同雇坐不识姓名人艇只开行，三月初一日到澳。涂燮因与夷人素不认识，不晓夷语，探知吴辉充当夷人通事，忆及同乡曹桂曾与吴辉交好，可以捏写曹桂信函，托吴辉照应，复因假称密访夷情，必须伪造访查禀稿，先使夷人得知，方可哄动。当与叶声商明，并向黄春等告知。因见不识姓名人摊上摆有金顶出卖，涂燮称须买戴，以壮观瞻。与叶声、黄春各自将金顶买戴，张升并无顶戴。涂燮随嘱叶声拟就禀稿一纸，禀内皆称赞夷人之语，收存身边，又写就曹桂书信一封，交黄春送与吴辉收阅，吴辉信以为真，即传知咈兰西国兵头嗔嗑叹及头人唱吐嗯接见。嗔嗑叹询其是何官衔，涂燮、叶声俱随口答系军功顶戴，嗔嗑叹等俱信以为实，即留涂燮等在夷楼居住。涂燮当将奉差查访缘由向嗔嗑叹等告知，取出禀稿，向该夷讲解，并送给瓷器二桶，该夷亦送洋布二疋，洋银二十四圆，交涂燮收受，涂燮复向该夷索取火钻及七日表并洋剑，该夷以火钻洋剑无从购得，仅许随后再送七日表一个。至初八日，涂燮因居住日久，恐被看破，称欲回省，与叶声等一同辞出，将洋布买(卖)与不识姓名人，得番银四圆，分给黄春、张升各番银二圆，其余洋银与叶声两股均分等情，各供不讳。

臣等以该犯等既系假冒顶戴，必系假官图骗，所供恐有不实，复向究诘，据涂燮等坚供伊等以访事为由，仅欲冒为亲信之人，初无诈为官司之意，临时买顶戴上，止图好看，易于哄骗，随口称为军功顶戴，捏写禀稿，内俱系含糊声叙，并未列有官衔，亦并未写有军功字样，委非预谋假官图骗，亦无造有军功牌照及诈取别项赃物等语。臣等密饬香山县向夷人嗔嗑叹等详加查询，亦无异词。案无遁饰。

查例载交结外国，诓骗财物者，发边远充军，又诈充各衙门差役，假以差遣体访事情为由，吓取财物，犯该徒罪以上者，枷号一个月，发近边充军各等语。

此案涂燮起意商同叶声，假称差遣，诓骗夷人得财，其临时买取顶戴，止图好看，因被夷人诘询是何官衔，亦止称系军功顶戴，并未指充官职，与立意商谋假官图骗者不同。惟涂燮起意捏称巡抚差遣，密访夷情，叶声又随同捏作禀稿，欺哄外夷，非寻常诓骗内地民人可比。该二犯合谋分利，狼狈为奸，罪无差等，若比照诈充衙门差役以差遣为由，吓取财物，罪止近边充军，即照交结外国，诓骗财物例，亦止发边远充军，不足示惩。涂燮、叶声均请从重发往新疆，酌拨种地当差，以为图骗夷人者戒。涂燮据供亲老丁单，情节较重，毋庸查办。黄春与张升知情随同前往，得受谢资，均属为从。黄春、张升均应于涂燮等遣罪上减一等，杖一百，徒三年，至配所折责四十板。黄春解回原籍江西大庾县，定地充徒；张升据供亲老丁单，是否属实，饬查照例办理。各犯讯无另犯别案，此外亦无知情同伙之人，应毋庸议。吴辉、曹桂不知诈骗情事，应与卖顶买布及受雇之不识姓名人均免查拘，以省拖累。伪禀伪顶均已毁弃，无凭查起。分受银两照追给还夷人。该犯等甫经诓骗，即经该县营访获究办，文武失察责名，应请免开。

再臣等以咈兰西夷人向尚恭敬，于此案审明后，即饬知香山县及该县之驻澳县丞传知该夷，以涂燮等系假称差遣，以体访事情为由，希图诓骗财物，现已将涂燮等从重问罪各情，向该夷明白晓谕，并令嗣后如有似此图骗之人，断不可与之接见，轻信其言，该夷人亦均知感激。除全案供招咨部外，所有审拟缘由，谨合词恭折具奏，伏乞皇上圣鉴，敕部核覆施行。谨奏。

（朱批：）另有旨。

道光二十三年四月二十五日

（宫中朱批奏折）

E324：政法-偷盗抢劫案件

3.90　两广总督革职留任祁埙等奏报拿获图财谋杀夷人多命凶匪审明定拟折

道光二十三年十月二十五日（1843 年 12 月 16 日）

两广总督革职留任臣祁埙，三品顶带、广东巡抚臣程矞采跪奏，为拿获各自图财，谋杀夷人多命凶匪，审明定拟，恭折具奏，仰祈圣鉴事。

窃照各国夷船寄泊外洋，向俱雇倩（请）内地蜑户充当水手，帮同驾运货物，其水手人等良歹不一。臣等先后访闻有在外洋图财谋杀夷人情事，当以各国既经一律通商，其与内地民人凡有互相杀害之事，必须认真缉犯惩办，方足以服中外。

即经饬行该地方文武严密查拿，旋据澳门同知暨香山、新安等县禀报，暎咭唎等国夷人吵啤等，被本艇所雇水手图财杀害七命，经各该县会营饬拨兵役，随同香山县丞张裕缉获案犯樊亚四、吴观玉、陈胜玉、郑亚幅、鲍亚亮、梁要才、谭亚求七名。又据禀报，暎咭唎国夷人吗喱唎等，亦被水手图财致死三命，当经拿获案犯张亚有、龚有太即南头有二名，分案录供解省，饬委广州府等汇案审办。随接据嘆咭唎夷酋噗嗚喳来文，声言前事，恳请饬缉究办。臣等当将各案均经获犯讯供，自必按律严惩，备文照覆去后。据报案犯樊亚四、鲍亚亮、谭亚求、梁要才先后在监在保病故，经南海县分别详请验报，兹据委员广州府易长华等审拟，由代办按察使、广东布政使黄恩彤覆审招解前来。

臣等督同司道，亲提研鞫。缘现获病故之樊亚四与现获之吴观玉，未获之冼亚世，不识姓之老黄、亚吃、豆皮胜，均系香山县蜑户，受雇在嘆咭唎国夷人哕啤划艇上充当水手，每人每月工银二两五钱。道光二十二年六月内，樊亚四等因夷人哕啤短给工银，各欲回家，向辞不允，心怀怨恨。十二月初四日，哕啤与同伙贸易之小吕宋国夷人四名，由外洋寄碇之趸船，驳运货物至澳门交卸，并有咈囒哂国夷人二名及嘆咭唎国夷人喊喱咻一名搭船回澳。樊亚四见夷人货箱沉重，起意商同吴观玉、冼亚世及老黄、亚吃、豆皮胜将夷人杀死，掠取货物，卖银分用，吴观玉等应允。因经由洋面，船只往来，难以下手，随于初五日晚，将船驶至老万山洋面停泊。至是夜三更时，乘夷人睡熟，樊亚四先用木棍将头仓守更夷人一名打死，复入中仓殴伤哕啤毙命。各夷人惊起，吴观玉、冼亚世、老黄、亚吃、豆皮胜五人，用刀棍各将夷人致死一命，因黑夜乱殴，均不记先后致伤部位。时夷人喊喱咻乘间跳海，凫水逃走。樊亚四等随将各尸身撩弃落海，点燃灯亮，打开箱只，将赃查点，共得大呢四捆，洋布四捆。樊亚四检取大呢二疋零，其余货物嘱老黄另雇不识姓名拖船一只，运赴各处售卖，约俟卖银均分。初六日黎明，樊亚四正在搬货过船，适有现获之陈胜玉、郑亚幅，现获病故之鲍亚亮、梁要才、谭亚求，驾艇出洋捕鱼，拢近查看，见仓板溅有血迹，当向盘诘，樊亚四等不能隐瞒，即将图财谋杀夷人各情据实向告，恳求容隐。陈胜玉等因与樊亚四等素识，均各允从。樊亚四等随将夷艇货物搬过拖船，令老黄管押先行，并放火将夷艇烧沉灭迹，顺搭陈胜玉等渔船回澳，登岸各散。比凫水遇救得生之夷人喊喱咻赴西洋夷目唛嚟哆处报知，转禀澳门同知暨香山县营会勘禀报，获犯录供，解省审办。

又现获之张亚有、龚有太即南头有，亦系香山县蜑户，与未获之陈亚定，不识姓之亚猪、亚胜、社胜、亚孖、亚娣、亚十五，均受雇在西洋划艇帮驾，艇内原有西洋水手二人。二十二年六月十一日早，该艇由香港载运货物，并有嘆咭唎国夷商吗嗹唎一名，亦携带货箱，搭坐艇只，开行赴澳门交卸。十二日晚驶至新安县属鸡翼角洋面，各夷人因驾船辛苦，困倦睡熟。陈亚定见货箱沉重，起意将夷人谋害，得赃分用，随走至船尾，密向该犯张亚有等并亚猪等商允。陈亚定与该犯张亚有、龚有太三人各持刀械，走进仓内，将西洋水手二人并嘆咭唎夷商吗嗹唎一名，一并很砍致伤，登时身死，陈亚定嘱令亚猪等帮同将各尸抬弃海中。打开箱只查点，共得番银一千九百圆，另洋布、緜花、丁香等物。当将番银派股俵分，其洋布等货因恐携出销售易致败露，仍存原艇，任其随风飘去。该犯等用本艇三板拢岸各散。旋据澳门同知暨香山、新安各县营访闻，缉获该犯张亚有、龚有太到案，勘报录供解省。

臣等以夷人哕啤等被杀一案，共毙七命，现供下手者仅止六人，凶犯与死者人数多寡不敌，恐此外尚有同谋加功之人。诘据吴观玉供称，是夜因夷人困倦睡熟，不及堤防，樊亚四先用棍将头仓守更夷人一名很殴致死，复入中仓，殴伤哕啤毙命，各夷人惊起，因俱系徒手，不能抵敌，致被伊与冼亚世等各用刀棍殴杀致毙，委无另有同谋加功之人。等语。反覆究诘，矢口不移，似无遁饰。

查律载：杀一家非死罪三人者凌迟处死，财产断付死者之家，为从加功者斩。又例载：图财害命，得财而杀死人命，首犯与从而加功者，俱拟斩立决。又律载：凡知人谋害他人，被害之后不首告者，杖一百。各等语。

此案凶匪樊亚四在洋图财，起意谋杀夷人七命。查被杀夷人哕啤与小吕宋国夷人四名，合伙同船，即与一家无异，自应照例从重问拟。樊亚四除起意图财害命罪止斩决不议外，合依杀一家非死罪三人者凌迟处死律，凌迟处死，业已病故，仍照例戮尸枭示。吴观玉听从谋杀，下手加功。查图财害命与杀一家三人，为从加功罪均斩决，二罪相等，应从一科断。吴观玉合依杀一家非死罪三人，为从加功者斩律，拟斩立决。张亚有、龚有太听从在逃之陈亚定起意图财，谋杀夷人吗唑唎等三命。查吗唑唎系搭坐西洋艇只赴澳，非与该艇水手合伙贸易，并非一家，应仍照本例问拟。张亚有、龚有太均合依图财害命，得财而杀死人命，从而加功者斩立决例，拟斩立决。查该犯吴观玉等听从图财，谋杀夷人多命，情节凶残，且事在外洋，未便稽诛，臣等于审明后即恭请王命，饬委代办按察使、广东布政使黄恩彤，督标中军副将祺寿，将吴观玉、张亚有、龚有太绑赴市曹，斩决枭首。并饬将已故之樊亚四一并戮尸，传首犯事地方，悬杆示众，以昭炯戒。陈胜玉等于樊亚四等图财谋杀夷人之时，并未在场，惟事后知情不首，亦应照律问拟。陈胜玉、郑亚幅、鲍亚亮、梁要才、谭亚求均合依知人谋害他人，不首告者杖一百律，杖一百。鲍亚亮、谭亚求、梁要才均已病故，应毋庸议，陈胜玉、郑亚幅折责发落。

樊亚四等与张亚有等在洋图财害命，原籍牌保无从查察，各犯在监、在保病故，禁卒保人讯无凌虐情弊，均毋庸议。已获各赃给主具领，艇只变价充公。该犯樊亚四原籍有无资财，饬县查明，照例办理。难夷喊喱咻业已妥为抚恤，送交该夷目领回。被害各夷人尸身先经撩弃落海，无凭捞获。逸犯冼亚世等与陈亚定等仍严饬缉获另结。匪徒樊亚四等图财害命一案，系在黑水夷洋地面，并非内地管辖，且已拿获首伙究办。樊亚四系带病进监病故，管狱官例无处分。所有文武疏防及管狱官各职名均请免开。至张亚有等图财谋杀夷人一案，同伙九人，仅获伙犯二名，获犯尚未及半，首犯亦未拿获，文武应参职名仍应按限查参，犯故图结，饬取另送。

除备录供招咨部外，臣等谨合词恭折具奏，伏乞皇上圣鉴，敕部核覆施行。谨奏。

(朱批:)刑部议奏。[①]

道光二十三年十月二十五日

(宫中朱批奏折)

E325:政法-官员违法案件

3.91　署理广东水师提督印务洪名香奏覆遵旨查办通夷汉奸折

道光二十九年正月十三日(1849年2月5日)

署理广东水师提督印务、碣石镇总兵官奴才洪名香跪奏,为恭折覆奏,仰祈圣鉴事。

窃奴才接准两广督臣徐广缙密咨,道光二十八年十月初三日准军机大臣密寄,奉上谕:昨据徐广缙等奏审拟在籍已革知府麦庆培唆耸生事一折,又密奏麦庆培即汉奸之最著者,平日专探各署动静,潜泄省中虚实,必应投畀远方。等语。已有旨令将麦庆培锁拿,解交刑部矣。因思夷人屡肆刁难,固由其性本狡,然非有汉奸为之暗通消息,百计挑唆,亦何至层波叠浪,哓渎不休?今麦庆培既已因案惩办,恐似此骫法营私者尚复不少。粤东为诸夷聚集之地,年来照常贸易,渐次相安。若任听奸徒勾结播弄,势将另生枝节,于夷务大有关系。况既挂名仕籍,无论微员末弁,亦岂可侦探公事之虚实,暗地勾通?利之所在,趋之若鹜,实堪痛恨。著徐广缙、叶名琛密委干员,各就夷商屯聚之处,留意暗访,即如福建、江西两省寄籍客民实繁有徒,或微员游客不知自爱,在所不免。倘查有通夷主唆行踪诡秘者,立即设法拿办,勿稍姑息。至于赖恩爵、祥麟专管营伍,如有官兵图利,潜通该夷,亦著访拿惩办,净绝根株。惟此事原系自固藩篱,暗祛积蠹,与该夷毫无干涉,但须思患预防,不得藉启他衅。徐广缙等或系封疆大吏,或为干城心腹,岂有不知事之轻重,尚烦谆谆训谕耶!慎之。将此各密谕知之。钦此。

伏思奴才自署提督以来,通省水师是所专责,凡力所能为之事,无不会商督臣,悉心讲求,妥为办理,而祛蠹驭夷,尤为目前要务。查水师所辖,惟大鹏、香山两协营,附近香港、澳门与外夷交涉甚多。奴才曾任该两营副将,遇有察访勾摄事件,皆遴选亲信弁兵,设法侦察,以昭慎密,委无图利串通情事。惟履霜坚冰,不可不防其渐。奴才仍当不动声色,明察暗诇,固不容稍涉大意,为人所蒙,尤不敢掉以轻心,致启他衅。倘有不逞之徒贪利营私,总期遇案办案,惩一儆百,以仰副圣主慎重边防,肃清营伍之至意。

---

① 据军机处录副奏折,朱批时间为道光二十三年十一月三十日。

所有遵旨查办缘由，理合据实密奏，伏祈皇上圣鉴。谨奏。

道光二十九年二月二十六日奉朱批：是。钦此。

正月十三日

（军机处录副奏折）

E322：政法-司法-案件审判-斗殴案件

3.92　两广总督徐广缙等奏报西洋兵头被杀业已缉凶正法折

道光二十九年十一月十九日（1850年1月1日）

两广总督臣徐广缙、广东巡抚臣叶名琛跪奏，为西洋兵头因仇被杀，割去头手，夷目逞忿掳捉汛兵，相持数月，今始放回，现将头手交附，一切安静，恭折仰祈圣鉴事。

窃查本年七月初七日接据前山同知及香山县营禀报，七月初五日，有西洋兵头哑吗嘞骑到关闸以外游玩，下晚回至三巴门外，被人杀毙，割去头手而逸，该夷当将关闸汛兵掳去三人。旋据该西洋夷目伸同前由，求为得凶速办。当即札饬香山协副将叶长春、前山营都司张玉堂、香山县知县郭超凡，会同署前山同知英浚，督饬弁兵，严防该夷逞忿滋扰，一面通饬毗连各县营严拿凶犯。

七月二十六日，据署顺德县知县郭汝诚缉获凶犯沈志亮，当在该县桑田地方起获哑酋头手，将该犯押解来省。经臣等亲提研鞫，据沈志亮供称（系）香山县人，向在澳门生理。西洋兵头哑吗嘞行为凶暴，将澳门各店铺编列字号，勒收租银，如不依允，即带夷兵拘拿鞭打。又在三巴门外开辟马道，平毁附近坟墓。该犯祖坟六穴全被平毁，心怀忿恨，起意将他杀死除害。七月初五〔日〕，听闻土夷传说，哑吗嘞下午去关闸门跑马游玩，带人无多，该犯身藏利刃，并邀同郭亚安、李亚保及周姓、陈姓三人，帮同行事。大家在那里等候，下晚时候，见哑吗嘞骑马走来，该犯夹著雨伞，将尖刀藏在伞内，假装夷人告状模样，声喊伸冤，哑吗嘞伸手来接呈词，遂拔刀砍断他臂膊，滚下马来，即砍取首级并臂膊，一同逃走，祭告祖先，报仇雪恨。等情。臣等窃以哑酋妄作横行，固有取死之道，而该犯遽谋杀害，并解其肢体，实属残忍。事关外夷，未便稍涉拘泥，致滋藉口。讯明后，当即恭请王命，将沈志亮正法，枭首犯事地方示众，仍饬地方勒拿逸犯。一面委员将亚酋头手解赴前山，札饬该夷目等放出汛兵三人，当即交回头手，乃该夷止知来领头手，掳去汛兵置之不覆可晓。以该夷所最恨者凶犯，所最重者头手，今中国俱为妥速办理，可谓仁至义尽，何尚迁延不答？而该夷总以现在澳内无人作主，须俟兵头到来，方可定夺。

嗣据广州府知府易棠购线拿获郭亚安、李亚保二名，李亚保拒捕，当场格毙，郭亚安供称帮同沈志亮行凶不讳。又于解到洋匪案内见有张亚先即周亚先一名，与周亚有、陈亚发同于七月投入盗伙，情有可疑，遂讯据张亚先即周亚先供称，实因帮同沈志亮杀死哑吗嘞后，闻拿严紧，逃到洋面，投入盗伙躲匿，因在归善县洋面师船围拿，周亚有、陈亚发均被炮伤毙命，该犯枭□□岸，经官兵拿获，核与沈志亮、郭亚安供词相符。案犯定获，复经先后札知该夷目去后。适有该国小兵总二名到澳，遂于十一月十三日将掳去关闸汛兵湛逢亮、薛连标、邓得升三人交出，据该管将备禀报前来，当即札饬将哑酋头手交该西洋领回，以完此案。

臣等窃查，西洋穷极无赖，伎俩不过如是。猝被掳去汛兵，原不难进兵夺取，惟咪、咈、暎及吕宋各夷，均有商人附居在澳，不得不慎重思维，投鼠忌器。且各国均知哑吗嘞凶横过甚，孽由自作，中国已办凶犯，尚复何说？数月以来，相安如故，竟无一相助者。然若不令其交出汛兵，遽行给回头手，又未免示之以弱。是以镇静相持，随处防范，俟其情见势屈，自然思所变计。而案情未定，有稽时日，未敢张皇渎奏，致劳圣廑。今汛兵交出，头手领回，一切安静如常，理合将始末缘由，据实缕陈。

除全案供招随后咨部备核外，臣等谨合词恭折具奏，伏乞皇上圣鉴。谨奏。

道光二十九年十二月十七日奉朱批：所办万分允当，可嘉之至。朕幸得贤能柱石之臣也。钦此。

十一月十九日

（军机处录副奏折）

E324：政法-司法-偷盗抢劫案件

3.93　闽浙总督刘韵珂等奏报将抢夺夷船贼匪严行审办并将大西洋凶夷交其住澳之领事官查照条约办理情形片

道光三十年十二月初八日（1851年1月9日）

再，十月十二日据委办夷务候补道鹿泽长转据委员县丞郭学□禀报，有苏以天即喘国夷人发士、吕吉士二名，在城外南台地方租屋居住。十月初十日，该两夷雇坐小船，赴五虎门外夷船借得洋钱二百圆，回至金牌洋面，突遇贼船拦抢，发士用小鸟枪击伤一贼，被一贼用尖枪将发士刺落水中淹毙，吕吉士泅水逃回，船中洋银被贼抢去。等语。臣徐继畬查，金牌洋面系属内洋，距省城止一百数十里，该匪等胆敢驾船抢夺，杀伤事主，不法已极，未便因事主系属夷人，稍涉松懈。当即飞檄署闽安协副将林向荣，限三日内务将正贼拿获。

旋据该署副将于十四日将匪船主朱青青即朱茂科拿获，并续获朱瓜婆、朱阔嘴、朱恭恭三名解办。

又据委员等禀报，十月十三日，有大西洋即住澳门之葡萄牙国护货船一只停泊南台江面，船上有黑夷二人上岸买丝烟，一黑夷与铺户陈炉炉争论价值，用手携尖刀划伤陈炉炉额颅，民人林举为进前拦劝，黑夷疑其帮护，用刀戳伤林举为肚腹殒命。行凶之黑夷当即脱逃，该处居民将同行之黑夷拿获。等语。当经候补道鹿泽长饬该营县将民人拿获之黑夷先行收禁，勒其交出正凶，该船主咄咥甚为恐惧，旋于十五日将行凶之黑夷协同兵役在馆头地方拿获，捆送前来。随据择(译)讯供词，同行之黑夷名啥嚧，并未动手伤人，系属干证。行凶之黑夷名淹波啰吐，供认划伤陈炉炉，戳毙林举为属实。

臣等查各国通商条约，夷人犯罪，应交该国领事官自行办理。惟大西洋即葡萄牙国领事官住广东之澳门，福州并无该国领事官，当由臣等委员将凶手唵波啰吐、干证啥嚧二名解送广东，咨交钦差大臣、两广督臣徐广缙，发交该国住澳门之领事官查照条约办理。现在民夷均极安静。

除饬将抢夺夷船之贼匪朱茂科等严行审办并搜拿余匪务获并究外，合行附片陈明。谨奏。

道光三十年十二月初八日奉朱批：钦此。

（军机处录副奏折）

E324：政法-偷盗抢劫案件

3.94　署两广总督晏端书等奏报拿获劫杀澳葡洋人盗犯审明定拟折

同治二年三月初六日(1863年4月23日)

署两广总督臣晏端书、广东巡抚臣黄赞汤跪奏，为拿获劫杀洋人二命盗犯，审明定拟，恭折奏祈圣鉴事。

窃查香山县客民陈亚矛等听从黄亚益杀害澳门教读小西洋人吁咀呶唎咪哋呵啡呝唎哆及其婢女二命、搜劫银两一案，先准大西洋国报经前督臣劳崇光，札饬香山县营、会营协同新会县营兵役暨西洋国兵丁，先后缉获伙犯陈亚矛、黄亚现二名，讯供禀解到省，发委广州府审办。随据署广州府李福泰将犯审拟，由臬司解经前督臣劳崇光审明办理，未及具奏，移交到臣。

臣等会同查核，缘陈亚矛等籍隶新会、开平等县，向在香山县澳门地方挑担佣工度日，与黄亚益素相认识，黄亚益受雇在澳门教读之小西洋人吁咀呶唎咪哋呵啡呝唎哆家佣工。咸丰十一年十一月初十日，现获之陈亚矛路路(经)洋人吁咀呶唎咪哋呵啡呝唎哆家楼边，遇黄亚益在门首站立，邀其入内坐谈。黄亚益说称近因染患疯疾，被洋人解工，现在楼下寄宿，无钱度日。稔知洋人叶咀嗷唎咪吔呵啡呢唎哆素有积蓄，其同居仅有婢女一人，别无亲属，起意商同将洋人杀害，搜劫银物分用，陈亚矛应允。黄亚益复纠得现获之黄亚现、未获之黄亚厚二人，共伙四人，约定是月十二日夜在黄亚益住房聚会。至期各携草绳、柴棍、烂布、棉胎等物，先后齐集。三更时候，一同扒上洋人楼上。黄亚益先派黄亚现吓禁洋婢不许声张，自与陈亚矛、黄亚厚同至洋人卧处。黄亚益将洋人叶咀嗷唎咪吔呵啡呢唎哆用柴棍塞口，陈亚矛用草绳捆缚手足，黄亚厚用烂布、棉胎闭塞耳鼻各窍，即时气绝殒命。黄亚益复恐洋婢泄漏风声，喝令陈亚矛与黄亚现等各用草绳、烂布将其勒死灭口。黄亚益随在柜内搜得洋银一百六十圆、时辰表一个，一同逃逸，约俟迟日将赃变卖俵分。嗣因查拿严紧，尚未分赃。等情。屡审据各供认前情不讳。

查例载：强盗杀人，斩决枭示。等语。此案陈亚矛等听从黄亚益起意杀害洋人主婢二命，搜劫银物，核其情节，实因(与)强盗杀人无异，自应照例问拟。陈亚矛、黄亚现均合依强盗杀人斩决枭示例，拟斩立决枭示。该犯等劫杀洋人二命，非寻常凶盗可比，未便稍事稽诛。经前督臣劳崇光于审明后恭请王命，饬委署按察使吴昌寿、督标中军副将龄山将该犯陈亚矛、黄亚现押赴市曹先行正法，传首犯事地方，悬竿示众，以昭炯戒。该犯等讯无另有犯案窝伙与同居亲属知情，逃后亦无行凶为匪及知情容留之人。在外犯案，原籍犯父牌保无从禁约查察，均无庸议。草绳、柴棍等物供(俱)丢弃，无凭查起。原赃经黄亚观携去，现犯并未分受，应免其著追。逸犯黄亚益等饬缉获日另结。本案共伙四人，疏防限内会营拿获伙犯二名，获犯虽已及半，惟尚有起意首犯未获，文武应参职名仍饬查取补参。

除备录供招咨部外，所有审明定拟缘由，臣等谨合词恭折具奏，伏乞皇太后、皇上圣鉴，敕部核覆施行。谨奏。

同治二年四月二十六日议政王军机大臣奉旨：该部知道。钦此。

三月初六日

(军机处录副奏折)

G1：中外关系　E324：政法-偷盗抢劫案件

3.95　意大里钦差腊为由澳门开往秘鲁国之帖列咱号商船在太平洋中之乍浦海口失去该船货物事致总理各国事务王大臣照会

同治八年三月初三日(1869 年 4 月 15 日)

照译意大里国照会一件。

大意大里国钦命全权大臣腊为照会事。照得同治七年三月间,有中国工人乘坐本国从澳门前往秘鲁国商船(名帖列咱)在大洋中作乱。船上水手约有一成相助,致有伤毙人命抢掠货财诸恶作,并逼令该船主在乍浦海口下锚,将所抢货物发卖后下船登岸而去。该船主被以上所言杀人抢物之人放开后仍乘帖列咱船前赴澳门。本国澳门领事官一经闻知,即行文两广总督,请其捉拿贼犯,还给在该地方官面前发卖并不拦阻之船上货物。窃查此事光景,该地方官并未按理保护意大里国船主,兼请查看地方官情形。此事现在只好随其正理,然且为欲悉得质讯所出之事,本国总领事官文雅尔欲立赴澳门及乍浦海口,乘坐本国兵船"博林奇波撒柯乐迭里地"亦欲在本地方复查此故。顺路该总领事大概暂住广东省城,为见该总督酌量定法也。本大臣并不相疑该总领事于办差之时不遇贵国官员着急与有益之辅助,该员等亦必极力欲显此等苦事可惜之意。而且此故与贵国和睦之邦属下之民颇有干涉也。须至照会者。

右照会大清国钦命总理各国事务王大臣。

一千八百六十九年四月十五日

由日本国约廓哈马诚发

(军机处照会)

E323:政法-奸拐案件

3.96　兼署通商大臣署两江总督张树声奏报华民被拐出洋派员全数带回折

同治十一年十二月十九日(1873年1月8日)

兼署通商大臣、署两江总督臣张树声跪奏,为华民被拐出洋,派员全数带回,资遣还籍,恭折具奏,仰祈圣鉴事。

窃查接管卷内:据苏松太道沈秉成禀,同治十一年八月十二日,日本官郑永宁来道述及,秘鲁国玛也西船由澳门行抵日本横滨海口,有华人自船投水,经英国兵船官员朴仁雕救起,询系被人拐卖,同船华民二百余人,伊恐到秘鲁受苦,是以投水。由驻日本之英国公使知会,经日本官将该船扣留,被拐之人尽收上岸。缘秘鲁国系无约之国,遂会同英美两国领事讯办,并函致郑永宁,询问中国官如何办理,速寄回信。等语。当经前署通商大臣何璟以秘鲁国系无约之国,乃私在中国澳门地方拐人出洋,既经日本国扣留保护,自应派员往办,以答邻好而卫民生。当即遴委补用同知、候补知县陈福勋,并由道商同上海英美两领事,派美翻译官麦嘉缔偕郑永宁同搭轮船，前往日本相机妥办去后。嗣据沈秉成禀称：陈福勋等于八月二十七日俱到横滨，所有被拐华民已先由日本外务卿饬据神奈川县权令大江卓自七月初四日起节次讯供，至八月二十四日定案。华人二百余名，均俟中国派员带回，其玛也西船从宽释放。陈福勋当将华人赵亚好等二百余名全行查收，仍搭轮船从横滨开行。日本外务卿复派领事官品川忠道沿途照料，于九月二十一日到沪，由道分饬上海印委各员将该华民逐一查讯，籍隶广东者一百九十六名，福建二十七名，湖南、江西、浙江各一名。除福建、湖南等省人数较少，酌给路费，分交员董觅便遣回，其籍隶广东而上海有亲族可依亦准保领外，尚存广东人一百八十七名。当即派候选通判刘光廉、候补直隶州黄国光搭坐轮船，押送回粤。旋据广州府覆称，被拐难民如数收到，已分交各原籍州县给属领回，一面严拿拐匪惩办。等情。兹复据沈秉成以此案办理完竣，禀请具奏前来。

臣查此案历办情形，业经前署通商大臣何璟随时咨报总理衙门查照，并密咨两广督抚臣转饬地方官，务将拐匪访拿严办在案。惟秘鲁国船擅在澳门拐去华民至二百余人之多，行抵日本横滨地方，经该国官截留讯办，知会中国派员前往，悉数带回，实由日本及英美各官认真襄办，俾该华民得庆生还。且该华民在日本留养多日，中国委员未经接管以前，一切用项悉系该国支应，迭经委员询问数目，以便归款，日本官均称已由本国支销，不须送还，出力出资，极敦邻谊，尤堪嘉尚。

除饬道将英兵官、美翻译酌予奖励，一面备办绸缎等物分送日本官员，仍由臣照会外务卿致谢，并咨明总理各国〔事务〕衙门外，所有前项被拐华民现已全数带回、资遣还籍缘由，理合缮折具奏，伏乞皇太后、皇上圣鉴。谨奏。

同治十二年正月初九日军机大臣奉旨：该衙门知道。钦此。

十一年十二月十九日

（军机处录副奏折）

E323：政法-奸拐案件

3.97　直隶总督李鸿章奏请令闽粤税务司稽查拐骗华民出洋等事片

光绪元年七月初八日（1875年8月8日）※

李鸿章等片

再，秘鲁各岛，臣等请分遣使臣，所以保护既往之华人也。而将往来未往之华人，尤不可不预早图维，致入陷阱。查澳门等处向设有招工局，即俗名猪仔馆，愚民一入局中，遂致长逝不返。比闻澳门之大西洋官，经英人责以大义，业已停止招工，然暗中招雇仍所不免。其次如汕头、厦门及闽粤二省不通商口岸，往往有夹板轮船私自前往贩买人口。现在秘鲁条约内既议明别有招致之法，均非所准，并澳门及各口不准诱骗一层，地方官若能妥立善法，当可潜杜奸谋。合无仰恳天恩，饬下广东福建督抚臣督同官绅，按照条约，妥拟杜弊章程，奏明实力照办，务使内足以防诱拐之奸，而外足以杜远人之口。

至总税务司及闽粤各口税务司，久悉诱拐确情，于杜弊之法必有确见真知，可以兼收并采。可否饬总理衙门转行总税务司及闽粤各口税务司，一并妥议稽查拐骗之法，呈覆采择施行。至该口税务司，如查有拐骗华民出洋约几起以上，人数约几十以上，似当酌加奖励，庶足以示鼓舞。

臣等为防患未然起见，是否有当，伏乞圣鉴训示。谨奏。

光绪元年七月初十日军机大臣奉旨：□钦此。

（军机处录副奏折）

E322：政法-斗殴案件

3.98　刑部为报明香山县卢蔴勋因欠何亚巨豆腐渣银屡索未还被殴伤身死案题本(共三件)

光绪三年正月十八日至四月二十九日(1877年3月2日—6月10日)

刑部等衙门谨题，为报验等事。刑科抄出广东巡抚张题前事等因。光绪二年十月初四日题三年正月二十八日奉旨：三法司核拟具奏。钦此。该臣等会同都察院大理寺会看得香山县民何亚巨故杀卢蔴勋身死一案，据广东巡抚张疏称，缘何亚巨即何亚具籍隶香山县，开张豆腐店生理，与卢蔴勋即卢畅群邻村居住，素识无嫌，卢蔴勋陆续赊欠何亚巨豆腐渣银七钱，屡讨未偿。光绪元年五月十三日午候，何亚巨路过县属横塘地方与卢蔴勋撞遇，何亚巨复向催讨前欠，卢蔴勋无银央缓，何亚巨斥骂，卢蔴勋不服回詈致相争闹。卢蔴勋扑向何亚巨殴打，何亚巨拔出身带小刀砍伤卢蔴勋左胳肘，刀尖划伤其左手腕，卢蔴勋举拳扑殴，何亚巨用刀砍伤其左胁肷跑走。卢蔴勋追赶，何亚巨转身用刀砍伤其肚腹倒地，卢蔴勋在地滚骂，何亚巨用刀砍伤其右胯右腿前。卢蔴勋益肆詈骂，辱及何亚巨父母，何亚巨一时气忿，顿起杀机，用刀连砍卢蔴勋脐肚右胁小腹，立时殒命。时有林位大路过瞥见，赶拢□阻不及。何亚巨跑逃，林位大报知卢蔴勋之弟卢明标看明报验。获犯讯详招解前情不讳。何亚巨即何亚具依律拟斩监候，声明刺字等因具题前来。

查律载，故杀人者斩监候等语。此案何亚巨与卢蔗勋索欠争闹，因被辱及父母，一时气忿顿起杀机迭砍卢蔗勋身死，实属故杀，自应照律问拟，应如该府所题，何亚巨即何亚具合依故杀者斩监候律，拟斩监候，秋后处决。该府疏称该犯逃后讯无行凶为匪及知情容留之人见证林位大喝阻不及，均毋庸议，凶刀供弃无凭查起，卢蔗勋欠银已死免追，尸棺饬属领埋，无干省释等语均应如该抚所题办理。该抚又称本案凶犯系于初参限内缉获，究办承缉职名免开。所有提解迟延半年以上职名系香山县知县张璟槃，相应附参等语。恭俟臣部移咨吏部核办，再此案于光绪三年二月初一日抄出到部，统计臣部及会议各衙门例限应扣至五月初七日限满，并未逾限，合并声明。臣等未敢擅便。谨题请。

光绪三年二月□日

附件一：何亚巨杀死卢蔗勋身死一案题本

谨题为报验等事，该臣等会看得何亚巨故杀卢蔗勋身死一案。据广东巡抚张疏称，缘何亚巨与卢蔗勋无嫌，卢蔗勋欠何亚巨豆腐渣银未偿。光绪元年五月十三日，何亚巨向卢蔗勋讨欠，卢蔗勋央缓，何亚巨斥骂，卢蔗勋回詈致相争闹，卢蔗勋扑殴，何亚巨拔刀砍伤其左胳肘等处，卢蔗勋拳殴，何亚巨砍伤其左胐脉跑走，卢蔗勋追赶，何亚巨砍伤其肚腹倒地。卢蔗勋在地滚骂，并辱及其父母，何亚巨气忿，顿起杀机，用刀连砍其脐肚等处小腹，立时殒命。报验获犯讯详不讳，□何亚巨依律拟斩监候，声明刺字等因具题前来。应如该府所题，何亚巨合依故杀者斩监候律，拟斩监候秋后处决。臣等未敢擅便。谨题请。

附件二：何亚巨杀死卢蔗勋一案揭帖

兵部侍郎、兼都察院右副都御史、巡抚广东地方、提督军务兼理粮饷张谨揭，为报请验究事。据广东按察使周垣祺详称案据香山县知县张璟槃申详，光绪元年五月十三日据地保萧锦屏禀，据监生卢名标投称，伊兄卢蔗勋即卢畅群与何亚巨即何亚具邻村居住，素识无嫌，何亚巨开张豆腐店生理，伊兄陆续赊欠何亚巨豆腐渣银七钱，何亚巨屡讨未偿。光绪元年五月十三日午候，伊兄出外趁圩，行至县属横塘地方与何亚巨撞遇，何亚巨复向催讨前欠，伊兄无银央缓，何亚巨斥骂疲赖，伊兄不服回詈致相争闹，伊兄被何亚巨刀伤左胳肘，左手腕，左胐脉，肚腹倒地，伊兄在地滚骂，被何亚巨砍伤右胯右腿前。伊兄益加詈骂，被何亚巨用刀迭砍脐肚右胁小腹，登时殒命，有林位大路过瞥见，赶拢救阻不及，报伊趋视等语。查看属实，理合禀验等情。同日并据尸弟卢名标报同前由各到县。

据此当即差拘犯证，轻骑减从带领刑件亲诣尸所。据差役禀称，凶犯逃匿，见证外出，余俱带到等情。讯据尸弟卢名标，地保萧锦屏均供与禀词无异。随令仵作将尸扛放平地，对众如法相验。据仵作林濬喝报，已死□[①]生卢蘙勋即卢畅群问生年三十四岁，验得仰面，不致命左胁脷一伤斜长九分，宽二分，深一分。致命肚腹一伤斜长一寸二分，宽三分，深三分。右胁一伤斜长一寸二分，宽三分，深透内。脐肚一伤斜长九分，宽深均二分。小腹一伤斜长一寸二分，宽三分深透内，□[②]出。不致命左胳肘一伤斜长一寸三分，宽二分，深一分。均系刀伤。左手腕一伤斜长一寸，宽二分，深不及分，系刀尖划伤。俱皮肉卷缩，有血污。余无别故，委系受伤身死。报毕亲验无异，当场填格取结。尸饬棺殓。履勘得卢蘙勋身死处所系在县属土名横塘地方，地有血迹，勘毕绘图同格结附卷。尸亲人等省释。奉批行饬缉，随于光绪元年六月十四日据差役缉获凶犯何亚巨即何亚具传同见证林位大到案，讯据林位大供：香山县人，与已死的卢蘙勋及现到案的何亚巨都相熟识，卢蘙勋赊欠何亚巨豆腐渣银七钱屡讨没还小的是知道的。光绪元年五月十三日午候，何亚巨路过县属横塘地方，与卢蘙勋撞遇，何亚巨又向催讨前欠，卢蘙勋没银求缓，何亚巨斥骂疲赖，卢蘙勋不服回骂致相争闹。卢蘙勋扑向何亚巨殴打，何亚巨拔出身带小刀砍伤卢蘙勋左胳肘，刀尖划他左手腕，卢蘙勋举拳扑殴，何亚巨用刀砍伤他左胁脷跑走。卢蘙勋追赶，何亚巨转身用刀砍伤他肚腹倒地。卢蘙勋在地滚骂，何亚巨用刀砍伤他右胯右腿前。卢蘙勋益加詈骂，辱及何亚巨父母，何亚巨又用刀连砍卢蘙勋脐肚右胁小腹，立时身亡。小的路过看见，赶拢救阻不及，何亚巨当就跑走。小的报知卢蘙勋胞弟卢名标往看，投保报验。小的因有事外出，今才回家就遵传赴质的是实。据何亚巨即何亚具供：香山县人，开张豆腐店生理，与卢蘙勋邻村居住，素识没嫌，卢蘙勋陆续到店赊欠豆腐渣银七钱，屡讨没还。光绪元年五月十三日午候，小的路过县属横塘地方，与卢蘙勋撞遇，又向他催讨前欠，卢蘙勋没银求缓，小的斥骂疲赖，卢蘙勋不服回骂致相争闹。卢蘙勋扑向小的殴打，小的拔出身带小刀砍伤卢蘙勋左胳肘，刀尖划伤他左手腕，卢蘙勋举拳扑殴胁脷小的用刀砍伤其左胁脷跑走。卢蘙勋追赶，小的转身用刀砍伤其肚腹倒地。卢蘙勋在地滚骂，小的用刀砍伤其右胯右腿前。卢蘙勋益加詈骂，辱及小的父母，小的一时气忿，顿起杀机，用刀连砍卢蘙勋脐肚右胁小腹，立时殒命。时有林位大路过看见，喝阻不及，小的当就跑逃。后闻尸亲报验差拿，小的害怕，逃往各处躲避，今被差役拿获解案的。逃后并没行凶为匪及知情容留的人。凶刀当时丢弃是实各等供。据此差传尸亲卢名标质讯无异。当将该犯收禁。尸亲人等省释。理合通详等情。奉批审解转行遵照。

兹据广州府知府冯端本详，据香山县知县张璟槩详称，遵即提犯覆讯，据何亚巨即何亚具供：香山县人，年四十八岁，父亲何协九现年七十八岁，母亲已故，弟兄二人，小的居长，并没妻子，平日开张豆腐店生理。与卢蘙勋邻村居住，素识没嫌，卢蘙勋陆续到店赊欠豆腐渣银七钱，屡讨没还。光绪元年五月十三日午候，小的路过县属横塘地方，与卢蘙勋撞遇，又向他催讨前

---

① 疑为“监”字。

② 疑为“肠”字。

欠,卢蒧勋没银求缓,小的斥骂疲赖,卢蒧勋不服回骂致相争闹。卢蒧勋扑向小的殴打,小的拔出身带小刀砍伤卢蒧勋左胳肘,刀尖划伤他左手腕,卢蒧勋举拳扑殴,小的用刀砍伤其左胐脥跑走。卢蒧勋追赶,小的转身用刀砍伤其肚腹倒地。卢蒧勋在地滚骂,小的用刀砍伤其右胯右腿前。卢蒧勋益加詈骂,辱及小的父母,小的一时气忿,顿起杀机,用刀连砍卢蒧勋脐肚右胁小腹,立时殒命。时有林位大路过看见,喝阻不及,小的当就跑逃。随闻尸亲报验差拿,小的害怕,逃往各处躲避,后被差役拿获解案的,小的实因索欠争殴被卢蒧勋辱骂父母一时气忿起意将卢蒧勋砍伤身死,并没另有起衅别情及在场助殴的人是实各等供。据此该香山县知县张璟槩审看得县民何亚巨故杀卢蒧勋身死一案,缘何亚巨即何亚具籍隶香山县,开张豆腐店生理,与卢蒧勋即卢畅群邻村居住,素识无嫌,卢蒧勋陆续赊欠何亚巨豆腐渣银七钱,屡讨未偿。光绪元年五月十三日午候,何亚巨路过县属横塘地方,与卢蒧勋撞遇,何亚巨复向催讨前欠,卢蒧勋无银央缓,何亚巨斥骂疲赖,卢蒧勋不服回詈致相争闹。卢蒧勋扑向何亚巨殴打,何亚巨拔出身带小刀砍伤卢蒧勋左胳肘,刀尖划伤其左手腕,卢蒧勋举拳扑殴,何亚巨用刀砍伤其左胐脥跑走。卢蒧勋追赶,何亚巨转身用刀砍伤其肚腹倒地。卢蒧勋在地滚骂,何亚巨用刀砍伤其右胯右腿前。卢蒧勋益肆詈骂,辱及何亚巨父母,何亚巨一时气忿,顿起杀机,用刀连砍卢蒧勋脐肚右胁小腹,立时殒命。时有林位大路过瞥见,赶拢救阻不及,何亚巨当即跑逃。林位大报知卢蒧勋之弟卢名标趋视,投保报县诣验,获犯讯供通详,奉批审解,遵提覆讯,据该犯何亚巨供认前情不讳,诘无另有起衅别情及在场助殴之人,究鞫不移,案无遁饰。查律载故杀者斩监候等语,此案何亚巨与卢蒧勋索欠争闹,因被辱及父母一时气忿,用刀迭砍卢蒧勋身死,实属故杀,自应照律问拟。何亚巨即何亚具合依故杀者斩监候律拟斩监候秋后处决。照例先于左面刺凶犯二字。该犯逃后讯无行凶为匪及知情容留之人,见证林位大喝阻不及,均毋庸议。凶刀供经丢弃,无凭查起。卢蒧勋赊欠豆腐渣银,已死免追。尸棺饬属领埋。无干省释。本案凶犯系于初参限内缉获究办,承缉职名应请免开。理合连犯解候审转等情到府。

该府冯端本提讯该犯,何亚巨坚称当日卢蒧勋向伊斗殴,伊用刀抵御,不料将其致伤多处致脐肚右胁小腹三伤,并非用刀迭砍,亦非有心致死,系被见证林位大怀疑妄指,县审时畏刑混认等语。当经行提见证质讯。去后兹据香山县将见证林位大传解到府,并据申称,该见证先期外出广西生理,饬属赶唤始到,是以批解稍迟等情。经该府提同质讯,始据何亚巨供认前情不讳,诘因恃无质证,畏罪狡翻,并无别故。将见证省释,人犯仍照原拟解司。

臬司周垣祺提犯覆讯,供与县府审供相同,详解到臣。提犯亲讯无疑。该臣看得香山县民何亚巨故杀卢蒧勋身死一案,缘何亚巨即何亚具籍隶香山县,开张豆腐店生理,与卢蒧勋即卢畅群邻村居住,素识无嫌,卢蒧勋陆续赊欠何亚巨豆腐渣银七钱,屡讨未还。光绪元年五月十三日午候,何亚巨路过县属横塘地方,与卢蒧勋撞遇,何亚巨复向催讨前欠,卢蒧勋无银央缓,何亚巨斥骂疲赖,卢蒧勋不服回詈致相争闹。卢蒧勋扑向何亚巨殴打,何亚巨拔出身带小刀砍伤卢蒨勋左胳肘，刀尖划伤其左手腕，卢蒨勋举拳扑殴，何亚巨用刀砍伤其左胐脉跑走。卢蒨勋追赶，何亚巨转身用刀砍伤其肚腹倒地。卢蒨勋在地滚骂，何亚巨用刀砍伤其右胯右腿前。卢蒨勋益肆詈骂，辱及何亚巨父母，何亚巨一时气忿，顿起杀机，用刀连砍卢蒨勋脐肚右胁小腹，立时殒命。时有林位大路过瞥见，赶拢救阻不及，何亚巨当即跑逃。林位大报知卢蒨勋之弟卢名标看明投保，报经该县诣验，获犯讯供通详批行审解。随据该县将犯审拟解府，该府提讯，犯供翻异，行提见证质明。由司覆讯，招解提审，据何亚巨供认前情不讳，诘无另有起衅别情及在场助殴之人。究鞫不移，案无遁饰。查律载，故杀者斩监候等语。此案何亚巨与卢蒨勋索欠争闹，因被辱及父母一时气忿用刀迭砍卢蒨勋身死，实属故杀，自应照律问拟。何亚巨即何亚具合依故杀者斩监候律拟斩监候秋后处决。照例先于左面刺凶犯二字。该犯逃后讯无行凶为匪及知情容留之人，见证林位大喝阻不及，均毋庸议。凶刀供经丢弃，无凭查起。卢蒨勋赊欠豆腐渣银，已死免追。尸棺饬属领埋。无干省释。本案凶犯系于初□限内缉获，凶办承缉职名应请免开。臣谨恭疏具题伏乞皇上圣鉴，饬下三法司核覆施行。

再此案自光绪元年六月十四日获犯到案起，扣除解府程途四日，计至九月十七日县审限满。该县于十三日限内审解到府，该府提讯，犯供翻异，于十六日发文行提见证林位大质讯，十八日文行到县。该县张璟槃因该见证先期外出广西生理，至二年六月二十五日始将见证林位大传解到府，扣除提解例限二十日，解府程途四日，连闰计迟延九个月零十四日。所有提解迟延半年以上职名系香山县知县张璟槃，相应开报附参。至该府应以六月二十五日提到见证质讯起，计至九月二十四日府司院分限届满，今在限内审办，并无迟逾。又据臬司声称，本案系因人犯解府翻供，行提见证质讯，与该县自行承审要证未到应请咨展限者不同。合并陈明。为此除具题外，理合具揭，须至揭帖者。

光绪二年十月初四□五年正月二十八奉□……□

光绪二年十月初四日

（旨：）三法司核拟具奏。

（刑法部档）

E324：政法-偷盗抢劫案件

3.99　广东司呈为香山县萧亚保等械抢梁祖党“稷昌酒米店”银物一案咨文

光绪四年十一月十七日（1878年12月10日）※

广东司呈为委审事。

光绪四年十月二十一日，据广东巡抚张兆栋咨称，广州府承审香山县贼犯萧亚保等听从械抢事主梁祖觉“稷昌酒米店”银物、拒伤事主一案。缘萧亚保、黄亚亮均籍隶香山县，雇工度日，黄亚亮与黄亚长等俱同姓不宗。光绪二年十二月二十八日，萧亚保、黄亚亮途遇素识未获之黄亚长，共谈贫苦。黄亚长称说，稷昌酒米店钱银颇多，店内人少，起意商同纠伙前往抢夺，得银分用。萧亚保、黄亚亮应允，约定是日下午时候到僻处会齐。黄亚长又纠得未获之黄武友、黄亚好、廖亚伦、蒋亚城四人，到期先后齐集，共伙七人。黄亚长与黄武友等五人各携刀械，萧亚保、黄亚亮各带布袋，初更时候同到该店门首。维时店门未关，黄亚长派萧亚保、黄亚亮在门首瞭望，黄亚长等一同拥入店内，抢得银物，递交萧亚保、黄亚亮接收，分携先走，黄亚长等落后。事主梁祖觉赶出喝拿，黄亚长用刀拒伤梁祖觉左手腕，赶上萧亚保、黄亚亮，告知拒捕情由，逃至僻处将赃查点，次日将赃物分携赴圩，卖与不识姓名人得银，连抢得银钱俵分各散。比事主梁祖觉追捕不及，报县会营，获犯解委，审供不讳。此案萧亚保、黄亚亮听从黄亚长起意，共伙七人持械抢夺事主梁祖觉稷昌酒米店银物，计赃七十六两零，该犯等仅止瞭望接赃，并无捆缚、按捺、致伤事主重情，系在场并未动手，自应照例问拟。萧亚保、黄亚亮均合依抢夺、聚众三人以上，持械为从，在场并未动手者，发遣新疆给官兵为奴，仍照例改发极边烟瘴充军，以极边足四千里为限，到配锁带铁杆石墩二年，左面刺“抢夺”二字，右面刺“改发”二字。据供，系在逃之黄亚长起意为首致伤事主，惟该犯等系先后拿获，隔别研讯，供情吻合。将来拿获黄亚长到案，可无虑其狡展，应请先决从罪，毋庸监候待质。黄亚亮之父黄亚活，讯不知情，拘案照例发落。该犯等讯无另犯别案，窝伙与同居亲属知情分赃，逃后亦无行凶为匪及知情容留之人，住处畸零，向无牌保，均毋庸议。买赃之人据供不识姓名，刀械丢弃无凭提讯查起，抢赃照追给主，逸犯黄亚长等饬缉获日另结。本案同伙七人，二参限内拿获伙犯二名，获犯尚未及半，首犯亦未拿获，文武疏防及二参各职名，应饬查明补参，获犯应叙职名，饬查另咨。除咨吏、兵二部外，相应咨达，等因前来。

查律载，强盗已行，但得财者不分首从皆斩，等语。此案萧亚保、黄亚亮听从素识在逃之黄亚长纠抢稷昌酒米店，黄亚长又纠得未获之黄武友、黄亚好、廖亚伦、蒋亚城共伙七人。黄亚长与黄武友等五人各携刀械，萧亚保、黄亚亮各带布袋，初更时同至该店门首。维时店门未关，黄亚长派萧亚保、黄亚亮在门首瞭望，黄亚长等一同拥入店内，抢得银物，递交萧亚保、黄亚亮接收，分携先走，黄亚长等落后。事主梁祖觉赶出喝拿，黄亚长用刀拒伤梁祖觉左手腕，赶上萧亚保、黄亚亮，告知拒捕情由，逃至僻处，将赃俵分。该抚以萧亚保等听从黄亚长起意，共伙七人持械抢夺酒米店银物，仅止瞭望接赃，并无捆缚、按捺、致伤事主重情，系在场并未动手，将萧亚保、黄亚亮依抢夺、聚众三人以上，持械为从，在场并未动手例发遣新疆给官兵为奴，改发极边烟瘴充军，以足四千里为限，到配锁带铁杆石墩二年。声明据供，系在逃之黄亚长起意为首致伤事主，惟该犯等系先后拿获，隔别研讯，供情吻合，应请先决从罪，毋庸监候待质，等因咨部。

本部查伙众持械抢夺数在十人以下分别首从科罪之例，系指在途在野抢夺者而言，若执杖入室强劫得赃，自应照强盗律，不分首从，概拟骈首律例分，析甚明引，断不容牵混。今萧亚保、黄亚亮听从逸犯黄亚长，起意纠抢，伙众七人，持械拥入事主梁祖觉酒米店内搜抢银钱、衣物。首犯拒伤事主，即与强劫无异。该犯等虽在外瞭望接赃，[1]

（刑法部档）

E324：政法-偷盗抢劫案件

3.100　广东巡抚裕为访拿详办香山县黄亚翰迭窃扰害一案致刑部咨文

光绪八年十一月十九日（1882年12月28日）

兵部侍郎兼都察院右副都御史、巡抚广东地方提督军务、兼理粮饷裕，为访拿事。

据广东按察使龚易图详称，案照香山县贼犯黄亚翰迭窃扰害一案，先经该县访闻会营获犯，讯供通详，奉院批司饬审，转行遵照。兹据该县将该犯审拟，由府审详到司，本司覆加确核。缘黄亚翰籍隶香山县，耕种度日，因贫苦难度，光绪八年二月初三日独窃事主陈亚开家门首晒晾布夹被一张，卖钱三百文；又是月十六日，独窃事主李亚耕家门首晒晾薯莨布衫一件、布裤一条，卖钱二百四十文；又是月二十一日夜，独窃事主叶就有家铁镬一个、柴刀一把，卖银一钱一分；又三月初十日，独窃事主郭连氏家鸡一只，卖钱一百文；又是月二十七日，独窃事主何琼英家门首晒晾布裤二条，卖钱一钱四分；又四月十五日夜，独窃事主邓胡氏家锡灯一枝、锡酒壶二个，卖银一钱二分；又五月初九日夜，独窃事主区亚有家蚊帐一张、布衫二件，卖银二钱六分；又是月二十七日，独窃事主杨广福家天平一副，卖银一钱九分。旋经该县访闻会营，饬据兵役缉获该犯黄亚翰到案，讯供通详，奉批确审，转行遵照。兹据该县将犯审拟，由府审详前来。本司伏查，该犯黄亚翰既经该县府讯据，供认前情不讳，究鞫不移，案无遁饰，赃虽未起，据供行窃年月日期，赃数悉与各事主所供相符，正贼无疑。

查例载：初犯之贼独犯至八次者，照积匪猾贼例拟军。又：积匪猾贼为害地方审实，不论曾否刺字，改发云贵极边烟瘴充军。各等语。又咸丰二年奉准刑部咨：应发四省烟瘴人犯均以极边足四千里为限。等因。通行遵照在案。此案黄亚翰行窃各案计赃均在一两以下，惟迭窃已至八次，实属积猾，自应照例问拟。应如该县府所拟，黄亚翰除行窃计赃轻罪不议外，合依初

[1] 下缺。

犯之贼独窃至八次者,照积匪猾贼拟军例,改发云贵极边烟瘴充军,仍以极边足四千里为限,照例于左面刺"积匪猾贼"、右面刺"烟瘴改发"各四字,到配杖一百,折责安置。该犯讯无另犯别案、窝伙与同居亲属知情、分赃,逃后亦无行凶为匪及知情容留之人,住处畸零,向无牌保。事主陈亚开等讯因失赃无几,或值患病外出,或系女流,致未呈报,均毋庸议。买赃之人,据供不识姓名,无凭提讯。查起行窃失赃,照追给主。本案贼犯系该县访闻会营拿获,究办失察职名应请免开。

再,本案自光绪八年六月初六日获犯到案起,计至十月初五日,四个月统限届满,今在限内详办,并无迟逾,合并声明。理合造具供招方册,详候察核,咨送大部核覆饬遵,俟岁底照例汇详请题。等情到本部院。据此覆核无异,相应咨达。

为此合咨贵部,请烦查照核覆施行。须至咨者。

计咨送供招册一本。

右咨刑部。

光绪八年十一月十九日

附件一:吏部为咨送香山县贼犯黄亚翰迭窃扰害一案原文致刑部片

光绪九年六月十一日(1883年7月14日)

吏部为片送事。

准刑部咨送广东巡抚裕以香山县贼犯黄亚翰迭窃扰害一案原文送议前来。本部已经议结,相应将原文送回刑部可也。须至片者。

右片行计原文一件

刑部

光绪九年六月十一日

吏部咨送黄亚翰原文由

主事欧阳

附件二:太子少保丁为详覆香山县军犯黄亚翰解川定地安置事致刑部咨文

光绪十年五月二十四日(1884年6月17日)

太子少保、头品顶戴、兵部尚书兼都察院右都御史、总督四川等处地方提督军务、兼理粮饷、管巡抚事丁为详请咨覆事。

据按察使如山详,光绪九年十一月二十五日奉本督部堂札,光绪九年十一月十二日准广东抚部院裕咨香山县军犯黄亚翰解川定地安置一案,当经本司详奉批准,将该犯黄亚翰酌发奉节县安置转行去后。兹据奉节县知县王鸿申称,光绪十年二月初五日,准巫山县将该犯黄亚翰递解到县,照拟拆责,转发典史衙门交保管束,取具钤记收管,连咨文、兵牌、尾单一并申赍到司,本司覆核无异。

除将兵牌、尾单存俟汇缴钤记收管、按季汇详请咨外,所有赍到原咨文一角,理合具文详请察核咨部,并请咨明广东抚部院转饬知照。等情。据此,除咨文行司并分咨外,相应咨明。

为此合咨贵部,请烦查照施行。须至咨者。

右咨刑部。

光绪十年五月二十四日

(刑法部档)

E324:政法-偷盗抢劫案件

3.101 广东巡抚裕为访拿详办香山县张亚翰迭窃扰害一案致刑部咨文

光绪九年二月初二日(1883年3月10日)

兵部侍郎兼都察院右副都御史、巡抚广东地方提督军务、兼理粮饷裕为访拿详办事。

据广东按察使龚易图详称,案照香山县贼犯张亚翰迭窃扰害一案,先经该县访闻会营获犯,迅供通详,奉院批饬确审。等因。转行遵照。

据报,案犯张亚翰在监患病医愈,均经该县报明在案。兹据该县将犯审拟,由府审详到司,本司覆加确核。缘张亚翰籍隶香山县,佣工度日,因无人雇请,贫苦难度。光绪八年三月初八日夜,独窃事主罗老爽家铁镬一只,卖钱二百一十文;又是月二十五日,独窃事主程孔章家门首晒晾薯莨布裤一条,卖钱一钱二分。又四月初九日夜,独窃事主翁亚陌家布衫一件,卖钱二百五十文;又是月二十七日夜,独窃事主沙亚江家柴刀一把,卖银一钱;又五月十六日夜,独窃事主毕亚枝家布一匹,卖银三钱二分;又是月二十八日,独窃事主刘朝升家鸡二只,卖钱二百四十文;又六月初二日,独窃事主胡保三家门首晾晒洋毡一张,卖银二钱七分;又是月十八日,独窃事主王麦氏家鸡一只,卖钱二百文。旋经该县访闻会营饬据兵役缉获该犯张亚翰到案,讯供通详,奉批确审,转行遵照。据报该犯张亚翰在监患病医愈,均经该县报明在案。兹据该县将犯审拟,由府审详前来本司。伏查,该犯张亚翰既经该县府讯,据供认前情不讳,究鞫不移,案无遁饰,赃虽未起,惟据供行窃年月日期、赃数悉与各事主所供相符,正贼无疑。

查例载:初犯之贼,独窃至八次者,照积匪猾贼例拟军。又:积匪猾贼为害地方审实,不论曾否刺字，改发云贵极边烟瘴充军。各等语。又咸丰二年奉准刑部咨：应发四省烟瘴人犯均以极边足四千里为限。等因。通行遵照在案。此案黄亚翰行窃各案计赃均在一两以下，惟迭窃已至八次，实属积猾，自应照例问拟。应如该县府所拟，黄亚翰除行窃计赃轻罪不议外，合依初犯之贼独窃至八次者，照积匪猾贼拟军例，改发云贵极边烟瘴充军，仍以极边足四千里为限，照例于左面刺"积匪猾贼"、右面刺"烟瘴改发"各四字，到配杖一百，折责安置。犯兄张支贞讯不知情，惟不能禁约其弟为匪，另传到案发落。该犯讯无另犯别案、窝伙与同居亲属知情、分赃，逃后亦无行凶为匪及知情容留之人，住处畸零，向无牌保。事主罗老爽等讯，因失赃无几，或值外出，或系女流，致未呈报，均毋庸议。买赃之人，据供不识姓名，无从提讯，查起窃赃，照追给主。本案匪犯系该县访闻会营拿获，究办失察职名应请免开。

再，本案自光绪八年八月初二日获犯到案起，扣除犯病十七日，计至十二月十八日四个月统限届满，今在限内详办，并无迟逾，合并声明，理合造具供招方册，详候察核。咨送大部核覆饬遵，俟岁底照例汇详请题，等情到本部院。据此覆核无异，除批饬查传犯兄张支贞到案照例发落外，相应咨达。

为此合咨贵部，请烦查照核覆施行。须至咨者。

计咨送供招册一本。

右咨刑部。

光绪九年二月初二日

附件一：广东巡抚倪为详覆香山县张亚翰迭窃扰害一案致刑部咨文

光绪十年二月初一日(1884年2月27日)

兵部侍郎兼都察院右副都御史、巡抚广东地方提督军务、兼理粮饷倪为详咨事。

据广东按察使龚易图详称，案照奉准刑部咨，钦奉上谕：各省发配遣军流犯起解日期，应令专咨提部。嗣又奉准刑部咨：各省遣军流犯起解日期既已专咨提部，毋庸再行汇报。续又奉准刑部咨：奏奉上谕，各省遣军流犯定地发配及到配安置，除专发报部外，均于年终逐案摘叙事由，并声明何司案呈，造册汇报。各等因。通行遵照在案。兹据署香山县知县王煦详称，案奉广东巡抚部院裕牌开，据广东按察司呈详，香山县军犯张亚翰系香山县人，因在籍独窃事主罗老爽等家衣物共八次，案内审依初犯之贼独窃至八次者，照积匪猾贼拟军例，改发云贵极边烟瘴充军，仍以极边足四千里为例，照例于左面刺"积匪猾贼"、右面刺"烟瘴改发"各四字，到配杖一百，折责安置。之犯先经审拟，详奉咨准部覆，行令发解。等因。请给咨牌，饬将该犯递解赴四川首站州县，遵照四川督部堂指定地方，经解配所，折责安置，缘由到本部院。

据此，除移咨拨护接递外，合给咨牌、发解备牌，仰具奉此。遵即照例缮具文批，选拨兵役监提军犯张亚翰，当堂验明，覆加肘锁，于光绪九年十一月初三日逐程递解，赴前途顺德县交替转递在案。除转取交替印结、另文通送查考外，所有军犯张亚翰起解日期详候转请核咨。等情到司，据此本司覆查无异。除俟岁底照例汇册详咨外，理合详候察核咨部。等情到裕前部院，移交本部院准，据此相应咨达。

为此合咨贵部，请烦查照施行。

须至咨者。

右咨刑部。

光绪十年二月初一日

附件二：太子少保丁为详覆香山县军犯张亚翰解川定地安置事致刑部咨文

光绪十年闰五月二十日(1884 年 6 月 13 日)

太子少保、头品顶戴、兵部尚书兼都察院右都御史、总督四川等处地方提督军务、兼理粮饷、管巡抚事丁为详请咨覆事。

据按察使如山详，案察前奉本督部堂札准广东抚部院裕咨香山县军犯张亚翰解川定地安置一案，当经本司详奉批准，饬将军犯张亚翰酌发奉节县安置去后，兹据奉节县知县王鸿申称，光绪十年四月初一日准巫山县将军犯张亚翰递解到县，照拟折责，转发典史衙门交保管束，取具钤记收管，同咨文、兵牌、尾单申赍到司，本司覆核无异。

除将兵牌、尾单存俟汇缴钤记收管、按季汇详请咨外，所有该犯到配日期，理合具文详请察核咨部，并请咨明广东抚部院转饬知照。等情。据此，除咨文行司并分咨外，相应咨明。

为此合咨贵部，请烦查照施行。须至咨者。

右咨刑部。

光绪十年闰五月二十日

（刑法部档）

E322：政法-斗殴案件

3.102　刑部为报明香山县韦幅淋因向梁亚蕴索讨欠银被殴身死案题本(共三件)

光绪九年六月二十日至九月二十七日(1883 年 7 月 23 日—1883 年 7 月 27 日)

刑部等衙门谨题为报验事。刑科抄出广东巡抚裕宽题前事等因。光绪九年三月二十六日题六月二十六日题，六月二十六日奉旨，三法司核拟具奏。钦此。该臣等会同都察院大理寺会看得香山县民梁亚蕴铳伤韦幅淋身死一案，据广东巡抚裕宽疏称，缘梁亚蕴籍隶香山县，与韦幅淋邻村居住，素识无嫌。光绪七年七月间，梁亚蕴向韦幅淋借用洋银二元，屡讨未还。八月初七日初更时候，梁亚蕴携带竹铳香火巡田，走至下基坊地方与韦幅淋撞遇，韦幅淋向梁亚蕴索讨前欠，并称要剥衣作抵，梁亚蕴斥骂，韦幅淋不服回詈，致相争闹。韦幅淋拾取地上石块向梁亚蕴掷打，梁亚蕴将装就竹铳点向吓放，砂子致伤韦幅淋右血盆倒地。经村人吴洪瞥见喝阻不及。梁亚蕴跑逃，吴洪报知韦幅淋之母韦何氏趋视，讯明情由抬回医治，讵韦幅淋伤重，至初九日殒命。报验获犯讯详提审，据供前情不讳。诘非豫谋械斗亦无另有起衅别情及在场帮殴之人，将梁亚蕴依律拟暂监候，声明刺字等因，具□前来。查例载因争斗擅将竹铳施放杀人者以故杀论，又律载故杀者斩监候各等语。此案梁亚蕴因韦幅淋索欠口角争闹铳伤韦幅淋身死，自应照例问拟。应如该抚所题，梁亚蕴合依因争斗擅将竹铳施放杀人者以故杀论故杀者斩监候律，拟斩监候秋后处决。该抚疏称该犯逃后讯无行凶为匪及知情容留之人，见证吴洪救阻不及，均毋庸议。梁亚蕴所欠银两照追给领。凶器竹铳据供系自行制造，火药在爆竹内剥取，业经丢弃，无凭查起。尸棺饬埋。无干省释。案非械斗分办，该犯梁亚蕴委系正身，并非受贿顶凶，相应随案声明等语。均应如该抚所题办理。

该抚又称本案凶犯系于初参限内拿获究办，承缉职名应请免开。所有失察竹铳职名文员系香山县知县张璟槃，武员系署香山协右营右哨千总事，本营右哨二司把总汤荣琛。提解迟延半年以上职名系香山县知县张璟槃，合并附参等语。恭俟臣部移咨吏兵二部核办。再此案于光绪九年六月二十九日抄出到部统计臣部及会议，各衙门例限应扣至十月初五日，限满并未逾限，合并声明。臣等未敢擅便。谨请。

光绪九年七月　日

附件一：

为报验事。该臣等会看得梁亚蕴铳伤韦幅淋身死一案。据广东巡抚裕宽疏称，缘梁亚蕴与韦幅淋无嫌。梁亚蕴借欠韦幅淋洋银未还，光绪七年八月初七日梁亚蕴携铳巡田撞遇韦幅淋，向索前欠，梁亚蕴斥骂，韦幅淋回詈，致相争闹。韦幅淋拾石向掷，梁亚蕴点铳吓放，砂子致伤韦幅淋右血盆倒地，越日殒命。报验审供不讳，将梁亚蕴依律拟斩□□□前来。应如所题，梁亚蕴合依因争斗擅将竹铳施放杀人者以故杀论故杀者斩律，拟斩监候秋后处决。臣等未敢擅便，谨请。

附件二：广东巡抚裕为报明梁亚蕴韦幅淋竹铳杀死韦幅淋一案揭帖

兵部侍郎、兼都察院右副都御史、巡抚广东地方、提督军务兼理粮饷裕谨揭，为报乞验究事。据署广东按察使周星誉详称案据香山县知县张璟槩申详，光绪七年八月初十日据县属民妇韦何氏呈称，伊子韦幅淋与梁亚蕴邻村居住，素识无嫌。梁亚蕴在县属搭盖蓬寮看守田禾。光绪七年七月间梁亚蕴曾向伊子借用洋银二元，屡讨未还。八月初七日初更时候，梁亚蕴携带竹铳巡田与伊子路遇，伊子向梁亚蕴追讨前欠，梁亚蕴斥骂薄情，伊子不服回詈，致相争闹。伊子被梁亚蕴点放竹铳砂子致伤右血盆倒地。经村人吴洪路过瞥见救阻不及，报伊趋视，询明情由抬回医治，讵伊子伤重，至初九日殒命。地保病故未充，理合报乞验究等情到县。据此当即饬差拘传犯证，一面轻舆减从带领刑仵亲诣尸所。据差役禀称，凶犯逃匿见证外出，现将尸亲韦何氏带到等情。讯据韦何氏供与报词无疑，随令仵作将尸扛放平地，对众如法相验。据仵作林滀喝报，已死韦幅淋问生年二十五岁，验得仰面，不致命右血盆一伤，围圆三分，深有骨缝透内，皮口焦黑色，有血水流出，系火器砂子伤，余无故委，系受伤身死。报毕亲验无异，当场填格取结，尸饬棺殓。□勘得争殴处所系在县属土名下基坊地方，地有血迹，勘毕绘图同格结附奏。尸亲省释。详奉批行饬缉。随于光绪七年十一月十四日据差役缉获凶犯梁亚蕴传同见证吴洪到案，讯据吴洪供：香山县人，与韦幅淋、梁亚蕴都相认识。光绪七年七月内梁亚蕴向韦幅淋借用洋银二元，屡讨未还，小的是知道的。八月初七日初更时候，小的路过下基坊地方，见梁亚蕴携带竹铳香火巡田与韦幅淋撞遇，韦幅淋向梁亚蕴索取前欠，并说要剥衣作抵，梁亚蕴骂他薄情，韦幅淋不服回骂，致相争闹。韦幅淋拾取地上石块向梁亚蕴掷打，梁亚蕴将装就竹铳点放，砂子致伤韦幅淋右血盆倒地，小的赶拢喝阻不及。梁亚蕴跑逃，小的报知尸亲韦何氏往看，问明情由抬回医治，不想韦幅淋伤重，到初九日身死。尸亲报验。小的先□有事外出，今才回家就遵传赴质，的是实。据梁亚蕴供：香山县人，与韦幅淋邻村居住，素识无嫌。小的向在县属搭寮看守田禾，光绪七年七月内小的向韦幅淋借用洋银二元，屡讨没还。八月初七日初更时候，小的携带竹铳香火巡田，走至下基坊地方与韦幅淋撞遇，向小的催讨前欠，说要剥衣作抵，小的骂他薄情，韦幅淋不服回骂，致相争闹。韦幅淋拾取地上石块向小的掷打，小的把装就竹铳点向吓放，砂子致伤韦幅淋右血盆倒地，经村人吴洪路过看见喝阻不及。小的跑逃，后闻韦幅淋□……□亲报验差拿小的□……□役获解的，逃后并没行凶为匪及知情容留的人。竹铳系自己制造，火药在爆竹内剥取，当时丢弃是实各等供。据此差传尸亲韦何氏质讯无异，将犯收禁。尸亲人等省释，理合通详等情。奉批审解转行遵照。

兹据广州知府萧韶详，据香山县知县张璟槩详称，遵即提犯覆讯，据梁亚蕴供：香山县人，年三十岁，父亲已故，母亲陈氏现年五十三岁，弟兄三人，小的居长，并没有妻子。小的向在县属搭寮看守田禾，与韦幅淋邻村居住，素识无嫌。光绪七年七月内小的向韦幅淋借用洋银二元，屡讨没还。八月初七日初更时候，小的携带竹铳香火巡田，走至下基坊地方与韦幅淋撞遇，韦幅淋向小的催讨前欠，说要剥衣作抵，小的骂他薄情，韦幅淋不服回骂，致相争闹。韦幅淋拾取地上石块向小的掷打，小的把装就竹铳点向吓放，砂子致伤韦幅淋右血盆倒地。经村人吴洪路过看见喝阻不及。小的跑逃，随闻韦幅淋伤重身死，尸亲报验差拿，小的害怕逃往各处躲避，后被差役获解的。小的当日实因韦幅淋索欠口角争闹铳伤韦幅淋身死，并非预谋械斗有心欲杀，也没另有起衅别情及在场帮殴的人。小的委系正身，并没有受贿顶替是实等供。据此该香山县知县张璟槩审看得县民梁亚蕴铳伤韦幅淋身死一案，缘梁亚蕴籍隶香山县，与韦幅淋邻村居住素识无嫌。光绪七年七月间梁亚蕴向韦幅淋借用洋银二元，屡讨未还。八月初七日初更时候，梁亚蕴携带竹铳香火巡田，走至下基坊地方与韦幅淋撞遇，韦幅淋向梁亚蕴索取前欠，并称要剥衣作抵，梁亚蕴斥骂薄情，韦幅淋不服回詈，致相争闹。韦幅淋拾取地上石块向梁亚蕴掷打，梁亚蕴将装就竹铳点向吓放，致伤韦幅淋右血盆倒地。经村人吴洪路过瞥见救阻不及。梁亚蕴跑逃，吴洪报知韦幅淋之母韦何氏趋视，询明情由抬回医治，讵韦幅淋伤重，至初九日殒命。尸亲报县验详饬缉，随据差役缉获凶犯梁亚蕴到案，传同尸亲见证讯供通详。奉批审解，遵提该犯覆讯，据梁亚蕴供认前情不讳。诘非预谋械斗，亦无另有起衅别情及在场帮殴之人。究鞫不移，案无遁饰。查例载因争斗擅将竹铳施放杀人者以故杀论，又律载，故杀者斩监候各等语。又道光三年奉准刑部咨，广东省审办火器杀人之案是否将械斗之案分办，有无受贿顶凶，于定案时随案声明等因遵照在案。此案梁亚蕴因韦幅淋索欠口角争闹铳伤韦幅淋身死，自应照例问拟。梁亚蕴合依因争斗擅将竹铳施放杀人者以故杀论，故杀者斩监候律，拟斩监候秋后处决。照例先于左面刺凶犯二字。该犯逃后讯无行凶为匪及知情容留之人，见证吴洪喝阻不及，均毋庸议。梁亚蕴所欠银两照追给领。凶器竹铳据供系自行制造，火药在爆竹内剥取，业经丢弃，无凭查起。尸棺饬属领埋。无干省释。本案凶犯系于初□限内拿获究办，承缉职名应请免开。所有失察竹铳职名文员系香山县知县张璟槩，武员系署香山协右营右哨千总事、本营右哨二司把总汤荣琛，相应开报附□。本案并非械斗分办，该犯梁亚蕴委系正身并非受贿顶凶相应□……□等情到府。

该前□……□梁亚蕴翻供，坚称当日仅止与韦幅淋口角争闹，旋即走散，并无铳伤身死情事。系被见证吴洪□嫌诬指，县审时畏刑混认等语。当经发文行提见证质讯未到，卸事该府萧韶抵任接准移交催据该县将见证吴洪传解到府，并据申称，因见证吴洪于认释后外出湖南生理，饬属赶唤始到，是以批解稍迟等情。该府提同质讯，始据该犯梁亚蕴供认前情不讳，诘因恃无质证，畏罪狡翻，并无别故，当将见证省释，人犯仍照原拟招解到司。

署臬司周星誉提犯覆讯，供与县府审供相同，详解到臣。提犯亲讯无异。该臣审看得香山县民梁亚蕴铳伤韦幅淋身死一案。缘梁亚蕴籍隶香山县，与韦幅淋邻村居住，素识无嫌。光绪七年七月间，梁亚蕴向韦幅淋借用洋银二元，屡讨未还。八月初七日初更时，候梁亚蕴携带竹铳香火巡田，走至下基坊地方与韦幅淋撞遇，韦幅淋向梁亚蕴索讨前欠，并称要剥衣作抵，梁亚蕴斥骂薄情，韦幅淋不服回詈，致相争闹。韦幅淋拾取地上石块向梁亚蕴掷打，梁亚蕴将装就竹铳点向吓放，砂子致伤韦幅淋右血盆倒地，经村人吴洪路过瞥见，喝阻不及。梁亚蕴跑逃，吴洪报知韦幅淋之母韦何氏趋视，询明情由抬回医治，讵韦幅淋伤重，至初九日殒命。尸亲报验，详缉获犯讯供通详批饬审解。嗣据该县将犯审拟解府，该府提讯，犯供翻异，行提见证质明，将犯仍照原拟解司覆讯。招解提审，据梁亚蕴供认前情不讳。诘非预谋械斗亦无另有起衅别情及在场帮殴之人。究鞫不移，案无遁饰。查例载因争斗擅将竹铳施放杀人者以故杀论，又律载故杀者斩监候各等语。又道光三年准刑部咨广东省审办火器杀人之案是否将械斗之案分办，有无受贿顶凶，于定案时随案声明等因遵照在案。

此案梁亚蕴内韦幅淋索欠口角争闹铳伤韦幅淋身死，自应照例问拟。梁亚蕴合依因争斗擅将竹铳施放杀人者以故杀论，故杀者斩监候律，拟斩监候秋后处决。照例先于左面刺"凶犯"二字，该犯逃后讯无行凶为匪及知情容留之人，见证吴洪救阻不及，均毋庸议。梁亚蕴所欠银两照追给领。凶器竹铳据供系自行制造，火药在爆竹内剥取，业经丢弃，无凭查起。尸棺经县饬属领埋。无干省释。本案凶犯系于初参限内拿获究办应缉职名应请免开。所有失察竹铳职名文员系香山县知县张璟槃，武员系署香山协右营右哨千总事、本营右哨二司把总汤荣琛，相应开报附参，候部察议。案非械斗分办，该犯梁亚蕴委系正身，并非受贿顶凶，相应随案声明。臣谨恭疏具题伏乞皇上圣鉴，敕下三法司核覆施行。再此案自光绪七年十一月十四日获犯到案起，扣除封印一个月，计至八年三月十三日县审限满，该县于限满日将犯审解到府，该前代理府□世贞提讯犯供翻异，于三月十六日发文行提见证质讯，十九日行文到县，该县因见证吴洪于讯释后外出湖南生理，饬属赶唤，至十一月二十八日始行传解到府，扣除提解例限二十日，解省程途四日，计迟延七个月零十六日。所有提解迟延半年以上职名系香山县知县张璟槃。合并开报附参。至该府应以十一月二十八日提到见证质讯起，扣除封印一个月，计至九年三月二十七日府司院分限届满，今在限内审办，并无迟逾。又据臬司声称，本案系因人犯解府翻供，行提见证质讯，与该县自行承审要证未到应请咨展限者不同，合并陈明。为此除具题外，理合具揭。须至揭帖者。

光绪九年三月二十六题，六月二十六日奉旨，三法司核拟具奏。

光绪□年□月二十六日

（刑法部档）

E329：政法-其他案件

3.103　英国公使巴为葡人在广州踢伤华人落水淹毙事覆总理各国事务恭亲王奕欣照会

光绪九年九月十一日（1883年10月11日）

大英钦差、驻扎中华便宜行事大臣巴，为照覆事。

本年九月初三日接准贵亲王来文内开，大西洋人于八月初十日在广州口岸踢伤华人落水淹毙一案。兹接两广总督电信内称，英领事官不肯讯问，将该大西洋人转发其国官员收办。等因。嘱即迅饬领事官照约会同地方官，将该犯秉公讯办。等语。查该大西洋水手既非英民，本国驻粤领事原无将其审问之权，事虽如此，然亦非不能将其传讯。盖据领事官来详，大西洋官员已向粤督言明，情愿将该水手在广州口岸会同地方官先行审问后，解往澳门再为讯断。复查该水手既在英船佣工，且所称犯人命之事又在英船，按照万国公法，亦可在于英属之香港地方就近审办，若大西洋暨贵国官员意见相符，亦可送往照办。以上各节，乃系英例所指之法，而审办案犯之举，只能照此而行，决非来文所云致令该犯远飏之意。且香港、澳门两处相离广州究属非遥也。

来文又称，该犯人本系英公司佣工，应由该公司之主人管束。等语。惟思本大臣设谓淹毙之华人应由该管地方官管束，其理亦属相类。因闻启衅之由，即是该华人擅行登船被逐所致。至于因此事致激出沙面聚众焚抢之案，情有可原。及未能弹压此等莠民妄行滋事之咎，不归地方官各论，尤非情理之至当也。

为此，照覆。须至照会者。

右照会大清钦命总理各国事务和硕恭亲王。

一千八百八十三年十月十一日

癸未年九月十一日

（军机处照会）

G1：中外关系　E329：政法-其他案件

3.104 英国公使巴为审断命案并商民赔款等事覆总理各国事务恭亲王奕欣照会

光绪九年十一月十七日（1883年12月16日）

大英钦差、驻扎中华便宜行事大臣巴，为照覆事。

驻居广州沙面英国商民房屋物件被莠民拆抢一事，本大臣曾于本月十二日将该商民等所呈失单录送贵亲王查阅，并望早日饬完。等因在案。兹于本月十六日接准覆文，均已阅悉。查本大臣文内所请各节，来文并未言明如何照办，乃仅仍请查照九月二十六日文内转饬将英民罗近再行复讯，并由领事官将西洋水手索回，会同审断。各等因。

溯查此案来往文件，本大臣早于九月十一日两次备文详陈原委。一系英民罗近既经审断，均系照约办理，未可再行复讯。一系大西洋人既非英民，本国驻粤领事官原无将其在署审问之权。惟该水手或可在澳门讯断，如澳门官宪肯将其解往香港，亦可在彼就近审办。各等因。逐一详细声明。旋于九月二十六日接准照覆二件，其中非特将本大臣前文所指各端置之无论，其文内语意之间，且与罗近一案犹有情形相左之处，仍以转饬驻粤领事官将英民罗近复行审讯，并将西洋水手就地审断为请。当经格署大臣将文内不可照办之请及与情节不符之言，缮具节略二纸，逐次驳辩，于十月初一日面递列位大臣检阅。亦各在案。不料贵亲王见覆本大臣专言赔款之文，仍请查照九月二十六日来文办理，亦未提格大臣前所面递节略二纸，惟因此节略即系案中要言，岂可高搁不论？至审讯罗近及西洋水手二人一事，本大臣于九月十一日两文暨格署大臣节略两件；已将一切情形言之净尽，毫无遗义，即再说再议，亦不过糟粕陈言。现在西洋水手仍在澳门收押候审，而贵国办理迟延，迄今未能审断之处，本大臣窃以为憾。

惟查来文内有本大臣于命案一层并未提及，只论商民赔款之语。缘命案一层，本大臣业经论毕，无可再言，且与办理粤民抢掠罪名及完补赔款之案事分两途，决无平提并举之理。又查来文内言，此案赔累各款所以尚未定议者，由于办理命案迟延各词，推原此言命意之处，令人殊不可解。盖英民罗近一案，已于本年八月二十八日早经了结，而索计赔款，尚未闻作何清完之议。至西洋人一名，既经本大臣于九月十一日文内详细言明驻粤领事官并无将其审讯之权，自此以后，则不能因该水手未曾在无权公署审问之故，藉以推诿赔款迟延之理。再，来文内云，现在赔款尚未查核明确。等因。而未曾查核明确之故，只因贵国尚未设法将其查核明确。来文又言，条约内亦并无赔偿加息之文。窃以耗人财者自应赔补，此系自然之理，约内何用载明。此项赔款迟延，将来势必损中加损，贵国官宪既有赔补未能设法保护洋人惨被莠民聚众肆行妄为以致耗散财产之责，既有此责，则赔补迟延，由是重受伤损，自应一律偿还。贵亲王意在持平，实足翘企，将赔款一事设法早日办理完结，不致有迟时日。至赔款查核明确一层，自应两国官员会同，通为详考，以期究出实在应赔之数。合行催请，转饬即日查照核办。至如何会同贵国通为详考之处，本大臣定必竭力相助，倘遇英民呈递失单内有于理未可赔偿之款，本大臣一经查出，立应分别驳诘也。

为此，照覆。须至照会者。

右照会大清钦命总理各国事务和硕恭亲王。

一千八百八十三年十二月十六日

癸未年十一月十七日

（军机处照会）

E329：政法-其他案件

3.105 英国公使巴为西洋人代阿斯难以解往香港并英民罗近误杀幼童一案愿酌给恤款事致恭亲王奕欣照会

光绪十年二月十七日(1884年3月14日)

大英钦差、驻扎中华便宜行事大臣巴为照会事。

案查光绪九年八月初十日，驻居广州沙面英国商民房屋物件被莠民拆抢焚毁应行如何赔偿一事，曾与贵亲王暨列位大臣往返议商，各在案。又承嘱将被控因踢伤华人落水淹毙案内之西洋人代阿斯一名，咨请本国设法解往香港审办，亦在案。兹准我国咨复。内开：此案虽经竭力婉请西洋国允将代阿斯一名解往香港审办，以副尊嘱，乃西洋国复以该西洋人除在本国澳门臬署审办外，例不能解往他处等语。据此情形，唯有转饬，将案内本国所辖人证解往澳门对质，以成信谳。至英民罗近误杀幼孩之亲属，亦愿酌给抚恤之款。唯此项银两，只系出自恻隐之心，以昭体恤各等因。准此相应备文照会，并烦转饬将英民前呈请赔失单速为详细查核，以便将应赔各款早日饬还为妥。应如何查核之法，似宜各派贤员，会同酌办。其派员所奉札文并应相同之处，想贵亲王亦以为然。兹拟将派员札文会同贵亲王暨列位大臣先行议商，庶能画一从事。至英民所呈各失单，均由广州领事官于九年十月二十三日照会两广督部堂文内附去矣。为此照会。须至照会者。

右照会大清钦命总理各国事务和硕恭亲王。

一千八百八十四年三月十四日

甲申年二月十七日

（军机处照会）

E324：政法-偷盗抢劫案件

3.106 广东按察使司册为访拿究办香山县黄亚萌等迭窃扰害一案

光绪十年四月(1884年4月)

广东按察使司为访拿究办事。

案据署香山县知县王煦申详，准前县张璟槃乐移交访闻县属，有贼匪迭窃扰害情事，当经会营饬差查缉未获卸事，奉檄抵任，接准移交，照案催据兵役，协同前县留缉家丁，于光绪九年九月初十日缉获贼犯黄亚萌、梁连枝、阮亚涧三名到案，提验均无拷刺痕迹。

讯据黄亚萌供香山县人，梁连枝供顺德县人，阮亚涧供香山县人。又据同供：小的们都系耕种度活，因贫苦难度，光绪八年七月初八日夜，小的黄亚萌起意，纠同小的梁连枝、阮亚涧共伙三人，空手偷窃事主温无易家布衫二件，卖得洋银二钱六分分用；又那月十六日夜，小的黄亚萌起意，纠同小的梁连枝、阮亚涧共伙三人，空手偷窃事主吴发松家锡香案一副，卖得洋银八钱二分分用；又九月初十日夜，小的黄亚萌起意，纠同小的梁连枝、阮亚涧共伙三人，空手偷窃事主周廷槐家布衫三件，卖得洋银六钱三分分用；又那月二十九日夜，小的梁连枝独窃事主郑藻英家鸡二只，卖得铜钱二百六十文；又十二月二十八日夜，小的黄亚萌起意，纠同小的梁连枝、阮亚涧共伙三人，空手偷窃事主杨云秋家布衫、裤四件，卖得洋银七钱四分分用；又九年二月初五日夜，小的阮亚涧独窃事主何五之家布马褂一件，卖得洋银三钱；又那月二十七日夜，小的梁连枝独窃事主罗老林家布衫一件，卖得洋银二钱七分。又三月初一日夜，小的黄亚萌起意，纠同小的梁连枝、阮亚涧共伙三人，空手偷窃事主刘林干家锡灯二枝、锡酒壶六个，卖得洋银八钱分用；又那月初二日夜，小的黄亚萌起意，纠同小的梁连枝、阮亚涧共伙三人，空手偷窃事主林萧才家铁镬、菜刀、铜锅共四件，卖得洋银七钱五分分用；又那月十八日，小的阮亚涧独窃事主胡植槐家门口晒晾布衫二件，卖得铜钱三百八十文。不想就奉访闻查拿，小的们害怕，逃往各处躲避，今被兵役获解的。逃后并没行凶为匪及有人知情容留，各赃卖与不识姓名人，得的银钱都已花用是实。等供。据此，查该犯等供开行窃各案，均未据事主呈报，差传事主温无易、吴发松、周廷槐、郑藻英、杨云秋、何五之、罗老林、刘林干、林萧才、胡植槐到案，讯据各供，被窃年月日期、赃数悉与犯供相符，佥称因失赃无几，或值外出，或因患病，致未呈报，并据各补具失单前来。随传经纪眼同事主按照失单将赃逐一确估，计值库平纹银均在一两以下，列册附卷，事主省释，人犯收禁，理合通详。等情。

奉督、抚两院宪批饬确审，转行遵照。据报，案犯黄亚萌于光绪九年十月初六日在监染患寒热病症，至十一月初五日医愈，均经该县报明在案。兹据广州府知府萧韶、详据香山县知县王煦详称，遵即提犯覆讯。据黄亚萌供：香山县人，年三十一岁，父亲已故，母亲赵氏年六十五岁，弟兄三人，大哥子黄启锡，二哥子黄锡和，小的居三，娶妻梁氏，生有一女。据梁连枝供：顺德县人，年三十八岁，父亲已故，母亲冼氏年五十四岁，弟兄二人，哥子梁时□，小的居次，娶妻吴氏，生有一子一女。据阮亚涧供：香山县人，年三十九岁，父母都故，弟兄二人，哥子阮锦魁，小的居次，并没妻子。又据同供：小的们都系耕种度活，因贫苦难度，光绪八年七月初八日夜，小的黄亚萌起意，纠同小的梁连枝、阮亚涧共伙三人，空手偷窃事主温无易家布衫二件，卖得洋银二钱六分分用；又那月十六日夜，小的黄亚萌起意，纠同小的梁连枝、阮亚涧共伙三人，空手偷窃事主吴发松家锡香案一副，卖得洋银八钱二分分用；又九月初十日夜，小的黄亚萌起意，纠同小的梁连枝、阮亚涧共伙三人，空手偷窃事主周廷槐家布衫三件，卖得洋银六钱三分分用；又那月二十九日夜，小的梁连枝独窃事主郑藻英家鸡二只，卖得铜钱二百六十文；又十二月二十八日夜，小的黄亚萌起意，纠同小的梁连枝、阮亚涧共伙三人，空手偷窃事主杨云秋家布衫、裤四件，卖得洋银七钱四分分用；又九年二月初五日夜，小的阮亚涧独窃事主何五之家布马褂一件，卖得洋银三钱；又那月二十七日夜，小的梁连枝独窃事主罗老林家布衫一件，卖得洋银二钱七分；又三月初一日夜，小的黄亚萌起意，纠同小的梁连枝、阮亚涧共伙三人，空手偷窃事主刘林干家锡灯二枝、锡酒壶六个，卖得洋银八钱分用；又那月初二日夜，小的黄亚萌起意，纠同小的梁连枝、阮亚涧共伙三人，空手偷窃事主林萧才家铁镬、菜刀、铜锅共四件，卖得洋银七钱五分分用；又那月十八日，小的阮亚涧独窃事主胡植槐家门口晒晾布衫二件，卖得铜钱三百八十文。不想就奉访闻查拿，小的们害怕，逃往各处躲避，后被兵役获解的。小的黄亚萌实止起意纠窃这六次，小的梁连枝、阮亚涧各实止从窃及独窃共八次，此外并没另犯别案、窝伙与同居亲属知情分赃。小的黄亚萌哥子黄启锡、黄锡和，小的阮亚涧哥子阮锦魁都各久已分居，并不知情。小的黄亚萌、阮亚涧住处零星，向无牌保。小的梁连枝在外犯案，原籍哥子牌保没从禁约查察是实。等供。

据此，该署香山县知县王煦审看得县属贼犯黄亚萌等迭窃扰害一案，缘黄亚萌、阮亚涧均籍隶香山县，梁连枝籍隶顺德县，均系耕种度日，各因贫苦难度，光绪八年七月初八日夜，该犯黄亚萌起意，纠同梁连枝、阮亚涧共伙三人，徒手行窃事主温无易家布衫二件，卖银二钱六分分用；又是月十六日夜，黄亚萌起意，纠同梁连枝、阮亚涧共伙三人，徒手行窃事主吴发松家锡香案一副，卖银八钱二分分用；又九月初十日夜，黄亚萌起意，纠同梁连枝、阮亚涧共伙三人，徒手行窃事主周廷槐家布衫三件，卖银六钱三分分用；又是月二十九日夜，梁连枝独窃事主郑藻英家鸡二只，卖钱二百六十文；又十二月二十八日夜，黄亚萌起意，纠同梁连枝、阮亚涧共伙三人，徒手行窃事主杨云秋家布衫、裤四件，卖银七钱四分分用；又九年二月初五日夜，阮亚涧独窃事主何五之家布马褂一件，卖银三钱；又是月二十七日夜，梁连枝独窃事主罗老林家布衫一件，卖银二钱七分；又三月初一日夜，黄亚萌起意，纠同梁连枝、阮亚涧共伙三人，徒手行窃事主刘林干家锡灯二枝、锡酒壶六个，卖银八钱分用；又是月初二日夜，黄亚萌起意，纠同梁连枝、阮亚涧共伙三人，徒手行窃事主林萧才家铁镬、菜刀、铜锅共四件，卖银七钱五分分用；又是月十八日，阮亚涧独窃事主胡植槐家门口晒晾布衫二件，卖钱三百八十文。即经前县访闻，会营饬差查缉，未获卸事。奉檄抵任，接准移交，照案催据兵役，协同前县留缉家丁缉获该犯黄亚萌、梁连枝、阮亚涧三名到案，讯供通详，奉批确审。据报，案犯黄亚萌在监患病医愈，均经报明在案。遵即提犯覆讯，据各该犯供认前情不讳，究鞫不移，案无遁饰，赃虽未起，惟据供行窃年月日期、赃数悉与事主指供相符，正贼无疑。

查例载：初犯之贼，为首纠窃至六次，或被纠迭窃及独窃至八次者，均照积匪猾贼例拟军。又积匪积贼为害地方审实，不论曾否刺字，改发云贵极边烟瘴充军。各等语。又咸丰二年奉准刑部咨：应发四省烟瘴人犯，均以极边足四千里为限。等因。通行遵照在案。此案黄亚萌等行窃各案，计赃均在一两以下，惟黄亚萌纠窃已至六次，梁连枝、阮亚涧各被纠迭窃及独窃共八次，实属积猾，自应照例问拟。黄亚萌、梁连枝、阮亚涧除行窃计赃轻罪不议外，合依"初犯之贼，为首纠窃至六次，或被纠迭窃及独窃至八次者"，均照积匪猾贼拟军例，改发云贵极边烟瘴充军，仍以极边足四千里为限，照例各于左面刺"积匪猾贼"、右面刺"烟瘴改发"各四字，至配杖一百，折责安置。犯兄黄启锡等，据供业已分居，并不知情，惟不能禁约其弟为匪，罪有应得，分别传案，照例发落。该犯等讯无另有犯案、窝伙与同居亲属知情分赃，逃后亦无行凶为匪及有人知情容留或在隔属犯案，原籍犯兄、牌保无从禁约查察。或住处零星，向无牌保。事主温无易等讯，因失赃无几，或值外出，或因患病，致未呈报，均毋庸议。买赃之人，据供不识姓名，无凭提讯，查起窃赃，照追给主。本案贼犯系前县访闻，移交会营缉获，究办失察职名应请免开，理合连犯解候审转。等情到府。

提犯覆讯，该犯黄亚萌翻供，坚称伊行窃事主周廷槐家布衫，因事主查知，当经首还，县审时漏未供明。等语。质之梁连枝等，供亦随同翻异，发文行提事主质讯。兹据该县将周廷槐传解前来，并据申称，该事主于讯释后先期外出惠州府属生理，饬属赶唤始到，是以批解稍迟，等情。提同质讯，始据该犯黄亚萌等供认前情不讳，诘因恃无质证，畏罪狡翻，并无别故。事主省释，人犯仍照原拟审详到司。

据此该广东按察使沈镕经核看得香山县属贼犯黄亚萌等迭窃扰害一案，缘黄亚萌、阮亚涧均籍隶香山县，梁连枝籍隶顺德县，均系耕种度日，各因贫苦难度，光绪八年七月初八日夜，该犯黄亚萌起意，纠同梁连枝、阮亚涧共伙三人，徒手行窃事主温无易家布衫二件，卖银二钱六分分用；又是月十六日夜，黄亚萌起意，纠同梁连枝、阮亚涧共伙三人，徒手行窃事主吴发松家锡香案一副，卖银八钱二分分用；又九月初十日夜，黄亚萌起意，纠同梁连枝、阮亚涧共伙三人，徒手行窃事主周廷槐家布衫三件，卖银六钱三分分用；又是月二十九日夜，梁连枝独窃事主郑藻英家鸡二只，卖钱二百六十文；又十二月二十八日夜，黄亚萌起意，纠同梁连枝、阮亚涧共伙三人，徒手行窃事主杨云秋家布衫、裤四件，卖银七钱四分分用；又九年二月初五日夜，阮亚涧独窃事主何五之家布马褂一件，卖银三钱；又是月二十七日夜，梁连枝独窃事主罗老林家布衫一件，卖银二钱七分；又三月初一日夜，黄亚萌起意，纠同梁连枝、阮亚涧共伙三人，徒手行窃事主刘林干家锡灯二枝、锡酒壶六个，卖银八钱分用；又是月初二日夜，黄亚萌起意，纠同梁连枝、阮亚涧共伙三人，徒手行窃事主林萧才家铁镬、菜刀、铜锅共四件，卖银七钱五分分用；又是月十八日，阮亚涧独窃事主胡植槐家门口晒晾布衫二件，卖钱三百八十文。即经该前县张璟槃访闻，会营饬差查缉，未获卸事，现署县王煦奉檄抵任，接准移交，照案催据兵役，协同前县留缉家丁缉获该犯黄亚萌、梁连枝、阮亚洄三名到案，讯供通详，奉批确审，转行遵照。据报，案犯黄亚萌在监患病医愈，均经该县报明在案。嗣据该县将犯审拟解府，该府提讯，犯供翻异。行提事主质明，将犯仍照原拟，审详到司。本司伏查，该犯黄亚萌等既据该县府讯，供认前情不讳，翻供由于畏罪，并无别故，究鞫不移，案无遁饰，赃虽未起，惟据供行窃年月日期、赃数悉与各事主指供相符，正贼无疑。查例载：初犯之贼，为首纠窃至六次，或被纠迭窃及独窃至八次者，均照积匪猾贼例拟军。又：积匪猾贼为害地方审实，不论曾否刺字，改发云贵极边烟瘴充军。各等语。又咸丰二年奉准刑部咨：应发四省烟瘴人犯，均以极边足四千里为限。等因。通行遵照在案。此案黄亚萌等行窃各案，计赃均在一两以下，惟黄亚萌纠窃已至六次，梁连枝、阮亚洄各被纠迭窃及独窃共八次，实属积猾，自应照例问拟。应如该县府所拟，黄亚萌、梁连枝、阮亚洄除行窃计赃轻罪不议外，合依“初犯之贼，为首纠窃至六次，或被纠迭窃及独窃至八次者”，均照积匪猾贼拟军例，改发云贵极边烟瘴充军，仍以极边足四千里为限，照例各于左面刺“积匪猾贼”、右面刺“烟瘴改发”各四字，至配杖一百，折责安置。犯兄黄启锡等，据供业已分居，并不知情，惟不能禁约其弟为匪，罪有应得，饬县分别传案，照例发落。该犯等讯无另有犯案、窝伙与同居亲属知情分赃，逃后亦无行凶为匪及有人知情容留或在隔属犯案，原籍犯兄、牌保无从禁约查察。或住处零星，向无牌保。事主温无易等讯，因失赃无几，或值外出，或因患病，致未呈报，均毋庸议。买赃之人，据供不识姓名，无凭提讯，查起窃赃，照追给主。本案贼犯系该前县访闻，移交会营缉获，究办失察职名应请免开。

再，本案自光绪九年九月初十日获犯到案起，扣除犯病一个月、解省程途四日，计至十二月十三日县审限满。该县于限满日将犯审解到府，该府提讯，犯供翻异，即于十五日发文行提事主质讯。十七日文行到县，该县因事主周廷槐于讯释后先期外出惠州府属生理，饬属赶唤，至十年三月十五日始行传解到府。扣除提解例限二十日、解省程途四日，计迟延两个月零四日，所有提解迟延一月。以上职名系署香山县事高要县知县调补东莞县王煦，相应开报附参。至该府应以三月十五日提到事主质讯起，计至五月十四日府司院分限届满。今在限内详办，并无迟逾。又本案系因人犯解府翻供，行提事主质讯，与该县自行承审要证未到，应请咨展限者不同，合并声明。理合造具供招方册，详候察核。咨送大部核覆饬遵，俟岁底照例汇详请题。

须至册者。

光绪十年四月　日按察使沈镕经

附件：广东巡抚倪为详覆香山县张亚翰迭窃扰害一案致刑部咨文

光绪十一年七月初四日（1885年8月13日）

兵部侍郎兼都察院右副都御史、巡抚广东地方提督军务、兼理粮饷倪为详咨事。

据广东按察使沈镕经详称，案照奉准刑部咨：钦奉上谕，各省发配遣军流犯起解日期，应令专咨报部。□又奉准刑部咨：各省遣军流犯起解日期，既已专□□部，毋庸再行汇报。续又奉准刑部咨：奏奉上谕，嗣后遣军流犯定地发配，除专咨报部外，仍于年终逐案摘叙事由，并声明何司案呈造册汇报。各等因。通行遵照在案。兹据署香山县知县萧丙堃详称，案奉广东巡抚部院倪牌行，据广东按察司呈详，香山县军犯黄亚萌、阮亚涧均系香山县人，梁连枝系顺德县人，因在香山县属同伙三人，徒手行窃事主温无易等家，黄亚萌起意纠窃六次，梁连枝、阮亚涧各迭窃及独窃共八次，案内审依：初犯之贼，为首纠窃六次，或被纠迭窃及独窃至八次者，均照积匪猾贼拟军例，改发云贵极边烟瘴充军，仍以极边足四千里为限。照例各于左面刺"积匪猾贼"、右面刺"烟瘴改发"各四字，至配杖一百，折责安置。之犯先经审拟，详奉咨准部覆，行令发解。等因。请给咨牌，饬将该犯等递解赴四川省入境首站州县投收。遵照四川督部堂指定地方，经解配所，折责安□□由到本部院。

据此，除移咨拨护接递外，合□□牌、发解备牌，仰具奉此。查该犯等事犯到官，□在光绪十一年正月初四日钦奉恩旨：以前惟迭窃拟军，系在不准援减之列，应毋庸查办。遵即照例缮具文批，选拨兵役监提军犯黄亚萌、阮亚涧、梁连枝三名当堂验明，覆加肘锁，均于光绪十一年三月十三日逐程递解，赴前途顺德县交替转递在案。除转取交替印结、另文通送查考外，所有军犯黄亚萌、阮亚涧、梁连枝起解日期详候转请核咨，等情到司。据此本司覆查无异，除俟岁底照例汇册详咨外，理合详候察核咨部。等情到本部院，据此相应咨达。

为此合咨贵部，请烦查照施行。

须至咨者。

右咨刑部。

光绪十一年七月初四日

（刑法部档）

E324：政法-偷盗抢劫案件

3.107　广东按察使司册为访拿究办香山县胡庚申等迭窃扰害一案

光绪十年四月(1884年4月)

广东按察使司为访拿究办事。

案据署香山县知县王煦申详准前县张璟槃移交，访闻县属有贼匪迭窃扰害情事，当即会营饬差查缉，未获卸事。奉檄抵任，接准移交，照案催据兵役，协同前县留缉家丁，于光绪九年十月初十日缉获贼犯胡庚申、黄亚漳、王亚论三名到案，提验均无拷刺痕迹。

讯据胡庚申、黄亚漳、王亚论同供：小的们都系香山县人，小的胡庚申、黄亚漳平日耕种度活，小的王亚论佣工度活，因没人雇倩(请)，在外游荡。光绪六年六月初三日夜，小的胡庚申起意，纠同小的黄亚漳、王亚论共伙三人，空手偷窃事主欧其晃家夹被一张、蚊帐一张，卖得洋银九钱二分分用；又七月初五日，小的黄亚漳独窃事主刘亚伦家门口晒晾女布衫一件，卖得洋银二钱五分；又那月二十七日夜，小的胡庚申起意，纠同小的黄亚漳、王亚论共伙三人，空手偷窃事主钟宝三家铁镬二只、鸡五只，卖得洋银六钱七分分用；又九月初七日夜，小的胡庚申起意，纠同小的黄亚漳、王亚论共伙三人，空手偷窃事主赵老锡家布衫裤六件，卖得洋银七钱四分分用；又十一月二十四日夜，小的胡庚申起意，纠同小的黄亚漳、王亚论共伙三人，空手偷窃事主游柏南家布马褂一件、布长衫二件，卖得洋银八钱三分分用；又十二月二十日，小的黄亚漳独窃事主林三乐家铜香炉一个，卖得洋银一钱八分；又那月二十七日夜，小的胡庚申起意，纠同小的黄亚漳、王亚论共伙三人，空手偷窃事主邱丙初家水烟筒二枝、锡香案一副，卖得洋银七钱二分分用；又七年二月十一日夜，小的胡庚申起意，纠同小的黄亚漳、王亚论共伙三人，空手偷窃事主容榆英家布长衫一件，卖得洋银八钱六分分用；又六月十四日，小的王亚论独窃事主吕王氏家门口晒晾布衫一件，卖得洋银一钱六分；又八月初三日夜，小的王亚论独窃事主何九仔家鸡一只，卖得铜钱一百三十文。不想就奉访闻查拿，小的们害怕，逃往各处躲避，今被兵役获解的。逃后并没行凶为匪及有人知情容留，各赃卖与不识姓名人，得的银钱已经花用是实。各等供。据此，查供开各案，均未据事主呈报，差传事主欧其晃、刘亚伦、钟宝三、赵老锡、游柏南、林三乐、邱丙初、容榆英、吕王氏、何九仔到案，讯据各供，被窃年月日期、赃数悉与犯供相符，佥称因失赃无几，或值外出，或系女流，致未呈报，并据各补具失单前来。随传经纪眼同事主按照失单将赃逐一确估，计值库平纹银均在一两以下，列单附卷，事主省释，人犯收禁，理合通详。等情。

奉督、抚两院宪批饬审解，等因。转行遵照。据报，案犯胡庚申于光绪九年十一月十九日在监染患寒热病症，至十二月十八日医愈，均经该县报明在案。兹据广州府知府萧韶、详据香山县知县王煦详称，遵即提犯覆讯。据胡庚申供：年二十五岁，父母都故，弟兄四人，大哥子胡亚因，二哥子胡亚二，三哥子胡亚安，小的居四，并没妻子，耕种度活。据黄亚漳供：年二十六岁，父亲黄时中，年六十一岁，母亲郭氏，年五十六岁，弟兄二人，小的居长，娶妻梁氏，未生子女，耕种度活。据王亚论供：年四十四岁，父亲王咏蕃，年八十九岁，母亲梁氏，年七十九岁，并没兄弟、妻子，佣工度活，因没人雇倩(请)，在外游荡。又据同供：小的们都是香山县人，光绪六年六月初三日夜，小的胡庚申起意，纠同小的黄亚漳、王亚论共伙三人，空手偷窃事主欧其晃家夹被一张、蚊帐一张，卖得洋银九钱二分分用；又七月初五日，小的黄亚漳独窃事主刘亚伦家门口晒晾女布衫一件，卖得洋银二钱五分；又那月二十七日夜，小的胡庚申起意，纠同小的黄亚漳、王亚论共伙三人，空手偷窃事主钟宝三家铁镬二只、鸡五只，卖得洋银六钱七分分用；又九月初七日夜，小的胡庚申起意，纠同小的黄亚漳、王亚论共伙三人，空手偷窃事主赵老锡家布衫裤六件，卖得洋银七钱四分分用；又十一月二十四日夜，小的胡庚申起意，纠同小的黄亚漳、王亚论共伙三人，空手偷窃事主游柏南家布马褂一件、布长衫二件，卖得洋银八钱三分分用；又十二月二十日，小的黄亚漳独窃事主林三乐家铜香炉一个，卖得洋银一钱八分；又那月二十七日夜，小的胡庚申起意，纠同小的黄亚漳、王亚论共伙三人，空手偷窃事主邱丙初家水烟筒二枝、锡香案一副，卖得洋银七钱二分分用；又七年二月十一日夜，小的胡庚申起意，纠同小的黄亚漳、王亚论共伙三人，空手偷窃事主容榆英家布长衫一件，卖得洋银八钱六分分用；又六月十四日，小的王亚论独窃事主吕王氏家门口晒晾布衫一件，卖得洋银一钱六分；又八月初三日夜，小的王亚论独窃事主何九仔家鸡一只，卖得铜钱一百三十文。不想就奉访闻查拿，小的们害怕，逃往各处躲避，后被兵役获解的。小的胡庚申实止起意纠窃这六次，小的黄亚漳、王亚论各实止从窃及独窃共八次，此外并没另犯别案、窝伙。小的胡庚申哥子胡亚因们、小的黄亚漳父亲黄时中、小的王亚论父亲王咏蕃都各久已分居，并不知情，余没同居亲属知情分赃。小的们住处零星，向没牌保是实。各等供。

据此，该署香山县知县王煦审看得县属贼犯胡庚申等迭窃扰害一案，缘胡庚申、黄亚漳、王亚论均籍隶香山县，胡庚申、黄亚漳耕种度日，王亚论佣工度日，因无人雇倩(请)，在外游荡。光绪六年六月初三日夜，该犯胡庚申起意，纠同黄亚漳、王亚论共伙三人，徒手行窃事主欧其晃家夹被一张、蚊帐一张，卖银九钱二分分用；又七月初五日，黄亚漳独窃事主刘亚伦家门口晒晾女布衫一件，卖银二钱五分；又那月二十七日夜，胡庚申起意，纠同黄亚漳、王亚论共伙三人，徒手行窃事主钟宝三家铁镬二只、鸡五只，卖银六钱七分分用；又九月初七日夜，胡庚申起意，纠同黄亚漳、王亚论共伙三人，徒手行窃事主赵老锡家布衫裤六件，卖银七钱四分分用；又十一月二十四日夜，胡庚申起意，纠同黄亚漳、王亚论共伙三人，徒手行窃事主游柏南家布马褂一件、布长衫二件，卖银八钱三分分用；又十二月二十日，黄亚漳独窃事主林三乐家铜香炉一个，卖银一钱八分；又那月二十七日夜，胡庚申起意，纠同黄亚漳、王亚论共伙三人，徒手行窃事主邱丙初家水烟筒二枝、锡香案一副，卖银七钱二分分用；又七年二月十一日夜，胡庚申起意，纠同黄亚漳、王亚论共伙三人，徒手行窃事主容榆英家布长衫一件，卖银八钱六分分用；又六月十四日，王亚论独窃事主吕王氏家门口晒晾布衫一件，卖银一钱六分；又八月初三日夜，王亚论独窃事主何九仔家鸡一只，卖钱一百三十文。即经前县访闻饬缉，未获卸事。奉檄抵任，照案催据兵役，协同前县留缉家丁缉获该犯胡庚申、黄亚漳、王亚论三名到案，讯供通详，奉批确审。据报，该犯胡庚申在监患病医愈，均经报明在案。遵即提犯覆讯，据各该犯供认前情不讳，究鞫不移，案无遁饰，赃虽未起，惟据供行窃年月日期、赃数悉与各事主指供相符，正贼无疑。

查例载：初犯之贼，为首纠窃至六次，或被纠迭窃及独窃至八次者，均照积匪猾贼例拟军。又积匪猾贼为害地方审实，不论曾否刺字，改发云贵极边烟瘴充军。各等语。又咸丰二年奉准刑部咨：应发四省烟瘴人犯，均以极边足四千里为限。又同治十一年三月初七日奉准刑部咨：赦前行窃尚未到官、赦后复窃同时并发，应前后并计科罪。各等因。通行遵照在案。此案胡庚申、黄亚漳、王亚论行窃各案，计赃均在一两以下，内胡庚申起意纠窃六次，黄亚漳被纠迭窃及独窃共八次，均在赦前，惟到官在后；王亚论赦前行窃六次，尚未到官，赦后复窃，同时并发，前后并计，被纠迭窃及独窃已至八次，均属积猾，自应照例问拟。胡庚申、黄亚漳、王亚论除行窃计赃轻罪不议外，均合依初犯之贼，为首纠窃至六次，或被纠迭窃及独窃至八次者，均照积匪猾贼拟军例，改发云贵极边烟瘴充军，仍以极边足四千里为限，照例各于左面刺"积匪猾贼"、右面刺"烟瘴改发"各四字，至配杖一百，折责安置。该犯胡庚申、黄亚漳事犯虽在光绪七年五月十四日钦奉恩诏以前，王亚论前后并计，惟均系积匪拟军，且到官在后，应毋庸查办。王亚论据供亲老丁单，系属积匪，情节较重，且在外游荡忘亲，应不准其留养。该犯胡庚申之兄胡亚因等、黄亚漳之父黄时中虽据供久已分居，并不知情，惟不能禁约子弟为匪，咎有应得，分别传案，照例发落。至王亚论之父王咏蕃年在八十以上，应免传责。该犯等讯无另有犯案、窝伙、与同居亲属知情分赃，逃后亦无行凶为匪及有人知情容留。住处畸零，向无牌保。事主欧其晃等讯，因失赃无几，或值外出，或系女流，致未呈报，均毋庸议。买赃之人，据供不识姓名，无凭提讯。查起窃赃，照追给主。本案贼犯系前县张璟槃访闻饬缉，未获卸事，移交会营，催据兵役，协同前县留缉家丁缉获，究办失察职名应请免开，理合连犯解候审转。等情到府。

广州府提讯该犯，胡庚申翻供，坚称伊当日行窃事主欧其晃家夹被、蚊帐，因事主查知，当经首还，县审时漏未供明。等语。质之黄亚漳、王亚论，供亦随同翻异，发文行提事主质讯。兹据该县将事主欧其晃传解前来，提同质讯，始据该犯胡庚申等供认前情不讳，诘因恃无质证，畏罪狡翻，并无别故。事主省释，人犯仍照原拟审详到司。

据此该广东按察使沈镕经核看得香山县属贼犯胡庚申等迭窃扰害一案，缘胡庚申、黄亚漳、王亚论均籍隶香山县，胡庚申、黄亚漳耕种度日，王亚论佣工度日，因无人雇倩（请），在外游荡。光绪六年六月初三日夜，该犯胡庚申起意，纠同黄亚漳、王亚论共伙三人，徒手行窃事主欧其晃家夹被一张、蚊帐一张，卖银九钱二分分用；又七月初五日，黄亚漳独窃事主刘亚伦家门口晒晾女布衫一件，卖银二钱五分；又那月二十七日夜，胡庚申起意，纠同黄亚漳、王亚论共伙三人，徒手行窃事主钟宝三家铁镬二只、鸡五只，卖银六钱七分分用；又九月初七日夜，胡庚申起意，纠同黄亚漳、王亚论共伙三人，徒手行窃事主赵老锡家布衫裤六件，卖银七钱四分分用；又十一月二十四日夜，胡庚申起意，纠同黄亚漳、王亚论共伙三人，徒手行窃事主游柏南家布马褂一件、布长衫二件，卖银八钱三分分用；又十二月二十日，黄亚漳独窃事主林三乐家铜香炉一个，卖银一钱八分；又那月二十七日夜，胡庚申起意，纠同黄亚漳、王亚论共伙三人，徒手行窃事主邱丙初家水烟筒二枝、锡香案一副，卖银七钱二分分用；又七年二月十一日夜，胡庚申起意，纠同黄亚漳、王亚论共伙三人，徒手行窃事主容榆英家布长衫一件，卖银八钱六分分用；又六月十四日，王亚论独窃事主吕王氏家门口晒晾布衫一件，卖银一钱六分；又八月初三日夜，王亚论独窃事主何九仔家鸡一只，卖钱一百三十文。即经前县张璟槩访闻饬缉，未获卸事。该署县王煦抵任，照案催据兵役，协同前县留缉家丁，缉获该犯胡庚申、黄亚漳、王亚论三名解县，讯供通详。奉批确审，转行遵照。据报该犯胡庚申在监患病医愈，均经该县报明在案。嗣据该县将犯审拟解府，该府提讯，犯供翻异。行提事主质明，将犯仍照原拟，审详前来。

本司伏查，该犯胡庚申、黄亚漳、王亚论既据该县府讯认前情不讳，翻供由于畏罪，并无别故，究鞫不移，案无遁饰，赃虽未起，惟据供行窃年月日期、赃数悉与各事主指供相符，正贼无疑。查例载：初犯之贼，为首纠窃至六次，或被纠迭窃及独窃至八次者，均照积匪猾贼例拟军。又：积匪猾贼为害地方审实，不论曾否刺字，改发云贵极边烟瘴充军。各等语。又咸丰二年奉准刑部咨：应发四省烟瘴人犯，均以极边足四千里为限。又同治十一年三月初七日奉准刑部咨：赦前行窃尚未到官、赦后复窃同时并发，应前后并计科罪。各等因。通行遵照在案。此案胡庚申、黄亚漳、王亚论行窃各案，计赃均在一两以下，内胡庚申起意纠窃六次，黄亚漳被纠迭窃及独窃共八次，均在赦前，惟到官在后；王亚论赦前行窃六次，尚未到官，赦后复窃，同时并发，前后并计，被纠迭窃及独窃已至八次，均属积猾，自应照例问拟。应如该县府所拟，胡庚申、黄亚漳、王亚论除行窃计赃轻罪不议外，均合依初犯之贼，为首纠窃至六次，或被纠迭窃及独窃至八次者，均照积匪猾贼拟军例，改发云贵极边烟瘴充军，仍以极边足四千里为限，照例各于左面刺“积匪猾贼”、右面刺“烟瘴改发”各四字，至配杖一百，折责安置。该犯胡庚申、黄亚漳事犯虽在光绪七年五月十四日钦奉恩诏以前，王亚论前后并计，惟均系积匪拟军，且到官在后，应毋庸查办。王亚论据供亲老丁单，系属积匪，情节较重，且在外游荡忘亲，应不准其留养。该犯胡庚申之兄胡亚因等、黄亚漳之父黄时中虽据供久已分居，并不知情，惟不能禁约子弟为匪，咎有应得，分别饬传，照例发落。至王亚论之父王咏蕃年在八十以上，应免传责。该犯等讯无另有犯案、窝伙、与同居亲属知情分赃，逃后亦无行凶为匪及有人知情容留。住处畸零，向无牌保。事主欧其晃等讯，因失赃无几，或值外出，或系女流，致未呈报，均毋庸议。买赃之人，据供不识姓名，无凭提讯。查起窃赃，照追给主。本案贼犯系前县张璟槩访闻饬缉，未获卸事，移交该署县王煦会营，催据兵役，协同前县留缉家丁缉获，究办失察职名应请免开。

再，本案自光绪九年十月初十日获犯到案起，扣除犯病、封印各一个月、解省程途四日，计至十年二月十三日县审分限届满。该县于限满日将犯审解到府，该府提讯，犯供翻异，即于十四日发文行提事主质讯。十六日文行到县，该县既于三月初四日将事主欧其晃传解到府，系在提解例限二十日之内。广州府应以三月初四日提到事主质讯起，计至五月初三日府司院分限届满。今在限内审详，并无迟逾。又，本案系因人犯解府翻供，行提事主质讯，与该县自行承审要证未到，应请咨展限者不同，合并声明。理合造具供招方册，详候察核。咨送大部核覆饬遵，俟岁底照例汇详请题。

须至册者。

光绪十年四月　日按察使沈镕经

附件：广东巡抚倪为详覆香山县胡庚申迭窃扰害一案致刑部咨文

光绪十一年五月二十八日(1885年7月10日)

兵部侍郎兼都察院右副都御史、巡抚广东地方提督军务、兼理粮饷倪为详咨事。

据广东按察使沈镕经详称，案照奉准刑部咨：钦奉上谕，各省发配遣军流犯起解日期，应令专咨报部。又奉准刑部咨：各省遣军流犯起解日期，既已专咨□部，毋庸再行汇报。续又奉准刑部咨：奏奉上谕，嗣后遣军流犯定地发配及到配安置，除专咨报部外，仍于年终逐案摘叙事由，并声明何司案呈造册汇报。各等因。通行遵照在案。

兹据署香山县知县萧丙堃详称，案奉广东巡抚部院倪牌行，据广东按察司呈详，香山县军犯胡庚申、黄亚漳均系香山县人，因在籍伙同前获病故之王亚论共伙三人，徒手迭窃事主欧其晃等家衣物，胡庚申起意纠窃六次，黄亚漳被纠□窃及独窃共八次，案内审依：初犯之贼，为首纠窃六次，或被纠迭窃及独窃至八次者，均照积匪猾贼拟军例，改发云贵极边烟瘴充军，仍以极边足四千里为限，左面刺"积匪猾贼"、右面刺"烟瘴改发"各四字，至配杖一百，折责安置。之犯先经审拟，详奉咨准部覆，行令发解。等因。请给咨牌，饬将该犯等递解赴四川省入境首站州县。遵照四川督部堂指定地方，经解配所，折责安置，缘由到本部院据此。除移咨拨护接递外，合给□牌、发解备牌，仰具奉此。遵即照例缮具文批，选拨兵役监提军犯胡庚申、黄亚漳二名当堂验明，覆加肘锁，均于光绪十一年二月二十六日解赴前途顺德县，交替转递在案。除转取交替印结、另文通送查考外，所有军犯胡庚申、黄亚漳起解日期详候转请核咨。等情到司，据此本司覆查无异。除俟岁底照例汇册详咨外，理合详候察核咨部。等情到本部院，据此相应咨达。

为此合咨贵部，请烦查照施行。

须至咨者。

右咨刑部。

光绪十一年五月二十八日　(刑法部档)

E324：政法-偷盗抢劫案件

3.108　广东按察使司册为访拿究办香山县陈亚允等迭窃扰害一案

光绪十年四月(1884 年 4 月)

广东按察使司为访拿究办事。

案据署香山县知县王煦申详，访闻县属有贼匪迭窃扰害情事，当即会营饬缉，随于光绪九年九月初十日据兵役缉获贼犯陈亚允、黄亚韶、罗银都三名到案，提验均无拷刺痕迹。

讯据陈亚允、黄亚韶、罗银都同供：小的们都系香山县人，佣工度活，小的罗银都因没人雇倩(请)，在外游荡。光绪九年六月初三日夜，小的陈亚允起意，纠同小的黄亚韶、罗银都共伙三人，空手偷窃事主何亚皆家夏布五丈、布衫一件，卖得洋银六钱七分分用；又那月十九日夜，小的陈亚允起意，纠同小的黄亚韶、罗银都共伙三人，空手偷窃事主胡德成家布夹被一张、锡香案一副、锡烛台二枝，卖得洋银八钱三分分用；又七月二十四日夜，小的黄亚韶独窃事主刘亚悦家铁镬一只，卖得洋银二钱八分；又那月二十九日夜，小的陈亚允起意，纠同小的黄亚韶、罗银都共伙三人，空手偷窃事主卢亚明家布衫裤六件、锡灯一枝、锡酒壶一个，卖得洋银九钱分用；又八月初三日夜，小的黄亚韶独窃事主阮明初家布夹长衫一件，卖得洋银二钱六分；又那月初七日夜，小的罗银都独窃事主李鉴三家门口晒晾布裤二条，卖得铜钱二百七十文；又那月十一日夜，小的陈亚允起意，纠同小的黄亚韶、罗银都共伙三人，空手偷窃事主林东生家夏布蚊帐一张、布鞋一对，卖得洋银七钱分用；又那月十六日夜，小的陈亚允起意，纠同小的黄亚韶、罗银都共伙三人，空手偷窃事主麦亚森耕寮糯米一斗五升、白米三斗，卖得洋银五钱七分分用；又那月十八日夜，小的罗银都独窃事主李五福家鸡二只，卖得洋银三钱；又那月二十一日夜，小的陈亚允起意，纠同小的黄亚韶、罗银都共伙三人，空手偷窃事主张亚七耕寮布衫裤五件、布夹被一张，卖得洋银七钱六分分用。不想就奉访闻查拿，小的们害怕，逃往各处躲避，今被兵役获解的。逃后并没行凶为匪及有人知情容留，各赃卖与不识姓名人，得的银钱已经花用是实。各等供。据此，查供开各案，均未据事主呈报。差传事主何亚皆、胡德成、刘亚悦、卢亚明、阮明初、李鉴三、林东生、麦亚森、李五福、张亚七到案，讯据各供，被窃年月日期、赃数悉与犯供相符，佥称因失赃无几，或值外出，或因患病，致未呈报，并据各补具失单前来。随传经纪眼同事主按照失单将赃逐一确估，计值库平纹银均在一两以下，列单附卷，事主省释，人犯收禁，理合通详。等情。

奉督、抚两院宪批饬审解，转行遵照。据报案犯陈亚允于光绪九年十月初六日在监染患寒热病症，至十一月初五日医愈，均经该县报明在案。兹据广州府知府萧韶、详据香山县知县王煦详称,遵即提犯覆讯。据陈亚允供:年二十六岁,父亲陈元彩,年六十一岁,母亲已故,弟兄二人,小的居长,并没妻子。据黄亚韶供:年二十七岁,父亲黄金辉,年六十七岁,母亲李氏,年六十岁,弟兄四人,大哥子黄胜光,小的居次,并没妻子。据罗银都供:年三十九岁,父亲已故六年,母亲郑氏,年六十九岁,并没弟兄,娶妻李氏,生有一女。又据同供:小的们都系香山县人,佣工度活,小的罗银都因没人雇倩(请),在外游荡。光绪九年六月初三日夜,小的陈亚允起意,纠同小的黄亚韶、罗银都共伙三人,空手偷窃事主何亚皆家夏布五丈、布衫一件,卖得洋银六钱七分分用;又那月十九日夜,小的陈亚允起意,纠同小的黄亚韶、罗银都共伙三人,空手偷窃事主胡德成家布夹被一张、锡香案一副、锡烛台二枝,卖得洋银八钱三分分用;又七月二十四日夜,小的黄亚韶独窃事主刘亚悦家铁镬一只,卖得洋银二钱八分;又那月二十九日夜,小的陈亚允起意,纠同小的黄亚韶、罗银都共伙三人,空手偷窃事主卢亚明家布衫裤六件、锡灯一枝、锡酒壶一个,卖得洋银九钱分用;又八月初三日夜,小的黄亚韶独窃事主阮明初家布夹长衫一件,卖得洋银二钱六分;又那月初七日夜,小的罗银都独窃事主李鉴三家门口晒晾布裤二条,卖得铜钱二百七十文;又那月十一日夜,小的陈亚允起意,纠同小的黄亚韶、罗银都共伙三人,空手偷窃事主林东生家夏布蚊帐一张、布鞋一对,卖得洋银七钱分用;又那月十六日夜,小的陈亚允起意,纠同小的黄亚韶、罗银都共伙三人,空手偷窃事主麦亚森耕寮糯米一斗五升、白米三斗,卖得洋银五钱七分分用;又那月十八日夜,小的罗银都独窃事主李五福家鸡二只,卖得洋银三钱;又那月二十一日夜,小的陈亚允起意,纠同小的黄亚韶、罗银都共伙三人,空手偷窃事主张亚七耕寮布衫裤五件、布夹被一张,卖得洋银七钱六分分用。不想就奉访闻查拿,小的们害怕,逃往各处躲避,后被兵役获解的。小的陈亚允实止起意纠窃六次,小的黄亚韶、罗银都实止从窃及独窃共八次,此外并没另犯别案、窝伙、与同居亲属知情分赃。小的陈亚允父亲陈元彩,小的黄亚韶父亲黄金辉、哥子黄胜光,各都久已分居,并不知情。住处零星,向没牌保是实。各等供。

据此,该署香山县知县王煦审看得县属贼犯陈亚允等迭窃扰害一案,缘陈亚允、黄亚韶、罗银都均籍隶香山县,佣工度日,罗银都因无人雇倩(请),在外游荡。光绪九年六月初三日夜,该犯陈亚允起意,纠同黄亚韶、罗银都共伙三人,徒手行窃事主何亚皆家夏布五丈、布衫一件,卖银六钱七分分用;又是月十九日夜,陈亚允起意,纠同黄亚韶、罗银都共伙三人,徒手行窃事主胡德成家布夹被一张、锡香案一副、锡烛台二枝,卖银八钱三分分用;又七月二十四日夜,黄亚韶独窃事主刘亚悦家铁镬一只,卖银二钱八分;又是月二十九日夜,陈亚允起意,纠同黄亚韶、罗银都共伙三人,徒手行窃事主卢亚明家布衫裤六件、锡灯一枝、锡酒壶一个,卖银九钱分用;又八月初三日夜,黄亚韶独窃事主阮明初家布夹长衫一件,卖银二钱六分;又是月初七日夜,罗银都独窃事主李鉴三家门口晒晾布裤二条,卖钱二百七十文;又是月十一日夜,陈亚允起意,纠同黄亚韶、罗银都共伙三人,徒手行窃事主林东生家夏布蚊帐一张、布鞋一对,卖银七钱分用;

又是月十六日夜，陈亚允起意，纠同黄亚韶、罗银都共伙三人，徒手行窃事主麦亚森耕寮糯米一斗五升、白米三斗，卖银五钱七分分用；又是月十八日夜，罗银都独窃事主李五福家鸡二只，卖银三钱；又是月二十一日夜，陈亚允起意，纠同黄亚韶、罗银都共伙三人，徒手行窃事主张亚七耕寮布衫裤五件、布夹被一张，卖银七钱六分分用。旋经访闻会营，饬据兵役，缉获该犯陈亚允、黄亚韶、罗银都三名到案，讯供通详，奉批审解。据报，案犯陈亚允在监患病医愈，均经报明在案。遵即提犯覆讯，据各该犯供认前情不讳，究鞫不移，案无遁饰，赃虽未起，惟据供行窃年月日期、赃数悉与各事主指供相符，正贼无疑。

查例载：初犯之贼，为首纠窃至六次，或被纠迭窃及独窃至八次者，均照积匪猾贼例拟军。又积匪猾贼为害地方审实，不论曾否刺字，改发云贵极边烟瘴充军。各等语。又咸丰二年奉准刑部咨：应发四省烟瘴人犯，均以极边足四千里为限。等因。通行遵照在案。此案陈亚允等行窃各案，计赃均在一两以下，惟陈亚允起意纠窃六次，黄亚韶、罗银都被纠迭窃及独窃共八次，实属积猾，自应照例问拟。陈亚允、黄亚韶、罗银都除行窃计赃轻罪不议外，合依初犯之贼，为首纠窃至六次，或被纠迭窃及独窃至八次者，均照积匪猾贼拟军例，改发云贵极边烟瘴充军，仍以极边足四千里为限，照例各于左面刺“积匪猾贼”、右面刺“烟瘴改发”各四字，至配杖一百，折责安置。罗银都据供孀妇独子，惟系积匪猾贼拟军，情节较重，且在外游荡忘亲，应不准其留养，毋庸取结查办。该犯陈亚允之父亲陈元彩、黄亚韶之父黄金辉，虽据供各久已分居，并不知情，惟不能禁约其子为匪，罪有应得，分别传案，照例发落。该犯等讯无另有犯案、窝伙、与同居亲属知情分赃，逃后亦无行凶为匪及有人知情容留。住处畸零，向无牌保。事主何亚皆等讯，因失赃无几，或值外出，或因患病，致未呈报，均毋庸议。买赃之人，据供不识姓名，无凭提讯。查起窃赃，照追给主。本案贼犯系前县访闻会营缉获，究办失察职名应请免开，理合连犯解候审转。等情到府。

提讯该犯陈亚允翻供，坚称伊行窃事主何亚皆家夏布、布衫，被事主查知，当经首还，县审时漏未供明。等语。质之黄亚韶、罗银都，供亦随同狡异。发文行提事主质讯。兹据该县将事主何亚皆传解前来，并据申称，该事主于讯释后先期外出广西省生理，饬属赶唤始到，是以批解稍迟，等情。提同质讯，始据该犯等供认前情不讳，诘因恃无质证，畏罪狡翻，并无别故。除将事主省释外，将犯仍照原拟审详到司。

据此该广东按察使沈镕经核看得香山县属贼犯陈亚允等迭窃扰害一案，缘陈亚允、黄亚韶、罗银都均籍隶香山县，佣工度日，罗银都因无人雇倩(请)，在外游荡。光绪九年六月初三日夜，该犯陈亚允起意，纠同黄亚韶、罗银都共伙三人，徒手行窃事主何亚皆家夏布五丈、布衫一件，卖银六钱七分分用；又是月十九日夜，陈亚允起意，纠同黄亚韶、罗银都共伙三人，徒手行窃事主胡德成家布夹被一张、锡香案一副、锡烛台二枝，卖银八钱三分分用；又七月二十四日夜，黄亚韶独窃事主刘亚悦家铁镬一只，卖银二钱八分；又是月二十九日夜，陈亚允起意，纠同黄亚韶、罗银都共伙三人，徒手行窃事主卢亚明家布衫裤六件、锡灯一枝、锡酒壶一个，卖银九钱分用；又八月初三日夜，黄亚韶独窃事主阮明初家布夹长衫一件，卖银二钱六分；又是月初七日夜，罗银都独窃事主李鉴三家门口晒晾布裤二条，卖钱二百七十文；又是月十一日夜，陈亚允起意，纠同黄亚韶、罗银都共伙三人，徒手行窃事主林东生家夏布蚊帐一张、布鞋一对，卖银七钱分用；又是月十六日夜，陈亚允起意，纠同黄亚韶、罗银都共伙三人，徒手行窃事主麦亚森耕寮糯米一斗五升、白米三斗，卖银五钱七分分用；又是月十八日夜，罗银都独窃事主李五福家鸡二只，卖银三钱；又是月二十一日夜，陈亚允起意，纠同黄亚韶、罗银都共伙三人，徒手行窃事主张亚七耕寮布衫裤五件、布夹被一张，卖银七钱六分分用。旋经访闻会营，饬据兵役，缉获该犯陈亚允、黄亚韶、罗银都三名到案，讯供通详，奉批审解，转行遵照。据报案犯陈亚允在监患病医愈，均经报明在案。随据该县将犯审候解府，该府提讯，犯供翻异。行提事主质明，将犯仍照原拟，审详前来。本司伏查，该犯陈亚允等既据该县府讯，据供认前情不讳，翻供由于畏罪，并无别故，究鞫不移，案无遁饰，赃虽未起，惟据供行窃年月日期、赃数悉与各事主指供相符，正贼无疑。查例载：初犯之贼，为首纠窃至六次，或被纠迭窃及独窃至八次者，均照积匪猾贼例拟军。又积匪猾贼为害地方审实，不论曾否刺字，改发云贵极边烟瘴充军。各等语。又咸丰二年奉准刑部咨：应发四省烟瘴人犯，均以极边足四千里为限。等因。通行遵照在案。此案陈亚允等行窃各案，计赃均在一两以下，惟陈亚允起意纠窃六次，黄亚韶、罗银都被纠迭窃及独窃共八次，实属积猾，自应照例问拟。陈亚允、黄亚韶、罗银都除行窃计赃轻罪不议外，合依初犯之贼，为首纠窃至六次，或被纠迭窃及独窃至八次者，均照积匪猾贼拟军例，改发云贵极边烟瘴充军，仍以极边足四千里为限，照例各于左面刺"积匪猾贼"、右面刺"烟瘴改发"各四字，至配杖一百，折责安置。罗银都据供孀妇独子，惟系积匪猾贼拟军，情节较重，且在外游荡忘亲，应不准其留养，毋庸取结查办。该犯陈亚允之父亲陈元彩、黄亚韶之父黄金辉，虽据供各久已分居，并不知情，惟不能禁约其子为匪，罪有应得，分别饬传，照例发落。该犯等讯无另有犯案、窝伙、与同居亲属知情分赃，逃后亦无行凶为匪及有人知情容留。住处畸零，向无牌保。事主何亚皆等讯，因失赃无几，或值外出，或因患病，致未呈报，均毋庸议。买赃之人，据供不识姓名，无凭提讯。查起窃赃，照追给主。本案贼犯系由该县访闻会营缉获，究办失察职名应倩(请)免开。

再，本案自光绪九年九月初十日获犯到案起，扣除犯病一个月、解府程途四日，计至十二月十三日县审限满。该县于限满日将犯审解到府，广州府提讯，犯供翻异，即于十四日发文行提事主质讯。十六日文行到县，该县因事主何亚皆于讯释后先期外出广西省生理，饬属赶唤，至十年三月初三日始行传解到府。扣除提解例限二十日、解省程途四日，计迟延一个月零二十四日，所有提解迟延一月。以上职名系署香山县事高要县知县续奉准调补东莞县王煦，相应开报附参。至该府应以三月初三日提到事主质讯起，计至五月初二日府司院分限届满。今在限内详办，并无迟逾。又本案系因人犯解府翻供，行提事主质讯，与该县自行承审要证未到，应请咨展限者不同，合并声明。理合造具供招方册，详候察核。咨送大部核覆饬遵，俟岁底照例汇详请题。

须至册者。

光绪十年四月　日按察使沈镕经

附件：太子少保刘详覆为香山县黄亚韶等迭窃扰害一案致刑部咨文

光绪二十年十一月十六日（1894 年 12 月 12 日）

太子少保、头品顶戴、兵部尚书兼都察院右都御史革职留任、总督四川等处地方提督军务、兼理粮饷、管巡抚事、振□巴图鲁刘为详请咨覆事。

据按察使文光详案查，前奉本督部堂札准广东抚部院刚咨：香山县军犯黄亚韶（即韶光）配逃被获，解川仍发原配一案，详奉批准，转饬遵照去后，兹据云阳县知县戴锡麟申称，光绪二十年八月二十一日准奉节县将军犯黄亚韶（即韶光）递解到县，当经照拟折责，转发典史衙门交保管束，取具钤记收管。同原文、兵牌、尾单一并具文赍司，本司覆核无异。

除将兵牌、尾单存俟汇缴钤记收管、按季汇详请咨外，理合具文详请核咨，并请咨明广东抚部院转饬知照。等情。据此，除分咨外，相应咨明。

为此合咨贵部，请烦查照施行。须至咨者。

右咨刑部。

光绪二十年十一月十六日

（刑法部档）

E329：政法-其他案件

3.109　广东巡抚刚毅为报明香山县何闰详图奸未成、拒伤本妇堂兄萧沛基身死一案揭贴

光绪十九年四月二十八日（1893 年 6 月 12 日）

头品顶戴、□部侍郎兼都察院右副都御史、巡抚广东地方提督军务、兼理粮饷刚〔毅〕谨揭为报明事。

据广东按察使额勒精额详、据广州府知府李璲详、据署香山县知县杨文骏详称，光绪十八年二月初八日，据县民萧润琛呈称，正月十七日辰刻时分，有邻人何闰详向伊堂姑萧瑞姑图奸，萧瑞姑喊骂，伊父萧沛基闻声往捉，何闰详用刀划伤伊父逃出。伊父追捕，又被何闰详用刀砍

划致伤倒地。时伊在田工作，经村人何福安看见，向伊告知，赶回看明。何闰详业已逃逸，伊将伊父扶回医治，讵伊父伤重，致二月初七日因伤身死。地保病故，未充请验讯缉究。等情到县。据此，当即饬差勒缉凶犯务获，一面轻舆减从，带领刑仵亲诣尸所，饬将尸移平地对众，如法相验。据仵作林□喝报：已死萧沛基问年七十四岁，验得仰面致命囟门，刀划伤一处，斜长一寸，宽、深均一分；左额角刀砍伤一处，斜长一寸，宽二分，深抵骨，骨损；右额角刀划伤一处，斜长八分，宽、深均一分，合面致命；脑后刀砍伤一处，斜长一寸，宽二分，深抵骨，骨损；伤口均溃烂，有浓血，余均无故，委系因伤身死。报毕，亲验无异，当场填格取结。尸饬棺殓，绘图同格结附卷。讯据尸子、见证人等供与报词同，复经比差，勒限严缉。详奉批饬缉参，随于光绪十八年五月初八日，据差役缉获凶犯何闰详，并传同见证何福安到案。讯据见证何福安供：合已死萧沛基并何闰详都同村素识。光绪十八年正月十七日辰牌时候，何闰详怎样因见萧沛基的堂妹萧瑞姑独自在家，走到萧瑞姑房里向他拉手图奸。萧瑞姑喊骂，萧沛基闻声往捉，何闰详拾刀划伤萧沛基跑出，萧沛基追捕，又被何闰详用刀砍划致伤倒地。小的先不知道，是路过看见，连忙赶去，何闰详当就逃跑。小的问明情由，通知萧沛基的儿子萧润琛赶回看明，扶回医治。不想萧沛基伤重医治不效，至二月初七日因伤身死，尸亲赴案报验的。小的实是赶劝不及。是实。据何闰详供：香山县人，年二十六岁，父亲何昭彩年六十八岁，母亲萧氏年六十五岁，弟兄三人，小的居次，娶妻李氏，没生子女。合已死萧沛基邻居，素识没嫌。光绪十八年正月十七日辰牌时候，小的见萧沛基的堂妹萧瑞姑独自在家，起意图奸，随走到萧瑞姑房里向他拉手。萧瑞姑喊骂，当有萧沛基赶进向捉，小的拾取地上柴刀划伤其右额角，乘势跑出屋外。萧沛基追赶，小的转身把他囟门划伤。萧沛基扑拿，小的砍伤他左额角。萧沛基回逃喊捕，小的恐人听闻，一时着急，又用刀吓砍一下，适伤他脑后，萧沛基喊跌倒地。时有村人何福安看见赶来，小的害怕逃跑。后闻萧沛基因伤身死，尸亲报验差拿，小的逃往各处躲避，今被差役拿获的。并没起衅别故，也没有心致死合在场帮殴的人，逃后并没知情容留人家。凶刀当时撩弃。是实。各等供。据此，差传尸子质讯无异，将犯收禁，尸子、见证省释，录供通详，奉批审解。据报，该犯何闰详在监患病，饬医治愈，遵即提犯覆讯。据何闰详供：香山县人，年二十六岁。父亲何昭彩，年六十八岁。母亲萧氏，年六十五岁。弟兄三人，小的居次，娶妻李氏，没生子女。合已死萧沛基邻居，素识没嫌。光绪十八年正月十七日辰牌时候，小的见萧沛基的堂妹萧瑞姑独自在家，起意图奸，随走到萧瑞姑房里向他拉手。萧瑞姑喊骂，当有萧沛基赶进向捉，小的拾取地上柴刀划伤其右额角，乘势跑出屋外。萧沛基追赶，小的转身把他囟门划伤。萧沛基扑拿，小的砍伤他左额角。萧沛基回逃喊捕，小的恐人听闻，一时着急，又用刀吓砍一下，适伤他脑后，萧沛基喊跌倒地。时有村人何福安看见赶来，小的害怕逃跑。后闻萧沛基因伤身死，尸亲报验差拿，小的逃往各处躲避，后被差役拿获的，委没起衅别故，也没有心致死合在场帮殴的人，逃后并没知情容留人家。凶刀当时撩弃。是寔。等供。

据此，该署香山县知县杨文骏审看得县民何闰详图奸未成、拒伤本妇堂兄萧沛基身死一案，缘何闰详籍隶香山县，与已死萧沛基邻居，素识无嫌。光绪十八年正月十七日辰刻时分，何闰详见萧沛基之堂妹萧瑞姑独自在家，起意图奸，即至萧瑞姑房内向其拉手。萧瑞姑喊骂，萧沛基趋进向捉，何闰详拾取地上柴刀划伤萧沛基右额角，乘势跑出屋外。萧沛基追赶，何闰详转身将其囟门划伤。萧沛基扑拿，何闰详砍伤其左额角。萧沛基回逃喊捕，何闰详恐人听闻，一时情急，又用刀吓砍一下，适伤其脑后，萧沛基喊跌倒地。时有村人何福安看见趋至，何闰详畏惧逃逸。何福安询悉情由，通知萧沛基之子萧润琛赶至看明，扶回医治。讵萧沛基伤重，医治不及，延至二月初七日因伤殒命。尸亲报县诣验，详奉批饬，缉参获犯讯详。奉批审解，遵提覆讯，据供认前情不讳，究诘不移，案无遁饰。

查通行内开：嗣后图奸未成、罪人拒捕杀死有服亲属，照犯罪拒捕杀所捕人律，拟斩监候。又律载：犯罪拒捕杀所捕人者，斩监候。各等语。此案何闰详因图奸萧沛基之堂妹萧瑞姑未成，经萧沛基闻喊趋捕，辄敢用刀拒伤萧沛基，越二十日身死，自应遵照通行，按律问拟。何闰详合依犯罪拒捕杀所捕人者斩律拟斩监候，秋后处决，照例先于左面刺"凶犯"二字。此外讯无在场帮殴之人及逃后知情容留人家，应毋庸议。凶刀供弃免起，见证何福安赶劝不及，亦免置议。尸棺饬属领埋，无干省释。理合连犯解候审转。等情到府。

该府提讯该犯何闰详翻供，坚称伊委无砍伤萧沛基身死情事，系被见证诬指，县审时畏刑混认等语。当即发文行提见证质讯。旋据该县将见证何福安传解到府，并据申称该见证于讯释后往连州属生理，饬属赶唤始到，是以批解稍迟等情。该府提同质讯，始据供认如前，仍照原拟审解到司。该广东按察使额勒精额提犯覆审相同，详解到臣，提犯亲讯无异。该臣审看得香山县民何闰详图奸未成、拒伤本妇堂兄萧沛基身死一案，缘何闰详籍隶香山县，与已死萧沛基邻居，素识无嫌。光绪十八年正月十七日辰刻时分，何闰详见萧沛基之堂妹萧瑞姑独自在家，起意图奸，即至萧瑞姑房内向其拉手。萧瑞姑喊骂，萧沛基趋进向捉，何闰详拾取地上柴刀划伤萧沛基右额角，乘势跑出屋外。萧沛基追赶，何闰详转身将其囟门划伤。萧沛基扑拿，何闰详砍伤其左额角。萧沛基回逃喊捕，何闰详恐人听闻，一时情急，又用刀吓砍一下，适伤其脑后，萧沛基喊跌倒地。时有村人何福安看见趋至，何闰详畏惧逃逸。何福安询悉情由，通知萧沛基之子萧润琛赶至看明，扶回医治。讵萧沛基伤重，医治不及，延至二月初七日因伤殒命。尸亲报县诣验，获犯讯详，批饬审解。兹据审拟解勘，据供认前情不讳，究诘不移，案无遁饰。查通行内开：嗣后图奸未成、罪人拒捕杀死有服亲属，照犯罪拒捕杀所捕人律，拟斩监候。又律载：犯罪拒捕杀所捕人者，斩监候。各等语。此案何闰详因图奸萧沛基之堂妹萧瑞姑未成，经萧沛基闻喊趋捕，辄敢用刀拒伤萧沛基，越二十日身死，自应遵照通行，按律问拟。何闰详合依犯罪拒捕杀所捕人者斩律拟斩监候，秋后处决，照例先于左面刺"凶犯"二字。此外讯无在场帮殴之人及逃后知情容留人家，应毋庸议。凶刀供弃免起，见证何福安赶劝不及，亦免置议。尸棺饬埋，无干省释。臣谨恭疏具题，伏乞皇上圣鉴，敕下三法司核覆施行。

再，此案自光绪十八年五月初八日获犯到案起，扣除犯病一个月，连闰计至八月初七日县审限满，依限解府。该府提讯，犯供翻异，即于十二日发文行提见证质讯。十四日文行到县，该县因见证于讯释后往连州属生理，饬属赶唤，至十二月十八日始将见证何福安传解到府。扣除提解例限二十日、解省程限四日，计迟延三个月零十日，所有提解迟延一月。以上职名系署香山县知县杨文骏合并开报附参。至该府应以十二月十八提到见证质讯之日起，扣除封印一个月，计至十九年四月十七日府司院全限届满。今在限内审办，并无迟逾，合并陈明。为此除具题外，理合具揭。

须至揭贴者。

十九年四月二十八日

光绪十九年四月二十八日题，九月十八日奉旨：三法司核拟具奏。

附件一：刑部等衙门为报明香山县何闰详拒伤萧沛基身死一案题本

光绪十九年九月(1893年10月)

刑部等衙门谨题为报明事。

刑科抄出广东巡抚刚毅题前事，等因。光绪十九年四月二十八日题，九月十八奉旨：三法司核拟具奏。钦此。

该臣等会同都察院、大理寺会看得香山县民何闰详图奸未成、拒伤本妇堂兄萧沛基身死一案。据广东巡抚刚毅疏称，缘何闰详籍隶香山县，与已死萧沛基邻居，素识无嫌。光绪十八年正月十七日辰刻时分，何闰详见萧沛基之堂妹萧瑞姑独自在家，起意图奸，即至萧瑞姑房内向其拉手。萧瑞姑喊骂，萧沛基趋进向捉，何闰详拾取地上柴刀划伤其右额角，乘势跑出屋外。萧沛基追赶，何闰详转身将其囟门划伤。萧沛基扑拿，何闰详砍伤其左额角。萧沛基回逃喊捕，何闰详恐人听闻，一时情急，又用刀吓砍，适伤其脑后，萧沛基喊跌倒地。时有村人何福安看见趋至，何闰详畏惧逃逸。何福安询悉情由，通知萧沛基之子萧润琛赶至看明，扶回医治。讵萧沛基伤重医治不及，延至二月初七日因伤殒命。尸亲报验获犯，讯详批审。据供前情不讳，将何闰详依律拟斩监候，先行刺字。等因具题前来。

查奏定章程，嗣后图奸未成，罪人拒捕，杀死有服亲属，照犯罪拒捕杀所捕人律拟斩监候。各等语。此案何闰详因图奸萧沛基之堂妹萧瑞姑未成，经萧沛基闻喊趋捕，辄敢用刀拒伤萧沛基，越二十日身死，自应照奏定章程按拒捕问拟，应如该抚所题，何闰详合依犯罪拒捕杀所捕人者斩律拟斩监候，秋后处决。该抚疏称，此外讯无在场帮殴之人及逃后知情容留人家，应毋庸议。凶刀供弃免起，见证何福安赶劝不及，亦免置议。尸棺饬埋，无干省释等语，均应如所题办理。该抚又称，所有提解迟延一月以上，职名系署香山县知县杨文骏开报附参等语，恭俟命下。

臣部移咨吏部，照例办理。

再，此案于光绪十九年九月二十二日抄出到部，除封印日期不计外，统计臣部及会议各衙门例限应扣至二十年正月二十七日限满，并未逾限，合并声明。臣等未敢擅便，谨题请旨。

光绪十九年九月　日

附件二：某衙门为报明审办香山县何闰详拒伤萧沛基身死一案题本

谨题为报明事。

该臣等会看得何闰详拒伤萧沛基身死一案。据广东巡抚刚〔毅〕疏称，缘何闰详与萧沛基无嫌。光绪十八年正月十七日，何闰详见萧沛基堂妹萧瑞姑独自在家，起意图奸，向其拉手。萧瑞姑喊骂，萧沛基趋进向捉，何闰详拾取地上柴刀划伤其右额角、囟门，砍伤左额角。萧沛基喊捕，何闰详用刀砍伤其脑后倒地，越二十日殒命。报验获犯，审供不讳，将何闰详依律拟斩。等因具题前来。应如该抚所题，何闰详合依奏定章程，图奸未成罪人杀死有服亲属，照犯罪拒捕杀所捕人罪拟斩监候，秋后处决。臣等未敢擅便，谨题请〔旨〕。

（刑法部档）

E322：政法-斗殴案件

3.110　刑部等衙门为报明香山县邝强修因向吴盛满赊饼不允争殴吴盛满被殴身死案题本(三件)

光绪十九年九月十八日至二十年三月二十三日

（1893年10月27日—1894年4月28日）

刑部等衙门谨题，为报明事。刑科抄出广东巡抚刚毅题前事等因。光绪十九年四月二十八日题，九月十八日奉旨：三法司核拟具奏。钦此。该臣等会同都察院大理寺会看得香山县民邝强修踢伤吴盛满身死一案，据广东巡抚刚毅疏称，缘邝强修籍隶香山县，与已死吴盛满邻村居住，素识无嫌。吴盛满向在石门坑村外摆卖饼食。光绪十八年七月十二日巳牌时分，邝强修路过石门坑村外，向吴盛满赊取饼食，吴盛满不允，邝强修村斥薄情，吴盛满不服混骂，邝强修回詈，吴盛满举拳扑殴，邝强修用脚吓踢，致伤其肾囊，吴盛满喊跌倒地。时有吴亚粪瞥见趋劝，邝强修畏惧逃逸。吴亚粪询悉情由，通知吴盛满之胞弟吴盛源趋往看明，讵吴盛满伤重，移时殒命。吴盛源报验，获犯讯详批审，据供前情不讳。将邝强修依律拟绞监候等因具题前来。

查律载，斗殴杀人者不问手足他物金刃并绞监候等语，此案邝强修因向吴盛满赊取饼食不允，口角争殴，用脚踢伤吴盛满身死，自应按律问拟。

应如该抚所题，邝强修合依斗殴杀人者不问手足他物金刃并绞律，拟绞监候秋后处决。该抚疏称，此外讯无在场帮殴之人及逃后知情容留人家，应毋庸议。见证吴亚龚赶劝不及，亦毋庸议。尸棺饬埋，无干省释等语。均应如该抚所题办理。再此案于光绪十九年九月二十二日抄出到部，除封印日期不计外，统计臣部及会议各衙门例限应扣至二十年正月二十七日限满，并未逾限，合并声明。臣等未敢擅便。谨题请旨。

光绪十九年九月　日

附件一：

谨题为报明事。该臣等会看得邝强修踢伤吴盛满身死一案，据广东巡抚刚疏称，缘邝强修与吴盛满无嫌。光绪十八年七月十二日，邝强修向吴盛满赊取饼食，吴盛满不允，邝强修村斥薄情，致相骂詈，吴盛满扑殴，邝强修用脚吓踢，致伤其肾囊倒地，移时殒命，报验获犯，审供不讳，将邝强修依律拟绞等因具题前来。应如该抚所题邝强修合依斗殴者绞律拟绞监候秋后处决。臣等未敢擅便。谨题请旨。

光绪十九□九□……□次□……□

附件二：提督军务兼理粮饷刚为报明邝强修踢伤吴盛满身死一案揭帖

□……□提督军务兼理粮饷刚谨揭，为报明事。据广东按察使额勒精额详，据广州府知府李璲详，据署香山县知县杨文骏详称，光绪十八年七月十五日据县属地保吴思明禀，据民人吴盛源投称，伊兄吴盛满向在村外摆卖饼食。本月十二日巳牌时分，有邻村素识之邝强修向伊兄赊取饼食不允，口角争殴，伊兄被邝强修用脚踢伤倒地。时有族人吴亚龚看见，向伊报知趋往看明，讵伊兄伤重，移时身死。嘱身禀报等语。往看属实查拿，邝强修业已逃逸，请验讯缉究等情。同日并据尸亲吴盛源报同前由各到县。据此当即饬差勒缉凶犯务获，一面轻舆减从带领刑仵亲诣尸所，饬将尸移平地对众如法相验，据仵作林滀喝报，已死吴盛满问年四十五岁，验得仰面，致命肾囊赤脚跌伤一处，横长二寸，宽五分，紫红色，浮肿血□，有趾印。余无故，委系因伤身死。报毕亲验无异，当场填格取结，尸饬棺殓，绘图同格结附□讯。据尸亲保证人等供与报词同，复经比差勒限严缉，详奉批行缉参，随于光绪十八年八月三十日据差役缉获凶犯邝强修并传同见证吴亚龚到案。讯据吴亚龚供，合已死吴盛满同族无服，这邝强修是邻村，素识。吴盛满向在石门坑村外摆卖饼食。光绪十八年七月十二日巳牌时候，邝强修怎样向吴盛满赊取饼食，吴盛满不允，口角争殴，吴盛满被邝强修用脚踢伤倒地。小的先不知道，是路过看见，连忙赶去拉劝，邝强修当就跑逃。小的问明情由，通知吴盛满的胞弟吴盛源前往看明，不想吴盛满伤重，停了一会就气绝身死。吴盛源投保报验的，小的实是赶劝不及是实。据邝强修供：香山县人，年四十八岁，父亲已故，母亲周氏年七十六岁，弟兄二人小的居长，娶妻容氏，生有二子，合已死吴盛满邻村居住，素识没嫌。吴盛满向在石门坑村外摆卖饼食。光绪十八年七月十二日巳牌时候，小的路过石门坑村外，向吴盛满赊取饼食，吴盛满不允，小的村斥薄情，吴盛满不服混骂，小的回骂，吴盛满举拳扑打，小的用脚吓踢一下，致伤他肾囊，吴盛满喊跌倒地。时有吴亚龚看见赶来，小的害怕跑逃。随闻吴盛满伤重身死，尸亲投保报验差拿，小的逃往各处躲避，今被差役拿获的，委没起衅别故，也没有心致死合在场帮殴的人。逃后并没有知情容留人家是实各等供。据此差传尸亲吴盛源质讯无异，将犯收禁。尸亲见证省释。录供通详。奉批审解遵即提犯覆讯，据邝强修供：香山县人，年四十八岁，父亲已故，母亲周氏年七十六岁，弟兄二人，小的居长，娶妻容氏，生有二子，合已死吴盛满邻村居住，素识没嫌。吴盛满向在石门坑村外摆卖饼食。光绪十八年七月十二日巳牌时候，小的路过石门坑村外，向吴盛满赊取饼食，吴盛满不允，小的村斥薄情，吴盛满不服混骂，小的回骂，吴盛满举拳扑打，小的用脚吓踢一下，致伤他肾囊，吴盛满喊跌倒地。时有吴亚龚看见赶来，小的害怕跑逃。随闻吴盛满伤重身死，尸亲投保报验差拿，小的逃往各处躲避，后被差役拿获的，委没起衅别故，也没有心致死合在场帮殴的人。逃后并没有知情容留人家是实各等供。据此该署香山县知县杨文骏审看得县民邝强修踢伤吴盛满身死一案，缘邝强修籍隶香山县，与已死吴盛满邻村居住，素识无嫌。吴盛满向在石门坑村外摆卖饼食。光绪十八年七月十二日巳牌时分，邝强修路过石门坑村外，向吴盛满赊取饼食，吴盛满不允，邝强修村斥薄情，吴盛满不服混骂，邝强修回詈，吴盛满举拳扑殴，邝强修用脚吓踢一下，致伤其肾囊，吴盛满喊跌倒地。时有吴亚龚瞥见趋劝，邝强修畏惧逃逸。吴亚龚询悉情由，通知吴盛满之胞弟吴盛源趋往看明，讵吴盛满伤重，移时殒命。吴盛源投保报验详奉批饬缉，□获犯讯详，奉批审解，遵提覆鞫，据供前情不讳，究诘不移，案无遁饰。查律载斗殴杀人者不问手足他物金刃并绞监候等语，此案邝强修因向吴盛满赊取饼食不允，口角争殴，辄用脚踢伤吴盛满身死，自应按律问拟。邝强修合依斗殴杀人者不问手足他物金刃并绞监候律，拟绞监候秋后处决。此外讯无在场帮殴之人及逃后知情容留人家，应毋庸议。见证吴亚龚赶劝不及，亦毋庸议。尸棺饬属领埋。无干省释。理合连犯解候审转等情到府。

该府提讯该犯，邝强修翻供，坚称伊当日实无致死吴盛满情事，系被见证诬指，县审时畏刑混认等语。当经发文行提见证质讯，嗣据该县将见证吴亚龚批解到府并据申称该见证于讯释后适值患病，俟病愈始行差提，是以批解稍迟等情。该府提同质讯，始据供认如前，仍照原拟审解到司。

该广东按察使额勒精额提犯覆讯相同，详解到臣，提犯亲讯无异。该臣审看得香山县民邝强修踢伤吴盛满身死一案，缘邝强修籍隶香山县，与已死吴盛满邻村居住，素识无嫌。吴盛满向在石门坑村外摆卖饼食。光绪十八年七月十二日巳牌时分，邝强修路过石门坑村外，向吴盛满赊取饼食，吴盛满不允，邝强修村斥薄情，吴盛满不服混骂，邝强修回詈，吴盛满举拳扑殴，邝强修用脚吓踢一下，致伤其肾囊，吴盛满喊跌倒地。时有吴亚龚瞥见趋劝，邝强修畏惧逃逸。吴亚龚询悉情由，通知吴盛满之胞弟吴盛源趋往看明，讵吴盛满伤重，移时殒命。吴盛源投保报县诣验详批缉□，获犯讯详批饬审解，兹据审拟解勘，据供前情不讳，究诘不移，案无遁饰。查律载斗殴杀人者不问手足他物金刃并绞监候等语，此案邝强修因向吴盛满赊取饼食不允，口角争殴，辄用脚踢伤吴盛满身死，自应按律问拟。邝强修合依斗殴杀人者不问手足他物金刃并绞监候律，拟绞监候秋后处决。此外讯无在场帮殴之人及逃后知情容留人家，应毋庸议。见证吴亚龚赶劝不及，亦毋庸议。尸棺饬埋。无干省释。臣谨恭疏具题，伏乞皇上圣鉴，敕下三法司核覆施行。

再此案自光绪十八年八月三十日获犯到案起计至十一月二十九日县审限满，依限解府提讯，犯供翻异，即于十二月初二日发文行提见证质讯，初三日文行到县，该县于是月十九日将见证吴亚龚批解到府，系在提解例限二十日之内，该府应以十二月十九提到见证质讯之日起扣除封印一个月，计至十九年四月十八日府司院全限届满。今在限内审办，并无迟逾，合并陈明。为此除具题外，理合具揭，须至揭帖者。

光绪十九年四月二十八日题九月十八日奉旨，三法司□……□

光绪十九年四月二十八日

（刑法部档）

E329：政法-其他案件

3.111 广东按察使尉册为详办香山县李锦生等借算命看相骗银一案

光绪二十年七月（1894年8月）

二品顶戴、广东按察使世袭恩骑尉为详办事。

案据署香山县知县包永昌详，光绪十九年五月十八日，据县民郑麟辉报称，向来外出营生，本年五月初五日，伊次子郑二路过悦来街，见素识之李锦生等挂新闻得算命看相招牌。伊子进内算命看相，被李锦生串同李瑞生、谢家璧即也非凡三人诡称流年、气色不佳，即有灾病临身，骗去洋银三百八十两。经伊回家查知，理合报乞严拘李锦生等究追，等情到县。据此，当经饬差于光绪十九年六月初九日缉获李锦生、李瑞生、谢家璧即也非凡三名，解案提验，均无拷刺痕迹。

现据李锦生供：香山县人，与现获同姓不宗的李瑞生、谢家璧即也非凡向在县属悦来街合伙开馆，挂新闻得招牌，看相算命度日。光绪十九年五月初五日傍晚时候，有素识的郑二到馆，请李瑞生算命。李瑞生推算一会说，郑二流年不好。郑二问那位善于看相，李瑞生指说小的看相最灵，郑二约定次日再来看相。小的晓得郑二父亲郑麟辉颇有积蓄，郑二年少易欺，起意商同诓骗，得银分用。李瑞生、谢家璧俱各允从。次日，郑二来馆请小的看相，小的诓说郑二将来大运甚好，现在气色不佳，日内必有灾病临身，恐防不测的话。郑二愁急要哭，央求解救。小的捏称能为设法禳解，可以转祸为福，如肯多出洋银交存当店，许备酬神之费，并可求神庇佑，发得大财；倘不灵验，原银仍可取回。郑二误信为真，就回家私取他父亲箱内银三百八十两，陆续交给小的收存。小的即令李瑞生们同郑二携银一百两，按与保盈当，得银五两；又将银一百员按与祥和当，得银三两；又将银六十一员按与西成当，得银一两五钱。所余银一百余两，小的说须购办求神香烛礼物之用。郑二回家后，小的就携当票到保盈当店将银一百两先行赎回，分给李瑞生、谢家璧各银三十六员，余银并当票由小的收存，说等日后赎出再分。随闻郑二父亲回家查知，赴县控追，小的害怕，不敢往赎，逃往各处躲避，今被获案的。小的实止起意商同诓骗得赃这一次，并没另犯别案及另有同伙的人，分得赃银都已花用，当票二张现已缴案是实。

据李瑞生供：南海县人，与现获的李锦生同姓不宗。据谢家璧即也非凡供：开平县人。又据同供：小的们与李锦生向在县属悦来街合伙开馆，挂新闻得招牌，算命看相度日。光绪十九年五月初五日傍晚时候，有素识的郑二到馆请小的李瑞生算命，小的推算一会，告说流年不好。郑二问那位善于看相，小的李瑞生指说同馆的李锦生看相最灵，郑二约定次日再来看相。李锦生说他晓得郑二父亲郑麟辉颇有积蓄，郑二年少易欺，起意商同诓骗，得银分用，小的们允从。次日，郑二来馆请李锦生看相，李锦生诓说郑二将来大运甚好，现在气色不佳，日内必有灾病临身，恐防不测的话。郑二愁急要哭，央求解救。李锦生捏称他能设法禳解，可以转祸为福，如肯多出洋银交存当店，许备酬神之费，并可求神庇佑，发得大财；倘不灵验，原银仍可取回。郑二误信为真，就回家私取他父亲箱内洋银三百八十两，陆续交给李锦生收存。李锦生即令小的们同郑二携银一百两，按与保盈当，得银五两；又将银一百员按与祥和当，得银三两；又将银六十一员按与西成当，得银一两五钱。所余银一百余两，李锦生说须购办求神香烛礼物之用。郑二回家后，李锦生就携当票到保盈当将银一百两先行赎回，分给小的们各银三十六员，余银并当票由李锦生拿去，说等日后赎出再分。随闻郑二父亲回家查知，赴县控追，小的害怕，逃往各处躲避，今被获案的。小的实止听同诓骗得赃这一次，并没另犯别案及另有同伙的人，分得赃银都已花用是实。等供。

据此，当即差传郑二、郑麟辉到案质讯。据郑二供：年十六岁，香山县人，父亲郑麟辉向来外出生理。光绪十九年五月初五日，小的路过悦来街，见有馆挂新闻得招牌看相算命，小的进内请李瑞生算命。李瑞生推算小的流年不好，小的问那位善于看相，李瑞生指告李锦生看相最灵。因时已傍晚,小的恐气色看不清楚,约定次日往看,随即回家。次日,小的到馆请李锦生看相,李锦生告说小的将来大运甚好,现在气色不佳,日内必有灾病临身,恐防不测的话。小的愁急,央他解救。李锦生又说,他能设法禳解,可以转祸为福,如肯多出洋银交存当店,许备酬神之费,并可求神庇佑,发得大财;倘不灵验,原银仍可取回。小的信以为真,当就回家将父亲箱内存银三百八十两陆续取出,交给李锦生代为祈禳。李锦生即令李瑞生、谢家璧同小的携银一百两,按与保盈当,得银五两;又将银一百员按与祥和当,得银三两;又将银六十一员按与西成当,得银一两五钱。当票三张,小的俱交李锦生收存,尚余银一百余两,李锦生说须购办求神香烛礼物之用。后来父亲回家,查寻箱内银两无存,问小的追问,小的据实告知。父亲斥说被人诓骗,小的方才恍悟,懊悔不及。父亲就赴案控追的是实。据郑麟辉供:香山县人,这到案的郑二是小的次子,余供与郑二并报词同。各等供。据此随传经纪将被骗洋银三百八十两估实库平纹银三百五十七两二钱,列册附卷;起出当票二张,计银一百六十一员,当即派差带同郑二凑备本息向各当店照数赎回,当堂给领取结附卷,事主人等省释,理合通详。等情。

奉督、抚宪批饬审解。等因。转行遵照在案。兹据广州府知府张曾扬详、据署香山县知县包永昌详称,遵提现犯覆讯。据李锦生供:香山县人,年二十八岁,父亲已故,母亲张氏现年六十四岁,并没弟兄妻子,与现获同姓不同宗的李瑞生并谢家璧即也非凡向在县属悦来街合伙开馆,挂新闻得招牌,看相算命度日。光绪十九年五月初五日,有素识的郑二到馆请李瑞生算命。李瑞生推算一会说,郑二流年不好。郑二问那位善于看相,李瑞生指说小的看相最灵,郑二约定次日再来看相。小的晓得郑二父亲郑麟辉颇有积蓄,郑二年少易欺,起意商同诓骗,得银分用。李瑞生、谢家璧俱各允从。次日,郑二来馆请小的看相,小的诓说郑二将来大运甚好,现在气色不佳,日内必有灾病临身,恐防不测的话。郑二愁急要哭,央求解救。小的捏称能为设法禳解,可以转祸为福,如肯多出洋银交存当店,许备酬神之费,并可求神庇佑,发得大财;倘不灵验,原银仍可取回。郑二误信为真,就回家私取他父亲箱内银三百八十两,陆续交给小的收存。小的即令李瑞生们同郑二携银一百两,按与保盈当,得银五两;又将银一百员按与祥和当,得银三两;又将银六十一员按与西成当,得银一两五钱。所余银一百余两,小的说须购办求神香烛礼物之用。郑二回家后,小的就携当票到保盈当将银一百两先行赎回,分给李瑞生、谢家璧各银三十六圆,余银并当票由小的收存,说等日后赎出再分。随闻郑二父亲回家查知,赴县控追,小的害怕,不敢往赎,逃往各处躲避,后被获解的。小的实止起意商同诓骗得赃这一次,并没另犯别案及另有同伙的人,分得赃银都已花用,当票二张现已缴案是实。

据李瑞生供:南海县人,年三十岁,父亲已故,母亲周氏现年六十七岁,并没弟兄妻子,与现获的李锦生同姓不宗。据谢家璧即也非凡供:开平县人,年三十一岁,寄居香山县,父亲谢思斋现年七十七岁,母亲已故,弟兄二人,哥子谢德两足病跛,不能行走,已成笃疾。小的第二,娶妻刘氏,没生子女。又据同供:小的们与李锦生向在县属悦来街合伙开馆,挂新闻得招牌,算命看相度日。光绪十九年五月初五日傍晚时候，有素识的郑二到馆请小的李瑞生算命，小的推算一会，告说流年不好。郑二问那位善于看相，小的李瑞生指说同馆的李锦生看相最灵，郑二约定次日再来看相。李锦生说他晓得郑二父亲郑麟辉颇有积蓄，郑二年少易欺，起意商同诓骗，得银分用，小的们允从。次日，郑二来馆请李锦生看相，李锦生诓说郑二将来大运甚好，现在气色不佳，日内必有灾病临身，恐防不测的话。郑二愁急要哭，央求解救。李锦生捏称他能设法禳解，可以转祸为福，如肯多出洋银交存当店，许备酬神之费，并可求神庇佑，发得大财；倘不灵验，原银仍可取回。郑二误信为真，就回家私取他父亲箱内洋银三百八十两，陆续交给李锦生收存。李锦生令小的们同郑二携银一百两，按与保盈当，得银五两；又将银一百员按与祥和当，得银三两；又将银六十一员按与西成当，得银一两五钱。所余银一百余两，李锦生说须购办求神香烛礼物之用。郑二回家后，李锦生就携当票到保盈当将银一百两先行赎回，分给小的们各银三十六员，余银并当票由李锦生拿去，说等日后赎出再分。随闻郑二父亲回家查知，赴县控追，小的们害怕，逃往各处躲避，后被获解的。小的实止听同诓骗得赃这一次，并没另犯别案及另有同伙的人，分得银两都已花用是实。各等供。

据此该署香山县知县包永昌审看得县民李锦生纠同李瑞生等诓骗郑二银两一案，缘李锦生、李瑞生、谢家璧即也非凡分隶香山、南海、开平等县，均在县属悦来街合伙开馆，算命看相度日。光绪十九年五月初五日傍晚时候，有素识之郑二到馆请李瑞生算命。李瑞生推算一会，说郑二流年不好。郑二问那位善于看相，李瑞生指称李锦生看相最灵，郑二约定次日再来看相。李锦生稔知郑二之父郑麟辉颇有积蓄，郑二年少易欺，起意商同诓骗，得银分用。李瑞生、谢家璧俱各允从。次日，郑二来馆请李锦生看相，李锦生即以郑二将来大运甚好、现在气色不佳、日内必有灾病临身、恐防不测之言相吓。郑二愁急，央求解救。李锦生捏称伊能设法禳解，可以转祸为福，如肯多筹洋银交存当店，许备酬神之费，并可求神庇佑，发得大财；倘不灵验，原银仍可取回。郑二误信为真，即在其父箱内私取洋银三百八十两，陆续交给李锦生收存。李锦生令李瑞生、谢家璧同郑二携银一百两，按与保盈当，得银五两；又将银一百员按与祥和当，得银三两；又将银六十一员按与西成当，得银一两五钱。所余银一百余两，说须留作购置求神香烛礼物之用。郑二回家后，李锦生即赴保盈当将银一百两先行赎回，分给李瑞生、谢家璧各银三十六员，余银暨当票由李锦生留用。旋据郑麟辉赴县禀报，饬差缉获该犯李锦生等，并起出当票，解案讯供通详，奉批审解，遵提覆鞫，据各供认前情不讳，诘无另犯别案及另有同伙之人，矢口不移，案无遁饰。

查律载：诓骗人财物者，计赃准窃盗论。又窃盗赃一百二十两以上，绞监候。又名例载称：准盗论，但准其罪，罪止杖一百、流三千里。各等语。此案李锦生起意商同李瑞生、谢家璧诓骗郑二银两，计赃在一百二十两以上，自应按律问拟。李锦生合依“诓骗人财物，计赃准窃盗论；窃盗赃一百二十两以上，绞监候”律，仍照名例罪，止杖一百，流三千里，到配杖一百，折责安置。

李瑞生、谢家璧即也非凡听从诓骗得赃，应于李锦生流罪上减一等，各拟杖一百，徒三年。李瑞生定地发配，折责拘役。谢家璧据供伊父年逾七旬，虽有长子，已成笃疾，不能侍养，是否属实，另行查明，取结详办。郑二被人诓骗，擅取其父箱内存银，合依“卑、幼私擅用财，罪止杖一百”律，拟杖一百，折责发落。其被骗银两，除起获当票二张计银一百六十一员业已赎回给领外，余于各犯名下照数追给。理合连犯解候审转。等情到府。

提讯犯供翻异，当经行提事主质讯未到。旋据报案犯谢家璧在南海县监患病，因系外解人犯，无人保出，经县提禁散处外监医治无效，于光绪二十年二月三十日病故。经该县禀请，委员讯验通报。嗣据该县将事主郑麟辉传解到府，并据申称，该事主于讯释后外出韶州府生理，饬属赶唤始回，是以批解稍迟。等情。经该府提同质讯，始据该犯等供认前情不讳，诘因恃无质证，畏罪狡翻，并无别故，仍照原拟并将谢家璧监毙缘由核入正案，由府拟解到司。

本司提犯覆讯，除供与县府审供相同不叙外，该广东按察使额勒精额审看得香山县民李锦生纠同李瑞生等诓骗郑二银两，伙犯谢家璧于取供解府后在外监病故一案，缘李锦生、李瑞生、谢家璧即也非凡分隶香山、南海、开平等县，均在县属悦来街合伙开馆，算命看相度日。光绪十九年五月初五日傍晚时候，有素识之郑二到馆请李瑞生算命，李瑞生推算一会，说郑二流年不好。郑二问那位善于看相，李瑞生指称李锦生看相最灵，郑二约定次日再来看相。李锦生稔知郑二之父郑麟辉颇有积蓄，郑二年少易欺，起意商同诓骗，得银分用。李瑞生、谢家璧俱各允从。次日，郑二来馆请李锦生看相，李锦生即以郑二将来大运甚好、现在气色不佳、日内必有灾病临身、恐防不测之言相吓。郑二愁急，央求解救。李锦生捏称伊能设法禳解，可以转祸为福，如肯多筹洋银交存当店，许备酬神之费，并可求神庇佑，发得大财；倘不灵验，原银仍可取回。郑二误信为真，即在其父箱内私取洋银三百八十两，陆续交给李锦生收存。李锦生令李瑞生、谢家璧同郑二携银一百两，按与保盈当，得银五两；又将银一百员按与祥和当，得银三两；又将银六十一员按与西成当，得银一两五钱。所余银一百余两，说须留作购置求神香烛礼物之用。郑二回家后，李锦生即赴保盈当将银一百两先行赎回，分给李瑞生、谢家璧各银三十六员，余银暨当票由李锦生留用。旋据郑麟辉赴县禀报，经该县饬差缉获该犯李锦生等，并起出当票，解案讯供通详，奉批审解。行据该县将犯审拟解府，因提讯犯供翻异，行提事主质讯未到。旋据报案犯谢家璧在监患病，因无人保出，提禁散处外监病故，禀府委员验明。详批核入正案，将李锦生等拟解前来。本司提犯覆鞫，据各供认前情不讳，诘无另犯别案及另有同伙之人，矢口不移，案无遁饰。查律载：诓骗人财物者，计赃准窃盗论。又窃盗赃一百二十两以上，绞监候。又名例载称：准盗论，但准其罪，罪止杖一百、流三千里。各等语。此案李锦生起意商同李瑞生、谢家璧诓骗郑二银两，计赃在一百二十两以上，自应按律问拟。李锦生合依“诓骗人财物，计赃准窃盗论；窃盗赃一百二十两以上，绞监候”律，仍照名例罪，止杖一百，流三千里，到配杖一百，折责安置。李瑞生、谢家璧即也非凡听从诓骗得赃，应于李锦生流罪上减一等，各拟杖一百，徒三年。李瑞生定地发配,折责拘役。谢家璧业已提禁病故,应与讯无凌虐之看役人等,均毋庸议。郑二被人诓骗,擅取其父箱内存银,合依"卑、幼私擅用财,罪止杖一百"律,拟杖一百,折责发落。其被骗银两,除起获当票二张计银一百六十一员业已赎回给领外,余于各犯名下照数追给。犯故图结,随详附送。

再,本案应以光绪十九年六月初九日获犯到案起,扣除解省程途五日,计至八月十三日县审限满。该县于限满日将犯审解到府讯,犯供翻异,即于十五日发文行提事主质讯。十八日文行到县,该县因事主郑麟辉于讯释后外出韶州府生理,饬属赶唤未到,于二十年二月十二日卸事,计迟延五个月零二十四日。接任县史继泽于是日到任,催差于五月二十五日始将事主传解到府。扣除提解例限二十日、解省程途五日,计迟延两个月零十八日,所有提解迟延一月。以上职名系前署香山县事准升崖州知州包永昌、现任香山县知县史继泽,相应开报附参。至该府应以五月二十五日解到事主质讯之日起,计至七月二十四日府司院分限届满。今在限内详办,并无迟逾。又本案系因人犯解府翻供,行提事主质讯,与该县自行承审要证未到,应请咨展限者不同,合并声明。理合造具供招方册,详候察核。咨送大部核覆饬遵,俟岁底照例汇详请题。

须至册者。

光绪二十年七月　日二品顶戴按察使额勒精额

（刑法部档）

E324: 政法-偷盗抢劫案件

3.112　广东按察使尉册为验究审办香山县曾亚溶捕殴窃贼郑社梅身死一案折

光绪二十年十月(1894 年 10 月)

二品顶戴、广东按察使世袭恩骑尉为报乞验究事。

案据署香山县知县包永昌详,光绪十九年十月二十五日,县属民妇郑陈氏禀称,伊子郑社梅平日割草度日。本年十月二十三日夜,伊子与郑亚勇在郑官盛沙地窃挖番薯,被下员山村更练曾亚溶巡到看见,当即喊捕。伊子等弃赃逃走,曾亚溶点放鸟枪,致伤伊子左腿肚。郑亚勇随先脱逃,伊子落后,曾亚溶追赶捉拿,又用刀砍伤伊子右脚倒地。时有更夫曾三宽携灯巡至看见,喝阻不及,前往向伊报知。时天已黎明,伊即与曾三宽往看,问明情由,讵伊子伤重,移时身死。该处地保病故,未充请验明缉究。等情。同日,并据事主郑官盛开列失单,报同前情。各到县。据此,当即移营饬差严缉逆贼,拘传犯证,一面会营轻骑减从,带领刑仵亲诣该处。据差役禀称，凶犯窃贼均已逃匿，见证外出，现将尸亲、事主带到。等情。勘得郑官盛被窃贼挖番薯处所，系在县属乡间下员山村外沙地，查验地上栽种番薯有被挖痕迹，并无贼遗器械。该处距小隐汛三十里，附近亦无设立墩铺、防兵。勘毕绘图。

讯据郑陈氏供：香山县人，丈夫已故。那已死的郑社梅是小妇人儿子，与郑官盛同姓不宗。余供与报词无异。据郑官盛供：香山县人，与郑社梅、郑亚勇均同姓不宗。小的向在县属下员山村外沙地栽种番薯，雇更练曾亚溶巡防看守，给与工食。光绪十九年十月二十三日夜，更练曾亚溶携带枪、刀到沙面巡缉贼匪。五更时候，巡到小的沙地，见有二贼窃挖番薯，当即喊捕。二贼弃赃逃走，曾亚溶点放鸟枪，致伤一贼左腿肚，一贼随先逃脱，一贼落后。曾亚溶追赶捉拿，又用刀砍伤那贼右脚踝倒地。时有更夫曾三宽携灯巡到，一同查认，方知那受伤贼系郑社梅，其在逃一贼问明系郑亚勇。曾亚溶即向小的报知，那时天已黎明，同到沙地，看见贼遗番薯两半袋，曾亚溶当交小的收领。旋经更夫曾三宽也报知尸母郑陈氏走到查看，问明情由，讵郑社梅伤重，移时身死。尸母赴案报验，小的也就开列失单报勘的。各等供。据此，随令仵作将尸扛放平地，对众如法相验。据仵作林滀喝报：已死郑社梅问生年三十岁，验得合面不致命，左腿肚有砂子眼十四点，均如绿豆大，皮口俱焦黑色，有血水滚出，系鸟枪砂子，伤不致命；右脚踝一伤横长一寸，宽二分，深抵骨，骨断，皮口展缩，有血污，系刀伤，余无别故，委系生前受伤身死。报毕，亲验无异，当场填格取结。尸饬棺殓，给属领埋。覆勘得郑社梅被伤身死处所系在县属下员山村外田中，地有血迹。勘毕绘图。随传经纪眼同事主，按照失单估值库平纹银一钱六分，列册同勘图、格结附卷，尸亲、事主省释，具文通详，奉批饬缉。等因。遵经催营勒差严缉凶犯、窃贼去后，随于光绪十九年十一月初六日饬据差役缉获凶犯曾压溶一名，起获行凶枪、刀，传同见证曾三宽到案即讯。

据曾三宽供：香山县人，系下员山村更夫。小的与郑社梅邻村居住，素相认识，与同村素识的曾亚溶同姓不宗。曾亚溶充当下员山村更练，受雇巡防看守村外沙面栽种各物。郑官盛在那里沙地栽种番薯，雇曾亚溶巡防看守，给与工食，小的是知道的。光绪十九年十月二十三日夜，曾亚溶携带枪、刀到沙地巡缉贼匪，五更时候巡到郑官盛沙地，见有二贼窃挖番薯，当即喊捕。二贼弃赃逃走，曾亚溶点放鸟枪，致伤一贼左腿肚，一贼随先逃脱，一贼落后。曾亚溶赶上捉拿，那贼扑拢举脚向踢，曾亚溶闪侧，用刀吓砍，适伤那贼右脚踝倒地。那时小的携灯巡查走到看见，喝阻不及，当与曾亚溶查认，方知受伤贼匪系郑社梅，其在逃一贼问明系郑亚勇。小的就往向郑社梅的母亲郑陈氏报知，时天已明，郑陈氏即同小的到沙地查见，曾亚溶已报同事主郑官盛先在那里。郑陈氏当向郑社梅问明情由，讵郑社梅伤重，过了一会就身死了。尸亲赴案报验，小的因事外出，未及候验，今才回家就遵传赴质的。是实。据曾亚溶供：香山县人，小的与已死郑社梅邻村居住，素识没嫌。小的向充县属下员山村更练，受雇巡防看守村外沙面栽种各物。郑官盛在那里沙地栽种番薯，雇小的巡防看守，给与工食。光绪十九年十月二十三日夜，小的携带枪、刀到沙面巡缉贼匪。五更时候，月光明亮，巡到郑官盛沙地，见有二贼在那里窃挖番薯，当即喊捕。二贼弃赃逃走，小的点放鸟枪，致伤一贼左腿肚，一贼随先逃脱，一贼落后。小的赶上捉拿，那贼扑拢举脚向踢，小的闪侧，用刀吓砍，适伤那贼右脚踝倒地。时有与小的同姓不宗之更夫曾三宽携灯巡查，走到看见，喝阻不及，一同查认，方知那贼系郑社梅，其在逃一贼问明系郑亚勇。小的当去向事主郑官盛报知。到第二日天明，小的合郑官盛同到沙地，看见贼遗番薯两半袋，交郑官盛收领。旋经更夫曾三宽也报知尸母郑陈氏走到查看，问明情由，讵郑社梅伤重，过了一会就身死了。小的害怕逃走，后闻尸亲报验差拿，小的逃往各处躲避，被差役们获解的。小的逃后，委没行凶为匪及知情容留的人。是实。各等供。据此传同尸亲郑陈氏质讯无异，当将该犯收禁，起获枪、刀存库，尸亲、见证省释，理合通详，等情。

奉督、抚两院宪批饬审解。等因。转行遵照。兹据广州府知府张曾扬详、据署香山县知县包永昌详称，遵即提犯覆讯。据曾亚溶供：香山县人，年三十岁，父母都故，并没弟兄，娶妻唐氏，生有一女。与已死郑社梅邻村居住，素识没嫌。小的向充县属下员山村更练，受雇巡防看守村外沙面栽种各物。郑官盛在那里沙地栽种番薯，雇小的巡防看守，给与工食。光绪十九年十月二十三日夜，小的携带枪、刀到沙面巡缉贼匪。五更时候，月光明亮，巡到郑官盛沙地，见有二贼在那里窃挖番薯，当即喊捕。二贼弃赃逃走，小的点放鸟枪，致伤一贼右腿肚，一贼随先逃脱，一贼落后。小的赶上捉拿，那贼扑拢举脚向踢，小的闪侧，用刀吓砍，适伤那贼右脚踝倒地。时有与小的同姓不宗之更夫曾三宽携灯巡查，走到看见，喝阻不及，一同查认，方知那贼系郑社梅，其在逃一贼问明系郑亚勇。小的当去向事主郑官盛报知。到第二日天明，小的合郑官盛同到沙地，看见贼遗番薯两半袋，当交郑官盛收领。旋经更夫曾三宽也报知尸母郑陈氏走到查看，问明情由，讵郑社梅伤重，过了一会就身死了。小的害怕逃走，后闻尸亲报验差拿，小的逃往各处躲避，被差役们获解的。小的实因郑社梅黑夜窃挖，小的受雇看守沙地番薯，登时追捕，用刀吓砍，适伤郑社梅身死，并非有心欲杀，也没另有起衅别情及在场帮同捕殴之人。枪、刀已蒙起获是实。等供。

据此该署香山县知县包永昌审看得县民曾亚溶捕殴窃贼郑社梅身死一案，缘曾亚溶籍隶香山县，与郑社梅邻村居住，素识无嫌。曾亚溶向充县属下员山村更练，受雇看守村外沙面栽种各物。有郑官盛在该处沙地栽种番薯，雇曾亚溶巡防看守，给与工食。光绪十九年十月二十三日夜，曾亚溶携带枪、刀到沙地巡缉贼匪。五更时候，月光明亮，巡至郑官盛沙地，见有二贼窃挖番薯，当即喊捕。二贼弃赃逃走，曾亚溶点放鸟枪，致伤一贼左腿肚，一贼随先逃脱，一贼落后。曾亚溶赶上捉拿，那贼扑拢举脚向踢，曾亚溶闪侧，用刀吓砍，适伤那贼右脚踝倒地。时有与曾亚溶同姓不宗之更夫曾三宽携灯巡至看见，喝阻不及，一同查认，始知那贼系郑社梅，其在逃一贼询明系郑亚勇。曾亚溶即往向事主郑官盛报知。维时天已黎明，曾亚溶与郑官盛同到沙地，看见贼遗番薯两半袋，当交郑官盛收领。旋经更夫曾三宽亦报知尸母郑陈氏往看，问明情由。讵郑社梅伤重，移时身死。曾亚溶畏惧逃走。尸母郑陈氏报县，会营勘验详，缉获犯讯详。奉批审解。兹查逸犯郑亚勇委缉未获，遵提现犯覆讯，据供前情不讳，究鞫不移，案无遁饰。

查例载：事主因贼犯黑夜偷窃登时追捕殴打至死者，杖一百，徒三年。又律载：断罪无正条，援引他律比附定拟。各等语。此案更练曾亚溶因郑社梅等黑夜窃挖看守沙地番薯，登时捕殴，致伤郑社梅身死。查曾亚溶受雇看守沙地栽种番薯，本有应捕之责，即与事主无异，自应比例问拟。曾亚溶合比照"事主因贼犯黑夜偷窃登时追捕殴打至死者，杖一百，徒三年"例，拟杖一百，徒三年，到配折责拘役，限满预详递籍管束。该犯逃后讯无行凶为匪及知情容留之人。郑社梅窃挖同姓不宗郑官盛沙地番薯，罪有应得，已被捕殴身死，应与喝阻不及之曾三宽均毋庸议。起赃已经主领，枪、刀随招解验，案结销毁。尸棺给属领埋。逸犯郑亚勇饬缉，捕日另结。鸟枪随案起获，失察职名应请免开。理合连犯解候审转。等情到司。

提讯犯供翻异。行提见证质明，仍照原拟，由府审解到司。据此本司提犯覆讯，除供与县府所审相同不叙外，该广东按察使额勒精额审看得香山县民曾亚溶捕殴窃贼郑社梅身死一案，缘曾亚溶籍隶香山县，与郑社梅邻村居住，素识无嫌。曾亚溶向充县属下员山村更练，受雇看守村外沙面栽种各物。有郑官盛在该处沙地栽种番薯，雇曾亚溶巡防看守，给与工食。光绪十九年十月二十三日夜，曾亚溶携带枪、刀到沙地巡缉贼匪。五更时候，月光明亮，巡至郑官盛沙地，见有二贼窃挖番薯，当即喊捕。二贼弃赃逃走，曾亚溶点放鸟枪，致伤一贼左腿肚，一贼随先逃脱，一贼落后。曾亚溶赶上捉拿，那贼扑拢举脚向踢，曾亚溶闪侧，用刀吓砍，适伤那贼右脚踝倒地。时有与曾亚溶同姓不宗之更夫曾三宽携灯巡至看见，喝阻不及，一同查认，始知那贼系郑社梅，其在逃一贼询明系郑亚勇。曾亚溶即往向事主郑官盛报知。维时天已黎明，曾亚溶与郑官盛同到沙地，看见贼遗番薯两半袋，当交郑官盛收领。旋经更夫曾三宽亦报知尸母郑陈氏往看，问明情由。讵郑社梅伤重，移时身死。曾亚溶畏惧逃走。尸母郑陈氏报县，会营勘验详，缉获犯讯详。奉批审解。行据该县以逸犯郑亚勇委缉未获，遵提现犯覆讯，据供前情不讳，究鞫不移，案无遁饰。查例载：事主因贼犯黑夜偷窃登时追捕殴打至死者，杖一百，徒三年。又律载：断罪无正条，援引他律比附定拟。各等语。此案更练曾亚溶因郑社梅等黑夜窃挖看守沙地番薯，登时捕殴，致伤郑社梅身死。查曾亚溶受雇看守沙地栽种番薯，本有应捕之责，即与事主无异，自应比例问拟。曾亚溶合比照"事主因贼犯黑夜偷窃登时追捕殴打至死者，杖一百，徒三年"例，拟杖一百，徒三年，到配折责拘役，限满预详递籍管束。该犯逃后，讯无行凶为匪及知情容留之人。郑社梅窃挖同姓不宗郑官盛沙地番薯，罪有应得，已被捕殴身死，应与喝阻不及之曾三宽均毋庸议。起赃已经主领，枪、刀随招解验，案结销毁。尸棺经县给属领埋。逸犯郑亚勇饬缉，获日另结。鸟枪随案起获，失察职名应请免开。

再，本案自光绪十九年十一月初六日获犯到案起，扣除封印一个月，计至二十年三月初六日限满。该署县包永昌于二月十二日限内将犯解府，即于是日卸事，该县史继泽是日抵任府讯，犯供翻异，即于十七日发文行提见证质讯。十九日文行到县，因见证外出生理，催差于八月十五日传解到府。扣除提解例限二十日、解府程限五日，计迟延五个月零一日，所有提解迟延一月以上。职名系现任香山县知县史继泽，合并开报附参。至该府应以八月十五日传到见证质讯之日起，计至十一月十四日府司院分限届满。今在限内详办，并无迟逾。又本案系因人犯解府翻供，行提见证质讯，与该县自行承审要证未到，应请咨展限者不同，合并声明。理合造具供招方册，详候察核。咨送大部核覆饬遵，俟岁底照例汇详请题。

须至册者。

光绪二十年十月　日二品顶戴按察使额勒精额

（刑法部档）

E322：政法-斗殴案件

3.113　广东巡抚许振祎为报明香山县余维漳致伤伊妻余林氏身死一案揭贴

光绪二十三年十月二十四日（1897年11月18日）

头品顶戴、兵部侍郎兼都察院右副都御使、巡抚广东地方提督军务、兼理粮饷许〔振祎〕谨揭为报明事。

据广东按察使魁元详、据广州府知府周开铭详、据香山县知县史继泽详称，光绪二十三年三月初七日，据县属地保林衍深禀，据民妇林梁适投称，伊有侄女林氏嫁与余维漳为妻，素睦无嫌。余维漳近因吸食洋烟，不务正业，伊侄女屡劝不从。三月初四日申牌时刻，余维漳在家吸烟，令伊侄女挑水，伊侄女不应，余维漳生气村斥，伊侄女分辩，余维漳不服，口角争殴，伊侄女被余维漳用刀砍伤倒地。当有余容标路过看见，余维漳即时逃逸。余容标询悉情由，向伊报知，前往看明。讵伊侄女伤重，移时身死，属身禀报。等语。若有属实，请验讯鞫究。等情。同日，并据尸亲林梁氏报同前由，各到县。据此，当即饬差勒缉凶犯务获，一面轻舆减从，带领刑仵亲临尸所，饬将尸移平地对众，如法相验。据仵作林滀喝报：已死余林氏，问年四十八岁，验得仰面致命右太阳刀伤一处，斜长二寸，宽一分，深抵骨，骨破，皮口卷缩，有血污，余无故，委系因伤身死。报毕，亲验无异，当场填格取结，尸饬棺殓。绘图同格结附卷。讯据尸亲、保、证，讯同报词同，复经比差勒限严缉。正在详报间，旋于光绪二十三年三月十三日据差役缉获凶犯余维漳，并传同见证余容标到案，随逐加研讯。据余容标供：合余维漳同村居住，素相熟识，已死余林氏系余维漳的妻子。余维漳近因吸食洋烟，不务正业，他妻子余林氏时常劝谏不从，小的是知道的。光绪二十三年三月初四日申牌时刻，余维漳在家吸烟，怎样令余林氏前去挑水不应，余维漳生气村斥，余林氏分辩，余维漳不服，口角争殴，余林氏被余维漳用刀砍伤倒地。小的先不晓得，是路过看见赶进拉劝，余维漳当就逃跑。小的问明情由，通知余林氏外家的婶母林梁氏前往看明。不想余林氏伤重，停了一会就气绝身死，尸亲投保报验的。小的实是赶劝不及。是实。据余维漳供：香山县人，年五十九岁，父母都故，并没弟兄。小的凭媒聘娶林梁氏的侄女林氏为妻，已生五子二女，长子亚雪，次子亚嫌，均已成丁，外出佣工。小的夫妻素睦没嫌。小的近因吸食洋烟，林氏时常劝谏，小的不从。光绪二十三年三月初四日申牌时候，小的在家吸烟，令林氏前去挑水，林氏不应，小的生气村斥，林氏分辩，小的不服混骂，林氏回骂，扑向拼命。小的顺拾地上柴刀吓砍一下，适伤他右太阳，林氏喊跌倒地。当有余容标路见赶进，小的害怕逃跑。后闻林氏因伤身死，其婶母林梁氏报验差拿，小的逃往各处躲避，被差役们拿获的。并没起衅别故，也没有心致死合在场帮殴的人，逃后并没知情容留人家，凶刀当时撩弃。是实。各等供。据此，差传尸亲质讯无异，将犯收禁，尸亲、见证省释。

录供通详，奉批审解。据报，该犯余维漳在监患病，饬医治愈，遵即提犯覆鞫。据余维漳供：香山县人，年五十九岁，父母都故，并没弟兄。小的凭媒聘娶林梁氏的侄女林氏为妻，已生五子二女，长子亚雪，次子亚嫌，均已成丁，外出佣工。小的夫妻素睦没嫌。小的近因吸食洋烟，林氏时常劝谏，小的不从。光绪二十三年三月初四日申牌时候，小的在家吸烟，令林氏前去挑水，林氏不应，小的生气村斥，林氏分辩，小的不服混骂，林氏回骂，扑向拼命。小的顺拾地上柴刀吓砍一下，适伤他右太阳，林氏喊跌倒地。当有余容标路见赶进，小的害怕逃跑。后闻林氏因伤身死，妻婶林梁氏报验差拿，小的逃往各处躲避，被差役们拿获的。委没起衅别故，也没有心致死合在场帮殴的人，逃后并没知情容留人家，凶刀当时撩弃。是实。等供。据此，署香山县知县史继泽审看得县民余维漳致伤伊妻余林氏身死一案，缘余维漳籍隶香山县，与已死伊妻余林氏素睦无嫌。余维漳近因吸食洋烟，不务正业，余林氏时常劝谏不从。光绪二十三年三月初四日申牌时分，余维漳在家吸烟，令余林氏前去挑水，余林氏不应，余维漳村斥，余林氏分辩，余维漳不服混骂，余林氏回詈，扑向拼命。余维漳顺拾地上柴刀吓砍一下，适伤其右太阳，余林氏喊跌倒地。当有余容标路见进劝，余维漳畏惧逃逸。余容标询悉情由，通知余林氏外家之婶母林梁氏趋往看明。讵余林氏伤重，移时殒命，林梁氏投保报验获犯。讯详，奉批审解，遵即提犯覆鞫，据供前情不讳，究鞫不移，案无遁饰。查律载：夫殴妻至死者，绞监候。等语。此案余维漳因与伊妻余林氏口角争殴，辄用刀砍伤余林氏身死，自应按律问拟。余维漳合依夫殴妻至死者绞监候律拟绞监候，秋后处决。此外讯无在场帮殴之人及逃后知情容留人家，应毋庸议。见证余容标赶劝不及，亦毋庸议。凶刀供弃免起，尸棺饬埋，无干省释。理合连犯解候审转，等情。

由府审解到司。该广东按察使魁元提犯覆讯相同，详解到臣，提犯亲讯无异。该臣审看得香山县民余维漳致伤伊妻余林氏身死一案，缘余维漳籍隶香山县，与已死伊妻余林氏素睦无嫌。余维漳近因吸食洋烟，不务正业，余林氏时常劝谏不从。光绪二十三年三月初四日申牌时分，余维漳在家吸烟，令余林氏前去挑水，余林氏不应，余维漳村斥，余林氏分辩，余维漳不服混骂，余林氏回詈，扑向拼命。余维漳顺拾地上柴刀吓砍一下，适伤其右太阳，余林氏喊跌倒地。当有余容标路见进劝，余维漳畏惧逃逸。余容标询悉情由，通知余林氏外家之婶母林梁氏趋往看明。讵余林氏伤重，移时殒命，林梁氏投保报验获犯。讯详，批饬审解。兹据将犯审拟解勘，据供前情不讳，究诘不移，案无遁饰。查律载：夫殴妻至死者，绞监候。等语。此案余维漳因与伊妻余林氏口角争殴，辄用刀砍伤余林氏身死，自应按律问拟。余维漳合依夫殴妻至死者绞监候律拟绞监候，秋后处决。此外讯无在场帮殴之人及逃后知情容留人家，应毋庸议。见证余容标赶劝不及，亦毋庸议。凶刀供弃免起，尸棺饬埋，无干省释。臣谨恭疏具题，伏乞皇上圣鉴，敕下三法司核覆施行。

再，此案自光绪二十三年三月十三日获犯到案起，扣除犯病一个月，计至十月十二日统限届满。今在限内审办，并未迟逾，合并陈明。为此除具题外，理合具揭。

须至揭贴者。

光绪二十三年十月二十四日题，二十四年二月十五日奉旨：三法司核拟具奏。

附件一：刑部等衙门为报明香山县余维漳致伤伊妻余林氏身死一案题本

光绪二十四年二月(1898 年 2 月)

刑部等衙门谨题为报明事。

刑科抄出广东巡抚许振祎题前事，等因。光绪二十三年十月二十四日题，二十四年二月十五日奉旨：三法司核拟具奏。钦此。该臣等会同都察院、大理寺会看得香山县民余维漳致伤伊妻余林氏身死一案，据广东巡抚许振祎疏称：缘余维漳籍隶香山县，与伊妻余林氏素睦无嫌。余维漳近因吸食洋烟，不务正业，余林氏时常劝谏不从。光绪二十三年三月初四日，余维漳在家吸烟，令余林氏前去挑水，余林氏不应，余维漳村斥，余林氏分辩，余维漳不服混骂，余林氏回詈，扑向拼命。余维漳顺拾地上柴刀吓砍，适伤其右太阳，余林氏喊跌倒地。当有余容标路见进劝，余维漳畏惧逃逸。余容标询悉情由，通知余林氏外家之婶母林梁氏趋往看明。讵余林氏伤重，移时殒命。报验获犯，讯详批审，据供前情不讳，将余维漳依律拟斩监候。等因具题前来。

查律载：夫殴妻至死者，绞监候。等语。此案余维漳因与伊妻余林氏口角争殴，辄用刀砍伤余林氏身死，自应按律问拟。应如该抚所题，余维漳合依夫殴妻至死者绞律拟绞监候，秋后处决。该抚疏称，此外讯无在场帮殴之人及逃后知情容留人家，应毋庸议。见证余容标赶劝不及,亦毋庸议。凶刀供弃免起,尸棺饬埋,无干省释。等语。均应如该抚所题办理。

再,此案于光绪二十四年二月十九日钞出到部,统计臣部及会议各衙门例限,应扣至四月二十五日限满,并未逾限,合并声明。臣等未敢擅便,谨题请旨。

光绪二十四年二月　日

附件二:某衙门为报明审办香山县余维漳致伤伊妻余林氏身死一案题本

谨题为报明事。

该臣等会看得余维漳致伤伊妻林氏身死,案据广东巡抚许〔振祎〕疏称,余维漳与妻余林氏素睦无嫌,光绪二十三年三月初四日余维漳令林氏挑水,林氏不应,余维漳村斥,林氏分辩,余维漳不服,致相骂詈。林氏扑向拚命,余维漳拾柴刀吓砍,适伤其右太阳倒地,移时殒命。报验获犯,审供不讳,将余维漳依律拟绞。等因具奏前来。应如该抚所题,余维漳合依夫殴妻至死者绞律拟绞监候,秋后处决。臣等未敢擅便,谨题请〔旨〕。

(刑法部档)

E21:政法-治安、巡捕

3.114　刑部主事区震奏陈广东盗风猖獗盗宜清其源折

光绪二十四年八月初六日(1898年9月21日)

刑部主事臣区震跪奏,为广东盗风猖獗,治盗宜清其源,恭折具陈,仰祈圣鉴事。

窃维天下之乱,每始于多盗,前时发捻之起,今日粤西之事,此其明证。迩来盗贼公行,明火强劫之案,各省皆有,然均不如广东之甚。盖强盗所恃者洋枪,各省中洋枪未尽流行,购用尚少,且劫案一出,该管地方官无不摘顶勒缉,逾限不获者指参,以故破获者,十居八九,萑苻因之稍敛。至于粤盗之横甲于天下,每人挟有大小洋枪,百十成群,明目张胆,所至之处,事主乡团畏其凶悍,莫敢与撄,任其饱掠而去,临行复挟制事主护送,使团勇不敢追拿,设有伙盗被擒者,则将事主杀毙。甚至省垣白日拦抢,举枪相胁,人见洋枪,仓皇失措,尽献所有,即遇兵勇,不敢叫喊。是盗之有洋枪,犹虎之添翼也。每县一月中报劫者,百数十起不等,其隐忍不报者,尚不知凡几,每起有连劫十数家,多至数十家者。劫案既多,督抚视为固然,参不胜参,州县亦以司空见惯,绝不讲求缉捕,即有绅士指名禀攻,且恐其拒捕抗官,不敢从严究办。盗贼闻风愈肆,闾阎所以大受其害也。

然则欲清盗之源,非禁售洋枪不可。查快枪及各种洋枪,内地虽有制造,其精利者,均售自香港、澳门两地。从前本有禁止洋枪入口之例，日久稽查不力，视为具文，盗匪或托不肖营勇代购。且澳门毗连香山、新宁等县，可以由陆道绕运，口岸更无从查察。应请饬下总理衙门，知会英葡两国驻使，饬属凡有在港澳购买各等洋枪，非奉有地方官札文，不得售卖，饬下广东督臣，伸明旧例，知照海关陆卡，严密稽查，不准私运洋枪入口，并出示晓谕，内地制造洋枪铺店，无得私售大小洋枪，严禁各营兵勇，不得代盗贼购枪，违者均查出重办，其有拿获身带洋枪者，讯非官兵营勇，即作强盗惩治。如此，则盗无洋枪，失其所恃，自不至肆意横行，即遇有劫掠地方，兵勇捕拿亦易。至若城乡市镇防御团练需用各等洋枪，应准其由绅士呈请地方州县官给札往购，无得稍有留难需索。庶几御暴有资，逞凶无具，盗风可以少戢，或不至因盗贼而酿成乱机矣。

管窥所及，是否有当，伏乞皇上圣鉴训示。谨奏。

光绪二十四年八月初六日

（军机处录副奏折）

E329：政法-其他案件

3.115　广东按察使司册为访获香山县制造假金诓骗得赃之何亚有等究办事

光绪二十六年四月二十六日(1900年5月24日)

二品顶戴、广东按察使司为访获究办事。

案据香山县知县蒋鸣庆申详，访闻县属有匪徒何亚有等制造假金诓骗行使情事，当即会营饬差查拿，随于光绪二十五年十二月十四、十六等日据兵役先后拿获何亚有、李雄二名到案。讯据何亚有供：新会县人，小的向来县属打银度活，与现获的李雄认识，因没人雇倩(请)，贫苦难度。光绪二十五年十一月二十七日，小的路遇李雄，共讲穷苦。小的起意伪造金锭，伙同骗钱分用，李雄应允。那日就同到僻地方，取出倾镕器具，用砖凿模，把黄铜镕化，做成假金二小锭，用酸梅水洗过便成金色。次日，同李雄携到街上，换给过路不识姓名妇人，得银十员，俵分花用各散。随奉访闻查拿，小的害怕，逃往各处躲避，今被兵差拿获解案的。制造假金器具已经丢弃是实。据李雄供：顺德县人，小的向来县属雇工度活，与现获的何亚有素相认识，因没人雇倩(请)，穷苦难度。光绪二十五年十一月二十七日，小的路遇何亚有，共讲穷苦。何亚有起意伪造金锭，伙同骗钱分用，小的应允。那日就同〔到〕僻静地方，何亚有取出倾镕器具，用砖凿模，把黄铜镕化，做成假金二小锭，用酸梅水洗过便成金色。次日，同小的携到街上，换给过路不识姓名妇人，得银十员，俵分花用各散。随奉访闻查拿，小的害怕，逃往各处躲避，今被兵差拿获解案的。

制造假金器具，何亚有已经丢弃是实。各等供。据此，当将各犯收禁，理合通详。等情。

奉两院宪批饬审解，转行遵照。据报，该犯何亚有于光绪二十六年正月二十七日在监染患寒热病症，至二十六年二月二十六日医愈，均经该县报明在案。兹据广州府知府施典章详，据香山县知县蒋鸣庆详称，遵即提犯覆讯。据何亚有供：新会县人，年四十八岁，父母都故，并没弟兄妻子。小的向来县属打银度活，与现获的李雄素相认识。光绪二十五年十一月二十七日，小的路遇李雄，共讲穷苦。小的起意伪造金锭，伙同骗钱分用，李雄应允。那日就同到僻静地方，取出倾镕器具，用砖凿模，把黄铜镕化，做成假金二小锭，用酸梅水洗过便成金色。次日，同李雄携到街上，换给过路不识姓名妇人，得银十员，俵分花用各散。随奉访闻查拿，小的害怕，逃往各处躲避，后被兵差拿获解案的。小的实止起意伪造假金行使得赃分用这一次，此外并没另犯别案与另有同伙的人，逃后也没行凶为匪及有人知情容留。小的在外犯案，原籍牌保及无从查察是实。据李雄供：顺德县人，年二十六岁，父母都故，并没弟兄妻子。小的向来县属雇工度活，与现获的何亚有素相认识。光绪二十五年十一月二十七日，小的路遇何亚有，共讲穷苦。何亚有起意伪造金锭，伙同骗钱分用，小的应允。那日就同到僻静地方，何亚有取出倾镕器具，用砖凿模，把黄铜镕化，做成假金二小锭，用酸梅水洗过便成金色。次日，同小的携到街上，换给过路不识姓名妇人，得银十员，俵分花用。随奉访闻查拿，小的害怕，逃往各处躲避，后被兵差拿获解案的。小的实止听从何亚有起意伪造假金行使得赃分用这一次，此外并没另犯别案与另有同伙的人，逃后也没行凶为匪及有人知情容留。小的在外犯案，原籍牌保没从查察是实。各等供。

据此，该香山县知县蒋鸣庆审看得匪徒何亚有等制造伪金诓骗行使得赃一案，缘何亚有、李雄籍隶新会、顺德等县，向在香山县属打银及雇工度日，彼此素相认识，因没人雇倩(请)，穷苦难度。光绪二十五年十一月二十七日，何亚有路遇李雄，共谈贫苦。何亚有起意伪造金锭，伙同骗钱分用。李雄应允。是日同至僻静地方，何亚有取出倾镕器具，用砖凿模，将黄铜镕化，做成假金小锭，用酸梅水洗成金色。次日，一同携至街上换给过路不识姓名妇人，得银十圆，俵分花用各散。旋经访闻，会营饬拨兵役将犯缉获解案，讯供通详，奉批审解，遵提各犯覆加研讯。据该犯何亚有等供认前情不讳，究鞫不移，案无遁饰。虽无事主质讯，惟犯系先后拿获，隔别研讯，供词如一，正匪无疑。查律载：以铜、铁、水银伪造金银者，杖一百，徒三年，为从减一等。等语。此案何亚有起意伪做金锭行使得财，计赃在十两以下，自应按律问拟。何亚有除诓骗得财计赃轻罪不议外，合依"以铜、铁、水银伪造金银者，杖一百，徒三年"律，拟杖一百，徒三年；李雄听从伪造行使得财，合依"为从减一等"律，于首犯何亚有徒三年罪上减一等，拟杖九十，徒二年半，到配折责拘役。该犯等讯无另犯别案并另有同伙之人，逃后亦无行凶为匪及有人知情容留。各犯均在隔属犯案，原籍牌保无从查察，俱毋庸议。被骗买受之妇人，据供不识姓名，制造伪金器具，供经丢弃，均无凭传讯。查起赃银，照追入官。本案匪犯同伙二人业经由县访闻会营缉获究办，失察职名应请免开。理合连犯解候审转。等情。由府审详到司。

据此，该二品顶戴广东按察使吴引孙核看得香山县匪徒何亚有等制造伪金诓骗行使得赃一案，缘何亚有、李雄籍隶新会、顺德等县，向在香山县属打银及雇工度日，彼此素相认识，因没人雇倩(请)，穷苦难度。光绪二十五年十一月二十七日，何亚有路遇李雄，共谈贫苦。何亚有起意伪造金锭，伙同骗钱分用。李雄应允。是日同至僻静地方，何亚有取出倾镕器具，用砖凿模，将黄铜镕化，做成假金二小锭，用酸梅水洗过便成金色。次日，一同携至街上换给过路不识姓名妇人，得银十圆，俵分花用各散。旋经访闻，会营饬拨兵役将犯缉获解案，讯供通详，奉批审解，转行遵照。据报，该犯何亚有在监患病医愈，均经该县报明在案。嗣据该县将犯审拟，由府审详前来。本司伏查：该犯何亚有等既据该县府讯，据供认前情不讳，究鞫不移，案无遁饰。虽无事主质讯，惟犯系先后拿获，隔别研讯，供词如一，正匪无疑。查律载：以铜、铁、水银伪造金银者，杖一百，徒三年，为从减一等。等语。此案何亚有起意伪做金锭行使得财，计赃在十两以下，自应按律问拟。应如该县府所拟，何亚有除诓骗得财计赃轻罪不议外，合依"以铜、铁、水银伪造金银者，杖一百，徒三年"律，拟杖一百，徒三年；李雄听从伪造行使得财，合依"为从减一等"律，于首犯何亚有徒三年罪上减一等，拟杖九十，徒二年半，到配折责拘役。该犯等讯无另犯别案并另有同伙之人，逃后亦无行凶为匪及有人知情容留。各犯均在隔属犯案，原籍牌保无从查察，俱毋庸议。被骗买受之妇人，据供不识姓名，制造伪金器具，供经丢弃，均无凭传讯。查起赃银，照追入官。本案匪犯同伙二人业经由县访闻会营缉获究办，失察职名应请免开。

再，本案自光绪二十五年十二月十四日获犯到案起，扣除犯病、封印各一个月，计至二十六年六月十三日，统限届满。今在限内详办，并无迟逾，合并声明。理合详候宪台察核咨部。除详督、宪外，为此备由具呈，伏乞照详施行。

须至书册者。

光绪二十六年四月二十六日二品顶戴广东按察使吴引孙

附件：广东司为香山县何亚有等制造伪金诓骗得赃一案致广东巡抚咨文

光绪二十八年二月(1902 年 3 月)

广东司呈为补咨事。

据广东巡抚德咨称，香山县匪徒何亚有等制造伪金、诓骗行使得赃案，缘何亚有、李雄籍隶新会、顺德等县，向在香山县属打银及雇工度日，彼此素相认识。光绪二十五年十一月二十七日，何亚有路遇李雄，共谈贫苦。何亚有起意伪造金锭，伙同骗钱分用，李雄应允。是日同至僻静地方，何亚有取出倾镕器具，用砖凿模，将黄铜镕化，做成假金小锭，用酸梅水洗成金色，一同携至街上换给过路不识姓名妇人，得银十圆，俵分各散。经县访获，讯详批审，据供前情不讳。此案何亚有起意伪做金锭行使得财，计赃在十两以下，自应按律问拟。何亚有除诓骗得财计赃轻罪不议外，合依"以铜、铁、水银伪造金银者，杖一百，徒三年"律，拟杖一百，徒三年；李雄听从伪造行使得财,合依"为从减一等"律,于首犯何亚有徒三年罪上减一等,拟杖九十,徒二年半,均到配折责拘役。该犯等讯无另犯别案并另有同伙之人,逃后亦无行凶为匪及有人知情容留。系在隔属犯案,原籍牌保无从查察,俱毋庸议。被骗买受之妇人,据供不识姓名,制造伪金器具,供经丢弃,均无凭传讯。查起赃银,照追入官。相应造册补咨。等因前来。

据此,何亚有、李雄应如所咨,分别拟徒,事犯到官。在光绪二十六年三月十二日恩诏:以前系伪造金银拟徒,应准减为杖一百,折责发落。余如所咨。完结相应咨覆该抚可也。

咨广抚。

光绪二十八年二月

(刑法部档)

E324:政法-偷盗抢劫案件

3.116 香山县抢劫孙吴氏等家之杜亚林等供词

据杜亚林供:年二十二岁,香山县人。父亲杜敬美,年六十六岁;母亲关氏,年五十四岁,并没兄弟妻子。据陈亚石供:年二十五岁,东莞县人,父母都故,并没兄弟妻子,与同犯案的陈亚宏、陈亚有同姓不宗。据江亚衲供:年二十四岁,新安县人,父亲已故,母亲曾氏年五十六岁,并没兄弟妻子。又据同供:我们都在澳门撑船度活,与现获的陈亚宏、赖亚年、郭湝带、黄美湝,已被格毙的赖亚掌、陈亚有、朱亚勤、郭烟屎带都相认识,其余各纠各伙彼此都不认识。赖亚掌、陈亚有、朱亚勤、郭烟屎带各在澳门洋埠置有渔船一只,并未赴县编烙给照,都在附近海面捕鱼。光绪九年三月间,我们走到赖亚掌们艇内闲坐,赖亚掌说及鱼汛不旺,穷苦难度,知道香山县属土名鹤仔沙洋面荒僻,时有客船来往,起意商同纠伙驾艇前往伺劫,得赃分用。我们都各允从。赖亚掌随纠得已被击毙的不识姓名八人、未获的不识姓名四人,陈亚有纠得已被击毙的不识姓名七人,朱亚勤、郭烟屎带共纠得已被击毙的不识姓名十人、未获的不识姓名六人,我杜亚林纠得现获的陈亚宏、赖亚年、郭湝带、黄美湝,未获的陈亚苏、吴亚右六人,共伙四十八人,分驾各艇开行。艇内先经置有枪械等件,又在海边捞获小铁炮一尊,我杜亚林携带先在澳门不识姓名人摊上刻就的"杜华林堂"图记一个,藏放身边。四月初一夜,驶到香山县属沙边村地方,我杜亚林起意纠同我陈亚石们共伙十三人,各拿刀械上岸,强劫事主孙吴氏家,已被格毙的朱亚勤、郭烟屎带及未获的陈亚苏、吴亚右在外接赃,我们与现获的陈亚宏、赖亚年、郭湝带、黄美湝及已被格毙的赖亚掌、陈亚有入室搜赃,把劫得赃物变卖俵分,回艇驶逃。四月初三日,驶到香山县属鹤仔沙洋面,我杜亚林起意用携来图记造成纸单,伙同郭烟屎带转纠已被击毙的不识姓名六人、未获的不识姓名二人,各拿刀械一齐登岸,向那里张信成、李顺成、陈穗丰、王穗生各围寮打单吓诈，每寮诈得洋银二元，共银八元，分给各艇充作食用。四月初四日，我们正想驶往各处行劫，就有官兵驾艇前来围拿。赖亚掌喝令各伙开放枪炮拒敌。赖亚掌点放洋枪拒毙外委陈雄升一人，不识姓名伙党枪毙勇丁梁彪、杨碗二名，并伤兵丁李国安、梁定英、陈泽棠，勇丁黄全得、洪满、何鸿光、张国旺七名。官兵奋力环攻，当场割取耳记三副，格毙赖亚掌、陈亚有、朱亚勤、郭烟屎带四人并不识姓名伙党二十二人，因艇被击坏，连尸身一并沉溺。陈亚苏、吴亚右与不识姓名伙党十人凫水逃逸。我们因被兵勇击伤，就同陈亚宏、赖亚年、郭滙带、黄美滙一并拿获，连起获艇只、炮械、图章等件，解奉发审的。我杜亚林、陈亚石又先于光绪八年十月二十九日听从未获的吴斗余起意，伙同未获的不识姓名三人共伙六人，坐驾吴斗余艇只，在香山县属涌口门河面，各持刀械强劫事主李富淼渡船，不识姓名一人在本艇板船接赃，我杜亚林、陈亚石与吴斗余并不识姓名二人过船搜赃。吴斗余点放竹铳，致伤事主李富淼额头落水身死，把劫得赃物变卖俵分一次。我们又于光绪八年十二月十六日夜，听从未获的不知姓疏发起意，伙同未获的不识姓名六人共伙十人，坐驾不知姓疏发艇只，在香山县属金星门内洋，各持刀械强劫事主彭金盛拖船，不识姓名三人在本艇板船接赃，我们与不知姓疏发并不识姓名三人过船搜赃。不知姓疏发用刀拒伤事主之妻彭黄氏右手腕，把劫得赃物变卖俵分一次。我杜亚林实止在洋行劫得赃一次，在内河陆路行劫得赃二次，起意结伙三人以上持械打单吓诈得赃一次，被拿听从拒敌官兵一次。我陈亚石实止在洋行劫得赃一次，在内河陆路行劫得赃二次，被拿听从拒敌官兵一次。我江亚衲实止在洋行劫得赃一次，在陆路行劫得赃一次，听从拒敌官兵一次。此外并没另犯别案、窝伙、与同居亲属知情分赃。我杜亚林住处零星，向没牌保；父亲杜敬美久已分居，并不知情。我陈亚石、江亚衲在外犯案，原籍牌保无从禁约查察。枪械系在外洋向不识姓名人洋船买得，赖亚掌们船只系在澳门置造，铁炮在海边捞获，火药系爆竹内剥取，劫赃卖与不识姓名人，得的银钱已经花用。至当日拒捕，因伙党人多，事在仓猝，勇丁梁彪们被何人下手伤毙，不能辨认清楚。陈亚苏们逃往何处不知道。是实。

据陈亚宏供：年二十三岁，鹤山县人，父亲陈亚幅年八十一岁，母亲已故，弟兄三人，哥子陈亚东，弟郎陈亚华，我居次，并没妻子，与同犯案的陈亚石、陈亚有都同姓不宗。据赖亚年供：年三十一岁，香山县人，父母都故，并没弟兄妻子，与同犯案的赖亚掌同姓不宗。据郭滙带供：年二十八岁，香山县人，父亲已故，母亲林氏年六十六岁，并没弟兄妻子，与同犯案的郭烟屎带同姓不宗。据黄美滙供：年二十一岁，香山县人，父亲已故，母亲梁氏年七十二岁，弟兄二人，哥子黄亚大，我居次，并没妻子。又据同供：我们都在澳门撑船度活，与现获的杜亚林、陈亚石、江亚衲，已被格毙的赖亚掌、陈亚有、朱亚勤、郭烟屎带都相认识，其余各纠各伙彼此都不认识。赖亚掌、陈亚有、朱亚勤、郭烟屎带各在澳门洋埠置有渔艇一只，并未赴县编烙给照，都在附近海面捕鱼。光绪九年三月间，现获的杜亚林、陈亚石、江亚衲走到赖亚掌们艇内闲坐，赖亚掌说及鱼汎不旺，穷苦难度，知道香山县属土名鹤仔沙洋面荒僻，时有客船来往，起意商同纠伙驾艇前往同劫,得赃分用。杜亚林们都各允从。赖亚掌随纠得已被击毙的不识姓名八人、未获的不识姓名四人,陈亚有纠得已被击毙的不识姓名七人,朱亚勤、郭烟屎带共纠得已被击毙的不识姓名十人、未获的不识姓名六人,我杜亚林纠得现获的陈亚宏、赖亚年、郭滙带、黄美滙,未获的陈亚苏、吴亚右六人,共伙四十八人,分驾各艇开行。艇内先经置有枪械等件,并在海边捞获小铁炮一尊。杜亚林并携带先在澳门刻就的"杜华林堂"图记一个,藏放身边。四月初一夜,驶到香山县属沙边村地方,杜亚林起意纠同我们共伙十三人,各拿刀械上岸,强劫事主孙吴氏家,已被格毙的朱亚勤、郭烟屎带及未获的陈亚苏、吴亚右在外接赃,我们与现获的杜亚林、陈亚石、江亚衲及已被格毙的赖亚掌、陈亚有入室搜赃,把劫得赃物变卖俵分,回艇驶逃。四月初三日,驶到香山县属鹤仔沙洋面,杜亚林起意用携来图记造成纸单,伙同郭烟屎带转纠已被击毙的不识姓名六人、未获的不识姓名二人,各拿刀械一齐登岸,向那里张信成、李顺成、陈穗丰、王穗生各围寮打单吓诈,每寮诈得洋银二元共银八元,分给各艇充作食用。四月初四日,我们正想驶往各处行劫,就有官兵驾艇前来围拿。赖亚掌喝令各伙开放枪炮拒敌。赖亚掌点放洋枪拒毙外委陈雄升一人,不识姓名伙党枪毙勇丁梁彪、杨碗二名,并伤兵丁李国安、梁定英、陈泽棠,勇丁黄全得、洪满、何鸿光、张国旺七名。官兵奋力环攻,当场割取耳记三副,格毙赖亚掌、陈亚有、朱亚勤、郭烟屎带四人并不识姓名二十五人,因艇被击坏,连尸身一并沉溺。陈亚苏、吴亚右与不识姓名伙党十人凫水逃逸。我们因被兵勇击伤,就同杜亚林、陈亚石、江亚衲一并拿获,连起获艇只、炮械、图章等件,解奉发审的。我们实止在陆路行劫得赃一次,被拿拒敌官兵一次,此外并没另犯别案、窝伙、与同居亲属知情分赃。我陈亚宏在外犯案,原籍父兄、牌保无从禁约查察。我赖亚年、郭滙带、黄美滙住处零星,向无牌保。枪械系在外洋向不识姓名洋船买得,赖亚掌们船只系在澳门置造,铁炮在海边捞获,火药系爆竹内剥取,劫赃卖与不识姓名人,分得的银钱已经花用。至当日拒捕,因伙党人多,事在仓猝,勇丁梁彪们被何人下手伤毙,不能辨认清楚。陈亚苏们逃往何处不知道。是实。

(刑法部档)

E322:政法-斗殴案件

3.117 广东司为咨送香山等县梁亚溃刀伤卢昭炫身死等案犯病故事致广抚、吏部咨文(共八件)

光绪二十六年十二月二十日至二十八年三月初一日

(1901年2月16日—1902年1月8日)

广东司呈,为咨送事。光绪二十八年正月二十三日据广东巡抚德咨称,准刑部咨,据广东巡抚咨，香山县绞犯梁亚渍病故一案，又香山县绞犯蔡亚彩病故一案，又高要县流犯慕容亚二病故一案，查该三犯均未据该抚咨报审拟原案，无凭核覆，应令将原犯全案钞录以备核办等因。相应将梁亚渍、蔡亚彩、慕容亚二三犯审拟原案钞录开单咨送等因前来。查香山县民梁亚渍刀伤卢昭炫身死一案，缘梁亚渍籍隶该县，与已死卢昭炫同村无嫌。光绪二十五年八月十一日，卢昭炫田工转回，与梁亚渍路遇。梁亚渍因行走匆忙，误碰卢昭炫肩甲，卢昭炫斥骂，梁亚渍不服回詈，致相争闹。卢昭炫举刀向砍，梁亚渍夺刀戳伤其左胯，卢昭炫扑向夺刀，梁亚渍用刀吓戳，适伤其左腿倒地，移时殒命。报验讯详审供不讳，诘非有心致死，亦无起衅别故及在场帮殴之人。此案梁亚渍因与卢昭炫口角争闹夺刀戳伤卢昭炫左胯等处身死，自应按律问拟，梁亚渍合依斗殴杀人者不问手足他物金刃并绞律，拟绞监候秋后处决。见证梁亚球喝阻不及，应毋庸议。凶刀供弃免起，尸棺饬埋，无干省释。又香山县民蔡亚彩致伤与伊妻通奸之萧引东身死一案，缘蔡亚彩籍隶该县，与萧引东同村无嫌，常相往来，蔡亚彩之妻蔡林氏与萧引东习见不避。光绪二十五年九月不记日期，蔡林氏独自在家，萧引东走至闲坐，遂与调戏成奸，以后遇便续旧，并未给过银物。蔡亚彩先未知情，嗣因有风闻，向蔡林氏盘问，蔡林氏说出奸情。蔡亚彩往寻萧引东送究未获，将蔡林氏责殴。经萧洸裕劝息，禁止往来。十二月二十六日，萧引东路过蔡亚彩门首，蔡亚彩瞥见气忿，拔刀追殴，萧引东跑逃，蔡亚彩追及，用刀戳伤萧引东左脊膂倒地，移时殒命。报验投首讯详审供不讳。此案蔡亚彩因萧引东与伊妻蔡林氏通奸，事后用刀戳伤萧引东左脊膂身死，虽据自首，无因可免，自应按例问拟，蔡亚彩合依本夫捉奸已离奸所，非登时杀死不拒捕奸夫者照罪人不拒捕而擅杀律绞例，拟绞监候秋后处决。据供母老丁单，饬县查明取结照例办理。蔡林氏与萧引东通奸亦应按例问拟，蔡林氏合依军民相奸奸妇枷号一个月杖一百例，拟枷号一个月杖一百，系犯奸之妇杖决枷赎追取赎银入官，给属领回听其去留。见证萧洸裕喝阻不及，应毋庸议。萧引东与蔡林氏通奸，罪有应得，业已身死，亦毋庸议。凶刀供弃免起，尸棺饬埋，无干省释。所有初参承缉职名系香山县知县蒋鸣庆相应开报附参。又高要县贼犯慕容亚二迭窃勒赎得赃一案，缘慕容亚二籍隶高要县，因贫苦难度，光绪二十四年十二月初六日夜独窃事主黄亚定家鸡只，卖钱一百文。又二十五年正月十六日夜独窃陈文德家布衫，卖银四钱六分。又是月二十日夜独窃李亚明家布棉衲，尚未变卖，经事主查知向讨，勒赎得钱五百五十文。又二月初六日夜独窃蔡亚捐家夹被，卖钱三百文。经□访获讯详批审，据供前情不讳。此案慕容亚二行窃四次，计赃均在一两以下，惟勒赎得赃一次，自应照例问拟，慕容亚二除行窃计赃轻罪不议外，合依匪徒逼令事主出钱赎赃，但经得赃者不论多寡照强盗窝主律杖一百流三千里例，拟杖一百流三千里，左面刺窃盗二字，到配杖一百折责安置。该犯讯无另犯别案窝伙与同居亲属知情分赃，逃后亦无行凶为匪及知情容留之人，住处零星向无牌保。事主黄亚定等讯因失赃无几致未呈报，均毋庸议。买赃之人据供不识姓名，无凭提讯查起。行窃勒赎各赃照追给主，所有提解迟延职名除咨吏部外，相应咨达各等因。查梁亚渍、蔡亚彩、慕容亚二三犯，前据该抚咨报在监病故，经本部以未接到审拟原案咨行钞录去后兹据该抚将该三犯原案抄送到部。本部逐案详核，梁亚溃、蔡亚彩情罪俱属相符，至慕容亚二系因迭窃犯案，内有勒赎一次得赃五百五十文，该抚依匪徒逼令事主出钱赎赃，但得赃者不论多寡，照强盗窝主律拟以满流，不知此条例文专指匪徒帮同窃贼逼令事主赎赃者而言，至窃贼向事主勒赎得赃无几，应比附量减拟徒故，前于潘九仔一案曾经更正，所有慕容亚二原拟流罪殊未允协，惟业已病故，应与病故之梁亚溃、蔡亚彩均毋庸议。该抚咨称验讯医禁人等，并无误方及凌虐情弊，取有图结报部等语，均应如所咨完结。查蔡亚彩案内奸妇蔡林氏事犯到官在光绪二十六年三月十二日恩诏以前，所得枷杖罪名应准援免并免收赎。至蔡亚彩案内承缉初参，慕容亚二案内提解迟延及管狱官各职名事隶吏部，该抚均经分咨，应听吏部核办，仍知照吏部，各案正犯均已病故，余犯罪止枷杖，毋庸具奏，相应并咨覆该抚可也。

咨广抚、吏部

光绪二十八年三月日

附件一：梁亚溃刀伤卢昭炫身死一案揭帖

揭为报明事。据广东按察使吴引孙详，据广州府知府施典章详，据香山县知县蒋鸣庆详称，光绪二十五年八月十三日据县属地保蔡吕咏禀，据民妇卢梁氏投称，本月十一日傍晚时候伊夫卢昭炫田工转回，与同行回村之梁亚溃行走匆忙误碰伊夫肩甲，伊夫斥骂瞎眼，梁亚溃不服回詈，致相争闹，伊夫被梁亚溃夺刀戳伤左胯、左腿倒地。时有梁亚球路过喝阻，问明情由向伊报知前往看明，讵伊夫伤重，移时殒命，嘱身禀报等语。往看属实，请验讯缉究等情。同日并据尸亲卢梁氏报同前由各到县。据此当即饬差勒缉凶犯，一面轻舆减从带领刑仵亲诣尸所，饬将尸移平地，对众如法相验。据仵作林湢喝报，已死卢昭炫问年三十五岁，验得仰面，不致命左胯一伤斜长一寸三分，宽三分，深抵骨，骨不损。左腿一伤斜长一寸二分，宽三分，深抵骨，骨损。均皮肉卷缩有血污，系刀伤，余无故，委系受伤身死。报毕亲验无异，当场填格取结。尸饬棺殓。绘图同格结附卷，讯据尸亲地保见证各供均与报词同。详奉批饬缉参，随于光绪二十六年正月初三日据差役缉□获凶犯梁亚溃传同见证梁亚球到案，逐加研讯。据梁亚球供：与已死卢昭炫并梁亚溃都相认识。光绪二十五年八月十一日傍晚时候，卢昭炫田工转回，与梁亚溃路遇，梁亚溃行走匆忙误碰卢昭炫肩甲。卢昭炫斥骂瞎眼，梁亚溃不服回詈，致相争闹。卢昭炫举手中田刀向梁亚溃扑砍，梁亚溃闪侧夺刀过手戳伤卢昭炫左胯。卢昭炫扑向夺刀，梁亚溃又用刀吓戳，适伤卢昭炫左腿倒地。小的路见喝阻，问明情由，通知卢昭炫的妻子。卢梁氏前往看明，不想卢昭炫伤重，过一会身死，尸亲投保报验的。小的喝阻不及是实。据梁亚溃供：香山县人，年二十岁，与已死卢昭炫同村居住，熟识殁嫌。光绪二十五年八月十一日傍晚时候，小的趁圩转回，与卢昭炫路遇，因行走匆忙误碰卢昭炫肩甲，卢昭炫斥骂瞎眼，小的不服回骂，致相争闹。卢昭炫就举手中田刀向小的扑砍，小的闪侧夺刀过手戳伤他左胯，卢昭炫扑向夺刀，小的又用刀吓戳，适伤他左腿倒地，时有梁亚球路见喝阻，小的害怕跑逃，不想卢昭炫伤重身死，尸亲报验差拿把小的拿获解案，的并没有心致死，也没起衅别故及在场帮殴的人，凶刀当时撩弃是实各等供。据此传同尸亲质讯无异，将犯收禁，尸亲见证省释，录供通详奉批审解，遵即提犯覆鞫。据梁亚溃供：香山县人，年二十岁，父亲已故，母亲冯氏年六十八岁，弟兄三人，小的居次，还没娶妻，与已死卢昭炫同村住，熟识没嫌。光绪二十五年八月十一日傍晚时候，小的趁圩转回，与卢昭炫路遇，因行走匆忙误碰卢昭炫肩甲，卢昭炫斥骂瞎眼，小的不服回骂，致相争闹，卢昭炫就举手中田刀向小的扑砍，小的闪侧夺刀过手，戳伤他左胯，卢昭炫扑向夺刀，小的又用刀吓戳，适伤他左腿倒地。时有梁亚球路见喝阻，小的害怕跑逃，不想卢昭炫伤重身死，尸亲报验差拿把小的拿获解案的，实因口角争闹夺刀吓戳适伤毙命，并没有心致死，也没起衅别故及在场帮殴的人，凶刀当时撩弃是实等供。据此该香山县知县蒋鸣庆□□得县民梁亚溃刀伤卢昭炫身死一案缘梁亚溃籍隶香山县，与已死卢昭炫同村居住素识无嫌。光绪二十五年八月十一日傍晚时候，卢昭炫田工转回与梁亚溃路遇，梁亚溃因行走匆忙误碰卢昭炫肩甲，卢昭炫斥骂瞎眼，梁亚溃不服回詈，致相争闹。卢昭炫即举手中田刀向梁亚溃扑砍，梁亚溃闪侧夺刀过手戳伤其左胯，卢昭炫扑向夺刀，梁亚溃复用刀吓戳，适伤其左腿倒地。当有梁亚球路过，看见喝阻，询悉情由，通知卢昭炫之妻卢梁氏趋往看明，讵卢昭炫伤重，移时殒命。尸亲投保报验详缉获犯讯供通详批饬审解，遵即提犯覆鞫，据供前情不讳，诘非有心致死，亦无起衅别故及在场帮殴之人，究鞫不移，案无遁饰。查律载，斗殴杀人者不问手足他物金刃并绞监候等语。此案梁亚溃因与卢昭炫口角争闹夺刀吓戳适伤卢昭炫左胯等处身死，自应按律问拟，梁亚溃合依斗殴杀人者不问手足他物金刃并绞监候律拟绞监候秋后处决，见证梁亚球喝阻不及，应毋庸议，凶刀供弃免起，尸棺饬埋，无干省释，理合遵犯解候审转等情到府。由府审解到司，臬司吴引孙提犯覆讯相同详解到臣，提犯亲讯无异，该臣审看得香山县民梁亚溃刀伤卢昭炫身死一案，缘梁亚溃籍隶香山县，与已死卢昭炫同村居住素识无嫌。光绪二十五年八月十一日傍晚时候，卢昭炫田工转回与梁亚溃路遇，梁亚溃因行走匆忙误碰卢昭炫肩甲，卢昭炫斥骂瞎眼，梁亚溃不服回詈，致相争闹。卢昭炫即举手中田刀向梁亚溃扑砍，梁亚溃闪侧夺刀过手戳伤其左胯，卢昭炫扑向夺刀，梁亚溃复用刀吓戳，适伤其左腿倒地。当有梁亚球路过，看见喝阻，询悉情由，通知卢昭炫之妻卢梁氏趋往看明，讵卢昭炫伤重，移时殒命，报验详缉获犯讯详批饬审解。兹据审拟解勘臣提犯亲审，据供前情不讳，诘非有心致死，亦无起衅别故及在场帮殴之人，究鞫不移，案无遁饰。查律载，斗殴杀人者不问手足他物金刃并绞监候等语。此案梁亚溃因与卢昭炫口角争闹夺刀吓戳适伤卢昭炫左胯等处身死，自应按律问拟，梁亚溃合依斗殴杀人者不问手足他物金刃并绞监候律拟绞监候秋后处决。见证梁亚球喝阻不及，应毋庸议。凶刀供弃免起，尸棺饬埋，无干省释。臣谨恭疏具题，伏乞皇上圣鉴，敕下三法司核覆施行。再此案系光绪二十六年正月初三日获犯到案，应于是月十九日开印起限承审，扣除解犯赴省程限五日，计至□……□满在限内审办，并无迟逾，合并陈明。为此除具题外，理合具揭，须至揭帖者。

附件二：蔡亚彩戳伤萧引东身死一案揭帖

揭为报明事。据广东按察使吴引孙详，据广州府知府施典章详，据香山县知县蒋鸣庆详称，光绪二十五年十二月二十八日据县民萧兆能呈报，伊子萧引东与蔡亚彩同村居住，常相往来，蔡亚彩之妻蔡林氏何时与伊子通奸伊先不知情，嗣因蔡亚彩风闻，向蔡林氏盘出奸情，欲寻伊子送究未获。本月二十六日早伊子出外趁圩路遇蔡亚彩家门首，适蔡亚彩在门外看见，拔刀追杀，伊子跑走，被蔡亚彩追至大涌村口地方用刀戳伤左脊膂倒地。时有萧洸裕路过，看见喝阻，询悉情由向伊报知，前往看明抬回医治。讵伊子伤重至是日午后殒命。该处向无地保，请验讯缉究等情到县。据此当即饬差勒缉凶犯，一面轻舆减从带领刑仵亲诣尸所，饬将尸移平地，对众如法相验。据仵作林滀喝报，已死萧引东问年四十岁，验得合面致命，左脊膂一伤斜长一寸二分，宽三分，深透内，皮肉卷缩血污，系刀伤，余无故，委系受伤身死。报毕亲验无异，当饬填格取结，尸饬棺殓，绘图同格结附卷，讯据尸亲见证各供均与报词同，详奉批缉□，随于光绪二十六年正月二十日据凶犯蔡亚彩赴案投首，并据差役传出见证萧洸裕，拿获犯妇蔡林氏到案逐加研讯。据萧洸裕供，与已死萧引东并蔡亚彩同村居住都相认识，萧引东何时与蔡亚彩的妻子蔡林氏通奸，小的先没知道，后因蔡亚彩风闻向蔡林氏盘出奸情，往寻萧引东送究未获，把蔡林氏责打，经小的在场劝息禁止往来。光绪二十五年十二月二十六日早，萧引东路过蔡亚彩门口，蔡亚彩看见，拔刀追到大涌村口地方用刀戳伤萧引东左脊膂倒地。小的路见喝阻，问明情由，通知萧引东的父亲萧兆能前往看明，抬回医治，不想萧引东伤重，到那日午后身死。尸亲赴案报验的，小的喝阻不及是实。据蔡林氏供，香山县人，年二十四岁，这蔡亚彩是丈夫，与已死萧引东同村居住，熟识没嫌，常相往来，小妇人与萧引东见面不避。光绪二十五年九月不记日期，丈夫与婆婆蔡伍氏俱各外出，小妇人独自在家，萧引东到来闲坐，就与小妇人调戏成奸，随后遇便续旧，不记次数，并没给过银物。丈夫与婆婆都不知道。后因丈夫风闻，向小妇人盘问，小妇人不能隐瞒说出奸情，丈夫往寻萧引东送究未获，把小妇人责打，经萧洸裕在场劝息，禁止往来。十二月二十六日早，萧引东路过小妇人门口，被丈夫看见，拔刀追到大涌村口地方把萧引东戳伤身死，小妇人并没看见，后闻尸亲报验差拿□紧，小妇人害怕，逃往各处躲避，今被差役拿获解案的丈夫与婆婆并没纵奸的事是实。据蔡亚彩供，香山县人，年三十二岁，与已死萧引东同村居住，熟识没嫌，常相往来，小的妻子蔡林氏与萧引东见面不避。萧引东何时与妻子调戏成奸小的先没知情，后有风闻向妻子盘问，妻子不能隐瞒说出通奸实情，小的往寻萧引东送究未获，把妻子责打，经萧洸裕在场劝息，禁止往来。光绪二十五年十二月二十六日早，萧引东路过小的门口,小的看见气忿,拔出身带小刀追殴,萧引东跑逃,小的追到大涌村口地方用刀戳伤萧引东左脊膂倒地。那时萧洸裕路见喝阻,小的害怕逃跑,后闻萧引东伤重身死,尸亲报验差拿。今因差拿□紧,小的赴案投首的,并没起衅别故及在场帮殴的人,凶刀当时撩弃是实各等供。据此传同尸亲质讯无异将犯收禁,尸亲见证省释录供通详批饬审解,遵即提犯覆鞫。除犯妇蔡林氏供与前审相同不叙外,据蔡亚彩供:香山县人,三十二岁,父亲已故,母亲伍氏年六十九岁,并没弟兄,娶妻林氏,生有一子,现年六岁,与已死萧引东同村居住,熟识没嫌,常相往来,小的妻子与萧引东见面不避。萧引东何时与妻子调戏成奸小的先没知道,后有风闻,向妻子盘问,妻子不能隐瞒,说出通奸实情,小的往寻萧引东送究未获,把妻子责打,经萧洸裕在场劝息,禁止往来。光绪二十五年十二月二十六日早,萧引东路过小的门口,小的看见气忿,拔出身带小刀追殴,萧引东跑逃,小的追到大涌村口地方用刀戳伤萧引东左脊膂倒地。那时萧洸裕路见喝阻,小的害怕逃跑,后闻萧引东伤重身死,尸亲报验差拿,后因差拿严紧,小的赴案投首的,实因萧引东与妻子通奸事后用刀戳伤毙命,并没起衅别故及在场帮殴的人,凶刀当时撩是实各等供。据此该香山县知县蒋鸣庆审看得县民蔡亚彩致伤与伊妻通奸之萧引东身死一案缘蔡亚彩籍隶香山县,与已死萧引东同村居住,素识无嫌,常相往来,蔡亚彩之妻蔡林氏与萧引东习见不避。光绪二十五年九月不记日期,蔡亚彩与伊母蔡伍氏俱各外出,遗妻蔡林氏独自在家,萧引东走至闲坐,遂与调戏成奸,以后遇便续旧,并未给过银物。蔡亚彩蔡伍氏均先未知情,嗣有风闻,蔡亚彩向蔡林氏盘问,蔡林氏不能隐瞒说出通奸实情,蔡亚彩往寻萧引东送究未获,将蔡林氏责殴,经萧洸裕在场劝息,禁止往来。十二月二十六日早,萧引东出外趁圩路过蔡亚彩门首,蔡亚彩看见气忿,拔出身带小刀追殴,萧引东跑逃,蔡亚彩追至大涌村口地方用刀戳伤萧引东左脊膂倒地,经萧洸裕路见喝阻,询悉情由通知萧引东之父萧兆能趋往看明抬回医治,讵萧引东伤重,是日午后殒命。尸亲报验详缉,随据凶犯蔡亚彩投首并将蔡林氏获案讯供,通详批饬审解,遵提覆鞫,据供前情不讳,诘无起衅别故及在场帮殴之人,究鞫不移,案无遁饰。查例载,本夫捉奸已离奸所,非登时杀死不拒捕奸夫者照罪人不拒捕而擅杀律拟绞监候,又军民相奸奸夫奸妇各枷号一个月杖一百各等语。此案蔡亚彩因萧引东与其妻蔡林氏通奸事后遇见气忿用刀戳伤萧引东左脊膂身死,虽据自首,无因可免,自应按例问拟。蔡亚彩合依本夫捉奸已离奸所,非登时杀死不拒捕奸夫者照罪人不拒捕而擅杀律拟绞监候例拟绞监候秋后处决。据供母老丁单,是否属实俟查明取结照例办理。蔡林氏与萧引东通奸亦应按例问拟,蔡林氏合依军民相奸枷号一个月杖一百例拟枷号一个月杖一百,系犯奸之妇杖决枷赎追银批解充公,给属领回听其去留。见证萧洸裕喝阻不及应毋庸议。萧引东与蔡林氏通奸罪有应得业已身死亦毋庸议。凶刀供弃免起,尸棺饬埋,无干省释。本案凶犯系于初参限内投首,并非差役拿获,所有初参承缉职名系该香山县知县蒋鸣庆相应开报附参,候部察议,理合连犯解候审转等情到府。由府审解到司,臬司吴引孙提犯覆讯相同详解到臣,提犯亲讯无异,该臣审看得香山县民蔡亚彩致伤与伊妻通奸之萧引东身死一案，缘蔡亚彩籍隶香山县，与已死萧引东同村居住素识无嫌常相往来，蔡亚彩之妻蔡林氏与萧引东习见不避。光绪二十五年九月不记日期，蔡亚彩与伊母蔡伍氏俱各外出，遗妻蔡林氏独自在家，萧引东走至闲坐遂与调戏成奸，以后遇便续旧，并未给过银物。蔡亚彩蔡伍氏均先未知情，嗣有风闻，蔡亚彩向蔡林氏盘问，蔡林氏不能隐瞒说出通奸实情，蔡亚彩往寻萧引东送究未获，将蔡林氏责殴，经萧洸裕在场劝息，禁止往来。是年十二月二十六日早萧引东出外趁圩路遇蔡亚彩门首，蔡亚彩看见气忿拔出身带小刀追殴，萧引东跑逃，蔡亚彩追至大涌村口地方用刀戳伤萧引东左脊膂倒地，经萧洸裕路过看见喝阻，询悉情由，通知萧引东之父萧兆能趋往看明抬回医治，讵萧引东伤重，至是日午后殒命，报验详缉，凶犯投首，讯详批饬审解。兹据审拟解勘臣提犯亲审，据供前情不讳，诘无起衅别故及在场帮殴之人，究鞫不移，案无遁饰。查例载，本夫捉奸已离奸所，非登时杀死不拒捕奸夫者照罪人不拒捕而擅杀律拟绞监候，又军民相奸奸夫奸妇各枷号一个月杖一百各等语。此案蔡亚彩因萧引东与其妻蔡林氏通奸，事后用刀戳伤萧引东左脊膂身死，虽据自首，无因可免，自应按例问拟蔡亚彩合依本夫捉奸已离奸所，非登时杀死不拒捕奸夫者照罪人不拒捕而擅杀律拟绞监候例，拟绞监候秋后处决。据供母老丁单，饬县查明取结照例办理。蔡林氏与萧引东通奸亦应按例问拟，蔡林氏合依军民相奸枷号一个月杖一百例拟枷号一个月杖一百，系犯奸之妇杖决枷赎追取赎银批解充公，给属领回听其去留。见证萧洸裕喝阻不及应毋庸议。萧引东与蔡林氏通奸罪有应得业已身死亦毋庸议。凶刀供弃免起，尸棺饬埋，无干省释。本案凶犯系于初参限内投首并非差役拿获，所有初参承缉职名系香山县知县蒋鸣庆相应开报附参，候部察议。臣谨恭疏具题，伏乞皇上圣鉴，敕下三法司核覆施行。再此案自光绪二十六年正月二十凶犯投首之日起扣除解犯赴省程限五日，计至七月二十四日统限届满，今在限内审办并无迟逾，合并陈明。为此除具题外理合具揭，须至揭帖者。

附件三：为慕容亚二一案致吏部咨文

访拿究办事。据广东按察使吴引孙详称，案照高要县贼犯慕容亚二迭窃勒赎得赃一案经前署县冯如衡访拿未获卸事，该县安荫甲抵任会营勒差协同前署县留缉家丁缉获该犯慕容亚二到案，讯供通详奉批确审转行遵照。兹据该县将犯审拟解府，该府提讯，犯供翻异，行提差役质明，将犯仍照原拟审详到司，本司覆加确核。缘慕容亚二籍隶高要县，平日砍柴度活，因贫苦难度，光绪二十四年十二月初六日夜独窃事主黄亚定家鸡一只，卖钱一百文。又于二十五年正月十六日夜独窃事主陈文德家布衫二件，卖银四钱六分。又于是年正月二十日夜独窃事主李亚明家布棉衲一件，尚未变卖，次日经事主查知向讨，勒赎得钱五百五十文。又于是年二月初六日夜独窃事主蔡亚捐家夹被一张，卖钱三百文。随经前县冯如衡访闻查拿，未获卸事，该县安荫甲抵任会营勒差协同前署县留缉家丁缉获该犯慕容亚二到案，讯供通详奉批确审转行遵照。兹据该县将犯审拟解府，该府提讯，犯供翻异，行提差役质明，将犯仍照原拟审详到司。本司伏查该犯慕容亚二既据该县府讯据供认前情不讳，诘因恃无质证畏罪狡翻并无别故，究鞫不移，案无遁饰，赃虽未起，惟所供行窃年月日期赃数悉与各事主指供相符，正贼无疑。查例载，匪徒逼令事主出钱赎赃但经得赃者不论多寡照强盗窝主律杖一百流三千里等语，此案该犯慕容亚二行窃四次，计在一两以下，惟勒赎得赃一次自应照例问拟，应如该县府所拟慕容亚二除行窃计赃轻罪不议外，合依匪徒逼令事主出钱赎赃但经得赃者不论多寡照强盗窝主律杖一百流三千里例，拟杖一百流三千里，照例于左面刺窃盗二字，到配杖一百折责安置。该犯讯无另犯别案窝伙与同居亲属知情分赃，逃后亦无行凶为匪及知情容留之人，住处零星向无牌保，事主黄亚定等讯因失赃无几或赃已赎回致未呈报，均毋庸议。买赃之人据供不识姓名，无凭提讯查起，□□勒赎各赃照追给主，本案贼犯□□□□□□□闻移交会营拿获，究办，文武失察职名应请免开，再本案自光绪二十五年十一月初一日获犯到案起，扣除封印一个月计至二十六年正月二十九日县审限满，该县于限满日将犯审拟解府，该府提讯，犯供翻异，即于二月初二日发文行提原拿差役张生质讯，即日文行到县。该县因差役张生于获犯讯明后外出惠州府属踩缉贼踪，饬伴赶唤，至五月二十八日始将差役张生批解到府，扣除提解例限二十日，计迟延三个月零七日，所有提解迟延一月以上，职名系高要县知县安荫甲相应开报，附□至肇庆府，应以五月二十八提到原拿差役质讯之日起计至七月二十七日府司院分限届满，今在限内详办并无迟逾。又本案系因人犯解府翻供行提差役质讯，与该县自行承审要证未到应请咨展限者不同，合并声明。理合造具供招方册详候察核咨送大部核覆饬遵。俟岁底照例汇详请题等情到本部院。批此覆核无异，除咨吏部察议外相应咨达。为此合咨贵部，请烦查照核覆施行。

附件四：梁亚溃戳伤卢昭炫身死各案原招册

□……□巡抚广东地方□□军务□□□□德，为详请咨送事。据广东按察使吴引孙详称，奉广东抚部院德案验，光绪二十七年七月二十九日准刑部咨，广东司案呈所有前事等因相应抄单行文该抚可也。计单一纸，内开，据广东巡抚德咨称，香山县绞犯梁亚溃在监病故一案，缘梁亚溃籍隶香山县，因戳伤卢昭炫身死，审依斗杀律拟绞监候，解勘听候部覆。该犯于光绪二十六年九月二十五日在监病故。又咨香山县绞犯蔡亚彩在监病故一案，缘蔡亚彩籍隶香山县，因事后戳伤奸夫萧引东身死，闻拿投首，审依本夫捉奸已离奸所非登时杀死不拒捕奸夫照罪人不拒捕而擅杀律拟绞监候，解勘听候部覆。该犯于光绪二十六年十月初八日在监病故。又咨高要县流犯慕容亚二在监病故一案，缘慕容亚二籍隶高要县，因独窃四次，内勒赎得赃一次，审依匪徒逼令事主出钱赎赃但得赃者不论多寡照强盗窝主律拟杖一百流三千里，详咨听候部覆。该犯于光绪二十六年八月十七日在监病故各等因前来。查梁亚溃、蔡亚彩、慕容亚二三犯均未据该抚咨报审拟原案，本部无凭核覆，应令该抚即将该三犯原犯全案拟录送部以凭核办。再本部于上年七月十八日收到该省于五月初九日出咨公文一次。又本年三月十五日收到该省于上年十二月二十暨本年正月二十八日出咨公文一次。其上年六月至十一月该省公文并未到部，其间有无遗失应令该抚查明一并报部，相应咨行该抚可也等因到本部院。准此查绞犯梁亚溃、蔡亚彩各原案本部院均于上年七月十八日具题，流犯慕容亚二原案亦系七月十八日出咨。又查本部院衙门于上年六月初一日出咨一次，七月十八日出咨一次，闰八月十六日出咨一次，均系由驲递送京城，迄今均未到部，是否中途遗失抑改递行在投缴，自应查明办理备案，仰司遵照，将梁亚溃、蔡亚彩、慕容亚二三犯审拟原案抄录详请送部核办，一面转饬本省□□□□并详咨沿途经由各省挨站查□另行详请咨覆等因到司。奉此本司伏查香山县绞犯梁亚溃、蔡亚彩二案系奉抚宪于光绪二十六年七月十八日具题，高要县贼犯慕容亚二一案亦奉抚宪同日出咨。又奉抚宪行知上年六月初一日出咨一次，七月十八日出咨一次，闰八月十六日出咨一次，均系由驿递送，何以迄未到部，是否中途遗失抑或改赍行在投缴，自应查明办理，除札广州府、韶州府、南雄州转饬本省沿途各属挨站查明禀覆另文详请咨覆外，所有梁亚溃、蔡亚彩、慕容亚二三犯审拟原案理合逐案抄录全案详候察核咨送刑部核办，并请分咨沿途经由各省督抚饬属挨站查明覆粤，另文详请咨覆等情到本部院。据此除批饬催令本省沿途各属挨站查明禀覆及分咨沿途经由各省督抚饬属挨站查明覆粤到日另文咨覆外，相应将梁亚溃、蔡亚彩、慕容亚二三犯审拟原案抄录咨送。为此合咨贵部，请烦查照核办施行。须至咨者。计粘抄梁亚溃、蔡亚彩审拟题稿揭帖各一件，慕容亚二审拟供罪咨文一件，共一纸，并送供招册一本。右咨刑部。

光绪二十七年十一月十一日

附件五：梁亚溃病故结

头品顶戴、兵部侍郎、兼总理各国事务大臣、兼□案院右副都御史，巡抚广东地方提督军务兼理粮饷德，为报明监犯病故事。据广东按察使吴引孙详称案据顺德县知县王菘申详准香山县移开据典史沈启咏申据禁役区名禀称，奉发犯人梁亚溃到监饬役看守，该犯于光绪二十六年九月初十日在监染患寒热病症，当经禀蒙拨医调治，讵该犯病重服药不效至是月二十五日在监病故，理合禀验等情由典史转报到县。据此理合照章移请验讯通详等由过县。准此当即带领刑仵前赴香山县监所传集医禁人等，讯无误投方药及凌虐情弊，随令仵作将尸扛放平地除去刑具对众如法相验。据仵作伍成唱报，已死犯人梁亚溃查生年二十岁，验得仰面，面色黄，两眼合，口闭，两手微握，肚腹低陷，两脚直伸，周身皮肉黄瘦，并无别故，委系生前因病身死。报毕亲验无异，当场填图取结，尸饬棺殓，由香山县传属领埋，理合通详等情。奉批饬取图结查案详咨转行遵照。兹据署香山县知县刘盛芳移取图结由府详缴到司。据此该广东按察使吴引孙查看得香山县绞犯梁亚溃在监病故一案，缘梁亚溃籍隶香山县，因口角争闹夺刀戳伤卢昭炫身死案，内审依斗杀律拟绞监候，解勘发回监禁听候部覆之犯。该犯于光绪二十六年九月初十日在监染患寒热病症，医治不效，至是月二十五日在监病故。报经该县照章移请邻封顺德县讯验，通详奉批另取图结查案详咨转行遵照。兹据该县移取图结由府查案详候转请核咨前来本司。伏查该故犯梁亚溃既经顺德县验明委系因病身死并无别故，医禁人等讯无误投方药及凌虐情弊，尸棺已由县饬埋，均毋庸议。所有监毙绞犯一名，管狱官职名系香山县典史沈启咏相应开报，理合详候察核咨部等情到本部院。据此除咨吏部察议外，相应咨达。为此合咨贵部，请烦查照施行。须至咨者计咨图结一套。右咨刑部。

光绪二十七年正月二十八日

附件六：蔡亚彩病故结

头品顶戴、兵部侍郎、兼总理各国事务大臣、兼□案院右副都御史、巡抚广东地方提督军务兼理粮饷德，为报明监犯病故事。据广东按察使吴引孙详称案据顺德县知县王菘申详准香山县移开据典史沈启咏申据禁役林善禀称，奉发犯人蔡亚彩到监饬役看守，该犯于光绪二十六年十月初三日在监染患寒热病症，当经禀蒙拨医调治，讵该犯病重服药不效至是月初八日在监病故，理合禀验等情。由典史转报到县。据此理合照章移请验讯通详等由过县。准此当即带领刑仵前赴香山县监所传集医禁人等，讯无误投方药及凌虐情弊，随令仵作将尸扛放平地除去刑具对众如法相验。据仵作伍成唱报，已死犯人蔡亚彩，查生年三十二岁，验得仰面，面色黄，两眼合，口闭，两手微握，肚胸低陷，两脚直伸，周身皮肉黄瘦，并无别故，委系因病身死。报毕亲验无误，当场填图取结，尸饬棺殓，由香山县传属领埋，理合通详等情。奉批饬取图结查案详咨转行遵照。兹据署香山县知县刘盛芳移取图结由府详缴到司。据此该广东按察使吴引孙查看得香山县绞犯蔡亚彩在监病故一案，缘蔡亚彩籍隶香山县，因事后用刀戳伤奸夫萧引东身死，案内闻拿投首，审依本夫捉奸已离奸所非登时杀死不拒捕奸夫者照罪人不拒捕而擅杀律拟绞监候，解勘发回听候部覆之犯，于光绪二十六年十月初三日在监染患寒热病症医治不效至是月初八日在监病故。报经该县照章移请邻封顺德县讯验通详，奉批另取图结查案详咨转行遵照。兹准该县移取图结由府查案详候转请核咨前来本司。伏查该犯蔡亚彩既经顺德县验明委系因病身死，并无别故，医禁人等讯无误投方药及凌虐情弊，尸棺已由县传属领埋，应均毋庸议。所有监毙绞犯一名管狱官职名系香山县典史沈启咏相应开报，理合详候查核咨部等情到本部院。据此除咨吏部察议外，相应咨达。为此合咨贵部，请烦查照施行。须至咨者，计咨送图结一套。

右咨刑部

光绪二十七年正月二十八日

附件七：流犯慕容亚二在监病故结

头品顶戴、兵部侍郎、兼总理各国事务大臣、兼□案院右副都御史、巡抚广东地方提督军务兼理粮饷德，为查案详咨事。据广东按察使吴引孙详称案据高要县知县安荫甲申详光绪二十六年八月十七日据典史孔培申据禁役梁刚禀称，奉发犯人慕容亚二一名饬役看守，该犯于光绪二十六年八月初十日在监染患寒热病症，当经禀蒙拨医调治，讵该犯病重服药不效延至是月十七日因病身死，理合禀验等情。由典史转报到县，据此当即带回刑仵亲诣监所，讯明医禁人等并无误投方药及凌虐情弊，随令仵作将尸扛放平地除去刑具对众如法相验。据仵作何广喝报，已死犯人慕容亚二查生年五十二岁，验得仰面，面色黄，眼闭，口合，两手微握，肚腹低陷，两脚直伸，周身皮肉黄瘦，并无别故，委系因病身死。报毕亲验无异，当场填格取结，尸饬棺殓，浅埋标记，理合通详等情。奉批饬取图结查案详咨转行遵照。兹据该县另具图结由府查案详候转请核咨等情到司，据此该广东按察使吴引孙查看得高要县流犯慕容亚二在监病故一案，缘慕容亚二籍隶高要县，因在县属独窃四次，内勒赎得赃一次，案内审依匪徒逼令事主出钱赎赃，但经得赃者不论多寡，照强盗窝主律杖一百流三千里，先经审拟详奉核咨听候部覆饬遵之犯。据报该犯慕容亚二于光绪二十六年八月初十日在监染患寒热病症，拨医调治不效，至是月十七日病故。经该县验讯通详奉批饬取图结查案详咨转行遵照。兹据该县另具图结查案由府详候转请核咨前来本司，伏查该犯慕容亚二尸身既经该县验明委系因病身死并无别故，研讯医禁人等并无凌虐情弊，尸经棺殓传属领埋，均毋庸议。所有监毙流犯一名管狱官系高要县典史孔培相应开报，理合详候查核咨部等情到本部院。据此除咨吏部察议外，相应咨达。为此合咨贵部，请烦查照施行。须至咨者。计咨送图结一套。

右咨刑部

光绪二十六年十二月二十日

（刑法部档）

G1：中外关系　E329：其他案件

3.118 葡国公使白朗谷为请查照澳门界内华人票传叶侣珊事致总理外务部事务奕劻照会

光绪二十八年七月二十五日(1902年8月28日)

大西洋参政大臣、上议院员、钦赐佩带圣母宝带大日斯巴尼雅国勋劳宝带暨圣地雅古头等博学宝星、国学总提调、特派中华钦差便宜行事大臣白，为照会事。

现准本国澳门总督咨称，本年六月初十日下午六点钟，忽有中国差役二名，携带传票来澳，传本国人叶侣珊，并欲拘赴香山县署质讯。据该差役等声称，今传拘该人，系奉粤督谕饬，札由本县县主。等语。咨行到本大臣。准此，不得不为照知。

查在本国境内传拘本国人一事，无论因何事故，实属干碍本国主权。今该省总督如此作为，足见其匪特不谙和约所给之权，即贵国优待各国钦差之诚，亦不深晓，况自昔以来，所有历任粤督，罔不深悉。澳门地方官时以粤督之权为重，而一切有益事务，又迭为勷辅。今此事本大臣一经闻知，殊属骇诧，自系谕饬者将如何相待友睦与国之责竟相遗忘，并将贵国向来例不准行、必须弥补等事，亦均未留意也。窃忆贵国官宪向与本大臣往来时，常款以优礼，本大臣不得不请贵亲王弥此前非，因本国政府一闻此奏，必致大不畅怀耳。

为此，照会贵亲王查照，顺颂时祺。须至照会者。

右照会大清钦命全权大臣便宜行事总理外务部事务和硕庆亲王。

光绪二十八年七月二十五日

（外务部档）

E325：政法-官员违法案件

3.119　两广总督岑奏为香山县已逐恭都局绅大挑知县韦勋建将扒船撞损局械藏匿迭催不交请革职究办片

光绪二十九年九月初二日（1903年10月21日）

岑春煊等片

再，香山县属恭都局绅大挑分发江苏知县、乙酉科举人韦勋廷先被民人萧图贤控其挟嫌抄抢，提省讯结，饬令退办，局事由县另选公正绅士接充。旋据举人张振声等又以该绅韦勋廷扣留谷船藉端勒诈等情控，经广州府委员查处，批饬驱逐出局，乃尚不知愧悔，辄将该局原有各号扒船驶往别处，故意撞损。迨经前著县葛肇兰会营派差，起出点交接办局绅、在籍候选道刘永康验收。韦勋建仍将局戳枪械藏匿，迭催不交，犹敢赴司捏控刘永康把持倾陷。复经饬令现著县庄允懿查明，实系该绅韦勋建恃符盘踞，逞刁反噬，未便稍事姑容，据藩、臬两司会同营务处兼缉捕局司道详请奏参前来。臣等复查无异，相应请旨将大挑分发江苏知县、乙酉科举人韦勋建革职拘案究办，以儆刁横。除咨移布科及江苏抚臣查照外，谨合词附片具奏，伏乞圣鉴训示。谨奏。

光绪二十九年八月二十六日奉朱批：着照所请，该部知道。钦此。

光绪二十九年九月初二日

当月司主事：寿福　陆增炜

附件：广东司为香山县已逐恭都局绅大挑知县韦勋建将扒船撞损局械藏匿迭催不交请革职究办咨文

光绪二十九年九月(1903年10月)

广东司呈为移会事。

内阁抄出署两广总督岑奏香山县已逐恭都局绅大挑知县韦勋建故将扒船撞损局械藏匿迭催不交请革职究办一片，光绪二十九年八月二十六日奉朱批：着照所请，该部知道。钦此。遵抄出到部，相应恭录朱批：行文该督遵照，并知照吏部可也。

咨广督、吏部。

光绪二十九年九月　日

（刑法部档）

E325：政法-官员违法案件

3.120 两广总督岑春煊等奏为前署广东香山县已革准补新安县知县沈毓岱等欠解应提盈余银两请旨通缉勒追事折

光绪三十一年六月初三日(1905年7月5日)

头品顶戴署理两广总督兼管粤海关事务臣岑春煊、广东巡抚臣张人骏跪奏，为知县欠解应提盈余银两、请旨通缉革追以重库项，恭折仰祈圣鉴事。

窃粤省前因镑价无着，拟将各府州县应提盈余报效，凑拨支解，业经由司详定，核入交代正案办理，即与正款无异。香山县著名优缺每年应提盈余银一万五千两，又加提盈余银一万四千两，均为该缺办公岁溢之资，初非责以赔垫。兹查前署广东香山县已革准补新安县知县沈毓岱欠解前项盈余银两，先经摘顶勒追，除陆续解缴外，尚欠银四千二百二十余两。饬据广州府查覆，沈革令已往上海措资，难保非意存避匿。又，前署香山县广东候补同知庄允懿欠解前项盈余银一万二千五百六十余两，札委频催，辄以亏累为词，拖延不解。均属有意玩忽公款，如任纷纷诿延，转相尤效，银库奇绌，镑款万难□期例垫付。查沈毓岱业已另案参革，庄允懿系候补同知，据广东布政使胡湘林详请参追通缉前来，臣等覆核无异，相应请旨将前署广东香山县已革准补新安县知县沈毓岱通缉，解粤押追；前署广东香山县候补同知庄允懿革职，勒限严追，以重库项。除咨外，谨合词恭折具陈，伏乞皇太后、皇上圣鉴训示。谨奏。

光绪三十一年五月三十日奉朱批：着照所请，该部知道。钦此。

光绪三十一年六月初三日

当月司员外郎衡玖　主事许世英

附件：广东司为前署广东香山县已革准补新安县知县沈毓岱等欠解应提盈余银两请旨通缉勒追咨文

光绪三十一年（1905年）

广东司呈为移会事。

内阁钞出署理两广总督岑〔春煊〕等奏，前署广东香山县已革准补新安县知县沈毓岱、又前署香山县候补同知庄允懿欠解应提盈余银两，请旨将沈毓岱通缉押追、庄允懿革职勒追一折，光绪三十一年五月三十日奉朱批：着照所请，该部知道。钦此。钦遵钞出到部，相应恭录朱批，行文该督遵照，并知照吏部可也。

咨广督、吏部。

光绪三十一年　月　日

（刑法部档）

E322：政法-斗殴案件

3.121　两广总督岑为报明香山县绞犯高冠斌在监病故事致刑部咨文

光绪三十一年七月十三日（1905年8月13日）

头品顶戴、兵部尚书、署理两广总督兼管广东巡抚、粤海太平两关事务岑为查案详咨事。

据广东按察使沈瑜庆详称，案据顺德县知县唐盛松申详准香山县移，据署香山县典史揭传源申据禁役高安禀称，奉发绞犯高冠斌一名，饬役看守，该犯于光绪三十一年四月十八日在监染患寒热病症。禀蒙拨医调治，讵该犯病重，服药不效，至是月二十二日因病身死，理合禀验。等情。由典史转报到县，移请验报。等因。当即带领刑仵前赴香山县监所，传集医禁人等，讯无误投方药及凌虐情弊。随令仵作将尸扛放平地，对众如法相验。据仵作伍成喝报：已死绞犯高冠斌，查生年四十一岁，验得仰面，面色黄，两眼合，口开，两手微握，肚腹低陷，两脚直伸，周身皮肉黄瘦，余无别故，委系生前因病身死。报毕亲验无异，当场填图取结，尸饬棺殓，移由香山县传属领埋，理合通详。等情。

奉批另取图结，查案详咨，等因。转行遵照。兹据香山县另取图结，查案由府详候，转请核咨。等情到司。据此，该广东按察使沈瑜庆查看得香山县绞犯高冠斌在监病故一案，缘高冠斌籍隶该县，因与伊弟高赞斌口角争殴，拾铁秤锤向掷，误伤无服族人高业昭身死。案内审依"因斗殴而误杀旁人者，以斗杀论，斗杀者绞"律，拟绞监候，秋后处决。解奉勘转，发回监禁。奉准部覆，列入本年秋审之犯。先据报，该犯于光绪三十一年四月十八日在监染患寒热病症，当经该县拨医调治，正在具文通报间，旋据报该犯病重，服药不效，延至是月二十二日因病身死。报经该县，照章移请邻封顺德县讯验通详，奉批另取图结，查案详咨。等因。转行遵照。兹据香山县移取图结查案，由府详候转请核咨前来。

本司伏查，已死绞犯高冠斌既经顺德县验明，委系因病身死，并无别故。提讯医禁人等，亦无误投方药及凌虐情弊，尸棺由香山县传属领埋，均毋庸议。犯故图结，随详附送。所有监毙绞犯一名，管狱官系署香山县典史揭传源，相应开报附参，理合详候察核咨部。等情到张前部院，移交本部堂。据此，除咨吏部察议外，相应咨达，为此合咨贵部，烦请查照施行。须至咨者。计咨送图结一套。

右咨刑部。

光绪三十一年七月十三日

附件：广东司为报明香山县绞犯高冠斌在监病故咨呈

光绪三十一年十月(1905年10月)

广东司呈为咨覆事。

光绪三十一年八月二十二日，据署两广总督岑咨称，香山县绞犯高冠斌在监病故一案，缘高冠斌籍隶该县，因与伊弟高赞斌口角争殴，误伤高业昭身死，案内审依"因斗殴而误杀旁人者，以斗杀论，斗杀者绞"律拟绞监候，秋后处决。奉准部覆，列入本年秋审缓决。据报，该犯于光绪三十一年四月十八日在监患病，医治不效，至二十二日身死。验明委系因病身死，并无别故。提讯医禁人等，亦无误方及凌虐情弊，尸棺传属领埋，均毋庸议。所有监毙绞犯、管狱官职名除咨吏部外，相应咨达。等因前来。查缓决绞犯高冠斌，既据该督咨报在监病故，验讯医禁人等并无误方及凌虐情弊，取有图结送部，应毋庸议。至管狱官职名事隶吏部，该督既经分咨，应听吏部核议。仍知照吏部相应咨覆该督，并付知秋审处开于秋审册内扣除可也。

咨广督、吏部。

光绪三十一年十月　日

(刑法部档)

E329：政法-其他案件

3.122　外务部为香山令在澳获犯林佩南事致两广总督咨文

光绪三十二年三月二十三日(1906 年 4 月 16 日)※

庶务司呈为咨行事。

光绪三十二年三月二十日准葡阿署使照称，据领事详准两广总督岑照，据香山县禀，该县著匪林大即高佬大又名林佩南，卑职两次会营在澳拿获，均被澳官率行释放。请照会领事，切催澳官将犯交解讯办。当即照会领事转致饬交，并迭次照催。由领事详报前来。请咨粤督饬查香山县令两次在澳拿获林大一犯，均系何时、曾否知照澳官。查明咨部照复，再行办理等因。查该令会营在澳获犯被澳官释放，究竟是何情形，相应抄录来照。咨行贵督转饬查明，声复本部，以凭转复该使可也。须至咨者。(附抄件)

两广总督。

光绪三十二年三月

堂批：阅定。三月二十一日

为咨行事。光绪三十二年三月二十日准葡阿署使照称，据领事详准两广总督岑照，据香山县禀，该县著匪林大即高佬大又名林佩南，卑职两次会营在澳拿获，均被澳官率行释放。请照会领事，切催澳官将犯交解讯办。当即照会领事转致饬交，并迭次照催。由领事详报前来。请咨粤督饬查香山县令两次在澳拿获林大一犯，均系何时、曾否知照澳官。查明咨部照复，再行办理等因。查该令会营在澳获犯被澳官释放，究竟是何情形，相应抄录来照。咨行贵督转饬查明，声复本部，以凭转复该使可也。须至咨者。(附抄件)

(外务部档)

E6：政法-辛亥革命史料

3.123　两广总督谭钟麟等奏为遵旨覆查广东会匪在澳门香港等处情形折

光绪二十一年十二月初八日(1896 年 1 月 22 日)※

再，臣准军机大臣字寄，光绪二十一年十月二十一日奉上谕：有人奏广东会匪在澳门、香港等处聚众滋事，有草鞋、红棍、白扇等名目。本年九月间，潜图叛逆，至今首犯未获，恐成大患等语。著谭钟麟督饬员弁严密缉拿,毋任漏网。原片著摘抄给与阅看。钦此。遵旨寄信前来。

臣查广东会匪名目最多,有一匪首即有一会,名如三点会之类,不一而足,不止草鞋等名也。广东人稠地瘠,小民生计艰难,出洋谋食者多,现在富饶之家大半自外洋而归。如汕头一口,有委员稽查,每岁附轮往外洋者四五万,散处各岛者何止数十百万。其间良莠不齐,匪类丛杂,固所不免,而谓处外洋者皆蓄意谋逆,恐未必尽然。至香港、澳门,本逋逃薮,前因孙文、杨衢云逃匿香港,照会英领事协拿,并许将犯交出,酬以重赏,而领事故意推诿,谓外国例若系斩决之罪则不准交出,请将拟定罪名见示。臣谓:犯未到案问供,何能先定罪名?旋闻孙文已逃长崎,乃已。粤境自九月二十一日处决陆皓东等三名之后,人心帖然,谣风亦止,近数月不闻香港、澳门有聚众滋事之案。然事变之来,每出意计之外,惟有督饬文武随时防范而已。

所有遵旨覆查实在情形,谨附片陈明,伏乞圣鉴。谨奏。

(朱批:)知道了。

E6:政法-辛亥革命史料

3.124 驻英大臣张德彝为参赞马格理告退后请照镑价给与半俸及孙文来英等事致丞、参信函

光绪三十年十二月初八日(1905年1月13日)

伯唐、仕庭、梦陶、谱桐仁兄大人钧鉴:

十一月初三日肃寄英字第九十九号芜函,计达□览。

前据参赞洋员马格理禀称,参赞年已七十有二,前后效力中朝共四十二年,近来精神日觉衰颓,膝下尚有幼小子女四人,一旦告退,实属抚养无资。兹拟下届期满请奖时不敢再邀奖叙,惟恳将来告退后,每月按照现得月薪二百镑给□□□□□□□之费,告退□□□□□□□□□□□□效劳,请先行咨明外务部立案等语。查该参赞夙隶戎行,累有建树,迨设立驻英使馆以后,襄理使务垂三十年。所有办理交涉各案,筹划周详,裨益非浅。弟夙与共事,知之最深,其公忠勤劳,实为我国借材以来所仅见。所请告退后给与半薪一节,前任龚大臣曾经于光绪二十三年三月二十一日咨明贵署有案。惟前咨仅言半薪,而定章二等参赞月薪四百金,今昔镑价大相悬绝。历来该员所领□□□□□□□□由使臣俸薪内拨补。若照报销定例,则所谓半俸当指四百金折镑之半。故兹该员再行禀请,意在切实声明将来半俸,请照英金一百镑之数计算。该员实心任事,久为大部所鉴,及此届期满,既不邀奖叙,将来告退后复可长备顾问,似应允许所请,方足以昭公平而酬劳勚。除另文咨呈立案并俟期满请奖时奏明办理外,先此函达。

前因道贺新年,趋谒谰侯。语次,谰谈及旅顺不守事□,即云俄向以退还满洲为言,日亦如

是，不知久后日能践言否？谰答云，日本行为并无有令人生疑之处，似可不必虑其不能践言云云。此言似有深意，合并附闻。

逆犯孙汶闻又来英，英报馆访事人往见，其所言颇荒谬不经，现惟随时密探而已，业于初六日电陈矣。

同文馆学生国栋前因感冒风寒，神识不清，迹类疯病，为之延医诊治，并雇人看护，现虽稍差，而未能复原，且虑其复发也。

以上各节，伏乞代回堂宪。是所感祷。专此。

敬请勋安。

愚弟张德彝顿首

英字第一百号，十二月初八日

E6：政法-辛亥革命史料

3.125　驻英张大臣就满洲事和孙文来英及学生国栋患病等事致外务部参臣信函

光绪三十一年正月三十日(1905年3月5日)

□……□①

云：日本行为并无有令人□□之处，似可不必虑其不能□言□云，此言似为□□意，合并附□□□□□□□又来英□□□□事人往见，其所言颇荒谬不□，现惟随时密探而已。□□初六日电陈矣。同文馆学生国栋前因感冒风寒，神□不清，迹类疯病，为之延医诊治，□雇人看护。现虽稍□，□未能复原，且虑其复发也。以上各饬伏乞□……□

E6：政法-辛亥革命史料

3.126　驻英大臣张德彝为孙文往来英法购买军火宜在港扣留等事致丞、参信函

光绪三十一年五月二十六日(1905年6月28日)

伯唐、仕庭、梦陶、谱桐仁兄大人钧鉴：

本月初二日肃寄英字第乙百零十号芜函，计尘荩督。英政府请在威海设埠招工一节，前于

① 前两行不能辨认。此件可参前页。

英字一百零一号撮要详陈，并将澜侯照会译呈在案。旋于三月二十二日接奉文电，内开威海招工事电准东抚复称设埠一层，虽在中国界内而派员稽查，权力必不能足。威非通商口岸，设埠流弊极多，且恐他省援例，难于议驳，况密迩青岛招口实等语，仍希照章下阻。等因。当即遵照具文知照英外部矣。前日伦敦司旦达晚报云刘道玉麟已于日前行抵斐洲之脚属，惟敝处并未接有渠电，此讯是否确实，无从臆断。

又新金山旅居华人前以该处政府议颁苛例限制华人贸易，即立会宣说，力言其非，该例未得颁行。议院下次辟门时，该属嫉妒华人之工党，必再以颁行该项苛例为请，若不为未雨绸缪之计，深恐届时抵制无方。因有请设领事之议，据来函云业已具禀大部，并将禀稿钞寄前来。查新金山侨寓华人自该处政府迭颁苛例以来，业已受尽折辱。历任与英政府为此事往来函商，几至唇焦舌敝。□□□□□□□□□□处侨寓之日本人，虽亦为亚细亚人，而彼族之看待不同，如此立异，殊令人发指也。又本月初八日泰晤士报载有该报上海访事人来电，云赔款一节，各国现欲自正月初一日起扣算利息，扣至付款之日止各等语。本月十二日，该报特于报首著论说一篇，大旨谓中国政府于西正月初一日确存有一百二十万金镑以备补足赔款之用。款之不即付者，非以中国之不能付，乃因各国之不前取。咎既在各国，而乃责中国赔偿四厘利银，公理何在？□□我政府不随同他国逐此无厌之求也。各等语。泰晤士为天下最大之报，其发一言，立一议，必以众心之向背为准，其所议似不可忽，谨据以闻。各省自铸银圆一事，该报亦论及，甚不谓然，并谓圜法须一律，载明于马凯商约，今虽事隔三十年，而尚未奉行云云，似颇有责让之意，谨一并附及。

昨接慕使来函，云闻孙文往来英法京城，思联络英法为之援助，将于今冬大举，割据滇桂为自主之国，在法购军火不少，闻其在英尤为注重。等语。敝处当即饬马格里探询英外部侍郎山德生，云如能将装运军火是何种类细探详示，当可设法在港扣留。等语。现已将此情函达慕使，请其再行详探，一俟接有覆信，再行商办，详达大部。

英人禧在明于本月初旬前赴中国，匆匆启程，未及面晤，渠往中国有何公务，亦未闻知。

以上各节，统乞代回堂宪，是所感祷。专此

敬请勋安。

愚弟张德彝顿首

英字第一百十一号，四月十六日

E6：政法-辛亥革命史料

3.127　史云为报告孙文在日本等地发行军务债票事之密禀

光绪三十二年七月初九日（1906年8月28日）

敬密禀者。

窃卑局顷据访员报称，现闻革命党魁孙文近创一军务债票，在日本及南洋各岛及香港等处发售，每票一张，注明"俟军务事毕，凭票给银十元"，现时卖价每张银一元，业印有数万张。卑职已饬访员设法往购该票，谨先禀闻。伏乞垂鉴。

卑职史云谨禀

（朱批：）案交内外厅稽查处，速□查有无此等□事。

光绪三十二年七月初九日

E6：政法-辛亥革命史料

3.128　南洋大臣端方等为萍浏醴起义后革命党人在江浙等地活动情形致军机处电文

光绪三十三年二月初七日（1907年3月20日）※

光绪三十三年二月初七日收南洋大臣、江苏大臣致军机处请代奏电：

自上年十月萍醴匪乱之后，各处匪徒散布，踪迹极为诡密。经方选派得力员弁分投，严密侦缉，业经拿获孙汶逆党头目袁有升等，审明惩办，电请代奏在案。

十二月间，探闻孙逆大头目杨恢（即杨卓林）现来上海，密派眼线萧、刘二姓佯投入会，诱至扬州拿获杨恢及李发根、廖子良三名，并有大小炸弹八枚、制造炸药药料多瓶，一并解宁。又，金陵巡警局拿获由东洋回宁之孙少侯、权道涵、段沄三名。迭经督同总办巡警局候补道何黻章、署江宁府知府许星璧及委员等悉心研鞫，缘杨恢（即杨卓林）、李发根（即李芋禅）、廖子良（即孙德璠）均籍隶湖南，孙少侯（即孙毓筠，又即孙筠）、权道涵、段沄均籍隶安徽。杨恢先年投江南福字营当勇，后在张春发营中充当随员，旋入江南将备学堂肄业，领有修业文凭；光绪三十一年游学日本，投入孙汶逆党，因议论兵事，孙汶深加称许，授为伪副将军，令往各处运动。上年十月萍醴匪徒作乱，即系孙汶主谋，并派杨恢赴广东起事响应，因萍醴事败中止。李发根、廖子良游学东洋，素喜政治革命议论，被杨恢诱入会，未授伪职，亦未参预逆谋。孙汶所设之会分为三部：一造药，一筹款，一实行，所谓实行部者，以舍身暗杀为能。孙汶为三部总会长。未获之黄兴（即黄轸）为副会长，权道涵、段沄与未获之湘人王延旨、柳聘侬、黄赞亭，皖人金旭、陶茂宗等先后投入实行部。孙少侯向有文名，并未为匪，上年二月游学东洋，被人煽惑，忽变为政治革命宗旨，此来宁系欲调查江南陆军警察是否得力，并欲利用陆军中人，因程度不齐，难资利用。又供称闻孙汶军火本拟运入镇江交哥老会朱姓存储，因查禁甚严，难以入口；江北饥民，孙汶亦拟联为内应，乏人可托，未遂其谋。等语。该六犯到案后，均未加以刑讯，且有自书供招，略无讳饰。惟据孙少侯供称，曾由禀贡报捐分省试用同知，并在天津加捐道员等语。电查直省，并无报捐案据，亦未据将捐照实收呈缴，其中恐有不实。查该犯杨恢（即杨卓林）系孙汶逆党，授职为伪副将军，粗习军事，狡悍异常。上年萍匪扰乱，孙逆曾召该犯在粤起事，实为彼党渠魁，此次诱至扬州始经拿获，得为地方除一巨患，未便稍稽显戮，已将其就地正法，以慑匪胆而遏乱萌。段沄听从入会，来宁调查警察陆军，亦属有心比逆，惟究系少年，血气未足，致被邪说所惑，且未受有伪职，亦未辗转纠人，情罪尚轻，比照部定会匪章程，贷其一死，各匪永远监禁。孙少侯、李发根、廖子良喜谈政治革命议论，实属不安本分，惟均系被人诱惑，其情不无可原，各予监禁五年，限满察看能否改悔，再行酌核办理。孙少侯所捐官职，另行咨部查明斥革。

除将讯定供招及该犯等自书原供拍照咨呈钧处备查，并再设法侦缉逸匪黄兴等务获惩办外，所有拿获杨恢等六犯分别惩办缘由，理合奏闻。谨请代奏。

端方、陈夔龙叩。阳。

E6：政法-辛亥革命史料

3.129 开缺两广总督周馥为孙文等在港准备起事请密商英当局驱逐事致外务部电文

光绪三十三年四月二十四日（1907年6月4日）

光绪三十三年四月二十四日收开缺两广总督周致外务部电：

前接新嘉坡总领孙士鼎电，探闻孙汶有回华作乱之谣，当经电达大部。现访闻孙汶改洋装住香港公益报馆，又有同党邓子瑜住香港旅安祥客栈。前获逆党陈纯供，邓子瑜为孙汶管外事，现闻招集香港匪徒入内地，勾引乱民滋乱，前日黄冈戕官案，即是逆党。昨日惠州府拿获十三匪正法，即供从香港来，务求大部速密电商英使转电英政府，饬港督速将二逆逐出，非此不足保护中外治安。事关大局，乞速酌夺。

馥。二十四日。

E6：政法-辛亥革命史料

3.130 开缺两广总督周馥为探得孙文在河内行踪事致外务部电文

光绪三十三年四月二十八日（1907年6月8日）

光绪三十三年四月二十九日收开缺两广总督周致外务部电：

二十七日电悉，派员赴香港，查孙现不在港，惟其党魁邓子瑜仍住港旅安祥栈。本月二十三日，距惠州府城卅里之七女湖墟勇棚被匪抢劫，因匪众勇寡，伤毙兵勇九名，迭获匪伙邱谭祐、陈亚谤、邱亚谱等，供称在香港旅安祥客栈起义，听从邓子瑜、余少卿为首，朱亚苟各带银五百元来惠招人起事不讳。已将惠州府电禀讯供情形点交英领，据云港督已派巡捕密查，并未允驱逐。查邓子瑜乃孙汶党首，邓若留港，党伙均有所附其为害，实无异孙汶。务乞大部迅商英使，电港督将其驱逐，于彼此商务大局均益。

馥。二十八日酉。

E6：政法-辛亥革命史料

3.131　外务部为孙文道出北圻已溯红江而赴滇事致滇督、桂抚电文

光绪三十三年五月初八日(1907 年 6 月 18 日)

光绪三十三年五月初八日发滇督、桂抚电：

前准粤督电：孙汶窜入河内，当商法使查拿。顷该使据越督复电，该逆道出北圻，派捕密侦，已溯红江而上，想系赴滇等因。希密饬防范，倘有赴滇情事，应即严行查拿，毋任漏网。并电复外务部。齐。

E6：政法-辛亥革命史料

3.132　云贵总督锡良为密探孙文在河内海防活动情形事致外务部电文

光绪三十三年五月十六日(1907 年 6 月 26 日)

光绪三十三年五月十六日收云贵总督致外务部电：

刻接桂林来电：接部电，孙汶潜赴越南，称有入滇之说，嘱严防密缉等因。当经密电沿途文武遵办。兹据蒙自魏道电禀，密饬黄守河源，拣派巡弁张鸿玮改装搭车，前往河内海防密探。据称探得孙汶随带十余人，前月廿一到河内，住西人乌巅饭馆，四日旋往海防，住三日即往新嘉坡，河海两埠广人尽多入会，商议甚密，无从探悉。据相识之越人告以孙党甚众，有人保护，往来无阻，潜商虽密，微闻系接叛党函“现夺踞三城，速设法接应”，盖拟借洋款购兵轮、置枪炮，遣党目苏林往广东、关仁辅往河阳、孙往新嘉坡槟榔屿，大概亦邀约举事。等情。查孙汶潜往新嘉坡，自未入滇，惟早遣党分赴广东等处，自应严密拿办，以消隐患。除电饬魏道仍随时设法探防，毋稍疏懈外，应电请酌核办理。

锡良。咸。

E6：政法-辛亥革命史料

3.133 广西巡抚张鸣岐为探得孙党在河内活动情形请密商法督尽行驱逐事致外务部电文

光绪三十三年六月十二日(1907年7月21日)

光绪三十三年六月十二日收广西巡抚致外务部电：

孙逆逋逃海外，屡思乘机窃发。自香港见逐，失其根据，近乃转趋越南，托庇法人，求逞于边地海防，河内各处均有该逆党羽。饬据龙州庄道密查，其最著名者有江子山等，五十余，香山人，业矿；谭立亭，卅余，业火柴公司，甄吉庭，四十余，业衣庄，邝敬川，卅余，开酒馆，均广州人；关仁辅，四十余，上思人，无业；吴镜约，四十余，为致公堂经纪，在河内经理日新楼酒馆，与海防桥万新楼同为党中招待机关，多入法籍。论若辈行径，于大局原无足深虑，惟越边相逼过近，若竟长听此辈倚为窟穴，酿纵日久，终于治安有防。目前既无法可以歼除，倘能屏之远方，使与内地隔绝，则亦无可逞其伎俩。拟请钧部援照香港成案，电令驻法刘使与法海部交涉，或径由钧部与法使交涉，将该逆及其党羽一律驱逐出越南境，永远不准潜回，以保全边境治安，于两国均有裨益，法使当亦无词可拒。是否可行，伏候裁夺。

鸣岐、谨肃。青。

E6：政法-辛亥革命史料

3.134 军机处为孙文在南洋售卖军务债票希切实商办事致驻英大臣电文

光绪三十三年八月十六日(1907年9月23日)

光绪三十三年八月十六日发驻英汪、和陆大臣电：

岑督来电：据新嘉坡领事孙士鼎禀称，闻孙汶在南洋各岛售卖军务票数百万张，“收银一元，功成还本息十元”字样，以和属各埠及英属大吡叻吉隆为多。该逆派党人邓子瑜乘日邮船回港，并闻在南洋一带召党回港，图谋举事。等语。并准广州德国领事照开，孙汶党欲在八月底九月初起事等情。已饬地方文武妥为防备，严密缉拿，并照英总领事转致港督，如果潜行回港，图谋不轨，务饬拿办，并将诡谋密为知会，以遏乱萌。等语。该逆在南洋各埠售卖军务债票，亟应设法禁止解散，以免煽惑而保公安。希即向英国、和国外部切实商办，并电复枢外。铣。

E6：政法-辛亥革命史料

3.135　广西巡抚张鸣岐等为探得孙党在越主持匪乱并有窥滇一说请戒备防剿事致军机处、外务部电文

光绪三十三年十一月二十三日(1907年12月27日)

光绪三十三年十一月二十七日收广西巡抚致军机处、外务部请代奏电：

十八日、二十日两电：奏计蒙进呈，本省兵力已全注边防，若系寻常土匪或匪势不至再增，尽足防御。惟参观各路探报，该匪实系革党主持，革党又似有人利用，目下情形大抵以河内为总巢，其前进线一由艽封、那烂攻下我下冻、水口，一由那锐攻我平而口、由文渊攻我南关、连凭，一由禄平攻我宁明、思陵，一由峒中攻我上思，一由太原潜上索江攻我平孟。以外如何分股，尚未探悉。声东击西，匪之惯技，原未必同时并进。特边地太长，山路险阻，闻警赴援，往往不及。防地牵缀，需兵极多。近准粤督电，探得越党定议，先□桂边，依山为巢，趋云贵、窥蜀巴为根据，后图大逞，足见其志不在小。现在匪股虽无确数，据节次探报，约已有三四千。本日据报，火车抵峒中，又来匪千余，并有三车满载军火，此后有无增加，更难揣度。风闻孙逆前在南洋集款得数百万，观于越南增匪之速，所闻似不尽虚。然使法人果肯实力驱除，亦非大患。乃前得探报，炮台受创败匪有五十余人入谅山病院。顷又得一探报，自艽封至水口一带，匪传单征发越民，供应每日猪肉千斤、牛十头，粮草尤巨。该匪居然得此权利，则有人利用之说，似非无因。窃维用兵当视敌势为因应，若如以上探报，亟应统筹持久之策。岐愚谓上策，惟当从交涉下手，法人果肯照约交犯，边患自可暂弭，否则逋薮不清，除厚集兵力，永久严备，更无他策。桂边现分三路：自粤边至宁明为东路，自宁明至平而为中路，自平而至滇边为西路。姑以匪有四千，分作四五股，计我每处防守兵力必应与之相当。而兵驻有定，匪来无定。沿边一千九百里，要隘甚多，更不能不预备数倍之兵力。通盘计画，南关及拦岗等处约三营，连城及巴口、油隘等处约两营，尚下石等处约一营，平而关等处约两营，水口关等处约三营，布局等处约两营，彬桥、下冻、鸭水滩、岗龙奥四处约三营，龙州、尚龙约两营；中路兼需守兵十八营，宁明、九特、吉普等处约两营，隘店、思陵、宝盖山等处约两营，饭包岭、牛头山等处约两营，上思、迁隆峒等处约两营；东路兼需守兵八营，安平、金龙峒各隘约一营，归顺、陇邦等处约一营，下雷约一营，葛麻、渠怀等处约一营，镇边、平孟等处约两营；西路兼需守兵六营，预备队中、东两路各八营，西路六营，南宁总预备队十营，统计约需战守兵六十四营。以每营三百名计，兵额一万九千余人，布置方可周密。现在边军共八千余人，昨诘黄忠立一军千余人，前饬龙济光新募滇军两千

人,将来到后,惟只一万二千人左右,不敷分布。目下兵力侧注中路,然如两关、水口最要之地仅有两营尚分驻数处,支绌可见。西路仅守兵三营,尤为单薄。虽经迭电严饬龙济光、陆荣廷激厉将士,加意防守,倘匪徒同特分股来犯,有战兵则无守兵,殊形棘手。十月以前,据探越境匪党不过千余,核计本省兵力已足扑灭。兹匪势增长异常迅速,若不预立增兵计画,将来匪势在增,益属无从措手。但仓卒召募,得力殊难。可否仰恳天恩俯念桂边关系大局,准予饬下陆军部,酌派直隶、江鄂新军两协,并配炮工、军医等队,迅速乘轮来桂,防剿事平,仍即遣归;抑或照所拟战守兵额就地招募,饬部接济饷项之处,恭候训示遵行。至交通机关实行军命脉,越南铁路、车路、马路、电线四通八达,匪徒往来利便,消息灵通。我之沿边道路险隘崎岖,运械调兵、递送文报,节节迟延,利钝较然。本拟到龙后,将边防一切应办事宜分年估款,奏明举办。兹防务似属长局,路、电均目前要端,拟于截留赔款项下拨款先行修理,以期灵捷。匪探窥滇一说,并已电告滇督密为戒备,合并陈明,乞代奏。

鸣岐、谨肃。二十三日。

E6:政法-辛亥革命史料

3.136 广西巡抚张鸣岐等为探得孙文在河内行踪事致军机处、外务部电文

光绪三十三年十一月三十日(1908年1月3日)

光绪三十三年十二月初一日收广西巡抚致军机处、外务部电:

秦炳直、龚心湛自钦州来电,龙济光自龙州来电,均称探得孙汶现在河内,行踪诡秘,意在扰乱。先已电广州法领转电越督驱逐,可否再由钧部照会法使,一并转电驱逐,乞钧裁。

岐、肃。卅。

E6:政法-辛亥革命史料

3.137 外务部为探闻孙文密抵北圻事发广西巡抚电文

光绪三十三年十二月初九日(1908年1月12日)

光绪三十三年十二月初九日发桂抚电:

卅电已告法使,顷准复称,电据越督复称,前已闻孙密抵北圻,当经饬属严加采访,俟探明即将孙勒交最速开行之轮,驱逐处境。等因。希即随时密查电复。外务部。初九日。

E6：政法-辛亥革命史料

3.138　广西巡抚张鸣岐为查得孙文在河内住处复外务部电文

光绪三十三年十二月二十日(1908年1月23日)

光绪三十三年十二月二十日收广西巡抚致外务部电：

前承电示越督，允查明孙汶匿在何处，勒交最速开行之轮，驱逐出境。近据探报，该逆仍在越境纠集徒党，自系越督尚未查知该逆寓所，无凭驱逐。查该逆现寓河内火隅场直街进第二街头一间一屋楼洋房，门口有铁丝围墙，请告法使转电越督，按地查拿驱逐。

岐叩。啸。

E6：政法-辛亥革命史料

3.139　外务部为法使照称已捕获孙文并驱逐出境事发广西巡抚电文

光绪三十三年十二月二十一日(1908年1月24日)

光绪三十三年十二月二十一日发广西巡抚电：

啸电悉，昨准法使照称，孙汶在河内于本月十二捕获，俟西行最先开轮之船，即驱逐出境，越督已颁通谕，不准再入越境。等因。该逆现经就获，闻有送往新嘉坡之说，已函致该使将开轮日期电询越督，见复以便与英使商办。得复再达。

外务部。二十一日。

E6：政法-辛亥革命史料

3.140　外务部为驻越法督电告孙文被逐乘法轮前往新加坡事发两广总督、广西巡抚电文

光绪三十三年十二月二十八日(1908年1月31日)

光绪三十三年十二月二十八日发两广总督、广西巡抚电：

马电计达，准法巴使节略越督电称，孙汶已于西历本月二十四日乘法公司船萨拉西开往新嘉坡等语。除由本部函商英使电坡督俟到坡即行驱逐，并不准如英国南洋各属，并电驻坡孙领查明电部外，希随时密查。至该逆何日由坡处境，得复再达。

外务部。二十八日。

E6：政法-辛亥革命史料

3.141 外务部为孙文抵坡希切商英外部设法驱逐事致驻英李大臣电文

光绪三十四年正月初七日(1908年2月8日)

光绪三十四年正月初七日发驻英李大臣电：

逆首孙汶前匿河内，本部密商法使电越督捕获，已于西历正月廿四送往新嘉坡，复经函商英使电坡督一体驱逐在案。顷准驻坡左总领电称，腊月廿四孙汶到坡，主(住)潮人张永福家，坡督知而不拒。等语。除再函英使外，希切商外部迅电坡督，立即设法驱逐，并电英国南洋各属，不准该逆潜行阑入。即电复。

外务部。初七日。

E6：政法-辛亥革命史料

3.142 云贵总督锡良为探闻孙党人仍聚居河内情形事致外务部电文

光绪三十四年三月初七日(1908年4月7日)

光绪三十四年三月初七日收云贵总督致外务部电：

本日奉江电谨悉。查杜绝乱根，首在严禁接济匪械。滇边毗连外境，诚恐有匪徒私运军火情事。迭经札饬沿边文武严密稽查，并饬关道知照税务司按河口一带认真查验，曾于去腊十三日电陈在案。兹奉前因，遵当再行转饬，加意查禁。至滇边近日尚无警报，惟孙逆党羽探闻仍聚河内等处，迄未解散。沿边游击，乘隙思逞，仍饬各军一体严防，未敢松懈。谨复。

锡良。鱼。

E6：政法-辛亥革命史料

3.143 云贵总督锡良为孙党来攻河口乞请驰援事致外务部电文

光绪三十四年四月初三日(1908年5月2日)

光绪三十四年四月初三日收云贵总督致外务部电：

顷奉初二日电敬悉,同时据蒙自增道电称,河口线阻两日,未接该处副督办王令。镇邦来电,今晨据河口由香港转来东电,二十九日夜有匪来攻,经官军奋击,毙匪十余名,匪暂退,我军亦有阵亡,现在军情万紧,乞援。等情。查此股乱匪即系潜伏越南之孙逆革党,势极狂悍。河口地方原驻有两营队,自去年闻警后又经添驻一营。据报,前情已电饬增道白镇飞调各营分道驰援,一面仍饬确探,俟探到再即电闻。

锡良。初三日。

E6:政法-辛亥革命史料

3.144　两江总督端方奏为查得孙文在爪哇活动情形并请饬下杨士琦前赴考查劝导事片

光绪三十四年七月二十日(1908年8月16日)※

再,查槟乐屿迤南有地名拔退维亚,系荷兰属,向多中国侨民,颇为荷人所优待。乾隆间,驻拔退维亚荷官因事激变华民,旋用兵攻杀华民无算。荷王立拘荷官,牒告闽粤总督,深致歉忱,并拟办法三条:一将荷官送中国惩办;一按荷国律自行严办,请中国派员监视;一请中国委员会同鞫罪办理。乃闽粤督臣均答以华氓既居海外,即非中国子民,如何办法未便与闻,乃大为荷人所轻,至今益加藐视。在当时抚驭失宜,诚足引为鉴戒。闻此次孙汶在爪哇句留,即将此事极力演说,以为中国漠视侨民之据,一时为所鼓动者剪辫改装,遂居多数。奴才现据拿获革命党匪郑先声供称,有二人在爪哇为孙汶办事,一为乔义生,北直人,一为宋仁,湖南人,是该逆处心积虑,专在煽惑华侨。若不趁此时侨民内响方殷,尚不致全为所用,善为劝导,实行保护,无以坚侨民爱国之心,而破逆党蓄谋之狡。拟请饬下农工商部右侍郎杨士琦前赴瓜岛时加意考查劝导,于大局极有裨益。

谨附片密陈,伏乞圣鉴。谨奏。

两江总督端方

七月二十日

E6:政法-辛亥革命史料

3.145　清政府为禁销檀香山《自由新报》事发沿江沿海各督抚电文

光绪三十四年九月二十九日(1908年10月23日)

电沿江沿海各督抚:现准鄂督陈将檀香山汉拿鲁炉埠所出《自由新报》函送前来。查阅该报，昌言革命，无非以犯上作乱、诱人试法为宗旨，若令转相煽动，隐患何穷？所有沿海沿江各处，务将该报严禁行销。其津沪一带，尤为入口要路，并饬各海关严加搜禁，毋任传播。

枢。九月二十九日。

E6：政法-辛亥革命史料

3.146 寄谕朱家宝等孙文有来华之说饬沿江各省严加防范查拿

光绪三十四年十月二十九日（1908 年 11 月 22 日）

奉旨。端方、朱家宝电奏，安庆兵变现经剿平，但孙汶有来华之说，难保非孙逆暗中主使。沿江沿海各省恐有逆徒响应，应请旨电饬各省认真防备。等语。昨据朱家宝电奏，业经降旨饬沿江各省严加防范。国家新遭大故，逆匪正思乘隙蠢动，著各省督抚严密设法，一体认真防范查拿，万勿疏懈，贻误地方，但仍须慎密镇静，亦不可稍形张皇，致滋纷扰。钦此。

十月二十九日

E6：政法-辛亥革命史料

3.147 驻新加坡总领事左息隆为孙文由逻回坡情形致外务部电文

光绪三十四年十二月初一日（1908 年 12 月 23 日）

光绪三十四年十二月初一日收新加坡左总领事致外务部电：

孙文已由逻回坡，党势渐衰，谣喙浸息。

隆，先。

E322：政法-其他案件

3.148 袁树勋为通报葡兵在澳门附近剿匪实况致川督电文

宣统二年六月（1910 年 7 月—8 月）

盛京锡制台，天津陈制台，南京张制台，福州松制台，武昌瑞制台，成都赵制台，云南李制台，苏州程抚台，杭州曾抚台，长沙杨抚台，开封宝抚台，桂林张抚台，太原丁抚台，南昌冯抚台，安庆朱抚台，济南孙抚台，上海蔡道台鉴洪，澳门附近过除环地方，道光年间葡人即筑有炮台，久为粤省匪薮。上月新宁县被匪掳去学生十余人，在该处关禁勒赎。现在澳界尚未勘定，既不能照会澳督往拿，承认为彼之属地，又未便派兵往缉，致启交涉。正在筹办之际，该事主禀由澳督派人往拿，被匪击毙数人。本月初六以后葡又派兵围捕，亦被匪击退。匪乘势占葡筑之炮台，葡兵又伤毙数人。嗣由葡派马交兵轮用开花炮轰击，将炮台夺回，并起出学生及他处被掳者十余人，匪多俩毙。连日葡兵围捕，不准行人船只来往，该处我兵派往协捕，葡亦不愿。惟现在界务正在磋议，此次葡兵剿匪虽系事主所请，且在具所筑炮台之地，然界务究未勘定，事前竟不知照敝处，亦殊未合。但围捕原因，的系剿匪，且已起出被掳人口多名。恐外间谣传不实，特先电闻。再我兵既不及协捕，然仍恐该匪窜入内地，并虑澳兵越界滋事，已连日会商水督饬营遣派兵轮驶往该处防堵，另派员至澳确查，以备交涉。现省港均安堵如常，足纾廑念，如报纸误传，乞即饬照登，以释群疑，勋元。

（赵尔巽）

E6：政法-辛亥革命史料

3.149　江苏都督程德全为已电请孙文回国组织临时政府事致盛京保安会电文

宣统三年九月二十八日(1911年11月18日)※

盛京保安会：鉴孙都督电敬悉，敝处前日通电，请中山先生回国组织临时政府，计邀明察。惟事机急迫，未能久待。中山未回以前，拟认武昌黎都督为临时政府。至孙都督所称电清内阁一节，鄙意宜声明：如清廷不私君位，宣布共和，可派袁世凯赴鄂会议。即请黎都督主稿挈衔，电清内阁，各省如表同意，乞径电武昌为感。

程德全沁印。

E6：政法-辛亥革命史料

3.150　英国路透社关于孙中山与友人甘特理博士谈论之报道

宣统三年十月初三日(1911年11月23日)※

收路透电（十月初三日）：孙逸仙博士，著名革命家，在英京勾留一星期后，现已启程回华。曾与旧友甘特理博士言，渠志不急在作中国之总理大臣，惟作此官苟有益于中国亦所不辞。中国此时分崩离析，渠甚以为荒谬。盖中国人□……□

□……□英京争选举权者，竟至用武。昨晚聚众前往下议院打劫，见有警队把守进路，各人遂猛勇前进，拟将警队攻开前进，乃为警队击退，且被捉获。嗣有妇女成阵，以布袋装石块，系以长带，用作飞砣，在议院街一带击毁各衙署、店铺迎街门窗。当时被捉获者计共二百二十三人。

E6：政法-辛亥革命史料

3.151 樊叶为孙文归国组织临时政府事致督帅信函

宣统三年十月十三日(1911年12月3日)

督帅大人钧鉴：

南京城于十二日为民军攻入，制台、将军均避某国兵舰内，张勋退驻下关，或称业被民军拘禁，俟探确再详。现民军公推镇江司令徐绍桢带队赴援武昌。北军此次攻克汉阳，固赖炮火之猛烈，然半由湘鄂民军各存意见，心志不齐，加以旧部伤亡实多，新募者尚未老练故也。武汉总司令黄兴来沪筹添饷械，昨在张园开筹饷大会，来宾千余人，程都督亦到会，临时捐集三万余金，众情颇为踊跃。

西报载：孙汶业已由美启程来华，有人询以回国拟如何布置，孙氏答称：须旋国后督阅情形，再定藉手方法；至总统一席，尤当视吾才力能否胜任，临时决定去就云云。山东省取销独立，已见明文。陆润庠曾电致程都督，请即取销江苏独立，谓将来可减轻处分等语。黎元洪请与袁世凯商订停战十五日，以便召集各民军领袖意见，是否承认袁所拟之条款。

萨镇冰到沪后，初居英领事公馆，现在已往香港矣。

专肃敬请钧安。

樊叶谨禀

十月十三日

E6：政法-辛亥革命史料

3.152 周本培等为孙文与法国《朝日新闻》驻美访员谈话事致外务部译稿

法国《朝日新闻》驻美访员与孙汶谈论

孙曰：吾敢谓斯举当有成矣，曾遍访在美各团体同人，其所报告中国近今消息，而知□□□□在旦夕间矣，于武汉已占有绝好地位，不啻已为扬子江主人。由此渐进，以取险要，自可得手，但必在汉口之北二百基罗迈，当大战一次以决雌雄，而后定□□之命运。自经此次战后，凡见好于□□者，其意向已多变易，使下次更获大胜，则凡有新知识者当已尽赞同，且我有干练敏捷之人散处重要之地，使号令一发，即可响应。今之所言，虽未决定，然已筹之熟矣。

访员曰：而尔何以能组织国民至此耶？

孙曰：吾在少年凡遇刑戮之事，必亲往观，因与被刑之家属交接。吾见此等家于属皆有革命之念，且群怨政府之黑暗、官吏之舞弊，吾乃亟思除去之，然于初次举动竟无效力。又尽力以谋者五年，至于不得不逸而离祖国，于是有悬赏以购吾头者，吾想今此头颇当益增价值矣。吾以此时刻慎防之，常作欧美之游历，而经验与智识日进，令吾驱除稗政之心日益迫切矣。吾故有家资，因得遍游各地以交通集资赞助之各会，各会之中以在美华人所组织之规则最为精密，曩以吾主义为过高者，今则亦多从我，更有至贫困之人亦撙节其用，以助吾事者。苟有机会，吾当返国。将来如何措施，斯时不复可言矣。

访员又曰：君此事果有成，则他日即以此手段排外乎？

孙曰：吾等同志及国中有新知识者皆深明责任，且知文明来自西方，无论立宪主义、自由主义皆借取于英、法、义、美诸国，吾国民深负文明债于西方也，故目前举动惟对于□□而已，至一切外交，决无意外冲突。吾意拟于他日试行联邦之中国，另设中央之上下议院统筹全局，其于财政决不令贪婪之吏执掌之，添设公立学堂，并图城市之改革、军事之改革、人民等级之改革，为最大之结束。此次若幸有成，当暂立军政府，然不久即许行自治。至若妇女亦必令享有应得之权利，则家族亦大可改良也。苟吾革命之旗飘飏于北京城内，则吾族之新花重发矣。

书记生周本培述录。

他日成功亦为意料中所有之事，中国人民恐已皆隐含此意矣。其尤可必者，则纵使以大力压制目前之革命，然将来结果必与斯时相等。盖中国内政之腐败，势必用强迫之力以驱除，愈敏捷则愈易奏效，盖亦在不数年间也。此一结果，无人可为之隐讳者矣。

通译生黄树年译意。

E6：政法-辛亥革命史料

3.153 唐绍仪为孙文来沪商组临时政府事致内阁电文

宣统三年十一月初八日（1911 年 12 月 27 日）

宣统三年十一月初八日收唐绍怡致内阁请代奏电：

窃绍怡前准总理大臣咨开，委充议和总代表等因。当即驰赴汉口，嗣因议和地方改在上海，复由汉乘轮赴沪，与各省民军总代表伍廷芳于十月二十八、十一月初一等日两次会议，迭将情形电达总理大臣在案。查民军宗旨，以改建共和政体为目的，若我不认共和，即不允再行开议。默察东南各省民情，主张共和已成一往莫遏之势。近因新制飞船二艘，又值孙文来沪，挈带巨赀，并协同泰西水陆兵官数十员，声势愈大。正议组织临时政府为巩固根本之计，且闻中国商借外款皆为孙文说止，各国以致阻抑不成。此次和议一辍，战端再起，度支之竭蹶可虞，生民之涂炭愈甚，列强之分裂必乘，宗社之存亡莫卜！倘知而不言，上何以对皇太后、皇上，下何以对国民乎？绍怡出都时，总理大臣以和平解决为嘱，故会议时曾议召集国会，举君主民主问题付之公决，以为转圜之法。伍廷芳谓各省代表在沪本不乏人，赞成共和已居多数，何必再行召集？当时以东三省、直、鲁、豫及蒙、回、藏等处尚未派员，似非大公折之，伍廷芳仍未允认。现在停战期限已促，再四思维，惟有吁请即日明降谕旨，命总理大臣颁布阁令，召集临时国会，以君主民主付之公议，征集意见，以定指归。其汉阳、汉口等处所有兵队，并请饬下总理大臣，传令各军统等一律撤退，以示朝廷与民相见以诚之意。绍怡自当凛遵阁令，与伍廷芳开议国会公决日期及民军不得进攻条约，以期平和议结，早息兵争，使皇上公天下之心昭然共喻，则皇室必能优遇，宗祀得以永存。所有绍怡到沪议和情形暨请早召集国会缘由，谨披沥电陈。乞代奏。

E6：政法-辛亥革命史料

3.154 某人为清室退位及孙文致电袁世凯另选大总统事致赵尔信函

宣统三年十二月(1912年1月)

□今明日中所发一上谕，其内容谓大清国皇帝因从民意，退去皇位，协商设立共和政府，酌设临时大总统，以便办理国事云云。此上谕诚为将二百六十七年之大清国以数日间□□变为民主共和国也。皇太后虽属赞成皇帝退位，然甚主张仍留北京，而袁内阁则主张热河蒙尘之说云云。

革军借款。革军以招商局财产担保，拟向香港、上海借银五百万两，又拟向米国资本家借银二千万两，刻在商议进行中。

广东于阳历本月十四日，广东省特派二千乘坐汽车赴北，刻已约到临淮□。目下正在运送弹药。

孙逸仙日前电致袁内阁，以此际皇帝若能退位，即须重建巩固共和政府，即拟撤废现在民政府，另选大统领云云。

蓝天蔚特于今日电致我□□□□□，谓奉中华民国临时大总统委任为关外事务都督之职，以本军队所到之处极认保护外人生命财产之责。窃查东三省铁道既为贵国所有，而贵国素称文明，维持和平，确守中立条件，想南满铁道应如何保守中立，其民国军队当与清国军队受同一之权利也。

4. 外　　事

G1：中外关系

4.1　广东巡抚范时崇奏报附进李国屏关于西洋事件奏疏缘由折

康熙四十九年九月初二日(1710年10月23日)

广东巡抚臣范时崇谨奏，本年八月二十九日，海关臣李国屏亲赍奏折一封赴臣衙门口称，内系西洋事件，请过圣旨，着令巡抚差人赍送。臣今一同附进。理合奏闻。

(朱批：)知道了。

康熙四十九年九月初二日

(宫中朱批奏折)

G16：中外关系-在华外籍人员事务

4.2　两广总督杨琳奏报巡查澳门谕令西洋人等须安分守法及沿海一带情形折

康熙五十六年五月初十日(1717年6月18日)

两广总督奴才杨琳，为奏闻事。

奴才于四月初十日到任，十八日即就近先往澳门查阅，有住澳西洋头目带领彝兵百名站队迎接，奴才谕以皇上柔远德意，容你们在此居住，须安分守法，不许买中国的人，不许在界外又租民人地方盖造房屋。西洋人回称，我等守法不敢生事，但我等本澳有舡八只，专赖贸易养活，今闻禁止南洋，我等舡只不知禁否。奴才谕以南洋不许中国人行走，你们原是外国人，皇上恩典，任凭你们行走生理，就是南洋诸国来中国做生意的，俱不在禁内，但不许带中国人出去，若你们到吕宋、噶啰吧等处，有中国人要搭舡回来者，只管带来，到时交与地方官查收。伊等叩头称万岁。又据西洋人回称，我们西洋人在澳多年，孳生男妇大小共有八千余口。奴才细访实有万余口，俱仰藉天朝衣食，又感慕皇上德威，寄居弹丸一屿，代守险要。奴才计其食米，每岁二万余石麦面，在外伊等实实不敢生事者，惟恐禁止米面，则饥馁自毙耳。

再，查勘炮台一事，奴才到广州同将军抚提会议，广东沿海八府，绵长四千余里，绕道往回停留，估计约来一年始克竣事。今议得，巡抚将军不宜远离，止在广州一府同左翼镇总兵官查勘。奴才因惠、潮二府界连福建，自编设澳甲之后，海面失事甚少，旧年十月至今年三月，又报失事数起，恐文武怠玩，奴才亲往同碣石、潮州、南澳三镇总兵官查设炮台，一面稽查澳甲，点验舟师。事竣转至肇庆府属查勘，提督往高雷、廉、琼四府，同高州、琼州二镇总兵官查勘，分路行走，庶易竣事。布政司库，奴才存有羡余银四万两，原留为地方公用，今与抚臣商酌，先择最紧要地方即动此银修筑，其次紧要者，再陆续捐筑，总不派累百姓。或有移改营制之处，另题请旨。

再，今岁外国洋舡尚无到者。雨水甚是沾足，早禾茂盛，现今广州、肇庆、潮州三府粗细二种米价，每石七八钱，其余府分六钱、七钱不等。

合并具折，专差标下千总刘弘道家人张凤奇赍进。谨奏。

(朱批:)知道了。

康熙五十六年五月初十日

奴才杨琳

（宫中朱批奏折）

G16：中外关系-在华外籍人员事务

4.3　两广总督杨琳奏报到澳门西洋船只数目及所载货物情形折

康熙五十七年六月二十八日(1718年7月25日)

两广总督奴才杨琳，为奏闻到粤洋舡事。

本年五月内，到有大西洋舡二只，一只是载葡萄酒、乌木、海菜等粗货，一只是新兵头来澳换班，并无货物，亦无技艺之人。六月内，又到暎咭黎洋舡一只，装载哆啰、哔吱、洋布、番钱等物。又香山本澳彝人回棹洋舡四只，所载是胡椒、小茴香、槟榔、鹿筋、海菜等项。

再，五十五年十月内，奴才接武英殿监修书官伊都立等奉旨发来红字票，着用巡抚关防，发与各洋舡上舡头、体面人带与西洋教化王去。奴才先问在粤西洋人，据称，四十五年差往西洋去之龙安国、薄贤士二人，于四十六年二月内将到大西洋，遭风坏舡淹毙，查已经前抚臣范时崇奏闻在案。今询据现到之西洋舡上人，所言无异。又查问四十七年差往西洋去之艾若瑟、陆若瑟二人下落，据云，四十八年十二月内已到大西洋，陆若瑟于五十年七月内身故，艾若瑟今在大西洋大理亚国。发去红票，伊等行至小西洋已见发到，彼处西洋人阅看欢喜，随后遇有便舡即带往大西洋去。又据各西洋人说，先因传言未敢轻信，今见红票，知道旨意，自然就差人复命等语。理合具折奏闻。

(朱批:)知道了。

康熙五十七年六月二十八日

奴才杨琳

(宫中朱批奏折)

G11(202、552)：中外关系-交聘往来(澳门、葡萄牙)

4.4　两广总督杨琳奏报澳门西洋人理事官进献方物谢恩折

康熙五十八年正月初九日(1719年2月27日)

两广总督奴才杨琳，为奏进事。

据住澳门西洋人理事官唛嚟哆等呈称，哆等住居澳门，世受皇上恩典，泽及远彝，贸易资生，俾男妇万有余口得以养活。圣恩高厚，无可报答，敬备土物十六种，伏乞代进，稍尽微诚。

计开：进上物件：洋锦缎三匹、珊瑚二树、西洋香糖粒九瓶、玻璃器四件、鼻烟十二罐、衣香一盒，槟榔膏六罐、珊瑚珠二串共二百零七粒、金线带五丈、火漆一小盒、水安息香共二十个、鼻烟盒六个、戒指六个、保心石大小共二十个、银盒一个内小盒六个、绒线狗四个等情到奴才。

据此，查澳门住居彝人，感戴皇恩，每遇岁时万寿，诵经礼拜，共祝圣寿无疆。今备具土物，呈请奴才代进，乃远人一片诚敬实心。合将缴到物件代为恭进。谨奏。

(朱批:)知道了。还有赏赐之物，传旨赏去。

康熙五十八年正月初九日

奴才杨琳

(宫中朱批奏折)

G11(552)：中外关系-交聘往来(葡萄牙)

4.5 两广总督杨琳奏报转赏御赐物品西洋人理事官等谢恩情形折

康熙五十八年五月十五日(1719年7月2日)

两广总督奴才杨琳，为叩谢天恩事。

本年五月初八日，奴才家人赍回皇上赏赐奴才鼻烟壶二个，遵即望阙叩头，谢恩领受讫。又蒙赏赐澳门彝目锦缎八匹、法琅器七件，奴才即着广州住堂西洋人李若瑟，带领彝目唛嚟哆等到肇庆，奴才宣扬皇上恩德，将颁到物件亲行给赏。各彝目欢呼望阙叩头，称，我等住居天朝，蒙万岁爷恩典，养活万余家口，今又蒙圣恩颁赏，我等不敢自私，当带回西洋，本国王仍宣示西洋本国之人，齐祝皇上万万岁，一心恭顺天朝。乞为代奏谢恩。等情。并具谢折前来。

理合具折，专差标下千总王有才家人李贵赍进。谨奏。

(朱批：)知道了。

康熙五十八年五月十五日

奴才杨琳

(宫中朱批奏折)

G11(202、565)：中外关系-交聘往来(澳门、法国)

4.6 两广总督杨琳等奏报西洋船到澳门艾若瑟在途病故等情折

康熙五十九年六月十三日(1720年7月17日)

两广总督奴才杨琳、广东巡抚奴才杨宗仁，为奏闻事。

本年六月初一日，据香山副将陈良弼报，有法琅西洋舡一只在澳外洋面寄碇，往问艾若瑟信息。据舡头人说，艾若瑟原搭舡来中国，路上病故，柩木现在舡上，有伊徒弟樊守义，系中国人，原随艾若瑟往西洋，今亦回来，并带有进上物件，等语。奴才等随专差往唤樊守义，赍带进上物件到澳门，由陆路内河来省，原舡押由虎门入口去后。于六月十三日樊守义到省，奴才等公同询问。据樊守义说，他原是山西平阳府人，自幼跟艾若瑟做徒弟，四十六年艾若瑟奉旨往西洋去，带他同行，四十七年到了西洋，见过教化王，在都宁地方住了几年，又到别国住了几年，五十七年有法琅西舡上带去武英殿发来的红字票，教化王看见就叫艾若瑟来复命，五十八年三月内搭法琅西舡起身，带来进上箱匣共七个，乌枪一杆。艾若瑟原患咽食病，于五十九年二月初七日在小西洋大狼山地方病故。等语。奴才等随令樊守义在广州天主堂暂住，将进上箱匣公同加封交布政司看定。奴才等于六月初八日现准内务府咨文，奉旨差员外李秉忠来广，想因江西一带雨水阻滞，谅不日可到，俟李秉忠到日，即将西洋进上物件及樊守义遣人护送来京。合先专差把总刘彦家人王德驰驿奏闻。

再，本年五月二十七、六月初六等日，省城到有唤咭唎洋舡二只。其樊守义搭坐法琅西之舡，自澳开行来省，尚未进口。合并奏闻。谨奏。

康熙五十九年六月十三日

奴才杨琳　杨宗仁

（宫中朱批奏折）

G1：中外关系

4.7　两广总督杨琳奏报西洋总会长利国安请代为转奏情形折

康熙五十九年六月十五日(1720年7月19日)

两广总督奴才杨琳，为代进奏折事。

奴才同巡抚杨宗仁奏报大西洋舡到澳门情由，业于六月十三日专差驰驿赍进去后。于十四日，据西洋总会长利国安亲赍西洋字奏折一封，交奴才代进。奴才适值马政奏销，例用火牌，今差承差张昭伦等赍进。理合奏闻。

再，员外李秉忠，闻得江西水大，亦在二三日内可到广州。合并奏知。谨奏。

康熙五十九年六月十五日

奴才杨琳

（宫中朱批奏折）

G11(202、552)：中外关系-交聘往来(澳门、葡萄牙)

4.8　两广总督杨琳等奏报樊守义口供并大西洋船只自澳门驶进内港情形折

康熙五十九年六月二十一日(1720年7月25日)

两广总督奴才杨琳、广东巡抚奴才杨宗仁，为奏闻事。

员外李秉忠于六月十七日到广州，奴才等随传到樊守义公同细问，据樊守义将历年在西洋事情亲笔书写口供，奴才等又将进上箱匣公同开看，开列折单，并在樊守义行李箱内，检出波尔都加尔国王所给护身票一纸、书信一纸，李秉忠逐一另折奏闻。所有李秉忠送到奏折，交奴才等代进。其樊守义在洋舡久，今现在调理，于七月初间差人伴送来京。

再，大西洋舡只，于六月十七日自澳门外洋开行来广州，因连日东南风信不顺，一转西南风，即可进虎门内港。理合一并奏闻。谨奏。

康熙五十九年六月二十一日

奴才杨琳　杨宗仁

（宫中朱批奏折）

G11(552)：中外关系-交聘往来(葡萄牙)

4.9　两广总督杨琳奏报遣人护送樊守义进京及其坐船已到黄埔湾泊情形折

康熙五十九年七月初二日(1720年8月5日)

两广总督奴才杨琳、广东巡抚奴才杨宗仁，为奏闻事。

樊守义自西洋回粤，奴才等业经节次奏报在案。今于七月初二日，奴才等公同遣人护送樊守义来京，理合奏闻。

再，樊守义原坐来之大西洋舡，已于六月二十二日进虎门到黄埔湾泊，内从咖喇吧搭回福建人魏镇等六名，现在讯供发遣回籍。合并奏知。谨奏。

康熙五十九年七月初二日

奴才杨琳　杨宗仁

（宫中朱批奏折）

G11(561)：中外关系-交聘往来(英国)

4.10　两广总督杨琳等奏报西洋人费理伯等赍至教化王表文折

康熙五十九年七月二十四日(1720年8月27日)

两广总督奴才杨琳、广东巡抚奴才杨宗仁，为奏闻事。

本年七月二十二日，到噗咭唎洋舡一只，内搭载西洋人二名，称系教化王差来复命，赍有教化王进上表文。奴才等随即公同传询，据二人说，一名费理伯、一名何济各，教化王感戴万岁爷恩典，先差我等赍表来复命，随后差大臣一员，选带能精天文、技艺的人同来。我等自上年正月起身，从马上赶到曰儿玛尔呢亚国搭舡，水陆行了十九个月，方到广东，等语。奴才等恐其不能驰驿行走，令将教化王表文取来，先差人赍进。据费理伯等说，教化王着我等亲赍表文进呈万岁爷陛下，以表恭敬之诚。我等在洋舡上日久，歇息数天就可驰驿前去。等语。奴才等随验表文，系金线所缝，又用金锁封固，远人一段敬心，应听其自行赍进。现在代备行装，于七月二十九日填给勘合，差员护送来京。合先具折，专差百总李廷印、郭丰驰赍奏闻。所有员外李秉忠、西洋人利国安各奏折一封，一并进呈。

再，今年外国洋舡前后共到十只。合并奏知。谨奏。

康熙五十九年七月二十四日

奴才杨琳　杨宗仁

（宫中朱批奏折）

G16(202)：中外关系-在华外籍人员事务（澳门）

4.11　西洋人戴进贤等奏请行令广东免逐西洋人并准其住澳门或省城折

雍正二年五月十一日（1724年7月1日）

西洋人戴进贤等谨奏，为吁恩垂鉴事。

切臣等自利玛窦航海东来，历今几二百年，幸荷圣朝优容无外，故士至如归。守法焚修，原非左道。兹因福建之事，部议波及各省，一概驱往濠门，远臣奉命惟谨，敢不凛遵。惟是濠门非洋船常到之地，若得容住广东，或有情愿回国者，尚可觅便搭船。今俱不容托足，则无路可归。濠门虽住洋商，而各省远臣不同一国者甚多，难以倚靠，可怜欲住不能，欲归不得，此诚日暮途穷之苦也。近接广东来信，抚臣奉文之后，出示行牌，严加催逼，限六月内驱往濠门，不许迟过七月。因思，臣等荷蒙圣恩留京备用，则每年家信往来亦所不免，倘广东无人接应，将来何以资生。我皇上仁恩溥博，薄海内外，咸荷覆帱。似此老迈孤踪，栖身无地，不得不冒渎严威，惟望圣恩宽厚，俯赐矜全，行令广东免其驱逐。嗣后各省送往之西洋人，愿赴濠门者，听往濠门；愿住广东者，容住广东。如此，则臣等感激涕零，受恩靡尽矣。

再，各省现有衰老病废难行之人，可否暂容，此又出自皇上格外隆恩，非臣等所敢擅请也。

臣等不胜呼号，待命之至。谨缮折具奏，伏乞皇上睿鉴，特赐俞允施行。

(朱批:)朕自即位以来,诸政悉遵圣祖皇帝宪章旧典,与天下兴利除弊。今令尔等往住澳门一事,皆由福建省住居西洋人在地方生事惑众,朕因封疆大臣之请、庭议之奏施行。政者,公事也。朕岂可以私恩惠尔等,以废国家之舆论乎?今尔等既哀恳乞求,朕亦只可谕广东督抚暂不催逼,令地方大吏确议再定。

雍正二年五月十一日

(宫中朱批奏折)

G16(999):中外关系-在华外籍人员事务(所涉及国家、地区不详)

4.12 川陕总督岳钟琪奏报差员解送西洋人穆觐远进京折

雍正四年三月十六日(1726年4月17日)

四川陕西总督臣岳钟琪谨奏,为遵旨奏闻事。

窃臣于雍正四年二月二十七日奉到朱批谕旨,随允禟来西洋人穆觐远,令臣差的当人前往西大同,会同楚宗立刻九条锁拿解来京。钦此。臣随差以守备用之千总胡琏前赴西大同,会同楚宗拿解去后。今于三月十二日臣行至平凉府地方,据千总胡琏禀报,已将穆觐远遵旨会同锁拿,于三月初十日丛到金县地方。闻臣已起身赴宁夏,路由固原,与彼回西安之路相左,故特专差驰禀前来。臣随差家人罗印前往,协同胡琏将穆觐远遵旨严押进京。理合具折奏闻。并缴原奉朱批谕旨,伏惟睿鉴施行。谨奏。

(朱批:)五月十九日到。知道了。

雍正四年三月十六日

(宫中朱批奏折)

G16(999):中外关系-在华外籍人员事务(所涉及国家、地区不详)

4.13 陕西总督岳钟琪奏报西洋人穆觐远病故请准处理其遗物折

雍正五年七月十三日(1727年8月29日)

陕西总督臣岳钟琪谨奏,为请旨事。

窃照西洋人穆觐远病故,经臣题报在案。所有从前查明金银衣物等项,今据临巩按察司李元英造册，详请作何著落前来。臣查册内开载之衣物，除金十四锭、重七十两，银三封、共一百四十五两，并零星金银器皿不须估变外，其衣服约值银一百余两，为数无多，可否令该地方官先行变价，俟解别项之便，同不须估变各物一并解部，抑或交巩昌布政司一并收库，以作公项。

臣不敢擅便，谨具折恭奏，伏乞睿鉴。为此，谨奏请旨。

(朱批:)交巩昌公用。是。

雍正五年七月十三日

（宫中朱批奏折）

G12(563、202)：中外关系-安置难民(荷兰、澳门)

4.14　两广总督马尔泰题报乾隆三年份发遣难番归国日期本

乾隆四年七月二十五日(1739年8月28日)

兵部尚书、兼都察院右都御史、总督广东广西等处地方军务、兼理粮饷、加二级、纪录二次、驻扎肇庆府臣马尔泰谨题，为汇报发遣等事。

该臣看得，外国夷船被风飘到内地，查验原船可修，即与修整，如破烂难修，酌量发遣归国一案，例应岁底汇疏题报。兹乾隆三年分，查一起，安南国难番邓兴等，因驾船采钓，于乾隆三年五月初四日被风飘入文昌县清澜港。又一起，安南国难番令奉等，因驾船装谷，于乾隆三年五月二十三日被风飘至崖州属保平港。又一起，暹罗国船商柯汉，因驾船来广贸易，在香山县属洋面被风沉船，逃活水梢郭斌使等。又一起，暹罗国船商郭意公，因驾船来广贸易，在香山县属洋面遭风沉船，逃活番民吖呱哆呢等，俱于乾隆三年八月初一日到省。又一起，安南国难番阮文雄等，因驾船装货，于乾隆三年七月初八日被风飘至大镬洋面。又一起，外夷若哥等，因驾船运米，于乾隆三年二月二十八日被风飘至墺海。又一起，吕宋国难番弗浪西咕等，因驾船贸易，被风坏船，遂乘三板一只，于乾隆三年八月初八日飘至墺(澳)门海面。节据各该地方文武详报，俱经前任督臣鄂弥达先后批行布政司饬给口粮抚恤，发遣回国去后。兹据原任布政使刁承祖详报，安南国难番邓兴等，觅有黄昌盛船只，于乾隆三年九月十五日驾送回国。又安南国难番令奉等，雇有朱合利商船，于乾隆三年十月十三日遣送回国。又暹罗国难番郭斌使等，并吖呱哆呢等附搭卢仕华商船，于乾隆四年二月十九日驾送回国。又安南国难番阮文雄等，附搭林恒顺商船，于乾隆四年二月十六日开行回国。又外夷若哥等，将原船修好，于乾隆四年三月初八日开行回国。又吕宋难番弗浪西咕等，亦于乾隆四年三月初八日附搭若哥番船回国。等由前来。

所有乾隆三年分被飘到粤，陆续发遣难番归国日期，相应题报，伏乞皇上睿鉴，敕部查照施行。臣谨会题请旨。

乾隆四年七月二十五日题，九月十六日奉旨：该部知道。

（内阁礼科史书）

G12(563、202)：中外关系-安置难民(荷兰、澳门)

4.15　两广总督策楞奏报荷兰等国船只被风按例接济水米情形折

乾隆十年七月二十八日(1745年8月25日)

两广总督臣策楞谨奏，为奏明事。

窃查，本年六月内，有红毛番舶二只、贺兰番舶三只，先后寄碇于香山县之外洋大头洲、九澳、鸡颈等地方。臣因红毛、贺兰俱与吕宋有隙，恐其等候吕夷在洋滋事，当即飞饬该地文武官弁，多拨兵船严加防范，并禁止货卖粮食接济夷船，一面令左翼镇亲往澳门往来弹压。嗣据查明，红毛船二只，一系赴广贸易商船，一系该国王恐其途遇吕夷，差拨护送之哨船，商船业已开进黄埔，哨船仍泊外洋。其贺兰船只，据讯夷目内称，伊等自本国开行共有五船，同往日本，后至中途被风飘散二只，此内摩遮一船，系有货商船，遮亚喇奴、逢叮嗬二船，亦系该国王差拨护送之哨船。并据禀称，船上水手现俱患病，所带水米食物将完，吁请准买接济。随有澳门夷目认保，具有并不致于滋事甘结在案。

臣查，外夷商船失风飘至内地，原有赈恤之例。今贺兰之船，既因趁洋前往日本，遭风至此，自应准其买备水米，以昭天朝柔远之仁。臣现在行令澳门同知，会同武员饬著住澳夷目代为买备口粮，仍令暂泊外洋，并严禁渔蛋小船私卖食物，致有偷漏。一俟风便之日，即押开行。

事关外番遭风商哨船只，所有臣查办缘由，理合奏明，伏乞皇上睿鉴施行。为此，谨奏。

乾隆十年九月初六日奉朱批：知道了。钦此。

（军机处录副奏折）

G16(202、552)：中外关系-在华外籍人员事务(澳门、葡萄牙)

4.16　两广总督硕色等奏报葡萄牙更换住澳门兵头缘由折

乾隆十四年七月十八日(1749年8月30日)

两广总督臣硕色、广东巡抚臣岳浚谨奏，为奏闻事。

窃照广东澳门地方所住番夷，乃西洋国天主教人，自前明住居澳地，迄今二百余年，该国夷王若望向差有夷官在澳弹压夷众，官名谓之兵头，犹内地总兵之类，其下尚有大旗、大枪等官，皆属兵头所辖。从前所差兵头，闻俱安静知事故，夷众亦皆敛戢。惟近年差来兵头，名曰安哆呢若些喲唎，其人少年刚愎，平日纵容番众逞顽，以致上年有夷犯哑吗呏等殴死民人李廷富、简亚二等两命之事。且澳门向有海关税馆，一切商货起卸税馆之前，夷奴黑鬼往往潜行偷窃。上年九月间，商人于税馆前建设木栅防闲，该兵头复纵容夷人私偷拆毁，当经臣岳浚于署总督任内访闻严查，饬行澳门同知究追惩创，该夷方始惧罪，修复完整，仍照窃盗律责处发落在案。迨十二月内，该兵头复将夷犯哑吗呏等不候部覆擅自发往地满，种种无知妄为，甚属可恶。臣硕色于上年十二月内抵粤之后，查知前项情事。因思，该国夷人寄居内地，荷蒙圣朝柔远之恩，准其经营贸易，乐业安居，自应感激天恩，安分守法，岂容渐滋事端，此风断不可长。臣等当即会饬澳门同知前赴该地，传谕夷众，晓以天朝恩威，示以容留祸福，嗣后如再不驯滋事，则国法断不姑容。彼时，夷众听闻，甚为凛畏悚惧。从前汉商亦有受兵头之刻剥者，因而传播至洋，又有夷人崩牙因争控船只，受兵头偏断之抑，控之夷王。今该国另差新兵头夹万威地猫炉前来更换，并差夷官晏哆呢吡唎哪地私嘀哗到澳，审讯旧兵头安哆呢若些喲唎纵容夷人不安本分及擅行发遣夷犯诸事。其差来夷官晏哆呢吡唎哪地私嘀哗现赴澳门同知衙门呈称，西洋人蒙天朝圣恩，栖澳百有余年，虽至愚蠢，亦知感戴，乃旧兵头安哆呢若些喲唎滋事多端，今晏奉差来澳审理，遵即矢公矢慎，将旧兵头审拟罪名，解回西洋治罪。嗣后，务必训导夷人遵守法纪，不敢滋事。等情。据澳门同知张汝霖录报前来。

除俟审定作何治罪之处查明另奏外，所有澳夷更换兵头审讯缘由，事关夷情，臣等谨先会折奏闻，伏祈皇上睿鉴。谨奏。

(朱批：)知道了。

乾隆十四年七月十八日

(宫中朱批奏折)

P13：农业-农作物

4.17　广州将军锡特库等奏报广东地方雨水粮价并澳门兵头换人情形折

乾隆十四年七月二十六日(1749年9月7日)

广州将军、降一级、又降二级留任臣锡特库等谨奏，为奏闻雨水情形事。

臣等前将春夏雨水调匀，米价大减，并年岁丰稔之处，俱经缮折奏闻。自入秋以来，雨水调匀,秋禾吐秀,冬禾畅茂,米价如前平减,兵民乐业。

闻得,墨门夷人兵头打伤内地民人一案,其夷目寄信与伊小西洋国王,今另遣兵头一名、夷目一名前来,业将不法兵头锁禁审理。

再,闻得雷州府地方海水涨溢,其近海边之潮田、居民,微有被灾者,督抚臣硕色等委该地方官查勘。

臣等谨将所闻情形奏闻。为此,谨奏。

(朱批:)知道了。

乾隆十四年七月二十六日

广州将军、降一级、又降二级留任臣锡特库　左翼副都统、降二级留任臣马瑞国　右翼副都统、纪录十七次臣曹瑞

(宫中朱批奏折)

G11(202、552):中外关系-交聘往来(澳门、葡萄牙)

4.18　两广总督阿里衮奏报葡萄牙国王派使来澳门候旨进京情形折

乾隆十七年七月三十日(1752年9月7日)

臣阿里衮谨奏,为奏闻事。

乾隆十七年七月十三日,据署广州府海防同知武启图、香山县知县彭科禀称,本月十二日,据澳门夷目喽嚟哆等禀称,本月初七日,有大西洋波尔都噶尔船一只来澳,系本国王遣使臣巴这哥航海来粤,赴京恭请圣安,现在候示,等情转报到臣。据此,当经饬查去后。兹据覆称,因该国王新经嗣位,虔遣使臣赍进方物二十九箱,到粤恭候圣旨起程,赴京恭请皇上圣安,以展向化感慕之诚。并带有西洋人三名,汤德微、林德瑶知天文算法,张继贤善于外科,亦一同赴京,如蒙皇上俞允留用,汤德微等亦愿住京效力。等语。

臣伏查,该国于雍正四年曾遣使臣诣阙,今岁似仍应查照往例办理,俟抚臣会疏具题外,谨将西洋国使臣到粤候旨,并带有西洋人三名一同赴京缘由,先行缮折奏闻。伏乞睿鉴。谨奏。

(朱批:)知道了。

乾隆十七年七月三十日

(宫中朱批奏折)

G11(202、552)：中外关系-交聘往来(澳门、葡萄牙)

4.19　广东巡抚苏昌奏报葡萄牙使臣到粤情形折

乾隆十七年八月二十九日(1752年10月6日)

广东巡抚臣苏昌谨奏，为奏明远彝慕义入贡，仰祈圣鉴事。

窃查大西洋国为海外诸番之雄长，远距中华数万余里，梯航而至，非数月不能抵粤，往返甚难，是以向来不在常贡之例。兹于乾隆十七年七月初十日，据香山县知县彭科禀称，本年七月初七日，有大西洋博尔都噶尔国船一只到澳，据称系该国王遣使臣巴这哥航海而来，敬带进上方物，欲赴京叩请圣安，等情。臣查，该国王远慕天朝德化，不惮数万里遣使入贡，自出至诚，但所赍表文及所称方物，系何名品，有无随带何项技艺巧师，均须逐一声明，以便据情具题。随查据该县覆称，据西洋理事官喽嚟哆呈，据该国使臣巴这哥称，本国向蒙天朝惠爱，今新王接位，特遣使臣恭叩圣安，所赍表文方物计二十九箱，经国王封固，必须使臣亲呈御前，不敢擅开，并带有通晓天文之汤德徽、林德瑶，善于外科之张继贤等三人一同赴京，如蒙留用，愿住京效力。伏乞转请代达微诚，候旨赴京。等情具详到臣。

伏查，大西洋博尔都噶尔国于雍正四年间曾遣使麦得乐赍表入贡，届今二十余年，该国王甫经嗣位，随复遣使入贡，具见输诚恐后。惟是所赍贡物，从前原系逐件验明，于疏内分晰题报。今据称该国王封固，必须亲呈，不敢擅开。等语。臣思，该国王亲加封固，尤为敬谨从事，而该使臣不敢开验，具见瞻仰维虔。臣亦未便强令开视，随饬将贡箱二十九号敬贮彝馆，其彝使饬令善为安顿。

照例会同督臣另行恭疏具题请旨，择期委员伴送赴京外，理合先将该国入贡缘由缮折奏闻，伏乞皇上睿鉴施行。谨奏。

(朱批：)知道了。

乾隆十七年八月二十九日

(宫中朱批奏折)

G11(202、552)：中外关系-交聘往来(澳门、葡萄牙)

4.20　阿里滚奏报葡萄牙国使臣到澳并赴京事折

乾隆十七年十一月二十五日(1752年12月30日)

臣阿里滚谨奏，为奏闻事。窃臣于乾隆十七年九月二十三日，接准大学士公傅恒字寄，乾隆十七年九月初四日奉上谕，据尚书舒赫德奏据钦天监监正刘松龄禀称，有西洋坡尔都噶尔亚□遣使巴哲格来请安进□□，我已照雍正四年□例，派内务府即中官柱同该监正刘松龄驰驿前往接取，可传谕该督阿里滚侯官柱等到粤时，其该国使臣可酌量款以筵宴，所有沿途一切供应，并着量从丰厚，以示怀远之意。钦此。遵旨寄信到臣，伏查即中官柱监正刘松龄于十一月初五日到广州省城，初六日即起程前往澳门接取西洋使臣，并查验贡物，料理装束，于十五日自澳门起程，二十一日到省，二十二日臣遵旨款以筵宴。使臣巴哲格望闻叩头，口奏：天远为□，实难报称，不胜感激。今已于二十三日起程，□□其沿途供应，□照雍正四年之例，动支司库公项银一千一百两，以作一切供应之用，并咨会沿途各省，一体照料护送外，所有遵旨筵宴贡使并料理起程沿途供应缘由，谨具折奏闻，伏乞圣鉴。谨奏。

(朱批:)知道了。

乾隆十七年十一月二十五日

(宫中朱批奏折)

G11(552)：中外关系-交聘往来(葡萄牙)

4.21 署两广总督班第等奏报葡萄牙贡使由京抵达澳门日期折

乾隆十八年九月十七日(1753年10月13日)

署两广总督臣班第、广东巡抚臣苏昌谨奏，为奏闻事。

窃西洋贡使巴哲格在京进贡事竣回国，由水程经历江、浙等省，一路平稳无阻，于八月十九日渡岭入广东南雄府境，至九月初二日抵省。臣苏昌因监临场务尚在闱内，臣班第即照上年之例备宴，于初三日筵宴，该贡使望阙叩头谢恩。据巴哲格跪奏：外洋夷人得入中国瞻仰天颜，已属庆幸，且在京之时，叠蒙恩眷，至隆极厚，种种荣宠，实出格外，感激之诚，难以尽述。外洋远臣，何以图报，惟仰赖皇上福庇，早回本国，宣扬圣恩广大，使海外诸国咸知感戴。恳求代为转奏，并恭请圣安。等语。该贡使巴哲格因途次得受暑湿，腿患疮疖，不能乘轿久坐。是日，拄杖步行，恭赴宴所，跪饮恩酹，极为虔敬。察其感激天恩，实出至诚。该贡使等即于初四日开舟，臣等仍委原护送之同知毛维锜，随同钦差郎中官柱、监正刘松龄送至香山县墺门边境。据报，该贡使巴哲格等于初十日已至墺门，守候风信起行回国。

所有西洋贡使抵广筵宴、奏谢天恩各缘由，及自省抵墺日期，臣等谨会折恭奏，伏乞皇上睿鉴。谨奏。

(朱批:)览。

乾隆十八年九月十七日

(宫中朱批奏折)

P13: 农业、水利、畜牧业-农作物　G16: 中外关系-在华外籍人员事务

4.22　两江总督鄂容安奏覆淮北等地雨水收成并遵将西洋人李世辅释解澳门安插其案内蒋相臣等发回原籍折

乾隆十九年五月初七日(1754 年 6 月 26 日)

两江总督臣鄂容安谨奏,为遵旨查奏事。

窃照今年自春入夏,三省雨水沾足,二麦秀结,禾苗葱茂,臣于四月二十三日、闰四月初五日,已两次恭奏,俱蒙圣鉴。江西一省与安省太平、庐州以南各郡二麦俱登,凤、泗等属与下江各邑大麦全收、小麦亦收获将竣情形,复于五月初四日缮折奏闻。今于本月初七日接奉谕旨,因漕臣瑚宝奏报未明,令臣将淮北之山阳、清河、桃源、宿迁、邳州等处麦收雨泽,并有无旱象情形查奏。臣谨查,淮、徐二郡三月间雨水已经沾足,四月上、中、下三旬俱有雨泽,虽大小不等,因地本滋润,是以麦苗畅遂。闰四月初旬小雨,中旬连得大雨,臣尚恐雨水积多,于麦收时未免有碍。甫经行查,旋据禀报,雨后已晴,惟最低之区,麦有微损,沛县洼地积水尚须宣泄。臣等已屡次严催料理,并令道府就近亲督在案。日内各处麦俱登场,统计收成约在八九分上下,麦收之后,现在插秧已经过半。至于得雨分寸,州县所报每不足凭,雨以寸计已是约略之词,分数如何量验。臣每面询州县,或称寸字误写分字,或称书吏率填,一时疏忽,是外省向来所有陋习,臣屡经檄饬,务令切实从事。省城闰四月二十二、三两日得雨后,五月初五、初六两日俱夜雨昼晴,初七日自寅至申俱属晴霁,现在已交酉刻,又复微雨,云气甚薄,晚间或即开霁。以今年春夏而论,两江地方实属晴雨应时,麦收丰稔,并无偏缺之虑。理合据实覆奏,伏祈皇上睿鉴。

再,臣同日接奉闰四月二十八日上谕,令将江西监禁之西洋人李世辅加恩释放,解往广东澳门安插,跟随之蒋相臣、尹得志二人,发回各原籍管束。臣查尹得志一名已于上年三月十六日在监病故。

除遵旨转札抚臣并檄行臬司,将李世辅、蒋相臣二名钦遵分别释解外,此折因关雨水收成,计臣初四日奏折尚未进呈,恐廑圣怀,谨由驿驰赍。合并陈明。臣谨奏。

乾隆十九年五月十四日奉朱批：览奏稍慰。钦此。

五月初七日

（军机处录副奏折）

G16(202)：中外关系-在华外籍人员事务(澳门)

4.23 广东巡抚托恩多奏报委员伴送西洋人安国宁等由澳门进京折

乾隆二十四年正月初三日(1759年1月31日)

暂署两广总督印务、广东巡抚臣托恩多谨奏，为奏闻事。

乾隆二十三年十二月初七日，准办理军机处咨开，据钦天监监正刘松龄等奏称，西洋人安国宁、索德超，素谙天文，现有澳门来信，情愿赴京效力，请敕下广东督抚，照例遣人伴送来京等因一折，于本年十月十六日奉旨：准其来京，交与傅恒、吉庆料理。钦此。钦遵。行文到臣，遵即行查料理起送去后。兹据布政使宋邦绥禀，据澳门夷目喽嚟哆覆称，安国宁、索德超现在澳门居住，拟于乾隆二十四年正月二十六日自澳起程进京。等因。

除饬妥协料理、委员伴送来京并咨覆办理军机处外，所有臣遵旨办事缘由，理合恭折具奏，伏乞皇上睿鉴。谨奏。

(朱批：)览。

乾隆二十四年正月初三日

（宫中朱批奏折）

G16(202、546、565)：中外关系-在华外籍人员事务(澳门、意大利、法国)

4.24 两广总督李侍尧为法国人方守义等来澳后患病暂缓进京效力事致军机处咨文

乾隆二十四年十一月初六日(1759年12月24日)

兵部尚书、兼都察院右都御史、总督广东广西等处地方军务、兼理粮饷、纪录三次李〔侍尧〕，为行知事。

乾隆二十四年十月十四日，承准办理军机处咨，大学士公傅〔恒〕、户部侍郎吉〔庆〕奏称，据西洋人刘松龄、鲍友管、蒋以仁禀称，本年夏间，西洋船来，有佛郎济亚国修士方守义、韩国英二人，素习天文、水法；又有意大理亚国修士常国泰一人，素习律吕、外科。三人已到濛门，俱情愿来京效力。等语。应否准其来京之处，理合请旨遵行。如蒙皇上俞允，臣等即寄信与广东督抚，令其差人伴送来京可也。为此，谨奏请旨。等因。于乾隆二十四年九月二十九日奉旨：准来。钦此。相应行知贵督抚遵照办理。等因到本部堂。承准此，当经转行查明，委员伴送在案。

兹据署广东香山县分防濛门县丞杨仁爵申称，依奉遵即檄饬查报去后。随据夷目唛嚟哆等覆称，遵查佛郎济亚国方守义、韩国英二人，现在濛门，据称因涉海劳困，身体欠舒，难以即时起程，俯俟乾隆二十五年正月二十二日方能在濛起程，赴省进京，所需随带跟役尚未倩便，俟倩定有人，另具开报。等语。至意大理亚国常国泰一人，因历海潮湿染病，到濛更加染病伤寒沉重，医治不痊，于乾隆二十四年十月十一日在濛病故，葬埋伯多禄堂内，汉名大庙。不敢欺隐，理合查明呈覆等情。

据此，除另文牒县转报外，所有奉行查明西洋人方守义、韩国英现在濛门，及常国泰病故缘由，合就申报查核等由到本部堂。据此，除饬行布政司将方守义、韩国英委员请咨，依期伴送进京外，为此会同广东巡抚托〔恩多〕，合先咨呈，请祈察照施行。须至咨呈者。

右咨呈办理军机处。

乾隆二十四年十一月初六日

（军机处录副奏折）

G16(202、546、565)：中外关系-在华外籍人员事务(澳门、意大利、法国)

4.25　两广总督李侍尧为法国人方守义等由澳门到省即将进京事致军机处咨文

乾隆二十五年二月十七日(1760年4月2日)

兵部尚书、兼都察院右都御史、总督广东广西等处地方军务、兼理粮饷、纪录三次李〔侍尧〕，为行知事。

据广东布政使司布政使宋邦绥详称，奉两广总督部堂李〔侍尧〕牌开，乾隆二十四年十月十四日，承准办理军机处咨开，大学士公傅〔恒〕、户部侍郎吉〔庆〕奏称，据西洋人刘松龄、鲍友管、蒋以仁禀称，本年夏间，西洋船来，有佛郎济亚国修士方守义、韩国英二人，素习天文、水法，又有意大理亚国修士常国泰一人，素习律吕、外科，三人已到澳门，俱情愿来京效力等语。应否准其来京之处，理合请旨遵行。如蒙皇上俞允，臣等即寄信与广东督抚，令其差人伴送来京可也。为此，谨奏请旨。等因。于乾隆二十四年九月二十九日奉旨：准来。钦此。相应行知贵督抚遵照办理。等因到本部堂。行司。又奉广东巡抚部院托〔恩多〕牌同前事，行司。奉此，依经转行遵照。嗣据署香山县县丞杨仁爵申报，方守义、韩国英二人现在澳门，常国泰一人因涉风涛染病，于乾隆二十四年十月十一日在澳门病故等情，业奉会咨呈明办理军机处在案。

续据广州府详，据香山县申报，西洋人方守义等于乾隆二十五年正月二十二日在澳起程，并开应需饭食盘费银两，请项动给等由，经本司详请咨部，并饬香山县查取方守义等在省起程进京日期，详请给咨去后。兹据广州府行，据香山县申报，询据西洋人方守义、韩国英称的，于乾隆二十五年正月二十二日在澳起程，二十八日到省，听候给发咨文，即行起程进京等情。转报到司。理合据由详请院台檄发咨文下司，转给委员番禺县河泊所大使裘兆瑞领赍伴送，俟催取在省起程进京日期，另文详报，并请咨明户、兵二部，暨办理军机处，实为公便，等由到本部堂。

据此，除缮咨檄发广东布政司，转给委员番禺县河泊所大使裘兆瑞领赍伴送方守义、韩国英进京，前赴兵部投递，听候转送办理军机处，俟将在省起程日期详报到日，另文咨达外，相应咨达。为此咨呈，察照施行。须至咨呈者。

右咨办理军机处。

乾隆二十五年二月十七日

（军机处录副奏折）

G12：中外关系-安置难民

4.26 两广总督李侍尧题报乾隆二十五年份发遣难番归国日期本

乾隆二十六年二月二十日(1761年3月26日)

总督广东广西等处地方臣李侍尧谨题，为汇报发遣难番归国日期事。

该臣看得，外番洋船被风飘至内地发遣归国，例应年底题报。兹据署理广东布政使司印务按察使来朝详称，乾隆二十五年分，查有一起，琉球国太平山难番麻支宫良等五十名，驾白艚船一只，于乾隆二十四年五月二十一日从太平山装载大米赴中山王府贡纳，至十二月初八日开船回太平山，在洋遭风折桅，于乾隆二十五年正月十三日飘泊至香山县属澳门洋面。经该县查验，该船委系遭风折去桅木二条，船内篷索俱被风吹去，并无携带军器货物。讯据该番人等供称，船桅甚大，难以购买，兼之海道不熟，情愿将船就地变卖，由内地咨送至福建省城琉球馆，另行搭船。等情。当日按日赏给口粮，并将该船变价银三百五十两，交付各难番收领，资给口粮，雇觅商船，由水路装送，于乾隆二十五年三月二十七日逐程护送前进福建琉球馆，并请移咨闽省饬令代为觅船回国在案。又一起，琉球国太平山难番山阳西表等三十七名，坐驾海船一只，于乾隆二十四年五月初十日装载粮米，由太平山开行前赴中山王府交纳明白，购买新桅铁锚，随带药材、茶叶、盐、糖等物，于十二月初九日驶回太平山，在洋陡遭飓风，于乾隆二十五年正月初二日飘至广东潮阳县地方，有水手高江洌即高口例一名，于正月十三日在船病故，尚存难夷三十六名。经该县查明，支给口粮菜薪，及修整船只，同闽省拨来通事冯长藻带引该难番等，于乾隆二十五年四月初五日由潮阳县开行，逐程护送至福建省琉球馆，另行发遣回国。又一起，广南广义府难番陈文馁，自置双桅船一只，雇觅舵水黎文明等，并家属妇女黎氏、阮氏共十名，于乾隆二十五年正月初十日，由广义港空船驾至广南嘉定府港口，装载农夫并黎文汝等，并妇女邓氏、武氏共二十名，及稻谷四百石，于五月初四日开行前赴广义府属会安坡地方。猝遇狂风大浪，该番人等诚恐载船沉，将谷丢去一半，随风飘流，于六月初四日收入琼山县属白沙海港，经该县查验船只完好，尚存谷石约二百余石。当即加意抚恤，并据将谷石自行变卖收价。嗣因水土不服，陈文体、阮文林二名因病身故，尚存难番二十八名，雇林寿兴船只乘送，及自驾原船，于乾隆二十五年十月十八日开行回国。等由前来。

臣覆查无异，相应循例题闻。

乾隆二十六年二月二十日题，四月初九日奉旨：该部知道。

（内阁礼科史书）

G16(202、546)：中外关系-在华外籍人员事务(澳门、意大利)

4.27　广东巡抚托恩多奏报意大利人安德义等搭船到澳门情愿进京效力折

乾隆二十六年七月二十六日(1761年8月25日)

臣托恩多谨奏，为奏闻请旨事。

据广东布政使史奕昂详，据署广州府海防同知宋鉴详，据澳门夷目喽嚟哆等禀称，有大西意大理亚国修士安德义、李衡良二人，搭本港二十三号船，于本年五月内到澳。安德义年三十四岁，素习绘画，兼律吕；李衡良年三十二岁，习修理自鸣钟，兼医治内科。愿进京效力，恳请转详代奏。等情到臣。

伏查,从前西洋人安国宁、方守义等素习天文、律吕等项,情愿赴京效力,皆系钦天监刘松龄等具奏奉旨俞允,行文到粤,委员伴送赴京在案。乾隆二十四年前任督臣李侍尧条奏防范夷人一折内称,钦天监刘松龄等两次奏请安国宁、方守义等赴京效力,俱以澳门来信为辞,皆由内地人代为传赍信息,请永行禁止。等语。经军(机)处议覆,嗣后西洋人寄居澳门,遇有公务转达,钦天监应饬令夷目呈明海防同知,转详督臣分别咨奏。等因。行知遵照亦在案。

兹西洋人安德义、李衡良二人遵例呈请代奏前来,应否准其进京效力之处,臣未敢擅便,理合恭折(奏)闻,伏乞皇上训示遵行。谨奏。

乾隆二十六年九月十一日奉朱批:准来京。钦此。

七月二十六日

(军机处录副奏折)

G16:中外关系-在华外籍人员事务

4.28 两广总督苏昌等奏报意大利人安德义等由广起程进京日期折

乾隆二十七年正月十七日(1762 年 2 月 10 日)

两广总督臣苏昌、广东巡抚臣托恩多谨奏,为奏闻事。

窃照西洋人安德义、李衡良上年到广,情愿进京效力,经臣托恩多于署总督任内恭折奏明,乾隆二十六年十月二十六日钦奉朱批:准来京。钦此。臣等随行司酌给盘费,委员伴送去后。今据广东布政使史奕昂详报,安德义等现从澳门来省,择于乾隆二十七年正月初二日由广起程进京,带有跟役四名,随照例交给盘费银两,委令南海县神安司巡检魏用胜伴送。等情前来。

除给咨文送交兵部转送军机处外,臣等谨会同恭折奏闻,伏祈皇上睿鉴。谨奏。

(朱批:)览。[①]

乾隆二十七年正月十七日

(宫中朱批奏折)

① 据军机处录副奏折,朱批时间为乾隆二十七年二月十三日。

G16(202、546)：中外关系-在华外籍人员事务(澳门、意大利)

4.29　两广总督苏昌奏报意大利人叶尊孝到澳门情愿进京效力折

乾隆二十八年十二月十八日(1764年1月20日)

两广总督臣苏昌谨奏,为西洋人情愿进京效力,谨具奏请旨事。

据广东布政使胡文伯详,据署广州府海防同知殷长立详,据澳门夷目喽嚟哆禀称,有大西意大理亚国夷人叶尊孝,年四十五岁,搭澳门十七号洋船于本年七月二十六日到澳,素习医治内科。今叶尊孝情愿赴京效力,从前并未到过京城,恳请转详代奏。等情到臣。

伏查,乾隆二十四年升任督臣李侍尧条奏防范夷人一折,经军机处议覆,嗣后西洋人寄居澳门,呈明海防同知转详,督臣分别奏咨办理。等因。嗣有西洋夷人安德义、李衡良二人情愿进京效力,经署督臣托恩多于乾隆二十六年奏,奉朱批:准来京。钦此。当经照例委官伴送进京在案。今西洋人叶尊孝以素习医治内科,情愿赴京效力,呈请代奏前来。

应否准其进京效力之处,臣未敢擅便,理合恭折奏闻,伏祈皇上训示遵行。谨奏。

乾隆二十九年正月二十日奉朱批:准来京。钦此。

十二月十八日

(军机处录副奏折)

G16(202、546)：中外关系-在华外籍人员事务(澳门、意大利)

4.30　两广总督苏昌为王朝槐伴送意大利人叶尊孝进京事致军机处咨呈

乾隆二十九年四月二十七日(1764年5月27日)

太子太保、兵部尚书、兼都察院右都御史、总督广东广西等处地方军务、兼理粮饷、仍兼世管佐领、降级留任、又降一级留任、纪录二次苏〔昌〕,为札知事。

据广东布政使司布政使胡文伯详称,奉两广总督部院苏〔昌〕札开,案照本部院于乾隆二十八年十二月十八日具奏一件,为西洋人情愿进京效力,谨具奏请旨事。据广东布政使胡文伯详,据署广州府海防同知殷长立详,据澳门夷目喽嚟哆禀称,有大西〔洋〕意大理亚国夷人叶尊孝,年四十五岁,搭澳门十七号船于本年七月二十六日到澳,素习医治内科。今叶尊孝情愿进京效力，从前并未到过京城，恳请转详代奏。等情到臣。

伏查，乾隆二十四年升任督臣李〔侍尧〕条奏防范夷人一折，经军机处议覆，嗣后西洋人寄居澳门，遇有公务转达，钦天监应饬令夷目呈明海防同知，转详督臣分别奏咨办理。等因。嗣有西洋夷人安德义、李衡良二人情愿进京效力，经署督臣托〔恩多〕于乾隆二十六年奏奉朱批：准来京。钦此。当经照例委官伴送进京在案。今西洋人叶尊孝以素习医治内科，情愿赴京效力，呈请代奏前来，应否准其进京效力之处，臣不敢擅便，理合恭折奏闻，伏祈皇上训示遵行。谨奏。乾隆二十九年二月二十三日奉到朱批：准来京。钦此。转札到司。奉此，依经转行遵照。嗣据广州府详，据香山县申报，西洋人叶尊孝于乾隆二十九年四月初十日在澳起程赴省，并开应需饭食盘费银两，详请动给。等由前来。业经据由详请院台察核咨部，及饬取叶尊孝在省起程进京日期并跟役姓名，详请给咨去后。兹据广州府转据委员新会县沙村司巡检王朝槐申称，查西洋人叶尊孝，于乾隆二十九年四月十三日到省，拟于乾隆二十九年五月初二日在省起程进京。等情。并开跟役杨义、李正方二名，由府转报到司。据此，理合据由详请院台核发咨文下司，转给该委员王朝槐领赍伴送进京，并请咨明户、兵二部，实为公便。等由到本部院。

据此，除缮咨檄发广东布政司转给委员新会县沙村司巡检王朝槐领赍，伴送西洋人叶尊孝进京，前赴兵部投递，听候转送办理军机处外，相应咨达。为此，咨呈察照施行。须至咨呈者。

右咨呈办理军机处。

乾隆二十九年四月二十七日

（军机处录副奏折）

G16(202、565)：中外关系-在华外籍人员事务(澳门、法国)

4.31 署两广总督杨廷璋奏覆法国巴姓医生已随船回国俟复来再护送进京折

乾隆三十一年正月初三日(1766年2月11日)

署理两广总督臣杨廷璋谨奏，为奏覆事。

乾隆三十年十二月二十二日，准兵部火票递到大学士公傅〔恒〕、大学士尹〔继善〕、大学士刘〔统勋〕字寄，乾隆三十年十二月初十日奉上谕：闻佛郎机亚国巴姓云云。钦此。遵旨寄信到臣。遵即传唤佛郎机行商潘振承面询，据称亚国巴姓历年随同佛郎机商船来粤行医，仍随原船归国，本年夏月到粤，已于十二月附搭佛郎机国吗嘛吔商船回棹去讫。等语。

臣查，本年佛郎机抵粤夷船共计四只，内吗嘛吔船系同哪嘩唎一船，于十二月初四日放关出口；又哦吧、咱哪二船，亦于十二月十四日回棹。但此旬日内多南风，恐尚阻滞逗遛，亦未可定，随即知会粤海关监督臣方体浴，各差家人携带通事，伴同行商潘振承驰赴虎門、塱门各口，细加确查，佛郎机船开行后，并无寄碇逗遛在境。并据塱门总口委员富隆阿禀称，登望洋台用千里镜探看，近海岛屿均无船只湾泊。询据驻塱之佛郎机大班覆称，巴姓实已附船归国，但巴姓每年常同佛郎机船来粤，次年六月内即可到来，俟到时当即报闻。大班此时愿先写字，附交红毛回棹之便船带至佛郎机，催唤巴姓速来。等情禀覆。据此，臣查巴姓业医既系常年往来粤地，且愿赴京居住，则本年六月复来自在意料之中，容臣留心查察，如果巴姓航海重来，当即遵旨晓谕，派员照看，由驿送京。

所有查明缘由，理合奏覆，伏祈皇上睿鉴。谨奏。

乾隆三十一年正月二十二日奉朱批：如伊情愿，则送来；如不情愿，亦不必强矣。钦此。

正月初三日。

（军机处录副奏折）

G16：中外关系-在华外籍人员事务

4.32　署两广总督杨廷璋奏覆乾隆三十年上谕佛郎机亚国巴姓医生来京事宜折

乾隆三十一年正月初三日（1766 年 2 月 11 日）

署两广总督臣杨廷璋谨奏，为奏覆事。

乾隆三[1]十年十一月二十二日准兵部火票递到大学士公傅恒、大学士尹继善、大学士刘统勋字寄。乾隆三十年十二月初十日奉上谕：

闻佛郎机亚国巴姓专治外科，本人于今岁到广东，在佛郎机行内。郎世宁等称其愿来京居住，着该督杨廷璋即派员照看，由驿送京，但不可令其惊惧。钦此。

遵旨寄信到，臣遵即传唤佛郎机行商潘振承面询。据称亚国巴姓历年随同佛郎机商船来

① “三”原文作“二”。

粤行医，仍随原船归国，本年夏月到粤，已于十二月附搭佛郎机国吗呢也商船回棹去讫等语。臣查本年佛郎机抵粤夷船共计四只，内吗呢也船系同哪挥而一船于十二月初四日放关出口，又哦吧、咱哪二船亦于十二月十四日回棹。但此旬日内多南风，恐尚阻滞逗留（原文作"遛"），亦未可定。随即知会粤海关监督臣方体浴各差家人携带通事，伴同行商潘振承驰赴虎门、澳（原文作上奥下土）门各口，细加确查，佛郎机船开行后，并无寄碇逗遛在境。并据澳门总口委员富隆阿禀称登望洋台用千里镜探看近海岛屿，均无船只湾泊。询据驻澳之佛郎机大班，覆称巴姓实已附船归国，但巴姓每年常同佛郎机船来粤，次年六月内即可到来，俟到时当即报闻。大班此时愿先写字附交红毛回棹之便船，带至佛郎机催唤巴姓速来等情禀覆。据此臣查巴姓业医既系常年往来粤地，且愿赴京居住，则本年六月复来自在以来意料之中。容臣留心查察，如果巴姓航海重来，当即遵旨晓谕，派员照看，由驿送京。所有查明缘由，理合奏覆。伏祈皇上睿鉴。谨奏。

（朱批：）如□□愿则□，如不□□，亦不必强矣。

乾隆三十一年正月初三

（宫中朱批奏折）

G16：中外关系-在华外籍人员事务

4.33 署两广总督杨廷璋奏覆西洋人蒋友仁等控乡信不通等由多有不实请毋庸置议折

乾隆三十一年七月二十日（1766年8月25日）

署两广总督臣杨廷璋谨奏，为查议覆奏事。

乾隆三十一年五月二十日，准兵部火票递到办理军机处封寄大学士公傅恒等奏稿一件，内开：据西洋人蒋友仁等呈称，自乾隆二十七年间，澳门西洋头目不许法郎济亚管事人寄居澳门，京广两地信不易通，前有外科于乾隆三十年到广，因无人申报，仍随洋船回国。乞施善法，俾乡信易通，天文、医科、丹青、钟表等伎陆续来京效力。并附陈愿进土物，闻乡国来人带有丝绒织就草花人物单子六张，亦因乏人料理，无能发送来京。等情。据词奏明，是否应与设法通融，俾得稍达音信，抑或事关例禁，不便遽与准行之处，令臣酌量情形，或应行查办，或毋庸置议，据实具奏请旨遵行。等因。乾隆三十一年五月初一日奉旨：知道了。钦此。等因。录寄到臣。钦遵分札行查去后。兹据广东布政使胡文伯会同按察使费元龙覆称，行据澳门海防同知查询夷目喽嚟哆称，乾隆二十七年，法郎济亚管事人始欲来澳寄居，后竟不来，并非唛嚟哆等不容居住。现今尚有法郎济亚班上味啊因上年货欠未清寄居在澳可证，传询味唎供同。又行据广州府查询行商潘振承等称，上年六月，有亚国巴姓即吧吣搭洋船到广城，住在佛兰西夷馆，专治外科，于十二月内搭吗咏吔船回国。并未往住澳门，亦未向行商、通事人等说要进京效力的话，是以未经呈报。上年十二月内，曾奉行查，当将缘由回明。今年法郎济亚洋货船已到一只，吧吣未见同来。等语。先后具覆到司。据此，查西洋人在京效力者，其乡信往来，向系澳门夷目或在省行商雇人代为传递。迨乾隆二十四年，奉准军机大臣议覆前督臣李侍尧条奏防范外夷规条内开，应如该督所请，严谕行商、脚夫人等，嗣后一切事务，俱呈明地方官，听其酌量查办，倘有不遵禁约，仍前雇倩往来，即将代为觅雇及递送之人一并严拿究治。至西洋人寄住澳门，遇有公务转达，钦天监应饬令夷目呈明海防同知转详督臣分别咨奏之处，亦应如该督所请办理。又夷商到粤销货后，俱令依期随同原船回棹，惟行欠未清者许令在澳居住，俟其交易清楚顺搭归国。等因。自定例以来，现俱遵照奉行。兹查明乾隆二十七年澳门西洋头目并无不许法郎济亚管事人寄居之事，乾隆三十年吧吣亦无进京效力之语，至该夷欲通音信，止禁其雇人私递，原不禁其呈明地方官详请奏咨转达。所有蒋友仁等呈请乞施善法，俾乡信易通之处，毋庸另议，应请仍照成例办理。等因前来。

臣查中外之防闲，不得不严，远夷之诚悃，不可不通。旧例西洋人音信，必令其呈请转达奏咨者，于通达下情之中寓防微杜渐之意，原属分晰明晓，本非概为阻遏。但查自定例后，阅今六七年，未见有西洋人呈请转达奏咨之事，自系该夷等未能明白例义，中怀疑畏，自形隔越，应请申明成例。嗣后西洋人来广，遇有愿进土物及习天文、医科、丹青、钟表等技情愿赴京效力者，在澳门则令其告知夷目呈明海防同知，在省行则令其告知行商呈明南海县，随时详报臣衙门代为具奏请旨，送护赴京。若止系通达乡信，亦令呈明该地方官拆译字句无碍，申送臣衙门查核加封，咨达提督、四译馆，查明该夷行走处所，转付本人查收。其在京各处行走夷人，有欲通乡信者，亦准其呈明提督、四译馆，拆译字句无碍，咨交臣衙门代为转发该夷目收给。如此，则远人均无阻隔不通之下情，而天朝益彰怀柔无外之大体矣。是否允协，伏祈皇上睿鉴训示，如蒙俞允，敬当再行宣示通谕西洋人等一体周知，遵照奉行。

至花单六张，上年夷船到时，臣与粤海关监督臣方体浴查知，谕令行商向买备贡，因该夷不肯价售，现在存行。兹既据蒋友仁等呈明，称系愿进土物，亦札据方体浴覆称，业经谕令行商将缘由晓谕该夷味唎等，将花单缴关，俟有便差，代为恭进。

再，外科吧吣现尚未来，如果附搭后船到粤，容询明情愿赴京效力，另行具奏，伴送来京。合并陈明。谨奏。

（朱批：）军机大臣查奏。①

① 据军机处录副奏折，朱批时间为乾隆三十一年八月二十六日。

乾隆三十一年七月二十日

（宫中朱批奏折）

G16(202、565)：中外关系-在华外籍人员事务(澳门、法国)

4.34 两广总督李侍尧奏覆准令法国人邓类斯在省城居住折

乾隆三十二年十一月初三日(1767年12月23日)

两广总督臣李侍尧跪奏，为遵旨查明覆奏事。

窃臣接准军机处抄寄大学士公傅恒等奏折内开：据在京拂郎济亚国人蒋友仁等禀称，窃友仁本国寄来土物家信，由各国洋船带至广东省城洋行交卸，俱要收付回帖，并讨水脚船费，又查收在京堂内修士西洋人家信及一切所要单账寄回故里，以便备办转年寄来等事，必得本国一二人在广东省城洋行居住办理方妥。向年原留邓类斯一人在广省洋行居住管理，但洋船在广至腊月底尽开船南去，各国所留看守余货等物之人，因前任督抚大人俱不许其在广过冬。自洋船开往后，所有在广洋人俱令其在壕门居住，候来年夏令时洋船归来到广，令壕门之洋人回广入行居住。独我拂郎济亚国修士洋人，因壕门夷目不准存留，只得随船南往，在洋外地方居住，候洋船归北时再随船来广。今因原留拂郎济亚国修士邓类斯自上年偶得头晕之症，不能乘船过洋居住，故此叩恳请将邓类斯一人常在广省洋行内居住，免其往来涉海之苦。等因具禀。伏思，洋人往来广省至冬底洋船南去，如果需看守余货，仅留本国一二人在行居住，其事似属可行。但查阅禀内情节，前任督抚既不许其在省过冬，俱令在壕门居住，俟来年夏令再行随船到省，其防范约束自必有故。且各处洋人俱往壕门，独拂郎济亚国并不准一体存留，此中有无违碍情形，亦难悬揣，相应请旨敕下总督李侍尧，查明历来办理章程，其拂郎济亚国之邓类斯一人，可否准在省城洋行常住，或与各处洋人一体居住壕门，免其远涉外洋之处，妥酌办理具奏。等因。乾隆三十二年八月二十六日奉旨：著交与李侍尧查奏。钦此。钦遵。抄寄到臣。

伏查，粤东省会为五方杂处、人烟辏集之区，向来各国夷商来广贸易，每有携带番厮出入游玩，与民争斗，持械伤人等事，甚有无藉汉奸日久熟识，潜行勾结滋事。是以历经前任督臣饬司议定章程，每年各国洋船进口，俱令湾泊黄埔，止令正商跟随数人同货入行，责成通事、行商报明管束，毋许纵令出外行走，至九十月间北风顺利，务令俱各开行回国，不得巧称压冬居住隔岁。倘有货账未清，准其在壕门居住，著令行商速为消(销)售，归清货价银两，即令出口，不得潜住会城。盖因壕门孤悬海岛，原系夷人寄居之所，防范向属严密，而省会地方未便任听外夷久居也。嗣因日久法弛，多有夷商籍词迁延，留寓省会年久不归，致有嘆咭唎夷人洪任辉勾结奸民刘亚扁代为作词，潜赴天津具控，奉旨押发回粤，审究分别治罪。经臣酌定防范规条，议请嗣后夷船到粤后，令其依期回国，即有行欠未清，亦令在澳门居住，将货物交行代售，下年顺搭归国。奏奉谕旨交军机大臣议准饬行，近年以来俱各遵守办理。今拂郎济亚国之邓类斯，因何澳门夷目独不准其居住，经臣饬委广州府海防同知平圣台确查，缘在澳门寄居，惟大西洋国夷人居多，该国派有夷目在澳管束。乾隆二十七年该国王出猎，被夷奴枪伤左手，究出系在澳门居住之三巴寺僧主谋，该国王行令夷目将寺僧拿解治罪，庙宇拆毁。邓类斯曾在三巴寺寄住，夷目疑其知情，邓类斯闻知亦不敢前往澳门，故有夷目不准存留之语。今讯据邓类斯供称，乾隆二十二年在澳门三巴寺寄居，与蒋友仁接递书信，至二十六年即往佛兰哂国港脚居住，二十七年并不在澳，实无与三巴寺僧知情同谋。讯之夷目噶喊、哔唎啦等，亦供原因邓类斯曾在三巴寺寄住，疑其知情，原无确据，今既讯明邓类斯实不知情，应听其在澳门住居过冬，不敢抗违。等情。具覆前来。

臣查邓类斯不敢前往澳门，虽据该同知剖析明白，澳门夷目亦情愿听其到彼居住，但彼此既有猜疑之事，恐致将来别生衅端，且邓类斯为在京效力蒋友仁等托寄书信之人，亦与贸易夷商往来不一者有间，似应准其在于省城洋行居住。责令寓居行商保领约束，毋许纵令与汉奸往来勾结，及任听番厮出入滋事。其余各国夷商，仍照定例遵行，不得援以为例，藉口逗留省会过冬。

臣谨恭折具奏，伏乞皇上圣鉴。谨奏。

(朱批：)知道了。[①]

乾隆三十二年十一月初三日

（宫中朱批奏折）

G12：中外关系-安置难民

4.35　两广总督李侍尧题报乾隆三十五年份发遣难番归国日期本

乾隆三十六年二月十二日(1771年3月27日)

两广总督臣李侍尧谨题，为汇报发遣难番归国日期事。

① 据军机处录副奏折，朱批时间为乾隆三十二年十二月初七日。

该臣看得,外番洋船被风飘至内地发遣归国,例应题报。兹据广东布政使闵鄂元详称,乾隆三十五年分,查有一起,没由来国难番麻林木夭等一十二名,在该国驾小船一只,装载槟榔往柬坡寨国发卖,被风飘至海康县属地方。经该县抚恤口粮,护送至省,交南海县安顿抚恤。随据该番等情愿将船货变卖,给价收领,递往香山县抚恤,转发澳门夷目收领,觅船附搭归国,于乾隆三十五年十月十八日,分搭夷商知古列地等船回国。又一起,安南国难番梩美等男妇共四十七名,在本国符篱县驾船运解官粟,赴顺化交卸明白,空船出港,在洋被风,飘至会同县马家港海面寄碇。经该县抚恤口粮安顿,随据该番等自愿将船变卖给价收领,另雇本港船户琼广兴缮具护照给发载送,于乾隆三十五年十一月十四日开行回国。又一起,噶喇吧难番班正烂等九名,在本国置买椰玉、毛燕窝、番席等物,驾船载往柬坡寨贩卖,被风飘至琼山县属地方。经该县抚恤口粮安顿,随据该番等以船只坏烂不能修复,愿将船只及椰玉、毛燕窝、番席等物就地变卖,获价清楚,护送至省,交南海县恤给口粮,转递香山县,饬发澳门夷目收领,觅搭便船归国。内除难番谟答一名在途病故外,尚八名俱于乾隆三十五年十二月初三日,分搭夷商马诺哥斯达、弗浪斜膀呢劳各船回国。又一起,琉球国难番梅公氏与那等原船共三十二人,在该国八重山开船,载米入纳国主,被风断桅,飘至归岛被沙拦阻,将米抛卸,船浮漂流在洋,陆续饿病死难番通木氏大滨等五名,尚存二十七名飘至电白县属地方。又病故难番平得氏后间一名,经该县恤给口粮,并据该番等以船破难修,请就地变卖,获价收领,护送至南海县属地方。又病故宫古氏真里一名,尚余存难番梅公氏与那等二十五名,因粤东向无琉球国船只往来,难以附搭回国,经南海县恤给口粮,于乾隆三十五年十二月二十八日逐程递至福建闽县查收,觅船附搭回国。等由前来。

臣覆核无异,相应循例题报,谨具题闻。

乾隆三十六年二月十二日题,三月二十二日奉旨:该部知道。

(内阁礼科史书)

G16:中外关系-在华外籍人员事务

4.36　两广总督李侍尧奏报西洋人李俊贤等到广情愿进京效力代为转奏折

乾隆三十七年五月二十二日(1772年6月22日)

两广总督昭信伯臣李侍尧跪奏,为请旨事。

窃照定例,西洋人来广,遇有谙习丹青、钟表等技,情愿赴京效力者,准令呈明地方官，详报臣衙门具奏请旨。等因。兹据广东布政使姚成烈转据南海县详报，据洋行商人潘同文等禀称，有西洋人李俊贤，年三十五岁，熟理钟表；潘廷章，年三十三岁，熟习绘画，于乾隆三十六年附搭咈囒哂哑国咘咟哇商船到广，情愿赴京效力，恳请代奏。等情到臣。

查西洋人李俊贤、潘廷章来广，情愿赴京效力，应否准其进京之处，相应循例奏闻请旨，如蒙俞允，容臣另行委员伴送赴京。

臣谨恭折具奏，伏乞皇上睿鉴训示遵行。谨奏。

（朱批：）准其来京。

乾隆三十七年五月二十二日

（宫中朱批奏折）

G12：中外关系-安置难民

4.37　两广总督李侍尧题报乾隆三十八年份发遣难番归国日期本

乾隆三十八年十二月十八日（1774年1月29日）

两广总督臣李侍尧谨题，为汇报发遣难番归国日期事。

该臣看得，外番船只被风飘到内地，查验原船可修，即与修整，如破烂难修，酌量发遣归国，岁底题报。兹据布政使姚成烈详称，乾隆三十八年分，查有没来由国难番咕嗶等一十九名口，由本国装载槟榔往柬坡寨发卖，在洋遭风，于乾隆三十七年八月二十七日漂入海康县属流沙海面。经县恤给口粮，验明船只难以修复，该番等愿将破船、货物变价给领，递送至省。内除老番妇一口病故外，尚存十八名口，经南海县转递至香山县，交澳门夷目喽嚟哆等查收安顿。内咕嗶等六名，于乾隆三十七年二月二十四日附搭夷商知古列地船回国，哑喑等十二名口，于乾隆三十八年正月二十日，分搭夷商利安度路卢玛等三船回国。等由前来。

臣覆核无异，相应循例题报。谨具题闻。

乾隆三十八年十二月十八日题，乾隆三十九年二月初四日奉旨：该部知道。

（内阁礼科史书）

G16(202)：中外关系-在华外籍人员事务(澳门)

4.38 两广总督李侍尧奏覆西洋人岳文辉等请求归国已逐往澳门候船回国折

乾隆三十九年九月初三日(1774年10月7日)

大学士管两广总督臣李侍尧跪奏，为遵旨询明覆奏事。

窃臣于乾隆三十九年八月十六日，接准军机处交和硕额驸尚书公福〔隆安〕字寄，乾隆三十九年七月初九日奉上谕：据李侍尧奏，现有西洋人岳文辉晓理外科，杨进德、常秉纲俱习天文云云。钦此。

臣遵即札司传询去后。兹据署布政使德成详覆，据洋行通事蔡积禀称，询之西洋人岳文辉、杨进德、常秉纲，佥云伊等航海远来，报效天朝，实出情愿，因各有父母在家，临行谆嘱期约数年乞假归省，若进京之后，不复告归，诚恐父母悬念，势难长住在京。今蒙体恤远人，俯赐垂询，愿各仍回本国。等情。臣查岳文辉等三人，如果不能长住在京，即不应来广呈请进京效力，迨经奉旨询问，如以各有父母为词，去来竟由自便，情殊可恶。今既询明愿归本国，更不便仍留粤省，当经逐赴澳门，饬令作速搭船回国，毋许逗留滋事。

一面将钦奉谕旨存记档案，嗣后遵照查办外，所有遵旨询明办理缘由，理合恭折覆奏，伏乞皇上圣鉴。谨奏。

乾隆三十九年十月初四日奉朱批：览。钦此。

九月初三日

(军机处录副奏折)

G1：中外关系

4.39 两广总督李侍尧奏覆澳门葡人并非另筑新台味嚗免议折

乾隆四十年四月二十四日(1775年5月23日)

大学士仍管两广总督昭信伯臣李侍尧跪奏，为查明覆奏事。

乾隆四十年三月二十五日，准刑部咨开，署督臣德保审拟香山县民叶昌违例揽筑澳夷台基，并厅书王超受贿教令捏禀一案。粤省澳门夷人居住之处，因何设立炮台，该署督未经声明，且旧有炮台，如何夷人复欲添建，新台情节亦未确讯详报。至夷人味嚗究系何国夷人，其在内地擅行添筑炮台生事，亦应咨明该国拟罪，未便因其外夷无庸置议，且味嘛果系外番民人，则叶昌之冀图重利，商之厅书王超受贿捏报筑台，其滋事不法，自应从重定罪，亦未便比照代替外国人收买违禁货物例问拟。此等案件，理应奏闻定夺，未便咨部完结，奏明交臣作速详细查明，妥议具奏，到日再议。奉旨：依议。钦此。钦遵。行知到粤。

臣查澳门夷人始于前明嘉靖年间，为大西洋寄居，并无他国夷人杂处，旧设炮台六座，载在香山县志，建自何年实无所考。本案先于上年六月内，据澳门同知宋清源禀报，访闻夷人于旧炮台之外另筑台基，亲往查勘，贴连旧台之前筑高二尺七寸，究出书办王超得赃教诱。等情。当查澳夷驯悍不一，抚驭宜严，无端添筑炮台，不可不防微杜渐，随饬委广粮通判永盛、香山县知县孟永棻前往严查确勘。旋据该委员等覆称，该处旧有南环炮台一座，面临大海，迤西一带筑有堤岸，上年潮水冲刷，贴近台脚塌六丈有余，该夷欲乘修复之便，将堤岸帮阔，旧台加展宽大，现已筑就台基二尺七寸。等语。臣思，澳夷寄住之处，堤岸坍塌虽应准其修复，未便任由加展炮台，行令澳门同知押令拆毁，匠人叶昌串通书办王超得赃捏报，乘机包揽，殊属玩法，自应从重究治。复又檄饬两司提犯赴省，委员确审招解，未及审办，臣即陛见赴京，抚臣德保署篆。经盐运使秦镄于前署按察使任内审拟解勘，咨部核结，部臣据案指驳，奏请交臣覆查。臣检查全案，所称旧台之外添建新台，与前此所查帮阔堤岸、加展旧台之语情节悬殊，当日如何定案，必需覆委大员勘讯明确，方可核办。随委粮驿道吴九龄会同署按察使秦镄亲诣澳门逐一覆勘，并令署臬司将因何互异缘由切实登覆。兹据详称，勘得澳夷南环炮台建于夷寨正南，面临大海，台西石砌堤岸一带计长三十余丈，面宽六尺五寸，上年接近台边坍塌六丈有余，该夷人欲乘修复之便，即将堤岸帮阔，旧台加展宽大，业在沙滩上筑基二尺七寸，即奉行查押拆，现虽拆毁净尽，帮镶痕迹犹存。讯之夷人味嘛，据供旧有炮台建自前明嘉靖年间，国朝从无续请增建之事。提讯匠人叶昌，据供实止帮阔加展，因堤岸接连炮台，故此呼为台基，原供添建新台即指帮阔台基而言，并非另筑炮台。反覆究诘，委无别情。承审府县未曾目击情形，录供又不详晰，但称贴连旧台加筑新台，署司谓其声叙欠明，误为旧台之外添建新台一座，致奉部驳，实属疏忽，理合详覆。等因到臣。核之前勘委员所禀，亦属符合，其为藉乘修复堤岸加展旧有炮台，并非另筑新台，已无疑义。

伏思，本案臣曾严切行查，是以悉知原委，现干部驳，实由声叙不明，若止核其所叙案情，亦觉情罪不符，今既查无别故，匠人叶昌、厅书王超似应仍照原拟充军，请免另议。夷人味嘛藉修堤岸，止图加展旧台，一奉行查，凛遵拆毁，尚属畏法，姑念外夷，亦请免议。所有声叙不明之前署按察使事盐运使秦镄、前署广州府事惠州府知府吴名琅、南海县知县常德、番禺县知县张天植，相应附参，听候部议。

臣谨恭折覆奏，伏乞皇上睿鉴，敕部核覆施行。谨奏。

(朱批:)该部议奏。[1]

乾隆四十年四月二十四日

(宫中朱批奏折)

G16(202、565):中外关系-在华外籍人员事务(澳门、法国)

4.40 两广总督李侍尧为查明法国人席道明并无过犯可令住省城办理事务事致军机处咨文

乾隆四十一年十二月十八日(1777年1月26日)

太子太保、内大臣、武英殿大学士、兼兵部尚书、仍管两广总督事、革职留任、昭信伯李〔侍尧〕,为札知事。

据广东布政使司布政使姚成烈会同广东按察使司按察使陈用敷详称,奉大学士仍管两广总督李〔侍尧〕札开,准军机处抄寄兵部尚书忠勇公福〔隆安〕奏折内开,据天主堂西洋人汪大洪、贺清泰等呈称,乾隆三十三年,蒙皇上天恩,准令西洋人邓类斯住居广东省城,料理本国新来听用之人并一切事务,大洪等得以在京专心效力。今邓类斯病老回国,无人接管,现有西洋人席道明在广东居住,若令席道明长住省城接管一切,实为妥便,等语。查西洋新来人等事务,广东省城亦须有人管理,今汪大洪等既称现有西洋人席道明可以接管,应请行文两广总督李〔侍尧〕,令其查看席道明可否继邓类斯管理一切,即令其在省居住办理。等因。乾隆四十一年十月十四日奉旨:知道了。钦此。抄寄到本阁部堂,札司确查。等因。

又奉准军机处抄寄兵部尚书忠勇公福〔隆安〕奏折内开,前经西安门内天主堂西洋人汪大洪、贺清泰等呈请,保举在广居住之西洋人席道明驻省管事,经奴才福〔隆安〕据情转奏,交两广总督李〔侍尧〕查明可否令席道明驻省管事之处,照例办理。等因在案。

今又据西洋人艾启蒙、高慎思、安国宁等呈称,席道明系自澳逃至广省曾有过犯之人,令其管事,恐有未协,且系管理三堂往来书信事件,汪大洪等未便独选。等语。随传唤傅作霖询问,据称,席道明实系自澳迁居广省,并无潜逃情弊。至其驻省管事,原系汪大洪等一堂自行安设之人,与别堂并无干涉,或别堂间有往来书信,烦伊接发,并非专责,应听汪大洪等本堂自行选择安设,别堂无从干预。等语。查汪大洪等保举管事之人,艾启蒙等复具呈争执,及询之傅作霖,又与艾启蒙等所称情节不符,显系伊等彼此意见不和(合),以致各执一说。至席道明自澳至广,是否在逃,有无过犯,及是否专管汪大洪一堂事件,必须查明办理。应将此行知李〔侍尧〕,将席道明果否自澳逃

---

[1] 据军机处录副奏折,朱批时间为乾隆四十五年五月二十五日。

至广东省城，及有无别项过犯，其人可否令其驻省管事之处查明，妥酌办理。谨奏。乾隆四十一年十月二十四日奉旨：知道了。钦此。抄寄到本阁部堂，札司会同查明禀覆。等因。

奉此，依经转行广州府督同香山县遵照查覆去后。兹据广州府详称，卑府遵即督同香山县，传唤西洋人席道明查询，通事林禧传据席道明回称，伊番名哂嚟唎哋，系拂郎济亚国人，于乾隆三十八年，搭夷商吱吐洋船到澳门小三巴寺居住。因从前住省办理往来书信之邓类斯番名嘷啡吪病老回国，今本国有信着伊上省接办邓类斯事务，伊于乾隆四十一年七月到省，现寓陈广顺行内，平日并无过犯，亦非潜逃至省。等语。并据行商陈广顺递具甘结。又据香山县取具夷目唛嚟哆甘结呈送前来。查席道明既系伊国令其接办邓类斯事务，今查询又无过犯，似可听其接办，理合详候会核转夺。等由到司。据此，该广东布政使司布政使姚成烈会同广东按察使司按察使陈用敷查看得，在京西洋人汪大洪等保举在广居住之西洋人席道明驻省管事一案，奉院台札行查明禀覆。等因。依经转行广州府督同香山县查覆去后。兹据该府督同香山县查询通事林禧传据席道明回称，伊番名哂嚟唎哋，系拂郎济亚国人，于乾隆三十八年，搭夷商吱吐洋船到澳门小三巴寺居住，因从前住省办理往来书信之邓类斯番名嘷啡吪病老回国，今本国有信着伊上省接办邓类斯事务，伊于乾隆四十一年七月到省，现寓陈广顺行内，平日并无过犯，亦非潜逃至省。等语。并据行商陈广顺递具甘结，又据香山县取具夷目唛嚟哆甘结呈送前来。本司等伏查，西洋人席道明自该国搭船来至澳门，及自澳赴省，现在详查明确，取有行商、夷目甘结，其非犯罪潜逃，自属可信，既经在京效力之汪大洪等选举，似可令其继邓类斯驻省管事，仍责令寓居行商保领约束，毋许纵令与汉奸往来勾结，及任听番厮出入滋事。是否允协，理合详候察核覆奏。等由到本阁部堂。据此，覆查无异。

除恭折具奏外，相应咨达。为此合咨察照施行。须至咨者。

右咨军机处。

乾隆四十一年十二月十八日

（军机处录副奏折）

G16(565)：中外关系-在华外籍人员事务(法国)

4.41　两广总督李侍尧奏报更换法国住广州料理该国新来人等事务人员折

乾隆四十一年十二月十八日(1777年1月26日)

大学士仍管两广总督昭信伯臣李侍尧跪奏，为查明具奏事。

窃臣接准军机处抄寄兵部尚书公福隆安奏折内开，据天主堂西洋人汪大洪、贺清泰等呈称，乾隆三十三年蒙皇上天恩，准令西洋人邓类斯住居广东省城，料理本国新来听用之人并一切事务，大洪等得以在京专心效力。今邓类斯病老回国，无人接管，现有西洋人席道明在广东居住，若令席道明长住省城，接管一切，实为妥便，等语。查西洋新来人等事务，广东省城亦须有人管理，今汪大洪等既称现有西洋人席道明可以接管，应请行文两广总督李侍尧，令其查看席道明可否继邓类斯管理一切，即令其在省居住办理。等因。乾隆四十一年十月十四日奉旨：知道了。钦此。续因西洋人艾启蒙等以席道明系自澳逃至广省，曾有过犯，且系管理三堂往来书信事件，汪大洪等未便独选，具呈争执，而传作霖又称席道明并无潜逃情弊，其驻省管事原系汪大洪等一堂自行安设，应听汪大洪等选择，别堂无从干预等情。又经福隆安奏明，将席道明果否自澳逃至广东省城，有无别项过犯，可否驻省管事之处，交臣查明妥酌办理，先后钞寄到臣。遵即行司确查去后。兹据广东布政使姚成烈会同按察使陈用敷覆称，行委香山县知县杨椿查得，席道明系拂郎济亚国人，乾隆三十八年搭夷商哎吐洋船到澳门，住居小三巴寺。因前驻广东省城办理往来书信之邓类斯老病回国，该国有信令其赴省接办，于乾隆四十一年七月来省，现寓陈广顺行内，平日并无过犯，亦非潜逃至省，等情。并据行商陈广顺暨夷目喽嚟哆各出甘结申送前来。臣查，西洋人席道明自该国搭船来至澳门，及自澳赴省，现在详查明确，取有行商、夷目甘结，其非犯罪潜逃，自属可信，既经在京效力之汪大洪等选举，似可令其继邓类斯驻省管事，仍责令寓居行商保领约束，毋许纵令与汉奸往来勾结，及任听番厮出入滋事。

除咨明军机处查照外，所有查明缘由，臣谨恭折具奏，伏乞皇上圣鉴。谨奏。

(朱批：)知道了。[①]

乾隆四十一年十二月十八日

(宫中朱批奏折)

G16(202、552)：中外关系-在华外籍人员事务(澳门、葡萄牙)

4.42 两广总督巴延三奏报有西洋人到粤情愿赴京效力派员护送折

乾隆四十七年八月初二日(1782年9月8日)

两广总督臣觉罗巴延三跪奏，为奏闻事。

乾隆四十六年五月十九日，臣承准廷寄，奉上谕：向来西洋人有情愿赴京当差者，该督随时奏闻。近年来，此等人到京者绝少，曾经传谕该督，如遇有此等西洋人情愿来京，即行奏闻，遣

① 据军机处录副奏折，朱批时间为乾隆四十二年正月二十二日。

令赴京当差，勿为阻拒。嗣据该督覆奏，因近年并无此等呈请赴京者，是以未经奏送。等因。但现在京中如艾启蒙、傅作霖等俱相继物故，所有西洋人在京者渐少，著再传谕巴延三，令其留心体察，如有该处人来粤，即行访问，奏闻送京。将此遇便谕令知之。钦此。遵旨寄信到臣。

时因并无西洋夷人在粤，经臣一面覆奏，一面饬令各洋行通事、大班等留心体察，并饬澳门同知晓谕管理夷务之兵头等，广为传述，如有夷人情殷自效，即行禀报。兹据广东布政使郑源琇详，据南海县转据洋行商潘文严禀称，有大西洋夷人罗机洲，年三十三岁，明白天文；麦宁德，年四十岁，谙晓医理，上年大西洋夷船到广，接得在京夷人汪达满信，报知该国王，著令伊等前来赴京效力，是以搭附嘴国夷船来广，恳请代奏，等情。

除委要员伴送赴京外，谨先恭折奏闻，伏乞皇上睿鉴。臣仍不时体访，嗣后一有此等夷人来粤，即当专折奏闻，委员伴送入都，合并陈明，谨奏。

乾隆四十七年九月初七日奉朱批：览。钦此。

八月初二日

（军机处录副奏折）

G16(202)：中外关系-在华外籍人员事务(澳门)

4.43　广东巡抚孙士毅奏报西洋人汤士选等情愿进京效力情形折

乾隆四十九年九月十六日(1784年10月29日)

广东巡抚臣孙士毅跪奏，为奏闻事。

恭照乾隆四十六年钦奉上谕：西洋人在京者渐少，着再传谕巴延三，令其留心体察，〔如〕有该处人来粤，即行访问奏闻送京。等因。钦此。钦遵在案。

据广东布政使陈用敷详，据广州府海防同知多庆□称，有西洋人汤士选，年三十二岁，谙晓天文；随带门〔徒一名〕刘思永，二十三岁，亦谙晓天文，一名戴国恩，年[①]晓绘画。该国令伊等赴京效力，遣送来广，并据□自备土物，恳请代奏呈进。等情。

案查，乾隆三十一年经前任督臣杨廷璋奏准部覆，嗣后西洋人来广，遇有愿进土物及习天文、医〔科〕、丹青、钟表等技赴京效力者，在澳门则令呈明海防同〔知〕，在省则令呈明南海县，随时详报总督衙门代为具奏，护送进京。等因。今汤士选谙晓天文，随带门徒刘思永、戴国恩，晓

① 中残。

天文、绘画,情愿进京效力,并自备土物进呈,与例相符。臣随令其恭赍各土物亲至臣署,当面检点明(中残)回携带,委员伴送赴京。

臣暂兼督篆,理合恭折奏闻。并缮土物清单敬呈御览,伏乞皇上睿鉴。谨奏。

乾隆四十九年十月二十二日奉朱批:□□。钦此。

九月十六日

(军机处录副奏折)

G16(202、546):中外关系-在华外籍人员事务(澳门、意大利)

4.44 广东巡抚孙士毅奏报押解洋行商人认罚银两并请毋庸添设西洋人久住省城转递信件片

乾隆四十九年十一月十一日(1784年12月22日)

臣孙士毅跪奏,洋行商人认罚银十二万两,奉旨解赴河南漫工充用,现据该商等备齐水脚鞘价,呈请拨款垫解。臣已饬令藩司陈用敷即日兑齐,委员押解起程。

再,查哆啰管理洋人寄信事务,现已遵旨革退,押交澳门回伊本国。臣思,内地民人传习天主教,皆由夷人常住洋行,与附近民人往来熟悉,致启勾引弊端。查定例,西洋人通达乡信,在广省者呈报海防同知及南海县查收,将原封交与提塘递至京城,送钦天监转付本人;其在京洋人,令其将所寄书信交与提塘递至广省,由同知、知县查收,将原封转给行商,该同知、知县亦随时详总督衙门查核。是洋人书信往来,既有行商经手,即可随时寄交,似无庸另设专管洋人久住省城,以致滋生事端(朱批:不在此)。

现与粤海关监督穆腾额面商,意见亦复相同,理合附片具奏。是否可行,伏乞皇上训示。谨奏。

(朱批:)已有旨了。

(宫中朱批奏折)

G16:中外关系-在华外籍人员事务

4.45 广东巡抚郭世勋奏报葡萄牙人窦云山等请求进京效力折

乾隆五十七年三月十六日(1792年4月7日)

署理两广总督印务、广东巡抚臣郭世勋跪奏,为奏闻请旨事。

据广东布政使许祖京转据署广州府海防同知许永禀称，本年二月二十日，据澳门夷目唛嚟哆禀称，有本国西洋人一名窦云山，年三十六岁，一名慕王化，年二十七岁，俱谙晓推算天文，该国王着令伊等赴京效力。等情禀报前来。

臣伏查，乾隆四十九年钦奉上谕：到京西洋人已敷当差，嗣后可毋庸选派，俟将来人少需用之时，另行听候谕旨。钦此。钦遵在案。今西洋人窦云山、慕王化二名谙晓推算天文，该国王着令赴京当差，情殷效力，可否准其进京之处，理合专折奏闻，恭候谕旨遵行，伏乞皇上睿鉴。谨奏。

(朱批：)令其来京可也。[①]

乾隆五十七年三月十六日

(宫中朱批奏折)

G16(202)：中外关系-在华外籍人员事务(澳门)

4.46　广东巡抚郭世勋奏报葡萄牙人窦云山请求随带徒弟王天云进京效力折

乾隆五十七年七月十六日(1792年9月2日)

署两广总督、广东巡抚臣郭世勋跪奏，为恭折奏闻事。

窃照西洋人窦云山、慕王化二名，谙晓推算天文，情殷赴京效力，经臣恭折奏蒙允准，当即转行遵照，一面委员伴送进京。嗣据南海县知县赵鸿文禀称，窦云山尚有随带徒弟王天云一名，恳请一并赴京效力，复经饬查去后。兹据广东布政使许祖京详，据广州府转饬南海县查询窦云山所带王天云，实系随伊学习天文徒弟，今云山仰蒙恩准赴京，王天云远自夷地相随，若令留住粤省澳门地方，靡所适从，恳求准令携带照应，俯如所请，准其一并进京，等情转详前来。臣查，窦云山所带徒弟王天云，涉历重洋相随至粤，既据情愿携带效力，系出自远夷向化之诚，应请准其一并伴送赴京，以广圣主柔远之至意。

现据该洋人窦云山等拟于七月十一日起程，除给咨委员龙川县通衢司巡检涂瑗伴送赴京并咨部外，臣谨恭折奏闻，伏乞皇上睿鉴。谨奏。

乾隆五十七年八月二十七日奉朱批：览。钦此。

七月十六日

(军机处录副奏折)

---

① 据军机处录副奏折，朱批时间为乾隆五十七年四月二十日。

G11(561)：中外关系-交聘往来(英国)

4.47 广东巡抚郭世勋奏覆未见英贡船来粤等情折

乾隆五十八年二月二十三日(1793年4月3日)

署理两广总督事务、广东巡抚臣郭世勋跪奏，为遵旨奏覆事。

窃臣承准大学士公阿桂、大学士伯和坤字寄内开，乾隆五十八年正月十八日奉上谕：据郭世勋奏，嘆咭唎国夷人啵嘲哑哩晚啧咟等来广，等因。臣仰见我皇上于怀柔藩服之中寓整肃严威至意，当即移行钦遵查照。

伏查，西洋诸国不在常贡之例，上年九月内，据该国夷人禀称，该国王因前年大皇帝八旬万寿未及叩祝，遣使吗嘎尔呢恭赍表文、〔方〕物，于八月间起程，约于本年二三月可到天津，其纳款之诚，极为恭顺。荷蒙皇上廑念海洋风信靡常，降旨于闽浙、山东近海口岸收泊处所，令各该督抚臣，如遇该国贡船进口，委员照料护送，沿途安顿一切，自可周妥。臣接奉谕旨，复传询该国夷商啵嘲哑哩晚啧咟等回禀，上年伊等来广洋船系六月以前出口，闻贡船约于八月间可以起程，此船不在广东经过，大概由福建、浙江、山东等处外海洋面直往天津，计算此时可到天津，等语。复经飞咨福建、浙江、山东各省，钦遵查照办理。查现在该国贡船虽未收泊广东口岸，但乾隆十八年西洋博尔都噶尔国进贡，曾由广东澳门收泊，嗣后如遇该国贡船由粤进口，自当凛遵圣训，先期派委文武大员，多带员弁兵丁列营站队，旗帜甲仗务在鲜明精淬，并将使臣随从人数及贡件行李等项逐一稽查，不敢草率从事，亦不敢稍涉张皇，以仰副圣主抚驭外夷，俾知敬畏，而肃体制。

所有遵奉谕旨缘由，谨恭折奏覆，伏乞皇上睿鉴。

再，广东巡抚系臣本任，毋庸会衔，合并陈明。谨奏。

乾隆五十八年四月初一日奉朱批：知道了。钦此。

二月二十三日

(军机处录副奏折)

G11(561)：中外关系-交聘往来(英国)

4.48 闽浙总督伍拉纳奏覆派员照料英贡船货物缘由折

乾隆五十八年三月十九日(1793年4月29日)

闽浙总督臣觉罗伍拉纳、福建巡抚臣浦霖跪奏，为钦奉谕旨，恭折覆奏事。

窃臣等于三月初八日承准大学士公阿桂、大学士伯和坤字寄内开，乾隆五十八年二月二十二日奉上谕：前据郭世勋奏，嘆咭唎国遣使进贡祝禧，由海道赴京。等因。钦此。钦遵到闽。

伏查，嘆咭唎国抒诚入贡，皆仰赖我皇上恩德覃敷，无远弗届，臣等敢不尽心妥办，以惠远人。前经两奉谕旨，业将该国贡船如遇收泊到口，选派明干大员稽查护送，并于海口等处陈列队伍，以肃观瞻，不敢稍事懈怠，亦不敢迹涉张皇，致滋疑骇。一面移咨粤省，查明该贡船由何路行走，知会来闽各缘由，节次恭折具奏在案。现准署两广督臣郭世勋咨覆，查据该国夷商啵嘲哑哩哓哌呃等称，闻说贡船上年八月间可以起程，大概经由福建台湾、浙江、山东等处外海直往天津，计算日期，此时可到天津。等因前来。臣等查海洋风信迟速难定，复经飞饬各海口及台湾，一体不动声色探访预备在案。兹蒙谕旨，以该国使臣或于贡船之便携带货物前来贸易，如在福建口岸收泊，非若澳门地方有洋行可为议价交易，具仰睿示所及，实属无微不至。臣等遵即飞咨广东督臣，于行头、通事人等拣选预备，如该贡船有携带货物就地贸易，即将预备之人咨调来闽，为之经理，使价值悉出公平，交易得沾余润，并宣传恩谕，俾陪臣夷众无不周知，以仰副圣主怀柔体恤之至意。

所有臣等遵旨办理缘由，理合恭折覆奏，伏祈皇上睿鉴。谨奏。

乾隆五十八年四月十八日奉朱批：览。钦此。

三月十九日

（军机处录副奏折）

G11(202、561)：中外关系-交聘往来(澳门、英国)

4.49　两江总督书麟奏覆咨会广东预备行头通事等照料英贡船贸易事项折

乾隆五十八年三月二十日(1793年4月30日)

两江总督臣书麟跪奏，为钦奉上谕，恭折覆奏事。

窃臣承准大学士公阿桂、大学士伯和坤字寄内开，乾隆五十八年二月二十二日奉上谕：嘆咭唎国遣使赴京，或于贡船之便携带货物前来贸易，亦事之所有，若在福建、江浙等省口岸收泊，该处非若澳门地方向有洋行承揽之人可为议价交易，且该国来使与内地民人言语不通，碍难办理。著传谕福建、浙江、江南三省督抚，先期行文广东省，令郭世勋将该处行头、通事人等拣派数人预备，如遇该国贡船于该三省进口时带有贸易货物，即飞速行知广东，令将预备之人派员送到，以便为之说合交易。仍著该督抚等谕知来使，以江浙等处向无洋行经纪，诚恐该国使人不晓内地言语，讲论价值不能谙悉，或有亏折之处，特调取广东澳门洋行熟手为之经理，公平交易，俾其得沾余润。等因。钦此。

臣跪读之下，仰见我皇上柔远绥来，谆谆训示，俾臣下得有遵循，曷胜钦佩之至。遵即咨会广东抚臣郭世勋，将行头、通事人等拣派预备，如遇嘆咭唎国贡船有到江南口岸收泊信息，臣即飞速知会广东，将选派之人送到，为之议价交易，并敬将奉到恩旨向该使臣等详悉告知，俾知圣主体恤远人无微不至。臣仍督属稽查，务俾公平交易，不任稍有亏折，以仰副宣布恩德无远弗届至意。

所有接奉谕旨，钦遵办理缘由，理合恭折覆奏，伏祈皇上睿鉴。谨奏。

乾隆五十八年四月初三日奉朱批：知道了。

三月二十日

（军机处录副奏折）

G11：中外关系-交聘往来

4.50 广东巡抚郭世勋奏覆已调托尔欢接迎英使并加强海防情形折

乾隆五十八年九月二十八日(1793年11月1日)

署理两广总督印务、广东巡抚臣郭世勋跪奏，为节奉谕旨，恭折覆奏，仰祈圣鉴事。

窃臣前奉谕旨，以嘆咭唎使臣自京回国，俟其过粤时，密行防范。等因。当将办理情形，两次恭折奏覆在案。嗣复钦奉谕旨：现在贡使起程赴广东澳门回国，已派松筠沿途照料，其经过各省接替护送之提镇大员，已派庆成、富成、王柄、王集、托尔欢矣。所有经过省分营汛墩台，自应预备整肃，倘松筠有稍需兵力弹压之处，即应听其檄调，俾资应用。等因。钦此。钦遵到臣。仰见我皇上廑念边隅，慎重夷务，周详指示，入细入微，捧诵之余，弥深钦服。

伏念，粤东地方山海错盘，幅员辽阔，通省营制既密，兵数亦多，陆路水师随处因宜钤辖，且自从前挑备战兵以后，各提镇将领俱知认真操练，核实稽查。督臣福康安在粤三年，与臣悉心讲论，又复加意整饬，一切队伍军装，随时饬令演习制补，水陆马步之兵名额尚无缺旷，军容亦颇可观。今计嘆咭唎贡使过粤，应由南雄府保昌县入境，出东莞县虎门开洋回国，其所过水陆地方系南雄右翼英、清、三水、顺德、广州、新塘，左翼香山各镇协营所辖，核计各该处水陆兵额本多，一俟贡使到境，以本地之兵摆列本地之队，尽足敷用(朱批：好)。其各处水陆小汛，防兵较少地方，亦止就本营量加拨添，足可壮观增色。查此项兵丁即有备战之兵在内，松筠带领贡使到境，设有需兵弹压之处，即可随时选用，先事既不至张皇，临时复不虞缺误。臣现已飞檄潮州镇托尔欢，令其遵旨飞速来省，与之面商一切，即令前赴南雄地方出境接护，仍一面飞檄沿途各标协营副将参遊大员，逐程护送弹压，仍听松筠、托尔欢调遣应用，均可不致贻误。

正在缮折覆奏间，复奉谕旨：该使臣等呈请于直隶天津、浙江宁波等处贸易，并恳赏给附近珠山小海岛一处，及附近广东省城地方一处居住，种种越例干渎，断不可行，已颁给敕谕逐条指驳，令该使臣等迅速回国矣。各省海疆紧要，近来巡哨疏懈，必须振作改观，方可有备无患，即如宁波之珠山等处海岛及附近澳门岛屿，俱当相度形势，先事图维，毋任嘆咭唎夷人潜行占据。等因。钦此。钦遵到臣。

伏查，嘆咭唎夷人赴广东贸易，历年既久，伊等目睹西洋夷商在澳门居住，一切房屋日用甚属便宜，与内地民人无异，未免心生歆羡。且同一夷商，而嘆咭唎国人投澳居住，须向西洋人出租赁屋，形势俨成主客。是以，此次该国贡使进京，吁请在于附近广东省城地方赏给一处，以为收存货物之地，与西洋人之澳门相埒（朱批：此必不可行），其所吁求之处，正其贪狡之处（朱批：是可恶）。臣溯查西洋夷人在澳门居住，始自前明，迄今二百余年，该夷等在彼生长居聚，竟成乐土，国朝浓化涵濡，不殊天帱地载，我皇上深仁丕冒，泽及波臣，既住者不必驱之使去，暂寄者岂容许其常留。况广州附近各处，滨临洋海，尤不便任听外国夷人纷投错处（朱批：是）。今该贡使贸贸陈请，设想非伊朝夕，诚如圣谕，海疆一带戒备宜严。现在督臣长麟莅任在即，臣当与悉心商榷，设法稽查，凡沿海口岸港汊（汉）炮台墩汛，一律加意防范，仍于要害地方，令水师各营多驾战舰常川巡逻，不使该国夷人有私自相度地面，妄思占住之事（朱批：好。实力行之）。再，夷人到广，不在澳门居住即在黄埔泊船，往来出入俱由该管衙门给票照验，不容任意行走，如伊等欲择地居住，必藉内地奸人指引（朱批：此尤应禁者），臣现在密饬地方官严行查察，倘有洋行通事引水，及地方无藉（籍）澳之徒串同嘆咭唎夷人诡图占地，即不动声色，密拿审究（朱批：是），从重治罪，以杜其渐。

臣荷圣主厚恩，委以海疆重任，遇此交涉外夷之事，办理稍不严密，即足贻误边疆，况蒙圣训提撕至三至再，于必无此事之中示以万一或然之谕，臣敢不尽心筹计，实力提防，务俾夷情宁贴，地方敉安，以仰副圣主宵旰勤劳，申重诰诫之至意。

所有臣节次钦奉谕旨，分别办理缘由，谨缮折由驿覆奏，伏乞皇上睿鉴。

再，该国贡船五只自浙开行，现在尚未抵澳，合并陈明。谨奏。

（朱批：）所见既正，所办亦妥，可嘉。

乾隆五十八年九月二十八日

（宫中朱批奏折）

G11：中外关系-交聘往来

4.51 广东巡抚郭世勋等奏报英贡船二只驶至蚝墩湾泊情形折

乾隆五十八年九月三十日(1793年11月3日)

署理两广总督印务、广东巡抚臣郭世勋，粤海关监督臣苏楞额跪奏，为嘆咭唎贡船抵粤，恭折奏闻事。

窃照嘆咭唎国使臣瞻觐回国，仰蒙钦派侍郎松筠护送，由长江一带行走，赴粤搭附货船回国，其原贡船五只，先由直隶天津开行，至浙江定海暂行停泊。嗣准浙江来咨称，该贡船现在料理收拾，将次开行。等因。复奉谕旨：该国贡船到粤时，毋庸令其停留，即催令回国。等因。钦此。

臣等伏查，自浙至粤，海程迅速，该船一经开行，一二旬内即可抵粤东洋面，经臣等钦遵节次谕旨，派委文武员弁带领引水前赴老万山一带探听。并思，该贡船到粤，如因回国程期遥远，欲买办薪米等物，亦难禁绝遽行驱令长行。查，澳门系西洋人居住，黄埔有各国夷船舣泊，若听该贡船在彼停留，恐滋串通勾结，惟有虎门内蚝墩一处，与澳门、黄埔均属窎远，贡船在彼暂时停泊购办食物，与各国夷人无从见面，勾串之弊可不禁而自绝。

又经饬知各委员遵照办理去后。兹据香山协副将张维、澳门同知韦协中禀报，本月二十七日，探有嘆咭唎小贡船二只在十字门外洋寄碇，当令引水前赴询问。据该船夷人称说，船内所带薪米食物，不敷回程日用，外洋风浪冲激，难以停住，求进口湾泊买办。至本国贡船，大小五只，我们两只较小，系九月初八日在浙江开洋，随后有大船二只，定于初十日开洋，不日可到，尚有大船一只，未定开行日期，等语。当即派拨弁兵，将该贡船二只押送至虎门，前赴蚝墩湾泊。等因前来。臣等随派委佛山同知吴翰前赴蚝墩，会同左翼镇员弁，带领水师兵丁在彼稽查弹压，不令该夷人等上岸与民人市易，并催令地方官代为料理，赶紧购买食物即开行回国，不任留前等候，挨延日时。仍飞饬各委员等，一俟探有随后三船踪迹，询明是否无需进口买办食物，即飞速禀报，酌量办理。

所有嘆咭唎贡船到境进口，暂行湾泊缘由，臣等谨会同缮折由驿具奏，伏乞皇上睿鉴。谨奏。

(朱批：)所办妥。知道了。

乾隆五十八年九月三十日

(宫中朱批奏折)

G11：中外关系-交聘往来

4.52　广东巡抚郭世勋等奏报英贡船四只到粤令其等候装载贡使折

乾隆五十八年十月初一日(1793 年 11 月 4 日)

署理两广总督印务、广东巡抚臣郭世勋，粤海关监督臣苏楞额跪奏，为接准移交钦奉谕旨，酌商办理，恭折具奏事。

窃照嘆咭唎贡船四只先行抵粤，业经臣等恭折具奏在案。兹接准新任督臣长麟来札称，于江西途次钦奉谕旨：以嘆咭唎现有贡船五只在浙江宁波地方，该国使臣尽可乘坐，已令松筠带领该贡使径赴浙江。长麟于途次奉旨后，仍回至浙江，会同松筠、吉庆料理该贡使登舟开洋后，再行赴粤。等因。钦此。当即具折覆奏，遵旨迅速回程。所有粤东事宜，交与臣等先行妥办。等因。并准将所奉谕旨及奏折抄寄前来。臣等再四绎核，仰见我皇上廑念夷使回国，寓体恤于防闲，睿虑周详，无微不至，实不胜钦服。

伏查，该国贡船五只，湾泊浙江定海，如其迟不开行，则该贡使等自京改赴浙江，正可乘坐出洋，实为万分妥便。今该贡船已经到粤者先有四只，其未到一只，是否在定海等待停泊，亦属难以悬揣。臣等前奉谕旨，如该国贡船到粤，即应催令回国(朱批：此处又有旨矣)。今贡使改赴浙江，而贡船四只先行到粤，其未到一船，若亦已在定海开行，则贡使到浙无船可坐，长麟自必令该贡使等仍由内地赴粤。查该正副贡使及随从人等，上下几及百员名，到粤后虽有货船可以搭附，恐其藉口买卖未齐，转多停搁。臣等会同筹议，不若竟将现到贡船令其等候装载贡使(朱批：好。得之矣)，想该船夷人自必乐从，而贡使到粤又得原船乘坐，尤足以昭圣主体恤鸿慈。惟是现在进泊蚝墩二船，丈尺较小，恐不敷贡使乘坐，其续到之大船二只，此时尚在三角外洋，臣等现又派拨熟谙海道员弁前赴该船，令其进至蚝墩，与前船一同停泊等候(朱批：是)，仍一面飞咨长麟知照办理。

再，臣等恭诵谕旨，令查澳门居住之安纳、拉弥额特二人是否真系咈兰西人。等因。钦此。当即飞饬澳门同知密行查访，俟其禀覆到日，另行奏闻。

所有臣等接准移交钦奉谕旨酌商办理缘由，谨会同缮折由驿驰奏，伏乞皇上睿鉴。谨奏。

(朱批：)好。可嘉。

乾隆五十八年十月初一日

(宫中朱批奏折)

G12：中外关系-安置难民

4.53 广东巡抚朱圭奏报日本国遭风难民附船到澳门送往浙江搭船回国折

乾隆六十年七月十八日(1795年9月1日)

左都御史、兼署两广总督、广东巡抚臣朱圭跪奏，为日本国遭风难民咨送赴浙，搭船回国事。

据香山县详，本年六月十二日，据澳门夷目唛嚟哆禀，有日本国难番源三良等，于上年十二月内遭风漂至安南，船货沉失无存，止逃生九人。本年四月内搭本澳第八号呢咕唠啡呜味船，于五月二十日到澳，求搭便船回国，但本澳船只向无开往日本国贸易，恳代转请发遣回国，等情。计开：源三良一名、清七一名、幸吉一名、已之松一名、仲吉一名、关藏一名、羊五良一名、幸大良一名、门次良一名，当经饬司确查去后。据藩司陈大文详查，广东省向无往趁日本国商船，难以附搭。惟查乾隆五十四年四月内，有日本国难番伊兵卫等十五人，遭风漂至广东惠来县属乌涂澳外，经前司许祖京详请，照例支给口粮、行粮、茶薪等银，委员送至浙江乍浦同知交收，搭船回国，经前督臣福康安奏咨在案。

臣查，此次日本难番遭风事同一例，除按名赏恤，委员护送至浙附船归国，并咨明浙江抚臣吉庆查照办理外，理合奏明，伏祈皇上睿鉴。谨奏。

(朱批:)知道了。

乾隆六十年七月十八日

(宫中朱批奏折)

G12：中外关系-安置难民

4.54 浙江巡抚吉庆奏报日本国遭风难民搭船回国日期折

乾隆六十年十一月十八日(1795年12月28日)

浙江巡抚臣觉罗吉庆跪奏，为日本国遭风难番优加抚恤，附搭铜船开行归国日期，恭折奏闻事。

窃臣准署两广督臣朱圭咨会，本年五月二十日，香山县澳门夷船载有日本国遭风难番源三良等九人，因货船沉失，漂至安南附搭夷船到广，循例咨送浙江，由乍浦搭船归国。等因。并据粤省委员，于十月初七日护送到浙，当即饬行嘉兴府平湖县妥为安顿，优加抚恤，俟办铜船只出口，即行配搭回国去后。兹据禀报，查有高泳、利金、万安等铜船往东洋采办铜斤，当将难番源三良、幸吉、闵藏、门次良、清七、仲吉、已之松、羊五良、幸大良九名，给与盘费、口粮，附搭铜船，均于十一月初四日由乍浦开行出口，照例资送归国。由藩司查明，具详前来。

除将抚恤米粮等项核实，另疏题报外，所有资送难番开行归国日期，臣谨恭折具奏，伏祈皇上睿鉴。谨奏。

(朱批：)知道了。

乾隆六十年十一月十八日

(宫中朱批奏折)

G12：中外关系-安置难民

4.55　广东巡抚朱圭题报乾隆六十年份发遣难番归国日期本

嘉庆元年二月初三日(1796年3月11日)

兼署两广总督、暂留广东巡抚臣朱圭谨题，为汇报发遣难番归国日期事。

该臣看得，据布政使陈大文详称，乾隆六十年份，查有一起，日本国难番源三良等九名，在该国走港口贸易，被风漂至安南，船货沉失，在安南附搭呢咕嘮啡呜味第八号夷船到澳，恳请夷目喽嚟哆代禀，欲搭便船回国。业经详请饬令香山县给发口粮、行粮、菜薪银两，护送至省城，交南海县抚恤安顿，委员南海县典史汪树本，于乾隆六十年八月二十九日由保昌县出境，押护至浙江乍浦转附归国。又一起，安南国难番范亚德一名，在该国驾船贩米货卖，于乾隆六十年六月内在夷洋被贼抢过盗船，胁逼入伙不从，至七月初九日贼船驶到不识地名洋面，乘间跳海浮水到万州乐和港洋面，遇渔户翁元隆捞救上岸禀报。经该州移解琼山县讯明，并无随同行劫分赃情弊，照例恤给口粮，护送至钦州，于乾隆六十年十一月十八日由江坪土目转递回国。所有乾隆六十年份发遣外国难番归国日期，相应详报核题。等由前来。

臣覆核无异，相应循例题报。谨具题闻。

嘉庆元年二月初三日题，三月初十日奉旨：该部知道。

(内阁礼科史书)

G12：中外关系-安置难民

4.56 两广总督吉庆题报日本国难番仪共卫等来澳门发遣回国本

嘉庆三年四月初九日(1798年5月24日)

两广总督臣觉罗吉庆谨题，为禀明事。

该臣看得，日本国难番仪共卫等在本国走松前港贸易，遭风压至小吕宋，附搭带信小船来澳，求搭便船回国一案。据布政使司庄肇奎会同兼署按察使司吴俊详，据署香山县知县尧茂德申详，难番仪共卫等在木(本)国津轻备船一只，置有木绵、绢、酒、米货物，走松前港贸易。乙卯年十月二十九日，遭风压至小吕宗(宋)，蒙该处兵头将该难番等附搭带信小船船主嘔哴来澳，叩乞夷目唼嚟哆转禀给船回国。等由。经臣饬司确查，该司等伏查，外番船只被风漂至内地，奉准部咨，钦奉上谕：著加意抚恤，动用存公银两赏给衣粮，修理舟楫，并将货物查还遣归本国。钦此。等因。兹日木(本)国难番仪共卫等四名，虽与由原国被风漂粤者有间，但同属外国难番，似应加意抚恤，应请饬令香山县即日给发口粮、行粮、菜薪银两，亲身护送该难番仪共卫等到省，转交南海县查收，善为安顿，听候派委妥员护送至浙江乍浦同知交收，转搭便船回国。等由到臣。覆查无异。

除移咨浙江抚臣查照办理外，理合恭疏题报。谨具题闻。

嘉庆三年四月初九日题，五月十六日奉旨：该部知道。

(内阁礼科史书)

G12(561)：中外关系-安置难民(英国)

4.57 两广总督吉庆奏报办理英国人咓嘫咮回国事宜片

嘉庆四年十月二十日(1799年11月17日)

谨奏，臣前在浙省台郡拿获粤东洋匪内，有被劫唤咭唎国夷人一名，因口音各不相通，经臣等奏明带至粤省。兹传唤通事确加查讯，该难夷名唤咓嘫咮，本年七月被洋匪劫掠过船，谨录供词恭呈御览。

随查，该国现有夷商在粤贸易，当将交令回帆顺带归国。臣面令通事谨将天恩宣谕，以尔国夷民被洋匪所劫，此起匪犯业经天朝官兵拿获正法，咗嚒味系被劫难夷，奏蒙大皇帝加恩，俯念尔国素称恭顺，敕即带来交尔等商船顺带回国。似此柔远深恩，尔等自当告知尔国王倍加感激。再三晓谕，该夷商等率同难夷咗嚒味摘帽叩头，仰戴鸿慈之至。随将咗嚒味收领，臣察其词色，欣感实出至诚。

臣谨附片奏闻。谨奏。

4.58　附件：英国人咗嚒味口供

据夷人咗嚒味供：

我是嘆咭唎国人，带有洋糖、洋油、黄豆各物，由小吕宋国到澳门发卖，船内共有十人。今年七月内，在大洋遇见匪船被害六人，其余四人用绳捆住分载四船，那三船不知去向。匪船驶至外洋被大风击破，我抱板飘至山边，有贼匪八人同时飘至，适遇官兵拿获的。

所供是实。

（军机处录副奏折）

G1：中外关系

4.59　密奏处理澳门夷人赠送疆吏小象事宜折

嘉庆五年（约 1800 年）

谨奏，窃据香山县知县许乃来禀，据澳门夷目委黎哆转据澳夷万徽未先也禀称，欲将小象一只送省，恳祈察收等情。臣查疆吏例不收受外夷之物，所有象只仍令该夷带回。惟念该夷人航海带来，似应略加赏给。即备水果四样，并茶叶四匣，绸子四疋给赏，以示优待之意。理合密奏。谨奏。

（朱批：）所办是。

（宫中朱批奏折）

G16：中外关系-在华外籍人员事务

4.60 两广总督倭什布等奏闻谙晓天文之西洋人高守谦等情愿进京当差折

嘉庆九年二月初三日(1804 年 3 月 14 日)

两广总督臣倭什布、广东巡抚臣孙玉庭跪奏，为谙晓天文之西洋人情愿进京当差，恭折奏闻请旨事。

窃据广东布政使广厚转据署广州府同知叶慧业禀称，据澳门夷目唩嚟哆禀，有大西洋啪咴哆哑国人高守谦自幼学习天文，精于推算，呈明该国王令其进京当差，附搭洋船来广。又毕学源一名，亦谙晓天文，于嘉庆五年经前督臣吉庆等具奏准令送京，嗣因患病停止，该洋人因诚心向化，航海远来，不肯回国，在澳门调治，今已全(痊)愈，行动如常，情愿仍进京当差。等情。当经查验取结，由该司覆核具详前来。

臣等覆查无异，理合恭折具奏，可否准其送京之处，伏乞皇上睿鉴，训示遵行。谨奏。

(朱批：)准其进京。①

嘉庆九年二月初三日

(宫中朱批奏折)

G11(202、561、565)：中外关系-交聘往来(澳门、英国、法国)

4.61 两广总督倭什布等奏报英国王表内所称谣言离间之事已查清并拒收夷目所呈书信礼物片

嘉庆九年十二月二十六日(1805 年 1 月 26 日)

奴才倭什布、延丰跪奏，再，暎咭唎国王表内所称与咈嘯哂国争斗，及咈嘯哂有著人到中国谣言疏间。等语。查系嘉庆七年八月间，有在澳居住之夷目唩嚟哆寄信与在京居住之西洋人索德超，言暎咭唎国有大战船六只相近澳门停泊，恐有觊觎澳门情事，转呈管理西洋人大臣苏楞额具奏，钦奉谕旨查询。经前督臣吉庆查明，暎咭唎国护货兵船均已陆续回国，其在澳门外湾泊时并未滋事。因该国向来恃强，住澳夷人是以惊疑。等情。奏蒙圣

① 据军机处录副奏折，朱批时间为嘉庆九年二月二十四日。

鉴在案。

今该国王表文所称谣言疏间之语，自系指前事而言。本年该国亦有护送货物兵船四只来广，随即护送货船回国，并无丝毫滋事。且贸易夷船，暎咭唎国货物最细，较别国买卖殷厚，该国夷目、夷商均称恭顺。奴才等窥测其隐因，与咈嘣哂蛮触相争，恐为离间有妨贸易，故于表内特陈其事。密询洋商潘致详等，亦佥称委系此意。该二国僻居东北海外，去粤东甚遥，断无虞别滋事端。等语。似属可信。

再，据该夷目禀称，宰相啰咖嗱哩有寄呈天朝中堂书一封、总督书一封(朱批：另有旨)，并礼物各一份。又该国公班理事官咈吪咺有寄呈总督、关部书各一封，呈关部礼物一份。等语。奴才等谕以该国王表贡，我等不敢壅于上闻，必据情转奏。至寄呈书信礼物，天朝国法森严，大臣官员不准与番国交接，不但中堂书信礼物不便转寄，即我等亦不便接阅收受。令其毋庸呈出，遇便带回本国。

理合附片奏闻。谨奏。

嘉庆十年二月初七日奉朱批：另有旨。钦此。

十二月二十六日

(军机处录副奏折)

G16：中外关系-在华外籍人员事务

4.62　奏遣送西洋外夷苏振生、马秉乾回国事宜片

嘉庆十年(约1805年)

再，臣接准提督衙门知会，经协办大学士禄康等具奏，现在钦天监通晓算法者，并不乏人，请将西洋外夷苏振生、马秉乾二人仍令回国。奉旨，依议。钦此。

咨行转饬沿途截留在案。兹据德州知州原逊志禀称，七月二十七日有广东委员从九品余照伴送苏振生、马秉乾二人行抵州境，遵札截留等情。臣即饬藩司专委候补通判蔡景沅赶赴德州，伴送至江苏连界处所交替。一面咨明江苏、安徽并两广各省，饬属一体接护，伴送回国，毋令逗遛外，理合附片奏闻。伏乞圣鉴。谨奏。

(朱批：)甚是。

(宫中朱批奏折)

G16：中外关系-在华外籍人员事务

4.63　倭什布等奏为澳门洋人“助捕”船因风未回澳事折

嘉庆十年三月初三日(1805 年 4 月 2 日)

臣倭什布、臣延丰跪奏。窃照上年臣倭什布筹配兵船出洋捕盗，据澳门居住之西洋夷目唛嚟哆赴前监督臣三义助衙门率称，夷人准蒙大皇帝怀柔恩泽，无可报效，现值捕盗吃紧之际，情愿自备资斧，配备洋船四只，协同师船缉捕。经三义助移咨臣倭什布酌办。臣倭什布以东西两路洋面奏明配带兵船一百号，兵威以属壮盛，原可毋藉夷船之力。因其恳请至再，出自真诚，准令备船二只，随帮缉捕，并咨会水师提镇，要为带往。嗣据署提臣魏大斌咨称，夷船吃水较深，只可在外洋堵御，不能跟同师船在内洋捕贼。旋经臣等以此项夷船既不能得力，应即令回澳门生理，现在师船已由西路逐澳门至东路捕逐，而该夷船尚未搜报回澳，谅因外洋风阻所致。除驻扎沿海文武核查前项夷船现在何处即令速行驶回外。理合附片奏闻，伏乞皇上睿鉴。谨奏。

嘉庆十年三月初三日奉朱批：另有旨。钦此。

(军机处录副奏折)

G11(561)：中外关系-交聘往来(英国)〔参见 E21：政法-治安、巡捕〕

4.64　两广总督那彦成等奏覆向英使询问信函所指中堂为何人等情折

嘉庆十年六月初六日(1805 年 7 月 2 日)

奴才那彦成、奴才延丰跪奏，为遵旨覆奏，仰祈圣鉴事。

窃奴才等折回，钦奉上谕：那彦成等覆奏咦咭唎国呈进贡表一折，览奏俱悉。但看所译寄天朝中堂书信，其语气似专向一人而言，并非公信，当再加以询问，究竟书内所指中堂系属何人。等因。钦此。奴才等跪读之下，仰见皇上睿虑周详，曷胜钦佩。

即饬洋商等传谕该夷目，令其将该国所寄天朝中堂之信，究系寄与何人，不妨明白指出，大皇帝亦不加责备，但不可稍有讳饰。并遵旨谕以天朝大学士不止一人，皆在朝办事，从无外交，不比总督、监督，〔系〕专管汝国来往事件之人，此后尔国陪臣不得再有寄呈中堂大人们书函、礼物。兹据洋商等禀，据该夷目复称，本国僻处重洋，实不知天朝有几位中堂，亦不知中堂名姓，亦不过照常办理，是以所寄书函并无专指，惟有凛遵谕旨，即速寄知本国，嗣后不敢再行呈寄中堂信物。等语。并译出夷禀,词语极为恭顺。奴才等复加查核,所称不知中堂名姓,书信并无专指之处,似属可信。

至澳门夷目愿备兵船协同缉捕一节,前钦奉谕旨,即将嗣后永远停止,及出洋未回之二夷船挨查下落缘由,附片具奏在案。兹据澳门委员胡湛禀称,上年随同师船出洋捕盗夷船二只,均于五月内次第回澳,即谕令嗣后不必再请协捕,当即归额营生,照常贸易。是该二夷船诚如圣谕,并非认真出力,不过借缉捕为名,其实影射营运,以冀漏税地步。奴才等惟有留心查察,嗣后倘该夷目等再有呈请,仍不露声色,止不许其请,亦不道破其情弊,俾各夷船安心贸易,以示怀柔而昭体制。

所有遵旨办理缘由,谨缮折覆奏,伏乞皇上睿鉴。谨奏。

嘉庆十年六月二十八日奉朱批:知道了。钦此。

六月初六日

(军机处录副奏折)

G16(202):中外关系-在华外籍人员事务(澳门)

4.65　户部尚书禄康等奏报西洋人慕王化呈请告假回国拟伴送至澳门折

嘉庆十年十一月初六日(1805年12月26日)

奴才禄康、奴才长麟、奴才英和谨奏,为请旨事。

据南堂西洋人慕王化呈称,窃身于乾隆五十七年赴京效力,尚未补缺,嘉庆九年九月,接到家信,胞兄病故,父母年迈无靠,令身旋里。现在寝食靡宁,忧虑成疾,医药罔效,伏乞代奏赏假,准身暂归调理,以慰双亲之悬望。等情。禀报前来。

查,西洋人慕王化因思念父母成疾,呈请告假回国,情词恳切,理合据情奏闻,可否准其回国之处,出自皇上天恩。如蒙允准,即令顺天府委员将慕王化伴送至直隶保定府,令该督委员伴送,并转行知会山东、江南、江西,一体接替伴送至广东澳门,交与该督妥为料理,令其即回西洋本国,不得在澳门逗遛,致滋事端。

奴才等未敢擅便。为此,谨奏请旨。

嘉庆十年十一月初六日

(军机处录副奏折)

G16：中外关系-在华外籍人员事务

4.66　奏为伴送西洋人高临渊等四人出境事宜片

再，臣接准部咨钦奉上谕：西洋人高临渊等四人，着交步军统领派员送至良乡县，直隶总督拣派妥员接替，伴送出境，沿途所过地方，不许令与内地民人交接往来等因。钦此。

遵即派委候补通判徐登銮、新雄营都司白明玉带同兵役前赴良乡县，于八月二十日接护高临渊、颜诗莫、王雅各伯、德天赐四人，小心伴送前进。兹据禀报，于八月二十六日送出直隶景州境，交山东省委员接护。沿途俱属安静，并未与内地民人交接往来。理合附片奏闻。谨奏。

（朱批：）览。

（宫中朱批奏折）

G16(202)：中外关系-在华外籍人员事务（澳门）

4.67　两广总督吴熊光等奏报西洋人慕王化到粤已交澳门夷目收领候船回国片

嘉庆十一年四月初七日（1806 年 5 月 24 日）

再，前准部咨，钦奉上谕：效力西洋人慕王化现在患病，著准其回国，所有经过各地方，均著派员带同前往，不可任其沿途逗遛，与人交接，致滋事端。钦此。

查，慕王化于本年二月初九日前途护送至广东省城，臣等当即委员护送前往嶴门交夷人头目收领，等候便船搭附回国，沿途并无逗遛与人交接情事。

理合附片奏闻。伏乞睿鉴。谨奏。

嘉庆十一年四月初七日奉朱批：览。钦此。

（军机处录副奏折）

G12：中外关系-安置难民

4.68　广东巡抚韩崶题报嘉庆十三年份发遣难番归国日期本

嘉庆十四年三月十三日（1809 年 4 月 27 日）

署理两广总督印务兵部侍郎、兼都察院右副都御史、巡抚广东地方、提督军务、兼理粮饷臣韩崶谨题，为汇报发遣难番归国日期事。

据署理广东布政使司印务督粮道章铨详称，案奉两广总督案验康熙五十七年七月初三日，准兵部咨开，议覆两广总督杨琳疏称，嗣后，如有漂到内地难番，验其原船可修，即与修整发遣；如已破烂难修，又无船可搭者，酌量捐给遣回，统于岁底题报。等因。咨院行司，移行钦遵查照在案。兹嘉庆十三年份，据琼山、文昌、吴川、陵水等县，申报难番咹哆呢等发遣归国日期等由前来。该署理广东布政使司印务督粮道章铨查看得，外番船只被风漂到内地，酌量发遣归国，例应岁底题报。兹嘉庆十三年份，查有一起，西洋国难夷咹哆呢、哆哞哂、咹哩啊哆啰、亚长、亚番、嗷嵯噶呢呀、哦嵋、味咣哋、咆噜叶吧哆、咹哆呅哊哇等十名，俱在大西洋船主红发的咹哆哩喏嚗船内充当水手，该船主在本国领有船牌到澳门贸易。嘉庆十一年正月内，在澳门装载缸瓦、果子等货出口，到吗咿地方把货卖清，买有青盐、沙藤等货要回澳门，因风不顺，驶到硇洲洋面，因无淡水，该船主同夷人、汉人共十四人，携带船照、仓口簿，开驾三板上岸，投营求引汲取淡水，咹哆呢等在船等候，突被盗船数只，连船货掳劫过船。咹哆呢等不甘从盗，先后凫水逃走上岸。内咹哆呢、哆哞哂、咹哩啊哆啰三名，亚长、亚番二名，先后据琼山、文昌二县恤给口粮，护送赴琼州府讯明，转递赴省；嗷嵯噶呢呀、哦嵋、味咣哋、咆噜叶吧哆四名，据吴川县恤给口粮。护送转递赴省；咹哆呅哊哇一名，据陵水县恤给口粮，护送赴琼州府讯明，转递赴省。均经南海县先后传唤通事讯明，委系同帮被盗掳劫，不愿从盗，并无别故，业经分起递至香山县，转交澳门夷目收领安顿。随据香山县申报，难番咹哆呢等九名，已于嘉庆十三年正月初十日附搭洋船回国。咹哆呅哊哇一名，向在澳门居住，已令其回家安业。所有嘉庆十三年份外国难番被盗掳劫，不愿从盗，讯无别故，遣令归国日期，相应详报，伏候核题。再，查咹哆呢、味咣哋等各难夷，业经移准臬司咨覆，先经汇入拿获盗犯郑荣全等审办案内声明，详请前任广东巡抚孙玉庭具奏在案。合并声明。等由到臣。

该臣看得，外番船只被风漂到内地，酌量发遣归国，例应岁底题报。兹据署理布政使章铨详称，嘉庆十三年份，查有一起西洋国难夷咹哆呢等十名，俱在大西洋船主红发的咹哆哩喏嚗船内充当水手，该船主在本国领有船牌到澳门贸易。嘉庆十一年正月内，在澳门装载缸瓦、果子等货出口，到吗咿地方把货卖清，买有青盐、沙藤等货要回澳门，因风不顺，驶到硇洲洋面，因无淡水，该船主同夷人、汉人共十四人，携带船照、仓口簿，开驾三板上岸，投营求引汲取淡水。咹哆呢等在船等候，突被盗船数只，连船货掳劫过船。咹哆呢等不甘从盗，先后凫水逃走上岸。内咹哆呢、哆哞哂、咹哩啊哆啰三名，亚长、亚番二名，先后据琼山、文昌二县恤给口粮，护送赴琼州府讯明，转递赴省；嗷嵯噶呢呀、哦嵋、味咣哋、咆噜叶吧哆四名，据吴川县恤给口粮，护送转递赴省；咹哆呅哊哇一名，据陵水县恤给口粮，护送赴琼州府讯明，转递赴省。均经南海县先后传唤通事讯明，委系同帮被盗掳劫，不愿从盗，并无别故，业经分起递至香山县，转交澳门夷目收领安顿。随据香山县申报，难夷咹哆呢等九名，已于嘉庆十三年正月初十日附搭洋船回国;咹哆呅唷咗一名,向在澳门居住,已令其回家安业。所有嘉庆十三年份外国难番被盗掳劫,不愿从盗,讯无别故,遣令归国日期,相应详报,伏候核题。再,查咹哆呢、味咣哋等各难夷,业经移准臬司咨覆,先经汇入拿获盗犯郑荣全等审办案内声明,详请前任广东巡抚孙玉庭具奏在案。合并声明。等由前来。

臣覆查无异,相应循例题报,伏乞皇上睿鉴,敕部查照施行。谨题请旨。

(朱批:)该部知道。

嘉庆十四年三月十三日

署理两广总督印务、兵部侍郎、兼都察院右副都御史、巡抚广东地方、提督军务、兼理粮饷臣韩崶

(内阁礼科题本)

G11:中外关系-交聘往来

4.69 两广总督百龄题报朝贡并遭风船只等事本(附件一件)

嘉庆十五年十一月二十二日(1810年12月18日)

(朱批:)知道。

太子少保、兵部尚书、兼都察院右都御史、两广总督、世袭二等轻车都尉臣百龄谨题为遵例朝贡等事。

据广东布政使司布政使曾燠会同广东按察使司按察使陈佑霖详称,奉两广总督百龄札开案,于嘉庆十五年九月二十六日会同广东巡抚韩崶恭折具奏暹罗国遣使进贡委员伴送起程进京缘由,并派委肇罗道寔国华、雷州营参将德兴于十月初四日伴送该使臣恭赍现存贡品起程进京等因。札司依经移行查照去后,兹据广州府申据署南海县知县刘廷楠、番禺县知县姚祖恩详称,据委员南海□……□[1]寄泊,幸无损坏,雇倩船只将现存表文贡品护送来省,敬谨安置驿馆,蒙院台率同在省司道各官于九月二十五日恭验,在案。其正贡船压仓货物在洋遭风沉溺,除漂失外,内有捞获,解省转给贡使等收领。副贡船压仓货物现在陆续运载来省,亦起顿行内,尚未运载完竣,容候起清货物,查取商梢姓名、货物数目,另行造缴,并先造具贡品册到县。随据贡使丕雅唆挖里、巡假押派啰喇突等禀称,使等乘坐正、副二船赍捧表文、方物来广入贡,荷蒙院台具奏兹使等遵于十月初四日恭赍表文、方物起程赴京等情到县造册缴府。据此,该广州府知

① 此处四行字迹模糊,共缺72字。

府陈镇复核照详备造各册，其方物□内开暹罗国恭进皇上方物。现存番字金叶表文一道，汉字表文二道，表文亭一座，龙涎香一斤，降真香三百斤，大枫子三百斤，乌太三百斤，犀角六个，白豆蔻三百斤，象牙三百斤，荜拨一百斤，孔雀尾十屏，金刚钻□两，桂皮一百斤□……□[①]恭进皇宫方物龙涎香八两，降真香一百五十斤，大枫子一百五十斤，□□一百五十斤，犀角三个，白豆蔻一百五十斤，象牙一百五十斤，荜拨五十斤，孔雀尾五屏，金刚钻三两，桂皮五十斤，翠毛三百张，苏木一千五百斤；沉夫恭进皇上方物沉香二斤，冰片三斤，樟脑一百斤，白胶香一百斤，檀香一百斤，甘密皮一百斤，西洋毯二领，西洋布十□，藤黄三百斤，沉夫恭进。皇宫方物沉香一斤，冰片一斤八两，樟脑五十斤，白胶香五十斤，檀香五十斤，甘密皮五十斤，西洋毯一领，西洋布五□，藤黄一百五十斤。又册开表亭上架用夫八名，表亭下架用夫四名。龙涎香、犀角、金刚钻共用大箱一个，夫二名。降真香一百五十斤用大箱四个，小箱一个，夫九名。大枫子四百五十斤用大箱，四个小箱一个，夫九名。乌木四百五十斤，每百斤用夫二名，共用夫九名。白豆蔻四百五十斤用大箱四个，小箱一个，夫九名。象牙四百五十斤用大箱，四个小箱一个，夫九名。荜拨一百五十斤用大箱一个，小箱一个，夫三名。孔雀尾十五屏翠，毛九百张，共用小箱一个，夫一名。桂皮一百五十斤，用大箱一个，小箱一个，夫三名。苏木四千五百斤，每百斤用夫二名，共用夫□十名。□……□[②]共用夫四十五名，乌木、苏木共用夫九十九名，表亭上、下架共用夫十二名，通共用夫一百五十六名。正贡使丕雅唆抡里，巡假押派唠喇突，副贡使朗□汶孙霞握吧突，三贡使朗勃勒哪丕汶知突，四贡使坤丕匹哇遮，办事正通事林恒中，副同事江太和，汉书记江弗保，番书记乃成番，吹手乃集、乃杖、乃鹤、乃千、乃良，汉番跟役乃马、乃吼、乃美、乃修、乃珀、乃天、乃骨、乃顺、乃琏、乃德、乃清、乃各、乃算、林亚有、江宽云，已上共二十八员名。贡使、通事六员，每员衣箱行李二台，共十二台，每台夫二名，共夫二十四名。贡使、通事六员，每员禀给一分，每分每站银一钱，共廪给银六分，每员坐马一匹，共马六匹。汉书记、番吹手、汉番跟役共二十二名，每名口粮一分，每分每站银五分，每名马一匹，共马二十二匹。已上共计禀给六分，口粮二十二分，马二十八匹。水路共用河船七只，每只水手四名，夫八名，共用水手二十八名，夫五十六名。广东伴送官二员，夫十六名，马四匹等由造册到司，该广东布政使司布政使曾燠会同广东按察使司按察使陈佑霖查看。暹罗国王郑佛遣使丕雅唆抡里、巡假押派唠喇突等赍捧表文、方物来广入贡，□蒙贡折具奏，并派委文员肇罗道窦国华、武员雷州营参将德兴伴送启程等因，札司移行遵照在案。嗣据广州府申据，南海、番禺二县详报，暹罗国恭进表文、方物，先经敬谨安置驿馆，已于九月二十五日恭验造册呈缴。并称正贡船压仓货物在洋遭风沉溺，除漂失外，内有捞获解省，转给贡使等收领。副贡船压仓货物现在陆续运载来省，起顿行内，容候运清查取商梢姓名、货物数目另行造报等由前来。伏查暹罗国进贡定例，船不过三，人不过百，

① 此处一行字迹模糊，不能辨认。
② 此处二行字迹模糊，不能辨认。

今正、副两船内除贡使、番役外，实商梢一百九十八名，与例相符。兹据该贡使等遵于十月初四日恭捧表文、方物在广启程，委员伴送赴京。现在进京员役二十八员名，分晰造册呈送。其余雷粤看守贡船，俟岁底风帆顺利回暹。所有进京员役二十八员名，沿途需用夫马、船只、廪粮照例填给，勘合应付奉肇罗道窦国华、雷州营参将德兴伴送贡使赴京。据报于嘉庆十五年十月初四日自广东省城起程，相应造册呈缴，伏候察核具兹请各明礼部查照。再查暹罗国进贡正、副贡使□……□[①]□□仓货物数目□到日，另详请□至本年。据该国大宣□文并称上年贡使由京旋省，打发其回国贡船早令其回□，以便修理候用等由。所有该国正贡船遭风沉溺，节令香山县设法捞起，应如何拆修之处，勘佑通详办理。正贡船水梢人等与京旋贡使节，俟副贡使船起齐货物，置买回帆压舱货物，完竣风□顺利时，谕令乘坐副贡船回暹，查取开行回国日期，到日造册，另文详请给予领齐。该国王查照仍于明年遣船来广，转载贡使京旋回暹，合并声明等由，连册到臣。该臣看得暹罗国王郑佛遣使丕雅唆挖里、巡假押派唠喇突等赍捧表文、方物来广入贡，经臣等会折具奏，并派委文员肇罗道窦国华、武员雷州营参将德兴伴送起程，业经转行遵照。兹据广东布政使曾燠会同按察使陈佑霖详称，暹罗国恭进表文、方物先经敬谨安置驿馆，已于九月二十五日恭验造册呈缴，并称正贡船压仓货物在洋遭风沉溺，除漂失外，内有捞获解省，转给贡使等收领，副贡船压仓货物现在陆续运载来省，起顿行内，容俟运清查取商梢姓名、货物数目，另行造报等由前来。伏查暹罗国进贡定例，船不过三，人不过百，今正副两船内除贡使、番役外，实商梢一百九十八名，与例相符。兹据该贡使等遵于十月初四日恭捧表文、方物在广启程，委员伴送赴京。现在进京员役二十八员名，分晰造册呈送。其余雷粤看守贡船，俟岁底风帆顺利回暹。所有进京员役二十八员名，沿途需用夫马、廪粮照例填给，勘合应付奉肇罗道窦国华、雷州营参将德兴伴送贡使赴京。据报于嘉庆十五年十月初四日自广东省城起程并声明正、副贡船压舱货物请照例免其征税等由造册详请具题前来，臣覆核无异。除册送部查核外，臣谨会同广东巡抚臣韩崶合词具题，伏乞皇上睿鉴，敕部查照施行。谨会题请旨。

嘉庆十五年□月二十二日

太子少保、兵部尚书、兼都察院右都御史、两广总督、世袭二等轻车都尉臣百龄

附件：百龄题为遵例朝贡等事本

太子少保、兵部尚书、兼都察院右都御史、两广总督、世袭二等轻车都尉臣百龄，谨题。为遵例朝贡等事。

该臣看得暹罗国王郑佛遣使丕雅唆挖里、巡假押派唠喇突等赍捧表文、方物来广入贡，经臣等会折具奏，并派委文员肇罗道窦国华、武员雷州营参将德兴伴送起程，业经转行遵照。

① 此处三行字迹模糊，不能辨认。

兹据广东布政使曾燠会同按察使陈若霖详称，暹罗国恭进表文、方物先经敬谨安置驿馆，已于九月二十五日恭验造册呈缴，并称正贡船压仓货物在洋遭风沉溺，除漂失外，内有捞获解省，转给贡使等收领，副贡船压仓货物现在陆续运载来省，起顿行内，容俟运清查取商梢姓名、货物数目另行造报等由前来。该贡使等遵于十月初四日恭捧表文、方物在广启程，委员伴送赴京。现在进京员役二十八员名，沿途需用夫马、廪粮照例填给，勘合应付奉肇罗道窦国华、雷州营参将德兴伴送贡使进京。据报于嘉庆十五年十月初四日自广东省城起程，并声明正、副贡船压舱货物请照例免其征税等由造册详请具题前来。臣覆核无异，除册送部查核外，臣谨会题请旨。

（内阁礼科题本）

G11：中外关系-交聘往来

4.70　暂署两广总督韩崶题报暹罗国贡使开船回帆日期本

嘉庆十六年二月十二日(1811年3月6日)※

(朱批：)该部知道。

暂署两广总督印务、兵部侍郎、兼都察院右副都御史、巡抚广东地方提督军务、兼理粮饷臣韩崶，谨题为恭报暹罗国贡使开船回帆日期，仰祈睿鉴事。

据广东布政使司布政使曾燠会同广东按察使司按察使陈若霖详称，奉两广总督百龄札开嘉庆拾肆年捌月初柒日恭折具奏暹罗国遣使赍贡祝嘏缘由。今于九月拾陆日奉到朱批：另有旨。钦此。同日准军机大臣字寄，两广总督百龄嘉庆拾肆年捌月贰拾陆日奉上谕：百龄奏暹罗国王遣使赍贡祝嘏捌月初旬已经抵粤一节，暹罗国王因万寿庆节特遣使臣情□……□[①]之。钦此。钦遵□□到司。奉批又奉两广总督百龄案验，为知照事。嘉庆拾伍年伍月初捌日，准礼部咨，主客司案呈□□□□□□□总督百龄题暹罗国祝嘏使臣由粤起程，照例委员伴送，按站行走，于拾贰月抵京等因一疏。于嘉庆拾肆年拾壹月初玖日题，拾伍年贰月初叁日奉旨：该部知道。钦此。钦遵在案，相应知照两广总督可也。等因。又奉广东巡抚韩崶案验，为知照事。嘉庆拾伍年肆月拾玖日准礼部咨，主客司案呈本部具奏暹罗国恭祝万寿员役到京日期一折，于嘉庆拾肆年拾贰月拾玖日奏。奉旨：知道了。钦此。相应抄录原奏知照广东巡抚可也。计连单一纸，内开礼部谨奏为奏闻事。据暹罗国王郑华特差陪臣柏簪鸾史藩攋扢哪车突等赍捧表文、

① 此处四行字迹模糊，无法辨认。

方物来京恭祝万寿，于本月拾捌日到京，所有供应照料事宜钦遵乾隆伍拾伍年□……□[①]万寿表文□……□[②]收贮臣部□□□□□奏。理合恭折奏闻等因。又奉广东巡抚韩崶案验，为知照事。嘉庆拾伍年肆月拾玖日准礼部咨，主客司案呈本部奏暹罗国恭进庆贺万寿贡物一折，于嘉庆拾肆年拾贰月贰拾肆日奏。奉旨：知道了。钦此。相应抄录原奏知照广东巡抚可也。计连单一纸，内开礼部谨奏为奏闻事。前据暹罗国王郑华特遣陪臣柏簪鸾史藩攋抧哪车突等赍捧表文、贡物庆祝皇上伍旬万寿前来，当经臣部奏闻在案。所有该国王恭进贡物臣等核与乾隆伍拾伍年之例相符，业经移交内务府查收。理合照例缮写清单恭呈御览，为此谨奏等因。又奉两广总督百龄案验，为知照事。嘉庆拾伍年肆月初柒日准礼部咨，主客司案呈查本年暹罗国遣使恭进万寿圣节贡来京所有例□……□[③]两广总督可也□□□□□□□赏暹罗国王□□□□使员□物件单，万寿圣节贡物。赏国王敕书一道，锦捌疋，彩缎捌疋，補纱捌疋，罗缎捌疋，纱十二疋，缎拾贰疋，棉细拾捌疋。赏王妃彩缎肆疋，補纱肆疋，罗缎肆疋，缎陆疋，纱陆疋，棉细陆疋。赏正副使两员罗缎各叁疋，缎各捌疋，棉细各拾疋，绫各贰疋，布各壹疋。赏通事贰名缎各伍疋，棉细各捌疋。赏从人拾柒名棉细各叁疋，布各捌疋。赏伴送管贰员彭缎袍各壹件等因。又奉两广总督百龄案验，为知照事。嘉庆拾伍年肆月初柒日准礼部咨，主客司案呈所有本部具奏赏赐暹罗国国王、王妃及来使员役物件并筵宴使臣人等一折，于正月贰拾伍日具奏。本日奉旨：依议。钦此。除该使臣人等在部筵宴外，相应知照两广总督俟该使臣等行至省城再筵宴壹次可也等因。又奉广东巡抚韩崶案验，为知照事。嘉庆拾伍年肆月拾玖日准礼部咨，主客司案呈查暹罗国差来恭祝万寿正使柏簪鸾史藩攋抧哪车突、副使啷史滑厘□……□[④]可也。等因。咨□□司。奉此均经移行遵照在案。兹据广州府知府陈镇详，据南海、番禺贰县详，据□□□□□□□□等禀称，据拾肆年暹罗国贡使柏簪鸾史藩攋抧哪车突等禀报，拾伍年国王复遣正副两贡船乘坐贡使人等来广，接载拾肆年贡使人等京旋回暹。缘正贡船只于嘉庆拾伍年玖月初壹日在香山县属洋面大芒山脚遭风沉溺，并无损伤人口。副贡船亦于玖月初壹日遭风驶入厓门牛肚湾寄泊，幸无损坏。雇倩船只将现存供品货物护送来京，均经具文通报。嗣据香山县详报，暹罗国正贡船前经遭风沉溺大芒山脚洋面，今于拾壹月初伍日复被风浪击碎，片板漂流。当经打捞，仅获桅木两条。碎片给交贡使收领。所有正贡船无凭取起拆修缘由，通详奉批饬遵。现拟定于嘉庆拾陆年正月拾伍日恭赍御赐物件乘坐拾伍年遣来顺接京旋贡使之副贡船开行回国，并请给文领赍回国知照等因，转详到司。据此该广东布政使司布政使曾燠会同□……□[⑤]表文、方物□□□贡祝嘏，并据该国大库来文内称，恳请将本年正副贰贡船于年□随

① 此处二行字迹模糊，无法辨认。
② 此处一行字迹模糊，无法辨认。
③ 此处一行字迹模糊，无法辨认。
④ 此处四行字迹模糊，无法辨认。
⑤ 此处三行字迹模糊，无法辨认。

□返暹，以应修整，来年复接贡使旋归等由。业蒙具折奏闻。钦奉谕旨：准令来京，著照例委员伴送，按站行走，于拾贰月抵京，令其于元旦令节随班庆贺。钦此。等因。遵于嘉庆拾肆年玖月贰拾捌日委员伴送赴京。其正副贡船贰只于嘉庆拾肆年拾贰月贰拾捌日一同开行回国，业经详奉给文赍回知照。

嗣奉准礼部咨，本部具奏暹罗国贡使员役于嘉庆拾肆年拾贰月拾捌日到京。又奉准礼部咨，本部具奏暹罗国王恭进庆贺万寿贡物。又奉准礼部咨，查暹罗国王恭进庆贺万寿贡物。又奉准礼部咨，查暹罗国遣使恭进万寿圣节贡来京所有例赏该国国王、王妃及来使员役缎疋物件。又奉准礼部咨，本部具奏赏赐暹罗国王、王妃物件，并筵宴使臣人等，仍令行至省城再筵宴壹次。又奉准礼部咨，暹罗国差来恭祝万寿使臣人等于嘉庆拾伍年□□□□□□□□相应移咨□□□均经移行□并据遵查照在案。据广□□□□□□详□□□□□□□详报，据拾肆年暹罗国贡使柏簪弯史藩攂挖哪车突等禀称，使等于嘉庆拾伍年贰月初叁日在京起身，肆月拾捌日回抵广东省城，安顿怀远驿馆。业经照例筵宴。今该国王复遣正副贡船贰只于嘉庆拾伍年玖月初壹日装载例贡抵广，接载贡使人等京旋回暹。缘正副贡船于玖月初壹日在洋遭风沉溺，复被风浪击碎，其正贡船商梢水手人等饬令附搭副贡船回国。时值风信未顺，在粤守候。今风信顺利，定于嘉庆拾陆年正月拾伍日恭赍御赐物件乘坐副贡船开行回国等由到司。除委员监看回帆货物并移行护送出境外，所有嘉庆拾肆年暹罗国贡使柏簪弯史藩攂挖哪车突等乘坐副贡船开行回国日期，相应据由详请察核题报，并请给文该国王查照。至该副贡船回帆赍带御赐物件与附搭正贡船商梢人等，姓名、年籍、压舱货物各册另文呈送详咨。再，副贡船系乘坐例贡来广，及回帆各压舱货物应请照例免其征税，合并声明等由到臣。该臣看得嘉庆拾肆年□暹罗国遣使柏簪弯史藩攂挖哪车突等赍表文、方物来广入贡祝嘏。经督臣百龄□□□闻。钦奉谕旨：准令来京。著照例委员伴送，按站行走，于拾贰月抵京，令其于元旦令节随班庆贺。钦此。遵于嘉庆拾肆年玖月贰拾捌日委员伴送赴京。嗣准礼部咨，本部具奏赏赐暹罗国王王妃物件并筵宴使臣人等，仍令行之省城再筵宴壹次。又准礼部咨，暹罗国差来恭祝万寿使臣人等于嘉庆拾伍年贰月初叁日自京起身各等因，均经转行遵照。

兹据广东布政使曾燠会同按察使陈若霖详称，据广州府知府陈镇详，据南海、番禺贰县详报，暹罗国贡使柏簪弯史藩攂挖哪车突等于嘉庆拾伍年贰月初叁日在京起身，肆月拾捌日回抵广东省城，安顿怀远驿馆，业经照例筵宴。今该国王复遣正副贡船贰只于嘉庆拾伍年玖月初壹日装载□贡抵广，接载贡使人等京旋回暹。缘正贡船于玖月初壹日在洋遭风沉溺，复被风浪击碎。其正贡船商梢水手人等饬令附搭副贡船回国。时遭风信未顺在粤守候，今风信顺利，定于□……□[①]拾肆年暹罗国贡使柏簪弯史藩攂挖哪车突等乘坐副贡船开行回国日期详请察核题

① 此处三行字迹模糊，无法辨认。

报等由前来。除揭报部科查核并行文暹罗国王知照外，臣谨具题伏乞皇上睿鉴，敕部查照施行。

再，广东巡抚系臣本任，毋庸会衔。合并陈明。谨题请旨。

暂署两广总督印务、兵部侍郎、兼都察院右副都御史、巡抚广东地方提督军务、兼理粮饷臣韩崶

附件：韩崶题报暹罗国贡使开船回帆日期本

暂署两广总督印务、兵部侍郎、兼都察院右副都御史、巡抚广东地方提督军务、兼理粮饷臣韩崶，谨题为恭报暹罗国贡使开船回帆日期仰祈睿鉴事。

该臣看得嘉庆拾肆年暹罗国遣使柏嚟骛史藩攊扢哪车突等恭赍表文、方物来广入贡祝嘏，经督臣百龄恭折奏闻。钦奉谕旨：准令来京。著照例委员伴送，按站行走，于拾贰月抵京，令其于元旦令节随班庆贺。钦此。遵于嘉庆拾肆年玖月贰拾捌日委员伴送赴京。嗣准礼部咨，本部具奏赏赐暹罗国王王妃物件并筵宴使臣人等，仍令行之省城再筵宴壹次。又准礼部咨，暹罗国差来恭祝万寿使臣人等与嘉庆拾伍年贰月初叁日自京起身各等因。均经转行遵照。

兹据广东布政使曾燠会同按察使陈若霖详称，据广州俯知府陈镇详，据南海番禺贰县详报，暹罗国贡柏嚟骛史藩攊扢哪车突等于嘉庆拾伍年贰月初叁日在京起身，肆月拾捌日回抵广东省城，安顿怀远驿馆，业经照例筵宴。今该国王复遣正副贡船贰只于嘉庆拾伍年玖月初壹日装载□贡抵广，接载贡使人等京旋回暹。缘正贡船于玖月初壹日在洋遭风沉溺，复被风浪击碎。其正贡船商梢水手人等饬令附搭副贡船回国。时遭风信未顺，在粤守候。今风信顺利，定于嘉庆拾陆年正月拾伍日开行回国。除委员监看回帆货物并移行护送出境外，详请察核题报等由前来。除揭报部科查核并行文暹罗国王知照外，臣谨题请旨。

（内阁礼科题本）

G11：中外关系-交聘往来

4.71　闽浙总督汪志伊题报琉球国贡船漂收广东护送到闽等情本

嘉庆十六年三月十三日（1811年4月5日）

兵部尚书、兼都察院右都御史、总督福建浙江等处地方军务、兼理粮饷盐课、兼摄福建巡抚印务臣汪志伊谨题，为抄折行知事。

嘉庆十六年二月二十五日，据福建布政使司布政使景敏呈详，奉兼摄福建巡抚汪志伊牌

开，嘉庆十六年正月二十六日，恭折具奏琉球头号船贡物、使臣到闽，安顿馆驿，并二号船漂收广东，由陆送闽一折，合行饬知，即便移行，遵照妥办。计抄发折稿一件内开，奏为琉球头号船内贡物、使臣先由粤护送到闽，已照例安顿馆驿，并二号贡船漂收广东香山县海面，现亦准咨由陆送闽，俟到齐加意优恤，委员护送进京，恭折奏闻事。窃照琉球国进贡头号船，遭风漂至广东惠来县香黄外洋，经该地方官先将贡物、正副使人等由陆送闽，经臣恭折奏闻，兹飞饬沿途经过各地方文武员弁妥为接护，加意照料到省。饬委福州府海防同知徐景扬译讯，据琉球国正使耳目官向国柱等供称，嘉庆十五年九月初十日，该国王差遣恭赍表文三道、奏章四道，同贡物硫磺一万二千六百斤、红铜三千斤、白刚锡一千斤，分载两船，头号船载硫磺六千三百斤、红铜一千五百斤、白刚锡五百斤，官伴、水梢共一百一十八员名，又进京入监官生四名、跟伴四名，官生进贡围屏纸三千张、细嫩蕉布五十匹，又前届回国官生谢恩贡物围屏纸五千张、嫩熟蕉布一百匹；二号船载硫磺六千三百斤、红铜一千五百斤、白刚锡五百斤，都通事蔡肇基等四员，跟伴、水梢七十八名，于九月十四日在该国开驾，到马齿山候风。十一月十五日开洋，十七日在洋遭风，丢弃附带货物，至晚两船不相见。十九日北风愈猛，头号船砍去大桅，又丢弃货物，任风漂荡，至二十三日漂至广东惠来县香黄澳洋面，起顿公馆。经潮州府亲赴查看，该正使等因恐二号贡船已到福建，情愿速赴闽省，随于十二月初五日先将贡使、官生、跟伴人等五十一员名，同贡物由陆起运，至二十五日到闽省，安插馆驿。等情。经该同知查照嘉庆十二年该国贡船遭风赏恤旧例，声请支给廪给口粮。旋准两广督臣百龄、广东抚臣韩崶咨称，琉球二号贡船，亦已据报漂收该省香山县属澳门娘妈阁海面，船内篷索多有损坏，先将该二号船内贡物、使臣一并由陆送至闽省，归起护送北上。仍赶紧修整篷索，将二号船派令舟师带赴惠来县洋面，俟头号船桅木换竣，即交南澳镇胡于铉师船护送至闽，倘头号船所需桅木，潮州一时难购，必须仍赴泉州厦门修整，亦即将所留头号船内梢水货物分载师船，将该空船带交闽省修整。等情前来。臣随飞饬沿途各文武员弁，将二号船内贡物、官伴人等，妥为接护来省。并饬据藩司景敏详称，嘉庆八年，琉球国二号贡船在洋遭风漂至台湾地方，冲礁击碎，救援人口上岸抚恤一案，钦奉上谕：外藩寻常贸易船只遭风漂至内洋，尚当量加抚恤，此次琉球国在洋冲礁击碎船只，系属遣使入贡、装载贡品之船，尤应加意优恤，其捞救得生之官伴、水梢人等，著照常加倍赏给。嗣后，遇有外藩贡船遭风漂失之事，均著照此办理。等因。钦此。钦遵在案。今琉球国进贡头号船，遭风漂收广东惠来县，虽经砍断大桅，应由粤省购料修葺；其二号船，漂至广东香山县收泊，篷索损坏，亦经粤省饬修，并优加抚恤。与前次船只漂没沉失贡物者有间，应请自安插日为始，正副使每员日给廪给银二钱，夷官每员日给蔬薪银五分一厘、口粮米三升，跟伴水梢每名日给盐菜银一分、口粮米一升，回国之日另给行粮一个月，于存公项下动给，俟事竣造册详请题销。等语。除如详批饬支给，并派委舟师赴南澳交界洋面迎护头、二两号贡船，管带来闽。如头号船上大桅粤省未能购办，即饬厦防同知迅速修整外，臣仍俟二号船内贡物、官伴人等由陆到日，循照旧章筵宴，加意优恤，遴委明干大员护送进京，以仰副我皇上体恤外藩之至意。臣谨恭折具奏，伏祈皇上睿鉴。谨奏。等因。

奉此，遵经檄饬沿途经过各营县，将粤省由陆送到琉球二号船内贡物、夷官人等护送来闽，并行福防同知遵照办理去后。兹据福州府海防同知徐景扬详称，嘉庆十六年二月初七日，准委员将广东香山县漂收琉球国进贡二号船内贡物并夷官人等先由陆路护送来省，其通事红日昂等二十二员名，即于二月初七日安顿馆驿，贡物行李亦于初十日到齐，安顿馆驿，并经移会理事同知查验硫磺备用印花逐桶封固。谕令土通事郑煌等传齐该官伴人等译讯，据二号船通事红日昂供称，十五年九月初十日，奉国王发领执照一道，只分载贡物硫磺九十樽、计重六千三百斤，红铜十五箱、计重一千五百斤，白刚锡五箱、计重五百斤，都通事一员蔡肇基，使者二员向元凤、毛国樑，同官伴、水梢共计八十二员名，并银两土产等物，坐驾二号贡船一只，随同头号贡船，于九月十四日在本国一齐开驾，到马齿山候风。十一月十五日开洋，十七日洋中遇风，两船分散，丢弃货物，船只任风漂流，至十二月初三日漂到广东香山县澳门娘妈阁洋面漂泊。经该处地方官到船查验抚恤，赏米二十包、银八十二两、酒猪等物，十五日派拨小船引到广东省城地方，二十一日奉广东巡抚赏给白米、灰面、猪酒等物，二十五日将官伴二十二员名并贡物行李先由陆路护送来闽。沿途均蒙文武官兵护送，赏给饭食，至本年二月初七日到馆安插。更都通事蔡肇基一员，同跟伴、水梢尚有六十员名内，兹无进京之人，所有原领国王执照一道，系都通事蔡肇基收执，乞俟船只到闽之日呈送。等供。并据该存留通事毛超叙造送二号船内现在由陆来闽之官伴花名、人数、贡物、行李清册一本，又头、二两号船内未到各官伴、水梢花名清册一本，又备造分别进京、摘回、存留三项花名清册一本，呈缴前来。并据供明，二号船上执照一道，系都通事蔡肇基收执，俟船只到日，抄白呈送。各等供。

据此，查琉球国王于嘉庆十五年九月初十日遣通事红日昂等官伴、水梢共计八十二员名，坐驾二号贡船一只，装载贡物硫磺六千三百斤、红铜一千五百斤、白刚锡五百斤，并银两土产等物，给发执照一道，并无表奏咨文，随同头号贡船来闽。于九月十四日在该国一齐开船到马齿山候风，十一月十五日放洋，十七日洋中遇风，两船分散，丢弃货物，船只任风漂流。至十二月初三日漂到广东香山县澳门娘妈阁洋面收泊，经该县到船查验，赏给米酒猪只，并银八十二两。十五日派拨小船将该船只引到广东省城，二十一日奉广东巡抚赏给米面猪酒等物，即于二十五日先将贡物行李并该通事红日昂等官伴二十二员名，先由陆路护送来闽。于本年二月初七日到省，进馆安插，其贡物行李，于二月初十日到齐安顿馆驿。案查嘉庆十二年，该国进贡头号船遭风漂收台湾护送抵厦，其贡物、官伴先由陆路来省，安顿馆驿，所有应行赏恤，系请照遭风常例，正副使每员每日给廪给银二钱，其余夷官每员每日给米三升、每升折价银八厘七毫、蔬薪银五分一厘，跟伴、水梢每名每日给米一升、盐菜银一分，于安插日起支在案。又遭风难番，向有犒赏物件，如邻省已经赏给者，闽省毋庸再议加赏，历经办理在案。此次该国进贡头、二两号船只，在洋遭风，均属漂收粤省，其头号船官伴先已由陆路护送到闽，译讯供情，查明例案具详在案。兹该二号船官伴人等来闽,自应一体办理。请将该夷官每员每日给米三升、每升折价银八厘七毫、蔬薪银五分一厘,跟伴、水梢每名每日给米一升、盐菜银一分,即于二月初七日安插之日起支,回国之日另给行粮一个月,均于存公银内支销。至于犒赏物件,据供已经粤省赏给,在闽毋庸再议。合将译讯供情,查明例案,同夷官送来各册转造清册,呈送察转。等由到司。

据此,又为进贡事,准琉球国王咨开,照得该国僻处海隅,世沐天朝鸿恩,遵依贡典,二年一次。钦遵在案。兹当嘉庆十五年贡期,特遣耳目官向国柱、正议大夫蔡肇业、都通事郑克新等,赍捧表章方物,率领官伴、水梢共不过二百员名,坐驾海船二只,分载煎熟硫磺一万二千六百斤、红铜三千斤、炼熟白刚锡一千斤前诣投纳,乞为转详督抚具题。照例令贡使向国柱等赶紧赴京,叩祝圣禧,仍乞查照历贡事例,造册报部。除存留官伴外,所有两船官伴、水梢,准待事务完竣,于来厦(夏)早汛,坐驾原船归国,合就移知查照。等因。

又为奉旨遣官生入太学读书事,准琉球国王咨开,窃照嘉庆十四年六月十四日,准藩司咨开,嘉庆十四年四月二十日,奉准礼部咨,主客司案呈,本部奏前事一案,于嘉庆十四年二月二十五日发报具奏,二十七日到报奉旨:依议。准其入监。钦此。相应移咨福建巡抚转行琉球国王遵照办理可也。等因。咨院行司。计粘单一纸内开,礼部谨奏,为遵旨议奏事。内阁抄出,往封琉球国王正副使齐鲲、费锡章奏称,窃照琉球国官生入国子监读书,自康熙二十二年部议准行后,每逢册封之年,俱由使臣回京日代奏请旨遵行。此次臣等回棹,该国王尚灏跪请圣安毕,循例恳求代奏,于下次贡期附遣陪臣子弟赴京肄业。臣等查与历届相符,谨据情代奏,仰祈皇上睿鉴,敕部议覆施行。等因。于嘉庆十四年二月十三日奉朱批:该部议奏。钦此。钦遵。抄出到部。臣等查,康熙二十三年、五十九年,乾隆二十二年,册封使臣等事竣回京,俱奏称该国王恳求转奏,令陪臣子弟入监读书,节经臣部覆准,随据该国王前后遣送官生到京,入监读书三年,遣令回国在案。今往封琉球之正副使臣齐鲲、费锡章奏称,该国王尚灏循例恳求代奏,请令陪臣子弟赴京肄业。臣等查與定例相符,应如所请,准其于应贡之年,遣令来京,臣部札送国子监肄业。恭候命下臣部,行文福建巡抚转行该国王遵照办理。为此谨奏。请旨。等因。奉此,兹当遣发回国之期,合就移知查照施行。等因到国。准此,窃臣灏弹丸小国,僻居海隅,恭逢天朝文教广敷,德泽远施,叠蒙隆恩俞允,俾陪臣子弟得入学执经,俯聆圣训,不特臣灏感戴无穷,举国人民欢跃忭舞矣。谨遣官生陈善继、马执宏、毛世辉、梁元枢四人,同贡使向国柱、蔡肇业等赴京,入监读书外,肃贡土产围屏纸三千张、细嫩蕉布五十匹,少布涓滴微忱。等因。除具疏奏明外,合就移知查照。等因。

又为恭谢天恩,肄业官生奉旨归国事。准琉球国王咨开,窃臣僻处海澨,国小人愚,幸荷皇上怜远藩之无学,许陪臣以入监,遵于嘉庆九年遣官生毛邦俊、向邦正、梁文翼、杨德昌等入监,肄业三载有余。荷蒙圣泽优渥,教之以节义文章,耳提面命;一之以声音点画,口诵心维,况赏给饮食、衣服、器用,虚縻无数。恩深似海,难忘乐育之隆;泽厚如山,莫报栽培之大。又蒙于其归国之时，皇上以仁孝之性，宏锡类之风，照乾隆二十八年官生之例，赏给官生四名大彩缎各二匹、里各二匹、毛青布各六匹，赏给跟伴三名毛青布各六匹，并加赏官生内库缎各二匹、里各二匹，加赏跟伴官缎各一匹，筵宴一次，给驿令随谢恩使臣毛光国等一同回国。伏惟皇上覆育之仁，照临之德，岂惟官生四人阖门顶祝，即一国臣民俱感天朝曲成不遗之化，靡不欢声载道矣。臣夙荷厚泽，莫酬万一，谨于常贡外，另具嫩熟蕉布一百匹、围屏纸五千张，顺附陪臣向国柱、蔡肇业等赍捧表章，叩谢天恩。等因。除具疏奏明外，合就咨达查照。等因。

又为钦颁恩诏，恭谢天恩事。准琉球国王咨开，窃臣灏分藩蚁垤，守壤蜗居，世沐天朝厚泽，允臣嗣封。嘉庆十三年谨遣陪臣法司王舅毛光国、紫金大夫郑章观等赍捧表章，赴京叩谢天恩，乃遇皇上万寿庆典，叩蒙特颁恩诏。时该使臣等由闽起程，未到京师，礼部将钦颁恩诏颁发，福建督抚转给在闽存留通事郑克新。嘉庆十四年六月十四日，郑克新等恭捧恩诏到国，臣灏感激无涯，举国忭跃，谨择良辰，躬率臣僚迎接，望阙嵩呼拜领讫。跪读恩诏，普天沐德，穷岛沾恩。臣灏抚躬增励，中夜图报，不能仰酬万一，惟有顶祝圣寿与乾坤悠久，皇图偕日月升恒耳。兹值贡期，恭缮奏折，谨附贡使向国柱、蔡肇业等顺赍赴京，叩谢天恩，仰冀睿兹俯鉴下悃。等因，具疏奏明外，合就移知查照。等因。

又为恭谢天恩事。准琉球国王咨开，窃臣嘉庆十五年五月二十一日，接准礼部咨称，为知照事。主客司案呈，本部奏琉球国谢恩贡物一折，奉旨：著赏收。钦此。相应抄录原奏知照琉球国王可也。计黏单一纸内开，礼部谨奏，为请旨事。据琉球国王尚灏遣陪臣法司王舅毛光国等，恭赍谢恩贡物前来，当经臣部奏闻在案。臣等查，嘉庆六年，球(琉)球国王尚温为册封谢恩恭进贡物，经臣部查照乾隆二十二年之例，具奏奉旨：作为下次正贡。钦此。续据该国陪臣毛国栋等具呈，恳请恩准赏收，亦经臣部据情代奏。奉旨：赏收。钦遵各在案。今该国王尚灏蒙恩册封为琉球国中山王，恭进谢恩贡物，臣等谨抄录清单恭呈御览。至应否赏收或留抵下次正贡之处，伏候训示遵行。为此谨奏。请旨。等因。此诚覆戴之恩，照临之德，感戴无既矣。兹值贡期，虔缮奏折，谨附陪臣向国柱、蔡肇业等恭呈黼座，叩谢天恩，仰冀睿慈俯鉴下悃。等因。除具疏奏明外，合就咨达查照。各等因。

准此，该布政使景敏查得，琉球国王尚灏遣耳目官向国柱、正议大夫蔡肇业等率领官伴、水梢共二百员名，又入监读书官生四名、跟伴四名，坐驾头、二两号海船二只，赍捧嘉庆十五年进贡表文，解运常贡方物硫磺一万三千六百斤、红铜三千斤、炼熟白刚锡一千斤，又入监读书官生恭贡礼物围屏纸三千张、细嫩蕉布五十匹，又前届入监读书回国官生恭谢贡物围屏纸五千张、嫩熟蕉布一百匹，来闽入贡。于嘉庆十五年九月十四日两船在该国开驾到马齿山候风，十一月十五日开洋，十七日在洋遭风，至晚两船不相见。十九日北风愈猛，头号贡船砍去大桅，丢弃货物，任风漂荡，至二十三日漂至广东惠来县，经潮州府亲诣查验抚恤。该正使等因恐二号贡船已到福建，情愿速赴闽省，随于十二月初五日由粤省先将贡使、官生、跟伴人等五十一员名，同贡物由陆路起运，至十二月二十五日到闽省安插馆驿。其二号贡船，亦于十五年十一月十七日在洋遭风，丢弃货物，任风漂流，至十二月初三日漂收广东香山县澳门娘妈阁洋面。经该省查验抚恤，于十二月二十五日先将船内官伴红日昂等二十二员名，同贡物亦由陆路护送来闽，于嘉庆十六年二月初七日到闽省安插馆驿。查头号船内，贡使向国柱等五十一员名，于到闽之时，即经饬据福州府海防同知徐景扬译讯，供情详奉具奏。兹将二号贡船漂收香山县，贡物亦由陆路来闽缘由声明在案。兹头、二两号船内，贡物并应行进京之官伴、官生等，均已先后到齐，应照奏案，各于安插日为始，分别起支廪给、蔬薪、盐菜、口粮银两，均照例于存公项下动给。至应行加赏物件，查该夷使等俱经粤省赏给，闽省应照例毋庸另议。兹饬据福州府海防同知徐景扬将二号船内现在来闽官伴花名、货物、行李，及两船内尚未到闽官伴、水梢花名，并分别进京、摘回、存留三项花名，分造清册，详报前来，理合查照历贡事例，转造清册，详请察核具题。至该国王遣官生陈善继等四名入监读书之处，查嘉庆十四年奉准部咨议覆，往封琉球国王正副使齐鲲、费锡章奏请，准其入监肄业，奉旨：依议。钦此。钦遵在案。兹该国王遣令官生陈善继等四人随贡来闽，核与奏准原案相符，相应一并详请具题，听候部议。再，查此次琉球进贡两船，遭风漂收粤省，头号船内贡物、贡使，先由陆路来闽，业奉具奏，并将二号船漂收香山县，贡物、夷官亦由陆路来闽缘由声明在案。此次二号船内夷官、贡物到闽，译讯供情，似可毋庸再行具奏。合并声明。等情到臣。

据此，该臣看得，琉球国王尚灏遣耳目官向国柱、正议大夫蔡肇业等率领官伴、水梢共二百员名，又入监读书官生四名、跟伴四名，坐驾头、二两号海船二只，赍捧嘉庆十五年进贡表文，解运常贡方物硫磺一万三千六百斤、红铜三千斤、炼熟白刚锡一千斤，又入监读书官生恭贡礼物围屏纸三千张、细嫩蕉布五十匹，又前届入监读书回国官生恭谢贡物围屏纸五千张、嫩熟蕉布一百匹，来闽入贡。于嘉庆十五年九月十四日两船在该国开驾到马齿山候风，十一月十五日开洋，十七日在洋遭风，至晚两船不相见。十九日北风愈猛，头号贡船砍去大桅，丢弃货物，任风漂荡，至二十三日漂至广东惠来县，经潮州府亲诣查验抚恤。该正使等因恐二号贡船已到福建，情愿速赴闽省，随于十二月初五日由粤省先将贡使、官生、跟伴人等五十一员名，同贡物由陆路起运，至十二月二十五日到闽省安插馆驿。其二号贡船，亦于十五年十一月十七日在洋遭风，丢弃货物，任风漂流，至十二月初三日漂收广东香山县澳门娘妈阁洋面，经该省查验抚恤。于十二月二十五日先将船内官伴红日昂等二十二员名，同贡物亦由陆路护送来闽，于嘉庆十六年二月初七日到闽省安插馆驿。查头号船内，贡使向国柱等五十一员名，于到闽之时，即经饬据福州府海防同知徐景扬译讯供情，经臣恭折具奏，兹将二号贡船漂收香山县，贡物亦由陆路来闽缘由声明在案。兹据布政使司布政使景敏呈详，头、二两号船内贡物并应行进京之官伴、官生等，均已先后到齐，应照奏案，各于安插日为始，分别起支廪给、蔬薪、盐菜、口粮银两，均照例于存公项下动给。至应行加赏物件，查该夷使等俱经粤省赏给，闽省应照例毋庸另议。兹饬据福州府海防同知徐景扬，将二号船内现在来闽官伴花名、货物、行李，及两船内尚未到闽官伴、水梢花名，并分别进京、摘回、存留三项花名，分造清册，详报前来。理合查照历贡事例，转造清册，详请察核具题。至该国王遣官生陈善继等四名入监读书之处，查嘉庆十四年奉准部咨议覆，往封琉球国王正、副使齐鲲、费锡章奏请，准其入监肄业，奉旨：依议。钦此。钦遵在案。兹该国王遣令官生陈善继等四人随贡来闽，核與奏准原案相符，相应一并详请具题，听候部议。再，查此次琉球进贡两船，遭风漂收粤省，头号船内贡物、贡使先由陆路来闽，业奉具奏，并将二号船漂收香山县，贡物、夷官亦由陆路来闽缘由声明在案，此次二号船内夷官、贡物到闽，译讯供情，似可毋庸具奏。合并陈明。等情前来。

臣覆查无异，除册送部外，臣谨具题，伏祈皇上睿鉴，敕部查照施行。为此具本，谨具题闻。

(朱批:)该部察核具奏。余著议奏。

嘉庆十六年三月十三日

兵部尚书、兼都察院右都御史、总督福建浙江等处地方军务、兼理粮饷盐课、兼摄福建巡抚印务臣汪志伊

(内阁礼科题本)

G16(202)：中外关系-在华外籍人员事务(澳门)

4.72 两广总督松筠奏报准委文武接护西洋人高临渊等至澳门附搭便船回国折

嘉庆十六年十月十七日(1811年12月2日)

两广总督奴才松筠跪奏，为遵旨委员迎赴前途，接护西洋人高临渊等送至澳门收管，附便饬令回国缘由，仰祈圣鉴事。

窃奴才钦奉谕旨：西洋人高临渊、颜诗〔莫〕、王雅各伯、德天赐四人，学业未精，留京无用，俱遣令回国，经过各省，著于文职同知、通判、武职游击、都司内，拣派妥员接替伴送，递至广东交该督松筠收管，俟有便船，饬令附载归国。其沿途所过地方及到粤居住之日，均不许与内地民人交接往来，倘有意外之事，惟伴送之文武官弁是问。慎之。等因。钦此。

遵查，粤东与江西省交界，西洋人高临渊等由京递回，恐在途逗留多事，应即遵旨派委明干丞倅，会同武职大员迎赴入境首站之南雄地方，小心接护。查有候补同知郑心一、候补副将吉郎阿，均属干练精细，堪以委令接替护送。查香山县属澳门地〔方〕距省三百余里，其地较省会僻静，该处夷寨内住有西洋夷目唛嚟哆。奴才于五月内查阅澳门，曾见该夷目诸多恭顺，管束众夷人颇为严紧。俟高临渊等到来，即送到澳门，檄饬夷目唛嚟哆收领，严加管束，遇有西洋便

船，即令附载归国安业。仍派澳门同知并香山县知县、县丞等官，就近留心稽察，不许高临渊等与内地民人交接往来，俾免滋事。

除檄饬遵照，并饬沿途营县一体妥为护送外，所有遵旨准委文武接护缘由，谨先恭折奏闻，伏乞皇上睿鉴训示。谨奏。

嘉庆十六年十月十七日奉朱批：知道了。

（军机处录副奏折）

G16：中外关系-在华外籍人员事务

4.73　江西巡抚先福奏报派员护送西洋人高临渊等四人过境片

嘉庆十六年十一月二十一日（1812年1月5日）※

再，奴才接准管理西洋堂事务礼部尚书臣福庆咨会，西洋人高临渊、颜诗莫、王雅各伯、德天赐四人，奏奉谕旨：遣令归国，经过各省，一体派委员弁妥为照料，护送到广。沿途所过地方，不许令與内地民人交接往来，倘有意外之事，惟伴送之文武员弁是问。等因。钦此。并行令将随从西洋人之跟役四名，俟高临渊等到广后，仍押送到京，投交提督衙门。等因。

奴才当即预行派委文武大员，前往交界处所迎探接护，并饬经过沿途地方各官一体照料去后。兹据藩司袁秉直会同臬司何铣详报，该西洋人高临渊等四人，于十月初四日自浙江常山县陆路入江西玉山县境，即由水路遄行，于十月十五日到江西省城，仍由水路前进，于十一月初八日出江西大庾县境，送至南雄州，交广东委员接护前进。该西洋人一路俱属安静，并无与内地民人交接往来情事。惟原咨内开跟役四名，今查点仅止二人，讯据该西洋人高临渊等并跟役王定等供称，跟役四名内，有张喜儿一名，因路途遥远，不愿跟从，于八月二十一日在良乡县恳求回家，在涿州出结交委员收执；许四一名，于九月初二日在泰安府崔家庄逃走，亦曾在泰安府出结交付委员。等语。

第江西省并未接准各省咨会，是否属实，除已飞咨沿途各省确查办理，并咨明广东督抚臣知照外，所有西洋人高临渊等归国过境日期，理合附片奏闻。谨奏。

（朱批：）览。

（宫中朱批奏折）

G1：中外关系-交聘往来

4.74　两广总督韩崶题报暹罗国贡使开船回帆日期本

嘉庆十六年十二月二十日(1811年2月2日)※

(朱批:)该部知道。

兼署两广总督印务、兵部侍郎、兼都察院右副都御史、巡抚广东地方提督军务、兼理粮饷臣韩崶,谨题为恭报暹罗国贡使开船回帆日期,仰祈圣鉴事。

据广东布政使司布政使曾燠会同广东按察使司按察使陈若霖详称,奉前任两广总督百龄札开嘉庆十五年九月二十六日会同广东巡抚韩崶恭折具奏暹罗国遣使进贡委员伴送起程进京缘由,又附片具奏暹罗国王郑华病故授位嗣子郑佛权理国政请封缘由二折,□于十一月初八日奉到朱批:另有旨。钦此。同日准军机大臣字寄两广总督百龄、广东巡抚韩崶嘉庆十五年□月□□□□上□□□□□□□□□□□□□□□□□□□□□□□□□□贡之年□□□□贡物遣使呈□□□,准其来京以遂其贡□之情。该国使臣已于本月初四日在粤东起身,著即知照沿途照例供顿。按程行走,于封篆前后到京尚不为迟。至该国贡船在香山县属荷包外洋突遇飓风击坏沉失贡物,此实人力难施,并非使臣不能小心防护。该使臣回国后自毋庸加以罪责,其沉失贡物亦不必另行备进。著该督等行知该国王用昭体恤,所有郑佛恳请敕封之处,现著该衙门照例查办。俟该贡使回国即命领赍可也。将此谕令知之。钦此。又奉暂署两广总督印务广东巡抚韩崶案验为知照事。嘉庆十六年正月初八日,准礼部咨主客司案呈内阁抄出两广总督百龄等奏暹罗国遣使赍捧表文、贡物来京恭进例贡,行抵香山县突遇飓风,击坏船只沉失贡物,遵照行知该国不必另行备进。又奏该国王郑华上年七月内病薨,奏请敕封世子郑佛为国王等因。具奏于嘉庆十五年十月二十日奉上谕据百龄等奏暹罗国赍贡使臣抵粤一折,该国贡船在香山县属荷包外洋突遇飓风击坏沉失,□……□[①]岛□□□□□□□□□出□□□□□□□两广总督可也。等因。又奏广东巡抚韩崶案验为知照事。嘉庆十六年闰三月初一日准礼部咨主客司案呈本部,具奏暹罗国恭进例贡方物一折,于嘉庆十五年十二月二十四日奏奉旨:知道了。钦此。相应抄录原奏知照广东巡抚可也。(计连单一纸)内开谨奏为奏闻事。据暹罗国王世子郑佛遣陪臣丕雅唆扢里、巡假押派唠喇突等赍捧表文、方物来京呈进例贡,兼请封袭,当经臣部奏闻在案。臣等查该国恭进例贡方物,前经两广总督臣百龄具奏该国贡船在洋遇风击坏,贡物内沉失九种,奉旨沉失贡物,此实人力难施,并非使臣不能小心防护,不必另行备进,用昭体恤等因。钦此。今该陪臣赍到现存贡物十三种,应由臣部交内务府查收理令缮写清单,敬呈御览。□此

① 此处三行字迹模糊,无法辨认。

□□□□□□□□□□□□□□□□□□□事嘉庆十□年□□□□一日□□□□□□□□□呈□□□□敕封暹罗国王事宜一□，于嘉庆十五年十二月二十五日奏，奉旨依议。钦此。相应抄录原奏，知照两广总督可也。(计连单一纸内开)谨奏。为请旨事，前据两广总督臣百龄奏称暹罗国遣使赍捧表文、恭进例贡，并世子郑佛嗣子恳请敕封为暹罗国王等因一折，奉旨：郑佛恳请敕封之处，著该衙门照例查办，俟该使臣回国，即令领赍。钦此。钦准在案。臣等查乾隆五十一年，暹罗国长郑华具表请封，经臣部议准，照康熙十二年之例交内阁撰拟诰命，臣部铸造□□□□□□□交该贡使恭赍回国。今已故暹罗国王郑华世子郑佛恳请敕封，应照乾隆五十一年之例，由内阁撰拟诰命，其应用画筒缎布等物，由户工二部取用。现在该国贡使业已到京，理合俟其事竣后于起程前期，臣部设几案在午门前恭陈□……□[①]奏请旨等因。又奉广东巡抚韩崶案验为知照事，嘉庆十六年四月初一日，准礼部咨主客司案呈本部具奏暹罗国恭进例贡，兼请封袭陪臣等到京日期一折，于嘉庆十五年十二月二十日奏，奉旨：知道了。钦此。相应抄录原奏，知照广东巡抚可也。(计连单一纸内开)谨奏。为奏闻事，据暹罗国王世子郑佛特差陪臣丕雅唆挖里、巡假押派唠喇突等赍捧表文、方物来京恭进例贡，兼请封袭。于本月十九日到京，所有供给照料事宜钦遵乾隆五十五年谕旨，送交内务府经理，臣部仍拣派司官二员会同照料其恭进。表文送交内阁，缮译具题，例贡方物等项由内务□……□[②]呈至请封事宜□□□□□□□具奏，为此谨奏等因。又奉前任两广总督松筠案案验为照事，嘉庆十六年闰三月二十九日进礼部咨主客司案呈所有本部，具奏赏赐暹罗国王及王妃、来使员役缎匹等项，并筵宴使臣人等一折，于正月二十四日具奏。本日奉旨：依议。钦此。除该使臣人等在部筵宴外，相应知照两广总督，俟暹罗使臣等行至省城再筵宴一次可也。等因。又奉前任两广总督松筠案验为知照事，嘉庆十六年闰三月二十九日准礼部咨主客司案呈，查本年暹罗国遣使恭进例贡来京，所有例赏该国王及王妃、来使员役缎匹等项，相应开单知照两广总督可也。(计粘单一纸内开)赏暹罗国王及王妃、来使员役物件单：赏国王敕书一道，诰命一道，锦八匹，蟒缎八匹，蟒纱八匹，罗缎八匹，纱十二匹，大卷八丝缎十八匹，纺丝十八匹。赏王妃蟒缎四匹，蟒纱四匹，罗缎四匹，大卷八丝缎六匹，纱六匹，纺丝六匹。赏贡使四员罗缎各三匹，大卷八丝缎各八匹，纺丝各五匹，绢各五匹，绫各二匹，布各一匹。赏通事二名大卷八丝缎各五匹，□□各五匹，绢各三匹。赏从人二十二名绢各三匹，布各八匹，赏伴送官二员彭缎袍各一件等因。又奉广东巡抚韩崶案验为知照事，嘉庆十六年四月初一日准礼部咨主客司案呈，查暹罗国进贡兼请封袭陪臣丕雅唆挖里、巡假押派唠喇突、郎喎汶孙厘霞握吧突、朗勃敕哪丕汶知突、坤丕匹哇遮办事从人二十二名、通事二名，自广东伴送来京之肇罗道窦国华、雷州营参将德兴等于二月初四日起身，相应移咨广东巡抚转行粤海关税务监督照例免税可也。等因。各咨院行司奉此均经移行遵照在案。兹据署

① 此处五行字迹模糊，无法辨认。
② 此处一行字迹模糊，无法辨认。

广州府知府景璋详，据南海、番禺二县详，据洋行商人谢庆泰等禀，据暹罗国贡使丕雅唆挖里、巡假押派唠喇突等禀报，使等于嘉庆十六年二月初四日自京起身，闰三月二十九日回抵广东省城，安顿怀远驿馆，业经照例筵宴。今国王遣壬泰兴、黄宝兴乘正副船二只于嘉庆十六年七月十九日均抵广东省河，停泊接载贡使人等。京旋回暹□使等与通事跟役人等，拟于嘉庆十六年十二月二十五日恭赍□……□[①]□转□□□□□□广东布政使司布政使曾燠会同广东按察使司按察使陈□□□看得嘉庆十五年暹罗国贡使丕雅唆挖里、巡假押派唠喇突等恭赍表文、方物来广，入贡兼请封袭，业蒙会折具奏，钦奉谕旨：准贡。遵于嘉庆十五年十月初四日委员伴送赴京，又蒙于题咨案内声明该国正贡船遭风沉溺，水梢人等与京旋贡使饬俟风信顺利时，谕令乘坐副贡船回暹，仍于明年遣船来广接载贡使京旋回国等因。嗣据报副贡船于嘉庆十六年正月十五日开行回国，业经详奉给文赍回知照，续奉准礼部咨□部具奏暹罗国恭进例贡方物，又奉准礼部咨本部具奏敕封暹罗国王事宜，又奉准礼部咨本部具奏暹罗国恭进例贡，兼请封袭陪臣等，到京日期又奉准礼部咨本部具奏赏□暹罗国王及王妃、来使、员役缎匹等项。并令回□……□[②]钦遵查照在案。兹据署广州府知府景彰详，据南海、番禺二县详，据暹罗国贡使丕雅唆挖里、巡假押派唠喇突等禀报，使等于嘉庆十六年二月初四日在京起身，闰三月二十九日回抵广东省城，安顿怀远驿馆，业经照例筵宴。今该国王复遣正、副船二只，均于嘉庆十六年七月十九日抵广东省河停泊，接载贡使人等京旋回暹。今拟于嘉庆十六年十二月二十五日恭赍御赐物件，乘坐本年遣来接载京回贡使之正、副二船，一同开行回国等由，到司除委员监看回帆货物并移行护送出境外，所有嘉庆十五年暹罗国贡使丕雅唆挖里、巡假押派唠喇突等开行回国日期，相应据由详请察核题报，并请给文该国王查照。至该国正、副贡船上年来广及副贡船上年回国所带压仓货物均已照例免其输税在案，今正副二船复来接载京旋贡使回暹，该使等行李及赍回赏赉物件请照成例免其纳饷，其搭载压仓客货仍照例□□，合并声明等由到臣。该臣看得嘉庆□……□[③]贡兼请封袭，经前督臣百龄会同臣韩崶恭折具奏，钦奉谕旨：准贡。遵于嘉庆十五年十月初四日委员伴送赴京，嗣准礼部咨本部具奏，赏赐暹罗国王及王妃、来使、员役缎匹等项，并令回至省城再筵宴一次。又准礼部咨暹罗国贡使、员役，于嘉庆十六年二月初四日自京起身各等因，均经转行遵照。兹据广东布政使曾燠会同按察使陈若霖详称，据署广州府知府景璋详，据南海、番禺二县详，据暹罗国贡使丕雅唆挖里、巡假押派唠喇突等禀报使等于嘉庆十六年二月初四日在京起身，闰三月二十九日回抵广东省城，安顿怀远驿馆，业经照例筵宴。今该国王复遣正副船二只，均于嘉庆十六年七月十九日抵广东省河停泊，接载贡使人等京城回暹。今拟于嘉庆十六年十二月二十五日恭赍御赐物件，乘坐本年遣来接载京回贡使之正、副二

① 此处二行字迹模糊，无法辨认。
② 此处四行字迹模糊，无法辨认。
③ 此处三行字迹模糊，无法辨认。

船，一同开行回国，等由到司。除委员监看回帆货物并移行护送出境外，所有嘉庆十五年暹□……□[①]□查□□行文暹罗国王知照外臣谨具题，伏乞皇上睿鉴。敕部查照施行，再广东巡抚系臣本任，毋庸会衔合并，陈明谨题，请旨。

嘉庆□□□……都御使巡抚广东地方提督军务兼理粮饷臣韩崶

兼署两广总督印务、兵部侍郎、兼都察院右副都御史、巡抚广东地方提督军务、兼理粮饷臣韩崶谨题，为恭报暹罗国贡使开船回帆日期仰祈圣鉴事。

该臣看得嘉庆十五年暹罗国贡使丕雅唆挖里、巡假押派唠喇突等恭赍表文、方物来广入贡，兼请封袭。经前督臣百龄会同臣韩崶恭折具奏，钦奉谕旨：准贡。遵于嘉庆十五年十月初四日委员伴送赴京，嗣准礼部咨本部具奏赏赐暹罗国王及王妃、来使、员役缎匹等项，并令回至省城再筵宴一次。又准礼部咨暹罗国贡使员役，于嘉庆十六年二月初四日自京起身各等因，均经转行遵照。兹据广东布政使曾燠会□……□[②]□查□□行文暹罗国王知照外，臣谨题请旨。

（内阁礼科题本）

G16：中外关系-在华外籍人员事务

4.75　广东巡抚韩崶奏报西洋人高临渊等抵粤交澳门夷目收管遇便回国折

嘉庆十六年十二月二十六日(1812年2月8日)

兼署两广总督、广东巡抚臣韩崶跪奏，为护送西洋人高临渊等抵粤，饬交澳门夷目暂为收管，遇便即令搭船回国缘由，恭折奏闻，仰祈圣鉴事。

窃照西洋人高临渊、颜诗莫、王雅各伯、德天赐四人，钦奉谕旨：遣令回国，经过各省接替伴送，递至广东，附载便船回国。等因。钦此。当经前督臣松筠将委员迎赴前途接护情由，奏蒙睿鉴在案。松筠奉命入都，臣暂行兼署督篆，随饬据广州府景璋查据夷目唛嚟哆禀称，高临渊等四人俱系吚哩呋国人。又据南海县查明，现在各夷来粤贸易，并无吚哩呋国船只。旋据委员同知郑心一、副将吉郎阿护送高临渊等抵省，询据该夷人回称，吚哩呋本国邻近吕宋，情愿赴澳门守候，

① 此处三行字迹模糊，无法辨认。
② 此处十一行字迹模糊，无法辨认。

遇有吕宋货船，即行附便回国。等语。臣当即督饬司道捐给路费口粮，仍饬原委员郑心一等，将高临渊等四人，于本年十二月初八日护送至澳门，交夷目唩嚟哆收管，并查明澳门地方常有贸易夷船往来，吕宋堪以附搭回国。并据该夷目唩嚟哆具禀，将高临渊等在澳门夷寨内妥为安顿，俟有吕宋夷船或夷商由粤开往吕宋船只，即令就近搭回本国安业。仍饬该处地方官督饬夷目管束稽察，不许高临渊等与内地民人交接往来，俾免滋事。至随从高临渊等跟役四名，前准西洋堂办事大臣咨行，俟高临渊等到广后，仍押送到京，投交提督衙门。等因。旋准江西省咨会，高临渊等跟役四名内，有张喜儿一名，因不愿远行，前在直隶良乡地方恳求回家，许四一名，在山东泰安地方逃走，均经先后取结，交委员收执。讯之高临渊等，各供均与江西省所咨相同。

除檄司饬将现在抵粤之跟役王定、郭加禄二名，派拨兵役逐程押送赴京，投交提督衙门查收外，臣谨恭折具奏，伏乞皇上睿鉴。谨奏。

(朱批：)览。①

嘉庆十六年十二月二十六日

（宫中朱批奏折）

G12：中外关系-安置难民

4.76 两广总督蒋攸铦奏闻递送日本国难民赴浙搭船回国折

嘉庆十八年十月十六日(1813 年 11 月 8 日)

两广总督臣蒋攸铦跪奏，为递送日本国难夷赴浙搭船回国，恭折奏闻事。

据香山县禀称，本年八月十六日，据澳门西洋夷目唩嚟哆具禀，有该国夷船自吕宋国贸易回澳，附搭日本国遭风难夷三名到粤，询问该难夷姓名，言语不通，察其服色，系属日本国夷人，恳请发遣回国等情。当即督同藩司曾燠饬查，广东向无赴日本国贸易商船，无从由本省遣送回国。检查乾隆五十四年暨六十年，有日本国难夷遭风漂流至粤，经前督臣福康安、朱圭先后奏明，委员护送浙江，交乍浦同知收管，附便搭送回国在案。此次日本国难夷漂流到粤，事同一律，自应查照向办成案，即为资送回国，以仰副圣主怀柔远人至意。

除按名酌予赏恤，一面照例支给口粮、行粮、菜薪银两，委员护送至浙，附搭便船回国，并咨明浙江抚臣查办外，臣谨恭折具奏，伏乞皇上睿鉴。谨奏。

---

① 据军机处录副奏折，朱批时间为嘉庆十七年二月初六日。

（朱批：）览。

嘉庆十八年十月十六日

（宫中朱批奏折）

G16(202、561)：中外关系-在华外籍人员事务（澳门、英国）

4.77　两广总督蒋攸铦等奏覆遵旨查明英人啁哃哝在澳多年尚无教诱勾通款迹折

嘉庆二十年正月二十八日（1815年3月8日）

两广总督臣蒋攸铦、广东巡抚臣董教增、粤海关监督臣祥绍跪奏，为遵旨查明覆奏，仰祈圣鉴事。

嘉庆二十年正月初八日接奉军机大臣字寄，钦奉上谕：蒋攸铦等云云。钦此。查此案先奉谕旨：近闻暎咭唎云云。钦此。仰见我皇上怀柔震叠，杜渐防微之至意。

臣等当即整饬洋行总商伍叙元、卢棣万等确切查覆去后。兹据覆称，查得暎咭唎夷人啁哃哝，曾于乾隆五十七年随同伊父副贡使，航海由天津入都进贡，彼时，该夷啁哃哝年仅十二、三岁。其贡船即于是年仍由海道回粤，贡使人等由内河回粤，乘坐原船归国。迨嘉庆四年，该夷啁哃哝复来粤贸易，因向来各国夷船贸易事毕，届回帆时，或货物未能售完，或账目尚未清结，酌留数人在澳守候，名为押冬。是年，啁哃哝即在澳押冬，至六年回国；又于九年来澳押冬，至十二年回国；又于十五年来澳押冬，至十六年回国；又于十九年由该国派令来澳充当三班，随同大班、二班经理贸易事务。盖大班、二班、三班系由该国派来专司买卖货物诸事，由大班经管，二班、三班仅系协同襄理之人。各国驻澳夷商于货船到齐时，禀请海关监督衙门发给牌照，进省贸易事竣，仍请牌照回澳，其人数、什物，填注牌内，往来皆可稽查。至夷商来省交易，在城外十三行居住，不准一人入城。如遇督抚新任，有由行商、通事转禀请见者，历任督抚或见或不见，并无一定，即或传见，均于大堂率同司道宣布皇仁，谕令公平贸易，从无私谒之事。该夷啁哃哝粗通汉话，兼识汉字，并不谙绘画，凡外夷在粤贸易多年，能通汉话者亦不止啁哃哝一人。该夷啁哃哝前后在澳数年，尚无不妥，亦无教唆勾通款迹。等情。臣等诚恐该行商所禀或有徇饰，复饬南海、香山两县就近切实密查，并由臣详（祥）绍覆加细访，均与行商伍叙元等所禀情形相同。

臣等伏查，夷人赋性不无狡黠，然航海远来，志在懋迁获利，如无内地奸匪串通教诱，断不敢别滋事端，而行商果皆妥实交易，两得其平，奸民自无可乘之隙。现经再四确查，啁哃哝尚无教唆勾通款迹，应请无庸查办。臣等仍督饬地方官及行商人等密访与夷人交结往来之汉奸，查出一案即严办一案，倘啁哃哝续有勾通款迹，亦即妥协筹计，请旨办理。总期崇中外之体，肃华夏之防，示之以清严,驭之以信义,俾免疑虑,而凛声威,以仰副我圣主廑念海疆、谆谆训诲之意。

除委员督饬洋行总商确查私欠夷账之乏商,分别筹议妥办,另折具奏外,所有查明呞咄哝现无教诱勾通款迹缘由,谨合词恭折附驿覆奏,伏乞皇上睿鉴训示。谨奏。

嘉庆二十年二月二十三日奉朱批:时加察访,毋忽。钦此。

正月二十八日

(军机处录副奏折)

G11(561):中外关系-交聘往来(英国)

4.78 直隶总督那彦成奏覆查照乾隆五十八年迎送英贡使成案预备迎接英贡使各项事宜折

嘉庆二十一年六月初三日(1816年6月27日)

直隶总督奴才那彦成跪奏,为钦奉谕旨,先行恭折覆奏,仰祈圣训事。

窃奴才于六月初一日承准军机大臣字寄内开,嘉庆二十一年五月二十九日奉上谕:董教增等奏,嘆咭唎国遣使入贡云云。钦此。遵旨寄信前来。奴才跪读之下,仰见我皇上德威远播,声教覃敷。

该嘆咭唎国王等自五十八年纳贡后,此次复输诚向化,遣使航涉重洋瞻觐天颜,圣圣相承,无远弗届,实为熙朝盛事。奴才曷胜欣忭,踊跃之至。所有到津筵宴赏劳,并照料一切事宜,仰蒙敕派奴才会同盐臣广惠妥协斟酌经理,益佩圣训周详、怀柔抚绥至意。奴才遵即移会盐臣,并飞札饬调天津镇祥启、天津道张五纬迅速回津,会同遴派能干员弁前赴海口,并带同熟悉引水人等,专司确探该国使船只信息。其天津镇道沿河催趱漕艘各务,另派文武大员驰往督率妥办。一面檄行两司详查五十八年照料该国使进京旧定章程。随查得:该国于五十八年遣使纳贡,头、二、三、四、五号夷船五只,行抵天津外洋抛碇,前盐臣徵瑞会同派委之天津道镇及副将等,饬令引道人等设法将夷船引至近口之拦江沙一道停泊,前盐臣徵瑞多备牛羊猪鸡、米面菜果,先行赏给。随据通事、头目人等禀称,拨贡小船需用三十余只,即于次日卸载进口。前督臣梁肯堂先已饬令天津县在大沽预备大公馆一所,并著通事询明来船若干只,贡使、随从及船户、水手、匠役若干名,守船者若干,进京者若干,贡物若干件,系何款项,其余贡使人等行李并船中带备余物共若干件,逐一译出汉字清折,令派委迎护之道员、副将查点,明白注册,将应起物件用小船运至公馆,搭配成扛,开单附奏。该国使卸载进口之日,天津镇臣多带员弁兵丁,列营站队,旗帜鲜明,甲仗精锐,海口一带及由大沽至通州沿途营房墩台,一律油饰整齐。维时,前督臣会同前盐臣,即于公所设备筵席,以礼款待。筵宴坐次,天朝官在东侧坐,该国使在西侧末坐，先行三跪九叩礼入宴，宴毕，复行三跪九叩礼谢恩。预备赏物，因在七月中旬，正使酌赏红纱二匹、绿纱二匹、色绫二匹、色绸二匹，头目减半，跟役人等每名赏给红布二匹、绿布二匹，通事每名赏给纱袍挂一副。所需戏席、犒赏各物，饬县按数垫办，事竣造册筹动司库闲款报销。当据通事等禀称，该国使船五只，起卸之后未能久泊洋面，拟即先回至浙江宁波珠山停泊等候，该国使事竣回抵该处开洋返国。等语。经前督臣奏准，行知浙江抚臣饬属指给空地，以便支立帐房，为守船、患病人等栖息。并据通事禀称，该国使仍由天津坐船抵通，由通州起旱前赴热河瞻觐，亦经前督臣奏准。并查明该国正贡〔使〕、副使二名，总兵、代笔、医生、天文生、副总兵官、管兵官、总管贡物官、听事官、正副贡使家人、吹乐匠作、管船官、杂役等四十八名，兵五十名，共一百名，俱随赴热河，开单具奏，钦奉谕旨。正副贡使品级较大，酌予肩舆，其承从员役，止须给车乘坐，所有沿途车马及抬送扛夫，按站应付，事竣造销。至留船看守官役、水手，头、二、三、四、五号船只共六百二十名，因系抵津卸载后仍驶至宁波珠山停泊，前督臣亦开明人数，奏准赏给米三百五十石、面二千斤、牛十只、羊二十只、猪二十口、鸡五十只、鸭五十只、茶叶二百斤、水菜十担、瓜果十担，以资接济。嗣该国使事竣，即自津起程，由内河水路行走，赴广东澳门附该国贸易便船开洋返国，并奉旨专派松筠等逐程护送。此五十八年该国使抵津后赏劳照料之旧章大概也。其贡物件数，奴才署中卷案及司署册档均未载入，奴才现又移会盐臣广惠，详查五十八年旧案，迅速知照，以凭参互酌定，分行各属早为预备。总期斟酌协宜，丰俭适中，按其到津之迟早，以定行走之徐速，不可稍有简略，亦不必过于繁缛，务俾该贡使欢欣感悚，仰副圣主体恤震叠之至意。

至广东抚臣派送通事一名，奴才飞檄沿途迎催，俟其到日带往天津，以备翻译之用。

再，海洋风信靡常，该使船到津，迟早未能预定，向闻海道船只，必先收泊山东登州海岸之庙岛，守候南风方能收泊天津大东沽海口。奴才现又移咨山东抚臣，并檄登州镇臣一体确探。

除俟探有该国使船到津确信，奴才即兼程驰赴天津照料，并会同盐臣查照旧案妥协预备外，谨将钦遵缘由，先行恭折覆奏，并缮旧案事宜清单恭呈御览，伏乞皇上睿鉴训示。谨奏。

嘉庆二十一年六月初五日奉朱批：钦此。

六月初三日

（军机处录副奏折）

G11：中外关系-交聘往来

4.79　广东巡抚董教增等奏报查探英贡船经过粤省洋面日期折

嘉庆二十一年六月二十八日(1816年7月22日)

兼署两广总督、广东巡抚臣董教增，粤海关监督臣祥绍跪奏，为查探暎咭唎贡船经过粤洋日期，恭折奏报，仰祈圣鉴事。

窃照嘆咭唎国王遣使输诚入贡，经臣等奏奉恩允，嗣因该国王以在粤贸易夷商呞哨咴谙习天朝礼节，派充副贡使臣随同入都，呞哨咴禀明出洋迎探贡船，附载同行，复经臣等将遵旨办理并查探筹办情形，会折附驿覆奏在案。臣等查，该夷商呞哨咴乘坐船只出洋迎探贡船，自系该贡船已距粤不远，当饬行文武周密查探。兹据署广州府澳门同知李沄、香山县知县马德滋、署水师提标参将吴绍麟先后禀报，探得六月十六日傍晚时候，老万山外香港洋面，有嘆咭唎国夷船数只停泊彼处。饬据洋商伍敦元等询据该国在粤夷商唲咖啲禀称，伊国王吁恳入贡，是以贡船来粤探听曾否奉到谕旨。夷商谨将仰蒙大皇帝恩旨允准寄信告知，贡船即于十九日开行，驶赴天津入都。贡船内有正贡使啰咡啊咹吐嚧、副贡使咴喱吋，连副贡使呞哨咴，一共三员。至进贡品物及随从人数并不知道。等语。臣等复饬确切跟探，嘆咭唎贡船大小一共五只，实已于本月十九日开行向东北驶去，似系经由浙洋驶往天津。

除飞咨直隶督臣、天津盐政、浙江抚臣查照外，所有嘆咭唎国贡船过粤日期，臣等谨合词附驿驰奏，伏乞皇上睿鉴。谨奏。

(朱批：)另有旨。

嘉庆二十一年六月二十八日

(宫中朱批奏折)

G11：中外关系-交聘往来

4.80　两广总督蒋攸铦等奏报英贡船抵粤遵旨核办缘由折

嘉庆二十一年八月初一日(1816年9月21日)

两广总督臣蒋攸铦、广东巡抚臣董教增跪奏，为恭奉谕旨，钦遵办理，及查有嘆咭唎贡船驶抵粤洋，现在核办缘由，恭折奏请圣训事。

窃照嘆咭唎国王敬遣使臣赍贡方物，节经臣等将查办情形先后奏蒙睿鉴。本年七月十八日，准军机大臣字寄，闰六月二十八日钦奉上谕：嘆咭唎国贡船，于本月初间行抵天津海口，贡使人等陆续登岸赴津，其原贡船五只，并船内官役、水手等五百八十余人，并未报明，忽于二十日放洋东去，可恶已极。著蒋攸铦、董教增、祥绍不时差探，一俟该贡船抵粤，即派委妥员，将其船只羁留，饬令安静守候贡使等到粤，仍乘原船归国，切勿疏懈。钦此。臣等遵即会同海关监督臣祥绍移行沿海文武，周密查探。兹据香山县知县马德滋等先后禀报，七月二十二日，探有嘆咭唎国大夷船一只，船名唫啲哰，据称即正贡船，驶回粤东伶仃外洋湾泊。又是月二十四日，有嘆咭唎原护送贡船之兵船二只，一名喇咁、一名㗎喇咈，驶抵粤东九湾角外洋寄碇。等情。臣等在委员查办间，又于七月二十七日准军机大臣字寄，七月初八日钦奉上谕：嘆咭唎国贡使到天津时，朕特派苏楞额、广惠前往赏给筵宴，该贡使谢宴时，即不遵行三跪九叩之礼。比至通州，又派和世泰、穆克登额前往责问，并令演习跪叩仪节，降旨于初七日带领瞻觐。届期该贡使等已到宫门，正贡使忽患重病不能行动，副贡使复称患病不能进见，该贡使等如此狡诈无礼，不能仰承恩赉，是以降旨将该贡使等即日遣回。派令广惠沿途伴送，由直隶、山东、江南、安徽、江西、广东水陆程途递送，登舟回国。其贡船五只，前由天津私自开行，即经谕知蒋攸铦、祥绍，俟该贡船抵粤，将其羁留，饬令守候贡使等到粤，仍乘原船归国。本日，据陈预奏称，闰六月二十三日早间，嘆咭唎贡船一只，到登州刚儿嘴寄碇，未刻驶至庙岛外洋等候后船四只，于二十五日开行赴江南交界。等语。嘆咭唎夷船已由山东放洋南去，不日可至粤东，该督抚等自各遵照前旨办理。该贡使等此次不能成礼，致令驳遣回国，倘罔知法度，潜于沿边海口窥伺，著各督抚饬知沿海文武，各将水师炮械勤加训练，并留心察探，此后如有嘆咭唎国夷船驶近海口，即行驱逐，不许停泊，亦不准一人登岸。倘夷船不遵约束，竟有抢掠情事，即痛加剿杀，或用炮轰击，不可稍存姑息。钦此。并准礼部恭录谕旨，以该贡使等已到宫门，忽俱患病，竟系无福承受天朝恩赉，著即日遣回，该国王表文，亦不呈览。其贡使回国入广东境，著派明山，并著蒋攸铦派总兵一员带领兵役接护。等因。咨行到粤。

臣等伏查，嘆咭唎国夷俗本不谙跪叩之礼，其行礼时，仅系去帽点头，或以手加额，即为恭敬仪节。惟贡使啰咡啊唉吐嚧等，既经该国王敬遣入贡，并荷特派大臣率令演习跪叩礼文，乃该贡使等已至宫门，忽俱患病不能成礼，诚如圣谕，竟系无福承受天朝恩赉。复蒙圣主如天之德，不加严谴，并敕伴送赴粤，乘坐原船回国，仰见天威震慑之中，仍寓怀柔体恤之意。臣等循环跪诵，钦服难名。现在据报该国贡船一只，及护送贡船之兵船二只，驶回粤洋，其兵船应照定例停泊鸡颈外洋，不许驶近内洋各海口岸（朱批：甚是）。其贡船即系货船，现饬委员确查，如系装载贡物原船，即拨引水，并遴委水师将备，将该船押赴内洋停泊，谨遵谕旨饬令安静守候，贡使到粤，乘坐回国。查，该国货船向系湾泊黄埔，该国经理贸易夷商，向系赁居澳门。该二处口岸，各国夷商错杂，现到贡船，未便令其停泊，以免别滋事端。从前乾隆五十八年贡船抵粤，湾泊蚝墩内洋，该处与黄埔、澳门均不毗连，此次由津驶回之贡船，俱可仿照成案办理，并派文武员弁多带巡船弹压巡逻，不准一人登岸及与外人私相交接，以杜勾串之弊。一俟贡使有抵粤信息，即饬臬司明山会同南韶连总兵何君佐驰赴交界处所，督带兵役接护到省，谕令该贡使等迅速乘坐原船回国，不使藉词逗遛。

至附近省垣之虎门海口，为各国夷船出入要隘，其香山、新安等县所属洋面，岛屿纷歧，而澳门为西洋人聚处之所，诚恐该嘆咭唎国夷情狡诈，或私行往来，或乘间登岸，不可不防其渐。

臣等现已酌调舟师,扼要防守,分头梭巡,其沿口炮台,亦各酌添弁兵,留心瞭探,务使旗械一律明淬,并不时演放枪炮,以壮声威。该嘆咭唎国夷人在粤贸易多年,藉资生计,怀德畏威,断不至有抢掠情事,倘竟不遵约束,臣等当遵旨痛加惩创,不敢稍有姑息,以仰副圣主垂廑海疆,有备无患之至意。

臣等谨合词恭折由驿覆奏,伏乞皇上睿鉴训示。谨奏。

(朱批:)怀远以德,仍按旧例赐宴遣归,为正办使臣无大咎,皆庸臣和世泰一人之咎,殊深愤懑。①

嘉庆二十一年八月初一日。

(宫中朱批奏折)

G11:中外关系-交聘往来

4.81 两广总督阮元等奏闻据传英贡船上年在海上被风损坏详情不明片

嘉庆二十三年九月十三日(1818年10月12日)※

臣阮元、臣李鸿宾跪奏。再,臣李鸿宾陛见时,面奉谕旨:阮元前奏,嘆咭唎贡船回国,中途遭风,自有来历,询明具奏。等因。臣阮元查,前奏系据署香山县知县钟英、香山县县丞周飞熊所面禀。适该员等先后因公来省,臣李鸿宾当即面为询问,据云,澳门夷人传言,嘆咭唎贡船上年回至一半途程之嘎喇吧地方,被风损坏,其敕谕、赏件,曾否救护完好,不知确情。等语。所言约略相同。

臣等查,遭风之事,在嘆咭唎自属讳不肯言,但澳门系大西洋人所居,且有咪唎㗎等国往来货船不绝,有事总不能瞒人耳目。周飞熊系久住澳门之县丞,钟英亦本系澳门同知,皆与澳门夷人近接,所言自属切实。臣阮元又曾面询洋商潘致祥等,亦皆言知其有在嘎喇吧损船之事,特不知其详细底里。

缘奉睿询,谨合词附片覆奏,伏乞圣鉴。谨奏。

(朱批:)知道了。

(宫中朱批奏折)

① 据军机处录副奏折,朱批时间为嘉庆二十一年五月二十五日。

G11(561)：中外关系-交聘往来(英国)

4.82　两广总督阮元题请核销广东护送英贡使出境所支兵丁口粮银两本

嘉庆二十四年二月十八日(1819年3月13日)

两广总督臣阮元谨题，为请销事。

据广东布政使司布政使赵慎畛会同广东按察使司按察使玉辂、两广盐运使查清阿、广东督粮道卢元伟详称，奉前任两广总督蒋攸铦、广东巡抚董教增札开，嘉庆二十一年七月十八日，准军机大臣字寄两江总督百龄、江苏巡抚〔胡〕克家、护理浙江巡抚额特布、两广总督蒋攸铦、广东巡抚董教增，传谕粤海关监督祥绍，嘉庆二十一年闰六月二十八日奉上谕：本年暎咭唎国遣使入贡，其贡船于本月初间行抵天津海口，嗣贡使人等陆续登岸赴津。其原贡船五只，并船内官役、水手等五百八十余人，并未报明，忽于二十日放洋东去。经苏楞额、广惠询问该贡使等，据称，船只先回粤东等候回国，未将缘故先行告知，是伊等不是。等语。该国夷人居心狡诈，虽称贡船驶往广东，恐于经过江南、浙江洋面时，又欲乘便在该二省海口收泊，俱不可不防。著百龄、胡克家、额特布预饬沿海口岸文武员弁，如该贡船驶至欲行停泊，即谕以该国贡使已奉大皇帝谕旨令由广东回国，该贡船应速往广东等候，此处不准停迫(泊)。传谕后即饬令开行，不准一人上岸，断不可令其寄碇逗留，先行具奏。并著蒋攸铦、董教增、祥绍不时差探，一俟该贡船抵粤，即派委妥员将其船只羁留，饬令安静守候贡使等到粤，仍乘原船归国，切勿疏懈，又似在天津时纵令私自开行，以致办理诸多窒碍也。将此谕知百龄、胡克〔家〕、额特布、蒋攸铦、董教增，并传谕祥绍知之。钦此。等因。

同日并准礼部咨，主客司案呈，嘉庆二十一年七月初六日奉上谕：此次暎咭唎国遣使入贡，其使臣瞻觐宴赍事竣，遣令回国。著于通州乘船，由运河行走，经过山东、江苏，浙(溯)江而上，由安徽、江西过大庾岭，至广东澳门放洋，已派苏楞额、广惠沿途照料。所有经过各省，直隶著派臬司盛泰、山东著派藩司和舜武、江苏著派藩司陈桂生、安徽著派臬司敦良、江西著派臬司玉辂，各于入境接护，至出境交替。并著该督抚于副、参将内酌派一员，带领弁兵随同派出之藩臬司按程护送弹压。该贡使出境后，该藩臬各将行走照料情形，自行具奏一次。广东著派臬司明山，并著蒋攸铦派委总兵一员，带领弁兵，于交界处接护，至该贡使登船后，该督抚专折奏闻。钦此。

初七日，又奉上谕：本日暎咭唎国贡使瞻觐之期，正贡使罗耳阿美士德已到宫门，忽染重病不能行动，副使亦俱患病，竟系无福承受天朝恩赍。该贡使等著即日遣回，该国王表文亦不必呈览，其贡物俱著发还。所有该贡使行程及沿途伴送弹压之处，仍遵照前旨行。钦此。钦遵到部。相应知照两广总督遵照办理可也。等因。

又奉前任两广总督蒋攸铦札开，嘉庆二十一年九月十五日，会同广东巡抚董教增附片具奏，嘆咭唎国贡使由粤回国，调拨师船兵丁防范，加给口粮缘由一折内开，再，嘆咭唎国贡船一只、护贡兵船二只，由天津驶抵粤洋，经臣等饬令，分别湾迫（泊），酌调舟师，并饬沿海炮台弁兵分头弹压防范，业经先后奏请圣鉴在案。

伏查，东西洋面，分中路、东上、东下、西上、西下五段，各有统巡、总巡、分巡员弁，管带米艇、捞罾船巡缉。今嘆咭唎贡船回粤，应多派师船联络，以壮声威。查中路洋面香山县鸡颈一带外洋，为护贡兵船停迫（泊）之所，距澳门夷商聚处仅六十里。又新安大屿山、万山等处洋面，系入粤门户。东莞县虎门口，附近省垣，为全粤保障，与校椅湾、沙角山、横档一带，均系出入要隘。现已酌调东西路米艇十七只、捞罾三只，同中路米艇二十四只、捞罾六只，分派各处，或分头巡缉，或联帮防范，均命炮械具足，旗帜鲜明，以肃观瞻而壮声势。从前洋面未靖，师船分配兵丁七八十名不等，近年来只于照常巡缉米艇每号配兵四十六名，捞罾每号配兵二十七名。今示以兵威，自应加配足数，大船每号加配兵三十四名，中船加配二十四名，小船加配十四名，捞罾加配八名。各师船配拨兵丁，常川在洋，向于月饷之外每月另给银五分，在于关盐盈余留粤捕盗项内动支给领。此次加配兵丁，应请一体支给，以到船之日起支，离船之日截支，以免向隅。再，镇远、南山、横档、沙角、万山、大屿山等处炮台，均关紧要，俟贡使将次到省，一律添兵防守，用昭严肃，并于内河多拨巡哨、桨船，往来巡察，以杜绝夷人上岸及奸民勾串等弊。所有津贴炮台加兵口粮，为日无多，现已筹款捐办，毋庸开销。除将师船加配兵丁口粮饬司先行支给，俟事竣核实造册，详请咨部核销外，理合附片奏闻，伏乞睿鉴。谨奏。今于嘉庆二十一年十二月十六日奉到朱批：览。钦此。等因。

查，嘆咭唎国贡使业已据报放洋回国，兹钦奉前备札司道移行钦遵查照，迅将前项师船加配兵丁口粮分晰造册，由司核实汇造，详请咨部核销。等因。除移行将前项师船加配兵丁口粮造册送司汇造，详请咨销外，合将本案动支口粮奏奉朱批缘由，先行录案，详请咨部查照在案。迨于嘉庆二十二年七月二十九日，奉前任两广总督蒋攸铦案验嘉庆二十二年七月二十三日准户部咨，广东司案呈，准两广总督蒋攸铦咨称，窃照嘉庆二十一年九月内会奏嘆咭唎国贡使由粤回国、调拨师船兵丁防范、加给口粮一折，奉朱批：览。钦此。除移行将师船加配兵丁口粮造册咨销外，相应先行咨达。等因前来。查嘆咭唎国贡使由粤回国，应给粤省师船加配兵丁口粮银两，仍令该督转饬即行据实造册报部核销，并将动支何款银两逐一分晰报部核办。等因。咨院行司道。奉此，依经先后移行沿途、沿海文武各官，钦遵办理在案。兹准各协营造送嘉庆二十一年八月内奉调师船添配兵丁，以到船日配至十二月十二日嘆咭唎贡使乘坐原船放洋回国，十三日撤令回营，支至该贡船放洋日止，各协营米艇调赴虎门等处防范，支过添配兵丁口粮银两，分别船号名数，列册请销前来。除将原奏及奉准咨行备列册首外，该广东布政使司布政使赵慎畛、广东按察使司按察使玉辂、两广盐运使查清阿、广东督粮道卢元炜会看得，嘆咭唎国遣使入贡，该贡使京旋，由粤乘坐原船回国，沿途行走，钦奉谕旨：著派各省藩臬司按程护送弹压，照料该贡使出境。钦此。当奉奏派调拨师船五十号，大号添兵三十四名，中号添兵二十四名，小号添兵十四名，捞罾船添兵八〔名〕，加给口粮，在于虎门等处一带外洋，分头巡缉，联帮防范。钦奉朱批：览。钦此。续经录案详请咨部，奉准部覆遵照。等因。依经先后移行遵照办理在案。

兹准碣石等镇协营将嘉庆二十一年八月内奉调师船，添配兵丁，前赴虎门等处防范，支过米艇、捞罾船添兵口粮银两，分别船号名数，列册请销前来。查核册开，支给大中小米艇并捞罾船共四十二只，添兵一千一百三十六名，共支口粮银六千四百三十两，核与章程，应支数目悉属相符，业经照数在于关盐盈余项内支给，相应分别查照汇造支销细数及添兵花名各册，详送会核，题咨核销。等由。连册到臣。

该臣看得，嘆咭唎国遣使入贡，该贡使京旋，由粤乘坐原船回国，沿途行走，钦奉谕旨：著派各省藩臬司按程护送弹压，照料该贡使出境。钦此。先经前督臣蒋攸铦奏派调拨师船五十号，大号添兵三十四名，中号添兵二十四名，小号添兵十四名，捞罾船添兵八名，加给口粮，在于虎门等处一带外洋，分头巡缉，联帮防范。钦奉朱批：览。钦此。续经前督臣蒋攸铦录案咨准部覆，当经先后转行遵照办理。前据广东布政使赵慎畛等详称，准碣石等镇协营将嘉庆二十一年八月内奉调师船、添配兵丁，前赴虎门等处防范，支过米艇、捞罾船添兵口粮银两，分别船号名数，列册请销到司。查核册开，支给大中小米艇并捞罾船共四十二只，添兵一千一百三十六名，共支口粮银六千四百三十两，核与章程应支数目悉属相符，业经照数在于关盐盈余项内支给，相应分别查照汇造支销细数及添兵花名各册，详送会核，题咨核销。等因前来。臣覆核无异。

除册送部查核外，臣谨会同广东巡抚臣李鸿宾合词具题，伏乞皇上睿鉴，敕部核覆施行。谨会题请旨。

嘉庆二十四年二月十八日奉旨：著交军机大臣会同户部查核具奏。钦此。

（军机处录副奏折）

G12(202、341)：中外关系-安置难民(澳门、菲律宾)

4.83　两广总督阮元奏报抚恤吕宋国遭风难夷搭船回国折

道光三年四月初二日(1823年5月12日)

两广总督臣阮元跪奏，为闽省递到吕宋国遭风难夷，照例抚恤，搭船回国，恭折奏闻事。

窃准福建抚臣咨会，据台湾府详报，吕宋国难夷阿牛食顶立务懒等十七名，驾船出洋买卖，遭风漂泊闽省，奏明照例恤给口粮，护送至粤，询明遇有吕宋便船，附搭回国。等因。旋据闽省将难夷阿牛食顶立务懒等十七名递到，当经转饬译讯明确，递送香山县，妥为安顿，俟有便船，附搭回国去后。兹据藩臬两司详，据广州府转据南海县传同通事译讯该难夷阿牛食顶立务懒等十七名，俱供驾船出洋，往该国内骂悦地方买卖谷食、货物，遭风漂泊台湾洋面，与在闽所供无异。照例恤给口粮，派委员役，递送香山县，交澳门夷目收领，搭船回国。随据香山县申报，难夷内黎吻朵苏仔一名在途身故，验明捐棺收殓，其余十六名一并护至澳门。适澳内有明咗嘛嗄船往哥斯达贸易，该难夷等即搭该船，于道光三年二月二十七日开行回国。哥斯达去吕宋不远，可以转搭回国，各难夷归心甚切，众皆喜悦。等由。

除咨明户、礼二部暨福建抚臣查照外，所有闽省递到吕宋国遭风难夷，讯明饬交夷目收领，搭船回国缘由，理合恭折具奏。伏乞皇上圣鉴。再，广东巡抚系臣兼署，毋庸会衔，合并陈明。谨奏。

道光三年五月初九日奉朱批：知道了。钦此。

四月初二日

（军机处录副奏折）

G16：中外关系-在华外籍人员事务

4.84 两广总督阮元等奏报查办大小西洋争派澳门地方之番差兵头情形折

道光三年六月十八日（1823年7月25日）

两广总督臣阮元、广东巡抚臣陈中孚跪奏，为奏闻事。

窃照在粤贸易大西洋夷人，住居澳门地方，该国自设番差、兵头等官，番差管辖番众，如内地文员；兵头管辖番兵，如内地武员。上年，闻澳门众夷因番差、兵头亏缺库项，径将番差等驱逐，自立番差、兵头，臣等以外夷之事，应听该国自为办理。本年五月，据澳门同知等具禀，五月初八日，有小西洋巡船一只，船内夷兵连水梢共二百余名，寄泊鸡颈外洋，遣通事询问。据称，因上年澳夷驱逐番差、兵头之事，小西洋总管官给发牌照，派令来澳查办。臣等查得小西洋系大西洋多年分置之部落，虽向来管辖澳夷，但不应配兵来粤。当经饬行文武，催令竣事开行去后。随据夷船船主及旧番差缮具禀函，交洋商赴臣阮元、臣陈中孚及将军、粤海关衙门分递。据称，住澳夷人不收牌照，不遵号令，欲登岸与之争论，恳求查察。等情。并经将军臣弘善、粤海关监督臣达三将夷禀移咨臣等查办。臣等以系夷人自行查办之事，内地本可不必过问，而澳门则系天朝境地，不容该夷等稍有妄为，且内地洋面亦不容夷船久泊。经委广州府知府钟英、署督标中军副将苏兆熊前往查问，饬令将公事速为理明，即速开行回国。兹据钟英等回省禀称，督令澳夷拆阅夷船带来小西洋总管牌照，系欲旧番差回任，并另派数人来粤分理。询据夷船船主回称，小西洋较大西洋路近，故闻知上年之事即先来粤，而澳夷则称，澳门兵头虽向由小西洋派来，其番差应由大西洋派来，且上年已禀知国王，应候国王谕到办理，不愿遵小西洋牌照。等语。该委员等遵照临行时臣等面谕，传谕夷船船主：尔等此来，既无国王示谕，致澳夷以此为词，尔等应回国请示国王再办，总以国王之谕为准，毋许争执。该夷人俯首听从，情愿回国。现据文武具禀，该夷船已由鸡颈外洋驶出大鹏外洋，候风长行。谨将臣等据禀办理缘由，会同将军臣弘善、粤海关监督臣达三恭折奏闻。

再，驻澳旧兵头上年被逐之后，已搭船回小西洋，其旧番差尚未回国，意欲静候该国消息。臣等查该番差虽非国王罪谴之人，但既未在澳理事，未便再住内地，现饬另搭便船回大西洋，听候该国王示谕。合并陈明，伏乞皇上圣鉴。谨奏。

（朱批：）知道了。

道光三年六月十八日

（宫中朱批奏折）

G16：中外关系-在华外籍人员事务

4.85　两广总督阮元等奏陈饬谕小西洋人嗣后无须带领多船来粤片

道光三年六月十八日（1823年7月25日）

臣阮元、臣陈中孚跪奏。

再，澳门地方，在省城之南二百余里，系明代租给大西洋夷人居住贸易，岁收地租五百余两。该夷自将余地盖屋，转租与汉人开设铺面，及暎咭唎各国在粤贸易之人。澳内男夷一千余名，女夷二千余口，夷兵二百余名，在西洋诸国中为弱。此次驱逐番差、兵头，系澳中夷商主持，众夷之心向背不齐，并闻大西洋国中事权亦不归一。该国王接禀后，或责其专擅，或竟准其换立，或先已准换后又反覆，此皆该国之事。惟澳门系天朝地界，不比在该国本境，可以听其任意争哄。且嘉庆十三年，暎咭唎曾有图占澳门之事。若澳夷与小西洋自生衅端，设有争执，恐暎咭唎从中觊觎，冀收鹬蚌之利。臣先已饬令委员谕知小西洋夷人，晓以天朝法度，设来年奉有国王示谕来粤，无须带领多船。将来到后，亦不许其多人登岸，总当两边妥为弹压，不使争竞，以仰副圣主柔怀远人，恩威并用，绥靖海疆之至意。

再,小西洋在中国之西,距广东路程约三个月,自小西洋至大西洋又四个月。

澳中民夷现俱安静,谨再附片密陈,伏乞圣鉴。谨奏。

(朱批:)所见是,随时妥为料理可也。①

道光三年六月十八日

两广总督阮元

(宫中朱批奏折)

G16:中外关系-在华外籍人员事务

4.86 两广总督阮元等奏报澳门夷人仍接小西洋兵头登岸缚禁擅立之兵头现在夷情安静折

道光三年九月初七日(1823年10月10日)

两广总督臣阮元、广东巡抚臣陈中孚跪奏,为澳门夷人仍听小西洋兵头登岸,将前次擅立之兵头缚禁,现在夷情安静,恭折奏闻事。

窃照大西洋驻澳夷人,将原设旧番差、兵头驱逐,自立番差、兵头,并因小西洋差人来粤查办,不容登岸。经臣等委员饬查,饬令小西洋兵头暂行回国,听候大西洋国王示谕,该兵头情愿候风开行,臣等业将情形会折奏陈圣鉴在案。

臣等拜折后,访闻上年驱逐旧番差、兵头及此次抗阻小西洋牌照,俱系澳中擅自立为兵头之喉唓吒一人为首把持。臣等委员查询之时,澳中晓事夷人因恐仓卒争角,未经出见,其实众人均以喉唓吒为非。至小西洋兵船开出外洋之后,因无北风顺风,且避粤洋秋飓,仍暂在大鹏外洋山岛抛泊。兹署澳门同知金锡鬯访知,喉唓吒胁从之人,日久均生悔悟,遂有老成夷人密商,愿接小西洋兵头登岸,将喉唓吒圈禁。据番通事赴官密禀,小西洋兵头于十八日乘坐澳夷小船至澳,将喉唓吒一人拿获,其余概不株连,并将原带夷兵七十余名派赴各炮台,分别易换。又另差夷目,投递夷禀,内称:澳中明理之人,知前日抗违为非,仍照向例受小西洋管辖,将前此倡祸者监禁,候解大西洋国王审办,共赖天朝福庇,普赐平安,伏乞转禀。等语。该同知亲赴澳中查察夷情,俱各顺从,其各番目印信,据称交番僧收贮,俟国王谕到遵办。臣等遴委熟谙夷情之候补通判周绍蕙前往覆查,与该同知访查情形相同,联衔会禀前来。

---

① 据军机处录副奏折,朱批时间为道光三年七月二十九日。

查澳夷易换番差等事，向听该国自为办理，前次喉嗟吒不容小西洋兵头登岸，臣等恐其争角滋事，是以委员饬查弹压，并将情形奏闻。兹该夷已将抗违之人拿获候解，系属正办。且番目印信，该夷等不敢擅自开用，另行收贮，候该国王示谕，亦属小心。臣等连日访察，澳中民夷贸易如常，情形极为安贴。

除小西洋兵头乘坐原船，仍催令俟风顺开行外，理合会同将军臣弘善、粤海关监督臣达三恭折奏闻，伏乞皇上圣鉴。谨奏。

(朱批：)知道了。①

道光三年九月初七日

(宫中朱批奏折)

G16：中外关系-在华外籍人员事务

4.87　两广总督阮元等奏报饬令夷商传谕哑啉国夷船暂行停泊候旨折

道光四年八月十九日(1824 年 10 月 11 日)

两广总督臣阮元、广东巡抚臣陈中孚、粤海关监督臣七十四跪奏，为请旨事。

窃臣阮元、臣陈中孚据澳门同知具禀，据引水人报称：八月初四日，有小西洋夷船一只，来至零丁洋面寄碇，当向查问。据该船主称说，伊名吱嘜噗哼，系哑啉国夷船，载有胡椒、槟榔等货，来粤贸易。船上商梢六十名，船身式样及夷人面貌、语音与港脚夷商相似，祇(只)有旗号略异。该国从前并未来过，不敢擅自带引进口。等语。该同知饬令通事传询澳门夷商，与引水所报无异，禀请示遵。等情。臣七十四并据澳门税口委员禀报相同。臣等当即谕饬洋商查明，哑啉距中国若干洋程，与何国相近，是否从前改名之哦啰嘶；该船既系初次来粤，海道因何熟悉，系何国导引；又该国有无国主，此次船货是否该国遣令贸易，抑夷商自行合伙。逐一查明，禀覆核办去后。兹据禀称，遍询在粤各国大班，佥称该国在中国西南方，与港脚及嗌咪地方相近，距广东洋程计四十余日，实非从前哦啰嘶改名。缘西洋诸国俱习星宿，罗盘定向即可行船，无须导引，该国原有国主，今吱嘜噗哼船系夷商各自合伙前来，并非国主遣令贸易。等语。禀覆到。

臣等恭查，嘉庆十年有哦啰嘶国商船二只，改名咯咟国来粤，经前监督延丰具奏，钦奉谕

① 据军机处录副奏折，朱批时间为道光三年十月十三日。

旨：将来澳门等处，如再有此等外洋夷船向未来粤者，其恳请贸易之处，断不可擅自准行，总当详细询明，暂令停泊，一面奏闻，候旨遵行。等因。钦此。彼时，嘧咟二船因先已进口易货回国，不及驳回，复经接任督臣吴熊光奏奉上谕：此次姑著准其贸易，嗣后不得擅与通市。等因。钦此。今哑咻国啵嗾噗咘船经臣等饬查，系小西洋白帽回夷之类，并非哦啰嘶国改名，但从前并未来过，应否遣令回国，不准贸易，抑或准其贸易，或以该夷远涉重洋，此次暂准易货回国，嗣后不准再来通市之处，伏候谕旨施行。

除饬令洋商传谕该船暂行停泊候旨外，臣等谨合词恭折由驿具奏，伏乞皇上圣鉴训示。谨奏。

(朱批：)另有旨。[1]

道光四年八月十九日

(宫中朱批奏折)

G16(202)：中外关系-在华外籍人员事务(澳门)

4.88 管理西洋堂事务敬征奏请恩准西洋人高守谦回国终养折

道光六年九月十二日(1826年10月12日)

管理西洋堂事务奴才宗室敬征谨奏，为据情代奏，仰祈圣鉴事。

据钦天监左监副西洋人高守谦呈称：窃职于嘉庆九年来京当差，十三年授为左监副，本应报效，奈职老母现年七十八岁，举目无亲，职又隔九万里，每念老亲终日倚门之望，甚为可怜，使职身心两地，旦夕不安，恳乞赏假回国，俾得终养亲年。等因。呈递前来。

奴才查，嘉庆十年效力西洋人慕王化，因思念父母患病，呈请告假，回国省亲，经管理西洋堂事务、步军统领禄康等代奏，奉旨：效力西洋人慕王化现在患病，著准其回国，并著该管大臣等即传知慕王化，伊于调理就痊后，亦不必再行来京，所有经过各地方，均著派员带同前往，不可任其沿途逗遛，与人交接，致滋事端。钦此。钦遵。办理在案。

今钦天监左监副西洋人高守谦，自嘉庆九年来京，于十三年授为左监副，现因亲老呈请回国终养，理合据情代奏，可否准其回国之处，出自皇上天恩。如蒙俞允，请旨饬下顺天府，委员将高守谦伴送至直隶保定府，由直隶、山东、江南、江西、广东各督抚一体委员接替伴送至广东

---

① 据军机处录副奏折，朱批时间为道光四年九月十二日。

澳门，交与两广总督妥为料理，令其即回西洋本国，毋许逗遛。

俟高守谦自澳门起程时，由两广总督缮折具奏，以备稽查。奴才未敢擅便，为此，谨奏。请旨。

道光六年九月十二日

（军机处录副奏折）

G16：中外关系-在华外籍人员事务

4.89　两广总督李鸿宾奏报已护送西洋人高守谦至澳交夷目收领遇便搭船回国折

道光七年六月初二日（1827年7月25日）

两广总督臣李鸿宾跪奏，为监副高守谦行抵粤省，仍护送由省起程，已交澳门夷目收领，俟遇便即搭船回国缘由，遵旨恭折具奏，仰祈圣鉴事。

窃臣接准部咨，钦奉谕旨：钦天监左监副高守谦，因母年老，呈请终养，著加恩准其回西洋本国。该管大臣即传知高守谦，伊终养事毕，亦不必再行来京。著顺天府及沿途各直省督抚，一体委员接替伴送，毋任在途逗遛，与人交接，致滋事端。俟至广东，交该督妥为料理，催令起程，即行具奏。等因。钦此。并准西洋堂办事大臣，将高守谦携带人数列册移咨前来。臣当即派委坐补廉州府同知王继嘉、署南雄协中军都司汤继新，前往南雄州入境首站接护去后。兹据该委员等禀称，伴送高守谦，于本年五月二十九日到省，沿途并无逗遛及与人交接滋事。惟高守谦因途中染患暑疾，在省延医，妥为调治，近始痊愈。即于闰五月二十五日由省委员伴送起程，已于三十日行抵澳门，交夷目唦嚟哆收领，取具该夷目领状，俟有便船即令附搭回国。等情。并据藩司具详前来。

除查明高守谦随从人役十四名，已饬令各回原籍，自谋生理，毋许携带出洋外，所有护送高守谦抵粤赴澳日期，谨遵旨恭折具奏，伏乞皇上圣鉴。谨奏。

（朱批：）该衙门知道。①

道光七年六月初二日

（宫中朱批奏折）

① 据军机处录副奏折，朱批时间为道光七年七月十二日。

G12：中外关系-安置难民

4.90 两广总督李鸿宾等奏报委员将日本国遭风难夷送赴浙江附搭便船回国折

道光九年七月初九日(1829年8月8日)

两广总督臣李鸿宾、广东巡抚臣卢坤跪奏，为日本国遭风难夷来至粤省，委员送赴浙江，搭船回国，恭折奏闻事。

据署广东广州府海防同知鹿亢宗、香山县知县刘开域禀报，据澳门西洋夷目唦嚟哆禀称，本年五月初一日，有澳额第十四号小吕宋船一只，带到日本国难夷长重郎、重五郎、万藏、长煦、八五郎、归治郎、笏吉、煦治郎、佐煦、德藏、竹三郎、仪兵卫、万煦等共十三名，并无货物。因该船在小吕宋地方遭风搁烂，经吕宋船主吗喏嗝嘶哒著令三板船救起，随带来澳，恳请觅船附搭回国。等情。随即传同通事提讯，该难夷言语不通，询之该夷目，据称澳地仅有西洋通事，不谙东洋言语，无从译释。因查该难夷既有姓名说出，何以言语难通，询之通事人等，称系约略其音开报，究不知实在名字，惟令其比对手势，察看情形，实系遭风失水，等情前来。当经檄饬将该难夷派员护送来省，臣等督同藩司阿勒清阿，饬令南海县传同洋商通事，向该难夷再三查讯，实属言语不通，难以讯取供词。给与纸笔，令其书写，内有仪兵卫一名，仅能写日本及年岁、数目等字，细察服色，系该国难夷无疑。查广东向无赴日本国贸易商船，无从由本省遣送回国。惟查嘉庆十八年暨二十年，有日本国难夷遭风漂流到粤，经前督臣蒋攸铦先后奏明，委员护送浙江，交乍浦同知收管、附便搭送回国在案。此次日本国难夷长重郎等，遭风经吕宋船拯救到粤，事同一律，自应查照向办成案，即为资送回国，以仰副圣主怀柔远人至意。

除饬行按名酌予赏恤，并照例支给口粮、菜薪、银两，委员送至浙江，附搭便船回国。并咨明浙江抚臣外，臣等谨缮折具奏，伏乞皇上圣鉴。谨奏。

(朱批：)知道了。

道光九年七月初九日

(宫中朱批奏折)

G16(202、561)：中外关系-在华外籍人员事务(澳门、英国)

4.91 广州将军庆保等奏报严饬英国大班啲吓速将番妇押往澳门等情折

道光十年九月十二日(1830年10月28日)

广州将军臣庆保、两广总督臣李鸿宾、广东巡抚臣卢坤、粤海关监督臣中祥跪奏，为奏闻事。

查各国夷人航海来粤交易货物，每年春夏皆寓居澳门，至秋冬间，因出进货物均在省城洋行交兑，即移住省中夷馆。其随带番妇，向只准居住夷船，乾隆十六年始准寄住澳门，仍不许携带进省。迨乾隆三十四年，有暎咭唎国夷商啡哐，私带番妇来省居住，经将该番妇押往澳门，出示严禁，现尚有案可查。三十四年以后，传闻间有私携番妇来省，或潜住数日，无人知觉，旋即回澳，此则无案可稽。本年春间，访有番妇到省潜住之事，正在谕饬洋商驱逐，即已回澳。现在暎咭唎国大班啲唦复携带番妇来至省城，到公司夷馆居住，又该夷商由船登岸，坐轿进馆。经臣李鸿宾谕饬洋商，即将番妇驱令回澳，并嗣后夷商进馆，不许乘坐肩舆。随据该大班等赴臣等四衙门各递禀函，恳求番妇住馆，准令乘轿，禀内文义本不明晰，词语亦多不逊，均经臣等严行驳斥，谕以仍遵旧制，毋得稍违。该大班等因闻外间讹言，有派兵围逐夷商番妇之说，心怀疑畏，通信黄埔湾泊各夷船，令水手百余人，乘夜将炮位数座及鸟枪等件收藏小船舱内，偷运省城夷馆，随经营汛访知禀报。臣等即一面密饬水陆各营将弁，不动声色，严加防范，并切谕府县暨委员等，分派妥役留心稽查弹压，毋许内地汉奸勾串教唆，播弄滋事，免致商民惊疑；一面饬令洋商通事等严诘该夷，何以私运炮座等物至馆，其意何居。据称，实因闻得即日派兵将夷人番妇一并撵逐，一时惶惧，情急将船上随带防身枪炮，夜间运来，实不知炮位系不准携带之物。等语。

臣等伏查，该夷等乘坐三板小船上省下澳，向准其携带鸟枪二三杆以防盗贼，固属不禁，若船上炮位，历来不准移至省馆，又经严饬该夷速将炮位、鸟枪刻即运回本船，水手人等速归黄埔。阅日该夷等将鸟枪搬去，水手散回，惟炮位尚藏放夷馆门内，并浼洋商代求稍宽时日，再令番妇回澳。臣等以该夷啲唦始则私带番妇住馆，继复潜运船中炮械预防围逐，均属擅违旧制，狂悖妄为。现仍严饬，即日速将番妇押往澳门，存留炮位悉运回各船防守。如果遵办无违，臣等仰体圣主怀柔之意，仍准其如常贸易，倘敢延抗，即遵照上年谕旨，严行驱逐，绝其贸易，大加惩办，断不敢稍从迁就，致长顽夷刁风。

臣等伏思，夷人此次违禁之咎，尚不至遽加以兵。但该夷素本不驯，性情叵测，倘须示以兵威，臣庆保即当酌派八旗水陆官兵，会同臣李鸿宾所派官兵妥协办理，再行由驿具奏。事因交涉外夷，有关国体，不敢不据实陈明，谨会同右翼副都统臣兴住合词密奏，伏乞皇上圣鉴。谨奏。

道光十年十月廿四日奉朱批：另有旨。钦此。

九月十二日

（军机处录副奏折）

G16(202、561)：中外关系-在华外籍人员事务(澳门、英国)

4.92 两广总督李鸿宾密奏严饬地方官及洋商将番妇押往澳门并省会一切安静情形片

道光十年十月二十九日(1830年12月13日)

再，前因暎咭唎国大班啣啡，携带番妇住省，误听讹言，潜运炮械，预防围逐，业经臣会同广州将军臣庆保、抚臣卢坤、粤海关监督臣中祥密折陈奏在案。一面谆饬洋商等严切传谕该夷，速将炮位运还本船，番妇押送回澳。

旋据南海县及洋商伍受昌等禀报，该夷初不知炮位运省有干禁令，现闻严谕，已知凛畏，遵将大铜炮二座、小铜炮三座，俱搬回黄埔各船，惟番妇尚藏匿夷馆。据洋商等禀称，该啣啡云：伊因素患痰疾，屡发未愈，现需番妇调护，悬俟稍愈，遣令回澳，不敢逗留。等情。臣仍严饬地方官及洋商人等，谕令即将番妇押往澳门，断不许藉词延缓，如再狡展，仍即饬令不准开舱，绝其贸易，以儆刁顽。

自该夷运炮来馆之日以至于今，省会各商夷交易如常，民情极为安贴，毫无惊扰，谨会同广州将军臣庆保、粤海关监督臣中祥附片陈明，伏乞圣鉴。臣谨密奏。

道光十年十月廿九日奉朱批：知道了。

(军机处录副奏折)

G16(202、561)：中外关系-在华外籍人员事务(澳门、英国)

4.93 广州将军庆保等奏请严切晓谕英国新任大班及各国夷人恪遵天朝禁令片

道光十年十一月十七日(1830年12月31日)※

臣庆保、臣李鸿宾、臣朱桂桢、臣中祥跪奏。

再，前会奏暎咭唎国大班啣啡，携带番妇至省城夷馆居住，又该夷商由船登岸，坐轿进馆，因误听讹言有带兵围逐之说，心怀疑畏，将船中炮位鸟枪偷运省城夷馆一事，于本年十一月十四日接准军机大臣字寄，钦奉上谕：向例番妇不准来省居住，夷商不准坐轿进馆，其携带鸟枪炮位，止系外洋备防贼盗，尤不得私运进城。今该夷等擅违旧制，庆保等务当严切晓谕，令其遵守旧章，嗣后不得稍有违犯，致干禁令。倘仍敢延抗，即当设法驱逐，示以创惩。亦不可稍从迁就，总须酌筹妥办，于怀柔外夷之中，仍不失天朝体制，方为至善。等因。钦此。

查前次具奏后，该夷啲哪颇知悔惧，越日即将大小铜炮逐一运回各船，其番妇亦回澳门，经臣李鸿宾会同臣庆保、臣中祥节次附片奏明在案。

臣等细加访察，该国夷人固皆顽蠢，而大班啲哪尤甚，每有违拗之处，多系啲哪妄逞意见。现在该国已另选大、二、三班来粤更换，即将啲哪撤去。臣等查询其故，据洋商回称：闻上年啲哪屡递禀，妄希更改贸易旧章，强令各船延不进口，夷货多遭霉烂，该国已知啲哪等自累情形，是以将其撤回。等语。

臣等伏查，夷人贪利狡黠，不独啲哪为然，虽啲哪现已撤去，难保后来更替各夷，不复妄生计较，惟有随时稽察，严切晓谕，嗣后务令暎咭唎国大班及各国夷人，一体恪遵天朝禁令，共安交易之常。倘敢再有抗违，即当遵旨设法驱逐，严行创惩，断不敢稍从迁就，以肃体制而儆蛮顽。理合会同附片覆奏，伏乞圣鉴。谨奏。

道光十年十二月二十三日奉朱批：知道了。钦此。

（军机处录副奏折）

G16(202、561)：中外关系-在华外籍人员事务(澳门、英国)

4.94　两广总督李鸿宾奏报英国大班啲哪已遣令番妇开船回澳片

道光十年十一月二十二日(1831 年 1 月 5 日)

再，暎咭唎国大班啲哪携带番妇潜住省城夷馆，并将存船炮械运至馆中以为防护，当经严切谕饬，该夷已将炮械载运回船，惟番妇尚藏匿夷馆，业经两次奏明，尚未奉到批谕。

兹据洋商禀报，该夷于本月十六日，已遣令番妇开船回澳。等情。臣查该夷以梼昧无知致违禁令，今既自知悔惧，遵将番妇遣回澳门，自应仰体圣主怀柔远人之意，姑免深究。如此后再敢违犯，必当严加惩办，以戢蛮顽。谨会同广州将军臣庆保、粤海关监督臣中祥附片具奏，伏乞圣鉴。谨奏。

道光十年十一月二十二日奉朱批：知道了。钦此。

（军机处录副奏折）

G215(202、561)：中外关系-驻军(澳门、英国)

4.95　工部右侍郎赛尚阿奏陈未闻澳门外有设险屯兵情事并现在行抵衡州府境等情折

道光十四年十一月十三日(1834年12月13日)

奴才赛尚阿跪奏，为遵旨奏闻事。

窃奴才率同随带司员刑部郎中阳金城，自广西水驿起程，于十一月十一日行抵湖南祁阳县境，承准军机大臣字寄，十月二十五日奉上谕：有人奏，广东省澳门地方，距省城三百余里，向有夷商携眷寄住，已历二百余年。各国夷人恭顺奉法，惟暎咭唎夷情狡悍，该夷等于澳门自筑炮台六座：曰东望洋炮台，置炮七位；曰西望洋炮台，置炮五位；曰娘妈角炮台，置炮二十六位；曰南环炮台，置炮三位；曰噶斯兰炮台，置炮七位；其最大者曰三巴炮台，置炮二十八位，各贮火药于左侧。此外尚闻置炮百余位，约计置炮共二百余位。有大炮六十余位，余炮差小。其最大者重三千斤，长二丈，炮口能容蛇行而入者三人。又有番哨三百余人，皆以黑鬼奴为之，终年训练，无间寒暑。该省历任文武大员从未以此情奏闻，请严饬该省大吏，务须将澳门地方该夷自筑炮台、炮位拆却销毁，驱逐番哨，尽行回国。等语。升寅等既在该省查办事件已阅数月之久，如果该澳夷实有自筑炮台、训练番哨情事，通省皆知，岂能毫无见闻，升寅等如在该省，即将该澳夷实在情形再行确切访查，据实具奏。倘该省查办事竣，现已起身赴楚，无庸折回该省，澳夷如何情形自己留心确访，务详细声叙，迅速奏闻。等因。钦此。

奴才同已故尚书升寅在广东省城审办前案，并未闻说澳门外有设险屯兵情事。奴才等于广东事件，不敢不留心确访，如暎咭唎夷目啤唠啤闯入内地，拒损炮台等情，一有风闻，当即附片上奏。旋又续奉谕旨，派委司员密查得，啤唠啤于九月初六日病故，该夷船二只先后驶去各情，均经续奏在案。奴才因思，初抵广东省城，正值啤唠啤闯入虎门，住居夷馆，彼时人心汹汹，靡不谈论。迨该夷目请牌出澳后，民遂安帖，并无再议该夷情事者。今据原奏内称，澳夷自筑炮台，训练番哨，如系近日新创情事，必致骇人听闻，通省岂能秘而不宣。奴才复思，原奏所称终年训练情由，或者系该澳夷僻处海滨，自为防范，其炮台、番哨或因相沿已久，该省恬不为怪，是以并无一人谈及。究竟该澳门外有无设险屯兵情事，奴才实未得之传闻，不敢不据实陈明。

再，奴才现已行抵衡州府境，距湖南省城六百余里，拜折后仍率同司员迅速前往查办事件，合并声明。

所有奴才具奏缘由，伏乞皇上圣鉴。谨奏。

(朱批：)知道了。

道光十四年十一月十三日

（宫中朱批奏折）

C135：职官、吏役-纠参处分　G16：中外关系-在华外籍人员事务

4.96　两广总督卢坤等奏报究办于英夷目来粤一事失于查禀之洋商等情片

道光十五年二月初七日(1835年3月5日)

臣卢坤、臣祁𡎴跪奏。

再，嘆咭唎夷目啤唠啤擅至省外夷馆居住，不遵法度，经臣等照例封舱，一面咨行水师提督，派委参将高宜勇督率炮台舟师防堵夷船，并将办理情形奏奉谕旨：该夷目胆敢抗违，有无内地汉奸暗中唆使，必应严饬该府县密速访拿，从重惩办。其外夷贸易系洋商专责，兹该夷目来粤，该商等既不先行禀报，节饬传谕，又一无能为，殊属玩忽。著该督等查明有无情弊，严参究办。等因。钦此。嗣该夷兵船阑入内河，经臣等将怠玩参将高宜勇等参奏，一面调集弁兵水陆堵御，示以兵威，设法驱剿。该夷目悔罪吁求，当同兵船一并押逐出口，奏奉谕旨：该督等办理此案尚合机宜，不失国体而免衅端，朕颇嘉悦！已革水师提标中军参将高宜勇，著俟枷号一月后即行释放，其看守炮台怠玩各弁，著一并枷满释放。等因。钦此。当即钦遵，分别咨行去后。

兹据署水师中营参将佘清呈报，已革参将高宜勇及守台怠玩之候补守备陈进宝等十员，均遵旨在海口枷号一个月，期满释放，陈进宝等俱咨部斥革。并据广州府等究出啤唠啤自澳门来省时，有通事引水人等希图与该夷目交结，听从引送，将该犯等照例问拟军罪，另详咨部，此外并无唆使汉奸。其洋商人等审无别有情弊，惟查捐纳布政司理间职衔之洋商严启祥即严显文，于夷目啤唠啤来至省外夷馆以前，已知其在该商所保之港脚夷船居住，并不即时禀报，殊属违玩，应革去职衔，照违制律，杖一百，折责发落。总商伍敦元、卢文锦充当洋行商总，于夷目来粤，既不先行查禀，迨节饬传谕，又无能为，实属不合，应各照不应重律，杖八十。散商潘绍光、谢棣华、李应桂、梁承禧、潘文涛、马佐良、潘文海、吴天垣失于查禀，亦属疏忽，应各减总商罪一等，杖七十，与伍敦元等均系职员照例纳赎，据该府等审拟，由藩臬两司核详前来。臣等覆核无异，合并附片奏闻，伏乞圣鉴。谨奏。

（朱批：）依议。该部知道。

（宫中朱批奏折）

G12(999)：中外关系-安置难民(涉及国家地区不详)

4.97 闽浙总督程祖洛等奏报饬派妥员将晋江县海边巡见夷人解送广东讯办片

道光十五年十一月十九日(1836 年 1 月 7 日)

再,臣等接据署泉州府晋江县伍申祺会同营员禀报,道光十五年七月二十一日早闻,县辖深沪澳海边巡见有一夷人凫水上岸,周身皆湿,并无携带物件,守口文武员弁将该夷人押送到县,由府督讯,言语不通,经臣等饬提解省,发交署福州府知府黄绥浩,会同候补知府许原清验讯。该夷人约年三十余岁,头上留发,面黑、目圆、身短,言语啁哳,不能晓悉,授以纸笔,亦不能书写。闽省尽(仅)有琉球国存留通事,传令译讯,并非该国之人,此外别无能通夷语者。将该夷人先行妥为安顿,给与口粮、棉衣,议请解往粤省讯办,由藩臬两司会详请奏前来。臣等当即提案,亲加查验无异。查该夷人因何飘洋来闽、凫至海滨、单身上岸、究系何国之人,言语不通,闽省无从译讯。广东澳门地方为番夷贸易之所,定有深晓夷语通事,自应解往广东译讯确情办理。

除饬司派委妥员小心管解,饬令沿途地方文武拨护前进暨咨广东督抚臣查明外,臣等谨附片具奏,伏乞圣鉴。谨奏。

道光十五年十一月十九日奉朱批:知道了。钦此。

(军机处录副奏折)

G12(202、561)：中外关系-安置难民(澳门、英国)

4.98 署理两广总督祁埙等奏报饬令洋商将吖啦国避风难夷交夷商哋咂收领附搭便船回国片

道光十五年十二月二十四日(1836 年 2 月 10 日)※

再,本年十一月二十二日准闽省督抚臣来咨,据署晋江县会营禀报,县属海边有一夷人凫水上岸,言语不通。将该夷人解省验讯,因省城无通夷语之人,惟有广东另案解闽之王幅受略知西洋夷语,监提译讯,亦辨译不清。据称系咦咭唎所管之嘛噜国人,在夷船充当水手,不知何处洋面遭风,漂至海边上岸,头发被水浸湿沾泥,用刀剪短,欲求解送广东澳门,搭船回国。等语。除会同附片具奏外,委员将该夷人解送粤省办理。等因。

臣随将解到之夷人饬发藩臬两司转交广州府,督同南海县谕饬洋商遵传通事蔡懋到案详细译讯。据该夷供名吻吐呐，年三十四岁，系叮啦国夷人，在唤咭唎国之东，向在哑啦咋船上做水手，船上连伊共有十人，有诈扳、诈颠、驾廉、沙利等，其余不记名字。六月初间，由本国嘛噜地方载米至唤咭唎国新埠售卖。七月中旬卖竣回帆，在海面遭遇大风，将船漂至福建不识土名洋面，击破船只，看见伙伴有六人落水，其余三人不知存亡，伊抱木凫水上岸，被官人捞救得生。叮啦本是唤咭唎属国，恳将伊即交唤咭唎夷人便可顺带回家。诘以有无中华人勾引前来内地海边滋事，是否被贼抢夺推落溺海。该夷人供称实系遭风落海，并无前项情事，察其情词迫切，似尚无捏饰。当饬洋商带同通事向现在澳门之唤咭唎夷商逐一查讯，据夷商呭咺覆称，伊有便船可以附搭该夷人回国，不致失所。兹由藩臬两司会同详请饬令洋商，将该夷人转交唤咭唎商人呭咺顺带回国。等因前来。臣查难夷吻吐呐在海遭风，全船覆溺，仅该夷一人漂至闽省洋面遇救得生，现在详讯并无别故，其情可悯。

除恤给该难夷银米，饬令洋商将该难夷即交夷商呭咺收领，搭附便船回国外，所有译讯办理缘由，谨附片具奏，伏乞圣鉴。谨奏。

(朱批：)知道了。

(宫中朱批奏折)

G12(201、561)：中外关系-订约(香港、英国)

4.99　两广总督邓廷桢奏报英国递送国书之港脚烟船已经严饬驱逐回国片

道光十六年二月初一日(1836年3月17日)※

再，道光十五年十一月内有唤咭唎国递送书信之港脚烟船欲行进省递信，恐沿途炮台关口疑虑驱逐，由在粤夷商信达洋商转禀，饬行知照。经前署督臣祁𡌵查外夷护货兵船及别项船只，止准在外洋寄碇，不准擅入海口，此等诡异不经之船，未便准其擅入黄埔，饬令洋商传谕不准进口，倘该夷不遵法度，将船驶至，即开炮震慑，示以兵威。嗣据文武各员禀报，瞭见该烟船自伶仃洋开行，往内洋行驶，将至沙角洋面，沙角炮台即点放号炮，南山、镇远、横档、大虎各炮台亦闻声开炮接应。该烟船畏惧，转舵驶出外洋，仍至伶仃南湾海面湾泊，尚未开行回国，亦不敢进口。等情。当即会同提臣谕饬水师将领防范，驱逐回国。并饬澳门夷目派拨夷兵在于南湾一带巡查，勿任烟船水手人等久泊滋事，并经附片奏闻在案。臣到任后复咨行饬查驱逐，务使震慑声威，遵驶回国，勿任玩违。

兹据署澳门同知郭际清暨水师提标中军李贤禀报，瞭望烟船自经禁止进口即泊伶仃洋面，将船旁车轮及船面所竖烟管全行拆卸，收藏船内，架起桅樯，闻欲回国，不敢违例擅进。随不时差探，据引水报称，瞭望该烟船于十六年正月初二日由伶仃洋起碇，向万山外洋东南远去，实已震慑声威，凛遵回国，现在瞭望无影。等情。呈报前来。查暎咭唎夷情狡诈，此等诡异不经之船，非便不宜准其藉词进口，尤不可听其久泊外洋。今经严饬驱逐之后，该夷船即震慑声威不敢擅入，撤去烟轮，架竖桅樯，遵驶回国，尚知畏法。

除仍饬随时防范外，谨会同水师提督臣关天培附片奏明，伏祈圣鉴。谨奏。

(朱批：)知道了。

(宫中朱批奏折)

G12(202、561)：中外关系-安置难民(澳门、英国)

4.100 两广总督邓廷桢等奏报讯明失路夷人恤给口粮俟有便船附搭回国折

道光十六年九月十八日(1836年10月27日)

两广总督臣邓廷桢、广东巡抚臣祁𡎴跪奏，为讯明失路夷人，恤给口粮，附搭便船回国，恭折奏祈圣鉴事。

窃臣等于本年八月内接准闽省抚臣咨会，据泉州府转据南安县禀报，巡检方长龄在晋江县驷行塘地方巡获黑面夷人一名，提省查验，言语不通，无从译讯。因广东澳门地方为番夷贸易之所，定有深晓夷语通事，业经奏明委员解粤译讯办理。随据委员试用未入流秦廷业护解该夷人到粤，当即发司转发南海县，谕饬洋商带同通事译讯去后。

兹据南海县饬传洋商通事等详细译讯，该夷人供名哈嘟喇，是暎咭唎属国港脚人，在专士船充当水手，船上共二十人。本年三月内，由本国马尽哥士地方装载洋米，原欲来广东澳门地方发卖，并无别项货物。因探闻米价过贱，于四月内转驶别港，五月内经过不识地名洋面，该夷人与水手们共四人乘坐三板艇上岸采取淡水，那三人先已回船，该夷人失路后，不能返船。经闽省南安县巡检拿获转解来粤，并无捏饰。等情。由藩臬两司具详前来。臣等查，该夷人哈嘟喇既经译讯明确，委因登岸失路被拿，并无别有情弊，自系实情。

除饬令恤给口粮并饬洋商妥为安顿，俟有便船即行附搭回国，以示怀柔，并咨明户、礼二部及闽省督抚外，所有闽省解到失路夷人业已讯明，俟有便船附搭回国缘由，谨合词恭折具奏，伏乞皇上圣鉴。谨奏。

(朱批:)知道了。①

道光十六年九月十八日

(宫中朱批奏折)

G16(202、561):中外关系-在华外籍人员事务(澳门、英国)

4.101　两广总督邓廷桢奏请准义律由澳进省管理商梢贸易并严饬认真防察该夷情形片

道光十六年十二月十四日(1837年1月20日)※

再,照粤东准予外夷各国通商以来,惟暎咭唎国生理较大。向经该国设有公司,派令大、二、三、四班来粤经理贸易,其公司夷船每年于七、八月间陆续来粤兑换货物,至十二月及次年正、二月内出口回国。该大班夷商人等于公司夷船出口完竣之后,请牌前往澳门居住,俟七、八月间该国货船至粤,该大班人等复请牌赴省料理,此从前历办章程也。嗣因公司散局,大班不来,乏人总摄其事,经前督臣卢坤奏奉谕旨:即饬洋商令该散商等寄信回国,另派大班前来管理贸易事宜,以符旧制。等因。钦此。钦遵。饬行在案。

兹臣于本年十一月内接据暎夷义律由澳门传禀,内称:准本国公书特派远职来粤总管本国商贾水梢,现在商船进口,聚集省城、黄埔等处,商梢人等多有未悉天朝法度,诚恐滋事,禀乞准其赴省管理。等情。臣以该夷禀内叙称远职,似系夷目之称,并非大班名目。该夷现居该国何职?来粤是否仅止管束商梢并不经理贸易?有无该国文凭?均未据详晰声明。当即委员带领洋商驰赴澳门,会同该管文武确查去后。旋据该委员等禀称,遵饬带去洋商,向该夷义律逐一查问。据称,义律即嗹咜,系暎咭唎国四等职,于道光十四年秋间附搭巡船到澳,经引水具报有案。该夷住澳两载,承办暎咭唎商船回国船牌签字。现因公司未复,并无大班,奉该国王命一等大臣信知,派伊管理商贾水梢,不管贸易,并有文凭饬令在省领事,若有商梢滋事不法,唯伊是问。等语。并查明该夷义律携有一妻、一子、随从四人,访之住澳洋夷及各国夷商,佥称义律人极安静,并无别故。等情。禀覆前来。

臣查暎咭唎国公司散局后,大班不来,近年夷商回国船牌签字系该夷义律住澳管理,尚称安分。现值该国来船络绎,商梢人等实繁有徒,亟资钤束,以期绥静。今该夷既领有该国公书

① 据军机处录副奏折,朱批时间为道光十六年十月二十日。

文凭派令经管商梢事务，虽核与向派大班不符，但名异实同，总之以夷驭夷，不许别有干预，似可量为变通。查照从前大班来粤章程，准其至省照料。臣现已谕令该夷暂居澳门，听候据情入奏，如蒙恩准，臣再行咨令粤海关监督给领红牌进省，以后住澳、住省并照旧章以时往来，不准逾期逗留，致开盘踞之渐。臣仍严饬该管文武及洋商等随时认真防察，倘该夷越分妄为，或有勾结汉奸营私骫法情事，立即驱逐回国，以绝弊源。是否有当，谨附片具奏，伏乞圣鉴训示。谨奏。

(朱批：)另有旨。①

（宫中朱批奏折）

G12：中外关系-安置难民

4.102 照录暎咭唎原禀谕帖

道光十七年五月三十日(1837年7月2日)

谨将暎咭唎国夷官投递原禀，及臣等饬令文武转传谕帖照录恭呈御览。

夷官原禀：英吉利国水师肱特禀闽浙总督大人，为请交回本国船，水梢流民今寓省。兹远官抵此湾泊陈明：今年七月间水手数人驾英吉利商船，忽然海面船上背叛，弑了船主，遂驶到吕宋海滨，毁坏船只。现经被吕宋官宪缉捕盘诘，按照水手十四名与匪徒不肯勾串行非，被匪党迫搭三板于漳州府漳浦县海滨上山，即其中无人勾结凶手。是以远官万祈大人恩谕，将该流民交回，俾与吕宋罪犯互交备质，使有罪者受刑，无辜者得释归家，解老亲之忧、尽孝子之本分。远官敬仰大人推恩布惠，该难民鸣谢。靡暨另遇有本国难民于中国海滨流落，常蒙官宪扶救垂危，周恤感激无涯也。现今奉命作速返棹回国，缘此切祈大人俯赐批回免延时日，特此禀赴总督大人台前，兼候百福骈臻。道光十七年五月□日禀。

臣等谕帖谕督标中军副将、水师营参将、抚标中军参将、福州府知府、福州府海防同知等转谕暎咭唎国水师官肱等照得，据称暎咭唎国夹板船一只，行至闽省五虎外洋停泊，另驾小杉板三只入口投禀。现由该将等呈到该夷司禀词，据称因有该国商船水手十四名，漂流在闽，呈恳交回等情。阅看禀词尚俱恭顺。查道光十六年七月，漳州府漳浦县辖之南景等社海边，有在洋遭风凫水上岸之难民密租等十五名，并非十四名。该夷官现禀亦未指出难夷之姓名，前据本省译讯，难夷密租系西洋的苏人，如西系西洋葡萄洋人，其余马禄等十三名均系噶喇巴国人，并非

① 据军机处录副奏折，朱批时间为道光十七年正月十八日。

㖞咭唎国之人。本部堂等因恐闽省通事传译尚或未尽明确，是以咨调粤省住居澳门通事许翔来闽讯译供词。经本部堂与本部院会同亲讯，查见该难夷等言语难，不能通，而神情似知简解，当即取供存参。业经本部堂等据实奏明大皇帝，并即委员候补知县杨承泽等将该夷送至广东，发交夷官，附搭便船回国，并厚予赏银以示体恤，是漂流难夷已译讯照例送回至闽省地方，不准夷船收泊。天朝定制甚严，该夷官虽为探寻难夷具禀前来，与无数游奕不同，但疆域界限均有定制，断不准其违例进口停泊，自应明白谕饬，即行驱令将所驾小船驶赴五虎，同夹板船一并驾回，不得停留觐望，别生希冀，竟忘越界之非。合亟谕饬谕到该将等，即备录本部堂等会谕转谕该夷官听候，水师兵船按讯押送，作速驾驶出洋归船回国，其难夷密租等十五名听候广东督抚查核，交给夷官载回该本国，自行办理。至天朝地方惟广东一省向准该夷国领证贸易，此外福建暨迄北各省皆非夷船应到之处，均不得借口风信率行北往，致干驱逐自犯违例之咎。除将闽禀传谕缘由，照移广东督抚外，该将等即速妥协转谕办理，均毋迟玩，致干参咎。该夷官原禀仍著发还，凛速凛速。此示附发夷官肱原禀一件。

道光十七年五月三十日

（军机处录副奏折）

G12(563)：中外关系-安置难民(荷兰)

4.103　福建巡抚魏元烺奏报饬派妥员将三吧垄遭风难夷二名护送广东配搭回国片

道光十八年六月初九日(1838年1月29日)

再，臣接据漳州府知府胡兴仁禀，据代理海澄县汪恩湛会同营员禀称，道光十八年正月初三日据澳甲王会等禀报，伊等在麦坑海边采捕，见有夷人二名乘坐捕鱼竹筏漂倚海岸，招手求救，并无携带物件。当将该夷人二名押送到县，由府台募能知夷语之民人李成当堂译讯供情。经臣饬提该难夷并李成解省，发交福州府知府戴嘉谷会同福防同知文灿查验。讯据该难夷世鼎供年十九岁，世然供年十四岁，又据同供俱系咬嚁吧国所辖三吧垄夷人。三吧垄至咬嚁吧大国陆路十三站，三吧垄与广东舟楫相通，常到广东地界贸易。旧年本国夷人王定置船，装载食米八十车，每车二十七担，又油八桶，每桶二担，要往广东售卖，雇请夷人为水手，连王定共二十七人。于旧年八月在本国开船，在洋遭风。至十月末，船至不识洋面打破，王定们二十五人俱经落水，不知存没。夷人二名当时抱住桅篷漂流，适遇红毛国夹板船经过，将夷人救在他船佣工，后因难受打骂，于十二月三十日乘坐竹筏想欲逃生，至十八年正月初三日漂至海澄县界遇救。夷人委因遭风被救逃生，并没别故，本国的人都有到广东生理，将夷人送到广东，配船回国。等供。

据此，随将该夷人等照例安顿并给与口粮、衣服，议请解往粤省，配搭回国，由藩臬两司会详请奏前来。臣查该夷人世鼎等供系咬嚁吧国所辖三吧垄夷人，因船只打破，漂至闽洋，求送广东配船回国。等情。所供似属实情，并无别故，广东澳门地方为各夷贸易之所，自应解往，配搭回国。

除饬司派委妥员小心管解，饬令沿途地方文武拨护前进暨咨广东督抚臣查照外，臣谨附片具奏，伏乞圣鉴。谨奏。

道光十八年六月初九日奉朱批：知道了。钦此。

（军机处录副奏折）

G16(202、561)：中外关系-在华外籍人员事务(澳门、英国)

4.104　两广总督邓廷桢奏报英国夷目巡船候风开行片

道光十八年八月二十一日(1838年10月9日)

再，本年五月二十一日，暎咭唎国夷目吗咃咜驾坐咲嗹巡船来粤，驶泊铜鼓外洋，希图稽查商务，更变旧章，并将其妻室女婢三口送赴澳门居住，移船驶近穿鼻洋面。臣等因夷情叵测，当经飞咨水师提臣关天培，于虎门各炮台及口内水陆各要隘，会同密为布置防范。提臣亦即亲赴海口督办，一面经臣邓廷桢与提臣节次晓以天朝定制，严加谕逐。吗咃咜始称候风开行回国，旋将船驶出铜鼓洋面寄碇，自行赴澳接眷，经臣等恭折具奏在案。

兹查吗咃咜于六月二十日赴澳后，随与其妻一同患病，其妻医治不效，于七月初四日病故，即在澳门白鸽巢夷房后园安葬。初八日，吗咃咜携带女婢二口回至咲嗹巡船，与护行之啯呀吐巡船仍泊铜鼓洋面，其前经同泊之嘂叻巡船已先期于六月二十九日趁风回国。提臣以吗咃咜既已接眷回船，即应令起碇，随派署守备卢大钺亲诣该船催，据吗咃咜声称：我在此已无事了，将往吕宋国去。我船较大，北风一吹，我就开船，不敢久留。等语。并免冠，以手拍心指天。该署备询之通事，据禀，外夷以免冠为叩头礼，其拍心指天谓其心真实，天神可鉴，以示得风即行并无欺诳之意。经提臣亟会前来。臣等伏查，该夷目吗咃咜言动情形尚为恭顺，其船本视他船为大，非风不行。吕宋国地处东南，现在秋日晴霁，南风犹盛，该夷目叩头求俟北风张帆前往，似无诡谲别情。

除仍饬在事文武加意巡防，一俟得风催促开行，另行奏报外，所有该夷目回船候风缘由，臣等谨会同广州将军臣德克金布、水师提督臣关天培合词附片奏乞圣鉴。谨奏。

道光十八年八月二十一日奉朱批：知道了。钦此。

（军机处录副奏折）

G12(202)：中外关系-安置难民(澳门)

4.105　闽浙总督钟祥等奏报饬司委员将难夷解往广东澳门译讯确情片

道光十九年二月初四日(1839年3月18日)

再,臣等接据署厦防同知卢凤棽禀称：道光十八年九月初六日,据巡役澳甲等禀报,本日巡至新路头地方,据马巷新店渡船夫吴双惕口称,搭载客人乘潮赴厦。维时潮涨风紧,见有溺人自外海漂入,抵触船边。即捞起摸其胸前尚温,查询言语不通,见其衣服形像又未剃发,知系夷人,失火逃生,合将夷人解送译讯。等情。经该署厅卢凤棽传讯,亦不通晓该夷人言语。随即转发同安县拨役护解进省,经臣等将夷人发交福州府知府戴嘉谷,会同福防同知文灿并闽侯二县验讯。

该夷人约年二十余岁,面貌黧黑,目圆身短,言语啁哳,未能知悉。授以纸笔,亦不能书写。看其比做手势,似遭风落海。闽省仅有琉球国通事,传令译讯,并非该国之人,此外别无能通夷语者。随将该夷人妥为安顿,给与口粮衣被。查照向例,解往粤省讯办,由藩臬两司会详请奏前来。臣等当即提案,亲加查验无异。惟该夷人因何遭风漂流、究系何国之人,言语不通,闽省无从译讯。查广东澳门地方,为番夷贸易之所,定有深晓夷语通事,自应解往广东,译讯确情办理。

除饬司派委妥员小心管解,饬令沿途地方文武拨护前进暨咨广东督抚臣查照外,臣等谨附片具奏,伏乞圣鉴。谨奏。

道光十九年二月初四日奉朱批：知道了。钦此。

（军机处录副奏折）

G12(202)：中外关系-安置难民(澳门)

4.106　福建巡抚魏元烺奏报将遭风难夷派员送往广东澳门译讯办理片

道光十九年三月初四日(1839年4月17日)

再,臣等接据兴化府知府黄绥诰、署莆田县知县刘沅禀报,道光十九年正月初三日午后,北头村地方有夷人二名在海边摊晒衣服，似系失水，由营送县，经该府督讯，言语不通。查讯该处附近居民，佥称不知系何国人，于何时登岸。将该夷人委员解省，饬发福州府知府戴嘉谷，会督福防厅闽侯二县验讯。该夷人年约四十余岁，面貌黧黑，言语啁哳，不能通晓。授以纸笔，亦不能书写，令其比做手势，似系遭风失水，漂至海边。闽省仅有琉球国通事，传令译讯，语言不通，此外别无能知夷语者。随将该夷人先行妥为安顿，给与口粮衣被，议请解往粤省讯办，由藩臬两司会详请奏前来。

臣等查，该夷人既系遭风失水，自应抚恤。惟究系何国之人，于何时在洋遭风上岸，言语不通，闽省无从译讯。广东澳门地方为番夷易之所，定有深晓夷语通事，应即解往粤省，译讯确情办理。

除饬司派委妥员小心管解，饬令沿途地方文武拨护前进暨咨广东抚臣查照外，臣等谨附片具奏，伏乞圣鉴。谨奏。

道光十九年三月初四日奉朱批：知道了。钦此。

（军机处录副奏折）

G11：中外关系-交聘往来

4.107　林则徐奏为关天培请缓期陛觐事折

道光二十年三月初七日（1840年4月8日）

两广总督臣林则徐跪奏，为提臣展觐届期，应否缓俟夷务办竣再行奏请，恭折恳祈训示事。窃准广东水师提督臣关天培咨称，该提督于道光十四年九月在江苏苏松镇总兵任内，钦奉恩旨简放广东水师提督，并蒙谕令驰驿速赴新任，遂于是年十一月初六日到粤任事，嗣于十六年十一月，距前次十三年陛辞出京，计已三年届满，当经恭折奏请陛见。钦奉朱批：海疆重任，加意核实整顿，下届再行奏请陛见可也。钦此。钦遵，在案。今扣至十九年十一月，又届三年期满，例应陛见，惟现在夷务尚未办竣，不敢率陈应否，具折奏请备文咨商到臣。臣查广东水师提督统辖全洋，且驻扎虎门最为紧要，海口夷船出入皆所必由。近因哄夷反复靡常，钦遵谕旨断其贸易，而该国船只于驱逐出口之后，尚在外洋逗留，筹画剿防正值十分吃紧。关天培于夷情洋务极力讲求，在粤五年有余，并未携带家眷，其母亲年逾九十，亦不敢顾及乌私。前届应行请觐之期，恋阙固极心殷，而防海尤为责重，应否缓俟夷务全行就绪，海洋一律肃清，再行奏请陛见之处，未敢擅便，相应恳请训示，恭候命下，臣当咨覆该提督敬谨遵行。理合缮折具奏，伏乞皇上圣鉴。谨奏。

道光二十年三月初七日奉朱批：必当先其所急，可奏请时再行奏来。钦此。

（军机处录副奏折）

G1：中外关系

4.108　琦善奏为缴还夷书事折

道光二十年九月二十三日(1840年10月18日)

琦善奏为三次钦奉廷寄，遵将先后奉发夷书五件缴还，恭折覆查，仰祈圣鉴事。

窃照本年九月十四日奴才臣行抚山东德洲地方，承准军机大臣字寄，奉上谕据伊里布驰奏云云。又本月二十二日于徐州府迭次承准字寄，奉上谕据林则徐等奏云云。同日又准由四百里字寄，奉上谕据伊里布奏云云。钦此。奴才均已钦遵跪听，并将各夷书详阅。伏查夷情狡狯，词语每多反复，但使其能驯顺，不值与之深较。奴才俟抚粤后，惟有仰体圣怀，钦遵训谕相机妥办。一面恭折奏闻，一面飞咨浙江省钦差大臣伊里布知照。并将本年夏间暎咭唎国王给林则徐文书之事，暨林则徐所奏他夷在澳门者，因暎夷阻其贸易，均各不平之处，是否实情，逐一访探明确，分别据实覆奏。除奉发林则徐等具奏粤省官兵堵御暎夷、击退夷船原折一件，又奏请鼓励员弁另片一件，现在钦奉谕旨，着奴才于抚粤后确查具奏，自应将原折片带往，以便按照所奏确切查明，俟将来覆奏时再行随折封缴外，所有先后奉发英夷在浙江所进夷书，共计五件。理合遵旨缴还，为此恭折，由驿覆奏，伏乞皇上圣鉴。谨奏。

九月二十七日奉朱批：另有旨。钦此。

九月二十三日

（军机处录副奏折）

G1：中外关系

4.109　札澳门同知底稿

谨将奴才札澳门同知底稿录呈御览。

照得暎咭唎领事等现已回粤，而诸事尚未说定，恐有欲投递文书等事，既未便任令，藉此沿海游奕，且恐船只到处，守口弁兵若形疏懈，难保不意图占。傥施放枪炮轰击，又必藉口肇衅，自应由该同知衙门接收，禀送合行札饬札到该丞，即转移该国领事知照。嗣后如有应递文书，即径赴该同知衙门投递转送，并移知该国领事。澳门外沿海口岸甚多，然仅止守口武职弁兵向不经管他事，且恐错误攻击，转滋事端。该国领事等亦须约束弁兵，毋得轻近口岸。该丞一经接收文书，即速飞禀送候查阅，毋稍刻延。

（朱批：）览。

（宫中朱批奏折）

P25：农业、水利、畜牧业-水文灾情　G12：中外关系-安置难民

4.110 靖逆将军奕山等奏报海洋飓风打碎香港英人房寮码头并漂没英人船只等情折

道光二十一年六月十三日（1841年7月30日）

奴才奕山、齐慎、臣祁埙、怡良跪奏，为海洋陡发飓风，打碎暎夷香港房寮、马头，并漂没暎夷货船、兵船，恭折驰奏，仰慰圣怀事。

窃暎夷自恩准通商之后，因大兵未退，心怀疑惧。又官绅各处填塞河道，勘修炮台。暎夷货船时或驶至黄埔，旋回泊裙带路，声言欲在彼处交易，不愿来省。当派委广州府知府余保纯，遴选明白通事，前往开导，晓以中华诚信待人，断不加害，上违大皇帝曲赐矜全之恩。饬令传谕去后，尚未禀覆。

兹据水师提督吴建勋、大鹏营副将赖恩爵、新安县知县彭邦晦前后禀称：六月初四日寅刻，海面飓风陡发，逾辰愈加猛烈，海涛山立，大雨倾盆，日夜不息。各据差探夷情兵丁民人回称：查得是日尖沙嘴所泊大小夷兵船，被风打坏三只、货船三只，漂泊石塘嘴搁坏，沈失洋银三十余万。又漂出大洋汉奸大小华艇四十余只，不知去向。并击碎夷匪二枝桅大三板十余只。其未被漂失者，尚存大小四十余只，而桅舵杠椇均已损坏，内有八只，全行砍去桅木。其接济裙带路等处匪徒各艇，沉溺殆尽，淹毙汉奸夷匪，不能数计。凡先后续到之夷兵船，于本月初三日在尖沙嘴之惩膺炮台前，开架帐房二十五顶，登岸居住，所有帐房并裙带路大小寮篷，悉被吹卷无存，仅余装贮緜（棉）花檀香者五间，未经全坏。所筑马头二条，坍为平地。所锄之路、所造之屋，亦并折毁，扫荡一空，浮尸满海，随波上下。夷目仅义律一名逃至澳门，余者尚未有下落。等语。

奴才等闻报之下，官商绅士军民人等无不称快，此皆我皇上至诚感神，海灵助顺，鲸吞鳌掷，剪此幺麽。该夷船虽幸延残息，定皆震慑天威，心寒胆裂。

奴才等同在省城，是日风雨猛烈，内河浪高丈余，佥云近年未有之事。近城船只亦多损坏，人口间有淹毙。外海师船撞碎二只，淹毙把总沈家珍、外委吴殿鼎二员，兵丁七名，已经该副将

赖恩爵打捞收殓，照例抚恤办理。又据禀，初八、初九两日，飓风又作，较前更大，省河潮汐翻腾，亦与所禀相符，余剩夷船，想更无所逃避。

奴才等现拟分诣各神祠坛，虔诚叩谢，一面差委妥弁出海侦探，俟得确情，再行具奏外，合将喫夷遭风漂没，及打碎香港房寮缘由，先行驰奏，仰纾宸廑，伏乞皇上圣鉴。谨奏。

(朱批:)览。此未见未闻之天贶朕，寅感愧悚之余，欣幸何似！即有旨谕。

道光二十一年六月十三日

(宫中朱批奏折)

G1：中外关系

4.111　奕山奏报英船出洋北驶派员晓谕情形事折

道光二十一年五月二十六日(1841年6月15日)

奴才奕山、齐慎、臣祁□(𡎴)、怡良跪奏，为夷船出洋北驶及派员晓谕情形，恭折具奏，仰祈圣鉴事。

窃奴才等前以英夷更换领事，夷同呈进夷书，饬委广州府知府余保纯亲赴澳门剀切晓谕，奏明在案。兹据广州府知府余保纯回旨禀称，卑府于七月初二日黎明驰抵澳门，探得新来英夷领事璞鼎喳并未在澳久住，先于六月二十九日秉驾兵船驶出外洋，留副领事吗恭在澳守备回文，当将回文面交吗恭，专人送报。一面传谕吗恭，该国所重在贸易，现在将军督抚等业已代尔等奏明，早经奉大皇帝恩旨，准照旧通商，粤东文武官员一体保护尔等货物。当安心遵守，何得别有干求，舟行北往。且贸易处所向在粤东黄埔，其他处港口并无洋商通事，亦无海关经理，所不能任外夷思路营贩。至天□□统，权自上操，无论事之大小，悉应陈奏，请旨定夺。凡在臣工，一切不敢专擅。当令通事吴祥传谕吗恭，赶紧前往转谕劝阻。该副领事吗恭听闻之下，点头称善，惟口称头目璞鼎查驶出之后，正值连日南风，照已开行北上，为能中途赶上，定当遵谕传□等语。随据通事禀报，吗恭即于是日收拾开船赶往，随又传到前领事义律。照前谕吗恭之言令其□□言论。义律亦称，已经蒙大皇帝恩准通商，伊当遵谕寄信劝阻等语。并据余保纯探得喫夷连遇风灾，人货沉溺，与营役所报相符，裙带路篷寮又被火烧，米尽白蚂蚁，□而群生，虫残其货。该夷船只移泊尖沙嘴，游奕不定。奴才等伏恩思英夷等退出省河之后，疫疾风火，叠连天谴，不知悟悔，实属冥顽梗化。总缘粤东营炮无存，仓促难办，而请讨马头之心，念念不忘。风闻璞鼎查之来，因义律连年措兵，办理不善，是以前来更换。璞鼎查不待回谕即出洋北驶，奴才等臆揣，必系义律嫁祸之计，不先告璞鼎查以早经通商，该使北上，恳求马头，倘开炮□□，广东必绝通商，杜绝通商必陈兵。[①] 咸捐铸五千斤、三千斤、二千斤炮四十尊，尚未铸成，通计一百二十余尊，仅是省河各台原设数目。而虎门各台尚须赶紧另选。唯铸炮须先立炮胎，炮胎用土作成，非二十余日不能干透。广东阴雨潮湿，非仓促所能赶办，只有详定章程，力求实效，由内而外，逐渐保固。盖夷情多诈而复多疑，驾驭在权，防御宜慎，措置缓急，经权善用。奴才等断不敢因恩准通商，稍涉大意，惟有外示宽大，上崇国体，而内务严审，潜消反侧，以仰副我皇上柔远安边之至意。所有晓谕通商及现在情形，合行恭折驰奏，伏乞皇上圣鉴。再参赞大臣杨芳现在患病，是以未经到衙，合并声明。谨奏。

道光二十一年六月十一日奉朱批：钦此。

五月二十六日

（军机处录副奏折）

G12：中外关系-安置难民

4.112　伪示（英）

道光二十二年十月二十五日（1842年11月27日）

英国钦奉全权公使大臣、世袭男爵璞，为再行晓示事。

照得本月二十一日公使曾已晓示，以前此所有英国遭风被难得生之人多名，在于台湾被该地凶官无故歼杀，在案。旋后谨有刑余难民九人遵照和约被释解到厦。据伊等所述，去年八月间呐咴吥哒名号船只遭风之时，该船内有欧罗巴之白脸人二十九名，小吕宋人二名，属印度国之黑脸人二百四十三名，共二百七十四人。当该船搁礁之际，欧罗巴人二十九名，小吕宋人二名及印度人三名，一同下三板逃生，幸得归粤。船中尚遗印度人二百四十名，其船随风逐浪，飘过礁石，直至鸡笼湾内，比之外洋稍可安身。船中人等不忍舍船，在彼尚居五日，继则合木成排弃船，手无寸械，分散逃命上岸。彼时被海波溺死者已有数人，被匪民抢夺乱杀者亦有数名，其余皆被台地凶官混拿链锁，分行监禁。少有可衣，微有可食，辛苦难捱，致丧多命。竟且该被遗弃之二百四十人中，止留二人得生解厦。至阿呐名号船只原自舟山起碇，意欲驶赴澳门，乃于本年正月间南还之时，风浪大起，将船飘至台湾洋面，搁礁破坏。彼时有欧罗巴及米利坚白脸人十四名，西洋及小吕宋人四名，印度黑脸人三十四名，汉人五名，共五十七名在船。而风涛汹涌，将船漂入浅滩，迨至风息潮退，船已搁在旱地，进退两难，无路可出。是以我人先上福建渔船，希图逃出海面，不幸旋见汉军尾

① 以下文义不连贯，有缺。

至。我人即弃兵械一皆投降,因无抗拒之意,是以不放鸟枪。其阿啲及啲咘吥哒之难人均被抢剥衣物,裸体牵拉解至台湾城内,四散分派监禁,来往稀少,信息不通。凶款恶待,旦夕饿死。究竟阿啲船之难人共五十七名,除愿在台湾居住汉人一名外,送厦交还者止有白脸人六名,黑脸人一名,汉人一名共八名。其余啲咘吥哒船之二百三十七名,阿啲船之四十六名共二百八十三人,据所述先后惨情,或被台湾凶官枉杀,或因饥饿恶待在彼苦死。种种凶酷实情,未可推驳。而本公使因念英国官员每遇擒获兵民,即行宽恩释放,比之此等凶官所为,天地悬绝,愿众民共知,是以刊刻布示。惟仰赖大皇帝御聪,必秉公答报,庶免后患,是本公使所切望也。

一千八百四十二年十一月二十七日

道光二十二年十月二十五日

（军机处录副奏折）

G11：中外关系-安置难民

4.113　英公使为再行晓示事

为再行晓示事。

照得本月二十一日公使曾已晓示,以前此有英国遭风被难得生之人多名,在于台湾被该地凶官无故歼杀,在案。旋后谨有刑余难民九人遵照和约被释解到厦门。据伊等所述,去年八月间啲咘吥哒名号船只遭风之时,该船内有欧罗巴之白脸人二十九名,小吕宋人二名,属印度国之黑脸人二百四十三名,共二百七十四人也。当该船搁礁之际,欧罗巴人二十九名,小吕宋人二名及印度人三名,一同下三板逃生,幸得归粤。船中尚遗印度人二百四十名,其船随风逐浪,飘过礁石直至鸡笼湾内,比之外洋稍可安身。船中人等不忍舍船,在彼尚居五日,继则合木成排,弃船,手无寸械,分散逃命上岸。彼时被海波溺死者已有数人,被匪民抢夺乱杀者亦有数名,其余皆被台地凶官混拿链锁,分行监禁,少有可衣,微有可食,辛苦难捱,致丧多命。竟且该被遗弃之二百四十人中,止留二人得生解厦。至阿啲名号船只,原自舟山起碇,意欲驶赴澳门,乃于本年正月间南还之时,风浪大起,将船飘至台湾洋面,搁礁破坏。彼时有欧罗巴及米利坚白脸人十四名,西洋及小吕宋人四名,印度黑脸人三十四名,汉人五名,共五十七名在船。而风涛汹涌,将船漂入浅滩,迨至风息潮退,船已搁在旱地,进退两难,无路可出。是以我人先上福建渔船,希图逃出海面,不幸旋见汉军尾至,我人即弃兵械一皆投降,因无抗拒之意,是以不放鸟枪。其阿啲及啲咘吥哒之难人均被抢剥衣物,裸体牵拉解至台湾城内,四散分派监禁,来往稀少,信息不通,凶款恶待,旦夕饿死。究竟阿啲船之难人共五十七名,除愿在台湾居住汉人一名,外送厦交还者止有白脸人六名、黑脸人一名、汉人一名,共八名。其余啲咘吥哒船之二百三十七名,阿呦船之四十六名,共二百八十三人,据所述先后惨情,或被台湾凶官枉杀,或因饥饿恶待在彼苦死。种种凶酷实情,未可推驳。而本公使因念大英官员每遇擒获兵民,即行宽恩释放,比之此等凶官所为,天地悬绝,愿众民共知。是以刊刻布示,惟仰赖大皇帝御聪,必秉公答报,庶免后患,是本公使所切望也。

(朱批:)妄逞狂吠。

(军机处录副奏折)

G11(712):中外关系-交聘往来(美国)

4.114 护理两广总督程矞采奏报美国使臣吁请进京遵旨开导阻止情形折

道光二十四年二月初四日(1844年3月22日)

护理两广总督、广东巡抚臣程矞采跪奏,为咪唎㗛国使臣吁请进京,业经遵旨开导阻止,先行恭折由驿驰奏,仰祈圣鉴事。

案照道光二十三年八月曾据咪唎㗛领事嘱吐禀称,该国酋长已另派使臣来粤,欲请进京,即经臣耆英、臣祁𡎴正言拒绝,并令该领事寄信回国,阻止开行,一面具折奏报。嗣于十一月十二日准军机大臣字寄,十月二十二日奉上谕:据耆英另片奏,钦遵谕旨,札饬黄恩彤晓谕咪唎㗛云云。等因前来。臣等当即传知黄恩彤,一体遵照。

本年正月十一日,据署澳门同知谢牧之等探报,有咪唎㗛巡船一只,船上番梢五百余名,大炮六十四门,于是月初八日来至九洲湾泊。等情。正在批饬确查,即于十四日据领事嘱吐禀称,该国有使臣顾嗌业经来粤。臣以该国所遣使臣先经臣耆英等札饬该领事寄信阻止,何以仍复前来,是否该使臣开洋在先,致未接到?当即查照原案,饬知该领事遵办。并因该国有医生吧嗱久在粤东,粗通汉语汉文,颇见信用,当即派委永安县知县钱燕诒传同吧嗱,往见嘱吐,探询来意,相机谕阻。旋据该令禀称,已向嘱吐询明,该国使臣仍求进京朝见大皇帝,并无别情。诘以前次阻止札文,据称并未寄到。正在查办间,复据该使臣顾嗌遣夷目啊㖿哋咴来省,由领事嘱吐禀请进见,投递夷文。查阅译汉内开,伊奉本国正统领派为亚墨理驾合众国全权公使善定事宜大臣,前来中华,与大臣商议两国民人相交章程,立定和好条约,不日进京,即将正统领玺书内开列各款重事呈献大皇帝御览,约一月之间,兵船满载粮食,即驶往天津北河口而去。等语。

臣以该使臣远在澳门,既未进省求见,臣亦无由与之接谈。当即派委藩司黄恩彤,督同署广州府刘开域,两次向各夷目申明各前案。并钦遵前奉谕旨,反覆辨诘,示以法度,晓以情理,于婉为开导之中，寓正言拒绝之意。据各夷目答称，伊国使臣奉统领差遣，度越八万里重洋，凡九阅月，来至中国，专求进京朝觐，实出至诚，幸勿固拒。察其词极恭顺，而意殊胶执。该司等复谕以该国既系慕义远来，若遽以兵船驶往天津，殊失恭顺之义。况天津距京尚远，舟楫难通，即海口地方亦不能准令上岸，是远道前往，必至由津折回，岂不徒劳跋涉？大皇帝向加体恤，尔等切不可轻举妄动，自蹈咎愆。各夷目似均各听从，惟称伊等不能作主，即当赴澳，将各情详细传知顾嗌，再行回覆。迨诘以夷文内所云各款重事究系何事、何款，向来外国有陈请事件，必由督抚据情代奏，不能径达宸聪。该夷目等答称，均系和好美意，不敢非礼要求，至其详细条目，未能确知，不敢妄指，大约必须北上，交钦差大臣转呈。询问再三，众口如一。

臣查咪唎㗇国来粤贸易百余年来，未通朝贡，今使臣顾嗌吁恳进京，并有全权公使之称及商议相交章程，立定和好条约之语，其意在仿照𠸄夷，并欲驾出其上，已可概见。该国向来贸易极为安静，与中国毫无衅隙，自不至有藉端滋事别情。惟该使臣并不进省求见，番舶乘风行驶，旬日可达天津，倘粤省未经奏报，而畿辅近地海口猝见夷船，殊滋疑虑。且恐夷情阻隔，或致激成衅端。臣以夷务甫定之时，今昔情形不同，必须暂事羁縻，方可徐图控驭。现已明晰照覆，逐层驳斥，折以正论，仍假以权词，俾该使臣在粤停候，则一切操纵机宜，均可从容措置。臣与督臣祁𡎴面商，意见相同。惟夷情躁急，罔识重轻，其能否久停，尚难预定。

除再行随时查探，设法阻止，仍俟该使臣回覆到日再行奏报，一面飞咨沿海各督抚一体知照外，理合由四百里驰奏，并钞录该使臣来文及臣照覆公文，恭呈御览，伏乞皇上训示祗遵。

再，夷文内所称亚墨理驾，即咪唎㗇之转音，该国系合二十六处为一国，故有合众国之名，所称正统领即其国主，合并声明。谨奏。

道光二十四年二月二十二日奉朱批：□。钦此。

二月初四日

（军机处录副奏折）

G11(712)：中外关系-交聘往来(美国)

4.115　护理两广总督程矞采奏报美国兵船擅自进口并美使顾嗌近日在粤情形片

道光二十四年三月初八日(1844年4月25日)

再，查咪唎㗇使臣顾嗌到粤情形，业经臣两次由驿驰奏。嗣该使臣复有照会询及大皇帝谕旨何时可到，及钦差大臣几时可以来粤，臣复饬令在澳静候，勿得轻有举动。

旋经探得该国驶往小吕宋之兵船回抵澳门,即据嘛嘘照会,以该船兵头吧嘮欲进黄埔。等因。臣以黄埔系属内河,乃各国货船贸易之所,兵船不得擅进口内,当即申明定例,备文明白谕禁去后。讵该兵船已于初二日进口,到黄埔对面之深井湾泊,并据该兵头吧嘮呈递来文,以该船进口,专为约束商梢,防范海盗,并无别意,兼请至臣衙门拜见。臣复谕以兵船不得停泊口内,各国夷目亦从无进城求见之事,饬令即行退出,并行文嘛嘘,令其约束禁止。正在缮发间,复据嘛嘘以该使臣来粤,中国应行款待为词。臣以该国使臣嘛嘘远住澳门,无从与之接见,即吧嘮船泊深井,亦何敢私相往来。惟外夷性躁多疑,而该国从来未通朝贡,其于天朝法度多未谙悉,固未便过为迁就,长其骄亢之端,亦不得不稍事羁縻,开其觉悟之路。现已再申例禁,晓以情理,明晰备文,示知遵照。所有节次往来照会,臣未敢一一钞呈御览,致涉烦渎。

除移会水师提臣赖恩爵随时察探防范该兵船作何动静,一俟退出即行具报外,所有咪唎㗆使臣在粤近日情形,理合附片陈明。谨奏。

(朱批:)知道了。

(军机处录副奏折)

G11:中外关系-交聘往来

4.116　程矞采奏为遵旨晓谕咪唎㗆在粤静候事折

道光二十四年四月初五日(1844年5月21日)

护理两广总督、广东巡抚臣程矞采跪奏。为遵旨晓谕咪唎㗆使臣在澳静候事,恭折驰奏,仰乞圣鉴事。

窃照咪唎㗆使臣顾噔欲赴天津吁请进京朝见,经臣督同藩司黄恩彤开导阻止。嗣复请由内河行走,经臣以内河尤属不便,领令恭候谕旨,不得轻有变动。均将办理情形,恭折由驿驰奏。并于三月初八日奏事之便,将察看该使臣动静附片陈明。各在案。兹于道光二十四年三月初八、十九等日承准军机大臣字寄,二月二十二日奉上谕,程矞采奏阻止咪唎㗆使臣云云等因。钦此。又于三月初五日奉上谕,据程矞采奏咪唎㗆呈递回文云云等因。钦此。先旨寄信前来,并将调任督臣耆英领任钦差大臣关防综理各省通商善后事宜谕旨一道,一并抄发附寄。臣查该使臣虽屡以吁请朝见为词,而所亟望者尤在钦差大臣与之商定通商善后条款。仰蒙圣明洞烛,指示周详,虽属冥顽,亦应感悟。惟夷性多疑,若仅由臣督同黄恩彤空言传谕,仍恐不能□属其心,而所奉谕旨又未便概行宣誓,当即择要节录,俾得明白易晓,并将臣耆英综理各省通商善后之处一并备文示知，以坚其信而居其理。随派委候补知府沈英、臣标中军副将祺寿及谙悉夷情之即补同知铜麟、前任江苏上□县知县吴廷献，前往澳门接见该使臣，晓示一切。兹据该委员等禀称，于三月二十六日与顾嗹会晤，该使臣率同夷目免冠跨刀，执礼甚恭，迨将谕旨内事理一一转知，该使臣恭饬之下，极为惧怍，情愿在澳静候钦差大臣，不敢轻举妄动，别生枝节。并据该使臣呈送找回，词意恭顺，与委员等所祟大略相同。惟称进京之事，或外海或内河，均须待与钦差大臣酌夺，此时毋庸商论等因。臣查该使臣顾嗹吁请进京一节，屡经奉旨谕阻断，无准其北上之理。惟其初欲赴天津，词意恭决，经臣督领黄恩彤开导阻止，即请改由内河，复谕以内河尤属不便，尽其听候谕旨，该使臣虽亦允从，迨奉旨领令在澳守候，复听命惟谨。体察现在夷情，虽来员仍存希冀，实已渐就范围，据云进京之事，此时毋庸商论，须待钦差大臣酌夺，似与从前之坚求固请有不同。臣耆英指日到粤，自当相机驾驭，得法羁縻，杜其越分之思，即以遏其非礼之请。现在耆英由苏州递到照会顾嗹公文一件，臣已委妥员赍往澳门投递。除将现办情形飞咨臣耆英查照，预为筹计外，理合由四百里恭折驰奏，并将该使臣来文一件抄呈预览。至佛兰西现在并无动静，合并陈明，伏乞皇上圣鉴训示。谨奏。

道光二十四年四月二十三日奉朱批：另有旨。钦此。

四月初五

（军机处录副奏折）

G11(741)：中外关系-交聘往来(美国)

4.117 钦差两广总督耆英奏报抵粤接印并照会美使在澳会晤折

道光二十四年四月十五日(1844年5月31日)

钦差大臣、两广总督臣耆英跪奏，为恭报奴才行抵粤东接印任事日期，及照会咪唎嚟国使臣在澳会晤缘由，恭折驰奏，叩谢天恩，仰祈圣鉴事。

窃奴才前抵吴江途次，接受钦差大臣关防，于三月十五日在杭州恭折具奏。随即星夜遄行，四月十四日抵广东省城，接晤抚臣程矞采、藩司黄恩彤，询悉咪唎嚟使臣顺嗑闻知奴才前来，未即北驶，尚在澳门等候。奴才以夷性多躁，该使等候已久，恐一闻奴才到省，将船驶入省河，冀图会晤，易启民疑，若不俟接任，即行驰赴澳门，又恐谣言骤起。复同抚臣程矞采等悉心熟商，一面照会该使臣，告知奴才业经抵粤，不日即赴澳门，与之会晤，先安其心；奴才一面接印任事，将应办公事稍为清理，即率同黄恩彤前赴澳门。先令黄恩彤接见该酋，查探动静，设法控驭，奴才再行面为宣布皇仁，剀切开导，倘能入我范围，不致坚请北驶，此外如有请求，另行会商妥办。十五日准兼护督篆抚臣程矞采将两广总督关防、盐政印信及王命旗牌、文卷等项，委员移送前来，奴才恭设香案，望阙叩头，祗领任事。所有任内一切公事，并钦奏谕旨交查交办案件，奴才惟有次第详慎办理。至控驭各夷，奴才既不敢畏难将就，贻误大计，亦不敢稍存成见，启衅目前，惟有感之以诚，折之以礼，使其翕然贴服，以期无负委任。

除将到任日期另行恭疏题报外，所有奴才接受督篆、盐政印信日期及照会该使臣缘由，理合恭折具奏，叩谢天恩，伏乞皇上圣鉴。

再，奴才一俟到澳，接晤该使臣如何情形，即行驰奏，合并陈明。谨奏。

道光二十四年五月初八日奉朱批：钦此。

四月十五日

（军机处录副奏折）

G12：中外关系-定约

4.118 耆英奏报与美使交涉议立条约事折

道光二十四年四月十八日（1844年6月3日）※

道光二十四年，钦差大臣两广总督耆英奏。

窃照咪利唑夷使顾嗑，前于北上一节，已具文呈明，允肯准止。惟求速定条约，仍未拟定一京中部院衙门接收其国中文书，如俄罗斯诸国事例，而于国书作何呈递则不吐实情。奴才以该夷使于国书匿不呈出，并坚以部院接受文书为请关系，欲将此款载入条约以为将来借口进京投文地步，不可不豫为之防。当将相机办理情形，先行陈奏。一面督同黄恩彤及各委员设法开导，喻以天朝制度之不可更易，晓以京中部院之未悉情形，如有下情亟须上达，不妨将国书呈出，当为代奏大皇帝，必可得邀预览。连日往复辩论，该夷使始肯将日后如有国书即呈请办理夷务之钦差大臣或两广、闽浙、两江总督代奏之处载入约册，其余未经议定之各款贸易章程，亦即一一听命。奴才以该夷使业经就我范围，惟国书不肯遽呈，仍不能十分可靠，当复督同黄恩彤及各委员，详细诘询，乘其可转之机，即破其坚执之见，该夷始使信服无疑，随将所赍国书备文呈缴前来。复查该夷使之所以请求北上者，不在条约而在国书。其初次所递照会，已露有端倪。曾经抚臣程矞采钞录原文，恭呈御览。揣其来意，条约可以在外商定，而国书必须亲赍赴京，故其国书一日未缴，则夷情一日未定，即使条约均有成言，是否北驶，仍无把握。现据该夷使将国书呈出，求为代奏，则其不复希冀进京已属毫无疑义。惟夷性躁而多疑，尤恐迟则变生，奴才即饬将议定条约缮写成册，发代该夷使逐条翻书夷字，彼此校对无讹，随定期接晤，该夷使钤印画押，并犒以酒食，示以恩信。该夷使极为欢忭，现寓澳门，一切安静，勘以稍慰圣怀。除将条约开单另折具奏，其国书系属夷字猝难辨认，究竟如何措词，容俟奴才密传通事，译出汉文，如何进呈之处，悉心酌议，再行请旨遵办。奴才于接晤该夷使钤印定约后，即率同藩司黄恩彤及各委员起程，于五月二十二日回省。

耆英又奏：查该夷使原呈条约，共计四十七款。有事属难行妄事请求者，有必须要约而漏未开列者，兼之文义鄙俚字句涩晦，其间疵类多端，殆难枚举。奴才耆英率藩司黄恩彤及各委员，连日与之往返辩诘，分别应准应驳，应删应增各项，共定为三十四款。其清理可通者，则详为指示，以破其愚蒙，其制度攸关者，则严加辩论，以杜其希冀，而文理难通之处，又不能不略加修饰，出以浅显，俾得了然无疑，计前后四易其稿，始克定议。查该夷使原称条约内有断难推行而请求甚坚者，共十款。如：各口领事官有事，应呈明督抚，而该夷使则又请准其径赴都察院申诉一款；洋楼偶被焚烧，应由商人自行修复，而该夷使则欲牵引洋行赔修旧例，有议请官为赔修一款；洋货业经开舱纳完税钞，其销数畅滞，官不过问，而该夷使则有三年不销，请发还税银一款；洋行既经裁撤，应由夷商自投华商交易，而该夷使则有请官设栈房代为贮货一款；货舱止准立港口贸易，不得驶往别处，而该夷使则有天朝敌国与国，均准往来贸易一款；商船进口停泊，应归领事管束，而该夷使则有应请中国统辖护理，倘遇别国侵害，仍请中国代为报复一款；外国自相争斗，中国无从钤制，而该夷使则有货船被敌兵追袭，应请中国护助攻击一款；外国兵船应在口外停泊，而该夷使则有兵船一到港口，与炮台互相放炮，以将敬意一款；外国文书应由沿边督抚接收，分别核办，而该夷使则有请定京中或内阁或部院衙门收受其国中文书一款；条约专为和好，豫杜争端，而该夷使则有若值两国用兵，仍须准予商人搬回，免遭殃害一款。或窒碍难行，或诸多流弊，此外琐屑攸谬贪利取巧者，尤不一而足。奴才督率黄恩彤及各委员，逐款指驳，不敢稍为迁就，往复辩论多者十余次，少者亦五六次。该夷使理屈词穷，始肯照依芟撤，至现定贸易各款章程与上年新章符合者，计居十分之八。其商船纳钞已毕，因货未全销，改往别口转售，毋庸征船钞一款；及商船进口，并未开舱，即欲他往，限二日出口，不征税钞一款；又商船进口纳清税饷，欲将已卸之货，运往别扣售卖，免其重纳税钞一款，均与上年新章稍有变通。但现在吾贸易，与以前只准广州一口互市者情形不同，该夷商因此口销贷不畅转贩彼口，乃系市侩恒情，即不便强为限制，亦未便于业经完纳之税钞，重复征收，自应量为调剂，以顺商情，仍严加查察，以杜流弊。又贸易港口，准其租地，自行建设礼拜堂及殡葬之处一款，又延请中国士人教习方言，帮办笔墨，并采买中国各项书籍一款，先经奴才驳斥不准。据该夷使覆称，大西洋之在澳门，嘆咭唎之在香港，均得建堂礼拜，择地殡葬，俾生者得以祈福，殁者得以藏骸。伊国前来中国贸易之人，为数不少，既不敢求赏地基，若再不准租地建设，寔属相隅。至伊等延请中国士人，采买各项书籍，乃系旧有之事，只求载入条约，免至官役藉端陷害，等语。复查礼拜堂及殡葬处，既系该夷租地，自行建设，有未便固执严驳之处，但须申明禁约，不得强租、硬占，至拂舆情。如果绅民不肯租给该夷，以无从藉口。至各国来粤贸易二百余年，中国粗通文艺之人，如通事、书手等类，交接往来，利其资助者，颇不乏人。至各国记载一方事迹多有汉字，并将字典韵府翻成西洋文字者，足征采买书籍，尤事所恒有久已，无从稽查，自不妨如其所请。此外无关贸易有关和好各款，均尚与办法无碍。其商人擅赴五口外私行交易，及走私漏税，携带鸦片及违禁货物，听中国地方官自行办理治罪一款，系属增入，该夷使亦即允从，足见该夷遵守天朝法度，不敢任意妄为。其所议每届年终由五口领事官将船只、货色、价值报明各本省总督，转咨户部查验一款，亦该夷安分贸易，不肯偷漏税饷之明证。再，该夷使于上年所定税制一一遵行，惟称洋铅系伊国所产，每担税银四钱，较铁斤加至三倍，未免较多，求为酌减。奴才耆英因洋铅尚非大宗货物，所请亦复近理，当为每担减去一钱二分，定为二钱八分，该夷使亦即遵照。

耆英又奏，奴才体察各国夷情，如咪哩喹利在通商，我既可乘其所急，以控御而羁縻之，虽几经曲折，终须渐就范围。惟佛兰哂本系以通商为重，货船来粤，岁不过一二只，其情形与咪夷迥异，驾驭之难，较咪夷实不啻倍蓰。以奴才所闻，该国与咦夷为邻，止隔一海面。咦夷初隶所属，后渐强大，始叛去，自为一国，屡经构兵，近虽罢兵议和，而其势两不相下。咪哩喹又咦夷之属国，因被咦残虐，其国人有哗嗑噸者，率众拒战，咈夷遣兵助之，而咦夷始与之平，咪夷因以立国。故咈夷者大有怨于咦夷，而最有德于咪夷者也。自上年咦夷犯顺，与咈夷一无干涉。二十一年间，在事诸臣主以夷攻夷之说，于是，遣员招致咈国住粤之夷僧呸宝、呸嗜，及其国人嗔嗑噫、嘣哂咡等进省接见，因所言同仇助顺语不真切，是以未与共事，但以礼貌待之，酌加赏犒而已。二十二年间，江南抚议垂成，嘣哂咡、嗔嗑噫复先后由吴淞驶入草鞋峡江面，停泊十余日，并未求见。复闻嗔嗑噫等欲来讲和，亦无人款接。迨咦夷就抚退去，咈夷船只亦随之出江。彼时奏明之，咈夷则济勒即嘣哂咡其人也。上年奴才在粤所议咦夷通商善后事宜，粗有就绪。而嗔嗑噫遣其国人吵喱唱咐嗯来省，以愿助修台、铸炮为词，请委员赴澳，与之面议。随经前督臣祁埙，委派广州府易长华、候补同知铜麟往见，该夷所言多不可靠，该员等亦即回省。旋有该国领事拉吔嚎咚继至，即斥嗔嗑噫等，系属假冒，并以有事禀商，来省求见。嗣接晤时，但求依新章一体贸易，别无请求。经奴才允其所请，该夷目亦欢忻而去。是时，咪夷已有专派使臣前来进京之请，而咈夷不闻此说，查询拉吔嚎咚，亦称伊国并无续派使臣来粤之事。不意本年春间，拉吔嚎咚、嗔嗑噫相继回国，即传闻咈夷遣使踵至。迨奴才接见噸嗑，亦据称，咈夷使臣名喇吃呢，不过一月以后，即可到粤。连日嘱令即补道潘仕成向住澳咈夷密加侦探，据云，喇吃呢带兵船七只、火轮船一只，已至小吕宋停泊，采买口粮、食物，或来粤暂驻，或径赴天津，均未可定，等语。虽未可尽信，要非无因。查咈夷与中国素无衅隙，亦无多贸易。如果有使臣到来，必仍与中国结约、共击咦夷为言，藉图观光上国，希冀恩宠。万一闻之咪夷已止朝觐，因而不复北上，亦未可定。傥喇吃呢前来中国，无论驶往何口，必须设法委为抚驭，方不致别生枝节。俟查探确情,再行随时具奏。

七月丁卯,军机大臣、大学士穆彰阿等奏,六月十四日耆英等奏,议定亚美理驾合众国贸易条约一折,奉朱批:军机大臣会同该部,速议具奏。钦此。

臣等查,五口通商,原准各国一体贸易。今亚美理驾合众国,遣使到粤,必欲恳求明定条约,以坚和好。业经该督饬司,分别准驳议定三十四条缮册,钤印分执,以示抚绥。臣等复加察核,原为俯顺夷情,无碍通商大局起见。其中关涉饷税者十五条。户部查该督酌定各款,事关贸易者,如所纳税饷,俟照现例。五港口外,不得游弋。各项货物,均准贩运行李等件,不输船钞,派役管押,不得需索。进口、出口,秉公验货,丈尺秤码由关颁给,税钞全完发给红单。商船停泊,不准私剥裁撤洋行,任使交易。商人拖欠,官不保偿。共十一条。查与上年新定章程,尚无歧异,应如所议办理。至货未全销,改往别口转售,毋用重征税钞一款,及进口并未开舱,即欲他往,限二日内出口不征税一款。又,商船进口纳清税饷,将已卸之货,运往别口,免其重税一款,虽与新章,稍有变通,惟既据该督等察看情形,量为调剂。其所请注明红牌,行文各海关查照,即定限二日出口,不得停留。并验明原色原货,无折动抽换情弊,方准填入牌照,发该商收执之处,总须各海关实力稽查,毋得任其影射夹带,致滋偷漏。庶于税务、商情,两无妨碍。再,每届年终,由五口领事官将船只、货色、价值报明本省总督,转咨户部一款,系为稽核税数起见,应令该督等,每届年终,专案报部,以凭查验。其关涉罪名词讼者九条。刑部查该督等所定各条,如严禁海关胥役,及奉派管押船只之差役,不得需索规费,违者照例计赃科罪。又,民夷有词讼交涉事件,各由本官捉拿、审讯。又民夷有要事辩诉者,查系事在情理,方准官为转行查办。傥有因事相争,公议察夺。又,该夷有不安本分,逃至内地避匿者,即行查拿,送交该领事等官治罪。如内地犯法民人逃至该夷寓所及商船潜匿者,地方官亦即行文该领事等官捉拿、送回。如互有倚强滋事、轻用火器伤人,酿成斗杀重案者,地方官及该国官员,均应执法严办,不得稍有庇徇。又该夷有擅向别处不开关之港口私行贸易,及走私漏税,或携鸦片等项违禁货物至中国者,听中国地方官自行办理治罪。以上六条,或禁蠹役之需索,或杜民夷之争端,或为严防偷漏及私带违禁货物起见,均应如所奏办理。至该夷船只被劫,官为究治,并严禁民人掘毁夷坟,焚烧洋楼各条。查该夷既安分贸易,地方官自应时加保护,应请嗣后,该夷船只如在中国所辖地方被劫,准其呈报地方官,严拿盗,照例惩办。如盗未经全获,不能赔还赃物。其该夷在港口所赁地内埋葬坟冢,并无强租侵占及不法情事,而内地民人口将其坟冢掘毁,或匪徒防火焚烧洋楼、掠夺财物者,地方官严行查拿,按例治罪。此外各条,如:设立领事,雇引水约束夷人,勿许闲游滋事,认明旗号,假借营私;若与他国相争,仍听自行办理,并申强取之禁,以免扰累之端;遭风触礁者,抚恤优加;没水购食者,通融勿阻;递国书,则为代奏,行公文,则有定称,以礼相交,以信相守,不得轻有更改,等语。臣等核与前定海口章程,均无窒碍,悉如所议办理。唯延请士民教习,并采买书籍一款，本干例禁，且漫无限制，则流弊滋多。该督等因该夷再三恳请，遂授通事书手之例，准令延师，并以西洋有字典韵府诸书，为向来购书之证，权宜照准，以顺其情，自未便轻易纷更，转令该夷藉口。臣等伏思：驭外之法，在操纵之得宜；治内之方，在稽查之周密。经此次议定条约之后，应令该国延请之人，将姓名、年岁、眷属、住址并呈明该地方官，另册存案，方准前赴该夷寓馆。其所购书籍，亦应各书肆另立簿册，将书名、部数、价值，于买定后随时登载，年终汇交该地方官，呈送督抚查核。庶按籍而稽，可为诘奸察远之一助。至延请之人，愿往者，不必阻挠。其托故不赴者，不得转嘱地方官代为招致。采买之书，愿售者听其取携，其昂价弋利者，亦不得关涉地方官强为购买。此与条约相符，而可以申明约束者也。又如贸易港口准设礼拜堂、殡葬处一款，查商贾懋迁非同占藉五口，虽议准贸易而往来靡定，较之澳门、香港亦复悬殊。所云生者祈福、死者藏骸，恐购造既多即占地弥广。该督等因系该夷自行议租，未便严驳，且已于条约声明由中国地方官会勘地基，听令公平议息，勿许强租硬占等情。立约较严，自可通融照办。臣等伏思设堂礼拜，夷俗固然，但事属不经见闻，易惑愚民，喜新厌故，难免效尤。应由该督咨商各该抚，设法谕禁，不得转相传习，务使沿海居民晓然于夷言之不可效，夷礼之不可行。似于风俗人心不无关系。殡葬一节，现议准行，在彼昧首邱之仁，在我合理胔之政。其于圣泽自无防。惟地基一经择定，即当划明界址，永远遵循，不得于建设各项后，复以隙地无多，藉词占越。此示与条约相符，而尤当豫严禁令者也。又，该督等另片奏称，洋铅系伊国所产，每担税银四钱，未免较多，求为酌减，每担当为减去银一钱二分，定为二钱八分，等语。户部查上年所定税例，该夷使既一一遵行。洋铅尚非大宗货物，所有减定税数之处，应亦如所议办理，并饬通商各海口悉如所约，妥协办理。奉旨依议。

闰四月十八日

（军机处录副奏折）

G12(712)：中外关系-界务、订约（美国）

4.119 钦差两广总督耆英奏报遵旨接见美使唦嘧各情形折

道光二十四年五月初十日（1844年6月25日）

钦差大臣、两广总督奴才耆英跪奏，为遵旨接见咪唎喹夷使唦嘧大概情形，恭折由驿驰奏，仰祈圣鉴事。

窃奴才于苏州途次，承准军机大臣字寄，道光二十四年三月初五日奉上谕：前因程矞采奏咪唎喔,〔云云〕。钦此。遵旨寄信前来。嗣奴才于四月十四日抵粤,十五日将先行接印任事,再赴澳门接见该夷使,相机控驭缘由,恭折驰奏在案。随将任内应办事宜稍为清理,于四月二十五日带同藩司黄恩彤及委员等,由省起程,于五月初二日抵澳。初三、四等日接见该夷使及夷目哈噹、啤哈哎等,执礼甚恭,惟并未言及进京朝觐及呈递国书一节。奴才连日饬委黄恩彤带同各员,向其剀切晓谕,奖其在粤静候,并告以若使进京,亦必令其折回,徒劳无益,该夷使惟有含糊答应。随据呈出贸易条款一册,虽译汉不明,字句涩晦,而大致尚与新定章程约略相仿,并据称不敢效暎夷之所为,图占海岛。等语。奴才详加阅核,似与通商大局无碍,惟于停止北上一节,语多游移,但求速定贸易条款,造册钤印,彼此分执。奴才以该夷使渡海远来,如果于贸易新章之外别无非分之干,原可即与定议,但检阅前护督臣程矞采移交该夷使初次所递照会,玩其语意,似欲先定条约,再行进京。今既坚求速定约册,诚恐立约后仍复北驶,若不加意防范,转致堕其术中。当将所呈贸易各条分别准驳,逐加签商,饬令黄恩彤面与会议,藉可体察情形,并照会该夷使,以条约指日可以议定,即可毋庸北驶,如递国书,何日呈出。该夷使见烛破其谋,随复吁请朝觐,连日议论不决。奴才复率同黄恩彤等亲见该夷,谕以天朝法度,凡旧制所无,不准辄有增加。尔等既知爱戴大皇帝,便当凛遵谕旨,不应因执干求。复折以情理,晓以利害,计辩论半日之久,该夷使似有悔悟之萌。顷刻复生希冀,惟以伊奉统领之命而来,兼有国书,应亲赍进呈御览为词,哓哓不已。迨晓以如有下情不能上达之处,不难代为奏闻。又称伊观光出于至诚,情愿由内河行走,并无他意。其语意时而恭顺,时而桀骜,情词甚为闪烁,加以穷诘,无可置喙,则称俟备文申后,再将原委诉明,非面议所能遽定。

奴才伏查,该夷使嚬嗑呈出条款,意在与暎夷俱照新章贸易,因闻暎夷曾订约册,是以接踵仿效,尚在情理之中。至其吁请朝觐,实有夸耀暎夷之意,屡经前护督臣程矞采督同黄恩彤设法谕阻。彼时该夷使照会内称,或由内河,或经行航海,统俟钦差大臣前来,再行商定。今复经奴才舌敝唇焦,剀切晓谕,该夷使虽似就我范围,终恐反覆,且动以北驶为挟制之词。现在督令黄恩彤率同各委员设法开导。初十日始据该夷使告知黄恩彤等,连日熟思,钦差大人所说甚为明晰,似可暂泊澳门,不行北驶。等语。虽据面谈,仍难凭信。

一俟接到该夷使回文,究竟如何情词,即行驰奏外,所有奴才到澳接见该夷情(使)大概情形,先行由四百里恭折驰奏,伏乞皇上圣鉴训示。

再,抚臣程矞采未及会衔,合并声明。谨奏。

道光二十四年六月初三日奉朱批:另有旨。钦此。

五月初十日

(军机处录副奏折)

G11(552、561、565)：中外关系-交聘往来(葡萄牙、英国、法国)

4.120 钦差两广总督耆英奏报出省接见羁縻各夷情形片

道光二十四年五月十三日(1844年6月28日)※

再，奴才于出省后道经虎门，即据唤咭唎新来夷酋嘘啤吐及噗嗝喳一同来见。察看嘘酋为人似尚明白，当谕以务须坚守成约，勿稍反覆，该酋亦以为然。

迨抵澳时，即有大西洋兵头吡咖哆率同夷目迎谒，甚为恭顺。准该国旧兵头吐唎喴啦呦哆尚未回国，并呈递公文，亦有北上之请。奴才当即剀切谕阻，该兵头尚不敢固执，事可中止。

至咈囒哂本有领事啦吔嚎咚及兵头嘣哂咡在澳寄居，现经查明，啦吔嚎咚业经回国，嘣哂咡亦赴兵船未回。惟据咪夷声称，咈囒哂现有使臣喇吃呢早经开行，约计一月后可以到粤。侦探两国夷情，似系通同一气，应俟该夷使到后，另行设法羁縻。

再，带同藩司黄恩彤出省，奴才署中日行之事，已委臬司孔继尹代拆代行，合并附陈。谨奏。

道光二十四年六月初三日奉朱批：另有旨。钦此。

(军机处录副奏折)

G11(565)：中外关系-交聘往来(法国)

4.121 两广总督耆英奏报确探法国使臣喇吃呢是否来华并设法妥为抚驭片

道光二十四年五月十三日(1844年6月28日)※

再，奴才体察各国夷情，如咪唎㖿利在通商，我即可乘其所急，以控御而羁縻之，虽几经曲折，终须渐就范围。惟咈囒哂本不以通商为重，货船来粤，岁不过一二只，其情形与咪夷迥异，驾驭之难，较咪夷实不啻倍蓰。以奴才所闻，该国与唤夷为邻，止隔一海面。唤夷初隶所属，后渐强大，始叛去自为一国，屡经构兵，近虽罢兵议和，而其势两不相下。咪唎㖿又唤夷之属国，因被唤夷残虐，其国人有哗嗌吨者率众拒战，咈夷遣兵助之，而唤夷始与之平，咪夷因以立国。故咈夷者，大有怨于唤夷，而最有德于咪夷者也。自上年唤夷犯顺，事与咈夷一无干涉。

二十一年间，在事诸臣主以夷攻夷之说，于是遣员招致咈国住澳之夷僧呸唉、呸嘶及其国人嗔嗌噫、嘣哂咡等进省接见，因所言同仇助顺，语不真切，是以未与共事，但以礼貌待之，酌加赏犒而已。二十二年间，江南抚议垂成，嘣哂咡、嗔嗌噫复先后由吴淞驶入草鞋夹江面，停泊十余日，并未求见。后闻嗔嗌噫等欲来讲和，亦无人款接，迨暎夷就抚退去，咈夷船只亦随之出江。彼时奏明之咈夷则济勒，即嘣哂㖊其人也。

上年奴才在粤所议暎夷通商善后事宜粗有就绪，而嗔嗌噫遣其国人哕哑喝咁唔来省，以愿助修台铸炮为词，请委员赴澳与之面议，随经前督臣祁𡎴派委广州府易长华、候补同知铜麟往见。该夷所言多不可靠，该员等亦即回省。旋有该国领事啦吔嚎咚继至，即斥嗔嗌噫等系属假冒，并以有事禀商来省求见。嗣接晤时，但求照新章一体贸易，别无请求。经奴才允其所请，该夷目亦欢忻而去。是时咪夷已有专派使臣前来进京朝觐之请，而咈夷不闻此说。查询啦吔嚎咚，亦称伊国并无续派使臣来粤之事。不竟本年春间，啦吔嚎咚、嗔嗌噫相继回国，即传闻咈夷遣使踵至。迨奴才接见嘛嗌，亦据称，咈夷使臣名喇吃呢，不过一月以后，即可到粤。连日嘱令即补道潘仕成，向住澳咈夷密加侦探。据云喇吃呢带兵船七只、火轮船一只，已至小吕宋停泊，采买口粮食物，或来粤暂驻，或径赴天津，均未可定。等语。虽未可尽信，要非无因。

查咈夷与中国素无衅隙，亦无多贸易，如果有使臣到来，必系仍以与中国结约共击暎夷为言，藉图观光上国，希冀恩宠。万一闻知咪夷已止朝觐，因而不复北上，亦未可定。倘喇吃呢前来中国，无论驰往何口，必须设法妥为抚驭，方不致别生枝节。除再查探确情，随时具奏外，理合附片陈明。谨奏。

道光二十四年六月十四日奉朱批：另有旨。钦此。

（军机处录副奏折）

G12(202、565)：中外关系-界务、订约(澳门、法国)

4.122　两广总督耆英奏报委员赴澳察看夷情并订期会晤法国公使相机驾驭等情片

道光二十四年七月十六日(1844年8月29日)※

再，前闻咈囒哂夷使有来粤之信，当饬该管地方官及即选道潘仕成，随时密加侦探。旋据先后禀称，探得咈囒哂大小兵船二只，于七月初二日来澳停泊。即据澳门县丞张裕禀称，久住澳门之咈囒哂夷人咖喀唎，于初六日来见，据称现在来澳之兵船，即系伊国公使乘坐，尚有兵船四只，不日亦可到澳，俟到齐后，驶赴天津，欲求进京朝见。等语。经该县丞告以现奉大皇帝钦派大臣驻澳专办各国通商善后事宜，尔国如有所请，正可由公使备文呈递，听候准驳。至天津，并无专办各国事宜之大臣在彼驻扎，转恐下情未由上达，以致徒劳往返，甚属无益。该夷似以为然，约俟商之伊国公使，再给回信。等情。正在批饬确探禀报间，据咈囒哂夷使喇噂呢来文内称,伊奉国主差来中国,办理交涉事宜,业经到澳,请臣及时往来,两国获益。等语。

臣查该国夷人咖略唎前见县丞张裕,有驶往天津,欲求进京之语,而该夷使文内未提及,亦未叙明来意,是否因闻知咪夷业经阻止北上,因而不复效尤,抑或因船只未齐,风候渐转,是以暂置不议,预留地步,以便异日续有请求,均难逆料。惟该夷使既以礼求见,即应加以羁縻,俾免觖望。

除由臣备文照发并委员即选道潘仕成、候选主事赵长龄以慰劳为名,前往澳门察看夷情,臣再率同藩司黄恩彤与之订期会晤,相机驾驭,务期不致别生枝节外。再,此次来澳之喇噂呢即系前经奏明之喇吃呢,因番音无定,传译失真,以致微有同异。

又接准咪唎唑夷使顺嗌来文,该夷使定于七月十三日启程回国,其前次欲往通商四口查看贸〔易〕之说自已中止,理合一并附片陈明。谨奏。

道光二十四年八月二十五日奉朱批:依议。妥办议定后即行奏闻。钦此。

（军机处录副奏折）

G11(202、565):对外关系-交聘往来(澳门、法国)

4.123 两广总督耆英等奏报赴澳接见法国夷使起程日期折

道光二十四年八月十四日(1844年9月25日)

两广总督奴才耆英跪奏,为赴澳接见夷使,恭折奏闻,仰乞圣鉴事。

窃照咈囒哂夷喇噂呢来粤请见,前经奴才派委即选道潘仕成、候选主事赵长龄赴澳察探夷情,并附片陈奏在案。旋据该委员等禀称,已与该夷喇噂呢会晤,执礼甚恭。惟该国兵船先后来澳停泊,已有八只,诘其来意,不肯说出。复向久经住澳之该国夷人咖略唎探询,据称伊国系西洋大国,因见暎、咪二国均有使臣前来中华,是以亦遣使臣来粤求见钦差大臣,商定和约,以为光宠。复诘以有何应须立约之款,据云伊亦不得其详,须俟伊国使臣喇噂呢谒见钦差,再行面陈。等语。并据该委员等带回夷文一件,请奴才于八月初一日以后赴澳相见。

奴才以该夷使未经到粤以前,即有欲〔赴〕天津之说,而咖略唎初见澳门县丞张裕时,亦当提及现在风信尚未甚定。若奴才遽与接见,倘请求不遂,必以北驶为挟制之端,转恐难于控制,似应暂为设法羁縻,令其在澳缓待,俟月半后渐转北风,番舶不能逆行而上,则相机驾驶(驭),较易为力。当复发给照会,谕以天朝八月上旬既有秋祭大典,又恭值万寿庆节,均须在省行礼,俟十六日方能起程赴澳。并委熟悉夷情之前任江苏上元县知县吴廷献会同县丞张裕,向其明白开导,免使生疑。兹据该委员等与夷使订明日期,取有回文,并无异说。奴才已定于八月十六日率同藩司黄恩彤、即选道潘仕成、候选主事赵长龄、准补琼防同知铜麟、前任江苏上元县知县吴廷献，由省起程赴澳。至督署日行文件，札委臬司孔继尹代拆代行，其有关紧要者，仍包封送至奴才行署，酌核办理。

除俟接见该夷使，询明来意，如有请求之款，即当分别准驳，商定条约，妥为抚驭，务期不生枝节，并将办理情形随时具奏外，所有奴才起程赴澳日期，理合恭折具奏，伏祈皇上圣鉴。谨奏。

道光二十四年九月十八日奉朱批：知道了。密奏一封留中。钦此。

八月十四日

（军机处录副奏折）

G11(565)：中外关系-交聘往来(法国)

4.124　钦差两广总督耆英奏报筹办夷务渐有条理情形折

道光二十四年九月初七日(1844年10月18日)

钦差大臣、两广总督奴才耆英跪奏，为设法筹办夷务，渐有条理，恭折由驿驰奏，仰祈圣鉴事。

窃奴才前因咈囒哂夷使喇噂呢不吐实情，殊难揣测，业将连次接见大概情形及相机熟筹妥办各缘由，缮折奏报在案。当即督饬藩司黄恩彤及各委员，连日与之往覆辩论。据该夷使声称，前所请伊国使臣进京朝觐即留住在京，中国亦遣使臣至伊国都城驻扎，以便常通消息，互相帮助，乃系最有益之事。如不能行，伊亦不复固请，但求准伊国选择明习天文之人，送京当差，如大西洋故事，并求中国派官赴伊国学习修船铸炮、水战兵法，万一将来嘆夷再有滋事，不难制胜。等语。虽似小变其说，实则仍执前议。经该藩司等谕以西洋人进京当差，始于前明之季，其时中国天文失传，不得不借资异国，我朝人才辈出，推术精详，寒燠阴阳，不差累黍，是以遣令高守谦等各回本国，无须咈囒哂人再往帮办。至船炮水战，用之各有其宜，便于西洋者不必便于中国，且中国于洋船洋炮亦均能仿造，更无庸远赴咈囒哂学习。

该夷使见其说不行，忽称嘆夷近在香港，倘有反覆，必赴广州肆扰，莫若令咈囒哂人在虎门地方建楼居住，伊等当以兵船数只代中国防守，俾嘆夷不敢驶进，情愿自输兵费，并不仰给中国。揣其隐衷，竟欲借防守之名，为占据之计，甚为叵测。经奴才督同该藩司等严行拒绝，并晓以香港系海中荒岛，孤立无援，并非战守之地，是以准予嘆夷建屋寄居。虎门乃省河第一要津，为水师提督驻守重地，断不能容留异国之人，且炮台林立，戍有重兵，今非昔比，敌船莫能飞渡，亦无庸借资客兵之力。至嘆夷在香港建屋,一切费用皆取之于商,咈囒哂贸易无多,迥非嘆夷可比。若欲在中国择地寄居,留兵戍守,既劳且费,甚属无益,所当速即改图,勿得任意妄求,或致两国因此生隙,转为西洋各国所笑。

该夷使理屈词穷,惟称伊奉本国差遣,统带兵船多只,度(渡)越数万里重洋,所费不下百万,本欲结两国之交,订万年之约,若仅如嘆、咪二夷订以通商条款,于伊国有名无实,将来何颜回国上覆主命,殊觉进退两难。如果所请均不能准行,伊亦不敢干犯天朝,或中国所属之琉球等国准予据守,亦于伊国稍有裨益。等语。体察夷情,外若驯顺,内实骄蹇,时而以甘言尝试,时而以虚声恫喝。抚之太宽,既虑堕彼术中,操之已蹙,又恐变生意外。连日相机驾驭,总不肯就我范围。查有该国夷人咖嘭唎,久住澳门,能通汉文华语,即奴才前次片奏所云以《佩文韵府》翻成西洋文字者,现随喇噂呢传译言词,翻写文章,颇见信用。当经派令前任江苏上元县知县吴廷献往见该夷,密加侦探,察其动静,似尚可笼络。奴才一面饬令各委员等转向晓谕,以中国制度与西洋各国大相悬殊,尔国使臣初到,不能谙悉,以致越分请求,均遭驳斥。尔既久住中国,于何在可以准行,何在万难将就,必应粗知崖略。今中国大臣待尔不薄,尔应劝诫喇噂呢,勿得仍前渎请,免致因修好而起衅端。该夷人似尚知领悟,续据禀称,伊已向喇噂呢逐款言明,所有以前妄议各情,均不复提起,亦不行文照会,免露形迹。惟天主教乃伊国君民所崇奉,中国斥为邪教,并加严刑,有伤伊国颜面,务求奏明大皇帝,将习教之人免其治罪,以见伊国并非异端,即属仰邀恩宠,伊等于此外亦不敢别有他求。当折以天主系西洋各国之教,不便行于中国,亦犹中国儒教不能行之西方,何得遽改定例。据称佛教亦系来自西方,何以中国并不禁止。天主教自前明西洋丽玛窦传入中国,三百年来,并未滋事,何不可量从宽宥。复折以中国定例,乃系禁中国传习之人,原未尝兼禁外国,即如澳门,天主堂非止一处,而咪唎㕵请定贸易章程,亦准其在五口附近地方建堂礼拜,已有明文,何必再行重议。据称,康熙三十一年,曾奉礼部议准,天主教与僧道喇嘛一体驰禁有案,并非专指外国之人。随将摹拓碑文呈验,查看碑文,即系刊录原案,纸色暗旧,字画间有缺残,与案牍体式均属符合,似非虚捏。并称中国定例,无非禁人为恶,天主教系劝善惩恶,何妨兼予宽容?复折以中国因传习天主教之人有诱污妇女、诓取病人同情之事,是以特立治罪专条,何得以劝善惩恶藉口。据称,如果诱污妇女、诓取病人同情,乃系藉教为恶,自应治罪,其中习教劝善者正不乏人,何可举一例而概加刑戮。且伊国使臣航海远来,未尝得罪中国,乃请求各款均奉驳斥不准,若于此款仍遭严驳,则是欺藐伊国君民,以邪教异端相待,恐两国不和即从此起,所有贸易章程亦可勿庸再议。等语。情词甚属坚执。奴才伏查,该夷使喇噂呢前请各款均系必不可行,业经逐加驳斥,不复渎求。至续请天主教驰禁一款,与各款兼权熟计,当有轻重缓急之分,但定例攸关,亦未便稍为迁就。

除仍督同藩司黄恩彤等设法开导,尽力羁縻,但能遏其所请,必不遂彼所求,仍随时体察夷情,酌量妥为办理,勿致别生枝节,一面将通商事宜商定条约,另行具奏外,所有夷务渐就条理及筹办大概情形，理合恭折由驿驰奏，伏祈皇上圣鉴训示。谨奏。

道光二十四年九月二十六日奉朱批：所谕正大得体，甚属可嘉。另有旨。钦此。

九月初七日

（军机处录副奏折）

C133：职官、吏役-议叙、奖赏

4.125　两广总督耆英等奏请奖叙勷办夷务出力人员片

道光二十四年九月二十一日（1844年11月1日）

再，查嘆咭唎、咪唎㗝、咈囒哂各国一律议定条约，咸思恪守，不致别生枝节。其余荷兰、吕宋各国，近来日形贫弱，商船来粤岁不过一二只，且多有经年不到者，似可无虑其续有请求，从此夷务渐次完竣，足以稍纾宸廑。

惟在事出力人员，往来海上，备极辛劳，设法羁縻，相机开导，咸使就我范围，实属尽心竭力，未便没其微劳。除藩司黄恩彤已奉恩旨赏戴花翎并加二级，准其随带外，其余各委员，如候选主事赵长龄，勷办夷务，业经半年之久，不避艰险，动合机宜，甚为难得。该员于豫工乙卯新例，在广东捐升道员，咨部在案，应请以道员留于广东，遇缺酌量补用，以资熟手。又拣发同知铜麟，前因嘆咭唎通商案内差委得力，奏准以同知尽先补用，兹复随同办理咪、咈二国夷务，始终奋勉。该员已题补琼防同知，应请以知府升用，先换顶戴。又香山县知县陆孙鼎、县丞张裕，平时抚驭澳夷，宽严得法，复于咪、咈二国〔夷〕使来澳，侦探夷情，均能确实迅速、一切差委亦极为得力。查陆孙鼎已因河工捐输案内，经臣等奏请，以同知在任候补，先换顶戴，应请给予运同衔；张裕应请以知县补用。又前署江苏上元县知县吴廷献，先因将军德珠布奏折在江中被抢，该员签差不慎，致罹遣戍，嗣因随办夷务出力，于嘆咭唎通商事竣，奉旨免其发往新疆，交粤海关监督差遣，俟一年后，能否始终勤奋，再行请旨。等因。钦遵在案。该员到关已届一年之期，遇事认真，夷情尤属谙悉，复屡至澳门接见咪、咈夷目等，均能刚柔得中，诸臻委协，委系始终勤奋，应请开复原官，留粤补用。又书识李书粟、闻玉章、姚鑫，先于嘆咭唎通商案内，以从九品未入流归部候选，兹复随同办理文案，始终勤慎，应请归部尽先选用。以上各员，俱系实在出力，理合据实附陈，可否仰恳圣慈，俯如所请，给予甄叙，以示鼓励之处，出自皇上逾格天恩。

再，布政使衔即选道潘仕成，熟悉夷情，通达事体，勷办夷务，半年以来于一切驾驭机宜均能得其窾要，复两次随往澳门，屡见夷酋，设法羁縻，不遗余力。该员前因历次捐输报效，已蒙恩赏戴花翎，以道员不论繁简，遇缺即选，嗣复赏加布政使衔，兹勷办夷务出力，臣等未敢再为吁请恩施，若仅予交部议叙，又似不足以示鼓励，应如何酌奖之处，恭候圣裁。

至此外随同差委员弁尚有多人，惟劳续（绩）稍次，均不敢滥登荐牍。谨奏。

道光二十四年十月十四日奉朱批：钦此。

（军机处录副奏折）

G12(565)：中外关系-订约（法国）〔参见J44(565)：宗教事务-天主教-传教活动（法国）〕

4.126 两广总督耆英等奏报与法国夷目连日往覆辩论情形折

道光二十五年七月十七日（1845年8月19日）

协办大学士、两广总督臣耆英，广东巡抚臣黄恩彤跪奏，为咈夷心怀疑虑，反覆宜防，谨将连日往覆辩论情形，恭折驰奏，仰祈圣鉴事。

窃臣等前与咈囒哂夷使喇啰呢议定□□□章程，并请将习天主教为善之人免其治罪□□□□□奏奉朱批：依议。钦遵恭录，分别咨行。并知会该夷使查照。□□夷使于本年六月初九日自吕宋回澳，接据来文内称，所议俱蒙大皇帝允准，不胜感激，一俟该国约册寄到，即订期互换。等情。亦经臣等奏明。各在案。当派候补知县吴廷献前往探询，该酋言词甚属恭顺。讵于七月初间，该酋忽将臣等所致文行无端挑剔，情词顿形桀骜，不似从前驯扰。臣等以夷情叵测，必有别故，正拟委候补道赵长龄等前往侦访，适据该夷使遣夷目咖略喇到省请见。臣等□□带同候补道赵长龄、候选道潘仕成出城□□□□喇声称，喇啰呢因闻江西、湖北等省有学习天主□□□□，被地方官查拿责打，销毁图像，心中甚怀怨望，伊等远涉重洋，费逾百万，非同嘆咭唎等国希图贸易获利，止求与中国通和，表彰天主正教。今习教为善之人虽蒙大皇帝恩准免罪，而他省所行拿办，是臣等并未将原案通行前议，俱属虚诳。不惟被嘆、咪诸国嗤笑，且将来亦无颜回国，恐难永坚和好。现在该国约册虽已寄到，但必须将天主教驰禁一节妥议章程，俱归实在，即请于七月二十日以后订期互换约册。倘仍无成议，则约册亦可勿庸互换。等语。并呈出照会一件。

内第一条系请将天主教何者为善、何者为恶，一一指明。第二条请将原奏□□□省大小文武衙门，一体遵照。臣等当谕以习□□□□□教为恶，前已分别奏明，无虑淆混。至为恶之类□□□端，例文尚难赅载，何能一一指出。至原奏久已咨行各□□有案据，不必多疑，该夷殊不相信。第三条系请将从前习教办罪之人概行释放。臣等谕以中国之法，当自奉行新例之日为断，不能因现准免罪，辄将以前办罪之人释放。第四条请准中国教习（习教）之人建造天主堂以归聚会。臣等以天主堂向未建于各省，不便准造，若聚众拜会，久干例禁，尤恐别教托名影射，流弊滋多,向其反覆开导。而该夷总以必将从前办罪之人释放,方见驰禁属实。且伊教中规矩,必须有堂,会同礼拜讲经劝善,与佛教、道教之庙宇及回教之礼拜寺无异。今以前办罪之人既不肯奏请省□,又不准内地习教人民与佛教、道教、回教一例建□□真心欲与和好,哓哓置办。连日复令委员赵长龄□□□谕有端,夜以继日,舌敝唇焦。而该夷言词坚执□□覆。

臣等伏思,咈夷贸易之船素少,与暎咭唎等国□同。此次遣使来粤,费用不赀,所请均已驳斥,只有天主教旧禁略为变通,本未满其所望。且臣等前议习教为善免罪之处,本系但免治罪,仍禁传习,乃于俯顺夷情之中寓杜绝异端之意,第予该夷使以驰禁之名,而一切底蕴则可使由不可使知,待彼回国之后,亦无从干预中国之事。今既闻知江西等省尚有拿办之案,则机事已泄,不免疑臣等为虚诳。探闻该国与中国好通,深为暎夷所忌,时有从□唆挑情事。若或抚驭乖方,诚恐渐致决裂,难以□□。臣等再四熟商,与其与该夷目往返辩论相□□□□若向该夷使剀切开导,或易转环。现经订期□□二十日以后相见,臣耆英届期带同委员赵长龄、潘仕成前往虎门,与喇噂呢面议,总期权利害之轻重,察夷情之缓急,固不敢率为迁就,有负委任厚恩,亦不敢过形拘泥,致误抚夷全局。至该国所留执事、通事二人是否尚在琉球,前经询问咖嘧唎,未能确指。现复据声称,尚非紧要之事,须俟现议四条均就条理,方可再议别事。等语。臣耆英接见该夷使,若将续请三件逐条议明,则琉球之事亦可免生枝节。

容俟续有成说,再行据实驰奏外,所有与夷目连日往覆议论缘由,理合□□驰奏,伏乞皇上圣鉴训示。谨奏。

道光□年□月奉朱批:钦此。

道光二十五年七月十七日

（军机处录副奏折）

G12(561):中外关系-订约(英国)

4.127　两广总督耆英等奏报英夷先今情形并拟见夷酋坚明要约折

道光二十五年九月初五日(1845年10月5日)

协办大学士、两广总督臣耆英,广东巡抚臣黄恩彤跪奏,为拟见夷酋,坚明要约,先将察探夷情恭折密陈,仰祈圣鉴事。

窃查舟山、鼓浪屿准暎夷暂行留兵驻守,届期交还,先经臣耆英、臣黄恩彤与夷酋噗鼎喳议定,叠次载入约册,至为坚明。该国将噗鼎喳撤回,另派噫㖿咁前来接办,臣等虑其或有更张,当经将噗、嚧二酋招至虎门，与之三面言明，重订前约。迨嚧酋欲将鼓浪屿先行退还，其词极为驯顺。惟夷情叵测，诚恐其先还鼓浪屿以为藉口，迟交舟山之地，复经备文指明，预杜反覆。该酋惟称固守和约，并无他议。

本年七月间接据该酋文称，有自伊国驶来兵船数只，分赴各口停泊，稽查贸易。即经委员查探，共有火轮船五只、巡船六只，于八月十一、十三、十四、十五等日先后驶到尖沙嘴洋面寄泊。虽据该酋预行报明，而兵船多只连粽而至，形迹殊属可疑。当复饬据大鹏协副将王鹏年、九龙巡检许文深就近探得，该国新到巡船内载有夷尸二百余具，业经运至裙带路附近中湾地方掩埋，系与嗻叼国打仗，被咈囒哂兵船合力攻击，以致伤毙夷兵多名。当查嗻叼国即吗嗑国，又名文莱国，距咖喇吧不远，顺风十余日即可到粤。复饬澳门县丞张裕向澳夷询访，亦称唤夷因图占文莱国埠头，致相攻杀属实，并该夷兵船系由嗻叼国驶来，尚非无因而至，似不致有他虞。

又据即选道潘仕成访有香港新闻纸一件，系夷商编造刊刻，内称福州固非伊等所能住，即广东地方，比之昔日未争战时尤为掣肘。当日定议条约，何不言明留鼓浪屿、舟山二岛，俟各要款均皆遵行再行退还，乃仅作为保交银款之据，系为中国所呈。等语。

查前定通商善后各条约，本为约束夷商，俾免漏私生事。当时屡易其说，始与噗酋议定，而夷商多有以为不便者。且粤东风俗强悍，在粤夷商往往被民人蔑视，气不得舒。新闻纸所载各情，正系夷商意中之事，深虑众论簧鼓，致嚧酋藉为挟制之端，则不特定海难于如约，恐鼓浪屿亦未必即还，深为可虑。旋接闽省来咨，鼓浪屿全岛业经交还，则舟山似亦不致爽约，或新闻纸系属夷商等臆撰之词，不足深信。

正在确查间，接据嚧酋来文又称，交还舟山后，不可准他国占据，并约臣耆英前往会晤面商。窃思舟山虽定海之一隅，而既经交还，断不致给与他国，现在各国亦并无求给舟山之事。揣度其意，或因与咈夷夙有怨嫌，而咈夷又屡有协助中国共击唤夷之说。此次该国夷使喇噂呢来粤，臣等屡与接晤，该酋疑及中国用以夷攻夷之策，或暂留咈夷驻兵舟山，因而预先订明，免遭牵制。否则各夷中实有觊觎舟山之意，曾向该酋微露其端，抑或该酋另有所闻，均未可知。臣等再四熟商，似应乘其请见，订期前往，藉询各情，再行相机妥办。总之该夷自来狡黠，其一切举动但难深信，惟有坚明要约以折其心，善抚他国以慑其气，妥慎衡权，因时操纵，庶可使俯首就范，永远相安。

容俟臣耆英定期出省接见该酋后详细查询一切，再行据实具奏外，所有唤夷先今情形，理合详晰恭折密奏，并将嚧酋此次来文及臣照覆该酋文件一并钞录呈览，伏乞皇上圣鉴训示。谨奏。

九月初五日

（军机处录副奏折）

H119(561)：镇压人民斗争活动-其他农民起义(英国)

4.128　两广总督耆英等奏报遵旨体查慎重妥办粤东民夷各项实在情形折

道光二十六年三月三十日(1846年4月25日)

协办大学士两广总督臣耆英、广东巡抚臣黄恩彤跪奏，为遵旨体察粤东民夷实在情形，慎重妥办，恭折据实覆奏，仰祈圣鉴事。

窃臣等承准军机大臣字寄，道光二十六年二月十三日奉上谕：有人奏，广东匪徒滋事，因喋夷欲进省城设立码头，人心不服，地方官出示晓谕，致有聚众滋闹之事。该省设立码头，自应顺民之情，不宜强民从夷。等语。所奏各项情形是否属实，著该督抚悉心体察，一面慎重妥办，一面据实奏闻。原折钞给阅看。将此谕令知之。钦此。遵旨寄信前来。

窃思欲靖外侮，先防内变，未有不得民心而可以杜黠夷之窥伺者。上年因喋酋求进广州省城，与粤民相持不决，而广州府刘浔适有责打挑夫一事，以致匪徒藉端滋扰。当经臣等率同司道督饬文武弹压驱逐，并将该府旹行撤任以安众心，剀切示谕以释群疑，杜绝夷人进城之请以顺舆情，宽胁从、免株连以保良善。一面饬令地方官密访严拿，务获首要各犯，置之重典以儆效尤。当将次第妥为布置及匪徒解散，市井安堵情形，据实沥陈，仰蒙圣鉴，核与钞发原折所称断不可强民之所不欲以从夷人之欲者大指俱相吻合。且屈民就夷，万万无此办法，正不止进城一事为然。现在本案匪徒业经陆续拿获三十余名，均已讯有大概供情。其夷人进城之说，事已中止，交还舟山似亦不致爽约，已由臣等将相机酌办各缘由另折驰奏外。

至原折所称粤东官民上下相为冰炭已非一日，粤民与喋夷为仇雠，即与地方官为仇雠，因而及于三元里之攻夷，余保纯之告病，以为此曰地方官未必尽知一节。查二十三年以前之事，臣等均未来粤，无从悉其原委。但闻三元里于二十一年四月，因遭夷兵蹂躏，附近乡民起而环攻，维时当事诸臣正在议和，饬委前任广州府余保纯前往解释，各乡民亦即散去。适该员告病，则在是年八月，相距前事已数月之久。实因府试不给士心，遂致临期阻考，前督臣祁𡎴因查明其曲在官，不准拿究，是以引疾求去，与三元里之事无涉。且但考者更非三元里之民，原折弃合为一，系属风闻不确。至粤民虽多犷悍，而其间明理之绅士、安分之良农不知凡几，地方官抚之以恩，约之以法，一切催科听断，不难办理裕如，何至上下相为冰炭？况喋夷虽则就抚，实为仇雠，此乃官民之不约而同心者。但官则驭之以术，民则直行其意，其间微有不同，若为以仇夷之故因而仇官，则全出情理之外，粤民虽愚迈，不应有此。

又所称喋夷进粤城欲立夷馆，乃因心恋定海，难于失信，假此以探我，或因匪徒滋扰广州府一事，从此灰心，是好消息，否则坚持前议，包藏叵测，使我若鹬蚌相持而坐享渔人之利，大属可虑一节。查暎夷求进粤城，不过游览都市，拜见官长以为光荣，并无立夷馆之说。且善后条约业经载明，夷人租地建屋，必须与业主公平议价，不可相强。是以粤东城外地方，除十三行旧有夷馆外，夷商欲受一厘之地，几不可行，其城内更不问可知，该夷亦不致萌此妄念，似系传闻之讹。该夷先曾请于黄埔附近设立墟市，以便购买食物，旋因众论不协，其议遂寝。原折所称二十三年该夷曾请离城三十里之簰洲地方，实属并无其事。至夷情虽属狡黠，究系贩货远来，居城求售，非全无身家者可比，未免多所系恋。而主客之形，众寡之势，又较然易明，故内民即有欺凌亦不敢遽事报复。上年公司馆被焚，但以洋商认赔完结。此次进城之请，初甚坚执，因闻匪徒滋扰府署，诚恐波及十三行，颇怀疑惧，事之中止，未尝不由于此。故权其缓急轻重，不惟屈民就夷万万不可，即拿办此案匪徒，亦不宜持之太急，治之太严，虽不至肘腋变生，俾该夷得坐观鹬蚌之斗，而民心过于慑伏，则夷情益肆骄矜，进城之请势将不已，不可不熟为之计。

又所称粤东民情与福州不同，自遭三元村事后，民怀隐恨，誓不准其入城。且深知夷不足畏，团练乡勇号曰升平社学，民约数万，一夫啸聚，顷刻即成事端。以之恐吓暎夷者在此，不受地方官约束者亦在此一节。查闽粤民情大都相类，惟福州系初设马头，故于夷人入城，乍见而不以为怪。广州通商数百年，并无夷人进城之事，而民之于夷，无论妇孺皆呼为番鬼，不以齿于人类。故一旦骤闻其进城，则以为有紊旧制，群起而拒之。惟大半城内之民居多，若三元里，则地居城北，距城十余里，夷人之进城与否，该乡民并不过问。至粤民性情剽悍，难与争锋，亦与持久，必因三元里之战遽信为夷不足畏，民足御夷，究亦未可深恃。其升平等各社学，实与团练乡勇判然两事，团练出于召募，因有壮勇之名，而无赖游勇不免错杂其间，故一旦撤退，往往流而为匪；若社学则各聚其乡之父兄子弟互相保卫，无事散处田间，有事听官调遣，法有类乎士兵，意不外乎保甲，虽其众当不止数万，而均有公正绅士为之钤束。近年以来，不惟滋扰府署与官为仇者，社学之人，不与其事，即焚毁公司馆，与夷构衅者，亦并无社学之人，此则粤省官民所共闻共见。若如原折所称一夫啸聚，顷刻即成事端，则是恃众藐官，寖不可制，内讧将作，其可虑更甚于夷，实未免言之太过。

又所称此曰匪徒滋事，实因暎夷欲立马头，地方官出示晓谕，以致人心不从，屡示屡毁。且传谕绅耆而绅耆不应，遂酿成聚众焚署之事，若仍迫胁以暎夷开馆，诚恐变生肘腋一节。查夷商运货上岸之地设之马头，其租屋群居之所设之夷馆，该夷并无在城内设立夷馆之说，更无欲在城内设立马头之事。且城内不通河道，亦无地可设马头，其城外马头则设于十三行河下，粤海验货抽税即在此处，相沿已数百年，并非今日方议初设。地方官何从以暎夷欲立马头无端出示？惟进城之说，臣等曾为示谕，彼时实因该夷援四口以为例，又藉舟山为要挟，拒之愈力，请之愈坚。当经商之司道，传谕绅耆，姑为出示，以顺夷情而释其疑，必俟出示后物议沸腾，方可以众怒难犯，绝其所请。凡示谕之撕毁，长红之标贴，皆臣等授意晓事绅士密为措置。而办人举莫之知，本以杜夷人藉口之端，而不料有府署被扰之事，当以群情汹汹，无非为夷人进城而犯，若不将阻止夷人进城之处明白宣示,不足以安定人心。故于是日即以前情剀切布告,揭诸通衢,粤民刊刻传观,浮言顿息,本不致激成事端。若谓以暎夷开馆之事迫胁粤民,臣等实不敢如此冒昧。

又所称暎夷在我心腹之疾,非大加惩创不能使之帖然就服。该夷贪利无厌,久为诸夷切齿,可以俟诸异日一节。查暎夷虽帖耳就抚,而自恃其船坚炮烈,时形桀骜,一切驾驭之方与防备之具并行不悖,均不可一日不讲。至欲借诸夷以惩创暎夷,则尚有应加详慎者。无论夷情叵测,其离合难以悬揣,且自古中国之于外夷,必力能制之,而后可取之以为用,未有力不能制而可借此夷以制彼夷者。即如现在西洋诸国,惟咈囒哂为大,咪唎㗎次之,故与暎夷不睦,咈夷并屡进助顺之说。而臣等未敢轻听者,诚以其地隔重洋,非中国控制所能及。若赁其兵力以剿暎夷,胜负未可预必,而兵费即应筹给,不胜则暎夷因此结怨,而边衅益开;即使能胜,而彼自恃其有功,必不免无厌之求,更难驾驭,殊非计之得者。近日澳门新闻纸以暎夷于上年十二月及本年正月间,与印度所属之嚧嗝国两次构兵,始则暎夷大受挫衅,继则嚧嗝还遭屠戮,事之果否,无庸深考。但当示以恩信,妥为羁縻,一面慎固海防,简练军实,尤必抚柔我民,所欲与聚,所恶勿施,以固人心而维邦本,庶在我有隐然之威,而在彼亦可稍折其嚣然之气矣。

所有臣等慎重妥办及查明各项实在情形,理合恭折具奏,伏乞皇上圣鉴训示。谨奏。

道光二十六年五月初四日奉朱批:覆奏逐条明晰,随时相机妥办可也。钦此。

三月三十日

（军机处录副奏折）

G16(712):中外关系-在华外籍人员事务(美国)

4.129　两广总督叶名琛奏覆美国夷酋换任谨设法防维相机控驭折

咸丰三年十二月十四日(1854 年 1 月 12 日)

两广总督臣叶名琛跪奏,为遵旨覆奏事。

窃臣承准军机大臣字寄,咸丰三年七月二十八日奉上谕:叶名琛奏遵查夷酋所递文书缘由,并请饬两江总督谕令该酋回粤。等因。钦此。

查咪唎㗎夷酋马沙利已于十月初八日由上海驶回澳门,闻该酋现欲急于回国,其接办公使事务之新兵头,数月内亦可来粤。溯查凡外国公使至中国,必俟三年期满,始行回国,今马沙利到此甫及一年,何以该国王即将其调回?其中本多可疑,一时殊难悬揣。况现当各省多事之际,外夷何可令其生心,别生枝节。臣惟有随时侦探,无论马沙利在粤与新兵头来粤,彼此有无潜谋诡计，自当恪遵训谕，设法防维，相机控驭，倘或别有要求，仍当坚持定约，仰副圣廑。

谨缮折覆奏，伏乞皇上圣鉴。谨奏。

咸丰四年正月二十五日奉朱批：知道了。钦此。

三年十二月十四日

（军机处录副奏折）

G1：中外关系

4.130 葡国钦差大臣哑吗嘞为奉派总制澳门等处业已接印事致总理各国事务恭亲王奕欣照会

同治二年五月初七日（1863年6月22日）

大西洋钦差大臣、内廷卿士、总督澳门暨各地方喏嗹啰呲唎呢吲嗲哑吗嘞，为照会事。

照得本大臣钦奉大西洋国大君主特派前来总制澳门暨各等处，业于本月初七日接印。本大臣将应亲谒贵亲王，以便将所奉凭权查阅照行，厚望两国和好更切。相应照会贵亲王，烦查照知悉，并颂百福。须至照会者。

右照会大清钦命总理各国事务和硕恭亲王。

同治二年五月初七日照会

（军机处照会）

G1：中外关系

4.131 法国大臣柏尔德密*为将大西洋阿公使预言明一书及中国照复一并寄回本国查照事致恭亲王奕欣照会

同治二年五月二十八日（1863年7月13日）

大法国钦差、驻扎中国总理本国事务全权大臣柏为照复事。五月二十一日准贵亲王照会，以大西洋国钦差全权大臣阿公使递有预言明不服一书，书内声明为何来至中国无由照办所事，故登时要回澳门，并录此书照会住京各国钦差大臣。是以贵亲王亦即录出所去照复及预言明一书，通行照会等因。本大臣多谢贵亲王以此知照前来，但须明告贵亲王，现在本大臣职分应将大西洋国钦差全权大臣阿公使预言明一书暨贵亲王所录照复一件一并寄回本国查照可也。

为此照复，须至照复者。

右照复大清钦命总理各国事务和硕恭亲王。

同治二年五月二十八日

（军机处照会）

G1：中外关系-条约

4.132　大西洋钦差阿为照复宜早日换约章致通商叶大臣照会

同治三年十一月廿二日（1864年12月20日）

大西洋钦差、在京师全权大臣阿，为照复事。

得接贵大臣九月二十七日来文，是回复本大臣八月十四日照会。查来文内叙之事，本大臣业已辩明贵大臣所愿在澳照旧时官权设立之意，本大臣意谓该意不可行。乃据同治元年七月设立和约章程第二款内载，从前大清国与大西洋国来往交涉所有澳门各事，一切旧章自应革除，以此可见在澳官权已在革除旧章之内。又据第二款内所定，将来只此为凭，彼此均应遵照等语，由此显然将在澳所设之官权，唯照第九款所言均与法、英、美诸国领事等官一律办理矣。据此发明清楚之理，本大臣未晓贵大臣何故固执己意。而贵大臣已认第二款所言革除旧章，奈又言在澳旧官之权不在革除之内。其第九款载，言"仍"设立官员驻澳，贵大臣以此仍字辩论，唯仍字之意自明其解，而不符贵大臣所执之意，此仍字意思就是可以照旧设立官员，亦应是依此言，即贵大臣已知在澳设立之权多年已前已经歇断，是以若要照旧而行，必当先已定约。既该官权歇断已久，今中国既可再在澳设立旧有之官，但不能以其旧权而行。若使条款未曾鲜明，然此道理已是明也。且和约章程第九款已经言定，事权与法、英、美诸国领事等官无异。合请贵大臣将本大臣所言情由详细思想，盖约款经有明文，亦经屡次明解，是若设官在澳，只系如此办法，不能另作异议。本大臣虽不可怪贵国官故意推倘，不即互换和约章程，唯本大臣自叹因以误解耽搁未换，能致两国数百年和好有伤之险矣。至于现件之事，本大臣候本国旨到即行照会知之。

兹准来文合行照复。顺祝辰安复泰。须至照会者。

右照会大清钦差全权大臣便宜行事头品顶戴总理各国事务大臣薛、兵部侍郎办理三口通商大臣叶。

同治三年十一月廿二日

同治四年正月十四日到

（军机处照会）

G1：中外关系

4.133 薛焕照录大西洋使臣照覆事

同治四年二月初四日(1865年3月1日)

薛焕等臣谨将给大西洋使臣阿穆恩照复照录，恭呈预览。

为照覆事，顷接贵大臣上年十二月二十日来文，引条约第二款，谓在澳官权已在革除旧章之内，又引第九款均与法、英、美诸国领事一律办理，而于今览仍设立官员驻扎澳门办理通商事务之句，则置之不论。并谓该官权已经歇断，不能以其旧权而行。又谓条款未曾解明，然此道理已是明也等语。本大臣等接阅之下已知，案大臣所言不以“仍设”之句为重，是不以条约为重也。并云数百年和好有伤之险。可见贵大臣轻视条约“仍设”之句，是意在有伤和好，而不顾各国之论也。总之，中国与贵国□□，条约内载甚为明晰，本大臣等前文所云应革除者自当革除，应仍旧者自当仍旧。条约内既分析清楚，此乃的当不易之论，除此别无语解也。相应照覆贵大臣查照。须至照覆者。

同治四年二月初四日

（军机处录副奏折）

G1：中外关系

4.134 美国公使为收到招工出洋章程不准在澳门招工事覆总理各国事务恭亲王奕欣照会

同治五年二月初三日(1866年3月19日)

大亚美理驾合众国钦命参赞统理全权事务大臣卫，为照覆事。

昨接贵亲王来文，内以招工出洋议就章程二十二款，另不准在澳门招工，装载承工，事期周密。等因前来。本大臣阅此章程，可免招工之患。但先寄本国国政鉴知，仍俟绅耆公会可无改除之处，得便转知美商照行。

因思前十余年，南方招工多是拐骗抑勒。壬戌正月间，本国绅耆公会怜恤中土章程未立，华民罹害无穷，议律不准美船往中国载工出洋，四年以来，罔不遵从。又前任本国大臣华，因总督劳查出有美船泊在黄埔，装载三百三十余人，有数人不愿为工者。照会通知，会同在南海衙内当堂问明，不料一一不愿，是以全行释放，终亦不能压息流弊。兹贵亲王以此仁心保护百姓，深见民为邦本，本固邦宁之谓也。须至照覆者。

右照覆大清钦命总理各国事务和硕恭亲王。

丙寅年二月初三日

（军机处照会）

G1：中外关系

4.135　葡使阿尔达为请赴京拜谒并呈递全权凭据事致总理各国事务恭亲王奕欣照会

同治五年九月二十五日（1866年11月2日）

大西洋钦差全权大臣、总理事务、国学院正侍郎、天地文学大学士、御赐耶稣降生金星、总督澳门暨各处地方阿尔达，为照会事。

照得本大臣奉我大仁君特命，总督澳门暨各地方，兼中国、日本、暹罗全权之职，总理各政事务，业于同治五年九月十八日接印，本大臣相应如意即行照会贵亲王知悉。素仰贵亲王秉纲大权，才高德广，本大臣心深敬慕。以贵亲王之高明，定能使两国数百年来相爱无间。若既蒙尊意，许本大臣前赴京师拜见殿下，本大臣亲自前来，并将所奉简书全权之据呈进电览照行，合行照会。

为此，照请贵亲王，祈为查照事理。并请金安。须至照会者。

右照会大清钦命总理各国事务和硕恭亲王。

同治五年九月二十五日

（军机处照会）

G1：中外关系

4.136　葡使嗞吵为接受驻澳门总督并全权大臣事致总理各国事务恭亲王奕欣照会

同治七年七月初七日（1868年8月24日）

大西洋钦差全权大臣、内廷上卿、内阁大学士、銮仪统制、提督水师、总督澳门地扪等地方嗞吵，为照会事。

照得本大臣于西洋五月十三日奉我国大君主谕旨，委为总督澳门地扪各地方，于同治七年六月十五日接任。又蒙我大西洋国大君主简托，为钦差在中国并日本、暹罗全权之职。本大臣带有简书为据，以为便日送阅。本大臣相应报明贵亲王得知，因本大臣钦蒙主命，以便尽力，更敦两国三百多年和好交友之谊。如能得遵承我国主之命并蒙贵亲王顺情，诚为本大臣之幸也。

为此，报闻。顺祝千秋禄寿无疆。须至照会者。

右照会大清钦命总理各国事务和硕恭亲王。

同治七年七月初七日

（军机处照会）

G1：中外关系-华工

4.137　俄大臣布策*为新定招工章程如能杜绝华工屈抑苦楚本国自必鼓舞欢欣以更正之等事致王大臣照会

同治八年五月二十一日(1869年6月30日)

大俄钦命署理全权大臣布，为照复事。

本年五月初三日，接准贵王大臣照会，抄录ㄇ必噜国华工递禀驻ㄇ必噜之理马京都美国钦差大臣原呈一纸，提及洋船装载华工出海，累出灾患，并引贵国与法、英大臣会定招工章程及请转谕各商，不准在澳门地方设局招工出洋等情前来。本大臣详查三年以前，贵署与本国前任钦差文移招工章程旧卷，本国当以所定各条不足以资保全华工佣身于牟利之洋商，为其所便，即行转饬各口领事官，晓谕俄商，如有欲办招工出洋之事者，则无庸再望本国循理保护，在案。经此拟定，不但通商各口，且于澳门一处，俄人欲办招工者，亦皆一律遵照，今贵国无论设立何项法制禁令，一任贵国地方官办理。倘或贵国设有良法，能于出洋之华工一切屈抑苦楚均可杜绝，则本国自必鼓舞欢欣，贵王大臣亦可不言而喻矣。相应照复。须至照会者。

右照会大清钦命总理各国事务王大臣。

一千八百六十九年六月十八日

同治八年五月二十一日

（军机处照会）

G12(202、313、552)：中外关系-订约(澳门、日本、葡萄牙)

4.138　总理各国事务恭亲王奕欣等奏陈原派前往商办澳门一事之日国使臣玛斯病故请从缓相机另办折

同治八年十一月十一日(1869年12月13日)

臣奕欣等跪奏，为筹办广东澳门一事，因原派前往商议之日国使臣中途病故，无人接手经理，拟请从缓，相机另办，谨将前颁国书敬谨缴回内阁，恭折密陈，仰祈圣鉴事。

窃臣衙门前因广东澳门地方于前明嘉靖时为大西洋国占住，迨至国初，定议改输租价。道光二十九年该夷目效尤骄纵，钉关门，逐丁役，而租价亦抗不交纳。同治元年大西洋浼法国先容请立和约，自元年至三年，一切已有成议，独澳门设关一节不能商妥，约仍未换。臣等因闻总税务司赫德言及大西洋国近颇贫窘，如能乘机设法办理，澳门可望收回。并知日国使臣玛斯于大西洋国情形最为熟悉，因值玛斯回国，正有机会可乘，当令赫德商之，玛斯欣然允诺。所有筹办原委，业于七年闰四月二十日恭折密陈，奉旨：依议。钦此。钦遵。援案请颁国书，由臣衙门寄交玛斯祗领赍往，声明倘或事有中变，所赍国书即毋庸递，其议需经费亦不能拨给。于五月初七日续奏，并附片声明，派税务司金登干随同玛斯前往帮办各在案。

嗣因大西洋国忽有变故，玛斯不克前往办理。至本年正月十四日接总税务司赫德申呈，据税务司金登干函报，玛斯于上年十二月间病故。此事或改交出使之蒲安臣接办，或径交金登干接办，或俟大西洋国使臣前来议约再办，请为示覆。臣等以蒲安臣系派往有约之国出使，事未完竣，金登干系帮办税务之人，均未便派办此事。现在玛斯既已病故，经理无人，且大西洋国及各国均未知有此举，自可暂行停待，另候筹商。当饬赫德信致金登干，令将前颁国书暨文件缴回，所议经费银两亦毋庸豫备。兹于十月二十八日据将前颁国书并臣衙门所发文件一并申缴前来。

臣等查，大西洋国约虽议定，因设官澳门一节未能商妥，迄未互换，将来大西洋国变故稍定，伊必仍来商议，应俟彼时再行设法办理此事。

除将原颁国书敬谨封送军机处缴回内阁外，所有办理缘由，谨缮折密陈，伏乞皇太后、皇上圣鉴训示。谨奏。

同治八年十一月十一日军机大臣奉旨：依议。钦此。

十一月十一日

(军机处录副奏折)

G12(202、313)：中外关系-订约(澳门、日本)

4.139 总理衙门为将国书封固缴回事致军机处咨文

同治八年十一月十三日

(1869年12月15日)

钦命总理各国事务衙门，为咨行事。

所有本衙门筹办澳门一事，因日国使臣病故，无人接手经理，拟从缓另办情形一折，已经本衙门于本年十一月十一日具奏。所有原颁国书，应由军机处缴回内阁，相应将原件敬谨封固，咨送贵处查照办理可也。须至咨者。

右咨军机处。计送国书壹匣。

同治八年十一月十三日

(军机处录副奏折)

G1：中外关系

4.140 葡使嚹吵为解任西旋事致总理各国事务恭亲王奕欣照会

同治十一年二月十八日

(1872年3月26日)

大西洋钦差大臣、前任澳门总督嚹吵，为照会事。

窃本大臣恭承简命，督理澳门历有三载，今始奏蒙恩准卸任回国，即于同治十一年二月十五日，将印务统交钦差大臣喏哪嘧接理。回想本大臣与贵国官员均叨交好，和谊克敦，本大臣虽解组西旋，当亦永怀弗置也。

为此，照会。顺颂辰祺。须至照会者。

右照会大清钦命总理各国事务和硕恭亲王。

同治十一年二月十八日

(军机处照会)

G1：中外关系

4.141　葡使啰哪略为接授驻澳门总督并驻中国全权大臣到任日期事致总理各国事务恭亲王奕欣照会

同治十一年二月十八日(1872 年 3 月 26 日)

大西洋特命钦差驻扎中国全权大臣、内阁上卿、驾前侍卫佩带基斯督头等大宝星忠勇勋劳阁剑大金星并本国外国异等星、澳门地扪总督、世袭子爵啰哪略，为照会事。

照得本大臣钦奉大君主派来接理总督澳门地扪之任，于同治十一年二月十五日接印视事，并奉大君主简授特命钦差驻扎中国全权大臣之职。至于本大臣所奉全权大臣之诏敕，俟有机会，然后送呈阅验。查大西洋国与贵国厚敦和好，历守成章，今本国之意，仍期久能相存雅谊。本大臣若果能仰体本国之意，且能得贵大臣友爱之情，是本大臣之厚幸也。所有到任日期，理合照知。

为此，照会。顺颂辰祉延绥。须至照会者。

右照会大清钦命总理各国事务和硕恭亲王。

同治十一年二月十八日

(军机处照会)

G1：中外关系-华工

4.142　美使镂斐迪*为请行文粤闽各省大宪转饬各地方官不得将前立招工出洋章程稍有删除以免贩卖人口之弊致恭亲王奕欣照会

壬申年五月初十日

(疑为同治十一年，1872 年 6 月 15 日)

大亚美理驾合众国钦命驻扎中华便宜行事全权大臣镂，为照会事。

案查同治五年正月二十九日，准贵亲王照会，内开招工出洋一事，并粘抄续定招工章程二十二款，其款皆系继续英国条约第五款、法国条约第九款议定办理，照会内并请本国亦按此章照办等因前来。

彼时本国署大臣卫接准前因当即将照会并章程一切翻译录清行文本国。本国大伯理玺天德详查照会以及章程条款，不但应允照行，并饬在中国各处之本国官员严行设法转饬本国商民务须按贵国所拟章程逐句遵照办理。查贵国以灵妙之法设立此章，并有泰西两大邦钦使公同允行此事，我本国甚为情愿。因所拟新章如能详细施行，循谨照办，不止从前所有为患事件可以日渐删除，并从前待出洋工人一切不公之处，亦可以渐归公允。因思前大臣卫照覆贵衙门文内曾言，至于美国国家与美国百姓本无须设此约束章程，实因本国之国会绅耆大臣已于同治元年定有律例，禁止以合同招中国工人运往外国，如有不遵者，即从重治罪等等语。至今本国仍照行此例。查贵国所立新章原为将招工之事办理妥协，乃至今已逾五年。查得此事内所有为患之处不但不能减少，且逾加多，似此不幸之归结非所立之章程未善，实系施用此章者有未善耳。夫招工出洋一节内有若许耻辱可恶之事，据本大臣所闻，如果不诬其错误之处，大概皆由贵国官员所致。此事固有不以爱怜居心之洋人将招工出洋一事日渐广大，然非中国奸巧之员与各处不义小人为之帮助，该洋人亦未能自成其事。溯查招工出洋一事，向来多系从澳门将该不幸之工人载于船中，运往日本国之古巴地方，并日国他处所属之海岛以及秘噜国之地，查秘噜国之华工屡有诉艰苦之禀。本馆业将其事随时转致贵衙门。现闻在古巴地方之华工较秘噜国之华工尤为艰苦。至于由澳门口运往外国之工人，多被中国人在各处以虚妄之言欺哄，或被用力勉强送至澳门。事已至此，本大臣至今尚未闻澳门附近地方官有以忠诚妥善之法阻止此事者。不但澳门毫无设法禁止，而广州及福建各口地方官方且定计施策，以不合之法委曲宛转流传而广大之，此乃确有所据毫无可疑者也。所有贵衙门新立招工出洋章程内最要之条款，该员等竟自删除，另按各地方所立之式办理，以致有将工人拐带遽送船中等事。所以该工人出□□并未定有嗣后仁厚相待之约及酬报日作工支之据，亦未预将限满准回中国之约载在合同。昨据本国厦门李领事官近闻一事，已探听确实系该口地方官串通日国领事官共相计议，将贵衙门所定新章俱行不用，另易该处较新章不严之法照办等情。如果如此是使贩卖人口之徒可以随意而成其事，该李领事因思地方官如此办理不惟有违条约及贵国之律例，并且欺减公正而伤仁德，所以该员照会厦门道潘云，如按所拟照办，本领事断不依从，必力相驳结等语。兹将该领事之照会一并附呈贵王大臣查阅。

本大臣嗣闻厦门口将以上所指各节停止不办，不料又闻现在广东汕头口欲仿照厦门所拟各节而行，是以本大臣不能不请贵亲王文咨广东、福建各省大宪转行严饬各地方官，万不得将同治五年所立招工出洋章程稍有删除，亦不准另按该地方官自定之章办理。盖以贵国与各国驻京大臣继原约新拟施行之条款，各处必须遵此照办，或更改或停止，惟有原定章程之大臣方可以会议办理。故本大臣乘此与贵王大臣言之，嗣后如各口道员以及他项地方官擅自立有碍条约之章或将关乎条约之旧章有所更改停止，无论系招工一节或通商之事或别项事件，本大臣必定不能相容。此等更改停止之事，惟贵国国家与各国驻京大臣乃有其权，万不能付其权于各处地方官与各外国之领事官。

溯自咸丰八年与咸丰十年立条约至今，按美国国家恒心所行之事理各节，便知其忠诚，深愿将招工出洋事内恶劣及患难等情办理□减或全行除却。查向来阿非利加贩卖人口用为奴才之事，因关系甚为凶恶，所以美国人情愿出无尽之力，将其事停止废去。并且当时因此节所起之乱甚大，多系贩卖人口者欲广大其事，永存其事，故将此乱生起且多所帮助，是以美国人又拼身家产业将此大乱力为压去。视此情形，美国国家及百姓深觉凡人万不得令其勉强作工，无论其系数年或一生永作其事，如按勉强办理，其内惟有弊患，毫无善状也。惟我本国虽不欲将咸丰十年条约各款以及同治五年按此条款所定之章程暂且全行乘此施用，然而仍不能谓本国让却条约内所载些须之利益。至于他国乘此而得其条约内所载之利益，本大臣亦无不依从。惟贵亲王所拟宽大仁爱之章程，我本国既然依允，如有贵国官员串通不义之外国人躲避此章办理，或将此章全行停止，以便其随意流传办理招工之事，本大臣既当此明愿奉教国家大臣按照公正仁德之道，不能不深加驳结。盖以招工出洋一事，其归结之处，乃系将无罪无知之工人令其受不尽困苦残虐，历查自古以来，似此等惨酷之办法，实为罕闻罕见。本大臣令将此事用特照会贵亲王与诸位大人之故，专为恳请贵衙门设立良法施用于此事。倘若偶有疑我本国与招工出洋之事有所同谋以及同情者，按以上所言便知本国总无其事。惟众人猜疑之意，本大臣恐仍不能令其全行除却。盖因中国百姓不能分清各国之人，以致无辜者之声明与有罪者之声明皆一律均匀而受中国百姓之议论。本大臣固如贵国国家甚愿将招工出洋一事妥为办理，以期保护中国无辜之民，不令其受人巧诈强逼之害。贵国如真是有志坚心办理此件，本大臣想必能迅速妥成。若将同治五年章程立意施用遵行，可以致通商各口出洋中国工人之数定然较少，即有去者，亦必执稳妥保护之确据。果能将拐带人口之弊端消除，则澳门贩卖人口之事可以迅速由大而小，或全无其事也。倘若贵国虽出力严办而该口以后仍然有此等事件，本大臣想贵国须与西洋国国家计议会齐将贩卖人口之事停止。盖以凡言澳门之地名人皆未免想其贩卖人口羞恶之事。果然贵国能照此办理，本大臣与贵国有约之各国，皆欲同心扶助贵国，以及天下有教化各国，亦无不欢心喜悦，以此为是也。

为此，照会。须至照会者。附李领事照会文底一件。

右照会大清钦命总理各国事务和硕恭亲王。

壬申年五月初十日

（军机处照会）

G1：中外关系-华工

4.143　日大臣丁美霞*为招工事不能信新闻纸之讹言并请于夏湾拿城添设领事保护华工事致王大臣照会

同治十二年二月十六日（1873年3月14日）

大日署理钦差、驻扎中华便宜行事大臣丁为照会事。

接准贵衙门二月初二日来文,内称华工凡系招往日斯巴尼亚属地各处者,以后毋庸招往等因。查来文内以古巴夏湾拿分作两处,而其实系一岛,夏湾拿是古巴地方之首城也。查招工一案,业经本大臣于去岁十二月二十二日将贵国工人不能受罪缘由行知贵衙门,在案。无如贵大臣不肯相信,反以领事官之议论为据,可惜之至。伏思领事官位居下官,专为同各省官宪办理通商之事而设,不准探听国政,更不准干预他国公事。倘在外国,有领事官私自行文他国者,一经查出,即应革职,以警效尤。且中国离该处相距数万里,而在华之领事官并未目睹其事,亦因相信新闻纸之讹言,纷纷议论。今贵衙门不变(辨)真伪,听信讹言,本大臣亦应详细查察,是否果有其事。窃思事之虚实,久必昭明,若以讹言为凭,率行办理,将来本国一切事务恐被讹言所累。况照万国公法之道,两国办公,不准无责成之官干预,亦不应听其使令,方为办法。至古巴保护华工一节,贵国应于夏湾拿城内设立领事一员,以便稽查保护,访察情形,随时奏明贵国。倘贵国欲设立领事官,仿照外国定规办理,不唯不动国家正项,每年并可得利十万。伏查古巴地方不可无耕种之人,现据新闻纸劝令不可前往,意在所立合同不甚妥善,必须详细查明,将合同妥拟改写,以臻妥协。设有一事查出弊端,必须剔除其弊,不可裁撤此事。并非此事不好,即如偷漏之弊,事所难免,不得因有偷漏而禁通商。本大臣想贵大臣之意见亦是如此。查来文内所称,凡于有贼处所,中国既不忍给外国人执照前往,古巴地方亦不可招华人前往承工,以昭公允。查古巴未靖地方只有二处,其余地方各国人民往来游历,安堵如故,业经本国设法保护在案。适因夏湾拿城内有形迹可疑之人并无生业之徒,该处地方官当即设法访查有无犯法情事。至华工在彼,各安生业,毫无蒂畏,嗣有别国之人勾结匪徒,当经该处地方官业已查拿入监。虽各国之中有闻己民犯法被获情事,并不以此借口,随不准民人前往古巴。刻下中外各国人民凡在古巴者不准前往有贼处所,其余各处,极为安静,往来游历均听其便。若不犯本国法律,本国业已饬令地方官,随时一体保护其富口。地方并无贼匪,居民安谧如常,益见妥当。查近年以来,在澳门招工出洋者较之他口甚多,今据贵衙门以澳门招工不甚相宜,本大臣无管辖该处之责,亦愿饬令本国民人移于别口招工。无如贵衙门不肯允准,本大臣亦无别法,自可令其在澳门招工也。招工一事,若能妥善办理,与两国皆有裨益。自本国谕令严禁奴人作工以来,耕种需人,各处之人前往古巴承工,因访华人作工最为勤敏,耕种甚为得力,故有招工之举。唯出洋时必须定明年限,并言明每日作工不越九点半钟,每月应领洋银四元,每礼拜日止工。该工人是日倘欲作工,得利应归己用。至工人之衣食与来往船费,招工者均应一并发给。若工人在外偶得疾病,招工者必须延医调治,以昭公平。以上数节,须于合同内详细注明,以为凭据。如果认真照办,岂不尽善尽美。窃思贵国贫民甚众,与其在华结党劫掠,不如出洋承工。除陕甘回匪之外,查别股贼匪,俱因被饥所逼,以致结党成事。前经本大臣亲往招工公所,见工人皆甚贫寒,本大臣目击情形,甚堪悯恻。至各省有遭发逆者,人民稀少,若再招工,则益形减少,其未遭贼匪省份地方,饥荒贫民过多。查地方饥馑,总因人数众多,必须将荒歉地方之民,迁于丰收地方,分拨均匀,方期治理。至今贵国未曾设法挽救,出洋承工,尚属荒歉地方贫民之望。是招工之事,若能持平办理,与两国皆有禆益也。再者,既有本国民人携银亿万前来贵国通商,贵国必有民人前往本国承工。尤善者,贵国之民困苦流离者甚多,终恐聚众成事,若能出洋,承工在外,工艺既精,又安本分,俟限满回国时,则已化为良民良工矣。今贵衙门轻信领事官之说,为各国之意,不知各国均有驻京大臣,若有事相商,当有各大臣会议。现今各国钦差大臣已知此案缘由,各国钦差大臣与本大臣之意见甚属相同,毫无芥蒂。近闻贵国不遵和约,各国大臣深有不平之心。查贵衙门之意见,总以条约第十款为不妥善。又贵衙门既准法英两国照二十二款章程招工,不准本国一体照办,岂不有违和约第五十款所载润及同沾之语,而待本国次于他国也。来文内末称本大臣素敦友睦,办事和平,此言并非虚设,本大臣实愿两国真心和好,笃敦友谊。无如贵署大臣之意见,与本大臣和好之意见不同,本大臣察此情形,不胜惋惜之至。为此,照会。须至照会者。

右照会大清钦命总理各国事务王大臣。

大清同治十二年二月十六日

大日一千八百七十三年三月十四日

二月十六日收

（军机处照会）

G1：中外关系

4.144　葡国驻澳总督嗒哪嘧为不得由澳招工往洋事致总理衙门照会

同治十二年十一月初十日(1873 年 12 月 29 日)

大西洋特派钦差驻扎中国全权大臣、内阁上卿、驾前侍卫、佩带基斯督头等大宝星忠勇勋劳阁剑大金星并本国外国异等星、澳门地扪总督、世袭子爵喏哪嘧,为照会事。

现奉大西洋国大君主谕旨,通禁毋得由澳招华人往洋雇工等谕。钦此。本大臣遵即已照所立在澳招工章程内条款,限三个月后毋得复由澳招工往洋,系自洋本年十二月二十七日即华本年十一月初八日起计,此后不复有招工之事矣。想此事贵王大臣闻之当为欣喜,而中国皇帝亦当深为俞(愉)悦,且应知我君主常愿两国数百年和好历久不移,而更愿此后敦笃弥深也。

为此,照会。顺颂辰祺。须至照会者。

右照会大清总理各国事务王大臣。

同治十二年十一月初十日

（军机处照会）

G1：中外关系

4.145 英国公使威为可在香港火船章程底稿内更正数语事覆总理各国事务恭亲王奕欣照会

同治十三年六月二十五日(1874年8月7日)

大英钦差驻扎中华便宜行事大臣威，为照覆事。

案查同治十三年六月十四日接准贵亲王来文内开，据粤海关监督将新拟香、澳火船章程送呈。等因。照会本大臣查照。等因。准此。当查前据广州领事官五月初三日详文内，将会议火船章程底稿呈报本大臣核夺。正在查核间，又据该领事官五月十七日来文内称，此项章程一节，昨据本处税务司康发达来署，请于章程底稿内略为更正数语，并言所拟更改之处，曾经呈明粤海关监督核准。等语。因查所拟更正之段不甚紧要，尚属可行，是以当面议定，即将原文改缮。兹将更正底稿另为缮呈，听候核夺办理。等情前来。

兹查贵亲王送来章程底稿，实与广州领事官初次呈送底稿相符，与二次更正之文略有不同之处，将来自应以更正之文为主，谅贵亲王亦必以为然也。

除札行广州领事官遵照外，相应照覆贵亲王查照可也。须至照会者。

右照会大清钦命总理各国事务和硕恭亲王。

一千八百七十四年八月初七日

甲戌年六月二十五日

（军机处照会）

G1：中外关系

4.146 葡国驻中国钦差大臣喏哪嘞为将印务交与新任澳门总督暂兼署理事致总理衙门照会

同治十三年十一月初一日(1874年12月9日)

大西洋特派钦差驻扎中国全权大臣、世袭子爵喏哪嘞，为照会事。

照得本大臣前经具奏请解澳门地扪总督之任，兹蒙大西洋大君主特派罗大臣前来接理斯篆，本大臣即于十月二十九日将澳门地扪总督印务交代清楚。至于钦命驻扎中国全权大臣印务，仍系本大臣办理，但缘本大臣请准给假回国，是以并将钦差大臣印务交与罗大臣暂兼署理，惟望遇事和衷，益敦睦谊，本大臣之愿也。

为此，照会。顺颂时祉。须至照会者。

右照会大清总理各国事〔务〕恭亲王、列位大臣。

同治十三年十一月初一日

（军机处照会）

G1：中外关系

4.147　葡国新任澳门总督为接印并暂兼署理钦差印务事致总理各国事务恭亲王奕欣照会

同治十三年十一月初三日(1874 年 12 月 11 日)

大西洋兼署理钦差事务大臣、澳门地扪总督罗，为照会事。

照得本大臣现奉大西洋国大君主谕旨，前来接理澳门总督印务，已于同治十三年十月二十九日接印视事。缘前驻扎中国钦差大臣、世袭子爵喏哪喀已奏准蒙赏假回国，其钦差印务亦暂交本大臣署理。相应照会贵亲王查照知悉。

为此，照会。顺请崇安。须至照会者。

右照会大清钦命总理各国事务和硕恭亲王。

同治十三年十一月初三日

（军机处照会）

G1：中外关系

4.148　李鸿章密启与葡国交涉澳门租界及湾仔属地事

光绪元年九月十二日(1875 年 10 月 10 日)※

敬密启者，此本月初六日勘复一图并钞件计已达览，昨程佐衡回津面与反覆讨论绘呈澳门细图一纸，钞香山孙案卷一册即香涛咨送折后清单中所列七案，藉可审察彼处近来实在情形。

兹并送呈冰案，日来辩论如何，想尚未得要领。鸿章再四筹度，此事既有本约在先，又关系洋药并征全局，断无轻与决裂之理，自应设法斡旋。葡人挟原约管理澳门，及所谓属地者，此其意甚坚，似不能不于无可迁就之中设法少塞其望。六月廿八日，钧函望厦、龙田、龙环三村当在关闸以南，久为该夷收纳地租，自道光至今，逐渐建立炮台，添开马路，今欲全行收回，恐难办到等因，自是准度情势之言。即香涛清单所开田粮，亦惟望厦村有田有粮，不缴洋人租钞，此外六村及潭仔、过路环两处铺户民居每年约缴公钞地租等银已至三万六千余元，此系葡人久擅之利。今彼方以为有德于我，□□将其原有利益全行夺去，彼固不能甘服。香涛四月间咨钞香山县萧丙堃禀，据县志内称，由关闸以至澳门久已民夷杂处，百十年来有与之贸易经商，藉以起家联欢入教藉以帮护者，是其编列字号得地收租非今日始。道光以前无案可稽，同治以后并无只字具呈，只以近复加租愈重，该生等不得不走而告诉等语。然具控者亦止望夏一村，余皆未闻。至围墙旧界，今惟近东一段基址犹存，自三巴迤西则自同治二年□通后久已连成一片，澳中华人多而葡人少，租界内外皆华人自建之屋。葡人征收各款，租界外仅有□钞□费，租界内则地租与钞并收。至词讼一层，数十年来，香山县只此七案，而七案亦只咸丰十一年、同治元年三案由洋酋解送，嗣后即无移县解审之事。

此次钞(到)全案共有地名下环四孟关□等处，皆租界以内，□民艇户自得赴控，并与七村无涉。是各村内口角争讼难保不由洋官就近理处。华民捐纳夷税，本非事理所宜，何以久任其侵欺毫无觉察。湾仔应隶香山县，批禀内至不辨为属华属夷，是见含混有年，何怪葡人乘间窥伺趁此议约，详考明白正可杜塞。将来□当正告葡使以望厦一村既不缴租，又有旧隙，强为压制，必至激出事端，外此六村并无田粮，距澳门尤近，及潭仔、过路环两处，向纳葡费，或可许其仍旧办理。其两岛并望厦村民居农亩，葡人向未过问，自当声明划开。至租钞不得加重，海面不得独占，各岛不得再侵，俱应约内详细载明。因其固有而推与之，此外明示限制，庶是以折服夷情，昭示国信。此次粤中督抚同日□发之折所拟办法已□多□。香涛一疏当为按脉切理，惟于议界□舍近年之久占，而执道光以前之围墙，□约□不审葡使来由而漫云可缓，其极论澳助稽查无益，一□与赫德所说各执一词，然此事即经责成税司一手经理，彼既能担承还我终□成数，姑应□客所为香涛不□英葡协□缘，但求港澳合离之迹似觉未是中□。窃分别原租、久占、新占、未占四层办法，自是确不可易，然所谓久占者不知何年，新占者亦皆在咸同以后但使其台屋可拆毁，租钞可革除如清卿所言，岂不甚。细审事势必难办到，综而论之，围墙以内为原租，关闸以内及青州一墩皆为所久占，潭仔、过路环则为新占，皆已占者也，关闸以此，直达前山澳西对岸湾(以下缺)

(军机处录副奏折)

G1：中外关系

4.149　葡使罗为请准回国由施大臣接任澳门总督并暂兼署理钦差大臣印务事致总理衙门照会

光绪二年十一月初八日(1876年12月23日)

大西洋特命钦差驻扎中国日本暹罗全权大臣、澳门地扪总督罗,为照会事。

照得本大臣前奏我国大君主,为请卸澳门地扪总督之任,兹奉简派施大臣前来接篆,不日到任。本大臣将澳门地扪总督印劵交代,至钦命驻扎中国全权大臣印务,仍系本大臣办理。惟本大臣已请准回国,是以并将钦差大臣印务亦交与施大臣暂兼署理,恭候大君主将来钦定。至本大臣冀望将来遇有交涉之事,仍然和衷共济,永敦睦谊,是所愿也。

为此,照会。顺候辰安。须至照会者。

右照会大清钦命总理各国事务衙门。

光绪二年十一月初八日

(军机处照会)

G1：中外关系

4.150　葡国新任澳门总督施为接印任事并暂兼署钦差全权大臣事致总理各国事务恭亲王奕欣照会

光绪二年十一月二十六日(1877年1月10日)

大西洋钦命内阁上卿、佩带耶稣降生头等金星忠勇勋劳剑圣母暨亚飞斯三金星并大日斯斑尼亚国第三驾老士金星、大西洋地理会博士、澳门地扪总督兼署理驻扎中国日本暹罗钦差事务大臣施,为照会事。

照得本大臣钦奉大西洋大君主特派,前来接理澳门地扪总督之任,已于光绪二年十一月十六日接印视事。适因大西洋特命驻扎中国钦差全权罗大臣经已旋国,其钦差印务亦系本大臣兼署理,钦候大君主特命。本大臣驻扎中国全权之国书到日,另行晋京躬送贵国朝廷览阅,暂时本大臣驻在澳门督署。查本大臣仰体我国朝廷之意,甚愿两国厚敦和好,以冀彼此获益,诚本大臣所悦也。

合行照会贵王大臣查照。顺候清祉。须至照会者。

右照会大清钦命总理各国事务和硕恭亲王。

光绪二年十一月二十六日

（军机处照会）

G1：中外关系

4.151 德使巴兰德*为汕头副领事官库吕各尔病故派额必勒接充事致王大臣照会

光绪二年十二月初十日(1877年1月23日)

大德钦差、入华便宜行事大臣巴，为照会事。

照得本国驻扎汕头副领事官库吕各尔现已病故。本大臣现派本国前任驻扎澳门之副领事官额必勒暂充汕头副领事之职。相应照会贵王大臣，请即转行知照该省知悉可也。为此，照会。须至照会者。

右照会大清钦命总理各国事务王大臣。

光绪二年十二月初十日

一千八百七十七年正月二十三日

（军机处照会）

G11(201、561)：中外关系-交聘往来(香港、英国)

4.152 总理衙门奏请奖励在香港新闻纸撰文之英国人德呢客以二等功牌片

光绪四年正月十二日(1877年2月12日)

再，据总税务司赫德函称：古巴、秘鲁两处招集华人佣工，事非一日，害非一人，澳门又不能禁止招工。前因香港有新闻纸将华工受害之烈屡次设词撰文，多年以来，耸闻于天下，各国澳门招工遂由此而止。此新闻纸胥出英国举人德呢客一人之手，可否请奖以二等功牌。等因。除由臣衙门咨行南洋通商大臣，转饬江海关查照成式制造，一面移交赫德给领外，理合附片陈明。谨奏。

光绪四年正月十二日军机大臣奉旨：知道了。钦此。

（军机处录副奏折）

G1：中外关系

4.153　葡国澳门总督贾为简授钦差全权大臣并请订定章程事致总理各国事务恭亲王奕欣等照会

光绪五年十月十九日(1879年12月2日)

大西洋特命钦差驻扎中国日本暹罗全权大臣、佩带亚飞斯头等金星暨忠勇勋劳剑金星异等宝星、大西洋地理会博士、总镇澳门地扪总督贾，为照会事。

照得本大臣奉大西洋大君主谕旨委为总督澳门地扪各地方，已于光绪五年十月十五日接印视事。又蒙我大君主简授特命钦差驻扎中国全权大臣之职。本大臣带有国书，俟有机会，然后送呈台览。本国与贵国历来厚敦友谊。今本国之意，仍期订定章程，坚笃和好，永存雅谊。本大臣办理一切公事，无不仰体本国之意，若蒙贵亲王友爱之情，不胜厚幸矣。

为此，照会。顺候辰祉。须至照会者。

右照会二品顶戴顺天府尹周、兵部左侍郎郭、头品顶戴吏部左侍郎崇、军机大臣户部尚书景、军机大臣大学士管理吏部事务宝、大清钦命总理各国事务和硕恭亲王、军机大臣协办大学士兵部尚书沈、户部尚书董、军机大臣礼部左侍郎王、工部左侍郎成、二品顶戴大仆寺卿夏。

光绪五年十月十九日

（军机处照会）

G1：中外关系

4.154　葡国新任钦差澳门总督罗为已接印事致总理各国事务恭亲王奕欣等照会

光绪九年四月初八日(1883年5月14日)

大西洋特命钦差驻扎中国日本暹罗全权大臣、佩带圣母金星大日国嘎罗斯第三并意萨罢勒嘎多利格头等金星暨大澳国铁宝盖金星、澳门地扪总督罗，为照会事。

照得本大臣奉大君主命简派前来补授澳门地扪总督，经于光绪九年三月十七日接印视事，兼奉上谕，特命钦差驻扎中国全权大臣。等因。是以备文照知贵亲王大臣。缘本国朝廷向来与贵国敦笃和好，迄今无异。兹本大臣莅任斯土，自当仰体朝廷之意，尤为倍敦睦谊，惟期得与贵亲王大臣之心互相契洽，是本大臣之所深顾也。相应照会贵亲王大臣，请烦查照。

为此，照会。顺候升祺。须至照会者。

右照会二品顶戴署户部右侍郎顺天府府尹周、工部尚书兼署理藩院尚书麟、军机大臣协办大学士吏部尚书李、大清钦命总理各国事务和硕恭亲王、军机大臣大学士管理吏部事务宝、军机大臣户部尚书景、二品顶戴署兵部右侍郎都察院左副都御史陈、二品衔宗人府府丞吴。

光绪九年四月初八日

（军机处照会）

G214(202、552)：中外关系-租界（澳门、葡萄牙）

4.155 广东巡抚吴大澂奏陈澳门租地宜及早维持葡国狡谋宜设法钤制折

光绪十三年四月二十四日(1887年5月16日)

广东巡抚臣吴大澂跪奏，为澳门租地宜及早维持，葡国狡谋宜设法钤制，敬陈管见，披沥上陈，仰祈圣鉴事。

窃臣维今日中西之局势，以富强为国本，富不在小利而在远图，强不在虚声而在实际。西国讲求武备，专以利人土地为能，用心固谲而不正；中国整顿水师，特为保我海疆之计，用心则正而不谲。然我退则彼进，我让则彼取，一国利则他国生心，一事松则诸事掣肘，其机甚微，其患甚大。臣身任疆圻，尤宜力雇(顾)大局，心之所不安，不能不沥陈于君父之前。

臣准两广督臣张之洞咨行总理各国事务衙门来咨，抄录奏稿内称，洋药税厘并征一案，非与葡国商量办法，则澳门之偷漏无从巡缉。密饬赫德，派税务司金登干就近前往葡国，徐图办法。兹据赫德申称，现准葡国外部电称：一、派使来华，拟议通商条约；二、葡国永驻澳门，管理一切；三、葡国不让其地于他国；四、香港所允办法，澳门亦类推办理。以上四层奏明，由金登干在彼画押为据。一面照会英国使臣，转致葡国派使来华议约，并饬驻澳洋官即日照议开办。各等语。

臣窃思，葡国狡谋不难控驭，以中国之兵力财力，制他国则不足，制葡国则有余，若虑其不能收回而慨然与之，恐为西洋各国所窃笑，为西洋各国所窃喜。盖葡萄牙一贫弱小国耳，于中国何所要挟而不能坚拒，只以稽查洋药之偷漏与为联络，成效未睹而原报先施，得不偿失，利害显然，西洋各国议论，必疑中国为葡国所患，或暗中英人之计，则从旁窃笑者有之。

澳门为香山县属沿海之地，以粤省东西道里计之，澳门适居其中，距省城不过二百数十里，非欧州之毗连越南，非若琼州之孤悬海外，又非若香港之自为一岛。白西洋与中国通商，凡洋人寓居中国，如天津之紫竹林、上海之洋泾浜，皆有外国人租地。澳门亦葡国租界，虽占踞之久，暂不同其为租地，则一若以租地改为管辖之地，各国洋人必谓中国于濒海要疆不甚爱惜，则私心窃喜者亦必有之。至葡人租地段，旧有围墙为界，围墙以外地名望厦村，附近民田皆隶香山县属，历年完纳赋税，有案可稽。近来葡人拆卸围墙，建筑炮台，屯驻洋兵，侵占民田砌成马路，又向村民勒收田房租钞，迭据该村民人先后呈诉，自光绪五年至今，控案累累，不一而足，经督臣张之洞照会葡官，令其查明禁止，并据情咨报总理各国事务衙门在案。今若以租地认为辖地，则夜郎自大，必益肆无忌惮，华民之居住澳门及澳门附近之民人皆受其虐，田必收税，房必勒租，坟墓必为所掘，盗贼必为所庇，往来船只必为所梗，向之隐然蚕食而欺侮华民者，今必公然虎视而驱逐华民。其势有必然者，即使将来据约与争，徒费唇舌，无益于事。此尤粤省唇齿之忧，不可不慎也。

抑臣更有虑者，葡萄牙之所恃，以英人为护符，英之觊觎澳门，欲联香、澳为一气，尽人知之。英不争澳，而暗使葡争，其计甚狡。中国不能保缅甸之不归英人，又安能保英国之不并葡乎。臣管蠡之见，澳门为粤省要地，必当设法收回，不与立约，葡人为我钤制，尚可留作缓图，一与立约，葡人与我抗衡，必更狡焉思逞。拟请饬下总理各国事务衙门，俟葡国派使来华，先与清理租界。按照香山县道光七年所修志书，葡人租住澳门之地，西北枕山，高建围墙，东南倚水为界，三巴门、水坑门、新开门三处旧址为凭，其三巴门墙垣以外所占官地荒民田，一律令其退还。三门附近之地，一名望厦村，一名汤狗环，一名莲峰庙，皆系香山县属地，有葡人侵占筑台建屋之所，必当详细与之辩论。先将租地划清界限，再与徐议换约等事，如葡使遇事为难，即可藉词暂缓议约。金登干前议《草约》，本不足凭，若恐失信于洋人而无从补救，则从前所议《中俄条约》暨近年所议《中法修约》，皆系后来更正，并非一成不易之规，但于大局攸关，不以小信为重。现当中国力图自强之际，不宜委曲迁就，示弱于葡人。且洋药税厘并征开办已久，葡人亦不能从中牵掣。此尤不必鳃鳃过虑也。

臣为中外大局关系土地人民，不敢缄默不言，致负朝廷委任之重，不揣冒昧，披沥上陈。谨恭折具奏，伏乞皇太后、皇上圣鉴训示。谨奏。

光绪十三年闰四月二十一日奉朱批：该衙门知道。钦此。

四月二十四日

（军机处录副奏折）

G1：中外关系　G214：租界

4.156　两广总督张之洞奏陈澳门租界改归葡国永居立约尚宜妥议折

光绪十三年四月二十四日(1887年5月16日)

两广总督臣张之洞跪奏，为广东澳门租界改归葡国永远居住，立约尚宜妥议缓定，以求无弊，恭折具陈，仰祈圣鉴事。

窃臣于光绪十三年三月二十日承准总理各国事务衙门咨称，洋药税厘并征新章，香港与澳门会办各节，于光绪十三年二月二十三日奏奉朱批：依议。钦此。恭录咨行到粤。查原奏内称，窃查洋药自印度贩运来华，聚于香港、澳门，分赴各口销售，必须英、葡两国相助稽查，方可杜偷漏绕越之弊。上年正月间，奏请饬派邵友濂，会同总税务司赫德前往香港，与英官会商办法。查知港地虽为扼要，尚须与澳门会办，始能得力。澳门自前明嘉靖时即经葡国占居，岁输税课二万金，迨至国初，知该处被占已久，难以收回，遂改税课为地租，仅令输银五百两，按年完缴，自道光二十九年以后，并此项租银亦未交纳。近年该国屡求订约通商，因澳门之事争论未定，辄作罢论。刻下，因洋药税厘并征一案，非与葡国商办，则澳门之偷漏无从巡缉，是以，上年十二月间开办并征之后，即密饬赫德，派税务司金登干就近前往葡国，徐图办法。兹据赫德申称，现准葡国外部电称：一、派使来华，拟议通商条约；二、葡国永驻澳门，管理一切；三、葡国不让其地于他国；四、香港所允办法，澳门亦类推办理。以上四层，现值香、澳税务开办在即，由金登干在彼画押为据。一面照会英国使臣，转致葡国派使来华议约，并饬驻澳洋官即日照议开办。各等语。查，澳门久为彼国盘踞，今纵不准其永远居住，亦属虚文，徒于税务多添窒碍，并无收回该地之实际，傥能议约有成，则权有专归，事无隔阂。向之偷漏税课者，今可设关；向之招纳叛亡者，今可缉匪；向之拐骗丁口者，今可安插稽查。而且与新嘉坡等埠邻近，藉可通达消息，尤为得力。再查，葡国贫困日甚，如法、美、俄、德各国皆有财力，无不垂涎澳门，冀以巨款购得其地，为驻兵之所，是不让其地于他国一层，尤应于议约之先切实声明，杜绝觊觎。所议各节，似宜照行，请旨饬下两广督臣遵办，并札饬总税务司，饬金登干先行画押。至同治年间原定未换条约各款，今昔情形不同，所有应增、应删各节，应俟该国使臣到华详细核议，随时另行请旨办理。等语。

臣惟葡人僦居澳门历有年所，总署因其久假不归，且虑他国垂涎，阳资其榷税缉奸之力，阴禁其并吞授受之谋，原所以曲示羁縻，裨益国计。此举臣初见港报，尚觉将信将疑，未几接到总署来文，方知成局已定，焦灼徬惶，不可言喻。频月以来，通筹利害，窃恐羁縻之意虽善，滋长之患方多。兹事体大，有不得不沥陈于圣主之前者。

查，澳门为香山县辖，距省城二百余里，陆路可通，实为广东滨海门户，非如琼州之孤悬海外，亦非如香港之矗立海中。葡人虽盘踞多年，不交租银，不守界址，然亦幸中国之不屑与较。至絜权量力，我之可以逼葡，葡之不足病我，事理甚明。今若因一事之要求，曲徇其请，迁就立约，在葡人固始愿不及，即他国亦相顾惊疑。夫因练军而始筹饷，乃因筹饷而先损权，可虑一也。

葡之住澳，本以围墙为界，墙外民田户籍悉隶香山，葡人逐渐越占，近又屡向界外村民勒收田房租钞，迭据望厦村绅民联禀赴愬，经臣先后委员会勘，照会葡官查禁在案。名为租界，犹得加以诘问，立其堤防，若竟畀以管理一切之权，是此后土地人民尽归葡属，以及水界附岛皆将视若固有。是其政令既行于澳中，管辖将及于澳外，界限混淆，潜滋暗长，可虑二也。

中国滨海各省租界林立，一切管辖办案权利章程幸有公法可循，条约可守，虽暂无退还之举，亦莫生觊觎之心。今有澳门为例，则日后诸强国乘机伺便，接踵效尤，拒之则有厚薄之嫌，应之则成滋蔓之势。且此次英、葡同一帮缉，英人倡议主事，德色尤深，葡则成效未见，已有先施，英若美利能收，能无厚报，可虑三也。

粤民侨寓澳门，人数众多，良莠互异。南、番、香、顺等县商民往来省澳者何止数万，往往两地置产，两地行商，无从限断。至于闲民滥匪，往来如织，尤无纪极。西例凡生长于某国之地，即可隶籍为某国之民，领取属民票据，恃为护身之符，遇有犯事，地方官不能以华法治之，即如光绪十一年南海县民何回生走私一案。何回生现隶民籍，家有职官，人所共知，乃英领事来文，以其久居香港，冒入英籍，公然指为英国属民。前车可鉴。查英国稽核较严，犹不能无冒滥给票之弊。葡国贪鄙陋劣，若以澳门归其管辖，奸民将取巧冒籍，四出作奸，葡官必渔利扛帮，纷纷移索。民无定籍，官法不行，可虑四也。

澳门薮盗庇奸由来已久，臣到任后，所有照会葡官，提取要犯，虽不无往返驳诘，亦均陆续交出，以视港官之扣留员弁，勒请讼师，糜费旷日，或交或否，听凭洋官讯断，往往始终不交者，难易较殊。租界与属地办法不同，确有明验。今若改归管辖，以后不独拐骗人口难于过问，即缉匪一节，亦将藉口洋例，如香港之节节刁难。彼之事权愈专，我之隔阂愈甚，可虑五也。

葡踞澳门，得之无名，未立条约，利益不能与各国同沾，葡人犯事，可归地方官审办。通商以来，未闻有葡人游历传教之事，非不愿来，实不便来也。今若与之立约，必有游历传教之条，彼族将藉此为营私之计，将来交涉教案，必有欧洲各国之人所不屑为者，葡人则优为之，可虑六也。

葡人贫困日甚，各国垂涎澳门，诚如总署所云，冀以巨款购得，为驻兵之所。然名为租界，环瀛共知，犹未敢公然取求，显干名义。今改归葡辖，我纵能禁葡人之不得转让，岂能保各国之不以力争。设竟效并越吞缅之故智不取之于我，而取之于葡，葡人为自主之国，而无可求援，中国为局外之观，而无从庇护。澳虽蕞尔，逼近省垣，此后水陆筹防，均难措手，实为肘腋之患，非惟唇齿之忧，可虑七也。

有此数弊，虽药征得效，利害兼权，似亦不能无鳃鳃之过虑。特是《草约》已立，势难中止，微臣愚陋，窃思今日挽回补救之策约有五条。

一曰细订详约。查，简约虽经金登干画押，而详细条约应删、应增，仍须俟葡使到华，会同总署核议，请旨办理。其永驻澳门一条，原因协办药征，格外允让租银，非画地归葡者可比，且约有不得转让他国之文，可见澳门系中国让与葡国居住，仍系中国疆土，应声明澳门让与葡国永远居住，免其租银，不得视为葡国属地。其不让地于他国一条，应声明澳门仍系中国疆土，葡国不得转让与他国。如此，则我有让地之名，而无损权之实，于原约之义毫不相背，既可关葡人之口，亦不致生他国之心。

一曰划清界限。有陆界，有水界。何谓陆界，东北枕山，西南滨海，是为澳门。其原立之三巴门、水坑门、新开门旧址具在，志乘可征。所筑炮台、马路、兵房均属格外侵占，应于立约时坚持围墙为界，不使尺寸有逾。彼所重在租界，界外之地，本属可有可无，我让则彼取，我争则彼弃，断不至因此遂废前议。何谓水界，公法载，地主有管辖水界之权，以炮子能及之处为止，若两国土地毗连，中隔小河，则以中流为界。此系指各国自有之地，及征伐所得者而言。澳门本系中国之地，不过准其永远居住，葡人只能管辖所住之地，宜明立条款，所有水道准其船只往来，不得援引公法，兼管水界。

一曰界由外定。准葡住澳，免其租银，水界仍是中国所有，自无水界之可分。陆界至旧有围墙为止，葡人于同治初年将围墙拆卸，希图灭迹，然墙可拆，而旧址终不可没，将来约有成议，似应由粤省督抚臣就近派员，会同葡使亲往勘验，详查旧址，公同立界，俾免影射逾越。

一曰核对洋文。查赫德申称所订《草约》四条，与澳门洋报所载者，文义轻重悬殊。第一条，派使来华，拟议通商条约，洋文内加须有利益均沾字样。第二条，葡国永驻澳门，管理一切，洋文内加悉与葡国别处属地无异字样。《草约》内澳门字样凡三见，洋文皆作澳门及澳门附地。查附地二字，意极含糊，不惟将围墙外至望厦村隐括在内，即附近小岛、毗连村落，皆可作附地观。至谓与葡国别处属地无异一语，措辞亦谬。虽洋报所载，未尽可信，要其有意朦混，藉图侵占。传说必非无因，既与总署奏案不符，亦非奉旨准其永驻之本意，应请饬下总署，先将《草约》汉、洋文详细校对，以防狡混，而免侵越。

一曰暂缓批准。立约虽有成议，批准权在朝廷，此各国之通例。英国《烟台条约》，光绪二年所立，有未经批准三条，直至上年始行议定。成案可援，自应明与之约定，约后须俟税厘款项大增，拐骗逃亡随提随解，诸事均有明效可征，两国始行批准互换，庶彼不得终售其欺。

以上五条，皆就原约之中力筹万全，其间自必有总署所已经计及者，亦容有澳地情形，总署所未能深悉者，谨竭其管蠡所及，以备挽救之资。

窃思葡人至贫至弱，素为各国所轻，食用则仰资粤产，贸迁则专仗粤商，其于粤尚不能无所顾忌。今既允与立约，并准其永住澳门，港报所译，又有利益均沾之条，是葡人所获已多，即此次详约有所删增，亦足餍其愿望。况所陈各端，皆就《草约》立论，未尝有所变更。应请饬下总理衙门，于该使来华时就臣所陈，细与辩论，极力坚持，彼能就我范围，自可照此立约。如其不从，是弃约出自葡国，《草约》自可任作罢论，香港征税章程仍前举行，而于拱北关多设巡船，前山厂多派巡丁，水陆截缉，漏私当亦无多，而葡人必大有所不便。利害相形，不数年间，彼终不能不就所议来求立约。如此，则所损于税厘者少，所全于大局者多矣。

臣职在守土，利害之大，不敢不详筹沥陈，并将澳门地形绘图贴说，恭呈御览，伏祈皇太后、皇上圣鉴。谨奏。

(朱批：)该衙门知道。①

光绪十三年四月二十四日

(宫中朱批奏折)

G214(202、561)：中外关系-租界(澳门、英国)

4.157　广东巡抚吴大澄奏报查明澳门租界被占将占之界亟应设法清厘折

光绪十三年七月二十八日(1887年9月15日)

广东巡抚臣吴大澄跪奏，为查明澳门租界占界及将占未占之界，拟与葡人及早清厘，以杜狡谋而免贻患，恭折仰祈圣鉴事。

窃臣前准两广督臣张之洞咨行总理各国事务衙门来咨，现与葡国外部电商派使来华，拟议通商条约。等因。臣因事关大局，不能不虑远谋深，敬陈管见，缮折奏陈在案。旋准总署来电，澳门关闸以内居住华民，近年词讼案件，是否仍归地方官审理，旺厦村等处田粮，每年实征若干，归葡收租若干？迅行查覆。等语。当经督臣张之洞会同臣派员确查，电复总署，并据广州府知府孙楫、候补知府富纯、署香山县知县张文瀚等禀复情形，详细咨明总署各在案。

臣窃思，葡人居住澳门，原有租界，岁缴租银五百两，自道光二十三年以后，求免租银，屡经前督、抚臣照章驳斥。其越界修路、越界盖房之案，民间呈控，亦经备文照会禁阻，葡官辄置不理。督臣张之洞未到任以前数十年中，并未筹一切实办法，葡人以为粤省不甚爱惜之地，毅然

① 据军机处录副奏折，朱批时间为光绪十三年闰四月二十一日。

在租界以外各村、各岛，先贴门牌，继设路灯，先收灯费，继索地租。葡国官民所住中国之地，既不向中国缴清租价，中国民人所住中国之地，反令向葡国完纳租银，揆之情理，实系非情非理之端，索其凭据，亦属无凭无据之事。臣于七月十六日亲赴澳门，周沥各村各岛，查勘界址，与驻澳西洋大臣高士达面加诘问，且告以划清租界之意，隐示以收回占地之图，并晓谕该处居民，勿因从前受欺受侮，辄与葡人口角争殴，致生枝节。各村父老感念国家，深仁厚泽，鼓舞欢欣，如拨云雾而见天日。臣于十九日旋省，与督臣张之洞妥筹办法，有与葡人亟须议明者十条。

一、水坑尾门、三巴门两处门墙久已拆毁，仍须议明，补筑完好，以复旧界。

一、租界以围墙为限，围墙以外，向不准洋人盖房修筑，历有案据可查。今水坑尾外门、三巴门外所修马路，所盖洋房，皆系侵占官地、民地，应如何清理之处，必当妥议办法，或就已盖洋房之地，作为葡国租界，标立界石，以后不准于界石之外再侵尺地，似亦通融办法。

一、沙梨头村、新桥村、沙冈村三村毗连，皆在租界之外，沙梨头村之西南有围墙旧界，尚有残缺石墙一段，仍应补筑坚固，以免与租界通连。

一、沙冈、新桥、沙梨头及旺厦、龙环、龙田、塔石等七村，皆系中国民人聚居村落，所耕田地，历年在香山县完纳钱粮，本非葡人所能管理。统计该数村铺户、居民约有万余人，自葡官按户收租，或缴，或不缴，众情汹汹，各怀愤懑。旺厦一村始终未缴分文，葡人亦无如何，若令归入租界以内，被其苛敛，民不甘心，必致激生事端，亦非葡人之福。应即禁止葡官，不准向该数村擅贴门牌，收地租，以期彼此相安。

一、莲花茎原有关闸，系前明万历年间创建，年久毁废，近年葡人改设牌坊一座，四无围墙，非关非闸，似应由粤省派员择地重修关闸，以资控制。该处有葡人所设兵房、电线，议令撤去，归中国派兵看守。

一、莲花峰炮台、马蛟炮台及荡狗湾之东望洋炮台，皆在租界以外，本非葡人所当兴筑，且近来葡人水陆练兵不满四百人，生计日蹙，贫不能自给，必致有台无炮，有炮无兵，不如酌给修台经费，令将三处炮台归粤省，另派弁拨兵看守，筹款兴修，即一时未能应允，将来葡人穷困无聊，养兵费缺，始终必归中国管理。

一、租界内旧有海关监督行台、香山县丞衙门，闻于道光二十九年为葡人拆毁，又越十余年，卖与中国商人，改造民房。臣亲自查勘，在显荣里一带，土人尚能确指其地，应俟设法购回，仍照旧章改建官房，或香山县丞未便在租界内建署，亦应于旺厦村左近隙地，重建县丞衙门，将该县丞移设关闸以内，俾复旧制。

一、澳门西北有小岛，名曰青凡，与澳门本不相连，葡人在此山擅盖洋房，据为已有，亦应设法与之辩论。

一、澳门西面各码头对岸为湾仔，有华民二百余家，湾仔迤南五六里曰银坑，有华民数十家，居住已久，近为葡人勒收地租，民不堪扰，现在尚未起造洋房。此为将占未占之地，与督臣商议，当饬该管地方官，不时前往巡察，若置不问，再越数年，则公然认为葡地矣。

一、澳门之南，十字门以内，东有大拨岛，西有小横琴、大横琴二岛，大拨岛之北麓，有潭仔村，大横琴岛北面山坡，有过路湾，皆与澳门不相连属。潭仔有铺户、居民一百二三十家，过路湾有铺户、居民百余家。臣查阅各岛，见有葡人设立兵房，殊堪诧异，询之民户，近年按户勒收地租，竟以该岛为葡人管辖之地，尤须据理与之辩论。大抵海外荒岛多有私枭、洋盗匿迹其间，葡人庇护之，因以为利。查该岛一带，本系缉私船只时常往来之路，臣当与督臣即饬缉私员弁，认真巡缉，稽查户口，免致莠民潜匿该岛，自非葡人所得拦阻。

以上十条，拟请饬下总理各国事务衙门，与葡使逐条理论，向归中国管辖之地，显系历年侵占，并无归葡管业之明文，想葡使亦无从强辩，即日前议约未能遽定，似不访藉词推宕，以绝觊觎之心。臣察度澳门居住葡人，官无善政，商无善贾，工无善艺，惟藉赌馆娼寮，包私庇匪，收受陋规为自然之利。自督臣张之洞奏明闱姓弛禁，缴费充公，澳门葡官每年少收洋银四五十万圆，此外更无大宗出息。闻上年葡官高士达接管后，费用支绌，有入不敷出之虞，故专以刻剥商民为事。向有渔船数百号停泊澳门，因葡人勒收重税，避至他岛，并无渔税可收。华界居民久被葡人勒缴地租，以后划清租界大势，不能予取予求，葡国既无商船来往，澳门别无地利可图，市面萧条，人情涣散，其坐困情形，可立而待。租界以内所盖洋房、洋楼，大半卖与中国商人，不数年间，其地尽为华商所有，力不能与中国相抗，必求中国为之保护，事有必至，理有固然。臣愚昧之见，拟请暂缓订约，或竟作为罢论，葡使若有要求，请饬总理各国事务衙门，商令葡使暂回澳门，与臣等清理地界，似亦急脉缓受之一法。臣与督臣张之洞妥为商办，当于控驭之中，默寓笼络之意，断不致激而生变，此可抑慰宸廑者也。

臣为海疆要地被占日久，亟应设法清厘起见，是否有当，谨恭折具奏，伏乞皇太后、皇上圣鉴训示。谨奏。

光绪十三年八月二十九日奉朱批：该衙门知道。钦此。

七月二十八日

（军机处录副奏折）

G1：中外关系　G214：租界

4.158　两广总督张之洞奏陈澳界胶葛太多新约必宜缓定折

光绪十三年七月二十八日（1887年9月15日）

两广总督臣张之洞跪奏，为查明澳门葡人旧租之界及新占之界胶葛太多，葡人于协助洋药稽征并无大益，请旨饬筹妥办，以防窒碍而免枝节，披沥再陈，仰祈圣鉴事。

窃惟中国与葡萄牙议立新约一事，臣于三月内承准总理各国事务衙门来咨，当经臣暨抚臣吴大澄各抒所见，奏请从缓定约，奉朱批：该衙门知道。钦此。六月间叠准总署来电，查询澳地关闸以内华民词讼案件，是否仍归地方官审理，旺厦村等处田粮，每年实征若干，归葡人收租者若干。等因。当经密委广州府知府孙楫、候补知府富纯、署香山县知县张文翰、前署香山县知县萧丙堃、候补知县蔡国桢等分别确查。旋据查明，七村讼案钱粮，仍归香山县管理，并查明洋药来华分运，实与澳门无涉，业经据禀电复，并分别咨达、函达总署，商办在案。抚臣于七月十六七八等日亲赴澳门水陆一带履勘，目击情形，旋省后与臣反覆筹商。大率澳门一带有葡人原租之界，有三十余年久占之界，有十余年来新占之界，有近数年图占未得之界，区别甚多，实非一致。现当立约之际，彼必将含混贪求，若使稍不详审，则远虑近忧处处棘手。除前奏所陈可虑七条之外，敬敢缕晰，再为我皇太后、皇上陈之。

查，旺厦一村岁完粮银、粮米共银三十余两，其余沙冈、新桥、沙梨头、龙环、龙田、塔石等六村，依山而居，并无田粮。葡人先于各处强设路灯，藉收灯费，渐向各村强编门牌，勒收地租，旺厦村全不交纳，龙环、塔石两村不缴者十之六。至词讼案件，其口角钱债细故，或由葡人就近处理，若人命重案，仍归香山县控告办理。甚至围墙以内，遇有重案，往往由洋官照会香山县，归案审办。此皆咸丰、同治、光绪年间之案，均有案牍可稽。是澳门一岛，墙内土地人民，历年并未专归葡人管辖，墙外可知屡次绅民呈词，深以入洋籍输夷赋为耻，情词愤激，不约而同。上年葡人勒收租钞，旺厦村民鸣锣拒之，立即遁去。强者固抗不完交，弱者亦从违各半。此次抚臣到澳，接见各村各岛居民，男妇老幼万余人，相率环观，咸颂皇仁，欢呼感泣。察此情形，若明归葡属，各村各岛断不甘心。此民不服葡一也。

关闸乃前明所设，以其地势险仄，设守于此，国朝因之。关闸以南，围墙以北七村，仍是我疆，并非将闸南之地皆予葡人。道光季年以来，逐渐混占，修路筑台，直抵关闸，且藉设灯救火诸事，勒向海中诸岛收缴灯费地租，建造洋房数间，于大拔岛迤西之山尾，当十字门内筑一炮台，又至澳西隔海湾仔、银坑等处勒收船租地租，民拒不缴。今若立约，彼必将关闸内七村及潭仔、过路环诸岛攘为己有，甚至隔海湾仔、银坑一带皆生希冀。此贪得无厌二也。

澳门之南，山岛对列，内外两重，名为十字门，内重左山名大拔岛，其有村落可泊船处名潭仔，右山名小横琴岛，外重左山名九澳，右山名大横琴岛，其有村落处名过路环，其岛大于澳门六倍。潭仔居民约二百户，渔船极多，丁口四千余，过路环居民约百户，丁口二千余，余两岛居人甚少。查，高、廉、雷、琼四府民船来往之路，正在澳门之南，潭仔、过路环之北，其过路环之外，即系大洋轮船可行，民船难行。若澳门属葡，彼必兼索两岛，两岛属葡，则粤省西四府民船皆须穿过葡境，是将西路自行阻塞。此海道有碍三也。

澳门北面陆路一线，与内地相连，长约二里，宽仅百步，名曰莲花茎，恰肖其形，关闸即扼其上。葡人久蓄诡谋，欲将莲花茎西面一带填平，直接前山寨同知治所岸外，计向澳门西北展出之地，长约九里半，宽约二里半。如此，则所占更出关闸以外，不惟贪妄无理，而且险要全失。此次抚臣到彼，税司法来格呈出一图，画有红线，纵横数十道，皆葡人现拟填占之界，实可骇异。此夺我险要四也。

朝廷所以允以澳予葡者，为其协查洋药税厘也。今据委员等确查禀称，洋药自海外入中华，皆径到香港，分运各口，从无径运澳门卸货之船，是稽察之关键在港不在澳。葡人即包揽走私，澳门一隅所销有限，尚可于澳外水陆两途分防严缉。查，英国助我稽查洋药，现属试办，并非一定不易之法，万一三数年后章程变改，香港不能严查，澳更无能为功。此得之无名五也。

不惟此也，税司法来格向委员知府蔡锡勇言，现因潭仔、过路环两处及十字门一带海面，葡人妄谓系葡之海界，以致我之缉私诸多不便。等语。现在已经妄占作梗，若立约属葡，其阻碍自必更甚，不惟洋盗、盐枭、内地出洋各匪无从捕截，即以洋药论，不惟无益于缉私，而且正有害于缉私。此求益反损六也。

英国图澳之意已久，嘉庆十三年曾有兵船占踞澳门炮台，谋夺葡利之案，经奉旨用兵驱逐而后去，英得香港后，此意乃息。今若以澳予葡，他国已难免觊觎，且此议倡自英人，恐英尤必设法攘之。查，葡欠外国借款，现已五千三百余万镑，将来或折债抵换，或通融借用，俱在意中。港澳通连，水陆受敌，粤省海防何堪设想。此徒资强敌七也。

从前商口未开，洋船入华，皆在澳门停泊，葡人独据互市之利，故有奏准设立商船二十五只。自英得香港，立为马(码)头，澳门贸易顿减，商船并无一存，租界内之洋房，大半现皆卖与华绅、华商为业。近数年澳门既失闱姓之利，葡人益形贫窘，每年入不敷出，养兵止四百名，各台皆系前膛旧炮，经费犹患不足，于是勒索附近华民钞费、华船渔租，民多不从。若视为属地，强行制缚苛敛，旺厦诸村及潭仔诸岛居民累万，必与葡人为难，葡人必受重创，一经决裂，转难收拾。此别生枝节八也。

伏查，澳门一区久为粤省肘腋之患，自道光、咸丰以来，洋务纷纭，内患未靖，无暇议及，彼遂蒙混多占，得步进步，乃历来无人禁制，非果葡之强盛，不能禁制也。臣到粤后，即首将闱姓之利收回。上年春间，臣据旺厦村绅民呈禀，即经密札印委各员，叠次密查，一面照会葡官禁阻，一面绘具地图，考核葡人虚实，兵食、商务情形，并每年粤省接济澳门米谷若干，经由河道，以为清理防遏之计，并于紫泥关设卡，稽查走私蚕茧，以免土丝之利归入澳门，叠经咨关行司饬局筹议有案。然非筹定办法，奏奉谕旨，不敢轻易发难。其时以东西两省越边界务未竣，未便同时并举，拟俟越界既定，即当奏陈，先已于本年三月内咨达总署，密筹办法，嗣接到立约明文，随即通筹利害，条列具奏。今覆加详查，民情之愤，后患之深如彼，于药征之无益有害又如此。窃谓详约总宜缓定，俟年余后体察药征旺淡究竟若何，再行请旨定夺，如彼非理要求，或竟作为罢论。

七月十三日复准总署来电，虑及此后更有侵占，及转属他国两节，令熟筹杜之之法，所虑诚关紧要。臣熟加筹度，若杜绝侵占一节，其围墙以外关闸以内，葡人所有已成之马路、洋坟、花园，似可听其自然，不必拆毁。至于墙外闸内之兵房、炮台，如能收回固善，即听其存留，亦尚无大碍。至于七村民居、民田，总当划清界址，竖立碑石，已占者仍作为租界，既经免其租银，或作为借居之界，未占者作为官界，不得逾越。其澳门本岛以外之潭仔、过路环两处，必与理论，虽有修成炮台、洋房、石路、塔灯等工，或酌给修费，与之赎回，或已占者准其暂行租居，酌定年限。独近逼潭仔正当十字门之炮台，必应归我，未占者我亦安营设汛，以资钤制，应俟临时相机妥筹，断不容其占有诸岛。其湾仔、银坑一带，与澳隔海，与香山县土地相连，断不准其觊觎。至莲花茎以西填地，远过关闸，直接前山之诡谋，则豫为揭明禁止，绝其妄想。青洲一墩，自前明已建洋寺，为地甚小，应议明不准填地连接。总之，除原租围墙以内之地，仍旧听其居住外，已侵占者明示限制，察其于我有无大碍，分别租给、收回，未侵占者力为划清，严加防范。其海面，按照公法，与之议明，不容擅占，以后只须责成地方文武，随时认真稽查，并派兵轮常往巡哨，督抚提臣每季一巡，即不致再有侵占。傥蒙朝廷主持，总署定之于内疆，臣必当守之于外，即如俄、法强国边界既经勘定，亦必期永远循守，何况于葡。盖清理从前之侵占，则须分别酌办，若杜绝以后之再加侵占，粤省之力尚可办到，亦断不至因此致生衅端者也。

至转属他国一节，既已属葡，则彼可自主，若仍为华地，即与沿海各省地面无异，中国威力远胜葡人，他国非有意外开衅，决不能凭空盗据。似可布告各国，声明免其租银，借与永远居住，以示地主有属，譬如赁屋假馆之客，固不敢转赠他人，即他人亦不能强行估买，防维较易为力。若既已正推解之名，又欲施控制之计，窃恐更费周折矣。是欲杜转属之弊，尚不如仍旧之为愈也。

总之，澳无田地，其米粮皆系由香山县石岐等处接济，并违禁私运出洋，澳贩恃为大利，若米船数日不到，立形困窘。葡无商利，专恃勒抽华民以资用度，入不敷出，每年仅解缴该国银二万余两，已形竭蹶。葡无驻澳兵船，仅有租来他国兵船一号，泊于海中，余有小巡轮数只而已。其陆路，炮旧兵单，迥非他国洋兵之比。以彼贫弱如此，我并不加驱逐，彼原租者听其安居，久占者量加区别，新占者设法清理，未占者明文杜绝，彼方当深感圣朝怙冒之仁，断不至与中国启衅。窃惟此次药征改章，赫德所自任者，不过岁增二百万，澳门一路协助之益，已属无多，若澳为葡有，已属得不偿失，况协助未必得力乎。

至总署来电，虑及葡使坐待一节，该使之意，盖恐非常之惠，迟则生悔，又恐中国察知洋药之效于彼无功，则事将中变，以故亟于请盟。彼利在急，则我利在缓。可知烟台之约，迟十年而后行，澳门之约，岂能责我数月而遽定。伏望圣明垂察，将臣前奏并此次所奏各节，敕下总理衙门妥筹详议，缓与立约，免致民情梗阻，别生枝节，粤省幸甚。谨将澳门一带讼案钱粮、葡人租银人数，缮列清单，并绘具澳门附近水陆详图，照绘葡人意图填占原线，恭呈御览。

所有沥陈澳界胶葛太多，澳约必宜缓定各缘由，理合恭折奏陈，伏祈皇太后、皇上圣鉴。

谨奏。

(朱批：)该衙门知道。单图并发。①

光绪十三年七月二十八日

(宫中朱批奏折)

4.159　附件：澳门词讼案及田粮数目清单

光绪十三年七月二十八日(1887 年 9 月 15 日)

谨将澳门词讼案由、田粮数目、葡人租银人数敬缮清单，恭呈御览。

词讼：

一、咸丰十一年十月西洋理事官获解，致死邹亚俸凶犯陆亚梆，移请审办一案。

一、同治元年七月西洋理事官解获，致死有孕媳妇及孙二命凶犯冼开和，移请审办一案。又西洋理事官获解，将其养女推压入海淹毙犯妇樊苏氏，移请审办一案。

一、光绪八年十月黄祺呈控吴逊如贪租背约一案。又梁腾芳呈控萧启琛抄枪货物一案。

一、光绪十二年八月吴逢昌呈控郭宏章串通抄抢一案。又黄朝辉呈控何怡翰私顶串跳一案。

田粮：

一、仁一图末甲，僧建城共税三顷七十七亩八分五厘一毫内税一项五亩在旺厦村，余在界涌左右，额征银一十二两三钱三分、米一石八斗六升八合。又增庆寿共税六亩三分零九毫，额征银二钱八分、米三升三合。

一、番一图末甲，张保和共税七十五亩零二厘二毫内税三十余亩在旺厦村，额征银一两零四分、米一斗一升八合，补升银一两五钱六分、米六斗一升四合。又胡徐亮共税三十六亩一分九厘一毫，额征银一两零八分、米一斗四升。

一、良二图八甲，李承荫共税五十五亩零二厘五毫俱在旺厦村，额征银一两六钱二分、米一斗五升二合。

一、良五图一甲，沈大任共税三十八亩二分九厘，额征银一两二钱五分、米一斗八升。

一、良七图四甲，何大昌共税一顷四十二亩三分九厘九毫，额征银三两六钱八分、米四斗四升八合。

以上七柱，共征银二十二两八钱四分、米三石五斗五升三合，银米合计，共银三十余两。

一、旺厦村铺户、民居、篷屋，大小四百余间，壮丁千余人，四顷零，不缴租钞。此外各村概

---

① 据军机处录副奏折，朱批时间为光绪十三年八月二十九日。

无田亩。

一、龙田村铺户、民居大小七八十家，壮丁百余人。龙环村铺户、民居大小三四十家，壮丁七八十人，约半缴租钞，每户自半元起，至三元止不等。

一、水坑尾除进教围外，铺户、民居、篷屋七十余家，壮丁二三十人。塔石村除进教围外，铺户、民居、篷屋四五十家，壮丁七八十人，每年约缴公钞及街灯费，共银三百元。

一、沙梨头村铺户二十余家，民居三百余家，壮丁四五百人，每年约缴公钞及绿衣、街灯等费，共银一千余元。

一、沙冈村铺户、船厂、灰炉六十余家，民居、篷屋三百余家，壮丁百余人，每年约缴公钞及绿衣、街灯费，共银一千余元。

一、新桥村铺户二十余家，居民二百余家，壮丁二三百人，每年约缴公钞及绿衣、街灯等费，共银一千余元。

一、三巴门外石墙街铺户三十余家，民居一百余家，每年约缴公钞、街灯等费，共银一千余元。

一、潭仔铺户、船厂六十余家，民居、篷屋一百余家，壮丁二三千人，每年约缴绿衣、街灯等费，共银一千余元。葡人勒收地租、丁口租，每人半元，遇有红白事，又勒缴租银，该处迄未照缴。

一、过路环铺户、船厂四十余家，民居百余家，每年约缴绿衣、街灯等费，共银一千余元，未缴租钞。

又潭仔、过路环约有拖船八百余只，每只寄泊一次，收银二元三角半，每年约银二千余元。葡人于此二处，派有陆路绿衣兵三十四名潭仔二十名、过路环十四名，又小轮渡船两只。

查全澳铺户、民居并附近各村，每年约共公钞银二万四千余元，地租银一万二千余元，计澳门各村各岛丁壮约千余人，男妇老幼合计约一万数千人。

又查，葡人不及千名，兵丁不过四百名，唐人绿衣不及百名，兵船只一艘，另教民约二百名。

(朱批：)览。

(军机处录副奏折)

G1：中外关系　G214：租界

4.160　总理各国事务奕劻等奏陈办理葡约情形折

光绪十三年九月二十六日(1887年11月11日)

臣奕劻等跪奏，为葡约现有成议，谨将办理情形恭折密陈，仰祈圣鉴事。

窃查,广东香山县属澳门地方,自前明为葡人占居,今已三百余年。万历年间,设关闸于莲花茎,岁输租课,设官治理。自道光二十九年,夷目哑吗嘞为澳民所杀,藉端寻衅,始则钉关逐役,抗租不交,继则屯兵建台,编牌勒税,于是,澳地关闸以内悉被侵占,粤省大吏亦遂置之不问。上年因开办洋药税厘并征新章,臣衙门奏请饬派邵友濂,会同总税务司赫德,前往香港会商办法。

查知洋药自印度来华,香、澳为总汇之区,奸商市侩倚之为逋逃薮,必须英、葡两国一律会办,始能得力。乃葡为无约之国,遽与商办,颇多要求。嗣经总税务司赫德往返电商,渐有端倪,拟定《草约》四条,派税务司金登干在彼国画押,并允其派使来华,拟议详细条约。所有筹办情形,前经臣等于本年二月二十三日缕晰具奏,本日奉朱批:依议。钦此。钦遵在案。

该国使臣罗沙旋于五月间到京,叠次来臣衙门会晤,开呈节略、地图各件。查节略所开通商各款,与同治元年议而未换之约,大致无甚悬殊。惟阅其图内,与现在葡人所居之地界址不清,恐其意在朦混多占,经臣等反覆辩驳,将原图交还,一面电询粤省督抚臣,并密与北洋大臣李鸿章往复函商,派员赴澳确查该处实在情形,以凭办理去后。嗣于八月二十九日准军机处抄出督臣张之洞、抚臣吴大澄具奏,澳界轇轕太多,条约尚宜缓定,界址宜早清厘各一折,同日奉朱批:该衙门知道。钦此。查原奏内称,澳门水陆一带大抵有葡人原租之界,有久占之界,有新占之界,有图占未得之界。除原租之围墙以内仍旧听其居住外,已占者明示限制,未占者力为划清。并称洋药来华,皆径到香港,分运各口,从无径运澳门之船,是稽察之关键在香港不在澳门。各等语。

臣等查,上年邵友濂等前往香港会商办法,香港英官曾有澳门如不缉私,香港亦不允会办等语,是洋药并征之举,非香澳合力襄助,势必不成。然此犹其后也。

向者曾闻葡国日渐贫困,西洋诸大国,如法,如俄,如美,如德,皆有财力,无不垂涎澳门,希冀以银购得此地,为泊船驻兵之所,若果为他国所得,其害尤甚。以故从前总理衙门两次商办此事,一议通商订约,一议给价收回,奈事机不偶,迄无成说。迨光绪十一年间,两江总督曾国荃函称,葡国领事贾贵禄以该国与中国未换和约,可以不守局外之例。彼时法事方殷,若由澳门引之入寇,亦颇可虑,经该督饬令江海关道,婉词羁縻。至津约既成,葡之狡谋乃息。今因洋药缉私一事,允其重申前议,并以澳门地方我既不能收回,即乘此机会与之约定,不得让与他国,方可永杜后患。此为约中第一要义。

惟界址一层,从前久经含混,刻下若欲与之划清,势必彼此争执,终归罢议,更恐激之生变,阴结强国为助,一旦竟有他图,办理转致束手。臣等熟权利害,固不敢轻徇其请,亦未便拒之过峻,不得不为急脉缓受之策。因与葡使罗沙迭次磋磨,于约内言明澳门界址俟勘明再定,并声明未经定界以前,不得有增减改变之事。似此办法,目前既不至龃龉，即或一时未能勘定，亦不至再被多占。仍将不得让与他国一层，专立一条，永昭信守，庶免各国觊觎。该使臣初犹狡执，经臣等坚持前说，始得就范，允即电达本国，照此定议。

正在筹办间，续接李鸿章函称，粤省督抚臣分别原租、久占、新占、未占四层办法。所谓久占者，不知何年，新占者，亦在咸丰、同治以后，但使台屋可拆毁，租钱可革除，岂不甚善，细审事势，必难办到。委员程佐衡回津，面与讨论。查，围墙以内为原租，关闸以内皆所久占，潭仔、过路环则为新占，此皆已占者也。关闸以北直达前山，澳西对岸湾子、银坑各处，远及东南各岛，皆欲占而未占者也，亟宜趁此议约之时，与以固有之利，绝其窥伺之萌。等语。所论极为详尽，应俟将来派员勘界时，随时斟酌办理。

谨将续议详约二条照录，恭呈御览。如蒙俞允，再由臣等将通商、缉私各款，与该使臣妥筹议订，另行具奏外，所有臣等筹议葡约缘由是否有当，理合恭折密陈，伏乞皇太后、皇上圣鉴训示。谨奏。

(朱批：)依议。[①]

光绪十三年九月二十六日

臣奕劻　臣阎敬铭假　臣宗室福锟　臣锡珍　臣许庚身　臣曾纪泽假　臣续昌　臣廖寿恒　臣孙毓汶　臣徐用仪　臣邓承修假

(宫中朱批奏折)

4.161　附件：续议葡约第二第三款

光绪十三年九月二十六日(1887年11月11日)

谨将现议葡约，照录第二、第三款，先行恭呈御览。计开：

第二款前在大西洋国京都理斯波阿所订预立节略内，大西洋国永居管理澳门之第二款，大清国仍允无异。惟现经商定，俟两国派员妥为会订界址，再行特立专约。其未经定界以前，一切事宜俱照依现时情形勿动，彼此均不得有增减改变之事。

第三款前在大西洋国京都理斯波阿所预立节略内，大西洋国允准，未经大清国首肯，则大西洋国永不得将澳门让与他国之第三款，大西洋国仍允无异。

(朱批：)览。

(军机处录副奏折)

① 据军机处录副奏折，朱批时间为光绪十三年九月二十七日。

G214(202、552)：中外关系-租界（澳门、葡萄牙）

4.162　总理各国事务奕劻等奏复葡国永居管理澳门与通商口岸租界迥不相同片

光绪十三年九月二十七日(1887 年 11 月 12 日)

再，本年八月初四日准军机处钞交广东抚臣吴大澄奏，为各省洋人租地仍当存租界名目，以杜后患一折，奉朱批：该衙门议奏。钦此。

查原奏内称，中国与泰西所立条约，必有利益均沾一语，然他国之利益，中国未必能据以相争，中国所许之利益，各国无不援以为例。自中外通商立约以来，各省沿江沿海通商口岸，每处所建洋房、洋栈，或给官地，或买民居，凡洋官、洋商聚处之所，名曰租地，租地以内，各国皆有限制，谓之租界。若以租地界址许其永远管业，则各国必执利益均沾之说，纷纷渎请，适启西人无厌之求，于中外交涉大有关碍。拟请饬下总理各国事务衙门，凡各省通商口岸及不通商口岸，所有洋人租地，仍当存租地名目，概不准有永远管业字样，混为自主之业，以杜后患。等语。

臣等查，泰西各国自通商以来，教堂、使馆均出价买，沿江沿海各省通商口岸，皆有租界，虽无管业之名，实则界内诸事皆听洋人所为，地方官无从过问，即与管业无二。至吴大澄此次所奏，自系隐指广东澳门而言。惟澳门地方自前明以来，久为葡萄牙国占居，近因洋药税厘并征，葡国允在澳门帮同缉私，并请换约通商，中国以其帮同出力，允与立约，并因葡国之在澳门已历三百余年，久已视为固有，是以《草约》内有允其永居管理之语，此与通商口岸之租界迥不相同，各国自不得援以为例，似可无庸过虑也。

所有臣等遵旨议覆缘由，理合附片陈明，伏乞圣鉴。谨奏。

光绪十三年九月二十七日奉朱批：依议。钦此。

（军机处录副奏折）

G1：中外关系

4.163　总理各国事务奕劻等奏报葡约已议成请旨派员画押折

光绪十三年十月十五日(1887 年 11 月 29 日)

臣奕劻等跪奏，为葡约现已议成，请旨派员画押，恭折仰祈圣鉴事。

窃葡国遣使罗沙于本年五月间来京，商订详细条约，经臣等叠次与之会晤商办，业将续议大概情形，于九月二十六日恭折具陈，并于折内声明，再由臣等将通商、缉私各款，与该使臣妥筹议订，另行具奏在案。嗣经臣等与该使臣往复晤商，按照开送条款，详加酌核，其与同治元年议而未换之约无甚悬殊者，当即议定。此外有应拒绝者，有应添改者数条，与之口舌交函，逐一辩驳，始行商订妥协。

内惟交犯一条，该使臣请照英国条约，载明华人犯罪，逃至澳门者，查明实系罪犯交出。盖西国通例，此国罪犯逃至彼国，应由彼国查讯所犯何罪，分别交与不交。因之节节刁难，遂为逋逃之薮，臣等有鉴于此，坚拒不允，告以必须载明，一经两广总督照会澳门官员，即行查获交出。该使臣又谓并无庇护罪人之意，但如此措词，有似勒令交出，既与西例悬殊，且亦有伤体面，因此执意不从。查本年闰四月间，张之洞奏折内称，该督到任后，所有照会葡官，提取要犯，虽不无驳诘，亦均陆续交出，以视港官之扣留员弁，勒请讼师，糜费旷日，或交或否，听洋官讯断，往往始终不交者，难易迥殊，恐换约以后，缉匪一节，亦将藉口洋例，隔阂愈甚。等语。臣等因与再四磨磋，于约内添改华民犯案，逃往澳门地方潜匿者，由两广总督照会澳门官员，即由澳门官员仍照向来办法，查获交出，以杜其援照西例，袒庇逃匪之弊。

又稽查洋药一事，全在澳门出口时立法严密，方免偷漏。复于专约内添写所有澳门出口，前往中国各海口之洋药，必须由督理洋药之洋员给发准照，一面由该洋员立将转运出口之准照，转致拱北关税务司办理。

以上两端，皆为紧要关键，经臣等反覆辩论，始得定议。其余各款，悉心斟酌，均尚妥善。兹将续议葡国详细条约五十四款及缉私专约三款另缮清单，恭呈御览。如蒙俞允，应查照各西国修约成案，恭请钦派王大臣，与葡使罗沙先行画押，再候批准，择期在津互换。

所有臣等订议葡国条约，请旨办理缘由，理合恭折具陈，伏乞皇太后、皇上圣鉴，训示遵行。谨奏。

(朱批：)依议。①

光绪十三年十月十五日

臣奕劻　臣阎敬铭假　臣宗室福锟　臣锡珍　臣许庚身假　臣曾纪泽　臣续昌　臣廖寿恒　臣孙毓汶　臣徐用仪　臣邓承修假

（宫中朱批奏折）

① 据军机处录副奏折，朱批时间为光绪十三年十月十五日。

4.164　附件：中葡议定缉私专约条款

光绪十三年十月十五日(1887 年 11 月 29 日)

谨将与葡国使臣罗沙议定缉私条款，开单恭呈御览。

会议专约

大清国大皇帝特派，大西洋国大君主特派，为议立专约。

现因于光绪十三年　月　日两国经已议定《和好通商条约》第四款载明，彼此必须议立专约，以便略定如何设法协助中国征收由澳门出口，运往中国各海口洋药之税厘。是以，两国便宜行事大臣互相定议专约三款，胪列于左。

第一款大西洋国应允颁行律列一条，以为饬令澳门洋药生意，必须遵循后列之规例：

一、除洋药装满箱之外，其余零星碎件，不准运入澳门。

二、大西洋国应简派官员一员，在澳门以为督理，查缉出口入口之洋药。所有载运洋药入口，一经到澳，须立即报知督理官衙门。

三、所有运入澳门之洋药，如欲由此船搬过彼船，或由船而起上岸，抑或运入栈房，或由此栈而搬至彼栈，又或将洋药转运出口，均须先到督理官衙门领取准照，方准搬运。

四、所有澳门出口入口洋药之商人，应有登记簿，而该簿之格式，系由官酌定发给，其所有运入口之洋药，应照依官给予之格式，将该洋药卖出若干箱，或卖与何人，抑或运往何处，以及在铺内存有若干箱，均须据实逐一注明簿内。

五、除承充澳门洋药之商人，及领牌照售卖零星洋药之人外，无论何人，均不准收存不足一箱之生洋药。

六、此律例颁行之后，必须详细定立章程，俾令各人在澳门遵守。至于该章程，应与香港办理此项之章程相同。

第二款所有澳门出口前往中国各海口之洋药，必须到督理洋药衙门领取准照，一面由该衙门官员立将转运出口之准照，转致拱北关税务司办理。

第三款大清国与大西洋国嗣后如欲将此专约之条款更改，必须两国会议允行，方可随时删更。

(军机处录副奏折)

G1：中外关系

4.165　总理各国事务奕劻等奏报葡约盖印画押日期折

光绪十三年十月十八日(1887年12月2日)

臣奕劻、孙毓汶跪奏，为葡约盖印画押日期，恭折具陈，仰祈圣鉴事。

光绪十三年十月十五日臣等谨将与葡使议定条约具奏，奉朱批：依议。钦此。同日奉旨：著派奕劻、孙毓汶与葡国使臣画押。钦此。臣等当即函致葡使罗沙，订于本月十七日在臣衙门，将新定葡约五十四款、缉私专约三款公同盖印画押，以昭信守。

除俟葡国批准，由该使臣照会臣衙门后，再由臣衙门恭缮正本，请用御宝，寄交北洋大臣李鸿章在津互换外，所有臣等与葡使画押日期，理合恭折具陈，伏乞皇太后、皇上圣鉴。谨奏。

(朱批：)知道了。①

光绪十三年十月十八日

(宫中朱批奏折)

G1：中外关系

4.166　钦差大臣李鸿章奏报与葡国换约事竣折

光绪十四年三月十九日(1888年4月29日)

钦差大臣、大学士、直隶总督、一等伯臣李鸿章跪奏，为葡萄牙国换约事竣，恭折仰祈圣鉴事。

窃查，葡萄牙国即大西洋，上年十月间经总理各国事务衙门王大臣与葡国使臣罗沙议定《通商条约》五十四款、《洋药缉私专约》三款，当即奏明画押。本年三月初，据津海关税务司禀报，该使罗沙由沪赴津换约。罗沙旋于初九日来谒，请期互换。臣电商总理衙门，奏请简派换约大臣，将原约本请用御宝，作为批准，发下遵办。初十日奉旨：著派李鸿章会同葡国使臣互换条约。余依议。钦此。由总理衙门恭录知照，并将画押原本派弁赍送前来。臣即择定三月十八日在天津水师公所公同互换，届期臣率同津海关道及天津道府通商随员等，该使罗沙亦挈同该国领事、翻译等，一并齐集。罗沙将葡国批准条约画押原本交臣验收，臣即将总理衙门发下恭用御宝条约原本，交该使只领，彼此核对无讹，仍公立换约文凭华洋文一样二分，画押盖印，各执一分，附钉原约之后，以昭信守。

---

① 据军机处录副奏折，朱批时间为光绪十三年十月十八日。

至原约第二款内称，澳门地方现经商定，俟两国派员妥为会订界址，再行特立专约，其未经定界以前，一切事宜俱照现时情形勿动，彼此均不得有增减改变之事。等语。臣面询罗沙，据云澳门定界，拟俟该国续派使臣驻华，另行商办，该使于换约后，即起程回国。除将条约原本并换约文凭委弁赍送总理衙门查收备案外，谨将译录葡国批准和约原文，及臣与葡使换约文凭，照缮清单，恭呈御览，并分咨总理衙门暨南洋通商大臣、两广督臣知照。

所有葡国换约事竣，理合缮折覆陈，伏乞皇太后、皇上圣鉴。谨奏。

(朱批：)该衙门知道，单二件并发。①

光绪十四年三月十九日

(宫中朱批奏折)

G1：中外关系

4.167　总理衙门奏为葡萄牙国君主逝世太子即位请准出使大臣唁贺事折

光绪十五年十一月十六日(1889年12月8日)

再，臣衙门接据葡萄牙国驻扎澳门使臣来文，内称本国大君主类斯于本年九月二十五日薨逝，太子嘎路斯第一嗣立，希为转奏等因。臣等查各国君主薨逝新立嗣立两□……□就□唁贺。今□……□(两列不清)门使臣□□皇上圣鉴训示。谨奏。

光绪十五年十一月十六日奉朱批：依议。钦此。

总理衙门

(军机处录副奏折)

T252：铁路　G1：中外关系

4.168　署外务部右侍郎联芳为商议中葡商约事与葡国公使白朗谷问答节略

光绪二十八年八月(1902年9月)

光绪二十八年八月十三日四点钟，葡白使同宋翻译到部，联大人接见。

---

① 据军机处录副奏折，朱批时间为光绪十四年三月二十二日。

白问：昨交条款能照办否？

答以略有改笔，随取出第三款给看。文曰：大清国议定安造由澳门至广东省城之铁路，应允大西洋国仿照九龙铁路章程，另订专条办理。

白坚不允诺，并云该总局应设在葡国地面，必须载入约内。

答以应俟定立章程之时，另行核议，此特无须入约。

白辩论许久。

答以你的原文首句有语病，碍难不加删改。本是两国合办之事，不必用应允字样。

白云：可以写明中葡公司字样，贵国如不照原文入约，葡国实无从招股，万难商办。

第二款葡于加税事，用允遵字样，贵大臣不必多疑，随另拟一纸，交白阅看。文曰：大清国、大西洋国今议定设立中葡铁路公司，以便安造由澳门至广东省城之铁路。该铁路公司总局应设在何处，以及一切办法，须由两国派定熟悉铁路之员，会同另立专章办理。

白云：此路非集股则经费无出，约内如不载明应允葡国商民字样，则商民决不入股，仍是办不成的。至应派何员，不必入约。

告以你的原议，本是两国商民合股，今专属之葡国商民，岂不与华股有碍。

白云：明言中葡公司，何至碍及华股，原文首句是万万不能改动的。总局必应载明处所，不能止说空话。

答以照你所说，不如将总局应设何处及应派何员这两层，一并删去，统归专章另议，以昭简括，免得彼此争执。你原文内给权字样，是定要删去的。

白请将中葡下铁路二字删去。云云。

再三彼此商拟款式如下。其文曰：大清国应允大西洋国商民欲设之中葡公司，以便安造由澳门至广东省城之铁路，其一切办法，须另行议立专章办理。

白索草底一纸，携回商酌。

答以可，但是我们亦不能遽定，应俟我们转请各堂察核，如有更改，仍当另议。

白唯唯。

又将第六款向白询问。

白云：原在三水纳税，现既设立分关，即可无庸再往三水。此款只是照常优待的意思，并无别意。

答以随后再议就是了。

白订十七日会晤而别。

（外务部档）

T252：铁路　G1：中外关系

4.169　外务部为抄录中葡铁路公司建造广澳铁路往来照会事致两广总督德寿等咨文稿

光绪二十八年九月十七日(1902 年 10 月 18 日)

考工司呈，为咨行事。

中葡铁路公司建造由澳门至广东省城铁路一事，本部已于本年九月十二日具奏增改中葡条约折内声明，请旨允准在案。现由葡国公使与本部互换照会，以为将来订办该段铁路之据。除原奏条约另行知照外，相应抄录往来照会，咨行贵督、大臣查照可也。须至咨者附抄件。

两广总督、盛大臣。

光绪二十八年九月　日

(外务部档)

G1：中外关系　T252：铁路

4.170　外务部为请与中葡铁路公司人员商办广澳铁路合同事致督办铁路大臣盛宣怀咨行稿

光绪三十年正月二十四日(1904 年 3 月 10 日)

考工司呈，为咨行事。

案查中葡铁路公司建造由澳门至广东省城铁路一事，已于光绪二十八年九月十七日抄录来往照会，咨行贵大臣在案。兹准大西洋国白使照称，前于光绪二十八年本大臣与贵亲王为振兴商务起见，请允许在大西洋国地方内欲设之中葡铁路公司，安造由澳门至广东省城之铁路。旋经复称，应允所请，在大西洋国地方欲设之中葡铁路公司，安造由澳门至广东省城之铁路。但所有一切办法，须另行议立合同办理，该合同须由贵国特派之大臣，与督办铁路盛大臣商订办理。等语。现本大臣已派该公司人员赴沪，请转行知照督办铁路盛大臣，与公司人员商订办理。等因前来。相应咨行贵大臣查照，与该公司所派之员妥商筹办，并将所议情形，随时知照本部可也。须至咨者。

督办铁路大臣盛。

光绪三十年正月　日

(外务部档)

G1：中外关系　T252：铁路

4.171　外务部为派员赴沪商议广澳铁路已咨行盛大臣事复葡国公使白朗谷照会稿

光绪三十年正月二十四日(1904年3月10日)

考工司呈，为照复事。

光绪三十年正月十五日接准照称，前于光绪二十八年本大臣与贵亲王为振兴商务起见，请允许中葡铁路公司安造由澳门至广东省城之铁路。旋经复称，应允所请，但所有一切办法，须由贵国特派之大臣，与督办铁路盛大臣商订办理。现本大臣已派该公司人员赴沪，相应照会转行知照盛大臣，与该公司商订办理。等因前来。除由本部咨行盛大臣，与该公司人员妥商办理外，相应照复贵大臣查照可也。须至照会者。

大西洋白使。

光绪三十年正月　日

(外务部档)

T252：铁路

4.172　考工司为抄送铁路大臣盛宣怀来电并粤澳铁路原案事致商部咨文

光绪三十年四月(1904年5—6月)

考工司呈，为咨行事。

光绪三十年四月二十二日接准盛大臣电称，澳门铁路一事应有商部派员会订合同等因。应相应抄录原电并粤澳铁路原案咨行贵部查照，并希电复后声复本部备案可也。须至咨者。附抄件。商部。

光绪三十年四月

(外务部档)

G1：中外关系

4.173　葡使阿梅达*为送白朗谷公使电报事致庆亲王照会(附白朗谷电报原稿)

光绪三十年六月初三日(1904 年 7 月 15 日)

大西洋御前侍卫、特命出使中华参赞署理钦差大臣阿,为照会事。

接准本国钦差白大臣电报一纸,饬赴贵部面投。本署大臣奉此合将原来电报照会贵王大臣查照可也。须至照会者。

右照会大清钦命全权大臣便宜行事军机大臣总理外务部事务和硕庆亲王。

光绪三十年六月初三日

附件:电 报 原 稿

因奉政府谕,并议院□议。本大臣□难设□澳门分关。现拟添约章一款,澳门铁路告成后,中国所来货□,澳门所出货物,由两国采最利贸易地,查□□税。已向盛大臣言明□此款不添入约章内,即□□允准照会亦可。

(外务部档)

S21 - 42：交通、邮电-铁路工程-营造

4.174　铁路大臣盛宣怀奏报广澳铁路议订中葡商办合同条款折

光绪三十年十二月十五日(1905 年 1 月 20 日)

太子少保、铁路大臣、前工部左侍郎臣盛宣怀跪奏,为广澳铁路遵照部示,议订中葡商办合同条款就绪,恭折仰祈圣鉴事。

窃臣叠次承准外务部咨,中葡铁路公司建造由澳门至广东省城铁路,业于增改中葡条约案内,准其订办,饬臣与该公司议立合同,并函示训条,以华洋合办之局,必须扼定商办,不与两国国家相涉为第一要义,行令妥商筹办前来。时葡使白朗谷来沪会议商约,带同葡商伯多禄并议铁路,所递条款,应驳甚多。臣以路属商办,由商部遴招华商与议,方合体格,旋接部电,仍责臣筹议。适有粤商林德远呈请认集华股,与葡商平权合办,当即查照部示,与该使逐款磋议。计

广澳铁路应需资本，华商、葡商各认一半，公司权利悉遵钦定商律，葡国国家不能干预。应筑轨路，绘图呈候核准，方可开工，每段工竣，由两广督臣与澳门总督议定该段抽收税则，方可开车。按照商路机器材料照纳关税，官地、民产概给租值，铁路进项除养修费用分给商息外，每年另提公积百分之三，拨还本银，再有盈余，以三成归中国国家本银，逐年清还，中国即可收路，毋庸议价。造路工程司参用西人，余均华籍，总以不越中葡两国人为断。声明中国不代担保本息，该公司设有倒欠及帐目纠葛，两国国家均不干涉，亦无赔偿。所有议订合同各条，饬由随办商约候补四品京堂李经方、铁路参赞候选道陈善言等，与白朗谷数月磋磨，并由臣逐条斟审，电请外务部详加核改。因葡使坚执与商约一同签字，接准部电，修改各条尚属妥协，饬臣先与签字，随后专折奏请训示。综计细目三十一条，凡扼定商办宗旨，不与两国国家相涉之要义，似当足以预杜枝节，自保利权。除将签印合同咨送外务部并分咨商部、两广总督抚臣查照外，理合将遵订中葡公司《广澳铁路合同》底稿缮具清单，恭呈御览，俟奉旨批准，再饬由华商林德远、葡商伯多禄另订公司创办章程，呈候酌核，再行开办。

所有议订《广澳铁路合同》缘由，谨恭折具陈，伏乞皇太后、皇上圣鉴训示。谨奏。

光绪三十一年正月初七日奉朱批：外务部知道。单并发。钦此。

十二月十五日

（军机处录副奏折）

4.175 附件一：中葡公司广澳铁路合同条款清单

光绪三十年十月初五日（1904年11月11日）

清单

谨将遵照部示，会订中葡公司《广澳铁路合同》条款缮具清单，恭呈御览。

案查，光绪二十八年九月十四日大清国外务部照会大西洋国钦差驻扎北京便宜行事全权大臣，声明大清国政府允许所请，准在澳门地方设一中葡铁路公司，安造由澳门至广东省城之铁路在案。今将前项照会，抄附本合同后。现由大清国钦差、督办铁路大臣、太子少保、前工部左侍郎盛，与大西洋国驻京便宜行事、钦差大臣白在沪，将中葡铁路公司应办事宜，并中葡商董均股平权合办宗旨，往复商酌，意见相同，并饬令中董林德远、葡董伯多禄于此合同由两大臣签押后，再行会商订立公司创办合同，呈请中国铁路大臣酌核。今先将大清国政府允愿招商议立中葡广澳铁路公司各事宜，开列于后。

一、所有由广东省城至澳门之铁路，准归中葡商人招集股分，设立公司，均股平权合办。承筑此项铁路，经理行车事宜，应在澳门设立公司总号，并在广东地方设立局所。其公司名曰中葡广澳铁路公司。该公司既系中葡商人合办，则凡关系该铁路公司事宜，葡国国家即不得藉词干预。

二、该公司只常准中葡两国人会同管理，如违此款，中国可将准筑此项铁路合同作废。

三、造筑此项铁路所需用之资本，中葡均平各任，华商得一半股分，葡商得一半股分。惟葡股之一半，有侨寓澳门之华商，并华商之隶他国籍者在内。该公司须订立创办合同，以凭治理该公司各项事宜。该创办合同内，必须订明华商、葡商股本权利，均平无异。因公司股分，华人为多，所经地方广东居多，凡有关系该公司股分及股东权利，董事人、查帐人及各股东会议等事之各章程，必遵守光绪二十九年十二月初五日之钦定大清公司商律，与所订立之创办合同不相违背，即可照行。

四、该铁路应经地方尚未勘定，今应延请工程司前往查勘由广东省垣往澳门之地势，方可定夺。

五、该铁路查勘之后，绘图指明此路所应行经过地方、当在何处设立车站并应用房屋厂栈等处，一一绘明，呈送大清国钦差督办铁路大臣鉴核，俟核准后，方可开工筑造。此项绘图应备四分，以一分呈送督办铁路大臣，其三分由督办大臣分咨外务部、商部、两广总督分别存案。

六、所有查勘地势经费并筑造资本，悉归中葡广澳公司支理。

七、所有中葡广澳公司所造铁路，其左右两面各十英里以内，中国政府不能准他人或别公司筑造平行同线之铁路。

八、工程司起首查勘地方，及以后起造开工，皆必须由中国督办铁路大臣暨大西洋驻扎广东省城总领事官，预先咨照两广总督知悉，分别发给护照，与工程司及查勘筑路之各等人，由中国各该地方官随地一体保护。

九、所有筑此铁路之时及工竣之后，彼此如有辨论之事，须先归大西洋驻扎广东省城之总领事官，与两广总督会商妥定。倘仍不能商妥，方可上禀北京大宪暨大西洋钦差办理。

十、凡铁路所经之地并机器各厂货仓，为该铁路所应用之各房屋地段，其应如何为该公司所购用之办法，开列如左：

（一）如该地系属官产，应由公司报明地方官，丈量升科拨用，至此铁路满期之日为止，每年应缴纳地租。

（二）该地如系民产，或系该处绅士公司之地，公司必须与业主商酌定价，彼此合意妥购，如有应纳租税，公司仍照常完纳。

（三）如该地不能合意议妥，即由公司就最近之地方官禀请理妥购买，查照该处民间买卖时价，由公司照数向购。

（四）如该地上有庐舍、树木、池井等项，凡用工本造成者，除地价外，必须另给价值，其价如不能定妥，即照上款所言办理。

（五）如该地上有坟茔，必须设法绕越。如零星小坟，无法绕越，除地价外，必须从优另给迁葬之费。

（六）该公司在铁路经过地方，与该地方人民交易必须公平，并力免有损害地方商情等事，该地方人亦不得藉词阻挠，谣言惑众，如有违犯，由公司禀请地方官出示谕禁，声明筑造铁路原为推广商务，振兴闾阎起见，百姓人等务必各安本分，勿滋事端，共保平安，否则定必从严惩办。

十一、所有开地挖泥、挑泥垫土、扛挑材料需用工人，应就工程所至地方，随地雇用。其雇工之法，应向该处公局绅士商嘱定价资雇。

十二、该公司应雇用巡捕、更夫守护铁路并铁路所应用之各房屋，其巡捕、更夫系用华人，其夫头由官选派。

十三、铁路公司愿允自行筹款，在总车站毗连处建造房屋一所，以便在该处所有铁路转运出入华境之各项货物，由中国海关查验征抽税项。

十四、筑造铁路，或全工告竣，或一段完工，该公司应禀由中国督办铁路大臣暨驻札广东省城大西洋总领事官，咨照两广总督，声明该全工或一段筑成，起首开车行驶。

十五、全路或一段完工，两广总督与澳门总督可商酌在何处地方，及如何设法抽收该铁路车运入口、出口货物之税，俟税务议妥，始可行车。

十六、该铁路所有载人运货之价目则例，应由公司议定。

十七、该铁路宽阔之数，一切与广东省城已造铁路之阔相同。

十八、公司载运材料，可任便在公街经过，不得阻挠，惟不得损伤人民房屋物件，如有损伤，公司应照价认赔。如需搭棚，为起造房屋，或为工人居住，以及材料栈房，果系查无窒碍，均可搭盖。该地如属官产，不必给价，倘系民地，必与业主酌订租价，完工之后，将地交还。

十九、筑此铁路所需用之石与沙，如系官地所产，中国查无妨碍，应准公司即在该地采取应用，毋庸给价，如系民业，必须与地主商订。惟该地主倘有勒索重价，与时价相悬过巨，该地方官查明该处情形，为之设法妥定，俾两国免致受亏。

二十、公司筑此铁路，中国政府并不给地应用，亦不担保资本之利息，惟有准此铁路公司之事三项，开列如左：

（一）准该公司在近路地方设立水池积水，以便接管引水，入该铁路应用。

（二）准该公司在香山县地方设立养身卫生院、避暑所各一处。

（三）准该公司设立学堂，以葡文教中国幼童，备为翻译，并教铁路所需工艺，以便学成后，由铁路雇用。其学堂应设在何处，必先与该地方官商择。

以上各款所设各等房屋院所之地，如系民业，当与地主商订，如系官地，升科纳税。

二十一、倘该铁路进项，可支各项费用及资本银每百元每年六元之息，并可支每年一次，于每百元内至多提出三元，以资积储，供还本银，此外再有盈余，则作为净利，以三成归中国国家，其余按股分给。其每年一次所扣还资本之银，须扣至资本全清后为止。至于估计本银之法，可将该公司帐簿及该公司给股分人观览之年结总数为凭。

二十二、若该铁路从行车日起，至满五十年，其二十一款所定，积储供还资本银款，足支清还之数，可将该铁路及其所应用之各房屋归之中国，毋庸议价。倘其所积储之银，不足供还资本之数，中国政府必须先与该公司彼此妥商补偿，如数交清，方将此铁路归之中国。至于估计本银之法，可将该公司之帐簿及该公司给股分人观览之年结总数为凭。

二十三、该公司如有倒欠及帐目纠葛，两国国家均无干涉，并无赔偿。

二十四、除本公司所用巡捕更夫，以守此铁路外，中国政府务须保护铁路并铁路所应用之各等房屋，以及公司所有地方官准设之别等房院，以免为歹人毁坏攻劫。

二十五、该公司如须装设电线及德律风，可依此铁路之路线，任便设立，惟只能供该铁路之用，不得收发他人电报。

二十六、如遇有交战、作乱、饥荒之事，中国政府如欲用此铁路载运兵丁、军器、军装、粮饷并救济物件，此项铁路必须尽先应用，所有载人运物车价，可减半给付。平常之日，不得减少。如遇战事，该公司亦不得接济中国之仇敌。

二十七、所有官员文书及中国邮政局信札、包裹，该铁路可代运载，不受价值，并按照邮局所定章程办理。所有章程八条如左：

（一）铁路只允中国邮政官局运送包件，其民局及别国官局邮件，概不准行运送。至各国军队按合同应送各件，应由中国邮政局随同日行邮件，代为由火车寄投。

（二）火车搭客行李，邮政局不愿扰及，惟若风闻或确知有夹带邮件之弊，致违禁令，应如何办理之处，亦须预订妥章。

（三）火车往来各处，每次开行，均应备有合同专棢，以便邮政局员运送寻常邮件。火车开行时刻倘有改易，须于前二日向邮局声明，以便早谕众知。

（四）邮政局运送寻常邮件，备用专棢，铁路应不收费。至遇有另用专车之时，其专车之费，照各国向例，必须格外从廉（此项照各国从廉之费，尚须另行酌订）。

（五）邮政员役因公上下火车，听其自便，不得拦阻，惟须携有免票为凭。倘无免票，即照常人一律看待。其免票由各邮政司向铁路局员声领转发。

（六）火车各站准租趸屋若干间，照纳租费，并于各站设立信箱，系归邮政局自行经理（其趸屋租费，尚须另行酌订）。

（七）所有此章内载邮政局应交铁路各费，均按每年结清。

（八）嗣后倘有更改之处，须由外务部、商部准定，方可施行。

二十八、澳门邮政官局信札、包件，该铁路应代运载。至中国境内所设之第一处中国邮政官局，该铁路亦不受价值。

二十九、该铁路所用工程司各工艺人及各式专长之人，可参用洋人，其余工人，均用中国人充当。凡铁路所派所雇之各等人,应由公司专权派雇。

三十、凡该铁路所用之机器及一切材料至中国境内,应照纳关税。

三十一、本合同用汉文、葡文、英文缮写各四分,共十二分,语意均属相同。倘遇有辩论之事,葡文、汉文或有未妥协之处,应以英文解明所有之疑。今先在上海订立画押,以昭信守。

光绪三十年十月初五日

西历一千九百四年十一月十一号

4.176 附件二:外务部为应允中葡铁路公司安造广澳铁路事复葡国公使照会

光绪二十八年九月十四日(1902年10月15日)

附抄外务部复葡使照会一件

为照复事。

昨准照称,前者本大臣与贵亲王所商,为振兴商务起见,请大清国允许在大西洋国地方内欲设之中葡铁路公司,安造由澳门至广东省城之铁路一事,既经彼此酌议妥善,今特请将该事叙明照复,以为妥善之据,俾本大臣转行奏明本国政府。等因。均经阅悉。

本王大臣应允贵大臣所请,许在大西洋国地方欲设之中葡铁路公司,安造由澳门至广东省城之铁路。但所有一切办法,须另行议立合同办理,该合同须由贵国特派之大臣,与本国驻沪督办铁路盛大臣商订办理。

为此照复贵大臣查照可也。

光绪二十八年九月十四日

(光绪三十年正月初七日朱批:)览。

(军机处录副奏折)

G1:中外关系 T2:对外贸易

4.177 署葡国公使阿梅达*为葡商盐船被扣请转饬交还事致总理外务部事务奕劻照会

光绪三十一年十一月初六日(1905年12月2日)

大西洋御前侍卫、特命出使中华参赞、署理钦差全权大臣阿,为照会事。

前以澳门葡商盐船被粤督扣留，请饬释放，当经贵部电达粤督去后。兹于本月初四日接奉贵部函送粤督复电，接阅来电，多有与此事无相关涉之处。查该船确系本国盐艘，有本国商旗、护照，并在澳门挂号有案，且有本国船主可为证据。此次系由香港开船，行赴澳门，路经中国洋面，并非运进中国口岸销售。查，香港、澳门均非中国内地，竟被粤督扣留，务希贵王大臣转达粤督，饬将该盐船交还广州口领事，以符约章。如粤督查有澳门人民为不应为，本署大臣再与贵王大臣妥筹办法，严禁可也。

相应照会贵部查照。须至照会者。

右照会大清钦命全权大臣便宜行事、军机大臣、总理外务部事务和硕庆亲王。

光绪三十一年十一月初六日

（外务部档）

G1：中外关系　T2：对外贸易

4.178　外务部为澳门盐船案请电饬领事先与粤督会商办法事复署葡国公使阿梅达照会稿

光绪三十一年十一月二十二日（1905年12月18日）

榷算司呈，为照复事。

光绪三十一年十一月初六日准照称，前以澳门葡商盐船被粤督扣留，请饬释放，本月初四日接奉函送粤督复电，多有与此事无相关涉之处。查，该船确系本国盐艘，有本国商旗、护照，并在澳门挂号有案，此次系由香港赴澳门，路经中国洋面，并非运进中国口岸销售，务希转达粤督，饬将该盐船交还广州口领事。如粤督查有澳门人民为不应为，再妥筹办法严禁。等因。业经本部迭次电达粤督，令与贵国领事和平议结去后。先后准粤督复电称，澳门设立盐公司，私贩屯集，四处潜运，此次运澳之盐，确系粤盐，与洋盐质色不同。该船前往各处走私，业经多次，已据船上管事华人供认明确。既挂葡旗，又有法旗，一船两旗，即如人之一身两籍，同为中西律例所不许，且该船东系中国之人，所运为中国之盐，缉获在中国之界，违约干禁，无可抵饰。葡国大臣既允妥筹办法，应请其电饬领事，遵照前来商议，如能定有切实杜弊之法，再将此案酌量办理。等语。

本部查，澳门盐公司贩运私盐，已据该船管事华人供认明确。所谓为不应为，实早在贵署大臣洞鉴之中，请即电饬驻广州领事，先与粤督会商嗣后严禁走私之办法，则此案自可酌量议结。

相应照复贵署大臣查照办理，并希见复可也。须至照会者。

葡阿署使。

光绪三十一年十一月　日

（外务部档）

G1：中外关系　T2：对外贸易

4.179　署葡国公使阿梅达*为葡商盐船被扣案希电达粤督事致总理外务部事务奕劻照会

光绪三十二年十月十三日（1906年11月9日）

大西洋御前侍卫、特命出使中华参赞、署理钦差全权大臣阿，为照会事。

澳门蒲商盐船被粤扣留一案，前在两广总督岑任内尚未议结，现新任粤督业已到省，即希贵部电达粤督，会同英国总领事官兼署本国驻广州口领事官和平商办，以固邦交。

除由本署大臣电达英国总领事官兼署本国驻广州口领事官和平商办外，相应照会贵王大臣查照可也。须至照会者。

右照会大清钦命全权大臣便宜行事、军机大臣、总理外务部事务和硕庆亲王。

光绪三十二年十月十三日

（外务部档）

G1：中外关系　T2：对外贸易

4.180　署葡国公使阿梅达为澳门盐船案粤督来电即见复事致外务部信函

光绪三十二年十月三十日（1906年12月15日）

径（敬）启者，本署大臣前以澳门盐船一案，于本月十九日亲赴贵部面谈。据唐大臣云，粤督何时来电，即刻照会贵署大臣。等语。现在粤督如有电来，即希速为见复为荷。

此布，顺颂日祺。

名另具。

十月三十日

阿梅达

（外务部档）

G1：中外关系　T2：对外贸易

4.181　外务部为扣留澳门葡商盐船一案请饬领事与运司商办事复署葡国公使阿梅达*照会

光绪三十二年十二月初八日(1907年1月21日)

榷算司呈，为照复事。

前准来照暨来函，以粤省扣留澳门葡商盐船一案，前在两广总督岑任内尚未议结，现新任粤督业已到省，即希电达粤督，会同英国总领事官兼署本国驻广州口领事官和平商办，并希见复。等因。当经本部一再电达粤督去后。

兹准电复称，此案前岑督拟由葡领查明澳门每年需用食盐若干，由运司给发印照，准商民持照买盐，以免走私，而葡领久置不理，亦不前来商议，是葡领但求将私船释回，不欲订杜绝走私办法，运司自难照允，且恐后来走私逾多。今葡国驻京大臣愿订以后妥善办法，亟宜照办，请照会葡国驻京大臣，饬葡领来省，与运司妥商。等因前来。相应照复贵署大臣，查照转饬领事，与粤省运司妥商办理可也。须至照会者。

葡国阿署使。

光绪三十二年十二月　日

(外务部档)

G1：中外关系

4.182　两广总督周馥为澳门高总督接任事致外务部咨呈

光绪三十三年三月十四日(1907年4月26日)

头品顶戴、陆军部尚书、都察院都御史、两广总督兼管广东巡抚粤海太平两关事务周，为咨呈事。

光绪三十三年二月三十日接兼理西洋总领事官满照称，准澳门总督高来文，内开本总督于一千九百零六年十二月二十七日奉旨简授斯缺，兹于一千九百零七年四月初六日到澳门接任视事。惟本总督极念本国与中国交好多年，深愿从此邦交益密，希为转致两广总督查照。等因。相应照会查照等由前来。除照复及咨行外，拟合咨呈。

为此合咨贵部，谨请察照施行。须至咨者。

右咨呈外务部。

光绪三十三年三月十四日

（外务部档）

G1：中外关系-使馆

4.183　驻法大臣刘式训为具奏开办葡馆派员驻扎一折录稿咨呈事致外务部咨呈（附抄件）

光绪三十三年四月初一日（1907年5月12日）

钦差出使法日葡国大臣刘，为咨呈事。

窃本大臣于光绪三十二年四月初一日在巴黎使馆拜发奏折一件，固封咨送大部，谨请代递。俟奉批后务祈发还，实为公便。相应录稿咨呈大部，请烦查照备案。须至咨呈者。

右咨呈。附呈奏稿壹件。外务部大堂。

光绪三十三年四月初一日

附件：光绪三十二年四月初一日奏奏稿一件

驻法刘大臣奏为开办葡萄牙分馆派员驻扎折

奏为开办葡萄牙分馆派员驻扎，恭折仰祈圣鉴事。

窃臣承准外务部咨以葡萄牙国通好立约已历年，所自上年修订商约交涉渐烦，拟请由出使法日国大臣兼使葡国，仍照日国之例派员常川驻扎，藉资联络。于光绪三十一年八月十六日具奏，奉朱批：依议。钦此。钦遵行知到洋并寄至国书一道由臣敬谨祗领。查葡国滨临大西洋，航业商务夙甚讲求。澳门与粤接壤，所有交犯、缉、私、通商、筑路诸端均关重要，葡设分馆事属创始，非选派朴诚妥慎之员不足以资佐理。查有江苏补用道吴尔昌精通法文、久办交涉，堪以调充驻葡参赞。候选州判尹彦钰留心时务，堪以调充驻葡随员。候选州同徐善庆习谙英文，堪以调充驻葡缮译。以上三员均经臣专折奏明札调来法，现已陆续报到，饬令先行赴葡开办，由臣照会该国外部接待。俾得按约办事仍俟法国交涉。事务稍闲再行前往敬递国书，藉申通好之忱。除咨呈外务部查照外，所有开办葡馆派员驻扎缘由，理合恭折具陈。伏乞皇太后、皇上圣鉴。谨奏。

（外务部档）

G1：中外关系

4.184　外务部为德船在澳门拯救华民已咨粤督事致德国驻华公使雷克司函

光绪三十三年十月二十九日(1907年12月3日)※

复德雷使。

径复者，接准函称，德国商船亚克伯的得李逊二副韩森哈路等于八月初七日在澳门地方拯救被风华船难民多名，可否予以奖励等因。查该船二副韩森哈路等在海面拯救遇风难民至数十名之多，洵属义勇可嘉。除由本部咨行两广总督查明酌予奖励得复再达外，相应先行函复贵大臣查照可也。

此复。顺颂日祉。

堂衔。

光绪三十三年十月

(外务部档)

G1：中外关系

4.185　外务部为德船在澳门拯救华民查核办理事致粤督咨文

光绪三十三年十月二十九日(1907年12月3日)※

和会司呈，为咨行事。

光绪三十三年十月十八日准德雷使函称，本年八月初六初七两日，澳门一带地方迭遭飓风，沉没船只，淹毙人口，为非常巨灾。据本国驻香港领事禀称，有本国商船亚克伯的得李逊于八月初七日黎明见华船被风倾翻，该德船二副韩森哈路带领华水手亚九、亚带、亚玉、亚美四名，乘坐救生船驶往，救起搭客多名，皆系水僵半毙，经百方施救方始苏醒，共二十六名。其花名开列于左：李洪、于立衡、黄良、邓恩、陈容、文刘、文计、范昭、文泰、陈富、陈有、麦见、黎恩、董海、刘苍、生仔、梅仔、金铃、亚连、高忠、黄满、赖梅、刘镒、亚龙、曾春、九仔。又有亚杏、亚胜、陈明三人正在凫水，亦经救起等语。查该二副及该水手等殊属义勇可嘉，可否俯赐奖励之处乞查照等因前来。

查本年二月三十日，德雷使曾以德国亨宝公司轮船司堪地亚号在香港海面拯救遭风难民出险函请奖励，本部业经咨行在案。兹准前因相应咨行贵督查明是否属实及应如何奖励之处，与前案一同办理，迅即声复本部可也。须至咨者。

粤督。

光绪三十三年十月

（外务部档）

G1：中外关系

4.186 两广总督张人骏为澳门船政厅莎暂署澳督事致外务部咨呈

光绪三十四年四月二十八日（1908年5月27日）

陆军部尚书、都察院都御史、两广总督兼管广东巡抚粤海太平两关事务张，为咨呈事。

光绪三十四年四月十七日接广州口西洋总领事照称，照得澳门高总督奏奉谕旨，准予开缺，旋奉简派澳门船政厅莎暂行署理澳门总督事务。现准署理澳门总督莎文称，已于西历本年五月十四日接印，请为转致贵部堂，甚望两国交好日益亲密。等因。相应照会查照等由前来。除照复及咨行外，相应咨呈。

为此合咨贵部，谨请察照施行。须至咨呈者。

右咨呈外务部。

光绪三十四年四月二十八日

（外务部档）

T252：铁路　G1：中外关系

4.187 邮传部为广澳铁路办法张大臣未先报部本部亦未授以商办之权事致外务部咨呈

光绪三十四年十月初四日（1908年10月28日）

邮传部为咨呈事。

路政司案呈接准咨开，准咨据张大臣咨称，广澳铁路与澳督商允注销合同条款六则，咨请酌核前来。查，该铁路迭经本部照催葡使注销合同，一俟葡使照复，即可完议，乃该大臣不俟照复，竟与澳督商定条款六则，并拟定该路起讫界限。该大臣商办此事，曾否预先报部，贵部已否授其商办之权，希查明声覆。等因。

查，广澳铁路前据唐绍业等禀称，葡商伯多禄允愿退办，请咨转照葡使注销合同，后准归商等承办。等情。复准张大臣咨称，该商等均身家殷实。等因。嗣迭据唐绍业等禀请照催葡使注销合同各节，均经先后咨呈贵部在案。此次张大臣与澳督所商办法，未据预先报部有案，本部亦未经授张大臣以商办之权。

除知照张大臣，遵照勿得擅行交涉，致有歧异外，相应咨呈贵部查核办理可也。须至咨呈者。

右咨呈外务部。

光绪三十四年十月初四日

（外务部档）

T252：铁路　G215：驻军

4.188　驻法兼使葡国大臣刘式训为葡欣盼撤大横琴驻兵事致外务部电文

宣统元年正月十六日（1909 年 2 月 6 日）

收驻法刘大臣电　元年正月十七日

葡外部面称，广澳铁路合同可废，前因磋商勘界，故暂搁置，现已将详细训条电达驻使，请大部和衷商办。等语，又称酌撤兵队，若能撤大横琴兵，尤所欣盼。等语。谨闻。

训　十六日

（外务部档）

G1：中外关系　E3：司法

4.189　驻法兼使葡国大臣刘式训为葡新颁澳门交犯章程事致外务部咨呈

宣统元年二月二十日（1909 年 3 月 11 日）

钦差出使法国兼使日国、葡国大臣刘，为咨呈事。

照得葡政府新颁澳门交犯章程二十四条，经本大臣饬译法文、汉文，相应录送大部备查。

须至咨呈者。附汉洋文译稿两件。

右咨呈外务部大堂。

附件：译葡国新订澳门交犯章程

译葡国新订澳门交犯章程　一千九百零八年十二月三十一号颁行

兹因实行一千八百八十八年批准之一千八百八十七年中葡和好通商条约第四十五款所载交犯一条，爰订办理交犯条例如下：

第一条　凡华官照请交犯公文内须开列以下各项：犯人姓名、所犯何罪、犯事地方及时日、见证人等姓名单、被害者姓名、犯事情形、犯人之籍贯事业。

第二条　照会内所列见证人等，如不住葡界内，应由该管华官于十五日内传送来澳。

第三条　澳督于接到照会后，即饬华民政务司详查案情，并将照会及一切文件送交该司。倘照会到时，被告尚未拘禁，应立即查拿收押。

第四条　政务司于被告查获解到后，即提讯详情，录取供词。

第一节　被告可呈递凭件并指出干证数人，申诉被诬情形，以图销案或减轻干系。

第二节　如该犯可以交与华官，则其所递之凭亦应随送华官，或由该犯自请领回。

第三节　被告所指人证，如居葡界之内，即由政务司立刻传案讯问；如在葡界之外，应在十五日内传齐来澳，听候审讯。倘逾期未到，而已准将该犯交出，则于照复华官公文内，应开列各该人证等姓名、住址及执业。

第五条　政务司于审问被告之后，俟人证到齐时，即令与被告当面认明，如各无异词，然后再讯人证。所有两造见证供词，均须录存。

第六条　倘被告所犯之事，按葡律应获重罪者，则听质之两造见证人数不得过二十人，但原告之见证不得少于八人；如犯轻罪，则两造见证人数不必过五人。

第七条　政务司讯问被告及人证并查阅全案之后，应准交犯与否，即行断定。

第八条　政务司既断定交犯，须先通知该犯，并准其在五日内自往本地理刑司控诉。

第九条　如已逾五日，被告并未上控，则政务司即将此案详送澳督，澳督查阅本地委员来文后，将此案发交会议处提前集议。

第一节　会议处决议之后，犯人应否交出，仍由澳督参酌地方公益及各国条约，以定准驳。

第二节　澳督应将全案及会议处议事节略并该督所拟办法，一律录稿，呈送海部。

第三节　倘澳督不从会议处意见而不允交犯，则应于照复华政府之前，先将此案情形电告本国政府。

第十条　如被告不服政务司所断欲行上控，则将全案申送理刑司，如是则被告则取保释放，但犯重罪者不在此例。

第十一条　理刑司查阅全案后，即谕令被告于三日内延请律师代为申辩，如被告不能延请，即由官派律师一人。

第十二条　三日后，理刑司传令被告到堂听审，录取口供。本地委员及被告之律师均须到堂，并准其申请刑司酌询被告数语。

第十三条　理刑司讯问被告之后，或出己意，或徇委员及被告律师所请另有查问事件，该委员及律师均须到堂，并先声明应备之事件。

第十四条　此项讼案，凡查讯之事在境外者，不得照会境外官员代查。

第十五条　如被告有所干求，经理刑司查明，实系无理要求，或借端蒙混，则均不准所请。

第十六条　理刑司定案之后，被告不得再控。

第十七条　理刑司于应行查办事件完毕后，将全案送交委员查阅，该员于三日内申复可否，再将此案存入档房五日，任令被告律师前往阅看，以便届期到堂申辩。

第十八条　被告律师，于堂期时被传不到，或有意逾期，则按情节轻重罚锾充公，其数自十万八千至二十万八千雷司。

第十九条　无论节期及放假期内，均照常讯理讼事。

第二十条　此项讼案并不刊布，即由值班书吏录存档案。

第二十一条　被告末次口供既录之后，理刑司即将政务司原断之案应行准驳之处，于五日内批定。理刑司判词无论何项裁判，衙门均不得评驳。

第二十二条　理刑司将判词通知被告律师后，所有全案，均发交委员转送澳督文案处，被告则仍交政务司看管。

第二十三条　澳督查阅定案后，即交会议处开议，仍按第九条第一、第二、第三各节办理。

第二十四条　凡罪犯必须华民，且所犯之罪与一千八百八十六年九月十六号批准之葡国律例第五十五、五十七两条所载相符者，方可解交。

一千九百零八年十二月三十一号　葡王押

（外务部档）

G1：中外关系

4.190　两广总督张人骏为北德轮船公司马超轮船拯救中国船户七名请奖宝星事致外务部咨呈

宣统元年五月初六日（1909年6月23日）

陆军部尚书、督察院督御史、两广总督兼管广东巡抚粤海太平两关事务张，为咨复事。

宣统元年四月初十日承准贵部咨开，现准德国雷使来部面递节略，内称，光绪三十四年十月二十四日由北德轮船公司马超轮船将遭难之中国船户七名救出，请将该轮船船主策略纳及二副斯法特奖给宝星等因。并附呈被救人原禀一件前来。查外国轮船在洋面遇有华船失事拯救出险，著有劳绩，向有该省督抚查核，分别船主、大副等酌予奏奖宝星，历经办理在案。此次德国轮船船主策略纳等于上年十月在南洋拯救被难华□□□□□七人□□□□□□。相应抄录雷使所递禀呈一并咨行贵督查明核办，并先声复本部附钞等因到本部堂。承准此查德国北德轮船公司马超轮船此次在南洋海面救护被难华民七名一事未据地方官禀报有案。承准前因，除行琼崖道遵照现檄事理迅饬所属查明情形具复核办及札琼海关税务司一体查报外，相应咨复。为此咨呈贵部，谨请察照施行。须至咨呈者。

右咨呈外务部。

宣统元年五月初六日

（外务部档）

G1：中外关系

4.191 德馆为德船救华民粤督已否查复事致外务部节略

宣统元年七月初四日（1909年8月19日）※

光绪三十三年十月二十九日接准贵部回函，内称，德国商船亚克伯的得李逊二副韩森哈路等于八月初七日在澳门地方拯救被风华船难民多名一事，由本部咨行两广总督查明酌予奖励，得复再达等因在案。现在两广总督复文来到与否，本大臣敬请示复为荷。

（外务部档）

T252：铁路

4.192 外务部收驻法代办唐在复电得悉葡外部询问广澳铁路节略能否盼复事

宣统元年九月十七日（1909年10月30日）

收驻法唐代办电。元年九月十七日，广澳路事。刘大臣黎字八十三号函计达。现葡外部询称广澳路事节略，贵国能否照允，急盼覆，请再电询示一宗旨等语。谨电达复□。

（外务部档）

G1：中外关系

4.193　兼署两广总督增祺为澳门辅政司马沙铎署理澳门总督篆务及接印视事日期事致外务部咨呈

宣统二年十一月二十六日(1910年12月27日)

镇守广州将军兼署两广总督兼管广东巡抚粤海太平两关事务增,为咨呈事。

宣统二年十一月十八日,接广州口西洋总领事宋照会内称,照得澳门辅政司马现奉本国外务省札饬署理澳门总督篆务,已于本月十六日接印视事,特即咨请本署总领事转致贵部堂查照。又以粤澳交情夙厚,甚为欣愿永敦如常之睦谊等云。相应照会,请烦查照。等由前来。除咨行外,相应咨呈。

为此,咨呈贵部,谨请察照施行。须至咨呈者。

右咨呈外务部。

宣统二年十一月二十六日

(外务部档)

S21-41：交通、邮电-铁路工程-勘估

4.194　资政院总裁溥伦等奏陈议决中葡划界事宜一案折

宣统二年十二月十一日(1911年1月11日)

资政院总裁、贝勒衔、固山贝子臣溥伦等跪奏,为陈请中葡划界事宜一案,谨将议决情形遵章具奏,恭折仰祈圣鉴事。

窃查资政院章程内载,各省人民于关系全国利害事件有所陈请,得拟具说帖呈请核办。又载,前条陈请事件,应先由议长交该管各股议员审查,如该管各股议员多数认为合例可采者,得将该件提议作为议案。各等语。

臣院前据广东商民杨瑞阶等禀称,中葡划界勘议经年,游移莫定,葡领事肆意骄横,多方要挟,路环一役甚至惨杀无辜,兹值葡国新立民主,澳门全部理合收回,约有明条,非同乘危攫取者可比,吁恳奏请开作通商口岸,切实保护葡侨及各国财产,庶于商务民生两有裨益。等情。并将葡人越界侵占情形,缮具节略,呈送到院。当将该件送付,陈请股〔员〕审查。旋称,事关全国利害,应交会议。嗣经秘密会议一次。复据广东议员刘曜垣等呈递说帖,详述情形,以资研

究，由臣院照章指定特任股员一并审查。据该股员会称，审查得议员刘曜垣等说帖废约之理由有二：一为葡人不允在澳设关，将光绪十三年免收澳地租银之约骗去；一为葡人于光绪十三年立约以后、未定界址之前，屡次加减变改，似此违反条约。现当葡国易主之际，若能利用此时机并持二理由要求其废约，虽未必能收回澳地，如迅速乘势协商改正条约，将原约澳门之属地五字删去，则划界事宜自可迎刃而解。各等语。

查澳门勘界一事，曾经外务部派员交涉，迄未得其要领。该说帖所称乘葡国易主之机会为改正条约之计划，洵为正当之论，应将该说帖暨广东商民杨瑞阶等所呈节略，咨送外务部查照办理，并应由本院具奏，请旨敕下外务部与葡国严重交涉，速定界线，改正条约，以保国土而顺舆情。等因。具书报告前来。续经臣院开会讨论，多数议员与股员会报告书意见相同，当场议决。除将该说帖暨禀、函、节略抄送外务部外，理合遵章奏陈，仰恳敕部施行。全国幸甚！

所有议决陈请中葡划界事宜一案缘由，谨缮折具陈，伏乞皇上圣鉴训示。谨奏。

宣统二年十二月十一日

资政院总裁、贝勒衔、固山贝子臣溥伦　资政院副总裁、法部右侍郎臣沈家本

（军机处录副奏折）

G214(202)：中外关系-租界(澳门)

4.195　兼署两广总督增祺奏陈香洲咫尺澳门兴商殖民终一举而数善备片

宣统二年十二月十七日(1911年1月17日)

再，臣查接管卷内，承军机大臣字寄，宣统元年九月二十日奉上谕：有人奏，澳门界议未协，敬陈管见一折。著外务部、袁树勋按照所陈各节，体察情形，妥筹办理。原折著抄给阅看。钦此。钦遵。寄信前来。经前署督臣袁树勋札饬司道详细筹议在案。

臣接任后，查据司道禀详，佥以香洲商埠咫尺澳门，此盛彼衰，无烦借著原折所称经理得宜，成聚成都可收澳门外溢之利归为我有，若将该埠货物税厘暂行停免，以广招徕，商民踊跃，辐辏自臻，自是实在情形，且亦一定之理。至虑及股东不足，助以官力，息借民款，归商筹办，官为保护一节，亦复计虑周详。惟开埠为商战，根原无税，实保商良策。该埠一经免税，群情鼓舞，火然泉达。但使官任保护不患经费之难筹，即以本埠地价所得，足资挹注而有余，无须再谋补助，业据创办该埠之职商伍于政、王铣等具禀声明，自非茫无把握。现在澳门界务视往年情势稍已变迁，第以釜底之抽薪为外交之后盾，因势利导，共挽利权，斯则相机设策，虽月异而岁

不同,兴商殖民,终一举而数善备者也。臣经粤省绅商于免税政策既延颈企踵,渴望施行,在京言官又复以此为要著,足见庶人卿士询谋佥同,恐后争先,民气可用。免税之议非因界务而发端,新埠之开虞啻国防之一助。种种关系,臣已于此次正折内剀切详陈矣。

除密咨外务部察照外,理合附片复陈,伏乞圣鉴。谨奏。

宣统二年十二月十七日奉朱批:外务部知道。钦此。

(军机处录副奏折)

T252:铁路　G1:中外关系

4.196　原办广澳铁路职商梁云逵等为请咨邮传部札饬开办广澳铁路事致外务部呈文

宣统三年正月十六日(1911 年 2 月 14 日)

具呈,原办广澳铁路职商梁云逵、谢诗屏、唐曜初、唐宗伟等,为路股有著,久候情急,乞恩咨复邮部准予给札开办,以恤下情而维路政事。

窃广澳铁路,光绪三十年十月原准职等与葡商合办,嗣以葡商集股未成,经职等力争,由澳督据情转达,葡政府自愿注销原订合同,准华界内归职等承办,葡商伯多禄亦立有退办炳据。光绪三十三年十月职等到京,禀明邮部转咨大部照会葡使废约。迭经催速,至三十四年八月始接葡使复称,允将原订合同注销。职等遂禀恳邮部批准集股承办。宣统元年二月初六日,蒙邮部堂宪传询面谕将股本呈报,是年十二月二十日,经将各股东收集小股银一百六十万圆呈验。宣统二年二月十六日奉邮部批禀暨单据,均悉。现广澳路事,外部正与葡使磋议,一俟商妥,即行札饬开办,一面迅速回籍招集商股。等因。各在案。

职等恪遵批示,即于去年四月亲往天津、汉口、上海、香港、广州各商埠,联合创办同人实力招股,认股者极形踊跃。职等见此情形,自信必不负大部维持路政之至意。遂于八月返京,候领部札。守候至今,未蒙札饬,焦急万分,恐事稽延,葡人另生枝节,且股友怀疑,势成涣散。今公司商议,先由广州省城筑至香山县城,计约一百七十余华里,俟大部与葡使商妥,再照原案展筑至澳门外之关闸。似此通融,并无窒碍。伏乞俯恤下情,咨邮部札饬职等开办,为恩便实甚。

除禀明邮部外,理合切赴中堂、王爷大人台前恩准施行。

附印结一纸。

宣统三年正月　日谨呈

(外务部档)

5. 宗　　教

J46(202)：宗教事务-天主教-教案(澳门)

5.1　广东巡抚鄂弥达奏闻驱逐广州各堂堂主至澳门将教堂改作公所折

雍正十年七月初二日(1732 年 8 月 21 日)

署理广东总督印务、广东巡抚臣鄂弥达谨奏，为奏闻事。

窃照西洋人行教惑众一案，雍正二年经部议准浙闽督臣满保题请，将通历法有技能者送至京师，余俱安插澳门，续因戴进贤折奏称澳门非洋船常到之地，仍恳容住广东，奉旨着督抚、将军、提督确议。前督臣孔毓珣等未经查明澳门距省甚近，实系洋船之所必经，伊等家信往来，附船回国，原无不便，遂照戴进贤原奏，议覆容留居住省城。该西洋人等理宜感激皇恩，安守本分，不意仍不悛改，招党聚众，日增月盛。臣细加查察，凡住天主堂者，类皆不吝金钱招人入教，地方无赖多堕术中其法。有愿从其教者，必使自践其祖宗父母之神主，而焚于所尊十字之下，遂给以银钱十枚，俾以一钱招一人，既得十人从教，乃予先从者月饷五钱，而又予十人以百钱，俟百钱皆有人受而来从，乃月饷十人各五钱，而升初从者月饷一两，由是递升，递招至于月给银十两者，即令司其所招之人。愚民利彼金钱，多从其教。

今查得，省城设立教堂，男女多被诳惑。男天主堂凡八处：西门外杨仁里东约堂主西洋人安多尼、副堂西洋人艾色，引诱入教约一千四百余人；杨仁里南约堂主西洋人戈宁、副堂顺德人刘若德，引诱入教约一千余人；濠畔街堂主西洋人谢德明，同堂增城人欧歌、山东人魏若韩，引诱入教约一千二百余人；卢排巷堂主西洋人方玉章、副堂西洋人朱耶芮，引诱入教约一千一百余人；天马巷堂主西洋人罗铭恩、副堂顺德人刘伊纳爵、同堂顺德人梁家相，引诱入教约一千三百余人；清水濠堂主西洋人彭觉世、卜如善，副堂西洋人张尔仁、赫苍碧，同堂江南人王弘义，引诱入教约二千余人；小南门内堂主西洋人闵明我，副堂新会人汪四，同堂始兴人黄绍兴、张玛略、南海人刘若敬、增城人劳赞成、番禺人郝若瑟、区良祐、何伯衔，引诱入教约一千四百余人；

花塔街堂主西洋人华姓、副堂西洋人卞述芳，引诱入教约三百余人。以上八堂，共引诱入教男子约万人。又女天生堂凡八处：清水濠女堂主顺德人谭氏、刘氏，引诱入教妇女约四百余人；小南门内女堂主顺德人陈氏，引诱入教妇女约三百余人；东朗头、盐步两堂女堂主俱顺德孀妇梁氏掌管，引诱入教妇女约六百余人；西门外变名圣母堂堂主顺德孀妇何氏，引诱入教妇女约二百余人；大北门天豪街变名圣母堂堂主正蓝旗人余氏，引诱入教妇女约三百余人；小兆门内火药局前女堂主顺德孀妇苏氏，引诱入教妇女约二百余人；河南滘口女堂主南海人唐琼章妻戴氏，同堂孀妇卢氏、唐氏，引诱入教妇女约三百余人。以上八堂，共引诱入教女子约二千余百人。臣细查其行径，多出金钱买人入教，现在党类已多，行为甚属不法，若不早为经理，必致别生事端。

臣再四思维，我皇上怀柔远人，中外一体，固不应遽加驱逐，但目击情形，令人骇异，男堂奔走若狂，女堂秽污难述，倘仍因循延缓，恐为人心风俗之忧。臣与署抚臣杨永斌、观风整俗使臣焦祈年详加斟酌，分作三层料理，暗破奸谋。先传到各堂西洋人，谕以不便在省设教招摇，立押搬往澳门住居，俟秋后令其附舟回国。次再查明各堂副堂主，系中国无赖之入教者，加以伙骗外彝罪名，重杖严惩，系外省者，解回各该原籍约束，系本省者，发往琼南禁锢。然后再将各女天主堂堂主，令其亲属领回收管，出示晓谕，令各改过自新。其天主堂房屋或改作公所，或官卖良民住居。其西洋人，非有货物交易，不容潜至省城，港口营汛，严加盘诘稽查，即海关监督，亦不得轻批准澳彝无事入省。庶乎不致蛊惑人心，败坏风俗，潜生事端。臣等身任封疆，不得不思防微杜渐，现在密加料理，不露形迹，大约一月之内，邪党悉行驱除矣。臣等为宁谧地方起见，不揣冒昧，已经次第举行，伏乞皇上睿鉴。

臣谨会同署抚臣杨永斌、观风整俗使臣焦祈年合词具奏。

（朱批：）是。

雍正十年七月初二日

（宫中朱批奏折）

J46：宗教事务-天主教-教案

5.2　福建总督郝玉麟奏为密奏西洋人传授天主教事折

雍正十一年十二月二十六日(1734年1月30日)

福建总督臣郝玉麟谨奏，为密奏事。

窃惟愚民习性易移，务在防微杜渐，天主一教最易煽惑人心，康熙五十六年钦奉圣祖仁皇帝严行禁止。雍正元年经前督臣满保疏称，福安县有西洋二人潜往行教，其入教之生监约有十余人，城乡男妇从其教者约有数百人，盖有天主堂一十五处传教，男女混杂，其风甚恶。经部臣议覆，将天主堂改为公所，凡误入教者，令其改易，如有仍前聚众诵经等项，从重治罪，奉有谕旨，钦遵在案。臣奉命抵仕以来，留心访查，闽省地居边海，近接西洋、吕宋等处，片帆可渡。西洋番人丰于资财，每将银两诱骗内地人民，如有一人入教，初到给银六两，引入之人加倍给与，其入教者复按月予以银钱。若系举贡生监，招引人多，更不靳酬以重赀，总欲固结其心。愚民见利忘义，举家尊奉，共相党护，牢不可破，迹其挥金结纳之意，实为叵测。臣并闻得日本倭夷亦深疾其教，以铁铸一西洋人像，中国客商到彼生理者，必令践污其像，而始与交易，防闲甚严，事虽得之传闻，必有因由。我圣朝德威，远播海隅，日出之乡，靡不倾心向化，但愚民多属无知，番夷亦奸良不一，稽察不可不严。如蔡祝即系福安县人民，原本天主教者，今仍不悛改，复引圣哥潜入内地，先有番僧万济公远从广东香山澳潜至闽省，与圣哥同匿严登家内，希图行教，不久即被访拿，尚无入教之人。现将审拟罪名，奉达圣鉴。臣查闽省百姓，从前归天主教者较别省为多，而漳泉一带，尤其更甚。自历奉严禁之后，稍为敛迹，而暗自崇奉者尚不乏人。臣辗转筹维，若行挨查究，治则干连者众，谨仰体我皇上祝网洪仁，将访拿蔡祝问罪，缘由遍张晓谕，谨切告诫。如系从前误人天主教者，令其改过自新，番经番像等项，许即首报缴官，准予免究，并严禁土豪地棍，毋许藉端讹诈。自晓谕之后，随密加查访，从前归教之人，畏法恐惧，各自悔悟之心，互相劝勉。臣仍不时严行稽察，不敢懈忽外，查天主教久奉严禁，闽省愚民，尚有从前误入其教者，臣不敢稍为隐饰，谨将查禁缘由并酌量办理之处据实密奏，伏乞皇上睿鉴。臣玉麟谨奏。

（朱批：）览。

雍正十一年十二月二十六日

（宫中朱批奏折）

J46(500)：宗教事务-天主教-教案(欧洲)

5.3　福州将军新柱奏闻福安县等地有西洋人传教缉获解送请饬各省访缉折

乾隆十一年五月二十四日(1746年7月12日)

福州将军兼管闽海关事务臣新柱谨奏，为据实奏闻，仰祈睿鉴事。

窃臣于本年三四月间，风闻福宁府属有西洋人在彼诱引愚民附从天主教一事，随即差查，尚未详确。复于五月初五日，札询福宁镇臣李有用，据覆查得，福宁府属福安县地方，从前原有西洋人，在彼倡行天主教，招致男妇礼拜诵经，屡经禁逐，近复潜至，乡愚信从者甚众。其教不认祖宗，不信神明，以父母为借身，种种诞妄不经，难以枚举。初时，入其教者，每月给大番银一员(圆)，诱人转相招引；留匿之家，每日给中番银一员(圆)，以供饮食。其银每年两次从广东澳门取至。嗜利之徒，视同奇货信之，惟恐不笃。每五十人设立会长一人，管理教中事务。又创建男女教堂，女堂他人不得擅入，惟西洋人出入无忌。又，凡奉天主教之家，必命一女不嫁，名曰守童身，为西洋人役使，称为圣女，颇伤风化。见在商同福宁府董启祚密饬查拿，等因到臣。旋经抚臣周学健差委员弁会同营县，于福安县之穆洋、溪东等处，缉获西洋人三名，守童身女子八口，留匿西洋人之监生陈球，民人陈从辉、刘荣水、郭惠仁、缪若浩、缪兆仁等数名，又搜出西洋经像、器具、衣服等物，檄提赴省究讯。

臣伏查，天主教久奉严禁，在前各省送至广东居住之西洋人，定例原不许出外行走，聚众诵经，乃西洋人并不知悔过悛改，仍敢挟其左道，潜散各省煽惑愚民，若不设法查禁，转辗蔓延，其有关于风俗人心，实非浅鲜。今闽省见经发觉拿究，其余各省不能保其必无，合无仰恳皇上敕下直省督抚，密饬地方官，凡向有天主堂改为公所之府州县，严加访缉，如有前项招致男妇聚众诵经，诱引天主教之人，立即查拿，分别首从，按法惩治。其西洋人，俱递解至广东，勒限搭船回国，毋再容留，滋生事端。地方官不实心查禁，容隐不报，该督抚查参议处，庶地方得以肃清，风俗人心亦大有裨益。

臣不揣愚陋，冒昧渎陈，是否有当，伏乞皇上圣鉴施行。谨奏。

(朱批：)知道了。

乾隆十一年五月二十四日

(宫中朱批奏折)

J46(500)：宗教事务-天主教-教案(欧洲)

5.4　福建巡抚周学健奏报拿获传教士白多禄等审讯并请严禁澳门西洋人潜入内地折

乾隆十一年五月二十八日(1746年7月16日)

福建巡抚臣周学健谨奏，为密陈西洋邪教蛊惑悖逆之大端，仰请乾断指示，钦遵办理事。

窃照福安县穆洋等村民间藏匿西洋天主教夷人，经臣密委臣标右营守备范国卿驰往，会同福宁镇标左营游击罗应麟擒拿。经于五月初七日，在穆洋村擒获西洋夷人费若用，并堂主陈廷柱等，一面提解人犯来省发审，一面将拿获缘由具折奏明在案。当初次擒获讯报之时，该游击等正在分头捕获余犯，且各犯等皆狡黠异常，止供尚有白姓夷人私藏穆洋村，各村从教与守童贞男妇仅止三四百人，其一切蛊惑悖逆形迹，与藏匿各村之夷人，尚未彻底搜出究诘真确。自臣前次奏报之后，陆续接据守备范国卿禀报，五月初九日夜，在溪东陈梓家楼上复壁内，搜擒西洋夷人德黄正国、施黄正国二名。初十、十一两日，拿获教长生员陈细、民人王鹗荐二名，守童贞女二口。十三日，在穆洋村郭惠人空园内，擒获西洋人白多禄。十四日夜，在半岭树林内，捕获西洋人华敬。二十一日，大北门教长陈从辉闻追捕紧急，自赴游击衙门投到各等因。统计先后搜擒西洋夷人费若用、德黄正国、施黄正国、白多禄、华敬等五名，各村堂主教长生员陈细、监生陈廷柱、民人郭惠人、陈从辉、刘荣水、王鹗荐等六名，女教长郭全使、缪喜使二口，并从教男犯陈榧等一十一名，从教女犯及守童贞女一十五口。臣现在将西洋夷人费若用等同堂主教长男妇一十一名口，于二十三日提解到省，亲行点验讯问，饬发按察司会同布政司、粮驿道，督饬闽、侯、长乐三县知县备细究讯，务得确情详报。其从教男妇行令署福安县知县张元芝分别收禁发保，另候提质外。查，西洋天主教之行于中国也，臣前此所闻不过以天堂地狱诞妄不经之说诱惑愚民，使入其教者，不认祖宗，不信神明，以父母为借身，以西洋人为大父，且惑其邪说，幼女守童贞不嫁，朝夕侍奉西洋人，男女混杂，败坏风俗，其为害于人心世教者，最深且烈，不可不痛加涤除，以清邪教耳。乃臣今日办理此案，细察其存心之叵测，踪迹之诡秘，与夫从教男妇倾心归教，百折不回之情形，始灼见伊等邪教更有蛊惑悖逆之显迹，其罪有不可容于圣世者。西洋诸国皆海外岛夷，彼国即仍其谬妄之说有所为天主教者，亦止应自奉其教而已，而必航海重译（绎）纷纷来至中国，欲广行其邪教，彼其立心已不可问。且此等行教夷人来至中国，彼国皆每岁解送钱粮至广东澳门，澳门夷人雇倩本处土人，潜带银两密往四处散给，如现在拿获之白多禄，每年食钱粮一百五十两，费若用每年食钱粮一百两，德黄正国等每年食钱粮八十两。从前初到中国行教之时，招引一人入教，给与番钱一员（圆），后愿从者众，不复给与。十一日，臣标目兵陈龙、曾立勋赴陈梓家复壁内擒拿西洋人施黄正国，伊即从复壁内递与瓶口一个，内有番钱九十余员（圆），并碎银约共百两，向目兵等云，救我命罢，陈龙等连人拿获首缴，现在赏给奖励。夷人等皆受国王资给，故在中国衣食丰赡，用度宽裕，是其不畏险阻，不惜厚资，务行其教于中国，诚令人不可窥测。然此犹或彼国谬妄之见，务在广行其教，故为是迂诞之事，乃细察其所行天主教与一切教术者流，用心迥不相侔。自古及今，如佛法道教流行中国，不过传播其经文、咒语、符箓、法术，使人崇奉而已，从无到处设法引诱男妇老幼，使之倾心归依其教，永为彼教中人者。而西洋天主教则先以固结人心为主，其所讲授刊刻之邪说，大旨总欲使人一心惟知事奉天主，不顾父母，不避水火，自然可登天堂，一有番悔，便入地狱。凡男妇入教之始，先于密室内令尽告其从前所作过恶暧昧之事，谓之解罪，解罪既毕，每人给与钱大面饼一枚，纳诸口中，复与葡萄酒一杯，各令咽下，以面饼为圣体，以酒为圣血，自此一番领受之后，无论男女，坚心信奉，从此母女妻妾阖家供奉，而绝无嫌忌，自幼至老终身伏（服）侍，而不知悔倦。其所给之面饼与酒，皆伊等密室自制，咸谓夷人于饼酒之中暗下迷药，是以一经领受，终身不知改悔。白多禄等擒获之际，或于地窖复壁，或于身边搜获末药膏药及孩骨等类，皆莫能辨名，诘讯伊等则随口支吾，率不可信。十二日，范国卿等审讯施黄正国时，因其狡黠异常，且上堂拉翻公案，加以刑夹，伊即令同伙德黄正国快诵番经，德黄正国即默与诗诵，伊受刑夹若为不知，是其狡狯伎俩，幻不可测，必有迷药异术中于人心，然后能蛊惑民人最深且广。现在讯据白多禄等供，伊等或自康熙年间、或自雍正年间陆续从澳门来至福安，起初同来共有十人，后或回至澳门，或往漳州、龙溪、后坂地方，其在福安者，现止五人。初供入教男妇仅三四百人，隔别究讯，实有二千余人，守童贞女有二百余口。及臣密加访察，福安城乡士庶男妇大概未入教者甚少，该县书吏衙役多系从教之人，是以审讯时竭力庇护，传递消息，总不能得一实供。审讯费若用时，适下暴雨一阵，该县衙役竟将自己凉帽给与遮盖，伊自露立雨中。迨十七日，将白多禄等五人起解赴省，县门聚集男妇千余人送伊等起身，或与抱头痛哭，或送给衣服银钱，或与打扇扎轿，通邑士民衙役不畏王法，舍身崇奉邪教，夷人诚不识其平日有何邪说幻术蛊惑人心，乃竟固结不解至于如此。其尤悖逆不道者，查阅教长陈从辉家搜出青缎绣金天主帘一架，上绣"主我中邦"四字，是其行教中国处心积虑，诚有不可问者。

臣伏思，西洋夷人自入中国已百余年，我圣祖仁皇帝因彼国人精于数学，择通晓算法者令在钦天监供职，复将广东澳门一区赏给夷人居住，乃其国潜引种类来至中国，托言行教者日多，各省均有西洋夷人设立天主堂，雍正年间渐加严禁，凡有天主堂俱令拆毁，夷人押回澳门安插，无如此种邪教固结人心，且因节次拿获止于驱逐，并未加以惩治，夷人民人皆不知儆戒，阳虽解散，而藏匿诡秘日引日盛。若使伊等夷人止于引人诵经持斋，广其异说，尚非坏法乱纪之事，即其引诱妇女守贞不嫁，日夕同居，男女无别，难免无淫僻之事，尚当以化外之人宽其既往，咸予涤除，以示天朝宽大曲宥外夷之深仁。乃臣细察，行教夷人蛊惑民心之邪术变幻不测，悖逆不道之形迹显然昭著，虽西洋夷人内外居住供役已久，骤加驱除，恐生疑虑，或滋事端，而臣窃谓履霜必防其渐，援薙必去其本，似当秉此严定科条，治其诬世惑民之大罪，渐行驱逐，绝其固结人心之本根，使山陬海澨晓然知天主一教为圣世所必诛，士民不敢复犯，岛夷不敢潜藏，方可廓清奸宄。臣既有所知所见，敢不据实密陈，仰请皇上乾纲独断，将现在拿获之夷人从重治以国法，并于澳门夷人居住往来之所严密其防范，不许一人往来潜通内地。

再，将京城及澳门居住之夷人，渐令遣回，不许复行潜住。至各省潜藏行教之夷人，以福安一邑例之，恐尚不少，即现在究讯白多禄等据称，两年前尚有戈姓夷人往漳州龙溪县属后坂地方行教，臣现在密往访拿。又据白多禄供，伊曾至江西玉山县、浙江江山县，彼处均有教长等语。缘近日省城正值祈雨斋戒，不能刑讯，未得实情，俟讯实下落，臣即当密咨查拿。其余各省潜藏行教之西洋夷人，并请皇上密饬督抚，务各彻底搜查，不使一名潜藏内地。如此，庶积久之流毒一旦涤除,彼狡黠之岛夷亦无所施其技矣。

臣愚戆之见,是否有当,伏乞睿鉴,训示施行。谨奏。

(朱批:)大学士等密议具奏。

乾隆十一年五月二十八日

(宫中朱批奏折)

J46(500):宗教事务-天主教-教案(欧洲)

5.5 山西巡抚阿里衮奏报拿获由澳门到晋天主教徒王若含情形折

乾隆十一年七月二十三日(1746年9月8日)

臣阿里衮谨奏,为奏明事。

窃照西洋左道,煽惑乡愚,久奉严禁,臣亦不时告诫属员,令其申严禁绝。续于乾隆十一年五月内,据霍州署知州沈荣昌禀报,于乡民张文明家拿获西洋人王若含,系大西洋勒齐哑国人,于乾隆五年附船到广东嶴门,寻访伊叔王方齐哥下落,随学习中国语言服饰(饰),后经访得伊叔在晋,遂于乾隆六年自嶴门来至山西赵城县,始知伊叔于雍正元年已经病故。因伊叔置有窑地,欲行变卖,羁留未回,并无引诱羽党聚众念经等情。臣随批饬按察使多纶严查,嗣据覆称,王若含因念伊叔坟墓,不忍即去,迨后变卖窑地,一时承买无人,至本年正月始将有窑地卖成,将于三月底起身回粤,适有村民张文明欲听其讲说天主教道理,偶留在家,次日即被拿获,并起出天主教经卷等项,验无悖逆言词,研审并无聚众煽惑情事。

臣思,王若含以外国之人,若无诱人诵经入教情弊,安能居住数年之久,地方官役并不查拿究处,明系知情容隐,随经驳饬再行严加查究,尚未覆到。于本年七月十四日,臣在五台接兵部递到军机处寄字,钦奉上谕饬行各省督抚,将西洋天主教严加访缉查拿。

臣遵即密行严饬,实力遵奉查拿,务期禁绝外,所有臣五月内拿获西洋天主教,现在驳审缘由,理合恭折奏明。谨奏。

(朱批:)知道了。若无别过,押解广东可也。①

乾隆十一年七月二十三日

(宫中朱批奏折)

① 据军机处录副奏折,朱批时间为乾隆十一年七月二十九日。

J46(202、500)：宗教事务-教案(澳门、欧洲)

5.6　福建按察使雅尔哈善奏请谕令沿海各省督抚查禁洋教敕部定拟罪款折

乾隆十一年八月初二日(1746 年 9 月 16 日)

福建按察使司按察使臣觉罗雅尔哈善谨奏，为西洋邪教惑民，请通查申禁特严治罪之例，以儆愚妄，以靖海疆事。

窃臣荷圣恩，畀以臬司重任，明刑弼教，是臣专责。兹因福安县地方有西洋白多禄等五人潜住，煽惑愚民，经知府董启祚禀报，抚臣周学健密差员弁拿获，现在严究。臣查西洋邪教，昔曾蔓延各省，雍正元年，前任督臣满保查奏驱逐，经部议覆，西洋人散处各省者，著该督抚查明送至澳门安插；所有起盖天主堂，皆令改为公所；如有仍前聚众诵经等项，从重治罪。等因。奉旨：依议。通行钦遵在案。是直省各处，原不许西洋人逗遛滋事也。今白多禄等复敢显违功令，在福安县倡为邪教，当被获解省之时，县民送者甚众，有扳舆号泣者，从教之生监，当众倡言我辈为天主受难，虽死不悔，教党之迷惑如此。嗣据署知县事张元芝禀称，奉檄谕被诱之人，许令自首免罪，现经自首者三千余家，其从教不嫁之女，名曰守童身，一百三十余人，教党之众多如此。夫以五人倡教，煽惑愚民且遍乡邑，其心殆不可问，将来恐贻地方之忧，现已为人心风俗之害，不得不严加究惩，以杜其渐者也。查从前江南、浙江、江西等省，皆有西洋教堂，概在议禁之列，今日久玩生福安一邑，既然他省或亦有之，闽省现已通行查察外，仰请皇上敕谕滨海各省督抚一体严查，如有西洋人潜住行教者，即行拿究，其民人误入邪教者，不论新旧，概许自首免罪，不首者查出重究，庶几番人邪教不行，地方有益矣。

再，查旧案，从西洋邪教者，只将民人治罪，西洋人逐回澳门，多不深究，此诚柔远深仁，光被海表，不忍以重典绳彼番人。然即已屡蒙恩宥于前，伊等毫无感畏，若不特立科条，恐无以示儆戒，而暂时之查戢，日久且复萌矣。并请敕下部臣，将西洋人违禁潜住外省行教者，议定治罪之严例，晓谕在京及澳门诸番，俾咸知凛惕，不敢违犯，则仁育义正，使知畏惮者，即所以矜全之也。

除将白多禄等严究从重定拟外，臣言是否可采，伏祈圣鉴施行。臣谨奏。

(朱批：)各省亦已降旨查办，此奏殊属多事。①

乾隆十一年八月初二日

(宫中朱批奏折)

---

① 据军机处录副奏折，朱批时间为乾隆十一年八月二十七日。

J46(202、500)：宗教事务-教案(澳门、欧洲)

5.7 福建巡抚周学健奏陈洋教之害请将西洋传教士白多禄等按律治罪缘由折

乾隆十一年九月十二日(1746年10月26日)

福建巡抚臣周学健谨奏，为再陈西洋邪教罪在必诛，仰请乾断，以伸国法，以维世教事。

窃臣于本年五月二十八日具奏，西洋天主邪教蛊惑悖逆，请将夷人治罪一折，八月十五日奉到军机处密寄遵旨密议事一折内称，民间不许学习西洋天主教，定例森然，通行已久。今该抚周学健奏称，福安县潜住夷人，以其邪教招致男妇至有二千余人之多，而且书吏衙役俱从其教，蛊惑民心，诚为可恶。但天主教原系西洋本国之教，与近日奸民造为燃灯大乘等教者，尚属有间，且系愚民自入其教，而绳之以国法，似于抚绥远人之义亦有未协。应令该抚将现获夷人概行送至澳门，定限勒令搭船回国，其从教男妇，亦择其情罪重大不可化诲者按律究拟，若系无知被诱，情有可原之人，量予责释，不致滋扰。等因。乾隆十一年七月十六日奉旨：依议。钦此。密寄到臣。

臣细绎廷议，以外洋夷人而绳以国法，于抚绥远人之义未协，此诚国家宽大之政，柔远之道，持大体而规远略，实非臣之愚昧所能见及。然臣就事论事，验之以实在情形，按之以本朝令典，有断断不可从宽者，敢再为我皇上详陈之。臣前次具奏时，西洋夷人甫经提解到省，尚未细加鞫讯，止就委员等查拿时所取供情与搜获书札内情节据实奏报。今节次鞫讯，更加访察，实见夷人之行教中国，其立心不测者多端，更有前折所未尽而罪状显著者。西洋各国精于谋利，凡海舶贩运货物来至内地经营，皆领该国王资本，其船主、板主等，皆该国之夷官也。国王专利取尽锱铢，而独于行教中国一事则不惜巨费，每年如期转运银两，给与行教人等恣(资)其费用。现在讯据白多禄等，并每年雇往澳门取银之民人缪上禹等，俱称澳门共有八堂，经管行教，支发钱粮，福建省名多明我堂、北直省名三巴堂，其余白多禄堂、方济觉堂、圣粤思定堂、圣若色堂、圣老良佐堂、圣咖喇堂，一堂经管一省，每年该国钱粮运交吕宋会长，由吕宋转运澳门各堂散给。夫以精心计利之国，而以资财遍散于各省，意欲何为，是其阴行诡秘，实不可测也。询之西洋风土，其饮食嗜欲与中华相似，独行教中国之夷人，去其父子，绝其嗜欲，终身为国王行教，至老死而后已。且其藏匿民间也，或居复壁，或藏地窖，忘身触法，略无悔心，是其坚忍阴狠，实不可测也。然此犹止就夷人行教而言，至于中国民人，一入其教，能使终身不改其信奉之心，非特愚蠢乡民为然，即身为生监，从其教者，终身不拜至圣先师及关帝诸神。现在案内生监陈细等于录审时，强令往拜先师，至欲责处，抵死不从，及至欲责处夷人，然后勉强叩拜，犹云身虽拜，心仍不服也。以读书入学之生监归其教者，坚心背道，至于如此，是其固结人心，更不可测也。

又如男女情欲，虽以父母之亲、法律之严所不能禁止者，而归教之处女终身不嫁者甚多。讯之夷人狡供，处女从教之时，以铜管吹面，去其魔鬼，即能守贞。及细加察究，夷人以铜管吹人脐肚，即终身不思匹偶，是其幻术诡行，更不可测也。尤可异者，中国民人从教与否，与外夷番王何涉。今查福安各堂内搜出汉字、番字书册三箱，逐一指诘，内有番册一本，诘讯西洋人华敬供，系册报番王之姓名，凡从教之人已能诵经坚心归教者，即给以番名，入于坚振录，每年赴澳门领银时用番字册报国王，国王按其册报人数，多者受上赏，少者受下赏。现在番字册内，共有福安从教男妇二千六百一十七户口，及令译出汉字，坚供不识汉文，不能译写。且臣查讯受雇前往澳门取银之缪上禹等，据供每年往澳门取银时，遇见北京、江西、河南、陕西各处人，皆来缴册领银。等语。夫以白多禄等五人行教，而福安一邑至二千六百余户口，合各省计之，何能悉数，是其行教中国之心固不可问。至以天朝士民而册报番王，俨入版籍，以邪教为招服人心之计，其心尤不可测也。臣微察其立心，显征其行事，该国夷人实非循轨守分之徒，是以不得不亟请明正国典，以绝其狡黠之谋。且无论其立心叵测、行事诡异，实有彰明较著之迹。即以国家令典而论，律称化外人犯罪者，并依律拟断，例载妄布邪言煽惑人心，为首者斩立决。西洋夷人虽在化外，而既入中国食毛践土，即同编氓，乃敢鼓其邪说，煽惑人心，应照律治罪者一也。康熙年间，各省皆有天主堂，原未定有例禁，雍正年间初次拿禁之时，世宗宪皇帝因外洋夷人不知禁令，是以特颁谕旨令各省送至澳门搭船回国，今则例禁多年，仍敢潜来内地，藏匿民间煽惑引诱，从前之宽宥恕其无知，现在之潜藏实系有心故犯，显违谕旨，应照律治罪者二也。现今讯据白多禄等供称，我等见中国节次拿获西洋人，并不加罪，不过送往澳门、吕宋，暂住几时仍往别处行教，若不能行教解回本国，国王将我等监禁数日，不与饮食，然后当街打辱，死后即不能升天，所以我等断不敢回国。等语。是其忽视天朝之法度，而转惧番王之责罚，不加惩创，则习为故常，愈加玩易，断难禁遏将来，应照律治罪者三也。治罪必分首从，民人归附天主教，陷溺迷惑至不可化诲，罪固无所逃，然夷人潜来内地，以其邪教煽惑引诱，是为首者，夷人也。今从教之民人则按律治罪，而为首之夷人则概置勿问，不特无以儆夷人，亦令百姓不服，无以坚其悔罪迁善之念矣，应照律治罪者四也。

窃以国家抚御外藩，固当宽其禁令，厚其赏赉，以示宽大之典、优恤之仁，恩诚不嫌于过厚。若其挠乱法纪，蛊惑人心，则当董之以威，正之以义，有犯者无赦，怙恶者不容，使海隅日出罔不率俾，庶足以昭赫声濯灵之至治。若谓西洋天主教流入中国已数十年，虽蔓延各省，尚无悖逆之迹、不轨之情，可以仍从宽贷，此则臣愚所未喻者。历来白莲、弥勒等教聚众不法，皆无知奸民借此煽惑乌合之众，立即扑灭。天主教则不动声色，潜移默诱，使人心自然乐趋，以至固结不解，其意之所图，不屑近利，不务速成，包藏祸心而秘密不露，令人堕其术中而不觉，较之奸民所造邪教为毒更深。即如福安一县，不过西洋五人潜匿其地，为时未几，遂能使大小男妇数千人坚意信从，矢死不回，纵加以棰楚，重以抚慰，终莫能转。假令准此以推，闽省六十余州县，不过二三百西洋人,即可使无不从其夷教矣。又况一入彼教,虽君父尊亲亦秘不知,性命死生亦所不顾,专一听信,甘蹈汤火,且衿士缙绅兵弁吏役,率往归附,官员耳目多所蔽塞,手足爪牙皆为外用,万一不加剪灭,致蔓延日久,党类日滋,其患实有不忍言者。涓涓不息流为江河,毫末不察将寻斧柯,易戒履霜,诗言:集霰皆审机于未萌,杜渐于未起。臣之鳃鳃计虑,职此故也。

臣业奉军机处寄示密议,已经奉旨俞允,亦何敢喋喋渎陈。但臣身任封疆,现在承办此案,验之夷情,按之国法,实有当慎重办理者,若知而不言,是为不职,言之不尽,亦属负恩,故敢竭其愚戆,再渎圣听。倘臣言有当,容臣将白多禄等按律定拟,题请明正典刑,即或臣识见拘墟,未能深知大体,西洋夷人万不可于内地治罪,亦乞容臣将白多禄等律拟具题到日,皇上特颁谕旨加以宽典,使狡黠之岛夷既知天朝法律森严,愈感皇上天恩宽大,庶几德与刑并著,恩与威并昭矣。

臣冒昧密陈,伏乞皇上俯赐鉴察,训示施行。谨奏。

(朱批:)未免重之过当,然照律定拟,自所应当。

乾隆十一年九月十二日

(宫中朱批奏折)

J46(202、500):宗教事务-教案(澳门、欧洲)

5.8 甘肃巡抚黄廷桂奏覆遵旨访缉并无西洋传教士在境折

乾隆十一年十月十七日(1746年11月29日)

甘肃巡抚臣黄廷桂谨奏,为覆奏事。

窃臣于八月三十日,接准大学士张廷玉、讷亲、侍郎傅恒字寄,乾隆十一年六月二十六日奉上谕:现在福建福宁府属有西洋人倡行天主教,招致男妇礼拜诵经,又以番银诱骗愚民,设立会长,创建教堂,种种不法,挟其左道,煽惑人心,甚为风俗之害。天主教久经严禁,福建如此,或有潜散各省,亦未可知。可传谕各省督抚等,密饬该地方官严加访缉,如有以天主教引诱男妇聚众诵经者,立即查拿,分别首从,按法惩治。其西洋人,俱递解广东,勒限搭船回国,毋得容留滋事。倘地方官有不实心查拿,容留不报者,该督抚即行参处。钦此。遵旨寄信前来。

臣随钦遵密札布政司阿思哈、按察司顾济美,密饬各该道府有司,严加访缉去后。兹据该司等详称,甘省地处边陲,土瘠民贫,耕牧者多,识字者少。先于康熙五十一年间,有西洋人麦传世、叶宗贤二人先后来兰,于东门外创立教堂,当时有无知愚民崇奉其教,吃斋诵经,迨至数载,叶宗贤知边地苦寒,不能久住,旋即他往,未复回兰,止留麦传世一人在甘。雍正二年,奉旨着将西洋之人送回本国,随将麦传世委员伴送广东,转发澳门安插,所遗教堂,入官改作甘司茶库在案。迄今二十年来，并无复有西洋之人在境。惟麦传世去时，教内一切图像经卷，原未令其销毁，以致入教之民，间有收存者。今查兰州府属皋兰县民，有王俊、李玉、朱珍等二十一人；西宁府属西宁县民，有杨春禄及已故之宋文志；凉州府属武威县，有兰州人流寓凉州居住之魏简及本地民人冯训、张明宣，并已故之卢斌、孙龙菊，俱系当日在兰拜叶宗贤、麦传世为师，吃斋诵经，各首出图像、经卷、念珠等物，讯非近日入教，并不曾设立会长、创建教堂，亦无引诱男妇礼拜诵经各项情事，先行详报前来。臣查天主教系外洋左道，岂容传播，但王俊等俱系无知乡愚，因从前入教，收藏图像、经卷，各自在家拜诵，并无引诱招摇之事。随将王俊等二十余人，勒令改过开斋，并将首出图像、经卷概行销毁，以绝根株。

所有臣遵旨查缉天主教缘由，相应恭折覆奏，伏祈皇上睿鉴。谨奏。

(朱批：)知道了。

乾隆十一年十月十七日

(宫中朱批奏折)

J46(202)：宗教事务-教案(澳门)

5.9　两广总督策楞等奏明查封澳门进教寺不许内地民人入教折

乾隆十一年十二月二十一日(1747年1月30日)

两广总督臣策楞、广东巡抚臣准泰谨奏，为奏明事。

乾隆十一年八月初六日承准廷寄，乾隆十一年六月二十六日奉上谕：现在福建福宁府属有西洋人倡行天主教，招致男妇礼拜诵经，又以番银诱骗愚民，设立会长，创建教堂，种种不法，挟其左道，煽惑人心，甚为风俗之害。天主教久经严禁，福建如此，或有潜散各省，亦未可知。可传谕各省督抚等，密饬该地方官严加访缉，如有以天主教引诱男妇聚众诵经者，立即查拿，分别首从，按法惩治。其西洋人，俱递解广东，勒限搭船回国，毋得容留滋事。倘地方官有不实心查拿，容留不报者，该督抚即行参处。钦此。

臣等当即严行布、按二司暨各该管道员，密饬地方文武各官钦遵谕旨实力查拿，臣等仍不时督察，倘有容留隐藏情事，即行严参究治外。伏查，香山县澳门一区，三面环海，番人聚居其内，皆属西洋天主教门。相传自前明嘉靖年间租地给与市舶，迄今已二百余载，滋生日多，计在澳番人共四百二十余家，男妇三千四百余名口，而民人之附居澳地者，户口亦约略相同，俱僦屋以居，在彼营工贸易，并有服其服而入其教，互相婚姻，以及赤贫无赖之徒甘心投身为其役使者。从前督抚诸臣恐其日引日众，已屡次设法稽查，并于前山寨地方添设官兵驻守。乾隆八年，臣策楞与升任抚臣王安国因番人之性类多不驯，原设之县丞职小不足以资弹压，又会折奏请，将肇庆府同知移驻，改为海防同知，其县丞迁入澳门，就近专司稽察，以期渐为整顿，杜绝此后归教之人。臣准泰到任时，复经严饬，实力查办，并访出澳地旧存天主堂即进教寺，尚有无藉林姓在内住持，引诱愚民赴寺礼拜入教，随饬令同知印光任等先后严禁查拿，林姓遂闻风远飏，其党亦已解散，年来澳境颇称民番相安。臣伏思，内地民人因在澳门居住，遂致服习邪教，与之婚姻，自应逐一拘拿，置之于法，独是住澳佣趁者，计有八百五十余家，中间男妇多人，大概皆习其教，并有入赘番妇投身于其家者，积弊相沿已将二百余载。今若急为惩治，并勒令离异归农，无论二千五百余名口男妇失所流离，无以仰副我皇上覆帱万类之至意，并恐澳门番众不识汉字，不通华言，奸民从而煽惑其间，转为疑惧滋事。臣等与藩司纳敏再四筹酌，惟有先将进教寺饬令封锁，不许内地民人潜入澳门归教礼拜，并大张出示晓谕，务使远近愚民革面革心，不敢私习其教，并严饬文武官弁实力防范查拿，务除积习，并饬澳门夷目传谕通澳夷人，咸知天朝法纪森严，不敢再诱民人入教。其潜住澳门久经入教之人，容臣等随事随时渐为剔厘，并稍宽其既往，严杜其将来。总缘澳内民番混淆，相沿已二百年之久，且海疆要地不得不慎重详筹，未敢轻率行之，尤不敢稍事姑息也。

所有臣等查办缘由，理合缮折奏明，伏乞皇上睿鉴训示。谨奏。

(朱批：)广东此事行之已久，亦无大关系，何必为急遽，反启外人之疑哉。

乾隆十一年十二月二十一日

(宫中朱批奏折)

J46(202)：宗教事务-教案(澳门)

5.10 两广总督策楞等奏报派员查封进教寺并传谕在澳传教士不得引诱民人入教折

乾隆十二年三月二十四日(1747年5月3日)

两广总督臣策楞、广东巡抚臣准泰谨奏，为钦遵谕旨，谨将办理澳夷情由，仰陈睿鉴事。

窃照臣等前于乾隆十一年八月初六日承准廷寄，钦奉上谕：以福建福宁府属有西洋人倡行天主教，煽惑人心，甚为风俗之害，福建如此，或有潜散各省，亦未可知。传谕各省督抚，密饬地方官严加访缉，如有以天主教引诱男妇聚众诵经者，立即查拿，分别首从，按法惩治。其西洋人，俱递解广东，勒限搭船回国，毋得容留滋事。等因。钦此。经臣等钦遵密饬各属查办在案。

只缘香山县属之澳门向为西洋番人市舶之地，除番人自建之三巴、板障等寺听其自循夷俗无庸查禁外，另查有进教寺一所，向为内地无籍之林姓住持，在内引诱愚民赴寺入教，前闻查拿，林姓虽逃，其党亦散，但在澳民人居住年久，私习其教，与之婚姻，以及资其佣趁者，实繁有徒，惟是民番颇属相安，今若急为惩治，无论此等男妇流离失所，且恐番众疑惧，转滋事端。是以，臣等筹酌，将进教寺封锁，并大张示谕，严禁内地愚民，不许潜入私习其教，其久经入教之人，容臣等随事随时渐为厘剔，并稍宽其既往，严杜其将来，以慎海疆。等因。于乾隆十一年十二月二十一日恭折会奏，于乾隆十二年二月二十四日钦奉朱批：广东此事行之已久，亦无大关系，何必为急遽，反启外人之疑哉。钦此。仰见圣明洞照，无远弗届至意。

查进教寺，已据香山县知县张汝霖禀称，遵即先令通事蔡泰观等往谕夷众，晓以天朝深厚之恩，并谕知彼国夷风在所不禁，但不得引诱内地民人入教。随经该知县赴澳，各夷祗接甚恭，当将该寺封锢，并张挂告示。又面为宣布化导，诸夷感激皇仁广大，罗跪叩谢。等情禀覆臣等在案。

兹奉朱批，臣等复密行面谕地方官，务将在澳各夷抚之以恩信，顺之以夷情，使其愈久愈恭，以仰副圣主怀柔德意，并严查禁止内地奸民，不得窜入其教，以致煽惑人心外，所有臣等钦遵谕旨并办理缘由，合再恭折奏闻，伏乞皇上圣鉴。谨奏。

(朱批：)知道了。

乾隆十二年三月二十四日

(宫中朱批奏折)

J46(202)：宗教事务-教案(澳门)

5.11　署江苏巡抚安宁奏覆查无西洋人在境及办理宋从一等习教案折

乾隆十二年六月二十六日(1747年8月2日)

署江苏巡抚臣安宁谨奏，为覆奏事。

案查，前抚臣移交接管卷内准军机处字寄内开，乾隆十一年六月二十六日奉上谕：现在福建福宁府属有西洋人倡行天主教，招致男妇礼拜诵经，又以番银诱骗愚氓，设立会长，创建教堂，种种不法，挟其左道，煽惑人心，甚为风俗之害。天主教久经严禁，福建如此，或有潜散各省，亦未可知。可传谕各省督抚等，密饬该地方官严加访缉，如有以天主教引诱男妇聚众诵经者，立即查拿，分别首从，按法惩治。其西洋人，俱递解广东，勒限搭船回国，毋得容留滋事。倘地方官有不实心查拿，容留不报者，该督抚即行参处。钦此。钦遵。字寄到前抚臣。当经前抚臣陈大受饬司通查。臣到任后，复又谆切严催。

伏查，西洋人潜住各省行教惑众，康熙年间所在多有，迨雍正元年，业经奉文将西洋人搬移赴京，并安插澳门，其天主堂亦皆改为公所在案。但此教各省流传已久，诚恐愚民无知，转相传习，亦未可定，诚不可不彻底查禁，以绝根株。兹据各属陆续申覆，咸称现在并无西洋人在境行教，亦无传习其教之人，惟山阳县有民人宋从一、戴元亮，金匮县有民人梁西、梁子奚等，据该县等查明，该犯等俱现奉天主教，但无开堂诵经、引诱惑众之事。查，该犯等既现奉天主教，则必有私相传授之人，亦必有邪说经卷等项，均须严加穷究，随饬臬司翁藻严饬查审。兹据查覆，各犯俱系康熙年间伊祖父曾习天主教，该犯等相从，未经悛改，今每月逢五日持斋，口念“耶稣”二字，并持奉十诫，系敬重天主，孝顺父母，不得邪淫偷盗等语。再四严究，实系祖父家传，并非现有西洋人传授，亦并无传有经卷及引诱男妇聚众诵经之事，各愿改悔出教等语。由臬司核详前来。臣查此案，据审现在习教者，山阳县止有二人，金匮县十一人，俱系穷苦乡愚，沿袭未改，并无招引徒众惑众做会等事。臣又复加访察，实无别故。据臬司请照违制律问拟，已属允协，当经批饬，照例重处。至其房屋，虽查非天主堂规制，亦应拆变，以示惩儆。

仍饬将各犯交保管束，并令地方官不时查察，毋许阳奉阴违外，所有现在查无西洋人在境及办理缘由，理合恭折覆奏，伏乞皇上睿鉴。谨奏。

（朱批：）知道了。

乾隆十二年六月二十六日

（宫中朱批奏折）

J46(999)：宗教事务-教案（涉及国家地区不详）

5.12 两江总督尹继善奏覆遵旨查无西洋人在境传习天主教折

乾隆十二年七月十六日（1747 年 8 月 21 日）

太子少保、两江总督、协办河务臣尹继善谨奏，为覆奏事。

窃臣于乾隆十一年七月十六日，接准内阁字寄，乾隆十一年六月二十六日奉上谕：现在福建福宁府属有西洋人倡行天主教，招致男妇礼拜诵经，又以番银诱骗愚氓，设立会长，创建教堂，种种不法，挟其左道，煽惑人心，甚为风俗之害。天主教久经严禁，福建如此，或有潜散各省，亦未可知。可传谕各省督抚等，密饬该地方官严加访缉，如有以天主教引诱男妇聚众诵经者，立即查拿，分别首从，按法惩治。其西洋人，俱递解广东，勒限搭船回国，毋得容留滋事。倘地方官有不实心查拿，容留不报者，该督抚即行参处。钦此。等因寄信到臣。

查，西洋人潜入内地行教惑众，业于雍正元年定例饬禁，将天主堂改为公所，西洋人搬移赴京，并安插澳门在案。第福建地方既有倡教建堂之事，难保其竟不潜入各省私行传习，臣随密饬各地方官彻底严查，务靖根株。兹据各属陆续呈覆，并据苏州按察司翁藻详称，下江所属，现在并无西洋人在境行教，即内地民人亦无传习其教转相诱惑之事。惟山阳县查有民人宋从一、戴元亮，金匮县有民人梁西、梁子奚等，俱系伊祖父曾于康熙年间习天主教，该犯等相沿传习，未经悛改，今每月逢五日持斋，口念"耶稣"二字，并持奉十诫。再四严究，实系祖父家传，并非现有西洋人传授，亦并无经卷及引诱男妇聚众诵经之处，今已各愿改悔出教，并据将现犯十三人拟照违制律重惩前来。当经商会抚臣安宁，批饬照例重处，并查其房屋，虽非天主堂规制，亦应拆变，以示儆戒，不得仍行存留。至上江地方，亦通行查覆，并无西洋人在境，亦无内地民人习教情事。臣思，异端邪说，最易引诱愚蒙，杜渐防微，不可不密。自禁天主教以后，西洋人虽均不许容留，而从前之习其教者，恐仍不无互相传说，惑人听闻。

臣仍严饬各地方官实力稽查，不至稍留余孽外，所有奉到谕旨，钦遵办理缘由。臣谨恭折覆奏，伏乞皇上睿鉴。谨奏。

(朱批：) 知道了。

乾隆十二年七月十六日

(宫中朱批奏折)

J46(999)：宗教事务-教案(涉及国家地区不详)

5.13　闽浙总督喀尔吉善等奏报闽省在监传教士华敬等四人秋审拟以情实不可从宽折

乾隆十三年八月初七日(1748年9月29日)

闽浙总督降一级留任臣喀尔吉善、福建巡抚臣潘思矩奏，为密奏事。

窃照西洋夷人白多禄等藏匿福安县境内，以天主邪教煽惑人心，乾隆十一年四月内，经前抚臣周学健访拿，按律定拟具题，复经三法司核拟题覆，奉旨：白多禄著即处斩，华敬、施黄正国、德黄正国、费若用依拟应斩，郭惠人依拟应绞，俱著监候秋后处决。余依议。钦此。钦遵。行文到闽。已将白多禄处决。其西洋夷人华敬、施黄正国、德黄正国、费若用四犯，与福安民人郭惠人一犯，俱分禁省城司府县各监，嗣于乾隆十二年秋审，内外衙门俱将华敬等五犯拟以情实具题，蒙皇上将华敬等停其勾决，仍行牢固监禁各在案。

此案行教夷人华敬等，久为民间信奉，且闽省濒临外洋，时有各番及内地商船来往贸易，恒虑有窥探消息之事，臣等时时提撕告戒地方文武各官严加防闲，勿使稍有疏忽。现在调察綦严，虽无透漏勾引诸弊，惟是臣等留心体察，福宁府属福安县民人陷溺蛊惑于天主一教，既深既久，自查拿之后，将教长白多禄明正典刑，稍知儆惧，然革面未能革心，节次密访各村从教之家，凡开堂诵经及悬挂十字架、念珠等类彰明较著之恶习，虽已屏除，而守童不嫁、不祀祖先、不拜神佛仍复如故。本年闰七月内，司府各官访有省城居民李君宏、李五兄弟二人向系崇奉天主教，今西洋夷人华敬等监禁省城，伊等复为资送物件进监，并代为传递信息。禀知臣等，臣等随饬提拿严究，虽讯之李五等资助夷人衣粮及潜通信息狡不承认，其送食物进监，并有福安县民缪上禹等浼其转送物件给与华敬等，已直供不讳，现在提拿缪上禹等跟究确情。由此以观，是民间坚心信奉天主教之锢习，始终不能尽除。华敬等夷人向系伊等奉为神明之教长，在闽一日，伊等系念邪教之心一日不熄，更且闽省接连外番，贸易商艘络绎不绝，又与广东夷人屯聚之澳门水陆皆可通达，虽口岸查禁未尝不严，而西洋夷人形迹诡秘，从教之人处处皆有隐匿护送，莫可究诘。臣等现在钦奉谕旨，因将军新柱奏报吕宋夷商私向关弁探问白多禄骨殖一事，令臣等明白晓示吕宋夷商，并于外番往来之处加意查察，随行厦口文武各官密加稽防。今吕宋夷商久已遣发回国，吕宋夷商回国时，并未敢复询及白多禄一事，出口之际，文武严密稽查，亦无透越情弊，但伊等到闽时既私向关弁询问，臣等又密查其船到厦门之日，曾带有漳郡从教民人严登等家书信什物，现归严登一案追究下落。是往来番舶，难保无潜行护持邪教之事。

臣等窃以闽省边海重地，西洋夷教传染又深，华敬等四犯收禁省监，既启岛夷往来窥探之机，而从教民人见伊等监禁在省，本既未拔，蔓将日滋，西洋夷人实未便久禁闽省，且查华敬等四名，系按律问拟重辟之犯，按之国法难以从宽。雍正年间虽曾将拿获行教夷人圣哥等押送广东澳门放令回国，臣等按以今日情形，白多禄正法之后，从教民人与外洋夷人稍知儆戒，一加宽宥，恐无知之辈复疑圣朝又弛其禁，无以阻遏，其从教之心，亦不可不为虑及。臣等再四思维，华敬等蛊惑良民，陷入于法，实属罪无可宽。本年秋审，臣等仍将华敬、施黄正国、德黄正国、费若用等四犯拟以情实具题，虽题覆勾决出自圣心权衡，非臣等所敢妄请，但就闽省现在情形而论，欲绝外夷窥探之端、民人蛊惑之念，华敬等四犯似当亟与明正典刑，以彰国法而除萌蘖。

臣等不揣冒昧，恭折密奏，伏祈皇上乾断施行。谨奏。

(朱批:)已有旨了。

乾隆十三年八月初七日

(宫中朱批奏折)

J46(202、333、565)：宗教事务-教案(澳门、越南、法国)

5.14　两广总督陈大受奏报在安南行教天主教徒搭船来澳门已查明驱逐折

乾隆十六年正月十三日(1751年2月8日)

两广总督臣陈大受、广东巡抚臣苏昌谨奏，为奏明事。

窃照西洋夷人怀挟重赀潜匿内地，引诱民人入教，行踪诡秘，作奸犯科，从前福建、江南均有败露之案，屡经圣明指示查办，悉皆伏法，是凡属内地遇有此等夷人，务须留意查察，严行驱除，始足以杜奸萌而善民俗。上年八月内，据护墺门同知暴煜禀称，八月十三日，有第十一号夷船，由安南载回僧人二十五名，来墺分住各庙。闻伊等向在安南行天主教，建有庙宇，因串通同教之咈啷哂夷船拐诱妇女私自开行，被该国查知追逐，咈啷哂复用炮打伤数人，致该国将各夷僧庙宇拆毁，驱逐出境，搭船来墺。现在密行访查实情。等语。臣等当即批发两司，转饬严加防范，毋任潜入内地滋事，并令查明来历，具详核夺。适署香山县知县张甄陶赴任过省，臣等复面谕该令查明驱逐，该令随于省城密唤行商、通事人等，示以国法，令其详悉晓谕该夷目，不许容留有犯僧人。及赴任后，又委分防墺门县丞黄晃、巡检顾麟，一面清查保甲，申严窝匪之令，一面传谕各夷僧勒限回国，毋得逗遛去后。兹据详称，各夷僧初犹趑趄观望，及见势不可留，始据该夷目唛嚟哆等呈请情愿归国，现附第九号夷船，于十二月初五日放回小西洋，经该县丞、巡检等前赴该船查验明白，立督开行，并取有夷目甘结详送在案。臣等覆查无异。

窃思，该夷僧与咈啷哂通同拐诱妇女，击伤追兵之处，虽事属外洋，各夷僧狡不承认，一时无由得其确据，然其由安南结伴而来，行踪原属可疑，未便稍事姑容，令其久住内地，引诱愚民入教，致滋隐患，且夷人狡黠性成，今即遵谕回国，难保其不潜行复至。

臣等除仍饬该县等不时留心查察外，所有现在办理缘由，理合恭折奏明，伏祈皇上睿鉴。谨奏。

(朱批：)好。知道了。

乾隆十六年正月十三日

(宫中朱批奏折)

J46(202、552)：宗教事务-教案(澳门、葡萄牙)

5.15 两江总督鄂容安等奏报拿获由澳门到江苏等地传教之张若瑟等质审缘由折

乾隆十九年四月二十三日(1754年5月14日)

两江总督臣鄂容安、江苏巡抚臣庄有恭谨奏，为奏闻事。

窃照西洋人挟其天主邪教，潜入中土煽惑愚民，实为风俗人心之害。案查，乾隆十一年钦奉谕旨，特饬通省督抚密饬查拿，经前署抚臣安宁访获西洋人王安多尼、谈方济各二犯，隐匿昭文县戈村地方，究出违禁行教，煽惑男妇各实情，并拿获附和从教各犯，分别议拟治罪在案。臣等思，苏、松、太一带，密迩海滨，恐有前项西洋人仍复潜入中土教诱滋事，札会提臣并严饬道府，转饬地方文武不时留心访察。兹据常熟县知县冷时松禀称，访得常、昭二县尤元常等家均信奉天主教，现赴各犯家搜获经像、铜牌、十字架、念珠等物，并拘拿尤元常、朱治南、陆宰、洪泰公、侯周怀、沈士林、沈岐周、倪位尊、崔尔仁、盛胜其、殷九皋、戈敬山等到县，讯供通报。臣等当批按察司会同布政司摘提要犯赴苏，严究教首，以净根株去后。旋据常县及长、元、吴三县禀报，究出西洋人张若瑟，闻拿潜逃，随经拿获，会讯通详。臣等一面发司究审，随据该司节次禀覆，讯据各犯先后供吐，引送窝顿张若瑟来往行教，有汪钦一、庄六观、倪德载、周景云、邹汉三、吴西周、沈马窦等犯，陆续拘拿到案。逐一质讯，供认不讳。又讯据张若瑟供称，小的是大西洋人，同本国一个刘马诺进中国来行教，前年有澳门住的中国人许方济各、江西南安府人谢文山领小的、刘马诺，四月里到松江府周景云家，又有汪钦一领到常、昭二县倪德载、邹汉三家居住，如今刘马诺不知周景云送到那里去了。汪钦一们替小的料理行教，每年每人给他六两银子，如银子用完了，澳门做神父的寄来与小的用。上年系苏州从教的沈马窦替小的在广东带来。等语。据汪钦一、倪德载同供，张若瑟遇入教的人，先把一钟像盐味的东西抹一匙在人口里，又把一杯水画了咒在头上画一十字，还有一宗油搽在人身上，那人便甘心入他的教，不知下有什么药在里头。等语。录供前来。

除谢文山一犯，臣鄂容安已飞行江西密拿严究，并饬查此外有无传习之人外。查现获之汪钦一、邹汉三、尤元常、周怀明等，皆属王安多尼案内问拟杖责之犯，不改悔翻，敢引送容留，助匪煽惑，实为不法。张若瑟借天主教之名，妄以药物诱惑愚民，形踪诡秘，尤难轻纵，已批行两司严究左道惑众种种不法情事，并此外从教人等共有若干，有无教首名目，讯明实情，分别议拟，另外具奏。所有获犯饬审缘由，谨合词恭折奏闻，伏乞皇上圣鉴。

再，张若瑟同来之刘马诺一犯，经臣等饬究实在下落，务须弋获，毋许疏纵。据两司禀覆，讯据周景云供，尚有潜往奉贤、南汇二县诱众行教之西洋人龚安多尼、费地窝尼小、季若瑟并刘马诺，共有四犯闻拿窜匿，尚未缉获。臣等一面饬将供出引送窝藏已经拘到之吴西周、沈泰阶各犯研讯跟追，并续供出之金晋臣、唐元载等专差飞拿，并分咨浙、闽、广东三省，于各海口关隘严查，将龚安多尼等一体协拿，容俟获解到日，并案办理，再行具奏。合并陈明。谨奏。

乾隆十九年闰四月初四日奉朱批：已有旨了。钦此。

四月二十三日

（军机处录副奏折）

J46(202、552)：宗教事务-教案(澳门、葡萄牙)

5.16　四川总督黄廷桂等奏报审办通过澳门入川西洋人费布仁缘由折

乾隆十九年五月二十一日(1754年7月10日)

吏部尚书仍管四川总督臣黄廷桂、四川提督臣岳钟璜谨奏，为奏明事。

窃臣等据城守营参将解逊、成都县知县陈履长、署华阳县知县王廷松禀称，访闻近日成都来有一西洋人，潜住省城，带有西洋物件。臣等恐有煽惑民人情事，随饬选差，于华阳县民人李安德家，将该西洋人查拿到案。会同按察使周琬等讯问伊之姓名来历，及因何赴川，有无教诱民人之事，该夷虽略能官话，但不能清楚，就伊语气讯取大概情节，据该夷自称，名费布仁，年二十九岁，系大西洋杜鲁所管之人，乾隆十四年十一月内，因欲赴广东贸易，由小西洋搭船，于十五年二月进口到广东澳门，因贸易折本，闲住三四年。至十八年冬间，见伊西洋来内地进贡回去之人，名八十戈者从澳门过，对伊称说天朝恩典宽大，赏赐物件甚多，心里羡慕，想到内地来看看。又因从前有伊西洋人牟天池曾在四川行教，伊在澳门闻知牟天池身故，不知真假，欲来川探访虚实，并可接他的地方行教，遽遇在川住家之王尚忠在澳门贸易，偶然说及伊曾入天主教，因再三央恳，烦彼带至成都，于上年十二月在澳门起身，沿途有人盘问，俱系王尚忠答应，并无阻挡。四月二十日到成都，王尚忠先上岸，二十二日引至李安德家，与王尚忠同住。闻知牟天池已于乾隆七年在川身故埋葬，现在禁止一切邪教，查拿甚严，不敢传教，正欲仍回澳门，因不服水土染病，尚未起身，不料即被访拿。等情。并将所带物件俱经查起，验系衣服器具随身用度之物。随询问王尚忠、李安德，所供情节相同。复诘询王尚忠，因何携带此人来川，并李安德因何擅自客留，据供因从前曾入天主教，偶然言及，伊即称是同教，必欲附伴来川，不能谢却，故此同来，因王尚忠与李安德同住，故寓李安德家，才到就被查获，实无设教诱人情事。查验王尚忠自粤来川途中船票二纸，一系乾隆十九年正月十二日在湖南郴州雇船之票，一系乾隆十九年二月初十日在湖北荆州雇船之票，核其程途月日，与所供相符。

查费布仁甫经到川，虽无开堂设教煽惑民人情事，但天主一教原属异端，且系外方远夷，不便客留内地。除将带领来川之王尚忠，并客留居住之李安德分别究拟，加等治罪外，其费布仁一犯，应咨解广东抚臣，仍由澳门押令出口，听其仍回西洋，以免逗留内地，传述邪教引诱民人。

所有臣等审办缘由，理应恭折奏明，伏祈皇上睿鉴。谨奏。

乾隆十九年六月十九日奉朱批：知道了。

五月二十一日

（军机处录副奏折）

J46(202、999)：宗教事务-教案(澳门、涉及国家不详)

5.17 两江总督鄂容安等奏报审拟西洋人张若瑟等传教案并请饬令水陆要道防范洋人潜入内地折

乾隆十九年五月二十四日(1754年6月13日)

两江总督臣鄂容安、江苏巡抚臣庄有恭谨奏，为请旨事。

窃照西洋人张若瑟等潜入中土传教滋事，经臣等闻拿获张若瑟、刘马诺、龚安多尼、李若瑟、费地窝尼小，并获接引窝留之常熟县人汪钦一、娄县人周景云及从教人等。又密行江西拿解引送之大庚县人谢文山到案，饬令司道会讯。臣等先后亲提研审，据张若瑟、刘马诺、李若瑟供称，澳门会长季类斯等指引行教，谢文山、许方济各，自澳门伴送伊等至周景云、吴西周等家。龚安多尼系福建人宗来典伴送至沈飞云等家。费地窝尼小系苏州人汪伊纳小伴送至周景云、吴西周等家。该犯等坚供，止欲传教，以报天主，并无奸骗及邪术迷人情事。传教时以油涂额，取其清浮向上；以盐涂口，欲其宣讲彼教；以水洒头，取其清净，至死后升天。系教内相传之语，并非伊等造作。所带银两，系在澳门天主堂生息取利，以供伊等衣食用度。张若瑟传教系汪钦一代为管理，刘马诺传教系沈泰阶代管，龚安多尼传教系奚青观代管，费地窝尼小传教系唐元载、丁学初代管，从教之人共计八十余名。李若瑟来日未久，不辨中土语音，并未传教。严讯汪钦一等，各供无异，再三究诘，别无供吐。

臣等正在审拟间，奉上谕，令臣等就案完结，毋致滋蔓，将张若瑟等解回澳门安插，仰见圣主如天之仁，臣等自当钦遵办理。惟查，天主教煽惑人心，屡奉谕旨严禁，从前福建、江南已有正法治罪之案，今张若瑟等仍敢挟赀远送，以荒诞不经之谈，设为种种幻术，诱人入教，且别种邪教骗人之财，信从者虽众，一加惩治，其惑易解，天主教则诱人以财，一经信从，执迷终身不悟，于风俗人心甚有关系，杜渐防微，未敢轻忽。臣等愚见，可否将张若瑟等照从前江西拿获夷人李世辅之例，暂行隔别监禁，俾伊等稍知儆惕。至广东澳门为夷人聚集之所，在彼自行其教，原可不禁，会长季类斯等明知天朝禁令，不但并不阻止，且以虽有禁令行教无时之语指引夷人潜入内地滋事，实为不法，仰恳圣鉴，敕下广东督抚查明办理，并将此后作何禁戢，不许再入内地传教，有犯即置重典之处，悉心酌议请旨。再沿途关津隘口，如广东之保尚，江西之大庚、玉山，浙江之常山、乍浦，福建之厦门，江南之上海等处，皆水陆必由要道，夷人语言状貌与中土不同，果能加意禁戢，该夷等自无从混入。并请敕令各督抚一体严密稽查，如果数年后夷人不敢再入内地，容臣等将张若瑟等奏闻请旨。

现获各犯内，谢文山即谢因纳爵、汪钦一俱系内地百姓，前经入教，已照违制律议罪，今敢再犯，且自粤至江，将西洋人辗转引送，怙恶不悛，情尤可恶，均请照左道惑众为从律，各杖一百，流三千里。丁亮先虽止代寄书信，邹汉三亦仅代散斋单，但系前经犯案，尚不改悔，不便轻纵，应与窝藏接引传教斋单之沈泰阶、吴西周、张玉英、周景云，及代为通信带银之沈马窦，均照为从例，再减一等，杖一百，徒三年。偶为容留之倪德载等，各照违制律，杖一百，再枷号一个月。其余入教之倪显文等，均各杖一百示儆。仍通饬各该地方官，不时查察，如有仍前私行崇教者，定即严行治罪。未获之许方济各等，咨行查拿另结。

谨将臣等审明酌办缘由，供(恭)折具奏。另缮供单恭呈御览，伏乞圣训遵行。谨奏。

乾隆十九年六月十三日奉朱批：已有旨了。钦此。

五月二十四日

5.18　附件：抄录张若瑟等人供词

问据张若瑟供：小的是西洋罗西打泥国人，今年三十三岁。乾隆十六年六月从西洋到澳门天主堂。十七年二月，会长季类斯叫大庾县人谢文山、澳门人许方济各，领小的同刘马诺由水路到松江周景云、吴西周家，又在倪德载、黄裕臣、吴祥生、许成九、庄五观各家往来居住，又到徐圣章船上行教。小的们家中原有银子在澳门生息，小的同刘马诺共带五百两分用了，教内的沈马窦又从澳门带过两回银子，共五百两。小的行教是汪钦一代管，带来的银子，穿衣吃饭用度了，给过汪钦一们盘缠、房钱、船钱、工食，也是有的。

问据刘马诺供：小的是西洋罗西打泥呀国人，今年四十一岁。乾隆十七年二月，季类斯叫谢文山、许方济各在澳门送小的们到松江周景云、吴西周家，在吴西周家传过教。南汇人沈泰阶又领到张玉英家住过。小的传教是沈泰阶代管的。余供与张若瑟同。

问据龚安多尼供：小的是西洋浦尔多呀泥国人，今年三十四岁。乾隆十六年二月，在澳门会长严若望叫福建人宗来典送到松江沈百多禄家、曹姓家，又到沈飞云家雇了奚青观摇船，又到侯良臣、周景云、吴西周各家往来。小的传教是奚青观代管，如今不知他往那里去了，小的盘缠给人共用了二百多银子。

问李若瑟，语言不清，据沈马窦传禀：是西洋浦尔多呀泥国人，今年三十岁。乾隆十八年九月，澳门会长季类斯叫谢文山、朱六爵领到松江周景云、吴西周、张玉英、李芳谷各家住过。因到中国不憧(懂)语音，没有传教。

问据费地窝尼小供：小的是西洋罗西打呀尼国人。澳门有徽州人汪伊纳小，小的认得会长季类斯，原教小的到京里去，姓汪的说不如江南去。乾隆十六年八月，姓汪的领小的下船，十月里到松江吴西周、周景云们各家往来居住。唐元载替小的摇船，又替小的代管传教的事，他因为要拿，自刎死了。小的用过盘缠二百多两。

又问据张若瑟等同供：小的们传教只要报答天主，并没别的图谋，也没有奸骗用药迷人的事。从教的人用油涂额，取清浮向上的意思；用盐涂口，要他会宣讲天主教；用水洒头，要取清净祭天主。要用酒、面，那油、酒都是西洋带来，盐、面是随处买的。死后升天的话是天主教传下，不是小的们造的。小的们在澳门听得中国禁止行教，会长季类斯们说虽然禁止，还不妨事，若果行不得再回来。小的们听了他的话来的。

问据谢文山供：小的是江西大庾县人，今年六十四岁。小的自幼入教，西洋人起名谢因纳爵。乾隆十三年内，因西洋人王安多尼在苏州犯案，牵出小的被拿，在江西审问，到十四年五月，遇赦出监。十七年正月到澳门，见了天主堂会长季类斯，叫小的同许方济各伴送张若瑟、刘马诺，三月内由水路到镇江，汪钦一迎着同伴送到松江周景云家，小的就起身回家。十八年三月又到澳门，季类斯又叫小的送李若瑟到了松江周景云家，小的就回去了。两次得了盘费、谢礼银四十四两。

问据汪钦一供：小的是常熟县人，今年五十七岁，原奉天主教，曾在王安多尼案内犯事治罪。十七年三月，小的在苏州遇见许方济各，说有两个西洋人要寻人作伴，小的就迎着张若瑟、刘马诺，还有个谢文山，一同到松江周景云家，又到吴西周家，谢文山们就回广东去了，小的荐了邹汉三雇给张若瑟服侍的。小的略懂得西洋话，替张若瑟传教，只有苏州网船上还信的，小的随到倪显文船上，又到徐圣章船上传过邹大观们十几个人。又供周景云给小的斋单一卷，分散与黄裕臣、邹汉三们，自己存的闻拿烧毁了。

问据丁亮先供：小的是长洲县人，今年六十九岁了，是王安多尼案内旧犯。小的货卖西洋画，有奉西洋教的彭仁武，上年托小的带封书到京师天主堂傅姓收拆，小的带去，傅姓与一封回书，小的回来，彭仁武取去，并不晓得封的是斋单。

问据邹汉三供：小的是昭文县人，今年四十七岁了，向奉天主教，从前王安多尼案内牵连治罪。十七年七月里，汪钦一荐小的服侍张若瑟，在吴祥生、吴西周、倪德载、黄裕臣家来往，汪钦一与斋单二十张，小的分与尤元长、沈士林各一张，余的听得要拿西洋人就烧掉了。小的一年得张若瑟工食银八两。

问据沈泰阶供：小的是南汇县人，今年五十五岁，原奉天主教。在吴西周家认得刘马诺，他托小的租了一只船，雇了金多髻鬍替他摇载。刘马诺交与小的一卷斋单，小的共传了吴大昌们四十多人，余的斋单闻拿烧掉了。

问据吴西周供：小的是奉贤县人，今年四十一岁，祖上就从天主教的。西洋人费地窝尼小是徽州人汪伊纳小领到小的家，又到周景云家住的张若瑟、刘马诺到小的家，以后常常往来，不过借房子住。刘马诺在小的家传教的事，是不管他的。张若瑟曾给过小的八两银子。

问据张玉英供：小的是南汇县人，今年六十岁，祖父原奉天主教。有沈泰阶领了刘马诺到小的家住过，他在小的家传教，有华兰宾们三十余人都来听讲经，小的老了不能应酬，外边的事要问沈泰阶的。刘马诺交给小的斋单，小的实不曾派散，闻拿都烧掉了。

问据周景云供：小的是松江娄县人，今年四十二岁，祖上就奉天主教。十七年四月里，汪钦一领了张若瑟、刘马诺到小的家，又到吴西周家去的。斋单约二百余张，是唐元载交付小的，小的转交汪钦一，自己不曾分派，他们传教的事，小的不管的。

问据沈马窦供：小的是江宁县人，今年四十岁了，向在广东生理，澳门天主堂是认得的。十七年上，小的到常熟会见张若瑟，托小的寄信到澳门天主堂，会长季类斯交小的带过银一百两。又于十八年九月，替季类斯带过银四百两，交与刘马诺他们，不知如何分用，共得他盘费银二十两。他们传教的事，小的不晓得。

问据倪德载供：小的是常熟县人，今年四十三岁，原奉天主教的。十七年五月里，汪钦一领张若瑟到小的家来住，他住的房子另是几间，彼此隔绝，他有时出去，是汪钦一、邹汉三同他走的。十七、十八两年，都在小的家过的年。他在外如何传教，在何处往来，小的不知道，小的一共得过他三十两银子是实。

（军机处录副奏折）

J46(202)：宗教事务-教案(澳门)

5.19　福建巡抚吴士功奏报盘获西洋天主教民郭伯尔纳笃等咨查根究情形折

乾隆二十四年十月初八日(1759年11月27日)

福建巡抚臣吴士功谨奏，为盘获西洋天主教民，现在咨查根究缘由，恭折奏闻，仰祈圣鉴事。

窃照西洋人寓居广东澳门，与闽省切近。案查，邵武等属男妇，昔年每有信从之事，臣抵闽以来，屡经通饬晓示，严禁查拿，以免煽惑滋事。兹于乾隆二十四年八月初十日，据署邵武府知府揆文禀，据邵武县禀称，奉札密访，有西洋人潜往邵武县禾坪地方，会营密拿务获，关会邻邑查拿。经光泽县知县段梦日于店民吴远千家查获西洋人郭伯尔纳笃一名、挑担人徐世英一名，并随身行李。等情。臣即同督臣杨廷璋批饬布、按两司严审来历，有无开堂设教，从教若干人，有无夹带不法经典、器物，彻底确究，并将人犯解院亲审去后。兹据按察使史奕昂会同布政使德福详称，讯得，西洋人郭伯尔纳笃年三十六岁，原奉天主教，在广东澳门遇西洋会长，谈及从前曾有教中神福(甫)在内地行教身故，遗有经像，不知有无传教之人。郭伯尔纳笃辄起意寻访，适遇在澳从教之高大斗，言及老神福(甫)从前曾到江西之赣州南丰、福建之邵武等处，惟赣州谢西满向在澳门往来之语。郭伯尔纳笃即剃发改换内地衣装，于乾隆二十二年八九月间，邀同高大斗自澳门起身前往赣州，寻见谢西满，西满告以赣州并无教门。郭伯尔纳笃又遇新城民徐世英，谈及邵武县禾坪地方吴永隆之故父吴绍尚向曾奉教，郭伯尔纳笃即雇徐世英挑担引路，于十一月抵吴永隆家投歇。时吴永隆外出贸易，吴永隆之母陈氏因伊故夫吴绍尚在日有西洋人丁迪我、吕保禄曾在伊家念经，丁迪我病故，吕保禄辞回，尚寄存有丁迪我箱笼等物，遂留郭伯尔纳笃在家居住。高大斗因在澳门贸易，先即辞回，嘱令郭伯尔纳笃如要寄信，带至赣州谢西满家转寄。迨后吴永隆回家，因伊母留住，亦不声张。郭伯尔纳笃独坐空屋，吃斋念经，足不出户。因言语不通，难以行教，惟吴永隆及伊母陈氏、兄吴永典三人吃斋念佛从教，以修来世。未及数月，吴永典病故，其附近之黄木才及张细毛初生一子，俱先后洗度延生，不久亦夭，吴永隆以从教无益，悔悟不理。郭伯尔纳笃自觉无颜，随往南丰寻同教之熊济州，因病故不遇而回，欲图回澳，缺乏盘费，患病逗遛，先后遣徐世英两次寄信谢西满，会到番银一百员(圆)，调治病痊，于本年七月二十七日起身回澳，徐世英挑担同行。二十八日行至光泽县，投宿吴远千店内，经邵武县兵役追踪，关会光泽县差役盘获，并于吴永隆家起出已故西洋人丁迪我遗存经像箱笼，由府解省，经司委员将经箱逐加细阅，并无不法之词。随即督同细讯，在闽实无开堂设教诱惑诓骗情事，并据将郭伯尔纳笃等解审前来。臣等覆加亲讯，与司府县所审供情无异。

伏查，乾隆十九年闰四月初四日奉上谕：西洋所奉天主教，乃伊土旧习，相沿亦如僧尼、道士、回回，何处无此异端，然非内地邪教开堂聚众、散札为匪者可比，若西洋人仅在广东澳门自行其教，本在所不禁，原不必如内地民人一一绳之以法，如其潜匿各省州县村落，煽惑愚民，或致男女杂还，自当严行禁绝，就案完结，毋致滋蔓。将江南现获之张若瑟等解回澳门安插，并谕令嗣后不时留心稽察，毋任潜往他省教诱滋事可耳。钦此。钦遵在案。今西洋人郭伯尔纳笃在闽虽无开堂设教、煽惑愚民之事，但其潜往吴永隆家，曾两次差人寄信赴江西赣州谢西满家，会到番银一百员（圆）。是否澳门会长转寄，抑或江西地方另有设教诓骗情弊，必须咨查明白，且恐伊同教西洋人或尚有改换内地衣装潜匿别属境内，亦未可定。

除一面通行闽省十府二州严查结报，一面于九月二十六日飞咨江、广二省抚臣，严查伊等有无开堂设教煽惑，及番银实从何处寄来，是否澳门会长使令潜来行教，均须彻底查明，分别严究。如果并无不法之处，臣即钦遵乾隆十九年钦奉圣谕，将西洋人郭伯尔纳笃解赴澳门收管，递回该国安插。其吴永隆等分别按拟就案完结。倘有别情，另当穷究惩治，以靖地方。

所有现在盘获西洋人咨查根究缘由，臣谨会同督臣杨廷璋合词恭折具奏，是否有当，伏祈皇上睿鉴，训示遵行。谨奏。

（朱批：）是。知道了。①

乾隆二十四年十月初八日

（宫中朱批奏折）

J46(202)：宗教事务-教案（澳门）

5.20　两广总督李侍尧等奏报拿获在澳门入天主教之林六拟罪折

乾隆二十五年三月十六日（1760 年 5 月 1 日）

两广总督臣李侍尧、广东巡抚臣托恩多谨奏，为审拟具奏事。

窃臣李侍尧前因查审嘆咭唎夷商洪任辉呈控一案，跟究与夷人写呈之林怀，无（并）着留心密访，查有闽人林六在澳门投入西洋天主教，曾娶番妇改穿夷服，拿获到案，讯认不讳，业经附折奏闻，一面饬司严审究拟。兹据广东按察使来朝等行，据护理广州府事南海县知县图尔兵阿等审拟详解前来，臣等会同研鞫，缘林六藉隶闽省，伊父林哂嘀来粤贸易，寄住澳门，投入夷教，旋于康熙四十二年病故，维时林六年止三岁，迨至长成，娶澳夷咹哆呢之女方济各为妻。乾隆十一年，林六充当夷船买办，潜入夷教，改名哆嘝，在进教寺内随从诵经礼拜，入寺改穿夷衣，出则仍换内地服色。旋因闽省地方有西洋人倡行天主教之事，钦奉谕旨通饬查禁，前督臣策楞、前抚臣准泰访有林姓番名咕呋叽吵等引诱愚民入教，肆行煽惑，饬拿未获，并查澳门民番杂处，

① 据军机处录副奏折，朱批时间为乾隆二十四年十一月初七日。

多有民人私习夷教，改易番名，现穿番服及娶番妇等事，出示晓谕，准其自首免罪，林六随即呈首出教。其与夷人充当买办，示内声明例所不禁，是以林六未经辞退。乾隆二十四年三月内，林六因充买办所得工食无几，不敷用度，忆及从前入教时，遇有缺乏俱可向夷人借贷应用，又复潜行入教，冀图诓骗银钱，严审并无复行改穿夷服礼拜诵经，亦无开堂设教引诱煽惑，其与洪任辉及林怀素不相识，委无唆讼作呈情事，究诘至再，矢供不移，似无遁饰。查，林六虽止自行入教图骗财物，但以内地民人擅娶番妇，改易番名，私换夷服，既经自首出教，准予免罪，犹复不知悛改，潜从夷教，未便轻纵。第律例并无正条，林六应请比照左道惑众为从例，发边外为民，至配所折责发落。事犯到官，虽在乾隆二十四年十一月初五日恩诏以前，但潜从夷教情罪较重，应不准其援减，所娶番妇方济各及该犯之父林哂﨑，俱已身故，应毋庸议。原经前督臣等访拿之林姓即咭吠叽吵等，饬缉务获另结。至本案已经该地方官访获，失察职名应请免参。

除将供看咨部外，合将审拟缘由，合词恭折具奏，伏乞皇上睿鉴，敕部核拟施行。谨奏。

乾隆二十五年四月二十一日奉朱批：该部议奏。钦此。

三月十六日

（军机处录副奏折）

J46(202)：宗教事务-教案（澳门）

5.21 福建巡抚吴士功奏报盘获西洋人郭伯尔纳笃查无行教情事递送澳门安插折

乾隆二十五年五月二十二日（1760年7月4日）

福建巡抚臣吴士功谨奏，为盘获天主教，查明并无煽惑，遵例递回安插，恭折奏闻事。

窃照西洋人郭伯尔纳笃欲行天主教，从广东澳门潜至江西之赣州、福建之邵武地方，因乏人从教，欲仍回澳门，行次光泽县途中，即经闽省盘获，当经臣等督同司府县细讯，在闽实无开设教堂诱惑诓骗情事。惟郭伯尔纳笃潜住吴永隆家，曾遣人寄信至江西赣州谢西满家，会到番银一百圆，是否澳门会长转寄，抑系江西另有设教诓骗情弊，当即飞咨江、广二省抚臣严查，并将盘获天主教如查无别情，照例办理缘由，会折具奏，于乾隆二十四年十二月初八日奉到朱批：是。知道了。钦此。钦遵在案。

兹于乾隆二十五年五月初一日，准广东抚臣托恩多咨称，拿获高西满，转辗根究。并据澳门夷目喽嚟哆等呈覆，问据已故会长石若瑟之弟石若吡称，郭伯尔纳笃与兄会长石若瑟言及从前有西洋人老神福(甫)行教内地,遗有经书,郭伯尔纳笃即起意潜往寻访经书,雇高大斗、徐世英等伴送,在澳起程前去。至乾隆二十三年二月内,高大斗回澳,云郭伯尔纳笃寄寓邵武民人吴永隆家,要盘缠银两,若有银信寄至赣州谢西满家,待徐世英来取。十月内石若瑟病故时,嘱弟石若吡寄番银一百圆与郭伯尔纳笃,于乾隆二十四年二月内,雇高西满将番银一百圆寄去,高西满将银持至赣州,交谢西满转寄郭伯尔纳笃接收等因。

又准江西抚臣陈思哈咨称,讯据谢西满供称,西洋人郭伯尔纳笃前抵赣州,高大斗、高西满曾邀小的见面,小的告以赣州并无教门,旋即别去。迨后高大斗复向小的说,伊现往澳门,如有信来,托小的接存,俟徐世英来取。乾隆二十四年,高西满从澳门会到番银一百圆至赣后,徐世英求取,即将原银交付,转寄郭伯尔纳笃。等语。复严讯谢西满等,坚供郭伯尔纳笃在赣借住未久,并无开设教堂情事,江西亦无另有同教之人。各等因。移覆到闽。行据按察使奕昂会同布政使德福查核议详前来。臣等覆查,粤省拿获高西满转辗根究,澳门会长寄银属实,而江西省拿获谢西满等反覆究讯,坚供虽曾接寄银两,并无开设教堂等情,与闽省所讯亦属相符,是在闽在江均无开设教堂煽惑情事,已据究讯明确,似无疑义,但郭伯尔纳笃系外国之人,潜来内地欲图行教,殊违禁令。

伏查,乾隆十九年闰四月初四日奉上谕:西洋所奉天主教,乃伊土旧习相沿,亦如僧尼、道士、回回,何处无此异端,若西洋人仅在广东澳门自行其教,本在所不禁,如其潜匿各省州县村落煽惑愚民,或致男女杂还,自当严行禁绝,就案完结,解回澳门安插。钦此。钦遵在案。今郭伯尔纳笃既经江、广二省严查咨覆,并无开设教堂煽惑情事,应即钦遵乾隆十九年钦奉圣谕,将西洋人郭伯尔纳笃解赴澳门收管安插。

除给咨文递解赴澳投收,并将留宿之吴永隆、受雇挑担之徐世英等,就案照司拟徒杖,恭逢恩赦减等发落,搜获经卷业经查无不法之词,应候结案销毁,仍再通饬所属,随时严查,毋许容留邪教,致滋事端,并将代为寄银之高西满等咨明江、广二省抚臣查例按拟完结外。所有闽省盘获西洋人,咨查并无开设教堂煽惑滋事,业经遵例递回安插缘由,理合会同闽浙督臣杨廷璋合词恭折具奏,伏乞皇上睿鉴。谨奏。

(朱批:)知道了。[①]

乾隆二十五年五月二十二日

(宫中朱批奏折)

① 据军机处录副奏折,朱批时间为乾隆二十五年六月十八日。

J46(202、552)：宗教事务-教案(澳门、葡萄牙)

5.22 两广总督李侍尧等奏报拿获江西人蒋日逵及西洋人安当等审究折

乾隆三十二年闰七月十三日(1767年9月5日)

两广总督臣李侍尧、广东巡抚臣王检跪奏，为奏闻事。

窃臣等接据署广东南雄协副将艾宗蕲、署保昌县知县英昌先后禀报，于乾隆三十二年五月二十四日在义顺行店拿获江西民人蒋日逵、刘芳名，西洋人安当、呢都，船户李岭南五犯，并于蒋日逵身边搜出花边银钱九十五圆，包袱内搜出抄书六本、抄单二纸，查系天主教经卷，连将人犯书单批解到省，当即发交按察使富勒浑会同布政使胡文伯，督同府县查审。据讯，蒋日逵籍隶江西万安县，素业外科，刘芳名籍江西赣县，俱系世奉天主教。缘从前有西洋人林若汉在广陵县社下村买张若望房屋，供奉耶稣画像，有吴君尚等十数众信从入教。乾隆二十二年，林若汉因病回国。本年正月，蒋日逵往社下村买布，会见吴君尚，告以该村久无西洋人掌教，上年陈保禄自澳门回籍，知有西洋神父来澳，当给盘费钱一千二百文，嘱令邀请。蒋日逵即往邀刘芳名，于四月二十四日到澳门，向西洋人安玛尔定买膏药，叙及同教修道前由。时有大西洋殴罗巴国之安当、呢都二人，向在该国天主教诵经，因至小吕宋国遇见林若汉，言及曾在江西掌教，若至广东澳门，即有教友照应，随搭船来至澳门，寄寓天主堂，与安玛尔定时相往来，安玛尔定即将安当、呢都二人令蒋日逵等接往江西，并给以抄书六本，抄单二纸。安当、呢都改穿内地衣帽，并交出花边银钱一百二十三圆，蒋日逵等雇坐李岭南船只前往南雄及沿途饭食等，用去银钱二十八圆，当剩九十五圆，于五月二十三日搬上义顺行店，次日被获。等情。臣等查阅抄录书单内，一本有四书文艺夹钉在内，安玛尔定系夷人，安得有内地文字。又另本所写“乾隆丁巳梅月周斯德望钉录”字样，亦非夷人语气，其为蒋日逵等收藏携带，藉教诱人无疑。所供安玛尔定其人并给与书单之处，明属混捏卸罪。该犯等既系世奉邪教，原籍同教多人，今已搜获书单，此外恐另有违禁不法字迹书符，现在分委妥员星赴该犯等家，会同地方官严密搜查，并提应质人犯来粤审究，一面咨会江西抚臣吴绍诗查照办理。

臣等伏查，天主教从前蔓延内地，久经奉旨严行查禁，虽其书内尚无悖逆之词，但以荒诞不经论说诱人入教，一经信从，非惟终身不悟，甚至祖孙父子世传崇奉，非如别种邪教诓骗财物，一加惩治，其惑易解，于风俗人心大有关系。今蒋日逵等以内地民人胆敢藐玩禁令，转诱外夷，称为神父，改装潜行，不法尤甚。

除俟江西查明解到应质各犯，臣等即率同两司悉心严究，从重定拟，另行具奏请旨，用示惩儆外，谨将获犯查办缘由，先行恭折奏闻，并将搜获书单恭呈御览，伏乞皇上圣鉴。谨奏。

乾隆三十二年八月二十六日奉朱批：知道了。钦此。

闰七月十三〔日〕

（军机处录副奏折）

J46(202、341)：宗教事务-教案(澳门、菲律宾)

5.23　两广总督李侍尧奏报江西庐陵县民吴均尚等违例入教分别定拟折

乾隆三十二年十一月十四日(1768年1月3日)

两广总督臣李侍尧、广东巡抚臣钟音跪奏，为审拟具奏事。

窃照江西庐陵县民吴均尚即吴伯多禄，主使蒋日逵等来粤，勾引夷人安当、呢都前往江西行教一案，先据署广东南雄协副将艾宗蕲、署保昌县知县英昌拿获禀报，经臣李侍尧发交按察使富勒浑等审讯恭折奏明，一面委员前往江西，会同地方官严密搜查有无违禁不法符书字迹，并提应质各犯解粤审究，咨会江西抚臣查办去后。嗣准抚臣吴绍诗移咨各犯原籍地方官访闻，拿获吴均尚等押解到粤，复经臣李侍尧饬司确实，因案内应质之夷人安玛尔定在澳门患病，行令澳门同知就近取供呈送。兹据按察使富勒浑会同布政使胡文伯，率同广州府知府顾光、南海县知县鲁庆、番禺县知县温葆文审拟详解前来。臣等提犯亲加研讯，缘吴均尚籍隶江西庐陵县，世奉天主教，先于乾隆二十一年，有同村已故之刘若汉带有西洋小吕宋国人林若汉即倭都越到村行教，吴均尚等公派银两，置买张若望兄弟房屋，改为天主堂，供奉耶稣画像，给林若汉居住，演说教理，煽惑远近愚民崇奉入教，凡归教之家，俱供有十字架并图像经卷，每月吃斋八日。至二十二年九月，林若汉年老患病，并闻该县访拿，林若汉即回本国，临行时嘱令吴均尚等小心奉教，所遗房屋不必拆毁，如有西洋行教之人肯来，指引到彼。乾隆二十七年冬间，吴均尚探知有万安县同教之蒋日逵前赴广东澳门买药，往托访查。嗣蒋日逵自粤回籍，覆以并无行教之人前来，吴均尚嘱其留心。乾隆三十一年，有西洋欧罗巴国夷僧安当、呢都同至小吕宋寻访教友，遇见林若汉，告知曾在中国江西行教，唆令伊等前往，并以搭船至广东澳门即有同教之人接引，并送给学官话书一本。安当、呢都遂于九月初二日附搭郎度洋船来至澳门，访知有向在澳门行医卖药之夷僧安玛尔定居住鸡司栏庙，即往投寓。十一月内，蒋日逵复至澳门，向安玛尔定买药，在庙游玩，见安当等在庙诵经，向安玛尔定学医徒弟黄若望询知系新来西洋行教夷僧。蒋日逵回家，于乾隆三十二年正月二十五日至庐陵县买布，借住吴均尚家，适有同教之萧祥生、吴位三到彼闲谈，蒋日逵以曾在澳门见有新到西洋教师二人告知吴均尚，吴均尚浼其往接，蒋日逵以现在有事，俟稍闲前往，遂回万安。三月二十八日，蒋日逵复至吴均尚家，告以欲赴澳门，缺少盘费，吴均尚将钱一千二百文给付蒋日逵，并代挑行李，同至蒋日逵家，次至王保禄家，各住宿一夜，迨至赣县，蒋日逵邀同教之刘芳名结伴同行，吴均尚遂即回家。蒋日逵、刘芳名于四月二十四日同抵澳门，时值安玛尔定患病，蒋日逵等向黄若望买药后，告知来接西洋行教之人，黄若望带同往见安当、呢都，转述情由，安当等允许同行。蒋日逵告以所带盘费无多，安当等将花钱一百二十三圆交出使用，黄若望代买汉人衣帽给安当、呢都更换，并雇小船一只。安当、呢都与蒋日逵等，共谢给黄若望花钱四圆，余银交与蒋日逵等收用。于二十六日下船开行，旋因安当等嫌船小挤热，又另雇李岭南河船更换，五月二十二日至南雄府，二十三日投寓义顺行，即经盘获解省。

咨提各犯查审，据吴均尚等供认前情不讳，再三严诘，矢供实系止图传教，妄冀邀福，并无谋为不法别情，各供如一，似无遁饰。查律载，一应左道异端煽惑人民为首者，绞监候。又例载，一应左道异端煽惑人民为从者，改发黑龙江、宁古塔、吉林乌喇等处，给与披甲人为奴。各等语。伏查，天主教久奉严禁，吴均尚前经伙同敛钱买屋，窝顿夷僧林若汉开堂设教，煽惑远近愚民，迨闻查拿解散，犹复不知悛改，主使蒋日逵前赴澳门勾引夷僧安当等，前往复图行教，不法已极。吴均尚即吴伯多禄合依一应左道异端煽惑人民为首者绞律，拟绞监候，该犯前经漏网，今复怙恶不悛，应请旨即行正法。蒋日逵、刘芳名听从指使，勾引潜行；黄若望从中说合，并为代买衣帽改装，雇倩船只得受谢银；安当、呢都身系夷人，无故潜至澳门，希图行教煽惑，改装同行，均难宽纵。蒋日逵、刘芳名、黄若望、安当、呢都，均照左道异端煽惑为从例，发黑龙江等处，给彼甲人为奴。蒋日逵聘妻廖氏、刘芳名有妻蓝氏、黄若望有妻朱氏，是否愿随照例办理。安当、呢都系属外夷，未便发遣，应请永远圈禁省城，以照炯戒。萧祥生、王保禄止系违禁入教，均无伙同勾引情事，合依违制律，杖一百，折责四十板，递回原籍发落，交保约束。船户李领南虽讯不知情，但不行查明冒昧载送，应照不应重律，杖八十，折责三十板。夷僧安玛尔定因安当、呢都同属外夷，暂留居住，讯无勾引说合情事，应请免议。起获经书、钞单，先经奏缴，续起番经并学官话书销毁。黄若望所得花钱四圆，李岭南所得船价花钱十六圆，均照数追出，同起获花钱九十五圆一并入官。订录经书之周斯德望是否尚存，移咨江西抚臣查拿，与同教现获之王德明等，及此外有无演教之人，一并究拟完结。失察职名，并咨江省查参。

除将全案供招分别咨部外，谨合词恭折具奏，并录各犯供单敬呈御览，伏乞皇上睿鉴，敕部核拟施行。谨奏。

（朱批：）该部核拟速奏。[①]

---

① 据军机处录副奏折，朱批时间为乾隆三十二年十二月十三日。

乾隆三十二年十一月十四日

（宫中朱批奏折）

J46(202、552)：宗教事务-教案(澳门、葡萄牙)

5.24　闽浙总督崔应阶奏报拿获潜入地方欲图行教西洋人潘若色等解送澳门看管折

乾隆三十四年九月二十四日(1769年10月10日)

署福建巡抚、闽浙总督、革职留任臣崔应阶跪奏，为奏明事。

乾隆三十四年六月二十八日，据福安县知县廖云魁详报，访有西洋人潘若色等潜住民人黄元鼎等家，希图行教，当即会同营员拿获，现在确讯另报。等情。臣因福安县地方前于乾隆十一年间有西洋人白多禄等潜住该地，招致男妇多人，建设教堂，种种不法，经前抚臣周学健等查拿具奏，大加惩创在案。乃今该地又来有西洋人，其是否即系白多禄余党，有无开堂聚众妄肆煽惑情事，必须确查严究。臣随遴委留闽委用同知李倓、原任晋江县知县方鼎前往福安县查得，西洋人潘若色等来至该地，甫经数月即被访拿，尚无开堂惑众，亦非白多禄余党，搜查亦只有随带番经、番像、素珠等项，别无违禁物件，将潘若色等三名并容留居住之黄元鼎等押解至省。臣即率同布政使钱琦、按察使孙孝愉详细究审，缘潘若色、赵叶圣多、安哆呢呵俱系大西洋人，向奉天主教，于乾隆三十一年十一月由该国前至广东澳门，同寓教堂。因闻该处会长言及从前曾有该国人在闽省福安县行教，信从者众，潘若色等闲居无事，辄思效尤，于三十四年正月间，俱改装内地服色，安哆呢呵托澳门贸易之泉州人夏若敬引路，于正月二十七日至福安县黄元鼎家，潘若色、赵叶圣多亦托澳门贸易之福州人陈戴仁引路，于二月二十一日至福安县赵泰廉家，而黄元鼎、赵泰廉各因祖父在日曾经入教，随各留住，并有林廪仔、罗若旦、黄士敬等亦因先世俱系入教之人，皆与潘若色等交接容留。潘若色等即以欲图行教相商，黄元鼎等答以历奉严禁，无处招人。旋因潘若色、安哆呢呵先后患病，与赵叶圣多尚皆逗遛福安，至六月内即被该县访拿。经臣亲加研鞫，委系图谋行教未成，尚无开堂惑众情事。但天主教久奉禁止，乃该犯等辄改装来闽，潜住地方，妄图教诱，殊属违禁。

除安哆呢呵已于解省后病故外，臣即饬将潘若色、赵叶圣多解回广东澳门，交与该夷目严加收管，毋许复出滋事；容留居住及交接往来之黄元鼎等，照违制律分别枷责发落；失于查报之乡保人等，饬拘责惩；引路之夏若敬等，获日另结。并移咨广东抚臣查照外，所有臣审明办理缘由，理合恭折奏明，伏乞皇上睿鉴。谨奏。

(朱批:)知道了。

乾隆三十四年九月二十四日

(宫中朱批奏折)

J46(202):宗教事务-教案(澳门)

5.25 湖广总督特成额奏报盘获西洋人欲往陕西私行传教缘由折

乾隆四十九年八月初九日(1784 年 9 月 23 日)

湖广总督臣特成额跪奏,为奏闻事。

窃臣因湖北襄阳、郧〔阳〕一带界近陕甘,抵任后即严饬文武选派员弁兵役设卡巡防。兹据郧阳镇右营守备舒万年禀称,七月十二日巡查水汛至白家湾,见对河小船内有人吵闹,随带弁员保甲渡河,见船内四人面貌异样,据水手云,称系西洋人往陕西传教。等语。复闻尚有通事三人,先经捕役在船盘问时,已乘间上坡,不知逃往何处。查点船上箱物,内箱一口,俱装西洋经卷,并纸画神像等物。因知县公出,随送襄阳典史党绪阚审讯,该西洋四人所吐语音俱不能通晓,现在会差兵捕踩缉逃走之通事,务获解审外,守备等见小木箱内有蔡伯多禄寄与李姓书一封,理合抄录禀报。等情到臣。

臣查书信内大略,该西洋人四名系广东罗玛当家所发往陕传教,令蔡伯多禄送至湖南湘潭暂住,另着人送樊城,直走西安,札托李姓送往之语。伏查,西洋天主教虽非别项邪教可比,但潜入内地煽诱民人传习,殊干禁令,自应将何人勾引,前往何地,如何设教,彻底究办,以息邪妄而正人心。今该西洋人一行四名之多,随带通事,来自广东,至湖南湘潭暂行停顿,复送湖北樊城,欲直走西安,其湖南之湘潭及西安省,必有私习其教之人,有无开堂惑众不法情事,均应逐细跟究。其寄信之蔡伯多禄是否现在湘潭,及李大、李二、李晚是否在樊城、襄阳地方,并逃走之通事人等,俱系应讯要犯。臣即一面飞行北南臬司,密饬地方文武跟捕务获解讯,一面饬提现获之西洋人暨箱物、经卷等项,并应讯人等来省,督同两司确审办理。至该四犯欲往西安何处,虽因语言难晓,该守备等未能即为讯得,但发送西洋人之广东人罗玛当,现有姓名,欲发往何处,罗玛当自必系知底里,即可从此跟究,不致漏网。臣查西洋人至广东,多在澳门地方登岸,罗玛当其人是否即在该地方。

臣除一面分咨陕甘督臣、西安抚臣暨广东督抚臣严密详查,咨覆办理另奏外,所有盘获西洋人暨随带天主教经像,现在提讯,分别查办缘由,理合先行由驿奏闻,并将查获蔡伯多禄壹字抄录，附呈御览，伏乞皇上睿鉴训示。谨奏。

乾隆四十九年八月二十日奉朱批：即有旨谕。钦此。

八月初九日

（军机处录副奏折）

J46(202)：宗教事务-教案(澳门)

5.26　两广总督舒常为转行广东巡抚遵旨查明罗玛当家其人事致军机处咨呈

乾隆四十九年八月二十三日(1784年10月7日)

兵部尚书、总督两广部堂舒常，为报明事。

八月二十三日，本部堂途次山东恩县地方，接兵部加封由驿六百里递到协办大学士、尚书和〔坤〕字寄内开，乾隆四十九年八月二十日奉上谕：据特成额奏，盘获西洋四人，起出书信一封，系广东罗玛当家所发往陕传教，令蔡伯多禄送至湖南湘潭暂住，另酌人送樊城，直走西安，札托李姓送往之语。西洋人进京行艺，原所不禁，即如近据舒常奏德天赐等情愿来京，已有旨令其遇便送至京城，但必须报明地方官代为具奏，始行允准。今罗玛当并未禀知督抚，辄遣人私至内地送信传教，殊干功令。著传谕舒常、孙士毅，即传该西洋人罗玛当至省，面加严饬，以汝等皆系素守礼法之人，向来有愿进京者，皆报明地方官送京，岂有私差人札致远省传教之理，殊属不合，并令自行议罪具奏。舒常、孙士毅系该省督抚，何以任罗玛当私遣多人携带经卷等项潜入内地传教，漫无觉察，著传旨申饬。各等因。钦此。遵旨寄信前来。

窃查广东省城南门外，向有十三行，西洋夷人居住，澳门内亦有西洋夷人四百二十余户居住。澳门距省仅三百余里，两处夷人姓氏，均有册档可稽，今既有罗玛当人名，自必易于查究。除将现奉上谕同抄寄原奏加封，仍用六百里由恩县递至广东巡抚，令其遵旨查办，迅速奏覆外，本部堂自粤起程，已行四十余日，一二日内即入直省，是以仍即前赴行在。

所有接奉谕旨，即由驿转行广东巡抚遵办缘由，理合咨呈贵军机处，以备查核。须至咨呈者。

右咨呈办理军机处。

乾隆四十九年八月二十三日

（军机处录副奏折）

J46(202、546)：宗教事务-教案(澳门、意大利)

5.27 广东巡抚孙士毅奏覆查审西洋人前往西安传教案情形折

乾隆四十九年九月初九日(1784年10月22日)

广东巡抚臣孙士毅跪奏，为钦奉谕旨，先行恭折奏覆事。

本年九月初七日丑刻，接督臣舒常从山东恩县地方由驿递到承准协办大学士、尚书和坤字寄，乾隆四十九年八月二十日奉上谕：据特成额奏，盘获西洋四人，起出书信一封，系广东罗玛当家所发往陕传教，令蔡伯多禄送至湖南湘潭暂住，另酌人送樊城，直走西安，札托李姓送往之语。现密饬湖北、湖南地方文武，跟捕寄信之蔡伯多禄及李大、李二、李晚暨逃走之通事人等，并飞咨广东督抚查明罗玛当其人，分咨陕甘督抚一体严密详查，咨覆办理。等语。西洋人进京行艺，原所不禁，即如近据舒常奏德天赐等情愿来京，已有旨令其遇便送至京城，但必须报明地方官代为具奏，始行允准。今罗玛当并未禀知督抚，辄遣人私至内地，送信传教，殊干功令。著传谕舒常、孙士毅，即传该西洋人罗玛当至省，面加严饬，以汝等皆系素守礼法之人，向来有愿进京者皆报明地方官送京，岂有私差人札致远省传教之理，殊属不合，并令自行议罪具奏。舒常、孙士毅系该省督抚，何以任罗玛当私遣多人携带经卷等项潜入内地传教，漫无觉察，着传旨申饬。至西洋人面貌异样，无难认识，伊等由粤赴楚，沿途地方员弁何以一无稽查，直至襄阳始行盘获。着特成额即向现获之西洋人详细审讯，伊等由粤至楚，系由何处行走，即将失察之各地方官查明参奏。所有送信之蔡伯多禄，既查系送至湖南湘潭暂住，此时自必仍在湘潭，著传谕特成额即严饬湖南各属，务将该犯拿获，并其余送信之犯暨通事人等一并缉获，彻底究办。至书内有直走西安，札托李姓送往之语，现在李姓或在西安，著福康安、毕沅即严饬各属一体缉获，并究明罗玛当所发往陕传教者，欲传与何人，即按名拿办。西洋人与回人向属一教，恐其得有逆回滋事之信，故遣人赴陕潜通信息，亦未可定，福康安、毕沅当密为留心稽查防范也。将此由六百里各传谕知之，特成额折著抄寄舒常等阅看。钦此。遵旨寄信并抄录湖广督臣特成额原折到臣。臣跪读之下，不胜惶悚。

伏查，本案先于八月十七、十八等日接准湖广督臣特成额、湖南抚臣李绶咨拿送信人蔡伯多禄，经臣查唤办理西洋人寄信事务之艾球三到案，讯出蔡伯多禄向在白衿观药铺行医，拘获白衿观供认，本年四月初旬，蔡伯多禄曾同湖广人在哆啰夷馆延请西洋人四名，另邀乐昌人谢伯多禄、高要人谢禄茂一同起身送往湖广。等语。复提讯跟随哆啰之蔡亚望，据供无异。当即一面密饬严拿蔡伯多禄并同行之谢伯多禄、谢禄茂等务获。因思，楚省谅无通晓西洋语言之人，一面选派通事委员驰送湖广督臣衙门，以便讯取夷人确供(朱批：所思是而不中用，何益)，咨回查办，于八月二十一日，由驿奏闻在案。嗣复准楚省督抚咨会湘潭县拿获向习天主教之刘绘川，供出福建人蔡鸣皋即蔡伯多禄常至湘潭，与之熟识，本年六月有广东人谢隆茂、湖北郧阳人张永信伴送西洋人到家，转送樊城刘宗选船行前往西安。等语。核之前讯白衿观供情，大略相同，惟伴送之谢隆茂、张永信姓名互异。并据广东乐昌县获解谢伯多禄即谢惠昌到省，据供先后招接雇船载送各情节，亦属相符。讯以现获夷人名姓，则称记忆不清。因提跟随哆啰之蔡亚望，令其报出，与前次办理夷人书信之艾球三等所供四人名字均属吻合。惟蔡伯多禄寄信武昌开设有源缎店之同教人李姓觅人转送西安，与湖北所讯托刘绘川转送樊城刘宗选船行之语两岐。诘其何以送至西安，据称，蔡伯多禄前过乐昌，曾告知西安秦伯多禄并焦姓，因彼处新修天主堂，要请西洋人前往住持传教，蔡伯多禄书内所称罗玛当家即现住省城夷馆之哆啰，罗玛乃西洋地名，与之管事故称当家。等语。并据署南海县知县毛圻访有新到西安人曾学孔，其父曾伟亦习天主教，常到广东，定知秦、焦二姓踪迹。传唤讯供，据称，焦姓系西安省城人，本名焦振纲，教名若望；秦伯多禄系山西绛州人，本名秦其龙，教名伯多禄；另有杜于才，系伊姑丈，现住西安城内，实有修建天主堂、延访西洋人住持传教之事，并开出秦其龙等年貌、籍贯。随传唤西洋人哆啰质讯，亦据自认不讳，但称向来从未与西安人往还，因蔡伯多禄向其延访夷人，曾说西安新修天主堂，有秦伯多禄并焦姓托其转请西洋人前往住持传教，实不知天朝禁令，只说传教是劝人行善，就与他邀了四名交他送去，实无别项为匪滋事。等语。至伴送至楚与寄信转送之人姓名虽有不符，或因案犯未经面质所供尚非真实，现准湖广督臣特成额咨提犯证赴楚质审，自不难水落石出。臣钦奉谕旨，遵即传到罗玛当家严行申饬，坚供实系蔡伯多禄托其转邀，并无与西安人交结往来之事，令其自行议罪，该夷伏地叩头，颇知畏惧。当将哆啰发交洋商潘文岩收管，俟其定议禀覆，再行恭折奏闻。

至蔡伯多禄一犯，系延请洋人由楚赴陕之人，断难容其兔脱。臣已密饬与广西、福建、湖广等省交界之各州县，于水陆地方，四面堵截密拿，谅难远飏。查该犯素与澳夷熟习(悉)，或恐闻拿紧急，潜窜澳门，此时夷人家内未便遽行搜捕，以致夷众惊疑。臣一接楚省来咨，即委员晓谕澳门该管夷目，令其查明送出，该夷等以蔡伯多禄并未到澳，无从获送为词，夷情狡猾，殊不足信。现委署臬司觉罗明善驰往该处，督同澳门同知及香山县知县严密察访，倘该犯蔡伯多禄实有在澳踪迹，即传集夷目、大班人等明白开导，谕以尔等住居澳门，每年贸易获利，仰受大皇帝覆育深仁，至优极渥，即有夷人犯法，尚应送出听候天朝按律惩治，况蔡伯多禄系内地民人，岂容尔等包庇藏匿，倘敢抗违，定即封澳严查(朱批：是)，从重办理。该夷人等凛慑天威，自必恪遵功令。臣既经失察于前，断不敢再有疏纵于后，自取重咎，一俟获送解省，并缉拿谢禄茂务获，即行讯取确供(朱批：即速送京)，解赴湖广督臣衙门归案办理(朱批：不必)。并查明经过沿途失察文武衙门，及臣与督臣舒常、两司、道府职名，一并送部严议，再行驰奏。

至哆啰虽据坚供从未与西安人交往，实系蔡伯多禄嘱其访延，但西洋人向与回人同属一教，诚如圣谕，恐其得有逆回滋事之信，遣人赴陕潜通信息，亦未可定。现又向陕省商人曾学孔讯出实有秦伯多禄、焦振纲并杜于才新修天主堂延访住持之事，俱有年貌、籍贯，尤应飞速查拿严鞫，俾无遁情。

除照开年籍飞咨陕西、甘肃、山西三省查照办理，并先将谢伯多禄并跟随哆啰之蔡亚望委员押解湖广督臣收审外，所有奉到谕旨钦遵查办缘由，合先恭折由驿奏覆，并缮谢伯多禄等供单敬呈御览，伏乞皇上睿鉴。谨奏。

（朱批：）已有旨了。①

乾隆四十九年九月初九日

（宫中朱批奏折）

J46(202、546)：宗教事务-教案(澳门、意大利)

5.28 广东巡抚孙士毅奏覆传唤哆啰及商人潘文岩传宣法令情形折

乾隆四十九年九月十三日(1784 年 10 月 26 日)

广东巡抚臣孙士毅跪奏，为钦奉谕旨，恭折奏覆事。

乾隆四十九年九月初十日酉刻，承准协办大学士和坤字寄，八月二十四日奉上谕：据李绶奏，拿获素奉天主教之刘振宇，究出窝留伴送西洋人刘绘川，又据刘绘川供出伴送人刘盛传、刘十七。并究出蔡伯多禄即蔡鸣皋系福建人，住在广东省城第五铺，其由广东送至湘潭之人，系谢隆茂、张永信二人。谢隆茂是广东人，已回广东。张永信是湖北郧阳人，现回郧阳。刘盛传已往汉口寻生意。除将现获之刘振宇、刘绘川、刘十七解赴湖北听督臣审拟，并飞咨广东、湖北督抚查拿蔡伯多禄各犯。等语。前因特成额奏拿获西洋四人，查出书信，系西洋人罗玛当家所发，业经有旨谕令孙士毅即传罗玛当家至省面加饬谕。著再传谕该抚于罗玛当家到省时，即遵前旨详细晓谕以西洋人至京行艺，原所不禁，但向来伊等进京必须报明地方官代为具奏，始行允准，岂有私自遣人潜赴各省送信传教之理，若按内地之例核办，即应问拟发遣新疆，今念尔等系西洋人，素来尚知守法，是以此次格外矜原，不加治罪，但尔等如此违禁传教，实属不合，复蒙宽宥，应如何感激，即令其自行议罪具奏。其蔡伯多禄一犯住居广东，谢隆茂亦讯明已回粤省，着孙士毅即速严拿审办，但蔡伯多禄原籍福建，或该犯此时潜回闽省，及其在闽家属有私奉天

---

① 据军机处录副奏折，朱批时间为乾隆四十九年九月二十八日。

主经教之事，亦未可定，并着富勒浑、雅德一体饬属查拿归案办理。所有张永信、刘盛传二犯，系代为送信之人，既据刘十七等供称在郧阳、汉口等处，著特成额即饬属速拿务获，勿任兔脱。至特成额前奏拿获之西洋人四名，讯取确供后，著即派妥干员弁护解来京，交军机大臣会同刑部审明办理。将此由五百里各传谕知之。钦此。遵旨寄信到臣。

伏查，本案前奉谕旨，适已拿获私送西洋人四名由粤赴楚之谢伯多禄到案，讯据供认西安人秦、焦二姓嘱托蔡伯多禄延访西洋人赴彼传教，该犯与在逃之谢禄茂代为送至湖广湘潭刘绘川家属实。并访有新到广东省城之陕西客商曾学孔，讯以彼处情形，据称，秦、焦二姓实有其人，秦名其龙，焦名振纲，另有杜于才，三人新修西安天主堂，果有欲请西洋人前往住持传教之事。臣当令开出各犯年貌、籍贯，飞咨陕甘、山西等省严密查，并将谢伯多禄及跟随罗玛当家目击西洋人改装前去之蔡亚望委员解赴湖广督臣衙门收审。其未获之蔡伯多禄，恐其窜匿澳门，饬委署臬司觉罗明善亲往查拿，如果实有在澳踪迹，传齐夷目、大班人等明白晓谕，令其交出。该署司现未回省，臣已于九月初九日将查办缘由录供，由驿奏闻在案。

窃思，西洋人来广贸易，寓居商人十三行内，该商分应稽查约束，岂容内地奸民与之交接，乃蔡伯多禄擅行出入招引(朱批：此人何尚未获)，该商等置之不见不闻，一任改装越境，咎实难辞。臣钦奉谕旨，遵即传唤商人带领哆啰即罗玛当家同至臣署，晓以天朝法令，复宣扬皇上恩德，该哆啰觳觫跪聆，叩头认罪，商人潘文岩等在旁目击，亦十分惶悚，自称防范不严，愿求一体议罪，以冀稍赎前愆。臣现在另行会折具奏。

至臣与督臣舒常身任地方一任，西洋人由粤赴楚，漫无觉察，咎无可逭，相应请旨交部严加议处。所有沿途失察暨两司道府职名，容俟查明一并严参。

仍俟获到蔡伯多禄并谢禄茂讯取确供，即委员押解归案审办，再行驰奏外，所有钦奉谕旨缘由，合先恭折由驿奏覆，伏乞皇上睿鉴。谨奏。

(朱批：)知道了。

乾隆四十九年九月十三日

(宫中朱批奏折)

J46(202、546)：宗教事务-教案(澳门、意大利)

5.29　湖广总督特成额奏报提审西洋人赴陕传教案内务犯缘由折

乾隆四十九年九月十八日(1784年11月1日)

湖广总督臣特成额跪奏，为遵旨审讯起解，恭折具奏事。

本年九月十一日，承准协办大学士、尚书和坤字寄，九月初二日奉上谕：据永安奏，拿获从习天主教之刘绘川、刘十七，当在各犯家内搜出经卷、佛像等件，并续获代为送信之刘盛传，一并解交督臣审办。等语。向来天主教并未闻有经卷、佛像等件，或系外省无识之徒私为造作，亦未可定，所有拿获之西洋四人，昨已有旨令特成额于取供后解京审办，其起出之西洋经卷及纸画墨佛等物，著一并解京呈览。至此案系交特成额办理，现在代为送信之刘盛传、刘十七二犯俱已拿获，著即解交该督究明李姓各犯下落，及西洋人往西安传教究欲传与何人之处，详细录供具奏。其未获之张永信、刘朝和各犯，并著饬属严密缉拿归案办理等因。钦此。

又于十四日承准和坤字寄，九月初七日奉上谕：前曾有旨传谕特成额，令将盘获之西洋人四名于讯取确供后，同起出之西洋经卷及纸画墨佛等物一并解京。现在案内人犯刘十七等虽据拿获，而在逃之张永信、粤省之蔡伯多禄、谢隆茂等，及供出之西安焦、秦二姓，俱未查拿到案质讯明确得其实在情节。著传谕特成额，如现在西洋四人业经解送起程，即将案内有名人犯拘提齐集，一并解京，若尚未起解，暂留该省，候人犯拿获齐全，审讯明确后再行解京，不必拘泥前旨将西洋人先行押解，以致案内情节转不能水落石出也。至焦、秦二姓，现据特成额奏已密咨陕西抚臣跟访查拿，该犯等曾否拿获，著传谕毕沅即密饬所属查拿务获，并讯以汝等如果安分习教，尚在可原，何得招致西洋人往来内地私传经教。务得确供具奏，再行解往楚省归案办理，勿致要犯得以兔脱。等因。钦此。俱遵旨寄信到臣。

伏查，西洋四人，臣前因屡次审讯语音难辨，致拿到之接引、伴送各犯刘绘川等供情闪烁，无凭证实，当飞咨广东选送通事来楚质讯，嗣奉谕旨将西洋人讯供后解京，臣因楚粤路遥，恐通事送到需时，未敢延误，随派员先将西洋人四名解京，恭折奏明在案。本月初九日，正在起解间，适广东抚臣已先派通事柯成、陈大佑二名咨送到楚，湖南抚臣亦将李大、李二、李晚同经像咨解前来。臣查阅广东来咨，西洋人系本年四月内有湖广两人到彼延请，即与刘绘川等前供六月内广东人谢隆茂、郧阳人张永信送到湘潭之情节不符，且武陵距粤较湘潭遥远。李大等又供张永信于五月内先至武陵，更属互异，正须质讯，今通事既到，自可澈底研究，并跟讯各逸犯下落迅速拿办。臣未敢拘泥前奏(朱批：好)，随饬将西洋人暂行截留，正在率同司道等连日体讯。复接奉谕旨，命臣将西洋人暂留，候人犯拿获齐全，审讯明确后再行解京，仰见睿照靡遗，训示周详之至意。

兹臣提集现到各犯，令通事询问西洋人，据通事柯成、陈大佑回禀，伊等止能通西洋语言，现获之四人系噫吋喇哑唦国人，向在哆啰馆派用通事，伊等不能通达。查所获夷人内，惟吧哋哩呋一人言语，每十数句内尚晓西洋言语三四句，其余三人皆不通晓。臣复令通事反覆细心体讯，据称，吧哋哩呋等记不得年月，从噫吋喇哑唦国起身至目下约有两年，进墺门至广东省，今年四月在广东下船，由湘潭至樊城，欲往陕西传教数语尚属明晰，余语彼此皆不能通晓。臣因该夷人四名究系湖广何人赴粤勾引，在途接应、伴送实系几人，欲往陕西传教与何人，向刘绘川等严究，狡不实吐。因将各犯令夷人等指认，据指出系刘绘川、刘盛传两人赴粤接至湘潭，刘盛传、刘十七由湘潭伴送樊城。复提各犯研鞫，始据供，今年三月十三日，蔡伯多禄即蔡鸣皋令张永信到刘绘川家，告知广东现有西洋四人，欲往陕西传教，因刘绘川系同教，邀往伴送，许给银十两，刘盛传亦在彼听知自愿同行。刘绘川、刘盛传、张永信三人，雇龙国珍父子船二只、刘盛瑞船一只，当给龙国珍银四十两、刘盛瑞银二十两，先后开行到粤。蔡伯多禄同谢隆茂将该夷人四名送至船上，蔡伯多禄因不能同行，令谢隆茂、张永信伴送，并说知有西安焦姓、秦姓现在樊城等候，可以由彼起旱直走西安。又恐焦、秦二姓不在樊城，蔡伯多禄给与书信一封，令张永信前赴武陵县找寻李大、李二，转令李晚伴送西安。即由粤坐船，于五月行抵衡州，遇风守候。张永信先从陆路由湘潭至武陵，寻见李大、李二，因张永信未将蔡鸣皋书信带交，李大弟兄不肯令李晚伴送，张永信回转湘潭，值夷人船只已到，因谢隆茂先回广东，刘绘川染病，倩伊族叔刘十七同刘盛传送往樊城，归并乘坐龙国珍船只，加给船价钱十五千文。六月十六日自湘潭开行，七月初七日行抵襄阳之石灰窑，张永信同船户龙国珍先到樊城船行刘宗选家探听陕西焦、秦二姓踪迹，刘宗选答以陕西客人秦姓今年三月到樊城发卖药材，旋已回陕，并无焦姓到来。张永信恐焦、秦二姓或在前途等候，随邀刘宗选到船商量过载，因夷人已睡，次早刘宗选先回，约至樊城再议。初十日船抵樊城，夷人不愿换载，仍坐原船前进。张永信给刘十七、刘盛传各银四两二钱，先回湘潭。该夷人等于十一日开行，舾船至白家湾被获，张永信乘间逃走。等情。臣以陕西秦姓既到樊城，自必知其名号住址，复向刘宗选严诘，据称，止见秦姓货箱上贴有信德字样纸条，实不知名号住址。等语。此现审各犯供吐大概情词也。至先后搜解到各经卷字迹，臣督饬司道并选派知县何光晟、曾应锜等逐加查看，虽俱系称说天主教内词语，尚无违碍不法，但荒诞谬妄，殊干禁令。据刘绘川、刘盛传、刘十七、李大、刘宗选佥称收藏经卷系祖人遗留，不知何人造作。刘振宇之斋单系刘盛传自广东带给，惟李大家墨像、画像共四轴，称系伊祖托四川峨眉山苏怀德在广东买来。又龙国珍经卷二本，称系乾隆四十三年父龙成友驾船在四川揽载广东人胡姓，在船给与。并据李大供出，有沅江县船户刘开寅、刘开逵、刘开迪时常载送蔡伯多禄，并先据沅江县禀报，已在刘开寅家起获天主教经字，该三犯俱驾船外出，现在查拿。又在逃之张永信遗存经卷箱内，查有刷印纸单一张，上刊"通功炼灵"字样，下载系"四川成都县人黄熉上年因父故祈求教友为伊脱免炼刑"等词语，亦属荒谬不经。另有草单，开写龙若瑟等九人名目，下注钱文数目，似另有从习天主教之事。臣已飞行湖南臬司，在于船户龙国珍湘乡县家内搜查有无经像，并拘讯其父龙成友是否入教，据实详办。并饬两省文武查拿沅江船户刘开寅等，一面飞咨四川、广东密缉苏怀德、胡姓、黄熉及其单内有名人犯，并勒缉逸犯张永信务获，分别解办，以净根株。其陕西接引夷人之焦、秦二姓，现既无踪，该夷人往陕传教究欲传与何人，并成都之黄熉等是否同类知情，复向刘绘川等再三严诘，坚称不知，无从供指，再令通事诘问夷人，语亦相同。是蔡伯多禄、谢隆茂、张永信等均系应质要犯，虽经分别咨拿，尚未就获，未能即行究出往陕传教情由，若再咨广东另取哆啰、通事来楚向夷人追究，往返路遥，恐紧要案情转致悬宕。臣与司道再四斟酌,未便拘泥再留待质。

除仍派原委同知潘元会、守备杨逢凯,将夷人四名并案犯刘绘川等十名于二十日起程解赴刑部投收,经像等项解送军机处呈进外,理合恭折由驿驰奏,并将通案已未获犯名及各犯经像名目件分缮清单,同查获成都黄煩单纸,一并随折先行附呈御览。

再,该夷人由粤来楚,今经讯明,系自广西一带河路,历湖南永州、衡州至湘潭赴襄阳,所有北南两省失察文武员弁职名,现在通行查取,容即另折参奏。合并陈明。谨奏。

(朱批:)已有旨了。

乾隆四十九年九月十八日

(宫中朱批奏折)

J46(202、546):宗教事务-教案(澳门、意大利)

5.30 广东巡抚孙士毅奏覆遵旨将西洋人赴陕传教案应质犯证解京情形折

乾隆四十九年九月三十日(1784年11月12日)

广东巡抚臣孙士毅跪奏,为钦奉谕旨,遵将应质犯证解京,恭折奏覆事。

窃臣于九月二十八日承准协办大学士、尚书和坤字寄,乾隆四十九年九月十三日奉上谕:据特成额奏,将拿获西洋人四名并起出经像等项派员解京;现提同窝留接引之刘绘川等悉心研鞫,俟西洋人解抵邢(刑)部,讯取供词知照,到日再行质审。等语。昨因恐特成额拘泥前旨,止将西洋人先行押解,以致案内情节不能水落石出,已有旨传谕该督,如西洋人业经解送起程,即将案内有名人犯一并解京,该督自因未接奉此旨,是以仍将刘绘川等留楚审讯。著再传谕特成额,即遵续降谕旨,将案内已获各犯派委妥干员弁迅速解京审办,其未获之张永信暨在逃通事各犯,亦饬属严缉务获,解京归案办理,总在该省何迟而未获,足见外省诸事懈弛。其另片奏称,访有刘喜等诈去西洋人元丝银三十三锭,现在另行究办。等语。如刘喜等不过假冒兵役诈取财物,即着该督严审定拟,若此内有关系西洋人传教通信紧要情节,即将应讯犯证解京质审。至蔡伯多禄、谢隆茂二犯,讯系居住广东,前已有旨令孙士毅按名速拿,此时想早经拿获,并着传谕该抚亦即委员解京,不必又解赴楚省审讯,致有担(耽)延。并将该省诚实通晓西洋语音之通事选派一二人,一并送京,以凭讯供。舒常自京回粤,若路遇该犯等,即可告知委员,令其径解刑部,毋庸解往楚省也。将此由五百里各传谕知之。钦此。遵旨寄信到臣。

伏查，本案先准楚省咨拿蔡伯多禄，臣即于省城查出办理西洋人寄信事务之艾球三，供出该犯蔡伯多禄向在白衿观药铺行医。又据白衿观同弟白国观供明，本年四月间蔡伯多禄曾同湖广人在哆啰馆内延有西洋人四名，邀同谢伯多禄、谢禄茂一同起身。等语。经臣一面严拿，一面选派通事二名即日送赴湖广传供，于八月二十一日由驿奏闻，嗣于九月初七日钦奉谕旨，并钞录湖广督臣原折寄臣阅看。适臣饬拿私送洋人赴楚之谢伯多禄，业经缉获到省，据供出蔡伯多禄系因西安秦、焦二姓嘱其转延，提讯跟随哆啰之蔡亚望，亦供目击西洋人改装同往，复查有新到西安人曾学孔，其父曾伟亦习天主教，定知秦、焦二姓踪迹，传唤讯供，据称实有修建天主堂延访西洋人传教之事，并将秦其龙、焦振纲、杜于才等姓名、年貌、籍贯开出，当经分咨陕西、甘肃、山西各省一体查拿，即将谢伯多禄同蔡亚望先解湖广督臣衙门收审。臣访闻该犯蔡伯多禄平时来往澳门，与西洋人最为熟习(悉)，诚恐潜窜澳地，饬委署臬司觉罗明善驰往该处督属密查，并传集头目人等明白开导，谕令送出，如敢包庇藏匿，定即封澳搜查，仍严缉同行之谢禄茂，克期务获。于九月初九日先行由驿奏覆，亦在案。旋据署臬司明善回省面禀，传集该头目人等严切晓谕，坚称伊等仰受天朝抚恤无异内地民人，何敢容留奉拿匪犯，情形甚属悚惧，似非有意抗违。臣究未深信，适有谙晓天文自愿进京效力之西洋人汤士选自澳来省，闻伊在该国颇有体面，现在粤省之西洋人见伊俱极信服，臣即传汤士选面询，据称在澳时闻有查拿蔡伯多禄一事，曾经查问头目人等，俱说并无藏匿，今蒙传问，情愿再写信到澳，令其据实回覆。后据接到头目人等回书，蔡伯多禄实在并未到澳，现在日夜留心查访，如有在澳，不论何人屋内，我们立即前去擒拿解出。等语。其言似属可信。查汤士选进京效力，臣已于九月十六日专折具奏，委员伴送起程，其人到京，若令向自楚送京之西洋人四名面询来去踪迹，当可得传教通信实在情形。臣思，楚省现获之西洋人，既奉谕旨押解进京查讯，则艾球三、白衿观等必须到案质证，而续经查出之曾学孔，据供秦其龙等修建天主堂事甚确凿，现又讯出曾学孔制备货物，自西安来粤，伊父曾伟原与同行，至乐昌县境内得知谢伯多禄被拿，伊父害怕，当即潜回原籍。臣思，伊父曾伟如与本案无涉，何至闻信害怕逃回原籍，其为与秦其龙等一同延请西洋人传教暗中通信，不问可知，伊子曾学孔既经知情，供吐亦系案中紧要之人，自应一并解京候讯。正在遴员起解，缮折覆奏间，九月二十九日由驿递回臣初次准咨查办一折，奉朱批：已有旨了。钦此。并奉上谕：如该犯等闻拿潜回广东及福建原籍，并著富勒浑、孙士毅等饬属一体慎密查拿，以期速获。其现获之艾球三、白衿观等及起出经卷、画像各项，著孙士毅委员先行解京。又据奏，选派谙练通事二名，委员解赴湖广，西洋人暨案内各犯既已解京审讯，楚省现无需用通事之处，著传谕特成额即将送到之通事二人转送来京，粤省不必另行选派也。等因。钦此。臣遵将艾球三、白衿观并曾学孔三犯录取各供，同起出经卷、画像，饬委巡检高士桪、千总李文振小心管押，即于九月三十日起行，兼程解赴刑部投收，听候严讯。其白衿观之弟白国观，虽亦知情，但现有蔡伯多禄及谢禄茂未获，暂留粤东以作眼目，仍俟获到蔡伯多禄等再行一并解京。至楚省现奉谕旨严拿该二犯，未必尚敢逗遛在彼，自必潜回广东及福建原籍，臣现于水陆要隘分派干员，并严饬地方官购线悬赏，不分疆域，慎密踩缉，毋使远飏。臣断不敢再有纵漏，自取罪愆。

所有钦奉谕旨及现在查办情形，并委员押解犯证起程日期，理合一并由驿先行奏覆，伏乞皇上睿鉴。

再，应解通事，现奉传谕，即将前此解送湖广二人由楚解京，是以遵旨不再选派。合并声明。谨奏。

(朱批：)已有旨了。①

乾隆四十九年九月三十日

(宫中朱批奏折)

J46(202、546)：宗教事务-教案(澳门、意大利)

5.31 广东巡抚孙士毅奏覆仍饬澳门等地缉拿案犯蔡伯多禄等情折

乾隆四十九年十月十九日(1784年12月1日)

广东巡抚臣孙士毅跪奏，为钦奉谕旨，恭折奏覆事。

窃臣于本年十月十一日承准协办大学士、尚书和坤字寄，乾隆四十九年九月二十八日奉上谕：粤省现获之谢伯多禄及曾学孔二犯，着再传谕孙士毅即遵前旨迅速委员解京，不必转解楚省，以致担(耽)延。至蔡伯多禄系延请西洋人由楚赴陕之人，为此案要犯，该犯素与夷人熟识，见缉拿紧急，自必仍逃往广东一带，或在澳门藏匿，着传谕孙士毅即饬属严密踩缉，并晓谕该夷人等，如该犯现在澳门，当据实呈首，倘敢包庇抗违，即封澳严查，务将该犯及谢禄茂上紧缉获，解京审办。至孙士毅因楚省无通晓西洋语言之人，选派通事驰赴湖广讯供，所思虽是，但楚省所获吧哋哩哄等系何国之人，该抚自当询明再选派通事，何得遽行派往，以致言语不通，无从讯供，仍无益于事。着传谕该抚，即遵前旨选择通晓噫吖喇哑呶国语之通事一二人迅速送京，以备质讯。其焦、秦二姓，据特成额奏，接到陕西抚臣密咨，该犯已于八月二十六日自商州龙驹寨下船前赴广东。等语。着传谕特成额、孙士毅，即飞饬沿途地方官，多拨兵役于各该处严密堵截查拿，勿任闻风窜逸。至哆啰玛当家业经孙士毅发交洋商潘文岩收管，该夷人现在如何畏

① 据军机处录副奏折，朱批时间为乾隆四十九年十月十九日。

惧感激，自行议罪之处，并著孙士毅据实覆奏。钦此。遵旨寄信到臣。

伏查，本案先于九月初十日奉旨传谕哆啰，该洋人感激畏惧，无地自容。其谢伯多禄、蔡亚望，先经委员解楚，艾球三、白衿观、曾学孔，亦于九月三十日押解进京，至原派通事二名，不能尽晓噫吁喇哑呶国语言，臣于未奉谕旨之前接准湖广督臣来咨，业已另派诚实谙练通事二名，委员赶送前途，交押解艾球三等之委员一并押送进京，均经节次奏闻在案。兹复钦奉谕旨，正在缮折覆奏间，十月十五日由驿递回臣于九月十三日驰奏各折内，代奏洋商自愿认罚一件，奉朱批：有旨谕部。钦此。同日又奉上谕：据孙士毅等奏，洋商潘文岩等不能防范哆啰，任由蔡伯多禄来往勾通，情愿罚银十二万两。等语。已准其认罚，并令将此项银两解交河南漫工充用矣。但罗玛当家听信内地民人，遣洋人前往，殊干例禁，前因其究系微末洋人，不加治罪，今既不令议罚，所有番舶往来书信，自不应仍令管理。等因。钦此。除遵旨将罗玛当家革退管理洋人书信之事，发交澳门遣回本国，由该国惩处发落。并详加晓谕，哆啰身在内地，不遵守天朝法度，暗遣洋人四名前赴西安传教，按律办理本应发遣新疆，业经据实奏闻，现奉大皇帝谕旨，该国贸易以来，尚无过失，此次姑从宽免究，将哆啰发还尔国，听尔国惩处。此系大皇帝格外恩施，尔国自应倍加感激，嗣后务须约束尔国臣民，如来内地贸易，一一恪守天朝法度，毋许再有滋事。并严谕澳门头目人等，闽人蔡伯多禄、粤人谢禄茂二犯，如潜窜澳门，著即立时献出，倘敢包庇藏匿，当即封澳搜查，从严办理。想该夷人怀德畏威，自必凛遵晓谕，不敢包藏。臣仍督率属员四路严行踩缉，断不敢稍有纵漏，致令远飏（朱批：至今未获，岂非远飏）。

所有钦奉谕旨缘由，臣谨由驿奏覆，伏乞皇上睿鉴。谨奏。

（朱批：）览。

乾隆四十九年十月十九日

（宫中朱批奏折）

J46(202、546、551)：教案（澳门、意大利、西班牙）

5.32　湖广总督特成额奏报续获西洋人赴陕传教案内要犯就近提讯派员解部情形折

乾隆四十九年十月二十八日（1784 年 12 月 10 日）

湖广总督臣特成额跪奏，为续获要犯，就近提讯，派员解部，恭折奏闻事。

窃照西洋夷人案内在逃之蔡伯多禄，前据李大即李馨远供，有沅江县船户刘开寅弟兄三人曾经载送之语，当将刘开寅、刘开逵先行缉拿，并于其家起出十字架、经卷等项，经臣派员解部奏明在案。但刘开寅、刘开逵坚供并不认识蔡伯多禄，惟伊弟刘开迪在广东住过多年，晓得洋语，能写洋字，现在不知去向，藉此以为推诿。又据焦振纲、秦禄供称，刘必约曾寄洋字书信与刘五即刘开迪，是往来勾引夷人，断无不与闻之理，且拘到该犯则蔡伯多禄即可从此跟究踪迹，以期早获。臣屡奉谕旨饬将未获各犯认真查拿，节次谆切晓谕所属，务各凛遵圣训，上紧协拿，不得视为海捕具文，致令兔脱。

兹于本月二十七日行抵宜昌，正在较阅营伍，旋据荆宜施道陈大文禀报，据巴东县知县罗板、署归州知州姚任道访有巴东细沙河居民王绍祖、蔡士胜私习天主教，并有刘开迪在王绍祖家借住，现已一并获解。等情前来。臣查该犯刘开迪为案内知情勾引夷人要犯，自应即在宜昌就近录供，以便速行起解。随派员提到各犯，率同荆宜施道陈大文逐加研究。据刘开迪供称，小的是沅江县人，刘开寅、刘开逵俱是胞兄，由祖父相传下来俱习天主教，小的从十五岁就往广东生理，来往澳门，还到过西洋吕宋国，所以会说西洋话，能写西洋字，就是家里起出的十字架、洋汉字经本，都是吕宋国买来。臣询其蔡伯多禄踪迹，据称，蔡伯多禄名叫蔡如祥，是福建人，与他哥子蔡九思在细沙河买田住家，小的因他们与父亲相好，在前于四十六年到他家内认识，随后蔡九思在广东身故，蔡如祥亦于四十八年带了雇工人张大朝即张沙勿回转福建，不晓怎样，今年春间，蔡伯多禄又在广东托秦伯多禄带信交与小的，要雇船到广东延请西洋人赴陕传教的话，小的就到湘潭同周正雇了龙国珍父子船只，又写信交龙国珍带至广东转交蔡伯多禄，小的就回沅江去了。等语。臣因陕西刘必约托秦禄曾寄洋字书信，恐该犯先在陕西有商同延请夷人传教情事，复加严诘。又据供称，这刘必约本不认识，因他外甥尹马尔定也在广东生理，彼此相熟，说起刘必约是四川人，在陕西住家，与杜兴智即杜胡子都是同习天主教人，就慕名与他书札，来往都写洋字是实。如今查起刘必约寄与小的洋字一信，没有看见。至汉字内收付银两字约一纸，想是枝江县同教人已故赵正国借过刘必约银五十八两，嘱他侄子赵能寄还刘必约银两，托小的交与素识之秦伯多禄，带回陕西交给，也未可定。小的在八月间周正寄信通知西洋人在樊城被获，又湘潭县将刘绘川们一并拿去，小的害怕，才到细沙河王绍祖家告知情由，即在他家藏匿，那张沙勿自去年见面后，今年实未见遇，不敢谎供。又据王绍祖供称，小的江陵县人，搬在巴东县细沙河种田度日。乾隆四十四年，公安县已故运丁蔡文安叫小的传习天主教，与蔡如祥弟兄一同相好，现在起获刊经三本、画像七片是蔡如祥给的，抄经一本是蔡文安给的。今年九月内，记不清日子，刘开迪到来，告知西洋人被获，他恐怕连累，要在小的家中躲避就住下了，别的事实不知道。又据蔡士胜供称，小的公安县人，在巴东县细沙河住家已久，祖父就习天主教，相传下来。去年，蔡如祥将田地卖与小的搬回福建，小的与他同姓不〔同〕宗，也不晓得他今年又在广东接引夷人的事。各等供。据此，臣当令该犯刘开迪译说洋语，试写洋字，果能明晓。

伏查，此案人犯俱已陆续到部，今续获刘开迪等，所供各情节实为紧要关键。至王昭祖、蔡士胜亦系案内知情应质之犯，必须一并迅速解京，听候部臣提同质对。若由武昌一带解往，道路转致纡回，应由荆州、襄阳驿路前进较为便捷，即于二十八日派委署宜昌府经历张力勤、宜昌镇左营千总何文俊小心管押，并飞饬前途催趱赴部，归案讯结。其未获之蔡伯多禄、张永信即张沙勿，并现在供出各犯，随飞咨广东、福建、陕西、四川等省一体查缉，仍饬南北两省各地方官上紧访拿。臣一面拜折，即行起程驰赴襄阳一路阅兵，就便再行面论文武各官，务期获解，不使一名漏网。

除将王绍祖家起获画像七片、抄经一本、刻经三本咨送军机处进呈外，所有续获要犯讯供、起解缘由，谨由驿驰奏，伏乞皇上睿鉴，敕部查照施行。谨奏。

（朱批：）该部知道。

乾隆四十九年十月二十八日

（宫中朱批奏折）

J46(546)：宗教事务-教案(意大利)

5.33　直隶总督刘峨奏覆遵旨檄饬地方官严拿传习天主教各犯折

乾隆四十九年十一月十三日(1784 年 12 月 24 日)

直隶总督臣刘峨跪奏，为遵旨严密查拿究审，恭折覆奏事。

本年十一月十二日，承准协办大学士、尚书和坤字寄，乾隆四十九年十一月十一日奉上谕：据毕沅奏，渭南县属油河川等处徐宗福、韩奉材家搜获西洋人呢吗方济各即范主教及马诺二名，并起获洋字经本、画像、书信等件。当加研讯，其呢吗方济各系大西洋噫打哩哑咽人，在陕二十三年，从前有内地人苏神甫勾引由洋至广，复由广至山西、陕西传教；其马诺一名，系墺门人，自幼往西洋学习经典，仍回广东，有陕西渭南人张多明我接到西安居住，后来又在渭南县杜兴智等家内居住。并讯据供出，该省汉中府、山西洪洞县、潞安府、大同府及山东、湖广、直隶等省俱有学习天主教及西洋人在彼传教。本年罗玛当家寄信内言及现派十人分往山陕、湖广、山东、直隶等省，现在分别解京，并分咨各省缉拿。等语。西洋天主教于雍正年间即奉严禁，不许内地人传习，乃呢吗方济各等，初则为内地人勾引至广，继则纷纷潜至各省居住传教，时阅二十余年，地则连及数省，各该地方官何竟毫无知觉，且西洋人面貌、语言与内地人迥别，即该犯等形踪诡秘，止与同教人往来，而地方有此形迹可疑之人，自当即时访察严拿，不使乡愚互相煽惑。现在陕省已将呢吗方济各、马诺及延请该犯等在家居住之徐宗福等拿获，著毕沅讯供明确后，即遴委妥员将各犯迅速解京归案审办，其讯出未获之刘西满等各犯，著一并严拿办理。至山东、山西、湖广、直隶各省，据供俱有西洋及内地人辗转传教，最为人心风俗之害，著传谕刘峨、农起、明兴、特成额、陆耀一体严密查拿，将紧要之犯迅速解京，无使该犯等得以闻风远飏，致稽弋获。如各省经此次查办之后，复有勾引西洋人及私自传习邪教之案，则是该督抚查办不力，漫不留心，将来别经发觉，惟该督抚是问。将此传谕毕沅及刘峨等知之。毕沅折并抄寄阅看。钦此。遵旨寄信，并抄奏到臣。随检查奏片内开，本年新派西洋神甫十人内，分往直隶二人，一名汉色勒木，一名阿头大多。又有老刘必约、杨义格拉、乌黑必约三人，曾赴直隶传教等语。

伏思，西洋人语言面貌，诚如圣谕，与内地迥别，地方各官如果留心查拿，自不难于缉获。臣已檄行按察使暨各道府厅州，遴委妥干员役，并咨会提臣派拨弁兵，无论通衢村店、城乡庙宇，一体严密缉拿西洋人汉色勒木、阿头大多及案内有名各犯，务获解京审办。并凛遵圣训通饬各属，如此次查办之后，复有西洋人勾引传教者，定行严参治罪。

再，臣前准广东抚臣孙士毅咨缉蔡伯多禄案内逸犯。因思，近京各属从前曾有供奉天主教者，虽屡次严禁，诚恐阳奉阴违，并有与西洋人往来勾引情事，当即谆嘱各属严密访查。现据东安县访有民人王天德并子王瑞寄居，民人高国定、高国宗、高士亮，永清县访有民人刘三、住旗、马行舟、马新舟、安向达、安清良等，均因父祖在日曾经供奉天主教，起获图像、经卷、十字架、经幡等项。并据固安县民人韩世端首报，伊故父韩宾曾奉天主教，将经卷一并呈缴前来。臣现将各犯提集赴省，檄饬藩臬两司率同委员研讯，虽据坚供并无与西洋人往来，但经卷、图像传自何人，老刘必约等三人既在直隶传教，是否即系该犯等教主，汉色勒木、阿头大多究系何人接引，必需严加讯究，如有传教接引情弊，即将一干人等一并解部，归案审办。

所有臣现在查拿究审缘由，合先缮折恭奏，伏祈皇上睿鉴。谨奏。

(朱批：)已有旨了。

乾隆四十九年十一月十三日

(宫中朱批奏折)

J46(202、546)：宗教事务-教案(澳门、意大利)

5.34 山东巡抚明兴奏覆遵旨通饬各属密行访拿西洋传教各犯折

乾隆四十九年十一月十七日(1784年12月28日)

山东巡抚臣明兴跪奏，为覆奏事。

本月十五日，臣于开河途次，承准协办大学士、尚书和坤字寄内开，乾隆四十九年十一月十一日奉上谕：据毕沅奏，渭南县属油河川等处徐宗福、韩奉材家搜获西洋人呢吗方济各即范主教及马诺二名，并起获洋字经本、画像、书信等件。当加研究，其呢吗方济各系西洋噫吖哩哑咽人，在陕二十三年，从前有内地人苏神甫勾引由洋至广，复由广至山西、陕西传教。其马诺一名，系嶴门人，自幼往西洋学习经典，仍回广东，有陕西渭南人张多明我接到西安居住，后来又在渭南县杜兴智等家内居住。并讯据供出，该省汉中府、山西洪洞县、潞安府、大同府及山东、湖广、直隶等省俱有学习天主教及西洋人在彼传教。本年，罗吗当家寄信内言及现派十人分往山陕、湖广、山东、直隶等省。现在分别解京，并分咨各省缉拿。等语。西洋天主教于雍正年间即奉严禁，不许内地人传习，乃呢吗方济各等初则为内地人勾引至广，继则纷纷潜至各省居住传教，时阅二十余年，地则连及数省，各该地方官何竟毫无知觉，且西洋人面貌、语言与内地人迥别，即该犯等形踪诡秘，止与同教人往来，而地方有此形踪可疑之人，自当即时访察严拿，不使乡愚互相煽惑。现在陕西已将呢吗方济各、马诺及延请该犯等在家居住之徐宗福等拿获，著毕沅讯供明确后，即遴委妥员，将各犯迅速解京归案审办。其讯出未获之刘西满等各犯，著一并严拿办理。至山西、山东、湖广、直隶各省，据供俱有西洋及内地人辗转传教，最为人心风俗之害，著刘峨、农起、明兴、特成额、陆耀一体严密查拿，将紧要之犯迅速解京，毋使该犯等得以闻风速飏，致稽弋获。如各省经此次查办之后，复有勾引西洋人及私自传习邪教之案，则是该督抚查办不力，漫不留心，将来别经发觉，惟该督抚是问。将此传谕毕沅及刘峨等知之。毕沅折并著抄寄阅看。钦此。遵旨寄信。并抄录西安抚臣毕沅原奏前来。

臣查，内地人传习西洋天主教久奉严禁，乃各省不特有传奉天主教之人，且俱有西洋人潜藏传教，煽惑乡愚，最为风俗人心之害。既据陕西审出呢吗方济各等各供称，山东现有西洋梅神甫(朱批：此人获否，速奏来)潜居传教，谅为时已久，其窝留及传习之人必多，自应逐一严拿究办，以绝根株。此等西洋人面貌既殊，语言亦异，诚如圣谕，与内地人迥别，即该犯等形踪诡秘，止与同教往来，地方有此形踪可疑之人，自当即时严拿。臣等身任地方，不能先事访察，愧赧实深。兹钦奉谕旨，臣已通饬各府督率各州县密行访查，此等人犯虽窝藏谨密，邻里乡党岂遂绝无见闻，并明白晓谕，令各乡保地邻人等知有藏匿此等之人，即及早举首，免其治罪。如有明知匿不举发者，查出即与窝藏同科。至今年新来之西洋人格雷西洋诺、阿多星阿二人，自即系梅神甫勾引。其曾否到东，拿获梅神甫即可根究。

臣仍饬沿途各地方官遍加物色，如有此等西洋人到境，即行查拿，毋许稍有疏纵，一俟拿获，严究窝留传习及引线之人，即将紧要之犯解京归案审办外，所有钦奉谕旨，现在查办缘由，理合先行覆奏，伏乞皇上睿鉴。谨奏。

乾隆四十九年十一月二十日奉朱批：实力妥为之，毋为海捕具文。钦此。

十一月十七日

（军机处录副奏折）

J46(202)：宗教事务-教案(澳门)

5.35 两广总督舒常奏报严饬文武各属上紧缉拿蔡伯多禄谢禄茂二人片

乾隆四十九年十二月初七日(1785 年 1 月 17 日)※

臣舒常跪奏，查楚省盘获西洋人案内，代延引送之闽人蔡伯多禄、粤人谢禄茂属要犯，尚未弋获，经抚臣孙士毅屡次严饬文武各属上紧办理，并悬重赏缉拿。兹臣回任后，又严饬各属文武悬赏严缉，并派委能干营弁改装易服，分赴洋行、澳门及人烟稠密、荒僻山林处所，上紧踩缉。倘有疏漏，将来获犯，究出曾于何处潜匿，何处经行，定将该地方官严参治罪。臣仍不时檄催访查，断不使远飏兔脱，理合附片奏闻。谨奏。

（朱批：）实力为之。蔡伯多禄今获否？

（宫中朱批奏折）

J46(546)：宗教事务-教案(意大利)

5.36 两广总督舒常等奏报将西洋人哆啰解往京城以备质审折

乾隆四十九年十二月初九日(1785 年 1 月 19 日)

两广总督臣舒常、广东巡抚臣孙士毅跪奏，为洋人哆啰应行解京质讯，恭折奏闻事。

窃照楚省盘获西洋人四名，系在粤管理书信之哆啰派令前赴传教，是该哆啰本系此案应质要犯，前因番舶盛集，该哆啰有经手往来书信事件，是以未即解京。昨臣舒常、臣孙士毅先后奉到本年十一月十一日谕旨：据陕西抚臣毕沅奏称，查有呢吗方济各在渭南潜住，据供有西洋十人往直隶、山西各省传教。臣等查此等洋人私赴各省，均系该哆啰派令前往。臣孙士毅由途次驰回本任，会同臣舒常督率在省司道，提取该哆啰到案研讯，并接到特成额、毕沅来咨，开有赴各省传教十人名字，即向哆啰反覆究诘。据供，我于乾隆四十七年二月内接管钦天监往来书信，四十八年三月内，有西洋二人，一名吧哋哩哑嘜、一名吧哩叽哩哋来对我说，有山东李姓教名吧哆啰吗要引他二人往山东传教，在我楼上住了一夜去的。九月内，又有西洋二人，一名吧哋哩咈唎哋要往湖广去传教，一名吧哋哩呋哂要往四川去传教，都在我楼上住了一日。也是那姓李的山东人引去的。十二月内，又有西洋人咈囒嘶啑噶来说，有江西人姜保禄要接他往江西传教，在我楼上住了两日去的。本年四月内，有福建人蔡伯多禄、广东人谢伯多禄、谢禄茂同了两个湖广人来请西洋人往陕西传教，当即邀了四个人，一名吧哋哩咉、一名吧哋哩嗷嗻、一名吧哋哩嚅啑、一名吧哋哩咉咊哋啑哕同去的。我从本国来到天朝办理书信，三年内往各省传教止有九人，此外不得知道是实。臣等诘以今年吧哋哩咉等四人前往西安，有蔡伯多禄等多人一同引去，何以上年西洋五人赴山东、湖广、四川、江西等省传教，止有李姓及姜保禄二人引去，明系尔将勾引同去之人隐匿不肯实供，加以刑吓。据供，去年到我楼上实在止有李姓、姜保禄二人，其余的人想来俱在船内等候，我实在不曾会面，今蒙如此严讯，我已将传教之西洋人一一供出，岂肯将同去之人代为隐瞒呢。等供。臣等再诘以现在西安之呢吗方济各等，供出西洋人往各省传教共有十人，尔如何止供九人，且名字俱不相符，是何缘故。据供，我西洋人取名原是一句洋话，那呢吗方济各等供的名字都不是洋话，或系传供之人土音讹错，止有他所供往直隶去的二人，一名汉色勒木与今年送京的颜诗莫原名安色么音语相似，一名阿头大多与今年送京的德天赐原名阿流牓多音语相似，二人现在京内，可以查问的。臣等复诘以尔国有情愿进京效力之人，大皇帝俱加恩允准，何以尔私下派出多人往各省传教，是何意见。又呢吗方济各等供称，西洋来至内地传教本系十一人，内有一人与澳门教友不合，是以回去等语。其人是否回至西洋，抑尚在内地，据实供来。据供，我在此管理书信，原不该叫人往各处传教，因西洋教首吧叭打发人来传教，都在我处来往，我西洋人以传教为行善，且在天朝传教，我西洋人越觉体面，这是有的，并无别的意见。但我不曾禀明具奏大皇帝，是我的罪，求开恩。至呢吗方济各等所称十一人内有一人与澳门教友不合回至西洋，我并不知其事，止晓得西洋人吧哋哩嗨啞上年九月内因年老从山东来到广东，随即回西洋去了，他于何年往山东传教，我实在不知道。等供。

臣等伏思，该哆啰在省城管理书信，理应安分遵守内地法度，乃节次遣人赴各处传教，实属大干功令，虽据将自上年以来派去传教九人供出，但与陕省来咨人数不符，名字亦属互异，其中恐尚有不实不尽，且据呢吗方济各等供称，与罗玛当家常有书信往来，而该哆啰坚称与呢吗方济各等并不认识，从无书信来往，自因质证无人，故为抵赖。现在吧哋哩咉等四名及呢吗方济各等俱经解京，该哆啰管理书信前已奉旨革退，现有西洋人吗计诺在省可以接管，臣等即日遴委妥员，将该哆啰小心管押，迅速送京交刑部归案，三面质审，自可水落石出。

再，臣等密令署广州府张道源督同署南海县毛圻前赴该哆啰寓所搜查往来字迹，共起出书信三十一张、西洋经文三十八本、零片十八张，每件盖用首县印篆，令洋商传唤通事逐一缮译，据称伊等止可通译语言，所有洋字不能明晓无讹，臣等谨将洋商译出大意粘签逐件标明，恐其中未能一一真实可信，现在封固送军机处查核，并另缮哆啰供词恭呈御览。其本案粤省邻省一切未获之犯，臣等上紧设法严缉，务期必获，断不敢稍涉懈弛，再蹈重罪。

所有臣等委员押解哆啰赴京审办缘由，谨缮折由驿四百里驰奏。

再，江西、山东、湖广、四川、陕西等省，臣等已备文飞咨查办，合并声明，伏乞皇上睿鉴。谨奏。

（朱批：）蔡伯多禄何以尚未就获，其余皆支节耳。[①]

乾隆四十九年十二月初九日

（宫中朱批奏折）

J46：宗教事务-天主教-教案

5.37 两广总督舒常等奏为遵旨加倍小心严防西洋人传教事片

乾隆四十九年（1784 年）※

臣舒常、臣孙士毅跪奏，臣等正在缮折具奏间，钦奉谕旨：西洋人传教惑众，最为风俗人心之害。现在各省神甫名目尤当严禁，内地民人有称神甫者，即与受其官职无异，本应重治其罪，姑念愚民被惑，且利其财物，佽助审明后，应拟发往伊犁给额鲁特为奴。曾受番银者，原籍家产查抄入官。接引传教之人，亦应发往伊犁给额鲁特为奴。至因祖父相传持戒供奉，自当勒令悛改，将呈出经卷销毁，照例办理，毋庸深究。此案皆由西洋人赴广贸易，与内地民人勾结，潜往各省，该省自不能辞疏纵之咎。此次罗玛当家分派多人赴各省传教，地方官平日竟如聋瞆，毫无觉察，定案时自有应得处分。倘嗣后仍有西洋人潜出滋事者，一经发觉，惟该督抚是问，即当重治其罪，不能复邀宽典也。等因。钦此。臣等跪读之下，惶悚无地，除本案逸犯现在严密搜缉务获外，如有冒称神甫名目及暗中得受番银并接引传教之人查拿到案，恪依现奉谕旨惩治，其有祖父相传者，亦即钦遵圣训，勒令悛改，照例办理，以昭我皇上法外之仁。统容查办清楚，另折具奏。臣等嗣后惟有督率地方文武实力稽查，小心防范，断不敢再有疏纵，致令潜出外省滋生事端，自取重咎。所有钦奉谕旨缘由，理合附片覆奏，伏乞皇上睿鉴。谨奏。

（宫中朱批奏折）

① 据军机处录副奏折，朱批时间为乾隆四十九年十二月二十八日。

J46(202、546)：宗教事务-教案(澳门、意大利)

5.38　陕西巡抚毕沅奏报续获天主教要犯刘西满等严审解京情形折

乾隆四十九年十二月初十日(1785 年 1 月 20 日)

陕西巡抚臣毕沅跪奏，为续获天主教要犯，严审解京，恭折奏闻事。

窃臣前获西洋人呢吗方济各等供出，汉中府人刘西满等常有洋字书信往来，当经飞饬查拿，恭折奏闻，接奉谕旨：刘西满等，着一并严拿办理。钦此。旋据汉中府属之城固县知县朱休承将刘西满拿获，并起获经本、画像等项押解到省。臣随率同按察使王昶等严加审讯，据刘西满供，年四十三岁，城固县人，是祖传天主教。十二岁父亲将我托西安人赵士美带至广东，经西洋人李世福带往西洋噫吖哩哑国，在天主堂内从师学习洋字经典，住居西洋十六年，与马诺、曾贵及湖广人赵安德同学相好，并与蔡伯多禄认识。至乾隆三十六年由西洋起身，三十八年回至城固，与呢吗方济各、马诺等时通书札。我自到家中，不过自己持斋念经，并未开堂设教。十多年来，西洋原曾寄给我番钱六七次，每次四五十圆，俱从广东澳门寄至西安，交刘必约转寄。等情。

臣因呢吗方济各等前供该犯系属神甫，自该必有西洋执照，平日必有传教惑众情事，其与呢吗方济各等书札往来，有无勾结为匪别情，逐加严诘。据供，我因在西洋住过多年，熟习洋字经典，所以人都称我神甫，实未受有执照。汉中左近南郑、城固、洋县各处，向有同教二十余家，我曾与他们讲过经典，此外并未传教。至我与呢吗方济各们书信往来，不过因是相好，彼此问候，并无别情，书札俱已随时烧毁。等语。

臣查，刘西满以内地民人竟敢私赴重洋，学习异教，复回至本地与同教人讲说洋经，且受有神甫名目，得过番钱数次，情罪实属重大，虽据供称并无勾结为匪情事，恐因持无质证，尚多隐匿不吐，自应解京(朱批：是)，与呢玛方济各等质讯，以成信谳。再有窝留西洋人王亚各比之薛成林一犯，经臣檄饬商州知州任文溥拿解到省，虽讯据供称因□四、葛三引王亚各比前至伊家，称系路遇，暂时借歇，伊因同教，留住四五日，并非知情隐藏。但其时正当查拿天主教西洋人之际，该犯岂无风闻，胆敢容留在家，又复任其潜逃，情亦可恶，应请一并解京，归案审办。至此案陕省未获逃犯内，惟曾贵、刘必约俱系神甫，及接引马诺等来陕之张多明我均属要犯。查曾贵一犯，先据曾伟之妻李氏供称，于本年七月间偕同伊子曾学孔等置贩药材赴广，兹准两广督臣舒常咨会，提讯与曾学孔同贩大黄至粤之山西人李恕耐等供称，并无曾贵同行，是曾贵是否逃匿他处，臣已饬提该家属严讯，务得的实下落，跟踪缉拿。其刘必约、张多明我二犯，前经讯，由醴泉张保禄家前赴兴平张姓家内，嗣查获张姓即张六翩，据供并未到彼。现亦勒限分途严缉，务期迅速俱行拿获,另行解京。

所有刘西满供出之南郑等处天主教二十余家,现已檄饬各地方官查拿照例办理。其同刘西满在西洋学习经典之湖广人赵安德,移咨该省一体查缉。

除遴委员弁将刘西满、薛成林同起获经本、画像等项,小心解赴刑部,并案审办外,理合恭折奏闻,伏祈皇上睿鉴。谨奏。

乾隆四十九年十二月十七日奉朱批:知道了。钦此。

十二月初十日

(军机处录副奏折)

J46:宗教事务-天主教-教案

5.39 两广总督臣舒常等奏为查办洋人私入内地传教案件折

乾隆四十九年十二月二十四日(1785年2月3日)※

两广总督臣舒常、广东巡抚臣孙士毅跪奏,为钦奉谕旨,恭折覆奏事。

本年十二月二十日,承准大学士公阿桂、协办大学士尚书和珅字寄,乾隆四十九年十二月初五日奉上谕,特成额等奏拿获伴送西洋人之张永信,讯据供称:本年春间,在广东曾闻蔡伯多禄告知尚有西洋人五名欲往直隶、山东传教,系何人接引伴送并不知情等语。前据毕沅奏拿获西洋人呢吗方济各等,讯据供出罗玛当家曾派西洋人十名往直隶、山东各省传教。当经传谕各督抚实力缉拿。唯据山西、陕西二省拿获安多呢、王亚各比二犯,而直隶、山东未据奏报获犯。今据张永信供称:西洋人于本年春间始行派往各省传教,恐该犯等尚在途次行走,未能行至直隶等处。着传谕沿途各督抚,一体饬属严拿。如尚未起程,或闻查拿,紧急潜回广东,亦可不必深究。至西洋人向不奉佛,何以刘二彪又藏有金佛,是否系十字架铜像,并着特成额一并查明覆奏。将此由四百里各谕令知之。钦此。伏查臣等前此钦奉谕旨,查有呢吗方济各等在陕省潜住,供有西洋十人往各省传教。臣等即提取哆啰即罗玛当家严加诘问,据供自伊管理书信以来,派往各省传教共有九人,此外不得知道等语。自因质证无人,故为抵赖。臣等已委员将哆啰解送刑部,令与西洋人吧哋哩映等并伴送西洋人之谢伯多禄、张永信等犯,三面质审。于是十二月初九日恭折驰奏,在案。兹奉谕旨,该犯等往各省传教,或尚在途次,未能行至直隶等处,令经过沿途,一体饬属严拿。臣等伏思,该洋人等私赴各省传教,专在避人耳目,莫免破露其行程,断断不能迅速。诚如圣谕,或尚在途次,未能直达各省第。现在查拿洋人传教,远近共知,其在粤尚未起程者,必已潜回澳门,或仍回该国。俟查拿信缓,再图暗赴内地传教。其已经起程前赴各省者，闻查拿紧急，亦必向沿途入教之家藏匿，暗中探听风声。或仍赴各省，或潜回粤东，均属事所必有。臣等惟有设法严查，不敢一刻稍涉懈弛，如该洋人途次闻信潜回，尚系畏法之人，一经盘获，自当遵旨妥办，不加深究。然必须将何人勾引，何人伴送，及本意欲往何省传教之处，一一研讯明确，务将勾引伴送之人，或在粤东，或在别省，按名密速查拿，尽法究处。缘西洋人传教，势不能自来自去，总由内地匪徒，利其财物，私下诱导所致。此等汉奸，其情罪实浮于洋人。臣等断不敢稍有轻纵，使将来踵行故智，无所儆惧。所有钦奉谕旨查办情形，臣等谨缮折，由驿三百里覆奏，伏乞皇上睿鉴。谨奏。

（宫中朱批奏折）

J46：宗教事务-天主教-教案

5.40 两广总督臣舒常等奏为缉获洋人解京质讯事折

乾隆四十九年十二月二十四日(1785 年 2 月 3 日)

两广总督臣舒常、广东巡抚臣孙士毅跪奏，为缉获咨查人犯，解京质讯恭折奏闻事。

窃照臣等接准楚省来咨，搜出西安人刘必约寄粤人戴加爵书信，有探知西洋人被官拿获之语，应将该犯严拿解京归案质讯等因。查阅来咨，该犯戴加爵系潮州人，并无确切住址。臣等因严饬通省于查出天主教各姓名内踩访，务获。兹据署惠来县知县杜元勋查出，该县石门乡地方有归教之戴则仁姓氏相同，缉拿到案。据该犯供认，教名戴加爵，祖父以来俱传习天主教是实。臣等即飞提该犯到省，督同司道亲加研鞫。据供从前曾在十三行内雇与洋人邓类斯的伙伴席道明雇工。乾隆三十三年，跟随西洋人赵进修进京效力，在北堂居住，与同教的山西人秦伯多禄，本京人刘安德、刘若瑟相好。西堂那永福、北堂汪达洪俱认识的。上次解京之艾球三，曾在广东省城见过几次。三十九年回家后，接过刘安德、刘若瑟的书信，俱是想我进京的话。此外西洋人赴各省传教的事，不得知道。臣等诘以现有刘必约写信寄尔，业经搜获，所有洋人传教的事，尔自必知情，岂容混赖。据供，刘必约名字，实不记得。或系从前曾到过广东的同教相好四川人刘自珍改名刘必约，寄信与我，亦未可知等语。臣等复诘以尔既曾在十三行同西洋人居住，又曾跟随进京，与西洋人最为熟识，自三十九年回广东，为日已久，不独此次改装赴楚之吧哋哩啖等四名，尔断无不知之理。即历年以来，西洋人赴各地传教，共有几省，前后共几起几人，何人伴送同行，及每年得受西洋人银钱充当神甫等项，教名之处，尔必一一知道，即据实供来。加以刑吓，该犯坚供并不知情，矢口不移。臣等查楚省盘获之西洋人，如与戴加爵并无干涉，刘必约又何必于数千里外独寄信该犯，明系彼此勾引传教，一经发觉，料必查拿，是以暗地通知，使该犯得以闻信远飏。而该犯恃质证无人，坚不承认，情节显然。现在应质人犯，俱已解送刑部。臣等即遴委惠州府司狱申启将该犯戴加爵即日押解起程，送刑部质询。并另缮供单，恭呈御览。再该犯家内起出《天主实义》一本、《辟妄》一本、《义秤》一本、《初会问答》一本、《圣教日课》一本、《烛俗迷篇》一本、《涤罪正规》半本，臣等现在封固，随折咨送军机处查核。合并声明，伏乞皇上睿鉴。谨奏。

（朱批：）知道了。

乾隆四十九年十二月二十四日

（宫中朱批奏折）

J46：宗教事务-天主教-教案

5.41 两广总督臣舒常等奏为遵旨缉拿西洋传教士多罗事折

乾隆五十年正月初五日(1785年2月13日)

两广总督臣舒常、广东巡抚臣孙士毅跪奏，为钦奉谕旨，恭折覆奏事。

乾隆五十年正月初三日，接准大学士公阿桂、协办大学士尚书和珅字寄，乾隆四十九年十二月十七日奉上谕，据福安康奏于甘省□□□获传习天主教之张继勋、刘志虞等，并起出经卷等物，现饬解省审办一折。同日，又据毕沅奏缉获天主教要犯刘西满、薛成林解京审讯等因一折。西洋人私至内地传教惑众，最为风俗人心之害。陕甘湖广等省，现已拿获多人，则其余各省，亦恐所在多有。均应彻底查办。近闻西洋人与回人本属一教，今年甘省逆回滋事，而西洋人前往陕西传教者，又适逢其会，且陕、甘两省回民杂处，恐不无勾结煽惑情事。着传谕福安康、毕沅，务须不动声色，留心防范，严审访拿，并密谕各省督抚，一体遵照妥办，不可视为具文，亦不得张皇□□□□毕沅折内所称未获逃犯曾贵、刘必约、张□□□□湖广人赵安德各犯，并着各该省督抚上紧饬缉，务获解审，毋致远飏漏网，将此由五百里各谕令知之。钦此。臣等窃查西洋人与回教名目虽殊，其经卷字体约略相似。上年甘省逆回滋事，适值西洋人往陕西传教，诚如圣谕，恐因同属一教，不无勾结煽惑情事。粤东省城现住回民数十家，建有清真寺，为伊等诵经礼拜之所。现在既将天主教严密查办，保无阳借回教名目暗中依附之人。况粤东为西洋人潜赴内地门户，较之他省，尤当防范从严。臣等嗣后惟有恪遵谕旨，不动声色，慎密稽察□□□□滋事，亦断不敢姑息养奸，以致视为具文，自蹈罪戾。除上年十二月间，续将西洋人哆啰即罗玛当家及楚省咨拿之要犯戴加爵，并搜出书信、经卷等项，两次委员解京归案审办外，其余粤东及陕、甘、湖广、福建等省未获各要犯，臣等现在上紧购缉，以冀按名务获，一并解京质讯。所有钦奉谕旨办理缘由，谨缮折由驿覆奏，伏乞皇上睿鉴。谨奏。

乾隆五十年正月初五日

（宫中朱批奏折）

J46(999)：宗教事务-教案(涉及国家地区不详)

5.42 陕甘总督福康安奏报拿获天主教案要犯刘多明我审明分别解京拟遣折

乾隆五十年正月十二日(1785年2月20日)

臣福康安跪奏，为审讯天主教案内人犯，分别解京拟遣，恭折具奏事。

窃照甘省拿获天主教案内要犯刘多明我，及刘必约之子刘臣、侄刘刚，并同教人犯张继勋、徐健、李文辉、李之潮、陈俊、马朝斌、段照喜、刘志唐、牟亭漕、毛纪成等，节经臣提省审讯，并先后奏闻在案。嗣据甘、凉二府属续查出天主教人犯杨生荣、韩守元、张儒、张文等共七十二名，先后拿获具报，并将刘多明我各犯押解来省。臣率同臬司汪新逐加严鞫，据刘多明我供，系陕西临潼县人，父刘一常、兄刘志唐俱习天主教。该犯于乾隆二十七年前往广东，即在澳门地方跟随西洋人巴拉底诺习教多年，迨后巴拉底诺回西洋，该犯于四十二年回至西安，每年得受西洋人番钱八十五圆，系由焦振纲、秦伯多禄二人带给刘必约转寄该犯。嗣经来往凉州、甘州一带，仍回西安，四十八年在渭南县地方认识西洋人方济各，四十九年又见过一次，闰三月内由西安起身贩卖药材生理，四月内到兰州，在同教李胡子即李文辉家居住数月。嗣因索欠，同李文辉及雇工人牟亭漕前赴凉州，由凉州至甘州，曾在石泉子刘臣家内住居数日。嗣伊父遣伊兄刘志唐找寻回家，行至山丹县新河地方即被拿获。等情。臣以该犯素从西洋人习教，所认识者必多，其来往兰州、甘、凉一带，必有勾引西洋人前来传教之事，复向该犯诘讯，据称，前在广东只认识西洋人巴拉底诺，后在渭南曾认识方济各，此外别无认识之人。至每年得受洋钱代为传教是实，其西洋人从无来过甘州、凉州一带。等语。再三严鞫，矢口不移。又讯据刘必约之嗣子刘臣、侄刘刚供称，刘臣教名斯德望、刘刚教名安得力，原籍四川，祖传天主教。刘臣自幼跟随刘必约到西安，于乾隆二十八年同到山丹县石泉子地方做买卖，仍回西安后，因刘臣妻父徐健在山丹县陈户寨居住，遂于三十二年遣往徐健家就婚，随于石泉子住家，刘必约仍住西安，刘臣常往探看。四十六年，刘刚亦由四川前赴西安探望伊叔，上年正月内，刘必约遣刘臣、刘刚同回石泉子，十月内被拿。其刘必约与西洋人往来情事，并不深知。等语。又据李文辉供称，教名尼里牙，与刘多明我熟识往来，上年同赴凉州。又据徐健供称，教名安得力，与刘必约儿女姻亲。又据刘志唐供称，系刘多明我胞兄，教名格斯末。又据牟亭漕供称，教名米额儿，雇给刘多明我跟随行走。伊等佥供止系传习天主教，并不认识西洋人。等情。

臣查，刘多明我一犯，幼在广东曾从西洋人巴拉底诺习教，每年得受洋钱，又与西洋人方济各认识，其所称并未勾引西洋人潜来传教，显系一面之词，殊难凭信。现在各省拿获西洋人俱已解京，其刘必约一犯亦经陕省拿获解京，自应将该犯刘多明我一并解京归案质讯。至刘必约之嗣子刘臣、侄刘刚，与刘必约儿女姻亲之徐健，暨容留刘多明我在家居住、同赴凉州之李文辉，又跟随刘多明我之牟亭漕及刘多明我之兄刘志唐六犯，虽讯无与西洋人认识往来，亦未收过番钱，但既有教名，即系受其名号，自应从重办理，请将该犯等均发往伊犁，给厄鲁特为奴。其刘多明我家产已据渭南县查抄。至刘臣系刘必约嗣子，所有家产亦应查抄，臣先已饬令甘州府知府札克桑阿前往该犯所居石泉子地方严密查办。其张继勋、李之潮、陈俊、马朝斌、段照喜、毛纪成六犯，讯明并未认识西洋人，亦无教名，止系祖父相传习教，自应钦遵谕旨照例办理，将查出经卷、图像等项销毁，仍勒令具结改教，交保管束。其续经查获天主教人犯杨生荣、韩守元、张儒、张文等七十二名，逐加研讯，亦止系祖父相传习教，并无与西洋人往来情事，应请均照此办理，汇行咨部完结，并将起获刘多明我等经卷、神像、画图、十字架等物概行销毁。

所有此案刘多明我等犯审明分别解京拟遣缘由，理合恭折具奏，伏祈皇上睿鉴。谨奏。

（朱批：）知道了。

乾隆五十年正月十二日

（宫中朱批奏折）

J46(999)：宗教事务-教案（涉及国家地区不详）

5.43 护理江西巡抚印务李承邺奏报拿获传教西洋人满大剌德·撒格喇门多提审情形折

乾隆五十年二月初五日（1785年3月15日）

护理江西巡抚印务、署布政使臣李承邺跪奏，为拿获传教西洋人，恭折奏闻事。

窃照前准广东督抚臣咨会，究讯西洋人哆啰供报，江西人姜保禄接引西洋人咈囒嘶啞噶改名方济觉前往江西传教。等因。臣因粤省来咨仅称姜保禄系江西人，并无切实籍贯，当即行司飞饬通省各属详核烟户册籍，查明姜保禄住址，严密拿解，并饬各府州委员在于所属地方密加察访，务获究办。一面饬委署南昌府通判陆文涛，前赴江西入境之大庾县查讯夫船各行根究踪迹，业将办理缘由恭折具奏。于正月十九日钦奉朱批：空言何益，今获否。钦此。

臣先于拜折后检阅旧卷，查出乾隆三十二年有江西庐陵县民吴均尚，主使万安县民蒋日逵前赴粤东，勾引西洋人安当、呢都前往江西行天主教，拿获奏办有案。臣恐庐陵、万安等县信奉天主教者尚未尽绝，姜保禄所引西洋人或即在各该县地方藏匿，查有贵溪县县丞何浩办事细心认真，于上年十二月二十七日密委察访去后。兹于二月初四日据何浩禀称，改装易服自庐陵一带查至万安县，访有西洋人潜住该县地方，并有县民彭彝叙私习天主教情事，随即知会万安县知县靖本谊同往拿获彭彝叙，搜有斋单、图像，究出西洋人现住桐木坪刘林桂山寮内。复同往该处将西洋人拿获，搜出经卷、图像、念珠、十字架、洋钱等物，并获刘林桂，在其家内搜有经卷、图像，别无不法字迹。随讯西洋人，据称，姓满大剌德，名撒格喇门多，法名李玛诺，西洋衣斯罢尼亚国人，附搭洋船至粤，寓澳门西洋堂内，堂名方济各，潜至江西，有刘林桂习天主教，将伊留住。哋囒嘶哫噶并未认识，姜保禄昔曾会过，不知的名住址，亦未识现在何处。等语。质之刘林桂、彭彝叙，供亦相符。除再查缉，并将现犯解审外，合先会禀。等情前来。

臣查，西洋人擅入内地行教，刘林桂等胆敢容留，私相传习，大干功令。据禀，所获西洋人系满大剌德·撒格喇门多并非哋囒嘶哫噶，但既与姜保禄会过，则姜保禄在于何处不难根究下落，该犯于何年月日，何人勾引来江，因何得遇刘林桂留住，其实情亦尚未究出，而现获之人又称堂名方济各字样，与哋囒嘶哫噶改名方济觉相似，该犯是否即哋囒嘶哫噶，故意支吾亦未可定，且刘林桂既留西洋人行教，则传习者必不止刘林桂、彭彝叙二人，必须彻底根究严办。臣一面飞檄饬提来省，俟究明实情另行奏闻，并解部归案质审。一面严饬该委员等查缉姜保禄并哋囒嘶哫噶，以及习教伙党，一并严拿，务期全获解审，勿使稍有疏纵，以绝根株，而肃法纪。

至刘林桂容留西洋人传习天主教，异言异服断难瞒人耳目，该管万安县知县靖本谊到任一载有余，竟漫无觉察，若非臣专委何浩改装前往认真察访，终无弋获，似此昏愦废弛之员，不便因其随同委员拿获稍事姑容，相应附折参奏请旨，将万安县知县靖本谊革职，以昭炯戒。

除先行委员摘印署理，查明经手仓库钱粮有无未清另报，失察各职名，容俟审明另行查参外，所有臣差何浩拿获传教西洋人及现在提审办理缘由，先行恭折由驿驰奏，伏祈皇上睿鉴训示。谨奏。

（朱批：）该部知道。

乾隆五十年二月初五日

（宫中朱批奏折）

J46：宗教事务-天主教-教案

5.44　两广总督舒常等奏为遍地缉拿西洋传教事折

乾隆五十年二月二十七日(1785 年 4 月 6 日)

两广总督臣舒常、广东巡抚臣孙士毅跪奏,为钦奉谕旨,恭折覆奏事。

本年二月二十四日亥刻承准大学士公阿桂、协办大学士尚书和珅字寄,乾隆五十年二月十一日奉上谕,据明兴奏拿获私赴东省传教之西洋人吧哋哩哑嗄,并勾引人李松、邵珩等即行解京。又另片奏西洋人格雷西洋诺亦已拿获,其吧哋哩哑嗄供出一同勾引西洋人之广东人李刚义、直隶人安哆呢即安三及伴送之广东人鄂斯定即陈姓,已飞咨直隶总督、广东督抚严密查缉解京质讯等语。格雷西洋诺私赴内地传教,见查拿紧急,复藏匿土沟洞内,甚为可恶。现交军机处存记,俟该犯解到时严切审鞫。其李刚义等系内地民人,辄敢为之勾引伴送,亦必须按名拿获解京审讯,着传谕刘峨、舒常、孙士毅即饬属严拿,务获解京归案审办等因。钦此。窃臣等于上年十二月间,讯据西洋人罗马当家即哆啰供称,乾隆四十八年有山东李姓延请洋人吧哋哩哑嗄及吧哩吼哩哋二人前去传教。臣等业经由驿具奏,并恐因质证无人,所供尚多不实不尽,将该犯哆啰解京归案质讯。兹钦奉谕旨,山东已将传教之吧哋哩哑嗄及勾引之李松、邵珩拿获,解京讯究,并据该犯等供出尚有一同勾引之广东人李刚义及伴送之鄂斯定即陈姓。令臣等严拿解京,现已饬属密速查拿,期于必获,解京审办。查该犯李刚义勾引西洋人传教鄂斯定,又复长途伴送,彼此业经熟习所有,李刚义等实系广东何县人氏,吧哋哩哑嗄及李松等自必深知,即广东亦必有熟谙该犯之人。臣等一面遵旨通饬各属严切查拿,一面移咨刑部提取哆啰及山东解京各犯,讯明李刚义等确实住址年貌,飞咨到粤,似于查拿较易。臣等未将要犯蔡伯多禄弋获,悚惕实深,现在断不敢稍涉懈弛,自取罪戾。所有钦奉谕旨遵即上紧缉办,并咨查确实住址年貌缘由,恭折由驿四百里覆奏,伏乞皇上睿鉴。谨奏。

(朱批:)览。

乾隆五十年二月二十七日

(宫中朱批奏折)

J46：宗教事务-天主教-教案

5.45　两广总督舒常等奏为缉拿西洋传教事折

乾隆五十年三月十五日(1785 年 4 月 23 日)

两广总督臣舒常、广东巡抚臣孙士毅跪奏,为勾引洋人潜赴山东传教之鄂斯定,业经拿获,并将应质要犯一并解京审讯，仰祈睿鉴事。

窃臣等于上年十二月初九日将查出西洋人赴山东等省传教，据实具奏。本年二月二十四日钦奉谕旨，并接准山东抚臣明兴来咨，勾引洋人先后赴山东传教，系广东人鄂斯定即陈姓及李刚义二犯，令粤省严密查拿。臣等一面将咨查该犯住址缘由覆奏，一面立限饬属严拿，期于必获。兹据南海县知县毛圻禀称：现在设法购线，已将鄂斯定即陈姓缉获到案，臣等即督同司道亲提研鞫。据该犯供，本姓何名亚定，教名鄂斯定，系潮阳县人，到省挑卖米糕，住在乡亲陈阿喜铺内，认陈阿喜做叔子，所以人都叫他陈阿定。乾隆四十九年正月初四日到同教的江西人周多默寓所拜年，周多默说起有山东邵姓、李姓在罗玛当家哆啰处，请了两个西洋人往山东传教，一路需人照料，要该犯伴送同去。初六日，周多默带该犯到哆啰楼上见两个西洋人：一名吧哋哩哑哽，一名吧哩叽哩哋。周多默议给该犯工食花边银二十圆，先交三圆，又另买给绵衣一件，约定正月十三日动身，邵姓、李姓先赴南雄等候。到十三日下午，周多默叫该犯鄂斯定取了铺盖先自下船，起更后周多默同两个洋人到船，随即开行。二月初间泊船南雄河下，周多默上岸寻着邵、李二人，雇备轿子脚夫，是夜西洋人在船上耽搁。次日过岭，周多默送到江西南安即回广东，令该犯同邵、李二人送至山东。三月底到山东滕县南沙河地方，邵、李二人以该处距他家不远，不用该犯同去，该犯即起身转回，四月底到广东，见哆啰处雇工马亚成，曾将送洋人到山东的话告知。七月初间西洋人德天赐颜诗莫进京效力，哆啰雇该犯及周多默跟随同去，到京后该犯即动身回粤，周多默至今尚未出京，据供勾引伴送情形历历如绘。臣等以上年据哆啰供称，伴送洋人之李姓，教名吧哆啰吗，系山东人，今接山东来咨伴送之李吧哆啰吗，系广东人，送至江西南安府仍回广东。又有直隶人安哆呢即安三，与邵珩及该犯一路同行。言之凿凿，何以该犯鄂斯定坚供，当日伴送并无直隶之安哆呢，所有李姓、邵姓均系山东人，与该犯一同送至山东，并无李姓从半路转回广东之事，其送至江西南安府转回广东者，系江西南城县人周多默，现因伴送洋人德天赐等进京效力，尚未回来。所供情事与山东约略相同，而姓名、住址彼此互异。臣等复严加刑吓，该犯鄂斯定矢口不移。伏思指使洋人赴山东传教之哆啰，及勾引之山东人李松、邵珩均已解京，并料理洋人私赴山东之周多默，此时尚在都中德天赐颜诗莫处。臣等现在委员，将该犯鄂斯定解交刑部，与业经解京之同案各犯三面质对，自可立时水落石出。又据山东拿获妄称神甫之福建人朱行义，每年得受番银，系江西赣州帮舵工马西满带至山东交给。臣等以朱行义私受洋人银两，固由赣州帮带交，而洋人银两必须从广东送至江西赣州帮，其间自另有专管每年接递之人，密令南海县悉心访拿。据该令毛圻查有江西南丰县人谭锦章，来粤年久，向在解京之艾球三家佣工，与周多默系属同乡相好，形迹可疑，查拿到案。据供，听得每年有刘保禄、毛伊纳爵二人来广置买洋货，到京发卖其洋酒等项，岸路难带，是他二人载到江西交与马西满粮船带去，并为人携送银信，托马西满沿途转交，是否寄山东天主教的番银亦在此内，不得知道。至刘保禄、毛伊纳爵二人俱与周多默认识，现住京城何处，问周多默或能指出等语。

至山东来咨，据李松供称，乾隆二十二年曾同广东人李刚义引西洋人梅神甫赴山东传教。现据知县毛圻查出，李刚义系顺德县羊额村人，素习天主教，该犯已于乾隆二十五年病故。臣等恐该犯假捏身故，希图免罪，将伊妻李何氏及伊至亲何佩枝提至省城，亲加研讯，该犯实于六十二岁时病故，伊继妻李何氏现年亦已六十八岁，质之邻右地保，供亦相符，似无讳饰。并据伊妻供称，该犯李刚义生前到过山东，其是否与西洋人同去，不得知道是实。臣等查鄂斯定即陈姓，又名何亚定，系亲身勾送洋人一路直到山东，情罪较重，自应送京严鞫。而马亚成系跟随哆啰之人，鄂斯定及周多默等到哆啰楼上暗中商约，带领洋人私去传教，马亚成俱经目击，并不呈首，谭锦章于赣州帮马西满每年带送番银一事，亦有见闻，均系应质要犯，必须一并解京归案审办。臣等现委巡检江德绥、把总刘贵即日小心管解进京，并知会沿途一体拨护，毋致疏虞。所有拿获要犯鄂斯定等解京缘由，谨具折由驿四百里驰递，并另缮供单，敬呈御览，伏乞皇上睿鉴。谨奏。

(朱批：)览，蔡伯多禄为何尚未获，此要犯尚在广东，尔等实无能。

乾隆五十年三月十五日

(宫中朱批奏折)

J46(202、551)：宗教事务-教案(澳门、西班牙)

5.46 两广总督舒常等奏报在澳门查访姜保禄案内若亚敬等人未获情形片

乾隆五十年三月(1785年4月)※

臣舒常、臣孙士毅跪奏，臣等于上年十二月间，将讯据哆啰供出江西人姜保禄同西洋人咈嘯嘶哫噶赴江西传教，移咨江西抚臣查拿解京。本年二月二十八日，接准江西来咨，拿获西洋人，法名李玛诺，讯据该犯向在壘门方济各堂与西洋人伯尔那多同住，乾隆三十六年李玛诺与天主教人若亚敬同赴江西。等语。臣等即飞饬署佛山同知夏文广、署壘门同知陈国敕，会同新会营参将韦永福等，星赴方济各堂查讯。

据该堂夷僧玛丁供称，系吕宋国人，年六十七岁，在咖嘶嘯庙内方济各堂行医，有三十余年了，乾隆三十一二年间，有西洋人伯尔那多来到该堂。三十六年，又有衣斯罢呢亚国人法名李玛诺到来，与伯尔那多同住，过了两月，伯尔那多料理李玛诺出门去了，我是往壘门各家行医的人，实不曾留心李玛诺往何处去。乾隆四十二年，伯尔那多才搭船回西洋本国去的。至若亚敬系教内通称使唤人的名色，实不知究系何人，当时亦并不见另有人与李玛诺往来，无从供出。等语。据文武各该委员再四严查，现在该庙及壘门并无伯尔那多及若亚敬是实。臣等一面飞咨江西，向现获之李玛诺究问若亚敬的实姓名，并究系何省籍贯，一面仍饬委员及各该地方官，将若亚敬严密访查，务获解讯。

所有臣等接准江西来咨查办缘由，谨附片奏闻，伏乞皇上睿鉴。谨奏。

（朱批：）览。

（宫中朱批奏折）

J46(202、565)：宗教事务-教案（澳门、法国）

5.47　两广总督舒常奏报审明学习天主教各犯分别定拟折

乾隆五十年三月十五日（1785 年 4 月 23 日）

两广总督臣舒常、广东巡抚臣孙士毅跪奏，为审明学习天主教各犯分别定拟，仰祈睿鉴事。

窃照西洋人私赴内地传教一案，臣等业将先后拿获伴送之谢伯多禄以及知情之艾球三、蔡亚望、通信之戴加爵、同教之白衿观及陕省接引之曾学孔、在粤指使洋人前赴各省传教之罗玛当家即哆啰，节次奏明，委员解京，应听刑部严审定拟外，其本省习教各犯，经臣等严饬各属据实确查，节据先后禀报行司，提省确审。兹据署按察使张万选会同布政使陈用敷审拟详解前来，臣等提犯覆讯，内有顾士傚一犯，籍隶新兴，自祖父俱学习天主教。该犯于乾隆三十年间往嶴门卖药，与咈囒哂国人啰满往来认识，啰满因其虔心奉教，能将经文向他人讲解，令同教人称该犯为神甫。西洋人规例，由该国大主教给以神甫名目者每年给花银八十五圆，其由嶴门洋人给以神甫名目者每年给花银四十圆。该犯自三十年起，每年得受啰满花银四十圆，三十六年啰满转回西洋，该犯因无人给银，即从嶴门回至广利墟开张药铺生理，家中所藏经书、画像、十字架，上年风闻查拿俱已烧毁。臣等诘以教内充神甫名目者尚有何人，据供解京之艾球三亦是神甫，伊系西洋大主教给以神甫名目，每岁所得番银比该犯加倍。等语。又吴广甜一犯，祖籍闽省，流寓南海县属，向挑鸡鸭赴洋行发卖，谙晓洋语，与西洋人啰嗛认识，该犯被惑入教。乾隆四十六年二月内，啰嗛将纸画、十字架给该犯带回供奉，并给经书三种，令其念诵。该犯教名伯多禄，迨啰嗛转回西洋，该犯送至嶴门，受过啰嗛番银二十四圆。又乐昌县民刘志名，教名思德望，不但自己吃斋念经，并招引潘连第、姚万从、姚万德至伊家一同学习，复将经卷、斋单交给抄录，希冀广传徒众。又有南海县民潘声珑教名福爵，张沛宗教名达爵，均系自幼随父习教，家有图像、经卷，虔心奉教，素为同教中推服。又南海、番禺、顺德、香山、高要、乐昌、海阳、潮阳、惠来、普宁、新兴各县，并福建、安徽等省寄居粤东，有入教之吴瑜珍等八十二犯，均系祖父习教，或藏有遗存经卷、画像，或止口传经语，依期持斋念诵，并无转传别人，亦无与西洋人认识，得受银两，充当神甫等项名目。研诘至再，矢供不移，似无遁饰。

除充当神甫之艾球三已经解京听候刑部审办外，查顾士傚充当神甫名目，向人讲解经卷，得受洋人银两；吴广甜虽非神甫，但由本身充当教名，并非传自祖父，且以内地民人与外夷啰嗹往来，得受番银；刘志名既有教名，复招徒讲论经卷，妄令多人一同学习，俱属情节较重，均请从重发往伊犁等处，给额鲁特为奴。仍将得受番银之顾士傚、吴广甜家产查抄入官。其艾球三业已解京，所得罪名应听刑部核拟，但既究出该犯曾充神甫，得受洋人银两，自应将家产一并入官。该三犯既经查抄，其所得洋人银两，应照数着落失察之地方官赔缴，以示惩儆。潘声珑、张沛宗收藏经卷等物，取有教名，并为教中推服，均属不法，请酌减一等杖一百、徒三年，至配所各折责四十板。吴瑜珍等八十二犯，俱系祖父相传学习，并未取有教名，愚民无知，止图消灾获福，尚无别项不法情事，已据各供悔过，递具出教甘结，应请均照违制律，杖一百，各折责四十板。内白国观、王阿国、姚万从、姚万德、潘连第、林孟聪、王阿振、郑汝滚、邝庆通、余章艳各犯，家中均留存经卷，仍各加枷号两个月，满日折责发落。顾京琦革去监生，追照送销。白国观、廖佑胜、罗宗、顾京琦、何佩枝俱年逾七十，邢妈系妇人，均照律收赎。各犯事犯到官虽在乾隆五十年正月初一日恩诏以前，但传习异教情节较重，顾士傚等遣徒各罪，均不准援减。吴瑜珍等枷杖发县取保，候行发落，收赎交保约束，起获经书、画像，尚无违悖字样，概请销毁。

除出示各属，严行晓谕此后再有习教之人，查出加倍治罪，并将失察之地方官从严纠参，务使外洋异教全行禁革，并将全案供招咨部查核，俟续有缉获之犯再行分别奏咨外，臣等谨将审拟缘由，附此次由驿之便缮折具奏，并将定拟遣徒五犯供词及各该犯名单恭呈御览，伏乞皇上睿鉴，敕部核覆施行。谨奏。

（朱批：）该部议奏。

乾隆五十年三月十五日

（宫中朱批奏折）

J46(999)：宗教事务-教案（涉及国家地区不详）

5.48 四川总督李世杰奏报续获西洋人吧哋哩呋哂等讯明传教案由解京情形折

乾隆五十年三月十五日（1785年4月23日）

四川总督臣李世杰跪奏，为续获西洋人讯明解京，恭折具奏事。

乾隆五十年三月初三日接奉上谕：据保宁奏，拿获西洋人冯若望、李多林解交刑部听审，其接引之张万钟、张万效二犯，俟拿获吧哋哩呋哂一并续解。等语。前曾降旨，凡西洋人私赴内地传教，及内地民人受其神甫名号、得受番钱、为之勾引接送者，必须按名查拿解京，归案审办，其仅系祖父以来相沿传习天主教者，只须照例治罪，不必再行解京。此案冯若望、李多林俱属西洋方济亚国人，私赴川省传教，自应解京审办。此外各犯，著传谕保宁、李世杰，即遵照前旨分别办理，以免稽延，其未获之吧哋哩呋哂等，并著严饬文武员弁购缉务获，毋任远飏。将此传谕知之。钦此。

臣查，吧哋哩呋哂前经保宁准广东来咨即委员购线分往各处严密查拿，臣回任后复经催缉。兹据候补府经历施鉴，于二月二十一日在安岳县地方，会同该县将吧哋哩呋哂并容留之谢懋学拿获。又于二十六日在巴县地方，会同该县拿获来川传教之西洋人额哋咦德窝一犯，并窝留之唐正文及经卷等物，于三月初三、初五等日先后到省。臣督同在省司道提犯逐一研鞫，缘吧哋哩呋哂及额哋咦德窝均系西洋方济亚国人，该处素重天主教，以传教为行善，若来中国传教尤为体面。吧哋哩呋哂于乾隆四十八年三月，携银一百两搭附洋船来至广东澳门，先住同国素识之益勒家，旋赴省城十三行啰吗当家处，将欲来内地传教情由向其告知，时有川省巴县民王国瑞正在粤延请西洋人，经啰吗当家引令晤面，约同来川。吧哋哩呋哂改名彭得尔朋，薙发易服，于九月内起身，由广西、湖广行走，四十九年正月抵四川重庆府，即住王国瑞家内，随与习教之李义顺认识。王国瑞于二月内病故，吧哋哩呋哂遂搬至李义顺家同住。时有先经来川传教之西洋人额哋咦德窝亦与李义顺相熟，路过探望，与吧哋哩呋哂会遇。吧哋哩呋哂询知冯若望在省，遂与习教之安岳人文子先同至成都，冯若望留住数日，吧哋哩呋哂复同文子先前往安岳，并在习教之黄国明、黄国才、郭芝英、谢懋学等家往来住宿。因吧哋哩呋哂初至内地，尚在学习语言，未往各处传教。本年正月内，准粤省咨拿，经委员等访闻，在谢懋学家将吧哋哩呋哂拿获。至额哋咦德窝系于四十年十一月内由西洋至粤东澳门，住通事陈保禄家，询知冯若望在川，亦欲来川传教，适有先与冯若望同住之唐伯伦赴粤贸易，正欲回家，接引同行，额哋咦德窝改名胡斯得旺，薙发易服，一同起身，于四十一年二月先住叙州府宜宾县唐伯伦之父唐正文家，旋赴成都与冯若望相见，后仍回唐正文家居住。自后额哋咦德窝复往重庆之巴县、涪州、江津、铜梁、荣昌并安岳等州县，与李义顺、刘举安、尹谟、晏老五、马老么、骆成忠、李茂、邱正锡、黄国明、黄国才、谢懋潞、谢懋华、谢懋学、文子先、文子瑞、文子恒、郭芝英等认识，不时讲诵经典，往来住宿，余俱在唐正文家居住。四十八年秋间，额哋咦德窝患病欲回西洋，曾写字通知冯若望顺带家信，后因病愈，迁延未行，亦未再与冯若望见面。至本年二月二十六日，额哋咦德窝由江津县前赴重庆府，经委员等访闻，同唐正文一并拘获，先后解至省城。兹经臣督同司道再四研讯，据吧哋哩呋哂及额哋咦德窝坚供，伊等来川传教只教人吃斋念经，并无别项不法情事。至该犯等平日食用，系该国同教会中公捐及亲友帮助，每年寄存广东十三行，附便带给，实无藉称传教哄骗财物之事。其来川传教之西洋人，众人俱称为神甫，川省从教之人并无神甫名目，亦不给与银钱。均与前解京之冯若望、李多林所供无异，并据称此外实无再有西洋在川传教之人。隔别严鞫，各供如一，似无遁情。

查，吧哋哩呋哂、额哋咦德窝二犯，以西洋外夷胆敢来至内地哄诱愚民传授天主教，实属玩法，应遵旨委员解京听候审办，并将起获经典开具清单咨送军机处查收察核。其接引吧哋哩呋哂来川之王国瑞，据供久经身故，应饬地方官确查结报。窝留额哋咦德窝居住之唐正文，现于取供后病故，应毋庸议。接引额哋咦德窝来川之唐伯伦及容留住宿之李义顺等，现严饬各该州县查拿解省，同现获之谢懋学一并确审，钦遵谕旨分别定拟咨部。其冯若望等案内已获之张万钟等，现在饬司先行定拟咨部结案。未获各犯，缉获另结。

至西洋夷人来川传教，行踪诡秘，臣不敢因该犯等坚供此外并无再有别犯在川稍存懈忽，仍通饬各府州县悉力查缉，总期有犯必获，以绝根株。是否允协，理合缮折由驿驰奏，并录具供词恭呈御览，伏乞皇上睿鉴训示。

再，川省传习天主教民人，现据各州县呈报，缴出经卷首明出教者甚多，臣俱量加激劝，并再为谆切示谕，务使尽此限内悉行改悔，永为圣世良民，以副皇上矜念愚氓、予以自新之至意。合并陈明。谨奏。

(朱批：)该部知道。

乾隆五十年三月十五日

(宫中朱批奏折)

J46(202、551)：宗教事务-教案(澳门、西班牙)

5.49 福建巡抚雅德奏报缉获天主教洋人方济觉审明解京并究拿习教各犯分别定拟折

乾隆五十年四月初五日(1785年5月13日)

福建巡抚臣雅德跪奏，为缉获天主教洋人审明解京，并究拿习教各犯分别定拟，恭折具奏事。

窃臣钦奉谕旨查拿勾引西洋传教之蔡伯多禄等犯，屡饬各属严密踩缉，并访查境内有无习教之人，一体严拿，彻底究办，不使稍有玩纵。兹于本年二月二十九日，据邵武县禀报，该县境内查有原习天主教犯案之吴永隆同子吴兴顺及黎国琚、朱见良等，现在仍复持斋，经署县丞史元善会同拿获，搜出破旧经本并不全十字架，查无别样不法字迹。等情。臣即饬提解省，正在饬司讯究间，旋据该县丞等禀称，三月十四日，缉获自江西贵溪县来闽之西洋人方济觉即咈囒嘶啿噶一名，搜获身带铜十字架三个、铜佛头一个、番字教经一折、银番五圆、金番五圆，并据光泽县知县任諟报，获先经容留方济觉之伊益德及习教之涂德先二名，又于该犯等家起出十字架、斋单等物，亦无别样不法字迹。臣查，咈囒嘶啿噶系姜保禄引赴江西传教之犯，今由江来闽，必有传播惑众情事，随飞饬委员解省一并审究，并准江西抚臣来咨，该省已拿获姜保禄等犯，究明咈囒嘶啿噶改名方济觉，与宜黄县民人纪友仂于本年二月二十五日起身前往光泽等处，移饬通缉。等因。今据邵武府县将方济觉等押解前来，臣即率同司道隔别研讯，据方济觉供称，本名咈囒嘶啿噶，系西洋班呀国人，乾隆四十四年至吕宋地方，与该处天主堂教长六得西哪居住一年余，教长令其到中国传教，该犯遂剃发易服，赴广东澳门天主堂居住二年余，因该处往来贸易人多，习知中国音语。四十八年十一月，遇见江西贵溪人姜保禄，系属习教之人，该犯询其有无洋人在彼行教，姜保禄答以现有李玛诺住居万安县刘林桂家，该犯随偕赴万安觅见李玛诺，姜保禄自回贵溪。四十九年二月，姜保禄复往看望，因刘林桂已有李玛诺在家行教，不能容留两人，遂与姜保禄同至贵溪县纪约伯家居住，纪约伯贫，难供应该犯，托伊族叔纪友仂代为买食，每年许给花银八圆。八月间，适有邵武县禾坪村人吴永隆之子吴兴顺贩布到彼，到纪约伯家探望，纪约伯留同吃饭，共相闲谈，吴兴顺曾以伊父吴永隆亦奉天主教之事向其告知。迨九月内，纪友仂带引该犯出外，往来弋阳、铅山、玉山等境，因无人奉教，仍回纪约伯家。本年二月，闻知江西查拿天主教人犯紧急，纪友仂将该犯领往宜黄，路过光泽借寓伊益德之父伊文生家，伊文生亦因闽省查拿严紧不敢久留，令其子伊迪我代挑行李送至路外，伊迪我转回。该犯与纪友仂同至宜黄，而宜黄亦在查拿，虑难逃避，想从僻路潜回澳门，因不识路径，忆及吴兴顺曾经道及伊父吴永隆现亦奉教，因与纪友仂商量赴彼询访路途，讵出宜黄城五里，被纪友仂诳取金番一圆先行逃遁，该犯心慌，只带随身洋钱、十字架等物，径投禾坪访问吴姓，当被该县丞盘获。至吴永隆一犯，系伊父在日曾随丁迪我等受教，该犯又于乾隆二十四年听从洋人郭伯尔纳驾行教案内，拟徒援赦减杖，奏明完结，嗣出教十有余年，因患病不痊，随又持斋。该犯之子吴兴顺亦随父吃素，上年八月赴贵溪贩布生理，于纪约伯家会遇方济觉，说知奉教情事，是以方济觉闻拿，希冀同教，欲往该犯处问路，觅人转送，未经见面即被诘获。其黎国琚、朱见良二犯，讯系伊等故父从前俱与吴永隆之父奉教，伊等遂相沿吃素。涂德先系随同已故之妻伯吴远千持斋。等情。各供不讳。臣以方济觉既由江省来至闽境，伊益德之父伊文生受托容留，复为引送，而吴永隆之子吴兴顺复于纪约伯家告知奉教之事，必有辗转串结情弊，反覆严诘。据方济觉坚称，前到江西原想传教，先因安身未稳，又无奉教之人，迨后闻拿严紧，随处躲避，急思觅路回澳，即被盘获，委无传教情事。至与蔡伯多禄从不认识(朱批：此人何至今未获)，亦不知别处另有传教洋人。至吴永隆等亦称自父奉教，相习持斋，与该犯均不识认，矢口不移。

查,方济觉即咈嘶嘶哫噶逾越重洋,潜赴江西,希图传教,是否仅止一身,别无伙党,恐所供尚有不实不尽,必须解京质审,以成信谳。臣随派委文武员弁将该犯管解起程,同搜出佛头、字架、番经等物前赴刑部衙门投收,归案办理。至吴永隆前奉天主经教,已于二十四年获案治罪,乃犹不知改悔,尚敢私自奉行,此等怙恶匪徒,若不严加惩创,无以端风俗而正人心,吴永隆应照邪教为从例,从重发云贵、两广烟瘴充军。伊益德讯系其父伊文生容留方济觉在家,即挑送行李亦系其弟伊迪我,但该犯明知查缉传教洋人,知情不举,亦难轻纵,应照吴永隆遣罪上量减一等,杖一百,徒三年。吴兴顺向方济觉告知奉教之语,讯系信口闲谈,究无招引情事,应与奉教之黎国琚、朱见良、涂德先均照违制律,杖一百,各加枷号一个月。黎国琚虽年逾七十,不准收赎。起获破旧经本等物,饬行销毁。失察之文武各职名,另行查参。姜保禄、伊文生、伊迪我、纪约伯等,俱经江西本境拿获,应听该省审办。逸犯纪友伪,虽据方济觉坚供自宜黄地方即已在逃,仍严饬各属并移会江省,一体查拿,务获另结。此外有无传习经教之人,臣不时留心督饬访察,有犯必惩,不使纵漏,以尽根株。

除备录供册送部听候核覆外,所有缉获洋人方济觉即咈嘶嘶哫噶审明解京,并吴永隆等分别定拟缘由,臣谨由驿恭折驰奏,并缮方济觉供单恭呈御览。

再,督臣富勒浑驻浙,不及会衔,合并陈明,伏祈皇上睿鉴。谨奏。

(朱批:)该部知道。

乾隆五十年四月初五日

(宫中朱批奏折)

J46(202):宗教事务-教案(澳门)

5.50 广东巡抚孙士毅奏覆遵旨晓谕在粤洋人并严拿蔡伯多禄情形折

乾隆五十年四月十六日(1785年5月24日)

广东巡抚臣孙士毅跪奏,为钦奉谕旨,恭折奏覆事。

窃臣承准大学士公阿桂、协办大学士尚书和坤字寄,乾隆五十年三月二十四日奉上谕:内地民人传习天主教者,雍正年间久经禁止,哆啰辄敢私派多人赴各省传教,殊干例禁,本应按律定拟,将该犯等即置重辟,第念伊等究系夷人,免其一死已属法外之仁,未便仍照向例发回该国惩治,因令刑部将各该犯牢固监禁,以示惩儆。现在案已审拟完结,著传谕孙士毅,将办理缘由,就近传集在广贸易之各该国夷人详悉晓谕,俾该夷人等咸知感惧,益加小心恪守内地法度,如有情愿赴京者,仍准报明督抚具奏伴送,不得仍前潜赴各省传教滋事,如再有干犯功令私行派往者,必当从重严办,不能再邀宽典也。等因。钦此。

同日,又奉上谕:此案西洋人赴各省传教,业经据各督抚陆续获犯解京,审明定拟完结,其在逃之蔡伯多禄最为要犯,乃至今尚未就获,该犯原籍福建,而广东、湖广系其平日逗留之所,此时畏罪窜匿,总不出此数省。著传谕孙士毅、特成额、富勒浑、吴垣、陆燿、雅德,即速严饬员弁设法购线,务将要犯弋获,若以案延日久,渐视为海捕具文,则是该督抚等有心疏玩,恐不能当其咎也。等因。钦此。

伏查,本案臣与前督臣舒常于未奉谕旨之前接准结案部咨,即将我皇上法外施恩至意出示晓谕通省,并遍贴十三行、嶴门等处,俾各国洋人咸知感悚。兹复奉命着臣就近传集在广贸易之各该国夷人详悉晓谕,臣遵即饬令洋商、通事人等,带同现在省城贸易之洋人赴臣衙门,恭宣恩旨,详加开导。该洋人等惟有伏地叩头,齐称大皇帝天高地厚之恩,宽宥远夷,嗣后惟有传谕本国人众恪遵天朝功令,安分守法,不敢再有勾引内地民人违犯传教等事。察其畏威怀德情状,似出至诚。其在〔嶴〕居住洋人,臣并恭录谕旨,饬委督粮道吴延瑞亲赍赴嶴,带领嶴门同知传集夷目、兵头一体晓谕。兹据回省禀称,各洋人叩首谢恩,悚惶欢忭情形,如出一辙。

至蔡伯多禄一犯,实为此案罪魁,日久尚未就获,臣抚躬惭忿,无地自容。该犯虽系闽人,侨寓湖广地方,但往来粤东日久,敢于勾引洋人出境,则广东更为该犯熟习之所,易于窜匿潜藏。臣现在督率文武员弁益加慎密访拿,断不敢以案已完结稍存懈纵,自取重咎。

所有遵旨晓谕洋人及严拿蔡伯多禄缘由,谨缮折由驿四百里覆奏,伏乞皇上睿鉴。

再,总督印务系臣兼署,毋庸会衔,合并声明。谨奏。

(朱批:)知道了。

乾隆五十年四月十六日

(宫中朱批奏折)

J46(202):宗教事务-教案(澳门)

5.51　广东巡抚孙士毅奏覆遵旨在澳门等地查缉蔡伯多禄情形折

乾隆五十年五月十七日(1785年6月23日)

广东巡抚臣孙士毅跪奏,为钦奉谕旨,恭折奏覆事。

本年五月初九日，承准大学士公阿桂、协办大学士尚书和坤字寄，乾隆五十年四月二十一日奉上谕：据雅德奏，拿获由江西赴闽传教之西洋人方济觉，解京归案审办等语。在逃之蔡伯多禄尚未就获，该犯系起意赴粤接引传教之人，自必尚在粤省嶴门一带洋行潜匿。著传谕孙士毅留心访查，购线密缉，若果访在洋行，即当传集在粤之西洋人等详细开导晓谕，令其将蔡伯多禄送出，或令设法办理，总期必得。等因。钦此。遵旨寄信到臣。

伏查，蔡伯多禄系本案要犯，早应弋获解京严办。臣与前督臣舒常因东西两省水陆要隘及通省各州县地方实已设法购线，悬立重赏，不敢稍留余力，乃缉拿许久，毫无影响，亦心疑该犯藏匿嶴门一带，曾密饬俸满钦州知州夏文广、新会营参将韦永福前赴香山县地方驻扎，选派干役易服进嶴，凡洋人容留内地民人之各寺庙，无不一一遍查，并无该犯踪迹。该员等因臣与舒常面许如能拿获蔡伯多禄即将该二员保奏升用，亦皆踊跃奋勉，并亲身进嶴，一面搜查，一面晓谕，该洋人等皆顶经设誓断不敢包庇内地民人，自蹈罪谴。所有该犯蔡伯多禄实未访有在嶴情事。此次恭奉谕旨，臣复饬委藩司陈用敷亲赴嶴门，传集大班、夷目人等，再行宣示皇仁，反覆开导。谕以尔等洋人勾引内地民人传教，按照天朝法律，俱应明正典刑，大皇帝垂念无知，概从宽宥，尔等若再不知感戴，容留内地奸民，即属自外生成，将来一经查出，试问尔等尚能承受天朝恩眷，仍许居住嶴门，照旧贸易，每年获如许重利否。祸福惟尔等自召，毋贻后悔。蔡伯多禄如果藏匿嶴门，尔等立即送出，自当奏明大皇帝，不但不治尔等从前容隐之罪，方且从优奖赏，以示怀柔。并令藩司察看该洋人等觌面情形，再行酌办去后。兹据藩司陈用敷回省禀称，该大班、夷目人等跪聆传谕，伏地叩头，佥称我等仰蒙大皇帝覆载深仁，得与内地民人一体食毛践土，许令贸易资生。前此哆啰等不遵法度，自取罪愆，复邀大皇帝矜全，不即置之重典，实属恩施格外。此时即我等洋人干犯功令，亦不敢不立时送出，况蔡伯多禄系内地民人，何敢隐藏代人受罪，屡奉严谕饬拿，实在逐户挨查，并未潜匿嶴内，将来设遇窜入，自必立即擒拿送出。等语。并具有如敢容留，察出愿甘治罪结状前来。揆此情形，似无抗违包庇等事。

至洋行距省城止二三里，臣已就近彻底跟查，并严切面谕洋商，如该犯蔡伯多禄查有潜匿洋行之事，立将该商等从重办理。该商等俱自顾身家，十分恐惧，不独将居住行内之西洋人稽查甚密，并闻各商人暗中亦复悬立重赏，遣人向嶴门探访该犯踪迹，以冀早日获犯，卸脱自己干系，此系近日洋行实在情形。臣仍遴委干员，于嶴门左近多方设法悉心侦缉，并于各该州县隘口地方，知会提镇一体严饬，密为堵截，总期必得而止。

臣督缉无能，至今未获，空怀惭忿，寤寐难安，倘敢视为海捕具文，不复上紧查拿，直是天良丧尽，自取罪戾。

所有钦奉谕旨查办晓谕缘由，谨附此次由驿之便先行恭折奏覆，伏乞皇上睿鉴。谨奏。

(朱批：)知道了。

乾隆五十年五月十七日

(宫中朱批奏折)

J46(202)：宗教事务-教案(澳门)

5.52　两广总督富勒浑奏报在各海口地方严拿要犯蔡伯多禄情形折

乾隆五十年九月二十八日(1785年10月30日)

两广总督臣富勒浑跪奏，为严拿要犯，以肃海防事。

窃臣接准部咨，令将引进传习西洋邪教案内之逸犯蔡伯多禄、周多默等犯上紧查拿务获。等因。除即移行东西两省文武实力侦缉获报外，伏查，该犯等查缉无踪，臣前在闽省时钦奉谕旨责成查拿，即经拣派文武员弁协同地方官多差干练兵役，悬立重赏，改装易服，慎密体访，迄今尚无获报，实切惶愧。兹调任两广，因思，此案起自粤东，蔓延他省，该犯蔡伯多禄等与洋人熟悉方能在粤接引，而洋人因潜赴内地始得与该犯结交，总由海口不严，至匪犯得以混进。查粤东广、潮、琼、廉等处皆系沿海口岸，而澳门大关一带尤为现在夷船聚集之区。西洋人吧哋哩呋等大约多系假托贸易，附搭洋船进口至粤之澳门、黄埔等处停泊，报行取保，卸货之后仍归原投之行歇寓办理一切，是以内地奸民接引各犯往往在此。况本年进口洋船倍于往日，更加闽商出洋船只数号飘收粤口，民夷杂处，查察尤当严密。即如泰来行商林时懋揽办之吧唯夷船，竟敢于黄埔透漏玛瑙税课数百余斤，当被拿获，经臣饬司审究。是内地奸商串通夷商潜行不法，实难保其必无。臣现在分委丞倅员弁，于各海口不动声色密访侦捕，一面开具逸犯名单密谕行商，于夷商投行之际留心体察，有无匪夷混入内地，而内地奸民有无来行招引夷人。该行既为商保，断无毫无闻见之理，务须据实即行禀报查拿，倘该犯蔡伯多禄等或因各省搜捕紧急，仍来粤省希图附搭洋船出口远飏(朱批：想早已远飏矣)，自得立时就获，不致漏网。

所有臣准咨办理缘由，理合恭折具奏，伏乞皇上睿鉴。谨奏。

(朱批：)以实为之，余有旨谕。

乾隆五十年九月二十八日

(宫中朱批奏折)

J9：宗教事务

5.53　两广总督孙士毅奏请将香山县举人麦德谥仍留教职折

乾隆五十一年七月十三日(1786年9月5日)

两广总督兼署广东巡抚臣孙士毅跪奏，为验看截取举人难膺民社请旨仍回教职原任，以重地方事。

据广东布政使许祖京将截取乾隆二十四年己卯科香山县举人现任海康县教谕麦德谥呈送验看前来。臣查看该员精力虽不甚衰颓，但履历已开六十五岁，如能赴部候选，需次尚三四年，是得缺时已在七十岁左右。且相其才质亦□司铎，难膺民社之任，自应仍令麦德谥回海康教谕原任，未便给咨赴部铨选，贻误地方。陈□吏部证册外，所有臣验看截取举人麦德谥膺民社仍就教职缘由，理合恭折具奏，伏乞皇上睿鉴。谨奏。

乾隆五十一年闰七月二十五日奉朱批：该部知道。钦此。

七月十三日

(军机处录副奏折)

J46(202、552)：宗教事务-教案(澳门、葡萄牙)

5.54　两广总督那彦成等奏报拿获接引西洋人欲赴山西传教主犯李如审明定拟折

嘉庆十年九月三十日(1806年11月20日)

两广总督臣那彦成、广东巡抚臣孙玉庭跪奏，为拿获接引西洋人欲赴山西传教之犯审明定拟，恭折奏闻事。

案据南韶连道朱栋具禀，山西阳曲县民人李如即亚立山，在香山县属澳门地方接引西洋人若亚敬，欲赴原籍传教，并雇同教之船户麦丙忠载送，又令倪若瑟陪伴同行，现经拿获，并起出番字经卷。等情。经臣那彦成与前抚臣百龄批饬解省，饬委广州府福明、署澳门同知彭选、广粮通判李临审办。兹据广东按察使吴俊会同布政使广厚讯明，拟议详解前来。臣等提犯覆加研讯，缘李如即亚立山籍隶山西阳曲县，有已故伯祖母李梁氏向习天主教，该犯祖父李玉章、父李纲及伯祖李阶、族人李玉粮等，均同入教，李如亦自幼传习。嘉庆六年间，李如贩货至广东南海县属地方贸易，有原籍福建迁居南海县之倪若瑟素习该教，往来熟识，并有新兴县船户麦丙忠曾载送李如生理，亦学习礼拜。十年三月内，李如至香山县属澳门地方买货，该处为西洋夷人聚居之所，建有天主堂，李如赴堂观看，适西洋人若亚敬在堂充当和尚，共谈习教之事，李如起意接引若亚敬赴原籍山西传教，若亚敬应允。四月十九日，李如回至南海县属佛山地方，先雇麦丙忠船只，言定送至乐昌县地方交替，给与船价番银二十圆，并浼倪若瑟伴送至湖南地方，许给工银十圆，麦丙忠、倪若瑟各皆应允，李如当交倪若瑟番银五圆，嘱其先赴麦丙忠船内等候。是月二十二日，李如复至澳门，向若亚敬告知，若亚敬剃头易服，装作内地民人，携带经卷随同李如雇坐不识姓名人小艇，于二十七日行抵佛山，走过麦丙忠船内开行。若亚敬一路捏病躺卧舱内，五月初七日将至韶关，李如恐关役盘查，令倪若瑟坐船过关，自同若亚敬上岸，由僻路绕过韶关，等候倪若瑟船到，仍同下船开行，即经关役查知，禀明南韶连道饬行曲江、乐昌等县截拿，并经广州府及南海、香山各县访闻派差追捕，知会前途协缉。十一日，李如等船至乐昌县河面，即被各该差役同乐昌县典史方琮拿获，起出番字经卷，解省饬委广州府福明等审拟解司，由藩臬司覆审招解前来。

臣等提犯研鞫，据李如即亚立山等供认前情不讳，严诘李如等，坚供伊等学习天主教，止系礼拜吃斋，悔过劝善，冀图消灾降福，并无充当神甫及不法别情，甫经接引若亚敬欲赴山西传教，即被拿获，亦无煽惑多人情事。质之若亚敬，亦称伊等西洋人习教不过劝善改过，是以随同接引前往传教冀立功德，实无别项情弊。其在澳门天主堂内充当和尚，亦止在堂吃斋礼拜，并无与民人辗转传教之事。矢口不移，似无遁饰。查核译出番字经卷，只系鄙俚虚诞之词诱人传习，尚无违悖字句。复查据澳门夷目禀覆，伊等俱系小西洋人，现获若亚敬籍隶大西洋，在澳门天主堂居住，其如何听从李如潜赴内地传教，并不知情。等语。并据倪若瑟、麦丙忠均供不愿出教。臣等谕以正义，勒令改悔，该犯等被惑较深，执迷不悟。

查嘉庆十年五月内钦奉上谕：据刑部奏，审明广东民人陈若望私代西洋人德天赐递送书信、地图，并究出传教习教各犯分别定拟，所有寄信人陈若望，著照刑部所拟，发往伊犁给厄鲁特为奴，仍先用重枷枷号三个月；德天赐著兵部派员解往热河，在厄鲁特营房圈禁管束。钦此。又刑部奏定旗民人等入教，如系汉军民人等，拟发烟瘴。等因。今李如即亚立山以内地民人，辄敢违禁学习天主教，复接引西洋人若亚敬赴山西传教，几致辗转煽惑，殊属不法，应请照陈若望之例，用重枷枷号三个月，发往伊犁给厄鲁特为奴。倪若瑟、麦丙忠违禁习教，复听从引送，迨经获解到官，尚称不愿出教，殊属怙恶，未便于李如罪上减等拟徒，应即照民人入教拟发烟瘴例，杖一百，发往极边烟瘴充军，至配所折责四十板，仍勒令出教。若亚敬以西洋夷人改装易服，私赴内地传教，煽惑愚民，应否钦遵上谕，解往热河在厄鲁特营房圈禁之处，候旨定夺。起出经卷，已饬销毁。澳门地方，系西洋夷人聚居，所建天主堂，免其拆毁，以示怀柔。仍出示晓谕，毋许民人私自入堂习教，并严饬夷目禁止夷人，毋得传教煽惑。麦丙忠、倪若瑟得受番银，照追入官。李如所供原籍习教之李玉粮等，移咨山西抚臣查拿究办。其倪若瑟之兄倪高振有无习教，已饬南海县严行查办。

除全案供招送部外，所有审办缘由，理合恭折会奏，并另缮供单敬呈御览。伏乞皇上睿鉴，敕部核议施行。谨奏。

（朱批：）刑部议奏。①

嘉庆十年九月三十日

（宫中朱批奏折）

J46(202)：宗教事务-教案(澳门)

5.55 大学士董诰等议奏李如接引西洋人欲赴山西传教审明定拟折

嘉庆十年十一月初十日(1805年12月30日)

太子太傅、大学士、管理刑部事务、革职留任臣董诰等谨奏，为遵旨议奏事。

内阁抄出，原任两广总督那彦成等奏拿获接引西洋人欲赴山西传教之李如审明定拟一折，嘉庆十年十月二十二日奉朱批：刑部议奏。钦此。钦遵。于二十五日抄出到部。

该臣等议得：据原任两广总督那彦成等奏称，案据南韶连道朱栋具禀，山西阳曲县民人李如即亚立山，在香山县属澳门地方接引西洋人若亚敬欲赴原籍传教，并雇同教之船户麦丙忠载送，又令倪若瑟陪伴同行，现经拿获，并起出番字经卷。等情。经臣那彦成与前抚臣百龄批饬解省，饬委广州府福明、署澳门同知彭选、广粮通判李临审办。兹据广东按察使吴俊会同布政使广厚讯明，拟议详解前来。臣等提犯覆加研讯，缘李如即亚立山籍隶山西阳曲县，有已故伯祖母李梁氏向习天主教，该犯祖父李玉章、父李纲及伯祖李阶、族人李玉粮等，均同入伙，李如亦自幼传习。嘉庆六年间，李如贩货至广东南海县属地方贸易，有原籍福建迁居南海县之倪若瑟素习该教，往来熟识，并有新兴县船户麦丙忠曾载送李如生理，亦学习礼拜。十年三月内，李如至香山县属澳门地方买货，该处为西洋人聚居之所，建有天主堂，李如赴堂观看，适西洋人若亚敬在堂充当和尚，共谈习教之事，李如起意接引若亚敬赴原籍山西传教，若亚敬应允。四月十九日，李如回至南海县属佛山地方，先雇麦丙忠船只，言定送至东昌县地方交替，给与船价番银二十圆，并浼倪若瑟伴送至湖南地方，许给工银十圆，麦丙忠、倪若瑟各皆应允，李如当交倪若瑟番银五圆，嘱其先赴麦丙忠船内等候。是月二十二日，李如复至澳门，向〔若亚敬告知〕，若

① 据军机处录副奏折，朱批时间为嘉庆十年十月二十二日。

亚敬剃头易服，装做内地民人，携带经卷随同李如雇坐不识姓名小艇，二十七日行抵佛山，走过麦丙忠船内开行。若亚敬一路捏病躺卧舱内，五月初七日将至韶关，李如恐关役盘查，令倪若瑟坐船过关，自同若亚敬上岸，由僻路绕过韶关等候，倪若瑟船到，仍同下船开行，即经关役查知，禀明南韶连道饬行曲江、乐昌等县截拿，并经广州府及南海、香山各县访闻派差追捕，知会前途协缉。十一日，李如等船至乐昌县河面，即被各该差役同乐昌县典史方琮拿获，起出番字经卷，解省饬委广州府福明等审拟解司，由藩臬两司覆审招解前来。臣等提犯研鞫，据李如即亚立山等供认前情不讳。严诘李如等，坚供伊等学习天主教，只系礼拜吃斋，悔过劝善，冀图消灾降福，并无充当神甫及不法别情，甫经接引若亚敬欲赴山西传教，即被拿获，亦无煽惑多人情事。质之若亚敬，亦称伊等西洋人习教不过劝善改过，是以随同接引前往传教，冀立功德，实无别项情弊。其在澳门天主堂内充当和尚，亦止在堂吃斋礼拜，并无与民人辗转传习之事，矢口不移，似无遁饰。查核译出番字经卷，只系鄙俚虚诞之词诱人传习，尚无违悖字句。复查据澳门夷目禀覆，伊等俱系小西洋人，现获若亚敬籍隶大西洋，在澳门天主堂居住，其如何听从李如潜赴内地传教，并不知情。等语。并据倪若瑟、麦丙忠均供不愿出教，臣等谕以正义，勒令改悔，该犯等被惑较深，执迷不悟。将李如枷号三个月、发伊犁给厄鲁特为奴，倪若瑟、麦丙忠拟军，若亚敬解往热河在厄鲁特营房圈禁，候旨定夺。等因。具奏前来。

查，乾隆五十年正月，臣部具奏，湖广省盘获西洋人吧哋哩映等，听从罗玛当家延请，潜往西安传教，解部审办，请将吧哋哩映等牢固监禁，永不释放。等因。奏准在案。

又是年十月钦奉上谕：前因西洋人吧哋哩映等私入内地传教，经各省查拿，解到交刑部审拟，定为永远监禁。今念该犯等究系外夷，未谙国法，若令其永禁囹圄，情属可悯。所有吧哋哩映等，俱著加恩释放，如有愿留京城者，即准其赴堂安分居住；如情愿回洋者，著该部派员押送回粤，以示矜恤远人、法外施恩至意。等因。钦此。

又本年五月内钦奉上谕：据刑部奏，审明广东民人陈若望私带西洋人德天赐递送书信、地图，并究出传教各犯分别定拟。所有寄信人陈若望，著照刑部所拟，发往伊犁给厄鲁特为奴，仍先用重枷枷号三个月；德天赐著兵部派员解往热河，在厄鲁特营房圈禁管束。钦此。又管理西洋堂事务协办大学士、户部尚书、宗室禄康等奏，酌定章程条款内称，旗民人等入教，如系军民人等，拟发烟瘴。等语。此案李如以内地民人，辄敢违禁学习天主教，复接引西洋人若亚敬赴山西传教，几致辗转煽惑，殊属不法，应如该督等所奏，应照陈若望之例用重枷枷号三个月，发往伊犁给厄鲁特为奴。倪若瑟、麦丙忠违禁习教，复听从引送，迨经获解到官，尚敢坚不出教，殊属怙恶，未便于李如罪上减一等拟徒，亦应如该督等所奏，应即照民人入教拟发烟瘴例杖一百、发极边烟瘴充军，至配所折责安置，仍勒令出教。该督等奏称，若亚敬以西洋夷人改装易服，私赴内地传教，煽惑愚民，应否钦遵上谕解往热河在厄鲁特营房圈禁之处，候旨定夺。等语。查热河厄鲁特营房，并非圈禁夷人之所，本年办理德天赐一案，奉旨解往圈禁，因德天赐系钦赐职员，在京当差，与夷人潜赴内地传教者不同，特蒙格外天恩，不得援以为例。今若亚敬以西洋夷人胆敢改装易服，听从接引，潜赴山西传教，核其情节，与乾隆五十年审办吧哋哩映等之案相符，若亚敬应请援照吧哋哩映等成案办理，或留于广东省永远监禁，或监禁一二年后再行释回之处，恭候钦定。

再，该督等又称，起出经卷已饬销毁。澳门地方系西洋夷人聚居，所建天主堂免其拆毁，以示怀柔。仍出示晓谕，毋许民人私自入堂习教，并严饬夷目禁止夷人，毋得传教内地民人。麦丙忠、倪若瑟得受番银，照追入官。李如所供原籍习教之李玉粮等，移知山西抚臣查拿究办，其倪若瑟之兄倪高振有无习教，已饬南海县严行查办。等语。均应如该督等所奏办理。其在原籍习教之李玉粮等，臣部移知山西巡抚严饬查拿务获，照例办理。并此外有无习教之人，一体留心查办。

臣等谨将议奏缘由恭折具奏。请旨。

嘉庆十年十一月初十日

太子太傅、大学士、管理刑部事务、革职留任臣董诰　尚书、革职留任臣觉罗长麟　尚书、革职留任臣姜晟　署左侍郎、兵部右侍郎臣广兴　署右侍郎、户部右侍郎臣恩普

（军机处录副奏折）

J46(202)：宗教事务-教案(澳门)

5.56　四川总督常明奏报拿获传习天主教人犯审明分别定拟缘由折

嘉庆二十年二月二十九日(1815年4月8日)

四川总督奴才常明跪奏，为拿获传习天主教人犯，审明分别定拟缘由，汇案奏请圣鉴事。

窃查，西洋天主邪教，最为风俗人心之害，自乾隆四十九、五十等年查办后，嘉庆十年复奉谕旨严禁。奴才于十五年到川，知川省习教人多，即经饬属查办，除将抗不悔教之犯照例治罪外，其悔教者共有二千余户，又有续行具悔者二百余户，于十六、十七等年，先后奏明在案。近年来，各属禀报尚有具悔之人，并有抗不具悔治罪者，是地方官查禁虽严，而此教总未能改除净尽。细加察访，竟有冒称西洋神甫、鉴牧名号，来往乡村诱惑愚民习教，尤应严拿惩办，以期净绝根株。节经檄饬各属，于稽查保甲之时，按户跟查去后。旋据宜宾县会同灌县拿获传教之朱荣即朱奥斯定一名，金堂县拿获传教之童鳌即童神甫一名。又据成都、华阳、宜宾、彭县、金堂、

崇庆、涪州、巴县、綦江、泸州、乐至等州县，先后拿获习教不悔之唐正玒等三十七名，及前因习教发遣释回复犯之张万效一名。又到案具悔之唐正林等三十二名，并自行投悔之周广盛等七百四十一名。禀报前来。

奴才查，周广盛等既系自行赴案具悔，自应遵旨概予省释，至朱荣、童鳌，均系传教要犯，即唐正玒等，或系抗不具悔，或系到案始行具悔，均应提省讯明，当即分别札饬遵办。兹据各该州县将朱荣、童鳌及唐正玒等共七十二犯，连呈缴及起获之经卷共五十三本、十字架共六百二十个、念珠三挂、图像四轴、教衣二副、教帽二顶，一并申解来省，由委员审拟勘详。奴才随即督同两司提犯覆讯，缘朱荣系贵州婺川县人，自幼来川行医度日，并无住址。乾隆四十八年在天全州地方会遇西洋人冯若望，拜从为师，冯若望给伊经卷，并教衣一副、教帽一顶。五十年，冯若望破案解京审办时，未将该犯供出。嘉庆十九年六月间，该犯在宜宾县与云南大关厅连界之落难沟地方贸易，会遇该处曾经奉教之唐正玒，彼此谈及学习天主教可以生前受福，死后升天，即商同捡出旧藏经卷，在唐正玒家从新诵习。朱荣遂以奥斯定为己名号，先后劝诱唐光勋等入教，经该县陆成本访闻，会营亲往查拿。其时，有自粤来川之徐姓，自称鉴牧名号，亦至唐正玒家，闻风先遁，当将唐正玒、唐光勋、唐光林、黄幗栋、梁善等拿获究出，该犯等均逃至崇庆州灌县一带地方，随会同该州县将该犯及唐正明、唐伸、唐大超、戴廷义、戴廷志、戴廷仁、戴廷璋一并拿获，起出衣帽、经卷、十字架等物，并据华阳、乐至等县将刘乾仕、何贵元缉获解审。其余年廷德等七名，一闻查拿即赴县具悔，呈缴十字架，经该县取结保候。此朱荣起意传徒及在逃被获之原委也。

又童鳌一犯，系福建上杭县人，乾隆年间曾往广东贸易，在澳门搭船到小西洋地方，拜西洋人铎德明额儿为师，给有经卷、圈像，并教衣一副、教帽一顶，在彼逗留十有余年之久。四十九年，该犯来川小本生理，因天主教系犯禁之事，久未诵习。嘉庆十九年九月间，该犯搬至金堂县地方居住，因年老不能贸易，又无子嗣，忆及铎德明额儿曾言如能广传此教，即死于官法，灵魂可升天堂，起意传教。随将昔年携回经卷捡出念诵，并将图像供奉，当有吴白太、袁世顺、柳存相并邹开鸿等多人被其哄诱，先后拜从习教。该犯自称神甫名号，设坛念经，即被该县崔景俨访知其事，会同营汛将该犯并吴白太、袁世顺、柳存相拿获，起出图像、经卷、衣帽、十字架等物。其余邹开鸿等二十四人，均闻拿赴案投首，呈缴十字架，取结保候。此童鳌起意传教、旋即被获之原委也。

提讯之下，各供认前情不讳。随提唐光勋、吴白太等质讯，据吴白太、袁世顺、柳存相三犯供认，拜童鳌为师，不愿悔教。又据唐光勋等八犯供认，俱拜朱勋为师，不愿悔教。其戴廷璋等五犯，则称误听朱荣引诱入教，今被拿获，情愿改悔是实。其唐正玒等各犯，逐加严究，佥供均系祖父相沿传习，不知始自何人。惟黄廷书、陈允生、徐文魁、李德耀四人供明系冯若望传授，前经改悔，近始复习。此内唐正玒、柳怀德、彭世和、彭崇良、王潮佐、何汉、夏尚魁、夏周氏、银克明、黄廷书、李崇贤、江志举、谢正礼、张良照、周荣、杨曾氏、陈有德、陈乾本、刘太相、朱文耀、朱文瑞、张文贵、邹志德、杨建生、李德耀、杨友，及发遣释回复犯之张万效，均称传习已久，不愿改悔。又吕润海、徐文魁、雷复顺、彭贵、杨伸、张荣亮、蒋在勋、文国顺、汪林、谢安和、傅子成、薛万元、卢紊奉、傅志先、陈万银、陈善洪、袁文安、王元、杜二、吴体会、张正元、王允琼、张维明、陈允生、杨国柱、杨文禄、何士荣，均称情愿改悔。等语。臣等查阅该犯等经卷，虽无违悖语句，惟朱荣、童鳌均系外省民人，来川传教，并自称神甫等名号，哄动乡愚，其意自在广为传习，恐所传之徒不止现供人数，反覆究诘，该犯等坚供伊等传教不久，即有遗漏，实因偶然相遇劝令入教，不能一一记其姓名。至唐正玒等，并非该犯等所传之徒，该犯等亦无另有骗钱聚众情事，再三诘究，矢口不移，案无遁饰。

伏查，嘉庆十六年钦奉上谕：嗣后旗民人等向西洋人转为传习，并私立名号煽惑及众，为首者定为绞决。等因。钦此。又部议：传习天主教被诱之人，改悔出教者，概予免罪；到官后始行改悔者，于遣罪上减一等，杖一百、徒三年；倘执迷不悟，即照新例改发新疆，给厄鲁特为奴。各等语。此案朱荣即朱奥斯定、童鳌即童神甫，明知天主邪教查禁甚严，乃敢私立名号传徒惑众，均属愍不畏法，朱荣、童鳌均应照例拟绞立决；其抗不改教之唐正玒、唐光勋、唐正明、唐伸、唐大超、黄国栋、戴廷志、戴廷义、刘乾仕、吴白太、柳存相、袁世顺、柳怀德、彭世和、彭崇良、王朝佐、何汉、夏尚魁、夏周氏、银克明、黄廷书、李崇贤、江志举、谢正礼、张良照、周荣、杨曾氏、陈有德、陈乾本、刘太相、朱文耀、朱文瑞、张文贵、邹志德、杨建生、李德耀、杨友、张万效三十八名口，均应照新例改发新疆，给厄鲁特为奴，仍照例刺字。张万效年已八十，杨曾氏、夏周氏系属妇人，均例应收赎。惟张万效系乾隆四十一年接引西洋人李多林传教案内问拟发遣，减释收赎之犯，乃不知悛改，仍复习教，应与执迷不悟之杨曾氏、夏周氏均不准其收赎，以为甘心惑溺者戒。唐光林等于到案后始行改悔，亦应照例问拟，唐光林、戴廷璋、戴廷仁、何贵元、梁善、吕润海、徐文魁、雷复顺、彭贵、杨伸、张荣亮、蒋在勋、文国顺、汪林、谢安知、傅子成、薛万元、卢紊奉、傅志先、陈万银、陈善洪、袁文安、王元、杜二、吴体会、张正元、王允琼、张维明、陈允生、杨帼柱、杨文禄、何士荣三十二名，均应照例杖一百、徒三年，各至配所折责充徒。彭崇良、张正元，于讯供后病故，应无庸议。其闻拿改悔之周广盛等七百四十一名，业经照例省释，应免其查议。经卷、图像、念珠、衣帽、十字架，案结销毁。在逃之徐鉴牧，分咨邻省，并严饬各属查缉务获。此案传教习教各犯，各该州县均已拿获多名，且刻下正在查拿吃紧之际，应请照地方官自行查拿究办，无论年限内外，均予免议之新例邀免议处。

再查，川省幅员辽阔，山居人户散处畸零，此等传教匪徒行踪又极诡秘，倘耳目稍有不周，即现称真心悔教之人，一经诱惑，亦难免阳奉阴违，复行传习，且恐竟有西洋人潜匿其间，暗中煽惑，尤不可不严防密访。奴才现又剀切出示晓谕，并督饬各属，将已编之保甲，不时挨户清查，周而复始，使民间知天主邪教断为律法所不容，并非查办一次即可了结，庶可格其非心，端其趋响，以仰副我皇上崇正黜邪之至意。

除全案供招咨部外，所有审拟现获人犯缘由，理合恭折具奏。

再，各属尚有续行具报拿获各犯，容俟奴才另行照例分别题咨办理。合并声明，伏乞皇上睿鉴训示。谨奏。

嘉庆二十年三月二十六日奉朱批：另有旨。钦此。

二月二十九日

（军机处录副奏折）

J46(202、565)：宗教事务-教案(澳门、法国)

5.57 湖北巡抚张映汉奏报审讯现获传习天主教之沈方济各等犯及派员缉拿各犯情形片

嘉庆二十四年七月十四日(1819年9月3日)

再，嘉庆二十四年六月十三日，承准军机大臣字寄内开，奉上谕：琦善奏，拿获传习天主教犯刘方济各等，讯据供称，在湖北谷城、南漳、郧县等处传教多年，并供出习教各犯姓名开单具奏，单内人犯俱载有年岁住址，著张映汉迅即派员前往谷城等处按名查拿解省，该抚亲提审讯，与案内楚省先获各犯质证明确，一并按律定拟具奏。张映汉前经准其来京祝嘏，现在审办此案人数众多，该抚不可因起程期近草率了事，如迟至八月未能审结，即奏明留楚办案，无庸来京。其豫省现获之刘方济各等三犯，著琦善即派员解赴楚省归案审办。将此谕知张映汉，并谕琦善知之。钦此。

又于十四日奉上谕：昨据琦善奏，拿获西洋传教首犯刘方济各供称，伊于乾隆五十六年同来京办事之西洋人喇弥哟到广东澳门地方，喇弥哟进京，伊即由广东、江西到湖北传教，喇弥哟到京后，曾通过信息，说在京城西洋北堂办事。等语。当交英和传提喇弥哟讯问，据奏称，传到西洋人南弥德，据供，原名喇弥哟，系西洋拂郎西亚国人，于乾隆五十六年自本国起身来京，经过王家营，在客店内住宿，闻开店人说才有西洋人刘姓从京中回去，曾在店住宿一夜，并未见面，到京后闻得有西洋人刘姓在东堂当差，已经回去，此外并无刘姓人同伴到澳门之事。至我们带信，系带至广东总督衙门转交苏姓，并不与别人带信。等语。与琦善所取刘方济各供词不相符合，显系恃无质证，诡词支饰。刘方济各现已解往楚省，著张映汉即提该犯，讯以自本国到澳门与喇弥哟同舟时，是否已称刘姓，抑仍用本国姓名；其喇弥哟到京后与伊通信，系在何年，托何人带至湖北交与伊手；喇弥哟在京曾否传教，谅伊亦必知悉，俱令据实供吐。该抚讯明后，录取供词，由驿覆奏。将此谕令知之。钦此。先后遵旨寄信前来。

伏查，此案前经臣会同督臣庆保，饬据襄阳府属地方文武各员拿获习天主教沈方济各等二十二犯解省审办，究出有刘方济各一犯闻拿逃赴河南，随飞咨河南抚臣密拿，会同督臣附片具奏在案。嗣提现犯研鞫，据沈谷瑞即沈方济各供称，藉隶安徽石埭县，方济各系伊教名，自伊父在时即习天主教，念十戒经。该犯于嘉庆元年到京行医，并作裁缝。三年上与素识习教的浙江人杨老大会遇，引该犯入天主堂习教。六年上在天主堂内曾见过喇弥哟，那时他在西洋北堂充当《格物穷理》的差使(朱批：京中无此差使)，因他是上等人，不能与他叙话。到二十一年九月，该犯自京起身到湖北谷城县，在已获的孙瑞章、徐光美两家始会遇西洋人刘方济各与直隶宛平人何依纳爵在那里传教，同教人皆称他二人为神父，每月四次与众人讲说西洋经卷，谓之坐瞻。凡入教之人，各出钱一二百文，在神父处报名，该犯亦即入会，到本年正月间，本县查拿严紧，该犯即被拿获，刘方济各与何依纳爵闻风潜逃，今听说刘方济各已被河南拿获。何依纳爵是直隶宛平县人，年约三十余岁，中等身材，光面有须，从前在京时住宣武门内城根东头马道地方，现在不知逃往何处。再，刘方济各的刘字，本不是他的姓，按西洋话是克肋得三字，以汉话切音是刘字，方济各三字，按西洋话是佛郎西斯果。这刘方济各曾听说是乾隆五十六年间从西洋由广东澳门来到湖北，在谷城县天主堂落住，后天主堂拆毁，才到孙瑞章家居住，他曾否与喇弥哟同舟及曾否到京，实不知道。惟该犯二十一年九月自京起身时，喇弥哟曾著人送书信一封交与该犯转寄与刘方济各，书面写刘爷开拆，其书信中的话，不得知道。各等语。以上系讯据沈方济各一面之词，是否尽确，及其解说刘字与方济各三字是否果系西洋国方言，均须与刘方济各质对方得确实。至其余孙瑞锦等二十余犯，讯据仅止习教随众听讲，并无称为神父及坐瞻传徒情事。查刘方济各等三犯，准河南抚臣知会，已于六月十二日起解，计不日即可到楚，一俟解到时，臣再遵照圣谕指出各情节，逐层彻底研究，务得确情定拟，断不敢稍事草率。

至奉到应缉各犯单内，查有与现获之犯姓名相同者，有与从前各县投悔案内之犯姓名相同者，又有据现犯供指已经身故者，有现在应行缉拿者，自应一并分别确查访缉。臣已由省拣委同知方士淦并明干标弁数名，飞驰各该县会同该地方文武，照单内所开各犯住址地方按名缉拿，其即有前已投悔者，亦仍应拘案确讯，其与已获之犯重名者，亦应查明是否即系其人，其称身故者，并应确查有无虚捏，取具地邻甘结，以昭切实，总期不使一名漏网，分别惩办。仍谆嘱委去员弁并地方文武，务须安静密办，断不得捕风捉影，惊扰良民。仍飞咨直隶督臣、顺天府府尹，按照讯出逸犯何依纳爵住址、年貌，一体严缉。

除俟刘方济各等犯解到后质讯各犯确供，再遵旨由驿覆奏外，谨将审讯现犯大概供情及派委缉拿各犯缘由，合先附片陈明。谨奏。

（朱批：）另有旨。[1]

（宫中朱批奏折）

J46(202、565)：宗教事务-教案(澳门、法国)

5.58　湖北巡抚张映汉奏覆讯取传习天主教犯刘方济各等人供词情形折

嘉庆二十四年七月十五日(1819年9月4日)

湖北巡抚臣张映汉跪奏，为讯取传习天主教犯供词，遵旨由驿覆奏，仰祈圣鉴事。

窃臣前奉谕旨：刘方济各现已解往楚省，著张映汉即提该犯，讯以自本国到澳门与喇弥喲同舟时，是否已改称刘姓，抑仍用本国姓名；其喇弥喲到京后，与伊通信系在何年，托何人带至湖北交与伊手；喇弥喲在京曾否传教，谅伊亦必知悉，俱令据实供吐。该抚讯明后，录取供词，由驿覆奏。将此谕令知之。等因。钦此。

维时，刘方济各尚未准河南解到，臣当将湖北已获之沈方济各及余犯等讯取大概供情，及派员缉拿逸犯各缘由，先行附片奏闻在案。兹于七月初三日，准河南抚臣将刘方济各并续获之龚保禄、靳宁等委员押解到楚，臣随亲督委员提犯逐细研究，据刘方济各供称，年七十二岁，系西洋拂郎西亚国人，在该本国名克肋得，乾隆五十六年间，同喇弥喲、卑呢额斯定三人自本国一路同船到广东澳门，喇弥喲即进京当差，我同卑呢额斯定起意到中国来传教，适遇一广东习教人，不记得姓名，曾说起湖广谷城县地方信这教的多，我同卑呢额斯定随要到湖广谷城县来。又听得广东人说，西洋人到中国，必要个汉姓称呼，我就将克肋得三字对音切为刘姓，卑呢额斯定即切为李姓。又恐路上官人盘问，不敢一同行走，卑呢额斯定先起身，我后起身，前后都到谷城县天主堂内落住，半年后，卑呢额斯定就因病身故，只剩我一人。嘉庆十七年，天主堂奉官拆毁，我就在已获的孙瑞章家住。我自到湖北，京中的喇弥喲曾寄与我书信约两三次，是何人寄来，年久都记不清。今沈方济各供说二十一年上他曾寄来喇弥喲书信一封交给我，我想起来是他曾寄过喇弥喲书信一次，书信内都是问候套语，并无别话。至喇弥喲曾否在京传教，实不知道。当日与他在澳门分路时，他有二十六七岁，微须圆脸，中等身材，这多年不见，不知他是何相貌了。我从前自澳门一直到湖北谷城，并没到过京在东堂当差，也没到过王家营在客店里住宿。我初到谷城，是在天主堂里坐瞻讲经，我的中国话说不全，本地人又不懂西洋话，每坐瞻讲

[1] 据军机处录副奏折，朱批时间为乾隆二十四年七月十四日。

经时，只得学著中国话讲西洋经内的些道理与众人听，若自己念经，是西洋的本话。自天主堂拆毁后，我就在孙瑞章家坐瞻，凡来听讲的人，就算我的学生一样，称我为神父，或称刘爷，不过是尊敬的意思。后来不记年分，又有一直隶人何依纳爵来到谷城，也会讲经，就在一处坐瞻，同教人也称他为神父，凡来听讲的各出钱一二百文，以作香火之资，报名入教。本年春间，谷城县查拿严紧，有在逃的陈量友邀我逃到现获的胡元家住了几日，又到老河口遇见在逃的南漳县同教人王老四，一同雇船逃至河南已获的靳宁家。那王老四、陈量友各自回去，我一人在靳宁家住了七八天，闻河南查拿的也紧，就同靳宁雇车想同逃别处，先到了河南已故的周玉贵家住了几日，又向前去，因无处藏匿，仍回靳宁家，就被河南拿获。等语。臣当将搜获之西洋经，令该犯与沈方济各译出数句，是我们该钦崇爱慕并礼拜一个天主，在万物之上；又我们该当爱慕恭敬父母，懂得是世上的尊长；我们该当爱别人如自己，并禁止我们自己的本权不杀人，也不伤害别人。等语。臣又向其追问，你在襄、郧一带传教，地方上如有习白莲、牛八等教之人，你等自然系属一气。据供，白莲、牛八等教俱是犯法惑众的事，我们西洋教迥是两道，断不与他们往来。臣又查，该犯久来湖北谷城县多年，谷城与河南接壤，其于两省所到地方必多，其传徒自亦不少，当不止湖北已获之二十余犯，及在河南供出之五十余人。复向其逐细追究，据供，我自来湖北谷城多年，实止到过郧西县已获的徐作霖家一次、南漳县已获的彭廷相家一次、房县已获的杜均珩家一次。至河南，止到过南阳县已故的靳文成家一次。每处不过住七八天就仍回谷城，因为日不久，听讲的人甚少，并没到过别处。其在谷城，来听讲入教的人本多，有本县人，也有外县人，这现到案的孙瑞章们二十余人，多半都是听过讲的，其前在河南供出的五十五人，也多半是听遇讲的。至此外尚有何人，因年分已久，人数众多，我年老昏愦，实在不能全数记得指出名姓。臣当又将节年奏明各州县到官投悔免罪各犯花名清册内所载姓名，逐一念与该犯指认，据供，其中有记得曾听过讲的，也有不记得曾否听过讲的。臣又查，该犯当年同卑呢额斯定与喇弥哟同到澳门，喇弥哟系奉调来京当差之人，该二犯系私入内地，何以与喇弥哟附舟同行，喇弥哟岂有不问其意欲何往，难保喇弥哟不有指引其来楚传教情事。随又向其切实根究，据该犯供称，我与卑呢额斯定起意要进中国传教，原告诉过喇弥哟的，并非他指引来的。当日在逃的何依纳爵自京来到谷城，说起他在京时见喇弥哟，曾向他说我现在湖广谷城县传教，所以何依纳爵才寻来的。各等语。再三究诘，此外别无可供指。

随复提沈方济各讯据供称，我自嘉庆二十一年由京来谷城，在已获的孙瑞章、徐光美家才遇见这刘方济各与何依纳爵在那里坐瞻讲天主教经，我亦即入会。我从前在京城天主堂时，原学会说些西洋话，并识得些西洋字，来到谷城，又经刘方济各随时指教，所以也会讲西洋经卷，后来也曾在徐光美家坐过瞻，所有听讲的人，也仍是听刘方济各讲经的人，但不如他的人多，自己并未另收徒弟，也没到过别处，现在到案的二十余人俱认得的。至刘方济各在河南供出的五十余人内中，我认得的少，不认得的多，此外指不出别人来了。嘉庆三年我在京时，曾听得人说东堂内一充当画工差使的西洋人刘姓，不知他名字，并未见过面，听说已回西洋去了，那喇弥哟所指在王家营客店的刘姓，是否即是此人，不敢混供。再，我于二十一年自京起身来湖北时，那喇弥哟约年五十多岁，圆脸浓黄须，中等身材，曾交给我书信一封，转寄刘方济各收拆是实。余与该犯前供相同。质之刘方济各，供亦无异。

又据河南解到之龚保禄供，年六十三岁，谷城县人，在白云沟地方居住，父母已故多年，弟兄四人，三个哥子也都身故，我祖上习天主教，经咒俱是父母口传，并没师父，也没传徒。我女人李氏，娘家在河南南阳县城外住，离靳宁家三四十里，岳父母等俱故，只有妻侄李猫，从前也曾习教。这刘方济各同沈方济各在谷城坐瞻传教，我早已认得，本年二月内，因本县拿习教的人严紧，我害怕，即逃往河南岳丈家躲避，不料妻侄李猫业已悔教，就将我呈首到县的。

又据河南解到之靳宁供称，河南南阳县人，年五十三岁，父亲靳文成，我家祖习天主教，并没传徒。嘉庆十八年，刘方济各到小的家住过七八天就仍回谷城去了，父亲于十九年病故，二十一年我到过谷城一次，住在孙瑞章家。今年二月，有在逃的陈量友、王老四送刘方济各到我家，陈量友、王老四当就回去，独刘方济各在我家住过七八天，听得南阳查拿甚紧，我就雇了车想与刘方济各同逃，因路上无处藏匿，走了几天仍一同回来就被拿获的。等语。质之湖北先获之孙瑞章、孙瑞锦、胡元等，供俱相符。其余各犯，切究均只习教听讲，并未传徒。惟内有情愿改悔者，有始终执迷不悔者，自应于将来定案时分别定拟。此以上系臣连日亲讯各犯之供情也。

至奉旨饬拿刘方济各在河南供出谷城等县之教犯五十五名，兹按单内姓名、住址，复向刘方济各及龚保禄等逐名根问，据该犯等供，此五十余名在河南问官追问时，内有多半系该犯等认识者，亦有该犯等并不认识亦不知其住址者。查应缉各犯，前已经臣由省检派文武员弁会同该地方文武按照姓名、住址密往缉拿，连日以来，据各委员等先后禀报，已于谷城、南漳、郧县、郧西等县地方陆续拿获单内之犯三十六名，又查明已故者四名。臣当饬令将已获之犯速解来省质审。其未获各犯，无论刘方济各等是否认识，既有姓名、住址，自应一律踩缉，务期全获，以凭归案审办。仍谆饬安静密缉，不得藉端滋扰良民。

除俟全案人犯缉获到日，再行逐一覆讯，照例定拟具奏外，所有臣亲讯各犯供情，钦遵谕旨由驿具奏，伏乞皇上睿鉴。谨奏。

（朱批：）另有旨。①

嘉庆二十四年七月十五日

（宫中朱批奏折）

---

① 据军机处录副奏折，朱批时间为嘉庆二十四年七月二十四日。

J46(202、565)：宗教事务-教案(澳门、法国)

5.59　吏部尚书英和奏报讯取喇弥哟即南弥德供词请交刑部严审折

嘉庆二十四年七月二十七日(1819年9月16日)

奴才英和谨奏，为请旨事。

本月二十六日报到，接准军机大臣字寄，奉上谕：张映汉奏，审讯刘方济各等传习天主教一案，据刘方济各供，系西洋拂郎西亚国人，在该国名克肋得，乾隆五十六年间同喇弥哟、卑呢额斯定三人自本国一路同船到广东澳门，喇弥哟即进京当差，伊同卑呢额斯定起意到中国来传教，适遇一广东习教人，不记姓名，曾说湖广谷城地方多信此教，广东人又告以西洋人到中国必要汉姓称呼，遂将克肋得三字对音切为刘姓，卑呢额斯定切为李姓，先后至谷城县天主堂居住，卑呢额斯定旋即病故，伊在谷城因嘉庆十七年天主堂拆毁，即往已获之孙瑞章家坐瞻传教。自到湖北，喇弥哟寄信约两三次，不记何人寄来。二十一年，沈方济各曾寄来喇弥哟书信一次，都是问候套语。伊前自澳门直至湖北，并未到京在东堂当差，亦未到过王家营，伊与卑呢额斯定起意进中国传教，附喇弥哟之舟同行，曾将传教之言向告，其在逃之何依纳爵自京到谷城时，亦称系闻自喇弥哟告知伊在湖北，是以前来寻访。等语。喇弥哟即南弥德，系来京当差之人，刘方济各等私入内地，附舟同行，曾将传教之言告知，又复常通信息，显有商同传教情事。著英和即提喇弥哟严切追问，伊既与刘方济各常通音问，又知该犯在楚传教，告知何依纳爵赴彼寻访，伊在京多年，亦必有传教之事，其所传究系何人，共有若干，令其据实供明，勿任狡展。倘讯有传教情节，即奏交刑部审办，若伊在京并未传教，取具切实供词奏明，解往湖北与刘方济各质证明确，归案办理。将此谕令知之。钦此。钦遵。

奴才随派役传唤西洋人南弥德到案，详加讯问。据南弥德供，我系西洋拂郎西亚国人，原名喇弥哟，年五十三岁，乾隆五十六年自本国起身，至五十九年到京，在北堂居住，现充内阁翻译。我来京时，本国约有百余人与我同船到广东，他们就在广东一带做买卖，俱知道我进京当差。今蒙严讯，卑呢额斯定、刘方济各彼时与我同船，我并不认识。何依纳爵，我也不认识，并无叫何依纳爵到湖北寻访刘方济各，我也无寄信的事。至我在京中当差，遇有人问我，我就向他讲天地的道理，至他曾否奉教，我不知道。问过我的人，实记不得姓名。所供是实。等语。

查，刘方济各在湖北供出，曾与西洋人喇弥哟同船至粤，喇弥哟将传教之言告知，又复寄信两三次等情。讯之喇弥哟即南弥德供称，遇人问询，便讲道理，即属传教。讯以所传究系何人，共有若干，而该西洋人供词狡展。磨问三时之久，坚不据实供吐，又不便遽事刑讯，相应请旨，将喇弥哟即南弥德交刑部严审，具奏请旨办理。为此谨奏。

嘉庆二十四年七月二十七日

（军机处录副奏折）

J46(202、565)：宗教事务-教案(澳门、法国)

5.60　湖北巡抚张映汉奏报遵旨审明刘方济各等传习天主教案分别定拟折

嘉庆二十四年十一月二十一日(1820年1月6日)

湖北巡抚臣张映汉跪奏，为遵旨审明定拟，恭折具奏，仰祈圣鉴事。

窃照西洋人刘方济各潜入湖北谷城县传习天主教讲经惑众一案，前经臣将亲讯各犯供情及遵旨派员拿获各逸犯名数先后覆奏，叠奉谕旨饬审在案。嗣于嘉庆二十四年八月十四日钦奉上谕：张映汉奏，审讯传习天主教犯刘方济各等供词一折，刘方济各商同卑呢额斯定私入内地传教，既曾向喇弥哟告知，附舟同行，嗣喇弥哟进京当差，又常与该犯等通信，现已降旨令英和向喇弥哟严切讯究，讯明后再解往湖北归案质审。著张映汉一面先向刘方济各等再行严讯该犯等私入中国传教，究竟是何意见，并诘以中国所奉有儒、释、道三教，其余一切邪教概行查禁，若使中国有人私往该国传习儒、释、道三教，该国之人岂即甘心崇奉。至该犯等所传之天主教，在中国即系邪教，不惟大皇帝崇正黜邪，法难宽宥，即各省督抚亦必严拿惩办，不容稍滋煽惑，该犯等何敢于屡次查禁之后，仍复潜踪传习，是何居心，令其据实供吐，勿任狡饰。该犯与卑呢额斯定起意传教，应照邪教为首律治罪，现在卑呢额斯定业经病故，俟喇弥哟解楚讯明定案时，刘方济各一犯应即照律拟以绞决。其余供出习教各犯，俱著按名查拿，分别定拟具奏。将此谕令知之。钦此。

兹于十一月初三日，准前途将喇弥哟递解到楚。臣当即将各犯分别押禁，以防其彼此串通，一面督同臬司陈廷桂暨委员署武昌府知府倪汝炜等，提集全案人犯逐一覆加研讯，缘刘方济各系西洋拂郎西亚国人，本名克肋得，乾隆五十六年因在本国穷苦，即邀约同国人卑呢额斯定前来中国，欲图传授天主教骗钱餬口，一同搭船从该国起程时，值有一赴京当差之喇弥哟共坐一船，始相认识，彼此闲谈，刘方济各当将欲赴中国传教之事向喇弥哟告知。迨后船至广东澳门，喇弥哟即分路进京，刘方济各与卑呢额斯定在广东居住数月，遇一习教不知姓名人言及湖广谷城县地方肯信奉此教，刘方济各随与卑呢额斯定商约同来。又听人说，到中国必须改从汉姓，刘方济各即将本名克肋得三字对音切为刘姓，并起教名方济各，卑呢额斯定切为李姓。恐路上有人盘问，不敢同行，卑呢额斯定先行起身，刘方济各随后亦抵谷城县，问得该县茶园沟地方旧有天主堂一座，刘方济各等即在堂居住。半年后，卑呢额斯定因病身故。刘方济各渐学习中国言语讲解西洋经典，称说有人诚心信奉，来世可转生好处之语，向人哄诱，随有现获之谷城县人孙瑞锦、孙瑞长即孙瑞章、徐光媚即徐光美、欧必荣、欧允太、欧允兴、李志玉、黄正先、张添绪、冯朝相、陈量友、龚保禄、赵方舟、商正科即尚正科、艾老夭即艾叙贵、王云、徐二傻子即徐文忠、周永荣即周富之子、吴王氏、袁魁一、黄正位、许志先、胡元、杜第恒、唐玉、胡添禄、张邓氏、郑老四即郑熊、丹大伦、田宗文、刘正荣即刘正珑、胡正幗、张金即张廷、胡三即胡正常、崔礼、陈姓即陈辉潮、徐汝相即徐宏景之子、徐汝明即徐老三之子、张魁、杜建谷、尚正举、黄老三即黄启文、张有山、张斌同父张大钟、杨国举同父杨之白、郭佑同父郭玉连、田中富同父田正学、徐仁、徐尚仁、焦怀礼、焦怀智、周仁、李自富即李子富、邓恒贵即邓恒魁、曾明即曾明圣、徐宾即徐斌、彭举即蓬举、贺云即何云、刘治幗即刘之幗、吴倚经即吴以敬、吴倚杰即吴以节，南漳县人王世进、王世荣即王景之子、彭廷相、彭朝斗、彭朝信、杜连义、李荣、刘显相，房县人杜均珩、马文榜、杜连斌、沈明德、沈兆祥，郧县人徐佐相即徐作相，郧西县人徐作霖、徐作材、闻老夭即闻克义、张德爵等八十三人，并已故之冯真、刘宗文、刘文彩之子刘安儿、吴倚路、徐作栋、王栋等六人，及未获之王老四、焦怀举、胡正榜、马三等四人，均系向日祖父相沿传习天主教。因刘方济各能解西洋经典，随各信奉，希图求福，即称刘方济各为神父，或称刘爷，每月斋期四日，届期齐集天主堂内听刘方济各讲经一次，名为坐瞻。初次入会之人，出钱一二百文，在刘方济各处报名，以后每次给钱二三十文，备办神前香烛使用。嗣后不记年分，有未获之直隶人何依纳爵来至谷城县，称系京城喇弥哟指引找寻刘方济各入会，刘方济各见何依纳爵亦能讲经，随与一处坐瞻。迨至嘉庆十七年，因省城上司衙门行文严查教匪，该县将天主堂拆毁，刘方济各、何依纳爵即搬至孙瑞章家居住，仍与众人按期坐瞻。嗣又有现获之安徽石埭县人沈谷瑞即沈方济各，向随伊父习天主教，后到京城行医并裁缝生理，于三年上有同教之浙江人杨老大荐引该犯在天主堂内跟随西洋人吉德明服役，即在北堂从吉德明学习西洋字并西洋说话，迨吉德明于十七年病故，该犯随即出堂。彼时，闻得在京作生意人已故之袁凡玉说起有西洋人刘方济各在湖北谷城传教，该犯欲前往投奔，又恐刘方济各不肯收留，想起前在北堂时曾常见过喇弥哟，若得其书信荐去，方有依靠。因喇弥哟系上等之人，该犯业已出堂，不能与之见面，随假托喇弥哟之名，自已用西洋字捏造书信一封寄与刘方济各，书内叙通候及嘱托照应之语，信面写刘爷开拆四字携带起身，于二十一年至谷城县，将假信面交刘方济各收受，刘方济各信以为实。当时听讲之人逐渐增多，孙瑞章家房屋窄小，难以容下，因沈方济各与何依纳爵均能识西洋字，并晓西洋言语，随将西洋经内道理向何依纳爵等指教明白，令何依纳爵搬至空庙、沈方济〔各〕搬至徐光美家，分为三处宣讲，凡听经之人，或赴刘方济各处，或赴何、沈二人处，各从其便。所有入教各犯，惟按期听讲，并未另行传徒惑众。二十四年正月内，经该县藩元焘访闻查拿，刘方济各畏惧，随与已获之陈量友，将经卷、图像及坐瞻时所用烛台等项收藏山洞之内，相伴躲至已获之胡元家。因差拿日紧,存身不住,又与陈量友逃至老河口,遇见未获之王老四,一同雇船逃往河南。该县潘元焘随先后将沈方济各、孙瑞锦等二十余犯拿获,并经署南漳县范正祥拿获王世进等四犯、房县蒋启兰拿获杜均珩等十余犯,并起出经卷、图像、十字架等物,先后禀经提解到省。经臣究出刘方济各一犯逃赴河南,当经飞咨河南抚臣密拿,该犯闻风图脱,即与已获之陈量友、未获之王老四一同逃至河南南阳县已获之靳宁家躲避。陈量友、王老四各自转回,刘方济各在靳宁家居住七八日,又与靳宁雇车至已获之周安堂侄媳周靳氏家借住数日,复向前去,因无处藏匿,仍回靳宁家,旋被南阳县拿获。又有龚保禄一犯,因谷城县查拿,逃往南阳县妻侄李猫家躲避,经李猫呈送到县,一并解经河南抚臣查讯,当究出刘方济各与喇弥哟同来中国,曾经通信,并讯出楚省习教人犯五十五名开单具奏,钦奉谕旨饬拿审办,臣当即拣委同知方士淦并明干标弁四名,饬令协同各该县访拿。旋据方士淦等会同各该县文武各员,先后拿获单内有名之犯赵方舟等,及本身已经残废老病,拘获该犯之子张斌等共四十六犯;又查明单内业已病故之冯真、刘宗文、刘文彩之子刘安儿、吴倚路、徐作栋、王栋六犯;此外尚有单内未获之焦怀举、胡正榜、马三、郭玉莲四犯;又有不在单内,经本省先后拿获沈方济各、孙瑞锦等三十三犯;又河南省续行拿解楚之龚保禄等三犯,统计现犯,连刘方济各共八十三名,一并拘解在省,节经讯有确供。兹喇弥哟递解来楚,复提齐全案人犯逐一研讯,据各供悉前情无异。此以上系遵旨拿获并楚、豫两省先后访获各犯,及喇弥哟解到后三面质讯之原委也。

臣当又钦遵谕旨指示,将刘方济各等私入中国传教,究竟是何意见,并以中国所奉有儒、释、道三教,该犯等所传之天主教在中国即系邪教,不惟大皇帝崇正黜邪,法难宽宥,即督抚亦必严拿惩办,该犯等何敢于屡次查禁之后,仍复潜踪传习,是何居心,向刘方济各严行究讯。据供,该国之人无论贵贱,均习天主教,其中国之儒教,尚知尊奉,但不解者多。至释、道二教,素不讲究。该犯实因在本国穷苦,无以谋生,是以来中国传教,希图骗钱餬口。初到中国时,并不知伊本国之教系犯例禁,所以引人传习。彼时,凡读书之人,多不听信,惟乡间农民求福心盛,都相信从。后知天朝大皇帝崇正黜邪,除儒、释、道三教之外,伊等之教与白莲、红莲、牛八等教均为邪教,查禁甚严,本省督抚又不时饬地方官访拿周密,因此农民信从者亦渐少,骗钱渐不容易,自己亦知畏罪,但已来至中国多年,既无盘费转回该国,且究赖有听信之男妇几十人,仍可借以养生,是以冒罪引诱传习,实无别意。等语。其情词似尚可信。又刘方济各前在豫在楚先后供称,伊到谷城后,曾与喇弥哟通过信息一节最为紧要,今究讯刘方济各供称,伊于二十一年间,曾据沈方济各自京寄到喇弥哟书信一次,此后并未接有书信,至其真假,实不能知。讯之沈方济各,则称前次书信实系该犯自己捏写,冒充喇弥哟亲手书信。及质之喇弥哟,则坚称实无寄书信之事。各等语。臣查,前讯据沈方济各明白供称,伊二十一年自京起身时,喇弥哟曾著人送书信一封交给转寄与刘方济各,何以今忽称系冒名捏写,即刘方济各前供,亦称伊自到楚后,喇弥哟曾寄与书信两三次,是何人寄来不能记忆,今经质审,何以又止认沈方济各寄来一信，其余数次，其实在有无，又不肯指实。查，刘方济各、沈方济各及喇弥哟，非同国相识，即奉教最笃之人，难保无彼此袒护，互为徇隐情弊，必须彻底根究。当将刘方济各、沈方济各二犯加以刑吓，令其据实供吐。据刘方济各供，我与喇弥哟分路到湖北后，曾记接过一信，系何年何人带来原已忘记，所以前在河南不能供出带信人名字，后来解到湖北与沈方济各质讯，才想起喇弥哟之信系沈方济各带来，实系伊该国西洋字，信内是通候并嘱照应沈方济各等话，本是实情。前蒙向我追问，说我在楚已二十余年，与喇弥哟通信必不止此一次，再三严究，我因年老怕受刑法，又不甚懂得汉话，是以随口含糊混说通信两三次，其实止接过沈方济各寄来一信，是真是假，当时并不能知道。如果此外喇弥哟另有通信之事，现在本身已犯重罪，岂还肯眼下受刑代为隐瞒的理。至何依纳爵前来谷城时，原称系喇弥哟指引，今喇弥哟不认，想也是何依纳爵捏造的。等语。复诘据沈方济各供，我前在天主堂系跟主服役之人，这喇弥哟是当差上等之人，我虽在堂内常见，并不交谈，本不敢求他书信，且我于十七年出北堂后，官查严紧，即不能私自再入堂内，我于二十一年才起身来湖北，亦无从求得喇弥哟书信是实。我要投刘方济各，怕他不收，因喇弥哟系有身分的西洋人，想刘方济各敬重他，所以用西洋字捏写喇弥哟书信一封，以图刘方济各收留入教，及到楚投信后，刘方济各果然被诳，待我甚好。前次怕问重罪，不肯据实供出，今蒙严讯，又有喇弥哟质证，难以隐瞒，不敢再行混执，且我与喇弥哟不过在京认识，今日岂肯甘认冒写之罪代为开脱。等语。及质之喇弥哟，则坚称我与刘方济各从前仅止同船才相认识，并无交情，有何书信可说。且当日但知他来中国传教，并不知他在湖北，又何由寄信。况这沈方济各，系于十七年出了北堂，即与他无从见面，又何处交信与他转寄。不但刘方济各从前混供接信三两次实在没有，即一次也是冤枉的。至刘方济各本名克肋得，其何时改为姓刘，我亦不知，是以前在京中问我刘方济各名字，我实不认识，今到楚省当堂对面，始认得即当日在澳门同船的克肋得。至于何依纳爵，从不认识，何从有指引前来寻刘方济各的事。层层剖辩甚力，反覆究诘，均矢口不移，似属实情。其余各犯内，孙瑞长、徐光媚、欧必荣、欧允太、欧允兴、李志玉、黄正先、张添绪、冯朝相、陈量友、龚保禄、赵方舟、商正科、艾老夭、徐二傻子、周永荣即周富之子、吴王氏、王世荣即王景之子、杜均珩、马文榜、杜连斌、沈明德、沈兆祥等二十三犯，再三严究，虽均无另有传徒敛钱情事，而始终执迷不悟，不愿改悔。又孙瑞锦、王世进、王云三犯，前已赴官投悔，后因生病，复又习教，现亦不愿改悔。惟袁魁一等五十五犯，现均情愿跨架开斋悔教。臣随讯明各犯等吃斋日期，将其素所供奉十字架，令其当堂跨架开荤，该犯等均各欣然跨越吃荤，并无难色，察其悔教，实属出于真诚。案无遁饰，自应照例分别拟议办理。

查例载，西洋人在内地传习天主教，倡立讲会蛊惑多人，为首者拟绞立决；仅止听从入教，不知悛改者，发新疆给额鲁特为奴；被诱入教之人，如能悔悟，赴官首明出教者，概免治罪；若被获到官始行悔悟者，于遣罪上减一等，杖一百，徒三年。等语。又嘉庆二十二年刑部办理天主教人犯萧志方等一案，钦奉上谕：本日，步军统领衙门及北城御史奏，拿获素习西洋教人犯各一折。向来习天主教者，如真心改悔，必肯跨越十字架。所有此次解部各犯讯问时，不必于地面上界画十字令其试跨，即将该犯等家内起出素所供奉十字木架，各令其跨越，如果欣然试跨，并无难色，是即真心出教，即行免罪释放。等因。钦遵在案。此案刘方济各以西洋人潜入内地传习天主教，并以讲经名色煽惑多人，自应遵旨照例定拟。刘方济各合依西洋人在内地传习天主教，倡立讲会蛊惑多人，为首者拟绞立决例，拟绞立决。沈谷瑞本系听从刘方济各讲经之人，追后刘方济各因听讲人多房屋窄小，将经内道理向其指教，令其分地讲经，所有听经之人，即系听刘方济各讲经之人，该犯并未另行传徒，自未便以为首定罪，惟该犯于到官后，尚不知悛改，自应照例科以应得之罪。沈谷瑞即沈方济各一犯，除捏冒喇弥哟书信轻罪不议外，应与现在到官不愿改悔之孙瑞长、孙瑞锦、王云、王世进、徐光媚、欧必荣、欧允太、欧允兴、李志玉、黄正先、张添绪、冯朝相、陈量友、龚保禄、赵方舟、商正科、艾老夭、徐二傻子、周永荣即周富之子、王世荣即王景之子、杜均珩、马文榜、杜连斌、沈明德、沈兆祥、吴王氏等二十六犯，均合依听从入教，不知悛改者发新疆给额鲁特为奴例，改发回城分给大小伯克及力能管束之回子为奴，均照例分别刺字发配。内吴王氏一犯，虽系妇女，但于到官后尚坚不改悔，情殊可恶，未便援例收赎，应实发驻防兵丁为奴，以示惩儆。田中富、徐仁、徐尚仁、焦怀礼、焦怀智、周仁、李自富、邓恒贵、曾明、徐宾、彭举、贺云、刘治幗、吴倚经、吴倚杰、彭廷相、彭朝斗、彭朝信、徐佐相、徐作霖、徐作材等二十一犯，系先已自行赴官首悔；袁魁一、黄正位、许志先、胡元、杜第恒、唐玉、胡添禄、张邓氏、郑老四、丹大伦、田宗文、刘正荣、胡正幗、张金、胡三、崔礼、陈姓即陈辉潮、徐汝相即徐宏景之子、徐汝明即徐老三之子、张魁、杜建谷、尚正举、黄老三、张有山、张大钟之子张斌、杨之白之子杨国举、郭玉连之子郭佑、闻老夭、张德爵、杜连义、刘显相、李荣、周安、靳宁等三十四犯，系到官后始行改悔，应请一并援照前奉谕旨并定例，准其免罪释放，交保管束，仍饬地方官不时稽查，倘再有习教情事，加等治罪。内靳宁、周安二犯，系河南省解来，应仍解回原籍管束。喇弥哟讯无通信情事，应递回刑部听候发落。起获各经卷、十字架、图像，概行销毁。所有各逸犯，通行严缉，获日另结。内何依纳爵一犯，虽据刘方济各供称与沈方济各仅止听从分处坐瞻，但曾否各自传徒及此后有无另行传教惑众之处，统俟缉获到案之日另行严究办理。此案系各该县自行访闻拿获多犯，嗣经究出刘方济各之名，移咨河南缉获其余各犯，亦系该道府营汛督同地方员弁及委员拿获，功过尚足相抵，可否宽免处分，出自天恩。

除备具全案供招送部外，所有审拟缘由，谨恭折具奏，伏乞皇上睿鉴，敕部核覆施行。谨奏。

（朱批：）另有旨。

嘉庆二十四年十一月二十一日

（宫中朱批奏折）

J44(202、565)：宗教事务-天主教-传教活动(澳门、法国)

5.61 两广总督耆英奏请姑允法国驰禁天主教之请以示羁縻等情片

道光二十四年九月十一日(1844 年 10 月)※

再，查咈囒哂之崇奉天主教，与大西洋相等，考诸往籍，该夷在前明曰佛郎机，于正德十三年遣使臣咖唦呥咊等入粤请贡未许，因留不去。迨嘉靖二年遂寇新会，渐据澳门，故澳门之为夷所据自咈囒哂始。嗣后大西洋人丽玛窦来澳寄居，传习天主教，咈囒哂人辄以澳门让大西洋，而自归其国。该夷权力什倍西洋，而甘以地让者，服丽玛窦之教也。

近年住澳番僧多系大西洋之意大利亚人，而咈囒哂有番僧吒嘶、吒喹二人，能为华语，该国夷目嘞哂咡、嗔嗑噫等于二十一年间连次进省谒见在事诸臣，托为助攻暎夷之说，均系番僧吒嘶为之居间传译。其请将天主教驰禁之意，盖已早萌于心，此次夷使喇噂呢到粤，虽将吒嘶等弃而弗用，或该番僧先将此意通知国主，故喇噂呢奉令而来，期于必得，请而后已，亦未可知。奴才督饬委员连日与之反覆辩难，实已不遗余力，乃驳诘愈严，请求愈坚，总因该夷素称强悍，自矜为西洋大国，此次以兵船多只航海远来，既劳且费，所冀非止一端。既欲假助顺之名观光上国，又思藉代防之计窃据偏隅。迨见咪唎㗆北上业已中止，无不效尤。而咖唎㗆久在中华，略识天朝法度，晓然于虎门建楼之请必不能行，该夷使已无计可施，若仅照咪夷旧式定一通商章程，则彼贸易无多，又未免徒劳往返。因而专求天主教驰禁之一途，以为回覆国主，夸耀邻邦之计。其术已穷，其志已决，若过为峻拒，难免不稍滋事端，奴才悉心体察夷情，熟权其轻重缓急，似应姑允所请，以示羁縻，仍申明分别治罪条例，严定禁止夷人擅入内地传教章程，以存限制。至该夷通商章程业经议定条款，一切均照暎、咪二夷新例，字句互有异同，情节尚无出入，其税钞亦愿遵例输纳，并无异辞。惟据称丁香、洋酒二项均系伊国出产，税例似觉较重，求为减则。查该二物每岁进口均属无多，其税则之增减无关饷项之赢绌，当可俯如所请，以示体恤。

除俟回省后再行会同抚臣程矞采、海关监督臣文丰查核具奏外，理合附片陈明。

再，奴才于拜折后即率同藩司黄恩彤等由澳启程回省。谨奏。

道光二十四年十月初二日奉朱批：另有旨。钦此。

(军机处录副奏折)

J44(565)：宗教事务-传教活动(法国)

5.62　两广总督耆英奏报遵旨酌拟妥办天主教驰禁折

道光二十四年十一月初五日(1844 年 12 月 14 日)

两广总督奴才耆英跪奏，为遵旨细心筹度，酌拟妥办，恭折由驿密奏，仰祈圣鉴事。

窃照咈囒哂夷使喇噚呢请将天主教弛禁一案，前经奴才缮折具奏，道光二十四年十月十六日承准军机大臣字寄，十月初二日奉上谕：据耆英奏体察夷情，请稍宽禁令，以示羁縻一折，又另片奏，该夷请求愈坚，似应姑允所请，并通商章程业经议定条款。等语。览奏俱悉。等因。钦此。又承准军机大臣密寄，同日奉上谕：本日据奏咈夷请弛习教禁令一节，已有旨谕令耆英再向该夷使明白开导。等因。钦此。遵旨寄信前来。奴才跪诵再三，仰见我皇上圣明指示，剀切周详，于慎持大体之中，寓俯顺夷情之意，下怀不胜钦服。

惟查该夷使请求各款，多属非分之干，业经奴才严行拒绝。其天主教弛禁一节，亦屡经往覆辩难，折以法度，谕以情理，不啻舌敝唇焦。无如驳诘愈严，请求愈坚，中间龃龉情形几成决裂。迨经藩司黄恩彤委曲求全，婉转开导，始定为姑允所请，以示羁縻，仍申明治罪条例，严定禁止夷人擅入内地传教章程，以存限制。该夷使亦情愿恭候谕旨，不敢别有请求。旬日以来，时而峻拒力争，时而罕譬曲喻，一切驾驭之术，固已竭尽无余，即使再向开导，亦不能出乎历次辩论事理之中，恐未能顿然悔悟。且奴才回省后，该夷使于十月初一日来省，经即选道潘仕成借给栈房，捐备食用，奴才复率同藩司黄恩彤等出城加以款接，该夷使极为欢忭，已于初九日回澳，其兵船八只陆续驶出外洋，仅有火轮船一只、中巡船一只尚在澳洋寄泊。察看夷情，甚属安静，不至别生枝节。此时若再赴澳向其辩论，该夷使必虑及所请未蒙允准，顿启猜疑，势将哓渎不休，又或未定之局，转觉于事无济。

伏思天主教虽与白莲、八卦等项邪教不同，究属久干例禁。今该夷使再三吁请，始将旧例量为变通，诚如圣谕，万无明降谕旨通谕中外之理，似亦无庸颁发檄谕，晓谕该夷。奴才细心筹度，谨依贴黄述旨事例，由奴才将天主教弛禁之处，酌拟简明节略附陈，并拟谕旨依议二字，粘贴黄签，恭候钦定，如蒙俞允，奴才即行知该夷使钦依遵照，并移咨各省督抚一体查照办理。再，该夷使既无国书呈递，与咪唎㗎事体不同，应请无庸降诏答奖。

所有奴才酌拟妥办缘由，理合恭折由驿密奏，并将简明折一件粘贴述旨黄签，恭呈御览，是否有当，伏祈皇上圣鉴训示。谨奏。

道光二十四年十一月初五日奉朱批：另有旨。钦此。

(军机处录副奏折)

J46(551)：宗教事务-教案(西班牙)

5.63　湖广总督裕泰等奏报将盘获西洋传教士委员送往广东传同西洋领事官认领管束片

道光二十六年六月初五日(1846年7月27日)

再，臣等接据署湖北安陆府知府王启炳禀据潜江、京山等县禀称，盘获形迹可疑之西洋人，称名纳巴罗，即陆怀仁，并起获经卷、善书及供奉天主十字木架等物。讯系由广东香港地方，来至湖北沔阳、潜江、京山一带，先后会遇鄢志焕、张世湧、余其才、王时礼、熊友恒，劝令行善，并无不法情事。传同鄢志焕等，禀经该府押带来省，听候核办。等情。饬据湖北按察司程焕采报，委署武昌府知府夏廷桢、署汉阳府知府姚华佐，会同该府王启炳查讯去后。

兹据该府等详称，查阅起到书本，系《圣教要理》、《万物真原》二书，并十字木架等物，并无违悖字样。提验纳巴罗，业已剃发，服饰口音均与内地人大略相同。讯据纳巴罗供称，又名陆怀仁，西洋大吕宋国艾拉纳大府人，年三十八岁。西洋称传习天主教的为教秀才，供奉十字架，劝人行善改过，孝敬父母，恪守王法。道光二十一年随夷船先到广东澳门，后到香港，该二处向与夷人通商，都造有天主堂，礼拜天主，念诵经卷。二十三年到过上海。以后有咈囒哂通事给予盘川，就携带圣教各出念诵，在沿海地方劝人行善。因衣服、言语与中国不同，随改穿内地服饰，学习中国人口音，又恐关口盘诘，剃去头发，独自游行，雇人挑送行李。因不识路径，于二十六年四月间，来到湖北沔阳、潜江、京山一带，先后会遇曾经学习天主教之鄢志焕、张世涌、余其才、王时礼、熊友恒。问知姓名，就说是原籍广东，谈起西洋天主教是供奉十字架，劝人行善，各散，旋被盘获，沿途并无传教及为匪不法情事。只求解送广东，附搭夷船回国。并讯据鄢志焕、张世湧、余其才、王时礼、熊友恒，各供系沔阳、潜江、京山、荆门等州县人。本年四月内，先后与纳巴罗会遇，谈及西洋供奉天主十字架，劝人行善，各散。从前曾经习教，业已改悔，并无拜从纳巴罗行习教情事，由司详解前来。臣等亲提覆讯无异。

伏查本年三月间，准两广督臣耆英等咨会，奏奉上谕：学习天主教为善之人，准免治罪，惟外国人概不准赴内地传教，以示区别。等因。仰见圣明洞烛隐微，予以定制，庶不致别滋流弊。今盘获之纳巴罗即陆怀仁，据供系西洋大吕宋国人，因在沿海等处地方游行，来至湖北。第既能讲说内地语言，且又剃发，是否确系西洋夷人，抑系沿海匪徒诈冒饰混，无从辨别，自应委员解赴两广督臣衙门，就近传同西洋领事官认领管束，如系匪徒假冒，即从严惩办。起获各物，当已给还。民人鄢志焕等，讯未拜从习教，应毋庸议，递籍保释。

除饬司委员详请给咨，妥为获解外，理合附片具奏，伏乞圣鉴。谨奏。

道光二十六年六月初五日奉朱批：另有旨。钦此。

（军机处录副奏折）

J44(551)：宗教事务-传教活动(西班牙)

5.64 两广总督耆英等奏报遵旨讯明湖北获解传教夷人饬交西洋夷目收管折

道光二十六年七月二十八日(1846年9月18日)

协办大学士两广总督臣耆英、广东巡抚臣黄恩彤跪奏，为遵旨讯明湖北获解传教夷人，饬发西洋夷目收管，恭折覆奏，仰祈圣鉴事。

窃臣等承准军机大臣字寄，道光二十六年二月初五日奉上谕：据裕泰等奏，盘获传教之西洋夷人，解赴广东。等语。该夷因在沿海等处地方游行，来至湖北传习天主教，既能讲说内地语言，且又剃发，是否确系西洋夷人，抑系沿海匪徒饰混诈冒，著耆英、黄恩彤于湖北委员将该夷人解到时详细研鞫，如系匪徒假冒，即从严惩办，倘实系西洋夷人，别无不法情事，即著斟酌情形，妥为办理。原片抄给阅看。将此谕令知之。钦此。

旋准湖北省咨，解到西洋夷人纳巴罗即陆怀仁一名，饬据广东按察使严良训、委员候补道赵长龄，督同广州府详细研鞫，据该夷人纳巴罗即陆怀仁供，年三十八岁，大吕宋国人，幼习天主教，道光二十一年从罗玛图来到广东澳门，又到香港，有西洋人扶昭灵给予盘费，令伊到湖北传教。二十三年七月，由香港搭船上海，恐沿途盘诘，剃去头发，学习内地言语。旋从上海起身，独自游行，雇人挑送行李，因不识路经，于二十六年四月走到湖北沔阳、潜江、京山一带即被拿获。伊所习天主教止系劝人为善，并无不法别情是实。等供。反覆究诘，矢口不移，由该司道等详解前来，臣等亲提覆讯无异。

伏查该夷纳巴罗以外夷辄赴内地，希图传教，殊属有违定约。惟既据讯明实系大吕宋国人，并无别项不法情事，当经询之在粤夷人，亦有与纳巴罗素相认识，其非匪徒饰混诈冒，实属可信。该国并无领事在粤，应即发交西洋夷目严加管束，以免再出滋事。

除将纳巴罗即陆怀仁饬发香山县转交西洋理事收管外，理合将讯办缘由恭折覆奏，伏乞皇上圣鉴。谨奏。

道光二十六年九月初四日奉朱批：钦此。

七月二十八日

（军机处录副奏折）

J46(565)：宗教事务-教案(法国)

5.65 两广总督耆英等奏报讯明至藏传教之法国夷人仅为传教并无别情折

道光二十六年九月初三日(1846年10月22日)

协办大学士两广总督臣耆英、广东巡抚臣黄恩彤跪奏，为遵旨讯明至藏传教之咈囒哂夷人，谨将酌办情形恭折覆奏，仰祈圣鉴事。

窃臣等承准军机大臣字寄，道光二十六年闰五月二十一日奉上谕：前据琦善等奏，盘获咈囒哂夷人至藏传教，将该夷人于讯供后，委员解赴四川，当降旨令宝兴于该夷解到时，将其来历及经过处所详讯确情具奏。兹据奏称，研讯该夷人等，所供与驻藏大臣所讯大略相同，察其须眉眼色，确系夷人，并非内地奸徒假冒。等语。该夷远涉重洋，经历数省，学习各处文字语言，意究何居。所供仅止劝人为善，别无他意，所传人数姓名，不能记忆，恐难凭信。至该国王发给戒表，特赴广东交与驻扎总官，前往各处传教，是否实有其事，著耆英、黄恩彤于解到时将该夷等详细研鞫，并暗加体访，该夷人是否实系该国所遣，及有无送银接济之事，并将匣内所贮夷信、夷书等件，交通晓夷字之人逐件译明，庶可得其底细。如果确系咈囒哂夷人，仅为传教，并无别项情节，即著斟酌情形，妥为办理。原折及供单均著抄给阅看，将此谕令知之。钦此。

旋准江西省转准前途各省，将该夷人噶哔哟唎额、霍哩斯塔二名咨解到粤，当饬臬司严良训会同委员候补道赵长龄，督同广州府将该夷等详细研鞫。据供，伊等于道光十六年及二十一年先后来至中国传习天主教，到过广东、福建、江西、湖北、河南、山东、直隶等省，由京城赴关东，彼此会遇，复由边外蒙古地方行走至甘肃兰州等处，同往西藏，致被拿解。等供。核与四川督臣及驻藏大臣所讯供词大略相同。诘以该夷远涉重洋，经历数省，学习各语言文学，竟究何居。据供，伊国以传教为功德，多传一人，即多得一功德，是以不惜远道，来至中国，前赴各省传教。又因伊国语言文字中国人不能通晓，是以学习中国文字并各省语言，无非为便于传教起见，并无他意。伊等所习天主教，实系劝人为善。至所过各省，均时来时去，并无久留。所传人数亦无册籍记载，实在不能追忆姓名。诘以广东向来咈囒哂贸易之人甚属无多，其领事设自近年，从前并无夷目羁留于此，所称驻扎总官系属何人，何以该国王有发给戒表来粤照验之事，至伊等远赴内地，时阅数年，路经万里，盘费亦属不赀，何能尽由本国带来，究系何处何人接济，令其一一确切指出。据供，伊等所携戒表，如中国僧人度牒，澳门各国夷人同教不少，见此度牒，便可收留居住。其实十六年、二十一年伊等来粤时，伊国委无驻扎总官，前在四川省系属混供，所需盘费缘伊等剃发改装，又粗通中国及满、蒙语言文字，与内地僧人无异，随处募化，均有人施舍。伊等俱系单身，无多花费，是以不致困乏，兼有盈余，并非另有别人接济。伊并称，闻本国领事现在澳门，伊等沿途感受风寒，尚需在省医治，恳求暂交嗬囒国领事收领。等情。由司详解前来。

臣等亲提研鞫无异。遵复暗加体访，该夷实系咈囒哂人，并非奸徒冒混。随将匣内所贮夷信、夷书转交委员平庆道潘仕成，密传通事翻译，因与红毛文字不同，未能辨识。复经该道交咪唎唑国夷目识认，据称夷信系该夷等从前在粤所接家信及该国王所给传教文凭，即该夷等所称戒表，夷书仍系天主教常行之书，西洋称为福音书，词句较多，一时不及翻译，现有伊等旧存译就汉字刻本呈阅。等语。并据该委员向该夷目取到汉字夷书一本查阅，文词鄙俚，尚无违悖字句。当饬将该夷噶哔哟唎额、霍哩斯塔二名发交嗬囒夷目收领，转交咈囒哂夷目管束。旋接咈囒哂夷目吡咕申称，该夷等实系由伊国前来中国传教，今蒙递还，不胜感激。等情。

伏查天主教自前明利玛窦传入中国，已历数百年之久，而澳门之大、小三巴寺均建立多年，向为番僧麇聚之所，华夷错杂，真伪难分。上年咈囒哂夷首请将习教为善之人免予治罪，臣等即料各国夷人必有潜赴内地传教者，是以定议时，特于约内注明，不许夷人远赴内地传教，严立限制，以便将来遇有拿办，免致藉口。此次噶哔哟唎额等及前次大吕宋国夷人纳巴罗先后经西藏及湖北查拿解粤，均经讯明于数年前赴内地传教，系在未定条约之先，当即发交各该夷目收领，并饬按照条约严加管束，该夷目等以成约在先，各无异说。以后遇有似此案件，办理当可不致棘手。

除将咪夷呈出译汉夷书一本咨交军机处查核外，所有讯明该咈囒哂夷人仅为传教，并无别情，及臣等办理缘由，理合恭折具奏。伏乞皇上圣鉴。谨奏。

道光二十六年十月十六日奉朱批：钦此。

九月初三日

（军机处录副奏折）

J46(565)：宗教事务-教案(法国)

5.66　两广总督徐广缙等奏报照会法国夷酋将其国传教夷人罗启桢认领片

道光二十九年正月二十五日(1849 年 2 月 17 日)

再，本年八月间，先准四川督臣琦善来咨，嗣由广西抚臣傅绳勋委员护解咈囒哂传教夷人罗启桢一名到粤。讯据供称，系咈囒哂昂茹地方人，夷姓楞努，名沙乐，又名楞乃。道光十八年来至澳门,传行天主教,随后由湖北到四川,意欲进藏,走至察木多被获。等供。核与原咨大略相同。

查咈囒哂现有夷酋啦哄在粤,当即援照条约,备文照会该酋,将罗启桢认领。旋据该酋收到照覆,理合附片陈明,伏乞圣鉴。谨奏。

道光二十九年正月二十五日奉朱批:知道了。钦此。

(军机处录副奏折)

J44:宗教事务-天主教-传教活动

5.67 文渊阁大学士耆英奏报遵旨据实回奏民人投递信函情形折

道光三十年八月初五日(1850年9月10日)

奴才耆英跪奏,为遵旨据实回奏事。

窃本月初四日承准军机大臣字寄,奉上谕:本日据刑部奏,现审学习天主教人犯,供有致信大员情事一折,著耆英明白回奏。刑部原折并该犯丁光明信稿二件,均著抄给阅看。将此谕令知之。钦此。遵即详阅刑部原奏及民人丁光明信稿二件。

查奴才于道光二十三年春间,在两江总督任内,奉旨派往广东,与哄咭唎会议通商税则,十一月仍回两江总督任。次年春调补两广总督,四月到任,在澳门办理咪唎㗆、咈囒哂两国事务。原同咈囒哂夷酋议定,止准在通商五口建堂礼拜,如擅入内地拿送。等因。奏准在案。均与西洋夷人毫不相涉。彼时有无罗类思帮同办理哄夷之事,断不能掩委员及文武地方官耳目。今该民人丁光明供称,大西洋国罗类思禀函内又写类思罗,在广东帮同奴才办理哄夷之事有功,许其转奏,实无其事。至供闻奴才业已奏过,并有修天主堂之信,究系闻自何人所说,一经根究,不难水落石出。又供二十八年八月,伊写就禀帖,托人送至奴才家投递,并本年五月至七月,伊到奴才家投信四次,均未通禀。奴才遍询家丁等,据称二十八年八月,实未见有面生可疑之人投信。本年夏间,曾有人三次投递信函,因签上书写大人,又无姓名,且来人语言含混,均未接收。七月初又来投递信函,签上书写耆中堂,追问其此信由何处寄来,系何人之信,惟称南边罗大人托寄,问其罗姓究系何人,伊不能指,实见其词色支离,其信仍未接收,即驱逐门外。等语。惟奴才家丁于该民人屡次投递信函,虽未接收,并不即时禀明究办,实属糊涂。奴才复再三诘问,实系因其词色支离,未敢接收,尚无别情。

除奴才家丁听刑部质讯外，所有奴才遵旨明白回奏之处，理合恭折据实覆奏，伏乞皇上圣鉴。

再，奴才现因背间生疽，请假调理，合并陈明。为此，谨奏。

道光三十年八月初五日

（军机处录副奏折）

J44(546)：宗教事务-传教活动(意大利)

5.68　署理陕西巡抚谭廷襄奏报盘获潜来内地传教之夷人龚山林情形折

咸丰十年七月二十一日(1860年9月6日)

三品顶戴、署理陕西巡抚臣谭廷襄跪奏，为盘获潜来内地传习天主教夷人，恭折具奏请旨事。

窃据留坝同知具报，盘获携带图像、经卷夷人龚山林并同行之谢若望等，经该管道府派员解省，发交藩臬两司，督同西安府查讯。据龚山林供系西洋意大利国教化所管振国府圣茹斯多夷人，本姓玛尔的乃哩，名类斯，年四十九岁。意大利国毗连佛兰西国，素习天主教。伊通晓汉语，经本国发给执照，同廉神甫由海道至广〔东〕澳门，改换衣冠，潜入内地传教。廉神甫中途病故，伊于道光二十四年由广东来至陕西高陵县，遇见在彼寄寓之山西人高一志，捏称同乡，央留居住。高一志因患瘫病，随伊念经，吃斋祈福。旋有高陵县人李茂禄、李信，城固县人王学书，沔县人谢若望先后随伊习教。嗣李茂禄迁居汉中府，伊于本年四月带同谢若望、李信同往探望，行至留坝，即被盘获，质之李信、〔谢〕若望，供俱相符。随派员前赴高一志家搜查供奉天主教处所，存有龚山林衣物及十字架、图像、经卷，又起出龚山林原携执照一纸，系属夷字，无从辨认。饬令龚山林译出汉字，系令类斯玛尔的乃哩神甫〔往〕中国陕西地方传教。等语。讯据高一志供认，因病随同龚山林习教祈福属实，现在瘫痪不能动履。高一志家及龚山林行李内均查无违悖之件，由该司等详请核办前来。

臣查自五口通商以后，天主教虽经弛禁，惟原约止准游行五口附近之处，不得擅入内地传教。从前遇有盘获夷人，皆系解回广东及上海，交该国领事遣回本国。兹盘获夷人龚山林来陕多年，讯止希图传教，别无不法情事，自应查照成案办理。惟上海道路恐尚梗阻，可否将该夷人龚山林委员解交河南，接解至湖北、湖南，解〔往〕广东，由两广总督饬交该领事遣回本国，抑或解交何处，臣未敢擅便，伏候谕旨遵行。至李信、谢若望及高一志，讯系愚民随同诵经习教，别无不法情事，应照成案，饬令地方官严加管束。未获之李茂禄、王学书仍饬查缉，获日另结。

所有拿获潜来内地传习天主教夷人，查讯缘由，理合恭折具奏，伏乞皇上圣鉴训示。谨奏。

咸丰十年八月十五日奉朱批：著由豫、楚解回广东。钦此。

七月二十一日

（军机处录副奏折）

G1：外交关系 J44：传教活动

5.69 葡使罗为请于执照盖印发还以便传教士前往海南地方传教事致总理各国事务恭亲王奕欣等照会

光绪二年五月初八日（1876 年 5 月 30 日）

大西洋特命钦差驻扎中国日本暹罗全权大臣、澳门地扪总督罗，为照请事。

现据澳门副主教啪喊哑咨呈内称：现有大西洋国天主教神父嘤嗱嗹咧嘎嘣哔吋，为往广东所属海南地方传教，请照会贵总理衙门王大臣等，请赐印照，以得前往。等语。据此，查本西洋国与贵国所立和约第十二款内载：凡入内地之人，必有执照持往。是以本大臣准给执照，给该神父嘤嗱嗹咧嘎嘣哔吋收执，该执照由本大臣画押为凭。今遵照和约第十二款，将该执照送与贵总理衙门王大臣等，请盖印于照内，发回以凭转给收执，并请饬令海南地方官，照两国和约睦好之谊，保护该传教士神父嘤嗱嗹咧嘎嘣哔吋，冀得平安可也。

合行照会，顺候时祉。须至照会者。计附执照一张。

右照会工部左侍郎成、头品顶戴兵部左侍郎崇、吏部尚书毛、军机大臣大学士管理吏部事务实、大清钦命总理各国事务和硕恭亲王、军机大臣大学士文、军机大臣协办大学士兵部尚书沈、户部尚书董、署兵部左侍郎郭、三品顶戴通政使司副使夏。

光绪二年五月初八日

（军机处照会）

6. 财　　贸

M14：财政-赋税

6.1 署理广东等处承宣布政使司事王士俊奏为呈送香山县编审过丁口应征银两数目册折

雍正六年十二月(1728年12月—1729年1月)

署理广东等处承宣布政使司事、分巡肇高廉罗道佥事、驻扎广州府加一级臣王士俊谨奏，为请定编审画一之期开垦劝惩之法以隆国本事。

依奉今将行据广州府香山县造报雍正四年届编审过所属各都图丁口应征银两数目备造简明总册理合进呈。计开：

香山县所属各都图总旧管人丁壹万贰千陆百捌拾叁丁壹分，内除康熙五十五年届盛事滋生人丁伍拾丁钦奉恩诏永不加赋。实编征人丁壹万贰千陆百叁拾叁丁壹分，内原全书额载优免人丁壹千伍百壹拾玖丁柒分，康熙六十年届止免人丁捌百捌拾肆丁，每丁止派盐钞银贰分捌厘零叁丝陆忽，共银贰拾肆两柒钱捌分叁厘捌毫贰丝肆忽。尚存免不尽人丁陆百叁拾伍丁柒分，每丁派征徭差民壮均平银壹钱陆分玖厘零伍丝伍忽，共银壹百零柒两肆钱陆分捌厘贰毫陆丝叁忽伍微，又盐钞银贰分捌厘零叁丝陆忽，共银壹拾柒两捌钱贰分贰厘肆毫捌丝伍忽贰微。实全编人丁壹万壹千壹百壹拾叁丁肆分，每丁派征徭差民壮均平银壹钱陆分玖厘零伍丝伍忽，共银壹千捌百柒拾捌两柒钱柒分伍厘捌毫叁丝柒忽，又盐钞银贰分捌厘零叁丝陆忽，共银叁百壹拾壹两伍钱柒分伍厘贰毫捌丝贰忽肆微。食盐课银贰千柒百陆拾口零壹分肆厘，每口派征盐钞银贰分捌厘零叁丝陆忽，共银柒拾柒两叁钱捌分叁厘贰毫□丝伍忽零肆纤。

新收人丁壹千叁百陆拾伍丁柒分肆厘，内盛世滋生人丁捌丁，恩诏永不加赋，实编人丁壹千叁百伍拾柒丁柒分肆厘，每丁派征徭差民壮均平银壹钱陆分玖厘零伍丝五忽，共银贰百贰拾玖两伍钱叁分贰厘柒毫叁丝伍忽柒微，又盐钞银贰分捌厘零叁丝陆忽，共银叁拾捌两零陆分伍厘伍毫玖丝捌忽陆微肆纤。食盐课银贰百玖拾肆口壹分柒厘，每口派征盐钞银贰分捌厘零叁丝陆忽，共银捌两贰钱肆分柒厘叁毫伍丝零壹微贰纤。

开除人丁壹千叁百伍拾柒分肆厘，每丁派征徭差民壮均平银壹钱陆分玖厘零伍丝□……□（此处缺七行）。

食盐课银贰百玖拾肆口壹分柒厘，每口派征盐钞银贰分捌厘零叁丝陆忽，共银捌两贰钱肆分柒厘叁毫伍丝零壹微贰纤。

开除人丁壹千叁百伍拾柒丁柒分肆厘，每丁派征徭差民壮均平银壹钱陆分玖厘零伍丝伍忽，共银贰百贰拾玖两伍钱叁分贰厘柒毫叁丝伍忽柒微，又盐钞银贰分捌厘零叁丝陆忽，共银叁拾捌两零陆分伍厘伍毫玖丝捌忽陆微肆纤。食盐课银贰百玖拾肆口壹分柒厘，每口派征盐钞银贰分捌厘零叁丝陆忽，共银捌两贰钱肆分柒厘叁毫伍丝零壹微贰纤。

实在人丁壹万贰千陆百玖拾壹丁壹分，内除康熙五十五年届盛世滋生人丁伍拾丁，今雍正四年届滋生人丁捌丁，均钦奉恩诏永不加赋，实编征人丁壹万贰千陆百叁拾叁丁壹分，内原全书额载优免人丁壹千伍百壹拾玖丁柒分，今届只免捌百陆拾陆丁，每丁止派盐钞银贰分捌厘零叁丝陆忽，共银贰拾肆两贰钱柒分玖厘壹毫柒丝陆忽。尚存免不尽丁陆百伍拾叁丁柒分，每丁派征徭差民壮均平银壹钱陆分玖厘零伍丝伍忽，共银壹百壹拾两零伍钱壹分壹厘贰毫伍丝□忽伍微，又盐钞银贰分捌厘零叁丝陆忽，共银壹拾捌两叁钱贰分柒厘壹毫叁丝叁忽贰微。实全编人丁壹万壹千壹百壹拾叁丁肆分，每丁派征徭差民壮均平银壹钱陆分玖厘零伍丝伍忽，共银壹千捌百柒拾捌两柒钱柒分伍厘捌毫叁丝柒忽，又盐钞银贰分捌厘零叁丝陆忽，共银叁百壹拾壹两伍钱柒分伍厘贰毫捌丝贰忽肆微。食盐课银贰千柒百陆拾口零壹分肆厘，每口派征盐钞银贰分捌厘零叁丝陆忽，共银柒拾柒两叁钱捌分叁厘贰毫捌丝伍忽零肆纤。通共派征徭差民壮均平盐钞银贰千肆百贰拾两捌钱伍分壹厘玖毫陆丝柒忽壹微肆纤，遇闰加银壹百肆拾壹两贰钱捌分伍厘柒毫零陆忽肆微捌纤。

又归并香山所屯丁奉文比照民丁之例，隆聚屯总旧管人丁贰拾伍丁，每丁岁征差钞银壹钱玖分柒厘零玖丝壹忽，共银肆两玖钱贰分柒厘贰毫柒丝伍忽。新收无，开除无，实在人丁贰拾伍丁，每丁岁征差钞银壹钱玖分柒厘零玖丝壹忽，共银肆两玖钱贰分柒厘贰毫柒丝伍忽。

雍正六年十二月　署理广东等处承宣布政使司事、分巡肇高廉罗道佥事、驻扎广州府加一级臣王士俊

（内阁黄册）

M14：财政-关税

6.2　广东巡抚杨永盛粤海关副监督臣郑伍赛合奏报解海关杂项银两事宜折

乾隆元年六月二十四日(1736年8月1日)

广东巡抚臣杨永盛、粤海关副监督臣郑伍赛谨奏。为报解海关杂项银两事。

窃臣于雍正十三年四月二十一日准吏部咨,钦奉上谕。着臣兼管粤海关税务。钦此。随于二十五日准两广总督臣鄂弥达移交关务文卷册籍,臣即于是日接收兼管。今自雍正十三年四月二十五日起连闰扣至乾隆元年三月二十四日一年期满,同副监督臣郑伍赛征收过大关暨各口岸税钞以及耗羡分头担头缴送挂号规礼等项,通共银贰拾柒万壹千玖百伍拾叁两伍钱叁分肆厘。内收正税钞银壹拾壹万叁百捌拾柒两捌钱贰分伍厘,除发交布政司库,该关正额银肆万叁千伍百陆拾肆两。又额支衙役工食银壹百捌拾陆两,外应解部赢余正羡银陆万陆千陆百叁拾柒两捌钱贰分伍厘,业经具疏题报在案。尚有耗羡分担缴送挂号规礼等项共银壹拾陆万壹千伍百陆拾伍两柒钱玖厘,内除该关支销采买恭进对象,及大关暨各税口火足工食解部添平饭食解饷水脚熔销折耗赏给洋商难商及各州县解饷夫役盘费修置税馆巡船并一切杂用等项,银共伍万陆百壹拾肆两壹钱肆分捌厘。又副监督臣郑伍赛支养廉银伍千陆拾伍两陆钱壹分贰厘外,实应解部银壹拾万伍千捌百捌拾伍两玖钱肆分玖厘。内耗规分担等银伍万柒千肆百玖拾叁两贰钱捌分伍厘,节省银玖千叁百柒拾壹两壹钱伍分陆厘,缴送银壹万捌千陆百柒拾肆两捌钱壹分肆厘,又节省养廉银贰万叁百肆拾肆两陆钱玖分肆厘,连题报疏内赢余正羡银陆万陆千陆百叁拾柒两捌钱贰分伍厘,共银壹拾柒万贰千伍百贰拾叁两柒钱柒分肆厘。已委广州府南海县河泊所黄基弘于本年七月十一日管解起程,约于九月内到部兑收。所有起解该关各项银两数目日期相应循例奏报,为此谨缮折具奏,伏祈皇上睿鉴。谨奏。

(朱批:)览。

乾隆元年六月二十四日

(宫中朱批奏折)

M14：财政-关税

6.3 署广东巡抚兼管海关税务王謩与广东海关副监督郑伍赛合奏报解海关杂项银两事宜折

乾隆元年六月二十四日(1736年8月1日)

署广东巡抚兼管海关税务臣王□、广东海关副监督□□□□□□臣郑伍赛跪奏，为报解海关杂项银两事。

窃臣钦奉特旨署广东巡抚，于乾隆二年七月二十六日到任，随准署广东巡抚两广总督臣鄂弥达将兼管粤海关税务文卷册籍移交到臣，臣即于是日接收兼管。先经两广总督臣鄂弥达同监督臣郑伍赛征收自乾隆二年三月五日起(至)七月二十五日计四个月一日，今臣接管关务同监督臣郑伍赛征收于乾隆二年七月二十五日起连闰扣至乾隆三年二月二十四日计七个月二十九日共一年期满，通共征收过大关暨各口岸税钞以及归公之耗羡分头担头挂号规礼等项银贰拾叁万肆千零伍拾玖两伍钱零贰厘。内收正税钞银壹拾贰万贰千陆百玖拾玖两壹钱柒分伍厘，除发交布政司库，正额银肆万叁千伍百陆拾肆两。又额支衙役工食银壹百捌拾陆两，外应解部赢余正羡银柒万捌千玖百肆拾玖两壹钱柒分伍厘，业经具疏题报在案。尚有耗羡分担挂号规礼等项共银壹拾万壹千叁百陆拾两叁钱贰分柒厘，内除该关支销大关暨各税口火足工食解部添平饭食解饷水脚熔销折耗赏给洋商难商及各州县解饷夫役盘费修置税馆巡船并一切杂用等项银共肆万陆千零叁两贰钱零柒厘。又副监督臣郑伍赛支养廉银陆千两，实应解部赢余杂项银伍万玖千叁百伍拾柒两壹钱贰分，内耗规分担等银肆万零伍百伍拾肆两陆钱零壹厘，节省银陆千肆百贰拾陆两壹钱，又节省养廉银壹万贰千叁百柒拾陆两肆钱壹分玖厘，连题报疏内正羡银柒万捌千玖百肆拾玖两壹钱柒分伍厘，共银壹拾叁万捌千叁百零陆两贰钱玖分伍厘。现委广州府新宁县广海寨司巡检蒋大谋于本年七月初八日管解起程，约于九月内到部兑收。所有起解该关各项银两数目日期相应循例奏报，再该关遵照加一收耗，本年共免耗银壹万玖千肆百贰两零，又遵照免征缴送一项共免缴送银肆万玖千壹百叁拾贰两零二，共免银陆万捌千伍百伍拾贰两零，合并陈明，为此缮折具奏，伏祈皇上睿鉴。谨奏。

(朱批：)知道了。

乾隆三年六月二十七日

(宫中朱批奏折)

M14：财政-关税

6.4　两广总督兼管海关事务郑弥达与广东海关副监督郑伍赛合奏报解海关杂项银两事宜折

乾隆二年六月二十七日(1737年7月24日)

两广总督兼管海关事务臣郑弥达，广东海关副监督、户部□□□□臣郑伍赛谨奏。为报解海关杂项银两事。

窃臣于乾隆二年正月二十二日署理广东巡抚印务准调任广东巡抚，臣杨永斌移交粤海关务文卷册籍，臣即于是日接收兼管。查先经抚臣杨永斌同监督臣郑伍赛征收自乾隆元年三月二十五日起至乾隆二年正月二十一日计九个月二十七日，今臣署印接管同监督臣郑伍赛征收于乾隆二年正月二十二日起至本年三月二十四日，计二个月三日共一年期满，通共征收过大关暨各口岸税钞以及耗羡分头担头缴送挂号规礼等项银贰拾捌万伍千壹百伍拾肆两玖钱零陆厘，内收正税钞银壹拾叁万伍千壹百捌拾陆两叁钱陆分玖厘。除解交布政司库正额银肆万叁千伍百陆拾肆两，又额支衙役工食壹百捌拾陆两外，应解部赢余正羡银玖万壹千肆百叁拾陆两叁钱陆分玖厘，业经具疏题报在案，尚有耗羡分担缴送挂号规礼等项共银拾肆万玖千玖百陆拾捌两伍钱叁分柒厘，内除该关支销大关暨各税口火足工食解部添平饭食解饷水脚熔销折耗赏给洋商难商及各州县解饷夫役盘费修置税馆巡船并一切杂用等项银共肆万捌千零玖拾贰两陆钱零陆厘。又副监督臣郑伍寒支养廉银伍千肆百伍拾伍两陆钱壹分贰厘，实应解部银玖万陆千肆百贰拾两零叁钱壹分玖厘，内耗规分担等银肆万柒千肆百玖拾叁两伍钱伍分贰厘，即省银壹万零壹百伍拾两零陆分伍厘，缴送银壹万玖千柒百贰拾柒两捌钱玖分肆厘，又节省养廉银壹万玖千零肆拾捌两捌钱零捌厘。连题报疏内赢余正羡银玖万壹千肆百叁拾陆两叁钱陆分玖厘，共银壹拾捌万柒千捌百伍拾陆两陆钱捌分捌厘。现委广州花县水西司巡检吴铦于本年七月十七日管解起程，约在九月内到部兑收。所有起解该关各项银两数目日期相应，循例奏报。再该关遵照部丈加一收耗，本年共免耗银贰万叁千零贰拾两零捌钱叁分，又于乾隆元年十一月初十日接准部文奉旨免征缴送一项共免缴送银贰万叁千捌百壹拾陆两壹钱二，共免银肆万陆千捌百叁拾陆两玖钱叁分，合并陈明，为此缮折具奏，伏祈皇上睿鉴。谨奏。

(朱批:)该部核议具奏。

乾隆二年六月二十七日

(宫中朱批奏折)

M14：财政-关税

6.5 广东巡抚王謩与广东海关副监督郑伍赛合奏报解海关归公杂项银两事宜折

乾隆四年六月初四日(1739年7月9日)

署广东巡抚、山西布政使臣王謩，广东海关副监督、户部□□□□□郑伍赛跪奏。为报解海关归公杂项银两事。

窃臣钦奉谕旨，署理广东巡抚兼粤海关税务。自乾隆三年二月二十五日起至四年二月二十四日一年期满，同监督臣郑伍赛征收过大关暨各口岸税钞以及归公之耗羡分头担头挂号规例等项银贰拾万零陆百贰拾两零捌钱叁分玖厘。内征收正税银壹拾肆万陆千零叁拾肆两玖钱柒分贰厘，除发交布政司库正额银肆万叁千伍百陆拾肆两，又额支衙役工食银壹百捌拾陆两，又修筑潮郡堤岸，案内拨借赢余银伍万两，交布政司库给商生息，应解总赢余正羡银伍万贰千贰百捌拾肆两玖钱柒分贰厘。业经具疏题报在案，尚有耗羡分担挂号规例等项共银壹拾贰万肆千伍百捌拾伍两捌钱陆分柒厘。查采买恭进对象向在缴送项下照例支销，今缴送已免，在于归公之分头担规等项下支销，本年共进过五次，共支销银伍万陆千柒百叁拾捌两叁钱伍分肆厘，并该关支销大关暨各税口火足工食解部饭食解饷水脚熔销折耗赏给洋商难商及各州县解饷夫役盘费修置税馆巡船并一切杂用等项银共肆万陆百贰拾柒两久钱捌分玖厘。又监督臣郑伍赛支养廉银陆千两，实应解部归公杂项赢余银贰万壹千贰百壹拾玖两伍钱贰分肆厘，连前题报疏内正羡银伍万贰千贰百捌拾肆两玖钱柒分贰厘，通共解部银柒万叁千伍百零肆两肆钱玖分陆厘。现在委员管解起程赴部兑收，相应循例奏报。再该关遵照加一收耗本年共免耗银壹万捌千叁百伍拾肆两陆钱肆分贰厘，又遵照免征缴送壹项共免缴送银伍万叁千叁百壹拾壹两壹钱贰分贰，共免银柒万壹千陆百陆拾伍两柒钱陆分贰厘，又奉文遵将减半平余银玖百零柒两肆钱陆分叁厘，统入赢余项下起解，因不另立添平名色，合并陈明。所有委员解银起程日期另折奏报。外再本年五月九日有外洋吗哩商船一只，又外洋地哩呀呧商船一只进口，照例湾泊黄埔地方壹面起货输税。今岁外洋商船进口独早，此皆我皇上圣德遐孚风信调顺之所致也，为此缮折奏明，伏祈皇上睿鉴。谨奏。

(朱批：)知道了。

乾隆四年六月初四日

(宫中朱批奏折)

M14：财政-关税

6.6　广东巡抚兼粤海关税务王暮与广东海关副监督郑伍赛合奏报解海关归公杂项银两事宜折

乾隆五年闰六月二十八日(1740年8月20日)

署广东巡抚兼粤海关税务臣王暮，广东海关副监督、户部□□□□□臣郑伍赛谨奏。为报解海关归公杂项银两事。

窃臣奉旨署理广东巡抚兼管海关税务。今臣同监督臣郑伍赛征收自乾隆四年二月二十五日起至六月初三计三个月九日，缘监督臣郑伍赛奉旨进京引见，于乾隆四年六月初四日起程，关务系臣统理至十一月初三日，计五个月，嗣监督臣郑伍赛于十一月初四日回任，臣即仍同兼管至乾隆五年二月二十四日，计三个月二十一日，统计一年期满。征收过大关暨各口岸税钞以及归公之耗羡分头担头挂号规例等项银贰拾陆万玖千肆百伍拾肆两玖钱陆分，内收正税钞银壹拾肆万伍千零壹拾两肆钱柒分。除发交布政司库正额银肆万叁千伍百陆拾肆两，又额支衙役工食壹百捌拾陆两外，应解部赢余正羡银壹拾万零壹千贰百陆拾两零肆钱柒分，业经具疏题报在案，尚有耗羡分担挂号规例等项共银壹拾贰万肆千肆百肆拾肆两肆钱玖分。查采买恭进对象向在缴送项下照例支销，今缴送已免，在于归公之分头担规下支销，本年共进五次，共支销银伍万贰千玖百叁拾两零贰钱伍分玖厘，并该关支销大关暨各税口火足工食解部饭食解饷水脚熔销折耗赏给洋商难商及各州县解饷夫役盘费修置税馆巡船并一切杂用等项银共肆万叁千捌百肆拾贰两零贰分贰厘。又监督臣郑伍赛支养廉银陆千两，实应解部归公杂项赢余贰万壹千陆百柒拾贰两贰钱零玖厘，连前题报疏在内正羡银壹拾万零壹千贰百陆拾两零肆钱柒分，通共解部银壹拾贰万贰千玖百叁拾贰两陆钱柒分玖厘。现委肇庆府阳春县古良司巡检雷大文于本年七月二十日管解起程，约在九月内到部兑收。所有起解该关各项银两数目日期相应循例奏报，再该关遵照加一收耗，本年共免耗银壹万玖千柒百肆拾叁两玖钱叁分肆厘，又遵照免征缴送一项，共免缴送银肆万柒千柒百捌拾叁两零玖分陆厘贰，共免银陆万柒千伍百贰拾柒两零叁分。又奉文遵减半平余银壹千伍百壹拾柒两陆钱捌分柒厘，统入赢余项下，因不另立名色，合并陈明，为此缮折奏闻，伏祈皇上睿鉴。谨奏。

(朱批：)览。

乾隆五年闰六月二十八日

(宫中朱批奏折)

M14：财政-税收

6.7 署广东布政使程仁圻奏请豁免粤民赔粮之事折

乾隆六年二月二十四日(1741年4月9日)

署广东布政使臣程仁圻谨奏。为粤民之赔粮已乂(乂)，仰祈圣主特恩超豁积累事。

窃臣一介庸愚，谬膺藩宣之寄，催科抚字，职分攸司。抵任以来，时刻以民瘼写念，稽之案牍，准之舆情，其亟宜敷陈者莫如赔粮一事。缘粤东山海交错之区，民间税亩科则原自不同。有上中下斥之分，有官学民屯之别，其轻重条款，原悉照前明隆万年间之旧额，当明季时，已有迁荒虚缺之弊，载在全书可考。

本朝定业以来，赋惟由旧，而顺治甲午、康熙乙卯两遭兵燹，册籍无存。及展界复业之后，仍照原额征输，于是有迷失赔粮，有混则赔粮，惟荒芜缺额者报部督垦，其迷失混则二项虚粮皆递相隐忍，或摊派通县实在地亩，或坐派同里同甲公赔，在摊派阖县者，每亩科则增于定额之外，难免书后飞洒为奸。其派同里者，以本甲而代赔他甲；其派同甲者，以本户而兼赔他户，株累之苦每不可言。至若以山之溢补旧，以塘之溢补地，只求银两完足，不顾科则混淆，即如南海县于前明时分建花县，有定弓虚税银八千八百七十八两零，自明代末年部议于香山等十五州县报升地亩通融揆抵，迄百余年而虚缺如故。雍正八年经前抚臣傅泰具疏题请，蒙世宗宪皇帝天恩准予豁免，而未经查奏者，尚有迷失混则虚粮二千五百一十一两四钱六分三厘零。递年以来竭蹷报垦，仅得升税起征银九十八两七钱六分零。又如顺德县有缺额银六千一百二十八两零，名为加入虚粮，自明代末年定议于本县内报升地亩渐次弥补，相沿近二百年而未补者尚有虚粮九百八十七两九钱七分零。此百余年中所升之地亩为水为旱为额内为额外，内部皆无案可稽，而每年照额征输一凭胥吏增减。又如新会县有虚缺混则虚粮二千一百四十七两七钱零，除雍正十一年分建鹤山县带拨混则虚粮外，尚存缺混虚粮一千七百六十二两四钱六分九厘零，查升垦编征已未起征银共一千七十五两六钱八分六厘零，而虚缺摊赔丝毫不减，至鹤山县带拨新会虚粮三百八十五两二钱四分九厘零，夫以新设之县而带拨虚粮，殊失正供之义。乃数年来升垦编征已报升银五百八两四钱五分四厘零，而升者自升，缺者自缺。以本地税亩拨抵他邑虚粮，民固不甘。乃本地增其税额而又为他邑摊派赔粮，民何以堪，反不如顺德之缺亦不言升，亦不报私，征私抵等，国赋于可盈可缩之间，是岂则壤成赋之道。臣又查得番禺虚粮一千五百七十五两八分五厘零，□皇约征银二千九百四十五两八钱九分八厘零。东莞县虚粮七十二两三钱五分五厘零，升垦编征银一千三百四十六两六钱五厘零。清远县虚粮五十八两四钱二分四厘零，升垦编征银二百三十四两八钱五分九厘零。潮阳县虚粮一百七两四钱九分八厘零，升垦编征银一百二十四两一钱七分一厘零。

澄海县虚粮一十四两一钱三分五厘零，升垦编征银三百一两六钱六分八厘零。四会县虚粮一十五两二钱二分零，升垦编征银二十六两八钱三分三厘零。开平县虚粮一十三两三钱六分二厘零，升垦编征银四百九十九两八分零。封川县虚粮六两六钱三分六厘零，升垦编征银一百一十两八钱一分九厘零。此一十二县者，除南海为附省之地，报垦实难，顺德随升随抵，从无垦案外，其余皆所升之数溢于所缺之数者也。又升不及额者，新安县虚粮八十五两一钱七分一厘零，升垦编征银八十三两二钱一分三厘零。龙门县虚粮一百三两五钱九分八厘零，升垦编征银八十三两八钱二分五厘零。曲江县虚粮四十七两三钱八分二厘零，升垦编征银三十三两七钱四分七厘零。英德县虚粮二十九两五钱四分零，升垦编征银二十八两三钱四分九厘零。乐昌县虚粮三十九两五钱三分七厘零，升垦编征银二十五两二分四厘零。转罗县虚粮一百九十六两二钱三分三厘零，升垦银八十五两二钱四分六厘零。海阳县虚粮三百二十二两五分六厘零，升垦编征银五十六两六钱六分五厘零。揭阳县虚粮二百六十三两七钱五分零，升垦编征银一百四十三两一钱二分零。大埔县虚粮一百七十二两六钱二分零，升垦编征银四两四钱二分五厘零。高明县虚粮四百三两四分二厘零，升垦编征银二十八两九钱一分九厘零。德庆州虚粮四百九十一两六钱四分四厘零，升垦编征银五十八两九钱九分四厘零。崖州虚粮一百五十四两一钱七分六厘零，升垦编征银三十八两七分八厘零。文昌县虚粮三百六十五两三钱三分九厘零，升垦编征银一十两四钱六分八厘零。连州虚粮九十八两一钱八分零，升垦编征银一十七两七钱一分三厘零。长乐县虚粮一十两七钱八分零，升垦编征银八两七钱四分四厘零。此十五州县缺虽不多，升亦无几。通计二十七州县共虚粮一万二百九十二两九钱一分零，其致虚粮原委，非故明之浮额，即兵燹之荒迷。查节年升垦已征未征共银七千九百七十九两三钱六分三厘零，除升缺相抵外共缺额银二千三百一十三两五钱五分一厘，是此一万二百九十二两九钱一分零之虚粮原未尝无抵，总同垦升例□报部。为虚缺混则赔粮，内部无案可稽，遂致相沿将及百年。升者自升，赔者仍赔，其致虚原委杳不可查，实在无例可以援请。伏思列圣相承，湛恩汪涉，周于薄海，凡各省之蠲租赐复不下几千百万，即粤东一省异数频邀。皇上临御以来，每岁加惠粤民。如乾隆二年免顺德潮阳等处鱼课，乾隆三年免通省屯粮羡米，乾隆四年免昌化县缺额钱粮，其求民之瘼而苏民之困真可谓沦肌浃髓，家给人足。似此一万二百九十二两有零之虚粮，即无垦升可抵，亦请邀一视同仁，况升抵相乘已什之七八，总之额内虚缺在内部虽不得而知，而额外垦升则节年题报有案。臣非不知钱粮为经费所关，但民隐壅于上闻，则日复一日将亿万斯年民困终无可苏之日。伏读乾隆五年九月初六日上谕，内有凡边省内地零星地土可以开垦者，嗣后悉听该地民夷垦种免其升科，其在何等以上仍令照例升科，何等以下永免升科之处，令各省督抚悉心定议具奏。大哉，王言其为天下之民衣民食谋其至足，但能深耕易耨不妨增田而减赋。而今此二十七州县之群黎百姓世代赔粮，忽令其有赋而无田，臣知圣心心恻然而动念者也。如以为节年所升系额外之税，从前所缺系额内之粮，则任土作贡总不出此三壤，额内额外民力攸存，升今日之所垦，即可豁前日之所缺，是以臣不揣冒昧，仰祈圣主特恩，纶音迅□，俯将二十七州县虚缺摊赔银两照数豁免，仍照定额科则，实在起征，一切私升私抵，永行禁止。则炎海偏隅，咸登乐利，积年民累，一旦顿除。臣激切愚衷，莫能自遏，伏祈皇上睿鉴，密敕施行。

（朱批：）该部密议具奏。

乾隆六年二月二十四日

（宫中朱批奏折）

T15：商业

6.8 王安国奏报荷兰夷商船由虎门入口情形事折

乾隆六年九月初六日（1741 年 10 月 15 日）

广东巡抚臣王安国谨奏为奏闻事。

窃照定例，闽人从前出洋贸易，在夷地逗留者除勒限回籍外，其余托故不归，有心玩法者，一经拿获，请旨即行正法，等因，久经饬行遵照在案。臣于本年二月间到任，即闻西洋荷兰夷国噶喇叭地方，上年冬间有久住彼地之闽人在外生事，被夷人戕杀多命。但因事隔远洋，未知确实原委。至本年七月间有贺兰夷商船二只来粤贸易，先寄信省城洋行欲进澳门湾泊，即将货物在澳交易。臣料其意甚恐在粤现充行商之闽人□□报复，是以运物不敢来近省城。查向来夷商皆从虎门入口至黄埔泊船，去省城仅四十里，易于巡查，至澳门地方许西洋夷人居住，原系前朝失策，相沿至今。本朝海防严禁，夷人畏威，相安无事。但经前止许在澳夷人往近洋贸易，回樯之船就澳湾泊，并无大西洋船许进澳门之例。且本省水程四日，夷人性焚嗜利，易与澳夷稍有争夺，难于防范，不便轻开进澳之端。再内地民人久住夷国抗不回籍，原系应行正法之人，又在外洋生事被害，揆之天朝体统，理应置之不问。惟粤省本港商船，上年有出洋去噶喇叭贸易者，如果陆续回樯，在夷地未被扰害，则日下来粤贸易之夷船，自应照常令其由虎门进口。当经饬查去后，兹据各行商等覆称，查明上年本港商船往噶喇叭贸易者，于本年六七月间均已回樯，在夷地并无扰害，所是该洋商为行商甘结存案。臣即差通事谕该贺兰夷船照旧由虎门进口，不得迁留澳门，并谕令各行商务须公平交易，毋许闽人藉词扰累。又饬令地方文武员弁严加约束巡查，毋许夷人稍有滋事，以期仰副我皇上重远宁民至意。该夷船已于八月二十七日遵照进口湾泊黄埔。臣郑伍赛业经验明舱口，署令报税起货进行，俟贸易事竣，即令候风回国。臣谨会同海关管督臣郑伍赛合词具奏,伏乞皇上睿鉴。谨奏。

乾隆六年十月初九日奉朱批:知道了。办理甚妥。钦此。

九月初六日

(军机处录副奏折)

M14:财政-关税

6.9　左都御使管广东巡抚事王安国奏为查明粤海关税务舞弊案折

乾隆六年十一月十九日(1741年12月26日)

左都御使、管广东巡抚事臣王安国谨奏。为遵旨查明据实具奏事。

窃照粤海关税务,自雍正十三年交与臣衙门兼管,但一应正杂钱粮收支数目俱系监督郑伍赛一手造报,臣衙门止于题咨事件附列衔名,是徒存兼管之名,向无稽核之责,历任抚臣不过分遣家人收得火足银两而已。臣于本年二月十七日到任,查询关课钱粮毫无考核凭据,未敢因循旧例,业已一面设立循环印簿令其逐月填报,以备将来通年报销时察核是否相符。又因臣寒素书生家,惟蠢仆数名,并无可委经手钱粮之人,且恐转滋扶同徇隐之弊,是以未经派委一人,嗣因每月止有报册,其有无侵隐无从觉察。始于六七月间差三四人在近省各口稽查,随据秊门口家人查出纵放铁锅船只一事,现交地方官究讯,并密饬各府就近确访在口之关差书役家人,有无营私作弊之处。缘地方官不过暗访,未便明查,所禀皆零星小节,尚无确据呈报。至本年十月初八日准到部咨以五年分盈余较少,令臣确查征多报少情弊,奉旨:这所议是,依议。钦此。

时督臣庆复在省监临武闱,臣一面咨会督臣,一面商同檄委粮驿道朱叔权、肇罗道王河,□齐各行商出入货物流水草簿,与海关报销印册彻底清查核对,并分委各府就近稽察盖收。今据朱叔权等禀称乾隆三年分关册报收杂项数目校通事行商簿开收数计少银一万二千一百两有零,乾隆四年分关册报收杂项数目较通事行商簿开收数计少银八千二百两零,乾隆五年分关册报收杂项数目较通事行商簿开收数计少银三千七百两零,明系郑伍赛征多报少,侵隐课税。除婪藏劣迹业经督臣庆复兴臣会疏纠参外,所有臣查出征多报少银二万四千一百两零。理合先行奏闻,俟檄行粮道查讯关书人等确供,并此外有无侵隐款项确数,会同督臣庆复另疏题参,请旨究追。再照乾隆六年分臣到任后所收税课现有臣饬发印簿填报,容俟一年届满核查具奏,自不致为郑伍赛侵隐,合并声明,伏祈睿鉴。谨奏。

(朱批:)若非庆复参奏,汝亦不肯为此奏也,一味讨好,岂朕信用之□□。若再□其隐匿,

□□不能完项，则汝之咎不可辞矣。

乾隆六年十一月十九日

（宫中朱批奏折）

M14：财政-关务

6.10　署两广总督庆复奏覆仍准各国船只来粤贸易折

乾隆七年二月初三日(1742年3月9日)

太子少保、署两广总督、领侍卫内大臣、承恩公臣庆复谨奏，为遵旨议覆事。

准兵部咨开：议政处议覆署福督策楞等条奏禁止南洋商贩一折，又据御史李清芳奏请暂停噶国买卖，南洋各道不宜尽禁，照旧听其贸易一折，请将禁止商贩于沿海贸易，商民生计有无关碍，一并交与闽浙、江、广督抚逐一详查议奏，等因。又兵部议覆福建按察司王丕烈条奏各省内地外洋贸易商船逾期未归，详查失风逗遛一折，并令闽浙、江、广各督抚入于请禁南洋案内议奏，等因，均奉朱批：依议。钦此。行文到臣。随行据广东布、按二司，粮储道会议详覆前来。

臣等逐一覆加查核。伏念：广东一省，地窄民稠，环临大海，小民生计艰难，全赖海洋贸易养赡资生。自康熙二十三年开洋贸易，国课民生，均有禆益。康熙五十六年间，因吕宋、噶喇吧等口岸多聚汉人，圣祖仁皇帝谕令内省商船禁止南洋贸易，其红毛等国船只听其自来。钦此。钦遵。惟广东香山县所辖澳门一区，向有西洋番人纳租居住，滋生男妇不止万丁，此辈无田可耕，专藉外洋贸易，且非中国之人，应照上谕红毛等国之船一例，听其贸易。再安南国与内地毗联，应照东洋一例，听商贸易。经前督臣杨琳在京陛见，面奏请旨，不在禁例，题准部覆在案。迨雍正五年，内地各商援照闽省之例，开趁南洋，十余年来，滋生倍繁，商贾群趋乐赴，每年出洋船只所用舵工、水手、商伙人等，为数甚多，由广东虎门出口，近则赴安南、陔京、占城、东坡寨、港口、暹罗、埗野、六崑等国，远则赴宋腒朥、大呢丁、咖啵、柔佛、单咀、吕宋、苏禄、噶喇吧、吗啸、莽均达、老旧港、嘛六甲、嘪咖、萨马辰等国，乘风来往，历久相安。且外洋船只来粤贸易，其所携货物及挈带重赀至粤贩货出洋者，较之内港出洋船只大小多寡更属悬殊，就粤而论，藉外来洋船以资生计者，约计数十万人。兹以噶喇吧番目戕害汉人，署闽督策楞恐番性贪残，再有扰及商船，请禁南洋贸易，固为防微之虑。但臣庆复于上年莅任之始，闻有噶喇吧之事，适值粤商林恒泰等四船在吧回棹，臣即传询，所言与策楞所奏约略相同，更称此番到彼，并无熟识汉人，与番交易，各怀疑惧，不能得利。但夷目此举，伊地贺兰国王责其太过，欲将镇守噶喇吧夷目更换，临行又再三安慰，令商船下次再来，照旧生理。等语。则该番原因内地违旨不听招回，甘心久住之辈，在天朝本应正法之人，其在外洋生事被害，孽由自取，番目本无扰及客商之意。且上年八月，有贺兰商船二只到粤，经臣王安国准其照旧在于黄埔停泊，照常贸易，恭折奏明，奉有朱批，钦遵在案。是即噶喇吧一处而论，往来已属相安。我皇上抚绥万方，海隅日出之区，无不输诚悦服，正当远布德威以消疑阻。况南洋贸易商贾，各挟资本，子母营利，粤东一省，舵水万人，皆食外域米粮，各谋生计，今若遽议禁止南洋贸易，内港之商船固至失业，外来之洋艘亦皆阻绝。信如御史李清芳所称，内地土产杂物多至雍滞，民间每岁少此夷镪流通，必多困乏，游手贫民，俱皆待哺，内地生计维艰，虽各省关税缺额，每岁不过数十万金，苟于商民生计有益，我皇上子惠元元，每颁蠲赈，动帑数十百万，该御史所称税额有缺之处，何屑计此盈亏。但损岁额之常，兼致商民之困，就粤省而论，于商民衣食生计实有大碍。臣等即体圣主怀柔无外之至意，请将南洋照旧贸易，毋庸禁止。即噶喇吧一处，洋面相通，在彼国已将夷目诘责，深怀悔惧，尤当示以宽大，若一禁止，致启外域传疑。况南洋各国，多有较远于吧者，设有因风漂泊之事，内地商船反致周章，应请将御史李清芳所议暂停噶国买卖之处，亦毋庸议。

再，南洋诸国，米多价贱，每仓石二钱六七分至三钱五六分不等，内地商船回棹，买米压载，兼可图利，每船入口，食米余剩千石、数百石不等，运回内地粜卖，粤省每年洋船进口，米价顿平，于民食不无小补。事关海洋重务，臣等谨就粤省情形，遵旨详晰议覆，是否有当，伏候圣训。

至福建按察司王丕烈所奏内地海船出口逾期未归，详查失风处所，迟至二年以后始归者，不准复听其出洋；迟至三四年以外始归者，永远不许复出海口；其外洋各汛，如遇洋船停泊，船照已阅多年者，将该船勒令入口，讯明详究，不得任意开行。等语。查，各省商贩在洋不宜久听逗遛，稽查自宜严密，应如该按察司所请，通饬文武实力奉行，如有玩视，查参议处。

再，闽浙、江南等省前往南洋贸易船只，均自粤省之虎门协经由老万山一岛出口，是虎门、老万山等汛，实为洋船出入要隘，而粤东沿海水师各汛，实为外控诸夷重地，全在平日武备修明，巡查严密，静镇弹压。今自去秋飓风之后，炮台等项未即修葺，臣庆复于到任之初，与提臣面商，密谕各镇协训练舟师，演试炮械，修葺营房，梭织游巡，沿海宁谧。理合一并陈明。

臣谨会同广东抚臣王安国合词恭奏，伏祈圣主睿鉴施行。谨奏。

乾隆七年三月初六日奉朱批：议政王大臣议奏。钦此。

二月初三日

（军机处录副奏折）

M14：财政-关务

6.11 广东按察使潘思榘奏请于澳门地方移驻同知一员专理夷务折

乾隆七年七月二十五日(1742年8月25日)

广东按察使降二级留任臣潘思榘谨奏，为敬陈抚辑澳夷之宜，以昭柔远，以重海疆事。

窃查广州府属香山县有澳门一区，袤延一十余里，三面环海，直接大洋，惟前山寨一线陆路通达县治，实海疆之要地，洋舶之襟喉也。前明有西洋番船来广贸易，暂听就外岛搭寮栖息，回帆撤去，迨后准令岁纳地租，始于澳门建造屋宇楼房，携眷居住，并招民人住居楼下，岁收租息。又制造洋船往来贸易，沿以为常。我朝怀柔远人，仍准依栖澳地。现在澳夷计男妇三千五百有奇，内地佣工艺业之民杂居澳土者二千余人，均得乐业安居，诚圣天子覆帱无外之盛治也。

伏查外夷托处内地，只图市易通商，规取岁利，原可毋庸禁绝，若如前明御史臣庞尚鹏疑其窃据窥伺，疏请仍令撤房居舶，湾泊广澳，使海壖栖附之夷纷致失所，殊属过当。但夷性类多贪黠，其役使之黑鬼奴尤为凶悍，又有内地奸民窜匿其中，为之教诱唆使，往往冒禁触法，桀骜不驯，凌轹居民，玩视官法，更或招诱愚民入教，贩买子女为奴仆，及夹带违禁货物出洋，种种违犯，虽经督抚臣严行示禁，臣亦力为整饬，究以越在海隅，未得妥员专理，势难周察。臣愚以为，外夷内附，虽不必与编氓一例约束，失之繁苛，亦宜明示绳尺，使之遵守。查前明曾设有澳官，后改归县属，至雍正八年，前督臣郝玉麟因县务纷繁，离澳窎远，不能兼顾，奏请添设香山县县丞一员，驻扎前山寨，就近稽查，第县丞职分卑微，不足以资弹压，仍于澳地无益。似宜仿照理猺(徭)抚黎同知之例，移驻府佐一员，专理澳夷事务，兼管督捕海防，宣布朝廷之德意，申明国家之典章。凡住澳民夷，编查有法，洋船出入，盘验以时，遇有奸匪窜匿，唆诱民夷斗争、盗窃及贩买人口，私运禁物等事，悉归查察办理，通报查核，庶防微杜渐，住澳夷人不致蹈于匪彝，长享天朝乐利之休，而海疆亦永荷敉宁之福矣。

臣愚昧之见，是否可采，伏乞皇上睿鉴施行。谨奏。

乾隆七年八月三十日奉朱批：告之督抚，听其议奏。钦此。

七月二十五日

(军机处录副奏折)

M14：财政-税收

6.12 署广东布政使托庸奏请免征农具肥田之物及渡船税项折

乾隆七年十一月九日(1742 年 12 月 5 日)

暂署广东布政使奴才托庸谨奏。为奏请圣鉴事。

窃照州县征收税款上关国课，下系民生，我皇上惠养黎元，重农务本，凡有关农事如耰锄箕帚民间日用细微之数无不上廑圣怀，特颁恩谕，将应征税款全行禁革，又于清查应留应裁税款案内将农具肥田等物荷蒙俞旨概免征税，海隅编氓均沾浩荡之恩，咸享乐利之休矣。兹查从前遵旨清查应留应裁税款案，内粤东州县以为专指商杂落地税而言，将摊派累民之款，误认有着拘泥奏销考成，未经查明详请，亦有遗漏未及一并请豁者。奴才细查均系有关农具肥田之物及往来耕作之事，谨缕晰渎陈，仰祈皇上圣明恩鉴。

一、耕牛攸关农具，其税银应请分别征免。也查琼州府属之琼山县牛税银三百五十一两六钱，儋州牛税银二百三十七两八钱五分六厘五毫，万州牛税银二百三十七两四钱一分五厘三毫，澄万县牛税银二百二十两二钱三分七厘，文昌县牛税银二百三两八钱二分三厘六毫，陵水县牛税银一百三十二两一钱四分四厘二毫，此六州县牛税历年融入地丁项下摊征。又临高县牛税银二百二十两二钱三分七厘，定安县牛税银二百六十四两二钱八分五厘四毫，会同县牛税银一百八十五两一厘八毫，感恩县牛税银四十四两四分八厘四毫，此四县牛税历来派之排门烟户输纳。又乐会县牛税银八十八两八钱二分七厘，昌化县牛税银七十两四钱七分六厘二毫，此二县牛税历来具于养牛之家按牛征收。奴才窃思额征税课征之铺户商贩因其有应税之货物，是以有应征之税款。今琼属州县递年征收牛税，并非买卖牛只之项，或均摊于地丁款内，或派征于排门烟户，甚至于养牛之家，按牛取税，似为琼民之累。从前两奉清查，或因已经摊派误认有着不敢更张，或因非落地税课与奉查之款不符，遂不置议，以致海外穷黎，未得均邀豁除之旷典。奴才窃查琼山州县牛税银一千三百八十三两七分六厘六毫，又经摊入地丁项下，本无累民之处，自应照常征收，其临高等四县牛税则按照排门烟户派征，会乐昌化二县则照养牛之户按牛征收，此六县牛税银八百七十二两八钱七分五厘八毫，非摊入地丁之比，实属累民，恳请圣鉴。

一、茶桐枳之渣麄农民肥田等物应请一体免税也。查从前奉文清查应留应裁税款案粤东各属杂税款内凡系农具肥田及民间日用细微等项，俱经造册具题，荷蒙恩旨概行裁革免征。今潮州府收杂税款内有茶桐枳之渣麄税款，从前遗漏未经汇请裁免，至今尚在征收，每年征税或十余两或三十余两不等，虽为数无几，但潮州府属之揭阳县有应茶麻□税，前经汇请裁免，今该府仍循旧例征收，县府税则两歧，商民难以遵守。奴才窃查同属农家肥田之物，似应一体裁免，以昭画一，恳请圣鉴。

一、横水渡船农民往来之需应请裁免饷银也。查广州府属之南海、番禺、东莞、顺德、新会、香山、三水、新安，肇庆府属之德庆、鹤山，惠州府属之博罗，罗定州属之东安、西宁等十三县所属乡村墟集设有横水过渡船共三百六十六只，每船每年纳饷税银或二钱、三钱、四钱以至八两不等，共纳饷银二百六十九两四钱四分六厘。窃查沿海地方港汊多岐，潮汐消长靡定，难以建立桥梁，是以设有横水过渡船只以济农民往来耕作樵采，免有病涉之虞，并非商民乘坐长行。渡船按人按货给钱之比常例横水渡船，于收成之时附近村农不过酌给米谷以为口食修船之费，若令输纳饷银，恐渡夫藉纳饷名色，按人需索渡，在所不免，似于农民朝夕往来殊多未便。奴才愚见小民出作入息，终日勤勤，横水过渡之船似应请免征税饷，庶使农民耕作往来称便，恳请圣鉴。

奴才仰体圣主重农务本之至意，敬将有关农具肥田及往来耕作之事谬抒愚昧之见，是否有当，伏乞皇上圣鉴，训示施行，为此谨奏。

（朱批：）此事甚□，知道了。

乾隆七年十一月九日

（宫中朱批奏折）

M14：财政-关务

6.13　广州将军策楞等奏闻英国被风哨船飘至澳门已令移泊四沙折

乾隆八年七月初二日（1743年8月20日）

广州将军暂署两广总督印务臣策楞、左都御史管广东巡抚事臣王安国、广东提督臣林君升谨奏，为奏明事。

窃照广州地方海船出入总口，每日民夷商舶络绎于途。本年六月初六日，有英吉利国夷目安心遣三板小船赴省，据称被风，夷船水米不给，浼洋行通事恳请接济。臣等因该夷船进口，营员未经禀报，奸良莫必，当即分檄严查察参，一面委员将该夷船押赴海口，确讯实情去后。随据广州协副将蒙应瑞、东莞县知县印光任禀称，遵即确查，安心原系英吉利国夷目，管驾该国兵船出洋巡哨，上年十一月内遭风坏船，飘至澳门海面，详奉督抚两衙门准令寄泊采买木料，至四月内修竣开行。缘该国与吕宋本属世仇，凡在夷境洋面撞遇，必相攻劫，以强为胜，从前吕宋亦曾伤过该国船只，今该夷船于出口之后，行抵小吕宋洋面巡哨，两相攻杀，当将大吕宋人船抢掠，不谓风信不顺,仍复飘回粤省洋面。现在该夷船上番梢三百余人,并有原抢吕宋夷人在船,口粮缺乏,恳请就近买食,并移泊内海以避风涛,情词甚为恭顺。职等又经再四究诘,坚称若果在于海面行劫,岂有各国商人带有重货往来俱不侵犯、独与吕宋哨船相攻之理,即询之该国现在广城贸易夷商,亦佥称实系哨船,情愿出结保领。等情前来。

臣等伏思,化外夷人在于夷境犯事,天朝例不究问。今英吉利与大吕宋既系世仇,两国兵船互相报复而格斗之处,亦在小吕宋地方,自应免其深究,逐令归国。但此时正值夏令天气,南风居多,押逐出口,势难归国,必致仍在附近外洋游行湾泊,口粮既绝,难保其必无滋事,似非抚恤外夷、绥靖海疆之道,倘准其暂为停泊,不令将羁縻夷人释放,现在广州、澳门俱有吕宋夷商,亦不足以折服其心。臣等公同在省司道再四筹酌,查离省八十里之四沙地方,内有海坳一处,可以湾泊,且夷船一入内地,非有渔舟引路,即随在搁浅不能转动,此处更易防范。复经委员将天朝镇抚四夷、同仁一视,准令湾泊内海,接济口粮,并将所抢夷人放出之处详细晓谕,该夷人靡不欢欣叩首,感激天恩。随将吕宋夷人二百九十余名交出,该委员亦即押交澳门夷目收领,觅便归国,而吕宋各夷尤人人共庆更生。现在英吉利夷船已于六月十九日移泊四沙。至该夷泊船处所,臣等亦经饬拨弁兵配驾船只加谨哨巡,并严禁商渔等船,不许在于夷船左右往来停泊,需用口粮,拨令洋行代为买给,一俟风信便时,即行饬令出口。

除海口失察各官现在查参外,所有臣等办理缘由,谨合词恭折奏明,伏乞皇上睿鉴。为此,谨奏。

乾隆八年八月初四日奉朱批:所奏俱悉,另有旨谕。钦此。

七月初二日

(军机处录副奏折)

M14:财政-盐务

6.14 广州将军暂署两广总督印务策楞奏为香山等场漂示盐斤帑本折

乾隆八年九月十二日(1743 年 10 月 28 日)

广州将军暂署两广总督印务臣策楞谨奏。为恭恳圣恩事。

窃查广州府香山海矬等场于乾隆三年七月二十三四等日飓风吹倒寮仓,雨淋潮泛消化盐斤三万一百九十三包,计帑本银一万二百七十五两二钱零。前督臣鄂弥达、马尔泰、庆复等查明漂失是实,历经援照雍正十二年之例题咨请豁,并请在于正余场内拨补归款准部议。覆以雍正十二年惠潮两属风潮漂失盐斤虽经鄂弥达奏明豁免,但原奉有不可为例,致启愚小妄冀非分之旨未可引以为例，且广省是年并未报灾，盐斤原有包束，当被风之时茅寮倒塌，何至包束之盐斤一并消化，行令照数勒追究报等因。经前督臣庆复檄司遵照在案，臣于接署督篆之后，复据运司禀称，香山等场被风，内部指驳已为允协，但是年被风之时恰值早稻已收，晚禾甫种，庄稼并未受伤，是以未经报灾。至存仓盐斤虽有蒲索包裹，原非御雨之具，当寮篷既揭，大雨淋漓，上无遮盖，下有浸水，在外之蒲包既湿，在内之盐斤自消。且灶丁被灾半多逃故，赈恤之项为奉准销产，无捏饰情弊，恳请再题请免等情。前来臣查此案事经六年，题咨三次，内部屡为严驳，币项分厘未追，今复禀请题免，其中必有隐情。臣随详查档案，缘粤东盐场向系商办，灶丁领本煎晒，所收盐斤遇有风水灾伤例俱商人承认，亦利在商而害在商之意。嗣革去场商归官办理，各灶盐斤俱发帑银收买，场地俱在海滨，飓风潮水淹消冲失，即一岁之内原不能保其必无，官办与商办无异，自应于归官办理之初将应赔应拨之处详议章程，庶责成专而事无旁贷，无如从前恃有盐规充裕而场羡银两又得任意拨动以故，凡遇风潮冲失场盐，大概俱在场羡及陋规银内弥补，并不具题，亦不报部，惟雍正十二年惠潮失风动项太多，始有奏案，然亦先行动用场羡再行奏明，即钦奉世宗宪皇帝朱批之案也。迨后督臣马尔泰、庆复清查陋规，银两盐政，为之肃清，在外已无可拨之项，但是年场盐漂失实出异常，天灾且漂失之盐已曾经官验明，万余金之帑项势难再责灶丁赔补，此辗转不结之所由来也。今臣不敢以屡经部驳之案冒昧题请，现在严饬照案勒追，但既已确知其难以追赔灶户之情形，敢不密陈于圣上之前，以备采择。臣查此案漂失盐斤历经委查，确切赈恤灶户银两户部亦已准销，且场羡银两，原系发晒收盐所获余利，以收盐之余羡补币本之不足，于正项实无所亏，是以前任督臣题请拨补，倘蒙皇上特沛恩纶，将香山等场漂失帑本一万二百七十五两二钱零全行豁免，准在乾隆七年分场羡银内照数拨补，后不为例，不独尘案可结，即凡在司鹾各官及灶户人等均沐仁恩之浩荡矣，至将来漂失盐斤作何分别赔补之处，臣现在饬令运司查议，另行办理。臣谨据实具奏，伏乞皇上睿鉴训示，为此谨奏。

(朱批:)该部议奏。钦此。

乾隆八年九月十二日

(宫中朱批奏折)

M14：财政-盐务

6.15 两广总督策楞奏请豁免香山等场漂示盐斤事折

乾隆八年十月十三日(1743年11月28日)

广州将军暂署两广总督印务臣策楞谨奏为恭恳圣恩事。

窃查广州府香山海矬等场于乾隆三年七月二十三四等日，飓风吹倒寮仓，雨淋潮泛，消化盐斤三万一百九十三包，计帑本银一万二百七十五两二钱零。前督臣鄂弥达、马尔泰、庆复等查明漂失是实，历经援照雍正十二年之例题咨请豁，并请在于正余场内拨补归款准部议覆以雍正十二年惠潮两属风潮漂失盐斤虽经鄂弥达奏明豁免，但原奏奉有不可为例，致启愚小妄冀非分之旨，未可引以为例。且广省是年并未报灾，盐斤原有包束，当被风之时，茅寮倒塌，何至包束之盐斤一并消化。行令照数勒追究报等因。经前督臣庆复檄司遵照在案，臣于接署督篆之后，复据运司禀称，香山等场被风，内部指驳已为允协，但是年被风之时，恰值早稻已收，晚禾甫插，庄稼并未受伤，是以未经报灾。至存仓盐斤虽有蒲索包裹，原非御雨之具，当寮篷既揭，大雨淋漓，上无遮盖，下有漫水。在外之蒲包既湿，在内之盐斤自消。且灶丁被灾，半多逃故，赈恤之项，业奉准销，并无捏饰情弊，恳请再题请免等情前来。

臣查此案事经六年，题咨三次，内部屡为严驳，帑项分厘未追。今复禀请题免，其中必有隐情。臣随详查档案，缘粤东盐场向系商办，灶丁领本煎晒，所收盐斤，遇有风水灾伤，例俱商人承认。亦利在商而亏在商之意。嗣革去场商归官办理，各灶盐斤，俱发帑银收买，场地俱在海滨，飓风潮水淹消冲失却，一岁之内，原不能保其必无。官办与商办无异，自应与归官办理之初，将应赔应拨之处详议章程，庶责成专而事无旁贷，无如从前恃有盐规充裕而场羡银两又得任意拨动，以故凡遇风潮冲失场盐，大概俱在场羡及陋规银内弥补，并不具题，亦不报部，惟雍正十二年惠潮失风动项太多，始有奏案，然亦先行动用场羡再行奏明，即钦奉世宗宪皇帝朱批之案也。迨后督臣马尔泰、庆复清查陋规，银两鹾政，为之肃清，在外已无可拨之项。但是年场盐漂失，实出异常天灾，且漂失之盐已曾经官验明，万余金之帑项势难再责灶丁赔补。此辗转不结之所由来也。

今臣不敢以屡经部驳之案冒昧题请，现在严饬照案勒追，但既已确知其难以追赔灶户之情形，敢不密陈于圣主之前，以备采择。臣查此案漂失盐斤历经委查确切，赈恤灶户银两，户部亦已准销，且场羡银两，原系发晒收盐所获余利。以收盐之余羡补帑本之不足，于正项实无所亏。是以前任督臣题请拨补，倘蒙皇上特沛恩伦，将香山等场漂失帑本一万二百七十五两二钱零全行豁免，准在乾隆七年分场羡银内照数拨补，后不为例。不独尘案可结，既凡在司鹾各官及灶户人等，均沐仁恩之浩荡矣。至将来漂失盐斤，作何分别赔补之处，臣现在饬令运司查议，另行办理。臣谨据实具奏，伏乞皇上睿鉴训示。为此谨奏。

乾隆八年十月十三日奉朱批：该部议奏。钦此。

（军机处录副奏折）

M14：财政-盐务

6.16 礼部尚书兼管户部尚书事务徐本等合奏办理香山盐场盐斤漂失案折

乾隆八年十一月十八日(1744年1月2日)

经筵讲官、太子太保、东阁大学士兼礼部尚书兼管户部尚书事务臣徐本等谨奏，为遵旨议奏事。

内阁抄出广州将军暂署两广总督策楞奏请豁免香山等场飓风溶化盐斤帑本一折。乾隆八年十月十三日奉朱批，该部议奏。钦此。

钦遵于本月十八日抄出到部，该臣等查得广州将军暂署两广总督策楞奏称，广州府香山海矬等场于乾隆三年七月二十三四等日，飓风吹倒寮仓，雨淋潮泛消化盐斤三万一百九十三包，计帑本银一万二百七十五两二钱零。前督臣鄂弥达、马尔泰、庆复等查明漂失是实，历经援照雍正十二年之例题咨请豁，并请在于正余场内拨补归款准部议。覆以雍正十二年惠潮两属风潮漂失盐斤虽经鄂弥达奏明豁免，但原奉有不可为例，致启愚小妄冀非分之旨，[①]未可引以为例。且广省是年并未报灾，盐斤原有包束，当被风之时，茅寮倒塌，何至包束之盐斤一并消化。行令照数勒追究报等因。经前督臣庆复檄司遵照在案，臣于接署督篆之后，复据运司禀称，香山等场被风，内部指驳已为允协，但是年被风之时，恰值早稻已收，晚禾甫插，庄稼并未受伤，是以未经报灾。至存仓盐斤虽有蒲索包裹，原非御雨之具，当寮篷既揭，大雨淋漓，上无遮盖，下有漫水。在外之蒲包既湿，在内之盐斤自消。且灶丁被灾，半多逃故，赈恤之项，业奉准销，并无捏饰情弊，恳请再题请免等情前来。

臣查此案事经六年，题咨三次，内部屡为严驳，帑项分厘未追。今复禀请题免，其中必有隐情。臣随详查档案，缘粤东盐场向系商办，灶丁领本煎晒，所收盐斤，遇有风水灾伤，例俱商人承认，亦利在商而亏在商之意。嗣革去场商归官办理，各灶盐斤，俱发帑银收买，场地俱在海滨，飓风潮水淹消冲失却，一岁之内，原不能保其必无。官办与商办无异，自应与归官办理之初，将应赔应拨之处详议章程，庶责成专而事无旁贷，无如从前恃有盐规充裕而场羡银两又得任意拨动，以故凡遇风潮冲失场盐，大概俱在场羡及陋规银内弥补，并不具题，亦不报部，惟雍正十二年惠潮失风动项太多，始有奏案，然亦先行动用场羡再行奏明，即钦奉世宗宪皇帝朱批之案也。[②]迨后督臣马尔泰、庆复清查陋规，银两□□，为之肃清，在外已无可拨之项。但是年场盐漂失，实出异常天灾，且漂失之盐，已曾经官验明。万余金之帑项，势难再责灶丁赔补。此辗转不结之所由来也。

今臣不敢以屡经部驳之案冒昧题请，现在严饬照案勒追，但既已确知其难以追赔灶户之情

---

①② 此处据6.14校补。

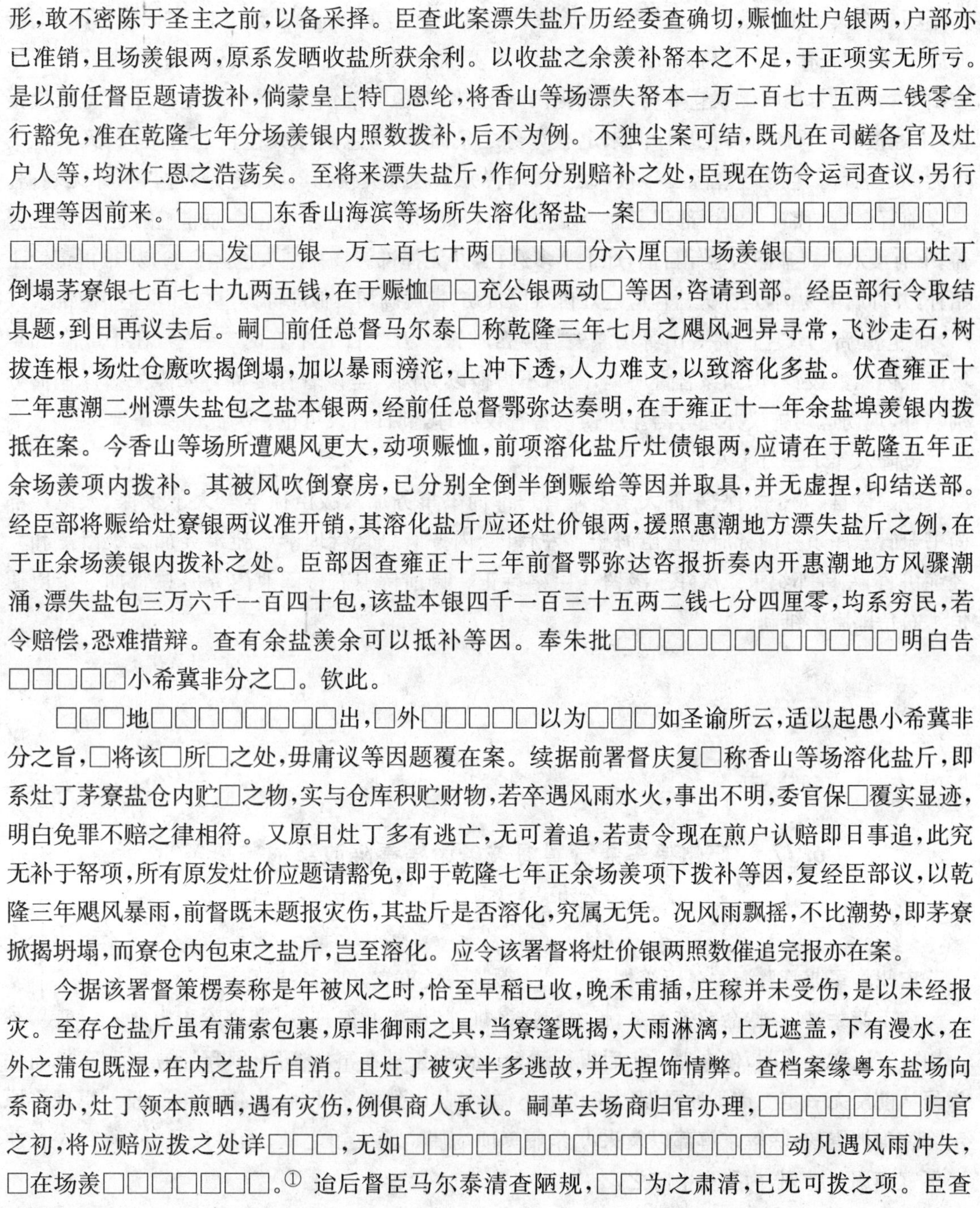

形，敢不密陈于圣主之前，以备采择。臣查此案漂失盐斤历经委查确切，赈恤灶户银两，户部亦已准销，且场羡银两，原系发晒收盐所获余利。以收盐之余羡补帑本之不足，于正项实无所亏。是以前任督臣题请拨补，倘蒙皇上特□恩纶，将香山等场漂失帑本一万二百七十五两二钱零全行豁免，准在乾隆七年分场羡银内照数拨补，后不为例。不独尘案可结，既凡在司鹾各官及灶户人等，均沐仁恩之浩荡矣。至将来漂失盐斤，作何分别赔补之处，臣现在饬令运司查议，另行办理等因前来。□□□□东香山海滨等场所失溶化帑盐一案□□□□□□□□□□□□□□□□□□□□□□□□发□□银一万二百七十两□□□□分六厘□□场羡银□□□□□□灶丁倒塌茅寮银七百七十九两五钱，在于赈恤□□充公银两动□等因，咨请到部。经臣部行令取结具题，到日再议去后。嗣□前任总督马尔泰□称乾隆三年七月之飓风迥异寻常，飞沙走石，树拔连根，场灶仓廒吹揭倒塌，加以暴雨滂沱，上冲下透，人力难支，以致溶化多盐。伏查雍正十二年惠潮二州漂失盐包之盐本银两，经前任总督鄂弥达奏明，在于雍正十一年余盐埠羡银内拨抵在案。今香山等场所遭飓风更大，动项赈恤，前项溶化盐斤灶债银两，应请在于乾隆五年正余场羡项内拨补。其被风吹倒寮房，已分别全倒半倒赈给等因并取具，并无虚捏，印结送部。经臣部将赈给灶寮银两议准开销，其溶化盐斤应还灶价银两，援照惠潮地方漂失盐斤之例，在于正余场羡银内拨补之处。臣部因查雍正十三年前督鄂弥达咨报折奏内开惠潮地方风骤潮涌，漂失盐包三万六千一百四十包，该盐本银四千一百三十五两二钱七分四厘零，均系穷民，若令赔偿，恐难措辩。查有余盐羡余可以抵补等因。奉朱批□□□□□□□□□□□□□明白告□□□□□小希冀非分之□。钦此。

□□□地□□□□□□□□出，□外□□□□□以为□□□如圣谕所云，适以起愚小希冀非分之旨，□将该□所□之处，毋庸议等因题覆在案。续据前署督庆复□称香山等场溶化盐斤，即系灶丁茅寮盐仓内贮□之物，实与仓库积贮财物，若卒遇风雨水火，事出不明，委官保□覆实显迹，明白免罪不赔之律相符。又原日灶丁多有逃亡，无可着追，若责令现在煎户认赔即日事追，此究无补于帑项，所有原发灶价应题请豁免，即于乾隆七年正余场羡项下拨补等因，复经臣部议，以乾隆三年飓风暴雨，前督既未题报灾伤，其盐斤是否溶化，究属无凭。况风雨飘摇，不比潮势，即茅寮掀揭坍塌，而寮仓内包束之盐斤，岂至溶化。应令该署督将灶价银两照数催追完报亦在案。

今据该署督策楞奏称是年被风之时，恰至早稻已收，晚禾甫插，庄稼并未受伤，是以未经报灾。至存仓盐斤虽有蒲索包裹，原非御雨之具，当寮篷既揭，大雨淋漓，上无遮盖，下有漫水，在外之蒲包既湿，在内之盐斤自消。且灶丁被灾半多逃故，并无捏饰情弊。查档案缘粤东盐场向系商办，灶丁领本煎晒，遇有灾伤，例俱商人承认。嗣革去场商归官办理，□□□□□□□归官之初，将应赔应拨之处详□□□，无如□□□□□□□□□□□□□□□□□动凡遇风雨冲失，□在场羡□□□□□□□。[①] 迨后督臣马尔泰清查陋规，□□为之肃清，已无可拨之项。臣查

① 此处文字与前文仿佛，可互参校补。

是年场盐漂失实出异常天灾，已曾经官验明。万余金之帑项，势难再责灶丁赔补。倘蒙皇上特沛恩纶，将漂失帑本全行豁免，准在乾隆七年场羡银内照数拨补，后不为例等语。查乾隆三年香山等场飓风暴雨吹倒寮仓等房，赈恤银两，业经臣部题明准销，惟寮仓溶化盐斤请免灶价银两，未经覆准。缘此等溶化盐斤向未定有宽免之条而奏免，惠潮漂失盐包灶价案内，又奉有不可为例之谕旨。且该场乾隆三年被风之时，前督并未题报灾伤，其盐斤之是否溶化，亦无确据。是以前督屡行请豁，节经臣部议驳。今复据该署督查明存仓盐斤虽有包裹原非御雨之具，上无遮盖，下有漫水，蒲包既湿，盐斤自消，灶丁半多逃亡，并无捏饰。场盐漂失已经官验，势难再责灶丁赔补，并称后不为例，是漂失盐包应还灶价难以责赔，情属确切。似应仰体皇仁，请□□免如□。

□□臣部行文□□将香山等场漂失盐斤帑本银一万二百七十五两二钱零，在于乾隆□年场羡银内照数拨补，仍如该署督所奏，嗣后不得援以为例。至该署督奏称将来漂失盐斤作何分别赔补，现饬运司查议办理等语。应俟该督查议办理，到日再议可也。为此谨奏请旨。

乾隆八年十一月十八日

经筵讲官、太子太保、东阁大学士兼管户部尚书事务加六级臣徐本　太子少保、大臣户部尚书兼管三库事务内务府总管臣海望　左侍郎、内务府总管管理奉宸苑事务加二级臣三和　经筵讲官、左侍郎纪录二次降三级留任臣梁诗正　御前侍卫右侍郎兼内务府总管加一级臣傅恒　右侍郎臣彭维新

（宫中朱批奏折）

M14：财政-关务

6.17　广州将军兼管粤海关务策楞奏陈改革海关事务折

乾隆九年五月二十九日（1744年7月9日）

广州将军兼管粤海关务臣策楞谨奏。为敬陈海关事宜，仰祈睿鉴事。

窃臣荷蒙圣恩，特命兼管关务，惟有只遵圣训，随事悉心经理，以期剔除积弊，便商便民，其一切事宜臣亦经奏明，俟办理一年后再行请旨。钦奉朱批在案。今臣任事已逾一年，窃见通关章程从前浸无一定支销则通融混冒稽税则不循例规，以致弊窦业生，奏销年年部驳。臣现将原定除款确加查核，除解京解部以及采办养廉等项均属定额支销之款，无庸议及外，所有应行厘定事宜谨逐一胪列，为我皇上陈之。

一、额定经费宜酌量裁存也。查海关原定经费银二万一百十二两零，内各口祃祭灯油纸张杂用银一千七百一十四两零，守口人役工食火足银一万四千四百九十七两零，所支之数均无浮多，

应照旧存留，以资办公之用。内惟通关经制书吏共十一名，尚多冗设，应请裁去四名，仍留七名，其各书吏原定火足银三千九百两内，裁去银一千三百二十两，仍留二千五百八十两。再各总口七处，臣经奏准查照闽关之例，各派旗员在彼稽收税银，其支给养廉缘由并经奏明有案。臣请即以□□书吏之火足以为委员之养廉，仍就各口公务之繁简，离省道里之远近。内广州总口银一百八十两，惠州总口银一百五十两，潮州总口银一百八十两，琼州总口银二百四十两，澳门总口银一百四十两，以上共银一千二百五十两余，存银七十两仍行报解，一转移间，在经费毫无所增，而于办公实有裨益，至书吏未经裁汰以前各委员应支养廉，臣已在截旷罚料等项银内给发，合并陈明。

一、修理税馆巡船宜酌定款项，以免浮冒也。查向例修理税馆巡船各口神诞戏供俱与倾销折耗笼统开造，不独款项不清，中间更多浮冒。除倾销折耗，臣已另款声明。外查乾隆六年以前修理税馆巡船各口神诞戏供多者竟开销二千六百余两，惟乾隆七年仅开销银四百余两。臣查粤省地居边海，风信靡常，每有一处税馆巡船于一年之内两三次修理者，若照工程做法之例逐细造册报销，殊觉徒滋案牍。倘因内部驳诘，如乾隆七年朱叔权任内将应修各工任其倒坏而概置不修，又虑日渐朽烂，需费转多计，惟有限以节制之法规，在通关税口共七十处巡船三板共数十只，而神诞戏供亦系从来相沿必不可少之项。臣请嗣后修税馆巡船神诞戏供三项每项以二百两为率，每年共银六百两，不得溢于此数，如此则年有定款钱粮不致虚□矣。

一、大关心红纸张等项宜酌定支销之数也。奏销册内在关心红纸张修理衙署执事及洋船进口神戏等项，自乾隆元年以抵七年，每年开销自七百余两至一千九百余两不等。臣查衙门纸张等项皆属办公所需，洋船进口唱演神戏有关外夷观瞻，且相沿已非一日，似应循旧例，惟数目并无一定。未免任意开销，应请嗣后心红纸张以三百两为率，修理衙署执事以二百两为率，洋船神戏以二百两为率，每年共核定银七百两，仍不得溢于此数，如此则在外既无浮开之弊，在部亦免驳诘之烦矣。

一、赍折公用等银宜分别停支核减也。查赍折进京丈量夷船盘费以及季报领册，向在担杂项下开销。自乾隆元年至七年，每年开销自四百余两至三千数百余两不等，其中殊多浮冒。臣思赍送奏折路费各省役无开销之例，是以屡经部驳。臣到任后即行停支。至丈量夷船，自省前赴黄埔往来船只日逐饭食，及季报领册路费原属必不可少之项，但从前俱系笼统开造，亦不无牵混冒销之弊。臣请嗣后赍折盘费永行停止支销，其丈量夷船酌定每次开销银三两，两次季报请领册档路费酌定银三百两，不得溢于此数，如此则钱粮不致□□支销□。

一、赏给难商夷商二项□核定报销也。奏折册内则有赏给难商夷商一□，从前开销每年有多至二千四五百两不等，今臣细加查察，粤省民遇被风坏船商人俱由地方官查明，通详海关动支给发，但不逐案报部，未免无可稽查。应请嗣后赈恤难商于动给之后即□明户部汇总报销。至夷船进口，自开洋禁以来，迄今垂数十年，每船俱赏给牛酒麦面等项，此款自应仍留。惟是郑伍赛任内于常赏之外另给酒馔，朱叔权又将应给牛面等项核减之，未免多少不均。并请仍照旧例，外洋夷船进口给以牛酒麦面每一只以三十两为率，不得溢于此数，如此则钱粮皆归实用，而各国夷人亦永沐国家柔远之仁矣。

一、倾销折耗宜画一，据实造报也。查各口征收担规银色高低不同，起解倾销例有折耗，自应据实造报，乃臣细加查核，历年奏销册内所收之银有本系九成色九八平而转作九三开报者，有本系九二色九八平而转作九一开报者，且番钱色银同有倾销折耗，内澳惠两口之十字钱则另条报销，广州等口之色银又参杂于修理税馆巡船条内开报，以致查造奏册淆混不清。臣思各口所收规银其平色俱详载于例册之内，而折耗多寡亦有反驳□□，未便以□例相沿，转滋捏报之弊。臣请嗣后倾销色银番□俱照实在所收平色扣除折耗，其折耗银两汇为一条报销，不得仍牵混捏报，以臻画一。

一、守口盘费宜酌定成数以资办公也。奏□册内开报家人书役前往各口稽税支给往来路费一条，自乾隆元年至七年，每年开销五百余两至九百余两不等。臣查粤海一关所辖口岸大小共七十处，其间离省远者计程三千余里，近者亦数百里，每年调换人役以及雇觅急足□递紧要公文，选派安人前往审查口岸，一切盘费俱出其中，需用颇繁，从前开销银八九百两已足用度者，缘人役俱长年在，并不换班，后又委地方官员就近代办而造报奏册，又将别款通融临时捏造细册送部耳。今臣现在将从前支销之款逐条核减并据实造报，别无可以通那，若为数太少，实属支用不敷，应请每年支销银一千两以为定额，有余仍行报解，不足不准加增，如此则路费有资，办公亦不致拮据矣。

一、平余罚料截旷银两宜另款收贮充公也。查零封并兑则有平余，偷漏税银则有罚料，其吏役应支之项或有空缺，日期则为截旷，闽省俱奏则另款收贮以备公用，丝毫无漏□。今粤海关独无此款，其是否归和杂项报解，抑或官吏侵渔，亦无档案可稽。臣思平余罚□截旷银两虽与正项有间，究属附余钱粮，且查通关置造秤尺□□□□并□□法马□船印烙犒赏办公人役皆例无开销而必不可少之项，未便仍照从前陋例，在于别款通融。臣请嗣后将平余罚料截旷等银照闽关之例另款收贮，倘遇必不得已公用，俱在此内动支，仍不得托名归公致有侵冒，年满之时将余剩银两另列一条报解，如此则积弊可除而办公亦不致拮据矣。

一、滥行比照之例宜永行革除也。查各口规礼原系官吏私自侵收，后经报出归公与正项一面报解，惟是各口条例彼此不同。大概抽收有按单按载之分，船货亦开载甚明，乃积习相沿，或因货船到口本处例册不载，即比照别口之例滥行苛征，名曰比照，以致商民甚为苦累弊窦，亦因此业生。臣请嗣后除正税外，其有征收规银口岸凡遇船货到关本口则例所不载者，即属应免之项，只许验照不得滥行苛征规银，其比照别口之陋例永行革除。再此条臣因事属扰累，商民不便迟缓，已经先行禁革。合并陈明。

一、征税各口宜一体给发亲填印簿，以免多收少报也。查各省榷关收税口岸户部例发亲填印簿，每日将所收钱粮是何货物逐一造入，并令各商亲自填写，年满送部考核，既可以杜官吏之侵渔，尤可免额外之需索籍□之法，莫善于斯。查粤海关征收正税口岸除大关之外，分设各府州县共三十二处，俱收正税，内仅大关给有亲填印簿，其余各口所收钱粮于季底将总数附入大关循环簿内，以致各口税货多少内部无可稽查，从前之弊窦丛生，亦未必不因乎此。臣请嗣后凡属征收正税口岸俱一例请领亲填簿扇分发登填，年满汇总送部，如此则考核有据，钱粮不致漏□矣。

以上各条谨就臣愚见所及并确察情形通盘筹画，是否查采，伏祈皇上睿鉴训示施行，为此缮折谨奏。

（朱批：）该部审议具奏。

乾隆九年五月二十九日

（宫中朱批奏折）

M14：财政-关务

6.18　两广总督陈大受奏请清理粤海关弊事折

乾隆十五年十二月十五日（1751 年 1 月 12 日）

两广总督臣陈大受谨奏，为查明税口情形，恳准准派员经理以清宿弊事。

窃臣荷蒙恩命协理粤海关事务，抵任以来，凡属税口差弁书役人等，无不留心稽查，以杜偷漏侵蚀之弊。兹查粤海关口岸数十余处，较之别省地方，最为辽阔，税务亦颇繁杂。就中唯大关、澳门、甲子、潮州、梅菉、海安、海口七处为尤要。此七处口岸，如大关、澳门每年所收课银虽有二十余万之多，但附近广城臣与监督臣唐英朝夕商办，耳目心思尚可勉为周到。其余五处则坐落惠、潮、高、雷、廉及海外之琼州各府，远者二三千里，近亦不下五七百里。□……□四出□……□三四□□□□大小十□□十□□□□万余两上下则□□□口为□□，乾隆□年□□□□□于将军□内奏请派委军探员弁协同家人征收。臣陈大受到任时，因仍□贯□□为纷更。臣唐英受事后，亦酌设司事家人前往照料。无如地远事繁，形殊势隔，在书役人等诡谲贪婪，是其□技差。弁之忠厚者，既受其牢笼，莫能稽核；其□巧者则又一气串通，翼分余润。据臣所闻，各口岸弊端累累，不特侵渔国课，抑且苦累商民。及至遣人密察，则所到必已先知，又将收税□册预改藏匿。兼之广省客商船户名目好用合利万顺等字样，盈千累百，大同小异，其船内货色尤易混杂，大约数日之后，即难问数日前之诡弊。而外至之人，断不能知局内之阴私，年深月久，弊根盘互，无从究诘。

臣叨蒙委任，明知其如是而不能逐一纠察，心实愧之。本年六月内曾密谕地方官设法查出甲子、潮州大小十四口偷漏之弊，将各口书役人等提赴省城，交番禺县严行讯究。现据供出卖放娄赃各弊种种，而其中之影射狡赖者，犹居其半，尚待穷究。其高、雷、廉、琼四府属税口尤属□远，亦经□人□□□□□□出各□……□。查直省各关，多有□委佐□□职分口□□者，即臣在江南□□奏请□员榷税□有□□□以不端冒昧卸□，皇上天恩，准臣于佐杂中探其人尚明白稍知自爱者六员，分委琼州口二员，其余四处各一员，令其协同家人稽查税课，约束书役。臣与监督臣唐英仍不时留心体察，如办事平常，选员改委。倘有弊乱，即行参处。俟一年期满，果能肃清诸弊，裕课通商，□臣据实奏明，请旨量予奖励，以示鼓舞。

至各口员弁书役，酌行分别掣回所有各小口，听监督臣唐英一例派委。司事家人前往查办，仍归总口稽核。各员薪水，即于掣回员弁额给数内支发，毋庸另议动项。如此广商民得免额外之苛征，正课可无局中之侵蚀，底里既清，章程自定。臣与唐英细商，意见相同。谨会同恭折具奏，是否有当，伏祈皇上睿鉴训示。

再，本年关务，前后任接□，以十二月二十五日一年届满，俟各口报有成数，另行奏闻。谨奏。

(朱批：)好，知道了。

乾隆十五年十二月十五日

(宫中朱批奏折)

M14：财政-关务

6.19 江苏巡抚庄有恭奏陈广州府南海番禺等县沙地不便归澳门同知管理折

乾隆十八年十二月二十一日(1754年1月13日)

江苏巡抚臣庄有恭谨奏，为密奏事。

臣接阅邸抄，见两广督臣班第等奏称，南海、番禺、东莞、顺德、新会、香山六邑沙地，知县事繁，不及分身勘丈，请归澳门同知专管，如有争讼，令该同知亲往勘验情形，丈量亩数，秉公剖断。等因。钦奉朱批：敕部议覆。在班第等为清厘(理)讼端，便民耕种起见，意本甚善，但澳门同知专为控制澳夷而设，实有不可兼管沙务者。查澳门距省三百余里，距香山县百有余里，僻处海滨，最易滋事。雍正元年以后，澳夷安多尼等于省城开堂设教，不时往来沿海，无知愚民入教不下数万，教主夷艇往过，男妇持香迎送，动辄聚至千人，粤民深切隐忧。嗣乾隆(雍正)十年前督臣鄂弥达等将省城天主各堂尽行拆去，各夷押往澳门，党徒始渐解散。乾隆八年督臣策楞等复奏，请特设同知专驻弹压，澳夷始稍收敛。不特深忧初秋洋船至粤，有须该员防范，即平时夷人之出入，夷奸之往来，亦须同知稽查，事务似简，责任实重。以臣愚见，边海要地，同知惟应常驻澳门，不便兼管沙务。况沿海各沙坐落六县，周遭环折不下千里，争讼之事无日无之，曲直非勘不明，是非不能遥度。从前六邑分理犹苦，案牍多处，今若专责一人逐一亲诣勘丈，切恐奔走往来，日不暇给，而各邑转得借端推诿。况夏秋二季又须在澳巡防，不暇勘丈乎。且使六邑争沙民人环往澳门赴诉，近者百余里，远者五六百里，赍粮跋涉，既不无拖累株连，而聚数邑之万民群集澳门，岛夷往来其间观瞻，亦属未便。

臣本不应条奏本地公事，念臣受恩深重，此事颇有关系，稍有所见，不敢避干预之嫌，倘蒙圣明垂鉴，伏乞留中，另降谕旨施行。谨奏。

乾隆十九年正月初六日奉朱批：所奏是，另有办理。钦此。

十八年十二月二十一日

（军机处录副奏折）

M14：财政-关务

6.20 暂署闽浙总督新柱奏报英商船不愿赴广东澳门驶至浙江定海贸易情形折

乾隆二十二年七月二十二日(1775 年 9 月 5 日)

暂署闽浙总督、福州将军兼管闽海关事臣新柱谨奏，为奏闻事。

本年六月二十八日，据宁绍台道范清洪察称，六月初六日，有嘆咭唎国番船一只驶至定海县旗头洋面停泊。查得，该船大班无唅、二班洪任、三班末文，通船共番人一百七名，带有番银、哆啰、哔叽、玻瓈（璃）等货来浙贸易。随委宁波府通判王复臣前赴定海，会同营县将新定税额明白晓示，并劝谕该番应至广东贸易。旋据禀覆，据该番洪任等供称，航海数万里而来，原图贸易，广东牙行包揽把持得很，不愿去的。上年有茶叶、器用什物存在宁波行内，须要运回，将来还有一船，约在七月内可到。等语。至询其是否情愿加增税课之处，虽据允诺，语气尚属含糊，俟询明再禀。等情前来。

臣伏查，外洋船只向系收泊广东澳门，今该番洪任等连年踵至，虽称实为贸易而来，番情难信，不可不预筹杜渐防微之计。仰荷皇上圣明远烛，俯准前督臣喀尔吉善之请，另定税则，俾其无所希冀，自为引退，法至善也。但查该番船系上年十二月初八日回棹，新定税则尚未奉文行知，此次既经来宁，若必严加拒绝，殊非天朝柔怀远人之意。臣随批令该道亲至定海传唤该番询明确供，如果情愿遵照新定税则照数输纳，则此番应仍准其贸易，若以税额加重无所获利为辞，则暂准其在定寄碇一至八月，得有北风即谕令开驾出口，无任逗遛。去留听其自便，防范必须加严。等因。饬办去后。兹于七月二十日据该道禀称,亲讯该番无呛、洪任供称,广东必不愿去,所有加增税额情愿照纳,俟后船到日一同讲明,起货成交。等情。禀覆到臣。臣当即行令该道,将一切贸易安顿事宜,查照成规移行文武妥协办理,一面即饬起货成交,不必等待后船,致稽时日。仍勒定限期上紧督催回棹,毋任藉延。并勿令内地乏本商牙包揽,以致交货稽迟,有误归期。仍密查有无内地奸民串通勾引,严拿重惩。上年寄存茶叶等物,照数即饬给还,受寄牙行有无招徕情弊,严加讯究,以绝根株。并札知抚、提二臣,一体转饬派委员弁兵役巡查弹压,勿使滋生事端。臣复念番人惟利是嗜,内地既有加税之条,该番恐不无抬价之弊,并谕宁绍台道明白开导,公平交易,不得昂价居奇,以致货物难销,致亏资本。

至此次虽暂准其贸易,诚虑源源而至,宁波又成一洋人市集之所。俯容体察此番贸易实在情形,果否广东牙行包揽把持不愿再去,详细查明,与抚臣杨廷璋另行筹议具奏外,所有红毛番船来宁,饬办缘由,理合缮折奏闻,伏乞皇上圣鉴。谨奏。

乾隆二十二年八月二十一日奉朱批:告之杨应琚可也。钦此。

七月二十二日

(军机处录副奏折)

M14:财政-关税

6.21 管理粤海关监督李永标奏报粤海关现在征税银数折

乾隆二十二年七月二十二日(1757年9月5日)

□……□①

正杂等银四十万四千九百五十七两零,业经奏报在案。□二十二年分税务复□□□□□□□□□□□。即恭谢天恩,钦□□营,令自二十一年闰九月二十六日起,□□□□□□□现征税数。据附省大关及广州府属十小口□□□□报,自二十一年闰九月二十六日起,至本年六月二十五日止,共收银七万九千二百四十五两零。据惠、潮、高、雷、廉五府所属各口报,自上年闰九月二十六日起,至本年五月二十五日止,共收银四万七千九百二十四两零。其最远之琼州口报,自上年闰九月二十六日起至本年四月二十五日止,共收银一万九千九百六十四两零。合计通关各口现收正杂税银一十四万七千二百三十五两零。□□一年期满,各口报齐,另折汇奏外,谨将现在征收税数先行恭折奏明。再查□□粤海关税数之盈绌,视

① 前五栏无法辨认,缺。

洋船进口之多寡，本年自五月十六日至七月二十一日，□□□□□□□□□，查□年七月，以□□□□□□□□及月后续到洋船□□□□□□□□□□□□□□□□续到，容俟到齐后另□□□□□□□□，伏乞皇上睿鉴。谨奏。

(朱批：)览。

乾隆二十二年七月二十二日

(宫中朱批奏折)

M14：财政-关税

6.22　两广总督兼管广东巡抚印务陈弘谋奏查粤海关盈余银数较少事折

乾隆二十三年五月十七日(1758年6月22日)

两广总督兼管广东巡抚印务臣陈弘谋谨奏，为覆奏事。

案准户部咨，称粤海关上届乾隆十九年十月二十六日起至二十年十月二十五日止，一年征收银除足额外，实盈余银两四十四万二千七百二十一两八钱零。今据李永标奏报，乾隆二十年十月二十六日起至二十一年闰九月二十五日止，一年征收税银除足额外，止盈余银三十六万一千四百四十五两零，较上届少收银八万一千二百七十六两零。该监督虽称二十一年所到洋船较之上届少到七只，船钞货税各有减缺，是以少收，但即洋船少到亦何至所收盈余较上届少至八万一千余两之多，恐有侵隐情弊，应令抚臣钟音遴员赴关确勘。经征底簿出结声明，该抚加结覆奏，到日再议等因具奏，奉旨：依议。钦此。

咨会到前抚臣钟音经委高廉道王概前赴粤海关确勘，去后随据该道多带吏书亲自赴关吊取乾隆二十一年分大小关口底簿月册共计七百二十九本，传到经手各书役公同粤海关监督，严查该年过关货物以及外洋税货共计征银四十万五千两零，较比上届少收银八万一千二百七十六两零，委系征银数目与簿册相符，并无征多报少情弊，加具印结□覆。前抚臣钟音正在复核，因调任起程移交到臣，臣据该□查详情节逐加细核，缘粤海关所到外洋船只货多税重，每一船进出约收船钞税规一万余两不等。乾隆二十一年所到洋船仅止一十五只，比二十年少到七只，计少收船钞规项一万六千二百五十四两零，又洋船出口进口货物比较上届，如胡椒少收银七千四百八十九两七钱零，黑铅少收银二千六百七十四两一钱零，番锡少收银一千八百七十七两六钱零，哆罗绒羽毛纱缎各□头少收银一万六百七十一两一钱零，磁器少收银三千八百两零，夷茶少收银二千九百五十一两二钱零，零星杂货少收银三万九千八十三两零，以上共少收货税银六万八千五百四十六两零，惟洋船檀香、湖丝、松茶、绸缎共多收银一万二百七十七两零，统计货税项下以盈补绌尚少收银五万八千二百六十九两零，合计洋船钞规货税共少收银七万四千五百二十余两。至内地所收进出货税则有本港船及贸易船之分，查乾隆二十一年内地贸易等船各口报收正杂等银较二十年多收四十六百余两，其本港船止到二十二只，比上届少到八只，少收银一万一千余两。缘本港船系内地商民远赴外洋管运泛海往来，载货亦多，每只进口约收税银七八百两至一千数百两不等，是以少收亦有一万一千余两之数。今以贸易船之盈补本港船之绌，仍尚少银六千七百五十余两，合之外洋税钞所缺通共少收银八万一千二百七十六两零。臣历查粤海关税银从前盈余之多皆由洋船多到所致，其每只钞税动以万计，现有历年底簿与报部册籍可查，今二十一年比二十年少到洋船七只，即少收银七万四千五百二十余两，加以本港船又少到八只，复少收银六千七百五十余两，其征收簿载货税或多或少，多者有限而少者甚繁，皆系据实开载，并非虚捏。既据高廉道王概确查，委无侵隐情弊，出结详覆，除臣加具印结送部外。谨缮覆奏，伏乞皇上敕部查照施行。谨奏。

(朱批：)该部核议具奏。

乾隆二十三年五月十七日

(宫中朱批奏折)

M14：财政-关税

6.23　内务府佐领管粤海关监督李永标奏陈任内征收税数折

乾隆二十三年七月二十二日(1758年8月25日)

内务府佐领管粤海关监督奴才李永标跪奏。为奏明现在征收税数，仰祈圣鉴事。

窃奴才奉旨管理粤海关税务所有，乾隆二十二年分一年期满，内通关共收正杂等银三十二万五百三十两零，业经奏报在案。其二十三年分税务复蒙恩谕，仍着奴才接管，随即恭谢大恩，钦遵接管。兹自二十二年九月二十六日起计至本月，查通关现征税数，据大关广属及沯门口报，自二十二年九月二十六日起至二十三年六月二十五日止，共收银九万五百七十一两零。据惠、潮、高、雷、廉五府所属报，自上年九月二十六日起至本年五月二十五日止，共收银四万六千一百一十三两零。其最远之琼州口报，自上年九月二十六日起至本年四月二十五日止共收银一万五千五百三十二两零。合计通关各口现收正杂税银一十五万二千二百一十七两零。除俟一年期满各口报齐另折汇奏外，谨将现征税数先行奏明。再查向来海关税数之盈绌视洋船进口之多寡为定，本年自六月十一日至七月二十一日陆续报关洋船六只。查历年洋船进口海于八九月内□□到齐，今为时尚早，正在接续具报。入口容俟到齐后另折奏报，合并声明。伏乞睿鉴。谨奏。

(朱批：)知道了。

乾隆二十三年七月二十二日

(宫中朱批奏折)

M14：财政-关务

6.24　直隶总督方观承奏报英船驶至海口请求赴京诉讼情形折

乾隆二十四年六月二十九日(1759年7月23日)

直隶总督臣方观承谨奏，为奏闻请旨事。

臣于河间途次据天津道那亲阿、天津府灵毓禀称，六月二十七日，据大沽营游击赵之瑛移称，六月二十四日，海口炮台以外有三桅小洋船一只停泊，随即往查，船内西洋人十二名，内有稍知官话者一名洪任，口称人船俱是嘆咭唎国的，因有负屈之事，特来呈诉，将我送到文官处就明白了。等语。查其船内，并无货物，惟船面设有铜炮二位、铁炮一位，除将炮位收贮海口炮台，令该船暂泊海口，派拨弁兵看守外，合将洪任并该船番字执照一张，专差押送查讯。等语。随问据西洋人洪任即呈内之洪任辉供称，我一行十二人，跟役三名、水手八名。我系嘆咭唎国四品官，向在广东澳门做买卖，因行市黎光华欠我本银五万余两不还，曾在关差衙门告过状不准，又在总督衙门告状也不准，又曾到浙江宁波海口呈诉也不准，今奉本国公班衙派我来天津，要上京师伸冤。等语。及再诘问，惟称我只会眼前这几名官话，其余都写在呈子上了。除将洪任辉并其跟役二名暂行安置在津候示，合即禀报。等情。臣查洪任辉乃外洋嘆咭唎国之人，阅其呈词及所开条款，有关内地需索贻累情事，虽系一面之词，但既据远涉重洋，口称欲赴京师伸诉，小国微番，若非实有屈抑，何敢列渎呈。

所有洪任辉原呈并款单一纸，又该国番字执照一纸，理合固封奏闻。应否将洪任辉并其跟役二名由内部委员伴送赴广，敕下该督抚衙门将呈内各款逐一质讯明确，据实具奏，伏候圣训。如洪任辉送赴广东质讯，其海口原船并船内跟役、水手九名，及护船铜铁炮位，应否准令先行驾驶回国之处(朱批：自应令其回去)，谨一并请旨遵行。为此，谨奏。

乾隆二十四年闰六月初二日奉朱批：已有旨了。钦此。

六月二十九日

（军机处录副奏折）

6.25　附件：英大班为派洪任辉赴天津诉告粤海关监督李永标任纵关口刁索事呈文

具呈，暎咭唎国夷商公班衙等为负屈情极，越省呼伸事。

窃暎咭唎向慕天朝仁政怀柔，不惮重洋险阻，梯航悦市中华，初到宁波，次到厦门，贸易多年，缘厦门行商拖欠，报官不理，迟误风信，致酿事端。嗣后各夷船骈集粤东，荷列宪抚绥，关宪优恤，凡有陋弊，得于禀见面陈，随蒙革除，唐夷安业乐利，各国闻风，踊跃争市。迨关宪李莅任以来，不察利弊，任纵关口刁索，年倍一年，勒派行商办公，日甚一日，商业繁耗，势必拖累远夷，厦门前辙，立可复见，安能久市粤地。是以，本国发船到宁波贸易，明冀两省关宪有所瞻顾，行商有所忌惮，不然岂有舍近趋远、避轻就重之理。奉禁不准宁波贸易，夫外夷既悦市于中华，浙粤均属一体，但关宪李原无体绥之仁，复加船往宁波之怒，愈纵胥役苛刻，比前尤甚。

本国仰承皇仁浩荡，煦宥万邦，敢驾小船遣班等洪任辉，往附近京师叩伸屈情，前沐浙省列宪恩恤，只得先叩宪恩，俯念外国通商，有关国课，宪怜远夷负屈情极，万里奔呼，迅赐伸苏，国课商业永赖，倘未邀恩准，不得不由天津叩达阙廷。

一字涉虚，情甘寸磔，激切上赴钦命大老爷台前作主施行。

计粘条款一纸

乾隆二十年　月　日呈

附件：英大班呈负屈条款

谨将负屈条款沥陈，伏乞电伸。

一、纵关口勒索陋规。每船放关，总巡口索礼十两、黄埔口索礼十两、东炮台口索礼五两；充每船买办，总巡口索礼五十两、黄埔口索礼一百两；充每船通事，总巡口索礼五十两、黄埔口索礼三十两；每船验货，总巡口索匹费一百两，每日家人验货，索轿金七钱，俱通事、买办经手。据切一船，除货物税外，先征银三千三四百两不等。内有规礼一款，原无此例，查其始，乃蒙关宪恩恤优渥，馈送礼物酬谢，及后以礼物折银，递年渐加至一千九百五十两，沿为成例，既而归公，已属哑受，尤冀邀免。况陋规之外又有陋规，年年倍加，稍不遂意，万般刁难，鸣呻无门。负屈一也。

一、关宪不循旧例俯准夷商禀见，致家人、吏役勒索之害。切（窃）外国一船携资十余万，逐年不下十余船，计资数百万，未尝无益于厘市，出入口征税数十万，未尝无裨于关课。

关宪不念关市綦重，无怀来之政，而吝惜夷商一见，故纵刁索，使下情不能上达。负屈二也。

一、资元行故商黎光华拖欠公班衙货本银五万余两，伊子黎兆魁藉父身故，兜吞背偿，赴禀关宪不恤，赴禀督宪不怜，仍出示不许再渎，如违重究。切(窃)公班衙领帑本涉洋贸易，货本遭吞，向讨不还，报官不返，迨至回国，削骨难填，财命两悬。负屈三也。

一、随带日用酒食等物，苛刻征税之苦。缘外国远涉重洋，迟速到港，难以悬定，不得不多备粮食器物，及到广各班人色上馆居停，必须食用，随带上行，一来一回，逐一盘验征税。切(窃)外国一船出入口输征税规不下万余两，而口粮器用之物，均要来回重征，似非天朝仁厚之风，且无粮何以行船万里。征于食用之物，是使各船不敢多备粮食，陆风不顺，阻滞洋面，则通船人等势必待毙。负屈四也。

一、夷商往来澳门勒索陋规。批手本，关吏索银四两，总巡口索银五两四钱，两炮台口索银四两四钱，紫泥口索银二两二钱，香山索银二两五钱二分，防厅书吏索银二两二钱，关闸口索银一两五钱，澳门口索银三两二钱四分。经前督宪杨出示革除，众夷衔激，迨督宪杨调升，陋弊复索更甚。切(窃)思澳门离省咫尺，一往来需索银数十两，远夷何堪。负屈五也。

一、勒补平头。从前兑饷，惟照库平，迩年兑饷，每百两加平三两，名曰解京补平。未闻部颁库马(码)有前后之异，切(窃)外国涉重洋冒巨浪往返三载，一船百余命寄之沧海，且发船十只，只得五六只顺风到港，惊险万千，冀觅蝇利。况前例正饷之外，又有估价每两征银五分，名曰分头；又有担头，每担征银九分，今复加平头，重叠苛刻，致多亏本。关宪专理权政，既不能察怜夷商冒涉之艰，是请恩免，则因循旧例办理，安可额外加增，剥削远夷。负屈六也。

一、设保商贻累。凡夷船到港，必先托行商保结，方许开舱贸易，从前概无保商，该船应输钞税，出口时扫清完纳，税无挂欠，船无耽搁，即宁波亦如是办理。且夷商每船挟资十余万，凛遵法纪，自保身家，何待行商保结。自设保商之后，外国之船受累多端，因通船入口货饷总归保商输纳，而保商任意挪移，一旦亏耗，不得不将外国货银转填关饷，是以公班衙被黎光革拖欠，皆由于此。又关宪取用物件短价，千发无百，百发无十，保商填赔，累万有一，赔办不前，即延搁该船移浅放关，不惟迟误风信，且水梢日用，每船多费七八百两。现去年嘆咭唎六船迟阻，多费银四千余两。负屈七也。

（军机处录副奏折）

M14：财政-关务

6.26 两广总督李侍尧奏报遵旨晓谕澳门洋商人众只准在粤贸易折

乾隆二十四年闰六月二十二日(1759年8月14日)

两广总督臣李侍尧谨奏,为钦奉上谕事。

本年闰六月十五日承准廷寄,奉上谕：据庄有恭奏,本年五月有红毛暎咭唎夷商船只欲开往宁波云云。钦此。遵旨寄信到臣。

查,乾隆二十二年,臣于暂署督篆任内钦奉谕旨,令将闽浙督臣杨应琚禁止番商入浙一事,接到咨文后遍谕番商遵照。嗣准杨应琚恭录上谕原奏到粤,当即会同监督李永标,将杨应琚己意咨文叙明,檄行海防同知传集众商,晓谕嗣后遵例俱在广东收泊,如再至浙江定必押回,并另给牌文寄往噶喇吧地方,转谕番商各缘由,奏蒙圣鉴在案。自此,乾隆二十三年暎咭唎商船未经赴浙。本年现到番船十三只内,有暎咭唎七只,臣于闰六月初七日,据署南海县知县图尔兵阿禀,有暎咭唎番商洪任搭船回国,于五月初九日出口。等情。臣以此时正届番船进口,该商洪任系在粤省住冬,必须经营贸易,据称回国难以凭信,随谕令海防同知密行稽查去后。嗣于十二日未奉谕旨之先,准闽浙督臣杨廷璋咨开,洪任驾船至浙,称有货物银两在后面大船,开来贸易,业将小船驱逐回棹。等情。除移咨闽浙督臣,如该国大船到浙,立即逐令回粤外。伏查,洪任往来中国贸易,历有年所,通晓汉语,熟悉行情,人亦巧诈,乾隆二十年及二十二年,两次收泊宁波,蒙我皇上睿虑深远,指示晓谕。今甫隔一载,复又潜赴定海,欲为尝试,既经浙省逐回。是否仍回粤东,臣已密饬该地方官查报。如果到粤之后,趁船回国,自可毋庸置议,倘仍借住冬之名往来省会,难免故智复萌,应令其照例长住澳门,密饬地方有司及沿途税口人等不时稽查,毋许再赴省城,庶不至于滋事。臣一面钦遵谕旨,传集该国住冬之总大班吙晒与现到众商哩呍等,并各通事至臣衙门,会同监督李永标详加面谕,言尔等船只俱到广东,历久相安,洪任舍粤就浙,曾经两省晓谕,若再赴浙江,定将原船押回,乃洪任故违禁令,复赴定海,现被浙省查验逐回。尔等当知法度,贸易勿再往宁波,往返无益。等因。众商等佥称,我等自乾隆二十二年钦遵天朝晓谕,只在广东收泊,今闻本国王另有书信寄与洪任,令其先往宁波,随后即有大船开去。今蒙吩咐严明,我等即寄信公班,嘱其转达国王,一体遵奉。等语。臣察其言貌恭顺,并无异词。虽此次洪任赴浙欲为试探之计,将来似可禁绝。

谨将遵旨示禁缘由,会同监督臣李永标具奏。谨奏。

乾隆二十四年七月廿六日奉朱批：览。钦此。

闰六月二十二日

(军机处录副奏折)

M14：财政-关务

6.27 两广总督李侍尧奏报将会同根查英商呈诉粤海关监督李永标案折

乾隆二十四年闰六月二十二日(1759年8月14日)

两广总督臣李侍尧谨奏，为奏闻事。

本年闰六月二十一日承准廷寄，奉上谕：据官著等奏，嘆咭唎商人以迩年在粤云云。钦此。遵旨寄信到臣。臣跪读之下，不胜惶悚。

伏查，出纳钱粮、稽查口岸诸事，虽系监督专责，而臣既经兼管，尤当不时查察，务期榷政益清。臣自上年二月内奉旨兼管关务以来，查洋船进口货物，税馆报验之后，分投各行陆续销售，每年监督承办贡物，均系责成行商经理，并不与夷商交易。其洋货内偶有新奇之物，夷商动辄居奇高抬其值，监督因其价值过昂，往往责令行商驳减，乃夷商知系官办，坚不售卖，而行商视其所开之价实多浮冒，不敢遽请给发，只得代为垫给，迁就成交，其实在浮开之数，仍于别项货物内摊匀计算，以补偿其不足，此种情形，诚所不免。若李永标因官办克扣及自买货物全不酬价之事，实不至此。惟访闻该家人，每遇洋船进口，置买绒呢、羽纱等项顺带至京售卖，以图重利，而此地又不以实价给发，各行未免赔累。

再，海关各口家人、书役，藉端需索，积久相沿，臣节次访闻，屡行严禁，即如澳门为外夷聚集之所，每岁起驳货物，夫役等把持行市措勒重价，众商深以为累。臣檄行署海防同知，将为首之林昌望等按法惩治，并酌定道里远近分别脚价，刊刻榜文以示遵守。

至夷商到粤，在官并无累及之处，惟历来货物销售之难易不能预必，偶因一时不能尽售，势必交给行商代为变卖。粤商资本无多，难以垫给，而夷商急欲趁风回国，亦情愿听其挂欠，此乃历久相沿，俱系自行清理。迨近年各行那(纳)新补旧，未免日积日多，夷商索取难清，转觉视为拖累。臣既知此弊，若必令其现银交易，彼此固属相安，但行商垫应，力所不能，而运到货物又难必其尽售。

再四思维，止可听其自便，且历年并未告追，似不便另立科条，转有格碍。惟上年九月内，哇噸哂夷商吡吐呅贮顿胡椒于黎光华行内，值价四千一百两，嗣因光华病故，监督李永标因其挂欠官帑，将伊家产货物概为封贮，致该商赴臣衙门控禀，臣经批查，该故商尚有洋参、钟表等项抵偿给领，取具夷领附卷。其余各夷商惟恐日后照此封贮，以致欠项无着，疑虑逡巡，亦未可定。至此外或另有负屈之处，臣实未能知觉。

总之，臣奉命兼管关务，未能妥办，负疚良多，惟有静候钦差新柱、朝铨等到粤，会同实力根查，断不断稍存瞻视李永标之心，自甘罪戾。谨奏。

乾隆二十四年七月二十六日奉朱批：看此，李永标不能免罪矣。钦此。

闰六月廿二日

（军机处录副奏折）

M14：财政

6.28 两广总督李侍尧等奏请于香山等协营庄领俸饷搭放条钱事折

乾隆二十四年八月十六日（1759年10月6日）

两广总督臣李侍尧、广东巡抚臣托恩多谨奏，为局钱尚裕，恭请缘例搭放以资流通一事。

窃照粤东鼓铸钱文先经前抚臣准泰等奏准，先在附近之督抚提标广州八旗水师旗营暨将军标四营并广肇惠□守三协兵饷内每银一百两搭放钱五串，俟钱文充裕，由近及远广□□□。嗣于乾隆二十一二两年又经前督臣杨应琚等先后奏请于左右二翼镇标及顺德协及新塘、三水、东莞、增城、英清等六协营应领俸饷亦按每百两搭拨钱五串。均奉朱批应允钦遵各在案。

今臣等复于司道将局钱细加通盘核清，局内钱文截至本年闰六月底至共积累钱三万二千五百七十余串，较前渐多。又每岁鼓铸钱文以陆续奏准，应□搭放之各旗标镇协营额饷计算每年尚有余钱七百余串。又岁需俸饷内有明扣塘饷建贮等项扣还司库毋庸搭钱，核计每岁扣留约有钱一千□百串。伏思局钱固宜充裕斯搭放得以纵容，而存积过多自又当酌量流通，使远近均沾利□。兹有香山协及四会海防二营但各离□不远，一水可通，以三协营额饷核算，照依前例搭放，每岁计需钱一千五百余串。将局铸余钱及扣留之明扣塘饷建贮等钱汇□并计，尚属有余而无不□。臣等公同酌议，历请□乾隆庚辰年春季□□□，香山、四会海防三协营库领俸饷每银一百两亦搭放钱五串，其旧存钱三万二千五百七十余串仍□存贮以备局钱盈绌不□通融搭放之用。俟再有多余另筹办理，庶钱文得以渐次流通，□□□□于无涯矣。臣等谨合词恭折具奏。伏乞皇上睿鉴训示。谨奏。

乾隆二十四年九月二十一日奉朱批，如□议行。钦此。

八月十六日

（军机处录副奏折）

M14：财政-关务

6.29　广东巡抚托恩多奏报到粤洋船数目并接济难船情形折

乾隆二十六年九月二十五日(1761年10月22日)

广东巡抚臣托恩多谨奏，为奏闻事。

窃照粤东设立海关通商贸易，外洋番船每于夏秋陆续进口，本年暎咭唎国夷船共到有十三只、嘤嚸国夷船到有二只、喘国夷船到有一只、哇国夷船到有一只，共计十七只，本港并邻省回棹商船共二十七只。臣蒙恩命兼理关务，责在弹压稽查，先于泊船之黄埔地方严饬营汛员弁督率巡船兵役昼夜巡查，复于投歇之行馆处所严谕堆兵练总防守栅栏，加谨盘诘，毋许汉奸出入滋生事端。至于惠、潮、高、廉、协、琼等处总口，各有委员监管收税，现值更换之期，例应选员调换。臣于通省佐杂内择其平日办事奋勉颇知自爱者派往接管，臣仍与监督臣尤拔世时刻留心访察稽考，倘办理稍有不妥，当即分别撤回参究。

再，据香山县禀，有喘国夷商嗜哎船只驶至白沙符洋面被风打碎，船货沉失，止存水手十七名，驾杉板船一只飘至澳门。

又，据陆丰县详，有西洋黄旗国夷商嘈哾嚇船只驶至白石礁海面撞礁击碎，船货沉溺，夷商同水手共一百二十余人驾杉板船三只，飘至陆丰海港。

俱经臣批令照例抚恤，支给口粮，另拨哨船护送来省，俟有便船搭载归国外，所有洋船到粤数目及臣查察办理缘由，理合恭折奏闻，伏祈皇上睿鉴。谨奏。

乾隆二十六年十一月初一日奉朱批：知道了。钦此。

九月二十五日

(军机处录副奏折)

M14：财政-关税

6.30　李侍尧、德魁奏陈粤海关通年征收税数折

乾隆三十八年八月十五日(1773年9月30日)

奴才李侍尧、奴才德魁跪奏。为奏明通年征收税数仰祈睿鉴事。

窃照粤海关征收正杂盈余银两例应扣足，一年期满，先将总数奏明，俟查核支销确数分款造

册委员解部，仍具题奏报，历经遵照办理。兹奴才等查乾隆三十七年分共收正杂盈余等银五十九万一千九百九十七两零，业经会同查核分款解部，讫今自乾隆三十七年四月二十六日起至乾隆三十八年闰三月二十五日止一年期满，通关各口共征收正杂盈余等银五十五万三千八百二十六两零，比较乾隆三十七年分计少收银三万八千一百七十一两零。查每年征收税数向以满关截，莫视洋船之多寡税货之重轻以定盈绌。乾隆三十七年分共到洋船三十只，兹乾隆三十八年分计到洋船二十七只，续有贺兰国夷船一只来粤驶至阳江县，属洋面遭风打沉以致进口税饷无收。该国住粤大班因已置就出口货物船只不敷装载，设法于呑门买得呑夷船一只空船进口分载茶叶、瓷器等回国，连此一船统计洋船二十八只，较之乾隆三十七年分仍少洋船二只。复检查各洋船进口货物，内如税重之大绒羽缎等项比上两年带到数目短少，其税轻之棉花、椒、锡等货比上年进口亦有不敷，是以本年盈余比少银三万余两，谨将短少情节确查，据实陈明。至乾隆三十八年分满关后，现到洋船三十只应归于乾隆三十九年分报解，除俟核明支销确数，照例分款造册解部查核，另具题奏报。外所有乾隆三十八年分一年期满征收总数合先恭折会奏，伏乞皇上睿鉴。谨奏。

（朱批：）知道了。

乾隆三十八年八月十五日

（宫中朱批奏折）

M14：财政-关税

6.31　两广总督李侍尧与广东巡抚福保合奏为查明粤海关关税盈余比较短少缘由折

乾隆四十年十二月十九日（1776年2月8日）

大学士、仍管两广总督、昭佑伯臣李侍尧，广东巡抚臣福保跪奏为查明关税盈余比较短少缘由，仰祈圣鉴事。

窃臣等接准户部谘议覆粤海关监督德魁奏报征收盈余银两比较上届少收一折，内开乾隆三十九年分共收税银五十四万一千五百五十三两零，除额计盈余银两五十万一千三百四十九两零，较上届少收银九千九百八十九两零。据称乾隆三十八年分共到洋船二十八只，该年计到洋船三十一只，较多洋船三只，检查货簿内进口之羽缎、羽纱等货较上年虽多十分之二，而铅锡、胡椒等货较上年少至三分之一，且内有港脚船七只，所载俱系税轻之货，是以盈余短少等语。查该关乾隆三十八年分比较三十七年少到洋船二只，以致盈余短少，今三十九年分比较三十八年所到洋船计多三只而征收盈余反短至九千九百八十余两，虽据该监督声明短少缘由系船内货少之故，但查该关征收税收历来总视洋船进口多寡以定税银盈绌，从未有洋船多到而税课转致短少者，未便核定奏明，请旨敕交臣等遴委廉干大员严行核勘，彻底清查复核具奏等因行知到粤，臣等当即行委粮驿道吴九龄前赴该关逐一查核，务得实在短少情形，不得瞻徇草率，去后兹据禀称遵赴粤海关，将乾隆三十八、九两年洋船进口出口收税底簿逐一核对。查三十九年计到洋船三十一只，内港脚小船七只，共收钞规货税银三十五万八千六百零四两五钱六分一厘，加以大关各口岸税钞耗担归公等项银十八万二千九百四十八万两六钱二分四厘，实共收银五十四万一千五百五十三两一钱八分五厘，比较上届三十八年多到港脚小船三只，少收银九千九百八十九两四钱零八厘。以洋船多到而论，诚如部议不应转致短少。传讯关书沉鉴等，据供□年征收税项固视洋船进口之多寡以定盈绌，但税从货出，货物有多少、贵贱之殊，收饷有轻重之别，今三十九年虽较三十八年多到洋船三只，实缘货物较少且有夷商门船一只进口起货未完失火被烧，约少收税三千余两，故此货税不及上届之多并无别情等语。查对各洋船进出货税，按则计算均相符，其夷商门船于八月初十日船内失火亦有报案，可据复将两年货税有逐一比核，如三十九年进口各船所到羽缎、大绒、小绒、哔叽、乳香等货比之三十八年虽多收税银一万二十五两零，而铅锡、胡椒、紫□、檀香、乌木、没药等货较少收税银一万九千八百一十六两零，通关牵算盈少绌多比较不敷，实由于此并无征多报少侵隐情弊。出具印结申缴前来臣等覆加查核，乾隆三十九年分粤海关征收税饷除正税足额外，计盈余银五十万一千三百四十九两零，比较上届少收盈余银九千九百八十余两，监督德魁原奏曾将进口羽缎等货较多十分之二，铅锡、胡椒较少三分之一，于折内声明而前项各货征收税数多寡未经切实指陈，因致部臣以船多税少议驳。现据粮驿道吴九龄彻底查明该年盈余比较上届短少，盖缘洋船货物较少所致，自属实情。且查该关历届奏报税数即如乾隆三十六年到关洋船二十六只，通共收银五十七万八千有奇，而三十八年多到洋船二只，仅收银五十五万三千八百二十余两，是船多税少不独三十九年为然，尤明证所有臣等查明盈余短少缘由理合恭折覆奏，伏乞皇上睿鉴。敕部查核施行。谨奏。

（朱批：）该部议奏。

乾隆四十年十二月十九日

（宫中朱批奏折）

M14：财政-关税

6.32　广东巡抚李质颖等奏报粤海关通年征收关税总数折

乾隆四十五年四月十二日（1780 年 5 月 15 日）

奴才李质颖、奴才图明阿跪奏，为奏明通年征收关税总数，仰祈睿鉴事。

窃照粤海征收正杂盈余银两例应一年期满先将总数奏明,俟查核支销确数,分款造册,委员解部,仍具题奏报,历经遵照办理。

兹乾隆四十四年分正杂盈余等银除经奴才等查核分款解部外,其自乾隆四十四年正月二十六日起至四十五年正月二十五日止一年期内,通关各口共收正杂盈余等银五十五万六千二百三十三两九钱三分七厘。查粤海关税银向以洋船之多寡税货之重轻以定盈绌。嗣于乾隆四十二年九月二十一日承准户部行文,奉旨,嗣后各关征收盈余数目较上届短少者俱着与再上两年比较,如能较前无缺,即可核准,若比上三年均有短少,再责令管关之员赔补,彼亦无辞等因,钦遵在案。兹查乾隆四十五年分共到洋船二十五只,通关各口共收银五十五万六千二百三十三两九钱三分七厘,内有咙啹咟夷船一只,并非来自外洋,亦无进口出口货物,缘暎咭唎国夷商吐咭因船身渗漏不能重载,就澳门购买小洋船一只分载出口,及船买就而货色风帆均不及期,随留粤压冬,理合声明。以之比较乾隆四十四年分共到洋船二十八只,通关各口共收银五十五万六千一百八十五两一钱,计少到洋船三只,多收银四十八两八钱三分七厘。比较乾隆四十三年分共到洋船三十三只,通关各口共收银五十八万八千四百五十三两九钱七分,计少到洋船八只,少收银三万两千二百二十两三分三厘。比较乾隆四十二年分共到洋船三十九只,通关各口共收银五十八万八千四百七两九钱六分五厘,计少到洋船十四只,少收银三万两千一百七十四两二分八厘。除俟核明支销确数照例分款造册解部查核另题奏报外,所有乾隆四十五年分一年期满征收总数并比较多寡缘由,理合会折恭奏,伏乞皇上睿鉴。谨奏。①

乾隆四十五年四月十二日

(宫中朱批奏折)

M14:财政-盐课

6.33 两广总督舒常奏报广东拨解部库盐课银两起程日期折

乾隆五十年正月二十日(1785年2月28日)

两广总督臣舒常跪奏,为奏报拨解部库银两起程日期事。

窃照广东省盐课实存银一百二十五万二百余两。户部于上年秋拨案内奏明,酌拨银五十

① 朱批无法辨认。

万两解交部库。奉旨，知道了。钦此。行知到臣，当即行司遴员详委起解。兹据布政使陈用敷详称，奉部拨解盐课银五十万两，酌分五起领运。今派委香山县知县吴光祖、连平州知州陈新槐、陆丰县石桥场大使陈康洲各领解银十万两；揭阳县湖口司巡检龚国□(疑为"鼎")等四员每员解银五万两，共解银二十万两，统计解银五十万两，每三日一起行走，自正月初六日起至十八日止，由广东省城全数起行等情前来。除缮给咨牌派拨兵役严饬各委员小心管解妥速趱行并分咨沿途各省督抚一体拨护解部交纳照例另疏题报外，所有委解银两起程日期臣谨恭折奏闻，伏乞皇上睿鉴。谨奏。①

乾隆五十年正月二十日

（宫中朱批奏折）

M14：财政-税收

6.34　两广总督福康安奏报广东积年民欠钱米全数清完折

乾隆五十五年十二月初十日(1791年1月14日)

臣福康安、臣郭世勋跪奏，为积年民欠银米全数清完，恭折奏闻事。

窃照广东各州县征收钱粮向有民欠，每年奏销，届期地方官自顾考成多为垫解，报征全完。乾隆五十年间经前任抚臣孙士毅奏明派委正佐各官分赴民欠最多地方逐户查对，并令通省州县挨造民欠清册详报核办勒限严追等因。钦奉谕旨，勉力为之，不可畏难，亦不可过急致滋扰累，追出银米自应归公充用等因。钦此。钦遵当将查出保昌等二十六州县自乾隆三十七年起至四十九年止共积欠银五万一千九百九两九钱四分零，米一万四千五百六十一石八斗九升零，及未报各州县现饬确查办理，并请将耗羡一项随正征收，其正耗米石俟征完之日按照本年各该处贵价月份变价解司报拨等由奏明在案。臣等于上年抵粤检查册案，此项积久银米未完尚多，体察情形，其中固有贫难之户不能新旧并纳，而催征不善以致疲顽延欠者仍所不免。伏思国家惟正之供，理应踊跃输将，争先恐后。乃粤东百姓良莠不一，急公完纳者固不乏人，竟有任意拖延积欠至十余年之久。迨清查以后复蒙皇上如天之仁，即宽其以往，更缓以限期，于厘剔积弊之中，仍寓体恤民艰之意。小民具有天良，受此深恩渥泽，自必咸知感悔，赶紧输完。

节经臣等督同藩司严饬各该地方官剀切晓谕设法催科，务期不动声色扫数清完，毋任再

① 朱批不能辨认。

延。去后嗣据各属陆续申报全完前来。查孙士毅原奏保昌、高要、罗定、德庆、高明、新兴、博罗、翁源、清远、南海、化州、信宜、番禺、归善、顺德、东莞、曲江、大埔、海丰、香山、石城、始兴、阳江、吴川、英德、阳山等二十六州县共民欠银五万一千九百九两九钱四分五厘,米一万四千五百六十一石八斗九升零。又奏后续查出东安、阳春、四会、电白四县民欠银二千八百九十六两六钱六分三厘,米二千二百七十八石三斗三升零。通计三十州县共民欠地丁银五万四千八百六两六钱八厘,应随征耗羡银九千二百六十二两三钱一分五厘,正耗共银六万四千六十八两九钱二分三厘。又民欠米一万六千八百四十石二斗二升零,应随征耗米二千六百九十四石四斗三升零,正耗共米一万九千五百三十四石六斗六升六合一勺。臣等当经行司分别催提变解并密饬该管道府确查是否实系征完,有无仍前垫补情弊,据实结报。兹据藩司许祖京会同督粮道吴俊详报,各属前项未完银米实已扫数征完,并无丝毫蒂欠,内正耗米石遵奉原奏按照本年各该州县贵价月分变解,同大埔、电白二县定例征收折色米石,共该银三万一千九百六十八两一钱一分九厘,连地丁正耗通共银九万六千三十七两四分二厘,均已解贮司库造册,详请奏咨,并据各该道府州查明出具印结,实无代民垫解等情。

臣等伏查粤东民欠银米,地方官思顾考成代为垫完捏报,本属从前相沿积弊,仰蒙圣主训示,饬令实力追缴不可畏难亦不可过。所以整顿吏治民风者,实属仁至义尽。兹自数年来陆续追出全完报解,是从前积欠廓然一清。至五十年以后,凡有民欠俱系据实报□(忝),按限带征开复,尚无前项弊端。第恐地方官因有开报未完或致将完,作欠藉以侵那,亦不可不防其渐。臣等自当随时密访严查,如有似此不肖劣员,察实立即纠□,从重治罪,断不敢稍事姑容,致滋贪蠹。所有粤东省征完积欠钱粮银米除分晰造册咨送户部拨饷外,臣等谨合词恭折奏闻。伏乞皇上睿鉴。谨奏。

(朱批:)知道了。

乾隆五十五年十二月初十日

(宫中朱批奏折)

M14:财政-关税、关务

6.35 粤海关监督盛住奏报查看澳门等税口均系实征实报并无需索情弊事竣回署日期折

乾隆五十七年三月二十四日(1792年4月15日)

奴才盛住谨奏,为恭报查看税口情形,事竣回署日期,仰祈圣鉴事。

窃奴才于三月初九日自省带印起身，前赴澳门各口稽查税务，业经恭折奏明在案。兹奴才带同通事等于十三日行抵澳门税口，随调查该口日征亲填各簿，详加核算，俱系实征实报，并无侵隐。细访在口之各丁役，俱知畏法，亦无格外需索等弊。澳门查毕，顺道至江门、佛山等口，奴才随调齐该口亲填各簿核查，并询之近地商贩民人，咸称往来税货俱照例征收，委无多收情弊。奴才复严饬各口家丁、书役人等，务须守法奉公，毋许丝毫苛索。仍不时留心查察，有犯必惩，断不敢稍为宽纵，以冀仰副圣主柔远恤商之至意。奴才稽查事竣，于本月二十二日回署。

所有查看各税口情由，及回署日期，理合恭折奏报，伏乞皇上睿鉴。谨奏。

(朱批:)知道了。[①]

乾隆五十七年三月二十四日

（宫中朱批奏折）

M14：财政-盐务

6.36　署理两广总督印务郭世勋奏报估变裁撤东莞等盐场旧署桨船折

乾隆五十七年七月初三日(1792 年 8 月 20 日)

署理两广总督印务、广东巡抚臣郭世勋跪奏，为估变裁撤盐场旧署桨船恭折奏闻事。

窃照粤东改埠为纲，经督臣福康安于酌定章程案内将歉收之丹兆、东莞、香山、归靖四场俱请裁撤。准部议覆行，令将所撤四场旧署确核估变造具册结分别奏咨等因，当经转行遵照。

先据两广盐运使那朗阿会同广东布政使许祖京详称，查裁撤东莞等四场衙署仓房由广州、高州二府督饬各该地方官确查据实估变。香山场衙署料件地基共估值纹银五十四两九钱九分二厘，桨船二只共估值纹银五十八两二钱二分五厘。东莞场衙署物料地基共估值纹银八十九两二钱，桨船二只共估值纹银二十八两七钱八分二厘。归靖场仓房基址系租用民间税业，应行给还所有衙署地基及仓房物料共估值纹银五十九两五钱二分二厘。丹兆场衙署物料地基共估值纹银一十九两四钱八分。造具册结加具印结。转详经臣以所估价值均属短少驳饬再行增估。兹据覆各场旧署仓房地处低洼，咸潮蒸湿，一切物料均多霉烂不堪充用，各桨船亦建造年

---

① 据军机处录副奏折，朱批时间为乾隆五十七年闰四月初一日。

久，朽坏难于驾驶，业经据实确估覆查，实难再行增变等情详请具奏前来。查前项衙署仓房船只既据该府县等覆核确估，并据该司等声明所估价值核与市价悉属相等，并无捏饰短估情弊。所有估变银三百一十两二钱零似应准其照估变解，列入季册报部拨充兵饷。至裁撤各场池□(查无此字)，现据各地方官谕令晒丁实力上紧，垦筑改为稻田。照例详报升科，此外并无裁改未尽事宜，合并陈明。除册结咨部外，臣谨恭折具奏，伏乞皇上睿鉴。谨奏。

(朱批：)该部知道。

乾隆五十七年七月初三日

(宫中朱批奏折)

M14：财政-关务

6.37 粤海关监督苏楞额奏覆英船与西洋各国船只一体收税并无增减情形折

乾隆五十八年九月二十八日(1793年11月1日)

奴才苏楞额跪奏，为钦奉谕旨，凛遵办理，恭折覆奏，仰祈圣鉴事。

窃奴才于九月二十四日接奉大学士、公阿桂、大学士、伯和坤传谕，乾隆五十八年九月初一日奉上谕：前因暎咭唎表文内恳求留人在京居住，未准所请，恐其有勾结煽惑之事，且虑及该使臣等回抵澳门，捏词煽诱别国夷商，垄断谋利，谕令粤省督抚等禁止勾串，严密稽查。等因。又奉谕旨：粤海关抽收夷商税课，原应按则征收，严禁吏胥需索，暎咭唎商船来粤，较之西洋别国为多，将来该国货船出入固不便遽减，其税亦不得丝毫浮收，致该夷商等得以藉口。并著传谕苏楞额，督率稽查，公平收纳，务与西洋别国相同，不可独露示惠红毛之意，转使骄矜长智也。等因。钦此。仰见圣主廑念榷务夷情，周详指示，于不动声色之中寓杜渐防微之意。奴才捧诵谕旨，不胜钦服。

伏念，外洋各国船只来赴粤东贸易，大约暎咭唎货物居其大半，各该夷人等仰沐国朝覆帱鸿慈，沦肌浃髓，百数十年来，咸知震慑皇威，不敢稍有滋事。今暎咭唎国贡使进京，妄有干请，仰蒙敕书指驳，杜其越分之思，伊等当亦自知冒昧。

至粤海关征收出入货税，俱有一定则例，历来遵照办理，无从高下重轻。奴才接任后，每遇洋船进口，即亲赴黄埔丈量，并不假手吏胥，亦不稽迟时日，尚无偷漏隐匿情弊。而夷人自澳赴省及自省回澳，所过大小关口，俱有家人、书役在彼稽查，奴才恐伊等藉词勒索，或所不免，故于抵任之初，即出示晓谕，严行禁止，仍一面密加访察，各家人、胥役尚知畏惧守法，不敢藉端扰索，夷情颇觉相安。惟是暎咭唎商船到广，原与各国较多，此次贡使进京，频有非分之请，希图垄断牟利，诚如圣谕，断不可行。而粤海关征收税课，虽不能意为增减，第恐查察稍疏，弊端即由兹丛集，浮收苛索，均足为该夷人藉口。奴才惟当凛遵训谕，时刻稽查，凡遇红毛货船进口，与各国夷船一律丈量收税，不稍露示惠形迹，以致长骄矜而动猜疑。

所有奴才接奉谕旨，钦遵办理缘由，谨附抚臣郭世勋由驿递折之便，恭折覆奏，伏祈皇上睿鉴。谨奏。

(朱批：)即有旨。

乾隆五十八年九月二十八日

（宫中朱批奏折）

M14：财政-盐务

6.38 两广总督吉庆奏报稽查偷漏铁器私贩盐斤以清广东海洋盗源折

嘉庆四年十月二十一日(1799年11月18日)

两广总督臣觉罗吉庆跪奏。为遵旨查议恭折覆奏事。

窃臣承准军机大臣字寄，嘉庆四年九月十二日奉上谕，昨有□(投)效河工从九品周黻差人在都察院呈递奏折，内称，广东省盐法废弛，请禁革乾标以靖洋面。广东省民户多以捕鱼为业，每于出口时买盐而去，随捕随腌，沿海场灶偷漏私盐，其价较贱，鱼户贪得便宜，到处买私，官引滞销，私枭日多，率系无赖，鱼汛时则浮海卖私，汛过时盐无售处，聚奸为盗，海洋不靖大概出此。又称，海船携带铁器应定以限制，拿获盗匪起有军器，自由渔利之徒多带铁器出洋，卖给改造，应不准其多带等语。渔户贪利买私，官引遂致滞销。粤省设有乾标之法而私枭仍未敛迹。各船多带铁器出洋，随处卖给盗匪，因而改造军器，于鹾务洋面均有关系。所奏似不无所见，著传谕吉庆将以上二节是否可采之处妥议具奏。原奏二条并著抄寄阅看，将此谕令知之。钦此。

仰见我皇上清理盐政慎重海疆之至意。伏查粤东沿海民人多以捕鱼为业，每年鱼汛时乘风赴捕洋面，远近不一，随捕随即用盐腌制，满载后赴各处贩卖。此项盐斤由沿海各埠买带，从前东莞、新会、香山、新安、新宁、归善、海丰、陆丰、潮阳、惠来、澄海、阳江、电白等县地方额设十三埠行销鱼引，其时各商私自设立坐标票据收取渔户帮饷，名为乾标。雍正十一年经前督臣鄂弥达题请禁革乾标，所有埠内卖盐照票统由总督衙门用印填号汇发各县转发埠商，收明填用给于(予)渔户收执，以为是官非私之验。乾隆二年督臣鄂弥达复刊发四联印票,一存总督衙门,一存运司衙门,一存地方官衙门,一给该渔户收执,按年取具,各商并无设立乾标甘结送部,历来遵照奉行。迨盐务改埠归纲之后,不由地方官经理,遂改给三联印票。将渔户应买盐数定为四等,大船每次带盐二百五十斤,限半月缴票。中船每次带盐一百斤,小船每次带盐五十斤,俱限十日缴回原票。其朝出暮归之小艇听其赴埠买盐腌制,毋庸给予印票。此从前禁革乾标及现在给发渔票行销埠盐之原委也。臣莅任后留心访查,加意整顿,现在沿海各埠官引尚无滞销,私盐不致充斥,惟采捕渔户出入海口难保无图利买私之弊,现在严饬澳甲营汛稽察并将各口岸渔船出入需索陋规概行革除,俾沿海穷民毫无苦累。伊等既可谋生乐业,自不致有聚枭为盗情事。即数年来节次拿获盗犯讯供时,间有渔户在内,皆系被匪掳捉逼胁入伙,并非甘心为盗,此其明证。至三联印票原为疏引杜私而设,渔户买盐数目注明票内,复经口岸巡船查验相符方准出口,立法似属周密,乾标一项早经禁革,所有周黻仍请禁革之处似毋庸议。

至粤东铸造铁器,现有铁炉二十五座,土炉十五座,俱在不近海洋地方开设。其铁炉煎出铁斤,各商先赴运司衙门输税,请给旗票,铸成铁锅等项器物贩运售卖。如无旗票者即属私铁,照私盐例治罪。其土炉亦系输税领旗,止许收买废铁改铸农具在本地售卖,不许越境贩运。此铁炉、土炉分别之章程也。臣查粤东炉户多在佛山镇铸造食锅、农具等项运赴各处售卖,其由海运赴雷、琼二郡者均在佛山同知衙门给照出口,食锅等项数至五十连以上即行给照,以便海口稽查。期间牟利奸商因铁器出洋获利数倍,例禁不许多带,或托名修船多带铁钉,或潜将铁锅铸厚,或将船桅多用铁箍,朦混出口,亦难保其必无。臣现在饬行雷、琼二郡将所用铁锅农具每年需用成数查明具报,并饬佛山同知详查,照依额数给照运往,仍将铁锅农具斤数注明,并严禁厚锅,一概不许夹带,违者治罪。客商船桅有用铁箍者令各海口登记,回时查验。至向来海船出口恐沿途损坏应需修制,许酌量携带铁钉,亦不免多带偷漏,自应如该从九品周黻所奏,查看船只大小,定以数目,不许私行多带,违者一并究治。再,查盗匪炮械,或抢夺客船或买自夷地,现在严禁铁器出洋,则夷地铸卖者自必渐少,实系清理盗源之一法。

臣渥荷天恩用至总督,弥盗缉私均关紧要,臣仍随时留心访察,如有偷漏铁器私贩盐斤者,一经查获立即究明据实办理,不敢稍有宽纵,以仰副我皇上慎重海疆肃清盗源之至意。所有钦奉谕旨缘由理合妥议具奏,伏祈皇上睿鉴。谨奏。

(朱批:)实心妥办,不在空言。海洋盗风果能敛缉与否朕自知之,严察接济销赃为要。勉之。

嘉庆四年十月二十一日

(宫中朱批奏折)

M14：财政-关务

6.39　粤海关监督常显奏报年内到港洋船及征税数目并禁英船贸易情形片

嘉庆十三年九月初九日(1808年10月28日)※

奴才常显跪奏,再,嘆咭唎国兵船前来澳门,当经督臣吴熊光、抚臣孙玉庭会同奴才将暂行封舱缘由具奏在案。查向来关税之盈绌,惟以洋船之多少为定。奴才接任以来,查嘉庆十二年以前大约征收一百三四十万至一百五六十万两不等。本年自四月十六日起,至八月十三日止,共到大小洋船四十八只,其船由嘆咭唎来者居多,现已进口停泊黄埔,所有已经下货船只,共征收税银二十余万两,其未经下货船只,虽未能预行核计征收实数,约计应征收五六十万两。查向来八、九、十月间正是船只盛集之时,本年似尚有未来粤洋船,如果陆续到来,关税自可与前数年相等。讵正在征收吃紧之时,适嘆咭唎兵船有来澳门居住情事,是以暂行封舱停止交易。

伏思,嘆咭唎夷人在西洋诸夷中最为强悍,与荷兰、咾咾(衍字)囒哂、吕宋诸国久已不和,近缘兵败于咾囒哂,故来澳门,派兵登岸,以保护大西洋为名,实致力据要津,以遂其垄断之私。现经督臣会同奴才严饬洋商、通事人等,转饬该国留粤大班,传谕该夷目及早退还。该夷远越重洋深入内地,外虽倔强,心实恇怯,近日若知督臣与奴才等业经具奏,自必闻风知惧,迅速回帆。倘日内该夷等驯伏退退(还),自可照常开舱榷税。如或夷性愚顽,未即通晓,督臣同奴才亦必仰体皇上柔远之意,多方化诲,断不致以遇宽启侮,遇激召变者,上廑圣怀。现在惟嘆咭唎夷船不准交易,他国夷船贸易如常,商民均极安静。但嘆咭唎已到黄埔货船业经久候多日,奴才饬令洋商、通事人等,将暂行封舱缘由告知,不时前往妥为抚慰,令无惊惶滋扰。

容俟嘆咭唎来澳兵船办理妥协,另行具奏外,合先行附片奏闻,伏乞圣鉴。谨奏。

嘉庆十三年十月十七日奉朱批:另有旨。钦此。

(军机处录副奏折)

M14：财政-关务

6.40　粤海关监督常显奏报严饬英兵船退出澳门及他国商船均未起货纳税情形片

嘉庆十三年十月初六日(1806年11月23日)

再,嘆咭唎兵船夷人,自封舱停止交易后,甚为惶惧,该国大班叠次递禀恳请开舱,均经督臣吴熊光会同奴才驳饬，并谕令兵船退出澳门后始行开舱交易。该夷计穷力竭，虽意存观望，谅亦不能久停。现在督臣不动声色，密将水陆营哨兵弁妥为派拨，严行饬谕该夷等限定日期令其退出澳门，如再敢延玩或稍有滋事之处，定即动兵剿办，不能再事姑容。

再，该国夷船俱停泊黄埔，前经督臣会同奴才等奏，将嘆咭唎国交易停止，其余各国仍照旧开舱贸易。自嘆咭唎国封舱之后，其咪唎㗊等国似恐有争先贸易之嫌，亦未曾恳请开舱交易，是以该夷人等船只均未起货纳税。合并声明。

谨附片奏闻，伏乞圣鉴。谨奏。

嘉庆十三年十一月二十四日奉朱批：另有旨。钦此。

十月初六日

（军机处录副奏折）

M14：财政-关务

6.41　两广总督吴熊光奏覆英兵退出澳门及准许洋商开舱贸易情形折

嘉庆十三年十一月二十九日（1809年1月14日）

二品顶戴、两广总督臣吴熊光跪奏，为接奉谕旨，恭折覆奏，仰祈圣鉴事。

窃臣于十一月二十六日接准军机大臣字寄，嘉庆十三年十一月十三日钦奉上谕：吴熊光奏，夷兵尚未退出澳门，遵旨用兵驱逐，未即攻剿情形，云云。钦此。臣跪读之下，悚惶战栗，无地自容。伏念，臣以军械司员，荷蒙高宗纯皇帝特达之知，不次超擢，又蒙皇上恩施，逾格擢任封圻，畀以海疆要地，即捐糜顶踵，不足以仰酬高厚于万一。乃于此等重大夷情，未能迅速竣事，获戾滋深，当此罪无可逭之时，犹荷鸿慈曲加垂训，愧悔交集，感激涕零。

查，嘆咭唎国夷兵退出澳门，旋即开帆远去，现已开舱照旧贸易，兹酌撤官兵缘由，业经臣会同护抚臣韩崶，于十一月十六日恭折驰奏在案。臣前调水陆各官兵，交碣石镇总兵黄飞鹏及曾经军旅之督标参将张绍绪、提标参将实兴等，分水陆两路扼要驻扎，亦于十月十三日折内奏明。其派往澳门委员，系候补知府陈镇、游击祁世和。因陈镇等在粤年久，熟悉夷情，臣初次派该员等前往晓谕，亦于折内声明，是以令其一手经理。

至向来接到夷禀，均于原禀批示，钤印发给，只将译出夷禀抄录存案。此次嘆咭唎夷人赴臣衙门初递之禀，系该国兵头图踞澳门，措词谬妄，是以将原禀扣留，恭呈御览，其续后之禀，系夷商所递，意在恳请开舱。臣即照向例，严切批饬，俟夷兵尽退方准照常贸易。迨夷兵开帆之后，该夷商等复又央恳，洋商赴监督臣常显衙门恳请开舱，常显据情转告，臣恐该洋商所言未确，复派广州府知府福明、署臣标中军副将张瑗，带同通事亲赴黄埔察看情形。该夷商数百人环集，摘帽口称，该国兵头无知冒犯，带兵登岸，奉到大皇帝圣旨严饬，该兵头十分悚惧，现已带同兵梢开帆远去。我等均系贸易商人，天朝法度，无不凛遵，并不敢随同兵头滋事。今耽搁日久，转瞬风汛一过，即不能开帆，漂流洋面，性命难保，求将下情转达，早赐开舱，俾得及早归国，保全性命。等语。同声恳求，至于泪下，其情十分迫切。臣是以知会常显，照例查验开舱后，令福明、张瑗传谕该夷商等，此次系天朝格外施恩，倘以后有一事不遵法度，即将该夷商等严行驱逐，永远屏绝，不准复通贸易。该夷商感激畏惧，敬谨从命。此皆仰赖皇上天威洪福，不战蒇事。现在贸易交通，民夷安堵，似可仰慰圣怀。

至臣于此事，一闻禀报，理应亲自前往，迅速筹办，乃谬欲示以镇静，仅委总兵、知府等员驰赴防范，迨十一月十二日奉到圣明诘责，已在夷兵全数回帆之后。臣错误迟延，业已追悔无及，而屡次陈奏，又未一一声叙明晰，以致上烦睿虑。种种衍尤交集，总由臣福薄灾生，不能仰副委任，负恩旷职，清夜难安，惟有求皇上将臣交部从重治罪。

除将一切善后事宜，与护抚臣韩崶先行通盘筹画，俟新任抚臣永保到后，熟商妥办，详细条陈，奏请圣训，以冀稍赎前愆外，所有接奉谕旨缘由，谨恭折复奏，并将译出夷禀及批词抄录，进呈御览，伏乞皇上睿鉴。

再，暎咭唎夷兵已退，不敢擅用五百里，只由驿奏覆。合并声明。谨奏。

嘉庆十三年十二月二十日奉朱批：另有旨。钦此。

十一月二十九日

（军机处录副奏折）

M14：财政-关务

6.42　两广总督永保奏覆在途接奉谕旨俟抵任将妥善办理英兵占据澳门炮台等事折

嘉庆十三年十二月初三日（1809年1月18日）

奴才永保跪奏，为接奉谕旨，钦遵由驿覆奏，仰祈圣鉴事。

窃奴才仰蒙皇上天恩，调任广东巡抚，当经奏明暂护半月，俟新任抚臣章煦到滇，即行交卸起程。嗣探得，章煦半月内不能到滇，奴才不敢拘泥等护，致有迟误，随于十一月十五日，一面由驿具奏，一面带印起程，以便沿途迎交。适云贵总督臣伯麟已卸署贵州抚篆，奏明回滇接署云南巡抚印务，于十九日在滇黔交界处所，奴才与伯麟先行相遇，奴才当将滇抚印信交后，即赶紧前进缘由，亦由驿会同督臣伯麟奏报在案。

奴才昨于贵西途次接奉军机处五百里字寄，嘉庆十三年十一月初七日奉上谕内开，伯麟等奏，永保旧疾陡发，不能即时赴黔。等因。钦此。

又于贵东途次接奉军机处五百里字寄，嘉庆十三年十一月十三日奉上谕内开：本日据吴熊光五百里奏报暎咭唎人现在尚未退去。等因。钦此。奴才跪读之下，感激悚惶，莫可名状。

所有奴才疮疾情形，除另片奏闻外，窃奴才于广东地方虽未亲历，但昨于未经起程以前等护章煦之时，凡遇有知道广东情形及甫从广东来者，奴才将一切情形及澳门处所详细询问，虽所说参差不一，及知之亦不甚确凿，其中亦有揣度拟议者，而大端亦有吻合之处。即如澳门地方均称尽系西洋及各小国夷人在彼居住，设立洋行，向与内地贸易，已数百年，房屋华丽，不下数千人家，并各有头人弹压管束，并无内地汉人在彼杂处；西洋人每年交给租银作为租地开行之赋，每年与内地交易货物，价值不下千百万两，历年均极安静；彼处海边一带，西洋人自设大铜炮，并派兵役，以防洋匪，较之内地，防范尤为严固，体察情形，澳门所住之夷人，正可为内地之屏障，内地又何以于澳门沿边复加设炮台，反为西洋人防边看守。果系如此，其中必有弊端。而此番暎咭唎夷人前来，未说占据西洋炮台，何以独占内地炮台。闻得内地炮台每座不过三五十人，一见暎咭唎来船，自然早为涣散，并不知其因何而来、尚有何人向前询问，以致混报。督臣亦必委员往查，而所委之员亦未必亲去，敷衍捏报，所以终不得其实。在此非奴才无因妄为揣度，因闻广东情形，竟与别省迥不相同，督抚不和，文武不睦，督臣偏向武职，抚臣偏向文员，小人两处播弄里外，督抚向不轻易出门亲身查办事件，即委人往查，如系险要处所，事关重大，委员亦不亲去，或转委微员，据以转报，或随时捏饰具奏了事，如其事稍有利可图，方肯前往，风气亦非一日。此等议论，虽未免言之太过，而众论大概皆然，或亦未必尽属子虚。即如此次澳门，督臣自必委人往查，而所委之人似未必亲到其地面见暎咭唎夷人查询，一味含糊具禀，又据以具奏，是以终不能得其实在缘由，以致总不令人详晰。不然，吴熊光向来能事，何致如此。

至于暎咭唎夷人，闻得向在粤东另有一处开行，但不能如澳门近便，其交易货物，获利亦较澳门稍减，早闻其亦欲于澳门设行。此次该国夷人猝赴澳门，如非与内地恃强硬占澳门，必为发货而来。在西洋各国夷人住彼年久，亦岂肯轻于退让，暎咭唎夷人最为强悍，必系示威，以吓西洋众夷，若能稍占便宜，即可相安。若似此时恃强向内地硬欲发货，此则断不可准，致使轻视。如谓该国夷人欲与内地构衅，别生他故，谅无其事，盖该国在内地开行，亦非一日，原为谋利，若与内地无端构衅，纵使澳门地方尽为该国夷人占据卖货，而内地总不与之交易，不独彼无利可图，且与内地历年交易，彼此牵扯欠账，自复不少，若与内地构衅，则尽化为乌有。该夷人虽愚，谅不至此。不然，事已三四月矣，何以别无动静。

据奴才愚昧之见，如果暎咭唎夷人实不过与西洋人为欲争贸易而来，自当与之调处，断不便稍存膜视;若竟向内地恃强,亦当设法办理。但因何占据内地炮台,有无别项情节,亦必须查明确切,方可办理。奴才亦不敢预存成见,致误事机,现在遵旨赶紧赴粤,前往澳门察看实在情形,其应如何办理之处,再当迅速奏闻。仍协同督臣吴熊光悉心商议妥办,断不敢将就了事,亦不敢稍滋事端。至吴熊光与奴才,从前曾在军机章京共事,其情性亦所深知,今奴才仰蒙皇上特令赴粤,一切协同商办,更何致略存私见。惟有以国家公事为重,和衷办理,以期海疆宁谧,仰副我皇上谆谆训勉之至意。

所有奴才钦奉谕旨,谨先遵旨由驿覆奏,伏乞皇上睿鉴。谨奏。

嘉庆十三年十二月十三日奉朱批:另有旨。钦此。

十二月初三日

(军机处录副奏折)

M14:财政-关务

6.43 两广总督永保奏覆在途接奉谕旨俟抵粤必定查明英兵在澳门登岸缘由奏闻折

嘉庆十三年十二月初七日(1809年1月22日)

奴才永保跪奏,为接奉恩旨,感激悚惶,现在加紧赶赴粤东缘由,谨恭折由驿覆奏,仰祈圣鉴事。

窃奴才昨于贵州途次,两次接奉五百里廷寄谕旨,蒙恩垂询奴才病势,能否克期赴粤。等因。奴才于十二月初三日子刻在贵州镇远府途次,遵旨由驿五百里据实覆奏在案。次日丑刻途次,又接奉上谕,昨据吴熊光等奏嘆咭唎夷兵全数退出澳门一折,据称,吴熊光等先于水陆两途严密布置官兵,并封禁水路,绝其买办柴米。等因。钦此。所有奴才感激下忱,除另折恭谢天恩外,窃奴才仰蒙圣主特令赴粤,闻命之下,因未悉澳门一切情形,又不知吴熊光如何办理陈奏,以致上烦圣廑之处,不敢悬揣妄议。是以,奴才即就采访大概情形,先经具奏。今恭奉上谕,并蒙敕发吴熊光等具奏原折,并澳门图说及询问吴俊奏片,令奴才阅看。奴才寻绎再三,仰见我皇上圣明烛照,指示周详,不令示弱于外夷,即所以杜其轻视而至要,总期于能得大体,尤为至当之权衡。奴才感悚之余,莫名钦佩。此次嘆咭唎夷人擅入澳门,登岸住守,占据炮台,虽未敢与内地构衅,而如此情形,诚如圣谕,该夷人已属桀骜不恭,若准其开舱,不免示之以弱,更足以启其轻视之心,且夷情叵测,忽来忽往。其中即难保无别情。奴才惟有赶紧行走,俟到广东后,即恭传谕旨,将吴熊光革职,派员伴送进京外,一面会同韩崶将嘆咭唎夷船因何擅入内地,该处防守官兵因何听其登岸占据,自七月至今呈递过夷禀几次,吴熊光如何批示,是否业已准令开舱,该夷始行退去,并所称布置官兵及派员晓谕,究系何人何兵,系何谕旨各情节,及吴熊光在任有无别项劣迹,贻误废弛之处,逐一详查明确,据实具奏,断不敢稍有欺隐。并钦遵训示,严切晓谕嘆咭唎夷人,看其如何动静。但奴才遥度情形,并阅吴熊光等奏折,似乎业已准其开舱纳税而去(朱批:所见甚是,不然未必肯扬帆而去)。以上情节,奴才到粤确切查明,遵旨于吴熊光未到京以前,先行一一具奏。

至奴才与吴熊光从前同充军机章京,其情性一切,素所深知。但奴才以满洲世仆,蒙圣主豢养生成,兹又沐逾格天恩,授为两广总督,且系特交奴才逐一确查之事,虽骨肉至亲,亦不敢为之隐饰,甘心自取罪戾。奴才与吴熊光不过旧日同在军机章京行走,各当各差,无怨无德,更何敢稍涉徇隐,自外生成。惟有迅抵粤东,实心查办,以仰副我皇上训示谆谆之至意。所有奴才接奉谕旨缘由,谨恭折由驿覆奏。

再,奴才现在已入湖南境,不日即抵长沙。合并声明,伏乞皇上睿鉴。谨奏。

嘉庆十三年十二月十九日奉朱批:另有旨。钦此。

十二月初七日

(军机处录副奏折)

M14:财政-关务

6.44 两广总督永保奏报到粤后将不准英商开舱贸易若已开舱则查明事之原委具奏片

嘉庆十三年十二月初七日(1809 年 1 月 22 日)※

再,奴才正在专折发问,又接奉军机处四百里字寄,嘉庆十三年十一月二十四日奉上谕:常显奏,嘆咭唎大班叠次递禀恳请开舱,经吴熊光、常显饬驳,谕令兵船退出澳门始行开舱,其余各国似恐有争先贸易之嫌,亦未曾恳请开舱。等语。外夷货船来至内地,原以其向来恭顺,准令交易,用示怀柔。兹嘆咭唎国辄敢遣令夷兵擅入澳门,占据炮台,虽昨据吴熊光奏夷兵已全退出,但自七月至今,数月盘踞,情殊可恶,且亦未据递有切实悔罪呈禀,即使其具呈认罪,亦不得遽准开舱,仅以沾沾关榷为重,罔顾大体,必俟一二年后,该夷实知畏服,恳切呈请交易,彼时再行具奏,候降谕旨。永保到粤后,该国货船如尚候风汛,未经起碇,即遵旨不令开舱,俾知畏惧,并会同常显传谕咪唎唑等国,以嘆咭唎国夷兵冒昧入澳,是以停止贸易示罚,至尔等毫无不是,自当照常交易,不必心存观望也。如永保到彼,吴熊光等业已准令开舱,并着遵前旨查明因何允准,系吴熊光主见,系常显主见,秉公具(据)实参奏。片抄寄阅看。将此由四百里谕令知之。钦此。

又奉抄寄常显奏片,并已恭阅。奴才俟到粤后,嘆咭唎货船如尚候风汛,未经起碇,即遵旨不令开舱,并会同常显传谕咪唎㗫等国照常交易,如吴熊光等业已准令开舱,其因何允准,何人主见,奴才查明后,亦即秉公据实具奏,断不敢稍有徇隐。

所有续奉谕旨,合再附片奏闻,伏乞睿鉴。

嘉庆十三年十二月十九日奉朱批:览。钦此。

(军机处录副奏折)

M14:财政-关务

6.45　两广总督吴熊光奏报已准令夷商开舱交易税饷盈余情形片

嘉庆十三年十二月十七日(1809年2月1日)

再,自嘆咭唎兵船开帆远去之后,即遵照前奉谕旨准其开舱起卸货物,现在贸易交通,民夷安堵。核计本年税饷,除正额之外,即盈余亦有赢无绌。其一切善后事宜,臣先与抚臣韩崶筹议条款,计新任抚臣永保将次到粤,容俟其抵任面商,再行会折具奏。合并声明。谨奏。

嘉庆十四年正月初九日奉朱批:另有旨。钦此。

十三年十二月十七日

(军机处录副奏折)

M14:财政-关务

6.46　广东巡抚韩崶奏报查阅澳门夷民安谧并酌筹控制事宜并前山寨关闸仍旧防守折

嘉庆十四年二月初五日(1809年3月20日)

暂署两广总督、广东巡抚臣韩崶跪奏,为查阅澳门夷民安堵情形,并酌筹控制事宜,先行奏请圣训事。

窃臣于本年正月二十五日,将较(校)阅省城营伍后即赴澳查看缘由,于差赍折件内附片奏明在案。兹臣于二十七日自省起程，二十八日酉刻舟抵香山县城，次日登陆，于酉刻行抵离澳里许之新庙地方，当有西洋夷目咪嗲等率领夷兵百余人摆队出迎，时因天色已晚，臣即在庙住宿。据该夷目咪嗲、嗷嘘、喏唑三人到庙求见，臣当即传进，面谕以上年暎咭唎国夷兵到澳，尔等不行阻止，任其登岸，本有应得之罪，仰蒙大皇帝悯念尔国向称恭顺，未加深究。尔等嗣后益当感感(激)圣恩，加意防守，不得自取咎戾。该夷目等俱免冠叩头，并据谙晓夷语之通事代为转禀，据称，上年暎咭唎国夷兵到澳，事在仓卒，是以不能阻止，伊等自知孱弱无能，咎无可逭，且受暎咭唎滋扰，衔恨已深。仰赖大皇帝天威震慑，暎咭唎夷兵旋即畏惧窜逃，伊等感沐大皇帝厚泽深仁，铭心刻骨，以后惟有合力固守，不敢稍涉疏懈。等语。情词出于至诚。臣即于三十日进澳，该夷等又各鼓吹焚香，祗迎道左，情形极为恭顺，当经犒赏绸匹、牛羊、茶面等物，该夷等颂祝皇仁，欢声雷动。

臣随查得，澳门现在并无暎咭唎夷人在内，其大西洋自前明嘉靖年间即寄居此地，迨我国朝已有二百余年，其货船到粤，止征船料，不纳货税，仍岁输地租银五百两。近年生齿日繁，大小男妇约计共有三千余名口。其华人在澳开铺落业者，男妇共有三千一百余名口，因夷人止知来往贸迁，凡百工所备，均需仰给于华人，而贫民亦可藉此稍沾余利，历久相安，从无争竞。全澳东西约四五里，南北半之，东、南、西三面滨海，惟北面陆路可通县城。西洋人于澳内，旧设炮台六座，正中曰大炮台，东曰东望洋，西曰西望洋，正南曰南湾，东南曰伽思兰，西南曰娘妈阁，各炮台均系该夷目带领番兵一二十名不等自行防守。其自伽思兰炮台起，至西望洋炮台止，迤南沿海一带，上年暎咭唎夷兵驶驾三板由此登岸；该处本有石坎，坎甚低矮，易于爬越，应加筑石女墙一道，增高四五尺，计长二百余丈，俾资防堵。经臣面为指示，该夷目咪嗲等欢忭喜跃，云当克期兴工。现在澳内万夷安堵，民气恬愉，询之居澳耆民，佥称西洋夷人向来安静守法，从未滋生事端。惟暎咭唎于诸夷之中最为强悍，其赴粤贸易船只，亦较诸国尤多，此时若遽予禁绝，恐夷情贪狡，激之转易生变，而澳门处处枕近外洋，西洋夷人又素为暎咭唎所藐玩，去岁既有暎咭唎兵船入澳之事，即难保其去不复来。防患贵在未形，立法期于可久。臣思，西洋夷人居澳有年，如于澳内添设弁兵，或恐夷人无知，转生疑惧，而自澳至县迤北一带陆路，不可不预筹防范。兹查，距澳东北五里，曰莲花茎，长约七里，横宽约五六十丈，两面皆海，中仅河脊一道，堤边沙水甚浅，在船亦不能入，于形势颇为吃紧。沙脊适中之处，向有关闸一座，障以石垣，仅设一门以通行旅。该处向设把总一员、兵二十八名。自关闸西北行十五里为前山寨，其寨本有土城，民居稠密，旧设海防同知一员，额设防兵九十名，即归同知管辖。又，香山协中军都司、千总各一员，兵丁一百零三名，并巡桨船只，向俱驻寨防守，因香山协副将频年出海缉捕，澳门一带素称宁帖，是以历任都司、千总常调赴县城弹压，前山衙署无人居住，以致日就(久)倾圮，仅存废址，其自何年何任损圮，并无档案可稽。臣查关闸、前山两处，均系自澳赴县最要关隘，今前山仅有文员，所辖兵数无多，即关闸亦止设兵二十八名，均不足以资防御。臣愚以为，前山寨弁兵均应照旧防守,衙署亦应赶紧修造,现饬香山县知县彭昭麟迅将该衙署、兵房赶估详修,一面檄饬署香山协副将许廷桂遵照,将该都司兵丁等陆续撤回前山驻扎。如该副将出海缉捕,其守城弁兵恐有不敷,另于别营筹议拨补,不致稍有短缺。并于该协两营内抽拨兵丁三十二名添戍关闸,足成六十名,稽查出入,按时启闭,庶足以壮声援而成犄角。

抑臣更有请旨,距澳北里许有莲花峰,其巅与澳夷东望洋炮台对峙,且为自澳入县陆路要隘,又莲花峰之西内海中有岛,名青洲,与澳夷大炮台对峙,其势可以控制全澳。此二处似应酌建炮台各一座。惟事并动帑创兴,臣未敢遽自定议。并此外尚有华夷交易章程,均须因时制宜,酌加增改,容俟督臣百龄到日,会同熟商妥议,分别筹办。

至前督臣吴熊光前拨驻澳未撤香山本营兵丁,现在暎咭唎夷兵早经远去,澳夷宁谧如常,无须堵御,臣已饬令各回本营,以节糜费。

又,虎门系各国夷商入口之所,且为省城第一门户,黄埔系夷商货船停泊之处,防范稽查,尤关切要。臣本拟查阅澳门后,即赴虎门等处查勘,因途次接准部行藩司先福蒙恩升任江西巡抚,封疆重任,未敢稽迟,省垣乏人料理,臣已于初三日旋省商办一切,以便先福交卸起程。臣拟于省城各事宜次第清厘后,再行亲赴虎门等处确勘,会同新任督臣百龄熟筹妥办。

所有查阅过澳门情形,并就臣管见酌筹事宜缘由,敬谨绘图贴说,先行恭折附驿具奏,伏乞皇上睿鉴,训示遵行。谨奏。

嘉庆十四年二月二十八日奉朱批:另有旨。钦此。

二月初五日

(军机处录副奏折)

T23(202、561):商业-对外贸易-洋商(澳门、英国)

6.47　两广总督百龄奏拟俟本年英商船到粤后先期侦探相机办理缘由片

嘉庆十四年四月初八日(1809年5月21日)※

奴才百龄跪奏。

再,奴才密查,暎咭唎国素性强横奸诈,闻近年来惟咗唧哂夷国足与相抗,其余嘡囒、单鹰等国,多被并吞,大小西洋及吕宋、咪唎嚤诸夷人,均受其欺凌抢劫,无不含恨,未敢与争。上年带兵来澳,不过欲使西洋人畏惧相让,或可乘间诡词多纳租银,希图邀恩允准其鬼蜮伎俩,必有夷汉奸徒从中勾通胁诱。否则,焉敢远涉重洋轻入内地,该夷亦具知识,岂竟不畏干犯天朝之罪。但一时不能得其实情,遽难查办。惟细察,该夷人自入澳后,从未敢逞强出外滋扰,及退回时,亦未闻在洋面生事,是其尚知凛慑法度。且访闻该夷国公司生意,如钟表、呢羽等货,系承领该国王本钱,名为祖家船。又有该国夷商自出资本置买海味食物,均至内地售卖,复由内地置买丝布、磁器等物,回国转售,获利甚厚。且茶叶、大黄二种,尤为该国日用所必需,非此则必生疾病,一经断绝,不但该国每年缺少余息,日渐穷乏,并可制其死命。该夷既不能遽舍利途,又岂肯自绝生路。现据该夷商喇咈所禀,该夷兵不敢再来之语,似非虚诳。

奴才愚昧之见,若遽信其无他,不为申明禁约,仍令照常贸易,恐蠢愚不知所警,或渐启轻视之心,若永绝其往来,致令生计无资,则顽夷走险,或竟扰劫各港口番舶,甚至勾结洋匪别肇衅端,于海疆亦有关系。奴才现拟筹备抵御章程,俟本年暎咭唎国货船到时,先期侦探,倘于常年护送货物之兵船二三只外,再敢多带夷兵,欲图进口,即调集水陆官兵,相机扼要堵剿。如果止系贸易船只,并报递谢罪哀恳禀件,亦饬令将货船停泊外洋等候,不准入港,一面奏请谕旨遵行。

奴才伏思,办理外夷事务,固不可因循示弱,亦未便孟浪失宜,必须计出万全,策垂久远,令其畏天威而怀圣德,始可以靖边隅而弭后衅。

是否有当,理合附片密奏,伏乞皇上训示。谨奏。

嘉庆十四年四月二十九日奉朱批:所见甚是。前既失于宽,应以猛济之。钦此。

(军机处录副奏折)

M14:财政-关务

6.48 两广总督百龄奏覆查明上年英兵入澳系图占地并参吴熊光等办理不当各节折

嘉庆十四年四月初八日(1809年5月21日)

二品顶戴、兵部侍郎衔、两广总督臣百龄跪奏,为遵旨查明上年暎咭唎国夷兵入澳,藉名保护西洋,阴图占地谋利(朱批:朕已料及),嗣因不能强据,求允开舱,始行退去,吴熊光办理迟延错谬各情由,据实参奏,仰祈圣鉴事。

窃奴才于正月内陛辞时,面奉圣谕:令将暎咭唎夷人兵船因何擅入澳门,又因何退去缘由,查明确实。并发阅永保缴回各谕旨内,饬将吴熊光办理此事,因循迟缓,有无畏葸失体之处;是否先经许令开舱,夷兵然后退出;其允准开舱系吴熊光主见,抑系常显主见,逐一查明,据实参奏。奴才于三月二十二日香山途次接受印篆,当经具折叩谢天恩,专差赍递,并将入境后访询夷兵入澳大概情形，附片奏闻在案。

伏查，澳门地方虽向系赏给西洋人租住贸易，究属天朝地界，唤咭唎夷人何敢带兵前来擅行占据，其中显有别情，吴熊光接据禀报，既不即时具奏，又不亲往禁谕斥逐，究竟是何意见，必须详细访查，方能得其底里。奴才于接篆之次日，驰赴澳门，当有西洋人摆列队伍，鼓乐郊迎，欢感情形，极为恭顺。奴才带同该管之同知、知县等，将澳门各处炮台及要隘形势详加履勘后，随查在澳居住之西洋夷人唛嚟哆等男妇共四千九百六十三名，又有各国经理交易留寓之唤咭唎夷人喇咈等四十名、喫囒夷人啦嗝嗲等七名、喘国夷人嗜嘛吐等四名、吕宋夷人吗玉等九名、单鹰国夷人啤啼等二名，均极安静。

奴才传其西洋夷目唛嚟哆等面加询问，尔等西洋夷人仰赖天朝恩庇，在澳居住生养已二百余年，上年唤咭唎夷兵入澳，不能竭力防阻，咎实难辞，蒙大皇帝念尔孱弱，不加责罚，自当益加感激。尔等上年禀称，唤咭唎为恐哒唧哂滋扰澳门，带兵前来保护，必系饰词，此时应将实情说出。据通事述，该夷回称，上年唤咭唎国兵头嘟■哩等原说带兵来护澳门，又带有小西洋人书信，欲暂借澳地居住，我们原不敢私借，当即报明地方官转报总督。那知该兵头恃强，竟占住我们所设的东望洋、娘妈阁、伽思兰三处炮台，因力不能敌，只得守住大炮台抵防。后闻总督传示大皇帝谕旨，不准伊等居住，始畏惧退出，我们得以照旧安居，实深欢感。闻得，嘟■哩私自带兵前来，并非奉他国王之命，我们已呈明本国王，转行知会。至我们西洋夷人仰受天恩，在澳门居住贸易，多得利益，唤咭唎国久已艳羡，想来占夺生理，实是真心。惟他们已知惧怕，仍与我西洋夷人约议和好。从前不敢将其来意禀出，恐他挟恨寻仇，这是苦衷。等语。

奴才又传唤在澳之唤咭唎夷商喇咈等询问，该夷商尚以唤咭唎兵丁系来保护西洋生意为词，及覆诘以澳门系天朝地界（朱批：所言得体），哒唧哂焉敢前来侵占，即或小有不逊，天朝自有大兵剿逐，何待尔国夷兵保护，明系藉词图占。尔国王向本恭顺，是以大皇帝准令交易，使尔国得沾恩泽。中华财物充盈，原不藉尔国区区货税。今尔国兵头无知干犯，实属冒昧，现奉大皇帝谕旨，不许尔国来粤贸易，我已遵奉传谕各地方官及行商、引水人等，一体饬禁，此岂非尔国自绝生路。等语。令通事严行传知，该夷以手指心，语言低蹇，其情状颇觉惶悚。据译称，因嗌吖喇兵头与嘟■哩恐哒唧哂来澳阻隔唤咭唎生理，不及禀明国王，即带兵来澳保护，原欲求见总督面诉，因总督不见，是以迟延数月。后奉大皇帝谕旨，不准在澳居住，即行退回，不敢抗违。但上岸未先禀明，自知冒昧，只求代奏大皇帝免罪。我们已禀明本国王，自必将嘟■哩处治，再不许兵船前来滋事。至于说唤咭唎欲占西洋生意一层，委系传言，实无此意。等语。并据唤咭唎夷商喇咈特递夷字禀结二件、汉字禀结二件，西洋夷目唛嚟哆亦呈具汉字夷押禀一件前来，奴才译阅禀内词意，与各该夷所言大略相同。

奴才查，西洋夷人在澳门居住，每年只纳地租银五百两，所来货船二十五只，止征船料，不纳货税，较他国岁省银不下数十万两。西洋夷人贪利，并将澳地余屋转租各国夷商居住，每年所得租银亦复不赀。嘆咭唎在诸夷中最为强悍,此时覬覦西洋微弱,带兵前来逼令让住,并妄冀恳求允准,遂可据为利薮,乃复藉名保护,以期阴肆其奸,即如现在该夷商喇咈尚称,并无图占之心,诿为传言,其狡谲情形,愈辩愈见。迨后不能遂其所欲,遂求开舱,以作回国之费。是嘆咭唎来去缘由,奴才询之各文武各官,访之在澳耆民,所言大率类此,别无起衅端倪,亦并无在内地滋扰情事。惟该夷幻(巧)诈异常,其所称已经禀知该国王,兵船必不再来之语,殊难凭信。奴才亦惟有严饬地方官预为防范,一面筹议章程控制。

再查,吴熊光办理此事,自上年七月二十一、二等日,该夷兵船来至虎门外鸡颈洋面停泊,八月初二日即抵澳门,上岸占据西洋炮台,节次据地方文武各官及西洋夷目禀报,吴熊光批令香山协副将、澳门同知照常防范,并令洋商前往慰遣。迟至十六日,见该夷不退,谕令封舱,仍委知府陈镇、游击祁世和前往询问,该夷兵头欲求见总督面言,吴熊光既不传见面询斥逐,又未添派大员往办,节经游击祁世和、香山县彭照麟请派官兵堵逐,吴熊光亦俱批以镇静,不可张皇。彼时,西洋人亦有澳内居民四散、澳夷将虞绝食之禀,经香山县转禀,吴熊光总未亲往查办。该夷兵头见无准备,遂于九月初一、二等日,将兵船三只驶进虎门,停泊近省城四十里之黄埔地方。吴熊光因于初四日具奏,始将师船内之香山、虎门两处兵丁抽拨回营防范,并令碣石镇黄飞鹏管带师船二十余只,并雇红单船十余号,在省河一带挽泊。至二十三日,该夷兵头复同二兵头带领夷目十余名、夷兵四十余名、水手二百余名,驾坐三板艇船三十余只,由黄埔至省城外十三行停住,求见总督。吴熊光又派广州守〔备〕福明、副将张瑗前往晓谕。该夷人声称,恳求总督奏明大皇帝,如蒙允准,在澳寓住;倘不邀恩准,然后退去。等语。吴熊光总未面见,只令其回至黄埔候旨,并饬禁买办火食。该夷人颇觉慌急,于二十六日,又驾三板船数十只来省,欲向十三行装取火食,官兵喝阻不理,经总兵黄飞鹏令兵吓击一炮(朱批:尚有胆气),轰毙夷兵一名,受伤三名,该夷兵并未回放枪炮,即退回黄埔。维时,不但黄埔民人戒严迁避,即省城外商民无不惊慌,纷纷徙居城内,并有地方烂崽匪徒蜂聚数千人,竟欲乘势抢劫。经南海、番禺二县派令丁役昼夜防范,始就宁贴,几至酿成事端。至十月初十日,奉到谕旨,饬令晓谕该夷人,即速撤兵开帆,不可停留,倘有不遵,统兵剿办。吴熊光遵于十二日檄调督抚提镇各标官兵二千六百名,派令参将张绍绪、宝兴,游击祁世和,都司老格,守备李福泰等管带,在于黄埔及澳门驻扎防守,并未攻击。至十六日,将所奉谕旨内晓谕该夷缘由,叙札饬委福明、张瑗赴黄埔宣示,该夷兵当即畏惧,情愿撤兵速退,因无火食,先求买办,吴熊光准其买办,该夷兵复求开舱,吴熊光谕令全行退去后,再行开舱。该夷兵遂于十月二十五、六等日将兵船退出虎门,十一月初二、三日在澳门之夷兵亦陆续退至外洋等候。吴熊光知会监督常显,即于十一日开舱,该夷船始行远去,此嘆咭唎夷人兵船始踞澳门,继进虎门,往来黄埔、省城数月之情形,及吴熊光办理此事之前后原委也。

奴才伏查,嘆咭唎夷人兵船踞澳,固属恃强,但始终未敢有抗拒形状,若当其始至求见之时，吴熊光早为明白开示，词严义正，挟其奸谋，谅无难斥退，即使略有观望，慑以兵威，亦必知所畏惮而去。乃迟至月余而后入奏，又迟至月余而后调兵，迨该夷兵情愿退回即准其开舱，诚如圣谕，开舱虽在夷兵既退之后，而许其开舱则在夷兵未退之先，且开舱系吴熊光通知监督常显，询非常显主见。奴才继察吴熊光之意，始则托词镇静，或冀夷兵速退，即可消弭此事。继因该夷兵船驶进虎门，竟至黄埔，复至省城门外，事难掩饰，始行具奏，迨奉严谕指示，尚复视为寻常事件，不即亲往设法督逐，因循数月，示弱失体，实属咎无可辞。奴才业经查明，不敢隐讳，谨据实参奏，请旨治罪，以示惩儆。至前抚臣孙玉庭会办此事，并不将前后实情自行具奏，亦有不合，理合一并附参。

再，奴才三月二十四日由澳门履勘后回至香山，即从水路于二十七、八、九等日至虎门、蕉门、黄埔一带查阅各处海口、炮台及地方情形，四月初二日回省。

所有应行筹议控制章程及酌定华夷交易各事宜，现与抚臣韩崶悉心会商妥议，除俟筹定再行恭折奏请训示外，合将暎咭唎夷商所呈夷字禀结二件及译出汉字禀结二件，并西洋夷目汉字夷押禀一件，恭呈御览，伏乞皇上睿鉴。谨奏。

嘉庆十四年四月二十九日奉朱批：另有旨。钦此。

四月初八日

（军机处录副奏折）

T23(561)：商业-对外贸易-洋商(英国)

6.49　两广总督百龄奏报酌令英船收泊附近虎门港口候旨开舱片

嘉庆十四年八月初七日(1809年9月16日)※

奴才百龄跪奏，再，暎咭唎国夷商喇咈等系该国住澳之大班，奴才自到任后，留心访察，半年以来，极其安静，前因通饬各口岸不准祖家货船进口湾泊，该夷商曾经具禀四次，恳求先期具奏。彼时，奴才查该国祖家货船来粤尚早，该夷商虽极恭顺，而该国夷情曾否慑服，无由而知，是以均行批驳，总俟祖家船到时，具有禀件方准代奏。

兹据香山县彭昭麟等禀称，查询该夷商接到该国公司来信，其畏服情形，与该夷商所禀相符，且该国货船亦不日陆续可到，现在中路各海口洋面，盗匪张保仔等帮运鯮游奕，若令该国货船在外洋久泊候旨，设有疏虞，亦关系天朝体制。奴才愚昧之见，若于未奉谕旨之先该国货船陆续到粤，当酌量令其收泊附近虎门港口，其护货兵船，仍在外洋寄碇，如蒙允准该夷商贸易，再令货船进泊黄埔开舱，于体恤防微之道，似属两得。

是否有当，谨附片密奏，伏乞睿鉴。谨奏。

嘉庆十四年八月二十六日奉朱批：是。钦此。

（军机处录副奏折）

T23(561)：商业-对外贸易-洋商(英国)

6.50 两广总督百龄奏报英国商船将次到粤夷目等禀请先行具奏并请恩准贸易折

嘉庆十四年八月初七日(1809年9月16日)

二品顶戴、两广总督奴才百龄跪奏，为暎咭唎国祖家货船将次到粤，据夷目等禀祈先行奏恳天恩，俯准照常贸易，以广皇仁而通番舶事。

窃照暎咭唎国祖家货船到粤，历系当进虎门，湾泊黄埔，等候开舱贸易，因上年有该国夷兵入澳之事，随严饬澳门同知、香山县及虎门守口员弁等，于本年该国祖家船将到时，先为侦探，如果货船以外，仍照向年止带护货兵船二三只，均令停泊外洋，俟该夷具有谢罪禀件，即当奏请谕旨遵办。等因。经奴才附片奏闻在案。兹于八月初六日，据香山县知县彭昭麟、瞰白场大使陆受丰禀，据暎咭唎夷商大班喇咈等呈称，本年祖家货船共有十六只，将次到粤，若俟船到时奏恳恩旨，恐货船久泊外洋有风涛之险。云云。哀恳转禀，先为具奏，冀得蒙恩，早进黄埔。等情。并赍呈该夷商等汉字、夷字禀各一件前来。

奴才细阅该大班夷商等禀内情词激切，于上年夷兵冒昧入澳一节，感蒙大皇帝如天之恩不加深究，怀德畏威，极其恭顺。其所虑外洋风涛之险，并恐货物受潮难售，均属实在情形，合无仰恳天恩，俯念该夷涉险远贸，悔罪乞怜之下悃，允准该国祖家货船到时，将护货兵船留泊鸡颈外洋，其货船照常带进虎门，进泊黄埔开舱贸易，该夷感激天朝覆载深恩，亦断不敢再违功令，自绝生路。是否可行，伏候睿裁训示。

所有暎咭唎国夷商恳请祖家货船照常贸易缘由，谨据情缮折，附驿具奏，并将赍到该夷商汉、夷字禀各一件，恭呈御览，伏乞皇上睿鉴。谨奏。

嘉庆十四年八月二十六日奉朱批：另有旨。钦此。

八月初七日

（军机处录副奏折）

T23(561)：商业-对外贸易-洋商(英国)

6.51　两广总督百龄等奏报英商船到粤遵旨带进黄埔贸易英商等感激情形折

嘉庆十四年九月二十三日(1809年10月31日)

二品顶戴、两广总督奴才百龄，护理广东巡抚、布政使奴才衡龄，粤海关监督奴才常显跪奏，为暎咭唎国夷商感激恩伦，呈恳据情代奏，仰祈圣鉴事。

嘉庆十四年九月十六日，承准军机大臣字寄，钦奉上谕：百龄奏，暎咭唎货船将次到粤，夷目恳请照常贸易一折，上年该国夷兵冒昧入澳，曾经降旨令该督察看，该国夷人如果畏罪感恩，俟其货船到日，奏明请旨定夺。今伊祖家船十六只将次到粤，夷商等所具禀函，以涉险远资，悔罪乞请为词，尚属恭顺，著准其照常贸易。惟该夷人所带兵船，原以外洋辽阔，自备不虞，若货船既抵内地，焉用防范，著该督严切谕禁，令其将兵船留泊外洋，恪遵功令为要。钦此。

奴才等查，祖家货船自八月中旬至今，陆续到有十二只，均在虎门港口停泊，其护货巡船大小四只，仍泊鸡颈外洋。该夷商等因代奏吁恳禀词尚未奉到谕旨，恐难邀准贸易，复具禀恳求转奏间，适恩纶下贲，奴才等遵即督同司道文武各官，将该国大班喇咈及各夷商等传集奴才百龄衙门大堂，宣读圣谕，令通事传知，该大班等均各免冠叩头，喜出望外。奴才等并谕以此系大皇帝格外恩典，尔等务当知感，安静贸易。等语。该大班等额首指心，察其欣惧情形，实属十分恭谨。兹据具呈汉、夷禀各一件，恳请代为奏谢天恩前来，情词亦极恳挚。

除奴才等遵照饬将货船带进黄埔，奴才常显定期开舱投税，奴才百龄、奴才衡龄仍遵旨严密稽查外，理合将该夷商等感激天恩缘由，据情合词恭折代奏，并将递到汉、夷字禀各一件，恭呈御览，伏乞皇上睿鉴。谨奏。

嘉庆十四年十月十五日奉朱批：另有旨。钦此。

九月二十三日

(军机处录副奏折)

M14：财政-关税

6.52　两广总督阮元等奏报查议粤东各关征税情形折

道光四年二月二十五日(1824年3月25日)

两广总督臣阮元、广东巡抚臣陈中孚跪奏，为遵旨查议具奏事。

窃准部咨，钦奉上谕，军机大臣会同户、工二部议奏征收关税一折著各省督抚将各关因何亏短及商货如何流通查明，妥议章程具奏。至另片奏各关分赔章程并著各督抚就近察看情形，应否照旧匀摊或仍遵新例各按各任赔补之处，一并妥议具奏等因。钦此。并抄录原奏到臣等。伏查原奏内税课短缺一节，粤东粤海、太平、肇庆等关税额历年皆有赢余，并无短少，惟更当恤商除弊以期民用无缺，国课常盈。至原奏分赔章程，查粤东各关税虽向无短少而亦有淡旺月份，向来各任各月皆有各关旧章，自相衰益核算，总期于国课多则益善，似不必另立新例或生偏枯取巧之弊，反致亏短。所有臣等遵旨查议缘由是否有当，谨会折具奏，伏乞皇上圣鉴训示。谨奏。

（朱批：）知道了。

道光四年二月二十五日

（宫中朱批奏折）

M14：财政-关务

6.53 两广总督李鸿宾奏报英船延不进口及晓谕防备片

道光九年十月二十八日（1829年11月24日）※

再，各国夷船来粤贸易，皆先到澳门零丁洋外停泊，随由虎门入口，行抵黄埔住船，始开舱起货，此旧规也。该夷人等言语不通，气习各异，如米利坚、港脚、吕宋、荷兰等国，虽非驯服，尚少刁顽，惟唤咭唎国夷商最为桀骜。溯查嘉庆十三年、十九年，道光元年旧案，皆叠次滋事，延不开舱，日久始行起货。近因内地洋商多有疲乏，屡经倒行，道光七年闭歇同泰行，八年又闭歇福隆行，俱负欠夷人帐目，经控官断令，照例分年摊还，奏明有案。该夷人惟利是图，去息还本已非情愿，本年春夏间，复有东生行拖欠夷帐甚多，索讨无偿，六月内唤咭唎国大班嘞嘜啭等，即在臣衙门呈控东生行。商人刘承霨籍隶安徽，曾潜携银两回籍，恳请咨提来粤。等情。旋经臣移咨皖省，将刘承霨解粤，以凭讯追。查该国夷船自七月起至十月初六日止，共到澳门二十二只，内有一只因在洋遭风折桅，驶入黄埔修整，余俱在澳门外洋湾泊，延不进口。该大班嘞嘜啭等于九月初九日复呈递禀函，胪列条款，文义多不明晰，大概总以洋行连年闭歇，拖欠夷银，盼求整顿为词，并有恳请嗣后不用保商、不用买办，并在省城自租栈房囤贮夷货等条，皆与向定章程俾民夷不相交结之意大有违碍，万不可行。惟禀内如夷船规银，不论船只大小一律征收，恳请分别纳饷等款，似可量为变通，以示体恤，惟系久定旧章，应俟奏明酌办。均经饬两司妥议，分别准驳具详，由臣核定，逐条明白谕示，并谕洋商，传谕该大班等恪遵功令，毋得妄生觊觎。乃该夷船仍然观望挨延，久不入口，复于十月二十六日递禀，摭拾前陈各条，哓哓渎辩，语言不逊，当将来禀严行批饬。臣查近年来，嘆咭唎国夷船惟道光八年到粤较早，九、十月间即已开舱起货，五、六、七等年则十一、十二两月尚在陆续到澳。此次该夷等经谕饬之后，若果渐知悔悟，于十一月相率进口，尚不为迟，贸易仍可如常，自属相安无事。倘仍以所求未遂，故作刁难，扬言不顾贸易，载货回国，是其藐抗情形，无非恃以纳税较多，意图挟制天朝，岂能任其狡黠！即从此杜绝往来，毋许通市，皆该夷所自取，亦非待之过刻。俟临期再行奏明，请旨遵办。

至现在该夷各船住泊澳洋，臣随时访察，均属安静，惟夷情叵测，不可不预为之防（朱批：是）。臣已密行咨会水师提督臣李增阶，谕饬澳门一带香山协提标中营、右营、大鹏营各将备弁兵，不动声色，整齐防备，万一该夷等有如嘉庆十三年拥兵登岸，图占澳门之事，臣即亲率官兵，会同水师提督前往分途剿办。臣思此事为贸易银帐而起，原非极重极要，但事属交涉外夷，有关国体，惟当摄以镇静，密以防闲，示以义正词严，因不敢遽形激烈，致启衅端，亦断不敢曲顺夷情，致失大体。已屡与抚臣卢坤熟商筹备，意见相符。

谨将嘆咭唎夷船延不进口及晓谕防备各缘由，会同广东抚臣卢坤据实密陈圣鉴。谨奏。

道光九年十二月初五日奉朱批：另有旨。钦此。

（军机处录副奏折）

M14：财政-关务

6.54　两广总督李鸿宾奏报英船仍湾泊澳门外洋如前安静我水师周密防范片

道光九年十二月二十五日（1830年1月19日）

再，本年嘆咭唎国夷船延不进口，臣于十月二十八日已将晓谕防备各缘由，附片密奏在案。该大班啷嘜嘶等于十一月初十日，复以洋商旧欠恳即尽数清还，并请与民商自相交易等情，赴臣衙门呈递禀函。臣察阅所禀，情词较前略知悔悟，惟愿与民商交易，其货物不由洋行经理，势必日启争端，断不可行，臣复将其来禀剀切批斥。各夷船现仍湾泊澳门外洋，如前安静，水师各将备弁兵防范均极周密。

臣查该夷船装载货物，历数万里而来，必无不愿售卖仍然载回之理。况舍此粤东口岸，别无他处可以投售，皆因该国总理贸易之大班啷嘜嘶等四人愚诈无知，妄生希冀，又恃以该国距粤穹远，即臣将此事原委照会该国王，亦无从航海递达，仍必交该夷货船责带而去，故敢任意主持，强令各船户在澳逗遛，不许前进。而各船户恐货物日久受潮，莫不怨詈。前两日间，已闻其自相牴牾情形，近复访闻，各船户屡向该大班吵嚷，该大班只得曲为安顿，且其所禀情节屡经驳饬，又实理屈词穷，无可置辩，亦有不能再行矫执之势。

兹新任监督中祥业经任事，臣仍当会同商酌，俟其进口开舱，抑或另有刁狡情节，再行具奏，今再附片密陈。谨奏。

道光九年十二月二十五日奉朱批：前已有旨。钦此。

（军机处录副奏折）

M14：财政-关务

6.55　粤海关监督中祥奏报英船延不进口相机筹办片

道光十年正月二十三日（1830年2月16日）

再，查嘆咭唎国夷船，自本年七月起至十月初六日止，共到澳门二十二只，湾泊外洋，延不进口。该大班啷嘜噸等，在督臣李鸿宾衙门禀陈贸易条款，经督臣札行两司核议，分别准驳，谕令洋商转饬遵照，该夷船仍不进口，业经督臣李鸿宾附片具奏在案。

奴才十一月抵任后，检查司详拟定章程，体恤之中仍昭限制，既使远夷无可觊觎，尤见圣朝加意怀柔，洵为斟酌得宜。当经谕饬洋行税口人等，遵照办理，并谕澳门、虎门等口，严密稽查，毋令该夷船进出货物，少有透漏走私情事。十二月初七日，该大班啷嘜噸等，复在奴才衙门呈递禀函，核其所禀，即系督臣饬司核议分别准驳各条，该夷等固执己见，欲求一概准行。奴才查照前案，批令仍遵督臣核定章程，并谕以天朝年丰财阜，国课充盈，本不藉各国夷船区区货物以资赋税。惟既已远涉重洋，来粤贸易，无不推广皇仁，曲垂体恤。若欲更张成例，图便己私，亦断难任听主持，致滋谬妄。等语。谕行洋商转饬该大班等祗遵，并知会督臣查照。

伏思嘆咭唎国夷商贪狡牟利，素性刁顽。此番经督臣连次剀切晓谕，并奴才明白批示，如果该大班等知感、知畏，早晚进口湾船，自当仰体圣慈，准其如常交易。傥复恃蛮胶执，观望延挨，奴才虽职司榷务，裕课为先，而国体所关，亦断不敢稍存迁就。惟有会同督臣随时相机筹办，以肃功令而杜狡谋。

所有嘆咭唎夷船延不进口，并奴才批示筹拟各缘由，谨据实附片陈明，伏乞皇上圣鉴。谨奏。

道光十年正月二十三日奉朱批：此事总要同李鸿宾妥商办理，断不准祗（只）图裕课，妄行作主。凛之！慎之！

（军机处录副奏折）

M14：财政-关务

6.56　两广总督李鸿宾奏报英船进口贸易并夷情安静情形片

道光十年三月初五日(1830 年 3 月 28 日)

再，上年暎咭唎国夷船延不进口，经臣李鸿宾会同臣卢坤，将晓谕防备各缘由，奏奉上谕：此次该夷等如果自知悔悟，相率进口，即可相安无事。等因。钦此。臣李鸿宾旋又将该夷等自相牴牾情形附片密陈。臣中祥到任后，每于上年腊月附片具奏。各在案。

该夷等于本年正月初六日，复在臣李鸿宾衙门呈递禀函，恳请多添洋行，当经批谕以总督衙门早经出示，谕令殷户投充，现已有人呈准充办，将来自必逐渐加多，无庸该夷等过虑。等语。该夷等屡经批斥，自知前此节次要求均属不合，至此时更觉理屈词穷，无可再辩，甘心折服，悔悟前非，即浼洋商等禀恳进口。随据澳门厅营及虎门口营汛禀报，正月十五日以后该国夷船二十二只除遭风修理一只先行回国外，其余二十一只陆续进口。兹于二十七日据洋商任受昌等具禀。暎咭唎国船进口齐全，均已开舱起货。等情。臣等随访查该夷等甚属安静，无复狡黠情形，洵可相安无事。谨将夷船进口贸易缘由，合词附片密奏。

再，臣等访闻该国大班啷嘜噸，自知愧悔，已于五月初七日，附该国遭风修理之船先回本国，现系二班盼师等经理贸易，合并附陈。谨奏。

道光十年三月初五日奉朱批：知道了。钦此。

(军机处录副奏折)

T23(561)：商业-对外贸易-洋商(英国)

6.57　钦差礼部尚书升寅等奏报夷商请牌由内河下澳其兵船误入虎门乞放出外洋粤督批饬查询令夷禀覆等事片

道光十四年八月十八日(1834 年 9 月 20 日)※

再，臣等自抵广州府境，风闻暎咭唎夷目啤唠啤，有兵船二只闯进海口，各炮台弁兵开炮轰击，该夷船放炮回拒，越过虎门，驶入内河停泊，经督臣卢坤等派员调兵督率驱逐。等情。及进省后，询问属实。

现又闻得该夷散商加律治等求乞请牌，由内河下澳，其兵船因保护货船，误入虎门，令即日将兵船放出外洋，不敢逗留，乞饬放行。该督现在批饬查询，令该夷商禀覆。等因。

臣等既有所闻，不敢不达之天听。谨附片具奏。

（朱批：）已有旨密饬查访矣。

（宫中朱批奏折）

M14：财政-关务

6.58 广州将军哈丰阿等奏报英国兵船夷目均已押逐出口水陆兵弁撤归营伍折

道光十四年八月二十三日（1834年9月25日）

广州将军臣哈丰阿、两广总督臣卢坤、广东巡抚臣祁𡎴跪奏，为暎咭唎兵船、夷目均已押逐出口，水陆兵弁撤归营伍，恭折由驿驰奏，仰祈圣鉴事。

窃暎咭唎夷目啤唠啤不请牌照，擅进省河，妄投书信，屡次晓谕，顽梗不遵，臣卢坤将该国商船照例封舱。该夷目又令兵船二只闯入海口，进至内河黄埔地方。臣卢坤酌调文武员弁兵丁，并咨调旗营提标师船及新会等县内河巡船分布前路，直达省城之猎德炮台，大黄滘河面及两岸扼要处所由陆路提臣曾胜督率调度防堵，将办理情形恭折奏闻，并将海口疏防之水师参将、提督据实严参，臣卢坤自请严议在案。

提臣曾胜调遣布置极为周密，该夷兵船人等见前路水面木排横亘，枪炮如林，大小师船排列数里，陆路亦处处驻兵扎营，声势联络，军威严整。该夷兵船泊于黄埔货船中间，了见柴草船只，惟恐火攻，伏处舟中，一步不敢前行，一人不敢上岸。间有由澳门进省，欲与夷目见面之人，又被我兵截回。该夷目于水路堵塞以后，已属胆怯，即知会该国散商，向洋商伍敦元等转言，该国散商、兵船系为保护贸易夷船，以明其并无他意。迨我兵日集，该夷目内外消息不通，进出无路，益形惶恐，复字知散商，转告洋商，求给三板船一只以便出省。臣等以该夷目不领牌照，擅自进省，其兵船复驶入内河，虽并无不法重情，而故违例禁，瞻玩已极，若即准其出省，来去自由，何以示儆戒而昭慑服。复令洋商诘其因何不领牌照，擅自进省？兵船闯口驶入内河，意欲何为？令其明白登答，方准出省，否则定行剿办，断不轻纵。旋于八月十六日，据洋商伍敦元等转据该国散商咖啡哈等投称，啤唠啤自认：因初入内地，不知例禁，是以未领牌照即行进省，兵船实因护货，误入虎门。今已自知错误，乞求恩准下澳，兵船即日退出，求准出口。等情。臣等复以该夷目虽知悔罪，第究因何事来粤？原递书函所写何语？节次查询，始终未据言明，不便任其朦胧。至兵船闯入海口，称系误犯，已属支饰，且于兵丁闻炮轰击时辄敢放炮回拒，致炮台椽瓦震损，何其如此胆大，又经批饬诘究去后。兹于十八日据该夷商咖啡哈等向伍敦元等覆称，啡唠啤实系来粤管理贸易事务，因自以为官即称监督，前递书函内所写，因伊系夷官，与大班不同，欲与天朝文武衙门文移往来礼貌相当，并无别语。至兵船进口，实因商船封舱，货物久贮，恐致疏虞，是以进口保护。因被海口兵丁开炮轰击，夷兵亦放炮自护，以致损伤炮台，深知悔错，即当修复，惟求恩准给牌下澳。等情具禀前来。

臣等与司道等公同熟商，啡唠啤屡次违执，其意以为外夷官目与内地官吏并无尊卑，欲思抗礼。臣等因国体攸关，不容迁就，其兵船进口名为护货，自即存挟制之心，此时水陆营伍星罗棋布，火攻船只亦已现成，若乘其进退两难之际两面夹攻，原不难立制其命。第我皇上怀远以德，抚驭外夷，仁义兼尽，玩则惩之，服则舍之，从不为已甚之举。啡唠啤虽有妄诞之想，尚无不法实迹，未便遽加剿除，且该国商梢数千人，俱以夷目不遵法度为非，无一附和，更未便玉石不分。今啡唠啤既已认错乞恩，众散商节次吁求，自应宽其一线，逐令出口，俾番夷震慑之下，仍感天朝仁慈宽大之恩。臣等公同商酌，意见相同，随经批准放行。并据该商等赴粤海关请领红牌，由臣卢坤派委文武妥员，于十九日将啡唠啤押逐出口，仍饬恭候谕旨遵行。该夷兵船二只，亦于是日开行，一路磨浅，二十二日押出虎门海口。所有调防各处水陆官兵概行撤回，分别归伍、归巡。至澳门大屿山等处，先经臣卢坤饬令署香山协副将秦裕昌、署大鹏营参将邓旋明分投巡防，续又添调梧州协都司王锦绣带兵三百名前赴澳门，协同防守，并调阳江镇船在附近澳门洋面实力巡查，现在该夷兵船出口，尤宜严密防范。

除再谆饬加意巡防，并将怠玩水师将弁提审究拟，整顿各炮台章程另行具奏外，谨将押逐夷目兵船出口缘由，会同副都统臣宗室伦忠、臣左廷桐、陆路提臣曾胜合词恭折由驿驰奏，伏乞皇上圣鉴训示。谨奏。

(朱批：)始虽失于防范，终能办理妥善，不失国体而免衅端，朕颇嘉悦，应降恩旨。

道光十四年八月二十三日

（宫中朱批奏折）

M14：财政-关务

6.59　两广总督卢坤等奏报将英夷目啡唠啤历次违抗照例封舱原委出示晓谕并布置水陆防范等情片

道光十四年八月二十八日(1834 年 9 月 30 日)

再，𠸄咭唎国在广东贸易，该国向设有公班衙名目管理通国买卖，谓之公司，该公司派有大、二、三、四班来粤总理贸易事务，约束夷商。道光十年据洋商等禀知，该国公司至道光十三年期满，该国夷人各自贸易，恐事无统摄，经前督臣李鸿宾饬商传谕大班寄信回国，若果公司散局，仍酌派晓事大班来粤总理贸易。本年臣卢坤与粤海关监督臣中祥查得该国公司已散，即经饬商妥议，务使事有专责，勿致散漫无稽。六月内有嘆咭唎兵船载送夷目啡唠啤一名来粤，称系查理贸易事务，携带女眷幼孩共五口，寄住澳门，兵船查有番梢一百九十名，停泊外洋，该夷目换船至省外夷馆居住。臣卢坤接据营县禀报，即咨会水师提督派拨舟师在于虎门等处海口巡防，并行各炮台弁兵严密防范，不准该夷兵船进口及番妇人等来省。并饬洋商伍敦元等查询该夷目因何事来省，如因公司散局应另定贸易章程，即告知该商等转禀，以凭具奏，恭候奉到谕旨饬遵。讵该夷目不肯接见洋商，旋赴城外呈递致臣卢坤书信一函，封面系平行款式，且混写大英国等字样。当查中外之防首重体制，该夷目啡唠啤有无官职，无从查其底里，即使实系该国官员，亦不能与天朝疆吏书信平行，事关国体，未便稍涉迁就，致令轻视。随饬广州副将韩肇庆谕以天朝制度从不与外夷通达书信，贸易事件应由商人转禀，不准投递书函，继思化外愚蠢初入中华，未谙例禁，自宜先行开导，俾得知所遵循。复摘叙历次奏定夷人贸易条款，谕饬洋商传谕开导，并告以外夷在粤通市系圣朝嘉惠海隅，并不以区区商税为重。该国贸易已越一百数十年，诸事均有旧章，该夷目既为贸易而来，即应遵守章程，否则不准在粤贸易。等情。前后四次反覆晓谕。旋据该商等禀覆，该夷目不遵传谕，声言伊系夷官监督，非大班人等可比，以后一切事件应与各衙门文移来往，不能照旧由洋商传谕，伊亦不能具禀，只用书文交官转递。该商等答以向来无此办法，该夷目坚执不移，请即停止该国买卖。臣以该夷目啡唠啤屡次执拗，诚属顽梗，第念该国王向来尚属恭顺，该国散商均尚安静，若因啡唠啤一人之过概行封舱，未免向隅。仰体皇上天地之量，中外一视同仁，曲加体恤，复将外夷贸易事宜向系洋商经理，从无官为主持之事；嘆咭唎向与中华不通文移，该夷人所言不能准行；并将本应封舱，因体恤散商众人暂从宽缓缘由，明晰批饬该商等再行晓谕，如其悔悟恭顺，照常贸易，倘再违执，即行封舱。冀以情理之真诚，化犬羊之桀骜，但能无伤大体，即亦不加苛求，而该夷目于商人传谕若罔闻知，该商等将批语抄给亦置之不阅。并据水师参将高宜男禀报，嘆咭唎国复来兵船一只，与前来兵船同在虎门口外九洲沙沥洋面停泊，查其番梢亦系一百九十名，询据声称并不进口，候风顺驶去。等情。复经咨行水师提督及香山协一体加紧防堵，并札饬沿海各县，严禁商渔艇只拢近夷船交易接济。一面与臣祁𡎴再三筹度，嘆夷素性凶狡，所恃者船坚炮利，内洋水浅，礁石林立，该夷船施放炮火亦不能得力。该夷目身入中华，距本国数万里，已有主客之势，如其妄思跳梁，我兵以逸待劳，其无能为显而易见。第事关化外，必须格外详慎，折服其心。商人所禀，究属一面之词，未便遽信。随饬委同知潘尚楫会同广州府协助前往夷馆面加查询，并谕令将兵船即日开行回国。该夷目仍不将来粤办理何事情由说明，亦不将兵船因何而来、何日回去之处详细登答。因该夷目令通晓汉语之夷人传话，恐传告或有不实，饬令带同通事前往，该夷目以不肯令通事转传言语，委员等无从晓谕。屡饬洋商查探，总不能得其来历原委。

伏查暎夷贸易向由洋商与大班人等经理，从无夷目干预，今忽欲设官监督，已与旧制不符。且该国即有此议，亦应将如何监督、办理何事之处先行禀明，奏请谕旨，分别应准、应驳，遵照办理。乃该夷目律劳卑既不禀明，突然来至省外夷馆居住，辄欲与中华官员文移书信来往，殊出情理之外。叠经商人传谕，委员查询，不为不委曲详明，亦非强以所难。该夷目总不将办理何事说明原委，必欲与内地官员通达文移书信，且擅出告白令各散商不必以断绝贸易为虑，是其有心抗衡，不遵法度，若不量加惩抑，何以肃国体而慑诸夷！

向例夷人不法即应封舱，臣等与粤海关监督臣中祥商酌，并与将军、都统及在省司道会同熟商，惟有照例封舱，将暎咭唎国买卖暂行停止，如该夷目畏惧恭顺，遵照天朝制度，再行奏请恩施，准其开舱交易，以昭惩戒。贸易原系散商之事，第该国既未另派大班，该夷目先称查理，又称监督，究不知所司何事，且如此执谬，不受约束，事无责成，即散商贸易亦难期妥协。近年夷商渐形胆大，当此章程创始必应从严整饬。现在臣等会同将律劳卑历次违抗、照例封舱原委出示晓谕，并叙明与各散商无涉，此外各国照常买卖。是否有当，仰祈圣明训示遵行。

再，粤海关近年征收夷船商税，暎咭唎国约计银五六十万两，在帑藏原无关毫末，而国用为重，亦不敢不通盘筹画。惟夷情贪得无厌，愈示含容则愈形傲睨。现在外洋私贩鸦片夷船日多，正在设法整顿，又来此谬妄之夷目，此时即便姑容，亦必得步进步，另生妄想，势不得不少示裁抑。该国以贸易为生，众商纷纷载货前来，急于销售，趁秋冬北风，载货回国，断不肯轻掷赀本，守候误时。各散商见律劳卑屡次违抗，众心已多不服。现据在海关禀求开舱，业经批示，如律劳卑改悔，遵守旧制，即准其奏请开舱。该商等必不任听固执，自误营生，且内地大黄、茶叶、磁器、丝筋为该国必需之物。溯查嘉庆十三年及道光九年，因该夷人滋事封舱，旋据吁请复开，此该国不能不与中华交易之明证。该夷人除炮火以外，一无长技，现已商同将军臣哈丰阿等派拨弁兵在省城内外分设堆卡，加意巡防，澳门一带亦密派员弁，水陆分投布置，镇静防范，不至疏虞，亦断不稍涉张皇，肇衅酿事。仍饬该府县访查汉奸，严拿惩办。至外夷贸易，系洋商专责，今夷目律劳卑来粤，该商等既不先行禀报，节饬传谕，又一无能为，殊属玩忽，仍查明有无情弊，严参究处。

所有办理缘由，臣等谨会同粤海关督臣中祥、将军臣哈丰阿、左都统臣宗室伦忠、右都统臣左廷桐合词缮折密奏，伏乞圣鉴。谨奏。

（朱批：）所办尚妥，所见亦是，另有旨谕。

（宫中朱批奏折）

T15：商业-鸦片

6.60 赛尚阿奏为英船贸易事折

道光十四年十一月十三日(1834 年 12 月 13 日)※

再,暎咭唎夷人所恃,不过船只高大坚厚,安放炮位较多,内地师船因需巡历浅洋,不能如夷船之高大。然其在洋趸船仅止数只,若厚集兵力设法驱除该夷船,亦安能违抗。茀(第)夷情狡狯,惟利是图,其私贩鸦片历年已久,获利甚重,断不甘心舍弃,被逐以后,势必百计诡谋,或伺官兵撤后仍复前来,或因穷无归,窜驶他省,即如闽省。讯据王瞀供出夷船因广东查私严紧,不能获利,即赴闽洋,是其明证。外洋辽阔,不特闽、浙、江、苏彼此连界,即北洋亦一水可通。虽各省均有巡缉舟师,而重洋浩渺之中,番舶乘间出没,势难防堵无遗,设被潜行游奕,勾串地匪,随处售私,非惟鸦片之透漏,益且内地海洋口岸均被外夷行驶熟悉,尤非所宜。总之势成积重,骤难挽回,屡经周谘博采,有谓应仍照昔年旧章,准其贩运入关,加征税银,以货易货,使夷人不能以无税之私货售卖纹银者;有谓应弛内地栽种莺粟之禁,使吸烟者买食土膏,夷人不能专利纹银,仍在内地转运不致出洋者,其说均不无所见,然与禁令有违,窒碍难行;更有谓内地所得不偿所失,不若从此闭关,停止外夷贸易。不知夷人在粤贸易已阅二百余年,且亦不止暎咭唎一国,万无闭关之理,况奸贩到处皆有,勾串外夷,为鬼为蜮,纵使闭关,亦未必即能净尽,更无此办法。臣等受恩深重,固不敢畏葸苟安,养痈贻患,亦不敢徒饰侈言,不顾全局。悉心筹画,与其铤而走险,各处蔓延,不若暂为羁縻,严加约束,外则巡以舟师,内则谨防海口,使其不致行销无忌,亦不致越驶他省,再行徐图禁绝。至偷漏税货,重在各口严查,不在趸船之有无也。此臣等愚昧之见,是否有当,谨附折密陈,伏乞圣鉴训示。谨奏。

(朱批:)另有旨。

(宫中朱批奏折)

T15：商业

6.61 英兵船已退出夷商请求开舱贸易事折

道光十四年十一月(1834 年 12 月 1 日—29 日)※

再,臣等前因暎咭唎夷目啤唠啤擅至省外夷馆居住,欲与内地文武衙门文移书信往来,不遵旧制,屡次晓谕,任意执拗,当经照例将该国商船封舱,停止贸易。嗣该夷兵船二只驶入黄埔内河停泊，又经臣等调派水陆弁兵分路防堵，并檄调外海师船驱逐间，该夷目畏惧悔罪，吁求放行。据洋商转据各夷商，两次禀求，遵照旧章，请领粤海关牌照，由臣等于八月十九日委员押逐出口，该夷兵船亦即于是日退出，驶至外洋停泊。所有前后办理情形，均经会折由驿，奏闻在案。该夷目现在澳门寄住，极为安静，澳门附近洋面现饬阳江镇师船巡查，陆路亦饬原派弁兵镇静弹压，地方甚为安谧，堪以上纾宸廑。兹据洋商伍敦元等转据该国散商化林治等，以夷船云集，禀请开舱贸易，以便趁此风汛扬帆回国等情。前来臣等查咦咭唎夷商，在粤贸易均系遵守章程，本属相安无事，前此封舱，皆因夷目啤唠啤一人之过，与众商无涉，该散商等深知啤唠啤违抗之非，并无一人附和，均尚通晓大体。自七月十二日封舱以来，阅时几及两月，夷船停泊咸潮海水之中，货物久贮折耗已属不少，本年该国来粤商船较往年更多，重洋远越数千人，仰望圣朝恩泽，买卖沾利未便，使众商停船久候，当即会同商议，批准开舱，照旧贸易。仰副皇上恩威，并济怀柔远人之至意，仍饬洋商传谕各夷商，总须永远恪遵法度，自能久沾乐利，倘有一人违玩，即将众人买卖全行停止，俾自相约束，奸徒无从播弄。至该国公司局散以后，一切事宜应归何人司总以专责成之处，臣等现在与粤海关监督会同饬商妥议，并将应行整顿章程，分别办理，除俟厘定章程，另行其奏外，所有咦咭唎开舱贸易缘由，臣等谨合词会同粤海关监督臣彭年附片奏闻。伏乞圣鉴，谨奏。

（朱批：）知道了。

（宫中朱批奏折）

M14：财政-关务

6.62　祁𡎴奏为遵旨查明洋商并无私增税银并将查办夷人章程恭呈折

道光十四年十二月二十七日（1835年1月25日）

广东巡抚臣祁𡎴、两广总督革职留任臣卢坤、粤海关监督臣彭年跪奏，为遵旨查明洋商并无私增税银，并将查办夷欠章程，恭折奏祈圣鉴事。

窃臣卢坤于道光十四年十月二十四日香山县阅兵，途次承准军机大臣字寄，道光十四年十月初三日奉上谕，有人奏粤商近增私税，拖欠夷钱，请定章程杜绝弊端等语。外夷与内地通商，本系天朝体恤，所有应纳税课，果能按额征取，该夷商等自必乐为输纳，日久相安。若如所奏，近来粤商颇多疲乏，官税之外往往多增私税，奸人又于其中关说牟利，层层朘削，甚有官商拖欠夷钱盈千累万，以致酿成衅端。是粤商等假托税课名目，任意勒索，甚至拖欠累累，该夷商等不堪其扰，无怪激生事变。即如本年暎咭唎夷目嗶唠啤等，不遵法度，将兵船阑入内河，夷情狡狯，惟利是图，未必不因粤商等多方婪索，心有不甘，遂尔狡马思逞。若不明定章程，严加饬禁，何以服夷众而杜弊端。着卢坤等确切查明，倘有前项情弊，立即从严惩办，毋稍徇隐，并着悉心筹议，将如何稽核之处妥立章程，据实具奏，总期夷情悦服，而奸商不敢恣其朘削，方为不负委任。将此谕知卢坤、祁𡎴，并传谕彭年知之。钦此。遵旨寄信前来等因，当与臣祁𡎴传谕臣彭年一体钦遵，查粤海关征收夷税，向有船钞、货税两项，船钞则按船只之大小，货税则分货物之精粗，各项银数均刊入则例颁发遵行，由来已久。道光十一年因暎咭唎夷商禀请，减输夷船进口规银，经前督臣李鸿宾会同臣卢坤酌议，将夷人大小船只规银减去十分之二，奏奉谕旨准行。维时即有呵囒夷商，以海关征收伊国羽缎等税多过暎咭唎等词禀控，经前督臣移咨海关，查明各项货税均系遵照例定银数征收，轻重各随货物，并载浮多偏枯之处，批行遵照，该夷商输服无辞，此后亦从无夷人禀控洋商私增税饷之案，是夷人完纳税饷有减无增，虽每年来粤夷船多少不定，关饷赢缩靡常，而近年征收饷银均溢正余定额，夷商之输纳相安，此其明证。至洋商负欠夷帐，自乾坤年间以来，即有查办成案，缘商夷交易，动辄数百万，夷人往往货帐未清即乘风讯回国，不能逐年截算。当洋行开张之时，彼此帐目互相牵缠，一遇洋商乏本歇业，夷欠无力归偿，家产亦不敷抵，即在众商名下摊赔，分年归还。因其中每有夷商图利私借之项，道光十一年前督臣奏定章程，每年商夷交易事毕，彼此将有无尾欠结报粤海关存案，遇洋行歇业，如有拖欠夷帐，查明曾经具报者，照旧分赔；未经报明者，不准摊赔，即控告亦不申理。自十一年以后亦无夷人呈报洋商尾欠之案，其前此来粤之暎咭唎夷目嗶唠啤，并非买卖商人，节次查询，亦无言及洋商婪索之事，且该国贸易散商均以该夷目为非，无一人听从附和，是其不遵法度，似与贸易无关。第商人骛利，诚恐其中或有私行浮索，及现在官商有无拖欠夷钱，扰累夷人之处，当经行司确查去后，兹据署广东布政使李恩绎、署按察使李振翥、转据署广州府潘尚楫详称，夷商来粤贸易，其入口货物，如已卖给洋商者，由承买之商完饷；如货未售卖，其船已置货出口者，由保商收饷完纳。一切船钞货税均系查照则例，由书吏按额核算征收，商人不过代为完纳，无从私增浮索。该夷人等在粤贸易已二百余年，则例税额无不熟悉，即如各船规银系旧例所有，道光十一年尚且禀请减输，呵囒国羽缎等货系照例收税，尚有夷商禀控，如果洋商私增税银，夷人安肯甘心，不行告发。至商夷交易货帐，递年新旧接继，互有溢缺，有洋商拖欠夷人者，亦有夷人拖欠洋商者。其夷人负欠之项，往往该夷人回帆以后不复再来，无从索取；洋商所欠夷帐，遇有歇业，无不追赔。是欠帐系商夷彼此俱有之事，而内地立法追赔，只有夷人负商，从无商人负夷，并无扰累。现在开张，各行与夷人日逐买卖，帐目冗杂，有无拖欠，无从逐日清算，惟有饬令夷商遵照定章，于每年回帆之时，将有无商欠结报，以备稽核等情，由该司等查核详覆前来。臣等复加察访，委系实在情形，伏思各国夷人在粤贸易，原属圣朝怀柔远人，如英夷应纳规银，一据禀求，即准核减。我皇上加恩化外，更为至优极渥，臣等凡遇干涉外夷事件，总惟力持大体，不使稍有逾违，而于夷情所关，无不曲加体恤，如果洋商婪索扰累，必应从严惩办，断不敢曲徇市狯图利之私心，上负圣主怙冒海隅之厚泽。第就现在情形而论，夷商来粤者日多，洋商殷实者无几，疲乏之商借生理为转输，不特不敢私增税项，转有将货物跌价贱售取悦夷人，招揽买卖，夷商藉此取巧奸徒，乘机交结。是疲商不惟不能朘削夷人，转有为夷人挟持之势。夷情狡狯，固应使其心悦诚服。而挟持之端一开，交结之风渐长，所关更巨，尤宜立法防闲。至商欠夷帐，向来一经查出，即为追赔，虽年限稍迟，仍全数归款。夷人恃以无恐，往往私自借给疲商，以图笼络渔利，迨疲行歇业，众商代为摊赔，自数千至数万、数十万不等。每至殷商亦转为疲乏。是拖欠夷钱，在夷人尚不致累及亏本，在众商实害切剥肤，当此整饬关务，诚宜以恤夷昭怀远之德，尤应以恤商为裕课之源，各商之私欠，固应饬禁，诸夷之私借，亦应力除。臣等现经行司，将商夷贸易章程督饬该府县彻底清厘，逐一详加厘定，严饬各商公平交易，不得于例外私(丝)毫浮索扰累夷人，亦不得贪图小利，不顾大体，并刊刷告示，晓谕各图夷商，遵照奏定章程，每年于回帆时，将洋商有无欠帐未清注明银数商名，据实结报。粤海关咨会督抚各衙门存案，将商欠夷帐勒催归偿，如不先行报明，即属私借，虽洋行歇业时查出，或夷人临时具禀，一概不准追赔，仍治该洋商以私借夷钱之罪，庶夷人无拖欠之虞，众商苏摊赔之累，关务得以肃清，仰副皇上体恤夷情之至意。除将贸易章程俟司洋到日核议，另行具奏外，所有查议缘由，臣等谨合词恭折具奏，伏乞皇上圣鉴训示。谨奏。

(朱批:)知道了。

道光十四年十二月二十七日

(宫中朱批奏折)

N12：金融

6.63　黎攀镠奏为防银外流事折

道光十七年六月十一日(1837年7月13日)

礼科给事中黎攀镠跪奏，为纹银出洋，现奉谕旨查办，请敕下两广总督严禁东海口停泊外夷趸船，勒令克期归国以杜弊源而挽积习，仰祈圣鉴事。

本月初六日钦奉上谕，昨因沿海各口岸纹银出洋，于国计民生关系匪轻，已降旨严饬沿海各督抚认真查办，该督抚等均受朕厚恩，自必共矢忠勤，力加整顿。但思锢习已久，非破格示以劝惩，骤难挽回，嗣后如该督抚等仍视为具文，并不实力查办，必当从严惩处。如海口文武员弁果能实力堵缉，或连获数起，或破除巨案，即着该督抚据实保奏，朕必施恩破格升用以示奖励。自此次谆谕之后，该督抚等具各竭诚体国务、绝弊源、勉副朕力挽颓风至意。钦此。仰见皇上念切民依训诫周详之至意。臣伏思沿海各省口岸私运纹银出洋，实属近来锢弊，而粤东为尤甚，盖缘该省为夷船聚集之地，其偷漏为较便，其防范亦为较难。现经两广督臣派委员弁拿获出洋纹银两起，均经奏请奖励在案。惟是近年夷情贪诈异常，奸民又复趋利若鹜，情变百出，难偶有破案，诚如圣谕所云所拿之数不及百分之一，然即使源源报获而奸徒敢于走险，终不免有疏脱之时。臣愚以为救弊之道，欲塞其流，当清其源，源之不清，则其流终不可塞。欲清纹银出洋之源，则必以禁止外夷趸船为第一要着。缘每年各国货船到粤，均在黄埔停泊，其地系属内河，且必经行商出具甘结始能进口，稽查较易。惟嘆咭唎国有趸船十余只，自道光元年起每年四五月即入急水门，九月后仍回零丁洋，至道光十三年该夷探知金星门水面较稳，遂由急水门改泊金星门，由是鸦片之入口，纹银之出口皆恃有该趸船为逋逃渊薮。该处海口与香山县最近，匪徒快蟹朝发夕至，兼之各处港汊可以偷越者甚多，臣故谓趸船不去则纹银终难禁其出洋者，此也。惟思西洋各国夷船均系一年一至，互市以后便各回帆，即道光元年以前，该国亦未开私设趸船，何以近年来独任其终岁在洋面停泊，总由该督抚因循畏葸，务为宽大，以致酿成积重之势，应责成该省严饬洋商传谕该国坐地夷人恪遵功令，剀切开导，勒令寄泊趸船尽行归国，无许托故逗留。如果趸船靖绝，则奸民虽欲与之勾通，而该国远隔重洋，虽有快蟹不能飞渡。仍选择勤干廉正之武职大员专驻海口督率将弁，加意巡防，严为堵缉。则积弊自可渐就肃清，当此国家全盛之时，该省大吏亟应申明例禁，严立制防，使中国有用之财不致尽填外夷。无厌之壑，实为目前急务。至向来纹银出洋，每次多者数十万，少者亦数万两，断非三五匪徒所能筹办，其中必有奸商包揽情弊显然。现在该省查获永昌洋货铺走私一案，此等铺户外假贩买货物为名，阴实以走私为业，即与窑口无异，凡纹银出洋总由窑口包兑包送，该奸商惟利是图，罔顾法纪，实堪痛恨，应令该督抚明查暗访，穷其巢穴所在，悉数按治，一经破案即将家产查抄入官，以昭炯戒。凡此皆弊源所在，必应及时办理，以期力挽颓风。臣上年奏请严禁鸦片烟条列三款：一在断外夷之趸船，一在穷汉奸之窑口，一在缉匪徒之快蟹，盖非独以塞鸦片之来源，实欲以截纹银之去路。近闻该国趸船仍在洋面停泊如故，窃谓此时查办之法舍此三者更无要图，臣窃见近年纹银倍形短绌，商民受累日深，关系匪浅。日前伏读谕旨，谆谆训饬，上廑圣怀，用敢冒渎再陈，伏乞敕下该省督抚将臣指陈各款速定章程，即将如何禁止趸船，并穷治窑口之处，据实复奏，总期拔本塞源以靖根株而收实效。臣愚昧之见，是否有当，伏祈皇上圣鉴。谨奏。

道光十七年六月十一日

（军机处录副奏折）

T23(202)：商业-对外贸易-洋商(澳门)

6.64　两广总督邓廷桢等奏报遵旨谕逐住省夷人现已下澳搭船即行回国折

道光十八年十二月十八日(1839年2月11日)

两广总督臣邓廷桢、广东巡抚臣怡良跪奏，为遵旨谕逐住省夷人，现已下澳搭船，即行回国，恭折奏祈圣鉴事。

窃臣邓廷桢前经会同升任广东抚臣祁𡎴钦遵谕旨查明，前给事中许球原奏内闻之坐地夷人除嘀唃哈并无其人外，喳噸、嚹哋、啤嗱、啶哎、啊咻吐、吪啉哈、吋吋喱、噶唔八名均以贸易来粤住省，久暂不一。因查无作奸确据，分别各该夷事务繁减，取具限状，谕令依期下澳回帆，当经附片覆奏在案。嗣据总商伍绍荣等先后禀报，啶哎、啊咻吐、吪啉哈、噶唔四名已由省、由澳附搭便船回国；嚹哋、啤嗱、吋吋喱三名商务未竣，请下澳居住或暂赴省清理，不敢无故逗遛。惟喳噸一名以其货船络绎，又住省年久，帐项繁多，求展归期，俾使留省照料。臣邓廷桢以该夷喳噸既不回帆，又不下澳，虽其贸易较多，岂容玩视奏案，独任久踞省垣。节经严加驱逐，并与臣怡良谕以该夷纵有帐项未收，尽可议分年限，由该国熟船陆续带还归款，无虞亏折。天朝法度森严，倘始终昧于进退，藉端再涉迁延，定即从严拿究去后。兹于十二月十五日据总商伍绍荣等禀称：港脚夷商喳噸因贸易帐项诸务顷已布置清厘，业于本月十月十二日请牌下澳，附搭港脚映船回国。查映船亦已于本月十一日请牌出口，该夷喳噸月底定可开行。等情。臣等覆查无异。

除再饬总商查明该夷开行回国日期禀报察核外，谨合词恭折具奏，伏乞皇上圣鉴。谨奏。

道光十九年正月二十七日奉朱批：知道了。钦此。

十二月十八日

(军机处录副奏折)

T23(202、561)：商业-对外贸易-洋商(澳门、英国)

6.65　两广总督林则徐等奏陈谕令西洋人驱逐在澳英夷情形片

道光二十年二月初四日(1840年3月7日)※

再，澳门寄居西洋夷人，历三百年之久，货物自行收税，盖屋转赁他夷，暎咭唎人早已垂涎其地。自嘉庆十三年间，暎夷突占澳门炮台，旋经天朝官兵驱逐，从此西夷始有戒心。而澳中夷众，良莠不齐，难保不被暎夷勾通煽诱，必使该夷官明于大义，上感天朝恩泽，下顾夷众身家，始可固藩篱而资捍卫。

上年暎夷义律于缴清鸦片以后，即有在澳门装货之请，经臣林则徐严切批驳，不许开端，伊之诡计不行，因而多方违抗。七月间将澳内五十七家暎众全行驱逐出澳，散住各船，而该夷每以三板驶近澳门，潜行窥探，是其处心积虑未尝一日忘也。嗣既不准通商，尤恐其铤而走险，故于澳门水陆加倍严防。既经前督臣邓廷桢奏请将新升南澳镇总兵惠昌耀留香山协之任，复与臣等奏请将高廉道易中孚驻澳弹压，均蒙圣慈俞允。其水陆官兵，陆续调派分布澳内、澳外要隘者各数百名，计已足资策应。惟澳地三面皆临外海，暎夷货船白经逐出之后，仍恃有吐嘧、哗唥两兵船为之护符，不免乘间游奕。本年正月初间，义律与夷人数名乘坐该夷兵船，至九洲停泊，义律等潜放三板，私行入澳。臣等接禀，即饬严拿。旋据该道易中孚等，以西洋夷目禀称：澳内华夷杂处，若兵役围拿，恐致扰动，恳请稍缓，自必驱逐。等语。臣等谕令限以日期，驱逐净尽，若过期尚有暎夷在澳，则西洋贸易亦即暂停。盖驭夷亦不外操纵二端，而操纵只在贸易一事。夷性靡常，不得不以此为把握。自责令西夷驱逐暎夷之后，义律即已出澳，而尚有暎夷啞喱、啞咀两名逾期未去。臣等当将西夷贸易示谕暂停，一俟暎夷全逐出澳，仍即照常通市。缘西洋夷人在澳内者，有天朝声威可恃，而其出洋之船，一至夷界，则畏暎夷之强，顾后瞻前，情所难免。臣等责其容留暎夷，停其澳中贸易，则西夷有词可藉，而暎夷遂无地可容。迨其逐去而贸易复开，仍无损西夷生计。但系驾驭权宜之术，不敢明宣，惟有据实密陈，仰乞圣明垂鉴。

至现准军机大臣字寄，钦奉谕旨：据曾望颜奏称请封关禁海之另片奏澳夷互市定以限制，著悉心妥议具奏。等因。钦此。容臣等与水陆两提臣暨粤海关监督，备细熟商，总期计出万全，始敢筹核定议，另行会折覆奏。

再，现值防夷吃紧之际，必须时常探访夷情，知其虚实，始可以定控制之方。兹臣等访获暎夷与西洋往来书信六封，密令谙晓夷字之人译出汉文，另录清折，恭呈御览。谨奏。

道光二十年三月初七日奉朱批：从长计议，务出万全。钦此。

（军机处录副奏折）

附件：暎夷义律吐嘧与澳门西洋兵头往来密信六封

钞录夷信

谨将访获暎夷义律、吐嘧与澳门西洋兵头近日往来密信六封，译出汉文，钞录清折，恭呈御览。

暎咭唎领事义律寄澳门西洋兵头信

义律寄信与西洋兵头敦阿特厘阿加西呵打西尔威拉宾多：

现在暎咭唎在中国贸易首领事，为钦差及省中官府所行强霸之事，我今以暎咭唎国家之名，恳请求准将暎人存下货物运至澳门，囤贮栈房，依澳门章程纳税。今我所求之事，并非立意欲破中国人所定之章程，将暎国货物在澳门出卖与中国人，不过立意欲将暎国之货物放于平安之地步，使各空船可以开身。我今不必多言，惟望尔贵人施仁厚之德与暎咭唎之人，我甚感激不浅。至我时常思想欲将澳门变为长久大利益之处，我等思想之事时候已至，欲将货物交澳门代理发卖，其权系在尔贵人手上，以我想来，此事亦并未破中国人所立之章程，今我求尔贵人熟思此事。

一千八百四十年正月初一日，在澳门洋面窝拉疑兵船上。首领事义律印此。

外夷本年正月初一日，乃是内地上年十一月二十七日，理合声明。

西洋兵头回信

西洋兵头回覆管理暎咭唎在中国贸易首领事贵人义律之前明鉴：

澳门兵头等接得正月初一付来之信，欲将暎咭唎船上之货物搬到澳门，不过欲将各货放于平安地步，使各空船可以回国。观此信中之事，我见得自己不能有如此大权回答此件大紧要之事，兼以须依管理澳门地方之法律，我亦无如此大权可能定夺此事，故我即将首领事之信知会此处之西拿底，大家商议。我等心中虽欲应承，惟因中国官府禁止我等，不准与首领事有来往，我等虽欲将就首领事，惟因例禁，不能如我等所愿，故不得已推辞首领事所请。现在我等并不为所失不能在澳做中国与外国贸易之利益而忧愁，乃为不能遵首领事请带货物到澳囤积之事而忧愁。现在我亦不必多写书信，解明因何不依首领事所请带货到澳门囤积之事，盖首领事曾在澳门居住数年，谅已知道在澳西洋人与中国官府之交情。尚望忠厚之暎咭唎国王保护澳门，以免我等受从来所未受过之艰难危险。今我等已定夺，不能如首领事所请，故特写此回信与首领事，求首领事明鉴体察。

一千八百四十年正月十六日，在澳门。敦阿特厘阿加西呵打西尔威拉宾多印此。

外夷本年正月十六日，乃是内地上年十二月十二日，理合声明。

暎咭唎夷官吐嚓致西洋兵头信

窝拉疑兵船船主吐嚓寄信与西洋兵头敦阿特厘阿加西呵打西尔威拉宾多：

我现在实不隐瞒尔贵人，因为中国官府出如此严重之告示，粘在澳门墙上，其中言语，暎咭唎住澳之人读之尽皆惊惶。尔贵人亦知道，保护暎咭唎人之性命乃系我之专责，目下之事乃关乎我之重任，欲遣一只兵船进至澳门港口，不独为保护在澳居住之暎咭唎人，亦可以守着澳门，以为有事时退步之计。而兵船进澳门，并无打仗之意，我甚愿意尔贵人不必理我等与中国之事，如此我亦十分恭敬尔贵人。

一千八百四十年二月初四日，在澳门洋面窝拉疑兵船上。吐嚓印此。

外夷人二月初四日乃是内地正月初二日，理合声明。

西洋兵头回信

接尔贵人来信，云要遣兵船一只进澳门港口之事，似是与我等国中对敌。盖兵船进口乃历来禁止之事，即尔贵人之国家亦未必令尔攻敌我等之道理。当水师官特鲁里时，亦并未有带兵船进澳门港口之事。今尔贵人之非，我特讲明，如果欲遣兵船到澳门港口，乃是不公义之事。现在尔贵人所行之事，与尔贵人去年所见甚是不同，尔贵人若如此言行相违，我必将尔贵人之事声明与㖊国及我等国家知道矣。伏望上天保护于尔贵人。

一千八百四十年二月初四日，在澳门。敦阿特厘阿加西呵打西尔威拉宾多印此。

吐嘧又寄西洋兵头信

我今对尔说知：尔于本日付来之信，我已经收到。今复有信与尔贵人，现在㖊咭唎人要在西洋旗下居住，尔肯保护否？抑或尔竟任㖊咭唎各人，如前六个月被人苦磨，不肯保护耶？如果实是不能保护㖊咭唎人，须要㖊咭唎人离去澳门，尔贵人据实说明，我亦立将兵船撤去，离此处澳门港口，并即将尔所说之话知会我本国之人。

一千八百四十年二月初四日，在窝拉疑兵船上。吐嘧印此。

西洋兵头回信

本日内附来问我之信，缘我乃系我等国王命来代理此处事情之人，我今明回答与尔，此处地方与我等国王所管之别处地方不同，管别处地方可以给别国人居住，若此处给别国人居住，此处地方之居民即不得安静，及受惊吓之事，断断不能。难道现在㖊咭唎人到船居住，岂即有各样扰害乎？岂必须到此处居住以为保护乎？前时㖊咭唎人在澳门居住，我亦曾一体保护，此乃实在事情，人所共知，管理在中国之㖊咭唎贸易首领事曾赞扬于我，即尔自己亦曾称扬于我。惟现在此处之事情已比从前不同，中国人一封禁伙食，所有各样贸易事务皆已败坏矣。尔亦知道我等国家与中国相交之章程律例，除却破坏船只到来修理之外，从未有何等船只进至澳门港口。我今以我等国家之名，请尔出令吩咐海阿新兵船离去此处港口，俾我可尽心保护我国家之人民在此地方得以平安。㖊咭唎人不要想我留他们在此处居住，我亦必守与中国人所定之章程，定不肯违背之。只是中国与㖊国两边之事，我皆不理。如在尔之第一封信内所说一样，在尔不过系为尔自己所受之重任，故行如此冒失之事，以违犯我等之法律，在此等行为，岂得谓之好道理？此封信乃我在议事亭与西拿底等会议时所写。

在尔只是指出㖊咭唎人不在澳门居住之难处，并不思及西洋五千人为㖊咭唎人朋友之情，亦受重累。自首领事回到此处之后，所有之贸易皆要停止，所有之税饷为西洋兵丁之费，以为保㖊咭唎人平日之平安，尔亦当思念及之。尔若不念我对尔说之事，我即将近来九个月内所有之事宣布与通天下知道，求各国依公义判断。我又对尔说知，尔所行之事不独犯我国法律，乃亦有犯于嘆咭唎国家之法律。伏望上天保佑于尔。

一千八百四十年二月初四日，在议事亭内。敦阿特厘阿加西呵打西尔威拉宾多印此。

(朱批：)览。

(军机处副录档案)

M17：财政-捐输

6.66　两广总督林则徐等奏请准洋商捐缴三年茶叶行用银两以为收烟防夷经费折

道光二十年四月十三日(1840年5月14日)

臣林则徐、臣怡良、臣豫堃跪奏，为粤东查办鸦片，先后防堵嘆夷，需费繁重，现据洋商呈请将茶叶一项向定行用银两，陆续捐缴三年，藉供经费，恭折奏恳天恩，准令捐输备用，仰祈圣鉴事。

窃自上年正月间，臣林则徐衔命至粤，与调任督臣邓廷桢暨臣怡良商办海口事件，年余以来，所有控制外服，查缉内奸，一切机宜，悉荷圣谟指授，俾臣等秉承有自，感刻难名。迨断绝嘆咭唎贸易，尤赖乾断严明，足使夷情震慑。虽该夷尚复强颜延喘，飘泊外洋，诡计诪张，虚疑(声)恫喝，而臣等遵奉谕旨，既允其以逸待劳之议，更示以应防叵测之心，守险攻瑕，皆得随机应变。查嘆夷所传续到兵船之信，只于吐嘧、哗呛两船而外，复来嘟噜噎兵船一只，其夷官名为噴啐咍哐。虽据引水探报该船有大炮四十余门，夷兵三百余名，而在外洋寄碇数旬，毫无动静，自系探闻我师布置严密之故。

惟防堵固有把握，而守望并无定期，各口水陆官兵不能遽撤，即各处口粮兵费，皆必豫筹。且自上年查办至今，所费本已不少。始则谕令夷人将趸船烟土尽行呈缴，而嘆国领事义律欲带嚬哋潜逃，当经官兵截回，于是水路排舟，陆路设卡，自省河至虎门，不使有空虚之处，然后该夷禀缴鸦片，悔罪乞诚。而所缴之二万二百八十三箱，分载趸船二十二只，计每只趸船烟土，即需剥船五六十只始敷盘运。其堆贮之处，统令庙宇民房围筑外墙，搭盖高棚，以昭严密，并派文武员弁各带兵役看守巡逻，常防偷漏。自二月底至四月初，甫经收毕。正在雇船装运，起解进京，旋奉谕旨，即于粤省销毁。当又开砌石池，挖沟安闸树栅，设厂毁化，浃月始经蒇事。其间一切费用，力加撙节，在事者莫不共见共闻。厥后义律禀请在澳卸货不准，因而阻挡该国货船进口，并主令奸夷空趸逗留。七月间逐出澳门，断其接济，凡各处紧要隘口，无不添派防兵。讵义律胆敢鸱张，公然抗敌，我军于九龙山、穿鼻洋叠次轰击之后，复于尖沙嘴俯攻六次，伤毙嘆夷无数，自此该国各船窜赴长沙湾一带外洋，不敢妄动。所需用度，尚无虚糜。惟国家经费有常，何敢擅行渎请，而年余支应各项，非捐即垫，其有待于归补者，已觉繁多，且既奉旨不准通商，而该夷仍逗留观望，则所以制其反侧、绝其窥伺者，更不可不加意图维。即如炮位一项，洋面师船所用，必须三四千斤以上，而制造又极精巧者，以之抵御夷炮方可得力；若炮台所安之炮，竟须七八千斤至万斤以上方能及远。经臣等节次筹办，颇有眉目，容俟详晰汇陈。其水师战船工料例价，向来本有一定，欲其倍加坚实，亦须斟酌变通。凡有裨益于海防者，臣等均不敢不悉心区画，而筹措经费，实为首务。查粤东通省大小官员养廉，因奏明摊捐连州军需及前次防夷等案外销之款，每年已扣三成，计至道光二十六年始能扣清归款，此时未便再有加摊。

兹据洋商伍绍荣、卢继光、潘绍光、梁承禧、谢有仁、潘文涛、马佐良、潘文海、吴天垣、易元昌呈称：商等服贾海隅，安生乐业，仰荷皇仁优渥，报称末由。上年夷人呈缴鸦片烟土，盘运销毁，其船脚等项所费已多，嗣因唉夷桀骜不驯，驱逐防范，需用更复不少。伏思商等与夷人交易货物，向照估价每两应得行用三分，以资办公。今通行公议，将茶叶一项应得行用银两，自具呈之日为始，捐缴三年，按卯解缴关库，听候提用。等情前来。臣等察其情词恳切，洵为踊跃急公，相应仰恳天恩，俯准捐缴，以遂其报效之忱。如蒙俞允，俟该商等捐缴年限届满，再行核明总数，奏恳恩施，量加奖励。所有查办鸦片案内收烟防夷一切经费，即于此款撙节动支。其有不敷，仍由臣等酌量筹捐凑办。

再，此项捐缴银两系属商捐外款，而海口一切用费，类多繁杂琐屑，并恳天恩免其造册报部，仍由外核实支销。合并陈明。

臣等谨合词恭折具奏，伏乞皇上圣鉴训示。谨奏。

道光二十年五月十一日奉朱批：另有旨。钦此。

四月十三日

（军机处录副奏折）

T15：商业

6.67 刘韵珂奏为定海难准通商胪陈八弊折

道光二十年十二月初二日(1840年12月25日)

浙江巡抚臣刘韵珂跪奏，为定海地方断难准唉夷通商胪陈八弊，请旨饬令广东钦差大臣慎重妥办，恭折奏祈圣鉴事。

窃祛弊不可不决，防患不可不严，筹国家之大计不可仅顾目前，驭化外之夷情不可□□事后，臣查夷船停泊定海者当有二十余只，定城亦未献还，如果真心赴粤，即蒙恩准查办，自应率类偕往，何以分党盘踞。恐该夷有愿在定海通商之意，自不得不深虑远图。乘此粤议未定之时，□陈弊患叩乞圣裁。

一、在地利。查粤东海口而系各夷互市之区，然亦仅准只舟泊澳门侧，不容共进口。其广州城外设立□(虎)门一城，驻扎重兵，□门之外有两山横挡两峙，安设炮位为□门之户，此外又有蕉门三门两山□俱设炮位为□门外拒，故夷人有深畏□门炮台之说，不敢轻犯，是广东澳门之海口既之字回环诸山，又矗立拱卫，形势控制防范綦严。至定海孤悬山外并无咽喉险要可以控扼，其西北直达宁波之镇海、象山、奉化、石浦及绍兴之余姚，再西则达台州之宁海、黄岩，温州之乐清瑞安、玉环等处，正北则直达杭州之钱塘、海宁，又北则达嘉兴、海盐、平湖、乍浦各城。且与江苏之崇明、上海、通州等处一潮可达，绵亘二千余里，大小海口数十处，并与沿海石塘及江口河道处处可通。若暎夷在此通商，地势散漫，一无□束即□口稽查亦断难周密，且马头既立，该夷盘踞日久恐于江河形势探访熟悉，不可不防□□。此定海之难准该夷通商者一也。

一、在物产。查浙江为东南财赋之区，通省皆产稻谷，杭嘉湖三府可产蚕丝，□处二府可产纯□，钱杭□□□□□□□□□□府则又产茶叶。铁斤例禁出洋，蚕丝素为夷人所重，茶叶则夷人更以之为命。是中华之所能制外夷者在此，而外夷之受制于中华在和亦在此。故粤东与夷人交易茶叶为先，□暎夷□海通商□□□丝即可就□□获取而各处茶叶更为百计□□以□制该夷之物。□便该夷之取携，不特耗内地之资财，□该夷之忌惮，且恐其居奇转售以图获价倍□，适足以遂其贪而益其富。此定海之难准该夷通商者二也。

一、在勾结。查暎夷自占据定城，其□民之殷实有力者先已航海逃避，其贫苦无□者不能不困守故巢。现闻该夷有□□中典当衣被散给者，□……□(一列不清)浙省沿海半系捕鱼为业、煮海为生之户，既无恒产即少恒心。若该夷在定海通商，给□小惠，恐无衣无食之徒甘心为其役使，而乍浦海乃又迫近杭嘉湖及苏□□府粮船□□查粮船水手多系无业游民，桀骜□□，亦难保不为夷人所诱惑。且闽洋素为海资渊薮，定海一帆可通，更恐其串结为害。此定海之难准该夷通商者三也。

一、在烟禁。鸦片流毒各省而来源实自粤东，上年□定例条，各省□时□办渐有成效，英夷因广东影其烟利，故来浙□□□□其奸其求通商以售货，实□售货以售烟。现闻该夷在定海城内开设铺，而所售者已未必即无禁物，遽行查禁□恐另生枝节，有碍粤东查办。若该夷在定海通商，与闽、广、江苏、山东、直隶各省往来甚便，□必潜称分售□□□□□□□则流毒滋蔓，禁之则阳奉阴违，威之则又恐□诡计弥□，转得藉口，不能相安，张弛两难，宽严无济。此定海之难准该夷通商者四也。

一、在关税。查宁波□海关岁征税银七万九千余两，乍浦温州各小口均附于宁波正口报销，其税银俱由闽、广、山东、天津来浙商船及本省商渔船只内征收而定海实为各船进出必由之路。自英夷占据定城，各船已裹足不前。现闻该夷人已有在定海强收渔税之事，若准其在此通商，良懦商艘势必畏葸不来，奸诈商渔又必依附偷漏，即新定章程该夷一一遵奉，而得不偿失，实已隐受其欺，是粤关之税即少而浙关之税又缺，其课类必两有绌支，此定海之难准英夷通商者五也。

一、在防费。查英夷豕突定城数月以来，浙省防费已属石赀，即闽、粤、江苏、山东、直隶各省防亦不无耗费，□准其将来在粤贸易濒海口岸，尚须择要防守，若准其在定海通商，以后点□□夷居适中之洋面，各省防范更宜倍加严密。防夷于粤与防夷于浙其难易迥不相同，且使其在定海日久土盗夷船设为该夷所用，是土资即系夷人，渔船即系夷艇，随处可到，不特海防宜设，即江防、河防亦俱难弛。防御多则费愈繁，防御久则费愈巨，国家经费有常，亦不□因海外之番奴过耗府库之财赋，此定海之难准该夷商者六也。

一、在国体。我朝柔怀远人，中外一体，久准各夷在澳门互市。若英夷仅止不愿在澳贸易，已属自外生成，乃因通商而先占定海，占定海而又求通商，恐其择地设立马头，久已垂涎定海。倘准其在此通商，是该夷□得在定海通商，竟能在定海通商，有所挟而求者适如其愿以偿，不特恐长该夷之奸，并恐潜滋他夷之诈，似不足以慑夷情而尊国体。此定海之难准该夷通商者七也。

一、在民心。查浙省风气素本柔弱，即水陆兵丁其胆力亦逊于闽粤，而民心之懦更甚。即如英夷占据定城，各澳居民纷纷逃避，宁波府城已万余人，迨酌量撤防镇海，居民又联名具禀□□恳留。此时粤省查办尚在未定，而民心惊惶已难言状。若准该夷在此通商，且恐惊惶者尚不至宁波一府之民，即以宁波一府而论，镇定两邑之民终无归家安业之日，其不愿归者此心可嘉，其竞愿归者此心莫恻也。此定海之难准该夷通商者八也。

种种弊虑关系匪轻，若仅瞻顾目前，诚恐阅章乎后，臣何敢藉口不言，致孤□□□□□可采，惟求圣恩谕令广东钦差大臣琦善计出万全，慎重妥办，必不可准英夷在定海通商，则夷奸可破而海疆可期渐安矣。所有臣胪陈之弊缘由谨缮折具奏，伏乞皇上圣鉴训示。再臣深恐粤议已定，是以由驿递报，合并陈明。谨奏。

道光二十年十二月十四日奉朱批，此说何来？或浙省有鼓簧惑人者欤。知道了。钦此。

十二月初二日。

（军机处录副奏折）

M14：财政-关务

6.68　靖逆将军奕山等奏报查明恭顺各国夷商贸易情形折

道光二十一年闰三月初六日（1841年4月26日）

奴才奕山、隆文、祁𡎴跪奏，为遵旨查明恭顺各国夷商贸易情形，恭折覆奏，仰祈圣鉴事。

窃奴才等未出京之先，承准军机大臣字寄，道光二十一年正月十九日奉上谕：怡良奏接办粤海关务税课短绌一折，据称：粤海税课以夷税为大宗，本年所到夷船不及十分之二，因各国之船为唉夷拦阻，不能进口，是以六月后，正当征输畅旺之时，转致短绌。等语。广东例准各国通商，其恭顺各国自仍照常贸易。唉夷强悍桀骜，阻挠各国生计，各国岂肯甘心失利？著奕山、隆文、祁埙于先后抵粤时，查明各该国情形，果否怨恨唉夷阻挠生计，抑稍有觖望于天朝未能招徕抚绥，以致向隅失业，据实具奏。将此各谕令知之。钦此。钦遵。仰见我皇上怀柔远人，体恤备至。奴才等驰抵粤省，连日密加查访，并咨据抚臣怡良，将现在进口各国贸易商船数目查明，咨照核办前来。

奴才等详加查核，缘粤海关务旧章，例准通商各国除居住澳门之小西洋夷人货船向在澳门卸货外，其余咪唎唑、咈囒哂、荷兰国、大小吕宋国、嗹啵呸国、嗹国、喘国、单鹰国、双鹰国、唉咭唎国并港脚各国货船，向例应进黄浦查验开舱。各该国距粤程途远近不同，每年来船数目约在一百余只、二百只不等。自二十年三月二十六日起，截至六月初二日止，只到有咪唎唑国、吕宋国货船十九只，自是之后，并无货船进口。盖因唉夷犯顺，驶有兵船来泊粤洋，所有各国贸易商船均被唉夷阻挠，不得进口。唉夷强悍桀骜，各该国力不能制，阻遏外洋，无不同深怨恨。迨至本年二月初六日，唉夷闯入虎门，攻破乌涌、卡座，夷船直达黄埔，以是向准通商之咪唎唑国、咈囒哂国及港脚货船共四十二只，始得随后进口，代唉夷恳求通商。经奴才杨芳会同抚臣怡良体察情形，奏明仍准恭顺各国照旧通商，恭顺夷人等无不欣感共戴皇仁，并不敢觖望于天朝。传讯各通事，所禀亦俱相符。现在虽经开舱，而殷实客商均经纷纷迁避，商民交易者甚属寥寥。奴才等现已出示晓谕，令其急速归来，各安生业，与恭顺各国照常贸易，无须惊疑，是来渐次归业，民情少觉安贴。

所有遵旨查明恭顺各国现在贸易情形，理合恭折具奏，伏乞皇上圣鉴。谨奏。

(朱批：)即有旨。

道光二十一年闰三月初六日

（宫中朱批奏折）

G7：中外关系-贸易

6.69　祁埙奏为英商欲往浙江已阻止前往事折

道光二十三年二月十九日(1843 年 3 月 19 日)

两广总督革职留任臣祁埙跪奏，为夷酋欲赴江浙，现已晓谕阻止，恭折是奏，仰祈皇上圣鉴事。窃照粤东商税事宜，前经臣分款钩稽，渐有头绪。嗣前任将军伊里布因病出缺，臣恐夷情或有改变，当即委员面见夷目马礼逊等晓谕，并缮片陈奏，在案。讵夷酋璞鼎查于二月初十日有呈递两江总督臣耆英露口文呈一件，咨臣代为加封转递查阅，内称因伊里布钦差到粤需时，渠欲俟伊国主用印私约送到，即船驶往上海或赴宁波，就近面见耆英，商定税饷善后章程。并将御宝和约敬谨领回，即将国主用印和约呈缴备案等因。臣查该夷性□多疑，惟伊里布与耆英素为所从。其因闻伊里布病故即欲面见耆英会议，以践前约，本在意计之中。惟各国通商输税(朱批：所见甚是，所办俱好)一切例案均在粤省，非江浙所能揣。若在江浙定议，恐陵窒□难行，且该夷酋久回香港，今忽又北驶，□□意□滋扰，难免沿海居民易滋疑惑。臣尝商令江苏按察使黄恩彤、四等侍卫咸龄、广东布政使存兴及广州府易长义前赴夷馆，向马礼逊、罗伯冉明晰开导，并告以税饷已将次就绪，若改赴江浙，未免欲速反迟。该夷目等深以为然，惟璞鼎查寄居澳门，益往返行文恐不达意，复据四等侍卫咸龄带同前上元县知县吴廷献、即补千总张攀龙及马礼逊等亲往接见该夷酋，晓谕阻止。兹该侍卫等回省面称已与璞鼎查议定，在粤静候办理，不复驶往江浙。其夷文一件，由臣加封飞递江省，并函陈耆英迅速备文覆阻，除督率各委员将商税事宜赶紧查办外，其互换和约及酌定善后一切章程，亟须钦差大臣前来妥计。此时业经简派有人，仰肯敕下该大臣兼程赴粤，以冀夷务事竣。上行宸廑，所有阻止夷船北驶缘由，理由恭折驰奏，伏乞皇上圣鉴。谨奏。

道光二十三年三月初八日奉朱批：钦此。

二月十九日

（军机处录副奏折）

T22(561)：商业-对外贸易-口岸(英国)

6.70 两广总督祁埙奏报查明巴柏架系璞鼎查遣令赴闽片

道光二十三年二月十九日(1843年3月19日)※

再，本年二月十六日接到兵部由四百里递交前任钦差大臣、广州将军伊里布夹板公文一件，经臬司黄恩彤、侍卫咸龄送臣商酌。臣恐事关紧要，未敢拘泥，当即公同敬谨拆阅。系因夷酋巴柏架遣夷目甲花厘往福州投递书函，欲度地设立马头，经福州将军保昌等具奏，奉旨：著伊里布即向璞鼎查告知，并询明巴柏架等是否系该酋遣令赴闽，有无假冒之处，据实奏闻。等因。由军机大臣恭录谕旨及钞折一件，寄信前来。

臣查巴柏架系唊夷水师兵头，粤省呼为巴驾，前经马礼逊等向臬司黄恩彤述及该酋曾赴福州，意欲察看马头地势，因在五虎门外触礁坏船，未能进口。等情。核与保昌等所奏情形无异。

该酋自闽回粤，现住澳门，其前经璞鼎查遣令赴闽，似尚无假冒别情。

除行文璞鼎查切实查询外，理合附片先行陈明，伏乞圣鉴。谨奏。

(朱批：)知道了。①

(宫中朱批奏折)

M14：财政-关税

6.71　两广总督祁埙等奏报粤海关设立要卡酌筹经费折

道光二十三年八月二十二日(1843年10月15日)

两广总督臣祁埙、粤海关□督臣文丰跪奏，为设立要卡酌筹经费以绝偷漏而裕税课恭折具奏仰祈圣鉴事。

窃惟关口之设原以严缉奸商而稽查私货，近来茶叶、湖丝、大黄等项每多走私，间有缉获，不过百中之一。盖由三水之思贤滘，虎门左近之三门，南海之九江沙头，东莞之石龙，香山之石岐，顺德之黄连、甘竹，凡七处均有汊河可以绕道出海，向无卡口稽查。今香港既准暎夷居住，不得不预防内地奸商绕道偷运。臣等再四筹议，拟于七处要口设立卡房，每卡派家人一名，书一名，役一名，巡丁十名，水火夫二名，巡船水手八名，每月各给工食杂费。凡有销售外夷之物，均不准其绕道行走，如有偷漏奸商即行缉拿，其囤积私货者会同地方官弁协拿，以专责成。但每处建造卡房巡船及工食一切经费现在新章初定，无款可筹，所有修建官房及添设巡船由臣文丰自行捐廉办理，不请开销。至书役、巡丁等工食银两，查旧例丈量夷船赏给牛面酒等项一年约用银三千余两，兹计吨输钞，既不丈量毋庸赏给。又总督衙门派委押船武弁津贴一年约用银二千余两，现拟裁撤，亦毋庸津贴。向来此两项俱在经费项下支销。请将此二项银两即拨为各卡工食之用，仍于经费内动支，每年奏销时逐一造册咨部核实报销。庶冀私漏可绝而税课无亏。谨将添设各卡应需银两数目另具清单恭呈御览。是否有当，伏乞皇上训示。谨奏。

(朱批：)户部议奏，单并发。

道光二十三年八月二十二日

(宫中朱批奏折)

---

① 据军机处录副奏折，朱批时间为道光二十三年三月初八日。

T22(561)：商业-对外贸易-口岸(英国)

6.72 钦差两江总督耆英等奏报准令英人在五口租房租地于指定地段行走贸易办理情形片

道光二十三年九月十六日(1843年11月7日)

(臣耆英、臣祁顷、臣程矞采跪)奏。

再，前据暎夷呈请向各洋行租赁栈房居住，即经臣等允其所请，附片具奏，钦奉朱批：妥为料理，万勿别生事端。钦此。仰见圣虑周详，预防未然之至意。

伏查，从前各国在广州贸易，系由洋行建盖房屋，租给居住。上年暎夷在江南就抚时，本请在五口任其自择基地，建造夷馆。臣耆英因内地港口非澳门、香港系属海岛可比，且该夷所欲住之地皆系市廛，断难任其自择，坚持未许。该酋行至上海、宁波，又随意混指，各该地方官悉皆置之不理。迨来粤东，适有匪徒焚烧洋行及钱江造言生事之案，该酋复藉为口实，欲在黄埔建屋。臣耆英到粤后，会督黄恩彤等反覆开导，告以内地房基皆系民间用价置买，完纳钱粮，虽大皇帝亦不肯将民产作为官地，径行建造，致令失所。尔等寄寓中土，若不问何人之地，擅自拣择造屋，直是与民为难，并非前来贸易。中华百姓不知凡几，沿海四省群起而攻，从此争端又起，与尔等有何利益？至焚烧洋行匪徒及造谣生事之人，均已拿办，只须约束夷人，勿稍恃强滋扰，中华百姓与尔买卖来往，亦属有利可图，断不肯恃众欺凌，自绝衣食。且建盖夷馆，所费甚巨，五口同时并举，谈何容易？自应由中华地方官会同该夷目，各就地民情，议定在何地、用何项房屋或基地租给居住修造，华民不许勒索，该夷不许强租，方能永久相安。广州原有洋行机房，尽可试行租赁。该夷始就范围，不敢坚执自行择地之说。数日以来，华夷相安，甚为靖谧。现在已将止准在五口租房租地，并由地方官指定地段准其行走贸易，不许逾越尺寸列入善后条约，以杜衅端。

臣耆英复因所定条约系用照会与噗嘣喳往返商定，并未面约，其派往各口之夷目亦未与闻，诚恐各该夷于到口后又生异议，随照会噗嘣喳，令其带同各夷目啰啪嘛等共二十四人，于八月十五日前来虎门，臣耆英与黄恩彤、咸龄亲身至彼，当众邀约坚定，各该夷同声感颂大皇帝恩典，誓不敢稍有违背，体察情形尚属真切。并据另文照会，已派夷目哱吠啷在广州、呢哩咘赴厦门、吧富咴赴上海管理各该处贸易事宜，约束夷众。其宁波地方本已派定啰啪嘛，因吗吣嘫病死，暂留啰啪嘛代办吗吣嘫应办事宜。现将本住定海之啷吐啦调回接替，再令啰啪嘛前往宁波。又福州一口现在无人可派，随后另行斟酌。等情。

臣等查福州既无夷目派往，约束无人，未便径行开市，以致另生枝节。

除照覆该酋，并行知各国，咨会福建督、抚、将军诸臣外，恐廑圣怀，谨将办理情形附片陈明,应请毋庸发抄,伏乞皇上圣鉴。谨奏。

(朱批:)知道了。①

(宫中朱批奏折)

G12(561):中外关系-界务、订约(英国)

6.73 钦差两江总督耆英奏报英夷通商输税业已酌定大略章程折

道光二十三年六月十五日(1843年7月12日)

奴才耆英跪奏,为㖞夷通商输税,业已酌定大略章程,先行恭折驰奏,仰乞圣鉴事。

窃奴才于行抵粤省后,当将体察夷情酌筹办理缘由专折奏报在案。正在检阅例案悉心核办间,接据夷酋喋囒喳自香港来文,请定期会晤,面定大局。奴才当以此事非与该酋面加商榷终难定见,而于未开市之先,令其来省会商,易启民间疑虑,且香港情形究竟如何,将来能否杜其走私,亦应亲往察看明白,庶有把握。当于五月二十六日早,带同广东臬司黄恩彤、侍卫咸龄等由黄埔换船开行,经过狮子、零丁、磨刀、铜鼓各洋面,约计水程四百余里,风静波怡,舟行顺速,是日下午即抵香港。该夷目率同夷兵摆队奏乐,跨刀远迎,执礼甚恭,情极驯顺。奴才查看香港本属荒岛,叠峦复岭,孤峙海中,距新安县城一百余里。从前本系洋盗出没之所,绝少居民,只有贫家渔户数十家,在土名赤梗湾等处附穴缘崖,畸零散处。该夷于近年以来,在土名裙带路一带凿山开道,建盖洋楼一百余所,渐次竣工,并有粤东无业贫民蛋户在该处搭盖棚寮,贩卖食物。约计夷商不满数百,而内民之小贸及佣力者已不止数千人。奴才率同黄恩彤等与喋囒喳接见数次,将通商章程及输税事例反复辨论,大局粗定。奴才当因夷性多疑,事既得有头绪,亟应坚其信约,以免再有反复。即于二十九日恭赍钤用御宝和约颁发该酋,敬谨祗领,并据该酋将该国和约呈递前来。奴才验明收讫后,即于六月初一日率同黄恩彤等驶回粤省。

窃查粤海关进出口货物,百余年来,递有变更,即如进口洋货,向多奇巧玩好,而近年则以棉花为第一大宗。出口各货向重绸缎、湖丝,而近年则以茶叶为第一大宗。如此二宗,税饷得有加增,则其余无论增减,均于税务之赢绌不致大有出入。前此伊里布督饬委员与之往复诘难,而税例不能遽定者,皆由茶、棉二项该夷等不肯听命增税,故此检核粤海关税则,每年应征正税及盈余银八十九万九千余两,其额外盈余每年约收一二十万两及三四十万两不等。茶叶

① 据军机处录副奏折,朱批时间为道光二十三年九月十六日。

一项每年出口约计四十五万担，棉花一项每年进口约计五十一万三千余担。旧例茶叶每担以一百斤计算，应征正耗税银及各项归公规费共银九钱二分零及八钱七分零不等。棉花每担亦以一百斤计算，应征正耗税银及各项归公规费共银二钱一分零。督臣祁𡎴督饬黄恩彤等与夷目议明，茶叶每担以二两为额，棉花每担以三钱为额，较旧例本已均有增加。奴才复与噗鼎喳面商，定准茶叶每担增至二两五钱，较旧例税规计增倍蓰。棉花每担增至四钱，较旧例税规计增几及一倍。茶叶以四十五万担计之，每年约可收税银一百十余万两。棉花以五十一万三千担计之，每年约可收税银二十万五千余两。即此二宗，已足抵粤海关岁入正额盈余，及每年比较额外盈余之数。且此二宗均属粗重之物，偷漏易于稽查，征收较有把握。至其余各货税减者，固不能无，而增者亦复不少。且有旧例漏未征税，新议增入者通盘合算，实属有赢无绌。且关税以粤海为最重，该夷赴各口贸易，不以闽、浙、苏等关税例，藉口图减，而欲以粤海为额通行各口，一体输将，此后商货流通，所加者更难以数计。再，该夷各项大宗货物仍在广州贸易外，惟香港四面际海，舟楫处处可通，现已有内地民人赴彼零星买卖，数年以后渐集渐多，势必至华夷杂处，与澳门无异。

查澳门地方自前明迄今三百余年，各该夷先后居住，安分贸易，从未为患，内地亦鲜偷漏税饷情事。今香港情形几与相似，若不明定章程，妥为办理，则走私漏税，百弊丛生，转恐与正税有碍。容奴才与祁𡎴等悉心熟商，酌议办理。

除将通商纳税则例另行会折具奏外，所有大略情形先行恭折由驿具奏，伏乞皇上圣鉴。

再，咪唎㗗、咈囒哂等国现在亦称请照新定章程办理，容奴才会同督抚诸臣将章程核定后，与之要约，明白专案办理，合并陈明。谨奏。

道光廿三年七月初四日奉朱批：另有旨。钦此。

六月十五日

（军机处录副奏折）

G12：中外关系-界务、订约

6.74 钦差两江总督耆英等奏报大西洋意大里亚国通商章程议定各情形折

道光二十三年九月二十二日（1843 年 11 月 13 日）

臣耆英、臣程矞采、臣祁𡎴、臣文丰跪奏，为向在澳门贸易之大西洋意大里亚国通商章程业经议定，恭折驰奏，仰祈圣鉴事。

窃照香山县之澳门地方，向为诸蕃互市之地。前明嘉靖年间，佛郎机人在澳筑室建城，聚居贸易，其城之北向一门，名曰三巴，直达香山县内地，明人恐其侵轶，于万历二年，在离澳五里之莲花茎地方，建立关闸一座，设官防守，为通澳门户。至万历九年，有大西洋之意大里亚国人利玛窦来居澳门，迨后来者日众，澳门遂为大西洋所住，岁输地租银五百两，载入赋役全书，作为定额。自关闸至三巴门一带地方，民夷分庄居住，于雍正九年，移驻县丞一员，巡查弹压。至三巴门以内，为意大里亚所居之地，亦有民人转赁夷屋，开铺居住。从前入仕天朝之汤若望、南怀仁以讫高守谦、毕学源等，皆意大里亚人，因其初至中土时，人但称之为大西洋，而意大里亚之名不著，此大西洋完纳租银，在澳门居住之由来也。

该夷以贸易为生，雍正三年，前督臣孔毓珣奏定，该国贸易船只以二十五号为限，编列字号，准其前赴哥斯达、吕宋、哎呀、大小西洋等国，贩货来澳，止纳船钞，不完货税，俟有中华商贩赴澳买货，再由华商赴关报税。其运赴澳门之内地货物，亦由贩运之华商报税，每年约可征收船钞货税银二三万两不等，汇入粤海关额征数内造报。至该夷所完船钞，系按船之新旧，计大输纳，与在广州贸易各国不同，数亦轻减。其在广州贸易各国商人，于买卖事竣，船只开行之后，所有各国派来管理贸易之人，及有帐目未清之商贩，因例不准寓居广州，亦赴澳门，向大西洋赁屋而居，此大西洋向来在澳贸易完税，及各国商人留澳寓居之章程也。现在改定新章，五口通市，各国商人散之四处，澳门房租势必渐少，买卖亦断不能如前。据该夷目呈请酌量变通，业经臣等将大略情形，先行奏蒙圣鉴在案。

兹臣等会同悉心筹议，察核所请各条内，如求将地租银五百两恳恩豁免一节。查大西洋之求免地租，系为暎咭唎在香港并不缴租起见，但香港本系无粮海岛，澳门系有粮之地，不能相提并论，应饬照旧输将，未便请豁。又求将自关闸至三巴门一带地方俱归大西洋拨兵把守一前。查关闸之设，系因地势扼要，并非画分界限，且设关在前，大西洋住澳在后，关闸以内，既有民庄，又有县丞衙署，未便听其拨兵把守，应饬仍照旧章，以三巴门墙垣为界，不得踰越。至三巴门外原有炮台夷庄，历年已久，亦仍其旧。又求各国商船听其赴澳贸易一节。查各国商船向例停泊黄埔，在广州贸易，澳门为粤海关兼管口岸，并非大关，既无监督，亦无另有大员驻扎，所请难以准行。又求将澳门货税船钞较新定章程略为裁减一节。查澳门货税由华商完纳，与大西洋无涉，本可毋庸另议。惟税出于货，税有轻重，货价即因之而高下，易启趋避之端，嗣后澳门征收华商货税，无论出口进口，俱照新定洋税章程办理。至澳门船钞本较广州为轻，若责令按照新章，每吨输钞五钱，未免无所区别，嗣后澳门原有额船二十五号，应无分新船、旧船，均照新章，酌减三成，每吨输钞三钱五分，若赴五港口贸易，或另有新增大西洋船只，无论在澳及往五口，均按每吨五钱输钞，以杜影射。所有从前规费，无论已未归公，一概禁革。又求准其前赴广州、福州、厦门、宁波、上海五口贸易一节。查五口通商，各国皆已准行，自应一视同仁，以免向隅。其应完货税船钞及驳货小船往来文禀一切事宜，悉照新定章程，画一遵办。又求将澳门修理房屋船只，请领牌照费用概行革除一节。查请领牌照，本属具文，应如请准其自行购料雇匠，任便修造，不必请照，以免苦累，但不得于三巴门外擅有建造，致滋事端。又求华商运赴澳门货物，即在澳门上税，不必定以担数一节。查华商贩运货物，经过一关，即应报一关之税，断无越赴澳门投税之理。嗣后凡赴澳门货物，不必限定担数，如应经由粤海大关者，即在大关照新例报税，请牌出口，如向不经由粤海大关者，即在澳门照新例完税，以免绕越。以上各条，先据该夷目具呈吁求，即经臣等督饬黄恩彤、咸龄等委员前赴澳门，与之反复辩论。又经屡次专札指饬，该夷目情词虽极恭顺，而言语依违，未肯遽遵。

臣等查大西洋贸易章程，向例虽与其余各国不同，而该国既欲遵照新章，五口通商，若任稍有参差，即多掣肘，复经饬令该国兵头吐唎喊、啦呦哆及管理贸易之哕嚓哆，通事吗嗹吐来省，臣耆英、臣祁𡊮督同黄恩彤、咸龄，在于城外公所公同传见，逐条讲解，并晓以该国世受大皇帝恩典，与其余各国不同，分应首先效顺输诚，为各国作则。始据该兵头等出具遵奉办理禀文，当即予以酒食，该兵头等欢欣鼓舞，佥称不敢复生异议。臣等通盘筹核，大西洋在澳门贸易，向来所征税钞每年不过二三万两，今该夷所求各条，未便准行者，业经驳饬，其尚可照准者，与粤海关大局无所增损，自应钦遵前奉朱批，勿顾目前，总要筹及大者、远者，曲示怀柔，以期永久相安，仰副圣主绥靖海疆之至意。

除将历次议定章程税则颁发该国遵守并咨行各口外，臣等谨恭折驰奏，伏乞皇上圣鉴，敕部核覆施行。谨奏。

(朱批：)军机大臣会同户部议奏。内片一件留中。

道光二十三年九月二十二日

(宫中朱批奏折)

G12(202、546)：中外关系-界务-订约(澳门、意大利)

6.75 两江总督耆英奏报遵驳妥议意大里亚国通商章程折

道光二十四年正月初八日(1844年2月25日)

两江总督臣耆英跪奏，为遵照部覆，悉心妥议，恭折覆奏，仰祈圣鉴事。

窃臣前于钦差大臣任内，会同广东督、抚、监督诸臣酌议意大里亚国通商章程，于道光二十三年九月二十二日，在广东省城恭折具奏，嗣于十月二十四日在江西途次奉到朱批：军机大臣会同户部议奏。钦此。十二月初三日，经军机大臣等会同议奏，本日奉旨：依议。钦此。

二十四年正月初四日行文到臣，除已奉议准各条毋庸置议外，如奉驳一切文禀，向来定有章程，嗣后仍应照旧办理一节，自应遵驳行文该夷遵照，以彰恭顺。惟查意大里亚国现奉议准，与各国同赴五口贸易，各国夷酋与中华各口官员文移往来，俱照新定章程办理，独意大里亚国仍照旧章办理，既属两歧，事转窒碍，应请仍照原奏，一律饬遵，以杜藉口。

又如奉驳意大里亚僦居澳门，遇有修建，请领牌照。前人立法，具有深意，未可因噎废食，听其任便修造，致滋流弊，应令该大臣等悉心妥议一节。臣查澳门地方，以关闸为门户，自关闸以南，过三巴门至于海滨，约有五六里，统名之曰澳门。从前该夷在此五六里中任意兴造炮台夷庄，情殊叵测，故严定章程，止准照旧修葺，不准添造房舍，其采买木植等项皆须报官，请照立法之初，诚如部议，具有深意。乃意大里亚国因各国通商皆已改照新章，欲求自关闸至三巴门一带地方，俱归该国拨兵把守，并请免领牌照，冀遂其任便修造之私。经臣查明，关闸至三巴门五里，三巴门以内，地势浅而横广，周围约计仅止一千三百八十余丈，内除海关税馆而外，其余栉比皆系夷屋、庙宇，东西南三面滨海，并无尺寸之地可以扩充，北面即系三巴门围墙。是以臣乘此机会，坚持定见，破其奸谋，与之再三辩论，几于唇焦颖秃，始行议定，以三巴门围墙为界，不得稍有逾越。盖基地既已湫隘，该夷虽欲任意兴造，亦无立足处所，即可不致另有他虞。不妨宽其禁令，免请牌照，以示体恤。前准议驳，臣何敢固执己见，必欲更改旧章。但从前之遇有兴造，请领牌照，尚是补偏救弊之法。今日之画定界址，免请牌照，实为曲突徙薪之计。况现在情形，操纵之难，十倍往昔。臣思维再四，若遵部议饬令仍照旧章，请领牌照，彼亦将藉以有词，侵轶至三巴门外，无所限制，已虑滋生事端。设彼肆其桀骜，不遵请照，更属不成事体，似不若免其请领牌照，宽维絷以顺其情，仍不得于三巴门外擅有建造，严限制以遏其势，以期相安无事。

又如奉查赴澳门货物不必限定担数，是否系指贩货之多寡，抑论收税之轻重，应令该大臣等详细分晰查明声覆一节。查从前华商由广州贩货，前赴澳门，有一定担数。如绸缎等项，每次不得过三十担；茶叶等项，每次不得过七十担；杂货等项，每次不得过一百担。名为杜绝透漏，其实适滋透漏之端。风闻竟有贩运货物至数百担，而止查照定章，以三十、七十、一百担报税者。现在既准该夷五口通商，即使将华商贩去之货定以限制，彼亦可以自来贩运，是以议定不必限以担数，就其所贩货物之多寡，验明抽税，以照核实。

以上各条，臣前在广东与督臣祁𡎴、抚臣程矞采、监督臣文丰督饬藩司黄恩彤等悉心商榷，互相辩难，归于一是，始敢会折具奏。现在臣虽已离广东，而前折系臣主稿，且事关国家大计，钦奉朱批：勿顾目前，总要筹及大者、远者。是以臣于筹议西洋各国通商事宜，均经奏请画一办理，以期仰副我皇上大公至正、一视同仁之至意。

所有遵驳妥议缘由，谨恭折具奏，伏乞皇上圣鉴训示。

再，督臣祁𡎴、抚臣程矞采、监督臣文丰远在广东，不及会衔，合并陈明。谨奏。

道光二十四年正月十九日奉朱批：军机大臣会同户部，再行酌核速议具奏。钦此。

正月初八日

（军机处录副奏折）

G12(546)：中外关系-界务、订约(意大利)

6.76 文华殿大学士穆彰阿等奏覆遵议意大里亚国通商章程折

道光二十四年正月二十六日(1844年3月14日)

臣穆彰阿等跪奏，为遵旨再行酌议事。

道光二十四年正月十九日，两江总督耆英奏，遵奉部驳妥议覆奏一折，奉朱批：军机大臣会同户部，再行酌核，速议具奏。钦此。

伏查上年十月内，臣等遵旨会议耆英等奏意大里亚国通商章程，将该国往来文禀驳令照旧办理。兹据该督奏称，意大里亚国现奉议准，与各国同赴五口贸易，各国夷酋与中华各口官员文移往来，俱照新定章程办理，独意大里亚国仍照旧章办理，既属两岐，事转窒碍，应请仍照原奏，一律饬遵，以杜藉口。等语。应如所议办理，惟此次议准，原为杜其藉口起见。至此后该夷能否日久相安，不至别生支节，应仍责成该督等，随时体察夷情，妥为驾驭，不得于现定章程外妄有干请，方为妥善。

又请免牌照一节。前据该督等奏称，牌照本属具文，且致苦累。臣等因澳门通连香山，该夷本系僦居，恃有牌照稽查，庶该夷知所顾忌，不敢擅自兴作，是以驳令再议。今据该督奏称，三巴门以内，地势浅而横广，除海关税馆外，余皆夷屋庙宇，东、西、南三面滨海，并无尺寸之地可以扩充，北面即三巴门围墙，是以议定围墙为界，不得逾越。该夷虽欲兴造，亦无立足处所，不妨宽其禁令。若仍照旧章，请领牌照，彼将藉以有词，侵轶至三巴门外，无所限制，设或桀骜不遵，更属不成事体。仍请免领牌照，宽维絷以顺其情，但不得于三巴门外擅有建造，严限制以遏其势。等语。

臣等伏思，从前请领牌照原指三巴门内而言，既据该督查明三巴门内基地湫隘，无可建造，应如所奏办理。惟该督所称，三巴门外不得擅有建造，现在作何控制，是否确有把握，折内并未声明。设异时该夷以三巴门内无可立足，又于三巴门外妄肆干求，一经驳斥，又复藉词抵制，更属不成事体。该督上年赴粤，于该处地势夷情谅皆深悉，断不至为将就，目前之计，其三巴门外不准该夷建造，如何防范遏绝之处，在该督必有成算，惟折内未据声明，应请旨饬下该督，再行据实具奏。并饬两广总督、广东巡抚等，悉心核酌，是否永无流弊，毋稍迁就。

又查，赴澳门货物不必限定担数，是否系指贩货之多寡，抑论收税之轻重，议令详细分晰，查明声覆一节。今据该督奏称，从前华商由广州贩货，前赴澳门，有一定担数，如绸缎等项每次不得过三十担，茶叶等项每次不得过七十担，杂货等项每次不得过一百担，名为杜绝透漏，其实适滋透漏之端。风闻竟有贩运货物至数百担者，今既准五口通商，即定以限制，彼亦可自来贩运。等语。户部查，澳门贩货，限定担数，原为杜绝透漏起见。今据该督声称，杜弊适以滋弊，则不如宽其限制，无庸限以担数，就其贩货之多寡，验明抽税，于征收税银亦可冀日有起色，应令该监督即照原议，尽收尽解，以昭核实。所有臣等遵旨酌议缘由，理合恭折具奏，伏乞皇上训示遵行。谨奏。

道光二十四年正月二十六日　臣穆彰阿　臣潘世恩　臣祁寯藻　臣赛尚阿　臣何汝霖　臣敬征　臣端华　臣杜受田　臣柏葰差　臣成刚

（军机处录副奏折）

T22(565)：商业-对外贸易-口岸(法国)

6.77　江苏巡抚孙善宝奏报法国护货兵船已开放出口顺道回粤现在上海地方华夷辑睦片

道光二十四年五月二十三日(1844 年 7 月 8 日)

再，本年四月十一日有三桅夷船一只驶至上海停泊，经苏松太道宫慕久等询系咈囒哂护货兵船，内坐夷目一人名咈呢嘟㖷哴，带有夷兵及舵梢水手，其货船尚在广东澳门，因欲分赴各口贸易，先令该兵船由澳门至定海、上海等处察看通商情形，并无别故。该夷目与唊咭唎领事巴富尔往返数次，其余夷人并不登岸，居民亦无疑惧，由该道禀报前来。正在具奏间，复据道禀，该兵船于十八日辰刻开放出口，称由宁波、福建顺道回粤。并据宝山营县会禀，夷船本在议准通商之列，所称查探贸易情形似属可信。

现在上海地方华夷辑睦，堪以仰慰宸廑，理合会同署两江总督臣璧昌附片陈明，伏乞圣鉴。谨奏。

道光二十四年五月二十三日奉朱批：知道了。钦此。

（军机处录副奏折）

M14：财政-关务

6.78 两广总督耆英等奏覆体察澳夷实在情形折

道光二十四年七月初二日(1844年8月25日)

两广总督臣耆英、广东巡抚臣程矞采跪奏，为体察澳夷实在情形，恭折覆奏，仰祈圣鉴事。

窃照意大里亚国通商章程，前经臣等条议具奏，嗣奉部议，又经臣耆英据实覆陈，道光二十四年二月初四日承准军机大臣字寄，正月二十六日奉上谕：穆彰阿等奏遵旨再议意大里亚国通商章程一折，朕详加披阅，所有三巴门内免领牌照，听凭建造一节，既据该督切实声明，准其照议办理。惟该督等前奏，不得于三巴门外擅有建造，现据该夷面与要约，当不敢遽有反复。惟事涉外夷，必须筹及久远，设使异时该夷以三巴门内无可立足，又于三巴门外妄肆干求，该督等如何防范遏绝，正宜远虑预筹。著耆英接奉此旨，函商广东督抚，体察夷情，熟筹事势，会同妥议具奏，总须确有把握，毋为将就目前之计，方不负委任也。余均照议办理。穆彰阿等原折，抄给阅看。将此谕令知之。钦此。遵旨寄信前来。臣耆英当即恭录谕旨，咨会前督臣祁埙、臣程矞采。正在转饬详查，悉心核办间，臣耆英旋即调任来粤，因筹办咪唎㗼夷务，驻澳两旬，就近察看形势，访探夷情。

缘澳门僻处海隅，民夷杂处。关闸以内、三巴门以外，多系民庄，计有天成、龙田、龙环、望厦、石墙、新桥、蒲鱼、沙冈等八村，共居民八百一十九户，田庐坟墓鳞次栉比。其夷人所建炮台名东望洋，系踞山临海，并不占碍民基。三巴门以内虽尽系夷楼，西洋聚族而处，而其间如芦石塘、赋梅里、沙梨头等二十一处，俱有民房交错其中，共计四百六十六户，均系世守祖业，并不输纳夷租，相传三百余年，由来已久。计现在澳内夷人男女约四千余口，而十九年所查民户人丁，共四千九百二十八口，故澳门乃民夷错杂之区，非徒夷人托足之地也。若谓三巴门外尽属民界，则夷人何以建有炮台？若谓三巴门内尽属夷界，则民人何以置有祖产？盖缘西洋僦居濠镜，始自前明。其初防制疏阔，界址未分，我朝稽察稍严，而事阅多年，亦复因而未改。今议明以及(衍字)三巴门为界，已于错处之中，示区分之意。其三巴门外之炮台无庸移建，三巴门内之民居亦不搬迁，仍复各循其旧，俾中外两得其平。

至澳内尺寸之地，非属之民，即属之夷，夷不得越界而侵民基，亦犹民不越界而夺夷产。澳民丁口之数较夷为多，其势足与相制。而夷人专恃贸易，无田可耕，日用所需，仰给内地，一经罢市，则不免倒悬之危，断不敢强占民田，致触众怒。况夷楼高大华美，原为出赁收租。番商之在澳寄居者，暎夷什居七八。现因香港粗建巢穴，均已赴彼寄居，其所属之港脚等，亦随之而往，澳中房屋近来多有空闲，澳夷失其祖息之利，方虑倒坏无力修复，似不致因无可立足，又于三巴门妄肆干求。即如三巴门外之关闸，前经暎夷蹂躏，均形坍坏，兹经地方官劝谕居民，捐资修复,澳夷毫无异说。其上年应交地租银五百两,已按数完缴,并无延欠。

臣等窃以澳夷与暎咭唎、咪唎㗎、咈囒哂各国情势不同,各国去来无定,故控制较难。澳夷久住中华,故羁縻尚易,但必须有以联属其心,方可随时驾驭,遇事防闲,俾令就我范围,不致别生枝节。

所有臣等体察澳夷实在情形,公同悉心熟筹妥议缘由,理合恭折缕陈,伏乞皇上圣鉴训示。谨奏。

道光二十四年八月初六日奉朱批:另有旨。钦此。

七月初二日

（军机处录副奏折）

T22(741):对外贸易-口岸(美国)

6.79　两广总督耆英等奏报美使呥嗌欲赴通商务口查看贸易飞咨各省妥为驾驭片

道光二十四年七月十九日(1844年9月1日)

臣耆英、臣程矞采跪奏。

再,五月二十四日,臣耆英将咪唎㗎夷使呥嗌呈出国书,停止北上各缘由驰奏在案。该夷使自定条约后,在澳极为安静。兹据呈递来文内称,伊欲驶赴开关通商各港口,察看贸易事宜,恐各处民人骤见新旗,辄生骇异,请臣耆英或派员伴送,或给与文凭,俾到处官民得以胪悉。等因。

臣等查,该夷使既不敢渎求朝觐,其厦门、福州、宁波、上海等处,本属恩准通商港口,所请驶往察看贸易事宜之处,自属实情。第恐别有希冀,适值夷使呥嗌前来广州洋行查看贸易,随派委藩司黄恩彤、即选道潘仕成往向查询。据称伊止赴澳门等新设马头略为布置,不敢驶往他处,即进口后,亦止向本处地方官通谒,求准接见,不敢请见督抚。等语。察其情词,尚属恭顺。惟臣等未便派员伴送,亦未便给与文凭,而番舶乘风,恐旬日即达闽浙,亟应预行咨会,以释民疑。

除飞咨各省督、抚、将军,一俟该夷驶到,务须妥为驾驭,不致别生枝节外,理合附片陈明。谨奏。

道光二十四年七月十九日奉朱批:是。钦此。

（军机处录副奏折）

M14：财政-关务

6.80 两广总督耆英等奏请准令各国夷商赴澳贸易或在澳租房贮货以系澳夷之心而分香港之势片

道光二十四年八月初六日(1844 年 9 月 17 日)

再，查上年西洋夷目所请九款内，有准令各国商船赴澳门一体贸易一款，业经臣等查与旧制不符，议驳在案。兹臣耆英抵澳，复据夷目唛嚟哆禀称，伊等旧有额船二十五只，赴小吕宋、哥斯达等处往来贸易，其各国夷商定例赴黄埔进口卸货，仍准在澳租房寄居，伊等既有船只可以贩运，又有房屋可以收租，澳内数千人藉资养赡。乃近年以来，额船破坏六只，不能修整，仅剩十九只，又因咦夷迁居香港，澳门房屋多有空闲，以致生计日形拮据。伊等虽系外国之人，但自前明以来，多系在澳生长，计僦居十余世至数世不等，实已无家可归，惟赖天朝施恩调剂，方免流离失所。现蒙大皇帝准与各国一体赴五口通商，本属格外体恤，无如伊等于修船置货均乏资本，实在无力前往，此外亦不敢妄有干请，惟求恩准各国来澳贸易，伊等或可藉收房租，得沾余利，于海关税课，亦可按例征收，并无窒碍。等语。臣耆英复饬藩司黄恩彤、即选道潘仕成转饬驻澳县丞张裕密加侦访，所禀均系实在情形。

臣等复查，澳门系粤海关分设口岸，收税旧例本与大关不同，是以各国商船不准赴澳卸货。现经议定新例，各口一体输将，所有澳门收税旧章，俱已奏明停止，是各国商船或进黄埔，或赴澳门，均由海关按新例计货抽税，办理本无窒碍。且香港为番舶经过之所，概不准其赴澳停泊，则咦夷转属得计，数年以后，必至澳门日益贫难，而香港渐形殷庶，似于控制转失机宜。况澳夷僦居已久，无家可归，而贸易之外又别无生计可图，倘不酌予调剂，竟致数千人糊口无资，亦非柔远安边之道。臣等与粤海关监督臣文丰公同商酌，拟请嗣后如有各国夷商情愿赴澳门贸易，或租房屯贮货物者，均勿庸禁止，不愿赴澳者，亦听其便，所有收纳税钞章程，均照新例办理。如此量为变通，既可以击澳夷之心，并可以分香港之势，于夷务似有裨益，而税课并无出入。

臣等不敢因奏驳在先，稍存回护，谨会同粤海关监督臣文丰，合词附片陈明，伏乞圣鉴训示。

再，臣等片奏请毋发钞，合并声明。谨奏。

道光二十四年八月初六日奉朱批：另有旨。钦此。

(军机处录副奏折)

T22(741)：对外贸易-口岸(美国)

6.81　两广总督耆英奏报确查美使顾嗑实已回国等情片

道光二十四年九月十八日(1844 年 10 月 29 日)

再，查咪唎㗼夷使顾嗑，前次来文称于七月十三日启程回国，当经附片陈奏在案。惟该夷使始则称往四口查看贸易事宜，继则又称回国，是否另有别情，奴才前来澳门细加采访，该夷使顾嗑实已回国，临行时派夷目啪嘚代往通商四口查看，该夷目啪嘚亦因行至中途遇风，不能驶往，业已折回广州，现住十三行洋楼，尚无别故。理合附片陈明。谨奏。

道光二十四年九月十八日奉朱批：知道了。钦此。

(军机处录副奏折)

M14：财政-关务

6.82　两广总督徐广缙等奏报酌移税口试办情形折

道光二十九年闰四月初七日(1849 年 5 月 28 日)

两广总督臣徐广缙、广东巡抚臣叶名琛、粤海关监督臣基溥跪奏，为酌移税口，现在试办，恭折奏闻，仰祈圣鉴事。

窃查大西洋借住澳门二百余年，每年纳租五百两，由香山县解交藩库，安分营生，素称恭顺，所以前督臣蔡英奏定澳门贸易章程内开，澳门原有额船二十五号，应输船钞无论新船、旧船，均照新章酌减三成。所以体恤之者，亦较他国为最优，乃因㖊夷连年骄纵，亦思乘势驭尤。本年二月，正值㖊夷望冀进城，汹汹欲动，该大西洋夷酋哑吗嘞忽来照会，以香港既不设关，澳门关口亦当仿照裁撤，并欲在省城添设领事官，一如㖊夷所为。当经臣徐广缙覆以该国在省城并无贸易，何必设立领事，徒饰外观？澳门税口历久相安，更何得扰乱旧制？该国频年穷蹙，共见共闻，倘再无知妄作，中外各商俱抱不平，生理必至愈见消耗。切宜熟思，勿贻后悔。乃哑酋横狡异常，竟于二月十七日突率夷兵数十人，钉闭关门，驱逐丁役，由前同知陆孙鼎禀请查办前来。

臣等逐日密加侦探，哑酋于钉闭关门之后，即赴香港借兵船一只、马猡兵四百名，助守该夷炮台，显系㖊夷与之狼狈为奸，故使激怒中国，倘各师船进剿澳门，彼即乘虚可入。且咪、咈、吕宋各夷酋，皆在澳租楼居住，大兵既到，何能区分？必将群起与我为敌。况大西洋之作恶有，特哑吗嘞、啮嚷两酋，余皆土夷，尚属安分。纵使战获全胜，哑酋必逃往香港，元恶既去，所余诸夷何忍草薙禽狝？而大兵势难久住，一经撤防，仍必窜回，是以大丑而牵大局，竟难计出万全。臣基溥谂知澳门行店福潮行八家为最大，嘉应四家次之，省中皆有栈房。夷人现虽无礼，而众商仍暗向关书呈单纳税，是其天良未泯，已有明征。臣等再四筹思，惟有用商以制夷。特由臣基溥会同督粮道臣柏贵，传到省中福潮、嘉应各栈商，谕知利害，晓以无关口则无税票，无税票则货皆为私，贸易如何通行？该商等皆深明大义，禀称亚酋因贫穷而横行，既收房租，复抽地税，近年以来，本属不胜其扰，特因关口所在，碍难迁移，权且隐忍。今夷人既如此作耗，情愿另立马头，其余零星小铺，亦当相随迁徙。众商既去，则澳门生意全无，不必糜帑兴师，已可使之坐困。该商等自立规条，互相稽查，众口同声，断不敢稍亏税课。现在查勘离省六十里之黄浦，地本适中，房间亦颇凑合，业经悬立招牌，诹吉开市。查该处向为夷人货船停泊之所，本立有小税口，今商栈既多，即将澳门关口丁役人等移派此处同驻，所有添建税馆房屋，应由臣基溥动款办理。

再，查澳门关口近三年所收税课，每年不过一万数千两，为数无多，易地亦尚可办。昨据委办之绅士伍崇曜来署面禀，哑酋见华商全去，深恐捣其巢穴，又复潜往香港，与吱酋借兵保护，吱酋当即斥以所为本非情理，经罢议进城，甫敦和好，断无助伊用兵之理。哑酋始悟为人所愚，甚为忧惧。所以前未遽行入奏者，因众商相度地基，尚未定局，又值暎夷觊觎进城，时萌蠢动，不敢同时渎陈，远致宸廑。今畯之生事者，既悔祸而就我范围，则助之为虐者，庶回心而息彼骄恣。惟有饬知现居澳门县丞汪政勤探密禀，随时察看情形，妥为处置。查福、潮各商急公向上，殊属可嘉，已由臣等给与匾额，以示激劝。该行店均觉感幸非常，堪以仰慰圣怀。

所有酌移税口，现在试办缘由，臣等谨合词恭折具奏，伏乞皇上圣鉴训示。谨奏。

道光二十九年五月初九日奉朱批：□钦此。

闰四月初七日

（军机处录副奏折）

M14：财政-关务

6.83 两广总督徐广缙等奏报遵旨体察办理澳门夷务等情折

道光二十九年六月十八日（1849年8月6日）

两广总督臣徐广缙、广东巡抚臣叶名琛跪奏，为遵旨覆奏，仰祈圣鉴事。

窃臣等于六月十二日承准军机大臣字寄，道光二十九年五月初九日奉上谕：徐广缙、叶名琛等奏酌移税口，现在试办一折，览奏已悉。澳门税口前因大西洋夷酋无知扰乱，业经该督等商令基溥、柏贵传到众商，谕知利害，该商等情愿另立马头，议定规条，互相稽查，众口同声，断不敢稍亏税课。现已勘明，黄埔地本适中，即将澳门关口丁役人等移此驻守，一迁徙间，既可俯顺商情，并足使该夷坐困，且免糜帑与师，筹计较为周妥。著即照议办理。惟该酋等现虽自悔为人所愚，不复诪张，而夷性贪诈，难保不狼狈为奸，时生枝节。澳门县丞一员。恐耳目难周，官卑难恃。该督等仍当选派妥员，随时前往访察，一有蠢动，务即相机开导，加意防维，总期夷情就范，而关税亦照常征收，乃为妥善。将此谕令知之。钦此。

伏查自福、潮各行迁徙黄浦以后，附近小贩营生之人，亦相率各归乡里，澳门顿竟冷淡。该夷向有西洋外来额船二十五号，专载来往货物，频年因生计日蹙，已减去十之六七，然尚余船四五只不等，今则全行变卖。入夏后，哑酋敬神游街，与暎夷争道，倚恃人多，将暎人拿获监禁。旋经吠酋潜遣夷目诱哑酋到船饮酒，将其软困，一面发兵打破夷监，抢出被禁之夷，并枪毙洋兵数名。维时咪、咈、吕宋各夷酋出为解围，始将哑酋放回。两夷嫌隙已成，不能再事勾结，是以哑酋终日株守夷楼，不敢轻出街市。不但省中毫无晓渎，即县丞近在咫尺，月余之久，亦无片纸只字往来。是其穷蹙情形，已可概见。

再，查县丞一员分驻澳门，不过遇有华夷口角细故，排难解纷，诚如圣谕：官卑难恃，耳目恐有不周。惟近处尚有同知、都司驻扎前山，距澳门仅二十里，稍远后有香山县、香山协，距澳门亦不过一百二十里，足资稽查控制，并非专靠该县丞之弹压也。至于福、潮行商，现在黄埔建造栈房，开通舟已有四家，月内可以竣工，其余各行约于九、十月间亦可一律蒇事。该商省中均有行栈，近来货船络绎，到省城大关纳税，就近起货入栈，照常征收。臣等熟筹全局，税饷既不至有亏，夷情亦无虞复变，堪以仰慰圣怀。

所有体察办理实在情形，谨遵旨恭折覆奏，伏乞皇上圣鉴。谨奏。

道光二十九年七月二十日奉朱批：览奏俱悉。钦此。

六月十八日

（军机处录副奏折）

T22(561、565、712)：对外贸易-口岸（英国、法国、美国）

6.84　两广总督徐广缙等奏报现在夷情静谧民气恬熙情形折

道光二十九年十二月十八日（1850年1月30日）

两广总督臣徐广缙、广东巡抚臣叶名琛跪奏，为密陈现在夷务情形，恭折仰祈圣鉴事。

窃臣等承准军机大臣字寄，道光二十九年十一月初六日奉上谕：徐广缙、叶名琛覆奏咦夷复询进城一节，业经晓谕解释，该国颇知畏服一折，览奏均悉。朕嘉悦之怀，笔难尽述。此次咦夷复询进城，原不过冀转颜面，叠经该督抚反覆开导，已据该酋将粤民立碑纪功等情寄知该国王。嗣接来文，词意较前颇觉驯扰，所有前询进城一节并未提及。该督等又密购其新闻纸，备知该国王寄信吱嘛，谆谆以生意要紧，并传知五港领事，一体察看民情，毋许多生别端。是其畏威怀德，信而有微。其新领事咆哯，人亦驯顺安静。从此通商裕课，共享安平。该督等筹画尽心，办理确有把握，故能消其桀骜，俾就范围。以后该督等仍当随时体察，联官民为一气，民心日固，斯夷情益服，商民共悦，实为永久乐利之计。朕为海疆生民善，不仅得人善也。勉之！勉之！将此谕令知之。钦此。仰见圣明洞鉴，策励靡遗，钦感下忱，无言可喻。

臣等窃查，夷情虽定，间谍不容稍疏。复加采访，知咪、咈各酋现又约会吱嘛，一同致书于咦夷国王，以自罢议进城半年以来，贸易渐旺，可见不寻嫌隙，利益显然，从此和好日敦，生意日盛，岂非常年之利，大家之福！是安心贸易，众国佥同，咦夷形单势孤，更无所用其觊觎，洵足仰慰圣廑。尤当恪遵恩训，随时随事固结民心，以安民为抚夷，庶靖内而捍外。

现在夷情静谧，民气恬熙，臣等谨合词据实具奏，伏祈皇上圣鉴。谨奏。

道光三十年正月二十三日奉朱批：览奏均悉。钦此。

二十九年十二月十八日

（军机处录副奏折）

M14：财政-关税

6.85 粤海关监督明善奏报粤海关税收支实数及福州等四关征收数目折

道光三十年三月二十五日(1850年5月6日)

粤海关监督奴才明善跪奏，为恭报关税收支实数仰祈圣鉴事。

窃照粤海关每年缴收关税银两例，于满关后三个月将收支实数分款造报，兹查道光二十九年分关税自二十八年十二月二十六日起连闰扣至二十九年十一月二十五日止一年期内，前监督基溥管理任内四个月零十四日，奴才接管任内七个月另十六日，两任共合征大关税银一百三十七万二千七百一两三钱五分三厘，各口税银九万八千六百一十七两一钱二分三厘，二共征银一百四十七万一千三百一十八两四钱七分六厘。于道光二十九年十二月二十一日奴才将征收总数循例恭折奏明在案。现届三个月期满,相应照例造报。

查二十九年分征收税银内除循例支出正额银四万两,铜斤水脚银三千五百六十四两,普济院公用银四万两,分别解交藩司粮道衙门取有实收送部查核。又除支销通关经费养廉工食及镕销折耗等银七万一千四百二十六两一分六厘,又除循例动支报解水脚银三万五千二百八十六两一钱二分八厘,又除部饭食银三万四千六百三十四两四钱四分九厘,又除解交造办处裁存备贡银五万五千两。又除拨解广储司公用银三十万两,又除正杂盈余平余水脚部饭食广储司各款暨另款报解等款加平银五万七十两一钱五分四厘,又除补支二十七、二十八两年分备贡加平银四千四百两,净应解户部关税银八十三万六千九百三十七两七钱二分九厘,内除已解部正杂盈余银七十一万二千两,尚存未解银六万八千两,实存尾数银五万六千九百三十七两七钱二分九厘。奴才与督臣徐广缙面商作为遵旨酌留本年解存藩库之款。

伏查粤海关税银于二十七年五月内奏准按季解京。兹二十九年分关税除陆续共解过部正杂盈余银七十一万二千两,随加平银一万六百八十两,又续增二十五两,加平银一万七千八百两;又广储司公用银三十万两,内已起解一十五万两,随加平银二千二百五十两,又续增二十五两,加平银三千七百五十两;又补解二十七、二十八两年分内务府备贡加平银四千四百两,共计银九十万八百八十两,业已委员分批解赴户部广储司分别投纳外,尚应存解户部正杂盈余饭食水脚并加平及广储司公用内务府备贡并加平等款银三十五万八千五百一十两七钱三分一厘。又存另款平余银五百七十一两七钱六分九厘,又存另款报解澳门客商运货来省税银二千三百一十一两六钱九分七厘,又□节存留藩库□数解员盘费银四百二十三两八钱五分四厘,又存内务府咨拨解交广储司公用奏准开支□费布袋劈鞘用费银二千四百两,共计分款开支仍应解京共银三十六万四千二百一十八两五分一厘,内除各口已征未解银五万一千三百三十六两一钱二分六厘。奴才上紧严催,俟□(疑为“汇”字)解到日随时起解。现在实存应解银三十一万二千八百八十一两九钱二分五厘,已经咨请督臣饬司委员过关分批起解。

再,查福州、厦门、宁波、上海四处通商所有征收夷税各数归入粤海关汇并计算,历经按照办理在案。兹届粤海关钱粮报满之期,节准福州等关将二十九年分征收税钞银两数目陆续咨会前来。查福州关共征银七百二十三两二钱七分七厘厦门关共征银二万九千九百三十二两三钱四分五厘,上海关共征银六十三万一千五百八十三两二钱五分六厘,宁波关共征银五百九两六钱一分九厘。合并声明。除循例造册送部核销外,谨将支销各款及四关征收数目缘由恭折具奏,伏乞皇上圣鉴。谨奏。

(朱批:)该衙门知道。

道光三十年三月二十五日

(宫中朱批奏折)

M14：财政-关税

6.86　粤海关监督曾维奏报接收关库现存各款银两盘核数目折

道光三十年九月二十二日(1850年10月26日)

粤海关监督奴才曾维跪奏，为恭报接收交代关库现存各款银两盘核数目相符，仰祈圣鉴事。

窃奴才荷蒙恩命，简放粤海关监督，业将到任接印日期恭疏题报并缮折叩谢天恩在案。

兹准前监督明善移交关库现存各款银两，奴才分日逐一盘查。现征道光三十年分关税自二十九年十一月二十六日起至三十年八月二十一日止，计八个月零二十六日，大关各口共征银九十五万五千九百五十四两六钱九分。内除拨解湖南军需银二十万两，又解过户部关税银二十一万九千五百九十八两一钱七分二厘，随加平银八千七百八十三两九钱二分七厘，又除照例支销过通关经费等银三万六千四百六十八两七钱五分六厘。以上除拨解支销银四十六万四千八百五十两八钱五分五厘，应存银四十九万一千一百三两八钱三分五厘，内除大关各口已征未完解银一十九万四千九百八十五两九钱四分三厘，实存库银二十九万六千一百一十七两八钱九分二厘。又另存平余等银七十三两九钱三分四厘，又另存丙午及二十四年分加平银一万四千二百七十九两八钱六分八厘，又存二十七年分水脚平余并加平等银一万二千一十四两四钱八分，又存二十八年分平余并加平等银一万二千四百七十一两九钱九分六厘，又存二十九年分水脚平余部饭食备贡并加平等银五万三千四两五钱五分四厘，又存二十九年分澳门客商搬运货物进省纳税银二千三百一十一两六钱九分七厘，又另存解造办处闲款银三万七千二百四十九两九钱四分六厘，以上共实存在库银四十二万七千五百二十四两三钱六分七厘。奴才按款详查所存数目相符。其大关各口欠缴丙午及二十四、二十七、二十八、二十九等年分未完银两奴才现在勒限严催，一俟完缴齐全即行分别解纳以清欠款。所有接收交代盘核关库现存银两数目相符缘由除循例恭疏题报外，理合缮折具奏，伏乞皇上圣鉴。谨奏。

(朱批：)知道了。

道光三十年九月二十二日

(宫中朱批奏折)

M14：财政-关务

6.87 粤海关监督曾维奏请裁撤澳门委员以节糜费片

咸丰元年五月初七日(1851年6月6日)

再，查各国商船出入澳门，历委前山同知暨香山县县丞稽察防范，并雇觅引水探报，夷船应需薪水、工食银两，向由该衙门自行筹发。道光二十九年间，澳门行店因被西夷扰乱，禀请迁移黄埔马头贸易，经督臣徐广缙等会同前监督基溥奏明，将澳门税口移在附近黄埔之长洲地方安设在案。嗣据前山同知英浚以前项薪水、工食原赖澳门税口津贴办理，迨税口迁移后，无款筹发，恳请核办。等因。禀经藩司，饬交广州府核明，拟请每月由海关税银内发给该同知等银二百八十两，退闰加增，作为巡缉经费。等情。详经督臣徐广缙与前监督明善往返咨商，以夷船出入澳门，巡防探报均关紧要，所需巡缉经费，该同知等现无款垫发，自应筹给，以资交用。当经酌拟按照大关等口委员书差应领薪水、工食准由税银内作正开销之例，自道光三十年四月起，每月在长洲口饷银项下拨出银二百八十两，由该同知造册，赴关支领，列入通关经费内开销。

再，大关澳门向设委员各一员，例由广州将军衙门在所属防御、骁骑校内拣派，来关专司稽察税务，按月支给薪水银两。今澳门税口既经移设长洲，该口附近关署所有查验货色，征收税饷，现在均由大关经理，尽可归并大关，委员就近稽察，其澳门委员拟即裁撤，以节糜费，而昭核实。

兹届三十年分关税奏销之期，谨将先后酌办缘由，会同督臣徐广缙合词附片陈明，伏乞皇上训示遵行。谨奏。

咸丰元年五月初七日奉朱批：依议。钦此。

（军机处录副奏折）

G7：中外关系-关务

6.88 曾维照录赫德原禀

粤海关出口税饷，以茶叶为重而广东土茶每年应纳税银六万余两。此茶系鹤山县出产，咸丰六年以后均系漏税而出澳门，十年六月间已派令火轮巡船在该处巡查，缉私拿获装私茶船三只，其茶价值约一万五千两，应赏该线人四千余两。过数日未曾贩卖该茶，鹤山知县即到省城报言，本县人将抽厘局委员拿去，并将县署围住，声言如不将茶叶还回，即将该委员杀死，并烧毁县署等语。查问此事始知，由广东总厘局在鹤山县设有抽茶厘之局，该抽法章程系每百斤银五钱即发给执照，准其出澳门。据劳制军云：现在百姓因失去茶叶，其情甚急，不如将茶叶发还，而将此事了结等语。即问以如此办理，则线人之赏银从何而出。辩论数日，即由总厘局自将银四千余百两交南海、鹤山二县，送呈粤海关。粤海关即将茶叶发还，而留该走私船三只充公，见此情形，即想因地方官如此可行，钦命粤海关监督无庸立法缉私保护国课，旋于七、八、九等月私到澳门漏税之茶叶，日见其多，而海关税银较少六万两。再茶叶每百斤在关上应纳税银二两五钱，由该抽厘局征其五钱，则客人即有二两之利，无一肯到关纳税，而且有官员保其走私，该厘局系因欲平地方起见而设，而其所行之法令人违背律例，滋生事端，实在可笑。

（军机处录副奏折）

M14：财政-关税

6.89　粤海关监督文铦奏报粤海关并各口征收常税等数目折

光绪二年三月二十六日(1876年4月20日)

二品顶戴、粤海关监督奴才文铦跪奏，为常税一年期满谨将征收总数并汲水门等处征收洋药正税及廉州北海关口稽征货税恭折具报，仰祈圣鉴事。

窃照粤海大关暨各口征收正杂银两向系常洋不分，例于一年期满先将总数奏明，俟查核支销确数，另行恭疏具题分款造册解部。同治二年十一月间奉部札行奏准将各海关洋税收支数目均以咸丰□年八月十七日为始，按三个月奏报一次，扣足四结专折奏销一次。仍□第一结起造具，每结四柱，清册送部查核，毋庸按照[①]关期题销以清界划而免稽延。其各关应征常[②]税仍令各按关期照常题销以符旧制。□同治六年五月内奉部议覆，粤海关常税正额银五万六千五百一十一两九钱四分一厘，盈余银十万两，又新安(此处“安”字缺，据后文补)、香山二县所属汲水门等处开征洋药正税，并廉州府属北海关口稽征货税均经奏明归入常税，关期报满折内分别具报各等因。业将光绪元年分征收常税总数分别具报在案。兹查光绪二年分常税自光绪元年□月二十六日起至光绪二年二月二十五日止一年期满，大关征银□□万三千五百五十七两三钱一分四厘，潮州新[③]关征银二万八百三十四两四钱八分五厘，□口征银三万四千六百二两四钱七分二厘，通共征银十六万八千九百九十四两二钱七分一厘。除征足正额盈余银十五万六千五百十一两九钱四分一厘外，计多征银一万二千四百八十二两三钱三分。又新安香山所属

①②③　原文此处缺字，据同类档案补。

汲水门等处各洋药税厂分卡共征洋药税银三十二万二千三百十七两。廉州府属北海关口暨各卡共征货税银二万三千一两九钱二分八厘。除俟查核支销□数另行恭疏具题遵例分晰造册□□查核外，所有光绪二年分征收常税总数□□汲水门等处洋药正税及廉州北海关口稽征货税（原文此处“稽征、税”三字不清，据前文添加）各数目理合恭折具陈，伏乞皇太后、皇上圣鉴。谨奏。

军机大臣奉旨，户部知道。钦此。

光绪二年三月二十六日

（宫中朱批奏折）

M14：财政-关税

6.90　粤海关监督文铦奏为补报同治十三年分粤海关收支常税数目折

光绪二年六月二十四日（1876年8月13日）

二品顶戴、粤海关监督奴才文铦跪奏，为补报同治十三年分粤海关收支常税数目，恭折仰祈圣鉴事。

窃照粤海关每年征收税银向系按照关期将收支各数分款造报。前于同治二年十一月间奉部札行，奏准将各海关洋税收支数目均以咸丰十年八月十七日为始，仍按三个月奏报一次，扣足四结专折奏销一次，仍从第一结起造具，每结四柱，清册送部查核，毋庸按照关期题销以清界划而免稽延，其各关应征常税仍令各按关期照常题销以符旧制等因。业经按照四结为一年将收支洋税数目具奏在案。

兹查同治十三年分常税前监督崇礼管理任内自同治十二年三月二十六日起至六月初八日止，计两个月零十三日，大关共征银二万二千四百三十四两二厘，各口共征银五千七百七两三钱一分五厘潮州新关共征银四千九十五两四钱八分八厘，三共征银三万二千二百三十六两八钱五厘。又奴才接管任内自十二年六月初九日起连闰至十三年二月二十五日止，计九个月零十七日，大关共征银八万一千五百四十六两七钱三分八厘各口共征银二万八千九百二十八两三钱六分，潮州新关共征银一万五千八百九十九两六钱九分九厘，三共征银一十二万六千三百七十四两七钱九分七厘。统计一年两任大关各口、潮州新关通共征银一十五万八千六百一十一两六钱二厘。除支销通关经费及镕销折耗等银二万四千二百二十九两三钱一分一厘，动支报解水脚银四千八百五十六两五钱九厘，部饭食银三千六百五十八两一钱五分，正杂盈余水脚平余等十五两，加平共银一千九百三十五两九钱五分五厘，以上四款共支销银三万四千六百七十九两九钱二分五厘，尚存正杂盈余银一十二万三千九百三十一两六钱七分七厘。循例报解水脚银四千八百五十六两五钱九厘，部饭食银三千六百五十八两一钱五分，正杂盈余水脚平余等十五两，加平共银一千九百三十五两九钱五分五厘，以上四款共存银一十三万四千三百八十二两二钱九分一厘，另存平余银二百七十五两四钱六分九厘，通共应存银一十三万四千六百五十七两七钱六分。内除解部新增盈余银□万两十五两加平银三百两部饭食银五百八十两，解员盘费银一百五十六两六钱，又解□(疑为“还”)部库垫发塔尔巴哈台饷银五万两，解员盘费银三百七十五两，六共支银七万一千四百一十一两六钱，尚应存银六万三千二百四十六两一钱六分。伏查廉州府属北海关口自同治十二年三月二十六日起连闰至十三年二月二十五日止，计一年共征货税银二万三千六十三两九钱九分九厘。除支销经费等银九千八百七十四两三钱六分四厘，尚应存银一万三千一百八十九两六钱三分五厘。以上应存银两已拨归光绪二年分洋税项下，凑并不敷拨解。又查汲水门等处自同治十二年三月二十六日起连闰至十三年二月二十五日止，计一年共征洋药正税银三十一万九千五百二十五两五钱。除支销经费等银二十九万六千一百二十八两三钱二分五厘，尚应存银二万三千三百九十七两一钱七分五厘。以上应存银两已拨归光绪元年分洋药税饷项下，凑并不敷拨解。至遵旨酌留尾银解存藩库一款，该年无项可拨，合并陈明。谨将同治十三年分常税收支各数恭折具奏。伏乞皇太后、皇上圣鉴。谨奏。

军机大臣奉旨，户部知道。钦此。

光绪二年六月二十四日

(宫中朱批奏折)

M14：财政-关税

6.91 粤海关监督文铦奏报大关及潮州关征收常洋各税银片

光绪二年(约1876年)

(前文缺)

再，查洋税按照结期自光绪元年九月初三日起截至二年六月二十三日止，计十个月零十二日，大关共征洋税银七十二万四千二百二十两五钱三分二厘，洋药税银一万四千四百五十三两八钱四分五厘，土货半税银三万六千一百四十六两四钱二分五厘。招商局轮船洋税银二万七千七百五十四两七钱五分二厘，土货半税银五千六百六十八两四钱二分五厘。潮州新关共征洋税银三十三万七千六百六十三两六钱九分二厘，洋药税银二十八万四千四两七钱五分，土货半税银四万九百八十九两七钱八分六厘。招商局轮船洋税银一万五千三百七两六钱五分八厘，洋药税银十一两一钱五分，土货半税银五千八百五十二两九钱一分一厘。

常税按照关期自光绪二年二月二十六日起连闰截至六月二十三日止，计四个月零二十八日，大关共征常税银四万七千五百三两一钱四分四厘，各口征银一万二千三十五两三钱四分三厘。潮州新关共征常税银八千七百五十一两三钱六分一厘。又新安香山等属各洋药税厂共征洋药税银十一万九千三百五十五两三钱。除支销经费银八万八千二百六十九两八钱四分三厘，存银三万一千八十五两四钱五分七厘。又北海关口共征货税银一万九十六两三钱九分五厘。除支销经费银四千四十二两七分五厘，存银六千五十四两三钱二分。以上各款核明一并移交新任监督俊启接管。谨附片陈明，伏乞圣鉴。谨奏。

军机大臣奉旨，知道了。钦此。

（宫中朱批奏折）

M14：财政-关税

6.92　粤海关监督增润奏报接收盘查关库现存银两数目相符折

光绪十二年九月二十八日（1886 年 10 月 25 日）

粤海关监督奴才增润跪奏，为恭报接收交代关库现存银两盘查数目相符，仰祈圣鉴事。

窃奴才荷蒙恩命，简放粤海关监督，业将到任接印日期恭疏题报并缮折叩谢天恩在案。嗣准前监督海绪移交关库各款，奴才分日逐一盘查，除光绪九年分洋税收支数目业经前监督海绪报明将应存各款全数抵拨，连前共不敷银三百九十三万七千九百五十一两五钱九分九厘四毫，并开造四柱清册送部查核在案。

兹自光绪九年九月初一日第九十三结起连闰至十一年八月二十二日第一百结止，计八结内十年分大关潮州、琼州、北海各新关及大关潮州招商局轮船共征洋税银一百六十七万四千一百八两三分一厘。除支解外，应存银一万九千四百一两九钱三分六厘五毫。十一年分大关潮州、琼州、北海各新关及大关潮州招商局轮船共征洋税银一百六十四万九千七百一两七钱二分三厘。除支解外，应存银九万四千五百三十三两二钱五分六厘。又自十一年八月二十三日起至十二年六月二十四日止，计九个月零二十五日，大关潮州、琼州、北海各新关及大关潮州招商局轮船共征洋税银一百二十九万一千八十九两一钱六厘。除支解外，应存银二十三万一千八百九十二两一钱二分四厘四毫。以上共应存银三十四万五千八百二十七两三钱一分六厘九毫，连九年分不敷统计共不敷银三百五十九万二千一百二十四两二钱八分二厘五毫。

又常税按关期计算自光绪八年十一月二十六日起连闰至十一年十月二十五止，计三年内十年分大关潮州、琼州新关及各口常税银十九万七千四十八两七钱一分七厘，汲水门等处洋药税银二十六万一百二十一两，廉州北海各卡口货税银一万九千二百四两七钱一分六厘，合共征常税银四十七万六千三百七十四两四钱三分三厘。除支解外，应存银五万三千七百三十两三钱五分四厘。十一年分大关潮州、琼州新关及各口常税银十九万九千九百六十八两二钱三厘，汲水门等处洋药税银十六万八千七百九十五两九钱，廉州北海各卡口货税银一万八千二百一两九钱五分六厘，合共征常税银三十八万六千九百六十六两五分九厘，除支解外，应存银三千七百六十七两八钱五分一厘。十二年分大关潮州、琼州新关及各口常税银二十万七百三十五两八钱二分六厘，汲水门等处洋药税银十七万三百五十八两，廉州北海各卡口货税银一万五千十五两七钱八分五厘，合共征常税银三十八万六千一百九两六钱一分一厘，除支解外，应存银八万二百五十一两七分四厘。又自十一年十月二十六日起至十二年六月二十四日止，计七个月零二十九日，大关潮州、琼州新关及各口常税银十二万九千三百十二两七钱九厘，汲水门等处洋药税银十二万六千二百七十三两三钱，廉州北海各卡口货税银八千七百五十三两一钱七分九厘，合共征常税银二十六万四千三百三十九两一钱八分八厘，除支销外，不敷银四万八千九百七十九两一钱七分九厘。以上应存银两除拨抵十三年分常税不敷外，共应存银八万八千七百七十两一钱，内除各口已征未解银五万八千四百二十一两五钱二分四厘，应存银三万三百四十八两五钱七分六厘。另存光绪十年分起至十二年六月二十四日止平余等银一千一百二十二两七钱三分六厘。又应存第四十九结起至第九十二结止四成二成洋税洋药税，第七十七结起至第九十二结止六成提一成半洋税洋药税，第八十一结起至第九十二结止闽省船政奉天练饷、陕西协饷、粮道普济堂陕西协饷拨充伊犁偿款及光绪九年分常税北海货税十、十一、十二年分现征洋药税半税共银三百七十九万一千四百三十六两六钱六分六厘五毫。以上共应存银三百八十二万二千九百七两九钱七分八厘五毫，均由前监督海绪借拨外，尚存银二十三万七百八十三两六钱九分六厘。

奴才按款详查悉心稽核数目，均属相符。伏查粤海关应解京外各饷及洋款利息为数甚巨，皆属要需，而前任积欠未解款目繁多，实难埽数补解。且现在海防虽定，商客犹待招徕，联单通行章程，亟宜防弊，奴才受恩深重，惟有认真整饬，统顾兼筹，以期税课丰盈，源源接济。所有盘查关库现存银两缘由除循例恭疏题报外，谨缮折具奏，伏乞皇太后、皇上圣鉴。谨奏。

军机大臣奉旨，该衙门知道。钦此。

光绪十二年九月二十八日

（宫中朱批奏折）

M14：财政-关税

6.93　粤海关监督增润奏为补报光绪十年分粤海关收支常税数目折

光绪十二年十二月十七日(1887 年 1 月 10 日)

粤海关监督奴才增润跪奏，为补报光绪十年分粤海关收支常税数目，恭折仰祈圣鉴事。

窃照粤海关每年征收税银向系按照关期将收支各数分款造报。前于同治二年十一月间奉部札行，奏准将各海关洋税收支数目均以咸丰十年八月十七日为始，仍按三个月奏报一次，扣足四结专折奏销一次，仍从第一结起造具，每结四柱，清册送部查核，毋庸按照关期题销以清界划而免稽延，其各关应征常税仍令各按关期照常题销以符旧制等因，业经按照四结为一年将收支洋税数目具奏在案。

兹查光绪十年分常税前监督崇光管理任内自光绪八年十一月二十六日起至九年十一月二十五日止计一年期内，大关共征银一十四万三千三百六十两八钱一分九厘，各口共征银二万八千二百四十四两八钱七分九厘，潮州新关共征银二万三千二百六十四两五钱五分一厘。琼州新关共征银二千一百七十八两四钱六分八厘，通共征银一十九万七千四十八两七钱一分七厘。除支销通关经费及镕销折耗等银二万三千八百一十六两二钱九分七厘，动支报解水脚银六千二百九十八两五分四厘，部饭食银四千七百四十三两九钱八分九厘，正杂盈余水脚平余等十五两，加平共银二千五百一十两五钱九分九厘，以上四款共支销银三万七千三百六十八两九钱三分九厘，尚存正杂盈余银一十五万九千六百七十九两七钱七分八厘。循例报解水脚银六千二百九十八两五分四厘，部饭食银四千七百四十三两九钱八分九厘，正杂盈余水脚平余等十五两，加平共银二千五百一十两五钱九分九厘，以上四款共存银一十七万三千二百三十二两四钱二分，另存平余银一千三百九十五两四钱三分四厘，统共应存银一十七万四千六百二十七两八钱五分四厘。内除解部新增盈余银六万两十五两，[①]加平银九百两，部饭食银一千七百四十两，解员盘费银四百六十九两八钱，广东藩库本省兵饷银五万两，存解广东藩库本省兵饷银二万两，六共支银一十三万三千一百九两八钱，尚应存银四万一千五百一十八两五分四厘。又廉州府属北海关口共征货税银一万九千二百四两七钱一分六厘。以上应存银两已拨归光绪十一年分洋税项下，凑并不敷拨解。又汲水门等处共征洋药正税银二十六万一百二十一两，共支销经费等银二十八万八千八百五十四两一钱八分三厘，除将前项共征洋药正税银两抵支外，尚不敷银二万八千七百三十三两一钱八分三厘。至遵旨酌留尾银解存藩库一款，该年无项可拨，合并

① 原文如此。

陈明。谨将光绪十年分常税收支各数恭折具奏。伏乞皇太后、皇上圣鉴。谨奏。

(朱批:)该衙门知道。

光绪十二年十二月十七日

(宫中朱批奏折)

M14:财政-关税

6.94 两广总督张之洞奏请于洋药项下划留药厘匀解藩库折

光绪十三年正月二十四日(1887年2月16日)

两广总督兼署广东巡抚臣张之洞跪奏,为广东遵照新章,洋药税厘并征,现将商人包厘如期截止,归并常洋各关办理,仰恳敕部查照奏案,原数划留药厘,专还本省洋款,以济要需,仰祈圣鉴事。

窃臣于光绪十二年十二月二十二日承准总理衙门电开,洋药并征,现定各省厘局截至新正初八为止,初九起一律归洋关开办。其香澳附近六厂,因税司赶派不及,暂由各该委员,照新定一百一十两,分别征收税厘,三月初九起,统由海关并征。等因。又于本年正月初九日承准总理衙门咨开,会同户部具奏,洋药税厘并征,由各关与税司合力开办等因一折,奉旨:依议。钦此。咨行到粤。当经分别咨行粤海关监督暨司局钦遵办理。

兹据广东布政使高崇基,会同善后、厘务各局司道,详据该商人黄昌礼禀称,上年认缴洋药厘捐八十万两,系合通省药厘而言。今划出省河、汕头、海口、北海等处归洋关办理,所余香澳六厂为数无多,应如何扣抵饷款之处,事多胶葛,情愿自正月初九日起一概退办,香澳六厂厘捐,亦归海关委员并征,以一事权。等情。查该商所禀尚系实情,即经准其退办,所有三月初八日以前香澳附近六厂药厘,咨由粤海关监督增润归并常关抽收。此遵照新章截清日期,撤退商办,并归常洋各关办理之情形也。惟查,此项商包药厘,臣于上年五月奏明,凑还本省洋款,经户部议准具奏,奉旨:依议。钦此。嗣以初议包抽之六十万两,不敷洋款本息,而所请划留西征款二十万两凑还一节,户部未准。因体察该商情形,尚可支持,令每年加缴饷银二十万两,合共八十万两,留为归还本省洋款本息专款。复于上年十二月覆陈广东药厘业经加抽,无可提解案内,详晰声明具奏在案。现查,洋药并征新章已行,厘款归入海关汇收,所有药厘专还本省洋款一案,本系粤省有著的款,户部核准,奉旨允行之案,自应查照原案办理;应由广东洋关所收药厘暨香澳六厂暂收药厘内,每年仍照商人包定原数,划出银八十万两,按月匀解藩库,兑收转付。如与洋款稍有赢绌,应留为弥补本息较多年分,及榜价增长之需,以符奏案。此系粤省向有之厘,历年本省待用之款,并非额外恳请加拨。等情。详请具奏前来。

臣覆核无异,相应请旨敕下户部,转饬该监督,于广东洋关征收洋药项下,每年划出药厘银八十万两留粤,按月匀解藩库兑收,作为归还本省洋款专需,以免贻误。其正月初九日至三月初八日此两月内,香澳六厂暂收药厘,应由该监督核实征收,尽数拨归洋关抵补。理合恭折具奏。

再,广东巡抚系臣兼署,毋庸会衔,合并陈明,伏祈皇太后、皇上圣鉴。谨奏。

(朱批:)户部议奏。

光绪十三年正月二十四日

(宫中朱批奏折)

M14:财政-关税

6.95　总理各国事务奕劻等奏陈澳门议约事拟于洋药税厘并征案内设法筹办折

光绪十三年二月二十三日(1887年3月17日)

臣奕劻等跪奏,为澳门久为葡桃(萄)牙国居住,屡经议约未成,现拟于洋药税厘并征案内设法筹办,以一事权而免隔阂,恭折密陈,仰祈圣鉴事。

窃查,洋药自印度贩运来华,聚于香港、澳门,分赴各口销售,必须与英葡两国订立专章,相助稽查,方可杜偷漏绕越之弊。是以,臣等于上年正月间议办洋药税厘并征之初,奏请饬派邵友濂,会同总税务司赫德前往香港,与英官会商办法。旋与英官商定,九龙山为自港至粤陆路要道,今欲堵截土私,必应添设税司,驻扎此山北面,附近香澳六厂,亦归税司经理,驻港洋官即允派员会同稽查。并经查知,港地虽为扼要,尚须与澳门会办,始能得力。叠经电达,臣衙门恭录,由军机处呈览在案。

查,澳门自前明嘉靖时即经葡国占居,岁输税课二万金。迨至国初,知该处被占已久,难以收回,遂改税课为地租,仅令输银五百两,按年完缴,自道光二十九年以后,并此项租银亦未交纳。近年该国屡求订约通商,因澳门之事争论未定,辄作罢论。刻下因洋药税厘并征一案,非与葡国商量办法,则澳门之偷漏无从巡缉,是以,臣等于上年十二月间开办洋药税厘并征之后,即密饬赫德派税务司金登干就近前往葡国,徐图办法。兹据赫德申称,现准葡国外部电称:一、派使来华,拟议通商条约;二、葡国永驻澳门,管理一切;三、葡国不让其地于他国;四、香港所允办法,澳门亦类推办理。以上四层,现值香澳税务开办在即,应请臣衙门奏明,由金登干在彼画押为据，一面照会英国使臣，转致葡国派使来华议约，并饬驻澳洋官，即日照议阅办。各等语。

臣等查，香澳六厂抽收厘金，带征洋药正税，自同治十(七)年前督臣瑞麟等奏请开办以来，每年征收税数十六七万两，而用费亦在十五六万两，仍于帑项无裨，现既设立税司，议在海关并征。六厂本无药厘可收，至每年抽收百货厘金十余万两，应统由税司经理，以省縻费而一事权。

至葡国永远居住澳门，及来华议约各节，查澳门久为彼国盘踞，今纵不准其永远居住，亦属虚文，徒于税务多添窒碍，并无收回该地之实际，即欲再令补缴欠纳之地租，仍征以后之地租，虽费唇舌，亦恐无成。

查，道光年间，前督臣徐广缙等创以商制夷之策，移税口于黄埔，所有澳门贸易日见萧索，而地方亦不复过问。其流弊所至，如偷漏税课，招纳亡命，拐骗丁口，及作奸犯科等事难以枚举。葡国为无约之国，中国更无从措手。同治元年该国浼法国先容，请立和约，自元年至三年，先后奉旨派薛焕、崇厚等会同办理，所有约内应列各款，均有成议，独于澳门设官一节未能商妥，迄今约仍未换。今既设税司经理，傥能议约有成，则权有专归，事无隔阂。向之偷漏税课者，今可设关；向之招纳叛亡者，今可缉匪；向之拐骗丁口者，今可安插稽查。而且与新嘉坡等埠邻近，藉可通达消息，尤为得力，不仅稽征洋药事宜可归画一也。

再查，葡国贫困日甚，如法美俄德各国皆有财力，无不垂涎澳门，冀以巨款购得其地，为驻兵之所，设令此议竟成，中国禁之不能，听之不可，尤为可虑，是不让其地于他国一层，尤应于议约之先切实声明，杜绝觊觎。

臣等公同商酌，所议各节似宜照行，以示羁縻而防后患。如蒙俞允，相应请旨饬下两广督臣遵办，并由臣衙门札饬总税务司，饬金登干先行画押，俾得香澳一律开办。至同治年间原定未换条约各款，今昔情形不同，所有应增应删各节，应俟该国使臣到华，再由臣等详细核议，随时另行请旨办理。

所有澳门为葡国居住，现拟筹办各缘由，是否有当，伏乞皇太后、皇上圣鉴。谨奏。

(朱批:)依议。①

光绪十三年二月二十三日

臣奕劻　臣阎敬铭　臣宗室福锟　臣锡珍感冒　臣许庚身　臣曾纪泽　臣廖寿恒　臣孙毓汶　臣徐用仪假　臣续昌　臣沈秉成感冒　臣邓承脩差

（宫中朱批奏折）

① 据军机处录副奏折，朱批时间为光绪十三年二月二十三日。

M14：财政-关税

6.96　粤海关监督增润奏报粤海关光绪十三年分征收常税总数等数目折

光绪十三年三月二十六日(1887年4月19日)

粤海关监督奴才增润跪奏，为常税一年期满谨将征收总数并汲水门等处征收洋药正税及廉州北海关口稽征货税恭折具报，仰祈圣鉴事。

窃照粤海大关暨各口征收正杂银两向系常洋不分，例于一年期满先将总数奏明，俟查核支销确数，另行恭疏具题分款造册解部。同治二年十一月间奉部札行，奏准将各海关洋税收支数目均以咸丰十年八月十七日为始，按三个月奏报一次，扣足四结专折奏销一次，仍从第一结起造具，每结四柱，清册送部查核，毋庸按照关期题销以清界划而免稽延，其各关应征常税仍令各按关期照常题销以符旧制。又同治六年五月内奉部议覆，粤海关常税正额银五万六千五百一十一两九钱四分一厘，盈余银十万两，又新安、香山二县所属汲水门等处开征洋药正税并廉州府属北海关口稽征货税均经奏明归入常税，关期报满折内分别具报各等因。业将光绪十二年分征收常税总数分别具报在案。

兹查光绪十三年分常税自光绪十一年十月二十六日起至十二年十月二十五日止一年期满，大关征银十四万四千二百九十三两八钱九分三厘，潮州新关征银二万五百四十六两四钱七分九厘，琼州新关征银一千九百九十九两九分三厘，各口征银二万八千二百四十七两六钱三分一厘，通共征银十九万五千八十七两九分六厘。除征足正额盈余银十五万六千五百十一两九钱四分一厘外，计多征银三万八千五百七十五两一钱五分五厘。查粤海关常税关期报满如有多征均于折内声明在案。奴才抵任后稔知洋税侵占常税情形，益当设法招徕认真整顿。况前奉上谕，筹备饷需内有通核关税一条，倘能溢解一分，则库储多受一分之益。现在综计于正额盈余之外多征银三万八千五百七十五两一钱五分五厘，比较往年有盈无绌。又新安、香山所属汲水门等处各洋药税厂分卡共征洋药税银十八万七千七十两一钱，廉州府属北海关口暨各卡共征货税银一万四千四百三十四两九钱七分二厘。除俟查核支销确数另行恭疏题报，遵例分晰造册送部查核外，所有光绪十三年分征收常税总数并征汲水门等处洋药正税、廉州北海关口货税各数目恭折具陈，伏乞皇太后、皇上圣鉴。谨奏。

(朱批:)该衙门知道。

光绪十三年三月二十六日

(宫中朱批奏折)

M14：财政-关税

6.97　两广总督张之洞等奏报新香六厂补抽货厘依期移交新税司并筹防流弊折

光绪十三年四月二十五日(1887年5月17日)

两广总督臣张之洞、广东巡抚臣吴大澂跪奏，为新香六厂补抽货厘，遵旨依期移交新税司接办，并豫防将来流弊，核计未尽事宜，请筹妥善章程，仰祈圣鉴事。

窃臣等于本年三月初一日会同粤海关监督臣增润电奏，新税司马根、法来格到粤，来议附近香澳六厂代征百货税厘事。有关华洋界限，大局利害，现已具折详奏，可否暂缓改章，俟奏到后，仰恳圣裁详察，并交总署、户部会同妥议，如确无窒碍，再当请旨遵行。又官盐例有引地，按引缴课。私盐向以香澳为薮，四出充斥，若抽其厘，便成官盐，各处可销，充占引地，正课无出，商必不从。各等语。正在具折详奏间，三月初六日准总理衙门来电，初五日奉旨，张之洞等朔、东、先等电均悉。香澳六厂历收为数无几。等因。钦此。伏读之下，钦悚莫名。

查，洋药税厘并征，实有大益于中国饷项，经总署筹议经年，始有成说，臣等前实深欣幸。此次奉旨饬行，粤省即于正月初九日遵办，统交海关征收，于正月二十四日奏明在案。若税司代征货厘，臣等先无所闻，仅于二月初十日接总署初九日电称，香澳各厂巡缉抽收事宜统交税司代办，补抽货厘十数万，即由税司经收。详细情形，专函另达。二月十二日接总署本日电称，盐私走澳，已嘱赫饬新派税司巡船帮缉。向章私盐是否入官，赫以加重抽厘为胜。各等语。事关财赋要政，更改旧章。臣等与增润有监收之任，有地方之责，其时尚未接到总署函牍、户部咨行，而马根、法来格来粤，遽请接办，并未赍带公文，仓卒之际，不能不益加详审。缕晰上陈，只候饬议妥善，以期久远无弊，非敢稍涉拘泥，听受浮言，坐误朝廷至计也。荷蒙圣明曲垂鉴察，暂罢税司私盐抽厘之议，复经总署传谕赫德，将停关、停验之洋例更改，悉照华章办理，不令货船延搁，臣等电所云商情不便一节，窃幸可冀相安。至此外窒碍之端，似不能不一一虑及，惟既钦奉严旨饬行，自应先行遵照办理。除常税由增润饬办外，厘金一项，由臣等转行司局，飞饬该六厂，遵于三月初九日一律移交新税司接收讫。

伏思代抽税厘一节另为一事，与洋药实不相谋。总署两次来电，一则曰经收厘金不致无著，再则曰收得之款照旧分拨。是粤省向有之厘并不减少，就事论事，岂不乐从。初一日电奏，业经声明。

至厂员侵渔中饱，乃臣等所深恶而痛绝者。臣之洞到任后，于厘厂各员参撤甚多，使其有之，方欲尽发，其覆上陈于圣主之前。上年十一月遵查覆奏汲水门六厂洋药税收支数目，奏裁岁支七万金；覆奏北海关定额，请加岁额正余七千金。若瞻徇属员之私囊，致碍国家之巨饷，臣等何敢出此。

查，新香六厂补抽货厘，上年六月甫经议定，陆续开办。其地逼处港澳，开办之初，洋官、洋商句(勾)串华商，造言阻挠，臣之洞持之甚坚，剀切晓谕，始得相安。计每年所入虽止十数万金，而保全内地之货厘，实属不少，且凡事皆日久而弊生。此次开办未及一年，又多洋界牵制，收数尚不为少。臣等随时明查暗访，似尚无卖放中饱情事。此臣等电奏所论，固非阻挠并征，亦非不交厘厂之实在情形也。

窃谓饷项固属难筹，隐患亦不可不杜；用人固贵专一，流弊亦不可不防。谨将豫防此后窒碍各节，暨税司到粤以后情形，并前电未及详奏之处，敬为圣主一一陈之。

一曰逾险。查六厂曰汲水门，曰九龙司，向设有九龙司巡检、大鹏协副将；曰长洲，曰佛头洲，此四厂水陆均属新安县辖，在省城外东路虎门之外，近接香港。曰马留洲，曰前山寨，设有前山同知，此两厂水陆均属香山县辖，在省城外西路，横门、磨刀两门之间，近接澳门。是以历届奏报，称为新香六厂。汲水门为香港入省海道必由之路，九龙为香港赴省城暨惠州陆行必由之路，佛头洲为香港赴潮州、汕头海道必由之路，长洲为香港赴澳门海道必由之路，前山为澳门入香山陆行必由之路，马留洲为澳门赴高廉雷琼四府海道必由之路。广东省垣，东为香港所阻，西为澳门所扼，事事牵制，已有喉骨胸刺之忧。自同治七年以后，厘务局、粤海关先后开办药厘、药税、百货税，在该处分设六厂，计海关、厘局共十二厂，上年补抽货厘，以九龙附于汲水门，故亦称五厂。各该厂委员、勇役轮拖各船分投巡缉，人数不少，自洋界过此，隐若关隘。各厂声势联络，与洋界消息易通，哨探亦便，于征榷之中，实兼有巡防之益。今英、葡藉洋药并征一端乘机要挟，始欲撤卡，继欲代征常税厘金，后并欲代抽私盐厘金，于是，数百里海面，巡船、巡勇胥授权于洋人，将来必有事事掣肘之忧，藩篱尽撤之患。此形势之窒碍一也。

一曰混界。九龙与香港对岸，汲水门、长洲、佛头洲皆各自为岛，环绕香港，近香港耳，非香港也。马留洲、拱北湾均在澳门西隔海，亦各自为岛。前山在澳门西北，陆路相连，中隔关闸，近澳门耳，非澳门也。洋人妄称香澳六厂，已隐伏蒙混占地之根，本年二月初五日，臣之洞电达总署在案。乃三月十一日接新税司马根来函，封寄赫德单衔告示一纸，内称澳门附地添设新关一处，名拱北关；香港附地添设新关一处，名九龙关。等语。实堪骇异。传有之，惟器与名不可以假人，今乃以，分明我疆指为外邦附地，既敢悬诸告示，从此登诸案牍。英、葡两国得步进步，居之不疑，粤省政令不能出海口一步，后患岂可胜言。近年住澳葡人于三巴门外逾界征租，臣之洞屡与勘查辩驳，正在设法禁制，其眈眈之意确有明征。在赫德或由委曲求成，图加薪俸所致，然臣等不敢谓英、葡必无希图占地之心。此界务之窒碍二也。

一曰侵权。楚材晋用，从古有之。洋关开设之初，中国未悉外国商情，不能不暂用洋人。然洋员但司查舱验货，其法令文告仍由南北洋大臣、监督、关道主之，税司间有晓谕，不过谕知洋商、洋船而已，其征银仍存关库，故有利而无弊。今马根、法来格来粤，并未持有总署公文，总税司申文竟由赫德单衔出示，谕饬华商、华民、华船，并不知会海关，是粤海关兼辖之说不过徒存其名。遇有民船、华商罚禁惩办，概由税司径行主持发落，地方大吏并不与闻，州县更无论矣。西例最重者权利，今以洋员全夺地方官之权，挠我内政，以后粤省虎门以外纵横数百里，耳目所习，将不复知有华官法度，非特利权有损，并于事权有妨。易曰履霜坚冰，至言渐之，不可不慎也。此事权之窒碍三也。

一曰扰民。现又接总署来函，据赫德申呈，香澳两处新设分关，华船有从通商口岸前往者，有从不通商口岸前往者，有从不通商口岸未设粤海分关处前往者，可分三等抽收，按通商税则完纳正半各税，发给船牌。等语。所谓通商口岸者，有洋关处所也；不通商口岸者，有常关无洋关处所也；不通商而又无粤海分关者，内河行厘坐厘，及各府杂税设关设卡之地也。赫德因洋药并征而阑及货厘、关税，今更因新香六厂之一隅侵及沿海内河之常税、杂税、行坐各厘，且欲将各属民船民货悉改用洋税章程，尽笼粤省内外大小之利权，并而归之香澳之地税司之手，齐之以洋关之法。疑民改制，全省纷扰，得陇望蜀，长此安穷。此民情之窒碍四也。

一曰有碍海防。昨准粤海关监督增润咨称，接赫德照会内称，新设海江防私巡缉税务司之缺，查有粤海关右副税务司葛雷森堪以充补。等语。该税司当即将来管带新设巡轮之员。查，该税司专为缉私而设，只可称管带缉私轮船，何以搀入海江防字样。若谓防私，即系缉私，文义亦属牵强，显系蒙混影射，欲以税务司而兼海防、江防之事。查，光绪初年，赫德曾有自请充总海防司之说，经故协办大学士沈桂芬驳斥而止。以前证后，显然可疑。今合六厂水陆船勇均由洋弁管带，并有外洋新造巡轮十一艘，江海皆可任意来往，一旦有警，或与英国稍有违言，所带之兵船，所踞之关卡，向无华官在事，岂能骤令全行交出，棘手殊多。此海防之窒碍五也。

一曰虚诳不实。英人原议香港设关，洋商不报税不得开箱，故我如其请，以予之。今港官不允洋界设关之举，港商不允不开箱之条，近虽闻有出具保单议罚之说，恐走漏已所不免。至香港向有烟膏公司，每年缴饷十八万元于港官，并征既重，不漏私土必漏私膏。查，每土一斤，熬膏八两，是药膏之税厘应较药土加倍。今总税司议每膏百斤，收税三十七两五钱、厘一百两。是未成膏者，药土百斤，税厘一百一十两，既成膏者，药膏五十斤，实系药土百斤，只完税厘六十八两有奇。港之膏商包揽图利，必争熬膏分运，港官之膏饷日增，中国之药征日绌，每年八百万之数，诚恐难期。彼愿已偿，而我利未见。此食言之窒碍六也。

一曰要挟无已。准总理衙门咨称，澳门归葡国管辖，订立新约，已经奏准咨行。此事关系甚巨，立约必须详审，另折详陈。查，中国各省租界甚多，虽暂无收回之举，而种种管辖办案权利章程，租界与属地判然各别，果使药征有效，而英人市德援澳门以为词，各国效尤，援英葡以为例，拒之则不允助缉，许之则枝节日多，狧糠及米，何所底止。此滋蔓之窒碍七也。

为今之计，似宜熟筹尽利防弊之法，约有数端：

一、请先行试办一年。伏读此次电旨，本有此后办理设有窒碍，尽可随时变通，复归旧制之明文。仰见圣虑周详，默寓时措咸宜之妙。惟事关交涉，必以豫定为宜。拟请敕总署与英葡约明，作为试办，如一年后尚无成效，或别有窒碍，即当仍复旧章。

一、请添设华官。各厂除税司外，仍由粤省每厂各派委员一人，税司报总署，委员报督抚、监督，互相维系。即如洋关虽用税司，仍归监督、关道造报，督抚按结奏闻，并无掣肘之事。今厘金系地方官所收，常税系监督专管，督抚兼辖，自应有地方委员在事，一以存饩羊之意，一以备习练之资，他日设须改章，亦易接手。

一、请由总署明文行知总税司、新税司，此六厂系代收内地税厘，所办理皆系民船华商之事，此六厂照旧归督抚兼辖，或总督兼辖。查，各海关无不归所在督抚兼辖者，此系各洋关通例，况代收民船货税、货厘尤有不同。

一、以后该关遇有晓谕商民之事，仍照向章，由总督、监督出示，税司不得径自单衔出示。

一、体制文移宜照各海关通例。今该税司用衔名印文申报总督，照会监督，总督、监督应行知照该税司之事，照章分别札知、照会，以符向章，不得仅用信函，收数由督抚、监督照旧分别奏咨，以备稽核而便维系。

一、九龙司、拱北湾两处，以后总税司、新税司文牍宜称为粤地，不得混称香澳附地，速将从前告示错误更正。

一、议明征银不宜交香港汇丰洋行，亦不得于九龙地方令汇丰擅设分号。查，各该厂设有巡船、巡勇，向来不致疏虞，每月所收，尽可遵照总署、户部所定分拨之数，分别解交海关，厘局存储无多，自无庸存放。香港各海关税司向无自设银库之事，此六厂自应照办，以符通例。

一、巡船管带、管驾各弁宜仍用中国员弁，由粤省派委，听税司调遣考察。如有不力及舞弊者，准该税司申报总督，立时撤参更换。

一、管巡船之洋弁，只宜称管带缉私船税务司，将海江防三字删改，以昭核实。

一、九龙税司现住香港，并不住九龙。至拱北税司，亦不住拱北湾，在澳门赁屋居住。所有该两关厂卡乃中国办公之所，官吏体统所系，商民众目昭彰，其屋舍仍用中国公所旧式，不得改易。前观建造洋楼，缘该厂距洋界太近，易涉嫌疑，亟应豫为之防，以定民志。

一、议定以后，他处税厘不得援例推广。

总之，洋药并征与常税厘金本是截然两事，英国既允开办，即由海关原设之税务司并征，似亦未尝不可。该两国果肯助缉，则随时函知、电知省城原设之新关税务司，尽可稽察不漏，或以九龙、拱北专设税司，便于联络，则洋药自归税司，税厘自归委员，并无干涉，并无妨碍，何以税司必欲代我抽收民船货税、货厘，其中自别有用心所在，已属显而易知。且厂员未必人人皆不肖，大吏未必任任皆纵容，固间有舞弊之事，亦常有发觉参黜之时。极而言之，止此六厂纵有数千金雀鼠侵蚀之微，似亦不敌数百里门庭隐患之巨。此事在总署反覆酌定，无非为有裨国计，极费筹维。然立法不厌精详，庶期尽臻美善。窃揆赫德之为人，大约类乎仪秦纵横一流，才干甚敏，心计甚深，为中国效力有年，非无劳绩可观，而其意实欲兼揽各国之权，互相挟持，以自重。此举增税则似乎利华，得地则似乎利葡，移界据险，布散徒党于海面，尽存税银于汇丰，市德树援于澳门，则仍归于利英，而其实则总归于自利。朝廷驾驭群才，自必已灼见隐奥，似宜量加限制，庶得其力而不受其欺。

伏思广东为中华海疆第一道门户，粤防弛，则沿海皆为兵冲，粤力尽，则南洋更无可恃。此事关涉重要，臣等屡与司道以下各官筹议，无不同切隐忧。谕旨自不敢不遵，而有关地方利害，此举未尽事宜，自亦不能不计。臣等虽至愚极陋，亦知共体时艰，断不致为粤省地方官与税司争权，况无损粤饷，更何必为粤省司局与税司争利。特以中外大防所系，苟有管蠡之见，不敢不上达宸听，诚恐他日流弊渐著，悔不可追，则臣等罪戾滋重。伏恳圣明俯加权度，敕下总理衙门、户部详核妥议，请旨遵行，大局幸甚，粤省幸甚。臣等荷圣上高天厚地之恩，受一方疆土，人民之寄，但愿所言之不验，不愿朝廷之有悔。不胜惶悚，屏营待命之至。

谨合词缮折奏陈，并将六厂地形绘图贴说，恭呈御览，伏祈皇太后、皇上圣鉴。谨奏。

（朱批：）该衙门议奏。片、图并发。①

光绪十三年四月二十五日

（宫中朱批奏折）

M14：财政-关税

6.98 两广总督张之洞等奏请毋庸指款提拨香澳六厂厘金等情片

光绪十三年四月二十五日（1887年5月17日）※

再，汲水门等处六厂补抽货厘，现已归并税司征收。前接总署来电云，收得之款照旧分拨。又据税司马根面称，所收厘金暂存汇丰，听候提用。各等语。

查，厘金本无定额，此项补抽货厘，开办未及一年，计自上年六月底七月初，各厂先后开办，至本年二月底止，此八个月内，共收银约十万两。初办数月，类多周折观望，冬腊后，收数逐渐增多，所谓每年可收十数万之说，原系就现收数目，按月约计而言。至此后商情既孚，规模既

① 据军机处录副奏折，朱批时间为光绪十三年闰四月二十三日。

定，必更日有增益，事理昭然，岁收或能增至二十万以外，亦未可知。但以后之旺淡，终难臆料，若定额征若干，则长收固不能作为赢余，短收亦难责税司赔缴，似宜令该税司尽征尽解，所收厘金，按月解交厘务局充用，分别造册，具报总理衙门暨两广总督、粤海关监督衙门查核，可否请旨敕下总理衙门，饬知总税司，转饬照办。

至该六厂开办之由，因粤省近年富商贸易群迁港澳，大宗货物皆由轮船，近海港汊，民船复多绕越，以致内地厘金日形亏绌，是以设法开办新香海口补抽，原欲以海口之所长，补内河之所短，而犹虞不足。此乃通省正厘盈虚相抵，并非闲款可以存储，相应吁恳天恩，饬部毋庸指款提拨，庶无窒碍。

再，该六厂所收，另有棉花、棉纱、豆子、火柴、火水油五项，系抵补省城坐贾厘金，又有带抽商捐巡缉经费、货物数种，向由各该厂就近带收。现在厂员既撤，只可亦并交税司，暂行代为试办，所收棉纱等五项，系应归入省城坐贾之款，所收巡缉经费，更系另案商捐奏明专款待支之项，发交厘则章程内，已经声叙明晰，皆不在每年十数万正厘之内，合并声明。至于收数，税司有册可稽，臣等当饬司局，并入粤省原有补抽货厘，照案分晰造报，以备稽核。据厘务局司道具详请奏前来。

臣等覆核无异，谨附片陈明，伏祈圣鉴。谨奏。

(朱批：)览。①

(宫中朱批奏折)

M14：财政-关务

6.99　总理各国事务衙门为税务司试收粤省六厂华船常税事给赫德信

光绪十三年四月三十日(1887年5月22日)

照录给赫德信。

径启者，粤省六厂征收华船常税一事。本总办现奉堂谕，此项税厘统归税司一手经理。阁下曾云每年可收五十余万两之数。本衙门堂宪曾将此事与醇王爷商议，醇王爷之意以为此数较之粤海关监督所称岁收四十五六万两之数目有盈无绌，具见实心任事，殊深欣慰。如果阁下确有把握，即拟统交税司试办一年，再行定章。若一年期满所收不及五十余万两之数，或定章后无论何年有收数减少情事即需仍归粤海关监督经理。庶该处一切支项不虞短缺，即希明晰

① 据军机处《随手登记档》，朱批时间为光绪十三年闰四月二十三日。

见覆以便回堂定夺为盼。

（宫中朱批奏折）

M14：财政-关税

6.100 两广总督张之洞等奏请敕催广东如数拨解应还洋款缘由折

光绪十三年七月初七日（1887年8月25日）

两广总督臣张之洞、广东巡抚臣吴大澂跪奏，为粤省并征洋药厘金应照奏案原数拨还洋款，请旨饬催如数拨解以归垫款而济急需，恭折奏陈，仰祈圣鉴事。

窃查广东□……□先后四次息借汇丰洋款银五百万□……□明分年分期归还，计每年应还本息银自七十余万至八九十万不等。先经奏准将本省商包洋药厘捐八十万两专作归还前借洋款本息之需，嗣因奉行新章，洋药税厘并征统归税务司办理，即据原办包厘商人于本年正月禀准退办，遵照新章由各关汇收，并经臣之洞于正月内奏请查照原案，在于广东洋关暨六厂征收洋药项下照商人包定原数每年划出药厘银八十万两，按月匀解藩库兑收作为归还本省洋款专需。已准□……□门户部会同议覆，所奏归还该省□……□系要需，应准届期暂由海关洋药厘税内提拨应付等因。咨行遵照在案。

兹据广东布政使高崇基会同海防善后局司道详称，查本年应还本省息借洋款共银七十七万九千二百余两。近年榜价增昂，为数尚不止此。从前商办包厘按月解库备支，遇有期迫款巨之时仍可提前催缴。今自改归税司开办以后数月之久未据解到丝毫。前经电请总理衙门饬催，奉准电覆，税司已收有银十二万两，饬令提拨九万两。现又奉准户部咨，在于前次拨□并新收药厘项下提拨银九万余两各等因。即使如□……□属不敷甚巨，乃卒之屡次电函往复□……□到司。直至六月二十日始准粤海关转解到纹银一十一万九千四百余两。还期又近，所短仍多，以此类推，以后收数固未必骤丰，解期亦不能甚早。现计本年自正月以至六月共五期，应还洋款本息连不敷榜价共银六十八万九千余两。因药厘未据解到，洋款陆续届期，万不得已将司局各库要款先行腾挪垫付，所有本省应支兵饷勇粮及拟解京协饷旗营加饷东北防费暨新例捐输项下认解海军衙门银十万两皆已移缓就急挪垫一空。转瞬八月十四，届期又应筹还洋款银十余万两，实属□……□无可垫。窃思广东库项正当窘绌，□……□本系指定药厘归还，此乃粤省旧有之款，户部议准之案，今骤少此大宗的款，凭何支柱目下兵勇粮饷，急待补发京协各饷屡奉檄催，若再迁延则各营有哗溃之虞，部库及各省要饷有延误之咎，洋款届期不能再垫更有失信远人扣抵关税之虑。且税务司若本年不能解足八十万两，则本省挪垫之要需、未付之洋款皆无从筹措。一有贻误，关系匪轻，日夜焦思不知所以为计，合将本省支绌迫切情形及已垫未垫洋款数目切实声明，详请奏咨饬催前来。

臣等覆核无异，相应请旨敕下总理衙门□部饬催该洋关赶紧照数拨解，以凭拨还垫款支解要需及备还八月一期洋款之用。且每年药厘八十万两本系粤省竭力筹委劝谕包办商人已经办足之数，去年即已全数缴清，并非并征改章后加收之款，今虽改归税司经理，户部自应仍照原数拨还，方无窒碍，如该洋关收数无多，其应如何另筹的款抵还之处并请饬部速行议覆遵办以免贻误。除咨总理衙门户部外，谨合词恭折具陈，伏祈皇太后、皇上圣鉴。谨奏。

(朱批:)户部速议具奏。

光绪十三年七月初七日

（宫中朱批奏折）

M14：财政-关税

6.101　总理各国事务奕劻等奏议新香六厂补抽货厘交税司接办事宜折

光绪十三年七月初十日(1887年8月28日)

总理各国事务、多罗庆郡王臣奕劻等跪奏，为遵旨会议具奏事。

光绪十三年闰四月二十四日军机处抄交两广总督张之洞、广东巡抚吴大澂奏，新香六厂补抽货厘，移交税司接办，豫防流弊，请筹妥善章程一折。二十三日奉朱批：该衙门议奏。片、图并发。钦此。

查，原奏内称，代抽税厘一节，隐患不可不杜，流弊不可不防。此后窒碍各节，曰逾险，曰混界，曰侵权，曰扰民，曰有碍海防，曰虚诳不实，曰要挟无已。为今之计，宜熟筹尽利防弊之法，约有数端，恳敕下总理衙门、户部详核妥议。等语。

臣等公同详阅，窃以饷需所出，利弊原易于相因，政令既颁，朝暮亦难于屡改。洋药并征办法，筹议逾十年之久，节节推求，知非在香澳附近地方设关，不能扼缉私之要，非将六厂货厘华税并交，新设二关经理，不能括缉私之全。上年请敕派邵友濂与总税务司赫德，前赴香港会议，并沿途体访一切情形，并征之议始定。旋因开办在即，香澳既已新设税司，所有该处原设六厂，每年抽收华商百货厘金，应统由税司经理，以省靡费而一事权，于本年二月具奏附陈在案。复因货厘、货税地在一隅，办宜一律，而又稔闻吏胥之积习，商贩之图私，影射颇多，稽查非易，并据赫德申称，若饬税司经理，收数必有起色。是以通盘筹计，不若将经过该厂华船应完之税、厘两项，均责成该关税司代收，仍令将所收各款，尽数分解总督、监督，以供该省向来待用之需，冀可有增无减。一面饬赫德拟议章程，一面与粤省函电，询商各节，叠经随时上达宸聪，仰蒙俞允。此代收税厘一事，臣等审度再三，初非敢轻率办理之原委也。今该督等胪举窒碍，及筹办诸条，思患预防，语长心重。该督等身任地方，诚有当言之责，然远虑不可稍疏，而成见亦不容豫设。臣等谨就原奏所陈，悉心商酌，逐条核议。其熟筹办法诸条，大致以试办限期一年、各厂添设华官、巡船管带管驾仍用中国员弁为最要。

查，华船货税并交税司代收，初议本令试办一年，再行定章。而赫德以为事关创办，一切难以遽定，坚请三年为期，三年中，某年减少无效，即仍归监督经理。等语。臣等窃思，初办之年，商情不无观望，防弊或未周密，必待历时稍久，乃能确有规模。况赫德既称，三年内某年无效，即可改图，本非一成不变之局，若限以试办一年，为期较促，应于二三年间随时察度情形，以为操纵，无庸先与议定。

添设华官一节，赫德之意以为非，虚糜薪费，即恐多掣肘。但查，广东之潮海、琼海、北海三关，洋税归税司经理，常税归总督、监督会委之员经理。九龙、拱北两关虽系新设，而常税、洋税并收，酌派委员一人，未始不可与税司相助为理，且可责成该委员，将收项随时分别报解。应令该省总督，会商监督，酌委贤员前往，妥实办理。除应得薪水外，不得有丝毫需索。

巡船管带、管驾，该督谓宜用中国员弁，由粤省派委，归总税司调遣、考察，如有不力及舞弊者，准该税司申报总督，立时撤参更换。据赫德禀称，广东巡船向闻有走私、保私等弊，恐新章开办之初，员弁设不得力，撤参更换，贻误已多，莫若由伊派委，可专责成。臣等查，此项新设巡轮，北自牛庄，南至琼州，东自台湾，西至宜昌，均与各该口监督、税司会同防缉，关系匪轻，应令总税司选择妥确可靠之管带、管驾，不拘华人、洋人，均报明该口监督，会衔委派，知照各关，庶税司无揽权之嫌，而亦不得以任用非人，藉口他如声明代收内地税厘，所办系民船华商之事。此六厂地方，照旧归督抚兼辖。

又新设之两关，遇有晓谕商民事件，税司不得径自单衔出示。又体制文移，照各海关通例，申报总督，照会监督，以及九龙、拱北宜称粤地，不得称香澳附地。又新设海江防私巡缉税务司，令删去江海防字样，称为管带缉私船税务司等节，或循守旧章，或改定名目，与现在办法无碍，应饬税司遵照。至谓征银不宜交香港银行，税司住屋必用中国旧式，他处税厘不得援例推广，则尚未知新香新设之关，左近并无官设银号，款虽随收随解，非有暂存之所，何从安放。税司所居房屋，洋式、华式任听其便，各关向不查问。他处税厘援照与否，其权在我，税司何得妄干。此皆不免为过虑之词，非尽属平情之论也。

其所指隐患各端，除药膏税厘应较土药加重一节，现查土药价值，各省不同，已饬赫德另议妥章，务使土之与膏，成本相当，不致畸重畸轻，以杜商民趋避，俟有定议，即通行各关照办外，余如逾险、混界、侵权、扰民各节，大率防微杜渐，用意甚深。而揆之情势，不尽切合，应请毋庸置议。

另片请令税司将六厂代收之项，尽征尽解，按月解交，臣等早已札饬遵行。

至谓此项并非闲款可以存储，恳请饬部毋庸提拨，所收棉纱等五项，系应归入省城坐贾之款。巡缉经费，更系另案商捐，奏明专款待支之项。等语。户部查，该省六厂补抽货厘，及另收之绵纱等五项厘金，从前并未报部有案，无凭查核。今据声称，六厂货厘，自上年六七月间先后开办，八个月内，收银约十万两。此后岁收或能增至二十万两，以外所收绵纱等五项，系抵补省城坐贾厘金，自应由该督抚知照税务司，照旧抽收，均应另存候拨。其未交税务司代办之前，究竟抽收若干，应令补行造报，再由户部核定。至巡缉经费一项，上年六月间，据两广总督等奏，劝令各行量力捐助巡缉经费，省城设立公所，派员督同绅董筹办。等因。并未指明六厂抽收之款。兹称该厂代抽商捐货物数种，究系何项货物，每年可收银两若干，亦应详细查明，专案报部，以凭稽核。

总之，臣等身际时艰，心殷国计，睹度支之告匮，期涓滴之归公，不得已而筹洋药并征，不得已而推及于代收六厂厘税，无非冀除一分中饱，即增一滴饷源，怨劳固所弗辞，意见亦何敢偏执。追溯同治初年创设洋关之始，闻亦浮议纷腾，谓授权外人，弊多利少。迨后税数逐岁加增，乃无异议。今并征所入，与夫六厂代收厘税，究竟统数能增几何，原亦未能逆料。惟既叠经筹议，上秉圣裁，自无中止之理。设或试办期内，不拘何时觉有弊端，果形窒碍，即当恪遵前奉谕旨，立图通变之方，仍革因循之习，亦不得徒以复归旧制为言，致蹈从前积弊。此又臣等所时时警惕而未敢稍存迁就者也。

所有臣等遵旨会议缘由，理合恭折具奏。是否有当，伏乞皇太后、皇上圣鉴训示。

再，此折系总理衙门主稿，会同户部办理。合并声明。谨奏。

(朱批：)依议。

光绪十三年七月初十日

总理各国事务、多罗庆郡王臣奕劻　革职留任大学士、管理户部事务臣阎敬铭假革职留任协办大学士、户部尚书臣宗室福锟　吏部尚书臣锡珍　军机大臣、署兵部尚书、刑部右侍郎臣许庚身　户部右侍郎、一等毅勇侯臣曾纪泽　礼部右侍郎兼署刑部右侍郎臣续昌感冒　兵部左侍郎臣廖寿恒　军机大臣、工部左侍郎臣孙毓汶　工部右侍郎臣徐用仪　署刑部左侍郎、内阁学士兼礼部侍郎衔臣沈秉成　鸿胪寺卿臣邓承脩差　户部尚书革职留任臣翁同龢　户部左侍郎革职留任臣嵩申赴库　户部左侍郎革职留任臣孙诒经　户部右侍郎臣熙敬感冒

(宫中朱批奏折)

M14：财政-关务

6.102 总理各国事务奕劻等奏报拟定港澳两处创设粤海分关关名等事片

光绪十三年七月初十日(1887年8月28日)

再，香港、澳门两处现既创设粤海分关，应定新关之名。查附近香港设关在九龙湾，拟即名曰九龙关；附近澳门设关于对面山，在澳门之南拱北湾，拟即名曰拱北关，仍归粤海关监督兼辖。现据总税务司申请定期于三月初九日开办。该关税厘并征事宜应由臣衙门札饬赶紧派定税务司前往驻扎，以期办理妥速。理合附片陈明。谨奏。

(朱批：)依议。

(宫中朱批奏折)

M14：财政-关税

6.103 粤海关监督增润奏报粤海大关等处征收各项税银数目片

光绪十三年十月二十日(1887年12月4日)

再，查洋税按照结期自光绪十三年八月十五日起截至十三年八月二十日止计六日，大关共征洋税银一万二千九两五钱九分八厘，洋药税银三千三百六十七两一钱二分五厘，招商局轮船洋税银八两七千九分三厘。潮州新关共征洋税银五千七百九十四两七钱四分二厘，洋药税银二千九百七十六两四钱一分三厘，土货半税银一千七百五十两六钱八分二厘，招商局轮船洋税银三百五十八两三钱六分九厘，土货半税银二百二十四两四钱六分四厘。琼州新关共征洋税银二百四十九两五钱三分一厘，子口税银三十八两八钱九分。北海新关共征洋税银四千七百九十四两七钱五分八厘，洋药税银一千三十九两六钱五分。

常税按照关期自光绪十二年十月二十六日起至十三年八月二十日止连闰计十个月零二十五日，大关共征常税银十三万三百五十八两七钱九分，潮州新关共征常税银一万八千七百九十七两九钱九分七厘，琼州新关共征常税银一千八百十三两八钱五分，北海新关共征常税银一万四千二百三十四两七钱五分六厘，各口共征银二万二千五百二两四钱一分五厘。

又新安、香山等属各洋药税厂自十二年十月二十六日起至十三年三月初八日停办止共征洋药税银五万五千八百三十一两五钱，除支销经费银八万七千五百三十三两五钱九分五厘，不敷银三万一千七百二两九分五厘。

以上各款核明一并移交新任监督长有接管。因潮州琼州北海三关截算数目报到有需时日，是以拜发稍迟，奴才既经交卸此折。系借用粤海关监督关防，合并声明，伏乞圣鉴。谨奏。

（朱批：）户部知道。

（宫中朱批奏折）

M14：财政-关税

6.104　粤海关监督长有奏报接收盘查关库现存银两数目相符折

光绪十三年十一月十一日（1887年12月25日）

粤海关监督奴才长有跪奏，为恭报接收交代关库现存银两盘查数目相符，仰祈圣鉴事。

窃奴才荷蒙恩命简放粤海关监督，业将到任接印日期恭疏题报并缮折叩谢天恩在案。嗣准前监督增润移交关库各款，奴才分日逐一盘查，除光绪十年分洋税收支数目业经前监督增润报明将应存各款全数抵拨，连前共不敷银三百九十九万二千六百八十九两七钱九分一厘一毫，并开造四柱清册送部查核在案。

兹光绪十年八月十三日第九十七结起连闰至十三年八月十四日第一百八结至，计十二结内十一年分大关潮州、琼州、北海各新关及大关潮州招商局轮船共征洋税银一百六十四万九千七百一两七钱二分三厘，除支解外，应存银九万二千五十九两六钱九分一厘。十二年分大关潮州、琼州、北海各新关及大关潮州招商局轮船共征洋税银一百七十四万七千七百九十五两四钱一分八厘，除支解外，不敷银十九万三千六百八十七两三钱九分三厘八毫。十三年分大关潮州、琼州、北海各新关及大关潮州招商局轮船共征洋税银一百八十九万八千七百五十两三钱二分二厘，除支解外，不敷银六万六千八百八两七钱三分三厘八毫。又自十三年八月十五日起至二十日止，计六日大关潮州、琼州、北海各新关及大关潮州招商局轮船共征洋税银二万三千二百十五两七钱九分一厘，除支解外，不敷银五万三千二百四十九两四钱六分八厘。除将十一年分应存银两抵拨外，尚不敷银二十二万一千六百八十五两九钱四厘六毫，连十年分不敷统计共不敷银四百二十一万四千三百七十五两六钱九分五厘七毫。

又常税按关期计算自光绪九年十一月二十六日起连闰至十二年十月二十五日止，计三年内十一年分大关潮州、琼州新关及各口常税银十九万九千九百六十八两二钱三厘，汲水门等处洋药税银十六万八千七百九十五两九钱，廉州、北海各卡口货税银一万八千二百一两九钱五分六厘，合共征常税银三十八万六千九百六十六两五分九厘，除支解外，不敷银六万六千八百十七两七钱七分二厘。十二年分大关潮州、琼州新关及各口常税银二十万七百三十五两八钱二分六厘，汲水门等处洋药税银十七万三百五十八两，廉州、北海各卡口货税银一万五千十五两七钱八分五厘，合共征常税银三十八万六千一百九两六钱一分一厘，除支解外，应存银四万八千九百六十七两六分五厘。十三年分大关潮州、琼州新关及各口常税银十九万五千八十七两九分六厘，汲水门等处洋药税银十八万七千七十两一钱，廉州、北海各卡口货税银一万四千四百三十四两九钱七分二厘，合共征常税银三十九万六千五百九十二两一钱六分八厘，除支解外，不敷银四千五百六十五两二钱五分六厘。又自十二年十月二十六日起连闰至十三年八月二十日止，计十个月零二十五日，大关潮州、琼州新关及各口常税银十七万三千四百七十三两五分二厘，廉州、北海各卡口货税银一万四千二百三十四两七钱五分六厘，汲水门等处自十二年十月二十六日起至十三年三月初八日停办止洋药税银五万五千八百三十一两五钱，合共征常税银二十四万三千五百三十九两三钱八厘，除支解外，应存银十三万九千六百十八两八钱九分九厘。

以上应存银两除拨抵不敷外，应存银十一万七千二百二两九钱三分六厘，内除各口已征未解银六万五千二百三十一两四钱六分九厘，应存银五万一千九百七十一两四钱六分七厘。另存光绪十一年分起至十三年八月二十日止平余等银一千五十两一钱一厘。又应存第四十九结起至第九十六结至四成二成洋税洋药税，第七十七结起至第九十六结至六成提一成半洋税洋药税，第八十一结起至第九十六结止奉天练饷粮道普济堂陕西协饷拨充伊犁偿款及光绪十年分常税北海货税十一、十二、十三年分现征洋药税半税共银四百五十四万六千六百六十九两四钱八分五厘七毫。以上共应存银四百五十九万九千六百九十一两五分三厘七毫，均由前监督增润借拨外，尚存银三十八万五千三百十五两三钱五分八厘。奴才按款详查，悉心稽核，数目均属相符。伏查粤海关应解京外各饷及洋款利息为数甚巨，皆属要需，而前任积欠未解款目繁多，实难埽数补解。且现在海防虽定，商客犹待招徕，联单通行章程，亟宜防弊，奴才受恩深重，惟有认真整饬，统顾兼筹，以期税课丰盈，源源接济。所有盘查关库现存银两缘由除循例恭疏题报外，谨缮折具奏，伏乞皇太后、皇上圣鉴。谨奏。

(朱批:)户部知道。

光绪十三年十一月十一日

(宫中朱批奏折)

M14：财政

6.105　两广总督张之洞奏报广东降补府经历张光裕赔清公款请予开复片

光绪十三年(1887 年 1 月 24 日—1888 年 2 月 11 日)

再，广东试用通判张光裕□办前山厘局，缉私勇丁缺额太多，公项亦多含糊，经臣之洞奏参以府经历降补，勒令如数赔缴。奉旨允准行令确切查追在案。兹据厘务局司道会同布政使高崇基、按察使王毓藻详称，查明降补府经历张光裕前办前山洋药厘局，置办军火等项未能核省，挪用公项银二百三十九两，又挑换缉私勇丁前后参差，长领口粮银三百六十两，共银五百九十九两。现于被参后如数赔缴清楚。是该员当时不无含糊，事后尚知愧奋，请开复原官以观后效，详请具奏前来。臣等伏查张光裕前在洋药厘厂因置办军火挪动公项银两，事属因公，其缺额勇丁亦因挑换时，前后参差致有长领银两，尚与浮开冒销者有间。即据该司道等查明追缴清楚，尚知愧奋，合无仰恳天恩俯准将降补府经历张光裕开复原官，以观后效，出自逾格鸿慈。谨附片具陈，伏乞圣鉴。谨奏。

(朱批：)张光裕著准其开复原官。该部知道。

(宫中朱批奏折)

M14：财政-关税

6.106　香澳六厂所收常税并归税司经理节略

光绪十三年(1887 年)※

谨开具简明节略，恭呈慈览。

查，粤海关洋税系监督与税司合办，常税则专归监督征收。今赫德因洋药税厘并征，恐往来香澳之华船有走私等弊，请将监督向设附近香澳六厂所收之常税，并归税司代收，以防偷漏。若照伊申呈办法，岁可收银五十余万两。试办之初，尚难豫定，两三年后，更可过此数目，若某年减少无效，则仍归监督经理。并据申呈第一条内称，广、汕、琼、廉贸易，香澳之华船。云云。又据第二条内称，沿江沿海在各该处照向章办理外，其往香澳时赴六厂挂号。云云。是往来香澳之华船归税司经理，其非往来香澳之华船仍归监督征收。所称五十余万两之数，并非将常税全行并算在内也。

查，据粤海关监督声覆，该关常税每岁约收四十五六万两。等语。现拟即饬税司并办，以所收此项常税五十余两解交监督，支应一切用款，较该监督自报收数，有盈无绌。且据该税司声称，如试办无效，仍归监督经理，则操纵之权在我，更可不虞窒碍。

（宫中朱批奏折）

M14：财政-关税

6.107 总税务司赫德为税司试办代征粤省六厂华船常税的复信

照录赫德复信：敬覆启者，奉到光绪十三年四月三十日钧函以粤省六厂华船常税归税司一手经理每年可收五十余万两之说，经堂宪与醇王爷商议，醇王爷意以为此数较之粤海关监督所称岁收四十五六万两之数目有盈无绌，具见是实心任事，殊深欣慰。如果阁下确有把握，即拟统交税司试办，一年再行定章。若一年期满，所交不及五十余万两之数，或定章后无论何年有收数减少情事，即须仍归粤海关监督经理。庶该处一切支项不虞短缺，即希明晰见覆等因。总税务司既承王爷重以实心任事格外之奖嘉，能勿铭感于心，勉竭驽效，惟实心任事确系本分应然。况朝廷曾迭次谕以实事求是，凡属执事者俱当谨奉斯旨，以图报称。即总税务司自念羁职以来三十年始终如一日，只期如贵衙门所云，毋负委任耳。窃总税务司前所云，每年可收五十余万两之一语，自非滥言，乃系确有办法在胸，始出斯语。现在既议统交税司试办，自应先行明晰妥议，俾彼此毫无误会，方可期有实效。粤省华船贸易香、澳经过六厂之时，若在彼只查其所漏税之货，只征其应补之税，则或得征一两或得征十万两，事前实难预言。缘各关若稽查法严，则六厂无漏税之货，得察即无应补之税可收。惟各关若稽核之法较疏，则漏税之货较多，而六厂可征之补款亦随之较旺。是以总税务司所称五十余万两之说，并非以六厂之稽查补征而得办至其数也。前所言者，即系粤省华船贸易香、澳运货进出其货税照通商税则计征每年应有五十余万两之数。若蒙统归税司一手经理，照后开之大概章程试办即可到此数目。

计开：

一、凡粤东之广州、汕头、琼州、北海四处通商口岸贸易，香、澳之华船向归常关管理，令拟改照招商局各船归税务司管理，均应请领本口新关之船牌，起下货物完纳税饷，均应照本关章程，按江海浙海各新关之钧船一体办理。该船前往香、澳之时，须赴六厂挂号，将出口单照呈验后方准过厂，俟由香、澳回头时仍须赴六厂挂号，并将舱口单一分呈存，方准过厂前往。

一、凡粤东之华船贸易于香、澳,除通商口岸之华船照以上办理外,其余沿海沿江各处之船除由各该处在彼照向章办理外,其前往香、澳之时须赴六厂挂号,并将所装之货开单报明,照通商税则完一子口税(即出口税之半)正方准过厂,俟由香、澳回头时仍须赴六厂挂号,将回货单开呈,照通商税则完清进口正税方准过厂前往。待回至原处时即由该处照向章办理。

一、粤东省城贸易香、澳之船,有洋轮、有华船并行贸易,有时此装多则彼装少,有时此装少则彼装多,是以两项船所完之税则应并计。即如粤海大关洋税以一百零十万两计,则六厂华船税以五十万两计,两共计一百六十万两。大关洋税若增至数万两,则六厂华船之税似必减去数万两。六厂华船之税若增至数万两,则大关似必减收此数。是无论如何分收分计,总之两共应到一百六十万两之数,若不到此数,则为绌,若逾此数,则为盈(此情形不得不书,明于章程内者,所以资数计实收之数也)。

若准照以上章程试办,在鄙意则所说每年可收五十万之数必有把握也,且不久似可过此数目。惟来函所云试办一年再行订章,伏思以订妥章而论,试办之限应以三年为期,方足敷拟议。缘事属新创,其中尚有端倪,须待经历后始可得其实在。但其试办三年之后,若某年有减少无效之时,则由贵衙门将六厂华税仍行归监督经理,亦属宜然。总税务司如此拟议一切,并非不知粤海监督各项派办之难处,支项之紧要,惟华船贸易香、澳其如何经理一切与香、澳会办洋药税厘者实有关系,盖并征得法,则洋药之进项应多得二百余万两之明款。而其得法与否,皆凭如何会办而来,其如何会办,又凭六厂如何经理一切而来。由税司一手经理,其会办之事必妥,其并征应得之巨款,即有把握。惟若不统归税司经理,其会办事宜大有制肘,其应多得之巨款,则难期有著,因是不得不为并征之巨款通盘筹划也,如其照此办理即应择期订日开办。查本年五月十一日系第一百零八结起算之期,可否即以此日开办之处统希代达酌核示覆为祷。

(宫中朱批奏折)

M14:财政-关税

6.108　奏报新香六厂查验进口货税护照分别放行并按则抽厘片

再,新香六厂之设本为该省港路纷歧商船易于绕越,是以就此设厂补收,其已完厘之货过厂,自可验单放行,不再重征以纾商力。近闻新税司接办后遇有由香、澳购运回货进口之船,省城厘局豫发护照,俾到厂亦得免征,此项护照系先行给领,并未豫缴厘金,难保过厂以后商人不沿途卸卖，到局以多报少，甚或以有为无，殊难防范。嗣后应令已完厘者于凭单内注明收清银数及所贩货数过厂，验单照旧放行，勿庸补收，即将凭单留存厂中按期汇送藉资稽核。若仅持豫给之护照，并未注明收清应完银数者，经过各该厂时仍令按则征收，与无护照之货一体办理，免致偷漏。除札知总税司外，应请饬下该督等转行厘局遵照，以杜弊混，理合附片陈明，谨奏。

(朱批：)依议。

(宫中朱批奏折)

M14：财政-关税

6.109 粤海关监督长有奏为补报光绪十一年分粤海关收支常税数目折

光绪十四年六月初六日(1888年7月14日)

二品衔、粤海关监督奴才长有跪奏，为补报光绪十一年分粤海关收支常税数目，恭折仰祈圣鉴事。窃照粤海关每年征收税银向系按照关期将收支各数分款造报，前于同治二年十一月间奉部札行，奏准将各海关洋税收支数目均以咸丰十年八月十七日为始，仍按三个月奏报一次，扣足四结专折奏销一次，仍从第一结起造具，每结四柱，清册送部查核，毋庸按照关期题销以清界划而免稽延，其各关应征常税仍令各按关期照常题销以符旧制等因。业经按照四结为一年将收支洋税数目具奏在案。

兹查光绪十一年分常税前监督崇光管理任内自光绪九年十一月二十六日起至十年四月二十五日止，计五个月，大关共征银六万八百三十三两五钱九分七厘，各口共征银九千二百一十九两五钱三分七厘，潮州新关共征银九千五百八十四两三钱三分四厘，琼州新关共征银一千一百二两五钱九分四厘，四共征银八万七百四十两六分二厘。前监督海绪管理任内自十年四月二十六日起连闰至十月二十五日止，计七个月，大关共征银八万八千二百二十四两三钱四分一厘，各口共征银一万九千二十六两一钱四分七厘，潮州新关共征银一万一千二百三十三两二钱五分四厘，琼州新关共征银七百四十四两三钱九分九厘，四共征银一十一万九千二百二十八两一钱四分一厘。统计一年两任大关各口、潮州新关、琼州新关通共征银一十九万九千九百六十八两二钱三厘，除支销通关经费及镕销折耗等银二万三千八百一十六两三钱八分九厘，动支报解水脚银六千三百九十三两六钱二分二厘，部饭食银四千八百一十五两九钱七分五厘，正杂盈余水脚平余等十五两，加平共银二千五百四十八两六钱九分五厘，以上四款共支销银三万七千五百七十四两六钱八分一厘,尚存正杂盈余银一十六万二千三百九十三两五钱二分二厘。循例报解水脚银六千三百九十三两六钱二分二厘,部饭食银四千八百一十五两九钱七分五厘,正杂盈余水脚平余等十五两,加平共银二千五百四十八两六钱九分五厘,以上四款共存银一十七万六千一百五十一两八钱一分四厘,另存平余银一千一百二十五两八钱八分五厘,统共应存银一十七万七千二百七十七两六钱九分九厘。内除解部新增盈余银六万两十五两(疑此处有错),加平银九百两,部饭食银一千七百四十两,解员盘费银四百六十九两八钱,广东藩库本省兵饷银七万两,五共支银一十三万三千一百九两八钱,尚应存银四万四千一百六十七两八钱九分九厘。又北海关口共征货税银一万八千二百一两九钱五分六厘。以上应存银两已拨归光绪十二年分洋税项下,凑并不敷拨解。又汲水门等处共征洋药正税银一十六万八千七百九十五两九钱,共支销经费等银三十万一百六两五钱七分七厘,除将前项共征洋药正税银两抵支外,尚不敷银一十三万一千三百一十两六钱七分七厘。至遵旨酌留尾银解存藩库一款,该年无项可拨,合并陈明。谨将光绪十一年分常税收支各数恭折具奏。伏乞皇太后、皇上圣鉴。谨奏。

(朱批:)户部知道。

光绪十四年六月初六日

(宫中朱批奏折)

M14:财政-关税

6.110　两广总督张之洞奏报广东省光绪十三年下半年收解厘金数目折

光绪十四年十一月初六日(1888 年 12 月 8 日)

两广总督兼署广东巡抚臣张之洞跪奏,为奏报广东省光绪十三年下半年收解厘金数目,仰祈圣鉴事。

窃准部咨,同治八年二月初五日奉上谕,厘金一项,现据各该省奏报,每年减收已不下数百万两,若办理不善,经费将何所出,各该督抚仍须悉心酌核、力除中饱,毋得徒博虚誉、率行减免,遇有局卡太密、重复征收者,仍随时裁汰惩办。其厘金报部章程仍照两淮盐厘,半年奏报一次,著马新贻将开报式样抄录咨行各该省查照办理等因。钦此。钦遵。嗣准两江督臣马新贻将两淮盐厘开报式样录送来粤,转行查照。

又同治八年十二月前抚臣李福泰奏报太平关盈余溢额一片,声明参酌已撤坐厘成式,在于繁盛海口,分别补抽以济军饷。随于粤东省城及南海县之佛山、顺德县之陈村、新会县之江门设厂补抽货厘。又光绪二年闰五月前督臣刘坤一于遵旨覆奏前督臣英翰所陈粤省情形并应办事宜折内声明,于近年贸易较盛之廉州、北海、琼州、海口等处设厂抽厘以裨经费。并因北海地方界连高、雷两郡,陆路处处可通,易于绕越,又在高雷两属水东等处添设卡厂抽收货厘。并查得西江大洲厂偏在一隅,稽征不能得力,经将该厂移设德庆州属都城地方,以便稽查而杜偷漏。嗣于光绪七年二月间准户部咨,盐厘一项既系改归运司按引抽收,应将收支数目另案详报,勿庸归并货厘册内开报,致滋弊混等因。又经转行遵照办理。其新、香、海口五厂补抽货厘,系因近海各处漏匿渐多,于光绪十二年六月间始行设法整顿,陆续开办。截至年底止,综计各场下半年收数比较光绪十一年下半年收数,已增多银六万八千余两。若以通年合计,当可增收十三万余两。经臣于光绪十二年十二月复奏收支折内详细声明,续经奏明,该五厂创办以后规模既定,收数尚可加多。嗣因洋药改用税司,将该五厂补抽货厘于光绪十三年三月间改归九龙、拱北两关税司接收办理。又省河补抽系光绪十三年正月间设局开办,所有光绪十三年六月以前抽收行坐货厘及盐厘数目,节经开列清单,奏报在案。

兹查光绪十三年七月初一日起至十二月底止,共收原设东、西、北三江及续设廉州并高雷两属水东、北海等厂货厘洋银五十万九千五十九两四钱五分五毫,补抽省城、省河、佛山、江门、陈村暨九龙、拱北两关等处货厘洋银二十七万二千九百八十九两三钱三分,又抽盐厘洋银三万九千七百六十八两二钱四分三厘。据广东布政使高崇基会同厘务局司道仿照两淮盐厘式样分别造册,详请具奏前来。臣覆查无异,除各册送部外,谨分列清单恭折具陈。至盐厘一项,业已改归运司按引抽收,是以清单内不复分列各厂名目。再,广东巡抚系臣兼署,毋庸会衔。合并陈明。伏祈皇太后、皇上圣鉴,敕部核覆施行。谨奏。

(朱批:)户部知道,单并发。

光绪十四年十一月初六日

(宫中朱批奏折)

M14:财政-关税

6.111 两广总督张之洞奏报粤省光绪十四年上半年收解厘金数目

光绪十五年五月二十一日(1889年6月19日)

两广总督兼署广东巡抚臣张之洞跪奏,为奏报广东省光绪十四年上半年收解厘金数目,仰祈圣鉴事。

窃准部咨,同治八年二月初五日奉上谕,厘金一项,现据各该省奏报,每年减收已不下数百万两,若办理不善,经费将何所出,各该督抚仍须悉心酌核、力除中饱,毋得徒搏虚誉、率行减免,遇有局卡太密、重复征收者,仍随时裁汰惩办。其厘金报部章程仍照两淮盐厘,半年奏报一次,著马新贻将开报式样抄录咨行各该省查照办理等因。钦此。钦遵。嗣准两江督臣马新贻将两淮盐厘开报式样录送来粤,转行查照。

又同治八年十二月前抚臣李福泰奏报太平关盈余溢额一片,声明参酌已撤坐厘成式,在于繁盛海口,分别补抽以济军饷。随于粤东省城及南海县之佛山、顺德县之陈村、新会县之江门设厂补抽货厘。又光绪二年闰五月前督臣刘坤一于遵旨覆奏前督臣英翰所陈粤省情形并应办事宜折内声明,于近年贸易较盛之廉州、北海、琼州、海口等处设厂抽厘以裨经费。并因北海地方界连高、雷两郡,陆路处处可通,易于绕越,又在高雷两属水东等处添设卡厂抽收货厘。并查得西江大洲厂偏在一隅,稽征不能得力,经将该厂移设德庆州属都城地方,以便稽查而杜偷漏。嗣于光绪七年二月间准户部咨,盐厘一项既系改归运司按引抽收,应将收支数目另案详报,勿庸归并货厘册内开报,致滋弊混等因。又经转行遵照办理。其新、香、海口五厂补抽货厘,系因近海各处漏匿渐多,于光绪十二年六月间始行设法整顿,陆续开办。截至年底止,综计各场下半年收数比较光绪十一年下半年收数,已增多银六万八千余两。若以通年合计,当可增收十三万余两。经臣于光绪十二年十二月覆奏收支折内详细声明,续经奏明,该五厂创办以后规模既定,收数尚可加多。嗣因洋药改用税司,将该五厂补抽货厘于光绪十三年三月间改归九龙、拱北两关税司接收办理。又省河补抽系光绪十三年正月间设局开办,所有光绪十三年十二月以前抽收行坐货厘及盐厘数目,节经开列清单,奏报在案。

兹查光绪十四年正月初一日起至六月底止,共收原设东、西、北三江及续设廉州并高雷两属水东、北海等厂货厘洋银四十八万七千三百五十八两一钱九分三厘,补抽省城、省河、佛山、江门、陈村暨九龙、拱北两关等处货厘洋银三十二万九千五百二十九两七钱二分七厘二毫,又抽盐厘洋银四万一千六百九十二两一钱四分九厘。据署广东布政使王之春会同厘务局司道仿照两淮盐厘式样分别造册,详请具奏前来。臣覆查无异,除各册送部外,谨分列清单恭折具陈。至盐厘一项,业已改归运司按引抽收,是以清单内不复分列各厂名目。再,广东巡抚系臣兼署,毋庸会衔。合并陈明。

伏祈皇上圣鉴,敕部核覆施行。谨奏。

(朱批:)户部知道,单并发。

光绪十五年五月二十一日

（宫中朱批奏折）

M14：财政-关税

6.112 两广总督张之洞奏报广东省十四年下半年收解厘金数目折

光绪十五年八月二十二日(1889 年 9 月 16 日)

两广总督兼署广东巡抚臣张之洞跪奏，为奏报广东省光绪十四年下半年收解厘金数目，仰祈圣鉴事。

窃准部咨，同治八年二月初五日奉上谕，厘金一项，现据各该省奏报，每年减收已不下数百万两，若办理不善，经费将何所出，各该督抚仍须悉心酌核、力除中饱，毋得徒搏虚誉、率行减免，遇有局卡太密、重复征收者，仍随时裁汰惩办。其厘金报部章程仍照两淮盐厘，半年奏报一次，著马新贻将开报式样抄录咨行各该省查照办理等因。钦此。钦遵。嗣准两江督臣马新贻将两淮盐厘开报式样录送来粤，转行查照。

又同治八年十二月前抚臣李福泰奏报太平关盈余溢额一片，声明参酌已撤坐厘成式，在于繁盛海口，分别补抽以济军饷。随于粤东省城及南海县之佛山、顺德县之陈村、新会县之江门设厂补抽货厘。又光绪二年闰五月前督臣刘坤一于遵旨覆奏前督臣英翰所陈粤省情形并应办事宜折内声明，于近年贸易较盛之廉州、北海、琼州、海口等处设厂抽厘以裨经费。并因北海地方界连高、雷两郡，陆路处处可通，易于绕越，又在高雷两属水东等处添设卡厂抽收货厘。并查得西江大洲厂偏在一隅，稽征不能得力，经将该厂移设德庆州属都城地方，以便稽查而杜偷漏。嗣于光绪七年二月间准户部咨，盐厘一项既系改归运司按引抽收，应将收支数目另案详报，勿庸归并货厘册内开报，致滋弊混等因。又经转行遵照办理。其新、香、海口五厂补抽货厘，系因近海各处漏匿渐多，于光绪十二年六月间始行设法整顿，陆续开办。截至年底止，综计各场下半年收数比较光绪十一年下半年收数，已增多银六万八千余两。若以通年合计，当可增收十三万余两。经臣于光绪十二年十二月覆奏收支折内详细声明，续经奏明，该五厂创办以后规模既定，收数尚可加多。嗣因洋药改用税司，将该五厂补抽货厘于光绪十三年三月间改归九龙、拱北两关税司接收办理，又省河补抽系光绪十三年正月间设局开办，所有光绪十四年六月以前抽收行坐货厘及盐厘数目，节经开列清单，奏报在案。

兹查光绪十四年七月初一日起至十二月底止，共收原设东、西、北三江及续设廉州并高雷两属水东、北海等厂货厘洋银五十四万六千六两九钱七分二厘，补抽省城、省河、佛山、江门、陈村暨九龙、拱北两关等处货厘洋银三十五万一千七百二十二两六钱四分六厘六毫，又抽盐厘洋银五万七千二百六十两六钱二分七厘。据广东布政使游智开会同厘务局司道仿照两淮盐厘式样分别造册，详请具奏前来。臣覆查无异，除各册送部外，谨分列清单恭折具陈。至盐厘一项，业已改归运司按引抽收,是以清单内不复分列各厂名目。再,广东巡抚系臣兼署,毋庸会衔。合并陈明。

伏祈皇上圣鉴,敕部核覆施行。谨奏。

(朱批:)户部知道,单并发。

光绪十五年八月二十二日

(宫中朱批奏折)

M14:财政-关税

6.113　两广总督张之洞等奏报粤海潮州等关第一百十三结征收正半各税银折

光绪十五年八月二十二日(1889年9月16日)

两广总督兼署广东巡抚臣张之洞、粤海关监督臣长有跪奏,为粤海、潮州二关及琼州、廉州北海两新关第一百十三结征收正税并船钞、土货半税各银数开单奏报,仰祈圣鉴事。

窃照光绪十年四月间准户部咨,各海关洋税奏销应令遵照定章一律开单奏报一折,奉旨依议。钦此。咨行到粤,当经钦遵办理。查粤海、潮州二关征收洋税四成项下银两,历准户部并总理各国事务衙门咨,每月拨解陕西协饷银一万两,嗣改为筹边军饷。又每季筹办内务府、造办处赤金各五百两。又每结拨解抵还闽省借款,改为加放俸饷银六千两。又应解南北洋经费,嗣准总理海军事务衙门咨,拨归海军衙门作为常年饷需经费之用各等因。所有各关征解银数,历经按结奏报在案。

兹自光绪十四年八月二十六日起至十一月二十九日止计三个月为第一百十三结,粤海、潮州二关征收正税共银三十七万四千二百三十五两八钱八分八厘,核计四成银十四万九千六百九十四两三钱五分五厘二毫。除拨解光绪十四年二月、三月、四月分筹边军饷共银三万两,办解内务府十四年冬季分赤金价银九千二百五十两,造办处十四年冬季分赤金价银九千二百五十两,抵还闽省借款解京改放俸饷银六千两外,实存四成银九万五千一百九十四两三钱五分五厘二毫。又粤海、潮州二关征收洋船船钞、土货半税,招商局轮船货税、土货半税及粤海大关招商局轮船船钞各项共银九万二千四十六两二钱八分二厘。至粤海大关子口税及潮州新关子口税并招商局轮船船钞本届并无征收。又本届第一百十三结琼州、北海两新关征收正税共银四万九千九百五十两四钱一分四厘,征收船钞、土货半税、子口税各项共银一千一百五十七两七钱六分四厘。至招商局轮船货税、船钞、土货半税本届并无征收。再,光绪四年四月间准户部咨,琼州、北海两新关所收洋税既无外国扣款,自毋庸再行分别四成六成报解等因在案。所有粤海、潮州二关及琼州、廉州北海二新关第一百十三结征收正税及船钞、子口税、土货半税各缘由除咨总理衙门暨户部外，谨缮列清单，会同南洋通商大臣、两江总督臣曾国荃恭折奏陈。再，广东巡抚系臣之洞兼署，毋庸会衔。合并陈明。

伏祈皇上圣鉴。谨奏。

（朱批：）该衙门知道，单并发。

光绪十五年八月二十二日

（宫中朱批奏折）

M14：财政-关税

6.114 粤海关监督长有奏为补报光绪十二年分粤海关收支常税数目折

光绪十五年十月十八日(1889年11月10日)

二品衔粤海关监督奴才长有跪奏，为补报光绪十二年分粤海关收支常税数目，恭折仰祈圣鉴事。

窃照粤海关每年征收税银，向系按照关期将收支各数分款造报，前于同治二年十一月间奉部札行，奏准将各海关洋税收支数目均以咸丰十年八月十七日为始，仍按三个月奏报一次，扣足四结专折奏销一次，仍从第一结起造具，每结四柱，清册送部查核，毋庸按照关期题销，以清界划而免稽延，其各关应征常税，仍令各按关期照常题销以符旧制等因。业经按照四结为一年将收支洋税数目具奏在案。

兹查光绪十二年分常税前监督海绪管理任内，自光绪十年十月二十六日起至光绪十一年十月二十五日止，计一年期内大关共征银一十四万八千四百五两六钱九厘。各口共征银二万八千二百五十九两二钱四分五厘。潮州新关共征银二万一千七百五十两七钱七分九厘。琼州新关共征银二千三百二十两一钱九分三厘。通共征银二十万七百三十五两八钱二分六厘。除支销通关经费及熔销折耗等银二万三千八百一十八两一钱六分，动支报解水脚银六千四百一十九两八钱，部饭食银四千八百三十五两六钱九分四厘，正杂盈余、水脚平余等十五两，加平共银二千五百五十九两一钱三分一厘。以上四款共支销银三万七千六百三十二两七钱八分五厘，尚存正杂盈余银一十六万三千一百三两四分一厘。循例报解水脚银六千四百一十九两八钱，部饭食银四千八百三十五两六钱九分四厘，正杂盈余、水脚平余等十五两，加平共银二千五百五十九两一钱三分一厘，以上四款共存银一十七万六千九百一十七两六钱六分六厘。另存平余银一千八十五两八钱八分。统共应存银一十七万八千三两五钱四分六厘。内除解过两广总督截留户部新增盈余银六万两十五两，加平银九百两，部饭食银一千七百四十两，广东藩库本省兵饷银七万两，四共支银一十三万二千六百四十两。尚应存银四万五千三百六十三两五钱四分六厘。又廉州府属北海关口共征货税银一万五千一十五两七钱八分五厘。以上应存银两已拨归光绪十三年分洋税项下，凑并不敷拨解。又汲水门等处共征洋药正税银一十七万三百五十八两，共支销经费等银二十二万三千八百四两二分三厘。除将前项共征洋药正税银两抵支外，尚不敷银五万三千四百四十六两二分三厘。至遵旨酌留尾银解存藩库一款，该年无项可拨。合并陈明。

谨将光绪十二年分常税收支各数恭折具奏。伏乞皇上圣鉴。谨奏。

(朱批:)户部知道。

光绪十五年十月十八日

（宫中朱批奏折）

M14：财政-关税

6.115　粤海关监督长有奏报九龙拱北两关常税仍归粤关开销遵照部覆立案折

光绪十五年十月二十五日(1889 年 11 月 17 日)

二品衔粤海关监督奴才长有跪奏，为九龙、拱北两关常税仍归粤关开销，免其报解，遵照部覆，吁恳恩准立案，恭折缕陈，仰祈圣鉴事。

窃粤海关于同治十年间，在新安县属附近香港之汲水门、长洲、佛头洲、九龙，香山县属附近澳门之小马溜洲、前山地方设立六厂，征收洋药正税。嗣因香、澳界连外洋，为各船出入必由之地，复于汲水门等处设立红单厂，带征常税，曾经奏明，系因堵截绕越，归补粤关征收之不足，所征税项，历年均于年终归入粤关常税收数内造报。自光绪十三年间，奉到总理各国事务衙门札行，所有六厂洋药，统归新派九龙、拱北关税务司厘税并征，其华船常税经过六厂者，如无各关经税红单，亦归税务司经理。当经前监督增润，将每年应进贡品及一切善举各项用度，约需银十余万两，又筹备三海工程一百万两案内，每年须还洋款本息银十万余两，前奉户部札行，派拨京员津贴银四万两，并未作正开销，均不能不在常税取给，若将各厂常税归税务司并征，则以上各款无从支应实在情形，函达总理各国事务衙门核办。旋承准电覆。嗣后税司所收百货常税，仍解关署，所有传办事件、洋债还款及一切用项，均敷开销。等因。是此项常税仍归粤关开销，业经总理各国事务衙门于开办时电覆在案。嗣于本年正月间，承准户部札行，著将改设九、拱两关所征百货常税银两解部。等因。

查九、拱两关自光绪十三年五月十一日第一百八结起，归税司代征，至一百十二结期满止，共一年零三个月，经征银三十万六千五百六十九两零。而粤海关每年应支贡款、洋债、京员津贴，改为加复俸饷，应需银三十三万五千余两，若以四结为一年，核计自一百八结至一百十一结止，仅征银二十二万六千五百十两四钱三分四厘。全数抵拨，尚属不敷甚巨。当经分别呈明总理各国事务衙门、户部，请照当时原电，将九、拱两关百货常税，免其报解，俾得开销。兹准户部札覆，查无奏咨报部案据，饬令自行奏明办理。等因。

伏思此项税收，既经前监督增润将核实支销情由，函达总理各国事务衙门，承准电覆有案，自应奏明，吁恳恩准立案，永远遵办。所有九、拱两关税务司代征常税，仍归粤关开销，免其报解，俾得办公有藉。

除再行呈明总理各国事务衙门、户部察照外，理合将遵照部覆立案缘由，恭折缕陈。伏乞皇上圣鉴。谨奏。

(朱批:)该衙门知道。

光绪十五年十月二十五日

(宫中朱批奏折)

M14：财政-关税

6.116 两广总督李瀚章等奏报粤海潮州等关第一百十四结征收各税银数折

光绪十五年十一月十八日(1889年12月10日)

署理广东巡抚布政使臣游智开、头品顶戴两广总督臣李瀚章、粤海关监督臣长有跪奏，为粤海、潮州二关及琼州、廉州北海两新关第一百十四结征收正税并船钞、土货半税各银数开单奏报，仰祈圣鉴事。

窃照光绪十年四月间准户部咨，各海关洋税奏销应令遵照定章一律开单奏报一折奉旨，依议。钦此。咨行到粤，当经钦遵办理。查粤海、潮州二关征收洋税四成项下银两，历准户部并总理各国事务衙门咨，每月拨解陕西协饷银一万两，嗣改为筹边军饷。又每季筹办内务府、造办处赤金各五百两。又每结拨解抵还闽省借款，改为加放俸饷银六千两。又应解南北洋经费，嗣准总理海军事务衙门咨，拨归海军衙门作为常年饷需经费之用各等因。所有各关征解银数，历经按结奏报在案。

兹自光绪十四年十一月三十日起至十五年三月初一日止计三个月为第一百十四结，粤海、潮州二关征收正税共银二十六万六千三百六十两七钱九分，核计四成银十万六千五百四十四两三钱一分六厘。除拨解光绪十四年五月、六月、七月分筹边军饷共银三万两，办解内务府十五年春季分赤金价银一万两，造办处十五年春季分赤金价银一万两，抵还闽省借款解京改放俸饷银六千两外，实存四成银五万五百四十四两三钱一分六厘。又粤海、潮州二关征收洋船船钞、土货半税，招商局轮船货税、土货半税及粤海大关招商局轮船船钞各项共银六万三千二百三两三钱四分二厘。至粤海、潮州两关子口税并潮州新关招商局轮船船钞本届并无征收。又本届第一百十四结琼州、北海两新关征收正税共银五万六千二百八十二两三分三厘，征收船钞、土货半税、子口税各项共银五千三百三十八两一钱七分三厘。至招商局轮船货税、船钞、土货半税本届并无征收。再，光绪四年四月间准户部咨，琼州、北海两新关所收洋税既无外国扣款，自毋庸再行分别四成六成报解等因在案。所有粤海、潮州二关及琼州、廉州北海二新关第一百十四结征收正税及船钞、子口税、土货半税各缘由除咨总理衙门暨户部外，谨缮列清单，会同南洋通商大臣、两江总督臣曾国荃恭折奏陈。

伏祈皇上圣鉴。谨奏。

(朱批:)该衙门知道，单并发。

光绪十五年十一月十八日

(宫中朱批奏折)

M14：财政-关税

6.117　两广总督李瀚章等奏报粤海潮州等关第一百十四结征收洋药税银数折

光绪十五年十一月十八日(1889年12月10日)

署理广东巡抚布政使臣游智开、头品顶戴两广总督臣李瀚章、粤海关监督臣长有跪奏，为粤海、潮州二关及琼州、廉州北海两新关第一百十四结征收洋药税银数开单奏报，仰祈圣鉴事。

窃照光绪十年四月间准户部咨，各海关洋税奏销应令遵照定章一律开单奏报一折，奉旨依议。钦此。又光绪十五年四月间准户部咨，洋药税银另款奏报，毋再并入洋税案内以免轇轕等因。当经咨商办理。兹自光绪十四年十一月三十日起至十五年三月初一日止,计三个月为第一百十四结,粤海、潮州二关征收洋药税共银十三万八千三百七十二两六钱四分七厘,核计四成银五万五千三百四十九两五分八厘八毫。又潮州新关征收招商局轮船洋药税及琼州、廉州北海两新关征收洋药税共银一万六千九百十五两三钱五分。至粤海大关、琼州、廉州北海两新关招商局轮船洋药税本届并无征收。再,光绪四年四月间准户部咨,琼州、北海两新关所收洋税既无外国扣款,自毋庸再行分别四成六成报解等因在案。所有粤海、潮州二关及琼州、廉州北海两新关第一百十四结征收洋药税缘由,除咨总理衙门暨户部外,谨缮列清单,会同南洋通商大臣、两江总督臣曾国荃恭折奏陈。

伏乞皇上圣鉴。谨奏。

(朱批:)该衙门知道,单并发。

光绪十五年十一月十八日

(宫中朱批奏折)

M14:财政-关税

6.118 两广总督李瀚章奏报粤省十五年上半年收解厘金数目折

光绪十六年二月初四日(1890 年 2 月 22 日)

两广总督兼署广东巡抚臣李瀚章、署理广东巡抚布政使臣游智开跪奏,为奏报广东省光绪十五年上半年收解厘金数目,仰祈圣鉴事。

窃准部咨,同治八年二月初五日奉上谕,厘金一项现据各该省奏报,每年减收已不下数百万两,若办理不善,经费将何所出,各该省督抚仍须悉心酌核、力除中饱,毋得徒搏虚誉、率行减免,遇有局卡太密、重复征收者,仍随时裁汰惩办。其厘金报部章程仍照两淮盐厘,半年奏报一次,著马新贻将开报式样抄录咨行各该省查照办理等因。钦此。钦遵嗣准两江督臣马新贻将两淮盐厘开报式样录送来粤,转行查照。

又同治八年十二月前抚臣李福泰奏报太平关盈余溢额一片,声明参酌已撤坐厘成式,在于繁盛海口,分别补抽以济军饷,随于粤东省城及南海县之佛山、顺德县之陈村、新会县之江门设厂补抽货厘。又光绪二年闰五月前督臣刘坤一于遵旨覆奏前督臣英翰所陈粤省情形并应办事宜折内声明,于近年贸易较盛之廉州、北海、琼州、海口等处设厂抽厘以裨经费。并因北海地方界连高、雷两郡,陆路处处可通,易于绕越,又在高雷两属水东等处添设卡厂抽收货厘。并查得西江大洲厂偏在一隅，稽征不能得力，经将该厂移设德庆州属都城地方，以便稽查而杜偷漏。嗣于光绪七年二月间准户部咨，盐厘一项既系改归运司按引抽收，应将收支数目另案详报，勿庸归并货厘册内开报，致滋弊混等因。又经转行遵照办理。其新、香、海口五厂补抽货厘，系因近海各处漏匿渐多，于光绪十二年六月间始行设法整顿，陆续开办。截至年底止，综计各场下半年收数比较光绪十一年下半年收数，已增多银六万八千余两。若以通年合计，当可增收十三万余两。经前督臣张之洞于覆奏收支折内详细声明。嗣因洋药改用税司，将该五厂补抽货厘于光绪十三年三月间改归九龙、拱北两关税司接收办理。又省河补抽系光绪十三年正月间设局开办，所有光绪十四年十二月以前抽收行坐货厘及盐厘数目，节经开列清单，奏报在案。

兹查光绪十五年正月初一日起至六月底止，共收原设东、西、北三江及续设廉州并高雷两属水东、北海等厂货厘洋银四十八万六千一百四十二两五钱七分二毫，补抽省城、省河、佛山、江门、陈村暨九龙、拱北两关等处货厘洋银三十七万五千六百八十八两八钱四分四毫，又抽盐厘洋银四万七百二十二两六钱一分二厘。据署广东布政使王之春会同厘务局司道照案造册，详请具奏前来。臣等覆查无异，除各册送部外，谨分列清单恭折具陈。再，盐厘一项业已改归运司按引抽收，是以清单内不复分列各厂名目。合并陈明。

伏祈皇上圣鉴，敕部核覆施行。谨奏。

(朱批:)户部知道，单并发。

光绪十六年二月初四日

(宫中朱批奏折)

M14：财政-关税

6.119　两广总督李瀚章奏报广东省光绪十五年下半年收解厘金数目折

光绪十六年八月初七日(1890年9月20日)

头品顶戴两广总督臣李瀚章跪奏，为奏报广东省光绪十五年下半年收解厘金数目，仰祈圣鉴事。

窃准部咨，同治八年二月初五日奉上谕，厘金一项现据各该省奏报，每年减收已不下数百万两，若办理不善，经费将何所出，各该督抚仍须悉心酌核、力除中饱，毋得徒搏虚誉、率行减免，遇有局卡太密、重复征收者，仍随时裁汰惩办。其厘金报部章程仍照两淮盐厘，半年奏报一次，著马新贻将开报式样抄录咨行各该省查照办理等因。钦此。钦遵。嗣准两江督臣马新贻将两淮盐厘开报式样录送来粤，转行查照。

又同治八年十二月前抚臣李福泰奏报太平关盈余溢额一片，声明参酌已撤坐厘成式，在于繁盛海口，分别补抽以济军饷，随于粤东省城及南海县之佛山、顺德县之陈村、新会县之江门设厂补抽货厘。又光绪二年闰五月前督臣刘坤一于遵旨覆奏前督臣英翰所陈粤省情形并应办事宜折内声明，于近年贸易较盛之廉州、北海、琼州、海口等处设厂抽厘以裨经费。并因北海地方界连高、雷两郡，陆路处处可通，易于绕越，又在高雷两属水东等处添设卡厂抽收货厘。并查得西江大洲厂偏在一隅，稽征不能得力，经将该厂移设德庆州属都城地方，以便稽查而杜偷漏。嗣于光绪七年二月间准户部咨，盐厘一项既系改归运司按引抽收，应将收支数目另案详报，勿庸归并货厘册内开报，致滋弊混等因。又经转行遵照办理。其新、香、海口五厂补抽货厘，系因近海各处漏匿渐多，于光绪十二年六月间始行设法整顿，陆续开办。截至年底止，综计各场下半年收数比较光绪十一年下半年收数，已增多银六万八千余两。若以通年合计，当可增收十三万余两。经前督臣张之洞于覆奏收支折内详细声明。嗣因洋药改用税司，将该五厂补抽货厘于光绪十三年三月间改归九龙、拱北两关税司接收办理。又省河补抽系光绪十三年正月间设局开办。所有光绪十五年六月以前抽收行坐货厘及盐厘数目，节经开列清单，奏报在案。

兹查光绪十五年七月初一日起至十二月底止，共收原设东、西、北三江及续设廉州并高雷两属水东、北海等厂货厘洋银五十万三千二十九两二钱三厘六毫七丝，补抽省城、省河、佛山、江门、陈村暨九龙、拱北两关等处货厘洋银三十六万五百七十六两五钱六厘二毫，又抽盐厘洋银五万六千二百五十二两四钱二分一厘。据署广东布政使王之春会同厘务局司道照案造册，详请具奏前来。臣覆查无异，除各册送部外，谨分列清单恭折具陈。至盐厘一项业已改归运司按引抽收，是以清单内不复分列各厂名目。再，广东巡抚系臣兼署，毋庸会衔。合并陈明。

伏祈皇上圣鉴，敕部核覆施行。谨奏。

(朱批：)户部知道，单并发。

光绪十六年八月初七日

（宫中朱批奏折）

M14：财政-关税

6.120　两广总督李瀚章等奏报广东省光绪十六年上半年收解厘金数目折

光绪十七年正月二十七日(1891年3月7日)

头品顶戴两广总督臣李瀚章、广东巡抚臣刘瑞芬跪奏，为奏报广东省光绪十六年上半年收解厘金数目，仰祈圣鉴事。

窃准部咨，同治八年二月初五日奉上谕，厘金一项现据各该省奏报，每年减收已不下数百万两，若办理不善，经费将何所出，各该督抚仍须悉心酌核、力除中饱，毋得徒博虚誉、率行减免，遇有局卡太密、重复征收者仍随时裁汰惩办。其厘金报部章程仍照两淮盐厘，半年奏报一次，著马新贻将开报式样抄录咨行各该省查照办理等因。钦此。钦遵。嗣准两江督臣马新贻将两淮盐厘开报式样录送来粤，转行查照。

又同治八年十二月前抚臣李福泰奏报太平关盈余溢额一片，声明参酌已撤坐厘成式，在于繁盛海口，分别补抽以济军饷，随于粤东省城及南海县之佛山、顺德县之陈村、新会县之江门设厂补抽货厘。又光绪二年闰五月前督臣刘坤一于遵旨覆奏前督臣英翰所陈粤省情形并应办事宜折内声明，于近年贸易较盛之廉州、北海、琼州、海口等处设厂抽厘以裨经费。并因北海地方界连高、雷两郡，陆路处处可通，易于绕越，又在高雷两属水东等处添设卡厂抽收货厘。并查得西江大洲厂偏在一隅，稽征不能得力，经将该厂移设德庆州属都城地方，以便稽查而杜偷漏。嗣于光绪七年二月间准户部咨，盐厘一项既系改归运司按引抽收，应将收支数目另案详报，勿庸归并货厘册内开报，致滋弊混等因。又经转行遵照办理。其新、香、海口五厂补抽货厘，系因近海各处漏匿渐多，于光绪十二年六月间始行设法整顿，陆续开办。截至年底止，综计各场下半年收数比较光绪十一年下半年收数，已增多银六万八千余两。若以通年合计，当可增收十三万余两。经前督臣张之洞于覆奏收支折内详细声明。嗣因洋药改用税司，将该五厂补抽货厘于光绪十三年三月间改归九龙、拱北两关税司接收办理。省河补抽系于光绪十三年正月间设局开办。又光绪十六年闰二月间准户部咨，议覆北洋大臣请减茶厘一案，应令嗣后造报厘金案内将茶厘另为一款，不得并入各项税厘之内，以清款目而备考查等因。业经转行遵照办理。所有光绪十五年十二月以前抽收行坐货厘及盐厘数目，节经开列清单，奏报在案。

兹查光绪十六年正月初一日起至六月底止，连闰共收原设东、西、北三江及续设廉州并高雷两属水东、北海等厂货厘洋银五十二万一千八十八两八钱六分九厘八毫，补抽省城、省河、佛山、江门、陈村暨九龙、拱北两关等处货厘洋银三十七万二千五百二十两二钱五分三厘四毫，又抽盐厘洋银四万七千一百三十三两九钱九分六厘。据署广东布政使王之春会同厘务局司道照案造册，详请具奏前来。臣等覆查无异，除各册送部外，谨分列清单恭折具陈。再，盐厘一项业已改归运司按引抽收，是以清单内不复分列各厂名目。合并陈明。

伏祈皇上圣鉴，敕部核覆施行。谨奏。

（朱批：）户部知道，单并发。

光绪十七年正月二十七日

（宫中朱批奏折）

M14：财政-关税

6.121　两广总督臣李瀚章等奏报广东省光绪十七年上半年收解厘金数目折

光绪十七年十二月十八日(1892年1月17日)

头品顶戴两广总督臣李瀚章、广东巡抚臣刘瑞芬跪奏，为奏报广东省光绪十七年上半年收解厘金数目，仰祈圣鉴事。

窃准部咨，同治八年二月初五日奉上谕，厘金一项现据各该省奏报，每年减收已不下数百万两，若办理不善，经费将何所出，各该督抚仍须悉心酌核、力除中饱，毋得徒搏虚誉、率行减免，遇有局卡太密、重复征收者仍随时裁汰惩办。其厘金报部章程仍照两淮盐厘，半年奏报一次，著马新贻将开报式样抄录咨行各该省查照办理等因。钦此。钦遵。嗣准两江督臣马新贻将两淮盐厘开报式样录送来粤，转行查照。

又同治八年十二月前抚臣李福泰奏报太平关盈余溢额一片，声明参酌已撤坐厘成式，在于繁盛海口，分别补抽以济军饷，随于粤东省城及南海县之佛山、顺德县之陈村、新会县之江门设厂补抽货厘。又光绪二年闰五月前督臣刘坤一于遵旨覆奏前督臣英翰所陈粤省情形并应办事宜折内声明，于近年贸易较盛之廉州、北海、琼州、海口等处设厂抽厘以裨经费。并因北海地方界连高、雷两郡，陆路处处可通，易于绕越，又在高雷两属水东等处添设卡厂抽收货厘。并查得西江大洲厂偏在一隅，稽征不能得力，经将该厂移设德庆州属都城地方，以便稽查而杜偷漏。嗣于光绪七年二月间准户部咨，盐厘一项既系改归运司按引抽收，应将收支数目另案详报，勿庸归并货厘册内开报，致滋弊混等因。又经转行遵照办理。其新、香、海口五厂补抽货厘，系因近海各处漏匿渐多，于光绪十二年六月间始行设法整顿，陆续开办。截至年底止，综计各场下半年收数比较光绪十一年下半年收数已增多银六万八千余两。若以通年合计，当可增收银十三万余两。经前督臣张之洞于覆奏收支折内详细声明。嗣因洋药改用税司，将该五厂补抽货厘于光绪十三年三月间改归九龙、拱北两关税司接收办理。省河补抽系于光绪十三年正月间设局开办。又于光绪十六年闰二月间准户部咨，议覆北洋大臣请减茶厘一案，应令嗣后造报厘金案内将茶厘另为一款，不得并入各项税厘之内，以清款目而备考查等因。业经转行遵照办理。所有光绪十六年十二月以前抽收行坐货厘及盐厘数目，节经开列清单，奏报在案。

兹查光绪十七年正月初一日起至六月底止，共收原设东、西、北三江及续设廉州并高雷两属水东、北海等厂货厘洋银四十四万三千六百四两五钱六分三厘一毫，补抽省城、省河、佛山、江门、陈村暨九龙、拱北两关等处货厘洋银二十五万九千一百八十五两三钱七分六厘，又抽盐厘洋银四万三千八百二十两九钱四分九厘。据广东布政使觉罗成允会同厘务局司道照案造册，详请具奏前来。臣等覆查无异，除各册送部外，谨分列清单恭折具陈。再，盐厘一项业已改归运司按引抽收，是以清单内不复分列各厂名目。合并陈明。

伏祈皇上圣鉴，敕部核覆施行。谨奏。

（朱批：）户部知道，单并发。

光绪十七年十二月十八日

（宫中朱批奏折）

M14：财政-关务

6.122　两广总督李瀚章奏为港澳建设关厂需用经费地价银两请立案折

光绪十八年三月二十日（1892 年 4 月 16 日）

头品顶戴两广总督臣李瀚章跪奏，为建设关厂需用经费地价银两奏明立案，恭折仰祈圣鉴事。

窃照香港、澳门设立粤海分关，其附近香港者在九龙湾地方，经总理衙门拟名九龙关。前经札委候补知府富纯会同地方官及税务司马根勘定在九龙湾荔枝角地方，按照内地款式建造关厂并委员公所，其房屋间格大小系该税司自行酌定以期适用，核实估计共需工料银九千八百六十八两六钱九分，即在关款拨用。又据新安县知县杨维培查明，建厂占用税地及迁徙民居共应给价银一千二百五十八两二钱七分一厘，应由司库拨款发县分给各业户收领。据管理海防善后局广东藩司觉罗成允等查核尚无浮冒，详请奏咨立案前来。臣覆核无异，除饬将一切细数另行造报并咨部查照外，理合缮折具陈。

伏乞皇上圣鉴，饬部立案。再，广东巡抚系臣兼署，毋庸会衔，合并陈明。谨奏。

（朱批：）该部知道。

光绪十八年三月二十日

（宫中朱批奏折）

M14：财政-关税

6.123 两广总督李瀚章奏报粤省十七年下半年收解厘金数目折

光绪十八年六月十八日(1892 年 7 月 11 日)

头品顶戴两广总督臣李瀚章跪奏，为奏报广东省光绪十七年下半年收解厘金数目，仰祈圣鉴事。

窃准部咨，同治八年二月初五日奉上谕，厘金一项现据各该省奏报，每年减收已不下数百万两，若办理不善，经费将何所出，各该督抚仍须悉心酌核、力除中饱，毋得徒搏虚誉、率行减免，遇有局卡太密、重复征收者仍随时裁汰惩办。其厘金报部章程仍照两淮盐厘，半年奏报一次，著马新贻将开报式样抄录咨行各该省查照办理等因。钦此。钦遵。嗣准两江督臣马新贻将两淮盐厘开报式样录送来粤，转行查照。

又同治八年十二月前抚臣李福泰奏报太平关盈余溢额一片，声明参酌已撤坐厘成式，在于繁盛海口，分别补抽以济军饷，随于粤东省城及南海县之佛山、顺德县之陈村、新会县之江门设厂补抽货厘。又光绪二年闰五月前督臣刘坤一于遵旨覆奏前督臣英翰所陈粤省情形并应办事宜折内声明，于近年贸易较盛之廉州、北海、琼州、海口等处设厂抽厘以裨经费。并因北海地方界连高、雷两郡，陆路处处可通，易于绕越，又在高雷两属水东等处添设卡厂抽收货厘。并查得西江大洲厂偏在一隅，稽征不能得力，经将该厂移设德庆州属都城地方，以便稽查而杜偷漏。嗣于光绪七年二月间准户部咨，盐厘一项既系改归运司按引抽收，应将收支数目另案详报，勿庸归并货厘册内开报，致滋弊混等因。又经转行遵照办理。其新、香、海口五厂补抽货厘，系因近海各处漏匿渐多，于光绪十二年六月间始行设法整顿，陆续开办。截至年底止，综计各场下半年收数比较光绪十一年下半年收数已增多银六万八千余两。若以通年合计，当可增收银十三万余两。经前督臣张之洞于覆奏收支折内详细声明。嗣因洋药改用税司，将该五厂补抽货厘于光绪十三年三月间改归九龙、拱北两关税司接收办理。省河补抽系于光绪十三年正月间设局开办。又于光绪十六年闰二月间准户部咨，议覆北洋大臣请减茶厘一案，应令嗣后造报厘金案内将茶厘另为一款，不得并入各项税厘之内，以清款目而备考查等因。业经转行遵照办理。所有光绪十七年六月以前抽收行坐货厘及盐厘数目，节经开列清单，奏报在案。

兹查光绪十七年七月初一日起至十二月底止，共收原设东、西、北三江及续设廉州并高雷两属水东、北海等厂货厘洋银四十七万九千九百五十四两六钱三分三厘九毫六丝，补抽省城、省河、佛山、江门、陈村暨九龙、拱北两关等处货厘洋银三十五万二千七百八十八两三钱一分八厘。又抽盐厘洋银五万一千二百二十九两六分四厘。据广东布政使觉罗成允会同厘务局司道照案造册,详请具奏前来。臣覆查无异,除各册送部外,谨分列清单恭折具陈。至盐厘一项业已改归运司按引抽收,是以清单内不复分列各厂名目。再,广东巡抚系臣兼署,毋庸会衔。合并陈明。

伏祈皇上圣鉴,敕部核覆施行。谨奏。

(朱批:)户部议奏,单并发。

光绪十八年六月十八日

(宫中朱批奏折)

M14:财政-关税

6.124 两广总督李瀚章等奏报广东省光绪十八年上半年收解厘金数目折

光绪十八年十一月初八日(1892年12月26日)

头品顶戴两广总督臣李瀚章、头品顶戴广东巡抚臣刚毅跪奏,为奏报广东省光绪十八年上半年收解厘金数目,仰祈圣鉴事。

窃准部咨,同治八年二月初五日奉上谕,厘金一项现据各该省奏报,每年减收已不下数百万两,若办理不善,经费将何所出,各该督抚仍须悉心酌核、力除中饱,毋得徒搏虚誉、率行减免,遇有局卡太密、重复征收者仍随时裁汰惩办。其厘金报部章程仍照两淮盐厘,半年奏报一次,著马新贻将开报式样抄录咨行各该省查照办理等因。钦此。钦遵。嗣准两江督臣马新贻将两淮盐厘开报式样录送来粤,转行查照。

又同治八年十二月前抚臣李福泰奏报太平关盈余溢额一片,声明参酌已撤坐厘成式,在于繁盛海口,分别补抽以济军饷,随于粤东省城及南海县之佛山、顺德县之陈村、新会县之江门设厂补抽货厘。又光绪二年闰五月前督臣刘坤一于遵旨覆奏前督臣英翰所陈粤省情形并应办事宜折内声明,于近年贸易较盛之廉州、北海、琼州、海口等处设厂抽厘以裨经费。并因北海地方界连高、雷两郡,陆路处处可通,易于绕越,又在高雷两属水东等处添设卡厂抽收货厘。并查得西江大洲厂偏在一隅,稽征不能得力,经将该厂移设德庆州属都城地方,以便稽查而杜偷漏。嗣于光绪七年二月间准户部咨,盐厘一项既系改归运司按引抽收,应将收支数目另案详报,勿庸归并货厘册内开报,致滋弊混等因。又经转行遵照办理。其新、香、海口五厂补抽货厘,系因近海各处漏匿渐多,于光绪十二年六月间始行设法整顿,陆续开办。截至年底止,综计各场下半年收数比较光绪十一年下半年收数已增多银六万八千余两。若以通年合计,当可增收银十三万余两。经前督臣张之洞于覆奏收支折内详细声明。嗣因洋药改用税司,将该五厂补抽货厘于光绪十三年三月间改归九龙、拱北两关税司接收办理。省河补抽系于光绪十三年正月间设局开办。又于光绪十六年闰二月间准户部咨,议覆北洋大臣请减茶厘一案,应令嗣后造报厘金案内将茶厘另为一款,不得并入各项税厘之内,以清款目而备考查等因。业经转行遵照办理。所有光绪十七年十二月以前抽收行坐货厘及盐厘数目,节经开列清单,奏报在案。

兹查光绪十八年正月初一日起至闰六月底止,连闰共收原设东、西、北三江及续设廉州并高雷两属水东、北海等厂货厘洋银四十九万六千九百七十二两九钱六分三厘八毫二丝,补抽省城、省河、佛山、江门、陈村暨九龙、拱北两关等处货厘洋银三十九万二千三百六两三分四厘二毫。又抽盐厘洋银三万五千三百八十九两三钱六厘。据广东布政使觉罗成允会同厘务局司道照案造册,详请具奏前来。臣等覆查无异,除各册送部外,谨分列清单恭折具陈。再,盐厘一项业已改归运司按引抽收,是以清单内不复分列各厂名目。合并陈明。

伏祈皇上圣鉴,敕部核覆施行。谨奏。

(朱批:)户部议奏,单并发。

光绪十八年十一月初八日

(宫中朱批奏折)

M14:财政-关税

6.125 两广总督李瀚章等奏报广东省光绪十八年下半年收解厘金数目折

光绪十九年五月二十八日(1893年7月11日)

头品顶戴两广总督臣李瀚章、头品顶戴广东巡抚臣刚毅跪奏,为奏报广东省光绪十八年下半年收解厘金数目,仰祈圣鉴事。

窃准部咨,同治八年二月初五日奉上谕,厘金一项现据各该省奏报,每年减收已不下数百万两,若办理不善,经费将何所出,各该督抚仍须悉心酌核、力除中饱,毋得徒搏虚誉、率行减免,遇有局卡太密、重复征收者仍随时裁汰惩办。其厘金报部章程仍照两淮盐厘,半年奏报一次,著马新贻将开报式样抄录咨行各该省查照办理等因。钦此。钦遵。嗣准两江督臣马新贻将两淮盐厘开报式样录送来粤,转行查照。

又同治八年十二月前抚臣李福泰奏报太平关盈余溢额一片,声明参酌已撤坐厘成式,在于繁盛海口,分别补抽以济军饷,随于粤东省城及南海县之佛山、顺德县之陈村、新会县之江门设厂补抽货厘。又光绪二年闰五月前督臣刘坤一于遵旨覆奏前督臣英翰所陈粤省情形并应办事宜折内声明，于近年贸易较盛之廉州、北海、琼州、海口等处设厂抽厘以裨经费。并因北海地方界连高、雷两郡，陆路处处可通，易于绕越，又在高雷两属水东等处添设卡厂抽收货厘。并查得西江大洲厂偏在一隅，稽征不能得力，经将该厂移设德庆州属都城地方，以便稽查而杜偷漏。嗣于光绪七年二月间准户部咨，盐厘一项既系改归运司按引抽收，应将收支数目另案详报，勿庸归并货厘册内开报，致滋弊混等因。又经转行遵照办理。其新、香、海口五厂补抽货厘，系因近海各处漏匿渐多，于光绪十二年六月间始行设法整顿，陆续开办。截至年底止，总计各场下半年收数比较光绪十一年下半年收数已增多银六万八千余两。若以通年合计，当可增收银十三万余两。经前督臣张之洞于覆奏收支折内详细声明。嗣因洋药改用税司，将该五厂补抽货厘于光绪十三年三月间改归九龙、拱北两关税司接收办理。省河补抽系于光绪十三年正月间设局开办。又于光绪十六年闰二月间准户部咨，议覆北洋大臣请减茶厘一案，应令嗣后造报厘金案内将茶厘另为一款，不得并入各项税厘之内，以清款目而备考查等因。业经转行遵照办理。所有光绪十八年闰六月以前抽收行坐货厘及盐厘数目，节经开列清单，奏报在案。

兹查光绪十八年七月初一日起至十二月底止，共收原设东、西、北三江及续设廉州并高雷两属水东、北海等厂货厘洋银四十六万一百八十七两一钱七分九厘八毫六丝，补抽省城、省河、佛山、江门、陈村暨九龙、拱北两关等处货厘洋银四十一万三百五十三两五钱三分四厘一毫。又抽盐厘洋银五万八百八十三两七钱四分三厘。据广东布政使觉罗成允会同厘务局司道照案造册，详请具奏前来。臣等覆查无异，除各册送部外，谨分列清单恭折具陈。再，盐厘一项业已改归运司按引抽收，是以清单内不复分列各厂名目。合并陈明。

伏祈皇上圣鉴，敕部核覆施行。谨奏。

(朱批：)户部议奏，单并发。

光绪十九年五月二十八日

(宫中朱批奏折)

M14：财政-关税

6.126　两广总督李瀚章等奏报广东省光绪十九年上半年收解厘金数目折

光绪十九年十二月十三日(1894 年 1 月 19 日)

头品顶戴两广总督臣李瀚章、头品顶戴广东巡抚臣刚毅跪奏，为奏报广东省光绪十九年上半年收解厘金数目,仰祈圣鉴事。

窃准部咨,同治八年二月初五日奉上谕,厘金一项现据各该省奏报,每年减收已不下数百万两,若办理不善,经费将何所出,各该督抚仍须悉心酌核、力除中饱,毋得徒搏虚誉、率行减免,遇有局卡太密、重复征收者仍随时裁汰惩办。其厘金报部章程仍照两淮盐厘,半年奏报一次,著马新贻将开报式样抄录咨行各该省查照办理等因。钦此。钦遵。嗣准两江督臣马新贻将两淮盐厘开报式样录送来粤,转行查照。

又同治八年十二月前抚臣李福泰奏报太平关盈余溢额一片,声明参酌已撤坐厘成式,在于繁盛海口,分别补抽以济军饷,随于粤东省城及南海县之佛山、顺德县之陈村、新会县之江门设厂补抽货厘。又光绪二年闰五月前督臣刘坤一于遵旨覆奏前督臣英翰所陈粤省情形并应办事宜折内声明,于近年贸易较盛之廉州、北海、琼州、海口等处设厂抽厘以裨经费。并因北海地方界连高、雷两郡,陆路处处可通,易于绕越,又在高雷两属水东等处添设卡厂抽收货厘。并查得西江大洲厂偏在一隅,稽征不能得力,经将该厂移设德庆州属都城地方,以便稽查而杜偷漏。嗣于光绪七年二月间准户部咨,盐厘一项既系改归运司按引抽收,应将收支数目另案详报,勿庸归并货厘册内开报,致滋弊混等因。又经转行遵照办理。其新、香、海口五厂补抽货厘,系因近海各处漏匿渐多,于光绪十二年六月间始行设法整顿,陆续开办。截至年底止,总计各场下半年收数比较光绪十一年下半年收数已增多银六万八千余两。若以通年合计,当可增收银十三万余两。经前督臣张之洞于覆奏收支折内详细声明。嗣因洋药改用税司,将该五厂补抽货厘于光绪十三年三月间改归九龙、拱北两关税司接收办理。省河补抽系于光绪十三年正月间设局开办。又于光绪十六年闰二月间准户部咨,议覆北洋大臣请减茶厘一案,应令嗣后造报厘金案内将茶厘另为一款,不得并入各项税厘之内,以清款目而备考查等因。业经转行遵照办理。所有光绪十八年十二月以前抽收行坐货厘及盐厘数目,节经开列清单,奏报在案。

兹查光绪十九年正月初一日起至六月底止,共收原设东、西、北三江及续设廉州并高雷两属水东、北海等厂货厘洋银四十万三千四百九十八两三钱三分八厘二毫,补抽省城、省河、佛山、江门、陈村暨九龙、拱北两关等处货厘洋银三十万六百八两九钱八分三厘九毫。又抽盐厘洋银三万七千五百三十一两七钱一分六厘。据广东布政使觉罗成允会同厘务局司道照案造册,详请具奏前来。臣等覆查无异,除各册送部外,谨分列清单恭折具陈。再,盐厘一项业已改归运司按引抽收,是以清单内不复分列各厂名目。合并陈明。

伏祈皇上圣鉴,敕部核覆施行。谨奏。

(朱批:)户部知道,单并发。

光绪十九年十二月十三日

(宫中朱批奏折)

M14：财政-关税

6.127　两广总督李瀚章奏报广东省光绪十九年下半年收解厘金数目折

光绪二十年八月初八日(1894 年 9 月 7 日)

太子少保头品顶戴两广总督臣李瀚章跪奏,为奏报广东省光绪十九年下半年收解厘金数目,仰祈圣鉴事。

窃准部咨,同治八年二月初五日奉上谕,厘金一项现据各该省奏报,每年减收已不下数百万两,若办理不善,经费将何所出,各该督抚仍须悉心酌核、力除中饱,毋得徒搏虚誉、率行减免,遇有局卡太密、重复征收者仍随时裁汰惩办。其厘金报部章程仍照两淮盐厘,半年奏报一次,著马新贻将开报式样抄录咨行各该省查照办理等因。钦此。钦遵。嗣准两江督臣马新贻将两淮盐厘开报式样录送来粤,转行查照。

又同治八年十二月前抚臣李福泰奏报太平关盈余溢额一片,声明参酌已撤坐厘成式,在于繁盛海口,分别补抽以济军饷,随于粤东省城及南海县之佛山、顺德县之陈村、新会县之江门设厂补抽货厘。又光绪二年闰五月前督臣刘坤一于遵旨覆奏前督臣英翰所陈粤省情形并应办事宜折内声明,于近年贸易较盛之廉州、北海、琼州、海口等处设厂抽厘以裨经费。并因北海地方界连高、雷两郡,陆路处处可通,易于绕越,又在高雷两属水东等处添设卡厂抽收货厘。并查得西江大洲厂偏在一隅,稽征不能得力,经将该厂移设德庆州属都城地方,以便稽查而杜偷漏。嗣于光绪七年二月间准户部咨,盐厘一项既系改归运司按引抽收,应将收支数目另案详报,勿庸归并货厘册内开报,致滋弊混等因。又经转行遵照办理。其新、香、海口五厂补抽货厘,系因近海各处漏匿渐多,于光绪十二年六月间始行设法整顿,陆续开办。截至年底止,总计各场下半年收数比较光绪十一年下半年收数已增多银六万八千余两。若以通年合计,当可增收银十三万余两。经前督臣张之洞于覆奏收支折内详细声明。嗣因洋药改用税司,将该五厂补抽货厘于光绪十三年三月间改归九龙、拱北两关税司接收办理。省河补抽系于光绪十三年正月间设局开办。又于光绪十六年闰二月间准户部咨,议覆北洋大臣请减茶厘一案,应令嗣后造报厘金案内将茶厘另为一款,不得并入各项税厘之内,以清款目而备考查等因。业经转行遵照办理。所有光绪十九年六月以前抽收行坐货厘及盐厘数目,节经开列清单,奏报在案。

兹查光绪十九年七月初一日起至十二月底止,共收原设东、西、北三江及续设廉州并高雷两属水东、北海等厂货厘洋银四十三万八千八十五两四钱九分二厘三毫九丝,补抽省城、省河、佛山、江门、陈村暨九龙、拱北两关等处货厘洋银四十五万五千四百六十八两五钱七厘二毫。又抽盐厘洋银四万一千六百七两一钱三分。据广东布政使觉罗成允会同厘务局司道照案造册，详请具奏前来。臣覆查无异，除各册送部外，谨分列清单恭折具陈。再，盐厘一项业已改归运司按引抽收，是以清单内不复分列各厂名目。再，广东巡抚系臣兼署，毋庸会衔。合并陈明。

伏祈皇上圣鉴，敕部核覆施行。谨奏。

（朱批：）户部知道，单并发。

光绪二十年八月初八日

（宫中朱批奏折）

M14：财政-关务

6.128　两广总督李瀚章奏报查明广东省厘捐各场并无可裁并缘由折

光绪二十年九月二十六日（1894年10月24日）

太子少保头品顶戴两广总督兼署广东巡抚臣李瀚章跪奏，为查明广东省现设厘捐各厂无可裁并，据实恭折覆陈，仰祈圣鉴事。

窃臣准户部咨，光绪二十年六月十二日奉上谕，御史郑思贺奏请饬裁并各省厘局等语，各省现设局卡仍复不少，江西厘局多至七十余处，亟应再加申禁，著江西巡抚及直省督抚将现设各局悉心筹画，酌留水陆冲要处所认真稽查，严防绕越偷漏，其余零星局卡即著核实删减，仍将裁定数目迅速覆奏等因。钦此。咨行到臣。仰见我皇上轸念商民，加意体恤，实深钦感，当经转行钦遵办理。

去后兹据管理厘务局广东藩司成允等详称，广东通省所设厘厂约有四端，一曰内河厘厂，分设广、肇、惠、韶四府，共系八处，相距各百数十里，其支河小港从未设卡，凡行走内河货物，收过起验两次厘金后概不再抽。一曰外海厘厂，分设高、廉、雷三府，共系四处，捐抽出进海口绕越内河之货。一曰各埠坐贾，分设粤东省城及南海县之佛山、顺德县之陈村、新会县之江门四处，海舶绕载货物到埠分别补抽，与外海各厂相辅而行，不相重复。一曰海口半厘，设于省河，专抽海口进出轮渡厘金，其收数照章减半，故曰半厘，系光绪十三年裁撤新、香六厂后所设，与前项省埠坐贾另为一宗，亦非重复。以上各厂均系冲要之区，照章办理，悉心筹酌，无可删裁。其潮州、琼州二府向无厘厂，详请具奏前来。臣查厘捐已行数十年，商贾久熟，情形咸工。计较广东山海交错，道路纷歧，稽查断难周密。宽以招之则遵行大路而厘可抽收，严以迫之则各趋僻径而厘将无出。向设各厂皆相离较远，惟期扼要，稽征断不苛累，商民驱之绕越。若再行裁并，不但饷需有缺，且必致黠者取巧，愿者遵捐，亦未足以照公允。该司道所称无可裁并系属实情，应照旧办理，除随时访查不许官

吏司役藉端需索外,所有广东厘厂无可裁并缘由,理合缮折具陈。□……□

□……□皇上圣鉴训示。谨奏。

(朱批:)知道了。

光绪二十年九月二十六日

(宫中朱批奏折)

M14:财政-关税

6.129　两广总督李鸿章奏报广东省光绪二十年上半年收解厘金数目折

光绪二十年十二月十三日(1895年1月8日)

太子少保头品顶戴两广总督臣李鸿章跪奏,为奏报广东省光绪二十年上半年收解厘金数目,仰祈圣鉴事。

窃准部咨,同治八年二月初五日奉上谕,厘金一项,现据各该省奏报,每年减收已不下数百万两,若办理不善,经费将何所出,各该督抚仍须悉心酌核、力除中饱,毋得徒搏虚誉、率行减免,遇有局卡太密、重复征收者,仍随时裁汰惩办。其厘金报部章程仍照两淮盐厘,半年奏报一次,著马新贻将开报式样抄录咨行各该省查照办理等因。钦此。钦遵。嗣准两江督臣马新贻将两淮盐厘开报式样录送来粤,转行查照。

又同治八年十二月前抚臣李福泰奏报太平关盈余溢额一□[①],声明参酌已撤坐厘成式,在于繁盛海口,分别补抽以济军饷,随于粤东省城及南海县之佛山、顺德县之陈村、新会县之江门设厂补抽货厘。又光绪二年闰五月前督臣刘坤一于遵旨复奏前督臣英翰所陈粤省情形并应办事宜折内声明,于近年贸易较盛之廉州、北海、琼州、海口等处设厂抽厘以裨经费。并因北海地方界连高雷两郡,陆路处处可通,易于绕越,又在高雷两属水东等处添设卡厂抽收货厘。并查得西江大洲厂偏在一隅,稽征不能得力,经将该厂移设德庆州属都城地方,以便稽查而杜偷漏。嗣于光绪七年二月间准户部咨,盐厘一项既系改归运司按引抽收,应将收支数目另案详报,勿庸归并货厘册内开报,致滋弊混等因。又经转行遵照办理。其新、香、海口五厂补抽货厘系因近海各处漏匿渐多,于光绪十二年六月间始行设法整顿,陆续开办。截至年底止,综计各厂下半年收数比较光绪十一年下半年收数,已增多银六万八千余两。若以通

① 应为"片"。

年合计，当可增收银十三万余两。经前督臣张之洞于覆奏收支折内详细声明。嗣因洋药改用税司，将该五厂补抽货厘于光绪十三年三月间改归九龙、拱北两关税司接收办理。省河补抽系于光绪十三年正月间设局开办。又于光绪十六年闰二月间准户部咨，议覆北洋大臣请减茶厘一案，应令嗣后造报厘金案内将茶厘另为一款，不得并入各项税厘之内，以清款目而备考查等因。业经转行遵照办理。所有光绪十九年十二月以前抽收行坐货厘及盐厘数目，节经开列清单，奏报在案。

兹查光绪二十年正月初一日起至六月底止，共收原设东、西、北三江及续设廉州并高雷两属水东、北海等厂货厘洋银三十九万八千一百一十四两二钱八分一厘四毫六丝，补抽省城、省河、佛山、江门、陈村暨九龙、拱北两关等处货厘洋银三十二万八千二两九钱四分八厘四毫，又抽盐厘洋银四万七千五百三十一两五钱九分一厘。据广东布政使觉罗成允会同厘务局司道照案造册，详请具奏前来。臣覆查无异，除各册送部外，谨分列清单恭折具陈。查盐厘一项，业已改归运司按引抽收，是以清单内不复分列各厂名目。

伏祈皇上圣鉴，敕部核复施行。再，广东巡抚系臣兼署，毋庸会衔。合并陈明。谨奏。

(朱批:)户部知道，单并发。

光绪二十年十二月十三日

（宫中朱批奏折）

M14：财政-关税

6.130 两广总督谭仲麟、广东巡抚马□□奏报广东省光绪二十年下半年收解厘金数目折

光绪二十一年七月二十八日(1895年9月16日)

太子少保头品顶戴两广总督臣谭仲麟、头品顶戴广东巡抚臣马□□跪奏，为广东省光绪二十年下半年收解厘金数目开单具陈仰祈圣鉴事。

窃照广东省厘金收解各数目向系半年奏报一次，截至光绪二十年六月底止，在案兹查光绪二十年七月初一日起至十二月底止，共收原设东、西、北三江及续设廉州并高州、雷州两属水东、北海等厂货厘洋银四十三万九千七十二两二钱七分四厘二毫，补抽省城、省河、佛山、江门、陈村暨九龙、拱北两关等处货厘洋银四十七万五千七百五两五钱六分五厘六毫一丝，又收盐厘洋银四万五千三百八十八两八钱五分二厘。据广东藩司觉罗承允会同厘务局司道造册详请奏咨前来，臣等覆查无异。除册送部外，谨缮清单恭折具陈。至盐厘一项，已改归运司按引抽收，

是以清单内不列各厂名目。

伏乞皇上圣鉴,敕部查照施行。谨奏。

(朱批:)户部知道,单并发。

光绪二十一年七月二十八日

(宫中朱批奏折)

M14:财政-关务

6.131 南洋大臣刘坤一为咨送副总税司呈九龙拱北两关第一百六十五结代征仓捐银数信函事致外务部咨呈(附信函一件)

光绪二十七年十二月十八日(1901年1月27日)※

两广总督查收并报明南洋大臣外,相应函陈贵外部鉴核备查,即希贵总办查照示覆可也。再此□系由南洋转寄,合并声明□此。顺颂升祺。名另具。

光绪□十□年□一月初□日。

□□者,案查九龙、拱北新旧两关代征仓捐银两一事,前于□……□曾将第□百□□□结征收之款缮□银□□□两广总督查收并□□□□□□在案。□……□百六十五□……□十七年八月十□日□……□已于本日缮备银□□□函呈。

附件:南洋大臣刘坤一为咨送副总税司九龙拱北两□……□代征仓捐银□函件由致外务部咨呈

钦差大臣□……□事务□……□尚书、两江总督部堂、硕勇巴图鲁刘,为咨送事。

据副总税司裴式楷函称,九龙、拱北两关一百六□□结代缴仓捐银数送呈贵外务部函件,请为转寄等情前来。除函复外,相应咨送贵外务部。谨请查照施行。须至咨呈者。

计咨送禀函一封。

右咨呈外务部。

(外务部档)

M14：财政-关务　G1：外交关系

6.132　总税务司赫德为葡署大臣云澳门设关章程断难加试办二字等事复总理外务部事务奕劻申呈

光绪二十八年十一月初三日(1902年12月2日)

钦加太子少保衔、花翎头品顶戴、二等第一宝星、总税务司赫德为申复事。

奉到十月二十七日钧札内开，中葡约载澳门设立分关一事，本部于九月二十六日札行总税务司，会同葡国阿参赞商议在案。兹据申称，中国在澳界内设关，与在中国地方设关大不相同，拟议此事者，须设法妥订，不致与界内之主权有碍，亦不致与界外之主权有损，更须设法议定一日后会办实力奉行之法，以便征税、缉私两得其宜。所有会商之条款，即本此意拟议。等因。并将会议办法十一条，录呈核复前来。本部查所议各条尚属妥洽，可以作为试办章程，相应札行总税务司遵照等因。奉此。当将各条妥洽可作试办章程之语，面告阿署大臣知照。

据云现在两面奉派所议之十一条，断难加以试办二字，缘所议各条，应视为条约附件，照第十一条所载，与条约一并施行。此十一条即系澳地设关之大纲领，一经定明，必俟修约之期，方能增改。至开关事宜，该处应另行酌定之详细条目，自可作为试办之章，随时随事酌改。所议各条，既属妥洽，即应画押结案。等语。

伏思事关撤厂设关，此兴彼废之要事，诚如该署大臣所云，难加试办二字，若开办后见有不妥之处，至修约之期方可另订。现议之件，若贵部以为可行，即应缮具两分，订期彼此画押，分别呈送销差可也。

现奉前因，理合备文，呈请鉴核，再行示复为荷。须至申呈者。

右申呈钦命全权大臣便宜行事、总理外务部事务、和硕庆亲王。

光绪二十八年十一月初三日

（外务部档）

G214：租界　T22：口岸

6.133　外务部为会议澳门设关开办法阿署使不允加试办二字应照办画押事复总税务司赫德札行稿

光绪二十八年十一月十二日(1902年12月11日)

榷算司呈，为札复事。

光绪二十八年十一月初四日据总税务司申称，奉到钧札内开，中葡约载澳门设立分关一事，查总税司所议各款，尚属妥洽，可作为试办章程等因。当经告知阿署大臣。据云此十一条即系澳地设关之大纲领，既属妥洽，即应画押结案，断难加以试办二字。等因前来。

本部查，此次中葡条约载明，澳门设立分关，乃系有益中国税项之事，总税司与阿署大臣会议办法十一条，虽属妥洽，尚恐于日后情形或未详尽，故拟作为试办之章，以为开关之后随时斟酌地步。今阿署大臣以为此十一条所载，须与条约一并施行，难加试办二字；至开关事宜，应另行酌定之详细条目，自可作为试办之章，随时随事酌改云云。按此语意，即与本部前札之意不相违背，应即照此办理。

相应札行总税务司查照，即行分缮，订期画押可也。须至札者。

右札花翎头品顶戴、太子少保衔、总税务司赫。准此。

光绪二十八年十一月　日

（外务部档）

M14：财政-关税

6.134　钦差南洋大臣张之洞为转送副总税务司裴式楷函件事致外务部咨呈

光绪二十九年二月二十一日（1903年3月19日）

钦差南洋大臣、督办商务大臣、太子少保、头品顶戴、兵部尚书、湖广总督部堂、署理两江总督部堂张，为咨送事。

据副总税务司裴式楷函称，九龙、拱北两关一百六十六结起至一百六十九结止，代征洋药税厘、百货税项、百货厘金、台炮经费四项清折，函呈察入，附上贵外务部函件，伏乞转寄等情前来。除函复外，相应将函件咨送。

为此咨呈贵外务部，谨请查照施行。须至咨呈者。

计咨送函件一封。

右咨呈外务部。

6.135　附件一：九龙拱北两关征收拨解洋药税厘银两数目清单

光绪二十九年正月十七日（1903年2月14日）

兹将九龙新关、拱北旧关代征洋药税厘一项，计自第一百六十六结即光绪二十七年十一月二十二日起，至第一百六十九结即光绪二十八年十二月初二日止，所有按月征收银两以及拨解数目暨现在应解尾数，理合分别开单，呈请阅核。

计开

九龙新关

征收项下

第一百六十六结

第一个月征收洋药税银二千四百三两二钱六厘　厘银六千四百八两五钱五分

第二个月征收洋药税银一千四两四钱　厘银二千六百七十八两

第三个月征收洋药税银二千三百七十一两五分　厘银六千三百二十二两八钱

第一百六十七结

第一个月征收洋药税银二千五十六两七钱二分五厘　厘银五千四百八十四两六钱

第二个月征收洋药税银二千四百十九两六钱三分二厘　厘银六千四百五十二两三钱五分

第三个月征收洋药税银七千六百三十四两八钱六分九厘　厘银二万三百五十九两六钱五分

第一百六十八结

第一个月征收洋药税银三千五百五十三两九钱三分一厘　厘银九千四百七十七两一钱五分

第二个月征收洋药税银一千五百六十九两三分七厘　厘银四千一百八十四两一钱

第三个月征收洋药税银五百十四两二钱七分五厘　厘银一千三百七十一两四钱

第一百六十九结

第一个月征收洋药税银五百三两二分五厘　厘银一千三百四十一两四钱

第二个月征收洋药税银一千二百七十二两二钱六分三厘　厘银三千三百九十二两七钱

第三个月征收洋药税银一千九百六十两三钱五分　厘银五千二百二十七两六钱

以上四结，共计征收洋药税关平银二万七千二百六十二两七钱六分三厘，厘关平银七万二千七百两七钱，合计关平银九万九千九百六十三两四钱六分三厘。

拨解项下

第一百六十六结

第一个月拨解洋药税银二千四百两　厘银六千四百两

第二个月拨解洋药税银一千两　厘银二千六百两

第三个月拨解洋药税银二千三百两　厘银六千三百两

第一百六十七结

第一个月拨解洋药税银二千两　厘银五千四百两

第二个月拨解洋药税银二千四百两　厘银六千四百两

第三个月拨解洋药税银七千六百两　厘银二万三百两

第一百六十八结

第一个月拨解洋药税银三千五百两　厘银九千四百两

第二个月拨解洋药税银一千五百两　厘银四千一百两

第三个月拨解洋药税银五百两　厘银一千三百两

第一百六十九结

第一个月拨解洋药税银五百两　厘银一千三百两

第二个月拨解洋药税银一千二百五十两　厘银三千三百五十两

第三个月拨解洋药税银一千九百两　厘银五千二百两

以上四结,共计拨解洋药税关平银二万六千八百五十两,厘关平银七万二千五十两,合计关平银九万八千九百两。

除拨解外,尚余洋药税关平银四百十二两七钱六分三厘,厘关平银六百五十两七钱,合计关平银一千六十三两四钱六分三厘。此关因所收洋药税厘径交香港汇丰银号,故无收发小费。

计实应找解洋药税尾数关平银四百十二两七钱六分三厘,厘尾数关平银六百五十两七钱,合计关平银一千六十三两四钱六分三厘。

拱北旧关

征收项下

第一百六十六结

第一个月征收洋药税银四千六百九十三两三钱五分　厘银一万二千五百十五两六钱

第二个月征收洋药税银二千九百十六两　厘银七千七百七十六两

第三个月征收洋药税银四千二百四十八两　厘银一万一千三百二十八两

第一百六十七结

第一个月征收洋药税银四千三百三十三两一钱二分六厘　厘银一万一千五百五十五两

第二个月征收洋药税银五千二百三十五两一钱一分三厘　厘银一万三千九百六十两三钱

第三个月征收洋药税银八千四百四十八两　厘银二万二千五百二十八两

第一百六十八结

第一个月征收洋药税银七千五百九十一两三钱五分　厘银二万二百四十三两六钱

第二个月征收洋药税银一万二千五百八十二两　厘银三万三千五百五十二两

第三个月征收洋药税银一千七百二十三两二钱七分五厘　厘银四千五百九十五两四钱

第一百六十九结

第一个月征收洋药税银五百四十两　厘银一千四百四十两

第二个月征收洋药税银一千八百三十六两　厘银四千八百九十六两

第三个月征收洋药税银三千一百二两九钱七分五厘　厘银八千二百七十四两六钱

以上四结，共计征收洋药税关平银五万七千二百四十九两一钱八分九厘，厘关平银十五万二千六百六十四两五钱，合计关平银二十万九千九百十三两六钱八分九厘。

拨解项下

第一百六十六结

第一个月拨解洋药税银四千六百两　厘银一万二千四百两

第二个月拨解洋药税银二千八百两　厘银七千七百两

第三个月拨解洋药税银四千二百两　厘银一万一千二百两

第一百六十七结

第一个月拨解洋药税银四千三百两　厘银一万一千四百两

第二个月拨解洋药税银五千一百两　厘银一万三千八百两

第三个月拨解洋药税银八千三百两　厘银二万二千三百两

第一百六十八结

第一个月拨解洋药税银七千五百两　厘银二万两

第二个月拨解洋药税银一万二千四百两　厘银三万三千三百两

第三个月拨解洋药税银一千七百两　厘银四千五百两

第一百六十九结

第一个月拨解洋药税银五百两　厘银一千四百两

第二个月拨解洋药税银一千八百两　厘银四千八百两

第三个月拨解洋药税银三千两　厘八千二百两

以上四结，共拨解洋药税关平银五万六千二百两，厘关平银十五万一千两，合计关平银二十万七千二百两。

除拨解外，尚余洋药税关平银一千四十九两一钱八分九厘，厘关平银一千六百六十四两五钱，合计关平银二千七百十三两六钱八分九厘。

再除银号收发小费洋药税关平银四百十四两六钱二分六厘，厘关平银一千一百五两六钱七分四厘，合计关平银一千五百二十两三钱。

计实应找解洋药税尾数关平银六百三十四两五钱六分三厘，厘尾数关平银五百五十八两八钱二分六厘，合计关平银一千一百九十三两三钱八分九厘。

6.136　附件二：九龙拱北两关征收拨解百货税项银两数目清单

光绪二十九年正月十七日(1903 年 2 月 14 日)

兹将九龙新关、拱北旧关代征百货税项一项，计自第一百六十六结即光绪二十七年十一月二十二日起，至第一百六十九结即光绪二十八年十二月初二日止，所有按月征收银两以及拨解数目暨现在应解尾数，理合分别开单，呈请阅核。

计开

九龙新关

征收项下

第一百六十六结

第一个月征收银　一万八百四十五两七钱二分一厘

第二个月征收银　五千七百九十八两一钱六分五厘

第三个月征收银　一万九百四十四两六钱八分六厘

第一百六十七结

第一个月征收银　九千二百六十一两八钱四分八厘

第二个月征收银　九千八百五十五两七钱八分六厘

第三个月征收银　八千五百三十三两六钱五分三厘

第一百六十八结

第一个月征收银　七千四十一两一钱九分四厘

第二个月征收银　八千一百七十八两九钱五分九厘

第三个月征收银　一万六百六十四两五钱九分二厘

第一百六十九结

第一个月征收银　一万一千四百六十六两三钱六分二厘

第二个月征收银　九千六百七十三两七钱一分五厘

第三个月征收银　八千四百六十七两五钱九分八厘

以上四结，共计征收关平银十一万七百三十二两二钱七分九厘。

拨解项下

第一百六十六结

第一个月拨解银　一万八百两

第二个月拨解银　五千七百两

第三个月拨解银　一万九百两

第一百六十七结

第一个月拨解银　九千二百两

第二个月拨解银　九千八百两

第三个月拨解银　八千五百两

第一百六十八结

第一个月拨解银　七千两
第二个月拨解银　八千一百两
第三个月拨解银　一万六百两
第一百六十九结
第一个月拨解银　一万一千四百两
第二个月拨解银　九千六百两
第三个月拨解银　八千四百两
以上四结,共计拨解关平银十一万两。
除拨解外,尚余关平银七百三十二两二钱七分九厘。
再除银号收发小费关平银二十一两二钱七分七厘。
计实应找解尾数关平银七百十一两二厘。
拱北旧关
征收项下
第一百六十六结
第一个月征收银　一万三千一百四两九钱六分八厘
第二个月征收银　五千九百二十一两四钱一厘
第三个月征收银　一万四百九十七两二钱八分四厘
第一百六十七结
第一个月征收银　七千八百九十八两五钱七分八厘
第二个月征收银　八千九百二十九两六钱八分
第三个月征收银　七千九百三十一两二钱五分三厘
第一百六十八结
第一个月征收银　八千五百五两五分五厘
第二个月征收银　八千三百八两一钱九分五厘
第三个月征收银　一万三百三两一钱六分三厘
第一百六十九结
第一个月征收银　八千九百九十七两七钱三分一厘
第二个月征收银　八千九百四十二两二钱六分八厘
第三个月征收银　一万四百六十七两五钱九分八厘
以上四结,共计征收关平银十万九千八百七两一钱七分四厘。
拨解项下
第一百六十六结

第一个月拨解银　一万三千两

第二个月拨解银　五千八百两

第三个月拨解银　一万四百两

第一百六十七结

第一个月拨解银　七千八百两

第二个月拨解银　八千八百两

第三个月拨解银　七千八百两

第一百六十八结

第一个月拨解银　八千四百两

第二个月拨解银　八千二百两

第三个月拨解银　一万二百两

第一百六十九结

第一个月拨解银　八千九百两

第二个月拨解银　八千八百两

第三个月拨解银　一万三百两

以上四结，共计拨解关平银十万八千四百两。

除拨解外，尚余关平银一千四百七两一钱七分四厘。

再除银号收发小费关平银七百九十五两二钱七分八厘。

计实应找解尾数关平银六百十一两八钱九分六厘。

6.137　附件三：九龙拱北两关征收拨解百货厘金项银两数目清单

光绪二十九年正月十七日(1903年2月14日)

兹将九龙新关、拱北旧关代征百货厘金一项，计自第一百六十六结即光绪二十七年十一月二十二日起，至一百六十九结即光绪二十八年十二月初二日止，所有按月征收银两以及拨解数目暨现在应解尾数，理合分别开单，呈请阅核。

计开

九龙新关

征收项下

第一百六十六结

第一个月征收银　一万三千一百六十五两六钱三分五厘

第二个月征收银　六千八百五十两六钱三分三厘

第三个月征收银　一万一千六百九十三两七钱六分一厘
第一百六十七结
第一个月征收银　八千八百四十三两八钱三分四厘
第二个月征收银　八千九百三两三钱八分七厘
第三个月征收银　八千九百四十八两四钱一分四厘
第一百六十八结
第一个月征收银　七千三百八十六两三钱八分四厘
第二个月征收银　八千五十五两五钱五分五厘
第三个月征收银　九千九百三两五分一厘
第一百六十九结
第一个月征收银　一万一千一百六十八两五钱五分七厘
第二个月征收银　九千六百九十四两四分八厘
第三个月征收银　九千三百十三两二钱六分五厘
以上四结,共计征收司码平银十一万三千九百二十六两五钱二分四厘。
拨解项下
第一百六十六结
第一个月拨解银　一万三千一百两
第二个月拨解银　六千八百两
第三个月拨解银　一万一千六百两
第一百六十七结
第一个月拨解银　八千八百两
第二个月拨解银　八千八百两
第三个月拨解银　八千九百两
第一百六十八结
第一个月拨解银　七千三百两
第二个月拨解银　八千两
第三个月拨解银　九千八百两
第一百六十九结
第一个月拨解银　一万一千一百两
第二个月拨解银　九千六百两
第三个月拨解银　九千三百两
以上四结,共计拨解司码平银十一万三千一百两。

除拨解外，尚存司码平银八百二十六两五钱二分四厘。

再除银号收发小费司码平银四十五两二钱九分五厘。

计实应找解尾数司码平银七百八十一两二钱二分九厘。

拱北旧关

征收项下

第一百六十六结

第一个月征收银　九千一百八十七两七钱一分一厘

第二个月征收银　五千二百六十二两四钱四分七厘

第三个月征收银　九千一百八十二两七钱六分六厘

第一百六十七结

第一个月征收银　八千一百五十八两六钱三分六厘

第二个月征收银　六千九百七十四两七钱九分八厘

第三个月征收银　五千五百七十一两四钱八分五厘

第一百六十八结

第一个月征收银　五千九百十八两七钱七分七厘

第二个月征收银　五千三百五十二两八钱三厘

第三个月征收银　七千三百九十九两二钱七分

第一百六十九结

第一个月征收银　八千二百六十二两八钱八厘

第二个月征收银　七千二百五十一两一钱七分九厘

第三个月征收银　七千七百十七两七钱二分五厘

以上四结，共计征收司码平银八万六千二百四十两四钱五厘。

拨解项下

第一百六十六结

第一个月拨解银　九千一百两

第二个月拨解银　五千二百两

第三个月拨解银　九千一百两

第一百六十七结

第一个月拨解银　八千两

第二个月拨解银　六千九百两

第三个月拨解银　五千五百两

第一百六十八结

第一个月拨解银　五千八百两
第二个月拨解银　五千三百两
第三个月拨解银　七千三百两
第一百六十九结
第一个月拨解银　八千二百两
第二个月拨解银　七千一百两
第三个月拨解银　七千六百两
以上四结，共计拨解司码平银八万五千一百两。
除拨解外，尚存司码平银一千一百四十两四钱五厘。
再除银号收发小费司码平银六百二十四两五钱九分六厘。
计实应找解尾数司码平银五百十五两八钱九厘。

6.138 附件四：九龙拱北两关征收拨解台炮经费项银两数目清单

光绪二十九年正月十七日（1903年2月14日）

兹将九龙新关、拱北旧关代征台炮经费一项，计自第一百六十六结起即光绪二十七年十一月二十二日，至第一百六十九结即光绪二十八年十二月初二日止，所有按月征收银两以及拨解数目暨现在应解尾数，理合分别开单，呈请阅核。

计开
九龙新关
征收项下
第一百六十六结
第一个月征收银　七千六百六十一两一钱二分六厘
第二个月征收银　四千四百三十四两五钱八分七厘
第三个月征收银　三千五百八十四两四钱九分三厘
第一百六十七结
第一个月征收银　一千一百七十一两七分三厘
第二个月征收银　一千三百三十六两四厘
第三个月征收银　一千四百八十三两三钱一分二厘
第一百六十八结
第一个月征收银　一千四百七十三两四钱一分五厘
第二个月征收银　一千二百二十九两六钱四分三厘

第三个月征收银　二千二百八十两六钱八分三厘

第一百六十九结

第一个月征收银　二千四百十九两六钱二分九厘

第二个月征收银　一千九百三十九两四钱六分八厘

第三个月征收银　二千四百四十两七钱三分七厘

以上四结,共计征收司码平银三万一千四百五十四两一钱七分。

拨解项下

第一百六十六结

第一个月拨解银　七千六百两

第二个月拨解银　四千四百两

第三个月拨解银　三千五百两

第一百六十七结

第一个月拨解银　一千一百两

第二个月拨解银　一千三百两

第三个月拨解银　一千四百两

第一百六十八结

第一个月拨解银　一千四百两

第二个月拨解银　一千二百两

第三个月拨解银　二千二百两

第一百六十九结

第一个月拨解银　二千四百两

第二个月拨解银　一千九百两

第三个月拨解银　二千四百两

以上四结,共计拨解司码平银三万八百两。

除拨解外,尚存司码平银六百五十四两一钱七分。

再除银号收发小费司码平银十九两二钱九分九厘。

计实应找解尾数司码平银六百三十四两八钱七分一厘。

拱北旧关

征收项下

第一百六十六结

第一个月征收银　一千九百三十五两二钱三分三厘

第二个月征收银　一千四十九两三钱二分四厘

第三个月征收银　一千四百九十七两六钱二分八厘

第一百六十七结

第一个月征收银　一千一百七十二两七钱九分二厘

第二个月征收银　一千三百二两六钱七分四厘

第三个月征收银　一千二百九十一两七钱七分

第一百六十八结

第一个月征收银　一千二百二十两六钱三厘

第二个月征收银　一千四百二十九两二钱一分六厘

第三个月征收银　二千五十两六钱一分四厘

第一百六十九结

第一个月征收银　一千七百十九两四钱八分八厘

第二个月征收银　一千五百九十两九钱七分六厘

第三个月征收银　一千七百九十四两三钱三分三厘

以上四结,共计征收司码平银一万八千五十四两六钱五分一厘。

拨解项下

第一百六十六结

第一个月拨解银　一千九百两

第二个月拨解银　一千两

第三个月拨解银　一千四百两

第一百六十七结

第一个月拨解银　一千一百两

第二个月拨解银　一千二百两

第三个月拨解银　一千二百两

第一百六十八结

第一个月拨解银　一千二百两

第二个月拨解银　一千四百两

第三个月拨解银　二千两

第一百六十九结

第一个月拨解银　一千七百两

第二个月拨解银　一千五百两

第三个月拨解银　一千七百两

以上四结,共计拨解司码平银一万七千三百两。

除拨解外，尚存司码平银七百五十四两六钱五分一厘。

再除银号收发小费司码平银一百三十两七钱五分九厘。

计实应找解尾数司码平银六百二十三两八钱九分二厘。

（外务部档）

M14：财政-关税

6.139　钦差南洋大臣张之洞为转送副总税务司裴式楷函件事致外务部咨呈

光绪二十九年二月二十一日（1903年3月19日）

钦差南洋大臣、督办商务大臣、太子少保、头品顶戴、兵部尚书、湖广总督部堂、署理两江总督部堂张，为咨送事。

据副总税务司裴式楷函称，九龙、拱北两关一百六十六结起至一百六十九结止，代征仓捐银两清折，函呈察入，附上贵外务部函件，伏乞转寄等情前来。除函复外，相应将函件咨送。

为此咨呈贵外务部，谨请查照施行。须至咨呈者。

计咨送函件一封。

右咨呈外务部。

6.140　附件：九龙拱北两关征收拨解仓捐银两数目清单

光绪二十八年正月十七日（1903年2月14日）

兹将九龙新关、拱北旧关代征仓捐银两一事，计自第一百六十六结即光绪二十七年十一月二十二日起，至第一百六十九结即光绪二十八年十二月初二日止，所有按结征收银两以及拨解数目暨现在应解尾数，理合分别开单，呈请阅核。

计开

九龙新关

征收项下

第一百六十六结征收银　二万五千六百七十八两三钱三分二厘

第一百六十七结征收银　六百五十六两八钱二分

第一百六十八结征收银　七十九两二钱

第一百六十九结征收银　二百五十五两九钱九分六厘

以上四结，共征收司码平银二万六千六百七十两三钱四分八厘。

拨解项下

第一百六十六结拨解银　二万五千六百两

第一百六十七结拨解银　六百两

第一百六十八结拨解银　无

第一百六十九结拨解银　二百两

以上四结，共拨解司码平银二万六千四百两。

除拨解外，尚余司码平银二百七十两三钱四分八厘。

再除银号收发小费司码平银九两二钱四分九厘。

计实应找解尾数司码平银二百六十一两九分九厘。

拱北旧关

征收项下

第一百六十六结征收银　四千五百六十五两四钱四分八厘

第一百六十七结征收银　五百五十一两四钱一分二厘

第一百六十八结征收银　七千三百九十八两五钱二分二厘

第一百六十九结征收银　八两四钱二分四厘

以上四结，共征收司码平银一万二千五百二十三两八钱六厘。

拨解项下

第一百六十六结拨解银　四千五百两

第一百六十七结拨解银　五百两

第一百六十八结拨解银　七千三百两

第一百六十九结拨解银无

以上四结，共拨解司码平银一万二千三百两。

除拨解外，尚余司码平银二百二十三两八钱六厘。

再除银号收发小费司码平银九十两七钱四厘。

计实应找解尾数司码平银一百三十三两一钱二厘。

（外务部档）

M14：财政-关税

6.141　钦差南洋大臣魏光焘为转送兼署副总税务司好博逊函件事致外务部咨呈

光绪二十九年四月初十日(1903年5月6日)

钦差大臣、办理南洋通商事务、头品顶戴、两江总督部堂、西林巴图鲁魏，为咨送事。

据兼署副总税务司好博逊函称，九龙、拱北两关一百七十结并无征收仓捐银两，函呈鉴核，附上贵外务部函件，伏乞转寄等情前来。相应将函件咨送。

为此咨呈贵外务部，谨请查照施行。须至咨呈者。

计咨送函件一封。

右咨呈外务部。

(外务部档)

M14：财政-关务

6.142　南洋大臣魏光焘为据裴副税司函称九拱两关一百七十一结征收税厘月折并乞转寄函件由致外务部咨呈

光绪二十九年闰五月初九(1903年7月3日)

钦差大臣、办理南洋通商事务、头品顶戴、两江总督部堂、西林巴图鲁魏，[①]为咨送事。

据副总税务司裴式楷函送九龙、拱北两关造报第一百七十一结第二个月征收各项税厘月折呈祈鉴核，附上贵外务部函件，乞代转寄等情前来。除函复外相应将函件咨送。为此咨呈贵外务部。谨请查照施行。须至咨呈者。

计咨送函件壹封。

右咨呈外务部。

光绪二十九年闰五月初九。

(外务部档)

---

① 参考6.151。

M14：财政-关税

6.143 钦差南洋大臣魏光焘为转送副总税务司裴式楷函件事致外务部咨呈

光绪二十九年六月初八日(1903年7月31日)

钦差大臣、办理南洋通商事务、头品顶戴、两江总督部堂、西林巴图鲁魏，为咨送事。

据副总税务司裴式楷函称，九龙、拱北两关一百七十一结并无征收仓捐银两，函呈鉴核，附上贵外务部函件，伏乞转寄等情前来。相应将函件咨送。

为此咨呈贵外务部，谨请查照施行。须至咨呈者。

计咨送函件一封。

右咨呈外务部。

(外务部档)

M14：财政-关税

6.144 两广总督岑春煊等奏报广东省光绪二十八年下半年收解厘金数目折

光绪二十九年八月十八日(1903年10月8日)

头品顶戴、兵部尚书衔署理两广总督臣岑春煊、调署广东巡抚并署闽浙总督江西巡抚臣李兴化跪奏，为广东省光绪二十八年下半年收解厘金数目开单具陈仰祈圣鉴事。

窃照广东厘金收解各数目，于同治八年奉文照两淮盐厘式样半年开单奏报一次，历经奏报，至光绪二十八年六月，在案兹查光绪二十八年七月起至十二月止，各厂关共收货厘洋银八十七万六千六十九两二钱二分五厘九毫，共收盐厘洋银四万三千五百六十两三钱四分六厘，共收备还磅款洋银九十二万八千八百六十两，通共收洋银一百八十四万八千四百八十九两五钱七分一厘零，通共解洋银一百七十一万三千九百七十六两二钱七分九厘零，连上届余款应存洋银一十三万四千五百一十三两二钱九分一厘零。据兼署广东布政使程仪洛会同厘务局司道造册详请奏咨前来，臣等覆核无异。理合缮具清单，恭呈御览。至盐厘系改归运司按引抽收，是以清单内不列各厂名目。除将册籍咨送户部查核外，谨合词恭折具陈。

伏乞皇太后、皇上圣鉴训示。谨奏。

(朱批:)户部知道,单并发。

光绪二十九年八月十八日

(宫中朱批奏折)

M14:财政-关税

6.145　钦差南洋大臣魏光焘为转送副总税务司裴式楷信函事致外务部咨呈

光绪二十九年十月初三日(1903年11月21日)

钦差大臣、办理南洋通商事务、头品顶戴、两江总督部堂、西林巴图鲁魏,为咨送事。

据副总税务司裴式楷函称,九、拱两关一百七十二结,即本年之第三结并无征收仓捐银两,函呈鉴核,附上贵外务部函件,伏乞转寄等情前来。相应将函件咨送。

为此咨呈贵外务部,谨请查照施行。须至咨呈者。

计咨送函件一封。

右咨呈外务部。

(外务部档)

M14:财政-关税

6.146　两广总督岑春煊等奏报广东省光绪二十九年上半年收解厘金数目折

光绪二十九年十二月十四日(1904年1月30日)

头品顶戴、兵部尚书衔、署理两广总督臣岑春煊、广东巡抚臣张人骏跪奏,为广东省光绪二十九年上半年收解厘金数目开单具陈仰祈圣鉴事。

窃照广东厘金收解各数目,于同治八年奉文照两淮盐厘式样半年开单奏报一次,历经奏报至光绪二十八年十二月在案,兹查光绪二十九年正月起连闰至六月止,各厂关共收货厘洋银八十一万三千二百二十七两九厘零,共收盐厘洋银二万五千一百九十两九钱九分一厘,通共收洋银八十三万八千四百一十八两零,通共解洋银七十七万二千九百九两三钱一厘零,连上届余款应存洋银二十万二十一两九钱九分三厘零。据广东布政使胡湘林会同厘务局司道造册详请奏咨前来,臣等覆核无异。理合缮具清单,恭呈御览。至盐厘系改归运司按引抽收,是以清单内不列各厂名目。除将册籍咨送户部查核外,谨合词恭折具陈。

伏乞皇太后、皇上圣鉴训示。谨奏。

(朱批:)户部知道,单并发。

光绪二十九年十二月十四日

(宫中朱批奏折)

M14:财政-关税

6.147 钦差南洋大臣魏光焘为转送副总税务司裴式楷函件事致外务部咨呈

光绪二十九年十二月二十日(1904年2月5日)

钦差大臣、办理南洋通商事务、头品顶戴、两江总督部堂、西林巴图鲁魏,为咨送事。

据副总税务司裴式楷函送九龙、拱北两关一百七十三结代征仓捐银两,函呈鉴核,附上贵外务部函件,祈代转寄等情前来。除函复外,相应将函件咨送。

为此咨呈贵外务部,谨请查照施行。须至咨呈者。

计咨送函件一封。

右咨呈外务部。

(外务部档)

M14:财政-关务

6.148 署两广总督岑春煊为粤省米谷出洋业于十二日出示禁止,税司所称各节自毋庸议由致外务部咨呈

光绪三十年正月十二日(1904年2月27日)※

头品顶戴、兵部尚书、署理两广总督岑,为咨呈事。

光绪三十年正月初五日承准贵部咨开，光绪二十九年十二月初十日据总税务司申称，据拱北关税务司穆好士详称，光绪二十八年九月十九日奉本省大宪饬禁粤省拱北六厂承运米谷出洋，本关当经遵办在案。本年十月初十日奉督宪札开，据善后局详中国粤丰公司欲行承揽米谷运出外洋，并拟定章程九条。按此章每米一石抽缴米捐经费银一元，谷一石抽经费银八毫，承运期限以六年为止，每年缴饷银五十万元，并按原限每年出运以五十万石为率。凡运米谷出洋船只即须执有善后局运照，限三日前赴九、拱两关报验数目、日期相符，始准放行，随将此照由关注明呈报日期、缴局查销等情具详到本部堂。合行札饬九、拱两关税务司查照，如无运照，违禁走私之物立即照章拿办，并须按该公司所拟章程办理，暂且毋庸征收仓捐经费等因。十月二十三日复准善后局照称，粤丰公司现已雇妥小轮两艘为缉私之用，亦经奉上宪批准，请饬六厂即便遵行云云到关。合将此案始末详请查酌等情。总税务司查米谷出洋，广东善后局请督宪弛禁系为多得饷项起见，大宪允办自为美举，然一面饬禁一面设立公司包运，难保左右无洋商出头以违约相诘问，请为分办之事。且缉私两船不过系该公司所雇用，于国家之官船有异，倘有时驶至香港、澳门广州湾附近一带稽查缉私，或被各该处洋官视为贼船，竟至截拿，亦未可定。以上两层实为该省应格外留意之事。除札复九、拱两关税务司遵办外，合行申请鉴查等因前来本部。查粤省准运米谷出洋接济寓洋华商，于光绪十五年间经前两广总督张奏定有案，自去年禁运出洋，今又复议弛禁，准粤丰公司包运。总税务司所虑两层不为无见。除咨户部查照外，相应咨行查核声复可也等因到本部堂。

承准此查粤省米谷出洋饬禁一事，本系援照成案办理，于上年十月间据广东海防善后局详准招商粤丰公司缴饷承运。嗣因镇江、芜湖一带米价日昂，运粤之米甚少。本省收成虽尚丰稔，惟时近交春，两泽稀少，青黄不接之际，难保无奸商藉端将米石囤积居奇，致妨民食。业于十二月间饬将粤丰公司撤销，并出示禁止运米出口在案。总税务司所称各节自可无庸置议。除仍将来咨行局备案外，拟合咨复。为此合咨贵部，谨请察照施行。须至咨呈者。

右咨呈外务部。

（外务部档）

M14：财政-关务

6.149 南洋大臣魏光焘为据裴副税司函送九拱两关一百七十三结代征仓捐数目由致外务部咨呈（附函一件）

光绪三十年正月二十七日(1904年3月13日)※

钦差大臣、办理南洋通商事务、头品顶戴、两江总督部堂、西林巴图鲁魏，[①]为咨送事。

据副总税务司裴式楷函称九龙、拱北两关造报第一百七十三结期内代征仓捐银两函呈鉴核，附上贵外务部函件，伏乞转寄等情前来。相应将函件咨送。为此咨呈贵外务部，谨请查照施行。须至咨呈者。

计咨送函件壹封。

右咨呈外务部。

附件：

三月初二日

内函赍交

总□……□

驻沪总司署缄。

（外务部档）

M14：财政-关务

6.150 署粤督岑春煊为据赫总税司申称拱北关税司穆好士因病回国以三都澳税司欧森调补已移行查照由致外务部咨呈

光绪三十年二月二十六日(1904年4月11日)※

头品顶戴、兵部尚书、署理两广总督岑，为咨呈事。

① 该人名原文不清，据6.151校补。

光绪三十年二月十七日，据总税务司赫德申称，窃现据拱北关税务司穆好士呈请病假回国，当经准如所请。所遗税务司之缺，查有三都澳税务司欧森，丹国人，堪以调补。除札饬该员遵照并分别申照外，理合备文申请钧鉴等由前来。除行广东藩臬二司移行查照外，拟合咨呈。为此咨呈贵部，谨请查照施行。须至咨呈者。

右咨呈外务部。

（外务部档）

M14：财政-关务

6.151 南洋大臣魏光焘为据裴副税司函称九龙拱北两关一百七十四结并无征收仓捐银两由致外务部咨呈（附函一件）

光绪三十年三月十六日（1904年5月1日）※

钦差大臣、办理南洋通商事务、头品顶戴、两江总督部堂、西林巴图鲁魏，为咨送事。

据副总税务司裴式楷函称，九龙、拱北两关一百七十四结并无征收仓捐银两，函呈鉴核。附上贵外务部函件，伏乞转寄等情前来。相应将函件咨送。为此咨呈贵外务部。谨请查照施行。须至咨呈者。

计咨送函件壹封。

右咨呈外务部。

附件：

□……□并声明。此颂升祈。

名另具□……□

敬启者，案查九龙、拱北新旧两关代征仓捐一事，所有第一百□十三结代征银两，已于本年正月十五日报解尾数时缮备银券送呈两广督宪查收在案。兹据该两关税务司呈报第一百七十四结自光绪二十九年十一月十四日起至本年二月十五日止，□□□□此□银两除呈明□……□外，□□□□。

（外务部档）

M14：财政-关务

6.152 署两广总督岑春煊为拱北关税司欧森等各补署缺由致外务部咨呈

光绪三十年九月二十一日(1904年10月29日)※

头品顶戴、兵部尚书、革职留任署理两广总督岑，为咨呈事。

光绪三十年九月十一日，据拱北关税务司欧森申称，窃本税司现奉总税务司札饬调补北京总理文案，税务司所遗拱北关税务司之缺，已委三品衔署理三水关税务司布廉恩调署等因。奉此兹布税务司业到署任，本税务司当于本年九月初九日将一切关务移交清楚，即日卸事驰赴调任。除分别照知外，合行申呈察核等由前来。除咨行外，拟合咨呈。为此合咨贵部，谨请察照施行。须至咨呈者。

右咨呈外务部。

(外务部档)

M14：财政-关务

6.153 署两广总督岑春煊为三水关税司改派谭安署理又布廉恩署理拱北关税司由致外务部咨呈

光绪三十年九月二十一日(1904年10月29日)※

头品顶戴、兵部尚书、革职留任署理两广总督岑，为咨呈事。

光绪三十年九月十一日，据总税务赫德申称，窃查署理沙市关税司超等帮办谭安，法国人，前经调署拱北关之任，曾于本年七月二十七日备文呈明在案。兹拟改派该员前往三水署理该关税务司□[①]务，其现署三水关税务司副税务司布廉恩，英国人，即令署理拱北关税务司之任，以收人地相宜之□。[②] 所有改派调署税务司各缘由，除札饬该员等遵照并分别申照外，理合备文申请钧鉴等由前来。除咨行外，拟合咨呈。为此合咨贵部，谨请察照施行。须至咨呈者。

---

① 疑为“篆”。
② 疑为“数”。

右咨呈外务部。

（外务部档）

M14：财政-关务

6.154　南洋大臣魏光焘为据裴副税司函报九拱两关一百七十五结并无征收仓捐银两由致外务部咨呈

光绪三十年十月十五日(1904 年 11 月 21 日)

钦差大臣、办理南洋通商事务、头品顶戴、两江总督部堂、西林巴图鲁魏，[①]为咨送事。

据副总税务司裴式楷函称九龙、拱北两关一百七十[②]并无征收仓捐银两，函呈鉴核，附上贵外务部函件，伏乞转寄等情前来。相应将函件咨送。为[③]贵外务部。谨请查照施行。须至咨呈者。

计咨送函件一封。

右咨呈外务部。

（外务部档）

M14：财政-关税

6.155　粤海关监督为报九龙拱北等关征收洋药税厘银两事致外务部呈文

光绪三十年十月二十六日(1904 年 12 月 2 日)

二品顶戴管理粤海关监督事务常，为呈明事。

案照九龙、拱北、粤海、潮州、琼州、北海六关洋药税厘自开办起，截至第一百三十八结止，所有征收、支解、不敷各数目，业经前监督开列清单，呈报户部察照在案。

兹查自光绪二十一年三月初七日第一百三十九结起，至二十八年八月二十九日第一百六十八结止，计三十结，九龙、拱北两关共征洋药正税银五十八万二百二十九两七钱三分八厘。

---

① 参见 6.151。
② 据 6.151，此处疑脱一“五”字。
③ 疑此处脱“此咨呈”三字。

除支解外,不敷银三万七千三百一十八两九分四厘。粤、潮、琼、北、三水、九、拱七关共征洋药厘金银八百七十六万四千二百五十三两一钱四分四厘,除支解外,尚存银一十三万九千四百五十一两八钱一分一厘四毫。统税厘合计,除抵不敷外,计存银一十万二千一百三十三两七钱一分七厘四毫。除开单呈报户部察照外,理合呈明。

为此合呈大部,仰请察照施行。须至呈者。

计粘清单一纸。

右呈外务部。

光绪三十年十月二十六日

6.156 附件:九龙拱北等关征收洋药税厘银两清单

光绪三十年十月二十六日(1904年12月2日)

清单

计开

九龙、拱北两关洋药税,自光绪二十一年三月初七日第一百三十九结起,至光绪二十八年八月二十九日第一百六十八结止,计共三十结。

九龙关共征洋药税银一十二万二千八百四十两五钱八分一厘

拱北关共征洋药税银四十五万七千三百八十九两一钱五分七厘

两关合共征银五十八万二百二十九两七钱三分八厘。

支销

一、支抵拨一百三十八结止不敷银二十二万一千九百三十八两五钱二分五厘

一、支解善后局海防经费自光绪二十年八月分起至光绪二十一年六月分止计十一个月银十一万两

一、支解善后局海防经费自光绪二十七年二月分起至光绪二十八年八月分止共银一十九万两

此款由光绪二十七年二月十五日接准部文,改解上海道,还英、德不敷磅价用。

一、支汇费银五千七百两

一、支九龙关二十一年分修筑铁篱巴银一千四百四十两

一、支汇费银二十八两八钱

一、支解近畿防饷银六万九千六百二十八两一钱四厘

一、支汇费银二千七百八十五两一钱二分四厘

一、支九龙关二十二年分修建边界竹篱巡防卡厂银五千四十两

一、支汇费银一百两八钱

一、支拱北关二十二年四月、二十二年七月、二十三年五月三次添建篱卡工料银四千五百六十两

一、支汇费银九十一两二钱

一、支拱北关二十六年分添设各厂工料银三千二百九十九两六钱一分六厘

一、支汇费银六十五两九钱九分二厘

一、支拱北关二十六年分修补篱卡经费银九百六十两

一、支汇费银一十九两二钱

一、支拱北关银号收发经费银一千八百九十两四钱七分一厘

合共支银六十一万七千五百四十七两八钱三分二厘。

除收外实不敷支银三万七千三百一十八两九分四厘。

七关洋药厘金自光绪十一年三月初七日第一百三十九结起，至光绪二十八年八月二十九日第一百六十八结止，计共三十结。

粤海大关共征洋药厘金银三百九十八万七千八百七十一两八钱三分四厘

潮州新关共征洋药厘金银二百八十四万四千四百三十三两六钱

琼州新关共征洋药厘金银三十万四千四百七十四两一钱

北海新关共征洋药厘金银七万六千二百七十三两七钱

九龙关共征洋药厘金银三十二万七千五百七十四两八钱八分

拱北关共征洋药厘金银一百二十一万九千七百四两四钱

三水新关共征洋药厘金银三千九百二十两六钱三分

合共征银八百七十六万四千二百五十三两一钱四分四厘。

支销

一、支抵拨一百三十八结止不敷银二百一万八千二百三十四两七钱九分六厘二毫

一、支解户部银十万两

一、支汇费银四千两

一、支解户部新建六军月饷银十五万两

一、支汇费银六千两

一、支还华款银一百五十三万一百六十三两六钱四分七厘六毫

折纹银一百三十九万二千四百四十八两九钱一分九厘三毫

自二十四年七月分起至二十六年十二月分止

一、支大、潮、琼、北、三水五关火耗银八万六千六百三两六钱八分六厘

一、支潮、琼、北、三水四关燕梳水脚银二万七千二百一十八两六钱八分一厘三毫

一、支拱北关银号收发经费银五千四十一两三钱六分四厘

一、支大关税务司经费自一百三十九结起至一百六十八结止共银九十万两

一、支潮关税务司经费自一百三十九结起至一百六十八结止共银三十六万两

一、支解上海二十七年分还英、德、俄、法洋款银一百一十万两

一、支汇费银三万三千两

二十七年分

一、支解上海还英、德、俄、法洋款银七十五万七千五百两

至二十八年八月分止

一、支汇费银二万二千七百二十五两

二十八年正月分起至八月分止

一、支大关拨解善后局二十一年三四五月分共银二十四万两

一、支解善后局二十一年正月初二日期还洋款银七十七万二千八百五十八两八钱八分八厘二毫九丝

折纹银七十万三千三百一两五钱八分八厘三毫四丝

一、支解善后局二十一年二月十六日期还洋款银三十四万二千两

折纹银□□一万一千二百二十两

一、支解善后局还洋款不敷磅价银四十四万七千八百一十两二钱一分七厘

折纹银四十万七千五百七两二钱九分七厘四毫六丝

合共支银八百六十二万四千八百一两三钱三分二厘六毫

除支外存银一十三万九千四百五十一两八钱一分一厘四毫

税厘合计共存银一十万二千一百三十三两七钱一分七厘四毫

（外务部档）

M14：财政-关税

6.157 两广总督岑春煊等奏报广东省光绪三十年上半年收解厘金数目折

光绪三十年十二月初二日(1905年1月7日)

头品顶戴、革职留任署理两广总督臣岑春煊、广东巡抚臣张人骏跪奏，为广东省光绪三十

年上半年收解厘金数目开单具陈仰祈圣鉴事。

窃照广东厘金收解各数目，于同治八年奉文照两淮盐厘式样半年开单奏报一次，历经奏报至光绪二十九年十二月在案，兹查光绪三十年正月起至六月止，各厂关共收货厘洋银八十万二千四百六两五钱三厘零，又收息借商款银十万两，共收盐厘洋银三万一千八百五十四两二钱五分五厘，连上届余存货厘银四万七千一百二十四两二钱九分八厘零，通共收洋银九十八万一千三百八十五两五分六厘，通共解洋银六十七万六千九百六十四两三钱一分，应存洋银三十万四千四百二十两七钱四分七厘零。据广东布政使胡湘林会同厘务局司道造册详请奏咨前来，臣等覆核无异。理合缮具清单，恭呈御览。至盐厘系改归运司按引抽收，是以清单内不列各厂名目。除将册籍咨送户部查核外，谨合词恭折具陈。

伏乞皇太后、皇上圣鉴训示。谨奏。

(朱批:)户部知道，单并发。

光绪三十年十二月初二日

(宫中朱批奏折)

M14：财政-关税

6.158　广东巡抚张人骏等奏请将两广土膏税捐由统捐划出仍由两广自办折

光绪三十一年二月初四日(1905年3月9日)

广东巡抚张人骏、□□□□署理两广总督臣岑春煊、□□□□□□□□□□□□□□□跪奏，为两广土膏统捐仍恳划出自办以济匮乏而纾民困，恭折具陈，仰祈圣鉴事。

窃臣等于光绪三十年十二月初五日承准军机大臣字寄光绪三十年十一月初十日奉上谕铁良奏拟请派员抽收土膏统捐以裕度支一折，据称湖北、湖南合力于宜昌设立总局抽收土膏税捐，继又并江西、安徽两省合办，较各省分办之时溢收甚巨，已著成效。两广、苏闽亦系云贵川土行销之地，若合八省为一，收数必更可观。收捐章程悉照宜昌现行办法，凡纳统捐后运售各省者，如非落地销售，概不重征此项。进款均照二十九年收数作为各省定额，由宜局合收分解，溢收之数另款存储候拨等语。土药税捐统归一处抽收，既为商民省累，又于进款加增，著财政处、户部即行切实举办，其统捐收数除按各省定额仍照旧拨给应用外，其余溢收之数均著另储候解，专作练兵经费的款，不得挪移。至此项统捐应如何遴派妥员通筹办法，期于推行尽利之处，并著财政处、户部会商各该省督抚从速详定章程，奏明办理。原折均著抄给阅看，将此各谕令知之。钦此。当即恭录谕旨往返详商，经于上年十二月二十七日会同电奏，沥陈此事徒损两粤饷源，实觉无裨大局，恳将两广土膏捐划出，仍照现章试办在案。练兵为今日要政，臣等亦所深知。故前奉部文饬筹练兵经费，广东虽竭□万分，每年亦认解十五万两。况此事明奉谕旨，各省定额仍照旧拨给应用，仅将溢收之数提作练兵经费，似此于外省度支无损，于练兵经费有□，[①]臣等讵不欣幸，唯详加体察，按之理则溢收之说似未足信，衡之势则溢收另提之说尤属难行。何谓溢收之说未足信也？按铁良原奏，以宜昌为云贵川土运销扼要之地，两湖、江西、安徽四省在宜昌设局合办，收数较各省分办时为多，若合八省合办，收数自当更巨。不知两湖、赣、皖壤地相接，云贵川土之运销该四省者必须经过宜昌，故设总局于宜昌，收数即能起色。若两广行销之土药以云贵产为大宗，川土十不及一，广西壤地处处与云贵毗连，土药来路不一，且有由云南出越南而进广州湾者，亦有绕越南而航北海者，更有夹杂洋货自香港、澳门输入者，与两湖、赣、皖之土必须经过宜昌者迥不相同。原奏虽有于广西之梧州、湖南之洪江各设分局之言，不知梧州于两广只能指为适中之地，不能目为扼要之区。若洪江更于两广渺不相涉，所以贵乎合办者，谓总局稽征之处能扼土药出口之总汇耳。今两广所销之云贵土药绝不经过宜昌，强加以合办之名，安得有溢收之实。□[②]使另在两广扼要地方多设分局，而以一人管理，八省□远辽阔，分局则秉承无自，总局则稽察难周。况两广幅员甚广，洋界尤多，抽查稍失机宜，动成交涉。即今两广合办一切督察布置已有鞭长莫及之虞，若以八省隶诸一人，势必控制难周，动多窒碍。求其能足各省分办时之原额已恐甚难，责以溢收似无把握，所谓按之理则溢收之说未足信者此也。何谓衡之势则溢收另提之说尤难行也？广西本系受协省份，贫瘠自无待言；广东则杼柚已空，每年不敷且三百万，加以西乱甫平，兵难遽撤，两广入款，仍旧出款方增，挖肉补疮，莫苏喘息，民穷财尽，盗贼滋多，近方迭奉谕旨严禁苛细杂捐，唯冀于此等大宗进款，多收一分庶可宽一分之民力。此项土膏捐税即使整顿得法，悉数留供两广之用，综计一岁出入尚属不敷，若将溢收之数另提，是两广必须将提去之数另筹弥补。在部臣动谓督抚有理财之责，不知利源既难遽辟，民力实已无余。一省之财只有此数，此见为有余而提之，彼即有见为不足者矣。在真能理财者，处臣等之地位或既能应部臣提拨之命，又能免本省竭蹶之虞，无如臣等才智愚庸，纵甘搜刮之名，仍乏点金之术。倘此事终不得请，新提者未敢截留，旧派者势将延久。届时两广应解各洋款未克如期解足，即治臣等贻误之罪，于事固已无裨。然以上情形犹就果有溢收言之，又况两广土膏统捐，广西虽自二十八年十二月开办，然全省正值匪扰，商路不通，二十九年之收数断难作为定额，广东则甫于上年十一月开办，二十九年之收数更无旧额可循。若概以二十九年收数为定额，他省出入或尚不至悬殊，两广受亏尤为特甚。部臣统筹全局，谅

① 疑为“著”。
② 疑为“设”。

亦不忍使两广独受巨亏。是两广尚无可定之额，自无溢收可言。所谓衡之势则溢收另提之说尤难行者此也。臣等渥受国恩，值此时事艰难，何敢但计一隅竟忘大局，唯以两广亦朝廷之赤子，目击此邦民穷财尽，已愧不能蠲除，一切广畅皇仁，若灼知有一事焉，既损两粤饷源，又属无裨大局，倘不沥陈圣听，是益重臣等上负国、下负民之罪也。总之商民财力只有此数，征求过急，疆臣不过竭泽以应朝旨。愚民或因重累而煽阴谋，人心一摇，大局何堪设想？此不仅为两广言，而两广民困尤深，臣等所言故尤为迫切也。臣等受恩深重，具有天良，苟非事处万难，何忍以危词上烦圣虑。唯熟察两广目前民力，实不宜再有征求合无。仰恳天恩俯念两广财尽民穷，本省度支奇窘，准将土膏税捐划出，仍由两广自办，免予提拨，出自逾格鸿施，谨合词恭折具陈。

伏乞皇太后、皇上圣鉴训示。谨奏。

(朱批：)著柯逢时核议具奏。

光绪三十一年二月初四日

（宫中朱批奏折）

T15：商业-商埠

6.159　商部为黄景棠在广东省城芳村一带开辟商场事呈外务部片

光绪三十一年五月初七日(1905年6月9日)

商部为片呈事。

现有会办广东潮汕铁路事务黄道景棠，拟在广东省城芳村一带开辟商场，禀请本部核夺，准与立案等情。查原禀内开光绪二十九年七月十九日外务部遵议商约一折，内开请在上海租界外开辟商场，举商董以主其事，上海果有成效，推至他处接踵举行，并请旨通饬各属详细查勘，如有形势扼要，可以自开口岸之处，随时咨部酌核，请旨开办等语。本部无案可稽，无凭核夺，相应片呈贵部。迅将此项奏案抄示，以凭核办可也。须至片呈者。

右片呈外务部。

光绪三十一年五月初七日

（外务部档）

M14：财政-关税

6.160 两广总督岑春煊等奏报广东省光绪三十年下半年收解厘金数目折

光绪三十一年六月十三日(1905年7月15日)

头品顶戴、署理两广总督、兼管粤海关事务臣岑春煊、广东巡抚臣张人骏跪奏，为广东省光绪三十年下半年收解厘金数目开单具陈，仰祈圣鉴事。

窃照广东厘金收解各数目，于同治八年奉文照两淮盐厘式样半年开单奏报一次，历经奏报至光绪三十年六月在案，兹查光绪三十年七月起至十二月止，各厂关共收货厘洋银八十七万四千三百七十三两六钱一厘，共收盐厘洋银二万六千六百六十八两五钱四分七厘，共收备还磅款洋银九十四万九千三百三十八两，连上届余存货厘银三十万四千四百二十两七钱四分七厘零，通共收洋银二百一十五万四千八百两八钱九分五厘零，通共解洋银二百六万七千二百四十八两九钱七分八厘，应余存洋银八万七千五百五十一两九钱一分七厘零。据广东布政使胡湘林会同厘务局司道造册详请奏咨前来，臣等覆核无异，理合缮具清单，恭呈御览。至盐厘系改归运司按引抽收，是以清单内不列各厂名目。除将册籍咨送户部查核外，谨合词恭折具陈。

伏乞皇太后、皇上圣鉴训示。谨奏。

(朱批：)户部知道，单并发。

光绪三十一年六月十三日

(宫中朱批奏折)

M14：财政-关税

6.161 前粤海关监督为呈送九龙拱北等关洋药税厘收支数目清单事致外务部呈文

光绪三十一年六月二十一日(1905年7月23日)

二品顶戴前管理粤海关监督事务常，为呈明事。

案照九龙、拱北、粤海、潮州、琼州、北海、三水七关自光绪二十一年三月初七日第一百三十九结起，至二十八年八月二十九日第一百六十八结止，计三十结，洋药税厘征收、支解、不敷计存数目，业经本前监督开单呈报户部察销，并分别咨行查照。嗣于光绪三十一年三月十七日准两广总督岑咨转准户部咨行，饬令查明各该关收支洋药税厘各款，按结分款造具细数清册送部，以凭核办等因。亦经遵照按结分款造册，呈覆户部察核在案。

兹查光绪二十八年八月三十日第一百六十九结起，至光绪三十年十一月初三本前监督交卸之日即第一百七十七结三月分内止，计八结零两个月零九天，所有九龙、拱北、粤海、潮州、琼州、北海、三水、江门、甘竹各关洋药税厘征收、支解、不敷数目，理合按结分款造具清册二本，呈送户部察照外，理合按结分款开单呈明。再，本前监督业已交卸，此文系借用广东巡抚关防，合并声明。

为此合呈大部，仰请察照施行。须至呈者。

计粘单一纸。

右呈外务部。

光绪三十一年六月二十一日

6.162　附件一：九龙拱北两关洋药税收支存解银两数目清单

光绪三十一年六月二十一日(1905 年 7 月 23 日)

今将九龙、拱北两关第一百六十九结起，至第一百七十七结三月分内止，计八结零两个月零九天，洋药税项下收支存解银两数目开列：

第一百六十九结

九龙关共征洋药税银三千七百三十五两六钱三分八厘

拱北关共征洋药税银五千四百七十八两九钱七分五厘

是结共征银九千二百一十四两六钱一分三厘

第一百七十结

九龙关共征洋药税银七千六两九钱八分八厘

拱北关共征洋药税银一万一千七百七十二两

是结共征银一万八千七百七十八两九钱八分八厘

第一百七十一结

九龙关共征洋药税银四千八百八两二分五厘

拱北关共征洋药税银一万一千五十五两六钱

是结共征银一万五千八百六十三两六钱二分五厘

第一百七十二结

九龙关共征洋药税银五千一百五十三两九钱二分五厘

拱北关共征洋药税银九千八百六十八两六钱一分三厘

是结共征银一万五千二十二两五钱三分八厘

四结合共征银五万八千八百七十九两七钱六分四厘。

支销

一、支抵拨一百六十八结止不敷银三万七千三百一十八两九分四厘

一、支解善后局海防经费自一百六十九结一月起至一百七十二结三月止共十二个月银一十二万两

此款由光绪二十七年二月接准部文,改解上海道还英、德、佛郎磅价。

汇费银三千六百两

一、支九龙关二十九年分兴建大铲及添设各厂工料银二万四千五百七十一两九钱五分四厘

汇费银四百九十一两四钱三分九厘

一、支拱北关二十九年分修补篱卡经费银九百六十两

汇费银一十九两二钱

一、支拱北关银号收发经费银二百五十六两二钱四分七厘

合共支银一十八万七千二百一十六两九钱三分四厘

除支之外不敷银一十二万八千三百三十七两一钱七分

第一百七十三结

九龙关共征洋药税银五千一十两五钱六分二厘

拱北关共征洋药税银九千九百三十六两

是结共征银一万四千九百四十六两五钱六分二厘

第一百七十四结

九龙关共征洋药税银五千一百两五钱六分三厘

拱北关共征洋药税银九千三百二十四两

是结共征银一万四千四百二十四两五钱六分三厘

第一百七十五结

九龙关共征洋药税银四千二百四十一两七钱三分八厘

拱北关共征洋药税银八千六百一十二两六钱二分六厘

是结共征银一万二千八百五十四两三钱六分四厘

第一百七十六结

九龙关共征洋药税银三千九百二十二两四钱六分四厘

拱北关共征洋药税银九千二百五十二两

是结共征银一万三千一百七十四两四钱六分四厘

第一百七十七结内两个月零九天

九龙关共征洋药税银三千九百九十九两六钱七分三厘

拱北关共征洋药税银八千四百二十四两

是结共征银一万二千四百二十三两六钱七分三厘

四结两个月零九天共征银六万七千八百二十三两六钱二分六厘

支销

一、支抵拨一百七十二结止不敷银一十二万八千三百三十七两一钱七分

一、支解善后局海防经费自一百七十三结一月起至一百七十七结二月止共十四个月银一十四万两

此款奉准部文改解上海道还英德佛郎磅价不敷

汇费银四千二百两

一、支拱北关银号收发经费银三百五两七钱四分

合共支银二十七万二千八百四十二两九钱一分

除支之外不敷银二十万五千一十九两二钱八分四厘

即将以上不敷银两全数归入洋税项下，一并拨抵，合并声明。

6.163　附件二：粤海各关洋药厘金收支存解银两数目清单

光绪三十一年六月二十一日(1905 年 7 月 23 日)

今将粤海各关自第一百六十九结起，至第一百七十七结三月内止，计八结零两个月零九天，洋药厘金项下收支存解银两数目开列：

第一百六十九结

大关共征洋药厘金银一十四万五千三百八十六两

潮关共征洋药厘金银九万四千三百三十二两四钱

琼关共征洋药厘金银五千一百七十两四钱

北关共征洋药厘金银二千八十五两六钱

三水关共征洋药厘金银五百八十八两

江门关共征洋药厘金银吉

甘竹关共征洋药厘金银吉

九龙关共征洋药厘金银九千九百六十一两七钱

拱北关共征洋药厘金银一万四千六百一十两六钱
是结共征银二十七万二千一百三十四两七钱
第一百七十结
大关共征洋药厘金银一十九万一千二百一十九两一钱五分
潮关共征洋药厘金银一十一万六千七百七十六两四钱
琼关共征洋药厘金银七千九百七十六两八钱
北关共征洋药厘金银三千四百二十一两六钱
三水关共征洋药厘金银三千五百八十一两六钱
江门关共征洋药厘金银吉
甘竹关共征洋药厘金银吉
九龙关共征洋药厘金银一万八千六百八十五两三钱
拱北关共征洋药厘金银三万一千三百九十二两
是结共征银三十七万三千五十二两八钱五分
第一百七十一结
大关共征洋药厘金银一十八万三千一百五十一两
潮关共征洋药厘金银一十万四千六百三十两四钱
琼关共征洋药厘金银三千九十四两四钱
北关共征洋药厘金银二千五十四两
三水关共征洋药厘金银三千三百一十二两六钱五分
江门关共征洋药厘金银吉
甘竹关共征洋药厘金银吉
九龙关共征洋药厘金银一万二千八百二十一两四钱
拱北关共征洋药厘金银二万九千四百八十一两六钱
是结共征银三十三万八千五百四十五两四钱五分
第一百七十二结
大关共征洋药厘金银一十九万四千五百一十二两七钱四分
潮关共征洋药厘金银一十二万六千七百六十两八钱
琼关共征洋药厘金银一千七百五十四两四钱
北关共征洋药厘金银二千四百五十一两二钱
三水关共征洋药厘金银五千七十两
江门关共征洋药厘金银吉
甘竹关共征洋药厘金银吉

九龙关共征洋药厘金银一万三千七百四十三两八钱

拱北关共征洋药厘金银二万六千三百一十六两三钱

是结共征银三十七万六百九两二钱四分

计四结共征洋药厘金银一百三十五万四千三百四十二两二钱四分。

一、接上一百六十八结止存银一十三万九千四百五十一两八钱一分一厘四毫

合共银一百四十九万三千七百九十四两五分一厘四毫

支销

一、支大关税务司经费自一百六十九结一月起至一百七十二结三月止共十二个月银一十二万两

一、支潮关税务司经费自一百六十九结一月起至一百七十二结三月止共十二个月银四万八千两

一、支解上海还二十八年分英、德、俄、法洋款银三十四万二千五百两，前报解过七十五万七千五百两

汇费银一万二百七十五两

一、支解上海还二十九年分英、德、俄、法洋款银一百一十万两

汇费银三万三千两

一、支潮、琼、北三关燕梳水脚银三千九百六十八两四钱九厘

一、支三水、江门两关燕梳水脚银五十二两九钱三分五厘

一、支拱北关银号收发经费银六百八十三两三钱四分二厘

一、支大、潮、琼、北、三水五关火耗银一万四千三百六十七两九钱五分四厘

合共支银一百六十七万二千八百四十七两六钱四分

除支之外不敷银一十七万九千五十三两五钱八分八厘六毫

第一百七十三结

大关共征洋药厘金银一十八万八千一百五十九两三钱五分

潮关共征洋药厘金银一十二万三千一百一十六两

琼关共征洋药厘金银二千三百四十两四钱

北关共征洋药厘金银一千九百三十四两八钱

三水关共征洋药厘金银三千五百一两二钱

江门关共征洋药厘金银吉

甘竹关共征洋药厘金银吉

九龙关共征洋药厘金银一万三千三百六十一两五钱

拱北关共征洋药厘金银二万六千四百九十六两

是结共征银三十五万八千九百九两二钱五分

第一百七十四结

大关共征洋药厘金银一十八万五千九百四十八两九钱九分

潮关共征洋药厘金银九万二千八百七十二两八钱

琼关共征洋药厘金银五千七百七十六两八钱

北关共征洋药厘金银二千三十五两二钱

三水关共征洋药厘金银四千九百三十九两二钱

江门关共征洋药厘金银吉

甘竹关共征洋药厘金银吉

九龙关共征洋药厘金银一万三千六百一两五钱

拱北关共征洋药厘金银二万四千八百六十四两

是结共征银三十三万三十八两四钱九分

第一百七十五结

大关共征洋药厘金银一十七万七千四百八十四两七钱五分

潮关共征洋药厘金银九万三千四百一十六两

琼关共征洋药厘金银四千三百三十两八钱

北关共征洋药厘金银二千五百六十四两四钱

三水关共征洋药厘金银五千四百六十二两六钱

江门关共征洋药厘金银一百九十二两

九龙关共征洋药厘金银一万一千三百一十两三钱

拱北关共征洋药厘金银二万二千九百六十七两

甘竹关是结归并江门税务司兼管，合并声明

是结共征银三十一万七千七百二十八两八钱五分

第一百七十六结

大关共征洋药厘金银一十八万六千五十三两六钱

潮关共征洋药厘金银一十万二千三百三十七两六钱

琼关共征洋药厘金银一万一千四百二十八两八钱

北关共征洋药厘金银三千六十四两

三水关共征洋药厘金银五千一百八十二两

江门关共征洋药厘金银吉

九龙关共征洋药厘金银一万四百五十九两九钱

拱北关共征洋药厘金银二万四千六百七十二两

是结共征银三十四万三千一百九十七两九钱

第一百七十七结内两个月零九天

大关共征洋药厘金银一十六万五百八十五两七钱

潮关共征洋药厘金银八万二千五百九十二两四钱

琼关共征洋药厘金银一万四百六十八两

北关共征洋药厘金银二千三百一十四两八钱

三水关共征洋药厘金银三千三十五两六钱

江门关共征洋药厘金银吉

九龙关共征洋药厘金银一万六百六十五两八钱

拱北关共征洋药厘金银二万二千四百六十四两

是结共征银二十九万二千一百二十六两三钱

计四结两个月零九天共征收银一百六十四万二千两七钱九分。

支销

一、支抵拨一百七十二结止不敷银一十七万九千五十三两五钱八分八厘六毫

一、支解天津六军专饷，改拨还汇丰借款银五十万两

汇费银一万五千两

一、支大关税务司经费自一百七十三结一月起至一百七十七结二月止共十四个月银一十四万两

一、支潮关税务司经费自一百七十三结一月起至一百七十七结二月止共十四个月银五万六千两

一、支解上海还三十年分英、德、俄、法洋款银九十三万七千五百两

汇费银二万八千一百二十五两

一、支潮、琼、北三关燕梳水脚银四千五百五十九两五钱二分二厘

一、支三水、江门两关燕梳水脚银九十四两九分六厘

一、支拱北关银号收发经费银八百一十五两三钱三分二厘

一、支大、潮、琼、北、三水、江门六关火耗银一万七千五百三十三两六钱五分三厘

合共支银一百八十七万八千六百八十一两一钱九分一厘六毫

除支之外不敷银二十三万六千六百八十两四钱一厘六毫

即将以上不敷银两全数归入洋税项下，一并拨抵，合并声明。

（外务部档）

M14：财政-关务

6.164 总税务司赫德为九龙拱北两关第一百七十九结仍无征收仓捐银两由致外务部申呈

光绪三十一年八月初七日(1905年9月5日)

钦加太子少保衔、花翎头品顶戴、二等第一宝星、总税务司赫德，为申呈事。

窃查九龙、拱北新旧两关代征仓捐银两一事，所有第一百七十八结期内并无征收银两，已于本年四月二十一日呈明在案。现据该两关税务司呈报，第一百七十九结自光绪三十一年二月二十七日起至五月二十八日止，仍无征收此项仓捐银两。除申报两广总督查照外，理合备文申请鉴查可也。须至申呈者。

右申呈钦命全权大臣便宜行事军机大臣总理外务部事务和硕庆亲王。

光绪三十一年八月初七日

(外务部档)

M14：财政-关务

6.165 总税务司赫德为九拱两关第一百八十结并无仓捐银两由致外务部申呈

光绪三十一年十二月初三日(1905年12月18日)

钦加太子少保衔、花翎头品顶戴、二等第一宝星、总税务司赫德，为申呈事。

窃查九龙、拱北新旧两关代征仓捐银两一事，所有第一百七十九结期内并无征收银两，已于本年八月初七日呈明在案。现据该两关税务司呈报，第一百八十结自光绪三十一年五月二十九日起至九月初二日止，仍无征收此项仓捐银两。除申报两广总督查照外，理合备文申请鉴查可也。须至申呈者。

右申呈钦命全权大臣便宜行事军机大臣总理外务部事务和硕庆亲王。

光绪三十一年十二月初三日

(外务部档)

M14：财政-关务

6.166　总税务司赫德为九龙拱北两关第一百八十一结内并无代征仓捐银两事致外务部申呈

光绪三十二年正月初八日(1906年2月1日)

钦加太子少保衔、花翎头品顶戴、二等第一宝星、总税务司赫德，为申呈事。

窃查九龙、拱北新旧两关代征仓捐银两一事，所有第一百八十结期内并无征收银两，已于上年十二月初三日呈明在案。现据该两关税务司呈报，第一百八十一结自光绪三十一年九月初三日起至十二月初六日止，仍无征收此项仓捐银两。除申报两广总督查照外，理合备文申请鉴查可也。须至申呈者。

右申呈钦命全权大臣便宜行事军机大臣总理外务部事务和硕庆亲王。

光绪三十二年正月初八日

(外务部档)

M14：财政-关税

6.167　两广总督岑春煊奏请粤海各关按结征收之税洋药税厘九拱两关货税并案奏销并请免造货册折

光绪三十二年正月二十七日(1906年2月20日)

太子少保、头品顶戴、兵部尚书衔、署理两广总督、兼管广东巡抚、粤海太平两关事务臣岑春煊跪奏，为粤海各关改章整顿，拟将按结征收之洋税、洋药税厘、九拱两关货税并案奏销，并请免造货册情形，恭折具陈，仰祈圣鉴事。

窃查粤海各关征收税项，唯粤海、潮海、琼海、北海、三水、江门等关洋税、洋药税收支数目系按四结专折奏销，其各关洋药厘金、九龙、拱北两关洋药税以及九拱两关百货税收支数目为数亦巨，向止分案造册报部，不列奏销，同是按结征收之款而分而为三，复不同时造报。历届洋税各款迟至四五年始报，洋药厘金各款迟至七八年始报，所报收支银数任凭库书捏造，故得少报收数、浮报支数以收抵支率不敷数百万之多，其实少收浮支之银早入库书之槖。详稽历年报部各册，收支款目套搭□□，[①]虽精于综核者未易得其底蕴。用是

① 疑为“纠葛”。

外欺监督，内朦部科，间奉部文行查监督，复以事隔多年、官非一任饰词登覆。故前充库书已革三品京堂周荣曜与已故朋充库书周启慈等敢于侵盗税银二百数十万之多也。近年拨款加巨，并奉部咨奏销册内不准有存解名目，侵蚀之弊已不复如曩昔之甚，然当此改章整顿，不定切实办法，实难保日后弊不复生。臣悉心筹度，拟自一百七十七结第三月第十天即光绪三十年十一月初四日前广东抚臣张人骏接管关务以后，凡归税司征收之各关洋税、洋药税厘及九拱两关百货税向分三起造报者并为一案奏销，必使收数与税司按结折报之数针孔相符，支数照实解实支之数分析开报，则销册到部不难按籍而稽。设有不符亦可随时行查更正，似此办理，少收浮支之弊无自而生，正供即无虞侵蚀矣。又洋税历届奏销另造粤、潮、琼、北四关货色税数册，分送部科计八百七十余本，卷页繁多，即非剋期所能造送。且各关收税货色底簿存在税司关署，无案可稽，册中所列货物系照征税银数，按则核计不过具此文牍。窃谓各关经征货色既有总税司贸易清册可凭，更何用此繁复无用之文而令徒耗造办册费。现当百度维新，实事求是，繁文缛节，悉从去除。拟恳天恩敕部，免其造送以归简易。所有粤海各关改章整顿，拟将按结征收各税，并案奏销暨免造货色清册，各缘由是否有当，理合恭折具陈。

伏乞皇太后、皇上圣鉴训示。谨奏。

(朱批：)该部议奏。

光绪三十二年正月二十七日

(宫中朱批奏折)

M14：财政-关税

6.168 两广总督岑春煊奏报粤海各关一百七十七结第三月第十天起至一百八十结经征洋税各款收支数目折

光绪三十二年二月初十日(1906年3月4日)

太子少保、头品顶戴、兵部尚书衔、署理两广总督、兼管广东巡抚、粤海太平两关事务臣岑春煊跪奏，为粤海各关一百七十七结第三月第十天起至一百八十结经征洋税各款收支数目开单报销，恭折仰祈圣鉴事。

窃查粤海各关经征税项唯粤海、潮海、琼海、北海、三水、江门各关洋税、洋药税收支数目系按四结专折奏销，其各关洋药厘金、九龙、拱北两关洋药税与九拱两关百货税收支数目为数亦巨，向止分案造册报部，不列奏销，以致隐匿侵盗，弊端百出。业经臣另折奏请，自光绪三十年十一月初四即一百七十七结第三月第十天前广东抚臣张人骏接管关务之日起，凡归各关税务司按结征收之洋税等款并案奏销，前此未报各款由前监督臣常恩清理造销，并经臣与前广东抚臣张人骏先后奏明在案。兹将光绪三十年十一月初四日即第一百七十七结第三月第十天起至光绪三十一年九月初二日即第一百八十结止，粤海、潮海、琼海、北海、三水、江门、九龙、拱北各关洋税、洋药税厘暨九龙、拱北两关百货税收支银数并案核实奏销，并无浮滥。除造办四柱清册咨送户部查核外，谨缮具收支款目清单，恭折具奏。

伏乞皇太后、皇上圣鉴。谨奏。

(朱批:)该部知道，单并发。

光绪三十二年二月初十日

(宫中朱批奏折)

M14：财政-关务

6.169　总税务司赫德为九拱新旧两关一百八十二结仍无征收仓捐银两事致外务部申呈

光绪三十二年四月初四日(1906年4月27日)

钦加太子少保、衔花翎、头品顶戴、二等第一宝星、总税务司赫德，为申呈事。

窃查九龙、拱北新旧两关代征仓捐银两一事，所有第一百八十一结期内并无征收银两，已于本年正月初八日呈明在案。现据该两关税务司呈报，第一百八十二结自光绪三十一年十二月初七日起至三十二年三月初七日止，仍无征收此项仓捐银两。除申报两广总督查照外，理合备文申请鉴查可也。须至申呈者。

右申呈钦命全权大臣便宜行事军机大臣总理外务部事务和硕庆亲王。

光绪三十二年四月初四日

(外务部档)

M14：财政-关税

6.170 两广总督岑春煊奏报广东省光绪三十一年下半年收解厘金数目折

光绪三十二年七月二十二日(1906年9月10日)

太子少保、头品顶戴、兵部尚书衔、署理两广总督、兼管广东巡抚、粤海太平两关事务臣岑春煊跪奏，为广东省光绪三十一年下半年收解厘金数目开列清单，恭折具陈，仰祈圣鉴事。

窃照广东省厘金收解各数目，于同治八年奉文照两淮盐厘式样半年开单奏报一次，历经奏报至光绪三十一年六月在案，兹查光绪三十一年七月起至十二月止，各厂关共收货厘洋银八十一万九千一百八十一两八钱七分五厘，共收盐厘洋银三万五千八十二两七钱九分一厘，共收备还磅款洋银九十六万七千二百九两七钱一分九厘，连上届余存货厘洋银三十一万一千八百四十八两二钱三分八厘，通共收洋银二百一十三万三千三百二十二两六钱二分三厘，通共解洋银二百二万六千一百九十六两三钱九厘，应余存洋银一十万七千一百二十六两三钱一分四厘。据广东布政使胡湘林会同厘务局司道造册详请奏咨前来，臣覆核无异。理合缮具清单，恭呈御览。至盐厘系归运司按引抽收，是以清单内未列各厂名目。除将册籍送部外，谨恭折具陈。

伏乞皇太后、皇上圣鉴训示。谨奏。

(朱批:)户部知道，单并发。

光绪三十二年七月二十二日

(宫中朱批奏折)

M14：财政-关税

6.171 两广总督岑春煊奏报粤海各关光绪三十年十一月初四日起至三十一年十二月底止经征常税收支数目折

光绪三十二年八月十六日(1906年10月3日)

太子少保、头品顶戴、署理两广总督、管广东巡抚事、新授云贵总督臣岑春煊跪奏，为粤海各关光绪三十年十一月初四日起至三十一年十二月底止经征常税收支数目开单报销，恭折仰祈圣鉴事。

窃查粤海各关常税向按关期造报，现拟按年造报，期于税务司征报银数相符，并请免造红单细册季册情形，业经臣另折具奏，兹自光绪三十年十一月初四前抚臣张人骏接管关务之日起至三十一年十二月底止，计一年一月零二十七天，所有粤海各关常税征收解支数目，除列单分咨户部税务处查核外，谨缮具清单，恭呈御览。至光绪三十年十一月初四日以前，各年常税奏销已由前监督臣常恩并案造报，合并陈明。为此恭折具奏。

伏乞皇太后、皇上圣鉴。谨奏。

(朱批：)该部知道，单并发。

光绪三十二年八月十六日

(宫中朱批奏折)

M14：财政-关税

6.172　两广总督岑春煊奏请粤海各关常税收支数目改按年造报等事折

光绪三十二年八月十六日(1906年10月3日)

太子少保、头品顶戴、署理两广总督、管广东巡抚事、新授云贵总督臣岑春煊跪奏，为粤海各关常税收支数目拟改按年造报以免参差，并请免造红单细册季册情形，恭折具陈，仰祈圣鉴事。

窃查粤海各关常税，前由监督派家丁书役征收，系按关期造报。前监督臣常恩于三十年十一月初四日交卸关务，而奏销已报至三十二年分七个月零八日止，录其文卸之前一日即关期三十二年分七个月第八日也，自光绪二十八年后各关常税陆续改归税司经征收，税银数系按中历年月开报，核与关期参差一年九月有奇。年月既有参差，收数断难符合，报销到部，稽核为难。关务既经改章，自应实事求是，拟自光绪三十年十一月初四监督裁缺之日起即将向按关期造报之各关常税改为按年造报。期于税司征报之数针孔相符，其余各口由委员征收者一律按年造报。又查粤海各关常税每年奏销，向有红单细册季册分送部科，计一百二十四本，篇页繁多，单内货色系就报征银数按照税则填载，册内则填船户姓名，完税银数不列货色，此皆平空捏造，无关考核。方今百事改良，务求简当，此等无稽单册实属无所用之。拟恳天恩敕部，免其造送至各关口，支销经费应照改章后实用之数，另造细册送部作为定额，以后按年照额开支，以期简便，而昭核实。所有粤海各关常税收支数目拟改按年造报，并免造红单细册季册各录由，是否有当，合恭折具陈。

伏乞皇太后、皇上圣鉴训示。谨奏。

（朱批：）户部议奏。

光绪三十二年八月十六日

（宫中朱批奏折）

M14：财政-关务

6.173　署粤督岑春煊为咨报崖门分卡已由拱北关移交江门关接管事致外务部咨呈

光绪三十二年九月初八日（1906年10月25日）

太子少保、头品顶戴、□……□，为咨呈事。

光绪三十二年八月三十日，据署江门关税务司慕天锡申称，窃署税务司接奉总税务司札饬崖门分卡即于光绪三十二年八月十四日由拱北关税务司移交江门关税务司兼管等因。署税务司于八月十四日准拱北关布税务司将该分卡公事一切移交前来，已于是日接管。除申复总税务司外，理合具文申报察核等由到本部堂。据此除分别咨行查照外，拟合咨呈。为此合咨贵部，谨请察照施行。须至咨呈者。

右咨呈外务部。

光绪三十二年九月初八日

（外务部档）

M14：财政-关税

6.174　两广总督岑春煊奏报整顿粤海各关口税务办法厘定解支各款折

光绪三十二年九月十六日（1906年11月2日）

太子少保、头品顶戴、署理两广总督、管广东巡抚事、新授云贵总督臣岑春煊跪奏，为整顿粤海各关口税务办法暨厘定解支各款，恭折具陈，仰祈圣鉴事。

窃粤海关税务经前抚臣张人骏与臣先后接管，所有抚臣管理期内规划整顿未尽事宜，由臣悉心讲求妥筹办理，于上年二月间奏明在案。旋臣考核各关税收，唯琼海关近年收数较之一百六十八结以前短收颇巨，而以洋药税厘为尤甚。推原其故，由于雷属之广州湾划为法界，曩昔商贩洋药必须到琼完税者，现多避入广州湾无税口岸，灌输内地，走漏税厘。因檄总办高、雷各口税务委员试用通判荣勋带领臣署亲兵，遍历雷、高各口，巡缉私土，开导商民不准贩私。一面勘察地方形势，于雷州设缉私总卡，并扼要设海安、徐闻、踏磊、英利四处分卡，以两广土药统税缉私隶焉。该五卡员司薪水、巡勇口粮、房租杂用月支四百余两，在雷属口税两广土药统税项下各半分支，岁费口税不过二千余金，而从此严密查缉，有私必获，琼关洋药税厘收数顿增。上年九月结算，一百七十七结至一百八十结征银九万九千余两，较之一百六十九结至一百七十二结征银二万四十余两，计长征银七万五千余两，一百七十三结至一百七十六结征银三万二千余两，计长征银六万七千余两。本年八月结算一百八十一结至一百八十四结征银十一万七千余两，则较前长征尤多。该关洋常各税亦较往年有盈无绌。又水东税口为高州，阖属门户，素称多盗，大贾富商不敢出资实力营业。臣并谕令委员荣勋就地筹款，创办巡警，不敷经费，准其禀请在口税、厘金两项内酌提济用。年余以来，屡获著匪，奸宄敛迹，商贩云集。高、雷两属自设卡设巡之后，口税颇有长征，此整顿高、雷、琼三属关口税务之情形也。其余各关口税亦长者居多，唯粤省土产以惠、潮两属糖为大宗，制造弗良，价高货劣，近为洋糖抵制，出口日少，税收颇受其影响，檄饬惠、潮嘉道劝谕潮汕绅商，集股购机，仿制洋糖以资抵御，办有成效便可推行各属，挽回利权，商业振兴，税务自日有起色。概榷税之道不外为商民兴利除弊，利纵不能立致，弊则可以立去。故臣管关以来，择口卡之收税无几而又无关查缉绕越偷漏者，陆续裁撤二十余处，在公家所损有限，而闾阎受益无穷。此外如杜侵扰、勤考察、严比较以别功过，定限期以办奏销，皆足以去前此之积弊而策后效于将来。此臣统筹关务、随时随事整顿之情形也。至于解支各款，亦经逐一分别厘定，解款悉循部章，支款如员司薪水、巡丁工食则视任之重轻、事之繁简与收税之多寡为准，勇役口粮、房租杂支则视其地之人工贵贱、商务淡旺、物价低昂为准。势难一律，然较之家丁书役驻口稽征时，节省已十之三四，粤关中饱各款现已和盘托出，涓滴归公。当此百度维新，实事求是，动支各款自应实用实报，一洗从前留款外销积习。总之有治法贵有治人，有治人尤贵有以养之，勿使作奸犯科，斯法乃能经久而不敝，此臣与前抚臣张人骏既提各口规费充公，又应员司巡丁藉口清苦，额外需索，仍于提款内酌给伙食津贴之情形也。所有微臣整顿关务办法六条、厘定解支各款四条，谨缮单恭折具奏。

伏乞皇太后、皇上圣鉴，敕外务部户部税务处查照立案。谨奏。

(朱批:)该部议奏，单并发。

光绪三十二年九月十六日

(宫中朱批奏折)

M14：财政-关税

6.175 两广总督岑春煊奏报粤海各关一百八十一结起至一百八十四结止经征洋税各款收支数目折

光绪三十二年九月二十四日(1906 年 11 月 10 日)

太子少保、头品顶戴、署理两广总督、管广东巡抚事、新授云贵总督臣岑春煊跪奏，为粤海各关一百八十一结起至一百八十四结止，经征洋税各款收支数目开单报销，恭折仰祈圣鉴事。

窃查粤海各关经征税项唯粤海、潮海、琼海、北海、三水、江门各关洋税、洋药税收支税目系按四结专折奏销，其各关洋药厘金九龙、拱北两关洋药税与九、拱两关百货税收支银两为数亦巨，向止分案造册报部，不列奏销，以致隐匿侵盗，弊端百出。自关务改章后，业经臣将光绪三十年十一月初四日即第一百七十七结第三月第十天前广东抚臣张人骏接管之日起至光绪三十一年九月初二日第一百八十结止，凡粤、潮、琼、北、三、江、九、拱各关洋税、洋药税暨九、拱两关百货税征收解支银数并案开单奏销，并造册送部核销在案，兹将自光绪三十一年九月初三日第一百八十一结起至光绪三十二年八月十三日第一百八十四结止，粤海、潮海、琼海、北海、三水、江门、九龙、拱北各关洋税、洋药税厘暨九龙、拱北两关百货税收支款目银数并案奏销，缮具清单，恭呈御览，除造具四柱清册，咨送户部税务处查核外，理合恭折具奏。

伏乞皇太后、皇上圣鉴。谨奏。

(朱批:)该部知道，单并发。

光绪三十二年九月二十四日

(宫中朱批奏折)

M14：财政-关税

6.176 两广总督岑春煊奏报因粤海关务整顿所增收之款归公数目折

光绪三十二年九月二十四日(1906 年 11 月 10 日)

太子少保、头品顶戴、署理两广总督、管广东巡抚事、新授云贵总督臣岑春煊跪奏，为粤海关务改章整顿撙节厘剔归公各款缮单，恭折具陈，仰祈圣鉴事。

窃臣上年接管关务，当将前抚臣张人骏管理期内规划整顿岁可增出银四十余万两，拟请拨补汇丰镑价无著之款。于光绪三十一年二月二十日具奏，四月初三日奉旨著照所拟办理。该部知道钦此并准户部咨此项增出银两，俟该关一年期满，核明数目另列清厘一项奏报，无庸列入正额盈余数内，统算以清界限等因。查洋税向按四结奏销，常税按年奏销，各口税则或征成元洋银，或征全毫洋银，日久相沿，骤难改为一律。所征正杂税银，除各该口支销并于常税奏销案内列报额征银三万五千余两外，余银向归中饱。现在悉数归公，计自光绪三十年十一月初四日一百七十七结第三月第十日起至三十一年九月初二日一百八十结期满止，洋税收支款内节省归公纹银十五万六百九十二两四钱五分二厘。又自光绪三十年十一月初四日起至三十一年十二月底止，常税收支款内节省归公并新增纹银七万六千七百二十五两一钱三分二厘。又各口征收正杂税内除常税奏销列报东陇、黄冈二口暨各口额征银三万五千八百四十七两六钱七分，并支经费、津贴等项外，实剩正税成元洋银六千九百九十二两五钱二分四厘，全毫洋银十六万七千六百三十两九钱八分九厘，杂款全毫洋银六万九千五百八十一两七钱五分一厘，统计洋常税收支款内节省归公关平纹银二十二万七千四百一十七两五钱八分四厘。各口正杂税内除列常税奏销并支经费、津贴等项外，下剩归公关平成元洋银六千九百九十二两五钱二分四厘，全毫洋银二十三万七千二百十二两七钱四分。以上纹银暨成元全毫洋银共四十七万一千六百二十二两八钱四分八厘，拨补光绪三十一年分汇丰镑价无著之款，又一百八十一结至一百八十四结即三十一年九月初三日起至三十二年八月十三日止，洋税收支款内节省归公关平纹银二十一万五千七百八十四两六钱五分九厘，拨补光绪三十二年分汇丰镑价无著之款，除将收支银数造册分报户部税务处外，所有粤海各关洋常税收支款内节省归公并各口正杂税除支销下剩归公各银数，理合开具清单，恭折具陈。

伏乞皇太后、皇上圣鉴。谨奏。

(朱批:)该衙门知道，单并发。

光绪三十二年九月二十四日

(宫中朱批奏折)

M14：财政-关税

6.177　署理两广总督岑春煊奏报粤海各关洋常各税等银数移交清楚折

光绪三十二年九月二十六日(1906 年 11 月 12 日)

太子少保、头品顶戴、署理两广总督、管广东巡抚事、新授云贵总督臣岑春煊跪奏，为粤海各关洋常税、各口税暨洋常税项下节省归公各银数移交清楚，恭折仰祈圣鉴事。

窃臣署理两广总督任内兼管粤海关务，所有粤海各关税截至一百八十四结即光绪三十二年八月十三日止，常税截至光绪三十一年十二月底止，征收解支及节省归公各款均经分案开单奏报,并分咨户部税务处核销在案。

查洋税报至一百八十四结止结存银三万七百三十五两七钱九分三厘。自三十二年八月十四日即一百八十五结第一月第一日起至九月二十六交关前一日止,收银六十一万八千四百五十三两八钱八分,解支银二十万四千八百七十七两九钱二分五厘,又支九、拱两关欠解一百八十四结银三万四千三两一钱七厘,实存关平纹银四十一万三百八两六钱四分一厘。常税报至三十一年年底止,结存银二十四万六千二百九十四两九钱二分九厘。自三十二年正月起至九月二十六交关前一日止,收银三十六万六千四百八十一两九钱二分八厘,解支银五十万八千二百四十五两三钱一分三厘,实存关平纹银十万四千五百三十五两四钱四分四厘。各口税自三十二年正月起至九月二十六交关前一日止,收成元洋银六万八千五百五十五两六钱六厘,全毫洋银九万五千七百七十五两九钱八分九厘,节省归公各款洋税自一百八十五结起常税自三十二年正月起均截至九月二十六交关前一日止,结存关平纹银一万四千一百五两五钱六分三厘,关平全毫洋银四万四千二百三十两四钱三分四厘。以上共存关平纹银五十二万八千九百四十九两六钱四分八厘,成元洋银六万八千五百五十五两六钱六厘,全毫洋银十四万六两四钱二分三厘,如数移交新任督臣周馥接收清讫。所有微臣任内兼管粤海关务移交后任接收洋常税、各口税并节省归公各银数,除分咨户部即新改之度支部暨税务处查照外,谨缮折具陈。

伏乞皇太后、皇上圣鉴。再,移交节省归公关平纹银一万四千一百五两五钱六分三厘内,应扣解部库二成减平银二千七百四十四两六钱九分八厘,合并陈明。谨奏。

(朱批:)该衙门知道。

光绪三十二年九月二十六日

(宫中朱批奏折)

M14:财政-关税

6.178 总税务司呈通商三十关第一百八十四结征收税厘数

光绪三十二年十月十六日(1906年12月1日)

兹将通商三十关第一百八十四结征收税厘钞总数列后。

计开

洋货进口税　三百七十七万六千三百九十二两九钱四分四厘

土货出口税　二百四十二万六千二百三十九两二钱六分四厘,有招工经费六千五百八十元未计在内

复进口税　四十五万六千九百八十四两九钱五分五厘

洋药税　四十五万六千五百十一两二分二厘。内有土药税六万二千八百九十九两三钱五分九厘。又土药统税，正项十九万五千四百七十六两一钱六厘，经费二万九千三十七两八钱二分八厘，共库平银二十二万二千五百十三两九钱三分四厘，未计在内

洋药厘　一百四万九千六百三十一两一钱

船钞　三十七万九千二十七两一钱五分六厘

子口税　五十五万八千八百三十七两八钱二分四厘

以上共征关平银九百十万三千六百二十四两二钱六分六厘，胶海关代收民船进出口厘金二千二百四十五两二钱九分九厘，未计在内。

查本结内有各关押注之现银存票三百五张，计银一万四千三百六十四两一钱五分五厘，应于税钞总数内扣除。

又龙州蒙自思茅腾越四关征收税厘总数列后。

计开

洋货进口税　一万九千五百八十七两四钱二分六厘

土货出口税　七千六十一两八钱六分二厘

土药税　二万三千一百九十六两二分五厘。又土药统税，正项七十两一钱三分三厘，经费十两五钱二分，共库平银八十两六钱五分三厘，未计在内

土药厘　十五两二钱，此系补足内地厘金之款

船钞　九十两九钱

子口税　一万七百三十七两九钱七厘

以上共征关平银六万六百八十九两三钱二分。

又九龙拱北新旧两关征收税厘经费列后。

计开

洋药税厘　关平银六万六千四百两三钱九分八厘

百货税项　关平银五万五千四百四两八钱九分二厘

百货厘金　司码平银四万二十四两九钱九分三厘

台炮经费　司码平银九千五百三十四两二钱六分四厘

以上共征银十七万一千三百六十四两五钱四分七厘。

统计三十六关第一百八十四结即本年之第三结共征税厘钞银九百三十三万五千六百七十八两一钱三分三厘，比较上年之第三结共征税厘钞银八百八十八万七千六百六十七两六钱五分四厘，计多征银四十四万八千十两四钱七分九厘。

光绪三十二年十月十六日　总税务司谨呈

（税务处档）

M14：财政-关务

6.179 两广总督周馥奏报粤省各关出口入口米麦数目折

光绪三十三年二月二十二日(1907年4月4日)

头品顶戴两广总督兼管广东巡抚事周馥跪奏，为汇报粤省各关出口、入口米麦数目，恭折具陈，仰祈圣鉴事。

窃照光绪三十一年十一月初十日准外务部咨准户部咨，称议覆臣前在署两江总督任内会同前江苏抚臣陆元鼎电奏暂请驰禁谷米出口一折，声明出口、入口米数，请旨饬令沿江沿海督抚互相稽核，按月册报，仍于年底汇总奏明等因。奉旨，依议。钦此。咨行到粤。当经前署督臣岑春煊转行遵照办理在案。

兹据广东布政使胡湘林详称准关务处移开，查粤省各关进口、出口米数，惟粤海、潮海两关按月列单报。查其琼州、北海、九龙、拱北、三水、江门等关均无具报。自系本地产米尚敷民食，是以无须外来接济，亦无贩运出境。兹将粤海、潮海两关税务司自光绪三十一年十二月初七日起至三十二年十一月十六日止所报进口、出口米麦数目汇齐查核，计粤海关共进口米三万一千四百二十八万四千八百五十六斤，进口麦三百八十六万三千七百五十二斤，进口麦粉一万八千七百五十斤，进口面粉三万一千八百七十五斤，进口谷二万八千九百七十五斤，出口米九十六万三千三百二十斤。潮海关共进口米一万四千三百四十三万二千三百四斤，进口麦九百一十九万三千八百六十三斤，并无出口米麦。至起止月日系据税务司按照西历全年核计等情，由关务处列单移司造册详请奏咨前来，臣覆核无异，除将清册咨送外务部、度支部查照外，理合恭折具奏。

伏乞皇太后、皇上圣鉴。谨奏。

(朱批：)该部知道。

光绪三十三年二月二十二日

(宫中朱批奏折)

M14：财政-关税

6.180 护理两广总督胡湘林奏报广东上年下半年收解厘金数目折

光绪三十三年七月十一日(1907年8月19日)

头品顶戴护理两广总督、广东布政使臣胡湘林跪奏，为广东省光绪三十二年下半年收解厘金数目开列清单，恭折具陈，仰祈圣鉴事。

窃照广东省厘金收解各数目，于同治八年奉文照两淮盐厘式样半年开单奏报一次，历经奏报至光绪三十二年六月在案。兹查光绪三十二年七月起至十二月止各厂关共收货厘洋银七十九万三千三百五十九两五钱二分六厘，共收盐厘洋银二万七千六百五十二两六钱九分七厘，共收备还镑款洋银九十八万七千七百两，连上届余存货厘洋银三十六万九千五百二十二两九钱三分七厘一毫四丝，通共收洋银二百一十七万八千二百三十五两一钱六分一毫四丝，通共解洋银一百九十一万八千八百八十五两八钱三分五厘七毫，应余存洋银二十五万九千三百四十九两三钱二分四厘四毫四丝。据署广东布政使吴煦会同厘务局造册详请奏咨前来。臣覆核无异，理合缮具清单，恭呈御览，至盐厘系归运司按引抽收，是以清单内未列各厂名目。除将册籍送部外，谨恭折具陈。

伏乞皇太后、皇上圣鉴训示。谨奏。

（朱批：）度支部知道，单并发。

光绪三十三年七月十一日

（宫中朱批奏折）

M14：财政-关税

6.181　护理两广总督胡湘林奏销粤报粤海关收支常税款内节省归公等项银数折

光绪三十三年七月二十八日（1907年9月5日）

头品顶戴护理两广总督、广东布政使臣胡湘林跪奏，为粤海各关光绪三十二年分常税及各口税撙节厘剔归公各款缮单，恭折具陈，仰祈圣鉴事。

窃粤海关自改章整顿后，前督臣岑春煊奏请将每岁增出银四十余万两拨补汇丰镑价无著之款，奉旨，著照所拟办理，该部知道。钦此。并准户部咨，此项增出银两，俟该关一年期满，核明数目，另列清厘一项奏报，无庸列入正额盈余数目统算，以清界限等因。查粤海关洋税节省各款已报至一百八十四结止，常税及各口税节省各款已报至三十一年年底止，惟各口税或征成元洋银，或征全毫洋银，日久相沿，未能一律。兹查自三十二年正月起至十二月月底止，常税收支款内节省归公并新增各款实剩正税纹银八万一千三百六十八两四钱二分二厘。又各口征收正杂税内除常税奏销列报东陇、黄冈二口暨各口额征银三万六千八百七十九两二钱五分八厘，并支经费、津贴等项外，实剩正税成元洋银六万一千九百六十五两四钱九分七厘，杂税及杂款实剩全毫洋银一十六万九千六百七十一两八钱四分三厘。统计以上纹银暨成元、全毫洋银共三十一万三千五两七钱六分二厘，已全数拨补光绪三十二年分汇丰镑价无著之用。除收支细数造册分报度支部、税务处查核外，所有粤海关常税收支款内节省归公并各口正杂税支剩归公各银数，理合开具清单，恭折具奏。再，洋税项下节省归公各数，应俟一百八十五结至一百八十八结扣足四结期满，再行开单报销。合并陈明。

伏乞皇太后、皇上圣鉴。谨奏。

(朱批：)该部知道，单并发。

光绪三十三年七月二十八日

(宫中朱批奏折)

M14：财政-关税

6.182 护理两广总督胡湘林奏销粤海各关三十二年分收支常税数目折

光绪三十三年七月二十八日(1907年9月5日)

头品顶戴护理两广总督、广东布政使臣胡湘林跪奏，为粤海各关光绪三十二年分经征常税收支数目开单报销，恭折仰祈圣鉴事。

窃查粤海各关常税向按关期造报，自关务改章办理后，经前署两广总督臣岑春煊奏明，以后按年造报，以期于税务司征报银数相符，并请免造红单细册季册在案。查前项各关常税收支数目，经已造报至三十一年十二月底止。兹自光绪三十二年正月起至十二月止，计一年所有粤海各关常税征收解支数目，除列单分咨度支部、税务处查核外，谨缮具清单，恭折具奏。

伏乞皇太后、皇上圣鉴。谨奏。

(朱批：)度支部知道，单并发。

光绪三十三年七月二十八日

(宫中朱批奏折)

M14：财政-关税

6.183　两广总督张人骏奏报广东光绪三十三年上半年收解厘金数目折

光绪三十四年三月二十日(1908 年 4 月 20 日)

两广总督兼管广东巡抚事臣张人骏跪奏，为广东省光绪三十三年上半年收解厘金数目开列清单，恭折具陈，仰祈圣鉴事。

窃照广东省厘金收解各数目，奉文照两淮盐厘式样半年开单奏报一次，历经遵照办理，所有光绪三十二年十二月以前均已奏报在案。兹查光绪三十三年正月起至六月止，各厂关共收货厘洋银七十九万五千七百一十四两三钱七毫，共收盐厘洋银三万八千七百六十九两三钱四分五厘。连上届余存货厘洋银二十五万九千三百四十九两三钱二分四厘四毫，通共收洋银一百九万三千八百三十二两九钱七分一毫，通共解洋银六十六万一千二百三十四两九钱四分九厘六毫，应余存洋银四十三万二千五百九十八两二分五毫。据广东布政使胡湘林会同厘务局造册详请奏咨前来，臣覆核无异，理合缮具清单，恭呈御览。至盐厘系归运司按引抽收，是以清单内未列各厂名目。除将册籍送部外，谨恭折具陈。

伏乞皇太后、皇上圣鉴训示。谨奏。

(朱批：)度支部知道，单并发。

光绪三十四年三月二十日

(宫中朱批奏折)

M14：财政-关税

6.184　两广总督张人骏奏销粤海各关三十三年分收支常税数目折

光绪三十四年五月十二日(1908 年 6 月 10 日)

两广总督兼管广东巡抚事臣张人骏跪奏，为粤海各关光绪三十三年分经征常税收支数目开单报销，恭折仰祈圣鉴事。

窃查粤海各关常税向按关期造报，自关务改章办理后，经前两广总督臣岑春煊奏明，以后按年造报，以期于税务司征报银数相符，并请免造红单细册季册在案。查前项各关常税收支数目，经已造报至三十二年十二月底止。兹自光绪三十三年正月起至十二月止，计一年所有粤海各关常税征收解支数目，除列单分咨度支部、税务处查核外，谨缮具清单，恭折具奏。

伏乞皇太后、皇上圣鉴。谨奏。

（朱批：）该部知道，单并发。

光绪三十四年五月十二日

（宫中朱批奏折）

M14：财政-关税

6.185 两广总督张人骏奏报粤海各关上年常税及各口税节省归公各数折

光绪三十四年五月十二日（1908年6月10日）

两广总督兼管广东巡抚事臣张人骏跪奏，为粤海各关光绪三十三年分常税及各口税撙节厘剔归公各款缮单，恭折具陈，仰祈圣鉴事。

窃粤海关自改章整顿后，经前督臣岑春煊奏请，将臣前在广东巡抚任内接管关务时规画整顿每岁增出银四十余万两拨补汇丰镑价无着之款，奉旨，着照所拟办理，该部知道。钦此。并准户部咨，此项增出银两，俟该关一年期满，核明数目，另列清厘一项奏报，无庸列入正额盈余数内统算，以清界限等因。查粤海关洋税节省各款已报至一百八十四结止，常税及各口税已报至三十二年年底止，惟各口税或征成元洋银，或征全毫洋银，日久相沿，未能一律。兹查自三十三年正月起至十二月底止，常税收支款内节省归公并新增各款实剩正税纹银六万二千四百七十二两九钱一分五厘，又各口征收正杂税内除常税奏销列报东陇、黄冈二口暨各口额征银三万九百四十七两六钱二分九厘，并支经费、津贴等项外，实剩正税成元洋银七万四百八十三两二钱二分，杂税及杂款实剩全毫洋银一十六万四千四百八十一两一钱八分三厘。统计以上纹银暨成元、全毫洋银共二十九万七千四百三十七两三钱一分八厘，已全数拨补光绪三十三年分汇丰镑价无著之用。除将收支细数造册分报度支部、税务处查核外，所有三十三年分粤海关常税及各口税节省归公各银数，理合开具清单，恭折具奏。再，一百八十五结至一百八十八结洋税项下节省归公各银数，现已另案开单报销，合并陈明。

伏乞皇太后、皇上圣鉴。谨奏。

（朱批：）该部知道，单并发。

光绪三十四年五月十二日

（宫中朱批奏折）

M14：财政-关税

6.186　两广总督张人骏奏报粤海各关一百八十五等四结洋税节省归公各数折

光绪三十四年五月十二日(1908年6月10日)

两广总督兼管广东巡抚事臣张人骏跪奏，为粤海各关第一百八十五结至一百八十八结洋税撙节厘剔归公各款数目缮单，恭折具陈，仰祈圣鉴事。

窃粤海关自改章整顿后，经前督臣岑春煊奏请，将臣前在广东巡抚任内接管关务时规画整顿每岁增出银四十余万两拨补汇丰镑价无著之款，奉旨，著照所拟办理，该部知道。钦此。并准户部咨，此项增出银两，俟该关一年期满，核明数目，另列清厘一项奏报，无庸列入正额盈余数内统算，以清界限等因。查粤海关洋税节省各款已报至一百八十四结止，常税及各口税节省各款已报至三十二年年底止。兹查光绪三十二年八月十四日第一百八十五结起至三十三年八月二十三日第一百八十八结止，洋税收支款内共节省归公纹银二十一万九千六百九两九钱四厘，已全数拨补光绪三十三年分汇丰镑价无著之用。除将收支细数造册分报度支部、税务处查核外，所有粤海各关第一百八十五结至一百八十八结洋税节省归公各款数目，理合开具清单，恭折具奏。再，三十三年分常税及各口税项下节省归公各数，现已另案开单报销，合并陈明。

伏乞皇太后、皇上圣鉴。谨奏。

(朱批：)该部知道，单并发。

光绪三十四年五月十二日

(宫中朱批奏折)

M14：财政-关税

6.187　两广总督张人骏奏销粤海各关一百八十五等四结收支洋税各数目折

光绪三十四年五月十二日(1908年6月10日)

两广总督兼管广东巡抚事臣张人骏跪奏，为粤海各关一百八十五结起至一百八十八结止经征洋税各款收支数目开单报销，恭折仰祈圣鉴事。

窃查粤海各关经征税项，惟粤海、潮海、琼海、北海、三水、江门各关洋税、洋药税收支数目系按四结专折奏销，其各关洋药厘金九龙、拱北两关洋药税与九、拱两关百货税收支银两为数亦巨，向止分案造册报部，不列奏销，以致隐匿侵盗、弊端百出。自关务改章后，业经前督臣岑春煊将光绪三十年十一月初四日即第一百七十七结第三月第十天，臣前在广东巡抚任内接管之日起，至光绪三十一年九月初二日第一百八十结止，又光绪三十一年九月初三日第一百八十一结起至光绪三十二年八月十三日第一百八十四结止，凡粤、潮、琼、北、三、江、九、拱各关洋税、洋药税暨九、拱两关百货税征收解支银数并案先后开单奏销，并造册送部核销在案。兹将自光绪三十二年八月十四日第一百八十五结起至光绪三十三年八月二十三日第一百八十八结止，粤海、潮海、琼海、北海、三水、江门、九龙、拱北各关洋税、洋药税厘暨九龙、拱北两关百货税收支款目银数并案奏销，缮具清单，恭呈御览。除造具四柱清册，咨送度支部、税务处查核外，理合恭折具奏。

伏乞皇太后、皇上圣鉴。谨奏。

(朱批：)该部知道，单并发。

光绪三十四年五月十二日

（宫中朱批奏折）

M14：财政-关务

6.188 两广总督张鸣岐为威礼士调补厦门关税务司贺智兰代理拱北关税务司事致外务部咨呈

光绪三十四年十月二十九日(1908 年 11 月 22 日)

陆军部尚书、都察院都御史、两广总督、兼管广东巡抚、粤海太平两关事务张，为咨呈事。

现据拱北关税务司威礼士申称，窃本税务司奉署总税务司裴札饬调补厦门关税务司。所遗拱北关税务司一缺即委本关二等帮办贺智兰代理等因。奉此遵将一切关务交代清楚，即于本年十月二十日卸事驰赴调任。除分别照会外，相应申呈察核。又据代理拱北关税务司贺智兰申报，业于是日接印任事各等由前来。除咨行查照外相应咨呈。为此合咨贵部，谨请察照施行。须至咨呈者。

右咨呈外务部。

光绪三十四年十月二十九日

（外务部档）

M14：财政-关务

6.189　两广总督张鸣岐为拱北关税务司威礼士现调厦门所遗之缺即饬该关二等帮办贺智兰代理事致外务部咨呈

光绪三十四年十一月初二日(1908 年 11 月 25 日)

陆军部尚书、都察院都御史、两广总督、兼管广东巡抚、粤海太平两关事务张，为咨呈事。

光绪三十四年十月二十一日，据署总税务司裴式楷申称，窃查拱北关税务司威礼士现经调补厦门关税务司之任。所遗拱北关税务司之缺即饬该关二等帮办贺智兰，英国人，暂行代理，俟拣选税务司有人再行充补。除札饬该员等遵照并分别申报外，理合备文申请钧鉴等由前来。除札复及咨行外，拟合咨呈。为此合咨贵部，谨请察照施行。须至咨呈者。

右咨呈外务部。

光绪三十四年十一月初二日

（外务部档）

T15：商业-商埠

6.190　两广总督为抄送具奏香山县绅商伍于政等咨开辟香山商埠抄稿事致外务部咨呈(附件一件)

宣统元年二月二十九日(1909 年 3 月 20 日)

□□部尚书、都察院都御使、两广总督、兼管广东巡抚、粤海太平两关事务臣口，为咨明事为照。

本部堂于宣统元年三月初十日恭折具奏香山县绅商伍于政等自辟香洲商埠办理情形缘由一折，相应抄录折稿咨明，为此合咨贵部，请烦察照施行，须至咨者。

计抄折稿一纸。

右咨外务部。

宣统元年二月二十九日

附件：

奏为香山县绅商择地自开商埠以兴商务而裕民生，谨陈明大概情形，恭折仰祈圣鉴事。

窃维兴商殖民为今日之要政，粤东交通较早，商务已渐形发达，而户口殷繁，向有人满之患。其久居海外之华侨，盈千累万，欲归则无产可置、无地可栖，偶有挟资而归者，土人或反鱼肉之。是为保护招徕计，则创兴廛市、度地居民，在粤省固尤要也。兹有香山县绅商道衔伍于政、知府衔王诜、戴国安、运同衔冯宪章等，探得县属沙滩环地方，内河外海，背倚群山，地势宽平，土质坚洁，东西约四五里，南北约六七里，北而省门，南而港澳，轮艘均可直达，渔船、商艇则有汊河为停泊之区。该绅等谓是天然商场，因即划定地段与该处绅耆立约订租，辟为商埠，名其埠曰香洲。已由该绅等四人自备经费，并招集外埠各商分别认助，以资开办。禀经劝业道饬据前山厅同知，会同香山县勘明禀复，该道复核无异，呈请具奏前来。臣查泰西首重商务，每不惜广开口岸，以收足国足民之效。中国则限于财力，经始为难。自中外通商以来，各省官辟之埠如武昌、济南、南宁等处，始稍稍自占先着，勉挽利权，而绅民之自立者尚未一见。今伍于政等倡为此举，其热心公益固为根本之谋，而于归国侨民，尤为利便，诚能厚集资本、固结众情，他日斯埠之振兴，当可预决。当此试办之初，又为向来未有之创举，似宜宽以文法，以期乐兴图成。除俟该绅等将开埠细则章程呈缴到日再行核定咨部外，所有香山县绅商择地自开商埠缘由，理合将办理大概情形，恭折具陈。

伏乞皇上圣鉴训示。谨奏。

（外务部档）

T15：商业-商埠

6.191 军机处抄录两广总督张人骏奏香山绅商择地自开商埠折（抄件）

宣统元年四月初六日（1909年1月24日）

两广总督兼管广东巡抚事臣张人骏跪奏，为香山县绅商择地自开商埠以兴商务而裕民生，谨陈明大概情形，恭折仰祈圣鉴事。

窃维兴商殖民为今日之要政，粤东交通较早，商务已渐形发达，而户口殷繁，向有人满之患。其久居海外之华侨，盈千累万，欲归则无产可置、无地可栖，偶有挟资而归者，土人或反鱼肉之。是为保护招徕计，则创兴廛市、度地居民，在粤省固尤要也。兹有香山县绅商道衔伍于政、知府衔王诜、戴国安、运同衔冯宪章等，探得县属沙滩环地方，内河外海，背倚群山，地势宽平，土质坚洁，东西约四五里，南北约六七里，北而省门，南而港澳，轮艘均可直达，渔船、商艇则有汊河为停泊之区。该绅等谓是天然商场，因即划定地段与该绅耆立约订租，辟为商埠，名其埠曰香洲，已由该绅等四人自备经费，并招集外埠各商分别认助，以资开办。禀经劝业道饬据前山厅同知，会同香山县勘明禀复，该道复核无异，呈请具奏前来。臣查泰西首重商务，每不惜广开口岸，以收足国足民之效。中国则限于财力，经始为难。自中外通商以来，各省官辟之埠如武昌、济南、南宁等处，始稍稍自占先着，勉挽利权，而绅民之自立者尚未一见。今伍于政等倡为此举，其热心公益固为根本之谋，而于归国侨民，尤为利便，诚能厚集资本、固结众情，他日斯埠之振兴，当可预决。当此试办之初，又为向来未有之创举，似宜宽以文法，以期乐兴图成。除俟该绅等将开埠细则章程呈缴到日再行核定咨部外，所有香山县绅商择地自开商埠缘由，理合将办理大概情形，恭折具陈。

伏乞皇上圣鉴训示。谨奏。

宣统元年四月初六日奉朱批，该部知道。钦此。

（外务部档）

T15：商业-商埠

6.192　农工商部为香山县自开商埠事致外务部咨呈

宣统元年四月十三日（1909年5月31日）

农工商部为咨呈事。

准军机处抄交两广总督奏香山县绅择地自开商埠谨陈大概情形一折。宣统元年四月初六日奉旨，该部知道。钦此。钦遵抄交到部。原奏内称，粤东商务发达，户口殷繁，向有人满之患。海外华侨盈千累万，欲归则无产可置，无地可栖，创兴廛市，度地居民在粤省固为尤要。兹香山县绅商探得县属沙滩环地方为天然商场，因即划定地段，与该处绅耆立约订租，辟为商埠，名曰香洲，由该绅等自备经费，并招集外埠各商分别认助，以资开办。禀经劝业道饬查无异，呈请具奏开埠细则章程，呈缴到日再行核定咨部等语。查香山绅商在该县属境择地请辟商埠，系为振兴商业、利便侨民起见，唯事关自开商埠，交涉各事均由贵部主持，是否先行核复，抑俟细则章程咨送到日再行会同议奏。相应咨呈贵部查照见复可也。须至咨呈者。

右咨呈外务部。

宣统元年四月十三日

（外务部档）

T15：商业-商埠

6.193 农工商部为香洲开埠及暂行办法如何电复事致外务部商品流通信函

宣统元年四月十八日(1909 年 6 月 5 日)※

敬启者，准两广总督电开粤商集资筹开香洲商埠，为招回华侨广兴商业起见，已议有端绪，奏明在案。查该埠颇得地利，粤省侨商称盛，每挟巨资，倾心内向，习于外洋风土，不耐居住城厢乡镇。闻开埠之议，多喜色相告。若成，来归必众，实可为地方培元气。唯商埠既开，必利交通乃能发达，以开无税口岸为无上政策，南洋各埠以至香港皆用此法，商业最旺。我国商务从无无税口岸，甚为缺憾。意欲于此埠小试其端，现已由该商等分为免税界限、管理规则、理船章程、保护办法四项，思想酌采香港向行办法，参合我国法律，再行咨明核示等因。查香山绅商择地自开商埠，意在振兴商业、利便侨民，至请作为无税口岸一层，亦以是处密迩香港澳门，藉此招徕，为挽回利权之计。唯事关商埠税务，应由贵部主持。现拟如何电复，尚祈示悉，以免两歧。专此布达，祗请勋安。

熙彦、溥颋、杨士琦同顿首。

再复准粤督咸电开，近据九、拱两关税司先后申称，华洋各轮请由香港澳门赴香洲行驶，请示核办前来。兹拟一暂行办法，准华洋轮船前往，只载搭客及载运该埠所需材料，不准装载别货。各轮仍应赴经过关厂报查其材料等物，照章完税。俟该埠章程核定，即将此项暂行办法取消等语。贵部现拟如何电复，望一并见示为盼。再请勋安。

熙彦、溥颋、杨士琦再顿。

(外务部档)

T15：商业-商埠

6.194 外务部为香洲免税及行轮事致税务处咨稿(附堂批咨稿一件)

宣统元年四月二十日(1909 年 6 月 7 日)※

榷算司呈为咨行事。

宣统元年四月初七日，准军机处抄交两广总督奏香山县绅商择地自开商埠一折，初六日奉朱批，该部知道。钦此。又十四、十六等日接准两广总督文咸两电，均为自开商埠事，已分电贵处暨农工商部。查香山县绅商拟自备经费开辟香洲商埠，以期振兴商务、利便侨民，自属美举。唯粤督来电所请作为无税口岸，事属创行，及暂准华洋轮船前往该埠，亦有关于征税事宜，应如何核复之处，相应抄录原奏，咨行贵大臣查照酌核，拟就电稿知照，农工商部暨本部会同电复粤督可也。须至咨者(粘抄)，税务处。

宣统元年四月

附抄件：

(堂批：)阅。

四月十八日

为咨行事。

宣统元年四月初七日准军机处抄交两广总督奏香山县绅商择地自开商埠一折，初六日奉朱批，该埠知道。钦此。又十四、十六等日接准两广总督文咸两电，均为自开商埠事，已分电贵处暨农工商部，查香山县绅商拟自备经费开辟香洲商埠，以期振兴商务、利便侨民，自属美举。唯粤督来电所情作为无税口岸，事属创行，及暂准华洋轮船前往该埠，亦有关于征税事宜，应如何核复之处，相应抄录原奏，咨行贵大臣查照酌核，拟就电稿，知照农工商部暨本部会同电复粤督可也。须至咨者(粘抄)。

咨税务处，粤省自开香洲商埠粤督来电所请免税及行轮两节，咨请酌核会同电复由。

(外务部档)

T15：商业-商埠

6.195　外务部为香洲开埠事致农工商部咨稿(附堂批咨稿一件)

宣统元年四月二十日(1909年6月7日)※

榷算司呈为咨复事。

宣统元年四月十三日，准咨称两广总督奏香山县绅择地自开商埠谨陈大概情形一折，奉旨，该部知道。钦此。钦遵抄交到部，是否先行核复，抑俟细则章程咨送到日，再行会同议奏，咨呈查照见复等因。本部查香山县绅商拟自备经费开辟香洲商埠，以期振兴商业、利便侨民，自属美举。唯开埠办法如何，原奏未详，应俟细则章程咨送到部，再行会同议复，又本月十四、十六日接准粤督文咸两电，一拟准该埠为无税口岸，一拟暂准华洋轮船前往该埠，均已分电贵部与税务处。事关征免税项，本部已咨请税务处酌核，拟就电稿，知照贵部暨本部会同电复粤督。相应咨复贵部查照可也。须至咨者，农工商部。

宣统元年四月

附抄件：

（堂批：）阅。

四月十六日

为咨复事。

宣统元年四月十三日准咨称两广总督奏香山县绅择地自开商埠谨陈大概情形一折，奉旨，该部知道。钦此。钦遵抄交到部，是否先行核复，抑俟细则章程咨送到日，再行会同议奏，咨呈查照见复等因。本部查香山县绅商拟自备经费开辟香洲商埠，以期振兴商业、利便侨民，自属美举。唯开埠办法如何，原奏未详，应俟细则章程咨送到部，再行会同议复，又本月十四、十六日接准粤督文咸两电，一拟准该埠为无税口岸，一拟暂准华洋轮船前往该埠，均已分电贵部与税务处。事关征免税项，本部已咨请税务处酌核拟就电稿，知照贵部暨本部会同电复粤督。相应咨复贵部查照可也。须至咨者。

咨复农工商部，粤省自开香洲商埠应俟细则章程送到再议，复粤督两电已咨请税务处酌核会复由。

（外务部档）

T15：商业-商埠

6.196 督理税务处为抄送香洲开埠电报事致外务部片呈（附抄电一份）

宣统元年四月三十日（1909年6月17日）

督理税务处为片呈事。宣统元年四月二十日准咨称军机处抄交两广总督奏香山县绅商择地自开商埠一折，奉朱批：该部知道。钦此。又准两广总督文咸两电均为自开商埠事，查香山县绅商拟自备经费开辟香洲商埠以期振兴商务、利便侨民，确属美举。唯粤督来电所请作为无税口岸，事属创行，及暂准华洋轮船前往该埠，亦有关于征税事宜，应如何核复之处，咨行查照酌核拟就电稿,知照农工商部暨本部会同电复粤督等因。兹本处已拟就复电相应抄稿片,呈贵部酌核,如以为妥,即声复本处以便照发可也。须至片呈者。(粘抄)

右片呈外务部。

宣统元年四月三十日

监印委员公省候补知县白玉良

附件:

寄两广总督电:

辰文咸电均悉。香洲开埠,拟作为无税口岸,固可以利交通而期发达,惟事属创行,是否合宜,须如何办理方无碍□地税厘足防流弊,亟应预为筹度。拟由税务处札饬总税司,于粤关税司内选派干员前往查勘,并禀承尊处所拟办法,俟详细章程咨到再行核定。至暂准华洋各轮由港澳赴香洲一节,所拟只准搭客,运材料仍赴关报验完税,办法固属周妥,惟应酌定必赴□□□□报验,并声明如有擅载别货不遵报关绕越漏税情事,查出即照沿海私自贸易例□办。此节虽系暂行办法,亦应饬税司将如何防弊之处妥为拟议,□候核准后执行。外务部、农工商部、税务处。

(外务部档)

M14:财政-关税

6.197　署理两广总督袁树勋奏销粤海各关光绪三十四年分收支数目折

宣统二年二月二十九日(1910年4月8日)

头品顶戴署理两广总督、兼管广东巡抚事臣袁树勋跪奏,为粤海各关光绪三十四年分经征常税收支数目开单报销,恭折仰祈圣鉴事。

窃查粤海各关常税向按关期造报,自关务改章办理后,经前两广总督臣岑春煊奏明,以后按年造报,以期与税务司征报银数相符,并请免造红单细册季册在案。查前项各关常税收支数目,经已造报至三十三年十二月底止。兹自光绪三十四年正月起至十二月止,计一年所有粤海各关常税征收解支数目,除列单分咨度支部、税务处查核外,谨缮具清单,恭折具奏。

伏乞皇上圣鉴。谨奏。

（朱批：）该部知道，单并发。

宣统二年二月二十九日

（宫中朱批奏折）

M14：财政-关税

6.198 署理两广总督袁树勋奏报粤海各关光绪三十四年分税银节省归公数折

宣统二年二月二十九日（1910年4月8日）

头品顶戴署理两广总督、兼管广东巡抚事臣袁树勋跪奏，为粤海各关光绪三十四年分常税及各口税撙节厘剔归公各款缮单，恭折具陈，仰祈圣鉴事。

窃粤海关自改章整顿后，经前督臣岑春煊奏请，将前广东抚臣张人骏接管关务时规划整顿每岁共增出银四十余万两拨补汇丰镑价无著之款，奉旨着照所拟办理，该部知道。钦此。并准户部咨，此项增出银两俟该关一年期满，核明数目，另列清厘一项奏报，无庸列入正额盈余数内统算以清界限等因。

查粤海关洋税节省各款已报至一百八十八结止，常税及各口税已报至三十三年年底止。惟各口税或征成元洋银或征全毫洋银，日久相沿，未能一律。兹查自三十四年正月起至十二月底止，常税收支款内节省归公。并新增各款实剩正税纹银五万六千七百六十六两七钱七分一厘，又各口征收正杂税内除常税奏销列报东陇、黄冈二口暨各口额征银三万九百四十七两六钱二分九厘，并支经费、津贴等项外，实剩正税成元洋银七万一千七百五十五两九分二厘。杂税及杂款实剩全毫洋银一十七万三千一百二十九两五钱八分七厘。统计以上纹银暨成元、全毫洋银共三十万一千六百五十一两四钱五分，已全数拨补光绪三十四年分汇丰镑价无著之用。除将收支细数造册分报度支部、税务处查核外，所有光绪三十四年分粤海关常税及各口税节省归公各银数，理合开具清单，恭折具奏。再，一百八十九结至一百九十三结洋税项下节省归公各银数，现已另案开单报销，合并陈明。

伏乞皇上圣鉴。谨奏。

（朱批：）该部知道，单并发。

宣统二年二月二十九日

（宫中朱批奏折）

M14：财政-关税

6.199　署理两广总督袁树勋奏报粤海各关一百八十九等五结洋税节省数目折

宣统二年二月二十九日(1910年4月8日)

头品顶戴署理两广总督、兼管广东巡抚事臣袁树勋跪奏，为粤海各关第一百八十九结至一百九十三结洋税撙节厘剔归公各款数目缮单，恭折具陈，仰祈圣鉴事。

窃粤海关自改章整顿后，经前两广总督臣岑春煊奏请，将前广东抚臣张人骏接管关务时规划整顿每岁增出银四十余万两拨补汇丰镑价无著之款，奉旨，著照所拟办理，该部知道。钦此。并准户部咨，此项增出银两，俟该关一年期满，核明数目，另列清厘一项奏报，无庸列入正额盈余数内统算以清界限等因。查粤海关洋税节省各款已报至一百八十八结止，常税及各口税节省各款已报至三十三年年底止。兹查光绪三十三年八月二十四日第一百八十九结起至三十四年十二月初九日第一百九十三结止，洋税收支款内共节省归公纹银二十五万九千九百六十六两六钱六分八厘，已全数拨补光绪三十四年分汇丰镑价无著之用。除将收支细数造册分报度支部、税务处查核外，所有粤海各关第一百八十九结至一百九十三结洋税节省归公各款数目，理合开具清单，恭折具奏。再三十四年分常税及各口税项下节省归公各数，现已另案开单报销，合并陈明。

伏乞皇上圣鉴。谨奏。

(朱批：)该部知道，单并发。

宣统二年二月二十九日

(宫中朱批奏折)

M14：财政-关税

6.200　署理两广总督袁树勋奏报粤海各关一百八十九等五结收支洋税数目折

宣统二年二月二十九日(1910年4月8日)

头品顶戴署理两广总督、兼管广东巡抚事臣袁树勋跪奏，为粤海各关第一百八十九结起至一百九十三结止经征洋税各款收支数目开单报销，恭折仰祈圣鉴事。

窃查粤海各关经征税项，惟粤海、潮海、琼海、北海、三水、江门各关洋税、洋药税收支数目系按四结专折奏销。其各关洋药厘金，九龙、拱北两关洋药税与九拱两关百货税收支银两为数亦巨，向止分案造册报部，不列奏销，以致隐匿侵盗，弊端百出。自关务改章后，业将光绪三十年十一月初四日即第一百七十七结第三月第十天，前广东督臣张人骏接管之日起至光绪三十三年八月二十三日第一百八十八结止，凡粤、潮、琼、北、三、江、九、拱各关洋税、洋药税暨九、拱两关百货税征收解支银数按届并案奏销，并造册送部核销在案。

兹于宣统元年十月初十日准度支部电开，各关洋税四结奏销与清理财政全年造册报相差一结，应改归一律以便查考。粤海关洋税奏销应自一百八十九结起扣至一百九十三结止计五结汇总办理，并将前项更改缘由随折声叙，以后仍按四结递推等因前来。兹将自光绪三十三年八月二十四日第一百八十九结起至光绪三十四年十二月初九日第一百九十三结止，粤海、潮海、琼海、北海、三水、江门、九龙、拱北各关洋税、洋药税厘暨九、拱两关百货税收支款目银数并案奏销，缮具清单，恭呈御览。除造具四柱清册咨送度支部、税务处查核外，理合恭折具奏。

伏乞皇上圣鉴。谨奏。

(朱批：)该部知道，单并发。

宣统二年二月二十九日

(宫中朱批奏折)

M14：财政-关务

6.201 资政院为咨送质问拱北关事件说帖事致外务部咨文(附说帖一件)

宣统二年十一月三十日(1910年12月31日)

资政院为咨请事。查院章第二十条，资政院于各衙门行政事件及内阁会议政务处议决事件如有疑问得由总裁副总裁咨请答覆等语。兹据议员刘曜垣提出质问外务部税务处广东拱北关事件说帖一件，业经咨询，本院决定相应刷印说帖照章咨请贵部大臣酌定日期，以文书或口说答覆可也。须至咨者。右咨。计刷印说帖一件。外务部。

宣统二年十一月三十日

附件：说帖

具说帖议员□□垣，[①]为质问事。□……□及议事细则第一百七条，对各衙门行政事件如

① 应为"刘曜垣"。

有疑义,欲行质问者应具说帖,得三十人以上之赞成,由议长咨询本院决定之。今本议员于外务部设关事宜颇有所疑。查广东拱北关乃中国之税关,西人名为喇巴卡。土泵喇巴者,中国之湾仔地方。既名曰喇巴关,则此关之办事处应在湾仔可知,乃数十年来只于□骝洲湾仔关闸附近设拱北关之分厂,而总办事处及税务司竟驻在澳门。凡货物出入,故不得不以澳门为总汇,即在中国□□□□厂,如有事时亦须奔走至澳门,方能□□□务□□时既久费财失事,人民苦于往返。因此生□恶□□不□□澳门为葡萄牙管理之地,中国税关总办事何以设立在此,可疑者一。拱北关既名为喇巴关,喇巴已即湾仔,何以总办事处不设在湾仔,俾得受本国政治之保护,可疑者二。中国中内地分厂,有事必越境到澳见税务司,税务司虽是洋人,实受中国薪水之官员,中国人民须往葡境谒见之,有何理由,可疑者三。因澳门系葡人管理之地,中国税关总办事处不能升扯国旗,失主权,辱国体,而且将本国直接之地方商务交通为之截断,中国政府何以许税务处如此施为,可疑者四。拱北关总办事处既设在澳门,实足令澳门地方日益繁盛,以本国之关兴起他人之埠,是何用意,可疑者五。为此遵章质问,经规定赞成□□同署名。应请议长咨询本院决定照章咨请外务部及税务处,酌定日期以文书或口说答覆。须至说帖者。质问议员刘曜垣。

赞成议员:黄毓汇　陶保霖　王佐良　荣□　张之霖　彭占元　王玉泉　康咏　张之甕　刘纬　杨廷纶　张□青　柳汝士　荣塾　冯汝梅　贡郡玉　王廷献　□鸿斌　唐右桢　陈命官　刘能纪　徐穆如　李搢荣　高凌霄　□公　陈国瓒　锡嘏　孙以芾　陈善同　□公

(外务部档)

T15:商业-商埠

6.202　广州将军为香洲开埠免税事致外务部咨呈(粘抄片一件)

宣统二年十二月初四日(1911年1月4日)

咨呈。

镇守广州将军兼署两广总督兼管广东巡抚、粤海太平两关事务增,为咨呈事为照。

本兼署督部堂于宣统二年十一月二十五日具奏遵旨复陈香洲商埠免税关系界务一片,相应抄稿咨呈。为此咨呈贵部,谨请察照施行。须至咨呈者。(计抄片稿一纸)

右咨呈外务部。

宣统二年十二月初四日

附件：

再臣查接管卷内承准军机大臣字寄宣统元年九月二十日奉上谕，有人奏澳门界议未协，敬陈管见一折。著外务部袁树(勋)按照所陈各节，体察情形，妥筹办理，原折著抄给阅看。钦此。钦遵寄信前来，经前署督臣袁树(勋)札饬司道等详细筹议在案。臣接任后查据司道禀详签，以香洲商埠咫尺澳门，此盛彼衰，无烦借箸。原折所称，经理得宜，成聚成都，可收澳门外溢之利归为我有。若将该埠货物税厘暂行停免，以广招徕，商民踊跃，辐辏自臻，自是实在情形，且亦一定之理。至虑及股本不足，助以官力，息借民款，归商筹办，官为保护一节，亦复计虑周详。唯开埠为商战根原，无税实保商良策，该埠一经免税，群情鼓舞，火然泉达，但使官任保护，不患经费之难筹。即以本埠地价所得，足资挹注而有余，无须再谋补助，业据创办该埠之职商伍于政、王铣等，具禀声明，自非茫无把握。现在澳门界务，视往年情势稍已变迁，第以釜底之抽薪，为外交之后盾，因势利导，共挽利权。斯则相机设策，虽月异而岁不同，兴商殖民，终一举而数善备者也。臣维粤省绅商于免税政策既延颈企踵，渴望施行，在京言官又复以此为要著，足见庶人卿士，询谋佥同，恐后争先，民气可用。免税之议，非因界务而发端；新埠之开，奚啻国防之一助。种种关系，臣已于此次正折内剀切详陈矣。除密咨外务部察照外，理合附片复陈。

伏乞圣鉴。谨奏。

(外务部档)

T15：商业-商埠

6.203　两广总督增祺为香洲开埠事致外务部咨呈(附呈函等共六件)

宣统二年十二月二十五日(1911年1月25日)※

咨呈。

镇守广州将军兼署两广总督兼管广东巡抚、粤海太平两关事务增，为咨呈事。

案照粤省香洲自开商埠拟请作为无税口岸一事，现经本□署督具折奏明并附片奏复，上年九月间钦奉廷寄事理在案，除抄折稿分咨并照录片稿□咨钧部查照外，相应将九龙关税务司议复呈函及关务处布政司劝业道先后说帖议□各参一并照抄，咨呈钧部查核备案施行。须至咨

呈者。(计粘刊刷九龙关税务司呈函各一件、关务处说帖一件、布政司劝业道会详一件、会禀二件共一纸)

右咨呈外务部。

附件一：九龙新关税务司夏立士为申文

九龙新关税务司夏立士为申复事。

窃现奉钧札，内开宣统元年六月初三日据该税务司申称，窃奉总税务司札开案奉税务处札，闻现有两广总督电请将香洲埠作为无税口岸，及暂准华洋轮船由港澳前往该埠一节，唯事属创行，须如何办理，方无碍于税厘，应由署总税务司于粤海关税务司内选派干员前往查勘，妥筹一切，并禀承粤督，酌拟办法以防流弊等由。奉此咨查该关税务司夏立士堪以委往，勘合行札饬查照办理等因。奉此应即申请钧示，应否由敝税务司现在晋谒贵护督部堂□承指示如何筹办，抑请先行札属谕知创办该埠总理王诜等来开会商约日前往香洲查勘后，容俟拟议办法再行呈送。宪核为此申请察核，分别示遵等由到本护部堂。据此查香洲埠事宜应即如该税务司所陈，先由劝业道转饬香山县论知，该埠总理王诜等订日邀集九龙关税务司同往查勘，再行拟议办法呈送核办，除行广东劝业道转饬香山县遵照办理外，合就□复□到该税务司即便遵照等因。奉此日前创办香洲商埠总理王诜等来关约订，本月初一日一同前往香洲查勘并据呈□拟议无税埠之大概办法，及□□请在该埠前之海面设一关厂，查验各船出入□货物有无私运军火、私盐等，□验明后任由各货主起入各商号，免纳厘税。再于该部南北两边各设分厂一所，俟其分售各乡，经由该两分厂之时即应完纳税项，若在本埠销售者准予免征等由前来敝税务司。窃以中国各处商民贩运来往货物，向皆无不完税，而完税定章行之由来已久，即国家饷糈俱赖税项为一大宗，凡属国人均有输纳税厘之一分子。今若特准一埠无税，恐各处人民难免不谓政府有厚此薄彼之议，似非足昭公允而服众心之办法。伏思商埠之盛衰，视夫该埠地势之相宜，人民法度之美善，并非关乎居住商民食用各物之免税。盖以一埠商民食用之物有限，较之各处运至该埠全数货物，恐亦不过千百分中一二，查香港之无税乃因该港不过运货过路之口，若令其暂停转运之货纳税，则运货商贾必然经由销售之埠而不经由香港。现虽免抽本埠销售各物之税项，仍有□□各项损□之□□，追闻□有□加征此烟酒两款之税饷。而香港之所以□□□，乃以港口水深，又得山岭环抱，使大小轮帆入港寄□而无风浪危险之虞。至于胶州湾之一口，进口货物亦非全属无税，除制造厂所配用之机器、像具及各衙署工程局等所用材料准予免税外，其余各色货物均仍遵照新开章程纳税，而胶州之兴旺并非因免以上器件之税饷与夫中国提拨二成津贴之经费，良以地势之相宜、港口之渊深，能使大小船只近岸停泊，海面平静，免受风涛之险，复有铁路通达内地，得此两端输运利便有以致之。今以附近烟台而论，胶州旺而烟台衰者无他，未能如胶州舟车输运之便，是以不克同一兴旺也。若以上海而论，该埠皆有设关征税，并非无税之场，何各租界竟能如此繁盛。合此四埠以观，则凡商埠之兴旺衰落，非关于有税无税可以为一明证也。鄙意以香洲只可作为中国自开之通商口岸，若作无税商埠非特与各处定章不符，兼与国家大局并无进益，复与课税大有妨碍。目下如在该埠南北两边设卡派驻员役稽查，另在口处设轮巡缉，月中共需经费约一千三百元之谱，此系专以现时情形而言，另有须在该处设一关厂管理进出口之船只货物，应需经费若干尚未计及。第虽设卡派有员役巡查，仍恐防不胜防，即以九龙、拱北两关在各边界所设巡卡经历难办情形可以引为前车。若□货物预不纳税，则应在该埠设一新关，再仿上海新开设立关栈，无论各类船只，凡由中外各处运到香洲货物，应当照章投赴该关报验。如由中国各处运至该埠，经已纳过税项者，则将完税单据呈验明后准其任便起卸。若由外洋各口运至香洲，尚未完税项者，凡系当即销售之货，应即随时纳税，设非即时销售之货，则须起入关栈存贮，暂免纳税，一俟销售提货出栈之时，即当照章补纳，既免散漫难稽，复可节省经费。□于杜私裕课之中仍□维持商埠之意。至该关栈或由公家建造，或由该埠两号各自建造亦可。然须禀请该处新关发给执照作为关栈，遵章办理方可顾该商埠。兹当开关之初，若欲再予维持，则拟将所议章程内关兴建该埠一切□□，以及列明工匠日用所需伙食各款暂准免税。如有影射等情，仍将此例随时撤销，庶免致滋流弊。此外再拟限免完纳船钞、船料五年，限满之役仍当照章完纳。此皆虽与各处通商口岸办法略异，是亦不过一时权益之计。然既系兼兴商殖民起见，又非永以为例，似可变通定章办理，以示鼓励，兼可藉此促以连成用，遂开辟该埠之初意。所有查勘香洲新埠未便准作无税商埠缘由，及拟定来往香洲船只分别征税、免税暂行试办章程是否有当，究应如何办理之处，除申复总税务司外，理合备文，粘抄申送。为此申请审核办理，附呈粘抄一纸。

谨将拟议来往香洲新埠船只贸易分别征税、免税暂行试办章程，缮呈宪核。

计开

一　香洲埠乃为中国广东省自开通商之口岸，坐落在拱北关之辖境。

二　该埠筹办一切事务，系由该处绅董等经营擘画，至于征收税项、船只来往之事，概归海关税务司管理。

三　凡在香洲赁地以及该埠行政捐费，一切章程皆由该埠公所绅董等拟议定后禀呈两广督宪，奏咨政府核准，随时宣示，俾众周知。至于中外商民，凡在该埠营业以及居留者，须依该埠所定章程方可。

四　凡大小轮船及洋式之船，由中国各处通商口岸并外洋各口往来该埠者，在该埠新关均应遵照通商口岸行轮章程办理。

五　凡华族民船往来香洲埠者，在该处新关均应遵照华船贸易定章办理。

六　凡往来香洲埠之货物，除第九、第十两条所载之货暂准免税外，其余各货均须遵照后开章程办理。

甲　凡洋船装运之货，□□通商口岸税则章程办理。

乙　凡华船装运之货，应□粤海当□□□□□□□办理。

丙　□到埠□□□□□□□□□□□□□□□□□□□□□□□各商号禀请□□□□□如此方准缓纳税项□□□之□□□□章补约税饷。

丁　凡存关栈之货而欲仍旧运回原来之埠，准免纳税。该关栈之章程系仿照上海关栈之办法，其详细章程容，俟调查明晰复再行申报宣示。

七　凡洋族之趸船、驳船，或常川在该埠贸易，或由该埠来往中外各通商口岸者，均应备有舱门、盖板，听凭海关可以封锁以杜走漏，如未禀该处新关特准者，不准将货堆积舱面。

八　凡港澳之洋商轮船，暂行只准自上午六点钟起至下午六点钟止可到该埠，唯不得在该处海面停泊过夜。

九　凡系通往香洲，专为该埠建造公私房屋及制造厂所用之机器材料等类，暂免纳税，唯仍应报明海关查验方可。

十　凡运往香洲，专为本埠日用之伙食，如□粉、米、菜油、蛋、鸡、咸鱼、紫酱油、盐鸭、生菜、鲜果、煤油等类，暂免纳税，唯仍应遵报明海关查验方可。

十一　凡运免税之货到埠起岸时，须报明该埠关厂，唯应由该埠公所 出具系□担□，实系专为就地之用方可。如果运出埠外，则应报明关厂照章纳税，违则按照税则税数加倍完纳，如有藉端影射情□，可将第九、第十之例随时撤销。

十二　凡自外洋各口来至香洲船只，暂准免纳船钞五年，俟五年后仍应遵照通商口岸定章完纳，如该埠令纳各项船捐，各类船只均应照缴。

十三　凡以上所拟章程均系暂行办法，如有未尽事宜，再行随时酌改。

附件二：关务处禀文

敬禀者，窃香洲开埠事宜，敝税务司经于七月朔日约同创办该埠总理王诜等一同前往该埠查勘，业经拟议征税行船章程于七月初八日申送胡前护部堂□核办理在案，爰于上月下旬趋辕呈递银券之际，辱蒙宪台下问该埠情形以及□作无税商埠究属如何损益奉命详细□□□□□□□于□□商场一事□□□□□□□□□商场久历□□中人讨论□□□□□□□□□商埠之所，复又参以管见所及，该埠并□作为无税商埠□□此中缘由敬为贵部堂陈之。查香洲新埠乃一沙滩地方，环近地方□□大多村落，又非输运货物出入必经之处，尝闻商埠之盛衰视夫地势相宜与否为断，惜乎该埠勘择地势未能合宜，所幸陆路尚堪筑造火车通达内地，不知商埠之最注重者首在口岸水深，俾各大小轮帆均能入口停泊，使其免受风涛之虞。而该埠皆足诸是，一有东风、东南、东北等风，三面为风，所□泊船不无惊险。最可畏者□为东北风耳，待交冬令此风居多，所有帆船、渔船势必避于澳门或金星门。至于行驶外海吃水深之大商轮船，如吃水十八尺至三十尺上下之船，不特无避飓风之所，亦莫能驶进该口寄碇。查距口岸三四华里之遥，水深不过自六尺至十有一尺之谱，然该埠除筑堤岸外，必须筑御风之石坝一道方可勉强作为商埠。复查该埠创办章程，内开原有拟筑御风石坝，使吃浅水平常商轮暨各民船渔船入坝停泊，免其遇有风时咸趋避于他处，该埠商总理等亦能有鉴于此，似乎法至美也。惜乎仅能知其一而未能知其二也。闻该口岸水底俱属淖泥甚深，筑坝工程工艰费银，纵使有此巨款筑造，然以护口岸之风势水性而论，恐筑成后坝内沙泥日渐淤滞，盖以西江、珠江之水流至该口非当中流，考诸水性当中流者，其流自急，近岸边者，其流自缓。若将风坝筑成，坝之附近水流愈缓，沙泥停滞愈速。如果年年疏浚，经费未免不资，□□□□地势不宜，并非天然商场之大概情形也。至于该埠若准作无税口岸，一恐各省商民援案以请，二恐有约各国或相诘难，或请将已开之通商各口悉援利益均沾之例办理，三如广东各关征收税课已受广州湾、澳门、香港□界相连，防不胜防之影响矣，若再开一无税口岸，则又何异辟多一漏税之门。如设巡轮、巡卡，每月所需经费共计约在二千元之谱，犹有□次□□厂卡装置、巡轮共需经费约在二万三千元之谱。除此而外似此常年□□□□而□□□该埠分销各乡税饷，不特入不敷出，恐所短之数定□□□□□□□□□□□□□□商埠□□损益之□。概□欲作为自治之埠，此举□□□□□□□该埠华民回应遵守所定规条，华民若有不合公理之事，自当禀由该处有司保护。而各国商民居留该埠营业者，虽然亦须遵守工程、洁净等局所定章程，诚恐其他诉讼裁判等事，仍不能越条约以及该管领事法律权限之外。敝税务司蠡测之见，未验有当钧意否耳，所有遵谕再将香洲商埠事宜据实禀呈理合□函，并将五月间曾饬本关开办巡轮管驾测勘该埠海关深浅大概情形所绘□说一并送呈察核，专此肃禀，敬颂崇祺，附呈香洲埠图一幅。

名正肃　八月十六日

关务处呈。

附件三：税务处说帖

窃香洲开埠一事，经九龙关夏税务司查勘议覆不能作为无税口岸，拟具章程十三条呈奉前护宪札处核议。本处专管税务，其于该埠利害得失末由致详，比即移会劝业道妥议签复去后，兹准韩署道复称税务司所议该埠得失亦既言之綦详，唯于免税不免税问题尚未能明畅。其说即如所论商埠之盛衰，视乎该埠地势之相宜，香港之无税乃因该港不过运货过路之口，若令其暂停转运之货纳税，则商贾必径赴销售之埠而不经由香港；又云，胶州非全无税，因港口渊深，复有铁路通达内地，附近烟台未能如胶州输运之便，是以不克同一兴旺。若上海并非无税，何各租界如此繁盛等语，在税司反复□述指称地方兴盛与否与免税不免税无关，且历举香港、胶州、烟台、上海四埠为证，并虑及稽征为难与人民厚此薄彼之议，所以为我谋者语焉不可谓不详。窃谓税司职在收税，其不以免税为然，固无足怪。若以香港为运货路过之口岸，非香洲可比，恐不尽然。香洲果收税，洋商所运之货何乐乎进此新辟之口，势必径赴销售之埠，与香港利害正复相同。至上海内江外海，又居南北之中，商人势所必经，故虽收税而仍繁盛。大连亦新辟之港，日人首不以收税为□义，此□□□□□□□收税而亦可经，日人何必出此□胶州而□□未衰，有大连而营口几废，岂非明证？港、澳比□香洲□□外界□而仍收税□□前□□其足□。各国欲兴一埠，每先宣布免税条□，欧美诸邦殆成通例。俄之海参崴，初亦若是，未闻彼民人有厚薄之□也。每设一无税口岸，□□□税界不设关稽征。大连、胶州俨然有国□之分，尚不难于稽察，而斤斤唯香洲是虑乎？总之能免税则该埠可兴，不免税则该埠无望。此免税与否于该埠利害得失所关甚大，此外皆枝叶也。似请转详咨复，仍请作为无税口岸。呈饬行九龙关税务司另订免税章程，以保商权而兴埠务等由。本处查香港、澳门均系无税口岸，而与新开香洲商埠一□可抗，彼能一切自由，此则动形束缚，相形见绌，舆情不无觖望。韩署道徇商人之请，仍以无税口岸为言，实于商务前途力求发达，唯与夏税务司意见不免相背而驰。应否仍照张前督宪电部原案作为无税口岸，饬令税务司另订免税章程，并先据情咨复大部，以期早日蒇事，理合具说，呈候制宪核示，只遵再行详请咨达，以期妥协，伏乞垂鉴。

附件四：广东布政使司等详文

广东关务处、广东等处承宣布政使司、广东劝业道为详请奏咨事。

宣统元年十一月二十一日奉宪台凡□案照承准军机大臣字寄，宣统元年九月二十日奉上谕有人奏澳门界议未协敷陈管见一折，着外务部袁树（勋）按照所陈各节体察情形，妥筹办理，原折均着抄给阅看。钦此。遵旨寄信前来等因。□本部堂承准此查香洲□□商埠事，迭□绅商条陈，节经饬由劝业道核明妥议在案，兹钦奉前因合就札饬札司，即便会同劝业道关务处□查明，妥议详复以□复奏毋违，计粘抄原奏一纸等因，奉此本司道等代查香山县绅商自辟香洲商埠，于上年三月间奉前宪张奏明开办大概情形，嗣复电致农工商部、外务部、税务部，请将该埠作为无税口岸，蒙□九龙关税务司议复不以免税为然，拟具章程禀奉前护宪胡札行本关务处移会职道核议，当经会同详查，香港、澳门均系无税口岸，与新辟香洲商埠一苇可航。香洲欲与外界争而仍收税，是欲前而缚其足。各国欲兴一埠，□宣布免税条□，欧美诸邦殆成通例。香洲一埠免税与否，于利害得失所关甚大，拟请仍照张前宪电部原案作为无税口岸，饬令税务司另订免税章程，具说呈请宪鉴各在案。兹奉前因复经会同商确并饬据该埠职商王诜等禀称香洲埠提议以来，绅商士庶莫不渴□□行□□税则未易招徕，无税则争先恐后，趋赴之多少以税之有无为转□。□□恐商等股本未足筹及，补助之方不知一经□示实□无税，出声□听海外之华侨、国中之殷商巨贾、港地之货仓行栈纷纷购□移筑，兴盛之机正未有艾。至设关稽查，即仿拱北关设立分厂，于来往前山□大对海北山各处要隘办法自无虑税厘有碍等情前来。窃思香洲辟埠咫尺澳门，此盛彼衰无烦借筹，现在澳门事务日久未能议决，自非速筹抵制，未易就我范围,况开埠为商□之据,□无税实兴商之上策。且一经免税,则群情踊跃,无须官为补助,因势利导,尤为目前急务。该埠商等所禀系属实在情形,本同道等再四筹维,所有新辟香洲商埠应请查照前宪张电部原案,仍作为无税口岸以慰舆情而振商务。理合会同详请宪台查核复奏,并咨明大部查照,是否有当伏候□□□遵为此备由具呈,伏乞照详施行,须至书册者。

附件五:总办广东关务处布政使司陈夔麟禀文

总办广东关务处布政使司陈夔麟、广东劝业道陈望曾谨禀制宪钧座。

敬禀者,窃宪台钧谕上年八月间,□香洲埠商王诜、伍于政等条陈香洲开埠事宜,旋又据学生范广炼条陈香洲开埠四事,均经先后饬行妥议。嗣又接奉廷寄饬查前因,虽经由道会司详复,唯究竟该埠于免税一节有无成案可援、有何利可辟、有何害应除,仍多遗漏,自应详加讨论,确定方针,方可奏咨。饬即查照前札所指各节,刻日详晰见复等因,奉此遵经职道望曾移商务本司处查核,一面札行前山厅香山县督饬该埠绅商遵照,奉行事理确查定议,并饬开埠商王诜等前条陈开埠事宜及毕业生范广炼条陈四事两次奉批饬议各节一并妥为核议,□案禀复以凭会核禀办,兹据署前山厅庄丞□□署香山县沈令瑞忠禀称,遵饬会同传集埠商王诜、伍于政等评加语论,并语港、澳绅商确查商务情行,谨此无税之利、有税之害□□□之中国延年开办通商口岸如山东之济南、湖北之武昌、湖南之长沙均未议及免税,故无成例。但湖南等省系属内河,随处有影射偷漏之弊,香洲滨临外海,沿途无寄碇卸载之虞,地势既殊,情形亦异,成例虽无可援,港、澳实堪比例。查外洋、外省货物由各处运至港、澳,转输外洋、外省均实无税,是以商贾云集、栈仓林立,今香洲同为无税之埠,则凡外来之轮船皆可直达,无虞阻滞,即转运外处之货物亦可径往无虑,□难□为有税之埠,在港、澳则少税一道,在香洲则多税一道,况又有稽查□□之烦,商人析及锱铢,岂肯就多而舍少,避逸以趋劳,利害相衡,优劣自见。况所求者只在免外洋出入之税,并非免内地关厘之税。譬如内地生货运至香洲制成熟货出洋,只须完内地生货□税,□□□□出口熟货之税。外洋生货运至香洲制成熟货,只须完内地熟货之税,不必先完入口生货之税。所有内地之海关厘厂□□完纳与□□事同一律于饷课无虞亏短。此所谓有益于民,无损于□□□□□谓上海商场最为繁盛,亦像有税,是地方之兴旺并不在乎无税,不知上海附近无无税之口岸,不至相形见绌,今试将吴淞地方辟作无税口岸,上海为有税口岸,必吴淞日旺而上海日萧索,操券可待。香洲与港、澳密迩出入,大相悬殊,此固不待烦言而解也。同知□□□情形,如香洲有税,不过成各乡之圩场,香洲无税实,足与港、澳以并峙。方今商战时代,闻外洋各国欲新辟一埠,必先议及无税为利国利民之本。消息虽□,影响甚大,至于王诜等条陈开埠事宜及范广炼条陈四事,大率皆注意于免税,其余似可照行理合,查议禀复察核,详请奏咨等由。并据埠商王诜等以港、澳规则待我华商日甚,华商仍络绎奔赴,徒以无税为视线。今香洲无税,各商视同港、澳又无外例苛扰,商情所趋,收回外溢利权甚巨,免税之后拟在该埠海面设关稽查,以防私运军火。□于埠之南北环两□各五分□□□□走私漏税，若关卡既设，又不收税，一切开销从何取给，□□源禀□□到埠船只，仿香港之例□货物□□征收船钞以资□□□□□□前次条陈开埠事宜及范广炼□□□□□□□□□□□□□□由驻港职商陈宜禧等及香山县局绅黄桂丹等分别□□详禀督宪，兹并缮呈察核等情前来。伏查香洲开埠为内地广辟商市即为商战收挽利权，埠商王诜等暨毕业生范广炼先后条陈各议办法四条内除王诜等所以第二条拟收禁赌实□业奉宪台批驳应毋庸议外，其余第一、第四两条核与范生所陈各条大致相同，意在振兴香洲，藉以张主权而弭外患。按之现在奉行奏案，用意亦复相似，唯查核各节均应于开埠后规划视行所最□要者，在能否免税一层，此节详于王诜等条陈第三条，亦即奏案所请暂免厘税之意。查开埠免税，先奉前宪张核明分电税务处、外务部、农工商部，拟于该埠特试其端，原以商埠之兴，无税则群情争趋，有税则招徕不易，嗣□税司察勘议复，并因有人陈奏奉到□寄饬查业已分案查明一由，前署道韩道国钧核议移由本处具说呈复一由，本司夔麟核议会同职道等具详，兹经遵奉宪行再加详察，饬□埠商王诜等暨绅商黄桂丹、陈宜禧等分案议复，宗旨均以免税为请。并经厅县召集讨论，其于免税办法及利害得失，均尚阐发明晰，似可仍照张前宪原案请准免税，俾畅商务而顺舆情。本司道等往返筹商，意见相同，所有遵谕饬□厅县督饬绅商议复缘由理合禀复宪台察核奏咨并候批示祗遵实为公便，再黄绅桂丹、陈□宜禧等议禀各节，已□具禀宪辕应请免再抄呈。又现禀系职道□□□□合并声明，肃此具禀敬请钧安。伏维垂鉴。

本司夔麟、职道望曾谨禀

附件六：总办粤海关税务广东布政使司陈夔麟等禀文

总办粤海关税务广东布政使司陈夔麟、二品顶戴广东劝业道陈望曾谨禀制宪大人□□。

敬禀者，宣统二年八月二十八日奉宪台函开香洲开埠事宜，该处绅商咸以免税问题为视线所集。前经司道饬据厅县议复核明禀报于，免税利益亦既言之綦详，唯查此案尚有上年八月间九龙关夏税司一函，所见甚歧义。兹时捡出照录一通送详细考核、通盘筹计，从速复院以凭解决一切，奏咨办理并将税司来函抄发等因。奉此当经分行前山厅香山县饬即按照函称各情□□该埠绅商详查议复□□□□署前山厅庄丞允、懿署香山县包令允荣会禀以免税一事，我国实为创举，办理固不容轻率，考核尤不厌精详。寻译税司函称各节未曾不持之有故、言之成理，兹传集埠商王诜等考察该埠地势、水性，一再研求并□议复具禀前来同知等通盘筹计。窃见税司之误会者有三，过虑者有三，应暂缓置议者一，谨为详晰陈之。□□函称香洲新埠乃一沙滩地方，俱无大多村落，又非输出货物必经之处一节，查该埠为香山县属上下□都适中之地，所有港、澳巨商以及出洋贸易者以此都人为最多，该埠一面临海，三面巨乡环绕，展览县境舆图可以备悉，该埠原属荒埔，甫经开辟，其无运货出入，考之现象，势所必然。若一经成埠则商贾辐辏，货物屯聚，当可日新而月盛。将来广前铁路告成，尤可得交通利便之益。即如香港孤悬海外，陆路不通，来往开辟以前，不但无货物之转轮，并无人迹之往来，现已为繁盛之商埠，天工所缺，人力补之，以斯例比，何独不然，其误会者一也。又称商埠最注重者首在口岸水深,俾大小各轮船内能入口停泊,使其免受风涛之虞,该埠皆反诸是一节。查该埠对面为野貍山,原可作为屏障,惜乎面积太小,不足以多容船只。埠地枕西面东,一遇东风,船难湾泊,诚不免如税司所虑。现埠商等有鉴于此,是以议于野貍山筑一避风石坝,拟先筑三百丈,估价约在一百万元左右。现已兴工开筑,该埠□用沙泥甚多,即□□挖之泥为□筑之用,亦属□□□□□□□□查勘,计现已筑成高出水面者有五十余丈,即如前月之风警,所有船只前来避风者已有二百余号,悉皆寄碇安泊,若全坝告成,益可无虑,此其误会者二也。又称该口岸水底俱属泥淖甚深,若将风坝筑成,□之附近水流愈缓,沙泥停滞愈速,如果年年疏浚,经费不免不资一节。该税司远虑思周,所见亦是,惟考之水性,沙质者易淤,泥质者难积。今□王诜等一再研求,并访之滨海渔户人等,该埠实为泥质并非沙质,盖沙积之海底,今年浚深,明年复聚,泥积之海底,一经疏通,便可经久。该埠水道□南一带直通大海,并非绝港,但使港口□浚稍深,潮流□趋中泓,自无迁□之虑。此其误会者三也。又称该埠若准作无税口岸,恐各省商民援案以请一节。查香洲新埠介乎港、澳之间,一为有税,一为无税,未免相形见绌,是以有请免税之举。各省商埠地势不同,情形亦异,前禀已详晰陈之,各省亦何能援案以请?即如外洋各国口岸有无税之埠,有有税之埠,未闻悉皆援案以要求。此其过虑者一也。又称恐有约各国或相诘难,或请将已开之通商各埠悉援利益均沾之例办理一节。该税务司似亦为慎重外交起见,盖所谓利益均沾者,必悉甲国沾有利益,乙国始得而援之,今香洲为中国新开之口岸,与各国无涉,况既属无税口岸,则无论何国皆当一律办理,断不能免于此而征于彼,是利益本已均沾,尚何有诘难之有?此其过虑者二也。又称如广东各关征收税课已受广州湾、澳门、香港昆界相连、防不胜防之影响矣,若再开一无税口岸,则又何异辟作一漏税之门一节。查港、澳两埠显有国际之分已相要数十年,何独斤斤于香洲之是虑?况所求免者并非内地之税厘,系属外来之货物,譬如省城各处货物运到香洲、香洲货物运到省城,各处遇有关卡仍行完纳,又何漏税之有。唯外洋外省之来香洲者、香洲之往外洋外省者毋庸征收,正与港、澳事同一律,似尚不至防不胜防。此其过虑者三也。至所称各国商民居留该埠营业者,虽然亦须遵守工程、洁净等局所定章,诚悉其他诉讼裁判等事,均不能越条约以及该管领事法律权限之外一节。查该埠欲求兴旺,自应辟作通商口岸,惟该埠规模甫经初备,应俟察看情形再行泰酌各省成案,妥议章程专案详请奏咨,系属另为一事,无关于免税问题。此虑暂行缓议者一也。总之香洲求请免税,诚如督宪丞谕为绅商视线所集而尤为华侨观望所关,消息虽□影响甚大,至该埠之盛衰全在筑坝、浚河两事,是水利、地势为该埠财产所系。埠商等非研求有素,未必肯冒昧从事,□□能空□□□□□□□□□□□□□□□□□□□□是民□可□□□□□□□□□□□□□□□□□□□□□成邑成都之□等四伐□□□□□□□□□□□□□□□□续项地□□□□□□□□□□□□□□□□□□□□□□系全埠□准照办商□□□□□□□□□□□□□□□□商□□回本司道等核明转详,乃九龙税司复有□□详核□议数端,未始非为顾全税务起见,但以所陈事理,按之商埠情形,既据该□□□集商考求,逐一讨论,所陈误会、过虑及应暂为缓议各节,似尚核实,应否仍照前详□核奏咨,以示维持之处。伏□钧裁所有遵谕饬□厅县详核议复,缘由理合会同禀复宪台察核批示,□□肃此具禀恭请崇安,伏唯垂鉴。

本司夔麟、职道望曾谨禀

(外务部档)

T15:商业-商埠

6.204　两广总督增祺为香洲自辟商埠恳恩定为无税口岸事致外务部咨呈

宣统二年十二月二十五日(1911年1月25日)※

□□广州将军兼□两广总督兼管广东巡抚、粤海太平两关事务增,为咨呈事。

为照本兼署督部堂于宣统二年十一月二十五日具奏香洲自辟商埠恳恩特定为无税口岸一折缘由,相应抄稿咨呈。为此咨呈贵部,谨请查照核明立案施行。须至咨呈者。计粘抄折稿一纸。

右咨呈外务部。

6.205　附件:两广总督奏为香洲自辟商埠恳恩特定为无税口岸以兴商业而顺舆情折(抄件)

奏为香洲自辟商埠恳恩特定为无税口岸以兴商业而顺舆情,恭折仰祈圣鉴事。

窃查广东香山县职商道衔伍于政、知府衔王铣(诜)等集资在县属香洲地方创开新埠,先经前督臣张人[①]于宣统元年三月间将大概情形奏明在案,并电致外务部、农工商部、税务处请将该埠作为无税口岸。旋准电覆,以事属创行,须如何办理方无碍内地税厘足防流弊,饬由总税司于粤关税司内选派干员会同查勘酌拟办法再行核定各等因。

嗣据委九龙关税司查覆,大致谓,商埠之兴衰全视地势之得宜与否,非关于有税无税。该处只可作为自开口岸,若作无税商埠,虑与他处办法歧异,厚此薄彼,徒开漏税之门。或恐各国来诘,商民援请,设为种种疑难。

复经前护督臣胡湘林、前署督臣袁树[②]先后将该税司申呈及禀函檄行广东劝业道会同布政司、粤海关务处悉心核议至再至三,并经该司道等督前山厅同知香山县知县召集该职商等

① 6.209中为"张人骏"。
② 6.209中为"袁树勋"。

切实勘查，广征舆论，推究利弊，不厌加详，佥请振兴埠务，保护商业，招徕华侨，挽回溢利，非先明定该埠为无税口岸不足以资提倡而树风声。该税司以商埠之盛衰为与税则之有无毫无关系者，体察情形，殆非笃论。盖西人商战之局恒以广开无税口岸为无上妙策，远而南洋各埠，近而香港一隅，数十年来商业最为发达，良由转输货物无留难阻滞之虞，□□金融有趋赴时期之便，如果照常收税而商务亦易招徕。彼日人之于大连湾，方其开埠之初，何必将免税条文首先宣布。况香洲东与香港对峙，北据澳门上游，同是贸易商场，人则一切自由，我则动多束缚，渊鱼丛爵之驱，即为优胜劣败之点，相形见绌，尤不能不牺牲少数税金亟□①挽救。若谓有约各国或相诘难，各省商民援以为请，似亦无须过虑。该埠系我自开口岸，原与各国无涉。且既属无税商埠，则无论何国皆当一律办理，利益既已均沾，尚何诘难之有。又况外洋各国有税无税口岸甚多，大率因地制宜，未闻有援案要求情事。即就香洲而论，若非出于商民捐资自办而又比邻港、澳，该职商等亦决不能为情理外之请求。将来果有与香洲埠事同，一律援案踵请者，彼时商运日繁，内地税厘行且愈形畅旺，公家正可收无数间接之利益，而自由贸易之□□请愿者正不厌其□□□来。老氏有言，欲有所取必有□□□□□□□□前有限□收税者所能喻其深也。该埠恩准特定为无税口岸，一经宣示，风声所播，国中巨贾竞出其途，海外侨商云集内向。彼港地货仓行栈平昔跼□②于他国麾之下，拘束万状，犹复趋之若骛。隐忍受□者至是欣喜相告，奔走偕来，懋迁化居，如水赴壑，势所必然，兴盛之机，正未有艾。至虑及粤省关税久受港、澳及广州湾之影响，已属防不胜防，益以香埠，不啻又开一漏税之门，该税司亦似持之有故。殊不知港、澳、广湾显分国界，格于情势，稽查较难。香洲乃自开之埠，操纵本可自由，如照拱北关办法建设分厂，于往来必经之前山、吉大、对海、北山等处严缉走私，力杜偷漏，自不至有碍税厘。且所谓免税者亦非全无限制，譬如内地生货运至香洲制成熟货转输出洋，只完内地生货之税，毋庸再完出口熟货之税。外洋生货运至香洲制成熟货销售内地，只完内地熟货之税，不必先完进口生货之税。所有内地海关厘厂仍照章完纳，与港、澳事体相同，于饷课不虞亏短，且可增加，洵属有益于商、无损于国。该职商等并经具禀声明，仰体公家财力艰难，不需官为补助。而免税问题又适为全粤绅商视线之所集，一切防弊方法诚应及时规画，而要无不以免税为前提。该埠自上年奏明开办以来，填地筑堤，日新月盛，往来轮渡利便交通。据厅县报告，询访渔户，该处海底纯然泥质，并非淤沙。迤南水道直接大海，亦非绝港。□来港口浚□潮流直趋，亦无迂回之虑。其野狸山一带所筑避风石坝高出水面，现已展至五十余丈。本年八月间偶遭风警，所过船只入港避风者二百余艘。转瞬广前铁路告成，陆运尤便。该商等之坚苦卓绝固应有赞成而无阻抑，现正次第程功，益当因成效而速进步。屈指海内今日称为繁盛商埠者，其

① 疑为“图”。
② 疑为“蹐”。

始皆荒凉笃□初无人迹之往还被筦。榷有司乌能语此大计，即论地势该埠亦甚得宜，徒以免税问题未经解决，体察商情，不免稍生疑阻。因势利导，鼓舞而振兴之，抑未始非畅兴商业之一转机也。否则口岸虽开，在民间不过多一寻常之市集，在国家亦仅赢得少数之输，将于大局有何裨补？

即据绅商呈请核与该司道等前后禀详各案情节相符，仰恳天恩俯准将香洲新埠特定为无税口岸。敕下外务部、农工商部、税务处先行核明立案，再由该税务司另定免税专章及详筹防弊手续，咨商办理，务臻妥协。除照录全案分咨备核外，所有香洲自开商埠恳请作为无税口岸缘由，理合恭折具陈。

伏乞皇上圣鉴训示。谨奏。

（外务部档）

T15：商业-商埠

6.206　税务处等奏陈遵旨会议香洲自辟商埠暂作无税口岸折

宣统三年正月（1911年2月）

奏为遵旨会议，恭折复陈，仰祈圣鉴事。

广州将军兼署两广总督增祺奏香洲自辟商埠恳定为无税口岸以兴商业而顺舆情一折。宣统二年十二月十七日奉朱批：该衙门议奏。钦此。钦遵。由军机处抄交前来。原奏内称，广东香山县职商等集资，在县属香洲地方创开新埠，先经前督臣张人骏于宣统元年三月间将大概情形奏明在案，并电致外务部、农工商部、税务处，请将该埠作为无税口岸。旋准电复，以事属创行，须如何办理方无碍内地税厘，足防流弊，饬由总税司于粤关税司选派干员，会同查勘，酌拟办法，再行核定。

嗣据委九龙关税司查复，大致谓商埠之兴衰，全视地势之得宜与否，非关于有税无税，该处只可作为自开口岸，若作无税商埠，虑与他处办法歧异，徒开漏税之门。复经前护督臣胡湘林、前署督臣袁树勋先后将该税司申呈及禀函檄行广东劝业道，会同布政司、粤海关务处悉心核议，并经该司道等督饬厅县召集该职商等切实勘查，广征舆论，推究利弊，佥谓振兴埠务，保护商业，招徕华侨，挽回溢利，非先期定该埠为无税口岸，不足以资提倡而树风声。该税司以商埠之盛衰，为与税则之有无毫无关系者，体察情形，殆非笃论。香洲东与香港对峙，北据澳门上游，同是贸易商场，人则一切自由，我则动多束缚，优胜劣败，相形见绌，不能不亟图挽救。该埠倘定为无税口岸，一经宣示，风声所播，国中巨贾竞出其途，海外侨商云集内向，兴盛之机，正未有艾。至虑及粤省税关久受港、澳及广州湾之影响，已属防不胜防，益以香埠，不啻又开一漏税之门，殊不知港、澳、广湾显分国界，格于情势，稽察较难。香洲乃自开之埠，操纵本可自由，如照拱北关办法建设分厂，于往来必经之处严缉走私，力杜偷漏，自不至有碍税厘。且所谓免税者，亦非全无限制。譬如内地生货运至香洲制成熟货，转输出洋，只完内地生货之税，毋庸再完出口熟货之税；外洋生货运至香洲制成熟货，销售内地，只完内地熟货之税，不必先完进口生货之税。所有内地海关厘厂仍照章完纳，与港、澳事体相同，于饷课不虞亏短，洵属有益于商，无损于国。节据绅商呈请核与该司道等前后禀详各案情节相符，仰恳天恩俯准将香洲新埠特定为无税口岸，敕下外务部、农工商部、税务处先行核明立案，再由该税务司另订免税专章及详筹防弊手续，咨商办理，务臻妥协等语。并准该督照录全案分咨备核前来。

臣等查香洲自辟商埠，在绅商原欲藉挽利权，而作为无税口岸，在国家实属出于创举，固宜详审利弊，方可决定施行。税务司之不以免税为然者，自系为重视税课、慎防流弊起见。惟该绅商等既再三呈恳，复经历任督臣迭次饬属查勘，广征舆论，佥以免税为要键，非是则不足以兴商业而顺舆情，盖因该埠毗连香港、澳门，皆是无税口岸，傥有异同相形见绌，则该埠之经营不免掷巨资于虚牝，自应体此实在情形，酌予特别办法。拟请恩准香洲自辟商埠，暂作为无税口岸，其免税之范围及如何严防走私之处，应由税务处札行总税务司督饬粤关税司妥订章程，并参照拱北、九龙两关办法择要设立关卡，该埠绅商亦应协助一切，俾关员便于稽征，庶较之港澳为易办，不致多开一漏税之门。以后他处如有商民自辟商埠者，情势各有不同，概不得援以为例。

又查咨送案卷内九龙关税务司禀函，深以香洲一埠择地未能合宜为言，其最要者为该处水浅，外洋大轮不能驶近口岸，该税务司谓商埠之兴衰视地势之宜否，非关于有税无税，盖即指此，应由两广总督谕饬该埠绅商亟宜设法浚深港口，以期商务发达，未可但求免税之优例，而不思及自治之要图。

所有臣等会议缘由，理合恭折复陈，伏乞皇上圣鉴训示。

再，此折系税务处主稿，会同外务部、度支部、农工商部办理，合并陈明。谨奏。

宣统三年正月　日

（税务处档）

T15：商业-商埠

6.207　税务处为香洲开埠事致外务部片

宣统三年正月十五日（1911 年 2 月 13 日）

督理税务处为片呈事。

本处议复署两广总督奏香洲自辟商埠恳定为无税口岸以顺舆情一折，现已具有奏稿，相应

片送贵部会画并开列堂衔送还本处，以便缮折。俟定有具奏日期，再行知照可也。须至片呈者。（附会奏稿）

右片呈外务部。

宣统三年正月十五日

（外务部档）

T15：商业-商埠

6.208　税务处为注写香洲自开商埠折开列堂衔事致外务部片

宣统三年正月二十八日（1911年2月26日）

督理税务处为片呈事。

本处会同贵部议复署两广总督奏香洲自辟商埠恳定为无税口岸一折，现定于本月三十日具奏，前开堂衔有无注写，相应片呈贵部查照，希于二十九日午前声复本处，以便缮折可也。须至片呈者。

右片呈外务部。

宣统三年正月二十八日

（外务部档）

M14：财政-关务

6.209　税务处为恭录议复增祺奏香洲自辟商埠请暂准作为无税口岸事致外务部咨呈（附件一件）

宣统三年二月初三日（1911年3月3日）

钦命督理税务大臣，为咨呈事。

宣统三年正月三十日准军机处交出军机大臣钦奉谕旨：税务处会奏议复增祺奏香洲自辟商埠请暂准作为无税口岸一折，著依议。钦此。钦遵相应恭录谕旨刷印原奏咨呈贵部查照钦遵可也。须至咨呈者。附原奏。

右咨呈外务部。

宣统三年二月初三日

附件：增祺奏香洲自辟商埠请暂准作为无税口岸折

谨奏为遵旨会议，恭折覆陈仰祈圣鉴事。

广州将军兼署两广总督增祺，奏香洲自辟商埠恳定为无税口岸以兴商业而顺舆情一折，宣统二年十二月十七日奉朱批：该衙门议奏。钦此。钦遵由军机处钞交前来。

原奏内称，广东香山县职商等集资在县属香洲地方创开新埠。先经前督臣张人骏于宣统元年三月间将大概情形奏明在案，并电致外务部、农工商部、税务处，请将该埠作为无税口岸。旋准电覆，以事属创行，须如何办理方无碍内地税厘，足防流弊。饬由总税司于粤关税司选派干员会同查勘，酌拟办法再行核定。

嗣据委九龙关税司查覆，大致谓商埠之兴衰全视地势之得宜与否，非关于有税无税。该处只可作为自开口岸，若作无税商埠，虑与他处办法歧异，徒开漏税之门。

复经前护督臣胡湘林、前署督臣袁树勋先后将该税司申呈及禀函檄行广东劝业道会同布政司粤海关务处悉心核议，并经该司道等督饬厅县召集该职商等切实勘查，广征舆论，推究利弊，佥谓振兴埠务，保护商业，招徕华侨，挽回溢利，非先明定该埠为无税口岸不足以资提倡而树风声。该税司以商埠之盛衰为与税则之有无毫无关系者，体察情形，殆非笃论。香洲东与香港对峙，北据澳门上游，同是贸易商场，人则一切自由，我则动多束缚。优胜劣败，相形见绌。不能不亟图挽救该埠倘定为无税口岸，一经宣示，风声所播，国中巨贾竞出其途，海外侨商云集内向，兴盛之机，正未有艾。至虑及粤省税关久受港、澳及广州湾之影响，已属防不胜防，益以香埠，不啻又开一漏税之门，殊不知港、澳、广湾显分国界，格于情势，稽查较难；香洲乃自开之埠，操纵本可自由，如照拱北关办法建设分厂，于往来必经之处严缉走私，力杜偷漏，自不至有碍税厘。且所谓免税者亦非全无限制，譬如内地生货运至香洲制成熟货转输出洋，只完内地生货之税，毋庸再完出口熟货之税。外洋生货运至香洲制成熟货销售内地，只完内地熟货之税，不必先完进口生货之税。所有内地海关厘厂仍照章完纳，与港、澳事体相同，于饷课不虞亏短，询属有益于商、无损于国。节据绅商呈请核与该司道等前后禀详各案情节相符，仰恳天恩俯准将香洲新埠特定为无税口岸。敕下外务部农工商部税务处先行核明□……□[①]务司另订免税专章及详筹防弊手续咨商办理，务臻妥协等语，并准该督照录全案分咨备核前来。

臣等查香洲自辟商埠在绅商原欲藉挽利权，而作为无税口岸，在国家实属出于创举，固宜详审利弊方可决定施行。税务司之不以免税为然者，自系为重视税课、慎防流弊起见。惟该绅商等既再三呈恳，复经历任督臣迭次饬属查勘，广征舆论，佥以免税为要键，非是则不足以兴商

---

① 此处几字无法辨认，据6.205当为“立案再由该税”。

业而顺舆情。盖因该埠毗连香港、澳门，皆是无税口岸，倘有异同，相形见绌，则该埠之经营不免掷巨资于虚牝。自应体此实在情形，酌予特别办法。拟请恩准香洲自辟商埠暂作为无税口岸。其免税之范围及如何严防走私之处，应有税务处札行总税务司督饬粤关税务司妥订章程，并参照拱北、九龙两关办法择要设□□□该埠绅商亦应协□□□俾官员便于稽征□较之港、澳为易办，不致多开□漏税之门。以后他处如有商民自辟商埠者，情势□有不同，概不得援以为例。又查咨送案卷内九龙关税务司禀函□以香洲一埠择地未能合宜为□□。最要者为该处水浅，外洋大轮不能驶□□□□□□务司谓，商埠之兴衰视地势之宜否，非关于有税无税，盖即指此。应由两广总督谕饬该埠绅商亟宜设法浚深港口以期商务发达，未可但求免税之优例，而不思及自治之要图。所有臣等会议缘由，理合恭折覆陈。

伏乞皇上圣鉴训示。再，此折□……□部农工商部办理合□……□奏。

（外务部档）

M14：财政-关税

6.210　陈銮等录呈安代理总税务司接见胡大人关于设香洲为无税口岸事的问答

宣统三年二月十二日（1911 年 3 月 12 日）

（署督办□批：）阅。二月十二日

（帮办胡批：）阅。二月十二日

宣统三年二月十一日安代理总税务司来本处，胡大人接见。

安云：昨奉札文以香洲业已奏准设为无税口岸，饬令筹办一切。查此事办法约有二端，一照胶州关办法，建设货栈，货物离栈，无论在胶销售抑运内地均须完税，此为最简便、最省费之办法。一照九龙关办理，沿界遍设税卡以杜走漏，但为是办理经费太大，税收不多，深恐入不敷出。查九龙关前两年税收每年在三十四五万两，而费用须三十万两上下。拱北近两年税收每年约三十二三万，而经费约十二万余两。香洲税收该必不多，若仿九龙、拱北办理，沿界设卡，徒资糜费。代理总税务司之意总以仿照胶州办理，由拱北派员兼办为然，因香洲与拱北仅隔六英里耳。究竟二端之中何者应行，仍俟贵处核定方可着手。

答云：此事汝可备具节略，将二端办法详晰说明以便采择。

安准□。

安云：海关贸易册所载估价应否以关平、国币合璧计□一事，贵处曾□部复否。

答云：昨已接到部复，仍以关平、国币合璧为然，日间便有文复汝。

安云：凡交涉事件，各国公使有西文致部□，嗣后由贵处札下，可否将原西文抄送一份以便易于查阅。因使署所翻汉文每难详译其意。

答云：可。

安云：前年天津怡和洋行擅运药引一事，代理总税务司曾经饬令该关税司转知该行，谓该件业已充公，再请英使面部交涉，届时再行对付。

安云：松花江船钞拟请另款存贮，不归入船钞总帐一事，代理总税务司复查该款现已改为河捐，则与船钞有别，名目既已不同，该河又亟需巨款整顿，非照此办理，不但款项不足，且恐俄人乘机诘问致起交涉，前□曾将此事与施右丞商过，其意亦甚以为然。前任现任各税司亦均极力赞成。代理总税务司现在备文申请核准照办，唯恐度支部或有不明之处，拟请转咨过部，将此意详□解明以免误会。

答以待申文到时再为核办。

安云：现接汉关税司来文，汉口厘局交到银二万两系用库平交兑等语。汉局既用库平，深望宜属亦照此办理，将来可无平亏之虑矣。

安云：西历一千九百十年各关洋药进口总帐暨今年每月进口之帐均已陆续汇齐，日间便可备文申送钧阅。

安又云：昨日接到驻英大臣刘大人来函，略云海牙会定期西历五月开会，业已咨请外务部拣派一税务司帮同赴会等语，不知外务部曾否接到该文。

答以外务部现尚未接到刘大人来文，惟海牙会虽先定于西五月开会，惟今已改为西七月。

安云：尚系五月，日期未免太促，拣人不易，今晚改为七月甚□，为外务部接到该文请即示知，以便派人代理总税务司，拟于告假人员内拣一人合其赴会，不向海关派人以□简便。

第一股陈銮录呈，第二股恩厚录呈，第三股张锦录呈

安云：前□札文以香洲业已奏准设为无税口岸，饬令筹办一切。现查该埠附近各卡去年只有零星货物过卡，所收税项仅有千两之数。税收如此□少，若在该埠设关立卡似可不必，现拟由拱北关派员驻扎要隘，暂将经过货物登帐免税，试行办理，观其效果如何，再拟办法。

答云：派员在彼将过卡之货登帐，不征税项，可即试办。

安云：前次会议蒙饬将爱珲关章详加细订再与俄使磋商，昨已将代理总税务司允驳各款与俄使面商，伊亦甚以为然。但云须请示政府，方敢允许，是以将允驳各款再行电回俄京请示。

至中国拟征江捐一节，伊亦并不拒驳，只云亦须一并请示政府，方能定断云云。

安又云：九龙关税司公署向设香港，该埠政府甚为不悦，近来该处因开收烟酒税项，深恐内地私运，特与该关税司商定，彼此互相维持，所辖界内税□现拟就章程数条，经该关税司转呈粤督查阅。闻粤督甚以为然，大约不日必咨送外务部核办。查粤省与港毗连太近，米盐军装等货时有私入，该省向日因无香港政府协助，稽查走漏，殊觉为难，今该政府欲彼此互相维持，诚为英善之举，若一成议，将来不但九龙关署可公然设于港埠，且来往粤港民船小轮并将来广九□□造成所运货物，均可就范，走漏自难，实于粤省税课大有裨益，现该税司将章程寄到□□□□送来。钧阅。

（税务处档）

M14：财政-关税

6.211　刘寿铭等核算粤海等关第一百八十九至一百九十三结征收华洋税钞节略

宣统三年六月十一日(1911年7月6日)

谨将核算粤海、潮海、琼海、北海、三水、江门、九龙、拱北八关自光绪三十三年八月二十四日第一百八十九结起至三十四年十二月初九日第一百九十三结止五结期满征收华洋税钞、洋药税厘、百货税并支解各数目开具节略，恭呈钧鉴。

计开

旧管

上届存银一十八万四百九十五两四钱七分一厘，核与上届实存数目相符。

新收

一、收洋商进口正税银一百八十九万九千四百三十四两六分四厘

一、收华商进口正税银五万二千一百五十七两九钱四分七厘

一、收洋商出口正税银一百九十一万二千六百八十四两一钱六分二厘

一、收华商出口正税银一十五万一千七百九两八钱四厘

一、收洋商洋药税银六十一万一千九百八十九两四钱

一、收华商洋药税银九万七百五十二两六钱六厘

一、收洋商复进口税银三十七万八千二百五十两五钱二分九厘

一、收华商复进口税银一十万四千七百二十七两三钱四分二厘

一、收洋货入内地子口半税银六万一千二百七十七两七钱三分一厘

一、收土货出内地子口半税银五千九百五十二两三钱三分

一、收洋商洋药厘金银一百六十三万一千九百七十一两七钱二分

一、收华商洋药厘金银二十四万二千六两九钱五分

一、收洋商船钞银一十四万四千八百四十八两一钱

一、收华商船钞银七千八百四十五两三钱

一、收九、拱两关进口百货税银二十六万一千三百八十两三钱一分七厘

一、收九、拱两关出口百货税银三万四千四百八十四两四钱二分二厘

统计新收银七百五十九万一千四百七十二两七钱二分四厘，内除粤潮两闰扣除押注存票银二十五两一钱九分五厘外，实收银七百五十九万一千四百四十七两五钱二分九厘，核与税司清折收数相符。

开除

一、解光绪三十四年分内务府贡款银一十八万两

一、解光绪三十四年分内务府绮华馆经费银一万三千两

一、解光绪三十四年分内务府长年经费银连平余等共银二万六百六十两

以上三款业经行查内务府在案，应俟声覆到日再行核办。

一、解光绪三十四年分造办处备贡连加平新增归公加平共银五万七千二百两

此款查据内务府咨覆，该关解到银数相符。

一、解光绪三十四年分广储司恭备要差需用各色□斤红飞金硍朱洋金银线等项折价银一十六万一千七十六两八钱六分

此款查与内务府收到银数相符。

一、解光绪三十三年冬季三十四年春夏秋冬四季共五季广储司公用连加平新增归公加平抬费用项共银三十九万三千两

此款业经行查内务府在案，应俟声覆到日再行核办。

一、解光绪三十三年冬季三十四年春夏秋冬四季共五季广储司造办处足金折价银二十万两

此款查与本部收到银数相符。

一、解光绪三十三年冬季三十四年春夏秋冬四季共五季度支部京饷连加平饭食共银十三万五百两

一、解光绪三十三年冬季三十四年春夏秋冬四季共五季度支部原拨东北边防经费银一十五万两

一、解光绪三十三年冬季三十四年春夏秋三季共四季度支部原拨续拨筹备饷需共银三十

五万五千两

以上三款查据库藏司付覆，该关解到数目相符。

一、解光绪三十四年冬季分原续拨筹备饷需项下拨解云南新军经费银四万五千两

此款查据军饷司付覆，前项银两于该省司库案内列收。

一、解光绪三十三、四两年分造办处米艇连加平新增归公加平共银六万二千四百两

此款查据内务府咨覆，该关解到银数相符。

一、解税务处转解外务部粤、潮、琼、北、三江、六关三成船钞银四万五千八百八两二分

此款查与税务处收到银数相符。

一、解民政部光绪三十四年分经费库平银六千两，折合关平银五千九百五十两二分

此款查据民政部片覆，该关解到银数相符。

一、解学部光绪三十四年分经费京平银四千两，折合关平银三千七百三十四两五钱八分四厘

此款查据学部片覆，该关解到银数相符。

一、解税务处光绪三十三年冬季起至三十四年冬季至一年零一季常年经费库平银二万五千两，折合关平银二万四千七百九十一两七钱四分九厘

此款查据税务处片覆，前项经费业经如数收讫。

一、解光绪三十四年分汇解司库凑解练兵经费库平洋银二万二千两，折合关平银一万九千八百三十三两二钱九分九厘

此款查据宣统元年两广督片奏称，粤省每年应解续兵经费，本在土药统税项下提拨，嗣因土税不敷，自光绪三十三年起在藩、运、善后、厘务、关务五库分筹，每库每年各支银二万二千两，共支银十一万两等因在案，此次开支前项银两核与应支数目相符。

一、解造办处一百八十六结第二月分起至一百九十四结第一月分止画士养赡银三千一百七十三两四钱四分

此款查据内务府咨覆，前项银两已解到收讫。

一、解画士养赡项下应扣解部库成平银一千四十六两五钱六分

一、解爪哇华侨中学堂经费项下应扣解部库六分减平湘平银一百二十两，折合关平银一百一十四两四钱六分

以上二款查据库藏司付覆，该关解到银数相符。

一、解度支部考核季报领札册档饭食盈余解费并帮翰林院庶□①士共银六百二十七两五钱

① 疑为“吉”。

此款查与库藏司列收银数相符。

一、解户科考核饭食银三百两

此款业经行查给事中衙门在案，应俟声覆到日再行核办。

一、解内阁费用银二百五十两

此款查据内阁片覆，该关解到银数相符。

一、解内务府饭食银一百二十五两

此款查据内务府咨覆，该关解到银数相符。

一、解江海关道光绪三十三年冬月三十四年二五八冬月备还英、德借款连不敷□价共银九十三万一千二百五十两

一、解江海关道光绪三十四年三、九两月备还俄、法借款连佛郎不敷共银四十二万两

一、解江海关道光绪三十四年三、九两月加拨备还俄、法借款银九万两

以上三款查据会计司付覆，前项银两与江海关列收数目相符。

一、解江海关道自一百八十九结起至一百九十三结止粤、潮、琼、北、三、江六关旧免新增切实值百抽五两项新案赔款银二十七万九千八百六两七钱一分九厘，又补平银四千五百九十七两二钱二分五厘，共解银二十八万四千四百三两九钱四分四厘

此款查江海关册报自光绪三十四年正月起至十二月止，列收银六万九千二百二两四钱九分一毫，又自一百八十八结至一百九十三结，列收□足关平银十二万九千八百六两七钱一分九厘，合共银一十九万九千八两二钱九厘一毫，核与前项支解数目不符，应令查明详晰声覆再行核办。

一、解江海关道光绪三十三年十月起至三十四年十二月止加放奉饷等款改解新案赔款连补水共银一十一万一千八百七两三钱

此款查据会计司付覆，与江海关列收银数相符。

一、解江海关道粤、潮两关出使经费银三十四万四千四百四十八两二钱九分五厘

一、解江海关道三水、琼、北、九、拱五关出使经费银四万九千七百八十九两五钱六分九厘

此款查据江海关出使经费册报，由一百八十九结至一百九十二结，列收银三十万六千八百一十七两八钱一分六厘，据称本届尚有应收第一百九十三结银两，因在宣统元年分解到，俟下届列收等语，应俟下届册报到部再行核办。

一、解江海关道光绪三十四年二月凑还汇丰洋款，应解银十三万五千两，除在常税项下解银七万两外，实解银六万五千两

此款查据会计司付覆，二月间应还汇丰银款本部指拨广东腾出息借华款银十三万五千两等语，核与支解数目相符。

一、原拨海军经费改解江海关道还汇丰洋款银五十万两

此款查据会计司付覆，与江海关列收数目相符。

一、解光绪三十四年三、九两月还上海汇丰洋行银五万六千两

此款查据会计司付覆，于十一月间应还汇丰镑款，该省筹解款内有粤海关盈余四十万两等语，核计数目不符，应令查明前项银两究竟年拨若干，归何案汇解，详晰声覆再行核办。

一、解沪关出洋考求政治专使经费银二万两

此款查据制用司付覆，与该省报部案据相符。

一、解江海关道光绪三十三年冬月三十四年二五八并三九月新拨抵补闸捐无着备还四国洋款，除在常税项下解银七万五千七十四两二钱一分六厘外，共解银四十万四千九百二十五两七钱六分四厘

一、解江海关道新拨抵补闸捐无着备还光绪三十四年冬月期内英、德洋款银六万两

查据会计司付覆，抵补闸捐还四国洋款每年该省应解银四十八万两，是年据江海关列收解清等语。此次开支前项银两除补解光绪三十三年冬季银六万两外，核与三十四年应解数目相符。

一、解两江总督衙门汇拨暨南学堂开办及常年经费湘平银七千八百七十七两四钱七分三厘，折合关平银七千五百一十三两八钱五厘，又光洋一千四百八十元七角六仙六毫，折合关平银九百八十九两二钱二分七厘，共关平银八千五百三两三分二厘

此款查与江督奏拨原案相符，至该关分拨前项开办及常年经费银若干未据分晰，应令详晰声覆以凭核办。

一、解两江总督衙门提拨爪哇华侨中学堂第一年经费湘平银一千八百八十两，折合关平银一千七百九十三两二钱九厘

此款查与江督奏拨原案相符，应准开支。

一、支粤、潮、琼、北、龙州、蒙自、重庆各关税务司经费银六十八万五千两

此款核与应支银数相符。

一、支粤、潮、琼、北、三、江六关税务司七成船钞银一十万六千八百八十五两三钱八分

此款核与应支银数相符。

一、支九、拱两关百货税、洋药厘税、银号收发经费银八千四百七十二两六钱四分三厘

此款核与税司清折收拨数目相符。再查上届核销案内曾经行令将该银号收发经费每百两开支银若干查明声覆在案，应仍查照前咨迅速声覆以凭查核。

一、支潮、琼、北、三、江五关解饷燕梳水脚银二万二千六百七十二两五钱九分三厘

查此款前以潮、海等五关经费应系坐支，迭经行令将燕梳银数划出列收在案。迄未照办，仍应查照本部前咨办理。

一、支粤海等关火耗银八万七千二百七十六两七钱九分六厘

查此款前以该关不应提支船钞火耗曾经行令将多支银两提回列收在案。此次开支前项银

两计仍多支银一千八百三十二两三钱二分八毫，应仍令一并迅即提回列收以重款项。

一、支解京各款一百八十四万八千七百二十一两一钱九厘，每百两支汇费四两，共汇费银七万三千九百四十八两八钱四分四厘

查此款前以数目笼统曾经行令将某项正款开支汇费若干详晰声覆在案，仍应查照前咨详晰声覆以凭核办。再查该关解京各款汇费每百两除照章实支银二两外，余银归入节省归公册内开报，惟节省归公名目前经本部奏令删除，嗣后解京汇费银两即应核实开支以符成案。

一、支解沪各款，赔款等银二百九十五万三千六百八十三两二钱六分九厘，每百两支汇费银三两，共银八万八千六百一十两四钱九分八厘，出使经费银三十九万四千二百三十七两八钱六分四厘，每百两支汇费银二两五钱，共银九千八百五十五两九钱四分六厘，共汇费银九万八千四百六十六两四钱四分四厘

查解沪汇费每百两照章准支银一两，曾于上届核销案内行令将前项银两据实开支等因在案。此次汇费仍按多数开支，其实支银数归入节省归公案内开报，嗣后节省归公名目业经删除，应仍查照前咨办理以昭核实。

一、支光绪三十三年冬季三十四年春夏秋冬四季解度支部京饷等款委员盘费银八千一百八十一两七钱五分

此款核与应支银数相符。

一、支粤、潮、琼、北、三、江、甘等七关津贴经费银十三万一千二百二十两

应支数符。

一、支大关书役饭食、委员吏书家人工伙、各卡所工伙心红纸张银三万四千五百四十两六分五厘

应支数符。

一、支库丁工食神诞果供巡丁船价银九百一十九两八钱七分五厘

一、支在京应差花梨牙匠栏杆匠家口养赡银二千一百五十两

以上二款核与应支银数相符，其节省共册内列收银数亦符。

一、支光绪三十三年冬季三十四年春夏秋冬四季共五季广州将军办公经费银七千一百七十九两三钱九分

一、支光绪三十三年十二月起至三十四年十二月至广州督统办公津贴银一千五百五两八钱八分

一、支光绪三十三年冬季三十四年春夏秋冬四季共五季普济院经费银五万两

以上三款核与应支银数相符。

一、发广东提学司汇解旅欧游学生监督光绪三十四年分常年经费银库平洋银一千两，折合关平银九百一两五钱一分八厘

此款查据制用司付覆，前项银两未据该省报部有案，应令查明详晰声覆再行核办。

一、发广东善后局光绪三十四年新军开办经费库平洋银一十五万两，折合关平银一十三万五千二百二十七两七钱二分四厘

一、发广东善后局光绪三十四年协济新军常年经费洋银五万两，折合关平银四万五千七十五两九钱八厘

一、发广东善后局协拨西江缉捕船价炮价库平洋银六万三千六十两，折合关平银五万六千八百四十九两七钱三分五厘

以上三款查据军饷司付覆，光绪三十二、三两年新军报销及善后册内收款均系笼统，三十四年善后各册尚未到部，应俟造报到日再行核办。

一、支九龙关修建三门、南澳、盐田等厂工料三分之二洋银一万一千六百七十元五毫，折合关平银七千五百八十五两七钱七分三厘

一、支九龙赤湾建廨地价三分之二洋银一百一十九两二钱八分，折合关平银一百七两六钱八分二厘

以上二款核与准支原案银数相符。

一、支粤、潮两关税务司邮政经费自光绪三十三年八月起至三十四年十月止计十六个月银二十八万六千四百二十三两七钱二分五厘

此款查据税务处片覆，据代理总税务司申称前项经费业经收讫。

共计开支银七百七万两二千一百四两四钱五分。

实在存银六十九万九千八百三十八两五钱五分，以收抵支，应存数符。

宣统三年六月十一日

公爷标

税课司南洋科刘寿铭□……□，松龄□……□刘凤奎□……□苏缙□……□

（税务处档）

M14：财政-关务

6.212　粤督张鸣岐为梧州关税务司以克乐思署理拱北关税务司以甘博署理由致外务部咨呈

宣统三年九月初四日（1911年10月25日）※

头品顶戴兼署广州将军□□总督、兼管广东巡抚、粤海太平两关事务张，为咨呈事。

宣统三年八月二十六日，接署总税务司安格联申称，窃现据梧州关税务司阿里嗣请假回国，当经准如所请。所遗之缺查有销假来华之副税务司克乐思，英国人，堪以派署。又拱北关税务司贾兰贝请假回国，亦经准如所请。所遗之缺，查有销假来华之税务司甘博，英国人，堪以充补。除札□……□并分别申□外，理合具文申请钧鉴可也等□……□外，相应咨呈。为此□……□施行。须至咨呈者。

右咨呈外务部。

宣统□……□初四日

（外务部档）

E16：政法-查禁

6.213　两广总督张树声等奏陈遵旨察看广东闱姓请严禁投买以肃政体而杜漏卮折

光绪六年七月初七日（1880年8月12日）

两广总督臣张树声、广东巡抚臣裕宽跪奏，为遵旨察看广东闱姓情形，请严禁投买，以肃政体而杜漏卮，恭折覆陈，仰祈圣鉴事。

窃臣裕宽于光绪六年二月二十日承准军机大臣字寄，光绪六年正月二十六日奉上谕：御史钟孟鸿奏，广东闱姓流弊甚巨，请饬设法办理各折片等因。钦此。遵旨寄信前来。当经恭录知照调任两江总督臣刘坤一、臣树声一体钦遵。臣树声到任后，与臣裕宽悉心体察，查广东赌风甲天下，名目繁多，至于不可胜纪。惟闱姓一项，其取义也巧，其被诱也广，无开场聚赌之名，而为害独烈焉！同治年间前督抚臣曾两次奏明罚缴军饷银两，皆一时权宜之计。嗣后赌馆愈多，流弊愈甚。同治十三年御史邓承修始有禁抽闱姓赃款之请，光绪元年给事中黄槐森复有申明前禁之请，至前广东抚臣张兆栋奏陈闱姓赌局已禁，不宜复开，钦奉谕旨，将闱姓赌款严申禁令，永远裁革，不准藉词复开，以肃政体等因。钦此。仰见圣明洞微鉴远，所以垂戒将来者，至深切也。自是厥后，省城法网森严，奸徒无可涸迹，遂徙至香山县属之澳门地方。其地为葡萄牙洋人所居，豺狼启垄断之谋，狐鼠恃城社之固，同流合污于今。五年钟孟鸿原奏所称明目张胆开设赌场，投买之人暗中传递，皆系实在情形。惟谓现在闱姓于洋人无涉，其利尽归奸民，详加访查，尚非事实。葡萄牙国小而贫，鲜贸易之利，其住澳门者薮盗庇匪，无所不为。所开闱姓馆皆洋人主之，取什一之利，岁入巨万，专恃此项以为资用，虽其中奸民嫁名或亦不免，然非与洋人说合瓜分不能专其利也。前数年携带投买皆由渡船，近以华船有官司稽查，洋人设公司火船为之传递，既未可登舟大索，且尺一之纸，数寸之薄，掌握可以收藏，妇女亦堪怀挟，取携甚便，搜缉良难，是漏卮已成，欲杜之于开设之地，截之于往来之途，二者均不易行。

议者多谓闱姓罚银前有成案，弃巨款于外人，不如收回以济饷。然臣等尝深究利害之故矣。自古理财正辞，禁民为非曰义，未有纵民为非而可曰政者。闱姓之在澳门，小民即趋之若鹜，犹懔然知为犯法之事也。若招回省城，认缴罚款，公然聚赌，孰敢谁何！必至赌日盛，而民日贫，倾家荡产之后，此等之欲方滋，无形之患何极！譬之家有好赌之子，弟畏父兄所禁，相率趋避，赌于其邻之室。父兄疾其邻坐获抽分，招子弟归，纵其赌而取其利，斯不待智者而决其家之必败也。

臣等与在省司道反覆熟筹，开闱姓者虽在澳门，买闱姓者皆在内地。欲散其局，莫如先求自治；欲夺其权，莫如使无可图。广东本省各项赌博，业经刑部议准加重治罪，臣等惟有檩遵前旨，申明禁令，严查投买之人，并将保甲事宜妥为举办。谕饬公正绅士，各自约束其宗族，查察其邻里，务期有犯必获，获犯必办。但使文武官绅实心实力，不为势强所梗，不为异说所摇，虽未必即能禁止净尽，而少一人投买即留一分物力，积久不懈，赌风必可渐衰，赌风既衰，盗风亦可渐息，所为塞漏卮以除患者，当在此而不在彼。至原奏所称拐买出洋之事，现有议定招工章程，节节稽查，无从弊混，如定章不变，当无庸另筹办理。

所有遵旨妥筹澳门闱姓缘由，谨合词恭折覆陈，是否有当，伏乞皇太后、皇上圣鉴训示。再，刘坤一已赴两江调任，是以未经会衔，合并声明。谨奏。

光绪六年八月初一日军机大臣奉旨：知道了。该督抚当申明禁令，随时认真查办，力免颓风，不得以空言塞责。钦此。

七月初七日

（军机处录副奏折）

E16：政法-查禁

6.214　钦差兵部尚书彭玉麟等奏陈遵旨筹议闱姓利害请暂驰禁以塞漏卮折

光绪十一年四月二十日（1885年6月2日）

钦差太子少保、办理广东防务、兵部尚书臣彭玉麟、两广总督臣张之洞、广东巡抚臣倪文蔚跪奏，为粤东闱姓遵旨熟权利害，拟请暂行弛禁，收回利权，恭折密行补陈，仰祈圣鉴事。

窃于光绪十年九月三十日承准军机大臣字寄，九月初八日奉上谕：翰林院代递检讨潘仕钊奏变通挽回巨〔款〕一折等因。钦此。又于十一月十七日承准军机大臣字寄，十月二十三日奉上谕：据翰林院侍读梁耀枢、顺天府府丞杨颐奏，闱姓诡谋复开，缕陈科场舞弊，商贾受累，奸民纵恣，赌匪横行四害，请旨严禁，并声明澳门僻居一隅，视从前闱姓已减十之六七等语。著妥议具奏等因。钦此。臣等博访周咨，熟权利害，于十一月二十七日电奏请旨，旋准总理衙门电开，十一月二十九日奉旨：彭玉麟等电称，粤省闱姓请暂弛禁济饷等语。著依议行，仍随时体察，如有流弊，即行奏停。钦此。钦遵查照。先后咨行在案。

伏查广东闱姓一事，自前抚臣张兆栋奏请申禁以来，遂为澳门利薮，于是议塞漏卮者，率皆以此为言，并不因筹饷而起。海防既亟筹澳防，筹军饷者言之尤切。臣玉麟上年五月条陈广东事宜疏内，本有闱姓弛禁一条，臣之洞到任之初，曾经录稿相示。自八月奉妥防澳门之电旨，九月奉能否弛禁之寄谕，当经分别会饬司道府县各官妥筹详议。旋据布政使龚易图、按察使沈镕经、盐运使瑞璋、督粮道益龄会同善后局，转据广州府知府萧韶、署南海县知县危德连、署番禺县知县侯甲瀛详称：自同治三年至同治十年，历经地方官查拿闱姓，罚认军需，叠次共罚缴银四十余万两，均经奏明在案。光绪元年申禁以后，奸民私于澳门设局，输资葡人，澳酋作护，官力遂穷，藉此巨资购船置炮，近且接济法虏，窥伺省垣。澳为粤患，中外共知，为丛驱爵，有名无实，藉寇资盗，有损无益。现经绅商具呈，如蒙弛禁，情愿认指巨饷，此时饷源无出，亦可藉纾目前之急，即据诚信堂商人张容贵、敬忠堂商人杨世勋等呈请合办，以六年为限，共捐洋银四百四十万元，五个月内先缴一百五十万元，其余二百九十万元按年分缴。当经邀集省城大绅暨各书院山长前赴明伦堂团捐局，公同面议，再三谘问，佥谓可行，并据署水师提督方耀、署陆路提督郑绍忠咨呈称：防务甚急，绝澳之援，增我之饷，无逾于此，应请速办。等情。会详请奏前来。

臣等会查，潘仕钊所奏言弛禁便，何崇光、梁耀枢、杨颐所奏言弛禁不便，两说判然若水火之不相入。恭绎九月初八日谕旨，则曰熟权利害。十一月二十九日谕旨，则曰不使利归他族。宸谟二语精要无遗，实为此事之权衡，群言之断制。谨先言资敌之害。葡与法通，确有明证。上年七月二十一日之电旨、十二月初二日曾纪泽轮墩之电信、香山县丞之密禀，以及港、澳各项探访员绅洋商之密报，皆谓法将借地泊船屯兵，由五门窥省，许以法向租澳地酬葡。去秋开战后，法领事萨来思之子即潜寓澳，各属教民多逃赴澳，以至代招游匪，运助火食，凿凿可稽。海警方殷之时，接济苦于不能断，口岸苦于不胜防，岂更可丰其羽毛，资其巢窟，害一也。或曰中法兵衅，有时而弭，葡虽助法何妨？则请言养寇之害。粤省大患首在香港、澳门，一东一西，塞我门户，百事不得自由。蔽奸挠法，伏戎乘虚，港犹隔洋，澳则接壤。所幸澳尚贫弱，商业萧疏，近年茶商颇为减色。自闱姓移馆以后，游民重集，贾贩争趋，各项公司日增月盛。澳民增一商，澳酋增一饷，澳酋岁收闱姓税数十万，他税亦数十万，澳商岁增数百万，于是增兵额，加炮台，以二十万向西洋租置战舰，声势日张。彼商务不足自存，而我驱华商租税以富之，坐使肘腋之间增一强邻，广州永无安枕之日，害二也。或曰葡虽富强，亦无能为，则请言自耗之害。财物止有此数，枝强则干弱，外溢则内虚。三十年来，广州商利半移香港，此已无从追论。澳门陆路相接，逋逃尤便，闱姓开先，公司踵后，洋界日富，省会日贫。损境内有厘有税安分守法之良商，而益界外法令不及、征税不加之奸富，害三也。或曰何不如言者所云，查分馆、责兵役以禁之，则谓更言妨政之害。自明文申禁以后，大吏避开闱姓之名，而又欲攘开闱姓之利，于是造为截缉之说。委派员绅各路搜截，爪牙四出，白昼横行，分馆之家得规者免。佛山为近郊大镇，侦知其馆最旺，利最丰，委绅陈桂士作线掩捕，官得罚款七万，兵役地棍所得可想而知。民间大扰，遂被言官参奏。上年七月初六日钦奉寄谕，饬臣之洞查办在案。数年来，肇庆、韶州、清远之分厂如故，官商之投买如故，绅棍衙蠹之陋规如故。上造子虚乌有之言以欺朝廷，下行告缗没入之法以罔百姓，名实相违，进退无据，诚何政体？害四也。或曰言者所陈尚有责巡船、禁渡船之法。则请言扰民之害，有膻则蚁往，有市则贾来。澳馆大开，利徒安阻？夫卖闱姓者人给数叶之卷，买闱姓者人挟数寸之纸，县县有之，日日有之，必将于各属通澳水陆各路歧途支港设巡船数百号，驻巡役数千人，凡往来之商旅良贱解衣倒箧，人人搜捡，终年无休，王道荡平之世，安有如此政体哉！即便为之，而巡逻之卖放，赴澳洋人之夹带，北自京城、上海，南至暹罗、吕宋、新嘉坡，中外轮舶之递送，果有何术可以禁绝？查澳馆初开之年，葡酋岁责税饷十余万，上年递增至三十余万，必其利厚然后税多。若谓近年已减十之六七，系以澳商认税争充转加三倍，然则禁令之行与不行，投买之减与不减，亦略可知矣。禁则会矣，扰则有之，害五也。有此五害，即会捐饷助军之举，亦宜解此虚悬之文纲，以塞切肤之漏卮矣。

且即以筹饷而论，去秋以来，强敌在门，连营在野，外援台、闽、滇、桂，内防广、潮、廉、琼，器械工程、炮台河道繁费万端，京饷已留，借款已罄，厘税不足，劝捐不应。自交冬令，事益急而饷益枯。始则停工，继则欠饷。臣等与司道将领外费拊循内困罗掘，日夜忧焦。其时岁暮天寒，各营将士枕戈待旦，若非幸蒙圣恩，得此巨款百余万聊济目前粤事，殆不堪设想。夫筹饷事体，系一不取之于民，抽收捐集铢黍皆难，即每年数十万，亦何容易！军饷多一来源，即民间少一搜括，此则赡军实之与恤民生，尤显然相为表里者也。至何崇光等各疏□指略同，命意何尝不美，陈义何尝不高，然但论闱姓之当禁，而不考历年之未尝禁，且不思禁省不禁澳之不如不禁。诸臣皆为粤人，而并不考粤事，殆非核实平心之论乎！此举自奉旨饬议后，臣等即悬牌揭示，禁绝官吏使费与受同科责，令该商将向来各衙门规费数十万尽数归公，加入正款，于是正项由三百万加认一百四十万，似已塞尽利孔，周谘博访，官绅士庶众论攸同。若谓此数百千文武绅民人人皆为赌匪所役，语语皆怀关说之私，断无此理。若谓商贾受累，奸徒得规，则省澳有何区别？厉禁愈严，索规愈暴。陈桂士以得参所得者，省禁澳开之规也。彭玉亦以得规参所得者，亦省禁澳开之规也。此皆诸臣原奏所言者也。

至科场弊端，自宜严杜，特是作弊者在省与在澳同。粤省向有匪徒名为闱棍，扛姓包杠，招摇射利，历年有之，惟在学政考官，明于校阅监临提调，严于关防，自无弊窦。查粤中司文衡者物议纷纭，适在光绪元年既禁闱姓之后，潘仕钊疏内已详，不待烦言而解。现经臣之洞、臣文蔚等严章明示，凡关涉学政考官及各衙门人等，不准投买，责成该商稽察，如投买之人与得标之人可疑者，即行举发查究，将所得之采充公，该商隐匿不举，即封其馆，不准开设，使棍徒无从获利，其弊自绝。臣等学术才性素近迂拘，若仅恃此为防海之良图，理财之上策，臣等虽陋，尚不至此，然当此安攘交亟之际，而有权宜弭患之方，既已详考博议，利害较然，断不敢饰空论以欺圣明，务虚名而滋实祸。

所有闱姓暂行弛禁一节，现已饬行局恪遵十一月二十九日电旨，妥为办理，以后仍随时体察，如有流弊，即行奏请停止。抑臣更有进者，此举原属权宜，不得不然，终必须禁绝根株，方为常经至计。以后粤防自必日永强固，惟有俟我兵力渐强，船炮并备，先行移檄澳酋，约彼不得梗令庇匪，违者绝其通商，然后省澳一律通禁，护符既馁，令下风行，庶乎坐言起行，确有实际，此则臣等所竭力图之而寤寐不敢或忘者也。至副将彭玉、澳商陈恒、何贵等在澳设厂收规各情，由臣之洞、臣文蔚另行查明覆奏。再，何崇光等折系交臣之洞、臣文蔚议奏，因此议原系司道具详，绅商具禀，经臣玉麟与督臣、抚臣公同饬议批准，先于上年十一月二十七日会衔电奏，是以此次折奏仍会同列衔，合并声明。

所有遵旨筹议闱姓利害，请暂弛禁以塞漏卮各缘由，理合缮折合词补行具奏，是否有当，伏乞皇太后、皇上圣鉴。谨奏。

光绪十一年五月十四日军机大臣奉旨：知道了。钦此。

四月二十日

（军机处录副奏折）

G1：外交关系　E16：查禁(赌博)

6.215　署葡国公使阿梅达为广东小闱姓奉论停止请发还洋商所亏利益事致总理外务部事务奕劻照会

光绪三十年六月十五日(1904年7月27日)

大西洋御前侍卫、特命出使中华参赞、署理钦差全权大臣阿，为照会。

案照光绪二十六年六月前任两广总督李中堂因库款奇绌，弛禁广东小闱姓，招致向居澳门西洋籍商卢九即卢华富赴粤，承办广东全省小闱姓经费，奏准八年为期，每年认缴银八十万元。各等因在案。乃现任两广总督岑于本年四月初一日忽谕一律停止。按照开办迄今仅有三年零八月，未满原案八年之期，该商卢华富历奉广东官宪谕令，溢缴银款甚多，力有未及，迭向澳门本国人借贷应付，现今半途忽奉裁禁，该商实难偿还借款。且该商满望办足八年，故历次于提前溢缴及案外加缴预借经费、报效各款，无不竭力筹措。现仅办过三年零八个月即行谕停，该商自未便任此巨亏，即在岑总督亦知秉公办理，当先算数，故出示谕禁，亦有其预缴按饷，如有盈余，并即核明发还之谕。兹本署大臣合将该商卢九即卢华富禀词一件、银款数目一纸、两广总督谕三件，一并录送贵部，请烦于查明之后，移咨两广总督岑，迅札善后局，饬即与承办宏远公司小闱姓西洋籍商卢九即卢华富，将历次溢缴及案外加缴预借经费、报效各款，与所亏之利益算明数目，秉公照数一并发还，以免该西商卢九暨借给卢九银款之各西洋人受亏也。

相应照会贵王大臣，请烦查照施行。须至照会者。

右照会附五件大清钦命全权大臣便宜行事军机大臣总理外务部事务和硕庆亲王。

光绪三十年六月十五日

（外务部档）

E16：查禁（赌博）

6.216　商人卢华富上大西洋特派驻扎中华钦差便宜行事全权大臣禀（附件五件）

光绪三十年五月（1904 年 7 月）

具禀。御赐佩带头等宝星暨圣母宝星、向居澳门商人卢九，即卢华富，葡国籍人，为承办包抽广东小闱姓经费年期未满忽奉示禁，历次提前溢缴及案外加缴预借经费报效各款未奉发还，恳恩俯准咨照维持以免亏累事。

窃商承办广东全省宏远公司，系奉前任两广总督李中堂于光绪二十六年六月因库款支绌，招商承办包抽广东全省小闱姓经费，以济饷项。商当经禀请承办，定明期限，以八周年为满。每年认缴经费七兑洋银八十万元，预提八年按饷报效七兑洋银八十万元。蒙李中堂示谕，批准宏远公司承办。并奉谕饬于开办日将预提八年按饷报效八十万一款先缴七兑洋银四十万元，其余四十万元归入开办之第一年分四季随同额定经费带缴。商复虑期内或有更变，情愿自第五年至第八年期满日止，于额定四年经费三百二十万元外再共加缴七兑洋银四十万元，禀明，八年期内应缴经费如无拖欠，别人不得加饷搀办等情，均蒙奏咨立案。旋因拳匪乱起，李中堂移节北京，忽有福泰公司违背官示，加饷夺办。光绪二十七年三月，广东善后局复饬商加缴饷项，始准照旧承办。不得已勉认自第二年起，至第八年止，每年加缴经费七兑洋银二十万元，并声明商力有限，以后实难再遵加饷之谕。善后局详奉前任两广总督陶批准饬遵在案。此商于原定应缴额饷外第一次被官案外勒加银数之实在情形也。乃阅时未久，善后局人谕商设法加缴银饷银。商欲罢不得，于光绪二十九年八月禀准自第四年起每年加缴七兑洋银一十万元。是年十二月，善后局又谕借七兑洋银二十万元，准商归入第五年应缴之首季额饷内扣抵。又传奉两广总督岑谕，令报效西征军饷七兑洋银一十二万元。商为势力所逼，不能援案申诉，只得一一遵缴在案。此商又于原定应缴额饷外第二、第三、第四等次被官案外勒加银数之实在情形也。讵料缴银未及两月，无故忽奉两广总督岑示谕，勒令于本年四月初一日禁办小闱姓，违者以军法从事。商迫得遵示停止，而省外大小分厂闻信涣然星散，积欠公司经费银十余万分毫无着。

岑总督虽有发还预缴案饷之谕，惟至今未奉发还，呼吁无门，下情莫由上达。溯自开办之始，事属创举，雇人设厂，费用浩繁，地方官绅动辄抗阻，已属亏累匪轻。且屡奉示谕，于原案认缴额饷外勒加经费报效、预借军需等款年年不已。商屡集公司股友计议，迫于以本救本，不得不向港澳中外商人称贷，如数完缴，亦冀办满八年藉资弥补。今忽奉示禁，商负债山积，何堪惨累。迫得开列案外加收及溢缴预借经费报效及赔垫息银数额另缮清折，吁恳宪台主持公道，俯准咨照维持俾商如数领还以□[①]积累。至各分厂应缴公司经费十余万，商既遵谕停办，无权催收，应请一并咨照，请饬善后局追缴给还以免无着，实为恩便。至商承办期限案定明八个周年为满，今商仅办过三年另八个月，无故示禁，所损利益及赔垫息项甚巨，合并陈明。为此谨禀大西洋特派驻扎中华钦差便宜行事全权大臣台前恩准施行。计附数目清折一纸，抄白善后局谕三件。

光绪三十年五月　西历一千九百四年七月　卢九即卢华富谨禀

附件一：抄录广东海防兼善后局谕一件

光绪三十年三月十六日（1904年5月1日）

广东海防兼善后总局，为谕遵事。

光绪三十年三月十三日奉署理两广总督部堂岑札开，照得广东赌博之害尽人皆知，然如小闱姓之害尤非一切赌局之可比例。其害不一，其最烈者则以每日须开二次，每次每人所费不过数文，其开之次数既多，则凡与其赌者，自朝至暮，不踌躇于辰厂晚厂之点字，则徬徨于辰厂晚厂之揭晓。其踌躇徬徨之苦又不惟于点字揭晓之时，未点字则愁苦于点字，既点字则希望于揭

① 疑为“纾”。

晓。故虽有时不赌，其心思精神则无时无刻无昼夜无寤寐无一不颠倒疲惫于赌。人之精神心思虽一以用之正业犹有不能周匝之时，况于用之不专，况于专用之于不正。其始赌也，犹兼顾其正业，赌之久则直以赌为正，而视赌之外无业矣。其始赌也，犹行之以间时，赌之久则直无时不赌，且以不赌为无聊矣。人人因小闱姓相率而旷时废业，此广东游民之所以独多。业小闱姓者未必常胜皆赢，其富者且转而穷，至于赌者大率皆穷，再一转移，自相率而为盗，此又广东盗贼之所以独多也。然使赌者必赖巨资，则非有其资者不能与赌，则□旷时废业为游民为盗贼者亦不能过此有限之人。乃其例则十元百元可赌也，三钱五钱亦可赌也。于是强有力者则奋其巨资。弱无力者虽苦力贱卒、媪婢仆隶，苟可以余三钱五钱，即可点票矣。虽难无所余，苟可节用缩食而得三钱五钱，又可点票矣。食用无可节缩，苟可诡取诈求而得三钱五钱，又可点票矣。以为廉则穷贱可赌，以为戏则小儿可赌。以其点字不必出门，则妇人女子、衰老废疾之人无一不可赌。于是广东之人，无贫富老少、男女壮病，无一不输纳其膏血于小闱姓之中，无一不因小闱姓而旷时废业。其苦力贱卒则为游民为大盗于都市之间，其媪婢仆隶则为游民为小偷于门墙之内。父兄家长不能制道理法令，不能闲其直接之害。如此其间接而为人心风俗之蠹者。人既坐希非分无端之利，希之不得于是信托鬼神，乞灵虚杳，顽石朽株所在，祷祀推极。其弊不独开智进化之累，尤属妖言乱众之媒。而皆小闱姓种其祸胎，职其厉阶。前总督部堂李，值庚子之变以筹款之难而不料其弊之至于此，遂不得已而始招商承饷，为权宜一时之计。自是以后，广东之岁出日增，小闱姓益有欲禁不能之势。至于今日，库帑虽仍如前万绌，然实不忍坐视风俗人心之益败坏，游民盗贼之益众多。且山票、番摊两项自经换商官督以后，饷数稍增。而盐务自经设局清查，亦可增课饷。计三项所增之饷足抵小闱姓之数。所有为害最烈之小闱姓一项，应自本年四月初一日起先行严禁。该商原缴之按饷如有赢余并即发还。其余各赌当俟筹得抵数，以次禁止。除分别咨行并出示晓谕外，合亟通饬札局即便遵照传谕小闱姓商人，自四月初一日起，所有小闱姓总分各厂一律停止。至该商应缴饷项亦于四月初一日截至，过期不停即治该商以违禁私开之罪。其预缴按饷如有盈余，并即核明发还。该局旧指小闱姓承饷应支各款即在山票、番摊所增饷数内改拨，合并饬之切切等因。

奉此查该商承办本省小闱姓自应遵奉于本年四月初一日起一律停止截饷，合行谕饬谕到该商立即遵照通饬省外总分各厂一律依期停收，切切。特谕。

光绪三十年三月十六日谕

附件二：抄录广东善后总局谕一件

光绪二十六年六月二十八日(1900 年 7 月 24 日)

广东海防兼善后总局，为遵谕事。

光绪二十六年六月十八日奉阁爵督部堂李批。据该商禀称，窃商认饷承办广东全省抽收小闱姓经费，禀蒙中堂批行司局饬于缴清报效银四十万元，后即由局给谕给戳立令开办，商遵于六月十一日呈缴报效银四十万元，请善后局照收在案，伏请批谕。俟一二年后查看情形，如果收数较旺仍应酌加，倘时势变迁亦准退办等因。仰见中堂于筹饷之中仍寓恤商之意，但商原认报效另款八十万元系以八周年统算，现值军需紧急，商故勉为其难，预将八周年报效全款提前先缴四十万元，余归入头年四季随饷匀交。头年创办收数旺弱未知，断无连饷共以一百六十万元尽为头年额缴之数，递年只交八十万元之理。是商之预缴报效巨款实为先济饷需，而赔垫利息已在所不计。粤省风气见利必争，不夺不餍。定有年期尚不免藉端搀办，况奉有明谕。恐不待一二年后必有搆讼争承之案，转于饷局商情两有妨碍，应请中堂预防流弊，明定限期八年之内如无欠饷不准别人加缴搀承，商情愿自第五年起至第八年止，除额定四年正饷三百二十万元外加认饷四十万元行局立案，以杜争端而昭大信。至开办之初，地方辽阔，必须逐渐整顿始有经费抽收。原禀拟请展限一个月起饷，实为妥慎经理起见。应请中堂俯念事属创始，办理维艰，准予开办后一个月起饷，以免空赔而便布置。再绎批谕，向无开票之处仍应饬禁等因。查白鸽票设厂私收遍地，皆有良由得规包庇，故厉禁亦成具文。今既拨充正饷，则缺望者多假公济私，必将藉宪示以肆其婪索者。应请中堂准令向有收票之处方准设厂，向无收票地方不得纷纷增设以绝勒索而顾饷源，并请饬局出示不准地方衙役劣绅土豪私开，严行究办。商为国帑所□①，既防纷争误饷，又虑窒碍难行，不得不事前据实陈情，伏乞中堂允准，实为德便等情。奉批，如禀立案，仰善后局转饬遵照并由局出示晓谕，仍录报抚部院查照缴等因到局。奉此查此事，先奉督宪核准该商认饷承办，由局议定章程给予开办并详奉批示移行查照在案。今该商情愿自第五年起至第八年四年内，除额定正饷外加认饷银四十万元，期内如无欠饷，不准别人加缴搀承。又前奉督宪批示，向无开票之处仍应饬禁。该商请准令向有收票之处方准设厂，向无收票地方不得纷纷增设各等情。

禀奉督宪批准立案，自应照办。除移行地方文武遵照并出示晓谕暨申报抚宪察核外，合就谕饬谕到该商即便遵照办理，并将以后应缴饷银按季于前月禀缴，均毋违延，切切。此谕。

光绪二十六年六月二十八日谕

附件三：抄录广东海防兼善后局谕一件

光绪二十六年六月十三日(1900年7月9日)

广东等处承宣布政司、广东海防兼善后总局、广东等处提刑按察使司，为谕遵事。

---

① 疑为“关”。

光绪二十六年六月初五日奉阁爵督部堂李批。该商等禀称,窃筹饷首重自然之利,制治贵通权变之宜。广东之有白鸽票也,其始开设于乡间,其继盛行于都市,相沿积习百数十年。虽迭奉严禁,仍不能弊绝风清。与其阳奉阴违,徒资中饱,何如变通尽利,可济饷源。光绪二十六年曾经商人赴部禀请承办,改名曰小闱姓,近闻有不肖市侩贿通洋人,欲在洋界开设票厂,更恐利权外溢,流弊滋多。比来时事正艰,军需孔亟。幸值宪台整顿缉捕,首励戎行,举办海防。宽筹捕费虽出不得已之苦而已收自然之利益。商等爰集资本,禀恳准予承办抽收八十字小闱姓经费,所有白鸽票、花会各私票概归案内截缉,不准诡立名目搀夺饷源。以八周年为期,每年认缴经费七兑洋银八十万元。俟奉示谕日先缴七兑洋银四十万元,余款归入头年四季,随饷带缴。如蒙准办,则化私为公,于饷项大有裨益。谨将详细章程另据清折澄清察核示遵等情。奉批,据禀承办小闱姓经费,每年认缴银八十万元,另报效银八十万元于奉谕日先缴四十万元,余归第一年四季,随饷带缴。并呈章程八条附缴察核,吁恳承办八年,奏咨立案等情。查小闱姓捐迭准总理各国事务衙门咨行酌办,均经各前部堂指陈利害奏明饬禁,本不应弛禁贻害闾阎,惟现当时局艰难,谕旨就地筹饷练兵以保守疆土并接济京师,而本省前有之饷均为刚阁部堂搜括一空,悉充拨还洋款。司局如洗,岌岌难支。审利害之重轻,权时势之缓急,不得不姑循所请,暂济目前。况此等赌博相沿已百数十年,前厉禁昭□率皆阳奉阴违,徒饱文武员弁兵役之需索,则上设其禁,下济其贪,与风俗人心纤毫无补。今既缴承巨款,堪应急需,仰善后总局会同布按二司饬于缴清报效银四十万元后即由局给谕给戳立令开办,仍以七月初一日为起饷之期,每季缴银二十万元带缴第一年报效引十万元,毋稍延欠干咎。惟八年之期为日太久,应俟一二年后察看情形。如果收数较旺,仍应酌加饷银。倘时势变迁,亦准禀明退办,以昭公允。此外各条并由该局察酌,如无流弊并准照行至省外各府州县。向有开票之处应否一律承办仅于章程内带叙。原禀并未指明处所,届时应再禀请示遵。其向无开票之处,仍应饬禁,不得纷纷增设,致滋隐患。仍俟开办缴足首季饷银之后由局详请奏咨并候咨明抚部院会核办理缴等因。奉此查该商禀请承办本省八十字小闱姓,每年认缴七兑洋银八十万元,按年分四季匀缴。另款报效七兑洋银八十万元,先缴四十万元,给谕开办。其余四十万元归入头年匀分四季随饷带缴。所有白鸽票、花会各私票均归截缉,不准诡立名目,搀夺饷源。自应遵照宪批收饷发给谕戳开办。仍以本年七月初一日为起饷之期,俟开办一二年后,察看情形。如果收数较旺,仍应酌加饷银。倘时势变迁,准其禀退。至省外各府州县,向有开票之处似应准其一律承办,其向无开票地方仍应饬禁。该商宜恪遵督宪批示,不得纷纷增设,免滋隐患。

所缴章程八条。第一条承办广东全省八十字小闱姓一语,广东赌博名目极多,宜声明系用天地元黄等八十字,以免暗包各赌别滋隐射。又第六条内雇勇百名分赴各馆弹压,其月需薪粮银两应有该商自行筹给,不得借端请领。业经核入章程。此外各条尚无流弊,应准照行。仍俟开办后缴足头季饷银再行详请奏咨立案。兹据该商先缴报效七兑洋银四十万元到局，当饬委员于六月十一日照数收存并刊就木质戳记一颗。文曰，承办小闱姓之戳记。除详报两院宪察核俟奉批示再行通饬地方官知照外，合抄复核章程并戳记。谕发谕到该商即便遵照查收开办，仍先将省外向有私票处所禀明存案，嗣后应缴饷银务须按季上期完缴，毋稍延欠干咎，切切。特谕。计发戳记一颗，章程一纸。

光绪二十六年六月十三日谕

附件四：照录清折章程

计开

一、承办截缉广东全省八十字小闱姓抽收经费，以八周年为期，每年正饷七兑洋银八十万元，共认饷六百四十万元，按年分季匀缴，务于每年季首月解清，以本年七月初一日为起饷之期。所用八十字仍以千字文天地元黄等八十字为限，不准另换名目并暗包各赌在内以滋隐射。

一、另款报效七兑洋银八十万元，奉准给谕日先缴七兑洋银四十万元，余归入头年四季随饷带缴。

一、准在省城设总公司一所，各属均准分设，一体抽收。如有抗违，欠饷作弊，准商指明禀究。向无开票地方，循旧照禁。援照闱捐章程，给发戳记一颗，以昭信守。

一、所有各种私票有碍正饷应归带缉，不准改换名目私开私收，以固饷源。

一、准设小火轮船催提饷项及截缉私票之用。

一、准雇勇百名分赴各馆弹压，薪粮由商自给。

一、此项专为筹饷起见，务在涓滴归公，援照闱捐章程，所有从前私收白鸽票陋规概行豁免，不准诸色人等藉端需索。

一、此次认饷承办既缴另款报效，准援照闱捐成案，一切赈捐派项公理乾修分别免派禁革。

以上章程八条系就该商原呈分别核议加注。

附件五：数 目 清 折

窃查宏远公司自光绪二十六年六月二十八日奉准承办包抽广东全省小闱姓经费，奏定原案八周年为期，每年应缴正饷银八十万元，预缴八年报效银八十万元。批准自开办一个月后起饷。计至光绪三十年四月初一日奉官谕停办日止，实计已办过三年另八个月，应交正饷银二百九十三万三千三百三十三元三角三分。又报效银三十六万六千六百六十六元六角六分。合计应交正饷、报效两款洋银三百三拾万元。谨将历年公司缴长各款及现在受亏银数列呈宪鉴。

计开

第一款，第一年预缴八年报效银八十万元，除已办过三年零八个月应缴三十六万六千六百六十六元六角六分外，照案应请发还溢缴四年零四个月报效银四十三万三千三百三十三元三角三分。

第二款，光绪二十七年三月，第一次奉善后局勒令，自第二年起每年加缴银二十万元，系准办满八周年计算。今仅办至第四年第八个月即令停办，应照原案计饷，应请发还该款银五十三万三千三百三十三元三角三分。

第三款，光绪二十八年八月，第二次奉善后局勒令，自第四年起每年再加银一十万元。现仅办至第四年第八个月即令停止。应照原案计饷，应请发还该款银六万六千六百六十六元六角六分。

第四款，光绪二十九年十二月，第三次奉善后总局谕，借银二十万元，准归第五年头季饷银扣抵。现办至第四年第八个月即令停止，应请发还该款银二十万元。

第五款，光绪二十九年十二月，第四次奉善后总局谕，加报效西征军饷银一十二万元。原为办满八周年始允认缴此数，今缴款未及两月即令停办，应请发还该款银一十二万元。

第六款，光绪三十年预缴四月分饷额及案外加款银单九万一千六百六十六元六角六分。

第七款，所有未满四年零四个月所损利益不少，就照缴长额饷报效及案外加款并预借正饷军饷等项银一百四十四万五千元，先后赔垫利息四十余万元。又无故裁撤，致被分厂欠交公司经费银十余万元。两项受亏银五十余万元。应请照数赔补，以昭大信而恤商艰。

以上七款，总计自光绪二十六年六月二十八日奉谕开办一个月后计饷起至光绪三十年四月初一日停办日止，计先后缴过正饷、加饷、报效、预借军需等款共银四百七十四万五千元。公司仅办过三年零八个月，照原案额定银数，应缴银三百三十万元。实计缴长七兑洋银一百四十四万五千元，又赔垫各□[①]利息并因裁被欠两项银五十余万元。合计缴长□[②]利银二百万元。应请照数赔补。

商人卢九即卢华富谨呈

（外务部档）

① 疑为“款”。
② 疑为“本”。

G1：外交关系　E16：查禁(赌博)

6.217 外务部为广东小闱姓停止应发还洋商所亏利益请查照声复事致两广总督岑春煊咨文稿

光绪三十年六月二十日(1904年8月1日)

榷算司呈，为咨行事。

光绪三十年六月十五日据大西洋阿署使照称，案照光绪二十六年六月前任两广总督李中堂因库款奇绌，弛禁广东小闱姓，招致向居澳门西洋籍商卢九即卢华富赴粤承办广东全省小闱姓经费，奏准八年为期，每年认缴银八十万元各等因在案。乃现任两广总督岑于本年四月初一日忽谕一律停止。按照开办迄今仅有三年零八月，未满原案八年之期，该商卢华富历奉广东官宪谕令，溢缴银款甚多，力有未逮，迭向澳门本国人借贷应付，现今半途忽奉裁禁，该商实难偿还借款。且该商满望办足八年，故历次于提前溢额缴及案外加缴预借经费、报效各款无不竭力筹措。现仅办过三年零八月即行停止，该商未便任此巨亏，即在岑总督亦知秉公办理，当先算数，故出示谕禁，亦有其预缴按饷，如有盈余，并即核明发还之谕。兹本署大臣合将该商卢九即卢华富禀词一件、银款数目一纸、两广总督谕三件一并录送贵部，请烦于查明之后移咨两广总督岑，迅札善后局，饬即与承办宏远公司小闱姓西洋籍商卢九即卢华富将历次溢缴及案外加缴预借经费、报效各款，与所亏之利益算明数目，秉公照数一并发还，以免该西商卢九暨借给卢九之各西洋人受亏。等因前来。

除将谕单三件留存备案外，相应抄录原禀暨银款数目清单，咨行贵督查照声复本部，以凭转复阿署使可也。须至咨者，附抄件。

两广总督

光绪三十年六月　日

(外务部档)

G1：外交关系　E16：查禁(赌博)

6.218 两广总督岑春煊为广东绅士卢华富冒称葡商及闱姓集款系内政事致外务部咨呈

光绪三十年八月二十二日(1904年10月1日)

头品顶戴兵部尚书革职留任署理两广总督岑，为咨呈事。

光绪三十年七月初七日承准贵部咨开,光绪三十年六月十五日据大西洋阿署使照称,案照光绪二十六年六月前任两广总督李中堂因库款奇绌,弛禁广东小闱姓,招致向居澳门西洋籍商卢九即卢华富赴粤承办广东全省小闱姓经费,奏准八年为期,每年认缴银八十万元。各等因在案。乃现任两广总督岑于本年四月初一日忽谕一律停止。按照开办迄今仅有三年零八月,未满原案八年之期。该商卢华富历奉广东官宪谕令,溢缴银款甚多,力有未逮,迭向澳门本国人借贷应付,现今半途忽奉裁禁,该商实难偿还借款,且该商满望办足八年,故历次于提前溢缴及案外加缴预借经费、报效各款,无不竭力筹措。现仅办过三年零八个月即行谕停,该商未便任此巨亏,即在岑总督亦知秉公办理,当先算数,故出示谕禁,亦有其预缴按饷,如有盈余,并即核明发还之谕。兹本署大臣合将该商卢九即卢华富禀词一件、银款数目一纸、两广总督谕三件,一并录送贵部,请烦于查明之后,移咨两广总督岑,迅札善后局,饬即与承办宏远公司小闱姓西洋籍商卢九即卢华富,将历次溢缴及案外加缴预借经费、报效各款与所亏之利益,算明数目,秉公照数一并发还,以免该西商卢九暨借给卢九之各西洋人受亏。等因前来。除将谕、单三件留存备案外,相应抄录原禀暨银款数目清单,咨行贵督查照声复本部,以凭转复阿署使可也。附抄件。等因。到本部堂。承准此。

正核办间,并准广州口西洋总领事照会,核与阿署使所言情形大略相同,当以卢华富即卢华绍,系粤省绅士,籍隶新会,无人不知,且均确有考查,现称为葡国籍商,并无切实凭据。该商承办广东全省小闱姓,系中国内政,亦不能认作交涉案件办理。如果该商确有与澳门洋商借贷情事,应由该商自行清理,与官局无涉等因,照复在案。

查,卢华富即卢华绍,曾报捐广西道员,其子卢乃潼等均系本省举人,该商承办广东全省小闱姓经费,所集赀本并无洋股,亦有案据可稽。现忽称系葡国籍商,显系居心混冒,挟制婪索,此等风气断不可长,应请贵部查照转复阿署使毋庸干预,以肃主权。

为此咨呈贵部,谨请察照办理,望切施行。须至咨呈者。

右咨呈外务部。

（外务部档）

E16：查禁（赌博）

6.219　外务部为商人卢华富承办广东小闱姓停止一节应候粤督秉公核办事致葡使阿梅达照会

光绪三十年十月初一日(1904 年 11 月 7 日)※

榷算司呈,为照复事。

光绪三十三年六月十五日接准照称，商人卢九即卢华富承办广东小闱姓经费，八年为期，每年认缴银八十万元。现任两广总督岑于本年四月初一日谕令一律停止。按照开办迄今仅有三年零八个月，未满原案八年之期。该商历奉官谕溢缴银款甚多，力有未逮，迭向澳门人借贷应付，现今半途忽奉裁禁，该商实难偿还借款。即在岑总督亦知秉公办理当先算数，故出示谕禁亦有其预缴按饷如有盈余并即核明发还之谕。本署大臣合将该商卢九禀词暨银款数目等件录送贵部查明后移咨两广总督迅札善后局，将该商历次溢缴及案外加缴预借经费、报效各款与所亏利益算明数目，秉公发还等因。当经本部咨行两广总督查明声复。

去后兹准复称，本部堂承准来咨，正核办间，并准广州口西洋总领事照会核与阿署大臣，所言情形大略相同，当以卢华富即卢华绍系粤省绅士，籍隶新会，无人不知。该商承办广东全省小闱姓，系中国内政，亦不能认作交涉案件办理。如果该商确有与澳门洋商借贷情事，应有该商自行清理，与官局无涉等因，照复在案。查卢华富即卢华绍，曾报捐广西道员，其子均系本省举人。该商承办小闱姓经费，所集资本并无洋股，应请转复等因前来本部。

查绅商卢华富承办广东全省小闱姓经费系属中国内政，其所集资本既无洋股在内，自未便认作交涉案件。应有该商听候粤督秉公核办，相应照复贵署大臣查照可也。须至照复者。大西洋阿署使。

光绪三十年十月

（外务部档）

E16：查禁（赌博）

6.220 署理两广总督岑春煊为卢华富承办广东小闱姓事致外务部咨呈（附件四件）

光绪三十一年三月二十六日（1905年4月30日）※

头品顶戴兵部尚书革职留任署理两广总督岑，咨呈事。

案照粤商卢华富承办广东小闱姓因公司被撤，藉口受亏，冒称西洋籍民，索补赔款二百万两一案。承准贵部咨行并据广州口西洋总领事照会，经将本案实在情形咨呈贵部，转复阿署使毋庸干预，并照复西洋总领事查照在案。

嗣于本年八月十二日，忽据西洋总领事送到游历护照一纸，照请加印发给该商卢华富前往□……□冀朦混以为藉口索□……□切实驳据，并将护照交还涂销。现复接该总领事照会，仍以卢华富即卢华绍确系西洋籍人为言，并译送葡国君主于西历一千八百八十八年五月十一日批准卢九入籍谕旨一道,指为切实凭据。查卢华富即卢华绍,籍隶广东新会县,且系中国实职官员,尽人皆知。即该商在广东善后局具禀亦自称二品顶戴盐运使衔广西补用道,其承办小闱姓又据递禀声明并无洋股字样。即使该商前此果有在西洋国入籍之事,而现准西洋总领事译送葡主批准谕旨系在西历一千八百八十八年,即光绪十五年,核计其时尚在卢华富在中国得官之前,按照公法,即可为该商业已弃去西洋之籍之确据。该商现因公司停办饷项纠葛,事属中国内政,未便任由外人干预,致长奸民刁风而失治内主权。除再切实驳复外,相应钞录来往文稿及卢华绍履历并将卢华绍及宏远公司先后在广东善后局呈递禀词各一件撮成影片咨呈贵部察核备案。访闻该商卢华富家资颇巨,广通生气,此案虽经粤省屡次驳拒,难保不再耸动葡使强词哓渎。应请贵部据理坚持,无任感祷。为此咨呈贵部,谨请察照施行。须至咨呈者。计呈钞折二扣,影片二纸。右咨呈。

(外务部档)

附件一:西洋领事文

西洋领事文,光绪三十年九月初十日到,为照会事。

准贵部堂八月二十二日照复以本总领事所称卢九即卢华富为本国籍商并无切实凭据等语。如果卢九即卢华富不是西洋籍人,本总领事断无于文内称为西洋籍商之理。盖其为西洋籍人,其凭据早在本衙门挂号注册,的确无疑,是以本总领事文内特为声明。况且本国钦差大臣照会贵国外务部亦声明其为西洋籍人。今贵部堂乃有所疑惑,殊堪骇异。查卢九即卢华富之为西洋籍人不是自今日始,乃已十有六年。其切实凭据则有本国大君主准其隶西洋籍之上谕。本总领事今将该上谕译录照送贵部堂查阅。自后贵部堂应可信其确系西洋人,不复疑惑矣。

覆文又以该商承办小闱姓系中国内政,不能认作交涉案一节。本总领事于小闱姓一事毫不干涉贵国,或准开办,或行禁止,均与本总领事无关。本总领事前文并无一语干预小闱姓者,盖贵国内政本总领事原不应理也。所理论者乃广东官欠西洋人银而已。广东官既致西洋人受亏,即应认作交涉案办理。本总领事有保护西洋人之责。西洋人受亏,照会索还,此实本总领事分内应为之事。本总领事所以请贵部堂者,惟在给还卢九即卢华富所溢缴按饷及历次加缴预借之款,并应赔其受亏之数。此外于小闱姓事概不置议也。

覆文内又以该商确有与澳门洋商借贷,应由其自行清理,与官局无涉一节。本总领事前文并未曾请贵部堂代还其所欠洋商之款,只系请贵部堂饬局速还广东所欠本国商人卢九即卢华富之款而已。以上各节今经本总领事逐件陈明。是卢九即卢华富系西洋籍人切实有据,广东所欠西洋籍人之款,理应交涉索还,并非干预贵国内政。用特再备照会,恳请速饬善后局将西洋人卢九即卢华富溢缴按饷及历次加缴之饷立即算清,并将预借之二十万元统行归还,以昭公道而征睦谊。本总领事实所切望焉。为此照会贵部堂。请速查照施行。顺送日祺。须至照会者。计粘抄本国大君主批准卢九隶入西洋旗籍谕旨一套，大葡国大君主批准卢九入西洋籍之谕旨译文。

附件二：谕 旨 译 文

吏部首司案卷第四十六号第三百五十八页内恭载大葡国大君主亲笔谕曰：

据华人卢九禀称年已逾壮，在澳门已历三十余年，置有产业，今请隶入西洋旗籍等情。朕览该卢九所呈出各凭据与所禀相符。按照本国民律例之十九款，该卢九应可隶入本国旗籍。朕今特行批准该卢九着即准隶入本国旗籍，凡在本国内地及所有属地各处地方准其享受国家律例所给予民人之各等权利，与本国民人一律无别。该卢九业经当政务官面前矢誓，应承遵守本国律例并认朕为主。是以朕亲笔降此谕旨，命吏部尚书盖用御宝，通谕本国及所有属地之地方官一体遵照，该吏部并即将本谕旨在吏部案卷及议院各册挂号可也。钦此。

该卢九呈出户部首司一千八百八十八年五月初九日收印厘单，已据将领给本谕旨之费用一十一万六千七百六十九厘士缴讫。

一千八百八十八年五月十一日由理斯波京都颁行。

大葡国大君主亲笔。御押盖用御宝此。

谕旨由吏部尚书嘉士庆奉大君主一千八百八十八年四月二十七日准卢九入本国籍之旨意撰拟呈进。

大君主亲笔御押。本日该卢九已在理斯波京都户部首司将费用五千三百厘士缴讫。收单一万万四千九百一十六号。吏部首司奇玛签名。一千八百八十八年五月十一日发。户部首司宾爹喇用印，注收印厘五千厘士。一千八百八十八年五月十一日。吏部二司布啲卢缮录。一千八百八十八年五月十五日。挂号官斐利喇一千八百八十八年五月十五日在澳门公局部内第一百二十五页经将此谕旨挂号，挂号印厘一千七百厘士经已收讫。一千八百八十八年六月二十二日。书吏□哗利士签名。澳门辅政司在钞录上谕□之第三册第七十六、七十七页经将此谕旨登录。一千八百八十八年六月二十六日。辅政司都鸦□签名。

附件三：照复西洋总领事文

照复西洋总领事文，为照复事。

接贵总领事官九月初十日照会，言西洋籍民卢九即卢华富即卢华绍前在广东承办小闱姓，因公司被撤受亏一事，并译送贵国大君主于西历一千八百八十八年五月十一日批准卢九入西洋籍之谕旨一道。本部堂均经阅□[①]详绎。来文谓卢九即卢华富即卢华绍之为西洋籍人已有十六年，有贵国大君主批准该商隶入西洋籍之上谕为切实凭据，可信其确系西洋人。广东官既

---

① 疑为“悉”。

致西洋人受亏，即应认作交涉案办理，并不干预小闱姓之事，亦非请代还该商所欠洋商之款各等语。所谕至为公正平允，良深钦佩。本部堂亦为本案最要阙键全在卢九即卢华富即卢华绍现在是否能认作西洋籍人为断。查贵国大君主批准卢九隶入西洋籍之上谕系在西历一千八百八十八年即中历光绪十五年。乃该商旋于光绪二十四年在湖北巡抚第二十七卯册报案内以监生卢华绍之名报捐盐运使职衔，自称新会县人，并开具年貌三代造册报部有案。嗣复历保二品顶戴广西道员，均有案卷可稽。是该商于奉准隶入贵国民籍之后又已弃去，复为华民。按照公法即不能再作贵国人民看待。中国于民人跨籍一事例禁甚严，即贵国律例亦有一人不得入两籍之禁。该商卢九本系华民，在贵国入籍并未报明中国官核准，随后复自认为华民。现因承办小闱姓饷项纠葛，又欲冒认葡籍，任意□①张，显系以一人兼入两籍，希图并享两国民人权利。按照中葡律法均应从严究办，以昭儆戒。谅贵国政府如果深□②该商此等行为亦当严□③查究。总之，该商系中国百姓确有凭证，断不能认作贵国籍民看待。所有该商承办小闱姓饷项纠葛一案应如何办理系属中国内政，自可无庸与贵总领事官议及。相应照复贵总领事官查照。顺颂日祺。须至照会者。

附件四：卢华富履历

二品顶戴广西补用道卢华绍，广东新会县人，由监生于光绪二十四年在湖北巡抚第二十七卯册报案内报捐盐运使职衔。二十四年七月初十日奉部核准给照光绪二十七年报效顺直赈捐银两。经直隶爵阁大臣督部堂李奏保请以道员分发广西补用。十月十七日奉朱批：著照所请，该部知道。钦此。复因劝办南洋秦晋赈捐出力，经山西巡抚奏请保加二品顶戴。经吏部核议覆奏，于光绪二十九年四月十八日奉旨：依议。钦此。

曾祖，若翰。祖，英哲。父，位配。

（外务部档）

G1：外交关系　E16：查禁（赌博）　P21：水利工程

6.221　驻法兼使葡国大臣刘式训为俟外部正任瓦斯恭赛氏到任再谈澳门浚河禁赌事致外务部函

宣统三年七月二十八日（1911年9月20日）

宣统三年七月二十八日黎字第一百十九号附启

---

① 疑为“侜”。
② 疑为“悉”。
③ 疑为“行”。

敬再启者：

澳门禁赌事，英国驻葡代办奉政府训条向葡劝诰等情，已详前函。嗣接葡外部复文内称，葡政府必十分注意，以敦邻谊等因。措词甚为含浑，当令驻葡参赞随时催询，务得切实办法，免成延宕之局。现葡国新总统已准暂时政府全班告退，另委沙喀氏为总理大臣组织内阁，调驻班使臣瓦斯恭赛氏充任外部。惟瓦氏一时未能离班，故暂由首相兼摄外部。近接戴陈霖函称，屡晤沙喀氏，与谈澳门浚河及禁赌二事，彼殊茫然，大约须俟正任外部瓦氏到任接洽一切后，方能与之谈事耳。

再请均安。

驻法使馆附启

（外务部档）

7. 农　务

A1：政务-灾情

7.1　广东巡抚祁奏为各府州照成法捕蝗事折

道光十五年十月二十八日(1835 年 12 月 17 日)

再奏□六□□先后□各□□□□□□□□由两省□□□内当□□□□委员分□□□查□□□□各□地方官□□□□□□□□□□□□以免□害□臣会同前督臣虞坤□□□□□查□□□恭折奏□在案□□□□□□□□□□□□□□□□□□□之南海、番禺、顺德、香山、新会、新宁、三水、清远,肇庆府属之高要、高明、四会、广宁、封川、德兴、开建、开平、阳春、新兴、鹤山,高州府属之茂名、电白、信宜、化州、石城,廉州府属之灵山,罗定州属之东安、西宁及该州并绥猺同知各禀告,属内先有飞蝗,业已遵照会同营委员弁督率兵役乡农人等查照捕蝗成法昼夜扑捕,或焚烧掩埋,或设厂收买,随起随灭,并于旷野山坳草木丛生之处寻挖蝻子,一律殄除。因搜捕迅速,晚禾杂粮尚俱未被食损。并据各出具印结到司,相应据由详请覆奏等由前来。臣随时向地方绅士及来省之教职各官详加察访,本年有蝗各州县晚稻收成均有七八分不等,尚属丰稔。据报蝗蝻全数殄除,并无伤害田禾杂粮等由,委无捏饰情弊,堪以仰慰慈怀。理合附片奏闻,伏乞圣鉴。谨奏。

(朱批:)知道了。来年先行预防,毋致坐受其害也。

(宫中朱批奏折)

A1：政务-灾情

7.2　广东巡抚祁奏报各州县被灾情形事折

道光十五年十一月初十日(1835 年 12 月 29 日)

广东巡抚臣祁□跪奏,为遵旨查明南海等州县夏间被淹,业已分别抚恤,居民得所,来春无须接济，恭折覆奏，仰祈圣鉴事。

窃准军机大臣字寄，道光十五年十月初三日钦奉上谕，本年广东南海等十二州县被淹，据该督抚等奏明，随时抚恤著迅速办理，并将来春应否接济之处一并查明，于封印前奏到等因。钦此。仰见我皇上轸念民瘼痌瘝在抱之至意。臣查本年闰六月十一、十二等日，粤东广州、肇庆、高州三府属内南海、番禺、东莞、香山、新宁、新会、新安、三水、高要、阳江、电白十一县起有飓风暴雨，坍卸兵民房屋、城垣、衙署、仓廒、监狱及损坏商渔船只并击损各协营师船、沉失炮械及淹毙人口。又廉州府属之钦州闰六月初六、初八等日山水涨发，□□房屋被淹□塌漂没人口等项，经臣将各属禀报及查办抚恤情形会同前督臣虞坤附片奏□□并饬司移行各该营道府督饬各州县再行详查，如有于恤给修费之外尚有未复恒业者，应再从优酌量抚恤，无致失所，并将兵房等项饬令各营县分别勘估详办在案。兹钦奉旨□□□等行□□司□□□□□□□□□广州□□□□□□南海等州□□被风雨为时不久□□□□□□□□香山□□□地方□□□南海等十一州县□□所有损坏城垣、衙署、仓廒、监狱均已由该州县分别修补完好。各营被风师船亦经分别勘估次第详修，淹毙人口当由地方官打捞掩埋，至吹坍民房□□，击损商、渔船只，亦分别有力无力捐廉酌给修费，各业户船户人等修复安居不致失所。晚禾均无伤损，现在收成分数尚在七分以上，且有内河外洋商贩米谷源源而至，粮价甚平，小民无虞乏食。体察情形，来春青黄不接之时，间□不致拮据，实可毋须预筹接济等由，详情覆奏前来。臣覆加体察无异。所有遵旨查明缘由谨恭折覆奏，伏乞皇上圣鉴。再两广总督印务系臣兼署，毋庸会衔，合并陈明。谨奏。

(朱批：)知道了。

道光十五年十一月初十日

(宫中朱批奏折)

P12：农业-农务会

7.3　农务司札允冯国材为广州香山农务分会总理事

宣统元年七月初二日(1909年8月17日)

(堂批：)阅定。七月初二

为札委事。

案查本部□定农会章程第三条内开，农务分会派总理一员，应于该会董中公举、禀部札派等语，历经办理在案。现在广州府香山县地方创设农务分会，该职员冯国材既经由众公举为该会总理，自应准予派充以资经理。合行札饬。札到该职员即便遵照，所有该县境内应□各事宜务即按照部定章程实力推行，遇事与各会董□等悉心商酌办理，以期农业日臻起色，有厚望焉。图记式样并发。此札。外附图记式样乙纸。

右札江苏试用□九品冯国材准□。

札充广州香山农务分会总理理由。

农务司李拟

参□阅□

（农工商部档）

P12：农业-农务会

7.4　广东香山安洲农务分会总理冯国材禀为遵式刊刻图记及开用日期事(附农务司札复)

宣统元年九月十五日(1909年10月28日)

广东香山安洲农务分会总理冯国材谨禀大人阁下，敬禀者，宣统元年八月初九日接奉广州商务总会照会，内开，宣统元年七月十六日奉钧部札开，据呈称，据香山县安洲农民州同职衔冯溢广等报称，职等纠集同志创设香山安洲农务分会，幸本处之家产殷实、老于农业者均乐赞成，认助会份极形踊跃。遵章公举会董二十八员，随举江苏试用从九品冯国材为总理，详拟章程二十一条并会董衔名清册，请转呈立案等情到会。理合据情呈请察核准予立案，颁发图记加札委用俾资信守，伏乞照验施行等情前来。查该职等组合农民设立农会，自系为开通风气力图本计起见，所呈章程均尚妥协，应即照准立案。至举定该会总理一节，既据称冯国材田业殷厚、众望素孚，亦应准如所请，著派充该会总理。除另加札委并颁给图记式样外、合行札复，仰即转饬遵照办理可也等因。奉此除咨移督部堂暨劝业道备案并移请香山县出示晓谕保护外，合行照会。为此照会贵农务分会烦为查照，希将奉发委札及图记式样查收，分别祗领刊刻开用，遇事遵照定章认真办理，仍将奉札及开用图记日期通报查考等由。

准此遵将奉发委札图记式样谨祗领，邀齐会董妥议刊刻图记，定期八月十九日开用。遇事遵照定章认真办理。除呈报督宪暨劝业道查考并牒报香山县备案外，理合将奉到委札图记式样遵式刊刻及开用图记日期禀报钧部察核。肃此具禀，恭敬崇安，伏祈垂鉴。总理国材谨禀。

宣统元年九月十五日禀

附件：农务司札复

(堂批：)阅定。

为札复事。

接据呈称，据香山县安洲农民州同职衔冯溢广等报称，职等纠集同志创设香山安洲农务分会，幸本处之家产殷实、老于农业者均乐赞成，认助会份极形踊跃。遵章公举会董二十八员，随举江苏试用从九品冯国材为总理。详拟章程二十一条并会董衔名清册，请转呈立案等情到会。理合据情呈请察核准予立案，颁发图记加札委用俾资信守，伏乞照验施行等情前来。查该职等组合农民设立农会，自系为开通风气力图本计起见，所呈章程均尚妥协，应即照准立案。至举定该会总理一节，既据称冯国材田业殷厚、众望素孚，亦应准如所请，著派充该会总理。除另加札委并颁给图记式样外，合行札复，仰即转饬遵照办理可也。此札。

右札广州商务总会准□。

香山农务分会准□立案并颁发图记式样札委总理由。

（农工商部档）

P12：农业-农务会

7.5 广州商务总会总理张振勋，协理区赞森为安洲农务会开用图记日期事呈农工商部文

宣统元年十月初六日(1909年11月18日)

广州商务总会总理张振勋，协理区赞森，为呈报事。

宣统元年九月十三日准□……□务分会牒称，宣统元年八月初九日承准贵商务总会转奉农工商部札开，接据呈称，据香山县安洲农民州同职衔冯溢广等报称，职等纠集同志创设安洲农务分会，幸本处之家产殷厚、老于农业者均乐赞成，认助会份极形踊跃。遵章公举会董二十八员，随举江苏试用从九品冯国材为总理，详拟章程二十一条并会董衔名清册，请转呈立案等情到会。理合据情呈请察核准予立案，颁发图记加札委用俾资信守，伏乞照验施行等情前来。查该职等组合农民设立农会，系为开通风气力图本计起见，所呈章程均尚妥协，应即照准立案。至举定该会总理一节，既据称冯国材田业殷厚、众望素孚，亦应准如所请，著派充该会总理。除另加札委并颁给图记式样外，合行札复，仰即转饬遵照办理可也等因。奉此除咨移督部堂暨劝

业道备案并移请香山县出示晓谕保护外，并将奉发委札及图□……□[1]遵照定章认真办理，仍将奉札及开用图记日期通报查考等由。奉此遵将接到奉发农工商部委札由总理祗领，图记式样遵照刊刻，邀齐会董公议，定期八月十九日行开幕礼，将图记敬谨开用，照章办事。除将应行筹办事宜次第设措随时通报外，所有奉到委札开用图记日期合就牒请转报等由。准此职会复查无异，理合具文呈报钧部察核俯赐备案查考，实为公便。为此备由具呈，伏乞照验施行。须至呈者。

右呈农工商部。

宣统元年十月初六日呈

（农工商部档）

P12：农业-农务会

7.6　署两广总督为设立西海十八沙龙洞农务会事致农工商部咨文（附清折二扣）

宣统元年十月十二日（1909年11月24日）

头品顶戴、署理两广总督、兼管广东巡抚粤海太平□……□咨明事。

据广东劝业道陈望曾详称，案奉准农工商部通行农会简明章程，内开，各省府厅州县酌设分会，其余乡镇村落市集等处并应次第酌设分所，又分所董事至多不过五员各等因。遵经转行遵照筹办在案。本年七月间，据职员黄显光等呈称，组织香山西海十八沙龙洞农务分所，公举董事冯毓灵等五员，拟具章程二十条，呈请核办等情。当经批饬香山县就近查核，如果该县属西海十八沙龙洞确应设立农务分所，冯毓灵等亦系热心公益众望素孚之人，即行禀覆详咨去后。兹据署香山县沈瑞忠禀称，查明县属西海十八沙龙洞一带系在县属之西，地方辽阔。现设农务分所，可以互结团体维持农业。公举之冯毓灵、吴庚如、梁明石、冯耀林、区兆章等五员，委属热心公益众望素孚。禀乞察核详咨等情前来职道。伏查香山系近省繁区，土质肥沃。只因地广情涣，农智未开，莫能发明新理。自应遵照部章于农务分会外多设分所，以期联络众情振兴农业。今黄显光等请于该县属西海十八沙龙洞酌设农务分所，举冯毓灵等五员为董事。既据该署县沈令查明系应设立，冯毓灵等均热心公益众望素孚，核阅所拟章程大致亦尚妥协，似应准如所请。理合具文详请察核，俯赐转咨农工商部立案，实为公便等由。同折到本署部堂。据此除详批回

① 据7.4，此处脱文应为"记式样查收，分别祗领刊刻开用，遇事"。

外，所有清折相应咨送。为此合咨贵部，请烦察照立案施行。须至咨者。计送折二扣。

右咨农工商部。

宣统元年□月十二日

附件一：香山县属西海十八沙龙洞农务分所董事姓名农业清折

广东劝业道谨将香山县属西海十八沙龙洞农务分所董事姓名农业缮具清折呈送钧鉴。

计开，董事五员。

冯毓灵，年三十一岁，顺德县监生，自置果基田五十亩，现耕批租基田种植三顷六十亩。

吴庚如，年五十三岁，顺德县监生，自置禾田六十亩，现耕批租禾田三顷。

梁明石，年五十二岁，顺德县人，自置种植果基七十八亩，现耕批租禾田十一顷。

冯耀林，年三十三岁，顺德县人，自置桑田四十亩，现耕批租禾田四顷八十亩。

区兆章，年五十三岁，顺德县人，自置桑田三十二亩，现耕批租禾田二顷四十亩。

附件二：香山县属西海十八沙龙洞农务分所简明章程

广东劝业道谨将香山县属西海十八沙龙洞农务分所简明章程缮具清折呈送钧核。

计开，

第一条，本会所遵照农工商部奏定农会章程办理，以互结团体共图公益为宗旨。

第二条，本会在香山县属西海十八沙于附近各处地方之农户联合，名曰香山西海十八沙龙洞农务分所。暂借第六沙公约为办事处，俟的款充裕，择适中之地建立会所。

第三条，本会在香山毗连新顺之地，正蚕桑蕃盛农户荟萃之区，多系顺德侨民耕种于此，素来农情涣散、罔知公益，向少教育、积习愚悍。虽田畴万顷、土质肥沃，奈固执旧艺、拘于成见，不明种植新理、灌溉土宜之方。欲图开通民智、习勤祛惰、化莠为良，亟应设立农务分所，多派演说启发愚蒙，并设农事半夜学堂，庶教育渐能普及。

第四条，本会自发起首次会议邀集，附近之家业殷厚、农务卓著者均踊跃赞成，先定基础。再次集议筹措会份经费，各皆乐意担任。第三次集议投筒公举会董五员，资格遵照大部定章办理。

第五条，本会创办及长年经费，会员会友认助会份踊跃筹措，共图公益，并不苛派农民分毫。

第六条，本会长年经费皆有会员会友担任，公定每份收会底银五元，其家产富厚、农业广大者自可多认，由会友互相劝勉踊跃捐助。所收获款项存附殷实银店或当押生息以充长年经费，以期久远。

第七条，本会认助会份之会员会友要有耕种蚕桑事业、人品端正方准入会，其游手好闲、人品不端者一概不准入会，以防流弊。

第八条，本会创办伊始先设农事演说会场，选聘农学毕业生演说农学新理，改良种植。境内土质、物产、化学肥料有益于农事者陆续调查研究，一俟会份广大，经费充裕，禀请地方官通详察核，次第兴办。

第九条，本会境内蚕桑新理、森林畜牧、水产渔业各项事宜，均按地方情形酌量禀请地方官察核，次第兴办。

第十条，本境内应收水利整顿围堤各事宜，随时体察情形禀请地方官察核办理。

第十一条，遇有旱潦荒歉应即查明，禀请地方官统筹办法。

第十二条，本会境内所有春稔秋收情形、谷米粮食市价，宜随时列表呈地方官转报大部。

第十三条，本会每月定期会议，遵照大部定章办理，概从多数取决。

第十四条，本会会董资格均遵部章公众选举。要田业殷厚、向营农务卓著成效、能研究新理、声望素孚、顾全公益、年在三旬以外者方能举充，举定后再由会员公举资望合格者为会董。

第十五条，本会以每年正月将会员会友由各沙耆老一律编列清册，汇缴本会，备册呈送地方官，以便稽查。

第十六条，农民或被势豪侵夺致有冤抑，由会董调查确实，当向地方官申明办理。至两造因农事争执，由会集众秉公调处，断不能以强硬偏袒，致失公益之旨。其非关农业之事概不干涉。

第十七条，会员会友如有藉端生事以致作奸犯科等弊，一经查确，立即禀官拘究，以儆效尤。

第十八条，本会会员会友如有独出心裁创制新器，于犁田锄地播种杀虫诸事确系精良利用、节费省工者，报明本会转禀地方官核明，酌给专利年限，以示鼓励。

第十九条，会内分设会计、书记、调查、演说各员分任各事，按事繁简乃定员数，均由会董主裁，并选会员代表，以咨询襄办各事。

第二十条，以上均遵部定章程并因地制宜酌量拟办，其有未尽事宜，随时参酌禀明办理，以期尽善。

（农工商部档）

P12：农业-农务会

7.7　两广总督为设立港口农务分所事致农工商部咨文(附清折二扣)

宣统元年十月十二日(1909 年 11 月 24 日)

头品顶戴□……□咨明事。

据广东劝业道陈望曾详称，案奉准农工商部通行农会简明章程，内开，各省府厅州县酌设分会，其余乡镇村落市集等处并应次第酌设分所，又分所董事至多不得过五员各等因。遵经转行各属遵照筹办在案。本年八月间据职员冼朝英等呈称，集众组织香山港口安平农务分所，公举冯国材等五员为董事，拟具章程二十条，呈请核办等情。当经批饬香山县就近查核，如果港口等处确应酌设农务分所，现举之董事五员均属众望素①实心办事之人，即行禀覆详咨去后。兹据署香山县沈瑞忠禀称，查明县属港口东西上下各沙田亩□……□。现设农务分所，可以互结团体维持□……□定之董事冯国材、吴梦臣、梁国珍、郭厚臣、刘卓廷等五员，委属众望素孚、实心办事。禀乞察核详咨等情前来职道。伏查香山县属土质肥沃，只因地广情涣，农智未开，一切拘守旧法，莫能发明新理。自应遵照部章于农务分会外多设分所，以期联络众情，振兴农业。今冼朝英等请于该县属港口酌设农务分所，举冯国材等五员为董事。既据该署县沈令查明系应设立，冯国材等均众望素孚、实心办事，核阅所拟章程大致亦尚妥协，似应准如所请。理合具文详请察核，俯赐转咨农工商部立案，实为公便等由。同折到本署部堂。据此除详批回外，所有清折相应咨送。为此合咨贵部，请烦察照立案施行。须至咨者。计送折二扣。

右咨农工商部。

宣统□年十月十二日

附件一：香山县属港口安平农务分所董事姓名农业清折

广东劝业道谨将香山县属港口安平农务分所董事姓名农业缮具清折呈送钧鉴。

计开，董事五员。

冯国材，年五十岁，顺德县人，五品蓝翎候选县丞指分江苏试用从九品，耕自置桑田、禾田二顷，耕批租种植果田一十三顷。

吴梦臣，年四十三岁，新会县监生，耕自置禾田一顷四十亩，耕批租禾田一十二顷。

梁国珍，年四十九岁，顺德县监生，耕自置禾田一顷，耕批租禾田桑田一十顷。

郭厚臣，年三十一岁，番禺县监生，耕自置禾田二顷，耕批租禾田桑田二十顷。

刘卓廷，年四十二岁，顺德县监生，耕自置禾田六十亩，耕批租禾田一十六顷。

附件二：香山县属港口安平农务分所简明章程

广东劝业道谨将香山县属港口安平农务分所简明章程缮具清折呈送钧核。

计开，

第一条，本会所遵照农工商部奏定农会章程办理，以互结团体共图公益为宗旨。

---

① 疑此处脱“孚”字。

第二条，本会在香山县属港口附近东西沙各地方之农户联合，立名曰香山港口安平农务分所，暂借同人善堂为办事处，俟的款充裕再择适中之地建立会所。

第三条，本会在香山县属北区，正蚕业蕃盛农户荟萃之区，会员会友多系顺德侨民耕种于此，素来农情涣散、罔知公益，向少教育、积习庸愚。虽田畴万顷、土质肥沃，奈固执旧艺、胶守成见，不明种植新理、灌溉土宜之方。欲图开通民智、习勤祛惰、以臻改良，亟应设立农务分所，多派演说启迪愚蒙，并陆续设农事间隙半日学堂，庶教育渐能普及，以期农务日有起色。

第四条，本会发起之初在万耕社学首二次集议筹设香山港口安平农务分所，邀集附近之家业殷厚、老于农务〔者〕，均乐赞成。众允佥同担任创办经费每份银四元。二次共组织发起会员壹百七十余名。第三次会议暂借同人善堂为集议所，公定认助会份每份会底银五元，到者欢声踊跃，连日共认会份壹千贰百余份，统计捐认创办及长年经费尽足敷支。第四次大集会议妥议章程二十条，投筒公举董事五员，资格遵照大部定章办理。

第五条，本会认助会份之会员会友要人品端正及有农业者方准入会，若游手好闲、人品不端者一概不准入会，以防流弊而清界限。

第六条，本会创办及长年经费均由会员担任认助会份，并不苛派农民分毫。

第七条，本会长年经费皆由会员会友担任，公定每份收会底银五元，其家产富厚农业广大者自可多认，由会友互相劝勉踊跃捐助。所收获款项存附殷实银号或当押生息以充长年经费，只用利息不动会本。该会友百年终老之日将会底银如数交还，于原本银无亏。如不愿收回亦可留为子孙改易名字相承，任从其便，惟不得冒名混认，嗣后或有续认者随时添入。

第八条，本会管理财政由众每年公举身家殷实、富有田业、人品纯正者为合格，期满另举。至于随时出入各款，按日注簿，每月列册，年底呈报地方官稽核并刊征信录以昭大信。

第九条，本会创办伊始先设农事演说会场，聘请农学毕业生演说农学新理，改良种植。境内土质、物产、化学肥料有益于农业者陆续调查研究，一俟经费稍裕再设农事学堂，章程遵照学部条款举办，以期教育普及，共图公益。

第十条，本会境内蚕桑新理、森林畜牧、水产渔业各项事宜，均按地方情形酌量禀请地方官察核，次第兴办。

第十一条，本会开办后就境内有应修水利、整顿围堤各事宜，随时体察情形妥筹办理。

第十二条，境内遇旱潦荒歉应即查明情形，禀请地方官统筹办法。

第十三条，本会境内所有春稔秋收情形、谷米粮食市价，随时列表呈地方官转详大宪报部。

第十四条，本会每月定期会议，遵照大部定章办理，概从多数决议。

第十五条，本会会董资格均遵部章公众选举。要田业殷厚、向营农务卓著成效、能研究新理、声望素孚、顾全公益、年在三旬以外者方能举充，会员举定后再由会员中资望合格者举为董事。

第十六条，本会会友散处耕种，必须责成该坊耆老并选公正以每年腊月将会员会友代表约东(束)，由各沙耆老一律编列清册，汇缴本会所，备册呈送地方官，以便稽查。

第十七条，本会农民或被势豪侵夺致有冤抑，由董事调查确实，当向地方官申明办理。至两造因农事争执，由会集众秉公调处。如不听处，任从其两造禀地方官公断。其非关农业之事本会概不干涉。

第十八条，本会会员会友如有藉端生事以致作奸犯科等弊，一经查确，立即禀官拘究，以儆效尤。

第十九条，本会会员会友如有独出心裁创制新器，于犁田锄地播种杀虫诸事确系精良利用、节费省工者，报明本会转禀地方官核明，酌给专利年限，以示鼓励。

第二十条，本会会内设会计、书记、演说、调查各员分任各事，按事繁简乃定员数，均由董事主裁，并选会员代表，以助咨询襄办各事。

以上章程均遵大部定章并因地制宜酌量拟办，其有未尽事宜，随时参酌禀明办理，以维公益而图美善。

（农工商部档）

P12：农业-农务会

7.8 安洲农务分会总理冯国材禀为呈递第一次认会份人姓名清单事(附清折二份)

宣统元年十一月初一日(1909年12月13日)

广东广州府香山县安洲农务分会总理冯国材谨禀大人爵前，敬禀者，窃卑分会自上年八月组织得农业殷厚者联合发起人三百余名，至本年三月二十日及四月初一日迭次集议，农民认会者三千一百余份。四月二十日开正式大会投筒公举会董总理，拟定章程二十一条。此时斯会业已成立，惟广东农务总会未有设立，是于四月二十七日将会董衔名章程呈由广州商务总会核明转呈钧部，核明章程均尚妥协，准予立案。七月初四日奉宪部颁发委札图记式样，祗领于八月十九日遵式刊刻图记，敬谨开用日期禀报察核在案。现经开办，农民欢声极形踊跃，连前共认会人四千零三十八名，会份四千零三十八份。除禀呈两广总督部堂暨广东劝业道外，理合遵将第一次认会份人姓名年籍会份数目禀呈钧鉴存案备查，其尚有陆续络绎不绝认会份者随时再行列册禀报。再卑分会所有会员及认会人均系顺德县祖籍农民侨居耕种于香山县居多，合并禀明。肃此具禀，恭请崇安，伏乞垂鉴。国材谨禀。计禀缴第一次会份姓名年籍册一本。

宣统〔元〕年十一月初一日

附件一：香山县安洲农务分会公举总理会董衔名

谨将香山安洲农务分会公举总理会董衔名农业列折呈电。

总理一员

冯国材，年五十岁，顺德人，五品顶戴指分江苏试用从九品，耕自置禾田二顷四十亩，耕批租桑基果田一十五顷。

会董二十七员

冯溢广，年五十岁，顺德人，州同职衔，耕自置禾田三顷六十亩，耕批租禾田五十五顷。

罗昌祺，年五十三岁，顺德人，同知职衔，耕自置禾田二顷二十亩，耕批租禾田二十五顷。

冯国章，年三十一岁，顺德人，州判职衔，耕自置桑田一顷五十亩，耕租禾田三十一顷。

吴文昭，年四十岁，耕自置桑田二顷五十亩，耕租禾田二十顷。

罗寿祺，年三十八岁，顺德人，监生，耕自置禾田一顷六十亩，耕批租禾田二十五顷。

吴裕坤，年三十八岁，顺德人，耕自置禾田二顷二十亩，耕批租禾田四十五顷。

吕意云，年五十六岁，顺德人，监生，耕自置禾田二顷七十亩，耕批租禾田七顷五十亩。

何联成，年四十六岁，顺德人，监生，耕自置禾田八十二亩，耕批租禾田二十顷。

梁挺容，年四十六岁，耕自置禾田一顷四十亩，耕批租禾田七顷五十亩。

冯鹤年，年四十七岁，顺德人，监生，耕自置禾田一顷一十亩，耕批租禾田十顷四十亩。

钟昭琫，年五十四岁，顺德人，耕自置禾田一顷，耕批租禾田六顷。

冯柏寿，年四十六岁，顺德人，耕自置禾田五十亩，耕批租禾田五顷。

梁道贤，年五十八岁，顺德人，耕自置禾田一顷五十亩，批租禾田八顷十亩。

梁湛辉，年四十四岁，顺德人，耕自置禾田四十亩，耕批租禾田三顷六十顷（亩）。

罗宗佐，年四十岁，顺德人，监生，耕自置基田三十亩，耕批租禾田一顷二十亩。

吴善初，年四十岁，顺德人，耕自置禾田五十亩，耕批租禾田八顷二十亩。

梁海国，年四十四岁，顺德人，监生，耕自置桑田六十亩，耕批租桑田十顷。

何腾财，年四十三岁，顺德人，监生，耕自置禾田四十亩，耕批租禾田一顷二十亩。

梁焕祥，年四十九岁，顺德人，耕自置禾田三十亩，耕批租禾田五十亩。

叶文生，年五十九岁，南海人，职员，耕批租禾田一顷二十亩。

冯毓灵，年三十一岁，顺德人，监生，耕批租田一顷四十亩。

杜炽棠，年五十八岁，顺德人，职员，耕批租禾田一顷。

吴伟南，年三十一岁，顺德人，耕批租禾田一顷五十亩。

吴秩隆，年四十八岁，顺德人，耕自置桑田五十亩，耕批租桑田一顷四十亩。

梁明元，年三十九岁，顺德人，耕批租禾田一顷。

梁显其，年五十六岁，顺德人，耕批租禾田一顷五十亩。

何桂兆，年四十岁，顺德人，耕批租禾田一顷。

附件二：香山县安洲农务分会拟办章程

谨将筹设香山安洲农务分会拟办章程呈电。

计开，

一，本会以联络团体保护农务振兴实业共图公益为宗旨。

一，议在香山黄圃司属安庆村对圃鳗子洲及附近东海上下各沙田地方与各农户联合，名为香山安洲农务分会，先设在鳗子洲余庆善堂，俟奉大部札委总理开办后再择适中之地建设会所。

一，本处在香顺毗连，正蚕桑蕃盛农户荟萃之区，多系顺德侨民耕种于此，素来农情涣散、罔知公益，向少教育、积习愚悍。虽田畴万顷、土质肥沃，奈固执旧艺、拘于成见，不明种植新理、灌溉土宜之方。欲图开通民智、习勤祛惰、化莠为良，亟应设立农会，多派演说启发愚蒙，并设农事半日学堂，庶教育渐能普及。

一，本会自发起首二次会议，邀集附近之家业殷厚、农务卓著者，均踊跃赞成，先定基础。次议筹措会份经费，各皆乐意担任。第三次集议投筒公举会董，复由会董推举总理，禀请核准，咨呈农工商部加札委用颁发图记，以昭信守。

一，开办伊始先设农事演说会场，选聘农学毕业生演说农学新理，改良种植。境内土质、物产、化学肥料陆续调查研究，一俟经费稍裕，再设农事学堂，所有学堂章程应遵照学部条款举办，并设农事实验场研究种植物理以开风气，并于农业改良有益之事均考求兴革，以图利益。

一，开办及长年经费系会董会友认助会份踊跃筹措，现计尽足敷支，并不苛派农民分毫。

一，经费会份皆由会董会友担任，每份定收会底银五元，如不交现银，拟照行息一分之例每份每年交息银伍角，其田地富厚农业广大者自可多认，由会友互相劝勉踊跃输助。所收款项存附殷实银号或当押生息以充长年经费，只用利息不动会本。其已交过会底五元者，该会友百年终老之日将会底银如数交还，于原本银无损分毫。

一，凡蚕桑新理、畜牧、水产渔业各项事宜，均按地方情形酌量禀请报部，次第兴办。

一，农会开办后，就境内有应修水利、整顿围堤各事宜，随时体察情形妥筹办理。

一，遇有旱涝荒歉应即查明情形，详报地方官统筹办法□禀部核夺。

一，境内所有春稔秋收情形、谷米粮食市价，随时分别列表报部。

一，凡每月定期会议遵照商律通例办理，概从多数决议。

一，会董资格均遵部章公众选举。要田业殷厚、向营农务卓著成效、能研究新理、声望素孚、顾全公益、年在三旬以外者方能举充，举定后再由会董中公举资望合格者为总理。

一，凡入会者除会董外则为会友，要有耕种田地蚕桑实业、人品端正者方准入会，其游手无业、人品不端者不准入会，以防流弊。

一，本会遵照部章公举总理一员，会董二十七员，衔名资格列册禀明转达农工商部立案，加札委用，颁发图记款式刊用。其总理、会董均以一年为满任之期，先期三月再行公举或续任，以多数取定，仍禀明转详咨部察核。

一，会中经费开支概从俭约以节縻费，所有收支数目每届年底造具清册报部察核并列表布告俾众咸知。

一，农民有被势豪侵夺致有冤抑，由总理、会董调查确实，当向地方官申明办理。倘事情重大者禀部核办。至两造因农事争执，由会集众秉公调处，断不能以强硬偏袒致坏公益。其非关农业之事概不干涉。

一，会友散处耕种，必须责成该坊耆老并选公正代表约束，并造列人名册籍以便稽查而免蒙混。

一，会内办事职任其一切事务归总理统率，为全会代表，若提议襄办各事归会董会商议决，倘事有疑义当以多数取决。

一，会内分设会计、书记、调查、演说各员分任各事，按事繁简乃定员数，均由总理主裁，并选各区代表，以助咨询襄办各事。

一，凡农人有能独出心裁创制新器，于犁田锄地播种杀虫诸事确系精良利用、节费省工者，报明本会具呈农工商部察核酌给专利年限，以示鼓励。

以上章程均遵部定章程并因地制宜酌量拟办，其有未尽事宜，随时参酌呈明办理，以期尽善。

（农工商部档）

P12：农业-农务会

7.9　农务司为香山县龙洞农务分所准予立案并将本会字样改正事致粤督咨文

宣统元年十一月十七日（1909年12月29日）※

（堂批：）阅定。十一月十七

为咨覆事。

接准咨称，据劝业道陈望曾详称，本年七月间职员黄显光等呈，组织香山西海十八沙龙洞农务分所，公举董事冯毓灵等五员，拟具章程二十条，请核。当经饬香山县查覆系应设立，冯毓灵等素孚众望，章程亦为妥协，详请咨部立案等由。据此除批回外，相应咨送察照立案等因到部。查香山县西海十八沙龙洞地方禀设农务分所呈到董事名业清折及办事简章，核与部章当无不合，应准立案。惟章程内本会字样均应改为本所，以副名实。相应咨行贵督查照饬令遵照更正，仍将办理情形随时报明总会转呈本部以凭考核可也。须至咨者。

右咨两广总督。

咨粤督香山县龙洞农务分所准予立案并将本会字样改正由。

农务司郭拟　参、丞阅过

（农工商部档）

P12：农业-农务会

7.10　香山县安洲农务分会总理冯国材禀为清挖河道事

宣统元年十一月二十日（1910 年 1 月 1 日）※

广东广州府香山县安洲农务分会总理冯国材谨禀大人爵前，敬禀者，窃卑分会称，据香山县属西海十八沙龙洞农务分所董事冯毓灵等折称，据本所会员花翎道衔缪福培函开，窃西海十八沙境内之第六沙等处河道向来淤塞，往来船艇咸称阻碍，以致农民早晚两造收割禾稻载运米谷及商船货物均属往返艰难。若遇西潦水涨，河道更属不通，湫溢四处，各围多受冲缺，农田致遭损害，禾稻颗粒无收。或遇沙涸，往来货船行驶未便，恐妨盗匪乘机肆劫。现值冬令，河水干旱，船只难以行动，更属堪虞。况该沙为十八沙龙洞一带，桑基禾田约有千百顷，乃为该处之门户及商船来往之要津。且查该沙水道东达港口、安洲，北至顺德、甘竹、容桂、小榄，南通隆都、石岐，西往新会、江门。该沙河道乃为以上各处之中心要点。职于梓里攸关，目睹艰据情形，特拟自行捐出工费洋银三千大元为疏通该沙河道之用。所有淤塞沙泥雇用工人清挖，以利船只往来。并本年九月间风水为灾，附近各围多有崩缺，即将清挖沙泥尽行运往填筑，以免潦水为灾，又可保春耕无碍，则更为一举两得。统计该沙河道淤塞之处计共约三千余井，每井需挑挖工费银六钱，共估价约需银二千三百余两，业经招匠梁和志承揽督修，已于本月十三日先行开工，订立合同限于十二月内一律完工。转瞬岁暮在即，俾得利便交通，经商知各围业户及该处农民而且并无丝毫苛派抽捐，是以众情允洽，均极仰成。理合绘具图记函请转达安洲农务分会呈明地方官察核并恳出示保护，俾大工早日厥成，一俟告竣之日再行续报等情前来。

卑分会自创设农会以来，无不仰体宪部关心民瘼之至意，遵照委札批示，所有该县境内应办各事宜务即按照新定章程实力办理。查奏定章程第十三条内开，农会于各该境内有应修水利、应垦荒地均准其拟具办法条陈等因。今查该职员热心公益，慷慨独捐巨款浚通河道，系为利便农商起见，洵属难得，实堪嘉许。卑分会为关于水利有益民生，当即派会员覆查无异，理合据情并绘具图说转禀宪部察核。容俟竣工告成之日再行禀报。除禀两广总督部堂外，肃此具禀，恭请钧安，伏乞垂鉴。国材谨禀。计呈第六沙河图一纸。

宣统□年□月二十日禀

（农工商部档）

P12：农业-农务会

7.11　香山县安洲农务分会总理冯国材禀为农桑米市情形

宣统元年十二月十八日(1910年1月28日)

广东香山县安洲农务分会总理冯国材谨禀大人爵前，敬禀者，窃卑分会自本年七月间奉宪部核准立案、颁发图记委札，开办数月以来，凡本县全属境内所有应办农务各事宜无不仰遵钧示实力推广办理及节经禀明宪部察照在案，以副朝廷设立斯会俾农务振兴之盛意。查宪部奏定农会章程第十四条，分会应将境内所有春稔秋收情形、谷米粮食市价随时具报等因。卑分会调查，香山县全属境内本年禾稻早造中稔，晚造歉收。缘九月初六、七两日飓风狂暴水骤涨淹，时值晚禾含苞，是以损伤颇重，合全属扯计晚造禾稻收获约得六成之谱。尚幸米价不至过昂，价值时有起落，今年市价较之昨年不相上下。全属农户以耕种禾田为主，然必兼务蚕桑。本年蚕事六造并九月寒造现在皆已造竣，以周年蚕造而论，收成均属平常。育蚕之家每因桑贵丝歉获利极稀，上三造晴雨不匀，蚕丝歉薄缺本居多，下三造较胜于前，然亦无甚厚利。但业桑者六造收成均称丰稔，且桑叶价值扯计亦优。查县属农户最为繁盛，耕种实占粤东之冠。下沙万顷多是禾田，绝无寸土荒弃，约计全属所有耕种之地禾田占十之六，桑基鱼田占十之三，其余果木杂粮只占十之一。果木则植橘橙居多，以大南、浪网两沙为最盛。植桔之地约七八十顷，每年约产十六七万担，植橙之地约四五十顷，每年约产十余万担，价值高下不一。荔枝则各处皆有，不过少数种植。杂粮则薯芋两种，各处虽有，所种无多。因不敌种桑之利，是以薯芋甚少，只作供菜蔬之用耳。

谨将遵章调查本县全属春稔秋收、米谷粮食并蚕桑果木以及蚕丝桑叶、谷米市价情形列表粘呈。除禀两广总督部堂外，理合禀明宪部察核。如再有应办事宜仍当随时呈明。肃此具禀，恭请钧安，伏乞慈鉴。国材谨禀。计呈谷米价值表、蚕丝桑叶表、果木价值表共三纸。

宣统元年十二月十八日禀

(农工商部档)

P12：农业-农务会

7.12 两广总督袁为设立隆都农务分所事的咨(附清折二扣)

宣统元年(1909年)※

头品顶戴、署理两广总督、兼管广东巡抚、粤海太平两关事务袁，为咨明事。

据广东劝业道陈望曾详称，案奉准农工商部通行农会简明章程，内开，各省府厅州县酌设分会，其余乡镇村落市集等处并应次第酌设分所，又分所董事至多不得过五员各等因。遵经转行遵照筹办在案。本年闰二月间，据香山县职员林国光等具呈倡设隆都农务分会，当经批行该县查议。嗣于五月间续据该职呈称，按照农会章程，一县只能设一分会，请将隆都改为农务分所等情。复经行县详查拟□去后。兹据署香山县沈令瑞忠禀称，据该绅林国光等赴县禀，同前情将隆都农务分所现举董事及职员衔名连同章程列折缴呈，该县覆查无异，理合禀请详咨立案等情到道。据此职道伏查，香山县系近省繁区，地大物博，只因群情涣散未能互结团体，以致新理尚未研求、物产末由蕃盛。值此振兴实业，自应遵照部章于农务分会外多设分所，以期联络众情振兴农业。今职员林国光等拟具章程倡设香山隆都农务分所，举定董事等员由县转禀到道。查核所拟章程大致亦尚妥协，似应准其设立，理合具文详请察核，俯赐转咨农工商部察核立案等由。同折到本署部堂。据此除详批回外相应将折咨送。为此合咨贵部，请烦察照立案施行。须至咨者。计送折二扣。右咨。

附件一：香山县隆都农务分所董事职员衔名折

广东劝业道谨将香山县隆都农务分所董事职员衔名缮具清折呈送钧鉴。

计开：

董事

彭炳纲，举人，年四十五岁。

周鸾骞，增贡生，年四十八岁。

林国光，都司衔，年五十岁。

伍卫祺，蓝翎都司衔，年四十二岁。

林炳森，州同衔，年四十九岁。

编译员

高拱元，举人，年四十二岁。

余鸿钧，附生，年四十六岁。

王启纶，附生，年五十二岁。

李宗干，蓝翎五品衔附生，年三十六岁。

林秉枢，职贡生，年三十七岁。

理财员

王福昶，道衔，年六十岁。

伍卫祺。

杨松龄，职员，年四十八岁。

郑廷魁，职员，年三十七岁。

调查员

林策勋，监生，年四十九岁。

萧达群，职员，年五十四岁。

周煜伦，职员，年四十八岁。

方天球，监生，年三十七岁。

林宽诲，职员，年五十岁。

胡联贵，从九品，年五十岁。

李文准，职员，年六十四岁。

冯少堂，职员，年三十八岁。

黄凤祥，职员，年四十一岁。

李茂庸，职员，年五十四岁。

余衮忠，职员，年三十四岁。

林敏群，监生，年三十八岁。

刘云藻，监生，年四十八岁。

方印，武生，年三十五岁。

余天眷，职员，年五十九岁。

高耀廷，职员，年三十五岁。

书记员

林日晋，五品衔福建试用县丞，年三十四岁。

方家濂，监生，年三十二岁。

庶务员

林耀星，监生，年三十六岁。

何其英，监生，年三十二岁。

郑凤林，职员，年五十四岁。

余星蕃，职员，年四十二岁。

陈荇洲，职员，年四十八岁。

李达轩，监生，年三十四岁。

林元熙，光禄寺署正，年四十八岁。

刘月廷，职员，年四十八岁。

林宗耀，职员，年三十六岁。

王元鼎，监生，年三十岁。

林惠湖，职员，年四十一岁。

方衍东，监生，年三十岁。

评议员

林寔容，蓝翎四品封衔，年七十岁。

李亮华，中书科中书，年六十七岁。

刘惠荣，增贡生，年四十七岁。

高如亮，职员，年六十二岁。

阮龙标，监生，年三十三岁。

林郁芬，职员，年六十二岁。

林恩荣，监生，年三十四岁。

张燀大，监生，年六十二岁。

方文辉，蓝翎都司，年六十六岁。

林锡龄，五品封职，年五十五岁。

李惠慈，职员，年五十四岁。

杨云簇，从九品，年五十八岁。

方绍光，监生，年六十岁。

杨涧清，职员，年五十岁。

曹景星，职员，年六十七岁。

陈洪惠，监生，年五十九岁。

附件二：香山县隆都农务分所简明章程清折

广东劝业道谨将香山县隆都农务分所简明章程缮具清折呈送钧核。

计开

一，宗旨。本所以联合团体振兴农业为宗旨。

二，定名。就香山隆都境内组织农会，故名曰香山隆都农务分所。

三，办事处。现借石歧爱惠医院内暂设事务所一间为会议办事之所，俟集有余款择地建造。

四，董事。董事以五员为率在本所人员中投票公举。

五，董事资格。

有左列资格者得被选为本所董事。

甲，创办农业卓著成效者或研究农学能发明新理者。

乙，富有田业者。

丙，或隆都土著、或现有田业在隆都、或寄寓隆都已届五年熟谙情形，年在三旬以外者。

丁，其人声望为士民推重居多数者，平日顾全公益勇于为义者。

六，干事。干事员由本所人员中公推，不拘定额，须各守权限分科任事以专责成。

甲，编译员。编译一切新书新法凡有关于农事者。

乙，理财员。专掌一切进出。

丙，调查员。凡农具农事、土质物产、水利官荒及一切蚕桑纺织、森林畜牧、水产渔业各项事宜均切实调查，以备逐渐改良、次第兴办。

丁，书记员。专司往来书札及记载建议决议之事。

戊，庶务员。管理所内一切杂务，分日轮值。

右列各种职员之外另设评议员，于职员会议时得参与议事及表决。

七，董事职员任期。董事及各职员除书记员外均以一年为任满之期，任满再被举者均得连任，每届董事及各职员任满三个月前豫行票举董事、公推各职员，推举已定禀部察夺。

八，经费。

甲，会费。入会各员分会员、会友两等担任会费，会员每人收入会费银五元，会友每人收入会费银二元。

乙，捐助。捐助之款任入会人员自行捐付，不得苛派致滋扰累，亦不得藉劝捐名目随处强人。

丙，拨助。本部公款中有可酌量拨助者，如众情允协，公议筹拨以助经费。

九，支出。本所开支概从俭约，不必援照商会程式，期与农事性质相合。所有宴会酬应各名目一律删除以节縻费。仍将按年支款造册报部察核并刊派征信录以备众览。

十，会议。本所会议分为定期、临时、特别三种。定期会议于每星期召集本所职员行之。临时会议除定期会议外遇有紧急事件招集本所职员行之。特别会议遇有特别重大事件时招集本所全体人员行之。其余均遵照商律会议通例办理，概从多数决议。

十一，学堂。拟择地设农事半日学堂一区，招集附近农民子弟授以农学大意以开风气。

十二，演说场。拟在学堂外附设农事演说场一所，每逢星期演说农事。

十三，救灾。遇有旱涝荒歉，于未成灾以前将详请报明农务总会，会商地方官统筹办法并报部核夺。

十四，保良。本所人员或被势豪侵夺或被匪人诬扳或因主佃争执，董事体察实情，邀集各职员会议议决，即行向地方衙门秉公伸诉，惟不得藉端把持致有徇私袒庇情事。

十五，薪金。除书记员酌定薪金外，其余董事及各职员均当义务，不受薪金。

十六，附则。此项章程将来或有应行增损之处，随时体察情形禀明办理。

（农工商部档）

P12：农业-农务会

7.13 农务司为香山县属隆都地方请设农务分所照准立案事致粤督咨文

宣统二年正月二十一日(1910年3月2日)※

(堂批:)阅定。正月廿一

为咨覆事。

宣统二年正月十四日接准咨开，据广东劝业道详称，本年闰二月间，据香山县职员林国光具呈请倡设农务，倡设隆都农务分会，当经批行该县查议。嗣于五月间续据该职呈称，农会章程，一县只能设一分会，请将隆都改设农务分所等情。并将现举董事职员衔名连同章程列折缴呈该县覆查无异，禀请详咨立案。职道查香山县系近省繁区，值此振兴实业，自应遵照部章于农务分会外多设分所。今职员林国光等拟具章程倡设分所，举定董事等员由县转禀到道，应将原折章程咨部立案等因前来。查阅所拟章程尚属明晰。除照准立案外，相应咨行贵督查照饬遵可也。须至咨覆者。

右咨两广总督。

咨粤督香山县属隆都地方请设农务分所照准立案由。

□务司赵拟

参、丞□……□

（农工商部档）

P12：农业-农务会

7.14　安洲农务分会冯国材禀为设立东海十六沙事

（附章程董事履历发起人会份农民姓名年籍册）

宣统二年正月二十二日（1910年2月4日）

广东香山县安洲农务分会总理冯国材谨禀大人爵前。敬禀者，宣统二年正月十五日据香山东海十六沙农务分所发起农民罗建业等投称，为遵章筹设业已成立联请转禀农工商部宪准予立案俾兴农业而图公益事。窃香山县属东海十六沙等处沙田广润土质肥沃，素称繁盛，惜农民向不讲求新理种植，拘泥于古，以致利源坐失。幸籍朝廷振兴农业，特设农会，自应亟以讲求互结团体，共图公益，研究种植新理，是以职等联合老于农事者在香山县属东海十六沙内波头沙暂借新地，公约为发起之办事处所。自去年九月间第一次集议组织发起农民一百余名，担任垫助创办经费，众皆乐从。追至十一月十五日及十二月初一日为第二三次集议，到者极形踊跃，连日共认会份一千一百五十八份，统计认垫助开办及长年经费的款足敷支用。又于本年正月初五日开第四次正式大会议，当众投筒公举会员，由会员选举董事梁干廷等五员，因其家业殷厚、农务卓著、品望素孚，众情推重为合格，仍以票数多寡定为董事之次第。随体察情形，因地制宜妥拟章程。兹将筹设香山东海十六沙农务分所业已成立实在情形另折呈明察核。窃察香山县属境内农田繁盛，甲于全粤，惟自奉开设农会于兹三载，广东所成农会尚属寥寥，乃香山农务分会总理冯国材竭力筹办，首创粤东，自奉准立案开办以来成效昭著，且实意推广提倡并宣布劝导各乡兴办农务分所，故农等仰体朝廷设会之盛意，特联合同人并议订简明章程二十条及董事衔名履历，会员会份姓名年籍清册各一本，呈请贵分会转禀农工商部宪准予立案，俾农业振兴，实为公便等情前来。据此卑分会伏查直隶保定奏设农会以来，粤东所成农会亦属无几。况香山县属素称农田繁盛，所产向以谷米蚕桑为大宗，特民间狃于故习，农具不修，土宜不辨。且民以食为天，设有旱潦荒歉堪虞，亟应多设农务分所，以便研究种植新理，是卑分会奉准开办仰承宪部札示。所有本县境内应办各事宜无不遵照实力推广，提倡所有农事研究所及试验场等事在在均应从速筹办俾互相□求。兹据职员罗建业等筹设本县属东海十六沙农务分所拟具章程，查与部章尚无不合，且东海十六沙等处沙田广润，应予设立农物分所以资办理。且该分所董事均系田业殷厚、品望素孚，似应据情转禀部宪察核，伏乞俯赐准予立案俾振兴农业以便推广办理。是否有当，理合呈明钧鉴，仰候批示，祇遵办理，实叨恩便。肃此具禀并叩崇安。国材谨禀。

计粘缴简明章程清折、董事衔名履历折各一扣，发起人及会份农民姓名年籍清册各一本。

宣统□年正月□日禀 廿二日

附件一：广东香山县东海十六沙农务分所简明章程清折

谨将广东香山东海十六沙农务分所简明章程呈电。

计开

第一条，本分所遵照大部奏定农会章程办理，以互结团体共图公益为宗旨。

第二条，本分所在香山县属东海之波头沙、马安沙、大拗沙、中沙、牛角沙、罟步沙、浮圩沙、大南沙、海心沙、□标沙、浪网沙、三角沙、三江沙、石军沙、英姿沙、白鲤沙等处及附近各子沙之农户联合定名曰香山东海十六沙农务分所，暂借波头沙内新地公约为办事处，俟的款充裕再择适中之地建立分所。

第三条，本分所在香山县属东海十六沙等处，正蚕业蕃盛，农户荟萃之区，会员会友多系顺德祖籍侨民耕种于此居多，素来农情涣散、罔知公益，向少教育、积习庸愚，虽田畴万顷、土质肥沃，奈固执旧艺、胶守成见，不明种植新理、灌溉土宜之方。欲图开通民智、习勤祛惰、以臻改良，亟应设立农务分所，多派演说启迪愚蒙，并陆续设农事间隙半夜学堂，庶教育渐能普及，以期农务日有起色。

第四条，本分所发起之初在波头沙内新地公约第一次集议，组织发起会员一百二十二名担任垫助创办经费。至第二三次集议连日共认会份一千一百五十八名份。第四次开正式大会议因地制宜拟具章程，投筒公举董事五员，资格遵照大部定章办理。

第五条，本分所认助会份之会员会友要人品端正及有农业者方准入会，若游手好闲、人品不端者一概不准入会，以防流弊而清界限。

第六条，本分所创办及长年经费均由会员担任劝认会份，并不苛派农民分毫。

第七条，本分所长年经费皆由会员会友担任，公定每份收会底银五元，其家产殷厚农业广大者，自可多认，由会友互相劝勉踊跃捐助，所收会项存附殷实银号或当押生息以充长年经费，只用利息不动会本，如认会份不交现银者作为该会友揭回自用，拟照行息一分之例，每份每年交息银五角，该会友百年终老之日将会底银如数交还，于原本银无亏。如不愿收回亦可留为子孙改易姓名相承，认从其便，不得冒名混认，嗣后或有陆续认者随时添入。

第八条,本分所管理财政由众每年公举自家殷实、富有田业、人品纯正者为合格,期满另举。至于随时出入各款项按月列册,年底刊刻征信录布告以昭大信。

第九条,本分所创办伊始,先设农事演说会场,聘请农学毕业生演说农学新理,改良种植,境内土质、物产、化学肥料有益于农业者陆续调查研究,一俟经费稍裕再设农事学堂,章程遵照学部条款举办以期教育普及共图公益。

第十条,本分所境内蚕桑新理森林畜牧水产渔业各项事宜,均按地方情形酌量禀请地方官察核次第兴办。

第十一条,本分所境内有应修水利、整顿围堤各事宜,随时体察情形妥筹办理。

第十二条,境内遇旱淹荒歉,应即查明情形禀请地方官统筹办法。

第十三条,本分所境内所有春稔秋收情形、谷米粮食市价,随时列表呈地方官转详大宪报部。

第十四条,本分所每月定期会议,遵照大部定章办理,概从多数决议。

第十五条,本分所会员资格均遵部章公众选举,要田业殷厚、向营农务卓著成效、能研究新理、声望素孚、顾全公益、年在三旬以外者方能举充,会员举定后再由会员中资望合格者举为董事。

第十六条,本分所如有应办公益之事及有益于农事者或兴办农业学堂等事,如款项不足,亦可在本县境内之公款禀明酌拨相助办理。

第十七条,本分所农民或被势豪侵夺致有冤抑,由董事调查确实,当向地方官申明办理,倘事情重大者通禀察核。至两造因农事争执,由本分所集众秉公调处,如不听处,任其两造禀地方官公断。其非关于农业之事本分所概不干涉。

第十八条,本分所会份银两皆农捐农办,所有别项抽捐等事不得拨作他用。

第十九条,本分所会员会友如有独出心裁创制新器,于犁田锄地播种杀虫诸事确系精良利用、节费省工者,报明本分所转禀地方官核明,酌给专利年限以示鼓励。

第二十条,本分所会内设会计、书记、演说、调查、劝农各员分任各事,按事繁简乃定员数,均由董事主裁,并选会员以助襄办各事。

以上章程均遵大部定章并因地制宜酌量拟办,其有未尽事宜,随时参酌禀明办理,以维公益而图美善。

附件二:广东香山县东海十六沙农务分所公举董事衔名履历折

谨将广东香山东海十六沙农务分所公举董事衔名履历农业列呈钧鉴。

计开董事五员:

梁干廷,职员,年四十六岁,顺德县人,自置禾田五十亩,批耕桑田二顷四十亩;

冯颂华，年三十二岁，顺德县人，自置桑田三十亩，批耕种植四顷；
罗溢泉，年三十八岁，顺德县人，自置禾田一顷六十亩，批耕种植四顷；
冯松寿，年五十岁，顺德县人，自置禾田一顷二十亩，批耕禾田十六顷；
罗载旒，年五十四岁，顺德县人，自置禾田六十亩，批耕禾田五顷。

附件三：广东香山县东海十六沙农物分所发起人姓名年籍册

谨将广东香山县属东海十六沙农务分所发起人姓名年籍册呈核。

计开：

罗建业，年五十五岁，顺德县人；
梁结就，年六十八岁，香山县人；
梁裕端，年四十八岁，东莞县人；
冯其钧，年二十四岁，顺德县人；
陈意胜，年四十一岁，顺德县人；
梁炳燕，年五十一岁，顺德县人；
梁柱国，年五十二岁，香山县人；
罗云端，年四十九岁，顺德县人；
梁梳裕，年一十六岁，顺德县人；
罗达朝，年一十九岁，顺德县人；
冯全福，年二十六岁，顺德县人；
梁荣裕，年二十岁，顺德县人；
罗权炳，年二十二岁，顺德县人；
罗华带，年三十一岁，顺德县人；
冯钊耒，年二十八岁，顺德县人；
罗国滔，年五十八岁，顺德县人；
黄坤顺，年八十八岁，番禺县人；
罗森芳，年一十六岁，顺德县人；
吴坤章，年四十岁，香山县人；
陈亮云，年四十岁，顺德县人；
陈铨龙，年三十岁，顺德县人；
冯均玲，年二十二岁，顺德县人；
冯厥明，年一十六岁，顺德县人；
罗森腾，年一十八岁，顺德县人；
冯林玉，年四十八岁，顺德县人；
梁瑞国，年四十八岁，顺德县人；
罗朝端，年五十一岁，顺德县人；
罗应端，年四十四岁，顺德县人；
罗澄江，年一十七岁，顺德县人；
冯林亮，年五十四岁，顺德县人；
梁联清，年六十九岁，顺德县人；
何联成，年四十四岁，顺德县人；
冯林信，年四十八岁，顺德县人；
冯林会，年三十八岁，顺德县人；
罗鸿炳，年一十六岁，顺德县人；
罗绵南，年四十九岁，顺德县人；
罗东炳，年一十八岁，顺德县人；
周用登，年三十六岁，顺德县人；
冯朝栋，年八十四岁，顺德县人；
冯国恩，年四十岁，顺德县人；
罗森贵，年一十九岁，顺德县人；
罗干端，年三十六岁，顺德县人；
陈积财，年六十二岁，顺德县人；
陈藩屏，年三十岁，顺德县人；
陈择龙，年二十岁，顺德县人；
梁容裕，年二十八岁，顺德县人；
冯锡耒，年三十二岁，顺德县人；
黄炳全，年五十九岁，顺德县人；

黄珍全，年五十六岁，顺德县人；
陈全寿，年一十八岁，顺德县人；
郭友胜，年三十岁，顺德县人；
林生旺，年五十八岁，顺德县人；
黄坤泰，年七十七岁，顺德县人；
黄强全，年四十一岁，顺德县人；
冯辉发，年四十二岁，顺德县人；
冯仁宽，年三十六岁，顺德县人；
冯自求，年四十八岁，顺德县人；
冯绪求，年四十八岁，东莞县人；
何任初，年四十三岁，香山县人；
冯勉求，年四十一岁，顺德县人；
梁日云，年四十二岁，香山县人；
梁勤光，年五十二岁，顺德县人；
梁信裕，年二十六岁，顺德县人；
罗艺甫，年五十四岁，顺德县人；
黄润添，年五十四岁，顺德县人；
冯介臣，年五十二岁，顺德县人；
何容胜，年四十四岁，顺德县人；
冯齐兴，年四十九岁，顺德县人；
吴联清，年五十九岁，香山县人；
何凤宜，年三十八岁，顺德县人；
梁明显，年三十六岁，顺德县人；
冯颂华，年三十一岁，顺德县人；
冯元盛，年八十九岁，顺德县人；
冯泰满，年五十二岁，顺德县人；
冯小冉，年五十四岁，顺德县人；
吕祥福，年二十八岁，香山县人；
黄其全，年三十二岁，顺德县人；
冯宝来，年二十四岁，顺德县人；
梁干龙，年六十七岁，香山县人；
吴财宽，年二十五岁，顺德县人；
黄容清，年二十八岁，顺德县人；
罗蕙圃，年二十岁，顺德县人；
郭社胜，年二十二岁，顺德县人；
梁宗裕，年一十八岁，香山县人；
黄万全，年三十九岁，顺德县人；
冯以发，年二十四岁，顺德县人；
冯就宽，年五十六岁，顺德县人；
冯耀明，年五十六岁，香山县人；
冯汉球，年五十四岁，顺德县人；
冯信求，年五十二岁，东莞县人；
冯远求，年四十二岁，顺德县人；
梁文秀，年七十二岁，顺德县人；
梁月云，年四十五岁，香山县人；
冯林善，年五十二岁，顺德县人；
冯焯尧，年三十七岁，顺德县人；
罗秀珊，年五十四岁，顺德县人；
郭择恒，年三十四岁，顺德县人；
冯景南，年四十六岁，顺德县人；
吴信求，年四十四岁，顺德县人；
何齐鸿，年六十二岁，顺德县人；
冯会财，年五十九岁，顺德县人；
梁简端，年三十四岁，顺德县人；
卢兴常，年四十岁，顺德县人；
梁干庭，年四十六岁，顺德县人；
黄礼祥，年五十六岁，顺德县人；
冯耀华，年二十七岁，顺德县人；
吕焕棠，年六十二岁，顺德县人；
邓石泉，年五十九岁，顺德县人；
罗耀光，年五十四岁，顺德县人；
冯朝恩，年八十四岁，香山县人；
吴礼球，年五十四岁，顺德县人；
冯明南，年五十八岁，顺德县人；

冯鉴宽，年六十三岁，顺德县人；
冯就财，年六十二岁，顺德县人；
胡金川，年四十四岁，顺德县人；
冯衍胜，年五十三岁，顺德县人；
冯松寿，年五十二岁，顺德县人；
卢秋常，年三十六岁，顺德县人；
冯锡广，年四十六岁，顺德县人；
冯堪羡，年五十岁，顺德县人；
罗溢泉，年四十四岁，顺德县人；
冯子连，年七十一岁，顺德县人。

合共一百二十二名。

宣统二年 月 日册

附件四：广东香山县东海十六沙农务分所会份农民姓名年籍清册

谨将广东香山县属东海十六沙农务分所会份农民姓名年籍清册呈核。

计开：

冯华材，年五十六岁，顺德县人；
梁接祥，年三十八岁，顺德县人；
吴信光，年二十八岁，东莞县人；
吴勤兴，年四十一岁，顺德县人；
冯佑南，年四十八岁，顺德县人；
冯金材，年四十八岁，顺德县人；
梁鉴祥，年四十二岁，顺德县人；
吴日荣，年二十四岁，顺德县人；
梁英华，年五十六岁，顺德县人；
冯学南，年四十七岁，顺德县人；
吴业光，年三十九岁，顺德县人；
梁敬云，年三十九岁，番禺县人；
冯发求，年三十七岁，顺德县人；
冯显求，年四十六岁，顺德县人；
冯凌发，年二十四岁，顺德县人；
吴宏旺，年二十四岁，顺德县人；
林祝胜，年二十九岁，番禺县人；
利满辉，年三十一岁，香山县人；
陈满衡，年四十八岁，顺德县人；
吴荣华，年三十三岁，顺德县人；
吴择华，年三十五岁，顺德县人；
吴锡章，年四十八岁，香山县人；
郭生远，年三十九岁，香山县人；
吴焕荣，年三十七岁，顺德县人；
何志勤，年三十三岁，香山县人；
冯满南，年四十五岁，顺德县人；
吴廷森，年四十六岁，顺德县人；
梁兆祥，年五十二岁，顺德县人；
吴敬光，年四十四岁，顺德县人；
何茂勤，年五十六岁，顺德县人；
冯宇南，年四十三岁，顺德县人；
冯瑶彩，年五十二岁，顺德县人；
梁桂林，年二十四岁，顺德县人；
冯余珍，年四十八岁，顺德县人；
冯洪彩，年三十六岁，顺德县人；
邓全光，年三十六岁，顺德县人；
冯国开，年二十八岁，顺德县人；
黄亮胜，年三十八岁，顺德县人；
吴炳章，年三十七岁，顺德县人；
陈长发，年三十九岁，顺德县人；
梁胜芳，年四十五岁，顺德县人；
林湛洪，年三十九岁，香山县人；

何桥华，年五十六岁，香山县人；
何祥带，年二十四岁，顺德县人；
冯端南，年四十一岁，顺德县人；
吴迪章，年三十八岁，顺德县人；
冯同彩，年五十岁，顺德县人；
冯联彩，年四十六岁，顺德县人；
吴敬旺，年三十六岁，顺德县人；
吕成云，年五十六岁，香山县人；
黄贵衡，年四十二岁，顺德县人；
吴金满，年六十一岁，顺德县人；
何志旺，年一十九岁，香山县人；
梁礼志，年三十一岁，顺德县人；
利福隆，年二十四岁，东莞县人；
吴信廷，年二十五岁，顺德县人；
梁礼彩，年五十一岁，顺德县人；
何福德，年四十二岁，顺德县人；
黄自齐，年五十二岁，顺德县人；
陈建林，年四十九岁，东莞县人；
黄锦堂，年六十二岁，顺德县人；
何结财，年五十三岁，顺德县人；
何会祥，年四十二岁，顺德县人；
梁联志，年五十七岁，顺德县人；
梁成业，年二十四岁，香山县人；
陈会林，年四十四岁，顺德县人；
何福祥，年二十九岁，顺德县人；
何正祥，年三十四岁，顺德县人；
林开勤，年三十六岁，香山县人；
冯德财，年三十九岁，顺德县人；
何永德，年一十九岁，顺德县人；
何静德，年四十六岁，顺德县人；
何珍德，年三十九岁，顺德县人；
黄生齐，年二十八岁，顺德县人；
何凌德，年五十四岁，顺德县人；
张元芬，年三十一岁，番禺县人；
冼佳韶，年三十六岁，香山县人；
梁富云，年二十四岁，东莞县人；
吴志章，年三十六岁，顺德县人；
冯明发，年二十八岁，顺德县人；
吕叶云，年六十八岁，香山县人；
冼芹就，年四十八岁，顺德县人；
黄志权，年五十四岁，东莞县人；
梁珍财，年二十四岁，顺德县人；
吴信珍，年三十四岁，顺德县人；
冯元怡，年六十七岁，顺德县人；
林长联，年三十六岁，顺德县人；
梁其旺，年三十岁，顺德县人；
梁永生，年四十四岁，顺德县人；
陈志良，年五十九岁，番禺县人；
梁九胜，年二十五岁，香山县人；
何教德，年五十三岁，顺德县人；
卢恩章，年五十一岁，香山县人；
何裕祥，年二十六岁，顺德县人；
钟国文，年六十八岁，番禺县人；
罗意云，年三十岁，顺德县人；
杨锦元，年五十一岁，东莞县人；
罗长云，年三十一岁，顺德县人；
何富祥，年三十一岁，顺德县人；
梁敬忠，年四十五岁，顺德县人；
何兴祥，年四十一岁，顺德县人；
梁能财，年五十四岁，香山县人；
黄汝胜，年六十三岁，顺德县人；
黄结兴，年二十八岁，顺德县人；
梁彩业，年五十八岁，顺德县人；
周科财，年四十八岁，顺德县人；

陈泰阶,年六十二岁,顺德县人;
罗珍财,年四十八岁,顺德县人;
罗福满,年三十二岁,顺德县人;
王铨章,年三十九岁,顺德县人;
罗瑞兰,年五十七岁,香山县人;
冯信开,年四十二岁,顺德县人;
郭顺枝,年三十九岁,东莞县人;
罗贵满,年六十八岁,顺德县人;
黄信祥,年四十九岁,顺德县人;
岑奋成,年三十一岁,顺德县人;
梁科静,年二十一岁,顺德县人;
梁耀隆,年三十九岁,香山县人;
钟牛带,年二十七岁,顺德县人;
钟昭廷,年四十九岁,顺德县人;
吴铨恩,年三十九岁,顺德县人;
梁远昌,年二十四岁,顺德县人;
刘仲扬,年三十九岁,顺德县人;
刘永昭,年六十六岁,顺德县人;
梁益枝,年五十四岁,香山县人;
梁教枝,年五十二岁,顺德县人;
何礼元,年四十二岁,顺德县人;
刘禧福,年三十六岁,顺德县人;
梁敬初,年六十八岁,顺德县人;
梁结英,年四十四岁,顺德县人;
吴璇兴,年三十八岁,顺德县人;
罗志财,年三十五岁,顺德县人;
卢接常,年四十六岁,东莞县人;
梁永光,年三十二岁,顺德县人;
卢礼和,年二十八岁,顺德县人;
杨广遂,年三十二岁,顺德县人;
黄炽胜,年五十四岁,顺德县人;
罗澄光,年四十八岁,顺德县人;
何静祥,年五十一岁,顺德县人;
何发文,年四十六岁,香山县人;
冯德枝,年三十四岁,顺德县人;
罗全满,年二十四岁,香山县人;
王兆皆,年三十八岁,番禺县人;
冯彩业,年三十二岁,顺德县人;
冯常发,年二十四岁,顺德县人;
黄福祥,年五十六岁,顺德县人;
吴叶彩,年三十九岁,香山县人;
钟昭捧,年三十九岁,番禺县人;
钟群茂,年二十八岁,顺德县人;
钟群耀,年二十四岁,顺德县人;
钟群女,年二十六岁,顺德县人;
钟辉文,年三十五岁,顺德县人;
黄全满,年三十五岁,香山县人;
钟昭伟,年二十四岁,顺德县人;
刘湛昭,年六十八岁,顺德县人;
高显英,年五十六岁,顺德县人;
罗开能,年五十一岁,东莞县人;
黄友,年三十六岁,顺德县人;
王国樑,年二十四岁,东莞县人;
王永章,年三十四岁,番禺县人;
梁志满,年三十五岁,顺德县人;
钟群业,年三十五岁,顺德县人;
冯登胜,年二十六岁,顺德县人;
冯满万,年三十七岁,顺德县人;
罗培英,年三十九岁,顺德县人;
罗德财,年五十六岁,香山县人;
郭根九,年二十九岁,香山县人;
郭志灵,年四十三岁,顺德县人;
吴汝求,年五十二岁,顺德县人;
高亮安,年三十六岁,顺德县人;

李富祥，年四十四岁，顺德县人；
梁玲发，年三十七岁，顺德县人；
周平友，年四十六岁，顺德县人；
冯进然，年二十八岁，顺德县人；
周盛登，年五十一岁，顺德县人；
陈升能，年三十六岁，顺德县人；
杨桥带，年五十二岁，顺德县人；
周富荣，年三十三岁，顺德县人；
梁英旺，年五十九岁，顺德县人；
梁腾安，年四十二岁，顺德县人；
吴善朋，年四十八岁，顺德县人；
梁鸿旺，年四十四岁，顺德县人；
梁有为，年六十一岁，顺德县人；
周葵登，年四十九岁，顺德县人；
黄辉灵，年五十一岁，香山县人；
梁意登，年四十六岁，顺德县人；
黄桥带，年四十一岁，顺德县人；
周尚登，年三十八岁，顺德县人；
吴日辉，年四十一岁，顺德县人；
梁荣福，年四十四岁，香山县人；
黄培鸿，年五十二岁，顺德县人；
韦英高，年三十九岁，香山县人；
冼开新，年五十二岁，顺德县人；
吴鸿发，年四十一岁，顺德县人；
梁建芳，年四十九岁，香山县人；
黄日灵，年五十六岁，顺德县人；
黄彩隆，年四十四岁，东莞县人；
梁璇进，年四十三岁，顺德县人；
梁日祥，年五十一岁，顺德县人；
刘腾光，年四十八岁，顺德县人；
梁教贤，年三十九岁，顺德县人；
关培求，年六十四岁，顺德县人；
黄彩辉，年五十一岁，顺德县人；
郭顺泰，年四十五岁，顺德县人；
刘鸿端，年四十二岁，顺德县人；
李建光，年五十四岁，番禺县人；
卢意华，年四十四岁，香山县人；
梁永德，年三十六岁，顺德县人；
卢恩章，年五十二岁，顺德县人；
卢载华，年四十四岁，顺德县人；
梁德安，年四十五岁，香山县人；
吴澄金，年五十六岁，顺德县人；
梁应章，年三十九岁，顺德县人；
梁权光，年五十五岁，顺德县人；
黄佑隆，年四十八岁，顺德县人；
黄尧兴，年五十二岁，东莞县人；
黎韶孙，年五十四岁，顺德县人；
罗敬辉，年五十二岁，香山县人；
冯文端，年五十三岁，顺德县人；
周培登，年三十六岁，顺德县人；
黄裕发，年二十五岁，顺德县人；
谢建合，年三十五岁，顺德县人；
梁建辉，年二十八岁，番禺县人；
梁礼开，年四十七岁，香山县人；
黄潮发，年四十四岁，顺德县人；
黄裕灵，年五十四岁，顺德县人；
梁载登，年五十四岁，顺德县人；
梁明进，年五十三岁，顺德县人；
梁然登，年四十四岁，顺德县人；
梁瑶芳，年二十九岁，顺德县人；
区耀坤，年三十六岁，顺德县人；
梁瑞兴，年五十四岁，顺德县人；
谭常经，年五十二岁，番禺县人；
杨业贞，年七十一岁，顺德县人；

胡日元,年五十六岁,顺德县人;
何世华,年八十八岁,香山县人;
梁梳带,年五十九岁,顺德县人;
叶择明,年三十六岁,顺德县人;
冯宇祥,年四十八岁,顺德县人;
利九胜,年四十八岁,顺德县人;
李结端,年三十六岁,番禺县人;
吴静满,年三十八岁,顺德县人;
吴炽胜,年四十五岁,香山县人;
利礼英,年四十八岁,顺德县人;
梁万开,年三十九岁,顺德县人;
陈为端,年四十六岁,顺德县人;
刘联芳,年五十八岁,香山县人;
梁旺兴,年六十一岁,顺德县人;
陈潮端,年七十四岁,顺德县人;
梁经有,年五十五岁,东莞县人;
吴明满,年五十六岁,顺德县人;
利元球,年三十六岁,顺德县人;
黄敦恒,年五十八岁,香山县人;
梁世光,年五十四岁,顺德县人;
吴华就,年三十四岁,顺德县人;
颜鸿连,年三十八岁,东莞县人;
徐益林,年四十八岁,香山县人;
梁锡元,年六十八岁,顺德县人;
冯恒初,年五十一岁,顺德县人;
岑应全,年一十八岁,番禺县人;
陈义九,年五十一岁,顺德县人;
麦耀平,年四十四岁,香山县人;
梁齐兴,年二十四岁,顺德县人;
梁璇珍,年五十九岁,顺德县人;
梁荣求,年四十九岁,顺德县人;
梁发荣,年二十四岁,顺德县人;
杜贵祥,年五十五岁,香山县人;
何礼华,年六十三岁,顺德县人;
何启义,年二十六岁,番禺县人;
吴求满,年五十八岁,顺德县人;
陈以端,年五十九岁,顺德县人;
利华胜,年三十六岁,顺德县人;
梁贵祥,年三十八岁,顺德县人;
吴耀满,年四十九岁,香山县人;
李财端,年五十六岁,顺德县人;
冼远就,年五十二岁,香山县人;
陈裕端,年六十一岁,顺德县人;
黄恒昌,年四十四岁,顺德县人;
陈教端,年四十八岁,顺德县人;
关润胜,年五十六岁,顺德县人;
周常富,年三十五岁,顺德县人;
周权辉,年三十八岁,香山县人;
梁连珍,年三十六岁,顺德县人;
冯能信,年四十四岁,顺德县人;
冯荣章,年四十八岁,顺德县人;
吴财寿,年三十八岁,顺德县人;
陈择满,年四十八岁,顺德县人;
黄鸿辉,年五十二岁,顺德县人;
冯佑坤,年四十三岁,顺德县人;
张权枝,年三十二岁,番禺县人;
林润友,年二十七岁,东莞县人;
何坤灵,年四十岁,顺德县人;
麦志平,年三十一岁,香山县人;
周彩华,年五十四岁,顺德县人;
梁求带,年五十二岁,顺德县人;
梁福华,年五十九岁,顺德县人;
梁德荣,年五十四岁,顺德县人;
梁宏财,年五十二岁,顺德县人;

梁昌言，年五十三岁，顺德县人；
冯业荣，年四十九岁，顺德县人；
张佐安，年四十四岁，香山县人；
梁建平，年四十六岁，顺德县人；
梁惠明，年三十六岁，顺德县人；
麦和平，年二十四岁，顺德县人；
潘怡信，年三十六岁，东莞县人；
吴耀坤，年二十九岁，顺德县人；
叶海川，年七十二岁，顺德县人；
梁瑞发，年五十九岁，香山县人；
何启元，年四十九岁，顺德县人；
李容珍，年二十五岁，顺德县人；
李恒珍，年二十八岁，顺德县人；
吴叶财，年四十五岁，顺德县人；
吴仰和，年五十八岁，番禺县人；
吴彬尧，年五十二岁，顺德县人；
梁贵兴，年四十四岁，顺德县人；
李瑶珍，年二十六岁，顺德县人；
何宝光，年三十七岁，顺德县人；
吴湛和，年七十六岁，顺德县人；
陈瑞平，年五十四岁，顺德县人；
关瑞教，年四十六岁，顺德县人；
冯伯胜，年一十九岁，顺德县人；
黄万和，年四十八岁，香山县人；
黄华安，年五十六岁，顺德县人；
梁焕祥，年五十二岁，顺德县人；
冯永熙，年七十二岁，顺德县人；
何辉远，年二十四岁，顺德县人；
颜均成，年四十四岁，东莞县人；
潘培林，年二十八岁，顺德县人；
梁裕祥，年四十五岁，顺德县人；
关宏汉，年四十八岁，顺德县人；
梁耀荣，年四十八岁，顺德县人；
陈九胜，年三十六岁，香山县人；
梁勤熙，年五十六岁，顺德县人；
梁荣培，年三十六岁，番禺县人；
梁焕珍，年五十二岁，顺德县人；
梁允忠，年三十二岁，顺德县人；
潘礼纯，年二十八岁，顺德县人；
李太珍，年五十二岁，顺德县人；
叶带彩，年四十四岁，顺德县人；
梁以昌，年四十八岁，香山县人；
李财成，年三十六岁，香山县人；
李宇珍，年三十一岁，顺德县人；
梁全胜，年四十四岁，顺德县人；
吴伟尧，年五十六岁，顺德县人；
梁满光，年六十一岁，顺德县人；
吴江尧，年三十八岁，顺德县人；
梁余成，年四十四岁，顺德县人；
胡光临，年五十六岁，番禺县人；
吕日松，年五十二岁，香山县人；
杜作新，年二十八岁，顺德县人；
王日灵，年五十一岁，番禺县人；
黄彩远，年四十六岁，顺德县人；
黄琼和，年三十八岁，香山县人；
关朋广，年四十五岁，香山县人；
李汝添，年四十四岁，顺德县人；
陈旺德，年三十八岁，顺德县人；
茹远昌，年四十五岁，香山县人；
李周添，年五十一岁，顺德县人；
冯祥，年二十岁，顺德县人；
李荣忠，年四十一岁，番禺县人；
黄礼和，年五十四岁，顺德县人；
梁寿康，年一十八岁，香山县人；

梁璇化，年一十八岁，顺德县人；
梁悦康，年二十八岁，香山县人；
吴允伦，年四十五岁，顺德县人；
关简章，年五十九岁，顺德县人；
关文允，年五十四岁，顺德县人；
陈福林，年五十四岁，顺德县人；
颜永昌，年四十八岁，顺德县人；
关锡坤，年三十四岁，顺德县人；
冯品和，年四十八岁，顺德县人；
黄信和，年五十八岁，顺德县人；
黄昭皆，年五十岁，顺德县人；
黄林伯，年五十二岁，顺德县人；
冯建和，年五十六岁，顺德县人；
张桥安，年二十九岁，顺德县人；
冯安和，年六十二岁，顺德县人；
梁瑶邦，年四十八岁，顺德县人；
郭高全，年六十五岁，东莞县人；
梁勤旺，年四十二岁，香山县人；
陈贵凌，年三十九岁，顺德县人；
梁财兴，年四十四岁，顺德县人；
黄兴有，年四十九岁，顺德县人；
吴和安，年六十一岁，顺德县人；
罗锦齐，年四十五岁，顺德县人；
杨锡鸿，年五十八岁，顺德县人；
吴简平，年二十一岁，顺德县人；
吴耀平，年五十九岁，顺德县人；
罗腾绪，年五十八岁，顺德县人；
冯永祥，年五十六岁，顺德县人；
陈建松，年五十四岁，香山县人；
梁瑞余，年四十八岁，顺德县人；
梁胜松，年五十一岁，香山县人；
李钦伦，年五十四岁，顺德县人；
梁后胜，年四十八岁，顺德县人；
关富润，年四十六岁，顺德县人；
梁齐康，年二十九岁，顺德县人；
梁耀胜，年七十四岁，香山县人；
何忠成，年五十四岁，香山县人；
张仰枝，年五十一岁，顺德县人；
梁礼全，年四十八岁，顺德县人；
黎炳耀，年五十六岁，东莞县人；
梁廷枝，年四十五岁，顺德县人；
冯禧和，年六十八岁，顺德县人；
冯恒全，年四十八岁，顺德县人；
梁权邦，年四十九岁，顺德县人；
吴茂容，年五十四岁，香山县人；
张熙廷，年二十八岁，顺德县人；
黄尚忠，年五十九岁，番禺县人；
梁盛彩，年五十九岁，顺德县人；
郭升联，年四十八岁，东莞县人；
林平友，年五十八岁，顺德县人；
黄彩兴，年三十一岁，顺德县人；
林荣茂，年五十二岁，顺德县人；
吴福有，年五十六岁，番禺县人；
梁进荣，年五十一岁，香山县人；
林常安，年五十五岁，顺德县人；
梁朝新，年五十四岁，番禺县人；
吴朝熙，年四十八岁，顺德县人；
梁琼拜，年五十四岁，顺德县人；
冯益祥，年五十八岁，顺德县人；
冯静祥，年五十二岁，顺德县人；
关玉胜，年五十二岁，顺德县人；
梁朝贤，年四十八岁，东莞县人；
韦英富，年五十八岁，香山县人；
李勇安，年四十八岁，顺德县人；

李墀胜，年三十八岁，顺德县人；
梁兴华，年五十四岁，顺德县人；
谢为朝，年三十二岁，番禺县人；
何耕进，年四十八岁，香山县人；
陆尧皆，年四十二岁，顺德县人；
黄森荣，年四十四岁，顺德县人；
梁顺兴，年四十八岁，顺德县人；
冯意云，年六十八岁，顺德县人；
梁秩枝，年五十四岁，顺德县人；
黄注联，年四十二岁，顺德县人；
陈荣元，年五十八岁，顺德县人；
黄顺远，年六十一岁，番禺县人；
吴全章，年五十一岁，顺德县人；
梁旺枝，年五十四岁，顺德县人；
梁亮金，年三十六岁，香山县人；
梁建元，年二十岁，顺德县人；
梁齐端，年五十二岁，番禺县人；
韦忠就，年四十八岁，顺德县人；
黄德联，年六十一岁，顺德县人；
陈朝元，年五十六岁，顺德县人；
梁添宝，年五十四岁，顺德县人；
梁润发，年四十八岁，香山县人；
吴苗章，年四十六岁，顺德县人；
梁湛荣，年四十六岁，顺德县人；
黄辉祥，年四十六岁，顺德县人；
梁惠胜，年三十六岁，顺德县人；
陈钟文，年四十八岁，顺德县人；
梁权枝，年三十三岁，顺德县人；
林北添，年六十一岁，东莞县人；
梁学贤，年五十六岁，顺德县人；
潘永忠，年六十二岁，顺德县人；
梁恒先，年四十九岁，顺德县人；
陈满枝，年五十二岁，顺德县人；
黎炳灵，年六十八岁，顺德县人；
何善隆，年四十八岁，顺德县人；
陈叶平，年五十六岁，香山县人；
梁志胜，年四十八岁，顺德县人；
梁迪邦，年五十六岁，番禺县人；
梁鉴辉，年五十八岁，香山县人；
梁其森，年三十七岁，顺德县人；
陈龙元，年五十九岁，番禺县人；
陈礼先，年四十八岁，顺德县人；
吴泰荣，年四十九岁，香山县人；
梁开枝，年五十九岁，顺德县人；
吴垣泰，年六十一岁，顺德县人；
黄瑞祥，年四十九岁，顺德县人；
冯仁宽，年五十六岁，顺德县人；
谢树森，年三十二岁，番禺县人；
李湛恩，年三十九岁，顺德县人；
陈富朝，年五十三岁，顺德县人；
梁焕枝，年四十八岁，顺德县人；
黄兆祥，年四十八岁，香山县人；
梁连枝，年五十六岁，顺德县人；
吴宜泰，年六十四岁，顺德县人；
吴康泰，年五十六岁，顺德县人；
梁启荣，年四十四岁，顺德县人；
陈宽亮，年五十二岁，顺德县人；
萧息满，年二十九岁，香山县人；
文连元，年五十一岁，顺德县人；
冯怀宽，年五十九岁，顺德县人；
李勤章，年四十八岁，顺德县人；
叶俭邦，年四十六岁，顺德县人；
梁时财，年五十二岁，顺德县人；
梁作先，年四十一岁，顺德县人；

梁定和，年五十四岁，顺德县人；
梁现开，年三十二岁，顺德县人；
关自胜，年五十四岁，顺德县人；
邹广润，年四十六岁，东莞县人；
袁满合，年三十六岁，顺德县人；
袁金成，年五十一岁，顺德县人；
吴桂元，年四十九岁，顺德县人；
吴步藩，年六十八岁，番禺县人；
陈锦章，年四十八岁，顺德县人；
黎文孙，年五十八岁，顺德县人；
吴璇长，年五十九岁，香山县人；
梁品安，年七十三岁，顺德县人；
袁华猷，年四十七岁，顺德县人；
袁炳献，年四十七岁，顺德县人；
邹森润，年六十一岁，顺德县人；
谢东成，年四十八岁，香山县人；
潘元和，年五十六岁，顺德县人；
罗应端，年四十八岁，顺德县人；
梁远宁，年三十六岁，顺德县人；
冯注成，年五十六岁，顺德县人；
吴国隆，年三十六岁，顺德县人；
陈德财，年六十七岁，顺德县人；
梁兆兴，年六十四岁，香山县人；
郭德和，年六十二岁，东莞县人；
梁贵财，年五十一岁，顺德县人；
梁兴才，年三十六岁，顺德县人；
梁培兴，年四十九岁，顺德县人；
吴茂长，年六十四岁，顺德县人；
冯茂元，年五十四岁，顺德县人；
冯朝元，年四十三岁，顺德县人；
何余荣，年七十一岁，顺德县人；
区耀隆，年四十八岁，顺德县人；
梁茂廷，年三十二岁，东莞县人；
梁华开，年四十四岁，顺德县人；
利成忠，年五十一岁，番禺县人；
袁富容，年六十八岁，顺德县人；
潘远和，年二十八岁，香山县人；
吴满元，年五十四岁，顺德县人；
吴允祥，年五十二岁，顺德县人；
梁满梯，年三十二岁，顺德县人；
黎勤孙，年五十六岁，顺德县人；
吴福隆，年四十四岁，东莞县人；
梁云梯，年五十四岁，顺德县人；
冯以兰，年六十八岁，顺德县人；
袁才顺，年二十八岁，顺德县人；
罗远开，年五十四岁，香山县人；
梁大兴，年五十六岁，顺德县人；
陈裕文，年三十八岁，顺德县人；
郭有名，年四十八岁，顺德县人；
汤永生，年五十六岁，香山县人；
杨坤信，年四十九岁，顺德县人；
吴秩长，年五十三岁，顺德县人；
梁恩荣，年五十四岁，顺德县人；
吴衍芳，年五十二岁，顺德县人；
陈坤才，年六十二岁，顺德县人；
梁云辉，年四十九岁，顺德县人；
梁满有，年一十八岁，番禺县人；
罗云端，年四十八岁，顺德县人；
郭华元，年五十四岁，香山县人；
吴万先，年五十一岁，顺德县人；
冯善祥，年四十八岁，番禺县人；
冯永贤，年五十一岁，顺德县人；
杨择均，年四十八岁，香山县人；
冯敬禄，年二十四岁，顺德县人；

刘乃祥，年一十八岁，顺德县人；
麦有昌，年二十五岁，香山县人；
梁福如，年五十一岁，顺德县人；
冯元盛，年三十七岁，顺德县人；
梁瑞连，年四十四岁，顺德县人；
冯智仁，年二十九岁，顺德县人；
黎永祥，年三十六岁，顺德县人；
李殿林，年二十四岁，顺德县人；
李殿钊，年二十八岁，顺德县人；
周颂荣，年五十四岁，香山县人；
周颂尧，年四十五岁，顺德县人；
周荣联，年四十九岁，顺德县人；
李贵阳，年三十六岁，顺德县人；
梁永福，年三十八岁，顺德县人；
梁广泰，年五十一岁，顺德县人；
冯大元，年三十七岁，顺德县人；
冯发枝，年一十九岁，香山县人；
冯发远，年二十三岁，顺德县人；
吴敏政，年二十五岁，顺德县人；
何在球，年四十四岁，顺德县人；
麦镇清，年四十四岁，香山县人；
麦佐清，年四十岁，香山县人；
吴明有，年五十一岁，顺德县人；
吴元有，年四十六岁，顺德县人；
吴文福，年五十一岁，顺德县人；
石福昌，年四十一岁，顺德县人；
吴闰有，年二十九岁，顺德县人；
冯福昌，年四十六岁，顺德县人；
郭成昌，年三十六岁，顺德县人；
章国新，年三十九岁，番禺县人；
黄兆华，年六十四岁，顺德县人；
廖瑞成，年三十六岁，顺德县人；
李顺全，年五十四岁，顺德县人；
李顺成，年五十二岁，顺德县人；
冯世权，年五十八岁，顺德县人；
吴永先，年五十六岁，顺德县人；
吴万先，年五十二岁，顺德县人；
罗信芳，年六十二岁，顺德县人；
黎坤普，年四十二岁，顺德县人；
李殿邦，年三十六岁，顺德县人；
蒋益棠，年五十六岁，番禺县人；
周颂声，年四十八岁，顺德县人；
何择鸿，年六十八岁，顺德县人；
冯荣福，年五十六岁，香山县人；
黄龙章，年五十四岁，东莞县人；
罗信桂，年五十七岁，顺德县人；
梁韶广，年四十八岁，顺德县人；
黄其恩，年四十五岁，顺德县人；
何发枝，年三十七岁，顺德县人；
冯华宽，年四十八岁，顺德县人；
冯华胜，年五十九岁，顺德县人；
冯华带，年五十四岁，顺德县人；
冯容胜，年三十二岁，顺德县人；
冯元清，年七十二岁，顺德县人；
吴美胜，年三十二岁，顺德县人；
冼大猷，年四十二岁，顺德县人；
何乃垣，年五十四岁，香山县人；
陈泰茂，年五十六岁，顺德县人；
梁裕昌，年一十九岁，顺德县人；
陈海棠，年五十四岁，顺德县人；
何永益，年三十六岁，香山县人；
吴广平，年四十一岁，香山县人；
吴德礼，年三十五岁，顺德县人；
陈德政，年五十一岁，顺德县人；

何乃益,年四十九岁,顺德县人;
何桂兰,年五十四岁,顺德县人;
何维新,年四十五岁,顺德县人;
梁平吉,年五十一岁,香山县人;
冯国强,年三十八岁,顺德县人;
梁宏先,年五十岁,顺德县人;
冯发安,年三十四岁,顺德县人;
冯容芳,年四十八岁,顺德县人;
陈振英,年五十六岁,顺德县人;
冯桂标,年四十八岁,顺德县人;
黄殿邦,年四十岁,顺德县人;
陈德昌,年四十六岁,顺德县人;
冯经纶,年五十六岁,顺德县人;
区荣业,年三十二岁,顺德县人;
何满泰,年三十九岁,顺德县人;
区耀光,年五十四岁,顺德县人;
苏彩章,年五十岁,顺德县人;
杨连科,年二十五岁,顺德县人;
张瑞忠,年四十五岁,顺德县人;
梁占元,年五十八岁,东莞县人;
冯泽尧,年三十八岁,顺德县人;
陈以文,年七十四岁,顺德县人;
罗寿崇,年五十八岁,顺德县人;
梁日新,年三十五岁,顺德县人;
李联科,年四十岁,东莞县人;
陈注财,年三十八岁,顺德县人;
冯干隆,年二十五岁,顺德县人;
冯占耒,年四十八岁,顺德县人;
冯瑞耒,年五十二岁,顺德县人;
冯惠耒,年六十四岁,顺德县人;
冯迪耒,年三十七岁,顺德县人;
冯荣耒,年三十六岁,顺德县人;
杨玉衡,年四十四岁,顺德县人;
王世棠,年四十五岁,东莞县人;
何德新,年四十一岁,顺德县人;
梁进廷,年五十四岁,顺德县人;
霍迪彰,年三十六岁,顺德县人;
黄玉基,年三十九岁,顺德县人;
文安邦,年四十一岁,香山县人;
郭敬有,年五十一岁,顺德县人;
刘藩生,年五十六岁,顺德县人;
黄殿英,年三十六岁,顺德县人;
何伯元,年二十五岁,顺德县人;
吴建芳,年三十五岁,顺德县人;
区荣基,年三十五岁,顺德县人;
罗广枝,年四十岁,顺德县人;
林源辉,年五十六岁,顺德县人;
潘恒发,年五十岁,顺德县人;
郭全就,年三十七岁,香山县人;
卢志昌,年三十九岁,顺德县人;
冯裕隆,年三十四岁,顺德县人;
冯先来,年六十四岁,顺德县人;
林永发,年三十七岁,顺德县人;
罗寿祥,年五十四岁,顺德县人;
周登第,年四十岁,顺德县人;
高锡和,年三十八岁,香山县人;
李连安,年三十八岁,顺德县人;
何定安,年五十九岁,香山县人;
杜信祥,年四十六岁,顺德县人;
冯执耒,年四十岁,顺德县人;
冯发耒,年五十六岁,顺德县人;
冯贵耒,年六十七岁,顺德县人;
冯富耒,年二十八岁,顺德县人;
梁华耒,年一十九岁,顺德县人;

冯以耒，年五十六岁，顺德县人；
冼德卿，年四十五岁，顺德县人；
丁广胜，年六十五岁，顺德县人；
莫敬初，年五十八岁，顺德县人；
曾秉昆，年三十七岁，番禺县人；
郭述尧，年三十九岁，东莞县人；
李荣福，年三十九岁，顺德县人；
冯云湖，年三十四岁，顺德县人；
文敬全，年四十岁，顺德县人；
张道德，年五十六岁，顺德县人；
董炳南，年四十八岁，顺德县人；
胡信臣，年三十六岁，顺德县人；
李杰臣，年三十五岁，顺德县人；
姚逸林，年四十五岁，番禺县人；
罗子和，年三十七岁，顺德县人；
董德山，年四十七岁，顺德县人；
王在朝，年五十四岁，顺德县人；
冯元齐，年六十八岁，顺德县人；
梁锦全，年五十六岁，香山县人；
黄桂丹，年七十八岁，顺德县人；
谭咏棠，年四十八岁，顺德县人；
刘省三，年七十五岁，顺德县人；
叶少泉，年六十五岁，顺德县人；
张普廷，年四十九岁，顺德县人；
关景山，年四十七岁，顺德县人；
冯振华，年五十六岁，顺德县人；
黎玉廷，年五十七岁，顺德县人；
罗善祥，年四十岁，顺德县人；
吴广龙，年四十一岁，顺德县人；
冯兆扬，年一十七岁，顺德县人；
吴常就，年四十八岁，番禺县人；
冯祥带，年二十四岁，顺德县人；
冯昆朋，年五十七岁，顺德县人；
徐泽堂，年三十九岁，顺德县人；
卢仲明，年四十八岁，顺德县人；
余日初，年三十五岁，顺德县人；
莫道容，年二十七岁，东莞县人；
罗瑞昌，年三十九岁，顺德县人；
黄耀元，年四十五岁，香山县人；
邓五臣，年三十八岁，香山县人；
莫若发，年四十八岁，香山县人；
甘雨材，年二十八岁，顺德县人；
蔡兆云，年六十一岁，顺德县人；
梁建安，年二十七岁，顺德县人；
陈鼎三，年五十五岁，顺德县人；
钟仲英，年六十五岁，顺德县人；
马卓卿，年四十八岁，顺德县人；
王在国，年五十七岁，顺德县人；
罗家禄，年四十岁，顺德县人；
冯天元，年六十一岁，顺德县人；
梁锦添，年五十四岁，顺德县人；
冯耀和，年四十八岁，顺德县人；
周耀珊，年四十五岁，顺德县人；
冯和昌，年五十六岁，顺德县人；
易学文，年六十八岁，番禺县人；
罗泽林，年五十二岁，顺德县人；
罗静山，年三十九岁，顺德县人；
李鸿轩，年三十五岁，顺德县人；
冯源富，年五十七岁，顺德县人；
吴广志，年五十六岁，顺德县人；
冯兆良，年一十八岁，顺德县人；
罗世龙，年四十六岁，顺德县人；
罗裕生，年三十六岁，顺德县人；
何葵珍，年三十八岁，顺德县人；

李文端，年五十四岁，顺德县人；
梁培鸿，年四十八岁，顺德县人；
黎建昌，年三十七岁，顺德县人；
冯祥胜，年四十岁，顺德县人；
冯荣基，年三十八岁，顺德县人；
冯荣彩，年三十二岁，顺德县人；
梁裕科，年一十八岁，顺德县人；
林盛祥，年三十五岁，香山县人；
何德章，年四十一岁，顺德县人；
冯藻芳，年三十四岁，顺德县人；
梁洪皆，年三十七岁，顺德县人；
梁连有，年三十七岁，顺德县人；
叶伯候，年四十二岁，东莞县人；
曾广盛，年四十六岁，顺德县人；
黎明进，年四十一岁，顺德县人；
陈兆华，年四十七岁，顺德县人；
岑汝登，年五十岁，顺德县人；
梁添福，年五十九岁，香山县人；
关兆祥，年四十四岁，顺德县人；
关兆鸿，年三十八岁，顺德县人；
罗信华，年四十五岁，顺德县人；
罗福胜，年三十九岁，顺德县人；
陈昌言，年三十二岁，顺德县人；
冯福胜，年三十九岁，顺德县人；
杨恩发，年五十二岁，顺德县人；
杨建业，年四十八岁，顺德县人；
罗耀章，年四十五岁，顺德县人；
罗耀端，年三十八岁，顺德县人；
梁永全，年三十九岁，顺德县人；
洪保寿，年四十一岁，顺德县人；
孔广修，年三十九岁，顺德县人；
袁崇焕，年四十八岁，顺德县人；
李文瑞，年五十二岁，顺德县人；
林培成，年三十九岁，香山县人；
周联祥，年三十九岁，顺德县人；
罗祥荣，年五十七岁，顺德县人；
冯荣业，年三十四岁，顺德县人；
冯荣安，年二十五岁，顺德县人；
吴允求，年三十五岁，东莞县人；
叶永昌，年六十八岁，顺德县人；
吕占元，年四十五岁，顺德县人；
范永图，年三十七岁，番禺县人；
梁东有，年四十二岁，顺德县人；
曾广开，年五十一岁，香山县人；
曾广元，年四十八岁，顺德县人；
梁进荣，年二十七岁，顺德县人；
吴炳松，年三十八岁，顺德县人；
冼东成，年三十八岁，香山县人；
杨英贤，年五十六岁，顺德县人；
关兆贞，年四十八岁，顺德县人；
关兆鹏，年四十二岁，顺德县人；
罗信芳，年四十八岁，香山县人；
左孝则，年一十九岁，顺德县人；
林北带，年四十二岁，顺德县人；
陈昌第，年二十八岁，顺德县人；
黄结林，年二十四岁，顺德县人；
杨守业，年二十二岁，顺德县人；
杜广昌，年三十九岁，香山县人；
罗耀礼，年四十一岁，顺德县人；
冯为宝，年五十四岁，顺德县人；
吴明盛，年四十岁，顺德县人；
黄广安，年五十一岁，顺德县人；
吴理忠，年三十九岁，顺德县人；
何坤玲，年四十五岁，顺德县人；

黄占标，年三十九岁，顺德县人；
潘信祥，年五十五岁，顺德县人；
冯福林，年五十二岁，顺德县人；
梁品堂，年五十一岁，顺德县人；
黄宗锡，年六十八岁，顺德县人；
梁辉贤，年三十五岁，顺德县人；
梁振声，年三十五岁，顺德县人；
苏瑞生，年五十六岁，顺德县人；
冯林英，年五十六岁，顺德县人；
冯从英，年五十一岁，顺德县人；
罗进标，年四十八岁，顺德县人；
罗维枝，年三十八岁，顺德县人；
胡全英，年三十八岁，顺德县人；
谈天锡，年六十四岁，顺德县人；
郭高修，年五十四岁，顺德县人；
霍尚志，年四十七岁，香山县人；
冯荣标，年二十五岁，顺德县人；
罗金有，年五十六岁，顺德县人；
罗福有，年四十七岁，顺德县人；
梁成祥，年五十七岁，顺德县人；
梁益祥，年三十八岁，顺德县人；
谭福田，年四十八岁，顺德县人；
何太昌，年三十七岁，顺德县人；
陈国荣，年五十六岁，顺德县人；
冯耀彰，年二十八岁，顺德县人；
吴朝旺，年六十一岁，顺德县人；
陈有根，年五十六岁，顺德县人；
朱殿声，年四十七岁，顺德县人；
郭辛元，年四十二岁，顺德县人；
石森鸿，年三十六岁，顺德县人；
何乃森，年三十六岁，顺德县人；
何乃祖，年二十四岁，顺德县人；
杨其森，年三十五岁，香山县人；
冯振业，年五十六岁，顺德县人；
吴秩祥，年五十四岁，顺德县人；
梁连枝，年三十八岁，香山县人；
何富元，年四十九岁，顺德县人；
王文英，年五十四岁，顺德县人；
苏子和，年二十八岁，顺德县人；
江清其，年五十一岁，番禺县人；
陈明信，年五十二岁，顺德县人；
冯福祥，年五十八岁，顺德县人；
罗进祥，年三十六岁，顺德县人；
吴德勤，年四十岁，香山县人；
陈开泰，年五十六岁，东莞县人；
陈启泰，年四十九岁，香山县人；
江清太，年四十岁，番禺县人；
文贞祥，年五十五岁，顺德县人；
罗仕登，年三十五岁，顺德县人；
梁焕棠，年五十一岁，顺德县人；
冯永太，年三十八岁，顺德县人；
黄贵胜，年四十岁，顺德县人；
吴永生，年二十八岁，顺德县人；
卢兆开，年三十六岁，东莞县人；
何福昌，年三十五岁，香山县人；
冯明盛，年五十五岁，顺德县人；
杨权德，年三十六岁，顺德县人；
梁荣安，年四十五岁，顺德县人；
朱世扬，年三十五岁，顺德县人；
萧明礼，年四十八岁，顺德县人；
石柱国，年五十六岁，顺德县人；
何长荣，年六十八岁，顺德县人；
何乃文，年四十八岁，顺德县人；
何乃昌，年三十五岁，顺德县人；

陈庆堂，年三十九岁，香山县人；
李联辉，年二十八岁，顺德县人；
冯瑞明，年三十七岁，顺德县人；
陈万珍，年三十五岁，顺德县人；
刘学诗，年三十六岁，顺德县人；
刘学修，年三十二岁，顺德县人；
冯其珍，年二十四岁，顺德县人；
杜智仁，年五十二岁，顺德县人；
刘家平，年二十八岁，顺德县人；
冯文端，年四十七岁，顺德县人；
陈荣启，年五十六岁，顺德县人；
黄广文，年五十四岁，顺德县人；
黄广源，年三十八岁，顺德县人；
杨三元，年四十七岁，顺德县人；
高德禄，年五十一岁，顺德县人；
冯树德，年四十八岁，顺德县人；
张维桢，年四十六岁，顺德县人；
陈海南，年四十八岁，顺德县人；
吴永业，年三十九岁，顺德县人；
范广辉，年三十一岁，顺德县人；
李太明，年四十六岁，顺德县人；
林殿邦，年四十九岁，顺德县人；
欧家礼，年五十八岁，顺德县人；
杨耀光，年五十四岁，顺德县人；
罗炳康，年三十五岁，顺德县人；
王玉堂，年七十七岁，顺德县人；
冯裕顺，年五十六岁，顺德县人；
冯国森，年四十八岁，顺德县人；
李兆衡，年五十七岁，顺德县人；
冯湛超，年四十九岁，顺德县人；
冯成裕，年五十九岁，顺德县人；
刘炳元，年四十八岁，顺德县人；
吴裕昌，年三十八岁，顺德县人；
罗世樑，年三十五岁，顺德县人；
冯多福，年三十五岁，顺德县人；
刘学文，年五十六岁，香山县人；
刘学礼，年三十四岁，顺德县人；
冯其德，年一十八岁，顺德县人；
罗建威，年五十四岁，顺德县人；
高明发，年五十四岁，番禺县人；
罗世兴，年三十二岁，顺德县人；
罗永就，年三十七岁，顺德县人；
罗有耕，年四十五岁，顺德县人；
黄度贞，年四十四岁，顺德县人；
黄广盛，年三十六岁，顺德县人；
高升扬，年四十岁，顺德县人；
冯树平，年五十六岁，顺德县人；
关满茂，年四十六岁，顺德县人；
饶兆荣，年六十五岁，顺德县人；
刘庆元，年五十五岁，顺德县人；
王辉就，年五十七岁，顺德县人；
王祥远，年五十四岁，顺德县人；
黄敦太，年五十八岁，香山县人；
罗德兆，年五十六岁，顺德县人；
林郁华，年三十九岁，顺德县人；
冯耀桓，年二十九岁，顺德县人；
王龙昌，年三十五岁，顺德县人；
王平章，年三十三岁，香山县人；
何经邦，年二十五岁，香山县人；
何经魁，年二十八岁，顺德县人；
刘兆棠，年三十九岁，顺德县人；
罗荣昌，年二十五岁，顺德县人；
冯作梅，年三十八岁，顺德县人；
李治平，年三十八岁，顺德县人；

刘耀芬,年三十五岁,顺德县人;
唐汝荣,年五十六岁,顺德县人;
陈廷桂,年六十一岁,顺德县人;
冯惠民,年三十九岁,顺德县人;
黎湛元,年五十四岁,顺德县人;
何鼎熊,年三十七岁,顺德县人;
陈福全,年三十六岁,香山县人;
罗志忠,年五十六岁,顺德县人;
梁连枝,年五十六岁,顺德县人;
梁连业,年五十二岁,顺德县人;
冯星河,年五十四岁,顺德县人;
罗炳星,年五十六岁,顺德县人;
刘葆煌,年六十一岁,顺德县人;
冯家荫,年五十七岁,顺德县人;
冯显基,年四十八岁,顺德县人;
李鸿深,年五十六岁,番禺县人;
刘元恺,年四十九岁,顺德县人;
陈简棠,年五十八岁,顺德县人;
陈惠鸿,年三十六岁,顺德县人;
冯永图,年四十八岁,顺德县人;
吴振英,年三十五岁,顺德县人;
何彬华,年五十六岁,顺德县人;
李鸿珍,年四十六岁,顺德县人;
吴择均,年五十四岁,顺德县人;
冯德广,年三十六岁,顺德县人;
吴择鸿,年三十九岁,香山县人;
梁士荣,年三十五岁,顺德县人;
谢耀棠,年三十九岁,顺德县人;
冯阜胜,年五十六岁,顺德县人;
刘明登,年五十四岁,顺德县人;
刘明科,年五十二岁,顺德县人;
袁永桢,年三十六岁,香山县人;
郑秉恩,年二十八岁,顺德县人;
郑宝深,年一十九岁,香山县人;
冯耀南,年五十八岁,顺德县人;
黄就鸿,年五十七岁,顺德县人;
赵满堂,年六十七岁,顺德县人;
何徒松,年五十二岁,顺德县人;
冯占先,年四十八岁,顺德县人;
利清义,年四十五岁,顺德县人;
何昭文,年四十四岁,顺德县人;
何炳文,年三十二岁,番禺县人;
冯星联,年三十二岁,顺德县人;
何宝林,年二十五岁,顺德县人;
罗家俊,年三十八岁,香山县人;
罗贤明,年三十五岁,顺德县人;
何寿年,年五十六岁,香山县人;
黎坤兆,年四十八岁,顺德县人;
冯国基,年五十九岁,顺德县人;
陈惠樵,年四十八岁,顺德县人;
冯永发,年五十一岁,顺德县人;
罗广意,年四十九岁,香山县人;
何宗蕃,年六十一岁,香山县人;
高鼎源,年五十七岁,顺德县人;
陈和茂,年四十六岁,顺德县人;
冯锦章,年五十四岁,顺德县人;
陈惠卿,年五十一岁,顺德县人;
区善良,年六十七岁,顺德县人;
岑龙安,年五十八岁,顺德县人;
区以俭,年二十八岁,香山县人;
谢德峰,年五十一岁,顺德县人;
王载盛,年五十四岁,顺德县人;
王载恩,年四十九岁,顺德县人;
冯道德,年三十八岁,顺德县人;

区炳南，年五十七岁，香山县人；
招财胜，年五十七岁，顺德县人；
梁洪恩，年五十七岁，顺德县人；
杨国林，年六十四岁，顺德县人；
张厚基，年五十六岁，顺德县人；
冯兆鸿，年三十五岁，顺德县人；
杨添财，年五十九岁，顺德县人；
伍国卿，年六十五岁，顺德县人；
罗寿荣，年四十八岁，顺德县人；
冯云庆，年六十八岁，顺德县人；
冯明经，年四十岁，顺德县人；
罗世择，年三十六岁，顺德县人；
冯金材，年四十六岁，顺德县人；
罗惇文，年四十岁，香山县人；
冯惠民，年五十岁，顺德县人；
胡景崇，年四十岁，顺德县人；
冼朝柱，年四十九岁，顺德县人；
韩大信，年四十八岁，番禺县人；
温若瑚，年三十六岁，顺德县人；
龙定和，年四十八岁，顺德县人；
胡沃林，年五十六岁，顺德县人；
潘桂芳，年五十二岁，顺德县人；
叶永升，年六十八岁，顺德县人；
冯万年，年八十四岁，顺德县人；
吴祥达，年五十岁，顺德县人；
冯玉田，年五十九岁，顺德县人；
李尧光，年五十六岁，香山县人；
何福泰，年五十二岁，顺德县人；
冯永衡，年四十八岁，顺德县人；
吴广良，年三十六岁，顺德县人；
冯国桢，年四十岁，顺德县人；
江有寿，年四十岁，顺德县人；
潘寿祺，年六十七岁，顺德县人；
梁同志，年四十九岁，顺德县人；
冯允扬，年三十七岁，顺德县人；
詹同文，年四十五岁，番禺县人；
张厚全，年四十四岁，顺德县人；
冯朝佐，年四十五岁，顺德县人；
苏东成，年三十五岁，香山县人；
冯复初，年三十五岁，顺德县人；
吴调和，年六十五岁，顺德县人；
冯显胜，年五十五岁，顺德县人；
冯其桢，年四十五岁，顺德县人；
冯龙材，年三十八岁，顺德县人；
冯胜材，年五十八岁，顺德县人；
胡协修，年五十八岁，香山县人；
冯惠海，年四十八岁，顺德县人；
朱文科，年五十九岁，顺德县人；
何耀南，年五十五岁，顺德县人；
龙定江，年三十六岁，顺德县人；
岑祥胜，年五十岁，顺德县人；
龙光远，年三十四岁，顺德县人；
罗国相，年四十岁，顺德县人；
胡永元，年四十九岁，顺德县人；
李德桢，年四十五岁，顺德县人；
何荣耀，年三十八岁，顺德县人；
吴祥胜，年四十七岁，顺德县人；
张镇藩，年一十九岁，顺德县人；
谈爵全，年四十五岁，东莞县人；
何开泰，年五十二岁，顺德县人；
罗定扬，年六十一岁，顺德县人；
冯国樑，年四十八岁，顺德县人；
罗昭远，年五十八岁，顺德县人；
江清华，年四十八岁，顺德县人；

何茂华，年三十六岁，顺德县人；
冯瑞元，年五十岁，顺德县人；
罗干材，年四十八岁，顺德县人；
陈日新，年五十八岁，顺德县人；
郭赞宸，年五十七岁，顺德县人；
冯宝源，年四十七岁，顺德县人；
梁惠志，年五十九岁，顺德县人；
林景臣，年六十一岁，顺德县人；
姚宝荣，年六十五岁，番禺县人；
梅竹林，年五十七岁，顺德县人；
陈良杰，年六十岁，顺德县人；
吴振声，年五十五岁，顺德县人；
冯建标，年三十二岁，顺德县人；
罗中庸，年六十八岁，顺德县人；
冯景年，年四十七岁，顺德县人；
吴国良，年三十九岁，顺德县人；
冯源生，年五十四岁，顺德县人；
许应鸿，年六十四岁，番禺县人；
叶连枝，年六十岁，顺德县人；
麦植初，年七十一岁，香山县人；
梁祥源，年五十六岁，香山县人；
石炳基，年六十四岁，顺德县人；
龙应标，年五十七岁，顺德县人；
周元瑞，年五十八岁，顺德县人；
梁永鸿，年五十九岁，顺德县人；
罗相廷，年五十六岁，顺德县人；
高智成，年四十八岁，顺德县人；
陈普生，年五十一岁，顺德县人；
周晓初，年五十四岁，顺德县人；
林广耒，年六十五岁，顺德县人；
徐和源，年六十一岁，顺德县人；
区日孙，年六十一岁，香山县人；
冯文端，年五十八岁，香山县人；
龙桂棠，年四十八岁，顺德县人；
黎国器，年五十七岁，顺德县人；
罗兆初，年三十六岁，顺德县人；
陈伯卿，年四十六岁，顺德县人；
黎保山，年四十七岁，顺德县人；
冯日华，年四十岁，顺德县人；
张流基，年五十六岁，香山县人；
冯少云，年五十四岁，顺德县人；
冯颂庄，年五十一岁，顺德县人；
何元昌，年四十八岁，顺德县人；
黄鹤洲，年四十岁，顺德县人；
冯文英，年五十一岁，顺德县人；
吴学礼，年四十岁，番禺县人；
罗坤信，年五十一岁，顺德县人；
冯大元，年四十四岁，顺德县人；
蔡忠信，年四十七岁，顺德县人；
许应衡，年五十一岁，番禺县人；
欧达华，年五十一岁，顺德县人；
李锦兴，年六十岁，顺德县人；
苏海泉，年六十五岁，顺德县人；
阮广珍，年四十二岁，香山县人；
冯禄元，年四十三岁，顺德县人；
周佐朝，年四十五岁，顺德县人；
罗家沄，年六十八岁，顺德县人；
李翰藩，年一十五岁，顺德县人；
梅国光，年四十五岁，香山县人；
郑翰潮，年六十五岁，顺德县人；
周逢甲，年四十岁，顺德县人；
马吉云，年五十岁，顺德县人；
唐少川，年五十四岁，顺德县人；
罗学林，年六十五岁，顺德县人；

冯古清，年四十八岁，顺德县人；
陈伯如，年六十五岁，顺德县人；
左文生，年五十二岁，顺德县人；
朱永泰，年六十五岁，顺德县人；
冯鹤泰，年五十六岁，顺德县人；
吕兆农，年五十四岁，顺德县人；
黄利鸿，年六十五岁，顺德县人；
何运芳，年五十六岁，顺德县人；
阮旺元，年五十四岁，香山县人；
马龙图，年五十二岁，顺德县人；
何兆湘，年五十岁，顺德县人；
张国安，年四十岁，香山县人；
汤亦鸿，年五十二岁，东莞县人；
李学海，年四十一岁，顺德县人；
杨家树，年五十六岁，顺德县人；
秦礼廷，年五十四岁，香山县人；
冯慎初，年五十二岁，顺德县人；
潘同珍，年五十二岁，香山县人；
易大雅，年四十二岁，顺德县人；
李万贵，年五十六岁，顺德县人；
巫茂源，年四十六岁，顺德县人；
冯联泰，年五十一岁，顺德县人；
罗同昌，年四十岁，顺德县人；
程广升，年四十岁，顺德县人；
冯月波，年四十二岁，顺德县人；
吴申辅，年四十岁，香山县人；
区大元，年五十岁，番禺县人；
高湛堂，年三十六岁，香山县人。

合共会份一千一百五十八名份。

宣统二年　月　日册

（农工商部档）

P12：农业-农务会

7.15　农务司札为香山东海十六沙设立分所事

宣统二年二月初九日（1910年3月19日）

堂批：阅定。二月初九

为札饬事。

宣统二年二月初四接据广东香山县农务分会总理冯国材禀称，据香山东海十六沙农务分所发起农民罗建业等投称，该处土质肥沃，农民拘泥古法，利源坐失，特联合老于农事者在内波头沙借地为办事处所，开会议时到者极形踊跃，担任经费，公举会员，由会员选举梁幹廷等董事五员，妥拟章程，恳转请立案，理合呈请批示祗遵等情，并章程、董事、发起人折册前来。查本部奏定农会章程第五条内开，公举董事分别才地资望悬为定格。该县东海十六沙创设农务分所，于地方情形有无窒碍，所举梁幹廷等董事五员是否殷实富有田产，合行抄录原章及董事衔名履历，札饬。札到该道即便遵照转饬查明复部以凭核办可也。此札。

右札广东劝业道陈望曾准此。

香山东海十六沙设立农务分所查明见复由。

农务司连拟

（农工商部档）

P12：农业-农务会

7.16　农务司拟广东安洲农务分会的禀批

宣统二年二月十三日（1910年3月23日）

（堂批：）阅定。二月十三

拟广东安洲农务分会禀批

据禀称，香山东海十六沙设立农务分所公举董事各节本部已札饬广东劝业道查明，俟复到再行示遵。此□。

右批广东安洲农务分会知悉。

农务司连拟

参、丞阅过

（农工商部档）

P12：农业-农务会

7.17　大黄圃乡自治研究社何国华等禀请撤销安洲农务会改名大黄圃乡分所等事

宣统二年二月（1910年3月—4月）

具禀，广东广州府香山县大黄圃乡自治研究社副社长大理寺评事职衔何国华，年二十六岁，系大黄圃乡人，圃都一鄙五甲民籍，附生何朝瑞、严永和、刘增莹，职员胡纪华、刘锡霖、何伯纶、何国祥、王汝梅、韩君彦、刘绍斌、林昌泰、刘佐朝、冯绍坤、何宝麟、黄慕廉，监生韩朝岳、刘思俨、何宗藩、刘元庚、王长光、何国治、黎俊卿、汪林轩、刘瑞芬、王寿年、关鼎铭、林启明、刘銮芬、严炳煌、何崇勋、范銮坡等为越境揽权设会渔利粘乞恩准撤销安洲农会，改名大黄圃乡分所,并恳札属立将外棍冯国材等斥退,遴选殷实正绅接办以正名核实事。

窃大黄圃乡所属向有新沙即安庆村、新地即鳗子洲,农民杂处,以便就近耕作,风俗古朴,素未开通。自外棍冯国材挈眷寄居,以其愚蠢可欺,遂多方武断,近更藉新政为名,串纠愚氓倡设农会。查其集会宗旨显悖钧部奏定章程,大违公理者若有数端,谨为堂宪逐一陈之。考大黄圃属地向无安洲之名,伊遂诡将安庆村及鳗子洲两地方擅捏造安洲名目,不合者一。该棍冯国材籍隶顺德,未经教育,曾寄下流,且以顺德人越境办事搀夺主权,不合者二。未经会员投票选举,自居总理之职,又使其子冯毓灵充当会董,阳借农会之名阴植自肥之计,父子济恶广布爪牙,不合者三。核其所收会本金或五毫或五元参差不一,预为瞒吞地步,不合者四。统计会董二十七人,除顺德籍外无一人系香山姓名者,不合者五。统计所收会本金已达万元,自当设场试验发明农学新理以浚利源,乃该棍但知敛财肥己罔顾公益,不合者六。其余弊端尚难枚举,姑摘其疵累之大者,已觉该棍手段贻害无穷。除禀县及劝业道制台外,理合粘批沥叩爵前,伏乞恩准撤销安洲农会,改名大黄圃农务分所,并恳札属立将外棍冯国材等斥退,遴选殷实正绅接办以正名核实,实为公便。切赴堂宪大人爵前。

计粘抄县□□□劝业道批二□呈电

宣统二年二月　日禀

（农工商部档）

P12：农业-农务会

7.18　农务司札为饬查香山安洲农会申复凭办事

宣统二年三月初六日(1910年4月15日)

堂批：阅定。三月初六

为札饬事。

宣统二年二月廿九日据广东香山县自治研究社长何国华等呈称,大黄浦乡所属向有新沙安庆村、新地即鳗子洲农民杂处,素未开通。自外来冯国材寄居以后,因其农民愚蠢可欺,遂捏造安洲地名倡设农会,宗旨多于定章未合,所收会费已达万圆,并未设场试验,未经公举自居总理,并令其子充当会董。种种背理,贻害无穷。呈请撤销安洲农会,改名大黄浦农务分所,并恳饬属斥退冯国材等,令再举正绅接办等情前来。查农会本为改良农业、发明新理而设,若所呈各节事果属实,于农业前途诸多阻碍,仰照所呈迅速详查申复以凭核办可也。此札。

右札广东劝业道准此。

札饬查明安洲农会申复凭办由。

农务司邓拟

参、丞阅过

（农工商部档）

P12：农业-农务会

7.19　农务司拟香山县自治研究社长何国华等的禀批

宣统二年三月初六日（1910 年 4 月 15 日）

堂批：阅定。三月初六日

拟香山县自治研究社长何国华等禀批

据禀称冯国材借名农会种种背理各节，已札饬广东劝业道查明，俟复到再行核办。此批。

右批何国华等知悉。

农务司邓拟

参、丞阅过

禀称冯国材借名农会种种背理，已札饬广东劝业道查明核办由。

（农工商部档）

P12：农业-农务会

7.20　安洲农务分会总理冯国材禀为本年春耕播种收成情形

宣统二年三月十五日（1910 年 4 月 24 日）

广东香山安洲农务分会总理冯国材谨禀大人爵前，敬禀者：窃卑分会自宣统元年七月间奉准立案开办后，凡县内全属所有应办农务各事宜无不仰遵钧部实力推广办理，以副朝廷设会振兴农业之盛意。伏查定章程第十四条内开，分会应将境内所有春稔秋收谷米粮食情形随时具报。又第十六条，凡一切蚕桑森林渔业各事条陈本部次第兴办等因。去年经将全属春稔秋收谷米粮食蚕桑果木市价及早晚各造收成情形详细调查，分别列表呈明钧部察核在案。蒙批，据禀已悉所陈香山全属物产市价情形及谷米果木蚕桑表式三纸尚属详明，应准备案等因。

奉此合将本年春耕播种莳田各项事宜禀报。现调查香山县境内东北一带沙田广润，最为繁盛，均属种植禾稻居多，年中所产谷米农民贩运别县亦属不少，若果逐渐改良，研究种植新理，施以化学肥料，辨别土宜，考以何地则合何项谷种，利用新式农具，则收成愈广，农业益兴，利权愈大。县属南边等处地接洋海，倘遇受咸潮淹过，禾稻不生。西北毗连顺德，半属桑基鱼塘，半属禾田果木。养蚕之家尤以北隅为最盛，今春借雨水调匀，农夫莳田不致艰苦。粤东香山全属于春耕播种以正月下旬惊蛰后为期，播种后约一月乃清明左右将秧田移插，莳后三日均皆生色。至于谷种，名式甚繁，各农夫必先择于县属土宜合种且产谷略多者，即如早造新兴白银粘等每亩产谷约四石零，晚造之金风雪丝苗粘每亩产谷六七石，其有香粘谷每亩收成不过二石，是以莳种颇少。至蚕种一项，系属本年正月下旬收成，三月蚕子出世且亦极佳，四月头造之蚕丝可望畅旺，不致有受亏折金，春之头造桑叶全县亦称茂盛，市价均属平常。谨将卑分会调查本年春耕播种插秧莳田及头造蚕桑收成各情形呈明宪鉴。除禀两广督部堂外，伏候批示祇遵。肃此具禀，恭请崇安，伏乞垂鉴。国材谨禀。

宣统二年三月十五日禀

（农工商部档）

P12：农业-农务会

7.21 署理两广总督袁为请委黄玉堂为总理并另颁图记事致农工商部咨文

宣统二年四月（1910 年 5 月—6 月）

头品顶戴、署理两广总督、兼管广东巡抚、粤海太平两关事务袁，为咨明事。

据广东劝业道陈望曾详称，宣统二年四月二十五日奉农工商部札开，案据广东香山县农务分会会董冯溢广、会员杜宏业等禀称，卑分会自上年七月奉准立案，甫经办有成效即拟迁建县城适中之地以期连合各分所办事，讵料有本邑劣举刘曜垣等恃充农务总会会董，串同在籍翰林黄玉堂藉势侵夺，即在香山城内自治研究社私设分会，香山县沈令瑞忠竟准刘曜垣等举黄玉堂为总理。禀请劝业道转详督宪拟将卑分会改为分所□□准之□□□□据阻挠破坏，乞咨督宪饬属□……□符原案而资办事等情。□……□前准香山分会总理呈称，粤省风气未开，农务总会尚未设立，该农民冯溢广等首先创设分会系为振兴农业起见，自应代为陈情立案并恳颁发图记委札等语，本部是以照准。兹据冯溢广等禀控刘曜垣恃充总会会董，串同黄绅玉堂即在香山城内私设分会各节，显系有意倾挤，因该会设在安洲不在香山城厢之故，本部前次颁给图记系指香山而言，若在安洲自应改为分所以符定章，不必迁设香山，徒启竞争无被实事。札道迅即察酌情形，妥筹办法禀部核夺可也等因。

奉此又先于宣统二年三月二十日奉农工商部札开，宣统二年二月二十九日据广东省香山自治研究社长何国华等呈称，大黄圃乡所属向有新沙安庆村、新地即鳗子洲，农民杂处，素未开通。自外来冯国材寄居以后，因其农民愚蠢可欺，遂捏造安洲地名倡设农会，宗旨多与定章未合，所收会费已达万员并未设场试验，未经公举自居总理并令其子充当会董，种种背理贻害无穷，呈请撤销安洲农会改名大黄圃农务分所并恳饬属斥退冯国材等，令再举正绅接办等情前来。查农会本为改良农事发明新理而设，若所呈各节事果属实，于农业前途诸多阻碍，仰照所呈迅速详查申覆以凭核办可也。

又于宣统二年三月二十二日奉宪台批，据香山县安洲农务分会会董冯溢广等禀该会(分)会系奉部核准在先，现被刘绅曜垣等藉端纷争，乞准维持照旧办理，俾迁建县城以符部制等情。奉批分会分所部有定章，前已明白批示，何以屡渎不休。揣该会董之意不过藉会名为聚众□□之具。□至于振兴农业，全在实事求是，分会□……□争不已耶。该会董屡次□……□分之□，仰道迅饬香山县澈查，如果劣迹昭著，即详请咨部将图记撤销以示惩儆。毋任滥据把持，为地方害也。

又于宣统二年四月二十□□批，据署香山县沈令瑞忠具禀□札饬查冯国材父子各情并应否撤销安洲农务分会改名大黄圃分所拟议禀候示遵等由。奉批，冯国材父子胆敢擅拟判示红示，公然张贴晓谕收词挂批，实属谬妄已极，仅予撤换不足以蔽其辜。应如何□行惩办以儆效尤之处，仰道核明饬遵具报各等因。先后到道。

查上年八月间，韩前署道□钧任内接据广州商务总会移开，香山县安洲农民州同职衔冯溢广等创设香山安洲农务分会，举冯国材为总理，业经该总会呈奉农工商部核准，札委并颁图记式样转发祗领刊用，移道饬县出示晓谕等由，当经行县遵照。嗣据署香山县沈令瑞忠禀称，邑绅刘曜垣等请设香山阖县农务分会，业已公开正式选举，会先举得董事十六人，复选得黄绅玉堂为总理，开具衔名清单禀请详咨。并据沈令禀称，伏查农会章程一县不得设两分会，其余酌设分所，该县绅士刘曜垣等禀请设立农务分会，先奉照准立案，特以总理董事未举行，县照会该绅等举定禀请详咨，兹据该绅等将总理董事衔名列册缴县。忽准商务总会以冯溢广等设立安洲农务分会呈奉大部核准行县，查阅冯溢广等所设农务分会事非全属实，与分会名目未符，所举会董全系冯属顺德县民，尤与定章不合，请示办理等情。经韩前署道以应否详咨撤销安洲分会，照请广东农务总会查明情形切实议覆。去后随准农务总会总理梁绅庆桂、协理卢绅乃潼覆称，详查香山县志并无安洲地名，冯溢广等倡设农务分会系在该县属黄旗都一小部分等由。当经由道核明具详。随奉宪台札行，准广州商务总会请准予变通办理，一县分设两会等由。札道会同商务总会暨农务总会妥协商定详请核办等因。遵经分别照请两总会妥协商定。并据香山县职员何国华以冯国材诡造安洲地名倡设农会，自居总理又使其子冯毓灵充当会董，阳借农会之名阴植自肥之计，乞斥退详咨注销。又据香山县大黄圃乡附生何朝瑞等联名以冯国材系陈村义隆沙疍户，托籍顺德，自居总理，蛊惑农民，四处科敛会本。又据香山小榄武举李仲瑛等以冯国材所称修复东海上下各沙等处共二百余围需工费银二十八万余两一节系属欺瞒。冯毓灵系冯国材之子，伪造龙洞地名设立农务分所，胆敢张设红台围坐收民间诉词判断挂批。有此父子济恶，大为地方之蠹，乞澈查核办以维农业各等情，先后赴道呈控，均经行县确查。兹准农务总会总理梁绅庆桂、协理卢绅乃潼先后覆称，农业所包甚广，欲振兴新理必先除旧弊。广东恶习有包筑荒头遂霸踞人业者，有联合佃户以挟制业主者，种种弊端不一而足。故大部明定章程饬就城厢设一分会，其余乡镇村落市集酌设分所，防微杜渐，实为虑远思深。今香山县城业经□设分会□安洲□□□香山县黄旗都内之□……□设分所似无疑议。

至□……□田隔县代谋一事，前据顺德农务分会来缄，谓有公产鯆仔围田一号被水冲缺基围，尚未据佃人奔报，突有香山县安洲农会遣人到，问该围修筑与否，如无经费可出资代修，除收回成本外再收二成利息等语。乍闻殊为骇异，业经固却，再查农会系考查物资改良种植以兴利为宗旨，非以盈利为目的，若基围冲缺，应由业户派人估价修筑，兹竟越俎代谋，实欲借数浮支。公产尚属如此，则妇孺及个人之产业竟不知若何鱼肉，恐受累者不堪设想，将情形布告总会劝止。当经总会以正言劝其毋越界线。查安洲农务分会系耕户出本组织，其所以断断争辩者无非以分会之权或重于分所，欲假虚名以图实利。此次以香山之会而欲承筑顺德之业，则其无利不钻已可概见，若非绳以部章，恐以后联党要挟，业户必大受影响等由过道。

准此并据署香山沈令瑞忠以农会定章声明府厅州县酌设分会，其余乡镇村落市集等处酌设分所，是安洲应否准其设立分会应以安洲是否县城为断。现设安洲分会之地并非城厢，不过乡间村落，何能违章妄争。冯国材所称县属东海二百余围修堤银二十八万余两由伊劝办一节饬绅查覆，各围堤均有各田主佃自行出资修筑，不经安洲分会之手，安洲分会张皇耸听殊非切实。并经该县亲赴安洲农会访查询，据书记钟槐庭声称略同。至开堂讯理词讼梁发详等判示，查有实处，抄出另折呈核。至龙洞分所之即系县属第六沙地方，并无龙洞之称，冯毓灵即冯国材之子。查冯国材系顺德县陈村疍民，即省城大新街卖字之冯显胜，其冯毓灵每逢三八日开会议事并判断会内农民等事，每词讼递禀收费二毫，头门外当留有对开印信红示一张，载明所有呈词等件俟开印后照旧办理。查农会本为改良农业发明新理而设，凡民事案件不应干预，乃竟敢擅拟判示红示，公然张贴晓谕，收词挂批，其胆大妄为□……□其地改名大黄圃分□……□定章一县设一分会亦□……□冯国材父子判示红示，抄录列折□□禀覆前来□道。

伏查部颁农会章程第二条内开，各省应于府厅州县酌设分会，其余乡镇村落市集等处并应次第酌设分所。详绎定章，所谓乡镇村落市集者，对乎城厢而言，是分会应设在城厢而其余乡镇村落市集仅可酌设分所，其义甚明。今香山阖县农务分会经邑绅刘曜垣等组织设于县城，先经由道批准立案饬县转致，举定总理董事开列衔名禀请详咨。乃冯溢广等又于乡间黄圃司属之安庆村、鳗子洲等处设立农会，取名安洲农务分会，实与定章未符。商务总会所请一县分设两会碍难照准，自应遵照现奉部札改为分所。惟香□……□本在黄圃司属，应□□□改名为大黄圃农务分所，以期名实相符。□……□农务分会应请即于县城设立，以邑绅公同举定之前山西学政在籍翰林院编修黄绅玉堂为总理，咨部给发委札以专责成，并另颁图记式样俾资刊刻钤用。至冯国材现经由县查覆系顺德县陈村疍民，声名本属平常，自充安洲农务分会总理，又充香山港口安平农务分所董事，其子冯毓灵并充西海十八沙龙洞农务分所董事，并不将农会范围内事讲求振兴，乃于顺德公产围田一事则隔县代谋修复，欲图借数浮支藉端渔利，于东海各围修堤一事则妄称工费银二十八万余两由其妥商劝捐，混禀耸听已属非是，且于民间词讼递禀收费二毫，复敢擅拟判示红示，张贴晓谕，收词挂批。似此俨然官府体制，无非恃其父子身充总理董事，恣意凌轹乡民。诚如宪台批示，实属谬妄已极，若不严行惩办固不足以儆效尤，且恐于农业前途诸多阻碍。农务总会谓冯国材等假虚名以图实利，若非绳以部章恐以后联党要挟，业户必大受影响，实为洞见症结之论。至刘曜垣系谘议局议员，为香山最有声望之绅士，黄绅玉堂充当总理确系经众公举禀定，且从未与冯国材等控争，乃冯溢广等指为串同，藉势侵夺，实属任意捏耸。本案前经照请商务总会妥商，适张总理振勋辞退，久延未覆。现在农务总会及香山县均已查明拟议先后覆到，似未便再事稽延，拟请将冯国材安洲农会总理即予撤退，追缴委札图记，并将安洲分所改设大黄圃地方。冯国材另充香山港口安平农务分所董事、其子冯毓灵又充香山龙洞农务分所董事，应请一并先行斥退。仍饬该县就近确查，如冯国材父子有侵吞会项情事，即行拘案押追，从严拟办，如无侵吞实据，亦驱逐回顺德原籍，不准再在香山县属逗留，以免别滋事端，为藉会横行者戒。至新改之大黄圃农务分所及原有之港口安平农务分所，应由县督绅另行公举董事，分别禀请详咨立案。其龙洞农务分所叠据小榄绅耆呈控黄显光等诡造地名瞒禀设立，勾引外棍借会敛财。现在董事冯毓灵因恣意妄为，已请斥退驱逐，应请将龙洞农务分所撤销，由小榄绅耆另设农务分所办理一切，以期有俾实事。是否有当，理合饬遵查议，详候察核批示祗遵，并请咨部察照，实为公便。再刘曜垣等所拟之香山阖县农务分会章程折及举定总理黄绅玉堂暨董事会员衔名折已于上年详缴，并请随文咨送大部，合并声明。等由到本署督部堂。

据此应如详办理，除批回遵照外，相应咨明，为此合咨贵部，请烦察照。希即发给黄绅玉堂为总理委札以专责成，并另颁图记式样刊刻钤用，并请将安洲农务分会撤销，改为大黄圃分所。饬令冯国材等将奉发委札图记□销□□查办，并大黄圃分所及原有之港口安洲分所由县督绅另行公举董事，分别□……□并请撤销将黄显□……□榄绅耆另行筹设□……□。

计送章程及总理□……□共二扣。

右咨农工商部

附件一：香山县农务分会总理董事会员衔名折

广东劝业道谨将香山阖县农务分会总理董事会员衔名缮具清折呈送钧核。

计开，

总理

黄玉堂，甲戌科翰林院编修、花翎侍讲衔前山西学政，顺德人，住香山。初选董事得票七十八，获选总理得票三十八。

董事

刘曜垣，癸巳举人、会兴馆誊录议叙分发知县、广东法政学堂毕业员，香山县人。得票八十。

高拱元，己丑恩科举人，香山县人。得票七十七。

黄瑞森，庚子恩科举人、花翎道衔广西试用府，香山县人。得票六十四。

李麟书，丁酉科举人，两浙盐场大使，香山县人。得票五十九。

黄龙章，丁酉科解元，法政研究所毕业员，香山县人。得票五十七。

缪云湘，丁丑科进士，香山县人。得票五十五。

郑宝琳，优附生，中书科中书，香山县人。得票四十六。

张宝铭，癸巳科举人，香山县人。得票三十八。

毛嘉翰，增生劝学员兼教育会职员，香山县人。得票三十七。

郑照极，优廪生，教育会职员，香山县人。得票三十六。

洪典光，廪贡生，江苏候补直隶州知州，香山县人。得票三十三。

黄汝楫，蓝翎同知衔，两广师范毕业生，香山县人。得票三十三。

黄鼎，花翎同知衔，香山县人。得票三十三。

萧绍芬，广西补用县丞，香山县人。得票三十一。

彭炳光，甲午科举人，香山县人。得票三十一。

候补董事

刘其楷，封职候选同知，香山县人。得票三十。

黄福元，附贡生，分省补用同知，香山县人。得票三十。

林宗骥，职员，香山县人。得票三十。

高自宏，附贡生，广府官立自治研究社毕业员，现充本邑劝业员，香山县人。得票三十。

会员

何宸章，附贡生，分省候补道，香山县人。

黄福元，附贡生，分省补用同知，香山县人。

高自宏，附贡生，广府官立自治研究社毕业员，香山县人。
杨衍桐，增贡生，香山县人。
唐汝源，顺天举人，五品衔内阁中书，香山县人。
郑仲铭，附生，香山教育会会长，烟洲学堂教员，香山县人。
王启纶，附生，香山县人。
谢帝光，职员，香山县人。
刘秉垣，增贡生，委用训导，香山县人。
林寿图，江西补用县丞警察毕业员，香山县人。
郑泽森，增贡生，五品衔候选县丞，香山县人。
刘仁大，候选州同法政毕业员，香山县人。
郑寿森，广东法政学堂毕业员，香山县人。
黄显成，附生，烟洲两等小学堂校长，香山县人。
黄耀光，教育会职员，五峯小学堂教员，香山县人。
程维雁，业农，香山县人。
黄毓森，蓝翎同知衔，香山县人。
郑彦博，劝学所职员、教育会职员，香山县人。
高业修，监生，香山县人。
陈廷桑，花翎都司衔，香山县人。
郑兆栋，同知衔，香山县人。
黄裕麟，职员，香山县人。
郑佩坚，教育会职员，香山县人。
黄绍鼎，花翎侍卫，香山县人。
周鸾骞，增贡生，明德小学堂校长，香山县人。
杜昌龄，詹事府主簿，香山县人。
刘元璐，监生，香山县人。
刘元戴，监生，香山县人。
郑殿松，武生，香山县人。
高照华，业农，香山县人。
李文杜，教育会职员，香山县人。
郑志超，武生，香山县人。
郑汝坚，职员，香山县人。
郑汝愈，附生，香山县人。

林清华，花翎道衔，香山县人。

黄渭业，业农，香山县人。

郑迺谦，职员，香山县人。

杨著昆，花翎道衔封职，香山县人。

何廷愷，监生，香山县人。

何其英，中书科中书，香山县人。

何永昌，监生，香山县人。

刘毅昭，监生，香山县人。

李鸿源，同知衔，香山县人。

刘荣祖，附生，香山官立初等小学堂校长，香山县人。

缪福培，花翎□□□，香山县人。

缪国璋，举人，花翎广西候补道，香山县人。

刘子昭，蓝翎五品衔，日本大学警察本科毕业员，香山县人。

缪国铨，花翎江西补用知府，香山县人。

刘其阶，封职候补同知，香山县人。

刘秉钿，候选光禄寺署正，香山县人。

刘秉铎，国子监典籍，香山县人。

梁恩浩，职员，香山县人。

黄祐孚，职员，五品衔，顺德县人，住香山。

刘瑞麟，同知衔江西知县，法政学堂毕业员，香山县人。

林宗骥，职员，香山县人。

刘嘉鼐，丁酉科举人，两淮盐大使，香山县人。

萧植生，业农，香山县人。

简英才，同知衔，顺德县人，住香山。

刘焯森，业农，香山县人。

刘太常，业农，香山县人。

杨鼎光，举人，五品衔八旗教习，南雄学正堂，香山县人。

伍卫祺，蓝翎都司衔，香山县人。

刘桂迪，职商，香山县人。

林殿桢，业农，香山县人。

高祺怡，监生，香山县人。

林日晋，捐分福建试用县丞，香山县人。

林云生，蓝翎都司衔，香山县人。

林业校，业农，香山县人。

黄显儒，业农，香山县人。

陈廷熙，附生，香山县人。

林日炘，同知衔，法政预科毕业员，香山县人。

李云龙，中书科中书，香山县人。

刘祥，业农，香山县人。

林国光，都司衔，香山县人。

林国卿，业农，香山县人。

林炳森，业农，香山县人。

郑廷魁，职商，香山县人。

刘祥安，光禄寺署正，香山县人。

刘冠良，监生，香山县人。

刘敬朝，监生，香山县人。

刘珠大，业农，香山县人。

刘桂铿，贡生，香山县人。

刘汉章，师范毕业生，香山县人。

陈怀新，业农，香山县人。

陈锦瑞，业农，香山县人。

刘超常，业农，香山县人。

刘炘常，业农，香山县人。

刘锦安，业农，香山县人。

刘云岳，监生，香山县人。

郑瀚乔，业农，香山县人。

谭官引，业农，香山县人。

叶照，业农，香山县人。

刘銮藻，监生，香山县人。

罗惠彬，业农，香山县人。

欧官朝，业农，香山县人。

龙国光，业农，香山县人。

郑藻翔，职商，香山县人。

黄鸿钧，监生，香山县人。

罗泉彬,业农,香山县人。

罗国宜,业农,香山县人。

何能礼,监生,香山县人。

刘子融,监生,香山县人。

李咏周,监生,香山县人。

刘善猷,业农,香山县人。

黎志成,业农,香山县人。

方天球,业农,香山县人。

杨文灏,监生,香山县人。

刘庆翔,职员,香山县人。

王德芬,附生,香山县人。

黄颖芳,业农,香山县人。

刘桂荣,附生,香山县人。

卢锡衡,业农,香山县人。

李亮华,监生,香山县人。

李宗幹,附生,香山县人。

陈载明,职商,香山县人。

陈桂庭,监生,香山县人。

罗兆德,业农,香山县人。

梁乔开,业农,香山县人。

李永亮,职商,香山县人。

唐世泰,附贡生,香山县人。

梁乔,附贡生,同知衔,香山县人。

至公围,业农围主,香山县人。

和益围围主,香山县人。

厚诚围围主,香山县人。

何林焜,业农,香山县人。

太和围围主,香山县人。

裕安围围主,香山县人。

古镇自治社,香山县人。

林声衡,业农,香山县人。

卢国屏,监生,香山县人。

卢瀛，监生，香山县人。

谭国鋆，辛丑补行庚子科举人，香山县人。

潘藻芬，业农，三水县人。

李宝清，监生，香山县人。

茂兴围围主，香山县人。

彭仁就，业农，香山县人。

陈庆忠，监生，香山县人。

高彬贤，职商，香山县人。

杨炳元，监生，香山县人。

黄文荣，业农，香山县人。

梁择和，业农，香山县人。

黄葆桑，法政别科毕业员，香山县人。

吴煦棠，职员，香山县人。

李念兹，业农，香山县人。

黄葆光，监生，香山县人。

杨朝忠，业农，香山县人。

罗藻彬，业农，香山县人。

陈可大，监生，香山县人。

萧日逢，业农，香山县人。

郑步矩，监生，香山县人。

林廷瑞，监生，香山县人。

林德康，业农，香山县人。

李燦华，业农，香山县人。

马赓载，业农，香山县人。

林文厚，职商，香山县人。

刘瀛瀚，分省试用县丞，香山县人。

何植芬，附贡生，花翎四品分省试用知县，香山县人。

麦福基，附贡生，香山县人。

何焜元，五品衔候选县丞，香山县人。

何联光，按经历花翎四品封职，香山县人。

何同，监生，光禄寺署正，香山县人。

张百昌，业农，香山县人。

杨彝，五品衔候选县丞，香山县人。
卢锦衡，职商，香山县人。
陈寿铭，业农，香山县人。
刘寿祺，监生，香山县人。
黄溥年，业农，香山县人。
李学芬，附贡生，法部主事，香山县人。
刘榦澜，业农，香山县人。
刘澄澜，业农，香山县人。
刘建辉，业农，香山县人。
萧介眉，职商，香山县人。
方爵廷，业农，香山县人。
缪绍榜，监生，香山县人。
黄锦荣，香山协右营五品顶戴尽先外委管带港口炮台，香山县人。
林秉枢，附贡生，香山县人。
林挺华，同知衔，香山县人。
林恩荣，监生，香山县人。
蔡达源，业农，香山县人。
吴泽贻，州同衔，广府自治研究所毕业员，香山县人。
郑腾驹，业农，香山县人。
唐贻添，业农，香山县人。
何能昌，监生，香山县人。
张沾琨，业农，香山县人。
阮龙标，业农，香山县人。
阮敏庸，业农，香山县人。
陈鸿惠，监生，香山县人。
郑凤林，职商，香山县人。
林茂员，业农，香山县人。
刘善祥，业农，香山县人。
吴启添，业农，香山县人。
刘开富，业农，香山县人。
布赞衡，业农，香山县人。
李世谦，布政司理问云南龙川江经历，香山县人。

邓镜蓉，癸卯科考取誊录议叙通判花翎盐运使衔候选道，香山县人。

李鹤年，岁贡生，香山县人。

（农工商部档）

P12：农业-农务会

7.22　安洲冯国材禀为香山农会试验研究新法情形

宣统二年四月(1910年5月—6月)

广东广州府香山县安洲农务分会总理冯国材谨禀钧部宪大人阁下，敬禀者：窃卑分会自奉准立案开办后，凡县内全属应办农务各事宜无不凛遵宪示实力推广办理，以仰副朝廷设会振兴农业之盛意。伏查部定章程第十四条内开，分会应将境内所有春稔秋收米谷粮食情形随时具报。又第十六条，凡一切蚕桑森林渔业各事条陈本部次第兴办等因。经将本年春耕播种莳田头造蚕桑各情形详细调查，分别禀报钧部察核在案。蒙批，禀悉据报本年春耕播种插秧莳田及头造蚕桑收成各情形尚属详明，所有香境农桑事宜该分会务当随时调查研究，逐渐改良以兴实业，是所厚望，此批等因。奉此伏读之下，谨遵宪批认真调查研究改良以兴实业。卑分会现又调查得香山县境内全属禾苗二造蚕桑果木各情形，逐一列明为我钧部详陈之。

查本年三月下旬及四月上中旬两旬雨水稀少，各处田禾多被亢旱，迨至下旬连沛甘雨，禾苗因之昌茂，农夫均称得时，而早造禾稻可望收成大有起色。至于二造蚕子，乃三月下旬出世，四月初旬头二三眠，四月中旬则蚕熟，是为收成计，由蚕子出世共十八天则为一造。今春夏初交天气颇热，养蚕之家俱搭茅寮用禾秆而盖，惟该养蚕之家多属泥守旧法，以致养蚕之室未能通风疏爽，故头二三眠之蚕有感热气因而失养，此系天时亢旱，□□人事不□故有如是之弊，迨至□眠□□叶□□食□桑是以□食□叶，复第三四日有受风吞热而成□蚕，□蚕者而无丝出也。又有□食□雾之桑而□□□尾大熟上□时而变肥蚕均无成茧。是造养蚕之家十居七八折本。故蚕业乃粤省一大宗，亟宜从速研究改良以挽利权。至二造桑叶，价值甚为低贱，每担不过价值洋银三四毫或六七毫之谱，比较头造十分得其二三之价。至于丝市，沽出洋之车丝每百斤价值九百元左右，另有一种粗丝每百斤价值六百元有奇。此调查第二造蚕桑之情形也。国材生斯长斯，业蚕桑者已有三代矣，向来考求蚕学游历于外，颇有心得，是以按月会议之期必与会内各董事及会员会友等公同商酌再三研究，如有确应改良，随时立出传单或标贴长红布告，劝令养蚕之家逐渐试办，务以精益求精。查养蚕之法最宜多开窗门使其通爽以免蚕受炎热之虞，其咸质之桑必先用清水浸过方能授之与蚕食，如此办理乃合蚕之性质又可免蚕感受炎热之病。倘别有蚕之弊病又当另行随时细心研究，总期日有起色，以振兴实业为要。至若果木一节，查本年四月红大造玉荷包荔枝等类甚属丰收，目下每百斤价值不过三两左右而已。其早造禾稻之收成须俟割获完竣方能详细报明。惟今春早禾前因亢旱，迨有枯黄之势，乃四月下旬天沛甘霖，禾色青葱，农夫欢声载道。

所有卑分会调查香山县境全属田禾二造蚕桑果木及研究改良各情形据实禀报宪鉴，藉纾廑念。至卑分会屡经提倡集议筹设本县试验场及农事研究所半日学堂等事，惟初办伊始款项未足，现暂拟将各会董会员之批耕种植之果园桑围沙田先行各自试验研究，变通旧法比较新理，倘试验有效则互相改良。此不过急于考求以期农业振兴，其试验场仍应赶紧择地筹款建设为当务之要，如一有成议即当再行禀明。除禀粤督宪外，肃此具禀，恭叩崇安，并乞批示祇遵，伏维垂鉴。国材谨禀。

宣统贰年肆月　日禀

（农工商部档）

P12：农业-农务会

7.23　安洲农务分会会董冯溢广等禀为何国华等请将安洲分会改为分所事

（附录冯溢广等批词二件）

宣统二年四月（1910年5月—6月）

广东香山安洲农务分会全体会董冯溢广等谨禀大人阁下，敬禀者：窃卑分会自宣统元年七月间奉准立案开办以来，应办各事宜均遵章办理，节经呈明察核在案。讵料有本邑劣绅何国华、李仲英、刘曜垣等串同在籍之顺德县翰林黄玉堂，恃势抑压，舞弄地方官，朦串瞒详，拟将卑分会改为分所。幸值督宪廉明，即将陈道宪详请撤改之文缓办在案。现在尚未蒙妥商详办，而劣豪何国华等不遂伊撤改之欲，胆敢捏词瞒渎大部，欲以先发制人，现又愈出愈奇。该劣等忽于二月二十六日假冒卑分会董冯溢广等之名伪禀广东劝业道宪，诬称总理冯国材藉会招摇，请将安洲改为分所等谎。迨董等阅奉道批饬县查明，始知其事，当经具禀粤督道宪严追冒名递禀之人究办。复经全体会董亲谒劝业道宪检举，面请究追。此等伎俩无非暗为陷害以利其图夺之私，实与匿名揭帖何异？伏思卑分会已奉颁发图记遵用日久，何以该劣假冒董等之名递禀，岂大部颁发图记亦敢假造钤用耶，抑无图记道宪亦准理耶？此非董等之所知，千思百索不得其解。惟事关重大，必请究追，有此伪冒，何事不可为？况卑分会已有会友农民四千余名之多，倘若误会以为董等自行更改破坏，必致众情愤激，何难因公受害？况名誉所关，亦万难以此蒙冤受屈。谚云，故头可断名不可污，士可杀不可辱。势迫沥情叩恳崇辕，乞恩俯赐电咨粤督宪严究假冒伪禀之人，按照匿名揭帖之罪从重惩办，并将该劣之假禀注销，核明有无私造图记，查取销毁，以免弊混而肃政令。查此件必系何国华、李仲英等之所为，合并陈明，实为公便。肃此具禀，恭叩崇安，并恳批示祗遵，伏乞垂鉴。会董溢广等谨禀。

计粘抄批词一纸。

宣统贰年肆月□日禀

附件一：照录冯溢广等批词

谨将冯溢广等批词照录呈电，三月初十日奉劝业道宪批，昨于二月二十六日据冯溢广等禀称冯国材等狼狈串吞，藉会招摇，并冒名混禀请将安洲改为分所等情。当经批行香山县确查禀复。兹据禀称，二月二十六日之禀系被人冒尔冯溢广等之名混禀，果否属实仰香山县按照先令批行就近确切查明禀复察夺，禀抄发。三月二十二日奉劝业道宪批，昨据该会董等禀称二月二十六日之禀系被人冒名混递，经批行香山县查复在案。兹据该会董等复来沥诉，仰香山县迅速确切查明禀复察夺。禀抄发。

附件二：安洲农会同呈名单

黄显光、黄皆明、吴萱泰、罗茂联、冯泰丰、梁礼进、黄开廷、吴栋华、梁□皆、黄炽光、黄以凤、梁伟享、吴尚仁、黄财兆、梁旺发、吴尚财、黄镒安、黄裔安、黄浩贤、林道合、吴宏迪、黄荣桂、梁朝德、梁彦初、黄裕益、梁信光、黄国梁、罗开华、冯锡林、冯康宁、冯泰元、黄荣昌、吴文安、廖志耀、黄敬旺、吴恩荣、罗开明、吴尚皆、罗开平、罗开亮、冯国安、黄泰茂、吴栋文、何德财、何瑞联、黄明泰、冯朝栋、陈月辉、黄齐荣、黄重光、黄珍泰、黄昌泰等谨将粘抄批词呈电。何巨川等禀，香山县宪批，农务定章一县设一分会定有限制，至分所多多益善。西海十八沙农人云集，土质肥沃，应设分所联络农民，仍与分会脉络贯通以收实效，岂能查禁吊销。惟所称冯毓灵系顺德县人，越境分设，似有未合，候据情具禀劝业道宪核察，俟奉批示再行饬遵可也。仰即知照李仲英等禀。

（农工商部档）

P12：农业-农务会

7.24 西海十八沙龙洞农务分所董事冯毓灵等禀为请立拘何国华等以免阻碍农政事

宣统二年四月(1910年5月—6月)

广东广州府香山县西海十八沙龙洞农务分所全体董事冯毓灵，全体会员黄显光等谨禀大人阁下，敬禀者：窃董等于上年七月间蒙本邑安洲农务分会总理冯绅国材遵章推广提倡组织卑分所，联合本处西海十八沙附近之农民竭力筹成，定名曰香山西海十八沙龙洞农务分所，禀请广东劝业道宪详咨□□□准立案。本以研究新理，共图公益起见，迨开办后，讵本邑著名劣绅李仲英、何国华等不知是何居心，迭次串党捏控妄请撤销。经蒙粤督道宪明察批斥有案，仰见慎重周详维持农业之至意，可见该劣李仲英等实欲立心破坏恃势侵夺以成铁证。

查该劣等竟有不陷不休，先经多方舞弄，串同豪绅刘曜垣、何朝瑞等于安洲农务分会上年八月开办后耸动在籍翰林黄玉堂纠党阻挠，希图压制，以致全属农民大动公愤，集议通禀大宪保护严惩在案。惟劣等尤不知敛迹，胆敢贿使劣绅何国华等瞒禀部宪，捏称违章设会，谬请将安洲农务分会撤销改为分所，另选正绅办理等谎。当经蒙□宪札行详查核办在案。如劣等若果热心公益，何必谬请将已成之会撤改，其侵□□□已可概见。夫农会之设多多益善，今该劣等立心破坏，实为私见之举。始则以破坏安洲分会，继则又欲强夺龙洞分所，其阻挠农政破坏公益殊属强横已极，种种行为无非鱼肉农民之计。且冯国材办理农会为粤省首创，先开风气，现在朝廷设立斯会为振兴实业，惟利未见而劣绅则弊端百出。伏读部章第十九条内开，农民或被势豪侵夺致有冤抑，事情重大禀部核办等示。有此土豪势恶，若不先除，巨害纷纷阻挠，农务前途不堪设想。势迫联叩崇恩俯察，迅赐飞咨粤督宪饬属妥为保护，札县立拘何国华、李仲英等从重究办，以免阻碍农政。农民幸甚，大局幸甚。再卑分所未蒙发给戳记，合并声明。肃此具禀，恭叩□……□[①]垂鉴。董事毓灵等谨禀。

计粘批词、同呈名单各一纸。

宣统贰年肆月　日禀

(农工商部档)

---

① 此处一列不清。

P12：农业-农务会

7.25　农务司札为冯毓灵等禀控何国华等捏控破坏龙洞分所事

宣统二年五月二十一日(1910年6月27日)

堂批：阅定。五月廿一日

为札行事。

案据广东香山县西海十八沙龙洞农务分所董事冯毓灵、会员黄显光等禀称，分所开办后，本邑劣绅李仲英、何国华等迭次串党捏控妄请撤销，经蒙粤督道宪批斥有案。该劣绅等先经串同豪绅刘曜垣、何朝瑞等于安洲农务分会开办后，耸动在籍翰林黄玉堂纠党阻挠，禀经大宪保护严惩，乃胆敢贿使劣绅何国华等瞒禀大部，捏称违章设会，请将分会撤销改为分所，另选正绅办理等谎。复蒙部札行详查核办在案。该劣绅等始则破坏安洲分会，继欲强夺龙洞分所，种种行为无非鱼肉农民之计，叩恳俯查迅赐飞咨粤督饬属妥为保护，札县立拘何国华、李仲英等，从重究办等情前来。查刘曜垣等前因安洲农务分会一案被冯溢广等控，经本部札行该道察酌情形妥筹办法禀部核夺去后，兹据冯毓灵等禀称前情，合再札行该道并案查酌办理可也。此札。

右札广东劝业道准此。

札广东劝业道龙洞农务分所章控李仲英何国华等捏控破坏各节札饬并办由。

参、呈阅过

农务司郭拟

(农工商部档)

P12：农业-农务会

7.26　农务司札为请将安洲农务分会改为安洲农务分所事

宣统二年五月二十八日(1910年7月4日)

(堂批：)阅定。五月廿八日

为札饬事。

宣统二年五月二十四日据香山安洲农务分会全体农民梁联经等禀称，安洲分会前蒙冯绅国材组织成立，讵开办后迭被县属大绅争办分会，串党捏控，枝节横生。是以总理冯国材业于四月念五日会议辞退，将图记委札暂置会所。各董事亦纷纷辞退。今闻劝业道宪详请改为大黄圃分所，农等□□□□远隔一方，于研究农学诸多不便，连日会议情愿解散，不甘受劣绅之抑压，沥情联叩，俯念成立在先，曲顺农情将原日安洲分会请改为安洲农务分所，仍在鳗子洲余庆堂办事，庶免大局瓦解等情到部。查香山安洲农务分会请改分所，叠据县绅与该会会董等禀电交控，互相争执，业经先后札饬该道澈查声复在案。兹据该农民等□以总理辞退，请将分会改为安洲分所等情。自应并饬查办以息事端。合行抄录原禀札饬札到该道，仰即遵照并案查核办理，声复本部可也。切切。此札。粘抄原□。

右札广东劝业道准此。札广东劝业道。农民梁联经等请改安洲农务分所各节并案查复由。

农务司赵题

丞、参阅过

（农工商部档）

P12：农业-农务会

7.27 西海十八沙农民黄裔安等禀为无辜撤销动公愤请垂怜农艰事

宣统二年五月（1910年6月—7月）

广东香山县西海十八沙龙洞农务分所全体会份农民黄裔安等禀，为无辜撤销，咸动公愤，乞恩俯赐维持，垂怜农艰以免解散而维农政事。

窃农等西海十八沙龙洞农务分所上年七月间蒙冯绅毓灵提倡创办。开办以来，诸事颇有就绪，正在倡设半夜学堂、农事试验场，研究新理。乃突被势豪黄绅玉堂、刘绅曜垣唆使劣棍李仲英、何国华等串党，纷纷捏陷谓董事冯毓灵张贴红示、收词挂批等大题，贿串香山县沈署令瑞忠，瞒禀偏详，定要撤销龙洞分所归并小榄乡绅耆办理为达其目的。农等忖思，冯绅毓灵热心公益，众望素孚，当时组织卑分所非冯绅无以举办。现被劣豪架题，强逼该绅辞退，经农等再三挽留，无可阻止，遂于四月二十八日开会议事，当众辞退。斯时农等正为无所措手足。现阅各报章登载香山县禀复劝业道宪详咨大部，将龙洞农务分所撤销归并小榄乡绅耆办理等因，批阅之余，连日集众开特别会议，佥同声泪俱下。农等伏思，数千万人安居龙洞西海各沙地方，胼足田畴，终岁辛苦。此次倡设分所，原期讲求农学、发明新理，意者谓农务日有起色。且农等远隔小榄乡五十余里之遥，若归并小榄，不但往来研究农学诸多阻碍，且屡被劣绅抑压、任意鱼肉。农民如归并小榄乡办理，农等情愿解散，不甘受劣绅之抑压。理合沥情联叩崇阶，伏乞俯赐维持，垂怜农艰，准予仍旧设立龙洞务农分所，俾得农等互结团体，考求新理，逐渐改良，以期农务日臻起色，则农等数千万人永沾大德于靡既矣。切赴农工商部宪大人爵前，恩准施行。

计同呈名单一纸。

宣统二年五月　日禀

附件：同呈名单

谨将同呈名单开列呈电。

计开：

黄裔安　黄玉成　吴尚财　黄荣昌　冯定邦　区兆章　黄成保　梁猷盛　吴尚恭　吴业昌

吴恩旺　吴均荣　陈开有　陈开枝　梁兴宜　吴均万　黄七有　吴百根　区维益　区维生

黄祥贤　黄福源　廖金有　廖文焕　黄权泰　黄顺泰　黄定光　梁猷焕　梁讫有　黄福申

吴孔德　黄福全　黄　荣　廖金保　梁发茂　陈校顺　陈钊顺　陈永泰　梁猷明　黄理贤

吴尚福　黄茂标　黄运标　罗开明　罗开亮　罗开朝　罗厥章　罗连顺　罗锦昌　罗带根

罗开华　罗开聘　罗社成　罗玉带　罗茂意　罗茂炳　罗彩兴　罗正兴　冯茂林　冯耀林

冯福保　冯锡来　冯华有　冯荣广　何瑞荣　何德财　何混初　梁礼福　梁耀健　梁长荣

廖德旺　吴恩志　罗茂联　罗庚玉　罗开有　罗开广　吴建邦　吴容邦　吴孔端　黄养带

何瑞生　吴尚金　梁以长　黄耀广　吴耀昌　黄荣广　梁有宝　吴昆昌　吴荣锦　吴洪保

吴百有　黄乾泰　黄松有　黄英泰　梁满皆　梁永松　梁礼长　冯业安　冯富荣　梁益华

梁有祥　卢荣结　冼廷益　冼玉带　梁荣偕　吴乾迪　梁振廷　梁业有　林仕登　吴启迪

黄洪保　吴广发　黄德荣　吴昭迪　梁益荣　黄□石　梁国有　黄间结　梁延禧　梁延发

梁发旺　吴孔彰　吴华锡　吴孔和　吴孔恩　吴孔迪　林松广　林容成　吴联迪　吴其迪

吴　荣　黄祥荣　陈孟葵　黄德根　黄联兆　罗晋昌　黄敬昌　陈宽茂　梁振昌　黄德标

黄昭和　黄耀益　梁泰长　郭成金　吴英顺　梁益能　吴孔益　梁振邦　吴元彩　吴有连

黄百根　麦有根　黄华恩　吴萱泰　吴尚朋　梁旺发　麦积然　何瑞连　何华生　吴尚仕

吴华带　黄泰茂　吴文安　冯国安　黄贞泰　黄镒安　吴尚佳　黄明泰　黄姝仔　黄珍泰

黄润泰　黄周泰　黄福有　黄陈有　黄元贤　黄秋泰　吴尚光　吴社保　冯七有　吴尚怀

吴财有　霍佳文　廖志耀　吴志尚　黄福泰　黄财成　黄广泰　黄恭泰　黄耀泰　黄自培

黄连泰　黄容带　黄迪有　霍七有　霍放带　黄良贤　黄福文　霍以元　霍朝元　黄庚泰

梁统昌　黄信泰　黄信贤　陈富安　陈瑞光　萧昌林　黄高贤　黄有泰　黄德泰　吴三带

黄福全　黄泰福　黄星泰　黄绍泰　黄祥有　冯品成　吴余安　黄保带　黄文泰　吴广兆

吴华珍　梁子朋　黄流养　吴润添　冯明心　黄财有　黄益荣　吴华有　黄福保　黄金有

黄陈长　黄光泰　黄成带　吴勒胜　黄祥根　黄福添　黄金长　黄北根　黄德坤　黄齐泰

黄财泰　吴理宽　苏其礼　黄瑞章　苏孔彬　梁业益　梁振其　苏升祥　吴和学　黄恩德

梁彬宜 黄炳庸 黄炳智 梁延昭 梁佳宜 梁广宜 梁伟享 黄裕益 黄炳耀 黄昭敬
黄有根 冯志远 吴荣光 梁伟端 冯贤芳 梁宜发 黄以英 梁振盛 黄兆乾 黄溥光
黄兆英 黄兆财 梁振宜 梁带有 吴　佬 黄炳贵 梁贵昌 苏其英 梁贤辉 梁贤兆
梁月老 黄瑞广 黄瑞荣 黄兆佳 黄以结 吴华萼 梁彦昌 黄泰文 黄兴文 冯富元
苏其焕 梁六根 冯玉成 黄长有 梁金成 梁意盛 梁祥有 冯文英 吴社弟 吴和英
吴恩荣 黄长胜 黄胜光 黄廷开 梁礼进 吴万钱 吴间择 吴华顺 梁朝德 梁彦初
黄廷芹 黄星贤 梁荣标 黄荣光 黄其珍 黄佳贤 吴财敬 吴万财 吴财宽 冯华福
黄盈珍 黄闰胜 黄贵有 梁殿勔 黄珍贤 梁文益 吴万成 陈月辉 梁信光 冯泰元
吴宏迪 关有泰 吴华迪 冯业胜 冯业银 吴万宝 吴万祥 黄福荣 冯其广 黄旦贤
郭富乾 林应龙 黄　七 梁延灵 吴理益 吴理宏 吴尚结 黄榕根 黄湿贤 梁以齐
卢其业 黄作泰 黄强贤 黄泽泰 梁连全 黄元泰 黄德文 黄登泰 梁敏财 梁宽仔
廖五指 梁开业 梁连登 梁连福 吴孔枝 卢其焕 马维业 黄德盛 黄日泰 梁文发
黄德财 梁华根 黄谷有 黄校贤 黄猷泰 梁振威 梁和志 梁福林 黄江泰 黄安泰
冯平邦 冯荣联 梁荣意 冯锦联 冯业有 冯元昭 冯元珍 冯元禧 冯元业 梁满泰
冯业芳 梁贵祥 黄溥章 梁锦祥 梁阿桂 梁业祥 冯记有 冯启安 黄朝泰 冯业宏
冯孔安 黄志结 冯瑞乾 陈佳茂 冯业和 冯溥元 梁福瑶 黄贤盛 吴孔顺 黄志元
冯容有 冯闰贞 陈开有 陈间枝 吴英和 梁保荣 李昌能 黄其泰 陈溥祥 黄兆满
黄开泰 黄兆廷 梁宝辉 梁正开 黄恩贤 黄辉泰 黄自华 黄瑞益 梁官德 黄国华
冯陈有 梁有带 黄带根 冯泰丰 冯民福 黄炽光 黄明业 黄以凤 黄佩光 冯康宁
冯容保 吴栋华 吴栋文 梁乘偕 梁福田 黄兆祺 黄七成 梁英畏 梁裕宏 梁宏长
廖志联 冯泰福 冯保根 黄礼泰 黄保养 冯康成 冯民志 梁礼廷 梁有根 梁文标
梁闰七 梁文华 黄有光 黄昭明 吴万耀 吴　林 黄兆球 梁文明 梁福康 吴华锦
冯迪华 冯献益 吴廷暹 陈远美 陈勒冯 简　亮 冯　根 梁礼盈 吴远信 黄敬宜
梁远星 梁根茂 黄章贤 黄信泰 黄敬元 黄昭进 黄　枝 黄兆益 黄勒根 黄以信
黄业进 梁振安 梁振英 梁振光 黄裕安 黄兆芬 黄福旺 黄以全 冯康能 冯社根
黄结贤 吴广平 郭成辉 冯泰昌 梁润长 梁开枝 廖瑞广 梁礼胜 黄以卓 冯乾开
吴加珍 冯瑞明 冯瑞球 罗焕昌 罗　建 黄以章 吴远佑 冯明旺 黄以义 黄业泰
黄昭达 黄福相 何开茂 梁明福 吴腾进 梁永康 梁振辉 梁永益 梁振耀 梁礼旺
梁文海 梁振棠 梁容安 廖志权 黄以茂 黄兆禧 黄敬亮 冼瑞洪 郭建朝 黄敬荣
冯启旺 黄燔光 黄以仁 黄业芬 黄兆宽 冯珍联 黄兆福 黄兆结 黄福盛 梁贵志
麦积祥 冯瑞彬 吴广锡 黄善贤 廖见旺 黄清泰 冯　北 冯业兴 罗连昌 李衍结
李昌礼 吴坤德 吴华章 卢其光 陈荣财 黄德文 郭旺泽 郭旺华 吴尚安 黄业康

黄齐光　何德礼　冯兆能　廖志轩　黄以进　黄有根　黄福致　吴叶朝　黄叶怀　梁敏光
黄福义　黄和泰　黄业发　李昌发　林松安　陈锡康　吴阶添　吴泰有　黄明盛　黄福祥
梁统珍　梁统叶　麦　时　吴广佳　罗厥宏　罗容昌　黄明旺　梁星联　陈泰茂　陈培茂
吴干章　吴□祥　陈赞恒　吴闰宽　吴闰庚　何述意　吴华祥　周祖浩　吴干秀　谭福昌
陈连发　谭福文　黄成球　黄荣贵　梁象明　黄瑞益　郭荣有　何瑞年　梁彰裕　伍会荣
梁沛盛　陈德锦　梁彩先　黄胜意　梁宏深　梁能捷　梁兆和　陈择珍　郭升权　谭裕赞
郭长有　梁朝意　吴有庆　吴有焕　梁朝基　霍郁文　黄玉保　霍亿仕　陈择益　梁朝闰
梁沛择　冯长德　罗国有　伍时昌　梁朝明　冯盛财　吴有德　梁兆连　吴礼荣　卢奕仪
黄胜福　梁华先　梁朝贵　冯耀堂　梁朝炳　卢贵良　卢祖昌　霍思钦　霍思润　梁元财
霍乾仕　郭升乾　梁统福　霍礼明　黄其源　李成亮　吴国隆　梁　福　吴有广　梁容成
赵鸿宽　霍　壬　梁迪顺　吴有盛　何盛彰　冯国昌　黄兆广　黄国就　梁升礼　黄赞全
冯恭炳　霍启业　黄兆球　黄兆豪　何进华　梁升茂　何宜祥　冯恩德　霍荣仕　冯长带
黄富延　霍福培　梁业明　冯祥裕　谭福彩　梁能裕　梁信盛　梁升结　何进晃　冯荣南
黄兆熊　何泰联　梁光明　黄志安　梁贤德　霍启满　何月章　何棋宽　吴孔常　吴广佳
梁铨彬　梁裕祥　黄溥光　黄以保　冯萱安　黄广宏　黄明光　冯宽安　陈坚畴　黄昌富
黄进芳　梁文畏　梁敏安　黄广锡　区容初　梁容富　陈宽瑞　陈业昌　陈桑昌　梁鸿发
冯定联　黄福荣　黄福盛　黄叶珍　黄叶元　吴孔祥　梁世荣　黄炎泰　梁金全　梁猷国
冯巨腾　梁贤荣　廖珍旺　冯齐腾　吴佳能　吴礼光　梁荣长　黄昌贵　黄兆贵　陈宽茂
黄炳均　黄连彩　何起彤　郭贵荣　吴荣邦　麦宜光　黄荣贵　廖德焆　李　忠　杨焕记
杨玉如　麦有彩　何应林　何桂意　何应时　陈泽俊　何起礼　何贵庆　麦永光　梁象光
麦乾光　麦国朝　麦延光　麦乙连　李贤利　麦有庚　林应朋　麦裕光　麦有连　萧　容
何瑞光　林道合　林立华　麦有光　麦满光　林立祥　林立祥　麦娇胜　麦长有　麦荣业
麦洪登　麦有荣　麦有明　麦财登　麦有安　麦有根　麦德广　麦德镗　李添珍　石彰玲
黄国裕　黄国盛　黄国礼　石明恩　黄国兴　陈权声　黄国志　陈泽永　石启昌　陈瑞钦
卢华合　麦满登　萧耀康　吴元财　黄福祥　吴业泰　黄广英　何瑞连　黄连升　何大元
黄良基　吕尚寿　黄三元　黄泰华　黄振业　吴父安　陈广安　冯国开　黄佐清　黄文安
冯林信　冯林会　冯钊来　黄溢清　吴礼求　黄尚武　吴财宽　黄有泰　吴九胜　黄广泰
吴信求　黄聚泰　潘柏利　黄福开　冯全福　黄求贤　麦荣标　黄国泰　麦荣昌　吴尚全
何润添　黄显朋　吴尚宏　黄皆成　麦祥光　黄顺安　黄荣邦　黄财盛　梁猷盛　黄敬凤
吴恩荣　黄国祥　冯林亮　黄镇清　吴万华　罗间富　黄祥胜　罗开贵　何应林　罗厥成
梁献广　罗锦祥　黄在明　罗开成　吴尚禄　冯耀华　麦耀光　何在荣　梁满梯　何混初
麦时光　梁耀辉　麦朝光　罗茂联　冯林玉　吴建邦　黄祥胜　苏昌禧　冯宝来　梁业祥

冯华带	梁裕端	冯容胜	冯华胜	梁简端	吴和益	梁敏政	梁斌元	黄德联	梁伟耀
麦荣基	冯其瑞	梁和胜	冯宜来	梁联胜	梁发业	冯荣康	梁发远	梁增荣	黄炳猷
冯朝栋	何耀光	冯锦章	梁瑞祥	麦洪标	黄达朝	黄有胜	梁礼顺	冯泰安	冯全柏
黄志光	冯其藻	黄凤标	黄自强	冯福寿	黄玉堂	冯其斌	黄永英	冯惠来	梁文茂
梁文盛	吴万广	梁龙章	冯简成	梁奕朋	冯林善	冯太元	梁广福	梁水宁	黄泰盛
罗泽霖	罗荣福	罗宗盛	梁吕安	黄炳鋈	陈琛泉	黄炳祥	陈益堂	梁福禄	梁建标
冯锡来	廖志广	冯兆来	麦有寿	冯元耀	麦福寿	梁日进	冯厥明	梁贵祥	苏志昌
钟昭进	杨玉胜	冯林恩	冯永英	冯元茂	吴贞祥	卢　辉	黄仲尧	卢国盛	朱祖诒
卢国祥	黄广茂	黄祥光	关用周	黄兆扬	黄家荫	黄泰安	何朝倖	冯明南	李翰鋈
刘家乃	李翰芳	刘家祥	麦鸿章	吴同隆	麦鸿钧	吴国光	麦鸿昌	冯五有	麦鸿发
梁华富	梁福贤	黄有祥							

（农工商部档）

P12：农业-农务会

7.28　西海十八沙会员黄显光等禀为简派廉员查办何国华等事

宣统二年五月(1910年6月—7月)

广东香山县西海十八沙龙洞农务分所全体会员黄显光等禀，为架题撤销，无辜受抑，联乞恩准俯赐维持，简派廉干大员秉公查办，以明是非而免冤抑事。

窃职等于上年七月间蒙冯绅毓灵竭力提倡创办龙洞农务分所，原期研究新理发明农学而设，当经议具章程，禀蒙劝业道宪饬县查覆。旋据香山县沈署令瑞忠查明，复称冯绅毓灵委属热心公益，众望素孚等情，禀复转恳详咨大部立案。

开办以来，于研究农学颇有心得。乃突被势豪黄绅玉堂、刘绅曜垣唆使劣棍李仲英、何国华、何朝瑞等架以大题，串党捏陷，谓冯毓灵收受民词、判断挂批、张贴红示等谎，贿串香山县沈令瑞忠，袒护偏详，以图破坏龙洞农务分所，归并小榄乡农务分所办理，得以一网打尽之计。而劣绅遂得强横手段，任意鱼肉农民。如谓冯毓灵收受民词，究竟所收何民之词？判断何人之事？批发何人之呈？有何可据？既无凭据，系属捏造，岂可以无辜贻累，故意陷害？又称张贴红示，查红示一节系去年卑分所岁底时标贴长红布告各农友，内云“公启者：大宪现在业已封印，暂缓开会议研究农务各事，俟明正大宪开印后再行集议，如有重大要事开特别会议，照请地方官办理。谨此布闻。龙洞农务分所公启”等词。此长红系布告各农友研究农事之文，讵香山县沈署令竟将长红之首删去“公启者”三字，又将长红之末删除“照请地方官办理，谨此布闻。龙洞农务分所公启”等字样，添改“合行通知，特示”等六字，瞒禀各大宪，指为红示晓谕，故入人罪。况此公启现仍贴在门首，一经派员澈查，立知虚实。乃竟不由分说，以撤销卑分所为达其目的。似此任意诬捏，奚殊封冤莫诉，迫得沥情联叩宪天俯念职等无辜受累，恳准简派廉干大员，秉公查办。或传齐两遭提府集讯，以期水落石出。如劣绅所控各节确有真正凭据，职等全体农人甘同坐罪。如无证据，无辜陷害，将卑分所撤销，不但职等所不甘心，而阖属农民咸动公愤矣。应请严行究虚反坐，以儆强横而免冤抑。沾恩切赴农工商部宪大人爵前，恩准施行。

计粘批词一纸。

宣统二年五月　日禀

附件：香山安洲农务分会全体会份农民同呈名单

谨将香山安洲农务分会全体会份农民同呈名单开列呈电。

计开：

梁联经	罗茂宽	卢兴常	何泽鸿	冯云庆	梁珍富	吴太华	冯耀锦	冯琼宽	苏远祥
吴泰隆	梁调尧	梁宇尧	周德贤	梁德平	郭能辉	吴盛发	吴澄亮	梁应登	黄辉盛
梁和志	冯林玉	冯鉴宽	冯彩庆	吴彩隆	冯量宽	梁日□	卢祥见	黄禧祥	卢□宝
梁耀才	潘纯茂	梁聚光	吴联清	梁明显	也继纶	李用和	林信端	梁干隆	冼炳开
梁结就	周云开	梁父富	黄礼胜	黄开富	梁裕才	吴干礼	卢齐善	周　恩	冼胜满
梁裕科	梁耀进	郭金成	梁怡进	梁礼仪	罗彩升	吴宇隆	冼国尧	冼益照	梁鉴周
吴志忠	梁皆云	苏志昌	何齐洪	郭敬珍	吴干南	何正道	林鉴端	黄敬富	黄结先
何余荣	梁兆祥	梁汉求	冯勉求	冯学南	罗贵满	何连德	黄自齐	何正祥	黄信祥
梁启荣	黄积祥	梁连珍	黄祥九	梁昌言	梁建廷	何会龙	李音伦	梁其森	梁有为
黄培鸿	梁作登	郭昌全	梁瑶邦	汤永金	吴允祥	钟群茂	梁满志	罗培英	钟超廷
梁和靖	冯宇祥	梁瑞□	梁耀祥	梁耀常	关简章	冯元怡	吴炳章	冯禧和	冯教平
梁联京	黄同兰	冯文端	陆启锡	冯福元	王永章	吴汝求	杨业贞	杜贵祥	梁勤光
黄权志	梁培□	陈坤才	黎远成	冯林亮	郭德勤	黄九龙	梁明进	梁潮进	梁德才
梁联科	梁开荣	冯志叶	郭同赞	何耀爵	梁礼祥	梁因德	罗永发	吴礼求	冯惠海
梁厚全	梁炳尤	梁齐卿	郭耀礼	吴悦怀	梁宇文	卢裕开	何联德	梁元进	何信发
吴安隆	罗兆祥	郭会元	谭任和	吴锡锦	黎特发	典特炎	吴锡祥	梁鸿谐	陈森记
陈德亮	陈以文	梁裕安	梁惠鸿	何　树	黄怡盛	梁成宽	梁连枝	梁耀发	黎耀成
梁湛文	吴世全	梁彩其	何裕成	林远宽	梁万金	黄满腾	林叶宽	吴瑶祥	梁柱国

梁鉴铭　梁允祥　梁善和　冯照发　梁英才　罗兰滔　何远能　黄植林　何添和　梁发安
梁盛德　梁贵祥　何茂华　梁元登　黄英祥　翁锡祥　黄炳全　黄仰余　梁正昂　黄燕昭
李全□　吴美成　梁巧隆　何云广　周以怀　何大龙　陈春辉　苏平初　郭兆阳　冯日字
罗怀谦　梁裕荣　梁全登　黄盛祥　林泰珍　黎坤保　苏兆祥　吴怀邦　梁应礼　梁敬开
杨发珍　吴辉广　梁惠祥　黎明章　黄腾宽　吴韶炎　吴兆端　冯华宽　黄德才　吴在求
吴惠珍　黄安良　梁应荣　吴言光　区信怡　吴安才　吴垣秩　梁乃泰　黄伦贞　黄以成
陈宏枝　黄益锦　何作新　冼元进　梁昌富　黄能富　梁月衡　吴森求　吴锦昌　梁耀权
冯国翰　梁就高　陈亦辉　冯永裕　林和叶　林长叶　梁远发　梁伯芬　梁高宜　何齐荣
吴桥洪　吴鸿珍　梁景元　何世昌　冯福成　罗泰旺　梁三才　陈桂才　黄齐发　冯彩富
梁富茂　梁景元　罗应滔　林惠元　罗瑞枝　罗畅猷　冯就财　新大生　梁财远　梁万玲
罗兆满　梁连进　冯满开　吴辉明　冯厥财　何远明　冼仰荣　林金带　何锡开　梁志宽
梁伦彩　梁善言　罗宜辉　梁意友　张惠全　冯任和　梁人爵　冯惠财　梁全光　梁明科
冯佑财　吴锡猷　卢允常　李锦秀　周才雨　梁旺朋　罗志彬　何裕成　梁森荣　周干富
冯荣庆　卢兆广　吴联成　冼老就　黄□祥　何棠记　梁福平　岑葵书　梁福进　吴远颜
黄炳全　周耀彩　何章荣　何宜升　杨应开　关　同　李全耀　陈成开　吴璇贵　黄荣彩
吴松森　黄勤富　黄炎光　梁谦泰　梁财珍　林韶英　梁星志　梁成才　冯荣财　吴耀南
罗均石　谭量和　冯注和　吴远旺　吴培泽　冯应霖　冯其光　冯其鋆　梁源泰　冯霖善
冯其瑞　冯其藻　冯云瑚　冯锡来　冯仪来　冯宝来　冯其琛　黄宽兆　黄锦满　林礼芬
林瑞芬　冼仰荣　何远明　吴兰芳　林燕彩　罗择祥　林金带　冯国常　冯灵才　吴泰有
林全彩　梁富彩　吴七胜　黄明芳　陈权祖　梁携安　黄万祥　梁鸿辉　冯怀旺　罗畅猷
梁昭敬　林苗开　黄炳有　梁维珍　钟北带　冯叶祥　吴湛章　吴桥□　吴善□　梁祥福
何廷兆　何勤兆　吴松玲　林铨佳　梁礼端　黄任和　黄勤和　梁文富　吴进□　卢发昌
吴韶□　吴象景　吴海景　吴腾九　区信怡　何德宽　黄朝光　梁义玖　梁永财　罗正端
梁父兆　黄有光　周腾开　黄二玖　黄有德　梁桂善　何锦堂　何裕成　何富成　何显成
何发贤　何溢贤　何见贤　何叶贤　何接贤　何志贤　何国贤　何泰贤　何财贤　何锦松
冯国球　梁湛文　梁敬文　关教贤　梁宽礼　梁兆文　钟生美　吴世全　梁彩其　梁顺其
梁礼其　郭升满　梁国宜　吴朋胜　苏德胜　梁余旺　吴令贤　黄琼开　梁茂发　冯闰光
冯荣能　梁锡带　梁发枝　吴裕泰　黄有安　吴信章　叶敬珍　梁益结　吴成蒂　黎才奉
高长发　何润荣　林益枝　周澄登　吴安隆　罗兆祥　罗贤进　罗谦进　郭汇源　郭新财
黄启源　黄金源　吴腾芳　冯润远　李得祥　郭结廷　何云修　梁财章　卢志廷　李锡章
司徒祯荣　何益祥　梁玲带　鲁锦堂　李锦荣　林锦礼　林见茂　吴全志　苏宜远　黎庆开
黎任成　吴惠章　梁锡开　黄佑雨　黄润荣　何华带　梁和明　梁权衡　梁旺进　吴安泰

梁照生　梁月生　吴显隆　梁敬叶　梁祺昌　梁维财　梁应登　梁干恒　卢连枝　吴绸敬
吴盛财　吴贵财　吴桥带　梁亮恒　林明源　黄尾胜　冯财胜　吴平珍　黄静祥　吴开成
高顺开　黄发开　冯叶广　吴裕成　梁业成　吴玉带　梁金满　梁照明　吴喜彩　梁辉彩
梁满珍　吴琼章　黄静和　梁挹和　黄钊锡　梁信珍　黄韶来　冼永安　梁辉仪　黎高玲
黄彩锡　黄英锡　陈积财　梁宇祥　梁泰礼　吴兆连　苏棠远　梁铨云　梁荣旺　林长带
吴稠明　吴带全　吴求胜　冯珍盛　黄同有　黄自胜　梁胜仪　梁聚恒　黄仕隆　梁贵朋
冼如有　梁交礼　吴连祥　何怀爵　黄建成　黄宜安　梁祥有　梁瑞彩　梁月珍　黄云富
林铨福　梁礼端　吴瑞园　周作登　梁祥佳　卢昌发　梁宇佳　黄应和　梁尧珍　何干荣
梁意和　梁□胜　吴财有　梁文富　梁祥福　吴佳□　吴韶□　何廷兆　何勤兆　何尧佳
黄任和　梁端瑞　黄勤和　吴松凌　何贵兆　叶永英　吴和珍　罗国卿　潘舜琴　何耀宽
吴锡明　吴宏开　吴恒珍　罗云端　吴焕志　梁兴病　梁勤靖　梁积开　黄啐祥　吴朋志
梁裕端　林全英　黄全枝　林容佳　林满开　郭礼祥　郭显祥　郭兆祥　郭怡赞　郭德和
郭择恒　卢贵隆　郭兆洪　梁理生　叶荣瑞　梁应国　吴耀彩　吴二根　冼永和　梁球静
梁荣财　卢觐钊　卢见钊　吴善辉　叶同有　林调旺　冯富章　梁广开　卢松胜　吴恒宽
吴其宽　梁能发　卢荣钊　卢广钊　冯耀发　黄执胜　黄全有　周和登　卢云腾　罗善卿
苏远祥　罗茂宽　梁恩荣　吴芸圃　冯景南　冯香浦　冯荫堂　梁植英　郭煌胜　周维就
何作新　何宏基　何礼基　梁培兰　冯宜安　吴荣璋　冯余荣　梁富盛　吴容敬　梁宝森
梁德荣　梁恒盛　冯信英　冯葵庆　梁泰满　梁结荣　吴焯贤　梁敬开　罗凌端　罗森兰
罗森贵　冼迪珍　梁德安　罗兆端　罗权炳　张北带　冯炳华　冯国材　吴汉屏　黄辉玲
冼新南　郭高琼　吴亮贵　吴升贵　吴敏贵　冼陈带　杨建业　黄兆祥　吴远祥　吴占端
林财茂　陈福伦　卢俊祥　黄广恒　黄满恒　梁培业　吴凌昭　梁珍业　杨能盛　梁胜业
吴炎贵　陈贵伦　黄桂芬　梁恒盛　吴容钊　吴文钊　梁万荣　罗启康　吴茂华　卢琼珍
罗铨江　吴协和　吴炳新　梁作荣　卢成祥　梁启旺　梁财荣　张广全　吴社添　吴干贤
何腾基　何韶基　冼凌珍　吴翰添　冯伦光　吴琇玲　吴迪玲　冯升阶　吴满阶　吴泰华
林财英　何泽鸿　梁连尧　梁珍富　吴兆珍　冯湛元　梁培新　吴贵宽　郭昭富　郭华生
罗东炳　罗宗炳　罗甜炳　冼焕光　郭开廷　黄意祥　黄结祥　黄积采　吴琼湛　吴华长
冯云庆　罗绵南　梁贵财　梁源荣　吴盛发　梁财明　郭发祥　梁德平　黄宽祥　杨月清
梁赞平　梁亮荣　郭开容　冼逢□　关闰章　罗桂闰　关志光　梁彩明　郭文辉　罗显英
林明昭　郭能辉　郭迪辉　梁连枝　祝连兴　吴佑胜　冼德恒　冼明章　吴换择　梁堂胜
冼腾章　冼兆章　梁唛胜　关文玉　吴全洪　钟群秩　钟群政　钟群禧　吴铨仁　吴贵仁
梁有荣　钟群旺　钟群就　黄全满　钟群满　梁满志　钟群耀　钟群业　钟群茂　钟群安
梁枝才　冯满万　罗忠才　吴璇□　钟群结　钟群财　罗德财　罗根带　钟昭杰　罗华瑞

黄　胜　郭全辉　梁耀隆　吴恒泰　梁旺枝　梁换枝　吴康泰　吴连章　吴祥泰　梁鉴辉
黄深荣　梁容辉　梁湛辉　梁开枝　梁连枝　陈朝元　黄德联　陈荣元　梁其森　黄辉祥
梁叶辉　梁添宝　黄兆祥　陈礼光　梁爱辉　梁其心　陈湛光　吴鸿安　梁财兴　梁仰和
冯益祥　李仪章　李汝添　梁瑶邦　吴简平　郭高全　梁琼邦　梁益旺　梁财旺　梁勤旺
罗腾瑞　梁璇化　黄琼和　黄礼和　梁寿康　冯培端　何志旺　冯佑南　何余荣　冯满南
冯汉球　梁兆祥　冯勉球　冯学南　冼亮珍　冯端南　冯联彩　吴业光　冯明发　梁富云
冼远就　吕叶云　冯成辉　冯远求　梁日云　梁潮云　梁鉴祥　吴敬光　郭建祥　冯应球
冯显球　冯信求　冯敬求　黄权志　利满辉　黄满成　黄群茂　黄发恒　林锡全　梁勤光
杨奕朋　谭当京　黄开叶　黄开泰　李财端　吴病满　冯刘添　王永章　吴汝求　李富祥
刘鸿端　黄同兰　李建光　卢载华　卢意华　梁英旺　梁腾安　梁志兴　周培登　杨桥带
吴伯安　冯文端　周尚登　梁日祥　梁燕祥　梁联经　黄福祥　陈泰阶　何裔德　陈志良
黄自齐　黄生齐　陈见林　梁彩叶　黄锦棠　冯财德　冯德枝　罗瑞兰　冯彩业　黄牛胜
陈鸿亮　何裕祥　罗全满　罗长云　杨锦元　林开勤　何兴祥　钟群开　何静祥　何会祥
罗意云　梁联志　梁勤旺　何教德　黄结兴　梁其旺　罗珍财　陈会林　黄敬珍　何正祥
黄潮发　黄彩隆　梁明进　梁燕登　梁璇进　黄裕陵　梁瑶芳　黄日陵　陈松满　梁廷芳
梁载登　梁怡进　梁朝进　黄培鸿　罗敬辉　黄财兰　黄志玲　罗在端　梁金陵　吴步藩
吴联常　杨坤信　冯华带　陈坤财　梁贵财　梁九胜　梁兴财　罗云端　吴茂长　梁培兴
郭华元　吴国隆　吴秩长　黎勤孙　梁满梯　冯毓灵　冯林亮　冯林玉　冯锡来　吴福隆
陈锦章　冯秀山　冯锡如　黄文甫　黄文辉　黄以成　梁彩登　梁月犹　何桓辉　郭初二
罗炳南　梁维新　冯文旺　罗富胜　罗华盛　罗满盛　梁开业　吴安泰　高华添　梁云业
梁尚开　吴显荣　杨敬业　杨祺昌　冯正旺　吴安隆　吴文礼　梁守珍　梁财新　黄亮朋
梁绍绵　梁纯荣　陈茂源　梁志礼　黄敬良　冯再成　梁结绵　吴厥初　梁计绵　冯世珍
黄益球　吴孔伦　吴垣秩　陈见源　吴国贤　黄铨球　关远教　陈绍恒　黄干球　黄凤昭
梁赞玉　吴捧昭　冯仰成　陈结伦　冯世安　吴兰星　吴金有　冯茂广　吴贤星　吴携英
吴宜星　吴焯江　吴铨星　吴璧江　吴陵初　陈开源　陈富源　吴绍隆　吴钿英　冯世宽
郭积祥　郭维富　黄言忠　黄裕□　黄群安　吴礼初　冼叶忠　吴纯江　黄万良　冼富照
吴端才　吴安才　吴兆开　吴调昆　吴再昆　何辉盛　卢孟余　吴泽昆　冼权光　梁铨宗
郭静祥　卢积常　吴常敬　林联满　吴广英　梁兆志　梁珍彩　梁就彩　梁启志　冯章海
冯惠安　冯生远　冯枝远　陈祥辉　梁耀登　梁辉能　吴步藩　卢锡余　吴显英　卢泽常
胡金川　马坤贤　吴广茂　梁月章　吴明初　吴国就　吴常昆　黄植宽　黄锡宽　梁干玲
黄琼光　冯兴远　梁余昌　冯盛廷　黄珍廷　冯发远　吴裕坤　梁才盛　吴福海　梁耀登
黄泰远　梁执宽　郭彩珍　梁裕才　梁佑能　梁祯能　郭琼珍　郭添就　林联辉　林富业

林联广 梁松元 梁辉元 梁佳富 吴礼南 梁奕洪 梁奕带 梁恩带 梁满带 梁龙带
何胜广 郭就发 吴远任 梁怡和 郭玉带 郭七带 卢玉胜 卢琼芳 卢丁有 梁财胜
何富广 郭□元 梁泰登 梁日进 梁永富 梁德财 冯德元 梁广富 郭荣□ 梁明进
黄玉带 冯壬带 杨贵盛 黄德旺 罗祥带 黄自带 冯鸿辉 杨全有 梁财珍 林怀英
梁星志 黄权宾 周琼旺 吴瑞平 周顺彩 冯宏彩 梁茂珍 林旺发 罗旺金 黄亮辉
陈闰才 黄九胜 梁元带 冼桂枝 梁佳能 黄发添 梁清隆 梁结枝 梁恒枝 黄开富
黄汝富 梁叶开 周标华 黄敬富 梁意元 林鉴端 林湛辉 何齐洪 何凤宜 何凤琴
黄荣堵 黄联堵 冯联堵 何任带 郭富全 郭亮宽 郭永宽 吴干南 吴亮余 何祥宽
何联胜 吴傅颜 何有生 黄廷旺 吴时周 陈积祥 周鸿辉 何华英 冯就胜 梁明业
梁星旺 梁佳旺 梁泰旺 何沛英 吴万宽 陈腾伦 林纯端 吴秩隆 林云端 郭敬珍
卢高余 梁明显 梁荣枝 梁应昌 吴挹光 林佳茂 陈权光 李桂彩 吴联清 梁恒端
林荣茂 李文枝 何允成 何就成 梁耀才 梁聚先 梁接光 梁长锡 吴琼昌 何全成
潘正铨 杜文光 潘炳昌 梁锡章 潘腾云 何富才 关□有 郭惠就 黄信□ 关章荣
吴祥胜 吴铨伦 梁骚仔 何俭成 梁灌登 黄玲枝 黄结光 林才泰 黄朝德 卢湛常
卢祥见 卢挹常 梁叶和 卢□常 梁泰□ 梁贯□ 梁维□ 梁湛□ 梁常□ 黄全□
梁溢□ 梁禧祥 梁结祥 何定常 吴璧球 吴裔球 梁提容 冯价臣 冯敦经 冯应霖
梁挺容 冯鉴宽 冯杜生 冯彩庆 冯亮宽 梁奕源 吴彩隆 梁永宽 梁锡觉 梁振容
冯耀宽 吴程富 吴腾富 吴勤富 黄纯腾 冯积祥 冯泰祥 吴惟富 冯松生 冯和生
吴奕球 吴瑞球 冯惠祥 吴学贤 陈泽财 陈满用 冯权才 冯干才 梁垣皆 冯珍才
冼炳开 冯国常 冯任才 冼深兰 陈旺端 陈海端 冯国恩 冯国陵 吴强炎 冼礼兰
冯坤舆 梁□胜 何枝盛 吴允昌 梁润成 吴兆富 梁凤珍 吴泰章 吴耀祥 梁会珍
吴才富 冼锦兰 黎才宽 何见开 何广开 冯恒才 梁干隆 梁发珍 梁茂章 梁务玲
冯权发 梁接开 梁结就 卢清善 郭金成 梁云开 陈孝安 罗耀辉 罗维枝 梁秩开
梁六根 梁琼开 冯铸开 梁景亮 冯贵新 李满元 梁怡进 梁仰开 梁仪礼 梁福隆
罗兴常 罗柏常 罗彩升 罗世升 黎生远 梁锦豪 林德荣 梁达开 梁生开 梁培贤
林锦端 梁实开 梁叶祥 梁富开 杜松凌 杜辉发 卢秋常 卢锡常 梁执源 林泽国
冯富昌 林辉祺 杜韶基 林伟祺 杜惠全 杜伦光 林森国 梁常枝 梁禧松 吴福容
吴瑞容 梁连枝 何旺松 黎恒业 陈占伦 林鸿发 周见广 卢高余 梁明显 梁荣枝
梁道贤 黄建祥 何旺明 梁桂生 梁满生 林柏球 周欣尧 周连广 梁信松 霍才胜
何旺恒 梁敬生 吴祺礼 苏泰昌 吴楷云 林敬端 郭信耀 杜□发 黄迪均 陈允和
陈枝开 吴裔均 梁常辉 林文辉 林调辉 苏志昌 陈叶开 吴瑶均 李齐开 李锦章
李信珍 吴叶德 梁全金 梁勤修 吴旋初 冼益照 吴盛中 梁尚荣 吴志中 吴锡开

黄水中 梁成旺 梁文海 吴财忠 梁联焕 梁恒海 梁富源 冯富广 梁信登 梁耀进
梁裕科 杜宜昌 杜彬业 梁常登 梁文进 梁腾进 吴□□ 陈佑广 卢□善 杨鸿满
罗觐满 罗就意 洪培金 罗协意 罗玲彩 黄明安 吴在余 罗兴全 冼余满 黄本安
吴盛满 吴叶玲 吴权兴 吴瑞余 吴孔业 吴干礼 霍裕贤 洪腾安 陈伟祥 洪照安
梁才英 杜干修 郭日光 冯朋满 吴宇隆 梁福隆 孔广琼 梁朋桂 吴来胜 吴永球
罗自常 冯宽广 罗裕章 罗见开 罗贤章 梁球胜 罗英和 杨寿昌 罗耀常 吴锡扬
吴泽钊 冯景芬 卢升余 冼用燕 冯锡广 廖仰明 廖照明 杜桂芬 冼辉燕 林和辉
冯耀华 张会全 何闰开 吴焕璋 郭高修 罗茂宽 郭升兆 罗会满 罗华带 何荣耀
吴满开 梁洪彩 吴泰隆 梁昆旺 黄洪益 罗敬全 罗应全 梁乔发 罗显开 罗显宽
罗富财 梁焕恒 梁安尧 梁锦尧 梁大尧 梁荣开 梁添隆 冯兴元 林礼元 林恒裔
梁宇尧 梁调尧 陈贵胜 黄成辉 梁　开 冼瑞荣 梁联辉 蒋带全 梁维有 黄秩良
文瑞康 杨国亮 谭惠良 吴家恒 梁恒业 文庭阶 梁茂全 吴任余 梁权业 陈满添
梁辉能 吴池彪 文德应 黄怀枝 何国权 郭能昭 吴决才 陈才受 梁缓兴 郭积富
吴尧忠 郭再兴 梁璇佳 郭逢富 何联德 梁玲端 吴孔伦 梁叶章 梁佳财 吴聘伦
吴培和 吴财有 梁就伦 吴荣福 何细德 吴耀长 吴申源 梁盛端 周延铨 何怡安
梁明有 梁永和 梁进章 黄来盛 梁和端 吴坤玲 冯兴平 吴仪光 梁铭兴 冯志金
黄泰安 梁和开 吴仰伦 冯礼金 周桂凌 吴安有 黄富忠 吴耀隆 吴翰先 吴耀芳
何齐荣 罗牛胜 梁七带 梁宽带 梁祥带 吴金带 关乞胜 冯有带 关早胜 梁锡泉
吴常礼 关金带 关捧有 关财带 苏汉铃 罗自带 梁常开 陈恒广 何璇辉 何见辉
何铨章 罗成培 郭黑皮 梁月旺 梁瑞兴 陈德亮 梁容带 林名心 梁意由 陈志亮
陈礼端 陈广珍 苏内祥 梁泽兴 梁礼兴 林以华 梁盛腾 梁建田 陈纯光 梁华九
梁有胜 梁就兴 冯腾宽 陈裕佳 冯满胜 冯来胜 陈泰泉 罗长永 黄志和 冯廷宽
冯宇胜 陈耀韦 梁联满 吴发□ 陈伟光 梁权胜 杜玉胜 黄远昌 卢彩南 梁月满
梁远就 梁乃泰 梁玉田 梁安求 梁茂荣 吴宏江 梁祥能 周有朋 郭荣礼 黄择宽
冯顺□ 罗林带 梁闰基 冯远成 冯玉成 冯高成 冯裕成 冯玉胜 冯财安 谭渭明
冯健南 梁厚基 梁裕基 吴乾敬 林惠泰 冯成高 冯成安 吴日坤 吴见坤 黄永和
梁祥带 黄兆和 吴福礼 卢培德 卢润开 吴程辉 李金光 梁伦珍 李联光 冼奀胜
李乞养 梁培珍 黄□礼 吴结英 冯新带 吴耀英 梁高志 黄万有 梁培芳 梁葵登
梁生旺 吴福有 梁简洪 吴元枝 吴文颜 吴元金 罗福才 罗茂才 吴广忠 吴学颜
梁鉴宜 吴韶辉 吴英颜 吴炳坤 吴奕邦 梁捧宜 罗洪开 吴金胜 梁万昌 林逢带
罗发来 吕违财 吕违朝 罗月开 罗宏开 梁应其 吴培坤 吴迪坤 吴均求 吴牛胜
罗日开 梁应其 吴云陵 冯禧和 冯恒金 冯勤金 黄林柏 黄尚忠 黄信和 吴茂容

梁挺枝　黄德联　谭善祥　罗兆蕃　罗国卿　罗柏生　吴琰伦　周万益　梁逢阶　郭叶玲
吴安财　吴换才　黄绍志　黄晋祥　黄裕忠　周安康　钟静祥　梁铨祖　黄惠忠　罗兰滔
何远能　罗连开　梁兆勤　梁当云　林闰玲　陈怀官　梁锡旺　冯惠海　潘结铨　黄礼棠
冯敬开　吴贵才　麦荣开　罗成宽　麦礼宽　吴闰添　卢旺益　冯远开　陈满枝　梁德胜
梁贤旺　冯祐才　冯国明　冯炳佳　张锡辉　周胜带　冯国珍　周桥宝　冯国远　冯国能
冯国惠　冯永皆　冯净有　冯新有　冯远发　吴显安　吴新有　何悦勤　欧世光　梁满端
冯英旺　冯朝阶　黄广胜　梁广叶　冯鉴宽　典成枝　梁骚九　冯国佃　冯国齐　林礼珍
林泰珍　林明珍　林礼和　梁焕祥　梁瑞祥　冯干琼　吴辉仪　吴耀仁　陈作镛　林九胜
林祥带　林叶珍　冯万琼　冯意琼　梁全珍　林松带　梁静迁　林敬祥　林坤胜　林结源
陈结祖　周贤昭　陈有祖　梁恒仟　梁荣福　陈常辉　黄彩章　吴贤章　吴贤珍　罗光前
林贤端　苏茂芳　吴华胜　梁敬□　苏桂芳　何结鸿　何昌言　何盛言　何彩鸿　梁积祥
关章能　林启源　吴源有　林联珍　梁广荣　梁福荣　罗□业　罗云常　梁鸿盛　梁柱国
梁泰裕　梁荣裕　黄满祥　冯义生　潘坤铨　梁信裕　梁珍国　黄行光　黄富联　何大龙
何简志　何程宽　何信志　何纯志　何厚志　何权志　何乔义　何两光　何锦宽　苏联初
张叶彩　杨　全　梁连□　杨廷辉　卢发昌　陈琼章　吴华财　吴纯敬　周正祥　杨连辉
吴杰就　吴科就　周全富　周茂远　周以怀　何云广　梁瑞祥　梁信开　梁湛荣　黄德祥
郭耀进　冯广隆　黄添胜　吴文国　冯德琼　梁贤敬　梁荣嵩　冯干廷　梁同登　梁会登
陈裕耕　冯溢记　冯富隆　冯池宽　吴腾熙　黄联广　黄福胜　郭兆扬　冯日亭　梁焕祥
吴雨任　苏贤昌　苏文益　梁珍敬　冼齐满　冯勤远　李顺彩　吴开有　黄瑞发　黄鸿富
梁能敬　冯腾贵　李勤珍　陈梅辉　陈联祖　冯裕凌　陈善容　黄万富　梁礼和　陈枝容
吴北带　陈道昌　黄尧盛　冯洪举　陈湛辉　冯在金　陈腾光　梁荣□　林顺旺　黄润隆
吴占洲　黄赞□　周宇亮　陈桥胜　梁槐枝　梁惟新　周联胜　吴玲满　苏应昌　吴应满
周茂彩　梁瑞朋　郭福祥　冯成锦　郭勤开　冯勤贵　陈静辉　林叶开　苏兆祥　梁德才
郭垣亮　苏平初　吴生旺　郭能就　吴湛瑞　梁结才　苏泰州　陈亮辉　陈乞玖　苏泰初
郭得信　黄志凌　冼福凌　梁根带　黄裕发　梁庆祥　苏明昌　梁恒安　梁炳坤　周琼铨
李买友　梁明长　吴文祥　吴择云　吴佳胜　周齐宇　周才宇　吴举邦　杜泽光　杜汉能
吴调邦　黄裕□　梁敬云　冯保伦　冯璇珍　冯以发　吴志章　吴焕荣　梁英华　何旺初
梁泗安　吴敬旺　杨锦安　吴永怡　林权旺　吴全昌　黄炳辛　梁晋光　陈显荣　冯德志
黄贵炎　何发开　何旺开　杨泽余　梁绵□　林琼源　冯云佳　霍进大　吴权贵　吴瑞璋
梁怡安　梁怡开　周珍华　吴敬在　梁戊发　黄积善　冯国贤　冯枝成　冯培成　吴柏盛
郭升腾　冯结成　何七带　吴瑞发　林生旺　吴锜章　梁裕隆　罗以开　区耀江　吴泰□
黄旺开　周科恒　冯彩富　陈桂才　黄永祥　卢敬先　黄齐发　黄旺开　何锡开　何兆荣

杨荣康　扬择康　梁英兰　吴志先　冯盛潮　梁国才　吴韶端　冯叶成　冯成达　林全开
黄茂伦　周耀明　梁宇开　黎程光　黎韶光　吴财先　梁官带　梁朝开　林得胜　林森才
吴勤有　邓富祥　林琼开　冯贵带　吴恒先　吴结光　梁定言　梁齐开　梁培言　梁蒋宜
梁兴旺　梁协胜　罗培光　吴锦纶　卢松有　梁才胜　梁几胜　何择得　梁发胜　梁裕胜
梁容胜　冯阶和　何□胜　彭炳谦　陈尚明　黄荣发　李教南　李闰南　梁有开　陆后枝
黄柱中　陈广进　黄琼发　高旺结　高日新　高维新　黄牛添　黄富添　吴惠贤　吴替贤
袁全有　吴湛恩　吴辉贤　吴锦贤　陈闰源　吴启炎　黄惠贤　陈尚达　黄柏松　梁成宽
黄福兆　梁鸿开　吴锡洪　黄锡洪　何富爵　黄昌盛　梁意诱　黄怡盛　黄德彩　梁逢宽
吴锡和　梁兴照　梁仁爵　梁日开　冯会财　林权开　梁兰英　梁鸿宽　李成开　张益全
梁连发　何炳廷　梁全安　黄珍富　梁泽辉　吴程海　梁潮开　梁湛权　张耀全　罗仪辉
吴锡锦　黄意泉　冯全志　梁仁信　吴茂昌　梁仁兴　梁惠章　梁辉进　梁进元　吴远昌
周云财　梁恒宽　梁远明　梁英富　梁逢瑞　黄干良　冼世荣　吴财带　梁行旺　罗汶照
梁权瑞　冼任兰　周戊申　何好志　梁见开　吴海祥　吴瑞邦　吴初祥　吴泽邦　梁联登
梁炎权　吴决邦　罗贵生　何湛廷　冯国隆　何结廷　林德明　梁全登　李财开　黄德祥
李贵开　黄盛祥　王旺章　黄明辉　冯渐志　吴惠球　陈厚容　陈珍发　梁顺带　黄礼祥
黄禧祥　梁正安　罗戊辉　冼发开　黄定元　冼启安　吴禧邦　黄祥腾　吴景南　霍兆发
梁闰开　梁瑞国　吴秀元　吴喜带　梁福祥　吴全带　吴锡端　吴华胜　卢宽常　吴云广
梁鸿发　吴金有　王鸿佳　林惠元　冯益志　罗应滔　冯林信　文本业　梁恒发　黄生枝
罗裕常　吴允英　梁世英　罗琼瑞　黄勤枝　文齐康　吴携□　李明彩　郭朝珍　梁干廷
梁世联　郭升尧　梁世鸿　何全英　梁世垣　梁远发　梁就发　黄结枝　冯林琼　吴鉴□
罗善带　梁干廷　何腾财　张惠全　张亮全　冯会财　冯任和　黎坤保　罗信滔　梁炳芳
梁排安　梁祥安　梁厚安　王裕章　梁开荣　梁锐安　黄腾枝　梁世源　吴鉴辉　梁□隆
梁裕隆　梁兆隆　梁致安　梁平安　梁结光　梁纯广　梁华胜　梁华满　梁见安　梁以安
罗盛和　梁佑先　梁群先　梁德隆　梁生财　梁华胜　吴月初　吴桥带　梁锡广　梁兆章
梁荣安　郭瑶珍　梁丁华　梁宝全　梁兆广　梁三□　黄培祥　吴荣仁　梁朝安　赵国昌
梁富登　刘侣培　梁琼芳　刘松培　黄财荣　梁有登　余月轩　梁苏九　梁勤照　周鸿祥
黄贵荣　周银祥　梁联登　周发祥　周广裕　黄□联　梁炳带　冯瑞和　梁元登　梁以昌
关章伦　黎建彩　黄富荣　刘朝章　梁伟光　卢教开　冯祥光　罗常照　吴祥带　刘旺培
刘福培　冯炳荣　黄志恒　梁英才　黄广兰　梁接和　黄文辉　梁结和　梁连彩　黄叶光
梁瑞枝　吴二胜　梁孔贤　梁意贤　罗端康　冯恩海　梁全胜　冯旺安　梁允祥　林伟照
梁荣芬　梁鉴铭　梁发安　罗祥猷　梁锡邦　何齐荣　梁信邦　黄著铨　梁贵祥　梁伯芬
关章泰　扬发珍　冯高球　黄植森　卢程祥　何添和　梁垣泰　吴桥洪　梁盛德　梁景元

梁高宜　吴辉广　梁远发　梁惠祥　黄英祥　梁敬开　翁锡祥　黎明章　罗瑞枝　黄胜宽
何云财　何湛元　冯闰和　梁富进　李纯珍　郭莫元　李结珍　冯耀□　黄佳荣　卢养□
吴宏昭　卢洪胜　梁建成　梁逢开　梁禧成　梁茂开　梁显成　周许贵　郭建森　梁裕荣
罗怀谦　黎惠元　何瑞广　梁逢进　黎开进　冯松胜　林韶安　梁信贤　梁逢开　梁敬安
杜杨光　郭腾富　梁顺平　郭齐富　梁炎祥　冯裕成　梁进凌　陈开容　梁贵彩　吴干端
梁结初　梁信初　梁敬彩　陈佳由　梁荣贵　梁当有　梁能开　梁森荣　梁建□　梁垣开
梁贤□　吴湛伟　冼金松　冼大骚　梁彩南　梁在□　梁明开　林元胜　周连贵　梁桂□
梁信章　梁珠胜　梁水章　梁在明　吴意开　梁建明　冯荣新　梁显□　梁铨明　陈华胜
吴炳扬　梁带友　周伦贵　陈华有　梁华明　周兆登　梁㚇胜　冯伀新　梁财旺　吴鉴良
黄琼满　吴结祥　吴培云　梁自开　梁国光　吴铎良　冯福伦　梁贤明　梁琼旺　关文亮
梁满先　梁华聚　梁叶凌　苏九胜　梁闰宽　吴泰辉　梁桂元　冯全胜　冼志广　梁桂枝
梁教兴　陈就伦　郭亮千　梁宽明　郭叶友　梁结明　陈恒发　陈注胜　陈壬成　陈伯寿
梁东成　吴怀邦　李积带　梁贵明　梁凤开　吴英贤　吴廷章　陈明胜　岑瑞南　陈安发
吴占邦　梁应礼　吴决邦　伍开朋　冯燕廷　岑其汝　冯德胜　吴□洪　吴在球　何世昌
梁连□　吴秩由　梁凤祥　吴茂辉　梁伯芬　梁带初　梁财旺　冯琼宽　保显祥　冯华宽
冯福成　吴忠珍　吴信球　梁景源　吴洪胜　黄富光　郭溢泰　何锐昌　何柏荣　吴宏胜
梁开旺　吴全胜　陈茂才　吴悦星　何干恒　梁挺祥　梁惠隆　梁璇发　郭德珍　吴干禧
何伟廷　梁全胜　郭社带　梁权维　梁万胜　梁远发　黄余盛　黄瑞枝　梁堂友　何瑞洪
罗国彦　何枚生　李鸿珍　梁铨铭　罗瑞枝　梁球盛　郭日泰　林盛德　梁意开　何茂玲
梁能安　梁福安　梁旺□　吴耀荣　冼兆伦　梁溢开　张进培　卢财宽　梁□彩　陈亦辉
周㚇有　梁长荣　梁志明　林添福　罗业韶　吴壁韶　郭茂玲　梁协祥　梁礼章　梁富彩
梁万成　周结成　梁简成　关兆章　郭珍远　吴焕□　吴教邦　冯明志　何荣英　吴锡章
梁发枝　冯恒发　吴焕瑞　冯咏贞　罗太旺　冯荣贞　杨财盛　梁珍发　吴瑞叶　罗志彩
冯怡庆　吴裕辉　梁连辉　吴钊云　冯湛才　吴财□　黄腾芳　梁富然　梁旺财　吴容清
冯溢开　梁瑞邦　罗□胜　冯慎祯　梁富茂　罗开志　梁财茂　梁有胜　李程基　梁锡祥
潘恒铨　吴泰□　何彩贤　黄旺间　罗顺有　周科恒　罗全交　冯彩富　何信安　陈桂才
吴辉颜　黄永祥　吴结颜　卢敬先　吴垣邦　黄旺开　冯全□　吴纯邦　梁协邦　陈韶章
梁泽邦　梁三才　黄德财　黄信华　梁纯佳　黄锡辉　吴兆端　冯建松　黄长华　黄桥珍
何远生　梁林志　吴旋旺　冯就成　黄应和　吴源海　梁喜兰　黄永初　冼漆胜　黄云广
邓齐敬　吴桂禧　黄懿广　梁驳旺　吴韶炎　吴贤江　吴盛昭　吴旺昭　李朝开　崔权□
李耀彩　李庆寿　李仕彩　郭会采　李怡间　梁富贤　李衍彩　梁恒胜　李敬开　陈松盛
何社带　吴夏日　黄权辉　卢祥远　卢旺远　李恒彩　黄德有　梁振有　吴㚇全　何耀坤

吴纯邦	吴结邦	叶贵盛	吴占元	梁干彩	梁干登	吕显忠	梁逢泰	梁文□	梁财带
黄其思	张厚全	张业荣	梁关荣	周发辉	吴允南	梁华胜	郭耀南	梁悦明	黄耀凌
郭锐礼	吴珍荣	黄积来	郭而礼	郭显凌	郭兆枝	叶富盛	叶云盛	梁占□	梁结□
黄绍发	何德胜	梁英泰	梁耀发	吴盛端	冯怡英	罗明元	冯文英	冯乙有	吴凤韶
罗荣开	吴禧韶	黄信兆	吴茂芳	冼彩恒	梁世辉	黄华满	梁殿□	陈堂赞	梁殿英
梁坤培	梁殿章	黎裕星	杨池闰	罗元盛	黄燕群	冼益祥	冯贤庆	冯挹培	黄合新
何棠记	罗日胜	冼云开	梁旺开	罗才胜	梁北字	黄添成	梁贵开	冼见恒	冯泽盛
冯万能	黄有枝	梁燕球	冯月胜	冯铨养	梁和旺	梁炳星	尹裔常	冼铨荣	梁北福
冼亮荣	梁调旺	郭常远	孙兆祥	郭英发	黄权华	岑携枢	梁永兆	黄富辉	陈芬桂
冯才有	黄颜书	吴迪求	吴广辉	吴兆玲	冯兆能	吴聘玲	黄桂兰	何锦□	郭旺玲
黄锡华	梁贵财	梁凌有	黄源辉	冯锦叶	吴用邦	梁牛有	冼凤开	梁林添	严廷垣
罗祖带	周永益	吴日章	梁锦开	吴永南	梁惠枝	尹世苏	冯启成	梁勤瑞	冯坤成
梁兆彩	梁开荣	梁发枝	梁建福	梁联科	梁琼福	梁全有	郭伦祥	冯见金	梁金凌
冯星贤	梁平安	冯就金	卢裕开	吴焕南	吴日新	吴朋瑞	卢旺开	吴财协	黄福凌
吴其尚	吴兆南	梁连进	罗兆满	林协宽	温在明	黄满腾	梁发达	黄炎腾	林远宽
梁远全	林铨英	梁裕才	梁桥端	梁明远	梁聰开	温应安	黄信源	罗瑞康	黄玉带
吴垣章	林荣宽	吴尧昭	林茂昭	林权宽	冯联胜	吴锦章	陈益财	黄开旺	梁明元
吴铨辉	冯荣广	梁同带	吴联成	吴建任	黄日旺	卢程其	黄注铿	梁远财	郭益祥
梁福祥	吴桂芬	高彩明	吴顺和	梁洪珍	梁万凌	梁就科	冯就财	陈奕辉	吴辉明
梁旺兆	罗七带	高炳尧	冯元发	冼锡福	黄茂信	梁贵旺	林茂元	黄安民	张宇□
吴信发	杨荣魁	李富全	关连有	吴惠南	梁就登	冯琼万	冯志财	杨经绪	梁澄瑞
黄□廷	梁印荣	梁桂华	何茂华	梁元登	梁桂梓	梁全胜	梁棉进	黄胜开	梁能进
黄歧南	吴信有	黄秋南	林就富	黄友忠	黄铨南	吴兰宽	梁明开	吴携英	吴逸颜
卢贵荣	梁福进	卢□胜	卢能发	梁以进	何　恩	陈锦开	梁旺荣	吴挽带	梁高朋
郭乔叶	冯财胜	吴兆和	冯科胜	罗宝带	梁彩宽	吴咸猷	梁元安	梁瑞其	何兆祥
郭纯叶	吴其光	吴玲带	梁显其	吴彩元	梁有志	郭均安	梁胜带	梁艳其	董锡祥
何耀辉	梁在其	郭琼叶	陈悦葵	梁享荣	郭汝建	梁惠鸿	梁裕安	徐益启	黄宏光
吴芹照	梁结进	罗执胜	李提珍	黄松□	王宜章	徐发端	梁富其	陈　胜	梁英其
梁　江	郭耀忠	梁祥发	郭兰忠	陈意成	陈全寿	陈供盛	梁伯秋	梁巧隆	梁耀其
吴以芳	杨锡林	梁旺广	杨志松	郭平富	陈谁发	梁福胜	郭朋富	梁怡安	黎铨荣
冯瑞琼	梁应有	黄腾炎	何发敦	黄申财	梁兆元	梁宜珍	杜怀昌	梁志端	梁广兆
冯贤珍	梁福珍	杨培坤	梁深和	黄结祥	郭森富	吴在方	郭礼富	吴云禧	郭福富

吴建泽　冯聘珍　黄建胜　陈荣发　吴胜有　梁闰凌　吴坤华　冯瑶珍　吴锡华　黄燕昭
吴康林　李全□　梁才广　杨炽坤　吴培芳　黄旋艳　梁桂有　黄恩艳　黄金有　梁祖敬
梁长明　吴如禧　梁国珍　吴福泽　吴有胜　吴远芳　吴三有　吴瑶祥　陈意祥　吴耀光
陈垣泽　吴茂才　梁叶就　黄茂贤　吴永元　梁春满　黄茂赞　陈顺亮　梁发祥　吴湛炎
梁闰祥　吴永昌　林炳安　冯广贤　梁贤昌　陈云广　林联闰　黄全□　陈□胜　陈长发
吴荣佳　吴万华　陈龙发　谭炳彩　梁富全　黄同光　周耀芳　黄彩辉　刘汝勋　黄耀明
黄敬广　吴旺志　黄满余　吴其志　谭琼林　吴敬隆　谭礼林　梁成开　将扬光　周迪富
蒋廷光　梁照生　吴照光　梁月生　吴远旺　梁荣开　冯建全　梁发枝　冯星贤　梁彩兆
梁建福　梁联科　梁琼福　梁全有　梁溢祥　吴鸿发　梁燃祥　周葵登　梁厚祥　郭顺泰
梁炳章　黄培鸿　黄同兰　罗敬辉　黄尧□　黄学凌　陈得胜　梁连胜　韦其柏　何松带
黄辉玲　梁洪旺　冯佑坤　梁宏彩　梁昌言　梁建廷　梁得荣　冼远就　李泰珍　李宇珍
梁允忠　李恒珍　李容珍　梁连□　黄敦恒　吴荣基　梁荣求　周友志　高权开　李潮珍
吴伟尧　梁耀辉　冯国能　冯国翰　冯令新　冯恒旺　梁志明　冯珍旺　梁携旺　冯携旺
梁建开　冯建明　谭福华　谭广泰　陈凌有　冯义新　陈惟有　杨云礼　冯用明　杨东有
郭宜裔　郭开华　周景滔　郭万韶　周□志　郭锦源　李源锡　何全德　吴兰忠　何七胜
冼凤韶　杨建盛　杨福祥　陈永赞　吴渭忠　陈连新　吴礼忠　梁耀权　吴锡忠　冯国干
吴林胜　梁财宽　吴焕章　罗连开　郭福胜　罗来胜　罗北带　郭祥带　李云发　周耀恒
吴国英　梁惠登　何权发　梁锦照　黄满连　梁德福　吴来胜　黄元才　何信发　吴球英
吴联英　郭赞裔　梁炳胜　罗新有　罗溢泉　罗荣开　罗容炳　罗贵开　罗棠炳　罗韶彩
陈茂泰　周自登　陈盛泰　罗国滔　卢均石　罗辉和　冯齐□　卢赞钊　吴柏隆　罗韶滔
罗华开　吴坤章　罗朝瑞　吴贵宽　马华广　梁贵财　马华龙　何开林　罗富开　陈德裕
罗能开　刘焯廷　陈荣昌　左庆桐　陈溢昌　左赞椿　陈阿炽　左懽若　梁腾财　左长则
梁发齐　左赞燊　左瑞卿　左祐孙　左庆邦　罗鸿炳　罗发□　黄云清　罗富才　林德盛
罗腾开　梁连广　李锦培　冯溢章　梁沃胜　杨兆余　何开发　冯荣昌　冯允才　林发茂
冯照珍　罗松□　梁彩旺　罗梳九　郭升广　罗锡仔　梁礼旺　林泽辉　吴恩礼　梁财明
冯翕来　梁湖德　吴炳有　罗贵康　吴朝□　罗珍和　吴坤决　罗善和　梁金带　李草胜
梁进如　曾广寿　何可荣　何广元　何新荣　何宜升　周年□　梁月来　冯注和　梁洪佳
邓石泉　梁万章　冯常□　梁日明　何鉴长　何裕胜　何锡明　梁炳华　冯荣祥　黎振朝
黄朝盛　黄华章　卢玉胜　冼英朝　梁金有　吴宪广　林殿源　谭喜祥　罗均石　黄耀光
梁怡进　黄宜珍　王兆皆　梁怡安　周科财　吴柏全　何泽辉　何盛辉　梁福宜　梁绍财
吴鸿有　陈联发　黄仰皆　黄余皆　黄盛璋　曾广泰　罗国芳　梁锡贤　陈奕枝　张子威
胡鸿福　叶秀山　潘留左　林左如　潘若溪　冼其能　冼南星　潘作新　冯维有　吴朝登

冯敦成 陈南□ 李节如 梁教贤 梁炳泉 梁敬清 梁以先 吴赞恩 梁新荣 李万清
张光前 郭纶茂 陈明玉 黄裕珍 陈鉴彬 黄同志 江翕富 吴瑞昌 黄怀□ 吴兆昌
黄群英 林惠邦 林结坤 林本成 吴群德 梁星浪 吴铨国 梁祯泰 林坤宝 黄志忠
林祖韶 吴简贤 周发远 吴简光 冯联照 王有胜 陈雨田 李带有 梁子安 苏锡沛
王荫庭 冯端开 李宝林 吴兆蓉 梁乾初 梁瑞纯 陈蒲轩 冼占英 黄泽民 林发意
罗恩甫 冯发业 冼秀石 何坚源 冯思甫 周允先 陈子密 杜仕皆 罗慧相 梁淡言
冼联芳 李彩荣 吴雨邵 黄松连 李碧如 何品连 梁尚志 梁在先 林伯阶 吴迪良
江亦陶 黄建广 冯贤德 苏祺能 王胜带 李　和 冼炳垣 陈照常 郭名朝 郭锦垣
吴尧臣 吴隆盛 黄厚沛 罗鉴洪 林信章 冯最光 江聘珍 梁锡鸿 梁宽广 梁　庆
胡礼珍 张滛南 关志初 张成南 梁耀英 吴能昌 黎昌祺 罗铨松 梁翰云 谢志开
陈碧安 黄元泽 林祺和 冼耀佳 王悠浩 冯容桄 黎凌芬 吴彬和 黄榅之 王兆林
邓镜秋 潘江浦 苏晋仁 赵次帆 罗培全 冯祺均 周吉□ 陈祖荣 梁汝阶 何如佳
陈伯弼 黄若轩 朱汝治 叶荫南 梁士麒 王文翰 张凤联 冼学明 周渭安 吴启昭
冯寿朋 黄康文 江云生 冯颂华 何森雷 冯英光 冯巽之 江德和 吴梅能 黄秩灿
吴财闰 梁永章 吴财发 何汝荣 梁闰珍 冼朝章 梁朝生 梁得辉 梁结□ 吴华禧
周澄深 苏朝光 林佳成 吴桂生 黄余珍 梁闰开 黄瑞珍 林容科 何耀明 吴珍华
何健明 林德明 吴见华 林容旺 李桂华 吴兆元 梁朝生 冼忠达 林俭益 梁正培
吴益生 吴敬安 冯其章 梁国光 吴之章 吴昭才 冼作生 徐意森 陈达华 冯德成
梁甫生 梁汝参 吴桂芳 吴仁章 吴廷芳 陈派元 吴权德 梁汝叶 梁成章 吴太生
梁广生 黄太初 吴财闰 梁永章 吴财胜 何汝荣 梁闰珍 冼朝章 梁朝生 梁得辉
梁结□ 吴华禧 周澄深 苏朝光 林佳成 吴桂生 黄余珍 梁闰开 黄瑞珍 林容科
李桂华 吴兆元 梁朝生 冼忠达 林俭益 梁正培 吴益生 吴敬安 冯其章 梁国光
吴之章 吴昭才 冼作生 徐意森 陈达华 冯得成 梁甫生 梁汝珍 吴其开 梁元隆
梁永章 何盛开 黄余欢 吴应安 李金华 梁明锡 冯其瑞 吴吉祥 梁福成 吴吉昌
梁生发 梁再生 黄星甫 陈应安 吴永生 冼国明 罗乾辉 冼国朋 李芹生 吴意荣
冼国尧 罗达初 梁杰生 傅全才 郭之荣 黄达昌 冼行安 黄达祥 吴初华 李明锡
黄衍□ 李广邦 黄衍发 杨廷之 吴华芳 杨济生 徐礼森 吴雨朋 温量扶 冯惠石
吴志章 冯祥石 梁怡森 黄宝生 陈敬仁 吴汝荣 吴应祥 何健章 黄怀安 关结彩
黄积财 梁余珍 李忠贤 梁余远 周贤鉴 欧作明 陈文绍 何察成 冯生远 黄广绍
冯志远 李闰添 何星垣 吴怡宽 何达臣 高仕怡 吴禧权 高仕宜 吴迪皆 梁华明
吴云盛 梁远祥 黄厥隆 吴有财 李炳存 何朋谦 周英挥 李祖绍 梁赞成 郭宝安
林坤来 吴陵珍 叶世贤 梁兆生 梁澄川 陈金容 郭凤滔 苏志祥 林佳尧 苏远成

□……□　　黄怀安　关结彩

□……□

（农工商部档）

P12：农业-农务会

7.29　安洲农务分会农民梁联经等禀请准予分会改为分所事

宣统二年五月(1910年6月—7月)

广东香山安洲农务分会全体农民梁联经等禀,为撤改分所,农情惶恐,联乞宪天俯顺舆情,准予改为安洲分所,以免涣散而维公益事。

窃农等安洲农务分会前蒙冯绅国材竭力提倡,组织成立。讵开办后,迭被县属大绅争办分会,串党纷纷揑控。总理冯国材屡请辞退,经农等再三挽留,姑准暂办。伏思冯绅国材热心公益,素为农等心悦诚服。今因风潮迭起,枝节横生,是以总理冯国材业已四月念五日经众会议即行辞退,当时众论哗然,如失慈母,并将图记委札暂置会所。继而各董事纷纷辞退,势成瓦解。农等又现阅报章登载香山县禀复劝业道宪详请粤督宪咨送宪部,将安洲分会改为大黄圃分所等语,农等伏读之下,不胜惶恐。忖思农等数千余名会份农人尽居安洲各沙等处地方,当时倡设农会原期研究新理,发明农学而设。今闻劝业道宪详请改为大黄圃分所,农等远隔一方,于研究农学往来诸多不便。连日集众开特别会议,佥云若改设大黄圃分所,农等数千余人情愿解散,不甘受劣绅之抑压,众口一词,万夫一心。伏读宪部札行劝业道宪,内云,该会设在安洲不在香山城厢之故,本部前次颁发图记系指香山而言,若在安洲自应改为分所等因。农等自应凛遵宪示改为安洲农务分所。迫得沥情联叩宪天,伏乞俯念成立在先,创设维艰,曲顺农情,将原日安洲分会请改为安洲农务分所,仍旧在鳗子洲余庆善堂内办事,俾农等就近讲求农学,研究新理。如蒙允准,再行遵章由会员会友内投筒公举董事五员,列折禀恳立案,并恳饬行劝业道宪颁发戳记,俾资遵守,庶免大局瓦解,农民幸甚,地方幸甚。沾恩切赴农工商宪部宪大人爵前,恩准施行。

宣统二年五月　日禀

（农工商部档）

P12：农业-农务会

7.30 安洲农务分会会董吴秩隆等禀为请准举定冯溢广为总理事

宣统二年五月(1910年6月—7月)

广东香山县安洲农务分会会董吴秩隆等谨禀钧部宪大人爵前，敬禀者：窃卑分会自上年七月间奉准开办，所有会内应办各事宜靡不遵照部章实力提倡办理。查总理冯国材热心组织，苦心成立，农情均称允洽。惟事关粤省创设，开办伊始，各事繁难，该总理遇事克尽厥职以期共图公益，是以自奉钧部核准立案颁发图记委札以来，入会农民四千余名份，甚为踊跃。迨该总理亟应振兴农务，立志出洋考察农事，研求新法种植，前经屡请辞退另举，当经迭次集众挽留未获，遂于本年四月念五日当众辞退。曾经禀明大部察核在案。

伏查奏定章程第六条内开，总协理董事均以一年为任满之期，先期三月再行公举，仍以得票占多数为主，举定禀部察夺等因。今总理冯国材志切出洋考察，且于上年七月奉札计将及期满，与先期三月再行公举相符，即于五月初二日集议遵照定章投筒公举，以会董冯溢广得票最多，似应举为总理。且该会董平日办事确系热心公益，众望素孚，以之续任甚为相当。理合将举定卑分会第二年之总理会董开列衔名年籍折随禀部宪察核，伏乞俯赐照准，给发现举定之会董冯溢广为总理委札，以资办事而符部制，实为公便。至冯国材现于本年四月念五日辞退，所有会内各事均由现举定之总理冯溢广办理，合并禀明。肃此具禀，恭叩崇安，伏乞垂鉴，仍候批示祇遵。会董秩隆等谨禀。

计呈清折一扣。

宣统二年五月　日禀

(农工商部档)

P12：农业-农务会

7.31 安洲冯国材禀为县属被灾各沙围修竣事

宣统二年五月(1910年6月—7月)

广东广州府香山县安洲农务分会总理冯国材谨禀大人爵前，敬禀者：窃卑分会自上年七月间奉准立案开办以来，凡县内全□……□农务各事宜及调查地方之利弊无不竭力办理，随时□……□五条内开，遇有旱涝荒歉应由该分会分所将详细□……□夺等因。惟查上年九月初六七日香山县属连□……□缺各处沙田基围及伤毙人口一案,当经卑分会遣派会董会员及调查员前往崩缺围堤各处分途调查,劝令各业户赶紧修筑,经将业已修筑各围分晰列明禀报大部察核在案。

蒙批,县属□灾冲缺各处围堤经派会员劝捐修复一节,计此次应修东海上下各沙等处共二百余围,需工费银二十八万八千四百九十余两,均系与各业户妥商修复,并未向农民抽捐,亦未提拨地方公款,办理尚属周妥。此项工款既系各业户自捐自修,应免列册呈报□□。

奉此伏读之下,凡关农事靡不认真办理,随又派出会董会员等续经调查。今又查得县属南便一带灯笼新沙等共大小一百一十七□……□二三十丈不等,业已劝令各业户修□□□□。应将详细情形分晰列折禀报宪鉴。惟查粤东之农业以香山县属为大宗,而蚕桑出于县属之北隅,至于田禾沙田千百万顷,以东海西海为最繁盛。南至澳门一带均与洋海毗连,但各沙之基围以别县之桑园围石角围者不同,而沙田之围或二三十亩为一围,或六七十亩为一围,或一顷二顷为一围,或三五顷为一围,至多亦有十余顷者成一围而已。其中之沙围大小不一而所修之工程只可大约计之。此次被风灾水患冲缺者共计有一百一十七围,其所费工程□则三五百或六七百,多则千余或数千或巨万者亦有之。曾经卑分会□……□等分投调查,劝令各业户自行从速修筑,以免有碍春□……□示造忖思调查灾情系卑分会应尽之义务,并非贪功邀奖,系为各农民保全耕种之计。所有卑分会续又调查得香山县属被灾冲缺各沙围业已劝令各业户先后修筑完竣各缘由,理合备列清折禀报宪台察核,俯赐批示祇遵,实为公便。再此案修筑工费系各业户自捐自修,似应毋庸列册呈报,合并禀明。除禀督宪外,肃此具禀,敬请崇安,伏乞垂鉴,国材谨禀。

计呈清折一扣。

宣统贰年伍月　日禀

（农工商部档）

P12：农业-农务会

7.32　安洲分会发起会员杜宏业等禀为撤改归并宁死不服事

宣统二年五月(1910年6月—7月)

广东香山县安洲农务分会西海十八沙龙洞农务分所全体发起会员杜宏业、萧显光等禀为撤改归并,宁死不服,联乞恩准俯顺舆情维持会所以免解散而恤农艰事。

窃职等向居广东省香山县属,耕种为业,百数十年历久相安。近闻朝廷振兴实业,特设农会研究新理改良农业,职等闻之不胜欢忭,是以联合同志并蒙冯绅国材竭力提倡组织安洲农务分会。乃甫经上年七月间奉准立案开办,突被势豪刘绅曜垣、黄绅玉堂嗾使劣棍李仲英、何国华等串党纷纷架题陷害，意图争设分会，总以破坏安洲分会，为达目的以遂争设之欲，继又波及龙洞分所撤销归并小榄农务分所，以图一网打尽任意鱼肉农民之计，贿串香山县沈署令瑞忠袒护偏覆，禀请劝业道宪详咨大部将安洲农务分会改设大黄圃农务分所，又将龙洞农务分所撤销归并小榄农务分所办理等因。

职等忖思安洲分会成立系为粤省之首倡，龙洞农务分所之成立又先于小榄乡农务分所，诚如劝业道宪前批所云，西海十八沙龙洞农务分所由县禀请详咨立案在前，榄乡农务分所由县禀请详咨立案在后，既与部章不相违背，自应各办各事以期日起有功，不能遂将详咨在前之西海十八沙撤销也等示。可见洞烛奸谋明如悬镜。乃恶不陷不休，架题混捏，贿串偏详，全盘反覆，致有今日封冤之惨，撤销归并之举。职等伏思卑分会之总理如果办事未尽，只可饬令总理辞退，卑分会董事办事未善，亦只可饬令该董事辞退。且开办伊始，分会分所如有未尽未善事宜，地方官自应竭力维持，未有因一人而陷害大局无辜撤改归并也。况该总理及董事向为职等心悦诚服，农民推重，致有入会农友五千余名份之多，其为品行端方已可概见。若如将安洲分会撤销改为大黄圃分所，又将龙洞分所撤销归并小榄乡农务分所办理，细查部章未有将成立之会所撤销归并，按之公理亦无如此之办法，若无辜撤改归并，职等数千余人宁死而不甘心。迫得沥情联名叩乞崇辕，伏恳垂念成立为艰，俯顺舆情将安洲分会遵章改为安洲分所，龙洞分所准予仍旧办理，毋庸撤销归并榄乡。职等数千万人永沾鸿恩于不朽矣。切赴农工商部宪大人爵前恩准施行。

计呈同呈名单并各宪批词共一纸。

宣统二年五月　日禀

（农工商部档）

P12：农业-农务会

7.33　香山县全属各沙禀请撤销香山分会另设阖属农务分会事

宣统二年五月(1910年6月—7月)

广东香山县全属各沙围农民代表，泰福沙代表胡辉林、朗滘沙代表黄添和、大排沙代表李德财、中沙代表黄维忠、赤洲沙代表高自宸、鲫鱼沙代表罗贵祥、明虾头沙代表何齐光、白蕉沙代表麦藻扬、大托沙代表黄瑞琛、西海沙代表罗肇满、福尾沙代表梁惠元、大琳沙代表何在求、东濠沙代表吴植森、乌沙代表李敬宽、正杆沙代表冯永发、中心沙代表何锡祥、撒网沙代表黄维德、横琴沙代表郭自洪、海州沙代表梁发安、龙鳞沙代表李桥洪、白黑沙代表谭就广、中流沙代表梁结就、大南沙代表吴金昌、铺琴沙代表郭明方、观音沙代表陈家仁、沥心沙代表吴自求、东海沙代表杜志堂、广福沙代表张惠富、芙蓉沙代表黎远澄、南新沙代表冯三才等，为设会矫横大动公愤，联乞宪天俯顺舆情，迅速撤销另设以免骚扰而恤农艰事。

窃农等安居广东香山县属，耕织为业，数百余年相安无异。现当圣朝劝稼劭农，谕令各直省晓谕农户多设农会，原寄互结团体共图公益为宗旨。讵料顺德县大绅翰林院黄玉堂、举人刘曜垣等设立香山农务分会，以黄绅玉堂为总理。农等闻之不胜惊骇，忖思农会之设系为联络农民研究新理改良农业为主，查该绅等平日武断乡曲无恶不作，抑压农民指不胜屈。谚云，绅视农为黑奴，农视绅如虎豺。上下隔阂，交接为难。若准该绅等设立分会居为总理，不但农界无以放一线之光明，且于农务前途更加不堪设想。现在该总理嗾使劣绅纷纷逼勒农民入会，意图聚众敛财，任意鱼肉，阖属农民均不甘受其欺愚，惟思恐其流弊必先塞其源，是以连日阖属农民开特别会议数次，佥云大绅平日欺压农民势如切齿，若果该绅设立分会，势必愈加骚扰，农等阖属同人断不公认，誓死而不服从。幸值朝廷爱民如赤胞与为怀，迫得联名泣叩宪天俯顺舆情，垂怜农艰，准予迅速饬行将虎绅黄玉堂、刘曜垣之所设香山农务分会撤销，由农等阖属同人集众商议各派代表联合组织，另设香山县阖属农务分会，俾得研究农学共图公益以免骚扰而恤农艰。地方幸甚，大局幸甚。沾恩切赴农工商部宪大人爵前恩准施行。

宣统二年五月　日禀

（农工商部档）

P12：农业-农务会

7.34　农务司札为黄显光等禀请撤销龙洞分所归并小榄案事

宣统二年六月初二日（1910年7月8日）

（堂批：）阅定。六月初二

为札行事。

宣统二年五月二十六日接据香山县龙洞农务分所会员黄光显等暨农民黄裔安等先后禀称，冯绅毓坤（灵）创办农务分所以来，诸事渐已就绪，突被势豪黄玉堂、刘曜垣唆使李仲英、何国华、何朝瑞等架以大题，谓冯毓灵收受民词，判断挂批，张贴红示，又复任意诬陷贿串香山县令偏袒偏详，以图撤销龙洞分所归并小榄乡办理。至龙洞地方远隔小榄乡五十□……□于研究农学诸多阻碍，且屡被劣绅抑压。如果归并小榄乡则农民情愿解散，会员亦不甘心等语。查阅该会员暨农民各禀大致相同，是否属实本部无从遥度，合行抄录原禀并案札饬该道按照所禀各节派员澈查详细，覆部以凭核办可也。此札。

右札广东劝业道准此。

农务司赵拟

参、丞阅过

香山县龙洞分所暨会员暨农民等所禀各节仰该道澈查覆部由。

（农工商部档）

P12：农业-农务会

7.35 署理两广总督袁为古镇乡设自治研究所事致农工商部咨文

宣统二年六月初十日（1910年7月16日）

头品顶戴、革职留任署理两广总督、兼管广东巡抚、粤海太平两关事务袁，为咨达事。

据广东劝业道陈望曾详称，查奉准农工商部咨□……□应于府厅州县酌设分会□……□妥速筹办。兹据署香山县□□忠禀称，据县属古镇乡自治研究所□□附生林锡年等禀称，生等本□……□研究所宣讲自治浅说以□……□惟滨海而处，乡民多操农业，知识固陋不知改良。现奉部章通饬各县筹设农务分会，各乡酌设分所，以开通智识改良种植联合社会为要义。窃准农务一项属于自治范围之内，开办自治尤以整理农务为要图，因集众公议筹设古镇乡农务分所，与刘绅曜垣等组设之香山县农务分会联络一气，其办事地方附设于古镇乡自治研究所内以省縻费。所有章程概遵部章办理，缮具章程，举定董事，禀请转详立案等情到县。当即照请农务分会查覆。兹准牒称，派员调查得该附生林锡年等组织古镇乡农务分所，其一切办法先经与本会再三磋商，悉遵照部章办理，所举董事曾景康等五名皆属热心公益志士，当时确系□□式合□□举曾景康等五名得票最占多数，照章推为董事，众情亦甚允惬，理合查明牒覆等由。该县覆查所举董事及章程会所悉臻妥协，理合禀请详咨等情到道。据此伏查古镇乡系香山县属乡村，农民□……□振兴实业，自应遵照□……□求新理。今林锡年等在该乡筹设农务分所即附于古镇乡自治研究所内以省縻费，拟具章程，公举董事，由该署县沈令瑞忠查明具禀前来。查阅所拟章程大致尚妥，似应照准。除由道刊发戳记外，理合具文详请察核，俯赐转咨农工商部立案，实为公便等由。同折到本署督部堂，据此除详批回外相应将折咨送。为此合咨贵部请烦察照立案施行。须至咨者。计呈送清折二扣。

右咨农工商部。

宣统二年六月初十日

（农工商部档）

P12：农业-农务会

7.36　农务司为派黄玉堂充当香山农会总理事致两广总督咨文

宣统二年六月十二日(1910年7月18日)

堂批：阅定。

为咨复事。

宣统二年六月初六日接准咨称，据劝业道陈望曾详报，遵奉部札查明冯国材系顺德县陈村疍民，声名平常，诡造安洲地名倡设农会朦充总理，又充港口安平分所董事，其子冯毓灵并充龙洞分所董事，代谋顺德围田藉端渔利，妄称劝捐修堤混禀耸听，收受讼费擅拟判示，父子济恶凌轹乡民，实属谬妄已极。拟请将冯国材总理即予撤退，追缴委札图记并将安洲分所改设大黄圃地方，冯国材另充安平分所董事、其子冯毓灵并充龙洞分所董事由县督绅另举。龙洞分所撤销改设小榄地方。至刘曜垣等拟订香山农务分会章程，公举黄绅玉堂为总理暨各董事会员衔名清折一件详请咨部察照等因，并附会章暨会董衔名折到部。

查冯国材、冯毓灵父子济恶，胆敢诡造地名朦充总理，藉农会名目收受讼费，擅拟判词，实为地方痞棍，未便稍事姑容，应即追缴委札图记，并由该劝业道严切查明，如有侵吞会项情事应即提案押追照例严办，即无侵吞实据亦即押解回籍交地方官严行管束，不准再滋事端，并将此案晓谕各属农民周知，以为藉会横行者戒。至该农会前由广州商务总会呈部，该总会不加考察遽尔代呈殊属非是，已由本部严札申饬以儆轻率。此案正在查办。

而吴秩隆等自称安洲农会会董，续举冯溢广为总理，径行呈部意图朦混，其决非安分之徒可知。所有冯溢广、吴秩隆等暨朦设龙洞分所之黄显光等有无串同营私情弊，即由该劝业道归入冯国材冯毓灵父子案内一并澈查究办。安洲农会撤销改为大黄圃农务分所，龙洞分所撤销改为小榄农务分所，均应照准。其大黄圃、小榄暨原有之港口安平农务分所照章应举董事，即由该劝业道集众公举，另案报部核夺。

此次刘曜垣等拟定香山农务分会章程二十一条尚属周妥，应准立案。公举在籍翰林院编修黄玉堂为总理，得票既占多数，应准加札委任并责成该总理等将农务应办事宜按部章切实筹画，毋负委任为要。至图记式样，本部上次所颁即系广东香山农务分会图记，并无安洲字样，即由该劝业道追缴后发给总理黄玉堂等祗领钤用并报部备案，相应咨复贵督查照转饬劝业道陈望曾分别照办。仍于办结后报部备案。附去委札一件，并希饬交祗领可也。须至咨者，附委札。

右咨两广总督。

查办冯国材等并另派黄玉堂充香山农会总理由。

参、丞阅过

农务司单拟

（农工商部档）

P12：农业-农务会

7.37 农务司札为准翰林院编修黄玉堂充当香山农会总理事

宣统二年六月十五日(1910 年 7 月 21 日)

堂批：阅定。六月十五

为札委事。

案查本部奏定农会章程第三条内开，农务分会派总理一员，应于该会董事中公举禀部札派等语，历经办理在案。现在广东广州府香山县地方业经筹设农务分会，翰林院编修黄玉堂既经由众公举为该会总理，由劝业道复核详报两广总督咨会到部，自应准予派充以资经理。惟香山地方习俗嚣张，此次该设农会彼此争执尤甚，禀控到部者日有数起，列款诋讙无所不至。本部准两广总督文称各节，姑准札委该编修为总理，所有农务应行兴办事宜务即懔遵本部奏定章程实力推行，遇事与各农民和平商酌办理，诸事务期公允安协，不得稍有抑勒烦扰致蹈藉端渔利之嫌。本部自当随时考核以判优劣而示劝惩，除冯国材一案咨饬照例惩办外，合行札饬。札到该编修即便懔遵筹办可也。切切。特札。

右札翰林院编修黄玉堂准此。

准充香山农会总理由。

参、丞阅过

农务司单拟

（农工商部档）

P12：农业-农务会

7.38 农务司札为申饬香山农会冯国材办理不善札

宣统二年六月十九日(1910 年 7 月 25 日)

(堂批：)阅定。六月十九

为札饬事。

上年六月间据该商务总会呈报，香山县安洲农民冯溢广等筹办农会，公举冯国材为总理，呈部立案，颁发图记加札委用等情到部。本部以该总会籍隶本省，自必考查明确始敢代为呈报，旋即照准在案。乃该农会成立以后办理诸多不合，屡经被人控告。于本年六月间准两广总督咨称，据劝业道查明，冯国材系顺德县陈村疍民，声名平常，诡造安洲地名倡设农会朦充总理，又充港口安平分所董事，其子冯毓灵并充龙洞分所董事，代谋顺德围田藉端渔利，妄称劝捐修堤混禀耸听，收受讼费擅拟判示，父子济恶凌轹乡民，实为谬妄已极，咨部核办等因前来。查冯国材、冯毓灵父子济恶，胆敢诡造地名朦充总理，藉农会名目收受讼费，擅拟判词，实为地方痞棍，未便稍事姑容，应即追缴委札图记，并由广东劝业道严切查明，如有侵吞会项情事应即提案押追照例严办，即无侵吞实据亦即押解回籍，交地方官严行管束，不准再滋事端，并将此案晓谕各属农民周知，以为藉会横行者戒。当经本部咨复两广总督转饬广东劝业道严切究办去后，该商务总会不加考察，遽尔代呈，殊属非是，合行严札申饬以儆轻率。现在广东设有农务总会，所有农会事宜固无庸该总会再行预闻，即商会事宜亦应懔遵本部定章妥慎办理，毋得轻率从事别滋流弊，致负本部委任，是为至要。札到该商务总会仰即懔遵可也。切切。特札。

右札广州商务总会准此。

香山农会冯国材办理不善札饬申饬由。

参、丞阅过

农务司单拟

（农工商部档）

P12：农业-农务会

7.39　西海十八沙会员黄显光等禀请迅派大员秉公维持分所事

（附抄录批词二件）

宣统二年六月二十三日（1910年7月29日）

广东香山县西海十八沙龙洞农务分所全体发起会员黄显光等禀，为袒绅抑农冤沉海底，泣叩宪天迅派廉干大员来粤提同两造集讯秉公维持，以免陷害而昭折服事窃。案不讯不明，事不平则鸣，如职等联合同志组织香山西海十八沙龙洞农务分所，于上年七月间奉准立案开办以来，研究新理，改良农业，颇有心得，论者谓农务前途日臻发达。乃未几突被外棍势豪黄玉堂、刘曜垣等唆使劣绅何国华、刘锡霖、李仲英等串党架题分词捏陷。始则督道县宪洞悉奸谋，先后将劣棍之禀词明白批斥，有案可稽。讵恶不陷不休，复又捏陷卑分所收词挂批，判断案件，张贴红示等谎，贿串香山县沈署令瑞忠偏袒偏详，欲将卑分会撤销归并小榄乡农务分所办理为达其目的。当经职等将被陷各情分赴督道县宪禀诉，请将传集两造提同集讯追究凭据，不能以莫须有三字故入人罪，而道县宪置之不问，只听势豪一面之词，为之破坏卑分所。旋奉督宪批示，仰广东劝业道即派妥员澈查，乃道宪禀复毋庸派员澈查，职等逼得将无辜受抑宁死不甘各情形泣叩宪天，恳乞维持。幸宪部明察秋毫洞破奸胆，饬行道宪派员将所禀各节逐一澈查。现道宪并不派员澈查，径行禀复宪部，又谓似可毋庸派员澈查各等语。试问，并无派员澈查，又无提案集讯，如捏控收词挂批张贴红示一节，孰是孰非，从何得直？如此偏袒，何以示大信而昭折服？其为袒绅压农已可概见。至称如果香山西海十八沙等处设分所，应俟小榄乡农务分所成立后由地方官审察情形督商公正绅耆，划分界址另行添设农务分所一处等语，查卑分所禀准成立在先，小榄乡并未成立分所，何能将成立之分所归并未成立之分所，天下事岂有是理乎。既称十八沙要设分所，何必将卑分所详咨撤销另行设立，莫非朝廷准设之分所能起灭自由，视为儿戏耶。前后矛盾，殊不可解。现当朝廷振兴实业劝稼劭农，有此官绅压制，势必农务前途诸多障碍。独不观粤省之实业乎，现在所举办者寥寥无几，即农务分会分所之成立者亦寂寂无闻，可为前车之可鉴也。推原其故，皆由县令不体农情，亦由豪绅从中阻挠，农务实业之不兴职由于此。若不严惩一二，无以儆豪横而维农政。迫得沥情联叩崇辕，伏乞垂怜农艰，俯念卑分所之成立在先，秉公维持。亦恳迅派廉干大员来粤提同两造同呈一干人等集讯，以期水落石出。如果劣棍之捏控各节确有凭据，职等全体会员甘同治罪。若讯明劣绅之系属架捏，亦请严行反坐从重惩办，以儆豪横而免冤抑。沾恩切赴农工商部宪大人爵前，恩准施行。

计粘抄批词一纸。

宣统二年六月二十三日禀

附件：抄录批词一件

谨将抄录批词呈电。

宣统元年九月廿三日何巨材等呈奉香山县宪批，农务定章一县设一分会，定有限制，至分所多多益善。西海十八沙农人云集，土质肥沃，应设分所联络农民，仍与分会脉络贯通，以收实效，岂能查禁调销。惟所称冯毓灵系顺德县人，越境分设似有未合，候据情具禀劝业道宪察核，俟奉批示再行饬遵可也，仰即知照。

宣统元年十一月初四日李仲英等呈奉劝业道宪批，查前据职员黄显光等呈称拟于香山龙洞地方筹设农务分所，先经韩前任批行香山县就近确查，嗣据署香山县沈令瑞忠查明禀覆，西海十八沙龙洞系在县属之西，农户会集，地方辽阔，现设农务分所互结团体维持农业自有起色，公举之会董冯毓灵等五名委属热心公益，众望素孚，堪以充当该分所会董，请详咨立案等情，即经由道据情转详制宪咨部立案。榄乡地方现虽续设农务分所，然按照部定农会章程，凡乡镇村落市集等处并应酌设分所，诚以一县之大地面宽广，农情散漫，必须多设分所以期联络众情研究农事。今西海十八沙龙洞农务分所由县禀请详咨在前，榄乡农务分所由县禀请详咨在后，既与部章不相违背，自应各办各事以期日起有功。不能因西海十八沙与杭（榄）乡同一司属地方，现在杭（榄）乡已设分所，遂将详咨在前之西海十八沙撤销也。至农民入会担任会费多寡应听众情自愿，如果董事苛派以为敛财之计自属不合。今查冯毓灵等所收之会一千余份，颇形踊跃。据香山县禀称，访查会份确系实数。如有苛派勒收情事，收数岂能如是之多。至称冯毓灵等扬言分所成立沙捐捕练各费及基田租银无容杭（榄）乡公局管理，查沙捐捕练各费及基田租银向归何处管理，以后应如何分别收交，尽可由地方官就近查核情形定议饬遵，更不能因此而撤销其分所也。仰香山县遵照指饬各节将杭（榄）乡、龙洞两处农务分所权限妥为划清，饬遵具报并饬屏除私见共维公益毋涉纷争是所厚望，此批禀抄发。

宣统元年十二月廿三日李仲英等呈奉督宪批，查阅粘抄道批至为明晰，至称香山并无安洲及龙洞地名等语，名由后起，古今地志前无此名而后别立名称者此类甚多。只当问其分会与分所是否应立，不必拘拘于有无此名。细核禀词无非因争该处之沙捐捕练各费及基田租银起见，该处沙捐捕练各费及基田租银究应如何分别交收始昭公允而息争端，仰广东劝业道饬县秉公核明，并将龙洞、榄乡两处农务分所权限妥为划定饬遵具报。此缴。

（农工商部档）

P12：农业-农务会

7.40　西海十八沙农民黄裔安等禀为请迅派大员秉公集讯以维公益事

宣统二年六月二十五日（1910年7月31日）

广东香山县西海十八沙龙洞农务分所全体会份农民黄裔安等禀，为袒绅偏覆破坏农政，联乞恩准垂怜农艰俯赐维持，并恳迅派干员来粤提同两造秉公集讯，以免陷害而维公益事。

窃农等于上年七月间联合同志禀准设立香山西海十八沙龙洞农务分所，系由各会员会友担任创办经费捐助血汗组织而成，原以共结团体研究新理改良农业起见。迨开办后正在筹设试验场、半夜学堂等，乃突被势豪黄玉堂、刘曜垣等顾忌农民之团体不能如前之横施压制，唆使劣棍何国华、刘锡霖、李仲英等串党分词捏陷。始谓无龙洞地名妄请将卑分所撤销，当蒙各大宪批斥，有案可稽。诚如督宪批云，香山并无安洲及龙洞地名等语，名由后起，古今地志前无此名而后别立名称者此类甚多等因。可见大宪慎重周详维持农业之至意。乃恶不陷不休，又复架以大题收词挂批张贴红示等谎，贿串香山县沈令偏袒偏详以图撤销卑分所，为一网打尽、任意鱼肉农民之计。当将被陷各情形分赴督道县宪禀诉，请将传集两造提同集讯追究凭据，不能指鹿为马故入人罪。而道县致之不问，只听势豪一面之词，为之破坏卑分所。旋奉督宪批示，仰广东劝业道即派妥员前往澈查。乃道宪禀复毋庸派员澈查。农等逼得将无辜撤销咸动公愤等情乞请大部维持，幸大部秦镜高悬洞照万里，饬行广东劝业道宪派员将农等所禀各节逐一澈查。现道宪又并不派员澈查，遽行禀复大部，又谓似可毋庸派员澈查各等语。窃思并无派员澈查，又无提案集讯，如谓卑分会所收词挂批判断案件张贴红示一节，孰是孰非，从何得其剖白。如此偏袒，何以示大公而昭折服。其为袒绅压农已可概见。又称藉会渔利一节，查卑分所开办以来所有一切所内经费均从俭约，农等会份农民并未有一人禀计滥用，且公支公用，俱系全体会友认可，从无冒用丝毫，如谓渔利，有何利可渔，外界劣棍何得捏陷，其为架词破坏已属显然。又称伪造龙洞地名一节，查卑分所成立时系禀由劝业道宪饬县查复，旋据香山县沈令查明复称，龙洞在县属之西，地方辽阔农人云集，确应设立农务分所等情，禀请详咨立案。如谓伪造地名，何以当时禀复谓卑分所确应设立，迨后受势豪之运动偏袒瞒详又谓无龙洞地名，前后矛盾殊不可解。又称谬妄横行一节，查卑分所自设立以来，联络众情研究新理颇有心得，农等数千人均称悦服，并无抑压农民，亦无一人攻讦，如谓横行，何有横行之理。种种砌词捏陷，无非为破坏卑分所之计。且卑分所无论董事会员会友凡出名禀诉者，而道县宪批示或禀复大宪必将禀诉之人斥退驱逐或不准复入农会，如此阴险系为杜绝不平则鸣之人，计诚酷毒。现当立宪时代，有此强横压制，言之殊堪痛恨，似此袒绅抑农奚殊封冤莫诉，幸值朝廷爱民若赤嫉恶如仇，迫得沥情联叩宪天俯念卑分所成立在先，垂怜农艰秉公维持，准予照旧办理，并恳迅派干员来粤提同两造一干人等集讯，以免颠倒是非而期水落石出。如果劣绅之捏控各节确有凭据，农等千余人甘同治罪。倘讯明劣绅之凭空捏陷意图破坏，亦请严行反坐按律惩办以免陷害而昭折服。农民幸甚，地方幸甚。沾恩切赴农工商部宪大人爵前恩准施行。

宣统二年六月二十五日

（农工商部档）

P12：农业-农务会

7.41　农工商部为古镇农务分所附设于自治研究所事致两广总督咨文

宣统二年七月初八日（1910年8月12日）

（堂批：）阅定。

为咨覆事。

宣统二年七月初二日接准咨称，据劝业道详，据香山县禀称，据附生林锡年等禀称，生等集众公议筹设古镇乡农务分所，其办事地方附设于古镇乡自治研究所内以节縻费，所有章程概遵部章办理，缮具章程，举定董事，禀请转详在案等情。卑县覆查所举董事及章程会所悉臻妥洽，理合禀请详咨等情到道。据此伏查古镇乡筹设农务所，附于古镇乡自治研究所内，拟具章程，公举董事，由该县查照具禀前来。察阅所拟章程大致尚妥，似应照准，除由道刊发戳记外，理合具文详请查核转咨等情。据此应将原折咨行查照立案等因，并附清折二扣前来。查阅香山县古镇乡筹设农务分所并所拟章程公举董事各节除照准立案外，相应咨覆贵督查照饬遵可也。须至咨者。

右咨覆两广总督。

参、丞阅过

香山县古镇乡筹设农务分所并所拟章程各节照准立案。

蔡

（农工商部档）

P12：农业-农务会

7.42　农务司拟批西海十八沙龙洞分所黄显光等呈

宣统二年七月十二日（1910年8月16日）

堂批：阅定。七月十二

拟批香山县西海十八沙龙洞农务分所黄显光等呈

据□已悉，查此案本部迭准粤督暨广东劝业道来文，均谓冯国材、冯毓灵父子藉会招摇，为地方之蠹，业经本部咨札澈查究办在案。兹据呈称前情显有串同营私情弊，应即严行申饬，嗣后毋得再□干究。此批。

右批香山县西海十八沙龙洞农务分所黄显光

参、丞阅过

农务司劝□□胡懋铨拟

（农工商部档）

P12：农业-农务会

7.43 黄裔李等为西海十八沙被豪夺事致农工商部电报

宣统二年七月十二日(1910 年 8 月 16 日)

收香山电

农工商部宪鉴，龙洞分所被势豪侵夺，县道偏详，破坏农政，大动公愤，乞维持安民心。广东香山西海剪(十)八沙龙洞农务分所全体会员农民黄裔李等叩。

(农工商部档)

P12：农业-农务会

7.44 安洲农务分会第二次举定总理董事履历衔名清单

谨将广东香山县安洲农务分会事履历衔名开列清折恭呈宪鉴

计开，

总理一员

冯溢广，年五十三岁，顺德县人，州同职衔。

董事三十员

吴秩隆，年四十九岁，顺德县人。

罗寿祺，年三十九岁，顺德县人，监生。

吕意云，年五十七岁，顺德县人，监生。

何联成，年四十七岁，顺德县人，监生。

杜炽棠，年五十九岁，番禺县人，职员。

钟昭琫，年五十五岁，顺德县人。

吴裕坤，年三十七岁，顺德县人。

吴善初，年四十□岁，顺德县人。

罗昌祺，年五十四岁，顺德县人，同知职衔。

梁海国，年四十四岁，顺德县人，监生。

梁湛辉，年四十五岁，顺德县人。

冯鹤年，年五十岁，顺德县人，监生。

何腾财，年四十三岁，顺德县人，监生。

叶文生，年六十岁，南海县人，职员。

吴文昭，年四十一岁，顺德县人。

梁显其，年三十七岁，顺德县人。

冼辉燕，年六十一岁，顺德县人。

林□端，年四十九岁，顺德县人。

冯林玉，年四十九岁，顺德县人。

何大隆，年四十五岁，顺德县人。

冯任和，年五十五岁，顺德县人。

吴元枝，年五十五岁，顺德县人。

黄礼和，年五十八岁，顺德县人。

梁珍富，年五十七岁，顺德县人。

冯勉球，年五十三岁，顺德县人。

梁联经，年六十八岁，顺德县人。

吴在球，年五十五岁，顺德县人。

罗茂宽，年五十五岁，顺德县人。

吴瑶祥，年五十二岁，顺德县人。

卢兴常，年四十六岁，顺德县人。

香山阖县农务分会简明章程清折

广东劝业道谨将香山阖县农务分会简明章程缮具清折呈送钧核

第一条，本分会以筹办农会为整理农业之枢纽，互结团体共图公益。

第二条，本分会办事所拟附设于县城香山地方自治研究社内，其余乡镇村落市集等处自应次第酌设分所。

第三条，本分会派总理一员应于该会董事中公举，禀请咨部札派。

第四条，本分会董事概以公举为定，以三十员为率。

第五条，董事资格如下，

一、创办农业卓著成效者或研究农学能发明新理者；

二、在本邑富有田业者；

三、或在本邑土著或游宦流寓在本邑地方已届五年，熟谙情形，年在三旬以外者；

四、其人声望为本邑士民推重居多数者，平昔顾全公益，勇于为义者。

第六条，总理、董事均以一年为任满之期，先期三月再行公举，仍以得占多数为主举定，禀请咨部察夺。

第七条,本分会经费应于本邑公款中酌量拨助,入会各员分会员、会友两等担任会费,不向农民苛派转滋扰累。

第八条,本分会开支概从简约,不得有宴会酬应各名目,以节縻费,仍将按年收支款项造册报部查核。

第九条,本分会定期会议须按照商律会议通例办理,概从多数决议。

第十条,本分会拟设农事半日学堂一区,农事演说会场一所,召集附近农民授以农学大意以开风气。

第十一条,本分会成立后应就本邑境内土宜物产切实调查研究改良办法,列表禀请报部备核。

第十二条,本分会于邑境内有应修水利、应垦荒地均拟具办法条陈呈请报部核夺。

第十三条,本分会拟将邑境内所有春稔秋收情形、米谷种食市价随时列表报明总会,禀请报部。

第十四条,遇有旱涝荒歉,本分会于未成灾以前将详情报明总会,会商地方官统筹办法,禀请报部核夺。

第十五条,凡一切蚕桑纺织、森林畜牧、水产渔业各项事宜,本分会均可酌量地方情形随时条陈,禀请咨部次第兴办。

第十六条,本分会办理各事均应集众公议,务顺舆情,不得抑勒强迫转失劝农宗旨。

第十七条,本分会议办事件均应与本邑地方官接洽,一切共为维持。

第十八条,农民或被势豪侵夺致有冤抑,本分会总理董事等体察属实可向地方衙门秉公申诉,事情重大者并准禀请咨部核办,惟不得借端把持致有徇私袒庇情事。

第十九条,其有阐明农学、创制农具、改良农产、编译农书者,本分会定必禀呈报部察核酌予奖励。

第二十条,本分会酌定大概办法以为准则,其各都各乡设立分所特自应因地制宜,详定办事规则禀请核夺,总以无背此项定章为断。

第二十一条,此项章程将来或有应行增损之处,由本分会随时体察情形禀明办理。

(农工商部档)

P12:农业-农务会

7.45 香山县西海及东南便一带上年被灾各处围堤修筑工费清单

谨将续查香山县属西海及东南便一带因上年九月初六七日被风水为灾冲缺各沙田各处围

堤列折呈电。

计开，调查县属南边一带沙田各围崩缺约用修筑工费列：

灯笼新沙共六围，约用工费银一万余两；

金斗湾一带各围约用工费银一万余两，并伤人口；

广福沙一带各围约用工费银贰万余两；

东洋沙一带各围约用工费一万余两；

青鹤湾一带各围约用工费银一万余两。

以上五沙被灾冲缺，调查各沙约需用修筑工费洋银两共约六万余两有奇。

调查县属横门上下各沙田围堤崩缺约数丈尺，列：

赖茂生围，缺口三十余丈；

郑永春围，缺口三百余丈；

陈欧份围，缺口三十余丈；

长沙蓝十顷围，缺口百余丈；

泰生围十顷，缺口四十余丈；

赖同兴围，缺口六个；

谭份围贰顷七，缺口贰个；

程份围一顷贰，缺口五丈余；

大浪底围贰顷，缺口贰十丈余；

戴程围，缺口八十余丈；

同益围，缺口七个；

朕水围，缺口六丈余；

丰稔围，缺口二十余丈；

大李份围，缺口十余丈；

侯大任围，缺口三个；

黎份围五顷六，缺口三个；

廖裕安围，缺口四十余丈；

郑大生围，七十二顷，缺口六个；

巨成围十二顷，缺口七十余丈；

李份围一顷二，缺口六丈余；

易家围，缺口四个；

张何份围七顷，缺口二十余丈；

周份围十三顷，缺口十余丈；

关姓围十三顷，缺口二十余丈；

陈谢份围十顷，缺口三十丈余；

祥庆围，缺口三个二十五丈余；

何家围，缺口十余丈；

儒林围，缺口二个二十余丈；

接干围，缺口十余丈；

黄家围，缺口八丈余；

陈家围，缺口十丈余。

以上合共崩缺三十一围。

调查县属东南下沙一带各沙田围，上年晚造禾稻颗粒无收，列：

胡周何三围，十六顷；

吉祥沙围，十二顷；

何家围，十六顷；

永安四围，十六顷；

黄祥华围，九顷六；

陈家围，四顷八；

济义仓围，五顷；

冯家围，三顷六十；

苏家围，十顷；

公司围，五顷；

关家围，十二顷；

陈潘份围，六顷；

道生围，十六顷；

左邓围，七顷二；

陈份围，十顷；

三堡围，六顷；

胡份围，六顷；

马份围，五顷。

以上冲缺一十八围共一百余顷均属颗粒无收。

调查县属之西南各沙被冲缺各围，列：

安泰围，安利围，永安围，永昌围，九顷围，棉威围，添吉围，添福围，广丰围，泰丰围，义丰围，均昌围，北祥围，祺昌围，泰丰围，同昌围，泰盛围，永隆围，稔胜围，永裕围，洪昌围，南祥围，善庆围，广隆围，茂丰围，合盛围，贰盛围，穗昌围，荣丰围，和兴围，洪生围，赖北二围，裕丰围，四起围，洪安围，茂生围，安丰围，永茂围，大生围，成昌围，荣祥围，裕德围，南生围，泰丰围，荣昌围，六丰围，广丰围，黎西围，麦瑞围，积裕围，来福围，广生围，棉丰围，老家围，郑军惠围，东利围，龙家围，同善围，青晖围，瑞生围，冯家围，丰盛围，旧郑家围，新源兴围，蔡家围，杨家围，冯家围，新兴围，以上共冲缺计六十八围。

合计以上四柱调查县属东南西边上下各沙一带总共冲缺约壹百余，或缺数丈或缺数十丈，至每一围约用数三五百或六七百，又或用过千或用数千甚至一围巨万，亦有每围中等之修费约用一千或数百皆多，约需修筑工费尚待查明续报呈核。

（农工商部档）

P12：农业-农务会

7.46　古镇乡农务分所董事衔名折

古镇乡农务分所董事衔名折

广东劝业道谨将香山县古镇乡农务分所董事衔名缮具清折呈送察核。

计开：

曾景康，职员，得百壹拾叁票；

林德康，监生，得陆拾五票；

蔡毓濂，附生，得五拾柒票；

邓飏生，监生，得五拾五票；

苏藻芬，监生，得五拾票。

（农工商部档）

P12：农业-农务会

7.47　古镇乡农务分所章程清折

古镇乡农务分所简明章程清折

广东劝业道谨将香山县古镇乡农务分所简明章程缮具清折呈送察核。

计开：

第一条,本分所遵照部章设立以为整理本乡农业之枢纽,与香山农务分会联络一气,共图公益。

第二条,本分所附设于古镇乡地方自治研究所内以为办事之所。

第三条,本分所遵章公举董事五员以执行所内事务。

第四条,董事资格如下,

一、创办农业卓著成效者或研究农学能发明新理者。

二、在本乡富有田业者。

三、在本乡土著或流寓本乡地方已届五年,熟谙情形,年在三旬以外者。

四、其人声望为本乡士民推重居多数者,平昔顾全公益勇于为义者。

第五条,董事均以一年为任满之期,先期三月再行公举,仍以得占多数为主,举定禀请咨部察夺。

第六条,本分所经费暂由入会各员担任捐助,若有不敷然后集众酌拨本乡公款补助,不向农民苛派致滋扰累。

第七条,本分所开支概从俭约,不得有宴会酬应各名目,以节縻费,仍将按年收支款项造册报部查核。

第八条,本分所定期会议须按照商律会议通例办理,概从多数决议。

第九条,本分所拟设农事半日或半夜学堂一区,农事演说会场一所,召集附近农民授以农学大意,以开风气。

第十条,本分所成立后应就本邑境内土宜物产切实调查研究改良办法,列表禀请报部备核。

第十一条,本分所于境内有应修水利、应垦荒地均拟具办法条陈,呈请报部核夺。

第十二条,本分所拟将境内所有春稔秋收情形、米谷粮食市价随时列表,报明分会汇同报部。

第十三条,遇有旱涝荒歉,本分所于未成灾以前将详情报明分会,转商地方官统筹办法,报部核夺。

第十四条,凡一切蚕桑纺织、森林畜牧、水产渔业各项事宜,本分所均可酌量地方情形随时条陈禀请咨部次第兴办。

第十五条,本分所办理各事均应集众公议,务顺舆情,不得抑勒强迫转失劝农宗旨。

第十六条,本分所议办事件均应与本邑地方官接洽,一切共为维持。

第十七条,农民或被势豪侵夺致有冤抑,本分所董事等体察属实可向地方衙门秉公伸诉,事情重大者并准禀请咨部核办,惟不得借端把持致有徇私袒庇情事。

第十八条,其有阐明农学、创制农具、改良农产、编译农书者,本分所定必为禀呈报部察核酌予奖励。

第十九条，本分所酌定大概办法以为准则，俟成立后详定办事规则禀请核夺，总以无背部章为断。

第二十条，此项章程将来或有应行增损之处由本分所随时体察情形禀明办理。

（农工商部档）

P12：水利

7.48　署香山协副将何长清等呈拟章程八条清折

署广东香山协副将何长清、广东候补知府夏献铭、前广东南雄直隶州知州萧丙堃谨呈。谨拟章程八条呈电。

一、建埠须先择地也。查前山毗连澳门，为香山县属南路各乡之总汇马头，而在澳贸易者率多南乡富商，是欲开埠而擅澳门之利权于前山维得地矣。第前山距企人石港口尚约二十里余，未免稍形远涉，然皆一河，两岸处处均可填地建铺，将来百货云集，又需稍予变通，任民自便，随在准其择地营谋，毋拘以前山为限。

一、章程须先议定也。查前山一带地少田多，价值原有低昂，若一经议建埠，则有田地者不免做垄断居奇之想。似须公定价值，分别上中下三等，俾归平允，庶不致商因地贵而艰于建铺遂懈其懋迁之心，即捐抽税饷亦宜仿照澳门而删其琐屑，保护商民更当较之澳门而加倍认真，务使商旅乐利安居，则商民不招自至。

一、定章程后宜招股建铺也。商民贸易惟利是趋，似当先将所定章程刊刷分送使商民周知，然后委员之素能取信于商民者令招股买地建铺，铺既建则商自招商，无劳多费唇舌矣。

一、招股定而后兴工浚河也。商民但能踊跃集股建铺则浚河即可兴工，其巨费不致枉用。于时官兴河工、商兴铺工，河工竣而铺工亦竣，斯官、商均无观望之虑矣。

一、浚河经费宜先核定也。勘丈得企人石海口由南至北长六百二十丈，其中应挑挖者十之九分。又土名马腿由南至北长三百七十丈，其中应挑挖者十之四分。又沙心滘两乡围田由西至东长五百一十丈，其中应挑挖者十之六分。又两乡滘口由西至东长二百三十丈，其中应挑挖者十之九分。以上统计应挑挖者一千二百一十九丈。潮流退极有全露沙坦者，有存水二三尺及四五尺者，节深补浅均匀摊计统约挖深四尺则潮流退极可以得水七尺，其挑阔五十丈者计长三百丈，挑阔三十丈者计长一百二十丈，挑阔二十丈者计长一百五十丈，挑阔十五丈者计长一百五十丈，挑阔十二丈者计长四百九十九丈。论井而计共须挑挖一十二万二千三百五十二井，以机器与人力兼施约需工费银八万余两，加以置买机器三四副又需银二万余两。此项经费现系约略核计，将来如果开办应再确实覆勘核计实数，仍与运使机器之人订明每日工程若干，计定年月期限，斯经费有数而岁月无稽。

一、开工宜先拨水陆兵勇以资弹压督工也。工人大集之时，千百成群，其中良歹难分，亦势不能无口角争闹之事，且虑有日借工作而夜窜为盗者，故水陆兵勇之设防范固宜紧严，督工尤期得力。

一、河工竣后宜添设水陆船汛也。企人石及青洲为本港东西口门，成丰滘西口及鹅槽为本港内外岐路，必须于企人石、青洲二处各设拖船一号，企人石港内河干建设汛房一所，成丰滘西口及鹅槽二处必须各设车扒船一号，成丰滘西口河干建设汛房一所，不特可以保护商渔，抑且可兼缉私。

一、建埠之议既定宜先添兵防守也。前山营弁兵原属无多，嗣裁后仅存一百七十名，若经开埠则附近前山之要隘如山头园、黄公坑、较场坡三处皆须添设卡房，厦村、关闸、南大涌三汛皆须修复汛房派兵扼扎，庶免疏虞以资防护。

（农工商部档）

P12：水利

7.49 署广东香山协副将何长清等呈会勘开河情形清折

谨呈会勘开河情形清折

署广东香山协副将何长清、广东候补知府夏献铭、前广东南雄直隶州知州萧丙堃谨呈，谨将会勘前山开河情形酌拟章程列折呈电。

窃卑职长清、卑府献铭、卑职丙堃接奉宪台札委偕赴前山，会同前山同知蔡国桢确切查勘悉心体察究竟该处开河有无利益，众情是否称便，需用挖河机器有无现成，是否可向洋行租用，一切工费共需若干，核实估计详晰禀候核夺。至应修汛房工程现在办理情形如何，一并查明具报查核等因。

奉此卑府献铭、卑职丙堃遵即偕同乘坐广贞轮船于三月初六日行抵澳门对面银坑地方，适卑职长清业已遵札先期驰至，经即会同勘得，由企人石海口入港历红湾等处以至前山水程二十余里，举凡高、廉、雷、琼等府以及阳江厅属运来各货俱由企人石口外洋面经过，因无码头停泊，遂尔麕集澳门，数百年来利为葡人所得。前此在澳之鱼行因被葡人挟制，经卑职丙堃于前山同知任内谕饬移建拱北关地方，旋因该处风涛险恶人多疾病且不便于湾泊又欲迁回澳门。如能招其移至前山而又设法招徕广通贸易，则澳门之利渐可归于前山，诚为计之美善。惟该鱼行计共五六十家在不愿回澳者固皆闻之欣然，而恋于拱北者又以当初建屋曾费巨资，安土重迁，未免意存观望。窃思澳门一地本为中土奥区，溯自葡人租赁以来遂为其所踞，凡在澳地贸易之辈无不遭其欺凌，其所以含容隐忍者自系以澳门地当孔道，船只往来舍此别无湾泊之所也。果于红湾以内建一总埠而前山地方并设内埠，轻其税赋，便其贸易，有益于商情者即举而行之，有碍于商务者则革而去之，则民情莫不熙皞，将见商贾骈集日新月盛矣。

特事属创始，经费浩繁，似非通盘筹画酌定规模、疏浚深通保护严密，恐不足以垂久远而昭法守。兹谨将管见所及约略谬拟章程八条，另列清折呈请宪鉴。至企人石与前山相距二十余里，中间应修浚者计五处，潮退之时约仅存水二三尺及四五尺不等，甚至有沙坦全露者，非开挖深浚不能行驶舟楫。开河机器查询并无现成之器。可以租用，至于购买，每副需银一万元，将来开挖约需三四副方能敷用。所有应挖河道以企人口等处计之约需挑挖一十二万二千余井，应需工费以及机器价值并煤炭等项当在十万两以外。至应修汛房工程，应俟建埠开河时再行次第兴办。再蔡丞国桢奉委前往九龙查办事件，是以未及会勘，合并声明。卑职长清、卑府献铭、卑职丙堃谨呈。

（农工商部档）

8. 文　　教

K21：文化、教育、卫生、科学研究-教育-科举

8.1　乾隆四年武举小金榜

乾隆四年十一月十五日(1739年12月15日)

金　　榜

奉天承运,皇帝制曰:乾隆四年十一月初十日策试武举哈国龙等一百一十一名,第一甲赐武进士及第,第二甲赐武进士出身,第三甲赐同武进士出身,故兹诰示。

第一甲赐武进士及第

第一名　朱秋魁　浙江金华县武举

第二名　哈国龙　直隶古北口提标把总

第三名　罗英笏　福建沙县武举

第二甲赐武进士出身

……

第五十名　张又贤　陕西西乡县武举

第五十一名　成平治　湖北汉阳县武举

第五十二名　马朝渲　江西赣县武举

第五十三名　杨遐年　陕西长安县武举

第五十四名　林振声　广东潮阳县武举

第五十五名　马光廷　陕西狄道州武举

第五十六名　李守业　山西灵石县武举

第五十七名　王　纶　福建闽县武举

第五十八名　沈　杰　顺天宛平县武举

第五十九名　向宗陶　湖南泸溪县武举

第六十名　李定元　广东香山县武举
第六十一名　邓盛德　湖南浏阳县武举
第六十二名　王　籍　河南泌阳县武举
第六十三名　邓　松　广西全州武举
第六十四名　张复旭　山东夏津县武举
第六十五名　张　谦　陕西咸宁县武举
第六十六名　范升龙　直隶正定县武举
第六十七名　萧光日　广东潮阳县武举
第六十八名　李秉琰　陕西咸宁县武举
第六十九名　马暹泰　云南嵩明州武举
……
第九十名　李重伦　河南祥符县武举
第九十一名　刘璿王　河南汝州武举
第九十二名　苏天植　四川阆中县武举
第九十三名　孟　可　镶红旗包衣巴音布佐领下武举
第九十四名　孙士英　镶黄旗汉军金玮佐领下武举
第九十五名　欧如熊　广东鹤山县武举
第九十六名　麇大礼　贵州毕节县武举
第九十七名　陈圣矩　山西太谷县武举
第九十八名　金殿安　山东峄县武举

乾隆四年十一月十五日

K21：文化、教育、卫生、科学研究-教育-科举

8.2　乾隆六十年武举小金榜

乾隆六十年四月二十日(1795 年 6 月 6 日)

金　榜

奉天承运，皇帝制曰：乾隆六十年四月十七日策试天下贡士王以衔等一百十一名，第一甲赐进士及第，第二甲赐进士出身，第三甲赐同进士出身，故兹诰示。

第一甲赐进士及第

第一名　　王以衔　　浙江归安县人
第二名　　莫　晋　　浙江会稽县人
第三名　　潘世璜　　江苏吴县人
……
第十名　　乔远炳　　湖北孝感县人
第十一名　　孙宪绪　　浙江归安县人
第十二名　　舒　怀　　浙江鄞县人
第十三名　　赵良霨　　安徽泾县人
第十四名　　胡　枚　　浙江石门县人
第十五名　　吴邦基　　浙江青浦县人
第十六名　　王　麟　　正黄旗满洲武尔庆阿佐领下人
第十七名　　杨汝任　　广东香山县人
第十八名　　黄因琏　　江西新城县人
第三甲赐同进士出身
……
第八十一名　　周虎彝　　山东莱阳县人
第八十二名　　董长春　　山东寿光县人
第八十三名　　沈成渭　　江苏泰州人
第八十四名　　增　禄　　正蓝旗满洲富伸佐领下人
第八十五名　　李金台　　河南夏邑县人
第八十六名　　徐润第　　山西五台县人
第八十七名　　潘　杰　　顺天府通州人
第八十八名　　何荇芳　　江苏丹徒县人
第八十九名　　王瑶台　　山西阳城县人
第九十名　　冯　瀚　　山东聊城县人

乾隆六十年四月二十日

K21：文化、教育、卫生、科学研究-教育-科举

8.3　道光二年文举小金榜

道光二年闰三月二十五日(1822年5月16日)

金　榜

奉天承运，皇帝制曰：道光二年闰三月二十一日策试天下贡士吕龙光等二百二十二名，第一甲赐进士及第，第二甲赐进士出身，第三甲赐同进士出身，故兹诰示。

第一甲赐进士及第

第一名	戴兰芬	安徽天长县人
第二名	郑秉恬	江西上高县人
第三名	罗文俊	广东南海县人

第二甲赐进士出身

第一名	陈嘉树	江苏仪征县人
第二名	曾元海	福建闽县人
第三名	翁心存	江苏常熟县人
第四名	于蔚华	江苏江都县人
第五名	岳镇南	山东利津县人
第六名	李儒郊	江西德化县人
第七名	陆建瀛	湖北沔阳州人
第八名	彭宗岱	贵州贵筑县人
第九名	黄　埙	湖北钟祥县人
第十名	曾望颜	广东香山县人
……		
第一百十名	鄂络硕瑚	蒙古正黄旗人
第一百十一名	李培谦	江西临川县人
第一百十二名	段士聪	山西太古县人
第一百十三名	王光宇	顺天武清县人
第一百十四名	吉　年	满洲镶蓝旗人
第一百十五名	刘函纲	山东潍县人
第一百十六名	李青选	浙江山阴县人

第一百十七名　万启心　江西丰城县人
第一百十八名　章朝敕　安徽铜陵县人
第一百十九名　刘映华　广东饶平县人

道光二年闰三月二十五日

K21：文化、教育、卫生、科学研究-教育-科举

8.4　道光二年武举小金榜

道光二年十月初五日(1822年11月18日)

金　榜

奉天承运，皇帝制曰：道光二年十月初一日廷试天下武举程三光等五十五名，第一甲赐武进士及第，第二甲赐武进士出身，第三甲赐同武进士出身，故兹诰示。

第一甲武进士及第
第一名　张云亭　直隶清丰县武举
第二名　李书阿　河南南召县武举
第三名　程三光　直隶邯郸县武举
第二甲赐武进士出身
……
第三十五名　曾广照　山东聊城县武举
第三十六名　徐炳煌　浙江江山县武举
第三十七名　杨大鹏　奉天广宁县武举
第三十八名　唐服周　广西全州武举
第三十九名　王　瑾　山西朔州武举
第四十名　赵炳南　山西文水县武举
第四十一名　李望海　广东香山县武举
第四十二名　鲁思仁　福建邵武县武举
第四十三名　姜殿标　江西南昌县武举
第四十四名　蒋益辉　广西全州武举
第四十五名　廖植芳　广西桂林府武举
第四十六名　王懋昭　贵州遵义县武举

第四十七名　毛殿彪　浙江江山县武举

道光二年十月初五日

K21：文化、教育、卫生、科学研究-教育-科举

8.5 道光三年文举小金榜

道光三年四月二十五日(1823年6月4日)

金　榜

奉天承运，皇帝制曰：道光三年四月二十一日策试天下贡士杜受田等二百四十六名，第一甲赐进士及第，第二甲赐进士出身，第三甲赐同进士出身，故兹诰示。

第一甲赐进士及第

第一名　林召棠　广东吴川县人

第二名　王广荫　江苏通州人

第三名　周开麒　江苏江宁县人

第二甲赐进士出身

第一名　杜受田　山东滨州人

第二名　鲍　俊　广东香山县人

第三名　管遹群　江苏阳湖县人

第四名　张晋熙　云南昆明县人

第五名　卞士云　江苏仪征县人

第六名　靳登泰　山东聊城县人

第七名　陶福恒　江西南昌县人

第八名　岳维城　四川中江县人

第九名　常大淳　湖南衡阳县人

第十名　黄仲容　广东嘉应州人

……

第一百二十三名　王又曾　河南巩县人

第一百二十四名　李超凡　山西太原县人

第一百二十五名　苏捷卿　山西文水县人

第一百二十六名　宗室文溥　镶白旗人

第一百二十七名	黄云书	云南云龙州人
第一百二十八名	宁云程	山东宁阳县人
第一百二十九名	邹峄杰	贵州广顺州人
第一百三十名	王　垲	山东定陶县人
第一百三十一名	雷　鸣	湖北咸宁县人
第一百三十二名	秦大治	江苏无锡县人
第一百三十三名	廖笃材	广东永安县人
第一百三十四名	包大成	浙江东阳县人
第一百三十五名	吴宪文	安徽婺源县人
第一百三十六名	刘沂水	河南上蔡县人

道光三年四月二十五日

K21：文化、教育、卫生、科学研究-教育-科举

8.6 道光三年武举小金榜

道光三年十月二十日(1823 年 11 月 22 日)

金　榜

奉天承运,皇帝制曰:道光三年十月十五日廷试天下武举刘国荣等五十四名,第一甲赐武进士及第,第二甲赐武进士出身,第三甲赐同武进士出身,故兹诰示。

第一甲赐武进士及第

第一名	张从龙	山西临县武举	辰字围
第二名	史殿元	直隶清苑县武举	宿字围
第三名	黄大奎	甘肃礼县武举	列字围

第二甲赐武进士出身

……

第四名	范清魁	直隶新河县武举	宿字围
第五名	高鹤龄	山东莱阳县武举	列字围
第六名	魏天镳	江苏甘泉县武举	列字围
第七名	刘振彪	山东高唐州武举	列字围
第八名	潘在阁	河南汝阳县武举	辰字围

第九名	王子顺	山西文水县武举	辰字围
第十名	曹三祝	河南陕州武举	辰字围
第十一名	姜殿鳌	山东茌平县武举	辰字围
第十二名	何一雕	陕西洋县武举	辰字围
第十三名	刘国荣	直隶丰润县武举	宿字围
第十四名	卢　奎	山西朔州武举	辰字围
第十五名	恒　玉	镶黄旗满洲武举	宿字围
第十六名	卢吉临	江西义宁州武举	张字围
第十七名	汝壮国	安徽阜阳县武举	张字围
第十八名	刘殿甲	山东平度州武举	列字围
第十九名	何廷标	广东香山县武举	张字围
第二十名	谢廷兰	湖北襄阳县武举	辰字围
第二十一名	葛云飞	浙江山阴县武举	张字围
第二十二名	马登云	湖南澧州武举	宿字围
第二十三名	赵大振	广东潮阳县武举	张字围
……			
第三十四名	关朝邦	广东南海县武举	张字围
第三十五名	吴邦荣	福建同安县武举	张字围
第三十六名	卢希旦	江西安远县武举	张字围
第三十七名	袁锦章	贵州贵筑县武举	辰字围
第三十八名	钟郁珖	广西郁林州武举	宿字围
第三十九名	张志斌	福建龙岩州武举	张字围
第四十名	陈大鹏	奉天宁远州武举	张字围
第四十一名	聂逢恩	贵州修文县武举	张字围
第四十二名	翟峒山	河南密县武举	辰字围
第四十三名	李廷杰	江西新昌县武举	列字围
第四十四名	陈启哲	云南大姚县武举	张字围
第四十五名	欧龙光	广东阳春县武举	列字围

道光三年十月二十日

K21：文化、教育、卫生、科学研究-教育-科举

8.7　道光十八年武举小金榜

道光十八年十月二十日(1838年12月6日)

金　榜

奉天承运，皇帝制曰：道光十八年十月十五日廷试天下武举佟攀梅等四十五名，第一甲赐武进士及第，第二甲赐武进士出身，第三甲赐同武进士出身，故兹诰示。

第一甲赐武进士及第

第一名	郝光甲	直隶任邱县武举	张字围
第二名	佟攀梅	正蓝旗汉军武举	辰字围

第二甲赐武进士出身

第一名	原奠邦	甘肃陇西县武举	辰字围
……			
第五名	郝上庠	直隶沙河县武举	张字围
第六名	马开昌	直隶定州武举	张字围
第七名	张心一	直隶清河县武举	张字围
第八名	张志江	山东乐陵县武举	列字围
第九名	金国樑	正蓝旗汉军武举	辰字围
第十名	黄万全	广东嘉应州武举	宿字围
第十一名	王懋勋	山东胶州武举	列字围
第十二名	张廷扬	河南温县武举	列字围
第十三名	苏炳南	安徽凤台县武举	辰字围
第十四名	石玉润	直隶沙河县武举	张字围
第十五名	李廷扬	江苏勾容县武举	张字围
第十六名	周　华	浙江江山县武举	列字围
第十七名	李炽昌	广东香山县武举	宿字围
第十八名	卢　稳	河南滑县武举	列字围
第十九名	叶舒青	福建同安县武举	列字围
第二十名	李　谱	顺天宛平县武举	张字围
第二十一名	刘锡俊	陕西韩城县武举	辰字围

第二十二名　陈奋扬　浙江仙居县武举　列字围
第二十三名　董星魁　江西萍乡县武举　张字围
第二十四名　金保光　顺天武清县武举　张字围
……
第三十五名　梁桂芳　湖南溆浦县武举　列字围
第三十六名　王　琨　奉天宁远州武举　张字围
第三十七名　张士儒　山西解州武举　列字围

道光十八年十月二十日

K21：文化、教育、卫生、科学研究-教育-科举

8.8　道光二十年武举小金榜

道光二十年十月初五日(1840 年 10 月 29 日)

金　榜

奉天承运,皇帝制曰：道光二十年十月初一日廷试天下武举遮克敦布等七十一名,第一甲赐武进士及第,第二甲赐武进士出身,第三甲赐同武进士出身,故兹诰示。

第一甲赐武进士及第
第一名　赵云鹏　河南汝阳县武举　辰字围
第二名　王万寿　四川灌县武举　张字围
第三名　李寿春　顺天大兴县武举　宿字围
第二甲赐武进士出身
第一名　遮克敦布　正红旗蒙古武举　张字围
第二名　庆　禄　正黄旗满洲武举　张字围
第三名　图塔纳　镶白旗蒙古武举　张字围
第四名　刘永乾　河南新乡县武举　辰字围
第五名　庆　衡　镶黄旗汉军武举　列字围
第六名　张尔均　直隶河间县武举　宿字围
第七名　袁　敬　河南虞城县武举　辰字围
第八名　王崑崵　河南淮宁县武举　辰字围
第九名　金泰同　河南兰仪县武举　辰字围

第十名　邱金城　江苏徐州府武举　辰字围
第十一名　汤兰亭　河南商邱县武举　辰字围
第十二名　李殿熊　顺天宛平县武举　宿字围
第十三名　张延庆　直隶昌黎县武举　宿字围
第三甲赐同武进士出身
第一名　马振绪　河南商邱县武举　辰字围
第二名　王绍奎　山东沂州府武举　张字围
第三名　史亭云　陕西咸阳县武举　辰字围
第四名　高奇宝　广东香山县武举　列字围
第五名　陈定邦　四川邛州武举　张字围
第六名　丁汝楫　河南孟县武举　辰字围
第七名　徐天麟　镶白旗汉军武举　列字围
第八名　秦应龙　江西铅山县武举　张字围
第九名　周朝邦　福建同安县武举　张字围
第十名　赵　涟　直隶天津县武举　宿字围
第十一名　任士魁　河南偃师县武举　辰字围
第十二名　荣　庆　正蓝旗满洲武举　辰字围
第十三名　松　瑞　正白旗汉军武举　辰字围
第十四名　尹善廷　四川郫县武举　张字围
第十五名　李凤翔　正黄旗汉军武举　列字围
第十六名　张清宇　正黄旗汉军武举　列字围
第十七名　张衍熙　山东霑化县武举　张字围
第十八名　焦　杭　山东平度州武举　张字围
第十九名　钟文彩　浙江诸暨县武举　辰字围
第二十名　王定守　山西忻州武举　列字围
第二十一名　毛凤岭　直隶开州武举　宿字围
第二十二名　王遇春　广东东莞县武举　列字围
第二十三名　陈葆初　江西万安县武举　张字围
第二十四名　史抡锦　山西忻州武举　列字围
第二十五名　李殿一　直隶深州武举　宿字围
第二十六名　王正邦　甘肃伏羌县武举　辰字围
第二十七名　邱西平　山东海丰县武举　张字围

第二十八名	唐辅仁	直隶丰润县武举	宿字围
第二十九名	郭连山	直隶滦州武举	宿字围
第三十名	杨帜熛	广东香山县武举	列字围
第三十一名	罗起龙	湖南桃源县武举	列字围
第三十二名	王邦庆	安徽太湖县武举	宿字围
第三十三名	侯思全	山东莱州府武举	列字围
第三十四名	蒋　旭	山西忻州武举	宿字围
第三十五名	马兰陵	山东菏泽县武举	列字围
第三十六名	韦金榜	河南临颍县武举	列字围
……			
第四十七名	普承清	云南新平县武举	列字围
第四十八名	黄瑞鹏	广西临桂县武举	辰字围
第四十九名	韩振武	直隶曲阳县武举	张字围
第五十名	曾传先	湖北黄陂县武举	辰字围
第五十一名	王聚福	陕西神木县武举	辰字围
第五十二名	王　镶	山东济宁州武举	列字围
第五十三名	颜本立	贵州黎平府武举	列字围
第五十四名	陈邦泰	浙江义乌县武举	列字围
第五十五名	高春林	河南洛阳县武举	列字围

道光二十年十月初五日

K21：文化、教育、卫生、科学研究-教育-科举

8.9　光绪二十四年文举小金榜

光绪二十四年四月二十五日(1898 年 6 月 13 日)

金　榜

奉天承运,皇帝制曰：光绪二十四年四月二十一日策试天下贡士陆增炜等三百四十六名,第一甲赐进士及第,第二甲赐进士出身,第三甲赐同进士出身,故兹诰示。

第一甲赐进士及第

第一名　　夏同和　　贵州麻哈州人

第二名	夏寿田	湖南桂阳州人
第三名	俞陛云	浙江德清县人

第二甲赐进士出身

第一名	李稷勋	四川秀山县人
第二名	陆懋勋	浙江仁和县人
第三名	魏家骅	江苏江宁县人
第四名	姜秉善	直隶天津县人
第五名	黄　诰	正黄旗汉军人
第六名	傅增湘	四川江安县人
第七名	孟锡珏	顺天宛平县人
第八名	秦曾潞	江苏嘉定县人
第九名	叶在藻	福建闽县人
第十名	何作猷	广东香山县人
……		
第七十名	陆乃堂	广东南海县人
第七十一名	胡世昌	直隶交河县人
第七十二名	长　春	镶红旗满洲人
第七十三名	陈耕三	福建长乐县人
第七十四名	刘焕光	福建闽清县人
第七十五名	朱运新	江苏娄县人
第七十六名	李　涛	广东新会县人
第七十七名	朱沧鳌	贵州贵筑县人
第七十八名	吴　镗	直隶武邑县人
第七十九名	陈海梅	福建闽县人
第八十名	韦朝冕	广西宣化县人
第八十一名	李麟昌	广东香山县人
第八十二名	郭显球	江西新建县人
第八十三名	陈易奇	福建长乐县人
第八十四名	任承纪	贵州瓮安县人
第八十五名	任肇新	陕西盩厔县人
第八十六名	杨廷玑	福建晋江县人
第八十七名	萧元怡	江苏上元县人

第八十八名	王仪通	山西汾阳县人
第八十九名	熊廷权	云南昆明县人
……		
第一百八十名	端木棻	福建侯官县人
第一百八十一名	徐炳麟	湖北孝感县人
第一百八十二名	程　和	江苏奉贤县人
第一百八十三名	王世奎	甘肃皋兰县人
第一百八十四名	陈浚芝	福建安溪县人
第一百八十五名	冯士杰	直隶定州人
第一百八十六名	朱荣光	贵州清镇县人
第一百八十七名	鲁　晋	河南固始县人
第一百八十八名	胡同颖	江苏昭文县人
第一百八十九名	李德运	山东高密县人
第一百九十名	王　□	河南裕州人
第一百九十一名	李刚己	直隶南宫县人
第一百九十二名	刘声骏	山西盂县人
第一百九十三名	冯台异	河南唐县人

光绪二十四年四月二十五日

K21：文化、教育、卫生、科学研究-教育-科举

8.10　康熙四十一年广东乡试题名录

康熙四十一年(1702年)

中式举人五十七名

第一名	邝梦元	广州府从化县学生	易
第二名	罗　云	潮州府揭阳县附学生	诗
第三名	翁廷资	潮州府学生	书
第四名	丘之澄	高州府附学生	礼记
第五名	刘德纪	广州府番禺县学生	春秋
第六名	周大樽	广州府南海县附学生	易

第七名	潘衍泗	广州府南海县学生	诗
第八名	潘世封	惠州府长宁县贡生	诗
第九名	叶　适	惠州府归善县学生	书
第十名	张鼎邻	韶州府贡生	诗
第十一名	黎天性	广州府学生	易
第十二名	陈梦元	广州府东莞县学生	诗
第十三名	许　煊	肇庆府开平县贡生	书
第十四名	钟如雷	广州府清远县附学生	诗
第十五名	梁金震	广州府香山县附学生	礼记
第十六名	林膺飏	潮州府程乡县附学生	诗
第十七名	郭振翮	潮州府潮阳县附学生	书
第十八名	李　纪	潮州府普宁县附学生	诗
第十九名	苏昌隆	广州府三水县学生	春秋
第二十名	陈　煜	广州府从化县附学生	易
第二十一名	黎益进	广州府三水县学生	易
第二十二名	黄　轼	肇庆府阳春县学生	礼记
第二十三名	李殿彦	广州府东莞县附学生	诗
第二十四名	简　伸	惠州府归善县附学生	诗
第二十五名	欧阳二酉	广州府顺德县附学生	诗
第二十六名	叶殿鳌	南雄府保昌县学增广生	书
第二十七名	陈　礼	广州府东莞县附学生	易
第二十八名	陈廷芳	琼州府琼山县附学生	诗
第二十九名	尹绍宣	广州府东莞县贡生	书
第三十名	汪　铃	南雄府附学生	诗
第三十一名	陈学林	惠州府河源县学生	诗
第三十二名	岑宗贵	广州府新宁县贡生	易
第三十三名	杨　炜	广州府香山县附学生	
第三十四名	梁贞观	广州府东莞县贡生	易

……

K21：文化、教育、卫生、科学研究-教育-科举

8.11　康熙四十四年广东乡试题名录

康熙四十四年(1705 年)

中式举人六十五名

第一名	周凤来	潮州府海阳县附学生	诗
第二名	郭弘焻	南雄府始兴县学生	礼记
第三名	卢肖贤	琼州府乐会县附学生	书
第四名	徐元鳌	广州府东莞县学生	春秋
第五名	徐　错	肇庆府新兴县附学生	易
第六名	蔡元选	潮州府揭阳县附学生	诗
第七名	范声亮	潮州府澄海县附学生	书
第八名	张传会	惠州府海丰县附学生	诗
第九名	周　景	琼州府定安县学增广生	易
第十名	郭以治	广州府香山县附学生	易
第十一名	萧　敦	潮州府潮阳县附学生	诗
第十二名	唐其有	广州府南海县学生	诗
第十三名	陈姚英	惠州府学生	礼记
第十四名	洪世忠	广州府东莞县附学生	易
第十五名	张士演	惠州府博罗县学生	易
第十六名	萧桐青	广州府香山县附学生	易
……			
第三十五名	刘千子	惠州府学生	五经
第三十六名	佘之麟	潮州府揭阳县贡生	书
第三十七名	陆云腾	广州府三水县附学生	易
第三十八名	梁　峻	广州府东莞县学生	易
第三十九名	萧元长	琼州府琼山县贡生	诗
第四十名	李一柱	广州府东莞县附学生	春秋
第四十一名	翁九龄	潮州府学生	书
第四十二名	戴　纶	南雄府学生	易
第四十三名	梁殿鼎	肇庆府高要县学生	诗

第四十四名	林春泽	高州府附学生	诗
第四十五名	萧系闳	潮州府程乡县学生	诗
第四十六名	饶子鸾	惠州府长乐县学生	礼记
第四十七名	何我骥	广州府增城县学生	诗
第四十八名	麦廷耀	广州府香山县附学生	易
第四十九名	黄宗焘	惠州府博罗县学增广生	书
第五十名	刘　岱	高州府附学生	春秋
第五十一名	罗永吉	肇庆府学生	诗
第五十二名	黎之瑞	广州府新安县学增广生	易

……

K21：文化、教育、卫生、科学研究-教育-科举

8.12　雍正十三年广东乡试题名录

雍正十三年(1735 年)

……择其可耕种者开成田亩。然果地无遗利，民无遗力欤！三年耕必有一年之积，九年耕必有三年之积。今欲使粤省之民，室皆饶裕，户有盖藏，何道而可？不在司牧者以实心行实政欤！诸生志存经济，可详言之，以觇夙抱焉。

中式举人七十八名

第一名	侯　弼	广州府香山县附学生	诗
第二名	高　星	嘉应州兴宁县附学生	易
第三名	王　拱	潮州府澄海县学生	春秋
第四名	吴锡山	潮州府大埔县附学生	书
第五名	陈际时	肇庆府学生	礼记
第六名	胡宗发	广州府番禺县学商籍生	易
第七名	郑大进	潮州府揭阳县学生	诗
第八名	胡　杰	广州府附学生	诗
第九名	徐锡元	南雄府拔贡生	诗
第十名	叶际时	肇庆府封川县学生	书
第十一名	莫世忠	肇庆府高明县拔贡生	易
第十二名	黄宝岩	惠州府永安县学生	诗

第十三名	曾震登	惠州府和平县学生	诗
第十四名	沈其昌	潮州府海阳县学增广生	书
第十五名	梁大有	嘉应州附学生	易
第十六名	陈登瀛	琼州府乐会县学生	诗
第十七名	梁易简	广州府南海县贡生	易
第十八名	詹登高	潮州府饶平县拔贡生	诗
第十九名	余克长	潮州府澄海县学生	春秋
第二十名	郑天辅	广州府香山县学生	诗
第二十一名	袁　炼	潮州府揭阳县学生	易
第二十二名	陈　材	肇庆府新兴县学生	五经
第二十三名	许开秦	潮州府附学生	易
第二十四名	刘兆哲	广州府东莞县附学生	易
第二十五名	李逢亨	嘉应州附学官生	易

……

K21：文化、教育、卫生、科学研究-教育-科举

8.13　乾隆三年广东乡试题名录

乾隆三年(1738 年)

……

第四十四名	张汝猷	嘉应州镇平县学增广生	书
第四十五名	何元拔	广州府拔贡生	诗
第四十六名	黄炳宇	嘉应州学生	五经
第四十七名	梁天禄	广州府顺德县附学生	诗
第四十八名	卢大壮	广州府顺德县附学生	易
第四十九名	李　崿	嘉应州附学官生	易
第五十名	陈　书	广州府香山县学增广生	礼记
第五十一名	李畅馥	肇庆府鹤山县附学生	易
第五十二名	陈步青	潮州府揭阳县学生	书
第五十三名	胡建伟	广州府三水县附学生	诗
第五十四名	梁　旭	肇庆府高要县学增广生	书

第五十五名	叶先登	广州府新会县附学生	易
第五十六名	邱锡忠	嘉应州监官生	诗
第五十七名	关元濋	广州府南海县附学生	诗
第五十八名	黄家汉	高州府吴川县学生	礼记
第五十九名	孙桂馨	潮州府海阳县学生	诗
第六十名	罗为昂	肇庆府高要县附学生	诗
第六十一名	吴苏海	嘉应州兴宁县附学生	易
第六十二名	莫象宣	肇庆府贡生	易
第六十三名	陈秀文	嘉应州镇平县附学生	诗
第六十四名	潘紫霄	广州府番禺县附学生	书
第六十五名	骆哲仕	韶州府附学生	易
第六十六名	许兴让	潮州府附学生	诗
第六十七名	温应春	嘉应州长乐县附学生	诗
第六十八名	杨维翰	潮州府副榜贡生	易
第六十九名	欧阳源	广州府花县贡生	诗
第七十名	梁秉信	潮州府海阳县附学生	易
第七十一名	杨　勋	嘉应州附学生	礼记
第七十二名	戴　胄	广州府新安县学增广生	诗
第七十三名	李东述	高州府信宜县拔贡生	春秋
第七十四名	黄兆凤	惠州府陆丰县学生	诗
第七十五名	梁　登	广州府顺德县监生	诗
第七十六名	卢文起	广州府香山县学生	书
第七十七名	张梦说	潮州府普宁县贡生	诗
第七十八名	沈文琳	潮州府海阳县学生	书
第七十九名	邓儒翰	广州府南海县监生	易

……

K21：文化、教育、卫生、科学研究-教育-科举

8.14　乾隆六年广东乡试题名录

乾隆六年(1741 年)

……

第八名	卢梦龄	广州府新会县学生	诗
第九名	梁文勋	广州府三水县附学生	易
第十名	傅凤翼	嘉应州附学生	诗
第十一名	詹德莹	潮州府学生	书
第十二名	陈润化	惠州府归善县学生	诗
第十三名	高　肖	广州府香山县学增广生	五经
第十四名	庄有信	肇庆府学官生	书
第十五名	叶承立	嘉应州学生	诗
第十六名	王锡扁	雷州府遂溪县拔贡生	易
第十七名	何映柳	嘉应州兴宁县附学生	书
第十八名	廖逢泰	广州府龙门县学增广生	诗
第十九名	邱壮临	潮州府饶平县学生	易
第二十名	胡澜一	广州府学商籍生	诗
第二十一名	罗大有	广州府顺德县附学生	诗
第二十二名	刘　堡	嘉应州平远县附学生	礼记
第二十三名	赵林临	广州府拔贡生	春秋
第二十四名	杨景山	琼州府万州附学生	诗
第二十五名	黄玉霦	琼州府文昌县学生	易
第二十六名	李逢光	嘉应州附学官生	易
第二十七名	梁仁寿	嘉应州附学生	五经
第二十八名	伍象两	高州府吴川县拔贡生	诗
第二十九名	梁应乾	惠州府长宁县附学生	书
第三十名	黎得所	嘉应州附学生	易
第三十一名	卫崇升	广州府番禺县学增广生	书
第三十二名	吴斯盛	惠州府归善县附学生	易
第三十三名	黎　翰	广州府增城县贡生	诗
第三十四名	谢　鸾	嘉应州兴宁县附学生	春秋
第三十五名	王元勋	广州府新会县监生	诗
第三十六名	李逢禧	嘉应州监官生	诗
第三十七名	陈文合	潮州府澄海县学生	诗
第三十八名	倪纬祚	罗定州西宁县学生	易
第三十九名	何大佐	广州府香山县学生	诗

第四十名	郑　江	广州府香山县附学生	礼记
第四十一名	梁文莲	肇庆府高要县学生	易
第四十二名	邱乔年	嘉应州附学生	诗
第四十三名	潘　蓥	广州府南海县附学生	书

……

K21：文化、教育、卫生、科学研究-教育-科举

8.15　广东乡试题名录(乾隆丁卯科)

乾隆十二年(1747年)

……

第八名	杨振纪	潮州府大埔县学增广生	书
第九名	刘腾鹗	惠州府连平州附学生	易
第十名	徐植善	惠州府龙川县拔贡生、现任大埔县儒学教谕	易
第十一名	钟甘受	嘉应州长乐县学生	诗
第十二名	饶　谦	嘉应州附学生	五经
第十三名	张又诚	韶州府英德县拔贡生	诗
第十四名	詹德瑛	潮州府饶平县附学生	易
第十五名	凌　鱼	广州府番禺县学生	礼记
第十六名	李毓泰	肇庆府学生	易
第十七名	詹钟葩	潮州府饶平县附学生	易
第十八名	杨锡恩	潮州府大埔县附学官生	易
第十九名	邱锡煌	嘉应州学生	易
第二十名	曾大受	惠州府博罗县附学生	易
第二十一名	梁文辉	广州府三水县副榜贡生	春秋
第二十二名	孔毓荣	广州府南海县附学生	诗
第二十三名	毛复澄	广州府香山县附学生	书
第二十四名	蓝彬文	潮州府大埔县附学生	书
第二十五名	黎亮功	广州府南海县附学生	书

……

K21：文化、教育、卫生、科学研究-教育-科举

8.16　广东乡试题名录(乾隆己卯科)

乾隆二十四年(1759 年)

……

第二十六名	黄　池	潮州饶平县学附生	春秋
第二十七名	郑　炭	广州府东莞县学附生	诗
第二十八名	詹耀璘	潮州府饶平县学生	易
第二十九名	高亭北	广州府学生	诗
第三十名	王文冕	广州府东莞县学附生	易
第三十一名	冯　麟	广州府东莞县学附生	诗
第三十二名	麦德溢	广州府香山县学生	诗
第三十三名	李芳菲	潮州府海阳县学生	书
第三十四名	杨祖德	肇庆府新兴县学增广生	春秋
第三十五名	罗登云	潮州府学附生	易
第三十六名	冯肇奎	肇庆府鹤山县学附生	礼记
第三十七名	林爱霖	潮州府潮阳县学生	诗
第三十八名	霍天学	广州府南海县学附生	易
第三十九名	彭如槐	惠州府陆丰县学生	易
第四十名	梁昌圣	广州府南海县学生	诗
第四十一名	梁学兼	广州府学附生	诗
第四十二名	王士毅	广州府南海县学生	易
第四十三名	叶达广	广州府南海县学增广生	书

……

第六十二名	尹士钰	广州府东莞县学附生	书
第六十三名	黄绍统	广州府香山县学增广生	礼记
第六十四名	蓝　霖	嘉应州学增广生	易
第六十五名	骆宗朱	高州府吴川县学生	春秋
第六十六名	饶涟灏	嘉应州学附生	诗
第六十七名	方殿杨	广州府番禺县学附生	诗
第六十八名	谢叶熊	惠州府博罗县学附生	易

第六十九名　陈　直　肇庆府高要县学增广生　诗
第七十名　唐敏传　肇庆府高要县学生　诗
第七十一名　张照书　广州府学增广生　书
第七十二名　林　观　肇庆府四会县监生　易
……

K21：文化、教育、卫生、科学研究-教育-科举

8.17　广东乡试题名录(乾隆庚辰万寿恩科)

乾隆二十五年(1760年)

……
第八名　黄　鹤　潮州府普宁县学附生　诗
第九名　李磐石　潮州府澄海县学生　书
第十名　谢祖锡　肇庆府阳春县拔贡生、现任新宁县儒学训导　诗
第十一名　孙士蓉　广州府商籍学生　诗
第十二名　陈子承　潮州府揭阳县拔贡生　易
第十三名　邓鹏翰　广州府三水县学附生　易
第十四名　彭元一　惠州府龙川县学附生　易
第十五名　詹　官　广州府香山县学附生　诗
第十六名　刘世中　肇庆府阳春县学生　诗
第十七名　李可则　广州府番禺县学附生　诗
第十八名　刘希孔　惠州府河源县学生　书
第十九名　谭　澄　肇庆府学生　易
第二十名　罗大经　广州府东莞县学附生　诗
第二十一名　麦士显　广州府香山县学增广生　春秋
第二十二名　许成德　琼州府万州学增广生　易
第二十三名　林锡龄　广州府学生　易
第二十四名　尹昌霖　广州府学生　易
第二十五名　许　琦　潮州府饶平县学生　易
……

K21：文化、教育、卫生、科学研究-教育-科举

8.18　乾隆三十三年广东乡试题名录

乾隆三十三年(1768年)

……钦定《四书》、《文选》颁行天下，以为程式。犹复时加训饬，俾持衡执简者咸以清真雅正为宗，诸生涵泳圣涯久矣，其各抒所得以对。

中式举人七十二名

第一名	王应遇	广州府东莞县学生	易
第二名	周　冲	广州府南海县学增广生	诗
第三名	何子携	广州府香山县副榜贡生	书
第四名	陈大章	琼州府儋州学生	礼记
第五名	陈　进	肇庆府高要县学生	春秋
第六名	邹本赞	南雄府保昌县学生	诗
第七名	邬士煌	潮州府惠来县学生	诗

……

K21：文化、教育、卫生、科学研究-教育-科举

8.19　广东乡试题名录(乾隆庚寅科)

乾隆三十五年(1770年)

……

第四十四名	梁锦章	广州府香山县学附生	诗
第四十五名	唐崑曜	潮州府惠来县学增广生	诗
第四十六名	许一松	潮州府海阳县学增广生	春秋
第四十七名	胡大舆	广州府新会县学附生	书
第四十八名	唐步瀛	潮州府惠来县拔贡生	易
第四十九名	邓谦芳	惠州府永安县学生	礼记
第五十名	黄定常	广州府学附生	诗
第五十一名	王发甲	琼州府儋州学生	诗
第五十二名	梁耀荣	广州府顺德县学附生	诗
第五十三名	王上琦	广州府番禺县学附生	易
第五十四名	刘　璟	肇庆府封川县学附生	诗

第五十五名	杨麟书	潮州府岁贡生	易
第五十六名	陈 懿	广州府东莞县学附生	书
第五十七名	冯日永	广州府顺德县学附生	易
第五十八名	黄 虞	广州府南海县学附生	易
第五十九名	区灼然	肇庆府高明县学附生	诗
第六十名	赖孔授	嘉应州镇平县学附生	礼记
第六十一名	冯 城	广州府南海县学生	易

……

K21：文化、教育、卫生、科学研究-教育-科举

8.20 乾隆六十年广东乡试题名录

乾隆六十年(1795 年)

……

第六十二名	蔡钟英	潮州府澄海县学附生
第六十三名	湛文澜	广州府增城县学生
第六十四名	林绍龙	嘉应州学附生
第六十五名	陈圣铸	广州府顺德县学附生
第六十六名	杨 芝	潮州府揭阳县学附生
第六十七名	赖昌化	惠州府永安县学生
第六十八名	梁光国	雷州府遂溪县学增广生
第六十九名	李芳菲	潮州府普宁县学附生
第七十名	郑 梁	广州府香山县学附生
第七十一名	魏大石	惠州府归善县学附生

……

K21：文化、教育、卫生、科学研究-教育-科举

8.21 广东乡试题名录(嘉庆甲子科)

嘉庆九年(1804 年)

……

第四十四名	黄其旋	年四十二岁	广州府新会县学附生
第四十五名	古登霖	年三十四岁	嘉应州学生
第四十六名	徐附松	年四十三岁	惠州府博罗县学增生
第四十七名	叶观光	年二十七岁	广州府东莞县学附生
第四十八名	冼昌德	年三十五岁	广州府清远县学生
第四十九名	詹　鲲	年三十五岁	潮州府饶平县学生
第五十名	梁撷芳	年三十六岁	嘉应州学生
第五十一名	区应运	年二十三岁	广州府南海县学附生
第五十二名	谢光辅	年三十八岁	广州府番禺县学附生
第五十三名	汪鸣谦	年十八岁	广州府番禺县学附生
第五十四名	莫冈璧	年二十九岁	罗定州西宁县学生
第五十五名	萧殷霖	年三十三岁	嘉应州学附生
第五十六名	郭　莲	年三十五岁	广州府东莞县学附生
第五十七名	邱步琼	年二十岁	潮州府海阳县学生
第五十八名	曹　昌	年三十二岁	广州府香山县学附生
第五十九名	徐祖巩	年三十七岁	广州府增城县学增生
第六十名	陈在谦	年二十一岁	肇庆府新兴县学附生
第六十一名	李士忠	年三十五岁	高州府吴川县学生

……

K21：文化、教育、卫生、科学研究-教育-科举

8.22　广东乡试题名录(嘉庆丁卯科)

嘉庆十二年(1807年)

中式举人七十一名

第一名	张　翱	年二十一岁	潮州府学附生
第二名	梁文盛	年十八岁	广州府学生
第三名	伍金锡	年三十岁	广州府东莞县学附生
第四名	李钟瑜	年二十三岁	广州府香山县学附生
第五名	陈荣光	年二十八岁	潮州府揭阳县学生
第六名	何　健	年四十四岁	广州府香山县学生

第七名	吴维彰	年四十二岁	广州府顺德县学附生
……			
第二十六名	姚书升	年四十四岁	嘉应州学附生
第二十七名	蔡　佑	年四十一岁	广州府香山县学生
第二十八名	尹捷魁	年四十岁	惠州府归善县学生
第二十九名	黄龙瑞	年四十五岁	琼州府乐会县学生
第三十名	苏连科	年三十一岁	广州府学附生
第三十一名	何腾万	年四十九岁	潮州府大埔县学附生
第三十二名	钟廷显	年三十三岁	广州府香山县学附生
第三十三名	何其杰	年三十九岁	嘉应州学附生
第三十四名	李正元	年四十四岁	广州府新会县学附生
第三十五名	黎　暹	年三十七岁	广州府东莞县监生
第三十六名	黄元章	年三十二岁	广州府学附生
第三十七名	董思诚	年二十九岁	广州府三水县学增生
第三十八名	杨秀拔	年三十岁	嘉应州镇平县学附生
第三十九名	邹　渊	年三十四岁	潮州府大埔县学生
第四十名	蔡　基	年三十五岁	罗定州西宁县副榜贡生
第四十一名	何秉礼	年四十七岁	广州府顺德县拔贡生、现任遂溪县教谕
第四十二名	何以隽	年五十四岁	肇庆府学附生
第四十三名	萧炳扬	年二十五岁	惠州府学附生
第四十四名	潘澍漳	年三十五岁	广州府南海县学附生
第四十五名	吴　松	年二十九岁	肇庆府恩平县副榜贡生
第四十六名	陈步蟾	年三十一岁	广州府番禺县学生
第四十七名	李培元	年四十六岁	广州府香山县学生
第四十八名	杨为桂	年三十六岁	肇庆府高明县学生
第四十九名	谢腾霄	年四十岁	广州府番禺县学生
第五十名	范　琳	年四十六岁	广州府顺德县学附生
第五十一名	仇效忠	年二十三岁	廉州府灵山县学生
第五十二名	李维彬	年三十一岁	潮州府丰顺县廪贡生、捐职训导
第五十三名	王史华	年四十岁	嘉应州镇平县学生
第五十四名	伍时龙	年二十四岁	广州府顺德县学附生
第五十五名	陈夑元	年二十七岁	广州府学附生

第五十六名	苏绍洙	年四十三岁	广州府东莞县学增生
第五十七名	何廷泽	年三十五岁	广州府顺德县学增生
第五十八名	徐步云	年二十九岁	嘉应州学附生
第五十九名	李　实	年四十六岁	高州府学生
第六十名	罗秀凤	年四十二岁	高州府石城县学生
第六十一名	廖有执	年二十一岁	广州府新安县学附生

……

K21：文化、教育、卫生、科学研究-教育-科举

8.23　嘉庆十五年广东乡试题名录

嘉庆十五年(1810 年)

……

第八名	谢念曾	年三十一岁	广州府学生
第九名	黄敏璇	年三十三岁	惠州府和平县学增生
第十名	林峥嵘	年三十岁	潮州府饶平县学附生
第十一名	饶覲光	年三十岁	潮州府大埔县学生
第十二名	黄兆荣	年二十二岁	潮州府海阳县学附生
第十三名	张嘉猷	年三十四岁	广州府顺德县学附生
第十四名	赵光惠	年二十五岁	广州府增城县学附生
第十五名	何文绮	年三十岁	广州府南海县学生
第十六名	庞艺秋	年二十岁	广州府南海县学附生
第十七名	陈凤池	年三十二岁	广州府东莞县学附生
第十八名	陈冠英	年二十七岁	嘉应府镇平县学附生
第十九名	苏献瑛	年三十七岁	广州府顺德县学生
第二十名	杨　鲲	年三十三岁	广州府南海县学附生
第二十一名	杜以宽	年三十七岁	琼州府学生
第二十二名	吴懋清	年三十七岁	高州府吴川县副贡生
第二十三名	郑　谦	年二十五岁	广州府东莞县学生
第二十四名	曾　湛	年三十二岁	广州府新安县学附生
第二十五名	郑廷槐	年三十六岁	广州府香山县学附生
第二十六名	余景星	年二十七岁	潮州府大埔县学附生

第二十七名	简厥修	年三十二岁	广州府顺德县学生
第二十八名	林　梁	年三十四岁	广州府南海县学附生
第二十九名	吴家骏	年三十一岁	高州府吴川县学生
第三十名	孙恒亨	年三十六岁	嘉应府兴宁县学生
第三十一名	麦　缇	年三十二岁	广州府香山县学生
第三十二名	区拔熹	年二十一岁	肇庆府学附生
第三十三名	许　璜	年三十一岁	高州府茂名县学附生
第三十四名	廖　安	年三十二岁	广州府新会县学附生
第三十五名	骆天骥	年四十三岁	广州府增城县拔贡生
第三十六名	李锦芳	年二十四岁	肇庆府鹤山县学附生
第三十七名	冯秉篪	年三十岁	肇庆府阳春县学附生
第三十八名	李雄光	年三十三岁	广州府南海县学附生
第三十九名	余鹏举	年三十六岁	嘉应府平远县学附生
第四十名	霍恒康	年四十岁	广州府南海县监生
第四十一名	刘星潢	年三十八岁	肇庆府新兴县学生
第四十二名	杨桂第	年四十七岁	嘉应府镇平县学附生
第四十三名	杨清槐	年三十四岁	嘉应府镇平县学附生

……

K21：文化、教育、卫生、科学研究-教育-科举

8.24 嘉庆二十一年广东乡试题名录

嘉庆二十一年(1816 年)

……悉成劲旅，所以奋武卫者至备也，其征所闻，以稽军实。

中式举人七十四名

第一名	倪济远	年二十岁	广州府学生
第二名	林　椿	年五十三岁	广州府南海县学生
第三名	吴家树	年二十八岁	广州府番禺县学附生
第四名	曹　检	年二十五岁	嘉应州学附生
第五名	方大业	年三十岁	潮州府普宁县学生
第六名	何守谧	年二十八岁	广州府香山县学附生

第七名	陈一峰	年三十九岁	嘉应州兴宁县拔贡生
……			
第二十六名	谢卿谋	年十九岁	嘉应州学附生
第二十七名	施　良	年二十二岁	驻防汉军正黄旗附生
第二十八名	胡际清	年二十一岁	广州府番禺县学附生
第二十九名	刘履元	年二十九岁	广州府学生
第三十名	叶　轮	年二十六岁	嘉应州学生
第三十一名	温承悌	年二十六岁	广州府顺德县监生
第三十二名	吴徽光	年二十九岁	广州府南海县廪贡生、原署阳江县训导
第三十三名	萧一经	年四十七岁	潮州府大埔县学增生
第三十四名	潘协和	年四十岁	广州府学附生
第三十五名	蔡显原	年二十一岁	广州府香山县学附生
第三十六名	赵廷魁	年四十一岁	广州府香山县学生
第三十七名	关炳垣	年二十六岁	广州府南海县学增生
第三十八名	傅鹏翀	年三十五岁	广州府南海县学附生
第三十九名	云茂琦	年二十六岁	琼州府学附生
第四十名	周际丰	年二十六岁	嘉应州长乐县学附生
第四十一名	张乔年	年二十七岁	广州府南海县学附生
第四十二名	梁英华	年四十岁	肇庆府阳江县学增生
第四十三名	郭汝良	年二十七岁	广州府南海县学附生
第四十四名	廖　甡	年三十二岁	广州府南海县学附生
第四十五名	招子庸	年二十四岁	广州府南海县学附生
第四十六名	周　堃	年二十四岁	广州府南海县学附生
第四十七名	伍元芳	年二十八岁	广州府南海县廪贡生分发教谕
第四十八名	曾智夫	年二十四岁	广州府顺德县学附生
第四十九名	严　显	年二十岁	广州府顺德县学附生
第五十名	谢元龙	年二十九岁	肇庆府德庆州学增生
第五十一名	符炽南	年三十七岁	广州府南海县学附生
第五十二名	林树仪	年三十岁	广州府增城县拔贡生
第五十三名	麦应甲	年四十一岁	广州府香山县学生
第五十四名	何静鳌	年三十七岁	广州府番禺县学增生
第五十五名	吴启基	年三十四岁	广州府香山县学附生

第五十六名	谢鹏起	年五十九岁	肇庆府岁贡生
第五十七名	黄　崑	年三十九岁	广州府顺德县学附生
第五十八名	张赞宣	年二十三岁	潮州府大埔县学生
第五十九名	黄湘兰	年二十八岁	广州府番禺县学附生
第六十名	周日新	年三十一岁	广州府番禺县学生
第六十一名	朱炳章	年三十五岁	广州府清远县学生

……

K21：文化、教育、卫生、科学研究-教育-科举

8.25　广东乡试题名录(嘉庆戊寅恩科)

嘉庆二十三年(1818年)

……

第四十四名	黎攀銮	年二十六岁	广州府东莞县学增生
第四十五名	邱梦旂	年二十三岁	广州府顺德县学附生
第四十六名	陈炽昌	年四十三岁	肇庆府阳江县禀贡生□用训导
第四十七名	张云龙	年二十八岁	广州府南海县学附生
第四十八名	叶绳安	年二十八岁	广州府顺德县学附生
第四十九名	潘　楷	年二十四岁	广州府顺德县学附生
第五十名	李　彬	年五十二岁	广州府新会县学附生
第五十一名	梁尚举	年三十九岁	广州府香山县学附生
第五十二名	钟麟士	年二十二岁	广州府新会县学附生
第五十三名	陈虞裔	年三十三岁	肇庆府四会县学生
第五十四名	邓蔚锦	年四十三岁	韶州府乐昌县学生
第五十五名	温　飏	年二十五岁	肇庆府德庆州学附生
第五十六名	何天瑞	年二十五岁	广州府新会县学附生
第五十七名	梁拜飏	年三十七岁	广州府南海县学附生
第五十八名	王乾夔	年二十六岁	嘉应州镇平县学附生
第五十九名	孔继光	年二十七岁	广州府学生
第六十名	吴国绫	年四十四岁	高州府吴川县廪监生
第六十一名	黄允恂	年三十二岁	广州府顺德县学附生
第六十二名	刘世栩	年三十二岁	肇庆府阳春县学生

第六十三名	谭高捷	年四十一岁	肇庆府阳江县学生
第六十四名	李泽霖	年二十五岁	汉军正黄旗附生
第六十五名	钟　林	年四十一岁	广州府东莞县学生
第六十六名	黎绍宗	年四十八岁	广州府顺德县学附生
第六十七名	冯之显	年二十六岁	广州府学增生
第六十八名	郭式增	年三十九岁	潮州府大埔县学附生
第六十九名	陈巨鳌	年二十五岁	广州府香山县学附生
第七十名	郑文瑞	年三十二岁	广州府新安县学增生
第七十一名	蔡　湘	年三十岁	广州府顺德县学附生
第七十二名	游苍育	年三十三岁	广州府南海县学增生
第七十三名	黄凤翔	年五十六岁	嘉应州镇平县学生
第七十四名	黄丕基	年四十一岁	广州府学附生

……

K21：文化、教育、卫生、科学研究-教育-科举

8.26　广东乡试录(嘉庆戊寅恩科)

嘉庆二十三年(1818 年)

……

第四十四名	黎□□	年二十六岁	广州府东莞县学增生
第四十五名	邱梦旂	年二十三岁	广州府顺德县学附生
第四十六名	陈炽昌	年四十三岁	肇庆府阳江县廪贡生□用训导
第四十七名	张云龙	年二十八岁	广州府南海县学附生
第四十八名	叶绳安	年二十八岁	广州府顺德县学附生
第四十九名	潘　楷	年二十四岁	广州府顺德县学附生
第五十名	李　彬	年五十二岁	广州府新会县学附生
第五十一名	梁尚举	年三十九岁	广州府香山县学附生
第五十二名	钟麟士	年二十二岁	广州府新会县学附生
第五十三名	陈虞裔	年三十三岁	肇庆府四会县学生
第五十四名	邓蔚锦	年四十三岁	韶州府乐昌县学生
第五十五名	温　飏	年二十五岁	肇庆府德庆州学附生

第五十六名	何天瑞	年二十五岁	广州府新会县学附生
第五十七名	梁拜飏	年三十七岁	广州府南海县学附生
第五十八名	王乾燮	年二十六岁	嘉应州镇平县学附生
第五十九名	孔继光	年二十七岁	广州府学生
第六十名	吴国绫	年四十四岁	高州府吴川县廪监生
第六十一名	黄允恂	年三十二岁	广州府顺德县学附生

……

K21：文化、教育、卫生、科学研究-教育-科举

8.27　广东乡试题名录(嘉庆己卯科)

嘉庆二十四年(1819 年)

中式举人七十四名

第一名	廖　翱	年三十五岁	广州府南海县学生
第二名	方恒泰	年三十九岁	广州府学廪监生
第三名	李令仪	年二十四岁	广州府新会县学附生
第四名	陈际清	年三十一岁	广州府学附生
第五名	郑廷检	年二十六岁	广州府香山县学生
第六名	黄志超	年二十三岁	广州府南海县学附生
第七名	叶菁华	年二十八岁	广州府番禺县副贡生
第八名	颜叙适	年三十四岁	广州府南海县学附生
第九名	吴履恒	年四十五岁	惠州府博罗县学生
第十名	邓兆桐	年四十二岁	广州府三水县学生
第十一名	余启祥	年三十一岁	广州府顺德县学附生
第十二名	傅云衢	年三十三岁	嘉应州兴宁县学增生
第十三名	萧士鸿	年四十岁	广州府顺德县学生
第十四名	罗文俊	年三十岁	广州府南海县副贡生
第十五名	冼文焕	年四十一岁	广州府南海县学生
第十六名	钟庭樾	年二十三岁	惠州府博罗县学附生
第十七名	曾望颜	年三十岁	广州府香山县学增生
第十八名	程贵时	年三十三岁	广州府南海县学生
第十九名	劳光泰	年二十八岁	广州府南海县学附生

第二十名	李朝相	年二十二岁	广州府学生
第二十一名	陆兴礼	年二十六岁	广州府学附生
第二十二名	姚日明	年二十七岁	肇庆府阳江县学附生
第二十三名	潘敬祖	年三十三岁	广州府三水县学生
第二十四名	林鹤龄	年二十一岁	高州府吴川县学生
第二十五名	何天祥	年三十一岁	广州府学副贡生
第二十六名	简厥良	年三十九岁	广州府顺德县学生
第二十七名	马福安	年三十一岁	广州府顺德县学附生
第二十八名	朱　霭	年三十三岁	汉军镶白旗廪生
第二十九名	何炳然	年二十七岁	广州府香山县学增生
第三十名	陈绍熊	年四十岁	肇庆府兴宁县拔贡生
第三十一名	叶宏济	年四十一岁	广州府学生
第三十二名	卢鸿猷	年二十三岁	广州府顺德县学附生
第三十三名	卢　矗	年三十八岁	嘉应州学附生
第三十四名	陈文孙	年二十七岁	广州府学附生
第三十五名	甘源汇	年三十六岁	广州府东莞县学岁贡生
第三十六名	李鸿勤	年三十五岁	潮州府澄海县副贡生
第三十七名	游　球	年三十一岁	广州府南海县副贡生
第三十八名	陈履恒	年五十七岁	广州府南海县恩贡生
第三十九名	冯　询	年二十四岁	广州府番禺县学附生
第四十名	郭麐标	年三十一岁	广州府南海县学生
第四十一名	许详光	年十九岁	广州府番禺县监生
第四十二名	李翰昌	年二十四岁	肇庆府学生
第四十三名	崔广文	年二十二岁	汉军正白旗学生
第四十四名	梁健思	年四十一岁	广州府南海县副贡生
第四十五名	何　金	年二十九岁	南雄州学生
第四十六名	何佩鱼	年三十四岁	广州府南海县学附生
第四十七名	陆沾荣	年三十七岁	广州府南海县学附生
第四十八名	李天任	年四十四岁	肇庆府高要县学附生
第四十九名	李　芳	年二十一岁	广州府南海县学附生
第五十名	冼　忻	年四十岁	广州府学生
第五十一名	林汉乔	年二十岁	嘉应州学附生

第五十二名	黄许经	年五十九岁	广州府顺德县学附生
第五十三名	黄应麟	年四十岁	广州府番禺县学增生
第五十四名	黄　辉	年二十七岁	广州府番禺县学附生
第五十五名	黄其鸣	年三十九岁	广州府番禺县学附生
第五十六名	郑应仁	年四十二岁	广州府香山县副贡生
第五十七名	罗传经	年二十三岁	广州府学附生
第五十八名	骆　俊	年二十七岁	广州府花县学生
第五十九名	何润之	年二十五岁	肇庆府鹤山县学附生
第六十名	关景泰	年二十六岁	广州府南海县学附生
第六十一名	潘翰中	年三十一岁	广州府新会县学生
第六十二名	何秉莹	年三十七岁	广州府学增生
第六十三名	黄　荣	年二十八岁	肇庆府高要县学附生
第六十四名	钟璧光	年三十一岁	广州府南海县学附生
第六十五名	吴林森	年四十七岁	潮州府学增生
第六十六名	朱　□	年二十三岁	汉军镶白旗附生
第六十七名	何敬中	年三十四岁	广州府番禺县学附生
第六十八名	杨题青	年三十岁	潮州府大埔县学附生
第六十九名	何　实	年二十五岁	广州府香山县学附生
第七十名	陈廷珍	年二十六岁	广州府南海县学附生
第七十一名	欧相晟	年三十岁	韶州府乐昌县学生
第七十二名	孔宪淳	年二十一岁	南雄州学生
第七十三名	周来复	年三十岁	广州府顺德县学附生
第七十四名	李　琮	年五十岁	潮州府饶平县学生

K21：文化、教育、卫生、科学研究-教育-科举

8.28　广东乡试题名录(道光壬午科)

道光二年(1822 年)

中式举人七十四名

第一名	周　燧	年二十八岁	肇庆府高要县学附生
第二名	曾显庸	年二十六岁	广州府顺德县学附生

第三名	张其翰	年二十三岁	嘉应州学生
第四名	赖大授	年四十三岁	广州府增城县廪生
第五名	郑应春	年四十七岁	广州府香山县学生
第六名	潘垣书	年四十三岁	广州府学附生
第七名	李元复	年三十八岁	广州府番禺县学附生
……			
第二十六名	梁澄心	年二十九岁	广州府南海县学附生
第二十七名	袁元黼	年四十一岁	雷州府学生
第二十八名	彭德辉	年三十四岁	广州府番禺县学附生
第二十九名	陈廷辅	年三十六岁	广州府南海县学生
第三十名	郭　培	年三十岁	广州府顺德县学附生
第三十一名	余定宇	年四十七岁	惠州府岁贡生
第三十二名	何　源	年四十三岁	广州府番禺县学附生
第三十三名	邱自新	年五十岁	连州阳山县拔贡生
第三十四名	陈珽光	年二十四岁	广州府新会县学附生
第三十五名	许特达	年三十三岁	潮州府海阳县学生
第三十六名	潘畅风	年三十五岁	肇庆府新兴县学附生
第三十七名	杨芳腾	年三十九岁	嘉应州平远县拔贡生
第三十八名	何允成	年三十岁	广州府番禺县学附生
第三十九名	黄纶诰	年二十九岁	嘉应州学增生
第四十名	夏值亨	年三十九岁	肇庆府高明县学生
第四十一名	胡文清	年二十九岁	广州府番禺县学附生
第四十二名	徐汝康	年三十四岁	肇庆府阳江县学生
第四十三名	郑华国	年三十三岁	广州府香山县学附生
第四十四名	李中楷	年四十七岁	嘉应州学生
第四十五名	郭懋勋	年三十四岁	广州府南海县学附生
第四十六名	谢念功	年二十九岁	广州府学生
第四十七名	李启元	年二十九岁	广州府新会县学附生
第四十八名	李文蔚	年四十二岁	汉军正黄旗增生
第四十九名	何瑞榴	年二十七岁	广州府香山县学附生
第五十名	方翀亮	年三十三岁	广州府南海县学附生
第五十一名	王　瓒	年五十岁	肇庆府鹤山县学生

第五十二名	罗木元	年三十一岁	肇庆府高要县副贡生
第五十三名	陈范普	年二十九岁	惠州府博罗县学附生
第五十四名	饶子磐	年二十八岁	潮州府大埔县学附生
第五十五名	邓景星	年四十三岁	嘉应州长乐县廪生
第五十六名	林锡爵	年四十四岁	高州府吴川县廪生
第五十七名	卢在华	年三十七岁	广州府顺德县学生
第五十八名	魏　瀚	年三十四岁	嘉应州长乐县学附生
第五十九名	刘子修	年二十三岁	惠州府归善县学增生
第六十名	曾日锦	年二十七岁	惠州府海丰县学生
第六十一名	苏应祥	年三十二岁	肇庆府高要县学附生
第六十二名	简携魁	年三十三岁	肇庆府新兴县学生
第六十三名	刘建中	年二十四岁	汉军正白旗附生
第六十四名	梁振鳌	年三十七岁	肇庆府学生
第六十五名	郭叙堂	年二十五岁	惠州府归善县学附生
第六十六名	崔　群	年三十八岁	广州府番禺县学附生
第六十七名	何祖珏	年二十七岁	广州府顺德县学附生
第六十八名	梁逢泰	年四十八岁	广州府学增生
第六十九名	赵步衢	年三十岁	广州府新宁县学附生
第七十名	蓝炳章	年二十七岁	潮州府学生
第七十一名	李从吾	年二十八岁	广州府香山县学附生
第七十二名	朱　琦	年四十九岁	广州府番禺县学附生
第七十三名	叶兰舟	年三十八岁	惠州府连平州学增生
第七十四名	龙元效	年三十二岁	广州府顺德县监生

K21：文化、教育、卫生、科学研究-教育-科举

8.29　广东乡试题名录(道光乙酉科)

道光五年(1825 年)

……

第八名	陈　璆	年三十三岁	雷州府海康县学生
第九名	崔耀山	年二十八岁	高州府电白县学增生

第十名	马时现	年三十四岁	琼州府澄迈县学生
第十一名	刘锡龄	年三十二岁	广州府学附生
第十二名	徐焕垣	年三十七岁	嘉应州镇平县学生
第十三名	彭湘元	年二十六岁	嘉应县学附生
第十四名	孔广居	年三十四岁	广州府番禺县学附生
第十五名	黎国光	年二十九岁	广州府番禺县拔贡生
第十六名	潘俊良	年三十二岁	广州府三水县学增生
第十七名	马颂清	年三十六岁	广州府南海县学附生
第十八名	蔡　锳	年三十三岁	潮州府澄海县学附生
第十九名	叶　舟	年二十九岁	肇庆府鹤山县学附生
第二十名	马时铨	年二十七岁	广州府顺德县副贡生
第二十一名	傅元谦	年三十岁	广州府南海县学附生
第二十二名	廖　容	年四十七岁	嘉应州长乐县学生
第二十三名	余开元	年三十岁	潮州府饶平县拔贡生
第二十四名	庾学贤	年三十六岁	广州府新安县拔贡生
第二十五名	李仲元	年四十六岁	广州府香山县学生
……			
第四十四名	陈搢邦	年二十七岁	高州府化州学附生
第四十五名	袁怀珠	年二十九岁	广州府清远县学增生
第四十六名	龙世霖	年二十九岁	肇庆府阳春县学附生
第四十七名	郑道鸿	年四十二岁	广州府新安县学生
第四十八名	游　鳌	年三十四岁	广州府花县学增生
第四十九名	庄汝廉	年三十九岁	雷州府学生
第五十名	古元德	年三十八岁	汉军镶黄旗学生
第五十一名	马金荣	年三十一岁	广州府番禺县学增生
第五十二名	胡　泉	年二十八岁	肇庆府鹤山县学附生
第五十三名	汤振畿	年二十七岁	高州府茂名县学附生
第五十四名	刘天惠	年三十二岁	广州府南海县学附生
第五十五名	罗鸣銮	年二十七岁	广州府拔贡生
第五十六名	游昌期	年二十三岁	广州府顺德县监生
第五十七名	曾铭勋	年四十一岁	广州府南海县学增生
第五十八名	梁植生	年四十一岁	广州府学附生

第五十九名	梁大霖	年五十九岁	广州府三水县学附生
第六十名	罗　珊	年三十六岁	广州府香山县学生
第六十一名	颜尔栻	年三十三岁	惠州府连平州学生

……

K21：文化、教育、卫生、科学研究-教育-科举

8.30　道光五年广东乡试录

道光五年(1825 年)

……

第八名	陈　璆	年三十三岁	雷州府海康县学生
第九名	崔耀山	年二十八岁	高州府电白县学增生
第十名	马时现	年三十四岁	琼州府澄迈县学生
第十一名	刘锡龄	年三十二岁	广州府学附生
第十二名	徐焕垣	年三十七岁	嘉应州镇平县学生
第十三名	彭湘元	年二十六岁	嘉应州学附生
第十四名	孔广居	年三十四岁	广州府番禺县学附生
第十五名	黎国光	年二十九岁	广州府番禺县拔贡生
第十六名	潘俊良	年三十二岁	广州府三水县学增生
第十七名	马颂清	年三十六岁	广州府南海县学附生
第十八名	蔡　镤	年三十三岁	潮州府澄海县学附生
第十九名	叶　舟	年二十九岁	肇庆府鹤山县学附生
第二十名	马时铨	年二十七岁	广州府顺德县副贡生
第二十一名	傅元谦	年三十岁	广州府南海县学附生
第二十二名	廖　容	年四十七岁	嘉应州长乐县学生
第二十三名	余开元	年三十岁	潮州府饶平县拔贡生
第二十四名	庾学贤	年三十六岁	广州府新安县拔贡生
第二十五名	李仲元	年四十六岁	广州府香山县学生

……

第四十四名	陈播邦	年二十七岁	高州府化州学附生
第四十五名	袁怀珠	年二十九岁	广州府清远县学增生

第四十六名	龙世霖	年二十九岁	肇庆府阳春县学附生
第四十七名	郑道鸿	年四十二岁	广州府新安县学生
第四十八名	游　鳌	年三十四岁	广州府花县学增生
第四十九名	庄汝廉	年二十九岁	雷州府学生
第五十名	古元德	年三十八岁	汉军镶黄旗学生
第五十一名	马金荣	年三十一岁	广州府番禺县学增生
第五十二名	胡　泉	年二十八岁	肇庆府鹤山县学附生
第五十三名	汤振畿	年二十七岁	高州府茂名县学附生
第五十四名	刘天惠	年三十二岁	广州府南海县学附生
第五十五名	罗鸣銮	年二十七岁	广州府拔贡生
第五十六名	游昌期	年二十三岁	广州府顺德县监生
第五十七名	曾铭勋	年四十一岁	广州府南海县学增生
第五十八名	梁植生	年四十一岁	广州府学附生
第五十九名	梁大霖	年五十九岁	广州府三水县学附生
第六十名	罗　珊	年三十六岁	广州府香山县学生
第六十一名	颜尔栻	年三十三岁	惠州府连平州学生

……

K21：文化、教育、卫生、科学研究-教育-科举

8.31　广东乡试题名录(道光戊子科)

道光八年(1828 年)

……

第八名	马腾芳	年四十一岁	肇庆府高要县学生
第九名	陈文浚	年二十岁	嘉应州平远县学生
第十名	孔传薪	年三十六岁	广州府南海县学附生
第十一名	陈　经	年三十七岁	广州府顺德县学附生
第十二名	李　蘅	年三十一岁	广州府新会县学生
第十三名	何若瑶	年二十九岁	广州府番禺县学生
第十四名	黄朝辅	年三十九岁	广州府香山县学生
第十五名	姚虞廷	年四十七岁	潮州府大埔县学附生

第十六名	邱建猷	年三十一岁	潮州府学附生
第十七名	杨际春	年二十七岁	高州府电白县学附生
第十八名	韩升丰	年三十四岁	琼州府学附生
第十九名	吴大翚	年三十岁	肇庆府阳春县学拔贡生
第二十名	谢丹飏	年四十三岁	肇庆府高要县学附生
第二十一名	宋青云	年三十岁	汉军镶白旗附生
第二十二名	罗洪光	年二十九岁	广州府学附生
第二十三名	林　谦	年三十九岁	广州府学生
第二十四名	蔡　泽	年三十二岁	琼州府琼山县学生
第二十五名	刘士泰	年三十九岁	广州府学附生

……

第四十四名	吴应麟	年四十四岁	肇庆府阳山县学生
第四十五名	容　骏	年四十五岁	广州府香山县学附生
第四十六名	欧国成	年二十六岁	高州府茂名县学附生
第四十七名	张承增	年二十七岁	广州府南海县学附生
第四十八名	蔡馥传	年三十五岁	罗定州西宁县学生
第四十九名	张怿成	年三十六岁	肇庆府阳春县学生
第五十名	梁万选	年三十九岁	广州府三水县学生
第五十一名	黄树模	年六十岁	广州府新宁县学生
第五十二名	高　廪	年三十岁	潮州府潮阳县拔贡生
第五十三名	冯锡镛	年三十一岁	广州府南海县学附生
第五十四名	黎觐光	年五十二岁	肇庆府高要县学生
第五十五名	陈德铨	年二十九岁	广州府三水县学附生
第五十六名	胡林秀	年三十一岁	肇庆府鹤山县学生
第五十七名	吴大俊	年三十八岁	肇庆府阳春县学生
第五十八名	梁佐中	年二十四岁	肇庆府高要县学附生
第五十九名	王汝杭	年三十九岁	肇庆府新兴县学生
第六十名	杨观光	年四十二岁	潮州府大埔县学附生
第六十一名	陆群儒	年二十七岁	肇庆府四会县学附生

……

K21：文化、教育、卫生、科学研究-教育-科举

8.32　广东乡试题名录(道光辛卯恩科)

道光十一年(1831年)

……

第二十六名	梁光钊	年三十五岁	广州府三水县学生
第二十七名	邱开拓	年四十一岁	潮州府饶平县学生
第二十八名	何闰章	年五十四岁	广州府香山县学附生
第二十九名	李辉光	年四十二岁	广州府东莞县学生
第三十名	何文澜	年三十岁	高州府信宜县学生
第三十一名	钟铨德	年三十五岁	肇庆府学增生
第三十二名	黄　仁	年三十二岁	广州府顺德县学附生
第三十三名	罗家颐	年三十岁	广州府顺德县学附生
第三十四名	萧龙翔	年三十三岁	广州府东莞县学附生
第三十五名	崔广祥	年二十一岁	汉军正白旗附生
第三十六名	叶向荣	年三十二岁	肇庆府学附生
第三十七名	傅光瑜	年三十五岁	嘉应州兴宁县学增生
第三十八名	罗传球	年二十九岁	广州府顺德县学增生
第三十九名	陈文辉	年三十一岁	广州府番禺县学生
第四十名	李彪元	年三十岁	广州府学附生
第四十一名	冯　钺	年二十一岁	肇庆府鹤山县学附生
第四十二名	刘贤灿	年四十三岁	肇庆府阳江县学生
第四十三名	吴　咏	年五十岁	广州府顺德县副贡生
第四十四名	曾士龙	年三十七岁	嘉应州镇平县学生
第四十五名	梁以时	年三十七岁	肇庆府学生
第四十六名	吴　红	年四十六岁	潮州府丰顺县学生
第四十七名	黄宸槐	年三十四岁	广州府香山县学增生
第四十八名	杨开拓	年三十二岁	潮州府学生
第四十九名	邓谦光	年三十五岁	广州府三水县副贡生
第五十名	严诞登	年四十岁	肇庆府学附生
第五十一名	廖升进	年四十九岁	广州府龙门县学生

第五十二名	杨从龙	年二十九岁	潮州府大埔县监生
第五十三名	范如松	年四十四岁	广州府番禺县优贡生
第五十四名	刘建德	年二十二岁	汉军正白旗附生
第五十五名	陈凤楼	年二十五岁	琼州府琼山县学生
第五十六名	黄东元	年三十五岁	高州府茂名县学附生
第五十七名	仇葵忠	年三十岁	廉州府灵山县拔贡生
第五十八名	张启明	年二十四岁	广州府学附生
第五十九名	单光庆	年三十三岁	广州府增城县学增生
第六十名	张文鼎	年四十二岁	广州府香山县学增生
第六十一名	毛文昭	年四十岁	惠州府博罗县学附生

……

K21：文化、教育、卫生、科学研究-教育-科举

8.33 道光十七年广东乡试题名录

道光十七年(1837年)

……

第四十四名	李象琳	年四十二岁	肇庆府阳江县学附生
第四十五名	欧阳炳	年四十二岁	广州府顺德县学附生
第四十六名	金其浚	年十九岁	广州府番禺县学生
第四十七名	莫以枋	年二十五岁	广州府南海县学生
第四十八名	刘家驹	年三十五岁	广州府南海县学附生
第四十九名	郑应中	年三十二岁	广州府学生
第五十名	莫京达	年五十四岁	肇庆府高要县学增生
第五十一名	李其仪	年二十七岁	广州府香山县学生
第五十二名	郑溟南	年三十五岁	嘉应州兴宁县学附生
第五十三名	薛　炳	年二十一岁	汉军镶白旗附生
第五十四名	陈文瑞	年三十三岁	广州府拔贡生
第五十五名	陈子元	年二十四岁	广州府南海县学附生
第五十六名	杨新兰	年四十二岁	嘉应州学附生
第五十七名	袁永彝	年三十九岁	广州府学附生
第五十八名	张恢才	年三十八岁	韶州府曲江县学生

第五十九名	王福康	年二十六岁	广州府南海县拔贡生
第六十名	何金升	年六十岁	肇庆府副贡生
第六十一名	张祥晋	年二十岁	广州府番禺县学附生

……

K21：文化、教育、卫生、科学研究-教育-科举

8.34　广东乡试题名录(道光甲辰恩科)

道光二十四年(1844年)

……

第八名	刘荣琪	年二十六岁	肇庆府阳春县拔贡生
第九名	袁梓贵	年二十四岁	肇庆府高要县学附生
第十名	黄沅沣	年四十五岁	广州府学廪生
第十一名	谭伯康	年二十四岁	肇庆府阳江县学附生
第十二名	苏培荣	年三十一岁	罗定州学增生
第十三名	陈　原	年二十九岁	广州府东莞县学附生
第十四名	何子嘉	年二十八岁	广州府香山县学廪生
第十五名	孔广镛	年二十七岁	广州府南海县副贡生、即选内阁中书
第十六名	崔茂龄	年三十九岁	广州府南海县学附生
第十七名	罗　瑛	年三十六岁	广州府新会县副贡生
第十八名	潘斯濂	年二十二岁	广州府南海县监生
第十九名	王家骥	年三十六岁	广州府东莞县学廪生
第二十名	何子权	年三十六岁	广州府南海县学附生
第二十一名	容　铣	年三十岁	广州府学附生
第二十二名	程梦良	年四十三岁	广州府学附生
第二十三名	刘锡鹏	年三十五岁	广州府番禺县学附生
第二十四名	苏锦麟	年四十八岁	高州府茂名县学廪生
第二十五名	杨文熙	年三十六岁	琼州府学廪生

……

K21：文化、教育、卫生、科学研究-教育-科举

8.35 广东乡试题名录(道光己酉科)

道光二十九年(1849 年)

……

第四十四名	李廷翰	年二十九岁	广州府三水县监生
第四十五名	杨士昭	年二十九岁	嘉应州拔贡生
第四十六名	左守倬	年三十八岁	广州府顺德县增贡生、候选训导
第四十七名	熊次夔	年三十二岁	广州府学廪生
第四十八名	欧阳锴	年三十岁	广州府三水县学廪生
第四十九名	云有庆	年四十四岁	琼州府文昌县学附生
第五十名	伍直光	年三十四岁	广州府新宁县学廪生
第五十一名	梁心镜	年二十五岁	嘉应州学附生
第五十二名	许应骕	年三十岁	广州府番禺县职附生、候选郎中
第五十三名	区玉珩	年六十岁	广州府顺德县岁贡生
第五十四名	麦如瀗	年三十三岁	广州府香山县廪贡生
第五十五名	贺穗联	年四十九岁	潮州府学廪生
第五十六名	李联芳	年三十一岁	广州府南海县学附生
第五十七名	黄懋熺	年四十一岁	广州府南海县学廪生
第五十八名	陈士龙	年三十二岁	广州府香山县学廪生
第五十九名	欧阳征熊	年三十四岁	肇庆府广宁县学廪生
第六十名	陆世祥	年五十三岁	高州府信宜县岁贡生
第六十一名	龙兆霖	年三十四岁	肇庆府高要县学廪生
第六十二名	胡锡章	年三十五岁	广州府学增生
第六十三名	区　俊	年三十六岁	广州府南海县副贡生
第六十四名	温汉亨	年二十九岁	嘉应州学廪生
第六十五名	区金坚	年四十一岁	广州府学廪生
第六十六名	陈毓姜	年三十五岁	琼州府琼山县学廪生
第六十七名	蒋观光	年三十岁	广州府香山县学附生
第六十八名	黄以宏	年三十七岁	广州府南海县学附生
第六十九名	许应骙	年十八岁	广州府学附生

第七十名	黄国光	年三十岁	广州府番禺县学附生
第七十一名	梁熙敷	年三十岁	高州府学廪生

K21：文化、教育、卫生、科学研究-教育-科举

8.36　广东乡试题名录(咸丰辛亥恩科)

咸丰元年(1851 年)

……于一方，兴利除弊于后世。名臣政绩，史不绝书，多士生长是邦，必有敬隆桑梓而慨慕前修、爱重甘棠而馨香奕世者。其各就素所心折衡论而详陈之，将以觇平日之多识蓄德焉。

中式举人九十一名

第一名	苏　潮	年三十岁	肇庆府学附生
第二名	梁之材	年二十九岁	广州府香山县学附生
第三名	刘若琨	年二十九岁	广州府南海县学附生
第四名	曹为霖	年四十岁	广州府南海县学附生
第五名	陈　璞	年三十三岁	广州府学增生
第六名	廖熊光	年四十八岁	广州府南海县学增生
第七名	潘　杰	年五十岁	广州府顺德县学附生
第八名	邓　翔	年六十四岁	广州府南海县拔贡生
第九名	马祥荣	年四十岁	广州府新会县学附生
第十名	关士玚	年三十六岁	广州府南海县学附生
第十一名	李铿载	年五十三岁	嘉应州学附生
第十二名	胡　瑶	年三十九岁	肇庆府高要县拔贡生
第十三名	廖金铿	年二十四岁	广州府顺德县学附生
第十四名	何嘉召	年五十五岁	惠州府学岁贡生
第十五名	梁光熙	年三十岁	嘉应州学附生
第十六名	董岳庆	年四十岁	广州府学附生
第十七名	刘元贞	年五十岁	广州府香山县学增生
第十八名	伍云藻	年三十六岁	广州府南海县监生
第十九名	区公辅	年二十七岁	广州府学附生
第二十名	冯誉驹	年三十岁	肇庆府学官附生
第二十一名	顾　均	年四十一岁	肇庆府新兴县学廪生

第二十二名	仇炳宸	年二十五岁	广州府南海县学附生
第二十三名	龙　骧	年二十五岁	广州府学拔贡生
第二十四名	梁肇煌	年二十四岁	广州府番禺县学官附生
第二十五名	何应图	年三十岁	广州府新会县学附生
第二十六名	何继俨	年十八岁	广州府学附生
第二十七名	黄守日	年二十一岁	广州府番禺县学增生
第二十八名	李　湘	年四十九岁	肇庆府高要县学廪生
第二十九名	林三登	年三十四岁	嘉应州平远县学附生
第三十名	郑藻如	年二十五岁	广州府香山县学廪生
第三十一名	曾贯忠	年三十四岁	广州副花县学廪生
第三十二名	关之翰	年二十九岁	广州府新会县学附生
第三十三名	吴　超	年三十六岁	广州府顺德县学附生
第三十四名	李纶光	年三十岁	嘉应州学附生
第三十五名	钟应元	年三十二岁	广州府学拔贡生、刑部七品小京
第三十六名	马逢藩	年二十六岁	惠州府海丰县学附生
第三十七名	伍兰征	年二十五岁	广州府学附生
第三十八名	饶应春	年四十四岁	潮州府海阳县拔贡生
第三十九名	何文炜	年三十六岁	广州府番禺县学增生
第四十名	袁体崇	年二十六岁	广州府花县拔贡生
第四十一名	李鹤龄	年二十九岁	肇庆府学拔贡生
第四十二名	何步曾	年三十岁	广州府顺德县学附生
第四十三名	蒙潮远	年四十二岁	肇庆府学廪生
……			
第六十二名	何文杓	年二十五岁	广州府南海县职监生
第六十三名	宋蒸谦	年三十三岁	嘉应州学廪生
第六十四名	陆芳培	年三十四岁	广州府南海县学附生
第六十五名	陈文祥	年二十二岁	肇庆府学增生
第六十六名	曹作霖	年三十八岁	广州府南海县学附生
第六十七名	黄　铨	年四十三岁	广州府顺德县学廪生
第六十八名	黄　基	年二十岁	嘉应州学附生
第六十九名	黄翰华	年四十六岁	肇庆府四会县学廪生
第七十名	张文泗	年二十四岁	广州府学廪生

第七十一名	任本皋	年三十二岁	肇庆府鹤山县拔贡生
第七十二名	莫晋良	年三十八岁	广州府学附生
第七十三名	关　简	年四十一岁	广州府南海县优增生
第七十四名	叶观光	年三十一岁	肇庆府鹤山县廪贡生、候选教谕
第七十五名	何炳槐	年三十九岁	广州府番禺县学增生
第七十六名	邓华熙	年二十二岁	广州府顺德县学附生
第七十七名	黄栋梁	年四十岁	广州府香山县学廪生
第七十八名	李光廷	年四十岁	广州府番禺县拔贡生、候选教谕
第七十九名	何瑞萱	年二十六岁	广州府香山县学附生

……

K21：文化、教育、卫生、科学研究-教育-科举

8.37　广东乡试题名录(光绪辛卯科)

光绪十七年(1891 年)

……其集俱无存,能细搜其逸诗否？他若唐之郑愚,南汉之钟允章,宋之吴世范、张镇孙,元之吴正卿、王希贤、马桂逊,皆以能诗名,虽无传集,搜残辑逸,亦后来者之责也。至有专集行世及选家所常及者,亦各举其流派备著于篇。我朝稽古右文,粤中风雅,代有胜流。生长斯土者,具有渊源,其扬摧以对。

中式举人八十八名

第一名	傅维森	年二十八岁	广州府番禺县学优廪生
第二名	冯祥光	年二十岁	广州府番禺县监生
第三名	陈廷选	年二十六岁	广州府学附生
第四名	冯应鎏	年二十九岁	广州府番禺县学增生
第五名	湛　书	年二十三岁	惠州府连平州学廪生
第六名	杨　沅	年二十二岁	嘉应州学附生
第七名	张寿波	年二十四岁	广州府香山县学附生

……

第四十四名	陈庆森	年二十一岁	广州府番禺县学附生
第四十五名	李伯兴	年四十二岁	广州府清远县学增贡生

第四十六名	江祥辉	年五十三岁	广州府花县学附贡生、候选训导
第四十七名	叶修昌	年三十岁	广州府东莞县学附生
第四十八名	谭骏谋	年三十三岁	广州府香山县学优增生
第四十九名	粘世玿	年三十三岁	琼州府学廪贡生
第五十名	王宅镐	年四十四岁	潮州府学廪生
第五十一名	洪景楠	年二十八岁	广州府番禺县学附生
第五十二名	陈祺年	年二十四岁	潮州府揭阳县学附生
第五十三名	温景奎	年三十二岁	广州府新会县学附生
第五十四名	张乃瑞	年三十四岁	肇庆府开平县学廪贡生
第五十五名	赵宗坛	年二十九岁	广州府新宁县学廪贡生
第五十六名	朱兆良	年十九岁	广州府学附生
第五十七名	黎金佑	年四十七岁	广州府东莞县学附生
第五十八名	陈泰阶	年三十一岁	广州府南海县副贡生
第五十九名	苏宗洵	年三十二岁	广州府番禺县学附生
第六十名	黄恩荣	年三十岁	广州府三水县学廪生
第六十一名	单庆彬	年三十六岁	广州府增城县学廪贡生
……			
第八十名	谭学裘	年二十六岁	广州府新会县学附生
第八十一名	周炽皋	年四十三岁	广州府学廪贡生
第八十二名	李麟昌	年三十二岁	广州府香山县学附贡生
第八十三名	谭耀芬	年一十九岁	广州府新会县学附生
第八十四名	余守约	年三十六岁	广州府顺德县学附生
第八十五名	陈元煜	年三十岁	嘉应州长乐县学拔贡生
第八十六名	何廷鉴	年三十岁	肇庆府高要县学附生
第八十七名	李文泰	年二十八岁	嘉应州学附生
第八十八名	谈　亮	年三十九岁	广州府学附生

K21：文化、教育、卫生、科学研究-教育-科举

8.38 广东乡试题名录(光绪甲午科)

光绪二十年(1894 年)

……

中式举人一百零八名

第一名	梁锡祥	年三十岁	广州府顺德县学附生
第二名	梁殿元	年三十二岁	广州府三水县学附生
第三名	朱　瑄	年三十一岁	广州府南海县学附生
第四名	叶大垣	年四十六岁	广州府学廪生
第五名	莫洳铁	年三十八岁	广州府南海县学附生
第六名	张世俊	年三十八岁	广州府香山县优廪生
第七名	陈伯坛	年三十岁	广州府新会县学附生
……			
第二十六名	陆锡骐	年三十岁	肇庆府学廪生
第二十七名	刘荣恩	年四十一岁	广州府新宁县廪贡生、肇庆府学训导
第二十八名	罗殿华	年二十五岁	广州府新会县学附生
第二十九名	麦炳鉴	年二十五岁	广州府香山县副贡生
第三十名	苏作栄	年二十岁	广州府顺德县学附生
第三十一名	林　宪	年三十二岁	潮州府揭阳县学廪生
第三十二名	刘彦芬	年三十二岁	广州府学增生
第三十三名	冯心镜	年五十岁	广州府香山县附监生
第三十四名	莫　圻	年四十二岁	琼州府定安县廪贡生
第三十五名	关夔基	年三十八岁	肇庆府高明县副贡生
第三十六名	缪国钧	年二十岁	广州府香山县学附生
第三十七名	陈秉彝	年二十四岁	广州府学附生
第三十八名	李凤墀	年二十四岁	肇庆府开平县学附生
第三十九名	徐绍桢	年二十七岁	广州府番禺县监生
第四十名	侯家骥	年三十一岁	嘉应州学附生
第四十一名	廖佩珣	年二十七岁	惠州府学廪生
第四十二名	梁元任	年二十八岁	广州府顺德县学廪生
第四十三名	陈桂荣	年三十四岁	肇庆府恩平县学廪生
第四十四名	张廷弼	年三十七岁	广州府南海县学附生
第四十五名	朱宝荣	年二十一岁	广州府新会县学附生
第四十六名	朱泽年	年二十七岁	广州府新会县监生
第四十七名	许炳耀	年三十三岁	广州府优贡生、候选训导
第四十八名	张绍勤	年三十岁	广州府南海县学附生

第四十九名	冯子湘	年三十七岁	肇庆府鹤山县附贡生
第五十名	黄汝刚	年二十九岁	广州府南海县学优增生
第五十一名	潘燚熊	年二十三岁	广州府学附生
第五十二名	朱崇礼	年十六岁	广州府学廪生
第五十三名	吴台东	年三十七岁	广州府南海县学附生
第五十四名	李萃英	年三十六岁	广州府三水县附贡生、先选用训导
第五十五名	陆寿昌	年二十九岁	广州府三水县学附生
第五十六名	李　敦	年三十八岁	肇庆府学附生
第五十七名	彭炳纲	年三十九岁	广州府香山县学附生
第五十八名	廖襄周	年四十一岁	广州府增城县学附生
第五十九名	李保极	年三十二岁	广州府新会县学附生
第六十名	潘应铿	年三十二岁	广州府南海县学附生
第六十一名	薛维屏	年三十九岁	广州驻防汉军镶白旗附生
第六十二名	叶衍蕃	年四十六岁	广州府顺德县附贡生、候选训导
第六十三名	林缵统	年四十三岁	琼州府崖州学增生
第六十四名	马之骥	年二十五岁	肇庆府高要县学廪生
第六十五名	崔浚荣	年三十一岁	广州府番禺县学附生
第六十六名	许荣桂	年五十四岁	广州府学增贡生
第六十七名	周思镐	年三十一岁	广州府三水县学增生
第六十八名	黄桂瀛	年二十八岁	肇庆府四会县学附生
第六十九名	梁庆年	年三十五岁	广州府南海县学附生
第七十名	吴宗周	年四十二岁	惠州府学附生
第七十一名	汤　耀	年三十七岁	广州府新会县学增生
第七十二名	梁殿勤	年三十岁	广州府三水县学优廪生
第七十三名	左　霈	年二十岁	广州驻防汉军正黄旗附生
第七十四名	林镜鎏	年三十一岁	广州府三水县学优廪生
第七十五名	梁庆锵	年二十岁	广州府番禺县学附生
第七十六名	李赞辰	年三十六岁	广州府香山县学附生
第七十七名	邱云鹤	年四十八岁	肇庆府高要县拔贡生
第七十八名	罗之章	年三十三岁	肇庆府高明县监生
第七十九名	李鉴湖	年三十六岁	潮州府澄海县学附生

……

第九十八名	徐廷杰	年三十一岁	肇庆府四会县拔贡生
第九十九名	何景濂	年三十二岁	高州府吴川县学廪生
第一百名	黄云藻	年五十五岁	肇庆府副贡生
第一百一名	潘燿焜	年四十四岁	广州府南海县学廪生
第一百二名	张宝琛	年三十一岁	广州府香山县学附生
第一百三名	司徒澜	年四十七岁	肇庆府开平县附贡生
第一百四名	张文英	年四十六岁	广州府新会县监生
第一百五名	劳伯华	年四十二岁	广州府南海县学附生
第一百六名	萧永康	年二十二岁	潮州府潮阳县学附生
第一百七名	朱崇让	年十八岁	广州府新会县监生
第一百八名	黄嵩裴	年十七岁	广州府新宁县学附生

K21：文化、教育、卫生、科学研究-教育-科举

8.39　广东乡试录(光绪丁酉科)

光绪二十三年(1897 年)

……

第八名	区述曾	年四十七岁	广州府番禺县学廪生
第九名	梁源灏	年二十一岁	肇庆府高要县学附生
第十名	黄家骏	年二十六岁	广州府南海县拔贡生
第十一名	叶蓉煌	年二十八岁	惠州府归善县学附生
第十二名	朱崇德	年十九岁	广州府新会县学附生
第十三名	苏体严	年五十四岁	广州府番禺县附贡生、选用训导
第十四名	谭延重	年三十一岁	广州府新会县学附生
第十五名	谭汉章	年二十六岁	肇庆府学优廪生
第十六名	陆树勋	年三十五岁	肇庆府高要县学附生
第十七名	吴龙升	年四十岁	罗定州西宁县学廪生
第十八名	沈国柱	年二十七岁	潮州府海阳县附贡生、候选训导
第十九名	何元愷	年二十岁	广州府番禺县学官附生
第二十名	梁镇邦	年二十五岁	惠州府长宁县拔贡生
第二十一名	郑谱韶	年五十岁	广州府香山县附贡生

第二十二名	邝树楷	年四十四岁	广州府花县学附生
第二十三名	冯　愿	年二十六岁	广州府南海县学优增生
第二十四名	叶联梓	年二十二岁	琼州府陵水县学附生
第二十五名	陈　灝	年三十一岁	广州驻防汉军正黄旗学附生
第二十六名	何乾生	年二十六岁	广州府顺德县学附生
第二十七名	邝兆彤	年五十八岁	广州府南海县副贡生
第二十八名	麦毓勋	年二十六岁	广州府东莞县学优廪生
第二十九名	郑宗惠	年三十九岁	广州府香山县学附生
第三十名	陈善征	年三十六岁	广州府增城县学增生
第三十一名	吴宝洛	年四十五岁	广州府香山县学附生
第三十二名	卢景怡	年三十二岁	广州府新会县学附生
第三十三名	龙应全	年二十五岁	广州府顺德县学附生
第三十四名	麦嘉颖	年二十七岁	广州府南海县学附生
第三十五名	麦鸿钧	年二十二岁	广州府三水县学附生
第三十六名	林兆烜	年三十八岁	广州府南海县监生
第三十七名	马如龙	年二十三岁	潮州府潮阳县学廪生
第三十八名	黄玉诏	年四十二岁	广州府顺德县学附生
第三十九名	陈祥和	年二十七岁	广州府学附生
第四十名	何权之	年二十六岁	广州府番禺县学优廪生
第四十一名	张云翼	年三十八岁	广州府顺德县学附生
第四十二名	关文彬	年二十六岁	广州府南海县学附生
第四十三名	周梁基	年三十三岁	高州府茂名县拔贡生
……			
第八十名	吴　鸾	年三十八岁	广州府顺德县增贡生
第八十一名	彭　鑫	年二十三岁	潮州府澄海县学附生
第八十二名	陈宝霖	年二十七岁	广州府新宁县学附生
第八十三名	刘嘉鼐	年二十九岁	广州府香山县副贡生、候选教谕
第八十四名	黎昌禧	年二十六岁	广州府学附生
第八十五名	严寅恭	年二十九岁	嘉应州长乐县学增生
第八十六名	罗　冕	年三十二岁	肇庆府学优廪生
第八十七名	江清华	年二十九岁	广州府南海县学附生
第八十八名	曾宗浚	年二十二岁	广州府东莞县学附生

中式副榜十四名

第一名	吴英华	年十七岁	肇庆府阳春县学增生
第二名	吕宝慈	年十八岁	肇庆府鹤山县学附生
第三名	余锡㫰	年三十五岁	广州府新宁县学廪生
第四名	李鸣鸿	年二十三岁	潮州府澄海县学附生
第五名	欧阳爛	年二十九岁	广州府番禺县学附生
第六名	邓杰恒	年三十五岁	广州府顺德县学附生
第七名	罗豫淞	年二十七岁	广州府顺德县学附生
第八名	周廷劢	年十八岁	高州府茂名县学优廪生
第九名	卫荣鋆	年四十一岁	广州府番禺县廪贡生、候选训导
第十名	郑 鼒	年四十四岁	广州府香山县岁贡生
第十一名	郭 坤	年三十九岁	潮州府海阳县学增生
第十二名	古家鹏	年二十五岁	惠州府学廪生
第十三名	罗凤标	年三十七岁	广州府顺德县附贡生、委用训导
第十四名	吕灏年	年三十一岁	广州府学附生

第一场

四书题

言寡尤,行寡悔,禄在其中矣。(曾对颜)

同考试官即用知县曹子昂荐

副考官翰林院修撰、国史馆协修刘福姚批取　理精词湛

正考官通政使司通政使稽察左翼觉罗学萨廉批中　心细手和

言行修而禄自在,不以求效为心也。夫修言行而必为禄计,是致其功实求其效矣。不言禄而……

K10:教育-留学

8.40　驻美大臣伍廷芳造送请奖出洋学生郑廷襄、施肇基履历清册事致外务部咨呈(附履历册)

光绪二十八年十月十九日(1902年11月18日)

钦差出使美日秘古国大臣伍,为咨呈事。

窃照本大臣于光绪二十八年十月十九日附奏请奖出洋学生，照章开造履历清册随案咨呈贵部察核施行。须至咨呈者。（计履历清册一本）

右咨呈外务部。

光绪二十八年十月十九日

附件：郑廷襄、施肇基履历册

十二月初九日

出使美日秘古国大臣伍，为造送事。兹□请奖出洋学生照章开造履历清册，谨请察核施行。须至册者。

学生郑廷襄，现年三十九年，系广东广州府香山县□□□□□□□□□□□前南、北洋大臣曾、李选派出洋赴美国肄业。光绪□年高等学□□□□□□□□□□台差遣两年，随即自备资斧返美，考入窝士特艺学书院学习机器电汽等学，四年期满，考取优等，于光绪十三年经书院监督给发艺学博士文凭。考取之后即在美国各处练习机器暨督理，讲求制造之法，曾手造电机暨各项机器，并能制造专门机器以及电车等艺，所用之器具经美国政府考验给发专利执照。曾在□□□□□□□□□□□□□□□□水雷鱼雷□□水雷船之法，现在□当美国各厂制造专门机器工程等事。须至履历者。

四品衔选用同知学生施肇基，现年二十六岁，□□□□□□□□□□□□□□□在江苏赈捐请奖案内，报捐监生并州同职衔，经部□□□□□□□□□□□□□前出使美日秘国大臣杨奏调出洋派充学生，七月到差，八月考入华盛顿高等学堂。是年在江宁绅商筹饷捐第十一次请奖案内，由州同职衔报捐州同，双月选用。十一月二十四日，经部核准给发执照。二十二年九月十六日，三年期满，蒙前出使美日秘国大臣杨奏保免选本班，以知州不论双、单月，遇缺即选，并请赏加四品衔。十月十六日奉朱批□□。钦此。二十三年五月，高等学堂四年期满，考取优等，于是月二十五日经华盛顿府尹给发文凭。是年八月考入纽约省义的卡埠康乃尔大学堂，学习英、法、德三国文字、经济学、财政学、政治学、商务学、古今史记、公法等门，历经考取优等，于二十七年五月初五日大学堂监督给发秀才文凭。是年夏季赴哈福大学堂肄业，学习政治学。八月复进康乃尔大学堂，专门学习□□三百年史记、中西交涉及交犯条约章程。二十七年因劝办顺直善后赈捐出力，蒙护理直隶总督袁奏保免选本班，以同知不论双、单月选用，于是年十月二十三日奉旨，著照所请。钦此。二十八年四月考取优等，五月十四日大学堂监督给发举人文凭。须至履历者。

光绪二十八年十月十九日

（外务部档）

K21：文化、教育、卫生、科学研究-教育

8.41　岑春煊奏为香山县乡人旅居美国所设同善堂捐款兴学请奖匾额片

光绪三十年二月初八日(1904 年 3 月 24 日)

再，香山县隆都地方筹办学堂，经营草创，需费不赀。经该乡人旅居美国加罅科厘大埠所设之同善堂，寄捐洋银一千元以助学费。据督办两广学务处特用道张鸣岐详请奏奖前来。臣查香山县隆都乡人旅居美国所设同善堂慨捐学堂经费一千元，远道寄归，洵属不忘乡里、兴学情殷，合无仰恳天恩俯准，赏给该善堂扁额，以示旌奖。谨会同广东巡抚臣张人骏附片具陈，伏乞圣鉴训示。谨奏。

(朱批：)着照所请。

(宫中朱批奏折)

K10：教育-留学

8.42　两广总督周馥为发给广州府香山县附生杨耀焜等人赴美护照事致外务部咨呈

光绪三十二年十月二十一日(1906 年 12 月 6 日)

头品顶戴□□□□□两广总督兼管广东巡抚、粤海太平两关事务周，为咨呈事。

案照承准前总理各国事务衙门咨行出使美日秘国杨大臣与美国使署律师科士达拟定华人往美汉洋文护照程式，咨粤照办，嗣后华人往美，一体仿照所拟程式，饬由粤海关衙门发给等因。今本部堂兼管粤海关事务，据广东题学使司详称，据两广游学预备科馆学生朱汝梅、广州志远高等小学堂学生苏炳彪、广东广州府香山县附生杨耀焜禀请给照前往美国游学、游学、游历，并出具保结履历相片前来。除饬查无骗拐假冒等项情弊，核与章程相符，照案验填赴美护照并照章咨行出使美秘古墨国大臣驻美金山总领事查照办理暨咨会学部查照外，相应咨呈。为此咨呈贵部，谨请察照备案施行。须至咨呈者。

右咨呈外务部。

光绪三十二年十月二十一日

(外务部档)

K10：教育-留学

8.43 两广总督周馥为发给香山县监生陆积赴檀香山游学护照事致外务部咨呈

光绪三十三年五月初一日(1907年6月11日)

头品顶戴□□□□□两广总督兼管广东巡抚、粤海太平两关事务周，为咨呈事。

案照承准前总理各国事务衙门咨行出使美日秘国杨大臣与美国使署律师科士达拟定华人往美汉洋文护照程式，咨粤照办，嗣后华人往美，一体仿照所拟程式，饬由粤海关衙门发给等因。今本部堂兼管粤海关事务，据香山县监生陆积禀请给照前往檀香山游学。查无骗拐假冒等项情弊，并有殷实铺保具结附缴存案，核与章程相符。除验填赴檀香山护照并照章咨行出使美秘古墨国大臣暨驻扎檀香山领事查照办理外，拟合咨呈。为此咨呈贵部，谨请察照备案施行。须至咨呈者。

右咨呈外务部。

光绪三十三年五月初一日

(外务部档)

K10：教育-留学

8.44 两广总督周馥为发给香山县监生陆庄赴檀香山游学护照事致外务部咨呈

光绪三十三年五月十二日(1907年6月22日)

头品顶戴□□□□□两广总督兼广东巡抚、粤海太平两关事务周，为咨呈事。

案照承准前总理各国事务衙门咨行出使美日秘国杨大臣与美国使署律师科士达拟定华人往美汉洋文护照程式，咨粤照办，嗣后华人往美，一体仿照所拟程式，饬由粤海关衙门发给等因。今本部堂兼管粤海关事务，据香山县监生陆庄禀请给照前往檀香山游学。查无骗拐假冒等项情弊，并有殷实铺保具结附缴存案，核与章程相符。除验填赴檀香山护照并照章咨行出使美秘古墨国大臣暨驻檀香山领事查照办理外，拟合咨呈。为此咨呈贵部，谨请察照备案施行。须至咨呈者。

右咨呈外务部。

光绪三十三年五月十二日

（外务部档）

K10：教育-留学

8.45　两广总督张人骏为发给香山县民郭继赴檀香山游学护照事致外务部咨呈

光绪三十三年八月二十七日（1907年10月4日）

陆军部尚书、都察院都御史、两广总督兼管广东巡抚、粤海太平两关事务张，为咨呈事。

案照承准前总理各国事务衙门咨行出使美日秘国杨大臣与美国使署律师科士达拟定华人往美汉洋文护照程式，咨粤照办，嗣后华人往美，一体仿照所拟程式，饬由粤海关衙门发给等因。今本部堂兼管粤海关事务，据香山县民人郭继禀请给照前往檀香山学习英文。查无骗拐假冒等项情弊，并有殷实铺保具结附缴存案，核与章程相符。除验填赴檀香山护照并照章咨行出使美秘古墨国大臣暨驻扎檀香山领事查照办理外，拟合咨呈。为此咨呈贵部，谨请察照备案施行。须至咨呈者。

右咨呈外务部。

光绪三十三年八月二十七日

（外务部档）

K10：教育-留学

8.46　两广总督张人骏为发给香山县学生梁晋梁威梁容赴檀香山游学护照事致外务部咨呈

光绪三十三年十一月十三日（1907年12月17日）

陆军部尚书、都察院都御史、两广总督兼管广东巡抚、粤海太平两关事务张，为咨呈事。

案照承准前总理各国事务衙门咨行出使美日秘国杨大臣与美国使署律师科士达拟定华人往美汉洋文护照程式，咨粤照办，嗣后华人往美，一体仿照所拟程式，饬由粤海关衙门发给等因。今本部堂兼管粤海关事务，据香山县学生梁晋、梁威、梁容禀请给照前往檀香山美路学堂读书。查无骗拐假冒等项情弊，并有殷实铺保具结附缴存案，核与章程相符。除验填赴檀香山护照并照章咨行出使美秘古墨国大臣暨驻檀香山领事查照办理外，拟合咨呈。为此咨呈贵部，谨请察照备案实行。须至咨呈者。

右咨呈外务部。

光绪三十三年十一月十三日

（外务部档）

K10：教育-留学

8.47 两广总督张人骏为发给香山县学生马九赴檀香山游学护照事致外务部咨呈

光绪三十三年十一月二十八日（1908年1月1日）

陆军部尚书、都察院都御史、两广总督兼广东巡抚、粤海太平两关事务张，为咨呈事。

案照承准前总理各国事务衙门咨行出使美日秘国杨大臣与美国使署律师科士达拟定华人往美汉洋文护照程式，咨粤照办，嗣后华人往美，一体仿照所拟程式，饬由粤海关衙门发给等因。今本部堂兼管粤海关事务，据香山县学生马九禀请给照前往檀香山读书。查无骗拐假冒等项情弊，并有殷实铺保具结附缴存案，核与章程相符，除验填赴檀香山护照并照章咨行出使美秘古墨国大臣暨驻檀香山领事查照办理外，拟合咨呈。为此咨呈贵部，谨请察照备案施行。须至咨呈者。

右咨呈外务部。

光绪三十三年十一月二十八日

（外务部档）

K10：教育-留学

8.48 两广总督张人骏为发给香山县文童郑社尧彭连胜赴檀香山游学护照事致外务部咨呈

光绪三十四年十一月初七日（1908年11月29日）

陆军部尚书、都察院都御史、两广总督兼广东巡抚、粤海太平两关事务张，为咨呈事。

案照承准前总理各国事务衙门咨行出使美日秘国杨大臣与美国使署律师科士达拟定华人往美汉洋文护照程式，咨粤照办，嗣后华人往美，一体仿照所拟程式，饬由粤海关衙门发给等因。本部堂兼管粤海关事务，据香山县文童郑社尧、彭连胜禀请给照前往檀香山读书，查无骗拐假冒等项情弊，并有铺保具结附缴存案，核与章程相符。除验填赴檀香山护照并照章咨行出使美秘古墨国大臣暨驻檀香山领事查照办理外，拟合咨呈。为此咨呈贵部，谨请察照备案施行。须至咨呈者。

右咨呈外务部。

光绪三十四年十一月初七日

（外务部档）

K10：教育-留学

8.49　游美学务处为呈报第一次考取学生姓名年岁籍贯清折致外务部呈文

宣统元年八月初十日（1909 年 9 月 23 日）

游美学务处谨呈，为呈报事。

窃本年应送游美学生按日分场考试各情形业已呈明在案。兹经详校试卷核定分数于前月二十九日揭榜取录。合格学生四十七名，所有第一次考取学生姓名、年岁、籍贯另具清折，除申呈学部外，理合备文呈报。伏乞中堂王爷大人鉴核备案，须至申呈者。计呈，第一次考送学生姓名、年岁、籍贯清折一扣。

右呈外务部。

宣统元年八月初十日

附件：第一次考送学生姓名、年岁、籍贯清折

谨将第一次考送学生姓名、年岁、籍贯列左。

程义法，年十八岁，江苏吴县人；

邝煦堃，年十七岁，广东番禺人；

金　涛，年二十岁，浙江山阴人；

朱　复，年二十岁，江苏嘉定人；

唐悦良，年十九岁，广东香山人；

梅贻琦，年十九岁，直隶天津人；

罗惠侨，年二十岁，浙江鄞县人；

吴玉麟，年二十岁，江苏元和人；

范永增，年二十岁，江苏上海人；

魏文彬，年二十岁，直隶密云人；

贺楙庆，年二十岁，江苏〔丹阳〕人；
胡刚复，年十七岁，江苏无锡人；
王士杰，年二十岁，浙江奉化人；
谢兆基，年十九岁，浙江乌程人；
李鸣龢，年十九岁，江苏上元人；
朱维杰，年十八岁，江苏常熟人；
何　杰，年十九岁，广东番禺人；
徐佩璜，年二十岁，江苏震泽人；
金邦正，年十九岁，安徽黟县人；
严家驺，年二十岁，福建候官人；
陈　熀，年二十岁，广东增城人；
陈庆尧，年二十岁，浙江镇海人；
陈飞贞，年十八岁，广东番禺人；
徐承宗，年十八岁，浙江慈溪人；
邱培涵，年十九岁，浙江乌程人；
高崙瑾，年二十岁，江苏句容人；
王长平，年二十岁，山东泰安人；
王　琎，年十九岁，浙江黄岩人；
戴修驹，年二十岁，湖南武陵人。
张福良，年十九岁，江苏无锡人；
邢契莘，年十九岁，浙江嵊县人；
程义藻，年二十岁，江苏吴县人；
裘昌运，年十九岁，江苏无锡人；
陆宝淦，年二十岁，江苏上元人；
杨永言，年二十岁，江苏嘉定人；
吴清度，年二十岁，江苏〔丹徒〕人；
王仁辅，年二十岁，江苏昆山人；
戴　济，年二十岁，江苏吴县人；
秉　志，年二十岁，河南驻防正蓝旗人；
张廷金，年二十岁，江苏金匮人；
卢景泰，年十八岁，广东顺德人；
袁钟铨，年二十岁，江苏江宁人；
方仁裕，年二十岁，江苏青浦人；
王　健，年十九岁，直隶大兴人；
张　准，年二十岁，湖北稜江人；
曾昭权，年十六岁，湖南湘乡人；
李进隆，年二十岁，湖南湘乡人；

K10：教育-留学

8.50　游美学务处为申呈第一次学生到美入学情形致外务部呈文

宣统二年正月初七日(1910年2月16日)

游美学务处谨呈，为申呈事。

窃宣统元年八月遣送学生赴美，前经申请委派本处会办唐国安护送出洋，并经呈报放洋日期等因在案。现准唐会办回京覆称，奉委后，遵即随带本处文案唐彝督同学生四十七名出都，于十月初一日安抵美京，旋率诸生往士普令飞鲁，分入各埠学校。适值该地学校学期业已过半，且各生程度不一，势难概受同等教育。其优者固宜直入大学，俾无废时之患，其次者亦必及时豫备，循序渐进，方无躐等之虞。当经会商驻美监督容揆选送学生金涛入科乃鲁大学，魏文彬入安穆士德大学，程义法、梅贻琦、范永增、张福良、胡刚复、程义藻、陆宝淦、朱惟杰、杨永言、吴清度等十名入罗兰士高等学校，邝煦堃、唐悦良、谢肇基、李鸣龢、何杰等五名入飞猎士高等学校，朱复、罗惠侨、吴玉麟、贺楙庆、邢契莘、王士杰、裘昌运、徐佩璜、王仁辅、金邦正等十名入惟礼是敦高等学校，戴济、严家驺、秉志、陈熀、张廷金、陈庆尧、卢景泰、陈飞贞、袁钟铨、徐承宗等十名入惟士来安高等学校，方仁裕、邱培涵、王健、高崙瑾、张准、王长平、曾昭权、王琎、李进隆、戴修驹等十名入课新高等学校。既将诸生分别送学，随即亲赴各校详细查察所有教授管理诸法，均甚相合。诸生亦皆安心向学，惟戴生济入校后猝发疯疾，当经送往那咸顿疯病院医治等语。刻据驻美监督电称，戴生亦已病愈入校等因。准此所有第一次遣派学生到美入学情形，除申呈学部外，理合备文呈报。伏乞中堂、王爷大人鉴查施行。须至申呈者。

右呈外务部。

宣统二年正月初七日

K10：教育-留学

8.51　邮传部为呈送上海高等实业学堂考派遣留美学生清单致外务部咨呈

宣统二年六月初一日(1910年7月7日)

邮传部为咨呈事。

参议厅学务科案呈，准上海高等实业学堂监督唐侍郎咨称，案查上年七月间，外务部、学部会考派遣留美学生案内，准本部六月帑电挑选合格学生，给与川资送京考试，无庸限以额数等因。当经本监督遴选范永增等各生备文咨送在案。现时又居第二次考选之期，查有顾惟精、徐乃莲、陈明寿、朱禧、过科先、方于桷、王元懋、胡明堂、陈大启、施鎣、王承熙、黄理中、孙志扬、王翀、席德懋、周象贤、袁绍昌、周铭、王启潾、唐榕赓、钟文涛、董邦霖、杨廷英、车志城、沈宗汉、张行恒、徐佩璋、卓泰鸿、苏在奇、杨炳勋、倪征旸、沈德先、章曾涛、杨丙吉、徐应桐、赵锡光、秦翘、王临坚、胡端行等三十九名，程度均属相当，仍照去年呈案给发川资送京候试，相应开具清折咨请本部转咨外务部、学部一体受考等因到部。相应将该生顾惟精等三十九名履历清册咨呈贵部，查照办理可也。须至咨呈者。

右咨呈外务部。附履历清册一件。

宣统二年六月初一日

附件：邮传部上海高等实业学堂咨送考试留美学生姓名履历清单

顾惟精，年十九岁，江苏无锡县人。曾祖时茂，祖文炳、文焕，父浩然。

徐乃莲，年二十岁，广东香山县人。曾祖德□，祖□立，父侣琴。

陈明寿，年二十岁，江苏元和县人。曾祖〔权〕，祖熙，父浩昌。

朱禧，年二十岁，广东南海县人。曾祖启藩，祖文湘，父□才。

过科先，年二十岁，江苏金匮县人。曾祖光昱，祖〔军〕均，父锡瑞。

方于桷，年二十岁，浙江嘉兴县人。曾祖惟寅，祖□□，父锡荣。

王元懋，年十九岁，浙江慈溪县人。曾祖广〔洞〕，祖孝赓，父悌庆。

胡明堂，年十九岁，安徽婺源县人。曾祖诚，祖□，父光熏。

陈大启，年二十岁，浙江海盐县人。曾祖明藻，祖其旋，父德球。

施蓥，年二十岁，江苏吴县人。曾祖泳，祖□，父楠。

王承熙，年十九岁，浙江嘉善县人。曾祖庭裕，祖□□，父传□。

黄理中，年二十岁，浙江秀水县人。曾祖金间，祖钟，父方鸿。

孙志扬，年二十岁，浙江衢州府人。曾祖剑斗，祖洪秦，父国林。

王翀，年二十岁，浙江鄞县人。曾祖隆璋，祖昌钧，父诗衮。

席德懋，年十九岁，江苏吴县人。曾祖元乐，祖素贵，父裕光。

周象贤，年二十岁，浙江定海县人。曾祖考嵩，祖廷辅，父瑞良。

袁绍昌，年十九岁，浙江上虞县人。曾祖永茂，祖宝善，父长清。

周铭，年十九岁，江苏泰兴县人。曾祖福先，祖升，父光勉。

王启潾，年二十岁，直隶天津县人。曾祖鸣蒸，祖珍，父清彦(秀)。

唐榕赓，年十八岁，广东香山县人。曾祖端亮，祖廷开，父显勋。

钟文涛，年二十岁，广东香山县人。曾祖茂润，祖超文，父犀澜。

董邦霖，年二十岁，江苏武进县人。曾祖敏善，祖仕縠，父恩承。

杨廷英，年二十岁，福建闽县人。曾祖聿相，祖□□，父兆麟。

车志城，年二十岁，浙江会稽县人。曾祖佐才，祖恩霖，父轼。

沈宗汉，年十九岁，江苏□□县人。曾祖〔然〕凤，祖文镐，父藻。

张行恒，年十九岁，江苏吴县人。曾祖敬忠，祖尔〔唐〕，父景良。

徐佩璋，年二十岁，江苏震泽县人。曾祖王绂，祖嘉奎，父惟峄。

卓鸿泰，年二十岁，广东香山县人。曾祖捷廷，祖宪溪，父饶澄。

苏在奇，年二十岁，福建闽县人。曾祖振〔泉〕，祖晴川，父香溪。

杨炳勋，年十□岁，浙江□□县人。曾祖金耀，祖博泉，父昌震。

倪征旸，年二十岁，江苏吴江县人。曾祖顺德，祖锦元，父寿原。

沈德先，年二十岁，浙江山阴县人。曾祖付五，祖怿斋，父一〔鹏〕。

章曾涛，年十九岁，江苏嘉定县人。曾祖宝名，祖元彬，父铭敬。

杨丙吉，年十八岁，江苏上海县人。曾祖东田，祖如松，父士熊。

徐应桐，年二十岁，广东香山县人。曾祖瑞珩，祖熊光，父涛。

赵锡光，年二十岁，江苏丹徒县人。曾祖榕，祖元燮，父庆榜。

秦翘，年十九岁，江苏□县人。曾祖沼〔堂〕，祖士基，父赞尧。

王临坚，年二十岁，江苏上海人。曾祖升璋，祖萃和，父□□。

胡端行，年十九岁，江苏太仓州人。曾祖有谦。祖汝铭，父朝铨。

（外务部档）

K10：教育-留学

8.52　游美学务处为呈报录取游美学生表册致外务部申呈

宣统二年六月二十九日（1910 年 8 月 4 日）

游美学务处谨呈，为呈报事。

窃本处考选学生办法前经申报并出示晓谕在案。计各省送到及在京报考学生共四百余人，由本处借用法政学堂讲堂，于本月十五日考试国文、英文为第一场。自十六日至十九日校阅试卷，将第一场录取各生姓名张榜晓示，计取学生二百七十二人。于二十日考试高等代数、平面几何、希腊史、罗马史、德文、法文为第二场。二十一日考试物理学、动植物学、生理学、平面三角、化学为第三场。二十三日考试立体几何、英史、美史、地理学、拉丁文为第四场。二十四日检查体格。其间各生因犯怀挟等弊，照章扣考者先后八人。所有各场试卷均经各员逐日认真校阅，于二十七日分别揭榜，计选取分数较优者七十名，拟定径送赴美学习。其各科学力深浅不齐，而根柢尚有可取，年龄亦属较轻各生，亦经从宽选取一百四十三名，拟俟新建肄业馆落成，收入高等科分班肄习，以资豫备。所有分场考试情形以及分别取录学生办法，除呈报学部外，理合分别造具取录学生表册，随文申呈，伏乞中堂、王爷大人鉴核备案施行。须至申呈者。

右申呈外务部。附表册。

宣统二年六月二十九日

附件一：第二次遣派赴美学生姓名、年岁、籍贯清折

谨将考取第二次遣派赴美学生姓名、年岁、籍贯等项开具□□□呈钧鉴。

姓名	年岁	籍贯	学堂	平均分数
杨锡仁	十八	江苏震泽	南洋中学	七十九分二十分之七
赵元任	十九	江苏阳湖	江南高等	七十三分五分之二

王绍礽	十九	广东南海	唐山路矿	七十一分二十分之十七
张谟实	十九	浙江鄞县	约翰书院	六十九分四分之三
徐志芗	十八	浙江定海	约翰书院	六十九分四十分之二十七
谭颂瀛	二十	广西苍梧	南洋中学	六十九分十分之一
朱　箓	十九	江苏金匮	东吴大学	六十八分五分之二
王鸿卓	十九	直隶天津	家　塾	六十八分二十分之七
胡□贤	十八	广东番禺	岭南学堂	六十七分二十分之十七
张彭春	十八	直隶天津	天津私立中学	六十七分五分之四
周厚坤	二十	江苏无锡	唐山路矿	六十七分四十分之二十九
邓鸿宜	十八	广东东莞	岭南学堂	六十七分四十分之十九
沈祖伟	十八	浙江归安	约翰书院	六十六分四十分之二十三
区其伟	十八	广东新会	岭南学堂	六十六分十分之九
程开运	十九	浙江山阴	东吴大学	六十六分八分之七
钱崇澍	二十	浙江海宁	直隶高等	六十六分二十分之十七
陈天骥	十七	浙江海盐	约翰书院	六十六分五分之三
吴家高	十九	江苏吴县	美州加厘□□大学	六十六分五
路敏行	二十	江苏宜兴	复旦公学	六十六分二十分之十一
周象贤	二十	浙江定海	上海高等实业	六十六分五
沈　艾	十七	福建侯官	家　塾	六十五分四十分之三十九
陈廷寿	十七	广东番禺	□□□□大学	六十五分四十分之二十七
傅　骕	十九	四川巴县	复旦公学	六十五分五分之二
李松涛	十九	江苏嘉定	约翰书院	六十五分五分之一
刘寰伟	十八	广东新宁	岭南学堂	六十四分二十分之十九
徐志诚	十九	浙江定海	约翰书院	六十四分二十分之十七
高崇德	十九	山东栖霞	山东广文学堂	六十四分
竺可桢	十七	浙江会稽	唐山路矿	六十三分五分之四
程廷庆	十九	江苏震泽	约翰书院	六十三分四十分之三
沈溯明	十九	浙江乌程	浙江两级师范	六十三分十分之三
郑达宸	十九	江苏江阴	复旦公学	六十三分四十分之十一
席德炯	十七	江苏吴县	上海实业	六十三分五分之一
徐　墀	二十	广东新宁	唐山路矿	六十三分十分之一
成功一	十九	江苏江都	东吴大学	六十二分四十分之三十三
王松海	十八	江苏丹徒	约翰书院	六十二分十分之七
王　预	二十	江苏桃源	江南高等	六十二分二十分之十三

谌　立	十九	贵州平道州	家　塾	六十二分五
杨维祯	十九	四川新津	复旦公学	六十二分五分之二
陈茂康	二十	四川巴县	重庆广口中学	六十二分十分之三
朱　远	二十	江苏金匮	东吴大学	六十二分八分之一
施赞元	二十	浙江钱塘	约翰书院	六十二分
胡宣明	十九	福建龙溪	约翰书院	六十一分二十分之十七
胡宪生	二十	江苏无锡	京师译学馆	六十一分四十分之十九
郭守纯	二十	广东湘阳	约翰书院	六十一分四十分之一
毛文钟	十九	江苏吴县	直隶高等工业	六十分十分之九
霍炎昌	二十	广东南海	岭南学堂	六十分十分之九
陈福习	十八	福建闽县	福建高等	六十分二十分之十三
殷源之	十九	安徽合肥	江南高等	六十分二分之一
符宗朝	十八	江苏江都	两淮中学	六十分五分之二
王裕震	二十	江苏上海	美州加利福尼大学	六十分二十分之七
孙　恒	十九	浙江仁和	杭州育英书院	五十九分四十分之二十五
柯成楙	十七	浙江平湖	上海南洋中学	五十九分二十分之十一
过宪先	十九	江苏金匮	上海高等实业	五十九分二十分之七
矿翼堃	十九	广东番禺	约翰书院	五十九分四分之一
胡　适	十九	安徽绩溪	中国新公学	五十九分四十分之七
许先甲	二十	贵州贵筑	四川高等	五十八分四分之一
胡　达	十九	江苏无锡	高等商业	五十八分十分之一
施　鍌	二十	江苏吴县	上海实业	五十七分四十分之二十九
李　平	二十	江苏无锡	江苏高等	五十七分二十分之七
计大雄	十九	江苏南汇	高等实业	五十七分四十分之十三
周开基	十九	江苏吴县	南洋中学	五十六分二十分之十九
陆元昌	十九	江苏阳湖	上海高等实业	五十六分
周　铭	十九	江苏泰兴	上海实业	五十五分十分之九
庄　俊	十九	江苏上海	唐山路矿	五十五分二十分之三
马仙峤	十八	直隶开□	保定高等	五十三分五分之二
易鼎新	二十	湖南醴陵	京师财政	五十三分五分之二
周　仁	十九	江苏江宁	江南高等	五十一分十分之七
何　斌	二十	江苏嘉定	浙江□□高等	五十一分四十分之九
李锡之	十九	安徽合肥	安徽高等	五十分四十分之二十九
张宝华	二十	浙江平湖	美州加利福尼大学	五十分五分之一

附件二：游美肄业馆高等科学生姓名、履历、年岁、籍贯清折

谨将取定游美肄业馆高等科学生姓名、年岁、籍贯(校应)开具清折□呈钧鉴。

计开，取列学生一百四十三名。

周　均	年十八岁	江苏南汇人	约翰书院学生
周伦元	年十九岁	浙江鄞县人	约翰书院学生
陆鸿棠	年十九岁	江苏上海人	约翰书院学生
吴　康	年十九岁	江苏吴县人	复旦公学学生
裘维莹	年十八岁	江苏金匮人	东吴大学学生
张行恒	年十八岁	江苏娄县人	上海实业学生
顾惟精	年十九岁	江苏无锡人	上海实业学生
杨孝述	年二十岁	江苏华亭人	上海实业学生
张福运	年十九岁	山东福山人	烟台宝盖学馆学生
沈德光	年二十岁	浙江山阴人	上海实业学生
王元懋	年十九岁	浙江慈溪人	上海实业学生
虞振镛	年十九岁	浙江慈溪人	约翰书院学生
吴　宪	年二十岁	福建侯官人	福建高等学生
徐　书	年十八岁	江苏金匮人	约翰书院学生
简焕华	年十八岁	广东香山人	唐山路矿学生
周明玉	年十九岁	浙江镇海人	约翰书院学生
崔有濂	年十八岁	安徽太平人	上海实业学生
史　宣	年十九岁	广东番禺人	武昌文华书院学生
陈明寿	年二十岁	上海元和人	上海实业学生
杨炳勤	年十八岁	浙江仁和人	上海实业学生
顾宗林	年十八岁	浙江上虞人	天津中学堂学生
黄明道	年二十岁	广东香山人	约翰书院学生
顾　挺	年十七岁	江苏无锡人	译学馆学生
刘崇勤	年二十岁	福建闽县人	约翰书院学生
梁杜蘅	年十九岁	广东三水人	香港皇仁书院学生
陈德芬	年十九岁	浙江嘉善人	南洋中学学生
严　昉	年十九岁	浙江乌程人	上海南洋中学学生
杨景松	年十九岁	浙江秀水人	东吴大学学生

张传薪	年十八岁	福建邵武人	邵武汉美书院学生
史译宣	年十九岁	山东福山人	山东广文学生
黄国栋	年十八岁	福建同安人	福州英华书院学生
陈承栻	年二十岁	福建闽县人	复旦公学学生
黄霭裕	年二十岁	广东顺德人	唐山路矿学生
张贻志	年十九岁	安徽全椒人	江南高等学生
郑辅华	年二十岁	福建永定人	上海中西书院学生
苏明藻	年十九岁	广西容县人	上海实业学生
姜蒋佐	年二十岁	浙江平阳人	杭州中学学生
徐仁□	年二十岁	江苏宜兴人	复旦公学学生
杨丙吉	年十八岁	江苏上海人	上海实业学生
宋建勋	年十九岁	福建莆田人	汇文学堂学生
江山寿	年十九岁	江苏嘉定人	约翰书院学生
黄□勋	年十九岁	广东顺德人	唐山路矿学生
吴寿山	年二十岁	直隶武清人	唐山路矿学生
罗邦杰	年十八岁	江苏上海人	上海中学学生
蔡　翔	年十九岁	湖北汉川人	武昌文华大学学生
胡博渊	年二十岁	江苏阳湖人	唐山路矿学生
何庆曾	年二十岁	广东顺德人	南洋中学学生
邓宗瀛	年十八岁	贵州贵筑人	约翰书院学生
张景芬	年十九岁	福建永定人	福州英华书院学生
郭尚贤	年十九岁	广东香山人	约翰书院学生
金　振	年十九岁	浙江仁和人	复旦公学学生
刘天成	年十九岁	贵州清汉人	南洋中学学生
杨光弼	年十八岁	直隶天津人	直隶高等工业学生
陆守经	年十九岁	江苏青浦人	复旦公学学生
钟心煊	年十八岁	江西南昌人	江西高等学生
朱　禧	年二十岁	广东南海人	邮□部实业学生
陆品琳	年十九岁	江苏华亭人	上海高等实学生
孙学悟	年十九岁	山东文登人	约翰书院学生
黄宗发	年二十岁	安徽无为州人	英国利仔大学学生
王　谟	年二十岁	福建闽县人	福州英华书院学生

何　穆	年十九岁	广东番禺人	岭南学堂学生
鲍锡藩	年十九岁	浙江归安人	唐山路矿学堂学生
何运煌	年十七岁	湖北江夏人	湖北优级师范学生
陈长蘅	年二十岁	四川荣昌人	四川铁道学堂学生
高大纲	年十九岁	浙江仁和人	上海育才书社学生
陈福琪	年十九岁	广东南海人	天津中学学生
施　瑢	年二十岁	浙江余姚人	浙江高等学生
龙　夷	年十八岁	四川荣县人	四川铁路学堂学生
卓文悦	年二十岁	广东香山人	唐山路矿学生
梁基泰	年十九岁	广东番禺人	唐山路矿学生
郝叔贤	年十九岁	直隶武清人	约翰书院学生
徐乃运	年二十岁	广东香山人	上海实业学生
王承熙	年十九岁	浙江嘉善人	高等商业学生
阮宝江	年二十岁	福建闽县人	中等商业学生
凌启鸿	年二十岁	浙江乌程人	日本大学学生
原廷桢	年十九岁	广东番禺人	芳济书院学生
赵　毅	年二十岁	山东安邱人	山东高等学生
韩作辛	年二十岁	四川崇庆人	成都中学学生
梅光迪	年二十岁	安徽宣城人	复旦公学学生
卓荣思	年十九岁	广东香山人	约翰书院学生
孙继丁	年二十岁	山东蓬莱人	山东高等学堂学生
杨　哲	年十九岁	广东香山人	汇文学堂学生
车志城	年二十岁	浙江会稽人	上海高等实业学生
邱索彦	年二十岁	浙江诸暨人	杭州中学学生
李禄骥	年二十岁	福建闽县人	福建高等学堂学生
陆费璜	年二十岁	浙江桐乡人	南洋中学堂学生
黄建柏	年十六岁	山东应城人	山东高等学堂学生
司徒尧	年十九岁	广东开平人	岭南学堂学生
赵喜森	年二十岁	江苏宝山人	唐山路矿学堂学生
廖　烈	年十九岁	江苏嘉定人	唐山路矿学堂学生
倪征旸	年二十岁	江苏吴江人	上海实业学生
金剧英	年二十岁	浙江山阴人	绍兴中学堂学生

吴大昌	年二十岁	浙江钱塘人	杭州中学校学生
卫挺生	年十八岁	湖北枣阳人	两湖矿业学生
周中砥	年十九岁	福建闽县人	上海铁路学生
陆懋德	年二十岁	浙江会稽人	山东高等学堂学生
吴贻榘	年十九岁	江苏泰兴人	复旦公学堂学生
吴宝驷	年十九岁	福建闽县人	京师译学馆学生
赵文锐	年二十岁	浙江嵊县人	杭州中学堂学生
宋庆瑺	年十八岁	浙江奉化人	中国公学学生
鲍锡瓒	年十九岁	江苏长州人	高等实业学生
胡明堂	年十九岁	安徽婺源人	上海高等实业学生
陈　藩	年二十岁	湖南衡阳人	方言学堂学生
解奭康	年二十岁	四川成都人	四川高等学堂学生
许世岁	年十八岁	福建闽县人	福州英华书院学生
许言藩	年十九岁	浙江丽水人	华童公学学生
乐森璧	年十八岁	贵州黄平人	汇文大学堂学生
朱起蛰	年十九岁	浙江钱塘人	浙江高等学堂学生
钱治澜	年十八岁	浙江钱塘人	安定中学堂学生
陈荣鼎	年十九岁	广东新会人	岭南学堂学生
张永隆	年十八岁	直隶天津人	天津中学堂学生
杨伯焘	年十八岁	湖北盐利人	天普通中学堂学生
胡仕鸿	年十八岁	江西德化人	九江同大书院学生
费宗藩	年十九岁	江苏震泽人	南洋中学堂学生
戴芳湖	年十七岁	湖北江陵人	上海震旦学生
鲁邦缠	年十七岁	安徽渠县人	庆州守备学堂学生
朱德展	年二十岁	山东单县人	山东高等学堂学生
廖慰慈	年十八岁	福建侯官人	顺天高等学堂学生
章元善	年十九岁	江苏长洲人	江南高等学堂学生
陆凤书	年十八岁	江苏无锡人	东吴大学堂学生
徐　震	年十九岁	广东南海人	圣约翰书院学生
谭其蓁	年十七岁	四川荣经人	四川高等学堂学生
唐榕赓	年十八岁	广东香山人	上海实业学生
唐天民	年十九岁	广东香山人	上海高等实业学生

谢维麟	年十八岁	江苏娄县人	东吴大学堂学生
陈宗阳	年十七岁	江苏金山人	上海中学堂学生
王景贤	年十九岁	直隶天津人	天津中等商业学生
严宏模	年十九岁	安徽金山人	安徽高等学堂学生
叶建梅	年十九岁	山东应城人	山东高等学堂学生
何传骝	年十八岁	福建闽县人	英华书院学生
李祖光	年十九岁	安徽怀宝人	怀宝中学堂学生
彭嘉滋	年二十岁	江苏吴县人	高等实业学生
刘乃予	年十九岁	福建闽县人	英华书院学生
李盛豫	年十九岁	安徽金山人	安徽高等学堂学生
黄衍钧	年二十岁	湖南长沙人	湖南高等学堂学生
薛次功	年十八岁	山西磁州人	大学堂学生
朱　铭	年十八岁	广东清远人	汇文书院学生
戈　中	年二十岁	江苏丹徒人	文学大学堂学生
程绍伊	年十九岁	浙江宁海人	振宁中学学生
荣春霖	年十八岁	甘肃皋兰人	北洋客籍学生
叶其菁	年十九岁	浙江瑞安人	浙江高等学堂学生
周文勋	年十八岁	江苏上海人	华童公学学生
陈嘉勋	年二十岁	湖南湘阴人	正则英语学生

K10：教育-留学

8.53 两广总督张人骏为发给香山县举人钟荣光等三人赴美护照事致外务部咨呈

宣统三年正月二十八日(1911 年 2 月 26 日)

头品顶戴、署理两广总督兼管广东巡抚、粤海太平两关事务张，为咨呈事。

案照承准前总理各国事务衙门咨行出使美日秘国杨大臣与美国使署律师科士达拟定华人往美汉洋文护照程式，咨粤照办，嗣后华人往美，一体仿照所拟程式，饬由粤海关衙门发给等因。今本署部堂兼管粤海关事务，据香山县举人钟荣光、新宁县学生黄德瑶、新宁县商民陈郁禀请给照前往美国游历、习读英文、游历。查无骗拐、假冒等项情弊，并有保结附缴存案，核与章程相符。除验填赴美护照并照章咨行出使美秘古墨国大臣暨驻美金山总领事查照办理外，拟合咨呈。为此咨呈贵部，谨请察照备案施行。须至咨呈者。

右咨呈外务部。

宣统三年正月二十八日

（外务部档）

K10：教育-留学

8.54　两广总督张人骏为发给香山县商民欧相等二人赴美护照事致外务部咨呈

宣统三年四月初九日（1911年5月7日）

头品顶戴、两广总督兼署广州将军兼管广东巡抚、粤海太平两关事务张，为咨呈事。

案照承准前总理各国事务衙门咨行出使美日秘国杨大臣与美国使署律师科士达拟定华人往美汉洋文护照程式，咨粤照办，嗣后华人往美，一体仿照所拟程式，饬由粤海关衙门发给等因。今本督院兼管粤海关事务，据新宁县学生雷杏、香山县商民欧相禀请给照前往美国游学、游历，查无骗拐假冒等项情弊，并有保结附缴存案，核与章程相符。除验填赴美护照并照章咨行出使美秘古墨国大臣暨驻美金山总领事查照办理外，拟合咨呈。为此咨呈贵部，谨请察照备案施行。须至咨呈者。

右咨呈外务部。

宣统三年四月九日

（外务部档）

K10：教育-留学

8.55　游美学务处为呈游美学生姓名清折致外务部申呈

宣统三年六月十二日（1911年7月7日）

游美学务处谨呈，为申呈事。

案查本处每年派送游美学生应按经资数目酌定名额，在清华学堂高等科学生中选送，前经呈明在案。现由本处按照经资数目考录清华学堂高等科学生六十三名以充是选。经该学堂造具清册咨送前来，本处覆核无异。除将派员护送出洋情形另行申报外，所有本年考录派送游美学生姓名、年龄、籍贯清折理合备文申呈钧部，俯赐鉴核备案。须至申呈者。

右申呈外务部。附清折一扣。

宣统三年六月十二日

附件：第三次遣派游美学生姓名、年岁、籍贯清折

黄国栋，年十九岁，福建同安县人；
张福运，年二十岁，山东福山县人；
吴　宪，年二十一岁，福建侯官县人；
江山寿，年二十岁，江苏嘉定县人；
朱起蛰，年二十岁，浙江钱塘县人；
张贻志，年二十岁，安徽全椒县人；
周伦元，年二十岁，浙江鄞县人；
姜蒋佐，年二十一岁，浙江平阳县人；
吴　康，年二十岁，江苏吴县人；
黄明道，年二十一岁，广东香山县人；
刘崇勤，年二十一岁，福建闽县人；
徐　书，年二十岁，江苏金匮县人；
崔有濂，年十九岁，安徽太平县人；
史译宣，年二十岁，山东福山县人；
梅光迪，年十九岁，安徽宣城县人；
孙继丁，年二十一岁，山东蓬莱县人；
胡博渊，年二十一岁，江苏阳湖县人；
罗邦杰，年十九岁，江苏上海县人；
杨孝述，年二十一岁，江苏华亭县人；
何庆曾，年二十一岁，广东顺德县人；
黄宗发，年二十一岁，安徽无为县人；
徐仁錆，年二十一岁，江苏宜兴县人；
严　昉，年二十岁，浙江乌程县人；
邱崇彦，年二十一岁，浙江诸暨县人；
王　赓，年十六岁，江苏金匮县人；
蔡　翔，年二十岁，湖北汉川县人；
梁基泰，年二十岁，广东番禺县人；
周明王，年二十岁，浙江镇海县人；
司徒尧，年二十岁，广东开平县人；
顾宗林，年十九岁，浙江上虞县人；
高大纲，年二十岁，浙江仁和县人；
陈德芬，年二十岁，浙江嘉善县人；
卫挺生，年十九岁，湖北枣阳县人；
史　宣，年二十岁，广东番禺县人；
张传薪，年十九岁，福建邵武县人；
谭其蓁，年十八岁，四川荣经县人；
陈长蘅，年二十一岁，四川荣昌县人；
陈承栻，年二十一岁，福建闽县人；
鲍锡藩，年二十岁，浙江归安县人；
郑辅华，年二十一岁，福建永定县人；
龙　夷，年十九岁，四川荣县人；
杨光弼，年十九岁，直隶天津县人；
陈明寿，年二十一岁，江苏元和县人；
宋建勋，年二十岁，福建莆田县人；
顾惟精，年二十岁，江苏无锡县人；
裘维莹，年十九岁，江苏金匮县人；
陆鸿棠，年二十岁，江苏上海县人；
柴春霖，年十九岁，甘肃皋兰县人；
钟心煊，年十九岁，江西南昌县人；
王　谟，年二十一岁，福建闽县人；
赵文锐，年二十一岁，浙江嵊县人；
孙学悟，年二十岁，山东文登县人；
陆懋德，年二十一岁，浙江会稽县人；
虞振镛，年二十岁，浙江慈溪县人；

费宗藩，年二十岁，江苏震泽县人；
陈嘉勋，年二十一岁，湖南湘阴县人；
梁杜蘅，年二十岁，广东三水县人；
许彦藩，年二十岁，浙江秀水县人；
邓宗瀛，年十九岁，贵州贵筑县人；
章元善，年二十岁，江苏长洲县人；
陆守经，年二十岁，江苏青浦县人；
甘纯启，年十五岁，江苏嘉定县人；
张景芬，年二十岁，福建永定县人。

K10：教育

8.56　游美学务处为添招清华学堂学生一百名事致外务部申呈

宣统三年七月初五日(1911年8月28日)

游美学务处谨呈，为申呈事。

案查本处拟添招清华学堂学生一百名，查照上次考选学生办法，略予变通，不分高等、中等及第一、二格名目，考取之后，视其年龄、学历编入相当班次等情曾经呈明在案。现已遵照定章于本年闰六月初十日举行第一场考试，学科计三门，一国文，二英文，三代数，应考者约五百人，取录分数较优者一百六十名。十六日至十八日续行第二、三、四场考试，学科计十门，一几何，二三角，三物理，四化学，五本国历史，六外国历史，七地理，八动植生理，九地文地质，十德文或法文。各科试卷均经认真校阅评定分数，并派西医考验体格，务求强固。计取录编入高等科第三年级者九名，编入高等科第二年级者二十四名，编入高等科第一年级者三十八名，编入中等科第五年级者二十四名，编入中等科第四年级者五名，合计一百名。除申报学部外，所有此次考录清华学堂学生缘由，理合备文申呈大部，俯赐察核备案。须至申呈者。

右申呈外务部。(附清折一扣、中西题纸一份)

宣统三年七月初五日

附件：清华学堂学生姓名、年龄、籍贯清册

谨将游美学务处取定清华学堂学生姓名、年龄、籍贯开列于左。

取录编入高等科第三年级者计九名：

赵　诇，年十八岁，山东莒州人；
郑辅维，年十八岁，福建永定县人；
黄宪澄，年十八岁，广东新宁县人；
叶玉良，年十七岁，广东三水县人；
李宝鎏，年十八岁，广东香山县人；
马国骥，年十八岁，江苏青浦县人；
侯德榜，年十八岁，福建侯官县人；
余文灿，年十八岁，广东新宁县人；
王正序，年十八岁，浙江奉化县人。

录取编入高等科第二年级学生计二十四名：

李　昶，年十八岁，湖南长沙县人；
孙恩麐，年十八岁，江苏高邮州人；
唐　钺，年十七岁，福建侯官县人；
王大亮，年十八岁，四川威远县人；
程瀛章，年十七岁，江苏震泽县人；
程锡骐，年十八岁，江苏上海县人；
潘文炳，年十七岁，江苏新阳县人；
范　铎，年十八岁，江西瑞昌县人；
蔡星五，年十八岁，广东新宁县人；
吕彦直，年十七岁，安徽滁州人；
李绍昌，年十八岁，广东香山县人；
俞曹济，年十八岁，浙江海宁州人；
陆保琦，年十八岁，浙江乌程县人；
钮树棻，年十八岁，浙江秀水县人；
黄汉河，年十七岁，福建同安县人；
鲍明钤，年十八岁，浙江鄞县人；
徐允钟，年十七岁，直隶大兴县人；
邱培澜，年十八岁，浙江乌程县人；
劳启祥，年十八岁，湖南善化县人；
周文刚，年十八岁，广东顺德县人；
许鼎基，年十七岁，浙江乌程县人；
张天祥，年十八岁，安徽建德县人；
陈立廷，年十八岁，山东福山县人；
王文培，年十八岁，直隶深州人。

取录编入高等科第一年级学生计三十八名：

郑维藩，年十八岁，浙江嘉兴县人；
马善宝，年十八岁，山东历城县人；
吴钦烈，年十八岁，浙江诸暨县人；
李思广，年十八岁，安徽石埭县人；
江履成，年十八岁，福建闽县人；
裘汾龄，年十七岁，江苏无锡县人；
陶景亮，年十六岁，江苏长洲县人；
李　刚，年十七岁，直隶邯郸县人；
林渫庆，年十七岁，江苏上元县人；
顾学海，年十八岁，浙江钱塘县人；
陈宪武，年十八岁，广东香山县人；
丁　翼，年十七岁，浙江诸暨县人；
俞希稷，年十七岁，安徽婺源县人；
卢寿祺，年十八岁，江西上饶县人；
胡政新，年十七岁，江苏上海县人；
卢其骏，年十八岁，江西赣县人；
黄凤华，年十八岁，广东四会县人；
常作霖，年十七岁，直隶抚宁县人；
何　鲁，年十六岁，四川成都县人；
凌　冰，年十七岁，河南固始县人；
蒋正谊，年十八岁，江苏武进县人；
陈鹤琴，年十八岁，浙江上虞县人；
寿颂万，年十八岁，浙江诸暨县人；
王铿成，年十八岁，广东东莞县人；
福　源，年十六岁，满洲厢黄旗人；
金祥凤，年十八岁，江苏上海县人；
朱　端，年十八岁，江苏无锡县人；
邹慰高，年十七岁，江苏宝山县人；
虞育英，年十八岁，安徽合肥县人；
李　岗，年十八岁，浙江归安县人；
应尚才，年十五岁，浙江奉化县人；
戴修骅，年十八岁，湖南武陵县人；
李权亨，年十八岁，广东南海县人；
施　青，年十七岁，浙江钱塘县人；

陈绍舜，年十八岁，福建闽县人；
林兆铭，年十八岁，福建闽县人；
金岳霖，年十六岁，湖南长沙县人；
梁　骧，年十八岁，广东嘉应州人。

取录编入中等科第五年级学生计二十四名：

李光前，年十七岁，福建南安县人；
汪悳章，年十八岁，江苏元和县人；
吴　鼎，年十七岁，江苏嘉定县人；
吴惠荣，年十七岁，江苏吴县人；
薛代章，年十八岁，江苏崇明县人；
骆德武，年十七岁，湖南长沙县人；
周　浩，年十八岁，江苏江宁县人；
张树棠，年十八岁，广东长乐县人；
俞庆尧，年十七岁，江苏太仓州人；
张祖诒，年十八岁，江苏丹徒县人；
王镕经，年十六岁，江苏吴县人；
唐官赏，年十八岁，广东香山县人；
吴兴业，年十六岁，直隶滦州人；
刘永济，年十八岁，湖南新宁县人；
孙迈方，年十七岁，安徽寿州人；
张信元，年十八岁，直隶天津县人；
卞绥成，年十八岁，江苏阳湖县人；
鲁　迟，年十七岁，浙江余杭县人；
吴树珏，年十七岁，四川安县人；
瞿　炜，年十八岁，江苏崇明县人；
王　冕，年十八岁，浙江乐清县人；
李应徽，年十八岁，广东神宁县人；
钟启祥，年十六岁，广东南海县人；
杨炳畲，年十八岁，广东香山县人。

取录编入中等科第四年级学生计五名：

姜荣光，年十八岁，四川安岳县人；
王启珅，年十八岁，湖南醴陵县人；
邹辉宝，年十八岁，福建龙溪县人。
顾　璋，年十八岁，江苏江宁县人；
刘以琳，年十八岁，福建闽县人；

（外务部档）

后　记

《香山明清档案辑录》一书终于出版了，作为本书的主编单位，我们感到由衷的高兴。

2000 年 10 月，中山市档案局（馆）冯荣球局（馆）长在与一起参加活动的中国第一历史档案馆刘余才副馆长交谈中了解到，第一历史档案馆保存有很多明清时期有关香山的历史档案，刘副馆长邀请冯局（馆）长在方便的时候去一史馆参观。

2001 年上半年，冯荣球局（馆）长和市人民政府办公室邓昌权副主任到北京出差，他们专程到一史馆参观，一史馆有关领导向冯局（馆）长、邓副主任介绍了该馆保存的香山明清历史档案的基本情况。

为收集和开发香山历史文化资源，更好地为中山的经济文化建设服务，市档案局向市政府及有关领导专题报告了此事，并请求市政府核拨专款，对这些历史档案进行复制。2002 年 6 月，市档案局与中国第一历史档案馆正式签订了《关于合作开发中山市历史档案的合同书》，此后，一史馆即组织人员进行查找复制。至 2003 年 6 月，一史馆将复制好的共 867 件、约 150 万字的香山明清档案缩微胶卷交给市档案局（馆）。收到这批缩微胶卷后，市档案局（馆）马上组织本局（馆）人员进行分类整理。但由于明清档案都是手写文言文书，没有断句，一部分书写相当潦草，难以辨释，工作难度较大。2004 年 6 月下旬，市档案局（馆）与暨南大学社科处达成合作协议，聘请暨南大学历史系马明达教授负责整理这批档案，并协助全书的编辑与出版工作。双方商定，整理工作应于 2005 年 10 月底完成。

在整理这批明清档案过程中，我们注意适时地对有关史料进行开发利用，以发挥档案史料资政育人的作用。2004 年 9 月 30 日，市档案局（馆）在中山市图书馆隆重推出“档藏六合风雨，案列千载沧桑——中山（香山）清朝民国时期教育专题档案藏品展”，我们从这批复制的明清档案中挑选了有关清朝时期科举、留学方面的史料，通过展览的形式，让人们了解到清朝时期中山（香山）人参加科举考试高中进士的小金榜、晚清香山籍留美幼童等史料，在社会上引起了热烈反响。同时，我们还组织有关专业人员对该批档案进行初步研究，并在市级报刊上发表了一些研究性文章，收效甚好。

整理和编辑出版明清时期档案史料，而且字数达 150 万之多，对我们来说还是第一次，实非易事。当我们接到整理出版这批档案史料的任务时，我们感到既兴奋又紧张。兴奋的是我们能在第一时间看到价值很高的几百年前的宫廷档案，而且通过我们的工作，填补我市在历史档案开发利用方面的空白，这对于我市档案界、文化界和史学界来说，都是一件前所未有的大好事；紧张的是由于时间紧、任务重，加之水平有限，惟恐不能在预定的时间内完成任务。

使我们深感欣喜的是，此项工作得到了中山市委、市政府的高度重视和大力支持，被市政府列为2004、2005年督办工作项目之一。在档案查找复制和编辑出版过程中，得到了中国第一历史档案馆的大力支持，得到了市府办副主任邓昌权、方炳焯、余蕴洁等同志的关心和支持，他们先后亲临中国第一历史档案馆了解和察看档案史料查找及复制情况，尤其是方炳焯副主任先后多次过问整理编辑工作进展，并经常给予具体的指导和帮助。暨南大学马明达教授在担纲整理这批档案史料工作中，更是不辞劳苦，付出了很多心血，对本书编辑出版给予了宝贵的支持和帮助。中山市社会科学界联合会对本书的编辑出版也给予了热切的关怀和支持，将本书的编辑出版列入2006年度中山市哲学社会科学规划立项课题。参与此书编辑整理的，还有暨南大学耿之矗同志以及本局的工作人员，他们克服种种困难，付出了自己的辛勤劳动。此外，中山市退休教师赵星舜和谭志峰两位老师，对本书的整理给予过较大的支持和帮助。这些关怀和支持，不但成为本书得以顺利出版的有力保证，更为重要的是成为我们今后工作的莫大的鼓励和鞭策。

由于缺乏经验，本书在编辑和整理工作中，难免存在这样或那样的缺点，我们恳切地期待着专家、学者及广大读者的批评指正，并期待对这批档案有更深入丰硕的研究成果。

编者
2006年4月

档案号与胶片号对照表

1.1	1-0008	1.20	1-0442	1.39	2-0159
1.2	1-0011	1.21	1-0460	1.40	2-0161
1.3	1-0012	1.22	1-0550	1.41	2-0163
1.4	1-0024	1.23	1-0601	1.42	2-0165
1.5	2-0182	1.24	1-0628	1.43	2-0167
1.6	1-0031	1.25	1-0631	1.44	2-0169
1.7	1-0051、1-1486	1.26	1-0735	1.45	2-0171
1.8	1-0108	1.27	1-0753	1.46	2-0173
1.9	1-0155	1.28	1-0789	1.47	2-0177
1.10	1-0195	1.29	1-0795	2.1	2-0180
1.11	1-0197	1.30	2-0603	2.2	1-0049
1.12	1-0199	1.31	2-0619	2.3	1-0058
1.13	1-0264	1.32	2-0621	2.4	1-0069
1.14	1-0267	1.33	2-0623	2.5	2-0186
1.15	1-0306	1.34	1-0986	2.6	1-0248
1.16	1-0304	1.35	1-0988	2.7	1-0250
1.17	1-0307	1.36	1-1056	2.8	1-0245
1.18	1-0310	1.37	2-0152	2.9	1-0253
1.19	1-0320	1.38	2-0154	2.10	1-0254

续 表

2.11	1－0259	2.36	1－0678	2.61	1－0757、1－0760、1－1425
2.12	1－0263	2.37	1－0684	2.62	1－1428
2.13	1－0256	2.38	1－0695	2.63	1－0771
2.14	1－0270	2.39	1－0687	2.64	1－0776
2.15	1－0268	2.40	1－0689	2.65	1－0777
2.16	1－0273	2.41	1－1394	2.66	1－0778
2.17	1－0321	2.42	1－0708	2.67	1－0782
2.18	2－0067	2.43	1－0704、1－1390	2.68	1－0785
2.19	2－0070	2.44	1－1389	2.69	1－1440
2.20	1－1292	2.45	1－0724	2.70	1－0808、1－1444
2.21	1－1294	2.46	1－0715	2.71	1－0939、1－0936
2.22	1－1309	2.47	1－0693	2.72	1－0930、1－0928
2.23	1－0437、1－1311	2.48	1－0728	2.73	1－0946
2.24	1－1316	2.49	1－0732、1－1397	2.74	1－0954
2.25	1－1317	2.50	1－0737	2.75	1－0960
2.26	1－1326	2.51	1－1399	3.1	2－1383
2.27	1－0505、1－1367	2.52	1－0740	3.2	1－1479
2.28	1－0515	2.53	1－0742	3.3	1－1481
2.29	1－0565	2.54	1－0749	3.4	1－1483
2.30	1－0586	2.55	1－1402	3.5	1－0063、1－1489
2.31	1－0662	2.56	1－1408	3.6	1－0078、1－1492
2.32	1－0672	2.57	1－1412	3.7	1－1494
2.33	1－0674	2.58	1－1416	3.8	1－1497
2.34	1－1379	2.59	1－0755、1－1419	3.9	1－1501
2.35	1－1381	2.60	1－0764、1－1421	3.10	1－1509

续 表

3.11	1-1524	3.36	1-0377	3.61	1-0517
3.12	1-0114	3.37	1-0379	3.62	1-0510
3.13	1-0127	3.38	1-0391	3.63	1-0524
3.14	1-0130	3.39	1-0393	3.64	1-0530
3.15	1-0135	3.40	1-0396	3.65	1-0533
3.16	1-0144	3.41	1-0402、2-0090	3.66	1-0543
3.17	2-0016	3.42	1-0404、2-0092	3.67	1-0537
3.18	1-0153	3.43	1-0405、2-0093	3.68	1-0545
3.19	2-0018	3.44	1-0410、2-0099	3.69	1-0548
3.20	2-0021	3.45	1-0423	3.70	1-0553
3.21	1-0156、2-0184	3.46	1-1286	3.71	1-0560
3.22	1-0180	3.47	2-0472	3.72	1-0570
3.23	1-0188、1-1191	3.48	2-0482	3.73	1-0574
3.24	1-0201、2-0028	3.49	1-1304	3.74	1-1372
3.25	2-0030	3.50	2-0487	3.75	1-0580
3.26	2-0033	3.51	2-0495	3.76	1-0596
3.27	1-0212	3.52	1-0448、1-1340	3.77	1-0613
3.28	1-0225	3.53	1-1354	3.78	1-0604
3.29	1-0312	3.54	2-0513	3.79	1-0603
3.30	1-0319	3.55	2-0516	3.80	1-0620
3.31	1-0329	3.56	1-0472	3.81	1-0622
3.32	1-0331	3.57	1-0489	3.82	1-0643
3.33	1-0335	3.58	1-0490	3.83	1-0650、1-1375
3.34	1-0368	3.59	1-0495	3.84	1-0644
3.35	1-0371、2-0075	3.60	1-0498	3.85	1-0654

续 表

3.86	1-1385	3.111	3-0083	3.136	3-0381
3.87	1-0772	3.112	3-0098	3.137	3-0383
3.88	1-0800	3.113	3-0149	3.138	3-0384
3.89	2-0110	3.114	1-1053	3.139	3-0386
3.90	1-1450	3.115	3-0111	3.140	3-0388
3.91	1-0914	3.116	3-0127	3.141	3-0390
3.92	1-0922	3.117	2-1453	3.142	3-0394
3.93	1-0924	3.118	2-0842	3.143	3-0397
3.94	1-0967	3.119	3-0170	3.144	3-0400
3.95	2-0544	3.120	3-0176	3.145	3-0401
3.96	1-0976	3.121	3-0162	3.146	3-0403
3.97	1-0983	3.122	2-0849	3.147	3-0405
3.98	2-1488	3.123	3-0328	3.148	2-1422
3.99	3-0009	3.124	3-0333	3.149	3-0408
3.100	3-0015	3.125	3-0332	3.150	3-0409
3.101	3-0023	3.126	3-0338	3.151	3-0412
3.102	2-1501	3.127	3-0331	3.152	3-0413
3.103	2-0595	3.128	3-0344	3.153	3-0416
3.104	2-0598	3.129	3-0355	3.154	3-0420
3.105	2-0589	3.130	3-0357	4.1	1-1458
3.106	3-0033	3.131	3-0359	4.2	1-1459
3.107	3-0050	3.132	3-0361	4.3	1-1462
3.108	3-0068	3.133	3-0364	4.4	1-1464
3.109	3-0136	3.134	3-0369	4.5	1-1466
3.110	2-1517	3.135	3-0373	4.6	1-1468

续 表

4.7	1-1470	4.32	2-0010	4.57	1-0222
4.8	1-1471	4.33	1-0142、2-0012	4.58	1-0223
4.9	1-1472	4.34	1-0151、1-1137	4.59	2-0051
4.10	1-1473	4.35	2-0701	4.60	1-0224、2-0052
4.11	1-1475	4.36	2-0023	4.61	1-0227
4.12	1-1477	4.37	2-0704	4.62	2-0053
4.13	1-1478	4.38	1-0157	4.63	1-0229
4.14	2-0696	4.39	2-0024	4.64	1-0230
4.15	1-0070	4.40	1-0160	4.65	1-0236
4.16	1-1505	4.41	1-0165、1-1150	4.66	2-0055
4.17	1-1508	4.42	1-0167	4.67	1-0244、2-0054
4.18	1-1511	4.43	1-0181	4.68	2-0627
4.19	1-1514	4.44	1-0184、1-1181	4.69	2-0634
4.20	1-1516	4.45	1-0204、2-0032	4.70	2-0645
4.21	1-1518	4.46	1-0205	4.71	2-0658
4.22	1-0083	4.47	1-0210	4.72	1-0327
4.23	1-1523	4.48	1-0206	4.73	2-0056
4.24	1-0115	4.49	1-0208	4.74	2-0681
4.25	1-0121	4.50	2-0035	4.75	2-0057
4.26	2-0699	4.51	2-0042	4.76	2-0059
4.27	1-0126	4.52	2-0044	4.77	1-0332
4.28	1-0134、2-0009	4.53	2-0047	4.78	1-0345
4.29	1-0136	4.54	2-0049	4.79	2-0061
4.30	1-0137	4.55	2-0706	4.80	2-0063
4.31	1-0141	4.56	2-0708	4.81	1-0350、2-0074

续 表

4.82	1-0351	4.107	1-0641	4.132	2-0535
4.83	1-0382	4.108	1-0681	4.133	1-0970
4.84	1-0384、2-0080	4.109	1-1456	4.134	2-0538
4.85	1-0386、2-0082	4.110	1-1436	4.135	2-0540
4.86	1-0387、2-0084	4.111	1-0768	4.136	2-0542
4.87	1-0389、2-0086	4.112	1-0792	4.137	2-0546
4.88	1-0394	4.113	1-0813	4.138	1-0971
4.89	1-0400、2-0088	4.114	1-0835	4.139	1-0974
4.90	2-0108	4.115	1-0839	4.140	2-0555
4.91	1-0430	4.116	1-0840	4.141	2-0558
4.92	1-0433	4.117	1-0849	4.142	2-0524
4.93	1-0435	4.118	1-0843	4.143	2-0549
4.94	1-0434	4.119	1-0852	4.144	2-0561
4.95	1-1318	4.120	1-0855	4.145	2-0564
4.96	1-0445、1-1324	4.121	1-0856	4.146	2-0567
4.97	1-0447	4.122	1-0864	4.147	2-0570
4.98	1-1350	4.123	1-0869	4.148	1-0980
4.99	1-1352	4.124	1-0871	4.149	2-0579
4.100	1-0458、1-1363	4.125	1-0876	4.150	2-0582
4.101	1-0480、1-1365	4.126	1-0882	4.151	2-0585
4.102	1-0482	4.127	1-0886	4.152	1-0991
4.103	1-0503	4.128	1-0889	4.153	2-0586
4.104	1-0513	4.129	1-0953	4.154	2-0592
4.105	1-0529	4.130	2-0523	4.155	1-1021
4.106	1-0536	4.131	2-0532	4.156	1-1012、2-0123

续 表

4.157	1-1034	4.182	2-0893	5.11	1-1125
4.158	1-1008、2-0132	4.183	2-0889	5.12	1-1115
4.159	1-1008	4.184	2-0864	5.13	1-1118
4.160	1-1045、2-0141	4.185	2-0866	5.14	1-1122
4.161	1-1045	4.186	2-0896	5.15	1-0086
4.162	1-1039	4.187	2-0899	5.16	1-0085
4.163	1-1048、2-0146	4.188	2-1002	5.17	1-0088
4.164	1-1050	4.189	2-0873	5.18	1-0090
4.165	2-0149	4.190	2-0868	5.19	1-0118、1-1128
4.166	1-1046、2-0150	4.191	2-0872	5.20	1-0095
4.167	1-1052	4.192	2-1003	5.21	1-0125、1-1133
4.168	2-0988	4.193	2-0902	5.22	1-0145
4.169	2-0992	4.194	1-1072	5.23	1-0146、1-1142
4.170	2-0994	4.195	1-1075	5.24	1-1147
4.171	2-0997	4.196	2-0855	5.25	1-0168
4.172	2-1001	5.1	1-1076	5.26	1-0170
4.173	2-0986	5.2	1-1080	5.27	1-0173、1-1153
4.174	1-1059	5.3	1-1083	5.28	1-1160
4.175	1-1062	5.4	1-1086	5.29	1-1164
4.176	1-1071	5.5	1-0074、1-1093	5.30	1-0177、1-1171
4.177	2-0912	5.6	1-1095	5.31	1-1177
4.178	2-0916	5.7	1-1098	5.32	1-1182
4.179	2-0920	5.8	1-1105	5.33	1-1187
4.180	2-0922	5.9	1-1108	5.34	1-0185
4.181	2-0924	5.10	1-1112	5.35	1-1202

续 表

5.36	1-1196	5.61	1-0866	6.17	2-0245
5.37	1-1201	5.62	1-0879	6.18	2-0252
5.38	1-0193	5.63	1-0896	6.19	1-0082
5.39	1-1203	5.64	1-0905	6.20	1-0106
5.40	1-1206	5.65	1-0901、1-0908	6.21	2-0256
5.41	1-1209	5.66	1-0913	6.22	2-0258
5.42	1-1212	5.67	1-0926、1-0934	6.23	2-0261
5.43	1-1216	5.68	1-0964	6.24	1-0110
5.44	1-1220	5.69	2-0576	6.25	1-0097
5.45	1-1223	6.1	2-1377	6.26	1-0111
5.46	1-1228	6.2	2-0188	6.27	1-0112
5.47	1-1229	6.3	2-0193	6.28	1-0113
5.48	1-1234	6.4	2-0190	6.29	1-0129
5.49	1-1239	6.5	2-0196	6.30	2-0263
5.50	1-1245	6.6	2-0199	6.31	2-0265
5.51	1-1249	6.7	2-0202	6.32	2-0269
5.52	1-1253	6.8	1-0034	6.33	2-0271
5.53	1-0198	6.9	2-0208	6.34	2-0273
5.54	1-0232、1-1256	6.10	1-0038	6.35	1-0203、2-0277
5.55	1-0238	6.11	1-0045	6.36	2-0279
5.56	1-0339	6.12	2-0210	6.37	2-0039
5.57	1-1261	6.13	1-0053	6.38	2-0281
5.58	1-0359、1-1265	6.14	2-0214	6.39	1-0255
5.59	1-0365	6.15	1-0060	6.40	1-0272
5.60	1-1272	6.16	2-0217	6.41	1-0288

续 表

6.42	1-0276	6.67	1-0699	6.92	2-0303
6.43	1-0282	6.68	1-0751、1-1405	6.93	2-0307
6.44	1-0285	6.69	1-0797	6.94	2-0310
6.45	1-0281	6.70	1-0796、1-1439	6.95	1-0996、2-0119
6.46	1-0291	6.71	2-0287	6.96	2-0313
6.47	1-0294	6.72	1-1448	6.97	2-0315
6.48	1-0296	6.73	1-0804	6.98	2-0326
6.49	1-0314	6.74	1-0081、2-0114	6.99	2-0328
6.50	1-0315	6.75	1-0826	6.100	2-0329
6.51	1-0317	6.76	1-0831	6.101	2-0332
6.52	2-0285	6.77	1-0851	6.102	2-0339
6.53	1-0419	6.78	1-0861	6.103	2-0340
6.54	1-0426	6.79	1-0858	6.104	2-0342
6.55	1-0427	6.80	1-0859	6.105	2-0347
6.56	1-0429	6.81	1-0868	6.106	2-0459
6.57	1-1299	6.82	1-0916	6.107	2-0460
6.58	1-1300	6.83	1-0920	6.108	2-0464
6.59	1-1328	6.84	1-0932	6.109	2-0348
6.60	1-1320	6.85	2-0289	6.110	2-0351
6.61	1-1322	6.86	2-0293	6.111	2-0354
6.62	1-1334	6.87	1-0944	6.112	2-0357
6.63	1-0485	6.88	1-0966	6.113	2-0360
6.64	1-0522	6.89	2-0295	6.114	2-0362
6.65	1-0632	6.90	2-0297	6.115	2-0365
6.66	1-0668	6.91	2-0301	6.116	2-0368

续 表

6.117	2-0370	6.142	2-1042	6.167	2-0421
6.118	2-0372	6.143	2-1047	6.168	2-0425
6.119	2-0375	6.144	2-0408	6.169	2-1121
6.120	2-0378	6.145	2-1051	6.170	2-0426
6.121	2-0381	6.146	2-0410	6.171	2-0428
6.122	2-0384	6.147	2-1058	6.172	2-0430
6.123	2-0386	6.148	2-1152	6.173	2-1123
6.124	2-0389	6.149	2-1065	6.174	2-0432
6.125	2-0392	6.150	2-1131	6.175	2-0435
6.126	2-0395	6.151	2-1068	6.176	2-0437
6.127	2-0398	6.152	2-1135	6.177	2-0440
6.128	2-0401	6.153	2-1138	6.178	2-1439
6.129	2-0403	6.154	2-1076	6.179	2-0443
6.130	2-0406	6.155	2-1080	6.180	2-0445
6.131	2-1004	6.156	2-1086	6.181	2-0447
6.132	2-0970	6.157	2-0412	6.182	2-0449
6.133	2-0974	6.158	2-0414	6.183	2-0450
6.134	2-1009	6.159	2-0712	6.184	2-0452
6.135	2-1019	6.160	2-0419	6.185	2-0453
6.136	2-1023	6.161	2-1107	6.186	2-0455
6.137	2-1026	6.162	2-1097	6.187	2-0457
6.138	2-1029	6.163	2-1102	6.188	2-1141
6.139	2-1016	6.164	2-1111	6.189	2-1144
6.140	2-1012	6.165	2-1114	6.190	2-0716
6.141	2-1035	6.166	2-1118	6.191	2-0784